穆克宏文集

第一册

魏晋南北朝文学史料述略

中华书局

图书在版编目(CIP)数据

穆克宏文集/穆克宏著. —北京:中华书局,2018.11
ISBN 978-7-101-13464-3

Ⅰ.穆… Ⅱ.穆… Ⅲ.中国文学-古典文学研究-魏晋南北朝时代 Ⅳ.I206.35

中国版本图书馆 CIP 数据核字(2018)第 227294 号

书　　名	穆克宏文集(全六册)
著　　者	穆克宏
责任编辑	李碧玉
出版发行	中华书局 (北京市丰台区太平桥西里 38 号　100073) http://www.zhbc.com.cn E-mail:zhbc@zhbc.com.cn
印　　刷	北京市白帆印务有限公司
版　　次	2018 年 11 月北京第 1 版 2018 年 11 月北京第 1 次印刷
规　　格	开本/920×1250 毫米　1/32 印张 82¼　插页 16　字数 1900 千字
印　　数	1-800 册
国际书号	ISBN 978-7-101-13464-3
定　　价	490.00 元

作者在阅读《文选》

总　目

第一册
　　我与六朝文学研究——治学詹言（代前言）
　　魏晋南北朝文学史料述略
第二册
　　文选学研究（上）
第三册
　　文选学研究（下）
第四册
　　文心雕龙研究（上）
第五册
　　文心雕龙研究（下）
第六册
　　滴石轩文存
　　作者主要论著系年
　　《穆克宏文集》简介
　　后　记

我与六朝文学研究

——治学詹言(代前言)

我在少年时代就爱好文学。小学五六年级时,我喜欢阅读中国古代章回小说,如《水浒传》、《三国演义》、《七侠五义》、《粉妆楼》、《包公案》等。虽然囫囵吞枣,一知半解,但是小说情节动人,亦感到浓厚的兴趣。在初中读书时,爱好中国现代文学,迷恋五四和三十年代的文学作品,喜欢读巴金、曹禺、郁达夫等人的书。记得初三时,曾撰写过一篇《论曹禺及其作品》的论文,全文约一千五百字,发表在当时的杂志《芸芸》上。高中时,比较广泛地阅读中外文学名著,逐步转向中国古典文学。西方文学名著,我比较喜欢阅读哈代、莫泊桑、罗曼·罗兰等人的作品。中国古典文学名著,我比较喜欢阅读《楚辞》和杜诗。当时我手头已有王逸注、洪兴祖补注的《楚辞补注》(中华书局《四部备要》本)和仇兆鳌注的《杜诗详注》(商务印书馆《国学基本丛书》本),取阅十分方便。《楚辞》中的《离骚》,有些地方读不懂,我就参考郭沫若的《屈原研究》,此书中有《离骚今译》。选读杜诗,读的不是"三吏"、"三别"、《北征》、《自京赴奉先县咏怀五百字》,而是一些著名的律诗和绝句。高中毕业以后,我考上了南京大学中文系。当时南京大学中文系的著名教授如胡小石、陈中凡、汪辟疆、罗根泽等先生亲自授课,我深受教益和启发。1953年,我大学毕业以后,想从事中国古代文学的研究工作,但不知如何做起,于是写信给我的老师汪辟疆先生和罗根泽先生请教。

一、学一点目录学

汪先生的回信告诉我,研究中国古代文学要阅读《四库全书总目提要》(又称《四库全书总目》)。他的意思是说,要学一点目录学。

什么是目录学?姚名达于《目录学》中说:"目录学者,将群书部次甲乙,条列异同,推阐大义,疏通伦类,将以辨章学术,考镜源流,欲人即类求书,因书究学之专门学术也。"这是对目录学的界定,明确地指出目录学的功用。"辨章学术,考镜源流",引起我对目录学的兴趣。

首先,我遵照汪先生的教导,阅读《四库全书总目提要》。《四库全书总目提要》是中国古代规模最大、影响最大的目录书。此书分经、史、子、集四部,著录图书3461种,79309卷。存目6793种,93551卷(据中华书局版《四库全书总目》出版说明)。著录各书皆有提要,各类有小序,四部各有总序。执笔者大都是学有专长的学者,如戴震、邵晋涵、周永年、翁方纲、朱筠、姚鼐等人,有较高的学术价值。清代目录学家周中孚说:"窃谓自汉以后,簿录之书,无论官撰私著,凡卷第之繁富,门类之允当,考证之精审,议论之公平,莫有过于是编矣。"(《郑堂读书记》卷三十二)绝非溢美之辞。清代张之洞说:"将《四库全书总目提要》读一过,即略知学问门径矣。析而言之,《四库提要》为读群书之门径。"(《輶轩语》一)现代著名学者余嘉锡说:"余略知学问门径,实受《提要》之赐。"(《四库提要辨证》序录)可见此书在读书治学中所起的作用。

我在认真阅读经、史、子、集四部的总序、各类小序和翻阅一些重要著作的提要之后,了解了经、史、子、集的概况,对四部中的主要著作都有所认识,受益不浅。我在阅读《四库提要》时,参阅了《四库全书简明目录》,此书简明扼要,对我的治学也很有帮助,如《文选注》提要云:"《文选》为文章渊薮,善注又考证之资粮。一字一句,罔非瑰宝,古人总集,以是书为弁冕,良无忝焉。"(卷十九)又《六臣注文选》提要云:"五臣注非善注之比,然诠释文句,间有寸长,汇为一编,亦颇便于循览焉。"(卷十九)又《文心雕龙》提要云:"上篇二十有五,论体裁之别;下篇二十有四,论工拙之由;合《序志》一篇,亦为二十五篇。其书于文章利病,穷极微妙。挚虞《流别》,久已散佚。论文之书,莫古于是编,亦莫精于是编矣。"(卷二十)分析精辟,是为定论。这些论述对我研究《文选》、《文心雕龙》,颇有启发。

鲁迅说:"我以为倘要弄旧的呢,倒不如姑且靠着张之洞的《书目答问》去摸门径去。"(《而已集·读书杂谈》)这是鲁迅先生的经验之谈。

张之洞的《书目答问》是指示治学门径的书。光绪二年(1876)刊印问世。此书开列古籍2200种。书中《略例》说:"诸生好学者来问应读何书,书以何本为善。偏举既嫌绠漏,志趣学业亦各不同,因录此以告初学。"这是张氏编撰此书之目的。又说:"读书不知要领,劳而无功;知某书宜读而不得精校精注本,事倍功半。(此编所录,其原书为修《四库》书时所未有者十之三四。《四库》虽有其书,而校本、注本晚出者十之七八。)今为分别条流,慎择约举,视其性之所近,各就其部求之。"这说明张氏所开列的各书是供学子选读的。《书目答问》有一个特点,即书目后常附评语,如杜甫诗,版本很多,何本为佳,读者往往并不清楚,此书在杨伦注《杜诗镜铨》下评曰:"杜诗注本太多,仇、杨为胜。"在《文选六臣注》下评曰:"不如李善单注,已有定论,存以备考。"在胡仔《苕溪渔隐丛话》下曰:"此书采北宋诗话略备。"在魏庆之《诗人玉屑》下曰:"此书采南宋诗话略备。"虽然只有三言两语,可是对读者很有帮助。

1931年,范希曾的《书目答问补正》出版。此书一是"补"《书目答问》刊行"五十年间新著新雕未及收入"者,一是"正"其小小讹失。《补正》补录古籍1200种左右,反映了五十年来学术研究的主要成就,提高了《书目答问》的使用价值。

著名学者余嘉锡说他的学问"是从《书目答问》入手"(陈垣《余嘉锡论学杂著序》)。著名史学家陈垣承认,他少年时对《四书》、《五经》以外的学问发生兴趣,即得力于《书目答问》的引导(朱维铮《书目答问二种》导言)。亦可见此书在老一辈学者读书治学中所起的作用。

《书目答问》对我的帮助有两个方面:一是指导我买书。在《答问》的指导下,我先后购买了的书"经部"有《十三经注疏》、宋元人注《四书五经》、陈奂的《诗毛氏传疏》、马瑞辰的《毛诗传笺通释》、胡承珙的《毛诗后笺》等;"史部"有"二十四史"、《资治通鉴》、《史通》、《文史通义》等;"子部"有《诸子集成》、《新编诸子集成》、《百子全书》等;"集部"有汉王逸注、宋洪兴祖补注的《楚辞补注》、宋朱熹的《楚辞集注》、清蒋骥的《山带阁注楚辞》、唐李善注的《文选》、明张溥的《汉魏六朝百三家集》、宋郭茂倩的《乐府诗集》、梁刘勰的《文心雕龙》、梁钟嵘的《诗品》、清倪璠的《庾子山集注》、清王琦的《李太白集注》、清仇兆鳌的《杜诗详注》等。这些书都是中国古籍中的重要著作,对我读书治学都有用处。一是指导我治学。1979年,我应中华书局之约,点校吴兆宜的《玉台新咏笺注》。查《四库全书总目提要》,其中《庾开府集笺注》提要云:"(兆宜)尝注徐、庾二集,又注《玉台新咏》、《才调集》、《韩偓诗集》。今唯徐、庾二集刊版行世,余唯钞本仅存云。"这是说,吴兆宜的《玉台新咏笺注》仅有钞本。又《玉台新咏笺注》提要,只稍作评论,并未涉及版本。查《书目答问补正》,《补正》有清乾隆三十九年刻本。经查阅此书,知即原刻本。我点校的《玉台新咏笺注》就是以此本为底本。此书已于1985年由中华书局出版,列入《中国古典文学基本丛书》。1994年,由于研究《文选》的需要,我点校清梁章钜的《文选旁证》。查《书目答问》有榕风楼刻本,《补正》有光绪间重刻本。前者为清道光十四年(1834)原刻本,后者为梁章钜之子梁恭辰的重刻本。重刻本与原刻本款式全同,但改正了原刻本一千多处错误。因此,我决定采用重刻本作为点校的底本。此书于2000年由福建人民出版社出版。

中国古代目录学的内容十分丰富。张之洞在《书目答问》中说:"目录之学,最要者《汉书·艺文志》、《隋书·经籍志》、《经典释文·叙录》、《旧唐书·经籍志》、《新唐书》《宋史》《明史》艺文志。"张氏所举目录,除《经典释文·叙录》之外,都是史志目录。其中《汉书·艺文志》和《隋书·经籍志》尤为重要。

班固据刘歆《七略》而编撰《汉书·艺文志》,其内容是前有总序,述汉以前学术概况,后分六艺、诸子、诗赋、兵书、术数和方技六略,略下分三十八种,各"略"除《诗赋略》外,亦皆有序。著录图书596家,13269卷。前人对《汉书·艺文志》的评价很高。清代学者金榜说:"不通《汉·艺文志》,不可以读天下书。《艺文志》者,学问之眉目,著述之门户也。"(清王鸣盛《十七史商榷》卷二十二引)清代史学家章学诚说:"《艺文》一志,实为学术之宗,明道之要。"(《校雠通义》)清代目录学家姚振宗说:"今欲求周秦学术之渊源,古昔典籍之纲纪,舍是志无由津逮焉。"(《汉书艺文志条理·叙录》)可见此志之重要。

我阅读《汉书·艺文志》用的是颜师古注的《汉书》,参考清代王先谦的《汉书补注》、今人顾实的《汉书艺文志讲疏》等著作,阅后,我了解了汉以前的著作和学术概况,颇有裨益。

《隋书·经籍志》分经、史、子、集四部。经部分十类,史部分十三类,子部分十四类,集部分三类。总序述唐以前之学术源流及演变。各部、类有大序、小序。清代姚振宗说:"自周秦六国、汉魏六朝迄于隋唐之际,上下千余年,网罗十几代,古人制作之遗,胥在乎是。"(《隋书经籍志考证·叙录》)先师汪辟疆先生称此志:"类例整齐,条理备具。每于部类后,各系以后论总论,尤足以究学术之得失,考流别之变迁,文美义赅,班《志》后所仅见也。"(《目录学研究·论唐宋元明四朝之目录》)都作了很高的评价。

我阅读《隋书·经籍志》时,参考姚振宗的《隋书经籍志考证》,了解了唐代以前图书的存亡和学术演变情况,对我研究六朝文学很有帮助。姚氏之《隋书经籍志考证》,考证精详,资料丰富,颇有参考价值。1995年年底,日本著名学者兴膳宏教授寄赠他与川合康三合著的《隋书经籍志详考》一部,此书在《隋书·经籍志》著录的书籍后,附以《旧唐书·经籍志》、《新唐书·艺文志》、《崇文总目》、《通志·艺文略》、《郡斋读书志》、《直斋书录解题》、《宋史·艺文志》、《文献通考·经籍志》、《四库全书总目》、《玉海》和《日本国见在书目》的著录情况,足供参考。书后附以《书名索引》、《人名索引》,使用方便。《隋书经籍志考证》和《隋书经籍志详考》成为我案头常备之书。

应该提到的是宋代两部著名的私家藏书目录,即晁公武的《郡斋读书志》和陈振孙的《直斋书录解题》。《郡斋读书志》有衢州本与袁州本之分。衢州本著录图书1461部,袁州本著录图书1937部,各书都有提要。《直斋书录解题》原有五十六卷(今存二十二卷),著录图书3096种,51180卷,各书都有解题。二书受到后世的重视。元初史学家马端临的史学巨著《文献通考》(348卷)中的《经籍考》(76卷)几乎全部采录了《郡斋读书志》和《直斋书录解题》的提要。《经籍考》也是重要的目录书。张之洞说："《文献通考》中《经籍考》，虽非专书，尤为纲领。"(《书目答问》卷二)确实如此。

《郡斋读书志》、《直斋书录解题》和《文献通考·经籍考》都是我经常翻阅的书，其解题最有参考价值。

我们读书治学，学一点目录学，好处很多：(1)掌握中国古籍的概况；(2)了解各书的基本情况；(3)粗知学术源流；(4)指示读书治学的门径；(5)考辨古籍的依据；(6)检索资料的顾问。学一点目录学，一生受用无穷。对此，我深有体会。

二、练好基本功

罗先生回信告诉我，要研究中国古代文学，一定要精读《诗经》、《楚辞》。意思是说，要练好基本功。

我认为，在大学时学习的《中国文学史》、《中国古代文学作品选》、《古代汉语》等就是研究中国古代文学的基本功。但是，作为研究的基础，这个基本功是不够的。所以，罗先生要我精读《诗经》、《楚辞》，就是要我进一步练好基本功，为今后的研究工作打好基础。

当时在我的藏书中，《诗经》有汉毛亨传、郑玄笺、唐孔颖达疏《毛诗正义》(世界书局影印《十三经注疏》本)，宋朱熹的《诗经集传》(世界书局影印铜版《四书五经》本)，清陈奂的《诗毛氏传疏》(商务印书馆《国学基本丛书》本)，清马瑞辰的《毛诗传笺通释》(中华书局《四部备要》本)。由于《毛诗正义》过于繁琐，于是我选择朱熹的《诗经集传》精读,参考《毛诗正义》及《诗毛氏传疏》、《毛诗传笺通释》。在我的藏书中,《楚辞》有《楚辞补注》(宋洪兴祖补注,其中包括王逸的《楚辞章句》,中华书局《四部备要》本)、《楚辞集注》(宋朱熹集注,扫叶山房石印本)、《屈原赋注》(清戴震撰,商务印书馆《国学基本丛书》本)、《离骚集释》(卫瑜章集释,商务印书馆《国学小丛书》本)。当时,我精读《楚辞补注》,参考其他几种注本。特别是《离骚集释》一书,引用古今名家之说,注释详赡,对我帮助尤大。《楚辞》除《天问》之外,大都易读,我也感到兴趣。屈原《离骚》,我几熟读成诵。

《诗经》、《楚辞》是我国古典文学不祧之祖。沈约在《宋书·谢灵运传论》中论述历代文学之后说:"原其飙流所始,莫不同祖风骚。"指出《诗经》、《楚辞》在我国古代文学史上的崇高地位。精读这两部古典文学名著,为我学习和研究六朝文学奠定了坚实的基础。

我认为,练好基本功固然要集中一段时间,但也不是一时的事。在长期的研究工作中,根据需要,有时也要补一补基本功。如文字学。我在大学读书时,只学过唐兰的《中国文字学》,太简单了。后来,因为研究古典文学的需要,我阅读了清段玉裁的《说文解字注》,并参阅了清王筠的《说文句读》、《说文释例》,清桂馥的《说文义证》,清朱骏声的《说文通训定声》等著作。这就补上自己在基本功方面的欠缺。

关于如何练好基本功,学术界有不同说法,如1929年,黄侃和他的老师章太炎合开了一个国学基本书目共25种,即《十三经》、《大戴礼记》、《国语》、《史记》、《汉书》、《资治通鉴》、《通典》、《庄子》、《荀子》、《文选》、《文心雕龙》、《说文》、《广韵》。黄侃弟子、南京师范大学徐复教授评曰:"以上青年必读书25种,包括四部中最重要的典籍,可以囊括一切,也是治各门学问的根柢。"所谓"根柢",即基本功。这一书目开得十分精要,所列各书皆国学之精华,但是分量过多,非一般学子所能做到。我虽然没有全读这些书,但都购置庋藏,时时翻阅,供研究之参考。

给我印象最深的是先师汪辟疆先生的《读书说示中文系诸生》(《汪辟疆文集》,上海古籍出版社1988年出版)一文,为中文系大学生推荐的十部书。兹稍加解说,附录于后:

(1)《说文解字》。读唐以前古籍必须通文字训诂,因此,《说文解字》是必读的。我常常翻阅的是段玉裁的《说文解字注》和桂馥的《说文义证》。

(2)《毛诗正义》。《诗经》是我国古代第一部诗歌总集,对后世诗歌影响深远,不可不读。我平常翻阅的是《毛诗正义》、《诗经集传》、《诗毛氏传疏》、《毛诗传笺通释》。

(3)《礼记正义》。《礼记》是儒家杂述古代礼制的书,对了解古代社会有帮助。张之洞说:"治经之次第,先治《诗》,后治《礼》。"王国维说:"读《诗》《礼》,厚根柢,勿为空疏之学。"我平常翻阅的《礼记》是汉郑玄注、唐孔颖达疏的《礼记正义》,清孙希旦的《礼记集解》,清朱彬的《礼记训纂》和元陈澔的《礼记集说》。

(4)《荀子》。此书是先秦儒家学派的重要著作。有人认为,荀子思想支配了中国两千多年,值得一读。我平常阅读的是清王先谦的《荀子集解》、近人梁启雄的《荀子简释》。

(5)《庄子》。此书是道家学派的重要著作。旨远文高,乃玄学之宗。对后世思想有深远的影响。我平常阅读的是清郭庆藩的《庄子集释》和清王先谦的《庄子集解》。

(6)《汉书》。班固《汉书》是中国纪传体断代史的第一部,堪称断代史之楷模。唐代有《汉书》学,对史学有深远的影响。唐颜师古注的《汉书》为权威注本,清王先谦的《汉书补注》是最佳注本。这是平常阅读的本子。

(7)《资治通鉴》,简称《通鉴》,宋代司马光主编,是我国古代的一部编年通史。上起周威烈王二十三年(前403),下至后周世宗显德六年(959),记载了1362年的历史。此书体大思精,旧称绝作,享有很高的学术声誉。我使用的是古籍出版社1957年出版的标点本。此书后由中华书局印行。

(8)《楚辞》。以楚国诗人屈原的诗歌为代表,西汉刘向编为《楚辞》。屈原是中国文学史上第一个大诗人。他的作品对后世诗赋有深远的影响。我爱读《楚辞》,平常读的是《楚辞补注》,参考《楚辞集注》、《屈原赋注》等。

(9)《文选》,南朝梁萧统编。因为萧统是昭明太子,故此书又名《昭明文选》。这是我国现存最早的一部诗文总集。《文选》选录周至南朝梁诗文七百多篇,大都是优秀作品。《文选》对后世文学有深远的影响。我常读的是李善注《文选》,参考五臣注《文选》、清朱珔的《文选集释》、清梁章钜的《文选旁证》等。

(10)《杜诗》,即杜甫诗。杜诗上承八代,下开唐宋,乃诗歌之集大成者。史传谓其诗"浑涵汪茫,千汇万状,兼古今而有之",诚然。我阅读的是清仇兆鳌的《杜诗详注》,参阅清杨伦的《杜诗镜铨》、清钱谦益的《钱注杜诗》等。

汪先生说:"熟读十书……务祈贯通。以此治基,基固,则日进缉熙光明矣。"这是说,阅读这十部书,为的是练好基本功,基本功扎实,将来定有所成。我的体会是,汪先生开列的十部书,涵盖经、史、子、集,十分精当。如能熟读,对研究我国的国学大有裨益。

三、我与六朝文学研究

大约从1960年开始,我决定从事六朝文学研究。为什么我要研究六朝文学呢?原因有三:一、在大学读书时,胡小石先生讲授的六朝诗歌和罗根泽先生讲授的中国文学史的六朝部分,给我留下深刻的印象。二、我是六朝古都南京人,对六朝文学与历史有兴趣。这是一种乡土感情。这种感情促使我研究六朝文学。三、当时研究六朝文学著作很少,比较常见的是鲁迅先生在《魏晋风度及文章与药及酒之关系》一文提到的三种书,即清严可均的《全上古三代秦汉三国六朝文》、近人丁福保的《全汉三国晋南北朝诗》和近人刘师培的《中国中古文学史》。此外,还有建国初期出版的王瑶先生的《中古文学史论》三种:《中古文学思想》、《中古文人生活》、《中古文学风貌》。其他还有一些,但不多。我认为研究六朝文学大有可为。

我对六朝文学的研究,虽然是从上个世纪六十年代初开始的,但是,由于"文化大革命"的影响,我直到1977年以后才开始撰写研究论文,至1985年以后才出版学术著作。我对六朝文学的研究主要有四项:

(一)《玉台新咏》研究。

《玉台新咏》是我国古代一部重要的诗歌总集,编于梁朝。编者为南朝梁陈时的徐陵。《玉台新咏》的主要内容是写闺情,所收的诗多为艳诗,即宫体诗。但也收了枚乘、张衡、曹植、阮籍、左思、鲍照、谢朓等著名诗人的佳作。此书的价值在于:一、在中国文学史上,汉魏六朝的总集、别集流传下来的很少,许多诗歌都失传了。《玉台新咏》是《诗经》、《楚辞》以后最古的一部诗歌总集,它为我们保存了大量的诗歌资料。二、由于《玉台新咏》成书在梁朝，当时编者能见到的古书，后来有许多散失了，所以今天我们可以用它来校订其他古籍。三、《玉台新咏》专选歌咏妇女的诗篇，这种选本在当时是没有前例的。四、本书所收齐梁时代的一些宫体诗，在声律、对偶、用典等方面已经相当成熟，这些对唐诗的发展有直接的影响。因此，《玉台新咏》是我们研究汉魏六朝诗歌的重要参考书。1979年，中华书局约我点校清吴兆宜的《玉台新咏笺注》，我答应了，但是心中却有些犹豫，原因是，我曾经读过杨树达的《古书句读释例》，深深感到古书断句之难。后来读鲁迅先生的《点句的难》（见《花边文学》），此文指出刘大杰标点、林语堂校阅的《袁中郎全集》断句的谬误，说明名家标点古书也难免断句的谬误。鲁迅说："标点古文，不但使应试的学生为难，也往往害得有名的学者出丑。"（《且介亭杂文二集·"题未定"草》）确实如此。我资质愚钝，学识浅薄，恐难以胜任。但是，既然承担了点校任务，只有谨慎、认真地进行了。此书1985年由中华书局出版。此书出版后，我一直提心吊胆，唯恐有断句谬误，贻笑大方之家。至1986年，中华书局出版的《书品》第三期上刊载了中国社会科学院文学研究所研究员曹道衡、沈玉成的《评新版〈玉台新咏笺注〉》，我心上的一块石头才落了地。曹、沈二位先生说："穆克宏同志点校的《玉台新咏笺注》之所以为大家所欢迎，我们认为主要是在校正纠谬、校勘精审和标点正确三个方面……这部新版的《玉台新咏笺注》不但是目前最精审的一部校本，而且对研究《玉台新咏》来说，也是一部重要的著作。"（《评新版〈玉台新咏笺注〉》，《书品》1986年第3期，中华书局出版）二位研究员对拙校作了肯定的评价。2000年，中华书局出版的《文史》第二辑发表昝亮的《〈玉台新咏〉版本探索》说："穆克宏先生点校的《玉台新咏笺注》……点校精细审慎,用力甚著,洵为善本。"这样,我就比较放心了。古人云:"学识何如观点书。"(唐李匡乂《资暇录》引稷下谚语)点校古书确实不容易。在《玉台新咏》的专项研究中,我还撰写了两篇研究论文:《试论〈玉台新咏〉》(《文学评论》1985 年第 6 期)和《徐陵论》(《楚雄师范学院学报》(2002 年第 2 期),表达了我对《玉台新咏》及其编者徐陵的看法。

(二)《文心雕龙》研究。

《文心雕龙》,刘勰著。刘勰是我国南朝齐梁时代的杰出文学批评家。他的《文心雕龙》,比较全面地总结了南齐以前中国文学理论和文学批评的经验,提出了许多精辟的见解,在中国文学批评史上,是一部十分重要的文学批评著作。

我研究《文心雕龙》主要有两个原因:一是受先师罗根泽先生的影响。罗先生的《魏晋南北朝文学批评史》引起了我研究《文心雕龙》的兴趣。一是我年轻时喜爱骈体文,如《六朝文絜》中江淹的《恨赋》、《别赋》,吴均的《与朱元思书》、《与顾章书》,《古文观止》中的陶潜的《归去来辞》、王勃的《滕王阁序》、骆宾王的《为徐敬业讨武曌檄》等,都是我熟读的名篇。《文心雕龙》是用骈文写的,清代刘开说:"以骈俪之言,而有驰骤之势,含飞动之彩,极瑰玮之观,其唯刘彦和乎!"(《刘孟涂集·骈体文卷二·书〈文心雕龙〉后》)今人范文澜说:"刘勰是精通儒学和佛学的杰出学者,也是骈文作者中希有的能手。他撰《文心雕龙》五十篇,剖析文理,体大思精。全书用骈文来表达致密繁富的论点,宛转自如,意无不达,似乎比散文还要流畅,骈文高妙至此,可谓登峰造极。"(《中国通史简编》修订本第二编)刘勰的骈文取得很高的成就。我喜爱《文心雕龙》。

我对《文心雕龙》的研究是从上个世纪六十年代开始的。当时由于教学工作繁忙,只是阅读《文心雕龙》及有关著作,写点札记。"文化大革命"开始以后,一切都停止了。直到1977年以后才开始撰写有关《文心雕龙》的论文。我一边撰写论文,一边编写《文心雕龙选》。《文心雕龙选》,福建教育出版社1985年出版。此书选文二十一篇,所选皆为《文心雕龙》之精华。各篇都有"说明"、"注释"、"译文",书前有《刘勰与〈文心雕龙〉》一文作为序言。序言比较全面地介绍了刘勰和《文心雕龙》,目的是使读者能对刘勰和《文心雕龙》有一个初步的了解。此书通俗易懂,适合大学生和一般读者阅读。张少康等的《文心雕龙研究史》评论此书说:"由于作者对魏晋南北朝文学有全面深入的研究,国学根基深厚,所以注译是比较确切的,译文尽量采用直译的方法,使之能够和原文对应起来,文笔明白晓畅。"(北京大学出版社2001年出版)对此书作了较高的评价。我还有《文心雕龙》全书注释本,见《魏晋南北朝文论全编》(江苏教育出版社1996年出版,2004年修订再版)。我的《文心雕龙研究》(福建教育出版社1991年出版),从表面看,是我十余年所撰写的研究论文的结集,实际上是一部研究专著。因为我撰写《文心雕龙》的研究论文是有计划进行的。本书分上、下两编。上编是通论,对刘勰和《文心雕龙》进行了比较全面的论述,详细地介绍了刘勰的生平、思想和刘勰对文学与现实的关系、艺术构思、文学作品的内容和形式、文学的继承与创新、文学批评、文学风格等问题的论述。下编是专论,将《文心雕龙》和六朝文学结合起来进行研究,阐明了刘勰对曹植、阮籍、嵇康、傅玄、张华、潘岳、陆机、左思、南朝宋齐文学的论述。附录两篇,论述沈约和萧统的文学理论批评。这是因为沈约、萧统和刘勰都有关系,对读者了解刘勰和《文心雕龙》有帮助。张少康等的《文心雕龙研究史》认为:"(此书)是本时期《文心雕龙》研究中很有学术价值的一部著作……组织严密,考论精审……作者始终注意对《文心雕龙》之本义的阐释,亦时见创获。……通论和专论相结合,而专论注重刘勰对六朝时期有卓越成就的大作家的研究,将刘勰的文学理论批评的研究,落到实处,这是本书的一个最为显著的特点。"又说:"将《文心雕龙》与六朝文学结合起来研究,不仅有助于具体深入地了解《文心雕龙》,而且有助于对六朝文学发展史的研究。因为作者对《昭明文选》、《玉台新咏》和六朝许多重要作家有相当深入的研究,发表过许多研究论著,所以他对《文心雕龙》中有关曹植、王粲、阮籍、嵇康、潘岳、陆机、左思以及南朝宋、齐文学的评论,都能结合对这些作家创作的思想艺术特色的具体分析,进行深入的研究,不仅使我们对刘勰《文心雕龙》作家论方面的成就有清楚的认识,而且也从分析刘勰的评论中,对这些作家的创作成就作了更深入的阐发。在全书的具体论述中,作者提出了许多自己的新的见解。"我的《文心雕龙研究》增订本,鹭江出版社2002年出版。增订本增加了《〈文心雕龙〉解题》和《志深而笔长,梗概而多气——刘勰论"建安七子"》、《洒笔以成酣歌,和墨以藉谈笑——刘勰论"魏氏三祖"》、《义多规镜,摇笔落珠——刘勰论傅玄、张华》、《诗必柱下之旨归,赋乃漆园之义疏——刘勰论东晋文学》四篇论文,以及《主要参考书目》,以弥补系统论述的不足。

(三)《昭明文选》研究。

《文选》,梁萧统编。《文选》保存了丰富的文学资料,有较高的文学价值。此书远在唐代初年就形成了一种专门的学问,叫做文选学。在中国古代文学史上,对一部文学著作的研究形成一种专门学问的只有文选学。文选学历史悠久,影响广泛,在中国古代文学研究史上占有独特的地位。

我接触到《文选》是在建国前。当时我在高中读书。由于仰慕《文选》的大名,购置了一部世界书局影印的胡刻本《文选》。《文选》一开始就是汉赋,当时感到十分难懂,就把它搁在一边了。后来,读诸葛亮的《出师表》、李密的《陈情表》和陶渊明的《归去来辞》时,偶而取出《文选》来翻一翻。六十年代初,我开始研究《文心雕龙》,翻阅《文选》的时间多了,渐渐地比较熟悉了。1985年,我给自己指导的研究生开设《文心雕龙研究》、《昭明文选研究》课程,翻阅《文选》的次数更多了,就更熟悉了一些。1985年以后,我以主要精力研究文选学,撰写了十三篇研究论文,后来在论文的基础上写成《昭明文选研究》,1998年由人民文学出版社出版。为了比较深入地研究文选学,我点校清代梁章钜的《文选旁证》,此书是文选学的集大成之作,有较高的学术价值。2000年,作为《八闽文献丛刊》之一,由福建人民出版社出版。1998年,春风文艺出版社约稿,让我写一部评介《昭明文选》的小册子,作为通俗读物,于1999年出版。我的《昭明文选研究》和《文选旁证》点校本,引起同行的注意。王立群的《现代文选学史》说:"穆克宏的《昭明文选研究》为二十世纪后期中国大陆学者第一部现代《文选》学研究的专著……成为二十世纪现代《文选》学步入新的学术上升周期后最有代表性的研究著作之一。"(中国社会科学出版社2003年出版)又说:"穆克宏点校的《文选旁证》则是大陆学人对清代传统《文选》学专著进行整理的杰出代表。"(同上)又说:"二十世纪后期,伴随着《文选》的升温,大陆著名学者曹道衡、王运熙、穆克宏……成为重要的现代《文选》学家。……穆克宏亦是大陆著名的《文选》、《文心雕龙》研究家,他的《昭明文选研究》及点校整理的(清)梁章钜《文选旁证》是传统《文选》学研究与现代《文选》学研究结合的典范。"(同上)评论反映了学术界对拙著的重视。1998年以后,我陆陆续续又写了十余篇有关文选学的研究论文,这些论文和旧著《昭明文选研究》的修订本皆收入我的《文选学研究》。此书将于今年12月,由鹭江出版社出版。

(四)文学史料学的研究。

我在大学中文系从事魏晋南北朝文学教学和研究工作多年,在教学和研究过程中,接触了很多史料,很久以来,我想对自己所接触到的史料加以整理,撰成《魏晋南北朝文学史料述略》一书,供读者参考。但是,由于教学工作繁忙,无暇他顾。多年的愿望,一直无法实现。1985年以后,我为自己指导的研究生开设文献学课程,这门课程的主要内容是讲魏晋南北朝文学史史料。1990年,中华书局约我撰写"魏晋南北朝文学史料学",于是,我借此机会,撰成此书。这样,总算实现了自己的宿愿。1997年,拙著《魏晋南北朝文学史料述略》由中华书局出版,纳入《中国古典文学史料研究丛书》。中华书局原总编辑傅璇琮先生在《总序》中说:"中华书局古典文学编辑室于几年前即提出编辑《中国古典文学史料研究丛书》的计划,但由于种种原因,这套丛书的起步并不太快。经过几年的准备,穆克宏先生的《魏晋南北朝文学史料述略》作为这套丛书的第一部,将在今年出版。"此书出版后,得到学术界的好评。陈庆元说:"此书不仅带有较强的学术性,而且也体现了他的治学特点。应该说,这是一部具有开拓意义的文学史史料学专著。"(《评穆克宏〈魏晋南北朝文学史料述略〉》,《书品》,1997年第4期,中华书局出版)同时,也受到魏晋南北朝方向的硕士生、博士生和有关教师的欢迎。2004年夏天,中华书局原总编辑傅璇琮先生来福州讲学,向我提出,对拙著进行增补重印,供读者参考。当时,我因为正在撰写《文选学研究》,无暇他顾。此事就搁置下来了。2006年4月,我在江苏镇江参加《文选》座谈会,见到中华书局原文学编辑室主任许逸民先生,他也跟我提起增补拙著再重印发行的事。两位老朋友的关心,我十分感谢。于是从2006年5月起,我开始增补拙著,历时半年,基本上完成了任务。此书已于今年11月,由中华书局出版。我另有《魏晋南北朝文学书目》,可供参考,见拙著《滴石轩文存》(海峡文艺出版社1994年出版)。

四十年来,我的主要研究成果,仅仅如此,不足道也。我已年近八旬,精力显然不如过去。但是,我的研究工作还在进行,今后的研究工作主要是继续研究文选学,撰写论文。学问是做不完的,我只是尽力而已。唐代著名诗人王勃说:"老当益壮,宁移白首之心;穷且益坚,不坠青云之志。"(《滕王阁序》)我当以此自勉。

四、三点体会

我治学的体会,约而言之,有三点:

(一)研究的目标要集中。

先讲一个故事。《列子·说符》篇云:"杨子之邻人亡羊,既率其党,又请杨子之竖追之。杨子曰:'嘻!亡一羊何追者之众?'邻人曰:'多歧路。'既反,问:'获羊乎?'曰:'亡之矣。'曰:'奚亡之?'曰:'歧路之中又有歧焉,吾不知所之,所以反也。'……心都子曰:'大道以多歧亡羊,学者以多方丧生。'"这个"歧路亡羊"的故事是说,杨朱的邻人丢了一头羊,大家去追,没有追回来,因为岔路太多。做学问也是这样,岔路太多,目标不集中,是达不到目的的。

学术研究的方向明确,方法科学,并能持之以恒,将来必然有所成就。如果目标分散,东打一拳,西踢一脚,三天打鱼,两天晒网,最后将一事无成。"歧路亡羊"的故事,发人深省。

大学毕业以后,经过几年的摸索,于六十年代初,我决定研究六朝文学。六朝文学的历史长达四百年,茫茫学海,如何着手？经过反复的考虑,我决定研究刘勰的《文心雕龙》。此书对齐、梁以前的文学做了一次总结。研究《文心雕龙》,可以对六朝文学有一个比较全面的了解。当时,我不仅精读了《文心雕龙》全书,而且还阅读了此书所涉及的作品。在这个基础上,我一方面选注《文心雕龙》,一方面进行专题研究。选注本于1985年出版。专题研究论文陆续撰了近三十篇。后编为《文心雕龙研究》,于1991年出版。2002年出版了增订新版本。

《文心雕龙》与《文选》的关系密切。在《文心雕龙》研究告一段落之后,我又集中精力从事文选学的研究。我研究文选学,一方面撰写研究论文,一方面点校清代梁章钜的《文选旁证》。我点校的《文选旁证》于2002年出版。我撰写的研究论文编为《昭明文选研究》,于1998年出版。

我对文选学的专题研究,分两步走。1985—1995年撰写的研究论文13篇编为《昭明文选研究》付梓问世。1995—2005年撰写的研究论文十多篇编为《昭明文选研究补编》,两编合为一集,将于今年年底出版。

大致说来,1985年以前,我集中精力研究《文心雕龙》,1985年以后,我又集中精力研究文选学。由于方向明确,目标集中,基本上完成了任务,并得到同行专家的好评。所以,我认为,学术研究工作一定要做到目标集中,才有可能取得预期效果。如果目标分散,很有可能一事无成。

(二)研究要有自己的特点。

文学创作要有自己的风格,如李白诗"飘逸",杜甫诗"沉郁",各具特点。学术研究贵在独创,也要有自己的特点,切忌千人一面,千口一腔。重复别人的劳动,那是浪费时间,同时也造成了枣梨之灾。

我的学术研究工作有自己的一些特点。如：

拙著《文心雕龙研究》的特点是：

1.将《文心雕龙》和六朝文学结合起来研究。黄侃先生说："读《文选》者，必须于《文心雕龙》所说能信受奉行，持观其书，乃有真解。"(《文选平点》1页)我认为黄先生的话很有道理。同样地，将《文心雕龙》与《文选》结合起来研究，更可以发现《文心雕龙》之精妙。我不仅将《文心雕龙》与《文选》结合起来研究，而且，推而广之，将《文心雕龙》与六朝文学结合起来研究。这样，使我对《文心雕龙》的理解更为具体深入了。这是受到黄侃先生的启发。

2.提出了自己的一些粗浅的见解。例如：我认为，《文心雕龙》绪论五篇，与其文体论、创作论、批评论的关系不是对等的，而是一种统摄的关系。绪论五篇所表现的儒家思想是贯串全书的。又，较早注意到《文心雕龙》文体论的研究，认为其文体论熔创作理论、文学批评和文学史为一炉，这是刘勰不同于他的前辈的地方，也是高出他的前辈的地方。还有首先对《文心雕龙》的表现形式进行了研究，指出它在体裁、结构和语言方面的特点，如此等等，或可供研究者参考。

3.我努力学习前辈学者严谨的治学精神，尽力实事求是地对《文心雕龙》进行研究，因此，对《文心》所论述的文学问题和作家作品力求作科学的分析。对其正确的、精辟的论述，固然一一拈出；对其错误的或不恰当的论述也不放过，一一点明。书中的每一个结论都是在大量资料的基础上，经过反复的思考，最后得出的。当然，个人的考虑都有局限，可能产生这样或那样的错误，敬希方家和读者指正。

这些特点可能是微不足道的，但是皆凝结了心血，来之不易也。

拙著《昭明文选研究》是建国后第一部文选学研究专著。其特点是将《文选》与《文心雕龙》、《诗品》结合起来研究,使读者对《文选》的理解更进了一步。

拙著《魏晋南北朝文学史料述略》是一部文学史料学著作。此书是中华书局作为《中国古典文学史料研究丛书》的第一部出版的,被同行专家评为开拓性的著作。此书强调治学从目录学入手,必须具备古代文献知识,体现了我的治学特点。

我的学术研究工作总的特点是:实事求是。这是我最重要的治学方法。

(三)"勤能补拙,水滴石穿"。

"勤能补拙,水滴石穿",是我治学的座右铭。我认为,治学要勤奋,要有恒心。勤奋造就人才,有恒为成功之母。这些话看起来是老生常谈,但是,当你付诸实施时,你就会发现这是颠扑不破的真理。

2007年11月25日写毕

魏晋南北朝文学史料述略

目 录

中国古典文学史料研究丛书总序 …………… 傅璇琮 1
前　言 ……………………………………………… 7

绪　论 ……………………………………………… 1
第一编　曹魏文学史料 …………………………… 21
　第一章　建安文学史料 ………………………… 21
　　第一节　"三曹"的著作 ……………………… 23
　　第二节　"建安七子"的著作 ………………… 34
　　第三节　蔡琰的著作 ………………………… 46
　　第四节　其他作家的著作 …………………… 47
　第二章　正始文学史料 ………………………… 56
　　第一节　阮籍的著作 ………………………… 57
　　第二节　嵇康的著作 ………………………… 60
　　第三节　其他作家的著作 …………………… 64
第二编　西晋文学史料 …………………………… 74
　第一章　西晋初年文学史料 …………………… 75
　　第一节　傅玄的著作 ………………………… 75
　　第二节　张华的著作 ………………………… 78
　第二章　太康文学史料 ………………………… 79
　　第一节　张载、张协和张亢的著作 ………… 80
　　第二节　陆机、陆云的著作 ………………… 82

第三节　潘岳、潘尼的著作 ……………………… 87
　　第四节　左思的著作 …………………………… 91
　第三章　永嘉文学史料 …………………………… 94
　　第一节　刘琨的著作 …………………………… 94
　　第二节　郭璞的著作 …………………………… 95
　第四章　其他作家的著作 ………………………… 97
第三编　东晋文学史料 ……………………………… 110
　第一章　玄言诗 …………………………………… 111
　　第一节　孙绰的著作 …………………………… 111
　　第二节　许询的著作 …………………………… 112
　第二章　陶渊明的著作 …………………………… 113
　第三章　其他作家的著作 ………………………… 119
第四编　南朝文学史料 ……………………………… 129
　第一章　宋代文学史料 …………………………… 130
　　第一节　颜延之的著作 ………………………… 131
　　第二节　谢灵运的著作 ………………………… 133
　　第三节　鲍照的著作 …………………………… 137
　　第四节　其他作家的著作 ……………………… 141
　第二章　齐代文学史料 …………………………… 152
　　第一节　沈约的著作 …………………………… 153
　　第二节　谢朓的著作 …………………………… 155
　　第三节　王融的著作 …………………………… 159
　　第四节　其他作家的著作 ……………………… 160
　第三章　梁代文学史料 …………………………… 164
　　第一节　江淹的著作 …………………………… 165
　　第二节　吴均的著作 …………………………… 168

第三节　何逊的著作 …………………………………… 170
　　　第四节　其他作家的著作 ………………………………… 172
　第四章　陈代文学史料 …………………………………………… 194
　　　第一节　阴铿的著作 …………………………………… 195
　　　第二节　徐陵的著作 …………………………………… 196
　　　第三节　其他作家的著作 ………………………………… 200

第五编　北朝文学史料 …………………………………………………… 206
　第一章　北朝的散文 ……………………………………………… 208
　　　第一节　《水经注》 ……………………………………… 208
　　　第二节　《洛阳伽蓝记》 ………………………………… 210
　　　第三节　《颜氏家训》 …………………………………… 214
　第二章　庾信、王褒等的著作 …………………………………… 216
　　　第一节　庾信的著作 …………………………………… 216
　　　第二节　王褒的著作 …………………………………… 221
　　　第三节　其他作家的著作 ………………………………… 222

第六编　南北朝乐府民歌史料 …………………………………………… 230
　第一章　南朝乐府民歌 …………………………………………… 237
　　　第一节　吴声歌 ………………………………………… 238
　　　第二节　神弦歌 ………………………………………… 242
　　　第三节　西曲歌 ………………………………………… 243
　　　第四节　其他乐府民歌 …………………………………… 246
　第二章　北朝乐府民歌 …………………………………………… 247
　　　第一节　梁鼓角横吹曲辞 ………………………………… 247
　　　第二节　其他乐府民歌 …………………………………… 251

第七编　魏晋南北朝小说史料 …………………………………………… 253
　第一章　志怪小说 ………………………………………………… 253

第一节　《搜神记》……………………………………… 253
　　第二节　其他志怪小说…………………………………… 256
　第二章　志人小说……………………………………………… 265
　　第一节　《世说新语》…………………………………… 265
　　第二节　其他志人小说…………………………………… 270
第八编　魏晋南北朝文学理论批评史料………………………… 276
　第一章　魏晋文学理论批评史料……………………………… 276
　　第一节　曹丕《典论·论文》…………………………… 276
　　第二节　陆机《文赋》…………………………………… 281
　　第三节　挚虞《文章流别论》与李充《翰林论》……… 291
　第二章　南北朝文学理论批评史料…………………………… 295
　　第一节　刘勰与《文心雕龙》…………………………… 295
　　第二节　钟嵘《诗品》…………………………………… 327
　　第三节　萧统与《文选》………………………………… 335
　第三章　其他文学理论批评著作……………………………… 365

原版后记…………………………………………………………… 375
增订后记…………………………………………………………… 377
新版后记…………………………………………………………… 383

中国古典文学史料研究丛书总序

中华书局古典文学编辑室于几年前即提出编辑《中国古典文学史料研究丛书》的计划，但由于种种原因，这套丛书的起步并不太快。经过几年的准备，穆克宏先生的《魏晋南北朝文学史料述略》，作为这套丛书的第一部，将在今年出版。如何使这套史料研究丛书能加快进行，以适应当前古典文学研究和教学的需要，古典文学编辑室徐俊、顾青两位主任曾几次与我讨论，现经商议，确定由我担任丛书的主编，负责整体构思与组稿。作为中华书局总编，我也有责任把这一不算太小的文化工程承担起来，希望在以后几年内这套丛书能粗具规模。现在已经组约的，有中国社科院文学研究所曹道衡先生的《先秦两汉文学史料》，湖南师范大学中文系马积高先生的《赋体文学史料》，湘潭师院中文系陶敏先生的《隋唐五代文学史料》，还有带有学术史性质的杭州大学中文系教授洪湛侯先生的《诗经学史》，其他尚在陆续联系中。我们相信，只要我们取得学术界的广泛支持，中华书局的这套书，定将会有不小的规模，在古典文学研究中起到应有的作用。

中国古典文学研究，从整体上说是一个极其庞大的工程，这里面就有一个对工程整体结构进行了解、分析和设计的问题。八十年代中期，我曾与北京大学中文系倪其心教授及已故的中国社科院文学所沈玉成研究员就此进行磋商，后即以《谈古典文学研究的结构问题》为题，撰文在《文学评论》1987年第5期上刊载，表述了我们的看法。我们认为，全面切实探讨古典文学研究的结构，取得整体了解和认识,是进行宏观控制、微观审视的依据。有了整体结构观念便可更真切了解近几十年来古典文学研究在基础工程和上层结构各方面,有哪些成果和成就,还有哪些薄弱环节和空白领域,哪些方面应当突破和开拓,哪些门类可开辟新分支,等等,从而可以更科学地择定重点项目和课题。

古典文学研究的结构,大体如同建筑工程,可分为基础设施和上层结构两个方面。基础设施是各类专题研究赖以进行的基本条件,具有相对的、长期稳定的特点。其具体内容,如:(一)古典文学基本资料的整理,包括文学作品总集、历代作家别集的校点、笺注、辑佚、新编。(二)作家、作品基本史料的整理研究,包括撰写作家传记、文学活动编年、作品系年,以及写作本事、流派演变的记述与考证等。(三)基本工具书的编纂,包括古代文学家辞典、文学书录、诗词曲语词辞典、戏曲小说俗语辞典、文学典籍专书辞典或索引、断代文学语言辞典等。

上层结构范围较广,很难全面罗列,就现在想到的,大致有:(一)作家作品的专题研究,文学样式、文学流派的专题研究,以及文学通史、专史的撰著。(二)作品的批评鉴赏,包括古典文学各种方式的普及工作。(三)古典文学与其他学科的交叉研究,如音乐、美术、建筑、宗教、民俗、服饰以及自然科学的交叉渗透。(四)古典文学比较研究,如中外文学的比较研究,汉民族与兄弟民族文学比较研究,以及古今文学比较、同一主题创作的历史比较。(五)新分支学科的开辟,如充分利用建国以来的考古成果,从文学研究角度从事考古成果的分析研究,开辟一门文学考古学。又如搜集古典作家作品的图录、碑刻、手迹等文物,分析它们在作家创作、作品传播、文学发展中的作用和价值,以及它们自身的特点,开辟一门古典文学的文物研究。(六)方法论的研究,包括传统的、现代的、一般的及具体方法的研究。(七)学科史研究,包括古典文学研究学术史及古今杰出学者的研究。

从以上并不完全的叙述来看,我们的古典文学研究,应当说内容是十分宏富的。基础设施与上层结构的结合,必更能发扬古典文学的精华,深入探索艺术规律,繁荣学术研究,促进当代创作,为建设精神文明作出自身的贡献。

古典文学史料研究,主要涉及收集、审查、了解、运用史料问题,因此它的主要研究对象是上述的基础实施,但应当说它是涵盖以上两方面的内容的。它的触及面可能还要广,举凡与作家作品有关的史书(如正史、别史、杂史等)、地理、各种体裁的笔记、社会民情的记载等等,都应有所述及。而且它还与其他一些学科有所交叉,特别是目录学、版本学、校勘学、史料检索学等,关系更为密切。古人说,六经皆史。可以毫不夸大地说,古代包括经史子集中的典籍,都与文学史料有关。而且文学史料还应包括今人的研究成果,提供新的学术进展线索。我们的史料学研究不能只看古人,更应注视现实,及时反映新的成就。这样做,一方面固然增加研究和撰述的难度,但同时对于应用者来说,则是由此获得仅靠一己的努力不可能在短期内得到的众多、有效的资料。这将是古典文学研究可持续性发展的基本工程,也是我们这一代学人对于本世纪学术的回顾和总结,对于二十一世纪学术的迎候和奉献。

时至二十世纪九十年代,各种文学史著作已是一个热点,不断产生。这些著作当各有其特点。我们想,我们这套史料丛书,将是各种体裁、各种观点的文学史著作所不能替代的,不管写怎样的文学史,不管研究哪一时代的作家和作品,不管是教师和学生(包括大学本科生、硕士生、博士生),都将参考这套史料书。我们抱着为研究者、教学者服务的态度,希望在学术工作中做一点真正有用的实际的工作。

从史料学的建树来说,哲学、历史学已经走在文学的前头。早在1962年,冯友兰先生就出版其所著《中国哲学史史料学初编》(上海人民出版社)。这本书虽不到二十万字,却是建国以来文史哲类史料学的开山之作。书中概述了商周至民国初期的各类哲学史籍,语言明晰,条理清楚,而又评价得中,表现了一位哲学大师高深的学术造诣。嗣后有张岱年先生的《中国哲学史史料学》(三联书店,1982),刘建国先生的《中国哲学史史料学概要》(吉林人民出版社,1983)。历史学方面,有陈高华、陈志超诸位先生的《中国古代史史料学》(北京出版社,1983),这是通史性质的。其他还有断代的史料学,如黄永年、贾宪保先生的《唐史史料学》(陕西师范大学出版社,1989),冯尔康先生的《清史史料学初稿》(南开大学出版社,1986),张宪文先生的《中国现代史史料学》(山东人民出版社,1985)。另外如谢国桢先生的《史料学概论》(福建人民出版社,1985),翦伯赞先生的《史料与史学》(北京大学出版社,1985),荣孟源先生的《史料与历史科学》(人民出版社,1987),则是通论性的。比较起来,古典文学这方面的成果则较少。我现在看到的只有两种,一是潘树广先生主编的《中国文学史料学》(黄山书社,1992),一是徐有富先生主编的《中国古典文学史料学》(南京大学出版社,1992)。这两本都是通论性质的,前者分"史源论"、"检索方法论"、"鉴别方法论"、"文学史料分论"(按文体分)、"编纂方法论"、"现代技术应用论",后者分"文学史料类型"、"文学史料鉴定"、"文学史料整理"、"文学史料检索"。这样通论性的著述当然是需要的,但我们想,为了使读者具体掌握文学史料,还是按时代、按作家作品系统地论述,较切实用,因此我们拟分两种类型,一种是以时代分(但不拘泥于某一朝代),一种是以文体分。既概括地叙述各种史料，以史料介绍为主，也可以从学术史角度，论述历代的治学思想和研究实绩（如洪湛侯先生的《诗经学史》），把史料学与学术史结合起来。这将是当代古典文学研究的一种特殊的治学路数。我们相信，这样的一种治学路数必将为二十世纪中国学术史增添新的内容，树立一种新的标格。

傅璇琮
1996年6月

前　言

　　史料学著作,我所见到的,哲学方面有冯友兰的《中国哲学史史料学初编》(上海人民出版社 1962 年出版)、张岱年的《中国哲学史史料学》(三联书店 1982 年出版)等;史学方面有陈高华等的《中国古代史史料学》(北京出版社 1983 年出版)等;文学方面,尚未见史料学著作问世。

　　中国文学史著作的出版,从清宣统二年(1910)武林谋新室出版林传甲的《中国文学史》以来已有八十年历史,自 1910 年至 1949 年四十年间出版的中国文学史著作,据统计,有三百二十余种(见陈玉堂《中国文学史旧版书目提要》,上海社会科学院文学研究所 1985 年内部印刷)。建国以后,又出版了多种。此类著作的数量可谓不少,仍未见文学方面的史料学著作问世。这确是一件令人遗憾的事。

　　今年年初,我在北京中华书局得悉,他们将约请有关专家学者编写《中国古典文学史料研究丛书》,这套丛书从《诗经》、《楚辞》到明清诗文、近代文学,每一选题独立成书,将陆续出版。这实在是一件有意义的工作,必将受到学术界的欢迎。我有机会承担《魏晋南北朝文学史料述略》一书的撰写任务,深感荣幸。

　　什么是史料学?史料学是一门研究史料的科学。我认为其内容应包括:

　　一、搜集史料版本目录,使读者比较充分地占有资料。我们从事学术研究工作必须充分地占有资料,否则研究工作是无法进行的。

文学史史料主要有两类：一类是作家和学者的传记资料；一类是著作资料。传记资料，常见的有史书中的作家和学者的传记以及古今学者编写的年谱。著作资料，即作家的作品和学者的研究著作。这些著作常著录于历代史书的《艺文志》、《经籍志》及其他目录书。我们除了介绍这些著录之外，还应介绍这些著作的各种版本。在介绍这些资料时，有时还要稍加评论，使读者了解这些资料的特点，以便使用。兹以曹植为例。曹植传见《三国志》，曹植年谱有多种，其中以丁晏的《魏陈思王年谱》为较好。曹植的著作《隋书·经籍志》、《旧唐书·经籍志》、《新唐书·艺文志》等皆有著录。曹植著作的版本亦多，其中清人丁晏《曹集诠评》，辑录完备，校勘详密，评语对读者有帮助，是为善本。近人黄节《曹子建诗注》，汇集诸家评注，取舍谨严，材料丰富，是较好的注本。今人赵幼文《曹植集校注》出版最晚，校注详赡，资料丰富，颇便使用。此外，《三曹资料汇编·曹植卷》（《三曹资料汇编》，河北师范学院中文系古典文学教研组编，中华书局1980年第一版91—226页），搜集资料丰富，亦可供参考。这样的评介，对于中国古典文学的初学者和研究者皆有裨益。

二、鉴别史料，为读者提供可靠的资料。资料的真伪，经过鉴别，对读者才有真正的帮助。兹以《陶渊明集》为例。陶集版本繁多，这可参阅郭绍虞的《陶集考辨》（《照隅室古典文学论集（上编）》，上海古籍出版社1983年第一版258—326页）。在众多的陶集版本中，清人陶澍编订的《靖节先生集》最为完备。古直的《陶靖节诗笺定本》四卷及丁福保撰的《陶渊明诗笺注》四卷，也都是较好的注本。

应该引起我们注意的是陶集中收入一些伪作。《四库全书总目·陶渊明集》提要对此论述颇详。提要说:"案北齐阳休之序录潜集,行世凡三本。一本八卷无序,一本六卷,有序目而编比颠乱,兼复阙少,一本为萧统所撰,亦八卷,而少《五孝传》及《四八目》,《四八目》即《圣贤群辅录》也。休之参合三本,定为十卷,已非昭明之旧。又宋庠私记,称《隋经籍志》潜集九卷,又云梁有五卷,录一卷。《唐志》作五卷。庠时所行,一为萧统八卷本,以文列诗前,一为阳休之十卷本,其他又数十本,终不知何者为是,晚乃得江左旧本,次第最若伦贯,今世所行,即庠称江左本也,然昭明太子去潜世近,已不见《五孝传》、《四八目》,不以入集,阳休之何由续得?且《五孝传》及《四八目》,所引《尚书》,自相矛盾,决不出于一手,当必依托之文,休之误信而增之。……"

　　四库馆臣认为,《陶渊明集》中的《五孝传》、《圣贤群辅录》乃是后人依托之作。除此之外,集中《归园田居》"种苗在东皋"一首(江淹作)、《问来使》、《四时》(顾恺之作),皆非陶作,乃后人混入陶集之中的。鉴别作品的真伪和版本的优劣,对于研究工作都是十分重要的。

　　三、撰写内容提要。这里所谓"内容提要"是从目录学的角度撰写的。它不同于一般文学史著作中的思想内容和艺术特色的分析。撰写"内容提要"的目的,是为了让读者先了解史料内容的梗概,以便入门。

　　应该强调,撰写"内容提要",要求要言不烦,不蔓不枝,也不要千篇一律,不妨多样化。例如,撰写《文心雕龙》的内容提要。《文心雕龙》是一部体大思精的著作,内容十分丰富,要对内容作全面而简要的概括颇为不易。《文心雕龙·序志》篇云:

　　　　盖《文心》之作也,本乎道,师乎圣,体乎经,酌乎纬,变乎骚,文之枢纽,亦云极矣。若乃论文叙笔,则囿别区分,原始以

> 表末,释名以章义,选文以定篇,敷理以举统,上篇以上,纲领明矣。至于割情析采,笼圈条贯,摛神性,图风势,苞会通,阅声字,崇替于《时序》,褒贬于《才略》,怊怅于《知音》,耿介于《程器》,长怀《序志》,以驭群篇,下篇以下,毛目显矣。位理定名,彰乎大《易》之数,其为文用,四十九篇而已。

这一段话,便是一篇很好的"内容提要",既全面又简要。这样的提要,对于读者初步了解《文心雕龙》,也是有帮助的。

四、介绍一些学术上有争论的问题。在中国文学史上,有许多作家的生平和著作都存在一些学术上有争论的问题。介绍这些争论,不仅可以扩大读者的知识面,而且可以给他们以启迪。现在以萧统《文选》为例,介绍它一些有争论的问题。《文选》从隋唐以来就形成了所谓"选学",在中国文学史上影响很大,有争论的问题也较多。例如:①《文选》的编者问题;②《文选》编选的年代问题;③《文选》的选录标准问题;④《文选》与《文心雕龙》的关系问题;等等。各家都有不同的看法,了解各家的不同看法,辨明是非,对《文选》的深入研究颇有益处。

以上说的是"史料学"的主要内容。现在谈谈"史料学"的特点。我认为,"史料学"的特点,至少有三个:

一、针对性。中国文学史史料学著作的读者对象是比较明确的。主要是高校文史专业高年级学生、研究生、中青年教师、专业工作者和有志于此的读者,为他们介绍史料,指示治学门径。

前人治学多从目录学入手,清代经学家江藩说:"目录者,本以定其书之优劣,开后学之先路,使人人知某书当读,某书不当读,则为易学而成功且速矣。吾故尝语人曰:目录之学,读书入门之学也。"(《师郑堂集》)清代史学家王鸣盛在《十七史商榷》中也说:"目录之学,学中第一紧要事,必从此问途,方能得其门而入。"(卷一)又说:"凡读书最切要者,目录之学。目录明,方可读书,不明,终是乱读。"(卷七《汉书叙例》)他们都说明了目录学著作使人懂得读书治学的门径,强调了它的作用。《书目答问》的编者张之洞说得更具体了,他说:"今为诸生指一良师,将《四库全书总目提要》读一过,即略知学问门径矣。"又说:"《四库提要》为读群书之门径。"(《𬨎轩语》)当然,诚如鲁迅先生所指出的:"(《四库全书简明目录》)其实是现有的较好的书籍之批评,但须注意其批评是'钦定'的。"(许寿裳《亡友鲁迅印象记》,人民文学出版社1953年版94页)《四库全书简明目录》如此,《四库全书总目提要》亦复如此。

现代著名学者余嘉锡先生曾说:"余之略知学问门径,实受《提要》之赐。"(《四库提要辨证·序录》)他还对著名史学家陈垣先生说,"他的学问是从《书目答问》入手"(陈垣《余嘉锡论学杂著序》)。张之洞编的《书目答问》是一部指示读书治学门径的书,流传极广。这是从目录学著作入手治学而取得成功的著例。

中国文学史史料学有一部分内容类似目录学,二者关系十分密切,因此,史料学著作有指导学习和研究的作用。

史料学著作还要鉴别史料,考订版本的真伪,判定其优劣。所以,与版本学的关系也是密切的。版本知识,也是研究者必须通晓的。

目录、版本和校勘是联系在一起的。史料学著作也与校勘学有关。一部好的校本,对研究者帮助很大。例如王利器先生的《文心雕龙校证》、杨明照先生的《文心雕龙校注拾遗》,校勘精详,为研究者提供很大的方便。

二、学术性。中国文学史史料学著作不是简单的要籍介绍,而是系统的学术著作。它对每个历史时期的文学创作和研究情况都有介绍。这个历史时期出现了哪些重要的作家和作品,出现了哪些重要的学者和研究著作,这些文学创作和研究著作具有什么历史价值,这些作家和学者在历史上做出哪些贡献,都要一一评述,有较强的学术性。现仍以刘勰为例。刘勰是齐梁时代杰出的文论家,他的《文心雕龙》是中国古代的文学理论巨著。我们介绍《文心雕龙》不仅介绍几种重要的版本,考证其生平事迹,也要介绍刘勰的文体论、创作论和批评论。这是他在中国文学批评史上做出的伟大贡献。这样做,既有助于了解当时文学的状况,也可以使读者获得比较系统的专门知识。

三、体现作者的治学方法。每位著名学者都有他自己的一套行之有效的治学方法,如王国维、梁启超、余嘉锡、高步瀛、陈寅恪、陈垣等著名学者,自是不言而喻的。就是一般学者,只要他取得了学术上的成就,也都有自己的一套治学方法。这些方法可能有长有短,并不是十全十美的。但是,亦可供初学者参考,使他们受到启发。我认为,中国文学史史料学著作自然而然地、或多或少地体现作者的治学方法,这对指导初学者从事学术研究,无疑是有好处的。

中国文学史史料学应该写成怎样的著作,事在草创,尚须摸索。本书的撰写,只是一种尝试,不当之处,还望方家指正。

1990 年 9 月

绪 论

魏晋南北朝时期,按历史上的朝代划分,当始于魏文帝曹丕黄初元年(220)。其实并非如此。研究魏晋南北朝历史和文学的人有不同看法。有人认为始于汉灵帝刘宏中平元年(184),因为这一年黄巾起义。有人认为始于汉献帝刘协初平三年(192),因为这一年董卓死,曹操镇压黄巾起义。有人认为始于汉献帝建安元年(196),因为这一年曹操挟持汉献帝迁都许昌,从此,他挟天子以令诸侯,东汉名存实亡。我比较同意始于建安元年一说。至于魏晋南北朝时期的下限,当为隋文帝开皇九年(589)。这一年隋朝灭陈,统一全国。这一看法,史学界毫无异议。魏晋南北朝时期,如果从公元196年算起,到公元589年,前后近四百年,是中国古代史中值得我们重视的时期。

一、历史概况

黄巾起义在官军和地主武装的镇压下失败。在黄巾起义中,地主武装到处出现。他们既镇压农民起义,又相互攻战,造成连年战乱。建安元年(196),东汉王朝的大权落入曹操之手。建安五年(200)官渡战后,曹操统一了中原。建安十三年(208),曹操南下攻荆州,赤壁一战,为刘备和孙权的联军击败,造成了曹操、刘备、孙权鼎足三分的局面。

建安二十五年(220),曹操死,其子曹丕废汉献帝自立为帝,国号魏,都洛阳。次年,刘备在蜀称帝,国号汉,史称蜀,都成都。魏明帝曹叡太和三年(229),孙权称帝,国号吴,都建业(今南京市)。魏元帝曹奂景元四年(263),司马昭派邓艾、钟会灭蜀。咸熙二年(265),司马昭死,其子司马炎废魏自立为帝,国号晋,都洛阳,史称西晋(265—316)。晋武帝司马炎咸宁六年(280),派杜预灭吴,结束了三国鼎立的局面,统一了全国。统一后仅十余年,就爆发了"八王之乱",接着是西、北各族进入中原。晋愍帝司马邺建兴四年(316),刘曜攻破长安,晋愍帝投降。在长安陷落的第二年(317),晋琅玡王司马睿称晋王。次年(318),即皇帝位(即晋元帝),都建康(今南京市),史称东晋(317—420)。

晋政权南迁以后,西、北各族在北部中国先后建立十几个国家,即成汉、前赵、后赵、前秦、后秦、西秦、前燕、后燕、南燕、北燕、前凉、后凉、南凉、北凉、西凉和夏,史称"五胡十六国"。十六国的混战一直延续了一百三十五年(304—439)。中国北方地区大遭蹂躏。

晋恭帝元熙二年(420),刘裕迫恭帝司马德文让位,自为皇帝(即宋武帝),国号宋,改元永初,东晋亡,南朝从此开始。

南朝包括四个朝代,即宋(420—479)、齐(479—502)、梁(502—557)、陈(557—589),皆建都建康,统治着南部中国,是汉族政权。北朝包括北魏、北齐、北周,是统治北部中国的鲜卑族或鲜卑化的北朝政权。

东晋孝武帝太元十一年(386),拓跋珪自立为魏王,北魏开国。东晋安帝隆安二年(398),拓跋珪定都平城(今山西大同市),自称皇帝(即北魏道武帝)。宋文帝元嘉十六年(439),北魏太武帝拓跋焘统一北部中国,与南朝宋形成南北对峙的局面。后北魏孝武帝实行汉化政策,于齐明帝建武元年(494)迁都洛阳。梁武帝大通二年(528)，北魏秀容(今山西忻州市)契胡部落酋长率兵进入洛阳，立孝庄帝。中大通四年(532)，鲜卑化的汉人高欢入洛击败尔朱荣的从子尔朱兆，立孝武帝，高氏擅权。中大通六年(534)，孝武帝攻高欢不胜，逃往关中依宇文泰。从此北魏分裂。高欢另立孝静帝于邺城，史称东魏(534—550)。宇文泰为关陇汉化的鲜卑贵族，他酖杀孝武帝，立文帝于长安，史称西魏(535—557)。梁简文帝大宝元年(550)，高欢子高洋篡东魏自立，国号齐，史称北齐(550—577)。陈武帝永定元年(557)，宇文泰子宇文觉篡西魏自立，国号周，史称北周(557—581)。

陈宣帝太建十三年(581)，杨坚篡周自立，建立隋朝(581—618)，都长安，是为隋文帝。隋文帝开皇九年(589)，隋灭陈，统一南北，结束了东晋以来长期分裂的局面。

魏晋南北朝时期，汉族统治阶级内部攻战篡夺不休，北方的各民族之间战争激烈频繁。这是中国古代史上最混乱的时期。频繁的战乱，给各族人民造成了深重的灾难。但也是中华民族的大交流，大融合，它为唐代的发展和进步准备了条件。

魏晋南北朝史的史料主要有：

一、《三国志》五十六卷　西晋陈寿撰、刘宋裴松之注。近人卢弼的《三国志集解》，中华书局1982年出版。这是目前最为详细的注本，可供参考。

二、《晋书》一百三十卷　旧题唐太宗御撰。参加编写的前后二十一人，其中房玄龄、褚遂良、许敬宗为监修，其余十八人是令狐德棻、敬播、来济、陆元仕、刘子翼、卢承基、李淳风、李义府、薛元超、上官仪、崔行功、辛丘驭、刘胤之、杨仁卿、李延寿、张文恭、李安期和李怀俨。清末吴士鉴、刘承幹作《晋书斠注》，是比较完备的注本，可供参考。

三、《宋书》一百卷　梁沈约撰。

四、《南齐书》五十九卷　梁萧子显撰。

五、《梁书》五十六卷　唐姚思廉等奉敕撰。

六、《陈书》三十六卷　唐姚思廉奉敕撰。

七、《南史》八十卷　唐李延寿撰。

八、《魏书》一百十四卷　北齐魏收撰。

九、《北齐书》五十卷　唐李百药奉敕撰。

十、《周书》五十卷　唐令狐德棻撰。

十一、《北史》一百卷　唐李延寿撰。

十二、《隋书》八十五卷　唐魏徵等撰。其中"《隋书》十志",亦称《五代史志》,原是配合梁、陈、北齐、北周、隋五代史的,但是记述隋代部分较详,故收入《隋书》。"十志"内容充实,提供了有关典章制度的丰富资料。其中《隋书·经籍志》是重要的史志目录,也是我们常用的古籍目录。目录所著录的是梁、陈、齐、周、隋五代官私目录所载之藏书,计6518部,56881卷,记载了唐代以前图书的存亡情况,对我们了解唐初的藏书情况很有帮助。清代末年的目录学家姚振宗有《隋书经籍志考证》。此书考证精详,颇有参考价值。此书收入《二十五史补编》(中华书局1955年2月出版),比较常见。日本学者兴膳宏、川合康三著之《隋书经籍志详考》,日本汲古书院1995年7月出版。此书在《隋书·经籍志》著录的书籍后,附以《旧唐书·经籍志》、《新唐书·艺文志》、《崇文总目》、《通志·艺文略》、《郡斋读书志》、《直斋书录解题》、《宋史·艺文志》、《文献通考·经籍考》、《四库全书总目》、《玉海》和《日本国见在书目》著录的情况,足供参考。书后附以《书名索引》、《人名索引》,使用方便。

此外,还有《通典》二百卷,唐杜佑撰,《资治通鉴》二百九十四卷,宋司马光撰,都是重要的史料。这些著作,不仅为研究魏晋南北朝史的人提供了丰富的史料,也是研究魏晋南北朝文学的人必须参考的历史要籍。

二、文学概况

魏晋南北朝文学有了新的发展,在诗歌、骈文、散文、小说、文学批评诸方面都取得了显著的成绩,特别是诗歌的成就最高。

曹魏文学分前后二期,前为建安时期,后为正始时期。建安文学继承和发扬了汉乐府"感于哀乐,缘事而发"的传统,反映动乱的社会现实,歌唱为国家的统一而建功立业的壮志雄心,形成了"建安风骨"的优良传统。代表作家有"三曹"(曹操、曹丕和曹植)和"建安七子"(孔融、陈琳、王粲、徐幹、阮瑀、应玚和刘桢)。

正始文学,代表作家是阮籍、嵇康。由于当时政局险恶,阮籍的诗歌常常以曲折隐晦的表现方法反映现实,抒写自己的苦闷。嵇康的散文或表现出不妥协的战斗精神,或对传统思想作了有力的抨击,他终于被害。正始文学受老庄思想影响较深,但是,仍然继承了建安文学的优良传统。

西晋有太康文学。作家主要有三张(张载、张协、张亢)、二陆(陆机、陆云)、两潘(潘岳、潘尼)、一左(左思)。有的作家较少反映社会现实,在艺术上追求辞藻的华美,形成了雕琢堆砌的风气。陆机、潘岳便是这类作家的代表人物。有的作家或抒写怀抱,或表示了对门阀制度压抑人才的愤慨。张协、左思便是这类作家的代表人物。左思的作品具有"风力",成就较高。西晋末年的永嘉文学,以刘琨、郭璞为代表。他们生活在动乱的时代,作品的现实性较强。刘琨抒发自己的爱国思想,郭璞借游仙咏怀,都是有成就的诗人。

永嘉以后,玄言诗流行。东晋诗坛被玄言诗统治了一百多年,直到陶渊明出现,才为诗坛放一异彩。陶渊明是东晋大诗人,他的诗歌咏田园生活,表现了不肯同流合污的高尚品格。虽然在当时没有受到足够的重视,但是,对唐以后的诗歌有深远的影响。

南朝诗歌是指宋、齐、梁、陈四代的诗歌。宋代有元嘉文学,有"元嘉三大家",即谢灵运、颜延之和鲍照。谢灵运的山水诗取代了玄言诗是具有历史意义的。颜延之诗,风格典雅,但喜用典故、对仗,有雕琢藻饰的弊病。当时颇有影响,后世评价不高。鲍照的乐府诗写出了门阀制度造成的社会不平现象,具有汉乐府精神。

齐代有永明诗歌。当时注重诗歌的声律,有四声八病之说,产生了"永明体"的新体诗。代表作家有谢朓、沈约等人,他们的诗歌讲究对仗、雕琢。"永明体"对后世诗歌格律的形成有很大的影响。

梁代简文帝萧纲提倡宫体诗,以绮靡的形式寄寓色情的内容,反映了当时宫廷腐化荒淫的生活。梁代的江淹、吴均、何逊等人,也写出一些清新的诗作。

陈代诗歌是宫体诗的延续。宫体诗由于陈后主、江总等人的推波助澜,继续蔓延。但是,阴铿等人也写出一些清丽的好诗。

北朝诗歌师法南朝,并无显著特色。南朝作家庾信到北朝后,由于生活环境改变,诗风亦大变。他的诗含蓄曲折地表现了他的亡国之痛、怀乡之情,沉郁刚健,与他前期在梁朝写的宫体诗迥然不同。此外,王褒的诗颇有雄健之气,亦有佳作。

南北朝的乐府民歌都有显著的特色。南朝乐府民歌多表现男女之间的爱情,语言自然清新,爱用比喻和双关的隐语。《西洲曲》是南朝民歌的名作,表现了一个少女对其远方爱人的深沉思念,声情摇曳,语语动人。北朝乐府民歌反映的社会生活比较广泛,语言质朴刚健,风格粗犷豪放。《木兰诗》是北朝乐府民歌的杰作。它塑造一个感人的女英雄木兰的形象,富有浪漫主义的传奇色彩。南北朝乐府民歌对后世诗歌的发展起了促进作用。

南北朝的骈文有了很大的发展。骈文是讲究骈偶、平仄、用典和藻饰的一种文体。西汉司马相如、扬雄,东汉班固、蔡邕等人都讲究句子的整齐,这是骈文的先河。骈文形成于魏晋,南北朝是骈文盛行的时代,产生了大量的骈文作品。

宋代的鲍照是写作骈文的能手,他的《芜城赋》和谢庄的《月赋》都是名作。齐代孔稚珪的《北山移文》,讽刺假隐士,是骈文别具一格的名篇。梁代江淹的《恨赋》、《别赋》,写怨恨和离别,更是千古传诵之作。吴均、陶弘景的写景书札《答谢中书书》、《与宋元思书》等,亦十分有名。陈代徐陵是重要的骈文作家,庾信则是南北朝骈文创作成就最高的作家。庾信的《哀江南赋》,才气横溢,功力深厚,规模宏伟,是骈文中罕见的巨制。

南北朝的散文主要是历史、地理著作中一些具有文学性的散文。

宋代范晔《后汉书》中的一些杂传序论,如《范滂传》、《宦者传论》、《逸民传论》等,还有他的《狱中与诸甥侄书》,都是散文中的佳作。

北魏郦道元的《水经注》,语言锤炼,写景精妙,对后世山水游记很有影响。北魏杨衒之的《洛阳伽蓝记》,记述北魏洛阳佛寺建筑,文笔流畅,有较多的骈俪成分。此外,如北齐颜之推的《颜氏家训》,以儒家思想教育子弟,风格平易亲切,具有一定的文学色彩。

魏晋南北朝的小说开始大量产生和发展,大致可分为"志怪"

和"志人"两类。志怪类的小说以干宝的《搜神记》为代表。其中如《干将莫邪》、《李寄》、《韩凭夫妇》、《吴王小女》等，都是人们所熟悉的故事。志怪小说对唐代传奇及《聊斋志异》等都有影响。志人类的小说以刘义庆的《世说新语》为代表。此书杂采众书，反映了东汉至东晋士族的生活和精神面貌。语言凝练隽永，对后来的笔记小说有重要的影响。

魏晋南北朝的文学理论批评取得很大的成就。这一时期出现了曹丕的《典论·论文》、陆机的《文赋》、刘勰的《文心雕龙》、钟嵘的《诗品》和萧统的《文选》。

曹丕的《典论·论文》是我国古代较早的一篇文学批评专论，它论述了文学批评的态度问题、文体问题、风格问题、文学的价值问题，对后世的影响很大。

陆机的《文赋》是中国文学理论批评史上第一篇比较完整的文学创作论。这篇文章以赋的形式论述了构思、谋篇、文体、修辞等问题，提出了不少好的见解。

刘勰的《文心雕龙》是一部体大思精的文学理论批评专著。全书五十篇，内容可分为总论、文体论、创作论、批评论四部分。总论阐明了全书的指导思想主要是儒家思想。文体论论述了诗、乐府、赋等三十三种文体，详细而完整。创作论对文学与现实的关系、艺术构思、创作过程、文学风格和写作方法等问题，都进行了详细、深入的论述，是全书的精华部分。批评论论述了文学批评的态度和方法以及文学批评的标准问题，是我国文学理论批评史最早较有系统的批评论。

《文心雕龙》在我国文学理论批评史上做出了重要的贡献，对后世有深远的影响。

钟嵘的《诗品》是论诗专著。《诗品序》是全书的总论，表明了作者对诗歌的看法。钟嵘提出了"物感说",认为诗歌创作有赖于客观事物的感召;又提出了"滋味说",认为诗歌必须有"滋味"。钟嵘反对讲究声病,主张自然和谐的音律,反对作诗用典,强调诗歌的自然真美。这些都是针对当时的诗风而发的,对当时诗坛上的迷雾起了廓清的作用。

《诗品》将汉代以来的五言诗分为上、中、下三品,分别进行评论,有许多好见解,也有不少失当之处。作为一部重要的诗歌评论著作,对后世的诗歌评论有很大的影响。

萧统的《文选》是我国古代一部著名的诗文总集。其选录标准是"事出于沉思,义归乎翰藻"(《文选序》)加上儒家思想。它选录作品能注意区分文学作品和非文学作品的界限。所选作品亦较精当,是当时的一部好选本。隋唐以来,学习《文选》的人很多,形成一种专门学问——"选学"。《文选》的文体分为三十七类,其文体分类对后世总集的文体分类有明显的影响。

魏晋南北朝文学的史料,最重要的是两部搜罗宏富的大书:严可均的《全上古三代秦汉三国六朝文》和逯钦立的《先秦汉魏晋南北朝诗》。

《全上古三代秦汉三国六朝文》,严可均校辑。可均(1762—1843),字景文,号铁桥,浙江乌程(今浙江湖州市)人。嘉庆五年(1800)举人,官建德教谕。他精研文字音韵之学,著有《说文声类》、《说文校议》、《铁桥漫稿》等书。他对校勘、辑佚用力尤勤,辑校《全上古三代秦汉三国六朝文》746卷。传见《清史稿》卷四八八,《清史列传》卷六九。

清嘉庆十三年(1808),开全唐文馆,编辑《全唐文》,当时有名的文人多被邀请入馆,严氏未被邀请,心有不甘,发愤编书,用了二十七年的时间,编成《全上古三代秦汉三国六朝文》。此书起自上古,迄于隋代,收作者3496人,分为十五集,作为《全唐文》的前接部分。

《全上古三代秦汉三国六朝文》搜集了唐代以前所有现存的单篇文章,并辑录了一些史论、子书的佚文,内容十分丰富,考证亦较精密,对于研究我国古代文化有较高的参考价值。其缺点是所收作品仍有遗漏,并且在作品的辑录、考订上都有一些错误,兹不赘述,可参阅中华书局出版《全上古三代秦汉三国六朝文》之《出版说明》。

中华书局1965年出版了《全上古三代秦汉三国六朝文篇名目录及作者索引》,颇便检阅。

《先秦汉魏晋南北朝诗》,逯钦立纂辑。钦立(1911—1973),字卓亭,山东钜野人。1939年于昆明西南联大毕业后,考入北京大学文科研究所,专攻汉魏六朝文学。文科研究所毕业后,先后在前中央研究院历史语言研究所、桂林广西大学、东北师范大学任职。1951年10月以后,任东北师范大学教授,兼古典文学教研室主任。

逯氏专门研究汉魏六朝文学,著有《汉魏六朝文学论集》(陕西人民出版社1984年出版)、《陶渊明集》(中华书局1979年出版)。

《先秦汉魏晋南北朝诗》135卷,搜集了唐以前的诗歌资料,比较完备和可信。在逯氏以前,明代冯惟讷编《古诗纪》156卷,分前集10卷,辑录先秦古逸诗;正集130卷,辑录汉至隋诗歌;外集4卷,辑录古小说及笔记中所传之诗;别集12卷,选录前人对古诗的评论。搜罗宏富,可供参考。但是,作品不注明出处,遗漏、错误也不少,是其缺点。近人丁福保编《全汉三国晋南北朝诗》54卷,上起西汉,下迄隋代,依朝代次序分为十一集。丁氏以冯惟讷《古诗纪》为根据,参酌清代冯舒《诗纪匡谬》编成。此书的特点是"全"。缺点是没有辑录先秦诗歌,没有注明出处,考证不精,还存在不少错误。逯氏的《先秦汉魏晋南北朝诗》是冯、丁二书的纠偏补阙之作,有如下优点:(一)取材广博。隋以前的歌诗谣谚,除《诗经》、《楚辞》而外,悉数收入。(二)资料翔实。书中每首诗都注明出处。(三)异文齐备。同一首诗不同版本的异文,一一记入。(四)考订精审。书中多有辨伪订讹之处。(五)编排得宜。按照作者之卒年加以编次。当然,像这样囊括千余年诗歌的巨作,引书达数百种,个别考辨上的失当,校勘上的疏漏,也是难免的。总之,此书是一部比较完备和可信的古诗总集,为我们学习和研究唐以前的诗歌提供了极大的方便(参阅《先秦汉魏晋南北朝诗》的《出版说明》和逯钦立《后记》)。

中华书局1988年出版了《先秦汉魏晋南北朝诗作者篇目索引》,便于检阅。

除了严、逯二氏之书外,还有明代张燮编《七十二家集》(346卷,附录72卷。明天启崇祯间刻本,又见《续修四库全书》1583册至1588册)、明代张溥编的《汉魏六朝百三名家集》(一名《汉魏六朝一百三家集》。118卷。明娄东张氏刻本,广陵书社2001年据清光绪五年〔1879〕彭懋谦信述堂刊本影印出版,江苏古籍出版社2002年据以重印)和近人丁福保编的《汉魏六朝名家集初刻》(清宣统三年〔1911〕无锡丁氏排印本)。这三部丛书辑录魏晋南北朝作家专集颇多,亦可参考。

附　录

为了使用方便,兹将上述《七十二家集》等三书所收各家专集书目开列如下,供读者参考。

《七十二家集》〔明〕张燮辑

宋大夫集三卷	〔周〕宋玉撰
贾长沙集三卷	〔汉〕贾谊撰
司马文园集二卷	〔汉〕司马相如撰
董胶西集二卷	〔汉〕董仲舒撰
东方大中集二卷	〔汉〕东方朔撰
王谏议集二卷	〔汉〕王褒撰
扬侍郎集五卷	〔汉〕扬雄撰
冯曲阳集二卷	〔汉〕冯衍撰
班兰台集四卷	〔汉〕班固撰
张河间集五卷	〔汉〕张衡撰
蔡中郎集十二卷	〔汉〕蔡邕撰
孔少府集二卷	〔汉〕孔融撰
诸葛丞相集二卷	〔汉〕诸葛亮撰
魏武帝集五卷	〔魏〕曹操撰
魏文帝集十卷	〔魏〕曹丕撰
陈思王集十卷	〔魏〕曹植撰
王侍中集三卷	〔魏〕王粲撰
陈记室集二卷	〔魏〕陈琳撰
阮步兵集五卷	〔魏〕阮籍撰
嵇中散集六卷	〔魏〕嵇康撰
傅鹑觚集六卷	〔晋〕傅玄撰
孙冯翊集二卷	〔晋〕孙楚撰
夏侯常侍集二卷	〔晋〕夏侯湛撰
潘黄门集六卷	〔晋〕潘岳撰
傅中丞集四卷	〔晋〕傅咸撰

潘太常集二卷	〔晋〕潘尼撰
陆平原集八卷	〔晋〕陆机撰
陆清河集八卷	〔晋〕陆云撰
郭弘农集二卷	〔晋〕郭璞撰
孙廷尉集二卷	〔晋〕孙绰撰
陶彭泽集五卷	〔晋〕陶潜撰
谢康乐集八卷	〔刘宋〕谢灵运撰
颜光禄集四卷	〔刘宋〕颜延之撰
鲍参军集六卷	〔刘宋〕鲍照撰
谢光禄集三卷	〔刘宋〕谢庄撰
谢法曹集三卷	〔刘宋〕谢惠连撰
谢宣城集六卷	〔南齐〕谢朓撰
王宁朔集四卷	〔南齐〕王融撰
梁武帝御制集十二卷	〔梁〕萧衍撰
梁昭明太子集五卷	〔梁〕萧统撰
梁简文帝御制集十六卷	〔梁〕萧纲撰
梁元帝御制集十卷	〔梁〕萧绎撰
江醴陵集十四卷	〔梁〕江淹撰
沈隐侯集十六卷	〔梁〕沈约撰
陶隐居集四卷	〔梁〕陶弘景撰
任中丞集六卷	〔梁〕任昉撰
王左丞集三卷	〔梁〕王僧孺撰
陆太常集二卷	〔梁〕陆倕撰
刘户曹集二卷	〔梁〕刘峻撰
王詹事集二卷	〔梁〕王筠撰
刘秘书集二卷	〔梁〕刘孝绰撰

刘豫章集二卷	〔梁〕刘潜撰
刘庶子集二卷	〔梁〕刘孝威撰
庾度支集四卷	〔梁〕庾肩吾撰
何记室集二卷	〔梁〕何逊撰
吴朝请集三卷	〔梁〕吴均撰
陈后主集三卷	〔陈〕陈叔宝撰
徐仆射集十卷	〔陈〕徐陵撰
沈侍中集三卷	〔陈〕沈炯撰
江令君集四卷	〔陈〕江总撰
张散骑集二卷	〔陈〕张正见撰
高令公集二卷	〔北魏〕高允撰
温侍读集二卷	〔北魏〕温子昇撰
邢特进集二卷	〔北齐〕邢邵撰
魏特进集三卷	〔北齐〕魏收撰
庾开府集十六卷	〔北周〕庾信撰
王司空集三卷	〔北周〕王褒撰
隋炀帝集八卷	〔隋〕杨广撰
卢武阳集三卷	〔隋〕卢思道撰
李怀州集二卷	〔隋〕李德林撰
牛奇章集三卷	〔隋〕牛弘撰
薛司隶集二卷	〔隋〕薛道衡撰

《汉魏六朝百三名家集》(一名《汉魏六朝一百三家集》)

　　〔明〕张溥辑

贾长沙集一卷	〔汉〕贾谊撰
司马文园集一卷	〔汉〕司马相如撰

董胶西集一卷	〔汉〕董仲舒撰
东方大中集一卷	〔汉〕东方朔撰
褚先生集一卷	〔汉〕褚少孙撰
王谏议集一卷	〔汉〕王褒撰
刘中垒集(一名刘子政集)一卷	〔汉〕刘向撰
扬侍郎集一卷	〔汉〕扬雄撰
刘子骏集一卷	〔汉〕刘歆撰
冯曲阳集一卷	〔汉〕冯衍撰
班兰台集一卷	〔汉〕班固撰
崔亭伯集一卷	〔汉〕崔骃撰
张河间集二卷	〔汉〕张衡撰
李伯仁集(一名李兰台集)一卷	〔汉〕李尤撰
马季长集一卷	〔汉〕马融撰
荀侍中集一卷	〔汉〕荀悦撰
蔡中郎集二卷	〔汉〕蔡邕撰
王叔师集一卷	〔汉〕王逸撰
孔少府集一卷	〔汉〕孔融撰
诸葛丞相集一卷	〔汉〕诸葛亮撰
魏武帝集一卷	〔魏〕曹操撰
魏文帝集二卷	〔魏〕曹丕撰
陈思王集二卷	〔魏〕曹植撰
陈记室集一卷	〔魏〕陈琳撰
王侍中集一卷	〔魏〕王粲撰
阮元瑜集一卷	〔魏〕阮瑀撰
刘公幹集一卷	〔魏〕刘桢撰
应德琏集一卷	〔魏〕应玚撰

应休琏集一卷	〔魏〕应璩撰
阮步兵集一卷	〔魏〕阮籍撰
嵇中散集一卷	〔魏〕嵇康撰
钟司徒集一卷	〔魏〕钟会撰
杜征南集一卷	〔晋〕杜预撰
荀公曾集一卷	〔晋〕荀勖撰
傅鹑觚集一卷	〔晋〕傅玄撰
张司空集（一名张茂先集）一卷	〔晋〕张华撰
孙冯翊集一卷	〔晋〕孙楚撰
挚太常集一卷	〔晋〕挚虞撰
束广微集一卷	〔晋〕束皙撰
夏侯常侍集一卷	〔晋〕夏侯湛撰
潘黄门集一卷	〔晋〕潘岳撰
傅中丞集一卷	〔晋〕傅咸撰
潘太常集一卷	〔晋〕潘尼撰
陆平原集二卷	〔晋〕陆机撰
陆清河集二卷	〔晋〕陆云撰
成公子安集一卷	〔晋〕成公绥撰
张孟阳集一卷	〔晋〕张载撰
张景阳集一卷	〔晋〕张协撰
刘越石集一卷	〔晋〕刘琨撰
郭弘农集二卷	〔晋〕郭璞撰
王右军集二卷	〔晋〕王羲之撰
王大令集一卷	〔晋〕王献之撰
孙廷尉集一卷	〔晋〕孙绰撰
陶彭泽集一卷	〔晋〕陶潜撰

何衡阳集一卷	〔刘宋〕何承天撰
傅光禄集一卷	〔刘宋〕傅亮撰
谢康乐集二卷	〔刘宋〕谢灵运撰
颜光禄集一卷	〔刘宋〕颜延之撰
鲍参军集二卷	〔刘宋〕鲍照撰
袁阳源集一卷	〔刘宋〕袁淑撰
谢法曹集一卷	〔刘宋〕谢惠连撰
谢光禄集一卷	〔刘宋〕谢庄撰
竟陵王集二卷	〔南齐〕萧子良撰
王文宪集一卷	〔南齐〕王俭撰
王宁朔集一卷	〔南齐〕王融撰
谢宣城集一卷	〔南齐〕谢朓撰
张长史集一卷	〔南齐〕张融撰
孔詹事集一卷	〔南齐〕孔稚珪撰
梁武帝御制集一卷	〔梁〕萧衍撰
梁昭明集一卷	〔梁〕萧统撰
梁简文帝集二卷	〔梁〕萧纲撰
梁元帝集一卷	〔梁〕萧绎撰
江醴陵集二卷	〔梁〕江淹撰
沈隐侯集二卷	〔梁〕沈约撰
陶隐居集一卷	〔梁〕陶弘景撰
丘司空集一卷	〔梁〕丘迟撰
任中丞集一卷	〔梁〕任昉撰
王左丞集一卷	〔梁〕王僧孺撰
陆太常集一卷	〔梁〕陆倕撰
刘户曹集一卷	〔梁〕刘峻撰

王詹事集一卷	〔梁〕王筠撰
刘秘书集一卷	〔梁〕刘孝绰撰
刘豫章集一卷	〔梁〕刘潜撰
刘中庶集一卷	〔梁〕刘孝威撰
庾度支集一卷	〔梁〕庾肩吾撰
何记室集一卷	〔梁〕何逊撰
吴朝请集一卷	〔梁〕吴均撰
陈后主集一卷	〔陈〕陈叔宝撰
徐仆射集一卷	〔陈〕徐陵撰
沈侍中集一卷	〔陈〕沈炯撰
江令君集一卷	〔陈〕江总撰
张散骑集一卷	〔陈〕张正见撰
高令公集一卷	〔北魏〕高允撰
温侍读集一卷	〔北魏〕温子昇撰
邢特进集一卷	〔北齐〕邢邵撰
魏特进集一卷	〔北齐〕魏收撰
庾开府集二卷	〔北周〕庾信撰
王司空集一卷	〔北周〕王褒撰
隋炀帝集一卷	〔隋〕杨广撰
卢武阳集一卷	〔隋〕卢思道撰
李怀州集一卷	〔隋〕李德林撰
朱奇章集一卷	〔隋〕牛弘撰
薛司隶集一卷	〔隋〕薛道衡撰

今人殷孟伦有《汉魏六朝百三家集题辞注》，中华书局2007年5月出版，可供研究汉魏六朝文学者参考。

《汉魏六朝名家集初刻》　近人丁福保辑
  枚叔集一卷　　　　　　　　〔汉〕枚乘撰
  司马长卿二卷　　　　　　　〔汉〕司马相如撰
  司马子长集一卷　　　　　　〔汉〕司马迁撰
  扬子云集四卷　　　　　　　〔汉〕扬雄撰
  班孟坚集三卷　　　　　　　〔汉〕班固撰
  王叔师集一卷　　　　　　　〔汉〕王逸撰
  郑康成集一卷　　　　　　　〔汉〕郑玄撰
  蔡中郎集十二卷　　　　　　〔汉〕蔡邕撰
  刘公幹集一卷　　　　　　　〔魏〕刘桢撰
  应德琏集一卷　　　　　　　〔魏〕应玚撰
  阮元瑜集一卷　　　　　　　〔魏〕阮瑀撰
  孔文举集一卷　　　　　　　〔汉〕孔融撰
  王仲宣集三卷　　　　　　　〔魏〕王粲撰
  陈孔璋集一卷　　　　　　　〔魏〕陈琳撰
  徐伟长集一卷　　　　　　　〔魏〕徐幹撰
  魏武帝集四卷　　　　　　　〔魏〕曹操撰
  魏文帝集六卷　　　　　　　〔魏〕曹丕撰
  曹子建集十卷逸文一卷　　　〔魏〕曹植撰
    附魏陈思王年谱（丁晏撰）一卷
  阮嗣宗集四卷　　　　　　　〔魏〕阮籍撰
  嵇叔夜集七卷　　　　　　　〔魏〕嵇康撰
  左太冲集一卷　　　　　　　〔晋〕左思撰
  潘安仁集五卷　　　　　　　〔晋〕潘岳撰
  陆士衡集十卷　　　　　　　〔晋〕陆机撰
  陆士龙集十卷　　　　　　　〔晋〕陆云撰

陶渊明集八卷首一卷末一卷	〔晋〕陶潜撰
谢康乐集五卷	〔刘宋〕谢灵运撰
谢法曹集二卷	〔刘宋〕谢惠连撰
谢希逸集三卷	〔刘宋〕谢庄撰
颜延年集四卷	〔刘宋〕颜延之撰
鲍明远集三卷	〔刘宋〕鲍照撰
谢宣城集五卷	〔南齐〕谢朓撰
梁武帝集八卷	〔梁〕萧衍撰
梁简文帝集八卷	〔梁〕萧纲撰
梁元帝集五卷	〔梁〕萧绎撰
梁昭明太子集四卷	〔梁〕萧统撰
沈休文集九卷	〔梁〕沈约撰
江文通集八卷	〔梁〕江淹撰
任彦昇集五卷	〔梁〕任昉撰
陈后主集二卷	〔陈〕陈叔宝撰
隋炀帝集五卷	〔隋〕杨广撰

第一编　曹魏文学史料

曹魏,即三国时的魏国。它建于魏文帝曹丕黄初元年(220),亡于魏元帝曹奂咸熙二年(265)。曹魏文学习惯上都包括建安文学。这是因为,建安(196—220)虽然是汉献帝刘协的年号,而此时政治大权已落在曹操手中。曹氏父子是当时文坛的领袖。"建安七子"是当时的重要作家。在"建安七子"中,除孔融之外,又都是曹家的幕僚。因此,将这一时期文学归于曹魏是有道理的。再说,此时文学风貌与两汉文学相比,又有了新的变化。将其归于曹魏文学,是符合中国文学的发展情况的,也是比较恰当的。曹魏诗文史料,魏诗见《先秦汉魏晋南北朝诗·魏诗》,共十二卷。唯孔融、蔡琰诗见《汉诗》。魏文见《全上古三代秦汉三国六朝文·全三国文》,共七十五卷。其中《全魏文》五十六卷。唯"建安七子"文见《全后汉文》。

第一章　建安文学史料

建安文学,是指东汉末建安至魏初这段时间的文学。这一时期的主要作家是"三曹"、"建安七子"、蔡琰。建安文学的特点,梁代沈约说:"至于建安,曹氏基命,二祖、陈王,咸蓄盛藻,甫乃以情纬文,以文被质。"(《宋书·谢灵运传论》)刘勰说:"暨建安之初,五言腾踊。文帝、陈思,纵辔以骋节;王、徐、应、刘,望路而争驱;并怜风月,狎池苑,述恩荣,叙酣宴,慷慨以任气,磊落以使才;造怀指事,不求纤密之巧;驱辞逐貌,唯取昭晰之能:此其所同也。"(《文心雕龙·明诗》)又说:"自献帝播迁,文学蓬转,建安之末,区宇方辑。魏武以相王之尊,雅爱诗章;文帝以副君之重,妙善辞赋;陈思以公子之豪,下笔琳琅;并体貌英逸,故俊才云蒸。仲宣委质于汉南,孔璋归命于河北,伟长从宦于青土,公幹徇质于海隅,德琏综其斐然之思,元瑜展其翩翩之乐,文蔚、休伯之俦,于叔、德祖之侣,傲雅觞豆之前,雍容衽席之上,洒笔以成酣歌,和墨以藉谈笑,观其时文,雅好慷慨,良由世积乱离,风衰俗怨,并志深而笔长,故梗概而多气也。"(《文心雕龙·时序》)沈约说:"以情纬文,以文被质。"刘勰说:"慷慨以任气,磊落以使才。"又说:"梗概而多气。"都正确地指出了建安文学的特点。建安文风有显著的变化,对此,刘师培作了精辟的概括。他说:"建安文学,革易前型,迁蜕之由,可得而说:两汉之世,户习《七经》,虽及子家,必缘经术。魏武治国,颇杂刑名,文体因之,渐趋清峻。一也。建武以还,士民秉礼。迨及建安,渐尚通侻;侻则侈陈哀乐,通则渐藻玄思。二也。献帝之初,诸方棋峙,乘时之士,颇慕纵横,骋词之风,肇端于此。三也。又汉之灵帝,颇好俳词,下习其风,益尚华靡;虽迄魏初,其风未革。四也。"(《中国中古文学史》第三课《论汉魏之际文学变迁》)鲁迅也说:"归纳起来,汉末、魏初的文章,可说是:'清峻,通脱,华丽,壮大。'"(《而已集·魏晋风度及文章与药及酒之关系》)鲁迅的看法,显然受了刘师培的影响。

建安文学史料,诗见《先秦汉魏晋南北朝诗》中的《汉诗》、《魏诗》。文见《全上古三代秦汉三国六朝文》中的《全后汉文》、《全魏文》。至于建安文学的研究评论资料,有《三曹资料汇编》(河北师范学院中文系古典文学教研组编,中华书局1980年出版)。此书汇集了古代有关建安文学的研究评论资料,分为《曹操卷》、《曹丕卷》、《曹植卷》。附录一:《建安文学总论》;附录二:《建安七子》。内容颇为丰富,可供参考。

第一节 "三曹"的著作

"三曹"是指曹操及其子曹丕、曹植。

曹操,字孟德,小字阿瞒,沛国谯(今安徽亳州)人。生于汉桓帝永寿元年(155),卒于汉献帝建安二十五年,即魏文帝黄初元年(220)。曹操出身宦官家庭。二十岁时,举孝廉为郎,任洛阳北部尉。后因镇压黄巾起义有功,升任济南相。建安五年(200),曹操在官渡(今河南中牟县东北)大败北方的袁绍,后来又先后消灭了吕布、袁术、袁绍、刘表等封建割据势力,统一了北方。建安十三年(208),进位丞相。十八年,封为魏公。二十一年,封为魏王。他死后不久,其子曹丕废汉献帝自立为帝,追尊他为太祖武皇帝。事见《三国志·魏书·武帝纪》。其年谱有:

《建安诗谱初稿》(曹操),陆侃如编,《语言文学专刊》第二卷第一期(1940年3月出版)。

《曹操年表》,江耦编,《历史研究》1959年第三期。

《曹操年表》,项罗编,《曹操》(上海人民出版社1975年出版)附。

《曹操年表》,安徽亳县《曹操集》译注小组,《曹操集译注》(中华书局1979年出版)附。此年表据江耦年表稍加增减编成。

《三曹年谱》,张可礼编著,齐鲁书社1983年出版。

曹操是汉末杰出的政治家、军事家和文学家。他在文学上的主要成就是诗歌。他的诗如《蒿里行》、《薤露行》,反映了社会的动乱和人民的疾苦;如《短歌行》、《龟虽寿》等,表现了诗人的政治理想和宏大的抱负。其思想多是积极奋发,爽朗豪迈的,表现出悲凉慷慨、沉郁雄健的风格。钟嵘《诗品》评其诗曰"悲凉",颇能抓住曹操诗的特点,唯将其诗列入"下品",显然失当。敖陶孙评曰:"魏武帝如幽燕老将,气韵沉雄。"(《诗评》)形象生动,是为的评。他是建安文学的代表人物之一。他的散文清峻通脱,标志着汉代散文向魏晋散文过渡的特点。他被鲁迅先生称为"改造文章的祖师"(《而已集·魏晋风度及文章与药及酒之关系》),在散文创作方面富有创造精神,其《让县自明本志令》就是一篇有代表性的作品。

曹操的著作,《隋书·经籍志》四著录:"《魏武帝集》二十六卷,梁三十卷,录一卷。梁又有《武皇帝逸集》十卷,亡。"又著录:"《魏武帝集新撰》十卷。"《旧唐书·经籍志》、《新唐书·艺文志》著录《魏武帝集》皆为三十卷。《宋史·艺文志》未见著录,殆已亡佚。明以后曹操著作的常见辑本有:

《魏武帝集》五卷附录一卷,明张燮辑《七十二家集》本。
《魏武帝集》一卷,明张溥辑《汉魏六朝百三名家集》本。
《魏武帝集》,明叶绍泰辑《增定汉魏六朝别解》本。
《魏武帝集》四卷,近人丁福保辑《汉魏六朝名家集初刻》本。

张溥《汉魏六朝百三名家集·魏武帝集》题辞云:"间读本集,《苦寒》、《猛虎》、《短歌》、《对酒》,乐府称绝,又助以子桓、子建。帝王之家,文章瑰玮,前有曹魏,后有萧梁,然曹氏称最矣。……《述志》一令,似乎欺人,未尝不抽序心腹,慨当以慷也。"所论颇为切实,可供参考。

1959年,中华书局出版了《曹操集》,1974年重印。这个集子以丁福保的《汉魏六朝名家集初刻》本《魏武帝集》为底本,增加了《孙子注》,稍加整理,补充编成。其内容分为诗集、文集、孙子注、附录、补遗五部分。附录《三国志·武帝纪》和裴注,江耦编的《曹操年表》,以及据姚振宗《三国艺文志》节录的《曹操著作考》。补遗是此书出版后陆续发现的几条佚文。这是比较完备的本子。中华书局1979年又出版了安徽亳县《曹操集》译注小组的《曹操集译注》,此书以中华书局1974年版《曹操集》为底本进行译注,有简评、译文、注释,可供初学者参考。

近人黄节有《魏武帝诗注》(与《魏文帝诗注》合集),1958年人民文学出版社据北京大学出版组印本校正出版。这个注本收曹操诗二十四篇。诗注仿照李善注《文选》的体例,注明用辞出处,间或解释字义。也采集史传和各家成说来考证诗的本事和阐发诗的主题,对于读者了解诗意,有一定的帮助。

今人余冠英有《三曹诗选》,作家出版社1956年出版,人民文学出版社1979年收入《中国古典文学读本丛书》,重排印行。作家版选曹操诗八首,曹丕诗二十首,曹植诗五十一首。人民文学版增选了三首诗:曹丕一首,曹植二首,注文增改较多。此书选录的都是三曹诗的精华,注释简明,适合初学者阅读。

关于曹操的诗歌,清代陈祚明说:"孟德所传诸篇,虽并属拟古,然皆以写己怀来,始而忧贫,继而悯乱,慨地势之须择,思解脱而未能,矗矗之词,数者而已。本无泛语,根在性情,故其跌宕悲凉,独臻超越,细揣格调,孟德全是汉音,丕、植便多魏响……曹孟德诗如摩云之雕,振翮捷起,排焱烟,指霄汉,其回翔扶摇,意取直上,不肯乍下,复高作起落之势。"(《采菽堂古诗选》卷五)这里指出三点:一、曹操"拟古""皆以写己怀来",即曹操乐府诗大都以古题写时事。二、曹操诗与丕、植诗不同,"孟德全是汉音,丕、植便多魏响"。三、其诗风如"摩云之雕",见解精辟,值得注意。清代沈德潜评曹操说:"孟德诗犹是汉音,子桓之下,纯乎魏响。""沉雄俊爽,时露霸气。"(《古诗源》卷五)皆沿袭陈祚明的观点。

曹丕,字子桓,沛国谯(今安徽亳州)人。曹操次子。生于汉灵帝中平四年(187),卒于魏黄初七年(226)。建安十六年(211)为五官中郎将,二十二年(217)立为魏太子,二十五年(220)代汉即帝位,为魏文帝,在位七年。事见《三国志·魏书·文帝纪》。今人陆侃如有《建安诗谱初稿》(曹丕)(《语言文学专刊》第二卷第一期,1940年3月出版)、张可礼编有《三曹年谱》(齐鲁书社1983年出版),洪顺隆有《魏文帝曹丕年谱作品系年》(台北商务印书馆1989年出版)。皆可参阅。

曹丕是当时文坛领袖。他的诗,善于描写男女爱情和离愁别恨,如《燕歌行》、《杂诗》等。《燕歌行》是现存最早的完整的七言诗,对七言诗的发展有贡献。他的散文,如《与吴质书》、《又与吴质书》,抒发了对友人的怀念和哀悼之情,风格清新流畅,对后世抒情散文的发展有一定影响。他的《典论·论文》,是我国文学批评史上较早的一篇专门论文,体现了建安文学的时代精神,对后世的文学理论批评有深远的影响。

曹丕的著作,《隋书·经籍志》著录:

《列异传》三卷。

《典论》五卷。

《魏文帝集》十卷,梁二十三卷。

《士操》一卷,梁有《刑声论》一卷,亡。(按:"操",当作"品"。其父讳操,不应以"操"名书。)

皆已散佚。《旧唐书·经籍志》著录:《海内士品录》二卷,《兵法要略》十卷,《皇览经》一卷,亦散佚。明人辑有:

《魏文帝集》十卷,明张燮辑《七十二家集》本。
《魏文帝集》二卷,明张溥辑《汉魏六朝百三名家集》本。
《魏文帝集》,明叶绍泰辑《增定汉魏六朝别解》本。

近人丁福保辑《汉魏六朝名家集初刻》中有《魏文帝集》六卷。近人黄节有《魏文帝诗注》(与《魏武帝诗注》合集),收诗二十八首。今人余冠英有《三曹诗选》,选曹丕诗二十一首。都有参考价值。严可均《全魏文》,收曹丕文一百六十余篇,逯钦立《先秦汉魏晋南北朝诗》收曹丕诗四十余首,较为完备。

今人夏传才、唐绍忠有《曹丕集校注》,中州古籍出版社1992年出版。

钟嵘《诗品》列曹丕诗于"中品",评曰:"其源出于李陵,颇有仲宣之体则。新歌百许篇,率皆鄙直如偶语。唯'西北有浮云'十余首,殊美赡可玩,始见其工矣。不然,何以铨衡群彦,对扬厥弟者耶?"和王粲一样,曹丕诗亦源自李陵,故曹丕诗有类似王粲诗的风貌。曹丕有些诗"鄙直如偶语",这类诗对应璩、陶潜有影响。有些诗"殊美赡可玩",可与其弟曹植相比。曹植诗列于"上品",曹丕诗列于"中品",兄弟二人之优劣,钟嵘已有定评。唯刘勰曰:"魏文之才,洋洋清绮,旧谈抑之,谓去植千里。然子建思捷而才俊,诗丽而表逸,子桓虑详而力缓,故不竞于先鸣;而乐府清越,《典论》辩要,迭用短长,亦无懵焉。但俗情抑扬,雷同一响,遂令文帝以位尊减才,思王以势窘益价,未为笃论也。"(《文心雕龙·才略》)似谓曹丕可以对抗曹植。其实,综观《文心雕龙》全书所论,曹植之成就自高于曹丕。

曹植,字子建,沛国谯(今安徽亳州)人。曹操第三子。生于汉献帝初平三年(192),卒于魏明帝太和六年(232)。曾封陈王,死后谥"思",世称"陈思王"。曹植少聪颖,十岁余即能诵诗论及辞赋数十万言。工诗善文,才思敏捷,很受曹操宠爱,曾欲立为太子。然任性放诞,饮酒不节,后渐失宠。曹丕称帝后,他备受猜忌和迫害,多次更换封地。他一再上表请求任用,终未如愿。曹叡即位后,他仍备受迫害和打击,所以忧郁而死。事见《三国志·魏书·陈思王传》。曹植的年谱有:

《汉陈思王年谱》一卷,清丁晏编,《曹集铨评》附录。

《(曹子建)年谱》一卷,清朱绪曾编,《曹集考异》卷十二。

《曹子建年谱》一卷,古直编,《层冰草堂丛书》本。

《曹子建年谱》,闵孝吉编,《新民月刊》第二卷第四期(1936年6月出版)。

《曹子建年谱简编》,叶柏村编,《杭州师范学院学报》1960年第一期。

《曹植年谱》,俞绍初编,《郑州大学学报》1963年第三期。

《曹植年表》,赵幼文编,《曹植集校注》(人民文学出版社1984年出版)附录三。

曹植的诗歌创作可分前后两期。前期如《白马篇》等表现了积极进取的精神,渴望为国建功立业。后期如《赠白马王彪》、《吁嗟篇》等,抒发了被压抑之情,充满了悲愤和不平。《泰山梁甫行》等则流露了对人民贫困生活的同情。曹植诗辞藻华美,形象生动,韵律和谐,注意艺术的锤炼,具有"骨气奇高,词采华茂"的艺术特色。曹植的《洛神赋》写人神恋爱的悲剧故事,是历来传诵的名作。曹植是建安时期最杰出的诗人,他对五言诗的发展有重要贡献。

钟嵘《诗品》列曹植于"上品",评曰:"其源出于《国风》。骨气奇高,词采华茂,情兼雅怨,体被文质,粲溢今古,卓尔不群。嗟乎!陈思之于文章也,譬人伦之有周、孔,鳞羽之有龙凤,音乐之有琴笙,女工之有黼黻。俾尔怀铅吮墨者,抱篇章而景慕,映余晖以自烛。故孔氏之门如用诗,则公幹升堂,思王入室,景阳、潘、陆,自可坐廊庑之间矣。"又李瀚《蒙求集注》云:"谢灵运尝云:'天下才共有一石,子建独得八斗,我得一斗,自古及今同用一斗,奇才博敏,安有继之。'"对曹植的评价皆极高。

曹植的著作,曹魏中叶,有两种本子。一是曹植亲自编次的。一是景初(237—239)中明帝曹叡下令编辑的,具体内容均不详。曹植《前录自序》云:"余少而好赋,其所尚也,雅好慷慨,所著繁多。虽触类而作,然芜秽者众,故删定别撰,为前录七十八篇。"这是曹植亲自编定的本子。《三国志·魏书·陈思王传》云:"撰录植前后所著赋、颂、诗、铭、杂论,凡百余篇,副藏内外。"这是景初时的本子。

《隋书·经籍志》著录的曹植著作有:

《列女传颂》一卷。

《陈思王曹植集》三十卷。

《画赞》五卷。

大都散佚。明代曹植集的辑本有:

《陈思王集》十卷,明正德五年(1510)舒贞刊本。

《曹子建集》十卷,疑字音释一卷,明嘉靖二十一年(1542)郭云鹏宝善堂刊本。

《曹子建集》十卷,明万历二十四年(1596)书林郑云竹刊本。

《曹子建集》十卷，明万历三十一年（1603）建阳书林郑世豪宗文堂刊本。

《曹子建集》十卷，明天启元年（1621）吴兴闵齐伋朱墨套印本。

《曹子建集》十卷，明汪士贤辑《汉魏诸名家集》本。

《陈思王集》十卷附录一卷，明张燮辑《七十二家集》本。

《陈思王集》二卷，明张溥辑《汉魏六朝百三名家集》本。

《曹子建集》十卷，明杨德周辑、清陈朝辅增《汇刻建安七子集》本。

《陈思王集》四卷，明薛应旂辑《六朝诗集》本。

《陈思王集》，明叶绍泰辑《增定汉魏六朝别解》本。等等。

《四库全书总目提要》论述《曹植集》版本较详：

《曹子建集》十卷，魏曹植撰。……《隋书·经籍志》载《陈思王集》三十卷，《唐书·艺文志》作二十卷，然复曰三十卷。盖三十卷者隋时旧本，二十卷者为后来合并重编，实无两集。郑樵作《通志略》亦并载二本。焦竑作《国史经籍志》，遂合二本卷数为一，称《植集》为五十卷，谬之甚矣！陈振孙《书录解题》亦作二十卷。然振孙谓其间颇有采取《御览》、《书钞》、《类聚》中所有者，则捃摭而成，已非唐时二十卷之旧。《文献通考》作十卷，又并非陈氏著录之旧。此本目录后有"嘉定六年癸酉"字，犹从宋宁宗时本翻雕，盖即《通考》所载也。凡赋四十四篇，诗七十四篇，杂文九十二篇，合计之，得二百十篇。较《魏志》所称百余篇者，其数转溢。然残篇断句，错出其间。如《鹞雀》、《蝙蝠》二赋，均采自《艺文类聚》。《艺文类聚》之例，皆标某人某文曰云云，编是集者遂以曰字为正文,连于赋之首句,殊为失考。又《七哀诗》,晋人采以入乐,增减其词,以就音律,见《宋书·乐志》中,此不载其本词,而载其入乐之本,亦为舛错。《弃妇篇》见《玉台新咏》,亦见《太平御览》。《镜铭》八字,反复颠倒,皆叶韵成文,实为回文之祖,见《艺文类聚》,皆弃不载。而《善哉行》一篇诸本皆作古辞,乃误为植作,不知其下所载《当来日大难》,当即此篇也。使此为植作,将自作之而自拟之乎?至于《王宋妻诗》,《艺文类聚》作魏文帝,邢凯《坦斋通编》据旧本《玉台新咏》称为植作,今本《玉台新咏》又作王宋自赋之诗,则众说异同,亦宜附载,以备参考。乃竟遗漏,亦为疏略,不得谓之善本。然唐以前旧本既佚,后来刻《植集》者,率以是编为祖,别无更古于斯者,录而存之,亦不得已而思其次也。

这一则提要对于我们了解《曹植集》的版本情况,颇有参考价值。

清代的《曹植集》有两部值得我们注意:

> 《曹集考异》十二卷,清朱绪曾考异,《金陵丛书》丙集,民国三年至五年(1914—1916)上元蒋氏慎修书屋排印本。
> 《曹集铨评》十卷(附逸文、年谱),清丁晏铨评,《汉魏六朝名家集初刻》本。又,文学古籍刊行社1957年出版叶菊生校订本。

以上二种,多据旧本及类书检校,矜慎详密,号称善本。特别是丁氏《铨评》,最为完备。此书丁晏序云:"余所见者,明万历休阳程氏刻本十卷。其赋、诗篇数与宋本同,杂文较宋本多三篇。余以《魏志》传注、《文选》注、《初学记》、《艺文类聚》、《北堂书钞》(原注:"影宋本,未经陈禹谟窜改者。")、《白帖》、《太平御览》、《乐府解题》、冯氏《诗纪》诸书校之,脱落舛讹,不可枚举。……余编校《曹集》,依程氏十卷之本。张本亦掇拾类书,非其原本。兹乃两本雠校,择善而从。《曹集》向无注本,其已见《文选》李善注,家有其书,不复殚述。义或隐滞,略加表明。取刘彦和'铨评昭整'之言,撰次十卷,并以余旧所撰诗序年谱,附载于后。庶后之读陈王集者,有所资而考焉。"可见丁氏《铨评》是以明万历休阳程氏刻本为底本,校以诸类书和张溥本,择善而从,并注明各种版本异同,又略加评点,对读者颇有帮助。

"五四"以后,有黄节注本和古直注本:

《曹子建诗注》,黄节注,人民文学出版社1957年出版,叶菊生校订本。收诗七十一首,注释内容丰富,取舍谨严,是较好的注本。

《曹子建诗笺定本》,古直笺,《层冰堂五种》本。古氏仿李善注《文选》为子建诗作注,甚为谨严。又打破旧本次第,以时间先后重新编次,颇有参考价值。

建国后有赵幼文校注的《曹植集校注》(人民文学出版社1984年出版)。曹植集旧注仅及于诗,其他文章未见注释。本书为全集作注,注释详密,每字释文,注明出处,并能订正旧注错误。附录《逸文》、《板本卷帙、旧序、旧评录》和《曹植年表》。这是较好的注本。

余冠英选注的《三曹诗选》,选注曹植诗五十四首,是较好的选本。

清代陈祚明评曹植说:"子建既擅凌厉之才,兼饶藻组之学,故风雅独绝。不甚法孟德之健笔,而穷态尽变,魄力厚于子桓。要之,三曹固各成绝技,使后人攀仰莫及。陈思王诗如大成合乐,八音繁会,玉振金声,绎如抽丝,端如贯珠,循声赴节,既谐以和,而有理有伦,有变有转,前趋后艳,徐疾淫裔,瑟然之后,犹擅余音。又如天马飞行,籋云凌山,赴波逾阻,靡所不臻,曾无一蹶。"(《采菽堂古诗选》卷六)这里指出,曹植擅才饶学,风雅独绝。其诗或如"大成合乐",或"天马飞行",皆取得很高的艺术成就。所评甚是。应该说明的是,比喻仅就某一点而言,并不能包含整体。清代沈德潜评曹植诗说:"子建诗五色相宣,八音朗畅,使才而不矜才,用博而不逞博,苏李以下,故推大家。"(《古诗源》卷五)所评与陈氏完全一致,显然受到陈氏评论的启发。

附:曹叡

曹叡,字元仲,沛国谯(今安徽亳州)人。曹丕之子。生于汉献帝建安十年(205),卒于魏明帝景初三年(239)。黄初七年(226)五月即帝位,为魏明帝。在位时,置崇文观,征召文士,鼓励创作。与曹操、曹丕合称魏之"三祖"。事见《三国志》卷三《魏书·明帝纪》。

曹叡擅长乐府,《文心雕龙·乐府》篇说:"至于魏之三祖,气爽才丽,宰割辞调,音靡节平。"钟嵘《诗品》卷下说:"曹公古直,甚有悲凉之句。叡不如丕,亦称三祖。"显然叡诗的成就远不如操、丕。他的著作,《隋书·经籍志》四著录:"《魏明帝集》七卷,梁五卷,或九卷,录一卷。"《旧唐书·经籍志》、《新唐书·艺文志》著录皆为十卷。宋以后散失。严可均《全三国文》辑录其文二卷,共九十一篇。逯钦立《先秦汉魏晋南北朝诗·魏诗》卷五辑录其诗十四首。近人黄节《魏武帝魏文帝诗注》,后附曹叡诗十三首,有注有评,对读者有帮助。

第二节 "建安七子"的著作

"建安七子",最早见于曹丕的《典论·论文》。《典论·论文》说:"今之文人,鲁国孔融文举,广陵陈琳孔璋,山阳王粲仲宣,北海徐幹伟长,陈留阮瑀元瑜,汝南应场德琏,东平刘桢公幹。斯七子者,于学无所遗,于辞无所假,咸以自骋骥騄于千里,仰齐足而并驰……"由此可知,"七子"是指孔融、陈琳、王粲、徐幹、阮瑀、应场、刘桢。他们都是生活在汉献帝建安时代的著名作家。"七子"除孔融外,都是邺下文人集团的成员。

孔融,字文举,鲁国(今山东境内)人,是孔子的二十世孙。生于汉桓帝永兴元年(153),卒于汉献帝建安十三年(208)。初为司徒杨赐所辟,后为大将军何进所辟,任侍御史,迁虎贲中郎将。因触忤董卓,出为北海(今山东潍坊市昌乐县)相。故世称孔北海。后应召入许,任将作大匠,迁少府。他的性格刚正,直言敢谏。建安十三年,被曹操借故杀害。事见《后汉书》卷七十、《三国志·魏书·崔琰传》注。其年谱有:

《孔北海年谱》一卷,缪荃孙编,烟画东堂四谱本。
《孔北海年谱》,龚道耕编,铅印本。
《孔北海年谱》,孙至诚编,《孔北海集评注》本(商务印书馆 1935 年出版)。
《建安诗谱初稿》(孔融),陆侃如编,《语言文学专刊》第二卷第一期(1940 年 3 月出版)。

孔融的文学创作,以散文的成就较高,如《论盛孝章书》、《荐祢衡表》等,感情充沛,词采飞扬,富于气势,历来为人们所称道。他的诗今存七首,皆不工,所以明代胡应麟说:"北海不长于诗。"

(《诗薮·外编》卷一)

孔融的著作,《后汉书·孔融传》说:"魏文帝深好融文辞,每叹曰:'扬、班俦也。'募天下有上融文章者辄赏以金帛。所著诗、颂、碑文、论议、六言、策文、表、檄、教令、书记凡二十五篇。"《隋书·经籍志》四著录:"后汉少府《孔融集》九卷,梁十卷,录一卷。"《旧唐书·经籍志》、《新唐书·艺文志》皆著录十卷。《四库全书总目提要》卷一百四十七云:"《孔北海集》一卷,汉孔融撰。……《宋史》始不著录,则其集当佚于宋时。此本乃明人所掇拾,凡表一篇,疏一篇,上书三篇,奏事二篇,议一篇,对一篇,教一篇,书十六篇,碑铭一篇,论四篇,诗六篇,共三十七篇。其《圣人优劣论》盖一文而偶存两条,编次者遂析为两篇,实三十六篇也。张溥《百三家集》亦载是集,而较此本少《再告高密令教》、《告高密县僚属》二篇。大抵捃拾史传类书,多断简残章,首尾不具,不但非隋、唐之旧,即苏轼《孔北海赞序》称'读其所作《杨氏四公赞》',今本亦无之,则宋人所及见者,今已不具矣。"

孔融集的明以后辑本,较常见的有:

《孔少府集》二卷附录一卷,明张燮辑《七十二家集》本。
《孔少府集》一卷,明张溥辑《汉魏六朝百三名家集》本。
《孔少府集》一卷,明叶绍泰辑《增定汉魏六朝别解》本。
《孔北海集》一卷,《四库全书》本。
《孔文举集》一卷,清杨逢辰辑《建安七子集》本。
《孔文举集》一卷,丁福保《汉魏六朝名家集初刻》本。

1935年,商务印书馆出版孙至诚的《孔北海集评注》。此书分上、下两编。上编为《绪论》和《孔北海年谱》;下编收文四十篇,有校,有评,有注,以注为主,颇便于阅读。

1989年，中华书局出版俞绍初辑校的《建安七子集》，其中有《孔融集》一卷，辑录文四十四篇，诗七首，较为完备。

陈琳，字孔璋，广陵射阳（今江苏宝应县东）人。生年不能确知，大约生于汉桓帝永寿三年（157）前后（参阅俞绍初《建安七子集》附《建安七子年谱》），卒于汉献帝建安二十二年（217）。他初为何进主簿。进死，北依袁绍。绍败，归附曹操，任司空军谋祭酒，管记室，草拟军国文书。后为门下督。传附《三国志·魏书·王粲传》。其事迹可参阅俞绍初《建安七子年谱》（《建安七子集》附录）及曹道衡、沈玉成《陈琳籍贯、年岁》（见《中古文学史料丛考》，中华书局2003年出版）。

陈琳以章表书记见称，与阮瑀齐名。曹丕说："琳、瑀之章表书记，今之隽也。"（《典论·论文》）刘勰也说："琳、瑀以符檄擅声。"（《文心雕龙·才略》）可见他们都是以章表书记享有盛名。陈琳的《为袁绍檄豫州》是檄文名篇，受到刘勰和张溥的赞许，刘勰谓其"壮有骨鲠"（《文心雕龙·檄移》），张溥说它"奋其怒气，词若江河"（《汉魏六朝百三名家集·陈记室集》题辞）。陈琳不长于作诗，但是亦有佳篇，如《饮马长城窟行》，写人民劳役之苦，富于民歌色彩，堪称佳作。

陈琳的著作，《隋书·经籍志》四著录："后汉丞相军谋掾《陈琳集》三卷，梁十卷，录一卷。"《旧唐书·经籍志》、《新唐书·艺文志》皆著录十卷，已散佚。明以后的辑本较常见的有：

《陈记室集》二卷附录一卷，明张燮辑《七十二家集》本。
《陈记室集》一卷，明张溥辑《汉魏六朝百三名家集》本。
《陈记室集》，明叶绍泰辑《增定汉魏六朝别解》本。
《陈孔璋集》二卷，明杨德周辑、清陈朝辅增《汇刻建安七子集》本。

《陈孔璋集》一卷,清杨逢辰辑《建安七子集》本。

《陈孔璋集》一卷,丁福保《汉魏六朝名家集初刻》本。

其中以张溥、丁福保二种辑本较为通行。

1989年,中华书局出版的俞绍初辑校《建安七子集》,其中辑录《陈琳集》一卷,有诗四首,赋十二篇,文十二篇,附录文三篇,较为完备。

陈琳的《檄吴将校部曲》(《文选》卷四十四)一文,钱锺书引清代赵铭的观点,认为是赝作,他说:"按赵铭《琴鹤山房遗稿》卷五《书〈文选〉后》略谓:《文选》有赝作三:李陵《答苏武书》、陈琳《檄吴将校部曲文》、阮瑀《为曹公作书与孙权》;按之于史并不合。此《檄》年月地理皆多讹缪。以荀彧之名,'告江东诸将部曲',彧死于建安十七年,而《檄》举群氏率服、张鲁还降、夏侯渊拜征西将军等,皆二十年、二十一年事云云。足补《选》学之遗。"(《管锥编》六八页)但是,赵说颇有争议,是真是伪,尚需进一步论证。

陈琳的《为袁绍檄豫州》(《文选》卷四十四)为《文选》中的名篇之一。《文选》所标题目及所注本事均可疑。曹道衡、沈玉成作《陈琳〈为袁绍檄豫州〉》一文(见《中古文学史料丛考》)有所考辨,可以参阅。

王粲,字仲宣,山阳高平(今山东邹城西南)人。生于汉灵帝熹平六年(177),卒于汉献帝建安二十二年(217)。他幼时为前辈蔡邕所赏识,说他"有异才"。十七岁因避战乱流寓荆州,依附刘表。在荆州十六年,不被重用。建安十三年(208),归附曹操,任丞相掾,封关内侯。后官至魏国侍中。事见《三国志·魏书·王粲传》。其年谱有:

《建安诗谱初稿》(王粲),陆侃如编,《语言文学专刊》第二卷第一期(1940年3月出版)。

《王粲行年考》,缪钺编,见《读史论稿》(三联书店1963年出版)。

《王粲年谱》,俞绍初编,见《王粲集》(中华书局1980年出版)附录二。

《王粲年谱》,吴云、唐绍忠编,见《王粲集注》(中州书画社1984年出版)附录三。

此外,俞绍初《建安七子年谱》(见《建安七子集》),亦可参考。

王粲擅长诗赋,被刘勰称为"七子之冠冕"(《文心雕龙·才略》)。他的《七哀诗》(西京乱无象),深刻地揭露了当时的战乱给人民带来的灾难和痛苦,悲凉沉痛,真切动人。《登楼赋》抒写诗人的思乡之情,流露壮志难酬的苦闷。都是脍炙人口的名作。

《文心雕龙·才略》云:"仲宣溢才,捷而能密,文多兼善,辞少瑕累,摘其诗赋,则'七子'之冠冕乎?"这是以王粲为"七子"第一。钟嵘《诗品》皆列王粲、刘桢于上品,但是认为:"自陈思以下,桢称独步。"又以刘桢的成就在王粲之上,与刘勰的评价不同。

王粲的著作,《三国志·魏书·王粲传》云:"著诗、赋、论、议垂六十篇。"《隋书·经籍志》四著录:"后汉侍中《王粲集》十一卷。"按,"后汉"当作"魏"。王粲曾任魏国侍中。《旧唐书·经籍志》、《新唐书·艺文志》皆著录十卷。《宋史·艺文志》则著录八卷。至宋末亡佚。《王粲集》的明以后的辑本,较常见的有:

《王侍中集》三卷附录一卷,明张燮辑《七十二家集》本。

《王侍中集》一卷,明张溥辑《汉魏六朝百三名家集》本。

《王侍中集》,明叶绍泰辑《增定汉魏六朝别解》本。

《王仲宣集》四卷，明杨德周辑、清陈朝辅增《汇刻建安七子集》本。

《王仲宣集》一卷，清杨逢辰辑《建安七子集》本。

《王仲宣集》三卷，丁福保辑《汉魏六朝名家集初刻》本。

此外，《隋书·经籍志》著录："梁有《尚书释问》四卷，魏侍中王粲撰。""《汉末英雄记》八卷，王粲撰，残缺。梁有十卷。""梁有《去伐论集》三卷，王粲撰。亡。"悉皆亡佚。

1980年，中华书局出版的校点本《王粲集》（俞绍初校点），是在丁福保《汉魏六朝名家集初刻》本《王仲宣集》的基础上，重新整理而成，最为完备。1984年，中州书画社出版的《王粲集注》（吴云、唐绍忠注），是以俞绍初校点本为底本注释的，附录《英雄记》、《王粲年谱》、《王粲资料汇编》，可以参考。

1989年，中华书局出版俞绍初辑校的《建安七子集》，其中有《王粲集》一卷，与辑校者校点的《王粲集》，基本相同。

徐幹，字伟长，北海剧（今山东昌乐县西）人。生于汉灵帝建宁四年（171），卒于汉献帝建安二十三年（218）。少时博览群书，大约在建安十二年，应曹操之命，出任司空军谋祭酒，后任五官中郎将等。传附《三国志·魏书·王粲传》。其生平事迹可参阅陆侃如编《建安诗谱初稿》（《语言文学专刊》第二卷第一期，1940年3月出版），俞绍初编《建安七子年谱》（《建安七子集》附录），曹道衡、沈玉成《徐幹卒年当从〈中论序〉》（见《中古文学史料丛考》）。

徐幹的辞赋受到曹丕的赞许。《典论·论文》说："幹之《玄猿》、《漏卮》、《圆扇》、《橘赋》，虽张、蔡不过也。"然其赋仅存残句，余皆亡佚。刘勰说："徐幹以赋论标美。"（《文心雕龙·才略》）可见他的论说文和辞赋同样为人们所推重。这个"论"，可能指

《中论》,这是一部学术著作。徐幹的诗如《室思》,写女子对情人的思念,情意真挚,缠绵悱恻,对后世有一定的影响。

徐幹的著作,《隋书·经籍志》三著录:"《徐氏中论》六卷,魏太子文学徐幹撰,梁目一卷。"《四库全书总目提要》卷九十一云:"《中论》二卷,汉徐幹撰。……是书隋、唐志皆作六卷,《隋志》又注云:'梁目一卷。'《崇文总目》亦作六卷,而晁公武《读书志》、陈振孙《书录解题》并作二卷,与今本合,则宋人所并矣。书凡二十篇,大都阐发义理,原本经训,而归之于圣贤之道,故前史皆列之儒家。……又书前有原序一篇,不题名字,陈振孙以为幹同时人所作。今验其文,颇类汉人体格,知振孙所言不诬。惟《魏志》称幹卒于建安二十二年,而序乃作于二十三年二月,与史颇异,传写必有一讹,今亦莫考其孰是矣。"

《隋书·经籍志》四著录:"魏太子文学《徐幹集》五卷,梁有录一卷,亡。"《旧唐书·经籍志》、《新唐书·艺文志》著录皆为五卷。

《徐幹集》明以后辑本较常见的有:

《徐伟长集》六卷,明杨德周辑、清陈朝辅增《汇刻建安七子集》本。

《徐伟长集》一卷,清杨逢辰辑《建安七子集》本。

《徐伟长集》一卷,丁福保辑《汉魏六朝名家集初刻》本。

清严可均《全后汉文》辑徐幹文一卷,有《齐都赋》、《西征赋》、《序征赋》、《哀别赋》、《嘉梦赋序》、《冠赋》、《团扇赋》、《车渠椀赋》、《七喻》及失题文十篇,《冠赋》实为《齐都赋》之佚文,实存九篇。逯钦立《先秦汉魏晋南北朝诗·魏诗》卷三辑徐幹《赠五官中郎将诗》(残句)、《答刘桢诗》、《情诗》、《室思诗》(六章)、《于清河见挽船士新婚与妻别诗》十首。

1989年,中华书局出版俞绍初辑校《建安七子集》,其中辑录《徐幹集》一卷,较为完备。全书附录中有徐幹《中论》校点本,亦较精审。后有《中论解诂》,孙启治解诂,中华书局2014年出版。此书以《四部丛刊》所收明嘉靖四十四年青州刻本为底本,校以《汉魏丛书》本、《四库全书》本、《增订汉魏丛书》本、《龙谿精舍丛书》本。全书收文二十篇、佚篇二篇。附录:一、序跋;二、目录提要;三、杂录;四、《中论》各篇内容提要。孙氏解诂重在释词解句,可供读者参考。

阮瑀,字元瑜,陈留尉氏(今河南尉氏县)人。生年不能确考,约生于汉桓帝永康元年(167)前后,卒于汉献帝建安十七年(212)。他少从蔡邕学习,深受赏识。建安初年,归依曹操,任司空军谋祭酒,与陈琳同管记室,当时曹操的军国文书,大都出自他与陈琳之手。传附《三国志·魏书·王粲传》。其生平事迹可参阅俞绍初的《建安七子年谱》(《建安七子集》附录)。

阮瑀和陈琳一样,以章表书记闻名于世。曹丕说:"孔璋章表殊健……元瑜书记翩翩。"(《与吴质书》)《为曹公作书与孙权》是他的代表作。其诗以《驾出北郭门行》最有名。此诗写孤儿受后母虐待之苦,有一定的社会意义。

阮瑀的著作,《隋书·经籍志》四著录:"后汉丞相仓曹属《阮瑀集》五卷,梁有录一卷,亡。"《旧唐书·经籍志》、《新唐书·艺文志》著录皆为五卷。宋以后散佚。

《阮瑀集》的明以后辑本较常见的有:

《魏阮元瑜集》一卷,明张溥《汉魏六朝百三名家集》本。
《阮元瑜集》,明叶绍泰辑《增定汉魏六朝别解》本。
《阮元瑜集》一卷,明杨德周辑、清陈朝辅增《汇刻建安七子集》本。

《阮元瑜集》一卷,清杨逢辰辑《建安七子集》本。

《阮元瑜集》一卷,丁福保《汉魏六朝名家集初刻》本。

1989年,中华书局出版俞绍初辑校《建安七子集》,其中辑录《阮瑀集》一卷,收诗十二首,赋四篇,文五篇,较为完备。

应玚,字德琏,汝南南顿(今河南项城市西)人。生年不能确考,约生于汉灵帝熹平四年(175),卒于汉献帝建安二十二年(217)。建安初,归依曹操,任丞相掾属,转平原侯庶子,后为五官中郎将文学。其伯父应劭著有《风俗通义》等。其弟应璩,亦为文学家。应玚传附《三国志·魏书·王粲传》。其生平事迹可参阅俞绍初的《建安七子年谱》(《建安七子集》附录)。参阅曹道衡《关于应玚事迹的臆测》,见《中古文史丛稿》,河北大学出版社2003年出版。

张溥说:"德琏善赋,篇目颇多。"(《汉魏六朝百三名家集·应德琏休琏集》题辞)应玚赋今存十五篇,皆有残缺。其诗今存较少,《侍五官中郎将建章台集诗》一首,诗人以雁自喻,音调悲切,流传较广。

应玚的著作,《三国志·魏书·王粲传》说:"(玚)著文赋数十篇。"《隋书·经籍志》四著录:"魏太子文学《应玚集》一卷,梁有五卷,录一卷,亡。"《旧唐书·经籍志》、《新唐书·艺文志》著录皆为二卷。宋以后散佚。明以后的辑本较常见的有:

《魏应德琏集》一卷,明张溥辑《汉魏六朝百三名家集》本。

《应德琏集》二卷,明杨德周辑、清陈朝辅增《汇刻建安七子集》本。

《应德琏集》一卷,清杨逢辰辑《建安七子集》本。

《应德琏集》一卷,丁福保辑《汉魏六朝名家集初刻》本

1989年,中华书局出版俞绍初辑校的《建安七子集》,其中辑录《应场集》一卷,收诗七首,赋十五篇,文六篇,较为完备。

刘桢,字公幹,东平宁阳(今山东宁阳县)人。生年不能确考,约生于汉灵帝熹平四年(175),卒于汉献帝建安二十二年(217)。建安初,应曹操之召,任丞相掾属,转五官中郎将文学。其性格傲岸倔强,曾因在宴会上平视太子曹丕夫人甄氏,曹操以其不敬治罪。传附《三国志·魏书·王粲传》。其生平事迹可参阅俞绍初的《建安七子年谱》(《建安七子集》附录),曹道衡、沈玉成的《刘桢籍贯、输作及年岁》,见《中古文学史料丛考》。

刘桢以五言诗见长,曹丕说:"公幹有逸气,但未遒耳。其五言诗之善者,妙绝时人。"(《与吴质书》)钟嵘也说他的诗"仗气爱奇,动多振绝,真骨凌霜,高风跨俗。但气过其文,雕润恨少。然自陈思已下,桢称独步。"(《诗品》上)他是建安诗坛上的重要诗人。其《赠从弟》三首以比兴手法,借蘋藻、松柏、凤凰喻人,语言朴素,气势劲健,颇能代表刘桢的诗歌风格。

刘桢的著作,《三国志·魏书·王粲传》说:"(桢)著文赋数十篇。"《隋书·经籍志》四著录:"魏太子文学《刘桢集》四卷,录一卷。"《旧唐书·经籍志》、《新唐书·艺文志》著录皆为二卷。宋以后散佚。明以后的辑本较常见的有:

《魏刘公幹集》一卷,明张溥辑《汉魏六朝百三名家集》本。

《刘公幹集》二卷,明杨德周辑、清陈朝辅增《汇刻建安七子集》本。

《刘公幹集》一卷,清杨逢辰辑《建安七子集》本。

《刘公幹集》一卷,丁福保辑《汉魏六朝名家集初刻》本。

1989年,中华书局出版俞绍初辑校的《建安七子集》,其中辑录《刘桢集》一卷,收诗十三首,失题残句十余则,赋六篇,文五篇,较为完备。

《隋书·经籍志》一还著录:"《毛诗义问》十卷,魏太子文学刘桢撰。"《旧唐书·经籍志》、《新唐书·艺文志》著录亦皆为十卷。宋以后散佚。马国翰《玉函山房辑佚书》有辑本。俞绍初的《建安七子集》附录二《建安七子杂著汇编》中收有此书,据马国翰《玉函山房辑佚书》本点校。

徐幹、应玚、陈琳、刘桢、阮瑀、王粲的合集,曹丕为魏太子时已经编过。他的《与吴质书》中说:"昔年疾疫,亲故多离其灾。徐、陈、应、刘,一时俱逝。……何图数年之间,零落略尽,言之伤心。顷撰其遗文,都为一集,观其姓名,已为鬼录。"后文又论及徐幹、应玚、陈琳、刘桢、阮瑀、王粲六人之文,说明曹丕所编乃六人合集。惜早已亡佚。

明以后辑录的《建安七子集》有:

《汇刻建安七子集》(包括《曹子建集》十卷、《徐伟长集》六卷、《陈孔璋集》二卷、《王仲宣集》四卷、《阮元瑜集》一卷、《应德琏集》二卷、《刘公幹集》二卷),明杨德周辑、清陈朝辅增,有明崇祯十一年(1638)刊本、清乾隆二十三年(1758)刊本。此书去掉孔融,补上曹植。

《建安七子集》(包括《孔文举集》一卷、《陈孔璋集》一卷、《王仲宣集》一卷、《徐伟长集》一卷、《阮元瑜集》一卷、《应德琏集》一卷、《刘公幹集》一卷），清杨逢辰辑，有清光绪十六年（1890）长沙杨氏坦园刊本。

今人俞绍初辑校的《建安七子集》，包括《孔融集》一卷、《陈琳集》一卷、《王粲集》一卷、《徐幹集》一卷、《阮瑀集》一卷、《应玚集》一卷、《刘桢集》一卷。附录：一、建安七子佚文存目考；二、建安七子杂著汇编（王粲《英雄记》、徐幹《中论》、刘桢《毛诗义问》）；三、建安七子著作考；四、建安七子年谱。中华书局1989年出版。这是比较完备的本子，也便于使用。2005年，此书出版了修订本，其《后记》云："今次再版，除订正文字、标点、引书等方面的错误，又增辑了若干则佚文，还补充了一些必要的校注，对于《年谱》中的事迹系年进行了局部调整。"2016年10月，此书又出版了修订本。其《重订附记》云："此次修订，除改正一些文字上的错断，还在校记中增出不少异文，并将本人平素研习建安文学所得之若干见解，分别采入校记和年谱之中，聊供读者参考。"

今人吴云主编之《建安七子集校注》，天津古籍出版社1991年出版，其后记云："《建安七子集校注》，文以严本（严可均《全上古三代秦汉三国六朝文》）为基础，诗以逯本（逯钦立《先秦汉魏晋南北朝诗》）为底本，严本以外的有关七子的诗文，则参考俞绍初的《建安七子集》整理而成。"校勘时用作校本的主要有：中华书局影印胡刻本《文选》、清光绪孔广陶校勘本《北堂书钞》、清光绪十八年长沙谢氏翰墨山房刊本《汉魏六朝百三名家集》、中华书局1963年排印本《艺文类聚》（简称《类聚》）、中华书局1962年排印本《初学记》、中华书局1959年排印新校点本《后汉书》《三国志》等。2005年，此书又出版了修订本。修订本《后记》云："修订内容为请每位撰稿者校审原文和注文，改正错字，修改部分注文。修订较多的是对建安七子的生平思想和著作加深研究，将研究结果置于'七子'作品之前,分别作为各子的《前言》出现。"此书注释较详,亦可参考。

今人徐公持有《建安七子诗文系年考证》(《文学遗产增刊》十四辑,中华书局1982年出版)。可供参考。

"建安七子"是否有曹植,前人有不同说法。今人汪辟疆说:"建安七子有以孔融为冠而去陈思者,本子桓《典论》是也,如明鄞县范尧卿司马所汇辑《建安七子集》是。有以曹子建为首而去北海者,本陈寿《魏书·王粲传》与谢灵运《邺中集》诗也(但原作八首,有魏文帝),如明人杨承鲲《建安七子集》是。子建几夺嫡,魏文帝深忌之,作《典论》而不及厥弟,至修、仪辈亦以稍涉觖怨,黜而不录。此全由忮刻之私,非公论也。仍以从承祚《粲传》为允。"(《汪辟疆文集·方湖日记幸存录》,上海古籍出版社1988年出版)可备一说。

第三节 蔡琰的著作

蔡琰,字文姬,陈留圉(今河南杞县南)人。汉末著名学者蔡邕的女儿。生卒年不详。她博学多才,精通音律。十六岁嫁河东卫仲道。夫死无子,归母家。汉末大乱,为董卓部将所虏,归南匈奴左贤王,居匈奴十一年,与左贤王生二子。曹操念蔡邕无后,遣使以金璧赎回,再嫁给同郡董祀。事见《后汉书》卷八十四《列女传·董祀妻》。

蔡琰的作品,《隋书·经籍志》四著录:"后汉董祀妻《蔡文姬集》一卷,亡。"现在能见到的只有三篇。即五言《悲愤诗》、骚体《悲愤诗》(见于《后汉书·列女传·董祀妻》)、《胡笳十八拍》(见于郭茂倩《乐府诗集》卷五十九和朱熹《楚辞后语》卷三)。其作品的真伪,研究者有不同看法。一般认为,五言《悲愤诗》是蔡琰所作。骚体《悲愤诗》所述情节与事实不符,可能是晋人伪托的。《胡笳十八拍》的作者问题,主要有两种不同意见,一种认为是蔡琰所作,以郭沫若为代表,他认为"没有那种亲身经历的人,写不出那样的文字来"。一种认为非蔡琰所作,其理由是:一、诗的内容与史实以及南匈奴的地理环境不合;二、唐以前未见著录、论述和征引;三、其风格与汉末诗歌不同。争论的文章可参阅《胡笳十八拍讨论集》(中华书局1959年出版)。《胡笳十八拍》有今人李廉注本,中华书局1959年出版。

第四节 其他作家的著作

建安作家众多,《三国志·魏书·王粲传》说:"自颍川邯郸淳、繁钦、陈留路粹、沛国丁仪、丁廙、弘农杨修、河内荀纬等,亦有文采,而不在此七子之例。"这是说,"建安七子"之外,尚有邯郸淳等人,"亦有文采"。

邯郸淳,一名竺,字子叔(或作子礼),颍川(今河南禹州市)人。约生于汉顺帝阳嘉元年(132),卒年不详。他博学有才华,汉桓帝元嘉元年(151)上虞县令度尚为孝女曹娥立碑,令他撰写碑文,他一挥而就。后蔡邕于碑背题"黄绢幼妇,外孙齑臼"八字(即"绝妙好辞"的隐语)赞扬他。后颇受曹操敬重,又与曹植友善。魏文帝黄初初年,任博士给事中,献《投壶赋》,文帝赐帛千匹。事见《后汉书》卷八十四《曹娥传》注引《会稽典录》、《三国志》卷二十一《魏书·王粲传》注引《魏略》。参阅陆侃如《中古文学系年·邯郸淳》,人民文学出版社1985年出版。

邯郸淳的著作,《隋书·经籍志》四著录:"魏给事中《邯郸淳集》二卷,梁有录一卷。"《旧唐书·经籍志》、《新唐书·艺文志》著录皆为二卷。已散佚。其诗今存《赠吴处玄诗》一首,见逯钦立

《先秦汉魏晋南北朝诗·魏诗》卷五;其文今存《投壶赋》、《上受命述表》、《受命述》、《汉鸿胪陈纪碑》、《孝女曹娥碑》五篇,见严可均《全三国文》卷二十六。又有小说《笑林》三卷,《隋书·经籍志》小说类著录,已佚,今存二十余则。参阅本书第七编第二章第二节。

繁钦,字休伯,颍川(今河南禹州市)人。生年不详,卒于汉献帝建安二十三年(218)。他长于书记,善为诗赋。初为豫州从事,后任曹操丞相府主簿。事见《三国志》卷二十一《魏书·王粲传》注引《典略》,《文选》卷四十《与魏文帝笺》注引《文章志》。参阅陆侃如《中古文学系年·繁钦》。

繁钦的著作,《隋书·经籍志》四著录:"后汉丞相主簿《繁钦集》十卷,梁录一卷,亡。"《旧唐书·经籍志》、《新唐书·艺文志》著录皆为十卷,已散佚。逯钦立《先秦汉魏晋南北朝诗·魏诗》卷三辑录其诗七首。严可均《全后汉文》辑录其文二十二篇。繁钦的《定情诗》,见《玉台新咏》卷一。《乐府解题》云:"言妇人不能以礼从人,而自相悦媚。乃解衣服玩好致之,以结绸缪之志。"这是一首著名的爱情诗。

路粹,字文蔚,陈留(今河南开封市东南陈留镇)人。生年不详,卒于汉献帝建安二十年(215)。他少学于蔡邕。建安初,任尚书郎,后任曹操军谋祭酒,与陈琳、阮瑀等典记室。曹操欲杀孔融,使粹为奏诬融。融死后,人无不嘉其才而畏其笔。建安十九年(214),任秘书令,从大军至汉中,因犯法被杀。事见《三国志·魏书·王粲传》注引《典略》。参阅陆侃如《中古文学系年·路粹》。

路粹的著作,《隋书·经籍志》四著录:"梁有魏国郎中令《路粹集》二卷,录一卷。亡。"《旧唐书·经籍志》、《新唐书·艺文志》著录皆为二卷。宋以后亡佚。今存《枉状奏孔融》、《为曹公与孔融书》二文,均见《后汉书》卷七十《孔融传》、《三国志》卷十二《魏书·崔琰传》注引《续汉书》等。

丁仪,字正礼,沛郡(治今安徽淮北市境内)人。生年不详,卒于魏文帝黄初元年(220)。其父丁冲与曹操友善。曹操闻丁仪美名,欲以女妻之,曹丕反对,未成。后丁仪与曹植亲善,助曹植争立太子,为曹丕所忌恨。曹丕即位后,丁仪下狱被杀。事见《三国志》卷十九《魏书·陈思王传》注引《魏略》。参阅陆侃如《中古文学系年·丁仪》。

刘勰称丁仪"含论述之美"(《文心雕龙·才略》)。他的著作,《隋书·经籍志》四著录:"后汉尚书《丁仪集》一卷,梁二卷,录一卷。"《旧唐书·经籍志》、《新唐书·艺文志》著录皆为二卷。宋以后散佚。今存《励志赋》、《周成汉昭论》、《刑礼论》三文,见严可均《全后汉文》卷九十四。刘师培评其《刑礼论》说:"东汉论文,均详引经义,以为论断。其有直抒己意者,自此论始。"(《中国中古文学史》第三课附录)这是说,此文标志着一个新的开端。

丁廙,字敬礼,沛郡(治今安徽淮北市境内)人。丁仪之弟。生年不详,卒于魏文帝黄初元年(220)。少有才姿,博学多闻。建安中,任黄门侍郎。与曹植亲善,曾劝曹操立为太子。曹丕即位后,与兄仪同时被杀。事见《三国志》卷十九《魏书·陈思王传》注引《魏略》。参阅陆侃如《中古文学系年·丁廙》。

丁廙的著作,《隋书·经籍志》四著录:"后汉黄门郎《丁廙集》一卷,梁二卷,录一卷。"《旧唐书·经籍志》、《新唐书·艺文志》著录皆为二卷。宋以后散佚。今存《蔡伯喈女赋》、《弹棋赋》二文,见严可均《全后汉文》卷九十四。

杨修,字德祖,弘农华阴(今陕西华阴市)人。生于汉灵帝熹平四年(175),卒于汉献帝建安二十四年(219)。他是太尉杨彪之子。建安中，举孝廉，任郎中，后为丞相曹操主簿。博学能文，才思敏捷。与曹植友善，助植与兄丕争立太子，后为曹操借故杀害。事见《后汉书》卷五十四《杨修传》、《三国志》卷十九《魏书·陈思王传》注引《典略》及《世说新语·捷悟》篇。杨修事迹，可参阅陆侃如《中古文学系年·杨修》及曹道衡、沈玉成《杨修事迹》、《杨修卒年、年岁》（见《中古文学史料丛考》）。

杨修的著作，《后汉书》卷五十四《杨修传》云："修所著赋、颂、碑、赞、诗、哀辞、表记、书凡十五篇。"《隋书·经籍志》四著录："后汉丞相主簿《杨修集》一卷，梁二卷，录一卷。"《旧唐书·经籍志》、《新唐书·艺文志》著录皆为二卷。宋以后散佚。今存《节游赋》、《出征赋》、《许昌宫赋》、《神女赋》、《孔雀赋》、《答临淄侯笺》、《司空荀爽述赞》七篇文章，见严可均《全后汉文》卷五十一。

杨修善画，张彦远《历代名画记》卷四列入中品下，说："《西京图》、《严君平像》、《吴季札像》，并晋明帝题字，传于代。"

荀纬，字公高，河内（治今河南武陟县西南）人。生于汉灵帝光和五年（182），卒于魏文帝黄初四年（223）。少喜文学。建安中，召署军谋掾，魏太子庶子，后官至散骑常侍、越骑校尉。事见《三国志》卷二十一《魏书·王粲传》注引荀勖《文章叙录》。

荀纬的作品皆散佚。

除了上述诸作家之外，还有一些作家的著作应当提及。

潘勖，原名芝，字元茂，陈留中牟（今河南中牟县东）人。生年不详，卒于汉献帝建安二十年（215），年五十余。他于献帝时为尚书郎，后任右丞。建安二十年，升任东海相，未发，任尚书左丞。事见《三国志》卷二十一《魏书·卫觊传》注引《文章志》。

潘勖擅长诏策，刘勰说："潘勖凭经以骋才，故绝群于锡命。"（《文心雕龙·才略》）"锡命"是指著名的《册魏公九锡文》（见《文选》卷三十五)。其著作,《隋书·经籍志》四著录:"后汉尚书右丞《潘勖集》二卷,梁有录一卷,亡。"《旧唐书·经籍志》、《新唐书·艺文志》著录皆为二卷。宋以后散佚。今存文《玄达赋》、《册魏公九锡文》、《拟连珠》、《尚书令荀彧碑》四篇,见严可均《全后汉文》卷八十七。

吴质,字季重,济阴(治今山东菏泽市定陶区)人。生于汉灵帝熹平六年(177),卒于魏明帝太和四年(230)。建安中,质以文才为曹丕所器重。入魏后,官至振威将军,假节都督河北诸军事,封列侯。太和四年,任侍中。事见《三国志》卷二十一《魏书·王粲传》及注引《魏略》、《世说》、《质别传》。参阅陆侃如《中古文学系年·吴质》。

吴质的著作,《隋书·经籍志》四著录:"侍中《吴质集》五卷,亡。"《旧唐书·经籍志》、《新唐书·艺文志》著录皆为五卷。宋以后散佚。今存吴质文有《魏都赋》、《答魏太子笺》、《在元城与魏太子笺》、《答文帝笺》、《与文帝书》、《答东阿王书》、《将论》七篇,见严可均《全三国文》卷三十。诗有《思慕诗》一首,见逯钦立《先秦汉魏晋南北朝诗·魏诗》卷五。

王朗,原名严,字景兴,东海郯(今山东郯城县北)人。生年不详,卒于魏明帝太和二年(228)。始以通经拜郎中,后任会稽太守。建安初,曹操召为谏议大夫,参司空军事。魏国初建,以军祭酒领魏太守。升少府、奉常、大理。文帝时,升御史大夫,封安陵亭侯。事见《三国志》卷十三《魏书·王朗传》。参阅陆侃如《中古文学系年·王朗》。

《三国志》本传说:"朗著《易》、《春秋》、《孝经》、《周官》传,奏议论记,咸传于世。"他长于经学,博识能文,刘勰说他"发愤以托志,亦致美于序铭"(《文心雕龙·才略》)。其著作,《隋书·经籍志》四著录:"魏司徒《王朗集》三十四卷,梁三十卷。"《旧唐书·经籍志》、《新唐书·艺文志》著录皆为三十卷。宋以后散佚。严可均《全三国文》卷二十二辑录王朗文有《劝育民省刑疏》、《谏明帝营修宫室疏》、《奏宜节省》等三十余篇。

刘廙,字恭嗣,南阳安众(今河南镇平县东南)人。生于汉灵帝光和三年(180),卒于魏文帝黄初二年(221)。初,曹操辟为丞相掾属,转任五官将文学,为曹丕所器重。魏国初建,任黄门侍郎。曹丕即王位后,任侍中,封关内侯。事见《三国志》卷二十一《魏书·刘廙传》。参阅陆侃如《中古文学系年·刘廙》。

刘廙的著作,《三国志》本传说:"廙著书数十篇,及与丁仪共论刑礼,皆传于世。"《隋书·经籍志》三著录:"梁有……《政论》五卷,魏侍中刘廙撰……亡。"又《隋书·经籍志》四著录:"梁……又有《刘廙集》二卷……亡。"《旧唐书·经籍志》、《新唐书·艺文志》著录《政论》(《旧唐书·经籍志》"政"作"正")皆为五卷,《刘廙集》皆为二卷。宋以后散佚。《政论》今存八篇,见《群书治要》,又见严可均《全三国文》卷三十四。刘廙文今存《论治道表》、《上疏谏曹公亲征蜀》等十二篇,亦见严氏《全三国文》卷三十四。

甄氏,名不详,中山无极(今河北无极县西)人。魏文帝皇后。生于汉灵帝光和五年(182),卒于魏文帝黄初二年(221)。她原为袁绍次子袁熙之妻。曹操灭袁氏后,曹丕纳为夫人,生明帝和东乡公主。黄初二年,为郭后所谮,赐死。明帝时追谥为文昭皇后。事见《三国志》卷五《魏书·后妃传》。

甄氏的作品,今存《塘上行》一诗,见《玉台新咏》卷二。此诗抒写弃妇之哀怨,相传为甄氏临终绝笔。《文选》卷二十八陆机《塘上行》题下李善注云:"《歌录》曰:《塘上行》,古辞。或云甄皇后造,或云魏文帝,或云武帝。"这说明《塘上行》的作者颇有争议。

但是，逯钦立《先秦汉魏晋南北朝诗》仍定为甄氏所作，较为可信。

王象，字羲伯，河内（治今河南武陟县西南）人。生年不详，卒于魏文帝黄初三年（222）。他少时孤贫，卖身为奴。杨俊嘉其才质，为他赎身。建安中，他为魏太子曹丕所礼遇。魏文帝时，历任散骑常侍、秘书监等职，封列侯。他为人和厚，文采温雅，时称儒宗。事见《三国志》卷二十三《魏书·杨俊传》注引《魏略》。参阅陆侃如《中古文学系年·王象》及曹道衡、沈玉成《王象年岁》（见《中古文学史料丛考》）。

王象曾受诏撰《皇览》，数年成书，合四十余部，八百余万字，已散佚。《隋书·经籍志》四著录："散骑常侍《王象集》一卷……亡。"《旧唐书·经籍志》、《新唐书·艺文志》不见著录。唐时已散佚。今存文有《荐杨俊》一篇，见严可均《全三国文》卷三十八。

卫觊，字伯儒，河东安邑（今山西夏县西北）人。生年不详，卒于魏明帝太和三年（229）。他少以才学著名。始曹操辟为司空掾属，除尚书郎。魏国既建，拜侍中，与王粲同掌礼仪制度。文帝时，任尚书。明帝时，封閺乡侯。事见《三国志》卷二十一《魏书·卫觊传》。参阅陆侃如《中古文学系年·卫觊》。

《三国志》本传说："（觊）受诏典著作，又为《魏官仪》，凡所撰述数十篇。好古文、鸟篆、隶草，无所不善。建安末，尚书右丞河南潘勖，黄初时，散骑常侍河内王象，亦与觊并以文章显。"《魏官仪》，已散佚。卫觊擅长诏策文诰，刘勰说："卫觊禅诰，符命炳耀，弗可加已。"（《文心雕龙·诏策》）今存文有《为汉帝禅位魏王诏》、《禅位册》、《受禅表》等十七篇，见严可均《全三国文》卷二十八。

韦诞，字仲将，京兆（今陕西西安市附近）人。生于汉灵帝光和二年（179），卒于魏齐王曹芳嘉平五年（253）。他有文才，善辞章。建安中,为郡上计吏,后升侍中中书监,官至光禄大夫,年七十五卒于家。事见《三国志》卷二十一《魏书·刘劭传》注引《文章叙录》。参阅陆侃如《中古文学系年·韦诞》。

韦诞的著作,《隋书·经籍志》四著录:"梁有……光禄大夫《韦诞集》三卷,录一卷……亡。"《旧唐书·经籍志》、《新唐书·艺文志》著录皆为三卷。宋以后散佚。严可均《全三国文》卷三十二辑录其文有《叙志赋》、《景福殿赋》等八篇。逯钦立《先秦汉魏晋南北朝诗·魏诗》卷八辑录其诗"旨酒盈金觞,清颜发光华"二句。

韦诞擅长书法,尤工篆书。曹魏王朝的宝器铭题皆韦诞所书。姚振宗《三国艺文志》卷三著录韦诞《笔墨法》一卷、《相印法》一卷,皆佚。

刘劭,字孔才,广平邯郸(今河北邯郸市西南)人。生卒年不详。建安中,任太子舍人,升秘书郎。黄初中,为尚书郎、散骑侍郎。明帝时,任骑都尉,升散骑常侍。正始中,执经讲学,封关内侯。死后追赠光禄勋。事见《三国志》卷二十一《魏书·刘劭传》。参阅陆侃如《中古文学系年·刘劭》。

《三国志》本传载夏侯惠《荐刘劭表》,谓"文章之士爱其著论属辞"。《文心雕龙·才略》篇说:"刘劭《赵都》,能攀于前修。"这是刘勰称赞他的《赵都赋》。《赵都赋》今尚存片断。据《三国志》本传,刘劭曾撰集《皇览》,著《都官考课》、《律略论》、《法论》、《人物志》等,多亡佚,唯《人物志》尚存。《隋书·经籍志》四著录:"光禄勋《刘劭集》二卷,录一卷,亡。"《旧唐书·经籍志》、《新唐书·艺文志》著录皆为二卷。宋以后散佚。严可均《全三国文》卷三十二辑录其文有《赵都赋》、《龙瑞赋》、《人物志序》等十五篇。

按刘劭之名,《三国志》本传作"劭",《荀彧传》注作"邵",《晋书·刑法志》作"卲"。兹从本传。

缪袭,字熙伯,东海兰陵(今山东兰陵县)人。生于汉灵帝中平三年(186),卒于魏齐王芳正始六年(245)。他历事魏四代,官至尚书、光禄勋。与仲长统友善。事见《三国志》卷二十一《魏书·刘劭传》。参阅陆侃如《中古文学系年·缪袭》。

缪袭有才学,多著述。刘勰说:"于时正始余风,篇体轻淡,而嵇阮应缪,并驰文路矣。"(《文心雕龙·时序》)当时文学受正始文风影响,轻浮淡薄。嵇康、阮籍、应璩、缪袭不同,他们在一起向前奔跑。以缪袭与嵇、阮并提,可见刘勰对缪氏的重视。《隋书·经籍志》二著录:"《列女传赞》一卷,缪袭撰。"四著录:"魏散骑常侍《缪袭集》五卷,梁有录一卷。"《旧唐书·经籍志》、《新唐书·艺文志》著录其集皆为五卷,而《列女传赞》不见著录,殆已散佚。其集宋以后亡佚。《宋书·乐志》载其《魏鼓吹曲》十二首。缪袭等人撰集的《皇览》一百二十卷,为类书之始,已佚。严可均《全三国文》卷三十八辑录其文有《喜霁赋》、《青龙赋》、《乐舞议》等十四篇。逯钦立《先秦汉魏晋南北朝诗·魏诗》卷十一辑录其《魏鼓吹曲》十二首,漏收《挽歌》一首(见《文选》卷二十八)。

应璩,字休琏,汝南南顿(今河南项城市西)人。应玚之弟。生于汉献帝初平元年(190),卒于魏齐王曹芳嘉平四年(252)。他在魏文帝、明帝二代,任散骑常侍。齐王时,升侍中,大将军曹爽长史。作诗讽曹爽,多切时要,当世共传。死后追赠卫尉卿。传附《三国志》卷二十一《魏书·王粲传》及注引《文章叙录》。参阅陆侃如《中古文学系年·应璩》。

李充《翰林论》说:"应休琏五言诗百数十篇,以风规治道,盖有诗人之旨焉。"然其五言诗多已亡佚。其《百一诗》,受到刘勰的称赞(见《文心雕龙·明诗》)。他擅长书记,《文选》选录其书信达四篇之多。张溥说:"休琏书最多,俱秀绝时表。"(《汉魏六朝百三名家集·应德琏休琏集》题辞)《隋书·经籍志》四著录:"魏卫尉卿《应璩集》十卷,梁有录一卷。"《旧唐书·经籍志》、《新唐书·艺文志》未见著录,但皆著录《应瑗集》十卷,姚振宗认为即《应璩集》,"瑗"乃"璩"之误。见《隋书经籍志考证》卷三十九。宋以后散佚。明代张溥辑有《魏应休琏集》(与《应德琏集》合集)一卷(《汉魏六朝百三名家集》本)。严可均《全三国文》卷三十辑录其文有《与满公琰书》、《与从弟君苗君胄书》、《与侍郎曹长思书》、《与广川长岑文瑜书》等四十四篇。逯钦立《先秦汉魏晋南北朝诗·魏诗》卷八辑录其诗有《百一诗》等三十余首,多为断句残篇。

左延年,生卒年里不详。他是音乐家、诗人。魏文帝黄初中,以善谱新曲得宠。魏明帝太和中,任协律中郎将。严可均《全三国文》卷四十辑录其文《祀天乐用宫悬议》一篇。逯钦立《先秦汉魏晋南北朝诗·魏诗》卷五辑录其诗《秦女休行》一首、《从军行》二首,共计三首。其中以《秦女休行》较为著名,后世傅玄、李白皆有拟作。

第二章　正始文学史料

正始(240—249),是魏齐王曹芳的年号。正始文学,是指曹魏后期的文学。正始时期有"竹林七贤"。《三国志》卷二十一《魏书·王粲传》注引《魏氏春秋》说:"(嵇)康寓居河内之山阳县,与之游者,未尝见其喜愠之色。与陈留阮籍、河内山涛、河南向秀、籍兄子咸、琅邪王戎、沛人刘伶相与友善,游于竹林,号为七贤。""七贤"中以阮籍、嵇康文学成就最高,《文心雕龙·明诗》篇说:"乃正始明道,诗杂仙心,何晏之徒,率多浮浅。唯嵇志清峻,阮旨遥深,故能标焉。"亦可见正始诗歌的特点。刘师培说:"魏代自太和以迄正始,文士辈出。其文约分两派:一为王弼、何晏之文,清峻简约,文质兼备,虽阐发道家之绪,实与名、法家言为近者也。此派之文,盖成于傅嘏,而王、何集其大成;夏侯玄、钟会之流,亦属此派;溯其远源,则孔融、王粲实开其基。一为嵇康、阮籍之文,文章壮丽,总采骈辞,虽阐发道家之绪,实与纵横家言为近者也。此派之文,盛于竹林诸贤;溯其远源,则阮瑀、陈琳已开其始。惟阮、陈不善持论,孔、王虽善持论,而不能藻以玄思,故世之论魏晋文学者,昧厥远源之所出。"(《中国中古文学史》第四课《魏晋文学之变迁》)刘氏论正始之文,见解颇为精辟,可供参考。

正始文学史料,诗见逯钦立《先秦汉魏晋南北朝诗·魏诗》和《晋诗》,文见严可均《全魏文》和《全晋文》。

第一节 阮籍的著作

阮籍,字嗣宗,陈留尉氏(今河南尉氏县)人。阮瑀之子。生于汉献帝建安十五年(210),卒于魏元帝景元四年(263)。正始中,太尉蒋济闻其有俊才,召为吏、尚书郎,后曹爽召为参军,皆以病辞归。司马懿任太傅时,他为从事中郎。司马师时,他复为从事中郎。高贵乡公即位,封关内侯,任散骑常侍。司马昭当政时,任步兵校尉,世称阮步兵。事见《三国志》卷二十一《魏书·王粲传》及注引《魏氏春秋》,《晋书》卷四十九《阮籍传》。其年谱有:

《阮步兵年谱》,董众编,《东北丛刊》第三期(1940年3月出版)。

《阮籍年谱》,朱偰编,《阮籍咏怀诗之研究》附录,《东方杂志》第四十一卷第十一期(1945年6月出版)。

《阮籍年表》,陈伯君编,《阮籍集校注》(中华书局1987年出版)附录。

五言《咏怀诗》八十二首是阮籍的代表作。刘勰说:"嗣宗俶傥,故响逸而调远。"(《文心雕龙·体性》)钟嵘:"其源出于《小雅》。无雕虫之功。而《咏怀》之作,可以陶性灵,发幽思。言在耳目之内,情寄八荒之表。洋洋乎会于《风》、《雅》,使人忘其鄙近,自致远大。颇多感慨之词。厥旨渊放,归趣难求。颜延年注解,怯言其志。"(《诗品》上)李善说:"嗣宗身仕乱朝,常恐罹谤遇祸,因兹发咏,故每有忧生之嗟。虽志在讥刺,而文多隐避,百代之下,难以情测。"(《文选》阮嗣宗《咏怀诗十七首》注)皆能道出《咏怀诗》的一些特点。

阮籍的著作,《晋书》本传说:"作《咏怀诗》八十余篇,为世所重。著《达庄论》,叙无为之贵。文多不录。"《隋书·经籍志》四著录:"魏步兵校尉《阮籍集》十卷,梁十五卷,录一卷。"《旧唐书·经籍志》、《新唐书·艺文志》著录皆为五卷。而《文献通考·经籍考》著录却是十卷,恐非隋代所见之本。明代陈第编《世善堂书目》亦有《阮籍集》十卷,后亡佚。明代以后辑本较常见的有:

《阮嗣宗集》二卷,明范钦、陈德文校刊,明嘉靖二十二年刊本。

《阮嗣宗集》二卷,明汪士贤辑《汉魏诸名家集》本。

《阮步兵集》五卷附录一卷,明张燮辑《七十二家集》本。

《阮步兵集》一卷,明张溥辑《汉魏六朝百三名家集》本。

《阮嗣宗诗》一卷,明李梦阳序刊本,明刻本。

《阮嗣宗集》二卷,明薛应旂辑《六朝诗集》本。

《阮步兵集》,明叶绍泰辑《增订汉魏六朝别解》本。

《阮嗣宗集》四卷,丁福保辑《汉魏六朝名家集初刻》本。

1978年5月,上海古籍出版社出版《阮籍集》点校本。此书以陈德文、范钦刊本为底本，诗校以汪士贤本等，文校以严可均《全魏文》等，列入《中国古典文学丛书》，颇便使用。唯未收阮籍四言《咏怀诗》十三首，并非全璧，令人不免有些遗憾。

阮籍诗的注本，较常见的有三种：

《阮嗣宗咏怀诗注》四卷《叙录》一卷，清仁和蒋师爚撰，清嘉庆四年(1799)敦艮堂刊本。

《阮步兵咏怀诗注》，近人黄节注、华忱之校订，人民文学出版社1984年出版。此书初名《阮嗣宗诗注》，民国十五年(1926)铅字排印出版。1957年，人民文学出版社出版华忱之校订本，易名《阮步兵咏怀诗注》。1984年重印，增加了《阮步兵咏怀诗注补编》，辑入四言《咏怀诗》十三首，还附录了与阮籍有关的八篇材料，可供参考。黄节注本是以蒋师爚注本做底本，集合各家的注释和评语而加以折衷，常结合历史阐明诗意，比较详备。

《阮嗣宗咏怀诗笺定本》一卷，近人古直笺，《层冰堂五种》本，中华书局1935年排印出版。古直仿《文选》李善注注释阮诗，态度比较谨严。注文详赡，虽不如黄节注之精审，亦有参考价值。四言《咏怀诗》十三首未能辑入，是为不足。

1987年，中华书局出版了陈伯君的《阮籍集校注》。《阮籍集》向无诗文合集的校注本，本书是第一部。校注者对阮籍的诗文逐篇校注，既吸收了前人的研究成果，也有自己的独到的见解，是一部较好的校注本。全书分上、下两卷，上卷为文，下卷为诗。最后是附录。附录的内容有：一、《阮籍集》主要版本序跋。二、阮籍传记资料。三、阮籍年表。四、阮籍四言诗十首。附录中所以有四言诗十首，是因为卷下仅收四言诗三首，补足四言诗十三首。此书出版时，校注者已经去世，这是由中华书局编辑部增补的。此外，还有郭光的《阮籍集校注》，中州古籍出版社1991年出版。

张溥《汉魏六朝百三名家集·阮步兵集》题辞说："嗣宗论乐，史迁不如。通易、达庄，则王弼、郭象二注，皆其环内也。以此三论，垂诸艺文，六家指要，网罗精阔。曹氏父子，词坛虎步，论文有余，言理不足。嗣宗视之，犹轻尘于泰岱，岂特其人裈虱哉！诸赋大言小言，清风穆如。间览赋苑，长篇争丽，《两都》《三京》，读未终卷，触鼻欲睡。展观阮作，则一丸消疹，胸怀荡涤，恶可谓世无萱草也。晋王九锡，公卿劝进，嗣宗制词，婉而善讽。司马氏孤雏人主，豺声震怒，亦无所加。正言感人，尚愈寺人孟子之诗乎？《咏怀》诸篇，文隐指远，定哀之间多微辞，盖斯类也。履朝右而谈方外，羁仕宦而慕真仙，《大人先生》一传，岂子虚亡是公耶？步兵厨人，可以索酒，邻家当垆，可以醉卧，哭兵家之亡女，恸穷途之车辙，处魏晋如是足矣。叔夜日与酣饮，而文王复称至慎，人与文皆以天全者哉。"这里评论阮籍的人品、学问、诗文，颇为中肯。

第二节　嵇康的著作

嵇康，字叔夜，谯郡铚（今安徽宿州市西南）人。生于魏文帝黄初五年（224），卒于魏元帝景元四年（263）。其祖先本姓奚，原为会稽上虞人，因避怨迁铚县之嵇山下，易姓为嵇。曾与魏宗室通婚，任中散大夫，世称嵇中散。传附《三国志》卷二十一《魏书·王粲传》及注引《嵇氏谱》、虞预《晋书》、《魏氏春秋》等。又见《晋书》卷四十九《嵇康传》。其年谱有：

《大文学家嵇叔夜年谱》，刘汝霖编，《益世报·国学周刊》1929年12月7日至15日。

曹道衡、沈玉成的《嵇康被杀原由及年月》(见《中古文学史料丛考》),可参阅。

《晋书》本传说:"康善谈理,又能属文,其高情远趣,率然玄远。撰上古以来高士为之传赞,欲友其人于千载也。又作《太师箴》,亦足以明帝王之道焉。复作《声无哀乐论》,甚有条理。"按,《圣贤高士传赞》已佚,马国翰《玉函山房辑佚书》、严可均《全三国文》均有辑本。《太师箴》、《声无哀乐论》,今存。嵇康的著作,《隋书·经籍志》四著录:"魏中散大夫《嵇康集》十三卷,梁十五卷,录一卷。"《旧唐书·经籍志》、《新唐书·艺文志》著录皆为十五卷。《四库全书总目》著录:"《嵇中散集》十卷。"《提要》说:

> 旧本题晋嵇康撰。案康为司马昭所害,时当涂之祚未终,则康当为魏人,不当为晋人。《晋书》立传,实房乔等之舛误;本集因而题之,非也。《隋书·经籍志》载康文集十五卷,新、旧《唐书》并同,郑樵《通志略》所载卷数尚合,至陈振孙《书录解题》,则已作十卷,且称:"康所作文论六七万言,其存于世者仅如此。"则宋时已无全本矣。疑郑樵所载,亦因仍旧史之文,未必真见十五卷之本也。王楙《野客丛书》云:"《嵇康传》曰:'康喜谈名理,能属文,撰《高士传赞》,作《太师箴》、《声无哀乐论》。'余得毗陵贺方回家所藏缮写《嵇康集》十卷,有诗六十八首……《崇文总目》谓《嵇康集》十卷,正此本尔。《唐艺文志》谓《嵇康集》十五卷,不知五卷谓何。"观楙所言,则樵之妄载确矣。此本凡诗四十七首,赋一篇,书二篇,杂著二篇,论九篇,箴一篇,《家诫》一篇,而杂著中《嵇荀录》一篇,有录无书,实共诗文六十二篇,又非宋本之旧,盖明嘉靖乙酉吴县黄省曾所重辑也。杨慎《丹铅录》尝辨阮籍卒于康后,而世传籍碑为康作。此本不载此碑,则其考核,犹为精审矣。

叙述版本较详。《嵇康集》宋、元旧刻不传,明以后的抄、刻本有:

> 《嵇中散集》十卷,明黄省曾校,明嘉靖乙酉(1525)刊本。
> 《嵇康集》十卷,明吴宽丛书堂藏钞校本。书末有顾千里、张燕昌、黄丕烈等跋。顾千里跋曰:"《中散集》十卷,吴匏庵先生家钞本,卷中讹误之字,皆先生亲手改定。"
> 《嵇康集》十卷,清陆心源皕宋楼藏钞校本,据丛书堂本校录。
> 《嵇中散集》十卷,明程荣校,明刻本,据黄省曾本校刊。
> 《嵇中散集》六卷附录一卷,明张燮辑《七十二家集》本。明刻本。
> 《嵇中散集》十卷,明汪士贤辑《汉魏诸名家集》本。
> 《嵇中散集》一卷,明张溥辑《汉魏六朝百三名家集》本。
> 《嵇中散集》一卷,明薛应旂辑《六朝诗集》本。
> 《嵇中散集》九卷,清姚莹、顾沅、潘锡恩辑《乾坤正气集》本。清道光二十八年(1848)潘锡恩刻本。
> 《嵇叔夜集》七卷,丁福保辑《汉魏六朝名家集初刻》本。

鲁迅先生有《嵇康集》的手钞本,是他在1913年从吴宽丛书堂钞本钞出,用黄省曾等刻本,以及类书、古注等引文,加以校勘。1924年校订完成,后收入《鲁迅全集》中。1956年,文学古籍刊行社出版影印线装本。其《嵇康集序》说:

> 今此校定,则排摈旧校,力存原文……既以黄省曾、汪士贤、程荣、张溥、张燮五家刻本比勘讫,复取《三国志注》、《晋书》、《世说新语注》、《野客丛书》、胡克家翻宋尤袤本《文选》李善注及所著《考异》、宋本《文选》六臣注、相传唐钞《文选集注》残本、《乐府诗集》、《古诗纪》,及陈禹谟刻本《北堂书钞》、胡缵宗本《艺文类聚》、锡山安国刻本《初学记》、鲍崇城

刻本《太平御览》等所引，著其同异。……而严可均《全三国文》、孙星衍《续古文苑》所收，则间有勘正之字，因并录存，以备省览。……并作《逸文考》、《著录考》各一卷，附于末。

亦可见其校勘之精审与治学之谨严。

最后要提到的是今人戴明扬的《嵇康集校注》，人民文学出版社1962年出版。

《嵇康集校注》十卷。此书以明黄省曾嘉靖乙酉年（1525）仿宋刻本为底本，以别本及诸书引载者校之。黄本漏落之处较多，依吴宽丛书堂钞本补入。注释部分全录李善注文，五臣注及唐人旧注则加以节录。明、清诸人评语，择附各篇之后。书末《附录》有《佚文》、《目录》、《著录考》、《序跋》、《事迹》、《诔评》、《圣贤高士传赞》、《春秋左氏传音》、《吕安集》、《广陵散考》。搜集资料颇为丰富。这是一部研究嵇康作品比较完备的专集。

此外，尚有《嵇康集注》，殷翔、郭全芝注，黄山书社1986年出版，列入《安徽文苑丛书》，语词注释较详。

刘勰说："叔夜俊侠，故兴高而采烈。"（《文心雕龙·体性》）又说："嵇康师心以遣论，阮籍使气以命诗，殊声而合响，异翮而同飞。"（《文心雕龙·才略》）钟嵘说："晋（魏）中散嵇康，颇似魏文，过为峻切，讦直露才，伤渊雅之致，然托谕清远，良有鉴裁，亦未失高流矣。"（《诗品》卷中）皆道出嵇康诗文的一些特点，颇为深刻。

陈祚明评嵇康诗文云：

叔夜婞直，所触即形，集中诸篇，多抒感愤，召祸之故，乃亦缘兹。夫尽言刺讥，一览易识，在平时犹不可，况猜忌如仲达父子者哉！叔夜衷怀既然，文笔亦尔，径遂直陈，有言必尽，无复含吐之致。故知诗诚关乎性情，婞直之人，必不能为婉转

之调审矣。(《采菽堂古诗选》卷八)

这里分析了嵇康诗文与其性格之关系,言之有理。

张溥《汉魏六朝百三名家集·嵇中散集》题辞说:"'嵇志清峻,阮旨遥深',两家诗文定论也。"诚然。按:"嵇志"二句,出自《文心雕龙·明诗》篇。刘勰所论,十分精辟。

第三节　其他作家的著作

除了阮籍、嵇康之外,"竹林七贤"尚有山涛、向秀、阮咸、王戎和刘伶。虽他们都卒于西晋,但是,由于他们同属"竹林七贤",故于此一并介绍。

山涛,字巨源,河内怀(今河南武陟县西南)人。生于汉献帝建安十年(205),卒于晋武帝太康四年(283)。他好老庄之学。与嵇康、阮籍友善。后依附司马师兄弟。入晋后,任吏部尚书、太子少傅、左仆射、司徒等。他主持吏部十余年,选用人才亲作评论,世称《山公启事》。事见《晋书》卷四十三《山涛传》。

山涛的著作,《隋书·经籍志》四著录:"晋少傅《山涛集》九卷,梁五卷,录一卷;又一本十卷。齐奉朝请裴津注。"《旧唐书·经籍志》、《新唐书·艺文志》著录皆为五卷。宋以后散佚。严可均《全晋文》卷三十四辑录其文有《表乞骸骨》、《上疏告退》等五篇,《山公启事》五十余则。其诗已不存。

向秀,字子期,河内怀(今河南武陟县西南)人。生卒年不能确考,约生于魏明帝太和元年(227),约卒于晋武帝泰始八年(272)。好《老》、《庄》,曾注《庄子》。与嵇康情谊很深,嵇康被杀后,他应征入洛,官至黄门侍郎、散骑常侍。事见《晋书》卷四十九《向秀传》。参阅陆侃如《中古文学系年·向秀》。

向秀的著作,《隋书·经籍志》四著录:"梁有《向秀集》二卷,录一卷。……亡。"《旧唐书·经籍志》、《新唐书·艺文志》著录皆为二卷。宋以后散佚。严可均辑录其文有《思旧赋》、《难嵇叔夜养生论》二篇。《思旧赋》是为悼念挚友嵇康、吕安而作,情辞沉痛,颇为著名,选入《文选》。其诗已不存。

《晋书》本传说:"庄周著内外数十篇,历世才士虽有观者,莫适论其旨统也,秀乃为之隐解,发明奇趣,振起玄风,读之者超然心悟,莫不自足一时也。"但是,向秀注《庄子》,余《秋水》、《至乐》二篇未注完而卒。郭象"述而广之",别为一书,向注早佚,现存《庄子注》,实为向、郭之共同著作。

王戎,字濬冲,琅邪临沂(今山东临沂市北)人。生于魏明帝青龙二年(234),卒于晋惠帝永兴二年(305)。善清谈,然热衷名利,聚敛无已,被阮籍斥为"俗物"。晋惠帝时,官至司徒、尚书令。事见《晋书》卷四十三《王戎传》。

无著作传世。

阮咸,字仲容,陈留尉氏(今河南尉氏县)人。生卒年不详。阮籍之侄,与阮籍并称"大小阮"。他纵酒放荡,不拘礼法。精通音律,善弹琵琶。晋武帝时官散骑侍郎。事见《晋书》卷四十九《阮籍传》。

阮咸的著作,《隋书·经籍志》未见著录,《宋史·艺文志》却著录《阮咸集》一卷,疑辑录佚文而成。严可均《全晋文》卷七十二辑录《律议》、《与姑书》两篇。后篇仅存一句。

刘伶,字伯伦,沛国(今安徽宿州市西北)人。生卒年不详。魏末曾任建威参军。晋武帝泰始初对策,盛称无为而治,未被任用。嗜酒成癖,放诞不羁。事见《晋书》卷四十九《刘伶传》。

刘伶的著作,《隋书·经籍志》未见著录。《晋书》本传中有《酒德颂》一篇,较为著名。此文又见于《文选》卷四十七、严可均

《全晋文》卷六十六。逯钦立《先秦汉魏晋南北朝诗·晋诗》卷一辑录《北芒客舍诗》、《咒辞》二首。

"竹林七贤"之外，应该提到的作家还有：

何晏，字平叔，南阳宛（今河南南阳县）人。生年不详，卒于魏齐王曹芳正始十年（249）。何进之孙。少以才秀知名，后娶公主为妻。正始初依附曹爽，官至尚书。后为司马懿所杀。事见《三国志》卷九《魏书·曹真传》及注引《魏略》、《魏末传》和《魏氏春秋》。参阅陆侃如《中古文学系年·何晏》。

何晏与王弼等倡导玄学，《三国志》本传说他"好老庄言，作《道德论》及诸文赋著述凡数十篇"。他的著作，《隋书·经籍志》四著录："魏尚书《何晏集》十一卷，梁十卷，录一卷。"《旧唐书·经籍志》、《新唐书·艺文志》著录皆为十卷。宋以后散佚。严可均《全三国文》卷三十九辑录其文有《景福殿赋》、《白起论》、《无名论》等十四篇。其中《景福殿赋》，歌颂曹魏功德，描写宫殿建筑，文辞典丽精工，是大赋中的名作。选入《文选》卷十一。逯钦立《先秦汉魏晋南北朝诗·魏诗》卷八辑录其《言志诗》（《诗纪》作《拟古》）三首。钟嵘评其诗曰："平叔'鸿鹄'之篇，风规见矣。……虽不具美，而文彩高丽，并得虬龙片甲，凤凰一毛。事同驳圣，宜居中品。"（《诗品》卷中）按"鸿鹄"，指《言志诗》，此诗首句为"鸿鹄比翼游"。

何晏的著作还有《论语集解》，现在完整地保存下来，收入《十三经注疏》中。

毌丘俭，字仲恭，河东闻喜（今山西闻喜县）人。生年不详，卒于魏高贵乡公正元二年（255）。初为平原侯文学。明帝时，任幽州刺史，以平定辽东封安邑侯。正始六年（245），大破高句骊，后官至镇东将军。正元二年，起兵讨司马师，兵败被杀。事见《三国志》卷二十八《魏书·毌丘俭传》。

毌丘俭的著作,《隋书·经籍志》四著录:"梁有《毌丘俭集》二卷,录一卷。"《旧唐书·经籍志》、《新唐书·艺文志》著录皆为二卷。宋以后散佚。严可均《全三国文》卷四十辑录其文有《承露盘赋》、《罪状司马师表》等九篇。逯钦立《先秦汉魏晋南北朝诗·魏诗》卷八辑录其《答杜挚诗》、《之辽东诗》等三首。其中《答杜挚诗》一首,最早见于《三国志》卷二十一《魏志·刘劭传》注引《文章叙录》,故保存完整,余皆为残篇。

杜挚,字德鲁,河东(治今山西夏县西北)人。生卒年不详。曾任郎中、校书郎。怀才不遇,曾向毌丘俭求援,终未升迁。事见《三国志》卷二十一《魏书·刘劭传》注引《文章叙录》。参阅陆侃如《中古文学系年·杜挚》。

杜挚的著作,《隋书·经籍志》四著录:"魏校书郎《杜挚集》二卷……亡。"《旧唐书·经籍志》著录一卷,《新唐书·艺文志》著录二卷。宋以后散佚。严可均《全三国文》卷四十一辑录其《笳赋》一篇。逯钦立《先秦汉魏晋南北朝诗·魏诗》卷五辑录其《赠毌丘俭诗》、《赠毌丘荆州诗》二首。其中《赠毌丘俭诗》诉说自己壮志未伸,仕途坎坷,盼望友人援引。此诗最早见于《三国志》卷二十一《魏书·刘劭传》注引《文章叙录》。

李康,字萧远,中山(今河北定州市)人。生卒年不详。性格耿介,曾作《游山九吟》,受到魏明帝的赏识,任为寻阳长,政有美绩,后封陭阳侯。事见《文选》卷五十三《运命论》李善注引《集林》。参阅陆侃如《中古文学系年·李康》。

李康的著作,《隋书·经籍志》四著录:"陭阳侯《李康集》二卷,录一卷……亡。"《旧唐书·经籍志》、《新唐书·艺文志》著录皆为二卷。宋以后散佚。严可均《全三国文》卷四十三辑录其文有《髑髅赋》、《游山九吟序》、《运命论》三篇。其中《运命论》写人生无常而不得其解,于是委之运命,是一篇颇有影响的文章。选入《文选》卷五十三。《文心雕龙·论说》篇说:"李康《运命》,同《论衡》而过之。"刘勰认为其文章胜过王充的《论衡》。其诗今已不存。

曹冏,字元首,沛国谯(今安徽亳州)人。生卒年不详。他是魏齐王曹芳的族祖,官至弘农太守。事见《文选》卷五十二《六代论》李善注引《魏氏春秋》。

曹冏的著作,《隋书·经籍志》不见著录。今存《六代论》一篇。此文作于正始四年(243)。当时齐王曹芳年少,由曹爽与司马懿辅政,实权在司马氏父子手中,曹冏作《六代论》论夏、殷、周、秦、汉、魏六代兴亡事,力主分封宗室子弟,授以军政大权,抑制异姓权臣,维护曹魏统治。而曹爽不能接纳这样的意见,终遭失败。此文选入《文选》卷五十二,又见严可均《全三国文》卷二十。

夏侯玄,字太初,沛国谯(今安徽亳州)人。生于汉献帝建安十四年(209),卒于魏齐王曹芳嘉平六年(254)。少时知名,弱冠为散骑黄门侍郎。正始初,升任散骑常侍、中护军。后为大鸿胪、太常。因拟谋杀司马师,事泄被杀。事见《三国志》卷九《魏书·夏侯玄传》。参阅陆侃如《中古文学系年·夏侯玄》。

夏侯玄的著作,《隋书·经籍志》四著录:"魏太常《夏侯玄集》三卷。"《旧唐书·经籍志》、《新唐书·艺文志》著录皆为二卷。宋以后散佚。《三国志》本传注引《魏氏春秋》云:"玄尝著《乐毅》、《张良》及《本无肉刑论》,辞旨通远,咸传于世。"《张良论》今已不存。严可均《全三国文》卷二十一辑录其文有《时事议》、《肉刑论》、《乐毅论》等八篇。

傅嘏,字兰石,北地泥阳(今陕西铜川市耀州区东南)人。生于汉献帝建安十四年(209),卒于魏高贵乡公正元二年(255)。正始初,任尚书郎,升任黄门侍郎。后为司马懿从事中郎。曹爽死,任河南尹,升任尚书。正元二年,他助司马昭辅政,进封阳乡侯。事见《三国志》卷二十一《魏书·傅嘏传》。参阅陆侃如《中古文学系年·傅嘏》。

傅嘏的著作,《隋书·经籍志》四著录:"太常卿《傅嘏集》二卷,录一卷……亡。"《旧唐书·经籍志》、《新唐书·艺文志》著录皆为二卷。宋以后散佚。严可均《全三国文》卷三十五辑录其文有《对诏访征吴三计》、《难刘劭考课法论》、《皇初颂》等五篇。《文心雕龙·论说》篇说:"傅嘏、王粲,校练名理。"刘勰以傅嘏、王粲并称,认为其文特点是善于考核名实,推论事理。其诗今已不存。

吕安,字仲悌,东平(今山东东平县东)人。生年不详,卒于魏元帝景元三年(262)。他与嵇康、向秀友善,怀有济世之志。后被其兄吕巽诬陷下狱,与嵇康同时遇害。事见《三国志》卷二十一《魏书·王粲传》注引《魏氏春秋》及《文选》卷十六《思旧赋》李善注引臧荣绪《晋书》。

吕安的著作,《隋书·经籍志》四著录:"魏征士《吕安集》二卷,录一卷,亡。"《旧唐书·经籍志》、《新唐书·艺文志》著录皆为二卷。宋以后散佚。严可均《全三国文》卷五十三辑录其《髑髅赋》残文二条。今人戴明扬《嵇康集校注》附录部分有《吕安集》,集中有《髑髅赋》、《与嵇生书》,附《答赵景真书》。关于《与嵇生书》,《文选》卷四十三作《与嵇茂齐书》,作者题为赵景真。戴氏断为吕安作,有详细考证。又嵇康《明胆论》,是嵇康与吕安论难之文,合于一篇,其中亦有吕安之文。

钟会,字士季,颍川长社(今河南长葛县)人。生于魏文帝黄初六年(225),卒于魏元帝景元五年(264)。正始中,为秘书郎,转尚书中书侍郎。后官至司徒,封关内侯。他是司马昭的重要谋士,曾构陷嵇康。灭蜀后谋叛,为乱兵所杀。事见《三国志》卷二十八《魏书·钟会传》。参阅陆侃如《中古文学系年·钟会》。

《三国志》本传说:"(会)有才数技艺,而博学精练名理……会尝论《易》无互体,才性同异。及会死后,于会家得书二十篇,名曰《道论》,而实刑名家也,其文似会。……与山阳王弼并知名。"《道论》早已亡佚。《隋书·经籍志》四著录:"魏司徒《钟会集》九卷,梁十卷,录一卷。"《旧唐书·经籍志》、《新唐书·艺文志》著录皆为十卷。宋以后散佚。明代张溥辑有《魏钟司徒集》一卷,收入《汉魏六朝百三名家集》。张溥在《钟司徒集》题辞中说:"览其遗篇,彬彬儒雅,则又魏文七子之余泽矣。"严可均《全三国文》卷二十五辑录其文有《移蜀将吏士民檄》、《太极东堂夏少康汉高祖论》、《母夫人张氏传》等十四篇。其中《移蜀将吏士民檄》被刘勰认为是"壮笔"(《文心雕龙·檄移》)。此文选入《文选》卷四十四,题为《檄蜀文》。

王弼,字辅嗣,山阳(今河南焦作市)人。生于魏文帝黄初七年(226),卒于魏齐王正始十年(249)。幼时聪慧,好《老子》,善清谈,为当时名士所称赏。曾任尚书郎。卒时年仅二十四岁。事见《三国志》卷二十八《魏书·钟会传》及注引何劭《王弼传》。参阅陆侃如《中古文学系年·王弼》。

王弼的著作,《隋书·经籍志》四著录:"《王弼集》五卷,录一卷……亡。"《旧唐书·经籍志》、《新唐书·艺文志》著录皆为五卷。宋以后散佚。严可均《全三国文》卷四十四辑录其文有《戏答荀融书》、《难何晏圣人无喜怒哀乐论》二篇。刘师培说:"弼文传于世者,今鲜全篇,惟《易注》、《易略例》、《老子注》均为完书。"

(《中国中古文学史》第四课《魏晋文学之变迁》）今人楼宇烈有《王弼集校释》（中华书局1980年出版）。此集辑录《老子道德经注》、《老子指略》（辑佚）、《周易注》、《周易略例》、《论语释疑》（辑佚）。附录：一、何劭《王弼传》；二、有关王弼事迹资料。最为完备。

孙该，字公达，任城（今山东济宁市）人。生年不详，卒于魏元帝景元二年（261）。强志好学，年二十，召为郎中。后升任博士司徒右长史、著作郎。官至陈郡太守。事见《三国志》卷二十一《魏书·刘劭传》注引《文章叙录》。参阅陆侃如《中古文学系年·孙该》。

《三国志·刘劭传》说："陈郡太守孙该……亦著文赋，颇传于世。"他曾著《魏书》，不传。《隋书·经籍志》四著录："陈郡太守《孙该集》二卷，录一卷……亡。"《旧唐书·经籍志》、《新唐书·艺文志》著录皆为二卷。宋以后散佚。严可均《全三国文》卷四十辑录其文《三公山下神祠赋》、《琵琶赋》两篇。前赋写神祠，后赋写琵琶，颇有文采。

程晓，字季明，东郡东阿（今山东阳谷县东北阿城镇）人。生卒年不详。嘉平中为黄门侍郎。后升任汝南太守。年四十余卒。事见《三国志》卷十四《魏书·程昱传》及注引《世语》、《晓别传》。参阅陆侃如《中古文学系年·程晓》。

程晓的著作，《三国志·程昱传》注引《晓别传》说："晓大著文章多亡失，今之存者不能十分之一。"《隋书·经籍志》四著录："魏汝南太守《程晓集》二卷，梁录一卷。"《旧唐书·经籍志》、《新唐书·艺文志》著录皆为二卷。宋以后散佚。严可均《全三国文》卷三十九辑录其文《请罢校事官疏》、《与傅玄书》、《女典篇》三篇。逯钦立《先秦汉魏晋南北朝诗·晋诗》卷一辑录其诗《赠傅休奕诗》二首、《嘲热客诗》一首，共三首。

嵇喜,字公穆,谯国铚(今安徽宿州市西南)人。生卒年不详。嵇康之兄。魏末任将军司马。晋武帝泰始十年(274),任江夏太守。太康三年(282),任徐州刺史。后入朝任太仆,官至宗正。他与嵇康志趣不同,为当时名士所轻,阮籍以白眼相看,吕安在他门上题"鳳"字,"鳳"字拆开为凡鸟。事见《晋书》卷四十九《阮籍传》《嵇康传》、卷三《武帝纪》、卷三十八《齐王攸传》、卷六十八《贺循传》、卷八十九《嵇绍传》及《世说新语·简傲》。

嵇喜的著作,《隋书·经籍志》四著录:"晋宗正《嵇喜集》一卷,残缺。梁二卷,录一卷。"《旧唐书·经籍志》、《新唐书·艺文志》著录皆为二卷。宋以后散佚。严可均《全晋文》卷六十五辑录其文《嵇康传》一篇。逯钦立《先秦汉魏晋南北朝诗·晋诗》卷一辑录其《答嵇康诗》四首。这四首诗亦附载于《嵇康集》。明代胡应麟说:"嵇喜,叔夜之兄,吕安所为题为'鳳',阮籍因之白眼者,疑其不识一丁。及读喜诗,有《答叔夜》四章,四言殆相伯仲,五言'列仙徇生命,松乔安足齿?纵躯任度世,至人不私己',其识趣非碌碌者。或韵度不侔厥弟,然以凡鸟俗流遇之,亦少冤矣。"(《诗薮·外编》卷二)所论较为持平。

阮侃,字德如,陈留尉氏(今河南尉氏县)人。生卒年不详。有俊才,与嵇康为友。晋武帝时,官至河内太守。事见《世说新语·贤媛》注引《陈留志》。参阅陆侃如《中古文学系年·阮侃》。

阮侃的著作,《隋书·经籍志》四著录:"《阮侃集》五卷,录一卷。亡。"《旧唐书·经籍志》、《新唐书·艺文志》著录皆为五卷。宋以后散佚。其文不传,其诗今存《答嵇康诗》二首,附载于《嵇康集》。又见于逯钦立《先秦汉魏晋南北朝诗·魏诗》卷八。阮侃诗诗风朴实,不假雕琢,钟嵘称其诗"平典不失古体"(《诗品》卷下)。

郭遐周、郭遐叔,生平事迹不详,皆为嵇康之友。他们都有与嵇康赠答的诗传世。郭遐周有《赠嵇康诗》三首,附载于《嵇康集》,又见于逯钦立《先秦汉魏晋南北朝诗·魏诗》卷八。郭遐叔有《赠嵇康诗》,旧抄《嵇康集》,明冯惟讷《诗纪》作五首,四言四首,五言一首。逯钦立《先秦汉魏晋南北朝诗·魏诗》卷八作二首,逯氏说:"赠诗前四篇四言乃一首四章。每章皆以'如何忽尔'句承转,章法井然,不得目为四首。今以四言、五言各为一首。"二郭诗对嵇康的劝勉,洋溢着深厚的友情。亦可见他们之间的志趣不同。嵇康有《答二郭》三首。

第二编　西晋文学史料

西晋文学具有与建安、正始文学不同的特点。刘勰说:"晋世群才,稍入轻绮,张、潘、左、陆,比肩诗衢,采缛于正始,力柔于建安,或析文以为妙,或流靡以自妍,此其大略也。"(《文心雕龙·明诗》)沈约也说:"降及元康,潘、陆特秀,律异班、贾,体变曹、王,缛旨星稠,繁文绮合。缀平台之逸响,采南皮之高韵。遗风余烈,事极江右。"(《宋书·谢灵运传论》)皆道出西晋诗文繁缛的特点。西晋的作家众多,刘勰说:"逮晋宣始基,景文克构,并迹沈儒雅,而务深方术。至武帝惟新,承平受命,而胶序篇章,弗简皇虑。降及怀、愍,缀旒而已。然晋虽不文,人才实盛:茂先摇笔而散珠,太冲动墨而横锦,岳、湛曜联璧之华,机、云标二俊之采,应、傅、三张之徒,孙、挚、成公之属,并结藻清英,流韵绮靡,前史以为运涉季世,人未尽才,诚哉斯谈,可为叹息。"(《文心雕龙·时序》)刘勰提到的作家有张华、左思、潘岳、夏侯湛、陆机、陆云、应贞、傅玄、张载、张协、张亢、孙楚、挚虞和成公绥。刘勰在《时序》篇中没有提到,亦长于文学者尚有何劭、傅咸、潘尼、嵇含、欧阳建、曹摅、王赞、木华、张翰、刘琨、卢谌等人。刘师培说:"西晋人士,其于当时有文誉者,别有周处(石拓《周处碑》云:'文章绮合,藻思罗开。')、张畅(陆机《荐畅表》:'畅才思清敏。')张赡(《晋书·陆云传》移书荐赡云:'言敷其藻。'又曰:'篇章光覟。')、蔡洪(《世说·言语》篇注引洪集录:'洪有才辩。')、崔君苗(陆云《与兄平原书》:'君苗自复能作文。')诸人。其著作见《文选》者,见有石崇、枣据、郭泰机。其诗文集传于后世者，据《晋书》及《隋书·经籍志》所载，则王濬二卷、羊祜二卷以下，以及山涛五卷、杜预十八卷、司马彪四卷、何劭二卷、王浑五卷、王济二卷、贾充五卷、荀勖三卷、何曾五卷、裴秀三卷、裴楷二卷、刘毅二卷、庾峻二卷、薛莹三卷、盛彦五卷、刘寔二卷、刘颂三卷、虞溥二卷、陈咸三卷、吴商五卷、曹志二卷、王沈五卷、卫展十五卷、江统十卷、庾儵二卷、袁准二卷、殷巨二卷、卞粹五卷、索靖三卷、嵇绍二卷、华峤八卷、江伟六卷、陆冲二卷、孙毓六卷、郭象二卷、裴𬱟九卷、山简二卷、庾敳五卷、邹谌三卷、王瓒五卷、张辅二卷、夏侯淳二卷、阮瞻二卷、阮修二卷、阮冲二卷、张敏二卷、刘宝三卷、宣舒五卷、谢衡二卷、蔡充二卷、刘弘二卷、牵秀四卷、卢播二卷、贾彬三卷、杜育二卷、孙惠十一卷、闾丘冲二卷之属，均有专集（又：左贵嫔集四卷、王浑妻钟琰集五卷，亦见《隋志》）。足征西晋文学之盛矣。"（《中国中古文学史》第四课《魏晋文学之变迁》丙《潘陆及两晋诸贤之文》）从以上不完全的介绍中，我们可以窥见西晋文学的盛况。

西晋诗文史料，诗见逯钦立《先秦汉魏晋南北朝诗·晋诗》，文见严可均《全晋文》。

第一章 西晋初年文学史料

西晋初年的诗风表现了由魏到晋的过渡。代表作家有傅玄和张华。

第一节 傅玄的著作

傅玄，字休奕，北地泥阳（今陕西铜川市耀州区东南）人。生于汉献帝建安二十二年（217），卒于晋武帝咸宁四年（278）。他少时孤贫,博学善属文,精通音律。性刚劲亮直,不能容人之短。魏时举秀才,任郎中。后任安东参军、弘农太守,封鹑觚男。司马炎为晋王时,以傅玄为散骑常侍。入晋后,进爵为子,加驸马都尉。不久任侍中、御史中丞,位终司隶校尉。事见《晋书》卷四十七《傅玄传》。参阅陆侃如《中古文学系年·傅玄》及曹道衡、沈玉成《傅玄转司隶校尉及卒年》(见《中古文学史料丛考》)。

《晋书·傅玄传》说:"玄少时避难于河内,专心诵学,后虽显贵,而著述不废。撰论经国九流及三史故事,评断得失,各为区例,名为《傅子》,为内、外、中篇,凡有四部、六录,合百四十首,数十万言,并文集百余卷行于世。玄初作内篇成,子咸以示司空王沈。沈与玄书曰:'省足下所著书,言富理济,经纶政体,存重儒教,足以塞杨、墨之流遁,齐孙、孟于往代。每开卷,未尝不叹息也。"不见贾生,自以过之,乃今不及",信矣!'"可见其著作颇多,时人对他在政治上的评价也是比较高的。

傅玄所著之《傅子》,《隋书·经籍志》四著录为一百二十卷。《旧唐书·经籍志》、《新唐书·艺文志》著录与《隋志》并同。《宋史·艺文志》著录为五卷。宋以后散佚。元以后的辑本较常见的有:

> 《傅子》,元陶宗仪辑,张宗祥校,上海商务印书馆1927年排印《说郛》本。
> 《傅子》一卷,《四库全书》本。
> 《傅子》五卷,清严可均辑,孙星华重辑,武英殿聚珍版书广雅书局本,《丛书集成初编》本。
> 《傅子》三卷,清钱熙祚辑,《指海》本。
> 《傅子》二卷附录一卷,清钱保塘辑《清风室丛书》本。
> 《傅子》五卷,清傅以礼辑《傅氏家书》本。

《傅子》一卷，清王仁俊辑《玉函山房辑佚书续编》本。

《傅子》三卷附订讹一卷，叶德辉辑并撰订讹，《观古堂所著书》本、《郋园先生全书》本。

《傅子》一卷，方本《傅子》校勘记一卷，张鹏一辑校勘记，郭毓璋撰，《关陇丛书》本。

《傅子校补》一卷，张鹏一辑，《关陇丛书》本。

其中以叶德辉辑本较为详备。这些都是傅玄思想的史料。

傅玄的诗文集，《隋书·经籍志》四著录："晋司隶校尉《傅玄集》十五卷，梁五十卷，录一卷，亡。"《旧唐书·经籍志》、《新唐书·艺文志》著录皆为五十卷。《宋史·艺文志》著录仅为一卷，可知此书在宋以后已散佚。明以后的辑本较常见的有：

《傅鹑觚集》六卷附录一卷，明张燮辑《七十二家集》本。

《傅鹑觚集》一卷，明张溥《汉魏六朝百三名家集》本。

《鹑觚集》二卷，《关陇丛书》本。

《晋司隶校尉傅玄集》三卷，《观古堂所著书》本，《郋园先生全书》本。

《傅鹑觚集》四卷，《傅氏家书》本。

此外，有《傅鹑觚集选》一卷，清吴汝纶评选，《汉魏六朝百三家集》本。

傅玄在文学上擅长乐府，然颇多模拟之作，开西晋以后拟古之风。张溥说：

> 晋代郊祀宗庙乐歌，多推傅休奕，顾其文采，与荀、张等耳。《苦相篇》与《杂诗》二首，颇有《四愁》、《定情》之风。《历九秋》诗，读者疑为汉古词，非相如、枚乘不能作。其言文声永，诚诗家六言之祖也。休奕天性峻急，正色白简，台阁生

风。独为诗篇,新温婉丽,善言儿女,强直之士怀情正深,赋好色者何必宋玉哉。后人致疑广平,抑固哉高叟也。晋武受禅,广纳直言,休奕时务便宜诸疏,劘切中理。至云:"魏武好法术,天下好刑名;魏文慕通远,天下贱守节。"请退虚鄙,如逐鸟雀,晋衰薄俗,先有隐忧。干令升论曰:"览傅玄、刘毅之言,而得百官之邪;核傅咸之奏,《钱神》之论,而睹宠赂之彰。"悼祸乱而美知几,清泉药石,可世守也。争言骂座,两遭免官,褊心有诮,亦汲长孺之微戆乎?(《汉魏六朝百三名家集·傅鹑觚集》题辞)

张溥对傅玄的诗文创作、思想性格都有评论,比较中肯,可供参考。

第二节　张华的著作

张华,字茂先,范阳方城(今河北固安县南)人。生于魏明帝太和六年(232),卒于晋惠帝永康元年(300)。少时孤贫,而学业优博,辞藻温丽。阮籍见其《鹪鹩赋》,叹为"王佐之才"。魏时任佐著作郎、长史等职。入晋后,任黄门侍郎。以平吴有功,封广武县侯。惠帝时,历任太子少傅、侍中、中书监。后进封壮武郡公,官至司空。因拒绝赵王伦和孙秀的篡权阴谋,被害。事见《晋书》卷三十六《张华传》。其年谱有:

《张华年谱》,姜亮夫编,上海古典文学出版社1957年出版。今人沈玉成有《〈张华年谱〉、〈陆平原年谱〉中的几个问题》,见《沈玉成文存》,中华书局2006年出版。可参阅。

《张华年谱》,廖蔚卿编,《台湾大学文史哲学报》二十七期,1978年12月出版。

张华的诗注重铺张排比,堆砌词藻。钟嵘评其诗说:"其源出于王粲。其体华艳,兴托不奇,巧用文字,务为妍冶。虽名高曩代,而疏亮之士,犹恨其儿女情多,风云气少。谢康乐云:'张公虽复千篇,犹一体耳。'今置之中品疑弱,处之下科恨少,在季、孟之间矣。"颇为允当。

张华的著作,《隋书·经籍志》四著录:"晋司空《张华集》十卷,录一卷。"《旧唐书·经籍志》、《新唐书·艺文志》著录亦皆为十卷。《宋史·艺文志》著录:"《张华集》二卷,又《诗》一卷。"可见其集宋时已散佚。明以后的辑本,较常见的有:

> 《晋张司空集》(一名《张茂先集》)一卷,明张溥《汉魏六朝百三名家集》本。
> 《张司空集》一卷,清姚莹、顾沅、潘锡恩辑《乾坤正气集》本。

严可均《全上古三代秦汉三国六朝文》辑录张华文三十篇。逯钦立《先秦汉魏晋南北朝诗》辑录张华诗四十四首、乐府十一首。张溥说:"壮武文章,赋最苍凉,文次之,诗又次之。大抵去汉不远,犹存张、蔡之遗。"(《汉魏六朝百三名家集·张司空集》题辞)对其诗的评价不高,与《诗品》同。

《晋书》本传说,张华"图纬方技之书,莫不详览",这与他后来编写《博物志》颇有关系。其《博物志》参阅本书第七编第一章第二节。

第二章 太康文学史料

太康(280—289)是晋武帝司马炎的年号。钟嵘说:"太康中,三张、二陆、两潘、一左,勃尔复兴,踵武前王,风流未沫,亦文章之中兴也。"(《诗品序》)太康时期出现了三张(张载与弟张协、张六)、二陆(陆机与弟陆云)、两潘(潘岳与侄潘尼)、一左(左思)。他们都是太康时期的代表作家。太康是西晋文学比较繁荣的时期。但是,潘、陆等人的作品追求辞藻的华美,注重炼字析句,往往流于轻绮靡丽。

第一节　张载、张协和张亢的著作

太康诗人张载、张协、张亢三人并称。《晋书》卷五十五《张载传》说:"亢字季阳,才藻不逮二昆,亦有属缀。又解音乐伎术。时人谓载、协、亢,陆机、云,曰'二陆'、'三张'。"

张载,字孟阳,安平(今河北安平县)人。生卒年不详。其父张收为蜀郡太守。太康初,张载赴蜀探望父亲,道经剑阁,作《剑阁铭》。为益州刺史张敏所称道,上表推荐,武帝遣使刻于剑阁山上。张载又作《濛汜赋》,为司隶校尉傅玄所叹赏,从此知名。历任著作郎、太子中舍人、弘农太守等职。因世乱,称疾告归,卒于家中。事见《晋书》卷五十五《张载传》。参阅陆侃如《中古文学系年·张载》及沈玉成《魏晋文学史料考辨三张(张载、张协、张亢)小考》(见《沈玉成文存》)。

张载的著作,《隋书·经籍志》四著录:"晋中书郎《张载集》七卷,梁一本二卷,录一卷。"《旧唐书·经籍志》著录为三卷。《新唐书·艺文志》著录为二卷。宋代散佚。其辑本有:

　　《晋张孟阳集》一卷,明张溥辑《汉魏六朝百三名家集》本。

清吴汝纶评选《张孟阳集选》一卷,有《汉魏六朝百三家集选》本。严可均《全上古三代秦汉三国六朝文》辑录张载文十三篇。逯钦立《先秦汉魏晋南北朝诗》辑录张载诗二十一首。

张协,字景阳,安平(今河北安平县)人。张载弟。生年不详。约卒于晋怀帝永嘉元年(307)。他少有俊才,与其兄张载齐名。曾任秘书郎、华阴令、中书侍郎、河间内史等职。惠帝末,天下已乱,他辞官归田,以吟咏自娱。后朝廷征为黄门侍郎,托疾不就,卒于家中。传附《晋书》卷五十五《张载传》。参阅陆侃如《中古文学系年·张协》。

张载和张协的文学成就,《晋书·张载传赞》说:"载、协飞芳,棣华增映。"这是兼指诗、文两方面而言。就诗而论,张载的成就远不如张协。所以,钟嵘将张载诗列入"下品",指出:"孟阳诗,乃远惭厥弟。"(《诗品》卷下)对于张协,钟嵘列入"上品",评曰:"其源出于王粲。文体华净,少病累。又巧构形似之言。雄于潘岳,靡于太冲。风流调达,实旷代之高手。词采葱蒨,音韵铿锵,使人味之,亹亹不倦。"(《诗品》卷上)这个评价是很高的。张协诗今存《咏史》、《杂诗》、《游仙诗》等十五首。《杂诗》十首是其代表作。

张协的著作,《隋书·经籍志》四著录:"晋黄门郎《张协集》三卷,梁四卷,录一卷。"《旧唐书·经籍志》、《新唐书·艺文志》著录皆为二卷。宋代散佚。辑本有:

> 《晋张景阳集》一卷,明张溥辑《汉魏六朝百三名家集》本。

此外,有《张景阳集》一卷,清吴汝纶评选《汉魏六朝百三家集选》本。严可均《全上古三代秦汉三国六朝文》辑录张协文十五篇。逯钦立《先秦汉魏晋南北朝诗》辑录张协诗十五首。

张亢,字季阳,安平(今河北安平县)人。生卒年不详。与兄载、协并称"三张"。其才藻不及二兄,但亦善文辞,并懂得音乐伎术。东晋初过江,历任散骑侍郎、佐著作郎、乌程令、散骑常侍等职。传附《晋书》卷五十五《张载传》。参阅陆侃如《中古文学系年·张亢》。

张亢的著作，《隋书·经籍志》四著录："散骑常侍《张亢集》二卷，录一卷。"《旧唐书·经籍志》、《新唐书·艺文志》皆著录"《张抗集》二卷"。按，"抗"当作"亢"。宋代散失。以后亦无辑本传世。逯钦立《先秦汉魏晋南北朝诗》辑录张亢诗一首。

关于"三张"，张溥说：

> 晋代文人，有"二陆"、"三张"之称，"三张"者，孟阳载、景阳协、季阳亢也。季阳才藻不逮二昆，文不甚显。孟阳《濛汜》，司隶延誉，景阳《七命》，举世称工，安平棣华，名岂虚得。然揆其旨趣，语亦犹人，不能不远惭枚叔，近愧平原也。《剑阁》一铭，文章典则，砮石蜀山，古今荣遇。景阳文称让兄，而诗独劲出，盖二张齐驱，诗文之间，互有短长。若论才家庭，则伯难为兄，仲难为弟矣。……（《汉魏六朝百三名家集·张孟阳景阳集》题辞）

张氏对"三张"的评论，较为客观，是符合他们的文学创作实际的。

第二节　陆机、陆云的著作

陆机，字士衡，吴郡华亭（今上海市松江区）人。生于魏元帝景元二年（261），卒于晋惠帝太安二年（303）。祖逊，父抗，皆三国吴名将。机少时曾任吴牙门将，吴亡，家居勤学。太康末（289），与弟云同至洛阳，文才倾动一时。入晋，历任太子洗马、著作郎、中书郎等职。后成都王司马颖表为平原内史，故世称陆平原。太安二年，为成都王率兵讨长沙王，兵败被杀。事见《晋书》卷五十四《陆机传》。其年谱有：

《陆士衡年谱》,李泽仁编,《陆士衡史》(《南友书塾季报》第五期,1926年3月出版)所附。

《潘陆年谱》,何融编,《知用丛刊》第二集。

《陆机年表》,朱东润编,《文哲季刊》第一卷第一号,1930年4月出版。

《陆平原年谱》,姜亮夫编,上海古典文学出版社1957年出版。沈玉成有《〈张华年谱〉、〈陆平原年谱〉中的几个问题》(见《沈玉成文存》),可参阅。

《陆机陆云年谱》,俞士玲编,人民文学出版社2009年2月出版。此年谱考订陆机、陆云兄弟生平事迹较详,且为二陆诗文系年。年谱中设有考证一栏,讨论二陆研究中的一些问题,可供参考。

陆机的诗文较多,陆云曾"集兄文为二十卷"(《与兄平原书》)。晋葛洪《抱朴子》说:"吾见二陆之文百许卷,似未尽也。"(《北堂书钞》卷一百引)《隋书·经籍志》四著录:"晋平原内史《陆机集》十四卷,梁四十七卷,录一卷,亡。"《旧唐书·经籍志》、《新唐书·艺文志》著录皆为十五卷。《宋史·艺文志》著录只有十卷。晁公武《郡斋读书志》、陈振孙《直斋书录解题》并同。晁公武说:"(陆机)所著文章凡三百余篇,今存诗、赋、论、议、笺、表、碑、诔一百七十余首,以《晋书》、《文选》较正外,余多舛误。"宋人辑本已经散佚。明以后的辑本有:

《陆士衡集》十卷,宋徐民瞻辑《晋二俊文集》本已佚,明有陆元大翻印本,《四部丛刊》本据此影印。明汪士贤辑《汉魏诸名家集》本、丁福保辑《汉魏六朝名家集初刻》本、《四部备要》本。

《陆士衡文集》十卷,清阮元辑《宛委别藏》本。
《陆士衡文集》十卷附札记一卷,清钱培名辑《小万卷楼丛书》本、《丛书集成初编》本。
《陆士衡集》七卷,明薛应旂辑《六朝诗集》本。
《陆平原集》八卷附录一卷,明张燮辑《七十二家集》本。
《陆平原集》二卷,明张溥辑《汉魏六朝百三名家集》本。
《陆平原集》,明叶绍泰辑《增定汉魏六朝别解》本。
《陆士衡集佚文》一卷,清王仁俊辑《经籍佚文》本。
《陆士衡集校》,清陆心源撰《潜园总集》本。

此外,清吴汝纶评选《陆平原集选》一卷,有《汉魏六朝百三家集选》本。

今人郝立权有《陆士衡诗注》四卷,人民文学出版社1958年出版。陆机诗选入《文选》的有李善注,此书在这些诗的李善注之外另加补注,注释较详。这是陆机诗唯一的全注本。

1982年,中华书局出版了今人金涛声点校的《陆机集》。全书仍分十卷,书后有《陆机集补遗》三卷,附录有三:一、陆机的专著(晋纪、洛阳记、要览);二、陆机传记资料;三、陆机集序跋。较为完备。

《陆士衡文集校注》,刘运好校注,凤凰出版社2007年12月出版。本书以《四部丛刊》影印陆元大翻刻宋本《晋二陆文集》之《陆士衡文集》为底本,校注较详。对《文集》失收之赋、诗、文,悉加辑录。对士衡之《洛阳记》、《要览》、《晋书》、《惠帝起居志》等之佚文亦加辑录。书后附录有:一、《陆士衡年谱》;二、陆士衡传记资料;三、陆士衡文集序跋、题记、提要;四、主要引用书目。

《陆机集校笺》,杨明校笺,上海古籍出版社2016年出版。本书校勘笺释详细认真。在各篇之后,附以集评,书后辑有总评,附录有年表、传记资料、序跋题记、校笺者引用书目等,对读者有帮助。上海古籍出版社列入《中国古典文学丛书》,是一部较好的校笺本。

《晋书》本传说:"机天才秀逸,辞藻宏丽。张华尝谓之曰:'人之为文,常恨才少,而子更患其多。'弟云尝与书曰:'君苗见兄文,辄欲烧其笔砚。'后葛洪著书称机文:'犹玄圃之积玉,无非夜光焉,五河之吐流,泉源如一焉。其弘丽妍赡,英锐漂逸,亦一代之绝乎!'其为人所推服如此。"但是,今天看来,其诗多因袭摹拟,雕琢排偶,形式板滞,内容比较空虚。《赴洛道中作》、《拟明月何皎皎》等是较好的诗篇。其文成就较高,《文赋》、《叹逝赋》、《吊魏武帝文》皆为名作。

对于陆机诗文的评论,当时偏于褒扬,如刘勰说:"至如士衡才优,而缀辞尤繁;士龙思劣,而雅好清省。及云之论机,亟恨其多,而称清新相接,不以为病。"(《文心雕龙·镕裁》)又说:"士衡矜重,故情繁而辞隐。"(《文心雕龙·体性》)又说:"陆机才欲窥深,辞务索广,故思能入巧,而不制烦。"(《文心雕龙·才略》)钟嵘列陆机于"上品",说:"晋平原相陆机。其源出于陈思。才高词赡,举体华美。气少于公幹,文劣于仲宣。尚规矩,不贵绮错,有伤直致之奇。然其咀嚼英华,厌饫膏泽,文章之渊泉也。张公(华)叹其大才,信矣!"(《诗品》卷上)后世偏于贬抑,如陈祚明说:"士衡诗束身奉古,亦步亦趋,在法必安,选言亦雅,思无越畔,语无溢幅。造情既浅,抒响不高。拟古乐府,稍见萧森;追步《十九首》,便伤平浅。至于述志赠答,皆不及情。夫破亡之余,辞家远宦,若以流离为感,则悲有千条;倘怀甄录之欣,亦幸逢一旦。哀乐两柄,易得淋漓,乃敷旨浅庸,性情不出。岂余生之遭难,畏出口以招尤,故抑志就平,意满不叙,若脱纶之鬣,初放微波,围圉未舒,有怀靳展乎?

大较衷情本浅,乏于激昂者矣。"(《采菽堂古诗选》卷十)沈德潜说:"士衡诗亦推大家,然意欲逞博,而胸少慧珠,笔又不足以举之,遂开出排偶一家。西京以来,空灵矫健之气,不复存矣。降自梁、陈,专工队仗,边幅复狭,令阅者白日欲卧,未必非士衡为之滥觞也。"(《古诗源》卷七)各偏一面,难得持平之论。如何评价陆机诗文,只有进行具体分析,才能得出正确的结论。

陆云,字士龙,吴郡华亭(今上海市松江区)人。生于魏元帝景元三年(262),卒于晋惠帝太安二年(303)。少有文才,与兄机齐名,世称"二陆"。十六岁举贤良。吴亡后,与兄同入洛。历任尚书郎、中书侍郎等职。成都王司马颖荐为清河内史,世称陆清河。太安二年,与兄同时遇害。事见《晋书》卷五十四《陆云传》。参阅陆侃如《中古文学系年·陆云》。

陆云的诗文创作成就不高,其文学理论尚有引人注意的地方。他在当时重视辞藻的风气之下推崇"清省"、"清新",便有一定的积极意义。他的著作,《隋书·经籍志》四著录:"晋清河太守《陆云集》十二卷,梁十卷,录一卷。"《旧唐书·经籍志》、《新唐书·艺文志》著录皆为十卷。《宋史·艺文志》著录十卷。现存的《陆云集》,最早的是宋宁宗庆元六年(1200)华亭县学刻《陆士龙文集》十卷本。明以后的版本有:

《陆士龙文集》十卷,宋徐民瞻辑《晋二俊文集》本已佚,明有陆元大翻刻本,《四部丛刊》本据此影印。

《陆士龙集》十卷,明汪士贤辑《汉魏诸名家集》本、《四库全书》本、丁福保辑《汉魏六朝名家集初刻》本、《四部备要》本。

《陆士龙集》四卷,明薛应旂辑《六朝诗集》本。

《陆清河集》八卷附录一卷,明张燮辑《七十二家集》本。

《陆清河集》二卷,明张溥辑《汉魏六朝百三名家集》本。

《陆士龙集校》,清陆心源《潜园总集》本。

此外,有《陆清河集选》一卷,清吴汝纶评选《汉魏六朝百三家集选》本。

1988年,中华书局出版了黄葵点校的《陆云集》,此书以宋庆元六年刻《陆士龙文集》为底本,仍分为十卷,最后有《补遗》。附录有二:一、陆云传记资料;二、主要版本序跋。这是比较完备的本子。

其后有《陆士龙文集校注》,刘运好校注,凤凰出版社2010年12月出版。本书以《四部丛刊》影印陆元大翻刻宋本《晋二俊文集》之《陆士龙文集》为底本,校注较详。对《陆士龙文集》失收之赋、诗、文,悉加辑录。对士龙《陆子》之佚文亦加以辑录。书后附录有:一、陆士龙年谱;二、陆士龙传记资料;三、陆士龙文集序跋、题记、提要;四、校勘、辑佚、注释、评笺引用书目及版本。

刘勰说:"士龙朗练,以识检乱,故能布采鲜净,敏于短篇。"(《文心雕龙·才略》)钟嵘说:"清河之方平原,殆如陈思之匹白马。于其哲昆,故称二陆。"(《诗品》卷上)以上所评皆是。陆机、陆云兄弟,世称"二陆",然陆云之诗文自不如陆机。

第三节 潘岳、潘尼的著作

潘岳,字安仁,荥阳中牟(今河南中牟县东)人。生于魏齐王曹芳正始八年(247),卒于晋惠帝永康元年(300)。少以才颖见称,乡里称为神童。早举秀才,为众所嫉,栖迟十年。初任河阳令,转怀县令。依附贵戚杨骏,任太傅主簿。杨骏被杀,岳亦除名。后任著作郎、散骑侍郎、给事黄门侍郎等职。又谄事贾谧,为"二十四友"之首。终为赵王司马伦亲信孙秀所杀害。事见《晋书》卷五十五《潘岳传》。其年谱及有关考证文章有：

《潘陆年谱》，何融编，《知用丛刊》第二集。
《潘安仁年谱初稿》，郑文编，《经世》二卷三期，1942年2月。
《晋潘岳生卒年考》，章泰笙撰，《中央图书馆馆刊》第一卷第四号，1947年12月。
《晋潘岳生卒考书后》，陆侃如撰，《太公报·图书周刊》第六十二期，1948年8月17日。
《潘岳系年考证》，傅璇琮撰，《文史》14辑，1982年7月。
《潘岳与贾谧"二十四友"》，曹道衡、沈玉成撰，见《中古文学史料丛考》。

《晋书》本传说：潘岳"辞藻绝丽，尤善为哀诔之文"。他工于诗赋，其诗钟嵘《诗品》列入上品，代表作有《悼亡诗》三首。其赋多名篇，《文选》选录其《藉田赋》、《射雉赋》、《西征赋》、《秋兴赋》、《闲居赋》、《怀旧赋》、《寡妇赋》、《笙赋》八篇。潘岳与陆机齐名，世称"潘陆"。

潘岳的著作，《隋书·经籍志》四著录："晋黄门郎《潘岳集》十卷。"《旧唐书·经籍志》、《新唐书·艺文志》著录皆为十卷。《宋史·艺文志》著录七卷。可见《潘岳集》宋时已有所散失。明以后的辑本较常见的有：

《潘黄门集》六卷附录一卷，明张燮辑《七十二家集》本。
《潘黄门集》一卷，明张溥辑《汉魏六朝百三名家集》本。
《潘黄门集》六卷，明汪士贤辑《汉魏诸名家集》本。
《潘黄门集》，明叶绍泰辑《增定汉魏六朝别解》本。
《潘安仁集》五卷，丁福保辑《汉魏六朝名家集初刻》本。

严可均《全上古三代秦汉三国六朝文》辑录潘岳文六十一篇。逯钦立《先秦汉魏晋南北朝诗》辑录潘岳诗二十三首。

今人董志广有《潘岳集校注》，天津古籍出版社1993年出版，2005年出版修订本。

今人王增文有《潘黄门集校注》，中州古籍出版社2002年出版。

刘勰说："安仁轻敏，故锋发而韵流。"（《文心雕龙·体性》）又说："潘岳敏给，辞自和畅，钟美于《西征》，贾余于哀诔，非自外也。"（《文心雕龙·才略》）钟嵘说："晋黄门郎潘岳诗，其源出于仲宣。《翰林》叹其翩翩然如翔禽之有羽毛、衣服之有绡縠，犹浅于陆机。谢混云：'潘诗烂若舒锦，无处不佳；陆文如披沙简金，往往见宝。'嵘谓益寿轻华，故以潘为胜；《翰林》笃论，故叹陆为深。余常言：陆才如海，潘才如江。"（《诗品》卷上）

张溥说："予读安仁《马汧督诔》，恻然思古义士，犹班孟坚之传苏子卿也。及悼亡诗赋，《哀永逝文》，则又伤其闺房辛苦，有古落叶哀蝉之叹。史云'善为哀诔'，诚然哉！《籍田赋》、《客舍议》并以典则见称，陆海潘江，无不善也。独惜其愍怀诈书，呈身牝后，屈长卿之典册，行江充之告变，重污泥以自辱耳。《闲居》一赋，板舆轻轩，浮杯高歌，天伦乐事，足起爱慕。孰知其仕宦情重，方思热客，慈母拳拳，非所念也。杨骏被诛，纲纪当坐，安仁赖河阳旧客得脱躯命，而好进不休，举家糜灭，害由小史，生之者公孙宏，杀之者孙秀，祸福何常，古人所以畏蜂虿也。二陆屠门，戎毒相类，天下哀之，遂腾讨檄。安仁东市，独无怜者，士之贤愚，至死益见，余深为彼美惜焉。"（《汉魏六朝百三名家集·潘黄门集》题辞）

刘、钟二家对潘岳皆备致优评。张氏评论其作品，又指出其品质的卑劣，所论较为全面。

孙绰评潘岳、陆机诗:《世说新语·文学》云:"孙兴公(绰)云:'潘文烂若披锦,无处不善;陆文若排沙简金,往往见宝。'"按:此处所载孙绰对潘岳的评论与钟嵘《诗品》所载谢混对潘岳的评论相同,不知何书所载为的。

陈祚明论潘岳诗与陆机诗之不同特点云:"安仁情深之子,每一涉笔,淋漓倾注,宛转侧折,旁写曲诉,刺刺不能自休。夫诗以道情,未有情深而语不佳者;所嫌笔端繁冗,不能裁节,有逊乐府古诗含蕴不尽之妙耳。安仁过情,士衡不及情;安仁任天直,士衡准古法。夫诗以道情,天真既优,而以古法绳之,曰未尽善,可也。盖古人之能用法者,中亦天真为本也。情则不及,而曰吾能用古法;无实而袭其形,何益乎?故安仁有诗而士衡无诗。钟嵘以声格论诗,曾未窥见诗旨。其所云'陆深而芜,潘浅而净',互易评之,恰合不谬矣。不知所见何以颠倒至此!"(《采菽堂古诗选》卷十一)按:潘诗富于感情,自然流露,生动感人。陆诗尊奉古法,缺乏感情,故不动人。陈氏评潘、陆诗深中肯綮。至云:"'陆深而芜,潘浅而净',互易评之,恰合不谬矣。"自非确论。

潘尼,字正叔,荥阳中牟(今河南中牟县东)人。生卒年不详。《晋书》本传说:"洛阳将没,携家属东出成皋,欲还乡里。道遇贼,不得前,病卒于坞壁,年六十余。"陆侃如认为潘尼约生于魏齐王曹芳嘉平二年(250),约卒于晋怀帝永嘉五年(311)(参阅《中古文学系年》635页、831页)。他是潘岳之侄。与潘岳同以文学著名,世称"两潘"。太康中,举秀才,任太常博士。元康初,任太子舍人。后历任黄门侍郎、散骑常侍、侍中、秘书监。永兴末,任中书令。永嘉中,任太常卿。不久病卒。事见《晋书》卷五十五《潘岳传》。参阅陆侃如《中古文学系年·潘尼》。

潘尼诗颇重词藻，与潘岳风格相近。钟嵘《诗品》说他的诗作"虽不具美，而文采高丽"，是为的评。潘尼的著作，《隋书·经籍志》四著录："晋太常卿《潘尼集》十卷。"《旧唐书·经籍志》、《新唐书·艺文志》著录皆为十卷。《宋史·艺文志》不见著录，殆宋时已散失。明以后的辑本较常见的有：

《潘太常集》二卷附录一卷，明张燮辑《七十二家集》本。

《潘太常集》一卷，明张溥辑《汉魏六朝百三名家集》本。

此外，有《潘太常集选》一卷，清吴汝纶评选《汉魏六朝百三家集选》本。

严可均《全上古三代秦汉三国六朝文》辑录潘尼文二十六篇。逯钦立《先秦汉魏晋南北朝诗》辑录潘尼诗三十首。

第四节 左思的著作

左思，字太冲，齐国临淄（今山东淄博市）人。约生于魏齐王曹芳嘉平二年（250），约卒于晋惠帝永兴二年（305）。其父左雍曾任殿中侍御史。左思貌寝，口讷，而辞藻壮丽。不好交游，惟以闲居为事。后以妹芬入宫，移家京师，求为秘书郎。构思十年，写成《三都赋》，皇甫谧为之作序，张载、刘逵为之作注，张华叹赏，于是豪贵之家竞相传写，洛阳为之纸贵。左思曾为贾谧"二十四友"之一，谧诛，他专意典籍，齐王司马冏命他为记室督，他以病辞不就。晚年移居冀州，几年后以病终。事见《晋书》卷九十二《左思传》、《世说新语》卷二《文学》第四及注引《左思别传》。参阅陆侃如《中古文学系年·左思》及曹道衡、沈玉成《〈三都赋〉作年》（见《中古文学史料丛考》）。

刘勰说："左思奇才，业深覃思，尽锐于《三都》，拔萃于《咏史》。"(《文心雕龙·才略》)这是指出左思的诗赋代表作《三都赋》和《咏史》八首。钟嵘说:"(左思)其源出于公幹,文典以怨,颇为精切,得讽谕之致。虽野于陆机,而深于潘岳。谢康乐尝言:'左太冲诗,潘安仁诗,古今难比。'"(《诗品》卷上)这是指出左思诗的源流、特点和历史地位。左思的著作,《隋书·经籍志》四著录:"晋齐王府记室《左思集》二卷,梁有五卷,录一卷……亡。"《旧唐书·经籍志》、《新唐书·艺文志》著录皆为五卷。《宋史·艺文志》不见著录,殆宋时已散失。近人丁福保《汉魏六朝名家集初刻》辑录《左太冲集》一卷。左思诗今存《悼离赠妹诗》二首、《咏史诗》八首、《招隐诗》二首、《杂诗》和《娇女诗》共十四首。见逯钦立《先秦汉魏晋南北朝诗·晋诗》卷七。左思文今存《三都赋》、《白发赋》两篇,此外,《齐都赋》、《七略》皆仅存只言片语。见严可均《全晋文》卷七十四。左思的作品传下来的虽然很少,却能传名千载,甚至声名赫然。这自然是由于作品高度的思想艺术成就决定的。

陈祚明说:"太冲一代伟人,胸次浩落,洒然流咏。似孟德而加以流丽,仿子建而独能简贵。创成一体,垂式千秋,其雄在才,而其高在志。有其才而无其志,语必虚侨,有其志而无其才,音难顿挫。钟嵘以为'野于陆机',悲哉! 彼安知太冲之陶乎汉魏,化乎矩度哉!"(《采菽堂古诗选》卷十一)

沈德潜说:"钟嵘评左诗,谓'野于陆机,而深于潘岳',此不知太冲者也。太冲胸次高旷,而笔力又复雄迈,陶冶汉魏,自制伟词,故是一代作手,岂潘、陆辈所能比埒!"(《古诗源》卷七)

陈、沈之评左思,驳正了钟嵘的误解,比较深刻。于此可见左思诗鲜明的思想艺术特点。

关于左思《三都赋》:

《世说新语·文学》云:"左太冲作《三都赋》初成,时人互有讥訾,思意不惬。后示张公(华)。张曰:'此二京可三,然君文未重于世,宜以经高名之士。'思乃询求皇甫谧。谧见之嗟叹,遂为作叙。于是先祖非贰者,莫不敛衽赞述矣。"刘孝标注云:"《思别传》曰:思造张载,问岷、蜀事,交接亦疏。皇甫谧西州高士,挚仲治宿儒知名,非思伦匹。刘渊林、卫伯舆并早终,皆不为思赋序注也。凡诸注解,皆思自为,欲重其文,故假时人名姓也。"

又余嘉锡撰《世说新语笺疏》引程炎震注云:"《御览》五百八十七引《世说》……'敛衽赞述焉'以下有'陆机入洛,欲为此赋。闻思作之,抚掌而笑。与弟云书:"此间有伧父,欲作《三都赋》。须其成,当以覆酒瓮耳。"及思赋出,机绝叹服,以为不能加也'五十三字。"(中华书局1983年8月版249页)

清人王士禛《古夫于亭杂录》三云:"按太冲《三都赋》,自足接迹扬、马,乃云假诸人为重,何其陋耶!且西晋诗气体高妙,自刘越石而外,岂复有太冲之比?《别传》不知何人所作?定出怨谤之口,不足信也。"王氏认为《左思别传》之说,不可信。

俞士玲《西晋文学考论》,南京大学出版社2008年9月出版。
第一章　张华文学系年考证
第二章　傅玄与张载、张协文学系年考证
第三章　左思文学系年考证
第四章　潘岳、潘尼文学系年考证
第五章　傅咸、挚虞文学系年考证
以上各章,可供研究西晋文学者参考。

第三章　永嘉文学史料

永嘉是晋怀帝司马炽的年号（307—312）。在文学史上是指西晋末年的文学。钟嵘说："永嘉时，贵黄、老，稍尚虚谈，于时篇什，理过其辞，淡乎寡味……先是郭景纯用俊上之才，变创其体；刘越石仗清刚之气，赞成厥美。然彼众我寡，未能动俗。"（《诗品序》）这是说，永嘉诗歌，玄风始盛，当时比较杰出的诗人是郭璞和刘琨。

第一节　刘琨的著作

刘琨，字越石，中山魏昌（今河北无极县东北）人。生于晋武帝泰始七年（271），卒于晋元帝建武二年（318）。其祖父曾任散骑常侍，父位至光禄大夫。刘琨身为贵公子，生活豪奢放荡，依附权贵贾谧，为"二十四友"之一。又与祖逖为友，同任司州主簿，同被共寝，鸡鸣起舞，以豪杰自许。曾任尚书左丞、司徒左长史等职。光熙元年（306），他迎惠帝于长安，功封广武侯。永嘉元年（307），任并州刺史，抗击匈奴刘渊、刘聪。愍帝时，任大将军，都督并州军事。建兴三年（315），升任司空，都督并、冀、幽三州诸军事。以兵败于石勒，投奔幽州刺史鲜卑人段匹磾，共扶晋室。元帝时为侍中、太尉，后为段匹磾所害。卒年四十八岁。事见《晋书》卷六十二《刘琨传》。参阅陆侃如《中古文学系年·刘琨》。

刘琨的著作，《隋书·经籍志》四著录："晋太尉《刘琨集》九卷，梁十卷。《刘琨别集》十二卷。"《旧唐书·经籍志》、《新唐书·艺文志》著录皆为十卷。《宋史·艺文志》著录亦为十卷。但陈振孙说："前五卷差全可观，后五卷阙误，或一卷数行，或断续不属，殆类钞节者。末卷《刘府君诔》尤多讹，未有别本可以是正。"（《直斋

书录解题》卷十六)可见此书宋代已经残缺,以后就散失了。明以后的辑本较常见的有:

《晋刘越石集》一卷,明张溥辑《汉魏六朝百三名家集》本。

《刘越石集》,明叶绍泰辑《增定汉魏六朝别解》本。

此外,有《刘越石集选》一卷,清吴汝纶评选《汉魏六朝百三家集选》本。严可均《全晋文》卷一〇八辑录刘琨文有《劝进表》、《答卢谌书》、《与段匹䃅盟文》等二十五篇。逯钦立《先秦汉魏晋南北朝诗·晋诗》卷十一辑录刘琨诗有《扶风歌》、《扶风歌》(艳歌行)、《答卢谌诗》、《重赠卢谌诗》四首。丁福保《全汉三国晋南北朝诗·全晋诗》卷五《扶风歌》(艳歌行)一首未收,增收《胡姬年十五》一首。《四库全书总目·广文选提要》说:"又《胡姬年十五》一篇,本梁刘琨作,郭茂倩《乐府诗集》可考。而沿《文翰类选》之误,以为晋刘琨。"(卷一九二)今人赵天瑞校注《刘琨集》,天津古籍出版社出版。

刘琨诗格调悲壮,具有爱国思想。刘勰说他的诗"雅壮而多风"(《文心雕龙·才略》),钟嵘说他的诗"善为凄戾之词,自有清拔之气"(《诗品》卷中),都是很正确的。陈祚明说:"越石英雄失路,满衷悲愤,即是佳诗。随笔倾吐,如金筯成器,本擅商声,顺风而吹,嘹飁凄戾,足使枥马仰歔,城乌俯咽。"(《采菽堂古诗选》卷十二)陈氏之评,文笔生动,颇能给人以具体的感受。

第二节　郭璞的著作

郭璞,字景纯,河东闻喜(今山西闻喜县)人。生于晋武帝咸宁二年(276),卒于晋明帝太宁二年(324)。他喜好经术,并精通五行、天文、卜筮之术,博学有高才,而不善于言辞。西晋末年,他避乱南渡，先后在殷祐、王导幕下任参军，后升任著作佐郎、尚书郎。太宁元年(323)，任王敦记室参军。次年，因劝阻王敦谋反，被杀，年四十九。王敦乱平之后，追赠弘农太守。事见《晋书》卷七十二《郭璞传》。参阅陆侃如《中古文学系年·郭璞》。又曹道衡有《〈晋书·郭璞传〉志疑》，见《中古文学史论文集》，中华书局1986年出版，亦可参阅。

郭璞是文学家，又是训诂学家。他有《尔雅注》、《方言注》、《穆天子传注》、《山海经注》等训诂方面的著作。在文学方面，《晋书》本传说他的"词赋为中兴之冠"。又说："璞著《江赋》，其辞甚伟，为世所称。后复作《南郊赋》，帝见而嘉之，以为著作佐郎。"所以，《文心雕龙·诠赋》篇把他列为"魏晋之赋首"之一。郭璞的诗今存二十二首，以《游仙诗》十四首最为著名。《文心雕龙·明诗》篇说："景纯《仙篇》，挺拔而为俊矣。"钟嵘《诗品》(卷中)说他的诗"宪章潘岳，文体相辉，彪炳可玩。始变永嘉平淡之体，故称中兴第一。《翰林》以为诗首。但《游仙》之作，词多慷慨，乖远玄宗。其云'奈何虎豹姿'，又云'戢翼栖榛梗'，乃是坎壈咏怀，非列仙之趣也"。

郭璞的著作，《晋书》本传说："璞撰前后筮验六十余事，名为《洞林》；又抄京、费诸家要最，更撰《新林》十篇，《卜韵》一篇；注释《尔雅》，别为《音义》、《图谱》。又注《三苍》、《方言》、《穆天子传》、《山海经》及《楚辞》、《子虚》、《上林赋》数十万言，皆传于世。所作诗赋诔颂亦数万言。"他的诗文集，《隋书·经籍志》四著录："晋弘农太守《郭璞集》十七卷，梁十卷，录一卷。"《旧唐书·经籍志》、《新唐书·艺文志》著录皆为十卷。《宋史·艺文志》著录为六卷。明以后的辑本较常见的有：

《郭弘农集》二卷附录一卷，明张燮辑《七十二家集》本。

《郭弘农集》二卷,明张溥辑《汉魏六朝百三名家集》本。

《郭弘农集》,明叶绍泰辑《增定汉魏六朝别解》本。

《郭景纯集》二卷,清姚莹、顾沅、潘锡恩辑《乾坤正气集》本。

另有《郭弘农集选》一卷,清吴汝纶评选《汉魏六朝百三家集选》本。

严可均《全上古三代秦汉三国六朝文》辑录郭璞文三十八篇。逯钦立《先秦汉魏晋南北朝诗》辑录郭璞诗三十首。

今人聂恩彦有《郭弘农集校注》(三晋古籍丛刊),山西人民出版社1989年出版。

第四章　其他作家的著作

西晋文学家及其著作颇多,还应述及的有:

应贞,字吉甫,汝南南顿(今河南项城市西)人。生年不详,卒于晋武帝泰始五年(269)。应璩之子。他善于谈论,以才学著称。夏侯玄很看重他。司马炎任抚军大将军时,以他为参军。司马炎即帝位后,他升任给事中。后任太子中庶子,官至散骑常侍。事见《晋书》卷九十二《应贞传》。参阅陆侃如《中古文学系年·应贞》。

《晋书·文苑传》称应贞为"江右之才杰"。其著作,《隋书·经籍志》四著录:"晋散骑常侍《应贞集》一卷,梁五卷。"《旧唐书·经籍志》、《新唐书·艺文志》著录皆五卷。《宋史·艺文志》未见著录,说明宋时已散失。严可均《全晋文》卷三十五辑录其文有《临丹赋》、《安石榴赋》等九篇。《文心雕龙·才略》篇说:"吉甫文理,则《临丹》成其采。"其《临丹赋》较为著名。逯钦立《先秦汉魏晋南北朝诗·晋诗》卷二辑录其诗《晋武帝华林园集诗》、《华览崇文大夫唱》二首。其中《晋武帝华林园集诗》一首,载于《晋书》

本传。本传说:"帝于华林园宴射,贞赋诗最美。"此诗被选入《文选》卷二十。

孙楚,字子荆,太原中都(今山西平遥县西南)人。生年不详,约生于汉献帝建安二十五年(220),卒于晋惠帝元康三年(293)。他才藻卓绝,豪迈不群,多所凌傲,四十多岁才参镇东军事。先为骠骑将军石苞参军,后为征西将军、扶风王司马骏参军,升任卫将军司马。惠帝初,任冯翊太守。事见《晋书》卷五十六《孙楚传》。参阅陆侃如《中古文学系年·孙楚》及曹道衡、沈玉成《孙楚生年志疑》(见《中古文学史料丛考》)。

孙楚的著作,《隋书·经籍志》四著录:"晋冯翊太守《孙楚集》六卷,梁十二卷,录一卷。"《旧唐书·经籍志》、《新唐书·艺文志》著录皆为十卷。《宋史·艺文志》未见著录,说明此书宋时已散失。明代的辑本有:

《孙冯翊集》二卷附录一卷,明张燮辑《七十二家集》本。

《孙冯翊集》一卷,明张溥辑《汉魏六朝百三名家集》本。

清严可均《全晋文》卷六十辑录其文有《登楼赋》、《鹰赋》、《为石仲容与孙皓书》等四十五篇。他的《为石仲容与孙皓书》选入《文选》卷四十三,较为著名。逯钦立《先秦汉魏晋南北朝诗·晋诗》卷二辑录其诗有《答弘农故吏民诗》、《除妇服诗》、《征西官属送于陟阳候作诗》等八首。其《征西官属送于陟阳候作诗》,选入《文选》卷二十。何焯评曰:"时方贵老庄而见之于诗,亦为创变,故举世推高。"(《义门读书记》卷四十六)其《除妇服诗》,王济见而叹曰:"未知文生于情,情生于文,览之凄然,增伉俪之重。"(《晋书》本传)孙楚诗,钟嵘赞赏其"零雨"(即《征西官属送于陟阳候作诗》)一首。张溥说:"子荆'零雨',正长'朔风',称于诗家,今亦未见其绝伦也。《除妇服诗》,王武子叹为情文相生,然以方嵇君道《伉俪诗》,兄弟间耳。江东未顺,司马文王发使遣书,子荆与荀公曾各奋笔札,孙最杰出,而荀独见用,谓胜十万师。文章有神,不在遇合,朝庙之上,赏音尤难。必欲如元瑜、孔璋见知如孟德,岂易言哉!"(《汉魏六朝百三名家集·孙子荆集》题辞)此称赞其诗文,而叹其不遇。

成公绥,字子安,东郡白马(今河南滑县东)人。生于魏明帝太和五年(231),卒于晋武帝泰始九年(273)。幼时聪慧,博涉经传。少有俊才,词赋甚丽,闲默自守,不求闻达。为张华所重,征为博士。历任秘书郎、中书郎等职。事见《晋书》卷九十二《成公绥传》。参阅陆侃如《中古文学系年·成公绥》及曹道衡、沈玉成《成公绥入仕年与〈司马懿讳〉》(见《中古文学史料丛考》)。

成公绥的著作,《晋书》本传说:"所著诗赋杂笔十余卷行于世。"《隋书·经籍志》四著录:"晋著作郎《成公绥集》九卷,残缺,梁十卷。"《旧唐书·经籍志》、《新唐书·艺文志》著录皆为十卷。宋时已散佚。明代张溥辑有《晋成公子安集》一卷,《汉魏六朝百三名家集》本。清吴汝纶有《成公子安集选》一卷,《汉魏六朝百三家集选》本。严可均《全晋文》卷五十九辑录其文有《天地赋》、《啸赋》、《隶书体》等三十六篇,其中《啸赋》选入《文选》卷十八,较为著名。逯钦立《先秦汉魏晋南北朝诗·晋诗》卷二辑录其诗有《中宫诗》、《仙诗》等五首。张溥说:"东郡成公子安赋心不若左太冲,史才不若袁彦伯,其在晋文苑,与庾仲初、曹辅佐兄弟也。《啸赋》见贵于时,梁昭明登之《文选》,激扬啴缓,仿佛有声,然列于马融《长笛》,嵇康《琴赋》,亦弹而不成矣。赋少深致,而序各有思,读诸赋不如读其序也。乐歌施于廊庙,揆之雅颂,不知其中何篇也。晋世郊庙、燕射、鼓吹、舞曲皆有词,其篇章见名者,傅玄、张华、荀勋、成公绥、曹毗、王珣耳。辞每雷同，傅稍出群，子安得与茂先接尘，其人幸甚。欲如汉郊祀歌之《练时日》，鼓吹铙歌之《朱鹭》，则真旷代矣。《隶势》善于说字，若有宫商篆组，亦陆机《文赋》之流乎！"（《汉魏六朝百三家集·成公子安集》题辞）所评颇为中肯。

何劭，字敬祖，陈国阳夏（今河南太康县）人。生于魏明帝青龙四年（236），卒于晋惠帝永宁元年（301）。何曾之子。少时与司马炎交好，炎为王太子时，以劭为中庶子。后炎即位，劭转任散骑常侍，又升任侍中尚书。晋惠帝时，任太子太师，官至尚书左仆射。赵王伦篡位，以劭为太宰。传附《晋书》卷三十三《何曾传》。参阅陆侃如《中古文学系年·何劭》及曹道衡、沈玉成《何劭》（见《中古文学史料丛考》）。

何劭博学，善于属文，《晋书》本传说他"所撰荀粲、王弼传及诸奏议文章并行于世"。《隋书·经籍志》四著录："太宰《何劭集》二卷，录一卷……亡。"《旧唐书·经籍志》、《新唐书·艺文志》著录皆为二卷。宋代散佚。严可均《全晋文》卷十八辑录其文《作武帝遗诏》、《荀粲传》、《王弼传》三篇。逯钦立《先秦汉魏晋南北朝诗·晋诗》卷四辑录其诗四首，其中《赠张华》、《游仙诗》、《杂诗》三首为《文选》所选录，是较好的诗作。钟嵘《诗品》将他列入"中品"，与陆云、石崇、曹摅放在一起评论，他说："清河（陆云）之方平原（陆机），殆如陈思之匹白马（曹彪）。于其哲昆，故称'二陆'。季伦（石崇）、颜远（曹摅），并有英篇。笃而论之，朗陵（何劭袭封朗陵郡公）为最。"对何劭的评价较高。

傅咸，字长虞，北地泥阳（今陕西铜川市耀州区东南）人。生于魏明帝景初三年（239），卒于晋惠帝元康四年（294）。傅玄之子。咸宁初（278），任太子洗马，后升任尚书右丞。惠帝时，转任太子中庶子，升任御史中丞，后任司隶校尉。为人刚直，疾恶如仇，推贤乐善。传附《晋书》卷四十七《傅玄传》。

《晋书》本传说："(傅咸)好属文论，虽绮丽不足，而言成规鉴。颍川庾纯常叹曰：'长虞之文近乎诗人之作矣！'"《隋书·经籍志》四著录："晋司隶校尉《傅咸集》十七卷，梁三十卷，录一卷。"《旧唐书·经籍志》、《新唐书·艺文志》著录皆为三十卷。宋代散佚。明以后的辑本有：

《傅中丞集》四卷附录一卷，明张燮辑《七十二家集》本。
《傅中丞集》一卷，明张溥辑《汉魏六朝百三名家集》本。
《中丞集》一卷，近人张鹏一辑《关陇丛书》本。

另有清吴汝纶评选《傅中丞集选》一卷，《汉魏六朝百三家集选》本。严可均《全晋文》卷五十一、五十二辑录其文有《明意赋》、《烛赋》、《理李含表》等七十五篇。逯钦立《先秦汉魏晋南北朝诗·晋诗》卷三辑录其诗有《赠褚武良诗》、《赠崔伏二郎诗》、《赠何劭王济诗》等十九首。其中《赠何劭王济诗》选入《文选》卷二十五。张溥说："傅氏短赋，不尚绮丽，长虞短篇，时见正性。治狱《明意赋》云：'吏砥身以失公，古有死而无柔。'一生骨髓，风尚显白。"(《汉魏六朝百三名家集·傅中丞集》题辞)这里指出傅咸长于短赋，肯定《明意赋》表现了他刚正的性格。钟嵘评其诗说："长虞父子，繁富可嘉。"赞赏傅玄、傅咸父子诗歌繁富的特点。

夏侯湛，字孝若，谯国谯(今安徽亳州)人。生于魏齐王曹芳正始四年(243)，卒于晋惠帝元康元年(291)。幼有盛才，文章宏富，善构新词，而美容貌，与潘岳友善，时称"连璧"。少为太尉掾。泰始中，举贤良，对策中第，拜郎中，累年不调。后任太子舍人、尚书郎、中书侍郎等职。惠帝时，为散骑常侍。事见《晋书》卷五十五《夏侯湛传》。参阅陆侃如《中古文学系年·夏侯湛》。

《晋书》本传说:"(夏侯湛)著论三十余篇,别为一家之言。"他的著作,《隋书·经籍志》三著录:"《新论》十卷,晋散骑常侍夏侯湛撰。"《经籍志》四又著录:"晋散骑常侍《夏侯湛集》十卷,梁有录一卷。"《旧唐书·经籍志》、《新唐书·艺文志》皆著录《新论》十卷,《夏侯湛集》十卷。宋代散佚。其辑本有:

《夏侯常侍集》二卷附录一卷,明张燮辑《七十二家集》本。

《夏侯常侍集》一卷,明张溥辑《汉魏六朝百三名家集》本。

清严可均《全晋文》卷六十八、六十九辑录其文有《抵疑》、《昆弟诰》、《东方朔画赞》等五十四篇。逯钦立《先秦汉魏晋南北朝诗·晋诗》卷二辑录其诗有《周诗》、《山路吟》、《江上泛歌》等十首。《晋书》本传全文引用了他的《抵疑》、《昆弟诰》二文。张溥评曰:"《抵疑》之作,班固《宾戏》、蔡邕《释诲》流也。高才淹踬,含文写怀,铺张问难,聊代萱苏。纵睇西晋,《玄居》、《榷论》、《释劝》、《释时》,文皆近是。追踪两汉,邈乎后尘矣。《昆弟诰》总训群子,绍闻穆侯,人伦长者之书也。但规模帝典,仅能形似,刻鹄画虎,不无讥焉。"(《汉魏六朝百三名家集·夏侯常侍集》题辞)评价都不高。《东方朔画赞》一文为当时所重,选入《文选》卷四十七。其诗以《周诗》较为著名。张溥在其集《题辞》中说:"《周诗》上续《白华》,志犹束皙《补亡》,安仁诵之,亦赋家风,友朋具尔,殆文以情生乎?"钟嵘也说:"孝冲(若)虽曰后进,见重安仁。"(《诗品》卷下)说明《周诗》受到潘岳的赞赏。

枣据,字道彦,颍川长社(今河南长葛县)人。本姓棘,其祖先避仇改姓枣。生卒年不详。陆侃如认为生于魏明帝太和四年(230)前后,卒于晋武帝太康六年(285)前后(《中古文学系年》548、709页)。他美容貌,善文辞。二十岁时,在大将军府任职,后出任山阳令,升尚书郎,转右丞。贾充伐吴,他任从事中郎。军还,任黄门侍郎、冀州刺史、太子中庶子。事见《晋书》卷九十二《枣据传》。参阅陆侃如《中古文学系年·枣据》及曹道衡、沈玉成《枣据仕历》(见《中古文学史料丛考》)。

《晋书》本传说他"所著诗赋论四十五首,遇乱多亡失"。《隋书·经籍志》四著录:"太子中庶子《枣据集》二卷,录一卷。"《旧唐书·经籍志》、《新唐书·艺文志》著录皆为二卷。宋代散佚。严可均《全晋文》卷六十七辑录其文有《表志赋》、《登楼赋》、《船赋》等五篇。逯钦立《先秦汉魏晋南北朝诗·晋诗》卷二辑录其《答阮得猷诗》、《杂诗》等九首。其中《杂诗》一首,选入《文选》卷二十九,是其较好的作品。钟嵘《诗品》将他列入"下品",谓其诗"平典不失古体"。

石崇,字季伦,渤海南皮(今河北南皮县东北)人。生于魏齐王曹芳正始十年(249),卒于晋惠帝永康元年(300)。他是司徒石苞之幼子,生于青州,故小名齐奴。少敏慧,初为修武令,后任散骑常侍。元康初(291),任荆州刺史。以劫掠远使商客致富。元康六年(296),任征虏将军、监徐州诸军事。临行时,在洛阳金谷园别墅与潘岳等三十人赋诗游宴,时称盛会。后为卫尉卿。他与潘岳等共事贵戚贾谧,为"二十四友"之一,及贾谧被诛,崇以同党免官。时赵王伦专权,崇有妓名绿珠,美艳异常,孙秀使人求之不得,乃劝伦矫诏杀崇,绿珠亦坠楼死,一门被害。传附《晋书》卷三十三《石苞传》。参阅陆侃如《中古文学系年·石崇》及曹道衡、沈玉成《石崇三事》(见《中古文学史料丛考》)。

石崇颖悟有才气,工诗能文。其著作,《隋书·经籍志》四著录:"晋卫尉卿《石崇集》六卷,梁有录一卷。"《旧唐书·经籍志》、《新唐书·艺文志》著录皆为五卷。严可均《全晋文》卷三十三辑录其文有《思归叹》、《自理表》、《金谷诗序》等九篇。逯钦立《先秦汉魏晋南北朝诗·晋诗》卷四辑录其诗有《王明君辞》、《思归叹》、《赠枣腆诗》等十首。其诗《王明君辞》，文《思归引序》皆选入《文选》，较为著名。钟嵘《诗品》将他列入"中品"，说他有"英篇"，"英篇"即优秀作品，显然是指《王明君辞》一诗。

左芬，字兰芝，齐国临淄（今山东淄博市）人，左思之妹。生年不详，陆侃如假定为魏高贵乡公正元二年（255）左右（《中古文学系年》653页），卒于晋惠帝永康元年（300）。少好学，善作文，武帝闻而纳之。泰始八年（272），封为修仪。后为贵嫔，世称左贵嫔。姿陋无宠，以才德见礼。事见《晋书》卷三十一《后妃传》上。参阅陆侃如《中古文学系年·左芬》。

《晋书》本传说："帝重芬词藻，每有方物异宝，必诏为赋颂，以是屡获恩赐焉。答兄思诗、书及杂赋颂数十篇，并行于世。"《隋书·经籍志》四著录："梁有妇人……《晋武帝左九嫔集》四卷……亡。"《太平御览》有其集《目录》："《左贵嫔集》有《离思赋》、《相风赋》、《孔雀赋》、《松柏赋》、《涪沤赋》、《纳皇后颂》、《杨皇后登祚颂》、《芍药花颂》、《郁金颂》、《菊花颂》、《神武颂》，四言诗四首，《武元皇后诔》、《万年公主诔》。"（一百四十五）严可均《全晋文》卷十三辑录其文有《离思赋》、《元皇后诔》、《万年公主诔》等二十七篇。逯钦立《先秦汉魏晋南北朝诗·晋诗》卷七辑录其诗有《啄木诗》、《感离诗》二首。钟嵘《诗品》卷下评齐鲍令晖、齐韩兰英引鲍照的话说："照尝答孝武云：'臣妹才自亚于左芬，臣才不及太冲尔。'"鲍照对左芬的评价甚高。

嵇含，字君道，原籍谯国铚县（今安徽宿州市西南），迁居巩县亳丘（今河南巩义市），自号亳丘子。生于魏元帝景元四年（263），卒于晋惠帝光熙元年（306）。好学能文，历任征西参军、尚书郎、从事中郎、中书侍郎、襄城太守等职。光熙元年,出任广州刺史,未发,为仇家郭励所杀。传附《晋书》卷八十九《嵇绍传》。参阅陆侃如《中古文学系年·嵇含》。

《晋书》本传说:贵公子王粹与公主结婚,馆宇甚盛,令嵇含作赞,"含援笔为吊文,文不加点"。《北堂书钞》一百引《抱朴子外篇》佚文说:"(嵇含)一代伟器也,摛毫英观,难与并驱也。"《隋书·经籍志》四著录:"又有广州刺史《嵇含集》十卷,录一卷,亡。"《旧唐书·经籍志》、《新唐书·艺文志》著录皆为十卷。宋代散佚。严可均《全晋文》卷六十五辑录其文有《白首赋序》、《瓜赋》、《吊庄周图文》等二十五篇。逯钦立《先秦汉魏晋南北朝诗·晋诗》卷七辑录其诗有《悦晴诗》、《伉俪诗》等四首。

束晳,字广微,阳平元城(今河北大名县东)人。生卒年不详。《晋书》本传说他"年四十卒"。《世说新语》卷三《雅量第六》注引《文士传》说他"三十九岁卒"。死时究竟几岁,现已无从考知。陆侃如假定他生于晋武帝泰始元年(265)左右,卒于晋惠帝永兴二年(305)左右(《中古文学系年》705、792页)。他博学多闻,而性沈退,不慕荣利。得张华赏识,召为掾,后转为佐著作郎,迁博士。太康二年(281),汲郡人不准盗发魏襄王墓(一说安釐王冢),得竹书数十车,其中有《竹书纪年》、《穆天子传》等,皆为科斗文,文多残缺。武帝付秘书省校理,束晳参与其事,事成,迁尚书郎。赵王伦为相国,请为书记,晳以疾辞,还乡教授门徒,卒于家中。事见《晋书》卷五十一《束晳传》。参阅陆侃如《中古文学系年·束晳》。

《晋书》本传说:"晳才学博通,所著《三魏人士传》、《七代通记》、《晋书纪》、《志》,遇乱亡失。其《五经通论》、《发蒙记》、《补亡诗》、文集数十篇,行于世云。"《隋书·经籍志》四著录:"晋著书郎《束晳集》七卷,梁五卷,录一卷。"《旧唐书·经籍志》、《新唐书·艺文志》著录皆为五卷。《宋史·艺文志》著录为一卷。明代张溥辑录《晋束广微集》一卷,《汉魏六朝百三名家集》本。严可均《全晋文》卷八十七辑录其文有《贫家赋》、《饼赋》、《玄居释》等十七篇。逯钦立《先秦汉魏晋南北朝诗·晋诗》卷四辑录其诗有《补亡诗》六首。这六首诗亦选入《文选》卷十九。何焯评曰:"首之以补亡诗编集。欲以继三百篇之绪,非苟然而已也。"(《义门读书记》卷四十六)。

欧阳建,字坚石,渤海南皮(今河北南皮县东北)人。生卒年不详。《晋书》本传谓其卒年三十余。陆侃如说:"以永康元年(300)卒年三十余推之,当生于泰始初(265年左右)。"(《中古文学系年》714页)欧阳建是石崇的外甥。才藻美赡,擅名北州,时称"渤海赫赫,欧阳坚石"。历任山阳令、尚书郎、冯翊太守。后为赵王伦所害。传附《晋书》卷三十三《石苞传》。参阅陆侃如《中古文学系年·欧阳建》及曹道衡、沈玉成《欧阳建事迹、年岁》(见《中古文学史料丛考》)。

《晋书》本传说他"临命作诗,文甚哀楚"。《隋书·经籍志》四著录:"晋顿丘太守《欧阳建集》二卷。"《旧唐书·经籍志》、《新唐书·艺文志》著录皆为二卷。宋代散佚。严可均《全晋文》卷一〇九辑录其文有《登橹赋》、《言尽意论》两篇。后者探讨名与实、言与意的关系,是魏晋玄学的著名论文。逯钦立《先秦汉魏晋南北朝诗·晋诗》卷四辑录其诗有《答石崇赠诗》、《临终诗》二首。其《临终诗》选入《文选》卷二十三。本传说他"文甚哀楚",大概就是指这一类诗。钟嵘《诗品》将他列入"下品",谓其"平典不失古体"。

曹摅,字颜远,谯国谯(今安徽亳州)人。生年不详。卒于晋怀帝永嘉二年(308)。初任临淄令,断狱公正,时号"圣君"。后任尚书郎、洛阳令。齐王冏辅政时,转任中书侍郎,惠帝末,任襄城太守。永嘉二年(308),任征南司马,以镇压流民败死。事见《晋书》卷九十《曹摅传》。参阅陆侃如《中古文学史料丛考·曹摅》。

曹摅好学善文,《隋书·经籍志》四著录:"又有征南司马《曹摅集》三卷。"《旧唐书·经籍志》、《新唐书·艺文志》著录皆为二卷。宋代散佚。严可均《全晋文》卷一〇七辑录其文有《述志赋》、《围棋赋》、《感旧赋》三篇,而《感旧赋》仅残存二句。逯钦立《先秦汉魏晋南北朝诗·晋诗》卷八辑录其诗有《思友人诗》、《感旧诗》、《赠石崇诗》等十一首。其中《思友人诗》、《感旧诗》选入《文选》卷二十九,较为著名。《文心雕龙·才略》篇说:"曹摅清靡于长篇。"意思是说,曹摅的长诗,文字清丽绵密。

王赞,字正长,义阳(今河南桐柏县东)人。生卒年不详。陆侃如假定其生年为魏齐王曹芳正始六年(245),卒年大约为晋怀帝永嘉五年(311)(《中古文学系年》641、831页)。博学有俊才,始任司空掾,后任著作郎、太子舍人、侍中、散骑侍郎等职。事见《文选》卷二十九王赞《杂诗》李善注引臧荣绪《晋书》。参阅陆侃如《中古文学系年·王赞》及曹道衡、沈玉成《王赞》(见《中古文学史料丛考》)。

王赞的著作,《隋书·经籍志》四著录:"梁有……散骑侍郎《王赞集》五卷,亡。"《旧唐书·经籍志》著录三卷,《新唐书·艺文志》著录为二卷。宋代散佚。严可均《全晋文》卷八十六辑录其文仅有《梨树颂》一篇。逯钦立《先秦汉魏晋南北朝诗·晋诗》卷八辑录其诗有《三月三日诗》、《杂诗》等五首。《杂诗》选入《文选》卷二十九,是当时的名篇。沈约《宋书·谢灵运传论》提到"正长'朔风'之句",认为它"直举胸情,非傍诗史,正以音律调韵,取高前式"。按,"朔风"句,即"朔风动秋草",是《杂诗》首句。钟嵘《诗品》将他列入"中品"。

木华,字玄虚,广川(今河北枣强县东)人。生卒年不详。曾任太傅杨骏府主簿。事见《文选》卷十二木华《海赋》李善注引《今书七志》。

木华的作品,仅存《海赋》,见《文选》卷十二。李善注引傅亮《文章志》说:"广川木玄虚为《海赋》,文甚俊丽,足继前良。"何焯评曰:"奇之又奇。相如、子云无以复加。"(《义门读书记》卷四十五)

张翰,字季鹰,吴郡吴(今江苏苏州市)人。生卒年不详。有清才,善属文,而纵任不拘,时人号为"江东步兵"。齐王冏辟他为大司马东曹掾,见天下纷纷,祸难未已,乃辞官还乡。他为人旷达,曾对人说:"使我有身后名,不如即时一杯酒。"年五十七卒。事见《晋书》卷九十二《张翰传》。

《晋书》本传说:"其文笔数十篇行于世。"《隋书·经籍志》四著录:"大司马东曹掾《张翰集》二卷,录一卷……亡。"《旧唐书·经籍志》、《新唐书·艺文志》著录皆为二卷。宋代散佚。严可均《全晋文》卷一〇七辑录其文有《杖赋》、《豆羹赋》、《诗序》三篇。逯钦立《先秦汉魏晋南北朝诗·晋诗》卷七辑录其诗有《赠张弋阳诗》、《杂诗》、《思吴江歌》等六首。其中《杂诗》("暮春和气应")一首选入《文选》卷二十九。此诗中名句"黄华如散金",为后人所传诵。李白诗云:"张翰黄华句,风流五百年。"(《金陵送张十一再游东吴》)钟嵘《诗品》将他列入"中品",说:"季鹰'黄华'之唱……文彩高丽。"《文心雕龙·才略》篇说:"季鹰辨切于短韵。"意思是说,张翰的短诗,意义明白确切。《晋书·文苑传》史臣评曰:"季鹰纵诞一时,不邀名爵,'黄花'之什,潜发神府。"

苏伯玉妻,姓名籍贯生平均不详。晋人,一说汉人。有《盘中诗》一首,选入《玉台新咏》卷九。吴兆宜注云:"伯玉被使在蜀,久而不归,其妻居长安,思念之,因作此诗。"全诗二十七韵,四十九句,一百六十七字,写于盘中,读时"当从中央周四角"(《盘中诗》),属于回文诗之类的作品,被沈德潜许为"千秋绝调"(《古诗源》卷三)。

第三编　东晋文学史料

东晋时期，玄言诗盛行。沈约《宋书·谢灵运传论》说："有晋中兴，玄风独振，为学穷于柱下，博物止乎七篇，驰骋文辞，义单乎此。自建武暨乎义熙，历载将百，虽缀响联辞，波属云委，莫不寄言上德，托意玄珠，遒丽之辞，无闻焉尔。"刘勰论述更详，他在《文心雕龙·时序》篇中论述东晋文学说："元皇中兴，披文建学，刘、刁礼吏而宠荣，景纯文敏而优擢。逮明帝秉哲，雅好文会，升储御极，孳孳讲艺，练情于诰策，振采于辞赋，庾以笔才逾亲，温以文思益厚，揄扬风流，亦彼时之汉武也。及成、康促龄，穆、哀短祚，简文勃兴，渊乎清峻，微言精理，函满玄席，澹思浓采，时洒文囿。至孝武不嗣，安、恭已矣。其文史则有袁、殷之曹，孙、干之辈，虽才或浅深，珪璋足用。自中朝贵玄，江左称盛，因谈余气，流成文体。是以世极迍邅，而辞意夷泰，诗必柱下之旨归，赋乃漆园之义疏，故知文变染乎世情，兴废系乎时序，原始以要终，虽百世可知也。"《文心雕龙·才略》篇评论东晋作家说："景纯艳逸，足冠中兴，《郊赋》既穆穆以大观，《仙诗》亦飘飘而凌云矣。庾元规之表奏，靡密以闲畅；温太真之笔记，循理而清通：亦笔端之良工也。孙盛、干宝，文胜为史，准的所拟，志乎典训，户牖虽异，而笔彩略同。袁宏发轸以高骧，故卓出而多偏；孙绰规旋以矩步，故伦序而寡状；殷仲文之《孤兴》，谢叔源之《闲情》，并解散辞体，缥缈浮音，虽滔滔风流，而大浇文意。"《文心雕龙·明诗》篇评论东晋诗歌说："江左篇制，溺乎玄风，嗤笑徇务之志，崇盛亡机之谈；袁、孙以下，虽各有雕采，而辞趣一揆,莫与争雄;所以景纯《仙篇》,挺拔而为俊矣。"以上论述十分精辟,对于研究东晋文学皆有启发,足供参考。

第一章 玄言诗

《世说新语·文学》篇注引《续晋阳秋》说:"正始中,王弼、何晏好《庄》、《老》玄胜之谈,而世遂贵焉。至江左李充尤盛。故郭璞五言始会合道家之言而韵之。询及太原孙绰转相祖尚,又加以三世之辞,而《诗》、《骚》之体尽矣。询、绰并为一时文宗,自此作者悉体之。"据此,郭璞、孙绰和许询皆为玄言诗大家。郭璞已见前。兹绍介孙绰、许询及其著作。

第一节 孙绰的著作

孙绰,字兴公,太原中都(今山西平遥县西南)人。生于晋愍帝建兴二年(314),卒于晋简文帝咸安元年(371)。孙楚之孙。与许询友善,隐居会稽,游山玩水,十有余年。曾任著作佐郎、太学博士、尚书郎、永嘉太守等职。后劝止大司马桓温迁都洛阳,官至廷尉卿,领著作。传附《晋书》卷五十六《孙楚传》。曹道衡有《晋代作家六考》,见《中古文学史论文集》。又李文初有《东晋诗人孙绰考议》,《文史》第28辑,中华书局出版。皆可参阅。

《晋书》本传说他隐居会稽时,"乃作《遂初赋》以致其意"。"尝作《天台山赋》,辞致甚工,初成,以示友人范荣期,云:'卿试掷地,当作金石声也。'"又说:"绰少以文才垂称,于时文士,绰为其冠。温、王、郄、庾诸公之薨,必须绰为碑文,然后刊石焉。"《隋书·经籍志》四著录:"晋卫卿《孙绰集》十五卷,梁二十五卷。"《旧唐书·经籍志》、《新唐书·艺文志》著录皆为十五卷。宋代散佚。

明代的辑本有：

《孙廷尉集》二卷附录一卷，明张燮辑《七十二家集》本。
《孙廷尉集》一卷，明张溥辑《汉魏六朝百三名家集》本。

另有清代吴汝纶评选《孙廷尉集选》一卷，《汉魏六朝百三家集选》本。严可均《全晋文》卷六十一、六十二辑录其文有《游天台山赋》、《谏移都洛阳疏》、《喻道论》等三十六篇。其中《游天台山赋》最著名，选入《文选》卷十一。《文心雕龙·诔碑》篇说："孙绰为文，志在碑诔。"今存《丞相王导碑》、《太宰郗鉴碑》、《太尉庾亮碑》等。逯钦立《先秦汉魏晋南北朝诗·晋诗》卷十三辑录其诗有《表哀诗》、《答许询诗》、《秋日诗》等十三首，多为四言诗。钟嵘《诗品》将他列入"下品"，说："爰泊江表，玄风尚备……世称孙、许，弥善恬淡之词。"他是著名的玄言诗人。

第二节　许询的著作

许询，字玄度，高阳（今河北高阳县东）人。生卒年不详。少时秀惠，众称神童。长而风情简素，司徒蔡谟辟为掾，不就。他好游山水，善析玄理，隐居深山，为当时著名的清谈家和玄言诗人。早卒。事见《文选》卷三十一江淹《杂体诗三十首·许征君》李善注引《晋中兴书》，《世说新语·言语》篇注引《续晋阳秋》等。参阅曹道衡《晋代作家六考·许询》见《中古文学史论文集》。

许询的著作，《隋书·经籍志》四著录："晋征士《许询集》三卷，梁八卷，录一卷。"《旧唐书·经籍志》、《新唐书·艺文志》著录皆为三卷。宋代散佚。严可均《全晋文》卷一三五辑录其文有《墨麈尾铭》、《白麈尾铭》两篇。逯钦立《先秦汉魏晋南北朝诗·晋诗》卷十三辑录其《竹扇诗》一首。《世说新语·文学》篇刘孝标注引《续晋阳秋》说:"询有才藻,善属文。"晋简文帝称:"玄度五言诗,可谓妙绝时人。"(《世说新语·文学》)钟嵘《诗品》将他和孙绰一起列入"下品"。由于史料缺乏,今天我们已无法了解其作品的全貌了。

第二章　陶渊明的著作

陶渊明,一名潜,字元亮,浔阳柴桑(今江西九江市柴桑区)人。生于晋哀帝兴宁三年(365),卒于宋文帝元嘉四年(427)。陶侃的曾孙。二十九岁始任江州祭酒。此后,他还做过荆州、江州刺史的幕僚,做过镇军参军和建威参军。四十一岁时任彭泽令,在任八十多天,逢郡督邮来县,县吏告诉他应束带相见,他叹道:"我不能为五斗米折腰向乡里小儿。"即日解职归隐,赋《归去来》。从此,他隐居农村,耕种为生,不再出仕,直到六十三岁逝世。渊明死后,颜延之作《陶征士诔》,私谥"靖节",世称靖节先生。事见《晋书》卷九十四《隐逸传》、《宋书》卷九十三《隐逸传》、《南史》卷七十五《隐逸传》、萧统《陶渊明传》等。陶渊明的年谱较多,主要有:

《栗里谱》,宋王质著,清陆心源《十万卷楼丛书》本。
《陶靖节先生年谱》,宋吴仁杰著,《灵峰草堂丛书》本。
《柳村谱陶》,清顾易著,清雍正七年(1729)顾易序刻本。
《晋陶靖节年谱》,清丁晏著,清道光二十三年(1843)《颐志斋四谱》本。
《陶靖节年谱考异》,清陶澍著,见《靖节先生集》,有文学古籍刊行社 1955 年刊本。
《晋陶征士年谱》,清杨希闵著,清光绪四年(1878)《豫章先贤九家年谱》本。

《陶渊明年谱》,梁启超著,见《陶渊明》,商务印书馆1923年出版。

《陶靖节年谱》,古直著,见《层冰堂五种》,中华书局1935年出版。

以上年谱,许逸民辑为《陶渊明年谱》一书,中华书局1986年出版,颇便检阅。此书还汇集了朱自清《陶渊明年谱中之问题》、宋云彬《陶渊明年谱中的几个问题》、赖义辉《陶渊明生平事迹及其岁数新考》三篇文章作为附录,皆可供参考。又有邓安生《陶渊明年谱》,天津古籍出版社1991年出版,亦可供参考。

陶渊明是东晋的大诗人。他写了大量的田园诗,是中国文学史上杰出的田园诗人。其著作,《隋书·经籍志》四著录:"宋征士《陶潜集》九卷。梁五卷,录一卷。"《旧唐书·经籍志》著录为五卷。《新唐书·艺文志》著录:"《陶潜集》二十卷,又集五卷。"二十卷不知何所指?疑"二"为衍文,当为十卷本。《宋史·艺文志》著录为十卷。陶集版本繁多,南朝梁以前有六卷本,即《隋书·经籍志》著录之本,集五卷,录一卷;八卷本,即集五卷,《五孝传》一卷,《四八目》一卷,录一卷。皆不传。梁昭明太子萧统辑有《陶渊明集》八卷,北齐阳休之辑有《陶潜集》十卷,亦皆不传。唯萧统有《陶渊明传》、《陶渊明集序》,阳休之有《陶集序录》,皆可参考。北宋本陶集如宋代宋庠编《陶潜集》十卷,宋释思悦编《靖节先生集》十卷等,皆已散失。南宋本则间有存者,如:

《陶渊明文集》十卷,绍兴十年(1140)刊本,有清康熙甲戌(1694)毛氏汲古阁重刊本等。

《陶渊明集》二册,宋曾集编,有清光绪年间影刻本、《续古逸丛书》本等。

《陶靖节先生诗》四卷,宋汤汉注,有《拜经楼丛书》本、民国三年(1914)上海有正书局影印本。

元刊本存者有《笺注陶渊明集》十卷,元代李公焕撰,有贵池刘氏玉海堂景印本、《四部丛刊》本。明、清刊本较多,现在介绍一些有参考价值的刊本:

《陶渊明集》十卷附录二卷,明汲古阁毛氏刊本。
《陶彭泽集》五卷附录一卷,明张燮辑《七十二家集》本。
《陶彭泽集》一卷,明张溥辑《汉魏六朝百三名家集》本。
《陶靖节集》十卷,明何孟春注,嘉靖二年癸未(1523)刊本。
《陶诗析义》四卷,明黄文焕撰,清光绪二年(1876)重刊本。
《批评陶渊明集》六卷附谑庵居士《律陶》、《敦好斋律陶纂》、苏轼《和陶诗》,明张自烈撰,明崇祯五年(1632)刊本。
《陶靖节集》四卷,清董废翁评,清康熙年间刊本。
《陶渊明集》六卷,清方熊评,清侑静斋刊本。
《陶渊明集》四卷附《东坡和陶诗》一卷、《谑庵律陶诗》一卷、《敦好斋律陶纂》一卷,清蒋薰撰,乾隆最乐堂刊本。
《陶诗汇评》四卷,清温汝能撰,清嘉庆十二年(1807)听松阁刊本。
《陶公诗评注初学读本》二卷,清孙人龙撰,汲古阁刊本。
《陶诗汇注》四卷附王质、吴仁杰二家《年谱》及《渊明诗话》、《绮园论陶》各一卷,清吴瞻泰撰,清康熙拜经堂刊本、上海大中书局1926年影缩许印芳增订本。
《陶诗本义》四卷,清马璞撰,清与善堂刊本。
《陶靖节先生集》十卷附《年谱考异》二卷,清陶澍集注,清道光年间刊本、光绪九年(1883)苏州官书局重雕本、中华书局《四部备要》本、文学古籍刊行社1956年据原刻本断句重印本。

民国以后的陶集注本有：

《陶集发微》十卷，顾皞撰，民国七年（1918）石印本。

《陶靖节诗笺定本》四卷，古直撰，《层冰堂五种》本。

《陶渊明诗笺注》四卷，丁福保撰，上海医学书局1927年排印本。

建国以后，陶集之注本主要有：

《陶渊明集》，王瑶编注，作家出版社1956年出版。本书诗文按写作年月排列。这是一项困难的工作，但可以方便读者。注释简明，但并不通俗。编注者意在为读者提供一种普及读本，实非普及读物。

《陶渊明集》，逯钦立校注，中华书局1979年出版。本书以元初李公焕《笺注陶渊明集》十卷本为底本，校以曾集刻本、鲁铨刻苏写大字本、焦竑刻本、莫友芝刻本、黄艺锡刻《东坡先生和陶渊明诗》本等五个刻本。参校的本子有汤汉注本、何校宣和本、吴瞻泰汇注本等。逯先生对陶渊明做过多年的研究，此为较好的注本。

《陶渊明集校笺》，龚斌校笺，上海古籍出版社1996年出版。本书以陶澍注《陶渊明集》为底本，校以曾集刻本、鲁铨刻苏写大字本、汤汉注《陶靖节先生诗》四卷本、李公焕《笺注陶渊明集》本、莫友芝题咸丰旌德李文韩影刻汲古阁藏十卷本。书中分校记、笺注、集说、集评诸项。附录：一、各本序跋。二、陶氏宗谱节录。三、陶氏宗谱中之问题。四、陶渊明年谱简编。五、陶渊明评论辑要。

《陶渊明集笺注》，袁行霈撰，中华书局2003年出版。本书以毛氏汲古阁藏宋刻《陶渊明集》十卷本为底本。校以宋庆元间黄州刊《东坡先生和陶渊明诗》四卷，原刻本；宋绍兴刻《陶渊明文集》十卷，苏体大字本；汲古阁覆宋本；宋绍熙壬子（三年）曾集重编刊本《陶渊明集》二册，原刻本；汤汉《陶靖节先生诗注》四卷，《补注》一卷，原刻本；元李公焕《笺注陶渊明集》十卷，原刻本。参校以《文选》、《乐府诗集》、《艺文类聚》、《太平御览》、《宋书》、《晋书》、《南史》等书。书中有校勘、题解、编年、笺注、考辨、析义各项。撰者治学严谨，唯认为陶渊明卒年为76岁，学者多有异议。附录：一、诔传序跋。二、和陶诗九种。最后是《陶渊明年谱简编》、《陶渊明作品系年一览》及《陶渊明诗文句索引》等。此外，撰者尚有《陶渊明年谱汇考》，见其《陶渊明研究》（北京大学出版社1997年出版），可供研究者参考。

还有一些通俗的注本和译本，如：

《陶渊明集浅注》，唐满先注，江西人民出版社1985年出版。
《陶渊明集全译》，郭维森、包景诚译注，贵州人民出版社1992年出版。

可供初学者参考。

香港、台湾的《陶渊明集》注本有：

《陶渊明集校笺》，杨勇撰，香港吴兴记书局1971年出版。又上海古籍出版社2007年出版。
《陶潜诗笺注校证论评》，方祖燊著，台湾台兰出版社1971年出版。
《陶渊明诗笺证稿》四卷，王叔岷撰，台湾台北艺文印书馆1975年出版。又北京中华书局2007年出版，系《王叔岷著作集》中的一种。

特别值得注意的是北京大学、北京师范大学中文系师生合编的《古典文学研究资料汇编·陶渊明卷》二册。上册原名《陶渊明研究资料汇编》，辑录了南北朝到1949年千余年来，前人对陶渊明及其作品的评论资料；下册原名《陶渊明诗文汇评》，此书除纯属字义训诂、本事考证之外，凡有关陶渊明单篇作品的评论文字，都加辑集。末附《作品真伪考证》及引用书目。此书有很高的研究参考价值，中华书局1962年出版。又有《文学遗产》编辑部编《陶渊明讨论集》，中华书局1961年出版，亦有参考价值。

关于陶集，《四库全书总目·陶渊明集》提要云：

> 案北齐阳休之序录《潜集》，行世凡三本：一本八卷，无序；一本六卷，有序目而编比颠乱，兼复阙少；一本为萧统所撰，亦八卷，而少《五孝传》及《四八目》。《四八目》即《圣贤群辅录》也。休之参合三本，定为十卷，已非昭明之旧。又宋庠《私记》称《隋经籍志》，《潜集》九卷，又云梁有五卷，录一卷。《唐志》作五卷。庠时所行，一为萧统八卷本，以文列诗前，一为阳休之十卷本，其他又数十本，终不知何者为是，晚乃得江左旧本，次第最苦伦贯，今世所行，即庠称江左本也。然昭明太子去潜世近，已不见《五孝传》、《四八目》，不以入集。阳休之何由续得？且《五孝传》及《四八目》，所引《尚书》，自相矛盾，决不出于一手，当必依托之文，休之误信而增之。以后诸本，虽卷帙多少、次第先后各有不同，其窜入伪作，则同一辙，实自休之所编始。……

《提要》论述版本、辨明作品真伪，皆有见地。梁启超认为，编定陶集："一、《五孝传》及《圣贤群辅录》，决为赝品，当删。二、《归田园居》第六首、《问来使》、《四时》，皆误编，当删。三、《读史述》九章及《扇上画赞》，疑伪。当入附录。"（《陶渊明·陶集考证》）亦为灼见。

陶集之注本，以汤汉注《陶靖节诗注》四卷最先，以陶澍注《陶靖节先生集》最精辟。关于陶集之版本，可参阅陶澍注本中的《诸本序录》、梁启超《陶渊明》中的《陶集考证》、郭绍虞《陶集考辨》（见《照隅室古典文学论集（上编）》，上海古籍出版社1983年出版）。

关于陶渊明作品的评价，萧统《陶渊明集序》说：

> 其文章不群，词采精拔；跌荡昭章，独起众类；抑扬爽朗，莫之与京。横素波而傍流，干青云而直上。语时事则指而可想，论怀抱则旷而且真。……

这个评价是很高的。钟嵘《诗品》说：

> 宋征士陶潜，其源出于应璩，又协左思风力；文体省净，殆无长语；笃意真古，辞典婉惬。每观其文，想其人德。世叹其质直，至如"欢言酌春酒"、"日暮天无云"，风华清靡，岂直为田家语耶！古今隐逸诗人之宗也。

陶渊明在中国文学史上开创了田园诗一派，艺术成就很高，影响也极为深远，钟嵘将他列入"中品"，显然不当。但是，对他的评论颇为中肯。至于刘勰的《文心雕龙》只字没有论及陶渊明，实在令人难以理解。我想，刘勰重视文采，而陶诗平淡自然。很可能这是陶诗没有引起刘勰重视的原因。

第三章　其他作家的著作

东晋作家，除上述孙绰、许询、陶渊明之外，《文心雕龙》、《诗品》及《晋书》等论及者甚众，刘师培《中国中古文学史》第四课《魏晋文学之变迁》丙《潘陆及两晋诸贤之文》中所举有袁弘、庾阐、曹毗、王珣、习凿齿、殷仲文、谢混、孔坦、伏滔、袁乔、杨方、谢万、顾恺之、王修、桓玄等人。据《晋书》、《隋书·经籍志》所载，有诗文集传于后世的就更多了。兹介绍一些当时较有声誉的作家及其著作如下：

卢谌，字子谅，范阳涿（今河北涿县）人。生于晋武帝太康五年（284），卒于晋穆帝永和六年（350）。清敏有理思，好《老》、《庄》，善属文。始辟太尉掾。后依刘琨，琨任司空，以谌为主簿，转从事中郎。建兴末（316），随刘琨投奔段匹䃅，任幽州别驾。刘琨为段匹䃅所害，他上表申理，情辞恳切。后流寓辽西近二十年。辽西破，归石季龙，任中书侍郎、国子祭酒、侍中、中书监。后为冉闵所杀。传附《晋书》卷四十四《卢钦传》。参阅陆侃如《中古文学系年·卢谌》。

《晋书》本传说："谌名家子，早有声誉，才高行洁，为一时所推。……撰《祭法》，注《庄子》，及文集，皆行于世。"《隋书·经籍志》四著录："晋司空从事中郎《卢谌集》十卷。梁有录一卷。"《旧唐书·经籍志》、《新唐书·艺文志》著录皆为十卷。宋代散佚。严可均《全晋文》卷三十四辑录其文有《理刘司空表》、《与司空刘琨书》、《尚书武强侯卢府君诔》等十五篇。逯钦立《先秦汉魏晋南北朝诗·晋诗》卷十二辑录其诗有《赠刘琨诗》、《赠崔温诗》、《览古诗》等十首。其中《览古》、《赠刘琨并书》、《赠崔温》、《答魏子悌》、《时兴》诸诗文选入《文选》。钟嵘《诗品》将其与刘琨同列入"中品"，同时也指出，与刘琨相比，卢谌的诗歌"微不逮者矣"。《文心雕龙·才略》篇说："卢谌情发而理明。"意思是，卢谌的作品情志显明，道理清楚。并且指出，他和刘琨一样，其作品的风格特点都是时势造成的。

温峤,字太真,太原祁县(今山西祁县)人。生于晋武帝太康九年(288),卒于晋成帝咸和四年(329)。初为大将军刘琨谋主,讨伐石勒,屡有奇功。西晋亡,峤奉琨命南下,奉表劝司马睿称帝。元帝时,任散骑侍郎、太子中庶子。明帝时,拜侍中、中书令,粉碎王敦篡位阴谋。成帝时,任江州刺史,与庾亮、陶侃平定苏峻之乱。官至骠骑将军,封始安郡公。事见《晋书》卷六十七《温峤传》。参阅张可礼《东晋文艺系年·温峤》,山东教育出版社1992年出版。

《晋书》本传说,温峤"博学能属文"。《隋书·经籍志》四著录:"晋大将军《温峤集》十卷。梁录一卷。"《旧唐书·经籍志》、《新唐书·艺文志》著录皆为十卷。宋代散佚。严可均《全晋文》卷八十辑录其文有《请原王敦佐吏疏》、《重与陶侃书》、《移告四方征镇》等二十二篇。逯钦立《先秦汉魏晋南北朝诗·晋诗》卷十二辑录其《回文虚言诗》二句。《文心雕龙·才略》篇说:"温太真之笔记,循理而清通,亦笔端之良工也。"这是说,温峤的笔记条理井然,文辞清通,也是写作的能手。

庾亮,字元规,颍川鄢陵(今河南鄢陵县西北)人。生于晋武帝太康十年(289),卒于晋成帝咸康六年(340)。他是明帝庾皇后之兄。性好老、庄,善于清谈。元帝时,任中书郎、散骑常侍等职。明帝时,任护军将军、中书令等职。与温峤平定王敦之乱。成帝时,与温峤、陶侃等平定苏峻之乱。后进号征西将军。死后追赠太尉。事见《晋书》卷七十三《庾亮传》。参阅陆侃如《中古文学系年·庾亮》。

庾亮是玄言诗人。钟嵘《诗品序》说:"永嘉时,贵黄、老,稍尚虚谈。于时篇什,理过其辞,淡乎寡味。爰及江表,微波尚传,孙绰、许询、桓、庾诸公诗,皆平典似《道德论》,建安风力尽矣。"庾,即庾亮。庾亮的著作,《隋书·经籍志》四著录:"晋太尉《庾亮集》

二十一卷。梁二十卷，录一卷。"《旧唐书·经籍志》、《新唐书·艺文志》著录皆为二十卷。宋代散佚。严可均《全晋文》卷三十六、三十七辑录其文有《让中书监表》、《上疏乞骸骨》、《武昌开置学官教》等二十篇。其诗已全部散失。《文选》卷三十八选录的《让中书令表》，是他的代表作。《文心雕龙·才略》篇说："庾元规之表奏，靡密以闲畅。"指出庾亮的奏章文思细密，从容畅达。同时，《文心雕龙·程器》篇说："昔庾元规才华清英，勋庸有声，故文艺不称；若非台岳，则正以文才也。"这是说，庾亮的文名为功勋所掩，所以他的文学创作没有受到称扬。

庾阐，字仲初，颍川鄢陵（今河南鄢陵县西北）人。生卒年不详。初为西阳王羕掾，升任尚书郎。苏峻叛乱时，他投奔郗鉴，任司空参军。乱平，以功拜彭城内史。不久，任散骑侍郎，领大著作。随即出任零陵太守。后任给事中，复领著作。卒年五十四岁。事见《晋书》卷九十二《庾阐传》。曹道衡有《晋代作家六考·庾阐》，见《中古文学史论文集》，可参阅。

《晋书》本传说："阐好学，九岁能属文。"入湘川，作《吊贾生文》，"又作《扬都赋》，为世所重。……所著诗赋铭颂十卷行于世"。《晋书·文苑传序》誉为"中兴之时秀"。《隋书·经籍志》四著录："晋给事中《庾阐集》九卷。梁十卷，录一卷。"《旧唐书·经籍志》、《新唐书·艺文志》著录皆为十卷。宋代散失。严可均《全晋文》卷三十八辑录其文有《扬都赋》、《断酒戒》、《吊贾生文》等二十二篇。逯钦立《先秦汉魏晋南北朝诗·晋诗》卷十二辑录其诗有《三月三日临曲水诗》、《观石鼓诗》、《衡山诗》等二十首。其《吊贾生文》，见《晋书》本传。《扬都赋》被庾亮许为"可三《二京》，四《三都》"，当时人人竞写，都下为之纸贵（《世说新语·文学》）。

曹毗,字辅佐,谯国(今安徽亳州)人。生卒年不详。他少好文籍,善属词赋。举孝廉,任郎中,升佐著作郎。父丧去职。后累迁尚书郎、镇军大将军从事中郎、下邳太守。以名位不显,著《对儒》以自释。官至光禄勋。事见《晋书》卷九十二《曹毗传》。曹道衡有《晋代作家六考·曹毗》,见《中古文学史论文集》,可参阅。

《晋书》本传说:"时桂阳张硕为神女杜兰香所降,毗因以二篇诗嘲之,并续兰香歌诗十篇,甚有文彩。又著《扬都赋》,亚于庾阐。……凡所著文笔十五卷,传于世。"《隋书·经籍志》四著录:"晋光禄勋《曹毗集》十卷。梁十五卷,录一卷。"《旧唐书·经籍志》、《新唐书·艺文志》著录皆为十五卷。宋代散失。严可均《全晋文》卷一〇七辑录其文有《对儒》等二十篇,多为残篇。逯钦立《先秦汉魏晋南北朝诗·晋诗》卷十二辑录其诗有《黄帝赞诗》、《咏冬诗》、《夜听捣衣诗》等九首。《晋书·文苑传序》将他和庾阐一起誉为"中兴之时秀"。可是,"孙兴公道曹辅佐才如白地明光锦,裁为负版绔,非无文采,酷无裁制"(《世说新语·文学》)。

袁宏,字彦伯,小字虎,陈郡(治今河南淮阳县)人。生于晋成帝咸和三年(328),卒于晋孝武帝太元元年(376)。少时孤贫,以运租为业。谢尚时镇牛渚,秋夜乘月泛舟,听到袁宏在运租船中讽咏其《咏史诗》,声辞动人,邀他谈论,直到天明。从此,袁宏名声日盛。永和四年(348),谢尚任安西将军,以宏为参军。大司马桓温重其文笔,命掌书记。曾从桓温北征,作《北征赋》,王珣对伏滔说:"当今文章之美,故当共推此生。"后宏出任东阳太守,卒于东阳,年四十九。事见《晋书》卷九十二《袁宏传》。参阅曹道衡、沈玉成《袁宏仕历》(见《中古文学史料丛考》),张可礼《东晋文艺系年·袁宏》。

《晋书》本传称宏为"一时文宗","撰《后汉纪》三十卷及《竹林名士传》三卷,诗赋诔表等杂文凡三百首,传于世"。《隋书·经籍志》四著录:"晋东阳太守《袁宏集》十五卷。梁二十卷,录一卷。"《旧唐书·经籍志》、《新唐书·艺文志》著录皆为二十卷。宋代散失。严可均《全晋文》卷五十七辑录其文有《后汉纪序》、《三国名臣序赞》、《丞相桓温碑铭》等十八篇。逯钦立《先秦汉魏晋南北朝诗·晋诗》卷十四辑录其诗有《咏史诗》等六首。《咏史诗》较为有名。《晋书》本传说:"宏有逸才,文章绝美,曾为《咏史诗》,是其风情所寄。"钟嵘《诗品》将袁宏列入"中品",说:"彦伯《咏史》,虽文体未遒,而鲜明紧健,去凡俗远矣。"《文选》卷四十七选录其《三国名臣序赞》(见《晋书》本传),是其文中佳作。《文心雕龙·才略》篇说:"袁宏发轸以高骧,故卓出而多偏。"这是说:袁宏文章立意甚高,虽卓越出众而常有偏差。

袁宏也是史学家,他的《后汉纪》三十卷,是著名的东汉编年史。

孙盛,字安国,太原中都(今山西平遥县西南)人。生卒年不详。他博学,善言名理。与殷浩辩论,擅名一时。初为佐著作郎,出补浏阳令。陶侃、庾亮、桓温先后辟为参军。永和二年(346),随桓温伐蜀,蜀平,封安怀县侯,任桓温从事中郎。后又随桓温北征,以功进封吴昌县侯,出任长沙太守。曾因贪赃被捕,桓温舍而不罪。累迁秘书监、加给事中。卒年七十二岁。事见《晋书》卷八十二《孙盛传》。参阅曹道衡、沈玉成《孙盛生卒年与〈晋阳秋〉》(见《中古文学史料丛考》)。

《晋书》本传说:"盛笃学不倦,自少至老,手不释卷。著《魏氏春秋》、《晋阳秋》,并造诗赋论难复数十篇。"《隋书·经籍志》四著录:"晋秘书监《孙盛集》五卷,残缺,梁十卷,录一卷。"《旧唐书·经籍志》、《新唐书·艺文志》著录皆为十卷,宋代散失。严可均

《全晋文》卷六十三、六十四辑录其文有《太伯三让论》《老聃非大贤论》等七篇,还有《魏氏春秋评》《魏氏春秋异同评》《晋阳秋评》若干则。诗歌已失传。

孙盛也是史学家,他的《魏氏春秋》二十卷、《晋阳秋》三十二卷,被称为"良史",但已散佚。《文心雕龙·才略》篇说:"孙盛、干宝,文胜为史,准的所拟,志乎典训,户牖虽异,而笔彩略同。"意思是说,孙盛、干宝,都善以文辞作历史,所追求的标准在于《尚书》,虽门户不同,而文笔辞采大体相同。

孙盛还善谈名理,与殷浩皆擅名一时。《世说新语》的《文学》《排调》等篇皆有记载。

习凿齿,字彦威,襄阳(今湖北襄阳市)人。生卒年不详。始为荆州刺史桓温从事,转西曹主簿,迁别驾。后为荥阳太守。不久,因病归襄阳。朝廷欲召他修国史,适逢其病死,未能成行。事见《晋书》卷八十二《习凿齿传》。参阅曹道衡、沈玉成《习凿齿为衡阳太守及卒年》(见《中古文学史料丛考》)。

《晋书》本传称:"凿齿少有志气,博学洽闻,以文笔著称。"又说他"善尺牍论议"。《世说新语·文学》篇注引《续晋阳秋》云:"凿齿少而博学,才情秀逸。"《隋书·经籍志》四著录:"晋荥阳太守《习凿齿集》六卷。"《旧唐书·经籍志》《新唐书·艺文志》著录皆为五卷。宋代散失。严可均《全晋文》卷一三四辑录其文有《与释道安传》《晋承汉统论》《汉晋春秋论》等十篇。逯钦立《先秦汉魏晋南北朝诗·晋诗》卷十四辑录其诗仅有《灯》《嘲道安诗》二首。

习凿齿主要是史学家,著有《汉晋春秋》五十四卷、《襄阳耆旧传》五卷,皆已散失。《世说新语·文学》篇谓《汉晋春秋》"品评卓逸"。

苏蕙,字若兰,始平(今陕西兴平市东北)人。生卒年不详。

她是十六国时前秦女诗人,窦滔之妻。《晋书·列女传》说:"滔,苻坚时为秦州刺史,被徙流沙,苏氏思之,织锦为回文旋图诗以赠滔。宛转循环以读之,词甚凄惋,凡八百四十字。"苏氏《回文旋图诗》,即《璇玑图诗》,见逯钦立《先秦汉魏晋南北朝诗·晋诗》卷十五。苏氏之回文诗,纵横反复阅读,皆成诗章,可得诗二百余首。武则天赞此诗"才情之妙,超今迈古"(《璇玑图序》)。《说郛》(宛委山堂本)卷七十八有《织锦璇玑图》一卷,明代康万民有《璇玑图诗读法》一卷(《四库全书·集部别集类》),均可参考。曹道衡《十六国文学家考略》中有《苏蕙》一则,见《中古文学史论文集》,可参阅。

谢道韫,陈郡阳夏(今河南太康县)人。生卒年不详。她是东晋女诗人,谢安侄女,王凝之妻。凝之在孙恩起义军攻破会稽时被杀,她寡居以终。道韫聪慧有才辩,谢安曾问她:"《毛诗》何句最佳?"她答道:"吉甫作颂,穆如清风。仲山甫永怀,以慰其心。"谢安谓其有"雅人深致"。有一次,突然下雪,谢安问:"白雪纷纷何所似?"安侄谢朗说:"撒盐空中差可拟。"道韫说:"未若柳絮因风起。"谢安大悦。世称"咏絮才"。事见《晋书》卷九十六《列女传·王凝之妻谢氏传》。参阅曹道衡、沈玉成《谢道韫名、年岁及诗》,见《中古文学史料丛考》。

《晋书》本传说:"道韫所著诗赋诔颂并传于世。"《隋书·经籍志》四著录:"晋江州刺史王凝之妻《谢道韫集》二卷。"《旧唐书·经籍志》、《新唐书·艺文志》皆未见著录,说明其集唐时已散佚。严可均《全晋文》卷一四四辑录其文仅有《论语赞》一篇。逯钦立《先秦汉魏晋南北朝诗·晋诗》卷十三辑录其诗仅有《泰山吟》、《拟嵇中散咏松诗》等三首。王夫之评其《拟嵇中散咏松诗》说:"入手,落手,转手,总有秋月孤悬,春云忽起之势。"(《古诗评选》

卷四)

王珣,字元琳,小字法护,琅邪临沂(今山东临沂市北)人。生于晋穆帝永和六年(350),卒于晋安帝隆安五年(401)。王导孙。始为桓温掾,转主簿。从温讨袁真,封东亭侯。后任秘书监、侍中、尚书右仆射等。时孝武帝雅好典籍,珣与殷仲堪等并以才学文章为帝所宠信。隆安初(397),升任尚书令。隆安四年(400),以疾解职。岁余病卒。死后追赠司徒。传附《晋书》卷六十五《王导传》。参阅张可礼《东晋文艺系年·王珣》。

《世说新语·文学》篇注引《续晋阳秋》说:"珣学涉通敏,文高当世。"《隋书·经籍志》四著录:"晋司徒《王珣集》十一卷,并目录。梁十卷,录一卷,亡。"《旧唐书·经籍志》、《新唐书·艺文志》著录皆为十卷。宋代散佚。严可均《全晋文》卷二十辑录其文有《孝武帝哀策文》、《祭徐聘士文》等九篇。逯钦立《先秦汉魏晋南北朝诗·晋诗》卷十四辑录其《秋怀诗》残句二句,卷十九辑录其乐府诗二首。

殷仲文,陈郡长平(今河南西华县东北)人。生年不详。卒于晋安帝义熙三年(407)。少有才藻,美容貌。初任会稽王参军,后为元显长史,又贬为新安太守。桓玄专擅朝政,仲文投靠得宠,任侍中。玄败,仲文投靠刘裕。历任镇军长史、尚书、东阳太守等。后以仲文谋反被杀。事见《晋书》卷九十九《殷仲文传》。参阅张可礼《东晋文艺系年·殷仲文》。

《晋书》本传说:"仲文善属文,为世所重。"《世说新语·文学》篇说:"殷仲文天才宏赡。"注引《续晋阳秋》说:"仲文雅有才藻,著文数十篇。"《隋书·经籍志》四著录:"晋东阳太守《殷仲文集》七卷,梁五卷。"《旧唐书·经籍志》、《新唐书·艺文志》著录皆为七卷。宋代散佚。严可均《全晋文》卷一二九辑录其文仅有《罪衅解尚书表》一篇。此文选入《文选》卷三十八。逯钦立《先秦汉魏晋南北朝诗·晋诗》卷十四辑录其诗有《南州桓公九井作》、《送东阳太守诗》等三首。其中《南州桓公九井作》一诗选入《文选》卷二十二。沈约《宋书·谢灵运传论》说："仲文始革孙、许之风。"这是说，殷仲文开始改革了孙绰、许询的玄言诗风。但是，《南齐书·文学传论》说："仲文玄气，犹不尽除。"钟嵘《诗品》说："义熙中，以谢益寿、殷仲文为华绮之冠，殷不竞矣。"此谓殷仲文不如谢混，但同列"下品"。《文心雕龙·才略》篇说："殷仲文之《孤兴》、谢叔源之《闲情》，并解散辞体，缥渺浮音，虽滔滔风流，而大浇文意。"《孤兴》、《闲情》皆已失传。这是批评殷、谢文章的内容单薄。

谢混，字叔源，小字益寿，陈郡阳夏（今河南太康县）人。生年不详，卒于晋安帝义熙八年（412）。谢安之孙，孝武帝之女婿。少有美誉，善属文。历任中书令、中领军、尚书左仆射等职。以党附刘毅，为刘裕所杀。传附《晋书》卷七十九《谢安传》。参阅曹道衡、沈玉成《谢混事迹及年岁》，见《中古文学史料丛考》。

谢混的著作，《隋书·经籍志》四著录："晋左仆射《谢混集》三卷，梁五卷。"《旧唐书·经籍志》、《新唐书·艺文志》皆未见著录。其集唐时已亡佚。严可均《全晋文》卷八十三辑录其文仅有《殷祭议》一篇。逯钦立《先秦汉魏晋南北朝诗·晋诗》卷十四辑录其诗有《游西池诗》、《诫族子诗》等五首。其中《游西池》一诗选入《文选》卷二十二，是较好的作品。沈约《宋书·谢灵运传论》说："叔源大变太元之气。""太元"是晋孝武帝的年号（376—396）。"太元之气"，指孙绰、许询等人的玄言诗风。谢混大变玄言诗风，这是他的历史贡献。

第四编　南朝文学史料

南朝,指宋、齐、梁、陈四朝。南朝文学作家作品众多,艺术技巧日趋成熟,有新的发展。《南史·文学传序》说:"自中原沸腾,五马南度,缀文之士,无乏于时。降及梁朝,其流弥盛。盖由时主儒雅,笃好文章,故才秀之士,焕乎俱集。"钟嵘《诗品序》说:"故词人作者,罔不爱好。今之士俗,斯风炽矣。才能胜衣,甫就小学,必甘心而驰骛焉。于是庸音杂体,人各为容。至使膏腴子弟,耻文不逮,终朝点缀,分夜呻吟。"这里指出当时帝王爱好文学,士族子弟学习作诗成了风气,却也道出了南朝文学发展的一些原因。应该指出,南朝文学虽然有新的发展,但其作品思想内容单薄空虚,常为后人所诟病。例如,李谔《上隋文帝论文书》说:"江左、齐、梁,其弊弥甚,贵贱贤愚,唯务吟咏。遂复遗理存异,寻虚逐微,竞一韵之奇,争一字之巧。连篇累牍,不出月露之形,积案盈箱,唯是风云之状。"《隋书·文学传序》说:"梁自大同之后,雅道沦缺,渐乘典则,争驰新巧。简文、湘东,启其淫放;徐陵、庾信,分路扬镳。其意浅而繁,其文匿而彩,词尚轻险,情多哀思。格以延陵之听,盖亦亡国之音乎!"这里对南朝文学的弊病进行了十分严厉的批评。这种批评意见常为后世文人学者所继承。

刘师培对南朝文学的得失进行了分析,他说:"至当时文学得失,稽之史传及诸家各集,厥有四端:一曰:矜言数典,以富博为长也。……盖南朝之诗,始则工言景物,继则惟以数典为工。……二曰:梁代宫体,别为新变也。……《南史·简文纪》谓:'帝辞藻艳发,然伤于轻靡,时号宫体。'……三曰:士崇讲论,而语悉成章也。……当时人士,既习其风,故析理之文,议礼之作,迄于陈季,多有可观,则亦士崇讲论之效也。四曰:谐隐之文,斯时益甚也。……所作诗文,并多讥刺。……要而论之,南朝之文,当晋、宋之际,盖多隐秀之词,嗣则渐趋缛丽。齐、梁以降,虽多侈艳之作,然文词雅懿,文体清峻者,正自弗乏。斯时诗什,盖又由数典而趋琢句,然清丽秀逸,亦自可观。"刘氏所论,皆有根据。但是,并不全面。我认为南朝文学在艺术上的探索,为唐代文学的发展和繁荣准备了条件,是其最大的"得",而作品内容单薄空虚,极少反映社会矛盾和人民生活则为其最主要的"失"。至于刘氏认为当时文风上变晋、宋,下启隋、唐,有两个原因:一是"声律说之发明",二是"文笔之区别",倒是抓住了问题的实质,对于我们研究唐代文学颇有启发。

第一章　宋代文学史料

中国文学在魏晋以前,虽然有了很大的发展,未尝别为一科。直到宋代,文学始特立一科。《南史》卷二《宋本纪》中记载:"(元嘉)十五年……立儒学馆于北郊,命雷次宗居之。十六年……上好儒雅,又命丹阳尹何尚之立玄学,著作佐郎何承天立史学,司徒参军谢元立文学,各聚门徒,多就业者。江左风俗,于斯为美,后言政化,称元嘉焉。"这说明当时对文学的重视。宋代文学的情况,《宋书·谢灵运传论》说:"爰逮宋氏,颜、谢腾声。灵运之兴会飙举,延年之体裁明密,并方轨前秀,垂范后昆。"对宋代的颜延之、谢灵运作了很高的评价。《文心雕龙·才略》篇说:"宋代逸才,辞翰鳞萃,世近易明,无劳甄序。"但是,刘勰在《文心雕龙》的《时序》、《明诗》《通变》等篇中对宋代文学都有论述。《时序》篇说："自宋武爱文,文帝彬雅,秉文之德。孝武多才,英采云构。自明帝以下,文理替矣。尔其缙绅之林,霞蔚而飙起;王、袁联宗以龙章,颜、谢重叶以凤采,何、范、张、沈之徒,亦不可胜也。盖闻之于世,故略举大较。"这是论述宋代文学盛况。《明诗》篇说："宋初文咏,体有因革,老庄告退,而山水方滋,俪采百字之偶,争价一句之奇,情必极貌以写物,辞必穷力而追新,此近世之所竞也。"这是论述宋初诗歌的新变化。《通变》篇说："宋初讹而新。"则指出宋初文学总的特点,都有参考价值。

孙德谦释"讹"云:"《文心·通变》篇:'宋初讹而新。'谓之讹者,未有解也。及《定势》篇则释之曰:'自近代辞人,率好诡巧,原其为体,讹势所变。厌黩旧式,故穿凿取新。察其讹意,似难而实无他术也,反正而已。故文反正为乏,辞反正为奇。效奇之法,必颠倒文句,上字而抑下,中辞而出外,回互不常,则新色耳。'观此,则讹之为用,在取新奇也。顾彼独言宋初者,岂自宋以后即不然乎?非也。《通变》又曰:'今才颖之士,刻意学文,多略汉篇,师范宋集。'则文之反正喜尚新奇者,虽统论六朝可矣。"(《六朝丽指》三七《新奇之法》)可供参考。

第一节 颜延之的著作

颜延之,字延年,琅邪临沂(今山东临沂市北)人。生于晋孝武帝太元九年(384),卒于宋孝武帝孝建三年(456)。少时孤贫,喜爱读书,无所不览,文章之美,冠绝当时。晋时为豫章公世子中军行参军。入宋为太子舍人。少帝时,出任始安太守。文帝时,任中书侍郎。不久,转太子中庶子,领步兵校尉。因冒犯权要,出为永嘉太守,愤而作《五君咏》以寄意。七年后入朝为始兴王濬后军谘议参军、御史中丞。后任秘书监、光禄勋、太常。孝武帝时,任紫金光禄大夫。病卒时七十二岁,追赠散骑常侍、特进。事见《宋书》卷七十三、《南史》卷三十四《颜延之传》。其年谱有:

《颜延之年谱》,季冰编,《清华周报》第四十卷第六期、第九期(1933年11月、12月出版)。

《颜延之年谱》,缪钺编,见《读史存稿》(三联书店1963年出版)。

曹道衡、沈玉成有《颜延之元嘉间仕历》、《颜延之早年仕历与〈北使洛〉诗李善注误字》、《颜延之为始安太守在景平二年》诸文,见《中古文学史料丛考》,可供参考。

《南史》本传说:"延之性既褊激,兼有酒过,肆意直言,曾无回隐,故论者多不与之,谓之颜彪。居身俭约,不营财利,布衣蔬食,独酌郊野,当其为适,傍若无人。"于此可见其为人。又说:"(延之)文章冠绝当时。……延之与陈郡谢灵运俱以辞采齐名,而迟速县绝。……延之尝问鲍照己与灵运优劣,照曰:'谢五言如初发芙蓉,自然可爱。君诗若铺锦列绣,亦雕缋满眼。'……是时议者以延之、灵运自潘岳、陆机之后,文士莫及,江右称潘、陆,江左称颜、谢焉。"颜、谢并称,可见其在文学史上的地位。他的著作,《隋书·经籍志》四著录:"宋特进《颜延之集》二十五卷,梁三十卷。又有《颜延之逸集》一卷,亡。"《旧唐书·经籍志》、《新唐书·艺文志》著录皆为三十卷。《宋史·艺文志》著录为五卷,可见宋时大部分已散失。明以后的辑本有:

《颜延之集》一卷,明汪士贤辑《汉魏诸名家集》本。
《颜光禄集》五卷附录一卷,明张燮辑《七十二家集》本。
《颜光禄集》一卷,明张溥辑《汉魏六朝百三名家集》本。

《颜光禄集》,明叶绍泰辑《增订汉魏六朝别解》本。

《颜延年集》四卷,丁福保辑《汉魏六朝名家集初刻》本。

此外,尚有《颜光禄集选》一卷,清吴汝纶评选《汉魏六朝百三家集选》本。颜延之是宋代著名作家,《文选》选录其诗文较多。所选之文有《三月三日曲水诗序》、《陶征士诔》、《祭屈原文》等六篇。所选之诗有《应诏宴曲水作诗》、《秋胡诗》、《五君咏》等二十一首。他的《陶征士诔》、《祭屈原文》、《五君咏》、《北使洛》等都是较好的作品。钟嵘《诗品》列其于"中品",评曰:"其源出于陆机。尚巧似。体裁绮密,情喻渊深。动无虚散,一句一字,皆致意焉。又喜用古事,弥见拘束。虽乖秀逸,是经纶文雅才;雅才减若人,则蹈于困踬矣。汤惠休曰:'谢诗如芙蓉出水,颜诗如错采镂金。'颜终身病之。"这个评价是十分公允的。颜延之在当时虽然名声很大,与谢灵运齐名,而其艺术成就是远不如谢的。

第二节　谢灵运的著作

谢灵运,陈郡阳夏(今河南太康县)人,世居会稽(今浙江绍兴市)。生于晋孝武帝太元十年(385),卒于宋文帝元嘉十年(433)。东晋名将谢玄之孙,袭封康乐公。小名客儿,故又称谢客。幼便聪颖,少时好学,博览群书,文章之美,与颜延之为江左第一。东晋末,历任琅邪王大司马行参军、抚军将军刘毅记室参军、相国从事中郎、太子左卫率等职。入宋后,降公爵为侯,任散骑常侍。少帝时,出任永嘉太守。灵运因政治上不受重用,常怀愤愤,寄情山水,肆意遨游。文帝时,使整理秘阁书,撰《晋书》,未成。元嘉五年(428),免官。后任临川内史。在郡游山玩水,不理政务。为官吏所弹劾,朝廷拘捕他,他兴兵拒捕,流放广州,被杀。事见《宋书》卷六十七、《南史》卷十九《谢灵运传》。其年谱有:

《谢灵运年谱》,叶瑛编,《谢灵运文学》(《学衡》第三十期,1924年9月出版)。

《谢康乐年谱》,丁陶庵编,《京报·文学周刊》(1925年10月17日)。

《谢康乐年谱》,郝立权编,《齐大季刊》第六期(1935年6月出版)。

《谢灵运年谱》附谢氏世系表,郝昺衡编,《华东师大学报》1957年第三期。按,郝立权即郝昺衡,生前为华东师范大学中文系教授。

《谢灵运年谱汇编》(内有叶瑛、丁陶庵、郝昺衡〔立权〕、杨勇等人编的谢灵运年谱),陈祖美编,广西师范大学出版社2001年出版。

《谢灵运年谱汇考》,宋红撰,见范子烨编《中古作家年谱汇考辑要》,世界图书出版公司2014年出版。

曹道衡、沈玉成有《〈建康实录〉中有关谢灵运事迹》、《谢灵运袭爵及入仕》、《谢灵运与庐陵王义真》、《谢灵运与谢惠连》、《谢灵运"谋逆"辨》等文,见《中古文学史料丛考》,周一良《谢灵运传》,见《魏晋南北朝史札记》(中华书局1985年出版),可供参考。

《宋书》本传说:"(灵运)每有一诗至都邑,贵贱莫不竞写,宿昔之间,士庶皆遍,远近钦慕,名动京师。"谢灵运的著作,《隋书·经籍志》四著录:"宋临川内史《谢灵运集》十九卷,梁二十卷,录一卷。"《旧唐书·经籍志》、《新唐书·艺文志》著录皆为十五卷。《宋史·艺文志》著录为九卷。宋以后散失。应该提到的是,《隋书·经籍志》四总集类还著录:"《赋集》九十二卷,谢灵运撰。""《诗集》五十卷,谢灵运撰。""《诗集钞》十卷,谢灵运撰。梁有《杂诗钞》十卷,录一卷,谢灵运撰。""《诗英》九卷,谢灵运集。梁十卷。""《七集》十卷,谢灵运集。""《回文集》十卷,谢灵运撰。""谢灵运撰《连珠集》五卷"等,惜皆已亡佚。

明代以后的《谢灵运集》的辑本有：

> 《谢康乐集》四卷,明沈启原等辑,焦竑校,明万历十一年(1583)刻本。
> 《谢康乐集》一卷,明薛应旂辑《六朝诗集》本。
> 《谢康乐集》四卷,明汪士贤辑《汉魏诸名家集》本。
> 《谢康乐集》八卷附录一卷,明张燮辑《七十二家集》本。
> 《谢康乐集》二卷,明张溥辑《汉魏六朝百三名家集》本。
> 《宋谢康乐集》二卷,宋唐庚辑《三家诗》本(故宫博物院影印宋嘉泰年间刻本)。
> 《谢康乐集》,明叶绍泰辑《增定汉魏六朝别解》本。
> 《谢康乐诗》三卷,清姚培谦《陶谢诗集》本。
> 《谢灵运集》五卷,丁福保辑《汉魏六朝名家集初刻》本。

此外,尚有《谢灵运集拾遗》一卷附《谢康乐集校勘记》一卷(《如皋冒氏丛书》本)、《谢灵运集选》一卷(吴汝纶评选《汉魏六朝百三家集选》本)等。

《谢灵运集》之注本有：

《谢康乐诗注》,黄节注,人民文学出版社1958年出版。此书以明万历焦竑校本为底本,注释其诗歌部分。注释较为详细,注后附录各家评论,颇能阐发谢诗之精微。这是较好的注本。

《谢灵运诗》,殷石臞选注,商务印书馆1936年出版。此为选本,以《文选》所选之谢诗为主,参考冯惟讷《诗纪》、王士祯《古诗选》、曾国藩《十八家诗钞》、王闿运《八代诗选》等,共得五十一首。其注释参考黄节注,删取其要,益以己之闻习,更为详细。

《谢灵运诗选》,叶笑雪选注,古典文学出版社1957年出版。选诗六十五首,注释浅显,注后皆有评述,以诠释诗意,便于阅读。书末附录《谢灵运传》四万余字,可供参考。

《谢灵运集校注》,顾绍柏校注,中州古籍出版社1987年出版。校注者鉴于谢灵运诗文尚无理想的、完整的辑本,重新从现存的总集、类书、史书等古籍中采撷、裒辑而成,共一百三十九篇。其中诗九十七首(存目四)。所收诗文分别按写作时间先后排列。诗歌部分注释较详,文章部分只是对与谢灵运有关的人物、事件、地名等适当加注。书末附录:一、南朝梁沈约:《宋书·谢灵运传》。二、谢灵运生平事迹及作品系年。三、谢氏家族成员简介。四、《隋书》等古籍中所著录的灵运及所纂总集。五、评丛。六、辑录所据底本及参校本一览表。七、主要参考书目、篇目。八、谢灵运像等图片及谢灵运行踪示意图。这是第一部谢灵运诗文集的校注本,搜集作品较为齐备。

此外,尚有李运富编注之《谢灵运集》,岳麓书社1999年出版。

谢灵运的诗歌成就较高,钟嵘《诗品序》说:"元嘉中,有谢灵运,才高词盛,富艳难踪,固已含跨刘、郭,凌轹潘、左。故知陈思为建安之杰,公幹、仲宣为辅;陆机为太康之英,安仁、景阳为辅;谢客为元嘉之雄,颜延年为辅。斯皆五言之冠冕,文词之命世也。"钟氏将谢灵运列入"上品",评曰:"其源出于陈思,杂有景阳之体。故尚巧似,而逸荡过之,颇以繁富为累。嵘谓若人兴多才高,寓目辄书,内无乏思,外无遗物,其繁富宜哉!然名章迥句,处处间起;丽典新声,络绎奔会。譬犹青松之拔灌木,白玉之映尘沙,未足贬其高洁也。……"评价是很高的。在今天看来,谢灵运诗,有的雕琢过甚,有句无篇,结构雷同,拖着一条玄言诗的尾巴,仍是明显的缺点。他是一个大量创作山水诗的诗人。他对山水诗发展的重大贡献是应该充分肯定的。

沈德潜说:"诗至于宋,性情渐隐,声色大开,诗运一转关也。康乐神工默运,明照廉俊无前,允称二妙。延年声价虽高,雕镂太过,不无沉闷,要其厚重处古意犹存。"此元嘉三大家之定评也。

第三节　鲍照的著作

鲍照,字明远,东海(治今江苏郯城县)人。生于晋安帝义熙十年(414),卒于宋明帝泰始二年(466)。出身寒族。二十六岁时献诗临川王刘义庆,擢为国侍郎。临川王死后,始兴王刘濬引为国侍郎。此后历任太学博士、中书舍人、秣陵令、临海王前军行参军、前军行狱参军等职。世称鲍参军。泰始元年(465),晋安王刘子勋起兵谋反,临海王刘子顼响应。次年兵败,鲍照为乱兵所杀。传附《宋书》卷五十一、《南史》卷十三《临川烈武王道规传》。

鲍照的年谱及有关资料有:

《鲍明远年谱》,缪钺编,《文学月刊》第三卷第一期(1932年5月出版)

《鲍照年谱》,吴丕绩编,商务印书馆1940年出版。曹道衡、沈玉成有《吴丕绩〈鲍照年谱〉叙事》,见《中古文学史料丛考》,可参阅。

《鲍照年表》,钱仲联编,见《鲍参军集注》(中华书局上海编辑所1959年出版)。

《龙渊里日钞》(内有《鲍照生年考辨》、《鲍照非胡人改姓》、《鲍照之先世及籍贯》三文),郑骞撰,《幼狮月刊》第四十八卷第六期。

《关于鲍照的家世和籍贯》,曹道衡撰,《文史》第七辑,中华书局1979年出版。

《鲍照年谱》，丁福林撰，上海古籍出版社 2004 年出版。撰者在《前言》说："本谱即是在旧有谱、表的基础上，吸取近年来鲍照研究中的新成果，并结合笔者研讨之心得，以图对他的生平事迹作出较为准确全面的记述。"

曹道衡、沈玉成有《鲍照行年》、《鲍照〈芜城赋〉》，见《中古文学史料丛考》，可供参考。

《南史》本传说："（鲍照）文辞赡逸，尝为古乐府，文甚遒丽。元嘉中……照为《河清颂》，其序甚工。照始尝谒义庆，未见知，欲贡诗言志，人止之曰：'卿位尚卑，不可轻忤大王。'照勃然曰：'千载上有英才异士沉没而不闻者，安可数哉……'于是奏诗，义庆奇之，赐帛二十匹，寻擢为国侍郎，甚见知赏……文帝以为中书舍人。上好文章，自谓人莫能及，照悟其旨，为文章多鄙言累句，咸谓照才尽，实不然也。"鲍照的著作，《隋书·经籍志》四著录："宋征虏记室参军《鲍照集》十卷，梁六卷。"按，鲍照的作品，南朝齐永明（483—493）年间散失已多，当时虞炎奉齐文惠太子之命编撰成集。这大概就是《隋书·经籍志》所说的"梁六卷"本。《旧唐书·经籍志》、《新唐书·艺文志》著录皆为十卷。《宋史·艺文志》著录亦为十卷。唐代的十卷本，可能是收入鲍照散佚的诗文而成的。宋刻本《鲍照集》总算是保存下来了，毛扆、钱曾、毕子肃等人曾据以校明刻本。钱仲联增补集说校之《鲍参军集注》在目录之后附宋本《鲍氏集》目录。钱氏按："宋本集名分卷及篇第，俱与张（溥）本不同。《奉始兴王白纻舞曲启》，载在《代白纻舞歌词》四首之前，不别出。张（溥）本《扶风歌》一首、《吴歌》第一首、《咏老》一首、《春咏》一首、《赠顾墨曹》一首，宋本所无。"

明以后的《鲍照集》有：

《鲍参军集》十卷，明正德五年（1510）朱应登刊本。这个刻本的底本是都穆家的一个旧本,即《四库全书总目》所著录的本子。

《鲍氏集》八卷,明薛应旂辑《六朝诗集》本。
《鲍明远集》十卷,明汪士贤辑《汉魏诸名家集》本。
《鲍参军集》六卷附录一卷,明张燮辑《七十二家集》本。
《鲍参军集》二卷,明张溥辑《汉魏六朝百三名家集》本。
《鲍参军集》,明叶绍泰辑《增定汉魏六朝别解》本。
《鲍氏集》十卷,《四部丛刊》本。
《鲍氏集》十卷,《四部备要》本。
《鲍明远集》三卷,丁福保辑《汉魏六朝名家集初刻》本。

此外,尚有《鲍参军集选》一卷(清吴汝纶评选《汉魏六朝百三家集选》本),《鲍照集校补》一卷(清卢文弨《抱经堂丛书》本),又《丛书集成初编》本等。

其注本有:

《鲍参军诗注》,黄节注,人民文学出版社1957年出版。鲍诗原有清同治年间钱振伦注,后附鲍照妹鲍令晖诗,注释部分采自《文选》李善注,部分采自《玉台新咏》吴兆宜注。李、吴二家所未注者,由钱氏补注。黄节氏取钱氏注本再作补注,而且益以各家评说。因此,这是比较详赡的注本。

《鲍参军集注》,钱振伦注、黄节补注诗集并集说、钱仲联增补集说校,中华书局上海编辑所1959年出版。1980年,上海古籍出版社出版修订本。此书汇集了前人的研究成果,是比较完备的本子。

又,元代方回有《文选颜鲍谢诗评》四卷,有《四库全书》本,颇有参考价值。《四库全书总目·文选颜鲍谢诗评》提要说:"统观全集,究较《瀛奎律髓》为胜,殆作于晚年,所见又进欤。"按此书又有上海古籍出版社 1986 年出版的本子，见李庆甲集评校点《瀛奎律髓汇评》附录（二）。

萧子显《南齐书·文学传论》将当时文章分为三派，鲍照是其中一派，他说："发唱惊挺，操调险急，雕藻淫艳，倾炫心魂，亦犹五色之有红紫，八音之有郑卫，斯鲍照之遗烈也。"可见鲍照的影响甚大。钟嵘《诗品》将鲍照列入"中品"，评曰："其源出于二张（张协、张华）。善制形状写物之词。得景阳之淑诡，含茂先之靡嫚。骨节强于谢混，驱迈疾于颜延。总四家而擅美，跨两代而孤出。嗟其才秀人微，故取湮当代。然贵尚巧似，不避危仄，颇伤清雅之调。故言险俗者，多以附照。"鲍照才秀人微，取湮当代，钟氏感慨系之。但是，将鲍照列入"中品"，不免偏低。而鲍照于后世声名大振，说明历史是公正的。

敖陶孙说："鲍明远如饥鹰独出，奇矫无前。"（《臞翁诗评》）敖氏评论鲍照诗歌风格，比喻形象，颇为生动。

明代张溥《汉魏六朝百三名家集·鲍参军集》题辞说："鲍明远才秀人微，史不立传，服官年月，考论鲜据，差可凭者，虞散骑奉敕一序耳。明远《松柏篇》，自叙危病中读《傅休奕集》，见长逝辞，恻然酸怀，草丰人灭，忧生良深。后掌临海书记，竟死乱兵。谢康乐云'夭枉兼常'，其斯人乎！临川好文，明远自耻燕雀，贡诗言志。文帝惊才，又自贬下就之。相时投主，善用其长，非祢正平杨德祖流也。集中文章，实无鄙言累句，不知当时何以相加？江文通遭逢梁武，年华望暮，不敢以文陵主，意同明远，而蒙讥才尽，史臣无表而出之者，沈休文窃笑后人矣。鲍文最有名者，《芜城赋》、《河清颂》及《登大雷书》。《南齐文学传》所谓'发唱惊挺，持调险急，雕藻淫艳，倾炫心魂'，殆指是邪？诗篇创绝，乐府五言，李杜之高曾也。颜延年与康乐齐名，私问优劣于明远，诚心折之。士顾才何如耳！宁论官阀哉。"鲍照才秀人微，竟死兵乱，张溥对他的遭遇充满同情。当时宋文帝以文自诩，鲍照写作诗文自有顾忌，与后来的江淹遇到以文自诩的梁武帝，蒙讥才尽，是一类的事情。鲍照诗文对李、杜很有影响，其文学批评亦自有见解。张氏评论言简意赅，颇为公允。

第四节　其他作家的著作

颜延之、谢灵运、鲍照，世称"元嘉三大家"。三家之外，文士辈出，傅亮、谢庄等人皆工诗文。

傅亮，字秀友，北地灵州（今宁夏灵武市）人。生于晋孝武帝宁康二年（374），卒于宋文帝元嘉三年（426）。东晋末，任中书黄门侍郎。宋国初建，任侍中，领世子中庶子，加中书令。因助刘裕夺权有功，入宋后，加太子詹事，封建城县公，入直中书省，专典诏命。宋初表策文诰，皆出其手。少帝时，位至中书监、尚书令。景平二年（424），与司空徐羡之废少帝，迎立文帝，加光禄大夫，开府仪同三司。后因擅权与徐羡之同为文帝所诛。事见《宋书》卷四十三、《南史》卷十五《傅亮传》。曹道衡、沈玉成有《傅亮入仕年及两值西省》，见《中古文学史料丛考》，可供参考。

《南史》本传说："亮博涉经史，尤善文辞。……及见世路屯险，著论名曰《演慎》。及少帝失德，内怀忧惧。直宿禁中，睹夜蛾赴烛，作《感物赋》以寄意。初奉大驾，道路赋诗三首，其一篇有悔惧之辞。自知倾覆，求退无由，又作辛有、穆生、董仲道赞，称其见微之美云。"《隋书·经籍志》四著录："宋尚书令《傅亮集》三十一卷，梁二十卷，录一卷。"《旧唐书·经籍志》、《新唐书·艺文志》著录皆为十卷。宋代散佚。明代辑本有：

《宋傅光禄集》一卷，明张溥辑《汉魏六朝百三名家集》本。

此外,尚有《傅光禄集选》一卷,清代吴汝纶评选《汉魏六朝百三家集选》本。严可均《全宋文》卷二十六辑录其文有《感物赋》、《策加宋公九锡文》、《演慎论》等二十九篇。逯钦立《先秦汉魏晋南北朝诗·宋诗》卷一辑录其诗有《奉迎大驾道路赋诗》、《从征诗》等四首。钟嵘《诗品》将其列入"下品",评曰:"季友文,余常忽而不察。今沈特进撰诗,载其数首,亦复平矣。"认为其诗平平,并无突出成就。

谢瞻,字宣远,一名檐,字通远,陈郡阳夏(今河南太康县)人。生于晋孝武帝太元十二年(387),卒于宋武帝永初二年(421)。卫将军谢晦第二兄。幼孤,叔母刘氏抚养成人。东晋末为桓伟安西参军,刘柳建威长史。又任刘裕参军。后为宋国中书、黄门侍郎、相国从事郎。又自请降黜,乃任豫章太守。永初二年(421),在郡遇疾,不治,病卒。卒年三十五岁。事见《宋书》卷五十六、《南史》卷十九《谢瞻传》。曹道衡、沈玉成《谢瞻仕历》,见《中古文学史料丛考》,可参阅。

关于谢瞻的卒年,逯钦立《先秦汉魏晋南北朝诗·宋诗》卷一谢瞻小传后说:"《宋书》及《南史》本传俱言卒年三十五。严可均《全宋文》云:'考瞻卒于永初二年,年三十五。灵运诛于元嘉十年,年四十九。则灵运长于瞻二岁。疑有一误。'逯按:灵运生卒无误。瞻卒年三十五当为三十九之讹。瞻永初年卒,时如为三十九,则长于灵运二岁。元兴元年,任桓伟参军为十九岁。如为三十五岁,则元兴元年仅十五岁,以常例衡之,不应是时即为参军也。"按,谢灵运为瞻族弟。严氏的怀疑有理。逯氏的推测亦有理。

《南史》本传说:"(瞻)六岁能属文,为《紫石英赞》、《果然诗》,为当时才士叹异。与从叔混、族弟灵运俱有盛名。尝作《喜霁诗》,灵运写之,混咏之。王弘在坐,以为三绝。"又说:"瞻文章之美,与从叔混、族弟灵运相抗。"《隋书·经籍志》四著录:"宋豫章太守《谢瞻集》三卷。"《旧唐书·经籍志》、《新唐书·艺文志》著录皆为二卷。《宋史·艺文志》未见著录,殆已亡佚。严可均《全宋文》卷三十三辑录其文仅有《安成郡庭枇杷树赋》、《临终遗弟晦书》二篇。逯钦立《先秦汉魏晋南北朝诗·宋诗》卷一辑录其诗六首,其中《九日从宋公戏马台集送孔令诗》、《王抚军庾西阳集别时为豫章太守庾被征还东》、《张子房诗》、《答灵运》、《于安城答灵运》五首被选入《文选》。钟嵘《诗品》将其列入"中品",评曰:"其源出于张华。才力苦弱,故务其清浅,殊得风流媚趣。课其实录,则豫章(谢瞻)、仆射(谢混),宜分庭抗礼。"认为谢瞻诗可与谢混诗分庭抗礼。

范晔,字蔚宗,小字塼,顺阳(今河南淅川县东南)人。他是著名的史学家,也是文学家。生于晋安帝隆安二年(398),卒于宋文帝元嘉二十二年(445)。他是范泰之子,出继从伯范弘之,袭封武兴县五等侯。初为秘书丞,后任征南大将军檀道济司马,领新蔡太守,又升任尚书吏部郎。元嘉九年(432),贬为宣城太守。不得志,著《后汉书》。后迁左卫将军、太子詹事。因与孔熙先等谋杀文帝,拥立彭城王刘义康,事泄被杀。事见《宋书》卷六十九、《南史》卷三十三《范晔传》。其年谱有张述祖编《范蔚宗年谱》,《史学年报》第三卷第二期(1940年11月出版)。曹道衡、沈玉成《范晔谋逆》,见《中古文学史料丛考》,可参阅。

《宋书》本传说:"(晔)少好学,博涉经史,善为文章,能隶书,晓音律。"所著《后汉书》为我国史学名著,与《史记》、《汉书》、《三国志》并列为"四史"。此书汇集了大量的政论辞赋,足供文学研究者参考。清王先谦有《后汉书集解》,搜集资料丰富,颇为详备。本传载其《狱中与诸甥侄书》。书中提出:"常谓情志所托,故当以意为主,以文传意。"对于反对文学的形式主义倾向有一定的意义。书中还说:"吾杂传论,皆有精意深旨,既有裁味,故约其词句。至于《循吏》以下及《六夷》诸序论,笔势纵放,实天下之奇作。……赞自是吾文之杰思,殆无一字空设,奇变不穷,同合异体,乃自不知所以称之。"范晔于自己的文章评价甚高。《后汉书》中的《皇后纪论》、《二十八将传论》、《宦者传论》、《逸民传论》、《光武纪赞》等皆选入《文选》。按《文选》选录史论、史述赞之类的文章较少,而范晔竟占五篇,亦可见萧统对范文之重视。

《隋书·经籍志》四著录:"《范晔集》十五卷,录一卷。"《旧唐书·经籍志》、《新唐书·艺文志》皆未见著录,大约唐时已亡佚。严可均《全宋文》卷十五辑录其文有《作彭城王义康与徐湛之书宣示同党》、《狱中与诸甥侄书以自序》等五篇。逯钦立《先秦汉魏晋南北朝诗·宋诗》卷四辑录其诗仅有《乐游应诏诗》、《临终诗》二首。其中《乐游应诏诗》选入《文选》卷二十。范晔说:"常耻作文士。"(《狱中与诸甥侄书以自序》)故诗非其所长。钟嵘将他列入"下品",说:"蔚宗诗,乃不称其才,亦为鲜举矣。"确是如实的评价。

谢惠连,陈郡阳夏(今河南太康县)人,世居会稽(今浙江绍兴市)。生于晋安帝义熙三年(407),卒于宋文帝元嘉十年(433)。他是谢灵运的族弟,与灵运并称"大小谢"。元嘉七年(430),任司徒彭城王刘义康法曹行参军。卒时年仅二十七岁(按,"二十七"各本《宋书》并作"三十七",兹据中华书局标点本《宋书》改)。事见《宋书》卷五十三、《南史》卷十九《谢惠连传》。曹道衡、沈玉成《谢惠连〈雪赋〉》、《谢惠连体》,见《中古文学史料丛考》,可参阅。

《南史》本传说:"(惠连)年十岁能属文,族兄灵运嘉赏之,云:'每有篇章,对惠连辄得佳语。'尝于永嘉西堂思诗,竟日不就,忽梦见惠连,即得'池塘生春草',大以为工。常云:'此语有神助,非吾语也。'"又说:"义康修东府城,城堑中得古冢,为之改葬,使惠连为祭文,留信待成,其文甚美。又为《雪赋》,以高丽见奇。灵运见其新文,每曰:'张华重生,不能易也。'文章并行于世。"《隋书·经籍志》四著录:"宋司徒府参军《谢惠连集》六卷,梁五卷,录一卷。"《新唐书·艺文志》著录为五卷,《宋史·艺文志》著录亦为五卷。陈振孙《直斋书录解题》卷十九著录《谢惠连集》一卷,云:"本集五卷,今惟诗二十四首。"大概其集至南宋末已散失了很多。明代以后的辑本有:

《谢惠连集》一卷,明薛应旂辑《六朝诗集》本。
《谢惠连集》一卷,明汪士贤辑《汉魏诸名家集》本。
《谢法曹集》二卷附录一卷,明张燮辑《七十二家集》本。
《谢法曹集》一卷,明张溥辑《汉魏六朝百三名家集》本。
《谢法曹诗》二卷,清姚培谦辑《陶谢诗集》本。
《谢法曹集》二卷,丁福保辑《汉魏六朝名家集初刻》本。

另有《谢法曹集选》,清吴汝纶评选《汉魏六朝百三家集选》本。严可均《全宋文》卷三十四辑录其文有《雪赋》、《祭古冢文》等十七篇。逯钦立《先秦汉魏晋南北朝诗·宋诗》卷四辑录其诗有《泛湖归出楼中望月》、《秋怀》等诗三十四首。其中《雪赋》、《祭古冢文》二文和《泛湖归出楼中玩月》、《秋怀》、《西陵遇风献康乐》、《七月七日夜咏牛女》、《捣衣》五诗选入《文选》。钟嵘《诗品》将其列入"中品",认为:"小谢才思富捷,恨其兰玉夙凋,故长辔未骋。《秋怀》、《捣衣》之作,虽复灵运锐思,亦何以加焉。又工为绮丽歌谣,风人第一。……"对惠连评价甚高。张溥说:"《谢法曹集》,文字颇少,惟《祭古冢文》简而有意。……《雪赋》虽名高丽,与希逸《月赋》,仅雁序耳。诗则《秋怀》、《捣衣》二篇居最。"(《汉魏六朝百三名家集·谢法曹集》题辞)张氏所评甚是。

袁淑,字阳源,陈郡阳夏(今河南太康县)人。生于晋安帝义熙四年(408),卒于宋文帝元嘉三十年(453)。初为彭城王刘义康司徒祭酒。后为临川王刘义庆谘议参军。不久,迁司徒左西属。出为宣城太守,入补中书侍郎。元嘉二十六年(449),任尚书吏部郎、御史中丞。后官至太子左卫率。元嘉三十年(453),太子刘劭作乱,胁迫袁淑参与,淑不从,力谏,被杀。宋孝武帝即位后,赠侍中、太尉,谥忠宪公。事见《宋书》卷七十、《南史》卷二十六《袁淑传》。曹道衡、沈玉成《袁淑仕历》,见《中古文学史料丛考》,可参阅。

《宋书》本传说:"(淑)博涉多通,好属文,辞采遒艳,纵横有才辩。……文集传于世。"《隋书·经籍志》四著录:"宋太尉《袁淑集》十一卷,并目录。梁十卷,录一卷。"《旧唐书·经籍志》、《新唐书·艺文志》著录皆为十卷。宋代散佚。明代以后的辑本有:

《宋袁阳源集》一卷,明张溥辑《汉魏六朝百三名家集》本。

《袁忠宪集》一卷,清姚莹、顾沅、潘锡恩辑《乾坤正气集》本。

另有清吴汝纶评选《袁阳源集选》一卷,《汉魏六朝百三家集选》本。严可均《全宋文》卷四十四辑录其文有《防御索虏议》、《与始兴王濬书》等十五篇。逯钦立《先秦汉魏晋南北朝诗·宋诗》卷五辑录其诗有《效曹子建白马篇》、《效古诗》等七首。其中《效曹子建白马篇》、《效古诗》选入《文选》卷三十一。钟嵘《诗品》将其列入"中品",指出他与谢瞻、谢混、王微、王僧达的共同特点是:"其源出于张华。才力苦弱,故务其清浅,殊得风流媚趣。"在这五人中,谢瞻和谢混可分庭抗礼。王微和袁淑则"托乘后车"似稍差一些。张溥对他的评价较高,说:"(淑)文采遒艳,才辩鲜及,即不得为仪秦纵横,方诸燕然勒铭,广成作颂,意似欲无多让。诗章虽寡,其摹古之篇,风气竟逼建安。此人不死,颜、谢未必出其上也。"似有溢美。又《艺文类聚》九十一、九十四引袁淑《俳谐集》,有《鸡九锡文》、《庐山公九锡文》等,文辞诙谐,别有情趣。

鲍令晖,东海(今江苏涟水县北)人,生卒年不详。鲍照之妹。据鲍照说:"天伦同气,实惟一妹,存没永诀,不获计见,封瘗泉壤临送,私怀感恨。"(《请假启》)可见令晖先鲍照而卒。唐陆龟蒙《小名录》说:"(令晖)有才思,亚于明远,著《香茗赋集》行于世。"按,《香茗赋集》已佚。又鲍照尝答孝武帝说:"臣妹才自亚于左芬,臣才不及太冲尔。"(钟嵘《诗品》卷下引)此显然是以左思兄妹自况。

鲍令晖文已不传,其诗《玉台新咏》卷四选录《拟青青河畔草》一首、《拟客从远方来》一首、《题书后寄行人》一首、《古意赠今人》一首、《代葛沙门妻郭小玉诗》二首,卷十选录《寄行人》一首,共七首。逯钦立《先秦汉魏晋南北朝诗·宋诗》卷九辑录的也只是这七首。钱仲联增补集说校之《鲍参军集注》末附鲍令晖诗,并有注释,可供参考。钟嵘《诗品》将其列入"下品",评曰:"令晖歌诗,往往崭绝清巧,拟古尤胜。唯《百愿》淫矣。"《百愿》诗已失传。钟氏认为,鲍令晖诗颇有自己的特色。

王微,字景玄,琅玡临沂(今山东临沂县)人。生于晋安帝义熙十一年(415),卒于宋文帝元嘉三十年(453)。按,《宋书》各本《王微传》并作"元嘉二十年卒,时年二十九"。兹据中华书局出版标点本《宋书》改正。参阅曹道衡、沈玉成《王微卒年、年岁》,见《中古文学史料丛考》。

王微少好学,无不通览,善属文,能书画,并解音律、医方、阴阳术数。始为司徒祭酒,转主簿,太子中舍人等。后任中书侍郎。他素无官情,屡召不就,以文籍自娱。死后追赠秘书监。事见《宋书》卷六十二、《南史》卷二十一《王微传》。

《宋书》本传说:"微为文古甚,颇抑扬……所著文集,传于世。"《隋书·经籍志》四著录:"宋秘书监《王微集》十卷,梁有录一卷。"《旧唐书·经籍志》、《新唐书·艺文志》著录皆为十卷。其集大概宋时散佚。严可均《全宋文》卷十九辑录其文有《与江湛书》、《与从弟僧绰书》、《报何偃书》等九篇。逯钦立《先秦汉魏晋南北朝诗·宋诗》卷四辑录其诗有《杂诗》、《四气诗》、《咏愁诗》等五首。其中《杂诗》二首(其二)选入《文选》卷三十,是较好的诗篇。钟嵘《诗品》将他列入"中品",以其诗与袁淑相提并论。

关于王微:

钟嵘《诗品中序》云:"王微《鸿宝》,密而无裁。"按:王微《鸿宝》,不见《宋书·王微传》。《隋书·经籍志·子部·杂家》著录《鸿宝》十卷,不著撰人姓名。此书早已散失,内容不详。

《诗品》中对王微的评论是与谢瞻、谢混、袁淑、王僧达合在一起的。评云:"其源出于张华。才力苦弱,故务其清浅。殊得风流媚趣。课其实录,则豫章(谢瞻)、仆射(谢混),宜分庭抗礼。征君(王微)、太尉(袁淑),可托乘后车。征虏(王僧达)卓卓,殆欲度骅骝前。"钟嵘认为,谢瞻、谢混、王微、袁淑、王僧达五人在诗坛上的地位是有前后之分的。

谢庄,字希逸,陈郡阳夏(今河南太康县)人。生于宋武帝永初二年(421),卒于宋明帝泰始二年(466)。七岁能属文,始为随王刘诞后军谘议,领记室。三十岁时文名已远播北魏。元嘉二十九年(452),任太子中庶子。时南平王刘铄献赤鹦鹉,普诏群臣作赋。袁淑文冠当时,作赋给庄看,及见庄赋,叹曰:"江东无我,卿当独秀,我若无卿,亦一时之杰。"就把自己的赋隐藏起来。孝武帝即位,升任侍中,拜吏部尚书,领国子博士。前废帝即位,加中书令、散骑常侍,加金紫光禄大夫。卒后赠右光禄大夫,谥宪子。事见《宋书》卷八十五、《南史》卷二十《谢庄传》。曹道衡、沈玉成《谢庄尚宋文帝女》、《谢庄元嘉间仕历》、《谢庄〈殷贵妃诔〉》,见《中古文学史料丛考》,可参阅。

《宋书》本传说他"所著文章四百余首行于世"。《隋书·经籍志》四著录:"宋金紫光禄大夫《谢庄集》十九卷,梁十五卷。"《旧唐书·经籍志》、《新唐书·艺文志》著录皆为十五卷。《宋史·艺文志》著录为一卷,说明宋代《谢庄集》已散失殆尽。明以后的辑本有:

《谢光禄集》三卷附录一卷,明张燮辑《七十二家集》本。
《谢光禄集》一卷,明张溥辑《汉魏六朝百三名家集》本。
《谢希逸集》三卷,丁福保辑《汉魏六朝名家集初刻》本。

另有《谢光禄集选》一卷,清代吴汝纶评选《汉魏六朝百三家集选》本。严可均《全宋文》卷三十四、三十五辑录其文有《月赋》、《宋孝武宣贵妃诔》、《孝武帝哀策文》等三十六篇。逯钦立《先秦汉魏晋南北朝诗·宋诗》卷六辑录其诗有《怀园引》、《山夜忧》、《瑞雪咏》等二十八首。《文选》选录其《月赋》、《宋孝武宣贵妃诔》二文。其《月赋》神韵凄惋,风调高秀,为小赋中的杰作。其诗钟嵘《诗品》列入"下品",评曰:"希逸诗,气候清雅,不逮于王、袁。然兴属闲长,良无鄙促也。"指出其诗不如王微、袁淑,然格调清雅,兴味闲长,亦有所长。

王僧达,琅邪临沂(今山东临沂市北)人。生于宋少帝景平元年(423),卒于宋孝武帝大明二年(458)。少时好学,善作文章。初为始兴王刘濬后军参军,迁太子舍人、太子洗马。因母丧去职。

守丧期满,任宣城太守。元嘉三十年(453),太子刘劭作乱,他投奔孝武帝。孝武帝即位后,任尚书右仆射,不久,加征虏将军,补护军将军。僧达自负才地,志在宰相,感到不得志,出为吴郡太守。因事免官。孝建二年(455),任太常,意尤不悦。上表解职,其词不逊,免官。大明元年(457),任左卫将军,领太子中庶子,封宁陵县五等侯。二年,升中书令。他因狂傲不羁,得罪太后,被诬下狱,赐死,时年三十六岁。事见《宋书》卷七十五、《南史》卷二十一《王僧达传》。曹道衡、沈玉成《王僧达入仕年》、《王僧达被诬谋逆》,见《中古文学史料丛考》,可参阅。

王僧达的著作,《隋书·经籍志》四著录:"宋护军将军《王僧达集》十卷,梁有录一卷。"《旧唐书·经籍志》、《新唐书·艺文志》著录皆为十卷。《宋史·艺文志》著录亦为十卷。元代以后散失。严可均《全宋文》卷十九辑录其文有《上表解职》、《与沈璞书》、《祭颜光禄文》等七篇。逯钦立《先秦汉魏晋南北朝诗·宋诗》卷六辑录其诗有《答颜延年诗》、《和琅玡王依古诗》、《七夕月下诗》等五首。其中《答颜延年》、《和琅玡王依古》二诗和《祭颜光禄文》选入《文选》,较为著名。其诗钟嵘《诗品》列入"中品",合评谢瞻、谢混、袁淑、王微、王僧达五人,说:"征虏卓卓,殆欲度骅骝前。"征虏,即征虏将军王僧达。钟嵘认为王僧达诗歌创作成就突出,几乎超过其他四人。

吴迈远,籍贯不详。曾任奉朝请,江州从事。他好作文章,宋明帝召见他,见了之后说:"此人连绝之外,无所复有。"迈远好自夸而蚩鄙他人,每作诗,得称意语,辄掷地呼曰:"曹子建何足数哉!"元徽二年(474)五月,江州刺史桂阳王刘休范谋反,迈远为他草拟书檄,当月败亡,被族诛。钟嵘《诗品》将他列入"下品",说:"吴(迈远)善于风人答赠。"这是说,他的诗多男女赠答之辞。又说："汤休谓远云：'吾诗可为汝诗父。'以访谢光禄（庄）云：'不然尔，汤可为庶兄。'"此谓他的诗与汤惠休的诗有兄弟之别，汤略高一筹。事见《南史》卷七十二《文学传》、钟嵘《诗品》卷下及丘巨源《与尚书令袁粲书》（见严可均《全齐文》卷十七）等。曹道衡、沈玉成《吴迈远族诛》，见《中古文学史料丛考》，可参阅。

吴迈远的著作，《隋书·经籍志》四著录："宋江州从事《吴迈远集》一卷，残缺。梁八卷，亡。"其集隋时已残存一卷，以后散失。其诗散见《玉台新咏》、《文苑英华》、《乐府诗集》等总集。逯钦立《先秦汉魏晋南北朝诗·宋诗》卷十辑录其诗有《飞来双白鹄》、《阳春歌》、《长相思》等十一首。《长相思》为其代表作，王夫之赞曰："尺幅之中，春波万里。"（《古诗评选》卷一）其文皆已失传。

汤惠休，字茂远。生卒年不详。早年为僧，故钟嵘《诗品》称他为"惠休上人"。宋孝武帝命他还俗，官至扬州从事史。惠休常与鲍照交游，以诗赠答，时称"休鲍"。《诗品》将其列入"下品"，说："惠休淫靡，情过其才。世遂匹之鲍照，恐商、周矣。羊曜璠云：'是颜公忌照之文，故立休鲍之论。'"意思是说，汤惠休的成就远不如鲍照，颜延之为了贬低鲍照，"故立休鲍之论"。《南史》卷三十四《颜延之传》说："延之每薄汤惠休诗，谓人曰：'惠休制作，委巷中歌谣耳，方当误后生。'"惠休诗深受民歌影响，颜延之因此贬低他。事见《宋书》卷七十一《徐湛之传》等。曹道衡、沈玉成《汤惠休事迹》，见《中古文学史料丛考》，可参阅。

汤惠休的著作，《隋书·经籍志》四著录："宋宛朐令《汤惠休集》三卷，梁四卷。"《旧唐书·经籍志》、《新唐书·艺文志》著录皆为三卷。《宋史·艺文志》未见著录，大概宋时已亡佚。其诗散见《乐府诗集》等书。逯钦立《先秦汉魏晋南北朝诗·宋诗》卷六辑录其诗有《怨诗行》、《江南思》、《白纻歌》等十一首。其中《怨诗行》较为著名。清代沈德潜谓"禅寂人作情语,转觉入微,微处亦可证禅也"(《古诗源》卷十一)。总的说来,汤诗辞采绮艳,清新活泼,带有民歌风味。其文皆已失传。

第二章 齐代文学史料

齐代文学,《文心雕龙·时序》篇说:"暨皇齐驭宝,运集休明:太祖以圣武膺箓,世(高)祖以睿文纂业,文帝以贰离含章,高(中)宗以上哲兴运,并文明自天,缉遐(熙)景祚。今圣历方兴,文思光被,海岳降神,才英秀发。驭飞龙于天衢,驾骐骥于万里,经典礼章,跨周轹汉,唐虞之文,其鼎盛乎!"所论虽为齐代文学,但只是一片歌颂之声,并未论及作家作品。这固是由于作者身处其时,"无劳甄序",也是由于《文心雕龙》撰于齐代,自然得说一些好话。《南齐书·文学传论》说:"今之文章,作者虽众,总而为论,略有三体。一则启心闲绎,托辞华旷,虽存巧绮,终致迂回。宜登公宴,本非准的。而疏慢阐缓,膏肓之病,典正可采,酷不入情。此体之源,出灵运而成也。次则缉事比类,非对不发,博物可嘉,职成拘制。或全借古语,用申今情,崎岖牵引,直为偶说。唯睹事例,顿失清采。此则傅咸五经,应璩指事,虽不全似,可以类从。次则发唱惊挺,操调险急,雕藻淫艳,倾炫心魂。亦犹五色之有红紫,八音之有郑、卫。斯鲍照之遗烈也。"这里将齐代文学分为三体,颇有见地。《文心雕龙·通变》篇说:"今才颖之士,刻意学文,多略汉篇,师范宋集。"在此得到具体的阐述。

齐代文学最重要的现象是"永明体"的产生。《南齐书》卷五十二《陆厥传》说:"永明末,盛为文章。吴兴沈约、陈郡谢朓、琅邪王融以气类相推毂。汝南周颙善识声韵。约等文皆用宫商,以平上去入为四声,以此制韵,不可增减,世呼为'永明体'。""永明体"讲究声律,有四声八病之说。沈约《宋书·谢灵运传论》说:"夫五色相宜,八音协畅,由乎玄黄律吕,各适物宜。欲使宫羽相变,低昂互节,若前有浮声,则后有切响。一简之内,音韵尽殊;两句之中,轻重悉异。妙达此旨,始可言文。"这段论述可看作"永明体"声律总论。"永明体"代表人物为沈约、谢朓和王融。

第一节 沈约的著作

沈约,字休文,吴兴武康(今浙江德清县西)人。生于宋文帝元嘉十八年(441),卒于梁武帝天监十二年(513)。他笃志好学,昼夜不倦,遂博群书,善作诗文。历仕宋、齐、梁三代。宋时,初为奉朝请,后任尚书郎。齐初为征虏记室,后迁太子家令兼著作郎。隆昌元年(494),出为东阳太守。明帝时,任五兵尚书,迁国子祭酒。因与范云等助成梁武帝萧衍帝业,入梁后为尚书仆射,封建昌县侯。后为尚书令,领太子少傅,加特进。卒后谥曰隐。事见《梁书》卷十三、《南史》卷五十七《沈约传》、《宋书》卷一〇〇《自序》。其年谱有:

《沈约年谱》,伍叔傥编,《国立中山大学文史研究所辑刊》第一卷第一期(1931年7月出版)。

《沈约年谱》,〔日〕铃木虎雄编,马导源译,商务印书馆1935年铅印本。

曹道衡、沈玉成《沈约受知蔡兴宗及入为尚书度支郎》、《沈约为东阳太守》、《沈约曾官太子右卫率》,见《中古文学史料丛考》。

《梁书·武帝本纪》云:"竟陵王子良开西邸,招文学,高祖(萧衍)与沈约、谢朓、王融、萧琛、范云、任昉、陆倕等并游焉,号曰'八友'。"沈约在齐代是"竟陵八友"之一。《梁书·沈约传》说："(约)聪明过人,好坟籍,聚书至二万卷,京师莫比。……谢玄晖善为诗,任彦昇工于文章,约兼而有之,然不能过也。……所著《晋书》百一十卷,《宋书》百卷,《齐纪》二十卷,《高祖纪》十四卷,《迩言》十卷,《谥例》十卷,《宋文章志》三十卷,文集一百卷,皆行于世。又撰《四声谱》,以为在昔词人,累千载而不寤,而独得胸衿,穷其妙旨,自谓入神之作,高祖雅不好焉。"今存《宋书》一百卷,余皆散失。关于文集,《隋书·经籍志》四著录:"梁特进《沈约集》一百一卷,并录。"《旧唐书·经籍志》、《新唐书·艺文志》著录《沈约集》一百卷,另有《沈约集略》三十卷。《宋史·艺文志》著录《沈约集》九卷,又《诗》一卷。说明宋代《沈约集》已大部分散失了。明代以后的辑本有:

《沈隐侯集》四卷,明沈启原辑,明万历十三年(1585)沈启原刊本,又袁敏学刊本。
《沈隐侯集》六卷,明万历岳元声刊本。
《沈休文集》四卷,明万历三十七年(1609)杨鹤刊本。
《梁沈约集》一卷,明薛应旂辑《六朝诗集》本。
《沈隐侯集》二卷,明张溥辑《汉魏六朝百三名家集》本。
《沈隐侯集》十六卷附一卷,明阮元声辑《刘沈合集》本。
《沈隐侯集》,明叶绍泰辑《增定汉魏六朝别解》本。
《沈休文集》九卷,丁福保辑《汉魏六朝名家集初刻》本。

此外,有清代吴汝纶评选《沈隐侯集选》一卷,《汉魏六朝百三家集选》本。

今人郝立权有《沈休文诗注》四卷,民国二十四年郝氏铅印本二册。

今人陈庆元有《沈约集校笺》,浙江古籍出版社1995年出版。

今人林家骊有《沈约研究》,杭州大学出版社1999年出版。此书第十章为《沈约事迹诗文系年》,可供参考。

沈约是当时文坛领袖,钟嵘《诗品》将其列入"中品",评曰:"观休文众制,五言最优。详其文体,察其余论,固知宪章鲍明远也。所以不闲于经纶,而长于清怨。永明相王爱文,王元长等皆宗附之。约于时谢朓未遒,江淹才尽,范云名级故微,故约称独步。虽文不至,其工丽亦一时之选也。见重闾里,诵咏成音。嵘谓约所著既多,今剪除淫杂,收其精要,允为中品之第矣。故当词密于范,意浅于江也。"按,《南史》卷七十二《钟嵘传》说:"嵘尝求誉于沈约,约拒之。及约卒,嵘品古今诗为评,言其优劣,云:'观休文众制……意浅于江。'盖追宿憾,以此报约也。"此说历来有争议,有的说是,有的说非,《四库全书总目·诗品》提要说:"史称嵘尝求誉于沈约,约弗为奖借,故嵘怨之,列约中品。案:约诗列之中品,未为排抑。惟序中深诋声律之学,谓'蜂腰鹤膝,仆病未能,双声叠韵,里俗已具',是则攻击约说,显然可见。言亦不尽无因也。"分析比较全面。

第二节　谢朓的著作

谢朓,字玄晖,陈郡阳夏(今河南太康县)人。生于宋孝武帝大明八年(464),卒于齐东昏侯永元元年(499)。世称谢灵运为"大谢",谢朓为"小谢"。少时好学,有美名,文章清丽。初任豫章王太尉行参军,后为随王萧子隆功曹、文学。又是竟陵王萧子良的"八友"之一。明帝时,任中书郎,出为宣城太守,故世称"谢宣城"。后官至尚书吏部郎。永元元年,为始安王萧遥光诬陷,下狱死,年三十六岁。事见《南齐书》卷四十七、《南史》卷十九《谢朓传》。其年谱有：

> 《谢朓年谱》，伍叔傥编，《小说月报》第十七期号外《中国文学研究》(商务印书馆1927年6月出版)。又上海书店1981年11月据商务印书馆版印行。

另有陈庆元《谢朓诗歌系年》(《文史》第二十一期，1984年出版)，曹道衡、沈玉成《〈谢朓诗歌系年〉书后》、《江祐与谢朓之死》、《谢朓自荆州还都时间及〈辞随王子隆笺〉》、《谢朓婚宦时间》、《谢朓为随王镇西功曹转文学》、《谢朓与永明末政局》、《谢朓〈暂使下都夜发新林至京邑示西府同僚诗〉》、《〈南史·谢朓传〉志疑》，见《中古文学史料丛考》。周一良《王融谢朓同传》，见《魏晋南北朝史札记》。皆可参考。

《南齐书》本传说："子隆在荆州，好辞赋，数集僚友，朓以文才，尤被赏爱。"又说："朓善草隶，长五言诗，沈约常云'二百年来无此诗也'。敬皇后迁祔山陵，朓撰哀策文，齐世莫有及者。"《隋书·经籍志》四著录："齐吏部郎《谢朓集》十二卷，《谢朓逸集》一卷。"《旧唐书·经籍志》、《新唐书·艺文志》著录《谢朓集》十卷。《宋史·艺文志》著录《谢朓集》十卷，又《诗》一卷。按，十卷本南宋以后渐渐失传，现在能见到的《谢朓集》多以南宋楼炤的五卷本为祖本：

> 《谢宣城集》五卷，宋绍兴戊寅(1158)楼炤刊本。
> 《谢宣城集》五卷，宋嘉定庚辰(1220)鄱阳洪佽重刻本。
> 《谢朓集》五卷，明正德六年(1511)刘绍刊本。
> 《谢朓集》五卷，明嘉靖十六年(1537)黎晨刊本。
> 《谢宣城集》五卷，明薛应旂辑《六朝诗集》本。
> 《谢宣城集》五卷，明汪士贤辑《汉魏诸名家集》本。

《谢宣城集》六卷附录一卷,明张燮辑《七十二家集》本。
《谢宣城集》一卷,明张溥辑《汉魏六朝百三名家集》本。
《谢宣城集》五卷,《四库全书》本。
《谢宣城集》五卷,清胡凤丹辑《六朝四家全集》本。
《谢宣城诗集》五卷,清吴骞辑《拜经楼丛书》本。又有《四部备要》本、《丛书集成初编》本。
《谢宣城集》四卷,清姚培谦辑《陶谢诗集》本。
《谢宣城集》五卷,丁福保辑《汉魏六朝名家集初刻》本。
《谢宣城诗集》五卷,《四部丛刊》本。

另有《谢宣城集选》一卷,清吴汝纶评选《汉魏六朝百三家集选》本。

关于《谢朓集》的版本,《四库全书总目·谢宣城集》提要说:"据陈振孙《书录解题》称,《朓集》本十卷,楼炤知宣州,止以上五卷赋与诗刊之。下五卷皆当时应用之文,衰世之事,可采者已见本传及《文选》,余视诗劣焉,无传可也。考钟嵘《诗品》,称朓极与子论诗,感激顿挫过其文,则振孙之言审矣。张溥刻《百三家集》,合朓诗赋五卷为一卷。此本五卷,即绍兴二十八年楼炤所刻,前有炤序,犹南宋佳本也。……"

现在研究谢朓常用的本子是《四部丛刊》本(据明钞本影印)和《四部备要》本(据吴骞校本排印)。但是,这两种本子所收诗文皆有局限,还应参阅严可均的《全齐文》卷二十三(收谢朓文二十八篇)、逯钦立的《先秦汉魏晋南北朝诗·齐诗》卷三、四及卷七(收谢朓诗一百五十三首),他们辑录谢朓诗文比较齐备。

解放前,谢朓诗唯一的注本是郝立权的《谢宣城诗注》四卷,郝氏是黄节的门人,书中多采《文选》和黄节之说,有民国二十五年(1936)排印本。

今人曹融南有《谢宣城集校注》，上海古籍出版社1991年出版。此书赋、诗以吴骞拜经楼正本为底本，文以严可均校辑《全齐文》为底本。校以《文选》等总集，《艺文类聚》等类书和谢集旧刻。注释颇能疏通文义，表见作意。书后附录版本卷帙、旧刻序跋、诸家评论和谢朓事迹诗文系年等。

《文选》选录谢朓诗有《游东田》、《暂使下都夜发新林至京邑赠西府同僚》、《之宣城出新林浦向版桥》、《晚登三山还望京邑》等二十一首，选录谢朓文有《拜中军记室辞随王笺》、《齐敬皇后哀策文》二篇，多为较好的作品。谢朓诗在当时和后世都受到推崇。《梁书·何逊传》说："世祖（萧绎）著论论之云：'诗多而能者沈约，少而能者谢朓、何逊。'"梁简文帝（萧纲）《与湘东王书》说："至如近世谢朓、沈约之诗，任昉、陆倕之笔，斯实文章之冠冕，述作之楷模。"颜之推《颜氏家训·文章》篇说："刘孝绰当时既有重名，无所与让，唯服谢朓，常以谢诗置几案间，动静辄讽味。"李白《宣城谢朓楼饯别校书叔云》诗说："蓬莱文章建安骨，中间小谢又清发。"杜甫《寄岑嘉州》诗说："谢朓每篇堪讽诵。"于此可见一斑。钟嵘《诗品》将谢朓列入"中品"，说："其源出于谢混。微伤细密，颇在不伦。一章之中，自有玉石。然奇章秀句，往往警遒。足使叔源失步，明远变色。善自发诗端，而末篇多踬，此意锐而才弱也。至为后进士子之所嗟慕。朓极与余论诗，感激顿挫过其文。"所论较为切实。钟氏提及谢朓曾与他论诗，惜其诗论已不存。

《四库全书总目·谢宣城集提要》云："本传称朓长于五言诗，沈约尝云二百年来无此诗，钟嵘《诗品》乃称其'微伤细密，颇在不伦。一章之中，自有玉石'。又称其'善自发端，而末篇多踬'。过毁过誉，皆失其真。赵紫芝诗曰：'辅嗣易行无汉学，玄晖诗变有唐风。'斯于文质升降之间，为得其平矣。"《四库提要》的批评，比较中肯。

第三节　王融的著作

王融，字元长，琅邪临沂（今山东临沂市北）人。生于宋明帝泰始三年（467），卒于齐武帝永明十一年（493）。融少时神明警惠，博涉有文才。举秀才，任法曹参军，迁太子舍人、秘书丞。不久，又迁丹阳丞、中书郎。后竟陵王萧子良举为宁朔将军军主。融与子良友善，为"竟陵八友"之一。他自恃才地，醉心名利，希望三十岁以内位至公辅，于是，他乘武帝病危企图拥立子良，事败，下狱赐死，年仅二十七岁。事见《南齐书》卷四十七、《南史》卷二十一《王融传》。陈庆元《王融年谱》（刘跃进、范子烨编《六朝作家年谱辑要》，黑龙江教育出版社1999年出版），曹道衡、沈玉成《王融〈下狱答辞〉》、《王融称字》、《王融之死与萧子良》（见《中古文学史料丛考》），可参阅。

《南齐书》本传说："（永明）九年（491），上幸芳林园禊宴朝臣，使融为《曲水诗序》，文藻富丽，当世称之。"又说："融文辞辩捷，尤善仓卒属缀，有所造作，援笔可待。……融文集行于世。"《隋书·经籍志》四著录："齐中书郎《王融集》十卷。"《旧唐书·经籍志》、《新唐书·艺文志》著录皆为十卷。《宋史·艺文志》著录为七卷，可见宋代已有所散失。明代以后的辑本有：

《王宁朔集》四卷附录一卷，明张燮辑《七十二家集》本。
《王宁朔集》一卷，明张溥辑《汉魏六朝百三名家集》本。
《王宁朔集》，明叶绍泰辑《增定汉魏六朝别解》本。

另有《王宁朔集选》一卷，清吴汝纶评选《汉魏六朝百三家集选》本。严可均《全齐文》卷十二、十三辑录其文有《三月三日曲水诗序》《净住子颂》《法门颂启》等二十八篇,逯钦立《先秦汉魏晋南北朝诗·齐诗》卷二辑录其诗有《奉和秋夜长》《古意》《饯谢文学离夜》等七十六首,较为齐备。《文选》选录其《永明九年策秀才文》《永明十一年策秀才文》《三月三日曲水诗序》三篇文章,其中《曲水诗序》最为有名。钟嵘《诗品》将王融列入"下品",以他与刘绘放在一起评论,说:"元长、士章,并有盛才,词美英净。至于五言之作,几乎尺有所短。譬应变将略,非武侯所长,未足以贬卧龙。"认为五言诗非其所长,无怪乎《文选》一首未选。《诗品序》还说:"齐有王元长者,常谓余云:'宫商与二仪俱生,自古词人不知之。唯颜宪子乃云律吕音调,而其实大谬。唯见范晔、谢庄颇识之耳。'尝欲造《知音论》,未就而卒。王元长创其首,谢朓、沈约扬其波。"这是指出王融和谢朓、沈约首创声律说。厥功甚伟,应该肯定。

第四节 其他作家的著作

齐代文学家的诗文创作需要提及的还有:

孔稚珪,字德璋,会稽山阴(今浙江绍兴市)人。生于宋文帝元嘉二十四年(447),卒于齐东昏侯永元三年(501)。少时好学,颇有美誉。为太守王僧虔看重,引为主簿。萧道成任骠骑将军时,以他为记室参军,与江淹对掌辞笔,升任尚书左丞。入齐后,历任黄门侍郎、太子中庶子、廷尉、御史中丞等职。永元元年(499),任都官尚书、太子詹事,加散骑常侍。卒年五十五岁。卒后赠金紫光禄大夫。事见《南齐书》卷四十八《孔稚珪传》、《南史》卷四十九《孔珪传》。按,孔珪即孔稚珪,此避唐高宗小名而省。曹道衡、沈玉成《孔稚珪为平西长史南郡太守时间》《孔稚珪父子之为人》、《孔稚珪〈北山移文〉》,见《中古文学史料丛考》,可参阅。

《南齐书》本传说:"稚珪风韵清疏,好文咏,饮酒七八斗……不乐世务,居宅盛营山水,凭机独酌,傍无杂事。门庭之内,草莱不剪,中有蛙鸣,或问之曰:'欲为陈蕃乎!'稚珪笑曰:'我以此当两部鼓吹,何必期效仲举。'"可想见其为人。其著作,《隋书·经籍志》四著录:"齐金紫光禄大夫《孔稚珪集》十集。"《旧唐书·经籍志》、《新唐书·艺文志》著录皆为十卷。《宋史·艺文志》著录亦为十卷,而《文献通考·经籍考》著录只有一卷,说明《孔稚珪集》于元代以后散失。明代以后的辑本有:

《南齐孔詹事集》一卷,明张溥辑《汉魏六朝百三名家集》本。

《孔詹事集》,明叶绍泰辑《增订汉魏六朝别解》本。

另有《孔詹事集选》一卷,清代吴汝纶评选《汉魏六朝百三家集选》本。严可均《全齐文》卷十九辑录其文有《上和虏表》、《奏劾王奂》、《北山移文》等十三篇。逯钦立《先秦汉魏晋南北朝诗·齐诗》卷二辑录其诗有《白马篇》、《旦发青林诗》、《游太平山诗》等五首。现在能见到的孔稚珪的诗文也只有这些了。钟嵘《诗品》将他列入"下品",说:"德璋生于封溪,而文为雕饰,青于蓝矣。"指出孔稚珪诗讲究雕饰,胜过张融。《文选》选录其《北山移文》一篇。此文讽刺身在江湖,心怀魏阙的假隐士,绘声绘色,痛快淋漓,是六朝骈文中的名作。或谓此文是讽刺周颙的,张溥说:"汝南周颙结舍钟岭,后出为山阴令,秩满入京,复经此山,珪代山移文绝之,昭明取入《选》中。比考周、孔二传,俱不载此事,岂调笑之言,无关纪录,如嵇康于山涛,徒有其书,交未尝绝也。"(《汉魏六朝百三名家集·孔詹事集》题辞)认为于史无据,不足凭信。

王俭,字仲宝,琅邪临沂(今山东临沂市北)人。生于宋文帝元嘉二十九年(452),卒于齐武帝永明七年(489)。生而其父僧绰遇害，为叔父僧虔所养。他幼时专心读书，手不释卷。袭爵豫宁县侯。宋明帝时，娶阳羡公主，封驸马都尉。十八岁任秘书郎。历任太子舍人、秘书丞等职。后辅佐齐高帝即位，封南昌县公。永明时，任侍中、尚书令，位终中书监。卒时年仅三十八岁。卒后追赠太尉，谥文宪公。事见《南齐书》卷二十三、《南史》卷二十二《王俭传》。曹道衡、沈玉成《王俭嫡母东阳公主与刘劭之乱》、《王俭早年事迹》，见《中古文学史料丛考》，可参阅。

《南齐书》本传说："（王俭）上表求校坟籍，依《七略》撰《七志》四十卷，上表献之，表辞甚典。又撰定《元徽四部书目》。"可见他是目录学家。本传又说："少撰《古今丧服集记》并文集，并行于世。"《隋书·经籍志》四著录："齐太尉《王俭集》五十一卷，梁六十卷。"《旧唐书·经籍志》、《新唐书·艺文志》著录皆为六十卷。《宋史·艺文志》未见著录，殆已散失。明代的辑本有：

《王文宪集》一卷，明张溥辑《汉魏六朝百三名家集》本。

另有《王文宪集选》一卷，清代吴汝纶评选《汉魏六朝百三家集选》本。严可均《全齐文》卷九、十、十一辑录其文有《太宰褚彦回碑文》、《高帝哀策文》、《策齐公九锡文》等五十四篇。逯钦立《先秦汉魏晋南北朝诗·齐诗》卷一、七辑录其诗《春日家园诗》、《春诗》、《春夕诗》等十七首。《文选》卷五十八选录其《褚渊碑文》（即《太宰褚彦回碑文》）一篇。钟嵘《诗品》将他列入"下品"，说："至如王师文宪，既经国图远，或忽是雕虫。"王俭是钟嵘的老师。钟氏说他忙于治国而忽略了写诗。言外之意是说他的诗成就不高。

萧子良，字云英，晋陵武进（今江苏常州市西北）人。生于宋孝武帝大明四年（460），卒于齐明帝建武元年（494）。齐武帝次子。仕宋为邵陵王友。昇明三年(479),任会稽太守,封闻喜公。齐高帝时,任丹阳尹。武帝时,封竟陵郡王。历任南徐州刺史、护军将军、司徒、车骑将军、太傅等职。卒年三十五岁。事见《南齐书》卷四十、《南史》卷四十四《竟陵文宣王萧子良传》。

萧子良笃信佛教,或招致名僧,讲论佛法,或营斋邸园,大集朝臣众僧。他又喜爱文学,好与文人交游。王融、谢朓、任昉、沈约、陆倕、范云、萧琛、萧衍八人皆集于门下,时称"竟陵八友"。《南齐书》本传说:"(子良)移居鸡笼山邸,集学士抄《五经》、百家,依《皇览》例为《四部要略》千卷。"其书已佚。本传又说:"所著内外文笔数十卷,虽无文采,多是劝戒。"《隋书·经籍志》四著录:"《齐竟陵王子良集》四十卷。"《旧唐书·经籍志》未见著录。《新唐书·艺文志》著录为三十卷。宋以后散失。明代辑本有:

《南齐竟陵王集》二卷,明张溥辑《汉魏六朝百三名家集》本。

另有《竟陵王集选》一卷,清代吴汝纶评选《汉魏六朝百三家集选》本。严可均《全齐文》卷七辑录其文有《陈时政密启》、《与孔中丞稚珪书》等二十七篇。逯钦立《先秦汉魏晋南北朝诗·齐诗》卷一辑录其诗有《行宅诗》、《同随王经刘先生墓下作》等六首。本传说:"(子良)礼才好士……天下才学皆游集焉。……士子文章及朝贵辞翰,皆发教撰录。"子良对文学有提倡之功,而诗文创作成就不高。所以,钟嵘《诗品》只是说"永明相王(萧子良)爱文,王元长等皆宗附之"(见"梁左光禄沈约"条),而未论及其诗。

陆厥,字韩卿,吴郡吴(今江苏苏州市)人。生于宋明帝泰豫元年(472),卒于齐东昏侯永元元年(499)。少时有节操,善作文章。永明九年(491),举秀才,任少傅主簿,迁后军行军参军。永元元年(499),始安王萧遥光反,其父株连被杀。不久赦令下,陆厥痛惜其父未赶上大赦,悲恸而卒,年仅二十八。事见《南齐书》卷五十二、《南史》卷四十八《陆厥传》。曹道衡、沈玉成《陆厥作品写作时间》,见《中古文学史料丛考》,可参阅。

《南齐书》本传说:"(厥)五言诗体甚新奇(变)……文集行于世。"《隋书·经籍志》四著录:"齐后军法曹参军《陆厥集》八卷,梁十卷。"《旧唐书·经籍志》、《新唐书·艺文志》著录皆为十卷。《宋史·艺文志》未见著录,大概宋时已散失。严可均《全齐文》卷二十四辑录其文仅有《与沈约书》一篇。逯钦立《先秦汉魏晋南北朝诗·齐诗》卷五辑录其诗有《中山王孺子妾歌》、《临江王节士歌》、《奉答内兄希叔诗》等十一首。其中《中山王孺子妾歌》、《奉答内兄希叔诗》二首选入《文选》,是他较好的诗作。钟嵘《诗品》将他列入"下品",说:"观厥文纬,具识丈夫之情状。自制未优,非言之失也。""文纬"当是论文之作。"丈夫",误。《陈学士吟窗杂录》本、《格致丛书》本《诗品》皆作"文",是。钟氏是说,陆厥的论文之作,俱知诗之情状。他自己的作品不高明,并非其理论之失当。

第三章　梁代文学史料

梁代文学之盛况,《南史》卷七十二《文学传序》说:"自中原沸腾,五马南渡,缀文之士,无乏于时。降至梁朝,其流弥盛。盖由时主儒雅,笃好文章,故才秀之士,焕乎俱集。于时武帝每所临幸,辄命群臣赋诗,其文之善者赐以金帛。是以缙绅之士,咸知自励。"《梁书》卷四十九《文学传序》也说:"高祖聪明文思,光宅区宇,旁求儒雅,诏采异人,文章之盛,焕乎俱集。……其在位者,则沈约、江淹、任昉,并以文采,妙绝当时。至若彭城到沆、吴兴丘迟、东海王僧孺、吴郡张率等,或入直文德,通燕寿光,皆后来之选也。"《南史》卷七《梁武帝本纪》论曰:"自江左以来,年逾二百,文物之盛,独美于兹。"一代文学之盛,固与帝王之提倡有关,更重要的是当时的政治、经济、文化等原因。钟嵘《诗品序》说:"诗可以群,可以怨,使穷贱易安,幽居靡闷,莫尚于诗矣。故词人作者,罔不爱好。今之士俗,斯风炽矣。才能胜衣,甫就小学,必甘心而驰骛焉。……至使膏腴子弟,耻文不逮,终朝点缀,分夜呻吟……"这自然也是梁代文学兴盛的原因之一。

梁代文学值得注意的一种新变,是宫体诗的产生。《南史》卷八《梁简文帝纪》说:"(简文帝)雅好赋诗,其自序云:'七岁有诗癖,长而不倦。'然帝文伤于轻靡,时号'宫体'。"又《南史》卷六十二《徐摛传》说:"(摛)属文好为新变,不拘旧体。……摛文体既别,春坊尽学之,'宫体'之号,自斯而始。"宫体诗产生之后,"宫体所传,且变朝野"(《南史·梁简文帝纪论》),其影响甚大,受到后人的批评。《隋书》卷七十六《文学传序》认为宫体诗"格以延陵之听,盖亦亡国之音乎"!这是从儒家思想出发,严肃地指出宫体诗恶劣的社会影响。

梁代诗人很多,能写出较好作品的也只有少数诗人。

第一节 江淹的著作

江淹,字文通,济阳考城(今河南民权县东)人。生于宋文帝元嘉二十一年(444),卒于梁武帝萧衍天监四年(505)。历仕宋、齐、梁三代。宋明帝时,起家南徐州从事,后任建平王刘景素属官。因事下狱,上书自白,获释。昇明初,萧道成辅政,召为尚书驾部郎、骠骑参军事。当时军书表记,皆使淹具草。入齐后,历任中书侍郎、御史中丞、秘书监、吏部尚书等职。入梁后,升任金紫光禄大夫，封醴陵侯。事见《梁书》卷十四、《南史》卷五十九《江淹传》。今人吴丕绩编有《江淹年谱》，商务印书馆1938年出版，俞绍初有《江淹年谱》，见《中国古籍研究》第一卷，上海古籍出版社1996年出版，曹道衡有《江淹作品写作年代考》，见《汉魏六朝文学论文集》，广西师范大学出版社1999年出版，皆可供参考。

江淹《自序》说："六岁能属诗……不事章句之学，颇留情于文章。"《梁书》本传说："淹少以文章显，晚节才思微退，时人皆谓之才尽。凡所著述百余篇，自撰为前后集，并《齐史》十志，并行于世。"关于"江郎才尽"的原因，众说不一，看来江淹晚年安于高官厚禄，大概是他才思衰退的一个重要原因。他的著作，《隋书·经籍志》四著录："梁金紫光禄大夫《江淹集》九卷，梁二十卷。《江淹后集》十卷。"《旧唐书·经籍志》、《新唐书·艺文志》著录皆为《江淹前集》、《后集》各十卷。《宋史·艺文志》著录《江淹集》十卷，晁公武《郡斋读书志》、陈振孙《直斋书录解题》著录同。这是说，《江淹集》于宋代已亡佚十卷。《宋史》等著录的十卷本，是《前集》？是《后集》？还是后人辑本？这个十卷本的《自序》说："自少及长，未尝著书，惟集十卷，谓如此足矣。"序中自述官阶止于正员散骑侍郎、中书侍郎。据《梁书》本传，江淹于建元初（479）任此职。可知这个十卷本所收是他中年以前的作品，大概是《江淹前集》。后世流传的就是这个本子。虽然各本略有差异，只是大同小异。明代以后的版本有：

  《江光禄集》十卷遗集一卷附传一卷，明万历梅鼎祚玄白室刊本。
  《江文通集》四卷，明薛应旂辑《六朝诗集》本。
  《江文通集》十卷，明汪士贤辑《汉魏诸名家集》本。
  《江醴陵集》十四卷附录一卷，明张燮辑《七十二家集》本。

《江醴陵集》二卷,明张溥辑《汉魏六朝百三名家集》本。

《江文通集》,明叶绍泰辑《增订汉魏六朝别解》本。

《江文通集》四卷,《四库全书》本。

《江文通文集》十卷附校补一卷,清叶树廉校补《四部丛刊》据明代影刻宋本影印。

《江文通集》四卷,《四部备要》本。

《江文通集》八卷,丁福保辑《汉魏六朝名家集初刻》本。

另有《江醴陵集选》一卷,清代吴汝纶评选《汉魏六朝百三家集选》本。

明代胡之骥的《江文通集汇注》,是江淹著作的第一部全注本。此书对词语、典故、名物作了注释,虽有疏略,亦可供参考。此书有中华书局1984年出版的《中国古典文学基本丛书》本。

俞绍初、张亚新有《江淹集校注》,中州古籍出版社1994年出版。此书附录江淹年谱、江淹诗文集评,可供参考。

《文选》选录江淹的《恨赋》、《别赋》、《从冠军建平王登庐山香炉峰》、《望荆山》、《杂体诗三十首》、《诣建平王上书》。其中《恨赋》、《别赋》是抒情小赋中的杰作,最为著名。清代许梿说:"(《恨赋》)通篇奇峭有韵。语法俱自千锤百炼中来,然却无痕迹。至分段叙事,慷慨激昂,读之英雄雪涕。"又说:"状景写物,缕缕入情。醴陵于六朝的是凿山通道巨手。"又说:"(《别赋》)一气呵成,有天骥下峻阪之势。"《恨赋》、《别赋》具有鲜明的艺术特色和强烈的感染力,脍炙人口。钟嵘《诗品》将他列入"中品",说:"文通诗体总杂,善于摹拟,筋力于王微,成就于谢朓……"这主要就其《杂体诗三十首》等立论。因为江淹善于摹拟前人各体诗歌,故其诗歌风格不一。

关于"江淹才尽":

钟嵘《诗品》中云："初，淹罢宣城郡，遂宿冶亭，梦一美丈夫，自称郭璞，谓淹曰：'吾有笔在卿处多年矣，可以见还。'淹探怀中，得五色笔以授之。尔后为诗，不复成语，故世传江淹才尽。"

《南史·江淹传》："淹少以文章显，晚节才思微退，云为宣城太守时罢归，始泊禅灵寺渚，夜梦一人，自称张景阳，谓曰：'前以一匹锦相寄，今可见还。'淹探怀中得数尺与之。此人大恚曰：'那得割截都尽！'顾见丘迟，谓曰：'余此数尺，既无所用，以遗君。'自尔淹文章踬矣。"

按："江淹才尽"的轶事，《诗品》与《南史》所载不同。江淹晚年才尽应是事实，而其轶事只是传闻而已，恐不可信。

关于钟嵘《诗品》"江淹"条"筋力于王微，成就于谢朓"的解释：

《诗品》研究者对"筋力"二句的解释，可谓众说纷纭，莫衷一是。我认为，解释"筋力"二句，"于"是关键。如"于"字得到确解，"筋力"二句即可得到正确的解释。据王引之《经传释词》，于，如也。将"筋力"二句中的"于"解为"如"字，问题即可迎刃而解。"筋力"二句的意思是：江淹诗的筋力如王微，江淹诗的成就如谢朓。详细的解释可参阅拙作《"筋力于王微，成就于谢朓"众说评议》(《文学遗产》2014年第1期，又见《滴石轩文存·钟嵘〈诗品〉"江淹"条疏证》)。

第二节　吴均的著作

吴均，字叔庠，吴兴故鄣(今浙江安吉县)人。生于宋明帝泰始五年(469)，卒于梁武帝普通元年(520)。家世寒贱，均好学而有俊才。沈约曾见其文，颇为赞赏。天监初，柳恽任吴兴太守，召他为主簿，常与他赋诗。后为建安王萧伟记室，升国侍郎。入为奉朝请。他曾表求撰写《齐春秋》，完稿后上呈武帝，武帝恶其实录，"以其书不实"，命焚毁。后奉诏撰写《通史》，未就而卒。事见《梁书》卷四十九、《南史》卷七十二《吴均传》。今人朱东润《诗人吴均》一文中有吴均年谱（见《中国文学论集》，中华书局1983年出版），曹道衡、沈玉成《吴均〈齐春秋〉》，见《中古文学史料丛考》，皆可供参考。

吴均是史学家，他著有《齐春秋》三十卷、《庙记》十卷、《十二州记》十六卷、《钱塘先贤传》五卷，注释范晔《后汉书》九十卷等，惜皆已亡佚。他是著名的文学家。《梁书》本传说："均文体清拔有古气，好事者或效之，谓为'吴均体'。"其"文集二十卷"。《隋书·经籍志》四著录："梁奉朝请《吴均集》二十卷。"《旧唐书·经籍志》、《新唐书·艺文志》著录皆为二十卷。《宋史·艺文志》著录："《吴均诗集》三卷。"可见其文集宋时已大部分散失。明代的辑本有：

《吴朝请集》三卷附录一卷，明张燮辑《七十二家集》本。
《吴朝请集》一卷，明张溥辑《汉魏六朝百三名家集》本。

另有《吴朝请集选》一卷，清代吴汝纶评选《汉魏六朝百三家集选》本。严可均《全梁文》卷六十辑录其文有《与施从事》、《与朱（宋）元思书》、《与顾章书》等十三篇，逯钦立《先秦汉魏晋南北朝诗·梁诗》卷十辑录其诗有《赠王桂阳》、《山中杂诗》、《答柳恽诗》等一百四十七首，较为齐备。

吴均的诗文，《文选》一首未选。不知是不是与梁武帝"吴均不均，何逊不逊"的批评（见《南史》卷三十三《何逊传》）有关。吴均的骈文成就较高，他的《与宋元思书》、《与顾章书》等，都是传诵很广的名作。吴均的诗和文一样，多写山水景物，风格清新挺拔，有一定的艺术成就。另外,他还有《续齐谐记》,是六朝志怪小说的优秀作品。参阅本书第七编第一章第二节。

第三节 何逊的著作

何逊,字仲言,东海郯(今山东郯城县北)人。生卒年不详。今人何融《何水部年谱》认为,生于齐高帝建元二年(480),卒于梁武帝天监十八年(519)。天监中,任奉朝请,迁建安王水曹行参军,兼记室。继为安成王参军事,兼尚书水部郎。后任庐陵王记室。世称"何水部"或"何记室"。事见《梁书》卷四十九、《南史》卷三十三《何逊传》。其年谱有:

《何水部年谱》,何融编,见《何水部诗注》(1947年石印本)卷首。

《何逊年谱简编》,蒋立甫作,《安徽师范大学学报》1986年第二期。

曹道衡有《何逊生卒年问题试探》(《文史》二十四期,中华书局1985年出版。又见其《中古文学史论文集》,唯题中"试探"改为"试考")及《何逊生卒年考补遗》,见《中古文学史料丛考》。皆可参阅。

《梁书》本传说:"逊八岁能赋诗,弱冠州举秀才,南乡范云见其对策,大相称赏,因结忘年交好。自是一文一咏,云辄嗟赏,谓所亲曰:'顷观文人,质则过儒,丽则伤俗;其能含清浊,中今古,见之何生矣。'沈约亦爱其文,尝谓逊曰:'吾每读卿诗,一日三复,犹不能已。'其为名流所称如此。"又说:"初,逊文章与刘孝绰并见于世,世谓之'何刘'。世祖著论论之云:'诗多而能者沈约,少而能者谢朓、何逊。'"可见何逊诗在当时评价颇高。本传说:"东海王僧孺集其文为八卷。"《隋书·经籍志》四著录："梁仁威记室《何逊集》七卷。"《旧唐书·经籍志》、《新唐书·艺文志》著录皆为八卷。《宋史·艺文志》著录："《何逊诗集》五卷。"晁公武《郡斋读书志》著录："《何逊集》二卷。"陈振孙《直斋书录解题》著录："《何仲言集》三卷。"可见《何逊集》至宋代大部分散失。《四库全书总目·何水部集》一卷提要说："王僧孺尝辑逊诗，编为八卷。宋黄伯思《东观馀论》有逊集跋，称为春明宋氏本，盖宋敏求家所传。其卷数尚与《梁书》相符，而伯思云杜甫所引'昏鸦接翅归，金粟裹搔头'等句，不见集中，则当时已有佚脱。旧本久亡，所谓八卷者，不可复睹。即《永乐大典》所引逊诗，亦皆今世所习见，则元明间已不存矣。"

明代以后的《何逊集》辑本有：

《何水部集》二卷，明薛应旂辑《六朝诗集》本。
《何水部集》一卷，明正德十二年张纮刻本。
《何水部诗集》一卷，明万历洪瞻祖刊本。
《何记室集》三卷附录一卷，明张燮辑《七十二家集》本。
《何记室集》一卷，明张溥辑《汉魏六朝百三名家集》本。
《何水部集》一卷，《四库全书》本。此即明张纮刻本。
《何水部集》一卷，《四部备要》本。

另有《何记室集选》一卷，清代吴汝纶评选《汉魏六朝百三家集选》本。

中华书局1980年9月出版的点校本《何逊集》，收文五篇，收诗一百十七首，附录《梁书·何逊传》、《南史·何逊传》、遗事、集评、张纮《何水部集》跋、张溥《汉魏六朝百三名家集·何记室集》题辞、江昉刻《何水部集》序等，是比较完备的本子。

《何逊集》的注本有：

《何水部诗注》，郝立权著，齐鲁大学1937年印行。

《何水部诗注》，何融注，1947年石印本。此书《序》说："一九二五年，余肄业北京师范大学，受古诗于顺德黄先生，因效其注阮、谢诸家诗之例以注何诗。"卷首有《梁书》本传、评论、叙录、年谱。

《何逊集注》（与《阴铿集注》合为一册），刘畅、刘国珺注，天津古籍出版社1988年出版。

《何逊集校注》，李伯齐校注，齐鲁书社1989年出版。此书以明末张溥《汉魏六朝百三家集》本《何记室集》为底本，校以《玉台新咏》、《艺文类聚》、《初学记》、《文苑英华》、《乐府诗集》、《锦绣万花谷》、《诗纪》等书。该书《例言》云："今将其诗文依写作时间的先后厘为三卷，即齐末为第一卷，梁天监中为第二卷，未编年者为第三卷。"书后附录：一、历代著录及序跋题识；二、历代评论辑钞；三、有关何逊的传记资料；四、何逊行年考。可供参考。

沈德潜评何逊诗说："仲言诗虽乏风骨，而情词宛转，浅语俱深，宜为沈、范心折。"又说："阴、何并称，然何自远胜。"又说："水部名句极多，然渐入近体。"（《古诗源》卷十二、卷十三）所论皆具灼见。杜甫诗云："能诗何水部。"（《北邻》）又云："颇学阴何苦用心。"（《解闷》十二首）杜甫的诗歌在艺术上显然受到何逊的影响。陈祚明说："何仲言诗经营匠心，惟取神会。生乎骈丽之时，摆脱填缀之习，清机自引，天怀独流，状景必幽，吐情能尽。故应前服休文，后钦子美。"（《采菽堂古诗选》卷二十六）这里分析何逊诗的艺术成就，颇能抓住特点。

第四节 其他作家的著作

梁代文学，除上述三家之外，范云、任昉、刘峻等人及其诗文创作,作为文学史料都值得一提。

范云,字彦龙,南乡舞阴(今河南泌阳县西北)人。生于宋文帝元嘉二十八年(451),卒于梁武帝天监二年(503)。他精神秀朗,学习勤奋;文思敏捷,下笔辄成。与沈约为友,为"竟陵八友"之一。宋时,任郢州西曹书佐,转法曹行参军。入齐后,任尚书殿中郎、广州刺史等。因他与沈约助萧衍成帝业,入梁后,官至散骑常侍、吏部尚书、尚书右仆射,封霄城县侯。事见《梁书》卷十三、《南史》卷五十七《范云传》。曹道衡、沈玉成《范云仕历》,见《中古文学史料丛考》,可参阅。

《梁书》本传说他"有集三十卷"。《隋书·经籍志》四著录:"梁尚书仆射《范云集》十一卷,并录。"《旧唐书·经籍志》、《新唐书·艺文志》著录皆为十二卷。《宋史·艺文志》未见著录,大概已散失。以后亦见辑本流传。严可均《全梁文》卷四十五辑录其文仅有《为柳司空让尚书令初表》、《第二表》、《除始兴郡表》三篇。逯钦立《先秦汉魏晋南北朝诗·梁诗》卷二辑录其诗有《巫山高》等四十二首。《文选》选录其《赠张徐州谡》、《古意赠王中书》、《效古》三首诗,是较好的诗作。钟嵘《诗品》将其列入"中品",评曰:"范诗清便宛转,如流风回雪。"对其诗的评价是比较高的。

任昉,字彦昇,乐安博昌(今山东寿光市)人。生于宋孝武帝大明四年(460),卒于梁武帝天监七年(508)。历仕宋、齐、梁三代。宋时为奉朝请、太学博士。入齐,初为丹阳尹王俭主簿,后为司徒竟陵王记室参军。为"竟陵八友"之一。齐末,任中书侍郎、司徒右长史。梁武帝时,任黄门侍郎、吏部郎中、御史中丞、宁朔将军、新安太守等职。死后追赠太常卿。事见《梁书》卷十四、《南史》卷五十九《任昉传》。年谱有:《任昉年谱》,罗国威编,《四川大学学报》1994年第1期。曹道衡、沈玉成《任昉号"五经笥"》、《任昉永明、天监间仕历》、《"龙门之游"与"兰台聚"》,见《中古文学史料丛考》,可参阅。

《梁书》本传说:"自齐永元以来,秘阁四部,篇卷纷杂,昉手自雠校,由是篇目定焉。"又说:"昉坟籍无所不见,虽家贫,聚书至万余卷,率多异本。"可见任昉是目录学家、藏书家。关于他的文学成就,本传说:"昉雅善属文,尤长载笔,才思无穷,当世王公表奏,莫不请焉。昉起草即成,不加点窜。沈约一代词宗,深所推挹。""昉所著文章数十万言,盛行于世。"《南史》本传说:"(昉)既以文才见知,时人云'任笔沈诗'。昉闻甚以为病。晚节转好著诗,欲以倾沈,用事过多,属辞不得流便,自尔都下士子慕之,转为穿凿,于是有才尽之谈矣。"亦可见任昉长于笔而短于诗。《梁书》、《南史》本传都记载著述情况:"昉撰杂传二百四十七卷,《地记》二百五十二卷,文章三十二卷。"《隋书·经籍志》四著录:"梁太常卿《任昉集》三十四卷。"《旧唐书·经籍志》、《新唐书·艺文志》著录皆为三十四卷。《宋史·艺文志》著录为六卷。《任昉集》至宋代已大部分散失。明以后的辑本有:

> 《任彦昇集》六卷,明万历吕兆禧刊本,明万历十八年(1590)钱省吾堂刊本。
> 《任彦昇集》六卷,明汪士贤辑《汉魏诸名家集》本。
> 《任中丞集》六卷附录一卷,明张燮辑《七十二家集》本。
> 《任中丞集》一卷,明张溥辑《汉魏六朝百三名家集》本。
> 《任中丞集》,明叶绍泰辑《增定汉魏六朝别解》本。
> 《任彦昇集》五卷,丁福保辑《汉魏六朝名家集初刻》本。

另有《任中丞集选》一卷,清代吴汝纶评选《汉魏六朝百三家集选》本。《文选》选录其诗《出郡传舍哭范仆射》、《赠郭桐庐出溪口见候余既未至郭仍进村维舟久之郭生方至》二首,其文《奏弹刘整》、《到大司马记室笺》等十七篇。张溥说:"《昭明文选》载彦昇令、表、序、状、弹文,生平笔长,可悉推见。"可见《文选》所选之文多为较好的作品。任昉诗,《诗品》列入"中品",评曰:"彦昇少年为诗不工,故世称'沈诗任笔',昉深恨之。晚节爱好既笃,文亦遒变,善铨事理,拓体渊雅,得国士之风,故擢居中品。但昉既博物,动辄用事,所以诗不得奇。少年士子,效其如此,弊矣。"持论比较公允。

另有《文章缘起》一卷,旧本题梁任昉撰,后人疑为依托之作。参阅《四库全书总目》卷一百九十五《文章缘起》提要。

关于《文章缘起》:

《隋书经籍志》著录任昉《文章始》一卷,注曰:"亡。"这说明此书隋代已散失。据《旧唐书·经籍志》、《新唐书·艺文志》,今存任昉《文章缘起》是唐代张绩所补。宋王得臣《麈史》云:"梁任昉集秦汉以来文章名之始,目曰《文章缘起》。自诗赋《离骚》至于契约,凡八十五题,可谓博矣。"王得臣见到的当然是张绩所补之《文章缘起》。此本似仍保存了《文章始》的基本面貌,可供研究古代文体者参考。

刘峻,字孝标,平原(今山东淄博市)人。生于宋孝武帝大明六年(462),卒于梁武帝普通三年(522)。八岁时被掳入北魏为奴。后为富人所赎。家贫,十一岁时与母一起出家为尼僧。以后还俗,寄人廊屋之下,刻苦读书。他酷爱典籍,读书往往通宵达旦。闻有异书,必往借阅。故清河崔慰祖称之为"书淫"。齐明帝时,任豫州府刑狱。入梁后,典校秘书。由于他为人正直,率性而动,为梁武帝所憎。后任户曹参军。知命之年弃官归隐,于东阳聚徒讲学,直到去世。事见《梁书》卷五十、《南史》卷四十九《刘峻传》。罗国威有《书〈梁书·刘峻传〉后》(见其《刘孝标集校注》),曹道衡、沈玉成《刘峻仕历》、《刘峻生年辨》,见《中古文学史料丛考》。可以参考。

《南史》本传说:"(峻)博极群书,文藻秀出……为《山栖志》,其文甚美。"又说:"武帝每集文士策经史事,时范云、沈约之徒皆引短推长,帝乃悦,加其赏赉。会策锦被事,咸言已罄,帝试呼问峻,峻时贫悴冗散,忽请纸笔,疏十余事,坐客皆惊,帝不觉失色。自是恶之,不复引见。及峻《类苑》成,凡一百二十卷,帝即命诸学士撰《华林遍略》以高之,竟不见用。乃著《辩命论》以寄其怀。"于此可见刘峻的才学出众和遭遇不幸。《隋书·经籍志》四著录:"梁平西刑狱参军《刘孝标集》六卷。"《旧唐书·经籍志》、《新唐书·艺文志》均未著录,说明唐代已散失。明代以后的辑本有:

《刘户曹集》二卷附录一卷,明张燮辑《七十二家集》本。
《刘户曹集》一卷,明张溥辑《汉魏六朝百三名家集》本。
《刘孝标集》二卷附录一卷,明阮元声辑《刘沈合集》本。

另有《刘户曹集选》一卷,清代吴汝纶评选《汉魏六朝百三家集选》本。《文选》选录刘峻文《重答刘秣陵沼书》、《辩命论》、《广绝交论》三篇,皆为佳作。

《刘孝标集》之注本有《刘孝标集校注》,罗国威校注,上海古籍出版社1988年出版。本书辑录文十二篇、诗四首。附录有三:一、《演连珠注》;二、刘孝标集佚句辑存;三、《梁书·刘峻传》《书〈梁书·刘峻传〉后》《刘户曹集题辞》。

刘峻另有《世说新语注》,见本书第七编第二章第一节。

丘迟,字希范,吴兴乌程(今浙江湖州市)人。生于宋孝武帝大明八年(464),卒于梁武帝天监七年(508)。八岁便能属文。齐时,任太学博士、殿中郎、车骑录事参军。入梁后,任中书侍郎、永嘉太守。天监四年(505)，中军将军临川王萧宏北伐，迟为谘议参军，领记室。陈伯之率魏军相拒，迟以书喻之，伯之遂降。因此升任中书郎，后官至司徒(一作司空)从事中郎。事见《梁书》卷四十九、《南史》卷七十二《丘迟传》。曹道衡、沈玉成《丘迟〈侍宴乐游苑送张徐州应诏诗〉辨》、《丘迟仕历》，见《中古文学史料丛考》，可参阅。

《南史》本传说："时帝著《连珠》，诏群臣继作者数十人，迟文最美。"又说："迟辞采丽逸，时有钟嵘著《诗评》云：'范云婉转清便，如流风回雪。迟点缀映媚，似落花依草。虽取贱文通，而秀于敬子。'其见称如此。"按钟嵘《诗评》即《诗品》，其评语的最后两句，今本《诗品》作"故当浅于江淹，而秀于任昉"。钟氏对范云、丘迟的评价都是比较高的。《梁书》本传说："(迟)所著诗赋行于世。"《隋书·经籍志》四著录："梁国子博士《丘迟集》十卷，并录。梁十一卷。"《旧唐书·经籍志》、《新唐书·艺文志》著录皆为十卷。《宋史·艺文志》未见著录，大概宋代已散失了。明代辑本有：

《梁丘司空集》一卷，明张溥辑《汉魏六朝百三名家集》本。

另有《丘司空集选》一卷，清代吴汝纶评选《汉魏六朝百三家集选》本。严可均《全梁文》卷五十六辑录其文有《思贤赋》、《与陈伯之书》、《侍中吏部尚书何府君诔》等十三篇。逯钦立《先秦汉魏晋南北朝诗·梁诗》卷五辑录其诗有《侍宴乐游苑送徐州应诏诗》、《旦发渔浦潭诗》、《夜发密岩口诗》等十一首。《文选》选录其诗《侍宴乐游苑送徐州应诏诗》、《旦发鱼浦潭诗》二首，文《与陈伯之书》一篇，皆为佳作，而以《与陈伯之书》最为有名。其中名句"暮春三月，江南草长，杂花生树，群莺乱飞"，为人们所广泛传诵。

萧衍,字叔达,南兰陵(今江苏常州市西北)人。生于宋孝武帝大明八年(464),卒于太清三年(549)。他就是南朝梁的创建者。公元502—549年在位。齐末任雍州刺史,镇守襄阳。后乘齐内乱,起兵夺取帝位。他是"竟陵八友"之一。他在位四十八年中,提倡儒学,重用士族,大兴佛教,自己三次舍身同泰寺。中大同二年(547),东魏大将军侯景归降,次年叛乱,不久攻破都城,他被拘禁饿死。事见《梁书》卷一、《南史》卷六《武帝纪》。关于萧衍父子生平事迹,今人胡德怀有《四萧年谱》,见其《齐梁文坛与四萧研究》(南京大学出版社1997年出版),可参阅。曹道衡《梁武帝与"竟陵八友"》,见《汉魏六朝文学论文集》,周一良《论梁武帝及其时代》,见《魏晋南北朝史论集》,可供参考。

《梁书·武帝纪》说:"(武帝)造《制旨孝经义》,《周易讲疏》,及六十四卦、二《系》、《文言》、《序卦》等义,《乐社义》,《毛诗答问》,《春秋答问》,《尚书大义》,《中庸讲疏》,《孔子正言》,《老子讲疏》,凡二百馀卷,并正先儒之迷,开古圣之旨。……兼笃信正法,尤长释典,制《涅盘》、《大品》、《净名》、《三慧》诸经义记,复数百卷。……又造《通史》,躬制赞序,凡六百卷。……凡诸文集,又百二十卷。……又撰《金策》三十卷。"身为皇帝,著作繁多,大概多出自他人之手。《隋书·经籍志》四著录:"《梁武帝集》二十六卷,梁三十二卷。梁武帝《诗赋集》二十卷。梁武帝《杂文集》九卷。梁武帝《别集目录》二卷。梁武帝《净业赋》三卷。"《旧唐书·经籍志》未见著录。《新唐书·艺文志》著录:"《武帝集》十卷。"《宋史·艺文志》亦未见著录,大概唐、宋以来逐渐散失。明代以后其辑本有:

《梁武帝集》一卷,明薛应旂辑《六朝诗集》本。

《梁武帝御制集》十二卷附录一卷,明张燮辑《七十二家集》本。

《梁武帝御制集》一卷,明张溥辑《汉魏六朝百三名家集》本。

《梁武帝集》,明叶绍泰辑《增定汉魏六朝别解》本。

《梁武帝集》八卷,明阎光世辑《文选遗集》本。

《梁武帝集》八卷,丁福保辑《汉魏六朝名家集初刻》本。

此外,有《梁武帝集选》一卷,清代吴汝纶评选《汉魏六朝百三家集选》本。严可均《全梁文》卷一至卷七辑录其文二百四十余篇,多为诏、令、书、敕。逯钦立《先秦汉魏晋南北朝诗·梁诗》卷一辑录其诗九十五首,多为描写女色和宣扬佛理之作。其文《净业赋序》自序平生,最能代表他的思想和风格。其诗如《子夜歌》、《子夜四时歌》,模拟民歌,亦活泼可爱。《赠逸民诗》,颇有写景佳句,亦清新喜人。可惜这类诗歌数量不多。

柳恽,字文畅,河东解(今山西运城县西)人。生于宋明帝泰始元年(465),卒于梁武帝天监十六年(517)。齐时任竟陵王法曹参军、骠骑从事中郎、相国右司马等职。入梁后,兼侍中,与沈约共定新律。后出任吴兴太守、广州刺史、秘书监。卒后追赠侍中、中护军。事见《梁书》卷二十一、《南史》卷三十八《柳恽传》。

《南史》本传说他善弹琴,著《清调论》;善弈棋,著《棋品》三卷;善医术,著《卜杖龟经》;善作诗,"为诗云:'亭皋木叶下,陇首秋云飞。'琅邪王融见而嗟赏,因书斋壁及所执白团扇。武帝与宴,必诏恽赋诗。尝和武帝《登景阳楼篇》云:'太液沧波起,长杨高树秋,翠华承汉远,雕辇逐风游。'深见赏美。当时咸共称传"。无怪梁武帝对周捨说:"吾闻君子不可求备,至如柳恽可谓具美。分其才艺,足了十人。"亦可见其多才多艺。《隋书·经籍志》四著录:"中护军《柳恽集》十二卷。"《旧唐书·经籍志》、《新唐书·艺文志》均未见著录。其集大概于唐代已散失。严可均《全梁文》卷五十八辑录其文《答释法云书难范缜神灭论》一篇。逯钦立《先秦汉魏晋南北朝诗·梁诗》卷八辑录其诗十八首。其中《江南曲》、《赠吴均》、《捣衣诗》都是较好的诗篇。其诗风格清新秀逸，在当时是不多见的。

王僧孺，字僧孺，东海郯（今山东郯城县北）人。生于宋明帝泰始元年（465），卒于梁武帝普通三年（522）。幼时聪慧好学，家贫，常为人抄书以养母，抄毕即能讽诵。齐时，任太学博士、书侍御史、钱塘令。曾以文学游于竟陵王萧子良门下，与任昉友善。入梁后，历任南海太守、尚书左丞、御史中丞、北中郎谘议参军等职。事见《梁书》卷三十三、《南史》卷五十九《王僧孺传》。参阅曹道衡、沈玉成《王僧孺免官原由》、《王僧孺年岁》，见《中古文学史料丛考》。

《南史》本传说："僧孺工属文，善楷隶，多识古事。"又说："僧孺好坟籍，聚书至万余卷，率多异本，与沈约、任昉家书埒。少笃志精力，于书无所不睹，其文丽逸，多用新事，人所未见者，时重其富博。集《十八州谱》七百一十卷、《百家谱集抄》十五卷、《东南谱集抄》十卷，文集三十卷，《两台弹事》不入集，别为五卷，及《东宫新记》并行于世。"《隋书·经籍志》四著录："梁中军府谘议《王僧孺集》三十卷。"《旧唐书·经籍志》、《新唐书·艺文志》著录皆为三十卷。《宋史·艺文志》未见著录。大概宋代已散失。明代的辑本有：

《王左丞集》三卷附录一卷，明张燮辑《七十二家集》本。
《王左丞集》一卷，明张溥辑《汉魏六朝百三名家集》本。
《王左丞集》，明叶绍泰辑《增定汉魏六朝别解》本。

此外，有《王左丞集选》一卷，清代吴汝纶评选《汉魏六朝百三家集选》本。严可均《全梁文》卷五十一、五十二辑录其文有《奉辞南康王府笺》、《与何炯书》、《从子永宁令谦诔》等三十篇。逯钦立《先秦汉魏晋南北朝诗·梁诗》卷十二辑录其诗有《至牛渚忆魏少英诗》、《寄何记室诗》、《春思诗》等三十九首。其集中艳体诗较多。张溥说:"今集中诸篇,杼轴云霞,激越钟管,新声代变,于此称极。"确实如此。

裴子野,字几原,河东闻喜(今山西闻喜县)人。生于宋明帝泰始五年(469),卒于梁武帝中大通二年(530)。裴松之曾孙。他是史学家,也是文学家。少好学,善属文。齐时任齐武陵王国左常侍,右军江夏王参军。入梁后,历任诸暨令、著作郎、中书通事舍人、中书侍郎等职。官至鸿胪卿、领步兵校尉。事见《梁书》卷三十、《南史》卷三十三《裴子野传》。日本林田慎之助《裴子野〈雕虫论〉考证》,见《古代文学理论研究丛刊》第六辑(上海古籍出版社1982年出版),曹道衡《关于裴子野诗文的几个问题》,见《中古文学史论文集》,可供参考。

《梁书》本传说:"子野为文典而速,不尚丽靡之词,其制作多法古,与今文体异,当时或有诋诃者,及其末皆翕然重之。"又说:"子野少时,集注《丧服》、《续裴氏家传》各二卷,抄合后汉事四十余卷,又敕撰《众僧传》二十卷,《百官九品》二卷,《附益谥法》一卷,《方国使图》一卷,文集二十卷,并行于世。"所记载的大都是史学著作,且皆已散失。唯文集与文学有关。《隋书·经籍志》四著录:"梁鸿胪卿《裴子野集》十四卷。"《旧唐书·经籍志》、《新唐书·艺文志》著录皆为十四卷。《宋史·艺文志》未见著录,大概宋时已散失了。严可均《全梁文》卷五十三辑录其文有《雕虫论》、《宋略总论》、《宋略选举论》等十五篇。逯钦立《先秦汉魏晋南北朝诗·梁诗》卷十四辑录其诗仅有《答张贞成皋诗》、《咏雪诗》、

《上朝值雪诗》三首。《南史》本传说:"兰陵萧琛言其评论可与《过秦》、《王命》分路扬镳。"可见他长于评论。其评论今存《宋略总论》、《宋略泰始三叛论》等。其文学论文《雕虫论》猛烈地批判当时专尚丽靡之词的作品,十分强调文学作品的社会意义,最为著名。

陆倕,字佐公,吴郡吴(今江苏苏州市)人。生于宋明帝泰始六年(470),卒于梁武帝普通七年(526)。少时刻苦好学,善作文。闭门读书数年,书读一遍,即诵于口。年十七,举秀才,为"竟陵八友"之一。齐时,任庐陵王法曹行参军。入梁后,任右军安成王外兵参军,转主簿。后任太子庶子、国子博士、中书侍郎、鸿胪卿、太常卿等职。事见《梁书》卷二十七、《南史》卷四十八《陆倕传》。曹道衡、沈玉成《陆倕〈以诗代书别后寄赠〉诗考》,见《中古文学史料丛考》,可参阅。

《梁书》本传说:"高祖雅爱倕才,乃敕撰《新漏刻铭》,其文甚美。……又诏为《石阙铭记》,奏之。敕曰:'太子中舍人陆倕所制《石阙铭》,辞义典雅,足为佳作。'……文集二十卷,行于世。"《隋书·经籍志》四著录:"梁太常卿《陆倕集》十四卷。"《旧唐书·经籍志》、《新唐书·艺文志》著录皆为二十卷。《宋史·艺文志》未见著录,大概其集于宋时散失。明人的辑本有:

《陆太常集》二卷附录一卷,明张燮辑《七十二家集》本。

《陆太常集》一卷,明张溥辑《汉魏六朝百三名家集》本。

另外有《陆太常集选》一卷,清代吴汝纶评选《汉魏六朝百三家集选》本。严可均《全梁文》卷五十三辑录其文有《感知己赋赠任昉》、《石阙铭》、《新刻漏铭》等二十五篇。逯钦立《先秦汉魏晋南北朝诗·梁诗》卷十三辑录其诗仅有《以诗代书别后寄赠诗》、《赠

《任昉》等四首。《文选》卷五十六选录其《石阙铭》、《新刻漏铭》二文,是他的名作。昭明太子萧统《宴阑思旧》诗云:"佐公持方介,才学罕为俦。"梁元帝《太常卿陆倕墓志铭》云:"词峰飙竖,逸气云浮。"评价都是比较高的。

徐摛,字士秀,一字士缋,东海郯(今山东郯城县北)人。徐陵父。生于宋后废帝元徽二年(474),卒于梁简文帝大宝二年(551)。自幼好学,遍览经史。初为晋安王萧纲侍读。萧纲为皇太子,他任太子家令。后任新安太守、中庶子、太子左卫率等职。事见《梁书》卷三十、《南史》卷六十二《徐摛传》。曹道衡、沈玉成《徐摛生年及年岁》,见《中古文学史料丛考》,可参阅。

《梁书》本传说:"(摛)属文好为新变,不拘旧体。……摛文体既别,春坊尽学之,'宫体'之号,自斯而起。"他与庾肩吾一起创作和倡导"宫体诗",是宫体诗的倡导者之一。其诗文集,《隋书·经籍志》已不见著录,大概早已散失。严可均《全梁文》卷五十辑录其文仅有《冬蕉卷心赋》、《妇见舅姑议》二篇,皆已残缺。逯钦立《先秦汉魏晋南北朝诗·梁诗》卷十九辑录其诗有《胡无人行》、《咏笔诗》、《咏橘诗》等五首。

刘孝绰,字孝绰,本名冉,小字阿士,彭城(今江苏徐州市)人。幼时聪敏,七岁能文,号曰神童。其舅王融说:"天下文章,若无我当归阿士。"又为沈约、任昉、范云等所赏识。梁天监初,任著作佐郎。后升任太子舍人、太子洗马、太子仆,掌东宫书记,为昭明太子所推重。又升任员外散骑常侍,兼廷尉卿。因事为到洽所劾,免职。复为太子仆、黄门侍郎、尚书吏部郎、秘书监。卒于官。事见《梁书》卷三十三、《南史》卷三十九《刘孝绰传》。曹道衡、沈玉成《刘孝绰年表》、《〈梁书·刘孝绰传〉志疑》,见《中古文学史料丛考》,可参阅。

《梁书》本传说:"孝绰辞藻为后进所宗,世重其文,每作一篇,朝成暮遍,好事者咸讽诵传写,流闻绝域。文集数十万言,行于世。"又说:"孝绰兄弟及群从诸子侄,当时有七十人,并能属文,近古未之有也。"《隋书·经籍志》四著录:"梁廷尉卿《刘孝绰集》十四卷。"《旧唐书·经籍志》著录为十一卷,《新唐书·艺文志》著录为十二卷。《宋史·艺文志》著录为一卷。宋时已散失殆尽。明代辑本有:

《梁刘孝绰集》一卷,明薛应旂辑《六朝诗集》本。

《刘秘书集》二卷附录一卷,明张燮辑《七十二家集》本。

《刘秘书集》一卷,明张溥辑《汉魏六朝百三名家集》本。

此外,有《刘秘书集》一卷,清代吴汝纶评选《汉魏六朝百三家集选》本。严可均《全梁文》卷六十辑录其文有《谢东宫启》、《答湘东王书》、《昭明太子集序》等十七篇。逯钦立《先秦汉魏晋南北朝诗·梁诗》卷十六辑录其诗有《答何记室》、《古意送沈宏》、《月半夜泊鹊尾》等六十九首。其文以《昭明太子集序》较为著名。其诗多为侍宴应诏、亲朋赠答、写景咏物之作,辞藻靡丽而内容贫乏,以《古意送沈宏》为较好的诗作。张溥说:"孝绰文集数十万言,存者无几,零落之叹,无异元礼(王筠),书、启、表、序,文采较优,诗乃兄弟尔。"(《汉魏六朝百三名家集·刘秘书集》题辞)这是以刘孝绰与王筠比较,评其诗文优劣。

王筠,字元礼,一字德柔,琅邪临沂(今山东临沂市北)人。生于齐高帝建元三年(481),卒于梁武帝太清三年(549)。幼时警寤,七岁能作文。十六岁作《芍药赋》,甚美。沈约每见筠文,咨嗟吟咏,以为自己不如他,将他誉为王粲,并对梁武帝说:"晚来名家,唯见王筠独步。"王筠也受到昭明太子萧统的重视。历任太子洗马、太子家令、太子中庶子、秘书监、光禄大夫、太子詹事等职。事见《梁书》卷三十三、《南史》卷二十二《王筠传》。曹道衡、沈玉成《王筠〈和新渝侯巡城口号〉》、《王筠诗九首笺释》，见《中古文学史料丛考》，可参考。

《南史》本传说："筠自撰其文章，以一官为一集，自《洗马》、《中书》、《中庶》、《吏部》、《左佐》、《临海》、《太府》各十卷，《尚书》三十卷，凡一百卷，行于世。"《隋书·经籍志》四著录："梁太子洗马《王筠集》十一卷，并录；王筠《中书集》十一卷，并录；王筠《临海集》十一卷，并录；王筠《左佐集》十一卷，并录；王筠《尚书集》九卷，并录。"《旧唐书·经籍志》、《新唐书·艺文志》皆著录："王筠《洗马集》十卷，《中庶子集》十卷，《左右集》十卷，《临海集》十卷，《中书集》十卷，《尚书集》十一卷。"《宋史·艺文志》未见著录，宋时殆已散失。明代的辑本有：

《王詹事集》二卷附录一卷，明张燮辑《七十二家集》本。
《王詹事集》一卷，明张溥辑《汉魏六朝百三名家集》本。

此外，有《王詹事集选》一卷，清代吴汝纶评选《汉魏六朝百三家集选》本。严可均《全梁文》卷六十五辑录其文有《与长沙王别书》、《自序》、《昭明太子哀册文》等十八篇。逯钦立《先秦汉魏晋南北朝诗·梁诗》卷二十四辑录其诗有《北寺寅上人房望远岫玩前池》、《望夕霁》等四十七首。其文以《昭明太子哀册文》最为著名。其诗注重声律、炼字，颇有一些写景佳句。

今人黄大宏有《王筠集校注》，中华书局2013年9月出版。此书重新辑录，分上、下两卷。书后附录有集事、著录、疑误作品及佚目考、诗文赠答、历代评骘、王筠年谱、王揖诗文辑佚。

刘孝仪，名潜，字孝仪，彭城（今江苏徐州市）人。刘孝绰三弟。生于齐武帝永明二年(484)，卒于梁简文帝大宝元年(550)。幼时勤学，善于作文。刘孝绰常说"三笔六诗"，三即三弟孝仪，六即六弟孝威。天监五年(506)，举秀才，后升任尚书殿中郎。萧纲为皇太子，他任洗马，后为中书郎，升任尚书左丞、御史中丞。出为临海太守，政绩卓著，入为都官尚书，又出为豫章内史。事见《梁书》卷四十一、《南史》卷三十九《刘孝仪传》。参阅曹道衡、沈玉成《刘潜仕历》、《刘潜名字及年岁》，见《中古文学史料丛考》。

《梁书》本传说："(孝仪)有文集二十卷，行于世。"《隋书·经籍志》四著录："梁都官尚书《刘孝仪集》二十卷。"《旧唐书·经籍志》、《新唐书·艺文志》著录亦为二十卷。大概宋时散失。明代辑本有：

《刘豫章集》二卷附录一卷，明张燮辑《七十二家集》本。

《刘豫章集》一卷，明张溥辑《汉魏六朝百三名家集》本。

此外，有《刘豫章集选》一卷，清代吴汝纶评选《汉魏六朝百三家集选》本。严可均《全梁文》卷六十一辑录其文有《北使还与永丰侯萧扔书》、《雍州金像寺无量寿佛像碑》等四十篇。逯钦立《先秦汉魏晋南北朝诗·梁诗》卷十九辑录其诗有《行过康王故第苑诗》、《咏织女诗》、《咏石莲诗》等十二首。《梁书》本传说："敕令制《雍州平等寺金像碑》，文甚宏丽。"即《雍州金像寺无量寿佛像碑》。此外，如《北使还与永丰侯书》写行役之苦与回归之乐，亦颇生动。

庾肩吾，字子慎，南阳新野(今河南新野县)人。世居江陵(今湖北江陵县)。庾信父。生于齐武帝永明五年(487)，约卒于梁元帝承圣二年(553)。八岁能赋诗。初为晋安王萧纲国常侍。与刘孝威、江伯摇、孔敬通、申子悦、徐防、徐摛、王囿、孔铄、鲍至等十人抄撰群书，号称"高斋学士"。萧纲为皇太子，他兼任东宫通事舍人，升任太子率更令、中庶子。萧纲即位后，他任度支尚书。侯景乱时，他逃往江陵，不久去世。事见《梁书》卷四十九、《南史》卷五十《庾肩吾传》。参阅曹道衡、沈玉成《庾肩吾劫后行踪及生卒年》、《庾肩吾仕历》，见《中古文学史料丛考》。

《梁书》本传说："（肩吾）文集行于世。"《隋书·经籍志》四著录："梁度支尚书《庾肩吾集》十卷。"《旧唐书·经籍志》、《新唐书·艺文志》著录皆为十卷。《宋史·艺文志》著录为二卷，宋时已大部分散失。明代辑本有：

《庾度支集》四卷附录一卷，明张燮辑《七十二家集》本。
《庾度支集》一卷，明张溥辑《汉魏六朝百三名家集》本。
《庾度支集》，明叶绍泰辑《增定汉魏六朝别解》本。

另有《庾度支集选》一卷，清代吴汝纶评选《汉魏六朝百三家集选》本。严可均《全梁文》卷六十六辑录其文有《团扇铭》等三十二篇。逯钦立《先秦汉魏晋南北朝诗·梁诗》卷二十三辑录其诗有《赛汉高庙》、《乱后行经吴邮亭》、《咏长信宫中草》等九十首。他是宫体诗的倡导者之一。侯景乱后，诗风有些变化，如《乱后行经吴邮亭》诗，就流露了对侯景之乱的悲愤心情。他的诗讲究声律，对律诗的形成有一定的贡献。

庾肩吾也是书法家，著有《书品》。

刘孝威，彭城（今江苏徐州市）人。刘孝绰的六弟。生于齐明帝建武三年（496），卒于梁武帝太清三年（549）。初为晋安王法曹，转主簿。以母丧去职。守丧期满，任太子洗马、舍人、庶子、率更令。大同九年（543），白雀群集东宫，孝威上颂，其辞甚美。后升任中庶子，兼通事舍人。侯景乱时，病卒。事见《梁书》卷四十一、《南史》卷三十九《刘孝威传》。参阅曹道衡、沈玉成《刘孝威生年、年岁》、《刘孝威卒年》，见《中古文学史料丛考》。

刘孝威是萧纲的"高斋学士"之一，其诗较多宫体。《隋书·经籍志》四著录："梁太子庶子《刘孝威集》十卷。"《旧唐书·经籍志》、《新唐书·艺文志》著录皆为："《刘孝威前集》十卷，《刘孝威后集》十卷。"不知为何比《隋志》多出十卷？《宋史·艺文志》著录仅为一卷。可见其集宋时已散失殆尽。明代辑本有：

《梁刘孝威集》一卷，明薛应旂辑《六朝诗集》本。
《刘庶子集》二卷附录一卷，明张燮辑《七十二家集》本。
《刘庶子集》一卷，明张溥辑《汉魏六朝百三名家集》本。

另有《刘庶子集选》一卷，清代吴汝纶评选《汉魏六朝百三家集选》本。严可均《全梁文》卷六十一辑录其文有《谢赉官纸启》等十六篇。逯钦立《先秦汉魏晋南北朝诗·梁诗》卷十八辑录其诗有《陇头水》、《骢马驱》（翩翩骢马驱）、《侍宴赋得龙沙宵月明诗》等六十首，其中乐府诗有二十五首，《陇头水》、《骢马驱》等边塞诗值得注意。

刘令娴，彭城（今江苏徐州市）人。生卒年不详。刘孝绰的三妹，世称刘三娘。徐悱妻。有才学，文章清拔。徐悱夫妇感情深厚，悱游宦在外，夫妇常有诗赠答。徐悱诗今存四首，其中有《对房前桃树咏佳期赠内诗》、《赠内诗》二首；令娴诗今存八首，其中有《答外诗》二首，皆表达了对丈夫的思念之情，情致缠绵。徐悱卒时，年仅三十岁。其父徐勉、其妻刘令娴十分悲痛。令娴作祭文，辞甚凄怆。勉本欲作祭文，见令娴之作，为之搁笔。事见《梁书》卷三十三、《南史》卷三十九《刘孝绰传》。参阅曹道衡、沈玉成《徐悱、刘令娴》，见《中古文学史料丛考》。

《隋书·经籍志》四著录："梁太子洗马徐悱妻《刘令娴集》三

卷。"《新唐书·艺文志》著录:"徐悱妻《刘氏集》六卷。"《宋史·艺文志》未见著录,宋时殆已散失。严可均《全梁文》卷六十八辑录其《祭夫文》一篇。逯钦立《先秦汉魏晋南北朝诗·梁诗》卷二十八辑录其诗有《答外诗》、《和婕妤怨诗》等八首,其中有七首选入《玉台新咏》,大概是她的诗多写闺怨之故。

萧纲,字世缵,南兰陵(今江苏常州市西北)人。生于梁武帝天监二年(503),卒于梁简文帝大宝二年(551)。梁武帝第三子。他就是梁简文帝,公元549—551年在位。天监五年(506),封晋安王,历任南兖州、荆州、江州、南徐州、雍州等地刺史。中大通三年(531)四月,昭明太子萧统去世,五月,他被立为皇太子。太清三年(549)即帝位,大宝二年为侯景所杀。事见《梁书》卷四、《南史》卷八《梁简文帝本纪》。周光兴《萧纲萧绎年谱》(社会科学文献出版社2006年出版)及曹道衡、沈玉成《宫体诗形成于萧纲入东宫前》(见《中古文学史料丛考》),可参阅。

《梁书·简文帝本纪》说:"太宗幼而敏睿,识悟过人,六岁便属文,高祖惊其早就,弗之信也,乃于御前面试,辞采甚美。高祖叹曰:'此子,吾家之东阿。'……引纳文学之士,赏接无倦,恒讨论篇籍,继以文章。……雅好题诗,其序云:'余七岁有诗癖,长而不倦。'然伤于轻艳,当时号曰'宫体'。所著《昭明太子传》五卷,《诸王传》三十卷,《礼大义》二十卷,《老子义》二十卷,《庄子义》二十卷,《长春义记》一百卷,《法宝连璧》三百卷,并行于世焉。"以上各书皆已散失。《隋书·经籍志》四著录:"《梁简文帝集》八十五卷,陆罩撰,并录。"《旧唐书·经籍志》、《新唐书·艺文志》著录皆为八十卷。《宋史·艺文志》著录只有一卷。宋时已散失殆尽。明代以后辑本有:

《梁简文帝集》二卷,明薛应旂辑《六朝诗集》本。

《梁简文帝集》二卷,明阎光世辑《文选遗集》本。

《梁简文帝御制集》六卷附录一卷,明张燮辑《七十二家集》本。

《梁简文帝御制集》二卷,明张溥辑《汉魏六朝百三名家集》本。

《梁简文帝集》,明叶绍泰辑《增定汉魏六朝别解》本。

《梁简文帝集》八卷,丁福保辑《汉魏六朝名家集初刻》本。

另有《梁简文帝集选》一卷,清代吴汝纶评选《汉魏六朝百三家集选》本。萧纲的诗,逯钦立《先秦汉魏晋南北朝诗·梁诗》卷二十至二十二辑录二百八十五首,比较齐备。

萧纲主张:"立身之道,与文章异,立身先须谨重,文章且须放荡。"(《诫当阳公大心书》)他是宫体诗的主要倡导人,自己写了大量的宫体诗。宫体诗以华美雕琢的文辞掩盖淫靡、放荡的内容,对当时和后世的社会影响是十分恶劣的。他也有较好的诗作,如《折杨柳》、《临高台》、《春日》等,其中佳句如"风轻花落迟"(《折杨柳》),"山河同一色"(《临高台》),"落花随燕入"(《春日》)等,皆清灵透逸,历来为诗家所赞赏。

明代张溥说:"储极既正,宫体盛行,但务绮博,不避轻华,人挟曹丕之资,而风非黄初之旧,亦时世使然乎!"道出宫体盛行的时代原因,十分深刻。

萧绎,字世诚,自号金楼子,南兰陵(今江苏常州市西北)人。生于梁武帝天监七年(508),卒于梁元帝承圣三年(554)。梁武帝第七子。他就是梁元帝,公元552—554年在位。天监十三年(514),封湘东王,历任会稽太守、丹阳尹、荆州刺史、江州刺史等职。侯景之乱起,他受诏讨伐侯景。大宝三年(552),他消灭侯景之后,即帝位于江陵。承圣三年,魏攻江陵,他被俘,不久被杀。事见《梁书》卷五、《南史》卷八《梁元帝本纪》。周光兴《萧纲萧绎年谱》及曹道衡、沈玉成《萧绎焚书》、《萧绎绘事》（见《中古文学史料丛考》），可参阅。

《梁书》本传说："世祖聪悟俊朗，天才英发。……既长好学，博总群书，下笔成章，出言为论，才辩敏速，冠绝一时。……与裴子野、刘显、萧子云、张缵及当时才秀为布衣之交，著述辞章，多行于世。……所著《孝德传》三十卷，《忠臣传》三十卷，《丹阳尹传》十卷，《注汉书》一百一十五卷，《周易讲疏》十卷，《内典博要》一百卷，《连山》三十卷，《洞林》三卷，《玉韬》十卷，《补阙子》十卷，《老子讲疏》四卷，《全德志》、《怀旧志》、《荆南志》、《江州记》、《贡职图》、《古今同姓名录》一卷，《筮经》十二卷，《式赞》三卷，文集五十卷。"萧绎著作繁多，皆已散失。今仅存《古今同姓名录》。《隋书·经籍志》四著录："《梁元帝集》五十二卷，《梁元帝小集》十卷。"《旧唐书·经籍志》、《新唐书·艺文志》皆著录其集五十卷，小集十卷。《宋史·艺文志》未见著录，大概宋时已散佚。明代以后的辑本有：

《梁元帝集》一卷，明薛应旂辑《六朝诗集》本。
《梁元帝集》，明叶绍泰辑《增定汉魏六朝别解》本。
《梁元帝集》八卷，明阎光世辑《文选遗集》本。
《梁元帝御制集》十卷附录一卷，明张燮辑《七十二家集》本。
《梁元帝集》一卷，明张溥辑《汉魏六朝百三名家集》本。
《梁元帝集》五卷，丁福保辑《汉魏六朝名家集初刻》本。

另有《梁元帝集选》一卷，清代吴汝纶评选《汉魏六朝百三家集选》本。萧绎的诗，逯钦立《先秦汉魏晋南北朝诗·梁诗》卷二十五辑录一百二十四首，较为齐备。其诗风格绮丽，表现了典型的齐梁诗风,如《咏阳云楼檐柳》、《折杨柳》等皆为较好的诗篇。

萧绎有《金楼子》一书,其中《立言》篇,在中国文学理论批评史上较为重要。此书《隋书·经籍志》、《旧唐书·经籍志》、《新唐书·艺文志》、《宋史·艺文志》著录皆为十卷,明初散失。四库馆臣从《永乐大典》中辑得六卷。《四库全书总目·金楼子》提要云:

《金楼子》六卷,《永乐大典》本,梁孝元皇帝撰。《梁书》本纪称帝博总群书,著述词章,多行于世。其在藩时,尝自号金楼子,因以名书。《隋书·经籍志》、《唐书》、《宋史》艺文志俱载其目,为二十卷。晁公武《读书志》谓其书十五篇,是宋代尚无阙佚。至宋濂《诸子辨》、胡应麟《九流绪论》所列子部,皆不及是书,知明初渐已湮晦,明季遂竟散亡。故马骕撰《绎史》,征采最博,亦自谓未见传本,仅从他书摭录数条也。今检《永乐大典》各韵,尚颇载其遗文。核其所据,乃元至正间刊本。勘验序目,均为完备。惟所列仅十四篇,与晁公武十五篇之数不合。其《二南五霸》一篇,与《说蕃》篇文多复见,或传刻者淆乱其目,而反佚其本篇欤。又《永乐大典》诠次无法,割裂破碎,有非一篇而误合者,有割缀别卷而本篇反遗之者。其篇端序述,亦惟《戒子》、《后妃》、《捷对》、《志怪》四篇尚存,余皆脱逸。然中间《兴王》、《戒子》、《聚书》、《说蕃》、《立言》、《著书》、《捷对》、《志怪》八篇,皆首尾完整。其他文虽挽乱,而幸其条目分明,尚可排比成帙。谨详加裒缀,参考互订,厘为六卷。其书于古今闻见事迹,治忽贞邪,咸为苞载。附以议论,劝戒兼资,盖亦杂家之流。而当时周秦异书未尽亡佚,具有征引。如许由之父名,兄弟七人,十九而隐,成汤凡有七号之类,皆史外轶闻,他书未见。又《立言》、《聚书》、《著书》诸篇,自表其撰述之勤,所纪典籍源流,亦可补诸书所未备。惟永明以后,艳语盛行,此书亦文格绮靡,不出尔时风气。其故为古奥,如纪始安王遥光一节,句读难施,又成伪体。至于自称五百年运,余何敢让。俨然上比孔子,尤为不经。是则瑕瑜不掩,亦不必曲为讳尔。

《提要》论述版本较详,可供参考。此书常见的版本有:

《金楼子》六卷,《四库全书》本。
《金楼子》六卷,清鲍廷博辑、鲍志祖续辑《知不足斋丛书》本。
《金楼子》六卷,《百子全书》本。
《金楼子》六卷,近人郑国勋辑《龙溪精舍丛书》本。
《金楼子》六卷,《丛书集成初编》本。
《金楼子》一卷,元陶宗仪辑《说郛》本(宛委山堂本)。
《金楼子》一卷,《五朝小说》本。
《金楼子》一卷,《五朝小说大观》本。
《金楼子》一卷,清马良俊辑《龙威秘书》本。
《金楼子》,明归有光辑评《诸子汇函》本。

今人许逸民有《金楼子校笺》,中华书局2011年1月出版。本书以鲍廷博辑刻《知不足斋丛书》中的《金楼子》六卷本为底本。笺注极为详细。附录有:一、书目著录与版本序跋;二、历代评说要录。书末有《萧绎年谱》、《本书主要参考书目》。

《金楼子·立言》篇说:"至如文者,维须绮縠纷披,宫徵靡曼,唇吻适会,情灵摇荡。"意思是,文学作品应该文采繁富,音节动听,语言精炼,感情充沛。这样区分文笔,表现了文学的特征,从认识上来说,显然是进了一步。

第四章　陈代文学史料

《陈书》卷三十四《文学传序》说："后主嗣业，雅尚文辞，傍求学艺，焕乎俱集。每臣下表疏及献上赋颂者，躬自省览，其有辞工，则神笔赏激，加其爵位，是以搢绅之徒，咸知自励矣。"刘师培也说："陈代开国之初，承梁季之乱，文学渐衰。然世祖以来，渐崇文学。后主在东宫，汲引文士，如恐不及，及践帝位，尤尚文章。故后妃宗室，莫不竞为文词。又开国功臣如侯安都、孙玚、徐敬成，均结纳文士。而李爽之流，以文会友，极一时之选。故文学复昌。"（《中国中古文学史》第五课《宋齐梁陈文学概略》丙《陈代文学》）于此可见陈代文学之昌盛。

陈代宫体诗盛行。刘师培指出："据《陈书》、《南史》后主纪及张贵妃各传，谓帝荒酒色，奏伎作诗，以宫人有文学者为女学士，与狎客共赋新诗，采其尤艳丽者以为曲调，被以新声，其曲有《玉树后庭花》、《临春乐》等。《江总传》谓其尤工五七言诗，溺于浮靡，日与后主游宴后庭，多为艳诗，好事者相传讽玩，于今不绝。又《孔范传》云：'文章赡丽，尤善五言诗，与江总等并为狎客。'《刘暄传》云：'后主即位，与义阳王叔达、孔范、袁权、王瑳、陈褒、沈瓘、王仪等陪侍游宴，暄以俳优自居，文章谐谬，语言不节。'是陈季艳丽之词，尤较梁代为盛，即魏徵《陈论》所谓'偏尚淫丽之文'也。故初唐诗什，竞沿其体，历百年而不衰。"（《中国中古文学史》第五课《宋齐梁陈文学概略》丁《总论》）陈后主腐朽堕落的生活为宫体诗的盛行提供了条件。这种轻艳的诗风竟流行到初唐，历百年而不衰，影响是十分恶劣的。

第一节　阴铿的著作

阴铿,字子坚,武威姑臧(今甘肃武威市)人。生卒年不详。幼时聪慧,五岁能诵诗赋。梁时任湘东王法曹参军。陈文帝天嘉中,为始兴王府中录事参军。累迁招远将军、晋陵太守、员外散骑常侍。事见《陈书》卷三十四《阴铿传》、《南史》卷六十四《阴子春传》。曹道衡、沈玉成《阴铿生平事迹》、《阴铿在梁事迹考》(见《中古文学史料丛考》),赵以武《阴铿生平考释六题》(《文学遗产》1993年第6期),考释阴铿生平事迹,可供参考。

《陈书》本传说:"(铿)尤善五言诗,为当时所重。……世祖尝宴群臣赋诗,徐陵言之于世祖,即日召铿预宴,使赋新成安乐宫,铿援笔便就,世祖甚叹赏之。……有集三卷行于世。"《隋书·经籍志》四著录:"陈镇南府司马《阴铿集》一卷。"《旧唐书·经籍志》、《新唐书·艺文志》皆未见著录,大概唐时已散失。明代以后的辑本有:

《阴常侍集》一卷,明薛应旂辑《六朝诗集》本。
《阴常侍诗集》一卷,明洪瞻祖辑《阴何诗集》本。
《阴常侍诗集》一卷,清张澍辑《二酉堂丛书》本。
《阴常侍诗集》一卷,《丛书集成初编》本。

《阴铿集》前人无注本。现在有以下三种注本:

《傅玄阴铿诗注》,塞长春等注,甘肃人民出版社1987年出版。
《何逊集注·阴铿集注》,刘畅、刘国珺注,天津古籍出版社1988年出版。
《阴铿诗校注》,张帆、宋书麟校注,兰州大学出版社1989年出版。

后两种尚可,可以参考。

阴铿诗今存《五洲夜发》、《晚出新亭》、《江津送刘光禄不及》等三十四首,山水诗较多,风格清丽,对唐诗颇有影响。杜甫说:"颇学阴何苦用心。"(《解闷》)"李侯有佳句,往往似阴铿。"(《与李十二白寻范十隐居》)都可以看出他对阴铿的赞赏之意。陈祚明说:"阴子坚诗声调既亮,无齐梁晦涩之习,而琢句抽思,务极新隽;寻常景物,亦必摇曳出之,务使穷态极妍,不肯直率。此种清思,更能运以亮笔。一洗《玉台》之陋,顿开沈(佺期)宋(之问)之风;且觉比《玉台》则特妍,较沈宋则尤媚。六朝不沦于晚唐者,全赖有此大雅君子,振起而维挽之;宜乎太白仰钻,少陵推许,蓁涂之辟,此功不小也。"(《采菽堂古诗选》卷二十九)这里指出阴铿诗的艺术特点及其历史功绩,颇有见地。

第二节 徐陵的著作

徐陵,字孝穆,东海郯(今山东郯城县北)人。徐摛子。生于梁武帝天监六年(507),卒于陈后主至德元年(583)。八岁能属文,十三岁通《老子》、《庄子》。既长,博涉史籍,纵横善辩。梁时,初任晋安王宁蛮府参军,后历任东宫学士、尚书吏部郎、尚书左丞,官至给事黄门侍郎、秘书监。入陈,加散骑常侍。文帝时,任吏部尚书,领大著作。高宗时,封建昌县侯,任尚书左、右仆射、侍中、太子詹事、中书监等职。后主时官至左光禄大夫、太子少傅。事见《陈书》卷二十六、《南史》卷六十二《徐陵传》。其年谱有:

《徐陵年谱》,牛夕编,《清华周刊》第三十八卷第二期(1932年10月出版)。

《徐孝穆行年纪略》,冯承基编,《幼狮学报》第二卷第二期(1960年4月出版)。

《徐陵年谱》,尤光敏编,《香港中文大学中国文化研究所学报》第十九卷(1988年出版)。

《徐陵年谱》,周建渝编,台北"中央研究院"中国文哲研究所《中国文哲研究集刊》第十期(1997年3月出版)。后收入编者《传统文学的现代批评》,中国社会科学出版社2002年出版。

《徐陵事迹编年丛考》,刘跃进著,见其《玉台新咏研究》,中华书局2000年出版。

《陈书》本传说:"自有陈创业,文檄军书及禅授诏策,皆陵所制,而《九锡》尤美,为一代文宗。……其于后进之徒,接引无倦。世祖、高宗之世,国家有大手笔,皆陵草之。其文颇变旧体,缉裁巧密,多有新意。每一文出手,好事者已传写成诵,遂被之华夷,家藏其本。后逢丧乱,多散失,存者三十卷。"《隋书·经籍志》四著录:"陈尚书左仆射《徐陵集》三十卷。"《旧唐书·经籍志》、《新唐书·艺文志》著录皆为三十卷。《宋史·艺文志》著录:"《徐陵诗》一卷。"可见其集于宋时散失。明代以后的辑本有:

《徐仆射集》十卷附录一卷,明张燮辑《七十二家集》本。

《徐仆射集》,明叶绍泰辑《增定汉魏六朝别解》本。

《徐孝穆集》十卷,明阎光世辑《文选遗集》本。

《徐孝穆集》十卷,《四部丛刊》据明屠隆本影印。

《徐仆射集》一卷,明张溥辑《汉魏六朝百三名家集》本。

另有《徐仆射集选》一卷,清代吴汝纶评选《汉魏六朝百三家集选》本。《徐陵集》的唯一注本是:

《徐孝穆集》六卷附备考一卷,清吴兆宜笺注,清徐文炳撰备考。《四库全书》本、摛藻堂《四库全书荟要》本、《四部备要》本。

《四库全书总目·徐孝穆集笺注》提要说："陵集本三十卷,久佚不存。此本乃后人从《艺文类聚》、《文苑英华》诸书内采掇而成。陵文章绮丽,与庾信齐名,世号'徐庾体'。……其集旧无注释,兆宜既笺《庾信集》,因并陵集笺之,未及卒业,其同里徐文炳,续为补辑,以成是编。其中可与史事相证者……而兆宜所笺略不言及,盖主于捃拾字句,不甚考订史传也。然笺释词藻,亦颇足备稽考,故至今与所笺庾集并传焉。"指出了吴兆宜注本的特点。

今人许逸民有《徐陵集校笺》(中国古典文学基本丛书),中华书局2008年8月出版。全书十二卷。书中《凡例》云："此次为徐集作注,不拟采用旧本,而是重新爬梳,另辑新编。所录各篇,均一一注明出处,朔源导流,以推敲其本来面目。"本篇各篇诗文,有题解、校记、笺注、集说,校勘精细,笺注详赡。附录有:一、书目著录;二、版本序跋;三、传记资料;四、历代评论。书后有《徐陵年谱》《本书主要参考书目》,皆可供参考。

徐陵是著名的宫体诗人,曾编选《玉台新咏》十卷。这是我国古代的一部诗歌总集。其主要内容是写闺情,所收的诗多数为艳诗,即宫体诗,但也收入了不少优秀诗篇,如《古诗为焦仲卿妻作》这样的名篇,正是由于本书选录才保存下来。这是它的主要价值所在。《玉台新咏》的版本较多,可参阅刘跃进《〈玉台新咏〉版本研究》(见《玉台新咏研究》)和昝亮《〈玉台新咏〉版本探索》(《文史》,2000年第二辑,中华书局出版)。常见的版本有:

　　《玉台新咏》十卷,文学古籍刊行社1955年据明寒山赵均小宛堂覆宋本影印。

　　《玉台新咏》十卷,《四部丛刊》据明五云溪馆活字本景印。

《玉台新咏》十卷,《四库全书》本。《四库全书总目》卷一百八十六《玉台新咏》提要说:"案刘肃《大唐新语》曰:'梁简文为太子,好作艳诗,境内化之。晚年欲改作,追之不及,乃令徐陵为《玉台集》,以大其体。'据此,则是书作于梁时。"

《玉台新咏》残一卷,罗振玉辑《鸣沙石室古籍丛残》据唐写本影印。此本起自张华《情诗》第五篇,讫《王明君辞》,存五十一行,前后尚有残字七行。系《玉台新咏》卷二之末。

《玉台新咏笺注》十卷,清吴兆宜注,清程际盛(琰)删补,《四部备要》本。这是此书唯一的注本。吴注引证颇博,笺注详赡,只是有时繁而无当,又常常以后代书注前代事,也不尽允当。但对读者有一定帮助。至于他把每卷中明代人滥增的作品退归每卷之末,注明"已下诸诗,宋刻不收",十分可取。1985年,中华书局出版的点校本,纠正注文错误达百余条,是较好的本子。1993年,中华书局出版了该书的修订本。

《玉台新咏考异》十卷,清纪容舒撰,《四库全书》本,《丛书集成初编》本。按,容舒乃纪昀之父,此书实昀自撰,归之其父。《四库全书总目》卷一百八十六《玉台新咏考异》提要说:"容舒是编,参考诸书,衷合各本,仿《韩文考异》之例,两可者并存之,不可通者阙之。明人刊本,虽于义可通,而于古无征者,则附见之。各笺其弃取之由,附之句下,引证颇为赅备。……考辨亦颇详悉,虽未必复徐陵之旧,而较明人任臆窜乱之本,则为有据之文矣。"

《玉台新咏》是我国古代重要的诗歌总集,其重要性仅次于《文选》,是研习六朝文学者必读的文学要籍。

明代张溥对徐陵作了总的评价:"陈世祖时,安成王任威福,徐孝穆为御史中丞,弹之下殿。高宗议北伐,孝穆举吴明彻大将,裴忌副之,克淮南数十州地。周昌强谏,张华知人,殆有兼称,非徒以太史之辞,干将之笔,豪诩东海也。评徐诗者云:如鱼油龙䕡,列堞明霞,比拟文字,形象亦然。乃余读其《劝进元帝表》,与代贞阳侯数书,感慨兴亡,声泪并发。至羁旅篇牍,亲朋报章,苏李悲歌,犹见遗则,代马越鸟,能不悽然。夫三代以前,文无声偶,八音自谐,司马子长所谓铿锵鼓舞也。浸淫六季,制句切响,千英万杰,莫能跳脱,所可自异者,死生气别耳。历观骈体,前有江、任,后有庾、徐,皆以生气见高,遂称俊物。他家学步寿陵,菁华先竭,犹责细腰以善舞,余窃忧其饿死也。《玉台》一序,与九锡并美,天上石麟,青睛慧相,亦何所不可哉!"(《汉魏六朝百三名家集·徐仆射集》题辞)徐陵历任高官,作为朝廷大臣,他敢于强谏,善于知人;作为文人,他的骈文,与庾信并称"徐庾"。他们代表了骈文的最高成就。

第三节　其他作家的著作

陈代文学史料,除阴铿、徐陵的著作之外,江总等人及其著作也值得注意。

周弘正,字思行,汝南安城(今河南汝南县东南)人。生于齐明帝建武三年(496),卒于陈宣帝太建六年(574)。学习勤苦,十岁通《老子》、《周易》。梁时,初任太学博士。后历任国子博士、黄门侍郎、侍中、太常卿等职。入陈后,官至尚书仆射。弘正特善玄言,兼通释典,当时硕学名僧,莫不向他请教。事见《陈书》卷二十四、《南史》卷三十四《周弘正传》。

《陈书》本传说:"(弘正)所著《周易讲疏》十六卷,《论语疏》十一卷,《庄子疏》八卷,《老子疏》五卷,《孝经疏》两卷,集二十卷,行于世。"《周易》等疏,皆已散失。《隋书·经籍志》四著录:"陈尚书仆射《周弘正集》二十卷。"《旧唐书·经籍志》、《新唐书·艺文志》著录皆为二十卷。《宋史·艺文志》未见著录,大概宋时已散失。严可均《全陈文》卷五辑录其文有《请梁武帝释乾坤二系义表》、《测狱刻数议》、《奏记晋安王》等八篇。逯钦立《先秦汉魏晋南北朝诗·陈诗》卷二辑录其诗十四首,如《还草堂寻处士弟》诗,痛感光阴荏苒,人生易逝,充满了感伤情绪,与当时的宫体诗迥异其趣。其弟周弘让亦有诗名,其《留赠山中隐士》一诗,被沈德潜评为"清真似陶诗一派,陈隋时得之大难"(《古诗源》卷十四)。

沈炯,字礼明,吴兴武康(今浙江德清县西)人。生于梁武帝天监元年(502),卒于陈文帝天嘉元年(560)。少有俊才,为当时所重。梁时任尚书左民侍郎,出为吴令。侯景乱时,为王僧辩所得。从此僧辩之羽檄军书皆出其手。炯为僧辩等作《劝进梁元帝表》,其文甚工,当时莫逮。后归梁元帝,任给事黄门侍郎、领尚书左丞。荆州陷落,他为西魏所掳,授仪同三司。但炯常思归国。后归梁,任司农卿、御史中丞。入陈,加通直散骑常侍,中丞如故。卒后赠侍中。事见《陈书》卷十九、《南史》卷六十九《沈炯传》。曹道衡、沈玉成《沈炯为飞书所谤》、《沈炯卒年》,见《中古文学史料丛考》,可参考。

《陈书》本传说:"(炯)有集二十卷行于世。"《隋书·经籍志》四著录:"陈侍中《沈炯前集》七卷。陈《沈炯后集》十三卷。"《旧唐书·经籍志》、《新唐书·艺文志》皆著录《沈炯前集》六卷,《后集》十三卷。《宋史·艺文志》著录《沈炯集》七卷。宋时大半散失。明代辑本有:

《沈侍中集》三卷附录一卷,明张燮辑《七十二家集》本。
《沈侍中集》一卷,明张溥辑《汉魏六朝百三名家集》本。

另有《沈侍中集选》一卷,清代吴汝纶评选《汉魏六朝百三家集选》本。严可均《全陈文》卷十四辑录其文十八篇,其中以《劝进梁元帝表》、《经汉武通天台为表奏陈思归意》较为著名。逯钦立《先秦汉魏晋南北朝诗·陈诗》卷一辑录其诗十九首,其中《独酌谣》、《长安还至方山怆然自伤》、《望郢州城》较有内容。张溥说:"江南文体,入陈更衰,非徐仆射、沈侍中,代无作者,乃故崎岖其遇,俾光词苑,斯文之际,天岂无意乎!"(《汉魏六朝百三家集·沈侍中集》题辞)对沈炯的评价颇高。

江总,字总持,济阳考城(今河南民权县东)人。生于梁武帝天监十八年(519),卒于隋文帝开皇十四年(594)。幼时聪敏,好学而有辞采。家有藏书数千卷,昼夜苦读。年十八,为梁武陵王府法曹参军。所作之诗为梁武帝所嗟赏,任侍郎。张缵、王筠、刘之遴都很推重他。梁时官至太子中舍人,兼太常卿。侯景乱时,往广州依九舅萧勃。陈文帝天嘉四年(563),以中书侍郎征还朝。后主时官至尚书令,世称江令。入隋后,为上开府,卒于江都。事见《陈书》卷二十七、《南史》卷三十六《江总传》。曹道衡、沈玉成《江总生年》、《江总世系》,见《中古文学史料丛考》,可供参考。

《陈书》本传说:"(总)好学,能属文,于五言七言尤善;然伤于浮艳,故为后主所爱幸。多有侧篇,好事者相传讽玩,于今不绝。后主之世,总当权宰,不持政务,但日与后主游宴后庭,共陈暄、孔范、王瑳等十余人,当时谓之狎客。……有文集三十卷,并行于世焉。"江总为陈代宫体诗重要作家之一,诗风浮靡。入隋后,诗风趋于悲凉。所以,仅仅把江总看作宫体诗人是不公正的。《隋书·经籍志》四著录:"开府《江总集》三十卷,《江总后集》二卷。"《旧唐书·经籍志》、《新唐书·艺文志》皆著录《江总集》二十卷。《宋史·艺文志》著录《江总集》七卷。可见宋时大部已亡佚。明代辑本有：

《江令君集》五卷附录一卷，明张燮辑《七十二家集》本。

《江令君集》，明叶绍泰辑《增定汉魏六朝别解》本。

《江令君集》一卷，明张溥辑《汉魏六朝百三名家集》本。

另有《江令君集选》一卷，清代吴汝纶评选《汉魏六朝百三家集选》本。严可均《全隋文》卷十、十一辑录其文有《修心赋》、《自叙》、《梁故度支尚书陆君诔》等五十六篇。逯钦立《先秦汉魏晋南北朝诗·陈诗》卷七辑录其诗一百零三首，其中《遇长安使寄裴尚书》、《入摄山栖霞寺》、《南还寻草市宅》、《并州羊肠坂》、《于长安归还扬州九月九日行薇山亭赋韵》、《哭鲁广达》、《闺怨篇》等皆为佳篇。张溥说："后主狎客，江总持居首，国亡主辱，竟逃明刑，开府隋朝，眉寿无恙，春秋恶佞人，有厚福若是者哉。……齐梁以来，华虚成风，士大夫轻君臣而工文墨，高谈法王，脱略名节，鸡足鹫头，适为朝秦暮楚者地耳。"(《汉魏六朝百三家集·江令君集》题辞)对江总的批评是十分严厉的。

张正见，字见赜，清河东武城(今山东武城县)人。生卒年不详。《陈书》本传说他太建(569—582)中卒，时年四十九。幼年好学，颇有清才。十三岁时，向太子萧纲献颂，深得赞赏。太清初(547)，任邵陵王国左常侍。梁元帝立，任通直散骑侍郎，迁彭泽令。梁末，避难匡俗山中。入陈，累迁尚书度支郎、通直散骑侍郎。事见《陈书》卷三十四、《南史》卷七十二《张正见传》。

《陈书》本传说："(正见)有集十四卷，其五言诗尤善，大行于世。"《隋书·经籍志》四著录："陈尚书度支郎《张正见集》十四卷。"《旧唐书·经籍志》、《新唐书·艺文志》著录皆为四卷。《宋史·艺文志》著录为一卷。唐宋以后散失殆尽。明代辑本有：

《张散骑集》二卷附录一卷,明张燮辑《七十二家集》本。

《陈张散骑集》一卷,明张溥辑《汉魏六朝百三名家集》本。

严可均《全陈文》卷十六辑录其文有《石赋》等四篇。逯钦立《先秦汉魏晋南北朝诗·陈诗》卷二、卷三辑录其诗九十二首,其中如《秋日别庾正员》、《关山月》、《溢城》等篇皆为较好的诗作。他的诗讲究声律和对仗,对近体诗的形成有影响。严羽说:"南北朝人唯张正见诗最多,而最无足省发,所谓'虽多亦奚以为'。"(《沧浪诗话·考证》)但是他的诗在当时颇负盛誉。

陈叔宝,字元秀,吴兴长城(今浙江长兴县)人。生于梁元帝承圣二年(553),卒于隋文帝仁寿四年(604)。他就是南朝陈末代皇帝陈后主,公元582—589年在位。他大建宫室,生活奢侈,日与妃嫔、宠臣游宴,写作艳词。隋兵南下,他以为有天险可恃,不以为意。祯明三年(589),被俘。后病死于洛阳。事见《陈书》卷六、《南史》卷十《后主本纪》。

《隋书·经籍志》四著录:"《陈后主集》三十九卷。"《旧唐书·经籍志》著录为五十卷,《新唐书·艺文志》著录为五十五卷。《宋史·艺文志》著录仅为一卷。其集于宋时散失殆尽。明代以后的辑本有:

《陈后主集》三卷附录一卷,明张燮辑《七十二家集》本。

《陈后主集》一卷,明薛应旂《六朝诗集》本。

《陈后主集》一卷,明张溥辑《汉魏六朝百三名家集》本。

《陈后主集》二卷,丁福保辑《汉魏六朝名家集初刻》本。

另有《陈后主集选》一卷,清代吴汝纶评选《汉魏六朝百三家集选》本。

《隋书·音乐志》上说:"(陈)后主嗣位,耽荒于酒,视朝之外,多在宴筵，尤重声乐，遣宫女习北方箫鼓，谓之'代北'，酒酣则奏之；又于清乐中造《黄鹂留》及《玉树后庭花》、《金钗两臂垂》等曲，与幸臣等制其歌词，绮艳相高，极于轻薄，男女唱和，其音甚哀。"后主在这样荒淫无耻的生活中进行诗歌创作，故其诗往往多淫艳、轻薄之作。其诗今存九十六首，乐府诗占六十九首，《三妇艳》、《玉树后庭花》等淫秽诗作皆在其中。宫体诗在南朝陈代有了进一步的发展。到了隋代，"隋帝矜奢，颇玩淫曲"。到唐初，宫体诗风仍弥漫诗坛。直到陈子昂高举"汉魏风骨"的旗帜，倡导文学革新，诗风才为之一变。

第五编 北朝文学史料

北朝文学是指北魏、北齐、北周三代的文学。北朝文学兴起较晚,也远不如南朝发达。北魏末至北齐的温子昇、邢邵、魏收,号称"北地三才",而他们的诗文基本上是模仿南朝齐梁时期的沈约、任昉,缺乏自己的特色。北周时庾信由梁入周,给北方诗坛带来了生气。庾信诗文融汇了南北朝文学的特点,体现了南北文学合流的趋势。

关于北朝文学,《周书》卷四十一《王褒庾信传论》,《隋书》卷七十六《文学传序》,《北史》卷八十三《文苑传序》都有论述,以《北史》所论较详。

《北史·文苑传序》说:"洎乎有魏,定鼎沙朔。南包河、淮,西吞关、陇。当时之士,有许谦、崔宏、宏子浩、高允、高闾、游雅等,先后之间,声实俱茂,词义典正,有永嘉之遗烈焉。及太和在运,锐情文学,固以颉颃汉彻,跨蹑曹丕,气韵高远,艳藻独构。衣冠仰止,咸慕新风,律调颇殊,曲度遂改。辞罕泉源,言多胸肊,润古雕今,有所未遇。是故雅言丽则之奇,绮合绣联之美,眇历岁年,未闻独得。既而陈郡袁翻、河内常景,晚拔畴类,稍革其风。及明皇御历……于时陈郡袁翻、翻弟跃、河东裴敬宪、弟庄伯、庄伯族弟伯茂、范阳卢观、弟仲宣、顿丘李谐、勃海高肃、河间邢臧、赵国李骞,雕琢琼瑶,刻削杞梓,并为龙光,俱称鸿翼。乐安孙彦举、济阴温子昇,并自孤寒,郁然特起。咸能综采繁缛,兴属清华。比于建安之徐、陈、应、刘,元康之潘、张、左、束,各一时也。

有齐自霸业云启,广延髦俊,开四门以宾之,顿八纮以掩之,邺都之下,烟霏雾集。河间邢子才、钜鹿魏伯起、范阳卢元明、钜鹿魏季景、清河崔长儒、河间邢子明、范阳祖孝徵、中山杜辅玄、北平阳子烈并其流也。复有范阳祖鸿勋,亦参文士之列。及天保中,李愔、陆卬、崔瞻、陆元规并在中书,参掌纶诰。其李广、樊逊、李德林、卢询祖、卢思道始以文章著名。皇建之朝,常侍王晞独擅其美。河清、天统之辰,杜台卿、刘逖、魏骞亦参诏敕。自李愔已下,在省唯撰述除官诏旨,其关涉军国文翰,多是魏收作之。及在武平,李若、荀士逊、李德林、薛道衡并为中书侍郎,典司纶綍。……

周氏创业,运属陵夷,纂遗文于既丧,聘奇士如弗及。是以苏亮、苏绰、卢柔、唐瑾、元伟、李昶之徒,咸奋鳞翼,自致青紫。然绰之建言,务存质朴,遂糠粃魏晋,宪章虞夏,虽属辞有师古之美,矫枉非适时之用,故莫能常行焉。既而革车电迈,渚宫云撤,梁、荆之风,扇于关右,狂简之徒,斐然成俗,流宕忘反,无所取裁。"

《周书·王褒庾信传论》论北朝文学,有一段话说:"唯王褒、庾信奇才秀出,牢笼于一代。是时,世宗雅词云委,滕、赵二王雕章间发。咸筑宫虚馆,有如布衣之交。由是朝廷之人,间阎之士,莫不忘味于遗韵,眩精于末光。犹丘陵之仰嵩、岱,川流之宗溟渤也。"此可作为《北史·文苑传序》之补充。

《隋书·文学传序》说:"暨永明、天监之际,太和、天保之间,洛阳、江左,文雅尤盛。于时作者,济阳江淹、吴郡沈约、乐安任昉、济阴温子昇、河间邢子才、钜鹿魏伯起等,并学穷书囿,思极人文,缛彩郁于云霞,逸响振于金石。英华秀发,波澜浩荡,笔有余力,词无竭源。方诸张、蔡、曹、王,亦各一时之选也。闻其风者,声驰景慕,然彼此好尚,互有异同。江左宫商发越,贵于清绮;河朔词义贞刚,重乎气质。气质则理胜其词,清绮则文过其意,理深者便于时用,文华者宜于咏歌,此其南北词人得失之大较也。"此以南朝之江淹、沈约、任昉与北朝之温子昇、邢子才、魏伯起相提并论,认为也是"一时之选"。从其南北朝文风比较中,亦可见北朝文学之特色。

北朝文学,除庾信之外,其散文如《水经注》、《洛阳伽蓝记》等较有成就。

第一章 北朝的散文

第一节 《水经注》

《水经注》,北魏郦道元著。

郦道元,字善长,范阳涿鹿(今河北涿鹿县东南)人。生年不详,卒于北魏孝明帝孝昌三年(527)。北魏著名的地理学家、散文家。初袭父爵永宁侯,例降为伯。曾任冀州镇东府长史、东荆州刺史,以严酷免官。后任河南尹、御史中尉。道元执法严峻,为权豪所惮。终被谗遣为关右大使,为雍州刺史萧宝夤杀害。事见《魏书》卷八十九、《北史》卷二十七《郦道元传》。参阅陈桥驿《郦道元生平考》,见《郦学新论》,山西人民出版社1992年出版。

《北史》本传说:"道元好学,历览奇书,撰注《水经》四十卷、《本志》十三篇,又为《七聘》及诸文,皆行于世。"《水经注》四十卷,今存。余皆散失。

《水经注》是著名的地理著作,记述水道一千三百八十九条,逐条介绍各水的源头、支派、流向等情况,是我国古代地理学的重要文献。《水经注》也是著名的散文著作。它生动地描绘了中国各地美丽的山川景物,是魏晋南北朝山水散文的佳作。

《水经注》的研究历来很受重视，研究此书的学者甚多，在清代已形成一门专门的学问称之为"郦学"。《水经注》版本繁多，重要的有：

《水经注》，宋刊本，即北京图书馆所藏七册残本。今存卷五至八，十六至十九，三十四，三十八至四十，共十二卷。其中卷五、卷十八已残，首尾完整的只有十卷。

《水经注》四十卷，《永乐大典》本。

《水经注笺》四十卷，明朱谋㙔笺，明万历乙卯(1615)刊本。

《水经注释》四十卷刊误十二卷，清赵一清撰，《四库全书》本。《四库全书总目·水经注释》提要云："旁引博征，颇为淹贯；订疑辨伪，是正良多。自官校宋本以外，外间诸刻，固不能不以是为首矣。"

《水经注》四十卷，清戴震校，武英殿聚珍版本。

《水经注校》四十卷，清全祖望七校本。祖望先祖元立、天叙、吾麒三世并校《水经注》，即双韭山房校本。祖望于乾隆十四年(1749)续校此书，用功极勤，乾隆十七年(1752)，已七校矣。

《水经注合校》，清王先谦校，光绪间长沙思贤书局刻本。此乃集道光、咸丰以来《水经注》研究集大成之作。

《水经注疏》，清末民初杨守敬纂疏、熊会贞参疏，科学出版社1957年影印出版。这是一个很好的版本，在校勘和注疏方面都有可喜的成就。段熙仲点校，陈桥驿复校本，江苏古籍出版社1989年出版。

《水经注校》，王国维校，上海人民出版社1984年出版。此书以明朱谋㙔《水经注笺》为底本，对校了宋本、《永乐大典》本、武英殿聚珍本及明、清诸名家刻本。本书标点错误较多。

刘跃进《关于〈水经注校〉的评价与整理问题》(《古典文学文献学丛稿》,学苑出版社1999年1月出版),评论此书,可以参考。

关于《水经注》的版本,可参阅郑德坤的《水经注引得》(上海古籍出版社1987年影印本)序,陈桥驿的《论〈水经注〉的版本》、《〈水经注〉版本余论》、《评台北中华书局影印本〈杨熊合撰水经注疏〉》(见《水经注研究》,天津古籍出版社1985年出版)等。

《水经注》对唐以后的山水散文影响很大,唐代的柳宗元、宋代的苏轼、明代的袁宏道等山水散文名家莫不受其影响。刘熙载说:"郦道元叙山水,峻洁层深,奄有《楚辞》《山鬼》、《招隐士》胜境。柳柳州游记,此其先导邪?"(《艺概》卷一《文概》)指出郦氏山水散文的特色和影响。

第二节 《洛阳伽蓝记》

《洛阳伽蓝记》,魏杨衒之撰。

杨衒之,史书无传。根据唐释道宣《广弘明集》卷六《叙列代王臣滞惑解》及《洛阳伽蓝记序》等资料,可以考知:杨衒之,北平(今河北保定满城区)人。"杨",《广弘明集》作"阳"。刘知几《史通·补注》篇误作"羊"。永安(528—530)中,始任奉朝请,后任抚军府司马,升任秘书监。官终期城郡太守。北魏京城洛阳有佛寺一千余所,"金刹与灵台比高,讲殿共阿房等壮,岂直木衣绨绣,土被朱紫而已矣!"(《洛阳伽蓝记序》)极尽奢华。后经丧乱,寺院多毁于兵火。武定五年(547),他因行役重过洛阳,见城郭崩毁,宫室倾覆,寺观灰烬,庙塔丘墟,恐后世无传,作《洛阳伽蓝记》五卷。此书描绘了当时佛寺建筑的宏伟壮丽,也暴露了王公贵族侵渔百姓、贪婪无厌的罪恶。语言清丽流畅，较多骈俪成分。《四库全书总目·洛阳伽蓝记》提要说："其文秾丽秀逸，烦而不厌，可与郦道元《水经注》肩随。"曹道衡《关于杨衒之和〈洛阳伽蓝记〉的几个问题》，见《中古文史丛稿》（河北大学出版社2003年出版）。此文对杨衒之的籍贯、仕历等皆有考论，可供参考。

《洛阳伽蓝记》版本较多，常见的有：

《洛阳伽蓝记》五卷，明如隐堂刊本。

《洛阳伽蓝记》五卷，明吴琯辑《古今逸史》本、商务印书馆辑《景印元明善本丛书》本。

《洛阳伽蓝记》五卷，明毛晋辑《津逮秘书》本。

《洛阳伽蓝记》五卷，《四库全书》本。

《洛阳伽蓝记》五卷，清张海鹏辑《学津讨原》本。

《洛阳伽蓝记》五卷，清吴志忠辑《真意堂三种》本。

《洛阳伽蓝记》五卷，罗振玉辑《玉简斋丛书》本。

《伽蓝记》五卷，明何允中辑《广汉魏丛书》本。

《伽蓝记》五卷，清王谟辑《增订汉魏丛书》本。

《洛阳伽蓝记》一卷，元陶宗仪辑，明陶珽重校《说郛》（宛委山堂）本。

《洛阳伽蓝记》五卷附集证一卷，清吴若准集证，道光十四年（1834）钱塘吴若准刊本。《四部备要》本。

《洛阳伽蓝记》五卷附校勘记一卷，张元济撰校勘记，《四部丛刊》本。

《洛阳伽蓝记钩沈》五卷，震钧（唐晏）撰，郑国勋辑《龙溪精舍丛书》本。

《洛阳伽蓝记合校本》，张宗祥撰，商务印书馆1930年出版。

《洛阳伽蓝记》一卷，《五朝小说大观》（上海扫叶山房石印）本。

目前见到的校注本有三种：

《洛阳伽蓝记校注》，范祥雍校注，古典文学出版社1958年出版。校注皆详，原文不分子注和正文，仍然照旧。

《洛阳伽蓝记校释》，周祖谟校释，中华书局1963年出版。此书正文、子注久已混淆，校释本重新分正文、子注，供研究者参考。

《洛阳伽蓝记校笺》，杨勇笺释，台湾台北正文书局1982年出版。后稍事修订，2006年由北京中华书局再版发行。此书区分正文、子注，并于《凡例》和附录的《〈洛阳伽蓝记〉之旨趣与体例》一文中说明区分正文、子注之根据。校笺较详，颇有参考价值。

这三种校注本各有特点，皆可供研究者参考。

余嘉锡《四库提要辨证》卷八《洛阳伽蓝记》条云：

> 《广弘明集》卷六（据释藏本）《辨惑篇》二，言唐太史傅奕引古来王臣讪谤佛法者二十五人，名为《高识传》，一帙十卷，其后详列传中人名，杨衒之与矣。道宣叙其事迹云："杨衒之，北平人，元魏末为秘书监，见寺宇壮丽，捐费金碧，王公相竞，侵渔百姓，乃撰《洛阳伽蓝记》，言不恤众庶也。后上书述释教虚诞，有为徒费，无执戈以卫国，有饥寒于色养，逃役之流，仆隶之类，避苦就乐，非修道者。又佛言有为虚妄，皆是妄想，道人深知佛理，故违虚其罪，启又广引财事乞贷，（案：启谓所上之书也，广引财事乞贷，谓盛陈僧徒之贪财。）贪积无厌。又云：读佛经者，尊同帝王，写佛画师，全无恭敬，请沙门等同孔、老拜俗，班之国史。行多浮险者，乞立严勤。知其真伪，然后佛法可遵，师徒无滥，则逃兵之徒，还归本役，国富兵多，天下幸甚。衒之此奏，大同刘昼之词，（按：北齐刘昼亦尝上书排佛

法,道宣载之本篇,此言衒之所言,与昼大抵相同也。)言多庸猥,不经周、孔,故虽上事,终委而不施行。"其叙衒之生平言论及其作《伽蓝记》之意,颇为详尽。又《续高僧传》卷一《元魏菩提流支传》云:"期城("期",近刻误作"斯")郡守杨衒之,撰《洛阳伽蓝记》五卷。"《法林珠苑》卷一百(《法林珠苑》,《四库》著录一百二十卷,释藏本作一百卷,与李俨原序合,今从之)《传记篇》杂集部云:"《洛阳地伽蓝记》一部五卷,元魏邺都期城郡守杨衒之撰。"《景德传灯录》卷三《菩提达摩传》云:"有期城太守杨衒之,早慕佛乘。"载其与达摩问答语甚详。据此数书,则衒之尝官秘书监、期城太守,不止抚军司马,且其里贯为北平,亦非不可考也。衒之姓,诸书并作"杨",与《隋志》及本书合,惟《广弘明集》或作"阳",知《史通》作"羊"者,不足据矣。至于衒之为人,则道宣所记最得其实。周武帝之废法,起于卫元嵩之上书,道宣以元嵩尝为沙门,故于其躬为戎首,犹有恕词,谓其大略以慈救为先,弹僧奢泰,不崇法度,无言毁佛,有叶真道(《广弘明集》卷七),又于《续高僧传》中为元嵩立传。衒之之奏,初未施行,而道宣憾其排斥僧徒,遽诋为庸猥不经,则衒之生平必不信佛,亦可知矣。而《传灯录》载其与达摩语,自称弟子,归心三宝有年,智慧昏蒙,尚迷真理云云。此盖僧徒造作诬词,以复其非毁佛法之仇,犹之谓韩文公屡参大颠耳,不足信也。因考衒之仕履,遂备论之如此,为读《伽蓝记》者论世知人之一助焉。

此条论述有助于我们了解杨衒之生平、仕履和言论,可供阅读《洛阳伽蓝记》者参考。

第三节 《颜氏家训》

《颜氏家训》，北齐颜之推撰。

颜之推，字介，琅邪临沂（今山东临沂市北）人。生于梁武帝中大通三年（531），卒年无可考，约卒于隋开皇十年以后，年六十余岁。世代精通《周礼》、《左传》之学，他早传家业，博览书史，无不该洽。梁湘东王以其为国右常侍、镇西墨曹参军。湘东王即位于江陵，以其为散骑常侍。宇文泰攻破江陵，之推被俘，率妻子奔北齐，任奉朝请，后任中书舍人、黄门侍郎、平原太守。齐亡入周，为御史上士。隋开皇中，太子召为文学，深见礼重。不久病卒。事见《北齐书》卷四十五、《北史》卷八十三《颜之推传》。今人缪钺有《颜之推年谱》（《读史存稿》，生活、读书、新知三联书店1963年出版）。曹道衡《北朝文学六考·颜之推生卒年》，见《中古文史丛稿》，亦可参阅。

《北史》本传说："之推聪颖机悟，博识有才辩，工尺牍。……有文集三十卷，撰《家训》二十篇，并行于世。……《之推集》，（长子）思鲁自为序。"其主要著作为《颜氏家训》二十篇。此书内容比较广泛，不仅论及当时的人情世态，而且涉及博物、志异、艺文、考据等，为后世的文学、历史之研究提供了许多有用的历史资料。之推以儒家思想教育子弟，训诫之意，自在其中。此外，他尚有《冤魂志》三卷，《集灵记》二十卷，皆为志怪小说。前者今存，后者亡佚。见本书第七编第一章第二节。其文集三十卷，早已散失。严可均《全隋文》卷十三辑录其文仅有《观我生赋》、《上言用梁乐》、《颜氏家训序致》三篇。其中《观我生赋》，乃是感慨平生之作，已见于《北齐书》本传。《颜氏家训序致》，乃《颜氏家训》之首篇。逯钦立《先秦汉魏晋南北朝诗·北齐诗》卷二辑录其诗五首。其中《古意诗》二首中的第一首,是自悲身世的作品,较为著名。但是,我们所以提到颜之推,是因为他著有《颜氏家训》。

《颜氏家训》的版本,常见的有:

《颜氏家训》二卷,明程荣辑《汉魏丛书》本。

《颜氏家训》二卷附考证一卷,明何允中辑《广汉魏丛书》本。

《颜氏家训》二卷,明胡文焕辑《格致丛书》本。

《颜氏家训》一卷,明叶绍泰辑《增定汉魏六朝别解》本。

《颜氏家训》一卷,元陶宗仪辑,明陶班重校《说郛》(宛委山堂)本。

《颜氏家训》二卷,《四库全书》本。

《颜氏家训》二卷,清王谟辑《增订汉魏丛书》本。

《颜氏家训》七卷附考证一卷,宋沈揆撰考证,清鲍廷博辑、清鲍志祖续辑《知不足斋丛书》本,《诸子集成》本。

《颜氏家训》二卷,清朱轼评点《朱文端公藏书》本。

《颜氏家训》七卷附注补并重校一卷、注补正一卷、壬子年重校一卷,清赵曦明注,清卢文弨校并撰注补,清钱大昕撰注补正,清卢文弨辑《抱经堂丛书》本、《丛书集成初编》本、《四部备要》本。

《颜氏家训斠记》一卷,清郝懿行撰,近人赵诒琛、王大隆辑《戊寅丛编》本。

《颜氏家训》二卷,《百子全书》本。

《颜氏家训》二卷,《四部丛刊》本。

《颜氏家训》二卷,宋联奎辑《关中丛书》本。

《颜氏家训》的注本,除清人赵曦明注本、卢文弨补注本之外,现在常见的有两种:

《颜氏家训注》,近人严士诲辑,四川人民出版社出版。严氏将卢文弨之校、补注散入本文,又集钱大昕、孙志祖诸家补正为一卷,与徐北溟补注一并附刊卷末。

《颜氏家训集解》,王利器集解,上海古籍出版社1980年出版。此书以《抱经堂丛书》本为底本,校以宋本等。注释征引繁富,洵为集大成之作。附录有三:一、各本序跋;二、颜之推传(《北齐书·文苑传》)校注;三、颜之推集辑佚。皆可供研究者参考。

《四库全书总目·颜氏家训》提要说:"旧本题北齐黄门侍郎颜之推撰。……旧本所题,盖据作书之时也。"余嘉锡《四库提要辨证》、王利器《颜氏家训集解·叙录》皆不同意此说,举出许多证据,证明此书作于隋文帝平陈之后,隋炀帝即位之前。为何题署其官职为"北齐黄门侍郎"?大概是因为之推在齐颇久,且官位尊显的缘故。

第二章　庾信、王褒等的著作

庾信、王褒都是由南朝梁入北周的作家。他们在入北周之前已经成名。到了北方以后,他们的生活起了很大的变化,诗歌的内容也发生了很大的变化。诗歌内容比过去充实多了,诗风亦由绮靡变为刚健,他们都成为北周的杰出作家。

第一节　庾信的著作

庾信,字子山,南阳新野(今河南新野县)人。生于梁武帝天监十二年(513),卒于隋文帝开皇元年(581)。梁诗人庾肩吾之子。幼时俊迈,聪敏绝伦。博览群书,精通《春秋左氏传》。父肩吾为梁太子中庶子,东海徐摛为右卫率。摛子陵及信并为抄撰学士。父子在东宫,出入禁闼,恩礼莫与比隆。既文并绮艳,故世号为"徐庾体"。信累迁通直散骑常侍,出使东魏,还为东宫学士,领建康令。侯景作乱时,逃奔江陵。梁元帝任其为右卫将军,封武康县侯,加散骑侍郎。四十二岁出使西魏,时西魏灭梁,遂留长安。仕于西魏,升任仪同三司。后仕于北周,官至骠骑大将军、开府仪同三司。世称"庾开府"。大象初(579),因病去职。事见《周书》卷四十一、《北史》卷八十三《庾信传》。其年谱有:

《庾子山年谱》一卷,清倪璠编,见《庾子山集注》(中华书局1980年出版)。

《庾信年谱》,舒宝章编,见《庾信选集》(中州书画社1983年出版)。

《庾信年谱》,鲁同群编,见其《庾信传论》附录一,天津人民出版社1997年出版。

倪谱详赡,舒谱简明,鲁谱较详。显然舒谱、鲁谱基本上是参考倪谱编成的。唯鲁谱记载庾信入北以后事迹,与倪谱颇有不同。

《北史》本传说:"明帝、武帝并雅好文学,信特蒙恩礼。至于赵、滕诸王,周旋款至,有若布衣之交。群公碑志,多相托焉。唯王褒颇与信埒,自余文人,莫有逮者。信虽位望通显,常作乡关之思,乃作《哀江南赋》以致其意。……有文集二十卷。"最早的《庾信集》二十卷,是北周滕王宇文逌编定的。逌是周文帝子,封为滕王,是庾信的好友。他为《庾信集》写了序。序中说:"(庾信)自梁朝筮仕周世,驱驰至今,岁在屠维,龙居渊献,春秋六十有七。"《尔雅》云太岁"在己曰屠维","在亥曰大渊献",即己亥年。周静帝大象元年(579)为己亥年。可见此序写于大象元年,此集亦编定于此年。集中所收都是庾信在魏、周时的作品,未收他在梁时的作品。《隋书·经籍志》四著录："后周开府仪同《庾信集》二十一卷并录。"比《北史》说的二十卷多出一卷，倪璠认为，杂入梁时旧作，故多了一卷。我怀疑包括目录一卷。《旧唐书·经籍志》、《新唐书·艺文志》著录皆为二十卷。《宋史·艺文志》著录亦为二十卷，又《哀江南赋》一卷。陈振孙《直斋书录解题》卷十六著录："《庾开府集》二十卷。"并云："其在扬都，有集四十卷，及江陵，又有三卷，皆兵火不存。今集止自入魏以来所作，而《哀江南赋》实为首冠。"其集大约元以后散失。明代以后的辑本有：

《庾开府集》十六卷附录一卷，明张燮辑《七十二家集》本。

《庾子山集》十六卷，明屠隆辑评《徐庾集》本，《四部丛刊》影印本。

《庾开府集》二卷，明薛应旂辑《六朝诗集》本。

《庾开府集》二卷，明张溥辑《汉魏六朝百三名家集》本。

《庾开府集》十二卷，明汪士贤辑《汉魏六朝诸名家集》本。

《庾开府集》，明叶绍泰辑《增定汉魏六朝别解》本。

《庾子山集》十六卷，明阎光世辑《文选遗集》本。

《庾开府集》四卷，清胡凤丹辑《六朝四家全集》本。

《庾开府诗集》四卷，明正德十六年（1521）朱承爵存馀堂刊本。

《庾开府诗集》六卷，明朱曰藩嘉靖刊本。

此外，有《庾开府集选》一卷，清代吴汝纶评选《汉魏六朝百三家集选》本。清代徐树榖、徐炯辑《哀江南赋注》一卷，有清代张潮、张渐辑，杨复吉、沈懋德续辑《昭代丛书》（道光）本。

《庾信集》注本有：

《庾开府集笺注》十卷，清吴兆宜撰，《四库全书》本。《四库全书总目·庾开府集笺注》提要说:"其骈偶之文,则集六朝之大成,而导四杰之先路。自古迄今,屹然为四六宗匠。初在南朝,与徐陵齐名。……至信北迁以后,阅历既久,学问弥深。所作皆华实相扶,情文兼至,抽黄对白之中,灏气舒卷,变化自如,则非陵之所能及矣。……后钱塘倪璠,别为笺注,而此本遂不甚行,然其经营创始之功,终不可没,与倪注并录存之。"

《庾子山集注》十六卷附总释一卷,清倪璠撰,《四库全书》本、《四部备要》本、商务印书馆《国学基本丛书》本。中华书局1980年出版许逸民校点本,最佳。《四库全书总目·庾子山集注》提要说:"是编以吴兆宜所笺《庾开府集》合众手以成之,颇伤漏略,乃详考诸史,作《年谱》冠于集首。又旁采博搜,重为注释。……然比核史传,实较吴本为详。《哀江南赋》一篇,引据时事,尤为典核。……辩证亦颇精审,不以稍伤芜冗为嫌也。"

四库馆臣对两种注本的评论颇为中肯。此外,还有:

谭正璧、纪馥华选注的《庾信诗赋选》,古典文学出版社1958年出版。其中选注赋10篇,诗89首,乐府8首。

舒宝章选注的《庾信选集》,中州书画社1983年出版。其中选注诗100首,赋10篇,文10篇。附录:《周书·庾信传》、《庾信集著录考略》、《庾信诗文评辑要》。

许逸民注译的《庾信诗文选译》,巴蜀书社1991年出版。其中注译文7篇(内含赋5篇),诗39首。

以上三书可供初学者参考。

庾信是南北朝时代的优秀诗人。他的诗融合了南北诗风,直接影响了唐代诗歌。明代杨慎说:"庾信之诗,为梁之冠绝,启唐之先鞭。史评其诗曰绮艳,杜子美称之曰清新,又曰老成。绮艳、清新,人皆知之,而其老成,独子美能发其妙。余尝合而衍之曰:绮多伤质,艳多无骨,清易近薄,新易近尖。子山之诗,绮而有质,艳而有骨,清而不薄,新而不尖,所以为老成也。若元人之诗,非不绮艳,非不清新,而乏老成。宋之诗则强作老成态度,而绮艳清新,概未之见。若子山者,可谓兼之矣。不然,则子美何以服之如此?"(《升庵诗话》,《历代诗话续编》本)正道出了这一客观事实。清代刘熙载说:"庾子山《燕歌行》开唐初七古,《乌夜啼》开唐七律。其他体为唐五绝、五律、五排所本者,尤不可胜举。"(《艺概·诗概》)从诗歌形式格律上说明了庾信诗对唐诗的影响。正因为如此,庾信诗深受唐人的重视。杜甫诗云:"庾信文章老更成,凌云健笔意纵横。"(《戏为六绝句》)"庾信生平最萧瑟,暮年诗赋动江关。"(《咏怀古迹》五首)对庾信后期作品作出了正确的评价。清人陈祚明说:"(庾信)北朝羁迹,实有难堪。襄、汉沦亡,殊深悲恸。子山惊才盖代,身堕殊方,恨恨如忘,忽忽自失。生平歌咏,要皆激楚之音,悲凉之调。情纷纠而繁会,意杂集以无端,兼且学擅多闻,思心委折;使事则古今奔赴,述感则方比抽新。又缘为隐为彰,时不一格,屡出屡变,汇彼万方;河汉汪洋,云霞蒸荡,大气所举,浮动毫端。故间秀句以拙词,则清声于洪响,浩浩汧汧,成其大家。不独齐、梁以来,无足限其何格,即亦晋、宋以上,不能定为专家者也。至其琢句之佳,又有异者,齐、梁之士,多以练句为工,然率以修辞,矜其藻绘,纵能作致,不过轻清。夫辞非致则不睹空灵,致不深则鲜能殊创。《玉台》以后,作者相仍,所使之事易知,所运之巧相似,亮至阴子坚而极矣,稳至张正见而工矣。惟子山耸异搜奇,迥殊常格,事必远征令切,景必刻写成奇,不独暂尔标新,抑且无言不警,故纷纷藉藉,名句沓来,抵鹊亦用夜光,摘蝇无非金豆。更且运以杰气,敷为鸿文。如大海回澜之中,明珠木难,珊瑚玛瑙,与朽株败苇,苦雾酸风,汹涌奔腾,杂至并出,陆离光怪,不可名状。吾所以目为大家,远非矜容饰貌者所能拟似也。审其造情之本,究其琢句之长,岂特北朝一人,即亦六季鲜俪。"(《采菽堂古诗选》卷三十三)这里说庾信"惊才盖代","成其大家",不仅"北朝一人",而且"六季鲜俪",给予很高的评价,说明他在中国中古文学史上占有重要的地位。

第二节 王褒的著作

王褒,字子渊,琅邪临沂(今山东临沂市北)人,约生于梁武帝天监十二年(513),卒于北周武帝建德五年(576)。褒识量淹通,志怀沉静,美风仪,善谈笑,博览史传,特善草隶。七岁能作文,弱冠举秀才,任秘书郎、太子舍人。封南昌县侯。梁元帝即位后,任吏部尚书、右仆射。承圣三年(554),西魏军攻陷江陵,他随元帝出降。至长安,任车骑大将军、仪同三司。褒以文才和门第为北朝所重,官至太子少保、少司空。事见《周书》卷四十一、《北史》卷八十三《王褒传》。曹道衡《关于王褒的生卒年问题》,见《中古文学史论文集》,《北朝文学六考·再论王褒的生卒年》,见《中古文史丛稿》,皆可参阅。

《周书》本传说:"褒曾作《燕歌行》,妙尽关塞寒苦之状,元帝及诸文士并和之,而竞为凄切之词,至此方验焉。……世宗即位,笃好文学。时褒与庾信才名最高,特加亲待。帝每游宴,命褒等赋诗谈论,常在左右。"《隋书·经籍志》四著录:"后周小司空《王褒集》二十一卷,并录。"《旧唐书·经籍志》著录为三十卷,不知为何增加九卷?《新唐书·艺文志》著录为二十卷,与《隋志》著录基本相同。很可能是《隋志》著录包括目录一卷,而此著录目录未单独分卷。《宋史·艺文志》未见著录。大概宋时已散失。明代的辑本有:

《王司空集》三卷附录一卷,明张燮辑《七十二家集》本。

《王子渊集》一卷,明薛应旂辑《六朝诗集》本。

《王司空集》一卷,明张溥辑《汉魏六朝百三名家集》本。

《王司空集》,明叶绍泰辑《增定汉魏六朝别解》本。

此外,有《王司空集选》一卷,清代吴汝纶评选《汉魏六朝百三家集选》本。严可均《全后周文》卷七辑录其文有《与周弘让书》、《幼训》等二十六篇。其中《与周弘让书》表达了悲痛失望的感情,最为有名。逯钦立《先秦汉魏晋南北朝诗·北周诗》卷一辑录其诗四十八首,其中《关山月》、《渡河北》较为有名。张溥说:"周朝著作,王、庾齐称,其丽密相近,而子渊微弱。"(《汉魏六朝百三家集·王司空集》题辞)王褒的文学成就虽然不能与庾信相比,但是,他在北朝诗人中也是杰出的。

第三节　其他作家的著作

北朝文学,名家较少。我们在介绍庾信、王褒之外,还介绍一些声名较著的作家及其著作。

高允,字伯恭,渤海蓨(今河北景县南)人。北魏文学家。生于晋孝武帝太元十五年,即北魏拓跋珪登国五年(390),卒于北魏孝文帝太和十一年(487)。十余岁出家为僧,法名法净。不久还俗。性好文学,博通经史、天文、术数,尤好《春秋公羊传》。四十余岁始任阳平王从事中郎。太武帝时,任中书博士,迁侍郎。后领著作郎,与崔浩同修国史。浩因此被杀,他因太子营救获免。文成帝时,任中书令、太常卿、秘书监,封梁城侯,被帝称为"令公"。文明太后临朝,引允参决大政。献文帝时,任中书监、散骑常侍,封咸阳公。自文成帝以来,军国书檄,多出允手。孝文帝时,加光禄大夫。卒年九十八岁。卒后赠侍中、司空公、冀州刺史。事见《魏书》卷四十八、《北史》卷三十一《高允传》。

《北史》本传说："允所制诗赋咏颂箴论表赞诔、《左氏释》、《公羊释》、《毛诗拾遗》、《杂解》、《议何郑膏肓事》凡百余篇,别有集,行于世。"《隋书·经籍志》四著录:"后魏司空《高允集》二十一卷。"《旧唐书·经籍志》、《新唐书·艺文志》著录皆为二十卷。《宋史·艺文志》未见著录。其集大概宋时已散失。明代辑本有:

《高令公集》二卷附录一卷,明张燮辑《七十二家集》本。
《高令公集》一卷,明张溥辑《汉魏六朝百三名家集》本。

另有《高令公集选》一卷,清代吴汝纶评选《汉魏六朝百三家集选》本。严可均《全后魏文》卷二十八辑录其文有《鹿苑赋》、《征士颂》、《酒训》等十四篇。逯钦立《先秦汉魏晋南北朝诗·北魏诗》卷一辑录其诗仅有《罗敷行》、《答宗钦》诗等四首。张溥说:"《征士颂》感逝怀人,三十有四,纻缟弦韦,纷集于怀。答宗著作诗,表丹岁寒,能言其志。观彼平生,求友分深,爱敬终始,不独于君臣有情也。集中文字如上书东宫、谏起宫室、矫颓俗五异,及乐平王箴论,皆耿介有声,余亦整而不污。"(《汉魏六朝百三家集·高令公集》题辞)知人论世,所论至为平允。

郑道昭,字僖伯,荥阳开封(今河南开封市南)人。北魏文学家。生年不详,卒于北魏孝明帝熙平元年(516)。少时好学,博览群书。始为秘书郎,后兼任中书侍郎。宣武帝时,任司徒谘议参军、国子祭酒。升任秘书监,后因从弟郑思和事株连,出为光州刺史。事见《魏书》卷五十六、《北史》卷三十五《郑道昭传》。

《魏书》本传说:"道昭好为诗赋,凡数十篇。"然多已亡佚。严可均《全后魏文》卷三十九辑录其文有《请置学官生徒表》、《天柱山铭》等五篇。逯钦立《先秦汉魏晋南北朝诗·北魏诗》卷一辑录其诗有《于莱城东十里与诸门徒登青阳岭太基山上四面及中巅扫石置仙坛诗》、《登云峰山观海岛诗》等四首。其诗善于写景,有清拔之气。他是北魏较有成就的诗人。

常景,字永昌,河内温(今河南温县西南)人。北魏文学家。生年不详,卒于北齐文宣帝天保元年(550)。幼时聪敏,雅好文章。孝文帝时,举为律博士。后为门下录事、太常博士。因积年不得升调,作《赞四君诗》,以才高位卑之司马相如、王褒、严君平、扬子云自况。此后历任车骑将军、右光禄大夫、秘书监等,并进位仪同三司。事见《魏书》卷八十二、《北史》卷四十二《常景传》。

《魏书》本传说:"正光初……行释奠之礼,并诏百官作释奠诗,时以景作为美。……乃令景出塞……景经涉山水,怅然怀古,乃拟刘琨《扶风歌》十二首。……(景)耽好经史,爱玩文词,若遇新异之书,殷勤求访,或复质买,不问价之贵贱,必以得为期。……景所著述数百篇,见行于世,删正晋司空张华《博物志》及撰《儒林》、《列女》传各数十篇云。"其诗文大都散佚。严可均《全后魏文》卷三十二辑录其文有《蜀四贤赞》、《图古像赞述》等七篇。其中《蜀四贤赞》,严氏因其标题为"赞"而收入《全后魏文》,实为五言诗,故逯钦立作《赞四君诗》四首,见《先秦汉魏晋南北朝诗·北魏诗》卷二,亦见《魏书》本传。这类作品显然受了南朝颜延之《五君咏》、鲍照《蜀四贤咏》的影响。

温子昇,字鹏举,祖籍太原(治今山西太原市),后迁居济阴冤句(今山东菏泽县西南)。晋大将军温峤之后。生于北魏孝文帝太和十九年(495),卒于东魏孝静帝武定五年(547)。学习勤苦,夜以继日,博览百家,文章清婉。二十二岁时,射策高第,补御史。后历任侍读兼舍人、金紫光禄大夫、散骑常侍、中军大将军等职。武定五年,因涉嫌参预谋害高澄一案,被高澄逮捕,饿死晋阳(今山西太原市)狱中。事见《魏书》卷八十五、《北史》卷八十三《温子昇传》。

温子昇是"北地三才"之一。萧衍称赞他说:"曹植、陆机复生于北土。"北朝济阴王晖业说:"江左文人,宋有颜延之、谢灵运,梁有沈约、任昉,我子昇足以陵颜轹谢,含任吐沈。"(均见《北史》本传)对他的评价是很高的,但是并不确切,所以受到张溥的批评(见《汉魏六朝百三家集·温侍读集》题辞)。《魏书》本传说:"太尉长史宋游道……集其文笔为三十五卷。……(子昇)又撰《永安记》三卷。"《隋书·经籍志》四著录:"后魏散骑常侍《温子昇集》三十九卷。"《旧唐书·经籍志》著录为二十五卷,《新唐书·艺文志》著录为三十五卷。《宋史·艺文志》未见著录,宋时殆已散失。明代辑本有:

《温侍读集》二卷附录一卷,明张燮辑《七十二家集》本。
《温侍读集》一卷,明张溥辑《汉魏六朝百三名家集》本。

另有《温侍读集选》一卷,清代吴汝纶评选《汉魏六朝百三家集选》本。严可均《全后魏文》卷五十一辑录其文有《寒陵山寺碑》等二十七篇。逯钦立《先秦汉魏晋南北朝诗·北魏诗》卷二辑录其诗有《捣衣》、《从驾幸金墉城》等十一首。其文以《寒陵山寺碑》最著名,庾信曾手写此篇。其诗《捣衣》,诗风接近唐人,是他的代表作。乐府诗《凉州乐歌》、《敦煌乐》、《白鼻䯄》,皆有北朝生活情调,风格迥异。

邢邵(邵,一作劭),字子才,河间鄚(今河北任丘县北)人。北齐文学家。生于北魏孝文帝太和二十年(496),卒年不详。十岁能文,雅有才思。年未二十,名动衣冠,时人方之王粲。魏宣武帝时,任奉朝请,升著作佐郎。官至太常卿兼中书监,国子祭酒。后授特进。事见《北齐书》卷三十六、《北史》卷四十三《邢劭传》。曹道衡《邢劭生平事迹试考》，见《中古文学史论文集》，可供参考。

邢劭是"北地三才"之一。《北史》本传说："自孝明之后，文雅大盛，劭雕虫之美，独步当时，每一文初出，京师为之纸贵，读诵俄遍远近。……与济阴温子昇为文士之冠，世论谓之温、邢。钜鹿魏收虽天才艳发，而年事在二人之后，故子昇死后，方称邢、魏焉。……有集三十卷，见行于世。"《隋书·经籍志》四著录："北齐特进《邢子才集》三十一卷。"《旧唐书·经籍志》、《新唐书·艺文志》著录皆为三十卷。《宋史·艺文志》未见著录，宋时大概已散失。明代辑本有：

《邢特进集》二卷附录一卷，明张燮辑《七十二家集》本。
《邢特进集》一卷，明张溥辑《汉魏六朝百三名家集》本。

另有《邢特进集选》一卷，清代吴汝纶评选《汉魏六朝百三家集选》本。严可均《全北齐文》卷三辑录其文有《奏立明堂太学》、《萧仁祖集序》等二十九篇，多为应用文字。《北齐书》本传说："（劭）所作诏诰，文体宏丽……每公卿会议，事关典故，劭援笔立成，证引该洽，帝命朝章，取定俄顷。词致宏远，独步当时。"逯钦立《先秦汉魏晋南北朝诗·北齐诗》卷一辑录其诗有《思公子》、《七夕》等八首，多摹仿齐梁诗，唯《冬日伤志》诗高古苍凉，较有特色。

苏绰，字令绰，京兆武功（今陕西武功县）人。西魏文学家。生于北魏孝文帝太和二十二年（498），卒于西魏文帝大统十二年（546）。少时好学，博览群书，尤善算术。始任行台郎中，升任著作佐郎。他深得宇文泰信任，后历任大行台左丞，大行台度支尚书，领著作，兼司农卿。曾制文案程式及计帐、户籍之法，又作先治心、敦教化、尽地利、擢贤良、恤狱讼、均赋役六条诏书，上奏施行。

宇文泰欲革除文章浮华之风,命苏绰作《大诰》,作为文章程式。此举被史家认为是唐代古文运动之先声。事见《周书》卷二十三、《北史》卷六十三《苏绰传》。

苏绰与从兄苏亮俱知名,世称"二苏"。《周书》本传征引苏绰《奏行六条诏书》、《大诰》,又说:"绰又著《佛性论》、《七经论》,并行于世。"苏绰的著作,《隋书·经籍志》未见著录,早已散失。严可均《全后魏文》卷五十五辑录其文仅有《奏行六条诏书》、《大诰》两篇,已见于《周书》、《北史》本传。《周书·王褒庾信传论》评其《大诰》说:"虽属词有师古之美,矫枉非适时之用,故莫能常行焉。"象《大诰》这种模仿《尚书》的古奥文字是不可能流行的。

魏收,字伯起,钜鹿下曲阳(今河北晋州市西)人。北齐史学家、文学家。生于北魏宣武帝正始三年(506),卒于北齐后主武平三年(572)。北魏时,初任太学博士,转北主客郎中。节闵帝时,诏收作封禅书。收下笔便就,不拟草稿。时人赞曰:"虽七步之才,无以过此。"升任散骑侍郎、兼中书侍郎,编写国史。东魏时,任正常侍,领兼中书侍郎,兼著作郎,仍修史。入北齐后,历任中书令、兼著作郎,太子少傅,兼尚书右仆射,加特进。事见《北齐书》卷三十七、《北史》卷五十六《魏收传》。今人缪钺有《魏收年谱》(《读史存稿》,三联书店1963年出版)。

魏收是史学家,著有《魏书》一百三十卷(如不分子卷,则是一百十四卷),为"二十四史"之一。他是"北地三才"之一,因少邢邵十岁,又有"大邢小魏"之称。魏收有文才,《北齐书》本传说他"有集七十卷"。《隋书·经籍志》四著录:"北齐尚书仆射《魏收集》六十八卷。"《旧唐书·经籍志》、《新唐书·艺文志》著录皆为七十卷。大约宋代散失。明代辑本有:

《魏特进集》三卷附录一卷,明张燮辑《七十二家集》本。

《魏特进集》一卷,明张溥辑《汉魏六朝百三名家集》本。

另有《魏特进集选》一卷,清代吴汝纶评选《汉魏六朝百三家集选》本。严可均《全北齐文》卷四辑录其文十五篇。其中《为侯景叛移梁朝文》、《枕中篇》较佳。逯钦立《先秦汉魏晋南北朝诗·北齐诗》卷一辑录其诗十四首。其中《喜雨》、《庭柏》等诗皆清新可读。至于《美女篇》等诗则表现出浮靡的诗风,显然受了齐梁诗歌的影响。

刘逖,字子长,彭城丛亭里(今江苏徐州市铜山区境内)人。北齐诗人。生于北魏孝明帝孝昌元年(525),卒于北齐后主武平四年(573)。少时聪敏,好弋猎骑射。后发愤读书,卷不离手。魏时任功曹、主簿,后为永安公开府行参军。入齐后,初任定陶县令。十余年不得调。后历任太子洗马、中书侍郎、给事黄门侍郎、江州刺史等职。官终散骑常侍。武平四年,与崔季舒等谏阻后主赴晋阳,被杀。事见《北齐书》卷四十五、《北史》卷四十二《刘逖传》。

《北齐书》本传说:"(逖)亦留心文藻,颇工诗咏。……所制诗赋及杂文文笔三十卷。"《隋书·经籍志》四著录:"北齐仪同《刘逖集》二十六卷。"《旧唐书·经籍志》、《新唐书·艺文志》著录皆为四十卷。不知为何多出十四卷。《宋史·艺文志》未见著录,宋时殆已亡佚。严可均《全北齐文》卷八辑录其文《荐辛德源表》一篇,亦见于《隋书》卷五十八《辛德源传》。逯钦立《先秦汉魏晋南北朝诗·北齐诗》卷二辑录其诗四首。刘逖诗刻意学齐梁,如《对雨诗》、《秋朝野望诗》,写景生动,颇有情趣。

萧悫,字仁祖,南兰陵(今江苏常州市西北)人。北齐诗人。生卒年不详。萧衍之侄孙。梁末入齐,后主时,任齐州录事参军、待诏文林馆。后入隋,任记室参军。事见《北齐书》卷四十五《萧悫传》。

《北齐书》本传说："（萧悫）工于诗咏。悫曾秋夜赋诗，其两句云'芙蓉露下落，杨柳月中疏'，为知音所赏。"《隋书·经籍志》四著录："记室参军《萧悫集》九卷。"《旧唐书·经籍志》、《新唐书·艺文志》著录皆为九卷。大约宋代亡佚。严可均《全隋文》卷十三辑录其文仅有《春赋》一篇。逯钦立《先秦汉魏晋南北朝诗·北齐诗》卷二辑录其诗十七首。其中《上之回》、《和崔侍中从驾经山寺》、《秋思》都是较好的诗篇。颜之推说："兰陵萧悫，工于篇什。尝有《秋思》诗云：'芙蓉露下落，杨柳月中疏。'时人未之赏也，吾爱其萧散，宛然在目。"（《颜氏家训·文章》篇）其诗与齐梁诗风相近。

应该说明的是，萧悫《春日曲水诗》一首，《初学记》卷三题作《春赋》，故误入严氏《全隋文》中。

第六编 南北朝乐府民歌史料

乐府之立,始于汉武帝。《汉书·礼乐志》云:"至武帝定郊祀之礼……乃立乐府,采诗夜诵,有赵、代、秦、楚之讴。"《汉书·艺文志》云:"自孝武立乐府而采歌谣,于是有赵代之讴,秦楚之风,皆感于哀乐,缘事而发;亦可以观风俗,知薄厚云。"皆为明证。什么是乐府?顾炎武说:"乐府是官署之名。其官有令,有音监,有游徼。……后人乃以乐府所采之诗,即名之曰乐府。"(《日知录》卷二十八)可见乐府既是制音度曲的机关,也指入乐之诗歌。

汉代乐府大都来自民间;魏及西晋乐府则皆为文人创作;东晋及南朝之乐府不外是男女相思的民歌。北朝乐府乐歌,风格明快刚健,内容亦较为丰富,与南朝乐府民歌不同。

乐府之分类,唐代吴兢《乐府古题要解》分为八类:(一)相和歌,(二)拂舞歌,(三)白纻歌,(四)铙歌,(五)横吹曲,(六)清商曲,(七)杂题,(八)琴曲。尚不完备。宋郑樵《通志·乐略》分乐府为五十三类。虽加精密,实嫌琐碎。郭茂倩《乐府诗集》,分为十二大类:

(一)郊庙歌辞

(二)燕射歌辞

(三)鼓吹曲辞

(四)横吹曲辞

(五)相和歌辞

(六)清商曲辞

（七）舞曲歌辞

（八）琴曲歌辞

（九）杂曲歌辞

（十）近代曲辞

（十一）杂歌谣辞

（十二）新乐府

最为赅备。

关于乐府分类：

郭茂倩《乐府诗集》分乐府为十二类，每类论述源流甚详。范文澜在其《文心雕龙注》之《乐府》篇注中列表提要，颇为简明。兹抄录如下，供读者参考。

一、入乐：

（一）官乐：

(1) 郊庙 $\begin{cases} 大予乐——典郊庙上陵之乐。\\ 雅颂乐——典六宗社稷之乐。\end{cases}$

(2) 燕射：汉魏皆取周诗《鹿鸣》。晋荀勖始自造诗。

(3) 鼓吹：崔豹《古今注》曰："汉乐有《黄门鼓吹》，天子所以宴乐群臣也。《短箫铙歌鼓吹》之一章尔，亦以赐有功诸侯。"

(4) 横吹：其始亦谓之鼓吹，马上奏之，盖军中之乐也。李延年因胡曲造《横吹二十八解》。

(5) 舞曲 $\begin{cases} 雅舞：用于郊庙朝飨。\\ 杂舞：用于宴会。\end{cases}$

（二）常乐：

(6) 相和：《宋书·乐志》云："《相和》，汉旧曲也。丝竹更相和，执节者歌。"《唐书·乐志》："《平调》、《清调》、《瑟调》,皆周《房中曲》之遗声。汉世谓之三调。又有《楚调》、《侧调》,与前三调总谓之《相和歌》。

(7) 清商:其始即《相和三调》是也,并汉魏以来旧曲。

(8) 琴曲:其曲有畅,有操,有引,有弄。

(9) 杂曲:《宋书·乐志》云:"汉魏之世,歌咏杂兴,而诗之流乃有八名:曰行,曰引,曰歌,曰谣,曰吟,曰咏,曰怨,曰叹。皆诗人六义之余也。至其协声律播金石而总谓之曲。"

(10) 近代曲:近代曲者亦杂曲也,以其出于隋唐之世,故曰近代曲。

二、不入乐:

(11) 新乐府:皆唐世之新歌,以其辞实乐府而未尝被于声,故曰新乐府。

(12) 歌谣:徒歌。

魏晋南北朝乐府民歌之研究资料,可分为三类:

一、史籍:

① 《汉书·礼乐志》一卷(《汉书》卷二十二)。可了解汉乐情况。

② 《晋书·乐志》二卷(《晋书》卷二十二、二十三)。上卷述乐理及西晋雅乐;下卷述东晋宗庙歌诗及短箫铙歌、鼓角横吹曲、相和歌等。多本《宋书·乐志》。

③ 《宋书·乐志》四卷(《宋书》卷十九至二十二)。第一卷述自汉至宋音乐情况。其他三卷,著录乐章。

④ 《南齐书·乐志》一卷(《南齐书》卷十一)。前述郊庙、朝会等雅乐,后述鼙舞、白纻舞等杂舞曲及散乐,皆附南齐乐章。

⑤ 《魏书·乐志》一卷(《魏书》卷一〇九)。依北魏诸帝次序,述历代音乐情况,不著录乐章。

⑥《隋书·音乐志》三卷(《隋书》卷十三至十五)。述南朝梁、陈,北朝之北齐、北周和隋代雅俗之乐。雅乐附歌辞,俗乐则否。

⑦《旧唐书·音乐志》四卷(《旧唐书》卷二十八至三十一)。述清乐一段,对南朝吴声、西曲各调起源,叙述较详。可以参考。

⑧《通典·乐典》七卷(《通典》卷一四一至一四七)。第五卷述杂歌曲,对六朝吴声、西曲各曲之起源,介绍较详;第六卷述清乐,对六朝俗乐于唐代逐渐沦亡情况之叙述,值得注意。

⑨《通志·乐略》二卷(《通志略》第十一)。首卷述乐府歌诗,次卷论乐律、乐器。

⑩《文献通考·乐考》二十一卷(《文献通考》卷一二八至一四八)。对历代雅俗之乐叙述较详,兼有考订、议论,足供参考。

二、作品:

①《乐府诗集》一百卷　宋郭茂倩编

此书汇集历代乐府诗,上起陶唐,下迄五代,是研究乐府诗最重要之总集。全书一百卷,分十二大类,其中郊庙歌辞十二卷,燕射歌辞三卷,鼓吹曲辞五卷,横吹曲辞五卷,相和歌辞十八卷,清商曲辞八卷,舞曲歌辞五卷,琴曲歌辞四卷,杂曲歌辞十八卷,近代曲辞四卷,杂歌谣辞七卷,新乐府辞十一卷。书中之解题十分精审,《四库全书总目·乐府诗集》提要说:"宋以来考乐府者,无能出其范围。"(卷一八七)此书常见的版本有:

《乐府诗集》一百卷,《四部备要》本。

《乐府诗集》一百卷,《四部丛刊》据汲古阁本影印。

《乐府诗集》一百卷,文学古籍刊行社据宋本影印,1955年出版。最佳。

《乐府诗集》(四册),中华书局1979年出版点校本。此本列入《中国古典文学基本丛书》,书后附《乐府诗集作者姓名篇名索引》,最便使用。

②《古乐府》十卷　元左克明编

此书辑录隋唐以前古乐府辞,分为八类:古歌谣、鼓吹曲、横吹曲、相和曲、清商曲、舞曲、琴曲、杂曲。《四库全书总目·古乐府》提要说:"(此书)所重在于古题古辞,而变体拟作,则去取颇慎。"(卷一八八)有明刻本、《四库全书》本。

③《古乐苑》五十二卷　明梅鼎祚编

此书是在郭茂倩《乐府诗集》基础上删补而成。删去近代曲辞、新乐府辞两类,增补仙歌曲辞、鬼歌曲辞两类。郭氏《乐府》止于五代,此书止于隋代。此书增补古歌辞,可补郭氏之阙。其解题亦有所增益。有原刻本、《四库全书》本。

④《乐府原》十五卷　明徐献忠编

所选乐府诗分为房中曲安世乐、汉郊祀歌、汉铙歌、横吹曲、相和歌、清商曲、杂曲、近代曲八类。大抵推崇汉乐府诗,贬抑六朝乐府民歌。有原刻本。

⑤《乐府英华》十卷　清顾有孝编

此书取诸家所编乐府诗集参定而成,自汉迄唐,共十卷。书中间有注释,而重在文辞之评论。评论多采明钟惺、谭元春《诗归》之论。顾氏评论亦与钟、谭相近。

⑥《乐府正义》十五卷　清朱乾编

此书取汉魏六朝古乐府作注,注释除词句而外,注意背景及作者身世之考订。征引繁富,议论翔实,颇有自己的见解,是一部较好的乐府专著。有原刻本。

⑦《乐府津逮》三卷　清曾廷枚编

上卷录相和、杂曲,中卷录各类歌辞,下卷录七言歌行。所录皆为汉魏六朝之作。编选较为凌乱,殆非经意之作。有《芎屿裒书》本。

⑧《古乐府选》十二卷　曹效曾选

曹氏所选起自两汉,迄于隋代。书中解题及考订文字,除采自郭氏《乐府诗集》之外,多采自明人吴讷《文章辨体》、冯惟讷《古诗纪》、唐汝询《古诗解》等,很少有自己的见解。有原刻本。

⑨《乐府诗选》　余冠英选注。

此书选汉魏两晋南北朝乐府诗,以民间作品为主。所选甚精,汉魏两晋南北朝乐府诗精华大体俱在。注释简明易晓,常融入选者之研究心得。供一般读者阅读。人民文学出版社1953年出版。

三、研究专著:

①《古今乐录》　陈智匠撰

《隋书·经籍志》经部著录:"《古今乐录》十二卷,陈沙门智匠撰。"此书宋时散失。《乐府诗集》和一些类书引录很多。清代常见的辑本有:

《古今乐录》一卷,清王谟辑《汉魏遗书钞》本。

《古今乐录》一卷,清马国翰《玉函山房辑佚书》本。

《古今乐录》一卷,清黄奭辑《汉学堂丛书》本。此书之资料对于研究汉魏六朝乐府十分重要。

②《乐府古题要解》二卷　唐吴兢撰

此书分相和歌、拂舞歌、白纻歌、铙歌、横吹曲、清商曲、杂题、琴曲等类。每类有总说,各有曲题,每题皆说明其起源、古辞内容和后人仿作等情况,颇为精详。常见的版本有:

《乐府古题要解》二卷,明毛晋校刊《津逮秘书》本。

《乐府古题要解》二卷,丁福保辑《历代诗话续编》本。

③《乐府古辞考》　陆侃如编

此书所考皆创制入乐之作,分郊庙、燕射、舞曲、鼓吹、横吹、相和、清商七类,均为唐以前作品。每类歌辞考讫,附以总表,注明各曲存佚情况,颇便检阅。商务印书馆1926年出版。

④《乐府文学史》　罗根泽著

此书分绪论、两汉乐府、魏晋乐府、南北朝乐府、隋唐乐府、结论六章。对隋唐之乐府论述较详。北京文化学社1931年出版。

⑤《乐府通论》　王易著

此书分述原、明流、辨体、征辞、斠律五篇论述,较为全面,又着重音乐方面之论述,为其特点。神州国光社1933年出版。

⑥《汉魏六朝乐府文学史》　萧涤非著

此书分为六编:第一编绪论;第二编两汉乐府;第三编魏乐府,附吴;第四编晋乐府;第五编南朝乐府;第六编北朝乐府,附隋。这是作者于清华研究院学习时的毕业论文,书前是黄节先生的审查报告。报告对此书备致优评。此书论述全面而又深入,是此类著作中最好的一部。1944年由重庆中国文化服务社印行。1984年由人民文学出版社出版。

⑦《六朝乐府与民歌》　王运熙著

这是论述六朝乐府的专著,分别论述《吴声西曲的产生时代》、《吴声西曲的产生地域》、《吴声西曲的渊源》、《吴声西曲杂考》、《论六朝清商曲中之和送声》、《论吴声西曲与谐音双关语》。附录:《神弦歌考》。材料丰富,分析详细,足资参考。古典文学出版社1957年出版。

⑧《乐府诗论丛》　王运熙著

此书收集作者有关乐府和乐府诗的研究论文九篇,讨论有关乐府官署的起始和沿革,乐府某些曲调、曲辞的演变考证,乐府与民歌的关系等等问题,皆可供研究者参考。其中《汉魏六朝乐府诗研究书目提要》一篇，对读者研究乐府诗颇有帮助。古典文学出版社1958年出版。

按：上海古籍出版社1996年出版了王运熙的《乐府诗述论》一书。此书内容分上、中、下三编，上编是《六朝乐府与民歌》，中编是《乐府诗论丛》，下编是《乐府诗再论》。上、中编为旧著，下编为新作。2006年新版，续有增补。

⑨《乐府诗研究论文集》 作家出版社编辑部编

此书收集建国以来报章杂志上发表的论述乐府诗的论文和文章三十一篇，供研究者参考。作家出版社1957年出版。

以上资料皆是与六朝乐府民歌有关的，无关的就从略了。

介绍以上资料，我参考了王运熙教授的《汉魏六朝乐府诗研究书目提要》。这是一篇很好的书目提要，对有志于乐府诗研究的读者很有参考价值。

第一章　南朝乐府民歌

南朝乐府民歌今存近五百首，全部辑入宋代郭茂倩《乐府诗集》。其中四百八十五首收入《清商曲辞》，分为《吴声歌》、《神弦歌》、《西曲歌》三部分。此外，尚有《西洲曲》、《东飞伯劳歌》、《苏小小歌》等少数民歌收入《杂曲歌辞》和《杂歌谣辞》。

郭茂倩说："清商乐，一曰清乐。清乐者，九代之遗声。其始即相和三调是也，并汉魏已来旧曲。其辞皆古调及魏三祖所作。自晋朝播迁，其音分散，苻坚灭凉得之，传于前后二秦。及宋武定关中，因而入南，不复存于内地。自时以后，南朝文物号为最盛。民谣国俗，亦世有新声。……后魏孝文讨淮汉，宣武定寿春，收其声伎，得江左所传中原旧曲，《明君》、《圣主》、《公莫》、《白鸠》之属，及江南吴歌、荆楚西声,总谓之清商乐。"(《乐府诗集》卷四十四《清商曲辞》题解)这里对清商乐的历史发展情况作了简要的概括。

郭茂倩又说:"自晋迁江左,下逮隋、唐,德泽浸微,风化不竞,去圣逾远,繁者日滋。艳曲兴于南朝,胡音生于北俗。哀淫靡曼之辞,迭作并起,流而忘反,以至陵夷。原其所由,盖不能制雅乐以相变,大抵多溺于郑卫,由是新声炽而雅音废矣。昔晋平公悦新声,而师旷知公室之将卑。李延年善为新声变曲,而闻者莫不感动。其后元帝自度曲,被声歌,而汉业遂衰。曹妙达等改易新声,而隋文不能救。呜呼!新声之感人如此,是以为世所贵。虽沿情之作,或出一时,而声辞浅迫,少复近古。故萧齐之将亡也,有《伴侣》;高齐之将亡也,有《无愁》;陈之将亡也,有《玉树后庭花》;隋之将亡也,有《泛龙舟》:所谓烦手淫声,争新怨衰,此又新声之弊也。"(《乐府诗集》卷六十一《杂曲歌辞》题解)这是分析"新声",即俗乐的特点。俗乐自然包括《清商曲》中的《吴声》、《西曲》等曲调,其特点是"争新怨衰",被看作"亡国之音"。

至于《杂曲歌辞》,乃是乐府杂题,其中乐调多不详所起。因为无类可归,统归一类,名之曰"杂曲"。《杂歌谣辞》收录上古到唐朝的徒歌与谣、谶、谚语等。

以下介绍有关史料。

第一节 吴声歌

《吴声歌》凡三百二十六首,见《乐府诗集》卷四十四至四十七。郭茂倩说:"《晋书·乐志》曰:'吴歌杂曲,并出江南。东晋已来,稍有增广。其始皆徒歌,既而被之管弦。盖自永嘉渡江之后,下及梁、陈,咸都建业,吴声歌曲起于此也。"(《乐府诗集》卷四十四《吴声歌曲》题解)可知《吴声歌》发源于江南之建业(今江苏南京市)。

《吴声歌》中的乐府民歌有：

①《子夜歌》四十二首。

《宋书》卷十九《乐志》说："《子夜哥(歌)》者,有女子名子夜造此声。晋孝武太元中,琅邪王轲之家有鬼哥(歌)《子夜》。殷允为豫章时,豫章侨人庾僧度家亦有鬼哥(歌)《子夜》。殷允为豫章,亦是太元中,则子夜是此时以前人也。"

②《子夜四时歌》七十五首(《春歌》二十首,《夏歌》二十首,《秋歌》十八首,《冬歌》十七首)。

《乐府解题》说："后人更为四时行乐之词,谓之《子夜四时歌》。又有《大子夜歌》、《子夜警歌》、《子夜变歌》,皆曲之变也。"

③《大子夜歌》二首。

④《子夜警歌》二首。

⑤《子夜变歌》三首。

⑥《上声歌》八首。

《古今乐录》说："《上声歌》者,此因上声促柱得名。或用一调,或用无调名,如古歌辞所言,谓哀思之音,不及中和。"

⑦《欢闻歌》一首。

《古今乐录》说："《欢闻歌》者,晋穆帝升平初歌,毕辄呼'欢闻不',以为送声,后因此为曲名。今世用莎持乙子代之,语稍讹异也。"

⑧《欢闻变歌》六首。

《古今乐录》说："《欢闻变歌》者,晋穆帝升平中,童子辈忽歌于道,曰'阿子闻',曲终辄云：'阿子汝闻不?'无几而穆帝崩。褚太后哭'阿子汝闻不',声既凄苦,因以名之。"

⑨《前溪歌》七首。

《宋书》卷十九《乐志》说:"《前溪歌》者,晋车骑将军沈玩所制。"

⑩《阿子歌》三首。

《宋书》卷十九《乐志》说:"《阿子歌》者,亦因升平初歌云'阿子汝闻不',后人演其声为《阿子》、《欢闻》二曲。"《曲苑》说:"嘉兴人养鸭儿,鸭儿既死,因有此歌。"二说未知孰是。

⑪《团扇郎》六首。

《宋书》卷十九《乐志》说:"《团扇哥(歌)》者,晋中书令王珉与嫂婢有情,爱好甚笃,嫂捶挞婢过苦,婢素善哥(歌),而珉好捉白团扇,故制此哥(歌)。"

⑫《七日夜女歌》九首。

⑬《长史变歌》三首。

《宋书》卷十九《乐志》说:"《长史变歌》者,晋司徒左长史王廞临败所制也。"

⑭《黄生曲》三首。

⑮《黄鹄曲》四首。

《列女传》说:"鲁陶婴者,鲁陶明之女也。少寡,养幼孤,无强昆弟,纺绩为产。鲁人或闻其义,将求焉。婴闻之,恐不得免,乃作歌明己之不更二庭也。其歌曰:'悲夫黄鹄之早寡兮,七年不双。宛颈独宿兮,不与众同。夜半悲鸣兮,想其故雄。天命早寡兮,独宿何伤。寡妇念此兮,泣下数行。呜呼哀哉兮,死者不可忘。飞鸣尚然兮,况于真良。虽有贤雄兮,终不重行。'鲁人闻之,不敢复求。"

⑯《碧玉歌》三首。

《乐苑》说:"《碧玉歌》者,宋汝南王所作也。碧玉,汝南王妾名。以宠爱之甚,所以歌之。"

⑰《桃叶歌》三首。

《古今乐录》说:"《桃叶歌》者,晋王子敬之所作也。桃叶,子敬妾名,缘于笃爱,所以歌之。"

⑱《长乐佳》七首,又一首。

⑲《欢好曲》三首。

⑳《懊侬歌》十四首。

《古今乐录》说:"《懊侬歌》者,晋石崇绿珠所作,唯'丝布涩难缝'一曲而已。后皆隆安初民间讹谣之曲。"

㉑《华山畿》二十五首。

《古今乐录》说:"《华山畿》者,宋少帝时懊恼一曲,亦变曲也。少帝时,南徐一士子,从华山畿往云阳。见客舍有女子年十八九,悦之无因,遂感心疾。母问其故,具以启母。母为至华山寻访,见女具说闻感之因。脱蔽膝令母密置其席下卧之,当已。少日果差。忽举席见蔽膝而抱持,遂吞食而死。气欲绝,谓母曰:'葬时车载,从华山度。'母从其意。比至女门,牛不肯前,打拍不动。女曰:'且待须臾。'妆点沐浴,既而出。歌曰:'华山畿,君既为侬死,独活为谁施?欢若见怜时,棺木为侬开。'棺应声开,女透入棺,家人叩打,无如之何,乃合葬,呼曰神女冢。"

㉒《读曲歌》八十九首。

《宋书》卷十九《乐志》说:"《读曲歌》者,民间为彭城王义康所作也。其歌云:'死罪刘领军,误杀刘第四'是也。"《古今乐录》说:"《读曲歌》者,元嘉十七年袁后崩,百官不敢作声歌,或因酒谯,止窃声读曲细吟而已,以此为名。"二说不同,或以《宋志》所云近是。

㉓《黄竹子歌》一首。

唐李康成说:"《黄竹子歌》、《江陵女歌》,皆今时吴歌也。"

㉔《江陵女歌》一首。

《吴声歌》多产生于建业(今江苏南京市)附近,内容几乎皆为情歌。这固然由于这样的民歌产生于商业发达的城市,还与当时统治阶级有意识采集此类作品有关。

第二节 神弦歌

《神弦歌》十八首,见《乐府诗集》卷四十七。《古今乐录》说:"《神弦歌》十一曲:一曰《宿阿》,二曰《道君》,三曰《圣郎》,四曰《娇女》,五曰《白石郎》,六曰《青溪小姑》,七曰《湖就姑》,八曰《姑恩》,九曰《采菱童》,十曰《明下童》,十一曰《同生》。"《宋书》卷十九《乐志》说:"(何)承天曰:'或云今之《神弦》,孙氏以为《宗庙登哥(歌)》也。'史臣案陆机《孙权诔》'《肆夏》在庙,《云翘》承□',机不容虚设此言。又韦昭孙休世上《鼓吹铙哥(歌)》十二曲表曰:'当付乐官善哥(歌)者习哥(歌)。'然则吴朝非无乐官,善哥(歌)者乃能以哥(歌)辞被丝管,宁容止以《神弦》为庙乐而已乎?"据此,孙吴时已有此歌。这些歌曲大概是民间祭神的乐章,与《楚辞》中的《九歌》相类。

《神弦歌》十八首是:

①《宿阿曲》一首。

②《道君曲》一首。

③《圣郎曲》一首。

④《娇女诗》二首。

⑤《白石郎曲》二首。

⑥《青溪小姑曲》一首。

干宝《搜神记》说:"广陵蒋子文,尝为秣陵尉,因击贼,伤而死。吴孙权时封中都侯,立庙钟山。"《异苑》说:"青溪小姑,蒋侯第三妹也。"关于青溪小姑的神话传说甚多,参阅萧涤非《汉魏六朝乐府文学史》第五编第二章(人民文学出版社1984年版229—230页)。

⑦《湖就姑曲》二首。
⑧《姑恩曲》二首。
⑨《采莲童曲》二首。
⑩《明下童曲》二首。
⑪《同生曲》二首。

第三节 西曲歌

《西曲歌》凡一百四十二首,见《乐府诗集》卷四十七至四十九。《古今乐录》说:"《西曲歌》有《石城乐》、《乌夜啼》、《莫愁乐》、《估客乐》、《襄阳乐》、《三洲》、《襄阳蹋铜蹄》、《采桑度》、《江陵乐》、《青阳度》、《青骢白马》、《共戏乐》、《安东平》、《女儿子》、《来罗》、《那呵滩》、《孟珠》、《翳乐》、《夜度娘》、《长松标》、《双行缠》、《黄督》、《黄缨》、《平西乐》、《攀杨枝》、《寻阳乐》、《白附鸠》、《枝(拔)蒲》、《寿阳乐》、《作蚕丝》、《杨叛儿》、《西乌夜飞》、《月节折杨柳歌》三十四曲。(按,漏《夜黄》一曲,见下倚歌中。)《石城乐》、《乌夜啼》、《莫愁乐》、《估客乐》、《襄阳乐》、《三洲》、《襄阳蹋铜蹄》、《采桑度》、《江陵乐》、《青骢白马》、《共戏乐》、《安东平》、《那呵滩》、《孟珠》、《翳乐》、《寿阳乐》并舞曲。《青阳度》、《女儿子》、《来罗》、《夜黄》、《夜度娘》、《长松标》、《双行缠》、《黄督》、《黄缨》、《平西乐》、《攀杨枝》、《寻阳乐》、《白附鸠》、《枝(拔)蒲》、《作蚕丝》并倚歌。《孟珠》、《翳乐》亦倚歌。按《西曲歌》出于荆、郢、樊、邓之间,而其声节送和与吴歌亦异,故因(原脱,据《古诗纪》补)其方俗而谓之西曲云。"这里指出《西曲歌》出于荆(今湖北江陵县)、郢(今湖北宜昌县)、樊(今湖北襄阳市)、邓(今河南邓州市),而以江陵为中心地带。和《吴声歌》一样,《西曲歌》的内容亦几乎都是表现男女的爱情生活。

《西曲歌》中的乐府民歌有:

①《石城乐》五首。

《唐书·乐志》说:"《石城乐》者,宋臧质所作也。石城在竟陵,质尝为竟陵郡,于城上眺瞩,见群少年歌谣通畅,因作此曲。"

②《乌夜啼》八首。

《唐书·乐志》说:"《乌夜啼》者,宋临川王义庆所作也。元嘉十七年,徙彭城王义康于豫章。义庆时为江州,至镇,相见而哭。文帝闻而怪之,征还,庆大惧,伎妾夜闻乌夜啼声,扣斋阁云:'明日应有赦。'其年更为南兖州刺史,因此作歌。故其和云:'夜夜望郎来,笼窗窗不开。'今所传歌辞,似非义庆本旨。"

③《莫愁乐》二首。

《唐书·乐志》说:"《莫愁乐》者,出于《石城乐》。石城有女子名莫愁,善歌谣,《石城乐》和中复有忘愁声,因有此歌。"

④《襄阳乐》九首。

《古今乐录》说:"《襄阳乐》者,宋随王诞之所作也。诞始为襄阳郡,元嘉二十六年仍为雍州刺史,夜闻诸女歌谣,因而作之,所以歌和中有'襄阳来夜乐'之语也。"

⑤《三洲歌》三首。

《唐书·乐志》说:"《三洲》,商人歌也。"《古今乐录》说:"《三洲歌》者,商客数游巴陵三江口往还,因共作此歌。"

⑥《采桑度》七首。

郭茂倩说:"《采桑度》,一曰《采桑》。《唐书·乐志》曰:'《采桑》因《三洲曲》而生此声苑也。'"

⑦《江陵乐》四首。

⑧《青阳度》三首。

《古今乐录》曰:"《青阳度》,倚歌。凡倚歌悉用铃鼓,无弦有吹。"

⑨《青骢白马》八首。

⑩《共戏乐》四首。

⑪《安东平》五首。

⑫《女儿子》二首。

⑬《来罗》四首。

⑭《那呵滩》六首。

《古今乐录》说:"其和云:'郎去何当还。'多叙江陵及扬州事。那呵,盖滩名也。"

⑮《孟珠》二首,又八首。

郭茂倩说:" 一曰《丹阳孟珠歌》。《古今乐录》曰:'《孟珠》十曲。二曲,倚歌八曲。'"

⑯《翳乐》一首,又二首。

《古今乐录》说:"《翳乐》一曲,倚歌二曲。"

⑰《夜黄》一首。

⑱《夜度娘》一首。

⑲《长松标》一首。

⑳《双行缠》二首。

㉑《黄督》二首。

㉒《平西乐》一首。

㉓《攀杨枝》一首。

㉔《寻阳乐》一首。

㉕《拔蒲》二首。

㉖《寿阳乐》九首。

郭茂倩说:"《古今乐录》曰:'《寿阳乐》者,宋南平穆王为豫州所作也。旧舞十六人,梁八人。'按其歌辞,盖叙伤别望归之思。"

㉗《作蚕丝》四首。

㉘《杨叛儿》八首。

《唐书·乐志》说:"《杨伴儿》,本童谣歌也。齐隆昌时,女巫之子曰杨旻,少时随母入内,及长为何后宠。童谣云:'杨婆儿,共戏来所欢。'语讹,遂成杨伴儿。"

㉙《西乌夜飞》五首。

《古今乐录》说:"《西乌夜飞》者,宋元徽五年,荆州刺史沈攸之所作也。攸之举兵发荆州,东下,未败之前,思归京师,所以歌。和云:'白日落西山,还去来。'送声云:'折翅乌,飞何处,被弹归。'"

㉚《月节折杨柳歌》十三首。

第四节　其他乐府民歌

除《清商曲辞》之外,在《杂曲歌辞》和《杂歌谣辞》中还收录了少量南朝乐府民歌,如:

①《东飞伯劳歌》一首。

②《西洲曲》一首。

③《长干行》一首。

以上属《杂曲歌辞》。

④《苏小小歌》一首。

郭茂倩说:"一曰《钱塘苏小小歌》。《乐府广题》曰:苏小小,钱塘名倡也,盖南齐时人。西陵在钱塘江之西,歌云'西陵松柏下'是也。"

以上属《杂歌谣辞》。

其中《西洲曲》一首,最值得注意。这首诗所写仍是闺情,写一个少女一年四季的相思之情,声情摇曳,余味无穷,标志着南朝乐府民歌艺术上的最高成就。

关于《西洲曲》产生的时代与地点,余冠英说:"《西洲曲》,《乐府诗集》收在'杂曲歌辞'里,题为'古辞'。《玉台新咏》作江淹诗,但宋本不载。明清人的古诗选本或题'晋辞',或归之于梁武帝。这诗可能原是'街陌谣讴',后经文人修饰,郭茂倩将它列于杂曲古辞,必有所据。郭书不曾注明这诗产生的时代,猜想可能和江淹、梁武帝同时。我们看《子夜》诸歌都不能这样流丽,《西洲曲》自然产生在后,说它是'晋辞',似乎嫌太早些。至于产生的地域,该和清商曲的《西曲歌》相同。从温庭筠的《西洲曲》辞'西洲风色好,遥见武昌楼'两句可以推见"(《谈西洲曲》,见余冠英著《汉魏六朝诗论丛》,棠棣出版社1953年出版)。言之有理。

第二章 北朝乐府民歌

北朝乐府民歌今存六十余首,全部辑入宋代郭茂倩《乐府诗集》。其中《横吹曲辞·梁鼓角横吹曲》收录六十六首。《杂曲歌辞》、《杂歌谣辞》中间有一二。

第一节 梁鼓角横吹曲辞

郭茂倩说:"横吹曲,其始亦谓之鼓吹,马上奏之,盖军中之乐也。北狄诸国,皆马上作乐,故自汉已来,北狄乐总归鼓吹署。其后分为二部,有箫笳者为鼓吹,用之朝会、道路,亦以给赐。汉武帝

时,南越七郡,皆给鼓吹是也。有鼓角者为横吹,用之军中,马上所奏者是也。"(《乐府诗集》卷二十一《横吹曲辞》题解)

郭茂倩又说:"《古今乐录》曰:'《梁鼓角横吹曲》有《企喻》、《琅玡王》、《钜鹿公主》、《紫骝马》、《黄淡思》、《地驱乐》、《雀劳利》、《慕容垂》、《陇头流水》等歌三十六曲。二十五曲有歌有声,十一曲有歌。是时乐府胡吹旧曲有《大白净皇太子》、《小白净皇太子》、《雍台》、《擒台》、《胡遵》、《利骵女》、《淳于王》、《捉搦》、《东平刘生》、《单迪历》、《鲁爽》、《半和企喻》、《比敦》、《胡度来》十四曲。三曲有歌,十一曲亡。又有《隔谷》、《地驱乐》、《紫骝马》、《折杨柳》、《幽州马客吟》、《慕容家自鲁企由谷》、《陇头》、《魏高阳王乐人》等歌二十七曲,合前三曲,凡三十曲,总六十六曲。'江淹《横吹赋》云:'奏《白台》之二曲,起《关山》之一引,采菱谢而自罢,录水惭而不进。'则《白台》、《关山》又是三曲。按歌辞有《木兰》一曲,不知起于何代也。"(《乐府诗集》卷二十五《横吹曲辞·梁鼓角横吹曲》题解)

《横吹曲辞·梁鼓角横吹曲》中的乐府民歌有:

①《企喻歌辞》四首。

郭茂倩说:"《古今乐录》曰:'《企喻歌》四曲,或云后又有二句"头毛堕落魄,飞扬百草头"。最后"男儿可怜虫"一曲是苻融诗,本云"深山解谷口,把骨无人收"。'按《企喻》本北歌,《唐书·乐志》曰:'北狄乐其可知者鲜卑、吐谷浑、部落稽三国,皆马上乐也。后魏乐府始有北歌,即所谓《真人代歌》是也。……'又有《半和企喻》、《北敦》,盖曲之变也。"

②《琅玡王歌辞》八首。

《古今乐录》说:"琅玡王歌八曲,或云'阴凉'下又有二句云:'盛冬十一月,就女觅冻浆。'最后云:'谁能骑此马,唯有广平公。'"

③《钜鹿公主歌辞》三首。

《唐书·乐志》说:"梁有《钜鹿公主歌》,似是姚苌时歌,其词华音,与北(此)歌不同。"

④《紫骝马歌辞》六首。

《古今乐录》说:"'十五从军征'以下是古诗。"

⑤《紫骝马歌》一首。

《古今乐录》说:"与前曲不同。"

⑥《黄淡思歌辞》四首。

《古今乐录》说:"思,音相思之思。按李延年造《横吹曲》二十八解,有《黄覃子》,不知与此同否?"

⑦《地驱歌乐辞》四首。

《古今乐录》说:"'侧侧力力'以下八句,是今歌有此曲。最后云'不可与力',或云'各自努力'。"

⑧《地驱乐歌》一首。

《古今乐录》说:"与前曲不同。"

⑨《雀劳利歌辞》一首。

⑩《慕容垂歌辞》三首。

⑪《陇头流水歌辞》三首。

《古今乐录》曰:"乐府有此歌曲,解多于此。"

⑫《隔谷歌》二首。

《古今乐录》说:"前云无辞,乐工有辞如此。"

⑬《淳于王歌》二首。

⑭《东平刘生歌》一首。

⑮《捉搦歌》四首。

⑯《折杨柳歌辞》五首。

⑰《折杨柳枝歌》四首。

⑱《幽州马客吟歌辞》五首。

⑲《慕容家自鲁企由谷歌》一首。

⑳《陇头歌辞》三首。

㉑《高阳乐人歌》二首。

《古今乐录》说:"魏高阳王乐人所作也,又有《白鼻䮫》,盖出于此。"

㉒《木兰诗》二首。

《古今乐录》说:"木兰不知名,浙江西道观察使兼御史中丞韦元甫续附入。"

以上诸曲中,最值得我们注意的是《木兰诗》。《乐府诗集》收录《木兰诗》二首,皆题为"古辞"。然后首拙劣,略之可也。

《木兰诗》叙述木兰代父从军的故事,塑造了一个女英雄的形象,受到历代人民的喜爱。这首诗产生的时代,或以为唐朝,或以为北朝,然以主张作于北朝者为多。参阅萧涤非《汉魏六朝乐府文学史》第六编《北朝乐府——附隋》第二章《北朝民间乐府——附论木兰诗》。关于《木兰诗》产生的时代,余冠英说:"诗的时代虽然众说纷纭,但不会产生于'五胡乱华'以前,这是从历史地理的条件可以判定的。也不会在陈以后,因为陈代人智匠所编的《古今乐录》已经提到这诗的题目了。最可能的情形是事和诗都产生在后魏,因为后魏与'蠕蠕'(即柔然)的战争和诗中的地名相合。这诗产生于民间,虽有经后代文人润色的嫌疑(如'万里赴戎机'以下六句),保存民歌风调的地方还是很多,如开端和结尾以及中间'东市买骏马','爷娘闻女来'两节都很显著。'策勋十二转'是唐代制度,可能是唐人用当时制度窜改原文。但这种地方不必拘泥,因为本诗的数字未必能做什么根据。"(《乐府诗选》,余冠英选注,人民文学出版社1953年出版）这里不仅论述了此诗产生的时代，而且论及此诗的民间特色和唐人润色问题，论证有据，言简意赅。

《木兰诗》是北朝乐府民歌的代表作。

第二节 其他乐府民歌

北朝乐府民歌，除《横吹曲辞·梁鼓角横吹曲》收录的六十六首之外，《杂曲歌辞》《杂歌谣辞》及史传中也保存了一些，如：

①《杨白花》一首。

《梁书·杨华传》说："父大眼，为魏名将。华少有勇力，容貌雄伟，魏胡太后逼通之，华惧及祸，乃率其部曲来降。胡太后追思之不能已，为作《杨白华歌辞》，使宫人昼夜连臂蹋足歌之，辞甚凄惋焉。"

以上属《杂曲歌辞》。

②《咸阳王歌》一首。

《北史》说："后魏咸阳王禧谋逆伏诛，后宫人为之歌，其歌遂流于江表。"

③《郑公歌》一首。

《北史》说："后魏郑述祖为光州刺史，有人入市盗布，其父执之以归述祖。述祖特原之。自是境内无盗。先是述祖之父道昭亦尝为光州刺史，故百姓歌之。"

④《裴公歌》一首。

《北史》说："裴侠为河北郡守，躬履俭素，爱民如子。郡旧有渔猎夫三十人，以供郡守，侠曰：'以口腹役人，吾所不为也。'悉罢之。又有丁三十人，供郡守役，侠亦罢之，不以入私，并收庸为市官马。岁时既积，马遂成群。去职之日，一无所取，民歌之云。"

⑤《敕勒歌》一首。

《乐府广题》曰:"北齐神武攻周玉璧,士卒死者十四五。神武恚愤,疾发。周王下令曰:'高欢鼠子,亲犯玉璧,剑弩一发,元凶自毙。'神武闻之,勉坐以安士众。悉引诸贵,使斛律金唱《敕勒》,神武自和之。"其歌本鲜卑语,易为齐言,故其句长短不齐。

以上属《杂歌谣辞》。

⑥《李波小妹歌》一首。

见《魏书》卷五十三《李安世传》。

南北朝时,由于政治、经济、文化和民族风尚的差异,其民歌之情调亦迥然不同。南朝民歌语言清新自然,表情委婉含蓄,有丰富的想象。北朝民歌语言质朴刚健,表情爽直,风格粗犷豪放,和南朝民歌形成鲜明的对比。《大子夜歌》云:"慷慨吐清音,明转出天然。"概括了南朝乐府民歌的特色。金代诗人元好问《论诗三十首》云:"慷慨歌谣绝不传,穹庐一曲本天然。中州万古英雄气,也到阴山敕勒川。"这首诗是评《敕勒歌》的,也道出了北朝乐府民歌的特色。

第七编　魏晋南北朝小说史料

魏晋南北朝小说,从内容看,大致可分为两类:一类是志怪小说,以《搜神记》为代表;一类是志人小说,以《世说新语》为代表。

第一章　志怪小说

第一节　《搜神记》

《搜神记》的作者是干宝。

干宝,字令升,新蔡(今河南新蔡县)人。东晋史学家、文学家。生卒年不详。少时学习勤苦,以才学召为著作郎。因平杜弢有功,封关内侯。宝以著作郎领国史。因家贫,求补山阴令,升任始安太守。王导请为司徒右长史,迁散骑常侍。著《晋纪》二十卷,时称良史。又撰集古今神祇灵异人物变化,名为《搜神记》,凡三十卷。他还著有《春秋左氏义外传》,注《周易》、《周官》凡数十篇,以及杂文集。事见《晋书》卷八十二《干宝传》。曹道衡《晋代作家六考·干宝》,见《中古文学史论文集》,可参阅。

《晋书》本传说:"(宝)性好阴阳术数,留思京房、夏侯胜等传。宝父先有所宠侍婢,母甚妒忌,及父死,母乃生推婢于墓中。宝兄弟年小,不之审也。后十余年,母丧,开墓,而婢伏棺如生,载还,经日乃苏。言其父常取饮食与之,恩情如生。在家中吉凶辄语之,考校悉验,地中亦不觉为恶。既而嫁之,生子。又宝兄尝病气绝,积日不冷,后遂悟,云见天地间鬼神事,如梦觉,不自知死。"干宝正是在这种思想基础上撰写《搜神记》的。他在序中说:"亦足以明神道之不诬也。"干宝作《搜神记》,是为了宣扬迷信思想。可是,由于此书材料多来自民间,保存了不少优美动人的神话传说和民间故事,如《干将莫邪》、《韩凭夫妇》、《李寄斩蛇》、《吴王小女》等,皆反映了人民的思想和愿望,使它成为我国优秀的文学遗产,是魏晋南北朝志怪小说的代表作。

《隋书·经籍志》二著录:"《搜神记》三十卷,干宝撰。"《旧唐书·经籍志》、《新唐书·艺文志》著录皆为三十卷。《宋史·艺文志》五著录:"干宝《搜神总记》十卷,《宝椟记》十卷。"注:"并不知作者。"既注明"干宝",又说"不知作者",可见作者难以确定。《搜神总记》是不是《搜神记》,也难以确定。如果是《搜神记》,则为残缺之本。疑干宝《搜神记》宋时已散失。明代辑本最早为胡应麟所辑二十卷本。胡应麟《甲乙剩言》说:"姚叔祥见余家藏书目有干宝《搜神记》,大骇,曰:'果有是书耶?'余应之曰:'此不过从《法苑》、《御览》、《艺文》、《初学》、《书抄》诸书中录出耳。岂从金函石匮、幽岩土窟掘得耶?'大抵后出异书,皆此类也。"可见胡氏辑本《搜神记》是从一些类书中辑出的。

《搜神记》较常见的辑本有:

《搜神记》八卷,明何允中辑《广汉魏丛书》本。

《搜神记》八卷,明商濬辑《稗海》本。

《搜神记》八卷,清王谟辑《增订汉魏丛书》本。

《搜神记》八卷,清马俊良辑《龙威秘书》本。

《搜神记》八卷,清顾之逵辑《艺苑捃华》本。

《搜神记》八卷,近人王文濡辑《说库》,上海文明书局1915年石印本。

《搜神记》二卷，明樊维城辑《盐邑志林》本，《景印元明善本丛书十种》，上海商务印书馆影印本。

《搜神记》二十卷，明沈士龙、胡震亨辑《秘册汇函》本。

《搜神记》二十卷，明毛晋辑《津逮秘书》本。

《搜神记》二十卷，《四库全书》本。

《搜神记》二十卷，清张海鹏辑《学津讨原》本。

《搜神记》二十卷，《百子全书》，上海扫叶山房1919年石印本。浙江人民出版社1984年影印本。

《搜神记》二十卷，《丛书集成初编》本。

《搜神记》一卷，元陶宗仪辑《说郛》，宛委山堂刊本。又商务印书馆本。

《搜神记》一卷，《五朝小说大观》，上海扫叶山房1926年石印本。

《搜神记》一卷，清鲍祖祥辑《鲍红叶丛书》本。

《搜神记》一卷，民国国学扶轮社辑《古今说部丛书》本。

建国以来，出版《搜神记》两种，即：

《搜神记》，今人胡怀琛标点，商务印书馆1957年出版（此书据崇文书局《百子全书》本排印）。

《搜神记》，今人汪绍楹校注，中华书局1979年出版，为《古小说丛刊》之一种。此书以《学津讨原》本为底本，由汪绍楹先生校注。汪注旁征博引，重在考源钩沉，考订真伪，是正文字，颇有贡献。

刘惔称干宝为"鬼之董狐"（《晋书》本传）。董狐乃春秋时晋国之史官，被称为古之良史。刘氏乃赞《搜神记》说鬼道神有古良史之笔意。《搜神记》语言雅致清峻，叙事简洁曲尽，实为志怪之冠。《搜神记》诸本中，以汪氏校注本为最佳。

第二节　其他志怪小说

魏晋南北朝志怪小说约百种,兹举其要者介绍如下:

①《列异传》　魏曹丕撰。《隋书·经籍志》著录三卷,杂传类小序说:"魏文帝又作《列异》,以序鬼物奇怪之事。"此书宋时散失。吴曾祺《旧小说》(商务印书馆1935年排印本、1957年排印本)甲集辑七则,鲁迅《古小说钩沉》辑五十则。

②《博物志》　西晋张华撰。此书备载天地、日月、四方人物、昆虫草木,属于地理博物体的志怪小说。《隋书·经籍志》、《旧唐书·经籍志》、《新唐书·艺文志》皆著录十卷,《晋书》本传记载为十篇。此书散失甚多,今日所见已非原本。现在较常见的版本有:

《博物志》十卷,宋周日用、宋卢氏注。明吴琯辑《古今逸史》本。《景印元明善本丛书十种》之《古今逸史》本。明何允中辑《广汉魏丛书》本。清王谟辑《增订汉魏丛书》本。明胡文焕辑《格致丛书》本。明商濬辑《稗海》本。明唐琳辑《快阁藏书》本。清汪士汉辑《秘书二十一种》本。《四库全书》本。清黄丕烈辑《士礼居黄氏丛书》本。《百子全书》本。近人郑国勋辑《龙溪精舍丛书》本。《四部备要》本。清人辑《无一是斋丛钞》本。

《博物志》十卷逸文一卷,宋周日用、宋卢氏注。清钱熙祚辑逸文。清钱培让、钱培杰续辑《指海》本。《丛书集成初编》本。

《博物志》十卷补二卷,清周心如案并辑补《纷欣阁丛书》本。

《博物志》一卷,清王谟辑《重订汉唐地理书钞》本。

《博物志佚文》一卷,清王仁俊辑《经籍佚文》本。

1980年，中华书局出版范宁《博物志校证》。此书除本文及校勘记外，尚收有佚文、历代书目著录及提要、前人刻本序跋，是目前最完备的本子。

《博物志》中有山川地理知识，历史人物传说，奇异的草木虫鱼，飞禽走兽，还有神仙方技故事，保存了一些神话，对研究中国文学和历史有一定的参考价值。

③《玄中记》　东晋郭璞撰。一题《郭氏玄中记》、《玄中要记》。其内容有方舆、动植，也有方术，较为丰富，是地理博物体志怪小说的代表作之一。郭氏是著名的文学家，有人说此书"恢奇瑰丽，仿佛《山海》、《十洲》诸书"（叶德辉《辑郭氏玄中记序》）。较常见的辑本有：

《玄中记》一卷，清马国翰辑《玉函山房辑佚书》本。

《玄中记》一卷补遗一卷，清茆泮林辑《十种古逸书》本。《丛书集成初编》本。

《玄中记》一卷，清黄奭辑《黄氏逸书考》本。

《郭氏玄中记》一卷，近人叶德辉辑《观古堂所著书》（第二集）本，《郋园先生全书》本。

《玄中记》一卷，鲁迅辑《古小说钩沉》本。《钩沉》辑录七十一条，较为完备。

④《神仙传》　东晋葛洪撰。此书《隋书·经籍志》著录十卷，与《神仙传自序》、《抱朴子外编自序》、《晋书》卷七十二《葛洪传》相同。今本亦为十卷，但已非全帙。唐代梁肃《神仙传论》云《神仙传》凡一百九十人，今本有两种，一为九十二人，一为八十四人，不到原书的二分之一。今天较常见的版本有：

《神仙传》十卷，明何允中辑《广汉魏丛书》本。清王谟辑《增订汉魏丛书》本。

《神仙传》十卷,清马俊良辑《龙威秘书》(一集)本。

《神仙传》十卷,《四库全书》本。

《神仙传》十卷,近人王文濡辑《说库》本。

《神仙传》十卷,民国守一子辑《道藏精华录》本。

《神仙传》一卷,元陶宗仪辑《说郛》(宛委山堂)本。

《神仙传》一卷,《五朝小说大观》(杂传家)本。

《神仙传》一卷,《景印元明善本丛书十种》本。

《神仙传》五卷,清顾之逵辑《艺苑捃华》本。

《神仙传》一卷,清王仁俊辑《玉函山堂辑佚续编》本。

《神仙传》是道教神仙传记,但有一定的文学性,对后世小说甚有影响。

⑤《拾遗记》 东晋王嘉撰。一题《拾遗录》、《王子年拾遗记》。《晋书》卷九十五《王嘉传》说:"著《拾遗录》十卷,其记事多诡怪,今行于世。"萧绮《拾遗记序》说:"《拾遗记》者,晋陇西安阳人王嘉字子年所撰。凡十九卷,二百二十篇,皆为残缺。……今搜检残遗,合为一部,凡一十卷,序而录焉。"可知王嘉《拾遗记》原为十九卷,二百二十篇,但经兵乱,已残缺不全,萧绮为之补订,删削定为十卷,并为之序录。传世之本即萧氏删订本。

《拾遗记》十卷,前九卷记庖牺至东晋之遗闻逸事。卷十记昆仑等九个仙山。所记大都为神话传说。鲁迅谓"其文笔颇靡丽,而事皆诞谩无实"(《中国小说史略》第六篇《六朝之鬼神志怪书(下)》),属于杂史体志怪小说。较常见的版本有:

《拾遗记》十卷,明吴琯辑《古今逸史》本。《景印元明善本丛书十种》之《古今逸史》本。

《拾遗记》十卷,明何允中辑《广汉魏丛书》本。清王谟辑《增订汉魏丛书》本。

《拾遗记》十卷,清汪士汉辑《秘书二十一种》本。

《拾遗记》十卷,《四库全书》本。

《拾遗记》十卷,《百子全书》本。

《王子年拾遗记》十卷,明程荣辑《汉魏丛书》本。

《王子年拾遗记》十卷,明商濬辑《稗海》本。

《王子年拾遗记》十卷,明李栻辑《历代小史》本。《景印元明善本丛书十种》本。

《拾遗记》一卷,清人辑《无一是斋丛钞》本。

此外,如《说郛》(商务印书馆本)卷三十、《类说》卷五、《旧小说》甲集皆有节录。1981年,中华书局出版齐治平校注的《拾遗记》,辑录了《拾遗记佚文》,并附录《传记资料》、《历代著录及评论》,便于阅读。

⑥《搜神后记》 东晋陶潜撰。一题《续搜神记》。此书是谈鬼神、道灵异的志怪小说,旧题晋陶潜撰,前人早有怀疑。《四库全书总目·搜神后记》提要认为:"其为伪托,固不待辨。然其书文词古雅,非唐以后人所能。《隋书·经籍志》著录,已称陶潜,则赝撰嫁名,其来已久。"(卷一四二)《搜神后记》是继干宝《搜神记》而作的续书,多虚诞怪妄之说,却也有一些故事表现了人民的愿望和理想,值得重视。较常见的版本有:

《搜神后记》十卷,明沈士龙、明胡震亨辑《秘册汇函》本。

《搜神后记》十卷,明毛晋辑《津逮秘书》本。

《搜神后记》十卷,《四库全书》本。

《搜神后记》十卷,清张海鹏辑《学津讨原》本。

《搜神后记》十卷,《百子全书》本。
《搜神后记》十卷,《丛书集成初编》本。
《搜神后记》一卷,明钟人杰、明张遂辰辑《唐宋丛书》本。
《搜神后记》一卷,元陶宗仪辑《说郛》(宛委山堂)本。
《搜神后记》一卷,清马俊良辑《龙威秘书》本。
《搜神后记》一卷,清人辑《无一是斋丛钞》本。
《搜神后记》一卷,民国国学扶轮社辑《古今说部丛书》(二集)本。
《搜神后记》二卷,《五朝小说大观》(魏晋小说志怪家)本。
《搜神后记》二卷,清王谟辑《增订汉魏丛书》本。
《搜神后记》,清鲍祖祥辑《鲍红叶丛书》本。
《续搜神记》,元陶宗仪辑《说郛》(商务印书馆)本。

1981年,中华书局出版汪绍楹校注《搜神后记》十卷,以《学津讨原》本作为底本,辑录佚文六条。中华书局编辑部把《稗海》八卷本和句道兴一卷本《搜神记》也看作是干宝《搜神记》的续书,附刊于《搜神后记》之后,以便古小说研究者参考。

⑦《幽明录》 宋刘义庆撰。一题《幽冥录》、《幽冥记》。此书内容丰富,文笔生动,可与干宝《搜神记》相匹。《宋书》卷五十一、《南史》卷十三《刘义庆传》均未提及此书。《隋书·经籍志》著录二十卷,《旧唐书·经籍志》、《新唐书·艺文志》著录皆为三十卷。大概宋时散佚。较常见的辑本有:

《幽明录》一卷,元陶宗仪辑《说郛》(宛委山堂)本。
《幽明录》一卷,《五朝小说大观》(魏晋小说志怪家)本。
《幽明录》,元陶宗仪辑《说郛》(商务印书馆)本。
《幽明录》一卷,鲁迅辑《古小说钩沉》本。

《幽明录》一卷，清王仁俊辑《玉函山房佚书补编》本。

《幽明录》一卷附校讹一卷，续校一卷，清胡珽校讹，清董金鉴续校。清胡珽辑《琳琅祕室丛书》（第三集）本。

鲁迅辑《古小说钩沉》收《幽明录》二百六十五则，较为完备。《幽明录》叙怪异神灵，刘义庆尚有《宣验记》一种，记佛法灵验，是"释氏辅教之书"（鲁迅《中国小说史略》第六篇），其成就远不如《幽明录》。有《说郛》（宛委山堂）本、《古小说钩沉》本。

⑧《异苑》 宋刘敬叔撰。刘敬叔，《宋书》、《南史》无传。明胡震亨有《刘敬叔传》，乃是汇集史书的零星记载编成的。《隋书·经籍志》著录《异苑》十卷。唐以后史志均无著录。但此书并未失传，而是保存下来了。这是刘宋志怪小说中比较重要的一种，较常见的版本有：

《异苑》十卷，明沈士龙、明胡震亨辑《秘册汇函》本。

《异苑》十卷，明毛晋辑《津逮秘书》（汲古阁）本。

《异苑》十卷，《四库全书》本。

《异苑》十卷，清张海鹏辑《学津讨原》（第十六集）本。

《异苑》十卷，民国国学扶轮社辑《古今说部丛书》（二集）本。

《异苑》一卷，明钟人杰、明张遂辰辑《唐宋丛书》本。

《异苑》一卷，元陶宗仪辑《说郛》（宛委山堂）本。

《异苑》一卷，《五朝小说大观》（魏晋小说志怪家）本。

《异苑佚文》一卷，清王仁俊辑《经籍佚文》本。

《异苑》多达三百八十二条，内容比较丰富。《四库全书总目·异苑》提要说此书"词旨简澹，无小说家猥琐之习"（卷一四二），亦可见其特点。

⑨《述异记》 南齐祖冲之撰。南齐志怪小说数量很少，祖氏

《述异记》是比较优秀的作品。此书《隋书·经籍志》著录十卷，《旧唐书·经籍志》、《新唐书·艺文志》同。大概宋时亡佚。遗文见《太平御览》等类书，鲁迅《古小说钩沉》辑得九十则，但其中误收了任昉《述异记》中的几篇作品。此书的内容大都是晋以来神怪妖异之事，文字雅洁可读。

⑩《述异记》　梁任昉撰。此书《梁书》、《南史》本传和《隋书·经籍志》、《旧唐书·经籍志》、《新唐书·艺文志》皆未见著录。《崇文总目》小说类著录《述异记》二卷，任昉撰。《中兴馆阁书目》云："任昉天监三年撰。昉家书三万卷，多异闻，又采于秘书，撰此记。"《郡斋读书志》小说类著录，并有类似说法。《四库全书总目·述异记》提要疑为后人依托，认为"其书文颇冗杂，大抵剽剟诸小说而成"（卷一四二）。这是地理博物体志怪小说，较常见的版本有：

《述异记》二卷，明程荣辑《汉魏丛书》本。明何允中辑《广汉魏丛书》本。清王谟辑《增订汉魏丛书》本。

《述异记》二卷，明胡文焕辑《格致丛书》本。

《述异记》二卷，明商濬辑《稗海》本。

《述异记》二卷，《四库全书》本。

《述异记》二卷，清马俊良辑《龙威秘书》本。

《述异记》二卷，《百子全书》本。

《述异记》二卷，近人王文濡辑《说库》本。

《述异记》一卷，元陶宗仪辑《说郛》（宛委山堂）本。

《述异记》一卷，《五朝小说大观》（魏晋小说志怪家）本。

《述异记》一卷，民国国学扶轮社辑《古今说部丛书》（二集）本。

《述异记佚文》一卷，清王仁俊辑《经籍佚文》本。

⑪《冥祥记》 梁王琰撰。《隋书·经籍志》著录:"《冥祥记》十卷,王琰撰。"《旧唐书·经籍志》、《新唐书·艺文志》同。宋时亡佚。此乃感于观世音金像显灵而作。所记皆为佛事,目的是为了宣扬佛法,也是"释氏辅教之书"。但是,所记情节曲折,叙述生动,语言简练,时有可观之篇章。较常见的辑本有:

《冥祥记》一卷,元陶宗仪辑《说郛》(宛委山堂)本。
《冥祥记》,元陶宗仪辑《说郛》(商务印书馆)本。
《冥祥记》,民国国学扶轮社辑《古今说部丛书》(二集)本。
《冥祥记》一卷,鲁迅辑《古小说钩沉》本。此书辑录序一篇,正文一百三十一条。较为齐备。

⑫《续齐谐记》 梁吴均撰。《梁书》、《南史》本传皆未提及。《隋书·经籍志》著录为一卷。《旧唐书·经籍志》、《新唐书·艺文志》同。陈振孙《直斋书录解题·续齐谐记》条下云:"齐谐志怪,本《庄子》语也。《唐志》又有东阳无疑《齐谐记》,今不传。此书殆续之者欤?"(卷十一)可见吴均《续齐谐记》即续东阳之书。此书所记皆神怪之说,但在唐时已被人引用,是"亦小说之表表者矣"(《四库全书总目》卷一四二《续齐谐记》提要)。较常见的版本有:

《续齐谐记》一卷,明顾元庆辑《顾氏文房小说》本。
《续齐谐记》一卷,明吴琯辑《古今逸史》本。《景印元明善本丛书十种》之《古今逸史》本。
《续齐谐记》一卷,明何允中辑《广汉魏丛书》本,清王谟辑《增订汉魏丛书》本。
《续齐谐记》一卷,元陶宗仪辑《说郛》(宛委山堂)本。
《续齐谐记》一卷,《五朝小说大观》本。

《续齐谐记》一卷,清汪士汉辑《秘书二十种》本。

《续齐谐记》一卷,《四库全书》本。

《续齐谐记》,明汤显祖辑《虞初志》(卷一)本。

吴均《续齐谐记》一卷,今存十七则,数量较少,而其中颇有佳作,是六朝志怪小说中的优秀作品。

⑬《冤魂志》 北齐颜之推撰。一题《还冤记》、《还冤志》、《冤报记》、《北齐还冤志》。《北齐书》、《南史》本传不载。《隋书·经籍志》著录《冤魂志》三卷。《旧唐书·经籍志》、《新唐书·艺文志》同。此书所记有北齐、北周和陈事,可能是晚年的作品。之推信仰佛教,此书以佛教报应之说为主旨,宣扬惩恶扬善的意义。文笔简练,记事条理清晰,颇有可取之处。较常见的版本有:

《还冤记》一卷,明吴永辑《续百川学海》(庚集)本。

《还冤记》一卷,明钟人杰、明张遂辰辑《唐宋丛书》本。

《还冤记》一卷,元陶宗仪辑《说郛》(宛委山堂)本。

《还冤记》一卷,《五朝小说大观》本。

《还冤记》一卷,清王谟辑《增订汉魏丛书》本。

《还冤记》一卷,明陈继儒辑《宝颜堂秘笈》本。

《还冤记》一卷,清金长春辑《诒经堂藏书》本。

《还冤记》一卷,民国国学扶轮社辑《古今说部丛书》本。

《还冤记》三卷,《四库全书》本。提要说:"陈继儒尝刻入《秘笈》中,刊削不完,仅存一卷。此本乃何镗《汉魏丛书》所刻,犹为原刻,今据以著录焉。"

颜之推尚有《集灵记》二十卷,宋代亡佚。《太平御览》卷七一八引一则,鲁迅辑入《古小说钩沉》。

⑭《穷怪录》 撰人不详,史志无目。一名《八朝穷怪录》、《八

庙怪录》。观其今存佚文十条,所记皆为南北朝事,不能是隋人之作。此书中有些故事,如《萧总》、《刘导》、《刘子卿》,情节委宛曲折,描写生动细致,语言清新流丽,体现了南北朝志怪小说较高的艺术成就。较常见的辑本有:

《穷怪录》一卷,元陶宗仪辑《说郛》(宛委山堂)本。
《穷怪录》一卷,清马俊良辑《龙威秘书》(四集)本。
《穷怪录》一卷,清马俊良辑《晋唐小说畅观》(1937年上海中央书店排印)本。

关于唐前志怪小说,鲁迅《中国小说史略》(上海古籍出版社1998年出版)、《古小说钩沉》(人民文学出版社1953年出版),李剑国《唐前志怪小说史》(南开大学出版社1984年出版)、《唐前志怪小说辑释》(上海古籍出版社1986年出版),皆可供参考。

第二章 志人小说

第一节 《世说新语》

《世说新语》的作者是刘义庆。

刘义庆,彭城(今江苏徐州市)人。南朝宋著名小说家。生于晋安帝元兴二年(403),卒于宋文帝元嘉二十一年(444)。他原是长沙王刘道怜次子,后出继给临川王刘道规。永初元年(420),袭封临川王,任侍中。以后历任丹阳尹、加尚书左仆射,荆州刺史、加都督。位终南兖州刺史,加开府仪同三司。传附《宋书》卷五十一、《南史》卷十三《刘道规传》。

《南史》本传说:"撰《徐州先贤传》十卷奏上之。又拟班固《典引》为《典叙》,以述皇代之美。"又说:"(义庆)性简素,寡嗜欲,爱好文义,文辞虽不多,足为宗室之表。……招聚才学之士,远近必至。太尉袁淑文冠当时,义庆在江州请为卫军谘议。其余吴郡陆展、东海何长瑜、鲍照等,并有辞章之美,引为佐史国臣。所著《世说》十卷,撰《集林》二百卷,并行于世。"《宋书》本传没有提到《世说》,而《南史》本传却有记载。

《世说》,又名《世说新书》、《世说新语》。《四库全书总目·世说新语》提要说:"宋黄伯思《东观余论》谓《世说》之名,肇于刘向。其书已亡,故义庆所集名《世说新书》。段成式《酉阳杂俎》引王敦澡豆事,尚作《世说新书》,可证。不知何人改为《新语》?"唐时,或称"新书"(见《唐写本世说新书残卷》),或称"新语"(见刘知几《史通·杂说》)。鲁迅认为:"殆以《汉志》儒家类录刘向所序六十七篇中已有《世说》,因增字以别之也。"(《中国小说史略》第七篇《〈世说新语〉与其前后》)宋初,《世说新语》这一名称已经通行。

《隋书·经籍志》三著录:"《世说》八卷,宋临川王刘义庆撰。"又:"《世说》十卷,刘孝标注。"《旧唐书·经籍志》、《新唐书·艺文志》同。《宋史·艺文志》则著录"刘义庆《世说新语》三卷"。从以上著录可知,《世说》原分八卷,刘孝标注本原分十卷。《世说》原本可从《唐写本世说新书残卷》窥其一斑。刘注原本已不可见。《世说新语》于宋以后,皆分为三卷。汪藻《叙录》说:"晁氏(迥,字文元)本以《德行》至《文学》为上卷,《方正》至《豪爽》为中卷,《容止》至《仇隙》为下卷。"今日所见各本,大体皆如此。董弅《世说新语跋》说:"后得晏元献公(殊)手自校本,尽去重复,其注亦小加剪裁。"可见今天传本及注是经过晏殊整理的。现在较常见的版本有:

《世说新语》一卷，明李栻辑《历代小史》本。《景印元明善本丛书十种》之《历代小史》本。

《世说》，元陶宗仪辑《说郛》（商务印书馆）本。

《世说新语》三卷，《四库全书》本。

《世说新语》三卷，清李锡龄辑《惜阴轩丛书》本。

《世说新语》三卷，近人郑国勋辑《龙溪精舍丛书》本。

《世说新语》三卷，《四部备要》本。

《世说新语》六卷，中华书局《诸子集成》本。

《世说新语》六卷，《崇文书局汇刻书》本。

《世说新语》三卷校语一卷，清沈岩撰校语。《四部丛刊》本。

《世说旧注》一卷，明杨慎辑。明陶珽辑《说郛续》本。清李调元辑《函海》本。《丛书集成》本。

建国以后出版的《世说新语》，主要有：

《世说新语》（上、下册），王利器断句校订，文学古籍刊行社1956年出版。此书用日本影宋本影印。王利器有校勘记。书末附印日本藏唐写本《世说新语》残卷。

《世说新语》，清王先谦校订，上海古籍出版社1982年影印本。现存《世说新语》善本，除日本影宋本外，还有明嘉靖袁褧嘉趣堂本，清道光间周心如纷欣阁本。王先谦根据袁、周两本加以校订重印。书末附录：《世说新语注引用书目》、《世说新语佚文》、《校勘小识》、《校勘小识补》、《世说新语考证》、汪藻《世说叙录》、《考异》、《琅邪临川王氏谱》、《唐写本世说新语残卷》等。

《世说新语笺疏》，余嘉锡撰，周祖谟、余淑宜整理，中华书局1983年出版。此书重在考证史实，或增补，或驳正，或加以评论，颇有参考价值。书末附录：《世说新语序目》、《世说旧题一首旧跋二首》及《世说新语常见人名异称表》、《世说新语人名索引》、《世说新语引书索引》。此书上海古籍出版社1993年出版了修订本。其《前言》说："此次对原标点疏误处作了全面修订，并调整了注码体例。"

《世说新语校笺》，徐震堮著，中华书局1984年出版。列入《中国古典文学基本丛书》。此书以涵芬楼影印明袁氏嘉趣堂本为底本，校以唐写本、影印金泽文库所藏宋本、沈宝砚据传是楼藏宋椠本所作校语、明凌濛初刻批点本及王先谦思贤讲舍刻本。书末附录：《世说新语词语简释》、《世说新语人名索引》。

《世说新语汇校集注》，朱铸禹汇校集注，上海古籍出版社2002年出版。朱一玄于《序言》中分析本书的特点："首先是选用了现存的最早的最完整的宋绍兴刊本为底本；其次是校注的范围不限于《世说新语》本文，也包括了刘孝标的注文；第三是所采用的各家校注，也包括我国近现代人王先谦、李慈铭、陶珙、王利器、周一良等人的论著以及日本恩田仲任、秦士铉两人的注释，其中也有朱先生自己的见解；第四是选录了宋刘辰翁、刘应登、明王世贞、杨慎、李贽、凌濛初等人的评语；第五是人物的异称注了本名；总之，这是一部在各家成就的基础上完成的很有价值的著作。"评价是实事求是的。本书可供研究者参考。

《世说新语校笺》，杨勇校笺，中华书局2006年出版。本书《再版序》说："本书1969年9月由香港大众书局出版……然而书之缺漏错误处亦不少。1990年，勇于中文大学退休后，亟思补正，于是优游典籍，从容俯仰于此书凡八年，修订九百余处，新增三万言，并附以汪藻《世说人名谱》，都为两册，上册本文，下册附录；2000年5月由台北正文书局重新出版……今由北京中华书局再版，别成四册，上三册本文，下一册附录……又改正增益八十余处……"这是校笺者自述本书的出版过程。本书校笺2800余处，约25万言,颇为详赡,可供参考。

《世说新语校释》上、中、下三册,中国古典文学丛书,龚斌校释,上海古籍出版社2011年12月出版。本书以《四部丛刊》影印明刻袁褧嘉趣堂本《世说新语》为底本,校释包括《世说》正文与刘孝标注。校释内容颇为丰富。附录有:一、著录旧题跋旧序;二、人物事迹编年。书后是《人名索引》。作者以十年时间从事《世说新语》的校释工作,书中大量吸收了前贤的校释成果。此书校释带有总结性质,可供研究者参考。

其译注本有张万起、刘尚慈的《世说新语译注》,中华书局1998年出版,便于初学者阅读。此外,尚有:

《世说新语辞典》,张永言主编,四川人民出版社1992年出版。
《世说新语辞典》,张万起编,商务印书馆1993年出版。

可供查阅。

《世说新语》一书,鲁迅作了简要的评价,他说:"《世说新语》今本凡三十八篇,自《德行》至《仇隙》,以类相从,事起后汉,止于东晋,记言则玄远冷峻,记行则高简瑰奇,下至缪惑,亦资一笑。孝标作注,又征引浩博,或驳或申,映带本文,增其隽永,所用书四百余种,今又多不存,故世人尤珍之。"立论甚为持平。应该指出,刘孝标注采用裴松之注《三国志》的办法,作了大量的补缺和纠谬工作,具有很高的学术价值。高似孙《纬略》说:"刘孝标注此书,引援详确,有不言之妙。如引汉、魏、吴诸史及子、传、地理之书,皆不必言,只如晋氏一朝史及晋诸公别传、谱录、文章凡一百六十六家,皆出于正史之外,纪载特详,闻见未接,实为注书之法。"(《文献通考》卷二一五《经籍考》引)刘知几亦称赞"孝标善于攻谬,博而且精"(《史通·补注》)。《四库全书总目·世说新语》提要云:"孝标所注,特为典赡。高似孙《纬略》亟推之。其纠正义庆之纰缪,尤为精核。所引诸书,今已佚其十之九,惟赖是注以传。故与裴松之《三国志注》、郦道元《水经注》、李善《文选注》同为考证家所引据焉。"刘注保存不少亡佚的古籍,为历史和文学的研究提供了丰富的史料。

第二节 其他志人小说

魏晋南北朝志人小说数量不多,而且大都散失。兹将《世说新语》以外的志人小说略述如下:

①《笑林》 魏邯郸淳撰。《隋书·经籍志》三著录:"《笑林》三卷,后汉给事中邯郸淳撰。"《旧唐书·经籍志》、《新唐书·艺文志》同。按,黄初初(221),邯郸淳为魏博士给事中,见《三国志·魏书·王粲传》注等。刘勰《文心雕龙·谐隐》篇说:"至魏文因俳说以著笑书。"姚振宗谓"笑书或即是书,淳奉诏所撰者"(《隋书经籍志考证》卷三十二)。宋吴曾说:"秘阁有《古笑林》十卷,晋孙楚《笑赋》曰:'信天下之笑林,调谑之具观。'《笑林》本此。"(《能改斋漫录》卷七)可见《笑林》宋时尚存,只是不知为何扩为十卷。清人马国翰《玉函山房辑佚书》辑本序说:"此书皆记可笑之事,隋、唐志并三卷,今从《艺文类聚》、《太平御览》及《广记》诸书辑录为二十六条。"鲁迅《古小说钩沉》辑录二十九条。王利器《历代笑话集》(上海古籍出版社1981年出版)"据马氏《玉函山房辑佚书》本移录,并据鲁迅《古小说钩沉》补录马氏未辑诸条于后",亦得二十九条。鲁迅说此书"举非违,显纰缪,实《世说》之一体,亦后来诽谐文字之权舆也"(《中国小说史略》第七篇《〈世说新语〉与其前后》)。

②《语林》 东晋裴启撰。《隋书·经籍志》三著录:"《语林》

十卷,东晋处士裴启撰。亡。"《世说新语·文学》篇说:"裴郎作《语林》,始出,大为远近所传。时流年少,无不传写,各有一通。"注云:"裴氏家传曰:'裴荣,字荣期,河东人。父稚,丰城令。荣期少有风姿才气,好论古今人物,撰《语林》数卷,号曰裴子。檀道鸾谓裴松之以为启作《语林》。荣慨别名启乎?'"又《轻诋》篇说,《语林》记谢安语不实,为安所批评。书遂废。注云:"《续晋阳秋》曰:'晋隆和中,河东裴启撰汉、魏以来迄于今时言语应对之可称者,谓之《语林》。时人多好其事,文遂流行。后说太傅事不实……自是众咸鄙其事矣。'"这是有关裴启和《语林》的一些记载。清人马国翰《玉函山房辑佚书》辑本序说:"裴子《语林》久亡,从诸书所引辑录。其有数引不同,并据删补,厘为二卷。文笔清隽,刘义庆作《世说新语》,取之甚多,则亦小说之佳品也。"

裴启《语林》较常见的辑本有:

《裴启语林》一卷,元陶宗仪辑《说郛》(宛委山堂)本。

《裴启语林》一卷,《五朝小说大观》(魏晋小说训诫家)本。

《裴启语林》一卷,民国国学扶轮社辑《古今说部丛书》(一集)本。

《裴子语林》二卷,清马国翰辑《玉函山房辑佚书》本。

《裴子语林》十则,民国吴曾祺辑《旧小说》(甲集)商务印书馆1957年排印本。

《裴子语林》一卷,鲁迅辑《古小说钩沉》本。此本辑录较丰,便于阅读。

③《郭子》 东晋郭澄之撰。《隋书·经籍志》三著录:"《郭子》三卷,东晋中郎郭澄之撰。"《旧唐书·经籍志》、《新唐书·艺文志》皆著录《郭子》三卷,贾泉注。《宋史·艺文志》未见著录。

殆宋时已亡佚。鲁迅说："审其遗文,亦与《语林》相类。"(《中国小说史略》第七篇《〈世说新语〉与其前后》)

郭澄之,字仲静,太原阳曲(今山西太原市北)人。生卒年不详。少时有才思,机敏过人。始补尚书郎,出为南康相。后刘裕引为相军参军。从裕北伐,攻克长安后,裕欲继续西伐,与僚属商议,多不同意。问澄之,澄之不答,西向诵王粲诗曰："南登霸陵岸,回首望长安。"裕就决定东还。澄之位至裕相国从事中郎,封南丰侯。事见《晋书》卷九十二《郭澄之传》。

《隋书·经籍志》四著录《郭澄之集》十卷,早已亡佚。志人小说《郭子》三卷,记述魏晋名士言谈轶事,文笔简洁隽永。原书虽然已佚,但有辑本行世,较常见的有:

《郭子》一卷,清马国翰辑《玉函山房辑佚书》本。

《郭子》一卷,清王仁俊辑《玉函山房辑佚书补编》本。

《郭子》一卷,清人辑《无一是斋丛钞》本。

《郭子》一卷,鲁迅辑《古小说钩沉》本。此书辑八十余条。

④《俗说》　梁沈约撰。《隋书·经籍志》三小说类著录刘孝标注《世说》十卷,附注云："梁有《俗说》一卷,亡。"又《隋书·经籍志》三杂家类著录:"《俗说》三卷,沈约撰。梁五卷。"二书卷数不同,似非一书。鲁迅说："梁沈约作《俗说》三卷,亦此类,今亡。"(《中国小说史略》第七篇《〈世说新语〉与其前后》)没有提及刘氏《俗说》,其《古小说钩沉》所辑《俗说》佚文,虽未指名,稽之《中国小说史略》,似将佚文属沈约。此书辑本较常见的有:

《俗说》一卷,清马国翰辑《玉函山房辑佚书》本。

《俗说》一卷,鲁迅辑《古小说钩沉》本。此书辑录五十一条。

⑤《小说》　梁殷芸撰。《隋书·经籍志》三著录:"《小说》十

卷,梁武帝敕安右长史殷芸撰。梁目,三十卷。"《旧唐书·经籍志》、《新唐书·艺文志》著录皆为十卷。《宋史·艺文志》亦著录十卷。明代亡佚。

作者殷芸,字灌蔬,陈郡长平(今河南西华县东北)人。生于宋明帝泰始七年(471),卒于梁武帝中大通元年(529)。性格倜傥,不拘小节,励精勤学,博览群书。梁天监中,历任国子博士、昭明太子侍读、秘书监、司徒左长史等职。后任直东宫学士省。事见《梁书》卷四十一、《南史》卷六十《殷芸传》。

殷芸曾奉梁武帝之命,博采故书杂记,撰成《小说》,一名《殷芸小说》。鲁迅介绍此书说:"梁武帝尝敕安右长史殷芸(471—529)撰《小说》三十卷,至隋仅存十卷,明初尚存,今乃止见于《续谈助》及原本《说郛》中,亦采集群书而成,以时代为次第,而特置帝王之事于卷首,继以周、汉,终于南齐。"(《中国小说史略》第七篇《〈世说新语〉与其前后》)此书所记为历代帝王及士大夫的遗闻轶事。现在较常见的辑本有:

《商芸小说》一卷,元陶宗仪辑《说郛》(宛委山堂)本。按,"殷"作"商",是避宋太祖赵匡胤父赵弘殷名讳而改。

《商芸小说》一卷,《五朝小说大观》本。此本将《商芸小说》列入《唐人百家小说纪载家》,误。

《商芸小说》一卷,民国国学扶轮社辑《古今说部丛书》(一集)本。

《殷芸小说》一卷,清人辑《敬修堂丛书》钞本。

《殷芸小说》,清伍崇曜辑《粤雅堂丛书》第三编第二十三集《续谈助》本。清陆心源辑《十万卷楼丛书》第三编《续谈助》本。《丛书集成初编·续谈助》本。

《小说》,元陶宗仪辑《说郛》(商务印书馆)本。

《小说佚文》一卷,清王仁俊辑《经籍佚文》本。

《小说》一卷,鲁迅辑《古小说钩沉》本。此书辑录一百三十余条。

《辑殷芸小说并跋》,今人唐兰著,见《周叔弢先生六十生日纪念论文集》,1950年7月出版。

《殷芸小说辑证》,今人余嘉锡著,见《余嘉锡论学杂著》(上册),中华书局1963年出版。此书辑得一百五十四条,较鲁迅辑本多二十余条。作者精心校勘,将鲁迅辑本中的错漏字基本上都补足改正了,较鲁迅辑本完善。

1984年,上海古籍出版社出版周楞伽辑注的《殷芸小说》。此书过去虽有校勘,却没有注释。周氏详加校注,颇便阅读。附录《梁书·殷芸传》、《历代著录》、《引用、参考书目》,亦可供参考。

⑥《解颐》 北齐阳玠松撰。中华书局标点本《隋书·经籍志》三著录:"《解颐》二卷,阳玠松撰。"其《校勘记》云:"阳玠松,原作杨松玢。《姚考》:《史通·杂述》篇及《直斋书录解题》史部传记类载阳玠松《谈薮》二卷,此处《解颐》即《谈薮》之异名,今据改。"按,《姚考》,即姚振宗《隋书经籍志考证》。姚氏于《解颐》条下案云:"阳玠松当是阳休之之族人,北平无终人。或作松玠,或作松玢。《唐志》目录类有杨松珍《史目》三卷,则又作松珍。今依《史通》及陈《录》谠正。两《唐志》无《解颐》,并无《谈薮》。《史通》以《谈薮》为小说之琐言,陈氏列之史部;而《崇文目》及《宋志》皆入小说家,与本志部居合,知《解颐》即《谈薮》之异名,故《谈薮》亦不见于本志也。"《谈薮》的辑本有《类说》(卷五三)本,《绀珠集》(卷三)本。以上二书均有《四库全书》本。

⑦《启颜录》 隋侯白撰。《旧唐书·经籍志》、《新唐书·艺文志》皆著录《启颜录》十卷,侯白撰。宋陈振孙《直斋书录解题》(卷十一)云:"《启颜录》八卷。不知作者。杂记诙谐调笑事。《唐

志》有侯白《启颜录》十卷,未必是此书,然亦多有侯白语。但讹谬极多。"《宋史·艺文志》五著录"皮光业《启颜录》六卷",则为另一书。皮光业,五代时人。

侯白《启颜录》较常见的辑本有:

《启颜录》一卷,明吴永辑《续百川学海》本。

《启颜录》一卷,元陶宗仪辑《说郛》(宛委山堂)本。

《启颜录佚文》一卷,清王仁俊辑《经籍佚文》本。

《启颜录》,今人王利器辑录《历代笑话集》本(上海古籍出版社1981年出版)。此书辑有《启颜录》六种。王氏作了说明:"第一种,敦煌卷子本,存《论难》、《辩捷》、《昏忘》、《嘲诮》四篇,《嘲诮篇》末题:'开元十一年(723)捌月五日写了,刘丘子于二舅家。'今据全录;第二种,新从明谈恺刻《太平广记》辑出者共二十五则;第三种,明刊《类说》卷十四载十七则,今省并重复得十则;第四种,明吴永辑《续百川学海》广集载十则,署'唐侯白'撰,清顺治刊本《说郛》所载全同,正文仍署'唐侯白',目录却署'刘焘',今省并重复得九则;第五种,明万历甲寅(1614)陈禹谟辑《唐滑稽》卷二十二所载,原共四十五则,今省并重复得二十则;第六种,明刊本许自昌《捧腹编》一则。"

关于唐前志人小说,鲁迅《中国小说史略》、《古小说钩沉》,王能宪《世说新语研究》(江苏古籍出版社1992年出版),可供参考。

第八编　魏晋南北朝文学理论批评史料

魏晋南北朝的文学理论批评有了新的发展。这主要表现在单篇文学论文增多,而且内容也扩大了。同时,文学理论批评专著如刘勰的《文心雕龙》、钟嵘的《诗品》等相继产生。魏晋南北朝的文学理论批评的光辉成就,说明它是中国文学批评史的重要发展阶段。

魏晋以来,儒家思想有所削弱,法家、黄老、玄学、佛学等思想都曾受到重视。作家在一定程度上挣脱儒家思想的束缚,加上最高统治者对文学的青睐,形势十分有利于文学创作的发展,而文学创作的实践,必然促进文学理论批评的发展。这是魏晋南北朝文学理论批评兴盛的主要原因。

魏晋南北朝的文学理论批评史料,主要有曹丕的《典论·论文》、陆机的《文赋》、挚虞的《文章流别论》、刘勰的《文心雕龙》、钟嵘的《诗品》、萧统的《文选》等,兹分述于下。

第一章　魏晋文学理论批评史料

第一节　曹丕《典论·论文》

曹丕的《典论·论文》是其学术专著《典论》中的一篇。《三国志·魏书·文帝纪》云:"初,帝好文学,以著述为务,自所勒成垂百篇。"裴松之注引《魏书》云:"帝初在东宫,疫疠大起,时人凋伤,帝深感叹，与素所敬者大理王朗书曰：'生有七尺之形，死唯一棺之土，唯立德扬名，可以不朽，其次莫如著篇籍。疫疠数起，士人凋落，余独何人，能全其寿？'故论撰所著《典论》、诗赋，盖百余篇……"说明曹丕著作甚丰。裴注又引胡冲《吴历》曰："帝以素书所著《典论》及诗赋饷孙权，又以纸写一通与张昭。"可见曹丕对《典论》是十分重视的。《三国志·魏书·明帝纪》载：明帝太和四年二月戊子，"诏太傅三公：以文帝《典论》刻石，立于庙门之外"。《三国志·魏书·三少帝纪》裴注云："臣松之昔从征西至洛阳，历观旧物，见《典论》石在太学者尚存，而庙门外无之，问诸长老，云晋初受禅，即用魏庙，移此石于太学……"严可均说："谨案《隋志》儒家，《典论》五卷，魏文帝撰。旧新《唐志》同。……唐时石本亡，至宋而写本亦亡，世所习见，仅裴注之帝《自叙》，及《文选》之《论文》而已。"（《全三国文》卷八）《论文》是中国文学批评史上著名的文学论文。

汉代的文学批评论文都是论述一部书一种文体，而《典论·论文》的内容扩大了，涉及到几个方面的问题，显然这是新的发展。

《典论·论文》论述的内容有：

文学批评的态度。曹丕指出："文人相轻，自古而然。"造成文人相轻的原因是"各以所长，相轻所短"，缺乏自知之明。曹丕认为自己能看清自己，这样衡量别人，能免除"文人相轻"的痼疾，所以能写作这篇论文。至于"贵远贱近，向声背实"，"暗于自见，谓己为贤"，也是造成不能正确进行文学批评的原因，理应加以克服。

对作家的评论。曹丕对孔融、陈琳、王粲、徐幹、阮瑀、应玚、刘桢所谓"建安七子"都有评论，认为他们"于学无所遗，于辞无所假，咸以自骋骥骦于千里，仰齐足而并驰"。虽然自以为如此，而客观上总是有高下之分的，就是作家本身也自有其优点和缺点。曹丕认为，王粲和徐幹都长于辞赋，其成就虽张衡、蔡邕不能超过。其他作品就差一些。陈琳、阮瑀的章、表、书、记的成就在当时是杰出的。应玚的文章平和而不雄壮，刘桢的文章雄壮而不精密。孔融的气质才性高妙，有过人的地方，但不善于立论。他的文章辞过于理，甚至夹杂了一些嘲戏的话。至于他擅长的文章，可与扬雄、班固相比。这些评论都是从他的"文气说"出发的。

文气说。曹丕提出"文以气为主"。这种气，表现在作家身上，是气质才性。表现在文章里，是风格。气有清有浊，即有阳刚之气和阴柔之气。这在文章里就形成俊爽超迈的风格和凝重沉郁的风格。风格的形成具有多方面的原因，曹丕只是强调作家的气质才性，显然是片面的。

文体的分类。曹丕把文体分为四科八体，它们各有特点，即"奏议宜雅，书论宜理，铭诔尚实，诗赋欲丽"。

曹丕对于文学体裁的区分，虽然比较简单，但是，他指出："夫文本同而末异。"值得重视。曹丕对文体的论述对后世的影响很大。他说："诗赋欲丽。"指出了建安文学新的发展趋势。

文学的价值。曹丕说："文章乃经国之大业，不朽之盛事。"这是把文章看作治国的大事，具有不朽的价值。当时封建统治者如此重视文学，无疑对文学的发展起推动作用。

这些内容体现了建安文学的时代精神，对后世的文学理论批评有深远的影响。

《典论·论文》最早见于萧统《文选》。《文选》的注本甚多，以李善注、五臣注较为重要（参阅本编第二章第三节）。这也是《典论·论文》的重要注释本。今人注《典论·论文》者很多，常见于各家选本，比较重要的有：

《魏晋文举要》，高步瀛选注，中华书局1989年出版。

《文论讲疏》,许文雨著,正中书局1937年1月出版。

《中国历代文论选》,郭绍虞、王文生主编,上海古籍出版社1979年出版。

《魏晋南北朝文学史参考资料》,北京大学中国文学史教研室选注,中华书局1962年8月出版。

《古代散文选》,人民教育出版社编辑、出版,1962年4月出版。

等等,皆可参考。

曹丕还有一篇《与吴质书》。这是写给吴质的一封信。吴质(177—230),字季重,济阴(治今山东菏泽市定陶区)人。以文才受知于曹丕。曾任魏振威将军、侍中,封列侯。建安二十二年(217),魏瘟疫流行,徐幹、陈琳、应玚、刘桢等病死,曹丕给吴质的这封信里追忆旧游,感伤逝者,并评论了建安诸子的文章。信中说:

> 观古今文人,类不护细行,鲜能以名节自立。而伟长独怀文抱质,恬淡寡欲,有箕山之志,可谓彬彬君子矣。著《中论》二十余篇,成一家之言,辞义典雅,足传于后,此子为不朽矣。德琏常斐然有述作之意,其才学足以著书,美志不遂,良可痛惜。间者历览诸子之文,对之抆泪,既痛逝者,行自念也。孔璋章表殊健,微为繁富。公幹有逸气,但未遒耳;其五言诗之善者,妙绝时人。元瑜书记翩翩,致足乐也。仲宣独自善于辞赋,惜其体弱,不足起其文,至于所善,古人无以远过。……

这一段论述,与《典论·论文》中的论述完全一致,可以对照阅读。《与吴质书》最早亦见于萧统《文选》。《文选》诸注本,皆可参考。

附：曹植《与杨德祖书》

曹植是曹丕的同母弟，是建安时期最杰出的诗人。他的《与杨德祖书》论及建安诸子，并对文学批评发表了意见。他说："昔仲宣独步于汉南，孔璋鹰扬于河朔，伟长擅名于青土，公幹振藻于海隅，德琏发迹于此魏，足下高视于上京。当此之时，人人自谓握灵蛇之珠，家家自谓抱荆山之玉。"此信写于作者二十五岁，即建安二十一年（216），当时孔融、阮瑀已去世，故只论及建安七子中的五人。这里说明王粲等人在当时文坛上都很有地位。但又指出："然此数子，犹复不能飞轩绝迹，一举千里。"这是对王等人的批评，也表现了曹植以文才自负。关于文学批评，他说："世人著述，不能无病。仆常好人讥弹其文，有不善者，应时改定。"这是主张虚心听取别人意见，及时修改自己的文章，以臻于完善。这个意见当然是对的，问题是他又主张："盖有南威之容，乃可以论于淑媛；有龙渊之利，乃可以议于断割。"并且批评刘季绪"才不能逮于作者，而好诋诃文章，掎摭利病"。曹植认为，要自己的文章写得好才能评论别人的文章，这种看法也是有道理的。批评家懂得创作的甘苦，与作家呼吸与共，精神相通，有利于进行正确的批评。但这只是一个善良的愿望，因为批评与创作，批评家和作家毕竟是有区别的。如果要求批评家在文学创作上也高于作家，岂不是拒批评于千里之外。

曹植还说："夫街谈巷说，必有可采，击辕之歌，有应《风》、《雅》。"表现了对民间文学的重视。但是，另一方面，他却轻视辞赋，这一不正确的观点遭到受书人、他的好友杨修（字德祖）的反驳。杨氏在回信中说："今之赋颂，古诗之流，不更孔公，《风》、《雅》无别耳。修家子云，老不晓事，强著一书，悔其少作。若此仲山、周旦之俦，为皆有愆邪！君侯忘圣贤之显迹，述鄙宗之过言，窃以为未之思也。"（《答临淄侯笺》，《文选》卷四十）言之有理。

《与杨德祖书》收入《文选》卷四十二,可参阅李善、五臣等《文选》注本。至于《曹植集》的各种版本,见本书第一编第一章第一节。

第二节　陆机《文赋》

陆机的《文赋》,是中国文学批评史上的重要论文。

《文赋》的写作年代,杜甫《醉歌行》说:"陆机二十作《文赋》。"此说别无佐证,似不可信。今人逯钦立认为是陆机四十岁时的作品,其主要根据是陆云《与兄平原书》第八书。平原即陆机。书中说《述思赋》、《文赋》、《咏德颂》、《扇赋》、《感逝赋》、《漏赋》,皆陆机同时之作。按《感逝赋》当即《叹逝赋》,见《文选》卷十六。《叹逝赋序》云:"昔每闻长老追计平生同时亲故,或凋落已尽,或仅有存者。余年方四十,而懿亲戚属,亡多存寡。"可见《叹逝赋》作于陆机四十岁时,即晋惠帝永康元年(300)。《叹逝赋》写作年代既定,则《文赋》之写作年代亦可知。又《晋书·张华传》云:"陆机兄弟……见(张)华一面如旧。钦华德范,华诛后,作诔,又为《咏德赋》以悼之。"按张华遇害在晋元康元年四月,《咏德赋》,即《咏德颂》。这样,可知《叹逝赋》、《咏德赋》、《文赋》等,皆陆机四十岁时作(《〈文赋〉撰出年代考》,见《汉魏六朝文学论集》,陕西人民出版社1984年11月出版)。逯说比较可信,但仍有不同看法。总之,《文赋》的写作年代,迄无定论。

《文赋》是中国文学批评史上第一篇完整的文学创作论。这篇文章用赋的形式,对文学创作过程进行了比较详细的论述,还论到风格和文学创作的一些技巧问题。这是陆机对前人和自己创作经验的总结,是中国古代文学理论批评的又一新的发展。

《文赋》的主要内容是论述文学的创作过程。一开始是讲创作的准备:"颐情志于典坟",是说要学习古代典籍;"遵四时以叹逝,瞻万物而思纷;悲落叶于劲秋,喜柔条于芳春",是说要观察一年四季的景物;"心懔懔以怀霜,志眇眇而临云",是说要心怀高洁。做好这三方面的准备工作,就进入创作过程。

进行文学创作,有一个艰苦的构思阶段:

> 其始也,皆收视反听,耽思傍讯,精骛八极,心游万仞。其致也,情曈昽而弥鲜,物昭晰而互进,倾群言之沥液,漱六艺之芳润,浮天渊以安流,濯下泉而潜浸。于是沈辞怫悦,若游鱼衔钩,而出重渊之深;浮藻联翩,若翰鸟缨缴,而坠曾云之峻。收百世之阙文,采千载之遗韵。谢朝华之已披,启夕秀于未振。观古今于须臾,抚四海于一瞬。

陆机以生动的语言,对文学创作的构思过程作了生动细致的描写。在构思开始的时候,不看不听,深深思索,广泛探求,心神飞向极远的八方,遨游在万仞天空。在构思成熟的时候,要表达的思想感情由朦胧而越来越鲜明,物象清晰而纷至沓来。于是倾注诸子百家的精华,熔铸六经的文辞。想象有时好像在天池里安稳地漂流,有时如同在地泉中洗濯浸泡。有时吐词艰涩,好像游鱼衔钩,从深渊中慢慢地提出水面;有时辞藻涌来,如同飞鸟中箭,从高高的云层中急遽地掉下来。收集百代的阙疑文字,采用千年无人用过的音韵。抛开前人用滥的意和辞,就像抛弃已开过的花朵;采用前人未用过的意和辞,就如开启未曾开放的花朵。片刻之间可以洞察古往今来,一眨眼的工夫能够观尽天下。在构思过程中,我们可以看到想象的巨大作用,无怪乎黑格尔说:作家"最杰出的艺术本领就是想象"(《美学》第一卷)。

在文学创作过程中还有灵感问题。陆机说:

> 若夫应感之会，通塞之纪，来不可遏，去不可止。藏若景灭，行犹响起。方天机之骏利，夫何纷而不理。思风发于胸臆，言泉流于唇齿。纷葳蕤以馺遝，唯豪素之所拟。文徽徽以溢目，音泠泠而盈耳。及其六情底滞，志往神留，兀若枯木，豁若涸流，览营魂以探赜，顿精爽而自求。理翳翳而愈伏，思轧轧其若抽。是故或竭情而多悔，或率意而寡尤。虽兹物之在我，非余力之所戮。故时抚空怀而自惋，吾未识夫开塞之所由也。

陆机对灵感的开塞来去描写得形象而深刻，非深知其中甘苦的人是无法道出的。他认为灵感来的时候是挡不住的，去的时候是阻止不了的。藏起来如同影子的消失，出现时好像声音响起。在灵感涌现时，没有什么纷乱的思绪是理不清的。文思发于心中如同疾风，文辞流于唇齿如同涌泉。丰富多采的文思，文采妍美满目，音韵清脆悦耳。在灵感闭塞时，心志散去，精神滞留。呆呆地像枯死的树木，空空的如干涸的河流。虽然竭尽心力探索奥秘，提起精神自去寻求，但是，文理不明更加隐伏，文思难出如同抽丝。有时竭尽心神反多悔恨，有时信笔写来倒少谬误。虽写文章之在我，然实非我力之所能及。所以我常抚空怀而自叹，弄不清文思开塞的根由。陆机对艺术构思过程中灵感现象的描述是比较真实的客观的，作为灵感理论的开端，它对后世文学理论批评产生了深远的影响。不过，他把灵感归之于"天机"，即自然天性，这显然是唯心主义观点。

《文赋》主要是讨论艺术创作的构思问题，也谈到结构、剪裁、文体、风格、语言等问题。陆机在论述艺术构思之后，提出了结构问题。他说："选义按部，考辞就班。"即选择事义，考究文辞，使之按部就班，就是安排好文章的结构。结构是由内容决定的，得根据内容表达的需要进行安排。内容不同,结构也就不一样。陆机说:"或因枝以振叶,或沿波而讨源。或本隐以之显,或求易而得难。或虎变而兽扰,或龙见而鸟澜。"这里以生动的比喻,描述了六种不同的结构方式,这只是举例说明问题,并不是说结构的方式只有这六种。陆机在讨论结构时,特别强调"理扶质以立干,文垂条而结繁"。这种以内容为主干,以文辞为枝条的思想,值得我们注意。有的研究者将陆机看作形式主义文学理论的创始者,是很不公平的。

一篇文章的好坏,和剪裁的关系极为密切。文章往往存在这样或那样的毛病,正如陆机所指出的:"或仰逼于先条,或俯侵于后章,或辞害而理比,或言顺而义妨。"遇到这些情况怎么办呢?用剪裁的办法去掉毛病,就可以成为佳作。不然,则为劣品,所谓"离之则双美,合之则两伤"。文章剪裁是一项细致的工作,陆机提出:"考殿最于锱铢,定去留于毫芒。"经过衡量,文章如仍有不当之处,就要根据法度,加以纠正,使之恰当。

至于语言,陆机认为:第一,要讲究韵律。他说:"其会意也尚巧,其遣言也贵妍。暨音声之迭代,若五色之相宣。"这是说,文章要立意尚巧,遣辞贵妍。至于语言的音调声韵变换,好比五色的相互配合。如果不按韵律乱凑,往往会首尾颠倒;如果乱了五色的次序,就显得污浊而不鲜艳。可见陆机是重视语言韵律的。第二,要有警句。他说:"立片言而居要,乃一篇之警策。虽众辞之有条,必待兹而效绩。亮功多而累寡,故取足而不易。"陆机特别强调熔铸警句,他认为,虽然众多的文辞都有条有理,但是必须依靠警句方能发挥作用。这样做利多弊少,所以就这样做,不再有所更易。第三,要有独创性。他说:"谢朝花于已披,启夕秀于未振。"又说:"虽杼轴于予怀,怵他人之我先。苟伤廉而愆义,亦虽爱而必捐。"

这里强调创作的独创性。陆机明确地表示,要反对因袭,要避免雷同。当然以上引文皆兼指意与辞两个方面。不过,从这里亦可窥见陆机对文学作品语言运用的主张。

陆机关于风格和文体的论述,比较值得我们注意:

曹丕《典论·论文》对"建安七子"的评论和对文气的分析已经涉及作家的气质才性和作品风格的关系问题,但这仅仅是开始。陆机对风格的认识,显然前进了一步。他说:"体有万殊,物无一量,纷纭挥霍,形难为状。"意思是说,文体千差万别,风格各人各样。这是由于作品所反映的客观事物是千姿百态的。这种纷纭万状、变化迅速的客观事物是很难描写的。陆机把文体、风格和客观事物联系在一起,说明文体和风格的多样性。这一见解是十分卓越的。他又说:"故夫夸目者尚奢,惬心者贵当;言穷者无隘,论达者唯旷。"好夸张炫耀的人,崇尚浮艳;要求描写恰切的人,重视精当;谈穷困的人,作品内容狭窄;议论通达的人,作品开阔、开朗。作家的性格、爱好不同,作品的风格则各异。陆机关于作家的性格和作品风格关系的论述,显然受到曹丕《典论·论文》的启发。不过,他的论述仍然比较简略、概括。我国古代文学理论批评中的风格论,直到刘勰才进行了系统的探讨。

曹丕《典论·论文》把文体分为四科八体,而陆机分为十体:"诗缘情而绮靡。赋体物而浏亮。碑披文以相质。诔缠绵而凄怆。铭博约而温润。箴顿挫而清壮。颂优游以彬蔚。论精微而朗畅。奏平彻以闲雅。说炜晔而谲诳。"在文体分类上,陆机显然也前进了一步。对于文体特点的分析,曹丕简略,陆机较详。例如诗赋,曹丕笼统概括为:"诗赋欲丽。"陆机则分别指出:"诗缘情而绮靡,赋体物而浏亮。"其进步是显而易见的。

陆机的"诗缘情而绮靡"说,对我国古代的文学创作和文学理论批评都有很大的影响。朱自清说:"'诗言志'一语虽经引申到士大夫的穷通出处,还不能包括所有的诗。《诗大序》变言'吟咏情性',却又附带'国史……伤人伦之废,哀刑政之苛'的条件,不便断章取义用来指'缘情'之作。《韩诗》列举'歌食'、'歌事',班固浑称'哀乐之心',又特称'各言其伤',都以别于'言志',但这些语句还不能用来独标新目。可是'缘情'的五言诗发达了,'言志'以外迫切地需要一个新标目。于是陆机《文赋》第一次铸成'诗缘情而绮靡'这个新语。"(《诗言志辨·诗言志·作诗言志》)于是,古代诗歌创作方面,就有所谓"言志"派、"缘情"派。在古代诗歌理论方面,就有所谓"言志"说、"缘情"说。历代学士文人对此多有评论,如明人谢榛说:"绮靡重六朝之弊。"(《四溟诗话》卷一)胡应麟说:"'诗缘情而绮靡',六朝之诗所自出也。"(《诗薮·外编》卷二)清人汪师韩说:"以绮丽说诗,后之君子所斥为不知理义之归也。"(《诗学纂闻·绮丽》)或褒或贬,说法不一。我们从文学史上来考察,发现陆机的"缘情"说,确实揭示了诗歌的一些创作规律和艺术特征。因此,它不仅对六朝诗歌有直接的影响,而且,对唐代诗歌的繁荣也起了一定的间接作用。

《文赋》最早见于萧统《文选》卷十七。其注本以李善注及五臣注较为重要。其他《文选》注本,主要是清人及近人校注本,皆可参考。今人注释本主要有:

《文赋注》,唐大圆注,《德言月刊》第一期。

《陆机文赋》,许文雨注,见《文论讲疏》,正中书局1937年1月出版。

《文赋》,程千帆注,见《文论要诠》,开明书店1948年10月出版。按,《文论要诠》,1983年,易名《文论十笺》,由黑龙江人民出版社出版。

《陆机〈文赋〉义证》，李全佳注，《中山学报》二卷二期。
《文赋绎意》，方竑作，《中国文学》（重庆）一卷三期。
《文赋》，北京大学中国文学史教研室注，见《魏晋南北朝文学史参考资料》，中华书局1962年出版。
《文赋》，见郭绍虞、王文生主编《中国历代文论选》（一），上海古籍出版社1979年出版。

今人注释多比前人详细，皆可供参考。

《文赋》历代多有评论，兹不备录。仅录许文雨、骆鸿凯二则，以供参阅。

许文雨说："李善注引臧荣绪《晋书》曰：'机，字士衡，天才绮练，当时称绝，新声妙句，系踪张、蔡。妙解情理，心识文体，故作《文赋》。'（按许引臧书与文略出入）述《文赋》作期，则如杜甫《醉歌行》云：'陆机二十作《文赋》。'评《文赋》体制，则如陆云《与兄平原书》云：'《文赋》甚有辞，绮语颇多。'吴讷《文章辨体》辨骚赋云：'晋陆机《文赋》，已用俳体。'论《文赋》工拙，则如《文心雕龙·总术》云：'昔陆氏《文赋》，号为曲尽，然泛论纤悉，而实体未该。故知九变之贯匪穷，知言之选难备矣。'黄侃则曰：'按《文赋》以辞赋之故，举体未能详备，彦和拓之，所载文体，几于网罗无遗。然经传子史、笔札杂文，难于罗缕，视其经略，诚恢廓于平原，至其诋陆氏非知言之选，则尚待商兑也。'又《文心·序志》云：'《文赋》巧而碎乱。'黄侃则曰：'碎乱者，盖谓其不能具条贯，然陆本赋体，势不能如散文之叙录有纲，此评或过。'并足备参。究以臧《书》'妙解情理，心识文体'二语，足该《文赋》全体，尤征通识。"（《文论讲疏·陆机文赋》）

骆鸿凯《文选学》说："唐以前论文之篇，自刘彦和《文心》而外，简要精切，未有过于士衡《文赋》者。顾彦和之作，意在益后生；士衡之作，意在述先藻。又彦和以论为体，故提纲疏目，条秩分明；士衡以赋为体，故略细明钜，辞约旨隐。要之言文之用心莫深于《文赋》，陈文之法式莫备于《文心》，二者固莫能偏废也。往者李善注《选》，类引事而鲜及意义，独于《文赋》疏解特详，资来学以津梁，阐艺林之鸿宝，意至善也。……"（《文选学》附编二《文选专家研究举例·陆士衡》）

许氏一则，对《文赋》作了总的评价，征引众说，申以己见，比较简要。骆氏一则，以《文赋》与《文心雕龙》相比，立论中肯，对读者都有帮助。至于郭绍虞、王文生主编《中国历代文论选》第一册，吸收了前人的研究成果，对《文赋》之分析更详，并可参考。

《文赋》因用赋写成，文字比较费解。读者除上举之注释本可供参考之外，尚有周振甫《陆机〈文赋〉试译》（《新闻业务》1961年三期），刘禹昌《陆机〈文赋〉译注》（《长春》1962年1、2月号），张怀瑾的《文赋译注》（北京出版社1984年出版），周伟民、萧华荣的《文赋诗品注译》（中州古籍出版社1985年出版），杨明的《文赋诗品译注》（上海古籍出版社1999年出版）等，亦可参阅。

钱钟书《管锥编》第三册有读陆机《文赋》札记一篇，旁征博引，熔古今中外为一炉，颇多新见，值得参考。

最后介绍张少康的《文赋集释》（上海古籍出版社1984年1月出版）。此书内容分校勘、集注、释义三部分，分段进行。校勘部分以宋淳熙贵池尤袤刻本《文选》为底本，校以《唐陆柬之书陆机文赋》、日本遍照金刚《文镜秘府论》及各本《文选》。附有校勘记。集注部分，以收集解放前历代各家注释为主，删去重复部分，按时代先后，取其始见者。释义部分是对《文赋》每一段中主要观点之扼要分析，目的在于揭示其关键之处，并探讨其理论价值及意义。这是一部《文赋》注释的集大成之作，足供参考。本书出版后，张氏又见到台湾徐复观的《陆机〈文赋〉疏释》(收入《中国文学论集续编》,台北学生书局1981年出版)、王礼卿的《〈文赋〉课征》(台湾1966年出版)、杨牧的《陆机〈文赋〉校释》(台湾洪范书店1985年出版)。于是吸收了台湾同行的研究成果,增补修订本书,由人民文学出版社于2002年9月出版修订本。

附:陆云的文论

陆云,字士龙,陆机之弟。生于魏元帝曹奂景元三年(262),卒于晋惠帝太安二年(303)。他是在陆机兵败之后,与陆机同时遇害的。他与陆机齐名,人称"二陆"。《文心雕龙·才略》篇云:"士龙朗练,以识检乱,故能布采鲜净,敏于短篇。"有《陆士龙集》十卷,《晋书》卷五十四有传。

《四库全书总目》著录《陆士龙集》十卷,其提要云:"云与兄机齐名,时称'二陆'。史谓其文章不及机,而持论过之。今观集中诸启,其执辞谏净,陈议鲠切,诚近于古之遗直。至其文藻丽密,词旨深雅,与机亦相上下。平吴二俊,要亦未易优劣也。《隋书·经籍志》载云集十二卷,又称梁十卷,录一卷。是当时所传之本,已有异同。《新唐书·艺文志》但作十卷,则所谓十二卷者,已不复见。至南宋时,十卷之本,又渐湮没。庆元间信安徐民瞻,始得之于秘书省,与机集并刊以行。然今亦未见宋刻,世所行者,惟此本。考史称云所著文词,凡三百四十九篇。此仅录二百余篇,似非足本。盖宋以前相传旧集,久已亡佚,此特裒合散亡,重加编辑,故叙次颇为丛杂……特是云之原集,既不可见,惟藉此以传什一。故悉仍其旧录之,姑以存其梗概焉。"所论版本情况,可供参考。

陆云《与兄平原书》三十五篇颇多论文语,例如:

> 云今意视文,乃好清省,欲无以尚,意之至此,乃出自然。
>
> 《文赋》甚有辞,绮语颇多,文适多体,便欲不清,不审兄呼尔不?
>
> 有作文唯尚多,而家多猪羊之徒。作《蝉赋》二千余言,《隐士赋》三千余言,既无藻伟体,都自不似事,文章实自不当多。……张公文,无他异,正自清省无烦长,作文正尔,自复佳。
>
> 古今之能为新声绝曲者,无又过兄,兄往日文虽多瑰铄,至于文体,实不如今日。
>
> 往日论文,先辞而后情,尚洁而不取悦泽。尝忆兄道张公父子论文,实自欲得,今日便欲宗其言。兄文章之高远绝异,不可复称言,然犹皆欲微多,但清新相接,不以此为病耳。

张溥指出:"士龙与兄书,称论文章,颇贵清省,妙若《文赋》,尚嫌'绮语'未尽。又云:'作文尚多,譬家猪羊耳。'其数四推兄,或云'瑰铄',或云'高远绝异',或云'新声绝曲',要所得意,惟'清新相接'。"(《汉魏六朝百三名家集·陆清河集》题辞)贵"清省",重"清新",可见陆云论文宗旨。陆云关于文章的论述,比较零星,不成系统,刘勰在《文心雕龙·序志》篇中虽然提及,并没有受到研究者的重视。

陆云文,严可均《全晋文》卷一〇〇——〇四辑录其《南征赋》、《九愍》、《与兄平原书》等四十四篇。陆云诗,逯钦立《先秦汉魏晋南北朝诗·晋诗》卷六辑录其《答兄平原诗》、《答张士然诗》、《为顾彦先赠妇往返诗》等三十四首。其诗文集,参阅本书第二编第二章第二节。

西晋太康文学追求辞藻的华美,文风轻绮靡丽。而陆云提倡"清省"、"清新",这是对当时文风痛下针砭。可惜是陆云的主张,在当时并无影响。

郭绍虞先生说:"晋初文学首推二陆,即就文学批评言,二陆亦较为重要。陆云《与兄平原书》凡数十通,大率讨论文事;不过以其过涉琐碎,无关弘旨,故不赘述。"(《中国文学批评史》,百花文艺出版社1999年3月版77页)这里指出陆云文论不为后世重视的原因。郭先生的看法可能是比较普遍的。

第三节　挚虞《文章流别论》与李充《翰林论》

西晋挚虞的《文章流别论》和东晋李充的《翰林论》,虽然皆已亡佚,仅存佚文,但比较重要,都是应该论及的。

《隋书·经籍志》说:"总集者,以建安之后,辞赋转繁,众家之集,日以滋广,晋代挚虞,苦览者之劳倦,于是采摘孔翠,芟剪繁芜,自诗赋下,各为条贯,合而编之,谓为《流别》。"《四库全书总目》也认为总集"体例所成,以挚虞《流别》为始"(卷一八六)。这是认为挚虞《流别》为总集之始。

挚虞,字仲洽,京兆长安(今陕西西安市西北)人。生年不详。少事皇甫谧,才学通博,著述不倦。历任太子舍人、闻喜令、尚书郎、秘书监、太常卿等官。晋怀帝永嘉五年(311),洛阳荒乱,饥饿而死。事见《晋书》卷五十一《挚虞传》。

《晋书》本传云:"虞撰《文章志》四卷……又撰古文章,类聚区分为三十卷,名曰《流别集》,各为之论,辞理惬当,为世所重。"《隋书·经籍志》四著录:"《文章流别集》四十一卷,梁六十卷,志二卷,论二卷。"又"《文章流别志论》二卷。"合二书而观之,可知挚虞有《文章志》四卷,另有《文章流别集》,集中附志、论。由于其书已佚,不得其详。但是,就现存佚文来看,"志"是作者小传,"论"是评论。《文章志》亦可能是《文章流别集》中所附之志。刘师培说:

"文学史者,所以考历代文学之变迁也。古代之书,莫备于晋之挚虞。虞之所作,一曰《文章志》,一曰《文章流别》。志者,以人为纲者也;流别者,以文体为纲者也。"(《搜集文章志材料方法》)这是认为挚虞《文章志》和《文章流别》已具有文学史的性质。可惜二书均已散失,现存的只有《艺文类聚》等类书载录的《志论》十余条。这些残篇已被清人严可均辑入《全晋文》卷七十七。现存的佚文,基本上是论述文体的。论及的文体有颂、赋、诗、七、箴、铭、诔、哀辞、哀策等,其文体分类与后来的《文心雕龙》、《文选》颇为相似。挚虞论文体,或说明文章的性质,或叙述文体的源流,或评论其利弊,颇有一些可取的见解。例如:

> 赋者,敷陈之称,古诗之流也。古之作诗者,发乎情,止乎礼义。情之发,因辞以形之;礼义之旨,须事以明之。故有赋焉,所以假象尽辞,敷陈其志。前世为赋者,有孙卿、屈原,尚颇有古诗之义,至宋玉则多淫浮之病矣。《楚辞》之赋,赋之善者也。故扬子称赋莫深于《离骚》。贾谊之作,则屈原俦也。古诗之赋,以情义为主,以事类为佐。今之赋,以事形为本,以义正为助。情义为主,则言省而文有例矣;事形为本,则言富而辞无常矣。文之烦省,辞之险易,盖由于此。夫假象过大,则与类相远;逸辞过壮,则与事相违;辩言过理,则与义相失;丽靡过美,则与情相悖。此四过者,所以背大体而害政教。是以司马迁割相如之浮说,扬雄疾"辞人之赋丽以淫"。(《艺文类聚》卷五十六、《太平御览》卷五百八十七)

这一条是论赋。首先说明赋之源流,然后指出孙卿、屈原的赋,"颇有古诗之义",即"发乎情,止乎礼义";批评了宋玉赋"淫浮"的毛病。关于汉赋,他肯定了贾谊,批评了"辞人之赋"。他认为"辞人之赋"有"四过",即"假象过大","逸辞过壮","辩言过理"和"丽靡过美"。挚虞的评论,虽然是从正统的儒家思想出发的,但是不乏卓见,对后世文论如《文心雕龙》等颇有影响。所以明人张溥说:"《流别》旷论,穷神尽理,刘勰《雕龙》,钟嵘《诗品》,缘此起议,评论日多矣。"(《汉魏六朝百三名家集·挚太常集》题辞)

挚虞的《文章流别论》佚文,见严可均《全晋文》卷七十七。后被选入许文雨的《文论讲疏》(正中书局1937年1月初版67—84页),郭绍虞、王文生主编的《中国历代文论选》第一册(上海古籍出版社1979年8月第1版190—205页)等选本。明人张溥辑有《挚太常集》一卷,《汉魏六朝百三名家集》本。张氏在其《题辞》中说:"集诗甚少,赋亦远逊茂先(张华),议礼诸文,最称宏辩,与杜元凯(预)、束广微(晳)并生一时,势犹鼎足,二荀(荀颛、荀勖)弗如也。"按挚虞今存诗六首,赋五篇,议礼诸文(包括残篇)约五十余篇。邓国光有《挚虞研究》(香港学衡出版社1990年出版),可供参考。

李充,字弘度,江夏人。生卒年不详。其父为李重弟李矩,曾任汝阴太守,母为著名书法家卫夫人。他于东晋成帝(325—342)时,曾任记室参军、大著作郎、中书侍郎等官。任大著作郎时,在西晋荀勖图书分类的基础上,将图书分为甲、乙、丙、丁,即经、史、子、集四部,为后世图书四部分类之始。著有《翰林论》。《隋书·经籍志》总集类著录:"《翰林论》三卷,李充撰,梁五十四卷。"有人推测,《翰林论》三卷所收为评论,五十四卷的或名《翰林》,专收作品,与挚虞《文章流别集》、《文章流别志论》的形式类似。李充还著有《尚书注》及《周易旨》六篇、《释庄论》上下二篇、诗赋表颂等杂文二百四十首,今多不传。《隋书·经籍志》四著录其集二十二卷,已佚。事见《晋书》卷九十二《李充传》。曹道衡《晋代作家六考·李充》,见《中古文学史论文集》,可参阅。

关于李充的籍贯,《晋书》本传只说是江夏人,没有说明何县。江夏,是郡名,其郡治在安陆(今湖北云梦县)。李充似乎成了安陆人。其实不然。王运熙、杨明著之《魏晋南北朝文学批评史》说:"按江夏李氏为当时望族。据《世说新语·品藻》注引《晋诸公赞》、《栖逸》注引《文字志》及《晋书·李重传》,李充从父重为江夏钟武人。《宋书·州郡志》云:'钟武令,《前汉》属江夏,《后汉》、《晋太康地志》无。'则诸书所云李重为钟武人者,当是用西汉旧名。又《世说新语·言语》注引《中兴书》:'李充字弘度,江夏鄳人也。'又据《三国志·李通传》及注文,李重乃江夏平春人李通曾孙。是李氏籍贯,有钟武、鄳、平春三说。三县皆邻近,均在今河南信阳附近。"(上海古籍出版社1989年6月第1版149页)可供参考。

李充的文学理论批评著作《翰林论》已散失。现存佚文十余条,散见《艺文类聚》、《初学记》、《太平御览》等类书,严可均收入《全晋文》卷五十三。现存佚文多论述文体,例如:

> 表宜以远大为本,不可以华藻为先。若曹子建之表,可谓成文矣。诸葛亮之表刘主,裴公之辞侍中,羊公之让开府,可谓德音矣。

> 研玉(求)名理,而论难王、马,论贵于允理,不求支离,若嵇康之论文矣。

> 在朝辨政而议,奏出宜以远大为本。陆机议晋断,亦名其美矣。

以上三条论述表、论、奏等文体,皆以作品为例,概括文体的特点,比较简略。也有论述作家作品的,例如:

> 潘安仁之为文也，犹翔禽之羽毛，衣被之绡縠。
>
> 木氏《海赋》，壮则壮矣。然首尾负揭，状若文章，亦将由未成而然也。
>
> 应休琏五言诗百数十篇，以风规治道，盖有诗人之旨。

这里论述潘岳文、应璩诗和木华《海赋》的思想、艺术特点，不无特见。如论潘岳一条，就曾为钟嵘《诗品》所引用，并被钟氏称为"笃论"。但是，与挚虞所论相比，显然不如挚氏详赡。

《翰林论》佚文，见严可均《全晋文》卷五十三。后被选入许文雨的《文论讲疏》（正中书局1937年1月初版59—65页）。

第二章　南北朝文学理论批评史料

第一节　刘勰与《文心雕龙》

刘勰，字彦和，东莞莒（今山东莒县）人。约生于宋明帝泰始元年（465）。梁武帝天监初，起家奉朝请，后任中军临川王萧宏记室、车骑仓曹参军、太末令、仁威南康王记室、兼东宫通事舍人等职，深为昭明太子萧统所重。晚年出家为僧，改为慧地，不到一年，约于普通二年（521）去世。著有《文心雕龙》五十篇。事见《梁书》卷五十、《南史》卷七十二《刘勰传》。

关于刘勰的生平，史传记载十分简略，因此，有些问题，尚有待进一步探讨。现在对一些有争论的问题，简单地谈谈自己的看法。

一、刘勰是哪里人？

《梁书·刘勰传》说他是东莞莒（今山东莒县）人。其实这只是祖籍。他的父辈、祖父辈和他自己都是出生在南徐州南东莞郡的京口（今江苏镇江市）。刘勰的祖父刘灵真，生平事迹不详。我们只知道他是南朝宋司空刘秀之的弟弟。刘勰的父亲刘尚,生平事迹亦不详。史称他曾任越骑校尉。

二、刘勰为何不结婚?

《梁书》本传说他因为家里穷,以致不能结婚。这一说法值得商榷。第一,刘勰的父亲刘尚,官至越骑校尉,俸禄约为二千石,他即使在刘勰的幼年就逝世,刘勰也不至于一贫如洗。第二,刘勰如果真的穷到无法维持生活,如何"笃志好学"。第三,退一步说,即使在南朝齐,因为家贫无法结婚,而他入梁以后,即步入官场,又为何不结婚呢?因此,可以断言,《梁书》此说不可信。又有人认为,刘勰不结婚是因为居母丧。请问,居母丧三年之后,又为何不结婚?显然不能自圆其说。那么,刘勰究竟为什么不结婚呢?有人认为,最为可能的原因,是他信仰佛教。这类情况在当时是有的,僧祐避婚(见《高僧传·僧祐传》)就是因为信仰佛教而不肯结婚的例子。由此,我们可以理解刘勰不婚娶的原因。但是,当时的刘勰和僧祐不同,他并不完全信仰佛教。他在《文心雕龙·程器》篇中说:"穷则独善以垂文,达则奉时以骋绩。"他希望能有"达"时,以施展才能,而在那"上品无寒门"的社会中,出身寒门的刘勰是不可能得到重用的。如果想得到重用,得为统治者创业出大力,立大功。当时没有这样的机会。那么只有与士族联姻,通过婚姻关系改变自己的地位。可是当时士庶区别很严,并不是每个人都有这种机会。也许刘勰没有这种机会,所以就不结婚了。总之,对于刘勰"不婚娶"有各种不同的解释,直到现在,还没有一种解释是大家感到满意的。

三、《文心雕龙》一书完成于何时?

据清人刘毓崧《书〈文心雕龙〉后》(《通义堂文集》卷十四)一文的考证,完成于"南齐之末"。刘氏的根据主要是《文心雕龙·

时序》篇中的这一段话:"暨皇齐驭宝,运集休明,太祖以圣武膺箓,世(高)祖以睿文纂业,文帝以贰离含章,高(中)宗以上哲兴运,并文明自天,缉遐(熙)景祚。"这一段话有三点是值得注意的:第一,《时序》篇所述,自唐虞到刘宋,历代皆只举代名,而特别在"齐"字上面加一"皇"字。第二,《时序》篇对魏晋皇帝,只称谥号而不称庙号,到齐代四帝,除文帝因身后追尊,只称为帝,其余皆称祖称宗。第三,《时序》篇对历代文章,皆有褒有贬,唯对齐代竭力颂美,绝无批评。据此,《文心雕龙》一书当完成于南齐之末。此外,我们还可以补充一条旁证:即《明诗》、《通变》、《才略》等篇所论述的朝代皆到南朝宋为止,齐代作者全未涉及。这也从旁证明《文心雕龙》完成于齐代。至于完成的具体年代,刘毓崧说:"东昏上高宗之庙号,系永泰元年八月事,据高宗兴运之语,则成书必在是月以后。梁武帝受和帝之禅位,系中兴二年四月事,据'皇齐驭宝'之语,则成书必在是月以前。其间首尾相距,将及四载。"这条论断也是可信的。按齐明帝永泰元年是公元498年,齐和帝中兴二年是公元502年,即《文心雕龙》完成于公元498年至502年之间。《文心雕龙·时序》篇说:"今圣历方兴,文思充被,海岳降神,才英秀发,驭飞龙于天衢,驾骐骥于万里,经典礼章,跨周轹汉,唐虞之文,其鼎盛乎!"这是《文心雕龙》的写作进入尾声,刘勰对当时皇帝歌功颂德的话。刘毓崧认为,"今圣"是指齐和帝萧宝融。我们结合《文心雕龙》完成的时间来考察,是有道理的。

四、刘勰与萧统的关系。

萧统是梁武帝萧衍的长子。齐和帝中兴元年(501)生,梁武帝天监元年(502)十月立为皇太子。刘勰任东宫通事舍人时,萧统只有十一岁。刘勰兼任东宫通事舍人达六七年之久,自然和萧统接触较多。而萧统爱好文学,喜欢与文人学士交往。当时的文士如刘孝绰、殷芸、陆倕、王筠、到洽等,都受到礼遇。作为东宫通事舍人的刘勰也是太子喜欢接触的人,所以,《梁书·刘勰传》说萧统对刘勰"深爱接之"。遗憾的是,除此以外,史书并无其他记载。我们认为,萧统喜欢接触刘勰的原因,固然由于刘勰是东宫通事舍人,更主要的则是由于刘勰是一个杰出的文艺理论家,可与他赏奇析疑,共同讨论文学上的问题。从《文选》看来,萧统在文体分类和诗文的选择上,显然受到刘勰的影响。同时,我们还应看到刘勰是一个佛教徒,而太子"亦崇信三宝,遍览众经,乃于宫内别立慧义殿,专为法集之所。招引名僧,谈论不绝"(《梁书·昭明太子传》),也是一个信仰佛教的人。他们有谈话的共同基础,彼此之间,喜欢接触交往,本是极为自然的事。

五、刘勰的生卒年问题。

刘勰的生卒年,由于史无明文,难以断定。今人范文澜先生根据刘毓崧《书〈文心雕龙〉后》一文,略考刘勰身世,推测刘勰之生,"当在宋明帝泰始元年(465)前后"。"至齐明帝建武三四年……乃感梦而撰《文心雕龙》,时约三十三四岁,正与《序志》篇'齿在逾立'之义合"。"本传云:'有敕与慧震沙门于定林寺撰经。证功毕,遂启求出家,敕许之。乃于寺变服,改名慧地,未期而卒。'定林寺撰经,在僧祐没后……大抵一二年即毕功,因求出家,未期而卒,事当在武帝普通元二年(520—521)"。"彦和自宋泰始初生,至普通元二年卒,计得五十六七岁"(见《文心雕龙注·序志》篇注⑥)。

关于刘勰的生年,研究者尚无异说。至于卒年,前几年,有的研究者根据《兴隆佛教编年通论》(南宋释祖琇撰)、《佛祖统纪》(南宋释志磐撰)、《释氏通鉴》(南宋释本觉撰)、《佛教历代通载》(元释念常撰)、《释氏稽古录》(元释觉岸撰)等佛教史籍的记载,或推断为大同四年或五年(538—539),或推断为中大通四年

（532）。（参阅李庆甲《刘勰卒年考》，见《文学评论丛刊》一辑〔1978年〕，杨明照《刘勰卒年初探》，见《学不已斋杂著》，上海古籍出版社1985年10月出版。）我认为都难以成立。这五部佛教史籍，以《兴隆佛教编年通论》成书最早，是公元1163年至1164年编成的。后四部书的有关记载，或抄袭或参考此书编成的。现在我将《兴隆佛教编年通论》中的有关记载抄录如下：

> （大同）三年四月，昭明太子薨。……名士刘勰者，雅无（当作"为"）太子所重，撰《文心雕龙》五十篇。……累官通事舍人。表求出家，先燔须自誓。帝嘉之，赐法名惠（通"慧"）地。

这里，把昭明太子萧统的卒年定于大同三年，显然是错误的。萧统卒于中大通三年。这段记载是先述萧统的去世，然后旁及东宫通事舍人刘勰，并不是刘勰的变服出家在萧统卒后。由于有的研究者对这段记载的误解，引起了许多议论，实难以令人信服。再说，这段记载只是在《梁书·刘勰传》的基础上编写的，编者并没有掌握任何新的资料，怎么能够提供刘勰卒年的新证据呢？没有新证据，又怎么能够得出新的结论呢？因此，关于刘勰的生平，我仍然采用范说。

由于刘勰的生平事迹，史籍所载语焉不详。兹将旧作《刘勰年谱》附录于后，以供参考。

附：刘勰年谱
宋明帝泰始元年（465）刘勰生。一岁。
正月，宋前废帝刘子业改元永光。八月，宋尚书令柳元景谋立江夏王义恭，事泄，皆死。宋帝改元景和。十一月，宋湘东王彧主衣阮佃夫等杀帝。十二月,拥彧即位,改元泰始,是为太宗明皇帝。

孔稚珪十九岁。王俭十四岁。谢朓二岁。萧子良六岁。沈约二十五岁。江淹二十二岁。任昉六岁。刘峻四岁。丘迟二岁。萧衍二岁。王僧孺一岁。柳恽一岁。

《梁书·刘勰传》:"刘勰,字彦和,东莞莒(今山东莒县)人。祖灵真,宋司空秀之弟也。父尚,越骑校尉。"按:刘勰一族,永嘉乱后,即世居京口(今江苏镇江市)。莒县是其祖籍,实江苏镇江人。

泰始二年(466)刘勰二岁。

正月,宋晋安王子勋即皇帝位于寻阳,改元义嘉。八月,宋将沈攸之入寻阳,杀晋安王子勋,大乱粗平。十月,宋尽杀孝武帝诸子。鲍照卒,时年五十三岁(?)。谢庄卒,时年四十六岁。

泰始三年(467)刘勰三岁。

顾欢撰《夷夏论》。

八月,魏铸大佛,高四十三尺,用铜十万斤,黄金六百斤。

王融生。

泰始四年(468)刘勰四岁。

宋道士陆修静至建康。钟嵘生(?)。

泰始五年(469)刘勰五岁。

二月,宋柳欣慰等谋立庐江王袆,事泄,欣慰等被杀,袆旋亦死。

吴均生。裴子野生。周捨生。

泰始六年(470)刘勰六岁。

九月,宋立总明观,置祭酒一人,分儒、玄、文、史四科,科置学士各十人。

陆倕生。

泰始七年(471)刘勰七岁。

八月,魏献文帝传位于子弘,改元延兴,是为高祖孝文皇帝。

宋道士陆修静上《三洞道经目录》。

殷芸生。

刘勰梦见锦缎似的彩云。

《文心雕龙·序志》:"予生七龄,乃梦彩云若锦,则攀而采之。"

宋明帝泰豫元年(472)刘勰八岁。

正月,宋改元泰豫。四月,宋明帝卒,皇太子昱嗣。

陆厥生。徐摛生。

宋苍梧王元徽元年(473)刘勰九岁。

正月,宋改元元徽。四月,魏以孔子后代为崇圣大夫,给十户供洒扫。

王俭撰《七志》四十卷成,上表献之。

元徽二年(474)刘勰十岁。

五月,宋桂阳王休范以清君侧为名起兵寻阳,建康大震。用右卫将军萧道成议,坚守以待。道成使越骑校尉张敬儿诈降,杀休范,破其余党。六月,宋以萧道成为中领军,参决朝政。

元徽三年(475)刘勰十一岁。

张率生。

元徽四年(476)刘勰十二岁。

六月,魏冯太后鸩太上皇,改元承明,以太皇太后复临朝称制。七月,宋平王景素据京口起兵,旋败死。

元徽五年、宋顺帝昇明元年(477)刘勰十三岁。

三月,宋道士陆修静卒,年七十二岁。四月,宋阮佃夫等谋废立,事泄,被杀。七月,萧道成使人杀宋帝,贬苍梧王。立安王准,改元昇明，道成录尚书事。十二月，宋荆州刺史沈攸之起兵反萧道成。宋司徒袁粲等据石头城反萧道成，败死。

到沆及其从兄到溉、到洽皆本年生。

昇明二年(478) 刘勰十四岁。

正月，沈攸之败死。二月，宋进萧道成为太尉，都督南徐等十六州诸军事。四月，萧道成杀南兖州刺史黄回。九月，宋以萧道成假黄钺、大都督中外诸军事、太傅、扬州牧。

昇明三年、齐高帝建元元年(479) 刘勰十五岁。

三月，宋以萧道成为相国，总百揆，封齐公、加九锡。四月，萧道成进爵齐王。萧道成称皇帝，改元建元，是为齐太祖皇帝。以宋帝为汝阴王，继杀之，追谥顺帝，宋亡。

刘杳生。

建元二年(480) 刘勰十六岁。

齐以司徒右长史檀超与骠骑记事江淹为史官。

王籍生。

建元三年(481) 刘勰十七岁。

齐司徒褚渊上臧荣绪所作《晋书》。

王筠生。

刘孝绰生。

建元四年(482) 刘勰十八岁。

正月，齐置国子学生二百人。三月，齐高帝卒，皇太子赜嗣，是为世祖武皇帝。九月，齐罢国子学。十一月，魏以古制祠七庙。刘勰幼年丧父，他意志坚强，努力学习。《梁书》本传说他因家穷不能结婚。

《梁书·刘勰传》："勰早孤，笃志好学。家贫不婚娶。"

齐武帝永明元年(483) 刘勰十九岁。

正月，齐改元永明。

永明二年(484)刘勰二十岁。

刘勰投靠高僧僧祐,在定林寺帮助僧祐搜集、整理佛经。

《高僧传·僧祐传》:"(僧祐)永明中,敕入吴,试简五众,并宣讲十诵,更伸受戒之法。凡获信施,悉以治定林、建初及修缮诸寺,并建无遮大集舍身斋等。及造立经藏,抽校卷轴。……初,祐集经藏既成,使人抄撰要事,为《三藏记》、《法苑记》、《世界记》、《释迦谱》及《弘明集》等,皆行于世。"

《梁书·刘勰传》:"(刘勰)依沙门僧祐,与之居处积十余年,遂博通经论,因区别部类,录而序之。今定林寺经藏,勰所定也。"

刘潜生。

永明三年(485)刘勰二十一岁。

正月,齐复立国学,释奠孔子用上公礼。

四月,齐省总明观。

永明四年(486)刘勰二十二岁。

魏改中书学曰国子学。

永明五年(487)刘勰二十三岁。

正月,魏定乐章,除非雅者。十二月,魏重修国书,改编年为纪传、表、志。

春,沈约受敕撰《宋书》。

齐竟陵王子良移居鸡笼山邸,集学士抄五经百家,为《四部要略》千卷。时萧衍、沈约、谢朓、王融、萧琛、范云、任昉、陆倕八人号称"竟陵八友"。(事见《梁书·武帝本纪》)

萧子良门下宾客范缜著《神灭论》。高允卒,时年九十八。庾肩吾生。

永明六年(488)刘勰二十四岁。

二月,齐沈约上《宋书》。

齐王俭、贾渊撰《百家谱》。

刘遵生。王规生。

永明七年(489)刘勰二十五岁。

齐使何胤续撰新礼。

齐儒者刘瓛卒,时年五十六岁。王俭卒,时年三十八岁。

萧子显生。

永明八年(490)刘勰二十六岁。

刘缅生。

永明九年(491)刘勰二十七岁。

三月三日,齐武帝萧赜在芳林园修禊,宴朝臣,与会者有江淹等四十五人,饮酒赋诗,王融作《曲水诗序》,辞富丽,为当时所重。

永明十年(492)刘勰二十八岁。

五月,奉朝请陶弘景上表辞禄,归隐茅山。

齐裴子野撰《宋略》二十卷。

高僧超辩卒。僧祐为造碑墓所,刘勰为制文。(《高僧传·释超辩传》)

永明十一年(493)刘勰二十九岁。

七月,齐世祖武皇帝卒,孙昭业嗣,后被废,是为郁林王。九月,魏迁都洛阳。

齐陆厥、沈约论四声。

王融卒,时年二十七岁。

郁林王隆昌元年、海陵王延兴元年、齐明帝建武元年(494)刘勰三十岁。

正月,齐改元隆昌。七月,齐西昌侯萧鸾杀齐帝,贬号郁林王,立新安王昭文,改元延兴。鸾录尚书事,晋爵宣城公。九月萧鸾大杀齐诸王。十月,萧鸾晋爵为宣城王,旋废齐帝为海陵王,自为皇帝,改元建武,是为高宗明皇帝。

萧子良卒,时年三十五岁。

建武二年(495)刘勰三十一岁。

四月,魏帝往鲁,亲祀孔子,封孔子后代为崇圣侯。八月,魏立国子、太学、四门、小学于洛阳。九月,魏六宫百官迁于洛阳。温子昇生。

刘勰夜梦手捧红漆礼器,随孔子向南走,决定撰写《文心雕龙》。

《文心雕龙·序志》:"齿在逾立,则尝夜梦执丹漆之礼器,随仲尼而南行;旦而寤,乃怡然而喜,大哉圣人之难见也,乃小子之垂梦欤!自生人以来,未有如夫子者也。敷赞圣旨,莫若注经,而马郑诸儒,弘之已精,就有深解,未足立家。唯文章之用,实经典枝条,五礼资之以成,六典因之致用,君臣所以炳焕,军国所以昭明,详其本源,莫非经典。而去圣久远,文体解散,辞人爱奇,言贵浮诡,饰羽尚画,文绣鞶帨,离本弥甚,将遂讹滥。盖《周书》论辞,贵乎体要;尼父陈训,恶乎异端。辞训之异,宜体于要。于是搦笔和墨,乃始论文。"

建武三年(496)刘勰三十二岁。

邢邵生。周弘正生。

建武四年(497)刘勰三十三岁。

张融卒,时年五十四。

建武五年、永泰元年(498)刘勰三十四岁。

四月,齐改元永泰。齐大司马王敬则起兵会稽,五月,败死。七月,齐高宗明皇帝卒,皇太子宝卷嗣。后废,称东昏侯。

苏绰生。

东昏侯永元元年(499)刘勰三十五岁。

正月,齐改元永元。四月,魏孝文皇帝卒,子洛嗣,是为世宗宣武皇帝。八月,齐始安王遥光起事,败死。齐帝因大杀大臣。

谢朓卒,时年三十六岁。陆厥卒,时年二十八岁。张缵生。

永元二年(500)刘勰三十六岁。

三月,齐平西将军崔慧景起兵围建康,四月,败死。十月,齐害尚书令萧懿。十一月,齐雍州刺史萧衍起兵襄阳。十二月,齐西中郎长史萧颖胄起兵江陵,奉南康王宝融为主。魏于洛阳伊阙山造石窟佛像。

祖冲之卒,时年七十二。

齐和帝中兴元年(501)刘勰三十七岁。

正月,齐南康王宝融称相国,三月,即皇帝位于江陵,改元中兴,是为和帝。六月,齐巴陵王昭胄谋自立,事泄,死。七月,雍州刺史张欣泰等谋立建康王宝寅,败死。九月,萧衍督师至建康,十月,围宫城。十二月,齐雍州刺史王珍国杀齐帝,迎萧衍,以宣德太后令废齐帝为东昏侯,衍为中书监、大司马、录尚书事。

孔稚珪卒,时年五十五岁。萧统生。

《文心雕龙》写完。此书得到沈约的好评。

《梁书·刘勰传》:"勰撰《文心雕龙》五十篇,论古今文体,引而次之。……既成,未为时流所称。勰自重其文,欲取定于沈约;约时贵盛,无由自达。乃负其书候约出,干之于车前,状若货鬻者。约便命取读,大重之,谓为深得文理,常陈诸几案。"

中兴二年、梁武帝天监元年(502)刘勰三十八岁。

正月,齐大司马萧衍都督中外诸军事,加殊礼;旋为相国,封梁公,加九锡。二月,萧衍进爵梁王,大杀齐明帝子弟,迎和帝于江陵。四月,萧衍称皇帝,改元天监,是为梁高祖武皇帝。以齐帝为巴陵王,翌日杀之,齐亡。

刘勰"起家奉朝请"(《梁书·刘勰传》)。可能是沈约的引荐。

刘绘卒,时年四十五。

天监二年(503)刘勰三十九岁。

萧纲生。范云卒,时年五十三。

天监三年(504)刘勰四十岁。

刘勰任中军临川王萧宏记室。

梁武帝率僧俗二万人,在重云殿重阁,宣布"舍道归佛"。

《梁书·刘勰传》:"中军临川王宏引兼记室。"

《梁书·临川王宏传》:"临川靖惠王宏,字宣达,太祖第六子也。……天监元年,封临川郡王。……三年,加侍中,进号中军将军。"据此刘勰任萧宏记室,当在天监三年以后。

天监四年(505)刘勰四十一岁。

正月,梁置五经博士各一人,弟子员通明者除吏;又于州郡立学。六月,梁立孔子庙。江淹卒,时年六十二岁。王巾(一作中)卒,生年不详。

天监五年(506)刘勰四十二岁。

到沆卒,时年三十。

魏收生。

天监六年(507)刘勰四十三岁。

范缜从广州召还,为中书郎。发表《神灭论》,与曹思文等六十四人,展开辩论。徐陵生。

天监七年(508)刘勰四十四岁。

任昉卒,时年四十九岁。丘迟卒,时年四十五岁。萧绎生。

梁武帝命僧旻于定林寺编《众经要抄》,刘勰与其事。

《续高僧传·释宝唱传》:"天监七年,帝以法海浩汗,浅识难寻,敕庄严僧旻,于定林上寺缵《众经要抄》八十八卷。"又《释僧旻传》:"仍选才学道俗释僧智、僧晃、临川王记室东莞刘勰等三十人,同集上定林寺钞一切经论,以类相从,凡八十(八)卷,皆令取衷于勰。"

天监八年(509)刘勰四十五岁。

五月,梁诏试通经之士,不限门第授官。十一月,魏帝为诸僧及朝臣讲佛经,于是佛教大盛,州郡共有一万三千余寺,僧至二百万。

刘勰任车骑仓曹军。(《梁书·刘勰传》)

天监九年(510)刘勰四十六岁。

三月,梁武帝亲临讲肄于国子学,令皇太子及王侯之子入学受业。十月,梁行祖冲之大明历。

刘勰"出为太末令,政有清绩"。(《梁书·刘勰传》)

天监十年(511)刘勰四十七岁。

天监十一年(512)刘勰四十八岁。

十一月,梁修五礼成。

刘勰任仁威南康王记室。(《梁书·刘勰传》)

《梁书·南康王绩传》:"南康简王绩,字世谨,高祖第四子。天监八(七)年,封南康郡王。……十年,迁使持节、都督南徐州诸军事、南徐州刺史,进号仁威将军。"据此,刘勰任仁威南康王记室,当在天监十一年前后。刘勰兼东宫通事舍人。(《梁书·刘勰传》)

天监十二年(513)刘勰四十九岁。

闰三月,沈约卒,时年七十三岁。

庾信生。王褒生。

天监十三年(514)刘勰五十岁。

刘昼生。

天监十四年(515)刘勰五十一岁。

正月,魏世宗宣武皇帝卒,子诩嗣,是为肃宗孝明皇帝。九月,魏胡太后临朝称制。

天监十五年(516) 刘勰五十二岁。

十一月,胡太后作永宁寺,又开凿伊阙。菩提达摩至洛阳,见永宁寺建筑,叹未曾有。

剡山石城寺大石佛像,僧祐于天监十二年始建,至十五年春竣工。刘勰为作《梁建安王造剡山石城寺石像碑》文。(据《高僧传·释僧护传》)

天监十六年(517) 刘勰五十三岁。

柳恽卒,时年五十三岁。

天监十七年(518) 刘勰五十四岁。

八月,魏补刻熹平石经。十月,魏遣宋云与惠生赴西域求佛经。

钟嵘卒(?)。何逊卒(?)。

五月,僧祐卒,刘勰为作碑文。

《高僧传·释僧祐传》:"(祐)以天监十七年五月二十六日,卒于建初寺,春秋七十有四。因窆于开善路西,定林之旧墓也。弟子正度立碑颂德,东莞刘勰制文。"

八月,刘勰因上表言二郊飨荐与七庙同应改用蔬果,有功,迁任步兵校尉,仍兼东宫通事舍人。

《梁书·刘勰传》:"时七庙飨荐,已用蔬果。而二郊农社,犹有牺牲。勰乃表言二郊宜与七庙同改。诏付尚书议,依勰所陈。迁步兵校尉,兼舍人如故。"

昭明太子萧统爱好文学,很喜欢与刘勰交往。(据《梁书·刘勰传》)

《梁书·昭明太子传》:"昭明太子统,字德施。高祖长子也。……引纳才学之士,赏爱无倦。恒自讨论篇籍,或与学士商榷古今。闲则继以文章著述,率以为常。于时东宫有书几三万卷,名才并集。文学之盛,晋宋以来,未之有也。"

天监十八年(519)刘勰五十五岁。

　　沙门慧皎著《高僧传》,始于汉永平,终于天监十八年。凡四百五十余载,传二百五十七人。

　　江总生。

　　刘勰奉梁武帝之命,与沙门慧震于定林寺修纂佛经。(据《梁书·刘勰传》)

梁武帝普通元年(520)刘勰五十六岁。

　　正月,梁改元普通。七月,魏侍中元乂杀清河王怿,幽胡太后。魏改元正光。

　　吴均卒,时年五十二岁。

　　刘勰完成佛经整理任务。上表要求出家,梁武帝批准。于是在定林寺变服为僧,改名慧地。(据《梁书·刘勰传》)

普通二年(521)刘勰五十七岁。

　　刘峻卒,时年六十岁。

　　刘勰卒。

　　《梁书·刘勰传》:刘勰出家后,"未期而卒"。

　　又有:

　　《〈梁书·刘勰传〉笺注》,杨明照笺注,见《文心雕龙校注拾
　　　遗》,上海古籍出版社1982年12月第1版385—413页。
　　《刘勰年谱汇考》,牟世金作,巴蜀书社1988年1月出版。

杨氏《笺注》和牟氏《汇考》,考证刘勰生平事迹详细,皆可参考。

　　刘勰的著作最负盛名的是《文心雕龙》。除此以外,仅存《梁

建安王造剡山石城寺石象碑》（见《会稽掇英总集》卷十六）和《灭惑论》（见《弘明集》卷八）两篇，至于文集，久已失传了。

《文心雕龙》十卷，分上、下编，共五十篇（其中《隐秀》一篇残缺）。其内容大致可以分为五个部分。

首先是刘勰所谓的"文之枢纽"，即总论，包括《原道》、《征圣》、《宗经》、《正纬》、《辨骚》五篇。这五篇，表达了《文心雕龙》的基本思想。《序志》篇说："盖《文心》之作也，本乎道，师乎圣，体乎经，酌乎纬，变乎骚，文之枢纽，亦云极矣。"意思是说，他的《文心雕龙》写作的基本原则是，以道为本，以"圣人"为师，以儒家经书为楷模，参酌纬书的文辞和《楚辞》写作上的发展变化。他认为文章的关键问题，也不过是这些了。这是刘勰对《文心雕龙》基本思想的概括，也是全书的总纲。

《原道》篇指出，天之"文"如日月，地之"文"如山川，都是道的表现。作为"五行之秀"、"天地之心"的人，"言立而文明"，那是很自然的事情。而"道沿圣以垂文，圣因文而明道"，道通过"圣人"表达在文章里，"圣人"通过文章来阐明道。这个"道"，显然是指儒家思想。《征圣》篇主张写作文章以"圣人"为师。它说："征之周孔，则文有师矣。"他认为文章能以周公、孔子为准则，就有了老师了。《宗经》篇说："经也者，恒久之至道，不刊之鸿教也。"他把儒家的经书看作永恒的真理，不可磨灭的伟大教言。所以他认为文章能以儒家经书为楷模，则从思想内容到艺术形式都有种种优点。以上三篇，刘勰对《文心雕龙》的原道、征圣、宗经的基本思想的表达已十分清楚了。在《正纬》和《辨骚》两篇中，他对"纬"和"骚"加以辨正。这是因为"纬""无益经典而有助文章"，"前代配经，故详论焉"。而"骚"是"奇文郁起"，它"轩翥诗人之后，奋飞辞家之前"。其特点是："虽取熔经意，亦自铸伟辞。"并且对后世影响很大："其衣被词人，非一代也。"所以，刘勰把"纬"与"骚"也列为"文之枢纽"。

"文之枢纽"五篇所表达的思想，基本上是儒家思想。这种思想是贯串全书的。

其次，是关于文体的论述。《文心雕龙》上半部，除总论五篇之外，都是关于文体的论述。

在中国文学史上，魏晋以后，文学观念逐渐明确，文学开始有别于"经"、"史"、"子"。人们注意区分文学作品与非文学作品的界限，因此，也比较注意文体问题的探讨。魏曹丕的《典论·论文》、西晋陆机的《文赋》以及挚虞的《文章流别论》、李充的《翰林论》都有关于文辞的论述，不过今天能见到的有的残缺严重，有的很简略。而《文心雕龙》文体分类繁密，探讨各种文体的性质、源流和写作特点，系统完整，十分细致。

《文心雕龙》专论文体的文章达二十篇，论及当时的文体三十三类，即诗、乐府、赋、颂、赞、祝、盟、铭、箴、诔、碑、哀、吊、杂文、谐、讔、史传、诸子、论、说、诏、策、檄、移、封禅、章、表、奏、启、议、对、书、记。如果加上《辨骚》篇中的"骚"体，则为三十四类。各体之中，往往子类繁多。这里就不再列举了。

《文心雕龙》论文体，又分为"文"、"笔"两部分。《序志》篇说："论文叙笔，则囿别区分。"说的就是这个意思。文体论二十篇，《谐讔》之前为"文"，《史传》之后为"笔"。什么叫做"文"、"笔"呢？刘勰说："无韵者'笔'也，有韵者'文'也。"（《总术》）文笔之说是文论家们对文学作品的性质和体制的探讨，提高了人们对文学特点的认识。

《文心雕龙》论文体各篇的内容，包括四项，即"原始以表末，释名以章义，选文以定篇，敷理以举统"（《序志》）。意思是，他论文体的各篇要做到：一、叙述各体文章的起源和演变情况；二、说明各种体裁名称的含义；三、评述各体文章的代表作家和代表作品；四、论述各体文章的写作理论和特点。

《文心雕龙》关于文体的论述详细、完整，如《明诗》、《乐府》、《诠赋》等篇类似分体文学简史，其中对各体作家作品多有比较中肯的评论。但是，也还存在芜杂、琐碎和对文学的范围认识不明确的毛病，例如，把诸子、史传看作文学作品，甚至与文学毫无关系的符、契、券、疏、谱、籍、簿、录之类，也加以论列，这都是不足之处。

第三，关于文学创作及有关问题的论述。包括以第二十六篇《神思》到第四十六篇《物色》共二十一篇。这是全书的精华部分。

刘勰论创作涉及的问题很多，他对文学与现实的关系、文学的继承与创新、文学作品的内容和形式、艺术构思、创作过程、文学风格和写作方法等问题，都进行了详细、深入的论述。

文学与现实的关系问题是文艺理论中的一个根本问题。唯物论者认为一定时代的文学是一定时代的社会生活的反映。唯心论者认为文学是作家天才的创造。刘勰认识到政治、社会环境对文学的影响，在《时序》篇中，他论述了历代文学之后，指出："文变染乎世情，兴废系乎时序。"即作品变化受社会情况的影响，文学的盛衰决定于时代的变换。这一观点具有朴素唯物论的精神，在当时历史条件下是十分可贵的。在《物色》篇中，他还论述了文学与自然景色的关系。他认为："情以物迁，辞以情发。"这是说，四时景色的变化，影响到人的感情而产生了文辞。这一看法同样是值得我们珍视的。

《通变》篇是论述文学发展中的继承和创新问题。从文学发展看，就其不变的实质而言为"通"，即指继承方面；就其日新月异的现象而言为"变"，即指创新方面。《通变》篇"赞"说："文律运周,日新其业。变则其久,通则不乏。趋时必果,乘机无怯。望今制奇,参古定法。"这里肯定文学的发展是日新月异的,指出善于创新则能持久,善于继承则不贫乏,适应时代要果断,抓住机会不要胆怯,要看到文学发展的趋势而创造出优秀的作品,参考古代的杰作确定写作的法则。这些意见在今天仍有借鉴意义。

文学作品的内容和形式的问题是文艺理论中的一个重要问题。刘勰主张内容和形式并重,他说:"夫水性虚而沦漪结,木体实而花萼振,文附质也。虎豹无文则鞟同犬羊,犀兕有皮而色资丹漆,质待文也。"(《情采》)所谓"质",指思想内容;所谓"文",指语言形式。"文附质","质待文",都是指内容和形式的紧密结合。当然,内容和形式并不是并列的,而是有主从之分的。刘勰认为内容是主导的,是决定形式的。"情者文之经,辞者理之纬,经正而后纬成,理定而后辞畅。"有了充实的内容,然后确定合适的形式,做到内容和形式和谐地完美地结合在一起,这是文章的最高境界。

《神思》篇专论艺术构思。刘勰说:"文之思也,其神远矣。故寂然凝虑,思接千载,悄焉动容,视通万里;吟咏之间,吐纳珠玉之声;眉睫之前,卷舒风云之色:其思理之致乎?……夫神思方运,万涂竞萌,规矩虚位,刻镂无形,登山则情满于山,观海则意溢于海,我才之多少,将与风云而并驱矣。"这里对想象作了生动的描写。在艺术构思中,想象是十分重要的。通过它可以把具体的生活熔铸成生动的文学作品。想象可以补充作家经验和感受的不足,使作品更加丰富多采,鲜明动人。刘勰所论"神思"的某些特点,与今人所说的"形象思维"颇为相近。

关于创作的方法步骤,在《熔裁》篇中,刘勰提出了"三准"说。他说:"是以草创鸿笔,先标三准:履端于始,则设情以位体;举正于中,则酌事以取类;归余于终,则撮辞以举要。"意思是,动笔写文章前先注意三项准则：首先，根据内容，确定体裁；其次，选择事例，斟酌用典；最后，选用文辞，突出重点。这是对创作方法步骤的分析，反映了刘勰对创作规律的一些认识，值得我们重视。

文学风格，刘勰在《体性》篇中分为典雅、远奥、精约、显附、繁缛、壮丽、新奇、轻靡八体。并对各体的特点加以概括："典雅者，熔式经诰，方轨儒门者也；远奥者，馥采典文，经理玄宗者也；精约者，核字省句，剖析毫厘者也；显附者，辞直义畅，切理厌心者也；繁缛者，博喻酿采，炜烨枝派者也；壮丽者，高论宏裁，卓烁异采者也；新奇者，摈古竞今，危侧趣诡者也；轻靡者，浮文弱植，缥缈附俗者也。"意思是说，所谓典雅，就是取法儒家经书，遵循儒家轨道的；所谓远奥，就是藻采深隐，文辞曲折含蓄，以道家思想为主的；所谓精约，就是词句简练，分析细致的；所谓显附，就是文辞质直，意旨晓畅，切合事理，使人满意的；所谓繁缛，就是比喻广博，文采繁富，善于铺陈，光彩照人的；所谓壮丽，就是议论高超，体裁宏伟，辞采不凡的；所谓新奇，就是抛弃陈旧，追求新颖，冷僻奇险，趋于诡异的；所谓轻靡，就是文辞浮华，根底浅薄，内容空虚，投合时俗的。这是刘勰在论述作家的个性与文学风格问题时概括的八种风格特点。在《风骨》篇中，刘勰对文学作品提出更高的要求，要求作品"风清骨峻"，即具有明朗健康、遒劲有力的风格特点。刘勰这一主张，是总结了中国齐梁以前文学，特别是建安文学的优良传统提出的。它对唐代文学有很大的影响。

除了上述内容之外，刘勰还以专篇论述了写作方法（《总术》），声律（《声律》），对偶（《丽辞》），用典（《事类》），夸张（《夸饰》），比兴（《比兴》），用词（《练字》），字、句、章的安排（《章句》）等问题。这是由于当时文学的发展，促使他对文学形式作进一步的研究。

第四,关于文学批评的论述。《才略》《知音》《程器》三篇是文学批评的专篇论文,其中以《知音》篇最为重要。

《知音》篇主要论述文学批评的态度和方法问题。关于文学批评,刘勰认为历来存在三种错误态度,即"贵古贱今"、"崇己抑人"和"信伪迷真"。这些问题都是应该解决的。如何解决呢?他认为只有"博观",即广泛地观察。"操千曲而后晓声,观千剑而后识器",见闻广了,又能"无私于轻重,不偏于憎爱",自然能对作品作出比较全面、正确的评价。

关于文学批评的方法,刘勰提出"六观",即六种分析作品的方法:一、观位体,即看作品体裁的安排;二、观置辞,即看作品的语言运用;三、观通变,即看作品的继承和创新;四、观奇正,即看作品的奇和正的两种表现手法;五、观事义,即看作品的用典;六、观宫商,即看作品的声律。这六点,大都是从形式着眼,但"缀文者情动而辞发,观文者披文以入情",只有"披文",才能"入情",即只有全面地观察、分析作品的形式,才能深入地剖析作品的内容。

一般地说,文艺批评有两个标准,一个是思想标准,一个是艺术标准。那么,什么是刘勰的文学批评的标准呢?我们联系刘勰所谓"文之枢纽"五篇及《序志》等篇来考察,可以断言,儒家思想就是他衡量文学作品思想倾向的标准。《序志》篇说:"唯文章之用,实经典枝条,五礼资之以成,六典因之致用,君臣所以炳焕,军国所以昭明……"这里,将文章的作用,看作是儒家经书的旁枝,正可以看出刘勰文学批评的思想标准。《宗经》篇还讲到:"文能宗经,体有六义:一则情深而不诡,二则风清而不杂,三则事信而不诞,四则义直而不回,五则体约而不芜,六则文丽而不淫。"刘勰认为,文章能效法经书,就有六种优点。对于刘勰提出的"六义",研究者有不同的看法。我们认为,"六义"是刘勰对文学创作在艺术方面所提出的基本要求。前四条是从作品的内容、教育作用、题材等方面提出其在艺术表现上的要求，后两条是对作品的风格和文辞方面的艺术要求。"六义"是创作的标准，也是他的文学批评的艺术标准。但是，说"五经"具有这些优点，不免有溢美之处，同样表现了刘勰崇儒、尊经的思想。

刘勰在中国文学批评史上首先提出了比较系统的批评论，为我国古代的文艺批评奠定了坚实的基础。

最后一篇《序志》是全书的序言，说明作者为什么写这部书以及本书的结构、体例等。刘勰为什么写这部书呢？主要是：

一、为了反对当时文学的形式主义倾向。《序志》篇指出："而去圣久远，文体解散，辞人爱奇，言贵浮诡，饰羽尚画，文绣鞶帨，离本弥甚，将遂讹滥。"当时有些作家爱好新奇，其诗文都讲求词藻、声律、用典而忽视思想内容，表现出形式主义倾向。刘勰对这种不良倾向提出了严肃的批评。

二、对魏晋以来的文论不满。《序志》篇指出："魏典密而不周，陈书辩而无当，应论华而疏略，陆赋巧而碎乱，《流别》精而少巧，《翰林》浅而寡要。"这是对曹丕的《典论·论文》、曹植的《与杨德祖书》、应玚的《文质论》、陆机的《文赋》、挚虞的《文章流别论》、李充的《翰林论》的批评。刘勰并指出他们"各照隅隙，鲜观衢路"，"并未能振叶以寻根，观澜而索源，不述先哲之诰，无益后生之虑"。意思是说，魏晋以来的文论，都只看到一角一孔，很少看到康庄大道。他们未能寻究儒家学说的内容，不依据经书立论，所以对后人是没有什么益处的。

三、刘勰要"树德建言"，留名后世。《序志》篇说："岁月飘忽，性灵不居，腾声飞实，制作而已。"刘勰想通过写作，使自己的声名留传后世。

基于以上三个原因，刘勰写下了《文心雕龙》。

《文心雕龙》的内容是十分丰富的、复杂的，这样分类介绍，不一定很科学，但是，大致可以概括这部书的主要内容。

《文心雕龙》是我国古代文学理论的杰作，它"体大而虑周"（章学诚《文史通义·诗话》），在中国文学批评史上占有十分重要的地位。但是，也应该看到，刘勰的原道、征圣、宗经的思想，给他的《文心雕龙》带来了明显的局限性。例如：他对文学起源的看法是唯心主义的；他轻视民间文学作品；他美化儒家经书，以儒家思想作为衡量作家、作品的标准，造成一些错误的论断，等等。这些都是不必讳言的。

我们评价一个历史人物，判断他的历史功绩，就要看他比他的前辈有什么新的创造，提供了什么新的东西。刘勰批判地继承了他的前辈关于文艺理论和批评的遗产，提出了不少新的见解，做出了自己的贡献。这个历史的功绩是应该充分肯定的。鲁迅对《文心雕龙》作了很高的评价，他说："篇章既富，评骘遂生，东则有刘彦和之《文心》，西则有亚里斯多德之《诗学》，解析神质，包举洪纤，开源发流，为世楷式。"（《诗论题记》）这个评价是十分中肯的。

现在考察一下史书和目录著作对《文心雕龙》著录的一些情况。

《隋书·经籍志》四著录："《文心雕龙》十卷，梁兼东宫通事舍人刘勰撰。"《旧唐书·经籍志》、《新唐书·艺文志》并同，又《宋史·艺文志》著录："辛处信注《文心雕龙》十卷。"值得注意。这是《文心雕龙》的最早的注本，惜已失传。《四库全书总目》有《文心雕龙》提要两则，有参考价值，兹节录如下：

> 《文心雕龙》十卷……其书《原道》以下二十五篇，论文章体制；《神思》以下二十四篇，论文章工拙。合《序志》一篇为

五十篇。据《序志》篇称"上篇以下"、"下篇以上"（原文作"上篇以上"、"下篇以下"，此以意改），本止三卷。然《隋志》已作十卷，盖后人所分。又据《时序》篇中所言，此书实成于齐代。此本署梁通事舍人刘勰撰，亦后人追题也。是书自至正乙未刻于嘉禾，至明弘治、嘉靖、万历间，凡经五刻，其《隐秀》一篇，皆有缺文。明末常熟钱允治称得阮华山宋椠本，钞补四百余字。然其书晚出，别无显证。其词亦颇不类，如"呕心吐胆"，似摭《李贺小传》语；"锻岁炼年"，似摭《六一诗话》论周朴语；称班姬为匹妇，亦似摭钟嵘《诗品》语。皆有可疑。况至正去宋末未远，不应宋本已无一存，三百年后，乃为明人所得！又考《永乐大典》所载旧本，阙文亦同。其时宋本如林，更不应内府所藏，无一完刻。阮氏所称，殆亦影撰，何焯等误信之也。……

　　《文心雕龙辑注》十卷，国朝黄叔琳撰。……考《宋史·艺文志》，有辛处信《文心雕龙注》十卷，其书不传。明梅庆生注，粗具梗概，多所未备。叔琳因其旧本，重为删补，以成此编。其讹脱字句，皆据诸家校本改正。惟《宗经》篇末附注，极论梅本之舛误，谓宜从王惟俭本；而篇中所载，乃仍用梅本，非用王本，殊自相矛盾。……然较之梅注，则详备多矣。

按，前一则提要中论证《文心雕龙·隐秀》篇补文（即"澜表方圆"以下，到"朔风动秋草"的"朔"字，共四百多字）之伪。邵懿辰引《绣谷亭书录》云："内《隐秀》一篇，脱数百字，元至正乙未嘉禾刊本已然，明弘治至万历各刻皆缺如也。自钱功甫得阮华山宋刊本，始为补录，后归钱牧斋。及谢兆申校刊时，假于虞山，秘不肯与，故有明诸名公皆不见此篇之全。近吴中何心友得钱遵王家藏冯己苍手校本，此篇缺者在焉。何屺瞻著为跋语，于时稍稍流传于世。"

(《四库简明目录标注》卷二十)这是认为《文心雕龙·隐秀》篇之补文并非明人所补,而是真实可信的。然而《提要》之说有理有据,已为研究者所接受。1979年,詹锳发表《〈文心雕龙·隐秀篇〉补文的真伪问题》一文,提出不同看法,他认为《隐秀》篇的全文,钱谦益、朱郁仪、梅庆生、徐燉父子、冯舒、胡夏客是都见过的。《隐秀》篇的补文如果是假的,能瞒得过这么多人吗?接着肯定地指出:"从钱功甫发现宋刊本《文心雕龙》以及《隐秀》篇缺文抄补和补刻的经过,说明补入的四百多字,不可能是明人伪造的。"(《文学评论丛刊》第二辑)此文发表之后不久,杨明照作《〈文心雕龙·隐秀篇〉补文质疑》、王达津作《论〈文心雕龙·隐秀篇〉补文真伪》(均见《文学评论丛刊》第七辑)从不同角度论证《隐秀》篇补文为伪作,对詹文提出了相反的看法,颇有说服力。实际上,《文心雕龙·隐秀》篇补文,自《提要》断为明人伪作之后,又经过后人论证,现在几乎已成定论。

最后介绍一些《文心雕龙》的版本和研究著作:

①《敦煌遗书文心雕龙残卷集校》 林其锬、陈凤金集校《中华文史论丛》抽印本(1988)。

王重民《敦煌古籍叙录》(中华书局1979年9月版)中《文心雕龙》(斯五四七八)叙录云:"敦煌所出唐人草书《文心雕龙》残卷,今藏英伦博物馆之东方图书室。起《征圣》篇,讫《杂文》篇,《原道》篇存赞曰末十三字,《谐隐》篇仅见篇题,余均已佚。每页二十行至二十二行不等。卷中'渊'字、'世'字、'民'字均阙笔,笔势遒劲,盖出中唐学士大夫所书,两陲所出古卷轴,未能或之先也。据以移校嘉靖本,其胜处殆不可胜数。又与《太平御览》所引,及黄注本所改辄合;而黄本妄订臆改之处,亦得据以取正。彦和一书,传诵于人世者殆遍,然未有如此卷之完善者也。"(赵万里《唐

写本〈文心雕龙〉残卷校记》,原载于《清华学报》第三卷第一期)

王元化《敦煌遗书文心雕龙残卷集校》序云:"本书集校广采各家之说,一一加以比勘。校者用力勤,用心细,时获创见。……可谓集大成之作。"

②《文心雕龙》十卷　元至正本,上海古籍出版社影印出版。

杨明照曰:"卷首有钱惟善序,知为至正十五年刊于嘉兴郡学者。字画秀雅,犹有宋椠遗风。海内仅存之最早刻本也。惟刷印较晚,版面间有漫漶处(《史传》、《封禅》、《奏启》、《定势》、《声律》、《知音》、《序志》等篇皆有漫漶字句)。除《隐秀》、《序志》二篇有脱文(并非各脱一版,足见此二篇之有脱文,非自至正本始)外,卷五亦阙第九叶(《议对》篇自'以儒雅中策'之'儒'字起至《书记》篇'详观四书'之'四'字止),版心上鱼尾上记字数,下鱼尾下记刻工(杨青、杨茂、谢茂〔或止有一谢字〕)姓名。白文。每半叶十行、行二十字。五篇相接,分卷则另起。"(《文心雕龙校注拾遗》763页)

③《文心雕龙辑注》十卷　清黄叔琳注,纪昀评,《四部备要》本。

对于黄叔琳的注,四库馆臣已有评价(见前)。杨明照曰:"刊误正讹,征事数典,皆优于王氏(惟俭)训故(《文心雕龙训故》)、梅氏(庆生)音注(见《杨升庵批点文心雕龙》)远甚,清中叶以来最通行之本也。"纪昀的评语对本书的内容常有阐发,对读者颇有帮助。

④《文心雕龙札记》　黄侃著,中华书局上海编辑所1962年9月出版。

黄侃,字季刚,湖北蕲春人。曾任北京大学、东南大学、武昌高等学校、金陵大学等校教授。本书是他在学校任教时的讲义,上编包括《原道》、《征圣》、《宗经》、《正纬》、《辨骚》、《明诗》、《乐府》、

《诠赋》、《颂赞》、《议对》、《书记》札记十一篇，下编包括《神思》、《体性》、《风骨》、《通变》、《定势》、《情采》、《熔裁》、《声律》、《章句》、《丽辞》、《比兴》、《夸饰》、《事类》、《练字》、《隐秀》、《指瑕》、《养气》、《附会》、《总术》、《序志》札记二十篇，附录骆鸿凯《物色》札记一篇。此书对《文心雕龙》的内容含义多所阐发，在学术界曾有过很大的影响。

⑤《文心雕龙注》 范文澜注，人民文学出版社1958年9月出版。

此书以黄叔琳校本为依据，参考顾千里、黄荛圃合校本、谭献校本、铃木虎雄《校勘记》、赵万里校《唐人残写本》、孙蜀丞校《唐人残写本》等。原名《文心雕龙讲疏》，后改为《文心雕龙注》。书前附有铃木虎雄《校勘记》，书后附有开明书店编辑部的《校记》。此书注释详备，并选录了许多有关的资料，读者可节省翻检之劳，使用方便。这是最重要的《文心雕龙》注本，是一部研究《文心雕龙》很好的参考书。

⑥《文心雕龙校注》 黄叔琳注、李详补注、杨明照校注拾遗，古典文学出版社1958年1月第一版。

杨明照在此书《后记》中说："通行的《文心雕龙》，向来都认为黄叔琳的辑注较好。后经李详为之补注，征事数典，又有新的补充。但他们对于文字的是正，辞句的考索，还是有一些未尽的地方。我最初要从事校注拾遗的工作，动机就在这里。"杨氏的校注拾遗对《文心雕龙》的校注又有不少新的补充。此书前有《梁书刘勰传笺注》，后有附录。附录的内容有：一、刘勰著作二篇：《梁建安王造剡山石城寺石像碑》、《灭惑论》。二、历代著录与品评。三、前人征引。四、群书袭用。五、序跋。六、板本。皆有参考价值。

⑦《文心雕龙校释》　刘永济著,中华书局上海编辑所1962年7月第一版。

刘永济,武汉大学中文系教授,知名学者。关于此书,他在《前言》中说:"校释之作,原为大学诸生讲习汉魏六朝文学而设。在讲习时,不得不对彦和原书次第有所改易。所以校释首《序志》者,作者自序其著书之缘起与体例,学者所当先知也。次及上编前五篇者,彦和自序所谓'文之枢纽'也。其所谓'枢纽',实乃其全书之纲领,故亦学者所应首先了解者。再次为下编,再次为上编者,下编统论文理,上编分论文体,学者先明其理论,然后以其理论与上编所举各体文印证,则全部了然矣。此校释原稿之编制也。此次中华书局印行时,又接受编辑部同志意见,为便于一般读者计,仍将校释依刘氏原书次第排列……"此书之校,远未全备,是为不足。释义部分,发明刘勰论文大旨,颇可参考。

⑧《文心雕龙校证》　王利器校笺,上海古籍出版社1980年8月第一版。

此书有校也有笺,而主要是校。校笺者在校勘本书时,所据的本子有敦煌唐写本、元至正十五年(1355)嘉禾刊本等二十七种,校勘比较详细,校笺者在本书《序录》中说:"本书的主要贡献是搜罗《文心雕龙》的各种版本,比类其文字异同,终而定其是非。"因此可供研究者参考。

⑨《文心雕龙注释》　周振甫著,人民文学出版社1981年11月第一版。

此书体例,每篇分原文、评、注释、说明四部分。原文以黄叔琳校本为依据,参照范文澜《文心雕龙注》,兼采杨明照《文心雕龙校注》及《文心雕龙校注拾遗》稿和王利器《文心雕龙新书》及《文心雕龙校证》。范、杨、王三家吸取了前代和当代各家校勘上的成果,他们在校勘上都是有贡献的。评语有明代杨慎、曹学佺,清代黄叔琳、纪昀四家,他们的一些评语,对读者颇有启发,有参考价值。注释参考范文澜等注本写成,对于范注等未及之词语稍稍加注,以求通俗。说明分论各篇,探索每篇义旨,间或参考黄侃《文心雕龙札记》和刘永济《文心雕龙校释》。书前《前言》总论全书,与各篇说明互有详略。这是一部较为通俗的《文心雕龙》注释本。注释谨严,适合青年读者阅读,也可供研究者参考。

⑩《文心雕龙校注拾遗》 杨明照著,上海古籍出版社1982年12月第一版。

作者所以继续对《文心雕龙》作校注拾遗工作,因为:一是该书征事数典,给读者带来不少困难。尽管有王惟俭、梅庆生、黄叔琳、李详、范文澜诸家的注释,但仍有疑滞费解之处,需要继续钻研和抉发。二是该书流传既久,在辗转钞刻过程中,产生脱简、漏字等各种谬误,虽然前人和时贤做了大量工作,但落叶未净,尚需再事点勘。杨明照在本书《前言》中说:"二十年前由中华书局上海编辑所印行的《文心雕龙校注》,是以养素堂本为底本,于《文心雕龙》原文下次以黄叔琳的辑注和李详的补注,复殿以拙著校注拾遗和附录。旧稿原是1939年夏我在燕京大学研究院毕业时的论文,因腹笥太俭,急就成章,疏漏纰缪,所在多有,久已不惬于心。十年动乱的后期,居多暇日,遂将长期积累的资料分别从事订补。……朱墨杂施,致书眉行间无复空隙。因另写清本,继续修改抽换,定稿后将'校注拾遗'与'附录'独立成书。"通观全书,深感"校注拾遗"较前大为丰富,"附录"则作了极大的补充。"附录"的内容有著录、品评、采摭、因习、引证、考订、序跋、版本、别著九部分,资料丰富,足供参考。2000年8月,杨明照的《增订文心雕龙校注》由中华书局出版。他说:"(1996)暑假《抱朴子外篇校笺》下册竟业,念有生之年有限,又贾余勇重新校理刘舍人书,前著之漏者补之,误者正之;《文心》原文及黄、李两家注,亦兼收并蓄,以便参阅,名曰《增订文心雕龙校注》。"(《增订文心雕龙校注前言》)此当为杨氏校注《文心雕龙》最后之定本。然2001年6月,其《文心雕龙校注拾遗补正》由江苏古籍出版社出版,又有所补正。杨氏校注《文心雕龙》终身不辍,成绩卓著。

⑪《文心雕龙义证》 詹锳义证,上海古籍出版社1989年出版。本书以王利器《文心雕龙校证》为底本,吸收范文澜、王利器、杨明照等人的校勘成果。本书带有会注性质,意在兼采众家之长,以供读者参考。书前有《文心雕龙版本叙录》,供研究者参考。和范文澜、杨明照的注本一样,这是一部比较重要的《文心雕龙》注本。

还有许多研究《文心雕龙》的论著,这里就不再一一介绍了。

由于《文心雕龙》的文字艰深,近年来出版了一些译注本,例如:

①《文心雕龙今译》,周振甫著,中华书局1986年12月第一版。

②《文心雕龙译注》(上、下),陆侃如、牟世金译注,齐鲁书社1981年3月—1982年9月第一版。

③《文心雕龙译注》,赵仲邑译注,漓江出版社1982年4月第一版。

④《文心雕龙注译》,郭晋稀注译,甘肃人民出版社1982年3月第一版。

对青年读者学习《文心雕龙》颇有帮助,亦可供研究者参考。

此外,尚有《文心雕龙索引》三种:

①《文心雕龙新书通检》,巴黎大学北京汉学研究所编纂,1952年11月出版。

②《文心雕龙索引》,〔日〕冈村繁编,广岛文理科大学汉学研究室1956年出版。其改订本,日本采华书林1982年9月出版。

③《文心雕龙索引》,朱迎平编,上海古籍出版社1987年出版。

前二种可查字、词,十分详细;后一种可查文句、人名、书名、篇名和文论语词,较为简明。

戚良德的《文心雕龙学分类索引》,上海古籍出版社2005年出版。此书内容分论文和专著两类。两类皆分中国大陆部分、台湾香港部分,国外部分。共收录论文目录6143条,专著目录348条,西文目录26条。资料起迄时间为1907年至2005年。此书收录论著目录资料较为齐全,可供研究者参考。

关于我国台湾省研究《文心雕龙》的情况,尚可参阅牟世金《台湾文心雕龙研究鸟瞰》(山东大学出版社1985年12月第一版)一书。

日本学者十分重视《文心雕龙》的研究,其研究情况亦可参阅户田浩晓《〈文心雕龙〉小史》(见王元化选编《日本研究〈文心雕龙〉论文集》,齐鲁书社1983年4月第一版11—30页)、兴膳宏《日本对〈文心雕龙〉的接受和研究》(《六朝文学论稿》,彭恩华译,岳麓书社1986年6月第一版378—389页)。

最后介绍:

①《文心雕龙学综览》,杨明照主编,上海书店出版社1995年出版。

②《文心雕龙辞典》,周振甫主编,中华书局1996年出版。

③《文心雕龙辞典》,贾锦福主编,济南出版社1993年出版。

皆可供研究者参考。

第二节 钟嵘《诗品》

《诗品》的作者是钟嵘。

钟嵘,字仲伟,颍川长社(今河南长葛县)人。约生于宋明帝泰始二年(466),约卒于梁武帝天监十七年(518)。关于钟嵘的生卒年,史无明文,这是研究者根据有关史料推算出来的。《南齐书·礼志上》云:"永明三年正月,诏立学,创立堂宇,召公卿子弟下及员外郎之胤,凡置生二百人,其年秋中悉集。"按规定,国子生入学年龄在十五岁至二十岁之间。钟嵘是永明三年(485)秋入国学的,如果这一年他是二十岁,则其生年当为泰始二年(466)。又《南史》本传记载他"迁西中郎晋安王记室……顷之卒官"。按萧纲在立太子前封晋安王,他被征为西中郎将只有梁武帝天监十七年(518)一年。这一年钟嵘卒于西中郎晋安王记室任上,故其卒年为天监十七年(518)。他在永明中为国子生,王俭举为本州秀才,起家任齐南康王萧子琳侍郎,后迁抚军行参军,出为安国县令。齐末,任司徒府参军。入梁后,任临川王萧宏的参军和衡阳王萧元简、晋安王萧纲的记室。故世称钟记室。事见《梁书》卷四十九、《南史》卷七十二《钟嵘传》。今人王达津有《钟嵘生卒年代考》一文,原载《光明日报》1957年8月18日《文学遗产》,又见曹旭选评《中日韩〈诗品〉论文选评》,上海古籍出版社2003年出版,可供参考。

钟嵘的主要著作是《诗品》,其他作品都散失了。

钟嵘年谱有:

《钟嵘年表简编初稿》,张伯伟编,见《钟嵘诗品研究》,南京大学出版社 1993 年出版。

《钟嵘年表》,曹旭编,见《诗品研究》,上海古籍出版社 1998 年出版。

《钟嵘年谱初稿》,谢文学编,《文史》第 43、44 期,中华书局出版。

《诗品》写成于何时?《诗品》内没有提及,史书亦无记载。《诗品序》云:"其人既往,其文克定;今所寓言,不录存者。"查《诗品》所评诗人,沈约的卒年为梁武帝天监十二年(513),在所评梁代诗人中卒年最晚。据此,研究者断定《诗品》写成时间当在天监十二年后。

钟嵘是与刘勰同时代的文学批评家,他的《诗品》是中国文学批评史上第一部论诗专著。清人章学诚说:"《诗品》之于论诗,视《文心雕龙》之于论文,皆专门名家,勒为成书之初祖也。《文心》体大而虑周,《诗品》思深而意远;盖《文心》笼罩群言,而《诗品》深从六艺溯流别也。论诗论文而知溯流别,则可以探源经籍,而进窥天地之纯,古人之大体矣。此意非后世诗话家流所能喻也。"(《文史通义·诗话》)这里以《诗品》与《文心雕龙》相提并论,对《诗品》作了很高的评价。

《诗品》品评了自汉至南朝梁的一百二十二个诗人,将他们分为上、中、下三品,每品一卷,每卷原有序言一篇。清人何文焕《历代诗话》将三序合而为一,放在《诗品》的前面。这是全书的总论,表达了钟嵘对诗歌的看法。

《诗品序》的主要内容:

一、论诗的起源。在《礼记·乐记》的基础上,钟嵘在《诗品序》的开头就提出了"物感说"。他说:"气之动物,物之感人,故摇荡性情，形诸舞咏。"这是说，气候使自然景物发生变化，而景物的变化感发人们，激荡着他们的心灵，从而形成舞蹈诗歌。值得我们注意的是钟嵘所说的"物"，已不仅是"春风春鸟，秋月秋蝉，夏云暑雨，冬月祁寒"的四时景物，还有"楚臣去境，汉妾离宫；或骨横朔野，魂逐飞蓬；或负戈外戍，杀气雄边，塞客衣单，孀闺泪尽；或士有解佩出朝，一去忘返；女有扬蛾入宠，再盼倾国"这些社会生活内容，认识到文学对社会生活的反映，这一文学观点是弥足珍贵的。

二、论诗的作用。孔子论诗，提出"诗，可以兴，可以观，可以群，可以怨"。强调诗的社会作用。钟嵘也说："诗可以群，可以怨。"这里的"群"是指"嘉会寄诗以亲"，"怨"是指"离群托诗以怨"。这样的"亲"和"怨"都是客观事物对诗人的感发而形成的。

三、论五言诗的源流。在钟嵘以前，人们仍以四言诗为正统。晋挚虞《文章流别志论》说："雅音之韵，四言为正。"刘勰认为"四言正体"，"五言流调"（《文心雕龙·明诗》），对五言诗都有轻视的意思。而钟嵘却说："夫四言文约意广，取效风骚，便可多得，每苦文繁而意少，故世罕习焉。五言居文词之要，是众作之有滋味者也。"对五言诗的发展作了充分肯定，并且在中国文学批评史上第一次提出了"滋味说"。什么是"滋味"呢？就是钟嵘所说的"指事造形，穷情写物，最为详切"。即指说事情，创造形象，抒发感情，描写景物，最为详明而贴切。道出了五言诗的艺术特征。如何取得诗的"滋味"？钟嵘认为，应该运用赋比兴的艺术方法，并且"干之以风力，润之以丹采"，即以"风力"为骨干，同时用美丽的辞采加以润饰，这样就能"使味之者无极，闻之者动心"，达到至高无上的艺术境界。

四、反对诗歌的不良倾向。首先，钟嵘反对玄言诗，玄言诗用平淡的语言，宣扬老庄的哲理，钟嵘批评这种诗"理过其辞，淡乎寡味","平典似《道德论》"。意思是说,玄言诗抽象的玄理掩盖了生动的辞兴,语言平淡,满纸玄理,好似《道德论》一类的哲理文。其次,钟嵘反对事类诗,这种诗用典过多,"文章殆同书抄",钟嵘对此作了严厉的批评:"句无虚语,语无虚字,拘挛补衲,蠹文已甚。"最后,钟嵘还反对"四声八病"之说,认为这使"文多拘忌,伤其真美"。这些主张在当时是有一定的进步意义的。

《诗品》正文的内容,是品评风格、追溯流别和判定品第。钟嵘十分注意揭示诗人的风格特点,如评曹植云:"骨气奇高,词采华茂,情兼雅怨,体被文质。"评陆机云:"才高词赡,举体华美。"评刘桢云:"仗气爱奇,动多振绝,真骨凌霜,高风跨俗。"都能正确地概括出他们诗歌创作的风格特点。钟嵘还重视探索诗人所受到的影响,追溯诗人的流别。他将汉魏六朝诗人创作分属三个源头,即《国风》、《小雅》和《楚辞》。他认为属于《国风》一派的有曹植、陆机、谢灵运等人,属于《小雅》一派的只有阮籍一人,属于《楚辞》一派的有王粲、潘岳等人,都有一定的理由。但是,一个诗人风格的形成,有多方面的原因,仅仅归之于受某一作品的影响是不全面的,有的甚至不免牵强附会,因此,历代对钟嵘关于诗人源流的辨析颇有异议。然而,我们认为,钟嵘"深从六艺溯流别"的工作仍然是值得肯定的。判定诗人的品第,是《诗品》的一个主要特点。钟嵘以三品裁士的办法,将汉魏六朝一百二十二个诗人分为三品。上品十一人,中品三十九人,下品七十二人,亦是煞费苦心。但是,后人看来也有不少失当之处。明、清时的一些批评家对此提出了批评,如明人王世贞说:"吾览钟记室《诗品》,折衷情文,裁量事代,可谓允矣。词亦奕奕发之。第所推源出于何者,恐未尽然。迈、凯、昉、约滥居中品。至魏文不列乎上,曹公屈第乎下,尤为不公,少损连城之价。"(《艺苑卮言》卷二)清人王士禛说:"钟嵘《诗品》，余少时深喜之，今始知其踳谬不少，嵘以三品铨叙作者，自譬诸九品论人，《七略》裁士。乃以刘桢与陈思并称，以为文章之圣。夫桢之视植，岂但斥鷃之与鲲鹏耶？又置曹孟德下品，而桢与粲反居上品。他如上品之陆机、潘岳，宜在中品。中品之刘琨、郭璞、陶潜、鲍照、谢朓、江淹，下品之魏武，宜在上品。下品之徐幹、谢庄、王融、帛道猷、汤惠休，宜在中品。而位置颠错，黑白淆讹，千秋定论，谓之何哉？"（《渔洋诗话》卷下）以上批评是有道理的，但也不都正确。《四库全书总目·诗品》提要指出："近时王士祯极论其品第之间，多所违失。然梁代迄今，邈逾千祀，遗篇旧制，什九不存，未可以掇拾残文，定当日全集之优劣。"（卷一九五）应该承认，这种情况也是存在的。我们认为、王世贞、王士祯和钟嵘的看法不同，主要是因为他们所持的文学批评标准各异造成的。我们不必讳言钟嵘的批评有不妥当的地方，可是，钟嵘也并不认为他所评的都是定论，《诗品序》说："至斯三品升降，差非定制，方申变裁，请寄知音耳。"意思是，他的区分品第，并非定论，尚需斟酌变动，这就有待于有识之士了。

《诗品》对沈约的评论，《南史·钟嵘传》有一种说法："嵘尝求誉于沈约，约拒之。及约卒，嵘品古今诗为评，言其优劣，云：'观休文众制，五言最优。齐永明中，相王爱文，王元长等皆宗附约。于时谢朓未遒，江淹才尽，范云名级又微，故称独步。故当辞密于范，意浅于江。'盖追宿憾，以此报约也。"这是说，钟嵘从个人的恩怨出发评价沈约。后人对此多表示怀疑。如明人胡应麟说："休文四声八病，首发千古妙诠，其于近体，允谓作者之圣。而自运乃无一篇，诸作材力有余，风神全乏，视彦昇、彦龙，仅能过之。世以钟氏私憾，抑置中品，非也。"（《诗薮·外编》卷二）。《四库全书总目·诗品》提要说："史称嵘尝求誉于沈约，约弗为奖借，故嵘怨之，列约中品。案约诗列之中品，未为排抑。"（卷一九五）都不同意《南史》的说法。从另一方面看，刘绘和王融出身士族，当时文名很高，都和钟嵘有友好交往，可是，钟嵘认为他们五言之作，非其所长，均列为下品。又齐太尉王俭（谥文宪），钟嵘对他十分敬重，《诗品》中称他为"王师文宪"，由于他的五言诗不出色，也列为下品。从以上事实可以看出，认为钟嵘从个人恩怨出发评定诗人品第的说法是不能成立的。

《诗品》是对汉魏六朝五言诗发展的一个全面系统的总结。钟嵘提出了许多创见，建立了自己的诗歌批评理论，在中国文学批评史上占有重要的地位。

《诗品》原名《诗评》。《梁书·钟嵘传》云："嵘尝品古今五言诗，论其优劣，名为《诗评》。"《隋书·经籍志》四著录："《诗评》三卷，钟嵘撰，或曰《诗品》。"《旧唐书·经籍志》失载，《新唐书·艺文志》著录："钟嵘《诗评》三卷。"《宋史·艺文志》著录："钟嵘《诗评》一卷。"直到宋代仍然是多数用《诗评》这个名称，也有少数称《诗品》的。元明以后，《诗品》这个名称流行，如元人马端临《文献通考·经籍考》著录："《诗品》三卷。"清代《四库全书总目·诗品》提要云："《诗品》三卷，梁钟嵘撰。……与兄岏弟屿，并好学有名。……嵘学通《周易》，词藻兼长。所评古今五言诗，自汉魏以来一百有三人（按实为一百二十二人），论其优劣，分为上中下三品。每品之首，各冠以序，皆妙达文理，可与《文心雕龙》并称。……"近代以来，则通名之为《诗品》了。

《诗品》的版本，最早的是宋人章如愚辑的《山堂先生群书考索》本。现存的有元延祐庚申（1320）圆沙书院刊本，还有明正德元年（1506）的退翁书院钞本和明正德丁丑（1517）《顾氏山房小说》刊本。南宋陈应行的《陈学士吟窗杂录》，现有明钞本和明刊

本。此书虽是节本,值得参考。明代以后,《诗品》的版本甚多,较常见的有:

《诗品》三卷,明何允中辑《广汉魏丛书》本。明毛晋辑《津逮秘书》本。明吴永辑《续百川学海》本。明程胤兆辑《天都阁藏书》本。元陶宗仪、明陶珽重校《说郛》(宛委山堂)本。清张海鹏《学津讨原》本。清马俊良辑《龙威秘书》本。清姚培谦、清张景星辑《砚北偶钞》本。清邹凌瀚辑《玉鸡苗馆丛书》本。清王启原辑《谈艺珠丛》本。民国缪荃孙辑《对雨楼丛书》本。

《诗品》一卷,明胡文焕辑《格致丛书》本。上海商务印书馆《景印元明善本丛书十种·夷门广牍》本。清朱琰辑《诗触》本。

《诗品》一卷,清陈□辑《紫藤书屋丛刻》本。

《诗品》的注释本,最早最完整的是陈延杰的《诗品注》。此书1925年完稿,注释简要,并把书中所论诗人的有关作品,辑录在一起,附在正文之后,供读者参考。当时由开明书店出版。建国后,经注释者订补,1958年6月,由人民文学出版社出版。后来注释者吸收了他人所提的意见,在旧注的基础上作了较全面的订补,1961年10月,由人民文学出版社重排印行。陈氏以后,有古直的《钟记室〈诗品〉笺》(《隅楼丛书》本,又,上海聚珍仿宋印书局1928年出版)、许文雨的《诗品释》(北京大学出版部发行。后经注释者修订收入《文论讲疏》,正中书局1937年1月初版。此书曾得到朱自清先生的好评)、叶长青的《诗品集释》(上海华通书局1933年出版)、陈衍的《诗品平议》(家刻本。又收入《陈衍诗论合集》,福建人民出版社1999年出版)等。黄侃有《诗品讲疏》,未单独印行,见所著《文心雕龙札记》。以上注本各有特色。但也有一个共同的不足之处,即偏重典故的注释,而不重释义,不便一般读者阅读。1986年4月,北京大学出版社出版了吕德申的《钟嵘〈诗品〉校释》,此书吸收了前人的成果,在校勘和注释两方面都做了大量的工作,校勘细致,注释详赡,可供研究者参考和一般读者阅读。值得注意的是曹旭的《诗品集注》,上海古籍出版社1994年出版。本书以元延祐七年(1320)圆沙书院刊宋章如愚《山堂先生群书考索》本为底本,校以明正德元年(1506)退翁书院钞本《诗品》、明嘉靖辛酉(1561)刊宋"状元陈应行"编《吟窗杂录》本《诗品》等多种版本。《诗品序》分置上、中、下三品之首,对诗人的评论部分,注者分"校异"、"集注"、"参考"三项汇集有关资料供研究者参考。本书内容丰富,具有集大成的性质。又王发国有《诗品考索》,成都科技大学1993年出版。此书长于考证,颇有参考价值。此外,我国台湾有汪中的《诗品注》(中正书局1969年出版)、王叔岷的《钟嵘诗品笺证稿》(台北"中央研究院"中国文哲研究所中国文哲专刊1992年出版);日本有高松亨明的《诗品详解》(日本弘前大学中国文学会1959年出版)、高木正一的《钟嵘诗品》(日本东海大学出版会1978年出版);韩国有车柱环的《钟嵘诗品校证》(韩国汉城大学校文理科大学1867年出版)、李徽教的《诗品汇注》(韩国岭南大学校出版部1983年出版);法国有陈庆浩的《钟嵘诗品集校》(法国东亚出版中心1977年出版)等。皆可参阅。

钟嵘《诗品》,除了有多种注释本之外,近年还出版了译注本,如:

《诗品注译》,萧华荣注译,中州古籍出版社1985年1月出版。
　　与周伟民的《文赋注译》合为一册。

《钟嵘〈诗品〉译注》,赵仲邑译注,广西人民出版社1987年10

月出版。

《诗品全译》,徐达译注,贵州人民出版社 1990 年 6 月出版。

《诗品译注》,杨明译注,上海古籍出版社 1999 年出版。与《文赋译注》合为一册。

这些译注本,对初学者有帮助,亦可参考。

第三节　萧统与《文选》

萧统,字德施,南兰陵(今江苏常州市西北)人。生于齐和帝中兴元年(501),卒于梁武帝中大通三年(531)。他是梁武帝天监元年(502)立为太子的,未及即位而卒。谥昭明,世称昭明太子。事见《梁书》卷八、《南史》卷五十三《昭明太子传》。萧统的年谱有:

《梁昭明太子年谱》附《昭明太子世系表》,周贞亮编,《文哲季刊》第二卷第一号(1931 年出版)。

《昭明太子年谱》一卷附录一卷,胡宗懋编,1932 年胡氏梦选楼刊本。

《萧统年表》,何融编,见《文选编撰时期及编者考略》(《国文月刊》七十六期,1949 年 2 月出版)。

《萧统年谱》,穆克宏编,见其《昭明文选研究》附录一,人民文学出版社 1998 年出版。

《萧统年谱》,俞绍初编,见其《昭明太子集校注》附录三,中州古籍出版社 2001 年出版。

萧统的著作,《梁书》本传云:"所著文集二十卷;又撰古今典诰文言,为《正序》十卷;五言诗之善者,为《文章英华》二十卷;《文选》三十卷。"按《昭明太子集》、《隋书·经籍志》、《旧唐书·经籍志》《新唐书·艺文志》皆著录二十卷。《宋史·艺文志》著录为五卷。宋以后散失。今存《昭明太子集》系明人辑本。现在常见的有：张溥辑《汉魏六朝百三家集》本、丁福保辑《汉魏六朝名家集初刻》本、《四部丛刊》本、《四部备要》本。《正序》十卷，《隋书·经籍志》已不见著录，早已散失。《文章英华》二十卷，《隋书·经籍志》著录为三十卷，但注明"亡"。这说明隋代已散失。另有《古今诗苑英华》（见萧统《答湘东王求文集及诗苑英华书》），《隋书·经籍志》著录十九卷，《旧唐书·经籍志》、《新唐书·艺文志》皆著录二十卷。宋以后散失。《文选》原为三十卷，李善注后，析为六十卷，今存。

《昭明太子集》乃刘孝绰所编。《梁书》三十三卷《刘孝绰传》云："时昭明太子好士爱文，孝绰与陈郡殷芸、吴郡陆倕、琅邪王筠、彭城到洽等，同见宾礼。太子起乐贤堂，乃使画工先图孝绰焉。太子文章繁富，群才咸欲撰录，太子独使孝绰集而序之。"正说明了这一事实。又刘孝绰《昭明太子集序》云："粤我大梁之二十一载……"可见此集编于梁武帝普通三年（522）。

《四库全书总目·昭明太子集》提要云：

> 案《梁书》本传，称统有集二十卷。《隋书·经籍志》、《唐书·艺文志》并同。《宋史·艺文志》仅载五卷，已非其旧。《文献通考》不著录，则宋末已佚矣。此本为明嘉兴叶绍泰所刊。凡诗赋一卷，杂文五卷。赋每篇不过数句，盖自类书采掇而成，皆非完本。诗中《拟古》第二首，《林下作伎》一首，《照流看落钗》一首，《美人晨妆》一首，《名士悦倾城》一首，皆梁简文帝诗，见于《玉台新咏》。其书为徐陵奉简文之令而作，不容有误。当由书中称简文帝为皇太子，辗转稗贩，故误作昭明。又《锦带书十二月启》亦不类齐梁文体，其《姑洗三月启》

中有"啼莺出谷,争传求友之声"句,考唐人《试莺出谷诗》,李绅尚书故实,讥其事无所出,使昭明先有此启,绅岂不见乎?是亦作伪之明证也。张溥《百三家集》中亦有统集,以两本互校,此本《七召》一篇,《与东宫官属令》一篇,《谢赍涅槃经讲疏启》一篇,《谢敕赉铜造善觉寺塔露盘启》一篇,谢"赉魏国锦"、"赉广州坯"、"赉城边橘"、"赉河南菜"、"赉大菘"启五篇,《与刘孝仪》、《与张缵》、《与晋安王论张新安书》三篇,《驳举乐议》一篇,皆溥本所无。溥本《与明山宾令》一篇,《详东宫礼绝旁亲议》一篇,《谢敕铸慈觉寺钟启》一篇,亦此本所无。然则是二本者,皆明人所掇拾耳。

这些论述颇可参考。

《文选》是中国古代文学史上影响最大的一部诗文总集。《文选》之研究从隋代就开始。隋代有萧该,著《文选音义》(《隋书·经籍志》作《文选音》三卷,《旧唐书·经籍志》、《新唐书·艺文志》皆作《文选音义》十卷),早已散失。萧该父为梁鄱阳王萧恢之子,恢为梁武帝萧衍之弟,则该为萧统之侄。

萧该之后,隋唐之间的曹宪,以《文选》学著名,著《文选音义》,颇为当时所重,但久已散失。曹宪曾任隋代秘书学士,精通文字方面的书籍,唐太宗征他为弘文馆学士,以年老不仕,乃遣使就家拜朝散大夫。唐太宗曾碰上字书上查不到的难字,写下来问曹宪。曹宪就告诉他该字的读音含义,清清楚楚。唐太宗甚感奇异。

曹宪以后,有许淹、公孙罗和李善等人传授《文选》。许淹有《文选音》十卷,久已亡佚。公孙罗有《文选注》六十卷、《文选音》十卷,亦久已亡佚,仅可于日本京都帝国大学文学部影印唐抄本《文选集注》中窥其部分内容。李善注《文选》六十卷,集当时选学之大成,最为流行。当时尚有魏模及其子景倩亦传授《文选》,无著作流传。

《四库全书总目·文选注》提要云：

> 案《文选》旧本三十卷，梁昭明太子萧统撰。唐文林郎守太子右内率府录事参军事崇贤馆直学士江都李善为之注，始每卷各分为二。《新唐书·李邕传》称，其父善始注《文选》，释事而忘义，书成以问邕，邕意欲有所更，善因令补益之，邕乃附事见义，故两书并行。今本事义兼释，似为邕所改定。然《传》称善注《文选》在显庆中，与今本所载进表题显庆三年者合。而《旧唐书》邕传称，天宝五载，坐柳勣事杖杀，年七十余。上距显庆三年凡八十九年，是时邕尚未生，安得有助善注书之事？且自天宝五载，上推七十余年，当在高宗总章、咸亨间，而旧书称善《文选》之学受之曹宪，计在隋末，年已弱冠，至生邕之时，当七十余岁，亦决无伏生之寿，待其长而著书。考李匡乂《资暇录》曰：李氏《文选》，有初注成者，有覆注，有三注、四注者，当时旋被传写。其绝笔之本，皆释音训义，注解甚多，是善之定本，本事义兼释，不由于邕。匡乂唐人，时代相近，其言当必有征，知《新唐书》喜采小说，未详考也。其书自南宋以来，皆与五臣注合刊，名曰《六臣注文选》，而善注单行之本，世遂罕传。

对于提要的这一段话，高步瀛有评论，他说：

> 《四库书目》从李济翁说，以今本事义兼释者为李善定本，其说甚是，足正《新传》之诬。然显庆三年表上之本，必非其绝笔之本。书目既以今本为定本，则虽冠以显庆三年上表，其书为晚年定本固无妨也。至谓善受《文选》在隋末，生邕时当七十余岁，则非是。《旧传》：善卒在载初元年，即永昌元

年。上推至贞观元年,凡六十三年。《旧书·儒学传》言曹宪百五岁卒。《新书·文艺传》亦言宪百余岁卒。使贞观元年宪七八十岁,尚有三二十年以外之岁月。善弱冠受业,当在唐初,不在隋末也。由此言之,假使善生贞观初年,则总章、咸亨间亦仅四十余岁,安得谓七十余岁始生邕哉?(《文选李注义疏》第一册,中华书局1985年版前言34—35页)

高氏言之有理。

唐玄宗开元年间,工部侍郎吕延祚批评李善注《文选》说:"忽发章句,是征载籍,述作之由,何尝措翰。使复精核注引,则陷于末学;质访指趣,则岿然旧文。只谓搅心,胡为析理。"(《进五臣集注文选表》)这是认为李善注只引词语典故出处,不注意疏通文义,又很繁缛,所以,他召集吕延济、刘良、张铣、吕向、李周翰五人重新作注,这就是《五臣注文选》。吕延祚指出他们新注的特点是:"相与三复乃词,周知秘旨,一贯于理,杳测澄怀,目无全文,心无留义,作者为志,森乎可观。"(同上)这部新注本虽然受到唐玄宗的嘉奖,其实它远不如李善注,《四库全书总目·六臣注文选》提要云:

> 观其所言,颇欲排突前人,高自位置。书首进表之末,载高力士所宣口敕,亦有"此书甚好"之语,然唐李匡乂作《资暇集》,备摘其窃据善注,巧为颠倒,条分缕析,言之甚详。又姚宽《西溪丛语》,诋其注扬雄《解嘲》,不知伯夷太公为二老,反驳善注之误。王楙《野客丛书》,诋其误叙王晙世系,以览后为祥后,以昙首之曾孙为昙首之子。明田汝成重刊《文选》,其子艺蘅,又摘所注《西都赋》之"龙兴虎视"、《东都》之"乾符坤珍"、《东京赋》之"巨狷闲豎"、《芜城赋》之"袤广三坟"诸条。今观所注,迂陋鄙倍之处,尚不止此,而以空疏臆见,轻

诋通儒,殆亦韩愈所谓"蚍蜉撼树"者欤!

这里引用前人对《六臣注文选》的批评,都是有根据的。然而,"提要"也指出此书"疏通文意,亦间有可采",说明此书也有一定的参考价值,持论比较全面。

宋、元、明三代选学渐衰,至清代而昌明。张之洞《书目答问》附录《清代著述诸家姓名略》,列清代文选学家钱陆灿、潘耒、何焯、陈景云、余萧客、汪师韩、严长明、孙志祖、叶树藩、彭兆荪、张云璈、张惠言、陈寿祺、朱珔、薛传均十五家,指出:"国(清)朝汉学、小学、骈文家皆深选学。此举其有论著校勘者。"可见还有许多研究者没有举出来。现将一些比较重要的《文选》研究著作开列如下:

《义门读书记》五十八卷,清何焯撰,中华书局1987年出版。其中第四十五卷至第四十九卷是评《文选》的。

《文选音义》八卷,清余萧客撰,乾隆静胜堂刻本。

《文选纪闻》三十卷,清余萧客撰,《碧琳琅馆丛书》本。

《文选理学权舆》八卷,清汪师韩撰,《丛书集成初编》本。

《文选理学权舆补》一卷,清孙志祖撰,《丛书集成初编》本。

《文选考异》四卷,清孙志祖撰,《丛书集成初编》本。

《文选李注补正》四卷,清孙志祖撰,《丛书集成初编》本。

《文选考异》十卷,清胡克家撰,附刊于李善注《文选》。

《选学胶言》二十卷,清张云璈撰,三影阁原刊本。

《文选旁证》四十六卷,清梁章钜撰,榕风楼刊本。穆克宏点校本,福建人民出版社2000年出版。

《文选集释》二十四卷,清朱珔撰,朱氏家刻本。

《文选古字通疏证》六卷,清薛传均撰,《益雅堂丛书》本。

《文选古字通补训》四卷,清吕锦文撰,光绪辛丑(1901)传砚斋刻本。

《文选笺证》三十二卷,清胡绍煐撰,《聚学轩丛书》本。江苏广陵古籍刻印社1990年影印贵池刘世珩校刊本。

《重订文选集评》十六卷,清于光华撰,同治壬申年(1872)江苏书局刊本。

《选学拾沈》二卷,近人李详撰,光绪甲午(1894)刻本。又见《李审言文集》(江苏古籍出版社1989年排印本)。

对以上著作的评论,可参阅骆鸿凯《文选学》(中华书局1937年出版,又1989年增订新版)。

应当指出,张之洞的《书目答问》所开列的《文选》书目,对后世颇有影响。如1966年,台湾广文书局出版的《选学丛书》,选目如下:

①《文选理学权舆》
②《文选理学权舆补》
③《文学考异》(孙志祖)
④《文选李注补正》
⑤《选学胶言》
⑥《文选集释》
⑦《文选笺证》
⑧《文选旁证》
⑨《文选笔记》
⑩《文选李注义疏》

这个选目受到《书目答问》的影响。

2016年扬州广陵书社出版的《清代文选学名著集成》,其选目是：

① 《文选音义》八卷（余萧客）
② 《选学纪闻》三十卷（余萧客）
③ 《重订文选集评》十五卷首一卷末一卷（于光华）
④ 《文选理学权舆》八卷（汪师韩）
⑤ 《文选理学权舆补》一卷（孙志祖）
⑥ 《文选考异》四卷（孙志祖）
⑦ 《文选李注补正》四卷（孙志祖）
⑧ 《选学胶言》二十卷《补遗》一卷（张云璈）
⑨ 《文选旁证》四十六卷（梁章钜）
⑩ 《文选古字通疏证》六卷（薛传钧）
⑪ 《文选笺证》三十二卷（胡绍煐）
⑫ 《文选集释》二十四卷（朱珔）
⑬ 《文选笔记》八卷（许巽行）
⑭ 《文选古字通补训》四卷《拾遗》一卷（吕锦文）
⑮ 《选雅》二十卷（程先甲）

显然也是受到《书目答问》的影响。

《书目答问》所开列的《文选》书目，直到今天，对研究《文选》仍然有一定的影响。（参阅《开列选学书目，指导天下后学——张之洞与〈文选〉》，见拙著《文选学研究》）

此外，值得我们注意的还有两种古写本和两种索引。古写本是：

① 《敦煌吐鲁番本文选》 饶宗颐编，中华书局 2000 年出版。编者《序》云："拙编《敦煌吐鲁番文选》，网罗世界各地收藏《昭明文选》古写本之残缣零简……整比完编。"往年阅读这些残缣零

简，十分艰难。现汇为一编，研究者使用起来，极为方便。虽然是"残缣零简"，作为古写本，弥足珍贵。

②《唐钞文选集注汇存》 佚名编，上海古籍出版社2000年出版。本书出自日本金译文库。全书120卷，书中除李善注、五臣注之外，又有《钞》、《音决》及陆善经注三种。编者不详。书中有陆善经注，陆氏是唐玄宗天宝（742—756）时人，因此，本书当产生于天宝以后。1918年，罗振玉影印《文选集注》之48、59、62、63、66、68、71、73、79、85、88、91、93、94、102、113诸卷，共16卷，收入《嘉草轩丛书》中。本书所收为8、9、43、47、48、56、59、61、62、63、66、68、71、73、79、85、88、91、93、94、98、102、113、116诸卷，共24卷。本书在《文选》学研究中有重要的参考价值。

索引是：

①《文选索引》三册 〔日〕斯波六郎编，李庆译，上海古籍出版社1997年出版。本书按字检索，不仅可以查找《文选》中的句子，尚可了解所检之字在《文选》中出现的次数。这对《文选》研究和词语研究都很有用处。又本书收录了斯波六郎的《文选诸本研究》，对研究《文选》的版本颇有参考价值。这是研究《文选》学的一部重要的工具书。

②《中外学者文选学论著索引》 郑州大学古籍所编，中华书局1998年出版。本书内容分为中国（包括港台地区）"文选学"研究、日本"文选学"研究、韩国"文选学"研究、欧美"文选学"研究四部分。每部分又分概述、论文索引、专著索引三项。时限起自1911年1月，迄于1993年6月。为"文选学"研究者提供有关资料目录，检阅方便。

资料汇编有《文选资料汇编（赋类卷）》上下册，刘志伟主编，中华书局2013年8月出版。本资料汇编分为《总论卷》、《分论卷》、《序跋著录卷》、《域外卷》四大部分。其中《分论卷》又分为《赋类卷》、《诗类卷》和《文类卷》。现已出版的有《赋类卷》上下两册，可供《文选》学研究者参考。

古写本是珍贵文献，索引是常用工具书。这是初学"文选学"者应该了解的。

最后要介绍的是《中外学者文选学论集》，俞绍初、许逸民主编，中华书局1998年出版。这是一部重要的"文选学"研究论文集。本书的《编辑后记》说："本论文集选录自1911年至1993年间，海内外公开发表的'文选学'研究论文，共计五十六篇（实为五十七篇）。分为中国大陆、中国港台地区、日本、韩国和欧美等五部分，每部分又以刊载时间先后为序编排。"所选之文大都带有一定的代表性，可供研究者参考。

今人治《文选》而有卓越成就的，一是高步瀛先生，高先生著有《文选李注义疏》八卷。此书注释旁征博引，极为详赡，校勘亦极精审，惜只完成八卷，实为美中不足。建国前曾由北京文化学社排印出版，1985年中华书局出版了曹道衡、沈玉成的点校本。一是黄侃先生，黄先生是音韵训诂学家、文字学家，亦精于选学，著有《文选平点》。此是由其侄及弟子、武汉大学中文系黄焯（耀先）教授编辑成书的，上海古籍出版社于1985年影印出版。黄侃之女黄念容辑有《文选黄氏学》，台北文史哲出版社1977年出版。其所列黄侃批注较焯整理本多一倍。黄侃之子黄延祖将黄念容所辑之《文选黄氏学》与黄焯所辑之《文选平点》重辑为一，称《文选平点》重辑本。于2000年，由中华书局出版。此书比较完整地保存了黄侃对《文选》的批点。一是骆鸿凯先生，其《文选学》，作为现代出版的一部《文选》研究专著，颇有影响。此书《叙》云："今之所述，首叙《文选》之义例，以及往昔治斯学之涂辙，明选学之源流也。

末篇所述,则以文史、文体、文术诸方,析观斯集,为研习选学者之津梁也。"这确是一部对研究《文选》很有帮助的书,值得重视。此书2015年3月由中华书局增订重印。

纵观《文选》注本,仍以李善注本最为重要,《文选》李善注六十卷,版本繁多,以中华书局于1977年影印出版的胡克家刻本最为常见。上海古籍出版社于1986年标点出版的本子,使用方便。其次是五臣注。《五臣注文选》之价值不如李善注,但是,其疏通文义,亦可参考。《文选》刻本,《五臣注文选》较早。五代时,毋昭裔镂版于蜀(见《宋史·毋守素传》、王明清《挥麈录》)。《李善注文选》到北宋景德、天圣年间才得以刊行。以后,有人将李善注与五臣注合刻,宋陈振孙《直斋书录解题》即著录《六臣注文选》六十卷,最早的大概是崇宁五年(1106)的裴氏刻本。

自从《六臣注文选》出现之后,李善注本、五臣注本都逐渐稀少,今天,五臣注本已经罕见,李善注本一般也认为是从《六臣注文选》中摘出的。《四库全书总目·文选注》提要云:

> 其书自南宋以来,皆与五臣注合刊,名曰《六臣注文选》,而善注单行之本,世遂罕传。此本为毛晋所刻,虽称从宋本校正,今考其第二十五卷陆云《答兄机诗》注中有"向曰"一条、"济曰"一条,又《答张士然诗》注中有"翰曰"、"铣曰"、"向曰"、"济曰"各一条,殆因六臣之本,削去五臣,独留善注,故刊除不尽,未必真见单行本也。他如班固《两都赋》,误以注列目录下。左思《三都赋》,善明称刘逵注《蜀都》、《吴都》,张载注《魏都》,乃三篇俱题刘渊林字。又如《楚辞》用王逸注,《子虚》、《上林》赋用郭璞注,《两京赋》用薛综注,《思玄赋》用旧注,《鲁灵光殿赋》用张载注,《咏怀诗》用颜延年、沈约注,《射雉赋》用徐爰注,皆题本名,而补注则别称"善曰",于

薛综条下发例甚明，乃于扬雄《羽猎赋》用颜师古注之类，则竟漏本名，于班固《幽通赋》用曹大家注之类，则散标句下。又《文选》之例，于作者皆书其字，而杜预《春秋传序》则独题名。岂非从六臣本中摘出善注，以意排纂，故体例互殊欤？至二十七卷末附载乐府《君子行》一篇，注曰："李善本古词止三首，无此一篇，五臣本有，今附于后。"其非善原书，尤为显证。以是例之，其孔安国《尚书序》、杜预《春秋传序》二篇，仅列原文，绝无一字之注，疑亦从五臣本剿入，非其旧矣。

这些例证颇说明汲古阁本《李善注文选》是从《六臣注文选》中摘出的，所以出现这些龃龉现象。至于尤袤刻本，顾广圻也认为是从六臣注本摘出的，而日本学者冈村繁却有不同看法。他根据中国程毅中、白化文之说（见《略谈李善注〈文选〉的尤刻本》，《文物》1976年11期），并根据北宋国子监刻李注本的存在，认为"尤本—胡刻本"与"六家本—六臣注"为并列的两个系统，否定了上述李注摘出说（见冈村繁《文选集注与宋明版行的李善注》，《加贺博士退官纪念中国文史哲论集》）。虽然如此，顾氏的看法，仍是大多数研究者所同意的。

在《文选》研究中，有争议的问题颇多，兹择其要者，略述如下：

一、《文选》的编者问题。

《文选》的编者是萧统，这本是毫无问题的，因为《梁书·昭明太子传》记载其著作，其中有"《文选》三十卷"。《隋书·经籍志》著录："《文选》三十卷，梁昭明太子撰。"但是，古代帝王编撰的书，往往出自其门下文人学士之手，萧统身为太子，十五岁加冠之后，"高祖便使省万机，内外百司奏事者填塞于前"（《梁书》本传）。他不可能有过多的时间亲自编选《文选》。他的门下文人学士很多，自然有负责编选《文选》的人，由于史籍失载，遂成疑案。唐代日僧空海云："晚代铨文者多矣。至如梁昭明太子萧统与刘孝绰等，撰集《文选》，自谓毕乎天地，悬诸日月。"（《文镜秘府论·南卷·集论》）宋《中兴馆阁书目·文选》条云："昭明太子萧统集子夏、屈原、宋玉、李斯及汉迄梁文人才士所著赋、诗、骚、七、诏、册、令、教、表、书、启、笺、记、檄、难、问、议论、序、颂、赞、铭、诔、碑、志、行状等为三十卷。"注云："与何逊、刘孝绰等选集。"（赵士炜《中兴馆阁书目辑考》卷五）唐宋人的记载值得我们重视。但是，说何逊参加《文选》的编选工作，不可信。《梁书·何逊传》云：

> 天监中，起家奉朝请，迁中卫建安王水曹行参军，兼记室。王爱文学之士，日与游宴，及迁江州，逊犹掌书记。还为安西安成王参军事，兼尚书水部郎，母忧去职。服阕，除仁威庐陵王记室，复随府江州，未几卒。

考何逊一生的经历，不曾与萧统交往，不可能参加《文选》的编选工作。再说，何逊大约卒于天监十八年（519），当时萧统年十九岁，尚未开始编选《文选》，怎么能参与其事。《中兴馆阁书目》误以何逊参与《文选》的编选工作，可能是因为梁时何逊与刘孝绰齐名，连带而及。

至于刘孝绰参加《文选》的编选工作，则完全可能。根据《梁书·刘孝绰传》的记载，刘孝绰任太子舍人一次，任太子洗马两次，任太子仆两次，掌东宫书记两次，与萧统相处的时间较长。又《梁书·刘孝绰传》云：

> 时昭明太子好士爱文，孝绰与陈郡殷芸、吴郡陆倕、琅邪王筠、彭城到洽等，同见宾礼。太子起乐贤堂，乃使画工先图孝绰焉。太子文章繁富，群才咸欲撰录，太子独使孝绰集而

序之。

萧统对刘孝绰最为信任,他首先让画工在乐贤堂画上刘孝绰的像,又亲自委托刘孝绰代编他的文集。刘编的《昭明太子集》虽已散失,而刘孝绰写的《昭明太子集序》尚存。刘孝绰很可能是《文选》的主要编选者。

参加《文选》编选工作的绝不止刘孝绰一人。曾任太子洗马、太子中庶子、太子家令、兼掌东宫书记的王筠,亦可能是适当人选。《梁书·王筠传》云:

> 昭明太子爱文学士,常与(王)筠及刘孝绰、陆倕、到洽、殷芸等游宴玄圃,太子独执筠袖抚孝绰肩而言曰:"所谓'左把浮丘袖,右拍洪崖肩'。"其见重如此。筠又与殷芸以方雅见礼焉。

萧统对王筠之爱重仅次于刘孝绰。王筠"少擅才名,与刘孝绰见重于世",中大通三年(531),萧统去世,梁武帝命王筠作哀策文,"复见嗟赏"。所以,王筠亦可能是《文选》的编选者之一。

除刘、王之外,曾任太子侍读、直东宫学士省的殷芸,曾任太子舍人、太子中舍人、侍读、太子家令、太子中庶子的到洽,曾任太子仆、太子家令的张率,曾任太子舍人、太子洗马、太子中舍人的王规,曾任太子舍人、太子家令、东宫学士及三任太子中庶子的殷钧,曾任太子舍人、太子洗马的王锡,曾任太子舍人、太子中庶子的张缅,曾任太子舍人、太子洗马、太子中舍人的张缵,曾任太子洗马、太子中舍人、太子家令、太子中庶子、并三次掌管记的陆襄,曾兼任东宫通事舍人的何思澄,曾兼任东宫通事舍人的刘杳等,都有可能参与《文选》的编选工作。参阅何融的《〈文选〉编撰时期及编者考略》(《国文月刊》第76期,1949年2月出版)。

当代日本学者清水凯夫认为，编选《文选》的中心人物不是昭明太子，而是刘孝绰，并对此作了比较详细的论证。他根据《梁书》、《南史》、《梁简文帝法宝联璧序》、《颜氏家训》等史料，考察了梁武帝《通史》、梁简文帝《法宝联璧》、皇太子萧纲《长春义记》、昭明太子《诗苑英华》、梁武帝《华林遍略》等的编撰者后指出，古代帝王、太子编撰的著作，多委托臣下完成，而挂帝王、太子之名，《文选》便是如此。他指出，《文选》所收宋玉《高唐赋》、《神女赋》、《登徒子好色赋》及曹植《洛神赋》皆为无讽谏可言之艳情作品，与萧统《陶渊明集序》中"白璧微瑕，惟在《闲情》一赋"的观点不合，这是萧统未参加编选的一个证据。又徐悱诗在当时评价不高，而其《古意酬到长史溉登琅邪城》并非"文质彬彬"之作，却选入《文选》。这是因为徐悱是刘孝绰的妹婿，刘孝绰为了悼念早逝的妹婿而将其诗选入《文选》的。还有，《文选》选入了刘峻的《广绝交论》、《辩命论》。前者是刘孝绰为了报"宿仇"而讽刺到氏兄弟的，后者是刘孝绰为五次遭罢官依然狷介与世不合的本人"辩命"的。最后说到何逊在当时评价很高，又符合萧统的文学观点，《文选》却一篇未收，这是感情起作用。因为刘孝绰视何逊为"文敌"，反映了他避忌何逊的意向。以上论证多为推测，还可以进一步探讨。清水凯夫的看法，详见《〈文选〉撰者考》、《〈文选〉编辑的周围》二文（《六朝文学论文集》，韩国基译，重庆出版社1989年10月出版）。

附带谈一下"昭明太子十学士"。

《南史》卷二十三《王锡传》云："时昭明太子尚幼，武帝敕（王）锡与秘书郎张缵使入宫，不限日数。与太子游狎，情兼师友。又敕陆倕、张率、谢举、王规、王筠、刘孝绰、到洽、张缅为学士，十人尽一时之选。"此"十学士"即后来所说的"昭明太子十学士"。他们多参与了《文选》的编选工作。可是,《升庵外集》卷五十二说:"梁昭明太子统,聚文士刘孝威、庾肩吾、徐防、江伯操、孔敬通、惠子悦、徐陵、王囿、孔烁、鲍至十人,谓之高斋十学士,集《文选》。今襄阳有文选楼,池州有文选台,未知何地为的。但十人姓名,人多不知,故特著之。"这是误以"高斋十学士"为"昭明太子十学士"。近人高步瀛对此进行了驳斥,他说:

> 《太平御览·居处部》十三引《襄沔记》曰:"金城内刺史院,有高斋。昭明太子于此斋造《文选》。"又引《雍州记》曰:"高斋其泥色甚鲜净,故此名焉。昭明太子于斋营集道义,以时相继。"王象之《舆地纪胜》:"京西南路襄阳府古迹,有文选楼。"引旧《图经》云:"梁昭明太子所立,以撰《文选》。聚才人贤士刘孝威、庾肩吾、徐防、江伯操、孔敬通、惠子悦、徐陵、王筠、孔烁、鲍至等十余人,号曰高斋学士。"升庵之说,殆本此,而改王筠为王囿是也。然此说乃传闻之误。昭明为太子,常居建业,不应远出襄阳。考襄阳于梁为雍州襄阳郡。《梁书·简文帝纪》曰:天监五年,封晋安王。普通四年,由徐州刺史都督雍、梁、南北秦四州郢州之竟陵司州之随郡诸军事、雍州刺史。《南史·庾肩吾传》曰:初为晋安王国常侍,王每徙镇,肩吾常随府。在雍州,被命与刘孝威、江伯操、孔敬通、申子悦、徐防、徐摛、王囿、孔烁、鲍至等十人,抄撰众籍,丰其果馔,号高斋学士。是高斋学士乃简文遗迹,而无关昭明选文也。大抵地志所称之文选楼,多不足信。扬州文选楼,在今江苏江都县东南,或云曹宪以教授生徒所居。池州文选阁,在今安徽贵池县西,则后人因昭明太子祠而建者也。升庵狃于俗说,不能据《南史》是正,而反诮十学士姓名人多不知,陋矣。(《文选李注义疏》,中华书局1985年11月版5—6页)

二、《文选》编选的年代问题。

《文选》编于何时？由于史无明文，迄无定论。衢本《郡斋读书志》卷二十"李善注《文选》"条云："窦常谓统著《文选》，以何逊在世不录其文。盖其人既往，而后其文克定，然则所录皆前人作也。"这里说，"以何逊在世不录其文"，不确。前面已经提到，何逊卒于天监十八年（519），编选《文选》是在他去世以后。至于不选他的作品，当另有缘因。但是，《文选》选录作品不录在世者，却是事实。根据这一原则，我们考查《文选》的梁代诸文士卒年，便可大致确定《文选》的成书年代。经查《梁书》、《南史》等史料，可知范云卒于天监二年（503），江淹卒于天监四年（505），任昉卒于天监七年（508），丘迟卒于天监七年（508），沈约卒于天监十二年（513），王巾卒于天监四年（505），虞羲卒于天监五年（506）以后，刘峻卒于普通二年（521），陆倕卒于普通七年（526），徐悱卒于普通五年（524）。这些都是《文选》中的梁代文士，这些文士的卒年以陆倕为最晚，为普通七年（526）。由此可以断定，《文选》成书当在普通七年以后。萧统卒于中大通三年（531），《文选》成书又当在此以前。这个结论是所有《文选》研究者所同意的，但是，诸家仍有细微的差别。例如：

1. 何融认为，《文选》诸作家直至普通七年始尽卒。可见《文选》之编成，应不早于普通七年。又查昭明太子《答湘东王求文集及诗苑英华书》，首云"得疏知须《诗苑英华》及诸文制"而不及《文选》，据刘孝绰所撰《昭明太子集序》中"粤我大梁二十一载"一语，知昭明太子集系编于普通三年，故至少可以说明《文选》在普通三年时，尚未撰成问世。

《文选》虽在普通七年刘峻、徐悱、陆倕诸作家俱已逝世之后始克定稿，然据《梁书·刘孝绰传》中下列一段记载，颇疑其在普通七年以前，即普通三年至六年东宫学士最称繁盛时期，业已着手编撰矣。

> 迁太府卿、太子仆、复掌东宫管记，时昭明太子好士爱文，孝绰与陈郡殷芸、吴郡陆倕、琅邪王筠、彭城到洽等，同见宾礼。

据上文，则刘孝绰为太子仆时，殷芸等同为昭明太子之宾客。孝绰之为太子仆，读《梁书·昭明太子传》下列一段：

> （普通）三年十一月，始兴王憺薨。旧事，以东宫礼绝傍亲，书翰并依常仪，太子意以为疑，命仆射刘孝绰议其事。

知系在普通三年。又据《梁书·王规传》所载，此后至普通七年数年间，规与殷钧、王锡、张缅等奉敕同侍东宫，俱为昭明太子所礼，东宫名才云集，故疑在此期间已着手为《文选》之编撰矣。

此外，下列数事，亦足为《文选》在普通七年前已开始编辑之佐证：

①普通七年以后，东宫学士已日渐凋落。
②普通四年，东宫新置学士。（见《梁书》卷二十七《明山宾传》）
③刘孝绰与到洽普通六年已交恶，洽劾孝绰免官。
④从昭明太子使刘孝绰集序其文一事，知昭明此时正爱好著述。

《文选》之编撰系开始于普通中，而完成于普通末年（即七年）以后。（参阅《〈文选〉编撰时期及编者考略》）

2. 缪钺认为，陆倕与刘孝绰、王筠等皆为昭明所宾礼（《梁书·刘孝绰传》），刘、王二人尤被赏接。然《文选》中不录刘、王之作，而取陆倕《石阙铭》及《新刻漏铭》，盖撰集《文选》时，刘、王尚存(刘孝绰卒于大同五年,在昭明卒后八年,王筠卒于简文帝大宝元年,则在昭明卒后十九年矣),陆倕已卒。倕卒时,昭明二十六岁,由此且可知《文选》编定,在昭明二十六岁之后也(即大通元年至中大通三年数载之中)。盖其人已往,其文克定,不录生存之作,正见其态度之慎重。(《〈文选〉和〈玉台新咏〉》,见《诗词散论》,上海古籍出版社1982年11月出版)

3. 日本学者清水凯夫认为,关于《文选》的编辑时期当为昭明太子加元服的天监十四年(515)以后和太子薨去的中大通三年(531)四月以前。这个范围可从下述两方面的记载来确定。《文选序》:"余监抚(执政事)余闲,居多暇日。历观文囿,泛览辞林,未尝不心游目想,移晷忘倦。"《梁书·昭明太子传》(卷八):"十四年正月朔旦,高祖临轩,冠太子于太极殿。……太子自加元服,高祖便使省万机。"加元服后执政。自天监十四年至中大通三年期间侍于昭明太子左右的主要文人有刘孝绰、王筠、陆倕、到洽、殷钧、陆襄、张率、殷芸。这些人中确实有《文选》的实际撰录者。

《文选》的编辑时间可进一步缩小到普通七年(526)以后和中大通三年(531)以前。

确定《文选》的编辑时间的有效办法是详细考察实际撰录《文选》的中心人物刘孝绰在这六年期间的活动情况。刘孝绰任廷尉卿时被御史中丞到洽弹劾罢官,如《梁书·到洽传》(卷二十七)记载:"普通六年迁御史中丞。"是普通六年的事情。因此,最好考察罢官后的刘孝绰。《梁书·刘孝绰传》:

> 孝绰免职后,高祖数使仆射徐勉宣旨慰抚之,每朝宴常引与焉。及高祖为《籍田诗》,又使勉先示孝绰。时奉诏作者数十人,高祖以孝绰尤工,即日有敕,起为西中郎湘东王谘议。

刘孝绰虽然被免去官职，但仍受武帝庇护，后来很快于普通七年出任西中郎湘东王谘议。《梁书》更进一步载录他那时的《谢高祖启》之后接着说：

> 后为太子仆，母忧去职。服阕，除安西湘东王谘议参军，迁黄门侍郎，尚书吏部郎……

刘孝绰以母忧辞去官职的时间，根据其弟刘潜（孝仪）、刘孝威传（《梁书》卷四十一）的记载，可定为中大通元年（529）。

> 晋安王纲出镇襄阳，引为安北功曹史，以母忧去职。王立为皇太子，孝仪服阕，仍补洗马，迁中舍人。（《刘潜传》）
> 第六弟孝威，初为安北晋安王法曹，转主簿，以母忧去职。服阕，除太子洗马，累迁中书舍人、庶子、率更令，并掌管记。（同上）

这是中大通三年（531）五月，晋安王纲立为太子的时间，也正是刘孝仪和刘孝威服阕的时间。因此可以断定，刘氏兄弟"以母忧去职"的时间，是自中大通三年五月往回推算二十七个月（梁代服丧期为二十七个月）的中大通元年。于是，刘孝绰"后（《册府元龟》九三二作"复"）为太子仆"的时间，是出任"西中郎湘东王谘议"（普通七年）的第二年，即大通元年—大通二年，那以后一直服丧到昭明太子薨去的中大通三年。

处于连礼仪细节都规定得相当严格的梁代，是不可能在服丧期间受昭明太子之命从事《文选》的撰录的，因此，《文选》的撰录正当定为任太子仆的时期，亦即大通元年—大通二年之间。总之，由以上分析可以得出如下结论，即《文选》是以太子仆刘孝绰为中心于大通元年—大通二年间编辑完成的。（参阅《〈文选〉编辑的周围》，见《六朝文学论集》，重庆出版社1989年出版）

以上三说,何氏、缪氏二说,大致确定《文选》的成书时间,其编选时间较长。清水氏把《文选》成书时间确定在大通元年(527)至大通二年(528)间,值得注意。曹道衡、沈玉成二氏认为:

> 刘孝绰重新任太子仆的时间应为大通元年至中大通元年(527—529)。在大通元年底至中大通元年期间,刘孝绰协助萧统最后完成了《文选》的编纂工作,应当认为是合理的。因为《文选》收录的作家最晚卒于普通七年(526),成书不得在此之前,如果上面关于刘孝绰是协助萧统编纂的主要人物这一意见可以成立,则普通七年虽然罢官家居,在某种程度上影响了《文选》的编定,但一二年后即重入东宫,其时萧统也已丁忧期满,在中大通元年前完成了最后定稿。之后不久刘孝绰即丁母忧,而再过不到两年,萧统也得病死去了。(《有关〈文选〉编纂中几个问题的拟测》,《昭明文选研究论文集》,吉林文史出版社1988年6月出版)

与清水氏的看法基本相同,都有参考价值。

三、《文选》的选录标准问题。

什么是《文选》的选录标准呢?这也是研究者注意的问题。探讨这个问题,已有研究论文十余篇,其见解,约而言之,主要有四说:

1. 朱自清说:《文选序》述去取的标准云:"若夫姬公之籍,孔父之书,与日月俱悬,鬼神争奥;孝敬之准式,人伦之师友。岂可重以芟夷,加之剪截!老、庄之作,管、孟之流,盖以立意为宗,不以能文为本。今之所撰,又以略诸。若贤人之美辞,忠臣之抗直,谋夫之话,辩士之端,冰释泉涌,金相玉振。所谓坐狙丘,议稷下,仲连之却秦军,食其之下齐国,留侯之发八难,曲逆之吐六奇,盖乃事美一时,语流千载,概见坟籍,旁出子史。若斯之流,又亦繁博。虽传之简牍,而事异篇章。今之所集,亦所不取。至于记事之史,系年之书,所以褒贬是非,纪别异同,方之篇翰,亦已不同。若其赞论之综辑辞采,序述之错比文华,事出于沉思,义归乎翰藻,故与夫篇什,杂而集之。"阮元是第一个分析这一节文字的人,他在《与友人论古文书》里说:"昭明《选序》,体例甚明。后人读之,苦不加意。《选序》之法,于经、子、史三家不加甄录,为其以立意纪事为本,非'沉思'、'翰藻'之比也。"在《书昭明太子〈文选序〉后》里说的更明白:"昭明所选,名之曰文,盖必文而后选也。……经也,子也,史也,皆不可专名之为文也。故昭明《文选序》后三段特明其不选之故,必'沉思'、'翰藻',始名之为文,始以入选也。"这样看来,"沉思"、"翰藻"可以说便是昭明选录的标准了。(《〈文选序〉"事出于沉思,义归乎翰藻"说》,见《朱自清古典文学论文集》上,上海古籍出版社1981年7月出版)

这一见解为多数研究者所同意。但是,对"事出于沉思,义归乎翰藻"二句的理解又不尽相同。朱自清认为:"'事出于沉思'的事,实当解作'事义'、'事类'的事,专指引事引言,并非泛说。'沉思'就是深思。""'翰藻'……昭明借为'辞采'、'辞藻'之意。'翰藻'当以比类为主","而合上下两句浑言之,不外'善于用事,善于用比'之意"(同上)。骆鸿凯认为,"事出于沉思"即"情灵摇荡","义归乎翰藻"即"绮縠纷披"(《文选学·义例第二》)。郭绍虞认为,"事出"二句,"上句的'事',承上文的'序述'而言,下句的'义',承上文的'赞论'而言,意谓史传中的'赞论'和'序述'部分,也有'沉思'和'翰藻',故可作为文学作品来选录。沉思,指作者深刻的艺术构思。翰藻,指表现于作品的辞采之美。二句互文见义。"(《中国历代文论选》第一册333页)殷孟伦认为:"'事',

指'写作的活动'和'写成的文章'而言,'出'是'产生','于',介词,在这里的作用是表所从,'沉思',犹如说'精心结构'或'创意';'义',指'文章所表达的思想内容'而言,'归',归终,'乎',同'于',介词,这里的作用是表所向,'翰藻',指'确切如实的语言加工'。用现代汉语直译这两句,应该是说:'写作的活动和写成的文章是从精心结构产生出来的;同时,文章的思想内容终于要通过确切的语言加工来体现的。'结合两句互相关系来说,又可以作进一步的理解,那便是:就文章的设言、命意、谋篇来说,必须和所要表达的思想内容紧密结合,因为后者(沉思)是前者(事)所由来;就文章所要表达的思想内容说,又必须和它的确切如实的语言加工紧密结合,因为前者(义)是赖于后者(翰藻)来体现的。"(《如何理解〈文选〉编选的标准》,《文史哲》,1963年第一期)在以上四种不同的理解中,以郭绍虞说影响较大,因为郭氏主编之《中国历代文论选》为高等学校文科教科书,流传广泛。朱自清说在学术界颇有影响。

2. 黄侃认为:"'若夫姬公之籍'一段,此序选文宗旨,选文条例皆具,宜细审绎,毋轻发难端。《金楼子》论文之语,刘彦和《文心》一书,皆其翼卫也。"(《文选平点》,上海古籍出版社1985年7月版3页)。黄侃认为"若夫姬公之籍"一段所论是《文选》的选录标准,同时还指出了《文选》选录标准的"翼卫":其一,是萧统弟弟萧绎的《金楼子》。其《立言》下篇云:"至如不便为诗如阎纂,善为章奏如伯松,若此之流,泛谓之笔。吟咏风谣,流连哀思者,谓之文。""笔退则非谓成篇,进则不云取义,神其巧惠,笔端而已。至如文者,惟须绮縠纷披,宫徵靡曼,唇吻遒会,情灵摇荡。"这是萧绎关于"文"、"笔"的论述。他认为"文"应辞藻繁富,音节动听,语言精练,具有抒情的特点。这反映了当时的要求,与"沉思"、"翰藻"

有相似之处。其二,是萧统的通事舍人刘勰的《文心雕龙》。《文心雕龙》体大思精,笼罩群言。它的《原道》、《征圣》、《宗经》等篇强调儒家思想的指导作用。《情采》篇论述文章的内容和形式,一开始就说:"圣贤书辞,总称文章,非采而何?"十分强调文采。但是,又说:"故情者文之经,辞者理之纬;经正而后纬成,理定而后辞畅,此立文之本源也。"对文章的内容和形式关系的理解,无疑是正确的,与萧统所说的"文质彬彬"颇为相似。

黄侃将《文选序》"若夫姬公之籍"一段,与萧绎《金楼子》、刘勰《文心雕龙》合观,认为后者是前者的"翼卫",对我们颇有启发。

3. 日本大多数《文选》研究者都把"夫文典则累野,丽亦伤浮。能丽而不浮,典而不野,文质彬彬,有君子之致"(萧统《答湘东王求文集及诗苑英华书》)作为昭明太子的文学观,并认为《文选》是以此为标准撰录的(见清水凯夫《〈文选〉编辑的目的和撰录标准》,《六朝文学论文集》75页)。持此见解的有铃木虎雄《支那诗论史》以及小尾郊一《昭明太子文学观——以〈文选序〉为中心》(《广岛大学文学系纪要》)、船津富彦《昭明太子文学意识——其基础因素》(《中国中世纪文学研究》)、林田慎之助《编辑〈文选〉与〈玉台新咏〉的文学思想》(《中国中世纪文学批评》)、森野繁夫《齐梁的文学集团和中心人物》二《昭明太子》(《六朝诗的研究》)等(参阅清水凯夫《〈文选〉编辑的目的和撰录标准》注①)。

我国也有研究者持此看法,沈玉成说:"萧统的文学思想,属于涂饰了齐梁彩色的儒家体系。他并没有忽视作品的思想。《文选序》的前半,袭用了《诗大序》缘情言志的基本观点,注意到了作品的社会功能,要求他们具有真实的思想感情。同时,他又像孔子一样,在艺术上主张兼重文质。在《答湘东王求文集及诗苑英华书》中,他说:'夫文典则累野,丽亦伤浮。能丽而不浮,典而不野,文质彬彬,有君子之致。吾尝欲为之,但恨未逮耳。'这可以算做'纲领性'的意见。"(沈玉成《〈文选〉的选录标准》,《文学遗产》,1984年第二期)所论实为《文选》的选录标准。

4. 日本学者清水凯夫认为,《文选》的选录标准是沈约的《宋书·谢灵运传论》(以下简称《传论》)。他在《〈文选〉编辑的目的和撰录标准》一文中,对《传论》逐段论述,借以证明《文选》所选录的作品与沈约所论完全一致。例如:

①《传论》说:"屈原、宋玉,导清源于前;贾谊、相如,振芳尘于后。英辞润金石,高义薄云天。"《文选》收录他们的作品比较多,给予了很重要的地位,

②《传论》说:"相如巧为形似之言,班固长于情理之说,子建(曹植)、仲宣(王粲)以气质为体,并标能擅美,独映当时。"《文选》确实是按照《传论》的主张收录作品,其中前汉司马相如、后汉班固、魏曹植、王粲的作品为多数,并分别给予其时代最高文人的待遇。

③《传论》说:"降及元康,潘陆特秀。"只要看一看《文选》中收录的西晋作品,就可知道潘岳和陆机的作品在数量和质量方面都占压倒的优势,而其他文人的作品少得不能相比。

④《传论》说:"爰逮宋氏,颜谢腾声。灵运之兴会标举,延年之体裁明密,并方轨前秀,垂范后昆。"在《文选》中,收录谢灵运和颜延年的作品也占绝对多数,不仅在宋代文人中,而且在全体上也赋予了一个突出的地位,被看作是"后昆"楷模。

⑤《传论》说:"夫五色相宣,八音协畅,由乎玄黄律吕,各适物宜。欲使宫羽相变,低昂互节,若前有浮声,则后须切响。一简之内,音韵尽殊,两句之中,轻重悉异。妙达此旨,始可言文。"这里说明诗文工拙的标准决定于音韵的谐和。《南史》卷四十八《陆厥

传》说:"时盛为文章,吴兴沈约、陈郡谢朓、琅邪王融以气类相推毂,汝南周颙善识声韵。约等文皆用宫商,将平上去入四声,以此制韵,有平头、上尾、蜂腰、鹤膝。五字之中,音韵悉异,两句之内,角徵不同,不可增减。世呼为永明体。"《传论》的理论与这里所说的"永明体"的特征是一致的。《传论》实际上是"永明体"的创作理论。所以,《文选》收录的齐梁时代的作品全部是"永明体"派或与之有关的人的作品,其中绝大多数是谢朓和沈约的诗以及任昉的文。这一事实正雄辩地说明,《文选》是按照上述《传论》的原理撰录的。

⑥《传论》说:"至于先士茂制,讽高历赏,子建函京之作,仲宣霸岸之篇,子荆零雨之章,正长朔风之句,并直举胸情,非傍诗史,正以音律调韵,取高前式。"沈约举出四篇流传讽咏的历代杰作来印证自己的声调谐和理论是正确的。《文选》的撰者将这四篇全部采用了。这是认为这四篇是大体符合声调谐和原理的优秀作品。这也是《文选》以《传论》为理论标准撰录的一个佐证。

从以上分析可以说,《文选》是根据《传论》所论诗歌发展史的前半部分选择齐梁以前有代表性的文人为支柱,根据后半部分的声调谐和创作理论选择齐梁时代有代表性的文人为中心,不论对于哪一部分文人,在选录具体作品时,基本上都是以声调谐和理论为标准的。总之,简单地说,《文选》撰录诗的主要标准是《传论》。这就是结论。

四、《文选》与《文心雕龙》的关系问题。

这个问题,研究者亦有不同看法。统而言之,不同看法有两种:

1. 大多数研究者认为《文选》受到《文心雕龙》的影响。骆鸿凯认为:"昭明选文,或相商榷。而《刘勰传》载其兼东宫通事舍人,深被昭明爱接;《雕龙》论文之言,又若为《文选》印证,笙磬同音。是岂不谋而合,抑尝共讨论,故宗旨如一耶?"(《文选学·纂集第一》,中华书局1941年3月三版)

有的研究者也指出:"据《梁书·刘勰传》记载,刘勰曾任萧统的东宫通事舍人之职,萧统对比自己年长三十多岁的刘勰'深爱接之'。另据《梁书·昭明太子传》所载,萧统'引纳才学之士,赏爱无倦。恒自讨论篇籍,或与学士商榷古今,间则继以文章著述,率以为常。'这些'才学之士',无疑是包括刘勰在内的。所以,在萧统编选《文选》时,刘勰不一定亲自参加了商榷,但是萧统受到《文心雕龙》一书很大的影响,则是可以肯定的事实。"(莫砺锋《从〈文心雕龙〉与〈文选〉之比较看萧统的文学思想》,《古代文学理论研究》第十辑,上海古籍出版社1985年6月出版)

《文选》受《文心雕龙》的影响,主要有两方面:一是文体分类方面,一是作品选录方面。关于文体分类,我曾说过:"萧统《文选》分文体为三十七类,即赋、诗、骚、七、诏、册、令、教、策文、表、上书、启、弹事、笺、奏记、书、檄、对问、设论、辞、序、颂、赞、符命、史论、史述赞、论、连珠、箴、铭、诔、哀、碑文、墓志、行状、吊文、祭文。……《文选》的文体分类是总结了前人文体研究的成果,根据时代的需要提出来的,它在中国古代文体发展史上占有重要的地位。……至于刘勰《文心雕龙》中的文体论,是我国古代文体论发展的高峰。《文心雕龙》五十篇,其中文体论部分占二十篇,详论文体三十三种,即诗、乐府、赋、颂、赞、祝、盟、铭、箴、诔、碑、哀、吊、杂文、谐、隐、史传、诸子、论、说、诏、策、檄、移、封禅、章、表、奏、启、议、对、书、记。如果再加上《辨骚》篇所论述的'骚'体,则为三十四种。各种之中,子类繁多,分析十分细致,实集我国古来文体论之大成。萧统《文选》的文体分类,正是在前人的基础上发展而来的。它特别是受到《文心雕龙》文体论的启发,比较周密、细致,在中国古代文体发展史上做出了自己的贡献。"(穆克宏《萧统〈文选〉三题》,首届昭明文选国际学术讨论会《昭明文选研究论文集》,吉林文史出版社 1988 年 6 月出版)

关于作品选录,王运熙说:"《文选》选了不少的赋,在这方面的看法和刘勰接近。《文心雕龙·诠赋》篇按照题材把赋分为京殿苑猎、述行序志、草区禽族、庶品杂类等几类,这种分类名目及其次序和《文选》基本上是相同的。于先秦两汉的赋,《诠赋》篇举了十家'英杰',他们是:荀卿(《赋篇》)、宋玉(不举篇名)、枚乘(《菟园赋》)、司马相如(《上林赋》)、贾谊(《鵩鸟赋》)、王褒(《洞箫赋》)、班固(《两都赋》)、张衡(《二京赋》)、扬雄(《甘泉赋》)、王延寿(《鲁灵光殿赋》)。《文选》对这些作家作品,除荀卿、枚乘外,其他作家都已入选,并选了他们其他的赋。荀卿《赋篇》的确文采不足,枚乘则选了更有代表性的《七发》。《诠赋》篇提出魏晋的'赋首'八家:王粲、徐幹、左思、潘岳、陆机、成公绥、郭璞、袁宏。《文选》除徐幹、袁宏两人外,其他六家的赋也都选录了。"又说:"《文心雕龙》所肯定赞美的各体文章的代表作家作品,常为《文选》所采录。现在我把《文心雕龙》上编各篇所肯定的作家作品名目见于《文选》者写在下面:(一)《文心雕龙·颂赞》篇:扬雄《赵充国颂》、班固《汉书》的赞(见《文选》卷四十七、四十九)。(二)《铭箴》篇:班固《封燕然山铭》、张载《剑阁铭》(见《文选》卷五十六)。(三)《诔碑》篇:潘岳的诔,蔡邕《陈仲弓碑》、《郭林宗碑》(见《文选》卷五十六、五十七、五十八)。(四)《哀吊》篇:潘岳的哀文,贾谊《吊屈原文》、陆机《吊魏武帝文》(见《文选》卷五十七、六十)。(五)《杂文》篇:宋玉《对楚王问》、东方朔《答客难》、扬雄《解嘲》、班固《答宾戏》;枚乘《七发》、曹植《七启》;陆机《演连珠》

(见《文选》卷三十四、四十五、五十五)。(六)《论说》篇:贾谊《过秦论》、班彪《王命论》、李康《运命论》、陆机《辨亡论》;李斯《上秦始皇书》、邹阳《上书吴王》、《狱中上书自明》(见《文选》卷三十九、五十一、五十二、五十三)。(七)《诏策》篇:潘勖《魏王九锡文》(见《文选》卷三十五)。(八)《檄移》篇:陈琳《为袁绍檄豫州》、钟会《檄蜀文》;司马相如《难蜀父老》、刘歆《移书让太常博士》(见《文选》卷四十三、四十四)。(九)《封禅》篇:司马相如《封禅文》、扬雄《剧秦美新论》、班固《典引》(见《文选》卷四十八)。(十)《章表》篇:孔融《荐祢衡表》、诸葛亮《出师表》、曹植的表、羊祜《让开府表》、刘琨《劝进表》、庾亮《让中书令表》(见《文选》卷三十七、三十八)。(十一)《书记》篇:司马迁《报任少卿书》、杨恽《报孙会宗书》,孔融、阮瑀、应璩的书信,嵇康《与山巨源绝交书》、赵至《与嵇茂齐书》(见《文选》卷四十一、四十二、四十三)。(参阅《萧统的文学思想和〈文选〉》,《中国古代文论管窥》,齐鲁书社1987年3月出版)

日本学者也有持此种看法的如兴膳宏氏在《文心雕龙》(《世界古文学全集》25页)的"总说"中说:"现在看一下萧统编辑的美文集《文选》,就能发现,其中收录的作品有相当多一部分是刘勰在各篇中提到的作品。我想这大概是刘勰的批评对《文选》的编者决定作品的选择起了重要作用。"此外,户田浩晓氏的《文心雕龙》(《中国古典新书》)、大矢根文次郎氏的《〈文心雕龙〉、〈诗品〉、〈文选〉的一二个问题》(《早稻田大学教育系学术研究》11页)以及森野繁夫氏的《六朝诗的研究》第五章(2)《以昭明太子为中心的"古体派"》等都有论述《文心雕龙》对《文选》之影响的内容(参阅清水凯夫《〈文选〉与〈文心雕龙〉的相互关系》注①,《六朝文学论文集》105页)。

2. 日本学者清水凯夫认为,《文心雕龙》对《文选》没有影响。为了论证这个问题,他写了《〈文选〉与〈文心雕龙〉的相互关系》、《〈文心雕龙〉对〈文选〉的影响——关于散文的研讨》、《〈文选〉与〈文心雕龙〉的关系——关于韵文的研讨》(见《六朝文学论文集》)三篇论文。《〈文选〉与〈文心雕龙〉的相互关系》以《文选序》和《文心雕龙》中的《序志》、《原道》、《明诗》、《书记》作比较,得出的结论是:"即便《文心雕龙》和《文选》之间存在着现象上相似之处,也不过是现象上相似而已,实际上两书的观点在根本上是完全不同的。《文选》的编辑实未受《文心雕龙》的影响。其实《文选》是以文学发展观为立足点,注重所谓'近代'文学,多数撰录的是宋、齐、梁代的诗文,而《文心雕龙》鼓吹祖述经书,以复古思想为基本理念,因此《文选》的编辑不可能容受《文心雕龙》的影响。二者之间有相似之处只是一种现象,并不是《文选》遵循《文心雕龙》的见解的结果,正如刘勰在《序志》篇(第五十)中自己所作的说明:'及其品列成文,有同乎旧谈者,非雷同也。势自不可异也。'《文心雕龙》也有与'旧谈'即确乎定评互相一致的地方,《文选》也是根据同一定评选录的。"《〈文心雕龙〉对〈文选〉的影响——关于散文的研讨》一文,从《文心雕龙》所论散文方面探讨《文选》所受《文心雕龙》的影响。此文说:"在本质上,《文心雕龙》是以复古思想为基本理念创作的著述,而《文选》是以文学的发展史观(文学随时代的推移而发展的观念)为根本而编辑的诗文集。在两书存在着这种根本差别的基础上,如上所述,对每篇具体作品评价的不同,对文体分类法的不同,对'史'、'子'文章的观点的不同等许多不同点既然已经明确,也就可以得出结论说:《文心雕龙》对《文选》没有什么影响。"《〈文选〉与〈文心雕龙〉的关系——关于韵文的研讨》一文,从《文心雕龙》所论韵文探讨《文选》与《文心雕龙》

的关系。此文说:"综上所述,可以作出如下结论:《文心雕龙》基本上是站在视'近世'——尤其是谢灵运一派活跃的宋齐——诗文的引入'讹滥'的作品而加以排斥并主张必须以祖述经书引导这种诗文回到正统的轨道上的立场上撰写的。与此相反,《文选》是站在视'近世'——尤其是以谢灵运一派为中心的宋齐——诗文为最高作品而加以尊重的立场上编纂的,亦即两书是以完全相反的基本观念撰录的。因此可以说,历来所指出的两书存在着影响关系,都仅仅是一种表面现象,实际上这种影响关系是并不存在的。"

在《文选》研究中有争议的问题还有一些,这里就不再一一介绍了。

以上介绍了《文选》研究的一些史料和《文选》研究中一些有争议的问题。《文选》研究从隋代已经开始,隋唐之际形成"文选学",迄今已有一千四百年,有关研究资料十分丰富,二十世纪三十年代出版的高步瀛的《文选李注义疏》,是《文选》注释的集大成之作,骆鸿凯的《文选学》是《文选》研究的总结性著作,都很值得我们注意。但是,李注仅有八卷,远未完成注释全书的任务,骆著的出版亦有五十多年,已不能适应今天读者的需要,"选学"的研究有待进一步地开拓和发展。

第三章　其他文学理论批评著作

魏晋南北朝文学理论批评史料,除上述以外,还有一些,兹补述于下。

有魏一代,刘勰在《文心雕龙·序志》篇中提到的文学批评论著和作者还有应场的"文论"和刘桢。

应玚的"文论",清人黄叔琳注《文心雕龙·序志》篇云:"应玚集有《文质论》。"今人范文澜注引《文质论》全文,说:"此论无关于文,姑录之。"通观此文,论述的是政治,确与文学无直接关系。应玚"文论"究竟所指何文,由于应玚的作品散失很多,现在已无法确知。至于《文质论》,最早见于《艺文类聚》二二(上海古籍出版社 1982 年 1 月新 1 版 411—412 页)。后收入清人严可均《全上古三代秦汉三国六朝文·全后汉文》(中华书局 1958 年第 1 版 701 页)、今人俞绍初辑校之《建安七子集·应玚集》(中华书局 1989 年 1 月第 1 版 178—179 页)等书。

刘桢是"建安七子"之一。他论文章的话,仅存刘勰《文心雕龙》引用的两条。《风骨》篇引:"公幹亦云:孔氏卓卓,信含异气,笔墨之性,殆不可胜。"刘桢认为孔融是卓越的,确有与众不同的气质,他文章的优点,恐怕难以超过。《定势》篇引:"文之体指(势)实强弱,使其辞已尽而势有余,天下一人耳,不可得也。"这是说,文章的体势有强有弱,能做到文辞已尽而体势有余,天下一人而已,是不可多得的。很显然,刘桢论文是重视作家的气质和文章的体势的。

《文心雕龙》的《风骨》篇和《定势》篇中引用刘桢的话,出处今已不详。《南齐书·陆厥传》载陆厥与沈约书说:"刘桢奏书,大明体势之致。"上引"文之"四句,是直接论文章体势的;"孔氏"四句论"气",亦与体势关系密切,可能都出自刘桢的"奏书"。"奏书"全文已散失,我们已无从获得最后的验证。

刘桢论文的两段话,可参阅《文心雕龙》的《风骨》篇和《定势》篇。

两晋尚有左思、皇甫谧的赋论和葛洪的《抱朴子》。

左思是西晋太康时期的杰出作家。他的《三都赋序》表达了他对赋的看法。左思认为，作赋应反映实际情况，给读者以真实的知识。他说："见'绿竹猗猗'，则知卫地淇澳之产。见'在其版屋'，则知秦野西戎之宅。故能居然而辨八方。"不仅如此，"先王采焉，以观土风"，还为封建统治者了解各地风俗民情服务，有一定的政治作用。对司马相如的《上林》、扬雄的《甘泉》、班固的《西都》、张衡的《西京》等赋"假称珍怪，以为润色"，"考之果木，则生非其壤；校之神物，则出非其所。于辞则易为藻饰，于义则虚而无征"，进行了比较严厉的批评。他摹仿张衡的《二京赋》而作《三都赋》，努力做到"其山川城邑，则稽之地图；鸟兽草木，则验之方志；风谣歌舞，各附其俗；魁梧长者，莫非其旧"，强调"美物者贵依其本，赞事者宜本其实"。左思主张"依其本"和"本其实"，给读者以丰富的知识，当然有一定的意义，但是，他混淆了文学创作和学术著作的界限，显然是不正确的。

皇甫谧曾为《三都赋》写序，也表达了他对赋的看法，其看法和左思基本上是一致的。他指出作赋要"因物造端，敷弘体理"，"文必极美"，"辞必尽丽"。但是"非苟尚辞而已，将以纽之王教，本乎劝戒也"，反映了两汉以来大赋创作的实际情况。贾谧对西汉贾谊以后的辞赋"不率典言，并务恢张"的作法是不满意的。但是，他仍然认为，司马相如的《上林赋》、扬雄的《甘泉赋》、班固的《两都赋》、张衡的《二京赋》、马融的《广成颂》、王延寿的《鲁灵光殿赋》等，"初极宏侈之辞，终以约简之制，焕乎有文，蔚尔鳞集，皆近代辞赋之伟也"，作了肯定的评价。贾谧还对辞赋的发展作了比较系统的评述，对后世有一定的影响，值得注意。

左思的《三都赋序》，见《文选》卷四。皇甫谧的《三都赋序》，见《文选》卷四十五。皆可参阅《文选》的各种注本，见本编第二章第三节。

葛洪,字稚川,自号抱朴子,丹阳句容(今江苏句容市)人。约生于西晋武帝太康四年(283),约卒于东晋哀帝兴宁元年(363)。少时以儒学知名,后崇信道教。西晋惠帝太安二年(303),任将兵都尉,升伏波将军。司马睿为丞相时召为掾。东晋成帝咸和初(326),任州主簿、谘议参军等职。闻交址出丹砂,求为勾漏令。携子侄至广州,止于罗浮山炼丹,在山积年而卒。他是东晋道教理论家、医学家、炼丹术士。但是,他的文学思想值得注意。事见《晋书》卷七十二《葛洪传》。今人钱穆有《葛洪年谱》,见《中国学术思想史论丛》卷三,安徽教育出版社2004年出版。曹道衡、沈玉成有《〈晋书·葛洪传〉误叙〈抱朴子〉成书年代》、《葛洪卒年·年岁》,见《中古文学史料丛考》,皆可供参考。

研究葛洪的生平资料,主要是《抱朴子·外篇·自叙》和《晋书·葛洪传》。关于葛洪的生平,《自叙》和本传均无记载。研究者多根据有关材料推出。《自叙》篇说:"今齿近不惑。"这是说,葛洪写作《自叙》时,年近四十岁。而《自叙》作于东晋元帝建武(317—318)年间。上推三十九年,则葛洪应生于西晋武帝咸宁四至五年(278—279),但是,《抱朴子·外篇·失吴》篇说:"余生于晋世。"葛洪本为吴国人。吴国亡于末帝孙皓天纪四年(280),葛洪当生于西晋武帝太康元年(280)以后。所以研究者把他生年定于太康二至四年(281—283)年之间。后查《抱朴子·外编》佚文,其中有一条说:"昔太安二年,京邑始乱……召余为将兵都尉,余年二十一……"(严可均《全上古三代秦汉六朝文·全晋文》卷一百十七)。按,晋惠帝太安二年(303),葛洪二十一岁,由此断定,他生于晋武帝太康四年(283)。葛洪之卒年,《晋书》本传载为八十一岁,而宋人乐史《太平寰宇记》一百六十引袁彦伯《罗浮记》谓为六十一岁。考《晋书》本传,葛洪死前曾与广州刺史邓岳书,岳得书往别，而洪已卒。可见葛洪死于邓岳任广州刺史之时。又据《晋书》之《邓岳传》、《成帝纪》，邓岳从晋成帝咸和五年（330）至咸康五年（339）为广州刺史。这样，可以间接证明，葛洪的卒年当为六十一岁（参阅侯外庐等《中国思想通史》第三卷，人民出版社1957年5月第一版270—283页）。又检葛洪《神仙传》，其中平仲节卒于晋穆帝永和元年（345）五月一日。则葛洪之死，当在穆帝永和元年以后。葛洪卒于八十一岁，似又可信（参阅王明著《抱朴子内篇校释》附录一《晋书·葛洪传》注，中华书局1980年1月第一版351页）。关于葛洪卒年杨明照有比较详细的论述，见《抱朴子外篇校笺》下册附录《葛洪生卒年第七》，中华书局1997年出版。

葛洪的著作很多，他在《抱朴子·自叙》篇中说："凡著《内篇》二十卷，《外篇》五十卷，碑颂诗赋百卷，军事檄移章表笺记三十卷，又撰俗所不列者为《神仙传》十卷，又撰高尚不仕者为《隐逸传》十卷，又抄五经、七史、百家之言、兵事方技短杂奇要三百一十卷，别有目录。"《晋书》本传还有《金匮药方》一百卷，《肘后备急方》四卷。这些著作绝大部分已经散失，今存的只有《抱朴子》、《肘后备急方》和《神仙传》。其中以《抱朴子》为重要。《抱朴子》分为《内篇》和《外篇》，《内篇》二十卷，《外篇》五十卷。《外篇·自叙》说："其《内篇》言神仙方药、鬼怪变化、养生延年、禳邪却祸之事，属道家；其《外篇》言人间得失、世事臧否，属儒家。"

葛洪的文学思想主要见于《抱朴子·外篇》的《钧世》、《尚博》、《广譬》、《辞义》、《应嘲》等篇。其主要内容有：

一、今胜于古的文学发展观。《钧世》篇说："且夫古者事事醇素，今则莫不雕饰，时移世改，理自然也。至于罽锦丽而且坚，未可谓之减于蓑衣；辎軿妍而又牢，未可谓之不及椎车也。……若舟车之代步涉，文墨之改结绳，诸后作而善于前事，其功业相次千万者，不可复缕举也。世人皆知快于曩矣,何以独文章不及古耶?"这是说,人类历史不断发展,各种事物不断进步,文学也不会例外。

在今胜于古的文学发展观的基础上,葛洪极力反对贵古贱今。《尚博》篇说:"世俗率神贵古昔而黩贱同时……虽有益世之书,犹谓之不及前代之遗文也。……俗士多云,今山不及古山之高,今海不及古海之广,今日不及古日之热,今月不及古月之朗,何肯许今之才士不减古之枯骨!"葛洪认为,这些现象都是贵远贱近、重闻轻见习惯势力造成的。

二、葛洪主张"立言贵于助教",认为"君子之开口动笔,必戒悟蔽"(《应嘲》),极力反对那种徒饰华藻,夸夸其谈,毫无实用价值的文章。他重视文学的社会作用,因此,他推崇子书而贬抑诗赋,批评当时人"或贵爱诗赋浅近之细文,忽薄深美富博之子书。以磋切之至言为骇拙,以虚华之小辩为妍巧,真伪颠倒,玉石混淆……可叹可慨者也。"(《尚博》)表现出儒家思想。

三、葛洪还主张文章与德行并重。儒家的传统思想重德轻文,而葛洪却认为德行、文章并重。他说:"筌可以弃,而鱼未获则不得无筌;文可以废,而道未行则不得无文。……且文章之与德行,犹十尺之与一丈,谓之馀事,未之前闻。"(《尚博》)这种看法和儒家重德轻文的思想完全不同。

葛洪对文学问题提出了自己的一些看法,有值得我们借鉴的地方。但是,他的文学观念不明晰,为他的文学思想带来不可避免的局限。

葛洪的《抱朴子》版本较多,较常见的有:

> 《抱朴子·内篇》二十卷《外篇》五十卷,《道藏》明正统中刊、续万历中刊本,民国十二年至十五年(1923—1926)上海商务印书馆影印《道藏》本,清孙星衍辑《平津馆丛书》本

（嘉庆本），《四部丛刊》本，《诸子集成》本。

《葛稚川内篇》四卷《外篇》四卷，明陈继儒辑《宝颜堂秘笈》本。

《抱朴子·内篇》四卷《外篇》四卷，《四库全书》本，明何允中《广汉魏丛书》本，《百子全书》本。

《抱朴子》，商务印书馆《说郛》本。

《抱朴子·内篇》二十卷《外篇》五十卷《附篇》十卷，清继昌等撰《附篇》，《平津馆丛书》本（光绪本），《四部备要》本。

《抱朴子》之《内篇佚文》、《外篇佚文》见严可均辑《全晋文》卷一一七。

《抱朴子》的校注本，有王明的《抱朴子内篇校释》，中华书局1980年1月排印出版。又，杨明照《抱朴子外篇校笺》上下两册，上册，中华书局1991年出版；下册，中华书局1997年出版。王氏校释精审，杨氏校笺详赡，皆足供参考。

南朝齐梁时期的沈约、裴子野、萧子显等人的文学理论批评，都有值得我们注意的内容。

沈约是齐梁时期的文坛领袖。他的《宋书·谢灵运传论》是中国文学批评史上的重要论文。他主张"以情纬文，以文被质"，要求文学作品的内容和形式的统一。他还总结了诗歌声律运用的经验，提出了四声八病之说。此说固然有束缚诗歌的缺点，但是，对诗歌的发展起了推动作用。

《宋书·谢灵运传论》，见《宋书》卷六十七《谢灵运传》。《宋书》较好的版本是中华书局出版的点校本。稍后，这篇传论被选入《文选》卷四十九。李善注、五臣注及以后各家注本均可参考（参阅本编第二章第三节）。今人郭绍虞、王文生主编之《中国历代文论选》第一册（上海古籍出版社1979年8月第一版215—222页）

和王力主编之《古代汉语》下册第一分册（中华书局1978年4月第一版1066—1074页）选入此文，因为这两种书是高等学校文科教材，遂使此文流传更为广泛。

关于四声八病之说，研究者的说法各不相同。其中以日本人遍照金刚《文镜秘府论》中的说法比较可靠。因为遍照金刚生于公元774年，卒于公元835年，相当于我国唐代中期，距离沈约的时代不远，可能他的解说有一定的根据。详见《文镜秘府论·文二十八种病》。参阅王利器校注《文镜秘府论校注》（中国社会科学出版社1983年7月第一版400—437页）。

裴子野，字几原，河东闻喜（今山西闻喜县）人。生于宋明帝泰始五年（469），卒于梁武帝中大通二年（530）。他的曾祖裴松之，撰有《三国志注》，祖父裴骃，撰有《史记集解》，他自己是史学家。他的家是史学世家。梁武帝时，官著作郎兼中书通事舍人。有文集二十卷、《宋略》二十卷，已散失。严可均辑其文入《全梁文》卷五十三。事见《梁书》卷三十、《南史》卷三十三《裴子野传》。

裴子野的《雕虫论》是一篇著名的文学论文。这篇论文尖锐地批评了齐梁文学的形式主义倾向，认为那是一种"雕虫之艺"。他的文学观比较保守，主张诗歌"止乎礼义"、"劝美惩恶"，重视儒学，轻视文学。

《雕虫论》，见严可均《全梁文》卷五十三。选入郭绍虞、王文生主编之《中国历代文论选》第一册（上海古籍出版社1984年2月第一版324—327页）。

萧子显，字景阳，南兰陵（今江苏常州市西北）人。生于齐武帝永明七年（489），卒于梁武帝大同三年（537）。齐高帝萧道成之孙。历任吏部尚书、侍中等职。官终吴兴太守。所著《后汉书》一百卷、《齐书》六十卷、《普通北伐记》五卷、《贵俭传》三十卷，文集二十卷。《齐书》,即《南齐书》,今存。其余各书皆佚。传附《梁书》卷三十五《萧子恪传》、《南史》卷四十二《豫章文献王传》。

《南齐书》有《文学传论》,表达了他的文学思想。他认为,文学"盖情性之风标,神明之律吕也",即文学是人们思想感情的表现。他十分强调文学的发展变化,他说:"习玩为理,事久则渎,在乎文章,弥患凡旧。若无新变,不能代雄。"如此重视文学的创新,对于文学的发展是有积极意义的。他对玄言诗、事类诗和艳体诗都提出了批评。

《南齐书·文学传论》,见《南齐书》卷五十二。《南齐书》今存最早的版本为宋蜀大字本,《百衲本二十四史》中的《南齐书》,就是影印的这个本子。中华书局出版的点校本《南齐书》,最便使用。

北朝应提到的是颜之推。

颜之推,崇尚儒学,他的《颜氏家训·文章》篇,主张文章经世致用,反对当时盛行的追逐华丽辞藻的文风,他说:"文章当以理致为心肾,气调为筋骨,事义为皮肤,华丽为冠冕。"针对当时文风,强调理致和气调,颇切中时弊。

郭绍虞、王文生主编之《中国历代文论选》第一册节选了《颜氏家训·文章》篇,可供参考。至于《颜氏家训》的各种版本,可参阅本书第五编第一章第三节。

总之,以曹丕《典论·论文》、陆机《文赋》、刘勰《文心雕龙》、钟嵘《诗品》为代表的魏晋南北朝文学理论批评,都有新的开拓,取得了重大的成就,在中国文学理论批评史上树立了不朽的丰碑,对后世的文学理论批评的发展产生了巨大而深远的影响。

原版后记

我在大学中文系从事魏晋南北朝文学教学和研究多年,在教学和研究过程中,接触了很多史料。很久以来,我想对自己所接触到的史料加以整理,撰成《魏晋南北朝文学史料述略》一书,供读者参考。但是,由于教学工作繁忙,无暇他顾,多年的愿望,一直无法实现。这几年,我指导魏晋南北朝文学研究方向硕士研究生,给他们开设文献学课程,这门课程主要讲授魏晋南北朝文学史史料。于是,我借此机会,撰成本书,这样,总算实现了自己的宿愿。

此书的各节内容主要有两部分:一是关于作家的史料;一是关于作品的史料。在介绍史料时往往稍加评论,为初学者指示门径。其中体例比较特殊的是第八编《魏晋南北朝文学理论批评史料》,这一编各节,都有文学批评家和他的文学理论批评著作的介绍,这是与其他各编相同的。不同的是,此编中多有较详的文学理论批评著作内容的介绍。这是考虑到文学理论批评与作家作品的关系密切。文学理论批评著作内容的介绍,反映了当时对文学的研究情况,同时对理解当时的作家作品有帮助。还有,如《文心雕龙》,因为作者刘勰的生平事迹正史所载十分简略,我又增加了介绍刘勰生平事迹的内容。又如《文选》研究中争议较多,我专门介绍了《文选》研究中的争论的情况。我想这些内容对读者是有裨益的。

拙著在撰写过程中,参阅了大量有关著作,在此我仅向有关专家学者表示谢意。

到目前为止,我还没有见到文学史史料学之类的著作,文学史史料学著作应该写成怎样的著作,实在心中无数。我不揣浅陋,撰成此书,只是一种尝试。希望此书对初学者能有所帮助,并以此就正于专家和读者。

1991 年 8 月于榕城耕读斋

增订后记

拙著《魏晋南北朝文学史料述略》出版以后,受到广大读者的欢迎和同行专家的好评。前年夏天中华书局原总编辑傅璇琮先生来福州讲学,向我提出对拙著进行增补重印,供读者参考。当时,我因为正在撰写《文选学研究》,无暇他顾,此事就搁置下来了。今年四月我在镇江参加《文选》座谈会,见到中华书局文学编辑室原主任许逸民先生,他也跟我提起增补拙著再重印发行的事。对两位老朋友的关心,我十分感谢。于是从去年五月起,我开始增补拙著,历时半年,基本上完成了任务。

增补的内容可分为两部分:一是补充魏晋南北朝时期作家的著作目录和有关资料;二是增补有关魏晋南北朝时期作家的考证资料和评论资料。此次增补约二百余条,虽然内容不多,但是东寻西找,四处搜索,费去的时间却不少。

拙著于1997年1月初版印行,迄今已逾十年。十年中,我有时也有增补拙著的想法。因此也想到拙著存在的问题。在存在的问题中,我考虑最多的是内容上的某些欠缺。拙著虽然比较全面的介绍了魏晋南北朝时期的文学史料,仍然有许多遗漏。有些应该介绍的史料,由于体例的限制,不能写入书中,如:

《骈体文钞》,清李兆洛编,《四部备要》本。

《六朝文絜》,清许梿评选,文学古籍刊行社1955年8月据原刊本影印。

《六朝文絜笺注》,清许梿评选,清黎经诰笺注,中华书局上海编辑所1962年8月出版。

《魏晋文举要》，高步瀛选注，中华书局1989年10月出版。

《南北朝文举要》，高步瀛选注，中华书局1998年7月出版。

《魏晋南北朝文学史参考资料》，北京大学中国文学史教研室选注，中华书局1962年8月出版。

《古诗评选》，清王夫之评选，张国星校点，文化艺术出版社1997年3月出版。

《古诗笺》，清王士禛选，闻人倓笺，上海古籍出版社1980年5月出版。

《采菽堂古诗选》，清陈祚明选，清康熙丙戌（1706）刊本。

《古诗源》，清沈德潜选，中华书局1963年6月出版。

《古诗赏析》，清张玉榖著，许逸民点校，上海古籍出版社2000年12月出版。

《诗比兴笺》，清陈沆撰，上海古籍出版社1981年12月出版。

《八代诗选》，清王闿运编选，清光绪甲午（1894）善化章氏经济堂校刊本。

如此等等。还可以举出一些，就不一一开列了。此外，刘师培的《中国中古文学史》（人民文学出版社1984年11月出版）虽然不是史料，却是中国中古文学史的经典，也是应该提到的。

以上各书，大都是我们在魏晋南北朝文学的教学与研究工作中比较常用的书，故加补录，以供参考。

我想到的还有文学与史学、哲学的关系。

文学与史学的关系十分密切。学习魏晋南北朝文学，不仅要阅读有关的正史，如《晋书》、《南史》、《北史》等，还应参考：

《廿二史札记校证》，清赵翼著，王树民校证，中华书局1984年

1月出版。

《十七史商榷》,清王鸣盛著,黄曙辉点校,上海书店出版社2005年12月出版。

《廿二史考异》,清钱大昕著,孙开萍等点校,江苏古籍出版社1997年12月出版之《嘉定钱大昕全集》本。

赵翼、王鸣盛、钱大昕是清代乾嘉时期著名的史学家。《廿二史札记》、《十七史商榷》、《廿二史考异》是清代三部著名的史学考证著作。阅读正史,参阅三书,自有裨益。

其他如顾炎武的《日知录》(上海古籍出版社1985年出版)、钱大昕的《十驾斋养新录》(《嘉定钱大昕全集》本)、赵翼的《陔余丛考》(河北人民出版社2003年12月出版)等都是学术笔记中的名著,皆可浏览有关部分。

为了了解中国古代史籍的情况,尚可阅读金毓黻《中国史学史》(商务印书馆1999年12月出版)、陈高华等《中国古代史史料学》(北京出版社1983年1月出版)的魏晋南北朝部分。如能阅读一部魏晋南北朝史则更好。王仲荦的《魏晋南北朝史》(上海人民出版社1980年12月出版)是一部较好的魏晋南北朝史,值得一读。在此基础上,如能进一步选读陈寅恪的《寒柳堂集》(上海古籍出版社1980年6月出版)、《金明馆丛稿》(《初编》、《二编》,上海古籍出版社1980年8月、10月相继出版),周一良的《魏晋南北朝史论集》(北京大学出版社1997年6月出版)、《魏晋南北朝史札记》(中华书局1985年3月出版),唐长孺的《魏晋南北朝史论丛》(生活·读书·新知三联书店1955年7月出版)、《魏晋南北朝史论丛续编》(三联书店1959年5月出版)、《魏晋南北朝史论拾遗》(中华书局1983年5月出版),缪钺的《读史存稿》(三联书店1963年3月出版),田余庆的《东晋门阀政治》(北京大学出版社1989年1月出版)、《秦汉魏晋史探微》(中华书局2004年2月出版)等著作,则使自己对魏晋南北朝史的理解更为深入。具有如此坚实的史学基础,对自己研究魏晋南北朝文学将会大有帮助。

各个时代的文学与各个时代的思想都有一定的联系。魏晋南北朝时期的玄学、佛教、道教都比较盛行。玄学对玄言诗和文论都有影响。这从东晋的玄言诗和陆机《文赋》、刘勰《文心雕龙》中可以看出来。佛教对谢灵运、沈约、萧衍等的思想都有影响,这从他们的文集中就可以看出来。道教对郭璞的思想有影响,这从其游仙诗可以看出来。

为了了解魏晋南北时期玄学、佛教、道教的历史状况,我们需要选读:

《中国思想通史》(第三卷,魏晋南北朝思想),侯外庐等著,人民出版社1957年5月出版。

《中国哲学发展史》(魏晋南北朝),任继愈等著,人民出版社1988年4月出版。

《汉魏两晋南北朝佛教史》,汤用彤著,中华书局1983年3月出版。

《中国佛教史》第一卷(东汉三国),任继愈主编,中国社会科学出版社1981年9月出版。

《中国佛教史》第二卷(晋),任继愈主编,中国社会科学出版社1985年11月出版。

《中国佛教史》第三卷(南北朝),任继愈主编,中国社会科学出版社1988年4月出版。

《道教源流考》,陈国符著,中华书局1985年11月出版。

《中国道教史》,任继愈主编,上海人民出版社1990年6月出版。

《中国道教史》四卷,卿希泰主编,四川人民出版社1996年12月出版。第一卷为东汉魏晋南北朝部分。

《魏晋玄学论稿》,汤用彤著,人民出版社1957年6月出版。后收入《汤用彤学术论文集》(汤用彤论著集之三),中华书局1983年5月出版。

《魏晋玄学史》,许抗生等著,陕西师范大学出版社1989年7月出版。

《魏晋玄学史》,余敦康著,北京大学出版社2004年12月出版。

如果要了解玄学与文学的关系,可以阅读:

《魏晋玄学和文学理论》(论文),汤用彤撰。收入汤用彤的《理学·佛学·玄学》,北京大学出版社1991年2月出版。

《魏晋玄学和文学》,孔繁著,中国社会科学出版社1987年出版。

有关魏晋南北朝史学、哲学著作较多,以上所举,皆为较好的著作,仅供初学者参考。如果可能,也可以阅读一些魏晋南北朝玄学、佛教、道教的史料。这样能够进一步理解上述哲学史、佛教史、道教史、玄学史论著。这方面,冯友兰的《中国哲学史史料学》(江苏教育出版社2006年4月出版)、张岱年的《中国哲学史史料学》(三联书店1982年6月出版)、萧萐父的《中国哲学史史料源流举要》(武汉大学出版社1998年5月出版)为我们提供了线索,各种史料都不难找到。阅读起来也很方便。

以上所述的中心思想是:在魏晋南北朝文学研究中,以文学为主,打通文、史、哲。这样做,可以使自己的研究工作更加深入。如此进行研究工作,一定会取得新的成就。

今天有些研究工作，分工太细，研究文学只局限于文学。既不懂史学，也不懂哲学。更有甚者，研究唐代诗歌只限于唐代诗歌，不了解唐代的散文；研究宋代散文，只限于宋代散文，不了解宋代诗歌；更忽略了与其时历史、思想和文化的联系。这样孤立地进行研究工作，加以基础薄弱，恐难以取得预期的效果。

"打通文史哲"的想法在我思想中已有许多年了，但事情往往是说起来容易做起来难。我自己一直想向这方面努力，却未能尽如人意。在我增订拙著之时，这种想法又浮现在我的脑海之中，于是我不揣谫陋，写出来，供读者参考。

2006年10月20日写毕
2007年2月20日修改

新版后记

拙著《魏晋南北朝文学史料述略》于1997年出版。此书问世后,受到读者的欢迎。1997年至2007年间先后印行三次。去年四月,有一位喜爱魏晋南北朝文学的大学生跟我说:老师的《魏晋南北朝文学史料述略》(增订本)在网上已买不到了。我随即与中华书局俞国林先生联系,俞先生说:准备重印。现在此书收入《文集》,就要重印了。在重印之前,我要做两件事:一是改正书中的错字;二是增补一些相关资料。这两项工作立刻进行。"增订本"的错字不多,已发现的,我都一一改正了。至于增补相关资料,则有一个查找、蒐集的过程,费时较多。经过一段时间,增补资料工作亦已完成,即可向中华书局交稿了。当今魏晋南北朝文学的研究日新月异,新出现的相关资料层出不穷,要想对魏晋南北朝文学史料"竭泽而渔"是十分困难的。我年事已高,人老体衰,做事情往往力不从心。以后,这项有意义的工作就有待年轻的学者来完成了。

拙著如能对从事魏晋南北朝文学教学和研究的教师、学者和有关专业的大学生、研究生有些实实在在的帮助,我也就心满意足了。

谢谢广大读者对拙著的关爱,深盼不吝赐教。

2014年10月8日初稿
2016年2月21日修改

穆克宏文集

第三册

文选学研究

（下）

中华书局

七、《文选》诗文作者生平、著作考略

（先秦两汉）

说　明

本篇考证《文选》所选先秦两汉诗文作者四十四人之生平、著作，后附前贤评论资料，供读者参考。魏晋以后之作者，可参阅拙著《魏晋南北朝文学史略述略》，兹从略。

撰述体例

一、作者之生平事迹，录自史书列传，仅节录与文学有关之史实，力戒繁琐。诸史列传，据中华书局标点本《二十四史》，参考上海古籍出版社、上海书店影印本《二十五史》。

二、各家之著作，录自史书经籍志、艺文志，辅以《郡斋读书志》、《直斋书录解题》、《四库全书总目提要》等重要目录书，以了解各家著作历代存佚情况。作者专集版本之著录，或据今存之专集，或据有关目录书，以了解各家专集后世辑录与出版之情况。

三、各家之评论资料，以隋以前的为主，隋以前又以《文心雕龙》、《诗品》为主。隋以后的评论资料，仅选录其最要者。刘师培曰："历代文章得失，后人评论每不及同时人之确切。良以汉魏六朝之文，五代后已多散佚，传于今者益加残缺。……盖去古愈近，所览之文愈多，其所评论亦当愈可信也。"（《论各家文章之得失应以当时人之批评为准》，见《汉魏六朝专家文研究》）我同意此说。

卜　商
（前507—?）

《史记》卷六十七《仲尼弟子列传》：卜商，字子夏。少孔子四十四岁。子夏问："'巧笑倩兮，美目盼兮，素以为绚兮'，何谓也？"子曰："绘事后素。"曰："礼后乎？"孔子曰："商始可与言《诗》已矣。"子贡问："师与商孰贤？"子曰："师也过，商也不及。""然则师愈与？"曰："过犹不及。"孔子既没，子夏居西河教授，为魏文侯师。其子死，哭之失明。

《论语·先进》：文学：子游、子夏。

《吕氏春秋》卷二十二《察传》：子夏之晋，过卫，有读史记者曰："晋师三豕涉河。"子夏曰："非也，是己亥也。夫'己'与'三'相近，'豕'与'亥'相似。"

　　穆按：《毛诗序》，或以为孔子所作，或以为子夏所作，或以为卫宏所作，或以为子夏、毛公合作。众说纷纭，莫衷一是。萧统以为是子夏所作。王肃《孔子家语·七十二弟子解》注："子夏所序诗意，今之《毛诗序》是也。"（据贵池刘氏景宋蜀本《孔子家语》）陆德明《经典释文叙录》："孔子最先删诗，以授于子夏。子夏遂作序焉。"说法与萧统同。（参阅张西堂《诗经六论·关于〈毛诗序〉的一些问题》，商务印书馆1957年版）

《隋书·经籍志》：《周易》二卷，魏文侯师卜子夏传，残缺，梁六卷。

《崇文总目》著录：《周易传》十卷。认为"绝非卜子夏之文"。

《四库全书总目提要·经部·易类》：《子夏易传》十一卷。认为"出伪托"，"非子夏书"。

《隋书·经籍志》礼类小序:(《仪礼》)其《丧服》一篇,子夏先传之,诸儒多为注解,今又别行。穆按:阮刻《十三经注疏·仪礼注疏》"《丧服》第十一"有"子夏传"三字。宋朱熹相信《丧服传》为子夏所作,后人大都不信。

屈　平

(前353？—前277？)

《史记》卷八十四《屈原贾生列传》:屈原者,名平,楚之同姓也。为楚怀王左徒。博闻强志,明于治乱,娴于辞令。入则与王图议国事,以出号令;出则接遇宾客,应对诸侯。王甚任之。上官大夫与之同列,争宠而心害其能。怀王使屈原造为宪令,屈平属草稿未定。上官大夫见而欲夺之,屈平不与,因谗之曰:"王使屈平为令,众莫不知,每一令出,平伐其功,以为'非我莫能为'也。"王怒而疏屈平。屈平疾王听之不聪也,谗谄之蔽明也,邪曲之害公也,方正之不容也,故忧愁幽思而作《离骚》。离骚者,犹离忧也。夫天者,人之始也;父母者,人之本也。人穷则反本,故劳苦倦极,未尝不呼天也;疾痛惨怛,未尝不呼父母也。屈平正道直行,竭忠尽智以事其君,谗人间之,可谓穷矣。信而见疑,忠而被谤,能无怨乎？屈平之作《离骚》,盖自怨生也。《国风》好色而不淫,《小雅》怨诽而不乱。若《离骚》者,可谓兼之矣。上称帝喾,下道齐桓,中述汤、武,以刺世事。明道德之广崇,治乱之条贯,靡不毕见。其文约,其辞微,其志洁,其行廉,其称文小而其指极大,举类迩而见义远。其志洁,故其称物芳。其行廉,故死而不容。自疏濯淖污泥之中,蝉蜕于浊秽以浮游尘埃之外,不获世之滋垢,皭然泥而不滓者也。推此志也,虽与日月争光可也。屈平既绌……(怀王)竟死于秦而归葬。长子顷襄王立，以其弟子兰为令尹。楚人既咎子兰以劝怀王入秦而不反也。屈平既嫉之，虽放流，眷顾楚国，系心怀王，不忘欲反，冀幸君之一悟，俗之一改也。其存君兴国而欲反覆之，一篇之中三致志焉。然终无可奈何，故不可以反，卒以此见怀王之终不悟也。……令尹子兰闻之大怒，卒使上官大夫短屈原于顷襄王，顷襄王怒而迁之。屈原至于江滨，被发行吟泽畔。颜色憔悴，形容枯槁。渔父见而问之曰："子非三闾大夫欤？何故而至此？"屈原曰："举世混浊而我独清，众人皆醉而我独醒，是以见放。"渔父曰："夫圣人者，不凝滞于物而能与世推移。举世混浊，何不随其流而扬其波？众人皆醉，何不铺其糟而啜其醨？何故怀瑾握瑜而自令见放为？"屈原曰："吾闻之，新沐者必弹冠，新浴者必振衣，人又谁能以身之察察，受物之汶汶者乎！宁赴常流而葬乎江鱼腹中耳，又安能以皓皓之白而蒙世俗之温蠖乎！"乃作《怀沙》之赋。……于是怀石遂自沉汨罗以死。

《汉书·艺文志·诗赋略》屈原赋之属：屈原赋二十五篇。

《隋书·经籍志》：楚辞十二卷并目录。后汉校书郎王逸注。

《旧唐书·经籍志》：楚词十六卷。王逸注。

《新唐书·艺文志》：王逸注楚辞十六卷。

《郡斋读书志》：楚辞十七卷，后汉校书郎王逸叔师注。

《直斋书录解题》：楚辞十七卷。汉护都水使者光禄大夫刘向集、后汉校书郎南郡王逸叔师注、知饶州曲阿洪兴祖庆善补注。逸之注虽未能尽善，而自淮南王安以下为训传者，今不复存，其目仅见于隋、唐志，独逸注幸而尚传，兴祖又从而补之，于是训诂名物始详矣。

《宋史·艺文志》：楚辞十七卷。后汉王逸章句。

《四库全书总目提要·集部·楚辞类》：《楚辞章句》十七卷。

汉王逸撰。逸字叔师,南郡宜城人。顺帝时,官至侍中。事迹具《后汉书·文苑传》。……初,刘向裒集屈原《离骚》、《九歌》、《天问》、《九章》、《远游》、《卜居》、《渔父》,宋玉《九辨》、《招魂》,景差《大招》,而以贾谊《惜誓》、淮南小山《招隐士》、东方朔《七谏》、严忌《哀时命》、王褒《九怀》及向所作《九叹》,共为楚辞十六篇,是为总集之祖。逸又益以己作《九思》与班固二叙为十卷,而各为之注。……逸注虽不甚详赅,而去古未远,多传先儒之训诂。故李善注《文选》,全用其文。

又:《楚辞补注》十七卷。宋洪兴祖撰。兴祖字庆善。……丹阳人……历官提点江东刑狱,知真州、饶州。……事迹具《宋史·儒林传》。……汉人注书,大抵简质。又往往举其训诂而不备列其考据。兴祖是编,列逸注于前,而一一疏通证明补注于后,于逸注多所阐发。又皆以"补曰"二字别之,使与原文不乱。亦异乎明代诸人妄改古书,恣情损益。于《楚辞》诸注之中,特为善本。故陈振孙称其用力之勤,而朱子作集注,亦多取其说云。

又:《楚辞集注》八卷,附《辨证》二卷,《后语》六卷,宋朱子撰。以后汉王逸《章句》及洪兴祖《补注》二书,详于训诂,未得意旨,乃櫽栝旧篇,定为此本。以屈原所著二十五篇为《离骚》,宋玉以下十六篇为《续离骚》。随文诠释,每章各系以兴、比、赋字,如《毛诗传》例。其订正旧注之谬误者,别为《辨证》二卷附焉。录荀卿至吕大临凡五十二篇,为《楚辞后语》,亦自为之序。

当代出版的楚辞注本较多,兹择其要者著录于下:

(1)《楚辞补注》十七卷,东汉王逸注,宋洪兴祖补注,中华书局1983年排印本。

(2)《楚辞集注》八卷,附《辨证》二卷,《后语》六卷,宋朱熹注,人民文学出版社1953年影宋端平本,上海古籍出版社1979年排印本。

（3）《山带阁注楚辞》六卷，附《卷首》一卷、《余论》二卷、《说韵》一卷，清蒋骥著，中华书局1958年排印本。

（4）《屈原赋注》七卷，《通释》二卷，《音义》三卷，清戴震著，商务印书馆1928年排印本，中华书局1999年排印本。

（5）《离骚纂义》，游国恩主编，中华书局1980年版。

（6）《天问纂义》，游国恩主编，中华书局1982年版。

（7）《屈原集校注》（上、下册），金开诚等著，中华书局1996年版。

《文章流别论》：楚辞之赋，赋之善者也。故扬子称赋莫深于《离骚》。

《文心雕龙·辨骚》：略（见本书《〈文选〉文体述论》）。

又《诠赋》：及灵均唱骚，始广声貌。

又《颂赞》：及三闾《橘颂》，情采芬芳，比类寓意，又覃及细物矣。

又《比兴》：楚襄信谗，而三闾忠烈，依诗制骚，讽兼比兴。

又《事类》：观夫屈、宋属篇，号依诗人，虽引古事，而莫取旧辞。

又《时序》：屈平联藻于日月。又云：爰自汉室，迄至成哀，虽世渐百龄，辞人九变，而大抵所归，祖述楚辞，灵均余影，于是乎在。

又《物色》：及《离骚》代兴，触类而长，物貌难尽，重沓舒状，于是嵯峨之类聚，葳蕤之群积矣。

宋 玉

(生卒年不详)

《史记》卷八十四《屈原贾生列传》：屈原既死之后，楚有宋玉、唐勒、景差之徒者，皆好辞而以赋见称；然皆祖屈原之从容辞令，终莫敢直谏。其后楚日以削，数十年竟为秦所灭。穆按：《史记》记载宋玉事迹，语焉不详。刘向《新序·杂事第一》有"楚威(襄)王问于宋玉"一则，《新序·杂事第五》有"宋玉因其友以见于楚襄王"、"宋玉事楚襄王而不见察"二则，并可参考。

《汉书·艺文志·诗赋略》：宋玉赋十六篇。（楚人，与唐勒并时，在屈原后也。）

《隋书·经籍志》：楚大夫宋玉集三卷。

《旧唐书·经籍志》：楚宋玉集二卷。

《新唐书·艺文志》：楚宋玉集二卷。

《直斋书录解题》：《宋玉集》一卷，楚大夫宋玉撰。《史记·屈原传》言楚人宋玉、唐勒、景差之徒，皆原之弟子也。而玉之辞赋独传，至以屈宋并称于后世，余人皆莫能及。按《隋志》集二卷，《唐志》二卷。今书乃《文选》及《古文苑》中录出者，未必当时本也。

穆按：宋玉作品，《文选》选录《风赋》、《高唐赋》、《神女赋》、《登徒子好色赋》、《九辩》(五首)、《招魂》、《对楚王问》，共十一首。《全上古三代秦汉三国六朝文》辑录宋玉作品有《风赋》、《大言赋》、《小言赋》、《讽赋》、《高唐赋》、《神女赋》、《登徒子好色赋》、《钓赋》、《笛赋》、《九辩》、《招魂》、《对楚王问》、《高唐对》十三首(《九辩》按一首计)，附《宋玉集序》一首。严可均曰：宋玉有集三卷。案《汉书·艺文志》宋玉赋十六篇，今存者《风赋》、《大言赋》、《小言赋》、《讽赋》、《高唐赋》、《神女赋》、《登徒子好色赋》、《钓赋》、《笛赋》、《九辩》、《招魂》，凡十一篇。《对楚王问》、《高唐对》不在此数。如《九辩》为九篇，则多出《汉志》三篇，所未审也。或云《笛赋》有宋意送荆卿之语，非宋玉作。

宋玉集今日见到的明清钞刻本有：

(1)《宋大夫集》三卷，附录一卷，明张燮编，《七十二家集》本。

(2)《宋玉集》二卷，清钞本，清丁丙八千卷楼藏。今藏南京图书馆古籍部。

今人著作较常见的有：

(1)《宋玉辞赋今读》，袁梅著，齐鲁书社1986年8月版。

(2)《宋玉辞赋译解》，朱碧莲著，中国社会科学出版社1987年2月版。

(3)《宋玉集》，吴广平编注，岳麓书社2001年8月版。

《汉书·艺文志·诗赋略》序：大儒孙卿及楚臣屈原，离谗忧国，皆作赋以风，咸有恻隐古诗之义。其后宋玉、唐勒，汉兴枚乘、司马相如，下及扬子云，竞为侈丽闳衍之词，没其风谕之义。

《文章流别论》：前世为赋者，有孙卿、屈原，尚颇有古诗之义。至宋玉，则多淫浮之病矣。

《宋书·谢灵运传论》：周室既衰，风流弥著。屈平、宋玉，导清源于前；贾谊、相如，振芳尘于后。英辞润金石，高义薄云天。

《文心雕龙·诠赋》：荀况《礼》、《智》，宋玉《风》、《钓》，爰锡名号，与《诗》画境，六义附庸，蔚成大国。述客主以首引，极声貌以穷文，斯盖别诗之原始，命赋之厥初也。又云：宋发夸谈，实始淫丽……并辞赋之英杰也。

又《杂文》：宋玉含才，颇亦负俗，始造《对问》，以申其志，放怀寥廓，气实使之。

又《夸饰》：自宋玉、景差，夸饰始盛。

又《事类》：观夫屈、宋属篇，号依诗人，虽引古事，而莫取旧辞。

又《时序》：屈平联藻于日月，宋玉交彩于风云。观其艳说，则笼罩《雅》、《颂》，故知炜烨之奇意，出乎纵横之诡俗也。

《容斋随笔·三笔》：宋玉《高唐》、《神女》二赋，其为寓言托兴甚明。予尝即其词而味其旨，盖所谓发乎情，止乎礼义，真得诗人风化之本。

荆　轲

（？—前227）

荆轲刺秦王事，详见《战国策·燕三》、《史记·刺客列传》。

《史记》卷八十六《刺客列传》：荆轲者，卫人也。其先乃齐人。徙于卫，卫人谓之庆卿。而之燕，燕人谓之荆卿。（将赴秦刺秦王。）太子及宾客知其事者，皆白衣冠以送之。至易水之上，既祖，取道，高渐离击筑，荆轲和而歌，为变徵之声，士皆垂泪涕泣。又前而为歌曰："风萧萧兮易水寒，壮士一去兮不复还！"复为羽声忼慨，士皆瞋目，发尽上指冠。于是荆轲就车而去，终已不顾。（至秦，刺秦王未成，身亡。后秦灭燕。）

朱熹《楚辞集注·楚辞后语》：《易水歌》者，燕刺客荆轲之所作也。燕太子丹患秦攻伐诸侯无已时，使荆轲奉督亢之图、樊於期之首，入秦刺秦王。将发，太子及宾客知其事者，皆白衣冠以送之。至易水之上，既祖，取道，高渐离击筑，荆轲和而歌，为变徵之声，士皆垂泪涕泣。又前而歌，复为羽声忼慨，士皆瞋目，发尽上指冠。于是荆轲就车而去。夫轲，匹夫之勇，其事无足言。然于此可以见秦政之无道，燕丹之浅谋。而天下之势，已至于此，虽使圣贤复生，亦未知其何以安之也。且余于此，又特以其词之悲壮激烈，非楚而楚，有足观者，于是录之，它固不遑深论云。

李 斯
（？—前208）

《史记》卷八十七《李斯列传》：李斯者，楚上蔡人也。……乃从荀卿学帝王之术。……至秦……求为秦相文信侯吕不韦舍人……说秦王……秦王拜斯为客卿。会韩人郑国来间秦，以作注溉渠，已而觉。秦宗室大臣皆言秦王曰："诸侯人来事秦者，大抵为其主游间于秦耳。请一切逐客。"李斯议亦在逐中。斯乃上书曰（书即《谏逐客书》）……秦王乃除逐客之令，复李斯官，卒用其计谋。官至廷尉。二十余年，竟并天下，尊主为皇帝，以斯为丞相。（二世时，赵高专权，诬李斯谋反，具斯五刑，论腰斩咸阳市。）

《汉书·艺文志·六艺略》：《苍颉》一篇。上七章，秦丞相李斯作。《爰历》六章，车府令赵高作。《博学》七章，太史令胡母敬作。

《隋书·经籍志》：《三苍》三卷，郭璞注。秦相李斯作《苍颉篇》，汉扬雄作《训纂篇》，后汉郎中贾鲂作《滂喜篇》，故曰《三苍》。梁有《苍颉》二卷，后汉司空杜林注，亡。

穆按：《旧唐书·经籍志》、《新唐书·艺文志》皆著录《三苍》三卷，李斯等撰，郭璞解。又《汉书·艺文志》著录杜林《苍颉训纂》一篇，又杜林《苍颉故》一篇。《旧唐书·经籍志》、《新唐书·艺文志》著录《苍颉训诂》二卷，杜林撰。清马国翰有《苍颉篇》辑佚一卷。清人任大椿、孙星衍、梁章钜、陈其荣、陶方琦及近代王国维皆有辑本。

李斯刻石著名，见《史记·秦始皇本纪》。

《全上古三代秦汉三国六朝文》辑录李斯文二十三篇。

《文心雕龙·论说》：范雎之言事，李斯之逐客，并烦情入机，动言中务，虽批逆鳞，而功成计合，此上书之善说也。

又《封禅》：秦皇铭岱，文自李斯，法家辞气，体乏弘润，然疏而能壮，亦彼时之绝采也。

又《奏启》：李斯之奏骊山，事略而意迂：政无膏润，形于篇章矣。

又《才略》：苏秦历说壮而中，李斯自奏丽而动；若在文世，则扬、班俦矣。

汉高帝刘邦

（前247—前195）

《史记》卷八《高祖本纪》：高祖，沛丰邑中阳里人，姓刘氏，字季。父曰太公，母曰刘媪。……高祖为人，隆准而龙颜，美须髯，左股有七十二黑子。仁而爱人，喜施，意豁如也。常有大度，不事家人生产作业。及壮，试为吏，为泗水亭长。……高祖常繇咸阳，纵观，观秦皇帝，喟然太息曰："嗟乎，大丈夫当如此也！"……（五年）正月，诸侯及将相相与共请尊汉王为皇帝。……乃即皇帝位汜水之阳。……十二年，十月……高祖还归，过沛，留。置酒沛宫，悉召故人父老子弟纵酒，发沛中儿得百二十人，教之歌。酒酣，高祖击筑，自为歌诗曰："大风起兮云飞扬，威加海内兮归故乡，安得猛士兮守四方！"令儿皆和习之。高祖乃起舞，慷慨伤怀，泣数行下。……（十三年）四月甲辰，高祖崩长乐宫。

《汉书·艺文志·诸子略》儒家：《高祖传》十三篇，高祖与大臣述古语及诏策也。

杨树达《汉书窥管》卷三:《古文苑》载高祖手敕太子五事。

《隋书·经籍志》:梁有汉高祖手诏,一卷。亡。

《全上古三代秦汉三国六朝文》辑录汉高帝文三十六篇。

《先秦汉魏晋南北朝诗》辑录汉高帝歌诗二首。

《楚辞集注·楚辞后语》:《大风歌》者,汉太祖高皇帝之所作也。上破黥布于会甄,还过沛,留,置酒沛宫,悉召故人父老子弟佐酒,发沛中儿得百二十人,教之歌。酒酣,上击筑,自歌,令儿皆歌习之。上乃起舞,慷慨伤怀,泣数行下。谓沛父兄曰:"游子悲故乡。吾虽都关中,万岁之后,吾魂魄犹思沛。且朕自沛公以诛暴逆,遂有天下,其以沛为朕汤沐邑,复其民,世世无有所与。"此其歌,正楚声也!亦名三侯之章。文中子曰:"《大风》安不忘危,其霸心之存乎!"美哉乎,其言之也!汉之所以有天下,而不能为三代之王,其以是夫?然自千载以来,人主之词,亦未有若是之壮丽而奇伟者也。呜呼雄哉!

汉武帝刘彻

（前156—前87）

《汉书》卷六《武帝纪》:孝武皇帝,景帝中子也,母曰王美人。……十六岁,后三年正月,景帝崩。甲子,太子即皇帝位。……元狩元年冬十月,行幸雍,祠五畤。获白麟,作《白麟》之歌。……（元鼎四年）六月,得宝鼎后土祠旁。秋,马生渥洼水中。作《宝鼎》、《天马》之歌。……（元封）二年,夏四月,还祠秦山。至瓠子,临决河,命从臣将军以下皆负薪塞河堤,作《瓠子》之歌。……六月,诏曰:"甘泉宫内中产芝,九茎连叶。……"作《芝房》之歌。……五年冬，行南巡狩，至于盛唐，望祀虞舜九嶷。登灊天柱山，自寻阳浮江，亲射蛟江中，获之。舳舻千里，薄枞阳而出，作《盛唐枞阳》之歌。……（太初）四年春，贰师将军广利斩大宛王首，获汗血马来。作《西极天马》之歌。……（太始四年）夏四月，幸不其，祠神人于交门宫，若有乡坐拜者。作《交门》之歌。……（后元）二年二月，行幸盩厔五柞宫。乙丑，立皇子弗陵为皇太子。丁卯，帝崩于五柞宫……赞曰：汉承百王之弊，高祖拨乱反正，文、景务在养民，至于稽古礼文之事，犹多阙焉。孝武初立，卓然罢黜百家，表章六经。遂畴咨海内，举其俊茂，与之立功。兴太学，修郊祀，改正朔，定历数，协音律，作诗乐，建封禅，礼百神，绍周后，号令文章，焕焉可述。

《汉书》卷九十七上《外戚传》：上思念李夫人不已……为作诗曰："是邪，非邪？立而望之，偏何姗姗其来迟！"令乐府诸音家弦歌之。上又自为作赋，以伤悼夫人。

《艺文类聚》卷第五十六《杂文部二·诗》：汉孝武皇帝元封三年作柏梁台，诏群臣二千石，有能为七言者，乃得上坐。穆按：《柏梁台诗》之真伪，可参阅顾炎武《日知录》卷二十一《柏梁台诗》，游国恩《柏梁台诗考证》(《游国恩学术论文集》，中华书局1989年版）。

《汉武故事》：上幸河东，欣言中流，与群臣饮宴。顾视帝京，乃自作《秋风辞》。

《汉武故事》：上少好学，招求天下遗书，上亲自省校。使庄助、司马相如以类分别之。尤好辞赋，每所行幸及奇兽异物，辄命相如等赋之。上亦自作诗赋数百篇，下笔即成，初不留意。

《汉书·艺文志》：上所自造赋二篇。存。师古曰：武帝也。

《隋书·经籍志》：《汉武帝集》一卷，梁二卷。

《旧唐书·经籍志》：《汉武帝集》二卷。

《新唐书·艺文志》:《汉武帝集》二卷。

《全上古三代秦汉三国六朝文》辑录武帝文一百篇。云:武帝讳彻,景帝中子。四年封胶东王。七年立为皇太子。后三年正月即位。改元十一:建元、元光、元朔、元狩、元鼎、元封、太初、天汉、太始、征和、后元。在位五十四年。谥曰孝武皇帝,庙号世宗。有集二卷。

《先秦汉魏晋南北朝诗》辑录汉武帝诗八首。

《文心雕龙·辨骚》:昔汉武爱《骚》,而淮南作传,以为《国风》好色而不淫,《小雅》怨诽而不乱,若《离骚》者可谓兼之。

又《明诗》:孝武爱文,《柏梁》列韵,严、马之徒,属辞无方。又云:联句共韵,则《柏梁》余制。

又《乐府》:暨武帝崇礼,始立乐府,总赵代之音,撮齐楚之气。又云:观高祖之咏《大风》,孝武之叹来迟,歌童被声,莫敢不协。

又《哀吊》:暨汉武封禅,而霍子侯暴亡,帝伤而作诗,亦哀辞之类矣。

又《诏策》:观文景以前,诏体浮新。武帝崇儒,选言弘奥。策封三王,文同训典,劝戒渊雅,垂范后代。及制诰严助,即云厌承明庐,盖宠才之恩也。

又《时序》:逮孝武崇儒,润色鸿业,礼乐争辉,辞藻竞骛;柏梁展朝宴之诗,金堤制恤民之咏;征枚乘以蒲轮,申主父以鼎食;擢公孙之对策,叹倪宽之拟奏;买臣负薪而衣锦,相如涤器而被绣;于是史迁寿王之徒,严终枚皋之属,应对固无方,篇章亦不匮,遗风余采,莫与比盛。

《楚辞集注·楚辞后语》:《秋风辞》者,汉武帝之所作也。帝幸河东,祠后土,宴饮中流,欢甚,作此。文中子曰:"秋风,乐极而哀来,其悔心之萌乎?"

贾　谊

（前200—前168）

《史记》卷八十四《屈原贾生列传》：贾生名谊，洛阳人也。年十八，以能诵诗属书闻于郡中。……廷尉乃言贾生年少，颇通诸子百家之书。文帝召以为博士。是时贾生年二十余，最为少。每诏令议下，诸老先生不能言，贾生尽为之对，人人各如其意所欲出。诸生于是乃以为能不及也。孝文帝说之，超迁，一岁中至太中大夫。……天子议以为贾生任公卿之位。绛、灌、东阳侯、冯敬之属尽害之……天子后亦疏之，不用其议，乃以贾生为长沙王太傅。贾生既辞往行，闻长沙卑湿，自以寿不得长，又以适去，意不自得。及渡湘水，为赋以吊屈原。……贾生为长沙王太傅三年，有鸮飞入贾生舍，止于坐隅。楚人命鸮曰服。贾生既以适居长沙，长沙卑湿，自以为寿不得长，伤悼之，乃为赋以自广。……居数年，怀王骑，堕马而死，无后。贾生自伤为傅无状，哭泣岁余，亦死。贾生之死时年三十三矣。

《汉书》卷四十八《贾谊传》赞曰：刘向称"贾谊言三代与秦治乱之意，其论甚美，通达国体，虽古之伊、管未能远过也。使时见用，功化必盛。为庸臣所害，甚可悼痛"。

《汉书·艺文志·诸子略》儒家：《贾谊》五十八篇，存。又《诗赋略》屈原赋之属：《贾谊赋》七篇，残。

《隋书·经籍志》：《贾子》十卷，录一卷，汉梁太傅贾谊撰。又四别集《汉淮南王集》下注：梁有《贾谊集》四卷。

《旧唐书·经籍志》：《贾子》九卷，贾谊撰。丁部集录别集类：《前汉贾谊集》二卷。

《新唐书·艺文志》:《贾谊新书》十卷。丁部集录别集类:《贾谊集》二卷。

《宋史·艺文志》:《贾谊新书》十卷。

《崇文总目》:《贾子》十九卷,汉贾谊撰。本七十二篇,刘向删定为五十八篇,《隋》、《唐》皆九卷,今别或为十卷。穆按:《新唐书·艺文志》著录为十卷。

《郡斋读书志》:《新书》十卷。右汉贾谊撰。著事势、连语、杂事,凡五十八篇,刘向校定,除其重复者。或取《汉书·谊传》附于后。

《直斋书录解题》:《贾子》十一卷。汉长沙王太傅洛阳贾谊撰。《汉·志》五十八篇。今书首载《过秦论》,末为《吊湘赋》,余皆录《汉书》语,且略节谊本传于第十一卷中。其非《汉书》所有者,辄浅驳不足观,决非谊本书也。

《四库全书总目提要·子部·儒家类》:《新书》十卷,汉贾谊撰。《汉书·艺文志》儒家:《贾谊》五十八篇。《崇文总目》云:"本七十二篇,刘向删定为五十八篇,隋、唐《志》皆九卷,别本或为十卷。"考今隋、唐《志》皆作十卷,无九卷之说。盖校刊《隋书》、《唐书》者未见《崇文总目》,反据今本追改之。明人传刻古书,往往如是,不足怪也。然今本仅五十六篇,又《问孝》一篇有录无书,实五十五篇,已非北宋本之旧。又陈振孙《书录解题》称"首载《过秦论》,末为《吊湘赋》","且略节谊本传于第十一卷中"。今本虽首载《过秦论》,而末无《吊湘赋》,亦无附录之第十一卷,且并非南宋时本矣。其书多取谊本传所载之文,割裂其章段,颠倒其次序,而加以标题,殊瞀乱无条理。《朱子语类》曰:"贾谊《新书》除了《汉书》中所载,余亦难得粹者,看来只是贾谊一杂记稿耳,中间事事有些个。"陈振孙亦谓:"其非《汉书》所有者,辄浅驳不足观,决非谊本书。"今考《汉书》谊本传赞称："凡所著述五十八篇，掇其切于世事者著于传。"应劭《汉书注》亦于《过秦论》下注曰："贾谊书第一篇名也。"则本传所载皆五十八篇所有，足为显证。赞又称"三表五饵以系单于"，颜师古注所引贾谊书，与今本同。又《文帝本纪》注引贾谊书"卫侯朝于周，周行人问其名"，亦与今本同。则今本即唐人所见，亦足为显证。然决无摘录一段立一篇名之理，亦决无连缀十数篇，合为奏疏一篇上之朝廷之理。疑谊《过秦论》、《治安策》等本皆为五十八篇之一，后原本散佚，好事者因取本传所有诸篇，离析其文，各为标目，以足五十八篇之数，故龃龉至此。其书不全真，亦不全伪。朱子以为杂记之稿，固未核其实。陈氏以为决非谊书，尤非笃论也。且其中为《汉书》所不载者，虽往往类《说苑》、《新序》、《韩诗外传》，然如青史氏之《记》，具载胎教之古礼。《修政语》上下两篇，多帝王之遗训。《保傅篇》、《容经篇》并敷陈古典，具有源本。其解《诗》之驺虞，《易》之潜龙、亢龙，亦深得经义，又安可尽以浅驳不粹目之哉！虽残阙失次，要不能以断烂弃之矣。穆按：今人余嘉锡《四库提要辨证·子部·儒家类》有"《新书》十卷"一篇，辨证颇详，可供参考。

《汉魏六朝百三家集·贾长沙集》辑录赋五篇，骚一篇，疏六篇，论三篇。题辞云：屈原为楚怀王左徒，入议国事，出对诸侯，深见信任。贾生年二十余，吴廷尉言于汉文帝，一岁中，超迁至大中大夫。此二人者，始何尝不遇哉，逮积忌行，欲生无所，比古之怀才老死，终身不得见人主者，怨伤更甚。即汉大臣若绛、灌、东阳数短贾生，亦武夫天性，不便文学，未必逮人罔极，如上官子兰也。太史公传而同之，悼彼短命，无异沉江，汉廷公卿莫能材贾生而用也。蔽于不知，犹楚谮人耳！贾生《治安策》，无过减封爵，重本业，教太子，礼大臣数者，于天子甚忠敬，于大臣无不利也。怨之深而远之疾,何为乎?《史记》不载疏策,班固始条列之,世谓于贾生有功。然身既疏远,哭泣而死,焉用文为?太史公阙而不录,其哀生者深也!时政诸疏,杂见新书,顾伦理博通,不如本疏,揣摩家庭,登献华屋,草创润色,意者亦有殊途乎!骚赋词清而理哀,其宋玉景差之徒乎!西汉文字,莫大乎是,非贾生其谁哉!

《全上古三代秦汉三国六朝文》辑录贾谊文十一篇,云:有《贾子》十卷,集四卷。按贾谊诸疏散在《新书》者十六篇,小有异同,见存不录。

《新书》十卷,常见的有清代卢文弨校的抱经堂本,此书有《四部备要》本。《四部丛刊》影印的是明正德间吉藩刻本。

建国后出版的有:

(1)《贾谊集》,上海人民出版社1976年6月版。其中《新书》选用卢文弨抱经堂本。疏,《上都输疏》选自《通典》,余选用《汉书》;《吊屈原赋》、《鵩鸟赋》用《文选》本,《旱云赋》、《虡赋》用《古文苑》本,《惜誓》用《楚辞集注》本。

(2)《贾谊集校注》,贾谊著,王洲明、徐超校注。人民文学出版社1996年11月版。

(3)《新书校注》,阎振益、钟夏撰。中华书局2000年7月版。

曹丕《典论》佚文:余观贾谊《过秦论》,发周秦之得失,通古今之滞义,洽以三代之风,润以圣人之化,斯可谓作者矣。(《太平御览》五百九十五)

《文章流别论》:楚辞之赋,赋之善者也,故扬子称赋莫深于《离骚》。贾谊之作,屈原俦也。

《文心雕龙·辨骚》:是以枚、贾追风以入丽。

又《诠赋》:汉初词人,顺流而作,陆贾扣其端,贾谊振其绪。……贾谊《鵩鸟》,致辨于情理。

又《哀吊》：自贾谊浮湘，发愤吊屈，体同而事核，辞清而理哀，盖首出之作也。

又《诸子》：贾谊《新书》……归乎诸子。

又《奏启》：若夫贾谊之《务农》……理既切至，辞亦通畅，可谓识大体矣。

又《体性》：是以贾生俊发，故文洁而体清。

又《时序》：施及孝惠，迄于文景，经术颇兴，而辞人勿用，贾谊抑而邹枚沈，亦可知已。

又《才略》：贾谊才颖，陵轶飞兔，议惬而赋清，岂虚至哉！

淮南小山
（生卒年不详）

淮南小山，西汉时淮南王刘安（前179—前122）的宾客，其生平著作不详。王逸《楚辞章句》选录其《招隐士》一篇，云："《招隐士》者，淮南小山之所作也。昔淮南王安，博雅好古，招怀天下俊伟之士。自八公之徒，咸慕其德，而归其仁，各竭才智，著作篇章，分造辞赋，以类相从，故或称小山，或称大山。其义犹《诗》有《小雅》、《大雅》也。"

韦　孟
（生卒年不详）

《汉书》卷七十三《韦贤传》：韦贤字长孺，鲁国邹人也。其先韦孟，家本彭城，为楚元王傅，傅子夷王及孙王戊。戊荒淫不遵道，孟作诗风谏。后遂去位，徙家于邹，又作一篇。其谏诗曰："肃肃我祖……"其在邹诗曰:"微微小子……"孟卒于邹。或曰其子孙好事,述先人之志而作是诗也。

《先秦汉魏晋南北朝诗》辑录韦孟诗二首。

《文心雕龙·明诗》云:汉初四言,韦孟首唱,匡谏之义,继轨周人。

枚 乘
（？—前140）

《汉书》卷五十一《枚乘传》:枚乘字叔,淮阴人也,为吴王濞郎中。吴王之初怨望谋为逆也,乘奏书谏……吴王不纳。乘等去而之梁,从孝王游。景帝即位,御史大夫晁错为汉定制度,损削诸侯,吴王遂与六国谋反,举兵西乡,以诛错为名。汉闻之,斩错以谢诸侯。枚乘复说吴王……吴王不用乘策,卒见禽灭。汉既平七国,乘由是知名。景帝召拜乘为弘农都尉。乘久为大国上宾,与英俊并游,得其所好,不乐郡吏,以病去官。复游梁,梁客皆善属辞赋,乘尤高。孝王薨,乘归淮阴。武帝自为太子闻乘名,及即位,乘年老,乃以安车蒲轮征乘,道死。诏问乘子,无能为文者,后乃得其孽子皋。

《汉书·艺文志·诗赋略》:枚乘赋九篇。
《隋书·经籍志》:汉弘农都尉枚乘集二卷,录各一卷,亡。
《旧唐书·经籍志》:《枚乘集》二卷。
《新唐书·艺文志》:《枚乘集》二卷。
《直斋书录解题》:《枚乘集》一卷,汉弘农都尉淮阴枚乘撰。叔,其字也。《隋志》:梁时有二卷,亡。《唐志》复著录。今本乃于《汉书》及《文选》诸书钞出者。

《宋史·艺文志》:《枚乘集》一卷。

《全上古三代秦汉三国六朝文》辑录枚乘文六篇。

《先秦汉魏晋南北朝诗》辑录枚乘诗一首。

《文章流别论》:《七发》造于枚乘。借吴楚以为客主。先言出舆入辇,蹶痿之损;深宫洞房,寒暑之疾;靡曼美色,晏安之毒;厚味暖服,淫曜之害。宜听世之君子要言妙道,以疏神导体,蠲淹滞之累。既设此辞,以显明去就之路。而后说以声色逸游之乐。其说不入,乃陈圣人辨士讲论之娱,而霍然疾瘳。此因膏粱之常疾,以为匡劝,虽有甚泰之辞,而不没其讽谕之义也。其流遂广,其义遂变,率有辞人淫丽之尤矣。崔骃既作《七依》,而假非有先生之言曰:"呜呼! 扬雄有言,童子雕虫篆刻。俄而曰,壮夫不为也。孔子疾小言破道,斯文之族,岂不谓义不足,而辨有余者乎! 赋者将以讽,吾恐其不免于劝也。"

《文心雕龙·明诗》:又古诗佳丽,或称枚叔,其《孤竹》一篇,则傅毅之词,比采而推,两汉之作乎?

又《诠赋》:枚乘《菟园》,举要以会新。

又《杂文》:及枚乘摘艳,首制《七发》,腴辞云构,夸丽风骇。盖七窍所发,发乎嗜欲,始邪末正,所以戒膏粱之子也。

又《才略》:枚乘之《七发》,邹阳之《上书》,膏润于笔,气形于言矣。

邹　阳

（生卒年不详）

《汉书》卷五十一《邹阳传》:邹阳,齐人也。汉兴,诸侯王皆自治民聘贤。吴王濞招致四方游士,阳与吴严忌、枚乘等俱仕吴,皆以文辩著名。久之，吴王以太子事怨望，称疾不朝，阴有邪谋，阳奏书谏。为其事尚隐，恶指斥言，故先引秦为谕，因道胡、越、齐、赵、淮南之难，然后乃致其意。其辞曰……吴王不纳其言。是时，景帝少弟梁孝王贵盛，亦待士。于是邹阳、枚乘、严忌知吴不可说，皆去之梁，从孝王游。阳为人有智略，忼慨不苟合，介于羊胜、公孙诡之间。胜等疾阳，恶之孝王。孝王怒，下阳吏，将杀之。阳客游以谗见禽，恐死而负累，乃从狱中上书……书奏孝王，孝王立出之，卒为上客。初，胜、诡欲使王求为汉嗣，王又尝上书，愿赐容车之地径至长乐宫，自使梁国士众筑作甬道朝太后。爰盎等皆建以为不可。天子不许。梁王怒，令人刺杀盎。上疑梁杀之，使者冠盖相望责梁王。梁王始与胜、诡有谋，阳争以为不可，故见谗。……及梁事败，胜、诡死，孝王恐诛，乃思阳言，深辞谢之，赍以千金，令求方略解罪于上者。

《汉书·艺文志》：邹阳七篇。

《全上古三代秦汉三国六朝文》辑录邹阳文四篇。

司马相如

（前179—前117）

《史记》卷一百一十七《司马相如列传》：司马相如者，蜀郡成都人也，字长卿。少时好读书，学击剑，故其亲名之曰犬子。相如既学，慕蔺相如之为人，更名相如。以赀为郎，事孝景帝，为武骑常侍，非其好也。会景帝不好辞赋，是时梁孝王来朝，从游说之士齐人邹阳、淮阴枚乘、吴庄忌夫子之徒，相如见而说之，因病免，客游梁。梁孝王令与诸生同舍，相如得与诸生游士居数岁，乃著《子虚》之赋。会梁孝王卒，相如归，而家贫，无以自业。素与临邛令王吉相善,吉曰:"长卿久宦游不遂,而来过我。"于是相如往,舍都亭。临邛令缪为恭敬,日往朝相如。相如初尚见之,后称病,使从者谢吉,吉愈益谨肃。临邛中多富人,而卓王孙家僮八百人,程郑亦数百人,二人乃相谓曰:"令有贵客,为具召之。"并召令。令既至,卓氏客以百数。至日中,谒司马长卿,长卿谢病不能往,临邛令不敢尝食,自往迎相如。相如不得已,强往,一坐尽倾。酒酣,临邛令前奏琴曰:"窃闻长卿好之,愿以自娱。"相如辞谢,为鼓一再行。是时卓王孙有女文君新寡,好音,故相如缪与令相重,而以琴心挑之。相如之临邛,从车骑,雍容闲雅甚都;及饮卓氏,弄琴,文卓窃从户窥之,心悦而好之,恐不得当也。既罢,相如乃使人重赐文君侍者通殷勤。文君夜亡奔相如,相如乃与驰归成都。家居徒四壁立。卓王孙大怒曰:"女至不材,我不忍杀,不分一钱也。"人或谓王孙,王孙终不听。文君久之不乐,曰:"长卿第俱如临邛,从昆弟假贷犹足为生,何至自苦如此!"相如与俱之临邛,尽卖其车骑,买一酒舍酤酒,而令文君当炉。相如身自著犊鼻裈,与保庸杂作,涤器于市中。卓王孙闻而耻之,为杜门不出。昆弟诸公更谓王孙曰:"有一男两女,所不足者非财也。今文君已失身于司马长卿,长卿故倦游,虽贫,其人材足依也,且又令客,独奈何相辱如此!"卓王孙不得已,分予文君僮百人,钱百万,及其嫁时衣被财物。文君乃与相如归成都,买田宅,为富人。居久之,蜀人杨得意为狗监,侍上。上读《子虚赋》而善之,曰:"朕独不得与此人同时哉!"得意曰:"臣邑人司马相如自言为此赋。"上惊,乃召问相如。相如曰:"有是。然此乃诸侯之事,未足观也。请为天子游猎赋,赋成奏之。"上许,令尚书给笔札。相如以"子虚",虚言也,为楚称;"乌有先生"者,乌有此事也,为齐难;"无是公"者,无是人也,明天子之义。故空藉此三人为辞,以推天子诸侯之苑囿。其卒章归之于节俭,因以风谏。奏之天子,天子大说。其辞曰……赋奏,天子以为郎。无是公言天子上林广大,山谷水泉万物,及子虚言楚云梦所有甚众,侈靡过其实,且非义理所尚,故删取其要,归正道而论之。相如为郎数岁,会唐蒙使略通夜郎西僰中,发巴蜀吏卒千人,郡又多为发转漕万余人,用兴法诛其渠帅,巴蜀民大惊恐。上闻之,乃使相如责唐蒙,因喻告巴蜀民以非上意,檄曰……相如还报。……乃拜相如为中郎将,建节往使。……至蜀,蜀太守以下郊迎,县令负弩矢先驱,蜀人以为宠。于是卓王孙、临邛诸公皆因门下献牛酒以交欢。卓王孙喟然而叹,自以得使女尚司马长卿晚,而厚分与其女财,与男等同。司马长卿便略定西夷,邛、筰、冄、駹、斯榆之君皆请为内臣。除边关,关益斥,西至沫、若水,南至牂柯为徼,通零关道,桥孙水以通邛都。还报天子,天子大说。相如使时,蜀长老多言通西南夷不为用,唯大臣亦以为然。相如欲谏,业已建之,不敢,乃著书,籍以蜀父老为辞,而己诘难之,以风天子,且因宣其使指,令百姓知天子之意。其辞曰……其后人有上书言相如使时受金,失官。居岁余,复召为郎。相如口吃而善著书。常有消渴疾。与卓氏婚,饶于财。其进仕官,未尝肯与公卿国家之事,称病闲居,不慕官爵。常从上至长杨猎,是时天子方好自击熊豕,驰逐野兽,相如上疏谏之。其辞曰……相如拜为孝文园令。天子既美子虚之事,相如见上好仙道,因曰:"上林之事未足美也,尚有靡者。臣尝为《大人赋》,未就,请具而奏之。"相如以为列仙之传居山泽间,形容甚臞,此非帝王之仙意也,乃遂就《大人赋》。其辞曰……相如既奏《大人之颂》,天子大说,飘飘有凌云之气,似游天地之间意。相如既病免,家居茂陵。天子曰:"司马相如病甚,可往从悉取其书;若不然,后失之矣。"使所忠往,而相如已死,家无书。问其妻,对曰:"长卿固未尝有书也。时时著书,人又取去,即空居。长卿未死时,为一卷书,曰有使者来求书,奏之。无他书。"其遗札书言封禅事,奏所忠。忠奏其书,天子异之。其书曰……司马相如既卒五岁,天子始祭后土。八年而遂先礼中岳,封于太山,至梁父禅肃然。相如他所著,若《遗平陵侯书》、《与五公子相难》、《草木书》篇不采,采其尤著公卿者云。太史公曰:《春秋》推见至隐,《易》本隐之以显,《大雅》言王公大人而德逮黎庶,《小雅》讥小己之得失,其流及上。所以言虽外殊,其合德一也。相如虽多虚辞滥说,然其要归引之节俭,此与《诗》之风谏何异。扬雄以为靡丽之赋,劝百风一,犹驰骋郑、卫之声,曲终而奏雅,不已亏乎?余采其语可论者著于篇。

《汉书》卷五十七《司马相如传》,与《史记》基本相同。

《汉书·艺文志·诗赋略》:司马相如赋二十九篇。序云:大儒孙卿及楚臣屈原离谗忧国,皆作赋以风,咸有恻隐古诗之义。其后宋玉、唐勒,汉兴枚乘、司马相如,下及扬子云,竞为侈丽闳衍之词,没其风谕之义。是以扬子悔之,曰:"诗人之赋丽以则,辞人之赋丽以淫。如孔氏之门人用赋也,则贾谊登堂,相如入室矣,如其不用何!"

又《汉书·艺文志·六艺略》:《凡将》一篇,司马相如作。陈国庆编《汉书艺文志注释汇编》按:书亡于宋。马国翰有《凡将篇》辑佚一卷。

又《汉书·艺文志·诸子略》:《荆轲论》五篇。轲为燕刺秦王,不成而死,司马相如等论之。

《隋书·经籍志》:汉孝文园令司马相如集一卷。

《旧唐书·经籍志》:《司马相如集》二卷。

《新唐书·艺文志》:《司马相如集》二卷。

《汉魏六朝百三家集·司马文园集》辑录赋六篇,书二篇,檄一篇,难一篇,符命一篇,歌二首。题辞云:梁昭明太子《文选》,登采极严，独于司马长卿取其三赋四文，其生平壮篇略具，殆心笃好之，沉湎终日而不能舍也。太史公曰："长卿赋多虚辞滥说，要归节俭，与《诗》讽谏何异？"余读之良然。《子虚》、《上林》非徒极博，实发于天材，扬子云锐精揣炼，仅能合辙，犹《汉书》于《史记》也。《美人赋》风诗之尤，上掩宋玉，盖长卿风流放诞，深于论色，即其所自叙传。琴心善感，好女夜亡，史迁形状，安能及此？他人之赋，赋才也，长卿，赋心也，得之于内，不可以传，彼曾与盛长通言之，歌合组，赋列锦，均未喻耳。猎兽献书，长杨志直，驰檄发难，巴蜀竦听，慕蔺生于渑池，跨唐蒙于绝域，赤车驷马，足名丈夫。抑其文，皆赋流也。生赋《长门》，没留《封禅》，英主怨后，思眷不忘，岂偶然乎？

《全上古三代秦汉三国六朝文》辑录司马相如文十五篇。

严可均《铁桥漫稿》序：《司马长卿集》，《隋志》、《唐志》皆二卷。穆按：《隋志》著录一卷。今世所见有明汪士贤、吕兆禧二本，盖从《史记》、《汉书》、《文选》、《古文苑》新辑者。又有张溥本，增多《答盛擎问》、《报卓文君书》，余同汪、吕。案《长卿集》魏晋时早已散亡，隋唐之二卷，当是六朝重辑，其多出于今本者仅仅耳，何以明之？《汉志》、《长卿赋》二十九篇，今存《子虚》、《上林》、《哀秦二世》、《大人》、《长门》、《美人》六赋，遍索群书，唯得《魏都赋》张载注引《梨赋》一句，《北堂书钞》引《鱼葅赋》，有题无文，余二十一赋莫考，其诸体轶篇遗句绝无引见者，足证隋唐本非魏晋以前旧集，如谓不然，二十九赋加杂文，并《遗平陵侯书》、《与五公子相难》、《草木书》，不当四五卷乎？今汇聚群书所载，重加编次，仍为二卷。《凡将篇》专行久亡，仅存五事，亦附集末。校雠粗定而为之叙录曰：《三百篇》后，屈原为辞赋之宗，宋玉亚之。长卿之与宋玉在伯仲之间。扬子云云：如孔氏之门用赋也，相如入室。此为定论。集虽残剩,二千年内,邈焉寡俦。然而长卿不徒以辞赋见,后世鲜有知之者。《蜀志》,秦宓与王商书云云,如宓此言,蜀地经师,长卿为鼻祖,而《史》、《汉》叙儒林授受,不一及之,以辞赋掩其名耳。古之振奇人文章必从经出,故援《蜀志》以发其端。

又《四录堂类集》总目曰:《司马长卿集》二卷,可均校编。

《先秦汉魏晋南北朝诗》辑录《琴歌》二首,另收《美人赋》中歌一首。

司马相如集,今日见到的是明代辑本,常见的有明汪士贤辑《汉魏诸名家集》中的《司马长卿集》一卷,明张燮辑《七十二家集》中的《司马文园集》一卷和张溥辑《汉魏六朝百三名家集》中的《司马文园集》一卷。今人校注本有:

(1)《司马相如集校注》,金国永校注,上海古籍出版社1993年9月版。

(2)《司马相如集校注》,朱一清、孙以昭校注,人民文学出版社1996年2月版。

《西京杂记》卷二:司马相如为《上林》、《子虚》赋,意思萧散,不复与外事相关,控引天地,错综古今,忽然如睡,焕然而兴,几百日而后成。其友人盛览,字长通,牂牁名士,尝问以作赋。相如曰:"合綦组以成文,列锦绣而为质,一经一纬,一宫一商,此赋之迹也。赋家之心,苞括宇宙,总览人物,斯乃得之于内,不可得而传。"览乃作《合组歌》、《列锦赋》而退,终身不复敢言作赋之心矣。

又卷三:司马长卿赋,时人皆称典而丽,虽诗人之作,不能加也。扬子云曰:"长卿赋不似从人间来,其神化所至邪?子云学相如为赋而弗逮,故雅服焉。

又卷三:枚皋文章敏疾,长卿制作淹迟,皆尽一时之誉。而长卿首尾温丽,枚皋时有累句,故知疾行无善迹矣。扬子云曰:"军旅之际,戎马之间,飞书驰檄,用枚皋;廊庙之下,朝廷之中,高文典册,用相如。"

《三国志》卷三十八《秦宓传》:秦宓与王商书云:蜀本无学士,文翁遣相如东受七经,还教吏民,于是蜀学比于齐、鲁。故《地里志》曰:"文翁倡其教,相如为之师。"汉家得士,盛于其世;仲舒之徒,不达封禅,相如制其礼。夫能制礼造乐,移风易俗,非礼所秩有益于世者乎!

《翰林论》:盟檄发于师旅。相如《喻蜀父老》,可谓德音矣。

《宋书·谢灵运传论》:屈平、宋玉,导清源于前;贾谊、相如,振芳尘于后。英辞润金石,高义薄云天。……相如巧为形似之言,二班长于情理之说,子建、仲宣以气质为体,并标能擅美,独映当时。

《文心雕龙·辨骚》:自《九怀》以下,遽蹑其迹,而屈宋逸步,莫之能追。……是以枚贾追风以入丽,马扬沿波而得奇,其衣被词人,非一代也。

又《诠赋》:汉初词人,顺流而作,陆贾扣其端,贾谊振其绪,枚马同其风,王扬骋其势……相如《上林》,繁类以成艳。

又《哀吊》:及相如之《吊二世》,全为赋体,桓谭以为其言恻怆,读者叹息。

又《檄移》:相如之《难蜀老》,文晓而喻博,有移檄之骨焉。

又《封禅》:观相如《封禅》,蔚为首唱,尔其表权舆,序皇王,炳玄符,镜鸿业,驱前古于当今之下,腾休明于列圣之上,歌之以祯瑞,赞之以介丘,绝笔兹文,固维新之作也。

又《神思》:相如含笔而腐毫……虽有巨文,亦思之缓也。

又《体性》:长卿傲诞,故理侈而辞溢。

又《风骨》:相如赋仙,气号凌云,蔚为辞宗,乃其风力遒也。

又《丽辞》：自扬马张蔡，崇盛丽辞，如宋画吴冶，刻形镂法，丽句与深采并流，偶意共逸韵俱发。

又《夸饰》：自宋玉、景差，夸饰始盛。相如凭风，诡滥愈甚，故上林之馆，奔星与宛虹入轩；从禽之盛，飞廉与鹓鹍俱获。

又《练字》：故陈思称扬马之作，趣幽旨深，读者非师传不能析其辞，非博学不能综其理，岂直才悬，抑亦字隐。

又《物色》：及长卿之徒，诡势瑰声，模山范水，字必鱼贯，所谓诗人丽则而约言，辞人丽淫而繁句也。

又《才略》：相如好书，师范屈、宋，洞入夸艳，致名辞宗；然核取精意，理不胜辞，故扬子以为"文丽用寡者长卿"，诚哉是言也！

又《知音》：知音其难哉！音实难知，知实难逢……昔《储说》始出，《子虚》初成，秦皇汉武，恨不同时。既同时矣，则韩囚而马轻，岂不明鉴同时之贱哉！

又《程器》：彼扬、马之徒，有文无质，所以终乎下位也。

东方朔

（前154—前93）

《汉书》卷六十五《东方朔传》：东方朔字曼倩，平原厌次人也。武帝初即位，征天下举方正贤良文学材力之士，待以不次之位，四方士多上书言得失，自衒鬻者以千数，其不足采者辄报闻罢。朔初来，上书曰："臣朔少失父母，长养兄嫂。年十三学书，三冬文史足用。十五学击剑。十六学《诗》、《书》，诵二十二万言。十九学孙、吴兵法，战阵之具，钲鼓之教，亦诵二十二万言。凡臣朔固已诵四十四万言。又常服子路之言。臣朔年二十二，长九尺三寸，目若悬珠，齿若编贝，勇若孟贲，捷若庆忌，廉若鲍叔，信若尾生。若此，可以为天子大臣矣。臣朔昧死再拜以闻。"……朔尝至太中大夫,后常为郎,与枚皋、郭舍人俱在左右,诙啁而已。久之,朔上书陈农战强国之计,因自讼独不得大官,欲求试用。其言专商鞅、韩非之语也,指意放荡,颇复诙谐,辞数万言,终不见用。朔因著论,设客难己,用位卑以自慰谕。其辞曰……又设非有先生之论,其辞曰……朔之文辞,此二篇最善。其余有《封泰山》、《责和氏璧》及《皇太子生禖》、《屏风》、《殿上柏柱》、《平乐观赋猎》,八言、七言上下,《从公孙弘借车》,凡刘向所录朔书具是矣。世所传他事皆非也。

《汉书·艺文志·诸子略》:东方朔二十篇。

《隋书·经籍志》:汉太中大夫东方朔集二卷。

《旧唐书·经籍志》:《东方朔集》二卷。

《新唐书·艺文志》:《东方朔集》二卷。

《汉魏六朝百三家集·东方大中集》辑录骚一篇,疏二篇,书三篇,序一篇,论一篇,设难二篇,颂一篇,铭一篇,诗三首。题辞云:东方曼倩求大官不得,始设客难;扬子云草《太玄》,乃作《解嘲》。学者争慕效之,假主客,遣抑郁者,篇章叠见,无当玉卮,世亦颇厌观之,其体不尊,同于游戏。然二文初立,词锋竞起,以苏、张为输攻,以荀、邹为墨守,作者之心,实命奇伟,随者自贫,彼不任咎,未可薄连珠而笑士衡,鄙七体而讥枚叔也。曼倩别传多神怪,不足尽信,即史书所记拔剑割肉,醉遗殿上,射覆隐语,榜楚舍人,侏儒俳优,其迹相近。又谏起上林,面责董偃,正言岳岳,汲长孺犹病不如,何况公孙丞相以下?《诫子》一诗,义苞道德两篇,其藏身之智在焉,而世皆不知。汉武叹其岁星,刘向次于列仙,事或有之,非此浮沉,莫行直谏,事雄主其诚难哉!

《全上古三代秦汉三国六朝文》辑录东方朔文十八篇。

《先秦汉魏晋南北朝诗》辑录东方朔诗四首。

《东方朔集》皆明代辑本：

(1)《东方先生文集》三卷,明康丕显刻本。

(2)《东方先生集》一卷,明汪士贤辑,《汉魏诸名家集》本。

(3)《东方大中集》二卷,明张燮辑,《七十二家集》本。

(4)《东方先生集》二卷,明吕兆禧刻本。

《文心雕龙·诠赋》:汉初词人,顺流而作,陆贾扣其端,贾谊振其绪,枚、马同其风,王、扬骋其势,皋、朔已下,品物毕图。

又《祝盟》:至如黄帝有祝邪之文,东方朔有骂鬼之书,于是后之谴咒,务于善骂。

又《杂文》:自《对问》以后,东方朔效而广之,名为《客难》。托古慰志,疏而有辨。

又《谐讔》:于是东方、枚皋,铺糟啜醨,无所匡正,而诋嫚媟弄,故其自称为赋,乃亦俳也;见视如倡,亦有悔矣。……昔楚庄、齐威,性好隐语。至东方曼倩,尤巧辞述,但谬辞诋戏,无益规补。

又《诏策》:汉高祖之敕太子,东方朔之戒子,亦顾命之作也。

又《书记》:观史迁之《报任安》,东方朔之《难公孙》,杨恽之《酬会宗》,子云之《答刘歆》,志气槃桓,各含殊采,并杼轴乎尺素,抑扬乎寸心。

司马迁

（前 145 或前 135—?）

《汉书》卷六十二《司马迁传》:迁生龙门,耕牧河山之阳。年十岁则诵古文。二十而南游江淮,上会稽,探禹穴,窥九疑,浮沅湘。北涉汶泗,讲业齐鲁之都,观夫子遗风,乡射邹峄;厄困蕃、薛、彭城,过梁、楚以归。于是迁仕为郎中,奉使西征巴蜀以南,略邛、筰、昆明,还报命。……(太史公司马谈卒)迁俯首流涕曰:"小子不敏,请悉论先人所次旧闻,不敢阙。"卒三岁,而迁为太史令,䌷史记石室金匮之书。……于是论次其文。十年而遭李陵之祸,幽于累绁。乃喟然而叹曰:"是余之罪夫!身亏不用矣。"退而深惟曰:"夫《诗》《书》隐约者,欲遂其志之思也。"卒述陶唐以来,至于麟止,自黄帝始。……罔罗天下放失旧闻,王迹所兴,原始察终,见盛观衰,论考之行事,略三代,录秦、汉,上记轩辕,下至于兹,著十二本纪,既科条之矣。并时异世,年差不明,作十表。礼乐损益,律历改易,兵权、山川、鬼神,天人之际,承敝通变,作八书。二十八宿环北辰,三十辐共一毂,运行无穷,辅弼股肱之臣配焉,忠信行道以奉主上,作三十世家。扶义俶傥,不令己失时,立功名于天下,作七十列传。凡百三十篇,五十二万六千五百字,为《太史公书》。……迁既被刑之后,为中书令,尊宠任职。故人益州刺史任安予迁书,责以古贤臣之义。迁报之曰……迁既死后,其书稍出。宣帝时,迁外孙平通侯杨恽祖述其书,遂宣布焉。……赞曰:……故司马迁据《左传》、《国语》,采《世本》、《战国策》,述《楚汉春秋》,接其后事,讫于天汉。其言秦、汉,详矣。至于采经摭传,分散数家之事,甚多疏略,或有抵梧,亦其涉猎者广博,贯穿经传,驰骋古今,上下数千载间,斯以勤矣。又其是非颇缪于圣人,论大道则先黄老而后六经,序游侠则退处士而进奸雄,述货殖则崇势利而羞贱贫,此其所蔽也。然自刘向、扬雄博极群书,皆称迁有良史之材,服其善序事理,辨而不华,质而不俚,其文直,其事核,不虚美,不隐恶,故谓之实录。乌呼!以迁之博物洽闻,而不能以知自全,既陷极刑,幽而发愤,书亦信矣。迹其所以自伤悼,《小雅》巷伯之伦。夫唯《大雅》"既明且哲,能保其身",难矣哉!

关于《史记》的著录情况:

《汉书·艺文志·六艺略》：太史公百三篇。十篇有录无书。

《隋书·经籍志》：《史记》一百三十卷，目录一卷，汉中书令司马迁撰。

《旧唐书·经籍志》：《史记》一百三十卷，司马迁作。

《新唐书·艺文志》：《司马迁史记》一百三十卷。

《郡斋读书志》：《史记》一百三十卷。右汉太史令司马迁续其父谈书。创为义例，起黄帝，迄于汉武获麟之岁。撰成十二纪以序帝王，十年表以贯日月，八书以纪政事，三十世家以叙公侯，七十列传以志士庶。上下三千余载，凡为五十二万六千五百言。迁没后，缺《景》《武纪》、《礼》《乐》《律书》、《三王世家》、《汉兴以来将相年表》、《日者龟策传》、《靳》《蒯列传》等十篇。元、成间，褚少孙追补，及益以武帝后事，辞旨浅鄙，不及迁书远甚。迁书旧裴骃为之解，云：班固尝讥迁"论大道则先黄老而后六经，序游侠则退处士而进奸雄，述货殖则崇势利而羞贫贱"。后世爱迁者多以此为不然。谓迁特感当世之所失，愤其身之所遭，寓之于书，有所激而为此言耳，非其心所谓诚然也。当武帝之世，表章儒术，而罢黜百家，宜乎大治，而穷奢极侈，海内凋敝。反不若文、景尚黄老时人主恭俭，天下饶给。此其所以先黄老而后六经也。武帝用法刻深，群臣一言忤旨，辄下吏诛。而当刑者得以货免。迁之遭李陵之祸，家贫无财贿自赎，交游莫救，卒陷腐刑。其进奸雄者，盖迁叹时无朱家之伦，不能脱己于祸，故曰"士贫窘得委命"，此非人所谓贤豪者邪！其羞贫贱者，盖自伤特以贫故，不能自免于刑戮，故曰"千金之子，不死于市"，非空言也。固不察其心而骤讥之，过矣！

《直斋书录解题》卷四：《史记》一百三十卷。汉太史令夏阳司马迁子长撰，宋南中郎参军河东裴骃集注。按：班固云：迁据《左氏》《国语》，采《世本》《战国策》，述《楚汉春秋》，接其后事，迄于大汉,斯以勤矣。十篇阙,有录亡书。张晏曰:迁没之后,亡《景》《武纪》、《礼》《乐》《兵书》、《汉兴将相年表》、《三王世家》、《日者龟策传》、《靳歙》《傅宽列传》。元、成之间,褚先生补作《武纪》、《三王世家》《日者龟策传》,言辞鄙陋,非迁本意也。颜师古曰:本无《兵书》,张说非也。今按此十篇者,皆具在。褚所补《武纪》全写《封禅书》,《三王世家》但述封拜策书,二列传皆猥酿不足道。而其余六篇,《景纪》最疏略,《礼》、《乐书》誊荀子《礼论》、河间王《乐纪》,《傅》、《靳列传》与《汉书》同,而《将相年表》迄鸿嘉,则未知何人所补也。褚先生者,名少孙。裴骃即注《三国志》松之之子也。始徐广作《史记音义》,骃本之以成《集解》。窃尝谓著书立言,述旧易,作古难,六艺之后,有四人焉。撼实而有文采者,左氏也;冯虚而有理致者,庄子也;屈原变《国风》、《雅》、《颂》而为《离骚》;及子长易编年而为纪传者,前未有比,后可以为法,非豪杰特起之士,其孰能之?

《宋史·艺文志》二:司马迁《史记》一百三十卷,裴骃等集注。又《史记》一百三十卷,陈伯宣注。

《四库全书总目提要·史部·正史类》:《史记》一百三十卷。司马迁撰,褚少孙补。

《史记》旧注现存三家注,即刘宋裴骃《史记集解》、唐司马贞《史记索隐》、唐张守节《史记正义》。原各自单行,北宋时合为一编,现存南宋黄善夫刻本,经商务印书馆影印,收入《百衲本二十四史》中。此外,《史记》三家注本,有明代监刻二十一史本,明代汲古阁刻的十七史本,清代武英殿的二十四史本。现在最通行的是中华书局出版的标点本《二十四史》中的本子。

关于《司马迁集》的著录情况:

《汉书·艺文志·诗赋略》:司马迁赋八篇。

《隋书·经籍志》:《汉中书令司马迁集》一卷。

《旧唐书·经籍志》:《司马迁集》二卷。

《新唐书·艺文志》:《司马迁集》二卷。

《司马迁集》宋代散失,今人有辑本:

《司马子长集》一卷。丁福保,《汉魏六朝诸名家集初刻》本。

《全上古三代秦汉三国六朝文》辑录司马迁文四篇。

《文心雕龙·颂赞》:及迁史固书,托赞褒贬,约文以总录,颂体以论辞。又纪传后评,亦同其名。

又《谐隐》:是以子长编史,列传《滑稽》,以其辞虽倾回,意归义正也。但本体不雅,其流易弊。

又《史传》:爰及太史谈,世唯执简;子长继志,甄序帝绩。比尧称典,则位杂中贤;法孔题经,则文非玄圣。故取式吕览,通号曰纪。纪纲之号,亦宏称也。故本纪以述皇王,列传以总侯伯,八书以铺政体,十表以谱年爵,虽殊古式,而得事序焉。尔其实录无隐之旨,博雅弘辩之才,爱奇反经之尤,条例踳落之失,叔皮论之详矣。

又《书记》:观史迁之报任安,东方朔之难公孙,杨恽之酬会宗,子云之答刘歆,志气盘桓,各含殊采,并杼轴乎尺素,抑扬乎寸心。

又《才略》:仲舒专儒,子长纯史,而丽缛成文,亦诗人之告哀焉。

李 陵

(?—前74)

《史记》卷一百九《李将军列传》附李陵传:李将军广者,陇西成纪人也。……广子三人,曰当户、椒、敢……当户早死……有遗腹子名陵。……李陵既壮,选为建章监,监诸骑。善射,爱士卒。天子以为李氏世将,而使将八百骑。尝深入匈奴二千余里,过居延视地形,无所见虏而还。拜为骑都尉,将丹阳楚人五千人,教射酒泉、张掖以屯卫胡。数岁,天汉二年秋,贰师将军李广利将三万骑击匈奴右贤王于祁连天山,而使陵将其射士步兵五千人出居延北可千余里,欲以分匈奴兵,毋令专走贰师也。陵既至期还,而单于以兵八万围击陵军。陵军五千人,兵矢既尽,士死者过半,而所杀伤匈奴亦万余人。且引且战,连斗八日,还未到居延百余里,匈奴遮狭绝道,陵食乏而救兵不到,虏急击招降陵。陵曰:"无面目报陛下。"遂降匈奴。其兵尽没,余亡散得归汉者四百余人。单于既得陵,素闻其家声,及战又壮,乃以其女妻陵而贵之。汉闻,族陵母妻子。自是之后,李氏名败,而陇西之士居门下者皆用为耻焉。穆按:《汉书·李广传》(卷五十四)附《李陵传》,记述较详,可以参阅。

《隋书·经籍志》:汉骑都尉李陵集二卷。

《旧唐书·经籍志》:《李陵集》二卷。

《新唐书·艺文志》:《李陵集》二卷。

唐以后《李陵集》散失。

《全上古三代秦汉三国六朝文》辑录李陵文四篇。

《先秦汉魏晋南北朝诗》辑录李陵歌一首、李陵《别诗》二十一首。曰:《古诗纪》据《文选》编苏、李诗七首于汉诗卷二。而以《古文苑》李陵录别诗十首附在汉诗卷十。盖谓《文选》所载为苏、李自作,《古文苑》所载乃后人假托。丁福保《全汉诗》总汇《文选》、《古文苑》各诗,分别编之苏、李名下。盖以为皆少卿、子卿之辞也。逯按:《文选》、《古文苑》苏、李诗十七首以外,《书钞》及《文选注》尚引李诗残篇两首,《古文苑》之孔融《杂诗》二首,亦原属李陵。依此计之,苏、李诗今存者尚有二十一首也。然检宋颜延之《庭诰》云:逮李陵众作,总杂不类,元是假托,非尽陵制。又检《隋志》,只称梁有李陵集二卷,不言有苏武集。而宋齐人凡称举摹拟古人诗者,亦只有李陵而无苏武。据此,流传晋齐之李陵众作,至梁始析出苏诗,然仍附李陵集。昭明即据此选篇也。以出于李集,故《文选》苏武各诗他书尚有引作李陵诗者。要之,此二十一首诗,即出李陵众作也。又此二十一首种类虽杂,然无一切合李陵身世者,说明既非李陵所自作,亦非后人所拟咏。前贤如苏轼、顾炎武等皆疑之固是,然亦未能释此疑难也。钦立曩写《汉诗别录》一文,曾就此组诗之题旨内容用语修辞等,证明其为后汉末年文士之作。

《文心雕龙·明诗》:至成帝品录,三百余篇,朝章国采,亦云周备,而辞人遗翰,莫见五言,所以李陵、班婕妤,见疑于后代也。

《诗品》卷上:汉都尉李陵诗,其源出于楚辞。文多凄怆,怨者之流。陵名家子,有殊才,生命不谐,声颓身丧。使陵不遭辛苦,其文亦何能至此。

《南齐书·文学传论》:少卿离辞,五言才骨,难与争骛。

《颜氏家训·文章》:自古文人,多陷轻薄……李陵降辱夷虏。

苏轼《答刘沔都曹书》:梁萧统集《文选》,世以为工。以轼观之,拙于文而陋于识者,莫若统也。……李陵、苏武赠别长安而诗有"江汉"之语。及陵与武书,词句儇浅,正齐、梁间小儿所拟作,决非西汉文,而统不悟。

《容斋随笔》卷十四《李陵诗》:《文选》编李陵、苏武诗,凡七篇。人多疑"俯观江汉流"之语,以为苏武在长安所作,何为乃及江、汉。东坡云:皆后人所拟也。予观李诗云:"独有盈觞酒,与子结绸缪。""盈"字正惠帝讳,汉法触讳者有罪,不应陵敢用之。益知坡公之言为可信也。

顾炎武《日知录》卷二十三《已祧不讳》：若李陵诗"独有盈觞酒，与子结绸缪"，枚乘《柳赋》"盈玉缥之清酒"（原注：载《古文苑》），又诗"盈盈一水间"（原注：载《玉台新咏》），二人皆在武、昭之世而不避讳，又可知其为后人之拟作，而不出于西京矣（原注：李陵诗不当用"盈"字，《容斋随笔》论之）。

苏 武
（？—前60）

《汉书》卷五十四《苏武传》：苏建，杜陵人也。……封平陵侯。……有三子……中子武最知名。武字子卿，少以父任，兄弟并为郎，稍迁至栘中厩监。……天汉元年……乃遣武以中郎将使持节（出使匈奴，单于胁降，不从。）……单于愈益欲降之，乃幽武置大窖中，绝不饮食。天雨雪，武卧啮雪与旃毛并咽之，数日不死，匈奴以为神，乃徙武北海上无人处，使牧羝，羝乳乃得归。……武既至海上，廪食不至，掘野鼠去屮实而食之。杖汉节牧羊，卧起操持，节旄尽落。……初，武与李陵俱为侍中，武使匈奴明年，陵降，不敢求武。久之，单于使陵至海上，为武置酒设乐，因谓武曰："单于闻陵与子卿素厚，故使陵来说足下，虚心欲相待。终不得归汉，空自苦亡人之地，信义安所见乎？前长君为奉车，从至雍棫阳宫，扶辇下除，触柱折辕，劾大不敬，伏剑自刎，赐钱二百万以葬。孺卿从祠河东后土，宦骑与黄门驸马争船，推堕驸马河中溺死，宦骑亡，诏使孺卿逐捕不得，惶恐饮药而死。来时，大夫人已不幸，陵送葬至阳陵。子卿妇年少，闻已更嫁矣。独有女弟二人，两女一男，今复十余年，存亡不可知。人生如朝露，何久自苦如此！陵始降时，忽忽如狂,自痛负汉,加以老母系保宫,子卿不欲降,何以过陵?且陛下春秋高,法令亡常,大臣亡罪夷灭者数十家,安危不可知,子卿尚复谁为乎?愿听陵计,勿复有云。"武曰:"武父子亡功德,皆为陛下所成就,位列将,爵通侯,兄弟亲近,常愿肝脑涂地。今得杀身自效,虽蒙斧钺汤镬,诚甘乐之。臣事君,犹于事父也,子为父死亡所恨。愿勿复再言。"陵与武饮数日,复曰:"子卿壹听陵言。"武曰:"自分已死久矣!王必欲降武,请毕今日之欢,效死于前!"陵见其至诚,喟然叹曰:"嗟乎,义士!陵与卫律之罪上通于天。"因泣下沾衿,与武决去。……数月,昭帝即位。数年,匈奴与汉和亲。……单于召会武官属,前以降及物故,凡随武还者九人。武以始元六年春至京师。……拜为典属国……武留匈奴凡十九岁,始以强壮出,及还,须发尽白。……武所得赏赐,尽以施予昆弟故人,家不余财。……武年八十余,神爵二年病卒。

苏武的著作,《汉书·苏武传》和历代经籍志、艺文志皆无记载。《文选》选录苏武诗四首,后人大都认为是伪托之作,不可信。

《全上古三代秦汉三国六朝文》辑录苏武文二篇。

《先秦汉魏晋南北朝诗》将《文选》选录苏武诗四首,全部归入李陵《别诗》二十一首。可参阅逯钦立所作之按语(见前"李陵"条)。

孔安国

(生卒年不详)

《史记》卷四十七《孔子世家》:安国为今皇帝博士,至临淮太守,蚤卒。

《史记》卷一百二十一《儒林列传》:兒宽既通《尚书》,以文学应郡举,诣博士受业,受业孔安国。……孔安国……颇能言《尚书》事。孔氏有《古文尚书》,而安国以今文读之,因以起其家。逸《书》得十余篇,盖《尚书》滋多于是矣。

《汉书》卷八十八《儒林传》:孔氏有《古文尚书》,孔安国以今文字读之,因以起其家逸《书》,得十余篇,盖《尚书》兹多于是矣。遭巫蛊,未立于学官。安国为谏大夫,授都尉朝,而司马迁亦从安国问故。迁书载《尧典》、《禹贡》、《洪范》、《微子》、《金縢》诸篇,多古文说。……(申公)弟子为博士十余人,孔安国至临淮太守……其治官民皆有廉节称。

《汉书·艺文志·六艺略》:《尚书古文经》四十六卷,为五十七篇。序云:《古文尚书》者,出孔子壁中。武帝末,鲁共王坏孔子宅,欲以广其宫,而得《古文尚书》及《礼记》、《论语》、《孝经》凡数十篇,皆古字也。共王往入其宅,闻鼓琴瑟钟磬之音,于是惧,乃止不坏。孔安国者,孔子后也,悉得其书,以考二十九篇,得多十六篇。安国献之。遭巫蛊事,未列于学官。

《隋书·经籍志》:《古文尚书》十三卷,汉临淮太守孔安国传。《今字尚书》十四卷,孔安国传。序云:晋世祕府所存,有《古文尚书》经文,今无有传者。……至东晋,豫章内史梅赜,始得安国之传,奏之,时又阙《舜典》一篇。

《旧唐书·经籍志》:《古文尚书》十三卷,孔安国传。又十卷,孔安国传,范宁注。

《新唐书·艺文志》:《古文尚书》孔安国传十三卷。

《崇文总目》:《古文尚书》十三卷。

《郡斋读书志》:《古文尚书》十三卷。右汉孔安国以隶古定五十九篇之书也。

《直斋书录解题》:《尚书》十二卷。《尚书注》十三卷。汉谏议大夫鲁国孔安国传。

《宋史·艺文志》:《尚书》十二卷,汉孔安国传《古文尚书》二卷,孔安国隶。

《四库全书总目提要·经部·书类》:《尚书正义》二十卷。旧本题汉孔安国传。其书至晋豫章内史梅赜始奏于朝,唐贞观十六年孔颖达等为之疏。永徽四年长孙无忌等又加刊定。孔传之依托,自朱子以来递有论辩。至国朝阎若璩作《尚书古文疏证》,其事愈明。其灼然可据者,梅鷟《尚书考异》攻其注《禹贡》"瀍水出河南北山"一条,"积石山在金城西南羌中"一条,地名皆在安国后。朱彝尊《经义考》攻其注《书序》"东海驹骊、扶余馯貊之属"一条,谓驹骊王朱蒙至汉元帝建昭二年始建国,安国武帝时人,亦不及见。若璩则攻其注《泰誓》"虽有周亲,不如仁人",与所注《论语》相反。又安国《传》有《汤誓》,而注《论语》"予小子履"一节,乃以为《墨子》所引《汤誓》之文(案安国《论语注》今佚,此条乃何晏《集解》所引)。皆证佐分明,更无疑义。穆按:晋豫章内史梅赜献给朝廷的《古文尚书》,经明梅鷟、清阎若璩等人的考证,判定为伪《古文尚书》,其孔安国《传》是伪孔《传》,《尚书序》是伪书序,今《十三经注疏》本《尚书正义》真伪混杂,伪者为《古文尚书》、《孔传》、《书序》,真者为今文二十八篇。宋蔡沈《书经集传》各篇皆注明古文、今文,区分真伪,十分方便。

《全上古三代秦汉三国六朝文》辑录孔安国文四篇。

骆鸿凯《文选学》指出孔安国《尚书序》为赝品。云:此本东晋梅赜所上伪《古文尚书序》,然其案自清阎若璩、惠定宇诸人著书考论,始成定谳。若昭明时,固无不信以为真也。

杨 恽

(？—前56)

《汉书》卷六十六《杨敞传》附《杨恽传》：杨敞，华阴人也。……封安平侯。……子忠嗣……忠弟恽，字子幼，以忠任为郎，补常侍骑。恽母，司马迁女也。恽始读外祖《太史公记》，颇为《春秋》。以材能称。好交英俊诸儒，名显朝廷，擢为左曹。（因告发霍氏谋反）恽为平通侯，迁中郎将。……初，恽受父财五百万，及身封侯，皆以分宗族。后母无子，财亦数百万，死皆予恽，恽尽复分后母昆弟。再受訾千余万，皆以分施。其轻财好义如此。恽居殿中，廉洁无私，郎官称公平。然恽伐其行治，又性刻害，好发人阴伏，同位有忤己者，必欲害之，以其能高人。由是多怨于朝廷，与太仆戴长乐相失，卒以是败。……有诏皆免恽、长乐为庶人。恽既失爵位，家居治产业，起室宅，以财自娱。岁余，其友人安定太守西河孙会宗，知略士也，与恽书谏戒之，为言大臣废退，当阖门惶惧，为可怜之意。不当治产业，通宾客，有称誉。恽宰相子，少显朝廷，一朝以晻昧语言见废，内怀不服，报会宗书曰……会有日食变，驷马猥佐成上书告恽"骄奢不悔过，日食之咎，此人所致"。章下廷尉案验，得所予会宗书，宣帝见而恶之。廷尉当恽大逆无道，要斩。……

杨恽无集，《全上古三代秦汉三国六朝文》辑录其文二篇。

王 褒

(生卒年不详)

《汉书》卷六十四下《王褒传》：王褒字子渊，蜀人也。宣帝时修武帝故事，讲论六艺群书，博尽奇异之好，征能为《楚辞》九江被公，召见诵读，益召高材刘向、张子侨、华龙、柳褒等待诏金马门……上颇作歌诗，欲兴协律之事……于是益州刺史王襄欲宣风化于众庶，闻王褒有俊才，请与相见，使褒作《中和》、《乐职》、《宣布》诗，选好事者令依《鹿鸣》之声习而歌之。……褒既为刺史作颂，又作其传，益州刺史因奏褒有轶材。上乃征褒。既至，诏褒为圣主得贤臣颂其意。褒对曰……上令褒与张子侨等并待诏，数从褒等放猎，所幸宫馆，辄为歌颂，第其高下，以差赐帛。议者多以为淫靡不急，上曰："'不有博弈者乎？为之犹贤乎已！'辞赋大者与古诗同义，小者辩丽可喜，辟如女工有绮縠，音乐有郑、卫，今世俗犹皆以此虞说耳目，辞赋比之，尚有仁义风谕，鸟兽草木多闻之观，贤于倡优博弈远矣。"顷之，擢褒为谏大夫。其后太子体不安，苦忽忽善忘，不乐。诏使褒等皆之太子宫虞侍太子，朝夕诵读奇文及所自造作。疾平复，乃归。太子喜褒所为《甘泉》及《洞箫》颂，令后宫贵人左右皆诵读之。后方士言益州有金马碧鸡之宝，可祭祀致也，宣帝使褒往祀焉。褒于道病死，上闵惜之。

《汉书·艺文志·诗赋略》：王褒赋十六篇。
《隋书·经籍志》：汉谏议大夫王褒集五卷。
《旧唐书·经籍志》：《王褒集》五卷。
《新唐书·艺文志》：《王褒集》五卷。
《宋史·艺文志》：《王褒集》五卷。

《汉魏六朝百三家集·王谏议集》辑录赋一篇,骚《九怀》九首,论一篇,颂二篇,移文一篇,约一篇,文一篇。题辞云:《汉书》严助、朱买臣、吾丘寿王、主父偃、徐乐、严安、终军、王褒、贾捐之九人同传,令终者鲜。唯子云弃繻,子渊作颂,名高齐蜀,而夭病随之。即身非鼎烹,能无惑辨命乎?《圣主贤臣》,文词采密,其推彭祖厌乔松,归之文王多士,以祝寿考,意主规讽,犹长卿之《子虚》、《上林》,游戏园囿,有戒心焉。乃蜻蛉神见,持节南崖,金马碧鸡,光景未来,使者先殒,彼所刺者神仙,而不能抗辞于衔命,乌得云善谏哉。《甘泉》、《洞箫》,后宫传诵。《僮约》谐放,颇近东方。元帝为太子时,忽忽不乐,惟子渊奇文,足起体疾,此贤于博奕,信矣。《九怀》之作,追愍屈原,古今才士,其致一也。执握金玉,委之污渎,他人有心,谁能不怨?大抵王生俊才,歌诗尤善,奏御天子,不外《中和》诸杂,然词长于理,声偶渐谐,固西京之一变也。

《全上古三代秦汉三国六朝文》辑录王褒文八篇。云:褒字子渊,蜀郡资中人。宣帝时待诏,擢为谏大夫。有集五卷。

王逸《楚辞章句》云:《九怀》者,谏议大夫王褒之所作也。怀者,思也,言屈原虽见放逐,犹思念其君,忧国倾危而不能忘也。褒读屈原之文,嘉其温雅,藻采敷衍,执握金玉,委之污渎,遭世溷浊,莫之能识。追而愍之,故作《九怀》,以裨其词。史官录第,遂列于篇。

《文心雕龙·辨骚》:若能凭轼以倚《雅》、《颂》,悬辔以驭楚篇,酌奇而不失其贞,玩华而不坠其实;则顾盼可以驱辞力,咳唾可以穷文致,亦不复乞灵于长卿,假宠于子渊矣。

又《诠赋》:汉初词人,顺流而作,陆贾扣其端,贾谊振其绪,枚、马同其风,王、杨骋其势,皋、朔已下,品物毕图。

又《诠赋》:观夫荀结隐语,事数自环;宋发巧谈,实始淫丽;枚乘《菟园》,举要以会新;相如《上林》,繁类以成艳;贾谊《鵩鸟》,致辨于情理;子渊《洞箫》,穷变于声貌;孟坚《两都》,明绚以雅赡;张衡《二京》,迅发以宏富;子云《甘泉》,构深玮之风;延寿《灵光》,含飞动之势。凡此十家,并辞赋之英杰也。

又《书记》:券者,束也。明白约束,以备情伪,字形半分,故周称判书。古有铁券,以坚信誓,王褒"髯奴"则券之楷也。

又《时序》:越昭及宣,实继武绩,驰骋石渠,暇豫文会,集雕篆之轶材,发绮縠之高喻,于是王褒之伦,底禄待诏。

又《才略》:王褒构采,以密巧为致,附声测貌,泠然可观。……然自卿渊已前,多俊才而不课学;雄向以后,颇引书以助文:此取与之大际,其分不可乱者也。

扬 雄

（前 53—18）

《汉书》卷八十七《扬雄传》:扬雄字子云,蜀郡成都人也。……雄少而好学,不为章句,训诂通而已,博览无所不见。为人简易佚荡,口吃不能剧谈,默而好深湛之思,清静亡为,少耆欲,不汲汲于富贵,不戚戚于贫贱,不修廉隅以徼名当世。家产不过十金,乏无儋石之储,晏如也。自有大度,非圣哲之书不好也;非其意,虽富贵不事也。顾尝好辞赋。先是时,蜀有司马相如,作赋甚弘丽温雅,雄心壮之,每作赋,常拟之以为式。又怪屈原文过相如,至不容,作《离骚》,自投江而死,悲其文,读之未尝不流涕也。以为君子得时则大行,不得时则龙蛇,遇不遇命也,何必湛身哉!乃作书,往往摭《离骚》文而反之,自岷山投诸江流以吊屈原,名曰《反离骚》;又旁《离骚》作重一篇,名曰《广骚》;又旁《惜诵》以下至《怀沙》一卷,名曰《畔牢愁》。《畔牢愁》、《广骚》文多不载,独载《反离骚》,其辞曰……孝成帝时,客有荐雄文似相如者,上方郊祠甘泉泰畤、汾阴后土,以求继嗣,召雄待诏承明之庭。正月,从上甘泉,还奏《甘泉赋》以风。其辞曰……甘泉本因秦离宫,既奢泰,而武帝复增通天、高光、迎风。宫外近则洪崖、旁皇、储胥、弩陛,远则石关、封峦、枝鹊、露寒、棠梨、师得,游观屈奇瑰玮,非木摩而不雕,墙涂而不画,周宣所考,般庚所迁,夏卑宫室,唐、虞棌椽三等之制也。且为其已久矣,非成帝所造,欲谏则非时,欲默则不能已,故遂推而隆之,乃上比于帝室紫宫,若曰此非人力之所为,党鬼神可也。又是时赵昭仪方大幸,每上甘泉,常法从,在属车间豹尾中。故雄聊盛言车骑之众,参丽之驾,非所以感动天地,逆厘三神。又言"屏玉女,却虙妃",以微戒齐肃之事。赋成奏之,天子异焉。其三月,将祭后土,上乃帅群臣横大河,凑汾阴。既祭,行游介山,回安邑,顾龙门,览盐池,登历观,陟西岳以望八荒,迹殷周之虚,眇然以思唐、虞之风。雄以为临川羡鱼,不如退而结网,还,上《河东赋》以劝,其辞曰……其十二月羽猎,雄从。以为昔在二帝三王,宫馆、台榭、沼池、苑囿、林麓、薮泽,财足以奉郊庙,御宾客,充庖厨而已,不夺百姓膏腴谷土桑柘之地。女有余布,男有余粟,国家殷富,上下交足,故甘露零其庭,醴泉流其唐,凤皇巢其树,黄龙游其沼,麒麟臻其囿,神爵栖其林。昔者禹任益虞而上下和,草木茂;成汤好田而天下用足;文王囿百里,民以为尚小,齐宣王囿四十里,民以为大:裕民之与夺民也。武帝广开上林,南至宜春、鼎胡、御宿、昆吾,旁南山而西,至长杨、五柞,北绕黄山,濒渭而东,周袤数百里。穿昆明池象滇河,营建章、凤阙、神明、馺娑,渐台、泰液象海水周流方丈、瀛洲、蓬莱。游观侈靡,穷妙极丽。虽颇割其三垂以赡齐民,然至羽猎、田车、戎马、器械、储偫、禁御所营,尚泰奢丽夸诩,非尧、舜、成汤、文王三驱之意也。又恐后世复修前好,不折中以泉台,故聊因《校猎赋》以风,其辞曰……明年,上将大夸胡人以多禽兽,秋,命右扶风发民入南山,西自褒斜,东至弘农,南驱汉中,张罗网置罘,捕熊罴、豪猪、虎豹、狖玃、狐菟、麋鹿,载以槛车,输长杨射熊馆。以网为周阹,纵禽兽其中,令胡人手搏之,自取其获,上亲临观焉。是时,农民不得收敛。雄从至射熊馆,还,上《长杨赋》,聊因笔墨之成文章,故藉翰林以为主人,子墨为客卿以风。其辞曰……哀帝时,丁、傅、董贤用事,诸附离之者或起家至二千石。时雄方草《太玄》,有以自守,泊如也。或嘲雄以玄尚白,而雄解之,号曰《解嘲》。其辞曰……雄以为赋者,将以风也,必推类而言,极丽靡之辞,闳侈钜衍,竞于使人不能加也,既乃归之于正,然览者已过矣。往时武帝好神仙,相如上《大人赋》,欲以风,帝反缥缥有陵云之志。繇是言之,赋劝而不止,明矣。又颇似俳优淳于髡、优孟之徒,非法度所存,贤人君子诗赋之正也,于是辍不复为。……《(太)玄》文多,故不著,观之者难知,学之者难成。客有难《玄》大深,众人之不好也,雄解之,号曰《解难》。其辞曰……雄见诸子各以其知舛驰,大氐诋訾圣人,即为怪迂,析辩诡辞,以挠世事,虽小辩,终破大道而或众,使溺于所闻而不自知其非也。及大史公记六国,历楚汉,讫麟止,不与圣人同,是非颇谬于经。故人时有问雄者,常用法应之,撰以为十三卷,象《论语》,号曰《法言》。《法言》文多不著,独著其目……赞曰:雄之自序云尔。初,雄年四十余,自蜀来至游京师,大司马车骑将军王音奇其文雅,召以为门下史,荐雄待诏,岁余,奏《羽猎赋》,除为郎,给事黄门,与王莽、刘歆并。哀帝之初,又与董贤同官。当成、哀、平间,莽、贤皆为三公,权倾人主,所荐莫不拔擢,而雄三世不徙官。及莽篡位,谈说之士用符命称功德获封爵者甚众,雄复不侯,以耆老久次转为大夫,恬于势利乃如是。

实好古而乐道,其意欲求文章成名于后世,以为经莫大于《易》,故作《太玄》;传莫大于《论语》,作《法言》;史篇莫善于《仓颉》,作《训纂》;箴莫善于《虞箴》,作《州箴》;赋莫深于《离骚》,反而广之;辞莫丽于相如,作四赋:皆斟酌其本,相与放依而驰骋云。用心于内,不求于外,于时人皆忽之;唯刘歆及范逡敬焉,而桓谭以为绝伦。(因献符命事)莽诛丰父子,投棻四裔,辞所连及,便收不请。时雄校书天禄阁上,治狱使者来,欲收雄,雄恐不能自免,乃从阁上自投下,几死。莽闻之曰:"雄素不与事,何故在此?"间请问其故,乃刘棻尝从雄作奇字,雄不知情。有诏勿问。然京师为之语曰:"惟寂寞,自投阁;爱清静,作符命。"雄以病免,复召为大夫。家素贫,嗜酒,人希至其门。时有好事者载酒肴从游学,而钜鹿侯芭常从雄居,受其《太玄》、《法言》焉。刘歆亦尝观之,谓雄曰:"空自苦!今学者有禄利,然尚不能明《易》,又如《玄》何?吾恐后人用覆酱瓿也。"雄笑而不应。年七十一,天凤五年卒。侯芭为起坟,丧之三年。时大司空王邑、纳言严尤闻雄死,谓桓谭曰:"子尝称扬雄书,岂能传于后世乎?"谭曰:"必传。顾君与谭不及见也。凡人贱近而贵远,亲见扬子云禄位容貌不能动人,故轻其书。昔老聃著虚无之言两篇,薄仁义,非礼学,然后世好之者尚以为过于《五经》,自汉文、景之君及司马迁皆有是言。今扬子之书文义至深,而论不诡于圣人,若使遭遇时君,更阅贤知,为所称善,则必度越诸子矣。"诸儒或讥以为雄非圣人而作经,犹春秋吴楚之君僭号称王,盖诛绝之罪也。自雄之没至今四十余年,其《法言》大行,而《玄》终不显,然篇籍具存。

《汉书·艺文志·诗赋略》:扬雄赋十二篇。

顾实《汉书艺文志讲疏》云:后注云"入扬雄八篇",盖《七略》据《雄传》,言作四赋,止收《甘泉赋》、《河东赋》、《校猎赋》、《长杨赋》四篇,班氏更益八篇,故十二篇也。其八篇,则本传《反离骚》、《广骚》《畔牢愁》三篇,《古文苑》《蜀都赋》《太玄赋》《逐贫赋》三篇,又有《核灵赋》(《文选》、《御览》)、《都酒赋》(即《酒箴》,亦作《酒赋》,详《上古三代文》)二篇,凡八篇。然若益以《解嘲》、《解难》、《赵充国颂》、《剧秦美新》诸篇,则溢出十二篇之数矣,岂此诸篇不在内耶?

张舜徽《汉书艺文志通释》云:其学博大深醇,实西汉一通儒也。《汉志》著录之书,有《训纂篇》及《仓颉训纂》各一篇,见《六艺略》小学家;又有《所序》三十八篇,见《诸子略》儒家。至于《太玄》、《法言》之属,以书多,皆别行于世,至于今全存。其所造赋,今唯存《蜀都赋》、《反离骚》、《甘泉赋》、《河东赋》、《校猎赋》、《长杨赋》、《酒赋》、《逐贫赋》、《太玄赋》、《解嘲》、《解难》、《赵充国颂》、《剧秦美新》等十三篇。《核灵赋》仅存佚文数句,《广骚》、《畔牢愁》,唯存篇目耳。

清姚振宗《汉书艺文志条理》云:刘歆《七略》曰:"扬雄赋四篇:《甘泉赋》,永始三年待诏臣雄上;《羽猎赋》,永始三年十二月上;《长杨赋》,绥和元年上。"按:又有《河东赋》,永始三年三月上者,《七略》佚文不备,故阙如也。

《隋书·经籍志》:汉太中大夫扬雄集五卷。

《旧唐书·经籍志》:《扬雄集》五卷。

《新唐书·艺文志》:《扬雄集》五卷。

《郡斋读书志》:《扬雄集》三卷。右汉扬雄,子云也。古无雄集。皇朝谭愈好雄文,患其散在诸篇籍,离而不属,因缀辑之,得四十余篇。

《直斋书录解题》:《扬子云集》五卷。汉黄门郎成都扬雄子云撰。大抵皆录《汉书》及《古文苑》所载。按宋玉而下五家,皆见唐以前艺文志,而《三朝志》俱不著录,《崇文总目》仅有《董集》一卷而已。盖古本多已不存,好事者于史传及类书中钞录,以备一家之作,充藏书之数而已。

《宋史·艺文志》:《扬雄集》六卷。

《四库全书总目提要·集部》别集类:《扬子云集》六卷。汉扬雄撰。案《汉书·艺文志》、《隋书·经籍志》、《唐书·艺文志》皆载雄集五卷。其本久佚。宋谭愈始取《汉书》及《古文苑》所载四十余篇,仍辑为五卷,已非旧本。明万历中,遂州郑朴又取所撰《太玄》、《法言》、《方言》三书及类书所引《蜀王本纪》、《琴清英》诸条,与诸文赋合编之,厘为六卷,而以逸篇之目附卷末,即此本也。雄所撰诸箴,《古文苑》及《中兴书目》皆二十四篇,惟晁公武《读书志》称二十八篇,多《司空》、《尚书》、《博士》、《太常》四篇。是集复益以《太官令》、《太史令》为三十篇。考《后汉书·班固传》注引雄《尚书箴》,《太平御览》引雄《太官令》、《太史令》二箴,则朴之所增,未为无据。然考《汉书·胡广传》,称雄作《十二州箴》,《二十五官箴》,其九箴亡。则汉世止二十八篇。刘勰《文心雕龙》称卿尹州牧二十五篇,则又亡其三,不应其后复出。且《古文苑》载《司空》等四箴,明注崔骃、崔瑗之名。叶大庆《考古质疑》又摘《初学记》所载《润州箴》中乃有"六代都兴"之语,则诸书或属误引,未可遽定为雄作也。是书之首又冠以雄《始末辨》一篇,乃焦竑《笔乘》之文,谓"《汉书》载雄仕莽作符命投阁,年七十一,天凤五年卒。考雄至京见成帝,年四十余,自成帝建始改元至天凤五年,计五十有二岁,以五十二合四十余,已近百年,则与年七十一者又相抵牾。又考雄至京,大司马王音奇其文,而音薨于永始初年,则雄来必在永始之前,谓雄为仕于莽年者妄也"云云。近人多祖其说,为雄讼枉。案《文选》任昉所作《王文宪公集序》"家牒"字下,李善注引刘歆《七略》曰:"子云家牒言,以甘露元年生。"《汉书·成帝纪》载行幸甘泉,行幸长杨宫,并在元延元年己酉,上距宣帝甘露元年戊辰,正四十二年,与四十余之数合。其后元延凡五年,绥和凡二年,哀帝建平凡四年,元寿凡二年,平帝元始凡五年,孺子婴凡三年,王莽始建国凡五年,积至天凤五年,正得七十一年,与七十一卒之数亦合。其仕莽十年,毫无疑义。竑不考祠甘泉、猎长杨之岁,而以成帝即位之建始元年起算,悖谬殊甚。惟王音卒岁,实与雄传不合,然"音"字为"根"字之误,宋祁固已言之。其文载今本《汉书》注中,竑岂未见耶?

扬雄集明代辑本有:

(1)《扬子云集》三卷,《汉魏诸名家集》本,明万历天启间新安汪氏刊本。

(2)《扬侍郎集》五卷,明张燮辑,《七十二家集》本。

(3)《扬侍郎集》一卷,明张溥辑,《汉魏六朝百三名家集》本。题辞云:《剧秦美新》,谀文也,后世劝进九锡,皆权舆焉。《元后诔》哀思文母,盛誉宰衡,犹然美新。岂有周人申后之思乎?予尝疑子云耆老清净,王莽之世,身向日景,何爱一官,自夺玄守。班史作传,亦未显訾其符命之作,传闻真伪,尚在龙蛇间。或者莽善班耀,颂功德者遍海内,莫不高三皇,巍五帝,子云美新犹颇酝藉鲜丑,孟坚读而不怪也。《法言》世贵,《太玄》复显,并辅六经而行。《河东》、《甘泉》、《长杨》、《羽猎》四赋绝伦,自比讽谏,相如不死。《逐贫赋》长于解嘲,释愁送穷,文士调脱,多原于此。《十二州(箴)》、《二十五官箴》,《虞书》、《鲁颂》之遗也。《酒箴》滑稽,陈遵见而拊掌,岂让淳于髡说酒哉!

(4)《扬子云集》六卷,明郑朴辑,明万历刻本。

近人辑本有:

《扬子云集》四卷,丁福保辑,《汉魏六朝名家集初刻》本。

今人校注本有:

《扬雄集校注》,张震泽著,上海古籍出版社1993年10月版。

《全上古三代秦汉三国六朝文》辑录扬雄文五十八篇。云:雄字子云,蜀郡成都人。阳朔中,大司马王音召为门下史,荐待诏,除给事黄门郎。历成、哀、平三世不徙官。王莽篡位,转大中大夫。天凤五年卒,年七十一。有《方言》十三卷、《训纂》一卷、《蜀王本纪》一卷、《法言》十三卷、《太玄经》九卷、《琴清英》一卷、集五卷。又严可均《重编扬子云集》叙云:《后汉胡广传》称:《十二州箴》、《二十五官箴》,其九篇亡阙。今除《初学记》之《润州箴》、《御览》之《河南尹箴》误入不录外,得整篇二十八,如后汉原数。又五篇有阙文四篇亡,知所谓亡阙者,有亡有阙,非九篇俱亡之谓。自古言儒术者,曰荀孟,曰荀扬,而桓谭、陆绩推扬为圣人,未免过当,要是荀子后第一人。宋儒以《剧秦美新》为诟病,大书莽大夫。春秋责备贤者,于世教有功,固非鲜浅。然而革除之际,实难言之。汉承秦,贾生过秦,千古名论。新承汉,子云不剧汉而剧秦,有微词焉,亦非苟作。后儒学问文章曾不及子云千一,其于仕莽,悲其遇焉可也。

《文章流别论》:扬雄依《虞箴》作《十二州(箴)》、《二十五官箴》,而传于世。

《文心雕龙·辨骚》:是以枚、贾追风以入丽,马、扬沿波而得奇,其衣被词人,非一代也。

又《诠赋》:汉初词人,顺流而作:陆贾扣其端,贾谊振其绪,枚、马同其风,王、扬骋其势。皋、朔已下,品物毕图。……观夫苟结隐语,事数自环;宋发巧谈,实始淫丽;枚乘《菟园》,举要以会新;相如《上林》,繁类以成艳;贾谊《鵩鸟》,致辨于情理;子渊《洞箫》,穷变于声貌;孟坚《两都》,明绚以雅赡;张衡《二京》,迅发以宏富;子云《甘泉》,构深玮之风;延寿《灵光》,含飞动之势:凡此十家,并辞赋之英杰也。……然逐末之俦,蔑弃其本,虽读千赋,愈惑体要;遂使繁华损枝,膏腴害骨,无贵风轨,莫益劝戒。此扬子所以追悔于雕虫,贻诮于雾縠者也。

又《颂赞》:若夫子云之表充国,孟坚之序戴侯,武仲之美显宗,史岑之述熹后,或拟《清庙》,或范《駉》、《那》,虽浅深不同,详略各异,其褒德显容,典章一也。

又《铭箴》:至扬雄稽古,始范《虞箴》,作卿尹州牧二十五篇。

又《诔碑》:扬雄之诔元后,文实烦秽,沙麓撮其要,而挚疑成篇,安有累德述尊,而阔略四句乎?

又《哀吊》:扬雄吊屈,思积功寡,意深文略,故辞韵沈膇。

又《杂文》:扬雄覃思文阔,业深综述,碎文琐语,肇为连珠,其辞虽小而明润矣。……扬雄《解嘲》,杂以谐谑,回环自释,颇亦为工。

又《诸子》:若夫陆贾《新语》,贾谊《新书》,扬雄《法言》,刘向《说苑》,王符《潜夫》,崔寔《政论》,仲长《昌言》,杜夷《幽求》,或叙经典,或明政术,虽标论为名,归乎诸子。何者?博明万事为子,适辨一理为论,彼皆蔓延杂说,故入诸子之流。

又《封禅》:及扬雄《剧秦》,班固《典引》,事非镌石,而体因纪禅。观《剧秦》为文,影写长卿,诡言遁辞,故兼包神怪。然骨掣靡密,辞贯圆通,自称极思,无遗力矣。

又《书记》:观史迁之报任安,东方朔之难公孙,杨恽之酬会宗,子云之答刘歆,志气盘桓,各含殊采,并杼轴乎尺素,抑扬乎寸心。

又《神思》:人之禀才,迟速异分;文之制体,大小殊功……扬雄辍翰而惊梦……虽有巨文,亦思之缓也。

又《体性》:吐纳英华,莫非情性……子云沉寂,故志隐而味深。

又《比兴》:至于扬、班之伦,曹、刘以下,图状山川,影写云物,莫不织综比义,以敷其华,惊听回视,资此效绩。

又《夸饰》:及扬雄《甘泉》,酌其余波,语瑰奇,则假珍于玉树,言峻极,则颠坠于鬼神。

又《事类》:及扬雄《百言箴》,颇酌于《诗》、《书》。

又《练字》:扬雄以奇字纂训,并贯练《雅》、《颂》。

又《练字》:故陈思称扬、马之作,趣幽旨深,读者非师传不能析其辞,非博学不能综其理,岂真才悬,抑亦字隐。

又《时序》:自元暨成,降意图籍,美玉屑之谭,清金马之路,子云锐思于千首,子政雠校于六艺,亦已美矣。

又《才略》:子云属意,辞人最深,观其涯度幽远,搜选诡丽,而竭才以钻思,故能理赡而辞坚矣。

又《程器》:略观文士之疵……扬雄嗜酒而少算……诸有此类,并文士之瑕累。

《颜氏家训·文章》:或问扬雄曰:"吾子少而好赋?"雄曰:"然。童子雕虫篆刻,壮士不为也。"余窃非之曰:虞舜歌《南风》之诗,周公作《鸱鸮》之咏,吉甫、史克《雅》、《颂》之美者,未闻皆在幼年累德也。孔子曰:"不学诗,无以言。""自卫返鲁,乐正,《雅》、《颂》各得其所。"大明孝道,引《诗》证之。扬雄安敢忽之也?若论"诗人之赋丽以则,辞人之赋丽以淫",但知变之而已,又未知雄自为壮夫何如也?著《剧秦美新》,妄投于阁。周章怖慑,不达天命,童子之为耳。桓谭以胜老子,葛洪以方仲尼,使人叹息。此人直以晓算术,解阴阳,故著《太玄经》,数子为所惑耳。其遗言余行,孙卿、屈原之不及，安敢望大圣之清尘？且《太玄》今竟何用乎？不啻覆酱而已。

刘　歆
（？—23）

《汉书》卷三十六《刘歆传》：（刘向三子）少子歆，最知名。歆字子骏，少以通《诗》、《书》能属文召，见成帝，待诏宦者署，为黄门郎。河平中，受诏与父向领校秘书，讲六艺传记，诸子、诗赋、数术、方技，无所不究。向死后，歆复为中垒校尉。哀帝初即位，大司马王莽举歆宗室有材行，为侍中太中大夫，迁骑都尉、奉车光禄大夫，贵幸。复领五经，卒父前业。歆乃集六艺群书，种别为《七略》，语在《艺文志》。歆及向始皆治《易》，宣帝时，诏向受《穀梁春秋》，十余年，大明习。及歆校秘书，见古文《春秋左氏传》，歆大好之。时丞相史尹咸以能治《左氏》，与歆共校经传。歆略从咸及丞相翟方进受，质问大义。初《左氏传》多古字古言，学者传训诂而已，及歆治《左氏》，引传文以解经，转相发明，由是章句义理备焉。歆亦湛靖有谋，父子俱好古，博见强志，过绝于人。歆以为左丘明好恶与圣人同，亲见夫子，而公羊、穀梁在七十子后，传闻之与亲见之，其详略不同。歆数以难向，向不能非间也，然犹自持其《穀梁》义。及歆亲近，欲建立《左氏春秋》及《毛诗》、《逸礼》、《古文尚书》皆列于学官。哀帝令歆与五经博士讲论其义，诸博士或不肯置对，歆因移书太常博士，责让之曰……其言甚切，诸儒皆怨恨。……歆由是忤执政大臣，为众儒所讪，惧诛，求出补吏，为河内太守。以宗室不宜典三河，徙守五原，后复转在涿郡，历三郡守。数年，以病免官，起家复为安定属国都尉。会哀帝崩，王莽持政，莽少与歆俱为黄门郎,重之,白太后。太后留歆为右曹太中大夫,迁中垒校尉、羲和、京兆尹,使治明堂辟雍,封红休侯。典儒林史卜之官,考定律历,著《三统历谱》。……及王莽篡位,歆为国师。

《隋书·经籍志》总序:至于孝成,秘藏之书,颇有亡散,乃使谒者陈农,求遗书于天下。命光禄大夫刘向校经传诸子诗赋,步兵校尉任宏校兵书,太史令尹咸校数术,太医监李柱国校方技。每一书就,向辄撰为一录,论其指归,辨其讹谬,叙而奏之。向卒后,哀帝使其子歆嗣父之业。乃徙温室中书于天禄阁上。歆遂总括群篇,撮其指要,著为《七略》:一曰《集略》,二曰《六艺略》,三曰《诸子略》,四曰《诗赋略》,五曰《兵书略》,六曰《术数略》,七曰《方技略》。大凡三万三千九十卷。

《隋书·经籍志》:汉太中大夫刘歆集五卷。

又《经籍志》:《尔雅》三卷,汉中散大夫樊光注。梁有汉刘歆、犍为文学、中黄门李巡《尔雅》各三卷,亡。

《旧唐书·经籍志》:《刘歆集》五卷。

《新唐书·艺文志》:《刘歆集》五卷。

刘歆集,明代以后的辑本有:

(1)《刘子骏集》一卷,明张溥辑,《汉魏六朝百三家集》本。题辞云:王莽篡汉,甄丰、刘歆、王舜为其腹心,丰、舜不足道,歆宗室宿儒,胡为仆仆符命同卖饼儿也。甄寻之变,刘棻兄弟三人皆死,歆始怨惧,后与王涉、董忠谋诛莽,彷徨太白,漏言妇人,遂自杀也。班史谓歆初心辅莽图富贵谋至加号安汉宰衡而止,事不出于居摄,即真以后,内畏不安,怀变有日,此固宽为之辞。然论歆罪,幽州羽山流殛犹小矣。子政三子,皆好学。长子伋以《易》教授,官至郡守;中子赐,九卿丞,早卒;而少子歆,最知名。令歆继父业,校秘书,领五经,死于哀帝之世,官以都尉终,其名岂不出两兄上。而冒荣国师,投迹乱逆,悲乎其寿也。《左传》未立,移书责让,子云为友,求索《方言》,至《洪范》传著天人,《七略》综百家,《三统历谱》考步日月五星,此非古钜儒邪?读其书益伤其人,则有掩卷尔。

(2)《刘子骏集》,《增定汉魏六朝别解》本。

《全上古三代秦汉三国六朝文》辑录刘歆文十五篇。云:刘歆字子骏,向子。后改名秀,字颖叔。……有《列女传颂》一卷,《七略》七卷,《三统历法》三卷,集五卷。

《北堂书钞》九十五:或问刘歆、刘向孰贤?傅子曰:向才学俗而志忠,歆才学通而行邪。《诗》之《雅》、《颂》,《书》之《典》、《谟》,文质足以相副,玩之若近,寻之益远,陈之若肆,研之若隐,浩浩乎其文章之渊府也。

《文心雕龙·檄移》:及刘歆之移太常,辞刚而义辩,文移之首也。

又《议对》:至如主父之驳挟弓,安国之辨匈奴,贾捐之陈于朱屋,刘歆之辨于祖宗,虽质文不同,得事要矣。

又《通变》:桓君山云:"予见新进丽文,美而无采;及见刘、扬言辞,常辄有得。"

又《章句》:若乃改歆从调,所以节文辞气;贾谊、枚乘,两韵则易;刘歆、桓谭,百句不迁,亦各有其志也。

又《事类》:及扬雄《百官箴》,颇酌于《诗》、《书》;刘歆《遂初赋》,历叙于纪传:渐渐综采矣。

又《才略》:二班两刘,弈叶继采,旧说以为固文优彪,歆学精向;然《王命》清辩,《新序》该练,璇璧产于昆冈,亦难得而逾本矣。

班婕妤

(名及生卒年皆不详)

《汉书》卷九十七下《外戚传》:孝成班婕妤,帝初即位选入后宫。始为少使,蛾而大幸,为婕妤,居增成舍,再就馆,有男,数月失之。成帝游于后庭,尝欲与婕妤同辇载,婕妤辞曰:"观古图画,贤圣之君皆有名臣在侧,三代末主乃有嬖女,今欲同辇,得无近似之乎?"上善其言而止。太后闻之,喜曰:"古有樊姬,今有班婕妤。"婕妤诵《诗》及《窈窕》、《德象》、《女师》之篇。每进见上疏,依则古礼。自鸿嘉后,上稍隆于内宠。……其后,赵飞燕姊弟亦从自微贱兴,逾越礼制,寖盛于前。班婕妤及许皇后皆失宠,稀复进见。鸿嘉三年,赵飞燕谮告许皇后、班婕妤挟媚道,祝诅后宫,詈及主上。许皇后坐废。考问班婕妤,婕妤对曰:"妾闻'死生有命,富贵在天'。修正尚未蒙福,为邪欲以何望?使鬼神有知,不受不臣之诉;如其无知,诉之何益?故不为也。"上善其对,怜悯之,赐黄金百斤。赵氏姊弟骄妒,婕妤恐久见危,求共养太后长信宫,上许焉。婕妤退处东宫,作赋自伤悼,其辞曰……至成帝崩,婕妤充奉园陵,因葬园中。

《隋书·经籍志》:汉成帝班婕妤集一卷。

《全上古三代秦汉三国六朝文》辑录班婕妤文三篇。云:婕妤,楼烦人,班固之祖姑。成帝初选入后宫,拜婕妤。鸿嘉中,求供养太后长信宫。

《先秦汉魏晋南北朝诗》辑录班婕妤诗《怨诗》(《怨歌行》)一首。

《文心雕龙·明诗》:至成帝品录,三百余篇,朝章国采,亦云周备;而辞人遗翰,莫见五言,所以李陵、班婕妤,见疑于后代也。

《诗品序》:自王、杨、枚、马之徒,词赋竞爽,而吟咏靡闻。从李都尉迄班婕妤,将百年间,有妇人焉,一人而已。

《诗品》卷上:其源出于李陵。《团扇》短章,词旨清捷,怨深文绮,得匹妇之致。侏儒一节,可以知其工矣!

《乐府古题要解》卷上:《婕妤怨》:右为汉成帝班婕妤作也。婕妤,徐令彪之姑,况之女,美而能文。初为帝所宠爱,后幸赵飞燕姊娣,冠于后宫。婕妤自知恩薄,惧得罪,求供养皇太后于长信宫,因为赋及《纨扇诗》以自伤。后人伤人,为《婕妤怨》及拟其诗。

班 彪
(3—54)

《后汉书》卷四十上《班彪列传》:班彪字叔皮,扶风安陵人也。……彪性沈重好古。年二十余,更始败,三辅大乱。时隗嚣拥众天水,彪乃避难从之。嚣问彪曰:"往者周亡,战国并争,天下分裂,数世然后定。意者从横之事复起于今乎?将承运迭兴,在于一人也?愿生试论之。"对曰:"周之废兴,与汉殊异。昔周爵五等,诸侯从政,本根既微,枝叶强大,故其末流有从横之事,势数然也。汉承秦制,改立郡县,主有专己之威,臣无百年之柄。至于成帝,假借外家,哀、平短祚,国嗣三绝,故王氏擅朝,因窃号位。危自上起,伤不及下,是以即真以后,天下莫不引领而叹。十余年间,中外搔扰,远近俱发,假号云合,咸称刘氏,不谋同辞。方今雄桀带州域者,皆无七国世业之资,而百姓讴吟,思仰汉德,已可知矣。"嚣曰:"生言周、汉之势可也;至于但见愚人习识刘氏姓号之故,而谓汉家复兴,疏矣。昔秦失其鹿,刘季逐而羁之,时人复知汉乎?"彪既疾嚣言,又伤时方艰,乃著《王命论》,以为汉德承尧,有灵命之符,王者兴祚,非诈力所致,欲以感之,而嚣终不寤,遂避地河西。河西大将军窦融以为从事,深敬待之,接以师友之道。彪乃为融画策事汉,总西河以拒隗嚣。及融征还京师,光武问曰:"所上章奏,谁与参之?"融对曰:"皆从事班彪所为。"帝雅闻彪才,因召入见,举司隶茂才,拜徐令,以病免。……彪既才高而好述作,遂专心史籍之间。武帝时,司马迁著《史记》,自太初以后,阙而不录,后好事者颇或缀集时事,然多鄙俗,不足以踵继其书。彪乃继采前史遗事,傍贯异闻,作后传数十篇,因斟酌前史而讥正得失。……彪复辟司徒玉况府。……后察司徒廉为望郡长,吏民爱之。建武三十年,年五十二,卒官。所著赋、论、书、记、奏事合九篇。二子:固、超。……论曰:班彪以通儒上才,倾侧危乱之间,行不逾方,言不失正,仕不急进,贞不违人,敷文华以纬国典,守贱薄而无闷容。彼将以世运未弘,非所谓贱焉耻乎? 何其守道恬淡之笃也!

《隋书·经籍志》:后汉徐令班彪集二卷,梁五卷。
《旧唐书·经籍志》:《班彪集》二卷。
《新唐书·艺文志》:《班彪集》三卷。
《全上古三代秦汉三国六朝文》辑录班彪文十四篇。
《叔皮集》一卷,汉班彪撰,民国张鹏一辑,《关陇丛书》本。
孙启治、陈建华编《古佚书辑本目录》(中华书局1997年版)注云:严可均、张鹏一皆据《后汉书》、《书钞》等采辑,各得文十余首,不尽同。严本《悼离骚》、《上言宜复置乌桓校尉》、《奏事》、《奏议答北匈奴》诸文为张本所无。又《冀州赋》(一作《游居赋》)中"过荡阴而吊晋鄙"云云一节、《上事》中"元狩六年"云云一节,亦出张氏所采;而张本《汉书》赞五首为严氏未采。又《北征赋》多二节,《游居赋》中"遵大路以北征兮"云云一节与《上事》中"窃见"云云一节,为严本所无。

《文心雕龙·哀吊》:班彪、蔡邕,并敏于致语,然影附贾氏,难为并驱耳。

又《论说》:及班彪《王命》,严尤《三将》,敷述昭情,善入史体。

又《才略》:二班两刘,弈叶继采,旧说以为固文优彪,歆学精向;然《王命》清辩,《新序》该练,璇璧产于昆冈,亦难得而逾本矣。

郑樵《通志总序》:且善学司马迁者莫如班彪,彪续迁书自孝武至于后汉,欲令后人之续己,如己之续迁,既无衍文,又无绝绪,世世相承,如出一手,善乎其继志也。其书不可得而见,所可见者,元、成二帝赞耳,皆于本纪之外,别记所闻,可谓深入太史公之阃奥矣。

朱　浮
（生卒年不详）

《后汉书》卷三十三《朱浮传》:朱浮字叔元,沛国萧人也。初从光武为大司马主簿,迁偏将军,从破邯郸。光武遣吴汉诛更始幽州牧苗曾,乃拜浮为大将军幽州牧,守蓟城,遂讨定北边。建武二年,封舞阳侯,食三县。浮年少有才能,颇欲厉风迹,收士心,辟召州中名宿涿郡王岑之属,以为从事,及王莽时故吏二千石,皆引置幕府,乃多发诸郡仓谷,禀赡其妻子。渔阳太守彭宠以为天下未定,师旅方起,不宜多置官属,以损军实,不从其令。浮性矜急自多,颇有不平,因以峻文诋之;宠亦很强,兼负其功,嫌怨转积。浮密奏宠遣吏迎妻而不迎其母,又受货贿,杀害友人,多聚兵谷,意计难量。宠既积怨,闻之,遂大怒,而举兵攻浮。浮以书质责之……

宠得书愈怒,攻浮转急。明年,涿郡太守张丰亦举兵反。……尚书令侯霸奏浮败乱幽州……罪当伏诛。帝不忍……徙封父城侯。后丰、宠并自败。……七年,转太仆。……二十年,代窦融为大司空。二十二年,坐卖弄国恩免。二十五年,徙封新息侯。帝以浮陵轹同列,每衔之,惜其功能,不忍加罪。永平中,有人单辞告浮事者,显宗大怒,赐浮死。

《全上古三代秦汉三国六朝文》辑录朱浮文七篇。其中《与彭宠书》选入《文选》,篇中云"凡举事无为亲厚者所痛,而为见雠者所快",为后世所传诵。

班　固
（32—92）

《后汉书》卷四十上《班彪列传》附《班固传》:固字孟坚。年九岁,能属文诵诗赋,及长,遂博贯载籍,九流百家之言,无不穷究。所学无常师,不为章句,举大义而已。性宽和容众,不以才能高人,诸儒以此慕之。……父彪卒,归乡里。固以彪所续前史未详,乃潜精研思,欲就其业。既而有人上书显宗,告固私改作国史者,有诏下郡,收固系京兆狱,尽取其家书。先是扶风人苏朗伪言图谶事,下狱死。固弟超恐固为郡所核考,不能自明,乃驰诣阙上书,得召见,具言固所著述意,而郡亦上其书。显宗甚奇之,召诣校书部,除兰台令史,与前睢阳令陈宗、长陵令尹敏、司隶从事孟异共成《世祖本纪》。迁为郎,典校秘书。固又撰功臣、平林、新市、公孙述事,作列传、载记二十八篇,奏之。帝乃复使终成前所著书。固以为汉绍尧运,以建帝业,至于六世,史臣乃追求功德,私作本纪,编于百王之末,厕于秦、项之列,太初以后,阙而不录,故探撰前记,缀集所闻,以为《汉书》。起元高祖,终于孝平王莽之诛,十有二世,二百三十年。综其行事,傍贯五经,上下洽通,为《春秋》考纪、表、志、传凡百篇。固自永平中始受诏,潜精积思二十余年,至建初中乃成。当世甚重其书,学者莫不讽诵焉。自为郎后,遂见亲近。时京师修起宫室,浚缮城隍,而关中耆老犹望朝廷西顾。固感前世相如、寿王、东方之徒,造构文辞,终以讽劝,乃上《两都赋》,盛称洛邑制度之美,以折西宾淫侈之论。其辞曰……及肃宗雅好文章,固愈得幸。数入读书禁中,或连日继夜;每行巡狩,辄献上赋颂;朝廷有大议,使难问公卿,辩论于前,赏赐恩宠甚渥。固自以二世才术,位不过郎,感东方朔、扬雄自论,以不遭苏、张、范、蔡之时,作《宾戏》以自通焉。后迁玄武司马,天子会诸儒讲论五经,作《白虎通德论》,令固撰集其事。……固又作《典引篇》,述叙汉德,以为相如《封禅》,靡而不典,扬雄《美新》,典而不实,盖自谓得其致焉。其辞曰……固后以母丧去官。永元初,大将军窦宪出征匈奴,以固为中护军,与参议。……及窦宪败,固先坐免官。固不教学诸子,诸子多不遵法度,吏人苦之。初,洛阳令种兢尝行,固奴干其车骑,吏椎呼之,奴醉骂,兢大怒,畏宪不敢发,心衔之。及窦氏宾客皆逮考,兢因此捕系固,遂死狱中。时年六十一。诏以谴责兢,抵主者吏罪。固所著《典引》、《宾戏》、《应讥》、诗、赋、铭、诔、颂、书、文、记、论、议、六言,在者凡四十一篇。论曰:司马迁、班固父子,其言史官载籍之作,大义灿然著矣。议者咸称二子有良史之才。迁文直而事核,固文赡而事详。若固之序事,不激诡,不抑抗,赡而不秽,详而有体,使读之者亹亹而不厌,信哉其能成名也。彪、固讥迁,以为是非颇谬于圣人。然其论议常排死节,否正直,而不叙杀身成仁之为美,则轻仁义,贱守节愈矣。固伤迁博物洽闻,不能以智免极刑;然亦身陷大戮,智及之而不能守之。呜呼,古人所以致论于目睫也!

《隋书·经籍志》:后汉大将军护军司马班固集十七卷。

又《隋志》一著录班固《太甲篇》、《在昔篇》、《白虎通》六卷(无作者。据《后汉书·班固传》此书当为班固编著)。《隋志》二著录《汉书》一百十五卷。穆按:《白虎通》,《汉书》及历代史志皆有著录。

《旧唐书·经籍志》:《班固集》十卷。

《新唐书·艺文志》:《班固集》十卷。

班固集明代以后的辑本有:

(1)《班兰台集》四卷,明张燮辑,《七十二家集》本。

(2)《班兰台集》一卷,明张溥辑,《汉魏六朝百三家集》本。题辞云:安陵班叔皮清净守道,有二令子,孟坚文章领著作,仲升武节威西域,天下之奇,在其一门,汉世无比。仲升功名拔傅介子张骞而上,孟坚晚节,竟蹶不起,亡时与蔡中郎同年。又以窦氏宾客,为洛阳种令所捕系,顿辱更甚。私心痛其才同厥考,而志耻薄宦,冒进失道,不若望都长优游以终也。叔皮专心史籍,欲撰汉史,孟坚踵就其业,为人诬讼,限身狱网。仲升驰阙分明,转祸为福,危哉!《汉书》之得成,更两世,关变故,如是其不易也。《两都》仿《上林》,《宾戏》拟《客难》,《典引》居《封禅》、《美新》之间,大体取像前型,制以心极。而师覆徒奔,反在燕然片石。"夫惟大雅,既明且哲",岂孟坚亦读而未之详乎?

(3)《班兰台集》,汉班固撰,明叶绍泰辑,《增定汉魏六朝别解》本。

(4)《班孟坚集》三卷,丁福保辑,《汉魏六朝名家集初刻》本。

(5)《兰台集》一卷,民国张鹏一校补,《关陇丛书》本。

《全上古三代秦汉三国六朝文》辑录班固文三十六篇。严可均曰：班固字孟坚，彪子……有《白虎通德论》六卷、《汉书》一百十五卷、集十七卷。

《先秦汉魏晋南北朝诗》辑录班固诗八首。

《典论·论文》：夫文人相轻，自古而然。傅毅之于班固，伯仲之间耳，而固小之，与弟超书曰："武仲以能属文，为兰台令史，下笔不能自休。"夫人善于自见，而文非一体，鲜能备善，是以各以所长，相轻所短。里语曰："家有弊帚，享之千金。"斯不自见之患也。

《文心雕龙·诠赋》：观夫荀结隐语，事数自环；宋发巧谈，实始淫丽。枚乘《菟园》，举要以会新；相如《上林》，繁类以成艳；贾谊《鵩鸟》，致辨于情理；子渊《洞箫》，穷变于声貌；孟坚《两都》，明绚以雅赡；张衡《二京》，迅发以宏富；子云《甘泉》，构深玮之风；延寿《灵光》，含飞动之势：凡此十家，并辞赋之英杰也。

又《颂赞》：若夫子云之表充国，孟坚之序戴侯，武仲之美显宗，史岑之述熹后，或拟《清庙》，或范《駉》、《那》，虽浅深不同，详略各异，其褒德显容，典章一也。至于班傅之《北征》、《西巡》，变为序引，岂褒过而谬体哉！

又《颂赞》：及迁史固书，托赞褒贬。

又《铭箴》：若班固《燕然》之勒，张昶《华阴》之碣，序亦盛矣。

又《杂文》：班固《宾戏》，含懿采之华……虽迭相祖述，然属辞之高者也。

又《封禅》：及扬雄《剧秦》，班固《典引》，事非镌石，而体因纪禅。……《典引》所叙，雅有懿乎，历鉴前作，能执厥中，其致义会文，斐然余巧。

又《体性》：……吐纳英华，莫非情性……孟坚雅懿，故裁密而思靡。

又《比兴》：至于扬、班之伦，曹、刘以下，图状山川，影写云物，莫不纤综比义，以敷其华，惊听回视，资此效绩。

又《事类》：至于崔、班、张、蔡，遂捃摭经史，华实布濩，因书立功，皆后人之范式也。……夫经典沈深，载籍浩瀚，实群言之奥区，而才思之神皋也。扬、班以下，莫不敢资，任力耕耨，纵意渔猎，操力能割，必列膏腴，是以将赡才力，务在博见，狐腋非一皮能温，鸡蹠必数千而饱矣。

又《时序》：自和、安已下，迄至顺、桓，则有班、傅、三崔、王、马、张、蔡，磊落鸿儒，才不时乏。

又《程器》：略观文士之疵……班固谄窦以作威。

《诗品序》：自王、扬、枚、马之徒，而吟咏靡闻。从李都尉迄班婕妤，将百年间，有妇人焉，一人而已。诗人之风，顿已缺丧。东京二百载中，唯有班固《咏史》，质木无文。

《诗品》卷下：孟坚才流，而老于掌故。观其《咏史》，有感叹之词。

傅　毅

（？—90？）

《后汉书》卷八十上《文苑列传·傅毅传》：傅毅字武仲，扶风茂陵人也。少博学。永平中，于平陵习章句，因作《迪志诗》曰……毅以显宗求贤不笃，士多隐处，故作《七激》以为讽。建初中，肃宗博召文学之士，以毅为兰台令史，拜郎中，与班固、贾逵共典校书。毅追美孝明皇帝功德最盛，而庙颂未立，乃依《清庙》作《显宗颂》十篇奏之，由是文雅显于朝廷。车骑将军马防，外戚尊重，请毅为军司马，待以师友之礼。及马氏败，免官归。永元元年，车骑将军窦宪，复请毅为主记室，崔骃为主簿。及宪迁大将军，复以毅为司马,班固为中护军。宪府文章之盛,冠于当世。毅早卒,著诗、赋、诔、颂、祝文、《七激》、连珠凡二十八篇。

《隋书·经籍志》:后汉车骑司马傅毅集二卷,梁五卷。
《旧唐书·经籍志》:《傅毅集》五卷。
《新唐书·艺文志》:《傅毅集》五卷。
刘毅集的辑本有:
(1)《傅兰台集》二卷,清傅以礼辑,《傅氏家书》本。
(2)《傅司马集》一卷,民国张鹏一辑,《关陇丛书》本。
《全上古三代秦汉三国六朝文》辑录傅毅文十三篇。
《先秦汉魏晋南北朝诗》辑录傅毅诗二首。

孙启治、陈建华编《古佚书辑本目录》,在张鹏一辑《傅司马集》后注云:张鹏一据《文选》注与《类聚》等采得赋、诔、颂、铭、诗等凡十五首。傅以礼亦采得十余首,其中《与荆文姜书》为张本所无,余不出张本之外。严可均所辑大略不出傅本之外。冯惟讷《诗纪》辑得《迪志诗》一首,丁福保(《全汉三国晋南北朝诗》)较冯本多古诗一首,均未出张本之外。

《文心雕龙·明诗》:又古诗佳丽,或称枚叔,其《孤竹》一篇,则傅毅之词,比采而推,两汉之作乎?

又《诔碑》:傅毅之诔北海,云"白日幽光,淮雨杳冥",始序致感,遂为后式。影而效者,弥取于工矣。

又《杂文》:及傅毅《七激》,会清要之工。

张 衡
(78—139)

《后汉书》卷五十九《张衡列传》:张衡字平子,南阳西鄂人也。

世为著姓。祖父堪,蜀郡太守。衡少善属文,游于三辅,因入京师,观太学,遂通五经,贯六艺。虽才高于世,而无骄尚之情。常从容淡静,不好交接俗人。永元中,举孝廉不行,连辟公府不就。时天下承平日久,自王侯以下,莫不逾侈。衡乃拟班固《两都》,作《二京赋》,因以讽谏。精思傅会,十年乃成。……大将军邓骘奇其才,累召不应。衡善机巧,尤致思于天文、阴阳、历算。常耽好《玄经》……安帝雅闻衡善术学,公车特征拜朗中,再迁为太史令。遂乃研核阴阳,妙尽璇机之正,作浑天仪,著《灵宪》、《算罔论》,言甚详明。顺帝初,再转,复为太史令。衡不慕当世,所居之官,辄积年不徙。自去史职,五载复还,乃设客问,作《应间》以见其志云……初,光武善谶,及显宗、肃宗因祖述焉。自中兴之后,儒者争学图纬,兼复附以妖言。衡以图纬虚妄,非圣人之传,乃上疏曰:"……宜收藏图谶,一禁绝之,则朱紫无所眩,典籍无瑕玷矣!"后迁侍中,帝引在帷幄,讽议左右。尝问衡天下所疾恶者。宦官惧其毁己,皆共目之,衡乃诡对而出。阉竖恐终为其患,遂共谗之。衡常思图身之事,以为吉凶倚伏,幽微难明,乃作《思玄赋》,以宣寄情志。其辞曰……永和初,出为河间相。时国王骄奢,不遵典宪;又多豪右,共为不轨。衡下车,治威严,整法度,阴知奸党名姓,一时收禽,上下肃然,称为政理。视事三年,上书乞骸骨,征拜尚书。年六十二,永和四年卒。著《周官训诂》,崔瑗以为不能有异于诸儒也。又欲继孔子《易》说《彖》、《象》残缺者,竟不能就。所著诗、赋、铭、七言、《灵宪》、《应间》、《七辩》、《巡诰》、《悬图》凡三十二篇。……论曰:崔瑗之称平子曰:"数术穷天地,制作侔造化。"斯致可得而言欤!……

《隋书·经籍志》:后汉河间相张衡集十一卷,梁十二卷。又一本十四卷。

《旧唐书·经籍志》:《张衡集》十卷。

《新唐书·艺文志》:《张衡集》十卷。

《宋史·艺文志》:《张衡集》六卷。

张衡集明代以后的辑本有:

(1)《张河间集》六卷,明张燮辑,《七十二家集》本。

(2)《张河间集》二卷,明张溥辑,《汉魏六朝百三家集》本。题辞云:东汉之有班、张,犹西汉两司马也。相如无史,子长无赋,孟坚兼而有之,岂后来者欲居上乎?抑其文不能齐也?平子官侍中,请专史职,条录三皇,更改僭纪,龙门之志也。上书不听,典章散略,谁之咎欤?浑仪灵宪,网络天地,振龙发机,悬验若神,子云复生,未容抗迹。《二京》之赋,覃思十年,《长杨》、《羽猎》,风犹可续。崔子玉作碑称河间制作,譬如造化,想慕若此,宁异平子耽好玄经,叹为汉四百岁书哉。政权下移,图谶繁兴,发愤陈论,务矫时枉,斯又昔者扬雄所无矣。《同声》丽而不淫,《四愁》远摹正则,蔡邕《翠鸟》,秦嘉《述昏》,但出其下,谓之好色,谓之思贤,其曰可矣。时有遇否,性命难求,与世泛泛,曷若归而讽河洛六艺八十一篇乎?始于《应间》,终于《思玄》,固平子之生平也。

(3)《张河间集》,《增订汉魏六朝别解》本。

《全上古三代秦汉三国六朝文》辑录张衡文三十八篇。

《先秦汉魏晋南北朝诗》辑录张衡诗九首。

孙启治、陈建华编《古佚书辑本目录》注云:……《百三名家集》本录存赋、诰、疏、策、表、书、议、铭、诔等文三十余首,又《怨篇》、《同声歌》、《四愁诗》各一首。严可均据传注、类书采摭,颇详备,较《百三名家集》本多《鸿赋》、《阳嘉二年京师地震对策》、《奏事》、《条上司马迁班固所叙不合事》及《玄图》,又《羽猎赋》等文亦较详;严氏又考《周天大象赋》为隋李播所撰,故不采。按严氏所辑《灵宪》、《浑天仪》,已另立目。冯惟讷辑本(《诗纪》)不出《百三名家集》本之外,其中《定情歌》与《思玄诗》即为《定情赋》、《思玄赋》,《百三名家集》本与严氏均入文。丁福保《全汉三国南北朝诗》所辑与《百三名家集》本诗略同,唯《怨篇》诸本皆缺序。丁氏据《御览》卷八百八十三补入。曾朴云:"案《玉烛宝典》五引《逍遥赋》,严未采。""又《御览》二十:'浩浩阳春发,杨柳何依依。百鸟自南归,翱翔萃我枝。'称张衡歌。"(《补后汉书艺文志并考》卷八)

当代刊本有:

《张衡诗文集校注》,张震泽校注,上海古籍出版社1986年版。校注者《前言》云:"此次不揣谫陋,整理衡集,即以严、逯二本为根据,文依严辑,诗依逯本,删补并合,完残俱收,凡得四十一篇,为今存张衡之全部著作。"

傅玄《拟张衡四愁诗序》:张平子作《四愁诗》,体小而俗,七言类也。

《文章流别论》:若《解嘲》之弘缓优大,《应宾》之渊懿温雅,《达旨》之壮厉慷慨,《应间》之绸缪契阔,郁郁彬彬,靡有不长焉。穆按:《解嘲》,扬雄作。《应宾》即《答宾戏》,班固作。《达旨》,崔骃作。《应间》,张衡作。

《文心雕龙·明诗》:至于张衡《怨篇》,清典可味。……若夫四言正体,则雅润为本……故平子得其雅……

又《诠赋》:……张衡《二京》,迅发以宏富……凡此十家,并辞赋之英杰也。

又《杂文》:张衡《应间》,密而兼雅……张衡《七辨》,结采绵靡。

又《论说》:至如张衡《讥世》,韵似俳说。

又《神思》:张衡研京以十年。

又《才略》:张衡通赡,蔡邕精雅,文史彬彬,隔世相望;是则竹柏异心而同贞,金玉殊质而皆宝也。

崔　瑗

(77? —142?)

《后汉书》卷五十二《崔骃列传》附《崔瑗传》:(崔骃中子瑗)瑗字子玉,早孤,锐志好学,尽能传其父业。年十八,至京师,从侍中贾逵质正大义,逵善待之。瑗因留游学,遂明天官、历数、《京房易传》、六日七分。诸儒宗之。与扶风马融、南阳张衡特相友好……汉安初,大司农胡广、少府窦章共荐瑗宿德大儒,从政有迹,不宜久在下位,由此迁济北相。时李固为太山太守,美瑗文雅,奉书礼致殷勤。岁余,光禄大夫杜乔为八使,徇行郡国,以臧罪奏瑗,征诣廷尉。瑗上书自讼,得理出。会病卒,年六十六。……瑗高于文辞,尤善为书、记、箴、铭,所著赋、碑、铭、箴、颂、《七苏》、《南阳文学官志》、《叹辞》、《移社文》、《悔祈》、《草书势》、七言,凡五十七篇。其《南阳文学官志》称于后世,诸能为文学者皆自以弗及。瑗爱士,好宾客,盛修肴膳,单极滋味,不问余产。居常蔬食菜羹而已。家无担石储,当世清之。……论曰:崔氏世有美才,兼以沈沦典籍,遂为儒家文林。骃、瑗虽先尽心于贵戚,而能终之以居正,则其归旨异夫进趣者乎!李固,高洁之士也,与瑗为邻郡,奉贽以结好。由此知杜乔之劾,殆其过矣。寔之《政论》,言当世理乱,虽晁错之徒不能过也。

《隋书·经籍志》:后汉济北相崔瑗集六卷,梁五卷。

《旧唐书·经籍志》:《崔瑗集》五卷。

《新唐书·艺文志》:《崔瑗集》五卷。

《全上古三代秦汉三国六朝文》辑录崔瑗文二十一篇。

崔瑗著作另有:

《隋书·经籍志》:崔瑗《飞龙篇》一卷,亡。

《旧唐书·经籍志》:《飞龙篇篆草势》合三卷,崔瑗撰。

《新唐书·艺文志》:崔瑗《飞龙篇篆草势》合三卷。

《文章流别论》:扬雄依《虞箴》作《十二州》、《十二官箴》而传于世,不具九官。崔氏累世弥缝其阙,胡公又以次其首目而为之解,署曰《百官箴》。

又云:后世以来器铭之嘉者,有王莽《鼎铭》、崔瑗《杌铭》、朱公叔《鼎铭》、王粲《砚铭》,咸以表显功德,天子铭嘉量,诸侯大夫铭太常,勒钟鼎之义。所言虽殊,而令德一也。

又云:哀辞者,诔之流也。崔瑗、苏顺、马融等为之。率以施于童殇夭折,不以寿终者。……哀辞之体,以哀痛为主,缘以叹息之辞。

《文心雕龙·颂赞》:又崔瑗《文学》,蔡邕《樊渠》,并致美于序,而简约乎篇。

又《诔碑》:傅毅所制,文体伦序;孝山、崔瑗,辨洁相参:观其序事如传,辞靡律调,固诔之才也。

又《哀吊》:暨汉武封禅,而霍子侯暴亡,帝伤而作诗,亦哀辞之类矣。及后汉汝阳王亡,崔瑗哀辞,始变前式。然"履突鬼门",怪而不辞,"驾龙乘云",仙而不哀;又卒章五言,颇以歌谣,亦仿佛乎汉武也。

又《杂文》:崔瑗《七厉》,植义纯正。

又《书记》:逮后汉书记,则崔瑗尤善。

张怀瓘《书断》:崔瑗字子玉……文章盖世,善章草,师于杜度,点画之间,莫不调畅,伯英祖述之,其骨力精熟过之也……晋平苻坚,得摹子玉书。王子敬云:张伯英极似之。其遗迹绝少,又妙小篆,今有《张平子碑》……子玉章草入神,小篆入妙。

马　融
（79—166）

《后汉书》卷六十上《马融传》:马融字季长,扶风茂陵人也。将作大匠严之子。为人美辞貌,有俊才。初,京兆挚恂以儒术教授,隐于南山,不应征聘,名重关西。融从其游学,博通经籍。恂奇融才,以女妻之。……四年,拜为校书郎中,诣东观典校秘书。是时邓太后临朝,骘兄弟辅政。而俗儒世士,以为文德可兴,武功宜废,遂寝蒐狩之礼,息战陈之法,故猾贼从横,乘此无备。融乃感激,以为文武之道,圣贤不坠,五才之用,无或可废。元初二年,上《广成颂》以讽谏。其辞曰……颂奏,忤邓氏,滞于东观,十年不得调。因兄子丧自劾归。太后闻之怒,谓融羞薄诏除,欲仕州郡,遂令禁锢。太后崩,安帝亲政,召还郎署,复在讲部。出为河间王厩长史。时车驾东巡岱宗,融上《东巡颂》,帝奇其文,召拜郎中。……融才高博洽,为世通儒,教养诸生,常有千数。涿郡卢植,北海郑玄,皆其徒也。善鼓琴,好吹笛,达生任性,不拘儒者之节。居宇器服,多存侈饰。常坐高堂,施绛纱帐,前授生徒,后列女乐,弟子以次相传,鲜有入其室者。尝欲训《左氏春秋》,及见贾逵、郑众注,乃曰:"贾君精而不博,郑君博而不精。既精且博,吾何加焉!"但著《三传异同说》。注《孝经》、《论语》、《诗》、《易》、《三礼》、《尚书》、《列女传》、《老子》、《淮南子》、《离骚》,所著赋、颂、碑、诔、书、记、表、奏、七言、琴歌、对策、遗令,凡二十一篇。初,融惩于邓氏，不敢复违忤势家，遂为梁冀草奏李固，又作大将军《西第颂》，以此颇为正直所羞。年八十八，延熹九年卒于家。

《隋书·经籍志》：后汉南郡太守马融集九卷。

《旧唐书·经籍志》：《马融集》五卷。

《新唐书·艺文志》：《马融集》五卷。

马融集辑本有：

《马季长集》一卷，明张溥辑，《汉魏六朝百三家集》本。题辞云：汉世通儒，并推季长，卢涿郡、郑北海咸出其门。家世贵戚，居养丰泽，即坐高堂，施绛帐，著书授生徒以老，亦足以传，何汲汲荣仕也？《广成》一颂，雕镂万物，名虽讽谏邓氏，意在炫才感众，宁知适逢彼怒乎？《东巡颂》质古简言，似季长韬光之作，安帝见而奇之，召拜郎中，文之遇不遇，岂人意所及哉！西羌反叛，马贤胡畴留兵不进，季长怀河上之忧，上书求效。又陈星孛参毕，戎狄将起，观其抚时奋发，诚耻儒冠同腐草木，乃心惩邓氏，恐怖梁冀，既颂将军西第，又诬奏李太尉于死，代人匠斫，点染名贤，斯文坠地，百身莫赎矣。季长注《孝经》云，忠犹有阙，述仲尼之说而作《忠经》，其文常人耳。及读本传，并未云季长作《忠经》，然则《忠经》果马氏之书欤？予不敢信也。范史讥融虑深垂堂，不及胥靡，予亦哀其儒者风流，自陨汉阳之节，重负南山挚季直矣。

《全上古三代秦汉三国六朝文》辑录马融文二十篇。

孙启治、陈建华编《古佚书辑本目录》注云：严可均据唐宋类书与《文选》注、《后汉书》等采得赋、策、书、序、颂、《遗令》与《自述》凡文二十首。曾朴云："案《玉烛宝典》三引《上林颂》，严未采。"(《补后汉书艺文志并考》卷八)姚振宗以为严氏尚漏采贾公彦引马氏《周官传序》，详《隋书经籍志考证》卷三十九。《百三家集》本仅有文十二首，不出严本之外，唯其末《忠经》篇出后人依托,严氏未采。按《文馆词林》卷三百四十六载融《东巡颂》全文,严本为残文。

马融著作尚有:

《隋书·经籍志》:梁又有汉南郡太守马融注《周易》一卷,亡。

《旧唐书·经籍志》:《周易》十卷,马融章句。

《新唐书·艺文志》:(易类)《马融章句》十卷。

后世辑本有:

(1)《马融周易传》一卷,清孙堂辑,《汉魏二十一家易注》本。

(2)《周易马氏》,汉马融撰,清张惠言辑,《皇清经解·易义别录》。

(3)《马融易传》一卷,清黄奭辑,《汉学堂丛书》本。

(4)《周易马氏传》三卷,汉马融撰,清马国翰辑,《玉函山房辑佚书·经编易类》。

(5)《周易马融传》,清胡薇元辑,《玉津阁丛书》本。

《文心雕龙·颂赞》:马融之《广成》、《上林》,雅而似赋,何弄文而失质乎!

又《时序》:自安和以下,迄至顺桓,则有班、傅、三崔、王、马穆按:马,指马融、张、蔡,磊落鸿儒,才不时乏。

又《才略》:马融鸿儒,思洽识高,吐纳经范,华实相扶。

又《序志》:敷赞圣旨,莫若注经;而马、郑诸儒,弘之已精,就有深解,未足立家。

史 岑

(生卒年不详)

《后汉书》卷八十上《文苑传》:初,王莽末,沛国史岑子孝亦以文章显,莽以为谒者,著颂、诔、《复神》、《说疾》凡四篇。(注:岑一字孝山,著《出师颂》。)

《文选·出师颂》(卷四十七)"史孝山"下李善注云:范晔《后汉书》曰:"王莽末,沛国史岑,字孝山,以文章显。"《文章志》及《集林》、《今书七志》并同,皆载岑《出师颂》,而《流别集》及《集林》又载岑《和熹邓后颂并序》。计莽之末,以讫和熹,百有余年。又《东观汉记》,东平王苍上《光武中兴颂》,明帝问校书郎此与谁等,对云前世史岑之比。斯则莽末之史岑,明帝之时已云前世,不得为和熹之颂矣。然盖有二史岑,字子孝者仕王莽之末,字孝山者当和熹之际,但书典散亡,未详孝山爵里,诸家遂以孝山之文,载于子孝之集,非也。

清代梁章钜《文选旁证》卷三十九史孝山《出师颂》注云:陈曰:"注中孝山,当作子孝。"按《后汉书·王隆传》云:"初,王莽末,沛国史岑,字子孝,亦以文章显。莽以为谒者,著颂、诔、《复神》、《说疾》,凡四篇。"章怀注云:"岑,一字孝山,著《出师颂》。"然传明有字可考。又明列所著四篇,并无《出师颂》,则明为莽末之史子孝,而非和熹时之史孝山。此章怀注之误,不如李注得之。翰注亦云:"《文章志》及《今书七志》并云:史岑字子孝。《出师颂》,史籍无传。"惠氏栋云:"孝山为和帝时人。《出师颂》为邓氏所作,则非子孝矣。"

《全上古三代秦汉三国六朝文》辑录史岑文一篇。

《文心雕龙·颂赞》:若夫子云之表充国,孟坚之序戴侯,武仲之美显宗,史岑之述熹后,或拟《清庙》,或范《駉》、《那》,虽浅深不同,详略各异,其保德显容,典章一也。

王延寿

（生卒年不详）

《后汉书》卷八十上《文苑传》：王逸字叔师，南郡宜城人也。元初中，举上计吏，为校书郎。顺帝时，为侍中。著《楚辞章句》行于世。其赋、诔、书、论及杂文凡二十一篇。又作《汉诗》百二十三篇。子延寿，字文考，有俊才。少游鲁国，作《灵光殿赋》。后蔡邕亦造此赋，未成，及见延寿所为，甚奇之，遂辍翰而已。曾有异梦，意恶之，乃作《梦赋》以自厉。后溺水死，时年二十余。（注：张华《博物志》曰："王子山与父叔师到泰山从鲍子真学筭，到鲁赋灵光殿，归度湘水溺死。"文考一字子山也。又王先谦《集解》曰：惠栋曰：《水经注》云：子山年二十而得恶梦，二十一溺死于湘浦。一作二十四。）

《隋书·经籍志》：王延寿集三卷，亡。

《全上古三代秦汉三国六朝文》辑录王延寿文四篇。

《文心雕龙·诠赋》：延寿《灵光》，含飞动之势。凡此十家，并辞赋之英杰也。

又《才略》：王逸博识有功，而绚采无力；延寿继志，瑰颖独标，其善图物写貌，岂枚乘之遗术欤？

蔡 邕

（132—192）

《后汉书》卷六十下《蔡邕列传》：蔡邕字伯喈，陈留圉人也。……邕性笃孝……少博学,师事太傅胡广。好辞章、数术、天文,妙操音律。……善鼓琴……闲居玩古,不交当世。感东方朔《客难》及扬雄、班固、崔骃之徒设疑以自通,乃斟酌群言,韪其是而矫其非,作《释诲》以戒厉云尔。……建宁三年……召拜郎中,校书东观。迁议郎。邕以经籍去圣久远,文字多谬,俗儒穿凿,疑误后学。熹平四年,乃与五官中郎将堂谿典,光禄大夫杨赐,谏议大夫马日䃅,议郎张驯、韩说,太史令单飏等,奏求正定六经文字。灵帝许之,邕乃自书丹于碑,使工镌刻立于太学门外。于是后儒晚学,咸取正焉。及碑始立,其观视及摹写者,车乘日千余两,填塞街陌。……初,帝好学,自造《皇羲篇》五十章,因引诸生能为文赋者。本颇以经学相招,后诸为尺牍及工书鸟篆者,皆加引召,遂至数十人。侍中祭酒乐松、贾护,多引无行趣势之徒,并待制鸿都门下,喜陈方俗闾里小事,帝甚悦之,待以不次之位。……光和元年,遂置鸿都门学,画孔子及七十二弟子像。……邕前在东观,与卢植、韩说等撰补《后汉记》,会遭事流离,不及得成,因上书自陈,奏其所著十意(注:犹《前书》十志也),分别首目,连置章左。……中平六年,灵帝崩,董卓为司空,闻邕名高,辟之,称疾不就。卓大怒……邕不得已,到,署祭酒,甚见敬重。举高第,补侍御史,又转持书御史,迁尚书。三日之间,周历三台。迁巴郡太守,复留为侍中。初平元年,拜左中郎将……封高阳乡侯。……卓重邕才学,厚相遇待,每集宴,辄令邕鼓琴赞事,邕亦每存匡益。……及卓被诛,邕在司徒王允坐,殊不意言之而叹……(允)即收付廷尉治罪……邕遂死狱中。……时年六十一。……其撰集汉事,未见录以继后史。适作《灵纪》及十意,又补诸列传四十二篇,因李傕之乱,湮没多不存。所著诗、赋、碑、诔、铭、赞、连珠、箴、吊、论议、《独断》、《劝学》、《释诲》、《叙乐》、《女训》、《篆势》、祝文、章表、书记,凡百四篇,传于世。

《隋书·经籍志》:后汉左中郎将蔡邕集十二卷,梁有二十卷,录一卷。

《旧唐书·经籍志》:《蔡邕集》二十卷。

《新唐书·艺文志》:《蔡邕集》二十卷。

《崇文总目》:《蔡邕文集》五卷。

《郡斋读书志》:《蔡邕集》十卷。云:所著文章百四篇,今录止存九十篇,而铭墓居其半,或曰碑铭,或曰神诰,或曰哀赞,其实一也。尝自云为《郭有道碑》,独无愧辞,则其他可知已。凡文集,其人正史自有传者,止掇论其文学之辞,及略载乡里、所终爵位,或死非其理,亦附见,余历官与其善恶,率不录。若史逸其行事者,则杂取他书详载焉,庶后有考。

《直斋书录解题》:《蔡中郎集》十卷。云:《唐志》二十卷,今本阙亡之外,才六十四篇。其间有称建安年号,及为魏宗庙颂述者,非邕文也。卷末有天圣癸亥欧阳静所书辩证甚详,以为好事者杂编他人之文相混,非本书。

《宋书·艺文志》:《蔡邕集》十卷。

《四库全书总目提要·集部·别集类》:《蔡中郎集》六卷。汉蔡邕撰。《隋志》载后汉左中郎将蔡邕集十二卷,注曰"梁有二十卷,录一卷",则其集至隋已非完本。《旧唐志》乃仍二十卷,当由官书佚脱,而民间传本未亡,故复出也。《宋志》著录仅十卷,则又经散亡,非其旧本矣。此本为雍正中陈留所刊,文与诗共得九十四首。证以张溥《百三家集》刻本,多寡增损,互有出入。卷首欧静序论姜伯淮刘镇南碑断非邕作,以年月考之,其说良是。张本删去刘碑,不为无见,然以伯淮为邕前辈,宜有邕文,遂改建安二年为熹平二年,则近于武断矣。张本又载《荐董卓表》,而陈留本无之。

其事范书不载,或疑为后人赝作。然刘克庄《后村诗话》已排诋此表,与扬雄《剧秦美新》同称,则宋本实有此文。尚有谢承、薛莹、张璠、华峤、谢沈、袁崧、司马彪诸家,今皆散佚。亦难以史所未载,断其事之必无。或新本刊于陈留,以桑梓之情,欲为隐讳,故削之以灭其迹欤?

蔡邕集版本较多,兹其常见者如下:

(1)《蔡中郎文集》十卷,《四部丛刊》本。

(2)《蔡中郎集》六卷,《四库全书》本。

(3)《蔡中郎集》八卷,明汪士贤辑,《汉魏诸名家集》本。

(4)《蔡中郎集》十二卷,明张燮辑,《七十二家集》本。

(5)《蔡中郎集》二卷,明张溥辑,《汉魏六朝百三家集》本。题辞云:董卓狼戾贼臣,折节名士,陈留蔡中郎时已六十许人,令称疾坚卧,偃蹇遇害,不犹愈昔日死洛阳狱乎?勉强受官,侍中封侯,噫叹之下,身名并殒,虽王司徒轻戮善人,识者知其不长,然周历三台,鼓琴赞事,杜钦谷永之消,终不能为中郎解也。余揣其徒朔方,遁江海,因形毁貌,不睹天日,几十五年,骤登大官,隆遇待,非不欲奋其拳拳之忠,补益国家,当日公卿满朝,栖迟危乱,金章赤带,岂独中郎?但识不鉴于比匪,谋不出讨贼,噤口牢狱,爱莫能助。伯喈旷世逸才,余独惜其读《春秋》未尽善耳!汉史未成,愿就黥刖,子长腐刑之志也。设竟其志,即不如子长,岂出孟坚下哉!若家门清白,三世同居,却五侯之招,陈六事之本,忧心虹霓,抵触禁近,抱子政之悃愊,蹈京房之祸患,又班生所望景先逝矣。

(6)《蔡中郎集》,汉蔡邕撰,《增定汉魏六朝别解》本。

(7)《蔡中郎集》十卷,外纪一卷,集四卷,汉蔡邕撰,清高均儒校辑,《海源阁丛书》本。清罗以智录,卢文弨、顾广圻、劳格校,《四部备要》本。

(8)《蔡中郎集》十二卷,《汉魏六朝名家集初刻》本。

《全上古三代秦汉三国六朝文》辑录蔡邕文一百三十二篇。

《先秦汉魏晋南北朝诗》辑录蔡邕诗七首。

孙启治、陈建华编《古佚书辑本目录》注云:按此书明代通行十卷本、六卷本及《百三家集》本等,互有详略。高均儒汇采众本,以十卷本为底本而校勘异同,又采十卷本所无之文编为《外集》四卷,颇完善。罗以智亦以十卷本为底本,广收各名家校本,并取《汉书》以下诸书与蔡邕文相关者,博证旁通,悉心校勘。《外集》系遗文,采自百三家集本,均注所出,校勘亦精。

蔡邕集的校注本有:

《蔡邕集编年校注》,邓安生校注,河北教育出版社2002年版。

此外,《隋书·经籍志》著录蔡邕《月令章句》十二卷。《旧唐书·经籍志》、《新唐书·艺文志》作戴颙撰,误。《宋史·艺文志》著录蔡邕《月令章句》一卷。

《文心雕龙·颂赞》:又崔瑗《文学》,蔡邕《樊渠》,并致美于序,而简约乎篇。

又《铭箴》:蔡邕铭思,独冠古今。

又《诔碑》:自后汉以来,碑碣云起,才锋所断,莫高蔡邕。观《杨赐》之碑,骨鲠训典,《陈》、《郭》二文,词无择言,《周》、《胡》众碑,莫非精允。其叙事也该而要,其缀采也雅而泽;清词转而不穷,巧义出而卓立;察其为才,自然而至矣。

又《哀吊》:班彪、蔡邕,并敏于致诘,然影附贾氏,难为并驱耳。

又《杂文》:蔡邕《释诲》,体奥而文炳。

又《奏启》:蔡邕诠列于朝仪,博雅明焉。

又《丽辞》:自扬、马、张、蔡,崇盛丽辞,如宋画吴冶,刻形镂法,丽句与深采并流,偶意共逸韵俱发。

又《事类》:至于崔、班、张、蔡,遂捃摭经史,华实布濩,因书立功,皆后人之范式也。

又《时序》:迄至顺、桓,则有班、傅、三崔,王、马、张、蔡、磊落鸿儒,才不时乏。

又《才略》:张衡通赡,蔡邕精雅,文史彬彬,隔世相望。是则竹柏异心而同贞,金玉殊质而皆宝也。

曹大家

(49？—120？)

曹大家即班昭。《后汉书》卷八十四《列女传·曹世叔妻传》:扶风曹世叔妻者,同郡班彪之女也,名昭,字惠班,一名姬。博学高才。世叔早卒,有节行法度。兄固著《汉书》,其八表及《天文志》未及竟而卒,和帝诏昭就东观臧书阁踵而成之。帝数召入宫,令皇后诸贵人师事焉,号曰大家。每有贡献异物,辄诏大家作赋颂。及邓太后临朝,与闻政事。以出入之勤,特封子成关内侯,官至齐相。时《汉书》始出,多未能通者,同郡马融伏于阁下,从昭受读,后又诏融兄续继昭成之。……作《女诫》七篇,有助内训。其辞曰……马融善之,令妻女习焉。昭年七十余卒,皇太后素服举哀,使者监护丧事。所著赋、颂、铭、诔、问、注、哀辞、书、论、上疏、遗令,凡十六篇。子妇丁氏为撰集之,又作《大家赞》焉。

《隋书·经籍志》:梁有班昭集三卷,亡。

《旧唐书·经籍志》:《曹大家集》二卷。

《新唐书·艺文志》:《曹大家集》二卷。

班昭集辑本有:

《曹大家集》一卷,汉班昭撰,张鹏一辑,《关陇丛书》本。

《全上古三代秦汉三国六朝文》辑录班昭文八篇。

孙启治、陈建华编《古佚书辑本目录》曰:严可均据《文选注》、《后汉书》与唐宋类书采得赋、疏、颂、《女诫》凡文八首。张鹏一所辑较严本多《幽通赋注》、《列女传注》,末附班婕妤《自悼赋》、《捣素赋》与《怨歌行》。按班昭注《列女传》见《隋志》史部杂传类,注班固《幽通赋》见两《唐志》集部。

孔　融
（153—208）

《后汉书》卷七十《孔融传》:孔融字文举,鲁国人,孔子二十世孙也。……融幼有异才。年十岁,随父诣京师。时河南尹李膺以简重自居,不妄接士宾客,敕外自非当世名人及与通家,皆不得白。融欲观其人,故造膺门。语门者曰:"我是李君通家子弟。"门者言之。膺请融,问曰:"高明祖父尝与仆有恩旧乎?"融曰:"然。先君孔子与君先人李老君同德比义,而相师友,则融与君累世通家。"众坐莫不叹息。太中大夫陈炜后至,坐中以告炜。炜曰:"夫人小而聪了,大未必奇。"融应声曰:"观君所言,将不早惠乎?"膺大笑曰:"高明必为伟器。"年十三,丧父,哀悴过毁,扶而后起,州里归其孝。性好学,博涉多该览。……后辟司空掾,拜中军候……迁虎贲中郎将……为北海相。……融负其高气,志在靖难,而才疏意广,迄无成功。……及献帝都许,征融为将作大匠,迁少府。……复拜太中大夫。性宽容少忌,好士,喜诱益后进。及退闲职,宾客日盈其门。常叹曰:"坐上客恒满,尊中酒不空,吾无忧矣。"与蔡邕素善,邕卒后,有虎贲士貌类于邕,融每酒酣,引与同坐,曰:"虽无老成人,且有典型。"融闻人之善,若出诸己,言有可采,必演而成之,面告其短,而退称所长。荐达贤士,多所奖进,知而未言,以为己过,故海内英俊皆信服之。曹操既积嫌忌,而郗虑复构成其罪,遂令丞相军谋祭酒路粹枉状奏融……书奏,下狱弃市。时年五十六。妻子皆被诛。……魏文帝深好融文辞,每叹曰:"扬、班俦也。"募天下有上融文章者,辄赏以金帛。所著诗、颂、碑文、论议、六言、策文、表、檄、教令、书记,凡二十五篇。

《隋书·经籍志》:后汉少府孔融集九卷,梁十卷,录一卷。

《旧唐书·经籍志》:《孔融集》十卷。

《新唐书·艺文志》:《孔融集》十卷。

《四库全书总目提要·集部·别集类》:《孔北海集》一卷。汉孔融撰。案魏文帝《典论·论文》称,"孔氏卓卓,信含异气,笔墨之性,殆不可胜"。《后汉书》融本传亦曰……《隋书·经籍志》载……则较本传所记已多增益。新、旧《唐书》皆作十卷,盖犹梁时之旧本。《宋史》始不著录,则其集当佚于宋时。此本乃明人所掇拾,凡表一篇、疏一篇、上书三篇、奏事二篇、议一篇、对一篇、教一篇、书十六篇、碑铭一篇、论四篇、诗六篇,共三十七篇。其《圣人优劣论》,盖一文而偶存两条,编次者遂析为两篇,实三十六篇也。张溥《百三家集》亦载是集,而较此本少《再告高密令教》《告高密县僚属》二篇。大抵捃拾史传、类书,多断简残章,首尾不具。不但非隋唐之旧,即苏轼《孔北海赞序》称读其所作《杨氏四公赞》,今本亦无之。则宋人所及见者,今已不具矣。然人既国器,文亦鸿宝。虽阙佚之余,弥可珍也。其六言诗之名见于本传。今所传三章,词多凡近。又皆盛称曹操功德。断以融之生平,可信其义不出此。即使旧本有之,亦必黄初间购求遗文,赝托融作以颂曹操,未可定为真本也。流传即久,姑仍旧本录之,而附纠其伪于此。集中诗文,多有笺释本事者,不知何人所作。奏疏之类,皆附缀篇末。

书教之类,则夹注篇题之下。体例自相违异。今悉夹注篇题之下,俾画一焉。

孔融集明代以后辑本常见的有:

(1)《孔少府集》二卷,明张燮辑,《七十二家集》本。

(2)《孔少府集》一卷,明张溥辑,《汉魏六朝百三家集》本。题辞云:鲁国男子孔文举,年大曹操二岁,家世声华,曹氏不敌,其诗文益非操所敢望也。操杀文举,在建安十三年,时僭形已彰,文举既不能诛之,又不敢远之,并立衰朝,戏谑笑傲,激其忌怒,无啻肉喂馁虎,此南阳管乐所深悲也。曹丕论文,首推北海,金帛募录,比于班、扬。脂元升往哭文举,官以中散。丕好贤知文,十倍于操。然令文举不死,亲见汉帝禅受,当涂盗鼎,亦必举族沉焚。所恨者,其死先操,狐鼠偃行,攘袂之日,天下遂无孔父仇牧耳。文举天性乐善,甄临配食,虎贲同坐,死不相负,何况生存?盛宪困于孙权,葆首急难,祢衡谢该沦落下士,抗章推举。今日读其书表,如鲍子复生,禽息不没,彼之大度,岂止六国四公子乎?而道穷命尽,不能庇九岁之男,七岁之女,天道无亲,其言不信,犹觉锢余烈哉!陈留路粹,中郎弟子也。呈身汉贼,奏杀贤者,与马融役于梁冀等耳。东汉词章拘密,独少府诗文,豪气直上,孟子所谓浩然,非邪?琴堂衣冠,客满酒盈,予尚能想见之。

(3)《孔少府集》,明叶绍泰辑,《增定汉魏六朝别解》本。

(4)《孔文举集》一卷,丁福保辑,《汉魏六朝名家集初刻》本。

《全上古三代秦汉三国六朝文》辑录孔融文四十篇。

《先秦汉魏晋南北朝诗》辑录孔融诗六首。

今人孙至诚有《孔北海集评注》,商务印书馆1935年版。此书分上、下两部分,上为叙论、孔北海年谱,下辑文三十九篇。

又俞绍初《建安七子集》,中华书局1989年版,内有《孔融集》

一卷。辑录诗七首,文四十四篇。

祢　衡
(173—198)

　　《后汉书》卷八十下《文苑列传·祢衡传》:祢衡字正平,平原般人也。少有才辩,而尚气刚傲,好矫时慢物。……唯善鲁国孔融及弘农杨修。常称曰:"大儿孔文举,小儿杨德祖。余子碌碌,莫足数也。"融亦深爱其才。衡始弱冠,而融年四十,遂与为交友。上疏荐之……融既爱衡才,数称述于曹操。操欲见之,而衡素相轻疾,自称狂病,不肯往,而数有恣言。操怀忿,而以其才名,不欲杀之。……送与刘表……刘表及荆州士大夫,先服其才名,甚宾礼之,文章言议,非衡不定。表尝与诸文人共草章奏,并极其才思。时衡出,还见之,开省未周,因毁以抵地。表忼然为骇。衡乃从求笔札,须臾立成,辞义可观。表大悦,益重之。后复侮慢表,表耻不能容,以江夏太守黄祖性急,故送衡与之,祖亦善待焉。衡为作书记,轻重疏密,各得体宜。……祖长子射,为章陵太守,尤善于衡。尝与衡俱游,共读蔡邕所作碑文,射爱其辞,还恨不缮写。衡曰:"吾虽一览,犹能识之,唯其中石缺二字,为不明耳。"因书出之,射驰使写碑还校,如衡所书,莫不叹伏。射时大会宾客,人有献鹦鹉者,射举卮于衡曰:"愿先生赋之,以娱嘉宾。"衡揽笔而作,文无加点,辞采甚丽。后黄祖在蒙冲船上,大会宾客,而衡言不逊顺,祖惭,乃呵之。衡更熟视曰:"死公!云等道?"祖大怒,令五百将出,欲加箠。衡方大骂,祖恚,遂令杀之。祖主簿素疾衡,即时杀焉。射徒跣来救,不及。祖亦悔之,乃厚加棺敛。衡时年二十六,其文章多亡云。

穆按:《文选》卷三十七有孔融《荐祢衡表》,兹节录孔融评论祢衡的一段话如下:"窃见处士平原祢衡,年二十四,字正平,淑质贞亮,英才卓砾。初涉艺文,升堂睹奥,目所一见,辄诵于口,耳所暂闻,不忘于心,性与道合,思若有神。弘羊潜计,安世默识,以衡准之,诚不足怪。忠果正直,志怀霜雪,见善若惊,疾恶若仇。任座抗行,史鱼厉节,殆无以过也。鸷鸟累百,不如一鹗。使衡立朝,必有可观。飞辩骋辞,溢气坌涌,解疑释结,临敌有余。"孔融笔下之祢衡,对了解祢衡之为人,很有参考价值。

《隋书·经籍志》:梁有后汉处士祢衡集二卷,录一卷,亡。
《旧唐书·经籍志》:《祢衡集》二卷。
《新唐书·艺文志》:《祢衡集》二卷。
其集宋代以后散佚。
《全上古三代秦汉三国六朝文》辑录祢衡文五篇。

《文心雕龙·哀吊》:祢衡之吊平子,缛丽而轻清。
又《书记》:祢衡代书,亲疏得直,斯又尺牍之偏才也。
又《神思》:祢衡当食而草奏,虽有短篇,亦思之速也。
又《才略》:孔融气盛于为笔,祢衡思锐于为文,有偏美焉。
又《程器》:文举傲诞以速诛,正平狂憨以致戮……诸有此类,并文士之瑕累。

潘 勖
(160? —215)

《三国志》卷一《魏书·武帝纪》:(十八年)五月丙申,天子使御史大夫郗虑持节策命公为魏公。裴松之注云:后汉尚书左丞潘勖之辞也。勖字元茂,陈留中牟人。

《三国志》卷二十一《魏书·卫觊传》:建安末,尚书右丞河南潘勖,黄初时,散骑常侍河内王象,亦与觊并以文章显。注:《文章志》曰:勖字元茂,初名芝,改名勖,后避讳。或曰勖献帝时为尚书郎,迁右丞。诏以勖前在二千石曹,才敏兼通,明习旧事,敕并领本职,数加特赐。二十年,迁东海相。未发,留拜尚书左丞。其年病卒,时年五十余。魏公九锡策命,勖所作也。勖子满,平原太守,亦以学行称。满子尼,字正叔。《尼别传》曰:尼少有清才,文辞温雅。

《隋书·经籍志》:后汉尚书右丞潘勖集二卷,梁有录一卷,亡。

《旧唐书·经籍志》:《潘勖集》二卷。

《新唐书·艺文志》:《潘勖集》二卷。

《全上古三代秦汉三国六朝文》辑录潘勖文四篇。

《文心雕龙·铭箴》:至于潘勖《符节》,要而失浅。

又《杂文》:自连珠以下,拟者间出,杜笃、贾逵之曹,刘珍、潘勖之辈,欲穿明珠,多贯鱼目。

又《诏策》:建安之末,文理代兴:潘勖《九锡》,典雅逸群;卫觊《禅诰》,符命炳耀:弗可加已。

又《风骨》:若潘勖《魏锡》,思摹经典,群才韬笔,乃其骨髓峻也。

又《才略》:潘勖凭经以骋才,故绝群于锡命。

阮 瑀

(165? —212)

阮瑀字元瑜,陈留尉氏人。

《三国志》卷二十一《魏书·王粲传》：瑀少受学于蔡邕。建安中，都护曹洪欲使掌书记，瑀终不为屈。太祖并以琳、瑀为司空军谋祭酒，管记室，军国书檄，多琳、瑀所作也。琳徙门下督，瑀为仓曹掾属。……瑀以十七年卒。裴松之注云：臣松之案：鱼氏《典略》、挚虞《文章志》并云，瑀建安初辞疾避役，不为曹洪屈。得太祖召，即投杖而起。……又《典略》载太祖初征荆州，使瑀作书与刘备，及征马超，又使瑀作书与韩遂，此二书今具存。又《典略》曰：……太祖尝使瑀作书与韩遂，时太祖适近出，瑀随从，因于马上具草，书成呈之。太祖揽笔欲有所定，而竟不能增损。

《隋书·经籍志》四：后汉丞相仓曹属阮瑀集五卷，梁有录一卷，亡。

《旧唐书·经籍志》：《阮瑀集》五卷。

《新唐书·艺文志》：《阮瑀集》五卷。

《阮瑀集》宋以后散失，明代以后的辑本常见的有：

(1)《阮元瑜集》一卷，明张溥辑，《汉魏六朝百三家集》本。题辞云：阮掾为曹操遗书孙权，文词英拔，见重魏朝。文帝云："书记翩翩，致足乐也。"元瑜没，王杰诔之，曰："简书如雨，强力敏成。"若是乎行人有词，国家光辉，以之折冲御侮，其郑子产乎？余观彼书，润泽发扬，善辨若毂。独叙赤壁之败，流汗发惭，口重语塞，固知无情之言，即悬幡击鼓，无能助其威灵也。《文质论》雅有劲思，若得优游述作，勒成一家，亦足与伟长《中论》翩翩上下。乃诸子长逝，元瑜最先，遗文鬼名，抚手痛悒。至今传其焚山应诏，鼓琴奏曲，事亦在有无之间，安得起彼九原，更谈文墨乎？悲风凉日，明月三星，读其诸诗，每使人愁。然则元瑜俯首曹氏，嗣宗盘桓司马，父子酒歌，盖有不得已也。

(2)《阮元瑜集》，《增定汉魏六朝别解》本。

(3)《阮元瑜集》二卷,明杨德周辑,清陈朝辅增订,《汇刻建安七子集》本。

(4)《阮元瑜集》一卷,《汉魏六朝名家集初刻》本。

《全上古三代秦汉三国六朝文》辑录阮瑀文九首。

《先秦汉魏晋南北朝诗》辑录阮瑀诗十四首。

曹丕《典论·论文》:琳、瑀之章表书记,今之隽也。

谢灵运《拟魏太子邺中集诗序》:阮瑀,管书记之任,有优渥之言。

《文心雕龙·哀吊》:胡、阮之吊夷齐,褒而无闻;仲宣所制,讥呵实工。然则胡、阮嘉其清,王子伤其隘,各其志也。

又《章表》:琳、瑀章表,有誉当时。

又《书记》:魏之阮瑀,号称翩翩。

又《神思》:阮瑀据案而制书……亦思之速也。

又《才略》:琳、瑀以符檄擅声。

《诗品》卷下:元瑜、坚石七君诗,并平典不失古体。大检似。而二嵇微优矣。穆按:七君,指魏仓曹阮瑀、晋顿丘太守欧阳建、晋文学应璩(贞)、晋中书令嵇含、晋河南太守阮侃、晋侍中嵇绍、晋黄门枣据。

刘　桢
(?—217)

《世说新语·言语篇》注引《典略》:刘桢字公幹,东平宁阳人也。

《三国志》卷二十一《魏书·王粲传》:始文帝为五官将,及平原侯植皆好文学。粲与北海徐幹字伟长、广陵陈琳字孔璋、陈留阮瑀字元瑜、汝南应玚字德琏、东平刘桢字公幹并见友善。……玚、桢各被太祖辟,为丞相掾属。……桢以不敬被刑,刑竟署吏。咸著文赋数十篇。……桢二十二年卒。裴松之注:《文士传》曰:桢父名梁,字曼山,一名恭。少有清才,以文学见贵,终于野王令。《典略》曰:文帝尝赐桢廓落带,其后师死,欲借取以为像,因书嘲桢云:"夫物因人为贵。故在贱者之手,不御至尊之侧。今虽取之,勿嫌其不反也。"桢答曰:"桢闻荆山之璞,曜元后之宝;随侯之珠,烛众士之好;南垠之金,登窈窕之首;貔貂之尾,缀侍臣之帻:此四宝者,伏朽石之下,潜污泥之中,而扬光千载之上,发彩畴昔之外,亦皆未能初自接于至尊也。夫尊者所服,卑者所修也;贵者所御,贱者所先也。故夏屋初成而大匠先立其下,嘉禾始熟而农夫先尝其粒。恨桢所带,无他妙饰,若实殊异,尚可纳也。"桢辞旨巧妙皆如是,由是特为诸公子所亲爱。其后太子尝请诸文学,酒酣坐欢,命夫人甄氏出拜。坐中众人咸伏,而桢独平视。太祖闻之,乃收桢,减死输作。

《后汉书》卷八十下《刘梁传》:刘梁字曼山,一名岑,东平宁阳人。梁宗室子孙,而少孤贫,卖书于市以自资。……拜尚书郎,累迁。后为野王令,未行。光和中,病卒。孙桢,亦以文才名。

> 穆按:《文士传》云"桢父为梁",《后汉书》云"孙桢",二者不同。桢生年不详,约于熹平(172—178)中,而梁卒于光和(178—184)中,当以孙为是。

《隋书·经籍志》:魏太子文学刘桢集四卷,录一卷。

《旧唐书·经籍志》:《刘桢集》二卷。

《旧唐书·艺文志》:《刘桢集》二卷。

刘桢集宋代以后散佚。明代以后的辑本较常见的有:

(1)《刘公幹集》一卷,明张溥辑,《汉魏六朝百三家集》本。题辞云:鲁国孔文举、广陵陈孔璋、山阳王仲宣、北海徐伟长、陈留阮元瑜、汝南应德琏、东平刘公幹,魏文帝所称文人七子也。刘桢章表书记,壮而不密。又称其五言诗,妙绝当时。今公幹书记,传者绝少,知其物化以后遗失多矣。集诗大悉五言,《诗品》亦云:"其诗出古诗,思王而下,桢称独步。"岂缘本魏文为之申誉乎?近日诗选,痛贬建安,亦度己迹削他人足耳。未若南皮觞酌,公宴赠答,当时得失,相知者深也。刘公幹《赠五官中郎将》有云:"昔我从元后,整驾至南乡。过彼丰沛都,与君共翱翔。"王仲宣《从军诗》亦云:"筹策运帷幄,一由我圣君。"严沧浪黜之,谓元后圣君并指曹操,心敢无汉,大义批引,二子固当叩头伏罪。然诗颂铺张,词每过实,文人之言,岂必由中情哉!公幹平视甄夫人,操收治罪,文帝独不见怒。死后致思,悲伤绝弦,中心好之,弗闻其过也。其知公幹,诚犹钟期伯牙云。

(2)《刘公幹集》二卷,明杨德周辑,清陈朝辅增,《汇刻建安七子集》本。

(3)《刘公幹集》一卷,清杨逢辰辑,《建安七子集》本。

(4)《刘公幹集》一卷,丁福保辑,《汉魏六朝名家集初刻》本。

今人俞绍初辑校之《建安七子集》,其中有《刘桢集》一卷,较为完备。

《全上古三代秦汉三国六朝文》辑录刘桢文十篇。

《先秦汉魏晋南北朝诗》辑录刘桢诗二十六首。

刘桢尚有《毛诗义问》一书:

《隋书·经籍志》:《毛诗义问》十卷,魏太子文学刘桢撰。

《旧唐书·经籍志》:《毛诗义问》十卷,刘桢撰。

《新唐书·艺文志》:刘桢《义问》十卷。

宋代以后散佚。清代马国翰《玉函山房辑佚书》有辑本。俞绍初《建安七子集》附录二《建安七子杂著汇编》收有此书。

曹丕《与吴质书》：公幹有逸气，但未遒耳。其五言诗之善者，妙绝时人。

《典论·论文》：刘桢壮而不密。

《文心雕龙·明诗》：若夫四言正体，则雅润为本；五言流调，则清丽居宗；华实异用，唯才所安。故平子得其雅，叔夜含其润，茂先凝其清，景阳振其丽；兼善则子建、仲宣，偏美则太冲、公幹。

又《书记》：公幹笺记，丽而规益，子桓弗论，故世所共遗；若略名取实，则有美于为诗矣。

又《体性》：公幹气褊，故言壮而情骇。

又《风骨》：故魏文称文以气为主，气之清浊有体，不可力强而致。故其论孔融，则云体气高妙；论徐幹，则云时有齐气；论刘桢则云时有逸气。公幹亦云：孔氏卓卓，信含异气，笔墨之性，殆不可胜。并重气之旨也。

又《定势》：刘桢云：文之体指实强弱（文之体势，实有强弱），使其辞已尽而势有余，天下一人耳，不可得也。公幹所谈，颇亦兼气。

又《比兴》：至于扬、班之伦，曹、刘以下，图状山川，影写云物，莫不纤综比义，以敷其华，惊听回视，资此效绩。

又《才略》：刘桢情高以会采。

又《序志》：又君山、公幹之徒，吉甫、士龙之辈，泛论文意，往往间出，并未能振叶以寻根，观澜而索源。不述先哲之诰，无益后生之虑。

《诗品序》：降及建安，曹公父子，笃好斯文，平原兄弟，郁为文栋，刘桢、王粲，为其羽翼。

《诗品》卷上：魏文学刘桢，其源出于古诗。仗气爱奇，动多振绝。真骨凌霜，高风跨俗。但气过其文，雕润恨少。然自陈思以下,桢称独步。

陈 琳

（？—217）

曹丕《典论·论文》：“广陵陈琳孔璋。”由此可知陈琳字孔璋，广陵人。又《三国志》卷七《魏书·臧洪传》：“臧洪字子源，广陵射阳人也。……绍令洪邑人陈琳书与洪。”又知陈琳为广陵射阳人。

《三国志》卷二十一《魏书·王粲传》：琳前为何进主簿。进欲诛诸宦官，太后不听，进乃召四方猛将，并使引兵向京城，欲以劫恐太后。琳谏进曰：“《易》称'即鹿无虞'。谚有'掩目捕雀'。夫微物尚不可欺以得志，况国之大事，其可以诈立乎？今将军总皇威，握兵要，龙骧虎步，高下在心；以此行事，无异于鼓洪炉以燎毛发。但当速发雷霆，行权立断，违经合道，天人顺之；而反释其利器，更征于他。大兵合聚，强者为雄，所谓倒持干戈，授人以柄；功必不成，只为乱阶。”进不纳其言，竟以取祸。琳避难冀州，袁绍使典文章。袁氏败，琳归太祖。太祖谓曰：“卿昔为本初移书，但可罪状孤而已，恶恶止其身，何乃上及父祖邪？”琳谢罪，太祖爱其才而不咎。……太祖并以琳、瑀为司空军谋祭酒，管记室，军国书檄，多琳、瑀所作也。琳徙门下督，瑀为仓曹掾属。……琳……二十二年卒。裴松之注：《典略》曰：琳作诸书及檄，草成呈太祖。太祖先苦头风，是日疾发，卧读琳所作，翕然而起曰：“此愈我病。”数加厚赐。

《隋书·经籍志》：后汉丞相军谋掾陈琳集三卷，梁十卷，录一卷。

《旧唐书·经籍志》：《陈琳集》十卷。

《新唐书·艺文志》:《陈琳集》十卷。

《崇文总目》:《陈琳文集》九卷。

《直斋书录解题》:《陈孔璋集》十卷。《解题》云:案《魏志》:文帝为五官中郎将,及平原侯植皆好文学。山阳王粲仲宣、北海徐幹伟长、广陵陈琳孔璋、陈留阮瑀元瑜、汝南应玚德琏、东平刘桢公幹并见友善。自邯郸淳、繁钦、路粹、丁廙、杨修、荀纬等,亦有文采,而不在七子之列,世所谓建安七子者也。但自王粲而下才六人,意子建亦在其间邪?而文帝《典论》则又以孔融居其首,并粲、琳等谓之七人,植不与焉。今诸家诗文散见于《文选》及诸类书,其以集传者,仲宣、子建、孔璋三人而已。余家有仲宣集。

《宋史·艺文志》:《陈琳集》十卷。

陈琳集宋代以后散失,明代以后的辑本有:

(1)《陈记室集》二卷,明张燮辑,《七十二家集》本。

(2)《陈记室集》一卷,明张溥辑,《汉魏六朝百三家集》本。题辞云:何进谋诛宦官,召兵四方,陈孔璋时为主簿,谠言祸害,其意智岂让曹操哉!栖身冀州,为袁本初草檄,诋操,心诚轻之,奋其怒气,词若江河。及穷窘归操,预管记室,移书吴会,即盛称北方,无异剧秦美新。文人何常,唯所用之,茂恶尔矛,夷怿相酬,固恒态也。孔璋赋诗,非时所推,武军之赋,久乃见许于葛稚川,今亦不全,他赋绝无空群之目。诗则饮马游览诸篇,稍见寄托,然在建安诸子中篇最寂寥。子桓兄弟亦少酬赠,元瑜伤寡妇,仲宣好驴鸣,没而系思,不可得也。彼所出尘,唯章表书记。孟德善用人长,鼓厉风云,遂捐宿憾。然魏武奸雄,生死欺人,孔璋斥其阉丑,士衡笑其香履,足令垂头帖耳,后世即有善詈者,俱不及也。

(3)《陈记室集》,明叶绍泰辑,《增定汉魏六朝别解》本。

(4)《陈孔璋集》二卷,明杨德周辑,清陈朝辅增订,《汇刻建安七子集》本。

（5）《陈孔璋集》一卷，清丁晏辑，清段朝端补，冒广生辑《楚州丛书》第一集。

（6）《陈孔璋集》一卷，清杨逢辰辑，《建安七子集》本。

（7）《陈孔璋集》一卷，丁福保辑，《汉魏六朝名家集初刻》本。

《全上古三代秦汉三国六朝文》辑录陈琳文十九篇。

《先秦汉魏晋南北朝诗》辑录陈琳诗五首。

孙启治、陈建华编《古佚书辑本目录》云："诸本以丁晏、段朝端所采最完备，如段氏据《韵补》所采佚文，均为诸家失采。"

俞绍初《建安七子集》卷二《陈琳集》辑录诗四首又失题诗五则，赋十二篇，文十一篇，附文三篇。

陆云《与兄平原书》云：陈琳《大荒》甚极，自云作必过之。（《全晋文》一〇二卷）

葛洪《抱朴子·钧世》云：等称征伐，而《出车》、《六月》之作，何如陈琳《武军》之壮乎？

谢灵运《拟魏太子邺中诗序》云：陈琳，袁本初书记之士，故述丧乱事多。（《文选》卷三十）

《文心雕龙·檄移》：陈琳之檄豫州，壮有骨鲠，虽奸阉携养，章密太甚，发丘摸金，诬过其虐；然抗辞书衅，皦然露骨矣。敢指曹公之锋，幸哉免袁党之戮也。

又《章表》：琳、瑀章表，有誉当时，孔璋称健，则其标也。

又《才略》：琳、瑀以符檄擅声。

应 场
（？—217）

《三国志》卷二十一《魏书·王粲传》：始文帝为五官将，及平原侯植皆好文学。粲与北海徐幹字伟长、广陵陈琳字孔璋、陈留阮瑀字元瑜、汝南应场字德琏、东平刘桢字公幹并见友善。……场、桢各被太祖辟，为丞相掾属。场转为平原侯庶子，后为五官将文学。……场……二十二年卒。裴松之注：华峤《汉书》曰：场祖奉，字世叔。才敏善讽诵，故世称"应世叔读书，五行俱下"。著《后序》十余篇，为世儒者。延熹中，至司隶校尉。子劭字仲远，亦博学多识，尤好事。诸所撰述《风俗通》等，凡百余篇，辞虽不典，世服其博闻。《续汉书》曰：劭又著《中汉辑叙》、《汉官仪》及《礼仪故事》，凡十一种，百三十六卷。朝廷制度，百官仪式，所以不亡者，由劭记之。官至泰山太守。劭弟珣，字季瑜，司空掾，即场之父。

《隋书·经籍志》：魏太子文学应场集一卷，梁五卷录一卷，亡。

《旧唐书·经籍志》：《应场集》二卷。

《新唐书·艺文志》：《应场集》二卷。

《宋史·艺文志》未见著录，宋时当已散失。明以后的辑本有：

（1）《应德琏集》一卷，明张溥辑，《汉魏六朝百三家集》本。题辞云：德琏集鲜书记，世所传者，止报庞公一牍耳。休琏书最多，俱秀绝时表。列诸辞令之科，陈孟公王景兴其人也。德琏善赋，篇目颇多，取方弟书，文藻不敌。诗虽比肩，亦觉百一为长，休琏火攻，良可畏也。魏祖二十二年，徐、陈、应、刘，一时俱逝，曹子桓辄申痛惜。德琏周旋时主,年位较远,规讽曹爽,殷勤指谕,忧患存焉。汝南应氏,世济文雅,德琏幸遇子桓,时可著书,忽化蒿莱,美志不遂。休琏历事二主,喉舌可舒,而世无赏音,义存优孟,嗟乎命也! 机、云著声入洛,载协齐名王府,原其风流,二应为始,低回建章,仰送朝雁,予尤善其足传云。

(2)《应德琏集》二卷,明杨德周辑,清陈朝辅增订,《汇刻建安七子集》本。

(3)《应德琏集》一卷,清杨逢辰辑,《建安七子集》本。

(4)《应德琏集》一卷,丁福保辑,《汉魏六朝名家集初刻》本。

《全上古三代两汉三国六朝文》辑录应场文十九篇。

《先秦汉魏晋南北朝诗》辑录应场诗六首。

俞绍初《建安七子集》卷六《应场集》辑录应场诗七首,赋十五篇,文六篇。

谢灵运《拟魏太子邺中集序》:应场,汝颖之士,流离世故,颇有飘薄之叹。(《文选》卷三十)

《文心雕龙·才略》:应场学优以得文。

又《序志》:详观近代之论文者多矣:至于魏文述典,陈思序书,应场文论,陆机《文赋》,仲洽《流别》,弘范《翰林》,各照隅隙,鲜观衢路;或臧否当时之才,或铨品前修之文,或泛举雅俗之旨,或撮题篇章之意。……应论华而疏略……并未能振叶以寻根,观澜而索源。不述先哲之诰,无益后生之虑。

杨　修
（175—219）

《后汉书》卷五十四《杨震列传》附杨修传:修字德祖,好学,有俊才，为丞相曹操主簿，用事曹氏。及操自平汉中，欲因讨刘备而不得进，欲守之又难为功，护军不知进止何依。操于是出教，唯曰"鸡肋"而已。外曹莫能晓，而修独曰："夫鸡肋，食之则无所得，弃之则如可惜，公归计决矣。"乃令外白稍严，操于此回师。修之几决，多有此类。修又尝出行，筹操有问外事，乃逆为答记，敕守舍儿："若有令出，依次通之。"既而果然。如是者三，操怪其速，使廉之，知状，于此忌修。且以袁术之甥，虑为后患，遂因事杀之。修所著赋、颂、碑、赞、诗、哀辞、表、记、书凡十五篇。

《三国志》卷十九《魏书·曹植传》裴松之注云：《典略》曰：杨修字德祖，太尉彪子也。谦恭才博。建安中，举孝廉，除郎中，丞相请署仓曹属主簿。是时，军国多事，修总知内外，事皆称意。自魏太子已下，并争与交好。又是时临淄侯植以才捷爱幸，来意投修，数与修书，书曰……修答曰……其相往来，如此甚数。植后以骄纵见疏，而植故连缀修不止，修亦不敢自绝。至二十四年秋，公以修前后漏泄言教，交关诸侯，乃收杀之。修临死，谓故人曰："我固自以死之晚也。"其意以为坐曹植也。修死后百余日而太祖薨，太子立，遂有天下。初，修以所得王髦剑奉太子，太子常服之。及即尊位，在洛阳，从容出宫，追思修之过薄也，抚其剑，驻车顾左右曰："此杨德祖昔所说王髦剑也。髦今焉在？"及召见之，赐髦谷帛。

《隋书·经籍志》：后汉丞相主簿杨修集一卷，梁二卷，录一卷。

《旧唐书·经籍志》：《杨修集》二卷。

《新唐书·艺文志》：《杨修集》二卷。

杨修集宋以后散失。

《全上古三代秦汉三国六朝文》辑录杨修文七篇。

《文心雕龙·才略》:路粹、杨修,颇怀笔记之工。

王　粲
（177—217）

《三国志》卷二十一《魏书·王粲传》:王粲字仲宣,山阳高平人也。曾祖父龚,祖父畅,皆为汉三公。父谦,为大将军何进长史。进以谦名公之胄,欲与为婚,见其二子,使择焉。谦弗许。以疾免,卒于家。献帝西迁,粲徙长安,左中郎将蔡邕见而奇之。时邕才学显著,贵重朝廷,常车骑填巷,宾客盈坐。闻粲在门,倒屣迎之。粲至,年既幼弱,容状短小,一坐尽惊。邕曰:"此王公孙也,有异才,吾不如也。吾家书籍文章,尽当与之。"年十七,司徒辟,诏除黄门侍郎,以西京扰乱,皆不就。乃之荆州依刘表。表以粲貌寝而体弱通侻,不甚重也。表卒。粲劝表子琮,令归太祖。太祖辟为丞相掾,赐爵关内侯。……后迁军谋祭酒。魏国既建,拜侍中。博物多识,问无不对。时旧仪废弛,兴造制度,粲恒典之。初,粲与人共行,读道边碑,人问曰:"卿能暗诵乎?"曰:"能。"因使背而诵之,不失一字。观人围棋,局坏,粲为覆之。棋者不信,以帊盖局,使更以他局为之。用相比校,不误一道。其强记默识如此。性善算,作算术,略尽其理。善属文,举笔便成,无所改定,时人常以为宿构;然正复精意覃思,亦不能加也。著诗、赋、论、议垂六十篇。建安二十一年,从征吴。二十二年春,道病卒,时年四十一。粲二子,为魏讽所引,诛。后绝。裴松之注云:《典略》曰:粲才既高,辩论应机。钟繇、王朗等虽各为魏卿相,至于朝廷奏议,皆阁笔不能措手。

《隋书·经籍志》:后汉侍中王粲集十一卷。

《旧唐书·经籍志》:《王粲集》十卷。

《新唐书·艺文志》:《王粲集》十卷。

《郡斋读书志》:《王粲集》八卷。晁公武曰:"著诗、赋、论、议垂六十篇,今集有八十一首。按《唐·艺文志》粲集十卷,今亡两卷。其诗文反多于史所纪二十余篇,与曹植集同。"

《宋史·艺文志》:《王粲集》八卷。

王粲集元代以后散失。明代以后的辑本有:

(1)《王侍中集》三卷,明张燮辑,《七十二家集》本。

(2)《王侍中集》一卷,明张溥辑,《汉魏六朝百三家集》本。题辞云:袁显思兄弟争国,王仲宣为刘荆州移书苦谏,今读其文,非独词章纵横,其言诚仁人也。昔颍考叔一言能感郑庄,使母子如初。仲宣二书,疾呼泣血,无救阋墙。袁氏将丧,顽子执兵,即苏张复生何益哉。子桓子建交怨若仇,仲宣婉娈其间,耦居无猜。身没之后,太子临丧,陈思作诔,素旗表德,颂言不忘。彼固等善处人骨肉,亦由天性宿深,长于感激,不但和光宴咏,为两公子楼护也。孟德阴贼,好杀贤士,仲宣咏史,托讽黄鸟,披文下涕,几秦风矣。高平上胄,世为汉公,遭时流离,依徙荆评。以七哀之悲,为显庙之颂,择木而穷,雅诽见志。世谓其诗出李陵,今观书命,亦相近也。

(3)《王侍中集》,明叶绍泰辑,《增定汉魏六朝别解》本。

(4)《王仲宣集》四卷,明杨德周辑,清陈朝辅增订,《汇刻建安七子集》本。

(5)《王仲宣集》一卷,清杨逢辰辑,《建安七子集》本。

(6)《王仲宣集》三卷,丁福保辑,《汉魏六朝名家集初刻》本。

《全上古三代秦汉三国六朝文》辑录王粲文四十六篇。

《先秦汉魏晋南北朝诗》辑录王粲诗三十一首。

今人辑本有俞绍初《王粲集》,中华书局1980年版。注本有吴云、唐绍忠《王粲集注》,中州书画社1984年版。又俞绍初《建安七子集》(中华书局1989年版)卷三亦为《王粲集》。

曹植《王仲宣诔》:既有令德,材技广宣,强记洽闻,幽赞微言。文若春华,思若涌泉。发言可咏,下笔成篇。(丁晏编《曹集诠评》卷十)

缪袭《奏改安世哥为享神哥》:自魏国初建,故侍中王粲所著登哥《安世诗》,专以思咏神灵及说神灵鉴享之意。(《宋书》卷十九《乐志》引)

《文章流别论》:后世以来,器铭之佳者,有王莽《鼎铭》、崔瑗《机铭》、朱公叔《鼎铭》、王粲《砚铭》,咸以表显功德。又云:王粲所与蔡子笃及文叔良、士孙文始、杨德祖诗,及所为潘文则作《思亲诗》,其文当而整,皆近于《雅》矣。

陆云《与兄平原书》:仲宣文,如兄言,实得张公力。如子桓书,亦自不乃重之。兄诗多胜其《思亲》耳。《登楼赋》无乃烦《感丘》,其《吊夷齐》,辞不为伟。兄二吊自美之。但其呵二子小工,正当以此言为高文耳。又云:所诲云文,所比《愁霖》、《喜霁》之徒,实有可尔者。《登楼》名高,恐未可越尔。(黄葵点校《陆云集》卷八)

谢灵运《拟魏太子邺中集诗序》:王粲,家本秦川,贵公子孙,遭乱流寓,自伤情多。(《文选》卷三十)

《宋书·谢灵运传论》:子建、仲宣以气质为体,并标能擅美,独映当时。

《文心雕龙·明诗》:暨建安之初,五言腾踊:文帝、陈思,纵辔以骋节;王、徐、应、刘,望路而争驱。并怜风月,狎池苑,述恩荣,叙酣宴,慷慨以任气,磊落以使才;造怀指事,不求纤密之巧;驱辞逐貌,唯取昭晰之能:此其所同也。又云:若夫四言正体,则雅润为本;五言流调,则清丽居宗:华实异用,唯才所安。故平子得其雅,叔祖含其润,茂先凝其清,景阳振其丽;兼善则子建、仲宣,偏美则太冲、公幹。

又《诠赋》:及仲宣靡密,发端必遒;伟长博通,时逢壮采……亦魏晋之赋首也。

又《哀吊》:胡阮之吊夷齐,褒而无闻;仲宣所制,讥呵实工。然则胡阮嘉其清,王子伤其隘,各其志也。

又《杂文》:仲宣《七释》,致辨于事理。

又《论说》:详观兰石之《才性》,仲宣之《去代》……并师心独见,锋颖精密,盖人伦之英也。

又《神思》:仲宣举笔似宿构。

又《体性》:仲宣躁锐,故颖出而才果。

又《时序》:自献帝播迁,文学蓬转,建安之末,区宇方辑。魏武以相王之尊,雅爱诗章;文章以副君之重,妙善辞赋;陈思以公子之豪,下笔琳琅;并体貌英逸,故俊才之蒸。仲宣委质于江南,孔璋归命于河北,伟长从宦于青土,公幹徇质于海隅,德琏综其斐然之思,元瑜展其翩翩之乐,文蔚休伯之俦,于叔德祖之侣,傲雅觞豆之前,雍容衽席之上,洒笔以成酣歌,和墨以藉谈笑,观其时文,雅好慷慨,良由世积乱离,风衰俗怨,并志深而笔长,故梗概而多气也。

又《才略》:仲宣溢才,捷而能密,文多兼善,辞少瑕累,摘其诗赋,则七子之冠冕乎!

又《程器》:仲宣轻脱以躁竞。

《诗品》卷上:魏侍中王粲。其源出于李陵。发愀怆之词,文秀而质羸。在曹、刘间别构一体。方陈思不足,比魏文有余。又云:晋平原相陆机。其源出于陈思,才高词赡,举体华美。气少于公幹,文劣于仲宣。又云:晋黄门郎潘岳。其源出于仲宣。又云:晋黄门郎张协。其源出于王粲。

《诗品》卷中：魏文帝。其源出于李陵，颇有仲宣之体。又云：晋司空张华。其源出于王粲。又云：晋太尉刘琨、晋中郎卢谌。其源出于王粲。

繁　钦
（？—218）

《三国志》卷二十一《魏书·王粲传》：自颍川邯郸淳、繁（繁音婆）钦，陈留路粹，沛国丁仪、丁廙，弘农杨修，河内荀纬等，亦有文采，而不在此七人之例。穆按：即建安七子孔融、陈琳、王粲、徐幹、阮瑀、应玚和刘桢七人。裴松之注云：《典略》：钦字休伯，以文才机辩，少得名于汝、颍。钦既长于书记，又善为诗赋。其所与太子书，记喉转意，率皆巧丽。为丞相主簿，建安二十三年卒。

《隋书·经籍志》：后汉丞相主簿繁钦集十卷，梁录一卷，亡。
《旧唐书·艺文志》：《繁钦集》十卷。
《新唐书·艺文志》：《繁钦集》十卷。
繁钦集宋以后散失，后世无辑本。
《全上古三代秦汉三国六朝文》辑录繁钦文二十二篇。
《先秦汉魏晋南北朝诗》辑录繁钦诗八首。

附　注

以上所介绍的《全上古三代秦汉三国六朝文》、《先秦汉魏晋南北朝诗》中各家诗文统计数字，皆包括断句、残篇。

八、文选学家专题研究

苏轼论《文选》琐议

苏轼是北宋的大文学家。他在诗、词、文等各方面都有很高的成就,在文学理论批评方面也有颇多真知灼见。他对萧统《文选》的评论,对后世颇有影响,值得注意。

苏轼对《文选》的评论,主要是《东坡题跋》中的三篇短文,即《题文选》、《书谢瞻诗》和《书文选后》。《题文选》云:

> 舟中读《文选》,恨其编次无法,去取失当。齐梁文章衰陋,而萧统尤为卑弱,《文选引》,斯可见矣。如李陵、苏武五言,皆伪而不能去。观渊明集,可喜者甚多,而独取数首。以知其余人忽遗者甚多矣。渊明《闲情赋》,正所谓《国风》好色而不淫,正使不及《周南》,与屈、宋所陈何异,而统乃讥之,此乃小儿强作解事者。

这里,苏轼对萧统和《文选》大加贬斥,似乎《文选》一无是处了。其实不然。

苏轼说《文选》"编次无法,去取失当",是缺乏足够的根据的。《文选序》说:"凡次文之体,各以汇聚。诗、赋体既不一,又以类分。类分之中,各以时代相次。"对文体分类和体中分类,以及诗文的排列都作了交待。对照《文选》可以看到,《文选》分文体为赋、诗、骚、七、诏、册、令、教、策文、表、上书、启、弹事、笺、奏记、书、檄、对问、设论、辞、序、颂、赞、符命、史论、史述赞、论、连珠、箴、铭、诔、哀、碑文、墓志、行状、吊文、祭文三十七体。赋、诗篇目较多，赋又分京都、郊祀、耕藉、畋猎、纪行、游览、宫殿、江海、物色、鸟兽、志、哀伤、论文、音乐、情十五类。诗又分补亡、述德、劝励、献诗、公宴、祖饯、咏史、百一、游仙、招隐、反招隐、游览、咏怀、哀伤、赠答、行旅、军戎、郊庙、乐府、挽歌、杂歌、杂诗、杂拟二十三类。《文选原》云：

> 自"赋"至"祭文"凡三十七，而文分隶其中，所谓"各以汇聚"也。赋自"京都"至"情"凡十五类，诗自"补亡"至"杂拟"凡二十三类，所谓"又以类分"也。而每类之中，文之先后，以时代为次。诗之各类中，先后间有错见者，李善皆订其失。（高步瀛《南北朝文举要·文选序》注引，中华书局1998年版）

《文选》分体分类次序十分井然，怎么能说它"编次无法"呢？

萧统之前，文学作品的分体分类早已引起人们的重视。曹丕、陆机的文体分类（见《典论·论文》、《文赋》）虽较为简略，但对后世颇有影响。挚虞、李充的文体分类较为繁多，而因《文章流别志论》、《翰林论》已经散失，不能窥其全豹了。任昉的文体分类，因《文章缘起》亦早已散失，不得而详，但分体八十五，犹存概貌，其琐碎繁乱大大超过《文选》。最值得注意的是刘勰的《文心雕龙》，其文体论部分分三十三体，如果加上《辨骚》篇的"骚"，就有三十四体了。他与萧统生活在同一个时代，其文体分类，与萧统颇为相近。

萧统的文体分类，是根据社会现实的需要，在前人的基础上发展起来的，并不是他个人的发明创造。由于萧统《文选》的文体分类比较合理，因此对后世产生了深远的影响。如宋李昉等人合编的《文苑英华》一千卷，分三十八体，宋姚铉编的《唐文粹》一百卷，分二十三体，宋吕祖谦编的《宋文鉴》一百五十卷，分五十八体，元苏天爵编的《元文类》七十卷，分四十三体，明程敏政编的《明文衡》九十八卷，分四十一体等等，莫不受到《文选》文体分类的影响。所以，我认为《文选》文体分类的历史贡献是十分巨大的。当然，其缺点也是显而易见的，对此前人早有批评。姚鼐在《古文辞类纂序》中说：

> 昭明《文选》分体碎杂，其立名多可笑者。

章学诚的批评就更具体了，《文史通义·诗教下》说：

> 赋先于诗，骚别于赋，赋有问答发端，误为赋序，前人之议《文选》，犹其显然者也。若夫《封禅》、《美新》、《典引》，皆颂也。称符命以颂功德，而别类其体为符命，则王子渊以圣主得贤臣而颂嘉会，亦当别类其体为主臣矣。班固次韵，乃《汉书》之自序也。其云"述《高帝纪》第一"，"述《陈项传》第一"者，所以自序撰书之本意，史迁有作于先，故已退居于述尔。今于史论之外，别出一体为史述赞，则迁书自序，所谓"作《五帝纪》第一"，"作《伯夷传》第一"者，又当别出一体为史作赞矣。汉武诏策贤良，即策问也。今以出于帝制，遂于策问之外，别名曰诏。然则制策之对，当离诸策而别名为表矣。贾谊《过秦》，盖《贾子》之篇目也。因陆机《辨亡》之论，规仿《过秦》，遂援左思"著论准《过秦》"之说，而标体为论矣。魏文《典论》，盖犹桓子《新论》、王充《论衡》之以论名书耳。《论文》，其篇目也。今与《六代》、《辨亡》诸篇，同次于论；然则昭

明《自序》，所谓"老、庄之作，管、孟之流，立意为宗，不以能文为本"，其例不收诸子篇次者；岂以有取斯文，即可裁篇题论，而改子为集乎？《七林》之文，皆设问也。今以枚生发问有七，而遂标为七，则《九歌》、《九章》、《九辨》，亦可标为九乎？《难蜀父老》，亦设问也。今以篇题为难，而别为难体，则《客难》当与同编，而《解嘲》当别为嘲体，《宾戏》当别为戏体矣。《文选》者，辞章之圭臬，集部之准绳，而淆乱芜秽，不可弹诘；则古人流别，作者意指，流览诸集，孰是深窥而有得者乎？

姚、章二氏所论诚然有理，但是，应该肯定《文选》的文体分类，成绩是主要的，我们不能因为《文选》的文体分类有缺点，而抹杀他在文体分类史上的巨大贡献。

至于说《文选》"去取失当"，自然也有道理。我们认为，任何一个选本都不可能是完美无缺的。再说，由于仁者见仁，智者见智，对选本选目的看法不可能完全一致的。《文选》选录赋五十七篇（包括赋序一篇）、诗四百三十二首、文二百六十二篇。按照《文选序》所说的"略其芜秽，集其清英"，《文选》所选诗文大都是名篇佳作。这是前人早有定评的。说《文选》"去取失当"，一般指的只是极少数的作品而言。如苏轼认为，李陵、苏武五言诗是伪作，不当入选；陶渊明诗"可喜者甚多"，而《文选》只选入八首；陶渊明《闲情赋》，是"所谓《国风》好色而不淫"的作品，萧统却以为"白璧微瑕，唯在《闲情》一赋"（《陶渊明集序》），未选入《文选》。这些都是"去取失当"。其实，这是苏轼的误解。

苏轼《题蔡琰传》说："刘子玄辨《文选》所载李陵与苏武书，非西汉文，盖齐、梁间文士拟作者也。予因悟陵与武赠答五言，亦后人所拟。"这种认识无疑是正确的。但是在齐梁时代，无人认为李陵与苏武书，以及李陵与苏武的赠答五言诗是伪托之作。刘勰《文心雕龙·明诗》篇说：

> 孝武爱文，《柏梁》列韵，严马之徒，属辞无方。至成帝品录，三百余篇，朝章国采，亦云周备，而辞人遗翰，莫见五言，所以李陵、班婕妤，见疑于后代也。

这是说，后代对李陵、班婕妤之作有怀疑，但并不能断定它是伪作。钟嵘《诗品》说：

> 汉都尉李陵，其源出于楚辞，文多凄怆，怨者之流。陵，名家子，有殊才。生命不谐，声颓身丧。使陵不遭辛苦，其文亦何能至此。

萧子显《南齐书·文学传论》说：

> 少卿离辞，五言才骨，难与争鹜。

显然都认为李陵确有五言诗。江淹《杂体诗》有拟《李都尉从军》一首，说明江淹也认为五言诗为李陵所作。既然苏、李诗在当时人看来都不认为是伪作，而且又是好作品，萧统为什么就不能选入《文选》呢？至于陶渊明诗，《文选》只选了八首，苏轼认为是萧统忽略了陶诗。其实不是萧统忽略了陶诗，而是苏轼忽略了《文选》的选录标准。《文选》的选录标准是"事出于沉思，义归乎翰藻"，而陶诗的风格平淡自然，与《文选》的选录标准不合，故而少选。这使我们想到王羲之的《兰亭集序》，这也是一篇传世名作，而《文选》并未选录。章太炎认为：

> 晋人作文，好为迅速。《兰亭序》醉后之作，文不加点，即其例也。昭明《文选》则以"沉思"、"翰藻"为主，《兰亭》速成，乖于沉思，文采不艳，是故屏而弗录。（章太炎《国学讲演录·文学略说》）

这里，章氏注意到了《文选》的选录标准，其识见显然比苏轼要高出一等。此外，就是萧统对陶渊明《闲情赋》的评论，遭到苏轼的非议。萧统认为《闲情赋》"白璧微瑕"，指出此赋毫无讽谏意义，不写也就罢了。我们认为，作为封建统治阶级的代表人物昭明太子萧统，以儒家的正统思想批评《闲情赋》是完全可以理解的。苏轼对萧统的评论提出批评，也是对的。但是，苏轼的批评"尚未脱梁昭明窠臼"（张自烈《笺注陶渊明集》卷五），对这篇爱情赋并没有真正的认识。真正了解这篇爱情赋的思想意义，那是"五四"以后的事情了。鲁迅在《且介亭杂文二集·"题未定"草（六）》中谈到要全面评价陶渊明时，就曾论及此赋，他认为诗人对爱情的追求是大胆的，给予了充分的肯定。

对于陶渊明，萧统喜爱他的诗文，敬佩他的品德，辑有《陶渊明集》八卷，撰写了《陶渊明传》和《陶渊明集序》。他在《陶渊明集序》中说：

> 其文章不群，辞采精拔，跌宕昭彰，独超众类，抑扬爽朗，莫之与京。横素波而傍流，干青云而直上。语时事则指而可想，论怀抱则旷而且真。

对陶渊明的诗文作了很高的评价。但是，他不能为个人喜好而违背《文选》的选录标准，因此只选录了八首陶诗，亦未选入《闲情赋》。

苏轼认为，齐梁文章衰陋，而萧统的文章"尤为卑弱"，说这从《文选引》（"引"即"序"，苏轼祖父讳序，故改"序"为"引"）即可看出。我们知道，说齐梁文章衰陋是唐宋古文家常见的论调。唐代陈子昂说："文章道弊五百年矣。汉魏风骨，晋、宋莫传……"（《与东方左史虬修竹篇序》）韩愈说："建安能者七，卓荦变风操。逶迤抵晋宋，气象日凋耗。……齐梁及陈隋，众作等蝉噪。"(《荐士》）苏轼自己也说："自东汉以来，道丧文弊，异端并起。……独韩文公起布衣，谈笑而麾之，天下靡然从公，复归于正。盖三百年于此矣。文起八代之衰，道济天下之溺。"(《潮州韩文公庙碑》）他们的看法是比较一致的。齐梁的文章是否衰陋，可以进一步研究，这里暂且不论。至于说萧统的文章"卑弱"，也是有道理的，钱锺书说："昭明自为文，殊苦庸懦，才藻远输两弟，未足方魏文之于陈思。"(《管锥编》）但是加上"尤为"二字，却未免言之过甚。苏轼认为从《文选序》可以看出萧文"尤为卑弱"的情形，对此我颇不以为然。《文选序》是中国文学理论批评史上一篇重要的文章，李兆洛《骈体文钞》和高步瀛的《南北朝文举要》都选入此文。高步瀛评曰："词旨渊懿，于文章遽变之源流，实确有所见。"持论较为公允，怎么可以视为"卑弱"的代表作呢？此外还有《答湘东王求文集诗苑书》，高步瀛评曰："藻采欲流，雅饬可诵。"(《南北朝文举要》）《陶渊明集序》，谭复堂评曰："深至似胜《文选序》。"又曰："识度非常。"(《南北朝文举要》引）也都是较好的文章。岂可一概以"卑弱"视之。

《书谢瞻诗》论《文选》李善注之详备可喜，《书文选后》论《文选》五臣注之荒陋，因与《文选》无直接关系，兹从略。唯后文云："宋玉《高唐神女赋》，自'玉曰唯唯'以前皆赋，而统谓之序，大可笑。相如赋首有子虚、乌有、亡是三人论难，岂亦序耶？"指出萧统的疏误，自不必讳言。但是，编选《文选》这样的大书，有一二疏忽之处也是难免的。

苏轼又有《答刘沔都曹书》，其中论及《文选》处，与《题文选》、《书文选后》所论大致相同。书中说：

> 梁萧统集《文选》，世以为工。以轼观之，拙于文而陋于识者，莫统若也。宋玉赋《高唐》、《神女》，其初略陈所梦之

因,如子虚、亡是公等相与问答,皆赋矣。而统谓之叙,此与儿童之见何异?李陵、苏武赠别长安,而诗有"江汉"之语;及陵与武书,词句儇浅,正齐梁间小儿所拟作,决非西汉文,而统不悟。刘子玄独知之。(《苏轼文集》卷四十九)

这里指出三点:第一,世人皆以《文选》编选为工,而在苏轼看来,萧统文章笨拙、见识浅陋,天下没有比他更为笨拙和浅陋的人了。这是从总体上对萧统和《文选》作了否定,集中表现了苏轼的偏见。《文选》一书,于隋唐之际即形成文选学。相传李白三拟《文选》(《酉阳杂俎》前集卷十二《语资》),而杜甫"熟精《文选》理"(《宗武生日》),李善以之为"后进英髦,成资准的"(《上文选注表》),可见其影响之广。《文选》的价值早为世人所公认,而苏轼如此贬低《文选》,说明他有失持平。

第二,苏轼以《高唐赋》、《神女赋》为例,说明萧统之浅薄、疏陋,因前已论及,不再重复。苏轼谓"此与儿童之见何异",将萧统贬抑过甚,缺乏实事求是的精神。

第三,苏轼以李陵、苏武之五言诗和李陵《答苏武书》为例,说明萧统的浅薄、疏陋。我们知道,指出苏、李五言诗为伪作是唐代以后的事,齐梁时代尚无人确定这些诗是伪作。就是到了唐代,杜甫还说"李陵苏武是吾师"(《解闷绝句》)。元稹说:"苏子卿、李少卿之徒,尤工为五言。"(《杜工部墓志铭》)白居易也说:"五言始于苏、李。"(《与元九书》)这些大诗人尚且认为这些诗出自李陵、苏武之手,一般士人更不用说了。至于苏轼说李陵《答苏武书》"词句儇浅,正齐梁间小儿所拟作",评论显然失当。李陵《答苏武书》词句并不儇浅,唐代刘知几就一面指出此书为后人伪托,一面又指出此书"辞采壮丽,音调流靡"(《史通·杂说》),持论比较公正。李陵《答苏武书》悲愤而壮烈,几可谓动天地,泣鬼神,萧统将其作为佳作选入《文选》是完全可以理解的,何况当时并没有人认为这是伪托之作。苏轼说此书是"齐梁间小儿"所为,未免言之过甚,不足凭信。我们认为:其一,齐梁文风与此书文风不同,不可能是齐梁间人所作;其二,伪托此书者必是士林高手,岂可斥之以"齐梁小儿"? 以坡公之大才,而言之不慎,亦将贻笑后人。难怪林纾说:"苏家文字,喻其难达之情,圆其偏执之说,往住设喻以乱人观听。骤读之,无不点首称可,及详按事理,则又多罅漏可疑处。"(《春觉斋论文·述旨》)

综观苏轼有关《文选》的评论,有得有失。其得在于指出萧统的一些错误,如将《高唐赋》、《神女赋》等的本文误以为赋序,以及《文选》选入一些伪作等;其失在于对《文选》缺乏实事求是的评价,这大概和苏轼不喜《文选》有关。由于苏轼不喜《文选》,感情用事,自然贬低《文选》的价值。又宋代在熙宁、元丰以后,选学衰落,加上一些政治和社会的原因,亦可能影响苏轼对《文选》的看法。《文选》的价值如何,经过千余年的流传和研究,人们的认识已经比较清楚了。由于苏轼的评论在宋代及以后都很有影响,故本文略加分析,以辨明事实之真相。我们认为,正确地评价《文选》,是今天研究文选学的一项重要任务,同时对于弘扬我国古代优良文化传统也有一定的意义,自不可等闲视之。

正确与谬误并存　启迪和传讹同在

——杨慎论《文选》

杨慎(1488—1559),字用修,号升庵,明代四川新都人。少师杨廷和之子。年二十四,举正德六年(1511)进士,殿试第一,授翰林修撰。嘉靖初,起充经筵讲官。嘉靖三年(1524)召为翰林学士。"大礼议"事起,慎与检讨王元正等撼门大哭,声震殿庭。帝怒,皆下狱、廷杖。十日后,慎又与元正等纠众伏哭。再遭廷杖,谪戍云南永昌卫。嘉靖三十八年(1559)七月卒,年七十有二。慎幼时机警聪明,十一岁就能作诗。他谪居多暇,书无所不览。好学穷理,老而弥笃。明代记诵之博,著作之富,推慎为第一。其著作,除诗文之外,杂著至一百余种,并行于世。事见《明史》卷一百九十二《杨慎传》。

杨慎在诗、词、曲的创作上都取得了很好的成绩。钱谦益认为,他的诗沉酣六朝,揽采晚唐,创为渊博靡丽之词(《列朝诗集小传》丙集),他的词华美流利,一些反映谪居生活的词,颇为感人;他的曲富于才情,吕天成《曲品》列为"上品"。杨慎的文学成就有目共睹,毋庸费辞。本文要讨论的是杨慎关于《文选》的论述。

杨慎的著作很多,其中论述《文选》的内容并不多。在《丹铅总录》中大约有五六十条。这些内容已被清人孙志祖辑入《文选理学权舆补》。在《升庵诗话》中只有数条。此外,还有《选诗外编序》、《选诗拾遗序》等。以上资料涉及到对《文选》的评价,对《文选》编者的考证,以及对《文选》诗文的训诂、校勘等内容,有一定的参考价值。

南朝梁代昭明太子萧统编选的《文选》是我国古代著名的文学总集。此书之研究在唐代形成"文选学"之后,对后世文学有深远的影响。杨慎说:

> 李太白终始学《选》诗。杜子美好者亦多是效《选》诗,后渐放手,初年甚精细,晚年横逸不可当。(《升庵诗话》卷十三《学选诗》)

杨慎认为,李白始终学《选》诗,所以诗写得好。杜甫的好诗也都是效法《选》诗而写成的。这是从侧面来肯定《文选》的文学价值。《文选》所选之诗文,大都是先秦至南朝梁代的佳作,对后世诗文创作提供了学习的榜样。

杜甫诗说"熟精《文选》理"(《宗武生日》),又说"续儿诵《文选》"(《水阁朝霁奉简严云安》),杜甫对《文选》不仅熟悉而且精通。杨慎还举出杜甫学习《选》诗的例子:

> 谢宣远诗"离会虽相杂",杜子美"忽漫相逢是别筵"之句实祖之。颜延年诗"春江壮风涛",杜子美"春江不可渡,二月已风涛"之句实衍之。故子美谕儿诗曰:"熟精《文选》理。"(《升庵诗话》卷五《杜诗本选》)

其实,这样的例子是举不胜举的。欲知其详,可参阅李详的《杜诗证选》(见《李审言文集》上,江苏古籍出版社1989年版)。李白并没有说到自己学习《文选》的情况,只是在唐人段成式的《酉阳杂俎·语资》中说到:

> 李白前后三拟《词选》(《文选》),不如意,则焚之。唯留《恨》、《别》赋。(卷十二)

查《李白集》,今有《拟恨赋》一篇,其《拟别赋》已散失,这说明李白也曾认真学过《文选》。不仅杜甫、李白学习《文选》,杨慎还举出唐代诗人王昌龄学《文选》的例子。他说:

> "芙蓉不及美人妆,水殿风来珠翠香。却恨含情掩秋扇,空悬明月待君王。"司马相如《长门赋》:"悬明月以自照兮,徂清夜于洞房。"此其用语,如李光弼将子仪之师,精神十倍矣。作诗者其可不熟《文选》乎?(《升庵诗话》卷二《王昌龄长信秋词》)

杨慎认为,王昌龄写《长信秋词》是受了司马相如《长门赋》的启发,写得更为生动、传神。所以,他认为诗人是应该学习《文选》的。唐代诗人学习《文选》的何止李白、杜甫、王昌龄三人,像韩愈这样的古文大家也是学习《文选》的。李详有《韩诗证选》(见《李审言文集》上册)就完全可以证明这一点。

说到唐代诗人学习《文选》的现象,杨慎对宋代诗人刘辰翁进行了批评。他说:

> 世以刘须溪为能赏音,为其于《选》诗、李、杜诸家皆有批点也。予以为须溪元不知诗,其批《选》诗云:"诗至《文选》为一厄。五言盛于建安,而勃窣为甚。"此言大本已迷矣。须溪徒知尊李、杜,而不知《选》诗又李、杜之所自出。予尝谓须溪乃开剪截罗缎铺客人,元不曾到苏、杭、南京机坊也。(《升庵诗话》卷十二《刘须溪》)

刘辰翁,号须溪,宋代词人。他对唐人诸诗集及李、杜、苏、黄大家诗都有批点,其鉴赏诗歌颇为精博,唯他认为"诗至《文选》为一厄"则是错误的。杨慎对他进行了严肃的批评。

宋代朱熹说:"李太白始终学《选》诗,所以好。杜子美诗好者亦多是效《选》诗,渐放手,夔州诸诗,则不然也。"又说:"杜诗初年甚精细,晚年横逆不可当。"(《朱子语类》卷一百四十《论文》下)显然杨慎的立论受到朱熹的启发。

昭明太子萧统聚集文士编选《文选》,杨慎说:

> 梁昭明太子统聚文士刘孝威、庾肩吾、徐防、江伯操、孔敬通、惠子悦、徐陵、王囿、孔烁、鲍至十人,谓之高斋十学士,集《文选》,今襄阳有文选楼,池州有文选台,未知何地为的。但十人姓名,人多不知,故特著之。(《升庵外集》卷五十二《集

文选文士姓名》）

杨慎认为，"高斋十学士"是协助昭明太子萧统编选《文选》的文士。其实不然。《南史·庾肩吾传》云："肩吾字慎之，八岁能赋诗……初为晋安王（萧纲）国常侍，王每徙镇，肩吾常随府。在雍州（治所在今襄阳）被命与刘孝威、江伯摇、孔敬通、申子悦、徐防、徐摛、王囿、孔铄、鲍至等十人抄撰众籍，丰其果馔，号高斋学士。"原来"高斋十学士"是萧纲属下的文士，与编选《文选》无关。杨慎认为"高斋十学士"编选《文选》，绝不是自己的发明，肯定有他的根据，根据何在呢？南宋王象之《舆地纪胜》卷八十二云襄阳有文选楼，并引旧《图经》说："昭明太子所立，以撰《文选》。聚才人贤士刘孝威、庾肩吾、徐防、江伯操、孔敬通、惠子悦、徐陵、王筠、孔烁、鲍至等十余人，号曰高斋学士。"这大约就是杨慎的根据。应当指出，对照《南史》，这里的"高斋十学士"姓名有误。江伯操应作江伯摇，惠子悦应作申子悦，徐陵应作徐摛，王筠应作王囿，孔烁应作孔铄。杨慎照抄旧《图经》，不参考史籍，以至造成不应有的错误。作为学者，这种疏忽是不可原谅的。高步瀛对"高斋十学士"编选《文选》之说进行了反驳，他说：

> 此说乃传闻之误。昭明为太子，当居建业，不应远出襄阳。……高斋学士乃简文遗迹，而无关昭明选文也。大抵地志所称之文选楼，多不足信。……升庵狃于俗说，不能据《南史》是正，而反诮十学士姓名人多不知，陋矣。（《文选李注义疏·文选序义疏》）

高氏反驳有力，正确可信。

协助昭明太子萧统编选《文选》的文士，史籍没有明确的记载，只有那些在东宫任职的文士可能性较大。他们是曾任太子舍人、太子洗马、掌东宫管记、太子仆的刘孝绰,曾任太子舍人、太子洗马、太子家令、太子中庶子、掌东宫管记的王筠,曾任昭明太子的侍读、直东宫学士省的殷芸,曾任太子中舍人、掌东宫管记、太子侍读、侍读省学士、太子家令、太子中庶子的到洽,曾任太子舍人、太子洗马、太子仆、太子家令、掌东宫管记的张率,曾任太子舍人、太子洗马、太子中舍人的王规,曾任太子舍人、太子家令、掌东宫书记、东宫学士、太子中庶子的殷钧,曾任太子洗马、太子舍人的王锡,曾任太子舍人、太子洗马、太子中舍人、掌东宫管记的张缅,曾兼任东宫通事舍人的何思澄,曾任太子洗马、太子中舍人、太子家令、太子中庶子,并三次掌管记的陆襄,曾兼任东宫通事舍人的刘杳等。这些文士都可能参加了《文选》的编选工作。

杨慎有两篇短文,即《选诗外编序》和《选诗拾遗序》,虽非专论《文选》,亦与《文选》有关。《选诗外编》、《选诗拾遗》已散失,但从序中可见其选诗之宗旨。

《选诗外编序》云:

> 予汇次《选诗外编》,分为九卷,凡二百若干首……遂序以发其义曰:诗自黄初、正始之后,谢客以排章偶句,倡于永嘉;隐侯以切响浮声,传于永明。操觚辁才,靡然从之。虽萧统所收,齐梁之间,固已有不纯于古法者。是编起汉迄梁,皆《选》之弃余;北朝、陈、隋,则《选》所未及。详其旨趣,究其体裁,世代相沿,风流日下,填括音节,渐成律体。盖缘情绮靡之说胜,而温柔敦厚之意荒矣。大雅君子,宜无所取。然以艺论之,杜陵诗宗也,固已赏夫人之清新俊逸,而戒后生之指点流传。乃知六代之作,其旨趣虽不足以影响大雅,而其体裁实景云、垂拱之先驱,天宝、开元之滥觞也。(《升庵集》卷二)

杨慎十分重视《选》诗。他认为《选》诗对唐代诗歌有很大影响。《文选》选录诗歌不多,还有许多《文选》弃而未选的诗歌。他决定编一部《选诗外编》,收入从汉至梁《文选》未选的诗歌。还有北朝、陈、隋的诗歌,是《文选》没有选到的,都选入这部诗集中。他认为,这些诗大都是缘情绮靡之篇,很少温柔敦厚之作,但从艺术上看,它们是杜甫诗的源泉。六代诗歌虽乏大雅之作,但是,它是唐代景云(710—711)、垂拱(685—688)诗歌的先驱,是天宝(742—755)、开元(713—741)的滥觞,弥足珍贵。应当指出,"谢客"(谢灵运)是元嘉诗人,不是永嘉诗人,杨氏写成永嘉诗人,可能是笔误。

《选诗拾遗序》云:"汉代之音可以则,魏代之音可以诵,江左之音可以观。"有唐一代诗人"效法于斯,取材于斯"。有一些认识不清的人却"尊唐"而"卑六代",这种现象实在可笑!杨慎观《汉书·艺文志》、《隋书·经籍志》,看到许多书名,却不见书流传了,不免令人叹息!宋代李昉等奉宋太宗命编的《文苑英华》一千卷,篇幅很大,但详于唐而略于先世,使先世之诗歌泯灭,不禁使人惋惜。梁代编选的《文选》,唐代发现的《古文苑》,如明月当空,文士珍惜,其作品可供后人模仿、学习。杨慎将《文选》、《古文苑》未收的诗歌搜集起来,编为《选诗外编》,现在又"网罗放失,缀合丛残",编为《选诗拾遗》,广大读者一定有对此感到兴趣的。

杨慎编撰《选诗外编》、《选诗拾遗》,可以看出他对《文选》的重视。正因为他重视《文选》,所以也重视汉魏六朝诗歌。清人钱谦益说他"沉酣六朝"(《列朝诗集小传》丙集《杨修撰慎》),可谓深中肯綮。

杨慎对《文选》的关注,主要是在《文选》诗文的训诂和校勘上。

杨慎长于训诂,在他关于《文选》的论述中不乏这样的例子,如论《文选》卷八司马相如《上林赋》:

> 《上林赋》:"垂条扶疏,落英幡纚,纷溶箾蔘,猗狔从风,浏莅芔歙。"数句皆言草木从风之形与声也。但其用字既古,其音又与俗音不同,今略解之:纷溶,犹丰茸也。箾蔘,即萧森。猗狔,犹猗那也。字亦作旖旎,又作猗傩。浏莅,即流丽。芔歙,即欻吸。欻,古作𤎭,见《石鼓文》。省写作芔。五臣注遂误以为卉字。案《长门赋》:"列丰茸之游树。"谢灵运诗:"升长皆丰茸。"则纷溶、丰茸,一也。杜诗:"巫山巫峡气萧森。"则箾蔘、萧森,一也。《毛诗》:"猗傩其枝。"《楚辞》:"纷旖旎乎都房。"阮籍诗:"猗靡情欢爱。"则猗狔也,猗傩也,旖旎也,猗靡也,一也。陶弘景诗:"悽切嘹唳伤夜情。"赵彦昭诗:"流丽鸣春鸟。"则浏莅与嘹唳及流丽,一也。杜诗:"秋风欻吸吹南国。"则芔歙与欻吸,一也。字有古今,音有夏楚,类如此,聊举其略尔。

杨慎运用通假等训诂方法解释《上林赋》中的词语,清楚明白。体现了他在文字、音韵、训诂方面较高的素养。他熟悉中国古代诗歌,用这些诗歌中句子来证实某些词语的含义,颇有说服力。杨慎说:"欻,古作𤎭,见《石鼓文》。省写作芔。五臣注遂误以为卉字。"按,"五臣注"应作"李善注",杨氏笔误。《文选》李善注:"司马彪曰:'……芔,古卉字。'"清人胡绍煐曰:"芔,《说文》作𤎭,疾也。……作卉作芔,皆即𤎭字。"(《文选笺证》卷十《上林赋》)杨说疑误。

又如论《文选》卷十七陆机《文赋》:

> 《文赋》:"寤防露与桑间,又虽悲而不雅。"注引东方朔

《七谏》,谓"楚客放而《防露》作",此说谬矣。若指楚客即为屈原,屈原忠谏放逐,其词何得云不雅。《防露》与"桑间"为对,则为淫曲可知。谢庄《月赋》:"徘徊《房露》,惆怅《阳阿》。"注:"《房露》,古曲名。""房"与"防"古字通,以《防露》对《阳阿》,又可证其非雅曲也。《拾翠集》引王彪之《竹赋》云:"上承霄而防露,下漏月而来风,庇清弹于幕下,影耀歌于帷中。"盖楚人男女相悦之曲有《防露》,有《鸡鸣》,如今之《竹枝》。东坡《志林》亦云:"然则《竹枝》之来亦古矣。《诗》云:'野有蔓草,零露溥兮。有美一人,清扬婉兮。邂逅相遇,适我愿兮。'"以此推之,《防露》之意可知。

李善注:"防露,未详。一曰:谢灵运《山居赋》曰:楚客放而《防露》作。注曰:楚人放逐,东方朔感江潭而作《七谏》。然灵运有《七谏》,有防露之言,遂以《七谏》为《防露》也。"杨慎纠正了李善注的错误,认为"《防露》与'桑间'为对,则为淫曲可知"。此说为清代学者何焯(《义门读书记》)、孙志祖(《文选李注补正》)、徐攀凤(《选注规李》、《选学纠何》)、朱珔(《文选集释》)、梁章钜(《文选旁证》)、胡绍煐(《文选笺证》)等人所赞同。

校勘则非其所长,从下面的例子中可看出来。如:

> 《文选·七发》:"弭节五子之山,通厉骨母之场。""骨"当作"胥"。《史记》:吴王杀子胥,投之于江。吴人立祠江上,因名胥母山。古字"胥"作"肾",其字似骨,其误宜也。今虽善书者,亦不知肾之为胥也。

《文选·七发》李善注云:"《史记》曰:吴王杀子胥,投之于江。吴人立祠于江上,因名胥母山。……《越绝书》曰:阖闾旦食蒩山,昼游于胥母。疑骨母字之误也。"李善注已怀疑"骨母"之误。杨慎认为,骨应作冎,冎即胥字。因此,骨母,应作胥母。这样,问题似乎已经解决了。其实不然。李善注中的"因名胥母山",清胡克家《文选考异》云:"案:此有误。《史记》作'因命曰胥山',命即名也。当本云'因名曰胥山',涉下文'胥母'而误改。"原"胥母山"应作"胥山"。校勘之难,于此可见。

又如论《文选》卷三十七:

> 李密《陈情表》有"少仕伪朝"之句,责备者谓其笃于孝而妨于忠。尝见佛书引此文,"伪朝"作"荒朝",盖密之初文也。"伪朝"字盖晋改之以入史耳。刘静修诗:"若将文字论心术,恐有无边受屈人。"盖指此类乎?近日赵弘道作《令伯祠记》辨"伪朝"字,惜未见此。

杨慎校出"伪朝",佛书作"荒朝"。杨氏未说明"佛书"是何书,"荒朝"又不可解,受到清代学者孙志祖的批评。孙氏说:"荒朝亦不可解,且其所谓佛书者,不知何书也,岂升庵杜撰以欺世耶?"(《文选理学权舆补》)

又如论《文选》卷三十七:

> 孔明《出师表》,今世所传,皆本《三国志》。案《文选》所载"先帝之灵"下"若无兴德之言"六字。他本皆无,于义有缺,当以《文选》为正。

查阅《三国志·蜀书·诸葛亮传》,其中所载《出师表》确无"若无兴德之言"六字。唯卢弼《三国志集解》有注云:"《文选》此句上有'若无兴德之言则'七字。本志《董允传》同。梁章钜曰:《文选》初本亦阙此七字。后李善注补足之,注云:无此七字,于义有阙。盖据《董允传》补之也。"于此可知,《三国志·诸葛亮传》中所载《出师表》缺七字,而非六字。

查阅《文选》尤袤刻本、胡克家刻本,其中《出师表》均无"若无兴德之言则"七字,李善注云:"《蜀志》载亮《表》云:若无兴德之言,则戮允等以章其慢。今此无上六(七)字,于义有阙,误矣。"在各种版本的《文选》中,奎章阁本、明州本皆无此七字,《四部丛刊》本《六臣注文选》、陈八郎本《五臣注文选》皆有七字。杨慎所言不够准确。

以上有关训诂、校勘引文,均见清孙志祖《文选理学权舆补》。

杨慎关于《文选》的论述,并不系统,也不深入,往往是随手写下的议论。这些议论正确与谬误并存。正确的见解,可以益人神智,给读者以启迪。谬误的观点,以讹传讹,对读者造成不良影响,不免令人感到遗憾。《四库全书总目》卷一一九《丹铅余录、续录、摘录、总录提要》云:"慎以博洽一时,使其覃精研思,网罗百代,竭平生之力以成一书,虽未必追踪马、郑,亦未必遽在王应麟、马端临下。而取名太急,稍成卷帙,即付枣梨,恒钉为编,只成杂学。"又卷一百七十二《升庵集提要》云:"至于论说考证,往往恃其强识,不及检核原书,致多疏舛。又恃气求胜,每说有窒碍,辄造古书以实之。"四库馆臣的批评虽然严厉,但是符合杨慎的实际情况的。

何焯与《文选》研究

何焯,字屺瞻,晚字茶仙,元代元统年间(1333—1335),其祖以义行旌门,何焯取其事名书塾,因此人称义门先生。江苏长洲(今苏州市)人。生于清顺治十八年(1661)。据其门人沈彤《翰林院编修赠侍读学士义门何先生行状》记载,他才思横溢,博学强识。二十三岁,由崇明县学生拔贡国子监。后因讥切徐乾学、翁叔元二尚书所为不符义理,遂潦倒场屋。康熙四十一年,清帝南巡,直隶巡抚李光地保荐，遂召直南书房。后赐进士，改任庶吉士。不久，侍读皇八子贝勒府，兼武英殿纂修。后因丁外艰，返乡，服阕，家居五六年。康熙五十二年，再以李光地推荐，仍直武英殿，明年，授编修。后因人构飞语，何焯被收系。出狱后，仍直武英殿。康熙六十一年（1722）六月九日病卒，享年六十二。何焯天性耿介，为官廉洁，遭遇坎坷，一生穷困。康熙帝闻其去世，说："何焯修书勤，学问好，朕正欲用之，不意骤殁，深可悯惜。"特赠侍读学士。其著作当时未有刻本，至道光年间（1821—1850），吴云、翁大年辑其诗文、杂著为《义门先生集》十二卷。清宣统年间（1909—1911），吴荫培辑其家书四卷，与《义门先生集》合刻于岭南。还有《义门读书记》五十八卷，蒋维钧等辑录。《四库全书总目·义门读书记提要》云："国（清）朝蒋维钧编。……焯文章负盛名，而无所著作传于世。没后，其从子堂衷其点校诸书之语为六卷。维钧益为蒐辑，编为此书。凡《四书》六卷、《诗》二卷、《左传》二卷、《公羊》《穀梁》各一卷、《史记》二卷、《汉书》六卷、《后汉书》五卷、《三国志》二卷、《五代史》一卷、《韩愈集》五卷、《柳宗元集》三卷、《欧阳修集》二卷、《曾巩集》五卷、萧统《文选》五卷、《陶潜诗》一卷、《杜甫集》六卷、《李商隐集》二卷，考证皆极精密。"其中"萧统《文选》五卷"与我们的论述有关。今人骆鸿凯说："今按《读书记》中《文选》编为五卷，悉评文之言，而校注之语，缺焉不录，未免买椟还珠。"（《文选学·源流第三》第三节"清代文选学家述略"，中华书局1941年版）骆氏的批评是正确的。何氏擅长校书，而《读书记》的《文选》五卷却删去其校注成果，显然是错误的做法。好在清余萧客《文选音义》八卷、清孙志祖《文选考异》四卷、清胡克家《文选考异》十卷、清梁章钜《文选旁证》四十六卷等援引何焯有关《文选》的校注较多，可供我们研究之参考。

清代文选学昌盛，研究专著有数十种之多（参阅骆鸿凯《文选学·源流第三》第三节"清代文选学家述略"），骆氏所述，尚多遗漏。黄侃说："清世为《文选》之学，精该简要，未有超于义门者也。"（《文选平点》，黄延祖重辑，中华书局2006年出版）可见何焯在清代文选学研究中的地位。兹据《义门读书记》、梁章钜《文选旁证》和胡克家《文选考异》、孙志祖《文选考异》、《文选李注补正》等提供的资料，对何氏的文选学研究状况，进行一次比较全面的考察。

何焯对文选学的研究，大约有四个方面，即校勘、释义、考证和评论。

先说校勘。

校勘，又称校雠，古已有之。《吕氏春秋·察传》云："子夏之晋，过卫，有读史记者曰：晋师三豕涉河。子夏曰：非也，是己亥也。夫己与三相近，豕与亥相似。至于晋而问之，则曰：晋师己亥涉河也。"子夏改正史记的错误，正说明了校勘工作的重要。

何焯是清初校勘学的名家，他一生校书，成果很多，这里论及的是他对《文选》的校勘。校勘的方法，清叶德辉《藏书十约》云：

> 书不校勘，不如不读。今试言其法：曰死校，曰活校。死校者，据此本以校彼本，一行几字，钩乙如其书，一点一画，照录而不改，虽有误字，必存原本，顾千里广圻、黄荛圃丕烈所刻之书是也。活校者，以群书所引改其误字，补其阙文。又或错举他刻，择善而从，别为丛书，板归一式，卢抱经文弨、孙渊如星衍所刻之书是也。斯二者，非国朝校勘家之秘传，实两汉经师解经之家法。

所论甚为简明,但是并不全面。陈垣《校勘学释例》中有《校法四例》,对历代的校勘方法作了总结。他把校勘方法归纳为四种:一、对校法;二、本校法;三、他校法;四、理校法。将叶德辉所论的校勘方法和陈垣所论的校勘方法加以比较,叶氏所谓"死校",即陈氏所谓"对校",叶氏所谓"活校",即陈氏所谓"他校",至于陈氏所谓"本校"和"理校",叶氏则未论及。

何焯校勘《文选》使用的底本是毛晋汲古阁所刻《文选》。清孙志祖《文选考异序》云:

> 毛氏汲古阁所刻《文选》,世称善本。然李善与五臣所据本,各不同,既载李善一家,而本文又间从五臣,未免踳驳。且字句讹误脱衍,不可枚举。国朝潘稼堂及何义门两先生,并尝雠校是书,而义门先生丹黄点勘,阅数十年,其致力尤勤。

何焯校勘《文选》,用了数十年的时间,成绩卓著。

何焯校勘《文选》所使用的方法,对校、本校、他校、理校都有,内容十分丰富。

一、对校法。陈垣说:"即以同书之祖本或别本对读,遇不同之处,则注于其旁。"这是常用的校勘方法。陈垣又说:"凡校一书,必须先用对校法,然后再用其他校法。"何焯校勘《文选》,运用此校法的例子颇多。如:

《文选》卷一班固《西都赋》:

> "仿太紫之圜方。"何云:圜,宋本作圆。《后汉书》注:"太微方而紫宫圆。"

《文选》卷十一鲍照《芜城赋》:

> "南国丽人。"何云:丽,宋本作佳。正与注引陈王诗合。

《文选》卷十五张衡《思玄赋》：

"回志揭来从玄谋。"何云：谋，宋本作谋，音基。

《文选》卷十九束皙《补亡诗》六首：

"五纬不逆。"何云：纬，宋本作是。

《文选》卷四十四钟会《檄蜀文》：

"兴兵新野。"何校：从五臣新改朔。

又，扬雄《剧秦美新》：

"岂知新室委心积意。"何云：岂知，当如五臣本作岂如。

《文选》卷四十九干宝《晋纪总论》：

"世宗承基，太祖继业。"何校：从六臣本，此二句移于"玄丰乱内"之上。

似焊根据宋元刻本，或其他旧本，纠正今本的错误。这对研究《文选》是有贡献的。有时校出的即使不是错字，而是异文，对《文选》研究也提供了新的资料。

二、本校法。陈垣说："以本书前后互证，而抉摘其异同，则知其中之缪误。"胡克家《文选考异》引用何焊此类校例也有一些，如：

《文选》卷一班固《西都赋》注：

"在彼空谷。"何校"空"改"穹"，陈同，是也。各本皆讹。
案：陆机《苦寒行》注引正作"穹"。

校记中"陈"指陈景云，案是胡克家的按语。下同。

《文选》卷三张衡《东京赋》：

"区宇乂宁。"何校"宇"改"寓"。案:所改是也。此薛注字作"寓",下文"威振八寓"、"德寓天覆",正文皆作"寓"。

《文选》卷六左思《魏都赋》:

"丰肴衍衍。"何云"衍衍",据善注当作"衎衎"。陈同。案:所说是也。

《文选》卷十潘岳《西征赋》:

"感征名于桃园。"何云"园"疑作"原"。按:何校据善注"其西名桃原"而云然。

《文选》卷二十六谢灵运《入彭蠡湖口》注:

"《广雅》曰。"何校三字改入下"犿蜼也"上。陈云《长杨赋》注可据。

《文选》卷二十八陆士衡《吴趋行》:

"泠泠祥风过。"何校"祥"改"鲜",云江淹《拟许征君自序诗》"曲棂激鲜飙"注中引此句作"鲜"。按:所校是也。

《文选》卷三十谢灵运《拟魏太子邺中集诗八首》:

"永夜系白日。"何校云,以注观之,"系"当为"继"。

《文选》卷五十七潘岳《马汧督诔》注:

"太尉应劭等议。"何校"尉"下增"掾"字。陈云脱"掾"字,见后《安陆昭王碑》,是也。各本皆脱。

此皆本书前后互证之例。

三、他校法。此法是"以他书校本书"。此种校法常常要翻阅多种相关书籍,费时较多。如:

《文选》卷二张衡《西京赋》：

"仰福帝居。"何校"福"改"福"，云颜氏《匡谬正俗》云："副贰之字本为'福'，从衣，畐声。《西京赋》'仰福帝居'传写讹舛，转'衣'为'示'，读者便呼为'福禄'之'福'，失之远矣。"

《文选》卷十五张衡《思玄赋》：

"咨姤嫭之难并兮。"何云：姤，当从《后汉书》作"妒"。

《文选》卷二十颜延之《应诏讌曲水作诗》：

"君彼东朝。"何云：君，《艺文类聚》作"居"。

《文选》卷二十六潘岳《在怀县作》：

"初伏启新节。"何云：伏，《初学记》作"秋"。孙志祖按：以上下文及注引四民月令观之，《初学记》误。张铣注：初伏，谓三伏之初也。则五臣亦不作"秋"。（按语见《文选考异》卷二）

《文选》卷四十四扬雄《解嘲》：

"时雄方草创太玄。"何云：《汉书》无"创"字。

又，《解嘲》：

"后椒涂。"何云：椒，《汉书》作"陶"。师古注有作"椒"者，流俗所改。陈同。今案：何、陈所校非也。颜本作"陶"，具见本注。善此引"应劭曰：在渔阳之北界"，与颜义迥别，盖应氏《汉书》作"椒"，颜所不取，而善意从之也。若以颜改善，是所未安。凡选中诸文，谓与他书必异亦非，必同亦非，其为例也如此。（按语见胡克家《文选考异》）

以上各例中，何氏有误校二例。校书甚难，此类错误，虽校勘名家何氏亦难以避免。

四、理校法。陈垣说："段玉裁曰：'校书之难，非照本改字不讹不漏之难，定其是非之难。'所谓理校法也。遇无古本可据，或数本互异，而无所适从之时，则须用此法。"理校较难，为之者必须具有丰富的古籍知识和较高的学术素养。下引何焯理校之例：

《文选》卷一班固《东都赋》注：

"左氏传曰子曰。"何校"子"上添"晏"字，陈同。

又，《东都赋》注：

"苏秦说孟尝君曰。"何校"孟尝君"改"秦惠王"。案：何校误也。章怀注所引亦是"孟尝君"。此《齐策·孟尝君将入秦》章文，今本高注具存。姚宏跋《战国策》，曾指此条为今本所无，其失检与何正同，附订正之。（穆按，何氏校勘有误，胡克家《文选考异》予以指出。）

《文选》卷二张衡《西京赋》注：

"苍颉曰。"何校"颉"下添"篇"字，陈同，是也。

又，《西京赋》注：

"贾逵国语曰。"何校"语"下添"注"字，陈同，是也。

又，《西京赋》注：

"同制也。"何校"同"改"周"，陈同，是也。

《文选》卷三张衡《东京赋》注：

"魏相上封曰。"何校"封"下添"事"字，是也。

又,《东京赋》注:

"善曰万邦黎献。"何校"曰"下添"尚书曰"三字,陈同,各本皆脱。

《文选》卷四左思《蜀都赋》注:

"武帝乐府。"何校"帝"下添"立"字,陈同,是也。

又,《蜀都赋》注:

"殖货志曰。"何校"殖"改"食",陈同。

以上各例皆录自胡克家《文选考异》,故在何焯校语后,都有胡氏按语。

最后谈谈宋玉《神女赋》的校勘问题。兹据韩国奎章阁本《文选》,将《神女赋》开头一段话抄录如下:

楚襄王与宋玉游于云梦之浦,使玉赋高唐之事。其夜王寝,果梦与神女遇,其状甚丽。王异之,明日以白玉。玉曰:"其梦若何?"王对曰:"晡夕之后,精神恍惚,若有所喜。纷纷扰扰,未知何意。目色仿佛,乍若有记。见一妇人,状甚奇异。寐而梦之,寤不自识。罔兮不乐,怅尔失志。于是抚心定气,复见所梦。"玉曰:"状如何也?"王曰:"茂矣美矣,诸好备矣。盛矣丽矣,难测究矣。上古既无,世所未见,瑰姿玮态,不可胜赞。其始来也,耀乎若白日初出照屋梁。其少进也,皎若明月舒其光。须臾之间,美貌横生。晔兮如花,温乎如莹,五色并驰,不可殚形。详而视之,夺人目精。其盛饰也,则罗纨绮缋盛文章,极服妙采照万方。振绣衣,被袿裳。秾不短,纤不长。步裔裔兮曜殿堂。忽兮改容,婉若游龙乘云翔。嫣被眠,悦薄装。沐兰泽,含若芳。性和适,宜侍旁。顺序卑,调心肠。"王曰:"若此盛矣! 试为寡人赋之。"玉曰:"唯唯。"

奎章阁本《文选》底本是秀州州学本《文选》。此本原文用的是北宋国子监本《文选》。应是比较可靠的本子。这里说的是楚襄王梦神女。可是北宋的沈括却说:

> 自古言楚襄王梦与神女遇,以《楚辞》考之,似未然。《高唐赋》序云:"昔者先王尝游高唐,怠而昼寝,梦见一妇人,曰:'妾巫山之女也,为高唐之客,朝为行云,暮为行雨。'故立庙,号为'朝云'。"其曰"先王尝游高唐",则梦神女者,怀王也,非襄王也。又,《神女赋》序曰:"楚襄王与宋玉游于云梦之浦,使玉赋高唐之事。其夜王寝,梦与神女遇。王异之,明日以白玉。玉曰:'其梦若何?'王对曰:'晡夕之后,精神恍惚,若有所喜。见一妇人,状甚奇异。'玉曰:'状如何也?'王曰:'茂矣美矣,诸好备矣。盛矣丽矣,难测究矣。瑰姿玮态,不可胜赞。'王曰:'若此盛矣,试为寡人赋之。'"以文考之,所云"茂矣"至"不可胜赞"云云,皆王之言也,宋玉称叹之可也,不当却云"王曰'若此盛矣,试为寡人赋之'",又曰"明日以白玉",人君与其臣语,不当称"白"。又其赋曰:"他人莫睹,王览其状。""望余帷而延视兮,若流波之将澜。"若宋玉代赋之若王之自言者,则不当自云"他人莫睹,王览其状"。既称"王览其状",则是宋玉之言也,又不知称"余"者谁也。以此考之,则"其夜王寝,梦与神女遇"者,"王"字乃"玉"字耳。"明日以白玉者","以白王"也。"王"与"玉"误书之耳。前日梦神女者,怀王也。其夜梦神女者,宋玉也。襄王无预焉,从来枉受其名耳。(《梦溪笔谈·补笔谈》卷一《辨证》)

这里,以理校的方法,将"其夜王寝"中的"王"改为"玉",又将"明日以白玉者"中的"玉"改为"王"。这样,梦神女的不是楚襄王,而是宋玉。沈括之说,南宋初的姚宽(1105—1162)表示赞同,他说:

> 昔楚襄王与宋玉游高唐之上,见云气之异,问宋玉,玉曰:"昔先王梦游高唐,与神女遇,玉为《高唐》之赋。"先王谓怀王也。宋玉是夜梦见神女,寤而白王,王令玉言其状,使为《神女赋》。后人遂云襄王梦神女,非也。古乐府诗有之:"本自巫山来,无人睹容色。惟有楚怀王,曾言梦相识。"李义山亦云:"襄王枕上元无梦,莫枉阳台一片云。"今《文选》本"玉"、"王"字差误。(《西溪丛语》卷上)

这里暗袭沈括之说,并引李商隐诗作为旁证。明代张凤翼的《文选纂注》中的《神女赋》,通过理校的方法直接改动原文:

　　1.其夜王寝。"王"改"玉"。
　　2.王异之。"王"改"玉"。
　　3.明日以白玉。"玉"改"王"。
　　4.玉曰其梦。"玉"改"王"。
　　5.王对曰。"王"改"玉"。
　　6.玉曰状如何也。"玉"改"王"。
　　7.王曰茂矣。"王"改"玉"。

到了清代,何焯说:

> (《神女赋》)张凤翼改定为玉梦,于文义自当。不可因其寡学而并非之。姚宽《西溪丛语》云:"楚襄王与宋玉游高唐之上,见灵气之异,问宋玉,玉曰:'昔先王梦游高唐,与神女遇。玉为《高唐》之赋。'先王谓怀王也。宋玉是夜梦见神女,寤而白王,王令玉言其状,使为《神女赋》。后人遂谓襄王梦

神女，非也。今《文选》本'玉'、'王'字差误。"然则张氏特攘令威（姚宽）昔言，矜为独得耳。令威语又本沈存中（沈括）《补笔谈》。

何焯赞同沈括、姚宽的见解，也赞同张凤翼的做法。清文选学家余萧客（《文选音义》）、许巽行（《文选笔记》）、汪师韩（《文选理学权舆》）、胡克家（《文选考异》）、胡绍煐（《文选笺证》）、张云璈（《选学胶言》）、朱珔（《文选集释》）、梁章钜（《文选旁证》）等皆赞同沈括、姚宽之说。

是襄王梦神女，还是宋玉梦神女，是一个千年聚讼的学术问题。这个问题至今尚无一致的结论。我认为，理校只是一种假设，在没有版本根据之前，难以证实。似不应更改原文。而北宋国子监本《文选》，作为一种古老的《文选》版本，应该是可信的。

次说释义。

何焯对《文选》的释义方面也做出了自己的贡献。

众所皆知，《文选》李善注是古代著名的注本。虽是名注，由于此书篇幅巨大，词语众多，也难免存在一些问题。对《文选》李善注中的一些问题，历代文选学家多有补正。何焯也做了一些补正工作。如：

《文选》卷一班固《东都赋》：

> "乘时龙。"注："《周易》曰：时乘六龙。"何曰：《后汉书》注云：《尔雅翼》曰：马八尺以上曰龙。《月令》：春驾苍龙。各随四时之色，故曰时也。李注引《周易》，恐非本义。

《文选》卷七扬雄《甘泉赋》题注：

> "桓谭《新论》曰：雄作《甘泉赋》一首始成，梦肠出，收而

纳之,明日遂卒。"何曰:据班书,似《新论》为诬。《甘泉》作于成帝时,安得有肠出遂卒之事。扬子云、桓君山同时,不应作此语。然则为妄人附益者多矣,非《新论》本书然也。

又,《甘泉赋》:

"子子孙孙,永无极兮。"何云:有事甘泉以求继嗣,故如此结。(穆按:此为补注。)

《文选》卷七潘岳《籍田赋》:

"青坛蔚其岳立兮。"何云:汉晋皆耕于东,故曰岳立青坛。(穆按:此为补注。)

《文选》卷八司马相如《上林赋》:

"东注太湖。"注:"郭璞曰:太湖在吴县,《尚书》所谓震泽也。"何云:太湖恐当阙疑,不必如郭璞所谓震泽也。齐召南《汉书考证》云:此大湖(《汉书》作"太湖")自指关中巨泽言之。凡巨泽潴水俱可称大湖,不必震泽。

《文选》卷八扬雄《羽猎赋》:

"宏仁惠之虞。"注:"虞与娱,古字通。"何云:虞字对上囿字,乃虞人之义。颜、李皆云通娱,非也。

《文选》卷十一鲍照《芜城赋》:

"寒鸱吓雏。"何云:《庄子》:鸱得腐鼠,鹓雏过之,仰而视之,曰:吓。(穆按:此为补注。)

《文选》卷十七陆机《文赋》:

"漱六艺之芳润。"注:"《周礼》:礼、乐、射、御、书、数也。"

何曰:六艺谓易、诗、书、礼、乐、春秋也。太史公曰:学者载籍极博,犹考信于六艺。又孔子弟子身通六艺者七十二人。以上下文义求之,不当引《周礼》。

《文选》卷二十颜延之《皇太子释奠会作诗》:

"巾卷充街。"注:"巾,巾箱也,所以盛书。"何云:《宋书·礼乐志》:国子太学生冠葛巾,服单衣,以为朝服,执一卷经以代手板,所谓巾卷也。注未审。

《文选》卷二十五谢宣远《于安城答灵运》:

"窈窕承明内。"注:"灵运为秘书监,故云承明内也。"何云:灵运为秘书监,在元嘉中,义熙时乃秘书丞也。

以上各条录自孙志祖《文选李注补正》,有两方面内容,一是纠正李善注的错误,一是补充李善注。正误和补注大大丰富了李善注的内容。由于何焯学问渊博,心细虑周,他的正误和补注对文选学的研究颇有帮助。

再次说考证。

何焯不长于考证,因此他的考证文字很少。在《义门读书记》中有一些小考证。如:

《文选》卷二张衡《西京赋》:

"薛综注。"何焯曰:"此注谓出于薛综,疑其假托。综是赤乌六年卒,安得见王肃《易注》而引用之耶?综传有述二京解之语,恐亦不谓此赋也。又孙叔然始造反切,未必遂行于吴。"

又,《西京赋》:

"建元弋。"何焯曰:"杜牧诗:已建元戈收相土,应回翠帽过离宫。疑即用此。今刻元弋者,恐非。《史记·天官书》:杓端有两星,一内为矛招摇,一外为盾天锋。晋灼曰:外远北斗也,一名元戈。"

《文选》卷三张衡《东京赋》:

"赵建丛台于后。"何焯曰:"赵世家无武灵王起丛台故事。《汉书·邹阳传》注以为赵幽王友所建。"

《文选》卷二十五卢谌《答魏子悌》:

"俱涉晋昌艰。"何焯曰:"注引王隐《晋书》曰:惠帝以墩煌土界阔远,分立晋昌郡。又曰:晋昌护匈奴中郎将,别领户。然时匹䃅为此职。谌在匹䃅所,难斥言之,故曰晋昌也。按:晋昌艰即指越石晋阳之败。越石父母为令狐泥所害,谌父母兄弟亦为刘聪所害。阳与昌音相近,传写误也。晋虽设晋昌护匈奴中郎将,考匹䃅生平未为此职,安得而附会之。况晋昌乃墩煌所分,还在陇右,而匹䃅方为幽州刺史,尤如风马牛之不相及也。"

以上各条,一、疑薛综《西京赋》注为假托;二、考出"元弋"应作"元戈"。三、考出丛台为赵幽王友所建;四、考出"晋昌"为"晋阳"之误。这些小小的考证,论证简单,有一定的参考价值。

最后说评论。

何焯对文学作品的评论主要形式是评点。中国古代文学批评中的评点,出现于宋代,刘辰翁即有许多评点著作传世。明代的小说戏曲评点盛行,如李贽就评点过《水浒传》、《西厢记》等名著,清代的金圣叹评点的六部"才子书"就更流行了。从《义门读书记》看,何焯评点的著作也不少。评点的形式比较自由,便于阅读,读者容易接受。何焯对《文选》诗文的评点,不乏精彩的片段和高明的见解。如:

《文选》卷二十一左思《咏史八首》:

> 何曰:题云《咏史》,其实乃咏怀也。八首一气挥洒,激昂顿挫,真是大手。

《文选》卷二十二谢灵运《登池上楼》:

> 何曰:只似自写怀抱,然刊置别处不得。循讽再四,乃觉巧不可阶。"池塘"一联兼寓比托,合首尾咀之,文外重旨隐跃。"祁祁"二句,亦伤不及公子同归也。"池塘"一联惊心节物,乃而清绮,惟病起即目,故千载常新。

《文选》卷二十二沈约《游沈道士馆》:

> 何曰:休文五言诗,此篇是其压卷。

《文选》卷二十三刘桢《赠从弟三首》:

> 何曰:此教以修身俟时。首章致其洁也。次章厉其节也。三章择其几也。峻骨凌霜,高风跨俗,要唯此等足当之。

《文选》卷二十七曹操《短歌行》:

> 何曰:犹是汉音。

《文选》卷二十七曹丕《燕歌行》:

> 何曰:秋风之变,七言之祖。

《文选》卷三十七曹植《求通亲亲表》:

何曰：此文可匹《出师表》，而文彩辞条更为蔚然。世以令伯表仰希葛相者，非知音之选。

《文选》卷五十一贾谊《过秦论》：

何曰：自首至尾，光焰动荡，如鲸鱼暴鳞于皎日之中，烛天耀海。

以上评曹操《短歌行》、曹丕《燕歌行》、沈约《游沈道士馆》，皆一语破的。评左思《咏史八首》"实乃咏怀"，谢灵运《登池上楼》"自写怀抱"，刘桢"峻首凌霜，高风跨俗"，曹植《求通亲亲表》"可匹《出师表》"，贾谊《过秦论》"光焰动荡"，皆深中肯綮。由于何焯具有较高的文学批评和鉴赏的能力，常常以简短的评论，击中作品的要害，能给人以启迪，值得重视。

此外，在文选学的研究中，还有一些有争议的问题，何焯都发表了自己的意见。下面我们对何焯的有关论述进行一些探讨。

一、《文选》卷十六司马相如《长门赋》。

何焯曰："此文乃后人所拟，非相如作也。其词细丽，盖平子之流也。"何氏认为，司马相如《长门赋》乃后人伪托。

梁代陆厥《与沈约书》云："《长门》、《上林》，殆非一家之赋。"何焯可能受到此说之影响。顾炎武曰："古人为赋，多假设之辞。……而《长门赋》所云，陈皇后复得幸者，亦本无其事，俳谐之文不当与之庄论矣。（原注：《长门赋》乃后人托名之作，相如以元狩五年卒，安得言孝武皇帝哉！）"何焯亦可能受到此说影响。按：《长门赋序》云："孝武皇帝陈皇后时得幸，颇妒。别在长门宫，愁闷悲思。闻蜀郡成都司马相如天下工为文，奉黄金百斤为相如文君取酒，因于解悲愁之辞。而相如为文以悟主上，陈皇后复得亲幸。"此序的来源不明,是《长门赋》原有的,还是《文选》加上的,说不清。因此,不能以此为根据,否定《长门赋》为司马相如所作。

陆厥《与沈约书》说到"《长门》、《上林》,殆非一家之赋",下文还说到:"《洛神》、《池雁》,便成二体之作。……一人之思,迟速天悬;一家之文,工拙壤隔。"因此,马积高认为:"其意盖谓一人之作而迟速、工拙不同,几如两人。则陆厥之语,不惟不足以否定此赋为相如之作,反可证明陆氏认为它与《上林》同属相如之所为。"(《历代辞赋研究史料概述》上篇,"二、先秦两汉辞赋的兴盛、存佚与研究",中华书局2001年版)当代辞赋研究者大都认为《长门赋》是司马相如所作。

二、《文选》卷十七陆机《文赋》。

何焯曰:"注:臧荣绪《晋书》曰:机少袭领父兵为牙门将军。年二十而吴灭,退临旧里,与弟云勤学。积十一年,被征为太子洗马,与弟云俱入洛。按此则此赋殆入洛之前所作。老杜云:二十作《文赋》。于臧书稍疏。"(《义门读书记》卷四十五)

杜甫《醉歌行》云:"陆机二十作《文赋》。"《晋书》本传并无"陆机二十作《文赋》"的记载,不知杜甫有何根据。何焯认为《文赋》是陆机入洛之前所作。史载太康末(289),陆机与弟云俱入洛。此时,陆机29岁,陆云28岁。何焯认为《文赋》是陆机20岁至29岁之间的作品。这是猜测。

今人逯钦立认为《文赋》是陆机四十岁时所作。他的根据主要是陆云《与兄平原书》第八书。书云:

> 云再拜:省诸赋,皆有高言绝典,不可复言。项有事,复不大快,凡得再三视耳。其未精,仓卒未能为之次第。省《述思赋》,流深情至言,实为清妙,恐故复未得为兄赋之最。兄文自为雄,非累日精拔,卒不可得言。《文赋》甚有辞,绮语颇多,

> 文适多体,便欲不清,不审兄呼尔不?《咏德颂》甚复尽美,省之恻然。然《扇赋》腹中愈首尾,发头一而不快。言乌云龙见,如有不体。《感逝赋》愈前,恐故当小不?然一至不复灭。《漏赋》可谓清工。兄顿作尔多文,而新奇乃尔,真令人怖,不当复道作文。谨启。

书中说到《述思赋》、《文赋》、《咏德颂》、《扇赋》、《感逝赋》、《漏赋》,都是陆机同时之作,故云"兄顿作尔多文"。按《感逝赋》当即《叹逝赋》(《文选》卷十六),此赋序云:

> 昔每闻长老追计平生同时亲故,或凋落已尽,或仅有存者。余年方四十,而懿亲戚属,亡多存寡,昵交密友,亦不半在。或所曾共游一涂,同宴一室,十年之内,索然已尽,以是思哀,哀可知矣。

《叹逝赋》作于陆机四十岁时,可以断定《文赋》亦当作于此年。逯氏的论断颇有说服力。逯氏所论,见《〈文赋〉撰出年代考》,《汉魏六朝文学论集》,陕西人民出版社1984年出版。

三、《文选》卷十九曹植《洛神赋》。

李善注云:"《记》曰:魏东阿王,汉末求甄逸女,既不遂。太祖回与五官中郎将。植殊不平,昼思夜想,废寝与食。黄初中入朝,帝示植甄后玉镂金带枕,植见之,不觉泣。时已为郭后谗死。帝意亦寻悟,因令太子留宴饮,仍以枕赉植。植还,度轘辕,少许时,将息洛水上,思甄后。忽见女来,自云:'我本托心君王,其心不遂。此枕是我在家时从嫁,前与五官中郎将,今与君王。遂用荐枕席,欢情交集,岂常辞能具。为郭后以糠塞口,今披发,羞将此形貌重睹君王尔!'言讫,遂不复见所在。遣人献珠于王,王答以玉佩,悲喜不能自胜,遂作《感甄赋》。后明帝见之,改为《洛神赋》。"

何焯曰:"植既不得于君,因济洛川,作为此赋,托词宓妃以寄心文帝,其亦屈子之志也。自好事者造为感甄无稽之说,萧统遂类分入于情赋,于是植为名教罪人。而后世大儒如朱子者,亦不加察于众恶之余,以附之楚人之词之后,为尤可悲也已。不揆狂简,稍为发明其意,盖孤臣孽子所以操心而虑患者,犹若接于目而闻于耳也。萧粹可注太白诗云:《高唐》、《神女》二赋,乃宋玉寓言,《洛神》则子建拟之而作。惟太白知其托词而讥其不雅,可谓识见高远者矣。是前人已有与予同者,自喜愈于无稽也。"何焯认为《洛神赋》是曹植"托词宓妃以寄心文帝",颇有见地。

胡克家《文选考异》云:"此二百七字袁本、茶陵本无。案二本是也。此因世传小说有《感甄记》,或以载于简中,而尤延之误取之耳。何(焯)尝驳此说之妄,今据袁、茶陵本考之,盖实非善注。"按二百七字指李善注引之《感甄记》。胡氏认为,此记为尤延之误取。

张云璈《选学胶言》云:"赋中子建自序本只说是洛神,何由见其为甄后?既托辞洛神,决不明言感甄,其附会之谬,可不辨自明。"此谓《洛神赋》与《感甄记》无关,不辨自明。

丁晏《曹集诠评》云:"序明云拟宋玉《神女》为赋,寄心君王,托之宓妃,《洛神》犹屈、宋之志也。而俗说乃诬为'感甄',岂不谬哉!"驳斥"感甄"谬说,认为《洛神赋》是曹植"拟宋玉《神女》为赋,寄心君王"。丁晏又云:"感甄妄说,本于李善注引《记》曰云云,盖当时记事媒孽之词。如郭颁《魏晋世语》、刘延明《三国略记》之类小说、短书,善本书篦无识而妄引之耳。五臣注不言'感甄',视李注为胜。"指出感甄妄说是媒孽之词。

丁晏《曹集诠评》引潘四农之说。潘曰:"纯是爱君恋主之词。赋以朝京师还济洛川入手,以'潜处太阴,寄心君王'收场,情词亦易见矣。不解注此者何以阑入感甄一事,致使忠爱之苦心诬为禽兽之恶行,千古奇冤,莫大于此。近人张若需诗云:'《白马》诗篇悲逐客,"惊鸿"词赋比《湘君》。'卓识鸿议,瞽论一空,极快事也。"认为《洛神赋》纯是爱君恋主之词,感甄事为千古奇冤。

李善注《文选》引"《记》曰"一段,遭到后人的反对。首先反对的是何焯,何氏指出此赋托词宓妃以寄心文帝。此说对后世有深远的影响。

四、《文选》卷四十一李陵《答苏武书》。

何焯曰:"(《答苏武书》)似亦建安才人之作。若西京断乎无是。即'自从初降'一段,便似子卿从未悉其降北后事者。其为拟托何疑。"(《义门读书记》卷四十九)何氏认为,《答苏武书》非李陵所作,可能是建安文人所作。

唐代刘知几的《史通·杂说下》云:"《李陵集》有《与苏武书》,词采壮丽,音句流靡。观其文体,不类西汉人,殆后来所为,假称陵作也。迁《史》缺而不载,良有以焉。编于李集中,斯为谬矣。"刘氏断定《与苏武书》不类西汉人的作品,乃是后世伪托。何焯的论断显然受到刘知几的影响。

宋代苏轼《答刘沔都曹书》云:"及陵与武书,词句儇浅,正齐、梁间小儿所拟作,决非西汉文。而统不悟,刘子玄独知之。"(《苏轼文集》卷四十九)苏氏认为《与苏武书》乃齐、梁文人所作,非西汉文。这也是受了刘知几的启发。

清章学诚《文史通义·言公下》云:"李陵《答苏武书》,自刘知几以后,众口一辞,以为伪作。以理推之,伪者何所取乎?当是南北朝时,有南人羁北,而事类李陵,不忍明言者,拟此书以见志耳。"章氏想象《答苏武书》为南北朝人所作。我认为,此书文风与南北朝时不同,当是建安时的作品。

刘知几以后,历代学者都认为是伪作,但亦有认为系李陵所作者,如清金圣叹说:"相其笔墨之际,真是盖世英杰之士。身被至痛,衔之甚深,一旦更不能自含忍,于是开喉放声,平吐一场。看其段段精神,笔笔飞舞,除少卿自己,实乃更无余人可以代笔。昔人或疑其伪作,此大非也。"(《天下才子必读书》卷五)金氏认为,这样的文章,除李陵自己所作之外,是无人能够代笔的。又清吴楚材、吴调侯说:"文情感愤壮烈,几于动风雨而泣鬼神。除子卿自己,更无余人可以代作。苏子瞻谓齐、梁小儿为之,未免大言欺人。"(《古文观止》卷六)金、吴等人认为《答苏武书》出自李陵之手,并无根据,想象而已。

五、《文选》卷五十二曹冏《六代论》。

李善注引《魏氏春秋》曰:"曹冏,字元首,少帝族祖也。是时,天子幼稚,冏冀以此论感悟曹爽,爽不能纳,为弘农太守。少帝,齐王芳也。"这是认为《六代论》是曹冏所作。

何焯《义门读书记》云:"段成式《语资篇》载元魏尉瑾曰:'《九锡》或称王粲,《六代》亦言曹植。'按,元首不以文章名世,安得宏伟至此。意者,陈王感怆孤立,常著论欲上,以身属亲藩,嫌为己地,至身没而元首以贻曹爽欤。"(卷四十九)这是认为《六代论》是曹植所作。《晋书·曹志传》云:"帝尝阅《六代论》,问志曰:'是卿先王所作邪?'志对曰:'先王有手所作目录,请归寻按。'还奏曰:'按录无此。'帝曰:'谁作?'志:'以臣所闻,是臣族父冏所作。以先王文高名著,欲令书传于后,是以假托。'帝曰:'古来亦多有是。'顾谓公卿曰:'父子证明,足以为审。自今已后,可无复疑。'"何焯按:"允恭最称好学,岂有先王所作,必待寻按目录乃定是非!且素知元首假托,何不即相证明?待帝再问耶!或缘此论于司马氏后事有若烛照。方身立其廷,恐以先王遗训致招猜忌,故逊词诡对耳。观其累吏郡职，不以政事为意，游猎声色自娱，示无当世之用，可知其晦迹远祸非一事矣。至异日争齐王攸不当出藩，则又依然渊源此论，而为晋效忠者也。反复痛切，其才力亦当不减《过秦》。"(《义门读书记》卷四十九)何氏进一步论证，仍坚持《六代论》为曹植所作。

清李兆洛曰："一气奔放，尚是西汉之遗。往复过多，则利害切身，不觉言之灌灌耳。义门辨此为陈思之文，信然。"(《骈体文钞》卷二十)李氏赞成何焯之说，亦认为《六代论》是曹植的作品。

高步瀛曰："此文是否陈思所为，殊难断定，故仍从元首之名。"(《魏晋文举要·曹元首六代论》篇后，中华书局1989年版)高氏不同意何焯之说，说得比较委婉。

《三国志·魏志·武文世王公传》注引《魏氏春秋》载此论，前有上书云："臣闻古之王者，必建同姓以明亲亲，必树异姓以明贤贤。故《传》曰'庸勋亲亲，昵近尊贤'；《书》曰'克明俊德，以亲九族'；《诗》云'怀德维宁，宗子维城'。由是观之，非贤无与兴功，非亲无与辅治。夫亲亲之道，专用则其渐也微弱；贤贤之道，偏任则其弊也劫夺。先圣知其然也，故博求亲疏而并用之；近则有宗盟藩卫之固，远则有仁贤辅弼之助，盛则有与共其治，衰则有与守其土，安则有与享其福，危则有与同其祸。夫然，故能有其国家，保其社稷，历纪长久，本枝百世也。今魏尊尊之法虽明，亲亲之道未备。《诗》不云乎，'鹡鸰在原，兄弟急难'。以斯言之，明兄弟相救于丧乱之际，同心于忧祸之间，虽有阋墙之忿，不忘御侮之事。何则？忧患同也。今则不然，或任而不重，或释而不任，一旦疆场称警，关门反拒，股肱不扶，胸心无卫。臣窃惟此，寝不安席，思献丹诚，贡策朱阙。谨撰合所闻，叙论成败。论曰……"上书表明曹冏撰写《六代论》之用意。

从上述看来,何焯之说仅为推测,并无根据。李善注应当可信。

六、《文选》卷五十九王简栖《头陀寺碑文》。

李善注引《姓氏英贤录》云:"王巾,字简栖,琅邪临沂人也。有学业。为《头陀寺碑》,文词巧丽,为世所重。起家郢州从事,征南记室。天监四年卒。碑在鄂州,题云:齐国录事参军琅邪王巾制。"记载王巾事迹颇详。

宋王应麟《困学纪闻》云:"王巾,字简栖,作《头陀寺碑》。《说文通释》以为'王屮'。"(卷二十)这里提到《头陀寺碑》的作者,徐楚金《说文通释》以为是"王屮"。

何焯《义门读书记》云:"王简栖《头陀寺碑文》,简栖之名当作'屮'。古文左字也。"(卷四十九)何氏采用《说文通释》说,以为"简栖之名当作'屮'"。

胡克家《文选考异》:"(王简栖《头陀寺碑文》)注'王巾'。何校'巾'改'屮',下同。陈云'巾','屮'误。案《说文通释》:'王屮音彻,俗作巾,非。'何、陈所据也。各本皆作'巾'。"何焯、陈景云认为王巾之巾应作屮。

梁章钜《文选旁证》:"(王简栖《头陀寺碑文》)王简栖,注:王巾。……或云'巾,闲居服',故字简栖。吴氏省钦曰:屮,即左字。《简兮》诗'左手执籥',其名与字或取此。"又:"按《梁高僧传》载王曼硕《与慧皎法师书》云:唯释法进所造,王巾有著,意存该综,可擅一家,然进名博而未广,巾体立而不就。又梁释慧皎《高僧传序》云:琅琊王巾所撰僧史,意似该综,而文体未足,云云。据此则简栖于宗教究心已久,宜此作之精诣也。"梁氏据《高僧传》,认为王屮之"屮"作"巾"。

胡绍煐《昭明文选笺证》云:"绍煐按:《神仙寺碑序》亦王巾

作,字作'巾'。"(卷三十二)

综上所述,李善、梁章钜、胡绍煐诸说是正确的,何焯、陈景云之说是错误的。

以上对何焯与文选学研究进行了比较全面的评述,可以看出,何焯对文选学是有贡献的。但是,清代是一个朴学盛行的时代,评论何氏的人,常常以他的成就与朴学家相比,例如,史学家张舜徽说:"何氏所做的工夫,毕竟还是文士评点的道路,不是做学问的功力,更谈不到考证的精审了。"(《中国文献学》,中州书画社1982年版125页)这是受到清代朴学家的影响。清代史学家钱大昕说:

> 近世吴中言实学,必曰何先生义门。义门固好读书,所见宋元椠本,皆一一记其异同。又工于楷法,蝇头朱字,粲然盈帙。好事者得其手校本,不惜重金购之。至于援引史传,掎摭古人,有绝可笑者。(《潜研堂文集》卷三十《跋义门读书记》)

钱氏是清代的朴学大师,他对何焯表现出轻视的思想。即近代的梁启超也有这种思想。他说:

> 何焯……他早年便有文名,因为性情伉直,屡遭时忌,所以终身潦倒。他本是翁叔元门生,叔元承明珠意旨参劾汤斌而夺其位,他到叔元家里大骂,把门生帖子取回。他喜欢校书,生平所校极多,因为中间曾下狱一次,家人怕惹祸,把他所有著作稿都毁了。现存的只有《困学纪闻笺》、《义门读书记》两种。他所校多半是小节,又并未用后来校勘家家法。全谢山说他不脱帖括气,诚然。但清代校勘学,总不能不推他为创始人。(《中国近三百年学术史》十二《清初学海波澜余录》,东方出版社1996年版)

梁氏对何焯有批评,也有肯定。评价是比较公允的。

清代沈彤说：

> 先生蓄书数万卷。凡经传子史、诗文集、杂说、小学，多参稽互证，以得指归。于其真伪、是非、密疏、工拙、源流，皆各有题识，如别黑白。及刊本之讹阙同异，字体之正俗，亦分辨而补正之。其校定两《汉书》、《三国志》，最有名。乾隆五年，从礼部侍郎方苞请，令写其本付国子监，为新刊本所取正。而凡题识中有论人者，必跻其世，彻其表里；论事者，必通其首尾，尽其变；论经时大略者，必本其国势民俗，以悉其利病，尤超轶数百年评者之林。盖先生才气豪迈，而心细虑周，每读书论古，辄思为天下之具，故详审绝伦若此。（《果堂集》卷十《翰林院编修赠侍读学士义门何先生行状》）

沈彤是何氏门人，张舜徽说："其学根柢深厚，通贯群经，实非焯所能及。当时博洽如全祖望，专精如惠栋，均叹服之。"（《清人文集别录》卷五《果堂集十二卷》，中华书局1980年版）可见此人学问高于何焯。由于他对何焯有深入的了解，他写作行状是为了"以补献史馆，备文苑传之采择"，因此他对何氏的评论应是真实的，也是公正的。

《四库总目提要》称何氏学问殚洽，何焯对文选学的研究，受到后世的重视。其校勘、释义、考证、评论的成果，也被广泛引用，特别是校勘成果，受到后世文选学家高度评价。我们不能因为清代一些朴学家的轻视而加以否定。他对文选学的贡献是有目共睹。直到今天，何焯关于文选学研究的成果，对我们研究文选学仍有很高的参考价值。

一部研习《文选》的入门书

——汪师韩《文选理学权舆》评介

汪师韩(1707—1774),清钱塘(今浙江杭州市)人,字韩门,又字抒怀,号上湖。经学家、文选学家。雍正十一年(1733)年进士。历任翰林院庶吉士、编修、湖南学政,曾主讲莲花书院。少年时,从方苞学习古文义法,中年后,一意穷经。著作有《诗学纂闻》、《上湖分类文编》、《文选理学权舆》等。

《文选理学权舆》是汪师韩论述《文选》的著作。此书是研习《文选》的入门书,在历史上对《文选》的传播起了积极作用。

汪师韩《文选理学权舆》的内容,汪氏在此书的《叙》中作了扼要的介绍。他说:

> 余尝取《选》注,以类别为八门,末则缀以鄙说。八门者:一曰撰人,唐常宝鼎撰《文选著作人名》,其书不可得见。顾其名字爵里及著作之意,《选》注已详,所未悉者,史岑、王康琚二人耳。今考周四家,秦一家,汉、后汉各十七家,季汉、吴各一家,魏十五家,晋四十六家,宋十三家,齐六家,梁九家,更有无名氏之诗二十篇。但于各人之下,分隶所撰篇目,取便检观。二曰书目。注所引书,新、旧《唐书》已多不载。至马氏《经籍考》,十存一二耳。若经之三十六纬,史之晋十八家,每一雒诵,时获异闻。其中四部之录,诸经传训且一百余,小学三十七,纬候图谶七十八,正史、杂史、人物、别传、谱牒、地理、杂术艺,凡史之类,几及四百,诸子之类百二十,兵书二十,道释经论三十二,若所引诏、表、笺、启、诗、赋、颂、赞、箴、铭、七、连珠、序、论、碑、诔、哀词、吊、祭文、杂文集几近八百,其即入

选之文,互引者不与焉。三曰旧注。凡旧注作者二十三人,及不知名者,所注赋十四,诗十七,楚词十七,设论、符命各一,连珠五十,李氏皆标明某注,不似后人之攘为己有也。若《耤田》、《西征》,虽有旧注不取。而亦有无注者二篇,则《尚书》、《左传》之序是也。四曰订误。李氏每以注订行文使事之误,又因文以订他书之误,或《选》自误及别本误者,其类四十有七焉。五曰补阙。《选》内脱落之句,删节之文,互异之本,李氏补者有五焉。六曰辨论。史有不载之事,文有率成之篇,一事说有数端,两说而义可并取,李氏一一辨其得失,约四十有三条。七曰未详。以李氏之浩博,而有未详者,且百有十四,至五臣补以臆度之词,适形其陋矣。然若《七发》之"大宅"、"山肤",《西征赋》之"三败",后人间有补其阙者,汇成一卷,安知不有尽为沿讨者耶?八曰评论。后儒之论《选》及注者,在唐已有李济翁、邱光庭。宋以后若苏子瞻、洪景卢、王伯厚、杨升庵、方密之、顾宁人诸家,多者踰百条,或数十条,少者一二条,间有记忆未全者,客游无书,且先提其要,以俟他时补缀。至余于读《选》时,或见注有征引之未当,阙遗之欲补,未敢妄信,思就正于有道,谓之"质疑"。见已得若干条,后有所见,更续增焉。就此九者,附旧注于书目,附补阙于订误,而分评论为三,质疑为二,共成十卷。

这一段引文,是汪氏介绍《文选理学权舆》的内容,很重要。文字虽长了一些,我们还是引用了。应当指出,这里的介绍与《文选理学权舆》的实际内容并不完全相同。现在我们来看看此书的具体内容:卷一,撰人;卷二上注引群书目录上,卷二下注引群书目录下;卷三,选注订误;卷四,选注辨论;卷五,选注未详;卷六,前贤评论;卷七,前贤评论;卷八,质疑。按《叙》云《评论》为三卷,《质疑》

为二卷,共十卷,现《评论》为二卷,《质疑》一卷,孙志祖认为"盖先生未卒业之书也",即认为此书为未完之作。于是孙氏"补辑《评论》一卷,又别撰《文选考异》四卷,《选注补正》四卷,皆以补先生之质疑也"(参阅孙志祖《文选理学权舆序》)。孙氏对汪师韩原书做了增补工作,以完成汪师韩未完成的事业。

汪师韩在《文选理学权舆·叙》中说:"如将穷《选》理,通《选》学也,其以是为权舆可乎?"这是《文选理学权舆》得名之由来。看起来,此书命名名正言顺,颇有道理,但我一直感到有些别扭。

近日查张㧑之等主编的《中国历代人名大辞典》"汪师韩"条,我发现此书将汪著《文选理学权舆》印成《理学权舆》。《文选理学权舆》是研究文选学的,《理学权舆》如果有这样的书,应该是研究理学的,这是性质完全不同的两种书,为何错得如此离奇?我想,这与此书的命名有关。该书的编者似并不了解《文选理学权舆》的含义。按:"《文选》理"出自杜甫诗,其《宗武生日》云:"熟精《文选》理,休觅彩衣轻。""《文选》理"指的是《文选》所选诗文的写作原理。精熟这些写作原理,对自己的写作自然是有帮助的。这是杜甫对儿子的要求和期望。"理"后的"学"字当指文选学。"文选学"一语,出自唐刘肃《大唐新语》。其《著述》云:"江淮间为文选学者,起自江都曹宪。""文选学",据清人张之洞的解释是:"选学有征实、课虚两义。考典实,求训诂,校古书,此为学计。摹高格,猎奇采,此为文计。"(《辀轩语》的夹注,见《书目答问二种》,生活、读书、新知三联书店1998年版302页)显然,汪师韩与张之洞对"文选学"的理解不同,汪氏似认为"选理"是"为文计","选学"是"为学计",所以"理"、"学"并举。"理"、"学"并举,本也可以,但是,作为书名,看起来总是令人感到有些别扭。其实,此书名为《文选学权舆》即可,何必画蛇添足,加上"理"字呢。

《文选理学权舆》卷一标题是《撰人》,其内容是按时代顺序排列的作者及其作品的目录。这一目录是文选学史上的首次出现。《文选》目录是按文体排列的,这种排列使读者了解到周秦两汉三国晋宋齐梁朝各种文体的代表作家的代表作品。但是,这种排列方法的缺点是往往将一个作家不同文体的作品分成几类,使读者不能完整地了解作家的思想和艺术特色。如曹植,《文选》选录其作品40首,其中,赋1首,诗26首,七8首,表2首,书2首,诔1首。这里,将曹植的作品分为七类,即将曹植的作品分为七块,如何去了解这位完整的作家? 如何了解各个朝代的作家及其作品? 如按时代顺序排列作家及其作品,就不存在这个问题。

如果按照时代顺序排列作家及其作品,我们可以了解各个朝代的作家及其作品,可以获得历史的、具体的知识。冯友兰先生曾将哲学史分为两种,一种是叙述式的哲学史,一种是选录式的哲学史,他说:

> 写的哲学史约有两种体裁:一为叙述式的;一为选录式的。西洋人所写之哲学史,多为叙述式的。……中国人所写此类之书几皆为选录式的;如《宋元学案》、《明儒学案》,即黄梨洲所著之宋、元、明哲学史;《古文辞类纂》、《经史百家杂钞》,即姚鼐、曾国藩所著之中国文学史也。(《中国哲学史》,中华书局1961年版22页)

关于叙述式的哲学史和选录式的哲学史,我不想多说了。我要说的是姚鼐选编的《古文辞类纂》和曾国藩编纂的《经史百家杂钞》,这两部书都是按照文体分类编选作品的,看不出史的发展线索。如果说古文选本具有选录式文学史的特点的,应是广为流传的《古文观止》。萧统《文选》按文体分类选取诗文，也不像是选录式的文学史。汪师韩按时代顺序排列的《文选》的作家及其作品的目录，我们倒是可以看出选录式文学史的一些特点。

《文选理学权舆》卷二至卷五是关于《文选》李善注的讨论。

卷二是李善注引用群书目录。这个目录，据骆鸿凯统计："凡经传十八种，经类十八种，总经训三种，小学三十六种，纬候图谶七十三种，正史八十一种，杂史六十九种，史类七十三种，人物别传二十三种，谱牒十二种，地理九十九种，杂术艺四十三种，诸子八十五种，子类三十八种，兵书二十种，道释经论三十二种，总集六种，集四十二种，诗一百五十四种，赋二百二十种，颂二十二种，箴十七种，铭二十一种，赞七种，碑三十三种，诔哀词三十二种，七十四种，连珠三种，诏表笺启三十八种，书九十三种，吊祭文六种，序四十七种，论二十二种，杂文三十七种，都二十三类，一千六百八十九种。其引旧注二十九种，尚不在内。"（《文选学·源流第三》）

骆鸿凯统计《文选》李善注引用群书的分类是根据汪师韩的《文选理学权舆》卷二的分类，其统计数字错误很多。我根据清嘉庆间刻《读画斋丛书》本《文选理学权舆》加纠正：

  经传十八种，应作六十九种。
  纬候图谶七十三种，应作八十二种。
  杂史六十九种，应作六十八种。
  史类七十三种，应作七十一种。
  人物别传二十三种，应作二十一种。
  地理九十九种，应作一百种。
  道释经论三十二种，应作三十一种。
  赋二百二十种，应作二〇八种。
  书九十三种，应作八十九种。

都二十三类,一千六百八十九种,应作三十四类,一千五百九十一种。

《文选》李善注之内容如此丰富,受到历代学者很高的评价。清代胡绍煐曰:"李氏注则援引赅博,经史传注,靡不兼综,又旁通《仓》《雅》训故及梵释诸书,史家称其淹贯古今。陆放翁谓注《头陀寺碑》'穿穴三藏',注《天台山赋》'消释三幡',至今法门老宿未窥其奥,洵非溢美。不特此也,注所引某书某注,并注明篇目姓名,而后之采郑氏《易注》、《书注》,辑三家诗,述《左氏》服注者本焉;篡《仓颉》遗文,作《字林考逸》者又本焉。李时古书尚多,自经残缺,而吉光片羽藉存什一,不特文人资为渊薮,抑亦后儒考证得失之林也。"(《文选笺证·序》)

清俞樾曰:"余尝谓《文选》一书,不过总集之权舆,词章之管辖;而李注则包罗群籍,羽翼六艺。言经学者取焉,言小学者取焉,非徒词章家视为潭奥而已。"(《选雅序》,《选雅》光绪二十八年千一斋刊本卷首)

清程先甲曰:"《昭明文选》者,总集之鼻祖而文章之巨汇也。上自周秦,下迄齐梁,其间作者,类皆湛深训故……而崇贤又承其师曹氏训故之学,作为注释。凡夫先师解说传记训故,众家旧注,咸著于篇。群言肴乱,析其衷;通用假借,贯其旨。匪惟《尔雅》,采至四家,小学之属,蒐至三十六而已。……是故崇贤之注,一训故之奇书也。"(《选雅自序》,《选雅》光绪二十八年千一斋刊本卷首)

清代学者,大都兼通小学,对《文选》李善注的评论,颇中肯綮。

卷三是《选注订误》。李善注订正《文选》之误诸条,汪师韩汇集在一起,对读者颇有裨益。

《幸甘泉》条云：

> 扬雄《甘泉赋》云："正月从上甘泉，还奏《甘泉赋》以风。"注曰："《汉书》曰：'永始四年正月，行幸甘泉。'《七略》曰：'《甘泉赋》，永始三年正月，待诏臣雄上。'《汉书》三年，无幸甘泉之文。疑《七略》误也。"

此条汪氏全抄《文选》李善注，见李善注《文选》卷第七《甘泉赋》。清梁章钜曰："按《汉书·成帝纪》：正月，行幸甘泉。并载于永始四年及元延二年。雄奏赋，以自序考之，在后元延二年为是。此注不引，却引前永始四年，恐有差误。"（《文选旁证》）王先谦曰："按《成帝纪》，永始四年正月，元延二年正月，四年正月，俱有行幸甘泉事。据雄本传下云'其三月将祭后土'，'其十二月羽猎'，不别年头，则为一年以内事，奏《甘泉赋》当在元延二年，与《纪》文方合。"（《汉书补注·扬雄传》）李善的疑问，梁章钜、王先谦作了解答。其说可信。

《作〈长杨赋〉年》条云：

> 扬雄《长杨赋序》云："明年，上将大夸胡人以多禽兽。"注曰："明年，谓作《羽猎赋》之明年，即校猎之年也。班欲叙作赋之明年。《汉书·成帝纪》曰'元延二年冬，幸长杨宫，纵胡客大校猎'是也。《七略》曰：'《羽猎赋》，永始三年十二月上。'然永始三年，去校猎之前，首尾四载，谓之明年，疑班固误也。又《七略》曰：'《长杨赋》，绥和元年上。'绥和在校猎后四岁，无容元延二年校猎，绥和元年赋，又疑《七略》误。"

此条汪氏又全抄《文选》李善注，见李善注《文选》卷第九《长杨赋》。清梁章钜《文选旁证》卷九《长杨赋》引清钱大昕说，钱氏曰：

> 此传皆取子云《自序》,与《本纪》多相应。如上文云"正月,从上甘泉",即《纪》所书元延二年"正月,行幸甘泉,郊泰畤"也。云其"三月,将祭后土,上乃帅群臣横大河,凑汾阴",即《纪》所云"三月,行幸何东,祠后土"也。云其"十二月羽猎",即《纪》所书"冬,行幸长杨宫,从胡客大校猎"也。此年秋,复幸长杨射熊馆,则《本纪》无之。盖近郊射猎,但书最初一次,余不尽书耳。但二年校猎,无从胡客事,至次年乃有之,并两事为一,则《纪》失之也。戴氏震谓:《本纪》元延三年,无长杨校猎事,不知《羽猎》、《长杨》二赋,元非一时所作。《羽猎》在元延二年之冬,《长杨》则三年之秋。子云《自序》必不误也。

钱氏的考证,见其《三史拾遗》卷三。这一段考证条分缕析,颇有说服力。但是,今人张震泽不同意钱说,他认为:"长杨事,元延二年秋始命民捕兽,其纵胡客手搏必在其冬,杨雄从上长杨,还而作赋,又必成于明年(元延四年)。李善引《七略》曰:'《长杨赋》,绥和元年上。'绥和元年上年即元延四年,又过一年杀青上赋,亦合情理,则知《七略》说可信。"(《扬雄集校注》,上海古籍出版社1993年版115页)这是否定了李善的意见,提出了自己的见解,但这只是一种推测,似不如钱说可信。

又《曹王陆左何潘前后》条云:

> 曹植《公讌诗》注曰:"赠答、杂诗,子建在仲宣之后,而此在前,疑误。"又曹植《七哀诗》注亦同。又左思《招隐诗》注曰:"杂诗左居陆后,而此在前,误也。"又何劭《杂诗》注曰:"赠答何在陆前,而此居后,误也。"又潘岳《河阳县诗》注曰:"哀伤、赠答,皆潘居陆后,而此在前,疑误也。"

萧统《文选序》云:"凡次文之体,各以汇聚。诗文体既不一,又以类分;类分之中,各以时代相次。"这是《文选》的体例。可是《文选》诗文的安排也有不合体例之处,李善在注中一一指出,汪师韩将有关的李善注汇集在一起,使读者了解《文选》诗文安排的不当之处。这对阅读和研究《文选》是有帮助的。《选注订误》有四十多条,这里不再一一列举了。应当指出,李善注在订正《文选》之误时,自身亦不免有错,如《丁翼丁仪》条云:

> 曹植《赠丁仪诗》注曰:"集云:'与都亭侯丁翼。'今云仪,误也。"又《赠丁仪王粲诗》注曰:"集云:'答丁敬礼、王仲宣。'翼字敬礼,今云仪,误也。"

李善根据《集》本认为曹植《赠丁仪诗》,应是赠丁翼诗,题作丁仪,错了。曹植《赠丁仪王粲诗》,应是赠丁翼王粲诗,题丁翼作丁仪,也错了。李善注是错误的,著名学者黄节予以纠正。黄氏说:

> (《赠丁仪》)《文选》李善注曰:"《五言集》云(穆按:"五言集"并非书名,此处应断作"五言。集云","五言"指《赠丁仪诗》为五言诗):'与都亭侯丁翼。'今云仪,误也。"然则善以此诗为赠丁翼,《文选》误为仪耳。考子建复有《赠丁翼》诗,善只据《五言集》,以为仪误,也无足证也。节观《艺文类聚》二十六,有丁仪《厉志赋》……此诗所谓"在贵忘贱",正与赋意相合。而仪赋又云"览前志而博观,求余心之所安",则尤与诗中"子宁尔心"句意相合。此诗乃赠仪无疑。(《曹子建诗注》)

又说:

> (《赠丁仪王粲》)《文选》李善注曰:"《五言集》云:'答丁

敬礼、王仲宣。'翼字敬礼,今云仪,误也。"节以为《文选》不误,误者《五言集》耳。诗言:"丁生怨在朝。"以丁仪《厉志赋》……证之,则诗言"怨在朝"者,或即指此。然则其为仪盖无疑也。(《曹子建诗注》)

《文选》李善注是古籍中的名注,为历代学者所推崇。但是任何人的知识都是有局限的,错误在所难免。

卷四是《选注辨论》,共 41 条。所谓"选注辨论"是李善对自己的注提出看法,如:

班婕妤《捣素赋》

谢惠连《雪赋》云:"寒风积,愁云繁。"注曰:"班婕妤《捣素赋》曰:伫风轩而结睇,对愁云之浮沉。然疑此赋非婕妤之文,行来已久,故兼引之。"

这里全抄李善注,汪师韩无任何"辨论",只是李善自己对班婕妤的《捣素赋》提出看法。其他各条皆类似。因此,此类"辨论"表达了李善自己的意见。可供研究者参考。

卷五是《选注未详》,共 98 条。

古人认为,著书难,注书更难。南宋洪迈说:"注书至难,虽孔安国、马融、郑康成、王弼之解经,杜元凯之解《左传》,颜师古之注《汉书》,亦不能无失。"(《容斋随笔》)《文选》李善注虽然是高质量的注释,也不可能解决所有的问题,所以还有许多"未详"之处。李善"未详"之处,经过后人的研究,有的已经有了结果,如:

①班固《西都赋》云:"许少施巧,秦成力折。"注曰:"许少、秦成,未详。"

胡绍煐曰:"钱氏大昕曰(见《养新录》):'《汉书·古今人表》

下中有许幼。许少岂即许幼乎？'绍煐按：《史记》：范雎说秦昭王云：'夫以乌获、任鄙之力，荆成、孟贲、庆忌、夏育之勇焉而死。'《集解》引许慎曰：'荆成，古勇士（见《御览》四百三十三）。'然则秦成盖即荆成欤？"（《文选笺证》卷一）

这里虽然只是推测，亦可供参考。

②（张衡）《南都赋》又云："寡妇悲吟。"注曰："《寡妇曲》未详。古调歌有鹍鸡之曲。"

胡绍煐曰："此非曲名，乃形容新声耳。言寡妇闻而悲吟，鹍鸡听而哀鸣。"（《文选笺证》卷四）

胡氏的解释，正确可信。

③贾谊《过秦论》所举人名，如徐尚、翟景、带佗，皆曰未详。

徐尚，梁章钜曰："疑即《史记·魏世家》之外黄徐子，说魏太子申以百战百胜之术者。"（《文选旁证》卷四十二）

翟景，王念孙曰："翟景，盖即《战国策》之翟强。《楚策》曰：'魏相翟强死。'《魏策》曰：'魏王之所用者楼㾉、翟强也。'又曰：'翟强欲合齐秦外楚，以轻楼㾉；楼㾉欲合秦楚外齐，以轻翟强。'是翟强固为魏相而合齐秦、外楚者也。景字，古读若彊，声与强相近。故翟强或作翟景。《白虎通义》：'舜重瞳子，是谓玄景。'与光为韵。《春秋考异邮》：'景风至。景者，强也。强以成之。'《史记·高祖功臣侯者表》杜衍彊侯（王）郢人。徐广曰：'彊，一作景。'是景、彊声相近，景与彊通，故又与强通也。"（《读书杂志·史记第一》）

带佗，李善注曰："带佗，未详。"王念孙曰："《易林·益之临》曰：'带季、儿良明知权兵，将师合战，敌不能当。赵魏以彊。'带季，盖即带佗，带佗、儿良为赵魏将，故曰赵魏以彊，但不知其孰为

赵将,孰为魏将耳。"(《读书杂志·史记第一》)

以上的解说,皆言之有理。

④嵇康《养生论》云:"齿居晋而黄。"注曰:"齿黄,未详。"

胡绍煐《文选笺证》曰:"余氏《音义》曰:'《埤雅》:啖枣令人齿黄。齿居晋而黄,食枣故也。'《尔雅翼》:'晋人尤好食枣,久之齿皆黄。'《旁证》云:'陆佃、罗愿所云正出于此。'绍煐按:《墨客挥犀》云:'太原人喜食枣,无贵贱老小,常置枣于怀袖间,等闲,取食之,则人之齿皆黄。'似又得之于目验者。然皆非叔夜以前者,恐不足证。"

胡氏引用的文献资料足以说明"齿黄"的原因,但尚未见嵇康以前的记载,所以胡氏仍感到不满足。

解说《文选》李善注"未详"的例子颇多,就不一一引用了。但是,李善注中的"未详"仍有难以解决的问题,这就有待今后文选学者的努力探索和认真研究了。

卷六、卷七是《前贤评论》。这里收集的评论资料,对研究《文选》和《文选》学史有很大的帮助。卷六收录的有新旧《唐书》、唐李匡乂《资暇录》、唐邱光庭《兼明书》、宋王应麟《困学纪闻》、苏轼《志林》、洪迈《容斋随笔》等论《文选》。卷七收录的有明方以智《通雅》、清顾炎武《日知录》等论《文选》。唐人李匡乂、邱光庭,宋人王应麟和清人顾炎武对《文选》的论述,值得重视。

唐李匡乂认为当时"相尚习五臣者,大误也"。指出:"代传数本李氏《文选》,有初注成者,覆注者,有三注、四注者,当时旋被传写之。其绝笔之本,皆释音训义,注解甚多。余家幸而有焉。"对《文选》李善注作了充分的肯定。唐邱光庭认为五臣注《文选》"颇为乖疏",然后详细列举五臣注中存在的问题,益见李善注之精核。

宋王应麟云:

> 李善精于《文选》,为注解,因以讲授,谓之文选学。少陵有诗云:"续儿诵《文选》。"又训其子:"熟精《文选理》。"盖选学自成一家。江南进士试"天鸡弄和风"诗,以《尔雅》天鸡有二,问之主司,其精如此。故曰:"《文选》烂,秀才半。"熙、丰之后,士以穿凿谈经,而选学废矣。

王氏这一段评论,说明:一、文选学的形成;二、以杜甫诗为例,说明唐代选学盛行;三、"《文选》烂,秀才半";四、宋神宗熙宁、元丰以后,由于神宗"笃意经学",王安石废除诗赋考试,选学荒废。王氏的评论,对我们研究文选学史颇有参考价值。

卷七收入清代顾炎武对《文选》的论述。

顾炎武青年时期喜爱《文选》,故其《日知录》对《文选》颇多论述。顾氏评论重在文字训诂,兼有考据。如:

> 古人为赋,多假设之辞。序述往事,子虚、亡是公、乌有先生之文,已肇始于相如矣。谢庄《月赋》:"陈王初丧应、刘,端忧多暇。"又曰:"抽毫进牍,以命仲宣。"按王粲以建安二十一年,从征吴,二十二年春,道病卒。徐、陈、应、刘,一时俱逝,亦是岁也。至明帝太和六年,植封陈王,岂可掎摭史传,以议此赋之不合哉!《长门赋》云陈皇后复得幸者,亦本无其事,陈后复幸之云,正如马融《长笛赋》所谓"屈平适乐国,介推还受禄"也。《长门赋》乃后人托名之作,相如以元狩五年卒,安得言孝武皇帝哉!

这里说的是古人的赋,多假设之辞,其内容不一定是真实的,如司马相如《子虚赋》、《上林赋》的子虚、乌有先生、亡是公都是假设的。又如谢庄《月赋》写陈王曹植"抽毫进牍,以命仲宣",王粲建安二十一年去世,曹植封陈王是魏明帝太和六年,时间对不上。司马相如《长门赋》写陈皇后复幸,历史上并无此事。司写相如元狩五年去世,怎么会说起汉孝武帝的事。顾氏认为司马相如《长门赋》是后人托名之作。清代学者何焯也认为:"此文乃后人所拟,非相如作。其词细丽,盖平子之流也。"(《义门读书记》卷四十五)此说已为今人所否定。马积高说:

> 按《艺文类聚》卷三五"妒"下引"《汉书》曰:武帝陈皇后为妒,别在长门宫,司马相如作赋,皇后复亲幸"。今《汉书》无此文,倘非误取《文选》,可能别有所据,或旧时有此传说,而《文选》遂取之作《序》。故仅凭此《序》,是难以否定司马相如的创作权的。又《南齐书·陆厥传》载厥与沈约书云:"《长门》、《上林》,殆非一家之赋。"前人亦或据以否定此赋为相如所作。然审陆厥书,于此句下说:"《洛神》、《池雁》便是二体之作……一人之思,迟速天悬;一家之文,工拙壤隔。"其意盖谓一人之作而迟速、工拙不同,几如两人。则陆厥之语,不惟不足以否定此赋为相如之作,反可证明陆氏认为它与《上林》同属相如所为。(《历代辞赋研究史料概述》上篇,"二、先秦两汉辞赋的兴盛、存佚与研究")

我同意马氏的看法。

顾炎武说:

> 汉孝惠帝讳盈,《说苑·敬慎篇》引《易》"天道亏盈而益谦"四句,盈字皆作满。在七世之内故也。若李陵诗:"独有盈觞酒。"枚乘《柳赋》:"盈玉缥之清酒。"(载《古文苑》)又诗:"盈盈一水间。"(《玉台新咏》)二人皆在武、昭之世,而不避讳,又可知其为后人之拟作,而不出于西京矣(李陵诗不当用盈字,《容斋随笔》论之)。

这是从避讳判断作品产生的时代。但是也有例外的。陈垣说："然以汉碑临文不讳之例例之,不能遽断为伪撰。"(《史讳举例》)

顾炎武说:

> 阮嗣宗《咏怀诗》:"西游咸阳中,赵李相经过。"颜延之注:"赵,汉成帝后赵飞燕也;李,武帝李夫人也。"按:成帝时,自有赵李。《汉书·谷永传》言:"赵李从微贱专宠。"《外戚传》:"班倢伃进侍者李平。平得幸,亦为倢伃。"《叙传》:"班倢伃供养东宫,进侍者李平为倢伃,而赵飞燕为皇后。自大将军(王凤)薨后,富平、定陵侯张放、淳于长等,始爱幸,出为微行,行则同舆执辔;入侍禁中,设宴饮之会,及赵、李诸侍中,皆引满举白,谈笑大噱。"史传明白如此,而以为武帝之李夫人,何哉!

顾氏不赞成颜延之注,认为是赵飞燕、李平。梁章钜根据《佞幸传》,认为"佞幸宠臣孝文时""宦者则赵谈","孝武时""宦者则李延年"也。顾起元据《汉书·何并传》:"轻侠赵季、李款多畜宾客,以气力渔食闾里。"并曰:"赵李杰恶,当得其头以谢百姓。"在诸说中,黄节认为,顾起元说"与此诗轻薄意尤近"(《阮步兵咏怀诗注》)。我比较同意黄氏的意见。

顾炎武学识渊博,实事求是,对清代的朴学有深刻的影响。他对选学的见解值得重视。

清孙志祖有《文选理学权舆补》专补汪师韩《文选理学权舆》之《前贤评论》。孙氏说:"案上湖先生自叙,于《前贤评论》,本有杨升庵,而所辑二卷中未之及。盖客游时,偶未携《丹铅录》也。今补之,合《匡谬正俗》、《猗觉寮杂记》之及选学者为一卷。"是书所收评论,于选学有益,亦可参考。

卷八为《质疑》。汪师韩于《文选理学权舆·叙》中说："至余于读《选》时，或见注有征引之未当，阙遗之欲补，未敢妄信，思就正有道，谓之《质疑》。"例如：

营　匠

张协《七命》云："营匠斫其朴。"注曰："营匠，未详。"而又引《庄子》"匠伯不顾"，是其未解者，乃在营字。窃观张平子《西京赋》曰："西匠营宫。"景阳当是用此，乃谓经营之匠耳。

按：营匠，李善注：未详。汪师韩作了正确的解释。

三都赋注

《三都赋》注曰："张载注《魏都》，刘逵注《吴》、《蜀》。"今标题于《三都》，并称"刘渊林注"，未尝分别，而他处引用，或又云张载注《吴都》，应俱误也。

按：李善《三都赋》注并称刘渊林注，误，汪氏予以纠正。

廉公思赵

丘迟《与陈伯之书》云："所以廉公之思赵将。"注曰："《史记》曰：赵王思复得廉颇，廉颇亦思复用赵。王以为老，故不召。"按《史记》曰："楚闻廉颇在魏，阴使人迎之。廉颇一为楚将，无功，曰：我思用赵人。"此一段正此文所用，而注乃引彼失此。此注之疏也。

按：这是指出李善注的疏误，并予以纠正。这类例子还有一些，不再一一列举了。

《文选》李善注大约有一百万字，这是一个巨大的工程，偶有疏漏、讹误，是可以理解的，这无损它是中国训诂学史的奇作。

汪师韩的《文选理学权舆》是选学的入门书。现代文选学家骆鸿凯、屈守元都给予好评。骆鸿凯说："以今观之,是书发挥选注,缕举最详,俾世之为选学者,得门而入,裨益匪浅。"(《文选学·源流第三》)屈守元说:"清代《文选》之学,发端于何焯,而有专著则始于余萧客;张大此学,有大影响于后代者,则断推汪氏此书。"(《文选导读》,巴蜀书社1993年版107页)这些评价都是十分客观的,我完全同意。本文对全书作了全面的评介,肯定了它在文选学史上的价值。此书缺少《文选》编者的绍介,文体分类的论述,《文选》版本之叙录,选学研究概述等内容,是其不足,这些内容在骆鸿凯的《文选学》里都有新的表述。可参看本书《研习选学之津梁——骆鸿凯〈文选学〉评介》一节,这里就不再重复了。骆鸿凯的《文选学》出版已近一个世纪,有些内容已不能适应今天读者的需要了。我希望在新的世纪里能够出版一部新的《文选学》以满足广大读者的需要。"选学"的研究方兴未艾,我相信,在不久的将来,有更多高质量的选学著作呈现在我们面前。

悬衡百代　扬榷群言

——孙梅论《文选》

孙梅(1739—1790),字松友,号春浦,归安(今浙江湖州)人。乾隆二十七年(1762)举人,三十四年进士。历任中书舍人、太平府同知等职。著作有《四六丛话》三十三卷、《旧言堂集》四卷。

孙梅的《四六丛话》是一部比较系统的骈文理论批评专著。在三十三卷中,卷一、卷二,论《文选》。从卷三至卷二十七,论述各种文体。论及的文体有骚、赋、制、敕、诏、册、表、章疏、启、颂、书、碑、志、判、序、记、论、铭、箴、赞、檄、露布、祭、诔、杂文、谈谐二十六体。有关文体的论述分为两部分:先是序论,后是资料。卷二十八为《总论》。卷二十九至卷三十三评介历代作家。以上论述，与《文选》直接有关的内容是卷一、卷二、卷二十九。应该指出的是，商务印书馆《万有文库》本（1937）《四六丛话》附有《选诗丛话》。这自然是与《文选》有关的。至于骚、赋等文体的论述和资料，不能说与文选学无关，但是所论庞杂，兹从略。

卷一开始是关于《文选》的序论，以后及卷二所收皆为研究资料。序论表达了作者对《文选》的看法。孙梅说：

> 揆厥所长，大体有五：曰通识。五经纷纶，而通释训诂者有《尔雅》；诸史肸蠁，而通述纪传者有《史记》。《选》之为书，上始姬宗，下迄梁代，千余年间，艺文备矣……其长一也。曰博综。自昔文家，尤多派别。《文志》表江左之盛，《典论》诠邺下之贤。《选》之所收，或人登一二首，或集载数十篇。诗笔不必兼长，淄、渑不必尽合。《咏怀》（阮籍）、《拟古》（江淹），以富有争奇；玄虚（木华）、简栖（王巾）以单行示贵。其长二也。曰辨体。……分区别类，既备之于篇；溯委穷源，复辨之于序……其长三也。曰伐材。文字英华，散在四部……惟沈博绝丽之文，多左右采获之助。"王孙"、"驿使"，雅故相仍；"天鸡"、"蹲鸱"，缤纷入用。是犹陆海探珍，邓林撷秀也。其长四也。曰镕范。文笔之富，浩如渊海；断制之精，运于炉锤。使汉京以往，弭抑而受裁；正始以还，激昂而竞响。虽"禊序"不收，少卿伪作，各有指归，非为谬妄。谓小儿强解事，此论未公；变学究为秀才，其功实倍。其长五也。

孙梅认为萧统《文选》大概有五大优点：第一，是说《文选》这部"总集"规模宏大。《文选》所选之诗文，"上始姬宗（周代），下迄梁代，千余年间，艺文备矣"。从《文选》可以看出历代"质文升降之故，风雅正变之由"。冯友兰先生认为"哲学史约有两种体裁：一为叙述式的；一为选录式的……如《宋元学案》、《明儒学案》即黄梨洲所著宋、元、明哲学史；《古文辞类纂》、《经史百家杂钞》，即姚鼐、曾国藩所著之中国文学史也"（《中国哲学史》上册）。我十分赞同冯先生的意见，《文选》就是一部选录式的先秦、两汉、魏晋南北朝文学史。

第二，是说《文选》不拘一格，选录了不同流派、不同风格的诗文。如阮籍的《咏怀》诗、江淹的《拟古》诗，风格不同，皆以入选。木华仅存单篇《海赋》，王巾仅存单篇《头陀寺碑文》，选入《文选》后，二人皆名传千载。《文选》选录之公，于此可见。

第三，辨明文体，分体三十七类。这是中国文体分类史上的重大贡献。曹丕《典论·论文》论及文体有奏、议、书、论、铭、诔、诗、赋八类。陆机《文赋》论及文体有诗、赋、碑、诔、铭、箴、颂、论、奏、说十类。萧统总结了前人文体分类的经验，又有了新的发展，值得珍视。

第四，是说《文选》所选多为"沈博绝丽之文"，文章供人学习，辞藻供人采撷。清代曾国藩喜爱《文选》，熟读《文选》，并且亲自指导儿子学习《文选》，其目的就是为了写好文章。谚云："《文选》烂，秀才半。"（陆游《老学庵笔记》）熟读《文选》，为了写好文章，写好文章往往可以取得科举考试的成功，从而获得功名富贵。

第五，是说《文选》选录之精当。历代诗文，符合选录标准的入选，不符合选录标准的淘汰。《文选》编者始终坚持其选录标准。因此，王羲之的《兰亭序》这样的佳作可以不选，李陵《答苏武书》这样的伪作照样选入。《文选》自有其特点。《文选》培育了历代文士，厥功实伟。

孙梅对《文选》的评价，既实事求是，又十分精辟。可惜的是一直没有引起文选学研究者的重视。骆鸿凯的《文选学》是研究文选学的重要著作,竟然对孙梅的《四六丛话》只字未提。现代著作论述《文选》第一次引用孙梅见解的是方孝岳的《中国文学批评》(上海世界书局1934年版)。在此书的第十五章《昭明〈文选〉发挥文学的"时义"》中援引了孙梅对《文选》的评价,并加以诠释。这才逐渐引起世人的注意。

应该指出,孙梅关于《文选》的论述自有其卓见,但是他忽略了萧统的文学发展观和《文选》"事出于沉思,义归乎翰藻"的特点,是其不足。

孙梅蒐集的《文选》研究资料比较杂乱。其中直接论及《文选》者较为可取。如:

> 江、淮间为文选学者,起自江都曹宪。贞观初,扬州长史李袭誉荐之,征为弘文馆学士,撰《文选音义》十卷,年百余岁乃卒。其后句容许淹、江夏李善、公孙罗相继以《文选》教授。开元中,中书令萧嵩以《文选》是先代旧业,欲注释之……功竟不就。(《大唐新语》)

这里介绍了唐代的文选学者曹宪、许淹、李善、公孙罗。文中出现"文选学"一词,值得注意。又如:

> 世人多谓李氏立意注《文选》,过为迂繁,徒自骋学,且不解文意,遂相尚习五臣者,大误也。所广征引,非李氏立意。盖李氏不欲窃人之功,有旧注者必逐篇存之,仍题元注人姓字。或有迂阔乖谬,犹不削去。苟旧注未备,或兴新意,必于旧注中称"臣善"以别。既存元注,例皆引据,李续之,雅宜殷勤也。代传数本李氏《文选》,有初注成者,覆注者,有三注、四注者,当时旋被传写之。其绝笔之本,皆释音训义,注解甚多,余家幸而有焉。尝将数本并校,不惟注之赡略有异,至于

科段,互相不同,无似余家之本该备也。……(《资暇录》)

这里指出李善注《文选》十分认真。其注释稿本有初注本、复注本、三次注本、四次注本。其注释水平,非五臣可比也。又如:

> 李善精于《文选》,为注解,因以讲授,谓之"文选学"。少陵有诗云:"续儿诵《文选》。"又训其子:"熟精《文选》理。"盖选学自成一家。江南进士试"天鸡弄和风"诗,以《尔雅》天鸡有二,问之主司,其精如此。故曰:"《文选》烂,秀才半。"熙、丰之后,士以穿凿谈经,而选学废矣。(《困学纪闻》)

这里认为"文选学"始于李善,非是。当始于曹宪。从所引杜甫诗看,可见唐代选学之盛行。到宋神宗熙宁、元丰以后,当时读书人穿凿谈经,选学就荒废了。这里指出了文选学盛行和荒废的不同情况。又如:

> 舟中读《文选》,恨其编次无法,去取失当。齐、梁文章衰陋,而萧统尤为卑弱,《文选引》,斯可见矣。如李陵、苏武五言,皆伪而不能去。观《渊明集》,可喜者甚多,而独取数首,以知其余人忽遗者多矣。渊明作《闲情赋》,所谓"国风好色而不淫",正使不及《周南》,与屈、宋所陈何异?而统乃讥之,此乃小儿强作解事者。(《东坡题跋》)

拙作《苏轼论〈文选〉琐议》(见本章)对此题跋有详细评论。略述如下:说《文选》"编次无法"缺乏根据。《文选》分三十七体,次序井然。说《文选》"去取失当",这是认为李陵、苏武作品是伪作,不当入选。我认为,李陵、苏武作品,在当时并未确定为伪作,再说,苏、李之作皆为佳作,为何不能入选。说渊明作品入选过少。我认为这是《文选》的选录标准决定的。萧统喜爱陶诗,编书不能因为个人的喜爱而放弃选录标准。

以上诸条皆是常见之资料,但是比较重要,所以稍加评述。

卷二十九介绍"《文选》家"。其内大都抄录史籍,并不足观。值得注意的是卷三十一介绍刘勰后的一段按语。按语说:

> 士衡《文赋》一篇,引而不发,旨趣跃如。彦和则探幽索隐,穷形尽状。五十篇之内,百代之精华备矣。其时昭明太子纂辑《文选》,为词宗标准。彦和此书,实总括大凡,妙抉人心。二书宜相辅而行者也。自陈、隋下讫五代,五百年间,作者莫不根柢于此。呜呼! 盛矣!

这是提倡将《文选》与《文心雕龙》结合起来研究。现代黄侃说:"读《文选》者,必须于《文心雕龙》所说能信受奉行,持观此书,乃有真解。"(《文选平点》)骆鸿凯说:"《雕龙》论文之言,又若为《文选》印证,笙磬同音,岂不谋而合,抑尝共讨论,故宗旨如一耶。"(《文选学》)范文澜说:"《文心雕龙》是文学方法论,是文学批评书,是西周以来文学的大总结。此书与萧统《文选》相辅而行,可以引导后人顺利地了解齐梁以前文学的全貌。"(《中国通史简编》修订本第二编)我在《昭明文选研究》(人民文学出版社1998年版)《后记》中说过:"我认为,研究《文心雕龙》应与《文选》相结合,参阅《文选》,可以证实《文心雕龙》许多论点的精辟。同时,我也认为,研究《文选》亦应与《文心雕龙》相结合,揣摩《文心雕龙》之论断,可以说明《文选》选录诗文之精审。因此,将二书结合起来研究,好处很多。"这是我在研究《文心雕龙》和《文选》过程中亲身的体验。但是,最早提出这一观点的是孙梅,功不可没。

《选诗丛话》是孙梅搜集有关"《选》诗"的资料。什么是"《选》诗"?《选》诗是指《选》体诗。宋曾季貍说:"若学诗而不知有《选》诗,是大车无輗,小车无軏。"(《艇斋诗话》)宋王应麟说:"朱文公云:李、杜、韩、柳,初亦学《选》诗。然杜、韩变化多,而柳、李变化少。"(《困学纪闻·评诗》)说的都是《选》诗。元代刘履有《选诗补注》,这是比较著名的注本。明代以后,也陆陆续续地产生了一《选》诗注本。为了学习和研究《选》诗。孙梅纂辑了这部《选诗丛话》。

《选诗丛话》共辑录资料五十七条,有些内容有一定的参考价值,如:

> 拟古惟江文通最长,拟渊明似渊明,拟康乐似康乐,拟左思似左思,拟郭璞似郭璞,独拟李都尉一首,不似西汉耳。虽谢康乐拟邺中诸子之作,亦气象不类。至于刘元休拟《行行重行行》等篇,鲍明远代《君子有所思》之作,仍是其自体耳。(《沧浪诗话》)

钟嵘《诗品》评论江淹,已说到他"善于模拟"。严羽《沧浪诗话》只是说得具体一些。文中还说到谢灵运、刘铄、鲍照的拟作不似,这说明严羽有较高的文学鉴赏能力。《文选》选录谢灵运(康乐)《拟魏太子邺中集诗》八首、刘铄(休玄)《拟古》二首、鲍照(明远)《代君子有所思》一首,可供参考。按,《宋书》卷七十二《文九王传》云:"南平穆王铄,字休玄,文帝第四子也。"《沧浪诗话》作"元休",误。又按,"元",应作"玄",避清康熙皇帝玄烨讳改。又如:

> "池塘生春草,园柳变鸣禽。"世多不解此语为工,盖欲以奇求之耳。此语之工,正在无所用意,猝然与景相遇,借以成章,不假绳削,故非常情所能到。诗家妙处,常须以此为根本。思苦难言者,往往不悟。……(《石林诗话》)

"池塘生春草,园柳变鸣禽。"是谢灵运诗中名篇《登池上楼》中的名句。以上分析要言不繁,颇中肯綮。钟嵘《诗品》卷中"谢惠连"条云:"《谢氏家录》云:康乐每对惠连,辄得佳语。后在永嘉西堂,思诗竟日不就,寤寐间,忽见惠连,即成'池塘生春草'。故尝云:'此语有神助,非我语也。'"可供参考。《登池上楼》诗见《文选》卷二十二。又如:

> 陶潜《读山海经》十三首,用事今本多差误,各为注释之……(《西溪丛语》)

具体注释过长,不录。注释详赡,足供研究陶者参考。陶潜《读山海经》诗见《文选》卷三十。又如:

> 《文选》编李陵、苏武诗凡七篇,人多疑"俯观江汉流"之语,以为苏武在长安所作,何为乃及江、汉?东坡云:"皆后人所拟也。"予观李诗云:"独有盈觞酒,与子结绸缪。""盈"字正惠帝讳,汉法触讳者有罪,不应陵敢用之。益知坡公之言为可信也。(《容斋题跋》)

这里引用苏东坡的论断,认为李陵、苏武诗是后人造假的。应该指出的是,李陵、苏武诗虽是赝品,但仍为佳作。这是大家所认同的。李少卿(陵)《与苏武诗》三首,苏子卿(武)诗四首见《文选》卷二十九。

类似以上的评论资料还有一些,我就不一一列举了。我认为,孙梅对文选学评论资料的蒐集,显然是受了清汪师韩《文选理学权舆》的影响,此书有《评论》一类专收《文选》的评论资料。汪氏认为他的收录不全,"以俟他时补缀",故后世屡有补者。

孙梅在《四六丛话》卷一《选》的序论中说:"若乃悬衡百代,扬榷群言,进退师于一心,总持及乎千载,吾于昭明氏见之矣。"意思是《文选》一书权衡历代作家,选择他们著作的精品。是选录还是淘汰,定于一己之心,选录之诗文几及千年。这样的选家,我见到的,只有昭明太子萧统。我同意孙梅对萧统的评价。

阮元与《文选》之研究

阮元(1764—1859),字伯元,号芸台,江苏仪征人。乾隆五十四年进士。次年翰林院编修大考,乾隆亲擢第一,召对时,乾隆高兴地说:"不意朕八旬外,又得一人。"此后历任内阁学士,户部、礼部、兵部、工部等侍郎,山东、浙江学政,浙江、河南、江西巡抚、漕运,两湖、两广、云贵总督,太子少保,体仁阁大学士。阮元在仕途上一帆风顺。以他的地位和权势,吸收人才,组织学术活动,条件是完全具备的。在他的幕府中前后有学人120余人,著名的有程瑶田、段玉裁、孙星衍、凌廷堪、江藩、焦循、严杰、顾广圻、臧庸、周中孚、李锐、陈寿祺、方东树等人。阮元一方面在朝廷任职,一方面提倡学术研究,组织文化活动。他在任浙江学政时,主持编纂《经籍纂诂》;他在任浙江巡抚时,立诂经精舍;他在任江西巡抚时,主持刻印《十三经注疏》;他在任两广总督时,立学海堂,主持刻印《皇清经解》。他在推动学术文化活动、传播我国优秀传统文化方面起了巨大的作用。阮元又是一个渊博的学者,著作颇丰,主要有《揅经室集》等。他的学术属于"扬州学派",是"扬州学派"的巨子。

阮元是经学家,也是骈文家。当时桐城派的古文家反对骈文,轻视《文选》,提倡桐城派的古文。而阮元提倡骈文,推崇《文选》,反对桐城派古文,与之对峙。先看桐城派古文家是怎么说的。

桐城派古文家姚鼐编选的《古文辞类纂》,一直被桐城派奉为

经典。此书选文七百余篇,其中六朝文章仅有八篇。其《序目》云:

> 古文不取六朝人,恶其靡也。独辞赋则晋宋人犹有古人韵格存焉。唯齐梁以下,则辞益俳而气益卑,故不录耳。

他认为齐梁文章辞俳气卑,不予选录。对于推崇《文选》的骈文家,姚鼐说:

> 至于文章之事,诸君亦了未解,凌仲子至以《文选》为文家之正派,其可笑如此。(《与石甫侄孙》)

凌仲子即凌廷堪,字天游,长于骈文,喜作选体。江藩说他"雅善属文,尤工骈体,得魏晋之醇粹,有六朝之流美,在胡稚威(天游)、孔撝轩(广森)之上"(《汉学师承记》卷七)。作为骈文家,凌廷堪认为"《文选》为文家之正派",并无不妥之处,而姚氏认为"可笑",于此可见双方观点之对立。姚鼐编选《古文辞类纂》,固然是为古文树立典范,但同时也是借以建立桐城派的文章正统。此书所选以唐宋八大家文为主,其上为先秦两汉文,其下为归有光、方苞、刘大櫆文,揭示了桐城派文章正统之所在。桐城派古文家方东树说:"往者姚姬传先生纂辑古文辞,八家后于明录熙甫,于国朝录望溪、海峰,以为古文传统在是也。"(《仪卫轩文集·答叶溥求论古文书》)这里已说得很清楚了。当然骈文学派是不会同意这一观点的。现在来看看骈文家是怎么说的。

六朝盛行文笔之说。刘勰说:"今之常言,有文有笔。以为无韵者笔也,有韵者文也。"(《文心雕龙·总术》)萧绎说:"至如不便为诗如阎纂,善为章奏如伯松,若此之流,泛谓之笔;吟咏风谣,流连哀思者谓之文。"又说:"笔,退则非谓成篇,进则不云取义,神其巧惠,笔端而已。至如文者,唯须绮縠纷披,宫徵靡曼,唇吻遒会,情灵摇荡。"(《金楼子·立言》)刘师培加以归纳说曰:"是偶语韵词谓之文,凡非偶语韵词谓之笔。"(《中国中古文学史讲义·文学辨体》)语至明确。阮氏继承了六朝文笔说,作《文言说》、《文韵说》等文,详细地阐明了什么是"文"。他说:

> 孔子于《乾》、《坤》之言,自名曰"文",此千古文章之祖也。为文章者,不务协音以成韵,修词以达远,使人易诵易记,而唯以单行之语,纵横恣肆,动辄千言万字,不知此乃古人所谓直言之言,论难之语,非言之有文者也,非孔子之所谓"文"也。(《文言说》)

在阮元看来,那些协音成韵、修词达远、易诵易记的文章才是"文"。相传孔子所撰《易传》分列《乾》、《坤》,两卦中的《文言》是文章之祖。这里既道出"文"的特征,又追溯"文"的宗祖是孔子。如此之文,自然胜过桐城派的古文;如此宗祖,自然压倒桐城派的文统。阮氏认为,桐城派古文只是"直言之言,论难之语"。许慎《说文解字》云:"直言曰言,论难曰语。"这是说桐城派的古文是"言"是"语",而不是"文"。阮元又说:

> 福问曰:《文心雕龙》云:"今之常言,有文有笔。以为无韵者笔也,有韵者文也。"据此则梁时恒言,有韵者乃可谓之文,而《昭明文选》所选之文,不押韵脚者甚多,何也?曰:梁时恒言,所谓韵者,固指押脚韵,亦兼谓章句之音韵,即古人所言之宫羽,今人所言之平仄也。……八代不韵押之文,其中奇偶相生,顿挫抑扬,咏叹声情,皆有合乎音韵宫羽者。……昭明所选不押韵脚之文,本皆奇偶相生,有声音者,所谓韵也。……吾固曰:韵者即声音也,声音即文也。然则今人所便单行之文,极其奥折奔放者,乃古之笔,非古之文也。(《文韵

说》)

《文心雕龙·总术》篇云:"无韵者笔也,有韵者文也。"而《文选》既曰之"文",所选却颇多不押韵脚的文章,这是为什么? 阮福不理解,问其父阮元。阮元的回答是,韵固指脚韵,亦谓章句之音韵。昭明所选不押韵脚之文,皆奇偶相生,有声音者,即韵也。阮氏的解答,说明了"文"的特点,也说明了《文选》中不押韵脚之文的特点。以这些特点衡量桐城派古文,这些古文只是"笔",而不是"文"。此篇所论与《文言说》所论相辅相成。在这种思想指导下,阮氏褒扬了骈体文,褒扬了《文选》,贬低了桐城派的古文,自然也贬低了《古文辞类纂》,其目的是为骈体文争取正统的地位。由此看来,他对《文选》的喜爱和推崇就是很自然的了。下面我们来考察阮元对《文选》的研究情况。

一、《文选序》之研究

萧统《文选序》云:

> 若夫姬公之籍,孔父之书,与日月俱悬,鬼神争奥,孝敬之准式,人伦之师友,岂可重以芟夷,加以剪截? 老、庄之作,管、孟之流,盖以立意为宗,不以能文为本,今之所撰,又以略诸。若贤人之美辞,忠臣之抗直,谋夫之话,辨士之端,冰释泉涌,金相玉振。所谓坐狙丘,议稷下,仲连之却秦军,食其之下齐国,留侯之发八难,曲逆之吐六奇,盖乃事美一时,语流千载。概见坟籍,旁出子史,若斯之流,又亦繁博,虽传之简牍,而事异篇章,今之所集,亦所不取。至于记事之史,系年之书,所以褒贬是非,纪别异同;方之篇翰,亦已不同。若其赞论之综缉辞采,序述之错比文华,事出于沉思,义归乎翰藻。故与夫篇什,杂而集之。远自周室,迄于圣代,都为三十卷,名曰《文

选》云耳。

这一段话说的是《文选》的选录标准。这个选录标准,简言之,即"事出于沉思,义归乎翰藻"。阮元的《书梁昭明太子文选序后》论述什么是"文",便是从萧统的这一段话开始,他说:

> 昭明所选,名之曰"文"。盖必文而后选也,非文则不选也。经也,子也,史也,皆不可专名之为文也,故昭明《文选序》后三段特明其不选之故。必"沉思"、"翰藻",始名为文,始以入选也。

什么是"文"?"必'沉思'、'翰藻',始名为文"。但是阮氏的论述,其意并非为了阐明《文选》的选录标准,而是为了论述什么是"文",借以确定"文"的概念。阮氏在《文言说》《文韵说》《与友人论古文书》等文中反复论述什么是"文",在本文中又三次强调"以'沉思'、'翰藻'为文",其目的是要贬低桐城派古文的地位,为骈体文张目,为《文选》叫好。文章最后说到"今人所作之古文,当名之为何",显然指的是桐城派的古文。"唯'沉思'、'翰藻'乃可名之为文",这种古文不是"文","言之无文,子派杂家而已",对桐城派古文作了严厉的批评。

阮氏对《文选序》的研究,并非意在《文选序》,而是借以论证其"文"的观点,为其文学观服务。

二、李善注《文选》尤刻本之研究

李善注《文选》尤袤刻本是现存最早最完整的宋刻本,通行的胡刻本《文选》就是以此书为底本的。阮元在《南宋淳熙贵池尤氏本文选序》中说:

> 按是册宋孝宗淳熙八月辛丑无锡尤延之在贵池学宫所刻,世谓之淳熙本。每半叶十行,每行大字廿一、二,小字廿

一、二、三、四不一。惜原板间有漫漶,其修板至理宗景定间止。卷二八叶及卷九十九叶书口并有景定壬戌重刊木记可见。

这是介绍阮氏所藏尤刻本的一般情况。这个印本因板有漫漶,经过修补,修补时间直至宋理宗景定三年(1262)。阮氏还说:

> 惜是册缺第四十一、四十二两卷,近人即以正卿本补入,虽非完书,实亦希世珍也。

可见这是一个残缺的本子,经人以张伯颜本补缺之后,方成完书。即使如此,阮氏亦视为希世珍宝。阮元又说:

> 元幼为文选学,而壮未能精熟其理,然讹文脱字,时时校及之。

这说明阮氏做过《文选》的校勘工作。在此篇序中附有阮氏的校勘记。阮氏先以毛氏汲古阁本李善注《文选》与尤刻本相校,发现毛本的脱文有:

> 如《东京赋》"上下通情"注,毛本脱"言君情通于下臣情达于上故能国家安而君臣欢乐也"廿二字。又"重舌之人九译"注,毛本脱"韩诗外传"至"献白雉于周公"廿三字。《秋兴赋》"天晃朗以弥高兮"注,毛本脱"杜笃"至"高明"廿字。《思玄赋》"行颇僻而获志兮"注,毛本脱"萧该音"至"广雅曰陂邪也"卅五字。陆士衡《答贾长渊诗》"我求明德"注下,毛本脱正文"鲁侯戾止"八字、注文卅二字。《七发》"客见太子有悦色"下,毛本脱数百字。诸如此类,不胜枚举。

上述诸例可见尤刻本之佳处,亦可见毛本之脱漏。如此刻本贻误后人,为害非浅,于此益可见善本之可贵。

阮元又以翻张本、晋府本、毛本诸《文选》与尤刻本相校，发现诸本之异文有如：

《蜀都赋》"千庑万室"，晋府本、毛本"室"改"屋"，则与上下文"出"、"术"等字不韵矣。《羽猎赋》"群娭乎其中"，翻张本、晋府本、毛本"娭"改"嬉"，则与《汉书·扬子云传》不合矣。《宋书·谢灵运传论》"莫不寄言上德"注引老子《德经》。翻张本、晋府本、毛本并作"道德经"，不知"德经"二字见陆氏《经典释文》及《礼记正义》也。《吴都赋》"趫材悍壮"注引《胡非子》，毛本"胡"改"韩"，不知胡非乃墨子弟子，见汉、隋史志也。《骚》下《山鬼篇》"采三秀兮于山间"，注文"三秀"上晋府本、毛本增"逸曰"二字，此沿六臣本之旧，崇贤本不当有也。《永明九年策秀才文》"自萌俗浇弛"及《齐故安乐昭王碑文》"缉熙萌庶"，翻张本、晋府本、毛本"萌"改"氓"，然古书多作"萌"也。

从上述诸例看出，尤刻本"非他本之所可及"。

校勘记往往起到补缺补漏、是正文字的作用。别小看寥寥数十条校勘记，其中包含校勘者大量的劳动。校勘是一项既费时又费力的工作，但是好的古籍校勘本，对读者学习和研究工作都是大有裨益的。

三、关于"文选楼"

扬州有文选楼，阮元作《扬州隋文选楼记》。此篇所叙二事：一为唐代文选学研究之盛况，一为文选楼中栗主之更换。

唐代文选学之研究始于隋唐之际的曹宪。阮元引用新、旧《唐书》云：

曹宪，江都人，仕隋为秘书学士，聚徒教授，凡数百人，公卿多从之游。于小学尤邃。……贞观中，以弘文馆学士召，不至，即家拜朝散大夫。卒，年百五岁。宪始以梁昭明《文选》授诸生，而同郡魏模、公孙罗、江都李善相继传授，于是其学大兴。

据新、旧《唐书》记载，曹宪撰有《文选音义》，公孙罗撰有《文选音义》十卷，李善撰有《文选注》六十卷。曹宪的同郡人魏模及其子景倩，皆以《文选》相传授。还有曹宪门人许淹，撰有《文选音》十卷。于此可见当时文选学之盛况。

阮元引《新唐书·李邕传》云：

> 善又尝命子邕……补益《文选注》，与善书并行。

此说不可信。唐人李匡乂《资暇录》云："李氏《文选》有初注成者、覆注者，有三注、四注者，当时旋被传写之。其绝笔之本，皆释音训义，注解甚多，余家幸而有焉。"并无李邕补益《文选注》之事。至《四库全书总目提要·文选注》详加驳正，令人信服。近人高步瀛《文选李注义疏》中的《唐李崇贤上文选注表》注，反驳更为有力。对此有兴趣的读者，可以参阅。

扬州有文选楼，楼中供奉的是昭明栗主。阮元不以为然。他说：

> 元以为昭明不在扬州，扬州选楼因曹氏得名，当祀曹宪主，以魏模、公孙罗、李善、魏景倩、李邕配之。

阮氏所说有其道理。但是，昭明作为《文选》的编者，其栗主供奉在文选楼上也是名正言顺的，只是因为他"不在扬州"，将他拿掉，未免有些不近情理。

阮元对文选学的研究仅此而已。但是，他的重视骈文，推崇

《文选》，对后世的影响颇为深远。例如刘师培的重视骈文，推崇《文选》，显然就是受了阮元的影响。阮元作《文言说》，刘师培作《广文言说》，阮元有《学海堂文笔策问》，刘师培以其主要内容作为《中国中古文学史讲义·文学辨体》中的内容。在刘师培的文学思想中，可以看到阮元文学思想的痕迹。钱基博《现代中国文学史》论刘师培云：

> 凡所持论，见《文说》、《广文言说》、《文笔诗笔词笔考》。盖融合昭明《文选》、子玄《史通》以迄阮元、章学诚，兼纵博涉，而以自成一家言者也。于是仪征阮氏之《文言》学，得师培而门户益张，壁垒益固。论小学为文章之始基，以骈文实文体之正宗，本于阮元者也。论文章流别同于诸子，推诗赋根源本于纵横，出之章学诚者也。阮氏之学，本衍《文选》。章氏蕲向，乃在《史通》。而师培融裁萧、刘，出入章、阮，旁推交勘以观会通；此其祇也。

于此可见刘师培的学术渊源与阮元之关系。

阮元的文学思想还直接影响到文选学的研究。骆鸿凯的《文选学》，其中《义例第二》在援引阮元《书梁昭明太子文选序后》之后云："阮氏此篇推阐昭明'沉思'、'翰藻'之旨，与不选经史子之故，可谓明畅。"又云："阮氏又有《文言说》、《文韵说》二篇，以推阐文之义界。又命其子福作《文笔对》，以为文取乎'沉思'、'翰藻'，吟咏哀思，故以有情辞声韵者为文，直言无文采者为笔。繁征博引，反复证明。《文笔对》太长，今录《文言》、《文韵》二篇。合而观之，于昭明选文之封域，更无疑义矣。"在《源流第三》中说："清嘉庆中仪征阮氏表章选学，因于扬州旧祀昭明太子之文选楼，特改题隋文选楼，崇祀曹宪以下七人，并为之记云。"下引《扬州隋文选楼记》。上述皆可说明阮元的文学思想与文选学之关系。

阮元与刘师培的关系,阮元的文学思想与骆鸿凯《文选学》的关系,归纳起来,主要是阮元与文选学的关系。从这种关系中,可以看出阮元对文选学研究的深刻影响。我认为,在中国文选学史上,阮元是一个关键人物,应引起我们的注意。

顾广圻与文选学研究

研究文选学的人,没有不知道胡刻本《文选》的。这是一种流行很广的《文选》,也是一种重要的《文选》版本。是谁主持此书校勘和刻印的?书上的署名是胡克家。胡克家是什么人?《清史稿》无专传。据《清史列传》卷三十三,知此人字占蒙,号果泉,番阳人。生于乾隆二十二年(1757),卒于嘉庆二十二年(1817)。历任布政使、巡抚等职。他主持《文选》的校勘和刻印,是他在苏州任江南苏、松、常、镇、太等处承宣布政使司布政使期间。清代布政使是一省掌管民政、财税的官员,官阶从二品,属高级官员。胡刻本《文选》的校勘和刻印署名是他,具体经办人是顾广圻和彭兆荪。胡刻本《文选》开头有《重刻宋淳熙本文选序》,署名胡克家,而顾广圻《思适斋集》卷十收有此文,题下注明"代胡果泉,己巳二月。"胡果泉即胡克家,己巳为嘉庆十四年(1809)。就是说,此序是顾广圻代胡克家作的。胡刻本《文选》后附《文选考异》,此书开头有《文选考异序》,署名亦为胡克家,序云:"又访于知交之通此学者元和顾君广圻、镇洋彭君兆荪,深相剖晰,佥谓无疑,遂乃条举件系,编为十卷。"而顾广圻《思适斋集》卷十亦收有此文,题下注明"代胡果泉,己巳"。可见此序也是顾广圻代胡克家作的。至于《文选考异》,则是顾广圻和彭兆荪合作的,而主要出自顾广圻之手。

顾广圻，字千里，号涧薲，江苏吴县人。生于乾隆三十一年（1766），卒于道光十五年（1835）。《清史稿》卷四百八十一《顾广圻传》云：

> 广圻天质过人，经、史、训诂、天算、舆地靡不贯通，至于目录之学，尤为专门，时人方之王仲宝、阮孝绪。兼工校雠，同时孙星衍、张敦仁、黄丕烈、胡克家延校宋本《说文》、《礼记》、《仪礼》、《国语》、《国策》、《文选》诸书，皆为之札记，考定文字，有益后学。乾、嘉间以校雠名家，文弨及广圻最著云。

可见顾广圻是当时学问渊博的校勘名家。他校勘过的书，李详说：

> 宋于庭《铁琴铜剑楼书目序》称顾涧薲为人校刻之书，举鄱阳胡氏《文选》、《资治通鉴》，阳城张氏《礼记郑注》，阳湖孙氏《说文解字》、《唐律疏义》，全椒吴氏《韩非子》，最后吴门汪氏《单疏仪礼》。据李申耆先生顾君墓志，知于庭所举尚有遗，如张氏之《盐铁论》，孙氏之《古文苑》，吴氏之《晏子》，秦氏之《扬子法言》、《骆宾王集》、《吕衡州集》，宋俱失载。又据《思适斋集》，如《列女传》、《焦氏易林》、《抱朴子内篇》、《华阳国志》、《李元宾集》、《黄帝本行经》、《轩辕黄帝传》、《宋名臣言行录》、吴元恭本《尔雅》，皆为涧薲校刊之书。合之宋、李所言，涧薲校行之书亦大略可睹矣。（《媿生丛录》卷二）

其实，李详所说的顾氏校刊之书，远不是他的全部。他所校勘的书，据李庆《顾千里研究·顾千里校书考》统计，经部有《毛诗正义》、《周礼注》等三十五种，史部有《汉书》、《资治通鉴》等五十四种，子部有《荀子注》、《盐铁论》等四十三种，集部有《蔡中郎集》、《李太白集》等三十五种，合计一百六十七种，可谓成就卓著。

顾广圻、彭兆荪对李善注《文选》的校勘刻印，在文选学史上是划时代的重大贡献，值得我们注意。

早在嘉庆元年（1796），顾广圻已经开始了《文选》的校勘工作。这一年八月，顾广圻嘱托黄丕烈以重金购买冯武、陆贻典手校之《文选》，自己细加校勘。他在此书的跋中说：

> 此《文选》朱校出汲古阁主人同时冯窦伯手，其前二十卷又有蓝笔，则陆敕先所复校也。今年秋八月，余属荛圃以重价购之，复借芗严周氏所藏残宋尤袤椠本，即冯、陆所据者，重为细勘，阅时之久，几倍冯、陆，补其漏略，正其传讹，颇有裨益，惜宋椠之尚非全豹也。

顾氏校这部《文选》花了很多时间，"补其漏略，正其传讹"，做了许多有益的工作。可惜供校勘之尤袤刊本为残本，不免留下一些遗憾，此跋又说：

> 唯词章之士，掇其字句以供擘觥，至其为经史之鼓吹，声韵训诂之键钥，诸子百家之检度，遗文坠简之渊薮，莫或及之。

可见顾氏对《文选》的价值有深刻的认识。他不仅认为《文选》是一部普通的诗文总集，供文士饾饤辞藻之用，而且还认识到这部遗文坠简的渊薮，对人们了解经、史、声韵训诂、诸子百家所起的作用。这种认识，比当时一般文士是更进了一步。正因为顾氏充分认识到《文选》的重要性，所以他有进一步研究《文选》的愿望，跋中还说：

> 广圻由宋本而知近本之谬，兼由勘宋本而即知宋本亦不能无谬，意欲准古今通借以指归文字，参累代声韵以区别句逗，经史互载者考其异，专集尚存者证其同，而又旁综四部，杂

涉九流。援引者沿流而溯源,已佚者借彼以订此,未必非此学之功臣也。

如何进一步研究《文选》,顾氏提出了一些设想,从这些设想看来,他后来完成的名著《文选考异》已在酝酿之中了。

顾氏这次校勘的《文选》是李善注本还是六臣注本,题跋中没有说明,根据跋中所说"五臣混淆善本音注,牴牾正文"的话,可以断定是李善注《文选》。《中国古籍善本书目·集部·总集类》著录:"《文选》六十卷,梁萧统辑,唐李善注,明末毛氏汲古阁刻清乾隆二十七年杨氏儒缨堂重修本,清阮元跋,并录清陆贻典、冯武、顾广圻校跋。"从这部李善注《文选》中,可以看到顾广圻的校勘成果,我们认为,顾氏撰写《文选考异》的准备工作正是从这时开始的。

王文进《文禄堂访书记》卷五著录《增补六臣注文选》六十卷,条下录顾广圻跋云:"嘉庆丁巳(1797),元和顾广圻重阅一过。"按《增补六臣注文选》,即元大德二年陈仁子古迂书院刻本。陈仁子,字同俌,号古愚,一作古迂,茶陵人。他生活在宋末元初,是一个理学家,宋亡不仕。他对萧统的《文选》不满,认为它去取失当,其友赵文在为《文选补遗》写的序上说:

(陈仁子)以为存《封禅书》何如存《天人三策》,存《剧秦美新》何如存更生《封事》,存《魏公九锡文》何如存蕃、固诸贤论列,《出师表》不当删去《后表》,《九歌》不当止存《少司命》、《山鬼》,《九章》不当止存《涉江》,汉诏令载武帝不载高、文,史论赞取班、范不取司马迁,渊明诗家冠冕,十不存一二。又以为诏令人主播告之典章,奏疏人臣经济之方略,不当以诗赋先奏疏,矧诏令是君臣失位,质文先后失宜。遂作《文选补遗》,亦起先秦迄梁,间以先儒之说,及其所以去取之意,附于下方,凡四十卷。

陈仁子站在理学家的立场选辑《文选补遗》,其价值自然不能与萧统《文选》相比,但是他刻印了一部《增补六臣注文选》(即"茶陵本"),因为是宋末元初的本子,所以有一定的版本价值。此书是顾广圻校勘《文选》的校本之一,所以顾氏反复阅读它。

嘉庆九年(1804)冬,顾广圻应邀赴庐州张太守府授徒,于巢湖舟次阅读孙志祖的《文选考异》。此书引用何焯、潘耒、钱陆灿三家《文选》校本,纠正了汲古阁《文选》的谬误,颇有贡献。而顾广圻对此书的批评却十分严厉。例如《吴都赋》"长殳短兵"条云:"《广韵笺》何书也?大奇!好抄《音义》而不知其不可据也。"又如张景阳《杂诗》"有渰兴南岑"条云:"全剿袭陈少章,欺无知者耳。"又如《东皇太一》"吉日兮辰良"条云:"李注例,但取义同,不拘语倒。如引'子孙'注'孙子';引'蛮荆'注'荆蛮';引'瑟琴'注'琴瑟';随举可证。引'辰良'注'良辰'亦其例,《蜀都赋》等自作'良辰',《九歌》自作'辰良',侍御读李注不熟,遂据误本矜独得之秘耳。如此著书,恐《梦溪笔谈》笑人。"虽说顾广圻学问渊博,对《文选》有深入的研究,但对孙志祖如此肆意讥讪、盛气凌人,其态度是不可取的,特别是在孙氏逝世三年之后,这样做尤不可取。顾氏如此盛诋他人,也受到前贤的批评,李详就指出:

> 侍御(指孙志祖)所著《文选考异》,余见千里批本(即《读画斋丛书》本)钩乙满纸。一则曰:"不知《文选》,又不知《系传》,此之谓俗学。"又云:"不知《文选》,又不知《后汉》,火枣儿糕,是名俗学。"又云:"五臣荒陋,侍御所见略与五臣等耳。"如此凡数十处。侍御选学,不及千里之精。平心论之,既

考异，广列诸说，存而不论，未为不可。千里诋之过甚，非也。（《媿生丛录》卷三）

李详的意见是完全正确的。

嘉庆十一年，阮元于《增补六臣注文选》上跋云："冯窦伯（武）据晋府诸本校本，陆敕先（贻典）据钱遵王宋本校本，顾涧薲校周氏藏宋尤袤椠本校本，又顾另有按语用墨笔，皆著名，今以墨笔临写。"（王文进《文禄堂访书记》卷五）阮元在这里说到他"以墨笔临写"顾氏"校周氏藏宋尤袤椠本校本"，说明顾氏对《文选》的校勘已取得相当的成就。

顾广圻代胡克家撰写的《文选序》云："往岁，顾千里、彭甘亭见语，以吴下有尤刊者，因属两君遴手影摹，校刊行世，逾年工成。"往岁，大约是指嘉庆十二年，吴下有尤刊者，指黄丕烈。尤刊，指《文选》尤袤刊本。逾年，指嘉庆十四年，《文选》校刊行世。黄丕烈对此事亦曾述及。他说："会鄱阳胡果泉先生典藩吴郡，敷政之余，留心选学，闻吴下有藏尤刊者，有人以余对，遂向寒斋以百金借钞。"（《重雕曝书亭藏宋刻初本舆地广记缘起》）原来《文选》尤袤刻本是胡克家以百金向黄丕烈借来影摹的，负责此项工作的是顾广圻和彭兆荪。

顾广圻在校刊尤刻本《文选》过程中，曾两次校阅孙志祖的《文选李注补正》，作为自己校刊尤刻本《文选》的参考。顾氏在校阅《补正》时，指出孙志祖的错误不少，如《补正》卷一《上林赋》"留落胥邪。注：郭璞曰：留，未详"条：

> 《补正》曰："许云：留落，即《吴都赋》'扶留'也。藤每络石而生，故扶留亦名留落耳。落即'络'字。下'胥邪'、'仁频'、'并间'皆一物，不应'留落'独分为二。或以《尔雅》'刘

杙'当之,亦非。'留落'、'胥邪'、'仁频'、'并闾'皆南方草木,以类相次。"广圻曰:"广圻谓'留落'即《南都赋》'南榴之木也'。张载注:'南榴木之盘结者。其盘结文尤好,可以作器。建安所出最大长也。'扶留,列于草,不得当此。"

又如卷一《西征赋》"明三败而不黜。注:言三,未详"条:

> 《补正》曰:"许云:案彭衙之败在文二年春。是年冬,晋及宋、郑、陈伐秦,取汪及彭衙而还。是亦晋胜秦败,并前殽之役为三败。"广圻曰:"考其役,秦未尝及晋师战,其非孟明将而败不待言。何得强取以足'三败'邪!"

应该承认,顾广圻确实指出了孙氏《补正》的一些错误,但是《补正》也自有其长处。骆鸿凯说:"《李注补正》中引赵曦明、叶树藩、许庆宗、徐鲲、顾仲恭诸家,皆于《选》文《选》注有所发明。"(《文选学·源流第三》)这正是可以参考之处。所以,顾广圻在校刊尤刻本《文选》时,先后两次校阅《补正》,不是没有原因的。直到嘉庆十四年(1809)三月,顾广圻还在校阅汪师韩的《文选理学权舆》,其目的也是供校刊《文选》、撰写《文选考异》之参考。

嘉庆十四年,顾广圻、彭兆荪校勘的尤刻本《文选》和《文选考异》问世。这是我国文选学史上的一件大事。此后,翻刻此书者很多,流传十分广泛,学习和研究《文选》的人几乎人手一册。李详诗云:"当时叹赏殊,海内流传遍。"(《江宁书肆有初印胡刻〈文选〉,索价过钜,未购,书此记恨》)这里所歌咏的应是当时的事实。胡刻本《文选》校勘质量高,成为《文选》中的善本,张之洞《书目答问》著录的《文选》类著作,首先推荐的就是此书。中华书局影印出版的胡刻本《文选》,在《出版说明》中说:"我们把尤刻本和胡刻本相校,证明胡刻本较好,胡克家改正了尤刻本明显的错误多达七百余处(《考异》中指出的尚未计算在内)……可见胡克家的校订工作做得比较严肃认真,他所著的《考异》也远远超过了尤袤所著的《李善与五臣同异》。"这个评价是公允的。应当指出的是,这里提到的胡克家,说得准确一些应该是顾广圻,参与工作的还有彭兆荪。

顾广圻和彭兆荪共同校勘《文选》,并且一起商榷《文选考异》。彭兆荪在《与刘芙初书》中说:

> 淳熙《文选》全帙已刊。近与涧𦿆商榷《考异》。渠精力学识十倍于蒙,探索研求,匪朝伊夕。凡诸义例,半出创裁。(《小谟觞馆文续集》卷一)

可见《文选考异》主要出自顾广圻之手。范希曾《书目答问补正》著录云:"胡本《考异》十卷,顾广圻撰。"此说无疑是正确的。

顾广圻的《文选考异》近二十万字,其内容是十分丰富的。兹列举数条,以见一斑。

如《两都赋》二首注"自光武至和帝都洛阳"至"和帝大悦也":

> 何㐌瞻焯校曰:"案《后汉书·班固传》,则《两都赋》明帝世所上,注和帝误。"陈少章景云校曰:"赋作于明帝之世,注中'故上此以谏,和帝大悦',语未详所据。"今按:此一节,非善注也,善下引《后汉书》"显宗时除兰台令史,迁为郎,乃上《两都赋》",不得有此注甚明。即五臣铣注亦言明帝云云,然则并非五臣注也。且此是卷首所列子目,其下本不应有注,决是后来窜入。(卷一)

这是在何焯、陈景云校勘的基础上,指出"自光武至和帝都洛阳……和帝大悦也"这一段注释不是李善注,是后来窜入的。

又如《两都赋序》注"亦皆依违尊者,都举朝廷以言之":

> 吴郡袁氏翻雕六臣本,茶陵陈氏刻增补六臣本,"都"上有"所"字,"举"上有"连"字。按:此尤延之校改之也,袁本五臣居前、善次后,茶陵本善居前、五臣次后,皆取六家以意合并如此。凡各本所见善注,初不甚相悬,逮尤延之多所校改,遂致迥异,说见每条下。(卷一)

这是指出"亦皆"句中"都"上脱"所"字,"举"上脱"连"字。据袁本、茶陵本补上。为什么会脱"所"、"连"二字?是尤袤校改的。穆按:"亦皆"句出自蔡邕《独断》。经查《独断》卷上,原文作"亦依违尊者所都,连举朝廷以言之也","皆"字衍。

又如《西都赋》"于是乘銮舆":

> 按:"銮"字衍也。注引《独断》以解"乘舆",中间不得有"銮"字甚明。考《后汉书》,章怀注引《独断》与此同,亦不得有"銮"字。今本皆衍耳。《上林赋》曰:"于是乘舆弭节徘徊。"《甘泉赋》曰:"于是乘舆乃登夫凤凰兮。"句例相似,孟坚之所出也。袁、茶陵二本"銮"作"鸾",详五臣济注,仍言"乘舆",是其本初无"鸾"字,各本之衍,当在其后。读者罕察,今特订正。又《东都赋》"乘舆乃出"注云:"乘舆,已见上文。"指谓此,可借证。(卷一)

这里校出"于是乘銮舆"中"銮"字衍,注文中引《独断》可以证明,《上林赋》、《甘泉赋》及《东都赋》可作为旁证,辨析有力。

又如《东都赋》注"田肯曰秦带河阻山":

> 袁本、茶陵本"田肯"作"娄敬"。按:二本非也,此所引《高帝纪》文,非《娄敬传》之"秦地被山带河"也。下注所云"娄敬已见上文"者,谓见《西都》"奉春建策"注。二本盖因下注致误。何、陈皆据之改为"娄敬",殊失之矣。凡二本有误,

及何、陈校之非者，多不复出。附辨一二，以为举例，余准是求之。（卷一）

这是纠正何焯、陈景云校勘的错误。按照校勘的惯例，校本错误，底本无误，不必出校。所以顾氏声明，附辨一二，仅为举例，多不复出。

又如《东都赋》"正雅乐"：

按："雅"当作"予"。《后汉书》作"予"。章怀注"正予乐"，谓依谶文改"太乐"为"太予乐"也。《困学纪闻》曰：《文选》李善注亦引"太予"，五臣乃解为"正乐"。今本作"雅乐"，误，盖五臣改为"雅"。王伯厚此说最是。善既引"太予"，则作"予"自明。袁本、茶陵本所载五臣铣注云："雅乐，正乐也。"其作"雅"亦甚明。各本所见正文，皆以五臣乱善而失著校语耳……此因误改正文，又并误改注也。《后汉书·明帝纪》章怀注所引正是"予"字。（卷一）

"雅"当作"予"，这是纠正尤刻本《文选》的错误。顾氏以《后汉书》章怀注、《困学纪闻》和李善注证明"雅"当作"予"。尤刻本《文选》所以作"雅"，是"五臣乱善"的结果，论证周详。

又如《西京赋》"奋隼归凫"：

袁本"奋"作"集"，校语云善作"奋"，茶陵本校语云五臣作"集"。案，各本所见，皆非也，薛自作"集"，"集隼"与"归凫"对文，承上四句而言，犹扬子云以"雁集"与"凫飞"对文也。善必与薛同，则与五臣亦无异，传写讹"奋"耳。二本校语，但据所见而为之，凡如此例者，全书不少，详见每条下。（卷二）

这条校记指出传写的错误。顾氏认为，袁本"奋"作"集"是正确的，证以茶陵本校语、薛综注和扬子云文。证据确凿，可以判定。

从以上所举例子看，有的校出后来窜入的注释，有的校出脱文，有的校出衍文，有的纠正前人校勘的错误，有的校出尤刻本的错误，有的校出传写的错误，如此等等，不胜枚举。亦可见《考异》内容之丰富。如此详细的校勘，在文选学研究史上是前所未有的。顾氏的校勘，既吸收了前人的校勘成果，又有自己的创见，既有集大成的性质，又有新的发展，值得我们珍视。近代著名学者、版本目录学家傅增湘说：

> 余尝谓，有清一代，以校勘名家者，如何义门、卢召弓，皆博极群书，撰述流传，沾溉后学。至中叶以后，涧𬞟崛起，持音韵文字之原，以通经史百家之义。其订正精谨，考辨详明，与钱竹汀詹事、高邮王氏父子齐驱并驾。余曩时从杨惺吾假得日本古钞《文选》三十卷本，以胡刻手加对勘，其中古本之异可以证今本之讹者凡数百事。因取所附《考异》观之，凡夺误疑难之文，或旁引曲证以得其真，或比附参勘以知其失，而取视六朝原本，则所推断者宛然符合。夫以丛残蠹朽之书，沿讹袭谬已久，乃能冥搜苦索，匡误正俗，如目见千年以上之本，而发其疑滞，斯其术亦奇矣。余披览之余，未尝不叹其精思玄解为不可几及也。（《思适斋书跋序》）

傅增湘对顾广圻、胡刻本《文选》和《文选考异》作了很高的评价。傅氏精通版本、目录、校勘之学，校书达一万六千余卷，撰写题跋五百余篇，是近代颇有影响的学者。他对顾广圻、胡刻本《文选》和《文选考异》的评价，代表了当时学者的看法。

顾广圻在校勘学上取得如此突出的成绩，首先，是与他的国学素养和学术水平分不开的。江藩说他：

> 天资过人，无书不读。经、史、小学、天文、历算、舆地之学，靡不贯通。又能为诗、古文辞、骈体文字，当今海内学者，莫之或先也。(《汉学师承记》卷二)

这是说，顾氏博览群书，无不贯通，当时海内学者无人赶得上他。李慈铭说：

> 先生综核群书，实事求是，校勘之学，尤号专门。并世高邮王氏父子，通儒冠代，石臞先生，尤精考校，而极推先生，独以为绝。(《题思适斋集》卷十八)

这是说，顾氏对校勘之学尤为精通，著名学者王念孙对他极为推重。又说他：

> 深于汉魏六朝之学，熟于周秦诸子之言，故其为文或散或整，皆不假绳削而自合。(《越缦堂读书记》)

这是说，顾氏熟悉周秦诸子，对汉魏六朝之学有高深的造诣。傅增湘说：

> 至于涧薲先生者，受业于江艮庭，传惠氏遗学，为当时名贤大师，皆得奉辞承教，故于经学训故，咸所通晓。其校勘之精严，考订之翔实，一时推为宗匠，即荛圃亦自愧弗如。(《思适斋书跋》)

这是说，顾氏通晓经学训故，精于校勘考订之学。又说他：

> 涧薲之详核精能，当出义门、槩斋以上，若荛圃者，见闻虽博，而学问殊浅，差与遵王、斧季相伯仲耳。(《思适斋书跋》)

这是说，顾氏校勘之学详核精能，在何焯、卢文弨之上，黄丕烈远不如他。

从清代和近代著名学者江藩、李慈铭、傅增湘的评论中,可以看出顾广圻在当时的学术地位和声誉。正是由于他的学术水平高,所以他的校勘成果常常能胜人一等。

其次,是与他的严肃认真的工作态度分不开的。从《文选考异》中,我们完全可以看出他的严肃认真的工作态度。只要是他感到有问题的地方,一个字、一句话都不会放过,有时还详加辨析,所以经过他校勘的古籍,如《文选》、《资治通鉴》等,都被认为是"稀世之宝"(《题思适斋集》)。李兆洛《涧薲顾君墓志铭》云:"君尝从容论古书舛误处,细若毛发,棼如乱丝,一经剖析,豁然心开而目明,叹君慧业,一时无匹。"绝非溢美之词。

顾广圻提出"不校校之"的校勘方法,亦可见其严肃认真的工作态度。他说:

> 书必以不校校之。毋改易其本来,不校之谓也。能知其是非得失之所以然,校之之谓也。(《礼记考异跋》)

他的所谓"不校校之"的方法,就是校勘古籍,发现有误而不改动,保持古籍原貌,谓之"不校"。于古籍后附校记或札记,辨析书中文字之是非,谓之"校之"。这种审慎的态度,到今天还值得我们学习。有些人校勘古籍,随意改动,这是一种不负责任的行为。

再次,是与他的勤奋刻苦的工作精神分不开。顾广圻淡泊名利,绝意仕进,一生为他人校书,过着比较穷困的生活。他校书勤奋,一生校书百余种;他校书刻苦,产生了许多有价值的校本。嘉庆十四年,在胡刻本《文选》即将完成之时,顾广圻的工作伙伴彭兆荪作《校刊淳熙本〈文选〉将毕,戏占二绝句示顾涧薲》(时寓吴门玉清道院),诗云:

落叶风前扫百回,江都绝学此重开。白云洗出庐山面,只问何人展齿来。

烂熟空夸选理精,凄风萧寺剔寒檠。防他太学诸生笑,相对依然吃菜羹。

前一首诗是说,顾氏校书如扫落叶百回,此乃江都实事求是之学也。为了还回《文选》之真面目,寂寞的校书生活日复一日,其间何曾有人来探望。后一首诗说,顾氏精熟《文选》之理,校书夜以继日,苦守寒灯。为防太学的后生讥笑,校书严肃认真,而吃的依然是菜羹。这两首诗反映顾广圻和彭兆荪专心校勘《文选》,过着清苦寂寞的生活,二人校书之情景,跃然纸上。顾、彭二人校书如此严肃认真,而生活又是如此艰苦,这种敬业精神,着实令人钦佩。

应该指出,顾氏《文选考异》虽然取得较高的学术成就,但并不意味着它就是完美无缺的。当时段玉裁就曾批评过《文选考异》的错误(参阅段氏《经韵楼集》卷十二《与陈仲鱼书》)。在学术研究上,从来没有、也不可能有无瑕的白玉。

今人对顾氏《文选考异》有一些批评,归纳起来,大约有两条:其一,认为顾广圻、彭兆荪见到《文选》版本太少,只有袁本和茶陵本,没有见到今天所能见到的古钞本、文选集注本、天圣明道本、韩国奎章阁本、尤袤初刻本、明州本、赣州本等,未免孤陋寡闻,给校勘带来很大的局限性。其二,存在一些疏漏之处。例如卷十二《海赋》"朱焰绿烟,腰眇蝉娟"下,尤袤刻本有原有的"珊瑚琥珀,群产连接,车渠马瑙,会积如山"四句十六字,胡刻本脱漏。又如十三卷《鹦鹉赋》"含火德之明辉",胡刻本误"含"为"合"(参阅屈守元《文选导读》第四《清儒〈文选〉学著述举要·文选考异》)。我认为,以胡克家之权势和顾广圻的学术水平,所见到的《文选》版本只有袁本和茶陵本,这是时代的局限,其实在他们手上还有当时流行的汲古阁本《文选》,因为此书源自尤刻本《文选》,似无需再校,所以没有取校。再说袁本、茶陵本在当时都是比较好的本子,作为主要校本亦无不可。应该指出的是,他们吸收了何义门、陈景云校勘《文选》的成果,大大丰富了《文选考异》的内容。特别是何义门,著名学者黄侃说过:"清世为《文选》之学,精核简要,未有超于义门者也。"(《文选平点》卷一)这个评价是很高的,其《文选》校记足供参考。陈景云是何义门的学生,其《文选举正》辨正是非,颇多发明,亦应参阅。虽然顾广圻校勘《文选》时手中校本较少,但是由于他们学术水平高,工作严肃认真,具有勤奋刻苦的治学精神,仍然做出了划时代的贡献。

至于校书有脱漏,这是常有的事。古人云:"校书如扫尘,一面扫,一面生,故有一书每三四校,犹有脱谬。"(宋绶语,见《梦溪笔谈》卷二十五《杂志二》)顾氏校书有疏忽之处,我们应该指出,但不必讥弹。因为校勘古籍是一件难度较高的工作,颜之推说:"校定书籍,亦何容易,自扬雄、刘向,方称此职耳。观天下书未遍,不得妄下雌黄。"(《颜氏家训·勉学》)说得虽有些过分,却也道出古籍校勘之难。我常常思考一个问题:在胡刻本《文选》刊出之前,华亭(今松江)人许巽行校勘《文选》凡十三次,历时数十年始得定本,书名《文选笔记》,后由其玄孙嘉德刊行,为什么影响远不如《文选考异》呢?其主要原因大概就是因为水平不同,故成就各异吧。近几年,学术界一些文选学研究者轻易否定胡刻本《文选》和《文选考异》,我认为这种态度缺乏历史观点,缺乏具体分析,是不够慎重的。我们应该历史地、科学地、全面地评价前人的学术研究成果,给予正确的评价。著名学者余嘉锡在《黄顾遗书序》中说:

> 盖千里读书极博,凡经、史、小学、天算、舆地、九流百家、诗文词曲之学,无所不通。于古今制度沿革,名物变迁,以及

著述体例,文章利病,莫不心知其意。故能穷其旨要,观其汇通。每校一书,先衡之以本书之词例,次征之于他书所引用,复决之以考据之是非。一事也,数书同见,此书误,参之他书,而得其不误者焉。文字音韵训诂,则求之于经。典章官制地理,则考之于史。于是近刻本之误,宋元刊本之误,以及从来传写本之误,罔不轩豁呈露,了然于心目,跃然纸上。从来胪举义证,杀青缮写,定则定矣。

这里对顾氏校勘方法的分析,我完全同意。如此校书,自然受到广大读者和学者的欢迎。清代冯桂芬说:"书经先生付刊者,艺林辄宝之。"(《思适斋文集序》)确实如此。顾氏校勘《文选》所取得的成就是十分可观的,可以说是文选学史上的一座里程碑。轻易否定它,是不符合历史的实际的。

今天我们学习《文选》,首先选择的仍然是胡刻本《文选》。中华书局1977年影印出版了胡刻本《文选》,上海古籍出版社1986年出版了标点本胡刻本《文选》,岳麓书社2002年出版了标点本胡刻本《文选》,这说明胡刻本《文选》不仅在清嘉庆十四年以后十分流行,直到今天仍然适应广大读者学习《文选》的需要。胡刻本《文选》具有如此强大的生命力,不能不归功于顾广圻。是的,政治家为人民做了好事,人民是不会忘记他的,同样,学者为人民撰写了好书,人民也是不会忘记他的。

梁章钜与《文选》研究

梁章钜是清代文学家和著名的文选学研究家。他的《文选旁证》是文选学研究的重要著作,应当引起足够的重视。

梁章钜(1775—1849),字闳中,一字茝林,晚号退庵。原籍福建长乐。清初,其祖迁居福州。父梁赞图,字斯志(又字翼斋),乾隆三十三年(1768)举人,曾任汀州府宁化县教谕。章钜在父亲影响下,遍读群书,为日后著述打下坚实的基础。乾隆五十九年(1794),中本省乡试成举人,时年二十。嘉庆七年(1802),登进士第,年二十八。历任礼部员外郎、荆州知府、山东按察使兼布政使、广西巡抚、江苏巡抚、两江总督等职。

梁章钜任地方官多年,为官清廉,具有爱国爱民的思想。道光十六年(1836),他任广西巡抚,道光二十年(1840),鸦片战争爆发,他曾率领大军抵御英国侵略军。道光二十一年(1841),任江苏巡抚,正值英国侵略军进犯江浙,他到任数日,即赴上海组织防御,训练士兵,严阵以待,使英军避去。后英军攻陷浙江定海,两江总督裕谦兵败自杀。他继任两江总督,因军务繁忙,日夜操劳,旧疾复发,遂回归田里。

梁章钜任江苏巡抚时,他所面临的,一方面是英军的入侵,另一方面是自然灾害。道光二十一年,江淮大水泛滥成灾,难民纷纷渡江南下,日以万计。他率领所属官员捐钱救灾,一边用船运送难民,一边设厂留养难民。从初秋到孟冬三个多月,运送出境者六十余万人,自孟冬至次年春在厂留养的达四万多人。他还捐助棉衣万件,发给厂中难民御寒。三月后,继续运送难民北返,受到当地人民的称赞。林则徐诗云:"悱恻救世心,卓荦经世务。不辞一身瘁,残黎活无数。"(《题茝林方伯〈目送归鸿图〉》)这应是写实。

梁章钜入仕后,在公务之暇,勤于著述,著作颇丰。据林则徐所作《墓志铭》记载,有《论语集注旁证》二十卷、《孟子集注旁证》十四卷、《三国志旁证》三十卷、《文选旁证》四十六卷、《夏小正经传通释》四卷、《仓颉篇校证》三卷、《称谓录》十卷、《退庵随笔》二十四卷、《楹联丛话》十二卷、《浪迹丛谈》十一卷、《浪迹续谈》八卷、《浪迹三谈》六卷、《归田琐记》十卷、《藤花吟馆诗抄》十二卷等六十余种,其中《三国志旁证》、《文选旁证》,为其心力所萃,具有较高的学术价值。

问题是有人认为《文选旁证》非梁章钜所著。例如清代学者李慈铭说:

> 阅梁氏章钜《文选旁证》,考核精博,多存古义,诚选学之渊薮也。闽人言此书出其乡之一老儒,而梁氏购得之。或云是陈恭甫氏稿本,梁氏集众手稍增益者。其详虽不可知,要以中丞他所著书观之,恐不能办此。(《越缦堂读书记》)

近代学者李详说:

> 梁章钜《文选旁证》,为程春庐同文稿本。沈子培(即沈曾植)提学亲为余说。(《媿生丛录》卷五)

当代学者袁行云说:

> 此书(《文选旁证》)即使真是经他(梁章钜)改过八遍,也不能认为出于自著。考定本书作者,梁氏固应算一员,更重要的还应看助理者的作用……姜皋入梁幕最晚而对此书出力最多,所以《文选旁证》当是由姜皋最后完成的。(《梁章钜著述多非自撰》,见《文史》第十九辑,中华书局1983年版)

显然,李慈铭、李审言二说是根据传闻,袁行云说则为猜测,查无实据,不可凭信。

我认为《文选旁证》为梁章钜所撰。所以,我在《文选旁证》一书的《点校说明》中,一开头就明确指出:"《文选旁证》的作者是清代梁章钜。"为什么这样说呢?我的根据有五:

(1)目录书的著录。清代张之洞《书目答问》及现代范希曾

《补正》著录:"《文选旁证》四十六卷,梁章钜。榕风楼刻本。《补正》:光绪间重刻本。"近代叶德辉《书目答问斠补》著录:"《文选旁证》四十六卷,梁章钜。道光甲午(即道光十四年,1834)榕风楼刻本。"又《清史稿·艺文志四》著录:"《文选旁证》四十六卷,梁章钜撰。"现代孙殿起《贩书偶记》著录:"《文选旁证》四十六卷,长乐梁章钜撰。道光十八年(1838)刊。光绪八年壬午(1882)吴下重刊。"以上目录书著录同,皆认为《文选旁证》是梁章钜所作。

(2)本人和友人的著述。梁章钜《归田琐记》卷六有《已刻未刻书目》一则,著录已刻书二十二种,未刻书十九种,其中提及"《文选旁证》四十六卷,阮芸台师序,朱兰坡侍讲序,自序。已刻。"梁章钜去世后,同乡好友林则徐为他作《墓志铭》,提及梁章钜著作六十七种,其中有"《文选旁证》四十六卷"。这些出自本人和同乡好友的记载,自然可信。

(3)年谱的记载。中华书局出版的"历代史料笔记丛刊"之《归田琐记》(1997年版),后附《退庵自订年谱》,其中说:

> 甲戌,四十岁……是岁由运河北上,滞居漕艘中百余日,取旧读《昭明文选》笔记之件编录而增益之,是为《文选旁证》之权舆。自是每年趋公之暇,辄涉笔焉。

按甲戌年为清嘉庆十九年(1814)。这一年梁章钜把旧时读《昭明文选》的笔记加以增益编录,是为《文选旁证》著述的开始。此后每于公务之暇则撰写若干,日积月累终于完成。福建师范大学图书馆藏有一部梁章钜批校之《文选》,为明末毛氏汲古阁刻本。在这部书的天头上写满了密密麻麻的批校之语,可见梁章钜对《文选》用力之勤和研究之深。《退庵自订年谱》又说:

> 戊戌,六十四岁……校梓《文选旁证》四十六卷,阮芸台

师、朱兰坡同年各为之序。盖二十年精力所萃,至是始成书云。

按戊戌年为清道光十八年(1838)。从嘉庆十九年至道光十八年,前后二十四年。榕风楼原刊本《文选旁证》注明为"道光甲午榕风楼刻本"。甲午年为清道光十四年(1834),当是《文选旁证》付梓之年,至道光十八年始刻毕印行。从嘉庆十九年至道光十四年,前后正好二十年。而从梁章钜"旧读《昭明文选》笔记之作"来看,他研究《文选》的时间又大大提前了。梁章钜在《文选旁证自序》中说:"伏念束发受书,即好萧《选》。仰承庭训,长更明师,南来北往,钻研不废。""束发"为成童之年,即十五岁。从十五岁至六十四岁,前后为五十年。所以他的第三子梁恭辰说:"先中丞公著作甚多,于萧《选》一书致力者五十年。"(《重刊文选旁证跋》)此说是符合实际的。

(4)专家的评论。《文选旁证》刊行以后,学术界人士纷纷给予好评。清代著名学者阮元在《文选旁证序》中说:

> 闽中梁茞林中丞乃博采唐宋元明以来各家之说,计书一千三百余种,旁搜繁引,考证折衷,若有独见,复下己意,精心锐力,舍易为难,著《文选旁证》一书四十六卷,沉博美富,又为此书之渊海矣。

清代著名文选学家朱珔在《文选旁证序》中说:

> 同年梁茞林方伯扬历中外,勤职之暇,撰《文选旁证》,盖取唐李善之注而加参核焉。……君独博综审谛,梳栉疑滞,并校勘诸家,一一胪列。……斯真于是书能集大成者矣。

阮元认为"沉博美富,又为此书之渊海矣",朱珔认为"斯真于是书能集大成者矣",都充分肯定了《文选旁证》的学术成就,同致优评。他们都认为《文选旁证》是梁章钜所作。

(5)《凡例》的说明。梁章钜在撰写《文选旁证》过程中,曾得到同行友人的帮助。这一点梁氏在《文选旁证·凡例》中已有说明。他说:

> 是编创始于嘉庆甲子,丹黄矻矻已三十余年,中间凡八易稿,而舛互漏略之处,愈勘愈多。外宦以来,趋公鲜暇,每延知交之通此学者,助我旁搜,如元和顾涧薲明经千里,孙子和茂才义钧、朱酉生孝廉绶、吴县钮匪石布衣树玉、歙县朱兰坡侍读琦、华亭姜小枚明经皋,皆于各条详列姓名,亦不敢掠美云尔。

按嘉庆甲子年为嘉庆九年(1804)。梁氏撰写《文选旁证》的时间,较之《年谱》所载,则提前了十年。其书于道光十四年(1834)付梓,道光十八年(1838)印行,故云"丹黄矻矻已三十余年"。

《凡例》说到梁章钜在撰写《文选旁证》过程中,曾得到顾千里、孙义钧、朱绶、钮树玉、朱琦、姜皋等六人的帮助。梁氏"皆于各条详列姓名,亦不敢掠美",吸收了别人的研究成果而加以说明,这种态度无疑是正确的。经查原书也确实如此。可是,袁行云先生在否认梁章钜的《文选旁证》著作权的同时,竟说"细审全书各条下所列都是已有成说的历代'选学家',并没有顾千里等人姓名,也看不出他们对本书到底起多少作用"(《梁章钜著述多非自撰》)。此说使我感到十分诧异。在《文选旁证》一书中,顾千里等六人之说,历历在目,他们在书中起了多少作用是一清二楚的,为何袁先生经过"细审"仍未见到,令人不解。我想这可能是一时的疏忽。

基于以上各条之理由,我认为《文选旁证》为梁章钜所撰当确信无疑。至于吸收顾千里等人的研究成果,这是十分正常的事情。根据猜测或传闻就否认了梁章钜的著作权,这样做是轻率的,也是不公平的。

应当指出,梁章钜的《文选旁证》,旁征博引,订正阙失,成就卓越。著名的文选学家阮元和朱珔都给予很高的评价。阮元说:

> 闽中梁茝林中丞乃博采唐宋元明以来各家之说,计书一千三百余种,旁搜繁引,考证折衷,若有独见,复下己意,精心锐力,舍易为难,著《文选旁证》一书四十六卷,沉博美富,又为此书之渊海矣。(《文选旁证序》)

朱珔说:

> 余观李氏书,体制最善,纤文轶事,反复曲畅。遇字差互,必曰某与某通,深得六书同音假借之旨,虽裴骃等弗逮。……君独博综审谛,梳栉疑滞,并校勘诸家,一一胪列。且李氏偶存不知盖阙之义,阅代绵邈,措手倍艰。……斯真于是书能集大成者矣。(《文选旁证序》)

阮氏谓其书"沉博美富,又为此书之渊海";朱氏称其书"斯真于是书能集大成者矣"。于此可见梁章钜的《文选旁证》在《文选》研究史上的贡献。

从《文选旁证》本身看,其特点简而言之,约有四端:

(1)校勘认真、细致。关于校勘,梁章钜说:

> 校列文字异同,亦以李本为主。次及五臣注,次及六臣本,又次及近人所校,及他书所引。(《文选旁证凡例》)

这是说明本书的校勘情况。梁氏所校之书,除李善本、五臣本、六臣本外，引用何焯、陈景云、余萧客、段玉裁和胡克家五家之说最多，还吸收了林茂春、翁方纲、纪晓岚、阮元、顾千里、孙义均、朱绶、钮树玉、朱珔、姜皋等人的成果。段玉裁评校《文选》和林茂春《文选补注》，未见传本，皆借此传世。梁氏吸收了各家成果，其校勘是十分认真细致的。例如宋玉的《神女赋》，是楚王梦见神女，还是宋玉梦见神女，因《文选·神女赋》王、玉互误，引起后世的误解。沈括的《补笔谈》、姚宽的《西溪丛语》已揭其秘，梁氏则做了细致的校勘。他校曰："按《六臣》本无'果'字。第一'王曰'，作'王对曰'。此处存'对'字，已可寻'王'与'玉'互误之迹矣。第二'王曰'，六臣本校云：善作'玉'。然则李与五臣'王'、'玉'互换，此又其明验也。今尤本：'王曰：状何如也？玉曰：茂矣美矣。'二处尚不误。"这样校勘，明确告诉读者梦见神女的是宋玉而非楚王，使历来误解得到彻底的纠正。又如陶渊明的《饮酒》诗云："采菊东篱下，悠然望南山。"望，《文选》、《艺文类聚》皆作"望"，本集作"见"。梁氏不再纠缠于作"望"还是作"见"，而是加上一段按语："按《冷斋夜话》引东坡云：'望'字非，渊明意本自采菊，无意望山，适举首而见之，故悠然忘情，趣闲而景逸，此未可于文字间求之。《苕溪渔隐丛话》引蔡宽夫云：俗本多以'见'字为'望'字，唯《遯斋闲览》云：予观乐天效渊明诗，有'时倾一樽酒，坐望东南山'，然则流俗之失久矣。"如此校勘，使读者深受启发。梁氏吸收各家校勘成果极为丰富，所以许应鑅说："国朝校勘者十有余家，而博赡精核集其大成，无逾乎此。"（《重刊文选旁证跋》）这一评论是完全符合实际的。

（2）注释确切、详赡。关于注释，梁章钜说：

> 注义以李为主，五臣有可与李相证者入之。其史传各注为李所未采而小有异同，及他书所论，足以补李之不及者，亦

附焉。间有鄙见折衷,则加按字以别之。(《文选旁证凡例》)
这是说明本书的注释情况。《文选》李善注、五臣注是比较详赡的,本书注释再加上"史传各注"、"他书"及"鄙见",就更加详赡了。从书中注释看,大约有三种情况:

其一,李善、五臣未注者,详加注释。如谢朓《暂使下都夜发新林至京邑赠西府同僚》诗中"西府"一词,李善、五臣注释皆未释及,本书注释云:"张氏云璈曰:《六朝事迹·宫殿门》云:东府,宰相之所居也。西州,诸王之所宅也。西府,疑即因西州而名。又《南史·宋诸子传》:始兴王濬在西州府,则所谓西府者,正指西州之府也。时子隆虽在荆州,非西州之地,盖以为诸王之通称耳。"这里不仅注明"西府"的含义,同时指出此"西府"乃诸王之通称。十分确切。

其二,纠正旧注之错讹。如屈原《离骚》"余以兰为可恃兮"句,王逸原注云:"怀王少弟司马子兰也。"本书注云:"洪引《史记》:怀王稚子子兰。林先生曰:《史记》:顷襄王立,以其弟子兰为令尹。然则子兰乃怀王少子,顷襄王之弟也。王注误。"纠正了王逸注的错误。又如孔稚珪《北山移文》,吕向注云:"钟山在都北,其先周彦伦隐于此山。后应诏出为海盐县令,欲却过此山,孔生乃假山灵之意移之,使不许得至。"本书注云:"张氏云璈曰:按《南齐书·周彦伦传》:解褐海陵国侍郎,出为剡令,草堂乃在。官国子博士著作郎时,于钟山筑隐舍,休沐则归之,未尝有隐而复出之事。"此等例子甚多,不一一枚举。

其三,不知者阙疑。如枚乘《七发》,李善注云:"涆章,鸟名,未详。"本书注云:"俟考。"有时指出旧注不可信从。如嵇康《杂诗》"与尔剖符"句,何焯注云:"剖符乃同乐之意,不谓仕也。"本书云:"按此亦望文生义,别无所据。"又傅玄《杂诗》"繁星依青天"

句,旧注云:"五臣'依'作'衣'。翰注:繁星布于天,如人身着衣也。"本书云:"义殊迂曲,不可从。"皆有实事求是之意,应该受到称赞。当然,本书偶尔亦有注错的地方,例如孔融《论盛孝章书》"妻孥湮没"句,李善注云:"乐尔妻孥。"这原是对的,而本书云:"《诗·常棣》《礼·中庸》皆作'帑帑妻子'也。"显然错了。智者千虑,难免一失。

(3)考证细密、审慎。注释古书,常离不开考证。本书考证条目颇多,试举一二例,以窥一斑。如王粲《登楼赋》,其中涉及一个问题,王粲所登之楼是在襄阳还是在当阳?梁章钜说:"予考之,当阳为的。赋云:挟清漳,倚曲沮。按漳水出于南漳,沮水出于房陵,而当阳适漳、沮之会。又西接昭丘,即楚昭王墓。康熙初,土人曾掘得之,有碣可考。距昭丘二十里有山名玉阳,一名仲宣台,谓即当年登临处也。"梁氏经过细密考证,得出审慎的结论在当阳。又如陶渊明《辛丑岁七月赴假还江陵夜行涂口》一诗,李善注引沈约《宋书》,说陶渊明作品义熙以前书东晋之年号,永初以来唯甲子。本书云:"何曰:当云'自永初以来,不书甲子'。按吴氏师道《礼部诗话》云:陶诗题甲子者,始庚子,距丙辰十七年间,只有九首耳,皆晋安帝时所作。中有《乙巳岁三月为建威参军使都经钱溪》作,此年乃为彭泽令,在官八十余日即归。后十六年庚申,晋禅宋恭帝,元熙二年也。又《宋濂集·跋渊明像》云:诗中甲子,始庚子,终丙辰,凡十有七年,皆晋安帝时。初不闻题隆安、义熙之号,至其《闲居》诗有'空视时运倾',《拟古》九章有'忽值山河改',必宋受禅之后,乃反不书甲子。今按陶集中,《祭程氏妹文》书义熙三年,《祭从弟敬远文》则云岁在辛亥,《自祭文》则云岁在丁卯,在宋元嘉四年,辛亥亦在安帝时,则所谓一时偶记者得之。王氏士禛云:傅占衡作《陶诗甲子辨》,以入宋以后唯书甲子之说,起于沈约《宋书》,而李延寿《南史》、五臣《文选注》皆因之。有识如黄庭坚、秦观、李焘、真德秀亦踵其谬。"这里以陶渊明的作品为例,证明沈约、李善之说是错误的,很有说服力。

(4)评论深刻、精湛。本书重在校勘、训诂,评论较少,但是,评论虽少却十分深刻、精湛。如刘琨《重赠卢谌》,在"白登幸曲逆,鸿门赖留侯"二句下,本书评云:"《晋书》:琨为匹䃅所拘,自知必死,神色怡如也,为五言诗赠其别驾卢谌云云。琨诗托意非常,摅畅幽愤,远想张、陈,感鸿门、白登之事,用以激谌,谌素无奇略,以常词酬和,殊乖琨心。"梁氏看出了刘琨的"幽愤",批评卢谌"以常词酬和,殊乖琨心",十分深刻。又如王粲《登楼赋》,于"气交愤于胸臆"句下评曰:"林先生曰:项平甫《信美楼记》谓此赋非但思归之曲,仲宣少依天室,世受国恩,遯身南夏,系志西周,冀王路之一开,忧日月之逾迈,故以是为不可久留云云。愚谓刘表本汉室遗胄,时刘豫州亦依荆州,曹操军襄阳,仲宣不能劝琮与备并力拒操,乃说琮以荆州降,因遂归操,仕至侍中。其专为身谋,不识大义可知。兹赋之作,盖缘不得忠于刘表,藉以发其羁愁愤闷焉耳。论者谓其乃心汉室,恐未必然。"这一段评论引用林氏之说,甚为精湛。这类例子还有一些,兹不多举。于此可见,本书评论并非泛泛之论,颇有一些真知灼见。

许应鑅在《重刊文选旁证跋》中说:"余惟中丞博综审谛,字栉句梳,辨异同以订其讹,衷群说以归于是,网罗富有,掇坠搜遗,渊乎浩乎,奥窔尽辟。学者欲窥萧统之曩规,畅崇贤之繁绪,以覃研训诂,上逮群经,非是书莫由阶梯而渡筏也。"对本书特点作了总的概括,也对本书作出了总的评价。这一评价,我们是同意的。

最后,附带谈谈《文选旁证》的版本。

梁章钜的《文选旁证》有两种刻本,即清道光甲午(1834)刊本和清光绪八年(1882)复刊本。前为梁章钜榕风楼原刻本,后为章钜子梁恭辰复刊本。复刊本与原刻本款式全同,但改正了原刻本一千多处错误,较原刻本为佳。本书无排印本,流传不广。我在研究文选学的过程中,认为《文选旁证》有较高的学术价值,于是用了两年时间做了点校,作为《八闽文献丛刊》之一,由福建人民出版社出版,为读者阅读此书提供一些方便,也为研究文选学和六朝文学者提供有关资料,同时也了却自己在文选学研究中的一个宿愿。

曾国藩与《文选》

清代张之洞《輶轩语·语学第二》注七云:"选学有征实、课虚两义。考典实,求训诂,校古书,此为学计。摹高格,猎奇采,此为文计。"(《书目答问二种》)这是说,学《文选》有两种方法:一是从事考证、训诂、校勘工作,这是研究学问。一是摹其格调,猎其采藻,这是为了写文章。曾国藩是清代桐城派古文大家,在文学上卓有成就。他自己喜爱《文选》,熟读《文选》,并且亲自指导儿子学习《文选》,目的都是为了写好文章。在《曾文正公家训》中,他多次强调学习《文选》的重要性。

咸丰六年十一月初五日给儿子纪泽的信中说:

  余生平好读《史记》、《汉书》、《庄子》、《韩文》四书。尔能看《汉书》……看《汉书》有两种难处:必先通于小学训诂之书,而后能识其假借奇字;必先习于古文辞章,而后能读其奇篇奥句……欲通小学,须略看段氏《说文》、《经籍纂诂》二书。王怀祖(名念孙,高邮州人)先生《读书杂志》中,于《汉书》之训诂极为精博,为魏晋以来释《汉书》者所不能及。欲明古文,须略看《文选》及姚姬传之《古文辞类纂》二书。……凡文之为昭明暨姚氏所选者,则细心读之。

曾氏从自己学古文的心得讲到要懂得古文必须略看《文选》、《古文辞类纂》二书,教导儿子对二书都选录的文章则应细心阅读。这说明二书所选多为佳作。至于《文选》,李善说:"后进英髦,咸资准的。"(《上文选注表》)其选文之精,更是人们所熟知的了。

咸丰八年七月二十一日给纪泽的信中说:

> 读书之法,看、读、写、作四者,每日不可缺一。……读者,如《四书》、《诗》、《书》、《易经》、《左传》诸经,《昭明文选》,李、杜、韩、苏之诗,韩、欧、曾、王之文,非高声朗诵则不能得其雄伟之概,非密咏恬吟则不能探其深远之韵。

读书和看书的效果是不一样的。对古代经典诗文,如高声朗诵,则可体味雄伟的气概;如低声吟咏,则可探得深远的韵味。而默默看书,往往难以进入此种境界。清代李鸿章在家书中说:"读文之法,可择爱熟诵之。每季必以能背诵者若干篇为目的,则字句之如何联合,篇段之如何布置,行思坐思,便可取像于收视反听之间。精神之研习既深,行文自极熟而流利。故高声朗诵与俯察沉吟种种功夫,万不可少也。"所论与曾氏完全一致。黄焯在《文选平点后记》中说:"回思四十年前,先从父尝取《选》文抗声朗诵,焯窃聆其音节抗队抑扬之势,以为可由此得古人文之声响,而其妙有愈于讲说者。"为朗诵之效果提供一佐证。

咸丰八年十二月二十三日给纪泽的信中说:

> 尔明春将胡刻《文选》细看一遍,一则含英咀华,可医尔笔下枯涩之弊,一则吾熟读此书,可常常教尔也。

这里曾氏要求儿子纪泽细看《文选》。在阅读过程中"含英咀华"，可以医治辞藻贫乏和文辞不畅的毛病。曾氏熟读《文选》，可以指导儿子学习《文选》。曾氏为何要反复叮嘱儿子学习《文选》，因为学习《文选》，写好文章，可以直通仕途也。唐代社会重《文选》，《秋胡变文》说，士子外出求学常携带"十袟文书"，即《孝经》、《论语》、《尚书》、《左传》、《公羊》、《穀梁》、《毛诗》、《礼记》、《庄子》、《文选》。《文选》是其中一种，诵习《文选》，当与科举考试有关。

咸丰九年四月二十一日给纪泽的信中说：

> 余于四书五经以外，最好《史记》、《汉书》、《庄子》、《韩文》四种，好之十余年，惜不能熟读精考；又好《通鉴》、《文选》及姚惜抱所选《古文辞类纂》、余所选《十八家诗钞》四种，共不过十余种。早岁笃志为学，恒思将此十余书贯串精通，略作札记，仿顾亭林、王怀祖之法。今年齿衰老，时事日艰，所志不克成就，中夜思之，每用愧悔。

反复强调他所爱读的几部书，其中就包括《文选》。早年曾想笃志为学，摹仿顾炎武写《日知录》、王念孙写《读书杂志》的办法写读书札记，怎奈官务繁忙，无暇他顾，宿愿难偿，常常感到愧怍和悔恨。从曾氏的学问、才力看，如果他专心致志地读书治学，自然可以成功。但是，由于仕途生活使他不能潜心治学，转而从事写作，亦取得很大成就。梁启超称他集"桐城派之大成"（《国学入门书要目及其读法》）。钱基博说："桐城诸老汲其流，乃能平易而不能奇崛；则才气薄弱，势不能复自振起，此其失也。曾国藩出而矫之，以汉赋之气运之，故能卓然为一大家。"（《现代中国文学史》）皆给予很高的评价。

咸丰十年闰三月初四日给纪泽的信中说：

  尔所论看《文选》之法,不为无见。吾观汉魏文人,有二端最不可及,一曰训诂精确,二曰声调铿锵。《说文》训诂之学,自中唐以后,人多不讲,宋以后说经,尤不明故训。乃至我朝巨儒,始通小学,段茂堂、王怀祖两家,遂精研乎古人文字声音之本,乃知《文选》中古赋所用之字,无不典雅精当。尔若能熟读段、王两家之书,则知眼前常见之字,凡唐宋文人误用者,唯六经不误,《文选》中汉赋亦不误也。即以尔禀中所论《三都赋》言之,如"蔚若相如,皭若君平",以一"蔚"字该括相如之文章,以一"皭"字该括君平之道德,此虽不尽关乎训诂,亦足见其下字之不苟矣。至声调之铿锵,如"开高轩以临山,列绮窗而瞰江"、"碧出苌弘之血,鸟生杜宇之魄"、"洗兵海岛,刷马江洲"、"数军实乎桂林之苑,飨戎旅乎落星之楼"等句,音响节奏,皆后世所不能及。尔看《文选》,能从此二者用心,则渐有入理处矣。

曾氏强调看《文选》之法有二:一是了解训诂之精确;二是体味声音之铿锵。唯恐儿子不能理解,举出具体例证加以说明。曾氏熟读《文选》,对"训诂精确"、"声调铿锵"皆有深入的体会。如读者能了解和体味到这些,对写作能力的提高自有裨益。提高鉴赏能力,提高写作水平,是曾氏指导儿子学习《文选》的主要目的。

  同治元年五月十四日给纪泽的信中说:

  尔《说文》将看毕,拟先看各经注疏,再从事于词章之学。余观汉人词章,未有不精于小学训诂者,如相如、子云、孟坚,于小学皆专著一书;《文选》于此三人之文,著录最多。余于古文,志在效法此三人并司马迁、韩愈五家,以此五家之文,精于小学训诂,不妄下一字也。尔于小学既粗有所见,正好从词

> 章上用功。《说文》看毕之后,可将《文选》细读一过,一面细读,一面钞记,一面作文以仿效之。凡奇僻之字,雅故之训,不手钞则不能记,不摹仿则不惯用。……尔之天分,长于看书,短于作文……目下宜从短处下工夫,专肆力于《文选》,手钞及摹仿二者皆不可少。待文笔稍有长进,则以后诂经读史,事事易于着手矣。

曾氏认为,读书必须具有小学训诂的根柢,所以必须先读《说文》,看各经注疏,然后才能从事词章之学。《文选》选录相如、子云、孟坚文章最多,他们的文章,训诂精确,声调铿锵,应仔细阅读。一面读,一面抄,一面仿效,融会贯通,对写作自然有帮助。曾氏强调学习《文选》的目的,仍然是为写好文章。

同治元年十一月初四日给纪泽的信中说:

> 尔诗胎息近古,用字亦皆的当。唯四言诗最难有声响,有光芒,虽《文选》韦孟以后诸作,亦复尔雅有余,精光不足。扬子云之《州箴》、《百官箴》诸四言,刻意摹古,亦乏作作之光、渊渊之声。

中国古代四言诗在周代有很大的发展,今天在《诗经》中仍可看出当时四言诗的基本面貌。到了汉代以后,四言诗式微,虽然曹操、嵇康、陶渊明都有四言诗佳作,但是正如钟嵘所说:"(四言诗)每苦文繁而意少,故世罕习焉。"(《诗品序》)四言诗发展到此时,已经成了强弩之末。曾国藩批评《文选》四言诗,"尔雅有余,精光不足",颇为中肯。

同治二年三月初四日给纪泽的信中说:

> 尔阅看书籍颇多,然成诵者太少,亦是一短。嗣后宜将《文选》最惬意者熟读,以能背诵为断。如《两都赋》、《西征

赋》、《芜城赋》及《九辩》、《解嘲》之类,皆宜熟读。《选》后之文,如《与杨遵彦书》(徐)、《哀江南赋》(庾),亦宜熟读。

古人读书,强调熟读成诵。这样做容易增强记忆,也便于学习语言。宋代陈鹄《耆旧续闻》云:"朱司农载上谒坡(苏轼),乞观其书,坡云:'足下试举题一字。'公如其言,坡应声辄诵数百言,无一字差缺。"苏东坡尚且如此,何况他人!曾氏要求儿子选择《文选》中"最惬意者"熟读成诵,这样既可以欣赏名作,又可以提高阅读和写作能力。

对于《文选》,曾氏没有做过训诂、校勘和考证的工作,没有提出过什么值得注意的独到见解,可以说他在文选学研究方面并无建树。他重视《文选》,是着眼于鉴赏与写作。他指导儿子学习《文选》,是为了提高儿子的文学素养和写作能力。曾氏的论述,对于学习古文写作的人是很有启发的。应该看到,《文选》的流传与历代科举考试制度有关。"《文选》烂、秀才半"的俗谚深刻地揭示了这种关系。历代士子读《文选》,学习写作技巧,吸收瑰丽的采藻,运用其丰富的语言和巧妙的表现方法,写好文章,登上仕途。正因为如此,自唐代以后,历代读书人学习《文选》就从来没有间断过。

开列选学书目　指导天下后学
——张之洞与《文选》

张之洞,清直隶南皮(今河北南皮县)人,字香涛、香岩、孝达,号壶公、无竞居士,晚号抱冰、广雅。道光十七年(1837),生于贵州。宣统元年(1909),卒于北京。他是同治二年(1863)进士。历任翰林院编修、山西巡抚、两广总督、湖广总督、两江总督等职。晚年升任体仁阁大学士、军机大臣。一生仕途顺利。他遇事敢于直言,当时号为"清流"。他在地方任职时,筹建卢汉铁路,创办汉阳铁厂、萍乡煤矿、湖北枪炮厂,设置纺织四局,建立水陆师学堂、广雅书院、两湖书院。他是当时洋务派的首领。他提倡"旧学为体,新学为用",作《劝学篇》以表达自己的思想。他兼重文武,以谋振兴满清王朝。但为满清贵族所阻,赍志以没。《清史稿》对他的评价是:"之洞短身巨髯,风仪峻整。莅官所至,必有兴作。务宏大,不问费多寡。爱才好客,名流文士多趋之。任疆寄数十年,及卒,家不增一亩云。"(卷四百三十七《张之洞传》)这里对张之洞的评价是比较高的。

张之洞是清代名臣。他对文选学并无研究,但是,他了解《文选》的研究情况。他的著作《书目答问》和《輶轩语》就充分说明这一点。在《书目答问》附二《国(清)朝著述诸家姓名略》中,他列举了研究《文选》的学者十五人。他说:"国(清)朝汉学、小学、骈文家,皆深选学,此举其有论著校勘者。"他开列的选学家有钱陆灿(圆沙,常熟)、潘耒、何焯(义门,长洲)、陈景云、余萧客、汪师韩、严长明、孙志祖、叶树藩(涵峰,长洲)、彭兆荪(甘亭,镇洋)、张云璈(仲雅,钱塘)、张惠言、陈寿祺、朱珔、薛传均。根据史书记载,下面我对这些文选学家略加介绍。

(1)钱陆灿(1612—1698),字湘灵,号圆沙。江苏常熟人。钱谦益族子。清顺治十四年举人。有《文选》校本。

(2)潘耒(1646—1708),字次耕,号稼堂,江苏吴江人。康熙中,任翰林院检讨,参加《明史》的编写工作。有《文选》校本。穆按:以上两种校本,未见单行本。孙志祖《文选考异》皆有引用。孙志祖《文选考异序》云:"国朝潘稼堂及何义门两先生,并尝雠是书……又有圆沙阅本,不著题跋,而征引顾仲恭、冯钝吟评语居多。"

（3）何焯（1661—1722），字屺瞻，晚字茶仙，人称义门先生。江苏长洲（今苏州市）人。康熙中，经李光地推荐，入南书房工作，教授皇八子读书，兼武英殿纂修、编修。其著作《义门读书记》四十五卷至四十九卷是其读《文选》的札记。

（4）陈景云（1670—1747），字少章，江苏吴县人。诸生。应试失败，遂放弃科举。有《文选举正》六卷。无传本。胡克家《文选考异》时有引用。此书有清咸丰七年周镇钞本，不分卷。

（5）余萧客（1729—1777），字仲林，号古农，江苏吴县人。惠栋弟子。有《文选纪闻》三十卷、《文选音义》八卷。

（6）汪师韩（1707—1774），字韩门、抒怀，号上湖，浙江钱塘（今杭州市）人。雍正十一年进士。历任编修、湖南学政。后主持莲池书院讲席。有《文选理学权舆》八卷。

（7）严长明（1731—1787），字道甫、冬友，江苏江宁（今南京市）人。乾隆时赐举人，历任内阁中书、侍读等职，后主讲庐阳书院。有《文选声类》、《文选课读》。

（8）孙志祖（1737—1801），字诒谷、颐谷，号约斋，浙江仁和（今杭州市）人，乾隆时进士，历任刑部主事、郎中、江南道监察御史等职。有《文选考异》四卷、《文选李注补正》四卷、《文选理学权舆补》一卷。

（9）叶树藩（1740—1784），字星卫，号涵峰，江苏长洲人。有《文选补注》，见海录轩本《文选》。

（10）彭兆荪（1768—1821），字湘涵、甘亭，江苏镇洋（今太仓）人。道光中举孝廉方正。有《文选考异》十卷，与顾广圻合作。

（11）张云璈（1747—1829），字仲雅，号简松，浙江钱塘人。乾隆三十九年举人。有《选学胶言》二十卷、《选藻》八卷。

(12)张惠言(1761—1802),字皋文,江苏武进(今常州市)人。嘉庆四年进士,历任实录馆纂修,翰林院编修。早年工于骈体,后为古文。未见其有关《文选》的著作,有《七十家赋钞》六卷。

(13)陈寿祺(1771—1834),字恭甫,号左海,晚号隐屏山人,福建侯官(今福州市)人。嘉庆四年进士。历任翰林院庶吉士、编修等,晚年主讲清源、鳌峰两书院。他擅长骈体文,为世所重。未见其有关《文选》的著作,有《左海骈体文》二卷。

(14)朱珔(1769—1850),字玉存,一字兰坡,安徽泾县人。嘉庆七年进士。历任翰林院编修、侍读、右春坊右赞善。辞官后,主讲钟山、正谊、紫阳诸书院。有《文选集释》二十四卷。

(15)薛传均(1788—1829),字子韵,江苏甘泉(今扬州市)人。嘉庆中诸生。少工骈文,精于小学。有《文选古字通疏证》六卷。

对于《书目答问》所列举的文选学家,近代文选学家李详有不同看法。他说:

> 《书目答问》所列文选学家,如钱陆灿、潘耒、余萧客、严长明、叶树藩、陈寿祺,或诗文略摹选体,或涉猎仅窥一孔,未名家,余为汰去之。而补入段懋堂、王怀祖、顾千里、阮文达。此四君子真治文选学者。若徐攀凤、梁章钜,亦衬食庑下也。(《媿生丛录》卷六)

我基本上同意李详的意见。但是,余萧客是文选学家,不应"汰去"。张惠言,似可"汰去"。至于李详主张补入的段懋堂(玉裁)、王怀祖(念孙)、顾千里(广圻)、阮文达(元)、徐攀凤、梁章钜六人,我认为虽有其理由,但尚可商榷。顾广圻代胡克家作《文选考异》十卷,功力深厚,完全可以列为文选学家。但他的主要成就在于校勘,是清代著名的校勘学家。段玉裁著有《说文解字注》,是清代著名的文字学家。他评校《文选》的成果,见梁章钜的《文选旁证》。王念孙著有《读书杂志》、《广雅疏证》,是清代著名的训诂学家。他有关《文选》的著作,见《读书杂志·余编下》。阮元主编《经籍纂诂》,校刊《十三经注疏》,是清代著名的经学家。他重视《文选》,未见有文选学专著。有选学文章数篇,见《揅经室集》。我认为他们都不必列入文选学家。实际上,我们一般也不把他们看作文选学家。只有徐攀凤和梁章钜可以列为文选学家。徐攀凤著有《选注规李》、《选学纠何》,梁章钜著有《文选旁证》,可视为文选学家。

张之洞在《书目答问·国朝著述诸家姓名录》中将"文选学家"单列一类,这是中国目录学史上的第一次,说明他对文选学的重视。

在《书目答问》卷四《集部·总集》内,张之洞列举文选学研究著作十二种,即《文选李善注》六十卷附《考异》十卷、《文选理学权舆》八卷(汪师韩)、《文选理学权舆补》一卷(孙志祖)、《文选李注补正》四卷(同上)、《文选考异》四卷(同上)、《文选音义》八卷(余萧客)、《文选集释》二十四卷(朱珔)、《文选旁证》四十六卷(梁章钜)、《文选古字通疏证》六卷(薛传均)、《选学胶言》二十卷(张云璈)、《文选补遗》四十卷(宋陈仁子)、《文选六臣注》六十卷(唐吕延济、刘良、张铣、吕向、李周翰、李善)。下面我对以上《文选》学著作稍加评介:

(1)《文选李善注》附《考异》。

《文选李善注》是《文选》最权威的注本。骆鸿凯说:"其征引群书,取材繁富,艺林尤为无匹。"据骆氏统计,《文选》李善注引书"1689种,其引旧注29种,尚不在内"(《文选学》)。《文选》李善注援引赅博,淹贯古今。《文选李善注》,常见的版本为胡刻本,此书所附《考异》撰者署名胡克家,实为顾广圻、彭兆荪所作。《文选考异》之校勘,有较高的学术价值。

(2)《文选理学权舆》,汪师韩撰。"文选理学",语出杜甫诗"熟精文选理"(《宗武生日》)。"权舆",始也。《文选理学权舆》,即文选学A、B、C,文选学的初阶。本书分为八卷:一、撰人;二、书目;三、旧注;四、订误;五、补阙;六、辨论;七、未详;八、评论。文选学入门之书也。

(3)《文选理学权舆补》,孙志祖撰。孙志祖《文选理学权舆叙》云:"顾自叙(指汪师韩《文选理学权舆叙》)云:分评论为三,质疑为二,共十卷。今评论止二卷,质疑一卷盖先生未卒业之书也。观自叙于《评论》云:间有记忆未全者,客游无书,且先提其要,以俟他日补缀。又于《质疑》云:现已得若干条,后有所见,更续增焉。则其书之未成可知矣。志祖不揆梼昧,补辑《评论》一卷。复以国朝潘稼堂、何义门、钱圆沙三家熟精选理,各有勘本,而先生俱未之见,因为研核参考,别撰《文选考异》四卷、《选注补正》四卷,皆以补先生之《质疑》也。"上述可见,孙志祖《文选理学权舆补》是补汪师韩《文选理学权舆》之《评论》的。孙志祖《文选考异》、《选注补正》是补汪师韩《文选理学权舆》之《质疑》的。

(4)《文选李注补正》,即《选注补正》,孙志祖撰。孙志祖在《文选李注补正序》中说,《文选李善注》"艺林奉为鸿宝。顾其书纲罗群籍,博洽罕有伦比,而释事遗义,亦所不免",所以撰写了《文选李注补正》一书。

(5)《文选考异》,孙志祖撰。孙志祖《文选考异序》云:"志祖借阅(潘稼堂、何义门、钱圆沙)三家校本。参稽众说,随笔甄录,仿朱子《韩文考异》之例,辑成四卷,以正毛刻之误。"本书是为纠正毛晋汲古阁所刻《文选》之误而撰写的。

（6）《文选音义》，余萧客撰。这是余氏少时之作，质量较差，受到《四库全书总目提要》的严厉批评。钱泰吉《曝书杂记》说："然《音义》多用直音，便于省览。载义门校语颇详，亦初学所不废也。"此书亦可供研究者参考。余氏别有《文选纪闻》三十卷，收录前人有关《文选》资料，有较高的参考价值。

（7）《文选集释》，朱珔撰。书名"集释"，余氏在《自序》中作了解释，他说："余缀辑此编，将兼存互析，土壤细流之益，当亦儒修所不废。中间援引曩哲外，更多时贤，故名集释。"书中引用了"曩哲"和"时贤"的研究成果，并提出了自己的见解。余氏精通小学，学问笃实，学术研究有朴学之风。本书地理、名物，考证精详，足供参考。

（8）《文选旁证》，梁章钜撰。"旁证"者，广证也。此书内容丰富，具有集大成性质。清代著名学者阮元、朱珔皆为此书作序。阮元序谓其书"沉博美富，又为此书之渊海矣"。朱珔序称其书"体制最善"，"斯真于是书能集大成者矣"。皆给予较高的评价。清人许应鑅在《重刊文选旁证跋》中说："余惟中丞（梁章钜）博综审谛，字栉句梳，辨异同以订其讹，衷群说以归于是，网罗富有，掇坠搜遗，渊乎浩乎，奥窔尽辟。学者欲窥萧统之曩规，畅崇贤之繁绪，以覃研训诂，上逮群经，非是书莫由阶梯而渡筏也。"对《文选旁证》作了总的评价。研究《文选》学，此乃不可或缺之参考书。

（9）《文选古字通疏证》，薛传均撰。《文选》多古字，此书疏证之。此书仅六卷，收词过少，故后有吕锦文《文选古字通补训》、杜宗玉《文选通假字会》等书。以上各书皆不如近人丁福保之《文选类诂》之便于使用。《文选类诂》，中华书局1990年出版。

（10）《选学胶言》，张云璈撰。"胶言"一词出自左思《魏都赋》："牵胶言而逾侈。"李善注引《李尅书》云："言语辩聪之说，而不度于义者,谓之胶言。"书名"胶言",谦也。此书内容广泛,校勘、考据、评论、文字、音韵、训诂,无不论及。张氏学有根据,颇有乾、嘉学风。这是一部研究《文选》的专著,颇可参考。

(11)《文选补遗》宋陈仁子撰。陈仁子,宋衡州茶陵(今湖南茶陵县)人,字同俌,一作同甫,号古愚,一作古迂。宋度宗咸淳十年(1274)漕试第一。宋亡不仕。著有《牧莱脞语》、《文选补遗》。《四库全书总目提要》卷174《牧莱脞语》条云:"仁子作《文选补遗》,袭真德秀《文章正宗》之说,进退古今作者,若有特识。今观其所作,则殊为猥滥。"按,宋代真德秀(1178—1235),学宗朱熹,乃道学之儒,其《文章正宗》主于论理而不主论文,与萧统《文选》不同。陈仁子校补之《增补六臣注文选》,世称茶陵本,有一定的参考价值。

(12)《文选六臣注》,唐吕延济、刘良、张铣、吕向、李周翰、李善注。《书目答问》云:"不如李善单注,已有定论,存以备考。"按,《文选六臣注》,其学术价值不如《文选李善注》,但是《四库全书总目提要》之《六臣注文选》条云:"然其疏通文意,亦间有可采。"此书对于研究《文选》仍有一定的参考价值。

《书目答问》《文选》目录所列著作都是比较重要的文选学研究著作。这个目录对后世颇有影响。例如,1966年台湾广文书局出版《选学丛书》,其选目是:一、《文选理学权舆》;二、《文选理学权舆补》;三、《文选考异》(孙志祖);四、《文选李注补正》;五、《选学胶言》;六、《文选集释》;七、《文选笺证》;八、《文选旁证》;九、《文选笔记》;十、《文选李注义疏》。这显然是受了《书目答问》的影响。至于增选的《文选笺证》(胡绍煐),已见范希曾的《书目答问补正》,而《文选笔记》(许巽行)和《文选李注义疏》(高步瀛)都是《书目答问》刊刻问世(1876)以后出版的,《书目答问》自然无法又如屈守元《文选导读》中的《清儒〈文选〉学著作述要》评介了清人十二部《文选》学著作,即：一、《文选音义》；二、《文选纪闻》；三、《文选理学权舆》；四、《文选理学权舆补》；五、《文选考异》(孙志祖)；六、《文选李注补正》；七、《文选笔记》；八、《文选考异》(胡克家)；九、《选学胶言》；十、《文选集释》；十一、《文选旁证》；十二、《文选笺证》。这个目录大都出自《书目答问》,至于《文选纪闻》(余萧客),范希曾在《补正》中已提到。

以上的例子说明,直到今天,《书目答问》《文选》目录,对我们今天的文选学研究都有一定的影响。

张之洞的《𬨎轩语》(清光绪元年,1875年出版)书名的意思是皇帝使者的话,这是当时科举考试的指南,流传很广。《𬨎轩语》中也有一些关于《文选》的论述,如云："《文选》宜看全本。烂熟固佳。即择尤而读,案头亦宜常置一编。……读《文选》宜看注。(李善注最精博,所引多古书,不独多记典故,于考订经史小学,皆可取资。五臣注不善。)"这是说,读《文选》应该读全书。应自备一部《文选》,经常阅读,以读得烂熟为佳。读《文选》应读李善注本,李善注最精博,五臣注则不善。这里强调的是生童要熟读《文选》。

《𬨎轩语》又云："学《文选》,当学其体裁、笔调、句法,不可徒写难字。试看《选》中诗文,前人评论激赏多在空灵波澜处。至其胪陈物类,佶屈聱牙,未闻称道之者,可悟。"如何学习《文选》？应学其体裁、笔调、句法,学其诗文"空灵波澜"处。由此可悟写作的道理。这是从学习写作着眼。在这段文字后有夹注云："选学有征实、课虚两义。考典实,求训故,校古书,此为学计。摹高格,猎奇采,此为文计。生典奇字可用,僻字不可用。"这里指出,学习《文选》有两种方法,一种是用考据、训诂、校勘的方法研究《文选》,《书目答问》所列举的《文选》著作都是属于这一种;另一种是学习《文选》诗文的写作方法,一些骈文作者和学写"选诗"的人就属于这一种。今天还有一些学者研究《文选》学,而学习《文选》诗文写作方法的人大概已经没有了。

张之洞的《书目答问》出版已有130多年了,此书对研究中国古代文学、历史、哲学等学科的人,仍有一定的参考价值。关于《文选》的研究情况,我就是阅读《书目答问》时了解到的。这对我后来研究《文选》学颇有帮助。《輶轩语》时过境迁,已失去其现实意义,但是,此书的某些论述,对于今学习中国古代文学、历史、哲学的人,仍有一些启发,北京三联书店1998年重印此书,就说明了这一点。

李详与文选学研究

钱基博先生的《现代中国文学史》上编《古文学》列李详于《骈文》一章,视李氏为骈文家。读其《学制斋骈文》,颇有同感。谭献《学制斋骈文序》评李详骈文云:"迹其登高吊古,遐思松楸;作赋怀贤,遥攀荃蕙。选辞务取其精,拓字必准于古。信足远揖陵、信,近召孙、洪。"谓其远尊徐陵、庾信,近绍孙星衍、洪亮吉,评价颇高。张之洞说:"国朝汉学、小学、骈文家皆深选学,此举其有论著校勘者。"(《书目答问》附二《国朝著述诸家姓名略》)李详是骈文家,也是选学家,著有《选学拾沈》、《韩诗证选》、《杜诗证选》、《文选萃精说义》、《李善文选注例》等,近代著名学者嘉兴沈曾植谓其"选学大师",说他"大叩大鸣,小叩小鸣"(见《李审言文集》附录三,李稚甫《二研堂全集叙录·选学拾沈》引),极为推重。

据尹炎武《李审言先生传》记载,李详(1859—1931)字慎言,一字审言,扬州兴化人。父务农,家贫无力购书,年十七始受《春秋左氏传》。后至盐城姨母家,见《十三经注疏》、《十七史》、《文选》等书,求知若渴,日夜披览。对《昭明文选》尤嗜之不厌,日课十叶,每于昏灯之夜鸡鸣之时,绕案长吟,如僧徒之唱呗。年三十,完成《选学拾沈》一书。此书对《文选》李善注在校勘和训诂方面作了新的补正,补其不足,正其讹误。如:

> 颜延之《赠王太常诗》注:"萧子显《齐书》曰:王僧达除太常。"详按:沈约《宋书·王僧达传》:"孝建三年,除太常。"僧达死宋代,善引《齐书》,有误。

这是纠正李善注的错误,王僧达为宋人,引《南齐书》,显然不当。又如:

> 屈原《九歌·湘夫人》:"遗余褋兮澧浦。"王逸注:"褋,襜襦也。"详按:扬雄《方言》四:"襌衣,江淮南楚之间谓之褋。"郭璞注:"楚辞曰:遗余褋兮澧浦。"钱绎笺疏:《说文》:"褋,薄也。"又云:"南楚谓襌衣曰褋。"《玉篇》:"褋,襌衣也。"注引楚辞及《九歌》。诸书皆以褋为襌衣之异名,唯王逸以为襜襦,殆非也。

这是纠正王逸注的错误。李详引用《方言》、《说文》、《玉篇》证明王逸注非是。又如:

> 左思《吴都赋》:"双则比目,片则王余。穷陆饮木,极沈水居。泉室潜织而卷绡,渊客慷慨而泣珠。"李善注:"王余、泉客,皆见《博物志》。"详按:《博物志》卷三(士礼居本):"吴王江行,食脍有余,弃于中流。今鱼中有名吴王脍余者,长数

寸,大者如筋,犹有脸形。"卷五:"南海外有鲛人,水居如鱼,不废织绩,其眼能泣珠。"

李善原注过于简略,一般读者难于理解,这里李详补充了《博物志》的有关内容。又如:

> 左思《吴都赋》:"高门鼎贵。"刘逵注:"《汉书·贾捐之传》:'石显方鼎贵。'应劭曰:'鼎,始也。'"详按:今《汉书·贾捐之传》作"显鼎贵"。如淳注:"言方且欲贵矣。"《贾谊传》:"天子春秋鼎盛。"应劭注:"鼎,方也。"《匡衡传》:"匡鼎来。"应劭注:"鼎,方也。"是"鼎"即训"方"。刘注"方"字,显系衍文。应劭注亦当据二贾传改正。

这是校出衍文"方"字,证据充足,令人信服。又如:

> 何晏《景福殿赋》:"碣以高昌崇观,表以建城峻庐。"注:"薛综《东京赋注》曰:'高昌、建城,二观名也。'韦仲将《景福殿赋》:'北看高昌,邪睨建城。'碣揭同。"详按:注曰下脱"揭犹表也"四字,故云碣揭同。此见《东京赋》"揭以熊耳"注。俞理初谓后汉宫殿图无此二观(《癸巳存稿》十二),非也。

清代文选学家姜皋曰:"本书《羽猎赋》'碣以崇山',李注引薛综《东京赋》注云:'碣,犹表也。'此赋'碣以高昌崇观,表以建城峻庐',李所引必是同于《羽猎赋》注所云解'碣表'二字,后之传写者脱落'碣,犹表也'四字,以致'薛综《东京赋》注曰'七字不可通。其实'高昌、建城,二观名也'八字当在'碣,犹表也'句下,不连属'《东京赋》注'也。"(参阅梁章钜《文选旁证·何平叔景福殿赋》)李详此条可能吸收了姜皋说。由于李详对《文选》十分熟悉,也可能所见略同,他们意见是正确的。这里同时纠正了俞正燮的错误。

李详对《文选》李善注的校订补正,下了很深的工夫,作出了自己的贡献。清光绪十四年(1888),在《选学拾沈》书稿完成之后,李详请求著名学者王先谦批评指正。王氏阅后,写下批语说:

> 阅生所撰各条,并皆佳妙,无可訾议,只恨少耳。……生所注兼能搜讨古人文字从出之原,与鄙意符合,不专从征典用意,目光尤为远大。如能一意探讨,俾成巨帙,允为不朽事业。(《李审言文集·选学拾沈》)

王先谦对《选学拾沈》给予了很高的评价。此后,李详就以文选学家而著称于世。

《文选萃精说义》是与《选学拾沈》性质相近的著作。1924年和1926年,李详曾先后两次至南京任东南大学教授,讲授《文选》、《杜诗》等课程。《文选萃精说义》就是当时的讲稿,后因病归故里而中途辍笔,现在看到的只是残稿。残稿只有班固《两都赋》部分,篇幅很小。统观残稿,给人的感觉是不如《选学拾沈》之精审,这可能与他年迈体弱、精力不济有关。因为从1927年起,他便由于身体的原因而闭门不出了。1928年,当时的大学院长蔡元培先生为大学院聘李详为特约著述员,李详于次年至南京一次。以后他就在家乡整理自己的著作,直到1931年5月病逝,享年七十三岁。

细读《文选萃精说义》,我认为这本讲义仍有其长处。首先是纠正了《选学拾沈》中的错误。《选学拾沈》云:

> 班固《两都赋序》:"班孟坚。"注:"范晔《后汉书》:'班固,北地人也。'"详按:梁章钜《文选旁证》一:"《后汉书》以班彪为扶风安陵人。又《叙传》历叙班氏之先,无居北地事。班固本传,亦无'北地人也'四字。注引范书,未知何本?"(以

> 上梁语。）考本书班彪《北征赋》："纷吾去此旧都。"（注：旧都，北地郡也。）又"过泥阳而太息，悲祖庙之不修。"（注：《汉书》北地郡有泥阳县。班壹，始皇之末避地于楼烦，故泥阳有班氏之庙。）玩赋及善注，班氏之先，或由楼烦迁居北地。叔皮自咏，理无乖舛。善引《后汉书》，疑非范蔚宗本。

李详考证班固为北地人是错误的，应为扶风安陵人。王先谦《后汉书集解》卷四十上《校补》对此有专门论述：

> 《班彪传》上："扶风安陵人。"《集解》：钱大昕曰：《班超传》云："扶风平陵人。"当有一误。按：《文选》班彪《北征赋》注引《汉书》亦云"扶风安陵人"，而载彪事，略与本传同。曹大家《东征赋》注则明引范书云："扶风曹世叔妻者，同郡班彪之女也。"亦与今范书合。独于固《两都赋》注引范书云："北地人。"无论安陵、平陵，均属扶风。范不云北地，即据班书叙传。其先班壹避地楼烦，则为雁门人。班况徙昌陵，陵罢，占数长安，则为京兆人。虽其卒为扶风人，已不详何时，初无居北地郡事，斯诚大谬也。

王先谦的论述详细有力，完全否定了李详的结论。按：李详《选学拾沈》刊于1894年，而王先谦《后汉书集解》刊于1915年，事在二十年后。1924年至1926年，李详在南京东南大学讲授《文选》，编写《文选萃精说义》，对过去的错误已作了纠正。他写道：

> 《两都赋序》："班孟坚。"注："范晔《后汉书》：'班固，字孟坚，北地人也。'"按：固传附父彪传，彪扶风安陵人。今本范书，无"北地人也"四字。此或为别本《后汉》之讹。

李详没有提及《选学拾沈》中的错误结论，却委婉地纠正了自己的错误。这体现了李详实事求是的学风。

其次,这本讲义比较注意吸收胡克家《文选考异》、胡绍煐《文选笺证》和王念孙《读书杂志》等书的研究成果,充实了讲义的内容。如:

> 班固《西都赋》:"于是乘鸾舆。"《考异》云:"注引《独断》以解'乘舆',中间不得有'鸾'字甚明。《东都赋》'乘舆乃出',注'已见上文',当即指此。"《考异》又举《上林赋》"于是乘舆弥命",《甘泉赋》"于是乘舆乃登夫凤凰兮",句例相似,孟坚之所出也。其说甚是。善例言祖述者,此类是也。

这里吸收《文选考异》的成果,标明《考异》,读者一看便知。又如:

> 班固《东都赋》:"正雅乐。"按:雅,当从《固传》作"予",注谓依谶文,改"大乐"为"大予"。《后汉·明帝纪》:"永平三年八月,改太乐为太予乐。"注:"《尚书·璇玑钤》:'有帝汉出,德洽作乐为予。'故据《璇玑钤》改之。"此赋善注引《璇玑钤》,作乐名雅,系涉正文而误。《困学纪闻》云:"五臣本改作雅。"则善注本宜作"予",明矣。

这里也是吸收《文选考异》的校勘成果,因为李详有所补充,所以未标明《考异》。又如:

> 班固《东都赋》:"保界河山。"《笺证》云:"《后汉书》注:保,守也。谓守河山之险以为界。"王氏念孙曰:"界,读为介。保、介,皆恃也。"

此条注释,引自胡绍煐《文选笺证》卷一中的《东都赋》笺证。"皆恃也"下原笺中有"言恃河山以为固也"一句,有此句,语意较为完整,不当删去。

李详《文选萃精说义》校释班固《两都赋》并没有完成,《李审言文集》的编者在残稿后加了按语,云"右为在东南大学讲授时残稿,因病归里而辍笔"。

　　李详在编写《文选萃精说义》时,身体状况已经不佳,由于力不从心,影响了这本讲义的质量。但是,李详国学根底深厚,对文选学有深入研究,此讲义亦可供文选学研究之参考。

　　李详另有《韩诗证选》、《杜诗证选》,是文选学研究的重要著作,它以具体例证说明《文选》对唐代文学的影响。

　　唐代以诗赋试士。唐洋州刺史赵匡《举选议》云:"主司褒贬,实在诗赋,务求巧丽,以此为贤。"(《通典》第十七《选举五》)唐礼部员外郎沈既济《词科论》云:"自显庆已来,高宗圣躬多不康,而武太后任事,参决大政,与天子并。太后颇涉文史,好雕虫之艺。永隆中始以文章选士,及永淳之后,太后君天下二十余年,当时公卿百辟,无不以文章。因循遐久,浸以成风。以至开元、天宝之中……五尺童子,耻不言文墨焉。是以进士为士林华选,四方观听,希其风采,每岁得第之人,不浃辰而周闻天下。"(《文苑英华》卷七五九《杂论中》)类似的议论,在《通典》等著作中还有一些,这里不多援引。在这种社会风气影响之下,"事出于沉思,义归乎翰藻"的《文选》,自然成了适应广大士子需要的参考书。于是,唐高宗显庆三年(658),李善注《文选》六十卷问世了。与他先后同时的许淹的《文选音义》十卷,公孙罗撰的《文选》六十卷和《文选音》十卷产生了。至唐玄宗开元六年(718),吕延济、刘良、张铣、吕向、李周翰五人合注的《文选》,即五臣注《文选》三十卷也问世了。各种注本的《文选》在社会上广泛流传,对唐代文学产生了深刻的影响。

　　应该指出,唐代《文选》的各种注本,以李善注《文选》为最佳。

此书精深渊博,蜚声士林,实乃选学之瑰宝,成为唐代和以后学习《文选》的必读注本。唐代士子从中学习文理,学习《文选》注中的丰富资料,提高自己的学术素养和创作水平,直接影响了唐代文学的繁荣和发展。

由于适应科举考试的需要,《文选》成为唐代士子学习诗赋的必备参考书。唐武宗宰相李德裕曾对武宗说:"臣无名第,不当非进士,然臣祖天宝末以仕进无他岐,勉强随计,一举登第。自后家不置《文选》,盖恶其不根艺实。"(《新唐书》卷四十四《选举志上》)李德裕家不藏《文选》,作为一个特殊例子加以说明,这件事的本身,正好可以说明唐代士子学习《文选》应是人手一册了。唐代民间文学作品《秋胡变文》写到秋胡外出游学,随身携带了十部书,即《孝经》、《论语》、《尚书》、《左传》、《公羊》、《穀梁》、《毛诗》、《礼记》、《庄子》、《文选》。秋胡对《文选》的重视,反映了当时士子的普遍情况。民间如此,官方亦复如此。《旧唐书·吐蕃传》载,开元十八年,"时吐蕃使奏云:'公主请《毛诗》、《礼记》、《左传》、《文选》各一部。'制令秘书省写与之"。从这里可以看出,不仅金城公主重视《文选》,而且《文选》在当时的地位几乎与儒家经书等同并列。以上事例说明《文选》在唐代受到社会的普遍重视,其影响也就可想而知了。李详《韩诗证选序》云:

> 唐以诗赋试士,无不熟精《文选》,杜陵特最著耳。韩公之诗,引用《文选》亦夥,唯宋樊汝霖窥得此旨,于《秋怀诗》下云:"公以六经之文,为诸儒倡,《文选》弗论也。独于《李邟墓志》曰:'能暗记《论语》、《毛诗》、《左氏》、《文选》。'故此诗往往有其体。"余据樊氏之言,推寻公诗,不仅如樊氏所举,因条而列之,名曰《韩诗证选》。

这是说,由于唐代以诗赋试士,所以唐代士子莫不习《文选》。杜甫如此,韩愈亦复如此。韩愈的《李邢墓志》说自己能暗记《文选》,说明他亦熟精《文选》。李详受樊汝霖的启发,著《韩诗证选》。樊氏注文见魏仲举刊五百家注《韩昌黎集》卷一《秋怀诗》十一首题下。兹列《秋怀诗》樊氏注文及其他有关论述如下:

> 其一　窗前两好树,众叶光薿薿。秋风一披拂,策策鸣不已。微灯照空床,夜半偏入耳。愁忧无端来,感叹成坐起。天明视颜色,与故不相似。羲和驱日月,疾急不可恃。浮生虽多涂,趋死唯一轨。胡为浪自苦?得酒且欢喜。何焯《义门读书记》曰:"悲哉秋之为气也,草木摇落而变衰。"发端祖此。

穆按:"悲哉"二句,见《文选》第三十三卷宋玉《九辩》。方世举《韩昌黎诗集编年笺注》曰:"自宋玉悲秋而有《九辩》,六朝因之有《秋怀》诗,皆以摇落自比也。"

> 其四　秋气日恻恻,秋空日凌凌。上无枝上蜩,下无盘中蝇。岂不感时节,耳目去所憎。清晓卷书坐,南山见高棱。其下澄湫水,有蛟寒可罾。惜哉不得往,岂谓吾无能。何焯《义门读书记》曰:从悲秋意又翻出一层。"泬寥兮天高而气清,寂寥兮收潦而水清",是首所祖。

穆按:"泬寥"二句,见宋玉《九辩》。

> 其八　卷卷落地叶,随风走前轩。鸣声若有意,颠倒相追奔。空堂黄昏暮,我坐默不言。童子自外至,吹灯当我前。问我我不应,馈我我不餐。退坐西壁下,读诗尽数编。作者非今士,相去时已千,其言有感触,使我复凄酸。顾谓汝童子,置书且安眠。丈人属有念,事业无穷年。何焯《义门读书记》曰:"君不知兮可奈何!蓄怨兮积思,心烦憺兮忘食事,顾一见兮道余意,君之心

兮与余异。"诗意似本于此。

穆按："君不知"五句,见宋玉《九辩》。

其九　霜风侵梧桐,众叶著树干。空阶一片下,琤若摧琅玕。谓是夜气灭,望舒霣其团。青冥无依倚,飞辙危难安。惊起出户视,倚楹久汍澜。忧愁费晷景,日月如跳丸。迷复不计远,为君驻尘鞍。何焯《义门读书记》曰:"白露既下百草兮,奄离披此梧楸。"王逸谓以茂美树兴于仁贤早遇霜露,故此篇复独以梧桐起兴也,下半篇亦从"仰明而太息兮,步列星而极明"意变化而出。

穆按："白露"二句、"仰明月"二句,均见宋玉《九辩》。

其十一　鲜鲜霜中菊,既晚何用好。扬扬弄芳蝶,尔生还不早。运穷两值遇,婉娈死相保。西风蛰龙蛇,众木日凋槁。由来命分尔,泯灭岂足道。樊汝霖曰:《秋怀诗》十一首,《文选》诗体也。

穆按:《朱子语类》常言《选》诗,如云:"鲍明远才健,其诗乃《选》之变体。""苏子由爱《选》诗'亭皋木叶下,陇首秋云飞'。""李太白终始学《选》诗,所以好。杜子美诗好者亦多是效《选》诗。"(《朱子语类》卷一百四十《论文》下)此即所谓选体。选体之概念比较宽泛,大概是指仿《文选》所选之诗而作的诗。方世举《韩昌黎诗集编年笺注》曰:"昌黎短篇,以此十一首为最。……盖学《选》而自有本色者也。《文选》之学,终唐不废,但名手皆有本色。如李如杜,多取材取法其中,而豪宕不践其迹,韩何必不如是耶!"

以上是李详的前辈论述韩愈《秋怀诗》与《文选》之关系,其要者有二:一是樊汝霖首先指出韩愈诗与《文选》之关系;二是何焯对二者关系之论证。由此可以肯定韩愈诗受《文选》之影响,事实俱在,令人信服。李详的论证亦有新的补充,仍以《秋怀诗》为例:

愁忧无端来。详曰：魏文帝《善哉行》："忧来无方。"

白露下百草，萧兰共雕悴。详曰：宋玉《九辩》："白露既下百草兮。"刘孝标《广绝交论》："萧艾与芝兰共尽。"

彼时何卒卒。详曰：司马迁《任少卿书》："卒卒无须臾之间。"

贱嗜非贵献。旧注："负日之暄，而欲献君，食芹之美，而欲进御，贵贱固有差矣。"详按：旧注虽用《列子》，其实本之嵇康《与山巨源绝交书》："野人有快炙背而美芹子者，欲献之至尊。虽有区区之意，亦已疏矣。"此所云"贱嗜非贵献"也。

戚戚抱虚警。详曰：陆机《叹逝赋》："节循虚而警立。"此本顾氏炎武说。

露泫秋树高。详曰：谢惠连《咏怀诗》："花上露犹泫。"

即此是幽屏。旧注引张衡曰："杂插幽屏。"详按：此左思《吴都赋》，非张衡。

月吐窗冏冏。详曰：江淹《杂体·拟张廷尉》："冏冏秋月明。"

丧怀若迷方。详曰：鲍照《拟古诗》："迷方独沦误。"

西风蛰龙蛇。详曰：张协《杂诗》："龙蛰喧气凝。"

矗矗抱秋明。详曰：宋玉《九辩》："时亹亹而过中。"

以上是李详根据樊汝霖的论断，推寻韩愈诗与《文选》之关系。初读这些例证，使人感到十分诧异。韩愈是唐代古文运动的领袖。他反对骈文，提倡古文，说自己"非三代两汉之书不敢观，非圣人之志不敢存"（《答李翊书》）。在《进学解》中，他说自己"沉浸酝郁，含英咀华"的书有《尚书》、《春秋》、《左传》、《周易》、《毛诗》、《庄子》、《楚辞》、《太史公书》，以及司马相如、扬雄等人的文章。这样的古文大家，竟然暗记《文选》，令人不解。可是，想到那个以诗赋试士的时代，我们就不会感到奇怪了。韩愈是一个读书人，他与其他的读书人一样，都有功名利禄的思想，《文选》作为获得功名利禄的阶梯,他自然要熟读了。宋人说:"《文选》烂、秀才半。"(陆游《老学庵笔记》卷八)在唐代何尝不是这样呢。

李详的《杜诗证选》,亦以实例证明杜诗与《文选》之关系。他在《杜诗证选序》中说:

> 杜少陵《宗武生日》诗"熟精《文选》理",又《简云安严明府》诗"续儿诵《文选》",后世遂据此为杜陵精通《文选》之证。

诚然,杜甫熟精《文选》,但从杜诗中推寻其与《文选》之关系,洵非易事,这必需熟悉《文选》。李详作为著名的《文选》专家,这个条件是具备的。所以他在写完《韩诗证选》后,又作《杜诗证选》。相较而言,他的《杜诗证选》用力更多。兹以《自京赴奉先县咏怀》为例,稍作说明:

> 窃比稷与契。详曰:扬雄《解嘲》:"家家自以为稷契。"
>
> 葵藿倾太阳,物性固莫夺。详曰:曹植《求通亲亲表》:"若葵藿之倾叶太阳,虽不为之回光,然终向之者,诚也。"
>
> 胡为慕大鲸,辄拟偃溟渤。详曰:木华《海赋》:"横海之鲸,戛岩嶔,偃高涛。"
>
> 沈饮聊自述。详曰:颜延之《五君咏·刘伶》:"韬精日沈饮。"
>
> 客子中夜发。详曰:鲍照《东门行》:"行子夜中饭。"
>
> 蚩尤塞寒空。详曰:扬雄《羽猎赋》:"蚩尤并毂。"
>
> 瑶池气郁律。详曰:郭璞《江赋》:"气滃渤以雾杳,时郁律其如烟。"
>
> 乐动殷胶葛。详曰:司马相如《上林赋》:"张乐乎胶葛之寓。"张衡《南都赋》:"其山则崆峣嶵嵑。"
>
> 赐浴皆长缨,与宴非短褐。详曰:陆机《长安有狭邪行》:"鸣玉岂朴儒,凭式皆俊民。"

>烟雾蒙玉质。详曰:江淹《杂体诗·班婕妤》:"化作秦玉女,乘鸾向烟雾。"

这是列举杜甫的诗句,从《文选》中探寻其来历。杜诗受《文选》影响,证据众多,毋庸讳言。李详《杜诗证选序》云:

>恒恐末学耳食,谓引《选》语,已见注中,而怪余为剽袭,比之重台累仆。然安知不有深通其意者,复相赏邪?余于是锐然为之,渐得数卷,览之多有可喜,因为写定如左。

因为杜诗注本多,有人说李详抄录的《文选》句子,已见杜诗注中。为避"剽袭"之嫌,李详下了更深的功夫,才成此数卷。辛苦不负有心人,《杜诗证选》常为后人所征引,正是杜甫"熟精《文选》理"的有力证据。

最后,说说李详对《文选》李善注注释体例的汇辑和他有关《文选》的其他议论。

其一,李详对《文选》李善注注释体例的汇辑。骆鸿凯先生认为,《文选》李善注的注释体例分散于各篇,源于《春秋左氏传》。左氏作传,立凡例五十,散在各篇,以发明《春秋》之例(《文选学·源流第三》)。关于《左传》的"凡例",杜预在《春秋左氏传序》中说:

>其发凡以言例,皆经国之常制,周公之垂法,史书之旧章,仲尼从而修之,以成一经之通体。其微显阐幽,裁成义类者,皆据旧例而发义,指行事以正褒贬。诸称"书"、"不书"、"先书"、"故书"、"不官"、"不称"、"书曰"之类,皆所以起新旧,发大义,谓之变例。然亦有史所不书,即以为义者,此盖《春秋》新意,故传不言凡,曲而畅之也,其经无义例,因行事而言,则传直言其旧趣而已,非例也。

从杜预的阐述中,可以看出《左传》的"凡例"与李善注的体例是不同的。《左传》的"凡例"包含了微言大义,而李善注的体例只是随行文需要而作出必要的说明。下面援引几条李善注的注文,看看其体例。

班固《两都赋序》"赋者,古诗之流也"注:

> 《毛诗序》:"诗有六义焉,二曰赋。"故赋为古诗之流。诸引文征,皆举先以明后,以示作者必有所祖述也。他皆类此。

"以兴废继绝"注:

> 《论语》:"子曰:兴废国,继绝世。"然文虽出彼,而意微殊,不可以文害意。他皆类此。

"朝廷无事"注:

> 蔡邕《独断》:"或曰:朝廷亦皆依违尊者,都举朝廷以言之。"诸释或引后以明前,示臣之任不敢专。他皆类此。

《西都赋》注:

> 石渠,已见上文,然同卷再见者,并云已见上文,务从省也。他皆类此。

《东都赋》注:

> 娄敬,已见上文,凡人姓名皆不重见,余皆类此。注:其异篇再见者,并云已见某篇。他皆类此。

张衡《西京赋》薛综注,注曰:

> 旧注是者,因而留之,并于篇首题其姓名。其有乖缪,臣乃具释,并称臣善以别之。他皆类此。

以上各条体例,其本身已说得很清楚了,无需再作解释。在我看来,这些注释体例至少有三个作用:一是指导读者阅读注释;二是节省注释的篇幅;三是说明本书注释,不只是分散的注释,同时也是一项系统工程,其间存在着一定的内在联系。

汇辑《文选》李善注注释体例者,李详之前有清人钱泰吉,见其《曝书杂记》卷下,所辑较略;李详之后有今人骆鸿凯,见其《文选学·源流第三》,所辑较详,然皆不如李氏汇辑之完备。

其二,关于《文选旁证》的作者问题。李详说:"梁氏章钜《文选旁证》,为程春庐同文稿本,沈子培提学亲为余说。"(《媿生丛录》卷五)沈子培,即沈曾植(1850—1922),清代嘉兴人,学问渊博,善治史,精佛学,能诗词,工书画,为当时著名学者。程同文,字春庐,清代浙江桐乡人,嘉庆四年进士,长于地志,著有《密斋文集》。据我所知,程同文与《文选》毫无关系,沈氏所言恐是误传。前"梁章钜与《文选》研究"一节从各方面论证了《文选旁证》的作者是梁章钜。这里不再重复。

其三,关于清代文选学家的议论。李详说:

> 《书目答问》所列文选学家,如钱陆灿、潘耒、余萧客、严长明、叶树藩、陈寿祺,或诗文略摹选体,或涉猎仅窥一孔,未足名家,余为汰去之。而补入段懋堂、王怀祖、顾千里、阮文达,此四君子乃真治文选学者。若徐攀凤、梁章钜,亦裨食庑下也。(《媿生丛录》卷六)

按:张之洞《书目答目》附二《国朝著述诸家姓名略》开列的文选学家,有钱陆灿、潘耒、何焯、陈景云、余萧客、汪师韩、严长明、孙志祖、叶树藩、彭兆荪、张云璈、张惠言、陈寿祺、朱珔、薛传均。

现在来考察一下张之洞所开列的十五位文选学家研究《文

选》的情况：

(1) 钱陆灿，字湘灵，号圆沙，江苏常熟人。有《文选》校本。

(2) 潘耒，字次耕，号稼堂，江苏吴江人。有《文选》校本。

(以上二种校本，未见单行本，孙志祖《文选考异》皆有引用。孙志祖《文选考异序》云："国朝潘稼堂及何义门两先生，并尝雠是书……又有圆沙阅本，不著题跋，而征引顾仲恭、冯钝吟评语居多。")

(3) 何焯，初字润千，后字屺瞻，晚字茶仙，人称义门先生，江苏吴县人。《义门读书记》中有《文选》评论文字五卷。胡克家《文选考异》、梁章钜《文选旁证》引其校勘之语颇详，可供参考。

(4) 陈景云，字少章，江苏吴县人。有《文选举正》六卷。无传本，胡克家《文选考异》时有引用。又有清咸丰七年周镇钞本，不分卷。

(5) 余萧客，字仲林，号古农，江苏吴县人。有《文选音义》八卷，《文选纪闻》三十卷。

(6) 汪师韩，字韩门、抒怀，号上湖，浙江钱塘(今杭州市)人。有《文选理学权舆》八卷。

(7) 严长明，字冬友，一字道甫，江苏江宁(今南京市)人。有《文选声类》、《文选课读》。

(8) 孙志祖，字诒谷，号约斋，浙江仁和(今杭州市)人。有《文选考异》四卷、《文选李注补正》四卷、《文选理学权舆补》一卷。

(9) 叶树藩，字星卫，江苏长洲(今苏州市)人。有《文选补注》，见海录轩本《文选》。

(10) 彭兆荪，字湘涵，又字甘亭，江苏镇洋(今太仓)人。

有《文选考异》十卷,与顾广圻合作。

（11）张云璈,字仲雅,浙江钱塘(今杭州市)人。有《选学胶言》二十卷。

（12）张惠言,字皋文,江苏武进(今常州市)人。其有关《文选》著作未详,有《七十家赋钞》六卷。

（13）陈寿祺,字恭甫,号左海,晚号隐屏山人,福建侯官(今福州市)人。其有关《文选》著作未详,有《左海骈体文》二卷。

（14）朱珔,字玉存,一字兰坡,安徽泾县人。有《文选集释》二十四卷。

（15）薛传均,字子韵,江苏甘泉(今扬州市)人。有《文选古字通疏证》六卷。

李详不完全同意张之洞的看法,认为其中的钱陆灿、潘耒、余萧客、严长明、叶树藩、陈寿祺七人非文选学家,理应汰去。我基本上同意李氏的意见,但余萧客是文选学家,不应否认。李详主张补入段懋堂(玉裁)、王怀祖(念孙)、顾千里(广圻)、阮文达(元),还有徐攀凤和梁章钜。我认为,李氏的主张虽有其道理,然尚可商榷。梁章钜著有《文选旁证》四十六卷,完全可以列为文选学家。徐攀凤著有《选注规李》、《选学纠何》,亦可列入文选学家。顾广圻代胡克家作《文选考异》十卷,功力深厚,影响巨大,称文选学家自然也是可以的,但他的主要成就在于校勘,是清代著名的校勘学家。段玉裁著有《说文解字注》,是清代著名的文字学家,其评校《文选》的成果,见梁章钜《文选旁证》。王念孙著有《读书杂志》、《广雅疏证》,是清代著名的训诂学家,其有关《文选》的著作,见《读书杂志·余编下》。阮元主编《经籍纂诂》,校刊《十三经注疏》,是清代著名的经学家,他特重选学,但未见有关选学之专著,有选学文章数篇,见《揅经室集》。因此,我主张段玉裁、王念孙、顾广圻、阮元四人,不必列为文选学家。实际上,我们一般也不把他们看作文选学家。

近代学者被称为"选学大师"的,唯李详一人而已。李详幼时喜爱《文选》,年轻时"特别喜诵《文选》中诸篇。盛夏时,庭中荷花盛开……绕瓮狂走,以背诵萧《选》为乐,阶石为之陷落"(李雅甫《李详传略》,《李审言文集》附录四),继而撰写选学著作,对《文选》确实下过很深的工夫。总结李详一生关于选学之研究,简言之,其主要贡献有二:一是对《文选》的注释,在李善注的基础上有新的进展。这就是王先谦所说的"生所注兼能搜讨古人文字从出之原……不专从征典用意,目光尤为远大"(《文选拾沈》王先谦批语,见《李审言文集·选学拾沈》)。二是著《韩诗证选》、《杜诗证选》,在研究《文选》与唐代诗歌之关系方面更为具体深入,可以说向前迈进了一大步。作为中国文选学史上的过客,李详留下了自己深深的足迹。

高步瀛与《文选》研究

高步瀛(1873—1940),字阆仙,河北霸县人。他曾受业于清末桐城派古文家吴汝纶(1840—1903)。后任北平师范大学、女子师范大学等校的教授。著作有《古文辞类纂笺证》、《文选李注义疏》、《先秦文举要》、《两汉文举要》、《魏晋文举要》、《南北朝文举要》、《唐宋文举要》、《唐宋诗举要》等,是近代著名的选家。

高步瀛学问渊博,国学根柢深厚,著作丰富。本文拟仅就其有关《文选》学的研究进行一些评述。高氏关于《文选》学的著作,除了《文选李注义疏》八卷之外,还有收入《两汉文举要》、《魏晋文举要》、《南北朝文举要》三书中《文选》文的校注。这些著作的成就，主要表现在以下四个方面：

一、注释

《文选》李善注是我国古代的名注。李善从事此项工作是十分认真的。唐代李匡乂《资暇集》说：

> 李氏《文选》有初注成者，覆注者，有三注、四注者，当时旋被传写之。其绝笔之本，皆释音训义，注解甚多，余家幸而有焉。尝将数本并校，不唯注之赡略有异，至于科段，互相不同，无似余家之本该备也。

李匡乂是唐昭宗（公元889—904年在位）宗正少卿，曾官南漳守，是唐代末年人。其说当可信。正因为李善注《文选》下了很深的工夫，故能沉博富美，斐声士林，传之久远。清程先甲《选雅自序》云：

> 《昭明文选》者，总集之鼻祖而文章之巨汇也；上自周秦，下迄齐梁，其间作者，类皆湛深训故……而崇贤又承其师曹氏训故之学，作为注释，凡失先师解说，传记古训，众家旧注，咸著于篇。群言肴乱，折其衷；通用假借，贯其旨。匪惟《尔雅》，采至四家，小学之属，蒐至三十六而已。至于未审古音，沿称"协韵"，乃千虑之失，未为一眚之累……是故崇贤之注，一训故之奇书也。

清俞樾《选雅序》云：

> 余尝谓《文选》一书，不过总集之权舆，训章之管辖；而李注则包罗群籍，羽翼六艺。言经学者取焉，言小学者取焉，非徒词章家视为潭奥而已。

程先甲、俞樾对李善注都作了很高的评价。但是，《文选》李善注是比较艰深的。其注征引群书竟达1689种之多(详见骆鸿凯《文选学·源流第三》),一般读者阅读有困难。所以高步瀛先生做了"义疏"工作。所谓"义疏",就是疏通李善注的含义。如:

> 班固《两都赋序》:"或曰:赋者,古诗之流也。"李善注曰:"《毛诗序》曰:诗有六义焉,二曰赋。故赋为古诗之流也。诸引文证,皆举先以明后,以示作者必有祖述也。他皆类此。"高步瀛疏曰:《毛诗序》见本书卷四十五。陆德明《释文》曰:"旧说云'后妃之德也'至'用之邦国焉',名《关雎序》,谓之《小序》。自'风,风也'讫末,名为《大序》。"则本注所引皆在《大序》中。然《释文》又曰:"今谓此序止是《关雎》之序,总是诗之纲领,无大小之异。""诸引文证"以下,李氏自述注例也。张云璈《选学胶言》有注例说,钱泰吉《曝书杂记》有《文选注义例》,所辑皆未备。步瀛尝为订补,具《别录》中,今不复述。

义疏先解释《毛诗序》有"大序"、"小序"之分,李善注出自"大序"。然后解释《文选》李善注体例。这样的义疏用语不多,比较简明地将李善注疏通清楚。此类义疏颇多,又如:

> 班固《两都赋序》:"盖奏御者千有余篇,而后大汉之文章,炳焉与三代同风。"李善注曰:"《苍颉篇》曰:炳,著明也。彼皿切。《论语》:子曰:三代之所以直道而行。马融曰:三代,夏、商、周。"高步瀛疏曰:慧苑《华严经音义》下、慧琳《一切经音义》三十二引《苍颉篇》与此注同。《华严音义》上引作"明著也"。《一切经音义》二十二、慧苑《音义》引作"著也,明也"。《论语》,见《卫灵公篇》。《集解》引马融与此注引同。《汉书·艺文志》曰:成帝时,诏光禄大夫刘向校经传诸子诗赋,每一书已,向辄条其篇目,撮其指意,录而奏之。又

云:凡诗赋百六家,千三百一十八篇。何焯谓七十八家,一千零四篇,则专计赋家,除去歌诗二十八家,三百一十四篇,故云一千零四篇也。

高氏义疏分三段,先指出慧苑《华严经音义》下等与此注同。次指出《论语集解》引马融说与此注所引相同。最后引《汉书·艺文志》,指出诗赋家数与篇数。

高步瀛先生国学素养深厚,熟悉经、史、子、集的主要内容。他的义疏旁征博引,左右逢源,既能疏通原注,又提供了丰富的资料,可供文选学研究参考。高氏的义疏十分详细,有时不免使人感到烦琐。如:

班固《西都赋》曰:"左据函谷、二崤之阻,表以太华、终南之山。"李善注曰:"《战国策》:苏秦曰:秦东有殽函之固。《盐铁论》曰:秦左殽函。《汉书音义》:韦昭曰:函谷关。《左氏传》曰:崤有二陵。其南陵,夏后皋之墓,其北陵,文王所避风雨也。表,标也。《山海经》曰:华首之山西六十里曰太华之山。《毛诗》曰:终南何有,有条有枚。毛苌曰:终南,周之名山中南也。"高步瀛疏:略(约 3000 字)。

又曰:"右界褒斜陇首之险,带以洪河泾渭之川。"李善注曰:"《长杨赋》曰:命右扶风发人,西自褒斜。《梁州记》曰:万石城,溯汉上七里,有褒谷。南口曰褒,北口曰斜。长四百七十里。《盐铁论》曰:秦右陇陂。《汉书》:幸雍。《白麟歌》曰:朝陇首,览西垠。《尚书》曰:导河自积石,南至于华阴。《山海经》曰:泾水出长城北。《尚书》曰:导渭自鸟鼠同穴。"高步瀛疏曰:略(约 3500 多字)。

一条义疏长达三千字以上,这样的义疏,内容固然丰富,解释也很详细,但是过于烦琐,终是一病。

应该指出,高氏义疏,亦偶有错误。如:

《两都赋序》:李善注曰:"范晔《后汉书》曰:班固,字孟坚,北地人也……"高步瀛疏曰:范书《班固传》无"北地人也"四字。梁章钜《文选旁证》谓《后汉书》以班彪为扶风安陵人。固附父彪传,则固传无此四字是也。许巽行亦谓四字为后人妄增,皆未详考。姚鼐《惜抱轩笔记》八曰:《汉书·叙传》言:班壹避地于楼烦,壹子儒,儒子长,长子回。回生况,女为倢伃,徙昌陵,昌陵罢,大臣名家皆占数于长安。然而班氏本籍楼烦,而卒居长安。今《后汉书·班彪传》以为扶风安陵人,《文选》注引范书,乃曰班固北地人,《班超传》又云扶风平陵人,何互异若此?据《北征赋》"朝发轫于长都",是班氏固长安人。又云"过泥阳而太息,悲祖庙之不修",泥阳属北地,则其祖固北地人。《文选》注所引,或他人之《后汉书》,校者误增范名耳。李详《选学拾沈》曰:本书《北征赋》"纷吾去此旧都兮",注:旧都,北地郡也。又"过泥阳而太息,悲祖庙之不修",注:《汉书》北地郡有泥阳县。班壹始皇之末,避地楼烦,故泥阳有班氏之庙。叔皮自咏,理无乖舛。善引《后汉书》,疑是别本。步瀛案:姚、李说是。但李云别本,当即他人《后汉书》。若范书别本,则《彪传》异文,不在《固传》矣。

高氏赞同姚、李的论断,认为班固是北地人。这个认识是错误的。按班固是扶风安陵人,这一点李详在《文选萃精说义》中已加以纠正。参前《李详与文选学研究》一节。关于这一问题的具体论述,可参阅王先谦《后汉书集解》卷四十上《校补》。智者千虑,偶有一失,这是完全可以理解的。

曹道衡、沈玉成在《文选李注义疏序》中说:"在本书中,凡涉及古代典章制度的问题,他都能标举众说,择善而从。对于一些有不同说法,而限于史料尚难判定是非的问题,他也源源本本,加以辨析。尤其难得的是,李注所引的许多古书,往往仅举书名,而'义疏'则对现存的典籍都一一复核,说明见某书某篇或某卷。凡已佚的古书,也多能从类书或其他典籍中征引佚文加以印证或考定源委。凡李注引文与今本或类书所引文字有所出入,也一一作了校勘,并加按断。"这些确实是"义疏"的优点,也是读者有目共睹的事实。

二、校勘

研究古籍,校勘工作十分重要。清代史学家王鸣盛说:"尝谓好著书不如多读书,欲读书必先精校书,校之未精而遽读,恐读亦多误矣。"(《十七史商榷》自序)可见古籍校勘工作的重要性。北齐学者颜之推说:"校定书籍亦何容易,自扬雄、刘向方称此职尔。观天下书未遍,不得妄下雌黄。"(《颜氏家训·书证》)可见古籍校勘的艰难。高步瀛在《文选》校勘工作中取得很好的成绩。兹以《文选序》为例,以窥其一斑:

荀、宋表之于前,贾、马继之于后。○校云:《文选》古钞本"继"作"系"。

述邑居则有凭虚、亡是之作,戒畋游则有《长杨》、《羽猎》之制。○校云:古钞本"亡"作"无","戒"作"诫"。

耿介之意既伤,壹郁之怀靡愬。○校云:《昭明集》"壹"作"抑"。

美终则诔发,图像则赞兴。○校云:《集》"像"作"象"。

答客指事之制,三言八字之文。○校云:古钞本"制"作"製"。下"众制"同。

余监抚余闲,居多暇日。○校云:六臣本"闲"作"閒"。

闲,閒之通借字。

词人才子,则名溢于缥囊。飞文染翰,则卷盈乎缃帙。○校云:《集》"词"作"辞"。

盖以立意为宗,不以能文为本。今之所撰,又以略诸。○校云:古钞本、六臣本"又以"作"又亦"。《集》同。

谋夫之话,辩士之端。○校云:古钞本"话"上有"美"字,"端"上有"舌"字。

所谓坐狙丘,议稷下。○校云:古钞本"狙"作"徂"。

虽传之简牍,而事异篇章,今之所集,亦所不取。○校云:古钞本"异"作"殊","不"作"弗"。

至于记事之史,系年之书,所以褒贬是非,纪别同异。○校云:各本"同异"作"异同"。今依古钞本。

都为三十卷,名曰《文选》云耳。○校云:古钞本"曰"作"之"。六臣本"耳"作"尔"。《集》同。

凡次文之体,各以汇聚。○校云:古钞本"各"作"略"。《集》"汇"作"类"。

清代学者在《文选》的校勘方面下了很深的工夫,其中何焯、顾广圻的成就最为突出。特别是署名胡克家著的《文选考异》(实为顾广圻所作,参前《顾广圻与文选学研究》一节),是我国古代《文选》校勘的总结性成果,对文选学研究作出了重要的贡献。但是,由于时代的局限,他们都没有见过日本所传的古钞无注三十卷本《文选》,也没有见过敦煌石室本《文选》四卷,所以,犹存在不足之处。

古钞无注三十卷本《文选》,清杨守敬《日本访书志》著录二种:(一)《古钞文选》一卷(卷子本)。杨守敬说:"此即日本森立之《访古志》(穆按:即《经籍访古志》)所载温故堂藏本也。后为立之所得，余复从立之得之。《访古志》云：'现存第一卷一轴。首有显庆三年李善《上文选注表》（原注：今善本、六臣本皆以昭明太子序居首，李善及五臣《表》次之，皆非也），次梁昭明太子撰《文选序》。序后接本文，题"《文选》卷第一赋甲"，次行"京师上，班孟坚《两都赋》二首并序，张平子《西京赋》一首"。界长七寸五分，幅一寸，每行十三字。卷末隔一行题："《文选》卷第一。"（原注：《西京赋》即接《东京赋》之后，不别为卷。）不记书写年月，卷中朱墨点校颇密，标记旁注及背记所引有陆善经、善本、五臣本、《音决钞》、《集注》诸书及"今按"云云。考其字体墨光，当是五百许年前钞本。此本无注文，而首冠李善序，盖即就李本录出者。'杨守敬不同意《访古志》的观点，认为不是从李本单录出的。"固原于未注本"。（二）《古钞文选》残本二十卷。杨守敬说："古钞无注《文选》三十卷，缺一、二、三、四、十一、十二、十三、十四、十七、十八十卷，存二十卷……此无注三十卷本，盖从古钞卷子本出，并非从五臣、善注本略出……可以深信其为六朝之遗。"

杨守敬的观点得到后世文选学研究者的认可。但是，我始终有些怀疑。向宗鲁先生曾对古钞无注本《文选》作了详细的校勘，其《识语》云："今细核之，固多异于李本，而同于五臣者，旁注亦时引李本，以校异同，则非全用李本可知。"这样看来，古钞无注本《文选》有可能从五臣本《文选》录出。

近代蒋斧《鸣沙石室古籍丛残影印本题记》曰："石室本《文选》四卷：其一，张平子《西京赋》。其二，东方曼倩《答客难》及扬子云《解嘲》二篇，皆李善注。其三，《王文宪文集序》。其四，起《恩幸传论》讫《光武纪赞》，皆无注。"按四卷皆为残卷，高步瀛用于校勘者唯张衡《西京赋》而已。此篇见于《文选》李善注本第二卷三百五十三行，由《西京赋》"井干叠而百增"起，至赋末李注止。

此卷注明"永隆年二月十九日弘济寺写",即唐高宗(公元650—684年在位)时写,有很高的校勘价值。

高步瀛的《文选李注义疏》的校勘,使用了古钞无注本《文选》和敦煌石室唐钞本《文选》,故较之清人的校勘进了一步。

三、考证

高氏《文选李注义疏》在"义疏"中常有一些考证文字,由于高氏对我国古代文、史、哲各门学科都有深厚的功力,所以,他的考证成果亦颇值得我们重视。

1.关于"高斋十学士"

杨慎《升庵外集》卷五十二曰:"梁昭明太子统,聚文士刘孝威、庾肩吾、徐防、江伯摇、孔敬通、惠子悦、徐陵、王囿、孔烁、鲍至十人,谓之高斋十学士,集《文选》。"高氏在《文选序》义疏中曰:"王象之《舆地纪胜》:京西南路襄阳府古迹,有文选楼。引旧《图经》云:梁昭明太子所立,以撰《文选》。聚才人贤士刘孝威、庾肩吾、徐防、江伯操、孔敬通、惠子悦、徐陵、王筠、孔烁、鲍至等十余人,号曰高斋十学士。升庵之说,殆本此,而改王筠为王囿是也。然此说乃传闻之误……《南史·庾肩吾传》曰:初为晋安王国常侍,王每徙镇,肩吾常随府。在雍州,被命与刘孝威、江伯操、孔敬通、申子悦、徐防、徐摛、王囿、孔烁、鲍至等十人,抄撰众籍,丰其果馔,号高斋学士。是高斋学士乃简文遗迹,而无关昭明选文也。"

这里以确凿有力的证据,纠正了杨慎的谬误。

2.关于江夏李善

高氏曰:"新、旧《唐书》李善及其子邕传皆云:江都人。而《新唐书·儒学·曹宪传》称'江夏李善',盖其郡望。《广韵·六止》李字下载李姓十二望有江夏,可证也。"

这里指出,李善父子江都人,江夏,其郡望也。

3.关于李邕补益《文选》李善注说

《新唐书·文艺·李邕传》:"李邕字太和,扬州江都人。父善,有雅行,淹贯古今,不能属辞,故人号书簏。显庆中,累擢崇贤馆直学士,兼沛王侍读,为《文选注》,敷析渊洽。表上之,赐赉颇渥……坐与贺兰敏之善,流姚州。遇赦还,居汴、郑间讲授,诸生四远至,传其业,号'文选学'。邕少知名,始善注《文选》,释事而忘义。书成以问邕,邕不敢对。善诘之,邕意欲有所更。善曰:'试为我补益之。'邕附事见义,善以其不可夺,故两书并行。"《新唐书》认为李邕曾补益《文选》李善注,高氏引用《四库总目提要·文选注》说:

> 今本事义兼释,似为邕所改定。然传称善注《文选》在显庆中,与今本所载进表题显庆三年者合。而《旧唐书·邕传》称天宝五载,坐柳勣事杖杀,年七十余。上距显庆三年,凡八十九年。是时邕尚未生,安得有助善注书之事?且自天宝五载上推七十余年,当在高宗总章、咸亨间。而《旧书》称善《文选》之学受之曹宪,计在隋末,年已弱冠。至生邕之时,当七十余岁,亦决无伏生之寿,待其长而著书。考李匡乂《资暇录》曰:"李氏《文选》有初注成者,有覆注,有三注、四注者,当时旋被传写。其绝笔之本,皆释音训义,注解甚多。"是善之定本,本事义兼释,不由于邕。匡乂唐人,时代相近,其言当必有征。知《新唐书》喜采小说,未详考也。

高氏在引用《提要》后加上按语,申述己见。按语云:"《四库书目》从李济翁说,以今本事义兼释者为李善定本,其说甚是,足正《新传》之诬。然显庆三年之本,必非其绝笔之本。《书目》既以今本为定本,则虽冠以显庆三年上表,其书为晚年定本固无妨也。"高氏赞同《四库提要》之说,确定无李邕补益《文选》李善注之事。

4.关于"文选学"

《新唐书·文艺·李邕传》云:"(李善)遇赦还,居汴、郑间讲授。诸生四远至,传其业,号'文选学'。"高氏说:"李善文选学出自曹宪……文选学开始之功,自推曹宪。从宪受学者,李善外有魏模、公孙罗、许淹等。《旧唐书·儒林传》云:'曹宪,扬州江都人也。仕隋为秘书学士。每聚徒讲授,诸生数百人。公卿以下,亦多从之受业。贞观中,扬州长史李袭誉表荐之,太宗征为弘文馆学士,以年老不仕。乃遣使就家拜朝散大夫,年一百五岁卒。所撰《文选音义》,甚为当时所重。初,江淮间为文选学者,本之于宪。又有许淹、李善、公孙罗,复相继以《文选》教授,由是其学大兴于代。'"高氏对唐代"文选学"的记述,颇为简明扼要。但是,他只看到新、旧《唐书》的记载,是不够的。在唐代元和年间(806—820),刘肃的《大唐新语》已记述此事:

> 江淮间,为文选学者起自江都曹宪。贞观初,扬州长史李袭誉荐之,征为弘文馆学士。宪以年老不起,遣使就拜朝散大夫,赐帛三百尺,宪以仕隋为秘书,学徒数百人,公卿亦多从之学。撰《文选音义》十卷。相继以《文选》教授。(卷九《著述》)

"文选学"的记载当以此为最早,新、旧《唐书》的记载,大概都源于此。

5.关于《天子游猎赋》

高氏在《文选李注义疏·子虚赋》开头,遍引《西京杂记》、王观国《学林》、王若虚《滹南集》、焦竑《笔乘》、顾炎武《日知录》、阎若璩《潜丘札记》、何焯《义门读书记·文选》、孙志祖《读书脞录》、张云璈《选学胶言》诸书对《天子游猎赋》的论述,然后按曰:"诸家谓两篇为一篇。是也。非独《子虚》、《上林》,即《两都》、《二京》、《三都》皆然。然王观国、阎百诗疑别有《子虚赋》,则非是……焦弱侯之说,与王、阎所见略同……孙氏、张氏据《西都赋》注引《子虚赋》注称为《上林》,疑唐初二赋犹作一篇,亦非是……至王从之、顾亭林说较为切实,然亦不免为长卿所欺。吴挚甫先生曰:'《子虚》、《上林》,一篇耳。下言故空籍此三人为词,则亦以为一篇矣。而前文《子虚赋》乃游梁时作,及见天子,乃为《天子游猎赋》。疑皆相如自为赋序,设此寓言,非实事也。杨得意为狗监,及天子读赋,恨不同时,皆假设之词也。'案:先生此说,可以解诸家之惑。"

高氏对司马相如《天子游猎赋》之论述,引用诸家议论,至为周详,十分可信。

四、评论

高氏对《文选》文章的评论,主要有两种类型:一是文章的段落分析;一是文章的总评。

兹以萧统《文选序》为例,借以了解高氏评论的特点。

高氏对《文选序》全篇的段落分析是:

（一）"式观元始"至"文之时义远矣哉"。以上文章之由来。

（二）"若夫椎轮为大辂之始"至"难可详悉"。以上文之随时变改。

（三）"尝试论之曰"至"盖云备矣"。皆论文章体制之繁。

1."尝试论之曰"至"不可胜载矣"。以上赋。

2."又楚人屈原"至"自兹而作"。以上骚。

3."诗者"至"分镳并驱"。以上诗。

4."颂者"至"又亦若此"。以上颂。

5."次则箴兴于补阙"至"盖云备矣"。以上各体及总束。

（四）"余监抚余闲"至"难矣"。以上选文之意。

（五）"若夫姬公之籍"至"名之《文选》云耳"。皆言选文之例。

1."若夫姬公之籍"至"加之剪截"。以上言不选经之意。

2."老庄之作"至"又以略诸"。以上言不选子书之意。

3."若贤人之美辞"至"亦所不取"。以上诸书所载谋臣策士之言亦不选。

4."至于记事之史"至"亦已不同"。以上言史之记事系年，如传纪之类，亦不选。

5."若其赞论之综缉辞采"至"故与夫篇什杂而集之"。以上言史之论述赞入选。

（六）"凡次文之体"至"各以时代相次"。此附言分体类之例。

全篇总评：词旨渊懿，于文章递变之源流，实确有所见。至以藻采为文，故经子大文转不选录，自是六朝风习，当分别观之。（《南北朝文举要·文选序》）

对文章进行段落分析，这是我国传统的分析方法。高氏对全篇的段落分析十分细致，由此可以了解文章的结构与层次，从而可以看出全文的思想内容。有助于读者阅读原文，也有助于读者了解《文选》的内容。高氏的全篇总评主要抓住两点：一是指出序言论及文章的由来和文章随时代的变化而改变。一是指出《文选》"以藻采为文"，此即《文选》的选录标准。《文选》的选录标准是"事出于沉思，义归乎翰藻"，不选经、子之文，于此可见六朝文风的变化。高氏的段落分析，简明扼要，准确地概括了全篇的内容。其全篇总评,抓住重点,要言不繁,指出文章的精辟见解和六朝文风,皆深中肯綮。

又如曹丕的《典论·论文》,其全篇总评曰:

> 以气论文,为文家一大发明,遂为古今所不能易。养气之说,始于孟子,然非为为文计也,而其文滂薄充沛,未始非养气之功。王仲任《论衡·自纪篇》亦有养气自守之言,文虽不工,亦能达其所见。自魏文帝发此论,后人祖之,刘彦和《文心雕龙·养气篇》、《颜氏家训·文章篇》,以迄至韩退之《答李翊书》、苏子由《上枢密韩太尉书》,皆各有发明。后来论文者,皆出其所得,要必以子桓为开山也。(《魏晋文举要·魏文帝〈典论·论文〉》)

高氏的总评,抓住了《典论·论文》的重要观点——以气论文。以气论文对后世的文学评论有深远的影响。高氏看到了这一点,作了简短精要的论述,体现了他的卓越见解。

此外,高氏还论及《文选》李善注。他对《文选》李善注作了很高的评价。在《义疏》序中说:"至于唐代,集文选学大成者,断推李氏矣。"同时指出,李善注经过"四厄":"一厄于五臣之代篡,再厄于冯光震之攻摘,三厄于六臣本之羼乱,四厄于尤袤诸本之改窜。"高氏指出:"夫冯书未成,姑不论。五臣虽有书,而决非李匹,前人已有定议,则厄焉犹非其极。独至羼乱之,改窜之,使其精神面目皆失其真。而缀学之士,虽力为把梳,终不能复其本元,斯则可为太息者也。"诚然。唐玄宗开元年间,"冯光震奉敕入院校《文选》,上疏以李注不精,请改注。"(《集贤注记》,《玉海》五十四引)冯书未成,无损于李善注;五臣注不如李善注,虽然吕延祚在《上集注文选表》中攻击李善注"忽发章句,是征载籍,述作之由,何尝措翰",自己吹嘘其注"目无全牛,心无留义,作者为志,森乎可观",并未对李善注造成实质性的损害。问题是六臣注对李善注多有删节,尤袤本对李善注多有改窜。这二者危害极大。现在要恢复李善注的原貌,已十分困难了,可为叹息!

高氏《文选李注义疏叙》说:"民国初元,注姚氏《古文辞类纂》。所注诸篇,互见《文选》颇多,然犹未专事于李注。近年承乏北平大学师范学院教授,任有《文选》科目,始有讲义之作。今夏无事,复取讲义损益之,以付剞劂。"这说明高氏先注《古文辞类纂》,后著《文选李注义疏》,《古文辞类纂》注释完毕,而《文选李注义疏》仅完成八卷,注赋十二篇。高氏《义疏》未竟全书,给文选学留下了深深的遗憾。好在高氏的《两汉文举要》收《文选》文十一篇,《魏晋文举要》收《文选》文二十一篇,《南北朝文举要》收《文选》文二十三篇。这五十五篇文章都有详细的注释和简评,足供文选学者参考。

高氏《义疏》大量引用了历代文选学研究著作,特别是清代的著作,如何焯《义门读书记》、余萧客《文选音义》、汪师韩《文选理学权舆》、孙志祖《文选考异》、《文选李注补正》、胡克家《文选考异》、张云璈《选学胶言》、梁章钜《文选旁证》、朱珔《文选集释》、薛传均《文选古字通疏证》、胡绍煐《文选笺证》、许巽行《文选笔记》等。清代文选学昌盛,这些著作体现了清代文选学的新发展。高氏引用这些研究成果,加上他的精湛见解,充实了《义疏》的内容。高氏十分熟悉我国古籍,他在《义疏》中大量引用了经、史、子、集中多种著作有关训故的资料,极大地丰富了《义疏》的内容。旁征博引,资料丰富,是本书的一大特点。这一特点,体现了本书集大成的性质。我们认为,高氏的《义疏》,为文选学的研究作出了重要的贡献。这个贡献将永载史册,彪炳千秋。

刘师培与文选学研究

刘师培出生在一个研究经学的世家。《清史稿·儒林传三》云:"文淇治《左氏春秋长编》,晚年编辑成疏,甫得一卷,而文淇没。毓崧思卒其业,未果。寿曾乃发愤以继志述事为任,严立课程,至襄公四年而卒。"刘文淇是刘师培的曾祖父,刘毓崧是其祖父,刘寿曾是其伯父,他们三代研究《春秋左氏传》,享有盛名,但是并未完成。其实,刘师培之父刘贵曾亦研究《左传》,著有《春秋左传历谱》,这是《清史稿》所未提到的。刘师培亦以经学自许,汪东《刘师培传》云:

> (刘师培)为北京大学教授。凤有肺疾,至是日益深,虑终不久,一日谓其友黄侃曰:"仆自谓经学遾绝,惜无传者。"侃曰:"听讲者数百人,胡为无传也?"师培笑曰:"必得如足下者,乃可。"侃曰:"审若是,请北面为弟子矣。"遽下坐,拜,师培泰然受之。

像黄侃这样杰出的学者能拜他为师,这说明刘师培的经学素养是令人信服的。仪征刘氏之经学,代代相传。

刘师培生于1884年,卒于1920年,享年三十六岁。他的短暂的一生,却为后世留下七十四种著作,亦可见其治学之勤奋。刘氏著作涉及小学、经学、史学、诸子学和文学各个方面,内容十分广泛。这里试就其与文选学的关系作些探索。刘师培论及《文选》的内容主要包括两个部分:一是论《文选序》;二是论《文选》之文。

一、刘师培论《文选序》。

刘师培曰:

> 昭明《文选》，唯以"沉思"、"翰藻"为宗，故赞论序述之属，亦兼采辑。然所收之文，虽不以有韵为限，实以有藻采者为范围，盖以无藻韵者不得称文也。(《中国中古文学史·文笔之区别》)

这里指出，萧氏《文选》以"沉思"、"翰藻"为选录标准，不以有韵为限。刘师培又曰：

> 昭明此序，别篇章于经、史、子书而外，所以明文学别为一部，乃后世选文家之准的也。(《中国中古文学史·文笔之区别》)

这是说明《文选》选录的范围。不选经、史、子三类作品，只选集部诗文。这种做法，为后世选家所继承。应该指出，刘氏论述，只是举出《文选序》要点，并无新见。清代阮元曰：

> 昭明所选，名之曰"文"。盖必文而后选也，非文则不选也。经也，子也，史也，皆不可专名之为文也，故昭明《文选序》后三段特明不选之故。必"沉思"、"翰藻"，始名为文，始以入选也。(《书梁昭明太子文选序后》)

阮氏早已言之在前。但值得注意的是，在《文选序》之外，刘师培对于《文选》名称的诠释。他说：

> 或者曰：彦和既区文、笔为二体，何所著之书，总以"文心"为名？不知当时世论，虽区分文、笔，然笔不该文，文可该笔；故对言则笔与文别，散言则笔亦称文。……而昭明《文选》其所选录，不限有韵之词。此均文可该笔之证也。(《中国中古文学史·文笔之区别》)

《文心雕龙》文体论部分，大致说来，从第六篇到第十五篇，即《明诗》、《乐府》、《诠赋》、《颂赞》、《祝盟》、《铭箴》、《诔碑》、《哀吊》、《杂文》、《谐谑》十篇，所论为有韵之文。从第十六篇到第二十五篇，即《史传》、《诸子》、《论说》、《诏策》、《檄移》、《封禅》、《章表》、《奏启》、《议对》、《书记》十篇，所论为无韵之笔。为何统称"文心"，原因是"笔不该文，文可该笔"。《文选》中有文有笔，而名为《文选》，也是同样的道理。刘师培"文可该笔"之说，为前人所未道，值得重视。

二、刘师培论《文选》之文。

罗常培在北京大学读书时，师从刘师培研究文学，记录口义四种，即群经诸子、中古文学史、《文心雕龙》与《文选》、汉魏六朝专家文研究。其中有《文心雕龙》讲录二种：《颂赞》篇和《诔碑》篇。《诔碑》篇口义中附有《文选》"诔"类和"碑"类作品的讲解，足供《文选》研究者参考。

《文选》"诔"类选录曹子建《王仲宣诔》，潘安仁《杨荆州诔》、《杨仲武诔》、《夏侯常侍诔》、《马汧督诔》，颜延年《阳给事诔》、《陶征士诔》，谢希逸《宋孝武宣贵妃诔》，共八篇。刘师培论曰："萧嗣所选曹子建《王仲宣诔》及潘安仁《杨荆州诔》、《杨仲武诔》、《夏侯常侍诔》、《马汧督诔》各篇，皆可为兹体之圭臬。"对曹植和潘岳的诔文作了很高的评价。

（1）曹植《王仲宣诔》：王粲，字仲宣，"建安七子"之一。曾任魏丞相掾，官至侍中，与曹植、曹丕兄弟交谊深厚，建安二十二年（217）病卒。曹植悼念王粲而作此诔。诔云：

吾与夫子，义贯丹青。好和琴瑟，分过友生。庶几遐年，携手同征。如何奄忽，弃我夙零！刘师培曰：子建自叙与仲宣交谊及其哀伤。彦和讥之云："陈思叨名，体实繁缓，《文皇诔》末，百言自陈，其乖甚矣。"按此篇与潘安仁诸诔皆叙自己对死者之交谊以表达其哀伤。良以缠绵悱恻之情必资交谊笃厚而发,诔主述哀,与铭、颂不同,故无妨率涉自己也。

曹植《诔》叙述与王粲的深厚情谊,流露了自己的哀伤。情感缠绵悱恻,真切自然,感人至深。这里刘氏纠正了《文心雕龙·诔碑》篇的看法,认为诔与铭、颂不同。写诔,不妨表达自己对死者的哀伤,写铭、颂则不可。又:

> 感昔宴会,志各高厉。予戏夫子,金石难弊。人命靡常,吉凶异制。此欢之人,孰先陨越?何寤夫子,果乃先逝!又论死生,存亡数度。子犹怀疑,求之明据,傥独有灵,游魂泰素。我将假翼,飘飘高举。超登景云,要子天路。刘师培曰:以仲宣平生论生死之语插入诔中,文甚警策,且有无限之哀情寓于言外。"丧柩既臻,将反魏京",文极为哀痛。可知诔之警策在后半不在前半。前半叙功德,无妨稍平;后半表哀,必须情文相生,以引起读者悲悼之同情。故非参以自己,殆难动人。

作者在诔中插入王粲论生死之语,表达了言外之哀情。如此写来,情文相生,极为动人。刘氏的分析,鞭辟入里,自是卓见。

(2)潘岳《杨荆州诔》:杨荆州名杨肇,曾任荆州刺史,故潘岳尊称他为杨荆州。杨肇是潘岳的岳父,于晋武帝咸宁元年(275)四月九日去世。潘岳十分悲痛,写此诔寄托哀思。诔云:

> 子囊佐楚,遗言城郢。史鱼谏卫,以尸显政。伊君临终,不忘忠敬,寝伏床蓐,念在朝廷。朝达厥辞,夕殒其命。刘师培曰:就杨荆州临终所上奏章补叙一段,似为余意而实文之警策。但与《王仲宣诔》较则为变体。盖《王仲宣诔》叙子建与仲宣之交谊至笃,故情文相生之处甚多。而此篇以杨肇为安仁之长亲,只能叙普通之哀情,不可过于缠绵悱恻,因补叙此段以为文之波澜。文章中如有一段能提起,则全篇皆精彩矣。

刘氏认为"补叙"一段,实文之警策、文之波澜。文章有此提起,则全篇精彩。这里强调了警策的作用。此意陆机在《文赋》中已言及:"立片言而居要,乃一篇之警策。虽众辞之有条,必待兹而效绩。"警策在文章中的作用是十分重要的。刘氏对"补叙"的分析,别具只眼,真有识之言也。

(3)潘岳《杨仲武诔》:杨仲武即杨经,仲武其字,潘岳之妻侄。不幸短命,二十九岁去世。潘岳与他情同父子,极为悲痛,乃作此诔以哀之。诔云:

> 潘杨之穆,有自来矣。矧乃今日,慎终如始。尔休尔戚,如实在己。视予犹父,不得犹子。敬亦既笃,爱亦既深。虽殊其年,实同厥心。日昃景西,望子朝阴。如何短折,背世湮沉。
>
> 刘师培曰:叙自己对仲武之关系。"视予犹父,不得犹子"二句,可见安仁用书如己出之致。此篇作法与《王仲宣诔》及《杨荆州诔》均异。前两篇皆先叙死者之生平以及其死,此篇则先叙自己对死者之戚谊,后及其死。惟自仲武之德行学问转至潘杨之关系,更自潘杨之关系转至仲武之死,转折之处甚难。而此篇两段之转笔皆可资楷式,如"旧文新艺,罔不必肄"以上叙仲武之德行学问,其下直接"潘杨之穆,有自来矣"二句即转至潘杨之关系,除两汉魏晋人外无此笔法。又自潘杨之戚谊转至仲武之死,而用"虽殊其年"八句潜运以意,曲折转过,尤为转法之上乘。凡有韵之转笔,应如蜻蜓点水,春风飘絮,若用重笔便似后代之作。故直接曲转与潜气内转二法,实两汉魏晋文章之特出处。

诔文运用转折手法,得到刘氏的肯定,认为是转法之上乘。刘氏就此论述,颇能抓住文章特点。文章如同山水景色,平平淡淡,岂能吸引游客?文章必须善于转折,使文情曲折多变,方可引起读者兴趣。刘氏抓住转折加以论述,正是抓住了文章的关键。

(4)潘岳《夏侯常侍诔》:夏侯湛,字孝若,官至散骑常侍,故潘岳尊称他为夏侯常侍。晋惠帝元康元年（291）卒，享年四十九岁。夏侯湛与潘岳为至交。《晋书·夏侯湛传》云："湛幼有盛才，文章宏富，善构新词。而美容观，与潘岳友善，每行止同舆接茵，京都谓之连璧。"夏侯氏卒后，潘岳深感悲痛，为撰诔文。刘师培曰：

> 此篇就自己与孝若之关系，插叙事实而毫不遗漏，其贯串之法更难，此亦安仁文章之特出处。

这里指出运用贯串之法是本篇的特点。例如：

> 英英夫子，灼灼其俊，飞辩摛藻，华繁玉振。如彼随和，发彩流润；如彼锦缋，列素点绚。人见其表，莫测其里，徒谓吾生，文胜则史。刘师培曰：叙其文学。"人见其表，莫测其里"二句甚难作，言外见孝若不仅以文章擅长，特时人莫之知，知之者唯安仁耳。下接"心照神交，唯我与子，且历少长，逮观终始"四句，见自己与其关系深，故知之切。下文因历叙其事迹，其贯串之法可谓天衣无缝。且此八句之转折亦毫无迹象，此最堪玩味者也。

刘氏认为本篇运用贯串之法，天衣无缝，毫无痕迹，值得玩味。所谓"贯串"，实指文章之脉络。人体的脉络是贯串全身的，文章的脉络是贯串全篇的。林纾在《文微》中说："文中有此，虽千波百折，必能自成条理。"确乎如此。刘氏往往能抓住文章特点进行艺术技巧的剖析，三言两语，即击中要害。

（5）潘岳《马汧督诔》：臧荣绪《晋书》云："汧督马敦，立功孤城，为州司所枉，死于囹圄。岳诔之。"（李善注引）这里概括了诔文的内容。刘师培曰：

> 马敦与安仁毫无交谊，以其为奇士，且有奇冤，故为之诔以表扬之。首段无须叙其家世，并品评其学行，但应就特异之处直起，以其功业及冤枉为主。颜延之《阳给事诔》专就殉节

言,《陶征士诔》专就隐逸及特立独行之处言,与此做法并同。

这里说的是写作方法,着着在于写作技巧,对全篇思想和艺术并无深入分析。《马汧督诔》是一篇优秀的诔文,情文并茂,生动感人。谭献曰:"此叙槊互纤轸,拔奇于汉魏之外。"又曰:"瑰玮绝特,奇作也。"(《骈体文钞》卷二十六)孙执升曰:"氐羌之横,守御之奇,愍人之毒,烈士之愤,曲曲写出,却是一气呵成,腾骧磊落,其筋骨自不同。"(《重订文选集评》)这些评论虽然笼统,却也能道出诔文的一些妙处。

(6)颜延之《阳给事诔》:此诔是为悼念宋宁远司马阳瓒而作。阳瓒是抗击北魏拓跋嗣入侵滑台的英雄。诔文表彰了他在抗敌中临危不惧、视死如归的高尚精神,伸张了民族的正气。这是颜延之的佳作。刘师培以为,此篇与潘岳《马汧督诔》的作法相同,但用笔不同。他说:

《马汧督诔》精彩甚多,有非颜延年所可及者:(一)安仁用古书如己出,延年则有迹象。(二)安仁文气疏朗,笔姿淡雅,而愈淡愈悲,无意为文而自得天然之美。虽累数百言而意思贯串如出一句,与说话无异。延年之文虽亦生动而用笔甚重,如"朔马东骛,胡风南埃"等句,甚不自然,逊安仁远矣。

经过比较,刘氏认为颜不如潘,这个结论是可信的。《晋书·潘岳传》云:"(岳)辞藻绝丽,尤善为哀诔之文。"《文心雕龙·诔碑》篇云:"潘岳构意,专师孝山,巧于叙悲,易人新切。所以隔代相望,能征厥声者也。"对潘岳的诔文都作了较高的评价。

(7)颜延之《陶征士诔》:陶征士即陶渊明,一名陶潜。东晋末年的大诗人,颜延之与之友善。据李善注引《中兴晋书》记载:"(延之)为始安郡太守,经浔阳,常饮渊明舍,自晨达昏。"渊明卒,

延之撰《陶征士诔》,盛赞其高尚人格,表示哀悼之意。征士,学行并美而不就朝廷征召之士。刘师培论《陶征士诔》曰:

> 此篇之序甚长,而"初辞州府三命"数句即与诔文"度量难钧,进退可限"一段相犯,为两汉魏晋诔文中所少见。其作法兼采《马汧督诔》及《王仲宣诔》二体。盖以渊明既有特立独行之处,而与延年交谊又笃。可知作法应因题而异也。起首"物尚孤生,人固介立,岂伊时遘,曷云世及"四句,就渊明之特异之处立言,凭空突起。

这里谈到三点:一是指出序与诔文有抵触之处。序云:"道不偶物,弃官从好。"诔云:"长卿弃官,稚宾自免,子之悟之,何悟之辨?"前云与世不合、弃官归隐,后云渊明悟到司马相如称病辞官、郇稚宾自动免职,才回归田园,前后不一。二是本篇作法兼采《马汧督诔》和《王仲宣诔》,这是由陶渊明的具体情况决定的。三是诔文开头"凭空突起",颇有特色。这些论述仅就作法而言,刘氏又曰:

> "深心追往,远情逐化"以下叙自己与渊明之交谊,与《王仲宣诔》作法相同。自"独正者危"至"吾规子佩",为延年劝渊明之语;"违众速尤,迕风先蹶,身才非实,荣声有歇"四句,为渊明对延年之语;插问答之词于诔中,模拟子建之迹尤显。此篇为延年刻意学安仁之作。盖安仁各篇情文相生,变化甚多,笔姿疏朗,毫不板滞,实为诔之正宗。凡欲学安仁者,可先就此篇研究笔姿如何能疏朗,用书如何能淡雅,自可逐渐升堂入室矣。

刘氏认为篇中插入问答之词,是模仿曹植的《王仲宣诔》,但全篇是刻意学潘岳的。他认为潘岳诔高度的艺术成就,使它成为诔之正宗。《文心雕龙·诔碑》篇云:"详夫诔之为制,盖选言录行,传体而颂文,荣始而哀终。论其人也,暧乎若可觌;道其哀也,凄焉如可伤。此其旨也。"刘勰总结了前人诔文创作的经验,提出了诔文的写作要领,概括了诔体的特点。潘岳深通这个要领,在诔文创作中也大都能体现这个特点,取得了很高的成就。

(8)谢庄《宋孝武宣贵妃诔》:谢庄,字希逸,刘宋时文学家。宋孝武帝宣贵妃姓殷,原为宋孝帝淑仪,为帝所宠,死后追赠为贵妃,谥曰宣,故称宣贵妃。刘师培论曰:

> 此篇与哀策文之体为近。盖古人诔文以四言为正宗,其变体间亦有用七言者。然非必用长句始足以表哀也。希逸此文大体仍为四言,但自"移气朔兮变罗纨"至"怨《凯风》之徒攀",自"恸皇情于容物"至"望乐池而顾慕",又自"重扃閟兮灯已暗"至"德有远兮声无穷",均参用六言或七言。此实后代之变体,非诔文之正宗。

刘氏认为此篇与哀策文相近。按:诔文,称颂人之德行于死后;哀策文,又名哀辞,抒发其哀痛之情。二者不同。此篇诔文既称颂宣贵妃之德,又抒发哀痛之情,故刘氏谓与哀策文相近。此诔初选入《文选》,后选入《骈体文钞》《六朝文絜》,历来受到人们的重视。《南史·后妃传》云:"谢庄作哀策文奏之,帝卧览读,起坐流涕曰:'不谓当今复有此才。'都下传写,纸墨为之贵。"《骈体文钞》谭献评云:"工绝。""殊有宕逸之气。"《六朝文絜》许梿评云:"陡起绝奇。""叙述死后情形,语语凄绝。""词逸思哀。""由生而卒,由卒而葬,叙次不紊,综核有法。而一句一词,于严峻中仍有逸气,所以不可及。"大都是赞美之辞。但在写法上也受到后人的批评。李兆洛曰:"此与文通《齐武帝诔》入后俱不作四言,与哀策之体相乱矣。不当援陈思为辞也。"(《骈体文钞》卷五)刘氏沿袭李兆洛的说法,认为此诔是"变体"。其实,唐代李延寿《南史·后妃传》已将《宋孝武宣贵妃诔》称为哀策文了,说明二者的界限当时并不是很清楚的。此篇虽在语言形式上有些变化,即四言句外还有六言句、七言句,但不能因之称为"变体"而非"正宗"。文学形式总是在不断发展变化的,已经发展变化的"诔"仍然是"诔体"。

刘师培论及《文选》"碑"类作品有:

(1)蔡邕《郭有道碑文》:蔡邕,字伯喈,东汉末著名学者、文学家。郭有道,即郭泰,字林宗,家世贫贱,博通经籍,与河南尹友善,朝廷当权者屡征不就。或问汝南范滂曰:"郭林宗何如人?"滂曰:"隐不违亲,贞不绝俗,天子不得臣,诸侯不得友,吾不知其他。"年四十二卒于家。蔡邕为撰碑文,写毕谓涿郡卢植曰:"吾为碑铭多矣,皆有惭德,唯郭有道无愧色耳。"(《后汉书·郭太传》,按范晔父名泰,故改泰为太)刘师培曰:

> 此篇为墓碑,篇中有"树碑墓表"之明文;其有韵之文为铭,篇中有"爰勒兹铭"、"昭铭景行"之明文。案碑之体例,起首应记死者姓名,亦有变体起法开始即作"某年某月某人死"者。六朝碑文,起首或少作空论,如王俭《褚渊碑》是,但不可过长。作碑全用散文固为乖体,空论太多亦品之下者。又碑文应据当时之制度,凡地名官名均应以现行者为准。清人多违斯例,往往称杭州曰武林,称道尹为观察,强古以名今,盖不知碑铭公式之过也。

这里论述碑文之体例,比较具体。《文心雕龙·诔碑》篇云:"夫属碑之体,资乎史才。其序则传,其文则铭。标序盛德,必见清风之华;昭纪鸿懿,必见峻伟之烈。此碑之制也。"提出碑体的写作要求。二者合观,对碑文一体的了解则更为全面。碑文云:

>将蹈鸿涯之遐迹,绍巢许之绝轨,翔区外以舒翼,超天衢以高峙。刘师培曰:四句锤炼甚工,而音节和雅。蔡中郎碑铭之佳处不仅在字句典雅,盖字句典雅为普通汉碑所同有,惟气贯、变调乃伯喈所独擅耳。

伯喈碑文以气贯之,文调常变,文辞锤炼,音节和雅,读起来朗朗上口,意味深长。刘氏指出伯喈碑文艺术上的特点,可谓要言不繁,深中肯綮。

(2)蔡邕《陈太丘碑文》:陈太丘即陈寔,字仲弓,东汉名士。因曾任太丘长,故尊称他为陈太丘。事见《后汉书》本传。本篇是蔡邕为陈寔所作的碑文,与《郭有道碑文》同为碑铭中的名作。刘师培曰:

>此篇铭文不长而颇能传神,句句气清,而善于含蓄。

刘氏认为碑铭之碑文,句宜典重而用笔宜清,而此篇"句句气清",写得传神而含蓄,故为上乘。吴汝纶曰:"(此篇)纯用虚叙,神气隽逸,此中郎诸碑之冠。"(《两汉文举要》引)评价极高。谭献曰:"陈、郭两贤,如见其人,中郎诸碑皆在此后。"李兆洛曰:"中郎为表墓正宗,此二篇尤上品也。"(《骈体文钞》卷二十四)皆备致优评。刘师培综论蔡邕碑文云:

>综观伯喈之碑文,有全叙事实者,如《胡广碑》;有就大节立言者,如《范丹碑》;有叙古人之事者,如《王子乔碑》;有叙《尚书》经义,并摹拟《尚书》文调者,如《杨赐碑》;千变万化,层出不穷。有重复之字句,而无重复之音调,无重复之笔法;洵非当时及后世所能企及也。

这里对蔡邕所作诸碑作了很高的评价。《文心雕龙·诔碑》篇云:"自后汉以来,碑碣云起,才锋所断,莫高蔡邕。观《杨赐》之碑,骨鲠训典;《陈》、《郭》二文,词无择言;《周》、《胡》众碑,莫非精允。其叙事也该而要,其缀采也雅而泽;清词转而不穷,巧义出而卓立;察其为才,自然而至矣。"刘勰所论,十分精辟。刘师培显然受了他的影响。

(3)王俭《褚渊碑文》:王俭,字仲宝,南朝宋齐时代的文学家。齐永明时任侍中、尚书令,官至中书监。卒时年仅三十八岁。褚渊,字彦回,宋文帝女婿,曾任中书令。入齐后,齐高帝封其为南康郡公,任尚书令。刘师培曰:

> 此篇铭文作法亦与汉碑相同,文体虽不甚高,而能句句妥贴……此篇序高于铭,序中无一句不妥贴,无一句不典雅,叙事密而周,用典清而切,在齐梁文中自属上乘。碑铭之体,自齐梁以后皆以密见长,与汉碑不同,研究齐梁文章者应于密处注意。然文之密者往往不能贯串。此篇首尾相称,密而能贯,气足举词,转折无迹。从兹研寻,于齐梁碑铭思过半矣。

刘氏认为此篇序高于铭,序文妥贴、典雅、周密、清切,是齐梁文的上乘之作。但是学者的意见并不相同。谭献曰:"逐事铺叙中仅堪摘句,文章至是,不能无待于起衰。"李兆洛曰:"逐节敷叙。中郎遗矩,羌无镕裁,但苦词费。仲宝、休文尚疏隽可观。"(《骈体文钞》卷二十四引)都指出了此篇的不足。据《南史》袁粲传、褚彦回传记载,宋明帝临终,袁粲与褚渊同为顾命大臣,后萧道成阴谋篡权,袁粲以不愿屈从,在镇守石头城时父子被杀。褚渊为萧道成效劳,入齐后进位司徒、侍中、中书监如故。于时民谣曰:"可怜石头城,宁为袁粲死,不作褚渊生。"赞扬袁粲的名节,讥刺褚渊的变节,反映了当时的民意。《梁书·何点传》云:"初,褚渊、王俭为宰相,点谓人曰:'我作《齐书赞》云:渊既世族,俭亦国华;不赖舅氏,遑恤国家。'"对褚渊、王俭进行了批评。凡此,碑文皆以曲笔隐之。今日读此碑文,当与民谣、《齐书赞》并观。

(4)王巾《头陀寺碑文》:据李善注引《姓氏英贤录》曰:"王巾,字简栖,琅邪临沂人也。有学业。为《头陀寺碑》,文词巧丽,为世所重。起家郢州从事,征南记室。天监四年卒。碑在鄂州,题云:齐国录事参军琅邪王巾。"刘师培曰:

> 此篇亦为六朝上乘文字……此篇行文隽妙,说理明晰,叙事细密,句句妥适。盖佛典人人能用,而有隽妙不隽妙之分;叙事人人优为,而有密与不密之判。用佛典而能隽妙,叙事密而能妥贴,此其所以难能可贵也。

刘氏指出此碑文有隽永、明晰、细密、妥适的优点,认为难能可贵,亦属上乘之作。在刘氏之前,谭献曰:"辞不泛滥,汉魏义法未沦。"又曰:"名理之言,出于回簿;纪叙之体,贯以玄远。此为南朝有数名篇,沾溉唐初,何能青胜?"又曰:"铭词秀出。"(《骈体文钞》卷二十三引)在刘氏之后,钱锺书曰:"按余所见六朝及初唐人为释氏所撰文字,驱遣佛典禅藻,无如此碑之妥适莹洁者。"(《管锥编》第四册218则)都给予很高的评价。但亦有持异议者,如陆游云:"南齐王简栖碑……骈俪卑弱,初无过人,世徒以载于《文选》,故贵之耳。……如此篇者,令人读不能终篇,已坐睡矣,而况效之乎?"(《入蜀记》第四)又如日本学者清水凯夫云:"(《头陀寺碑》)文体冗长,过分讲究修饰,大部分内容不值得一读,没有个性的文章。……平淡无味……"(《六朝文学论文集·〈文选〉中梁代作品的撰(选)录问题》)都认为并非佳作,是因为收入《文选》才流传后世的。钱锺书对陆游批评说:"然其论诗文好为大言,正如其论政事焉。其鄙夷齐梁初唐文若此,亦犹其论诗所谓'元白才倚门,温李真自邺'，'陵迟至元白,固已可愤疾。及观晚唐作,令人欲焚笔'，皆不特快口扬己,亦似违心阿世。'不终篇而坐睡'，渠侬殆'渴睡汉'耳。"(《管锥编》第四册218则)真是快人快语,痛快淋漓。至于清水氏认为刘孝绰选此碑文入《文选》,并不是因为文章出色,而是碑中所写的刘谊与刘孝绰同为彭城人,刘孝绰之母与作者王巾同为琅邪人的缘故。清水氏的丰富想象令人佩服,但是想象不能代替实证,要解决问题,只有深入了解碑文的语言和艺术成就,别无良法。

(5)沈约《齐故安陆昭王碑文》:沈约,字休文,齐梁时文学家。入梁后,官至尚书令。齐安陆昭王即萧缅,字景业,南兰陵人。齐明帝萧鸾之弟。永明九年卒,享年三十七。刘师培曰:

> 此篇与《褚渊碑》作法相同,惟笔法各异。其好处在妥贴自然。凡文章能妥贴自然者,上也;妥贴而欠自然者,次也;既不妥贴又不自然,品斯下矣。

刘氏指出本篇铭文的好处在于妥贴自然。文章妥贴自然者,自可列入上品,否则只能列入中品、下品。刘师培又曰:

> 此篇铭文甚清爽,无一句不可解。凡作有韵之文,第一须求可解。若可补字成句,补句成段,则此句此段即在可解不可解之间。第二须会贯串,如二句不贯,前后段不贯,则意旨所在不能明了,文章次序亦难划然矣。

刘氏认为本篇铭文清爽,具有可解和贯串的特点。所谓"可解"者指的是不艰深难懂,所谓"贯串"者指的是脉络清楚。铭文若一不可解,二不贯串,则不能了解其意旨。这只是对铭文写作的起码要求。《文心雕龙·诔碑》篇云:"夫属碑之体,资乎史才。其序则传,其文则铭。标序盛德,必见清风之华;昭纪鸿懿,必见峻伟之烈。此碑之制也。"这才是对碑文的基本要求。此碑是达到这个要求的。谭献曰:"似健于仲宝。前后谀颂已甚。叙历仕措注有势。铭词复述,则昌黎以前通病。"(《骈体文钞》卷二十四引)既指出其优点,又指出其缺点,比较客观。此碑文虽有缺点,仍然是沈约碑文中的佳作。

(6)任昉《刘先生夫人墓志》:任昉,字彦升,南齐时为"竟陵八友"之一,梁时历任黄门侍郎、御史中丞等职。齐梁时文学家。刘先生即刘瓛,齐梁时人,为当时大儒。刘之夫人是王法施的女儿,乃汉丞相王遵之后代。铭云:

> 既称莱妇,亦曰鸿妻;复有令德,一与之齐。实佐君子,簪蒿杖藜;欣欣负载,在冀之畎。居室有行,亟闻义让;禀训丹阳,弘风丞相。籍甚二门,风流远尚。肇允才淑,闻德斯谅。芜没郑乡,寂寞扬冢;参差孔树,毫末成拱。暂启荒埏,长扃幽陇。夫贵妻尊,匪爵而重。

这就是墓志铭的全文,共九十六字。刘师培曰:

> 观汉魏刻石之出土者并无墓志,亦足证此体之始于六朝也。……此篇有铭无序,为六朝墓志之正格。彦升此文虽非精诣之作,而词令妥贴雅淡,亦不失任文之本色。

一般墓志铭都有志有铭,此篇则有铭无志,当是别体,而刘氏谓之"正格",令人不解。萧子显《南齐书·刘瓛传》云:"建元中,太祖与司徒褚渊为瓛娶王氏女,王氏椓壁挂履,土落孔氏(瓛母)床上,孔氏不悦,瓛即出其妻。"而本篇云:"暂启荒埏,长扃幽陇。"即王氏与刘瓛合葬。梁章钜《文选旁证》引林先生曰:"《齐志》言王氏被出,今此志乃合葬之文,疑《齐志》有误。"按任昉、萧子显与刘瓛都是同时代的人,不应有误。李善注云:"萧子显《齐书》曰王氏被出,今云合葬,盖璹卒之后,王氏宗合之。"这是有可能的。

刘师培在《文心雕龙·诔碑篇口义》中,对《文选》"诔"类和"碑"类的全部作品作了比较详实的分析。这些分析具有以下特点:

(1)把《文心雕龙》研究与《文选》研究结合起来。《文心雕龙》是文学理论批评著作,《文选》是诗文总集。二者结合起来研究,可以了解《文心雕龙》文学理论批评之精辟,也可以看出《文选》选录诗文作品之精审,起到相辅相成的作用。骆鸿凯说:"《雕龙》论文之言,又若为《文选》印证,笙磬同音。是岂不谋而合,抑尝共讨论,故宗旨如一耶?"(《文选学·纂集第一》)我有同感。

(2)分析作品常常采用评点的方法。兹以蔡邕《陈太丘碑文》为例,稍加说明:

"不徼讦以干时,不迁贰以临下"二句形容甚佳。所用之书不出《论语》、《孝经》,而如自己出,天然渊懿。

"交不谄上,爱不渎下"二句蕴蓄甚佳。

"见机而作,不俟终日"二句如天造地设,是最善于用经说者。

"如何昊穹,既丧斯文"二句,言外之意甚深。此篇铭文不长而颇能传神,句句气清,而善于含蓄。

对诗文的评点,明清时比较盛行,"五四"以后渐渐少见。这种传统的文学批评形式,也是人们所喜闻乐见的。精彩的评点,往往只需三言两语,就能点出文章的妙处。在作品分析中起到画龙点睛的作用。在刘师培对《文选》"诔"、"碑"两类作品的评点中,随处可以见到这样的精彩之笔。

(3)注重文章作法。刘师培是经学家,也是骈文家,他深通骈

文的写作规律,因此在分析作品时,比较重视文章作法。例如蔡邕《郭有道碑文》解说云:

> 案碑之体例,起首应记死者姓名,亦有变体起法开始即作"某年某日某人死"者。六朝碑文,起首或少作空论,如王俭《褚渊碑》是,但不可过长。作碑全用散文固为乖体,空论太多亦品之下者。又碑文应据当时之制度,凡地名官名均应以现行者为准。

这里说的是碑文的写作体例。又任昉《刘先生夫人墓志》解说云:

> 故凡作碑文,第一须辨体裁,第二须畅文气,第三用典须妥贴,不可辗转比附,致有痕迹。大致用经典成篇者可以蔡中郎为法,用杂典成篇者可以六朝人为法。不拘长短,皆有一定之格式。

这是说写作碑文皆有一定的格式。此外,刘氏在"诔"、"碑"两类作品的讲解中,还常常讲到"气贯"、"变调"、"笔清"、"转笔"、"警策"等,都是讲的文章作法。

刘氏结合具体作品讲文章作法,实际上是对文章进行剖析,这样,有助于读者对文章写作技巧的深入了解和思想内容的全面把握,可以有效地提高读者的分析能力和鉴赏水平。

刘师培的《〈文心雕龙〉讲录二种》,包括《颂赞》、《诔碑》两篇讲录。《诔碑》篇口义中又附了《文选》"诔"、"碑"全部作品的讲解。刘氏的讲解方法与黄侃的《文心雕龙札记》迥异。刘氏重在评点,黄氏重在诠释,各有所长。学习两位前辈学者的研究方法,对于深入研究《文心雕龙》和《文选》是十分有益的。

1899年敦煌石窟所藏古籍被发现,引起人们的注意。罗振玉、王国维、刘师培等学者都对敦煌古籍进行了研究。1912年刘师培的《敦煌新出唐写本提要》发表在《国粹学报》第七卷内。后王重民《敦煌古籍叙录》收录刘师培所撰《文选》古钞本残卷提要三则。这三则是：

(1)《文选》写本卷二，李善注，伯2528卷。刘师培曰：

> 《文选》李注卷第二，三百五十三字，由《西京赋》"井干叠而百增"起，至赋末李注止。末标"文选卷第二"五字。别有"永隆年二月十九日弘济寺写"一行。……此乃李注未经紊乱之本也。

又曰：

> 茶陵多从李本，间注五臣异文，袁以五臣本为主，间注李本异文。近汲古阁毛氏所刊宋本，鄱阳胡氏所刊南宋尤延之本，均仅李注，然李与五臣亦相羼杂，近儒勘校已详。今以此卷证之……

下附校勘记，认为"由是而言，足证后世所传李注本，已失唐本之真"。刘氏指出，此《文选》残卷是永隆写本。永隆是唐高宗年号（680—681）。这是李善注《文选》的早期写本，当是李善注之原本。用这个本子与后世所传《文选》比较，可以证明后世所传李善注本，已失唐本之真。

此残卷之影印件，见饶宗颐编《敦煌吐鲁番本文选》（中华书局2000年版），可参阅。

(2)《文选》写本残卷，伯2527卷。刘师培曰：

> 《文选》李注一百二十二行，由东方曼倩《答客难》"不可胜数"起，至扬子云《解嘲》"或释褐而傅"止，乃李注本之第四十五卷也。……"世"字"治"字"虎"字各缺末笔，此亦李注未

经窜乱之本也。

又曰：

> 此卷之例，李氏自注，均冠"臣善曰"三字，所引《汉书》旧注，则各冠姓名在李注前。

这一写本《文选》残卷，是李善注本。根据避讳学，可以推定此卷为唐写本。刘师培在此卷提要中附有校勘记，说明古写本在校勘古籍和鉴别版本方面的重要作用。这样的唐写本对文选学的研究来说是极为珍贵的。

此残卷影印件，见饶宗颐编《郭煌吐鲁番本文选》（中华书局2000年版），可参阅。

（3）《文选》写本残卷，伯2525卷。刘师培曰：

> 《文选》白文六十七行，从沈休文《恩倖传论》"屠钓卑事也"句"事也"起，至范蔚宗《光武纪赞》之末止，末题"《文选》卷第二十五"，此即《梁书》、《隋志》所云三十卷之本也。……盖三十卷为昭明旧本，六十卷为李氏所分。……则此卷所据之本，与李注之本不同。讹文俗字，虽亦附见于其中，然视宋本经后贤改窜者，固弗同矣。

这是《文选》白文写本残卷，系三十卷本，即昭明旧本。与李善注本不同，与经窜改过的宋本《文选》亦不同。提要中附校勘记，说明与各本不同。昭明旧本宋以后散失，今日得此残卷，亦弥足珍视。

此残卷影印件，见饶宗颐编《敦煌吐鲁番本文选》（中华书局2000年版），可参阅。

从刘师培撰写的提要，可以看出他对敦煌石窟所藏的《文选》

写本残卷有浓厚的兴趣,也可以看出他对文选学有深入的研究。这些提要,直到今天仍有很高的参考价值。

除上述之外,刘师培的《中国中古文学史》和《汉魏六朝专家文研究》,对《文选》中的诗文作家论述颇多,由于这两部著作并非专门研究文选学的,这里就不再涉及了。

关于刘师培,张舜徽的《清代扬州学记》将他列入扬州学派,说他是经学家;钱基博的《现代中国文学史》将他列入骈文学派,说他是骈文家;有的学者将他列入文选学派,说他是文选学家。这些说法都是有根据的。刘师培既是经学家,也是骈文家和文选学家。就文选学而言,他深受同乡阮元的影响。阮元作《文言说》,他作《广文言说》,阮元重视骈体文,他主张"骈文之一体,实为文类之正宗"(《文说·耀采篇》)。在这种思想基础上,他重视《文选》,研究文选学,并取得令人瞩目的成就。

黄侃与《文选》研究

黄侃(1886—1935),字季刚,晚自号量守庐居士,湖北蕲春人。现代著名的音韵训诂学家、文学家。曾师事章太炎,习音韵训诂之学,又从师刘师培,受其家传经学。故其长于小学、文学与经学。历任武昌高等师范、北京大学、东北大学、金陵大学和中央大学教授。著有《文心雕龙札记》、《黄侃论学杂著》、《说文笺识》、《广韵校录》、《尔雅音训》、《文字声韵训诂笔记》、《文选平点》等。

黄侃读书治学十分勤奋、认真。汪东《蕲春黄君墓表》说他"为学,严定日程,贯彻条理。所治经、史、小学诸书,皆反复数十过,精博孰习,能举其篇叶行数,十九无差忒者"。黄侃读书有计划、定日程,重要的经、史、小学著作大都反复阅读多次,对自己的要求极其严格。汪东所述,皆为事实。黄侃《阅严辑全文日记》卷二"戊辰五月三日辛卯"说:"余观书之捷,不让先师刘君,平生手加点识书,如《文选》盖已十过,《汉书》亦三过。注疏圈识,丹黄烂然。《新唐书》先读,后以朱点,复以墨点,亦是三过。《说文》、《尔雅》、《广韵》三书,殆不能计遍数。"正证明汪东所言不虚。其侄儿黄焯说:"焯窃观先生圈点之书,数当以千计,经史子文诸专籍无论已,即以《四库全书总目提要》、《清史稿》两书论之,即达七百余卷。至于能背诵之书,不止如先生所述《说文》、《文选》数部而已,如杜工部、李义山全集,几皆上口,即词曲中能吟讽者亦多,博闻强记,盖兼具所长。"(《季刚先生生平及其著述》,见《量守庐学记》,生活·读书·新知三联书店1985年版)黄焯受业黄侃,其所述自然可靠。黄侃天资聪慧,读书刻苦,故其著作大都具有较高的学术水平,是我们今天进行学术研究常常需要参考的重要著作。

　　黄侃的学术研究是多方面的,本文论述的是黄侃对文选学的研究。

　　黄侃学习和研究《文选》多年,有多次《文选》批注本,未见有《文选》研究专著问世。我所见到的黄侃《文选》批注本有:①其长女黄念容整理的《文选黄氏学》,台湾文史哲出版社1977年出版。②其侄黄焯整理的《文选平点》,上海古籍出版社1985年出版。③其子黄延祖整理的《文选平点》(重辑本),中华书局2006年出版。黄念容的丈夫是黄侃门人潘重规教授,潘氏移录本时间是庚午(1930),此后黄侃可能时有批注,潘氏则不断移录,故内容较为丰富。黄焯是古典文学专家,武汉大学教授,他曾亲聆黄侃之讲授,多年整理黄侃遗稿,其所录批注当真实可靠。黄延祖是工科教授,对《文选》并无研究,他的贡献是将黄念容的《文选黄氏学》与黄焯的《文选平点》重辑为一,力求保存黄侃批点《文选》之全貌。本文的论述主要以黄延祖重辑本为依据。

黄侃对《文选》有深湛之研究,其《文选平点》值得我们注意的有两个方面。

一、校勘

古书在传抄、翻刻的过程中常常会产生一些错误。所以,古书需要校勘。叶德辉说:"书不校勘,不如不读。"(《藏书十约》)话虽说得过分一些,却也有道理,因此,前人十分重视校勘工作。

黄侃对《文选》的校勘十分仔细。他首先吸收的是何焯的校勘成果,因为他认为:"清世为《文选》之学,精该简要,未有超于义门者也。"(《文选平点叙》)至于汪师韩《文选理学权舆》、余萧客《文选音义》《文选纪闻》、孙志祖《文选理学权舆补》《文选考异》《文选李注补正》、胡克家《文选考异》、朱珔《文选集释》、梁章钜《文选旁证》、张云璈《选学胶言》、薛传均《文选古字通疏》、胡绍煐《文选笺证》等,都用来参校。以上各家有关《文选》的著作,在清代都是有代表性的。黄侃校勘《文选》吸收了他们的成果,说明黄侃对《文选》的校勘是带有总结性的特点,值得我们重视。他说:"建安以前文皆经再校。杨守敬抄日本卷子本,罗振玉影印日本残卷子本已与此本校,又五臣、六臣皆宜对校。"(《文选平点叙》)这是说,《文选》中建安以前的诗文已校过两次。杨守敬抄日本卷子本、罗振玉影印的日本残卷子本已与此本校过。杨守敬抄日本卷子皆古抄《文选》三十卷本,今残存二十一卷,无注。罗振玉影印的日本残卷子本指《文选集注》一百二十卷本,罗振玉1918年影印十六卷,今存二十四卷,2000年上海古籍出版社影印出版,书名《唐钞文选集注汇存》。黄侃认为,五臣、六臣皆宜对校。五臣本我国今存完整的只有陈八郎本,与黄氏所持底本湖北崇文书局翻刻鄱阳胡氏刻本《文选》对校,比较简单。如果以胡刻本《文选》与六臣注《文选》对校就比较复杂了。因为六臣注《文选》有明州本、赣州本之别,对校起来,工作任务繁重。所以只是说"宜对校",而自己未能完全做到。

黄侃熟读《说文》、《尔雅》、《广韵》,精通文字、音韵、训诂之学,所以他的校勘,质量很高。例如《文选》卷四十三,孔稚珪《北山移文》:"驰烟驿路。"《文选平点》云:

> 先叔父尝语焯云:路或雾之讹,盖雾先讹作露,再讹作路,而驿路又属常语,遂莫知改正也。检《王子安集》,驿字每作动词用,则驿雾与驰烟对文,非与山庭为对文也。王勃《乾元殿颂》:"寻出缊隍,驿路驰烟。"疑即本孔文,驿与驰为对举字,如驰魂驿思是也。

昔日读《文选》李善注,"驰烟驿路",无注。查梁章钜《文选旁证》、朱珔《文选集释》、胡绍煐《文选笺证》等,皆无注。后来翻阅一些当代注本,如北京大学中国文学史教研室选注《魏晋南北朝文学史参考资料》注云:"驿路,犹言马路、大路。此指周颙所经过的路。"(中华书局1962年版)朱东润主编《中国历代文学作品选》注云:"驿路,通驿使的大路。"(上海古籍出版社1979年版)袁行霈、许逸民主编《中国文学作品选注》(第二册)注云:"驿路,大路。"(中华书局2007年版)各本所注皆相同,似可成为确解。但是,以上编者都忽略了黄侃于1922年提出的新解。这个新解是正确的,黄侃门人徐复教授说:"阅影宋本《太平御览》卷四十一引《金陵地记》,所举孔文首四句,正作'驰烟驿雾',知宋人所见本,尚有不误者,可以证成师说,洵属快事。"(《后读书杂志》,上海古籍出版社1996年版)我要补充的是,《六臣注文选》卷四十三刘良注云:"驿,传也。谓山之英灵驱驰烟雾,刻移文于山庭也。"这个理解是正确的,黄侃提出新解,可能受到刘良的启发。

又《文选》卷四十一司马迁《报任少卿书》:"然陵一呼劳军,士无不起,躬自流涕,沫血饮泣,更张空拳,冒白刃,北向争死敌者。"黄侃云:"'起躬'犹起身也。'躬自流涕'则不词。'自'盖衍文。旧以'士无不起'为句,则自'沫血饮泣'以下四句均无主格,末句'者'字独立不住,宜以'士无不起躬流涕'为句,直冠下四句,'自'为衍文,当由一本'躬'作'身',或将'身'字注'躬'字下,后遂误为正文,故衍耳。《汉书·司马迁传》无'自'字可证。"这里,黄侃用理校的方法,校出"自"字为衍文。在校勘的四种方法中,理校最难。校书者必须具有很高的语言和文学素养,才能作出正确的判断。著名史学家陈垣说:"此法须通识为之,否则卤莽灭裂,以不误为误,而纠纷愈甚矣。故最高妙者此法,最危险者此法。"确实如此。黄侃在理校之后,又以他校的方法,引用《汉书·司马迁传》加以证实。校勘的结果更是确凿无疑了。上一例,黄侃校出"路"当作"雾",也是用的理校方法。其门人徐复教授,引用《太平御览》所引《金陵地记》,加以证明,这也是以他校的方法加以肯定。其结果也是十分可靠的。以上二例可以看出黄侃的校勘具有很高的水平。

又《文选》卷十二木华《海赋》:"腰眇蝉蜎。"黄侃云:"下抄本有'珊瑚琥珀,群产相连,砗磲马碯,渊积如山'十六字。"日本所藏古钞无注三十卷本《文选》,今存二十一卷,是珍贵的校勘资料。黄侃校出比现存《海赋》多出十六字,这是对《文选》校勘的一大贡献。黄侃曾在古钞无注三十卷本《文选》卷六末有《题记》云:

> 《海赋》多出十六字,不但六臣所无,何、余、孙、顾所未见,而杨翁藏此卷子于箧衍数十年,殆亦未发见矣。岂徒《神女》玉王互讹,证存中之妙解;《西京》戈弋不混,验屺瞻之善

雠乎？且崇贤书在，北海解亡，此编原校引书，独有臣君之说，是则子避父讳，其为北海之作，焯尔无疑。陆善经见之，此卷子引之，逸珠盈椀，何珍如是。行可能藏，侃能校，皆书生之幸事也。季子侃题记。

按卷子本《文选》，为武昌徐行可（徐恕）所藏。以上题记是从屈守元《文选导读》转引的。此则题记涉及四个问题：

（1）《海赋》多出十六字问题，这十六字，胡刻本《文选》没有，六臣本、五臣本《文选》没有，何焯、余萧客、孙志祖、顾千里等选学家从未见过，藏有此卷子的杨守敬亦未发现。韩国奎章阁本六家《文选》，其李善注底本为宋天圣年间国子监本，其五臣注底本为平昌孟氏刻本，皆为较早的刻本，亦未见此十六字的踪影。今存各种版本的《文选》只有尤刻早期印本（如中华书局1974年影印出版的尤刻本《文选》）有这十六字，后期递修本如胡刻本《文选》所据之尤刻本就没有这十六字，这说明尤刻初版《文选》与后来的递修本是有文字出入的。胡刻本《文选》所据的尤刻本是后来的刊本，所以无此十六字。既然各本《文选》皆无此十六字，只有尤刻初版《文选》有此十六字，那么这十六字是《海赋》原有，还是从他书窜入的就说不清楚了。

（2）宋玉《神女赋》玉、王互讹问题。《神女赋》写的是楚襄王梦见神女，还是宋玉梦见神女，这是宋代以来长期争论的问题。北宋沈括用理校的方法将《神女赋》中的一些"王"字改为"玉"字，如《神女赋》序云："楚襄王与宋玉游于云梦之浦，使玉赋高唐之事。其夜王寝，梦与神女遇，王异之，明日以白玉……"沈括认为："'其夜王寝，梦与神女遇'者，'王'字乃'玉'字耳。'明日以白玉者'，以白王也。'王'与'玉'误书之耳。"（《梦溪笔谈·补笔谈·辨证》）这样校改以后，梦见神女的是宋玉，而不是楚襄王。此说得到南宋姚宽(《西溪丛语》卷上)、明代张凤翼(《文选纂注》)、清代何焯(《义门读书记》卷四十五)、余萧客(《文选音义》)、许巽行(《文选笔记》)、汪师韩(《文选理学权舆》)、胡克家(《文选考异》)、胡绍煐(《文选笺证》)、张云璈(《选学胶言》)、朱珔(《文选集释》)、梁章钜(《文选旁证》)等的赞同。所以黄侃说"证存中之妙解"，是赞同沈括此说。

应当指出，《文选平点》中的批语与此说迥异。黄侃在《神女赋》"其夜王寝，果梦与神遇，其状甚丽，王异之，明日以白玉"下批道：

或云当作玉寝，然则梦神女者，其玉也耶。下云"他人莫睹，王览其状"，正承此王言而说。若以先王所幸，襄王不当应梦，则宋玉应梦之耶，不知昔者先王、宋玉固未尝实指其为怀王，然则朝云之庙，盖已远矣。上告下亦可称白，白犹报也。沈存中、姚宽之误，皆由不解此白字耳。

又在"王曰若此盛矣，试为寡人赋之"下批道：

此王曰乃更端之辞，惟上"王"、"玉"二字互倒耳。盖梦与神遇者王也，以状告玉者，亦王也，玉赋乃承王之命，因王之辞而赋之，诸校勘家皆于此未能照了，故所说多误。若作玉梦神女，则试为寡人赋之，及王览其状，二语不可通。侃所说竟与赵曦明同，今夜览孙志祖《文选考异》见之，为之一快。壬戌七夕记。

以上二则批语显然不赞同沈括的校改。批语写于壬戌，即1922年。《题记》可能写于此后，黄侃对沈括之说又有了新的看法。

(3)张衡《西京赋》"建玄弋"的校勘问题。"建玄弋"，黄侃云："'玄弋'，何焯改为'玄戈'。今见日本钞本，竟与之同。"何焯云:"杜牧诗:'已建玄戈收相土,应回翠帽过离宫。'疑即用此。今刻'玄弋'者,恐非。《史记·天官书》:'杓端有两星:一内为矛,招摇;一外为盾,天锋。'晋灼曰:'外,远北斗也……一名玄戈。'"何焯以他校的方法,校出"玄弋"应作"玄戈",黄侃以古钞无注三十卷本《文选》加以证实。

(4)黄侃说:"崇贤书在,北海解亡。"非关校勘,这里附带论及。崇贤,李善;北海,指善子李邕。

《新唐书·文艺传》:"邕少知名。始善注《文选》,释事而忘意。书成以问邕,邕不敢对,善诘之,邕意欲有所更,善曰:'试为我补益之。'邕附事见义,善以其不可夺,故两书并行。"此说不可信。高步瀛说:

> 又谓善注《文选》,释事忘意,与子邕所更者,两书并行。晁公武《郡斋读书志》亦取其说,实亦诬枉。清《四库全书总目》曰:"今本事义兼释,似为邕所改定。然传称善注《文选》在显庆中,与今本所载进表题显庆三年者合。而《旧唐书·邕传》称天宝五载,坐柳勔事杖杀,年七十余。上距显庆三年,凡八十九年。是时邕尚未生,安得助善注书之事。且自天宝五载上推七十余年,当在高宗总章、咸亨间。而《旧书》称善《文选》之学受之曹宪,计在隋末,年已弱冠。至生邕之时,当七十余岁,亦决无伏生之寿,待其长而著书。考李匡乂《资暇集》曰:李氏《文选》有初注成者,有覆注,有三注、四注者。当时旋被传写,其绝笔之本,皆释音训义,注解甚多。是善之定本,本事义兼释,不由于邕。匡乂唐人,时代相近,其言当必有征。知《新唐书》喜采小说,未详考也。"(《文选李注义疏》)

《四库全书总目》的反驳十分有力,足以证明《新唐书》之诬枉,证明黄侃之说不可言。依据《新唐书》所立之说不可信。

二、批注

批即批语,注即注释。批注是《文选平点》的两个组成部分。先说批。

古人读书常施以批注。这是一种传统的读书方法。黄侃喜用此法,也善用此法。他在《文选平点》的批语,常常表达他精湛的见解。如《文选序》,黄侃批云:"此序,选文宗旨、选文条例皆具。宜细审绎,毋轻发难端,《金楼子》论文之语,刘彦和《文心》一书,皆其翼卫也。"

中国古代文学源远流长。萧统编选《文选》的目的是为了"略其芜秽,集其清英"。他拟定了选文之条例,不选经书,不选史书(其论述赞除外),不选子书,只选文学作品。他选文的一个重要标准,即"事出于沉思,义归乎翰藻"。黄氏认为,《文选序》所表达的文学思想,应与萧绎《金楼子》论文之语、刘勰《文心雕龙》结合起来理解,因为《金楼子》论文之语与《文心雕龙》是其文学思想之"翼卫",即辅助部分。

《金楼子》论文之语见《立言》篇。此篇区分文、笔,有助于我们了解当时文学作品的特征。《立言》篇说:"吟咏风谣,流连哀思者,谓之文。"又说:"至如文者,惟须绮縠纷披,宫徵靡曼,唇吻遒会,情灵摇荡。"这是指抒情文字,其特点是辞藻繁富,音节动听,语言精炼。萧绎比较看重文学的形式。萧统在《答湘东王求文集及诗苑英华书》中说:"夫文典则累野,丽亦伤浮,能丽而不浮,典而不野,文质彬彬,有君子之致。"萧统既看重文辞的华美、典雅,也重视文章内容的充实、雅正,要求文章具有"文质彬彬"的特点。

《文心雕龙》是我国古代最重要的文学理论批评著作。其内容大致可分五个部分:(一)刘勰所谓的"文之枢纽",即导论。刘勰强调儒家思想对文学理论的指导作用。萧统编选《文选》时,同样具有儒家思想。不过,他不像刘勰那样过分的强调。(二)文体论。《文选》分体三十七类,《文心雕龙》分体三十三类,并有详细的论述。《文选》的文体分类显然受了《文心雕龙》的影响。文体论各篇对《文选》诗文的评论十分精辟,有助我们阅读《文选》。(三)创作论。可以指导读者分析《文选》所选录的诗文。(四)批评论。读者掌握了文学批评的标准,可以用来评价《文选》中的作品。(五)序言。说明刘勰为什么写《文心雕龙》,并说明本书的体例、结构等。

我曾在拙著《昭明文选研究》的《后记》中说:

> 我认为,研究《文心雕龙》应与《文选》相结合,参阅《文选》,可以证实《文心雕龙》许多论点的精辟。同时,我也认为,研究《文选》亦应与《文心雕龙》相结合,揣摩《文心雕龙》之论断,可以说明《文选》选录诗文之精审。因此,将二书结合起来研究,好处很多。

确实如此,我认为,黄侃提出,仔细审绎《文选序》,以《金楼子》论文之语、《文心雕龙》为"翼卫",自有道理。但是,如能加上钟嵘《诗品》就更好了。

《文选》卷十九曹植《洛神赋》,黄侃批云:"洛神,子建自比也。何焯解此文独得之。"按何焯《义门读书记》曰:"《离骚》:'我令丰隆乘云兮,求虙妃之所在。'植不得于君,因济洛川作为此赋,托词虙妃,以寄心文帝,其亦屈子之志也。"何氏认为,此赋意在"寄心文帝"。

又尤袤《李善注文选》引《感甄记》说此赋是曹植思念甄后而作。何氏反驳曰:"按《魏志》,(甄)后三岁失父,后袁绍纳为中子熙妻。曹操平冀州,丕纳之于邺下。安有子建尝求为妻之事?"

在中华版《文选平点》后,附录黄侃《曹子建洛神赋识语》,此文对《感甄记》逐条反驳,其结论是:"今谓《洛神赋》但为陈王托恨遣怀之词,进不为思文帝,退亦不因甄后发,庶几言情守礼,两俱得之。"

《文选》卷二十一郭璞《游仙诗》,黄侃批云:"谓《诗品》讥其无列仙之趣。据此,是前识有非议是诗者。然景纯斯篇,本类咏怀之作,聊以摅其忧生愤世之情,其于仙道特寄言耳。故曰'虽欲腾丹溪,云螭非我驾。'明仙不可求。又曰:'燕昭无灵气,汉武非仙才。'明求仙皆妄也。首章俱有山林之文,然则游仙特隐遁之别目耳。"黄氏认为,郭璞《游仙诗》只是抒发他忧生愤世之情,"于仙道特寄言耳"。

清人对郭璞《游仙诗》的评论较多,如陈祚明曰:"《游仙》之作,明属寄托之词,如以'列仙之趣'求之,非其本旨矣。"(《采菽堂古诗选》卷十二)何焯曰:"景纯之《游仙》,即屈子之《远游》也。章句之士,何足以知之。"(《义门读书记》卷四十六)沈德潜曰:"《游仙诗》本有托而言,坎壈咏怀,其本旨也。钟嵘贬其少列仙之趣,谬矣。"(《古诗源》卷八)黄侃的批语,显然是受了前人的启发而论述较详。

《文选》卷五十一贾谊《过秦论》,黄侃批云:"此论覆焘无穷。'论'字为后人所题。《吴志·阚泽传》,泽称此篇为《过秦论》,则称'论'旧矣。《文心·诸子》篇有贾谊《新书》,而《论说》篇但云陆机《辨亡》,效《过秦》而不及。盖无专论《过秦》之词,则彦和亦不题之为论也。"黄氏认为,《过秦论》覆盖无穷,影响颇大。今天见到的《新书》,《过秦》篇皆无"论"字。《三国志·吴书·阚泽传》:"(孙)权尝问:'书传篇赋,何者为美?'泽欲讽喻以明治乱,因对:'贾谊《过秦论》最善。'"从此,《过秦》就加上"论"字了。但是《文心雕龙·诸子》篇、《论说》篇提及《过秦》皆无"论"字。清学者汪中说:"《过秦》三篇,本书题下无'论'字,《陈涉项籍传论》引此,应劭注云:'贾谊书之首篇也。足明篇之非论。'《吴志·阚泽传》始自为论。左思、昭明太子并沿其文,误也。"(《述学·贾谊〈新书〉序》)汪氏认为,《过秦》后应无"论"字,有"论"字是错误的。可是,由于《文选》对后世的影响广泛而深远,一些著名的选本,如《古文辞类纂》、《骈体文钞》、《经史百家杂钞》、《古文观止》等,皆称之为《过秦论》。《过秦论》已成为此篇之通名了。

《文选》卷五十八蔡邕《郭有道碑文》,黄侃批云:"中郎碑颂之文,所选太少。"为什么嫌《文选》选录蔡邕"碑颂之文"太少呢?黄侃没有说,刘勰说了,《文心雕龙·诔碑》篇说:

> 自后汉以来,碑碣云起,才锋所断,莫高蔡邕。观《杨赐》(《司空文烈侯杨公碑》)之碑,骨鲠训典;《陈》(《陈太丘碑文》)《郭》(《郭有道碑》)二文,词无择言;《周》(《汝南周勰碑》)《胡》(《太傅胡广碑》)众碑,莫非清允。其叙事也该而要,其缀采雅而泽;清词转而不穷,巧义出而卓立;察其为才,自然而至。

同书《才略》篇又说:

> 张衡通赡,蔡邕精雅,文史彬彬,隔世相望。是则竹柏异心而同贞,金玉殊质而皆宝也。

刘勰对蔡邕文作了很高的评价,特别是他撰写的碑文,评价尤高。刘勰指出,蔡邕文的特点是"精雅",刘师培说:

> 《文心雕龙·才略》篇云"蔡邕精雅",实为定评。研治蔡

文者应自此入手。精者,谓其纯粹而细致也;雅者,谓其音节调适而和谐也。今观其文,将普通汉碑中过于常用之句,不确切之词,及辞采不称,或音节不谐者,无不刮垢磨光,使之洁净。故虽气味相同,而文律音节有别。凡欲研究蔡文者,应观其奏章若者较常人为细,其碑颂若者较常人为洁,音节若者较常人为和,则于彦和所称"精雅"当可体味得之。

刘氏对"蔡邕精雅"的分析颇详,有助于我们了解蔡文的特点。而汉代碑碣文,蔡邕的成就最高,《文选》只选录了《陈太丘碑文》、《郭有道碑》两篇,岂不是太少了吗?原来黄侃的批语只是结论,其论据在《文心雕龙》中。

这类例子颇多,就不一一列举了。

这类批语,往往可见其独特的观点,体现了较高的学术水平。

次说注释。

黄侃不是专门注释《文选》,而是在阅读《文选》的过程中,参考各本,边校,边注,边批。其校,对校、本校、他校、理校并用,争取恢复著作原貌;其注,撷各家之长,力求准确无误;其批,或吸收古人的见解,或独抒己见,大都可观。其校、批之特点已见上文,现在考察其注之特点。例如《九歌·东皇太一》:

瑶席兮玉瑱。〇瑱,犹镇也。

《云中君》:

蹇将憺兮寿宫。〇蹇,犹羌也。
极劳心兮忡忡。〇极,疲也。

《少司命》:

与汝游兮九河,冲飙起兮水扬波。〇"与汝"二句王无注,盖复《河伯》章语也。

望美人兮未来。○此美人,司命也。

《山鬼》:

余处幽篁兮终不见天。○余,山鬼自余也。

留灵修兮憺忘归。○留,待也。

君思我兮然疑作。○然,词也。

思公子兮徒离忧。○离忧,即离骚也。

这是黄氏在阅读过程中,根据自己的理解加注,以通释语义。看起来,信笔加注,十分简单。实际上,对古籍进行恰当的注释是不简单的。这与他深厚的语言和文学修养是分不开的。又如《宋书·谢灵运传论》:

相如工为形似之言,二班长于情理之说。○形似,摹写事物之情状也。情理,榷论是非也。

子建、仲宣以气质为体。○气质专尚天姿,取其遒上也。

源其飙流所始,莫不同祖风骚。○所谓百家腾跃,终入环内。

缛旨是稠,繁文绮合。○以繁缛二字,标潘、陆之文,信得之矣。

缀平台之逸响,采南皮之高韵。○平台指相如,南皮指曹、王,虽异之而不能不有所取,贵在变通而已矣。

遗风余烈,事极江右。○右字极是,言潘、陆之风止于西晋,故下云东晋无闻丽辞。或作左,非也。

遒丽之辞,无闻焉尔。○遒则意健,丽则文密,文辞至此乃无遗恨矣。

灵运之兴会标举,延年之体裁明密。○兴会标举,遒之属也。体裁明密,丽之方也。然颜终逊于谢,以未遒耳。

欲使官羽相变,低昂舛节,若前有浮声,则后须切响。一简之内,音韵尽殊;两句之中,轻重悉异。妙达此旨,始可言文。○声律论作,文变无穷,其所擢拔扬抠,不可胜数也,而此数语,实已总挈纲维。

皆暗与理合,匪由思至。○暗与理合何也,音韵乃自然之物,不待教而解调也。

黄氏在此篇开头说:"此篇未易促了,侃考之至深,别具篇札。宜取省览。"按此篇札记已亡佚。从此篇注释看,黄氏考虑问题,确实比较深入,具有一定学术性。又如宋玉《登徒子好色赋》:

愚乱之邪臣,自以为守德,谓不如彼矣。○愚乱之邪臣斥宋玉也。彼,彼登徒也。谓不如彼者,宋玉自以为不如登徒好色也。注皆谬。

谢灵运《述祖德诗》:

高揖七州外,拂衣五湖里。○七州者,玄所都督之七州也。注谬,而近世曾国藩亦承之而不考矣。此方虚谷说。

嵇康《幽愤诗》:

曰余不敏,好善闇人。○谓吕巽也。注谬。仲悌心旷而放,非不可交之人也。

陆机《答贾谧》:

年殊志比。○何焯谓机与谧款密,大缪。此诗意存讥讽,款密乃空言耳。

嵇康《杂诗》:

孰克英贤，与尔剖符。○意言谁为贤者，当与之契合也。
注非。（略同何焯为说）

扬雄《解嘲》：

顾默而作《太玄》五千文，枝叶扶疏，独说数十余万
言。○王西庄以为《法言》，非也，据此，子云《太玄》，自有说
之文也。

范晔《逸民传论》：

士之蕴藉义愤甚矣。○蕴藉，犹怀蓄也。注非。

颜延之《陶征士诔》：

有晋征士，寻阳陶渊明，南岳之幽居者也。○渊明为名为
字，究难因此以定之。南岳，灊、霍也。何云庐山，缪。

注释古书很难，南宋学者洪迈在《容斋随笔》卷十五《注书难》说：
"注书至难，虽孔安国、马融、郑康成、王弼之解经，杜元凯之解《左
传》，颜师古之注《汉书》，也不能无失。"因此，古书注释的失误是
难免的。黄侃博考群籍，纠正《文选》注释中的失误，正体现他的
学术水平。可是，智者千虑，难免偶有失误。如《陶征士诔》条，何
焯解"南岳"为庐山。黄侃认为错了，应是灊山、霍山。我认为何
焯解为庐山，犹有可能，因为陶渊明曾为"浔阳三隐"之一。而黄
侃解为灊、霍，全无可能。按灊山，即潜山，在今安徽潜山县，霍山，
在今安徽霍山县，陶渊明何曾在潜山、霍山隐居，未见记载。黄侃
可能看到《汉书·郊祀志》云礼"南岳灊山于灊"，而引起误解。于
此亦可见注释古书之难。

黄侃精通训诂之学。他曾对《说文》、《尔雅》、《小尔雅》、《方
言》、《释名》、《广雅》等训诂学名著进行过深入的研究。他也曾在

中央大学等高校讲授训诂学。黄焯的听课笔记《训诂学讲词》今存，武酉山听黄侃讲训诂学笔记二则，见《追悼黄季刚师》一文（《量守庐学记》）。由于黄侃的训诂学造诣很深，所以《文选平点》中的注释具有较高的学术价值。

关于《文选》的研究方法，张之洞的《輶轩语》说："选学有征实、课虚两义。考典实，求训诂，校古书，此为学计。摹高格，猎奇采，此为文计。"黄侃的《文选平点》有校勘，有训诂，还有评论。显然，这是为研究学问而阅读《文选》。不仅如此，黄侃还特别强调："读《文选》者，必须于《文心雕龙》所说能信受奉行，持观此书，乃有真解。"（《文选平点叙》）并且说："开宗明义，吾党省焉。"黄侃一开始就说明了阅读和研究《文选》的方法，并希望同行都能明白这一点。

把《文选》研究与《文心雕龙》研究结合起来，这是研究文选学一种重要的方法。黄侃也是这样做的。例如《文选》卷一《京都上》下，黄侃注曰："《文心雕龙》：'夫京殿苑猎，述行叙志，并体国经野，义尚光大……至于草区禽族，庶品杂类，则触兴致情，因变取会。'据此，是赋之分类，昭明亦沿前贯耳。"说明《文心雕龙》赋之分类对《文选》之影响。又如黄侃在魏文帝《与吴质书》"孔璋章表殊健，微为繁富。公幹有逸气，但未遒耳。其五言诗之善者，妙绝时人"下评曰："大抵子桓论文，以遒健不弱为贵耳。《文心·风骨》篇全出于此。"指出《文心》风骨论的出处。又如任昉《奏弹刘整》："列称出适刘氏二十许年。"黄侃曰："列者当时文书之称。《文心雕龙》：'万民达志，则状列辞谚。'列，陈也，陈列事情，昭然如见也。"这是说明文体，以《文心雕龙》为证。又如扬雄《剧秦美新》，黄侃曰："《文心》云：'诡言遁辞。'得此文之真矣。"黄侃认为，《文心雕龙》对《剧秦美新》的评价十分确切。黄侃将《文选》与《文心雕龙》结合起来于此可见一斑。黄侃强调的研究《文选》的方法,对我们是很有启发的。

此外,讲讲《量守庐讲学二记》(黄侃讲,黄席群、闵孝吉记。时间是1934年夏。见《量守庐学记续编》,张晖编,生活·读书·新知三联书店2006年版)。这两次讲学涉及到《文选》的有两条,一是《读〈文选〉法》,二是在《史学》一条中涉及梁章钜的《文选旁证》。

《读〈文选〉法》说:

> 《文选》采择殊精,都为名作。《文选》之学有二,一曰"文选学",二曰"文选注学"。吾辈可舍注学而不讲求,否则有床上架床,屋上架屋之弊。读《文选》时,应择三四十篇熟诵之,余文可分两步功夫。(甲)记字:一曰记艰涩不常见之字,二曰记最恰当之字。(乙)记句:至少须有千百句镕裁于胸,得其神髓局度,例如《高唐》、《神女》两篇,则更为枚乘、司马相如二大家之所祖述。至于韩愈《平淮西碑》,亦模拟《难蜀父老》而成也。《文选》不必拘于体例,表章亦犹书疏,皆繁乎情也。《阿房宫赋》末段并韵而无之,颇类《秦论》。《赤壁》两赋及《春醪赋》、《秋声赋》,皆赋中变体,与汉赋不同。读《文选》一书,不如兼及《晋书》、《南北史》。史载之文,非其文佳妙,即与史事有关耳。读《文选》,当读《唐文粹》,以化其整滞。

这里皆从词章立论,读《文选》,为的是写好文章。黄氏认为,文选学有文选学与文选注学之别,他不主张讲求文选注学。他的门人骆鸿凯《文选学》,将文选学的内容分为注释、辞章、广续、雠校、评论五类。今人则认为研究《文选》及其注释者皆为文选学,唯"辞章"一类除外。黄氏认为,读《文选》,先应选择三四十篇诗文熟读、背诵,其他各文则镕裁其字、句,而得其神髓,以利写作。此皆从"辞章"立论。至于说,读《文选》应兼及《晋书》、南北史,这是为了加深对《文选》所选诗文的理解。读《文选》后,当读《唐文粹》以化其整滞。《唐文粹》,宋姚铉编。《四库全书总目提要》说:"是编文赋唯取古体,而四六之文不录。诗歌亦唯取古体,而五七言近体不录。"《文选》文俪偶的成分较多,故以此书化之。此亦从"辞章"考虑。

这里,黄氏论及文选学多从辞章立论,这也许是"选学"另一义。与我们所谓的文选学不同。

关于梁章钜的《文选旁证》,黄侃说:

> 梁章钜所著书,多系从人售来者,如《文选旁证》、《三国志旁证》,皆非自撰。其自撰者只《浪迹丛谈》一书,较前二者迥不类矣。

黄侃所说源自清代李慈铭《越缦堂读书记》和近代李详《愧生丛录》。李慈铭说:

> 阅梁氏章钜《文选旁证》,考核精博,多存古义,诚选学之渊薮也。闽人言此书出其乡之一老儒,而梁氏购得之。或云是陈恭甫氏稿本,梁氏集众手稍增益者。其详虽不可知,要以中丞他所著书观之,恐不能办此。(由云龙辑《越缦堂读书记》,上海书店出版社2000年版)

李详说:

> 梁章钜《文选旁证》,为程春庐同文稿本。沈子培(即沈曾植)提学亲为余说。(见《李审言文集》上册,江苏古籍出版社1989年版)

李慈铭和李详都听说《文选旁证》不是梁章钜的著作,他们都认为梁章钜写不出这种高水平的著作来。李慈铭听说是陈恭甫(即陈寿祺)的稿本。陈恭甫《清史稿》有传,是经学家,其骈文为世所重,与《文选》无关。李详听说是程春庐(即程同文)稿本。程春庐,嘉庆四年进士,长于地志,《清史列传》有传,亦与《文选》无涉。二位李氏的听说,皆不可凭信。这样,黄侃认为《文选旁证》非梁章钜自撰的看法,同样不可信。我认为,《文选旁证》乃梁章钜的著作。理由是:①目录书如《清史稿·艺文志》、《书目答问》、《增订四库全书简明目录标注》等著录《文选旁证》,皆注明梁章钜撰。②梁章钜的同乡好友林则徐为他写的《墓志铭》认为《文选旁证》是梁章钜的著作。清代著名学者阮元、朱琦为《文选旁证》写序备加褒扬。③梁章钜《退庵自订年谱》说:"甲戌,四十岁……是岁由运河北上,滞居漕艘中百余日,取旧读《昭明文选》笔记之件编录而增益之,是为《文选旁证》之权舆。"(见《归田琐记》)又说:"戊戌,六十四岁……校梓《文选旁证》四十六卷,阮芸台师、朱兰坡同年各为之序。盖二十年精力所萃,至是始成书云。"(同上)于此可见,《文选旁证》为梁章钜自撰。毋庸置疑。

黄侃喜爱《文选》,熟读《文选》,有时他还喜欢朗诵《文选》中的诗文。黄焯在《文选平点后记》中说:"回思四十年前,先从父(黄侃)尝取选文抗声朗诵,焯窃聆其音节抗坠抑扬之势,以为可由此得古人之声响,而其妙有愈于讲说者,盖今所录圈点之文,率先从父昔之所喜而讽诵者,虽朗诵之音节不可得传,而其得古人文之用心处,则可于此觇之矣,录而存之,亦学文者之津逮也。"这里记述的是黄侃朗诵《文选》诗文的情形。从《文选平点》中各篇的圈圈点点,可以想象他在朗诵时音节的抑扬顿挫。清代古文家刘大櫆在《论文偶记》中说:

> 音节高则神气必高,音节下则神气必下,故音节为神气之

迹。一句之中,或多一字,或少一字;一字之中,或用平声,或用仄声;同一平字仄字,或用阴平、阳平、上声、去声、入声,则音节迥异,故字句为音节之短。积字成句,积句成章,积章成篇,合而读之,音节见矣;歌而咏之,神气出矣。

这是强调音节在诗文中的重要性,音节现则神气出。抗声朗诵,方可见诗文的神气韵味。

刘大櫆又说:

> 凡行文多寡短长,抑扬高下,无一定之律,有一定之妙,可以意会,而不可以言传。学者求神气而得之于音节,求音节而得之于字句,则思过半矣。其要只在读古人文字时,便设以此身代古人说话,一吞一吐,皆由彼而不由我。烂熟后,我之神气即古人之神气,古人之音节都在我喉吻间,合我喉吻者便是与古人神气音节相似处,久之自然铿锵发金石声。

在朗诵中,朗诵者与作者合而为一,"我之神气即古人之神气","久之自然铿锵发金石声"。总之,朗诵可以深入理解作品的思想感情,可以仔细玩味作品的神气韵味。这样,有助于鉴赏,有助于写作,也有助于研究。

黄侃熟读《文选》,收获很大。他不仅写出了具有较高学术水平的《文选平点》,同时他还写出"文辞淡雅,上法晋宋"(章太炎语)的作品。钱基博《现代中国文学史》说:"(黄侃)词笔高简;初见方讶其奇字涩句,细玩又觉隽永深醇;小赋可追魏、晋;五言诗有晋、宋之遗……"我认为,这些与他熟读《文选》有很大的关系。

章太炎《黄季刚墓志铭》云:"(季刚)不肯轻著书。余数趣之,曰:'人轻著书,妄也。子重著书,吝也。妄不智,吝不仁。'答曰:'年五十当著纸笔矣。'今正五十,而遽以中酒死……"黄侃说五十岁前不著书,可是到了五十岁时遽然去世,给学术界留下深深的遗憾。不过他的著作经后人整理已出版多种,这正是可以告慰读者的。黄侃的《文选平点》,经其女黄念容、其侄黄焯、其子黄延祖三次整理,已先后问世,很遗憾,我手头无黄念容《文选黄氏学》一书,不敢妄评。黄焯整理《文选平点》安排合理,流传颇广,是一个好的本子。不足之处,此书是手书楷体,《文选》原文与平点难以区分,阅读不便。黄延祖整理的《文选平点》最后出版,排版质量较高,便于阅读。但是存在一些问题。例如:(1)第4页《文选平点叙》,叙后注明"公元一九八二年蕲春黄焯序",错了。此《叙》,上海古籍出版社《文选平点》列于《文选平点》卷一,是黄侃所述,非黄焯所作。又,《叙》后注明"《文选平点》前言(一九八二年上海古籍出版社)"也不对。上海古籍出版的《文选平点》是1985年出版,并无此"前言"。(2)第7页黄延祖《文选平点重辑叙》:"门下诸生竞相传录(见骆鸿凯著《文选学》后记及所藏移录本)。"按中华书局1937年出版的骆鸿凯《文选学》无《后记》,中华书局1989年重印的骆鸿凯《文选学》有骆氏快婿马积高的《后记》,未见上述内容。至于骆氏所藏移录本,因未见过,无权妄议。此叙又说:"一九六一年先从兄耀先依方望溪、姚姬传二氏《史记》、《汉书》平点之例,据此录为《文选平点》专册,交上海古籍出版社,至一九八六年始得出版。"按此书出版时间为1985年7月,不是1986年。又说:"骆鸿凯先生所著《文选学》一书(中华书局一九三六年版)。"按骆鸿凯《文选学》,中华书局1937年出版,不是1936年,此处记述有误。(3)第11页《文选平点例言》应署"黄焯"之名,否则被人误认为重辑者"黄念祖"所作。(4)黄焯整理的《文选平点》目录后附《校文选正文应用书目表》,重辑本不应删去,可供读者参考。以上各条,希望黄延祖先生再版时改正。

黄侃是我国近代著名的选学家,他精研《文选》,被章太炎称许为"知选学者"。黄侃曾对他的门人说:"学文寝馈唐以前书,方窥秘钥。《文选》、《唐文粹》可终身诵习。"(章璠《黄先生论学别记》,见《量守庐学记》)正因黄侃终身诵习《文选》,其文选学研究,成就卓越。他的《文选平点》在校勘、训诂、评论诸方面皆具有较高的学术水平。此书是一部研究文选学的重要著作,是近代文选学史上的一座里程碑,永远值得我们珍视。

研习《文选》之津梁

——骆鸿凯《文选学》评介

中华书局1937年出版的骆鸿凯《文选学》,是一部对研习《文选》和六朝文学很有价值的学术专著。建国以后,此书已甚为罕见,于是1989年中华书局又出版了《文选学》的增补本,受到学术界的欢迎。

研究《文选》的学问谓之选学(即文选学),"文选学"的名称始于唐初。隋唐之际有著名文选学者曹宪。《旧唐书·儒学传》说:"(曹宪)所撰《文选音义》,甚为当时所重,初江淮间为文选学者,本之于宪。"这是史籍中最早出现的"文选学"名称。

隋唐以来,特别是唐代和清代,选学研究蔚成大观,文选学家人才辈出,成绩斐然。"五四"以后,选学衰落,但是也出现了像黄侃《文选平点》、高步瀛《文选李注义疏》、骆鸿凯《文选学》这样的《文选》评点、注释和研究的重要著作。骆氏《文选学》旁征博引,立论矜慎,可谓《文选》研究的总结性著作。最近我重温此书,深感这部专著在今天看来仍有不少优点,兹略述如下。

(一)**论述全面**。清代汪师韩的《文选理学权舆》,分撰人、书目、旧注、订误、补阙、辨论、未详、评论以及质疑等九类辑录有关《文选》资料,历来被看作研习《文选》的入门书。骆氏《文选学》在前人的基础上,分为纂集、义例、源流、体式、撰人、撰人事迹生卒著述考、征故、评骘、读《选》导言、余论等十章,对《文选》作了全面系统的论述。另有附编一《文选分体研究举例·论》、附编二《文选专家研究举例·陆士衡》,对《文选》进行专题研究,前为文体研究示例,后为作家研究示例。最后的《选学书著录》,分全注本、删注本、校订补正之属、音义训诂之属、评文之属、摘类之属、选赋选诗之属、补遗广续之属等八类开列《文选》书目,足供参考。新版《文选学》对附编部分有所增补,《文选分体研究举例》增书笺、史论、对问、设问四体;《文选专家研究举例》增颜延年、任彦昇、贾谊三家,都是对附编的补充。在选学研究史上,对《文选》作如此全面系统论述的,这是第一次,所以此书是带总结性的《文选》研究专著。骆氏《文选学·叙》说:"今之所述,首叙《文选》之义例,以及往昔治斯学者之涂辙,明选学之源流也。末篇所述,则以文史、文体、文术诸方,析观斯集,为研习《文选》者导之津梁也。"诚然。

(二)纠正谬误。在《文选》研究中存在一些谬误,历代相传,贻害后人。《文选学》则一一予以纠正。例如,王象之《舆地纪胜》卷八十二记襄阳府古迹有文选楼,引旧《图经》说:"梁昭明太子所立,以撰《文选》。聚才人贤士刘孝威、庾肩吾、徐防、江伯操、孔敬通、惠子悦、徐陵、王筠、孔烁、鲍至等十余人,号曰高斋学士。"这里说的昭明太子萧统在襄阳撰《文选》,是错误的;又说萧统聚才人贤士号曰高斋学士,也是错误的。明人杨慎沿王氏之误,于《升庵外集》卷五十二说:"梁昭明太子统,聚文士刘孝威、庾肩吾、徐防、江伯操、孔敬通、惠子悦、徐陵、王囿、孔烁、鲍至十人,谓之高斋十学士,集《文选》。今襄阳有文选楼,池州有文选台,未知何地为的。但十人姓名，人多不知，故特著之。"这一谬说影响甚大，连清代著名学者汪中也上当受骗，江氏在其《述学·补遗》的《自序》中，也说《文选》为"高斋十学士之选"，犯了张冠李戴的错误。《文选学》引高步瀛《文选李注义疏》说加以驳正。高氏指出，杨说乃传闻之误，昭明为太子当居建业，不应远出襄阳。考襄阳于梁为雍州襄阳郡，萧纲曾任雍州刺史。《南史·庾肩吾传》曰："初为晋安王（萧纲）国常侍，王每徙镇，肩吾带随府，在雍州被命与刘孝威、江伯操、孔敬通、申子悦、徐防、徐摛、王囿、孔铄、鲍至等十人，抄撰众籍，丰其果馔，号高斋学士。"是高斋学士乃简文遗迹，而无关昭明选文也。这样辨明是非，澄清事实，对读者大有裨益。

（三）**汇辑体例**。《文选》选录诗文的体例，已见于《文选序》，无须赘述。而李善注之体例，却未有说明，大都散见于李善的注释之中。如《两都赋序》注云："诸引文证，皆举先以明后，以示作者必有所祖述也。他皆类此。"《西都赋》注云："石渠已见上文。同卷再见者，并云已见上，务从省也。他皆类此。"《西都赋》注云："娄敬已见上文。凡人姓名皆不重见。余皆类此。"又云："诸夏已见《两都赋》，其异篇再见者，并云已见某篇。他皆类此。"《西京赋》薛综注中李善曰："旧注是者因而留之，并于篇首题其姓名。其有乖谬，臣乃具释，并称臣善以别之。他皆类此。"等等。李善注征引群书达一千七百余种，如此繁富的注释，若无注释体例说明，于读者颇多不便。骆氏将分散的体例说明汇辑在一起，有时还加上按语，这对于我们了解李善注释的体例特点，很有帮助。

（四）**追溯源流**。《文选学·源流》一章论述了历代《文选》研究的情况，特别是对唐代和清代的论述尤详。唐代是选学的兴盛时期，李善继承了曹宪之选学，注《文选》取得了很高的成就。开元中，吕延济、刘良、张铣、吕向、李周翰五人注《文选》，称为"五臣注"。"五臣注"显然不如李善注,"然其疏通文意,亦间有可采"(《四库全书总目提要·六臣注文选》)。二书流传千古,至今仍为研究《文选》最重要的参考书。宋、元、明三代,宋初尚有"《文选》烂,秀才半"的谚语,但此后选学荒废,有价值的《文选》研究著作甚为少见。清代选学复兴,《文选》研究家人才辈出。张之洞《书目答问》开列的文选学家,有钱陆灿、潘耒、何焯、陈景云、余萧客、汪师韩、严长明、孙志祖、叶树藩、彭兆荪、张云璈、张惠言、陈寿祺、朱珔、薛传均十五人。他说:"国朝汉学、小学、骈文家皆深选学,此举其有论著校勘者。"(《书目答问》附二《国朝著述诸家姓名略》)可见实际的人数还会更多一些。著作如何焯的《义门读书记·文选》五卷,余萧客的《文选音义》八卷,汪师韩的《文选理学权舆》八卷,孙志祖的《文选理学权舆补》一卷、《文选考异》四卷、《文选李注补正》四卷,张云璈的《选学胶言》二十卷,朱珔的《文选集释》二十四卷。此外如胡克家的《文选考异》十卷、梁章钜的《文选旁证》四十六卷、胡绍煐的《文选笺证》三十二卷、李详的《文选拾沈》二卷等,皆为《文选》研究的重要成果。《文选学·源流》一章就像是一部《文选》研究小史,给人以清晰的选学发展的历史轮廓。

(五)**诠释文体**。《文选》析文体为三十八类,其文体分类在古代文体发展史上占有重要的地位。与萧统同时的刘勰,其《文心雕龙》对文体的论述亦十分精详。骆氏说:"《文心》榷论文体,凡有四义:一曰原始以表末,二曰释名以章义,三曰选文以定篇,四曰敷理以举统。体制区分,源流昭晰,熟精选理,津逮在斯。"(《体式》第四)所以,骆氏常引用刘勰关于文体的论述来诠释《文选》文体。虽然萧统《文选序》也有一些关于文体的论述,但是过于简单,不能给读者以清晰的印象。而《文心雕龙》对文体的论述十分丰富、精湛,骆氏引用这些论述来诠释《文选》文体,使读者对这些文体的理解更为清楚、更加深入。

（六）**考证切实**。《文选》收作家一百三十余人,作品七百五十余首,是我国古代一部大型的诗文选集。作为《文选》的研究著作,研习其中的作品,自然要知人论世。由于"撰人名字爵里及著作之意,李注已详。事实、著述,则诸史传志具在"（《文选学·撰人事迹生卒著述考第六》）,骆氏只编了有关资料目录,供读者参考。例如：

>司马长卿相如,见《史记》、《汉书》本传（蜀郡成都人,汉文帝初年生,武帝元狩五癸亥卒,年六十余）。《凡将》一篇,赋二十九篇（《汉志》）,集二卷（《隋志》）。

>王仲宣粲,见《三国志·魏志》本传（山阳高平人,汉灵帝熹平六丁巳生,献帝建安二十二丁酉卒,年四十一）。《去伐论集》三卷、《汉末英雄记》十卷,集十一卷。

>曹子建植,见《魏志》本传（沛国谯人,汉献帝初平三壬申生,魏明帝太和六壬子卒,年四十一）。《列女传颂》一卷、集三十卷。

这里有的也包含了对作家生卒、著作的考证,只是十分简略。这样的资料目录,为读者提供了检寻的方便。

研习作品还需要辨明作品的真伪,这就必须对一些作品下一番考证工夫。例如李陵《答苏武书》,自唐代刘知几以后,都认为是伪作。骆氏历引刘知几、苏轼、梅鼎祚、储欣、章学诚、翁方纲诸人的论述,证明是伪作,颇有说服力。骆氏的考证比较实事求是,多切实可信。

（七）**资料丰富**。这是骆氏《文选学》最明显的特点。其中《征故》一章,分赋、诗、杂文三类辑录"时流品藻、史臣论断"、"艺苑珍谈、选楼故实",对读者理解有关作品有一定的帮助。《评骘》一章,辑录"评文之言",骆氏批评方成珪《文选集成》、于光华《文选集评》"泛采杂征……大都以时文之科臼,绳墨古人,尘秽简编,谬以千里",自许所辑评论资料"甄择颇严"。骆氏所谓"严",只是"诠赋唯取于茗柯(张惠言),明诗折衷夫湘绮(王闿运),杂文已下,兼采李(兆洛)、谭(献)"。张惠言评赋,王闿运评诗,李兆洛、谭献评杂文,固有真知灼见,但并不能排除四家之外有精辟的见解。骆氏如此辑录评论资料,不免有些狭隘。虽然如此,骆氏所辑评论,对读者研习作品还是有启发的。

(八)**指导阅读**。《文选》所选录的作品,上下千年,包罗宏富,研习此书,洵非易事。骆氏有《读选导言》一章,指导阅读,昭示门径。导言共有十六则,开宗明义第一则,指出研习《文选》应具备的基础知识是:一、训诂;二、声韵;三、名物;四、句读;五、文律;六、史实;七、地理;八、文体;九、文史;十、玄学与内典。所举似乎过于繁琐,但是统而言之,中国古代文学史知识和古代汉语知识却是十分必要的。至于玄学和佛学知识,懂一些当然更好,如果不懂,对研习《文选》似乎也没有太大的妨碍。导言的其他部分还论及文体、风格、骈文、作家才思、作家品德、通变、五言诗之流变、作家比较研究等,这些论述对研习《文选》都有指导意义。值得注意的是,骆氏论述多结合《文心雕龙》,这使我们想起黄侃的话:"读《文选》者,必须于《文心雕龙》所说能信受奉行,持观此书,乃有真解。"(《文选平点》卷一)骆鸿凯是黄先生门下的高足,这大约是他信奉师说的表现。骆氏快婿、门人马积高先生在新版《文选学·后记》中说:"先生治学门径,大抵本黄季刚先生。"所言极是。

(九)**指导研究**。骆氏在《读选导言》十一中拟定"《文选》分体研究纲领",其内容是:

> 一、区一体所苞之时序与作家；二、考一体文章之源流正变；三、辨一体所苞众篇之体性；四、析观众篇作法；五、比观众篇作法异同。

在《读选导言》十三中拟定"《文选》专家研究纲领"，其内容是：

> 一、考史传以详其略历；二、汇评论以识其辜较；（《文心》、《诗品》又《北史》以上关于评论本人文章之言，并宜研核。）三、溯其渊源，揅其影响；四、考其文体之因与创及所优长；五、核其文之作法。（谋篇造句练字诸端。）

这是骆氏自己的专题研究提纲，并以金针度人，指导后学。由于提纲过于简略，学子不免感到茫然。骆氏又在"附编"中撰有《文选分体研究举例·论》、《文选专家研究举例·陆士衡》，具体而微，作为示范。新版又对"附篇"有所增补。《文选分体研究举例》增补了书笺、史论、对问、设论四体，《文选专家研究举例》增补了颜延年、任彦昇、贾谊三家，对有志于选学者皆有一定帮助。不过应该指出，由于时代局限，骆氏只举出两种研究方式，其研究方法与今天也有很大的差异。虽然这些研究举例对现在的研究者仍有启发，但是已不能适应学术研究发展的新形势了。在今天看来，研究的方式、方法应是多种多样的，既可以进行宏观的、整体的研究，也可以进行微观的、不同角度不同层次的研究。这样才能有利于选学的发展。

（十）提供书目。《文选学》的最后是《选学书著录》。这是骆氏为研习《文选》者开列的书目。骆氏在书目后指出："已上著录，皆举见存而可求者。其史志已佚及存目《四库》不易见之本，不录。"可见这是一份比较齐全的《文选》书目。前人治学多从目录学入手，清代经学家江藩说："目录之学，读书入门之学也。"（《师郑堂集》)清代史学家王鸣盛在《十七史商榷》中也说:"目录之学,学中第一紧要,必从此问途,方能得其门而入。"(卷一)又说:"凡读书最切要者,目录之学。目录明,方可读书,不明,终是乱读。"(卷七)所以,骆氏开列的《文选》书目,对研习《文选》的人是很有用处的。

骆氏《文选学》的优点是显而易见的。直到今天,此书仍可供《文选》和六朝文学研究者参考。但是,由于这部学术专著已出版五十多年,时代起了巨大变化,学术事业有了很大发展,不必讳言,此书已不能完全适应今天读者的需要了。我们一方面把《文选学》列为研究生学习《文选》的参考书,另一方面也期待着崭新的文选学专著问世。

最后要指出的是,新版《文选学》对于旧版中错漏的文字并未补正。如第二四页说:"《文选》次文之体凡三十有八。"而下列文体只有三十七类,漏排"序"体。第一六三页谢惠连诗文目录后,漏排谢灵运诗目录四十二首,等等。是为美中不足。

《文选》校诂三家述论

近日阅读刘文典《读文选杂记》、徐复《文选杂志》、祝文白《文选六臣注订讹》三文,深感其校勘精详,训诂确切,胜义叠出。阅后我获益良多。我认为,三文皆有助于文选学之研究,兹分述如下:

一、刘文典

刘文典,字叔雅,原名文驄,安徽合肥人。1889年12月出生。1906年入芜湖安徽公学学习。1907年加入同盟会,1909年赴日本求学。1912年回到上海,任《民立报》翻译。1913年再次赴日本,参加中华革命党,任孙中山秘书。1916年回国,经陈独秀介绍,到北京大学任教,兼任《新青年》英文编辑。此后曾任安徽大学、清华大学、西南联大、云南大学等校教授。解放后,被评为一级教授,参加九三学社,曾被选为第二届全国政协委员。1958年7月15日因病逝世。刘文典的著作有《淮南鸿烈集解》、《庄子补正》、《三馀札记》等。

刘文典的《读文选杂记》,见于《三馀札记》。此书四卷,一、二卷于1928年9月由商务印书馆印行,三、四卷于1938年5月由商务印书馆印行。我阅读的《三馀札记》四卷是黄山书社1990年11月印行的。《读文选杂记》见于此书卷三。其引言云:

> 余束发受书,即好萧《选》。每弄柔翰,规橅其体,然奇文奥义苦未通解也。年十六从仪征刘先生游,少知涂术。二十六而滥竽上庠,日以《文选》授诸生,于今垂二十载矣。玩索既久,疑义滋多,偶有考订,辄书简端。《选》学之源流,既命弟子略书其梗概,《楚辞》、《选诗》及校勘记,亦别有专书。其条流踳驳,无类可归者,会而录之,命曰《读文选杂记》云尔。

刘氏15岁就爱好《文选》,16岁以后在刘师培先生门下,渐知治学之道。26岁在北京大学教书,以《文选》传授给学生。刘氏对《文选》的考订,就写在简端,其《楚辞》、《选》诗及校勘记,别有专书,其余录之名为《读文选杂记》。

《读文选杂记》的主要内容是有关《文选》的校勘、训诂,亦涉及其他内容,故名之为"杂记"。"杂记"共有38则。如:

> 《上林赋》:"欃檀木兰。"典案:《汉书·司马相如传注》:孟康曰:"欃檀,檀别名。"郭璞曰:"欃,音谗。"后世谓之旃檀,实即梵文之Chandana,又简称檀。

李善注云:"孟康曰:欃檀,檀别名也。欃,音谗。"刘氏为李善注作了补充注释,词义更为明确。

> 《七发》:"几满大宅。"(善)注:"大宅,未详。"余氏《音义》云:"梁丘子《黄庭经注》:'面为灵宅,一名大宅,以眉目口之所居,故为宅。'"典案:《演繁露》六所言与梁丘子《黄庭经注》同。余说是也。

"大宅",李善注未详,刘氏作了补充注释。刘氏补注正确无误。

> 《海赋》:"㴸瀁浩汗。"李注:"㴸瀁,深广之貌。"典案:《汉书·司马相如传》"杂遝胶輵",师古注:"胶輵,犹交加也。"最得其谊。《扬雄传》"其相胶葛兮"注同。《羽猎赋》"纵横胶葛",《吴都赋》"东西胶葛",《鲁灵光殿赋》"洞轇轕乎,其无垠也",字并从"车",与此文之从水,皆同意义。

这是刘氏纠正李善注的错误。这样的例子还有一些,如《江赋》:"王珧海月。"引姜皋说,认为"王"应作"玉"。《舞鹤赋》:"岁峥嵘而愁暮。"引朱琦说,认为峥嵘非"高貌",应训"深也",等等,这里就不一一列举了。

> 《笙赋》:"修樀内辟,余箫外逶。"典案:"樀"疑当作"簻"。《梦溪笔谈》、《西溪丛语》引正作"簻"。马季长《长笛赋》:"裁以当簻便易持。"是也。

刘氏以他校的方法纠正《文选》的错字。古籍常有错字,必需经过校勘,方便于阅读。所以叶德辉说:"书不校勘,不如不读。"(《藏书十约》)话虽说得过分,但也不无道理。

> 《蜀都赋》:"蹲鸱所伏。"刘注:"蹲鸱,大芋也。"刘文典引用《颜氏家训·勉学》说,有读误本《蜀都赋》者,误"芋"为羊。就造成了"人馈羊肉,答书云:'损惠蹲鸱'"的笑话。刘氏又引用《大唐

新语·著述》说,唐代开元中,东宫卫佐冯光震入院校《文选》,兼复注释,解"蹲鸱"云:"今之芋子,即是着毛萝卜。"造成误释的笑话。刘氏借以说明校勘和训诂的重要性。

在"杂记"中有分析文字,如:

> 《海赋》:典案……木玄虚此赋,全用今之修辞家所谓拟声辞Onomatopoein,以字音摹拟自然之音。文中所摹拟之波涛声水石相击声,无不毕肖,使读者如闻天风海涛之声。所用之字体既甚茂密,又多从水读之,自然感觉大水汪洋、混溉、弥漫之状。斯实吾国文字之特征,它国文字所罕见者也。

这是分析大海的各种声音,此种表现方法为我国文字所特有,它国文字所罕见者。此种分析,亦颇有见地。在《别赋》《回文诗》"兮影独伤"条下,刘氏论述了回文诗的起源、特点和对后世及国外的影响,为中国文学史增加了新的内容。

刘文典擅长古籍的校勘、训诂,其《淮南鸿烈集解》、《庄子补正》在学术界享有盛誉。胡适在《淮南鸿烈集解序》中说:"叔雅此书,最精严有法……宜其成就独多也。"陈寅恪在《庄子补正序》中说:"先生之作,可谓天下之至慎矣……盖将一匡当世之学风,而示人以准则。"都给予很高的评价。其《三馀札记》,学习清代王念孙的《读书杂志》,注重实证,进行比较,表现出同样的学风,我相信,此书将与《读书杂志》一起传世。其中《读文选杂记》,直至今日,仍可供文选学研究者参考。

二、徐复

徐复,字士复,一字汉生,号鸣谦,1912年1月8日生,江苏省常州市人。1929年考入金陵大学,从黄侃攻读文字、声韵、训诂之学,并循序研读黄侃开列的必读古籍25种,即《十三经》、《大戴礼记》、《国语》、《史记》、《汉书》、《资治通鉴》、《通典》、《庄子》、《荀子》、《文选》、《文心雕龙》、《说文》、《广韵》，为后来的研究工作打下了坚实的基础。1935年9月，考入金陵大学国学研究班。专攻《说文》等书。次年2月，应苏州章氏国学讲习会之招，任《制言》之编校工作。历任金陵大学、南京师范大学教授、中国训诂学研究会名誉会长、中国音韵学研究会顾问、江苏省语言学会名誉会长等职。2007年病逝。主要著作有《后读书杂志》、《秦会要补订》、《徐复语言文字学丛稿》、《鸤书详注》等。

徐复《后读书杂志》，上海古籍出版社1996年出版。据作者说，此书"始稿于1932年，迄客岁1992年而全书告成"，前后长达60年。此书收《史记杂志》、《汉书杂志》、《老子杂志》、《荀子杂志》、《楚辞杂志》、《文选杂志》、《文心雕龙杂志》等26种，各有校释。我们要论及的是《文选杂志》17则。

昔日我阅读《文选》，有些词语，旧注或缺，或不当，查阅辞书，问题亦难以解决。如潘岳《悼亡诗》中云："怅恍如或存，周遑忡惊惕。"清沈德潜说："'周遑忡惊惕'，颇不成句法。"（《古诗源》卷七）徐氏却作出合理的解释。他说：

> 忡字训忧，与惊惕不连用。因疑忡本为中字，涉下文"惕"字而误增心旁耳。中惊惕，谓心中惊惧也。宋玉《九辩》："重无怨而生离兮，中结轸而增伤。"中亦谓心中。如变易本句句法，亦可说成"中周遑而惊惕"矣。又安仁撰《西征赋》亦云："顾请旋于（李）傕、（郭）汜，既获许而中惕。"中惕连文，正"中惊惕"之语省，用为本文"忡本为中字"之又一佐证，可无致疑。

自己多年难以解释的诗句，一旦贯通，岂不快哉！

又如孔稚珪《北山移文》:"钟山之英,草堂之灵,驰烟驿路,勒移山庭。"其中"驰烟驿路",难以诠释。徐氏说:

> 往年黄季刚先生讲授《文选》,疑驿路盖本作驿雾。驰、驿词性相同,驿亦驰也。谓王勃《乾元殿赋》:"寻出缊阶,驿雾驰烟。"即本于此。其说为前人所未发,亟录之以俟更证。嗣在重庆时,阅影宋本《太平御览》卷四十一引《金陵地记》,所举孔文首四句,正作"驰烟驿雾",知宋人所见本,尚有不误者,可用以证成师说,洵属快事。

一字之误,诠释为难,易路为雾,疑难释然。当然,问题的解决,与黄侃先生与徐氏深厚国学根柢是分不开的。

徐氏之《文选杂志》内容不多,仅有十余则,但是,精义纷呈,美不胜收。如:

> 左思《魏都赋》:"瑰材巨世,墉塓参差,枌橑复结,栾栌叠施。"吕延济注:"瑰,美;巨,大也。言美材大于当代。"复按:释巨世为大于当代,于文为不辞。姚范《援鹑堂笔记》首揭"世字疑讹"之说,可为妙悟。此文巨世与瑰材对举,词性亦宜相同。仿宋胡刻本《文选》世字作"卅",根据文义,知卅为冓字之误,传写脱其下半耳。《说文》:"冓,交积材也,象对交之形。"此云巨冓,犹今称大建筑,与瑰材词性正同。冓字通作构,《淮南子·氾论训》:"筑土构木。"高诱注:"构,架也。材木相乘架也。"与冓字之义合。班固《西都赋》:"尔乃正殿崔嵬,层构厥高。"王延寿《鲁灵光殿赋》:"于是详察其栋宇,观其结构。"东汉赋文,亦均用构字,可为证矣。

推测有据,解释合理,不辞之辞,迎刃而解。此类例子颇多,如陆机《文赋》:"彼琼敷与玉藻,若中原之有菽。"徐氏说:"《尔雅·释草》:'华,荂也。'郭璞注:'今江东呼华为荂,音敷。'华,古花字。"又如《古诗十九首》:"庭中有奇树,绿树发华滋。"徐氏说:"滋非滋生义,当为采字的假借。华滋,即华采也。"又如李陵《答苏武书》:"闻子之归,赐不过二百万,位不过典属国,无尺土之封,加子之勤。"徐氏说:"加为嘉字之通假,谓嘉美也。"又如司马迁《报任少卿书》:"卒卒无须臾之闲,得竭至意。"徐氏说:"《汉书·司马迁传》作指意,与至意义同。亦谓志意。"又如孔稚珪《北山移文》:"敲扑喧嚣犯其虑,牒诉倥偬装其怀。"徐氏说:"《广韵》上声一董:'倥,倥偬,多事,康董切。'倥偬二字叠韵。此云牒诉倥偬,正谓讼事众多也。"……以上诸例,论证从略。此类训诂,实事求是,勇于创新,大都能给词语以正确的解释,读之往往能给人以启迪,益人神智。

徐复教授专攻文字、音韵、训诂之学,长于训诂。他的书名《后读书杂志》,意思是此书成于王念孙《读书杂志》之后。王念孙的《读书杂志》是著名的读书札记,也是训诂学的名著。徐氏的《后读书杂志》亦力追前贤,为我国的训诂学作出了自己的贡献。徐氏另有《訄书详注》,章太炎《訄书》向称难读,而徐氏以传统的文字、音韵、训诂的方法详注《訄书》,于此可见徐氏在训诂学方面所取得的卓越成就。

三、祝文白

祝文白,字廉先,浙江大学文学院教授。生于1883年,卒年不详。抗战期间,祝氏逃避日寇,寄寓贵州,著《文选六臣注订讹》,向张宗祥、缪钺等人请教,张氏说:"最好将全部《文选》再校一过,凡昔日未经选为教材者,悉予订正,倘能将全书所有纰缪,一举而廓清之,岂非一大快事?"祝氏"当时因本此旨,竭半年之力,复订六十余事,并入前书,编为四卷,载入《浙江大学文学院集刊》第四集（1944年8月）"。抗战胜利后，祝氏返回浙江杭州，重新整理旧稿，又补正百余则，完成续编两卷。至1952年，祝氏退休后，以《文选》自娱，"因复修改旧稿七则，订正二十余事，合计三百五十余则"。此书之成，费时十年，洵为不易。（参阅祝文白《文选六臣注订讹·跋语》，《文史》第一辑，中华书局1962年10月）祝氏其他事迹和著作情况皆不详。

祝氏《文选六臣注订讹》主要是订正五臣（吕延济、吕向、张铣、刘良、李周翰）注和李善注的讹误。如：

第一卷班孟坚《两都赋》："昭阳特盛。"五臣注："昭阳，殿名，成帝作也。"未确。按《三辅黄图》："武帝后宫八区，有昭阳殿。"非成帝作可知。

第二卷张平子《西京赋》："乃使中黄之士。"五臣注："中黄，国名，其俗多勇力。"非。按中黄人名，《尸子》："中黄伯曰：'余左执太行之獶，右搏雕虎。'"

第十九卷曹子建《洛神赋》："托微波而通辞。"五臣注云："既无良媒，通接欢情，故假托风波以达言词。"殊谬。按波，谓目光；微波通辞，即以目示意，如《楚辞》"满堂兮美人，忽独与余兮目成"是也。

第二十一卷王仲宣《咏史诗》："结发事明主。"五臣注："凡仕曰结发。"未确。按结发者，言少年束发之意，如《汉书·李广传》"自结发与匈奴战"，又苏武诗"结发为夫妇"，俱泛称自少时之意，因男年二十而冠，女年十五而笄，自此始结发也。

第二十四卷陆士衡《于承明作与士龙》："寤言涕交缨。"五臣注："缨，衣领也。"非是。邱光庭曰："缨，带也。"亦欠精确。按《说文》"缨，冠系也"，用以结冠之组。

第二十七卷谢玄晖《之宣城出新林浦向板桥》:"复协沧洲趣。"五臣注:"沧洲,洲名。"非。按《地理志》有"沧州",后魏所置,非洲也。沧洲,犹言水滨,《南史·袁粲传》"尝作五言诗云,访迹虽中宇,循寄乃沧洲"。

第三十八卷任彦昇《为范始兴作求立太宰碑表》:"故精庐妄启。"五臣注:"精庐,寺观也。"非。按《汉书·姜肱传》:"精庐暂建"注:"精庐,讲读之所也。"本文为双关覆装体,精庐妄启,覆崇师之义,下联君长一城,覆尊主之情,文义自极明显。

第四十三卷孔德璋北山移文:今见解兰缚尘缨。五臣注:"尘缨,世事也。"未当。按缨,为冠缨,"缚缨",与上句"投簪"适相反,谓入仕也。

祝氏订正五臣注的讹误186条,以上列举8条,可见一斑。《文选五臣注》编写完成之后,吕延祚《上集注文选表》攻击《文选李善注》说:"忽发章句,是征载籍,述作之由,何尝措翰,使复精核注引,则陷于末学,质访旨趣,则岿然旧文,只谓搅心,胡为析理。"自诩说:"相与三复乃词,周知秘旨,一贯于理,杳测澄怀,目无全牛,心无留义,作者为志,森乎可观。"但是,五臣注在唐代就受到李匡乂的批评,李氏《资暇录》指出:"五臣所注,尽从李氏注中出,开元中进表,反非斥李氏,无乃欺心欤。"在比较五臣注与李善注后,李匡乂又指出:"李氏绝笔之本,悬诸日月焉,方之五臣,犹虎狗凤鸡耳。"措辞十分严厉。五代时邱光庭《兼明书》,在列举五臣注的讹误之后,认为五臣"所注《文选》,颇谓乖疏"。宋代苏轼《书谢瞻诗》说:"李善注《文选》,本末详备,极可喜。五臣真俚儒之荒陋者也。"在赞扬了李善注之后,批评五臣之"荒陋"。《四库全书总目·六臣注文选提要》在历举了李匡乂《资暇录》、姚宽《西溪丛语》、王楙《野客丛书》对五臣注的批评之后指出:"今观所注迂陋鄙俗之处,尚不止此。而以空疏臆见,轻诋通儒,殆亦韩愈所谓蚍蜉撼树者欤。……然其疏通文义,亦间有可采。"持论比较公允。

祝氏《文选六臣注订讹》订正李善注的讹误161条,例如:

> 第五卷左太冲《吴都赋》:"勇若专诸。"李善注:"《左传》曰,吴公子光享王,鱄诸置剑于鱼中以进,抽剑刺王,遂杀阖间。"殊误。按王,谓吴王僚;阖间,即公子光,鱄诸为公子光刺杀王僚,安得谓遂杀阖间也。阖间应作王僚。

> 第十七卷陆士衡《文赋》:"漱六艺之芳润。"李善注:"《周礼》曰:'六艺,礼乐射御书数也。'"疑未当。按上下文义,六艺,应指《六经》,《史记·伯夷列传》:"夫学者载籍极博,犹考信于六艺。"又贾谊《新书·六术篇》:"诗书易春秋礼乐,六者之术,谓之六艺。"

> 第四十卷陈琳《答东阿王笺》:"秉青萍干将之器。"李善注引《吕氏春秋》豫让刺赵襄子之事,以青萍为人名,非是。按《博物志》:"青萍,剑名。"又唐李白文:"庶青萍结绿,长价于薛卞之门。"盖薛烛善相剑,卞和善相玉,故云。

> 第五十九卷王简栖《头陀寺碑文》:"智刃所游。"李善注引《庄子》"庖丁为文惠君解牛",仅释游刃,与智刃无涉。五臣注:"明智之理,断割之道,如刀刃之利。"亦望文生训。按智刃,谓智慧剑之刃,以喻有决断也,《维摩诘经》:"以智慧剑,破烦恼网。"盖以智慧喻利刃,言其能斩断万缘也。

李善是一个谨严的学者,他注释《文选》,十分严肃认真,唐人李匡乂《资暇集》说:

> 李氏《文选》有初注成者,覆注者,有三注、四注者,当时

> 旋被传写之。其绝笔之本，皆释音训义，注解甚多。余家幸有焉。尝将数本并校，不唯注之赡略有异，至于科段，互相不同，无似余家之本该备也。

于此可见李善的治学态度和精神。《文选》李善注征引群书 1689 种（见清汪师韩《文选理学权舆》）。清代学者胡绍煐《文选笺证序》说：

> 李氏注则援引赅博，经史传注，靡不兼综，又旁通《仓》《雅》训诂及梵释诸书，史家称其淹贯古今。……李时古书尚多，自经残缺，而吉光片羽藉存什一。不特文人资为渊薮，抑亦后儒考证得失之林也。

胡氏充分肯定了李善注的价值和贡献。注释古籍是十分困难的，清代杭世骏《李太白集辑注序》说：

> 作者不易，笺疏家尤难。何也？作者以才为主，而辅之以学。兴到笔随，第抽其平日腹笥，而纵横曼衍以极其所至，不必沾沾獭祭也。为之笺与疏者，必语语核其指归，而意象乃明；必字字还其根据，而证佐乃确。才不必言，夫必有什倍于作者之卷轴，而后可以从事焉。

杭氏因王琦注《李太白全集》而发此议论，但所说的道理是千真万确的。李善本着实事求是的原则，知之为知之，不知为不知。对知者如实注释，对不知者则注"未闻"、"未详"。即使如此，其《文选注》仍有许多疏误。后世的著作如清孙志祖《文选李注补正》、清梁章钜《文选旁证》、清朱珔《文选集释》、清徐攀凤《选注规李》、清胡绍煐《文选笺证》等，对《文选》李善注都有许多补正。虽然如此，《文选》李善注仍然是一部古籍名注，其注释博大精深，影响深远。

此外，祝氏还订正了《文选六臣注》一些诗文题解的讹误，如：

> 第十一卷王仲宣《登楼赋》：解题。五臣注："楼，谓江陵城楼。"非。按盛弘之《荆洲记》曰："当阳县城楼，王仲宣登之而作赋。"是也。

祝氏引《荆州记》，见李善注。按朱珔《文选集释》卷十二《登楼赋》"挟清漳之通浦兮"条下引《水经注》云：（漳水）又南迳当阳县，又南迳麦城东，王仲宣登其东南隅，临漳水而赋之曰："夹清漳之通浦兮，倚曲沮之长洲"是也。可见王粲所登之楼乃麦城城楼。骆鸿凯《文选学》亦说："按之地理，郦说为是。"（《征故》第七）

> 第二十九卷李少卿《与苏武诗》：解题。五臣注："五言诗，自陵始也。"非。按刘勰《文心雕龙·明诗》篇云："成帝品录，三百余篇，朝章国采，亦云周备，而词人遗翰，莫见五言，所以班婕妤李陵见疑于后代也。"厥后刘知几《史通·杂说》、东坡《志林》咸辨明其伪。

刘勰的意见是正确的。认为李陵与苏武诗是伪作者甚众，除上述之外，尚有洪迈（《容斋随笔》卷十四"李陵诗"）、杨慎（《升庵诗话》卷一"苏李五言诗"）、顾炎武（《日知录》卷二十三"已祧不讳"）、翁方纲（梁章钜《文选旁证》卷二十五引）、钱大昕（《十驾斋养新录》卷十六"七言在五言之前"）、梁启超（《中国美文及其历史》）等，兹不赘述。

> 第四十三卷孔德璋《北山移文》：解题。五臣谓："钟山在都北，其先周彦伦隐于此山，后应诏出为海盐令，欲却过此山，孔生乃假山灵之意移之，使不许得至，故云北山移文。"似与史

实不符。按颙本传,颙早岁为益州刺史萧惠开赏异,携入蜀,为厉锋前军,带肥乡、成都二县令,仍为府主簿,又"元徽中,诏为剡令,有恩惠,百姓思之。建元初,为长沙王后军参军山阴令"。并无为海盐令之事。移文中有"今又促装下邑,浪拽上京。"注:"下邑,谓山阴也。"则海盐为山阴之误。

清张云璈说:周彦伦无隐而复出之事。云璈按:《南齐书·周彦伦传》:解褐海陵国侍郎,出为剡令。草堂乃在。官国子博士著作郎时,于钟山筑隐舍,休沐则归之,未尝有隐而复出之事(《选学胶言》卷十八)。祝氏所订之误,前人早已论及。

第四十五卷陶渊明《归去来辞》:解题。五臣注云:"潜为彭泽令,是时郡遣督邮至县,吏白当束带见之。潜乃叹曰:'吾不能为五斗米,折腰向乡里小儿。'乃自解印绶,将归田园,因而命篇。"似与事实不甚符合。按《陶集·归去来辞序》云:"余家贫,耕植不足以自给,彭泽去家百里,故便求之。及少日,眷然有归欤之情。何则?质性自然,非矫厉所得,饥冻虽切,违己交病,怅然慷慨,深愧平生之志。犹望一稔,当敛裳宵逝。寻程氏妹丧于武昌,情在骏奔,自免去职。在官八十余日。"云云。固明言为妹丧而去,非关督邮也。

我认为,陶渊明回归田园,"不为五斗米折腰"和"妹丧于武昌,情在骏奔"两个原因都有。其《归去来辞序》说:"质性自然,非矫厉所得,饥冻虽切,违己交病,怅然慷慨,深愧平生之志。"这里已表现了他对官场生活的不满,隐含回归田园之意。

祝氏治学显然受了高邮王念孙、王引之父子的影响,体现了实事求是的学风。《文选六臣注订讹》颇有新义,对读者是很有启发的。应当指出的是,有些问题,前人已有论述,并且已有结论。祝氏的结论与之相同,却未提及前人的成果。这类情况,可能是手头缺乏资料,与前人所见略同,也可能是一时疏忽,但总是令人有些美中不足之感。

刘文典、徐复、祝文白三位先生都是老一辈学者。他们治学都受到清代乾嘉学派的影响,但是各有特点。刘氏的特点是"博",徐氏的特点是"精",祝氏的特点是"实"。博,渊博也;精,精细也;实,实事求是也。他们都对《文选》的训诂、校勘作出了自己的贡献。今天,我们在编写文选学史时,应补上一笔,不要忘记他们的功绩。

九、选诗赏析举例

七哀诗二首(其一)

王 粲

西京乱无象,豺虎方遘患。复弃中国去,远身适荆蛮。亲戚对我悲,朋友相追攀。出门无所见,白骨蔽平原。路有饥妇人,抱子弃草间。顾闻号泣声,挥涕独不还。"未知身死处,何能两相完?"驱马弃之去,不忍听此言。南登霸陵岸,回首望长安。悟彼下泉人,喟然伤心肝。

"七哀",《文选》六臣注吕向注云:"七哀,谓痛而哀,义而哀,感而哀,怨而哀,耳目闻见而哀,口叹而哀,鼻酸而哀。"显然是望文生义。元人李冶《敬斋古今黈》云:"人之七情有喜、怒、哀、乐、爱、恶、欲之殊,今而哀戚太甚,喜、怒、爱、恶等,悉皆无有,情之所系唯有一哀而已,故谓之七哀也。"(卷九)亦颇牵强。《七哀》是乐府歌辞,今人余冠英说:"所以名为'七'哀,也许有音乐上的关系,晋乐于《怨诗行》用这篇诗(指曹植《七哀》)为歌辞,就分为七解。"(《三曹诗选》)较有道理,可以参考。

王粲的《七哀诗》共有三首,这是第一首,写于初平三年(192)。其年六月,董卓部将李傕、郭汜在长安作乱,大肆烧杀劫掠,这时王粲逃往荆州,依靠刘表以避难。此诗是王粲初离长安往荆州时所作。当时他是十六岁。《三国志·魏书·王粲传》谓王粲"年十七……以西京扰乱……乃之荆州依刘表",核之史实,似误。

这首诗描写诗人在李傕、郭汜的变乱中离开长安途中所见到的悲惨景象。

"西京乱无象,豺虎方遘患。"西京,指长安。东汉都城洛阳在东,长安在西,故称长安为西京。豺虎,指董卓部将李傕、郭汜等人。长安乱得不成样子,是因为李傕、郭汜等人正在作乱,他们大肆烧杀劫掠,百姓遭殃。这两句总写社会动乱。诗人正是在这种动乱之中离开长安的,这里交代了诗人离开长安的原因。

"复弃中国去,远身适荆蛮。"点出诗人离开长安以后的去向。"复"字值得注意。这说明诗人的迁徙不是第一次。初平元年(190),董卓胁迫汉献帝迁都长安,驱使吏民八百万人入关,诗人被迫迁移到长安,现在为了避难,又要离开长安。这个"复"字不仅表现了眼前的悲惨景况,而且勾起了往事的记忆,蕴涵着无限的感慨和哀伤。"中国",中原地区。我国古代建都黄河两岸,因此称北方中原地区为中国。"荆蛮",指荆州。荆州是古代楚国的地方,楚国本称为荆,周人称南方的民族为蛮,楚在南方,故称荆蛮。这两句是说,离开中原地区,到荆州去。这是因为当时荆州没有战乱,所以很多人都到那里去避乱,王粲因为荆州刺史刘表与自己是同乡,而且刘表曾就学于王粲的祖父王畅,两家有世交,所以去投靠他。

"亲戚对我悲,朋友相追攀。"写离别时的情景。这两句是互文,"悲"的不仅有"亲戚",还有"朋友";"追攀"的也不仅有"朋友",还有"亲戚"。诗人描写送别时的情景,固然是为了表现诗人与亲戚、朋友间的深情厚谊,更重要的还在于造成一种惨淡的氛围,使人感到这是一场生离死别。

诗人离开了长安,离开了亲戚、朋友,一路上见到的是什么呢?"出门无所见,白骨蔽平原。"见到的是累累的白骨,遮蔽了无垠的平原。这是"豺虎"作乱给人民带来的深重灾难。这场战乱造成的祸害,曹操在《蒿里行》中亦有所反映:"白骨露于野,千里无鸡鸣。生民百遗一,念之断人肠。"可以参阅。

以上是"鸟瞰",下面六句写的才是典型事例:"路有饥妇人,抱子弃草间。顾闻号泣声,挥涕独不还。'未知身死处,何能两相完?'"这六句同样紧承"出门无所见"。诗人见到的不仅是"白骨蔽平原",还有"饥妇人"弃子的事。妇人爱子,这是正常现象,妇人弃子,却是反常现象。之所以发生这种反常现象,是由于战乱。诗人以此惨绝人寰的事例,深刻揭露了战乱给人民带来的沉重灾难,鲜明生动,催人泪下。吴淇说:"'出门'以下,正云'乱无象'。兵乱之后,其可哀之事,写不胜写,但用'无所见'三字括之,则城郭人民之萧条,却已写尽。复于中单举妇人弃子而言之者,盖人当乱离之际,一切皆轻,最难割者骨肉,而慈母于幼子尤甚,写其重者,他可知矣。"(《六朝选诗定论》卷六)张玉谷说:"'出门'十句,叙在途饥荒之景,然胪陈不尽,独就妇人弃子一事,备极形容,而其他之各不相顾,塞路死亡,不言自显。作诗解此举重该轻之法,庶几用笔玲珑。"(《古诗赏析》卷九)都道出了这种写法的艺术特点。这种写法对杜甫是有影响的,所以何焯说:"'路有饥妇人'六句,杜诗宗祖。"(《义门读书记》卷四十六)

妇人弃子的情景,使他耳不忍闻、目不忍睹。所以他"驱马弃之去,不忍听此言"。这表现了诗人的哀伤和悲痛。诗人乘马继续向前行进。"南登霸陵岸,回首望长安。"霸陵,是汉文帝刘恒的陵墓所在地,在今陕西长安县东。汉文帝是古代有名的明君,史书上赞他"以德化民,是以海内殷富"(《汉书·文帝纪》),有所谓"文景之治"。诗人南登霸陵高处,回首眺望长安,自然会想起汉文帝及"文景之治"。如果有汉文帝这样的明君在世,长安怎么可能如此混乱残破,百姓何至于颠沛流离,自己又何至于流亡他乡?登霸陵,眺长安,诗人感慨万端。

"悟彼下泉人,喟然伤心肝。"连同上面两句,同为全篇的结尾。下泉,是《诗经·曹风》的篇名。《毛诗》序云:"下泉,思治也。曹人……思明王贤伯也。""下泉人",指《下泉》诗的作者。面对文帝的陵墓,面对动乱的现实,诗人才懂得《下泉》诗作者思念明主贤君的心情,因而从内心发出深深的哀叹。张玉谷说:"末曰'南登'、'回首',兜应首段。'伤心'、'下泉',缴醒中段,收束完密,全篇振动。"(《古诗赏析》卷九)方东树说:"'南登霸陵岸'二句,思治,以下转换振起,沉痛悲凉,寄哀终古。"(《昭昧詹言》卷二)都指出了此诗结尾的艺术效果。

这首诗写得沉痛悲凉,真切动人,是建安诗歌中的名作。方东树评之"冠古独步",不是没有道理的。

七哀诗二首(其二)

王　粲

> 荆蛮非我乡,何为久滞淫?方舟溯大江,日暮愁我心。山冈有余映,岩阿增重阴。狐狸驰赴穴,飞鸟翔故林。流波激清响,猨猿临岸吟。迅风拂裳袂,白露沾衣襟。独夜不能寐,摄衣起抚琴。丝桐感人情,为我发悲音。羁旅无终极,忧思壮难任。

这是《七哀诗》的第二首。诗人抒写自己久客荆州思乡怀归的感情。内容与诗人著名的《登楼赋》相似,大约同是公元208年在荆州时的作品。

"荆蛮非我乡,何为久滞淫?"荆州不是我的故乡,为什么老是留滞在这里呢?诗歌发端,便表露出诗人浓郁的思乡之情。这与《登楼赋》所说"虽信美而非吾土兮,曾何足以少留"的意思相同。王粲为什么迫切地思念故乡呢?这是因为他没有受到刘表的重视。刘表才能庸劣,不能识别和重用人才,王粲有才能而得不到施展的机会,心中十分苦闷。怀才不遇使他更加思念故乡,而思乡之情却充满了怀才不遇的忧愁。

"方舟溯大江,日暮愁吾心。"两船相并叫"方舟"。傍晚,诗人乘船沿长江逆流而上。江上日暮,烟霭苍茫,水波浩渺,最容易引起人们的乡愁,何况王粲久患怀乡之痼疾。唐代诗人崔颢《黄鹤楼》诗云:"日暮乡关何处是?烟波江上使人愁。"此种诗境颇为相似。

"山冈有余映"以下八句,写眼前景色。诗人放眼看去,只见夕阳残照,山冈上犹有余光,群山的曲隩之处,本来背阴,现在又增加了一层日暮的阴影。狐狸奔赴自己的洞穴,飞鸟盘旋在旧时栖息的林上。流逝的水波激起清脆的响声,猿猴靠近江岸发出阵阵哀啼。疾风吹拂着诗人的裳袖,夜间的露水沾湿了诗人的衣襟。

"狐狸驰赴穴,飞鸟翔故林。"化用《楚辞·哀郢》中"鸟飞还故乡兮,狐死必首丘"句意,比喻游子对故乡的怀念之情。至于诗中所描写的"山冈"、"岩阿"、"流波"、"猴猿"、"迅风"、"白露",似乎只是眼前即景,别无其他含义。陈祚明说:"'山冈'数句,极写非我乡。"(《采菽堂古诗选》卷七)这是提醒读者:诗人所极力铺写的自然景色,原来是他乡之景。面对他乡之景,触景生情,对一个羁旅在外的人来说,自然会忆及故乡,勾起乡愁。因此,这种写景实际上仍是抒发乡愁。元人刘履认为这首诗用的是"赋而比"的手法,他说:"其言'日暮余映'以喻汉祚之微延,'岩阿增阴'以比僭乱之益盛。当此之时,或奔趋以附势,或恋阙而徘徊,亦犹狐狸各驰赴穴,而飞鸟尚翔故林也。又况波响猿吟,风凄露冷,其气象萧索如此,因念久客羁栖,何有终极,则忧思至此,愈不可禁矣。"(《选诗补注》卷二)清人何焯也说:"'山冈有余映',余映之在山,比天子之微弱,流离播迁,光曜不能及远也。"(《义门读书记》卷四十六)这是以自然景色比附当时的政治形势,似乎有些牵强附会,但亦可备一说。

"独夜不能寐,摄衣起抚琴。丝桐感人情,为我发悲音。"诗人夜不能寐,起而弹琴,借琴声排泄心中的愁闷。这里很容易使人想起阮籍。阮籍五言《咏怀诗》八十二首的第一首,开头就写道:"夜中不能寐,起坐弹鸣琴。"同样是夜不能寐,起而弹琴,借琴声排遣忧愁,而表达的感情是不同的。阮籍借琴声以消遣他"独伤心"的政治忧思,而王粲则借琴声以抒发他的乡愁。当然,这种乡愁中还含蕴着怀才不遇的郁闷。古人喜爱以琴声表达心声,这是因为琴可以"抒心志之郁滞"(傅毅《琴赋》),可以"发泄幽情"(嵇康《琴赋》)。

"羁旅无终极,忧思壮难任。"客居他乡的日子没有尽头,何日方能返回故乡呢?怀乡的忧愁实在令人难以承受。《登楼赋》云:"情眷眷而怀归兮,孰忧思之可任!"与此意思相同。从表面上看,这里写的只是难以忍受的乡愁,其实不然。吴淇说:"凡古人作诗,诗中景事虽多,只主一意。此首章全注'复弃中国去'一句,二章全注'羁旅无终极'一句,总哀己之不辰也。"(《六朝选诗定论》卷六)"哀己之不辰",可谓一语破的。

方伯海说:"按前篇是来荆州,见人骨肉相弃而哀。此篇是去荆州,因日暮景物萧条而哀,皆是乱离景象。"(于光华《重订文选集评》卷五引)道出王粲这两首《七哀诗》的不同内容和共同特点。

建安诗歌具有鲜明的时代特色。刘勰说:"观其时文,雅好慷慨,良由世积乱离,风衰俗怨,并志深而笔长,故梗概而多气也。"(《文心雕龙·时序》)指出建安诗歌的特色是"梗概而多气",即慷慨激昂,富于气势。他又说,曹植、王粲等人"慷慨以任气,磊落以使才"(《文心雕龙·明诗》),意思是说他们慷慨激昂地尽情抒发意气,洒脱不拘地施展才能。刘勰所说的"梗概"或"慷慨",包含对动乱社会中人民疾苦的同情和自己希望建功立业的雄心壮志,这是建安诗歌的共同特色。王粲的《七哀诗》正是表现了这种特色。由于王粲诗歌的高度成就,他被刘勰评为"七子之冠冕"(《文心雕龙·才略》),对此,我想王粲是当之无愧的。

燕歌行二首(其一)

曹　丕

秋风萧瑟天气凉,草木摇落露为霜。群燕辞归雁南翔,念君客游思断肠。慊慊思归恋故乡,君何淹留寄他方?贱妾茕茕守空房,忧来思君不敢忘,不觉泪下沾衣裳。援琴鸣弦发清商,短歌微吟不能长。明月皎皎照我床,星汉西流夜未央。牵牛织女遥相望,尔独何辜限河梁?

这是一首乐府诗,属《相和歌辞·平调曲》。《乐府广题》说:"燕,地名。言良人从役于燕而为此曲。"朱乾《乐府正义》说:"《燕歌行》与《齐讴行》、《吴趋行》、《会吟行》,俱以各地声音为主。后世声音失传,于是但赋风土。而燕自汉末魏初辽东西为慕容所居,地远势偏,征戍不绝,故为此者往往作离别之辞,与《齐讴行》又自不同,庾信所谓'燕歌远别,悲不自胜'者也。"可见这一乐府诗题多半是写离别。

曹丕的《燕歌行》共二首,这是第一首,也是最有名的一首。这首诗写一个女子在秋夜里怀念远方作客的丈夫。

"秋风萧瑟天气凉,草木摇落露为霜。群燕辞归雁南翔,念君客游思断肠。"开头两句描绘深秋的景象。宋玉《九辩》云:"悲哉秋之为气也!萧瑟兮草木摇落而变衰。"这里显然是化用宋玉的名句。秋风萧瑟,天气转凉,草木摇落,白露为霜。这种萧瑟悲凉的景色,造成一种寂寞凄清的气氛。正是在这种气氛中,"群燕辞归雁南翔,念君客游思断肠"。燕儿归去了,大雁也南飞了。鸟儿都知道归去,而独处深闺的少妇,她的丈夫却远游在外,久久不归,怎不叫人思念呢? 思念起来又令人肝肠寸断。这里出现了诗歌的女主人公。诗人将燕儿、大雁南归的现象,与少妇丈夫远游不归对照起来写,鲜明地表现了少妇浓烈深切的思夫之情。

"慊慊思归恋故乡,君何淹留寄他方?"少妇思念丈夫,难道丈夫就不思念妻子、思念家乡? 在少妇想来,他的丈夫既然同样是思念自己、思念家乡的,却又为什么滞留他乡迟迟不归呢? 诗中隐约透露了妻子对丈夫的担心。

"贱妾茕茕守空房,忧来思君不敢忘,不觉泪下沾衣裳。"丈夫远游不归,少妇茕茕孑立,独守空房,思念不已,泪下沾裳。可见其忧愁之深、相思之切。这里写少妇对丈夫的思念,情切切,意绵绵,可谓淋漓尽致。

"援琴鸣弦发清商,短歌微吟不能长。"少妇满怀离愁别恨,如何排遣呢? 她取出琴,弹起凄婉的清商曲,她不能放声长歌,遂只能低吟短唱,以抒发内心的烦闷与忧愁。吴淇说:"(清商曲)其节极短促,长讴曼咏,不能遂焉,故云('不能长')。"(《六朝选诗定论》卷五)弹琴原是用来消愁,而哀怨的曲调,却使人愁上加愁。

刘履说:"忧来而不敢忘,微吟而不能长,则可见其情义之正,词气之柔。"(《选诗补注》卷二)"不敢忘"、"不能长",委婉地表达了少妇思念丈夫的细腻情感。

"明月皎皎照我床,星汉西流夜未央。牵牛织衣遥相望,尔独何辜限河梁?"《古诗十九首》云:"明月何皎皎,照我罗床帷。""明月皎皎"句即由此变化而来。皎洁的明月,照在少妇的床上,此时天上的银河已转向西方。夜已深,但还不到天明的时候。银河边的牵牛织女,一在银河之南,一在银河之北,遥遥相望。传说牵牛织女是夫妇,每年农历七月七日夜,喜鹊为他们搭桥,方得相会一次。"尔独何辜限河梁",你们有何罪过,竟被这样分隔呢?少妇慨叹牵牛织女不能相会,借以表达自己不能团聚的哀伤。此诗以疑问句作结,含蓄蕴藉,意味深长。

游子思妇是古诗中常见的题材。这首诗在表现这一题材时,把写景和抒情有机地结合在一起,情景交融,在艺术上有浑然天成之妙。明代胡应麟说:"子桓《燕歌》二首,开千古妙境。"(《诗薮·内编》卷三)并非溢美之辞。由于这首诗的语言清丽,情致委婉,音节和谐,把少妇思念之情表现得缠绵悱恻、凄婉动人,所以清代王夫之说:"倾情,倾度,倾色,倾声,古今无两。"(《船山古诗评选》卷一)

《燕歌行》是中国文学史上第一首完整的七言诗。虽然它句句用韵,还存在用韵单调的缺点,但是它在我国诗歌发展史上是占有十分重要的地位的。

白马篇

曹　植

　　白马饰金羁,连翩西北驰。借问谁家子? 幽并游侠儿。少小去乡邑,扬声沙漠垂。宿昔秉良弓,楛矢何参差。控弦破左的,右发摧月支。仰手接飞猱,俯身散马蹄。狡捷过猴猿,勇剽若豹螭。边城多警急,胡虏数迁移。羽檄从北来,厉马登高堤。长驱蹈匈奴,左顾凌鲜卑。弃身锋刃端,性命安可怀? 父母且不顾,何言子与妻? 名编壮士籍,不得中顾私。捐躯赴国难,视死忽如归。

　　《白马篇》是乐府歌辞,属《杂曲歌辞·齐瑟行》,以开头二字名篇。诗题又作《游侠篇》,大概是因为诗的内容是写边塞游侠的缘故。诗中塑造了一个武艺精熟的爱国壮士的形象,歌颂了他的为国献身、誓死如归的高尚精神,寄托了诗人为国建功立业的雄心壮志。清代朱乾说:"此寓意于幽并游侠,实自况也。子建《自试表》云:'昔从武皇帝,南极赤岸,东临沧海,西望玉门,北出玄塞,伏见所以用兵之势,可谓神妙。而志在擒权馘亮,虽身分蜀境,首悬吴阙,犹生之年。'篇中所云'捐躯赴难,视死如归',亦子建素志,非泛述矣。"(《乐府正义》卷十二)这个分析十分有理。

　　"白马饰金羁,连翩西北驰。"诗一开头就使人感到气势不凡。白色的骏马套上金色的笼头,飞一般地向西北方驰去。"白马"、"金羁",色彩鲜明;"连翩",原指鸟飞的样子,这里用来形容骏马飞驰。从表面看,只见马,不见人。其实这里写马,正是为了写人,用的是烘云托月的手法,不仅写出了壮士骑术娴熟,而且也表现了边情紧急。这好像是一个电影的特写镜头,表现出壮士豪迈的气概。清代沈德潜说,曹植诗"极工起调",这两句就是一例。这样的开头是喷薄而出,笼罩全篇。

"借问谁家子?幽并游侠儿。少小去乡邑,扬声沙漠垂。"诗人故设问答,补叙来历。那个骑着白马,驰向西北的壮士是谁呢?他是幽州、并州的游侠健儿。他从小就离开了家乡,名声在边塞传扬。关于游侠,司马迁说:"(游侠)救人于厄,振人不赡,仁者有乎?不既(失)信,不倍(背)言,义者有取焉。"(《史记·太史公自序》)可见只有那些救人于患难、助人于穷困、不失信不背言的人,才具备作为"游侠"的条件。而曹植笔下的"游侠儿",却与此大不相同,他成了为国家效力的爱国壮士。"借问"四句紧承前二句,诗人没有继续写骑白马的壮士在边塞如何冲锋陷阵,为国立功,而是一笔宕开,补叙壮士的来历,使诗歌气势变化,富于波澜。

"宿昔秉良弓,楛矢何参差。控弦破左的,右发摧月支。仰手接飞猱,俯身散马蹄。狡捷过猴猿,勇剽若豹螭。"这几句刻意铺陈游侠儿超群的武艺。他曾经良弓不离手,楛木制的利箭何其多。他拉弓射穿了左边的箭靶,向右又射裂了箭靶"月支",迎面仰射,巧中轻捷的飞猿,低身俯射,射碎箭靶"马蹄"。他灵巧敏捷赛过猴猿,勇猛剽悍如同豹螭。这是补叙的继续。诗人使用一连串的对偶句,使语言显得铿锵有力,富于气势。"控弦"四句,选用"破"、"摧"、"接"、"散"四个动词,从左、右、上、下不同方位表现游侠儿的高超武艺。"狡捷"二句用比喻描写游侠儿的敏捷灵巧、勇猛剽悍,形象生动。这些描写,使读者了解到游侠儿"扬声沙漠垂"并非浪得虚名,也为后面写游侠儿为国效力的英勇行为作好了铺垫。

"边城多警急,胡虏数迁移。羽檄从北来,厉马登高堤。长驱蹈匈奴,左顾凌鲜卑。"这是说,边塞频频传来紧急的军报,匈奴、鲜卑的骑兵屡屡入侵。告急的文书从北面传来，游侠儿策马登上高堤。长驱而进，直捣匈奴的军营，掉转头来，又制服鲜卑的骑兵。这是写游侠儿驰骋沙场，英勇杀敌的情景。因为游侠儿的高超武艺，前面已经详写，这里只用"长驱蹈匈奴，左顾凌鲜卑"两句，就十分精练地表现出游侠儿的英雄业绩。这种有详有略的写法，不仅节省了笔墨，而且突出了重点，可见其剪裁的恰当。

"弃身锋刃端，性命安可怀？父母且不顾，何言子与妻？名编壮士籍，不得中顾私。捐躯赴国难，视死忽如归。"最后八句揭示了游侠儿慷慨磊落的内心世界。游侠儿之所以能够克敌制胜，不仅是由于他武艺高超，更重要的，还在于他具有崇高的思想品德。为了国家，他投身在锋利的刀刃中，根本不把自己的性命放在心上。父母尚且顾不上，哪里还谈得上妻子与儿女？名字既已编入壮士的名册，就不能再顾及私事了。他献身国家，无私无畏，奔赴国难，视死如归。诗人把游侠儿的品德和壮举，与他高超的武艺结合起来写，使这个英雄人物的形象显得有血有肉，栩栩如生，给人以深刻的印象。

《白马篇》是曹植前期诗歌中的名作，它在写法上显然受到汉乐府的影响。但是，诚如明代胡应麟所说："子建《名都》、《白马》、《美女》诸篇，辞极赡丽，然句颇尚工，语多致饰。视东西京乐府，天然古质，殊自不同。"（《诗薮·内编》卷二）其实，这个不同不只是因为曹植诗的"赡丽"、"尚工"、"致饰"，主要还在于曹植的"雅好慷慨"（《前录自序》）和他诗歌的"骨气奇高"（钟嵘《诗品》上），即曹植常常表现出一种慷慨激昂的热情，其诗歌的思想感情高迈不凡。从《白马篇》来看，确实如此。

美女篇

曹　植

美女妖且闲,采桑歧路间。柔条纷冉冉,落叶何翩翩。攘袖见素手,皓腕约金环。头上金爵钗,腰佩翠琅玕。明珠交玉体,珊瑚间木难。罗衣何飘飘,轻裾随风还。顾眄遗光彩,长啸气若兰。行徒用息驾,休者以忘餐。借问女安居,乃在城南端。青楼临大路,高门结重关。容华耀朝日,谁不希令颜?媒氏何所营?玉帛不时安。佳人慕高义,求贤良独难。众人徒嗷嗷,安知彼所观。盛年处房室,中夜起长叹。

《美女篇》是乐府歌辞,属《杂曲歌辞·齐瑟行》,以开头二字为题。这首诗以美女盛年不嫁,比喻志士怀才不遇。曹植是建安时期的杰出诗人,他的诗"骨气奇高,词采华茂"(钟嵘《诗品》上),对五言诗的发展起了很大的推动作用。同时,他还具有政治才能。曹操曾认为他在兄弟之间"最可定大事"(《三国志·魏书·陈思王传》注引《魏武故事》),打算立他为魏太子。后在与其兄曹丕的竞争中失败,建安二十五年(220)曹丕篡汉自立,从此对曹植进行一系列的迫害。即使到曹丕之子曹睿即位(即魏明帝),情况也没有改变。曹植是一个有政治理想的人,他渴望在政治上有所作为,但是在曹丕父子的迫害下,他过着如同"圈牢之养物"的生活,终于在魏明帝太和六年(232),"汲汲无欢"地离开人世,卒年仅四十一岁。刘履评论《美女篇》说:"子建志在辅君匡济,策功垂名,乃不克遂,虽授爵封,而其心犹为不仕,故托处女以寓怨慕之情焉。"(《选诗补注》卷二)结合曹植的遭遇看,刘履的理解是有道理的。

"美女妖且闲,采桑歧路间。"这是交代人物、地点。"柔条纷冉冉,落叶何翩翩。"紧接"采桑",写柔嫩的桑枝轻轻摇动,采下的桑叶翩翩飘落。这里明是写桑树,暗是写美女采桑的优美动作。景物的描写对表现人物起了烘托的作用。

"攘袖见素手,皓腕约金环。头上金爵钗,腰佩翠琅玕。明珠交玉体,珊瑚间木难。罗衣何飘飘,轻裾随风还。顾昐遗光彩,长啸气若兰。"这几句主要写美人的服饰,同时也写到神态。"攘袖"二句,上承"柔条"二句,美女采桑必然挽袖,挽袖方能见到洁白的手。为了采桑,素手必须高举,这样又可见到带着金手镯的洁白手腕。因为是采桑,所以先写美女的手和腕,然后写到头和腰,头上插着雀形的金钗,腰上挂着翠绿色的玉石。身上佩着明珠,点缀着碧色宝珠和红色珊瑚。用词精当,次第井然。以上几句写美女身上的装饰品,多为静态描写。"罗衣"二句,写美女身着轻薄的丝罗上衣,衣襟随风来回飘动,这是动态描写。诗人采用动静结合的手法,表现出美女婀娜的身姿和轻盈的步态,形象十分鲜明。"顾昐"二句,以精妙的辞句勾勒出美女的神态。美女的一顾一盼都流溢着迷人的光彩,长啸时呼出的气息芬芳如幽兰。

通过以上铺陈,美女的形象已呼之欲出。见到这样的美女,谁能不目醉神移、为之倾倒呢?所以,"行徒用息驾,休者以忘餐。"行路的人见到美女停车不走了,休息的人见到美女忘了吃饭。这是从侧面描写美女的美貌。曹植的这段描写,显然是受到了汉乐府《陌上桑》的影响。《陌上桑》是这样描写罗敷容貌的:

　　罗敷喜蚕桑,采桑城南隅。青丝为笼系,桂枝为笼钩。头上倭堕髻,耳中明月珠。缃绮为下裙,紫绮为上襦。行者见罗敷,下担捋髭须。少年见罗敷,脱帽著帩头。耕者忘其犁,锄者忘其锄。来归相怨怒,但坐观罗敷。

这里并不直接描写罗敷的美丽,而是通过写她的器物("笼系"、"笼钩")和装扮("倭堕髻"、"明月珠"、"下裙"、"上襦")之美,以及"行者"、"少年"、"耕者"、"锄者"四种人见到罗敷后的反应,从正面和侧面来烘托罗敷的美丽。这些描写与《美女篇》的描写对比起来,虽然在内容上基本相同,但是写法却不尽相同,表现了曹植诗的一些变化和发展。

"借问女安居,乃在城南端。青楼临大路,高门结重关。"这几句交代美女的居处,她是住在城南大路附近的高楼里,点明了她的高贵门第。"青楼"、"高门"、"重关",说明她不是普通人家的女儿,而是大家闺秀。"容华耀朝日,谁不希令颜?"美女的容光如同清晨的阳光,谁不爱慕她的美丽容貌呢?上句写美女容貌之美,可与前半首合观;下句说无人不为之倾倒,以引起下文。

应该指出的是,以上所写美女的高贵门第和美丽容颜,是隐喻诗人自己的身份和才能,有才能而没有施展的机会,所以他不能不慨叹英雄无用武之地。

"媒氏何所营?玉帛不时安。佳人慕高义,求贤良独难。众人徒嗷嗷,安知彼所观。"媒人都干什么去了呢?为什么不及时送来聘礼订下婚约呢?诗人对媒人的责怪,反映了自己内心的不平。媒人不来行聘,这是客观上的原因。而美女爱慕的是品德高尚的人,要想寻求一个贤德的丈夫实在困难,这是美女主观上的原因。这里比喻志士有理想而难于实现。美女的理想不是一般人所能理解的,因而吵吵嚷嚷,议论纷纷,他们哪里知道她看上的是怎样的人。这里比喻一般人不了解志士的理想。

"盛年处房室,中夜起长叹。"美女正当青春盛年,而独居闺中,忧愁怨恨,深夜不眠,发出长长的叹息。这里比喻志士怀才不遇而苦闷忧伤。

这首诗通篇用比。比是我国古代诗歌的传统手法,《诗经》、楚辞多用之,《美女篇》以绝代美女比喻有理想有抱负的志士,以美女未嫁比喻志士的怀才不遇,含蓄委婉,意味深长。其实,美女所喻之志士就是诗人自己。所以清人王尧衢说:"子建求自试而不见用,如美女之不见售,故以为比。"(《古唐诗合解》卷三)

这首诗语言华美精练,描写细致生动。诗中那个"妖且闲"的美女形象,栩栩如生,跃然纸上。清代叶燮推此篇为"汉魏压卷",并且说:"《美女篇》意致幽眇,含蓄隽永,音节韵度皆有天然姿态,层层摇曳而出。使人不可仿佛端倪,固是空千古绝作。"(《原诗·外篇下》)绝不是偶然的。

咏怀十七首(其一)

阮 籍

夜中不能寐,起坐弹鸣琴。薄帷鉴明月,清风吹我襟。孤鸿号外野,翔鸟鸣北林。徘徊将何见?忧思独伤心。

阮籍五言《咏怀》诗共八十二首,这是第一首。阮籍的《咏怀》诗,除了五言八十二首外,还有四言十三首,这是他一生诗歌创作的总汇。《晋书·阮籍传》说:"作《咏怀》诗八十余篇,为世所重。"这是指他的五言《咏怀》诗而言,可见他的五言《咏怀》诗并无散失。这八十二首诗都是诗人随感随作,最后加以辑录的,而非一时之作。虽然如此,第一首仍有序诗的作用,清人方东树说:"此是八十一首发端,不过总言所以咏怀不能已于言之故。"(《昭昧詹言》卷三)这是有道理的。

阮籍生活在魏晋之际,他有雄心壮志。《晋书·阮籍传》说:"籍本有济世志,属魏晋之际,天下多故,名士少有全者,籍由是不与世事,遂酣饮为常。"这是说,由于政治黑暗,壮志难酬,为自全计,他只好沉醉于酒中。其实酒并不能浇愁,他的忧愁和苦闷,终于发而为《咏怀》诗。

"夜中不能寐,起坐弹鸣琴。"这两句出自王粲《七哀》:"独夜不能寐,摄衣起抚琴。"(三首其二)王粲夜不能寐,起而弹琴,是为了抒发忧思。阮籍也是夜不能寐,起而弹琴,也是为了抒发忧思,只是他的忧思要比王粲深刻得多。王粲的忧思不过是漂泊异乡、怀才不遇而引发的,阮籍的忧思却是政治险恶、祸患难测而产生的。南朝宋颜延年说:"阮籍在晋文代常虑祸患,故发此咏耳。"(《文选》李善注引)李善说:"嗣宗身仕乱朝,常恐罹谤遇祸,因兹发咏,故每有忧生之嗟。"(《文选》卷二十三)这是说,阮籍生活在魏晋之际这样一个黑暗时代,忧谗畏祸,所以发出这种"忧生之嗟"。清人何焯认为,"籍之忧思,所谓有甚于生者,注家何足以知之"(《义门读书记》卷四十六)。何氏以为阮籍的"忧思"比"忧生之嗟"更为深刻,注家并不了解这一点。究竟是何种"忧思",我们当然更是无法弄清。不过,《晋书·阮籍传》说:"(阮籍)时率意独驾,不由径路,车迹所穷,辄恸哭而返。尝登广武,观楚汉战处,叹曰,'时无英雄,使竖子成名!'登武牢山,望京邑而叹。"由此或可得其仿佛。史载诗人"善弹琴",他正是以琴声来排泄心中的苦闷和忧思。

诗人没有直接点明诗中所抒发的"忧思",却写道:"薄帷鉴明月,清风吹我襟。"写清澈如水的月光照在薄薄的帐幔上,写带有几分凉意的清风吹拂在诗人的衣襟上,造成一种凄清的气氛。这似乎是在写自然景色,但是景中有人。因为在月光下徘徊的是诗人,清风吹拂的是诗人的衣襟,可以说,所以写景正是为了写人。这样写,比直接写人更富于艺术效果,使人感到含蓄不尽,意味无穷。

"孤鸿号外野,翔鸟鸣北林。"显然是继续写景。写孤鸿在野外哀号,盘旋的飞鸟在北林上悲鸣。如果说,上两句是诗人的所见,这两句就是诗人的所闻。所见者清风、明月,所闻者鸿号、鸟鸣,皆以动写静,写出寂寥凄清的环境,以映衬诗人孤独苦闷的心情。景中有情,情景交融。但是,《文选》六臣注中,吕延济说:"夜中,喻昏乱。"吕向说:"孤鸿,喻贤臣孤独在外。……翔鸟,鸷鸟,好回飞,以比权臣在近,谓晋文王也。"好像诗中景物皆有所指,如此刻意探求,不免有些牵强附会。

"徘徊将何见?忧思独伤心。"在月光下,清风徐来,诗人在徘徊,孤鸿、翔鸟也在空中徘徊,月光朦胧,夜色苍茫,他(它)们见到什么,唯有一片茫茫的黑夜,所以"忧思独伤心"。这表现了诗人的孤独、失望、愁闷和痛苦的心情,也为五言《咏怀》八十二首定下了基调。

阮籍五言《咏怀》八十二首是千古杰作,对中国古代五言诗的发展作出了贡献。但是,刘勰说:"阮旨遥深。"(《文心雕龙·明诗》)钟嵘说:"厥旨渊放,归趣难求。"(《诗品》上)李善说:"文多隐避,百代之下,难以情测。"(《文选》卷二十三)都说明阮籍诗隐晦难解。阮诗隐晦难解的原因,主要在于多用比兴手法,而这正是特定的时代、险恶的环境以及诗人独特的遭遇所造成的。

咏怀十七首(其二)

阮　籍

二妃游江滨,逍遥顺风翔。交甫怀环佩,婉娈有芬芳。猗靡情欢爱,千载不相忘。倾城迷下蔡,容好结中肠。感激生忧思,萱草树兰房。膏沐为谁施?其雨怨朝阳。如何金石交,一旦更离伤!

这是阮籍八十二首五言《咏怀》诗的第二首。这首诗写江妃（神话中的仙女）两个女儿和郑交甫（传说中的人物）的爱情故事以及分离的忧伤。这个爱情故事出自《列仙传》，说郑交甫在江汉之滨，遇到江妃两个美丽的女儿，一见钟情，不知道她们是神仙。分别时郑交甫请她们赠送身上佩带的环佩，她们就解下环佩赠与交甫。交甫怀着环佩走了几十步，环佩突然不见，再回头看，两个绝色的女子也已渺无踪影。

"二妃游江滨，逍遥顺风翔。交甫怀环佩，婉娈有芬芳。"这四句概括了这个爱情故事的主要内容。意思说，江妃的两个女儿在长江边上游玩，她们自由自在随风飘舞。郑交甫遇见她们，请求她们馈赠环佩，她们就解佩相赠。交甫怀着环佩，感到气味芬芳，情意深长。第一句交代故事的地点和人物。第二句写江妃二女的飘然姿态，颇为传神。第三句写二女馈赠环佩。这环佩乃是爱情信物，所以第四句写郑交甫的感觉：环佩芬芳，情意深长。故事写到这里并没有完，下面分写郑交甫对江妃两个女儿的爱慕和二女对郑交甫的相思之情。

"猗靡情欢爱，千载不相忘。倾城迷下蔡，容好结中肠。"猗靡，缠绵的意思。倾城，指绝世美貌。《汉书·外戚传》载李延年歌云："绝代有佳人……一顾倾人城。"迷下蔡，表示容貌极美。下蔡，地名。宋玉《登徒子好色赋》云："臣东家之子，嫣然一笑，惑阳城，迷下蔡。"这是写郑交甫对江妃二女的爱慕，这种绵绵不尽的情意真是千年难忘。二女的美好容貌，已深深地铭刻在他的心中。这些内容是原故事所没有的，诗人以自己的想象作了补充。

"感激生忧思，萱草树兰房。膏沐为谁施？其雨怨朝阳。""萱草"三句，用《诗经·卫风·伯兮》的典故。诗云："自伯之东，首如飞蓬。岂无膏沐？谁适为容！其雨其雨，杲杲出日。……焉得谖草,言树之背。"这是一个女子思念远征丈夫的诗。阮籍借它来写江妃二女缠绵悱恻的相思之情。由于郑交甫如此钟情,激起二女对他的思念。谖草原是忘忧之草,可是此时已无忘忧之用了,可见其忧思之深。情人不在,梳洗打扮又为谁呢?她们期盼郑交甫再来,而他却再也没来。这就好像天天盼着下雨,而天天见到的又总是太阳。此愁此恨,怕是永无尽期了。这些内容也是诗人的想象。这种想象,使得情节更为曲折,情感更为浓烈,有更强的感染力。

"如何金石交,一旦更离伤!"为什么像金石一样坚固的情谊,也有伤心断绝的一天呢?这是诗人想象江妃二女对郑交甫的责难,其中寄寓了诗人的感慨。

这显然是一首爱情诗。但是,阮籍《咏怀》诗常用比兴手法,因此清人吴淇说:"首四句之外,便与交甫事不合,特借以成文耳。"(《六朝选诗定论》卷七)他认为,诗人只是借用这个爱情故事的部分情节,以抒写自己心中的感慨。元人刘履说:"初,司马昭以魏氏托任之重,亦自谓能尽忠于国。至是专横僭窃,欲行篡逆,故嗣宗婉其辞以讽刺之。言交甫能念二妃解佩于一遇之顷,犹且情爱猗靡,久而不忘。佳人以容好结欢,犹能感激恩望,专心靡他,甚而至于忧且怨。如何股肱大臣视同腹心者,一旦变更而有乖背之伤也?君臣朋友,皆以义合,故借金石之交为喻,所谓'文多隐避'者如此,亦不失古人谲谏之义矣。"(《选诗补注》卷三)这里更明确地指出,此诗是讽刺司马昭的。我们认为,这首诗是否讽刺司马昭,实在难以断定。不过,说诗的内容有所寄托,倒是颇有可能的。

悼亡诗三首(其一)

潘 岳

荏苒冬春谢,寒暑忽流易。之子归穷泉,重壤永幽隔。私怀谁克从,淹留亦何益?僶勉恭朝命,回心反初役。望庐思其人,入室想所历。帏屏无仿佛,翰墨有余迹。流芳未及歇,遗挂犹在壁。怅怳如或存,回惶忡惊惕。如彼翰林鸟,双栖一朝只。如彼游川鱼,比目中路析。春风缘隙来,晨霤承檐滴。寝息何时忘,沈忧日盈积。庶几有时衰,庄缶犹可击。

潘岳《悼亡诗》是诗人悼念亡妻杨氏的诗作,共有三首。杨氏是西晋书法家戴侯杨肇的女儿。潘岳十二岁与她订婚,结婚之后,大约共同生活了二十四个年头。杨氏卒于晋惠帝元康八年(298)。潘岳夫妇感情很好,杨氏亡后,潘岳写了一些悼亡的诗赋,除《悼亡诗》三首外,还有《哀永逝文》、《悼亡赋》等,表现了诗人与妻子的深厚感情。在这些悼亡诗赋中,《悼亡诗》三首堪称杰作,三首之中,又以第一首尤为有名,传诵千古。

这首《悼亡诗》大约作于杨氏死后一周年,即晋惠帝元康九年(299)。何焯《义门读书记》说:"安仁《悼亡》,盖在终制之后,荏苒冬春,寒暑忽易,是一期已周也。古人未有丧而赋诗者。"结合诗的内容考察,是可以相信的。这首诗从内容看,可以分为三个部分:

"荏苒冬春谢,寒暑忽流易。之子归穷泉,重壤永幽隔。私怀谁克从,淹留亦何益?僶勉恭朝命,回心反初役。"是第一部分,写诗人为妻子守丧一年之后,即将离家返回任所时的心情。开头四句,点明妻子去世已经一年。诗人说,时光流逝,爱妻离开人世已整整一年,从此幽明永隔。"私怀"四句,写诗人即将返回任所的心理活动。就个人对亡妻的思念而言,诗人十分愿意留在家中,可是有公务在身,朝廷不会依从,这个愿望是难以实现的。再说,人已死了,就是继续留在家中,又有什么用呢?留与不留的矛盾,使诗人处于两难之间。矛盾如何解决呢?最终他还是勉从朝命,选择了返回原来任职的地方。

"望庐思其人,入室想所历。帏屏无仿佛,翰墨有余迹。流芳未及歇,遗挂犹在壁。怅恍如或存,回惶忡惊惕。"是第二部分,写诗人临行之前,触景生情,心中有说不了的悲哀和痛苦。看到住宅,自然想起亡妻,她的音容笑貌宛在眼前;进入房间,自然忆起共同生活的美好经历,她的一举一动,永远铭刻在诗人心间。可是在罗帐屏风之间,再也见不到爱妻的形影,见到的是墙上挂着的亡妻墨迹,婉媚依旧,余香未歇。眼前的情景,使诗人的神志恍恍惚惚,一如爱妻还活着。忽然想起她已离开人世,心中不免有几分惊惧。这一段心理描写,细腻地表现了诗人对亡妻的刻骨思念,真挚感人。这是全诗最精彩的部分。

应该指出,"流芳"、"遗挂"二语,注家尚有不同看法。有人认为"流芳"指杨氏的化妆用品,"遗挂"是杨氏的遗像,这些都是猜测,缺乏根据。余冠英说:"'流芳'、'遗挂'都承翰墨而言,言亡妻笔墨遗迹,挂在墙上,还有余芳。"(《汉魏六朝诗选》)比较可信。又"回惶忡惊惕",意思是由惶惑不安转而感到惊惧。"回",一作"周"。前人如陈祚明、沈德潜等人,多谓此句不通。清人吴淇说:"此诗'周惶忡惊惕'五字似复,而实一字有一字之情。'怅恍'者,见其所历而犹为未亡。'周惶忡惊惕'合之'怅恍'共七字,总以描写室中人新亡,单剩孤孤一身在室内,其心中忐忐忑忑,光景如画。"(《六朝选诗定论》卷八)剖析入微,亦颇有理。

"如彼翰林鸟,双栖一朝只。如彼游川鱼,比目中路析。春风缘隙来,晨霤承檐滴。寝息何时忘,沈忧日盈积。庶几有时衰,庄缶犹可击。"是第三部分,写诗人丧偶以后的孤独与凄凉。冬去春来,寒暑流易,爱妻去世,倏忽逾年。又是春风袭人之时,檐下晨霤点点滴滴,逗人哀思。深沉的忧愁,如三春细雨,绵绵无休,盈积心头。此忧此愁,何时方能消泯。要想使哀思衰减,只有效法庄周击缶(瓦盆,一种古代乐器)了。《庄子·至乐》说,庄周的妻子死了,惠施去吊丧,见庄周两腿伸直岔开,坐在那里敲着瓦盆唱歌。惠施说,妻子死了,不哭也罢,竟然唱起歌来,未免太过分了。庄周说,我的妻刚死时,我很悲伤。后来想想,人本无生无形,由无到有,又由有到无,正如四季循环,又何必悲伤呢?潘岳想效法庄周,以达观的态度消愁,殊不知"此情无计可消除,才下眉头,却上心头"。

潘岳的悼亡诗赋有一个明显的特点,即富于感情。此诗也不例外。清代陈祚明说:"安仁情深之子,每一涉笔,淋漓倾注,宛转侧折,旁写曲诉,刺刺不能自休。夫诗以道情,未有情深而语不佳者,所嫌笔端繁冗,不能裁节,有逊乐府古诗含蕴不尽之妙耳。"(《采菽堂古诗选》卷十一)这里既肯定了潘岳悼亡诗的感情"淋漓倾注",又批评了他的诗繁冗和缺乏"含蕴不尽之妙",十分中肯。沈德潜对潘岳诗的评价不高,但是对悼亡诗,也指出"其情自深"(《古诗源》卷七)的特点。

的确,潘岳悼亡诗感情深沉,颇为感人。由于潘岳《悼亡诗》三首是悼念亡妻的,从此以后,"悼亡诗"就成为悼念亡妻的专题,再不是悼念其他死亡者的诗篇,于此可见潘岳《悼亡诗》的深远影响。

赴洛道中作二首(其一)

陆 机

总辔登长路,呜咽辞密亲。借问子何之,世网婴我身。永叹遵北渚,遗思结南津。行行遂已远,野途旷无人。山泽纷纡余,林薄杳阡眠。虎啸深谷底,鸡鸣高树巅。哀风中夜流,孤兽更我前。悲情触物感,沈思郁缠绵。伫立望故乡,顾影凄自怜。

陆机的祖父陆逊是三国时吴国的丞相,父亲陆抗是大司马。在吴国灭亡后,他于太康十年(289)二十九岁时,与弟弟陆云离开家乡吴郡吴县华亭(今上海市松江)赴洛阳。《赴洛道中作》二首即作于赴洛阳途中,写他在旅途中所见的景物和自己的心情。这是第一首。

"总辔登长路,呜咽辞密亲。借问子何之,世网婴我身。"写诗人伤心地辞别亲人,离开故乡,登上漫漫的旅途。他要去哪里呢?诗中没有点明,只说世事缠绕,使我无法脱身。前两句写辞别上路,紧扣诗题"赴洛"。辞别而至于低声哭泣,固然是因为在古代离别是一件大事,正如江淹《别赋》中所说:"黯然销魂者,唯别而已矣。"也是由于诗人此行前途渺茫,祸福莫测,因而感到悲哀。后两句一问一答,而答非所问,似有难言之痛。据《晋书·武帝纪》载,太康九年,晋武帝"令内外群官举清能,拔寒素"。而《晋书·陆机传》说:"机身长七尺,其声如钟,少有异才,文章冠世,伏膺儒术,非礼不动。"这样的人才,又出身名门,当然不乏官员推荐。迫于官府之命,赴洛阳似非他衷心所愿,故以"世网"缠身喻之。

"永叹遵北渚,遗思结南津。行行遂已远,野途旷无人。"写旅途中的忧思。诗人沿着向北的洲渚往前走,思念却纠结在故乡——南边的渡口。走啊走啊,越走越远,荒凉的路途空旷不见人影。一路上,他充满了叹息和忧愁。这里记述的主要是行程,沿着"北渚",路途中人迹越来越少,终于到了荒无人烟的地方,他的心上满载着忧愁。"野途"句引起下文,诗人着力描写沿途山川景物。

"山泽纷纡余,林薄杳阡眠。虎啸深谷底,鸡鸣高树巅。哀风中夜流,孤兽更我前。"在这荒无人烟的地方,逶迤的山林川泽,曲折地向前延伸,草木丛生,茂盛稠密。深深的山谷里不时传来虎啸,高高的树巅上有金鸡在啼叫。半夜里寒风呼啸袭人,孤单的野兽从眼前跑过。诗人笔下的景物,除了山川、草木之外,还有"虎啸"、"鸡鸣"、"哀风"、"孤兽"。处在这样的环境中,怎不教人胆战心惊呢?这几句自然景物描写,使人想起王粲《登楼赋》中的句子:"风萧瑟而并兴兮,天惨惨而无色。兽狂顾以求群兮,鸟相鸣而举翼。原野阒其无人兮,征夫行而未息。"这里写寒风四起,天空暗淡无光,野兽惊恐地寻找同伴,鸟儿相悲鸣,展翅飞翔。寂静的原野上渺无人影,只有远行的人在匆匆地赶路。王粲笔下的凄凉景象,不仅对环境起了渲染作用,而且对心里的苦闷起了烘托作用。如此说来,陆机所描写的令人恐惧的景物,则既渲染了环境的险恶,也从侧面衬托出诗人忐忑不安的心境。这是因为诗人对赴洛阳之后的前途,实在是吉凶难卜。

"悲情触物感,沈思郁缠绵。伫立望故乡,顾影凄自怜。"自然景物触动了诗人的心灵,从而萌生了苍凉的悲情。深沉的忧思纠缠郁结,绵绵无尽。诗人伫立山上眺望故乡,眼前一片渺茫,回过头来,再看看自己的身影,他只有自己怜悯自己了。国破家亡的痛苦,生离死别的悲哀,赴洛道中险恶的自然环境,激起诗人的无限愁思,孤独、失意、怀乡、自怜之情不禁油然而生。前途茫茫,他感到惆怅迷惘。

刘勰《文心雕龙·明诗》篇评论太康诗歌说："采缛于正始,力柔于建安。"意思是说,太康时期的诗歌,文采比正始繁缛,力量比建安柔弱。陆机是这种诗风的典型代表。他的诗词句华美,讲究排偶,从本诗中也可以看出这种特点。例如,"永叹遵北渚,遗思结南津"、"山泽纷纡余,林薄杳阡眠"、"虎啸深谷底,鸡鸣高树巅"等,都是华美的排偶句子。对诗歌形式美的追求,是诗歌发展过程中的必然现象。陆机在这方面受到前人的不少非议,但是从诗歌发展史的角度看,他显然是有贡献的。毫无疑问,这种贡献是应该肯定的。

赴洛道中作二首(其二)

陆　机

远游越山川,山川修且广。振策陟崇丘,案辔遵平莽。夕息抱影寐,朝徂衔思往。顿辔倚嵩岩,侧听悲风响。清露坠素辉,明月一何朗。抚枕不能寐,振衣独长想。

这首诗是《赴洛道中作》的第二首,是陆机诗中传诵较广的佳作。内容还是写诗人途中所见的景物和自己的心情,但是写法较第一首略有不同。

"远游越山川,山川修且广。振策陟崇丘,案辔遵平莽。"首句仍然是紧扣诗题。陆机从家乡吴郡吴县华亭(今上海市松江)赴洛阳,当然是"远游"了。一路上越过万水千山,是那样的修长和宽广。诗人有时挥鞭驱马,登上高山,有时手握缰绳,在原野上缓缓而行。从这一重重山,一道道水,忽而高山,忽而平地,可以想象到诗人长途跋涉的艰辛。因此,这里不只是写沿途的山川景色,也透露出诗人风尘仆仆的苦情。这首诗的写景与第一首显然不同。前首"永叹"十句写沿途山水景色,讲究辞藻,大肆铺陈;本首只是寥寥数语,轻轻带过。这种详略有别的写法,使人感到两首诗各具特点。

"夕息抱影寐,朝徂衔思往。"夜晚歇息是孤零零地抱影而寐,清晨起来又怀着悲伤踏上途程。两句中透露出诗人孤独、寂寞和忧伤之情。这些感情的产生,是因为诗人思念亲人,留恋故乡,大概还掺杂着对前途的深沉忧虑吧。诗人在第一首诗的开头说:"总辔登长路,呜咽辞密亲。借问子何之,世网婴我身。"呜咽辞亲,世网缠身,应该就是这种复杂感情的具体内容。清代刘熙载说:"六代之丽才多而炼才少。有炼才焉,如陆士衡是也。"(《艺概·文概》)陆机为文有"炼才",其诗亦复如此。"夕息"二句可以见出其提炼的功夫,不仅对仗工整,而且"抱"、"衔"两字的使用皆备极精巧,成了陆诗中的佳句。

"顿辔倚嵩岩,侧听悲风响。"走了一程停下马来,倚着高峻的山崖休息一会儿,侧耳倾听悲风的声响。这两句进一步写诗人旅途的孤独和艰辛。倚岩休息无人与语,只能侧身倾听悲风,可见其孤独。称秋风为"悲风",使秋风涂上诗人浓烈的感情色彩,又可见其心情之抑郁。诗人旅途中的这一细节,又使人联想到第一首诗中所描写的沿途景色:"行行遂已远,野途旷无人。山泽纷纡余,林薄杳阡眠。虎啸深谷底,鸡鸣高树巅。哀风中夜流,孤兽更我前。"这里对途中空旷无人和恐怖气氛的描写,有助于我们理解诗人的孤独和艰辛。

"清露坠素辉,明月一何朗。抚枕不能寐,振衣独长想。"夜露悄悄地坠落,闪烁着洁白的光辉,啊,周遭的月光是多么的明朗!对月抚枕,不能入睡,穿上衣服独自遐想。这是写诗人途中夜宿的情景。"清露"二句写得幽雅净爽,清丽简远,受到前人的赞赏。以"抚枕"二句作结,表现了诗人不宁静的心绪,饶有余味。我们知道,陆机是吴国的将相名门之后,素有雄心壮志。他的《百年歌》中说:"三十时,行成名立有令闻,力可扛鼎志干云。"《晋书·陆机传》说他"负其才望,而志匡世难"。可是在他二十岁时,吴国灭亡。太康十年(289),他和弟弟陆云被迫入洛,其前途是吉是凶,难以逆料,所以他的内心忐忑不安,很不平静。

陆机说:"诗缘情而绮靡。"(《文赋》)他认为诗歌具有注重抒情的性质和文词精妙的特点。这种"诗缘情"说和儒家的"诗言志"说不同,清代沈德潜认为"殊非诗人之旨"(《古诗源》卷七),其实这正是魏晋以来诗歌的新变化。作为"太康之英"(钟嵘《诗品序》)的陆机,他的诗就具有这样的特点,如本诗中"振策陟崇丘,按辔遵平莽"、"夕息抱影寐,朝徂衔思往",文词华美,对仗工稳,"清露坠素辉,明月一何朗",遣词造句,刻意求工,都是例子。陆机诗精于语言提炼,善于写景抒情,具有情景交融的艺术特色。

十、读《文选》札记

《文选》"七"体

《文选》的文体分类为三十七体。其中有"七"一体,选录枚乘《七发》、曹植《七启》、张协《七命》三篇作品。后世对"七"体颇有争议。清人章学诚说:"今以枚生发问有七,而遂标为'七',则《九歌》、《九章》、《九辩》亦可标为'九'乎?"(《文史通义·诗教下》)章氏之说看似有理,实则不然。王逸《楚辞章句》收录屈原《九歌》、《九章》,宋玉《九辩》,王褒《九怀》,刘向《九叹》,王逸《九思》,同属于"骚"体,既属"骚"体,则无需再设新体。再说"九"类的作品很少,也无法形成一种文体。至于"七"体,情形就不同了。

"七"作为一种文体,并非始自《文选》。在萧统以前,先贤就已有论述。魏曹植《七启序》云:

> 昔枚乘作《七发》,傅毅作《七激》,张衡作《七辩》,崔骃作《七依》,辞各美丽,余有慕之焉。遂作《七启》,并命王粲作焉。

这是说,枚乘《七发》等"七"体作品,辞藻美丽,曹植因为羡慕,自己作了《七启》,并命王粲作了《七释》。可见在曹植的时候,"七"就已是一种文体。傅玄是魏晋之际的学者和文学家。他的《七谟序》云:

昔枚乘作《七发》，而属文之士若傅毅、刘广世、崔骃、李尤、桓麟、崔琦、刘梁、桓彬之徒，承其流而作之者纷焉：《七激》、《七兴》、《七依》、《七款》、《七说》、《七蠲》、《七举》、《七设》之篇。于是通儒大才马季长、张平子亦引其源而广之，马作《七广》，张造《七辨》。或以恢大道而导幽滞，或以黜瑰侈而托讽咏，扬辉播烈，垂于后世者，凡十有余篇。自大魏英贤迭作，有陈王《七启》、王氏《七释》、杨氏《七训》、刘氏《七华》、从父侍中《七诲》，并陵前而邈后，扬清风于儒林，亦数篇焉。

这里历数了后汉、三国时的"七"体作品。后汉有傅毅的《七激》、刘广世的《七兴》、崔骃的《七依》、李尤的《七款》、桓麟的《七说》、崔琦的《七蠲》、刘梁的《七举》、桓彬的《七设》、马融的《七广》、张衡的《七辩》，三国有曹植的《七启》、王粲的《七释》、杨氏（名不详）的《七训》（已佚）、刘劭的《七华》、傅巽的《七诲》。众多作品说明"七"在后汉已形成一种文体。西晋挚虞的《文章流别论》云：

《七发》造于枚乘。借吴楚以为客主。先言出舆入辇，蹶痿之损；深宫洞房，寒暑之疾；靡曼美色，晏安之毒；厚味暖服，淫曜之害。宜听世之君子要言妙道，以疏神导引，蠲淹滞之累。既设此辞以显明去就之路，而后说以声色逸游之乐，其说不入，乃陈圣人辨士讲论之误，而霍然疾瘳。此因膏粱之常疾，以为匡劝，虽有甚泰之辞，而不没其讽谕之义也。其流遂广，其义遂变，率有辞人淫丽之尤矣。

挚虞是将《七发》作为一种文体来论述的，指出其"虽有甚泰之辞，而不没其讽谕之义也"。齐梁时代刘勰的《文心雕龙·杂文》篇云："及枚乘摘艳，首制《七发》，腴辞云构，夸丽风骇。盖七窍所发,发乎嗜欲,始邪末正,所以戒膏粱之子也。"(按《杂文》篇主要论述对问、七、连珠三种文体,"七"是其中一体。)于此可见,将"七"列为《文选》之一体,不是萧统的发明,而是古已有之。

"七"作为一种文体,在唐代以后作品渐少,但亦不乏佳作。宋代洪迈的《容斋随笔》说:

> 枚乘作《七发》,创意造端,丽旨腴词,上薄骚些,盖文章领袖,故为可喜。其后继之者,如傅毅《七激》、张衡《七辩》、崔骃《七依》、马融《七广》、曹植《七启》、王粲《七释》、张协《七命》之类,规仿太切,也无新意。傅玄又集之以为《七林》,使人读未终篇,往往弃诸几格。柳子厚《晋问》,乃用其体,而超然别立新机杼,激越清壮,汉、晋之间,诸文士之弊,于是一洗矣。(卷七《七发》)

这里指出,柳宗元用"七"体写的《晋问》,是"超然别立新机杼,激越清壮"的佳作。明代吴讷的《文章辨体序说》说:

> 昭明辑《文选》,其文体有曰"七"者,盖载枚乘《七发》,继以曹子建《七启》、张景阳《七命》而已。……窃尝考对偶句语,六经所不废。七体虽尚骈俪,然遣辞变化,与连珠全篇四六不同。自柳子后,作者鲜闻。迨元袁伯长之《七观》,洪武宋(濂)、王(祎)二老之《志释》、《文训》,其富丽固无让于前人;至其论议,又岂《七发》之可比焉。读者宜有以得之。(《七体》)

吴氏认为,元代袁桷(字伯长)的《七观》和明代宋濂的《志释》、王祎的《文训》,其"富丽"超越前贤,其"论议"则非枚乘所能比拟。这些事例说明,"七"作为一种文体,源远流长,在我国文学史上占有一定的地位,并产生了深远的影响。

《郡斋读书志》李善注《文选》提要志疑

晁公武《郡斋读书志》卷二十李善注《文选》六十卷（袁本前志卷四下下总集类第一）提要云：

> 右梁昭明太子萧统纂。前有序，述其所以作之意。盖选汉迄梁诸家所著赋、诗、骚、七、诏、册、令、教、策秀才文、表、上书、启、弹事、笺、记、书、移、檄、难、对问、议论、序、颂、赞、符命、史论、连珠、铭、箴、诔、哀辞、碑、志、行状、吊、祭文，类之为三十卷。窦常谓统著《文选》，以何逊在世，不录其文，盖其人既往，而后其文克定，然则所录皆前人作也。唐李善集注析为六十卷。善，高宗时为弘文学士，博学，经史百家，无不备览而无文，时人谓之"书簏"。初为辑注，博引经史，释事而忘其义。书成上进，问其子邕，邕无言。善曰："非邪？尔当正之。"于是邕更加以义释，解精于五臣。今释事、加义者两存焉。苏子瞻尝读善注而嘉之，故近世复行。

提要可分三段：一、介绍萧统《文选》；二、引用窦常语；三、论及李善注《文选》。我认为三段所论皆有可疑之处。

一、提要认为《文选》选录了"汉迄梁诸家所著赋、诗……"，非是。《文选》选录汉以前的作品尚有卜商《毛诗序》，屈原《离骚经》、《九歌》（六首）、《九章》（一首）、《卜居》、《渔父》。宋玉《风赋》、《高唐赋》、《神女赋》、《登徒子好色赋》、《九辩》（五首）、《招魂》、《对楚王问》，荆轲歌（一首），李斯《上秦始皇书》。所论不确。又提要著录《文选》的文体为赋、诗、骚、七、诏、册、令、教、策秀才文、表、上书、启、弹事、笺、记、书、移、檄、难、对问、议论、序、颂、赞、符命、史论、连珠、铭、箴、诔、哀辞、碑、志、行状、吊、祭文三十六类。以之与尤刻本李善注《文选》相校，多了移、难二体，少了辞、史述赞、论三体。我认为，多的移、难二体，可能是参考五臣注《文选》补上的。少的辞、史述赞、论三体则可能是漏掉的。作为目录提要，其所据版本不详，可供参考，不可作为立论的根据。如以之与五臣注《文选》相校，则多了符命一体，少了辞、论二体。多的符命一体，是李善注《文选》原有的，少的辞、论二体可能是漏掉的。二者也并不相同。这里，我要着重指出，有些学者认为五臣注《文选》分体为39类。他们的主要根据是陈八郎本五臣注《文选》，往日我未见过此书，我信以为真。后来，我手头有了此书，仔细核查，发现五臣注《文选》的文体分类也只有37体，即赋、诗、骚、七、诏、册、令、教、策秀才文、表、上书、启、弹事、笺、奏记、书、移、檄、难、对问、设论、辞、序、颂、赞、史论、论、连珠、箴、铭、诔、哀策文、碑文、墓志、行状、吊文、祭文。与李善注《文选》比较，多了移、难二体，少了符命、史述赞二体。我认为，五臣注《文选》少了符命、史述赞二体不是漏掉的，而是有意删去。因为五臣注《文选》将"符命"一体归入赞体，将"史述赞"一体归入史论体，从文体特征来看，是比较合理的。事实证明，南宋刻本的陈八郎本五臣注《文选》的文体分类是37类，而不是39类。换句话说，它与李善注《文选》的文体分类，同为37类，只是文体内容略有不同而已。

晁氏的《读书志》著录的是李善注《文选》提要，而其首段介绍的是萧统《文选》三十卷本。据《崇文总目》、《郡斋读书志》、《直斋书录解题》、《文献通考·经籍考》、《宋史·艺文志》等书著录的《文选》，皆无三十卷的萧统《文选》。这说明三十卷的萧统《文选》，宋代已经失传。既然萧统《文选》已经失传，晁氏根据何种《文选》来介绍萧统《文选》呢？其著录的是李善注《文选》，大概是根据李善注《文选》来介绍三十卷的萧统《文选》。但是，其文体分类与今存李善注《文选》不同，我认为可能混入了五臣注，因为五臣注《文选》在当时是十分流行的。

二、引用窦常语。窦常说："统著《文选》，以何逊在世，不录其文。"此说不确。据何融《何水部年谱》（见《何水部诗注》1947年石印本），何逊生于齐高帝建元二年（480），卒于梁武帝天监十八年（519）。据李伯齐《何逊集校注》（中华书局2010年1月出版）附录四《何逊行年考》，何逊生于宋明帝泰始二年（466），卒于梁武帝天监十八年（519）。何、李二氏皆考出何逊的卒年为天监十八年（519），应当可信。而萧统《文选》的编选时间，何融在《〈文选〉编撰时期及编者考略》中指出，《文选》之编撰系开始于普遍（520—527）中，而完成于普通末年（即七年）以后。缪钺认为，《文选》的编定，在昭明二十六岁之后也（即大通元年〔527〕至中大通三年〔531〕数载之中）（《〈文选〉和〈玉台新咏〉》，见《诗词散论》）。日本学者清水凯夫认为，《文选》是以太子仆刘孝绰为中心于大通元年（527）—大通二年（528）间编辑完成的（《〈文选〉编辑的周围》，见《六朝文学论文集》）。曹道衡、沈玉成认为，在大通元年底至中大通元年期间，刘孝绰协助萧统最后完成了《文选》的编纂工作（《有关〈文选〉编纂中的几个问题的拟测》，见《昭明文选论文集》）。以上各家认为，《文选》的编选时间大约在梁武帝普通元年（520）至大通三年（531）之间。而何逊于天监十八年（519）已去世，"以何逊在世，不录其文"的说法是不可靠的。至于说"盖其人既往，而后其文克定，然则所录皆前人作也"，却是可信的。南朝梁代作家选入《文选》者十人，其中陆倕去世最晚，是在梁武帝普通七年（526）秋天。而《文选》的编选完成当在普通七年秋天以后，所以选入的作者皆为"前人"。

三、关于《文选》的李善注。晁公武说:"(李善注《文选》)书成上进,问其子邕,邕无言。善曰:'非邪?尔当正之。'于是邕更加以义释,解精于五臣。"这一段话源自《新唐书》卷二百二《李邕传》,传云:"邕少知名。始善注《文选》,释事而忘意。书成以问邕,邕不敢对,善诘之,邕意欲有所更,善曰:'试为我补益之。'邕附事见义,善以其不可夺,故两书并行。"此说学术界有不同看法。《四库全书总目》《文选注》提要云:

> 《新唐书·李邕传》称其父善始注《文选》,释事而忘义,书成以问邕,邕意欲有所更,善因令补益之。邕乃附事见义,故两书并行。今本事义兼释,似为邕所改定。然传称善注《文选》在显庆中,与今本所载进表题显庆三年者合。而《旧唐书》邕传称天宝五载坐柳绩事杖杀,年七十余。上距显庆三年,凡八十九年。是时邕未生,安得有助善注书之事?且自天宝五载上推七十余年,当在高宗总章、咸亨间。而《旧书》称善《文选》之学受之曹宪,计在隋末年已弱冠。至生邕之时,当七十余岁,亦决无伏生之寿,待其长而著书。

这是不同意晁公武之说,摆事实,讲道理,驳斥有力。

《四库提要》之说是根据唐人李匡义《资暇集》记叙的事实。《资暇集》云:"代传数本李氏《文选》,有初注成者,覆注者,有三注、四注者,当时旋被传写之。其绝笔之本,皆释音训义,注解甚多。余家幸而有焉。"(卷上《非五臣》)所以《四库》馆臣认为:"是善之定本,本事义兼释,不由于邕。匡义唐人,时代相近,其言当必有征。知《新唐书》喜采小说,未详考也。"李善注《文选》确实如此,《四库提要》之说是可信的。

晁氏还说:"苏子瞻尝读善注而嘉之,故近世复行。"苏轼对萧统与《文选》持批评态度,他的《答刘沔都曹书》云:"梁萧统集《文选》,世以为工,以轼观之,拙于文而陋于识者,莫统若也。"又他的《题文选》云:"舟中读《文选》,恨其编次无法、去取失当。齐梁文章衰陋,而萧统尤为卑弱,《文选引》(苏轼祖父讳序,故以引代序,因避讳而改),斯可见矣。"但是,他对《文选》李善注却说了好话。他的《书谢瞻诗》云:"李善注《文选》,本末详备,极可喜。五臣真俚儒之荒陋者也,后世以为胜善,亦谬矣。"这些话,在社会上有多大影响,说不清。晁氏认为,因此《文选》李善注"复行"于世,未免夸张。事实上,北宋时期盛行于世是五臣注《文选》。当时知道国子监本李善注《文选》的人很少,宋王尧臣、王洙、欧阳修等撰之《崇文总目》著录《文选》六十卷本,原释:"唐李善因五臣而自为注。见《东观余论》。"《文选》注李善在前,五臣在后,怎么可能"李善因五臣而自为注"?这说明王尧臣、王洙、欧阳修等著名人物,竟然并不了解李善注《文选》。欧阳修在其《集古录》卷四云:王羲之所书的《乐毅论》"与《文选》所载时有不同,考其文体,此本为是"。萧统《文选》并未选录王羲之的《乐毅论》,此话从何说起?这说明著名文学家欧阳修并未读过《文选》。这种情况,直到南宋尤袤刻本李善注《文选》问世,李善注《文选》的影响才逐渐扩大。

少 妹

《梁书》卷三十三《刘孝绰传》云:

初,孝绰与到洽友善,同游东宫。孝绰自以才优于洽,每于宴坐,嗤鄙其文,洽衔之。及孝绰为廷尉卿,携妾入官府,其母犹停私宅。洽寻为御史中丞,遣令史案其事,遂劾奏之,云:"携少妹于华省,弃老母于下宅。"高祖为隐其恶,改"妹"为

"姝"。坐免官。

《南史》卷三十九《刘孝绰传》云：

> 初，孝绰与到溉兄弟甚狎。溉少孤，宅近僧寺，孝绰往溉许，适见黄卧具，孝绰谓僧物色也，抚手笑。溉知其旨，奋拳击之，伤口而去。又与洽同游东宫，孝绰自以才优于洽，每于宴坐嗤鄙其文，洽深衔之。及孝绰为廷尉，携妾入廷尉，其母犹停私宅。洽寻为御史中丞，遣令史劾奏之，云"携少妹于华省，弃老母于下宅"。武帝为隐其恶，改"妹"字为"姝"。孝绰坐免官。

这里记述的是同一史实，《南史》较详，《梁书》较略，其内容是不存在问题的。问题的产生在于：

（1）中华书局出版的标点本《梁书》，在《刘孝绰传》后有一条"校勘记"云："携少妹于华省弃老母于下宅高祖为隐其恶改妹为姝。按：孝绰'携妾入官府'，到洽劾奏之辞当为少妹，高祖为隐其恶，亦当是改妹为姝。昔人谓此妹姝二字互倒。"

（2）《南史·到洽传》云："寻迁御史中丞，号为劲直。少与刘孝绰善，下车便以名教隐秽，首弹之。"

（3）《南史·刘孝绰传》论曰："孝绰中冓为尤，可谓人而无仪者矣。"

对以上问题，我想谈谈自己的一些看法。

（1）梁章钜《称谓录》卷五云："少妹，妾也。"《梁书·刘孝绰传》云："携妾入官府，其母犹停私宅。"到洽弹劾云："携少妹于华省，弃老母于下宅。"所云前后一致。中华版标点本《梁书》校勘者不知"少妹"作"妾"解，徒生纷扰。史传之文无误。至于梁武帝萧衍为何要改"妹"为"姝"，当是为了减轻刘孝绰的罪状。可能当时携妾弃母,乃大逆不道的行为;而携"少姝"(年轻漂亮的小姐)入府,却是时尚的风流韵事,不足深怪也。再说,"妹"改为"姝",只需轻轻一撇,了无痕迹。而改"姝"为"妹",则需涂改,不免露出马脚。

（2）至于到洽以"名教隐秽"罪弹劾刘孝绰,关键在于"隐秽"二字。隐秽是人所不知的恶行,当指刘孝绰携妾入府、弃母于下宅之事。六朝统治者重孝道,故《晋书》有孝友传,《宋书》有孝义传,《南齐书》有孝义传,《梁书》有孝行传,《陈书》有孝行传。《隋书·孝义》云:

> 《孝经》云:"夫孝,天之经也,地之义也,人之行也。"《论语》云:"君子务本,本立而道生。孝悌也者,其为仁之本与!"《吕览》云:"夫孝,三皇、五帝之本务,万事之纲纪也。执一术而百善至,百邪去,天下顺者,其唯孝乎!"然则孝之为德至矣,其为道远矣,其化人深矣。（卷七十二）

在这种社会舆论和道德规范之下,刘孝绰携妾入府,弃母于下宅,自然是一种"恶行"了。

（3）《南史·刘孝绰传》论曰中的"中冓"一词,应如何理解？看到"中冓"一词,自然使人想起《诗经·鄘风·墙有茨》一诗。《毛诗》序云:"《墙有茨》,卫人刺其上也。公子顽通乎君母,国人疾之而不可道也。"《郑笺》云:"宣公卒,惠公幼,其庶兄烝于惠公之母,生子五人:齐子、戴公、文公、宋桓夫人、许穆夫人。"诗云:"中冓之言,不可道也。"《毛传》云:"中冓,内冓也。"《郑笺》云:"内冓之言,谓宫中所冓成顽与夫人淫昏之语。"《韩诗》云:"中冓,中夜,谓淫僻之言也。"这是前贤对"中冓"的解释。清人胡承珙《毛诗后笺》云:"中冓,谓室中。《传》'内冓',犹言内室。"所释至为明确。"中冓为尤"句,实指刘孝绰携妾弃母之丑事,故斥之为"人而无仪"。

俞绍初《萧统年谱》(见《昭明太子集校注》附录三)中普通六年(525),因史书谓刘孝绰犯"名教隐秽"罪和有"中冓为尤"问题,认定"此事必别有隐曲,'妹'、'姝'二字不宜轻改,存疑可也"。其所谓"隐曲"并未点明,以"存疑"了之。然据《萧统年谱》普通五年(524)"悱妻为刘孝绰少妹"一语,知其言下之意,刘孝绰所携入府之"少妹",即其小妹刘令娴。

据《南史·刘孝绰传》云,令娴"适东海徐悱,并有才学。悱妻文尤清拔,所谓刘三娘者也。悱为晋安郡卒,丧还建邺,妻为祭文,辞甚凄怆。悱父勉本欲为哀辞,及见此文,乃阁笔"。可见刘令娴乃是才女,《玉台新咏》亦选录其诗作。普通五年二月徐悱卒,次年刘孝绰迁廷尉卿,因携妾弃母事,遭到洽弹劾而免官。自徐悱卒至刘孝绰遭弹劾,时间不过一年多。此时刘令娴正在守丧,重孝在身,不可能随兄入府,更不可能"别有隐曲"。俞氏所以这样怀疑,主要是将"少妹"当作小妹解。这种理解是缺乏根据的。按梁氏《称谓录》对"妹"的称谓,有"女弟"、"娣"、"季妹"、"幼妹"、"小妹"和"媦",未见"少妹"之称。少妹,妾也。在《梁书·刘孝绰传》后,有史臣姚察的一段评论,说:"王僧孺之巨学,刘孝绰之词藻,主非不好也,才非不用也,其拾青紫,取极贵,何难哉!而孝绰不拘言行,自踬身名,徒郁抑当年,非不遇也。"此就其一生立论,抓住要害,比较公允。李延寿所论,则攻其一点,不及其他,未免失之偏颇。

许巽行校《文选》

许巽行,字密斋,华亭(今上海市松江区)人。生于清雍正四年(1726),卒于嘉庆三年(1798)。著有《文选笔记》八卷。

许巽行研究《文选》,下的工夫很深,前后校雠《文选》多次。他在《文选笔记·密斋随录》中说:

> 壬戌、癸亥(乾隆七、八年,即1742、1743)之间,读书华亭相国园中之仿佛山房,始与定庵、史亭、古斋共业《文选》,苦坊本讹异不可读,悉心雠校。甲戌年(乾隆十九年,1754),在京师从曹剑亭借得何义门先生校本,手录一过,互为校正。此癸亥(乾隆八年,1743)本也。乙酉(乾隆三十年,1765)官浙东,复得新刻汲古阁本,校阅再三。此丙戌(乾隆三十一年,1766)本也。甲午(乾隆三十九年,1774)得吴中叶氏刻义门批本,又校之。此甲午本也。丁酉(乾隆四十二年,1777)官粤西,得金坛于氏刻本,又校之。此戊戌(乾隆四十三年,1778)本也。癸卯(乾隆四十八年,1783)得钱士谧校汲古阁古本,又校之。此癸卯本也。丁未(乾隆五十二年,1787)归家,悉以癸亥、丙戌、甲午、戊戌、癸卯五本藏家塾以付诸孙。戊申岁(乾隆五十三年,1788)至京师,复在琉璃厂书肆得汲古本。己酉(乾隆五十四年,1789)长夏无事,又校之。辛亥(乾隆五十六年,1791)夏,合癸亥、丙戌二本又校之,然疑处讹处尚多。乾隆癸丑(五十八年,1793)冬,官退身闲,因交代留滞南陵,杜门谢客,日手是编,反复寻玩,又校,至乙卯(乾隆六十年,1795)八月讫。然意犹未惬也,校竟再校,至十一月二十二日讫,尚未惬意也。丙辰(嘉庆元年,1796)三月复校,至

五月初四日校讫。又自五月初九日至六月初六日止,复校一遍。又戊午(嘉庆三年,1798)再校,至六月初五毕。诸本较为翔实矣。异日有力,当与《笔记》同付枣梨,以公同好。

许巽行校《文选》的次数,据以上所述,计有十二次。而其玄孙许嘉德说:"高祖密斋公校雠《文选》,凡十三次。"(《文选笔记·附识》)原来,许巽行于《随录》中还提到,"乾隆乙未年(四十年,1775),在京师得淳祐二年庚午岁(当作壬寅,1242)上蔡刘氏刊六臣本,重校"过一次。这样看来,确实是十三次。许氏于《文选》致力之勤,罕与伦比,其成果于校勘、训诂方面亦颇可观。

曹植《杂诗》"思欲赴太山"解

曹植《杂诗》其六云:"拊剑西南望,思欲赴太山。""思欲"句历来有两种不同的解释。

一说,泰山接近吴境,因此用来指吴国。"赴太山",指从军讨吴。此说来自《文选》李善注。李善注云:

> 太山接吴之境。……《责躬诗》曰:"愿蒙矢石,建旗东岳。"意与此同也。(卷二十九)

后世沿用此说者颇多,如黄节《曹子建诗注》云:"思欲赴太山,心随操而东也。"(卷一)又如赵幼文《曹植集校注》云:"太山即东岳。《文选》李注:'太山接吴之境。'按本集《责躬诗》'愿蒙矢石,建旗东岳'可证。"(卷一)还有辛志贤等编注的《汉魏南北朝诗选注》,亦云:"赴泰山:指欲从军讨吴,泰山地近吴境,故云'赴泰山'。曹植《责躬诗》有所谓'愿蒙矢石,建旗东岳'。东岳即泰山,两处的意思相同。"(北京出版社1981年版)

一说,"赴太山"犹言赴死,与"甘心思丧元"之意同。此说来自《六臣注文选》,张铣曰：

> 太山,东岳也。主人魂魄,将为国申死力,故赴之也。

张铣注似据《后汉书》卷九十《乌桓传》。此传云："如中国人死者魂神归岱山也。"注云："《博物志》：'泰山,天帝孙也,主召人魂。东方万物始,故知人生命。'"后世承用其说者较少。值得注意的是,余冠英先生在《三曹诗选》中注云："('思欲赴太山')这句和'甘心思丧元'是同样的意思,'赴太山'犹言'赴死'。(古人相信人死后魂归于泰山。所以古乐府《怨诗行》道'人间乐未央,忽焉归东岳',应璩《百一诗》道'年命在桑榆,东岳与我期',刘桢《赠五官中郎将》诗也有'常恐游岱宗,不复见故人'之句,可见汉魏人惯用这种说法。旧说从地理和时事解释此句,多牵强。)"(作家出版社1957年版)此注承张说而解释更为明确、充实。北京大学中国文学史教研室选注之《魏晋南北朝文学史参考资料》,为曹植《杂诗》作注即袭用余说。

我以为以上二说,都不免有些毛病。说太山指吴境,过于牵强。太山在鲁,与吴相距千里,怎么能以它代指吴地呢？显然不合事理。说"赴太山"犹言"赴死",的确有所依据。问题在于既云"甘心思丧元",又云"思欲赴太山",岂非前后重复？究竟怎样解释才算好呢？

近读古直《曹子建诗笺定本》("层冰堂五种"之一)。古笺不同意李善注,引今人曾运乾先生之说。曾云：

> 此文"太山"盖指太一山。《汉书·地理志》：右扶风武功太一山,古文以为终南。《西京赋》所谓其山则终南太一者也。太一山省称太山,犹终南山省称南山。山在今陕西郿县

南绾嶅褒斜道口。《蜀志》：建兴六年，诸葛亮"扬声由斜谷道取郿"，正经此道。子建所以欲赴太山也，地望相准，兵势相当，诗情尤上下相生，非泛指也。

古直在引用曾说之后，加上一段按语：

> 千年疑滞，得曾氏一说而涣然矣。由此得知子建用字绝无泛设也。考魏蜀相持，皆在太一褒斜之间，蜀越陈仓及郿，而后能与魏争，子建闻蜀围陈仓而遽欲赴太山，可谓知兵要矣。（卷二）

按，曾运乾（1884—1945），字星笠，湖南益阳人，历任东北大学、中山大学、湖南大学教授，是著名的音韵学家。我不能说曾说就是完美的解释，"疑滞"是否"涣然"也尚可讨论。但是，这种解释至少亦可聊备一说。

"难以情测"出自谁手

中国社会科学院文学研究所编写的《中国文学史》，其中"阮籍"一节说："（阮籍）有些诗的主旨，刘宋时颜延之已经说'难以情测'。"按"难以情测"一语，出自《文选·咏怀》诗注，但究竟是否颜延之所说是一个问题。

钟嵘《诗品》卷上评阮籍诗时指出："颜延年注解，怯言其志。"颜延年，即颜延之。据此，颜延之确为阮籍诗作过注解。

《文选》选录阮籍《咏怀》诗八十二首中的前十七首，李善注本在该诗题下标明"颜延年、沈约等注"。但是细读注文，就会发现指明颜延年注释的仅有四条，沈约注释的也只有十七条，其余注释均未标明注者。而"难以情测"一段注释，正是在未标明注者的注

释之中。这条注释的全文是:

> 嗣宗身仕乱朝,常恐罹谤遇祸,因兹发咏。故每有忧生之嗟。虽志在刺讥,而文多隐避,百代之下,难以情测。故粗明大意,略其幽旨也。(李善注《文选》卷二十三)

这段话出自谁手,历来有不同的说法。王士禛选、闻人倓笺之《古诗笺》(五言诗卷三)、方东树的《昭昧詹言》(卷三)、陈沆的《诗比兴笺》(卷二),都认为是出自颜延之之手。黄节的《阮步兵咏怀诗注》、古直的《阮嗣宗诗笺定本》①、北京大学中国文学史教研室选注的《魏晋南北朝文学史参考资料》,都认为是出自李善之手。这两种说法,哪一种是正确的呢?我们认为黄节等人的说法正确。这可以从《文选》李善注的体例说明和《六臣注文选》中看出来。

《文选》李善注的体例说明散见于各篇注文之中。他在张衡《西京赋》注中说:"旧注是者因而留之,并于篇首题其姓名。其有乖谬者,臣乃具释,并称臣善以别之。他皆类此。"这是李善的注释体例之一。他注释《文选》,凡是旧注可取的就径用旧注,如张衡的《西京赋》就是用的薛综注,旧注中错误的地方则删去,他再另加注释,并标明"善曰"。《西京赋》注就是这样处理的。刘勰在《文心雕龙·指瑕》篇中讲到:"中黄、育获之畴,薛综谬注谓之阉尹,是不闻执雕虎之人也。"这里告诉我们,刘勰见到的《西京赋》,其中"乃使中黄之士,育获之俦"二句,薛综原注中提到阉尹,而今本李善注《文选》中所采用的薛综注已无此注文。显然,这是因为李善认为这条注释不对,删去后另作了新注。他对阮籍《咏怀》诗的注释基本上也是这样。李善在题下注明"颜延年、沈约等注"。

---

①古直笺本没有直接引用上面那段注文,但引用其他未标明注者的注文均标明"善曰",于此可以推知。

篇内在颜、沈注释之后，常有"善曰"字样，这是李善的补充注释。至于未标明注者的注释，我们认为，有的是颜、沈等人原注"有乖谬者"，李善不满意，他在删去这些注文之后，重新作了注释；有的是颜、沈等人未注而李善认为应该加注的，又作了新的补充。"难以情测"这条分析性的注释，正是属于后一种的新注。在扬雄《甘泉赋》的注中，李善又说："旧有集注者，并篇内具列其姓名，并称臣善以相别。他皆类此。"这是李善的又一条注释体例。有的作品过去有集注的，如扬雄《甘泉赋》有服虔、晋灼、张晏、孟康等人注释，李善在采用他们的注释时，都在篇内标明姓名。他自己的注释，也是标明"善曰"以相区别。其他各篇仿此，但也并非完全一致。阮籍《咏怀》诗采用颜延年、沈约的注释，在篇内皆标明姓名，不同的是其他各条注释，李善不再标明"善曰"。我认为，这些注释虽未标明"善曰"，但因为全书均系李善所注，其出自李善之手是十分自然的事。

查《六臣注文选》中阮籍《咏怀》诗十七首，发现凡李善注《文选》中未标明注者姓名的地方，包括"难以情测"句，皆标以"善曰"。据《四库全书总目提要》说："(《文选》李善注)自南宋以来，皆与五臣注合刊，名曰《六臣注文选》，而善注单行之本，世遂罕传。"(卷一百八十六《文选注》)因此后世所传之《文选》李善注本，都是从六臣注本中析出的。如明代藏书家毛晋汲古阁所刻《文选》李善注本，声称从宋本校正，今考其第二十五卷，陆云《答兄机》诗注中有"向曰"一条、"济曰"一条，又《答张士然》诗注中有"翰曰"、"铣曰"、"向曰"、"济曰"各一条，这"殆因六臣之本，削去五臣，独留善注，故刊除不尽，未必真见单行本也"。又如清嘉庆年间胡克家摹刻宋淳熙八年尤延之所刻《文选》李善注本，是今存《文选》校勘最精之本，但胡氏根据其羼杂情况，断定"仍非未经合并也"(胡克家《文选考异序》)。所谓"合并",指李善注与五臣注合刊。因为《六臣注文选》是李善注和五臣注的合刊本,所以《咏怀》诗注中的李善注必须标明"善曰"。而析出单行之李善注本无此字样,这是因为李善注本既然单行,就没有再标明"善曰"的必要了。

基于以上理由,我们可以断言,李善《文选·咏怀》诗注中凡未标明注者姓名的注释,皆出自李善之手。"难以情测"一条当然也不例外,《六臣注文选》就是证明。

"蜡鹅"事件之后果

《南史》卷五十三《昭明太子统传》云:

> 初,丁贵嫔薨,太子遣人求得善墓地,将斩草,有卖地者因阉人俞三副求市,若得三百万,许以百万与之。三副密启武帝,言太子所得地不如今所得地于帝吉,帝末年多忌,便命市之。葬毕,有道士善图墓,云"地不利长子,若厌伏或可申延"。乃为蜡鹅及诸物埋墓侧长子位。有宫监鲍邈之、魏雅者,二人初并为太子所爱,邈之晚见疏于雅,密启武帝云:"雅为太子厌祷。"帝密遣检掘,果得鹅等物。大惊,将穷其事。徐勉固谏得止,于是唯诛道士,由是太子迄终以此惭慨,故其嗣不立。

这就是"蜡鹅"事件,其后果是十分严重的。

首先,是太子萧统失宠。梁武帝萧衍三十八岁得子,故对长子萧统宠爱有加。萧统两岁立为太子,十五岁加冠后,武帝让他日省万机,显然是让他准备将来即位当皇帝。"蜡鹅"事件之后,萧统处在惭慨和忧惧之中,政治活动很少,见于史籍只有他上疏谏止"发吴郡、吴兴、义兴三郡民丁就役"(《梁书·昭明太子传》),其他则一无所闻。武帝是一个迷信的人,"蜡鹅"事件刺伤了他的心,致使萧统失宠。

接着,是萧统长子萧欢失去皇太孙之位。萧统于中大通三年(531)去世,按照惯例,皇长孙萧欢应受封为皇太孙。可是武帝没有封萧欢为皇太孙,却另立晋安王萧纲为皇太子。萧统的五个儿子都被封为郡王,即长子东中郎将南徐州刺史华容公萧欢为豫章郡王,次子枝江公萧誉为河东郡王,三子曲江公萧詧为岳阳郡王,四子萧譬为武昌郡王,五子萧鉴为义阳郡王。虽然武帝封萧统诸子大郡以慰其心,但是他的废嫡立庶做法,却使朝廷内外议论纷纷。岳阳郡王萧詧流泪受封,数日不食,说明他心中的不满与愤慨。应该看到,武帝这样做首先是考虑到新得天下,恐萧欢年幼难主大业,但与"蜡鹅"事件也不无关系。武帝立晋安王萧纲为太子,犹豫了一个多月才做出决定,可谓煞费苦心。他不知道,这一决定却埋下了以后的祸患。

最后,是萧统第三子萧詧的背叛。中大通三年(531)萧统去世后,萧詧晋封岳阳郡王。中大同元年(546)为雍州刺史。萧詧因与其叔萧绎不和,恐不能自固,心不自安,便于梁太清三年(549),即西魏大统十五年,派遣使者赴西魏称藩,请为附庸。梁元帝承圣三年(554),西魏太祖令柱国于谨攻打江陵,萧詧派兵参战,江陵败亡,元帝被杀。西魏太祖立萧詧为梁主,次年萧詧称帝于江陵,年号大定,史称后梁。后梁始于乙亥(555),终于丁未(587),历中宗(萧詧)、世宗(萧岿)、莒国公(萧琮)三世而亡,凡三十三年。

后梁的产生,与"蜡鹅"事件、立萧纲为太子有关。《周书》卷四十八《萧詧传》云：

> 初，昭明卒，梁武帝舍（萧）詧兄弟而立简文，内常愧之，宠亚诸子，以会稽人物殷阜，一都之会，故有此授，以慰其心。詧既以其昆弟不得为嗣，常怀不平。又以梁武帝衰老，朝多秕政，有败亡之渐，遂蓄聚货财，交通宾客，招募轻侠，折节下之。其勇敢者多归附，左右遂至数千人，皆厚加资给。

这里道出后梁产生的原因，以及萧詧为此所做的一些准备工作。待萧詧背叛朝廷称藩西魏后，随着江陵的瓦解，后梁很快就产生了。

对于"蜡鹅"事件，司马光有过评论。他说："以昭明太子之仁孝，武帝之慈爱，一染嫌疑之迹，身以忧死，罪及后昆，求吉得凶，不可湔涤，可不戒哉！"（《资治通鉴》卷一百五十五）"身以忧死，罪及后昆"，对"蜡鹅"事件的后果作了简要概括。

《文选研究》指瑕

最近，我购得一本《魏晋南北朝文学研究》（北京出版社2001年版）。翻开一看，方知此书是"20世纪中国文学研究"丛书中的一种。这套书适应文学研究者的需要，适应高校中国文学教学的需要，很有实用价值。

我个人有一个习惯，对买来的新书都要先翻翻，以粗略了解新书的大概情况。《魏晋南北朝文学研究》既已买来，自然也要先翻阅一下。因为偏爱《文选》，我就先翻阅《〈文选〉研究》一章。此章开头一段，就引起我的注意。这一段的原文是：

> 《文选》是中国第一部诗文总集，自从编成之后，便广为

传播。此后不久,便有萧该为其作注,惜其不传。到唐代,便有"文选学"之称。当时注家蜂起,最著名的是李善、吕延济、刘良、张铣、吕向、李周翰六人。此后《文选》成为历代学子案头必备的书籍,研究者不断。至清代,"选学"更为昌盛。1928年,骆鸿凯在《文选学》中罗列"选学"著作共90种,其中清人的著作独占62种。张之洞在《輶轩语》中曾云:"选学有征实、课虚两义。考典实,求训诂,校古书,此为学计。摩高格,猎奇采,此为文计。"可见当时认为,无论是搞学问,还是写文章,都离不开《文选》。

这段话不到三百字,看起来写得还简明扼要,颇能说明问题,可是推敲起来,毛病却不少。

1. 说"《文选》是中国第一部诗文总集"显然不对。因为翻开《隋书·经籍志》一看,在《文选》之前已有一些诗文总集,如晋代挚虞、李充等都编有诗文总集,只是已经散失。萧统《文选》不是中国第一部诗文总集,而是中国现存最早的一部诗文总集。

2. 说《文选》"自从编成之后,便广为传播"也不确切。按萧统《文选》编成于梁武帝普通七年(526)前后,编成后自然有稿本和钞本存世,但在当时就广为传播是不可能的,因为当时著作传播只能依靠抄写。一部大约四十万字的大书,抄写起来十分困难,也就不可能广为传播,我们也没有见过历史上有这样的记载。

3. 说"此后不久,便有萧该为其作注,惜其不传"也不准确。说萧该为《文选》作注是事实,《隋书·经籍志》载《文选音》三卷便是证据。问题是在"此后不久"。据《隋书·儒林·何妥传》,知萧该乃梁鄱阳王萧恢之孙,他在梁荆州失陷(554)后与何妥同至长安。他于隋文帝开皇初任国子博士,写作《文选音》大约在《文选》编成半个世纪之后,似不可谓之"此后不久"。

4.说唐代《文选》注家蜂起,"最著名的是李善、吕延济、刘良、张铣、吕向、李周翰六人"也不妥当。《文选》注家最著名的是李善,他的《文选注》集当时文选学之大成。至于吕延济等五人,他们的《文选》注本称为"五臣注",在解释词义方面确有可取之处,但不能与李善注《文选》相比。他们不是"最著名的"文选学人。

5.说"1928年,骆鸿凯在《文选学》中罗列'选学'著作共90种,其中清人的著作独占62种",经核查,其中清人著作为63种,而不是62种。又,将骆鸿凯《选学书著录》的编撰定于1928年,似不妥。按《文选学·叙》写于"戊辰十一月"(即1928年11月),不等于说《选学书著录》也编撰于这一年。据我了解,《选学书著录》最早发表于《制言》月刊第十一期(1936年2月),后来《文选学》收入此书目。书目编撰的确切时间不得而知。顺便说到,骆氏《文选学》是民国26年6月(即1937年6月)由中华书局出版,骆氏女婿马积高教授说《文选学》于"1936年曾由中华书局出版"是错误的,我有书为证。

6.编者引用张之洞《輶轩语》中"选学有征实、课虚两义"一段话,注明"见张之洞《书目答问二种》,三联书店1998年6月版,第302页",出处清楚。待我去查该书时发现,其《輶轩语》本文中并无此引文,只是在〔注七〕中提到别本夹注中有此引文。这是需要向读者交代清楚的,否则会引起误会。

7.说"当时认为,无论是搞学问,还是写文章,都离不开《文选》"是不对的。这是对《輶轩语》这段话的理解有误。《輶轩语》是说,对于"选学",一种方法是搞考据、训诂、校勘,这是研究"选学";一种方法是学习《文选》诗文的体格,猎取瑰奇的文采,这是学习《文选》诗文的写作技巧。而不是说"无论是搞学问,还是写文章,都离不开《文选》"。这样说,把"选学"这个前提忘了。事实上,我们搞学问、写文章,并不是离不开《文选》的。

从行文看,编者有较好的专业基础。以上问题的存在,应该是编者急于求成、率尔操觚造成的,如能慎重其事,这些毛病是完全可以避免的。

《文选》的传本

《文选》的传本,大约有五种。

1.《文选》李善注六十卷本。《文选》李善注本,当以北宋真宗景德四年(1007)校刻本为最早,惜毁于火,未能问世。宋仁宗天圣七年(1029)有重刻本,此重刻本尚有递修本存世,藏于北京国家图书馆。《中国古籍善本书目》(集部)著录:"《文选》六十卷(梁萧统辑,唐李善注,北宋刻本,劳健跋)存二十一卷(十七至十九,三十至三十一,三十六至三十八,四十六至四十七,四十九至五十八,六十),今台湾故宫博物院亦藏有十一卷(一至六,八至十一,十六),当属同一刻本。"

完整的《文选》李善注六十卷本,今天还能见到的当以南宋孝宗淳熙八年(1181)尤袤刊本为最早,元代以后所传李善注本皆出于此。清嘉庆十四年(1809)胡克家据尤刻重刊本,流传最广。明毛晋汲古阁刊《文选》李善注六十卷本,《四库全书总目提要》指出:"此本为毛晋所刻,虽称从宋本校正,今考其第二十五卷陆云《答兄机》诗注中,有'向曰'一条,'济曰'一条,又《答张士然》诗注中,有'翰曰'、'铣曰'、'向曰'、'济曰'各一条,殆因六臣之本,削去五臣,独留善注,故刊除不尽,未必真见单行本也。"(卷一百八十六《文选注》)言之凿凿,应当可信。

2.《文选》五臣注三十卷本。《文选》诸本以五臣注刻本为最早。宋代王明清《挥麈录余话》卷之二云:"毋丘俭(应作'毋昭裔')贫贱时,尝借《文选》于交游间,其人有难色,发愤异日若贵,当板以镂之遗学者。后仕王蜀为宰,遂践其言刊之。印行书籍,创见于此。事载陶岳《五代史补》。"这说明毋昭裔确实刊印过《文选》。《宋史·西蜀孟氏世家》中也说到此事。毋昭裔所刊《文选》,杨守敬认为是五臣注本(见《日本访书志》卷十二《李善注文选》六十卷〔宋椠本〕条)。此说已得到学术界认可。唐玄宗以后,《文选》五臣注本风行,孟氏所刻当为五臣注本。至于李善注本,直至宋真宗景德四年(1007)才得以"摹印颁行"(清代徐松《宋会要辑稿·崇儒》四之三)。今存《文选》五臣注本有:

  《文选》三十卷,梁萧统辑,唐吕延济、刘良、张铣、吕向、李周翰注,宋杭州开笺纸马铺钟家刻本,存二卷(二十九至三十),由国家图书馆和北京大学图书馆分别庋藏。

  《文选》三十卷,梁萧统辑,唐吕延济、刘良、张铣、吕向、李周翰注,清蒋氏心矩斋影宋钞本。按,此即陈八郎刻本,由长洲蒋凤藻影钞。现藏北京大学图书馆。

  《文选》三十卷十六册,梁萧统编,唐吕延济等五臣注,宋绍兴辛巳(三十一年)建阳崇化书坊陈八郎宅刊本,近人王同愈手书题记。现藏台湾图书馆。

以上三种五臣注本,皆实有其书。前二种见《中国古籍善本书目》(集部)中册1554页;后一种见《台湾"中央图书馆"善本书目》(增订二版)第三册1174页。

  3.《文选》六臣注六十卷本。由于学习《文选》的需要,宋代人将唐代两种主要注本,即李善注本和五臣注本合并在一起,称为《六臣注文选》。六臣注刻本,最早的是秀州州学本,刊刻时间是宋哲宗元祐九年(1094)二月。此本所用李善注底本是宋仁宗天圣年间的国子监本,所用五臣注底本是平昌孟氏刻本,因此,秀州州学本是最佳的六臣注本。此本在我国古代未见著录,亦未见传本。幸运的是韩国曾以活字刊出,今存韩国奎章阁。这为我们保存了一份研究文选学的宝贵资料。

朱彝尊说:"《六家注文选》六十卷,宋崇宁五年(1106)镂版,至政和元年(1111)毕工。墨光如漆,纸坚致,全书完好。序尾识云:见在广都县北门裴宅印卖。盖宋时蜀笺若是也。每本有吴门徐贲私印,又有太仓王氏赐书堂印记。是书袁氏褧(褧)曾仿宋本雕刻以行,故传世特多。然无镂版毕工年月,以此可辨伪真也。"(《曝书亭集》卷五十二《宋本〈六家注文选〉跋》)按:《文选》广都裴氏刻本,北宋徽宗崇宁五年(1106)镂版,至政和元年(1111)毕工。也是六臣注《文选》中较早的刊本。惜已散失,今存卷一至十七、二十七至二十八、五十一至五十七,皮藏于台北故宫博物院。此书由于明代袁褧曾仿宋本雕刻印行,所以传世的很多。

南宋以后,六臣注《文选》分明州本和赣州本。明州本的特点是五臣注居前,李善注居后。赣州本的特点是李善注居前,五臣注居后。此外尚有建州本,其实建州本出自赣州本,但作了一些改动。商务印书馆《四部丛刊》影印的是建州本,其中卷三十至三十五是钞配的。此书中华书局1987年再次影印出版,浙江古籍出版社1999年又影印出版,最为易得。《四库全书》中《六臣注文选》,李善注居前,五臣注居后,属赣州本。茶陵陈仁子《文选补遗》所附的《六臣注文选》,即所谓"茶陵本",亦李善注居前,五臣注居后,亦赣州本也。

4.《文选集注》一百二十卷本。《文选集注》出自日本金泽文库。原书一百二十卷。此书辑有李善注、五臣注、《钞》、《音决》和陆善经注五种注本。以李善注为底本,所以先引李善注,次引《钞》《音决》,再次引陆善经注。显然是按时代顺序排列的。《钞》《音决》,作者不详,或以为是公孙罗,难以确定。陆善经是唐玄宗时的人。据向宗鲁先生考证:善经名该,初为河南府仓曹参军,以修书入集贤院为直学士。天宝五载,累迁至司业,注《孟子》七卷。此外,所注尚有《周易》八卷、《古文尚书》十卷、《周书》十六卷、三《礼》三十卷、三《传》三十卷、《论语》六卷、《列子》八卷,著作有《续梁元帝古今同姓名录》,著作颇丰。开元中,参与注《文选》,事竟未成。然《文选集注》多引其说。(参阅向宗鲁《书陆善经事——题〈文选集注〉后》,见《中外学者文选学论集》上册,中华书局1998年版)

《文选集注》最早著录于日本森立之的《经籍访古志》(1856),森立之认为"实系七百许年旧钞",即中国南宋初年时的钞本。关于此书编者,森立之认为是日本学者。罗振玉影印《文选集注》残本十六卷时,在序中说:"其写自海东,抑出唐人手,不能知也。"其编者是中国学者还是日本学者,因为缺乏有力的证据,至今无法确定。

今存《文选集注》一百二十卷本是残本。1918年,罗振玉"嘉草轩丛书"中影印了卷四十八、卷五十九、卷六十二、卷六十三、卷六十六、卷六十八、卷七十一、卷七十三、卷七十九、卷八十五、卷八十八、卷九十一、卷九十三、卷九十四、卷一〇二、卷一一三,共十六卷。1935—1942年,日本"京都帝国大学文学部影印唐钞本"辑得残本,即卷八、卷九、卷四十三、卷四十七、卷四十八、卷五十六、卷五十九、卷六十一、卷六十二、卷六十三、卷六十六、卷六十八、卷七十一、卷七十三、卷七十九、卷八十五、卷八十八、卷九十一、卷九十三、卷九十四、卷一〇二、卷一一三、卷一一六,共二十三卷,包括罗氏所辑各卷。2000年,上海古籍出版社影印出版的《唐钞文选集注汇存》,辑得今存《文选集注》二十四卷,印刷精美,便于使用,为文选学研究提供了一部十分重要的资料。

此外,2000年中华书局影印出版了饶宗颐先生编的《敦煌吐鲁番本文选》,资料丰富,印刷更为精美。零篇断简,汇成一书,搜集不易,出版更难,文选学研究者得此一书,既便使用,又可珍藏,实无价之瑰宝也。

5.古钞无注《文选》三十卷本。古钞无注本《文选》,最早著录于日本森立之的《经籍访古志》卷六。森立之曰:

> 旧钞卷子本,温故堂藏。现存第一卷一轴。首有显庆三年李善《上文选注表》,梁昭明太子撰《文选序》。序后接本文,题"文选卷第一,赋甲",次"行京都上,班孟坚《两都赋》二首并序,张平子《西京赋》一首"。界长七寸五分,幅一寸,每行十三字。卷末隔一行题"文选卷第一",不记钞写年月。卷中珠墨点校颇密,标记、傍注及背记所引有陆善经、善本、五臣本、《音决》、《钞》、《集注》诸书及"今案"云云语。考字体墨光,当是五百许年前钞本。此本无注文,而首冠李善序,盖即就李本单录出本文者。

这里介绍古钞无注本《文选》的状况颇为具体。他认为这种古钞无注本《文选》"当是五百许年前钞本",大约是中国元惠宗至正年间的钞本,或可参考。至于认为"盖即就李本单录出本文者",为中国学者杨守敬所否定。杨氏《日本访书志》卷十二云:

> ……然谓其就李本单录出者,则非也。今细按之,此本若就李本所出,李本已分《西京》为二卷,则录之者必亦二卷。今合三赋为一卷,仍昭明之旧,未必钞胥者讲求古式如此。

《东都赋》:"子徒习秦阿房之造天"标记云:"善本'秦阿'无'房'字,五臣本'秦阿房',或本又有'房'字。"今以善本、五臣本合校此本,此不从善本出之切证也。(古钞《文选》一卷,卷子本)

同卷又云:

> 此无注三十卷本,盖从古钞卷子本出,并非从五臣、善注本略出。何以知其然？若从善注出,必仍六十卷,若从五臣出,其中文字必与五臣合。今细校之,乃同善注者十之七八,同五臣十之二三,亦有绝不与二本相同,而为王怀祖、顾千里诸人所揣测者……必从古卷抽出也……可以深信其为六朝之遗。(古钞《文选》残本二十卷)

杨氏深信,古钞无注本《文选》"必从古卷抽出也","为六朝之遗"。台湾学者游志诚认为,"所谓日本古抄无注三十卷本,当在集注本之后,且为士人传写之本"(《敦煌古抄〈文选〉五臣注》附图③,见《昭明文选学术论考》,台湾学生书局1996年印行)。

我对杨守敬的推论有些怀疑。昭明原本《文选》在我国宋代已经失传,日本是否还有这样的钞本流传亦未见记载。古钞无注本《文选》的底本到底从何而来,我倾向于认为可能出自五臣本。(1)向宗鲁说,古钞无注本多同于五臣本。向先生是一个谨严笃实的学者,我同意他的结论。(2)古钞无注本与五臣本同为三十卷本。(3)古钞无注本有"移"体,五臣本有之,李善本无。(4)由于五臣本通俗易懂,唐玄宗以后流传颇广,早在五代时已有刻本。古钞无注本的底本很可能是五臣本。(5)古人喜抄书,以便诵读。《南史·王筠传》:"余少好抄书,老而弥笃,虽偶见瞥观,皆即疏记。后重省览,欢兴弥深。习与性成,不觉笔倦。"《梁书·袁峻传》："峻早孤,笃志好学,家贫无书,每从人假借,必皆抄写,自课日五十纸,纸数不登,则不休息。"直到宋代,据陈鹄《耆旧续闻》记载:"东坡谪黄州,日课手钞《汉书》。"古人常用抄书的方法读书,以增强记忆。我认为,古钞无注本《文选》亦可能是古人手抄五臣注《文选》,而略去注释者。以上诸说,皆非定论,尚有待进一步研究。

古钞无注本《文选》是何时传入中国的?

清光绪六年(1880),何如璋出使日本,杨守敬随赴任使馆参赞,于书肆中搜求古籍,按照日本森立之《经籍访古志》的著录收购。后黎庶昌继任公使,议刻"古逸丛书",嘱杨氏竭力搜访。杨氏是近代著名学者,精通金石、版本、书法,在日访求散佚古籍,所得颇丰。他每得一书,即考其原委,日后整理成《日本访书志》十六卷,受到学术界好评。《日本访书志》十六卷,有光绪丁酉(1897)邻苏园刻本。书中有"古钞《文选》一卷"一则,"古钞《文选》残本二十卷"一则,皆详加考订。根据《访书志》卷十二的记载,古钞《文选》残本二十卷,即今存的卷第五、第六、第七、第八、第九、第十、第十五、第十六、第十九、第二十、第二十一、第二十二、第二十三、第二十四、第二十五、第二十六、第二十七、第二十八、第二十九、第三十。另有卷子本一卷,即《文选》卷第一。合起来共计二十一卷。这些都由杨氏携带回国,归故宫博物馆。现由台北故宫博物院收藏。

《文选·洛神赋》李善注引《感甄记》

曹植《洛神赋》,见《文选》卷十九,李善注引《感甄记》云:

《记》曰:魏东阿王,汉末求甄逸女,既不遂。太祖回与五官中郎将。植殊不平,昼思夜想,废寝与食。黄初中入朝,帝示植甄后玉镂金带枕,植见之,不觉泣。时已为郭后谗死。帝意亦寻悟,因令太子留宴饮,仍以枕赉植。植还,度轘辕,少许时,将息洛水上,思甄后。忽见女来,自云:我本托心君王,其心不遂。此枕是我在家时从嫁前与五官中郎将,今与君王。遂用荐枕席,欢情交集,岂常辞能具。为郭后以糠塞口,今被发,羞将此形貌重睹君王尔!言讫,遂不复见所在。遣人献珠于王,王答以玉佩,悲喜不能自胜,遂作《感甄赋》。后明帝见之,改为《洛神赋》。

胡克家《文选考异》云:"注'记曰'下至'改为洛神赋',此二百七字袁本、茶陵本无。案:二本是也。此因世传小说有《感甄记》或以载于简中,而尤延之误取之耳。何尝驳此说之妄,今据袁、茶陵本考之,盖实非善注。"按,何,即何焯。他认为"好事者造为感甄无稽之说"(见《义门读书记》卷四十五《曹子建洛神赋》条)。

是李善注引用《感甄记》,还是尤袤加入《感甄记》?颇有争议。许巽行《文选笔记》卷三、张云璈《选学胶言》卷九、梁章钜《文选旁证》卷十九等大都赞同何焯、胡克家的意见。

其实,是《文选·洛神赋》李善注引《感甄记》。

卞孝萱《卢弼与〈三国志集解〉》云:"《文选·洛神赋》注引《感甄记》,始于李善,非尤袤误取。"(见卞孝萱《现代国学大师学记》,中华书局 2006 年版)论断十分明确。其证据是:"姚宽《西溪丛语》卷上云:'李善注《感甄记》云……'全录《感甄记》。姚之《自叙》题'绍兴昭阳作噩仲春望日',即绍兴二十三年癸卯(1153),而尤袤于淳熙八年(1181)刻《文选》,在《西溪丛语》成书之后,可见《文选》注有《感甄记》,不始于尤袤。"应当说明的是,"昭阳"是岁时的名称,即十干的"癸",古人用以纪年。《尔雅·释天》:"(太岁)在癸曰昭阳。""作噩",即十二支中的"酉"。《尔雅·释天》:"(太岁)在酉曰作噩。""癸酉"是南宋高宗绍兴二十三年(1153),卞氏作"癸卯",乃排印之误。姚宽《西溪丛语·自叙》作于绍兴二十三年,而尤袤刻《文选》是在宋孝宗淳熙八年(1181)。姚宽作《自叙》早尤袤刻本出版二十八年。他见到的《文选》李善注已援引《感甄记》,说明《文选》注引《感甄记》非尤袤所为。

姚宽见到的李善注《文选》是何种版本,我们不得而知。北宋仁宗天圣明道年间国子监刊李善注《文选》应当不难见到。现在查中华书局影印国子监本李善注《文选》,李善注引《感甄记》,赫然在目。今日证明《文选·洛神赋》李善注引《感甄记》就不需要间接证据了。

十一、20世纪中国文选学研究的回顾与展望

萧统《文选》是我国现存最早的一部诗文总集。对《文选》的研究,在《文选》编选完成后不久就开始了。最早是萧统的叔父萧恢之孙(即萧统的侄儿)萧该,著有《文选音义》,可惜早已散失了。其后是隋唐之际的曹宪。唐代刘肃《大唐新语》云:

> 江淮间为文选学者,起自江都曹宪。贞观初,扬州长史李袭誉荐之,征为弘文馆学士。宪以年老不起,遣使就拜朝散大夫,赐帛三百匹。宪以仕隋为秘书,学徒数百人,公卿亦多从之学。撰《文选音义》十卷。年百余岁乃卒。其后句容许淹、江夏李善、公孙罗,相继以《文选》教授。(卷九)

曹宪是隋唐之际研究《文选》卓有成就者,"学徒数百人,公卿亦多从之学"。可以说,至曹宪始有文选学。曹宪著有《文选音义》十卷,已佚。其后的文选学者,则有许淹、李善、公孙罗等人。许淹著有《文选音》十卷,已佚。李善著有《文选注》六十卷,今存;又有《文选辨惑》十卷,已佚。公孙罗著有《文选注》六十卷,《文选音》十卷,皆佚。李善的《文选注》为集大成之作,成就最高,对后世影响深远。唐玄宗开元年间,工部尚书吕延祚召集吕延济、刘良、张铣、吕向、李周翰五人注《文选》,名曰《五臣集注文选》。此书远不及李善《文选注》,但于词义解释方面自有其可取之处,作为唐代文献亦颇有参考价值。

唐代是《文选》研究的盛世。北宋末,《文选》李善注和五臣注

合为《六臣注文选》,此后在社会上流行。宋、元、明三代《文选》之学衰落。虽然学习《文选》的士子很多,但传世的研究著作很少。清代文选学复兴。张之洞《书目答问》附录的《国朝著述诸家姓名略》,列有文选学家钱陆灿、潘耒、何焯、陈景云、余萧客、汪师韩、严长明、孙志祖、叶树藩、彭兆荪、张云璈、张惠言、陈寿祺、朱珔、薛传均等十五人,云:"国朝汉学、小学、骈文家皆深选学,此举其有论著校勘者。"于此可见清代"选学"之盛。

"五四"以后,"选学"再度式微。"五四"新文化运动反对旧文学,提倡新文学,钱玄同称文言文为"桐城谬种"、"选学妖孽",文选学研究受到一定的影响。但是,《文选》的传授和研究仍在断断续续地进行。

1923年,著名文选学家李详(1859—1931)在东南大学讲授《文选》,有《文选萃精》之作,惜未成书。李详早年著有《文选拾沈》一卷,王先谦说:"所撰各条,并皆佳妙,无可訾议,只恨少耳。"(《文选拾沈》卷首《王先谦先生批语》,见《李审言文集》上册)对此书的评价甚高。李详为近代"选学"大师。李稚甫说:"嘉兴沈子培丈,每介先君谓座客曰:'此选学大师李先生也。'又曰:'此我行秘书,大叩大鸣,小叩小鸣。'为时推重如此。"(《二研堂全集叙录·选学拾沈》,《李审言文集》附录三)沈子培,即沈曾植,近代著名学者。他对李详的评价是很高的。李详有关《文选》的著作,尚有《韩诗证选》、《杜诗证选》、《李善文选注例》等。

1928年,著名学者高步瀛(1873—1940)在北平大学师范学院讲授《文选》,有讲义之作,即《文选李注义疏》。著名学者刘文典(1889—1958)曾在北京大学、安徽大学、清华大学、西南联大、云南大学等校任教,1915年以后他在大学里讲授《文选》,著有《读文选杂记》。骆鸿凯(1892—1955)曾在暨南大学、武汉大学、河北大学、湖南大学、中山大学等校任教,他在各大学讲授《文选》多年,著有《文选学》。此外,著名学者刘师培(1884—1920)曾在北京大学专门讲授《文心雕龙》和《文选》课程,他在讲授《文心雕龙》时,即注意结合《文选》进行讲授。著名学者黄侃(1886—1935)曾任北京大学、武昌高等师范学校教授,他在北京大学讲授《文心雕龙》课程,也注意到与《文选》结合起来研究,他的《文选平点》一书,开宗明义就提出:"读《文选》者,必须于《文心雕龙》所说能信受奉行,持观此书,乃有真解。"这是说,研究《文选》必须与《文心雕龙》相结合,才能真正理解。这是研究《文选》的重要方法。以后在大学里讲授《文选》的学者不乏其人,这里就不一一提及了。

从1919年到1949年三十年中,研究《文选》最有影响的著作,主要有黄侃的《文选平点》、骆鸿凯的《文选学》和高步瀛的《文选李注义疏》。

《文选平点》,黄侃著。黄侃是著名的音韵、训诂学家,对经学、文学有极高的造诣,对《文选》有十分精湛的研究。他在日记中说:"平生手加点识书,如《文选》盖已十过,《汉书》亦三过,注疏圈识,丹黄烂然。《新唐书》先读,后以朱点,复以墨点,亦是三过。《说文》、《尔雅》、《广韵》三书,殆不能计遍数。"(黄焯《季刚先生生平及其著述》引黄侃之戊辰〔1928〕五月三日日记,见《量守庐学记》)他阅读《文选》竟超过十遍,确实下了苦功夫,所以章太炎称许他为"知选学者"。所著《文选平点》,原系黄氏在胡刻本《文选》上的手批和圈点,后经其侄黄焯编辑整理,1985年7月由上海古籍出版社出版。黄焯在《文选平点后记》中说:"壬辰之夏,先从父寓居武昌,闲取《文选》平点一过,每卷后皆记温寻时日,以六月廿四日启卷,至七月六日阅毕。方盛夏苦热,乃于是书全文及注遍施丹黄，且复籀其条例，而为时则未及半月，盖其精勤寠疾也如此。近世治选学者，余杭章君于先从父特加推重。顾其著纸墨者，仅存此区区之评语，是乌可不急为写定耶！"这里说的是《文选平点》的写作情况。《文选平点》所用的本子是湖北崇文书局翻刻鄱阳胡氏刻本，与汪师韩、余萧客、孙志祖、胡克家、朱珔、梁章钜、张云璈、薛传均、胡绍煐诸家选学著作参校。黄侃说："建安以前文皆经再校，杨守敬抄日本卷子，罗振玉影印日本残卷子本已与此本校。"可以看出，黄氏在校勘上是下了很深的功夫的。

在《文选平点》中，黄侃的许多评论都是很深刻的。例如，在卷一"赋甲·京都上"后云："《文心雕龙》云：夫京殿苑猎，述行叙志，并体国经野，义尚光大……至于草区禽族，庶品杂类，则触兴致情，因变取会。'据此，是赋之分类，昭明亦沿前贯耳。"说明《文选》"赋"的分类受《文心雕龙》的影响。又在卷十六《长门赋》题后云："此文假托，非长卿也。《南齐书·陆厥传》：《长门》、《上林》，殆非一家之赋。盖自来疑之。"指出《长门赋》非司马相如所作，是后人伪托。在卷十九宋玉《高唐赋》题后云："《高唐》、《神女》实为一篇，犹《子虚》、《上林》也。"指出宋玉的《高唐赋》、《神女赋》本是一篇。在曹植《洛神赋》题后云："洛神乃子建自比也。何焯解此文独得之。"指出《洛神赋》中的洛神乃曹植自比。在卷二十一郭璞《游仙诗》题后云："《诗品》讥其无列仙之趣。据此，是前识有非议是诗者，然景纯斯篇本类咏怀之作，聊以摅其忧生愤世之情，其于游仙道，特寄言耳。"指出郭璞《游仙诗》实即咏怀诗，托以抒怀。在卷三十三"骚下"屈原《渔父》题下云："此设论之初祖，非果有此渔父也。"指出《渔父》一篇乃设论一体之始。在宋玉《九辩》题后云："赋句至宋玉而极其变，后之贾生、枚、马皆由此而得度尔。"指出宋玉《九辩》对后世辞赋之影响。如此等等，皆能给读者以启发。黄侃在评论《文选序》时说："'若夫姬公之籍'一段,此序选文宗旨,选文条例皆具,宜细审绎,毋轻发难端。《金楼子》论文之语,刘彦和《文心》一书,皆其翼卫也。"指出《文选序》"若夫姬公之籍"一段十分重要。萧绎《金楼子》论文之语、刘勰《文心雕龙》一书皆其"翼卫"。黄侃不是孤立地看《文选》,而是把《文选》和《金楼子》、《文心雕龙》结合起来看。这一观点,使我们对《文选》的理解更为深刻。总而言之,《文选平点》是一部颇有学术价值的著作,值得重视。

《文选学》,骆鸿凯著。骆氏为黄侃弟子。他的治学门径是"潜研经、子,博涉文、史,尤精于古文字、声韵、训诂及楚辞、《文选》之学"(《文选学·后记》),显然受了黄侃的影响。《文选学》一书写成于1928年,中华书局于1937年6月出版。骆鸿凯在《文选学·叙》中说："今之所述,首叙《文选》之义例,以及往昔治斯学者之涂辙,明选学之源流也。末篇所述,则以文史、文体、文术诸方,析观斯集,为研习《文选》者导之津梁也。"简要介绍《文选学》的内容,而作者写作此书之目的,则是为研习选学者指示门径。1989年11月《文选学》增订出版,增加《文选分体研究举例》(书笺、史论、对问、设论),《文选专家研究举例》(颜延年、任彦昇、贾谊),为骆氏女婿马积高根据骆氏在湖南大学任教时的讲义所增补。马积高在《文选学·后记》中说："倘能裒集前人的论述,发明萧统的意旨、体例,疏通、解释书中的一些疑义,并对一些作家和作品加以评议,那对我们研治古典文学,特别是汉魏六朝文学,自属裨益非浅。先生这部《文选学》,我觉得就在这些方面作出了重要的贡献。"对《文选学》在选学研究中的贡献概括得颇为中肯。我在《研习选学之津梁——骆鸿凯〈文选学〉评介》一文说过："骆氏《文选学》旁征博引,立论矜慎,可谓《文选》研究的总结性著作。"

我认为,此书即使在今天看来,也仍有不少优点。这些优点,概括起来有十条:(1)论述全面;(2)纠正谬误;(3)汇辑体例;(4)追溯源流;(5)诠释文体;(6)考证切实;(7)资料丰富;(8)指导阅读;(9)指导研究;(10)提供书目。因此,直到今天,此书仍是研究《文选》和六朝文学的重要参考书。

《文选李注义疏》八卷,高步瀛著。有1929年北平文化学社版,1935年北平和平印书局版,1985年曹道衡、沈玉成点校的中华书局版。以中华书局的点校本最便使用。《文选》注本以李善最佳。高氏对《文选》李善注加以义疏。高氏义疏,注释详赡,校勘细致,考证精确,内容十分丰富。高氏校勘,不仅校以李善注的各种版本和六臣注,而且还利用了故宫博物院馆藏的古钞本《文选》以及敦煌唐写本残卷《文选》,其校勘成果超过了清人。高氏的注释吸收了清代汪师韩、孙志祖、余萧客、胡克家、梁章钜、胡绍煐、朱珔、张云璈等人的成果,并提出自己的见解,其见解往往精湛可信。高氏学问渊博,他在考证方面的功力很深。如在《文选序》的注释中纠正了明人杨慎《升庵外集》中的错误。杨氏认为高斋十学士集《文选》。高氏指出杨氏误信了《襄沔记》、《雍州记》(《太平御览·居处部》十三引)和王象之《舆地纪胜》的记载,其实"高斋学士乃简文遗迹,而无关昭明选文也"。又如在司马相如《子虚赋》的开头,列举了《西京杂记》卷上、王观国《学林》卷七、王若虚《滹南集》卷三十四、焦竑《笔乘》卷三、顾炎武《日知录》卷二十七、阎若璩《潜丘札记》卷五、何焯《义门读书记·文选》一、孙志祖《读书脞录》卷七,以及张云璈、吴汝纶诸说,详细论证了司马相如《子虚赋》和《上林赋》原为一篇,很有说服力。凡此等等,举不胜举。我们完全可以肯定,这是一部集大成之作。令人遗憾的是,此书仅完成了八卷。虽如此,此书对于《文选》研究者来说,仍是弥足珍贵的。

　　这一段时间的《文选》研究论文,据《中外学者文选学论著索引》(以下简称《索引》)(郑州大学古籍所编,中华书局1998年版)收录,共七十四篇。其中比较重要的有朱自清的《〈文选序〉"事出于沉思,义归乎翰藻"说》、何融的《〈文选〉编撰时期及编者考略》等。朱氏论文提出"事出于沉思,义归乎翰藻"是《文选》的选录标准,并作了诠释。他认为,"'事出于沉思'的事,实当解作'事义'、'事类'的事,专指引事引言,并非泛说。'沉思'就是深思","'翰藻'……昭明借为'辞采'、'辞藻'之意。'翰藻'当以比类为主","而合上下两句浑言之,不外'善于用事,善于用比'之意"。可备一说。何氏论文考出《文选》的编选年代。宋人晁公武《郡斋读书志》(衢本)卷二十"李善注《文选》"条云:"窦常谓统著《文选》,以何逊在世不录其文。盖其人既往,而后其文克定,然则所录皆前人作也。"(按何逊卒于天监十七年〔518〕,说"何逊在世"不确。至于说其人在世,不录其文,其人既往,其文克定,故所录皆前人之文,是可信的。钟嵘也说:"其人既往,其文克定。今所寓言,不录存者。"〔《诗品序》〕钟嵘与萧统先后同时,其说可信。)何氏根据窦常说,以《梁书》、《南史》、《文选李善注》所提供的资料,作了详细的论证,认为"《文选》之编成,应不早于普通七年(526)。……颇疑其在普通七年以前,即普通三年至六年东宫学士最称繁盛时期,业已着手编撰矣"。何氏推测《文选》的编选年代"不早于普通七年"是有道理的。应该说,在考证《文选》编选年代方面,何氏是有贡献的。

　　建国以后至1976年以前,《文选》的研究论文不多。1950年至1960年,《索引》无论文收录。1961年至1976年,《索引》收录的论文仅六篇。其中值得注意的有祝廉先的《〈文选〉六臣注订讹》,程毅中、白化文的《略谈李善注〈文选〉的尤刻本》等。祝文不是论文,而是训诂学著作。它对《文选》李善注和五臣注的错误加以订正。例如:第十九卷宋玉《高唐赋》"高丘之岨"。李善注:"土高曰丘。"非。按《离骚》"哀高丘之无女",王逸注:"楚有高丘之山。"又东方朔《七谏·哀命篇》、刘向《九叹·逢纷篇》,均谓高丘为楚山名。这是纠正李善注的错误。又如:第十四卷沈休文《奏弹王源》"泾渭无舛"。五臣注:"泾水清,渭水浊。"非是。按《诗·邶风》"泾以渭浊",《毛传》:"泾渭相入而清浊。"《郑笺》:"泾,浊水;渭,清水。"故潘岳《西征赋》云:"北有清渭浊泾。"这是纠正五臣注的错误。全文三百四十六条,每条皆有所得。此文草于抗日战争时期,曾发表于《浙江大学文学院集刊》第四集(1944年8月),建国后又加以补充,发表于中华书局出版的《文史》第一辑(1962年10月)。据作者在文后的《跋语》中说,"先后费时十年",下了很深的功夫,成绩亦颇为可观。程、白二氏的论文,主要论证《文选》李善注自北宋以后,仍有单行本流传,尤刻本《文选》就是单行本。不像清人所说,南宋以来《文选》李善注都是从《六臣注文选》中摘出来的。清人所见《文选》版本少,故判断失误。此说渐为学者所接受。

1977年以后,《文选》的研究论文多了起来。截止到1993年,仅《索引》收录的论文就有一百五十四篇(包括港、台二十四篇),可能还有失收的。1977年以后的二十年间,我认为值得注意的是三次《昭明文选》国际学术研讨会。第一次研讨会于1988年8月在长春举行。此次研讨会收到论文三十二篇,汇集成《昭明文选研究论文集》(吉林文史出版社1988年版)。第二次研讨会于1992年8月在长春举行。此次研讨会收到论文二十九篇,结集为《文选学论集》(时代文艺出版社1992年版)。第三次研讨会于1995年

8月在郑州举行。此次研讨会收到论文五十余篇,由会议选取三十七篇,汇编成论文集《文选学新论》(中州古籍出版社1997年版)。三次文选学国际研讨会讨论的问题十分广泛,有新文选学问题、《文选》的李善注和五臣注问题、《文选》的评价问题、《文选》的编选年代问题、《文选》的文体分类问题、《文选》的选录标准问题、《文选》的编者问题,等等。三部论文集显示了建国以后文选学研究的实绩,推动了文选学的发展,在文选学史上具有重要的意义。

建国以后,文选学研究的专著不是很多,且都产生于80年代以后。我见到的有屈守元的《昭明文选杂述及选讲》(天津古籍出版社1988年版)和《文选导读》(巴蜀书社1993年版)。前者为研究生学位课程《文选》之讲义,分上、下编。上编为《文选》杂述,分萧统传略、《文选》编辑缀闻、文选学概略、《文选》传本举要等四章。下编为《文选》李善注选讲,选《文选》诗文14篇。此书是文选学的启蒙读物,大都介绍一些有关《文选》的知识,"作为启发学者治《选》途径的教材"。后者是"中华文化要籍导读丛书"之一种,内容亦可分为两部分。上半部是导言,分关于《文选》产生时代的文化氛围、《文选》的编辑、文选学史略述、清儒文选学著述举要、《文选》流传诸本述略、怎样阅读《文选》等六章,较《昭明文选杂述及选讲》上编的内容详细。下半部是《文选》选读,选《文选》诗文34篇,注释以李善注为主,并加以补充。这是一部研习《文选》的入门书。屈氏对文选学深有研究,其论述颇值得重视。此外,还有穆克宏的《昭明文选研究》(人民文学出版社1998年版)、《昭明文选》(春风文艺出版社1999年版)和《文选旁证》点校本("八闽文献丛刊"之一,福建人民出版社2000年版)。《昭明文选研究》原是给研究生讲授《文选》课程的讲义,于1985年至1995年间陆续写成,内容包括萧统的生平及著作、萧统的文学思想、《文选》产生的时代、《文选》的内容、《文选》研究述略、《文选》研究的几个问题、《文选》的文学价值、《文选》与文学理论批评、《文选》对后世的影响等。作者对《文选》研究中的一些重要问题，提出了个人的见解，如《文选》的编选年代、《文选》的文体分类等。《昭明文选》是《昭明文选研究》的简本，是作为普及读物供初学者阅读的。《文选旁证》，清人梁章钜著，为清代文选学名著。阮元谓此书"沉博美富，又为此书(《文选》)之渊海"(《文选旁证序》)。朱珔称此书"体制最善"，"斯真于是书能集大成者矣"(《文选旁证序》)。

值得注意的是，最近两年在文选学研究领域中一些中青年学者的崛起。他们研究文选学的著作有：罗国威的《敦煌本〈昭明文选〉研究》、《敦煌本〈文选注〉笺证》，傅刚的《〈昭明文选〉研究》、《〈文选〉版本研究》等。

罗国威的《敦煌本〈昭明文选〉研究》(黑龙江教育出版社1999年版)，主要内容有二：前为《敦煌本〈昭明文选〉校释》，后为《敦煌本〈昭明文选〉研究》，校勘精细，对研究文选学颇有参考价值。《敦煌本〈文选注〉笺证》(巴蜀书社2000年版)，内容分三部分：一是《天津艺术博物馆藏敦煌本〈文选注〉笺证》，对赵景真《与嵇茂齐书》、丘希范《与陈伯之书》、刘孝标《重答刘秣陵沼书》、孔德璋《北山移文》进行了笺证；二是译日本冈村繁教授对司马长卿《喻巴蜀檄》、陈孔璋《为袁绍檄豫州》《檄吴将校部曲文》、钟士季《檄蜀文》、司马长卿《难蜀父老》的笺订；三是对冈村繁笺订的补笺。其考订笺证认真细致，具有较高的文献价值。傅刚的《昭明文选研究》(中国社会科学出版社2000年版)是作者的博士学位论文，分上、下编。上编为《文选》编纂背景研究，下编为《文选》编纂及文本研究。资料丰富，论证详细，是一部文选学研究的新著。《文选版本研究》(北京大学出版社2000年版)，对历代《文选》版本进行了比较系统的研究。该书作者见到的《文选》版本之多、论述之详是超越前人的。作为研究《文选》版本的专著，此书具有开拓意义。

应该指出，著名的中古文学研究专家曹道衡、王运熙，虽无文选学研究专著出版，但是在他们的论文集中，都有多篇研究文选学的论文，如曹道衡的《从文学角度看〈文选〉所收齐梁应用文》，曹道衡、沈玉成合作的《有关〈文选〉编纂中几个问题的拟测》，王运熙的《萧统的文学思想和〈文选〉》、《〈文选〉选录作品的范围和标准》等。他们都为文选学的研究作出了重要贡献。

值得一提的是20世纪《文选》的出版情况。"五四"以后，虽然文选学衰落，但是《文选》和《文选》类的书仍在不断地出版发行。如商务印书馆出版的《六臣注文选》(《四部丛刊》本，1919)，《文选》(李善注，《国学基本丛书》本，1937)，清赵晋撰《文选叩音》，清汪师韩撰《文选理学权舆》，清孙志祖撰《文选理学权舆补》、《文选李注补正》、《文选考异》，清徐攀凤纂《选注规李》、《选学纠何》(《丛书集成初编》本，1935)；中华书局出版的《文选》(李善注，附《文选考异》十卷，《四部备要》本，1936)；世界书局出版的《文选》(胡刻影印本，1935)等。建国以后，中华书局出版的《文选》(李善注，尤刻影印本，1974)、《文选》(李善注，胡刻影印本，1977)、《六臣注文选》(《四部丛刊》影印本，1987)，丁福保编《文选类诂》(1991)；商务印书馆出版的《文选》(李善注，1959)，以及重印《丛书集成初编》所收的《文选理学权舆》等八种《文选》类的著作；上海古籍出版社出版的《文选》(李善注，附胡克家《文选考异》，标点排印本，1986)、《六臣注文选》(四库文学总集选刊，《四库全书》本，1993)、《文选》(白文标点简体本，1998)；江苏广陵古籍刻印社出版的清胡绍瑛《昭明文选笺证》(影印本，1990)；中州古籍出版社出版的《文选》（影印胡刻本，1990）；浙江古籍出版社出版的《六臣注文选》（《四部丛刊》影印本，1999）等。这些版本的《文选》和《文选》类著作，对《文选》的流传、文选学的研究都起了积极的作用。此外，吉林文史出版社出版的《昭明文选译注》（六卷本，陈宏天、赵福海、陈复兴主编，1987—1994年出版），贵州人民出版社出版的《文选全译》（五卷本，张启成、徐达等译注，1994年版），亦先后问世。译注《文选》工程巨大，难度很高。译注本的出版，对初学者阅读《文选》以及《文选》的传播，起了良好的作用。

最后，要特别提到由郑州大学古籍研究所编、中华书局出版的《中外学者文选学论集》（1998）和《中外文选学论著索引》（1998）。可以说，这两部书为20世纪的文选学研究作了一个总结。《论集》选录1911年至1993年间海内外公开发表的《文选》研究论文五十七篇，其中中国大陆三十六篇，中国港台地区十篇，日本八篇，韩国一篇，欧美二篇。所选论文皆各具学术价值，可供研究者参考。书后附录中国大陆、中国港台地区、日本、韩国和欧美文选学的研究概述，虽不全面，却也提供了许多信息，对文选学研究颇有帮助。《索引》所收录之论著，始于1911年1月，迄于1993年6月。全书分四个部分，即中国（包括港台地区）、日本、韩国和欧美文选学论著索引。每个部分都包括概述、论文索引、专著索引三项内容。概述自然是比较概括的介绍，而《日本〈文选〉学研究概述》后附录日本学者牧角悦子的《日本研究〈文选〉的历史与现状》一文，介绍日本文选学研究的历史和现状颇详，可供研究者参考。这是一部比较完备的文选学研究论著索引，按图索骥，为《文选》研究者提供了很大的方便。

20世纪文选学研究，从长时期的低潮逐步走向高潮。在漫长的岁月里，前辈学者为建造文选学研究的大厦辛勤劳动，作出了不可磨灭的贡献。黄侃的《文选平点》、高步瀛的《文选李注义疏》和骆鸿凯的《文选学》,是建造这座大厦的三大柱石,二百多篇研究论文给大厦添砖加瓦。先后举行的三次文选学国际学术研讨会,既检阅了文选学研究者的队伍,展示了文选学研究的实绩,同时也动员了广大文选学研究者积极行动起来,投入文选学的研究工作,推动了文选学研究的发展。回顾百年来文选学的研究,我们一面感到欣慰,一面感到不足。感到欣慰的是我国文选学研究已取得可观的成就,感到不足的是我国文选学研究的深度和广度还不够,有待进一步的开拓和发展。

在此新旧世纪交替、万象更新之际,我想对未来文选学研究提出几点期望:一是加强对《文选》产生时代的研究。这个时代曾经产生过两部著名总集:《文选》和《玉台新咏》;两部文学理论批评名著:《文心雕龙》和《诗品》。二是加强对《文选》主编萧统的研究。在中国文学史上,前有曹氏父子,后有萧氏父子,他们前后辉映。这个文学现象值得深入探讨。三是加强对《文选》本身的研究。《文选》作为一部古代诗文总集,为什么在隋唐之际就形成了一种专门的学问——文选学?为什么其影响如此深远?这绝不是偶然的现象。四是加强对《文选》注的研究。《文选》李善注是《文选》注的集大成之作,值得进一步研究。"五臣注"等也值得探讨。清代的文选学应引起足够的重视,值得进行专门研究。五是加强对《文选》版本的研究。对于《文选》的版本,已有一些研究成果,但是还很不够。我认为,应将版本和校勘结合起来研究。这个校勘不是零星的,而是完整的、全面的。这样,我们可以看出版本的差异,对文选学的研究大有好处。六是开展文选学史的研究。骆鸿凯、屈守元等先生都曾对文选学史进行了一些研究,但过于简略。我们需要像刘起釪先生《尚书学史》那样的文选学史,这需要付出长期的艰苦劳动。七是开展文选学辞典的编纂工作。专门辞典是专门研究的工具书,对研究者很有帮助。《文选》研究者十分需要一部内容丰富、解说精详、学术水平上乘的专门辞典。

展望未来,我们充满了信心和希望。我相信,只要文选学研究者孜孜以求,锲而不舍,《文选》研究的新成果一定会不断地涌现,具有高度学术价值的论著一定会诞生,文选学的前途充满了光明。让我们共同努力,创造文选学研究的美好未来。

文选学研究参考书目

拙著《昭明文选研究》自1998年出版以后，又有许多研究文选学的著作问世，因此原开列的参考书目需要补充，又原参考书目也有一些遗漏，现在一并补上，供文选学研究者参考。

作者附志
2005年5月1日

《揅经堂集》〔清〕阮元撰　中华书局1993年版
《李审言集》〔近代〕李详撰　江苏古籍出版社1989年版
《昭明太子集校注》　俞绍初校注　中州古籍出版社2001年版
《文选旁证》〔清〕梁章钜撰　穆克宏点校　福建人民出版社 2000年版
《昭明文选李善注拾遗笺识》〔清〕王煦拾遗　李之亮笺识　台湾暨南出版社1996年版
《清代文选学珍本丛刊》（第一辑）　李之亮点校（此辑收清王煦《昭明文选李善注拾遗》和清徐攀凤《选学规李》、《选学纠何》三种　中州古籍出版社1999年版
《敦煌吐鲁蕃本文选》　饶宗颐编　中华书局2000年版
《唐钞文选集注汇存》　佚名编选　上海古籍出版社2000年版
《敦煌本〈文选注〉笺证》　罗国威著　巴蜀书社2000年版
《敦煌本〈昭明文选〉研究》　罗国威著　黑龙江教育出版社1999年版

《昭明文选杂述及讲读》 屈守元著 天津古籍出版社1988年版
《文选导读》 屈守元著 巴蜀书社1993年版
《中外学者文选学论集》 俞绍初、许逸民主编 中华书局1998年版
《昭明文选研究》 穆克宏著 人民文学出版社1998年版
《〈昭明文选〉研究》 傅刚著 中国社会科学出版社2000年版
《〈文选〉版本研究》 傅刚著 北京大学出版社2000年版
《文选诗研究》 胡大雷著 广西师范大学出版社2000年版
《现代〈文选〉学史》 王立群著 中国社会科学出版社2003年版
《〈文选〉成书研究》 王立群著 商务印书馆2005年版
《文选版本论稿》 范志新著 江西人民出版社2003年版
《文选版本撷英》 范志新编撰 贵州人民出版社2004年版
《〈文选〉学散论》 吴晓峰主编 吉林人民出版社2004年版
《文选钱氏学研究》 吴晓峰等著 吉林大学出版社2004年版
《隋唐文选学研究》 汪习波著 上海古籍出版社2005年版
《文选与文心》 顾农著 贵州人民出版社1998年版
《〈文选〉编辑及作品系年考证》 韩晖著 群言出版社2005年
《文选学新论》 中国文选学研究会编 中州古籍出版社1997年版
《〈昭明文选〉与中国传统文化》 赵福海等主编 吉林文史出版社2001年版
《文选与文选学》 中国文选学研究会编 学苑出版社2003年版
《中国文选学》 中国文选学研究会编 学苑出版社2007年版
《昭明文选》 穆克宏著 春风文艺出版社1999年版
《昭明文选学术考论》 游志诚著 台湾学生书局1996年版
《昭明文选研究》 林聪明著 台湾文史哲出版社1986年版

《文选索引》 〔日本〕斯波六郎编 李庆译 上海古籍出版社 1997年版
《文选之研究》 〔日本〕冈村繁著 陆晓光译 上海古籍出版社 2002年版
《六朝文学论集》 〔日本〕清水凯夫著 重庆出版社1989年版
《清水凯夫〈诗品〉〈文选〉论文集》 〔日本〕清水凯夫著 首都师范大学出版社1995年版
《管锥编》 钱锺书著 中华书局1979年版
《汉魏六朝文学论文集》 曹道衡著 广西师范大学出版社1999年版
《萧统评传》 曹道衡、傅刚著 南京大学出版社2001年版
《兰陵萧氏与南朝文学》 曹道衡著 中华书局2004年版
《当代学者自选文库·王运熙卷》 王运熙著 安徽教育出版社 1998年版
《史记》130卷 〔西汉〕司马迁撰 中华书局标点本
《汉书》120卷 〔东汉〕班固撰 中华书局标点本
《后汉书》120卷 〔南朝宋〕范晔撰 中华书局标点本
《三国志》65卷 〔晋〕陈寿撰 中华书局标点本
《晋书》130卷 〔唐〕房玄龄等撰 中华书局标点本
《宋书》100卷 〔南朝梁〕沈约撰 中华书局标点本
《南齐书》59卷 〔南朝梁〕萧子显撰 中华书局标点本
《梁书》56卷 〔唐〕姚思廉撰 中华书局标点本
《陈书》36卷 〔唐〕姚思廉撰 中华书局标点本
《魏书》130卷 〔北齐〕魏收撰 中华书局标点本
《北齐书》50卷 〔唐〕李百药撰 中华书局标点本
《周书》50卷 〔唐〕令狐德棻撰 中华书局标点本

《隋书》85卷　〔唐〕魏征等撰　中华书局标点本
《南史》80卷　〔唐〕李延寿撰　中华书局标点本
《北史》100卷　〔唐〕李延寿撰　中华书局标点本
《隋书经籍志考证》(二十五史补编本)　〔清〕姚振宗撰　中华书局1985年版
《中国中古文学史》　刘师培著　人民文学出版社1984年版
《魏晋南北朝文学史料述略》　穆克宏著　中华书局1997年版
《魏晋南北朝文学史参考资料》(上、下册)　北京大学中国文学史教研室选注　中华书局1962年版
《全上古三代秦汉三国六朝文》(影印本)　〔清〕严可均编　中华书局1985年版
《骈体文钞》〔清〕李兆洛选辑　上海书店1988年版
《六朝文絜笺注》〔清〕许梿评选　〔清〕黎经诰笺注　中华书局上海编辑所1962年版
《古文辞类纂评注》　吴孟复、蒋立甫主编　安徽教育出版社1995年版
《先秦汉魏晋南北朝诗》　逯钦立辑校　中华书局1983年版
《采菽堂古诗选》〔清〕陈祚明选　清康熙丙戌(1706)刊本
《古诗源》〔清〕沈德潜选　中华书局1980年版
《古诗赏析》〔清〕张玉穀著　许逸民点校　上海古籍出版社2000年版
《八代诗选》〔清〕王闿运编选　清光绪甲午(1894)　善化章氏经济堂校刊本
《文心雕龙辑注》〔清〕黄叔琳注　〔清〕纪昀评　中华书局四部备要本
《文心雕龙注》　范文澜注　人民文学出版社1958年版

《文心雕龙校证》　王利器校笺　上海古籍出版社 1980 年版
《文心雕龙校注》(上、下册)　〔清〕黄叔琳注　李详补注　杨明照校注拾遗　中华书局 2000 年版
《文心雕龙义证》　詹锳义证　上海古籍出版社 1989 年版
《文心雕龙札记》　黄侃著　中华书局上海编辑所 1962 年版
《文心雕龙研究》　穆克宏著　鹭江出版社 2002 年版
《诗品注》　陈延杰注　人民文学出版社 1961 年版
《钟嵘诗品校释》　吕德申著　北京大学出版社 1986 年版
《诗品集注》　曹旭撰　上海古籍出版社 1994 年版
《诗品考索》　王发国撰　成都科技大学出版社 1993 年版
《玉台新咏笺注》　〔南朝陈〕徐陵编　〔清〕吴兆宜注　〔清〕程琰删补　穆克宏点校　中华书局 1992 年修订版

原版后记

我的《文选》研究,应从《文心雕龙》的研究谈起。

我从事《文心雕龙》研究,是受了先师罗根泽先生的启发。此项工作是20世纪60年代开始的。当时主要是精读原著,搜集资料,撰写读书札记。到1977年以后,才开始撰写文章,陆陆续续发表了研究论文三十余篇。在《文心雕龙》研究中,我反复考虑的是如何形成自己的研究特点。80年代以后,研究《文心雕龙》的人渐渐多了,如果千人一面,千口一腔,这样的研究还有什么意义。我想起黄侃先生的话:"读《文选》者,必须于《文心雕龙》所说能信受奉行,持观此书,乃有真解。"(《文选平点》)读《文选》如此,读《文心雕龙》又何尝不要参考《文选》。受黄先生的启发,我决定将《文心雕龙》与《文选》结合起来研究,以形成自己的研究特点。我试着这样去做,结果如何呢,只能由读者来评判了。在精读《文心雕龙》过程中,我编选了一本《文心雕龙选》,于1985年出版。后来,我将一些研究《文心雕龙》的论文有系统地组织起来,辑成一部研究专著,这便是1991年出版的《文心雕龙研究》。1995年,我在编著《魏晋南北朝文论全编》时,对《文心雕龙》全书作了简明的注释,并为各篇撰写了解题。2002年,《文心雕龙研究》出版了新的增订本。至此,我的《文心雕龙》研究工作始告一段落。

我的《文选》研究工作,应该说是与《文心雕龙》研究同时开始的。从上世纪60年代,我在研究《文心雕龙》的过程中,时时翻阅《文选》。因为《文心雕龙》论及的诗文名篇,有许多在《文选》中可以找到。翻阅时间长了,对《文选》也渐渐熟悉了。1985年以后,我为研究生开设《昭明文选》研究课程,边讲课边写论文。1998年,我在人民文学出版社出版了《昭明文选研究》。这是在论文基础上整理而成的一部研究专著。在此书《后记》中,我说过:"我认为,研究《文心雕龙》应与《文选》相结合,参阅《文选》,可以证实《文心雕龙》许多论点的精辟。同时,我也认为,研究《文选》亦应与《文心雕龙》相结合,揣摩《文心雕龙》之论断,可以说明《文选》选录诗文之精审。因此,将二书结合起来研究,好处很多。"将《文选》与《文心雕龙》结合起来研究,并非黄侃先生的创见,黄侃以前,清人孙梅就说过:"彦和则探幽索隐,穷形尽状。五十篇之内,百代之精华备矣。其时昭明太子纂辑《文选》,为词宗标准。彦和此书,其实总括大凡,妙抉人心;二书宜相辅而行者也。"(《四六丛话》卷三十一)黄侃以后,骆鸿凯说:"《雕龙》论文之言,又若为《文选》印证,笙磬同音,岂不谋而合,抑尝共讨论,故宗旨如一耶。"(《文选学》)范文澜说:"《文心雕龙》是文学方法论,是文学批评书,是西周以来文学的大总结。此书与萧统《文选》相辅而行,可以引导后人顺利地了解齐梁以前文学的全貌。"(《中国通史简编》修订本第二编)诸位前贤的论述,使我深受启发。

  文选学是一门古老的学科。这门学科形成于唐初,至今已有千余年的历史,对历代文学发展有着深远的影响。研究文选学,大有可为。《昭明文选研究补编》大都是《昭明文选研究》出版以后撰写的论文,有补缺补漏的意思。文选学可研究的内容极为丰富,补是补不完的。这些零砖碎瓦,不过是为文选学这座大厦增添一些建筑材料而已。应该说明的是,《〈文选〉文体述论》与《〈文选〉诗文作者生平、著作考略(先秦两汉)》,属于资料性的文字,但对文选学的研究不无裨益。《考略》只写到东汉末,因为有关魏晋南北朝的部分，作者另有《魏晋南北朝文学史料述略》可供参考。文选学研究的参考书目，是在 1998 年书目的基础上补充而成，藉此可以了解近几年文选学著作的出版情况，可供研究者参考。

我在将《昭明文选研究》与《昭明文选研究补编》合成一书出版时，曾对《昭明文选研究》作过一些必要的修订。《文选学研究》全书主要由论文辑成，从整体构成来看，这是一部自成体系的文选学研究专著；但就单篇论文而言，它们又具有相对的独立性。因此，少数论文在论述问题时容或有个别重复之处，现在也就一仍其旧，不作删改了。

《昭明文选研究》在初版时，承蒙著名的魏晋南北朝文学专家、挚友曹道衡兄赐序。曹兄一生治学勤奋，著作等身，为魏晋南北朝文学研究作出巨大贡献。他于 2005 年 5 月 9 日不幸逝世，相知二十多年的同行老友骤然离去，使我不胜思念。现仍将曹兄的序冠于书首，以寄托我的思念之情。

著名学者、我最尊敬的朋友、复旦大学王运熙教授一直关心我的《文选》研究工作。拙著出版，年逾八旬的王先生亲自题写书名并赐序，对他的深情厚意，我表示衷心的感谢。

拙著的出版，得到鹭江出版社郑宣陶先生的大力支持，于此一并致谢。

2007 年 7 月于滴石轩

新版后记

我在1960年以后,因为研究《文心雕龙》,经常翻阅《文选》。时间长了,对《文选》就比较熟悉了。1985年,我给研究生开设《昭明文选》研究课。我一面给研究生讲课,一面写文章。到1998年,在人民文学出版社出版了《昭明文选研究》。此书出版后,我意犹未尽,又继续写了一些研究《文选》的文章,作为补编,与《昭明文选研究》合在一起,书名《文选学研究》,由鹭江出版社出版(2008)。此书收入《文集》,在内容上有一些变动。即删去了几篇与《文选》无直接关系的文章,又收入了几篇论述《文选》的文章。至此,我的文选学研究就告一段落了。我的文选学研究有两个特点:一、将《文选》与《文心雕龙》及六朝文论结合起来研究,参考当时的文论研究《文选》中的作家、作品;二、将文学研究和文献的整理研究结合起来。我一面点校梁章钜的《文选旁证》,一面撰写《文选》的研究论文。这样做,使自己对《文选》的论述更为实在,更为实事实是。我努力这样做,做得如何?就由读者来评判了。

2016年2月21日

穆克宏文集

第四册

文心雕龙研究

（上）

中华书局

与张文勋教授(左)、蔡宗齐教授(右)

2000年4月,《文心雕龙》国际学术研讨会在镇江举行,主办单位树碑纪念,碑上有与会者签名

与周勋初教授(右)

与刘文忠编审(左)、张少康教授(右)

与台湾游志诚教授

与沈玉成研究员(中)、许逸民编审(右)

与祖保泉教授

与蒋凡教授(中)

与罗宗强教授(中)、张可礼教授(左)

与牟世金教授

与台湾洪顺隆教授

与詹福瑞教授

目 录

我研究六朝文学的经历(代序) …………………………… 1

上 编

刘勰以前的文学理论批评 …………………………………… 3
刘勰生平述略 ………………………………………………… 21
　〔附〕刘勰年谱 …………………………………………… 29
论《文心雕龙》与儒家思想的关系 ………………………… 40
刘勰的文学起源论再议
　——读《文心雕龙·原道》……………………………… 61
刘勰的文体论初探 …………………………………………… 71
质文沿时　辞以情发
　——刘勰论文学与现实的关系 ………………………… 86
思理为妙　神与物游
　——刘勰论艺术构思 …………………………………… 101
文附质　质待文
　——刘勰论文学作品的内容和形式 …………………… 110
变则其久　通则不乏
　——刘勰论文学的继承和创新 ………………………… 119
刘勰的风格论刍议 …………………………………………… 135
刘勰的文学批评理论 ………………………………………… 149
谈刘勰的文学批评实践的特点 ……………………………… 165

谈《文心雕龙》的表现形式的特点 …………… 175
《文心雕龙》解题 ………………………………… 196
  原道第一 ………………………………………… 196
  征圣第二 ………………………………………… 198
  宗经第三 ………………………………………… 199
  正纬第四 ………………………………………… 200
  辨骚第五 ………………………………………… 200
  明诗第六 ………………………………………… 201
  乐府第七 ………………………………………… 203
  诠赋第八 ………………………………………… 205
  颂赞第九 ………………………………………… 207
  祝盟第十 ………………………………………… 209
  铭箴第十一 ……………………………………… 210
  诔碑第十二 ……………………………………… 212
  哀吊第十三 ……………………………………… 216
  杂文第十四 ……………………………………… 217
  谐讔第十五 ……………………………………… 220
  史传第十六 ……………………………………… 221
  诸子第十七 ……………………………………… 222
  论说第十八 ……………………………………… 223
  诏策第十九 ……………………………………… 225
  檄移第二十 ……………………………………… 228
  封禅第二十一 …………………………………… 229
  章表第二十二 …………………………………… 230
  奏启第二十三 …………………………………… 232
  议对第二十四 …………………………………… 233

书记第二十五…………………………… 235
神思第二十六…………………………… 237
体性第二十七…………………………… 238
风骨第二十八…………………………… 240
通变第二十九…………………………… 242
定势第三十……………………………… 244
情采第三十一…………………………… 245
熔裁第三十二…………………………… 247
声律第三十三…………………………… 248
章句第三十四…………………………… 250
丽辞第三十五…………………………… 251
比兴第三十六…………………………… 253
夸饰第三十七…………………………… 255
事类第三十八…………………………… 257
练字第三十九…………………………… 260
隐秀第四十……………………………… 262
指瑕第四十一…………………………… 264
养气第四十二…………………………… 266
附会第四十三…………………………… 269
总术第四十四…………………………… 270
时序第四十五…………………………… 272
物色第四十六…………………………… 273
才略第四十七…………………………… 275
知音第四十八…………………………… 276
程器第四十九…………………………… 279
序志第五十……………………………… 281

《文心雕龙》、《诗品》比较新议 ………………………… 283
体大思精　见解深湛
　　——史学家论《文心雕龙》 ……………………… 298

下　编

志深而笔长　梗概而多气
　　——刘勰论"建安七子" ………………………… 315
　〔附〕捷而能密　文多兼善
　　　　——刘勰论王粲 …………………………… 344
洒笔以成酣歌　和墨以藉谈笑
　　——刘勰论"魏氏三祖" ………………………… 360
思捷而才俊　诗丽而表逸
　　——刘勰论曹植 ………………………………… 378
师心以遣论　使气以命诗
　　——刘勰论阮籍、嵇康 …………………………… 405
义多规镜　摇笔落珠
　　——刘勰论傅玄、张华 …………………………… 425
钟美于《西征》　贾余于哀诔
　　——刘勰论潘岳 ………………………………… 440
才深辞隐　思巧文繁
　　——刘勰论陆机 ………………………………… 460
尽锐于《三都》　拔萃于《咏史》
　　——刘勰论左思 ………………………………… 479
诗必柱下之旨归　赋乃漆园之义疏
　　——刘勰论东晋文学 …………………………… 497

情必极貌以写物　辞必穷力而追新
　　——刘勰论南朝宋、齐文学 …………………… 515

附录一

沈约和他的文学理论批评 ……………………………… 535
萧统和他的文学理论批评 ……………………………… 553

附录二(文心雕龙选)

刘勰与《文心雕龙》(代序) ……………………………… 571
原　道 …………………………………………………… 580
征　圣 …………………………………………………… 587
宗　经 …………………………………………………… 593
辨　骚 …………………………………………………… 601
明　诗 …………………………………………………… 611
乐　府 …………………………………………………… 622
诠　赋 …………………………………………………… 631
神　思 …………………………………………………… 640
体　性 …………………………………………………… 648
风　骨 …………………………………………………… 654
通　变 …………………………………………………… 660
定　势 …………………………………………………… 666
情　采 …………………………………………………… 673
熔　裁 …………………………………………………… 681
比　兴 …………………………………………………… 686
附　会 …………………………………………………… 692
总　术 …………………………………………………… 698

时　序 …………………………………………………… 704
物　色 …………………………………………………… 723
知　音 …………………………………………………… 730
序　志 …………………………………………………… 738

主要参考书目 …………………………………………… 747
原版后记 ………………………………………………… 759
再版后记 ………………………………………………… 762
新版后记 ………………………………………………… 764

我研究六朝文学的经历①(代序)

我小时候就爱好文学。小学五六年级时我就开始阅读《水浒传》、《三国演义》、《七侠五义》、《包公案》等古典小说。虽囫囵吞枣,一知半解,但小说情节动人,亦感到浓厚的兴趣。上了初中以后,有一件事是令人难忘的。那是在初二年级,这一年没有国文课本,任课老师用《唐诗三百首》和《古文观止》作教材,我读了许多著名的古典诗文。这些优美的作品使我爱上了中国古典文学。我上高中时,著名词学专家唐圭璋先生在我读书的南京一中兼课,他在课余时间为学生开唐诗讲座。他讲的唐诗,使我很受启发。在唐先生的影响下,我开始利用课外时间选读《诗经》、《楚辞》和沈德潜的《唐诗别裁》等古典文学名著。高中毕业时,我决定报考大学中文系。但是,报考哪一所大学的中文系,我拿不定主意。这时有一位在南京一中兼课的原中央大学中文系研究生王季星先生,他给我介绍南京大学中文系的情况,说南京大学中文系有许多有学问的老教授如胡小石先生、陈中凡先生、汪辟疆先生、罗根泽先生等,他们都有很高的学术造诣。王先生的介绍,使我心向往之。我顺利地考上了南京大学中文系。在大学学习期间,胡小石先生和汪辟疆先生给我们讲"中国古代韵文选读",陈中凡先生给我们讲"中国古代散文选读",罗根泽先生给我们讲"中国文学史"。他们的讲课不仅通俗易懂,而且有很强的学术性,使我们学到很多知

---

① 本文原载《文史知识》1997年第10期。

识。特别是胡小石先生,讲课生动,富于感情,使听课的学生赞叹不已。但是,对我治学影响最大的是汪辟疆先生和罗根泽先生。汪先生要我阅读《四库全书总目提要》,重点阅读经、史、子、集的总序和各类小序,这使我懂得治学门径。罗先生说,研究中国古代文学首先要精读《诗经》、《楚辞》,以打基础。两位先生的教导使我终身难忘,指引我走上研究中国古典文学的道路。

汪先生要我阅读《四库全书总目提要》,他说:"《四库全书总目提要》每部有总序,部又分子目,冠以小序,述其源流正变,以絜纲领。所录各书,皆有极详细之提要。今先取其总序、小序读之,学术纲要,已略备具。再能进而阅《提要》全书,终身受益不浅矣。"(《汪辟疆文集·读书举要》)遵照汪先生的教诲,我阅读了《四库全书总目提要》。读后,我了解了经、史、子、集各种书籍的基本情况,也了解了各门学科的源流,懂得了一些学习和研究的门径,确实受益不浅。以后,我又阅读了张之洞的《书目答问》,以及《汉书·艺文志》、《隋书·经籍志》等书,获得了丰富的古籍知识,对我以后读书、治学都很有帮助。

关于《四库全书总目提要》,还应提到的是清人张之洞说的一段话。他说:"读书宜有门径。泛滥无归,终身无得。得门而入,事半功倍。或经,或史,或词章,或经济,或天算地舆。经治何经?史治何史?经济是何条?因类以求,各有专注。至于经注,孰为师授之古学?孰为无本之俗学?史传,孰为有法?孰为失体?孰为详密?孰为疏舛?词章,孰为正宗?孰为旁门?尤宜抉择分析,方不至误用聪明。此事宜有师承。然师岂易得?书即师也。今为诸君指一良师,将《四库全书总目提要》读一遍,即略知学术门径矣。"(《輏轩语·语学》)这一段论述,使我受到很大的启发。著名目录学家余嘉锡先生说:"目录之学为读书引导之资,凡承学之士,皆不可不涉其藩篱,其义以张之洞言之最详。"(《目录学发微》卷一)确实如此。余先生在《四库提要辨证》序录中说:"余之略知学问门径,实受《提要》之赐。"正是经验之谈。

除了《四库全书总目提要》之外,张之洞的《书目答问》对我的帮助也很大。此书《略例》中说:"诸生为学者来问应读何书,书何本为善……因录此以告初学。"可见此书在当时是指导初学入门之目录书,而在今天完全可以视为治学之入门书。余嘉锡先生曾对陈垣先生说过,他的学问"是从《书目答问》入手"(陈垣《余嘉锡论学杂著序》),我也有类似的体会。例如,在我初读杜甫诗时,不知何本为佳,《书目答问》说:"杜诗注本太多,仇、杨为胜。"这是告诉我们读杜甫诗当选择仇兆鳌的《杜诗详注》和杨伦的《杜诗镜铨》,这样就少走许多弯路。记得1981年,我应中华书局之约,点校吴兆宜的《玉台新咏笺注》,而当时并不知道此书刻本出于何时,查《四库全书总目提要》,得知此书当时只有抄本流传,尚无刻本。查《书目答问》,方知此书有清乾隆三十九年刊本,即原刻本。我点校的《玉台新咏笺注》即以此书为底本。这些都是《书目答问》给我的直接帮助。

治学从目录学入手,前人言之详矣。清代经学家江藩说:"目录者,本以定其书之优劣,开后学之先路,使人人知其书可读,则为易学而功且速矣。吾故尝语人曰:'目录之学,读书入门之学也。'"(《师郑堂集》)清代史学家王鸣盛说:"目录之学,学中第一要紧事,必从此问途,方能得其门而入。"(《十七史商榷》卷一)又说:"凡读书最切要者,目录之学。目录明,方可读书,不明终是乱读。"(同上,卷七)清代经学家金榜说:"不通《汉艺文志》,不可以读天下书。艺文志者,学问之眉目,著述之门户也。"(同上,卷二十二引)这些治学经验给我以深刻的影响。

罗先生让我精读《诗经》、《楚辞》，因为这两部文学名著是我国古典文学之祖。沈约在《宋书·谢灵运传论》中论述历代文学之后说："源其飙流所始，莫不同祖风骚。"这是指出《诗经》、《楚辞》在中国古代文学史上的崇高地位。精读这两部文学名著，为我学习和研究六朝文学奠定了坚实的基础。记得我在大学毕业以后，精读《诗经》，用的是朱熹的《诗集传》，参阅汉毛亨传、郑玄笺、唐孔颖达疏之《毛诗正义》和清陈奂的《诗毛氏传疏》。精读《楚辞》，用的是汉王逸注、宋洪兴祖补注的《楚辞补注》，参阅朱熹的《楚辞集注》、清蒋骥的《山带阁楚辞》和清戴震的《屈原赋注》。精读之后，我感到一生受用无穷。

记得在大学读书时，我就想到走治学的道路。但是，不知道怎么做，也不知道研究什么。经过诸位老师的教导，又阅读了《四库全书总目提要》、《书目答问》等目录学著作，我渐渐懂得了怎么做。但是，研究什么？在大学毕业后一段时间里，都不能决定下来。经过一段时间的摸索和思考，我最后决定研究六朝文学。原因有三：其一，我在大学读书时，胡小石先生讲授的六朝诗歌和罗根泽先生讲授的六朝文学史，给我留下了深刻的印象；其二，我是六朝古都——南京人，对六朝的文学和历史有兴趣；其三，当时研究六朝文学的学者很少，较有价值的著作就是鲁迅先生在《魏晋风度及文章与药及酒之关系》中提到的三种书，即清严可均辑的《全上古三代秦汉三国六朝文》、近人丁福保辑的《全汉三国晋南北朝诗》和刘师培的《中国中古文学史》。还有建国初期出版的王瑶先生的《中古文学史论》三种：《中古文学思想》、《中古文人生活》和《中古文学风貌》。其他还有一些，但不多。我认为研究六朝文学似乎大有可为。

六朝文学十分丰富，从何处入手呢？我回忆到罗先生在中国文学史课程中给我们讲授《文心雕龙》的情景，又反复阅读了罗先生《魏晋南北朝文学批评史》中《论文专家刘勰》一章。最后，我决定，我对六朝文学的研究从刘勰的《文心雕龙》开始。

刘勰是中国文学批评史上杰出的文学批评家，他的《文心雕龙》系统地总结了中国古代南朝齐以前文学创作和文学理论批评的丰富经验，提出了许多精辟的见解，是中国古代文学理论批评巨大发展的一个里程碑。研究《文心雕龙》，使我对六朝文学有一个比较全面、深刻的了解。

我是从二十世纪六十年代初期开始研究《文心雕龙》的。当时，我比较仔细地阅读了范文澜的《文心雕龙注》、黄侃的《文心雕龙札记》和刘永济的《文心雕龙校释》。在阅读《文心雕龙》时，我阅读了《文心雕龙》论述所涉及的诗文，加深了对刘勰论述的理解。后来，我又陆陆续续地阅读了许多有关《文心雕龙》的著作和资料。由于种种原因，直到1977年以后，我才开始撰写《文心雕龙》的研究论文。也是为了加深对《文心雕龙》的理解，我一面撰写研究论文，一面又选注、选译《文心雕龙》的主要篇章。所以，我于1985年出版了《文心雕龙选》，1991年出版了《文心雕龙研究》。

我认为，从事学术研究工作要有自己的特点。我在《文心雕龙研究·后记》中道及拙著的一些特点：

第一，将《文心雕龙》和六朝文学结合起来研究。黄侃先生说："读《文选》者，必须于《文心雕龙》所说能信受奉行，持观此书，乃有真解。"（《文选平点》1页）我认为黄先生的话很有道理。同样地，将《文心雕龙》与《文选》结合起来，更可发现《文心雕龙》之精妙。我不仅将《文心雕龙》与《文选》结合起来研究，而且，推而广之，将《文心雕龙》与六朝文学结合起来研究。这样，使我对《文心雕龙》的了解更为具体、深入了。

这是受了黄侃先生的启发。

第二，提出了自己的一些粗浅的见解。例如：作者认为，《文心雕龙》绪论五篇，与其文体论、创作论、批评论的关系不是对等的，而是一种统摄的关系，绪论五篇所表现的儒家思想是贯串全书的。又作者较早注意到《文心雕龙》文体论的研究，认为其文体论熔创作理论、文学批评和文学史为一炉，这是刘勰不同于他的前辈的地方，也是高出他的前辈的地方。还有，作者首先对《文心雕龙》的表现形式进行了研究，指出它在体裁、结构和语言方面的特点，如此等等，或可供研究者参考。

第三，我努力学习前辈学者严谨的治学精神，尽力实事求是地对《文心雕龙》进行研究，因此，对《文心》所论述的文学问题和作家作品力求作科学的分析。对其正确的、精辟的论述，固然一一拈出；对其错误的，或不恰当的论述也不放过，一一点明。书中的每一个结论都是在大量资料的基础上，经过反复的思考，最后得出的。当然，个人的考虑都有局限，可能产生这样或那样的错误，敬希方家和读者指正。

这些特点可能是微不足道的。但是，它反映了我在学术研究中的严肃认真的态度和努力探索的精神。

从1985年开始，我的主要精力转入对《文选》的研究。我一面给研究生讲授"昭明文选研究"课程，一面撰写研究论文。这些研究论文，我于1995年结集名为《昭明文选研究》，已交人民文学出版社出版，今年可以问世。我的《昭明文选研究》的特点是将《文选》与《文心雕龙》结合起来研究，我在拙著《后记》中说：

我认为，研究《文心雕龙》应与《文选》相结合，参阅《文选》可以证实《文心雕龙》许多论点的精辟。同时,我也认为,研究《文选》亦应与《文心雕龙》相结合,揣摩《文心雕龙》之论断,可以说明《文选》选录诗文之精审。因此,将二书结合起来研究,好处很多。我试着这样做,惜未尽如人意耳。

这是撰写此书的一种设想。做得如何,只有请读者来评判了。

为了比较系统、深入地研究《文选》,我一面撰写《文选》的研究论文,一面点校清梁章钜的《文选旁证》。《文选旁证》是具有较高学术价值的《文选》研究著作,清代著名学者阮元说此书"沉博美富,又为此书(指《文选》)之渊海矣"(阮元《文选旁证序》)。清代著名《文选》学家朱珔说"斯真于是书能集大成者矣"(朱珔《文选旁证序》)。因此,我认为有必要将此书介绍给读者。

这里应该说明的是,在我以主要精力从事《文选》研究之前,我点校了清吴兆宜的《玉台新咏笺注》,此书中华书局已于1985年出版。《玉台新咏》是《诗经》、《楚辞》以后最古的一部诗歌总集。它为我们保存了大量的诗歌资料,是研究六朝文学必备的要籍。我整理和研究《玉台新咏》是作为《文选》研究的一个补充。

1990年,在我"耳顺"之年,我决定将我一生所接触到的六朝文学史料整理成书,书名《魏晋南北朝文学史料述略》,中华书局已于1997年1月出版。我这一生研究六朝文学,接触了很多史料,我想,将这些史料介绍给读者,对于他们学习和研究六朝文学可能是会有一些帮助的。

庄子曰:"吾生也有涯,而知也无涯。"知识是无穷的,而人生是有限的。我已年近七旬,愿以余年再为六朝文学研究贡献一份微薄的力量。

上编

刘勰以前的文学理论批评

刘勰是中国文学批评史上杰出的文学批评家,他的《文心雕龙》系统地总结了中国古代南朝齐以前文学创作和文学理论批评的丰富经验,提出了许多精辟的见解,是中国古代文学理论批评巨大发展的一个里程碑。为了了解《文心雕龙》的理论价值和历史意义,我们必须回顾一下刘勰以前,特别是魏晋以来的中国古代文学理论批评发展的概况。

中国文学理论批评有悠久的历史,在我国第一部诗歌总集《诗经》中已有说到作诗的话,例如,"维是褊心,是以为刺"(《魏风·葛屦》),"夫也不良,歌以讯之"(《陈风·墓门》),"家父作诵,以究王讻"(《小雅·节南山》),"君子作歌,维以告哀"(《小雅·四月》),"吉甫作诵,穆如清风"(《大雅·烝民》)等,这可以看作中国文学理论批评的萌芽。

《左传·襄公二十九年》所载"季札观乐"一段,详细地记载了季札对《诗经》的批评,已是一篇比较完整的批评文章了。

至于《尚书·虞书·舜典》所说的"诗言志",朱自清先生认为是中国文学批评的"开山的纲领"(《诗言志辨·序》)。类似这样的话,在《左传》等古籍中都有。如,《左传·襄公二十七年》载赵文子对叔向说:"诗以言志。"《庄子·天下》篇说:"诗以道志。"《荀子·儒效》篇说:"诗言是其志也。"可见这是当时的共同认识。

春秋战国是社会发生剧烈变化的时期,剧烈变化的标志是封建社会终于代替了奴隶社会。春秋战国也是中国文化史上空前繁荣的时期，繁荣的特点是涌现了许多思想家，形成了"百家争鸣"的局面。学术文化的繁荣，当然包括文学理论批评的发展。先秦诸子从自己的主张出发，都在不同程度上对文学发表了自己的见解，其中以儒家的见解最为重要。

儒家的主要代表人物是孔子、孟子和荀子。孔子是儒家的创始人，他对《诗经》的评论值得我们注意。《论语·季氏》说："不学诗，无以言。"这是强调学习《诗经》的重要性。《论语·阳货》说："诗，可以兴，可以观，可以群，可以怨。迩之事父，远之事君，多识于鸟兽草木之名。"这是指出《诗经》的社会作用。《论语·为政》说："诗三百，一言以蔽之，曰思无邪。""无邪"指《诗经》的教育作用。《论语·八佾》说："《关雎》乐而不淫，哀而不伤。"这是赞扬中和之美。孟子提出了重要的文学批评方法。《孟子·万章下》说："颂其诗，读其书，不知其人可乎？是以论其世也。"这是"知人论世"的方法。《孟子·万章上》说："说诗者不以文害辞，不以辞害志。以意逆志，是为得之。"这是"以意逆志"的方法。荀子的文学观以"明道"为核心。他说："故凡言议期命，是非以圣王为师。"（《荀子·正论》）又说："凡言不合先王，不顺礼义，谓之奸言。"（《荀子·非相》）由此他提出明道、征圣、宗经的文学思想。儒家的文学思想，对后世的文学理论批评产生了深远的影响。

墨家的创始人墨子强调"文学"（先秦所谓"文学"，指文化、学术。下同）的实用性，反对文采。他还反对音乐，因为他看到统治者用音乐来享受，对人民不利，墨子反对音乐有一定的积极意义，但是未免狭隘。

道家的代表人物老子和庄子，否定文化、学术和一切文献。但是，他们崇尚自然的主张，对后世反对文学的形式主义倾向起了一定的积极作用。他们用来表述自己哲学思想的寓言故事，对后世作家的文学创作也有一定的启发作用。

法家的集大成者韩非,继承了商鞅的政治思想,主张耕战,禁绝文学,否定一切文化遗产。这种思想不利于文学的发展,虽然对后世的文学影响不大,但在某个历史时期(如秦代)却也起了极为恶劣的作用。

两汉文学理论批评,依旧散见于一些学术著作中,但也出现了少数单篇的文学论文,如《毛诗序》、班固《离骚序》、王逸《楚辞章句序》等,这是新的情况。

两汉文学理论批评的内容,主要涉及三个方面:

其一,诗歌理论。汉代的诗歌理论集中地表现在《毛诗序》中。序中说:

> 诗者,志之所之也,在心为志,发言为诗。情动于中而形于言,言之不足故嗟叹之,嗟叹之不足故永歌之,永歌之不足,不知手之舞之,足之蹈之也。

这段话道出了诗歌的特点,并且说明了诗歌和音乐、舞蹈的关系。序中又强调"发乎情,止乎礼义",提倡儒家的伦理标准,要求为封建统治服务。又说"治世之音安以乐,其政和;乱世之音怨以怒,其政乖;亡国之音哀以思,其民困",指出了诗歌与时代政治的关系。又说诗歌可以"经夫妇,成孝敬,厚人伦,美教化,移风俗",揭示了诗歌的社会作用。这篇序还提出了"六义"说,即风、雅、颂、赋、比、兴。风、雅、颂是诗歌的分类,赋、比、兴是诗歌的表现手法。《毛诗序》的论述,可以看作先秦以来儒家诗歌理论的一个比较全面的总结,它对后世的诗歌创作和诗歌理论批评产生了极为巨大、深远的影响。

其二,对屈原的评论。刘安首先对屈原《离骚》作了极高的评价:"淮南王安叙《离骚传》,以《国风》好色而不淫,《小雅》怨悱而不乱,若《离骚》者,可谓兼之。蝉蜕浊秽之中,浮游尘埃之外,皭然泥而不滓。推此志,虽与日月争光可也。"(班固《离骚序》)司马迁在刘安评论的基础上,结合屈原的生平、思想评论《离骚》,指出"屈平之作《离骚》,盖自怨生也"(《史记·屈原贾生列传》),认识更为深刻。扬雄说:"诗人之赋丽以则,辞人之赋丽以淫。"他将景差、唐勒等人的作品归入"辞人之赋",将屈原的作品归入"诗人之赋",可见他对屈原的评价是很高的。他读《离骚》"未尝不流涕也"(《汉书·扬雄传》),对屈原的不幸遭遇,也是寄予同情的。但是,他从明哲保身的观点出发,对屈原的反抗精神并不能充分地理解。班固对屈原的爱国精神是肯定的,对屈原的作品也是赞扬的。他说:"其文弘博丽雅,为辞赋宗,后世莫不斟酌其英华,则象其从容。"只是他从儒家思想出发,接过扬雄"明哲保身"的观点,说:"今若屈原,露才扬己,竞乎危国群小之间,以离谗贼。然责数怀王,怨恶椒兰,愁神苦思,强非其人,忿怼不容,沉江而死,亦贬絜狂狷景行之士。"(《离骚序》)班固认为屈原是"妙才",然而"非明智之器"。这些批评显然是不正确的。最值得我们注意的是王逸对屈原的评价。王逸《楚辞章句》是今存最早的《楚辞》注本。其中《楚辞章句序》对屈原作品的评论,发展了刘安的观点,批判了班固对屈原的非议,提出了自己不同的看法,比较重要。王逸说:

> 屈原履忠被谮,忧悲愁思,独依诗人之义,而作《离骚》,上以讽谏,下以自慰。遭时暗乱,不见省纳,不胜愤懑,遂复作《九歌》以下凡二十五篇。

这里分析了屈原写作《离骚》、《九歌》的原因,肯定了屈原的爱国精神。王逸指出,"人臣"应该"忠正""伏节","若夫怀道以迷国,详愚而不言,颠则不能扶,危则不能安,婉娩以顺上,逡巡以避患,虽保黄耇,终寿百年,盖志士之所耻,愚夫之所贱也"。对班固明哲保身的思想进行了有力的批判。王逸认为屈原"膺忠贞之质,体清洁之性,直若砥矢,言若丹青,进不隐其谋,退不顾其命,此诚绝世之行,俊彦之英也",高度赞扬了屈原的人格美。因此,班固认为屈原"露才扬己,怨刺其上,强非其人",显然是不恰当的。由于当时儒家思想占统治地位,儒家经书是衡量一切的标准,王逸针对班固"依经立义"贬低屈原的成就,他也"依经立义",对屈原作出崇高的评价。他甚至认为屈原是"所谓金相玉质,百世无匹,名垂罔极,永不刊灭者矣"。王逸关于屈原的分析和评价,对后世的影响是很大的。

其三,对辞赋的评论。汉代辞赋盛行,关于辞赋的评论也渐渐多了。司马迁在《史记》中专为司马相如立传。他说:"相如虽多虚辞滥说,然其要归,引之节俭,此与《诗》之风谏何异?"(《史记·司马相如列传》)这是依经立论,从正面肯定了相如赋的价值和作用。扬雄本人就是赋家,早年他爱好辞赋,并模仿司马相如作赋,认为"诗人之赋丽以则,辞人之赋丽以淫"(《法言·吾子》)。"诗人之赋",是指屈原之赋;"辞人之赋",是指宋玉、景差、枚乘等人的赋。扬雄以为前者华丽合度,后者则辞藻堆砌过度,肯定了前者,批判了后者。后来,扬雄在创作中认识到汉赋忽视内容、追求形式的缺点,看法改变了。他把汉赋比作"童子雕虫篆刻",主张"壮夫不为也"(同上)。自己也放弃了辞赋的写作,而从事哲学方面的著述。扬雄这样做,是和他的儒家思想分不开的。他明确提出:"好书而不要诸仲尼,书肆也;好说而不要诸仲尼,说铃也。"又说:"或曰:人各是其所是,而非其所非,将谁使正之?曰:万物纷错,则悬诸天;众言淆乱,则折诸圣。或曰:恶睹乎圣而折诸?曰:

在则人,亡则书,其统一也。"(同上)这种宗经、征圣的思想,刘勰在《文心雕龙》中作了进一步发挥。班固对赋的看法和扬雄不同,他说:"赋者,古诗之流也。"(《两都赋序》)这是说,赋是从《诗经》来的,其作用是"或以抒下情而通讽谕,或以宣上德而尽忠孝",即有的反映下情,有的宣扬朝廷恩德,为封建统治者服务。所以,班固认为赋是"雅颂之亚",这个评价是很高的。

此外,东汉唯物主义思想家王充对文学的一些意见应引起我们的注意。他强调文学的独创性,《论衡·佚文》篇说:"发胸中之思。""论发胸臆,文成手中。"《超奇》篇说:"思自出于胸中。"同时也反对模拟,《自纪》篇指出:"饰貌以强类者失形,调辞以务似者失情。"这样的议论在《论衡》中并不罕见。在作品的内容和形式的关系上,《超奇》篇说:"实诚在胸臆,文墨著竹帛,外内表里,自相副称。"这是认为作品的内容和形式应该统一。他十分重视文学的社会作用。《自纪》篇说:"为世用者,百篇无害;不为用者,一章无补。"《对作》篇说:"故夫贤圣之兴文也,起事不空为,因因不妄作;作有益于化,化有补于正。""不空为"、"不妄作",正是说明写作文章要有目的。他还论及作品的语言问题。《自纪》篇说:"口则务在明言,笔则务在露文。"意思是说语言要明白易晓,注意通俗化。应该指出,王充所谓"文",并不等于现在的所谓文学,但是,它是包括文学在内的。因此,王充的一些观点,对后世文学理论批评是有一定的影响的。

魏晋南北朝的文学理论批评有了新的发展。这主要表现在单篇文学论文增多,而且内容也扩大了。同时,文学理论专著如刘勰《文心雕龙》、钟嵘《诗品》等相继产生。魏晋南北朝的文学理论批评的光辉成就,说明它是中国文学批评史的重要发展阶段。

魏晋以来,儒家思想有所削弱,法家、黄老、玄学、佛学等思想都曾受到重视。作家在一定程度上挣脱儒家思想的束缚,加上最高统治者对文学的青睐,形势十分有利于文学创作的发展,而文学创作的实践,必然促进文学理论批评的发展。这是魏晋南北朝文学理论批评兴盛的主要原因。

魏晋南北朝文学理论批评,刘勰在《文心雕龙·序志》篇中提到的有曹丕《典论·论文》、曹植《与杨德祖书》、应玚"文论"、陆机《文赋》、挚虞《文章流别论》、李充《翰林论》,以及刘桢、陆云、应贞等人关于文学的议论。兹分述于下：

曹丕《典论·论文》。这篇论文是曹丕学术专著《典论》中的一篇。《三国志·魏书·文帝纪》说："初,帝好文学,以著述为务,自所勒成垂百篇。"裴松之注引《魏书》曰："故论撰所著《典论》、诗赋,盖百余篇。"这说明曹丕著作甚丰,注又引胡冲《吴历》曰："帝以素书所著《典论》及诗赋饷孙权,又以纸写一通与张昭。"可见曹丕对《典论》是十分重视的。《典论》已经失传,传下来的《论文》篇是中国文学批评史上著名的文学论文。

汉代的文学批评论文都是论述一部书或一种文体,而《典论·论文》的内容扩大了,涉及到几个方面的问题,显然这是新的发展。

《典论·论文》论述的内容,有如下几个方面。

其一,文学批评的态度。曹丕指出："文人相轻,自古而然。"造成文人相轻的原因是"各以所长,相轻所短",缺乏自知之明。曹丕认为自己能看清自己,这样衡量别人,能免除"文人相轻"的痼疾,所以能写作这篇论文。至于"贵远贱近,向声背实"、"暗于自见,谓己为贤",也是造成不能正确进行文学批评的原因,理应加以克服。

其二,作家的评论。曹丕对孔融、陈琳、王粲、徐幹、阮瑀、应玚、刘桢所谓"建安七子"都有评论,认为他们"于学无所遗,于辞无所假,咸以自骋骥骤于千里,仰齐足而并驰"。虽然自以为如此,而客观上总是有高下之分的,就是作家本身也自有其优点和缺点。曹丕认为王粲和徐幹都长于辞赋,其成就虽张衡、蔡邕不能超过,其他作品就差一些。陈琳、阮瑀的章、表、书、记的成就在当时是杰出的。应玚的文章平和而不雄壮,刘桢的文章雄壮而不精密。孔融的气质才性高妙,有过人的地方,但不善于立论。他的文章辞过于理,甚至夹杂了一些嘲戏的话。至于他擅长的文章,可与扬雄、班固相比。这些评论都是从他的"文气说"出发的。

其三,文气说。曹丕提出"文以气为主"。这种"气",表现在作家身上,是气质才性;表现在文章里,是风格。"气"有清有浊,即有阳刚之气和阴柔之气,这在文章里就形成了俊爽超迈的风格和凝重沉郁的风格。风格的形成具有多方面的原因,曹丕只是强调作家的气质才性,显然是片面的。

其四,文体的分类。曹丕把文体分为四科八体,它们各有特点:

文体	奏、议	书、论	铭、诔	诗、赋
特点	雅	理	实	丽

曹丕在中国文学理论批评史上首次提出文体分类,虽然比较简单,但对后世的影响很大。他说:"诗赋欲丽。"也点出了建安文学新的发展趋势。

其五,文学的价值。曹丕说:"文章乃经国之大业,不朽之盛事。"这是把文章看作治国的大事,具有不朽的价值。当时封建统治者如此重视文学,无疑对文学的发展起推动作用。

这些内容体现了建安文学的时代精神,对后世的文学理论批评有深远的影响。

曹丕另有《与吴质书》一篇，其中对"建安七子"的论述，与《典论·论文》中的论述完全一致，可以对照阅读。

曹丕的同母弟曹植是建安时期最杰出的诗人。他的《与杨德祖书》也提到了建安文学诸子，并对文学批评发表了意见。他说："世人著述，不能无病。仆常好人讥弹其文，有不善应时改定。"这是主张虚心听取别人意见，及时修改自己的文章，以臻于完善。这个意见当然是对的，问题是他又主张："盖有南威之容，乃可以论于淑媛；有龙渊之利，乃可以议于断割。"并批评刘季绪"才不能逮于作者，而好诋诃文章，掎摭利病"。这样混淆创作与批评的界限就不对了。这样说，实际上是拒人于门外，如何虚心接受批评呢？

曹植说："夫街谈巷说，必有可采；击辕之歌，有应风雅。"表现了对民间文学的重视。但是另一方面，他却轻视辞赋，这一不正确的观点遭到他的好友杨修的反驳。

应玚的"文论"，黄叔琳注云："应集有《文质论》。"《文心雕龙》卷十，范文澜注引《文质论》全文，又说："此论无关于文，姑录之。"看来是不可靠的。但是，究竟指什么文章，由于应玚的作品散失很多，现在已无法确知。

陆机的《文赋》，是中国文学批评史上的重要论文。《文赋》的写作时代，杜甫《醉歌行》说："陆机二十作《文赋》。"此说别无佐证，似不可信。今人逯钦立等认为是陆机四十岁以后的作品，根据也不足，但可供参考。《文赋》究竟写于何时，现在已无法确定。

《文赋》是中国文学理论批评史上第一篇完整的文学创作论。这篇文章用赋的形式，对文学创作过程进行了比较详细的论述，还论述到风格和文学创作的一些技巧问题。这是陆机对前人和自己创作经验的总结，是中国古代文学理论批评史上的又一新的发展。

《文赋》的主要内容是论述文学的创作过程。一开始是讲创作的准备:"颐情志于典坟",是说要学习古代典籍;"遵四时以叹逝,瞻万物而思纷;悲落叶于劲秋,喜柔条于芳春",是说要观察一年四季的景物;"心凛凛以怀霜,志眇眇而临云",是说要心怀高洁。做好这三方面的准备工作,就可以进入创作过程。

进行文学创作,有一个艰苦的构思阶段:

> 其始也,皆收视反听,耽思傍讯,精骛八极,心游万仞。其致也,情曈昽而弥鲜,物昭晰而互进;倾群言之沥液,漱六艺之芳润;浮天渊以安流,濯下泉而潜浸。于是沉辞怫悦,若游鱼衔钩而出重渊之深;浮藻联翩,若翰鸟缨缴而坠曾云之峻。收百世之阙文,采千载之遗韵;谢朝华于已披,启夕秀于未振;观古今于须臾,抚四海于一瞬。

陆机以生动的语言,对文学创作的构思过程作了生动细致的描写。在构思开始的时候,不看不听,深深思索,广泛探求,心神飞向极远的八方,遨游在万仞天空。在构思成熟的时候,要表达的思想感情由朦胧而越来越鲜明,物象清晰而纷至沓来。于是倾注诸子百家的精华,熔铸六经的文辞。想象有时好像在天池里安稳地漂流,有时如同在地泉中洗濯浸泡。有时吐词艰涩,好像游鱼衔钩,从深渊中慢慢地提出水面;有时词藻涌来,如同飞鸟中箭,从高高的云层中急遽地掉下来。收集百代的阙疑文字,采用千年遗留的音韵。抛开前人用滥的意和辞,就像抛弃已开过的花朵;采用前人未用过的意和辞,就如开启未曾开放的花朵。片刻之间可以洞察古往今来的历史,一眨眼的工夫能够观尽天下的事变。在构思过程中,我们可以看到想象的巨大作用,无怪乎黑格尔说,作家"最杰出的艺术本领就是想象"(《美学》第一卷,商务印书馆 1981 年版 357 页)。

在文学创作过程中还有灵感问题。陆机说：

> 若夫应感之会，通塞之纪，来不可遏，去不可止，藏若景灭，行犹响起。方天机之骏利，夫何纷而不理。思风发于胸臆，言泉流于唇齿。纷葳蕤以馺遝，唯毫素之所拟。文徽徽以溢目，音泠泠而盈耳。及其六情底滞，志往神留，兀若枯木，豁若涸流。览营魂以探赜，顿精爽而自求。理翳翳而愈伏，思轧轧其若抽。是故或竭情而多悔，或率意而寡尤。虽兹物之在我，非余力之所戮。故时抚空怀而自惋，吾未识夫开塞之所由也。

陆机对灵感的开塞来去描写得形象而又深刻，非深知其中甘苦的人是无法道出的。他认为灵感来的时候是挡不住的，去的时候是阻止不了的。藏起来如同影子消失，出现时好像声音响起。在灵感涌现时，没有什么纷乱的思绪是理不清的。文思发于心中如同疾风，文辞流于唇齿如同涌泉。丰富多彩的文思，你只要用纸笔去写好了。写出来的文章，文采妍美满目，音韵清脆悦耳。在灵感闭塞时，心志散去，精神滞留。呆呆地像枯死的树木，空空地如干涸的河流。虽然竭尽心力探索奥秘，提起精神自去寻求。但是，文理不明更加隐伏，文思难出如同抽丝。有时竭尽心神反多悔恨，有时信笔写来倒少谬误。虽写文章在于我，然实非我力之所能及。所以我常抚空怀而自叹，弄不清文思开塞的根由。陆机对艺术构思过程中的灵感现象的描述是比较真实的客观的，作为灵感理论的开端，它对后世文学理论批评产生了深远的影响。不过，他把灵感归之于"天机"，即自然天性，这显然是唯心主义的观点。

《文赋》主要是讨论艺术创作的构思问题，也谈到结构、剪裁、文体、风格、语言等问题。陆机在论述艺术构思之后，提出了结构问题。他说:"选义按部,考辞就班。"即选择事义,考究文辞,使之按部就班,就是安排好文章的结构。结构是由内容决定的,得根据内容表达的需要进行安排。内容不同,结构也就多种多样。陆机说:"或因枝以振叶,或沿波而讨源。或本隐以之显,或求易而得难。或虎变而兽扰,或龙见而鸟澜。"这里以生动的比喻,描述了六种不同的结构方式。这只是举例说明问题,并不是说结构的方式只有这六种。陆机在讨论结构时,特别强调"理扶质以立干,文垂条而结繁"。这种以内容为主干,以文辞为枝条的思想,值得我们注意。有的研究者将陆机看作形式主义文学理论的创始人,是很不公平的。

一篇文章的好坏,和剪裁的关系极为密切。文章往往存在这样或那样的毛病,正如陆机所指出的:"或仰逼于先条,或俯侵于后章,或辞害而理比,或言顺而义妨。"遇到这些情况怎么办呢?用剪裁的办法去掉毛病,就可以成为佳作,不然则为劣品,所谓"离之则双美,合之则两伤"。文章剪裁是一项细致的工作,陆机提出:"考殿最于锱铢,定去留于毫芒。"经过衡量,文章如仍有不当之处,就要根据法度,加以纠正,使之恰当。

至于语言,陆机认为:第一,要讲究韵律。他说:"其会意也尚巧,其遣言也贵妍。暨声音之迭代,若五色之相宣。"这是说,文章要立意尚巧,遣辞贵妍。至于语言的音调声韵变换,好比五色的相互配合。如果不按韵律乱凑,往往会首尾颠倒,如果乱了五色的次序,就显得污浊而不鲜艳。可见陆机是重视语言韵律的。第二,要有警句。他说:"立片言而居要,乃一篇之警策。虽众辞之有条,必待兹而效绩。亮功多而累寡,故取足而不易。"陆机特别强调熔铸警句,他认为虽然众多的文辞都有条有理,但是,必须依靠警句方能发挥作用。这样做利多弊少,所以就这样做,不再有所更易。第三,要有独创性。他说:"谢朝华于已披,启夕秀于未振。"又说:"虽杼轴于予怀,怵他人之我先。苟伤廉而愆义,亦虽爱而必捐。"这里强调创作的独创性。陆机明确表示,要反对因袭,要避免雷同。当然,以上引文皆兼指意与辞两个方面,不过从这里亦可窥见陆机对文学作品语言运用的主张。

陆机关于风格和文体的论述,比较值得我们注意。

曹丕《典论·论文》对"建安七子"的评论和对文气的分析,已经涉及作家的气质才性和作品风格的关系问题,但这仅仅是开始。陆机对风格的认识,显然前进了一步。他说:"体有万殊,物无一量,纷纭挥霍,形难为状。"意思是说,文体千差万别,风格各人各样。这是由于作品反映的客观事物是千姿百态的。这纷纭万状、变化迅速的客观事物是很难描写的。陆机把文体、风格和客观事物联系在一起,说明文体和风格的多样性,这一见解是十分卓越的。他又说:"故夫夸目者尚奢,惬心者贵当,言穷者无隘,论达者唯旷。"好夸张炫耀的人,崇尚浮艳;要求描写恰切的人,重视精当;讲究穷形尽相的人,表达酣放;议论通达的人,作品宽阔、开朗。作家的性格、爱好不同,作品的风格则各异。陆机关于作家的性格和作品风格关系的论述,显然受到曹丕《典论·论文》的启发。不过,他的论述仍然比较简略、概括。我国古代文学理论批评中的风格论,直到刘勰才进行了系统的探讨。

曹丕《典论·论文》把文体分为四科八体,陆机则分为十体:

> 诗缘情而绮靡,赋体物而浏亮;碑披文以相质,诔缠绵而凄怆;铭博约而温润,箴顿挫而清壮;颂优游以彬蔚,论精微而朗畅;奏平彻以闲雅,说炜晔而谲诳。

在文体分类上,陆机显然也前进了一步。对于文体特点的分析,曹丕粗略，陆机则较详。例如诗赋，曹丕笼统概括为："诗赋欲丽。"陆机则分别指出："诗缘情而绮靡，赋体物而浏亮。"其进步是显而易见的。

陆机的"诗缘情而绮靡"说，对我国古代的文学创作和文学理论批评都有很大的影响。朱自清说："'诗言志'一语虽经引申到士大夫的穷通出处，还不能包括所有的诗。……'言志'以外迫切的需要一个新标目。于是陆机《文赋》第一次铸成'诗缘情而绮靡'这个新语。"(《诗言志辨·诗言志·作诗言志》)因此，在古代诗歌创作方面，就有所谓"言志"派、"缘情"派；在古代诗歌理论方面，就有所谓"言志"说、"缘情"说。历代学士文人对此多有评论，如明人谢榛说："绮靡重六朝之弊。"(《四溟诗话》卷一)胡应麟说："'诗缘情而绮靡'，六朝之诗所自出也。"(《诗薮·外编》卷二)清人汪师韩说："以绮丽说诗，后之君子所斥为不知理义之归也。"(《诗学纂闻·绮丽》)或褒或贬，说法不一。我们从文学史上来考察，发现陆机的"缘情"说，确实揭示了诗歌的一些创作规律和艺术特征。因此，它不仅对六朝诗歌有直接的影响，而且对唐代诗歌的繁荣也起了一定的间接作用。

晋代还有两部书——挚虞的《文章流别志论》和李充的《翰林论》——是值得一提的。这两部书，既选录了作品，又有评论，都表达了编者对文学批评的意见。

挚虞的《文章流别志论》。据《晋书·挚虞传》记载："(挚虞)撰古文章，类聚区分为三十卷，名曰《流别集》。各为之论，辞理惬当，为世所重。"这是说挚虞分类选录了古代诗文，并附有评论。《隋书·经籍志·总集类》云："《文章流别集》四十一卷，《文章流别志论》二卷。"记载就更清楚了，前者为作品选，后者为评论集。可惜的是二者均已散佚，现存的只有《艺文类聚》等类书载录的

《志论》十余条。这些残篇已被清人严可均收入《全晋文》卷七十七。现存的佚文,基本上是论述文体的。论及的文体有颂、赋、诗、七、箴、铭、诔、哀辞、哀策等,其文章分类与后来的《文心雕龙》、《文选》颇为相似。挚虞论文体,或说明文章的性质,或叙述文体的源流,或评论其利弊,颇有一些可取的见解。例如:

> 赋者,敷陈之称,古诗之流也。古之作诗者,发乎情,止乎礼义。情之发,因辞以形之;礼义之旨,须事以明之。故有赋焉,所以假象尽辞,敷陈其志。前世为赋者,有孙卿、屈原,尚颇有古诗之义,至宋玉则多淫浮之病矣。《楚辞》之赋,赋之善者也,故扬子称赋莫深于《离骚》。贾谊之作,则屈原俦也。古诗之赋,以情义为主,以事类为佐。今之赋,以事形为本,以义正为助。情义为主,则言省而文有例矣;事形为本,则言富而辞无常矣。文之烦省,辞之险易,盖由于此。夫假象过大,则与类相远;逸辞过壮,则与事相违;辩言过理,则与义相失;丽靡过美,则与情相悖。此四过者,所以背大体而害政教。是以司马迁割相如之浮说,扬雄疾"辞人之赋丽以淫"。

这一条是论赋。首先说明赋之源流,然后指出孙卿、屈原的赋,"颇有古诗之义",即"发乎情,止乎礼义";批评了宋玉"淫浮"的毛病。关于汉赋,他肯定了贾谊,批评了"辞人之赋"。他认为"辞人之赋"有"四过",即"假象过大"、"逸辞过壮"、"辩言过理"和"丽靡过美"。挚虞的评论,虽然是从正统的儒家思想出发的,但是不乏卓见,对后世文论如《文心雕龙》等颇有影响。所以明人张溥说:"《流别》旷论,穷神尽理。刘勰《雕龙》,钟嵘《诗品》,缘此起议,评论日多矣。"(《汉魏六朝百三名家集·挚太常集题辞》)

李充的《翰林论》。据《隋书·经籍志·总集类》记载:"《翰林论》三卷,李充撰,梁五十四卷。"有人推测,《翰林论》三卷所收为评论,五十四卷的或名《翰林》,专收作品。与挚虞《文章流别集》、《文章流别志论》的形式相似。《翰林论》已亡佚,现存佚文十余条,散见《太平御览》等类书中,严可均收入《全晋文》卷五十三。现存佚文多论述文体,例如:

> 表宜以远大为本,不以华藻为先。若曹子建之表,可谓成文矣。诸葛亮之表刘主,裴公之辞侍中,羊公之让开府,可谓德音矣。
>
> 研玉(核)名理,而论难王马(生焉),论贵于允理,不求支离,若嵇康之论(成)文矣。
>
> 在朝辨政而议奏出,宜以远大为本。陆机议晋断,亦名其美矣。

以上三条论述表、论、奏等文体,皆以作品为例,概括文体的特点,比较简略。也有论述作家作品的。例如:

> 潘安仁之为文也,犹翔禽之羽毛,衣被之绡縠。
>
> 木氏《海赋》,壮则壮矣。然首尾负揭,状若文章,亦将由未成而然也。
>
> 应休琏五言诗百数十篇,以风规治道,盖有诗人之旨。

这里论述潘岳文、应璩诗和木华《海赋》的思想、艺术特点,不无特见。如论潘岳一条,就曾为钟嵘所引用,并被钟嵘称为"笃论"。但是,与挚虞所论相比,显然不如挚氏详赡。

刘勰提到的魏晋南北朝时期文学理论批评作者,尚有刘桢、应贞和陆云。

刘桢是"建安七子"之一。他论文章的话,仅存刘勰《文心雕龙》引用的两条。《风骨》篇引:"公幹亦云:孔氏卓卓,信含异气,笔墨之性,殆不可胜。"刘桢认为孔融是卓越的,确有与众不同的气质,他文章的优点,恐怕难以超过。《定势》篇引:"文之体指实强弱,使其辞已尽而势有余,天下一人耳,不可得也。"这是说文章的体势有强有弱,能做到文辞已尽而体势有余,天下一人而已,是不可多得的。很显然,刘桢论文是重视作家的气质和文章的体势的。

应贞,字吉甫,应璩之子。严可均《全晋文》辑其佚文九则,不见论文之语。

陆云,陆机之弟。陆云《与兄平原书》三十五篇,颇多论文之语。例如:

> 《文赋》甚有辞,绮语颇多。文适多体,便欲不清。不审兄呼尔不?
>
> 往日论文,先辞而后情,尚絜而不取悦泽。尝忆兄道张公父子论文,实欲自得。今日便欲宗其言。兄文章之高远绝异,不可复称言。然犹皆欲微多,但清新相接,不以为病耳。
>
> 云今意视文,乃好清省,欲无以尚,意之至此,乃出自然。
>
> 有作文唯尚多,而家多猪羊之徒。作《蝉赋》二千余言,《隐士赋》三千余言,既无藻伟体,都自不似事。文章实自不当多。
>
> 古今之能为新声绝曲者,无有过兄。兄往日文虽多瑰铄,至于文体,实不如今日。
>
> 张公文无他异,正自清省无烦长,作文正尔,自复佳。

张溥指出:"士龙与兄书,称论文章,颇贵清省,妙若《文赋》,尚嫌'绮语'未尽。又云:'作文尚多,譬家猪羊耳。'其数四推兄,或云'瑰铄',或云'高远绝异',或云'新声绝曲',要所得意,惟'清新相接'。"(《汉魏六朝百三名家集·陆清河集题辞》)贵"清省",重

"清新",可见陆云论文宗旨。陆云关于文章的论述比较零星,不成系统,刘勰虽然提及,但是还没有受到研究者的重视。

刘勰在《文心雕龙·序志》篇中论述魏晋南北朝文学理论批评的作家作品,提到桓谭。桓谭是两汉之际的思想家,刘勰当然不会不知道。这里所以提到他,是因为对他特别看重。

桓谭《新论》中颇有一些论文的话,刘勰《文心雕龙》引用的有三条。《通变》篇引:"予见新进丽文,美而无采;及见刘、扬言辞,常辄有得。"《定势》篇引:"文家各有所慕,或好浮华而不知实核,或美众多而不见要约。"《哀吊》篇云:"及相如之吊二世,全为赋体。桓谭以为其言恻怆,读者叹息;及卒章要切,断而能悲也。"这里,或批评一些新作家的华丽文章,认为它们虽然华美而没有什么可采取的;或赞扬刘向、扬雄,认为读他们的文章,常有所得;或指出作家各有爱好,所以文章体势各异;或评论司马相如《哀秦二世赋》,指出因为写得真实感人,所以使人悲伤叹息。桓谭的这些见解,受到刘勰的重视。

以上介绍的是刘勰以前文学理论批评的概况。了解这些,可以使我们懂得:刘勰正是在前人的哺育下,成长为文学理论批评的巨人的。

1985年10月

刘勰生平述略

刘勰,字彦和。约生于宋明帝泰始元年,即公元465年。《梁书·刘勰传》说他是东莞莒(今山东莒县)人。其实这只是刘勰的祖籍,他的祖父辈、父辈和他自己都是出生在南徐州南东莞郡的京口(今江苏镇江)。刘勰的祖父刘灵真,生平事迹不详。我们只知道他是南朝宋司空刘秀之的弟弟。刘勰的父亲刘尚,生平事迹亦不详。史称他曾任越骑校尉,这是掌管越人来降,然后编为骑兵的武官。一说,"取其材力超越"(《宋书·百官志下》)。似以后说为是,因为越人本来不善于骑马。

刘勰早年丧父,家境贫寒。他少年时期就意志坚强,好学不倦,认真阅读了大量的儒家经典和其他著作,这为后来写作《文心雕龙》奠定了思想基础。

《梁书·刘勰传》说他因为家里穷,以致不能结婚。这一说法是值得商榷的。第一,刘勰的父亲刘尚,官至越骑校尉,俸禄约二千石。他即使在刘勰幼年时就去世,刘勰也不至于一贫如洗。第二,刘勰如果真的穷到无法维持生活,如何"笃志好学",退一步说,即使刘勰在南朝齐,因为贫穷无法结婚,而在入梁以后即步入官场,又为何不结婚呢?因此,可以断言,《梁书》此说不可信。又有人认为,刘勰不结婚是因为居母丧。请问,居母丧三年之后,又为何不结婚呢?显然不能自圆其说。那么,刘勰究竟为什么不结婚呢?有人认为,最大的可能是因为信仰佛教。这类情况在当时是有的,僧祐避婚(事见《高僧传·僧祐传》)就是因为信仰佛教而不肯结婚的例子。由此,我们可以理解刘勰不婚娶的原因。但是,当时的刘勰和僧祐不同,他并不完全信仰佛教。他在《文心雕龙·程器》篇中说:"穷则独善以垂文,达则奉时以骋绩。"他希望能有"达"时,以施展才能,而在那"上品无寒门"的社会里,出身寒门的刘勰是不可能得到重用的。如果想得到重用,得为统治者创业出大力、立大功,当时没有这样的机会。那么,只有与士族联姻,通过婚姻关系改变自己的地位,可是当时士庶区别很严,并不是每个人都有这样的机会。也许刘勰没有这种机会,所以就不结婚了。总之,对于刘勰"不婚娶"有各种不同的解释,直到现在,还没有一种解释是大家感到满意的。

齐武帝永明年间(483—493),高僧僧祐奉皇帝之命到江南讲学。僧祐(444—518),建业(今江苏省南京市)人,是当时著名的佛学大师。入梁后,他出入宫廷,备受朝廷礼遇。著有《释迦谱》五卷、《世界记》五卷、《出三藏记集》十五卷、《萨婆多部相承传》五卷、《法苑集》十卷、《弘明集》十四卷等。大约在这时,刘勰投靠僧祐,在南京城外钟山定林寺,和他一起生活了十多年。当时的寺庙富于藏书,这一段时间,刘勰阅读大量的经、史、子、集著作,这从《文心雕龙》所论述的内容可以看出来。同时,根据《梁书·刘勰传》的记载,他在这时"遂博通经论,因区别部类,录而序之,今定林寺经藏,勰所定也"。可见刘勰从事过佛经的整理工作。刘勰在寺庙中生活了十多年,又从事佛经的整理工作,必然会涉览很多佛教经典,可是他并没有落发为僧,这是因为此时他的儒家思想仍占主导地位。

《文心雕龙·序志》篇说,刘勰在刚过三十岁的时候,曾经在夜里梦到自己捧红漆的礼器,跟着孔子向南走,早晨醒来,感到很高兴。刘勰对孔子充满了无限崇拜的感情。他想阐扬圣人的思想,注释儒家经典,可是考虑到马融、郑玄诸人发挥圣人的意旨已很精辟,自己即使有很深刻的见解,也不足以自成一家。他认为儒家经典与文章的关系,犹如树根与树枝,其作用也是很大的,又看到晋、宋以来的文学,作家爱好新奇,偏重语言的浮靡诡异,离开根本越来越远,将要造成乖谬和浮滥,于是决定写作《文心雕龙》。

《文心雕龙》一书完成于何时? 据清人刘毓崧《书〈文心雕龙〉后》(《通谊堂文集》卷十四)一文的考证,当完成于"南齐之末"。刘氏的根据主要是《文心雕龙·时序》篇中的这一段话:

> 暨皇齐驭宝,运集休明:太祖以圣武膺箓,高(世)祖以睿文纂业,文帝以贰离含章,中(高)宗以上哲兴运,并文明自天,缉遐(熙)景祚。

这一段话有三点是值得我们注意的:第一,《时序》篇所述,自唐虞到刘宋,历代皆只举代名,而特别在"齐"字上面加上一"皇"字。第二,《时序》篇对魏晋皇帝,只称谥号而不称庙号,到齐代四帝,除和帝因身后追尊,只称为帝,其余皆称祖称宗。第三,《时序》篇对历代文章,皆有褒有贬,唯对齐代竭力颂美,绝无批评。据此,《文心雕龙》一书当完成于南齐末年。此外,我们可以补充一条旁证:即《明诗》、《通变》、《才略》等篇所论述的朝代皆到南朝宋为止,齐代作者全未涉及。这也从旁证明《文心雕龙》完成于齐代。至于完成的具体年代,刘毓崧说:

> 东昏上高宗之庙号,系永泰元年八月事,据高宗兴运之语,则成书必在是月之后。梁武帝受和帝之禅位,系中兴二年四月事,据"皇齐驭宝"之语,则成书必在是月之前,其间首尾相距,将及四载。

这条论断也是可信的。按齐明帝永泰元年是公元498年,齐和帝中兴二年是公元502年,即《文心雕龙》完成于公元498年至502年之间。《文心雕龙·时序》篇说:"今圣历方兴,文思广被,海岳降神,才英秀发,驭飞龙于天衢,驾骐骥于万里,经典礼章,跨周轹汉,唐虞之文,其鼎盛乎!"这是《文心雕龙》的写作进入尾声,刘勰对当时皇帝歌功颂德的话。刘毓崧认为,"今圣"是指齐和帝萧宝融。我们结合《文心雕龙》完成时间来考察,是有道理的。

刘勰《文心雕龙》既完成于齐代,为什么《隋书·经籍志》等史志、《直斋书录解题》等目录和各种版本的《文心雕龙》多署为"梁刘勰撰"呢?这是因为刘勰是在梁代去世的,按史家惯例,署以所终之朝代,并不是说《文心雕龙》完成于梁代。

刘勰完成《文心雕龙》之后,虽然自己很珍视,但是并没有得到社会的承认,自己仍是无名之辈。为了取得声誉和地位,他想取得当时著名文学家沈约的评定。沈约在齐和帝时,官至梁台散骑常侍、吏部尚书兼右仆射,地位显赫,不是一般人所能见到的。为了见到沈约,刘勰扮作卖货郎的样子,背着《文心雕龙》的手稿,站在街头等沈约出来。沈约出来后,他在车前求见,沈约命人接过手稿,回去阅读,阅后十分重视,认为此书深入地阐发了文章的原理,常常放在案头,以便取读。因此,刘勰也就出了名。

公元502年,萧衍命人杀死齐和帝萧宝融,在建康自立为皇帝,建立梁王朝,刘勰开始步上做官的道路。在梁武帝天监元年(502),做奉朝请。奉朝请这样的官,实在无"官"可做,只是"奉朝会请召而已"(《宋书·百官志下》)。但是,刘勰获得此官,也很不容易,可能是沈约在读过《文心雕龙》之后推荐的。为什么刘勰谋取一官半职如此艰难?这是当时的门阀制度造成的。《梁书·武帝纪》云:"甲族(士族)以二十登仕,后门(寒门)以过立试吏。"这是南朝的法规。在这样的法规下,受压抑的何止刘勰一人。

天监三年（504），刘勰兼任中军将军、临川靖惠王萧宏的记室。萧宏，字宣达，是萧衍的弟弟。据《高僧传·僧祐传》记载，他和僧祐有往来，萧宏对僧祐，"崇其戒范，尽师资之敬"。可能这时与刘勰相识，了解到刘勰擅长辞章，所以引兼记室。当时人们对记室是比较看重的，认为是清要之职，"非文行秀敏，莫或居之"，"须通才敏思，加性情勤密者"，方可胜任（参阅《宋书·孔觊传》）。显然，这是萧宏对刘勰的重视。

天监七年（508），萧衍认为佛经浩如烟海，一般人难以寻索，就命令庄严寺和尚僧旻编纂《众经要抄》八十八卷。于是僧旻挑选了僧智、僧晃、临川王记室刘勰等30人，聚集在钟山定林寺，节抄佛经，分类编成《众经要抄》，由僧旻总其成。这项工作从天监七年十一月开始，到天监八年四月结束。这段时间，刘勰仍兼临川王记室。

天监八年（509）四月以后，刘勰迁任车骑仓曹参军。这是临川王府中掌管车骑、仓库的官员。大约在天监九年（510），刘勰出任太末（今浙江衢县）县令。当时大县置县令，小县置县长，看来太末是大县。《文心雕龙·程器》篇说："穷则独善以垂文，达则奉时以骋绩。"刘勰本有"达则奉时以骋绩"的想法，这次出令太末，正可以大展宏图，做出成绩。史书说他"政有清绩"，而具体事迹，因史书失载，我们已不得而知了。

天监十一年（512），刘勰出任仁威将军、南康简王萧绩的记室。萧绩，字世谨，是萧衍的第四子。他进号仁威将军在天监十年，刘勰担任他的记室则可能在天监十一年。当时他还兼任昭明太子萧统的通事舍人，掌管文书的进呈工作。梁朝十分重视通事舍人一职，常选拔士族中一些有才能的人充任，而不限资历，如庾肩吾、何思澄等皆兼任东宫通事舍人。于此可见萧衍父子对刘勰的器重。

萧统,字德施,是萧衍的长子。齐和帝中兴元年(501)生,梁武帝天监元年(502)十月立为皇太子。刘勰任东宫通事舍人时,昭明太子萧统只有十一岁。

自天监十六年(517)十月起,皇帝七座祖庙中的祭祀供品都改用蔬果,而祭天地、社稷还有用牺牲的。刘勰于天监十七年(518)上表,建议祭天地、社稷应与皇帝七座祖庙的祭祀一样,不用牺牲,只用蔬果。梁武帝命令将刘勰的建议交尚书省讨论,最后决定同意刘勰的建议。刘勰因为上表有功,迁任步兵校尉,掌管皇帝林园上林苑的警卫军,同时还兼任东宫通事舍人。应该指出的是,当时授予步兵校尉官衔的,多为士林名流,刘勰能获得这样的衔头,本是一种特殊的待遇。《梁书·刘杳传》有这么一段记载:刘杳任王府记室,于大同元年迁任步兵校尉,因为爱酒的正始诗人阮籍曾任此职,所以昭明太子对他说,酒不是你爱好的,却让你担任了厨房中多酒的步兵校尉的职务,正是因为你无愧于古人啊!可见担任此职是一种非同寻常的荣誉。

刘勰兼任东宫通事舍人达六七年之久,自然和昭明太子萧统接触较多。萧统爱好文学,喜欢与文人学士交往。《梁书·昭明太子传》说他"引纳才学之士,赏爱无倦。恒自讨论篇籍,或与学士商榷古今,闲则继以文章著述,率以为常。于时东宫有书近三万卷,名才并集。文学之盛,晋宋以来,未之有也"。由于昭明太子是这样的人物,所以当时的文人如刘孝绰、殷芸、陆倕、王筠、到洽等,都受到礼遇。作为东宫通事舍人的刘勰,更是太子喜欢接触的人。《梁书·刘勰传》说萧统对刘勰"深爱接之"。遗憾的是,除此以外,史书并无其他记载。根据我们分析,昭明太子喜欢接触刘勰的原因,固然由于刘勰是东宫通事舍人,更主要的则是由于刘勰是一个杰出的文艺理论家,可与他赏奇析疑,共同讨论文学上的问题。从《昭明文选》看来,萧统在文体分类和诗文的选择上,显然受到刘勰的影响。同时,我们还应看到刘勰是一个佛教徒,而"太子亦崇信三宝,遍览众经,乃于宫内别立慧义殿,专为法集之所。招引名僧,谈论不绝"(《梁书·昭明太子传》),也是一个信仰佛教的人。他们有谈话的共同基础,彼此之间,喜欢接触交往,本是极为自然的事情。

天监十七年五月二十六日,高僧僧祐卒于建初寺,享年七十四岁。僧祐弟子正度立碑颂德,刘勰为制碑文。《梁书·刘勰传》说:"勰为文长于佛理,京师寺塔及名僧碑志,必请勰制文。"由于刘勰善为文章,长于佛理,当时南京许多寺庙的僧人都请刘勰写作碑志。其所撰碑志,僧祐《出三藏记集》卷十二《法集杂记铭目录》所著录的有《钟山定林上寺碑铭》、《建初寺初创碑铭》、《僧柔法师碑铭》(又见《高僧传》),《高僧传》提到的有释僧柔、释僧祐、释超辩三碑,皆仅存其目,其文已佚。宋孔延之《会稽掇英总集》卷十六载有《梁建安王造剡山石城寺石像碑》一篇,刘勰所撰碑志现存者,唯此而已。至于佛学论文,现存者也只有《灭惑论》一篇。最令人感到庆幸的是,《文心雕龙》全书都保存下来,虽略有残缺,但基本完整。它为中国文学理论批评史增添了光辉的一页。

大约是在僧祐去世以后,梁武帝又命刘勰与和尚慧震于南京钟山定林寺整理佛经。这是刘勰第三次参与佛经整理工作。第一次是齐永明年间,刘勰依僧祐于定林寺造立经藏,搜校卷轴;第二次是梁天监七年,他与僧旻编纂《众经要抄》。这一次可能是佛教著作在前两次整理以后,又有所增加,需要继续整理。刘勰在完成这一次佛教经卷的整理任务之后,就上表要求出家。武帝同意,于是刘勰就在定林寺变服为僧,改名慧地。刘勰出家后,不到一年就与世长辞了。假定刘勰参与第三次佛经整理工作是在天监十八年（519），而整理工作又一两年即可完成，那么，刘勰当于普通元年（520）出家为僧，其去世时间可以定为普通二年（521）。

关于刘勰的卒年，有的研究者根据《隆兴佛教编年通论》（南宋释祖琇撰）、《佛祖统纪》（南宋释志磐撰）、《释氏通鉴》（南宋释本觉撰）、《佛祖历代通载》（元释念常撰）、《释氏稽古录》（元释觉岸撰）等佛教史籍的记载，或推断为大同四年或五年（538年或539年），或推断为中大通四年（532），我们认为都难以成立。这五部佛教史籍，以《隆兴佛教编年通论》成书最早，是公元1163至1164年编成的，后四部书或抄袭或参考此书编成。现在我将《隆兴佛教编年通论》中的有关记载抄录如下：

> （大同）三年四月，昭明太子薨。……名士刘勰者。雅无（当作"为"）太子所重。撰《文心雕龙》五十篇。……累官通事舍人。表求出家，先燔须自誓。帝嘉之，赐法名惠（通"慧"）地。

这里，把昭明太子萧统的卒年定于大同三年，显然是错的。萧统卒于中大通三年。这段记载是先述萧统的去世，然后旁及东宫通事舍人刘勰，并不是刘勰的变服出家是在萧统卒后。由于有的研究者对这段记载的误解，引起了许多讨论，实难以令人信服。再说，这段记载只是在《梁书·刘勰传》的基础上编写成的，编者并没有掌握任何新的资料，怎么能够提供刘勰卒年的新证据呢？没有新证据，又怎么能够得出新的结论呢？因此，关于刘勰的卒年，我仍然采用范文澜同志的说法。如果一旦出现更有说服力的新结论，我们再作修正。

〔附〕

刘勰年谱

宋明帝泰始元年（465），刘勰生，一岁。

正月，宋前废帝刘子业改元永光。八月，宋尚书令柳元景谋立江夏王义恭，事泄，皆死。宋帝改元景和。十一月，宋湘东王彧主衣阮佃夫杀帝。十二月，拥彧即位，改元泰始，是为太宗明皇帝。

孔稚珪十九岁。王俭十四岁。谢朓二岁。萧子良六岁。沈约二十五岁。江淹二十二岁。任昉六岁。刘峻四岁。丘迟二岁。萧衍二岁。王僧孺一岁。柳恽一岁。

《梁书·刘勰传》："刘勰，字彦和，东莞莒（今山东莒县）人。祖灵真，宋司空秀之弟也。父尚，越骑校尉。"按：刘勰一族，永嘉乱后，即世居京口（今江苏镇江）。莒县是其祖籍，实江苏镇江人。

泰始二年（466），刘勰二岁。

正月，宋晋安王子勋即皇帝位于寻阳，改元义嘉。八月，宋将沈攸之入寻阳，杀晋安王子勋，大乱粗平。十月，宋尽杀孝武帝诸子。

鲍照卒，时年五十五岁（？）。谢庄卒，时年四十六岁。

泰始三年（467），刘勰三岁。

八月，魏铸大佛，高四十三尺，用铜十万斤，黄金六百斤。

顾欢作《夷夏论》。

王融生。

泰始四年（468），刘勰四岁。

宋道士陆修静至建康。

泰始五年(469),刘勰五岁。

二月,宋柳欣慰等谋立庐江王祎,事泄,欣慰等被杀,祎旋亦死。

吴均生。裴子野生。

泰始六年(470),刘勰六岁。

九月,宋立总明观,置祭酒一人,分儒、玄、文、史四科,科置学士各十人。

陆倕生。

泰始七年(471),刘勰七岁。

八月,魏献文帝传位于子弘,改元延兴,是为高祖孝文皇帝。

宋道士陆修静上《三洞道经目录》。

殷芸生。

刘勰梦见锦缎似的彩云。《文心雕龙·序志》:"予生七龄,乃梦彩云若锦,则攀而采之。"

宋明帝泰豫元年(472),刘勰八岁。

正月,宋改元泰豫。四月,宋明帝卒,皇太子昱嗣。

陆厥生。徐摛生。

宋苍梧王元徽元年(473),刘勰九岁。

正月,宋改元元徽。四月,魏以孔子后代为崇圣大夫,给十户供洒扫。

元徽二年(474),刘勰十岁。

五月,宋桂阳王休范以清君侧为名起兵寻阳,建康大震。用右卫将军萧道成议,坚守以待。道成使越骑校尉张敬儿诈降,杀休范,破其余党。

六月,宋以萧道成为中领军,参决朝政。

元徽三年(475),刘勰十一岁。

张率生。

元徽四年(476),刘勰十二岁。

六月,魏冯太后鸩太上皇,改元承明,以太皇太后复临朝称制。

七月,宋平王景素据京口起兵,旋败死。

元徽五年,宋顺帝升明元年(477),刘勰十三岁。

三月,宋道士陆修静卒,年七十二岁。四月,宋阮佃夫等谋废立,事泄被杀。七月,萧道成使人杀宋帝,贬苍梧王。立安成王准,改元升明,道成录尚书事。十二月,宋荆州刺史沈攸之起兵反萧道成。宋司徒袁粲等据石头城反萧道成,败死。

升明二年(478),刘勰十四岁。

正月,沈攸之败死。二月,宋进萧道成为太尉,都督南徐等十六州诸军事。四月,萧道成杀南兖州刺史黄回。九月,宋以萧道成假黄钺、大都督中外诸军事、太傅、扬州牧。

升明三年,齐高帝建元元年(479),刘勰十五岁。

三月,宋以萧道成为相国,总百揆,封齐公,加九锡。四月,萧道成晋爵齐王。萧道成称皇帝,改元建元,是为齐太祖皇帝。以宋帝为汝阴王,继杀之,追谥顺帝,宋亡。

建元二年(480),刘勰十六岁。

齐以司徒右长史檀超与骠骑记室江淹为史官。

建元三年(481),刘勰十七岁。

齐司徒褚渊上臧荣绪所作《晋书》。

刘孝绰生。

建元四年(482),刘勰十八岁。

正月,齐置国子学生二百人。三月,齐高帝卒,皇太子赜嗣,是为世祖武皇帝。九月,齐罢国子学。十一月,魏以古制祠七庙。

刘勰幼年丧父,他意志坚强,努力学习。《梁书》本传说他因家穷不能结婚。《梁书·刘勰传》:"勰早孤,笃志好学。家贫不婚娶。"

齐武帝永明元年(483),刘勰十九岁。

正月,齐改元永明。

永明二年(484),刘勰二十岁。

刘勰投靠高僧僧祐,在定林寺帮助僧祐搜集、整理佛经。

《高僧传·僧祐传》:僧祐"永明中,敕入吴,试简五众,并宣讲《十诵》,更伸受戒之法。凡获信施,悉以治定林、建初及修缮诸寺,并建无遮大集舍身斋等。及造立经藏,抽校卷轴。……初,祐集经藏既成,使人抄撰要事,为《三藏记》、《法苑记》、《世界记》、《释迦谱》及《弘明集》等,皆行于世"。

《梁书·刘勰传》:刘勰"依沙门僧祐。与之居处积十余年,遂博通经论,因区别部类,录而序之。今定林寺经藏,勰所定也"。

永明三年(485),刘勰二十一岁。

正月,齐复立国学,释奠孔子用上公礼。五月,齐省总明观。

永明四年(486),刘勰二十二岁。

魏改中书学曰国子学。

永明五年(487),刘勰二十三岁。

正月,魏定乐章,除非雅者。十二月,魏重修国书,改编年为纪传、表、志。

春,沈约受敕撰《宋书》。

齐竟陵王子良集学士抄五经百家,为《四部要略》千卷。

子良开西邸,招文学之士,门下有"八友"。《梁书·武帝本纪》:"竟陵王子良开西邸、招文学,高祖(萧衍)与沈约、谢朓、王融、萧琛、范云、任昉、陆倕等并游焉,号曰'八友'。"

永明六年(488),刘勰二十四岁。

二月,齐沈约上《宋书》。

齐王俭、贾渊撰《百家谱》。

永明七年(489),刘勰二十五岁。

齐使何胤续撰《新礼》。

齐儒者刘瓛卒,时年五十六岁。王俭卒,时年三十八岁。

永明八年(490),刘勰二十六岁。

永明九年(491),刘勰二十七岁。

永明十年(492),刘勰二十八岁。

五月,奉朝请陶弘景上表辞禄,归隐茅山。齐裴子野撰《宋略》二十卷。

高僧超辩卒。僧祐为造碑墓所,刘勰为制文。(《高僧传·释超辩传》)

永明十一年(493),刘勰二十九岁。

七月,齐世祖武皇帝卒,孙昭业嗣,后被废,是为郁林王。九月,魏迁都洛阳。

齐陆厥、沈约论四声。

永明末,诗歌创作形成永明体。《南齐书·陆厥传》:"永明末盛为文章,吴兴沈约、陈郡谢朓、琅邪王融,以气类相推毂;汝南周颙,善识声韵。约等文皆用宫商,以平上去入为四声,以此制韵,不可增减,世呼为永明体。"

王融卒,时年二十七岁。

郁林王隆昌元年,海陵王延兴元年,齐明帝建武元年(494),刘勰三十岁。

正月,齐改元隆昌。七月,齐西昌侯萧鸾杀齐帝,贬号郁林王,立新安王昭文,改元延兴,鸾录尚书事,晋爵宣城公。九月,萧鸾大杀齐诸王。十月,萧鸾晋爵为宣城王,旋废齐帝为海陵王,自为皇帝,改元建武,是为高宗明皇帝。

萧子良卒,时年三十五岁。

建武二年(495),刘勰三十一岁。

四月,魏帝往鲁,亲祀孔子,封孔子后代为崇圣侯。八月,魏立国子、太学、四门、小学于洛阳。九月,魏六宫百官迁于洛阳。

温子昇生。

刘勰夜梦手捧红漆礼器,随孔子向南走,决定撰写《文心雕龙》。

《文心雕龙·序志》:"齿在逾立,则尝夜梦执丹漆之礼器,随仲尼而南行;旦而寤,乃怡然而喜,大哉圣人之难见也,乃小子之垂梦欤!自生人以来,未有如夫子者也。敷赞圣旨,莫若注经,而马、郑诸儒,弘之已精,就有深解,未足立家。唯文章之用,实经典枝条,五礼资之以成,六典因之致用,君臣所以炳焕,军国所以昭明,详其本源,莫非经典。而去圣久远,文体解散,辞人爱奇,言贵浮诡,饰羽尚画,文绣鞶帨,离本弥甚,将遂讹滥。盖《周书》论辞,贵乎体要;尼父陈训,恶乎异端;辞训之异,宜体于要。于是搦笔和墨,乃始论文。"

建武三年(496),刘勰三十二岁。

邢邵生。

建武四年(497),刘勰三十三岁。

建武五年,永泰元年(498),刘勰三十四岁。

四月,齐改元永泰。齐大司马王敬则起兵会稽,五月,败死。七月,齐高宗明皇帝卒,皇太子宝卷嗣。后废,称东昏侯。

苏绰生。

东昏侯永元元年(499),刘勰三十五岁。

正月,齐改元永元。四月,魏孝文皇帝卒,子洛嗣,是为世宗宣武皇帝,八月,齐始安王遥光起事,败死。齐帝因大杀大臣。

谢朓卒，时年三十六岁。陆厥卒，时年二十八岁。

永元二年（500），刘勰三十六岁。

三月，齐平西将军崔慧景起兵围建康，四月，败死。十月，齐帝毒死萧衍之弟尚书令萧懿。十一月，齐雍州刺史萧衍起兵襄阳。十二月，齐西中郎长史萧颖胄起兵江陵，奉南康王宝融为主。魏于洛阳伊阙山造石窟佛像。

齐和帝中兴元年（501），刘勰三十七岁。

正月，齐南康王宝融称相国。三月，即皇帝位于江陵，改元中兴，是为和帝。六月，齐巴陵王昭胄谋自立，事泄，死。七月，雍州刺史张欣泰等谋立建康王宝寅，败死。九月，萧衍督师至建康，十月，围宫城。十二月，齐雍州刺史王珍国杀齐帝，迎萧衍，以宣德太后令废齐帝为东昏侯，衍为中书监、大司马、录尚书事。

孔稚珪卒，时年五十五岁。萧统生。

《文心雕龙》写完。此书得到沈约的好评。《梁书·刘勰传》："勰撰《文心雕龙》五十篇，论古今文体，引而次之……既成，未为时流所称。勰自重其文，欲取定于沈约。约时贵盛，无由自达。乃负其书，候约出，干之于车前，状若货鬻者。约便命取读，大重之，谓为深得文理，常陈诸几案。"

中兴二年，梁武帝天监元年（502），刘勰三十八岁。

正月，齐大司马萧衍都督中外诸军事，加殊礼；旋为相国，封梁公，加九锡。二月，萧衍晋爵梁王，大杀齐明帝子弟，迎和帝于江陵。四月，萧衍称皇帝，改元天监，是为梁高祖武皇帝。以齐帝为巴陵王，翌日杀之，齐亡。十一月，立萧统为皇太子。刘勰"起家奉朝请"（《梁书·刘勰传》），可能是沈约的引荐。

天监二年（503），刘勰三十九岁。

萧纲生。

天监三年(504),刘勰四十岁。

　　刘勰任中军临川王萧宏记室。《梁书·刘勰传》:"中军临川王宏引兼记室。"《梁书·临川王宏传》:"临川靖惠王宏,字宣达,太祖第六子也……天监元年,封临川郡王……三年,加侍中,进号中军将军。"据此刘勰任萧宏记室,当在天监三年以后。

天监四年(505),刘勰四十一岁。

　　正月,梁置五经博士各一人,弟子员通明者除吏;又于州郡立学。六月,梁立孔子庙。

　　江淹卒,时年六十二岁。

天监五年(506),刘勰四十二岁。

天监六年(507),刘勰四十三岁。

　　范缜从广州召还,为中书郎。发表《神灭论》,与曹思文等六十四人,展开辩论。

　　徐陵生。

天监七年(508),刘勰四十四岁。

　　任昉卒,时年四十九岁。丘迟卒,时年四十五岁。萧绎生。

　　梁武帝命僧旻于定林寺编《众经要抄》,刘勰与其事。《续高僧传·释宝唱传》:"天监七年,帝以法海浩汗,浅识难寻,敕庄严僧旻,于定林寺缵《众经要抄》八十八卷。"又《释僧旻传》:"乃选才学道俗释僧智、僧晃、临川王记室东莞刘勰等三十人,同集上林寺钞一切经论,以类相从,凡八十卷,皆令取衷于旻。"

天监八年(509),刘勰四十五岁。

　　五月,梁诏试通经之士,不限门第授官。十一月,魏帝为诸僧及朝臣讲佛经,于是佛教大盛,州郡共有一万三千余寺,僧至二百万。

　　刘勰任车骑仓曹参军。(《梁书·刘勰传》)

天监九年(510),刘勰四十六岁。

三月,梁武帝亲临讲肆于国子学,令皇太子及王侯之子入学受业。十月,梁行祖冲之大明历。

刘勰"出为太末令,政有清绩"。(《梁书·刘勰传》)

天监十年(511),刘勰四十七岁。

天监十一年(512),刘勰四十八岁。

十一月,梁修五礼成。

刘勰任仁威南康王记室。(《梁书·刘勰传》)

《梁书·南康王绩传》:"南康简王绩,字世谨,高祖第四子。天监八(七)年,封南康郡王……十年,迁使持节都督南徐州诸军事,南徐州刺史,进号仁威将军。"据此,刘勰任仁威南康王记室,当在天监十一年前后。刘勰兼东宫通事舍人。(《梁书·刘勰传》)

天监十二年(513),刘勰四十九岁。

闰三月,沈约卒,时年七十三岁。

庾信生。王褒生。

天监十三年(514),刘勰五十岁。

刘昼生。

天监十四年(515),刘勰五十一岁。

正月,魏世宗宣武皇帝卒,子诩嗣,是为肃宗孝明皇帝。九月,魏胡太后临朝称制。

天监十五年(516),刘勰五十二岁。

十一月,胡太后作永宁寺,又开凿伊阙。菩提达摩至洛阳,见永宁寺建筑,叹未曾有。

剡山石城寺大石佛像,僧祐于天监十二年始建,至十五年春竣工。刘勰为作《梁建安王造剡山石城寺石像碑》文。(据《高僧传·释僧护传》)

天监十六年(517),刘勰五十三岁。

柳恽卒,时年五十三岁。

天监十七年(518),刘勰五十四岁。

八月,魏补刻熹平石经。十月,魏遣宋云与惠生赴西域求佛经。钟嵘卒(?)。何逊卒(?)。

五月,僧祐卒,刘勰为作碑文。《高僧传·释僧祐传》:"祐以天监十七年五月二十六日,卒于建初寺,春秋七十有四。因窆于开善路西,定林之旧墓也。弟子正度立碑颂德,东莞刘勰制文。"

八月,刘勰因上表言二郊飨荐与七庙同应改用蔬果,有功,迁任步兵校尉,仍兼东宫通事舍人。《梁书·刘勰传》:"时七庙飨荐,已用蔬果。而二郊农社,犹有牺牲。勰乃表言二郊宜与七庙同改。诏付尚书议,依勰所陈,迁步兵校尉,兼舍人如故。"

昭明太子萧统爱好文学,很喜欢与刘勰交往(据《梁书·刘勰传》)。《梁书·昭明太子传》:"昭明太子统,字德施。高祖长子也。引纳才学之士,赏爱无倦。恒自讨论篇籍,或与学士商榷古今。闲则继以文章著述,率以为常。于时东宫有书几三万卷,名才并集。文学之盛,晋宋以来,未之有也。"

天监十八年(519),刘勰五十五岁。

沙门慧皎著《高僧传》,始于汉永平,终于天监十八年。凡四百五十余载,传二百五十七人。

江总生。

刘勰奉梁武帝之命,与沙门慧震于定林寺修纂佛经。(据《梁书·刘勰传》)

梁武帝普通元年(520),刘勰五十六岁。

正月,梁改元普通。七月,魏侍中元义杀清河王怿,幽胡太后。魏改元正光。

吴均卒,时年五十二岁。

刘勰完成佛经整理任务。上表要求出家,梁武帝批准。于是在定林寺变服为僧,改名慧地。(据《梁书·刘勰传》)

普通二年(521),刘勰五十七岁。

刘峻卒,时年六十岁。

刘勰卒。《梁书·刘勰传》:刘勰出家后,"未期而卒"。

1985年9月

论《文心雕龙》与儒家思想的关系

儒家思想是中国古代思想的重要组成部分。孔子以后,特别是汉武帝"罢黜百家,独尊儒术"以后,它对政治、经济、哲学、道德、文学、艺术等各方面的影响都很大。应该承认,《文心雕龙》深受儒家思想的影响。《文心雕龙》是中国文学批评史上的重要著作,弄清它和儒家思想的关系,对于我们正确理解和评价《文心雕龙》,批判地继承我国古代文艺理论遗产将是有帮助的。

一

刘勰的思想是复杂的。据《梁书·刘勰传》,他"依沙门僧祐,与之居处积十余年,遂博通经论","有敕与慧震沙门于定林寺撰经。证功毕,遂启求出家,先燔鬓发以自誓。敕许之。乃于寺变服,改名慧地。未期而卒"。他由"撰经"、"燔鬓"而"变服",而至"出家"做和尚,可见他是一个虔诚的佛教徒。然而,他在写作《文心雕龙》时,却是一个儒家思想的信奉者。根据清人刘毓崧的考证,《文心雕龙》完成于南齐末年,即齐明帝萧鸾永泰元年(498)至齐和帝萧宝融中兴二年(502)之间(《书〈文心雕龙〉后》)。如果暂定刘勰生于宋明帝泰始元年(465),则此时刘勰为三十三至三十七岁。刘勰这时的思想,在《文心雕龙》的总序《序志》篇中已表述得很清楚。他说:

> 齿在逾立,则尝夜梦执丹漆之礼器,随仲尼而南行;旦而

> 寤,乃怡然而喜,大哉圣人之难见也,乃小子之垂梦欤! 自生人以来,未有如夫子者也。

刘勰在三十多岁的时候梦见了孔子,为此他十分高兴,赞颂说:"自从有人类以来,没有人像孔子这样伟大的!"这与孔门弟子子贡说的"自生民以来,未有夫子也",有若说的"自生民以来,未有盛于孔子也"(《孟子·公孙丑上》)同一腔调,可见他对孔子是如何的崇拜。

> 敷赞圣旨,莫若注经,而马、郑诸儒,弘之已精,就有深解,未足立家。

刘勰想注释经书,但是马融、郑玄等人的注释已十分精审,他自度无法超过他们,不足以成家,只好作罢了。应该指出,刘勰对"立家"是十分重视的,在《文心雕龙》的《序志》、《诸子》等篇中不止一次地表露出这种思想。这种思想与孔子所说过"君子疾没世而名不称焉"(《论语·卫灵公》)是一脉相承的。

> 唯文章之用,实经典枝条,五礼资之以成,六典因之致用,君臣所以炳焕,军国所以昭明,详其本源,莫非经典。

这里指出文章的作用以及文章与经书的关系。文章的作用很大,各种礼仪凭它成文,各种政法制度靠它致用。而追溯它的根源,没有不是来自经书的。

> 而去圣久远,文体解散,辞人爱奇,言贵浮诡,饰羽尚画,文绣鞶帨,离本弥甚,将遂讹滥。

文章的作用如此之大,但是当时有些作家爱好新奇,文辞以浮浅怪异为贵,舍本逐末,表现出形式主义的倾向。刘勰在《文心雕龙》中多次指出这一倾向(见《明诗》、《物色》等篇),他写作《文心雕龙》的原因之一就是为了反对这种不良倾向。当然,他反对这种倾向的指导思想仍然是原道、征圣、宗经的思想。这一点,从"离本弥甚"这句话中可以看出。这里所谓"本",显然指的是儒家思想。

> 盖《周书》论辞,贵乎体要;尼父陈训,恶乎异端;辞训之异,宜体于要。于是搁笔和墨,乃始论文。

《尚书·伪毕命》论文辞重在切实简约,孔子教学生憎恶"异端"思想。准此,刘勰于是开始论文,写作《文心雕龙》。

刘勰写作《文心雕龙》的另一原因,是他对魏晋以来的文论不满意。他对曹丕的《典论·论文》、曹植的《与杨德祖书》、应玚的《文质论》、陆机的《文赋》、挚虞的《文章流别论》、李充的《翰林论》等都有所批评,指出他们"各照隅隙,鲜观路衢","并未能振叶以寻根,观澜而索源,不述先哲之诰,无益后生之虑"。所谓"叶"、"澜",比喻作品的文辞,所谓"根"、"源",比喻作品的思想,即指儒家学说。"先哲之诰",指儒家经书。他指责魏晋以来的文论,未能寻究儒家学说,不依据经书立论,所以对后人是没有什么益处的。

根据以上分析,可以肯定,刘勰写作《文心雕龙》时的思想是儒家思想。

二

《原道》、《征圣》、《宗经》、《正纬》、《辨骚》五篇是刘勰所谓"文之枢纽"。它是全书的总纲,表现了《文心雕龙》的基本思想。这个基本思想是什么?《序志》篇说:

> 盖文心之作也,本乎道,师乎圣,体乎经,酌乎纬,变乎骚,

文之枢纽,亦云极矣。

这是他对《文心雕龙》基本思想的概括。这个基本思想,简言之,即原道、征圣、宗经的儒家思想。现在我们看看它的具体内容。

《原道》篇论述文章"本乎道"。刘勰认为"文"源于"道"。他说:

> 文之为德也大矣,与天地并生者何哉?夫玄黄色杂,方圆体分;日月叠璧,以垂丽天之象;山川焕绮,以铺理地之形。此盖道之文也。仰观吐曜,俯察含章,高卑定位,故两仪既生矣。惟人参之,性灵所钟,是谓三才,为五行之秀,实天地之心。心生而言立,言立而文明,自然之道也。

大意是说,天之"文",地之"文",人之"文",都是"道"产生的。他在叙述人之"文"的历史时,特别强调孔子的作用,说孔子是超过以往"圣贤"的集大成者,他的教化远及千里,他的道德学问影响万代。这里流露出来的刘勰对孔子的崇敬的感情,和《序志》篇述梦一段所表达出来的感情是完全一致的。

在说明"道"与"文"的关系时,刘勰突出了"圣人"的作用。他说:"道沿圣以垂文,圣因文以明道。""道"通过"圣人"表达在文章里,"圣人"通过文章来阐明"道"。所以,必然"师乎圣"。

《征圣》篇主张写文章要以"圣人"为师。这个"圣人",即周公、孔子。所以他说:"征之周孔,则文有师矣。"刘勰认为,"圣人"的文章乃是后世的典范。因此他说:"若征圣立言,则文其庶矣。"又说:"圣文之雅丽,固衔华而佩实者也。""圣文",经也。这样,自然要"体乎经"。

《宗经》篇说明写文章要学习儒家经书,以经书为楷模。他说:

> 经也者,恒久之至道,不刊之鸿教也。故象天地,效鬼神,参物序,制人纪,洞性灵之奥区,极文章之骨髓者也。

刘勰认为,儒家经书是永恒的真理,不可磨灭的伟大教言。它取法天地,征验鬼神,究明事物的秩序,制定人类的纲纪;它能洞察人们心灵深处,穷尽文章的根本。儒家经书如此"伟大",如此"神妙",竟成了各体文章的本源。他说:

> 故论说辞序,则《易》统其首;诏策章奏,则《书》发其源;赋颂歌赞,则《诗》立其本;铭诔箴祝,则《礼》总其端;纪传铭檄,则《春秋》为根:并穷高以树表,极远以启疆,所以百家腾跃,终入环内者也。

各体文章的产生,可能受到儒家经书的某些影响,但儒家经书绝不是各体文章的本源。说各体文章源于五经,这是尊经思想的表现。正因为刘勰具有浓厚的尊经思想,他还提出"文能宗经,体有六义"的看法。这"六义"是:

> 一则情深而不诡,二则风清而不杂,三则事信而不诞,四则义直而不回,五则体约而不芜,六则文丽而不淫。

刘勰认为,文章能以儒家经书为楷模,则它从思想内容到语言形式就有种种优点。其实,这种看法是不切实际的。因为儒家经书本身都不一定具备这些优点,那么以经书为楷模的文章怎么可能都具备这些优点呢?

《原道》、《征圣》、《宗经》所表达的思想,归纳起来,即:

(1)"文"源于"道","道"通过"圣人"表达在文章里。

(2)写文章要向"圣人"学习,以"圣人"为师。

(3)写文章要以儒家经书为楷模。

至此,《文心雕龙》的基本思想已表达得十分清楚。"文之枢纽"最后两篇《正纬》和《辨骚》,对"纬"和"骚"加以辨正。

《正纬》篇虽属"文之枢纽",但在今天看来,已经是无关紧要的了。刘勰"正纬",主要是"按经验纬",辨明纬书之伪。他断言谶纬都是"伎数之士"附托的,非孔子所作。刘勰为什么要详论纬书呢?这不但是因纬书"事丰奇伟,辞富膏腴,无益经典而有助文章",而且还因为它"前代配经,故详论焉"。

《辨骚》篇主要辨别汉代诸家对《楚辞》评论的当否和《楚辞》与儒家经典之异同;对《楚辞》的风格、艺术特色和感染力也作了深入细致的分析。但基本上仍然以儒家经书为标准,依经立论。

刘勰为什么把《辨骚》篇列入"文之枢纽"呢?这是因为西汉以后,《楚辞》在中国文学史上有很重要的地位。如东汉王逸尊《离骚》为"经"(《离骚经序》),齐梁时代沈约论述汉魏诗赋时说"源其飙流所始,莫不同祖风骚"(《宋书·谢灵运传论》),都说明了这一点。因此,刘勰需要以儒家经书为标准,寻究《楚辞》的变化,而加以批判地吸收。

综上所述,刘勰所谓"文之枢纽"五篇,表现出来的《文心雕龙》的基本思想是原道、征圣、宗经的思想,也就是儒家思想。

三

《文心雕龙》的基本思想是贯串全书的,刘勰的儒家思想在其余各篇中多有所表现。《明诗》篇一开头就说:

> 大舜云:"诗言志,歌永言。"圣谟所析,义已明矣。是以在心为志,发言为诗,舒文载实,其在兹乎?诗者,持也,持人情性;三百之蔽,义归无邪,持之为训,有符焉尔。

"诗言"二句,是引用《尚书·舜典》里的话。"在心"二句,是引用《诗大序》里的话。"三百"二句,是化用《论语·为政》里的话,原文为:"子曰:'诗三百,一言以蔽之,曰思无邪。'"这里,刘勰不惮其烦地引用儒家经书中的话,来说明诗的概念和教育作用。

《乐府》篇是论述乐府诗的专篇论文,所论皆为文人乐府诗。刘勰论乐府诗力主"雅声"。连曹操的《苦寒行》、曹丕的《燕歌行》都被看作"韶夏之郑曲",因此,汉代的乐府名篇如《陌上桑》、《妇病行》、《孤儿行》、《上邪》、《战城南》等都只字未提。他批评一些乐府民歌说:"艳歌婉娈,怨志诀绝,淫辞在曲,正响焉生?"这种看法与孔子"恶郑声之乱雅乐"(《论语·阳货》)的思想有一定的联系。

《杂文》篇评论《七发》诸作时,提到《七厉》说:"崔瑗《七厉》,植义纯正。"又说:"唯《七厉》叙贤,归以儒道,虽文非拔群,而意实卓尔矣。"按黄叔琳注云:"瑗本传有《七苏》,无《七厉》。"又按傅玄《七谟序》云:"马(融)作《七厉》。"看来《七厉》系马融所作。刘勰属之崔瑗,可能是误记。这里,刘勰对《七厉》的评论,其儒家观点十分鲜明,他认为《七厉》的好处在"归以儒道",虽然它的文辞并不超群,而它的思想却是突出的。

《史传》篇是论史之作。同样,刘勰也是从儒家思想出发的。他赞扬《左传》是"圣文之羽翮,记籍之冠冕",批评司马迁的《史记》有"爱奇反经之尤",叹赏班固的《汉书》"儒雅彬彬"是"宗经矩圣之典",都是明显的例子。至于编写史书,他认为:

> 立义选言,宜依经以树则;劝戒与夺,必附圣以居宗。

这是说,编写史书从思想到文字,都要按照儒家经书和"圣人"的意旨办事。他甚至宣扬:"若乃尊贤隐讳,固尼父之圣旨……若斯之科,亦万代一准焉。"把孔子修《春秋》时"为尊者讳,为亲者讳,为贤者讳"(《春秋公羊传·闵公元年》)的做法,作为万世的准则。这些显然是他史论中的糟粕。

《诸子》篇强调诸子"述道言治,枝条五经",对于违背儒家思想的人,就给予严厉的批评。如对商鞅、韩非就是这样。他说:

> 至如商鞅,六虱五蠹,弃孝废仁,辘药之祸,非虚至也。

他认为,商鞅、韩非的"六虱"、"五蠹"之说,都是反对孔子的"仁"、"孝"思想的,后来商鞅被车裂,韩非被毒死,都不是无缘无故的。

他在论诸子之学的变化时,说:

> 夫自六国以前,去圣未远,故能越世高谈,自开户牖。两汉以后,体势漫弱,虽明乎坦途,而类多依采。

这是说,在战国以前,离"圣人"不远,所以能高谈阔论,自成一家。两汉以后,文章体势渐弱,虽懂儒家学说,然多依傍儒学,采掇陈言,不足以成家。这里的立论仍以儒家思想为根据。

《论说》篇首先解释什么是"论"。他说:"圣哲彝训曰经,述经叙理曰论。"并且给"论"下了一个定义:

> 论者,伦也;伦理无爽,则圣意不坠。

说"论"是条理的意思,论文只要条理清晰,"圣人"的思想就不会搞错。如此说来,论文也是代"圣人"立言的。他说:"至石渠论艺,白虎讲聚,述圣通经,论家之正体也。""石渠论艺",指汉宣帝甘露三年(前51),诏诸儒于石渠阁讲五经同异的事(事见《汉书·宣帝纪》);"白虎讲聚",指汉帝建初四年(28),诏诸儒于白虎观讲五经同异的事(事见《后汉书·章帝纪》)。刘勰认为,这些才是论文的典范。

《诏策》篇说:

> 策者,简也。制者,裁也。诏者,告也。敕者,正也。《诗》云畏此简书;《易》称君子以制度数;《礼》称明君子之诏;《书》称敕天之命:并本经典以立名目。

这是说,策、制、诏、敕等名目都是以儒家经书作为根据的。又说:"武帝崇儒,选言弘奥。策封三王,文同训典。"这里说,汉武帝元狩六年(前117)的"策封三王"文(即策封齐王闳,策封燕王旦,策封广陵王胥,见《史记·三王世家》)"文同训典"。这是对这三篇文章的最高评价。在刘勰看来,好的作品总是以儒家经书为楷模、以"圣人"为师的。从这个观点出发,论作品风格,他说:"是以模经为式者,自入典雅之懿。"(《定势》)凡是取法儒家经书的作品,自然有"典雅"之美。因此,他之所谓"典雅"就是"熔式经诰,方轨儒门者也"(《体性》)。对于文学的时代风格,他认为"商周丽而雅"。这是因为孔子整理的六经都是出现在周代,至于商,只是陪衬而已。对于儒家思想动摇的时代魏晋、南朝宋初,他却说:"魏晋浅而绮,宋初讹而新。"魏晋文学的风格是浅薄而靡丽,南朝宋初文学的风格是诡诞而新奇。"矫讹翻浅,还宗经诰。"(《通变》)要纠正诡诞和浅薄,还要学习儒家的经书。论作家作品,他说:"潘勖凭经以骋才,故绝群于锡命。"(《才略》)东汉末年的潘勖凭借儒家经书以驰骋才能,所以他的《册魏公九锡文》能超群绝伦。总之,刘勰认为,"夫经典沉深,载籍浩翰,实群言之奥区,而才思之神皋也"(《事类》)。意思是,作品的文辞,作家的才思,主要是从儒家经书来的。

四

以上是《序志》、"文之枢纽"五篇和其他各篇所表现出来的儒家思想,这是在字里行间就可以看出来的。下面谈谈刘勰关于文艺理论问题的一些论述和儒家文艺思想的关系。

(一)关于文学的政治作用和社会作用。

文学是一种社会意识形态,它在生活中必然会产生作用。早在春秋时期,孔子就认识到这一点,他说:

> 诗,可以兴,可以观,可以群,可以怨。迩之事父,远之事君,多识于鸟兽草木之名。(《论语·阳货》)

诗,可以启发和感染读者;可以帮助人们认识风俗的盛衰和政治的得失;可以帮助人们互相切磋,提高修养;可以用来批评政治。不但如此,而且可以"事父","事君","多识于鸟兽草木之名"。可见孔子对诗的作用多么重视。

孔子之后,《诗大序》指出了《诗》的政治作用和社会作用。他说:"上以风化下,下以风刺上。"讲的是《诗》的政治社会作用。"先王以是经夫妇,成孝敬,厚人伦,美教化,移风俗。"这是说古代统治者用《诗》教育人们以巩固其统治。

刘勰继承了孔子和《毛诗序》的思想,针对当时文学的形式主义倾向,十分强调文章的政治作用和社会作用。在《序志》中,他认为,文章的作用,实是经书的旁枝,五种礼制(吉、凶、宾、军、嘉)靠它来完成,六种法典(治典、教典、礼典、政典、刑典、事典)靠它来实施,君臣上下所以不同,军事国政所以各别,都靠它来表明。这是赞颂儒家经书,但讲的是文章的作用,实际上是要求文章要为当时的政治服务。在《征圣》篇里,他还举出"政化贵文"、"事迹贵文"和"修身贵文"的例证,说明"文"在政治教化、事业和修身诸方面都有重要的作用。

这种思想在当时,对批判"连篇累牍,不出月露之形;积案盈箱,唯是风云之状"(《隋书·李谔传》)的文风有一定的积极意义,对后世现实主义诗人"文章合为时而著,歌诗合为事而作"(白居易《与元九书》)的主张有良好的影响。

(二)关于文学与现实的关系。

文学与现实的关系问题,是文艺理论中最根本的问题。是承认文学是现实生活的反映,还是坚持文学是少数人的天才创造?这是唯物主义文艺观和唯心主义文艺观的分水岭,这个问题上,刘勰坚持了朴素的唯物主义观点。

诗歌是怎样产生的?《诗大序》没有谈及这个问题,只是说:"诗者,志之所之也,在心为志,发言为诗。情动于中而形于言。"这里说到诗的产生情况,而没有说诗是怎样产生的。古代诗歌、音乐、舞蹈是三者合一的。论音乐的论文,如荀子的《乐论》也仅仅说:"夫乐者,乐也,人情之所必不免也。故人不能无乐,乐则必发于声音,形于动静。"这里指出,音乐的产生是不可避免的事,也没有说到是怎样产生的。在《礼记·乐记》中才提出了"凡音之起,由人心生也。人心之动,物使之然也。感于物而动,故形于声"的见解。对于音乐的产生,这里强调了客观环境给予人的影响,这是对音乐理论的重大贡献,也是对诗歌理论的重大贡献。

刘勰继承了《礼记·乐记》的思想,提出了"人禀七情,应物斯感,感物吟志,莫非自然"(《明诗》)的看法。在《物色》篇中,他又做了具体的论述。他说:

> 春秋代序,阴阳惨舒,物色之动,心亦摇焉。盖阳气萌而

> 玄驹步,阴律凝而丹鸟羞,微虫犹或入感,四时之动物深矣。若夫珪璋挺其惠心,英华秀其清气,物色相召,人谁获安?是以献岁发春,悦豫之情畅;滔滔孟夏,郁陶之心凝;天高气清,阴沉之志远;霰雪无垠,矜肃之虑深。岁有其物,物有其容;情以物迁,辞以情发。一叶且或迎意,虫声有足引心。况清风与明月同夜,白日与春林共朝哉!

这里阐明的是文学创作与自然景物的关系。丰富多彩的自然景物,四季的变化引起了人们感情的变化。"情以物迁,辞以情发",人们的感情随着景物的变化而变化,文辞因人们感情的激动而表现出来。于是,文学作品就产生了。这是文学创作的基本规律。

刘勰不仅认识到文学创作与自然景物的关系,更重要的,他还认识到文学创作随着社会生活的发展变化而发展变化,在《时序》篇中,一开头就说:"时运交移,质文代变。"这是说,时代不断前进,或质朴或华丽的文风也随着时代的前进而变化。他分析了齐梁以前中国文学史上大量的事实,得出"文变染乎世情,兴废系乎时序"的结论。文学创作的变化与社会情况有关,文学事业的盛衰与时代是联系在一起的。刘勰的这种看法,显然受了《毛诗序》的影响。《毛诗序》已经指出了诗歌和时代的关系。它说:"治世之音安以乐,其政和;乱世之音怨以怒,其政乖;亡国之音哀以思,其民困。"又说:"至于王道衰,礼义废,政教失,国异政,家殊俗,而变风、变雅作矣。"不同的时代有不同的作品,政治的变化必然引起诗歌的变化。刘勰正是在《毛诗序》这个论点的基础上作了进一步的发挥。

(三)关于理解和分析作品的方法。

关于理解和分析作品的方法,孟子首先提出了自己的见解,这就是"知人论世"和"以意逆志"。

"知人论世"说,见于《孟子·万章下》。孟子说:"颂其诗,读其书,不知其人,可乎？是以论其世也,是尚友也。"这是说,理解和分析作品不仅要了解作者的生活和思想,而且还要了解作者所处的时代。

　　"以意逆志"说,见于《孟子·万章上》。孟子说:"说诗者,不以文害辞,不以辞害志,以意逆志,是为得之。"这是说,分析作品要根据整个作品去分析作者的本意,不要因为个别的辞句曲解原意。

　　"知人论世"和"以意逆志"是不可分割的,必须在"知人论世"的基础上"以意逆志",才能正确地分析作品。如果撇开"知人论世"主观地去"以意逆志",这样不是断章取义,就是牵强附会。

　　孟子的理解和分析作品的方法,对后世影响很大。毫无疑义,刘勰受到它的影响。如他在《时序》篇中论周代诗歌说:"幽厉昏而《板》《荡》怒,平王微而《黍离》哀。"《板》《荡》,见《诗经·大雅》。《毛诗·板序》云:"《板》,凡伯刺厉王也。"《毛诗·荡序》:"《荡》,召穆公伤周室大坏也。厉王失道,天下荡荡,无纲纪文章,故作是诗也。"看来,这两首诗因厉王昏庸残暴而作。

　　《黍离》,见《诗经·王风》。《毛诗·黍离序》云:"《黍离》,闵宗周也。周大夫行役,至于宗周,过故宗庙宫室,尽为禾黍。闵周室之颠覆,彷徨不忍去而作是诗也。"此诗似是周室东迁以后,周大夫"闵周室之颠覆"而作。

　　这三首诗的产生和当时的政治变化有着密切的关系。刘勰正是联系当时的政治情况来理解和分析这三首诗的,比较深刻。

　　在同一篇里,他论建安文学说:

　　　　观其时文,雅好慷慨,良由世积乱离,风衰俗怨,并志深而笔长,故梗概而多气也。

刘勰认为"梗概而多气"的建安文学特色,是由于"世积乱离,风衰俗怨"和作家"志深而笔长"造成的。建安时期,战乱频繁,人民颠沛流离,挣扎在死亡线上,作家们也过着飘泊流亡的生活。当时的文学反映了这一动乱的现实,诉说了人民的疾苦,表现了一些作家建功立业的思想和愿望。刘勰分析建安文学的特色,从时代和作家着手,十分精到。

在《明诗》篇中,他论正始文学说:

> 正始明道,诗杂仙心。何晏之徒,率多浮浅,唯嵇志清峻,阮旨遥深,故能标焉。

刘勰认为,正始时期老庄思想盛行,因此在诗歌里也夹杂了这种思想。如何晏之流,所作大都浮浅,只有嵇康和阮籍比较突出。他认为"嵇志清峻,阮旨遥深",联系《才略》篇说的"嵇康师心以遣论,阮籍使气以命诗"看,由于刘勰对嵇阮的分析,能结合诗人各自的思想和性格特点,所以极为透辟。

在《才略》篇中,他论曹丕、曹植说:

> 魏文之才,洋洋清绮,旧谈抑之,谓去植千里,然子建思捷而才俊,诗丽而表逸;子桓虑详而力缓,故不竞于先鸣;而乐府清越,《典论》辩要,迭用短长,亦无懵焉。但俗情抑扬,雷同一响,遂令文帝以位尊减才,思王以势窘益价,未为笃论也。

刘勰指出,曹丕"乐府清越,《典论》辩要",是其所长,对"谓去植千里"的扬植抑丕的论调不满。但他在《明诗》篇中说:"兼善则子建、仲宣。"可见他仍然认为曹植高出曹丕一等,只是对过分贬抑曹丕的看法不满。这是根据曹丕、曹植的生活和思想创作等各方面的情况,做了比较研究后得出的持平之论,颇具卓识。

以上刘勰对《诗经》,建安、正始文学的特色,和对曹丕、曹植等人的分析评价,正是运用"知人论世"和"以意逆志"的方法,显然,这是和孟子的影响分不开的。

（四）关于"气"。

孟子有"知言"、"养气"说。《公孙丑上》说：

> "敢问夫子恶乎长？"曰："我知言,我善养吾浩然之气。"
>
> "敢问何谓浩然之气？"曰："难言也。其为气也,至大至刚,以直养而无害,则塞于天地之间。其为气也,配义与道；无是,馁也。是集义所生者,非义袭而取之也。行有不慊于心,则馁矣。……"
>
> "何谓知言？"曰："诐辞知其所蔽,淫辞知其所陷,邪辞知其所离,遁辞知其所穷。……"

"养气",据他说养的是"浩然之气",这种"气","至大至刚"、"配义与道",显然是一种内心道德修养功夫。"知言",指善于分析别人的言辞。他说,片面的言辞,我知道它片面的地方,过分的言辞,我知道它过分的地方,不合正道的言辞,我知道它不合正道的地方,躲躲闪闪的言辞,我知道它理亏的地方。显然,这都不是谈论文学的话,但是值得注意的是他以养气、知言并举,虽不曾道出其间关系,我们却可以看出养气是知言的修养基础。它受到后世论文者的重视。

《文心雕龙》有《养气》篇,但所论与孟子不同。《风骨》篇备引曹丕《典论·论文》及刘桢的话,说："故魏文称文以气为主,气之清浊有体,不可力强而致。故其论孔融,则云体气高妙；论徐幹,则云时有齐气；论刘桢,则云有逸气。公幹亦云,孔氏卓卓,信含异气,笔墨之性,殆不可胜。并重气之旨也。"曹丕、刘桢以"气"论建安诸作家,可能受到孟子的启示,至于刘勰强调"缀虑裁篇,务盈守气",则显然是受了孟子的影响。

（五）关于赋、比、兴。

《周礼·春官·大师》说："大师教六诗：曰风、曰赋、曰比、曰兴、曰雅、曰颂。"风、雅、颂不属讨论的范围，且看赋、比、兴。郑玄注说："赋之言铺，直铺陈今之政教善恶。比，见今之失，不敢斥言，取比类以言之。兴，见今之美，嫌于媚谀，取善事以喻劝之。"他又引郑众说："比者，比方于物也。兴者，托事于物。"正式提出"六义"的是《毛诗序》。《毛诗序》"六义"的排列次序，与《周礼》相同。这篇序对风、雅、颂作了详细的阐述，对赋、比、兴三种表现手法仅仅提及，未作说明。孔颖达《毛诗正义》对赋、比、兴作了新的注解：

> 《诗》文直陈其事不譬喻者，皆赋辞也。郑司农（众）云："比者，比方于物。"诸言"如"者，比辞也。司农又云："兴者，托事于物。"则兴者，起也。取譬引类，起发己心。《诗》文诸举草木鸟兽以见意者，皆兴辞也。

郑众、郑玄说是对赋、比、兴最早的注解。孔颖达说则是后来的注解。这些注解对后世都有很大的影响。

刘勰继承了郑众、郑玄的看法，对赋作了解释，对比、兴则进行了详细的论述。《诠赋》篇说：

> 诗有六义，其二曰赋。赋者，铺也，铺采摛文，体物写志也。

《诠赋》篇是论述赋体文学的专篇论文，这一段话是说赋体文学的起源和特点。但是，说"赋者，铺也"，正是解释"赋"作为一种表现手法的涵义，这一解释和郑玄注是一致的，不过在这里只是捎带一句。

《比兴》篇详论比、兴,而侧重在比。在前人的基础上有所发展。刘勰说:

> 比者,附也;兴者,起也。附理者,切类以指事;起情者,依微以拟议。

这是他对比的解释。比是比附,兴是兴起。比附是以不同事物的相同处来说明事理。兴起是用事物的微妙处来寄托意义。这样解释比起过去郑众、郑玄等人的解释更为明确。中国古代诗人对比、兴二法的运用是不同的,"比则畜愤以斥言;兴则环譬以记讽"。运用比的手法是因为诗人内心积愤而有所指斥,运用兴的手法是诗人以委婉譬喻来寄寓讽刺。显然,比兴的运用和诗人的思想感情是联系在一起的。比兴各具特点。刘勰说:"观夫兴之托谕,婉而成章;称名也小,取类也大。""且何谓为比?盖写物以附意,飏言以切事者也。"这些特点是刘勰从《诗经》、《楚辞》等文学名著中大量的实例归纳出来的,颇能说明问题。刘勰对比兴的论述,较之郑众、郑玄等人更为详细、清楚、明确。

关于文艺理论的一些问题,刘勰提出了一些卓越的见解,这些见解和儒家文艺思想有着这样或那样的关系。从这里,可以看出儒家文艺思想对刘勰的深刻影响。

五

以上事实证明,刘勰的《文心雕龙》和儒家思想的关系是比较密切的。如何解释这一历史现象呢?

有的研究者认为,《文心雕龙》"以儒家朴素的唯物主义为中心","以孔子为标准","这是不是近于反历史观点的复古思想呢?

不,他这样做法,正像马克思在《路易·波拿巴政变记》中所说:'穿着这种古代的神圣服装,说着这种借用的语言,来演出世界历史的新场面。'所以不是复古而是革新"(郭绍虞《中国古典文学理论批评史》上册,人民文学出版社1959年版)。这是认为,刘勰提出原道、征圣、宗经的思想是打着儒家思想的旗号进行革新。

有的研究者认为,"《文心雕龙》是这样一部书:它充满着矛盾。当作者按照原道、征圣、宗经构造自己的文艺思想体系时,他是唯心主义的,当他总结大量文艺创作的历史经验,提出创作理论命题并回答这些命题时,他在许多地方又是唯物主义的。常常在看来是唯心主义糟粕的地方,并存着唯物主义思想,并存着丰富、深刻的现实主义文学理论。就像恩格斯在评论黑格尔哲学时说的那样:'由于"体系"的需要,他在这里常常不得不求救于强制性的结构,这些结构直到现在还引起他的渺小的敌人如此可怕的喊叫。但是这些结构仅仅是他的建筑物的骨架和脚手架;人们只要不是无谓地停留在它们面前,而是深入到大厦里面去,那就会发现无数的珍宝,这些珍宝就是今天也还具有充分的价值。'(《费尔巴哈与德国古典哲学的终结》)对待《文心雕龙》的正确态度,当然不应无谓地停留在它唯心主义的'脚手架'跟前,而应该到'大厦'里面去,寻找它的珍宝"(罗宗强《非〈文心雕龙〉驳议》,《文学评论》1978年第二期)。这似乎认为,《文心雕龙》中原道、征圣、宗经的唯心主义思想是"脚手架"。

有的中国文学批评史,在评论刘勰的专章里,只论述刘勰创作《文心雕龙》的动机和文学主张,对刘勰自己认为是"文之枢纽"的《原道》等五篇却不加论列(黄海章《中国文学批评简史》,广东人民出版社1962年版)。这是采取回避的方法。

有的中国文学批评史特辟专节,对刘勰所谓的"文之枢纽",

即《文心雕龙》的基本思想进行了比较详细的论述,认为刘勰原道、征圣、宗经的思想是"以儒家经典为指导,带有很大的局限性和保守性。但由于强调文学的社会作用,在矫正当时文学创作的形式主义倾向方面,又具有一定的意义"(复旦大学中文系古典文学教研组《中国文学批评史》上册,上海古籍出版社1964年版),分析了《文心雕龙》基本思想的意义和局限性。

以上四种看法,第一种看法似乎有一定的道理,因为在中国文学史上不乏这样的例子,即借用儒家思想和复古的口号进行革新运动。如唐代和宋代的古文运动都是这样的。《文心雕龙》开宗明义就是原道、征圣、宗经,莫非也是借儒家思想进行革新? 但我们从《序志》、《原道》等篇看,刘勰对儒家的圣人和经典十分崇拜到五体投地的程度,他绝不是仅仅借用儒家圣人的"服装"、"语言",演出"历史的新场面",而是以自己信奉的儒家思想反对形式主义文风。同样的道理,我们认为第二种,即把刘勰原道、征圣、宗经的思想看作"脚手架"的提法也是可以商榷的。从《文心雕龙》全书看,刘勰从来没有想把儒家原道、征圣、宗经的思想当作"脚手架",而是看作"文之枢纽"。"脚手架"最终总要拆除的,而刘勰并不想把这些"文之枢纽"拆除掉。再说,把《文心雕龙》中儒家唯心主义思想作为一方面,把它关于创作和批评问题的精辟论述作为另一方面,忽略了刘勰所谓的"文之枢纽"和以下文体论、创作论和批评论的联系,也是不恰当的。我们认为,"文之枢纽"和各论的关系不是相等的,而是统摄的关系。刘勰用什么标准去总结创作和批评的历史经验呢? 除了艺术标准之外,他的政治标准就是儒家思想。我们应该看到刘勰在接触到具体的创作和批评问题时,有时继承了儒家思想中有一定积极意义的东西,提出了好的见解;有时摆脱了儒家保守思想的束缚,从实际出发,提出了新的看法;有时吸收了儒家思想中的糟粕,产生了错误的论断。情况多种多样,需要做具体分析。至于有的中国文学批评史评论《文心雕龙》的专章,对《原道》等五篇所阐明的基本思想只字不提,采取回避的办法,这样当然不可能对《文心雕龙》做出全面的、正确的评价。我们必须对每一特殊的历史情况充分地占有材料,对具体问题进行具体分析,才可能得出正确的结论。第四种看法对刘勰所谓"文之枢纽"进行了具体的分析,指出了它的历史作用和局限性。这是比较实事求是的做法。

我们认为《文心雕龙》与儒家思想的关系问题,实质上是文学批评发展的继承性问题。我们知道,任何时代的哲学都有一定的思想资料作为前提。任何时代的文学都是在继承了前代文学的优良传统的基础上向前发展的,任何人的研究成果都是在前人研究的基础上取得的。刘勰大量吸收了儒家思想,并且批判地继承了齐梁以前的文艺理论遗产,以自己渊博的学识、精湛的分析能力和缜密的组织能力,比较全面地总结了过去文学创作和文学批评的经验,才能撰写出"体大而虑周"的《文心雕龙》,取得十分卓越的成就。

应该指出,刘勰继承了大量的儒家思想,这与当时的历史条件和他的阶级地位有关。我们知道,由于儒家思想适应封建统治阶级的需要,自汉武帝以后,它就取得了统治地位。齐梁时代,儒家思想的地位已经削弱,佛教思想极为盛行,但它仍是当时统治阶级赖以统治的思想。任何一个时代的统治思想,都不过是统治阶级的思想。刘勰作为一个封建地主阶级的知识分子,接受当时的统治思想即儒家思想的影响是十分自然的事,加之他对孔子那样狂热地崇拜,受到儒家思想的深刻影响是完全可以理解的。

当然,刘勰继承儒家思想,并不是为了重弹老调,而是为了创新。在《通变》篇中,他说:"望今制奇,参古定法。"这是讲文学创作中的继承与创新。实际上,刘勰也是这样做的,所以他能撰写出中国古代文学批评史上前所未有的文艺理论巨著。这一点,对于我们今天批判地继承文学遗产也还是有启发的。

1981年8月

刘勰的文学起源论再议
——读《文心雕龙·原道》

《原道》篇是《文心雕龙》的第一篇,也是刘勰所谓"文之枢纽"五篇的第一篇,它对我们研究这部书的基本思想是极为重要的。但是,研究者对这篇文章的看法是很不一致的。有的认为:"《原道篇》探讨了宇宙构成和文学起源问题,这篇文章是我们研究刘勰的宇宙观和文学观的重要资料。"(王元化《刘勰的文学起源论与文学创作论》,《文心雕龙创作论》上篇,上海古籍出版社1979年版41页)有的认为:"《原道》的内容也正是论证天地万物都本于'自然之道'而有其文。特别是其中讲到:从伏羲到孔子,'莫不原道心以敷章',概括了一切'人文'无不是本着'道'的基本精神来进行著作。'原道'二字在这里的具体运用,说明'原道'与文学的源泉是'道'之意,了不相关。"(牟世金《文心雕龙译注·引论》,齐鲁书社1981年版)既"说明'原道'与文学的源泉是'道'之意,了不相关",当然也说明"原道"与文学起源是"道"之意,也了不相关了。这两种看法恰恰相反,他们说的都有根据,都有道理,然而都不够全面。

我们研究问题,应从实际出发。现在让我们看看《原道》篇的内容到底讲的是什么。

《文心雕龙·序志》篇说:"盖《文心》之作也,本乎道。"意思是《文心雕龙》的写作,以"道"为根本。这是强调文章的根本在"道"。《原道》这个题目即"文"本于"道"的意思。这篇文章一开头就说：

> 文之为德也大矣,与天地并生者何哉？夫玄黄色杂,方圆体分：日月叠璧,以垂丽天之象；山川焕绮,以铺理地之形。此盖道之文也。

这是说,"文"是与天地并生的,而"日月叠璧"的天之"文","山川焕绮"的地之"文",都是"道"产生的。在天地产生的同时,又出现了"五行之秀"、"天地之心"的人。"心生而言立,言立而文明",就产生了文章。这种人之"文"也是"自然之道"产生的。不仅如此,宇宙万物,如龙凤、虎豹、云霞、草木等都有文采,"夫岂外饰,盖自然耳"。这种种文采,不是外加的装饰,是"自然"产生的。这里所谓"自然"即"道"。此外,还有"林籁结响"、"泉石激韵"等"声发则文生"的自然现象,无一不是"道"的产物。

以上内容有三层：一是说天地有"文"；二是说人有"文"；三是说宇宙万物皆有"文"。而第三层中,又列举了"形文"、"声文",引出"情文",这与《情采》篇所论一致。《情采》篇说："故立文之道,其理有三：一曰形文,五色是也；二曰声文,五音是也；三曰情文,五性是也。五色杂而成黼黻,五音比而成韶夏,五情发而为辞章,神理之数也。"可以参阅。

刘勰所说的"道",是一个能产生万物的神秘的精神实体。由于作者对其本身未作任何明确的解释,使人们难以把握它的性质,研究者对此看法极为分歧。黄侃《文心雕龙札记·原道》篇中引《韩非子·解老》篇中的话说："道者,万物之所然也,万理之所稽也。理者,成物之文也；道者,万物之所以成也。故曰：道,理之者也。"这一段话对于我们理解《原道》篇中所谓的"道"是有帮助的。韩非的话是解释老子的"道"的,可见刘勰这里所谓的"道"受到道家哲学思想的影响。

接着,文章是讲人之"文"的发展情况。从混沌未分的"太极",一直叙述到集大成的孔子。刘勰说:"人文之元,肇自太极。"这里所谓"太极"出自《周易》,《系辞上》云:"易有太极,是生两仪,两仪生四象,四象生八卦。"显然是指派生万物的本原。他还说:"若乃《河图》孕乎八卦,《洛书》韫乎九畴,玉版金镂之实,丹文绿牒之华,谁其尸之,亦神理而已。"这是认为《河图》、《洛书》都是"神理"造成的,而"神理,即道也"(刘永济《文心雕龙校释·原道》,中华书局 1962 年版)。这就是说,《河图》、《洛书》都是"道"所显现出来的。这里对人之"文"的具体论述与前后所论相应。刘勰在历述人之"文"的发展过程时,特别强调孔子的作用,他说:

> 至夫子继圣,独秀前哲,熔钧六经,必金声而玉振;雕琢情性,组织辞令,木铎起而千里应,席珍流而万世响,写天地之辉光,晓民生之耳目矣。

这一段赞颂,使我们很自然地想起《序志》篇中的一段话:"齿在逾立,则尝夜梦执丹漆之礼器,随仲尼而南行;旦而寤,乃怡然而喜,大哉圣人之难见也,乃小子之垂梦欤!自生人以来,未有如夫子者也。"刘勰对孔子的狂热崇拜的感情,既见于《文心雕龙》的首篇,又见于末篇,这绝不是偶然的现象,从全书来看,他的这种感情是始终如一的。

以上叙人之"文"的历史,实际上讲的是"圣人"之"文"的历史。这种"文"是"道"派生的,通过"圣人"表现出来,由此可见"文"与"圣人"二者的关系。所以,刘勰在后面概括地指出:"道沿圣以垂文,圣因文而明道。"明确地道出"道"与"圣人"的关系。

刘勰认为从伏羲到孔子,他们的文章没有不是根据"道"的精神写成的,所以他们的文章"乃道之文也"。

前面提到刘勰所谓"道"受到道家哲学思想的影响,因为他认为"道"可以派生万物。这是刘勰在阐明自己的宇宙构成论时借用道家哲学的思想资料。这种"道"是抽象的、神秘的,既看不见也摸不着。当刘勰用"道"这个词表达自己文学理论的基本思想时,这种"道"就比较具体了。他认为这种"道"依靠"圣人"表现在文章里,"圣人"通过文章阐明"道"。这种"道"实质上是儒家思想。这种思想是《文心雕龙》基本思想的核心,是与"圣"、"经"三位一体的,形成了《文心雕龙》原道、征圣、宗经的基本思想。

《文心雕龙》原道、征圣、宗经的基本思想源自荀子、扬雄。荀子说:"辩说也者,心之象道也。心也者,道之工宰也。道也者,治之经理也。心合于道,说合于心,辞合于说……"(《荀子·正名》)这是强调文以明道。什么是"道"?他说:"道也者何也?曰:礼让忠信是也。"(《荀子·强国》)这种"道"的内涵,与《文心雕龙》所说的"道"大致相同。扬雄说:"舍五经而济乎道者,末矣。……委大圣而好乎诸子者,恶睹其识道也?"(《扬子法言》卷二)这是强调宗经、征圣,而归之于"道"。他又说:"好书而不要诸仲尼,书肆也;好说而不要诸仲尼,说铃也。""万物纷错,则悬诸王;众言淆乱,则折诸圣。或曰:恶睹乎圣而折诸?曰:在则人,亡则书,其统一也。"(同上)这表现了扬雄征圣、宗经的思想。对于事物的是非、短长,圣人在,以圣人为准;圣人不在,以经书为准。荀子、扬雄的原道、征圣、宗经的思想,对《文心雕龙》产生了很大的影响。

综上所述,《原道》篇的内容依次是:(1)天之"文"、地之"文"、人之"文"与"道"的关系;(2)人之"文"与圣人的关系;(3)圣人与"道"的关系。层层清晰,含义显豁。为什么研究者理解会如此分歧？这是各执一端,忽视整体造成的。

有的研究者根据《原道》篇的前两段,断言这篇文章是探讨"宇宙构成和文学起源问题"原是不错的,但是他没有看到《原道》篇所论"本乎道"的问题。这一点,刘勰既已指出,就应引起我们的充分重视。

有的研究者基于刘勰所说"盖《文心》之作也,本乎道"的话,确认"《原道》的内容也正是论证天地万物都本于'自然之道'而有其文",以为《原道》与文学源泉、文学起源问题"了不相关"。也有他的道理。但是,《原道》篇的"道",既能派生万物,也能产生人之"文",自然就不能说与文学起源问题"了不相关"了。

总之,我认为《原道》篇是论述"本乎道",即文以"道"为根本的,"道"产生了一切,也产生了文章,文章是由圣人写作的,体现了"道"。所以刘勰说:"道沿圣以垂文,圣因文以明道。"从文章的正面看如此,从侧面看,确实也表现了刘勰"宇宙构成"的思想,也论及了文学起源问题。这两种看法并不矛盾,是统一的。

《原道》篇所表现出来的思想是客观唯心主义的。这种思想与《时序》篇"文变染乎世情,兴废系乎时序"、《物色》篇"情以物迁,辞以情发"的朴素唯物主义思想是大相径庭的。我们一开始接触到这种现象,感到难以解释,经过思考,就会发现这种现象在中外哲学史、文学史上并不是罕见的。例如德国唯心主义哲学家黑格尔,马克思说他是"一个爱好虚构的思辨体系,但思想极其深刻的研究人类发展基本原则的学者"(《中国革命与欧洲革命》,《马克思恩格斯全集》第9卷109页)。恩格斯说:"和十八世纪的法国哲学一起并继它之后,近代德国哲学产生了,而且在黑格尔身上达到了顶峰。它的最大的功绩,就是恢复辩证法这一最高的思维形式。"(《反杜林论》,《马克思恩格斯选集》第3卷59页)又说:"如果不是先有德国哲学,特别是黑格尔哲学,那末德国科学社会主义,即过去从来没有过的唯一的科学社会主义,就决不可能创立。"(《德国农民革命战争·序言》,《马克思恩格斯选集》第 2 卷 300 页)黑格尔的历史功绩是巨大的,但是他和歌德一样,"拖着一根庸人的辫子","两人都没有完全脱去德国的庸人气味"(《路德维希·费尔巴哈和德国古典哲学的终结》,《马克思恩格斯选集》第 4 卷 214 页)。又如德国唯物主义哲学家费尔巴哈,恩格斯指出:"在我们那个狂风暴雨时期,费尔巴哈给我们的影响比黑格尔以后任何其他哲学家都大。"(同上 203 页)费尔巴哈"在某些方面是黑格尔哲学和我们的观点之间的中间环节"(同上 207、208 页)。但是,"他下半截是唯物主义者,上半截是唯心主义者"(同上 237 页)。哲学史上如此,文学史上也是如此。例如对于歌德,恩格斯作了美学的历史的分析:"歌德有时非常伟大,有时极为渺小;有时是叛逆的、爱嘲笑的、鄙视世界的天才,有时则是谨小慎微、事事知足、胸襟狭隘的庸人。"(《马克思恩格斯论文学与艺术》,陆梅林辑注,人民文学出版社 1982 年版 494 页)俄国文学家托尔斯泰,列宁对他也作了深刻的剖析和崇高的评价,他说:"托尔斯泰的作品、观点、学说、学派中的矛盾的确是显著的。一方面,是一个天才的艺术家,不仅创作了无与伦比的俄国生活的图画,而且创作了世界文学中的第一流的作品;另一方面,是一个发狂地笃信基督的地主。……作为俄国千百万农民在俄国资产阶级革命快到来的时候的思想和情绪的表现者,托尔斯泰是伟大的。托尔斯泰富于独创性,因为他的全部观点,总的来说,恰恰表现了我国革命是农民资产阶级革命的特点。从这个角度来看,托尔斯泰观点中的矛盾,的确是一面反映农民在我国革命中的历史活动所处的各种矛盾状况的镜子。"(《列甫·托尔斯泰是俄国革命的镜子》,《列宁选集》第

2卷370、371页)马克思主义经典作家对一些历史人物的科学分析,为我们评价古代思想家、文学家提供了范例,对我们正确理解刘勰思想中的矛盾是有启发的。

列宁论述托尔斯泰时,指出:"托尔斯泰的观点和学说中的矛盾并不是偶然的,而是十九世纪最后三十几年俄国实际生活所处的矛盾条件的表现。"(同上)这个道理对刘勰同样是适用的。在刘勰生活的齐梁时代,由于封建统治者崇信佛教,当时佛教极盛。据《梁书·刘勰传》记载,刘勰年轻时,与僧祐一起生活了十几年,所以能"博通经论"。晚年又奉梁武帝之命在定林寺整理佛经,工作完成之后,就燔发自誓,变服为僧,刘勰"为文长于佛理,京师寺塔及名僧碑志,必请勰制文"。刘勰所撰寺塔碑志,大都亡佚,今仅存《梁建安王造剡山石城寺石像碑》一篇,另有佛教论辩之文《灭惑论》一篇。其巨著《文心雕龙》虽与佛学无明显关系,然其"勰理明晰若此"(范文澜《文心雕龙注·序志》注②)也不能说与佛理毫无关系。这是一方面。另一方面,儒家思想在封建社会中是根深蒂固的,自汉武帝"罢黜百家,独尊儒术"之后,长期是封建社会的统治思想。从《文心雕龙》中《原道》、《征圣》、《宗经》和《序志》等篇来看,作为封建社会的知识分子的刘勰,深受这种传统思想的影响。刘勰为什么要写作《文心雕龙》呢?《序志》篇说:

> 敷赞圣旨,莫若注经,而马、郑诸儒,弘之已精,就有深解,未足立家。唯文章之用,实经典枝条,五礼资之以成,六典因之致用,君臣所以炳焕,军国所以昭明,详其本源,莫非经典。而去圣久远,文体解散,辞人爱奇,言贵浮诡,饰羽尚画,文绣鞶帨,离本弥甚,将遂讹滥。盖《周书》论辞,贵乎体要;尼父陈训,恶乎异端;辞训之异,宜体于要。于是搦笔和墨,乃始

论文。

这里可以看出刘勰写作《文心雕龙》的动机有三个:第一,为了成名成家,传名后世。所以他说:"是以君子处世,树德建言,岂好辩哉,不得已也!"(《文心雕龙·序志》)第二,要弘扬儒家思想,自己感到注释儒家经典,肯定不如马融、郑玄诸人,所以转而论文,阐明儒道。第三,对当时浮靡的文风不满。他认为当时文人爱好新奇,看重语言的浮艳诡异,将使文章乖谬而浮滥。于是他写作文章,反对当时文坛上的形式主义倾向。在这三个动机中,弘扬儒家思想是刘勰写作《文心雕龙》的主要动机。

刘勰既接受了佛教思想的熏陶,又深受儒家思想的影响,而他在写作《文心雕龙》时,什么是他的指导思想呢? 范文澜说:"刘勰撰《文心雕龙》,立论完全站在儒家古文学派的立场上。""儒家古文学派的特点是哲学上倾向于唯物主义。"(《中国通史简编》修订本第二编422页)这个论断是正确的。的确,刘勰在《文心雕龙》中论文学创作和文学批评,提出了一些朴素的唯物主义观点。但是,由于他深受儒家和佛教的唯心主义影响,造成思想和理论上的矛盾,流露了不少唯心主义的思想。如他对文学起源的看法便是一例。有的研究者把"道"解为"宇宙间万事万物的自然规律",认为刘勰的"原道"思想是唯物主义的,掩饰刘勰的唯心主义思想,是不符合实际的,也是不必要的。

刘勰的思想,既有唯物主义的因素,也有唯心主义的成分。这是当时社会思想和儒、佛斗争在他头脑中的反映,也和他自己的生活经历分不开的。

关于文学的起源问题,外国学者进行过许多探讨,提出了各种看法,我们熟悉的有所谓"模仿说"、"游戏说"、"心灵表现说"等。恩格斯论证了艺术起源于劳动问题(见《劳动在从猿到人转变过程中的作用》),普列哈诺夫《没有地址的信》则对文学艺术的起源问题进行了详细的研究,得出了文学艺术起源于生产劳动的唯物主义结论。这方面的论述,在我国古代比较少。《易传》中曾论及文字的起源:"古者庖牺氏之王天下也,仰则观象于天,俯则观法于地,观鸟兽之文与地之宜,近取诸身,远取诸物,于是始作八卦,以通神明之德,以类万物之情。"这一段话曾为许慎《说文解字序》所援引,说明文字是如何产生的,从"以通神明之德,以类万物之情"的文字功用,使人感到文字的起源和文学的起源是密切相关的。荀子的《乐论》篇讲到音乐产生的原因:"夫乐者,乐也,人情之所必不免也。故人不能无乐,乐则必发于声音,形于动静。而人之道,声音动静,性术之变尽是矣。"这是说音乐随着人们的需要而产生。《礼记·乐记》说得更为清楚:"凡音之起,由人心生也。人心之动,物使之然也。感于物而动,故形于声。"客观的"物"激动人心,用音符表现出来,就是音乐。我国先秦时代,诗、乐、舞往往是结合在一起的。音乐产生的原因,也是诗歌产生的原因。《诗大序》总结了先秦以来的诗歌理论,它也阐述了诗歌产生的原因:"诗者,志之所之也,在心为志,发言为诗。情动于中,而形于言。言之不足,故嗟叹之;嗟叹之不足,故永歌之;永歌之不足,不知手之舞之,足之蹈之也。"这是说明诗是表达思想感情的,音乐、舞蹈也是如此。其立论与《乐记》基本相同。总之,它们都认为文学艺术是人们抒发感情的产物,而人的感情是受客观实现的影响的。《文心雕龙》的《物色》、《时序》二篇在它们的基础上,对文学与自然、文学与时代的关系问题进行了比较详细的论述,取得了新的成就。可是,刘勰在《原道》篇中涉及文学的起源问题,却说什么"人文之元,肇自太极",陷入客观唯心主义的泥潭。如果拿他与前人的成就相比较,在这个问题上,他实在倒退了一步。

作为中国古代杰出的文学理论家,刘勰获得前所未有的巨大成就。但是,不必讳言,在"体大思精"的《文心雕龙》中不免存在一些瑕疵。这是历史的局限造成的,我们大可不必为他文饰。对此,我们应该进行科学的分析,作出实事求是的评价。这才是对待文学遗产的正确态度。

1984 年 7 月

刘勰的文体论初探

随着文学创作的发展,人们对文学各种形式的特点的认识逐步明确,文学作品体裁的分类问题就引起了文艺理论家的关心和重视。研究文学体裁的分类及其特点,对我们深入了解文学的内容和形式的关系,恰当地运用某种体裁都是有帮助的。

在中国文学批评史上,首先区分文章体裁并对后世有一定影响的是三国时代的曹丕。他在《典论·论文》中把文章的体裁分为奏议、书记、铭诔、诗赋四科八类。在他之前,东汉末年的蔡邕,在《独断》里把天子令群臣的文章分为策书、制书、诏书、戒书四类,把群臣上天子的文章也分为章、奏、表、驳议四类,所论只是诏令和奏议之类的应用文。在他之后,晋代陆机的《文赋》进了一步,把文体分为诗、赋、碑、诔、铭、箴、颂、论、奏、说十类。至于挚虞的《文章流别志论》和李充的《翰林论》,都是辨析文体的著作,可惜均已散亡。虽有佚文辑存,也无法窥其全貌。直到南朝齐代,刘勰的《文心雕龙》文体论部分,总结了前人关于文体的研究经验,对各种文体作了比较全面、详细的论述,成为文体论的集大成之作。本文试就《文心雕龙》文体论部分进行一些初步的探讨。

一

两汉魏晋以来,文学以及其他文章有了巨大的发展。从南朝齐代以前所遗留下的作品看,其体裁是多种多样的。刘勰根据各体文章的性质和特点，把它们分为三十三类，即诗、乐府、赋、颂、赞、祝、盟、铭、箴、诔、碑、哀、吊、杂文、谐、讔、史传、诸子、论、说、诏、策、檄、移、封禅、章、表、奏、启、议、对、书、记。如果再加上《辨骚》篇所论述的"骚"体，则为三十四类。各体之中，子类繁多，例如诗则有四言、五言、三六杂言、离合、回文、联句之分，杂文亦有对问、七发、连珠、典、诰、誓、问、览、略、篇、章、曲、操、弄、引、吟、讽、谣、咏之别。这里就不再一一列举了。

　　文学体裁的产生、发展和变化，是由一定的社会生活决定的。它必须适应一定的社会生活的需要。例如诗歌，刘勰在《明诗》篇中引用了《尚书·舜典》中的话："诗言志。"这是说，诗是表达思想感情的。古代的劳动人民在生产劳动中，为了表达自己的思想、感情和愿望，就逐渐产生了诗歌。诗歌产生之后，就必然产生一定的社会作用。"诗者，持也。"诗歌起着培植人的思想感情的作用。赋也是如此，中国文学史上最早的赋是荀子的《赋篇》。《汉书·艺文志》著录孙卿（荀子）赋十篇，今仅存《礼》、《智》、《云》、《蚕》、《箴》五篇和《佹诗》一首。荀子的赋，从表面看是咏物的，其实是借物以说理。他作赋的原因，按照班固的说法是："大儒孙卿及楚臣屈原，离谗忧国，皆作赋以风，咸有恻隐古诗之义。"（《汉书·艺文志》）至于汉赋的兴盛完全是适应当时宫廷的需要。例如司马相如，他的代表作《子虚》、《上林》写诸侯、天子游猎之事，汉武帝看了，不仅大加赞赏，而且命他为郎。刘勰说，汉赋"繁积于宣时，校阅于成世，进御之赋，千有余首"（《诠赋》）。这种盛况和当时统治者的需要是联系在一起的。至于诏、策、檄、移之类的应用文，与现实的关系更为明显。刘勰指出，诏策在汉代有四种，"一曰策书，二曰制书，三曰诏书，四曰戒敕"，它们的用途是"敕戒州郡，诏诰百姓，制施赦命，策封王侯"（《诏策》）。这是说，戒敕是告戒地方官的,诏书是用来晓喻百姓的,制书是用来颁发大赦令和其他命令的,策书是用来封王侯的。檄,刘勰的解释是:"檄者,皦也。宣露于外,皦然明白也。"(《檄移》)它又称露布,其用途是"播诸视听也",即让它在大众中传播。移,刘勰的解释是:"移者,易也。移风易俗,令往而民随者也。"(同上)移又有文移、武移之分,大概文移用于文官,武移用于武将。以上例子证明,随着社会生活的发展,逐渐产生了一些新的体裁,以满足社会生活的需要。社会生活对体裁的产生、发展和变化是起决定性作用的。

　　体裁的产生、发展和变化,除了决定于社会生活而外,它还会受到自己传统的制约。这就是历史发展过程中的继承和革新的问题。《文心雕龙·通变》篇就是讨论这个问题的。在这篇文章中,刘勰强调"望今制奇,参古定法"。每一种文学体裁产生之后,在历史发展中逐步形成自己的传统,后代作家在创作时,一定是在继承过去传统的基础上,适应社会生活的需要,进行新的创造的。以诗歌为例,在中国文学史上,最早的诗歌总集是《诗经》,它基本上是四言诗。两汉出现了五言诗,五言诗发展至建安时期始告成熟。建安时期又出现了完整的七言诗。七言诗经过南北朝的发展,至唐代而完成。永明时期,声律说兴起,这种学说应用到诗歌上来,即有"四声八病"之说,从而产生了"一简之内,音韵尽殊;两句之中,轻重悉异"(沈约《宋书·谢灵运传论》)的"永明体"。从此,格律诗逐渐发展,至唐代而鼎盛。各体诗歌的发展形成了诗歌创作的丰富多彩的传统。《明诗》篇在历述了南朝齐代以前的诗歌发展之后,指出:

　　　　故铺观列代,而情变之数可监;撮举同异,而纲领之要可明矣。若夫四言正体,则雅润为本;五言流调,则清丽居宗;华实异用,唯才所安。故平子得其雅,叔夜含其润,茂先凝其清,景阳振其丽。兼善则子建、仲宣,偏美则太冲、公幹。

从诗歌的发展变化中,既可以了解其变化的情况,也可以明白诗歌创作的要领。如四言诗以"雅润为本",五言诗以"清丽居宗"。后世诗人学习诗歌的优良传统,培育自己的创作才能,使自己的诗歌各具特点。如张衡的四言诗具有"雅"的特色,嵇康的四言诗具有"润"的特色,张华的五言诗具有"清"的特色,张协的五言诗具有"丽"的特色。当然,他们有继承有创新,他们诗歌的特色并不限于这一方面。这些例子说明历代作家都是在继承传统的基础上创作具有自己风格特点的各种体裁的作品。

文章体裁的产生如此,刘勰关于文体分类的研究亦复如此。他的文体分类固然是从当时的实际情况出发,同时也受了前人的影响。文学发展到南朝齐代,体裁类别已十分丰富。刘勰分为三十四体,稍后于刘勰的梁昭明太子萧统则分为三十七体,即诗、赋、骚、七、诏、册、令、教、文(策文)、表、上书、启、弹事、笺、奏记、书、檄、对问、设论、辞、序、颂、赞、符命、史论、史述赞、论、连珠、箴、铭、诔、哀、碑文、墓志、行状、吊文、祭文(见《昭明文选》)。分体日趋繁密。在此以前,前面说到的蔡邕、曹丕、陆机等人的文体分类都比较简单。挚虞的《文章流别志论》分体较繁,从今天残存的十几条佚文看,它论到的文体就有颂、赋、诗、七、箴、铭、诔、哀辞、哀策、对问、碑诔等十余种之多。又据范晔的《后汉书》所载,冯衍"所著赋、诔、铭、说、《问交》、《德诰》、《慎情》、书记说、自序、官录说、策五十篇"(《后汉书·冯衍传》),崔骃"所著诗、赋、铭、颂、书、记、表、《七依》、《婚礼结言》、《达旨》、《酒警》,合二十一篇"(《后汉书·崔骃传》),张衡"所著诗、赋、铭、七言、《灵宪》、《应间》、《七辩》、《巡诰》、《悬图》,凡三十二篇"(《后汉书·张衡传》),蔡邕"所著诗、赋、碑、诔、铭、赞、连珠、箴、吊、论议、《独断》、《劝学》、

《释诲》、《叙乐》、《女训》、《篆势》、祝文、章表、书记,凡四百篇,传于世"(《后汉书·蔡邕传》)。这里讲的不是文体分类,其中有文体的名称,也有文章的题目,但是可以从侧面看出当时文体的繁富。刘勰在文章体裁的分类方面显然受了他们的影响。

萧统《文选》的体裁分类,曾受到清人章学诚的严厉批评,认为它"淆乱芜秽,不可殚诘"(《文史通义·诗教下》)。刘勰关于文学体裁的分类,也不免存在繁琐、重复、不当的毛病。《文选》的文体分为三十七类,而《文心雕龙》亦分为三十四类,过于繁琐芜杂;诸子散文大都为论说文章,而刘勰把《诸子》与《论说》别为两类,显然是重复;在文学概念已经比较明确的齐梁时代,刘勰仍把诸子、史传看作文学作品,甚至与文学毫无关系的注疏、谱籍、簿录之类也加以论列,这些都是不恰当的。虽然如此,刘勰对文体分类的探讨,成绩是主要的,他对文体论的发展作出了重要贡献。

二

由于文学的发展、文学概念的逐渐明确,南朝时代,人们不仅注意到文体的分类,而且重视文笔之说的探讨。

在《总术》篇中,刘勰说:

> 今之常言,有文有笔,以为无韵者笔也,有韵者文也。

区分文、笔,把有韵的叫文,无韵的叫笔,这是当时一般人常说的,也是刘勰自己的认识。文、笔之分,证之史乘,晋代已经开始,所以刘勰说:"夫文以足言,理兼诗书,别目两名,自近代耳。"据《晋书》记载:蔡谟"文笔论议,有集行于世"(《晋书·蔡谟传》),习凿齿"以文笔著称"(《晋书·习凿齿传》),曹毗"所著文笔十五卷,传于世"(《晋书·曹毗传》),张翰"文笔数十篇,行于世"(《晋书·张翰传》)。《晋书》虽是唐人所修,但是它载录的应是晋代的史实。这里文、笔并提,可见晋人对文笔的区分已十分清楚。南朝宋代颜延之说:"竣得臣笔,测得臣文。"(《南史·颜延之传》)范晔认为"手笔差易,文不拘韵故也"。至于《循吏》以下及六夷诸序论,笔势纵放,实天下之奇作。"赞自是吾文之杰思,殆无一字空设。"(《狱中与诸甥侄书》)他们对文笔的认识更为明晰。特别是范晔,他明确地指出,《后汉书》中无韵的序论,称之为笔;有韵的赞,称之为文。刘勰正是接受了这种看法。刘勰以后,梁元帝萧绎在《金楼子·立言》篇中说:"至如不便为诗如阎纂,善为奏章如伯松,若此之流,泛谓之笔。吟咏风谣,流连哀思者,谓之文。""笔退则非谓成篇,进则不云取义,神其巧惠笔端而已。至如文者,惟须绮縠纷披,宫徵靡曼,唇吻遒会,情灵摇荡。"萧绎认为章奏之类的文章叫作笔。这类文章,下与抒情作品相比,它并无文学价值,上与经书史著相比,它又无儒者的义理。它也可以表现出作者的智慧,但只是在语言方面而已。文就不同了,它抒写情感,文采繁富,音节动听,扣人心弦。萧绎从声律、语言、文采等几个方面指出文的特点,其认识更为具体、深入了。但也表现出他重文轻笔的倾向。他片面地强调作品的表现形式,助长了当时的形式主义文风,对文艺创作产生了不良影响。

在《总术》篇中,刘勰还提到颜延之对笔的一种看法:"颜延之以为笔之为体,言之文也;经典则言而非笔,传记则笔而非言。"颜延之认为有文采的叫作笔,无文采的叫作言,如《尚书》之类儒家经典是"言"而不是"笔",《左传》之类传记是"笔"而不是"言"。刘勰不同意此说,进行了反驳。他说:"请夺彼矛,还攻其盾矣。何者?《易》之《文言》,岂非言文,若笔不(果)言文,不得云经典非笔矣。"《易·文言》是经典,但它有文采,如果说笔有文采,就不能说经典不是笔了。至于"经典"《诗经》既有文采又有韵,应当不是笔而是文了。可见颜说是有毛病的。

黄侃根据"若笔不言文"以下几句,认为刘勰是不坚守文、笔之辨的(见《文心雕龙札记·总术》)。但是,他是重视文、笔区分的。他在《序志》篇中说:"若乃论文叙笔,则囿别区分。"刘勰在《文心雕龙》中所论述的三十三种文体都是按照文、笔依次安排的。刘师培指出:"即《雕龙》篇次言之,由第六迄于第十五,以《明诗》、《乐府》、《诠赋》、《颂赞》、《祝盟》、《铭箴》、《诔碑》、《哀吊》、《杂文》、《谐隐》诸篇相次,是均有韵之文也,由第十六迄于第二十五,以《史传》、《诸子》、《论说》、《诏策》、《檄移》、《封禅》、《章表》、《奏启》、《议对》、《书记》诸篇相次,是均无韵之笔也;此非《雕龙》隐区文笔二体之验乎?"(《中国中古文学史》102页)这个分析当然是正确的。在某些文体如《杂文》、《谐隐》的具体区分上,还略有不同的看法。如范文澜同志认为《杂文》、《谐隐》,"或韵或不韵,故置于中"(参见《文心雕龙注·序志》注⑲)。但是在刘勰将所论文体分为文、笔二类看法上,则是完全一致的。

在《文心雕龙》中,文、笔分言和并举的地方甚多,如《体性》篇:"是以笔区云谲,文苑波诡者矣。"《风骨》篇:"唯藻耀而高翔,固文笔之鸣凤也。"《章句》篇:"斯固情趣之指归,文笔之同致也。"《总术》篇:"文场笔苑,有术有门。"《时序》篇:"庾(亮)以笔才逾亲,温(峤)以文思益厚。"《才略》篇:"孔融气盛于为笔,张衡思锐于为文。"这说明刘勰不仅在文体分类上注意到它们的区别,在具体论述中也注意到它们的差异。从对文学特征的认识上来说,这是向前跨进了一步。

既然刘勰将文体区分为文、笔两大类,在具体论述中又注意到文、笔的不同,为什么他的著作名为"文心雕龙"呢?对此,刘师培、黄侃根据当时对"文"、"笔"两词使用的情况,都作出判断。刘师培认为:"笔不该文,文可该笔;故对言则笔与文别,散言则笔亦称文。"(《中国中古文学史》102页)黄侃认为:"散言有别,通言则文可兼笔,笔亦可兼文。"(《文心雕龙札记·总术》)且不论"笔"是否可以包括"文","文"是否可以包括"笔",刘、黄两家看法则是完全相同的。《文心雕龙》文体论部分"论文叙笔",作者注意到"囿别区分",而统名《文心》便足以说明问题。

区分文、笔与文体分类的研究是密切地联系在一起的。当时,从事文艺理论和批评研究的刘勰,不可能不讨论到文体问题,而讨论文体必然会辨析文、笔。因为文、笔之分实际上是文学批评家对各种文体从形式和性质上加以归纳辨析的结果。文、笔的辨析在今天的文体研究中已无甚意义,但是在当时却是相当重要的问题。

三

曹丕、陆机的文体分类,只是区分类别,简单地指出各体文章的风格特点。挚虞的《文章流别志论》就不同了,它不只是简单的文体分类,而且还有评论。在评论中往往说明文体的性质、起源和发展变化,并列举了这一文体的某些作品加以褒贬。《晋书·挚虞传》说:"虞撰《文章志》四卷……又撰古文章,类聚区分为三十卷,名曰《流别集》,各为之论,辞理惬当,为世所重。"所谓"类聚区分",指对所选作品的文体加以分类;所谓"各为之论",是对各种文体的作品加以评论。钟嵘的《诗品·序》也说:"挚虞《文志》,详而博赡,颇曰知言。"挚虞的《文章流别志论》虽已亡佚,但在当时它对刘勰的文体论有着明显的影响。

刘勰关于文体论的论述,不仅全面地总结了前人的经验,而且有了新的巨大的发展。他的文体论的内容有四项,即"原始以表末,释名以章义,选文以定篇,敷理以举统"(《序志》)。这四项,按文体论各篇所表现的层次是:

(一)"释名以章义"。

即说明各种体裁的含义。例如:"诗者,持也。持人情性。"(《明诗》)"乐府者,声依永,律和声也。"(《乐府》)"赋者,铺也。铺采摛文,体物写志也。"(《诠赋》)"铭者,名也。观器必也正名,审用贵乎盛德。""箴者,所以攻疾防患,喻针石也。"(《铭箴》)"诔者,累也。累其德行,旌之不朽也。"(《诔碑》)这实际上是给各种体裁下一个定义。给体裁下一个确切的定义并非易事,比如说:"诗者,持也。""铭者,名也。""诔者,累也。"这种用声训的办法来解释,仍然令人感到不可捉摸。必须在声训之后,加上补充说明,如释"诗",在"持也"之后,说明是"持人情性";释"诔",在"累也"之后,说明"累其德行,旌之不朽也",其含义才较为清晰。至于"乐府"和"箴"这两种体裁,从其特征和作用上加以解释,含义比较明确。但是,读者只有在全部了解四项内容之后,方可了解某一体裁的确切含义。

(二)"原始以表末"。

即叙述各种文章的起源和演变情况。现以《明诗》篇为例稍作说明。刘勰认为:"人禀七情,应物斯感,感物吟志,莫非自然。"富于感情的人,受了客观事物的刺激,有所感而抒发情志,这是很自然的事。这里指出了诗的起源。至于中国古代诗歌的演变情况,刘勰也作了简要的叙述。他说,葛天氏时有《玄鸟曲》,黄帝时有《云门舞》,唐尧时有《大唐歌》,虞舜时有《南风歌》,夏太康时有《五子之歌》。从商朝到周朝,出现了诗歌总集《诗经》。战国时代,楚国产生了屈原的《离骚》。秦朝虽然大量焚书,但也有《仙真人诗》之作。汉初四言诗有韦孟的讽谏诗,七言诗有汉武帝与群臣的联句《柏梁诗》。五言诗产生于汉代,古诗有人认为是枚乘之作,而《冉冉孤生竹》一首则是傅毅的作品。张衡的《怨诗》和《仙诗缓歌》都有新的特点。建安是五言诗创作旺盛的时期,曹丕、曹植兄弟和王粲、徐幹、应玚、刘桢等人的诗歌都具有"慷慨以任气,磊落以使才"的特色。正始时期,嵇康诗情志清高,阮籍诗意旨遥深,颇为突出。西晋时代,三张、二陆、两潘、一左并驾齐驱于诗坛,但他们的诗歌"采缛于正始,力柔于建安"。东晋诗歌沉溺在玄学的风气之中,惟有郭璞的《游仙诗》,甚是挺拔。南朝宋代,山水诗兴起,盛行"俪采百字之偶,争价一句之奇;情必极貌以写物,辞必穷力而追新"的讲求形式的诗风。齐代是刘勰所处的时代,他就略而不谈了。刘勰对古代诗歌演变情况的叙述有本有末,并且能抓住各个时代诗歌的特点,所以能给人以简明扼要的印象。

(三)"选文以定篇"。

即评述各体文章的代表作家和代表作品。这一项内容常常和第二项内容合并叙述。上面列举的《明诗》篇的"原始以表末"部分,实亦"选文以定篇"部分。这里再以《诠赋》篇为例,略加诠释。《诠赋》篇举出荀卿、宋玉、枚乘、司马相如、贾谊、王褒、班固、张衡、扬雄、王延寿十家,认为他们是"辞赋之英杰"。这里,刘勰特别列出枚乘的《梁王菟园赋》、司马相如的《上林赋》、贾谊的《鹏鸟赋》、王褒的《洞箫赋》、班固的《两都赋》、张衡的《二京赋》、扬雄的《甘泉赋》、王延寿的《鲁灵光殿赋》等文学史上的著名辞赋,并指明它们的特色。魏晋赋家,他列举的有王粲、徐幹、左思、潘岳、陆机、成公绥、郭璞、袁宏等人,认为他们是"魏晋之赋首"。刘勰所评论的两汉魏晋赋的作家作品在当时都是具有代表性的,这些论述对于我们今天研究赋的发展及其流变都有很大的参考价值。

（四）"敷理以举统"。

即论述各体文章写作的道理和特色。例如,《诔碑》篇关于"诔",刘勰指出:"详夫诔之为制,盖选言录行,传体而颂文,荣始而哀终。论其人也,暧乎若可觌;道其哀也,凄焉如可伤:此其旨也。"这是提出"诔"的写作方法和要求。"论其"四句,是对"诔"的写作的最高要求,倘能如此,即为此中上乘。《哀吊》篇谈到"哀"体,刘勰说:"原夫哀辞大体,情主于痛伤,而辞穷乎爱惜。幼未成德,故誉止于察惠;弱不胜务,故悼加乎肤色。隐心而结文则事惬,观文而属心则体奢。奢体为辞,则虽丽不哀;必使情往会悲,文来引泣,乃其贵耳。"刘勰对于哀辞写作的总要求是"情主于痛伤,而辞穷乎爱惜"。他反对"观文而属心",主张"隐心而结文",这和他反对"为文而造情",主张"为情而造文"(《情采》)的看法是一致的。他要求哀辞一定要做到"情往会悲,文来引泣",即具有哀痛感人的力量。他认为"哀"体当以此为贵。刘勰对各体文章写作方法和特点的论述,不仅使我们对这一体裁有进一步的认识,而且更重要的是他总结的各体文章的创作法则,对文艺创作的繁荣和文艺理论的发展都是有意义的。

刘勰关于文体论各篇的四项内容的论述,较之前人有了新的发展。郭绍虞先生对此有一段评论。他说,一、四两项"同于陆机《文赋》而疏解较详",二项"同于挚虞《流别》而论述较备",三项"又略同魏文《典论》、李充《翰林》而评断较充"。所以即就文体之研究而言,《文心雕龙》亦集以前之大成矣(《中国文学批评史》上册132页)。我们同意这一看法。

四

刘勰的文体论和前人比较,有几个明显的特点。这就是:

1.清人章学诚认为《文心雕龙》的特点是"体大而虑周"(《文史通义·诗话》),刘勰的文体论同样也具有这样的特点。文体论所论文体达三十三类,撰成专门论文二十篇(如果把《辨骚》篇也包括有内,则文体达三十四类,专门论文为二十一篇),几占全书的二分之一,其规模不可谓不大。文体论的每篇论文都包括"释名以章义"等四项内容,从对文体名称的解释,文体的起源、演变、代表作家和作品,到写作要点和方法都作了全面的论述,并且时有精辟的见解,其考虑不可谓不精。因此可以说,这是比较全面、系统、完整的文体论,它是刘勰以前所没有的。

2.刘勰的文体论实际上包括创作理论、文学批评和文学史三种成分,它是这三种成分的结合。例如,前面提到的《明诗》篇中刘勰论诗歌的起源和演变的一大段话,既是极为简明扼要的诗歌发展史,也是纵论作家作品的批评论,其中对建安、正始、西晋、东晋、宋初诗歌的分析都是比较深刻的,也是我们从事文学史教学和研究工作的人比较熟悉的。《诠赋》篇论写赋的要点说:"原夫登高之旨,盖睹物兴情。情以物兴,故义必明雅;物以情观,故词必巧丽。丽词雅义,符采相胜,如组织之品朱紫,画绘之著玄黄,文虽新而有质,色虽糅而有本,此立赋之大体也。"这里,刘勰指出,赋的内容必须"明雅",文辞必须"巧丽",强调"有质"、"有本",反对"繁华损枝,膏腴害骨"的形式主义文风。这是他对赋这一文学体裁创作理论的探讨。刘勰论文体熔创作理论、文学批评和文学史为一炉,这是他不同于他的前辈的地方,也是他高出他的前辈的地方。

3.刘勰写作《文心雕龙》的动机之一,是为了反对当时"饰羽尚画,文绣鞶帨"的文风,这种批评精神也贯串在整个文体论中。当然,这种批判是从他的文艺批评的标准出发的。他的文艺批评的标准有两个:一个是政治标准,即儒家思想;一个是艺术标准,即《宗经》篇中提出来的"六义"。他就是用这两个标准来衡量各种文体作家作品的思想性和艺术性的。例如,《议对》篇谈到对"议"的写作要求,他提出:"必枢纽经典,采故实于前代,观通变于当今;理不谬摇其枝,字不妄舒其藻……然后标以显义,约以正辞,文以辨洁为能,不以繁缛为巧;事以明核为美,不以深隐为奇。"他反对"舞文弄墨,支离构辞,穿凿会巧,空骋其华"。以他的批评标准去衡量作品,他明确地表示主张什么,反对什么,态度是十分明朗的。他坚持自己的批评标准,批评西晋诗歌"稍入轻绮",反对东晋诗歌"溺乎玄风",不满南朝宋初山水诗讲求表现形式、忽视思想内容的弊病。这些地方都体现了刘勰的反对形式主义文风的批判精神。

4.如果我们把《文心雕龙》的内容分为基本思想、文体论、创作论和批评论几个部分,那么,文体论只是其中的一个部分。这一部分论述各种文体,有相对的独立性,但是它毕竟是全书的一部分,它和其他部分是联系在一起的。例如,论文体各篇的"敷理以举统"部分论述各体文章的写作道理及文体特点,和创作论可以相互补充;"选文以定篇"部分评论作家作品,为批评论提供了许多批评的实例。而不论哪一部分都有全书的基本思想贯串其中。这种联系,使文体论、创作论和批评论的论述各有重点而又相互补充,有相得益彰的效果。这也是刘勰的文体论的不可忽略的特点。

刘勰的文体论常为研究者所忽略,大概是因为他分体过于繁琐,而且在今天也没有多少实用价值了。其实,刘勰的文体论各篇包含了他许多关于文艺创作和文艺批评方面的精湛的论述,对我们研究他的文艺思想是不可缺少的一部分。

刘勰的文体论是在前人的基础上发展起来的,这一点在前面已提到。这里要指出的是,刘勰自己也比较明确地认识到这一点。《序志》篇说:

> 及其品列成文,有同乎旧谈者,非雷同也,势自不可异也。有异乎前论者,非苟异也,理自不可同也。同之与异,不屑古今,擘肌分理,唯务折衷。

所谓"有同乎旧谈者",指继承;所谓"有异乎前论者",指创新。对此,章学诚说得具体了一些,他说:"刘勰氏出,本陆机氏说而昌论文心。"(《文史通义·文德》)黄侃说得更具体了,他说:"如《颂赞》篇大意本之《文章流别》,《哀吊》篇亦取于挚君。"(《文心雕龙札记·序志》)这里讲的都是《文心雕龙》的继承与创新问题。刘勰正是在继承前人研究成果的基础上进行新的创造,才取得了如此卓越的成就。他在文体论方面所取得的成就,和他的创作论、批评论一样,都是前人所没有的。因此,它在中国文学批评史上占有重要的地位。

刘勰的文体论对后世的影响甚为深远。如明代吴讷的《文章辨体》和徐师曾的《文体明辨》,以至清代古文家姚鼐的《古文辞类纂》的文体分类,无不受到它的启发和影响。吴、徐二书都是分体选文,依体序说的。吴讷分文体为五十九类,十分繁琐。徐师曾在吴讷的基础上加以修订补充,竟分文体为一百二十七类,更是繁琐。《四库全书总目提要》批评吴书"大抵剽掇旧文,罕能考核源委,即文体亦未能甚辨"(卷一九一)。批评吴书"千条万绪,无复体例可求,所谓治丝而棼者欤"(卷一九二)。批评虽嫌太过,但也不无道理。以吴、徐二书与《文心雕龙》相比，自不可同日而语，然而它们仍是刘勰以后关于文体方面的总结性著作，其各体序说有一定的参考价值。姚鼐分古文的体裁为十三类，即论辨类、序跋类、奏议类、书说类、赠序类、诏令类、传状类、碑志类、杂记类、箴铭类、颂赞类、辞赋类和哀祭类。此种古文体裁分类比较适当，因此亦为后人所采用。如王力先生主编的《古代汉语》，其中《古文的文体及其特点》一节即采用姚鼐对古文的分类方法。至于今天的文艺理论书籍对文体的分类，讲的是"三分法"、"四分法"。"三分法"是根据各种文学体裁塑造形象的不同方法，分为叙事、抒情、戏剧三类。这是外国文学普遍采用的分法。"四分法"是把各种文体归为诗歌、小说、散文、戏剧四类，这是"五四"以后我国现代文学所普遍采用的方法。我国现代文学的分类法固然接受了外国的影响，但是主要还是继承了我国古代的传统。我国古代文体分类虽然种类繁多，然而概括起来，实不出诗歌、散文二类。至于我国古代的小说、戏剧，因为成熟的时期比较晚，加上一般封建士大夫采取轻视的态度，长期以来不能作为文学的一种类别看待，直到"五四"以后才引起重视。今天的文体分类是今天的社会生活决定的，它和古代的文体分类是大不相同了。但是，研究刘勰的文体论，不仅对研究刘勰的文艺思想是必要的，而且对我们今天研究文体分类仍有一定的借鉴作用。

1979 年 2 月

质文沿时　辞以情发
——刘勰论文学与现实的关系

文学与现实的关系问题,是文学理论中的一个根本问题。古往今来的文艺理论家,尽管他们的见解是多种多样、错综复杂的,但是在这个问题上,他们不可能不表示自己的基本观点或其倾向性。刘勰作为中国古代文学批评史上一个杰出的文艺理论家,他必然会就这个问题表示自己的意见。刘勰对文学与现实关系的论述,主要见于《文心雕龙》的《时序》、《物色》等篇。他提出了一些有价值的见解,直到今天仍值得我们珍视。

"文变染乎世情,兴废系乎时序"

文学作品是现实的反映,文学是随着社会的发展变化而变化的。这是一条关于文学发展的基本规律。在中国文学批评史上,首先论及文学与时代政治关系的是《左传·襄公二十九年》记载的吴季札在鲁国观周乐一段。季札对《诗经》中的国风和雅、颂都有评论,从中可见诗、乐与现实的关系。后来《礼记·乐记》指出:"凡音之起,由人心生也。人心之动,物使之然也。感于物而动,故形于声。"明确地说出了音乐与现实的关系。又说:"治世之音安以乐,其政和;乱世之音怨以怒,其政乖;亡国之音哀以思,其民困。"这是从音乐来考察政治的盛衰,就更为具体了。至于《荀子·乐论》所说"乱世之征……其声乐险,其文章匿而采",和《礼记》所论相似。汉代的《毛诗序》是汉以前儒家诗论的总结性的论文,它不仅也有《礼记·乐记》中"治世之音安以乐"的一段话,表示自己对文学与现实关系的看法,而且还指出:"至于王道衰,礼义废,政教失,国异政,家殊俗,而变风、变雅作矣。"(《毛诗正义》卷一)道出了《诗经》中的变风、变雅之作与时代的关系。对这条基本规律比较系统地进行理论阐述的是刘勰,他的《文心雕龙·时序》篇①就是论述文学与时代关系的。他在前人的基础上,明确提出了各个时代的文学变化都是当时社会现实变化造成的理论。文章一开始就说:"时运交移,质文代变。"即时代不断变化,在文风上,或尚质朴或重文采,各个时代是不同的。可谓开门见山,言简意赅。他列举了大量的文学史实,对这一论点进行了系统的有力的论证:

> 昔在陶唐,德盛化钧,野老吐"何力"之谈,郊童含"不识"之歌。有虞继作,政阜民暇,"薰风"诗于元后,"烂云"歌于列臣。尽其美者何? 乃心乐而声泰也。至大禹敷土,九序咏功;成汤圣敬,"猗欤"作颂。逮姬文之德盛,《周南》勤而不怨;大王之化淳,《邠风》乐而不淫。幽厉昏而《板》《荡》怒,平王微而《黍离》哀。

这是论述唐尧、虞舜、夏禹、商汤、周文王及太王、幽王、厉王、平王时代的文学。刘勰认为,唐尧时代,恩德隆盛,教化普及,老农哼出了"帝力于我何有哉"的《击壤歌》,儿童唱出了"不识不知,顺帝之则"的《康衢谣》。虞舜时代,政治清明,人民安闲,君主唱出了"南风之薰兮"的《南风歌》,群臣唱出了"卿云烂兮"的《卿云歌》。为

---

① 这部分中的引文,除注明出处的外,均出于此篇。

什么这些歌曲如此美好？这是因为心情愉快,所以声音安乐。夏禹时代,大禹治理水土,各项工作都上了轨道,所以人们歌颂他。商汤时代,成汤圣明恭敬,他的子孙作了《那》那样的颂诗。到周代,文王恩德隆盛,《周南》里的诗歌表现出勤劳而不怨恨的思想;太王教化淳厚,《邠风》表现出快乐而不过分的心情。幽王、厉王时,政治黑暗,《板》《荡》二诗表现出愤怒的感情;平王时,周室衰微,《黍离》诗发出了悲哀的感叹。这些史实足以证明政治教化与文学的密切关系,所以他肯定地指出:"故知歌谣文理,与世推移,风动于上,而波震于下者也。"当然,在今天看来,刘勰所谓的唐尧、虞舜、夏禹三代的文学,是不足凭信的。他由于深受儒家思想的影响,对一些诗歌的分析也不尽恰当。但是,他能结合现实社会情况考察文学发展的时代特点,这种方法是值得我们重视的。

有时候,社会上的某种风气对文学也能产生深刻的影响。刘勰指出:

> 春秋以后……唯齐楚两国,颇有文学。齐开庄衢之第,楚广兰台之宫。孟轲宾馆,荀卿宰邑,故稷下扇其清风,兰陵郁其茂俗。邹子以谈天飞誉,驺奭以雕龙驰响;屈平联藻于日月,宋玉交彩于风云。观其艳说,则笼罩雅颂,故知炜烨之奇意,出乎纵横之诡俗也。

大意是说,春秋以后,只有齐国和楚国颇有文化学术。孟轲是齐国的贵宾,荀卿是楚国的县令。邹衍因谈天驰名,驺奭以文采著称。屈原的赋可与日月争光,宋玉的文采可和风云相比。可以看出,他们华美的文辞,已超过《诗经》;也可以看出,那光彩照耀的奇妙文思,出于战国时代纵横捭阖的诡异的风气。

战国时代,由于各诸侯国的政治需要,产生了一批策士,他们游说诸侯国的国君,纵横捭阖,互相辩论,发表自己的政治见解。《战国策》记载的就是他们的言论。此书文字淋漓酣畅,汪洋恣肆,雄辩而富丽,对后世散文是颇有影响的。但是,刘勰指出纵横捭阖的游说风气对当时文风的影响,却是发前人所未发的。

我们认为,政治、法律、哲学、宗教、文学、艺术等的发展是以经济发展为基础的。但是,它们又都互相影响并对经济基础发生影响。刘勰也注意到学术思想对文学发展的影响。他说:

> 自中朝贵玄,江左称盛,因谈余气,流成文体。是以世极迍邅,而辞意夷泰;诗必柱下之旨归,赋乃漆园之义疏。

这是论述玄学对文学的影响。东晋的玄学盛行。在这种玄风的影响下,形成一种新的文风。当时时势极为艰难,而这些作品却写得很平淡,诗赋都是表现老子、庄子的思想。《文心雕龙·明诗》篇中论述东晋诗歌说:"江左篇制,溺乎玄风,嗤笑徇务之志,崇盛亡机之谈,袁孙以下,虽各有雕采,而辞趣一揆,莫与争雄。"与《时序》篇所论意思相同。与刘勰同时代的沈约和钟嵘也都论及这一问题。沈约说:"在晋中兴,玄风独振,为学穷于柱下,博物止乎七篇,义殚乎此。自建武暨乎义熙,历载将百,虽缀响联辞,波属原委,莫不寄言上德,托意玄珠,遒丽之辞,无闻焉尔。"(《宋书·谢灵运传论》)钟嵘说:"永嘉时,贵黄、老,稍尚虚谈,于时篇什,理过其辞,淡乎寡味。爰及江表,微波尚传,孙绰、许询、桓、庾诸公诗,皆平典似《道德论》,建安风力尽矣。"(《诗品·序》)所论亦基本相同,都可以看出玄学对东晋文学的影响。

社会的长期动乱也常常引起文学风格的变化。刘勰论述建安文学的特色时,指出:

> 观其时文,雅好慷慨,良由世积乱离,风衰俗怨,并志深而

笔长,故梗概而多气也。

他认为建安文学"梗概而多气"的特色,是由当时战乱频繁、社会动荡、风气衰败、人民怨恨,加上作家情志高远、笔意深长造成的。刘勰的这一分析是十分深刻的。建安时代的作家都有动乱生活的经历,他们继承了汉乐府民歌的现实主义精神,怀着统一国家、安定社会的壮志雄心,唱出时代的"慷慨"之音,形成"建安风骨"的优良传统,在中国文学史上有深远的影响。刘勰在《明诗》篇中说:

> 慷慨以任气,磊落以使才。造怀指事,不求纤密之巧;驱辞逐貌,唯取昭晰之能:此其所同也。

建安作家们慷慨激昂地表现他们的志气,光明磊落地施展他们的才能。述怀叙事,不追求纤细绵密的技巧;遣词写景,只在乎取其清晰明白的效能。这是他们共同的特色,也是"建安风骨"的特征。而这一特征正是在动荡的年代中诞生的,与时代有着极为密切的关系。

刘勰往往把一个时代文学兴盛的原因归于封建帝王的提倡。他说:

> 逮孝武崇儒,润色鸿业,礼乐争辉,辞藻竞骛:柏梁展朝燕之诗,金堤制恤民之咏,征枚乘以蒲轮,申主父以鼎食,擢公孙之对策,叹倪宽之拟奏,买臣负薪而衣锦,相如涤器而被绣;于是史迁寿王之徒,严终枚皋之属,应对固无方,篇章亦不匮,遗风余采,莫与比盛。

这是说,汉武帝尊崇儒家,制礼作乐,写作文章,润色自己的巨大功业。他不仅自己联句、赋诗,而且提拔了枚乘、主父偃、公孙弘、倪

宽、朱买臣、司马相如等人,风流文采,没有比那时更兴盛的了。他认为,汉武帝时代文学的兴盛,是汉武帝提倡的结果。刘勰又说:

> 魏武以相王之尊,雅爱诗章;文帝以副君之重,妙善辞赋;陈思以公子之豪,下笔琳琅:并体貌英逸,故俊才云蒸。

这是说,建安时代的优秀作家众多的盛况,是曹氏父子爱好文学和礼敬文人所造成的。这里都强调了封建帝王的提倡对当时文学兴盛所起的作用。我们认为,封建帝王是当时政治的代表人物,他们对文学的提倡必然会形成一种社会风气或政治力量,对文学的发展起一定的推动作用。因此,我们认为刘勰重视封建帝王提倡文学的作用是对的,而过分地强调这一点,就不妥当了。

《时序》篇按照历史的次序,从各方面详细地论证了文学发展与时代的关系,最后得出了"文变染乎世情,兴废系乎时序"的结论。这个结论是正确的、可信的。刘勰说:"原始以要终,虽百世可知也。"如果我们能掌握文学是随社会发展变化而发展变化的规律,推求其始,归结其终,那么,即便是一百代的文学发展变化也是可以推知的。

刘勰在《时序》篇中历述从先秦至南朝齐代的文学发展概况,表现了他进步的文学观,取得了前所未有的成就。

"情以物迁,辞以情发"

《时序》篇论述文学和时代的关系,《物色》篇①则是论述文学和自然的关系。

---

① 这部分中的引文,除注明出处的外,均出于此篇。

文章首先论到情与物的关系,即作家的内心和自然景色的关系。刘勰说:

> 春秋代序,阴阳惨舒,物色之动,心亦摇焉。盖阳气萌而玄驹步,阴律凝而丹鸟羞,微虫犹或入感,四时之动物深矣。若夫珪璋挺其惠心,英华秀其清气,物色相召,人谁获安?……岁有其物,物有其容;情以物迁,辞以情发。一叶且或迎意,虫声有足引心。况清风与明月同夜,白日与春林共朝哉!

他认为,季节的更迭,气候的变化,都对人们的内心产生影响。"情以物迁,辞以情发",人们的内心随着自然景物的变化而变化,文章由于内心的激动而产生。这里正确地揭示了物、情、辞三者的关系,而重在论情与物。刘勰在《文心雕龙》中反复阐明了这一思想。《明诗》篇说:"人禀七情,应物斯感,应物吟志,莫非自然。"《诠赋》篇说:"原夫登高之旨,盖睹物兴情。"都表明了同一看法。这一思想并非刘勰的发现,与他同时代的一些文学批评家和诗人都有这方面的论述。例如钟嵘的《诗品》、萧统的《答湘东王求文集及诗苑英华书》、萧纲的《答张缵谢示集书》等,都谈到文学与自然景色的关系问题,只是没有刘勰所论详细、深刻罢了。

刘勰关于文学与自然景色关系的论述,就其内容看,似是《诗经》、《楚辞》和汉赋有关写景方面的总结,其实与南朝宋以来山水文学的兴盛有极为密切的关系。永嘉以后,北方封建士大夫纷纷南渡,江南地区农业的发展、手工业的进步和商业的发达,为他们提供了物质保证,而美丽的自然环境,又为他们提供了赏玩山水的条件,所以当时封建士大夫游山玩水的风气盛行,山水文学有很大的发展。谢灵运、谢朓大力创作山水诗,使山水诗创作形成空前繁

荣的局面。当时,甚至在一些日常书信中都有许多优美的写景文字,如鲍照《登大雷岸与妹书》,其中写庐山奇景:

> 西南望庐山,又特惊异。基压江潮,峰与辰汉连接。上常积云霞,雕锦缛。若华夕曜,岩泽气通,传明散采,赫似绛天。左右青霭,表里紫霄。从岭而上,气尽金光;半山以下,纯为黛色。信可以神居帝郊,镇控湘汉者也。

许梿评这段文字说:"烟云变灭,尽态极妍。即使李思训数月之功,亦恐画所难到。"(《六朝文絜笺注》卷七)可谓评价极高。萧纲《与萧临川书》一开头就写道:"零雨送秋,轻寒迎节。江枫晓落,林叶初黄。"轻描淡写,写景如画。丘迟《与陈伯之书》中描写江南春色:"暮春三月,江南草长,杂花生树,群莺乱飞。"寥寥数笔,传诵千古。至于陶弘景《答谢中书书》,吴均《与宋元思书》、《与顾章书》等,都是写景名篇,尤为人们所熟悉。刘勰正是在这些山水文学创作的基础上,才有可能对文学与自然景色的关系问题进行比较细致、深入的探讨。

在《物色》篇中,刘勰不仅对情与物的关系进行了精辟的论述,而且对辞与物的关系也进行了细致的剖析。他说:

> 是以诗人感物,联类不穷。流连万象之际,沈吟视听之区。写气图貌,既随物以宛转;属采附声,亦与心而徘徊。

这是分析从艺术构思到开始创作的过程。这个过程,虽然始终离不开情,而主要表现为物与辞的关系。诗人首先为自然景物所激动,他洋溢着热烈的感情,展开想象的翅膀飞翔。然后开始创作,在创作时,他一方面随着景物活动,一方面又结合思想感情反复琢磨,从而臻于物我交融的和谐境界。《物色》篇篇末"赞"中说"目既往返,心亦吐纳","情往似赠,兴来如答"。这是对形象思维过程中诗人的思想感情和艺术形象交融的现象作了简要的概括。刘勰在《神思》篇中指出艺术构思的特点是"思理为妙,神与物游",即作家的精神与具体事物一起活动。但是,诚如刘永济所指出的,这只是"举其大纲"(《文心雕龙校释·物色》),《物色》篇才进行了较详细的研究。

辞与物的关系问题,实质上是文辞的表达问题。动人的自然景色需要优美的文辞来表达,而各个时代的文学作品,其文辞表达的特点是不相同的。刘勰在《物色》篇中指出,在《诗经》中,《周南·桃夭》用"灼灼"描写桃花的鲜艳,《小雅·采薇》用"依依"描写杨柳的情状,《卫风·伯兮》用"杲杲"形容太阳的照耀,《小雅·角弓》用"瀌瀌"形容大雪的纷飞,《周南·葛覃》用'喈喈'摹拟黄鸟的鸣声,《召南·草虫》用"喓喓"摹拟草虫的叫声,皆用叠字,起到情景交融的效果。《王风·大车》用"皎"字形容太阳,《召南·小星》用"嘒"字形容小星,仅用一个字,即道出物理。《周南·关雎》用"参差"形容荇菜,《卫风·氓》用"沃若"形容桑叶,只用两字,或双声,或叠韵,亦穷尽物形。可见《诗经》只用少量的文字,即表达出丰富的内容,把自然景色的神情形貌都丝毫没有遗漏地表达出来了。继《诗经》之后出现的《楚辞》,"触类而长,物貌难尽,故重沓舒状;于是嵯峨之类聚,葳蕤之群积矣"。《楚辞》描绘自然景色有所发展,事物的形貌难以完全描绘出来,它就反复地形容,因而"嵯峨"、"葳蕤"之类的词就聚集起来了,也就是说描写山水草木之词更丰富了,并取得"论山水,则循声而得貌;言节候,则披文以见时"(《辨骚》)的效果。至于汉赋,刘勰认为:"及长卿之徒,诡势瑰声,模山范水,字必鱼贯,所谓诗人丽则而约言,辞人丽淫而繁句也。"到了司马相如之类的辞赋家,追求文章气势的奇异、音节的瑰丽,描写山水,形容词必定一大串。这就是所谓《诗经》

的作者,其作品华丽而适度,文字简约;辞赋家的作品华丽而过分,词句繁冗。刘勰指出:"凡摛表五色,贵在时见,若青黄屡出,则繁而不珍。"对辞赋家过分追求作品形式华丽的不良倾向进行了严肃的批评。

作家进行艺术构思和创作实践的过程,是形象思维的过程。刘勰对此的论述,为《神思》篇作了详细的并且是十分精彩的补充。他在论及文辞表达的问题时,对《诗经》、《楚辞》和汉赋用词得失的评论也是正确的,只是把《诗经》的一些用词说成"虽复思经千载,将何易夺",把辞赋家的作品统统说成"丽淫而繁句",稍失持平。

刘勰在论述了《诗经》、《楚辞》和汉赋在描写自然景色方面的特点后,又谈到宋齐以来山水文学的特点。他说:

> 自近代以来,文贵形似,窥情风景之上,钻貌草木之中。吟咏所发,志惟深远;体物为妙,功在密附。故巧言切状,如印之印泥,不加雕削,而曲写毫芥。故能瞻言而见貌,即字而知时也。

他认为,宋齐以来的山水文学,重在形貌的逼真。这类作品情志深远,描写贴切,刻画入微,具有"瞻言而见貌,即字而知时"的艺术效能。《明诗》篇说:

> 宋初文咏,体有因革,庄老告退,而山水方滋。俪采百字之偶,争价一句之奇,情必极貌以写物,辞必穷力而追新:此近世之所竞也。

这里论述南朝宋初山水诗的兴起和文学表现上的变化,与《物色》篇所论相似,流露出刘勰对形式主义文风的一些不满。但是,南朝宋初的山水诗取代了东晋以来的玄言诗,这是文学的新发展,应该充分肯定。著名诗人谢灵运,在玄言诗向山水诗转变的过程中,大量写作山水诗,进行新的艺术创造,在文学史上立下了不可磨灭的历史功绩,当然也是应该肯定的。黄侃说:"夫极貌写物,有赖于深思;穷力追新,亦资于博学。将欲排除肤语,洗荡庸音,于此假涂,庶无迷路。世人好称汉魏,而以颜谢为繁巧,不悟规摹古调,必须振以新词,若虚响盈篇,徒生厌倦,其为蔽害,与剿袭玄语者政复不殊。以此知颜谢之术,乃五言之正轨矣。"(《文心雕龙札记·明诗》引《诗品讲疏》)持论比较公允。至于《通变》篇所说的"宋初讹而新",则显然含有贬意。什么是"讹"?郭璞云:"世以妖言为讹。"郝懿行认为:"造作语言,謼哗动听谓之讹。"(《尔雅义疏》卷上之又一)这些解释对我们有启发,但皆不切合。《定势》篇说:

> 自近代辞人,率好诡巧,原其为体,讹势所变,厌黩旧式,故穿凿取新;察其讹意,似难而实无他术也,反正而已。故文反正为乏,辞反正为奇。效奇之法,必颠倒文句,上字而抑下,中辞而出外,回互不常,则新色耳。

这里指出南朝宋初以来的作家,大都喜爱奇巧,这是"讹势"造成的,他们讨厌旧形式,牵强附会地追求新奇。而考察其"讹意",只是违反正常的写法罢了,像文字"正"字反写就成了"乏"字,辞句违反正常的次序便成奇句,学习新奇的方法,一定要颠倒词句,把应写在上面的字放到下面去,把中间的词放到外边去,这就有新奇的色彩了。范文澜曾指出,江淹《恨赋》中"'孤臣危涕,孽子坠心',强改坠涕危心为危涕坠心"(《文心雕龙注·定势》),这是追求新奇一例。由此可见,所谓"讹",无非是"穿凿取新"的意思。用刘勰自己的话来解释"讹"字,似较切合他的思想。

刘勰对宋齐的山水文学"文贵形似"的特点并不都否定,而对

"率好诡巧"、"穿凿取新"提出批评。这是和他反对当时"饰羽尚画,文绣鞶帨"不良倾向的思想是完全一致的。

刘勰认为,文学创作是一个复杂的过程,有时候漫不经心却能登峰造极,有时候煞费苦心反而失之千里。所以学习写作的人都应学习《诗经》、《楚辞》,要善于抓住景物的要害。这样,虽是旧景物也可以写得很新颖。根据宋齐以来大量的山水文学作品,刘勰对其创作经验进行了总结。这种经验归纳起来大约有三条:

第一,刘勰指出:"四序纷回,而入兴贵闲;物色虽繁,而析辞尚简。"所谓"入兴贵闲",是指创作构思时重在闲静,即《神思》篇所说的"陶铸文思,贵在虚静"的意思。《养气》篇说:

> 是以吐纳文艺,务在节宣,清和其心,调畅其气,烦而即舍,勿使壅滞。意得则舒怀以命笔,理伏则投笔以卷怀,逍遥以针劳,谈笑以药倦。常弄闲于才锋,贾余于文勇……

这里对"闲"的阐述更为具体。"析辞尚简",指用词造句崇尚简练。这是针对当时"浮诡"的文风而言的。在一般情况下,刘勰对文辞的繁略,主张"随分所好",他认为"思赡者善敷,才核者善删。善删者字去而意留,善敷者辞殊而意显"(《文心雕龙·熔裁》)。可见文章的繁略,各有所宜。刘永济说:"舍人论文家体物之理,皆至精粹,而'入兴贵闲'、'析辞尚简'二语尤要。"(《文心雕龙校释·物色》)纪昀评"四序纷回"四句说:"四语尤精,凡流传佳句,都是有意无意之中,偶然得一二语,都无累牍连篇苦心力造之事。"(清黄叔琳注、纪昀评《文心雕龙辑注》卷十)皆深感刘勰阐发之精到。

第二,刘勰强调要"参伍以相变,因革以为功"。就是说,作家创作总要错综地加以变化,他们一面继承,一面创新,以取得新的成就。《通变》篇说:"参伍因革,通变之数也。"所谓"通变",就是指的文学继承和创新。刘勰列举文学史实说:"暨楚之骚文,矩式周人;汉之赋颂,影写楚世;魏之策制,顾慕汉风;晋之辞章,瞻望魏采。"讲的都是文学上的继承现象。其实,在继承中是有创新的,可是刘勰未加论列,这是他的不足。刘勰所理解的继承是比较狭隘的。他说:

> 夫夸张声貌,则汉初已极。自兹厥后,循环相因,虽轩翥出辙,而终入笼内。枚乘《七发》云:"通望兮东海,虹洞兮苍天。"相如《上林》云:"视之无端,察之无涯,日出东沼,月生西陂。"马融《广成》云:"天地虹洞,固无端涯,大明出东,月生西陂。"扬雄《校猎》云:"出入日月,天与地杳。"张衡《西京》云;"日月于是乎出入,象扶桑于濛汜。"此并广寓极状,而五家如一。(《文心雕龙·通变》)

这只是模仿而已,还不是我们今天所说的继承。再说,文学不仅要继承,还要创新,只有"日新其业",才能向前发展。《通变》篇的最后指出:"望今制奇,参古定法。"这才正确地道出了文学的继承和创新的关系。

第三,"江山之助"。不可否认,自然环境对文学创作是有一定的影响的。爱国诗人屈原因为放逐江南,所以能写出"嫋嫋兮秋风,洞庭波兮木叶下"(《九歌·湘夫人》)这样的名句。柳宗元因为贬谪到荒僻的永州(州治在今湖南零陵),所以能创作《永州八记》那样著名的山水散文。至于以山水诗著称的谢灵运,长期生活在永嘉(州治在今浙江温州)、会稽(州治在今浙江绍兴)一带地方。这些地方风景十分幽美。谢灵运正是生活在这样美丽的自然环境里,所以能写出许多优美的山水诗。骆鸿凯在《物色》篇札记

中说:

> 彼灵均之赋,隐深意于山阿,寄遥情于木末,烟雨致其绵渺,风云托其幽邈,所谓得助江山,诚如刘说。他若灵运山水,开诗家之新境;柳州八记,称记体之擅场。并皆得穷幽揽胜之功,假于风物湖山之助。林峦多态,任才士之品题;川岳无私,呈宝藏于文苑。所谓取不尽而用不竭者,其此之谓乎。(黄侃《文心雕龙札记·附录》)

这个分析是有道理的。

在中国文学史上,先秦两汉的山水文学并不发达。《诗经》没有山水诗,只有比较简单的景物描写,如"蒹葭苍苍,白露为霜"、"昔我往矣,杨柳依依;今我来思,雨雪霏霏"之类。《楚辞》的自然景物描写渐多了,也没有完整的山水诗。如《涉江》所写的:"山峻高以蔽日兮,下幽晦以多雨;霰雪纷其无垠兮,云霏霏而承宇。"在写作技巧上较《诗经》有进步,然而也只是一鳞半爪而已。曹操的《观沧海》,可以说是中国文学史上第一首完整的山水诗,但是有魏一代,并无继响。直到南朝宋初,山水文学兴盛,才出现了大量的山水诗。刘勰的《物色》篇,把山水文学创作经验提高到理论的高度加以总结。在刘勰之前,陆机《文赋》已论及这一问题,他说:"遵四时以叹逝,瞻万物而思纷;悲落叶于劲秋,喜柔条于芳春。"但过于简略,这是因为陆机生活的西晋时代,山水文学创作仍很冷落,陆机还不可能对此进行详细的探讨。到刘勰生活的南朝齐梁时代,山水文学极为盛行,丰富的山水文学创作,使刘勰有可能在理论上进行这方面的总结。

关于文学与现实的关系,刘勰主要论述了两个问题:其一,文学与时代的关系。他认为"文变染乎世情,兴废系乎时序","质文沿时",意思是文学受时代的影响,随着社会的发展变化而发展变化。其二,文学与自然的关系。他深刻地指出,"情以物迁,辞以情发"。这些文学观点都是十分精湛的,表现了朴素的唯物主义精神。我们认为,文学艺术作品,都是一定的社会生活在人类头脑中反映的产物。人民生活是一切文学艺术的源泉。当然,由于时代的局限,刘勰的认识不可能达到这样的高度,这是不必苛求于古人的。但是,根据我国文学艺术发展的需要,认真地研究我国古代文学理论遗产,作为发展今天文艺理论的借鉴,却是十分必要的。

1984 年 6 月

思理为妙　神与物游
——刘勰论艺术构思

进行文学创作,首先要构思。正如萧子显所说:"属文之道,事出神思。"(《南齐书·文学传论》)所谓"神思",主要是指艺术构思。在中国文学史上流传着许多作家构思的故事,刘勰在《神思》篇中举出了一些,如"相如含笔而腐毫,扬雄辍翰而惊梦,桓谭疾感于苦思,王充气竭于思虑,张衡研京以十年,左思练都以一纪",等等。从中国文学批评史上看,最早对艺术构思问题进行比较细致探讨的是陆机。他在《文赋》中写道:

> 其始也,皆收视反听,耽思傍讯,精骛八极,心游万仞。其致也,情曈昽而弥鲜,物昭晰而互进;倾群言之沥液,漱六艺之芳润;浮天渊以安流,濯下泉而潜浸。于是沉辞怫悦,若游鱼衔钩而出重渊之深;浮藻联翩,若翰鸟缨缴而坠曾云之峻。收百世之阙文,采千载之遗韵;谢朝华于已披,启夕秀于未振;观古今于须臾,抚四海于一瞬。

在艺术构思的过程中,陆机首先强调思想集中,充分发挥想象的作用,要"精骛八极,心游万仞",即想象上天入地进行探索。在作品的意境逐渐形成时,离不开语言的表达,这时他强调"倾群言之沥液,漱六艺之芳润",即学习古人的著作,吸收他们的表现技巧。但是,语言的表达有利有钝,有时像钓游鱼于深渊那样困难,有时像飞鸟中箭落于高空那样快利,是不能尽如人意的。在造意和修辞方面,要"谢朝华于已披,启夕秀于未振",即舍去模仿,崇尚创新,最后做到"笼天地于形内,挫万物于笔端",把自己所构思的意境概括而又形象地表现在文章里。可以说,陆机论述了艺术构思的整个过程。

陆机是西晋太康时期的著名诗人,他对文学创作有较为深切的体会。他说:"每自属文,尤见其情。"他有这样的创作实践的经验,所以对艺术构思问题的探讨也比较透彻。但是,对于艺术构思中的一些微妙之处,他也感到"未识夫开塞之所由也"。

清人章学诚说:"刘勰氏出,本陆机说而昌论文心。"(《文史通义·文德》)从刘勰的创作理论看,章氏的论断是十分正确的。如刘勰在论述艺术构思问题上,显然受了陆机的启发和影响。

《文心雕龙·神思》篇是论述艺术构思的专门论文。刘勰在陆机构思论的基础上进行了比较深入、系统的论述。在艺术构思中,刘勰特别强调想象的作用。他说:

> 文之思也,其神远矣。故寂然凝虑,思接千载;悄焉动容,视通万里;吟咏之间,吐纳珠玉之声;眉睫之前,卷舒风云之色:其思理之致乎。

想象的活动是无任何时间和空间限制的。上,可以想到千年以前;远,可以看到万里之外;想到吟诗,耳中即可听到珠玉般的声音;想到变化,眼前即出现风云变幻的景象。这是想象的巨大作用。在艺术构思中,想象是极其重要的,通过它可以把具体的生活熔铸成生动的文学作品。虽然现实生活中获得的经验和感受是文学创作的基本材料,但是想象可以补充作家经验和感受的不足,使作品更加丰富多彩,鲜明动人。

关于艺术构思的特征,陆机的《文赋》已经接触到,他说:"情曈昽而弥鲜,物昭晰而互进。"这里,陆机看到了"情"与"物"的活动,但远不如刘勰阐发得深刻。刘勰指出:"思理为妙,神与物游。"构思的妙用是作者的思想和具体的客观事物一起进行活动,这具有今天所说的"形象思维"的特点。对此,刘勰在《物色》篇中表述得更为清楚,他说:

> 是以诗人感物,联类不穷。流连万象之际,沉吟视听之区;写气图貌,既随物以宛转;属采附声,亦与心而徘徊。

意思是说,诗人对客观事物的感触所引起的联想是无穷的,他在各种自然现象中流连玩赏。所见所闻,他都吟味体察。描写景物的精神和面貌,他随着景物的变化而反复琢磨。摹写景物的色彩和声音,他联系自己的思想感情仔细推敲。"随物以宛转","与心而徘徊",说明作家的构思活动始终不离开外物的具体形象。正因如此,产生了许多富于形象性的描写:

> 故"灼灼"状桃花之鲜,"依依"尽杨柳之貌,"杲杲"为出日之容,"瀌瀌"拟雨雪之状,"喈喈"逐黄鸟之声,"喓喓"学草虫之韵。"皎日"、"嘒星",一言穷理;"参差"、"沃若",两字穷形:并以少总多,情貌无遗矣。虽复思经千载,将何易夺?

这些例子都是《诗经》里面的。它们的特点是"以少总多,情貌无遗",即不仅具有高度的概括性,而且把景物的神韵和面貌都生动地表现出来了,这都是艺术构思的结果。《神思》篇最后的"赞"说:"神用象通,情变所孕。物以貌求,心以理应。"这是刘勰对艺术构思问题的总结。如果说,"神用象通"、"物以貌求"与今天所说的"形象思维"相类,那么,"心以理应"则接触到"逻辑思维"了,而这二者是相辅相成的。

想象是艺术构思的主要方式。前面讲到想象的活动是没有任何时间和空间限制的,但是它必须受到"志气"的统辖。所以刘勰说:"神居胸臆,而志气统其关键。""志"是思想;"气"是气质。由于想象受到作家的思想和气质的统辖,想象的活动就不至于是漫无边际的胡思乱想,而是按照作家的创作意图有目的地进行活动。这种活动为作家搜集了丰富的感性材料,这些感性材料经过"去粗取精,去伪存真,由此及彼,由表及里"的改造功夫,然后进行集中、概括,就创造出文学形象来。

"是以陶钧文思,贵在虚静。"在进行构思时,最重要的是精神的"虚静"。"虚"是排除杂念;"静"是保持宁静。汉代王充也说:"居不幽则思不至,思不至则笔不利。"(《论衡·书解》篇)可见"虚静"对构思和写作都是十分重要的。为了做好构思工作,刘勰提出了四个条件,即"积学以储宝,酌理以富才,研阅以穷照,驯致以怿辞"。"积学"、"酌理"、"研阅"和"驯致"四者,对作家的构思和写作都是必不可少的。

(1)"积学以储宝",是说积累丰富的知识是作家为构思、创作储存的珍宝。刘勰是很重视"学"的,《体性》篇说:"事义深浅,未闻乖其学。"这是他在论述作品风格时讲到的。当然"学"的作用不仅如此,它与构思和整个作品的形成都有密切的关系。

(2)"酌理以富才",是说斟酌事理以增长自己的才干。但是,此所谓"理"并非一般的事理,乃是指的周公、孔子之理,这和刘勰的原道、征圣、宗经的思想是联系在一起的。

(3)"研阅以穷照",是说研究自己的阅历以获得对事物的彻底了解。这似是指作家的生活实践。在现实生活中,作家可以学到书本上所没有的知识,这对他的创作大有好处。

(4)"驯致以怿辞",是说顺着文思以恰当地运用文辞。这是强调作家掌握文字表达的技巧。刘勰的创作论用较多的篇幅讨论这个问题，这是因为即使有绝好的艺术构思，不能用优美的文辞表达出来也是枉然。

以上条件具备了，然后作家寻究声律而裁定文辞，正如一个有独到见解的巧匠，根据想象中的样子挥动斧头精制器物。刘勰认为这是"驭文之首术，谋篇之大端"。

懂得构思、谋篇的方法和要点之后，就需要进一步研究表达问题。作家想象丰富，构思巧妙，但在表达上却常常不能令人满意。所以陆机慨叹"恒患意不称物，文不逮意"，即构思常不能正确地反映客观事物，而文章又不能完满地表达自己所要表达的内容。刘勰阐述文思与表达的关系，则更为详细。《神思》篇说：

> 夫神思方运，万涂竞萌，规矩虚位，刻镂无形；登山则情满于山，观海则意溢于海，我才之多少，将与风云而并驱矣。

意思是说，想象开始时，无数的念头纷至沓来，作家对抽象的东西给予具体的形态，对未定形的事物精雕细刻。想到登山，山中的奇景就激起人们丰富的感情；想到观海，海上的风光就引起人们无限的遐思。其才力将随风云一起奔驰而无从估量了。这是写想象的飞腾，忽而山中，忽而海上，其才思如江河之水，势不可挡。但是，要想把自己所构思的材料准确而生动地表达出来，就不是那么容易了。所以刘勰说："方其搦翰，气倍辞前；暨乎篇成，半折心始。"刚提笔时，气势加倍旺盛，等到写成作品，比起心中开始所想的打个对折。为什么会出现这种情况呢？"意翻空而易奇，言征实而难巧也。"是因为想象凭空飞翔容易奇妙，而语言比较实在，难以工巧。想象的飞翔是天上地下不受任何限制，而语言是比较具体的，因此在构思和表达之间就存在一定的距离。怎么办呢？刘勰强调"秉心养术"、"含章司契"，而不必苦思劳神。这一点，刘勰在《养

气》篇中有比较具体的论述。他说:

> 至于文也,则申写郁滞,故宜从容率情,优柔适会。若销铄精胆,蹙迫和气,秉牍以驱龄,洒翰以伐性,岂圣贤之素心,会文之直理哉!

又说:

> 是以吐纳文艺,务在节宣,清和其心,调畅其气,烦而即舍,勿使壅滞;意得则舒怀以命笔,理伏则投笔以卷怀,逍遥以针劳,谈笑以药倦。常弄闲于才锋,贾余于文勇,使刃发如新,凑理无滞。

刘勰强调"养气",反对苦思伤神是有道理的。因为"气"即生理机能,生理机能旺盛,则精力充沛,创造性的想象力就丰富,有利于创作的顺利进行。若一味苦思,日久伤神,体力衰退,则无法负起创作的重任。这里的基本精神与《神思》篇所论是一致的。

作家进行构思,有的快有的慢,有迟速之分。刘勰举出司马相如、扬雄、桓谭、王充、张衡、左思等人,认为他们是"思之缓也"。又举出刘安、枚皋、曹植、王粲、阮瑀、祢衡等人,认为他们是"思之速也"。但是,不论构思是迟是速,只有"博练"才能写好作品。所以他说:"若学浅而空迟,才疏而徒速,以斯成器,未之前闻。"这是再次强调"积学"、"酌理"、"研阅"和"驯致"。只有具备这些条件,才能较好地完成写作任务。刘勰还指出构思时的两个弊病:一是"理郁者苦贫";二是"辞溺者伤乱"。而"馈贫之粮"是"博见","拯乱之药"为"贯一"。"博见"指识见广博;"贯一"指中心一贯。如能做到这两点,对作家的构思是有帮助的。

与文学表达有密切联系的是修改。作品写成了不等于说已达到了尽善尽美的境地,为了提高作品质量则必须进行修改。刘勰说:"若情数诡杂,体变迁贸。拙辞或孕于巧义,庸事或萌于新意。"由于作品的内容异常复杂,作品的形式又变化多端,有时拙劣的文辞孕育着巧妙的内容,有时平庸的事情中包含着新颖的意思。所以,作品需要进行反复的修改,才能逐步臻于完善。唐代大诗人杜甫的"新诗改罢自长吟"(《解闷》)及贾岛"推敲"的轶事,都说明了修改在文学创作中的重要作用。这样的例子在中国文学史上是不胜枚举的。

刘勰在《神思》篇最后概括艺术构思过程中,还提到"萌芽比兴"。比兴是我国古代诗歌传统的表现手法。诗人在诗歌创作过程中进行形象思维,比兴手法是常用的。在古代诗歌中,运用比兴手法来表现的例子是举不胜举的。正因为比兴与诗歌创作的关系密切,所以《文心雕龙》的《比兴》篇对比、兴手法作了详细的论述。刘勰说:

> 故比者,附也;兴者,起也。附理者,切类以指事;起情者,依微以拟议。

这是他对比兴的解释。"比"是比附;"兴"是兴起。比附是以不同事物的相同处来说明事理;兴起是用事物的微妙处来寄托意义。这样解释比起过去郑众、郑玄等人的解释更为明确。中国古代诗人对比、兴二法的运用是不同的。"比则畜愤以斥言,兴则环譬以记讽。"运用比的手法是因为诗人内心积愤而有所指斥,运用兴的手法是诗人以委婉的譬喻来寄寓讽刺。显然,比兴的运用和诗人的思想感情是联系在一起的。

从《诗经》、《楚辞》考察,刘勰认为比兴各具特点。"观夫兴之托谕,婉而成章,称名也小,取类也大。"兴的特点是寄托讽谕,表达婉转,表面说的是小事,其实所喻意义比较重大。"且何谓为比?

盖写物以附意,飏言以切事者也。"比的特点是描写事物以比附某种意义,夸大其词以说明事理。这些特点都是从古代文学名著的大量事实中归纳出来的,颇能说明问题。

由于"兴义销亡",刘勰着重论述了"比"。他说:"夫比之为义,取类不常;或喻于声,或方于貌,或拟于心,或譬于事。"比喻是没有一定的,声音、面貌、心情、事物均可作比。但是"比类虽繁,以切至为贵",不论比的种类有多少,总是以切合为好。《比兴》篇最后的"赞"写道:

> 诗人比兴,触物圆览。物虽胡越,合则肝胆。拟容取心,断辞必敢。攒杂咏歌,如川之涣。

意思是说,诗人运用比兴手法是建立在对事物的深刻体验和仔细观察的基础上的。有的事物看起来相距如"胡越",而合在一起却紧密如"肝胆"。比拟事物的外貌,摄取其精神实质,果敢地进行写作,把纷纭万状的事物写入诗中,就会写得像流水一般生动。这是刘勰对比兴的论述作了简要的总结。

比、兴作为艺术构思的两种重要方式,了解它,对我们全面了解艺术构思是十分必要的。

在文学创作中,如文思的开塞等,是有些微妙之处的。对于这些,古人往往只能徒唤奈何。前面提到,陆机有这种情况,刘勰也不例外。刘勰说:"至于思表纤旨,文外曲致,言所不追,笔固知止。至精而后阐其妙,至变而后通其数,伊挚不能言鼎,轮扁不能语斤,其微矣乎。"他认为他所阐述的道理都是比较粗浅的,对于粗浅的文思以外的细密的意旨,粗浅的文辞以外的曲折的情致,就不是笔墨所能表达的了。这正像伊尹不能说明烹调的巧妙,轮扁不能说明斫轮的甘苦是一样的,有些写作道理太微妙了。我们认为,文学创作的微妙之处是客观存在不容否认,古代文学批评家由于受了历史和阶级的局限,对这些往往不能作出正确的解释。今天,时代不同了,科学有了新的发展。我们相信,只要本着科学精神,从客观实际出发,经过认真的探讨,一切文学艺术现象都是可以逐步得到正确的解释的,绝没有什么神秘而不可知的东西。

刘勰关于艺术构思的理论,较之前人有很大的提高,在中国文学批评史上有突出的成就。特别是他认识到"思理为妙,神与物游","神用象通,情变所孕,物以貌求,心以理应",为我们今天研究形象思维提供了可贵的历史资料,是值得我们珍视的。应该指出,刘勰之所谓"物",主要指的是自然景物,而不是广阔的社会生活。虽然刘勰也认识到文学的发展和社会生活的关系(《时序》),但是,他不可能彻底了解文学与现实的关系。这是他的时代的局限性。

1979年3月

文附质　质待文
——刘勰论文学作品的内容和形式

中国古代文论的"质"和"文",相当于今天文学作品的内容和形式。这个问题是文艺理论中最重要的问题之一。刘勰在《情采》等篇中,对此作了详细的论述,提出了十分精到的见解,作为文艺理论遗产,这是很值得我们珍视的。

关于质、文问题,孔子在二千五百年前已经谈到,他说:"质胜文则野,文胜质则史,文质彬彬,然后君子。"(《论语·雍也》)这里的"质"、"文",原指"君子"的文化道德修养。但是,这种"文"、"质"兼备的主张,对后世文学批评有着深远的影响。东汉王充认为:"实诚在胸臆,文墨著竹帛,外内表里,自相副称,意奋而笔纵,故文见而实露也。"(《论衡·超奇》篇)王充所说的"文墨"系泛指文章,不是我们今天所说的文学作品。但是,这种见解在文学上也是适用的。西晋陆机指出:"理扶质以立干,文垂条而结繁","辞程才以效伎,意司契而为匠。"(《文赋》)"理"、"意",指内容;"文"、"辞",指形式。这都是强调文章以内容为主,要求做到内容和形式的统一。虽然陆机的诗赋都未能做到这一点,但是这种认识无疑是正确的。南朝刘宋范晔也说:"常谓情志所托,故当以意为主,以文传意。以意为主则其旨必见;以文传意则其词不流;然后抽其芬芳,振其金石耳。"(《狱中与诸甥侄书》)范晔论述文章内容和形式的关系时,着重指出"以意为主",这在形式主义文风盛行的南朝是有进步意义的。刘勰正是汲取了前人的有关成果,发展了这方面的论述,取得了新的成就。

刘勰十分重视文学作品的内容,这从他写作《文心雕龙》的动机就可以看出。他的动机之一就是反对当时文坛上盛行的形式主义倾向。他在《序志》篇中说:

> 去圣久远,文体解散,辞人爱奇,言贵浮诡,饰羽尚画,文绣鞶帨,离本弥甚,将遂讹滥。

这里指出当时一些作家喜爱新奇,言辞以浮浅诡异为贵,就像在有文采的羽毛上加装饰,在巾带上绣花朵,离开根本太远,终将走上错误的道路,使绮靡的文风泛滥起来。对当时过分讲求用典、辞藻、声律而内容空虚的作品,刘勰是反对的。他从原道、征圣、宗经的基本思想出发,主张以周公、孔子为师,以儒家经书为楷模,要求写出"衔华而佩实",即既有动人文采又有充实内容的文章来。正因如此,他不满"晋世群才,稍入轻绮",指责"江左篇制,溺乎玄风",批评"宋初文咏……俪采百字之偶,争价一句之奇,情必极貌以写物,辞必穷力而追新"。刘勰对晋代以后文学的形式主义倾向进行了严肃的批评,从中也可以看出他对文学作品内容的重视。

在《宗经》篇中,他提出"文能宗经,体有六义"。"六义"中有四条是与内容有关的,这就是"情深而不诡"、"风清而不杂"、"事信而不诞"、"义直而不回"。所谓"情",指作品中的思想感情,也就是作品的内容。刘勰要求作品中的思想感情要表达得深刻而不欺诈。"风"是风化、教化的意思,指作品对读者的教育作用。刘勰要求作品的教育感化作用要纯正而不杂乱。"事",指事物;"义",指意义。刘勰要求写事物要真实而不虚妄,其意义要正确而不歪曲。这些,虽然是从艺术角度提出对作品内容的具体要求,但也表现了刘勰对作品内容的看法。

文学是现实生活的反映。文学作品的内容都是来自现实生活的。刘勰对此有比较清楚的认识。《文心雕龙》中,《时序》篇论述文学和时代的关系,他指出:"文变染乎世情,兴废系乎时序。"《物色》篇论述文学与自然的关系,他指出:"情以物迁,辞以情发。"这里阐明了文学与社会生活、自然环境的关系,从中可以看到文学作品的内容与现实生活的密切联系。《体性》篇说:"夫情动而言形,理发而文见。"感情激动了就形成语言,有道理要表达就体现为文学。这是说,首先要有一定的内容,然后才能用形式表现出来。《定势》篇说的"因情立体",也是讲的这个意思。这种认识是符合文学创作的规律的。文学创作总是先有一定的思想内容,然后以适当的形式表现出来。

《文心雕龙》的上半部,从《明诗》到《书记》二十篇是论述各种体裁的文章,这些文章主要是论述各种体裁的名称含义、源流、代表作家作品和写作特点的。但也十分重视各体文章的内容。《明诗》篇引用《尚书·舜典》中的话说:"诗言志。"这是说,诗是表达思想感情的。又说:"诗者,持也,持人性情;三百之蔽,义归无邪,持之为训,有符焉尔。"刘勰把"诗"训为"持",并且认为这与孔子所说的"诗三百,一言以蔽之,曰'思无邪'",其道理是相同的。《乐府》篇说:"夫乐本心术,故响浃肌髓,先王慎焉,务塞淫滥。"因此,他反对"艳歌婉娈,怨志诀绝",认为"淫辞在曲,正响焉生"。《诠赋》篇说:"原夫登高之旨,盖睹物兴情。情以物兴,故义必明雅;物以情观,故词必巧丽。……然逐末之俦……遂使繁华损枝,膏腴害骨,无贵风轨,莫益劝戒。"这里在指出"词必巧丽"的同时,强调"义必明雅"。他反对"繁华损枝,膏腴害骨",认为那些作品"无贵风轨,莫益劝戒"。在文体论各篇中,这种例子还是很多的。这些都说明刘勰是十分重视文学作品的内容的。我们所说的文学作品的内容，包括不可分割的两部分，即作品所反映的现实生活和作家对这些生活现象的认识和评价。刘勰在论述文学作品的内容时过分地强调了儒家思想，这是时代的烙印，也是他思想的局限性。

刘勰在重视文学作品内容的同时，也十分重视文学作品的形式。《情采》篇说："圣贤书辞，总称文章，非采而何？"圣贤的著作，总的称为文章，这不是文采是什么呢？他又说："《孝经》垂典，丧言不文；故知君子常言，未尝质也。老子疾伪，故称美言不信；而五千精妙，则非弃美矣。庄周云辩雕万物，谓藻饰也。韩非云艳采辩说，谓绮丽也。绮丽以艳说，藻饰以辩雕，文辞之变，于斯极矣。"刘勰接连举出《孝经》、老子、庄子、韩非四例，证明古代圣人是重视文采的，所以他自己也很重视文学作品的形式。应该指出，刘勰重视形式，和形式主义者是完全不同的。他反对文学的形式主义倾向，要通过完美的形式去表现丰富多彩的生活内容，这样做的目的在内容，而不在形式。所以他说："吴锦好渝，舜英徒艳。繁采寡情，味之必厌。"（《情采》）而形式主义者是把形式本身当成目的，轻视内容，排斥内容，他们不承认文学的内容决定形式和内容与形式统一的原理，不承认文学是社会生活的反映，取消文学的认识意义和教育作用。这二者的差别是显而易见的。

"六义"的前四条与内容有关，前面已经提到。其后两条是与形式有关，即"体约而不芜"、"文丽而不淫"。这是说，刘勰对作品风格的要求是简练而不芜杂，对文辞的要求是华丽而不过分。关于风格问题，刘勰在《体性》等篇中作了深入、细致的论述。《体性》篇中说的"精约者，核字省句，剖析毫厘者也"，与"体约而不芜"的意思颇为相近。在《征圣》、《自序》两篇中反复提到的"体要"，和"体约"的精神是一致的，这都是针对当时浮靡的文风提出的。于此可见,刘勰的进步的文艺思想是具有战斗精神的。

由于魏晋以后文学发展的影响,刘勰对作品的形式问题进行了很细致的探讨,如《声律》、《章句》、《丽辞》、《比兴》、《夸饰》、《事类》、《练字》、《隐秀》等篇,都是这方面的专门论文。其中有一些见解是很值得我们注意的。

《声律》篇指出:"夫音律所始,本于人声者也。"主张"器写人声,声非学器"。这是说,诗歌的音律始于人的声音,乐器应摹拟人的声音,而人的声音不应学乐器。这种强调音律自然的看法是对的。

《章句》篇是论述分章造句之法的论文。刘勰以为文章"能外文绮交,内义脉注,跗萼相衔,首尾一体",即作品的内容和形式必须高度统一,方为佳篇。

《丽辞》篇是讨论对偶的文章。它分对偶为四种,即言对、事对、反对、正对。刘勰认为:"必使理圆事密,联璧其章,迭用奇偶,节以杂佩,乃其贵耳。"即对偶句应做到文理圆通,内容细密,两全其美。至于用奇句还是用偶句,则应根据行文之需要。

《比兴》篇论述比、兴两种表现手法。刘勰认为:"比者,附也;兴者,起也。附理者,切类以指事;起情者,依微以拟议。"由于"兴义销亡",他详论了比的手法、比的类型很多,"或喻于声,或方于貌,或拟于心,或譬于事"。但是,"比类虽繁,以切至为贵"。

《夸饰》篇论夸张手法。夸张是文学作品中常用的表现手法。但是,"饰穷其要,则心声锋起,夸过其理,则名实两乖"。这种表现手法只有运用得恰当,才能达到预期的效果。所以他说:"使夸而有节,饰而不诬,亦可谓之懿也。"

《事类》篇讲的是"据事以类义,援古以证今",即用典问题。文章用典,有的是"略举人事,以征义者也",有的是"全引成辞,以明理者也",但总要"理得而义要"才好。"凡用旧合机,不啻自其口出;引事乖谬,虽千载而为瑕。"凡是用典恰当的,不异自其口出,十分自然。用典错了,一千年也是个缺点。

在《练字》篇中,刘勰强调"缀字连篇,必须练择:一避诡异,二省联边,三权重出,四调单复"。在语言运用上,避免用怪字,权衡用词的重复,在今天看来也都是对的。至于"省联边"、"调单复",已毫无意义了。

《隐秀》篇已残缺不全,但其论述隐、秀两种表现方法还是比较清楚的。"隐也者,文外之重旨者也;秀也者,篇中之独拔者也。"隐句,指含蓄的句子,其丰富的含义在文章之外;秀句,乃文章中警策处,指警句。南宋张戒《岁寒堂诗话》引刘勰的话说:"情在词外曰隐,状溢目前曰秀。"这两句话是今本《文心雕龙》所没有的,它对隐秀的解释,至为明晰。文章有隐有秀,做到隐工秀巧并非易事。

刘勰关于文辞方面的论述散见其他各篇的还很多,这里不再一一列举了。值得我们注意的还有,刘勰在许多地方,往往在谈到作品的内容时谈到作品的形式。例如,《箴铭》篇说:"其取事也必核以辨,其摘文也必简而深。"这是对箴、铭两种文体在选材和行文上的要求。《论说》篇对"论"的写作要求是:"义贵圆通,辞忌枝碎。"《封禅》提出,封禅文要"使意古而不晦于深,文今而不坠于浅,义吐光芒,辞成廉锷"才是伟作。《章表》篇指出,章表必须"雅义以扇其风,清文以驰其丽"。《议对》篇指出,"议"的"纲领之大要"是:"标以显义,约以正辞,文以辨洁为能,不以繁缛为巧;事以明核为美,不以深隐为奇。"《奏启》篇评论贾谊等人奏章说:"理既切至,辞亦通畅。"这些例子说明,刘勰总是把作品的形式和作品的内容联系在一起谈的。他所论的形式乃是内容之形式,而不是什么孤立的形式。这样认识作品的形式是恰当的。

关于文学作品的内容和形式的关系,刘勰的认识是十分明确的。他在《情采》篇中生动地指出:

> 夫水性虚而沦漪结,木体实而花萼振,文附质也。虎豹无文,则鞟同犬羊;犀兕有皮,而色资丹漆,质待文也。

文,指文学作品的形式;质,指文学作品的内容。"文附质"、"质待文",意思是形式依附于内容,而内容亦依靠形式。内容和形式是相互依存的统一体,这是刘勰对文学作品内容和形式关系的总的认识。这一观点是刘勰创作论的重要内容。他在《征圣》篇中指出:"志足而言文,情信而辞巧。"也是要求文章在情、志和文、辞两方面都应统一。刘勰是崇圣尊经的,他认为"圣文之雅丽,固衔华而佩实者也"(《征圣》)。圣人的文章是雅正而华丽的,它既有华美的文辞又有充实的内容,是这二者的完美结合。而圣人的文章是学习的典范,圣人的文章如此,一般人的文章更应如此了。在《熔裁》篇中,刘勰提出"三准"。"三准"是:"履端于始,则设情以位体;举正于中,则酌事以取类;归余于终,则撮辞以举要。"这是讲的创作过程中应注意的问题。但从这里可以看出他是如何处理作品的内容和形式的关系的。首先是根据内容来确定体裁;然后是选择题材;最后是突出重点。这是创作过程,也是作品的内容和形式统一的过程。《附会》篇说:"夫才量(童)学文,宜正体制;必以情志为神明,事义为骨髓,辞采为肌肤,宫商为声气……"这是以人为喻,把作品的内容(即情志、事义)和作品的形式(即辞采、宫商)完全统一起来了。从这些地方,我们都可以看到刘勰关于作品的内容和形式统一的思想。

作品的内容和形式二者是统一的,但并不是并列的。内容决

定形式,起主导作用。《情采》篇说:

>夫铅黛所以饰容,而盼倩生于淑姿;文采所以饰言,而辩丽本于情性。故情者,文之经,辞者,理之纬;经正而后纬成,理定而后辞畅,此立文之本源也。

他把"情"比作文章之"经",把"辞"比作文章之"纬",认为写文章如同织布,首先确定了经线之后,然后才能织纬线。写文章也要首先确定了内容之后,然后才能用文辞表现出来。刘勰的这一看法显然是符合创作实践的。

正是由于刘勰认为文学作品的内容决定文学作品的形式,而不是形式决定内容。针对当时文坛上浮靡的文风,刘勰主张"为情而造文",反对"为文而造情"。他认为:"为情者要约而写真,为文者淫丽而烦滥。而后之作者,采滥忽真,远弃风雅,近师辞赋;故体情之制日疏,逐文之篇愈盛。"(《情采》)为了表达思想感情而写作品,写出的作品文字精炼而内容真实;为写作品而虚造思想感情,写出的作品文辞华丽而内容浮泛。而当时作家,多追求浮靡的文风而忽视内容的真实,抛弃了《诗经》的传统,学习近代的辞赋,所以抒写真情实感的作品一天天少了,追逐华丽文辞的作品越来越多。这里不仅指出了"为情者"和"为文者"的不同,而且还指出了当时形式主义文风形成的原因。当然,仅仅看到"采滥忽真"是不够的。文学是社会生活的反映,当时浮靡文风的形成主要是当时的社会生活决定的。

内容决定形式,不是说就可以不重视形式。恰恰相反,刘勰十分重视形式的积极作用。前面提到,《文心雕龙》上半部,除前五篇是阐明基本思想之外,其他二十篇都是论述各种文章体裁的,而下半部又有许多专篇论文论述了写作方法、声律、对偶、用典、夸张、比兴手法、用词,以及字、句、章的安排等问题。刘勰这样做固然与当时的文学发展情况有关,但也说明他对文学作品形式的重视。当然,形式必须适合内容,体现内容,为内容服务。所以,刘勰说:"文不灭质,博不溺心。"(《情采》)即做到形式虽然华美,却不掩盖其内容;辞采虽然繁富,却不淹没作家的思想感情。必须做到"文质相称"(《才略》)。也就是说,文学作品只有做到内容和形式的有机统一,才是好作品。

刘勰关于文学作品的内容和形式的论述,其内容是十分丰富的。"文附质"、"质待文",言简意赅地概括了关于文学作品的内容和形式有机统一的思想,是他在这方面论述的精髓。他在这方面的成就,从文学批评史上看,是远远地超过他的前辈的。就当时而言,在文学上它不仅具有巨大的理论意义,而且具有重要的实践意义。就是在今天,它对于我们研究文艺理论,也是有很重要的参考价值的。

1980 年 3 月

变则其久 通则不乏
——刘勰论文学的继承和创新

各个时代的文学都是在前代文学的基础上,适应时代的需要继续发展变化的。因此,继承和创新是文学发展中的重要问题。刘勰对这个问题作了详细的论述。

一

《文心雕龙·通变》篇是论述文学的继承和创新的专篇论文。"通变"一词出自《周易·系辞》。《系辞》多次用到这个词:

> 通变之谓事。
> 通其变,遂成天下之文。
> 一阖一辟谓之变,往来不穷谓之通。
> 化而裁之谓之变,推而行之谓之通。
> 化而裁之存乎变,推而行之存乎通。
> 穷则变,变则通,通则久。

或连用,或对举,或分提,都是强调事物的变化。《公孙龙子》中有《通变论》,"通变"一词的含意亦相同。

魏晋南北朝时期,"通变"一词用得更多了。例如:

> 若应权通变,以宁靖圣朝,虽赴水火,所不得辞。(《三国志·先主刘备传》)

> 某等不达通变，实有愚诚。（任昉《百辟劝进今上笺》）
>
> 学者率多不便属辞，守其章句，迟于通变，质于心用。（萧绎《金楼子·立言》）
>
> 所见渐广，更知通变，救前之执，将欲半焉。（颜之推《颜氏家训·书证》）
>
> （解蒨）通变巧捷，寺壁最长。（姚最《续画品》）

这是袭用《易传》成语，含义主要指变化。

刘勰深受《周易》的影响，在《文心雕龙》中，"通变"一词曾出现多次。《通变》篇云：

> 文辞气力，通变则久。
>
> 名理有常，体必资于故实；通变无方，数必酌于新声。
>
> 非文理之数尽，乃通变之术疏耳。
>
> 斯斟酌乎质文之间，而櫽括乎雅俗之际，可与言通变矣。
>
> 参伍因革，通变之数也。
>
> 凭情以会通，负气以适变。
>
> 变则其久，通则不乏。

大致说来，这里除一、二两例中"通变"一词仍有变化之意外，其余则"通"指继承，"变"指创新。《知音》篇中"六观"之一的"观通变"，观的也是文学作品的继承和创新。至于《议对》篇云"探故实于前代，观通变于当今"，则仍然沿用了《系辞》的含义，指变化而言。这说明"通变"一词的内涵，在《文心雕龙》中已有了新的变化。

《通变》篇一开始就指出："夫设文之体有常，变文之数无方。"有常之体，是指诗、赋、书记等体裁；无方之数，是指"文辞气力"。诗、赋、书记等体裁，因为名称和写作原理都有一定，所以可以继承;而文辞的气势和力量,变化不定,所以应向新作品学习,必须创新。能做到继承和创新,才能在文学创作的康庄大道上驰骋,在永不枯竭的创作源泉中汲取。这是论述文学的继承和创新的原因。

文学必然在继承和创新中发展变化,文学发展的历史证明了这一点。《通变》篇说:

> 是以九代咏歌,志合文则(别)。黄歌《断竹》,质之至也;唐歌《在昔》,则广于黄世;虞歌《卿云》,则文于唐时;夏歌《雕墙》,缛于虞代;商周篇什,丽于夏年。至于序志述时,其揆一也。

这里有继承有创新,不过,主要是就创新而言。"广"、"文"、"缛"、"丽"等词都说明文学的新变化。这些变化都产生于"序志述时"的基础上,所以是正常的。至于《通变》篇又说:

> 暨楚之骚文,矩式周人;汉之赋颂,影写楚世;魏之策(篇)制,顾慕汉风;晋之辞章,瞻望魏采。

这里也是有继承有创新,然而主要是就继承而言。楚国的《楚辞》,学习周代诗歌;汉代的赋和颂,效法《楚辞》;魏代的诗篇,艳羡汉代的诗风;晋代的作品,仰慕魏代的文采。这是人所共睹的中国文学史上的继承现象。刘勰从继承和创新两个方面证明文学发展中继承和创新的必然性。

文学随着时代的发展而变化,正如刘勰所说的:"时运交移,质文代变"、"文变染乎世情,废兴系乎时序。"而每个时代的文学都是在继承前代文学传统的基础上,创造自己的特色,形成新的时代风格:"黄唐淳而质,虞夏质而辨,商周丽而雅,楚汉侈而艳,魏晋浅而绮,宋初讹而新。"时代风格是在一个时代的作家作品中概括出来的共同的风格特征。刘勰对黄帝、唐尧时代和虞舜、夏禹时代文学风格的概括当然是靠不住的,因为那时还没有见诸文字的文学作品。至于说商周文学"丽而雅",主要是指"商周篇什",即《诗经》,当然也包括周公、孔子这些"圣人"的著作,即儒家经书。刘勰说:"然则圣文之雅丽,固衔华而佩实者也。"(《征圣》)儒家圣人的著作是刘勰认为的文章的最高标准。他对楚汉以后的文学颇有微辞,说楚国和汉代作品铺张而文辞华美,魏晋的作品浅薄而绮丽,刘宋初年的作品诡异而新奇,都隐含了自己的不满情绪。刘勰认为,从远古的质朴到近代的诡异,时代越近,作品的滋味越淡。其原因是人们都争着模仿现代而忽视学习古代,即《通变》篇所指出的:"今才颖之士,刻意学文,多略汉篇,师范宋集。"怎么纠正这种偏向呢?刘勰认为应"矫讹翻浅,还宗经诰",这样,在质朴和文采之间斟酌去取,在雅正和通俗之间考虑得失,就可以谈继承和创新了。这里表现出刘勰的复古思想。纪昀说:

> 齐梁间风气绮靡,转相神圣,文士所作,如出一手,故彦和以通变立论。然求新于俗尚之中,则小智师心,转成纤仄,明之竟陵、公安,是其明征,故挽其返而求之古。盖当代之新声,既无非滥调,则古人之旧式,转属新声,复古而名以通变,盖以此尔。(清黄叔琳注、纪昀评《文心雕龙辑注·通变》)

黄侃说:

> 此篇(《通变》篇)大旨,示人勿为循俗之文,宜反之于古。

又说:

> 彦和此篇,既以通变为旨,而章内乃历举古人转相因袭之文,可知通变之道,惟有师古,所谓变者,变世俗之文,非变古昔之法也。(黄侃《文心雕龙札记·通变》)

这些都阐明了刘勰的复古思想。当然,复古并不是泥古,而是为了革新。刘永济说:

> 齐梁文学,已至穷极当变之会,乃学者习而不察,犹复循流依放,文乃愈弊。舍人《通变》之作,盖欲通此穷途,变其末俗耳。然欲变末俗之弊,则当上法不弊之文,欲通文运之穷,则当明辨常变之理。"矫讹翻浅,还宗经诰"者,上法不弊之文也;"斟酌质文,櫽括雅俗"者,明辨常变之理也。故曰:"可与言通变矣。"其非泥古,显然可知。(刘永济《文心雕龙校释·通变》)

所析更为明晰。应该指出的是,刘勰的"通变"思想,在当时是有补偏救弊的意义的。

如何继承和创新呢?刘勰举出一些"夸张声貌"的例子:枚乘《七发》云:"通望兮东海,虹洞兮苍天。"司马相如《上林赋》云:"视之无端,察之无涯,日出东沼,月生西陂。"马融《广成颂》云:"天地虹洞,固无端涯,大明出东,月生西陂。"扬雄《羽猎赋》云:"出入日月,天与地沓。"张衡《西京赋》云:"日月于是乎出入,象扶桑于濛汜。"这种夸张的描绘,五位赋家好像一样。而刘勰认为有继承,有革新,是"通变"的方法。在我们看来,这只是模仿,而不是创新,如此理解"通变",未免过于狭隘。这样并不能正确地解决文学的继承和创新问题。

对于文学的继承和创新,刘勰还提出了要求。《通变》篇说:

> 是以规略文统,宜宏大体,先博览以精阅,总纲纪而摄契;然后拓衢路,置关键,长辔远驭,从容按节,凭情以会通,负气以适变,采如宛虹之奋鬐,光若长离之振翼,乃颖脱之文矣。

意思是说,考虑文章纲要,应该发挥主要方面。首先广泛地浏览和精细地阅读,抓住它们的纲领和要害。然后开拓写作道路,安排重点,放长缰绳,驾驭着骏马远行,从容不迫,有节奏地前进,以自己的思想感情为基础去继承前人和适应新变,文采如同长虹拱着背脊,光芒如同朱鸟鼓动翅膀,这才是特出的作品。黄侃强调:"博、精二字最要。"(黄侃《文心雕龙札记·通变》)这是因为在"博览"和"精阅"中可以学习古人,酝酿创新。范文澜认为"凭情"二句,"尤为通变之要本"(范文澜《文心雕龙注·通变》注⑳)。这是因为这两句话说明作家在继承和创新中思想感情和气质个性所起的重要作用,作家在进行创作时总是与他们的思想感情和气质个性密切相关的。什么是"会通"?《物色》篇说:"古来辞人,异代接武,莫不参伍以相变,因革以为功,物色尽而情有余者,晓会通也。"显然是指对优良传统的融会贯通。什么是"适变"?《征圣》篇说:"变通会适。"即文学随着时代的发展而变化。可见,"会通"重在继承,"适变"重在创新。善于继承,敢于创新,一定能够产生优秀的作品。

《通变》篇"赞"云:

> 文律运周,日新其业。变则其久,通则不乏。
> 趋时必果,乘机无怯。望今制奇,参古定法。

这是对全文的总结。"文律"四句是说,文学事业日新月异地发展,善于创新才能持久,善于继承才不贫乏。这里指明了继承和创新的作用,解决了二者之间的关系问题。但是,说"文律运周",带有历史循环论的色彩,认识是不正确的。"趋时"四句是说,适应时代变化必须果敢,要看准当今文学的趋势创作出色的作品,参考古代文章的得失确定写作的法则。这里正确地解决了古今的关系问题。这两个问题,实质上是一个问题,即文学继承和创新的问题。刘勰关于这个问题的论述,由于历史的局限,当然有这样或那样的缺点,但是,如此系统、深刻地阐发继承和创新的理论,是过去所没有的。毫无疑义,这在中国古代文学理论批评中是一个卓越的贡献。

二

除了《通变》篇之外,《文心雕龙》还有许多关于文学的继承和创新的论述。

《原道》篇认为,文学的根本在于儒家之道,而"道沿圣以垂文",即儒家之道是通过圣人表达在文章里。因此,要向圣人学习。

《征圣》篇说的是文章要以圣人为师。刘勰说:"征之周孔,则文有师矣。"又说:"若征圣立言,则文其庶矣。"意思都是强调写文章必须以周公、孔子这些"圣人"为师。那么,向圣人学习什么呢?刘勰说:"圣人之情,见乎文辞。""夫子风采,溢于格言。"所以,要学习"圣人"的文章。"圣人"在政治教化、事业功绩和修养方面都重视文章,他们的文章"志足而言文,情信而辞巧",被刘勰视为金科玉律,可以供人们学习。圣人的文章,"或简言以达旨,或博文以该情,或明理以立体,或隐义以藏用",具有繁、简、显、隐的不同特点。学习这些表现方法,写文章就有了老师了。

检验文章的标准,当然是"圣人"的经书。《周易·系辞下》云:"辨物正言,断辞则备。"意思是,辨明事物给予正确的说明,明确决断的词句就具备了。《尚书·伪毕命》云:"辞尚体要,弗惟好异。"意思是,文辞以体现要点为好,不只是追求奇异。"圣人"的文章是符合这些标准的,后人的文章亦应如此。

《宗经》篇提出以儒家经书为楷模,一开始就说:

>三极彝训,其书言经。经也者,恒久之至道,不刊之鸿教也。故象天地,效鬼神,参物序,制人纪,洞性灵之奥区,极文章之骨髓者也。

儒家经书的意义和作用如此之大,因此,刘勰认为文体的本源是儒家经书。他说:

>故论说辞序,则《易》统其首;诏策章奏,则《书》发其源;赋颂歌赞,则《诗》立其本;铭诔箴祝,则《礼》总其端;纪传盟檄,则《春秋》为根:并穷高以树表,极远以启疆,所以百家腾跃,终入环内者也。

应该承认,在各种文体的形成上,儒家经书是有影响的。但是,绝不能说文体源自儒家经书,因为一切文体都是产生于社会生活,社会生活才是文体的源泉。由于刘勰将儒家经书当作楷模,所以他认为"文能宗经,体有六义"。这"六义"是:"一则情深而不诡,二则风清而不杂,三则事信而不诞,四则义直而不回,五则体约而不芜,六则文丽而不淫。"其实,儒家经书并不都具备这些优点。刘勰所以这样说,是针对当时浮靡的文风,借用"宗经"进行革新,这是有积极意义的。

《正纬》篇论证纬书是假托的,本与文学无关。但是,这些纬书"事丰奇伟,辞富膏腴,无益经典而有助文章",也有值得学习和继承的地方。

《辨骚》篇对《楚辞》加以论辨。所论"同于风雅者"四事,实为继承;"异乎经典者"四事,乃是创新。只是刘勰"依经立论",对于"异乎经典者"四事并不理解。刘勰还指出,《楚辞》"体慢(宪)于三代,风雅(杂)于战国","虽取熔经意,亦自铸伟辞"。意思是说,《楚辞》学习夏商周三代的经书,风格带有战国作品的特色。虽然吸收和熔化了经书的意思,但是自己也创造了壮美的文辞。也论到继承和创新两个方面。《楚辞》对后世文学的影响是深远的。《辨骚》篇说:

> 自《九怀》以下,遽蹑其迹,而屈宋逸步,莫之能追。故其叙情怨,则郁伊而易感;述离居,则怆怏而难怀;论山水,则循声而得貌;言节候,则披文而见时。是以枚、贾追风以入丽,马、扬沿波而得奇,其衣被词人,非一代也。

《楚辞》的艺术成就,特别是其卓越的表现力,给后世赋家的影响深而且广。枚乘、贾谊学习《楚辞》,构成华丽的特色;司马相如、扬雄学习《楚辞》,得到奇伟的风格。他们有继承有创新,所以能成为一代著名的赋家。由此刘勰指出:

> 若能凭轼以倚《雅》、《颂》,悬辔以驭楚篇,酌奇而不失其真,玩华而不坠其实,则顾盼可以驱辞力,咳唾可以穷文致,亦不复乞灵于长卿,假宠于子渊矣。

只要能够正确地继承《诗经》、《楚辞》的优良传统,就有可能写出好作品。

《原道》、《征圣》、《宗经》、《正纬》、《辨骚》五篇是《文心雕龙》的"文之枢纽",其中主要是论述对儒家思想的继承。刘勰正是在这个继承的基础上,形成了《文心雕龙》的基本思想。

《明诗》篇认为,四言诗的特点,以雅正润泽为本,五言诗的特点,以清新华丽为主。这是四言诗和五言诗固有的文体风格。张衡、嵇康学习前人的四言诗,张衡诗形成雅正的特点,嵇康诗得到润泽的特点;张华、张协学习前人五言诗,张华诗构成清新的特点,张协诗含有华丽的特点。而曹植、王粲兼有众长,左思、刘桢偏于一美。他们都继承了前人诗歌创作的优点,形成了自己诗歌的风格特征。自然,诗人风格的形成,是有着多种原因的,继承前人诗歌创作的优点,只是原因之一。

《诠赋》篇说:"然赋也者,受命于诗人,拓宇于《楚辞》也。"这是从文学的发展变化中分析辞赋与《诗经》、《楚辞》的继承关系。班固说:"或曰:'赋者,古诗之流也。'……或以抒下情而通讽谕,或以宣上德而尽忠孝,雍容揄扬,著于后嗣,抑亦雅颂之亚也。"(《两都赋序》)指出了辞赋与《诗经》的关系。至于《楚辞》与辞赋的关系,更为明显。屈原常被人们视为辞赋之祖。屈原的作品虽然没有一篇是以赋命名的,但是《汉书·艺文志·诗赋略》将赋分为四类,第一类便是"屈原赋之属"。而在第一类中,首先著录的是"屈原赋二十五篇",可见汉人已将屈原作品看作辞赋了。当然,屈原赋与后来的汉赋是大不相同的。汉赋的产生固然受到《诗经》、《楚辞》的影响,而它与当时的政治经济、献赋考赋制度以及学术思想等都有密切的关系,这是更为重要的因素。

《杂文》篇论述杂文。杂文的名称品类甚多,这里主要论述对问、七体、连珠三种。

对问,始于宋玉。《杂文》篇说:"宋玉含才,颇亦负俗,始造对问,以申其志,放怀寥廓,气实使之。"这是说,宋玉始作《对楚王问》,以表现他的志向。纪昀评曰:"《卜居》、《渔父》,已先是对问,但未标对问之名耳。"亦颇有理。

宋玉《对楚王问》问世之后,仿效者甚多。东方朔作《答客难》,扬雄作《解嘲》,班固作《答宾戏》,崔骃作《达旨》,张衡作《应间》,崔寔作《答讥》,蔡邕作《释诲》,郭璞作《客傲》,都是"发愤以表志"的作品。

七体,始于枚乘《七发》之作。《杂文》篇说:"及枚乘摛艳,首制《七发》,腴辞云构,夸丽风骇。盖七窍所发,发乎嗜欲,始邪末正,所以戒膏粱之子也。"这是说,枚乘《七发》,采藻华丽,是用来告诫贵族子弟的。

枚乘《七发》以后,七体作者继续不断。傅毅作《七激》,崔骃作《七依》,张衡作《七辨》,崔瑗作《七厉》,曹植作《七启》,王粲作《七释》,桓麟作《七说》,左思作《七讽》。这些作品的特点,正如刘勰所指出的:"莫不高谈宫馆,壮语畋猎。穷瑰奇之服馔,极蛊媚之声色。甘意摇骨体,艳词动魂识,虽始之以淫侈,而终之以居正。然讽一劝百,势不自反。子云所谓先骋郑卫之声,曲终而奏雅者也。"

连珠,扬雄始作《连珠》。《杂文》篇说:"扬雄覃思文阁(阁),业深综述,碎文琐语,肇为连珠,其辞虽小而明润矣。"这类作品具有篇章短小、明朗润泽的特点。

自扬雄作《连珠》后,摹拟者偶有所见。像杜笃、贾逵、刘珍、潘勖等人皆有《连珠》之作,可是刘勰批评他们"欲穿明珠,多贯鱼目"。只有陆机写的《演连珠》,"理新文敏",最为有名。"连珠"这种文体,篇幅短小,容易周密,思想周到,内容丰富,意义明显,文辞简净,事理完备,音韵和谐,像许多明珠穿在一起。

刘勰对这三种文体并不看重,认为是"文章之枝派,暇豫之末造"。我们从其论述中,倒是可以看出它们各自的继承关系。任何一种文体,都是在继承过去形式的基础上发展起来的。上面的论述正是证明了这一点。

刘勰在论述文学创作时,也论及文学的继承和创新问题。这是因为文学创作与文学的继承和创新关系十分密切。《定势》篇说:

> 是以模经为式者,自入典雅之懿;效骚命篇者,必归艳逸之华。

意思是说,学习儒家经书写作,自有典雅之风;学习《楚辞》写作,必有艳丽超群之美。这实际上说的是继承问题。古人认为,儒家经书和《楚辞》是我国古代诗文之祖,其影响是十分巨大和深远的。沈约论建安以前的诗歌,指出"源其飙流所始,莫不同祖风骚",说的就是《诗经》、《楚辞》对两汉文学的影响。刘勰认为,学儒家经书,其文有典雅之风,学《楚辞》,其诗有艳逸之美。这正是继承了儒家经书和《楚辞》的思想艺术成就的结果。《物色》篇说:

> 故"灼灼"状桃花之鲜,"依依"尽杨柳之貌,"杲杲"为日出之容,"瀌瀌"拟雨雪之状,"喈喈"逐黄鸟之声,"喓喓"学草虫之韵;"皎日"、"嘒星",一言穷理;"参差"、"沃若",两字穷形:并以少总多,情貌无遗矣。

意思是说,《诗经》用"灼灼"形容桃花的鲜艳,用"依依"写尽杨柳轻柔的姿态,用"杲杲"描摹太阳出来时的景象,用"瀌瀌"比拟大雪纷飞的情状,用"喈喈"摹状黄鸟的鸣声,用"喓喓"仿效草虫的叫声。用"皎"字形容太阳的明亮,用"嘒"字描状星星的微小,只用一个字就说尽了事物的特点;用"参差"形容荇菜的长短不齐,用"沃若"描写桑叶的肥厚柔润,只用两个字就完全描绘出事物的形貌。这里,都是用少量的文字概括丰富的内容,把事物的情状和形貌无遗漏地表现出来了。诗人高度的艺术技巧,赢得刘勰衷心的赞美。

《诗经》描写自然景物为什么会获得这样的成功?这是因为诗人创作时,真正能够做到"写气图貌,既随物以宛转;属采附声,亦与心而徘徊",即诗人的感情和自然景物是互相交融的。这样,诗人不仅写出了自然景物的形貌,同时也写出了自己的感情,情景交融,所以分外真切动人。刘勰认为,《诗经》关于自然景物的描写是后人学习的典范。

　　文学总是随着时代的发展而变化的。到《楚辞》继《诗经》而起,就多用复沓的词语描写自然景物,如"嵯峨"、"葳蕤"之类。到司马相如等人,往往把景物的形貌声音描写得奇异而瑰丽。他们摹写山水,字必鱼贯,如司马相如《上林赋》中所说的"汹涌澎湃"、"龘嵸崔巍"之类。这些现象都说明文学在发展变化中有继承有创新,不同时代的文学都有自己的特色。不过,刘勰认为诗人用词华丽、适当、简约,辞赋家用词华丽、过分、繁多。评价是不相同的。

　　刘勰对《诗经》、《楚辞》的评价很高,怎样继承它们的艺术技巧呢? 他说:"莫不因方以借巧,即势以会奇,善于适要,则虽旧弥新矣。"(《物色》)即沿袭其方法,借用其技巧,循着文章的气势以求得新奇,只要善于表现描写对象的要点,虽按旧的方法去写,也能写得非常新颖。刘勰提出的学习方法,正是立足于在继承中创新。一个作家如果能够做到这一点,他就能够推陈出新。

　　每个时代的文学,适应时代的需要,都必须有新的创造。任何一个有作为的作家,在继承优秀文学遗产的基础上,都应该力图创新。《物色》篇指出:

　　　　古来辞人,异代接武,莫不参伍以相变,因革以为功。物色尽而情有余者,晓会通也。

意思是说,自古以来的作家,继承前人,没有不是错综地加以变化,又继承又革新以取得成功的。他们描写景物,曲尽形貌又情味无穷,这才是懂得继承文学遗产而又能融会贯通啊。事实证明,只有那些懂得继承又懂得创新的人,在文学创作上才能不断取得新的成就。

　　在《风骨》篇中,刘勰论述"风骨"时,又论及文学的继承和创

新的关系问题。他说:

> 若夫熔铸经典之范,翔集子史之术,洞晓情变,曲昭文体,然后能孚甲新意,雕画奇辞。昭体,故意新而不乱;晓变,故辞奇而不黩。

意思是说,取法儒家经书,学习诸子、史传都是必须的;了解文学创作的发展情况,明白各种文体的特点也是必要的;这都是继承,只有在继承的基础上才能萌生新颖的意思,修饰奇妙的文辞,进行新的创造。刘勰认为,明白文体的特点,所以意思新颖而不凌乱;了解文学创作的发展情况,所以文辞奇妙而无瑕疵。这里道出了继承和创新的辩证关系。可见,只讲继承不讲创新,或是只讲创新不讲继承,都是片面的。

所谓继承,当然不是全盘接受下来,而是有选择的,有所取也有所弃。《情采》篇说:

> 昔诗人什篇,为情而造文;辞人赋颂,为文而造情。……故为情者要约而写真,为文者淫丽而烦滥。而后之作者,采滥忽真,远弃风雅,近师辞赋,故体情之制日疏,逐文之篇愈盛。

刘勰赞成的是"为情而造文",反对的是"为文而造情"。而后来的作家,抛弃"为情而造文"的《诗经》的优良传统,以"为文而造情"的辞赋为师,因此受到他的批评。《序志》篇也说:

> 而去圣久远,文体解散,辞人爱奇,言贵浮诡,饰羽尚画,文绣鞶帨,离本弥甚,将遂讹滥。

刘勰反对浮靡文风,态度十分鲜明,其基本观点与《情采》篇是一致的。从这里,可以看出刘勰要吸收什么样的精华,剔除什么样的糟粕。

刘勰的《文心雕龙》继承了齐梁以前优秀的文学理论批评遗产,而他在《序志》篇中对魏晋以来的文学理论又都有所批评。他认为,曹丕的《典论·论文》、曹植的《与杨德祖书》、应玚的"文论"、陆机的《文赋》、挚虞的《文章流别论》、李充的《翰林论》,"各照隅隙,鲜观衢路"。他指出:

> 魏《典》密而不周,陈《书》辩而无当,应《论》华而疏略。陆《赋》巧而碎乱,《流别》精而少巧,《翰林》浅而寡要。……并未能振叶以寻根,观澜而索源。不述先哲之诰,无益后生之虑。

这说明他是按照自己的标准和尺度,批判地继承文学的理论遗产的。《序志》篇说:

> 及其品列成文,有同乎旧谈者,非雷同也,势自不可异也。有异乎前论者,非苟异也,理自不可同也。同之与异,不屑古今。擘肌分理,唯务折衷。

这是说明他写作《文心雕龙》的态度的,也可以看作刘勰对待文学遗产的态度。这种实事求是的态度是应该受到赞扬的。

三

刘勰以前,中国文学理论批评史上很少论到文学的继承和创新的问题。孔子说:"周监于二代,郁郁乎文哉!吾从周。"(《论语·八佾》)指的是周代的礼仪制度。王充说:"周有郁郁之文者,在百世之末也。汉在百世之后,文论辞说,安得不茂?"(《论衡·超奇》篇)亦无关文学。只有陆机说的"收百世之阙文,采千载之遗韵,谢朝华之已披,启夕秀于未振"(《文赋》),才真正论述到文学的继承和创新的问题,但寥寥几句,语焉不详。刘勰在中国文学理论批评史上第一次全面、系统地论述了文学的继承和创新的问题。他不仅撰写了专篇论文,对此进行详细的论述,而且在《文心雕龙》各论中,分别论述了思想、文体、创作等各方面的继承和创新。这样详细的论述,在历史上是首创的,十分值得我们重视。

刘勰不仅在理论上对文学的继承和创新问题进行了详细的论述,而且在实践上也做出了突出的成绩。《文心雕龙》"文之枢纽"部分,继承了儒家思想,特别是荀子、扬雄的原道、征圣、宗经的思想,提出了《文心雕龙》的基本思想。这种思想虽然有很大的保守性,但是在当时有矫正时弊的作用。文体论部分,继承了蔡邕、曹丕、陆机、挚虞、李充等论述文体的成就,提出了全面、系统的文体论,成为文体论的集大成之作。创作论部分,显然吸收了陆机《文赋》的精华,发展成为中国古代文学理论批评史上最详细最精彩的文学创作论。章学诚指出:"刘勰氏出,本陆机说而昌论文心。"(《文史通义·文德》)确实如此。

刘勰吸收了他的前辈在文学理论批评各方面的成果,进行新的创造,取得了空前的成就。歌德说:"各门艺术都有一种源流关系。每逢看到一位大师,你总可以看出他吸收了前人的精华,就是这种精华培育出他的伟大。"(《歌德对话录》105页)刘勰这位大师正是如此。

《通变》篇说:"变则其久,通则不乏。"善于创新,才能持久;善于继承,才不贫乏。刘勰《文心雕龙》本身就是最好的证明。

1986年7月

刘勰的风格论刍议

文学风格是文学作品的思想内容和艺术形式的总的特色。研究作家和作品的风格,有助于我们对作家作品进行深入的思想分析和艺术分析,可以加深我们对作家的了解。因此,在文艺理论中,关于文学风格的研究是一项重要的课题。

在中国文学批评史上,三国时的曹丕和西晋时的陆机都曾对文学风格问题进行过探讨,但十分简略。直到齐梁时代刘勰的《文心雕龙》出现,才提出了比较系统的风格论。

《文心雕龙》中关于风格的论述,主要见于《体性》、《风骨》、《定势》、《时序》、《才略》等篇。其他各篇,特别是上半部中的文体论部分,多与风格问题有关,也颇值得我们注意。

刘勰的风格论主要论述的是:一、作品风格与作家的关系;二、风格与文体的关系;三、风格与时代的关系;四、风骨论。现在对以上问题作一些粗略的分析。

一

关于作品风格与作家的关系,刘勰在《体性》篇中作了专门的论述。他指出:

> 夫情动而言形,理发而文见,盖沿隐以至显,因内而符外者也。然才有庸俊,气有刚柔,学有浅深,习有雅郑,并性情所铄,陶染所凝,是以笔区云谲,文苑波诡者矣。故辞理庸俊,莫

> 能翻其才；风趣刚柔，宁或改其气；事义浅深，未闻乖其学；体式雅郑，鲜有反其习：各师成心，其异如面。

人们感情激动发而为语言，有道理要发表就形成文章，外在的"言"、"文"与内在的"情"、"理"是一致的。因此，一个作家有什么样的"才"、"气"、"学"、"习"就表现出什么样的辞理、风趣、事义、体式。"各师成心，其异如面"，作家的风格就像他的面貌一样，各个人是不相同的。

"吐纳英华，莫非情性"。在《体性》篇中，刘勰列举了许多作家，以证明作家的"情性"与作品风格的密切关系。他说：

> 是以贾生俊发，故文洁而体清；长卿傲诞，故理侈而辞溢；子云沈寂，故志隐而味深；子政简易，故趣昭而事博；孟坚雅懿，故裁密而思靡；平子淹通，故虑周而藻密；仲宣躁锐，故颖出而才果；公幹气褊，故言壮而情骇；嗣宗俶傥，故响逸而调远；叔夜俊侠，故兴高而采烈；安仁轻敏，故锋发而韵流；士衡矜重，故情繁而辞隐。

从前引"然才有庸俊"六句来看，所谓"情性"，指"才"、"气"；所谓"陶染"，指"学"、"习"。不过，我认为这里的"情性"也应包括"学"、"习"，它们与"情性"也密切相关。以上的论述实质上是作家的"才"、"气"、"学"、"习"与作品风格的关系。

"才"、"气"指作家先天的才能和气质，"学"、"习"指作家后天的学识和习染。刘勰把作品风格的形成归之于作家的"才"、"气"、"学"、"习"，较之曹丕、陆机把作家风格形成的原因归之于作家的气质才性是全面多了，论述也比较深刻。上面列举了贾谊、司马相如等十二个作家，刘勰对他们的"情性"和作品风格都作了准确的概括。但也应该看到，刘勰把作品风格形成的原因仅仅归结为才、气、学、习的影响是不够的。我们知道,风格的形成是多种因素决定的。就主观因素而言,与作家的阶级立场、世界观、艺术修养和才能、个性都有关系;就客观因素而言,和一定历史时期的政治、经济生活、民族传统等都有关系。由于历史和阶级的局限性,刘勰的认识当然还不可能达到这样的高度。

布封说:"风格即人。"(《论风格》,《译文》1957年9月)人是多种多样的,风格也是多种多样的。千差万别的各种风格,刘勰归纳为八种,即典雅、远奥、精约、显附、繁缛、壮丽、新奇和轻靡。他在《体性》篇中对这八种风格作了解释:

> 典雅者,熔式经诰,方轨儒门者也;远奥者,馥采典文,经理玄宗者也;精约者,核字省句,剖析毫厘者也;显附者,辞直义畅,切理厌心者也;繁缛者,博喻酿采,炜烨枝派者也;壮丽者,高论宏裁,卓烁异采者也;新奇者,摈古竞今,危侧趣诡者也;轻靡者,浮文弱植,缥缈附俗者也。

从刘勰的解释看,典雅与新奇是对"体式"说的;远奥与显附是对"事义"说的;繁缛与精约是对"辞理"说的;壮丽与轻靡是对"风趣"说的。且典雅与新奇,远奥与显附,繁缛与精约,壮丽与轻靡,皆相反而相对,次序井然,颇有系统。在这八种风格中,刘勰首肯的当然是"典雅"等风格,这和他的原道、征圣、宗经的思想有关系。对于"新奇"和"轻靡"两种风格,他颇有微辞,这和他反对形式主义文风的文学主张是分不开的。

刘勰所提出的八种风格,是根据大量的作家作品概括出来的。在形成风格理论之后,他又运用这一理论分析、评价作家作品。例如,《诏策》篇说:"潘勖《九锡》,典雅逸群。"《诸子》篇说:"《鬼谷》眇眇,每环奥义。"又说:"辞约而精,《尹文》得其要。"《章表》篇说:"《儒行》缛说以繁辞。"《杂文》篇说:"陈思《七启》,取美于宏壮。"这些评论,指出了作品的总的特色,对我们深入地理解作品是有帮助的。

刘勰分风格为八种,当然不能包括所有的风格。因此,他在评论作家作品的具体风格时,并不拘守这八种风格,而常有变化。例如,《辨骚》篇说:"《离骚》、《九章》,朗丽以哀志。"《诠赋》篇说:"相如《上林》,繁类以成艳。"《杂文》篇说:枚乘《七发》"独拔而伟丽"。《哀吊》篇说:"祢衡之吊平子,缛丽而轻清。"这都不是以他归结的八种风格去硬套,而是从作品的实际出发,指出它们的风格特征。有的作品的风格并不是单一的,而是比较错综复杂的。如枚乘的《七发》,既"独拔"又"伟丽";祢衡的《吊张衡文》,既"缛丽"又"轻清"。刘勰皆加以如实的评论,这种实事求是的精神是值得称许的。

前面讲到,关于风格形成的原因,刘勰归之于才、气、学、习,即包含先天和后天两方面的因素。但是,他是强调后天方面的因素的。他说:

> 夫才有天资,学慎始习;斫梓染丝,功在初化;器成采定,难可翻移。

刘勰重视"学慎始习",认为"功在初化"。这是对的。一个初学写作的人,如果一开始就路子不正,或误入歧途,对他将来的发展是极为不利的。"故宜摹体以定习,因性以练才",应该学习各种风格以养成习惯,根据自己的性格以锻炼才能,循此前进,才是正确的途径。

二

风格和作品体裁的关系是十分密切的。不同体裁的作品往往具有不同的风格。这是因为不同体裁的作品对其内容和形式都有自己独特的要求。例如"铭"、"诔"这两种体裁,曹丕指出:"铭诔尚实。"这是说铭、诔的内容要求真实。陆机指出:"诔缠绵而凄怆,铭博约而温润。"这是规定诔、铭的风格特点。刘勰指出:"铭者,名也,观器必也正名,审器贵乎盛德。""夫箴诵于官,铭题于器,名目虽异,而警戒实同。……铭兼褒赞,故体贵弘润;取其事也必核以辨,其摛文也必简而深,此其要也。"(《铭箴》)这是"铭"的特点。他又指出:"诔者,累也。累其德行,旌之不朽也。……详夫诔之为制,盖选言录行,传体而颂文,荣始而哀终。论其人也,暧乎若可觌;道其哀也,凄焉如可伤。此其旨也。"(《诔碑》)这是"诔"的特点。刘勰所论比较全面,他先对铭、诔的名称加以解释,然后简明扼要地指出他们在内容和形式上的要求。以上曹丕等人的论述,在详略、角度上或有所不同,但是他们有一个共同的特点,即都指出了铭、诔这两种体裁所具有的风格特点。

《文心雕龙》上半部二十五篇,除前五篇是阐明其基本思想的而外,其他二十篇都是论述文体的。刘勰论文体的文章,其内容皆有四项,这就是"原始以表末,释名以章义,选文以定篇,敷理以举统"(《序志》)。其中"敷理以举统"一项,多论及各种体裁的风格特点。例如,他论述"论"这一文章体裁说:"原夫论之为体,所以辨正然否,穷于有数,追于无形,迹坚求通,钩深取极;乃百虑之筌蹄,万事之权衡也。故其义贵圆通,辞忌枝碎。必使心与理合,弥缝莫见其隙;辞共心密,敌人不知所乘:斯其要也。"(《论说》)这里,刘勰简要地提出对"论"的写作要求。他认为撰写"论"的目的是为了辨明是非,这就要求文章的思想内容圆满而顺当,文辞切忌支离破碎。文章的内容和作者的思想要一致,文章的语言和作者的思想要一样的严密,这样论敌就无隙可寻、无机可乘了。这里概括的也是"论"这一体裁从内容到形式的总的特点。刘勰认真地总结了前人关于创作和评论的经验,对各种文体的特点作了简明的概括。这些概括,较之曹丕、陆机等人更为具体、确切。这是文体风格论的新发展。

《定势》篇是论述文章体裁与风格关系的专篇论文。所谓"势"即体势,亦即文体风格。文体风格是怎样形成的呢?刘勰指出:

> 夫情致异区,文变殊术,莫不因情立体,即体成势也。势者,乘利而为制也。如机发矢直,涧曲湍回,自然之趣也。

体裁是根据内容确定的,随着体裁的确定,自然形成一定的体势,即风格。这好像弓弩发箭,必然是直的,又如山中涧水曲折,则水流一定湍急、迂回。文章的体裁不同,其风格就不同。

在《定势》篇中,刘勰又对《文心雕龙》上半部中论述的各体文章的风格加以归纳,他说:

> 章、表、奏、议,则准的乎典雅;赋、颂、歌、诗,则羽仪乎清丽;符、檄、书、移,则楷式于明断;史、论、序、注,则师范于核要;箴、铭、碑、诔,则体制于弘深;连珠、七辞,则从事于巧艳。

这一段话,实际上是对文体论各篇关于风格问题论述的一个简要概括。这里指出的是某几种文体的共同的风格特点,如章、表、奏、议都具有"典雅"的风格。而这些同具有"典雅"风格的体裁,仍具有自己的特点。例如,章的特点是:"章式炳贲,志在典谟;使要而非略,明而不浅。"(《章表》)表的特点是:"表体多包,情伪屡迁,必雅义以扇其风,清文以驰其丽。"(《章表》)奏的特点是:"固以明允笃诚为本,辨析疏通为首。"(《启奏》)议的特点是:"其大体所资,必枢纽经典,采故实于前代,观通变于当今;理不谬摇其枝,字不妄舒其藻。……然后标以显义,约以正辞,文以辨洁为能,不以繁缛为巧;事以明核为美,不以深隐为奇,此纲领之大要也。"(《议对》)这些体裁的特点,都是内容决定的。

《定势》篇中引曹植的话说:"所习不同,所务各异。"文章的风格因作者和体裁而异,作者众多,而文章的体裁分类亦繁,因此文章的风格绚烂多姿,层出不穷。但是,约而言之,风格实只有阳刚、阴柔二类。《熔裁》篇说的"刚柔以立本",指的是作家的气质有刚有柔。《定势》篇说的"文之任势,势有刚柔",《体性》篇说的"风趣刚柔,宁或改其气",才是指的文章风格。但刘勰所论语焉不详。清代古文学家姚鼐在《复鲁洁非书》中,对文章的阳刚、阴柔两种不同风格之美作了颇为具体生动的论述,可补刘勰论述之不足。当然,姚鼐之论追根溯源,是从刘勰的风格论来的。

《定势》篇还谈到奇、正问题。奇、正是两种不同的文章体势,有时也指两种不同的表现手法。针对"自近代辞人,率好诡巧"的情况,刘勰反对"逐奇而失正",主张"执正以驭奇"。这是完全正确的。追逐奇巧而失去雅正,是当时文坛上的不良倾向,只有用雅正来驾驭奇巧,才可以纠正这种不良倾向。《辨骚》篇提出对待屈原作品的正确态度是:"酌奇而不失其真,玩华而不坠其实。"其精神与这里所论述的颇为相近。《知音》篇中的"六观"之一"观奇正",是看奇、正两种体势结合得如何。于此可见,"奇正"不仅是刘勰所主张的创作原则,而且也是文学批评的方法之一,在刘勰的文学理论和批评中是相当重要的。《定势》篇说:

> 然渊乎文者,并总群势;奇正虽反,必兼解以俱通;刚柔虽殊,必随时而适用。

奇、正两种体势虽然相反,却是可以融会贯通的;刚、柔两种体势虽然不同,也是随时可结合运用的。这是刘勰对奇正、刚柔的总的认识。

刘勰在论述作品风格和体裁关系的时候,特别提出了奇正、刚柔的问题。我们这里所以略加论列,是因为它对我们全面理解刘勰的风格论是必要的。

三

作品的风格不仅与作家、体裁有着密切的关系,而且与时代也是有着密切的关系的。

社会生活是文学创作的源泉,也是文学风格的源泉。文学风格是千差万别、丰富多彩的,但是它总不能脱离一定的社会生活,它不能不为一定的社会生活,即一定的历史条件所制约。因此,每个时代作家作品的风格都具有他所处时代的特点。《时序》篇开门见山地指出:

> 时运交移,质文代变,古今情理,如可言乎!昔在陶唐,德盛化钧,野老吐"何力"之谈,郊童含"不识"之歌。有虞继作,政阜民暇,"薰风"诗于元后,"烂云"歌于列臣。尽其美者何?乃心乐而声泰也。至大禹敷土,九序咏功;成汤圣敬,"猗欤"作颂。逮姬文之德盛,《周南》勤而不怨;大王之化淳,《邠风》乐而不淫。幽厉昏而《板》《荡》怒,平王微而《黍离》哀。故知歌谣文理,与世推移,风动于上,而波震于下者。

时代是不断前进的,社会生活是不断发展变化的。因此,文学创作也不能不随着时代的前进和社会生活的发展变化而发展变化。唐尧时代,由于帝尧恩德隆盛,教化普及,所以产生了《击壤歌》、《康衢谣》。虞舜时代,由于政治清明,百姓安闲,产生了《南风诗》、《卿云歌》。这些作品都表现出"心乐而声泰"的特色。到了周厉王、周幽王时代,由于厉王、幽王昏庸,产生了《板》、《荡》等诗篇。周平王时代,王室衰落,出现了《黍离》等诗篇。这些诗篇或充满了愤怒,或流露出悲哀的感情。以上事实,有力地说明了文学与时代的关系。

时代的推移不仅造成文学创作内容的变化,同时也引起文学风格的变化。《时序》篇认为,建安文学"雅好慷慨",具有"梗概而多气"的风格特点,是由于"世积乱离,风衰俗怨"的社会情况和作家的"志深而笔长"的具体条件造成的。这一看法无疑是正确的。例如曹操的《蒿里行》写地方割据势力争权夺利,互相残杀,造成土地荒废,人口大批死亡,使繁华的中原地区变成一片千里无人烟的荒凉景象,写得激楚悲凉。又如曹植的《白马篇》塑造了一个武艺高强、不惜为国捐躯的"幽并游侠儿"的形象,实际上是作者的自况,体现了他渴望统一国家的政治理想,诗歌气势豪壮。这些都与时代有密切的关系。

从这里可以看出,时代不同了,文学作品的内容和风格都起了变化。建安文学的主要内容真实地反映了汉末动乱的社会现实,表达了作家们"建功立业"的雄心和统一国家的愿望,风格上出现了"梗概而多气"的特征。文学史上的事实雄辩地说明了社会生活不仅是文学创作的源泉,也是文学风格的源泉。

从《时序》篇看,刘勰认为时代对文学的影响主要是政治和思想的,而在政治影响中,他过分地强调了君主对文学的提倡所起的作用,这是不恰当的。至于作家进步的世界观和亲身的生活实践对文学创作及其风格的影响,由于历史的局限,那就不是刘勰所能理解的了。

在《通变》篇中,刘勰对历代文学的风格特色,作了一个极为简要的概括。他说:"榷而论之,则黄唐淳而质,虞夏质而辨,商周丽而雅,楚汉侈而艳,魏晋浅而绮,宋初讹而新……"这是就历代文学比较说的,有可以参考之处,但是是不够全面、精确的。例如,说唐尧、虞舜、夏禹时代的文学"淳而质"、"质而辨"是缺乏根据的,因为那时还没有见诸文字记载的文学;说商周文学"丽而雅",主要指儒家经书而言,刘勰认为"圣文之雅丽,固衔华而佩实者也"(《征圣》),其他各家显然不能包括在内;说楚汉文学"侈而艳",主要指辞赋而言,因为汉代诗歌并没有这样的特色。至于魏晋文学"浅而绮",宋初文学"讹而新",皆就其主要的倾向而言。从刘勰对商周文学风格的评价,可以看出他崇拜儒家经书的思想。在以上这段引文之后,他还提出"矫讹翻浅,还宗经诰"的主张,联系《文心雕龙》的基本思想来考察,刘勰的这种思想是一贯的。

四

在《风骨》篇中,刘勰倡导风骨论,这是他对文学风格提出的更高的要求。

关于"风骨"的解释,学术界历来众说纷纭。有人认为,"风即文意,骨即文辞"(黄侃《文心雕龙札记·风骨》)。有人认为,"风""以喻文之情思","骨""以喻文之事义"(刘永济《文心雕龙校释·风骨》)。有人认为,"风骨"是思想性和艺术性的统一体,它的基本特征在于明朗健康,遒劲有力(郭绍虞主编《中国历代文论选》上册201页)。有人认为,"风是气韵","骨是思想命意"(周振甫《文心雕龙选译·风骨》,《新闻业务》1962年1月号),等等,迄无定论。

对"风骨"的解释如此之纷歧,这固然是由于《文心雕龙》是用骈文写的,其论文说理尚有不十分明确的地方,但主要还是因为各个研究者对《风骨》篇的理解角度不同,所以看法也就各异。关键是对《风骨》篇的理解。

在《风骨》篇中,刘勰认为,"风"是从《诗经》"六义"来的。它是诗人情志气质的表现。由于感染力强,它是作品起教育作用的根源。所以,诗人在抒发情感时,一开始就要注意到"风";在遣词造句时,首先要考虑到"骨"。文辞需要"骨",正如人体需要骸骨;情志之包含"风",正如形体之具有活动能力。只有文辞整饬、准确,文骨才能形成;只有诗人情志气质骏利爽朗,文风才能产生。"若丰藻克赡,风骨不飞,则振采失鲜,负声无力。"假若文章辞藻丰富而风骨柔弱,那么,文采亦将失去色彩,声调亦将缺乏力量。而"风骨"表现为"力","力"之形成在于"气",所以,构思谋篇必须注意培养自己的气质。文章刚劲有力,自然会发出新的光辉,"风骨"在文章中的作用,正如健飞的猛禽使用它的翅膀一样。所以,精通"骨"的人,选词必然精当;深知"风"的人,抒情必然鲜明。作品用词准确而有力,声律和谐而流畅,这都是"风骨"的力量。假若文章内容贫乏,语言烦冗,杂乱而无条理,这是无"骨"的表现。如果文章思想不周密,枯寂而缺乏气势,这是无"风"的验证。刘勰还举出潘勖的《册魏公九锡文》和司马相如的《大人赋》,认为前者"骨髓峻",后者"风力遒",并且认为能明白这些关键所在,就可以从事写作;如果违背这种方法,就无需追求文采了。

如果这样理解不错的话,我们认为,"风"指内容之充实、纯正和感染力;"骨"指文辞之准确、精炼、遒劲和表现力。"风"与"骨"既有明显的区别,又有密切的联系。"风"离不开文辞的准确、精炼、遒劲和表现力,没有这些,就无法表达充实、纯正的思想内容,就不可能具有感染力。"骨"更离不开思想内容,没有充实、纯正的思想内容,就谈不上文辞的准确、精炼、遒劲和富于表现力。这二者是统一的。"风骨"是刘勰从写作角度对作品的思想内容和表现形式提出的最高的要求,他要求作品"风清骨峻",即具有昂扬爽朗、刚劲有力的风格特色。

刘勰还论到"风骨"和"采"的关系。《风骨》篇说:

> 夫翚翟备色而翾翥百步,肌丰而力沉也。鹰隼乏采而翰飞戾天,骨劲而气猛也。文章才力,有似于此。若风骨乏采,则鸷集翰林;采乏风骨,则雉窜文囿。惟藻耀而高翔,固文笔之鸣凤也。

"采",指文采。这里,刘勰以"风骨"与"采"对举,认为不论是"采乏风骨",还是"风骨乏采",都不是理想的作品。只有"藻耀而高翔",即既有文采,又有风骨的作品,才是佳作。这里的意思和前引之"若丰藻克赡,风骨不飞,则振采失鲜,负声无力"的意思是相同的。这就是说,刘勰对作品的要求,首先强调的是"风骨",但也不忽略"采"。只有"风骨"配上适当的"采",才是作品中的完璧。

刘勰所倡导的风骨论是对中国古代文学优良传统的继承和发展。《风骨》篇一开头就说到"风"是从《诗经》来的。对于"六义"之一的"风",《毛诗序》作了解释:"风,风也,教也;风以动之,教以化之……上以风化下,下以风刺上,主文而谲谏,言之者无罪,闻之者足以戒,故曰风。"这里指出了诗歌的巨大的教育作用。刘勰之所谓"风",和《诗经》之"风"有着渊源关系。"风"和"气"是相通的,《广雅·释言》说:"风,气也。"《庄子·齐物论》也说:"大块噫气,其名为风。"所以,《风骨》篇中多论及"气"。在中国文学批评史上,首先主张养"气"的是孟子。孟子说:"我善养吾浩然之气。"这个"气"指的是一种内心道德修养功夫,并非直接评论作家作品。后来,曹丕的《典论·论文》以"气"论建安作家,这使"气"成为文学批评中的一个专门名词。刘勰指出,建安文学"梗概而多气","慷慨以任气"(《明诗》)。这是建安文学的特色,也是中国古代文学的优良传统,刘勰特别是继承和发展了这一传统而倡导风骨论的。当然,东汉末年以后,社会上的封建士大夫以"风"、"骨"品评人物、绘画、书法的风气流行,毫无疑义,刘勰会受到启发和影响。

更重要的是,风骨论的产生和当时社会中的文学状况有着密切的关系。中国古代文学在太康以后存在着一种形式主义倾向。刘勰在《明诗》篇中指出:"晋世群才……采缛于正始,力柔于建安。……江左篇制,溺乎玄风……宋初文泳……俪采百字之偶,争价一句之奇,情必极貌以写物,辞必穷力而追新,此近世之所竞也。"这个分析是符合实际的。刘勰提出风骨论是力图用它来矫正时弊,引导当时文学沿着健康的道路向前发展。因此,风骨论的提出,在当时是有战斗作用和积极意义的。

综上所述,我认为刘勰对文学风格的论述,是比较全面、系统的。在中国文学批评史上,如此详细地论述风格问题还是首次。因此,在文学风格的研究上,刘勰作出了重要的贡献。

刘勰的风格论对后世的影响是十分深远的。以"风骨"而言,初唐陈子昂就深受其影响,他说:"文章道弊五百年矣!汉魏风骨,晋宋莫传,然而文献有可征者。仆尝暇时观齐梁间诗,彩丽竞繁,而兴寄都绝,每以永叹。思古人常恐逶迤颓靡,风雅不作,以耿耿也。"(《与东方左史虬修竹篇序》)针对齐梁间"彩丽竞繁,而兴寄都绝"的形式主义诗风,他高举"汉魏风骨"的旗帜,倡导诗歌革新。伟大的浪漫主义诗人李白继承了陈子昂的思想,说:"梁陈以来,艳薄斯极,沈休文又尚以声律,将复古道,非我而谁欤?"(孟棨《本事诗·高逸》篇引)他所谓复古,实际上是革新。李白完成了唐代诗歌的革新,取得了伟大的成就。可见刘勰的风骨论在中国文学史上是起着积极作用的。

就风格分类而论,刘勰把风格概括成八体,至唐代,李峤《评诗格》把诗分为形似、质气、情理、直置、雕藻、影带、宛转、飞动、清切、精华十体。皎然《诗式》"辨体有一十九字",把诗分为高、逸、贞、忠、节、志、气、情、思、德、诫、闲、达、悲、怨、意、力、静、远十九体,这些多指风格。司空图《诗品》把诗分为雄浑、冲淡、纤秾、沉着、高古、典雅、洗练、劲健、绮丽、自然、含蓄、豪放、精神、缜密、疏野、清奇、委曲、实境、悲慨、形容、超诣、飘逸、旷达、流动二十四品,专论风格,更为细密。我们虽然不能说,这些诗歌风格的研究源自刘勰,但是,受到刘勰风格论的启发和影响是毋庸置疑的。

刘勰的风格论是他的整个创作论的一个重要组成部分。他关于这方面的论述是远远超过前人的,并且对后世有着深远的影响。这里我们对他的风格论进行了一些粗浅的研讨,因为我们认为,它对我们探讨文艺理论中的风格问题与创作绚丽多姿、丰富多彩的各种风格的文学作品,都是有一定的借鉴作用的。

1979 年 1 月

刘勰的文学批评理论

文学批评,主要是对具体作家作品的评论。因此,随着文艺创作的发展,作家作品的不断涌现,文学批评也相应地向前发展。在中国文学批评史上,魏晋南北朝时期的文学批评取得了引人瞩目的成就,而刘勰的《文心雕龙》是当时文学批评成就的特出标志。

《文心雕龙》总结了过去文学创作和文学理论的经验,对文学批评和理论问题进行了全面、系统的论述,内容丰富而精彩。书中的《知音》、《才略》、《程器》、《指瑕》等,都是文学批评的专篇论文。其他论述文体、创作等问题的各篇,其中有关作家作品的评论也都属于文学批评的范围。本文试就刘勰关于文学批评的态度、方法和标准的论述进行一些探讨。

一

文学批评者的态度问题,是一个十分重要的问题。态度不端正,就不可能进行正确的文学批评。《知音》篇一开头论述文学批评的态度,就是慨叹知音难遇,即正确的批评很难遇到。刘勰说:"知音其难哉,音实难知,知实难逢,逢其知音,千载其一乎!"碰上知音,千年大概只能有一个吧?为什么正确的文学批评这样少呢?因为历来存在着三种错误的态度。

一是"贵古贱今"。《知音》篇说:

夫古来知音,多贱同而思古,所谓"日进前而不御,遥闻声

> 而相思"也。昔《储说》始出,《子虚》初成,秦皇、汉武,恨不同时。既同时矣,则韩囚而马轻,岂不明鉴同时之贱哉!

轻视同时代的人而思慕古人,这是自古以来批评的通病。秦始皇对待韩非,汉武帝对待司马相如就明显地说明了这一点。"贵古贱今"的问题,东汉王充就曾指出过,他说:"述事者好高古而下今"(《论衡·齐世》篇),"俗儒好长古而短今"(《论衡·须颂》篇),"夫俗好珍古不贵今"(《论衡·案书》篇)。三国魏曹丕批评过"贵远贱近"的错误态度(见《典论·论文》)。东晋葛洪是反对"贵远贱近"的不良倾向的(见《抱朴子·钧世》)。可见这是历来存在的问题,他们大概是有所针对的。

二是"崇己抑人"。《知音》篇说:

> 至于班固、傅毅,文在伯仲,而固嗤毅云:"下笔不能自休。"及陈思论才,亦深排孔璋,敬礼请润色,叹以为美谈,季绪好诋诃,方之于田巴,意亦见矣。故魏文称"文人相轻",非虚谈也。

从班固讥笑傅毅,曹植贬斥陈琳,可见"文人相轻,自古而然"。刘勰在曹丕之后,再一次强调这一问题,显然是有所指的。

三是"信伪迷真"。《知音》篇说:

> 至如君卿唇舌,而谬欲论文,乃称史迁著书,谘东方朔,于是桓谭之徒,相顾嗤笑,彼实博徒,轻言负诮,况乎文士,可妄谈哉!

按"桓谭之徒,相顾嗤笑"事无考。这里的意思是,楼护轻信误传,谬欲论文,遭到桓谭等人的嗤笑。显然,刘勰对楼护的行为是持否定态度的。

以上三种错误态度是造成不能正确地进行文学批评的障碍，是必须努力克服的。除此以外，还有两个造成不能正确进行文学批评的原因。

其一，刘勰认为，文学作品不像有形器物那么易于辨认，所以优劣难分。他打比方说，麒麟和獐子，凤凰和野鸡都是不同的，珠玉和碎石也完全不一样，古代的鲁国人把麒麟当作獐子，楚国人把野鸡当作凤凰，魏国人把夜光璧当作怪石，宋国人把碎石当作宝珠。这些有形的器物原易辨认，而谬误乃至如此，文章中的思想感情本难看清，谁说优劣易分呢？

其二，刘勰认为，人们对文学作品多有"偏好"，所以不能公正地评价作品。《知音》篇说：

> 夫篇章杂沓，质文交加，知多偏好，人莫圆该。慷慨者逆声而击节，酝藉者见密而高蹈，浮慧者观绮而跃心，爱奇者闻诡而惊听。会己则嗟讽，异我则沮弃，各执一隅之解，欲拟万端之变。所谓"东向而望，不见西墙"也。

文学作品丰富多彩，各式各样，人们对文学多有"偏好"，不可能面面俱到，因此就造成了合自己口味的就击节称赏，不合自己兴趣的就嗤之以鼻。这讲的是每个人主观上的爱好，实际上也是态度问题。

由于文学作品不像有形器物那样容易辨认，而人们对文学又各有"偏好"，这就造成不公正乃至错误的文学批评。解决这个问题，刘勰提出"博观"的方法。《知音》篇说：

> 凡操千曲而后晓声，观千剑而后识器。故圆照之象，务先博观。阅乔岳以形培塿，酌沧波以喻畎浍，无私于轻重，不偏于憎爱，然后能平理若衡，照辞如镜矣。

所谓"博观",就是广泛地观察,曲弹多了就可懂得音乐,剑看多了就能识别武器。这里以弹曲、看剑比喻丰富自己的文学知识和文艺理论素养,有了丰富的文学知识和文艺理论素养,又能"无私于轻重,不偏于爱憎",就可以"平理若衡,照辞如镜",公正地进行文学批评了。

二

文学批评的态度端正了,经过刻苦的学习,学识素养有了进一步的提高,就可以进行公正的文学批评了。于是刘勰提出了文学批评的方法,即"六观"。《知音》篇说:

> 是以将阅文情,先标六观:一观位体,二观置辞,三观通变,四观奇正,五观事义,六观宫商。斯术既形,则优劣见矣。

"六观",就是从六个方面去看。刘勰认为,分析作品要从六个方面入手。

一是"观位体",即看作品选择体裁是否适当。"体"指作品的体裁。这里的"位体",和《熔裁》篇说的"设情以位体"中的"位体"意思相同。有的研究者因"六观"中没有思想内容方面的条目,就把"体"解释为"文章的思想、主题",这种观点值得商榷。殊不知刘勰完全懂得"观文者披文以入情","六观"虽无思想内容方面的条目,但并不妨碍他从形式入手,深入地分析作品的思想内容。我们应该看到,体裁与文章的思想、主题既有一定的联系,显然又是有区别的。《熔裁》篇说:"情理设位,文采行乎其中。"《定势》篇说:"因情立体,即体成势。"就说到"情"、"情理"与"体"的联系和区别。

体裁必须与内容、风格一致。根据内容选择体裁,而不同体裁的文章又具有不同的风格。《文心雕龙》上半部从第六篇到第二十五篇,论文体的文章都涉及到各体文章的风格问题。《定势》篇把这些风格概括为:

> 章表奏议,则准的乎典雅;赋颂歌诗,则羽仪乎清丽;符檄书移,则楷式于明断;史论序注,则师范于核要;箴铭碑诔,则体制于弘深;连珠七辞,则从事于巧艳。

这是概括各体文章的风格特点。《体性》篇论述作者的个性和作品风格的关系,把风格归为典雅、远奥、精约、显附、繁缛、壮丽、新奇、轻靡八种。这是说到文章风格因人而异,当然也因体裁而异。

总之,为了正确地表达思想感情,必须首先考虑选择合适的体裁,而这种体裁一定要和它的风格一致,这对写好文章是很重要的。

二是"观置辞",即看用词造句的技巧。文学是语言的艺术,作家是用语言来反映社会生活,表达思想感情的。因此,必须注意语言的丰富和提炼。《熔裁》篇是讨论熔意裁辞问题的。"裁",指删除一切不必要的词句。刘勰说:"剪裁浮辞谓之裁。"就是说的这个意思。"裁则芜秽不生",注意删除一切不必要的词句,文章便不会芜杂。可见,刘勰十分重视语言的提炼。

《章句》篇在讨论到篇、章、句的关系时说:

> 篇之彪炳,章无疵也;章之明靡,句无玷也;句之清英,字不妄也;振本而末从,知一而万毕矣。

"字(词)不妄(乱用)"是基础,用词恰当,方可足成佳句;句无缺点,方可结成佳章;章无毛病,方可构成佳篇。要想文章达到"外文绮交,内义脉注,跗萼相衔,首尾一体"的境界,不注意语言运用的技巧是不行的。

《丽辞》篇论述对偶问题,列举了言对、事对、反对、正对四种手法,指出它们的难、易、优、劣。由于当时骈体文盛行,刘勰是重视对偶的,但他也说:"岂营丽辞,率然对尔","奇偶适变,不劳经营。"意见还是比较通达的。至于说:"若气无奇类,文乏异采,碌碌丽辞,则昏睡耳目。"还是强调对语言的提炼。

《练字》篇中,刘勰认为文字"斯乃言语之体貌,而文章之宅宇也"。他指出:

> 是以缀字属篇,必须练择:一避诡异,二省联边,三权重出,四调单复。

避用怪字,权衡用词重复,在今天还是有意义的。至于"省联边"、"调单复",时过境迁,已全无实用价值了。不过,刘勰重视语言的洗练和选择的精神是可取的。

从上述可见,刘勰十分重视语言运用的技巧。

三是"观通变",即看作品的继承与革新。文学总是不断向前发展的。在发展的过程中,要继承过去文学的优良传统,吸取有益的营养,有所创造,有所革新。《通变》篇说:

> 夫设文之体有常,变文之数无方,何以明其然耶?凡诗、赋、书、记,名理相因,此有常之体也。文辞气力,通变则久,此无方之数也。

这里指出文学有继承与革新两方面,作品能继承优良传统,又能创新,就能"骋无穷之路,饮不竭之源"。

《通变》篇"赞"说:

> 文律运用,日新其业。变则其久,通则不乏。……望今制

奇,参古定法。

意思是说,文学事业是日新月异的,善于创新才能持久,善于继承才不贫乏,根据当时情况创造新作,参考古代作品制定法则。这里讲的是创新与继承的关系。只有善于继承的人,才能善于创新。刘勰所谓"观通变",主要看作品在继承的基础上有无创新。

四是"观奇正",即看作品"奇"、"正"两种体势结合得如何。"正"是雅正的意思,指"原道"、"征圣"、"宗经"的文章体势;"奇",是新奇的意思,指富于幻想、夸张和虚构的文章体势。《定势》篇说:

> 然渊乎文者,并总群势,奇正虽反,必兼解以俱通;刚柔虽殊,必随时而适用。

"奇"和"正"两种体势虽然相反,却可以相反相成,融会贯通。所以《定势》篇又说:

> 旧练之才,则执正以驭奇;新学之锐,则逐奇而失正。

熟练的老手,能掌握雅正的体势来驾驭作品的新奇;趋时新手,追求作品的新奇而违反了雅正的体势。刘勰主张"执正以驭奇",反对"逐奇而失正",所以严肃地指出:"势流不反,则文体遂弊。"这种体势不加纠正,文章体裁就将败坏。

五是"观事义",即看作品中典故运用得如何。运用典故是骈体文语言上的一个重要特点。《事类》篇说:

> 事类者,盖文章之外,据事以类义,援古以证今者也。

用典的目的,是引用古人的事或话来证明自己的观点,以增强文章的说服力,而且可以使文章显得委婉、含蓄、典雅、精炼。

《事类》篇还说到:"然则明理引乎成辞,征义举乎人事,乃圣贤之鸿谟,经籍之通矩也。"引用典故是为了"明理"、"征义",这样做是有"圣贤"和"典籍"的根据的。

刘勰强调指出：

> 凡用旧合机,不啻自其口出;引事乖谬,虽千载而为瑕。

用典以妥切、自然为贵,典故用错了,一千年后也还是一个毛病。这就要求作家"综学在博,取事贵约,校练须精,捃理须核,众美辐辏,表里发挥"。援引典故,要采择精核,富于独创。"用人若己,古来无懵",用古人的事和话如同己出,这样就不致令人糊涂了。

六是"观宫商",即看作品的声律如何。魏晋以后的骈体文十分讲究声律的和谐,这和当时声律之说的兴起有关。沈约说：

> 夫五色相宣,八音协畅,由乎玄黄律吕,各适物宜。欲使宫羽相变,低昂互节,若前有浮声,则后有切响。一简之内,音韵尽殊;两句之中,轻重悉异。妙达此旨,始可言文。(《宋书·谢灵运传论》)

沈约极其注意文学上声律的探讨,他认为懂得了声律说及其与文学的关系,才能谈论文学。刘勰的《声律》篇是专论文学上声律问题的文章,他也说到："声有飞沉,响有双叠。""飞"即"浮声(平声)","沉"即"切响(仄声)";"双"即"双声","叠"即"叠韵"。与沈约所论相同。在《章句》篇中,他讲到骈体文音节的变化时说：

> 四字密而不促,六字格而非缓,或变之以三五,盖应机之权节也。

骈体文一般是用四字句和六字句,所以又称"四六"。这里讲的是骈体文的语言在音节上的特点。但这种音节,可以根据思想内容的需要适当地加以变化。

对文学上声律问题的探讨是必要的,但不宜刻意深求,束缚人的思想感情。刘勰认为:"夫音律所始,本于人声者也。声含宫商,肇自血气,先王因之,以制乐歌。故知器写人声,声非学器也。"音律来自"人声",因而强调"器写人声,声非学器"。这样的认识是正确的。

"六观"是批评标准还是批评方法呢?研究者有不同的看法。刘大杰的《中国文学发展史》、中国社会科学院文学研究所编写的《中国文学史》、郭绍虞主编的《中国历代文论选》等,认为是批评标准;游国恩等主编的《中国文学史》,认为是批评方法。我们也认为是批评方法。因为,在《知音》篇中,紧接"六观宫商"之后,刘勰就说:"斯术既形,则优劣见矣。""术"显然指的是方法。

从以上的分析看,"六观"多从文学的表现形式着眼,难道刘勰是忽视文学的思想内容的吗?不是的。《知音》篇说:

> 夫缀文者情动而辞发,观文者披文以入情,沿波讨源,虽幽必显。世远莫见其面,觇文辄见其心。岂成篇之足深,患识照之自浅耳。

意思是说,作家因为内心激动而写作作品,读者通过作品的文辞了解作家的思想感情,沿着文辞探求作家的思想,即使文义幽深也一定可以明白。分析作品得从形式入手,透过作品的形式以了解它的思想内容。"岂成篇之足深,患识照之自浅耳",不要担心作品太深,只怕你理解、分析作品的能力太浅薄了。这说明任何作品都是可以分析的,在文学批评上并没有什么神秘的不可知的东西。这种素朴的唯物主义思想是可贵的。

三

文学批评主要是评价作家作品的。根据什么对作家作品进行评价呢？这就需要有一个尺度，有一个标准。毛泽东同志指出："文艺批评有两个标准，一个是政治标准，一个艺术标准。"政治标准是用来衡量作品的政治倾向的，艺术标准是用来测度作品的艺术性的。在阶级社会里，各个阶级都有自己的政治标准和艺术标准。那么，什么是刘勰的政治标准呢？

在《文心雕龙》五十篇中，刘勰没有明确指出文学批评的政治标准。但是，他评论作家作品的政治倾向显然有一个尺度，有一个标准。细绎全书，我们完全可以肯定，这个尺度和标准就是儒家思想。为什么这样说呢？

首先，我们从刘勰写作《文心雕龙》的动机来看。根据《序志》篇，他的写作动机有三个：

一是为了反对当时文学的形式主义倾向。《序志》篇指出：

> 而去圣久远，文体解散，辞人爱奇，言贵浮诡，饰羽尚画，文绣鞶帨，离本弥甚，将遂讹滥。

刘勰严肃地批评了当时"饰羽尚画，文绣鞶帨"的形式主义文风。产生这种文风，一则是因为"去圣久远"，一则是因为"离本弥甚"。"圣"指周公、孔子；"本"指儒家思想。"圣人"和他们的思想，这二者是一回事。可见，刘勰是站在儒家思想立场上说话的。这只要参看以上引文的前后就更加清楚了。引文之前，他说：

> 自生人以来，未有如夫子者也。敷赞圣旨，莫若注经，而马、郑诸儒，弘之已精，就有深解，未足立家。

刘勰极力赞颂孔子。他认为要阐述"圣人"的思想，没有比注释经书更为合适了。但马融、郑玄诸人注释已十分精详，自己即使有深刻的见解，也不足以成家了。接着，刘勰讲到了文章的作用。他说：

> 唯文章之用，实经典枝条，五礼资之以成，六典因之致用，君臣所以炳焕，军国所以昭明，详其本源，莫非经典。

这里讲的是文章的作用，实质上是要求文章为当时的政治服务，鲜明地表现了他的政治倾向性。这是刘勰文学批评的政治标准的具体内容，它是封建地主阶级对文学创作的政治要求在文学批评上的反映。正是基于这个观点，他对当时文学的形式主义倾向提出了批评。在引文之后，他说：

> 盖《周书》论辞，贵乎体要；尼父陈训，恶乎异端；辞训之异，宜体于要。于是搦笔和墨，乃始论文。

他反对当时文学的形式主义倾向，遵照《周书》之论、孔子之训，写作《文心雕龙》。

二是对曹丕以后的文论不满。中国古代文学批评在魏晋以后有很大的发展，出现了一些专门的论文和著作，如曹丕的《典论·论文》、曹植的《与杨德祖书》、应玚的"文论"、陆机的《文赋》、挚虞的《文章流别论》、李充的《翰林论》等。刘勰认为，这些论文和著作"各照隅隙，鲜观衢路"，并指出它们的具体缺点是：

> 魏《典》密而不周，陈《书》辩而无当，应《论》华而疏略，陆《赋》巧而碎乱，《流别》精而少巧，《翰林》浅而寡要。

它们共同的毛病是："并未能振叶以寻根，观澜而索源。不述先哲之诰，无益后生之虑。"这里，"叶"、"澜"比喻文辞；"根"、"源"比喻儒家思想。他认为不陈述古代圣贤的教导,对后人是没有什么益处的。

三是要"树德建言",留名后世。这和孔子说的"君子疾没世而不称焉"(《论语·卫灵公》)如出一辙。

从上述三点来看,刘勰写作《文心雕龙》的动机与儒家思想有关。

其次,从刘勰所谓的"文之枢纽"五篇来看。《序志》篇说:

> 盖文心之作也,本乎道,师乎圣,体乎经,酌乎纬,变乎骚,文之枢纽,亦云极矣。

《原道》篇是论述"本乎道"的,《征圣》篇是说明"师乎圣"的,《宗经》篇是论述"体乎经"的,《正纬》篇是论述"酌乎纬"的,《辨骚》篇是论述"变乎骚"的。这五篇是刘勰所谓"文之枢纽"。"文之枢纽"五篇表达了《文心雕龙》的基本思想。

《原道》篇说:"道沿圣以垂文,圣因文而明道。""道"通过"圣人"表达在文章里,"圣人"通过文章来阐明"道"。这里,"道"和"圣人"的文章是同一种东西,即儒家思想。

《征圣》篇说:"征之周、孔,则文有师矣。"又说:"若征圣立言,则文其庶矣。"刘勰认为,写作能以周公、孔子为师,那么文章就差不多了。就是说,写作要以"圣人"为师。

《宗经》篇说:"经也者,恒久之至道,不刊之鸿教也。故象天地,效鬼神,参物序,制人纪;洞性灵之奥区,极文章之骨髓者也。"刘勰认为,儒家经书是永恒的真理,不可磨灭的伟大教言,它能洞察人们灵魂的深处,穷尽文章的根本。因此,他断言一切文体都是从经书来的,如果文章能以经书为楷模,就会具有种种优点。

《正纬》篇"按经验伪",指出"其伪有四"。《辨骚》篇辨别《楚辞》和经书的异同,皆以儒家经书为标准。

可见,"文之枢纽"五篇所表达的基本思想仍是儒家思想,这种思想贯串全书。

最后,从其他各篇来看,以儒家思想为政治标准评论作家作品的例子是很多的。如,《史传》篇论《史记》,认为它有"爱奇反经之尤"。对于史籍的撰述,他主张:"立义选言,宜依经以树则;劝戒予夺,必附圣以居宗。"又如,《杂文》篇论马融《七厉》说:"唯《七厉》叙贤,归以儒道,虽文非拔群,而意实卓尔矣。"《指瑕》篇评左思《七讽》说:"左思《七讽》,说孝而不从,反道若斯,余不足观矣。"这里衡量作品的政治标准是"依经"、"附圣"、"归以儒道"、"说孝",显然都是儒家思想。

综合以上三点,可以清楚地看出:(1)刘勰写作《文心雕龙》的主要动机是为了反对当时文学的形式主义倾向,以及对魏晋以来的文论不满和希望留名后世。他的出发点是儒家思想。(2)《文心雕龙》的基本思想是儒家思想。(3)刘勰评论作家作品的政治倾向的尺度是儒家思想。因此可以断言,刘勰文学批评的政治标准是儒家思想。

什么是刘勰文学批评的艺术标准呢?《文心雕龙》也没有明确地提出来。不过,有一点是十分清楚的,即刘勰极其迷信儒家经书,认为它们不仅是思想的典范,而且是艺术的楷模。

《征圣》篇举例说明儒家经书具有"简言以达旨"、"博文以该情"、"明理以立体"、"隐义以藏用"四个写作特点,认为"圣文之雅丽,因衔华而佩实者也"。这是说,"圣人"的文章雅正、华丽,既富有文采,又具有充实的内容。

刘勰既认为儒家经书是这样的尽善尽美,所以他提出"文能宗经,体有六义",即文章能以经书为楷模,就会具有六个优点:

　　　　一则情深而不诡,二则风清而不杂,三则事信而不诞,四则义直而不回,五则体约而不芜,六则文丽而不淫。

这六条实际上就是刘勰文学批评的艺术标准。有人说,情、风、事、义都与思想内容有关,怎么能说"六义"仅仅是艺术标准呢？其实,前四条是从艺术表现的角度来谈思想内容方面的问题,并不是对文学创作提出思想内容上的要求。

　　下面,我们对"六义"略加诠释。

　　"一则情深而不诡"。

　　"情",指作品中的思想感情,也就是作品的内容。刘勰首先提出作品中的思想感情要表达得深刻而不欺诈。他十分重视作品中的思想感情,《附会》篇说"以情志为神明",《熔裁》篇说"设情以位体",讲的是以思想感情作为作品的神智,根据作品的内容安排表现的样式。在《情采》篇中,他反对"为文而造情",主张"为情而造文",即反对为写作文章而伪造思想感情,主张为表达思想感情而写作文章,和这里的提法是一致的。

　　"二则风清而不杂"。

　　"风",《毛诗序》说:"风,风也,教也;风以动之,教以化之。""风"是风化、教化的意思,指作品对读者的教育作用。《风骨》篇说:"诗总六义,风冠其首,斯乃化感之本源,志气之符契也。"刘勰认为,"风"是作品进行教育、感化作用的根源,是作家情感和气质的表现。因此,"怊怅述情,必始乎风","意气骏爽,则文风清焉"。抒发感情,表达思想,必须首先注意到教育、感化的问题。如果作家的意志和气质都昂扬爽朗,纯正的教育、感化作用就产生了。刘勰要求作品的教育、感化作用要纯正而不杂乱,这当然要建立在作品的思想内容的基础上。

　　"三则事信而不诞,四则义直而不回"。

意思是作品所写的事物要真实而不虚妄,其意义要正确而不歪曲。《附会》篇说:"事义为骨髓。"把事义作为作品的骨干,可见"事义"的重要性。这里,"事义"指表现思想感情的题材。《熔裁》篇所标"三准",其二为"举正于中,则酌事以取类",指根据内容选择题材。《议对》篇提出对"议"这一文体的要求是:"事以明核为美,不以深隐为奇。"也是从"事信"出发的。至于"义",《哀吊》篇评潘岳哀辞说"义直而文婉",《章表》篇说表要"雅义以扇其风"(雅,正也),都是要求意义正确。总的说来,这两条是对题材而言的。

"五则体约而不芜"。

体,即《体性》篇所说的"数穷八体"之"体",指风格。刘勰对风格的要求是简练而不芜杂,这是对风格的一般要求。根据《风骨》篇的论述,刘勰对文学风格的更高要求是由"结言端直"、"意气骏爽"而造成"风清骨峻"的风格,即明朗健康、遒劲有力的风格。

"六则文丽而不淫"。

这是要求作品文辞华丽而不过分。刘勰是主张文辞华丽的,当时文坛风气如此。但他和有些人不同的是重视作品的思想内容。在《征圣》篇中,他认为圣人的文章,不仅文辞华丽,而且内容充实,因此是大家学习的典范。在《颂赞》篇中,他批评马融的《广成颂》、《上林颂》说:"何弄文而失质乎?"这里可以看出他对待文辞的态度。

从以上对"六义"的简单诠释中,我们可以看到刘勰从艺术角度提出了衡量作品的明确而具体的要求,确立了他的艺术标准。不过,应该指出,他认为"文能宗经,体有六义",未免美化了儒家经书,是不符合事实的。

刘勰的文学批评标准,深深地打上了儒家思想的烙印。儒家保守的政治思想和唯心主义的哲学思想给刘勰以消极的影响,造成他思想上的局限,使他对一些作家作品作出不恰当的评价。从前面举的例子中,即可以看出这一点。儒家文艺思想中的某些观点,如重视文学的社会、政治作用,倡导"知人论世"说等,具有一定的积极因素,刘勰从中受到启发,产生了一些深刻的论断,如对文学与现实关系的看法,对一些作家作品的评论等都是例子。还有,刘勰在接触文学作品实际中,摆脱了儒家思想的束缚,提出了不少卓越的见解,如对文学风格、创作构思、文学作品的内容和形式等问题的论述皆是。因此,对于儒家思想给刘勰的影响应该进行具体分析,轻易地加以肯定或否定都是不对的。

刘勰继承了先秦以来中国文学批评的优良传统,对文学批评的态度、方法、标准作了全面的论述,建立了比较完整的文学批评理论。这是他在中国文学批评史上的重要贡献。今天,我们批判地继承我国古代的文学批评和理论遗产,对于搞好文学理论工作,繁荣文艺创作都是有益的。

1982 年 7 月

谈刘勰的文学批评实践的特点

刘勰不仅提出了系统的文学批评理论,而且具有丰富的文学批评实践经验。在《文心雕龙》中,他运用自己的文学批评方法和标准,评论了先秦以来的大量作家作品,做出了超过前人的成绩。

在中国文学批评史上,对具体作家作品的评论,我们可以追溯到春秋时期的孔子,他首先对古代诗歌总集《诗》作了评论。他说:"诗三百,一言以蔽之,曰'思无邪'。"(《论语·为政》)所谓"思无邪",朱熹的解释是:"凡诗之言,善者可以感发人之善心,恶者可以惩创人之逸志,其用归于使人得其性情之正而已。"(《论语章句集注·为政》)按照朱熹的解释,《诗》的作用是使人们的性情归于正,即起着教育人们的作用。战国时期的孟子与公孙丑讨论《小弁》、《凯风》二诗的事(见《孟子·告子下》),也是文学批评的著名例子。这些是最早的文学批评实践。汉代的刘安、司马迁、班固、王逸等人,对屈原的作品《离骚》等提出了自己的看法。但这都还是限于对某一著作的评论,魏晋以后,文学批评有了新的发展,出现了专门的论文和著作,如曹丕的《典论·论文》、陆机的《文赋》、挚虞的《文章流别志论》和李充的《翰林论》等,它们都对文学问题进行了深入的探讨。其中,对作家作品也有许多精彩的评论。如《典论·论文》评论"建安七子"说:

王粲长于辞赋,徐幹时有齐气,然粲之匹也。如粲之《初征》、《登楼》、《槐赋》、《征思》,幹之《玄猿》、《漏卮》、《圆扇》、《橘赋》,虽张、蔡不过也。然于他文,未能称是。琳、瑀之章表书记,今之俊也。应玚和而不壮,刘桢壮而不密。孔融体气高妙,有过人者,然不能持论,理不胜辞,至以至于杂以嘲戏。及其所善,扬、班俦也。

这是对"建安七子"作了比较,指出他们的所长所短。《文章流别志论》和《翰林论》均已亡佚,从严可均《全晋文》所辑录的残文来看,还有一些对作家作品的评论。如《文章流别志论》说:

前世为赋者有孙卿、屈原,尚颇有古诗之义,至宋玉则多淫浮之病矣。《楚辞》之赋,赋之善者也。故扬子称赋莫善于《离骚》。贾谊之作,则屈原俦也。

这里对先秦和汉初的著名赋家,如孙卿、屈原、宋玉、贾谊等人的赋都作了评价。《翰林论》评潘岳之文说:

潘安仁之为文也,犹翔禽之羽毛、衣被之绡縠。

这几句话形象地道出潘文在语言风格上的一些特点。刘勰在文学批评实践上显然接受了前人的影响。但是,他对前人的文学批评成果是批判地继承的。他在《序志》篇中曾经指出,曹丕的《典论·论文》"密而不周",陆机的《文赋》"巧而碎乱",挚虞的《文章流别志论》"精而少巧",李充的《翰林论》"浅而寡要",认为它们"各照隅隙,鲜观衢路","并未能振叶以寻根,观澜而索源"。可见,他正是在批判地继承前人研究成果的基础上,才取得文学实践的新成就的。

刘勰评论作家作品和某一时期的文学,既能全面地看问题,又能抓住它们的特点,或作比较的研究,或作细致的分析,或作简要论述,或作历史的评价,颇多精辟之论。下面我们以刘勰评论《楚辞》、曹植和建安文学为例,谈谈他的文学批评实践的特点。

《楚辞》是先秦时期的著名作品。沈约在论到汉魏文学发展时说:"源其飙流所始,莫不同祖风骚。"(《宋书·谢灵运传论》)"风",即国风,指《诗经》;"骚",即《离骚》,指《楚辞》。这说明《楚辞》在中国文学史的地位是十分重要的。

《文心雕龙》中的《辨骚》篇,实即刘勰的《楚辞》论。刘勰把这篇文章列入"文之枢纽",这已经说明它的重要性了。这篇文章对《楚辞》作了全面的分析和评价,一开头就以赞美的口吻指出:

> 自风雅寝声,莫或抽绪,奇文郁起,其《离骚》哉!固已轩翥诗人之后,奋起辞家之前,岂去圣未远,而楚人之多才乎!

《诗经》以后,"奇文"涌现,那就是《离骚》等篇吧!刘勰对《楚辞》在中国文学史上的地位有足够的认识。

正因为《楚辞》是中国文学史上的重要著作,所以汉代刘安、班固、王逸等人对它都有评论。刘安的《离骚传》、班固的《离骚序》、王逸的《楚辞章句》等,对屈原的评论或褒或贬,或扬或抑。刘勰是不满的,他认为他们"褒贬任声,抑扬过实,可谓鉴而弗精,玩而未核者也"。这是由于他们"依经立论",没有看到屈原等人作品的特点,没有对这些作品作出实事求是的分析,这样,当然就不可能产生正确的评价。

"将核其论,必征言焉",要考查刘安诸人的评价正确与否,必须用屈原等人的作品来证明。于是,刘勰对屈原等人的作品进行了具体细致的分析,提出了自己的看法。

刘勰辨别《楚辞》与儒家经书的异同,较之前人更为具体。他指出,"同于风雅者"有"典诰之体"、"规讽之旨"、"比兴之义"、"忠怨之辞"四事。"异乎经典者"有"诡异之辞"、"谲怪之谈"、"狷狭之志"、"荒淫之意"四事。不仅论到了思想内容,而涉及到

表现方法,的确全面得多了。但是他的观点,仍然没有摆脱汉人"依经立论"的框框。刘勰还对《楚辞》作了历史的评价,他指出:

> 固知《楚辞》者,体慢于三代,而风雅于战国,乃雅颂之博徒,而词赋之英杰也。

这个评价肯定了《楚辞》的历史地位。但是说《楚辞》是"雅颂之博徒",仍然留有"依经立论"的痕迹。

关于《楚辞》的特点,刘勰认为是"虽取熔经意,亦自铸伟辞"。"取熔经意"的具体情况如何,还可以研究。但"自铸伟辞"却是事实。《楚辞》多采楚语、楚声,多纪楚地、楚物,富于地方色彩。它想象丰富,辞采瑰丽,感情浓烈,大量运用神话传说,变化多端,是《诗经》以后中国诗歌的巨大发展,也表现了屈原等人的独创性。刘勰还概括了《楚辞》名篇的风格特点。他指出:

> 故《骚经》、《九章》,朗丽以哀志;《九歌》、《九辩》,绮靡以伤情;《远游》、《天问》,瑰诡而惠巧;《招魂》、《招隐》,耀艳而深华;《卜居》标放言之致,《渔父》寄独往之才。故能气往轹古,辞来切今,惊采绝艳,难与并能矣。

风格是作品的特色,是作品的内容和形式、思想和艺术统一的表现,必须对作品有深刻的理解,才能准确地概括出作品的特色。刘勰对《楚辞》各篇的风格特色作了如此准确的概括,在他以前是没有的。论述到屈原作品的感染力,刘勰说:

> 故其叙情怨,则郁伊而易感;述离居,则怆怏而难怀;论山水,则循声而得貌;言节候,则披文而见时。

对屈原作品的艺术成就,作如此生动、具体的分析,在当时及以前也是仅有的。刘勰对《楚辞》的艺术特色的分析,远远地超过了前人。"其衣被词人,非一代也",《楚辞》对后世的影响是十分深广的。

文章的最后,刘勰强调指出,学习《楚辞》要"酌奇而不失其真,玩华而不坠其实"。这是十分必要的。因为在当时的文坛上,严重存在着讲求表现形式、忽视思想内容的形式主义倾向,酌奇而失真、玩华而坠实的人,并不罕见。刘勰这样说,正是着眼于时弊而痛下针砭。同时应该看到,这种奇、真、华、实并重的思想,也是刘勰的一种重要的文学思想。

刘勰对《楚辞》的评论,鲁迅先生颇为赞同,他说:"刘勰取其言辞,校之经典,谓有异有同,固雅颂之博徒,实战国之风雅,'虽取熔经义,亦自铸伟辞。……故能气往轹古,辞来切今,惊采绝艳,难以并能。'(《文心雕龙·辨骚》)可谓知言者已。"(《汉文学史纲要》)鲁迅先生叹为"知言",可见刘勰对《楚辞》的评论是十分中肯的。

以上是刘勰评论作品的一例。的确,刘勰对作品的分析十分细致、全面,并且能抓住要点,他评论作品如此,评论作家也是如此。

曹植是建安时期的著名诗人,刘勰对他作了全面的评价。曹植的主要文学成就在五言古诗和乐府诗。在《明诗》篇中,刘勰评论他的古诗说:

> 若夫四言正体,则雅润为本;五言流调,则清丽居宗。……兼善则子建、仲宣。

这是说曹植的古诗兼有雅、润、清、丽的特点。在《乐府》篇中,刘勰评他的乐府诗说:

> 子建、士衡,咸有佳篇,并无诏伶人,故事谢丝管,俗称乖

调,盖未思也。

这是说曹植的乐府诗是有佳篇的,但入乐的较少,一般人因此认为不合曲调,这大概是未加思考的缘故。曹植的《求自试表》、《求通亲亲表》等作,表现了要求建功立业,反对猜忌和压抑的思想,流露了渴望自由和愤懑不平的感情,成就比较突出,刘勰也作了肯定的评价:"陈思之表,独冠群才。观其体赡而律调,辞清而志显,应物掣巧,随变生趣,执辔有余,故能缓急应节矣。"(《章表》)刘勰还肯定了曹植的《七启》,说它"取美于弘壮"(《杂文》)。

一个作家有所长必有所短,不可能兼善众体。刘勰也指出了曹植各体作品中的一些缺点。《颂赞》篇指出《皇太子生颂》"其褒贬杂居,固末代之讹体也"。《诔碑》篇批评《文皇诔》其末"旨(百)言自陈,其乖甚矣"。《杂文》篇指出《客问》"辞高而理疏"。《论说》篇批评《辨道论》"体同书抄"。《封禅》篇指出《魏德论》"假论客主,问答迂缓,且已千言,劳深绩寡,飙焰缺焉"。这些批评都是比较具体的,甚至对曹植作品中用典用词不当的地方也一一指出。《事类》篇说:"陈思,群才之英也。《报孔璋书》云:葛天氏之乐,千人唱,万人和,听者因以蔑韶夏矣。此引事之实谬也。按葛天之歌,唱和三人而已。"这是指出曹植在《报孔璋(陈琳)书》中用典错误的地方。《指瑕》篇说:"陈思之文,群才之俊也。而《武帝诔》云:尊灵永蛰;《明帝颂》云:圣体浮轻。浮轻有似于蝴蝶,永蛰颇疑于昆虫,施之尊极,岂其当乎?"这是指出曹植《武帝诔》中用"永蛰",《冬至献袜颂》中用"浮轻",诸词语均属不当。刘勰关于曹植的评论,今天看来,尚有可以商榷之处,但他对曹植这样一个著名作家如此严格要求,全面评价,其精神是可取的。

刘勰常常把曹丕、曹植并提,如《明诗》篇说:"文帝陈思,纵辔以骋节。"《谐隐》篇说:"魏文陈思,约而密之。"他不满一般人过分贬抑曹丕。《才略》篇说：

> 魏文之才，洋洋清绮，旧谈抑之，谓去植千里，然子建思捷而才俊，诗丽而表逸；子桓虑详而力缓，故不竞于先鸣。而乐府清越，《典论》辩要，迭用长短，亦无懵焉。但俗情抑扬，雷同一响，遂令文帝以位尊减才，思王以势窘益价，未为笃论也。

刘勰认为，曹丕、曹植兄弟各有特点，曹植"思捷而才俊"，曹丕"虑详而力缓"。文学方面亦各有成就，曹植"诗丽而表逸"，曹丕"乐府清越，《典论》辩要"。所以，他反对一般人过分地抑丕扬植，"令文帝以位尊减才，思王以势窘益价"是不公平的。清人丁晏力辟此说，认为"彦和以丕植并称，此文士识见之陋"（《曹集诠评·集说》引《才略》一节按语）。这里固然有看法的分歧，也不免有些误会。我们参阅《文心雕龙》各篇有关曹植的论述，就可以清楚地看出：刘勰是承认曹植的文学成就在曹丕之上，但是他不主张对曹丕过分地贬抑。经过这样的比较，刘勰对曹植的评价就更全面了。

郭沫若先生在《论曹植》（见《历史人物》）一文中，反对抑丕扬植的看法，认为钟嵘在《诗品》中，把曹植列于上品，曹丕列于中品是"不公平"的。他赞成上面引用的《才略》篇中的话，认为"彦和（刘勰）的见解比钟嵘公平得多"。其实，刘勰和钟嵘对曹植、曹丕的评价基本相同，只是钟嵘对曹植的文学评价更高一些罢了。

刘勰对曹植的论述是十分详细的。但是有时候，他仅用只言片语，即准确地点出作家的创作特色。例如，他评论嵇康、阮籍说："嵇康师心以遣论，阮籍使气以命诗。"（《才略》）这里深刻地指出，嵇论的特点是"师心"，阮诗的特点是"使气"，真是言简意赅，一语破的。鲁迅先生还进一步指出："这'师心'和'使气'，便是魏末晋初的文章的特色。"（《魏晋风度及文章与药及酒之关系》）刘勰只用"师心"、"使气"四字,不仅概括了作家的创作特色,而且概括了一个时期文学的特色,是何等的简练、深刻、透辟。

刘勰评论某一时期的文学,也像他评论作家作品一样,在全面分析的基础上注意其特点。例如,在《时序》篇中,他综论建安文学说:

> 自献帝播迁,文学蓬转,建安之末,区宇方辑。魏武以相王之尊,雅爱诗章;文帝以副君之重,妙善辞赋;陈思以公子之豪,下笔琳琅:并体貌英逸,故俊才云蒸。仲宣委质于汉南,孔璋归命于河北,伟长从宦于青土,公幹徇质于海隅,德琏综其斐然之思,元瑜展其翩翩之乐,文蔚休伯之俦,于叔德祖之侣,傲雅觞豆之前,雍容衽席之上,洒笔以成酣歌,和墨以藉谈笑。观其时文,雅好慷慨,良由世积乱离,风衰俗怨,并志深而笔长,故梗概而多气也。

建安,是中国文学发展的重要时期,当时曹氏父子喜爱文学,并重视文学方面的人才,造成文坛上"俊才云蒸"的盛况。当时的重要作家有曹氏父子和建安七子等人,他们的作品继承了汉乐府民歌"感于哀乐,缘事而发"(班固《汉书·艺文志》)的现实主义精神,深刻地反映了当时动乱的社会现实,表现了他们渴望统一国家的理想和要求"建功立业"的壮志。"梗概而多气"是他们作品的显著特色。这种特色刘勰认为是由于"世积乱离,风衰俗怨"和诗人们"志深而笔长"造成的。把文学的特色与当时社会政治条件联系起来看,这一观点具有素朴的唯物主义因素。但是他过分强调君主的提倡对文学的影响,是不恰当的。

《明诗》篇论述建安时期的五言古诗说:

> 暨建安之初,五言腾踊,文帝、陈思,纵辔以骋节,王、徐、

> 应、刘,望路而争驱。并怜风月,狎池苑,述恩荣,叙酣宴,慷慨以任气,磊落以使才。造怀指事,不求纤密之巧;驱辞逐貌,唯取昭晰之能:此其所同也。

这是论述建安诗歌的特色。建安时期,散文出现了新的变化,文学批评有了很大的发展,还产生了完整的七言古诗,但是仍以五言古诗和乐府诗的成就最高。当时五言古诗的创作出现了高潮,产生了众多的作家。虽然建安诗歌今存不到三百首,但是从一些著名的作品中,例如曹操的《薤露行》、《蒿里行》、《步出夏门行》,曹植的《送应氏》、《泰山梁甫行》、《赠白马王彪》,王粲的《七哀》,阮瑀的《驾出北郭门行》,陈琳的《饮马长城窟行》等,可以明显地看出,它不同于汉代诗歌的"直而不野,婉转附物,惆怅切情",而具有"慷慨以任气,磊落以使才"的特色,并且在抒怀叙事上不追求细密的技巧,在遣辞刻画上以清楚明白为能。余冠英先生曾把建安诗歌的共同特征概括为现实性、抒发性和通俗性(见《三曹诗选·前言》),除通俗性一项而外,其他跟刘勰的看法基本上是一致的。

《乐府》篇论述建安乐府说:

> 至于魏之三祖,气爽才丽,宰割辞调,音靡节平。观其"北上"众引,"秋风"列篇,或述酣宴,或伤羁戍,志不出于淫荡,辞不离于哀思,虽三调之正声,实《韶》《夏》之郑曲也。

建安乐府与汉代不同,当时乐府机关不采诗,所谓"乐府"皆是文人的作品,这是文人乐府的全盛时期。因系文人所作,在语言风格上渐趋雅丽,其内容亦多属个人抒情范围。刘勰对此颇有贬意,其实这正是建安乐府的特色,也是乐府文学发展的新变化。

除此以外,刘勰对建安时期的辞赋、碑诔、章表等各体文章都有评论。在全面的评论中,我们可以清晰地看到建安文学的特色。

刘勰论述建安以后各个时期的文学,也都有这样的特色。例如论述建安以后的诗歌,《明诗》篇指出:

正始时期:"正始明道,诗杂仙心……唯嵇志清峻,阮旨遥深,故能标焉。"

西晋时期:"晋世群才,稍入轻绮……采缛于正始,力柔于建安。"

东晋时期:"江左篇制,溺乎玄风。"

南朝宋代:"宋初文咏,体有因革,庄老告退,而山水方滋;俪采百字之偶,争价一句之奇,情必极貌以写物,辞必穷力而追新。"

这些论述都要言不烦地概括出各个时期诗歌的特色。不经全面的分析,怎么可能作出这样精确的概括呢?全面分析,重视特色,这是刘勰在文学批评实践中的一个显著特点。

刘勰的文学批评实践经验是十分丰富多彩的。它对于我们今天从事中国文学史和文学批评的研究,仍有一定的参考价值,应该引起我们的重视。当然,由于作者所持的文学批评的政治标准是儒家思想,这也给他的文学批评实践带来明显的时代和阶级的局限性。这一点,我们固然不必苛求古人,但是为了剔除其封建性的糟粕,吸收其民主性的精华,有区别地加以对待也是必要的。

1981 年 1 月

谈《文心雕龙》的表现形式的特点

中国古代文学批评理论著作,内容丰富,数量众多。《四库全书总目提要》把它分为五种类型:

> 其勒为一书传于今者,则断自刘勰、钟嵘。勰究文体之源流而评其工拙,嵘第作者之甲乙而溯厥师承,为例各殊。至皎然《诗式》,备陈法律,孟棨《本事诗》,旁采故实,刘攽《中山诗话》、欧阳修《六一诗话》,又体兼说部。后所论著,不出此五例中矣。(《诗文评·序》)

这样的概括是不够全面的。从表现形式来说,中国古代文学批评理论著作是多种多样的。例如,齐梁时代刘勰的《文心雕龙》、钟嵘的《诗品》,唐代释皎然的《诗式》、司空图的《诗品》,宋代欧阳修的《六一诗话》、严羽的《沧浪诗话》……其表现形式都是不同的。在许多表现形式不同的古代文学批评理论著作中,刘勰的《文心雕龙》最值得我们注意。

《文心雕龙》是中国古代文学批评理论的巨著。它的内容丰富深刻,已为大家所公认;它的表现形式的特点,尚未引起人们充分的注意。本文拟就这部巨著的体裁、结构、语言诸方面进行一些初步的探讨,以就正于方家和读者。

一

先谈体裁。

清人章学诚说:"《文心雕龙》之于论文,专门名家,勒为成书之初祖也。"又说:"《文心》体大而虑周。"(《文史通义·诗话》)这是说,中国古代文论的专门著作,以《文心雕龙》为最早,它体裁宏大,考虑周密。从它的表现形式来说,体裁宏大是一个明显的特点。它收入论文五十篇,有三万七千多字;从内容上看,它总结了南朝齐代以前的文学创作和文学批评的经验,包括总论、文体论、创作论、批评论和序言五个部分,体系相当完整,论述也很全面。这样的鸿篇巨制是刘勰之前所没有的。

《文心雕龙·序志》篇提到的文学批评理论和论文的著作有曹丕的《典论·论文》、曹植的《与杨德祖书》、应玚的"文论"、陆机的《文赋》、挚虞的《文章流别论》、李充的《翰林论》,还有桓谭、刘桢、应贞、陆云等人。从表现形式来说,这些论文和著作大致可以分为三类:

第一类,《典论·论文》、《与杨德祖书》和《文赋》都是单篇论文,其规模当然不能与《文心雕龙》相比。

第二类,《文章流别论》和《翰林论》,都是总集,均已亡佚。据《晋书·挚虞传》记载,挚虞"撰古文章,类聚区分为三十卷,名曰《流别集》。各为之论,辞理惬当,为世所重"。挚虞的《文章流别论》选录作品,分门别类,共三十卷。各门类附有评论,意见中肯,为当时所重视。李充的《翰林论》,据《隋书·经籍志·总集类》载:"《翰林论》三卷,李充撰,梁五十四卷。"郭绍虞认为,五十四卷为总集《翰林》,三卷者为评论集《翰林论》,与挚虞的《文章流别志》、《文章流别论》类似(《中国文学批评史》上册,商务印书馆1947年版)。这两部书作为总集,虽有评论,与《文心雕龙》究竟不同,且早已亡佚,我们今天见到的只是只言片语,不能窥其全貌,实无法与《文心雕龙》相比。

第三类是桓谭、刘桢、应贞、陆云等人作品中关于文章的一些零星意见,这些就无需与《文心雕龙》相比了。

刘勰以前的文学批评理论的论文和著作,当然不只是他所列举的这些,还有一些,但那些著作有的如晋傅祇的《文章驳论》、张防的《四代文章记》等都已散失,有的可以独立的单篇论文如晋皇甫谧的《三都赋序》、齐沈约的《谢灵运传论》等自不必与《文心雕龙》相比。

于此可见,《文心雕龙》的体裁之宏大,在漫长的中国古代文学批评史上是罕与伦比的。

《文心雕龙》的体裁,按其性质来说,应属于"论"。关于"论"这种体裁,刘勰的论述十分精辟。《论说》篇说:"论者,伦也。""论者也,弥纶群言,而研精一理者也。"说"论"是条理的意思,是就词义而言。说"论"是概括众说,而精研一理,是就内容而言。他指出"论"的写作要求:

> 原夫论之为体,所以辨正然否,穷于有数,追于无形,迹坚求通,钩深取极;乃百虑之筌蹄,万事之权衡也。故其义贵圆通,辞忌枝碎。必使心与理合,弥缝莫见其隙;辞共心密,敌人不知所乘;斯其要也。

这是着眼于内容和形式两方面提出"论"的写作要求的。内容方面,要求辨明是非,对具体的现象和抽象的道理都要穷究根底,要攻破难点以求贯通,要探索深义取得结论。形式方面,主张说道理以圆通为贵,用文辞切忌烦琐,一定要使思想和事物的道理相符合,组织严密而看不到缝隙;要使文辞和思想结合紧密,让论敌无懈可击。这是先秦以来论说文写作经验的总结,它也道出了《文心雕龙》这种体裁的写作特点。

《文心雕龙》这种体裁是怎样产生的呢？我们认为，文学体裁，作为文学作品的表现形式的一个因素，它的产生是适应社会生活的需要，是在社会生活中形成的。

刘勰写作《文心雕龙》的原因，他在《序志》篇中已经谈到，这里不再重复。现在要指出的是，《文心雕龙》与九品中正制的关系。据《梁书·刘勰传》记载，刘勰的《文心雕龙》曾"取定于沈约"。这件事和当时的九品中正制有关。当时实行"九品中正制"，有许多士人因为有文名而被推举做官。刘勰为了得到当时大官僚（齐和帝时骠骑司马、散骑常侍、吏部尚书兼右仆射）、著名文学家沈约对《文心雕龙》的评定，不惜"负其书""干之于车前，状若货鬻者"。这样做的目的，显然是为了仕进。南朝齐萧遥光说："文义之事，此是士大夫以为伎艺，欲求官耳。"（《南史·齐宗室始安王遥光传》）南朝陈姚察亦谓："二汉求贤，率先经术；近世取人，多由文史。"（《梁书·江淹任昉传论》）这些话都点破了其中的奥妙。

再者，萧齐一代，王公贵族大都信佛。由于统治阶级的提倡，佛教得到了广泛的传播。如齐竟陵王萧子良，是齐武帝的第二个儿子，他身为司徒，屡次在府邸设斋，大会众僧，讲述佛法，并撰写了《净住子净行法门》、《维摩义略》等佛学著作。他平生所著宣扬佛教的文字竟达一百十六卷之多。据唐法琳《辩正论·十代奉佛篇》著录，南朝齐时，全国寺庙达 2015 所，僧尼有 32500 人，而且南朝历代的佛经翻译，相继不绝。这样的社会环境，对刘勰产生了明显的影响。据《梁书·刘勰传》记载，刘勰"依沙门僧祐，与之居处积十余年，遂博通经论，因区别部类，录而序之。今定林寺经藏，勰所定也"。这说明刘勰追随当时名僧僧祐十余年，"博通经论"，做了大量的佛教经典的整理工作。他"为文长于佛理，京师寺塔及名僧碑志,必请勰制文"。刘勰所作碑志,今存的只有《梁建安王造剡山石城寺石像碑》(见宋孔延之《会稽掇英总集》)一篇,另有佛学论文《灭惑论》(见《弘明集》卷八)一篇,其他的都已亡佚。值得我们注意的是刘勰"长于佛理"。应该承认,刘勰的《文心雕龙》在写作方法和组织上是受到这方面的影响的。范文澜说:"彦和精湛佛理,《文心》之作,科条分明,往古所无。自《书记》篇以上,即所谓界品也,《神思》篇以下,即所谓问论也。盖采取释书法式而为之,故能舰理明晰若此。"(《文心雕龙注·序志》注②)杨明照说:"按《文心》全书,虽不关佛理,然其持论精深,组织严密,则非长于佛理者,不能载笔。其能旷绝古今,衣被千载者,以此。"(《文心雕龙校注·梁书刘勰传笺注》)都是有根据的。

还有,刘勰的《文心雕龙》是用骈文写作的,骈文可溯源于先秦,然而极盛之时却在六朝。刘勰受当时文风的影响,用骈文写作《文心雕龙》,取得了很高的成就。所以,清人刘开推刘勰"为晋以下骈体之大宗"(《孟涂骈体文二·书〈文心雕龙〉后》)。

从上述可见,当时社会上的"九品中正制"、佛教盛行和骈文的极盛,对《文心雕龙》体裁的形成产生了直接或间接的影响。同时,我们还应看到文学批评理论本身的发展对《文心雕龙》体裁形成的影响。

曹丕的《典论·论文》是中国文学批评史上第一篇专门论文,它对文学批评的态度,作家的个性与作品的风格,文学的价值等问题,都进行了论述。这些论述对刘勰的《文心雕龙》有明显的影响。例如,刘勰在《知音》篇中引用了曹丕关于文学批评态度的论述。在文体分类上,曹丕的论述是十分简单的,不能与刘勰的文体论相比,但是同样为刘勰的文体论所吸收。刘勰在《风骨》篇中援引了曹丕关于作家的个性与作品的风格的论述,在《序志》篇中吸收了曹丕关于文学价值的论述,这些影响都是显而易见的。

　　陆机的《文赋》与刘勰的《文心雕龙》的关系更为直接。清人章学诚说:"刘勰氏出,本陆机氏说而昌论文心。"(《文史通义·文德》)可谓一语破的。的确,刘勰在许多问题上受到《文赋》的启发。《文赋》把文体分为十类,而《文心雕龙》文体论部分分为三十三类,分体更为繁密,这是在《文赋》等基础上的发展。从《情采》篇中,可以看出陆机"理扶质以立干,文垂条而结繁"的痕迹。关于风格的论述,陆机比曹丕具体一些,刘勰在这个基础上论述了作家风格、文体风格、时代风格和风骨等问题,自成体系。陆机"收百世之阙文,采千载之遗韵;谢朝华于已披,启夕秀于未振"的思想,与刘勰的"通变"思想是一脉相通的。至于论创作构思,陆机的论述是比较细致的,显然为刘勰的《神思》篇所吸收。其他在写作方法和艺术技巧等方面,陆机的论述都给刘勰以不同的影响。

　　挚虞的《文章流别论》和李充的《翰林论》,全书早已亡佚,今仅各存十余则而已。要全面论述它们与《文心雕龙》的关系是困难的,但在吉光片羽之中,亦可见其继承关系。《文章流别论》说:

> 颂,诗之美者也。古者圣帝明王,功成治定而颂声兴。于是史录其篇,工歌其章,以奏于宗庙,告于鬼神。故颂之所美者,圣王之德也,则以为律吕。或以颂形,或以颂声,其细已甚,非古颂之意。昔班固为《安丰戴侯颂》,史岑为《出师颂》、《和熹邓后颂》,与《鲁颂》体意相类,而文辞之异,古今之变也。扬雄《赵充国颂》,颂而似雅;傅毅《显宗颂》,文与《周颂》相似,而杂以《风》、《雅》之意。若马融《广成》、《上林》之属,纯为今赋之体而谓之颂,失之远矣。(严可均《全上古三代秦汉三国六朝文》卷七十七)

这里论述了"颂"这种文体的特点、作用和作品的变化,与《文心雕龙》文体论的内容极为相近,可见刘勰对此是有所继承的。《颂赞》篇说:

> 挚虞品藻,颇为精核,至云"杂以风雅",而不变旨趣,徒张虚论,有似黄白之伪说矣。

从这里又可以看出刘勰的继承是有所批判的。明人张溥说:"《流别》旷论,穷神尽理,刘勰《雕龙》、钟嵘《诗品》,缘此起义,评论日多矣。"(《汉魏六朝百三名家集·挚太常集题辞》)前人早就看出它们的继承关系了,这里无需费辞。至于李充《翰林论》残文,多就文章特点而言,比较简略,刘勰在《文心雕龙·序志》篇中曾提到它。

最后要指出的是,《文心雕龙》各篇之末皆系以赞语。按《汉书》、《后汉书》在纪传之末都有赞语,《文心雕龙》的这种表现形式,可能是受了它们的影响。不同的是《文心雕龙》的赞语一律八句,《汉书》、《后汉书》的赞语长短不一。相同的是皆隔句押韵。

从上述可以看到,刘勰以前的文学批评理论和其他著作对《文心雕龙》的影响,虽然这些多为内容方面的影响,但是内容决定形式,它们对《文心雕龙》体裁的形成也是起了一定的作用的。

《文心雕龙》的体裁在当时是一个伟大的创造。但是我们应该看到,历史上任何一个创造都是在前人已取得的成就的基础上产生的。《文心雕龙》的产生,一方面深受当时社会政治、思想和文学等的影响,另一方面不能不受到文学批评理论传统的影响。正是在这两方面的影响之下,经过刘勰的创造性劳动,才可能产生《文心雕龙》这样的鸿篇巨制。

二

次谈结构。

结构是作品构成的因素之一。不同类型的作品有不同的结构。《文心雕龙》的结构具有自己的特点。《序志》篇说:

> 盖《文心》之作也,本乎道,师乎圣,体乎经,酌乎纬,变乎骚,文之枢纽,亦云极矣。若乃论文叙笔,则囿别区分,原始以表末,释名以章义,选文以定篇,敷理以举统。上篇以上,纲领明矣。至于割情析采,笼圈条贯,摛神性,图风势,苞会通,阅声字,崇替于《时序》,褒贬于《才略》,怊怅于《知音》,耿介于《程器》,长怀《序志》,以驭群篇。下篇以下,毛目显矣。

这里介绍的是《文心雕龙》的内容,也是全书的结构。它告诉我们,《文心雕龙》全书分上、下两篇(编):上篇包括总论,即"文之枢纽"五篇和文体论二十篇;下篇包括创作论二十篇、批评论四篇和序言一篇。今天我们所见到的《文心雕龙》各种版本,一般分为十卷,这显然是后人分的。

根据《序志》篇的介绍,《文心雕龙》全书大致可分为五个部分。

(一)总论,即刘勰所谓的"文之枢纽"五篇(《原道》、《征圣》、《宗经》、《正纬》和《辨骚》)。

这五篇论文表达了《文心雕龙》的基本思想,是全书的总纲。从结构上看,这五篇论文有内在的逻辑联系。《原道》篇论述文章"本乎道"。刘勰认为,天之"文"、地之"文"、人之"文",都是"道"的表现,而"道沿圣以垂文,圣因文而明道"。"道"通过"圣人"表达在文章里,"圣人"通过文章来阐明"道",所以必然"师乎圣"。《征圣》篇主张写作文章以"圣人"为师:"征之周孔,则文有师矣。"刘勰认为,"圣人"的文章乃是后世的典范。他说:"圣文之雅丽,固衔华而佩实者也。"所以他又强调"体乎经"。《宗经》篇说:"经也者,恒久之至道,不刊之鸿教也。"他把儒家的经书看作永恒的真理,不可磨灭的伟大教言。他认为文章能以儒家经书为楷模,则从思想内容到语言形式都有种种优点。这三篇论文所表达的思想,归纳起来,即文源于"道","道"通过"圣人"表达在文章里,文章要向"圣人"学习,以"圣人"为师,文章要以儒家经书为学习的楷模。这些都是围绕着儒家思想进行论述的。至于《正纬》篇,是因为纬书"无益经典而有助文章","前代配经,故详论焉"。《辨骚》篇辨明《楚辞》哪些合乎儒家经书,哪些不合乎儒家经书,皆与儒家思想有关。这就是它们的内在联系。"文之枢纽"五篇与文体论、创作论和批评论的关系,不是平行的、对等的,而是统摄的关系。即

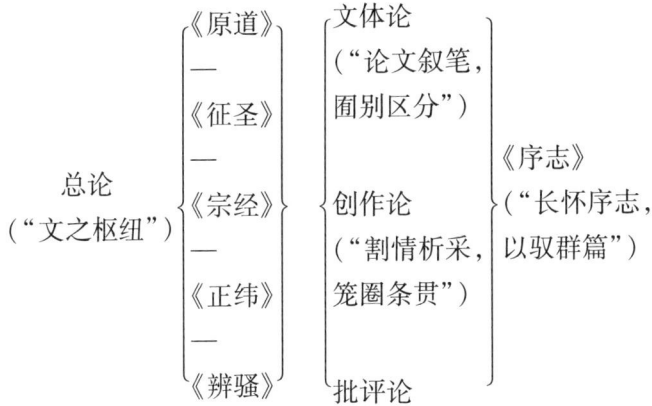

(二)文体论二十篇。

这部分论及的文体有诗、乐府、赋、颂、赞、祝、盟、铭、箴、诔、碑、哀、吊、杂文、谐、讔、史传、诸子、论、说、诏、策、檄、移、封禅、章、

表、奏、启、议、对、书、记,共三十三类。如果加上"骚"体,则为三十四类。有的文体,子类繁多,因与本文无关,不再列举。

刘勰论文体,分为"文"、"笔"两类。《序志》篇说:"论文叙笔,则囿别区分。"说的就是这个意思。文体论二十篇中,《哀吊》篇之前为"文",《史传》篇之后为"笔",其中《谐隐》、《杂文》两篇则兼有"文"、"笔"。什么是"文"、"笔"呢?刘勰说:"无韵者笔也,有韵者文也。"(《总术》)刘勰根据"文"、"笔"的不同依次论述各种文体,井井有条。

《文心雕龙》论文体各篇的内容,包括四项,即"原始以表末,释名以章义、选文以定篇,敷理以举统"(《序志》)。意思是,他论述文体的各篇文章都做到:(1)叙述各体文章的起源和演变情况;(2)说明各种文体名称的含义;(3)评述各体文章的作家、作品;(4)论述各体文章的写作道理和特色。这实际上讲的是文体论各篇的结构形式。黄侃先生曾以《颂赞》篇中的"颂"为例作了分析,他说:"自'昔帝喾之世'起,至'相继于时矣'止,此'原始以表末'也。'颂者,容也'二句,'释名以章义'也。'若夫子云之表充国'以下,此'选文以定篇'也。'原夫颂惟典雅'以下,此'敷理以举统'也。"(《文心雕龙札记·序志》)这正是对《颂赞》篇"颂"这部分作了结构分析。应该指出的是,文体论二十篇中,也不都是这样,有的文章"原始以表末"部分和"选文以定篇"部分是合并叙述的,例如《明诗》篇就是这样。

(三)创作论二十篇。

这部分的内容是"割情析采,笼圈条贯",即剖析作品的内容和形式,概括写作的条理。詹锳把《文心雕龙》下编二十五篇,除《序志》外,分为"属于创作论的"、"属于风格学的"、"属于文学史和批评论的"、"属于修辞学的"四类(参阅《刘勰与〈文心雕龙〉》,

中华书局1980年版22页)。这种分类方法,在今天是比较容易接受的。但是,它打乱了原有的次序,未必符合刘勰的思路。郭晋稀根据"剖(原作"割")情析采"的提法,把《神思》以下二十篇(其中《时序》篇与《物色》篇对调),分为"剖情"、"间于剖情与析采者"、"析采"三类(参阅《〈文心雕龙〉的卷数和篇次》,《甘肃师范大学学报》1979年第一期)。这种分类方法比较接近刘勰的原意。然而,哪一篇应归入"剖情"?哪一篇应归入"析采"?颇多可议之处。例如,《风骨》篇论述文章的"风骨"问题。什么是"风骨"?说法甚多,按照黄侃的解释:"风即文意,骨即文辞。"(《文心雕龙札记·风骨》)则应兼包"文意"、"文辞"两方面。后来,郭绍虞主编的《中国历代文论选》说:"风骨是思想性和艺术性的统一体,它的基本特征,在于明朗健康、遒劲有力。"又有研究者提出,"风骨"是一种美学要求。不论怎么说,都包含了内容和形式两个方面,所以不应归入"剖情"。《通变》篇论述文章的继承和革新,《附会》篇讲"附辞会义",也都包含了内容和形式两个方面,所以不应归入"剖情"。《事类》篇论述用典问题,显然属于"析采"。看来何者为"剖情",何者为"析采",尚需具体分析。

范文澜曾将创作论二十篇列表,说明"其组织之靡密"(《文心雕龙注·神思》篇注①)。他所作的分析,颇有道理,比较可取。因为书属常见,就不再援引了。

应该指出,创作论二十篇排列的次第可能有错。最明显的是《物色》篇,范文澜认为应排在《附会》篇和《总术》篇之间,他说:"盖物色犹言声色,即《声律》篇以下诸篇之总名,与《附会》篇相对而统于《总术》篇,今在卷十之首,疑有误也。"(《文心雕龙注·物色》篇注①)刘永济认为应排在《练字》篇后,因为"皆修辞之事也"。他说:"今本乃浅人改编,盖误认《时序》为时令,故以《物色》

相次。"(《文心雕龙校释·物色》)周振甫根据《神思》篇中"物以貌求,心以理应"的话,把《物色》篇置于《熔裁》篇与《声律》篇之间(《文心雕龙选译·例言》)。郭晋稀认为,《物色》篇"应在《夸饰》之后,《隐秀》之前"(《〈文心雕龙〉的卷数和篇次》)。各家看法不同,但都说明了《物色》篇的排列次第可能有错。像这样的情况,可以考虑改正。但是,在我们还未弄清"剖情析采"的篇次之前,一般最好一仍其旧,以待进一步的研究。

(四)批评论,包括《时序》、《才略》、《知音》、《程器》四篇。

《时序》篇论文学与时代的关系,类似文学史。《才略》篇评价历代作家的创作,《程器》篇讨论作家的品德,属于作家论。《知音》篇论述文学批评的态度和方法,是文学批评论。这四篇文章,我们笼统地称之为批评论。

(五)《序志》,是全书的序言。

其中说到"长怀序志,以驭群篇",意思是说,《序志》篇以深长的感情,抒发了作者的志向,在结构上起着驾驭全书各篇的作用。

《文心雕龙》是一部结构严密的文学批评理论巨著,我们把它分为五个部分来分析,不仅可以看出它的体裁宏大,更可以看出它各个部分的联系。"文之枢纽"五篇是贯穿全书的,文体论二十篇,虽然专论文体,但是其"敷理以举统"部分论述各体文章的写作道理和文体特点,和创作论部分可以相互补充,相辅相成。"选文以定篇"部分评论作家作品,为批评论提供了许多文学批评的实例,相得益彰。至于序言部分,如刘勰自己所说,起着"以驭群篇"的作用。范文澜说得好:"《文心雕龙》五十篇(其中《隐秀》篇残缺),总起来是科条分明、逻辑周密的一篇大论文。"(《中国通史简编》修订本第二编423页)的确如此。

三

最后谈谈语言。

齐梁时代骈文盛行,生活在这样一个时代的刘勰必然会受到时代风气的影响,他的《文心雕龙》用骈文写作就说明了这一点。但刘勰的《文心雕龙》所使用的骈文,不同于当时的一些骈文作品,而有着自己的特色。清人刘开说:

> 自永嘉以降,文格渐弱,体密而近缛,言丽而斗新,藻绘沸腾,朱紫夸耀,虫小而多异响,木弱而有繁枝,理诎于辞,文灭其质。求其是非不谬,华实并隆,以骈丽之言而有驰骤之势,含飞动之彩,极瑰玮之观,其惟刘彦和乎!(《孟涂骈体文二·书〈文心雕龙〉后》)

这里指出,自晋怀帝永嘉(307—313)以来,文风卑弱,惟有刘勰的《文心雕龙》"是非不谬,华实并隆",其文章"有驰骤之势,含飞动之彩,极瑰玮之观"。"有驰骤"三句,正好概括了《文心雕龙》的语言的特点。

(一)"有驰骤之势"。

什么是"势"?刘勰说:"势者,乘利而为制也。如机发矢直,涧曲湍回,自然之趣也。圆者规体,其势也自转;方者矩形,其势也自安:文章体势,如斯而已。"(《定势》)所谓"势",指的是各种文体所形成的风格。"驰骤之势"是说《文心雕龙》的语言风格如骏马奔驰。例如:

> 夫神思方运,万涂竞萌,规矩虚位,刻镂无形;登山则情满于山,观海则意溢于海,我才之多少,将与风云而并驱矣。

(《神思》)

　　嗟夫！身与时舛，志共道申，标心于万古之上，而送怀于千载之下，金石靡矣，声其销乎！(《诸子》)

　　形同草木之脆，名逾金石之坚，是以君子处世，树德建言，岂好辨哉，不得已也！(《序志》)

从这些句子，可以看出《文心雕龙》语言风格的特点：准确精炼，轻快流利，驰骋自如，富于气势。形成这些特点的原因，主要有三个：

　　1.迫切希望"树德建言"，传名后世。刘勰在撰写《文心雕龙》时，有积极用世的思想。由于他在政治上不能实现自己的愿望，所以希望通过撰写《文心雕龙》，以传名后世。他说："夫宇宙绵邈，黎献纷杂，拔萃出类，智术而已。岁月飘忽，性灵不居，腾声飞实，制作而已。"(《序志》)正是表达了这种思想。

　　2.对魏晋以来的文论不满。在《文心雕龙》中，表现了他对魏晋以来文论如曹丕的《典论·论文》、陆机的《文赋》、挚虞的《文章流别论》等不满，并对当时文学的"辞人爱奇，言贵浮诡，饰羽尚画，文绣鞶帨"的形式主义倾向进行了批评。这种不满、批判和他"树德建言"以留名后世的思想结合在一起，用文字表达出来，就形成了一种雄辩的文风，使文章富于"驰骤"的气势。

　　3.骈散结合的形式。齐梁时代，由于声律说的兴起，骈文音调和谐，有抑扬顿挫之美。在句法上，多排偶之句，句式匀整，逐渐趋向于四六。如沈约的《谢灵运传论》、陶弘景的《答谢中书书》、吴均的《与顾章书》等著名的骈文都是突出的例子。刘勰和沈约、陶弘景、吴均生活在同一个时代，而刘勰的骈文与他们不同，这个不同主要表现在骈散结合上，也就是刘勰自己所说的"迭用奇偶，节以杂佩"(《丽辞》)。刘勰的《文心雕龙》，兼用骈句散句，使文章十分流畅，常常表现出一种"驰骤"的气势。范文澜说：《文心雕龙》"全书用骈文来表达致密繁富的论点,宛转自如,意无不达,似乎比散文还要流畅,骈文高妙至此,可谓登峰造极"(《中国通史简编》修订本第二编422页)。这个评价极高,但并非溢美之辞。

(二)"含飞动之彩"。

这是说刘勰《文心雕龙》的表现生动。《文心雕龙》中的文章,无论是描写、叙述还是议论,往往都很生动精辟。如《物色》篇说:

> 春秋代序,阴阳惨舒,物色之动,心亦摇焉。盖阳气萌而玄驹步,阴律凝而丹鸟羞,微虫犹或入感,四时之动物深矣。若夫珪璋挺其惠心,英华秀其清气,物色相召,人谁获安?是以献岁发春,悦豫之情畅;滔滔孟夏,郁陶之心凝;天高气清,阴沉之志远;霰雪无垠,矜肃之虑深。岁有其物,物有其容;情以物迁,辞以情发。一叶且或迎意,虫声有足引心。况清风与明月同夜,白日与春林共朝哉!

这里讲的是自然景色和文学创作的关系。自然景色的变化,必然影响人们的感情,一年四季的自然景色不同,人们的感情随着景色变化,文辞由感情而产生。"情以物迁,辞以情发",正是这个意思的精辟的概括。这一段话不仅内容精湛,而且文笔也很生动。这篇的"赞"说:"山沓水匝,树杂云合。目既往还,心亦吐纳。春日迟迟,秋风飒飒。情往似赠,兴来如答。"一、二句写山、水、树、云这些自然景物,三、四句通过作者的目视心感写出他的感受,五、六句以春、秋的景色代表四季的变化,七、八句写作者的"情"与自然的"景"的关系。文字优美,抒写生动,像是一首小诗,无怪乎纪昀评曰:"诸赞之中,此为第一。"(《文心雕龙辑注》卷十)

(三)"极瑰玮之观"。

这是指《文心雕龙》的语言优美。刘勰反对当时文学的形式主义倾向,但是他并不反对语言的华美。他说:"圣文之雅丽,固衔华而佩实者也。"(《征圣》)"圣贤书辞,总称文章,非采而何!"(《情采》)可见他是重视语言华美的。《文心雕龙》的语言华美和对偶、用典、声律有关。

1.对偶。对偶是骈文的第一要素。骈文的"骈",按《说文》的解释,是"驾二马也"。"骈"是二马并驾,从这个含义已可以看出对偶在骈文中的重要地位。《文心雕龙·丽辞》篇专论对偶,一开头就说:"造化赋形,支体必双,神理为用,事不孤立。"自然赋予人的形体、四肢一定成双。"夫心生文辞,运裁百虑,高下相须,自然成对。"人写出的文章上下相互配合,自然构成对偶。文章中的对偶是自然形成的,因此"奇偶适变,不劳经营"。刘勰把对偶分为四类,即言对、事对、反对和正对。他说:

> 言对者,双比空辞者也;事对者,并举人验者也;反对者,理殊趣合者也;正对者,事异义同者也。

在四种对偶中,他认为"言对为易,事对为难,反对为优,正对为劣"。但是,不论易、难、优、劣,都以"精巧"、"允当"为好。"若气无奇类,文乏异采,碌碌丽辞,则昏睡耳目。"意思是,如果内容不突出,文辞又乏采藻,平平庸庸的对偶,叫人昏昏欲睡。如何运用对偶呢?刘勰认为,应该使它"理圆事密,联璧其章",再"迭用奇偶,节以杂佩",这样才是可贵的。刘勰关于对偶的主张是合情合理的。《文心雕龙》中对偶句极多,他在撰写过程中,正是实行了自己的主张。按照刘勰的理论,我们也把对偶分为四类:

言对。如:"故善附者异旨如肝胆,拙会者同音为胡越。"(《附会》)

事对。如:"木铎起而千里应,席珍流而万世响。"(《原道》)

正对。如:"经正而后纬成,理定而后辞畅。"(《情采》)

反对。如:"遂令文帝以位尊减才,思王以势窘益价。"(《才略》)

这四类对偶实质上只有两类,即言对和事对。而在言对、事对当中,皆有正对和反对之分。分言之为四类,合言之乃两种。以上所举四例中,"故善附者"二句和"经正"二句皆为言对,前者为反对,后者为正对。"木铎"二句和"遂令"二句皆为事对,前者为正对,后者为反对。从以上例子中可以看出,《文心雕龙》中的对偶句,多属对自然,语言流畅,确实做到了他自己所说的"自然成对","不劳经营"。

2.用典。文章用典乃是常见的事,而骈文语言铺张,用典尤多。《文心雕龙》有《事类》一篇,是专论用典的。刘勰说"据事以类义,援古以证今",讲的就是引古事古语以证明今义,也就是用典问题。他认为:

> 明理引乎成辞,征义举乎人事,乃圣贤之鸿谟,经籍之通矩也。

文章中引事引言来说明道理,是圣贤伟大的谋略,是经书文字的通例。儒家经书如此,这是刘勰主张用典的依据。刘勰又说:

> 夫经典沉深,载籍浩瀚,实群言之奥区,而才思之神皋也。

这是说,经书精深,古籍众多,都是各家学说的宝库,是他们才思的渊薮。意思是,这些是可供后人援引的。刘勰还指出:

> 凡用旧合机,不啻自其口出;引事乖谬,虽千载而为瑕。

这里,他一方面强调用典要与出其自口无异,一方面又提醒要防止引用错误。刘勰对于用典的看法,今天看来还是可取的,至于他抬出儒家经书,那是时代的局限,是和他的尊儒思想分不开的。

《文心雕龙》中用典的地方很多,我们可以随意举两个例子。如《明诗》篇说:

> 大舜云:"诗言志,歌永言。"圣谟所析,义已明矣。是以在心为志,发言为诗,舒文载实,其在兹乎?诗者,持也,持人情性;三百之蔽,义归无邪,持之为训,有符焉尔。

这一小段话,用典有四处:"大舜云"三句,引《尚书·舜典》中的话。"是以"二句,引《诗·大序》中的话。"诗者,持也",引《诗纬·含神雾》中的话。"三百"二句,化用《论语·为政》中的话。原文是:"子曰:'诗三百,一言以蔽之,曰思无邪!'"这显然是借助儒家的经书来确立自己的观点。又如《情采》篇说:

> 虎豹无文,则鞟同犬羊;犀兕有皮,而色资丹漆:质待文也。

"虎豹"二句,出自《论语·颜渊》:"子贡曰:'文犹质也,质犹文也;虎豹之鞟,犹犬羊之鞟。'""犀兕"二句,出自《左传》宣公二年:华元"使其骖乘者谓之曰:'牛则有皮,犀兕尚多,弃甲则那?'役人曰:'从有其皮,丹漆若何?'"这是化用《论语》和《左传》中的话,生动地说明了文章的内容需要形式来配合。用典作为一种修辞手段,它在文章中所起的作用,是让读者产生丰富的联想,使文章的表达更为精炼、典雅。用骈文撰写的《文心雕龙》大量用典,形成了它在语言上的一个明显特点。

3.声律。讲求声律也是骈文的一个重要特点。《文心雕龙》当然也具有一些这样的特点。《文心雕龙·声律》篇专论声律。刘勰说:"夫音律所始,本于人声者也。声含宫商,肇自血气,先王因之,以制乐歌。"这是说,音律始于人声,宫、商、角、徵、羽五音,始于人的血气,古人是根据它来制作乐典的。因此,他主张"器写人声,声非学器"。乐器的声音是模仿人声的,而不是人声模仿乐器的声音。这是强调声律要自然。这一看法无疑是正确的。

《文心雕龙》的声律之美,主要表现在排偶成分多,句子比较整齐。前面我们说到《文心雕龙》的语言存在骈散结合的现象,这里应该指出,骈俪成分是主要的。由于排偶成分多,句子比较整齐,音节谐调匀称,气势贯通,语势加强,能给人以强烈的印象。

排偶的句子固然有五字句、七字句,而主要是四字句、六字句。因为骈体文常用的是四字句、六字句。刘勰说:"四字密而不促,六字格而非缓。"(《章句》)柳宗元也说:"骈四俪六。"(《乞巧文》)就是指的这一特点。骈文"四六"的格式在齐梁时期已经形成,而其句子的节奏并不都是一样的。四字句常见的节奏是二二,例如:

方其——搦翰,气倍——辞前,既乎——成篇,半折——心始。(《神思》)

(故能)外文——绮交,内义——脉注,跗萼——相衔,首尾——一体。(《章句》)

六字句常见的节奏有三三,例如:

意翻空——而易奇,言征实——而难巧。(《神思》)

这种句式,也可以分为三一二,例如:

先博览——以——精阅,总纲纪——而——摄契。(《通变》)

还有二四式的,例如:

镂心——鸟迹之中,织辞——鱼网之上。(《情采》)

这种句式也可以分为二二二,例如:

> 伊挚——不能——言鼎,轮扁——不能——语斤。(《神思》)

另外,也有少量一五式的,例如:

> 裁——则芜秽不生,熔——则纲领昭畅。(《熔裁》)
> 隐——以复意为工,秀——以卓绝为巧。(《隐秀》)

这些句子字数相同,而节奏不同,交错使用,形成一种节奏之美。

有的骈文是押韵的。《文心雕龙》的文章没有全篇押韵的,然而各篇"赞曰"一段押韵,是没有例外的。例如,《辨骚》篇的"赞":

> 不有屈原,岂见《离骚》?
> 惊才风逸,壮志烟高。
> 山川无极,情理实劳。
> 金相玉式,艳溢锱毫。(字下加·的为韵脚。)

"赞曰"一段都在各篇之末,收尾处押韵,增加了文章的韵律之美。

沈约发现四声,对后世的文学影响很大。就骈文而言,隋唐以后有些骈文是讲求平仄的。生活在齐梁时代的刘勰,虽然也认识到"凡声有飞沉……沉则响发而断,飞则声飏不还"(《声律》),但还没有提出"平仄"问题。《文心雕龙》所使用的骈文是不讲平仄的。这是由于当时平仄的说法初起,人们认识还不那么清楚。

《文心雕龙》是一部文学批评理论著作,它的文辞华美,表现生动,富于"驰骤"之势。在语言上是取得了极大的成功。英国诗人和文学批评家阿诺德说过:"文学批评之佳者,其本身即为文学。"(转引自刘麟生《骈文学》,商务印书馆 1934 年版 85 页)用这句名言来评价《文心雕龙》,刘勰是当之无愧的。

综上所述,可以看出《文心雕龙》的体裁宏大、结构严密和语言优美的特点。这些特点是此书在表现形式上的特点。我们认为形式是具有内容的形式,是活生生的实在的内容的形式,是和内容不可分离地联系着的形式。所以,文学作品的形式和内容是不可分割的,形式只是内容的形式,离开了内容也无所谓形式。我们谈《文心雕龙》表现形式的特点,为了论述的方便,就没有再涉及内容方面的问题了。当然,这并不意味着二者是可以分割的。

文学作品的形式问题是文学理论研究中的一项重要内容。刘勰对这一问题进行了深入的研究,在《文心雕龙》中,他作了大量的论述,提出了许多精辟的见解。同时,《文心雕龙》本身就是文学批评理论著作形式的一个新的创造。作品形式的创造,表现了一个作家(或批评家)的艺术才能和技巧,是有高低之分的。刘勰《文心雕龙》的表现形式,与其他文学批评理论著作比较,有自己鲜明的特点,达到相当完美的程度。虽然由于时代和其他因素的影响,这部巨著还存在一些不足之处。例如在整体结构上,文体论比重过大,有些文体根本不属于文学范围。又如所使用的语言是骈体,即使刘勰在骈体文方面具有极高的造诣,但在论述问题时总是不如散文表情达意那样自如。这些不足之处和它的优点相比,只是白璧微瑕而已。今天,我们研究《文心雕龙》表现形式的特点,对于建设具有我国特色的现代的文学批评理论,是有一定的借鉴意义的。

1983年4月

《文心雕龙》解题

原道第一

原,本也。原道,即文本于道的意思。《淮南子》首篇《原道训》,高诱注云:"原,本也。本道根真,包裹天地,以历万物,故曰原道。"可供参考。《序志》篇云:"盖《文心》之作也,本乎道……"意思是《文心雕龙》的写作,本于道。本篇主要阐述文本于道的思想。刘勰说:"夫玄黄色杂,方圆体分:日月叠璧,以垂丽天之象;山川焕绮,以铺理地之形。此盖道之文也。……惟人参之,性灵所钟,是谓三才……心生而言立,言立而文明,自然之道也。"刘勰认为,天之文如日月,地之文如山川,人之文如六经,都是道的表现,都是由道产生的。这样的道似乎是一种神秘的精神实体,这种精神实体可以产生各种文。因此,刘勰对文之起源的看法是客观唯心主义的。刘勰还叙述了人之文发展的概况,说明人之文与道的关系。他指出,"道沿圣以垂文,圣因文而明道"。即道通过圣人表达在文章里,圣人通过文章来阐明道。圣人是谁?据《征圣》篇,可知是周公、孔子。可见,刘勰所谓"道",就人文而言,基本上还是儒家思想。纪昀评本篇云:"自汉以来,论文者罕能及此。彦和以此发端,所见在六朝文士之上。"又云:"文以载道,明其当然;文原于道,明其本然,识其本而不逐其末。首揭文体之尊,所以截断众流。"作了肯定的评价。本篇是刘勰所谓"文之枢纽"五篇的首篇,表达了《文心雕龙》的基本思想。

关于道,老子、庄子等都有论述。在中国古代思想史上,首先提出"道"这一范畴的是老子。老子说:"道可道,非常道。名可名,非常名。无,名天地之始。有,名万物之母。故常无,欲以观其妙。常有,欲以观其徼。此两者同出而异名,同谓之玄,玄之又玄,众妙之门。"这是说,道不是语言文字所能表达的。它是"天地之始","万物之母","众妙之门"。又说:"道之为物,惟恍惟惚。惚兮恍兮,其中有象。恍兮惚兮,其中有物。窈兮冥兮,其中有精。其精甚真,其中有信。"说明道虽恍惚无形,它有"有象"、"有物"、"有精"、"有信",确实存在。又说:"有物混成,先天地生,寂兮寥兮,独立不改,周行而不殆,可以为天地母。吾不知其名,字之曰道,强为之名曰大。"说明"道"先天地而生,无声无形,不断运行,是天地万物的根源。又说:"大道泛兮,其可左右。万物恃之而生而不辞,功成不名有,衣养万物而不为主。"说明"道"无所不在,养育万物而不为主宰。

庄子继承了老子的思想,对"道"也作了论述。庄子说:"夫道,有情有信,无为无形;可传而不可受,可得而不可见,自本自根,未有天地,自古以固存,神鬼神帝,生天生地。在太极之上而不为高,在六极之下而不为深,先天地生而不为久,长于上古而不为老。"这是说,道真实可信,无作为无形迹,永存无限。又说:"东郭子问于庄子曰:'所谓道,恶乎在?'庄子曰:'无所不在。'东郭子曰:'期而后可。'庄子曰:'在蝼蚁。'曰:'何其下邪?'曰:'在稊稗。'曰:'何其愈下邪?'曰:'在瓦甓。'曰:'何其愈甚邪?'曰:'在屎溺。'东郭子不应。庄子曰:'夫子之问也,固不及质。正获之问于监市履狶也,每下愈况。汝唯莫必,无乎逃物。至道若是,大言亦然。周遍咸三者,异名同实,其指一也。'"写东郭子问道,庄子说道无所不在。庄子认为道是天地万物的根本。

西汉初的《淮南子》主要是道家思想。书中论道之处甚多。《原道训》说:"夫道者,覆天载地,廓四方,柝八极,高不可际,深不可测,包裹天地,禀授无形。原流泉浡,冲而徐盈,混混滑滑,浊而徐清。故植之而塞于天地,横之而弥于四海,施之无穷而无所朝夕,舒之幎于六合,卷之不盈一握。约而能张,幽而能明,弱而能强,柔而能刚。横四维而含阴阳,纮宇宙而章三光。甚淖而滒,甚纤而微,山以之高,渊以之深,兽以之走,鸟以之飞,日月以之明,星历以之行……"主要是对老、庄思想的发挥。《淮南子》首篇为《原道》,《文心雕龙》首篇亦为《原道》,这应该不是偶然的巧合,说明《淮南子》对《文心雕龙》有直接的影响。

老、庄等人对"道"的论述,对我们理解本篇之道有帮助。

征圣第二

征,验也。征圣,谓文章当验之于圣人,亦即文章当以圣人为师。《原道》篇说"道沿圣以垂文",即道是通过圣人表达在文章里的。所以,刘勰认为写文章必须"师乎圣",即以圣人为师。他说:"征之周、孔,则文有师矣。"又说:"若征圣立言,则文其庶矣。"意思都是强调写文章必须以周公、孔子这些圣人为师。本篇一开始,刘勰就指出古代圣人对文的重视,他以史实证明"政化贵文"、"事迹贵文"和"修身贵文",认为圣人的文章"志足而言文,情信而辞巧",这是写作的金科玉律。接着,刘勰分析了圣人文章所具有的繁、略、隐、显的特点。他以儒家经书中的具体例子,说明"简言以达旨"、"博文以该情"、"明理以立体"、"隐义以藏用"四种不同的表现方法,认为这都是值得后人学习的。最后,刘勰强调论文"必征于圣"、"必宗于经",即必须向圣人及其著作学习。他认为,"圣文之雅丽,固衔华而佩实者也"。这是说,圣人的文章是文辞华美、内容充实的典范,只有向圣人学习,才能写好文章。

宗经第三

宗,主也。宗经,意思是要了解圣人,必须以经书为主体。《原道》篇说"圣因文而明道",即圣人通过文章来阐明道。《征圣》篇又说:"圣文之雅丽,固衔华而佩实者也。"这是说,圣人的文章,文辞华美,内容充实。因此,刘勰很自然地又提出写文章要"体乎经",即以儒家经书为楷模。他认为儒家经书是永恒的真理,不可磨灭的伟大教言。这些经书,"根柢槃深,枝叶峻茂,辞约而旨丰,事近而喻远",它们的作用如"泰山遍雨,河润千里",是极其伟大的。刘勰认为,儒家经书是后世各种文章的本源。他说:"故论、说、辞、序,则《易》统其首;诏、策、奏、章,则《书》发其源;赋、颂、歌、赞,则《诗》立其本;铭、诔、箴、祝,则《礼》总其端;纪、传、盟、檄,则《春秋》为根。"而"百家腾跃,终入环内",任凭诸子百家驰骋飞跃,最终逃不出经书的圈子。不但如此,刘勰还认为:"文能宗经,体有六义:一则情深而不诡,二则风清而不杂,三则事信而不诞,四则义直而不回,五则体约而不芜,六则文丽而不淫。"这是说,文章能效法经书,就有六种优点。这是刘勰对文章的思想内容和表现形式提出的要求。这些要求是针对当时过分讲究艺术形式的倾向提出来的,具有积极意义。

叶长青《文心雕龙杂记·辨骚》云:"原道之要,在于征圣;征圣之要,在于宗经。不宗经,何由征圣?不征圣,何由原道?纬既应正,骚亦宜辨,正纬辨骚,宗经事也。舍经而言道、言圣、言纬、言骚,皆为无庸。然则《宗经》其枢纽之枢纽欤?"(詹锳《文心雕龙义证·宗经第三》引)可供参考。

正纬第四

正,辨正。正纬,辨正纬书的真伪。关于谶纬,四库馆臣指出:"案儒者多称谶纬,其实谶自谶,纬自纬。谶者,诡为隐语,预决吉凶。……纬者,经之支流,衍及旁义。"(《四库全书总目提要·易类》六)可见二者是不相同的。本篇所论之纬,指纬书,即以神学迷信附会解说儒家经书的书,是汉朝人伪托孔子的话以配合经书的。刘勰"按经验纬",辨明"其伪有四"。同时指出,纬书具有"事丰奇伟,辞富膏腴"的特点,它"无益经典而有助文章"。《序志》篇说的"酌乎纬",当即指此而言。这是一方面。另一方面应该指出的是,齐梁时代纬书仍然流行,刘勰要"正纬",正是以"宗经"的思想来纠正这种现象。刘永济说:"舍人之作此篇,以箴时也。盖谶纬之说,宋武禁而未绝,梁世又复推崇。其书多托始仲尼,抗行经典,足以长浮诡之习,扬爱奇之风。故列四伪以匡谬,述四贤而正俗,疾其'乖道谬典',正所以足成《征圣》、《宗经》之义也。故次之以《正纬》。"(《文心雕龙校释·正纬》)比较简明地道出了刘勰写作本篇之目的。

辨骚第五

辨,分辨。骚,即屈原的《离骚》,此指《楚辞》。刘勰将本篇列入"文之枢纽",说明他对《楚辞》的重视。《楚辞》是西汉末年刘向所辑。刘向把屈原、宋玉、东方朔、庄忌、淮南小山、王褒等人的辞赋和他自己的《九叹》合为一集，名为《楚辞》。东汉王逸著《楚辞章句》，增入《九思》，这就是后世流传的本子。《隋书·经籍志》四著录："《楚辞》十二卷。"自注："并目录，后汉校书郎王逸注。"便是这个本子。本篇对《楚辞》进行了比较详细的论述。首先，举出刘安、班固、王逸、汉宣帝刘询、扬雄对《楚辞》的评论，分辨他们评论之是非。其次，以《楚辞》与儒家经书相比较，分辨其异同。最后，以《九怀》以下汉人作品与屈原、宋玉作品相比，分辨其成就之高下。此外，本篇还分析了《楚辞》的艺术特色。刘勰对《楚辞》的认识，较之前人更为全面、深入、细致，特别是要求"酌奇而不失其真，玩华而不坠其实"，表现出他对待文学创作的一种基本态度。这对文学创作、文艺的批评和鉴赏，都是十分重要的。至于刘勰从儒家思想出发，对屈原的浪漫主义的创作方法，不能正确地理解，是其不足之处。

最后应该提到的是，有的研究者根据萧统《文选》有"骚"这种文体，便认为本篇应归于文体论。我们认为，这种看法是不符合刘勰的基本思想的。因为《序志》篇已明确指出"变乎骚"是"文之枢纽"。再说，按《文心雕龙》的体例，文体论部分的文章都包括"原始以表末，释名以章义，选文以定篇，敷理以举统"四项内容，本篇却不是这样，可见本篇应属于全书的绪论部分。

明诗第六

本篇论诗。这是《文心雕龙》文体论的第一篇。文章首先解释诗的含义。刘勰说："诗者，持也，持人情性；三百之蔽，义归无邪，持之为训，有符焉尔。"这是继承了儒家思想，强调诗歌的教育作用。他又说："人禀七情，应物斯感，感物吟志，莫非自然。"这种

"物感"说,显然是受到《礼记·乐记》的影响。刘勰对历代诗歌皆有论述,而对汉以后诗歌的论述尤为精彩。他说:"观其结体散文,直而不野,婉转附物,怊怅切情,实五言之冠冕也。"这是评论汉代诗歌。"暨建安之初,五言腾踊……慷慨以任气,磊落以使才。造怀指事,不求纤密之巧;驱辞逐貌,唯取昭晰之能:此其所同也。"这是评论建安诗歌。"乃正始明道,诗杂仙心,何晏之徒,率多浮浅。唯嵇志清峻,阮旨遥深,故能标焉。"这是评论正始诗歌。"晋世群才,稍入轻绮……采缛于正始,力柔于建安;或析文以为妙,或流靡以自妍:此其大略也。"这是评论西晋诗歌。"江左篇制,溺乎玄风,嗤笑徇务之志,崇盛亡机之谈。"这是评论东晋诗歌。"宋初文咏,体有因革,庄老告退,而山水方滋。俪采百字之偶,争价一句之奇;情必极貌以写物,辞必穷力而追新。"这是评论南朝宋的诗歌。所评皆言简意赅,颇能道出各个时代诗歌的特色。最后,指出了诗歌的总的特点。刘勰比较重视四言诗的"雅润",五言诗的"清丽"。但他认为四言诗是"正体",五言诗是"流调",在文体的看法上也流露了"宗经"的思想。

《毛诗序》云:"诗者,志之所之也,在心为志,发言为诗。……故正得失,动天地,感鬼神,莫近于诗。先王以是经夫妇,成孝敬,厚人伦,美教化,移风俗。"

晋挚虞《文章流别论》云:"《书》云:'诗言志,歌永言。'言其志谓之诗。……古之诗有三言、四言、五言、六言、七言、九言。……夫诗虽以情志为本,而以成声为节。然则雅音之韵,四言为正,其余虽备曲折之体,而非音之正也。"

钟嵘《诗品·序》云:"气之动物,物之感人,故摇荡性情,形诸舞咏。……动天地,感鬼神,莫近于诗。……夫四言,文约意广,取效《风》、《骚》,便可多得。每苦文繁而意少,故世罕习焉。五言居文词之要,是众作之有滋味者也,故云会于流俗。岂不以指事造形,穷情写物,最为详切者耶!……弘斯三义(兴、赋、比),酌而用之,干之以风力,润之以丹采,使味之者无极,闻之者动心,是诗之至也。"

《毛诗序》表现了儒家诗学思想;《文章流别论》强调"四言为正",与刘勰之观点相同;《诗品·序》认为五言诗是"众作之有滋味者也",与刘勰之观点不同,皆可供参考。

乐府第七

乐府原是古代音乐官署。汉武帝时建立乐府,掌管朝会宴飨等所用的音乐,同时也采集民间歌曲。后来称乐府官署所采集和创作的乐歌为乐府,也称魏晋至唐代可以入乐的诗歌和后人仿效乐府古题的作品为乐府。本篇专论乐府诗。重在论述配诗之音乐。刘勰说:"乐府者,声依永,律和声也。"这是指出乐府诗的特点。他又说:"匹夫庶妇,讴吟土风,诗官采言,乐盲被律,志感丝篁,气变金石。是以师旷觇风于盛衰,季札鉴微于兴废,精之至也。"说明刘勰也认识到乐府民歌的社会作用,所以他主张"务塞淫滥"。本篇以主要篇幅历述了两汉魏晋乐府诗的发展概况。刘勰强调"中和之响",指出"魏之三祖,气爽才丽,宰割辞调,音靡节平,观其'北上'众引,'秋风'列篇,或述酣宴,或伤羁戍,志不出于淫荡,辞不离于哀思;虽三调之正声,实《韶》《夏》之郑曲也",对曹氏父子的乐府诗进行了批评。刘勰还论述了音乐与诗歌的关系。这个关系是"诗为乐心,声为乐体",他提出要"调其器","正其文"。刘勰对乐府诗的论述,表现了浓厚的儒家思想。虽然他认识到民间歌谣的舆论作用,但仍然是轻视民歌的。他说:"艳歌婉娈,怨志诀绝,淫辞在曲,正响焉生!"因此,汉乐府民歌中的优秀作品只字不提,这可能是其中多含美刺爱情,不符合"中和"和"正响",所以不被重视。

《汉书·艺文志》云:"自孝武帝立乐府而采歌谣,于是有赵代之讴,秦楚之风,皆感于哀乐,缘事而发;亦可以观风俗,知薄厚云。"

日本遍照金刚《文镜秘府论·南卷·论文意》云:"乐府者,选其清调合律,唱入管弦,所奏即入之乐府聚之。如《塘上行》、《怨歌行》、《长歌行》、《短歌行》之类是也。"

唐皮日休《正乐府十篇并序》云:"乐府,盖古圣王采天下之诗,欲以知国之利病,民之休戚者也。得之者,命司乐氏奏之于埙篪,和之以管籥。诗之美也,闻之足以劝乎功;诗之刺也,闻之足以戒乎政。"

明徐师曾《文体明辨·乐府》云:"按乐府者,乐官肄习之乐章也。"又《七言古诗》云:"然乐府歌行,贵抑扬顿挫,古诗则优柔和平,循守法度,其体自不同也。"

清顾炎武《日知录·乐府》云:"乐府是官署之名。其官有令,有音监,有游徼。……后人乃以乐府所采之诗即名之曰'乐府',误矣,曰'古乐府'尤误。(原注:《后汉书·马廖传》言:'哀帝去乐府。'注云:'哀帝即位,诏罢郑卫之音,减郊祭及武乐等人数。'是亦以乐府所肄之诗即名之乐府也。)"

《汉书·艺文志》等之论述,或论乐府之作用,或论乐府之特点,对理解乐府一体皆有帮助。

诠赋第八

本篇阐明赋之特点和演变情况,是关于赋的专篇论文。刘勰说:"赋者,铺也。铺采摛文,体物写志也。"道出赋的基本特点。"受命于诗人,拓宇于《楚辞》。"指出了赋与《诗经》、《楚辞》的继承关系。赋的发展,到了荀况、宋玉时,由"六义附庸,蔚为大国"。汉代是赋的鼎盛时期,刘勰说:"汉初词人,循流而作:陆贾扣其端,贾谊振其绪,枚、马播其风,王、扬骋其势;皋、朔以下,品物毕图。繁积于宣时,校阅于成世,进御之赋,千有余首。讨其源流,信兴楚而盛汉矣。"陆贾、贾谊、枚乘、司马相如、王褒、扬雄、枚皋、东方朔,都是汉赋的代表作家。到汉成帝时,进呈皇帝看的赋就有一千多篇,可谓盛极一时。刘勰举出荀况、宋玉、枚乘、司马相如、贾谊、王褒、班固、张衡、扬雄、王延寿十家,认为他们是"辞赋之英杰"。他还举出王粲、徐幹、左思、潘岳、陆机、成公绥、郭璞、袁宏八家为"魏晋之赋首",并对他们的赋的艺术特点作了准确的概括。最后,刘勰提出了作赋的要求:"义必明雅","词必巧丽",即赋的含义要明显雅正,文辞要巧妙华丽;主张"丽词雅义,符采相胜",即要求赋的内容必须与形式完美地统一。这一要求,针对当时赋作注重形式的倾向,值得注意。

《汉书·艺文志》云:"《传》曰:'不歌而诵谓之赋,登高能赋,可以为大夫。'言感物造耑,材知深美,可与图事,故可以为列大夫也。……大儒孙卿及楚臣屈原,离谗忧国,皆作赋以风,咸有恻隐古诗之义。其后宋玉、唐勒,汉兴枚乘、司马相如,下及扬子云,竞为侈丽闳衍之词,没其风谕之义。是以扬子悔之,曰:'诗人之赋丽以则,辞人之赋丽以淫。如孔氏之门人用赋也,则贾谊登堂,相如入室矣,如其不用何?'"

班固《两都赋序》云:"或曰:'赋者,古诗之流也。'……或以抒下情而通讽谕,或以宣上德而尽忠孝,雍容揄扬,著于后嗣,抑亦雅颂之亚也。"

挚虞《文章流别志论》云:"赋者,敷陈之称,古诗之流也。古之作诗者,发乎情,止乎礼义。情之发,因辞以形之;礼义之旨,须事以明之。故有赋焉,所以假象尽辞,敷陈其志。前世为赋者,有孙卿、屈原,尚颇有古诗之义,至宋玉则多淫浮之病矣。《楚辞》之赋,赋之善者也。故扬子称赋莫深于《离骚》。贾谊之作,则屈原俦也。古诗之赋,以情义为主,以事类为佐。今之赋,以事形为本,以义正为助。情义为主,则言省而文有例矣;事形为本,则言富而辞无常矣。文之烦省,辞之险易,盖由于此。夫假象过大,则与类相远;逸辞过壮,则与事相违;辩言过理,则与义相失;靡丽过美,则与情相悖。此四过者,所以背大体而害政教。是以司马迁割相如之浮说,扬雄疾'辞人之赋丽以淫'。"

晋葛洪《西京杂记》云:司马相如友人盛览问作赋,"相如曰:'合纂组以成文,列锦绣而为质。一经一纬,一宫一商,此赋之迹也。赋家之心,苞括宇宙,总览人物,斯乃得之于内,不可得而传。'"

徐师曾《文体明辨》云:"按诗有六义,其二曰赋。所谓'赋者,敷陈其事而直言之'也。……故情形于辞,则丽而可观;辞合于理,则则而可法。使读之者有兴起之妙趣,有咏歌之遗音。扬雄所谓'诗人之赋丽以则'者是已。此赋之本义也。……动荡乎天机,感发乎人心,而兼出于六义,然后得赋之正体,合赋之本义。"

司马相如、扬雄、班固论赋之语都很重要,挚虞"四过"之说,切中时弊,颇为精辟,对理解刘勰之赋论皆有裨益。

颂赞第九

《文心雕龙》文体论,在本篇之前,一篇论述一种文体;本篇之后,一篇大都论述两种或两种以上文体。本篇论述颂、赞两种文体。"颂者,容也,所以美盛德而述形容也。"刘勰认为,颂就是形容,用来赞美盛大的德行,描述形容状貌。从颂体固有的含义出发,他认为:"《时迈》一篇,周公所制;哲人之颂,规式存焉。"而认为曹植的《皇太子生颂》、陆机的《汉高祖功臣颂》,"其褒贬杂居,固末代之讹体也"。未免有些拘泥。"原夫颂惟典雅,辞必清铄,敷写似赋,而不入华侈之区;敬慎如铭,而异乎规戒之域;揄扬以发藻,汪洋以树义,虽纤曲巧致,与情而变,其大体所厎,如斯而已。"刘勰指出,颂体的特点是要求典雅,文辞必须清丽,写来似赋,而不流于过分华丽,庄重谨慎如铭,又与规劝告诫不同,要用赞美来敷陈辞藻,从深广的意义上确定内容。虽纤细之衷曲,巧妙之意致,皆随着感情变化。至于赞,刘勰说:"赞者,明也,助也。"赞的意思是说明、辅助。"然本其为义,事生奖叹,所以古来篇体,促而不广,必结言于四字之句,盘桓乎数韵之辞,约举以尽情,昭灼以送文,此其体也。……大抵所归,其颂家之细条乎!"即赞体产生于对事物的赞美,篇幅较短,皆用四字句,叙事简约,清楚明白,是颂的一个支派。

挚虞《文章流别论》论"颂"曰:"颂,诗之美者也。古者圣帝明王,功成治定而颂声兴。于是史录其篇,工歌其章,以奏于宗庙,告于鬼神。故颂之所美者,圣王之德也,则以为律吕。或以颂形,或以颂声,其细已甚,非古颂之意。昔班固为《安丰戴侯颂》,史岑为《出师颂》、《和熹邓后颂》,与《鲁颂》体意相类,而文辞之异,古今之变也。扬雄《赵充国颂》,颂而似雅;傅毅《显宗颂》,文与《周颂》相似,而杂以《风》、《雅》之意。若马融《广成》、《上林》之属,纯为今赋之体而谓之颂,失之远矣。"

明吴讷《文章辨体》论"颂"曰:"《诗大序》曰:'诗有六义……六曰颂。颂者,美盛德之形容,以其成功告于神明者也。'……故颂之名,实出于《诗》。若商之《那》,周之《清庙》诸什,皆以告神为颂体之正。至如《鲁颂》之《駉》、《駜》等篇,则当时用以祝颂僖公,为颂之变。故先儒胡氏有曰:'后世文人献颂,特效《鲁颂》而已。'颂须铺张扬厉,而以典雅丰缛为贵。"

关于赞,吴讷《文章辨体》曰:"按赞者,赞美之辞。《文章缘起》曰:'汉司马相如作《荆轲赞》。'世已不传。厥后班孟坚《汉史》以论为赞,至宋范晔更以韵语。……西山云:'赞颂体式相似,贵乎赡丽宏肆,而有雍容俯仰顿挫起伏之态,乃为佳作。'大抵赞有二体:若作散文,当祖班氏史评;若作韵语,当宗东方朔《画像赞》。《金楼子》有云:'班固硕学,尚云赞颂相似。'讵不信然!"

刘师培《文心雕龙讲录·颂赞篇(下)》曰:"赞之一体,三代时本与颂殊途,至东汉以后,界囿渐泯。考其起源,实不相谋。赞之训诂:一、明也;二、助也。本义惟此而已。文之主赞明者,当推孔子作'十翼'以赞《周易》为最古;乃知赞者,盖将一书之旨为文融会贯通以明之者也。及班孟坚作《汉书》,于志表纪传之后缀以'赞曰'云云,皆就其前之所记,贯串首尾,加以论断,亦与此旨弗悖。由是以推,东汉以前,赞与颂之为二体甚明。即就形式言,颂必有韵,而赞则亦可有韵可无韵也。(《汉书》之赞皆无韵。)逮及后世,以赞为赞美之义,遂与古训相乖。"

挚虞等对"颂"、"赞"二体的论述,皆可供参考。

祝盟第十

本篇论述祝、盟两种文体。这两种文体本不相干,可能是因为祝、盟都要向神祷告,所以合在一起论述。文章首先论述祝的产生和发展情况。刘勰比较推重上皇虞舜、商汤的祝文,但这些祝文皆不可信。后来的《招魂》是可信的,又不是祝文,倒是班固的《涿邪山祝文》、潘岳的《为诸妇祭庾新妇文》可为借鉴。"凡群言发华,而降神务实,修辞立诚,在于无愧。祈祷之式,必诚以敬;祭奠之楷,宜恭且哀:此其大较也。"意思是,各种文章都表现出文采,但用于降神的祝辞务求朴实,修辞务须真诚,问心无愧;祈祷的仪式,必须真诚恭敬;祭奠之文辞,应该恭敬而悲哀。这是对祝文的要求。其次,论述盟的产生、发展及其流弊。刘勰说:"盟者,明也。……陈辞乎方明之下,祝告于神明者也。"这是说,盟是报告其事于神明,在四方神明像下陈述盟辞,向神明祷告。可是,"信不由衷,明无益也"。对盟体之要求是:"夫盟之大体,必序危机,奖忠孝,共存亡,戮心力,祈幽灵以取鉴,指九天以为正,感激以立诚,切至以敷辞,此其所同也。"意思是,盟之大体,必须叙述危难,奖励忠孝,存亡与共,同心协力,祈求神灵鉴察,指着上天作证,激动地确立诚意,恳切地安排文辞,这是盟体的共同特点。

徐师曾《文体明辨》论"盟"云:"按《礼记》:'莅物曰盟。'……亦称曰誓,谓约信之词也。三代盛时,初无诅盟,虽有要誓,结言则退而已。周衰,人鲜忠信,于是刑牲歃血,要质鬼神,而盟繁兴,然俄而渝败者多矣。以其为文之一体,故列之而以誓附焉。"论"祝"云:"按祝文者,飨神之词也。刘勰所谓'祝史陈信,资乎文辞'者,是也。昔伊祁始蜡以祭八神,其辞云:'土反其宅,水归其壑,昆虫毋作,草木归其泽。'此祝文之祖也。厥后虞舜祠田,商汤告帝,《周礼》设太祝之辞。春秋以降,史辞寖繁,则祝文之来尚矣。考其大旨,实有六焉:一曰告,二曰修(修,常祀也),三曰祈(求也),四曰报(谢也),五曰辟(读曰弭,让也,见《郊特牲》),六曰谒(见也),用以飨天地山川社稷宗庙五祀群神,而总谓之祝文。其词有散文,有韵语,今并采而列之。"萧统《文选》未选祝、盟二体之文。纪昀评曰:"此篇独崇实而不论文,是其识高于文士处。非不论文,论文之本也。"大概祝、盟二体之文,并没有什么文学价值。

铭箴第十一

本篇论述铭、箴两种文体。刘勰说:"铭者,名也。观器必也正名,审用贵乎盛德。"这是说,铭即名称,观看器物必须端正其名称,审察用途重在美德。相传黄帝已"刻舆几以弼违",可见铭的产生由来已久。铭体作品,李斯之刻石、班固之《封燕然山铭》、张昶之《西岳华山堂阙碑铭》,皆为此中名篇。但是,只有"蔡邕铭思,独冠古今"。至于箴,刘勰说:"箴者,针也。所以攻疾防患,喻箴石也。"这是说,箴即针,用它来治病防病,好比针砭一样。"斯文之兴,盛于三代",也是一种古老的文体。刘勰指出,扬雄模仿《虞箴》所作之十二州箴、二十五官箴(见《全汉文》卷五十四),后汉崔骃,骃子瑗、胡广之补作(见《全汉文》卷四十四、五十六),"指事配位,鬯鉴可征,信所谓追清风于前古,攀辛甲于后代者也",作了肯定的评价。他认为:"夫箴诵于官,铭题于器,名目虽异,而警戒实同。箴全御过,故文资确切;铭兼褒赞,故体贵弘润;其取事也必核以辨,其摘文也必简而深:此其大要也。"意思是,箴是官吏对帝王讽诵的,铭是题在器物上的。它们的名称虽然不同,而其警戒作用是相同的。箴都是用来抵御过失,所以文辞必须准确切实;铭兼有褒扬赞美的作用,所以其体制以弘大润泽为贵。它们引用事例必须确实清楚,它们所用的文辞都必须简练而深刻。这是铭、箴二体在写作上的基本要求。

《礼记·祭统》云:"夫鼎有铭。铭者自名也,自名以称扬其先祖之美,而明著之后世者也。"

蔡邕《铭论》云:"《春秋》之论铭也,曰:'天子令德,诸侯言时计功,大夫称伐。'昔肃慎纳贡,铭之楛矢,所谓'天子令德'者也。若黄帝有巾几之法,孔甲有盘盂之戒,殷汤有甘誓之勒,夔鼎有丕显之铭。武王践阼,咨于太师,而作席几楹杖杂铭十有八章。周庙金人,缄口书背,铭之以慎言,亦所以劝导人主,勖于令德也。昔召公作诰,先王赐朕鼎,出于武当曾水。吕尚作太师,而封于齐,其功铭于昆吾之冶。汉获齐侯宝樽于槐里,获宝鼎于美阳。仲山甫有补衮阙,式百辟之功。《周礼·司勋》:凡有大功者,铭之太常。所谓'诸侯言时计功'者也。宋大夫正考父三命兹益恭,而莫侮其国;卫孔悝之父庄叔,随难汉阳,左右献公,卫国赖之,皆铭于鼎。晋魏颗获秦杜回于辅氏,铭功于景钟,所谓'大夫称伐'者也。钟鼎礼乐之器,昭德纪功,以示子孙。"

挚虞《文章流别论》云:"夫古之铭至约,今之铭至繁,亦有由也。质文时异,则既论之矣。且上古之铭,铭于宗庙之碑。蔡邕为杨公作碑,其文典正,末世之美者也。后世以来器铭之嘉者,有王莽《鼎铭》、崔瑗《杌铭》、朱公叔《鼎铭》、王粲《砚铭》,咸以表显功德。天子铭嘉量,诸侯大夫铭太常,勒钟鼎之义。所言虽殊,而令德一也。"

吴讷《文章辨体》论"铭"云:"按铭者,名也,名其器物以自警也。汉《艺文志》称道家有《黄帝铭》六篇,然亡其辞。独《大学》所载成汤《盘铭》九字，发明日新之义甚切。迨周武王，则凡几席觞豆之属，无不勒铭以致戒警。厥后又有称述先人之德善劳烈为铭者，如春秋时孔悝《鼎铭》是也。又有以山川、宫室、门关为铭者，若汉班孟坚之《燕然山》，则旌征伐之功；晋张孟阳之《剑阁》，则戒殊俗之僭叛，其取义又各不同也。传曰：'作品能铭，可以为大夫。'陆士衡云：'铭贵博约而温润。'斯盖得之矣。"论"箴"云："按许氏《说文》：'箴，诫也。'《商书·盘庚》曰：'无或敢伏小人之攸箴。'盖箴者，规劝之辞，若针之疗疾，故以为名。古有夏、商二箴，见于《尚书大传解》、《吕氏春秋》，而残缺不全。独周太史辛甲命百官官箴王阙，而虞氏掌猎，故为《虞箴》，其辞备载《左传》。后之作者，盖本于此。东莱先生云：'凡作箴，须用"官箴王阙"之意。箴尾须依《虞箴》"兽臣司原，敢告仆夫"之类。'大抵箴、铭、赞、颂，虽或均用韵语而体不同。箴是规讽之文，须有警诫切劘之意。有志于文辞者，不可不之考也。"

关于铭、箴二体之论述，以刘勰最为全面。《礼记》等之论述，亦可供参考。

诔碑第十二

本篇论述诔、碑两种文体。碑非文体，此指碑文。刘勰说："诔者，累也。累其德行，旌之不朽也。"这是说，诔是积累，就是累列死者的德行，加以表彰而使之永垂不朽。这种文体，"夏商已前，其详靡闻"，周以后逐渐形成。如杜笃的《吴汉诔》、傅毅的《明帝诔》、苏顺的《和帝诔》、崔瑗的《和帝诔》、潘岳的《皇女诔》等，都是其中的佳作。尤其是潘岳诸诔，"巧于叙悲，易入新切"，自具特色。诔体的写作要求是："详夫诔之为制，盖选言录行，传体而颂文，荣始而哀终。论其人也,暧乎若可觌;道其哀也,凄焉如可伤:此其旨也。"意思是,诔文选录死者的言论,记述死者的行为,体裁像传记,文辞像颂,开头写他的光荣,最后表达哀伤。讲到死者的为人,仿佛使人可以看到,说起对他的悲哀,凄怆之情好像可以使人感到伤痛。至于碑,刘勰说,碑就是裨补的意思。碑文的写作以蔡邕的成就最高,刘勰说他的碑文"其叙事也该而要,其缀采也雅而泽。清词转而不穷,巧义出而卓立",是符合实际的。"夫属碑之体,资乎史才,其序则传,其文则铭。标序盛德,必见清风之华;昭纪鸿懿,必见峻伟之烈:此碑之制也。"刘勰认为,写作碑文要依靠史家的才能。其序是传记,其碑近于铭,突出地叙述死者之美德,必须表现其高风亮节之光彩;明白地记述死者巨大的美才,必须表现其丰功伟业。这是碑文的写作法则。

刘师培论"诔之源流"曰:"案《说文》:'诔,谥也。'《礼记·曾子问》郑注:'诔,累也,累列生时行迹,读之以作谥。'是诔之与谥,体本相因。惟《礼记·郊特牲》云:'古者生无爵,死无谥。'谥既限于有爵者,则诔必不下于士,若《檀弓上》载:'县贲父死,圉人浴马有流矢在白肉,庄公曰:非其罪也。遂诔之。士之有诔自此始也。'又有《曾子问》云:'贱不诔贵,幼不诔长,礼也。唯天子称天以诔之。诸侯相诔非礼也。'故诔之初兴,下不诔上,爵秩相当不得互诔,诸侯大夫皆由天子诔之,士无爵,死无谥,因亦不得有诔也。降及汉世,制渐变古,扬雄之诔元后(扬雄《汉元后诔》,见《全汉文》五十四),傅毅之诔显宗(傅毅《明帝诔》,见《全后汉文》四十三),均违贱不诔贵之礼;而同辈互诔及门生故吏之诔其师友者亦不稀见。若柳下惠妻谥夫为惠,因而诔之(见《列女传》二《贤明传》),已启士人私谥之风;下逮东汉,益为加厉。《朱穆传》云:'初穆父卒,穆与诸儒考依古义谥曰贞宣先生。及穆卒,蔡邕复与门人共述其体行谥为文忠先生。'李贤注引袁山松书曰:'蔡邕议曰:鲁季文子,君子以为忠而谥曰文子。又传曰:忠,文之实也。忠以为实,文以彰之,遂共谥穆。荀爽闻而非之。故张璠论曰:夫谥者,上之所赠,非下之所造,故颜、闵至德,不闻有谥。朱、蔡各以衰世臧否不立,故私谥之。'(《后汉书》卷七十三《朱晖传》附)《陈寔传》云:'中平四年,年八十四,卒于家,何进遣使吊祭,海内赴者三万余人,制衰麻者以百数,共刊石立碑,谥为文范先生。'(同上卷九十二)私谥既盛,诔文遂繁,亦必然之势也。古代诔文确可征信者,惟鲁哀公诔孔子(见《全上古三代文》卷三页二引《左传》哀公十六年及《史记·孙子世家》,又见《檀弓上》)及柳下惠妻诔其夫(见《全上古三代文》卷十一页十一引《列女传》二)二篇。汉代之诔,皆四言有韵,魏晋以后调类《楚词》,与辞赋哀文为近:盖变体也。"论"诔之体裁"曰:"魏曹植云:'铭以述德,诔以述哀。'(《上下太后诔表》,见《全三国文》卷十五页九上引《艺文类聚》十五)故其作法应与铭颂异贯。东汉之诔,大抵前半叙亡者之功德,后半叙生者之哀思。惟就其传于今者二十余篇观之,殆少情文相生之作。欲尽诔体之变,以达述哀之旨,必须参究西晋潘安仁各篇,始克臻缠绵凄怆之致。亦犹析理绵密之议论文,东汉各家不逮魏晋之嵇叔夜耳。"(《〈文心雕龙·诔碑篇〉口义》)

刘师培论"碑之源流"曰:"古者竖石庙庭之中央谓之碑,所以丽牲,或识日景引阴阳也。其材宫庙以石,窆用木(见《仪礼·聘礼》郑注)。三代以上铭皆勒于铜器,刻石者甚少。石鼓之时代为姬周抑为宇文周,聚论迄未能决(详见王厚《复斋碑录》)。故三代有无刻石,尚属疑问。然则竖石盖为碑之本义,刻铭则其后起义也。树碑之风,汉世盛行,而东都尤甚。惟乃刻石之总名,而非文体之专称。自其体制言,则直立中央四无依据者谓之碑,在门上者谓之阙,埋于土中者谓之墓志,在土中或出土甚低者谓之碣。自其功用言,则有墓碑(此体最多,蔡中郎《郭有道碑序》云:'树碑墓表,昭铭景行。'又《汝南周勰碑》序亦云:'建碑勒铭。'实铭体也),有祠堂碑(如《梁相孔耽神祠碑》,见《隶释》五),有神庙碑(如《西岳华山庙碑》,见《隶释》二,《三公山碑》、《石神君碑》,均见《隶释》三,《尧庙碑》见《隶释》一),有杂碑(如《蜀郡太守何君阁道碑》,见《隶释》四),有纪功碑(如《汉敦煌太守裴岑纪功碑》,见《金石萃编》卷七)。自其文体言,则有铭(此体最多,如《周憬功勋铭》,见《隶释》四,普通汉碑多有'乃作铭曰'四字),有颂(如《西狭颂》,见《隶释》四),有叙(如《张公神碑》,见《隶释》三),有记(如《高朕修周公礼殿记》,见《隶释》一),有诔(如《堂邑令房凤碑》,见《隶释》九),有诗(如《费凤别碑》,见《隶释》九)。有铭后附以乱者(如《巴郡太守樊敏碑》,见《隶释》十一),有有韵者(普通皆然),有无韵者(如《修周公礼殿记》、《三公山碑》、《冯绲碑》,见《隶释》卷七),盖凡刻石皆可谓之碑,而非文章之一体,与铭箴颂赞之类不同。准是以言,则蔡邕石经及孔庙之官文书,虽非文章,而既刻于石亦得称碑,惟以铭体居十之六七,故汉人或统称碑铭,碑谓刻石,铭则文体也。后世或以序文为碑。有韵之文为铭;或以有韵之文为碑铭,无韵或四六之文为碑;皆不知碑为刻石之义也。又刻于阙者为阙铭(如《嵩岳太室石阙铭》,见《隶释》四),以非竖立神道中央,故亦不得称碑。至于墓表之名,汉人间亦用之,但就华表之石而名,体与墓碑无别。唐代以铭者为碑,无铭者为墓表;后世又以大官称神道碑,小官称墓表(潘昂霄《金石例》卷一,黄宗羲《金石要例》皆曰:三品以上神道碑。沈彤《果堂集》卷三曰:明制,三品以上神道碑,三品以下墓表);此皆近代不通之制度,实则汉人之墓表皆有韵,亦无官秩大小之别也。"

刘氏论述诔、碑二体，原原本本。足供参考。

哀吊第十三

本篇论述哀、吊两种文体。"哀者，依也。悲实依心，故曰哀也。"刘勰认为，哀是依恋的意思。悲哀实是依恋在心中，所以说哀。如徐幹《行女哀辞》、潘岳《金鹿哀辞》《泽兰哀辞》等皆为佳篇。"原夫哀辞大体，情主于痛伤，而辞穷于爱惜。幼未成德，故誉止于察惠；弱不胜务，故悼加乎肤色。隐心而结文则事惬，观文而属心则体奢。奢体为辞，则虽丽不哀；必使情往会悲，文来引泣，乃其贵耳。"这是说，哀辞的主要特点是抒情表达伤痛，措词要尽于爱惜。由于心里痛惜，则达意恰切；为了显示文采而表达痛惜心情，则风格浮靡。浮靡风格的文辞，虽华丽而不能使人悲哀。一定要作者的感情表达到那里，读者就悲伤到那里。文章写到这里，就能在这里引起读者流泪，这才可贵。刘勰说："吊者，至也。"吊的意思是到。"夫吊虽古义，而华辞未造；华过韵缓，则化而为赋。固宜正义以绳理，昭德而塞违，割析褒贬，哀而有正，则无夺伦矣！"这是说，吊的辞义甚古，而后来却文辞华丽。华丽过分，而韵律舒缓，就变成了赋。吊文本来应该端正意义，纠正违理，宣扬美德，防止过错，分析好坏，加以褒贬，使文章表现了悲哀而内容纯正，这就不会违反写作要求了。贾谊的《吊屈原文》、司马相如的《哀秦二世赋》、祢衡的《吊张衡赋》、陆机的《吊魏武帝文》等，都是吊体中的名作。

挚虞《文章流别论》云："哀辞者，诔之流也。崔瑗、苏顺、马融等为之，率以施于童殇夭折，不以寿终者。建安中，文帝与临淄侯各失稚子，命徐幹、刘桢等为之哀辞。哀辞之体，以哀痛为主，缘以叹息之辞。"

吴讷《文章辨体》云："大抵诔则多叙世业，故今率仿魏晋，以四言为句；哀辞则寓伤悼之情，而有长短句及楚体不同。"

徐师曾《文体明辨》论"哀辞"云："按哀辞者，哀死之文也，故或称文。夫哀之为言依也，悲依于心，故曰哀，以辞遣哀，故谓之哀辞也。昔汉班固初作《梁氏哀辞》，后人因之，代有撰者。或以有才而伤其不用。或以有德而痛其不寿。幼未成德，则誉止于察惠；弱不胜务，则悼加乎肤色。此哀辞之大略也。其文皆用韵语，而四言骚体，惟意所之，则与诔体异矣。"又论"吊文"云："按吊文者，吊死之辞也。刘勰云：'吊者，至也。诗曰"神之吊矣"，言神至也。'宾之慰主，以至到为言，故谓之吊。古者吊生曰唁，吊死曰吊，亦此意也。或骄贵而殒身，或狷忿而乖道，或有志而无时，或美才而兼累，后人追而慰之，并名为吊。若贾谊之《吊屈原》，则吊之祖也……大抵吊文之体，仿佛《楚骚》，而切要恻怆，似稍不同，否则华过韵缓，化而为赋，其能逃乎夺伦之讥哉！"挚虞等人所论可以参阅。

杂文第十四

本篇论述"杂文"。刘勰所谓"杂文"，主要包括对问、七和连珠三体。对问始于宋玉，其代表作有东方朔《答客难》、扬雄《解嘲》、班固《答宾戏》等。"原兹文之设，乃发愤以表志。身挫凭乎道胜，时屯寄于情泰；莫不渊岳其心，麟凤其采，此立本之大要也。"此谓对问发愤以表达情志。身遭挫折，依靠道德来战胜；时世艰难，则寄寓其闲适的心情。其思想如山高水深，其文采似麟凤之斑斓。七体始于枚乘，其后有傅毅《七激》、崔骃《七依》、张衡《七辩》、曹植《七启》、王粲《七释》等。"观其大抵所归,莫不高谈宫馆,壮语畋猎;穷瑰奇之服馔,极蛊媚之声色;甘意摇骨体,艳词动魂识。虽始之以淫侈,而终之以居正;然讽一劝百,势不自反。子云所谓'先骋郑卫之声,曲终而奏雅'者也。"意谓七体大都高谈宫室,畅论打猎,极力描写衣服饮食的珍奇,尽量形容迷人的歌舞美女。美好的用意感人精神,艳丽的文辞动人心魂。文章虽以夸张的描写开始,而以正确的思想结束。但"劝百而讽一"的趋势是无法改变的。连珠始于扬雄,此后以陆机连珠最为杰出。连珠"文小易周,思闲可赡。足使义明而词净,事圆而音泽,磊磊自转,可称珠耳"。意谓连珠篇幅较小,容易周密。考虑成熟则内容丰富、充实。必须写得意义明显,文辞简净,引事圆满,音调润泽。这些皆为其写作特点。此外,刘勰还将典、诰、誓、问、览、略、篇、章、曲、操、弄、引也归入杂文,因已见于有关文体的论述,本篇就不再论列了。

傅玄《七谟序》云:"昔枚乘作《七发》,而属文之士若傅毅、刘广世、崔骃、李尤、桓麟、崔琦、刘梁、桓彬之徒,承其流而作之者,纷焉《七激》、《七兴》、《七依》、《七款》、《七说》、《七蠲》、《七举》、《七设》之篇。于是,通儒大才马季长、张平子,亦引其源而广之。马作《七厉》,张造《七辨》,或以恢大道而导幽滞,或以黜瑰侈而托讽咏,扬辉播烈,垂于后世者,凡十有余篇。自大魏英贤迭作,有陈王《七启》、王氏《七释》、扬氏《七训》、刘氏《七华》,从父侍中《七诲》,并陵前而邈后,扬清风于儒林,亦数篇焉。世之贤明,多称《七激》工,余以为未尽善也。《七辨》似也,非张氏至思,比之《七激》,未为劣也。《七释》佥曰妙哉,吾无间矣。若《七依》之卓铄一致,《七辨》之缠绵精巧,《七启》之奔逸壮丽,《七释》之精密闲理,亦近代之所希也。"此论"七"体。又《连珠序》云:"所谓连珠者,兴于汉章帝之世,班固、贾逵、傅毅三子,受诏作之。而蔡邕、张华之徒又广焉。其文体辞丽而言约，不指说事情，必假喻以达其旨，而贤者微悟，合于古诗劝兴之义。欲使历历如贯珠，易观而可悦，故谓之连珠也。班固喻美辞壮，文章弘丽，最得其体。蔡邕似论，言质而辞碎，然其旨笃矣。贾逵儒而不艳，傅毅文而不典。"此论"连珠"。

吴讷《文章辨体》云："问对体者，载昔人一时问答之辞，或设客难以著其意者也。《文选》所录宋玉之于楚王、相如之于蜀父老，是所谓问对之辞，至若《答客难》、《解嘲》、《宾戏》等作，则皆设辞以自慰者焉。"徐师曾《文体明辨》云："古者君臣朋友口相问对，其词详见于《左传》、《史》、《汉》诸书。后人仿之，乃设词以见志，于是有问对之文；而反复纵横，真可以舒愤郁而通意虑，盖文之不可阙者也……"按"问对"，即对问也。

徐师曾《文体明辨》云："按七者，文章之一体也。词虽八首，而问对凡七，故谓之七；则七者，问对之别名，而《楚辞·七谏》之流也。盖自枚乘初撰《七发》，而傅毅《七激》、张衡《七辩》、崔骃《七依》、崔瑗《七苏》、马融《七广》、曹植《七启》、王粲《七释》、张协《七命》、陆机《七征》、桓麟《七说》、左思《七讽》，相继有作。然考《文选》所载，惟《七发》、《七启》、《七命》三篇，余皆略而弗录。由今观之，三篇辞旨闳丽，诚宜见采；其余递相摹拟，了无新意，是以读未终篇，而欠伸作焉，略之可也。"

徐师曾《文体明辨》云："按连珠者，假物陈义以通讽谕之词也。连之为言贯也，贯穿情理，如珠之在贯也。盖自扬雄综述碎文，肇为连珠，而班固、贾逵、傅毅之流，受诏继作，傅玄乃云兴于汉章之世，误矣。然其云：'辞丽言约，合于古诗讽兴之义。'则不易之论也。其体展转，或二，或三，皆骈偶而有韵，故工于此者，必使义明而词净，事圆而音泽，磊磊自转，乃可称珠。否则欲穿明珠，多贯鱼目,恶能免于刘勰之诮邪!"

刘师培《论文杂记》云:"刘彦和《文心雕龙》,叙杂文为一类。吾观杂文之体,约有三端:一曰答问,始于宋玉《答楚王问》,盖纵横家之流亚也;厥后子云有《解嘲》之篇,孟坚有《宾戏》之答,而韩昌黎《进学解》,亦此体之正宗也。一曰《七发》,始于枚乘,盖《楚词·九歌》、《九辩》之流亚也;厥后曹子建作《七启》,张景阳作《七命》,浩歌纵横,体仿《七发》,盖劝百而讽一,与赋无殊,而盛陈服食游观,亦近《招魂》、《大招》之作(柳子厚《晋问篇》,亦七类也)。诚文体之别出者矣。一曰连珠,始于汉魏,盖荀子演《成相》之流亚也;首用喻言,近于诗人之比兴,继陈往事,类于史传之赞辞,而俪语韵文,不沿奇语,亦俪体中之别成一派者也。"

傅玄等人对对问、七和连珠的论述,提供了文体研究的资料,多有见地,可供参考。

谐讔第十五

本篇论述谐、讔二体。刘勰说:"谐之言皆也。辞浅会俗,皆悦笑也。"意思说,谐是皆的意思,其文辞浅显,适合世俗,大家听了都会高兴发笑。这是诙谐的小文。又说:"讔者,隐也。遁辞以隐意,谲譬以指事也。"意思说,讔就是隐语,它用隐约的文辞来隐其含意,用曲折的譬喻来暗指某种事情。这是谜语。这样诠释文体名称,也道出了文体的特点。刘勰十分重视谐、讔的社会和政治作用,他指出谐辞"意在微讽",应"意归义正",反对"无所匡正"、"有亏德音";也指出讔语"大者兴治济身,其次弼违晓惑"的作用,反对"谬辞诋戏,无益规补"。最后,刘勰说到"文辞之有谐讔,譬九流之有小说",将谐、讔比作小说,对我们颇有启发。

刘师培《中国中古文学史讲义》总论南朝文学得失,列举四端,"四曰:谐隐之文,斯时益甚也。谐隐之文,亦起源古昔。宋代袁淑,所作益繁。惟宋、齐以降,作者益为轻薄,其风盖冒于刘宋之初。(《南史·谢灵运传》:'何长瑜寄书宗人何勖,以韵语序陆展染发,轻薄少年遂演之。凡人士并有题目,皆加剧言苦句,其文流行。'是其证。)嗣则卞铄、丘巨源、卞彬之徒,所作诗文,并多讥刺。(《南史·文学传》:'卞铄为词赋,多讥刺世人。丘巨源作《秋胡诗》,有讥刺语。卞彬拟《枯鱼赋》喻意,又著《蚤》、《虱》、《蜗》、《虫》等赋,大有指斥。永明中,诸葛勖为国子生,作《云中赋》,指祭酒以下,皆有形似之目。')梁则世风益薄,士多嘲讽之文。(《梁书·临川王弘传》:'豫章王综,以弘贪吝,作《钱愚论》,其文甚切。'又《南史·江德藻传》:'弟从简,作《采荷调》刺何敬容,为当时所赏。'又《何敬容传》:'萧琛子巡,颇有轻薄才,制《卦名离合诗》嘲敬容。')而文体亦因之愈卑矣。(孔稚珪《北山移文》、裴子野《雕虫论》亦属此派。)"刘氏结合南朝文学论述谐讔之文,可供参考。

史传第十六

本篇论述史传,即历史著作。刘勰对南朝宋以前的重要史书都作了评述。他认为《春秋》"举得失以表黜陟,征存亡以标劝戒;褒见一字,贵逾轩冕;贬在片言,诛深斧钺"。《左传》"创为传体……实圣文之羽翮,记籍之冠冕也"。《史记》"实录无隐之旨,博雅弘辩之才,爱奇反经之尤,条例踳落之失,叔皮论之详矣"。《汉书》"宗经矩圣之典,端绪丰赡之功,遗亲攘美之罪,征贿鬻笔之愆,公理辩之究矣"。《三国志》"文质辨洽,荀、张比之于迁、固,非妄誉也"。或援引旧说,或发表新见,都表示了自己的看法。刘勰还谈到编写史书的理论,他说:"是立义选言,宜依经以树则;劝戒与夺,必附圣以居宗。"这反映了刘勰的征圣、宗经思想。最后,刘勰提出了编写史书的"大纲",即"寻繁领杂之术,务信弃奇之要,明白头讫之序,品酌事例之条"。可以看出,本文是从史学角度立论,而未能从文学角度对史传散文有所评述。这是其不足之处。

纪昀评此篇曰:"彦和妙解文理,而史事非其当行。此篇文句特烦,而约略依稀,无甚高论,特敷衍以足数耳。学者欲析源流,有刘子玄之书在。"范文澜按:"《史通》专论史学,自必条举细目;《文心》上篇总论文体,提挈纲要,体大事繁,自不能如《史通》之周密。然如《史通》首列《六家篇》(《尚书》家、《春秋》家、《左传》家、《国语》家、《史记》家、《汉书》家),特重《左传》、《汉书》二家,《文心》评论《左传》、《史记》,其同一也;《史通》推扬二体(编年体、纪传体),言其利弊,《文心》亦确指其短长,其同二也;至于烦略之故,贵信之论,皆子玄书中精义,而彦和已开其先河,安在其为敷衍充数乎?至如《浮词篇》'夫人枢机之发'至'章句获全',并《文心》之辞句亦拟之矣。"(《文心雕龙注·史传第十六》注①)范氏所论,皆有根据。金毓黻氏亦曰:"余欲撰《史通》疏证久矣。惮其篇帙繁重,累年莫殚,乃先取《文心雕龙·史传》篇试为之,以引其端,亦以《史通》论旨多取材于是篇也。"(《〈文心雕龙·史传〉篇疏证》,《中华文史论丛》1979年第一辑)所见与范氏略同,可供参考。

诸子第十七

本篇论述诸子之文,主要论述先秦诸子之文。先秦诸子之散文对后世有深远的影响。刘勰对诸子散文进行了比较全面的研究。他说:"诸子者,入道见志之书。"意谓诸子之书是论述道理,表达志趣的著作。刘勰认为子书不同于经书,经书为圣人所作,子书为贤人所作。诸子之作的内容是各不相同的。他说:"孟轲膺儒以磬折,庄周述道以翱翔;墨翟执俭确之教,尹文课名实之符;野老治国于地利,驺子养政于天文;申商刀锯以制理,鬼谷唇吻以策勋;尸佼兼总于杂术,青史曲缀以街谈。"孟子、庄子、墨子、尹文子、农家、驺子、申子、商子、鬼谷子、尸子、青史子诸家各具特点。他以儒家经书为标准,分子书为两类:一为"纯粹者",一为"踳驳者",表现了他的宗经思想。子书在写作上亦各有特点,他说:"孟、荀所述,理懿而辞雅;管、晏属篇,事核而言练;列御寇之书,气伟而采奇;邹子之说,心奢而辞壮;墨翟、随巢,意显而语质;尸佼、尉缭,术通而文钝;《鹖冠》绵绵,亟发深言;《鬼谷》眇眇,每环奥义;情辨以泽,文子擅其能;辞约而精,尹文得其要;慎到析密理之巧,韩非著博喻之富,吕氏鉴远而体周,淮南泛采而文丽……"所以,他认为子书"亦学者之壮观也"。诸子百家常常不遇于时,本文最后说:"嗟夫!身与时舛,志共道申,标心于千古之上,而送怀于千载之下,金石靡矣,声其销乎!"这里也曲折地抒发了刘勰的感慨。

纪昀评此篇曰:"此亦泛述成篇,不见发明。盖子书之文,又各自成家,在此书原为阑入,故不能有所发挥。"范文澜按:"纪氏此说亦误,柳子厚谓'参之孟荀以畅其支,参之《庄》《老》以肆其端'(《答韦中立论师道书》),彦和论文,安可不及诸子耶!"(《文心雕龙注·诸子》注①)可供参考。

论说第十八

本篇论述论、说二体。先论"论",后论"说"。刘勰说:"圣哲彝训曰经,述经叙理曰论。论者,伦也。伦理无爽,则圣意不坠。"表现了他的尊儒思想,所以他说:"述圣通经,论家之正体也。"关于论的特点,他说:"论也者,弥纶群言,而研精一理者也。"即"论"是概括各种说法,精研一种道理。对论的写作,他说:"原夫论之为体,所以辨正然否,穷于有数,追于无形,迹坚求通,钩深取极;乃百虑之筌蹄,万事之权衡也。故其义贵圆通,辞忌枝碎。必使心与理合,弥缝莫见其隙,辞共心密,敌人不知所乘:斯其要也。"意思说,考察论这种文体,它是用来辨别是非,探索具体问题,追究抽象道理,攻破难点以求贯通,深入探取理论的终极。它是表达各种思想的手段,衡量万事的秤杆,所以要求道理讲得全面而通达,文辞切忌支离破碎,一定要使思想与道理一致,组织严密,没有缝隙,文辞与思想密切结合,论敌无懈可击。这是论体的写作要点。所论颇中肯綮。至于"说",他说:"说者,悦也。兑为口舌,故言咨悦怿。"强调了说体的说服力。在写作上,他不同意陆机"说炜晔以谲诳"的说法,认为:"凡说之枢要,必使时利而义贞;进有契于成务,退无阻于荣身。自非谲敌,则唯忠与信。披肝胆以献主,飞文敏以济辞:此说之本也。"意思说,说体的关键,必须对当时有利而意义正确,进一步有助于完成事务,退一步不妨碍自己的荣显。若非欺骗敌人,就应讲究忠诚与信用。披肝沥胆以献主上,飞文竭智以助言辞。这是对说体的基本要求。所论比较切实。

徐师曾《文体明辨》论"论"云:"按勰之说如此。而萧统《文选》则分为三:设论居首,史论次之,论又次之。较诸勰说,差为未尽。唯设论,则勰所未及,而乃取《答客难》、《答宾戏》、《解嘲》三首以实之。夫文有答有解,已各自为一体,统不明言其体,而概谓之论,岂不误哉!然详勰之说,似亦有未尽者。愚谓析理亦与议说合契,讽(讽人)寓(寓己意)则与箴解同科,设辞则与问对一致;必此八者,庶几尽之。故今兼二子之说,广未尽之例,列为八品:一曰理论,二曰政论,三曰经论,四曰史论(有评议,述赞二体),五曰文论,六曰讽论,七曰寓论,八曰设论。"又论"说"云:"按字书:'说,解也,述也,解释义理而以己意述之也。'说之名起于《说卦》,汉许慎作《说文》,亦祖其名以命篇。而魏晋以来,作者绝少,独《曹植集》中有二首,而《文选》不载,故其体阙焉。要之傅于经义,而更出己见,纵横抑扬,以详赡为上而已;与论无大异也。"

林纾《春觉斋论文·流别论》云:"论之为体,包括弥广。议政、议战、议刑,可以抒己所见,陈其得失利病,虽名为议,实论体也。释经文,辨家法,争同异,虽名为传注之体,亦在在可出以议论。至于正史传后,原有赞评之格,述赞非论,仍寓褒贬,既名为评,亦正取其评论得失,仍论体也,不过名称略异而已。且唐宋人之赠序送序中语,何者非论? 特语稍敛抑,而文集诗集之序,虽近记事,而一涉诗文利弊,议论复因而发。欧公至于记山水厅壁之文,亦在在加以凭吊。凭吊古昔,何能无言? 有言即论。故曰,论之为体广也。"徐、林二氏之说,可补刘勰说之不足。

诏策第十九

本篇论述诏策。诏策就是帝王下达的命令。这种命令,在黄帝唐尧虞舜时称为命,在战国时称为令,秦朝称为制。汉朝之命有四种,即策书、制书、诏书、戒敕。"敕戒州部,诏诰百官,制施赦命,策封王侯",文体不同,作用亦各异。刘勰于诏策之文,特推汉武、建安和魏晋。他说:"武帝崇儒,选言弘奥。策封三王,文同训典;劝戒渊雅,垂范后代。……建安之末,文理代兴,潘勖《九锡》,典雅逸群。卫觊禅诰,符命炳耀,弗可加已。自魏晋诰策,职在中书,刘放、张华，互管斯任，施命发号，洋洋盈耳。魏文帝下诏，辞义多伟，至于作威作福，其万虑之一弊乎！晋氏中兴，唯明帝崇才，以温峤文清，故引入中书。自斯以后，体宪风流矣。"以上三个时期的诏策之文，皆盛极一时。诏策种种，各具不同的特点。刘勰说："故授官选贤，则义炳重离之辉；优文封策，则气含风雨之润；敕戒恒诰，则笔吐星汉之华；治戎燮伐，则声有洊雷之威；眚灾肆赦，则文有春露之滋；明罚敕法，则辞有秋霜之烈：此诏策之大略也。"各种诏策之文的特点，以譬喻出之，皆形象生动，易于理解。此外，还附论了戒、教、命三体。这三种文体都是上告下的文体，但与诏策不同，因为诏策是帝王专用的。

蔡邕《独断》云："策书，策者，简也。《礼》曰：'不满百丈，不书于策。'其制长二尺，短者半之，其次一长一短，两编，下附篆书，起年月日，称'皇帝曰'，以命诸侯王三公。其诸侯王三公之薨于位者，亦以策书诔谥其行而赐之，如诸侯之策。三公以罪免，亦赐策，文体如上策，而隶书以尺一木两行，唯此为异者也。

"制书，帝者制度之命也。其文曰'制'，诏三公，赦令、赎令之属是也。刺史太守相劾奏申，下上迁书，文亦如之。其征为九卿，若迁京师近臣，则言官具，言姓名；其免若得罪，无姓。凡制书有印，使符下，远近皆玺封；尚书令印重封，唯赦令、赎令、召三公诣朝堂受制书，司徒印封，露布下州郡。

"诏书者，诏诰也，有三品。其文曰'告某官，官如故事'，是为诏书。群臣有所奏请，尚书令奏之，下有'制曰天子答之曰可，若下官某'云云，亦曰诏书。群臣有所奏请，无尚书令奏'制'字，则答曰'已奏如书，本官下所当至'，亦曰诏。

"戒书，戒敕刺史太守及三边营官，被敕文曰'有诏敕某官'，是为戒敕也。世皆名此为策书，失之远矣。"

吴讷《文章辨体》论"诏"云:"按三代王言,见于《书》者有三:曰诰、曰誓、曰命。至秦改之曰诏,历代因之。然惟两汉诏辞深厚尔雅,尚为近古。至偶俪之作兴,而去古远矣。东莱吕氏云:'近代诏书,或用散文,或用四六。散文以深纯温厚为本;四六须下语浑全,不可尚新奇华巧而失大体。'"又论"册"云:"按《汉书》,天子所下之书有四,一曰策书。注曰:'策者,编简也。其制长二尺,短者半之。篆书,起维年月日,以命诸侯王公。若三公以罪免,亦赐策,则用一尺木而隶书之。'又按唐《百官志》曰:'王言有七,一曰册书,立皇后皇太子,封诸王则用之。'《说文》云:'册者,符命也。诸侯进受于王,象其札一长一短,中有二编之形。'当作册,古文作笧,盖册、策二字通用。至唐宋后不用竹简,以金玉为册,故专谓之册也。若其文辞体制,则相祖述云。"又论"戒"云:"按韵书:'诫者,警敕之辞。'《文章缘起》曰:'汉杜笃作《女诫》。'辞已弗传。昭明《文选》亦无其体。今特取先正诫子孙及警世之语可为法戒者,录之于编,庶读者得所警发焉。"

徐师曾《文体明辨》论"教"云:"按刘勰云:'教者,效也,言出而民效也。'李周翰云:'教,示于人也。'秦法,王侯称教,而汉时大臣亦得用之,若京兆尹王尊出教告属县是也。故陈绎曾以为大臣告众之词。"又论"命"云:"按朱子云:'命犹令也。'字书:'大曰命,小曰令。'此命、令之别也。上古王言同称为命:或以命官,如《书·说命》、《冏命》是也;或以封爵,如《书·微子之命》、《蔡仲之命》是也;或以饬职,如《书·毕命》是也;或以锡赉,如《书·文侯之命》是也;或传遗诏,如《书·顾命》是也。秦并天下,改名曰制。汉唐而下,则以策书封爵制诰命官,而'命'之名亡矣。"

蔡邕和吴、徐二氏的论述皆提供了有关资料,对我们理解刘勰的论述有帮助。

檄移第二十

本篇论述檄、移二体。战国以前有檄文一类的文章,但无"檄"的名称。战国时始有"檄"的名称。刘勰说:"檄者,皦也。宣露于外,皦然明白也。"简要指出檄的特点。如隗嚣《移檄告郡国》、陈琳《为袁绍檄豫州》、钟会《移檄蜀将吏士民》、桓温《檄胡文》皆为檄中佳作。刘勰认为:"凡檄之大体,或述此休明,或叙彼苛虐,指天时,审人事,算强弱,角权势,标蓍龟于前验,悬鞶鉴于已然,虽本国信,实参兵诈。谲诡以驰旨,炜晔以腾说。凡此众条,莫之或违者也。故其植义扬辞,务在刚健。插羽以示迅,不可使辞缓;露板以宣众,不可使义隐。必事昭而理辨,气盛而辞断,此其要也。"意思是,檄的主要特点,有的说我方的美好清明,有的讲敌方的严厉残暴,指明天时,审察人事,计算强弱,衡量权势,以前验来预卜吉凶,用往事来提供借鉴。虽然本于国家的信用,其实已参入用兵的诡诈。以奇诡的语言宣传自己的意旨,以鲜明的语言来宣扬自己的主张。檄文不能违背这些,所以檄文确立意义,运用文辞,务必坚强有力。檄文插上羽毛表示紧急,不可使文辞写得舒缓;显露的木板是向大众宣传的,不可使意义隐晦;必须事情明白,道理清楚,气势旺盛,文辞果断。这里详述了檄文的特点和写作要点。至于"移",刘勰说:"移者,易也。移风易俗,令往而民随者也。"这是点明移的作用。司马相如的《难蜀父老》,是移中的名篇,刘歆的《移太常博士书》,是政治方面移文的首篇。陆机的《移百官文》,是军事方面移文的重要篇章。移文与檄文用意微有不同,而体制与意义大致相同,所以就不再重复论述了。

徐师曾《文体明辨》论"檄"云:"按《释文》云:'檄,军书也。'

《说文》云：'以木简为书，长尺二寸，用以号召；若有急则插鸡羽而遣之，故谓之羽檄，言如飞之急也。'古者用兵，誓师而已。至周乃有文告之辞；而檄之名则始见于战国。《史记》载张仪为檄以告楚相曰：'始吾从若饮，我不盗而璧，若笞我。若善守汝国，我顾且盗而城。'是也。后人仿之，代有著作。而其辞有散文，有俪语。俪语始于唐人，盖唐人之文皆然，不专为檄也。"亦可供参考。

封禅第二十一

本篇论述封禅文。封禅是中国封建时代的大典。古人认为五岳中以东岳泰山最高，帝王应到泰山去祭祀，登泰山筑坛祭天谓之"封"，在泰山附近梁父山祭地谓之"禅"。封禅是宣扬皇权神授的欺骗行为，封禅文是歌功颂德之作。文中论及司马相如《封禅文》、张纯《泰山刻石文》、扬雄《剧秦美新》、班固《典引》、邯郸淳《受命述》、曹植《魏德论》等作品，指出："兹文为用，盖一代之典章也。构位之始，宜明大体，树骨于训典之区，选言于宏富之路；使意古而不晦于深，文今而不坠于浅，义吐光芒，辞成廉锷，则为伟矣。"这是说，此体文章的作用，是用在一代之大典。文章布局之始，应明白其总体。从《尚书》之《伊训》、《尧典》一类文字树立骨干，从宏伟富丽的著作中选择语言，使内容古雅而不深奥隐晦，文辞适应时代而不流于浅薄，意义放光芒，文辞有锋芒，便是大作品。刘勰从封禅文的代表作品中归纳出来的写作要求自然有它的道理。但是，这类文章在今天看来是没有什么价值的。由于历史的原因，刘勰十分重视封禅文，并且写了这篇专论，这是可以理解的。

章表第二十二

本篇论述章、表二体。章表之体,古已有之。战国时称为上书,秦时称为奏,汉时分为四种,即章、奏、表、议。东汉以后,章表渐多,如孔融的《荐祢衡表》、诸葛亮的《出师表》、羊祜的《让开府表》、庾亮的《让中书监表》、刘琨的《劝进表》等,皆为此中名篇。刘勰认为:"原夫章表之为用也,所以对扬王庭,昭明心曲。既其身文,且亦国华。章以造阙,风矩应明;表以致禁,骨采宜耀。循名课实,以章为本者也。是以章式炳贲,志在典谟,使要而非略,明而不浅。表体多包,情伪屡迁,必雅义以扇其风,清文以驰其丽。然恳恻者辞为心使,浮侈者情为文使,繁约得正,华实相胜,唇吻不滞,则中律矣。"这是说,章表的作用,是用来报答皇恩,宣扬朝廷,表明内心的。既能显出自身的文采,又能显示朝廷的荣光。章上朝廷,风格规范应该显明;表呈宫禁,骨力文采应该显耀。按照章表名称考察其实质,以文采为本。所以章的体式明显光耀,意在仿效《尚书》中的《尧典》、《皋陶谟》等文章,使它精要而不简略,明显而不肤浅。表的体制包涵丰富,真伪多变,必须以雅正的意义以增其风力,以清新的文辞的发挥其华美。诚挚的作者文辞为情志所驱使,浮夸的作者情志为文辞所支配,必须做到繁简适当,华实相称,音调流畅,就合乎章表的法则了。这里,比较全面地道出了章表的写作特点。

李充《翰林论》论"表"云:"表宜以远大为本,不以华藻为先。若曹子建之表,可谓成文矣。诸葛亮之表刘主,裴公之辞侍中,羊公之让开府,可谓德音矣。"

唐牛希济《表章论》云:"人君尊严,臣下之言不可达于九重。

表章之用,下情可以上达,得不重乎!历观往代策文奏议及国朝元和以前名臣表疏,词尚简要,质胜于文,直指是非,坦然明白,致时君易为省览。"(《文苑英华》卷七四二)

宋王应麟《玉海》卷二〇三《辞学指南》云:"表,明也,标也,标著事序,使之明白。三王以前,谓之敷奏。秦改为表。汉群臣书四品,三曰表。(注:不需头,上言臣某言,下言诚惶诚恐,顿首顿首。左方下附曰:某官臣甲乙上。)阳嘉元年,左雄言孝廉先诣公府文吏课笺奏,又胡广以孝廉试章奏,然则章表试士,其始此欤!"又卷二〇四《修辞指南》云:"大抵表文以简洁精致为先,用事不要深僻,造语不可尖新,铺叙不要繁冗,此表之大纲也。"

吴讷《文章辨体》论"表"云:"按韵书:'表,明也,标也,标著事绪,使之明白以告乎上也。'三代以前,谓之敷奏。秦改曰表。汉因之。窃尝考之,汉晋皆尚散文,盖用陈达情事,若孔明前后《出师》、李令伯《陈情》之类是也。唐宋以后,多尚四六。其用则有庆贺,有辞免,有陈谢,有进书,有贡物,所用既殊,则其辞亦各异焉。西山云:'表中眼目,全在破题,要见尽题意,又忌太露。贴题目处,须字字精确。且如进实录,不可移于日录。若泛滥不切,可以移用,便不为工矣。大抵表文以简洁精致为先,用事忌深僻,造语忌纤巧,铺叙忌繁冗。'"

徐师曾《文体明辨》论"章"云:"按刘勰云:'章者,明也。'古人言事,皆称上书。汉定礼仪,乃有四品,其一曰章,用以谢恩。及考后汉,论谏庆贺,间亦称章,岂其流之寖广欤?自唐而后,此制遂亡。"

林纾《春觉斋论文·流别论》云:"窃谓章表,即今之奏议。古谓'章以谢恩,奏以按劾,表以陈情,议以执异'。今之体裁,唯申贺谢恩,则仍用表式;其余奏议,通曰奏摺。古之奏议取直,今之奏议取密。直者,任气撼忠,以所言达其所蕴;凡德不聪,佥壬在侧,乱萌政弊,一施匡正,一加弹劾,不能以格式拘,亦不必以忌讳避。至于密之为言,则粉饰补救,俾无罅隙之谓。"以上诸说,各有所见,可供参考。

奏启第二十三

　　本篇论述奏、启二体。刘勰认为,上书陈述政事,献上礼仪典制,报告紧急情况,弹劾犯罪的官员,皆称为奏。"奏,进也。言敷于下,情进于上也。"所谓奏,就是进的意思。臣子在下面讲,君主在上面听。奏的特点:"夫奏之为笔,固以明允笃诚为本,辨析疏通为首。强志足以成务,博见足以穷理,酌古御今,治繁总要:此其体也。"意思是,"奏"这种无韵之文,本以明白信实、忠厚诚恳为本,以辨别分析、疏朗通畅为首。有坚强的意志,足以完成任务;有博大的见识,足以穷尽事理,斟酌古事,处理今务。处理纷繁之事务,能抓住要害。这就是奏体的基本要求。刘勰特别强调"按劾之奏",因为这是用来严明法纪、清除弊政的。这种文体的要求是,树立规范,权衡法度,应该明白地体现要义。必须使说理有风范,文辞有法度,抓住法家的判断、掌握儒家的文辞,不畏强暴,使气势流于笔墨之中。不放纵伪善作恶之人,使声势振动于文字之外。这就可以称为御史大夫的杰作,正义的壮举了。至于启,"启者,开也。"其基本要求是,必须收敛整饬合乎法规,音节要短促,辨明要义要简明轻快,有文采而不浮夸。最后提到"谠言"、"封事"、"便宜",皆与奏启有关,就不再论列了。

　　徐师曾《文体明辨》论"奏疏"云:"按奏疏者,群臣论谏之总名也。奏御之文,其名不一,故以奏疏括之也。七国以前,皆称上书。

秦初,改书曰奏。汉定礼仪,则有四品:一曰章,以谢恩;二曰奏,以按劾;三曰表,以陈请;四曰议,以执异。然当时奏章,或上灾异,则非专以谢恩。至于奏事亦称上疏,则非专以按劾也。又按劾之奏,别称弹事,尤可以征弹劾为奏之一端也。又置八仪,密奏阴阳,皂囊封板,以防宣泄,谓之封事。而朝臣补外,天子使人受所欲言,及有事下议者,并以书对。则汉之制,岂特四品而已哉!然自秦有天下,以及汉孝惠,未闻有以书言事者。至孝文开广言路,于是贾山言治乱之道,名曰《至言》,则四品之名,亦非叔孙通之所定,明矣。魏晋以下,启独盛行。唐用表状,亦称书疏。宋人则监前制而损益之,故有劄子,有状,有书,有表,有封事,而劄子之用居多;盖本唐人榜子、录子之制而更其名,乃一代之新式也。

"上书章表,已列前编,其他篇目,更有八品,今取而总列之:一曰奏。奏者,进也。二曰疏。疏者,布也。汉时诸王官属于其君,亦得称疏,故以附焉。三曰对。四曰启。启者,开也。五曰状。状者,陈也。状有二体,散文、俪语是也。六曰劄子。劄者,刺也。七曰封事。八曰弹事。各以类从。而以《至言》冠于篇,以其无可附也。至于疏、对、启、状、劄五者,又皆以'奏'字冠之,以别于臣下私相对答往来之称。读者亦庶乎有所考矣。

"及论其文,则皆以明允笃诚为本,辨析疏通为要,酌古御今,治繁总要,此其大体也。奏启入规而忌侈文,弹事明宪而戒善骂,世人所作,多失折衷,此又学者所当知也。"

徐氏赞同刘勰的观点,其论述亦可供参考。

议对第二十四

本篇论述议、对二体。"议之言宜,审事宜也。"这是说,议的意思是适宜,考察事情要适宜。其写作要求为:"其大体所资,必枢纽经典,采故实于前代,观通变于当今;理不谬摇其枝,字不妄舒其藻。又郊祀必洞于礼,戎事必练于兵,田谷先晓于农,断讼务精于律。然后标以显义,约以正辞,文以辨洁为能,不以繁缛为巧;事以明核为美,不以深隐为奇:此纲领之大要也。"意思是,议的主要依据,必须以经典为关键。采掇以前的故事,观察当今的继承与变化,说理不应在枝节问题上发谬论,用词不应乱用辞藻。议祭祀必须洞悉礼仪,议军事必须熟悉兵法,议种田要先通晓农业,议断案务必精通法律,然后突出其要义,运用准确的文辞。议体文章以明辨简洁为能,不以繁富藻丽为巧。议事以明白核实为美,不以曲折隐晦为奇。这是议体的主要写作纲领。至于对策,"应诏而陈政",是"议之别体"。"对"体应做到议事要深通从政的方法,说理要紧密切合当时的实际,参考三皇五帝的经验治世,而不是不着边际的唱高调,要随机应变以拯救世俗,而不是刻薄的虚伪立论。如风之广大而吹得遥远,如水之盛大而不泛滥。这才是美好的对策。但是,要做到这些,也不是那么容易的。

吴讷《文章辨体》论"议"云:"《周书》曰:'议事以制,政乃不迷。'眉山苏氏释之曰:'先王人法并任,而任人为多,故临事而议。'是则国之大事,合众议而定之者尚矣。"又论"制策"云:"按《说文》:策者,谋也。凡录政化得失,显而问之,谓之对策。考之于史,实始汉之晁错。错遇文帝恭谦好问之主,不能明目张胆以答所问,惜哉!惟董仲舒学识醇正,又遇孝武初政清明,策之再三,故克罄竭所蕴,帝因是罢黜百家,专崇孔子,以表章《六经》,厥功茂焉。迨后,惟宋苏氏之答仁宗制策,亦克输忠陈义,婉切恳到,君子有所取焉。"

徐师曾《文体明辨》论"策问"云:"按古者选士,询事考言而已,未有问之以策者也。汉文中年,始策贤良,其后有司亦以策试士,盖欲观其博古之学,通今之才,与夫剸剧解纷之识也。然对策存乎士子,而策问发于上人,尤必通达古今,善为疑难者,而后能之。不然,其不反为士子所笑者几希矣。"又论"议"云:"按刘勰云:'议者,宜也,周爱谘谋以审事宜也。'《周书》曰:'议事以制,政乃不违。'此之谓也。昔管仲称轩辕有明台之议,则议之来远矣。至汉,始立驳议。驳者,杂也,杂议不纯,故曰驳也。盖古者国有大事,必集群臣而廷议之,交口往复,务尽其情,若罢盐铁、击匈奴之类是也。厥后下公卿议,乃始撰词书之简牍以进,而学士偶有所见,又复私议于家,或商今,或订古,由是议寖盛焉。然其大要在于据经析理,审时度势。文以辨洁为能,不以繁缛为巧,事以明核为美,不以深隐为奇,乃为深达议体者尔。"

吴、徐二氏对议政之文和对策之文二体之论述,或上承刘勰之观点,或下抒一己之见,虽无甚高论,亦有可供参考之处。

书记第二十五

本篇论述书记。因为"书记广大,衣被事体,笔札杂名,古今多品",所以作者除对书信和笺记作了重点论述之外,还论及谱、籍、簿、录等二十四种文体。值得注意的是书信和笺记。刘勰说:"书者,舒也。舒布其言,陈之简牍,取象于夬,贵在明决而已。"这是说,书是发布的意思,将要说的话发布出来,写在竹简、木板上,《周易》取《夬》象,意在文字以明确决断为重。他又说:"详总书体,本在尽言,言以散郁陶,托风采,故宜条畅以任气,优柔以怿怀。文明从容,亦心声之献酬也。"意思是,详细地总结书体,本在把要说的话说完,说话用以舒散胸中之郁积,寄托其风采,所以应该条理畅达以放任志气,优雅柔和地抒发喜悦的胸怀,文辞明白,态度从容,也是心情之交流。这里扼要地道出书体的特点。至于笺记,刘勰说:"记之言志,进己志也。笺者,表也,表识其情也。"记,即志,表述自己的情志;笺,即表,表明他的思想感情。其写作的基本要求是:"原笺记之为式,即上窥乎表,亦下睨乎书,使敬而不慑,简而无傲,清美以惠其才,彪蔚以文其响,盖笺记之分也。"意思是,探究笺记之体,既上窥表之规格,也下观书之体式,使其如表之恭敬而不畏惧,如书之简要而不傲慢,以清丽的采藻施展其才能,以华美的词句增强其影响。这就是笺记的体制。

徐师曾《文体明辨》论"书记"云:"按刘勰云:'书记之用广矣。'考其杂名,古今多品,是故有书,有奏记,有启,有简,有状,有疏,有笺,有剳,而书记则其总称也。夫书者,舒也,舒布其言而陈之简牍也。记者,志也,谓进己志也。启,开也,开陈其意也。一云跪也,跪而陈之也。简者,略也,言陈其大略也。或曰手简,或曰小简,或曰尺牍,皆简略之称也。状之为言陈也,疏之为言布也。以上六者,秦汉以来,皆用于亲知往来问答之间。而书、启、状、疏,亦以进御。独两汉无启,则以避景帝讳而置之也。又古者郡将奏笺,故黄香奏笺于江夏。厥后专用于皇后太子诸王,其下遂不敢称。而剳独行于宋、盛于元,有叠副提头画一之制,烦猥可鄙。然以吕祖谦之贤而亦为之,则其习非一日矣。故笺者,今人所不得用,而剳者,吾儒所鄙而不屑也。……盖尝总而论之,书记之体,本在尽言,故宜条畅以宣意,优柔以怿情,乃心声之献酬也。若夫尊卑有序,亲疏得宜,是又存乎节文之间,作者详之。"录之以供参考。

神思第二十六

本篇是《文心雕龙》的第二十六篇，即其下半部的首篇。显然，刘勰是把"神思"作为创作过程中的首要问题。什么是"神思"？刘勰说："古人云：'形在江海之上，心存魏阙之下。'神思之谓也。"这是借用《庄子》的话来阐明"神思"的含义。这里"神思"主要是指想象。可是，本篇由想象论到意象、语言、修改等，可见所论主要是艺术构思。艺术构思问题，陆机的《文赋》进行了比较细致的论述。刘勰在陆机论述的基础上，对这个问题作了进一步的探讨。文章首先说到构思的过程。它生动地描述了作家创作时的想象的特点："寂然凝虑，思接千载，悄焉动容，视通万里。"想象的活动是没有任何时间和空间的限制的。但是，它离不开客观事物，所以刘勰指出："思理为妙，神与物游。"这种物我交融的境界，正是形象思维的一个基本特点。刘勰还强调平时注意提高素养的必要性，因此，"积学以储宝，酌理以富才，研阅以穷照，驯致以怿辞"。这四种基本训练是不可或缺的。然后，他以司马相如、扬雄和曹植、王粲等作家为例，说明构思"迟速"的不同情况，并深刻指出："难易虽殊，并资博练。"最后，提到修改加工的重要。他以布和麻为喻，形象地说明作品经过修改加工，就可以"焕然乃珍"。本篇所论"神思"的一些特点，对于我们今天研究形象思维，颇有参考价值。

清代章学诚说："刘勰氏出，本陆机说而昌论文心。"（《文史通义·文德》）此说甚是。

陆机《文赋》论构思云："其始也，皆收视返听，耽思旁讯，精骛八极，心游万仞。其致也，情瞳眬而弥鲜，物昭晰而互进，倾群言之沥液,漱六艺之芳润,浮天渊以安流,濯下泉而潜浸。于是沉辞怫悦,若游鱼衔钩而出重渊之深;浮藻联翩,若翰鸟缨缴而坠曾云之峻。收百世之阙文,采千载之遗韵;谢朝华于已披,启夕秀于未振。观古今于须臾,抚四海于一瞬。"《文心雕龙》的构思论显然受了它的影响。

又,萧子显曰:"文章者,盖性情之风标,神明之律吕也。蕴思含毫,游心内运,放言落纸,气韵天成……属文之道,事出神思,感召无象,变化无穷。俱五声之音响,而出言异句,等万物之情状,而下笔殊形。"(《南齐书·文学传论》)亦论及神思,并可参考。

体性第二十七

本篇论述作品风格与作家个性的关系。文章首先指出作家的才、气、学、习和作品风格的关系。一个作家有什么样的才、气、学、习,其作品就表现出什么样的辞理、风趣、事义、体式。"各师成心,其异如面",作家的风格就像他们的面貌一样,各个人是不相同的。"吐纳英华,莫非情性",刘勰列举了许多作家,以证明作家"情性"与作品风格的密切关系。他说:"是以贾生俊发,故文洁而体清;长卿傲诞,故理侈而辞溢;子云沉寂,故志隐而味深;子政简易,故趣昭而事博;孟坚雅懿,故裁密而思靡;平子淹通,故虑周而藻密;仲宣躁锐,故颖出而才果;公幹气褊,故言壮而情骇;嗣宗俶傥,故响逸而调远;叔夜俊侠,故兴高而采烈;安仁轻敏,故锋发而韵流;士衡矜重,故情繁而辞隐。"所谓"情性",指才、气,也应包括学、习,因为它们都与"情性"有密切关系。刘勰将作家风格的形成归之于作家的才、气、学、习,显然是不够的,因为风格的形成是多种因素决定的。风格是多种多样的,刘勰归纳为八种,即典雅、远奥、精约、显附、繁缛、壮丽、新奇、轻靡。在这八种风格中,刘勰首肯的是"典雅",而对"新奇"、"轻靡"两种风格颇有微辞。这和他的宗经思想有关系。

刘勰之前,亦有论及风格者,如曹丕《典论·论文》云:"夫文本同而末异,盖奏议宜雅,书论宜理,铭诔尚实,诗赋欲丽。"陆机《文赋》云:"故夫夸目者尚奢,惬意者贵当,言穷者无隘,论达者唯旷。诗缘情而绮靡,赋体物而浏亮;碑披文以相质,诔缠绵而凄怆;铭博约而温润,箴顿挫而清壮;颂优游以彬蔚,论精微而朗畅;奏平彻以闲雅,说炜晔而谲诳。"以上论述对刘勰皆有一定的影响。

与刘勰同时之萧子显《南齐书·文学传论》云:"今之文章,作者虽众,总而为论,略有三体。一则启心闲绎,托辞华旷,虽存巧绮,终致迂回。宜登公宴,本非准的。而疏慢阐缓,膏肓之疾,典正可采,酷不入情。此体之源,出灵运而成也。次则缉事比类,非对不发,博物可嘉,职成拘制。或全借古语,用申今情。崎岖牵引,直为偶说。唯睹事例,顿失清采。此则傅玄五经,应璩指事,虽不全似,可以类从。次则发唱惊挺,操调险急,雕藻淫艳,倾炫心魂。亦犹五色之有朱紫,八音之有郑、卫。斯鲍照之遗烈也。"此论当时文学,亦涉及风格。

刘勰之后,《朦翁诗评》云:"因暇日与弟侄辈评古今诸名人诗:魏武帝如幽燕老将,气韵沉雄;曹子建如三河少年,风流自赏;鲍明远如饥鹰独出,奇矫无前;谢康乐如东海扬帆,风日流丽;陶彭泽如绛云在霄,舒卷自如。……"(《诗人玉屑》卷二)朦翁论作家风格,语言简约,形象生动。姚鼐《复鲁絜非书》云:"鼐闻天地之道,阴阳刚柔而已。文者,天地之精英,而阴阳刚柔之发也。惟圣人之言,统二气之会而弗偏,然而《易》、《诗》、《书》、《论语》所载,亦间有可以刚柔分矣。值其时其人,告语之体,各有宜也。自诸子而降,其为文无弗有偏者。其得于阳与刚之美者,则其文如霆,如电,如长风之出谷,如崇山峻崖,如决大川,如奔骐骥;其光也,如杲日,如火,如金镠铁;其于人也,如凭高视远,如君而朝万众,如鼓万勇士而战之。其得于阴与柔之美者,则其文如开初日,如清风,如云,如霞,如烟,如幽林曲涧,如沦,如漾,如珠玉之辉,如鸿鹄之鸣而入寥廓;其于人也,漻乎其如叹,邈乎其如有思,暖乎其如喜,愀乎其如悲。观其文,讽其音,则为文者之性情形状举以殊焉。"姚氏论风格,比喻具体,说明风格之美,颇有特色。

风骨第二十八

本篇论述"风骨"。什么是"风骨"?研究者众说纷纭,有人认为,"风即文意,骨即文辞"(黄侃《文心雕龙札记·风骨》);有人认为,"风""以喻文之情思","骨""以喻文之事义"(刘永济《文心雕龙校释·风骨》);有人认为,"'风骨'是思想性和艺术性的统一体,它的基本特征,在于明朗健康,遒劲有力"(郭绍虞主编《中国历代文论选》一)。有人认为,"风,是对作品内容方面的美学要求","骨是对作品文辞方面的美学要求"(周振甫《文心雕龙注释·风骨》),等等,迄无定论。根据刘勰的论述,我们认为,"风"指内容充实、纯正和富于感染力。"骨"指文辞之准确、精练、遒劲和富于表现力。这二者是统一的。"风骨"是刘勰对作品的思想内容和表现形式提出的最高要求。他要求作品"风清骨峻",即具有昂扬爽朗、刚劲有力的风格特色。刘勰还谈到"风骨"和"采"的关系。他说:"夫翚翟备色而翾翥百步,肌丰而力沉也;鹰隼乏采而翰飞戾天,骨峻而气猛也。文章才力,有似于此。若风骨乏采,则鸷集翰林;采乏风骨,则雉窜文囿:惟藻耀而高翔,固文笔之鸣凤也。"采,指文采。这里,刘勰以"风骨"与"采"对举,认为不论是"采乏风骨",还是"风骨乏采",都不是理想的作品。只有"藻耀而高翔",即既有文采,又有风骨的作品,才是佳作。刘勰所倡导的"风骨"论,是对我国古代文学优良传统的继承和发展,它对后世的影响是十分深远的。

唐代陈子昂《与东方左史虬修竹篇序》云:"文章道弊五百年矣。汉、魏风骨,晋、宋莫传,然而文献有可征者,仆尝暇时观齐、梁间诗,彩丽竞繁,而兴寄都绝,每以永叹。思古人常恐逶迤颓靡,风雅不作,以耿耿也。一昨于解三处见明公《咏孤桐篇》,骨气端翔,音情顿挫,光英朗练,有金石声。遂用洗心饰视,发挥幽郁。不图正始之音,复睹于兹,可使建安作者相视而笑。解君云:'张茂先、何敬祖、东方生,与其比肩。'仆亦以为知言也。故感叹雅制,作《修竹诗》一篇,当有知音以传示之。"陈氏批评齐、梁以来的不良诗风,肯定了"汉、魏风骨"的优良传统,可供参考。

唐殷璠《河岳英灵集》卷下云:"元嘉以还,四百年内,曹、刘、陆、谢,风骨顿尽。"

宋严羽《沧浪诗话·诗评》云:"黄初之后,惟阮籍《咏怀》之作,极为高古,有建安风骨。"

明何良俊《四友斋丛说》(卷二十四)云:"永明以后,当推徐、庾、阴、何,盖其诗尚本于性情,但以其工为柔曼之语,故乏风骨。"

明胡应麟《诗薮·内编》卷三云:"《易水歌》仅十数言,而凄婉激烈,风骨情景,种种具备。亘千载下,复欲二语,不可得。"

明胡应麟《诗薮·外编》卷二云:"平原气骨远非太冲比。然仲默亟称阮、陆,献吉并推陆、谢,以其体备才兼,嗣魏开宋耳。"

清沈德潜《古诗源》卷十三何逊诗总评云:"仲言诗虽乏风骨,而情词宛转,浅语俱深,宜为沈、范心折。"

清沈德潜《唐诗别裁》卷一魏征《述怀》评语云:"气骨高古,变从前纤靡之习;盛唐风格,发源于此。"

清沈德潜《唐诗别裁》卷一陈子昂诗总评云:"追建安风骨,变齐、梁之绮靡,寄兴无端,别有天地。"

以上评论,皆以风骨为标准,可供参考。

通变第二十九

通,指继承;变,指创新。本篇论述文学的继承和创新问题。刘勰认为,"设文之体有常,变文之数无方"。"有常",就必须有所继承;"无方",就必须有所创新。就继承而言,刘勰指出:"楚之骚文,矩式周人;汉之赋颂,影写楚世;魏之策制,顾慕汉风;晋之辞章,瞻望魏采。"这些都是中国文学史上的事实。就创新言,刘勰指出:"黄唐淳而质,虞夏质而辨,商周丽而雅,楚汉侈而艳,魏晋浅而绮,宋初讹而新。"文学的发展,各个时代都有自己的新变化和新特点。刘勰对"丽而雅"的商周文学十分赞赏,而对近代文风怀有不满情绪。如何纠正这些偏向呢?刘勰认为,"矫讹翻浅,还宗经诰"。这里又表现了刘勰的宗经思想。不过,这在当时有补偏救弊的意义。他还举出枚乘、司马相如、马融、扬雄、张衡等人因袭相循的例子,借以说明通变的方法。刘勰如此理解通变,未免过于狭隘。但是,他在本篇"赞"云:"文律运周,日新其业。变则其久,通则不乏。趋时必果,乘机无怯。望今制奇,参古定法。"前四句是说,文学事业日新月异地发展,善于创新才能持久,善于继承才不贫乏。后四句是说,适应时代变化必须果敢,要看准当今的趋势创作出色的作品,参考古代文章的得失确定写作法则。这里指明了通变的作用,并正确地解决了古今的关系问题,值得我们注意。

《周易·系辞上》云:"参伍以变,错综其数。通其变,遂成天下之文;极其数,遂定天下之象。非天下之至变,其孰能与此?"

《周易·系辞下》云:"神农氏没,黄帝、尧、舜氏作,通其变,使民不倦,神而化之,使民宜之。易穷则变,变则通,通则久。是以自天佑之,吉无不利。"

《易传》论通变之理。这是刘勰的理论根据。

文学总是不断发展变化的。萧子显《南齐书·文学传论》云:"习玩为理,事久则渎。在乎文章,弥患凡旧;若无新变,不能代雄。"清叶燮《原诗》云:"盖自有天地以来,古今世运气数,递变迁以相禅。古云:'天道十年而一变。'此理也,亦势也。无事无物不然,宁独诗之一道胶固而不变乎?今就《三百篇》言之,风有正风,有变风;雅有正雅,有变雅。风雅已不能不由正而变,吾夫子亦不能存正而删变也。则后此为风雅之流者,其不能伸正而诎变也明矣。汉苏、李始创为五言,其时又有亡名氏之《十九首》,皆因乎《三百篇》者也;然不可谓即无异于《三百篇》,而实苏、李创之也。建安、黄初之诗,因于苏、李与《十九首》者也;然《十九首》止自言其情,建安、黄初之诗,乃有献酬、纪行、颂德诸体,遂开后世种种应酬等类,则因而实为创,此变之始也。《三百篇》一变而为苏、李,再变而为建安、黄初。建安、黄初之诗,大约敦厚而浑朴,中正而达情;一变而为晋,如陆机之缠绵铺丽,左思之卓荦磅礴,各不同也。其间屡变而为鲍照之逸俊,谢灵运之警秀,陶潜之澹远;又如颜延之之藻缋,谢朓之高华,江淹之韶妩,庾信之清新;此数子者,各不相师,咸矫然自成一家,不肯沿袭前人以为依傍,盖自六朝而已然矣。"萧、叶二氏之论述,皆有见地,可供参考。

定势第三十

本篇论述文章体裁与风格的关系。所谓"势"即体势,亦即文体风格。文体风格是怎样形成的呢?刘勰指出:"夫情致异区,文变殊术,莫不因情立体,即体成势也。势者,乘利而为制也。如机发矢直,涧曲湍洄,自然之趣也。"意思是,体裁是根据内容确定的,随着体裁的确定,自然形成一定的体势,即风格。这好像弓弩发箭,必然是直的。又如山中涧水曲折,则水流一定湍急、迂回。文章体裁不同,其风格就不同。刘勰还对《文心雕龙》上半部论述的各体文章的风格加以归纳,他说:"章、表、奏、议,则准的乎典雅;赋、颂、歌、诗,则羽仪乎清丽;符、檄、书、移,则楷式于明断;史、论、序、注,则师范于核要;箴、铭、碑、诔,则体制于弘深;连珠、七辞,则从事于巧艳。"这一段话实际上是对文体论各篇关于风格问题论述的一个简要概括。本篇提到"势有刚柔",这是指文章的阳刚、阴柔两类风格,但是,刘勰所论语焉不详。清代古文家姚鼐在《复鲁絜非书》中对此作了颇为具体、生动的论述,可补刘勰论述之不足(请参阅本书《体性》篇之题解)。本篇还论及"奇正"问题。奇、正是两种不同的文章体势,有时也指两种不同的表现手法。针对"自近代辞人,率好诡巧"的情况,刘勰反对"逐奇而失正",主张"执正以驭奇",是完全正确的。《知音》篇中的"六观",有"观奇正"一条。可见"奇正"是刘勰论文的一对重要概念,应引起我们的重视。

黄侃《文心雕龙札记·定势》云:"言形势者,原于臬之测远近,视朝夕,苟无其形,则臬无所加,是故势不得离形而成用。言气势者,原于用臬者之辨趣向,决从违,苟无其臬,则无所奉以为准,是故气势亦不得离形而独立。文之有势,盖兼二者之义而用之。知凡势之不能离形,则文势亦不能离体也;知远近朝夕非檠所能自为,则阴阳刚柔亦非文势所能自为也;知趣向从违随乎物形而不可横杂以成见,则为文定势,一切率乎文体之自然,而不可横杂以成见也。"此言文势不能离形离体,率乎文体之自然,颇为精辟,可供参考。

情采第三十一

本篇主要论述文学作品的内容和形式的关系问题。"文附质","质待文",概括了刘勰关于文学作品和形式有机统一的思想。这是他这方面论述的精髓。当然,在作品中内容和形式二者是统一的,但并不是并列的。刘勰说:"夫铅黛所以饰容,而盼倩生于淑姿;文采所以饰言,而辩丽本于情性。故情者,文之经,辞者,理之纬;经正而后纬成,理定而后辞畅,此立文之本源也。"他把内容比作"经",形式比作"纬"。他认为写文章如同织布,首先确定经线,然后才能确定纬线,既要首先确定内容,然后才能用文辞表现出来。这是说,内容是决定形式的。刘勰的这一看法显然是符合创作实践的。正是从这一点出发,他针对当时文坛上的浮靡文风,主张"为情而造文",反对"为文而造情"。他认为,为了表达思想感情而写作,写出的作品文字精练而内容真实;为写作而虚造思想感情,写出的作品文辞华丽而内容浮泛。刘勰主张内容决定形式,不是说就可以不重形式,相反,他十分重视形式的作用,所以在《文心雕龙》中,他以大量的篇幅论述声律、对偶、比兴、夸饰、用典等问题。但是,他认为"文不灭质,博不溺心",即做到形式虽然华美,却不掩盖其内容,辞采虽然繁富,却不淹没作家的思想感情;必须做到"文质相称",也就是说,文学作品的内容和形式有机地统一起来,才是好作品。

作品的内容和形式的关系问题,即文与质的问题,最早论及的是孔子。《论语·雍也》云:"子曰:'质胜文则野,文胜质则史。文质彬彬,然后君子。'"又《论语·颜渊》云:"棘子成曰:'君子质而已矣,何以文为?'子贡曰:'惜乎!夫子之说君子也,驷不及舌。文犹质也,质犹文也,虎豹之鞟,犹犬羊之鞟。'"此说对刘勰很有影响。

《韩非子·解老》篇云:"礼为情貌者也,文为质饰者也。夫君子取情而去貌,好质而恶饰。夫恃貌而论情者,其情恶也;须饰而论质者,其质衰也。何以论之?和氏之璧,不饰以五彩;隋侯之珠,不饰以银黄。其质至美,物不足以饰之,夫物之待饰而后行者,其质不美也。"韩非之说表现了法家的文质观。

汉刘安《淮南子·缪称训》之:"文者所以接物也,情系于中,而欲发外者也。以文灭情,则失情;以情灭文,则失文;文情理通,则凤麟极矣。"这是杂家的文质观。

南朝梁刘孝绰说:"窃以属文之体,鲜能周备。长卿徒善,既累为迟;少儒虽疾,俳优而已。子渊淫靡,若女工之蠹;子云侈靡,异诗人之则。孔璋词赋,曹祖劝其修令;伯喈答赠,挚虞知其颇古。孟坚之颂,尚有似赞之讥;士衡之碑,犹闻类赋之贬。深乎文者,兼而善之,能使典而不野,远而不放,丽而不淫,约而不俭,独擅众美,斯文在斯。"(《昭明太子集序》)梁昭明太子萧统说:"夫文典则累野,丽亦伤浮。能丽而不浮,典而不野,文质彬彬,有君子之致,吾尝欲为之,但恨未逮耳。"(《答湘东王求文集及诗苑英华书》)二说完全一致,反映了他们的文质观。

唐代魏征说:"然彼此好尚,互有异同:江左宫商发越,贵于清绮;河朔词义贞刚,重于气质。气质则理胜其词,清绮则文过其意。理深者便于时用,文华者宜于咏歌。此其南北词人得失之大校也。若能掇彼清音,简兹累句,各去所短,合其两长,则文质彬彬,尽善尽美矣。"(《隋书·文学传序》)这是史学家的文质观。

凡此种种,皆可供参考。

熔裁第三十二

刘勰说:"规范本体谓之熔,剪截浮词谓之裁。"熔裁,指的是对文章思想内容的熔铸和对文辞的剪裁。本篇讨论熔意裁辞问题。文章的熔和裁,如同熔铸金属器具,剪裁制作衣服一样,总以恰当为好。本篇首先说明熔裁的必要性。"裁则芜秽不生,熔则纲领昭畅。"能裁辞,多余的文句就不会产生;能熔意,文章的纲领就明白晓畅。只有认真熔意裁辞,才能写好文章。然后提出"三准",所谓"三准"是动笔写文章前先提出的三个准则。这三个准则是:"履端于始,则设情以位体;举正于中,则酌事以取类;归余于终,则撮辞以举要。"即首先,根据内容来决定体裁,其次,选择事例,斟酌用典;最后,选用文辞来突出重点。"三准"确定以后,就"舒华布实","献替节文",正式动笔写作,把构思的蓝图付诸实施。接着刘勰说到了裁辞问题。他主张把多余的字句删掉。文章有繁有简,他认为文章的繁简随个人的爱好而定。其实,个人的爱好对文章的繁简虽有影响,但是,起决定作用的是作品的内容。刘勰对文章的繁简并无褒贬之意,他认为谢艾"繁而不可删",王济"略而不可益"。谢繁王简,都恰到好处,所以刘勰认为他们是精通熔意裁辞,通晓文章繁简的道理。总之,要写好文章,没有熔裁的功夫是不行的。

黄侃《文心雕龙札记·熔裁》云:"寻熔裁之义,取譬于范金制服;范金有齐,齐失则器不精良;制服有制,制谬而衣难被御;洵令多寡得宜,修短合度,酌中以立体,循实以敷文,斯熔裁之要术也。然命意修词,皆本自然以为质,必知骈拇悬疣,诚为形累,凫胫鹤膝,亦由性生。意多者未必尽可訾謷,辞众者未必尽堪删剟,唯意多而杂,词众而芜,庶将施以炉锤,加之剪截耳。"此释熔裁,简明具体,可供参考。

声律第三十三

本篇论述声律。中国古代,特别是南朝齐永明以后的诗歌,十分重视声律,富于音乐美。在中国诗歌史上最早提出声律说的是沈约、周颙等人,他们提出的"四声八病"之说,对诗歌创作具有深远的影响。沈约在《宋书·谢灵运传论》中对其声律说作了扼要的概括,他说:"夫五色相宣,八音协畅,由乎玄黄律吕,各适物宜。欲使宫羽相变,低昂舛节,若前有浮声,则后有切响。一简之内,音韵尽殊;两句之中,轻重悉异。妙达此旨,始可言文。"宫,指平声;羽,指仄声。浮声,指平声;切响,指仄声。"欲使"八句的意思是,写作诗文,要文辞的平仄互相变化,高音低音互相调节。如果前面有了平声字,后面就要安排仄声字。在五言诗的一句之中,除联绵字之外,不得用同声母和同韵母的字。两句之内,平声仄声不得相同。沈约认为:"自灵均以来,多历年代,虽文体稍精,而此秘未睹。"本篇对声律问题也专门作了论述。刘勰说:"凡声有飞沉,响有双叠。双声隔字而每舛,叠韵杂句而必睽;沉则响发而断,飞则声飏不还;并辘轳交往,逆鳞相比,迂其际会,则往蹇来连,其为疾病,亦文家之吃也。"飞,指平声;沉,指仄声。双,指双声;叠,指叠韵。大意是说，平仄交错和双声、叠韵的运用，形成语言的声韵之美。否则就显得别扭。本篇还说："异音相从谓之和，同声相应谓之韵。韵气一定，故余声易遣；和体抑扬，故遗响难契。属笔易巧，选和至难，缀文难精，而作韵甚易。"意思是，不同声调的字配合得当叫作和谐，韵母相同的字前后呼应叫作押韵。开头用韵一经选定，其余诗句的用韵就容易安排了。和谐的体式抑扬顿挫，平仄难以配合得当。遣词造句容易工巧，选择和谐的声律极为困难，写作文章难以精妙，而押韵是很容易的。所论与沈约颇为相近，不过，刘勰对声律问题作了更为全面的论述。

沈约之前，南朝宋范晔对声律已有所认识，他说："性别宫商，识清浊，斯自然也。观古今文人，多不全了此处，纵有会此者，不必从根本中来。"（《狱中与诸甥侄书》）沈约声律说提出之后，南齐陆厥提出异议，他说："自魏文属论，深以清浊为言；刘桢奏书，大明体势之致。岨峿妥帖之谈，操末续颠之说，兴玄黄于律吕，比五色之相宣，苟此秘未睹，兹论为何所指邪？故愚谓前英已早识宫徵，但未屈曲指的，若今论所申。"沈约的回答是："自古辞人，岂不知宫羽之殊，商徵之别？虽知五音之异，而其中参差变动，所昧实多。故鄙意所谓此秘未睹者也。"对于沈约的声律说，刘勰十分赞同，并加以阐述，而钟嵘却不赞成，他说："昔曹、刘殆文章之圣，陆、谢为体贰之才，锐精研思，千百年中，而不闻宫商之辨，四声之论，或谓前达偶然不见，岂其然乎！尝试言之：古曰诗颂，皆被之金竹，故非调五音无以谐会。若'置酒高堂上'，'明月照高楼'，为韵之首。故三祖之词，文或不工，而韵入歌唱，此重音韵之义也，与世之言宫商者异矣。今既不被管弦，亦何取于声韵耶？齐有王元长者，尝谓余云：'宫商与二仪俱生，自古词人不知之，唯颜宪子乃云律吕音调，而其实大谬。唯见范晔、谢庄颇识之耳。尝欲进《知音论》，未就.'王元长创其首,谢朓、沈约扬其波,三贤或贵公子孙,幼有文辩。于是士流景慕,务为精密,襞积细微,专相陵架,故使文多拘忌,伤其真美。余谓文制,本须讽读,不可蹇碍,但令清浊通流,口吻调利,斯为足矣。至平上去入,则余病未能;蜂腰鹤膝,闾里已具。"对沈约之声律说,无论赞成与否,均可供我们参考。

章句第三十四

本篇论述分章造句之法。首先解释章句的意义:"宅情曰章,位言曰句。"即安排思想感情的位置叫作章,安排语言文字的处所叫作句。怎样安排好章句呢?刘勰说:"夫人之立言,因字而生句,积句而成章,积章而成篇。篇之彪炳,章无疵也;章之明靡,句无玷也;句之清英,字不妄也。振本而末从,知一而万毕矣。"意思是,人们从事写作,由字而成句,积句而成章节,积章句而成篇,全篇写得光彩,必须章节没有毛病;一章写得细密,必须各句无瑕疵;一句写得优美,必须每个词语都不乱用。这如同树木,根正了,其枝桠自然跟着端正。懂得章句的基本原理,各种事理就明了了。对于文章的章节,刘勰要求:"启行之辞,逆萌中篇之意;绝笔之言,追媵前句之旨。故能外文绮交,内义脉注;跗萼相衔,首尾一体。"这是说,文章开头的文辞,已先含有中篇的意思,结尾的文辞,要照应前文的内容。所以能使外在的文辞如绮纹之交错,内在的思想感情如脉络贯通,好像花房与花萼互相衔接,文章的开头和结尾连成一体。本篇还论及句子的字数、换韵和虚字的使用问题。纪昀说他论句法"无所发明,殊无可采",又说他"论押韵特精,论语助亦无高论",所评大致正确。

汉代王充《论衡·正说》论述《尚书》时论及章句,他说:"夫经之有篇也,犹有章句也。有章句,犹有文字也。文字有意以立句,句有数以连章,章有体以成篇,篇则章句之大者也。谓篇有所法,是谓章句复有所法也。"又,清代刘大櫆《论文偶记》云:"积字成句,积句成章,积章成篇,合而读之,音节见矣,歌而咏之,神气出矣。"所论皆较简单。

近代刘师培曰:"刘彦和云:'夫人之立言……字不妄也。'此谓立言次第须先字句而后篇章;而临文构思,则宜先篇章而后字句。盖文章构成,须历命意、谋篇、用笔、选词、炼句五级。必先树意以定篇,始可安章而宅句。若术不素定,而委心逐辞,异端丛至,骈赘必多。故无论研究何家之文,均须就命意、谋篇、用笔、选词、炼句五项,依次求之,谋篇既定,段落即分。大抵文之有反正者,即以反正为段落;无反正者,即以次序为段落(如论说之类有反正两面,碑铭即无反正,颂不独无反正,且无比喻,匡衡、刘向之文以正面太少,故用比喻甚多)。模拟古人之文,能研究其结构、段落、用笔者,始可得其气味;能了解其转折之妙者,文气自异凡庸。若徒致力于造句炼字之微,多见其舍本逐末而已矣。"(《汉魏六朝专家文研究》四《论谋篇之术》)刘氏所论切实具体,可供参考。

丽辞第三十五

本篇论述对偶问题。关于对偶之形成,刘勰说:"造化赋形,支体必双,神理为用,事不孤立。夫心生文辞,运载百虑,高下相须,自然成对。"这是认为对偶是客观现实的反映,是自然形成的。所以,自古以来的文辞常用对偶,如《尚书》、《周易》、《诗经》便是例子。刘勰的看法是对的。但是,对偶的形成,与汉字的特点有关。这一点是刘勰所没有认识到的。对偶的种类,刘勰分为四种,即言对、事对、反对、正对。什么是言对？"双比空辞者也"，如司马相如《上林赋》云："修容乎《礼》园，翱翔乎《书》圃。"什么是事对？"并举人验者也"，如宋玉《神女赋》云："毛嫱鄣袂，不足程式；西施掩面，比之无色。"什么是反对？"理殊趣合者也"，如王粲《登楼赋》云："钟仪幽而楚奏，庄舄显而越吟。"什么是正对？"事异义同者也"，如张载《七哀》云："汉祖想枌榆，光武思白水。"刘勰认为，"言对为易，事对为难；反对为优，正对为劣"。最后，刘勰还指出了对偶使用中的重出、不均、孤立和庸冗的毛病，强调"必使理圆事密，联璧其章，迭用奇偶，节以杂佩，乃其贵耳"。即一定要道理圆通，用事周密，篇章如珠联璧合，句子奇偶交错使用，如同用各种佩玉来调节，这才可贵。本篇对自古以来的对偶使用问题作了初步的总结，值得我们重视。

清李兆洛《骈体文钞序》云："天地之道，阴阳而已。奇偶也，方圆也，皆是也。阴阳相并俱生，故奇偶不能相离，方圆必相为用。道奇而物偶，气奇而形偶，神奇而识偶。孔子曰：'道有变动，故曰爻。爻有等，故曰物。物相杂，故曰文。'又曰：'分阴分阳，迭用刚柔，故《易》六位而成章，相杂而迭用。'文章之用，其尽于此乎！"此谓对偶出于自然。

黄侃《文心雕龙札记·丽辞》云："文之有骈丽，因于自然，不以一时一人之言而遂废。然奇偶之用，变化无方，文质之宜，所施各别。或鉴于对偶之末流，遂谓骈文为下格；或惩于俗流之恣肆，遂谓非骈体不得名文；斯皆拘带于一隅，非闳通之论也。惟彦和此篇所言，最合中道。"此谓刘勰所论最为适当。

刘师培《文说·耀采篇第四》云："自古迄今，文不一体，然循名责实，则经史诸子，体与文殊；惟偶语韵词，体与文合。昔孔美唐尧，特著'焕乎'之喻；《诗》歌卫武，亦标'有斐'之称。以文杂质，则曰'彬彬';舍质从文,乃称'郁郁'。观于'文'字之古义,可以识文章之正宗矣。况《易》以六位而成章,《书》为四言之嚆矢,太师采诗,咸属韵语,宣尼赞《易》,首肇文言,遐稽六艺之书,半属偶文之体……是犹工绘事者,必待五采之彰施;聆乐音者,必取八音之迭奏。惟对待之法未严,平侧之音未判,乃偶寓于奇,非奇别有偶。虽句法奇变,长短参差……然音律克谐,低昂应节……故训辞尔雅,抽句匪单,或运用叠词……或整列排语……三代文体,即此可窥……东周以降,文体日工,屈、宋之作,上如二《南》;苏、张之词,下开《七发》。韩非著书,隐肇连珠之体;荀卿《成相》,实为对偶之文。莫不振藻简策,耀采词林。西汉文人,追踪三古,而终军有奇木白麟之对,儿宽摅奉觞上寿之辞,胎息微明,俪形已具。迨及东汉,文益整赡,盖踵事而增,自然之势也。故敬通、平子之伦,孟坚、伯喈之辈,揆厥所作,咸属偶文,用字必宗故训,摘词迥脱恒溪,或掇丽字以成章,或用骈音以叶韵。观雍容揄扬之颂,明堂清庙之诗,不少篇章,胥关体制。若夫当涂受箓,正始开基,洛中则七子无双,吴下则联翩竞爽,才思虽弱于西京,音律实开夫典午。六朝以来,风格相承。刻镂之精,昔疏而今密;声韵之叶,旧涩而新谐。凡江、范之弘裁,沈、任之巨制,莫不短长合节,追琢成章。故《文选》勒于昭明,屏除奇体;《文心》论于刘氏,备列偶词。体制谨严,斯其证矣。"刘氏分析历代文辞变化,颇有见地。

以上诸说,并可参考。

比兴第三十六

本篇论述比兴。《神思》篇说:"萌芽比兴。"比、兴是我国古代诗歌常用的两种表现方法。刘勰说:"故比者,附也;兴者,起也。

附理者,切类以指事;起情者,依微以拟议。"这是对比、兴的解释。比是比附,兴是兴起。比附是以不同事物的相同处来说明事理。兴起是用事物的微妙处来寄托意义。这样解释比过去郑众、郑玄的解释更为明确。中国古代诗人对比、兴二法的运用是不同的。"比则畜愤以斥言,兴则环譬以记讽。"运用比的手法是因为诗人内心积愤而有所指斥,运用兴的手法是诗人以委婉譬喻寄寓讽刺。显然,比兴的运用和诗人的思想感情是联系在一起的。从《诗经》、《楚辞》考察,刘勰认为,比、兴各具特点。"观夫兴之托谕,婉而成章,称名也小,取类也大。"兴的特点是寄托讽谕,表达婉转,表面说的是小事,其实所喻义重大。"且何谓为比?盖写物以附意,扬言以切事者也。"比的特点是描写事物以比附某种意义,夸大其词以说明事理。这些特点都是从古代文学名著中的大量实例归纳出来的,颇能说明问题。由于"兴义销亡",刘勰着重论述了"比",他说:"夫比之为义,取类不常:或喻于声,或方于貌,或拟于心,或譬于事。"比喻是没有一定的,声音、面貌、心情、事物均可作比。但是"比类虽繁,以切至为贵",不论比的种类有多少,总是以切合为好。

《周礼·春官·大师》云:"教六诗,曰风,曰赋,曰比,曰兴,曰雅,曰颂。"郑玄注:"赋之言铺,直铺陈今之政教善恶。比,见今之失,不敢斥言,取比类以言之。兴,见今之美,嫌于媚谀,取善事以喻劝之……郑司农云:'比者,比方于物也;兴者,托事于物。'"这是我国古代对赋、比、兴最早的解释。

钟嵘《诗品·序》云:"故诗有三义焉:一曰兴,二曰比,三曰赋。文已尽而意有余,兴也;因物喻志,比也;直书其事,寓言写物,赋也。宏斯三义,酌而用之。干之以风力,润之以丹采,使味之者无极,闻之者动心,是诗之至也。若专用比兴,患在意深,意深则词踬。若但用赋体,患在意浮,意浮则文散,嬉成流移,文无止泊,有芜漫之累矣。"这是钟嵘对赋、比、兴的论述。

胡寅《与李叔易书》引李仲蒙之言曰:"叙物以言情,谓之赋,情尽物者也;索物以托情,谓之比,情附物者也;触物以起情,谓之兴,物动情者也。"(《斐然集》卷十八)这是李仲蒙对赋、比、兴的解释。

朱熹《诗集传》云:"兴者,先言他物以引起所咏之辞也。"(《关雎》)"比者,以彼物比此物也。"(《螽斯》)"赋者,敷陈其事,而直言之者也。"(《葛覃》)这是朱熹对赋、比、兴的解释。

刘师培《论文杂记》二十一云:"吾观《诗》有六义,赋之为体,与比、兴殊。兴之为体,兴会所至,非即非离,词微旨远,假象于物,而或美或刺,皆见于兴中。比之为体,一正一喻,两相譬况,词决旨显,体物写志,而或美或刺,皆见于比中。故比、兴二体,皆构造虚词,特兴隐而比显,兴婉而比直耳……赋之为体,则指事类情,不涉虚象,语皆征实,辞必类物。故赋训为铺,义取铺张……循名责实,惟记事析理之文,可锡赋名。"这是刘师培氏对赋、比、兴的论述。

这些解释和论述,有同有异,皆有一定的代表性,可供参考。

夸饰第三十七

本篇论述夸张的修辞手法。首先论述夸张的必要。刘勰说:"故自天地以降,豫入声貌,文辞所被,夸饰恒存。"这是说,自有天地以来,涉及声音形貌的,以文辞表达出来,夸张的手法是永远存在的。他以《诗经》、《楚辞》为例,说明夸张的手法"辞虽已甚,其义无害也"。文辞虽然过分,而与所表达之义无妨,并可增强其表达之效果。但是,刘勰对宋玉、司马相如、扬雄等人辞赋中所运用的夸张手法不满,认为他们的作品"诡滥愈甚",即怪异失实越来越严重。怎样才能正确掌握夸张手法的尺度呢?刘勰说:"然饰穷其要,则心声锋起;夸过其理,则名实两乖。若能酌《诗》、《书》之旷旨,剪扬、马之甚泰,使夸而有节,饰而不诬,亦可谓之懿也。"这是说,假如夸张能够抓住事物的要点,那么读者心中就会引起共鸣;假如夸张过分,违背事理,那么文辞与实际就相反了。如果能够参考《诗经》、《尚书》深广的意旨,剪除扬雄、司马相如辞赋中过度的夸张,使得夸张而有节制,增饰而不虚假,也可以说是美好的作品了。本篇"赞"中说:"倒海探珠,倾昆取琰。旷而不溢,奢而无玷。"这是说,作者选择夸张的语言如倒干大海以探寻宝珠,推翻昆仑山以索取美玉,要做到夸张而不过分,增饰而无瑕疵。前二句譬喻夸张语言的选择,后二句概括夸张的原则,甚为简明扼要。

　　王充《论衡·艺增》云:"世俗所患,患言事增其实;著文垂辞,辞出溢其真,称美过其善,进恶没其罪。何则?俗人好奇。不奇,言不用也。故誉人不增其美,则闻者不快其意;毁人不益其恶,则听者不惬于心。闻一增以为十,见百益以为千……蜚流之言,百传之语,出小人之口,驰闾巷之间,其犹是也。诸子之文,笔墨之疏,人贤所著,妙思所集,宜如其实,犹或增之;倘经艺之言,如其实乎?言审莫过圣人,经艺万世不易,犹或出溢,增过其实。增过其实,皆有事为,不妄乱误以少为多也。"这是王充对夸张的论述。

　　汪中《述学·释三九》云:"《礼记·杂记》:'晏平仲祀其先人,豚肩不揜豆。'豚实于俎,不实于豆。豆径尺,并豚两肩,无容不揜。此言乎其俭也。《乐记》:'武王克商,未及下车,而封黄帝、尧、舜之后。'大封必于庙,因祭策命,不可于车上行之。此言乎以是为先务也。《诗》:'嵩高维岳,峻极于天。'此言乎其高也。此辞之形容也……辞不过其意则不彰,是以有形容焉。"这是汪中对夸张的论述。

黄侃《文心雕龙札记·夸饰》云:"总而言之,文有饰词,可以传难言之意;文有饰词,可以省不急之文;文有饰词,可以摹难传之状;文有饰词,可以得言外之情。古文有饰,拟议形容,所以求简,非以求繁,降及后世,夸张之文,连篇积卷,非以求简,只以增繁,仲任所讥,彦和所诮,固宜在此而不在彼也。"此论夸饰之作用。

孙德谦《六朝丽指》云:"《文心雕龙·夸饰》篇:'言高则峻极于天,言小则河不容舠。'尝引《诗》以明夸饰之义。吾谓夸饰者,即是形容也。《诗经》而外,见于古人文字者,不可殚述……《尚书·武成》篇:'罔有敌于我师,前徒倒戈,攻于后以北,血流漂杵。'此史臣铺张形容之辞,《孟子》则谓'尽信《书》则不如无书,以至仁伐不仁,而何其血之流杵'。夫《书》为孔子所删定,孟子岂欲人之不必尽信哉! 特以《书》言血流漂杵,当知此为形容语,不可遽信其真也。遽信其真,不察其形容之失实,而拘泥文辞,因穿凿附会以解之,斯真不善读书矣。故通乎形容之说,可以读一切书,而六朝之文,亦非苟驰夸饰,乃真善于形容者也。"此论如何看待夸张手法。

诸说并可参考。

事类第三十八

本篇论述文章用典。刘勰说:"事类者,盖文章之外,据事以类义,援古以证今者也。"所谓"事类",是指文章除用自己的话之外,还借用古事以说明今义,援引古语以证明今理。文章用典,大致有二,一用古事,一用成辞。刘勰认为:"然则明理引乎成辞,征义举乎人事,乃圣贤之鸿谟,经籍之通矩也。"这是说,为了证明今理援引古语,为了说明今义列举古事,这是圣贤的宏大议论,经书中通用之规则。引用古事古语,西汉末年渐渐多了。到了崔骃、班固、张衡、蔡邕,他们引用经史,情文并茂,成为后人学习的楷模了。刘勰说"文章由学,能在天资","才为盟主,学为辅佐",似乎强调天资。但是,他又说"表里相资,古今一也","将赡才力,务在博见",仍然重视学习的作用。刘勰认为运用事类的基本要求是:"是以综学在博,取事贵约,校练务精,捃理须核,众美辐辏,表里发挥。"即积累学识应广博,使用古事古语贵在简约,考核选择务在精审,搜集材料必须详实;众美皆备,才力与学识得到充分的发挥。运用典故如此,方可发挥其应有的作用。援引古事古语得当与否,关系到其成败。刘勰说:"凡用旧合机,不啻自其口出;引事乖谬,虽千载而为瑕。"意思是说,凡是使用古事古语得当,与自己口中说出的话一样;如果引用的古事古语不合,虽过了千年也是缺点。确实如此。

钟嵘《诗品·序》云:"夫属词比事,乃为通谈。若乃经国文符,应资博古;撰德驳奏,宜穷往烈。至乎吟咏情性,亦何贵于用事?'思君如流水',既是即目;'高台多悲风',亦惟所见;'清晨登陇首',羌无故实;'明月照积雪',讵出经、史。观古今胜语,多非补假,皆由直寻。颜延、谢庄,尤为繁密,于时化之。故大明、泰始中,文章殆同书抄。近任昉、王元长等,辞不贵奇,竞须新事。尔来作者,寖以成俗。遂乃句无虚语,语无虚字,拘挛补衲,蠹文已甚。但自然英旨,罕值其人。词既失高,则宜加事义,虽谢天才,且表学问,亦一理乎!"钟氏反对诗歌用典。

萧子显《南齐书·文学传论》云:"今之文章,作者虽众,总而论之,略有三体⋯⋯次则缉事比类,非对不发,博物可嘉,职成拘制。或全借古语,用申今情。崎岖牵引,直为偶说。唯睹事例,顿失清采。此则傅玄五经,应璩指事,虽不全似,可以类从。"萧氏指出当时文章三体中有一体注重用典。

颜之推《颜氏家训·文章》云:"自古宏才博学,用事误者有矣。百家杂说,或有不同,书傥湮灭,后人不见,故未敢轻议之。今指知决纰缪者,略举一两端以为诫。《诗》云:'有鹭雉鸣。'又曰:'雄鸣求其牡。'《毛传》亦曰:'鹭,雌雉声。'又云:'雉之朝雊,尚求其雌。'郑玄注《月令》亦云:'雊,雄雉声。'潘岳赋曰:'雉鹭鹭以朝雊。'是则混杂其雄雌矣。《诗》云:'孔怀兄弟。'孔,甚也;怀,思也,言甚可思也。陆机《与长沙顾母书》述从祖弟士璜死,乃言:'痛心拔脑,有如孔怀。'心既痛矣,即为甚思,何故方言有如也?观其此意,当谓兄弟为孔怀。《诗》云:'父母孔迩。'而呼二亲为孔迩,于义通乎?《异物志》云:'拥剑状如蟹,但一螯偏大尔。'何逊诗云:'跃鱼如拥剑。'是不分鱼蟹也。《汉书》:'御史府中列柏树,常有野乌数千,栖宿其上,晨去暮来,号朝夕乌。'而文士往往误作乌鸢用之。《抱朴子》说项曼都诈称得仙,自云:'仙人以流霞一杯与我饮之,辄不饥渴。'而简文诗云:'霞流抱朴椀。'亦犹郭象以惠施之辨为庄周言也。《后汉书》:'囚司徒崔烈以银铛锁。'银铛,大锁也,世间多误作金银字。武烈太子亦是数千卷学士,尝作诗云:'银锁三公脚,刀撞仆射头。'为俗所误。"颜氏指出前贤用典之误。

黄侃《文心雕龙札记·事类》云:"道古语以剀今,道之属也。取古事以托喻,兴之属也。意皆相类,不必语出于我,事苟可信,不必义起乎今。引事引言,凡以达吾之思而已。若夫文之以喻人也,征于旧则易为信,举彼所知则易为从。故帝舜观古象,太甲称先民,盘庚念古后之闻,箕子本在昔之谊,周公告商而陈册典,穆王详刑而求古训,此则征言征事,已存于左史之文。凡若此者,皆所以为信也。尚考经传之文,引成事述故言者,不一而足。即以宣尼大圣,亲制《易传》、《孝经》之辞,亦多甄采前言,旁征行事。降及百家,其风弥盛。词人有作,援古尤多。夫《沧浪》之歌,一见于《孟子》,素餐之咏,远本于诗人。彦和以为屈宋莫取旧辞,斯亦未为诚论也。逮及汉魏以下,文士撰述,必本旧言,始则资于训诂,继而引录成言(汉代之文几无一篇不采录成语者,观二《汉书》可见),终则综辑故事。爰至齐梁,而后声律对偶之文大兴,用事采言,尤关能事。其甚者,捃拾细事,争疏僻典,以一事不知为耻,以字有来历为高,文胜而质渐以漓,学富而才为之累,此则末流之弊,故宜去甚去奢,以节止之者也。然质文之变,华实之殊,事有相因,非由人力,故前人之引言用事,以达意切情为宗,后有继作,则转以去故就新为主。陆士衡云:'虽杼轴于予怀,怵他人之我先,苟伤廉而愆义,故虽爱而必捐。'岂唯命意谋篇,有斯怀想,即引言用事,亦如斯矣。是以后世之文,转视古人,增其繁缛,非必文士之失,实乃本于自然。今之訾謷用事之文者,殆未之思也……尝谓文章之功,莫切于事类,学旧文者不致力于此,则不能逃孤陋之讥,自为文者不致力于此,则不能免空虚之诮。试观《颜氏家训·勉学》、《文章》二篇所述,可以知其术矣。"黄氏考察历代文章用典情况,强调文章用典之重要。

这些从不同方面对用典的论述,皆可参阅。

练字第三十九

本篇论述用字问题。刘勰说:"心既托声于言,言亦寄形于字。"这是认为,言为心之声,字为言之形。字的作用如此重要,所以对它进行了专篇论述。文章首先论述文字的起源和发展变化。刘勰说,文字"乃语言之体貌,而文章之宅宇也"。他认为,文字是语言的符号,是文章的寄托之所。他从仓颉造字,讲到"李斯删籀而秦篆兴,程邈造隶而古文废",概述了文字发展的过程,也附及汉魏使用文字的情况。其次,强调字书的作用和重要性。他认为,《尔雅》是学习《诗经》、《尚书》等经书的纽带。《仓颉篇》是《史籀篇》的遗体。《尔雅》解释古语,《仓颉篇》保存奇字,皆有不同的作用。再次,讲作文用字要注意四点,即"一避诡异,二省联边,三权重出,四调单复"。这是说,作文用字一要避免诡异,二要减少联边,三要权衡重出,四要调剂单复。这四点可能是刘勰针对当时的作品而言,在今天看来已没有任何实际意义了。最后讲到古书传抄错误甚多,有的因音近而误,有的因形近而误。例如子思弟子孟仲子把《诗经》中的"於穆不已"误为"於穆不祀",是音近而误。晋国史书将"己亥渡河"误为"三豕渡河",是因形近而误。《尚书·大传》有"别风淮雨",《帝王古纪》作"列风淫雨","列"作"别","淫"作"淮",皆因形近而误。如能慎重对待,"依义弃奇",就可以订正古书中的错误了。

黄侃《文心雕龙札记·练字》云:"舍人言练字者,谓委悉精熟于众字之义,而能简择之也。其篇之乱曰:依义弃奇。此又著文之家所宜奉以周旋者也……今欲明于练字之术,以驭文质诸体,上之宜明正名之学,下亦宜略知《说文》、《尔雅》之书,然后从古从今,略无蔽固,依人自撰,皆有权衡,厘正文体,不致陷于卤莽,传译外籍,不致失其本来,由此可知练字之功,在文家为首要,非若锻句炼字之徒,苟以矜奇炫博为能也。"此是黄氏言练字之重要性。

刘师培《文说·析字篇》云:"今欲文质相宜,出言不紊,其惟衷《尔雅》以辨言,师许君之《解字》(观《说文·自序》中多排偶之词,即置之《文选》之中,亦出类拔萃之作,则工文之士,必出于小学家矣),心知其意,解释分明,庶立言咸有渊源,而出词远于鄙倍矣。若夫未解析词，徒矜凝锦，是则无根之本、无源之水耳，乌足以言文学哉！"刘氏所论与刘勰角度不同而精神一致。并可参考。

隐秀第四十

本篇论述隐秀。必须说明的是，本篇从"始正而末奇"至"此闺房之悲极也"四百余字，纪昀《四库全书总目提要》、黄侃《文心雕龙札记》、刘永济《文心雕龙校释》、范文澜《文心雕龙注》、杨明照《文心雕龙校注拾遗》等认为是后人所补，因为这一段话不见于明代万历三十七年（1609）以前的各种刊本。最早见于明代天启二年（1622）梅庆生校定本。后因流传较广的黄叔琳本补入这一段话，遂得广泛流传。也有个别学者认为确系原文，但只是个别学者的看法，并没有得到学术界的赞同。什么是隐秀？刘勰说："隐也者，文外之重旨者也；秀也者，篇中之独拔者也。隐以复意为工，秀以卓绝为巧。"这是说，隐，于言外另有深意；秀，是文章中突出的句子。隐以内容丰富另含深意为工，秀以卓越独到为巧。那么，隐秀究竟说的是什么？一说是隐与秀两种不同的文学风格（傅庚生《论文学的隐与秀》，《文学鉴赏论丛》，陕西人民出版社 1981 年出版）；一说隐是婉曲，秀是警策，是两种不同的修辞手法（周振甫《文心雕龙注释·隐秀》篇《说明》）；一说隐指"隐篇"，即内容含蓄的作品，秀指"秀句"，即文采突出的句子，是说某种作品与句子（詹锳《文心雕龙义证·隐秀》）。皆能自圆其说。张戒的《岁寒堂诗话》引刘勰的话说："情在词外曰隐，状溢目前曰秀。"欧阳修的《六一诗话》引梅圣俞的话说："含不尽之意，见于言外；状难写之景，如在目前。"皆与本篇所论隐秀之意一致。

《文心雕龙·隐秀》篇黄叔琳评曰："《隐秀》篇自'始正而末

奇'至'朔风动秋草'朔字,元至正乙未刻于嘉禾者即阙此叶,此后诸刻仍之。胡孝辕、朱郁仪皆不见完书。钱功甫得阮华山宋椠本钞补,后归虞山,而传录于外甚少。康熙庚辰,何心友从吴兴贾人得一旧本,适有钞补《隐秀》篇全文。辛巳,义门过隐湖,从汲古阁架上见冯已苍所传功甫本,记其阙字以归。如'疏放'、'豪逸'四字,显然为不学者以意增加也。"此谓本篇阙文是钱功甫得阮华山宋刊本钞补的。

《文心雕龙·隐秀》篇纪昀评曰:"此一页殊不类,究属可疑。'呕心吐胆',似摭玉溪《李贺小传》'呕出心肝'语,'锻岁炼年',似摭《六一诗话》周朴'月锻季炼'语。称渊明为彭泽,乃唐人语,六朝但有征士之称,不称其官也。称班姬为匹妇,亦摭钟嵘《诗品》语。此书成于齐代,不应述梁代之说也。且隐秀之段,皆论诗而不论文,亦非此书之体。似乎明人伪托,不如从原本缺之。""癸巳三月,以《永乐大典》所收旧本校勘,凡阮本所补悉无之,然后知其真出伪撰。"此谓钱功甫钞补之阙文乃明人伪托。

《四库全书总目提要·文心雕龙十卷》云:"是书自至正乙未刻于嘉禾,至明弘治、嘉靖、万历间,凡经五刻,其隐秀一篇,皆有阙文。明末常熟钱允治称得阮华山宋椠本,钞补四百余字。然其书晚出,别无显证。其词亦颇不类:如'呕心吐胆',似摭《李贺小传》语;'锻岁炼年',似摭《六一诗话》论周朴语;称班姬为匹妇,亦似摭钟嵘《诗品》语。皆有可疑。况至正去宋未远,不应宋本已无一存,三百年后,乃为明人所得。又考《永乐大典》所载旧本,阙文亦同。其时宋本如林,更不应内府所藏,无一完刻。阮氏所称,殆亦影撰。何焯等误信之也。"所论与纪昀同,显然出自纪昀手笔。

黄侃《文心雕龙札记·隐秀》云:"自'始正而末奇',至'朔风动秋草'朔字,纪氏以《永乐大典》校之,明为伪撰……详此补亡之文，出辞肤浅，无所甄明，且原文明云'思合自逢，非由研虑'，即补亡者，亦知不劳妆点，无待裁镕。乃中篇忽羼入'驰心'、'溺思'、'呕心'、'锻岁'诸语，此之矛盾，令人笑诧，岂以彦和而至于斯？至如用字之庸杂，举证之阔疏，又不足消也。案此纸亡于元时，则宋时尚得见之，惜少征引者，惟张戒《岁寒堂诗话》引刘勰云：'情在词外曰隐，状溢目前曰秀。'此真《隐秀》篇之文。今本既云出于宋椠，何以遗此二言？然则赝迹至斯愈显，不待考索文理而亦知之矣。"指出《隐秀》补文为赝品。

以上皆认为《隐秀》篇所补之文系后人伪托，而今人詹锳、周汝昌则认为所补之文为原文。见詹锳《〈文心雕龙·隐秀〉篇补文的真伪问题》(《文学评论丛刊》第二辑)，周汝昌《〈文心雕龙·隐秀〉篇旧疑新议》(《河北大学学报》1983年第二期)。

指瑕第四十一

本篇论述写作中应避免的毛病。刘勰论及的有文章中的毛病和注解中的毛病。文章中的毛病，他认为，古来文才，"虑动难圆，鲜无瑕病"。他指出曹植的《武帝诔》中的"尊灵永蛰"，《明帝颂》中的"圣体浮轻"，用词不当；左思的《七讽》，观点错误；潘岳所云"感口泽"、"心如疑"，亦用词欠妥；崔瑗之诔李公，以李公比尧舜，向秀之赋嵇康，以嵇康比李斯，比拟不伦。以上所举都是文章中的毛病。刘勰说："斯言之玷，实深白圭。"这是说，这些语言上的毛病，比白玉的疵点更难磨掉。还有用字命意，刘勰强调"字以训正，义以理宣"，即字根据其含义正确运用，义则通过道理加以阐明。他认为"赏际奇至"中之"赏"字，"抚叩酬即"中之"抚"字，用得皆不贴切。此外，他还反对有些文人互相猜忌，从谐音中挑毛病，从反切中找缺点。至于剽窃他人的文辞就更不对了。注解中的毛病,刘勰说:"若夫注解为书,所以明正事理,然谬于研求,或率意而断。"意思是,注解是为了正确地说明事理,可是有的研究有误,有的轻率地判断。他举出《西京赋》中"中黄、育、获之畴"句,薛综注释错误;《周礼》旧有"匹马"之说,应劭《风俗通义》中解释"匹"字有误。对于这些错误,刘勰认为,"若能櫽括于一朝,可以无惭于千载也"。这是说,如能一朝纠正,即可无愧千年。

颜之推《颜氏家训·文章》云:"凡代人为文,皆作彼语,理宜然矣。至于哀伤凶祸之辞,不可辄代。蔡邕为胡金盈作《母灵表颂》曰:'悲母氏之不永,然委我而夙丧。'又为胡颢作其父铭曰:'葬我考议郎君。'《袁三公颂》曰:'猗欤我祖,出自有妫。'王粲《为潘文则思亲诗》云:'躬此劳悴,鞠予小人;庶我显妣,克保遐年。'而并载乎邕、粲之集,此例甚众。古人之所行,今世以为讳。陈思王《武帝诔》,遂深永蛰之思;潘岳《悼亡赋》,乃怆手泽之遗:是方父于虫,匹妇于考也。蔡邕《杨秉碑》云:'统大麓之重。'潘尼《赠卢景宣诗》云:'九五思飞龙。'孙楚《王骠骑诔》云:'奄忽登遐。'陆机《父诔》云:'亿兆宅心,敦叙百揆。'《姊诔》云:'倪天之和(妹)。'今为此言,则朝廷之罪人也。王粲《赠杨德祖诗》云:'我君饯之,其乐泄泄。'不可妄施人子,况储君乎?"这是指出诗文之瑕。

五代丘光庭《兼明书》卷四《文选·滥觞》云:"《江赋》云:'初发源乎滥觞。'周翰曰:滥,谓泛滥,水流貌;觞,酒杯也。谓江之发源流如一杯也。明曰:周翰以觞为酒杯则是也,然以其流水如一杯之多则非也。何者?且滥非水流之貌,滥者,泛也,言其水小裁可浮泛酒杯耳。"又《文选·辞远游》云:"曹子建《求通亲亲表》云:'若得辞远游,戴武弁。'臣锐曰:辞,辞国;远游,谓出征也。明曰:

远游亦冠名也,辞者脱去之名也。言脱去远游之冠而戴武弁之弁也。知其然者,以下文云'解朱组,佩青绂',组、绂皆绶也,故知远游、武弁皆冠也。臣锐以远游谓出征,一何乖谬。"这是指出注解之瑕。

黄侃《文心雕龙札记·指瑕》云:"此篇所指之瑕,凡为六类:一、文义失当之瑕;二、比拟不类之瑕;三、字义依稀之瑕;四、语音犯忌之瑕;五、掠人美辞之瑕;六、注解谬误之瑕。虽举证稀阔,正宜引申以求。观《颜氏家训》、《匡谬正俗》诸书,知文士属辞,实多瑕颣。古人往矣,诚宜为之掩藏,然覆车之轨,无或重迹,别白书之,亦所以示鉴也。窃谓文章之瑕,大分五族,而注谬之瑕不与焉。一曰体瑕;二曰事瑕;三曰语瑕;四曰字瑕;五曰剿袭之瑕。体瑕者,王朗《杂箴》,乃置巾履;陈思《文诔》,旨言自陈是也。事瑕者,相如述葛天之歌,千唱万和;曹洪谬高唐之事,不记绵驹是也。语瑕者,陈思之圣体浮轻,潘岳之将反如疑是也。字瑕者,诡异则若眮呹,依稀则若赏抚是也。(以上举例,皆本原书。)剿袭之瑕,苏绰拟《周书》而作《大诰》,扬雄拟《易》而作《太玄》是也(此本颜君说)。总之,古人之瑕,不可不知,己文之瑕,亦不可不检。元遗山诗曰:'撼树蚍蜉自觉狂,书生技痒爱论量。老来留得诗千首,却被何人较短长。'今之人欲指斥前瑕者,岂可不知斯旨哉。"黄氏概括本篇所指之瑕为六类,列举文章之瑕为五族,并援引元好问诗以表达自己的心情。与颜、丘诸说,皆可供参考。

养气第四十二

本篇论述保养精神以利创作。《神思》篇说:"是以秉心养术,无务苦虑;含章司契,不必劳情也。"本篇说:"率志委和,则理融而情畅;钻砺过分,则神疲而气衰:此性情之数也。"持论完全一致。本篇所论可作为《神思》篇之补充。刘勰强调"率志委和",不主张"钻砺过分",是符合人的生理规律的。他以史实为例:"三皇辞质"、"帝世始文"、"三代春秋"、"沿世弥缛"、"战代枝诈,攻奇饰说"、"汉世迄今,辞务日新,争光鬻采",证明劳逸不同,优劣亦异。刘勰说:"若夫器分有限,智用无涯,或惭凫企鹤,沥辞镌思,于是精气内销,有似尾闾之波;神志外伤,同乎牛山之木。怛惕之盛疾,亦可推矣。"这是说,人的才能是有限的,而智慧的运用无穷。有的人因为鸭的腿短而感到羞愧,羡慕鹤的腿长,呕心沥血,练辞运思。这样精力内销,好像海水不停的外泄,神志外伤,如同牛山的树木被砍光。这样因惊恐忧惧而造成疾病,也就可想而知了。于此可见内销精力,外伤神志的危害。刘勰最后指出:"是以吐纳文艺,务在节宣,清和其心,调畅其气。"即从事文学创作,必须注意精神的调节和疏导,使心境清静和平,体气调和舒畅。他认为"斯亦卫气之一方"。

《素问·上古天真论篇第一》云:"上古之人,其知道者,法于阴阳,和于术数,饮食有节,起居有常,不妄作劳,故能形与神俱,而尽终其天年,度百岁乃去。"又云:"夫上古圣人之教下也,皆谓之虚邪贼风,避之有时,恬淡虚无,真气从之,精神内守,病安从来。是以志闲而少欲,心安而不惧,形劳而不倦,气从以顺,各从其欲,皆得所愿。"此论摄生之道。

汉董仲舒《春秋繁露·循天之道》云:"故养生之大者,乃在爱气。气从神而成,神从意而出。心之所之谓意。意劳者神扰,神扰者气少,气少者难久矣。故君子闲欲止恶以平意,平意以静神,静神以养气。气多而治,则养身之大者得矣。"此谓养身之要在于养气。

黄侃《文心雕龙札记·养气》云："养气谓爱精自保，与《风骨》篇所云诸气字不同。此篇之作，所以补《神思》篇之未备，而求文思常利之术也。《神思》篇曰：'枢机方通，则物无隐貌，关键将塞，则神有遁心，是以陶钧文思，贵在虚静，疏瀹五藏，澡雪精神。'又云：'秉心养术，无务苦虑，含章司契，不必劳情也。'《文赋》亦曰：'应感之会，通塞之纪，来不可遏，去不可止，或竭情而多悔，或率意而寡尤，虽兹物之在我，非余力之所勠。'以二君之言观之，则文思利钝，至无定准，虽有上材，不能自操张弛之术。但心神澄泰，易于会理，精气疲竭，难于用思。为文者欲令文思常赢，惟有弭节安怀，优游自适，虚心静气，则应物无烦，所谓明镜不疲于屡照也。然心念既澄，亦有转不能构思者，士衡云：'理翳翳而愈伏，思乙乙其若抽。'虽使闭聪塞明，一念若兴，仍复未静以前之状。故彦和云：'意得则舒怀命笔，理伏则投笔卷怀。'亦唯听其自然，不复强思以自困。若云心虚静者，即能无滞于为文，则亦不定之说也。大凡为学为文，皆有弛张之数，故《学记》云：'君子之于学也，藏焉修焉，息焉游焉。'注云：'藏，谓怀抱之；修，习也；息，谓作劳休止之谓息；游，谓闲暇无事之谓游。'然则息游亦为学者所不可缺，岂必终夜以思，对案不食，若董生下帷，王劭思书，然后为贵哉！至于为文伤命，益有其征，若夫相如含笔而腐毫，扬雄辍翰而惊梦，桓谭疾感于苦思，王充气竭于思虑，彦和既举之矣。后世若杜甫之性耽佳句，李贺之呕出心肝，又有吟成一字，撚断数髭，二句三年，一吟流泪，此皆销铄精胆，蹙迫和气，虽有妙文，亦自困之至也……恒人或用养气之说，尽日游宕，无所用心，其于文章之术未尝研炼，甘苦疾徐未尝亲验，苟以养气为言，虽使颐神胎息，至于百龄，一旦临篇，还成岨峿。彦和养气之说，正为刻厉之士言，不为逸游者立论也。"此论养气颇详，可补刘勰论述之不足。

上引《素问》等论述,皆可参阅。

附会第四十三

本篇论述"附会"。什么是"附会"？文章一开头就指出:"谓总文理,统首尾,定与夺,合涯际,弥纶一篇,使杂而不越者也。"就是说,"附会"是指综合文章的条理,统一开头和结尾,决定内容的去取,配合各个部分,统摄全篇,使文章内容虽丰富复杂而不游离中心。显然,这说的是附辞会义,即文意和文辞的安排问题。文章如何安排文意和文辞？刘勰说:"以情志为神明,事义为骨髓,辞采为肌肤,宫商为声气。"这里,他以人为喻,指出"情志"、"事义"、"辞采"、"宫商"在文章中的地位,这一看法和《情采》篇所论,是完全一致的。关于附辞会义的方法,他指出:"是以附辞会义,务总纲领。驱万途于同归,贞百虑于一致。使众理虽繁,而无倒置之乖;群言虽多,而无棼丝之乱。扶阳而出条,顺阴而藏迹;首尾周密,表里一体。此附会之术也。"即凡是体制宏大的文章,大抵像树多分枝,水多支流。治理支流必须依据主流,整理分枝必须遵循主干。所以,修辞练意,务必抓住文章的纲领。让千万条思路通向同一目标,千万种意念归于主旨。使文章内容虽然丰富,而没有次序颠倒的错误;文章语言虽然繁多,而没有乱丝那样的纷杂。该突出的地方要像树木迎着阳光而抽出枝条,该含蓄的地方应像影子随着暗处而隐藏踪迹;从开头到结尾都很周密,内容和形式浑然一体,这就是附会的方法。刘勰认为,善于安排文意和文辞,就能取得"节文自会"的效果;不善于安排文意和文辞,常易招致"辞味必乱"、"偏枯文体"的毛病。如能像"六辔如琴"、"一毂统辐"那样,就可以说深通写作方法了。文章最后举例说明"附会巧拙"的不同,并指出文章结尾的重要性，他认为，做到"首尾相援"，文章才能臻于佳境。

《文心雕龙辑注·附会》篇纪昀评曰："附会者，首尾一贯，使通篇相附，而会于一，即后来所谓章法也。"此释"附会"。

黄侃《文心雕龙札记·附会》云："《晋书·文苑·左思传》载刘逵《三都赋序》曰：'傅辞会义，抑多精致。'彦和此篇，亦有'附辞会义'之言（'傅'、'附'同类通用字），正本渊林，然则附会之说旧矣。循玩斯文，与《熔裁》、《章句》二篇所说相备。然《熔裁》篇但言定术，至于术定以后，用何道以联属众辞，则未暇晰言也。《章句》篇致意安章，至于章安以还，用何理以斟量乖顺，亦未申说也。二篇各有'首尾圆合'、'首尾一体'之言，又有'纲领昭畅'、'内义脉注'之论，而总文理定首尾之术，必宜更有专篇以备言之，此《附会》篇所以作也。附会者，总命意修辞为一贯，而兼草创讨论修饰润色之功绩也。"此谓《附会》篇专论命意修辞，可补《熔裁》、《章句》之不足。皆可参考。

总术第四十四

本篇总论写作方法。全文可分三部分：首先，讨论文笔的区分。东晋以来，区分文笔的风气盛行。刘勰赞成文笔之说。他明确指出："无韵者笔也，有韵者文也。"《文心雕龙》文体论二十篇就是按照文笔的次序排列的。从第六篇到第十五篇，即《明诗》、《乐府》、《诠赋》、《颂赞》、《祝盟》、《铭箴》、《诔碑》、《哀吊》、《杂文》、《谐隐》十篇，所论皆有韵之"文"；从第十六篇到二十五篇，即《史传》、《诸子》、《论说》、《诏策》、《檄移》、《封禅》、《章表》、《奏启》、《议对》、《书记》十篇，所论皆无韵之"笔"。《序志》篇所说的"若乃论文叙笔，则囿别区分"，就是指的这一点。其次，刘勰指出当时一些作者"多欲练辞，莫肯研术"，即多注意文辞的选择和加工，不肯钻研写作方法。从写作的种种情况出发，刘勰认为"才之能通，必资晓术"，即要通晓写作，必须懂得写作方法。这是强调必须通晓写作方法。最后，以下棋和赌博为喻，再一次强调"执术驭篇"，即掌握写作方法的重要性。如内容齐备，写作得法，文章即可"义味腾跃而生，辞气丛杂而至。视之则锦绘，听之则丝簧，味之则甘腴，佩之则芬芳"，取得良好的效果。刘勰在"赞"中指出："乘一总万，举要治繁。"意思是凭借根本以总括各种写作方法，抓住要点以处理纷繁的现象。这是掌握写作方法的要领，也是本篇的扼要的总结。

黄侃《文心雕龙札记·总术》云："此篇乃总会《神思》以至《附会》之旨，而丁宁郑重以言之，非别有所谓总术也。篇末曰：'文体多术，共相弥纶，一物携贰，莫不解体。'所以列在一篇，备总情变。然则彦和之撰斯文，意在提挈纲维，指陈枢要明矣……今当取全文为之销解，庶览者毋惑焉。若夫练术之功，资于平素，明术之效，呈于斯须。割情析采，笼圈条贯，摛神性，图风势，苞会通，阅声字，其事至多，其例至密，其利害是非之辨至纷纭。必先之以博观，继之以勤习，然后览先士之盛藻，可以得其用心，每自属文，亦能自喻得失。真积力久，而文术稠适，无所滞疑，纵复难得善文，亦可退求无疾，虽开塞之数靡定，而利病之理有常。颜之推云：'但使不失体裁，辞意可观，遂成才士。'言成就之难也。是以练术而后为文者，如轮扁之引斧，弃术而任心者，如南郭之吹竽。绳墨之外，非无美材，以不中程而去之无吝，天籁所激，非无殊响，以不合度而听之者告劳。是知术之于文，等于规矩之于工师，节奏之于矇瞍，岂不先晓解而可率尔操觚者哉？若夫晓术之后，用之临文，迟则研《京》

以十年,速则奏赋于食顷,始自用思,终于定稿,同此必然之条例,初无歧出之衢途。盖私理有恒,文体有定,取势有必由之准臬,谋篇有难畔之纲维,用字造句,合术者工而不合术者拙,取事属对,有术者易而无术者难。声律待术而后安,采饰待术而后美,果其辨之有明通之识,斯为之无愤惑之虞。虽文意细若秋毫,而识照朗于镜燧。故曰乘一总万,举要治繁也。欲为文者,其可不先治练术之功哉。"此解说《总术》篇颇为中肯,可供参考。

时序第四十五

本篇论述文学和时代的关系。刘勰认为:"时运交移,质文代变。"即随着时代的前进,文学也不断地发展变化。例如,唐尧时代,由于帝尧恩德隆盛,教化普及,所以产生了《击壤歌》《康衢谣》。虞舜时代,由于政治清明,百姓安闲,产生了《南风歌》《卿云歌》。到了周厉王、周幽王时代,由于厉王、幽王昏庸,产生了《板》《荡》等表现愤怒的诗篇。周平王时代,王室衰微,出现了《黍离》等表现哀伤的诗篇。事实说明:"歌谣文理,与世推移。"由此可见文学与时代的密切关系。本篇论述唐、虞、夏、商、周、汉、魏、晋、宋、齐十代文学的发展变化,颇多精辟的见解,例如,他论述建安文学指出:"观其时文,雅好慷慨,良由世积乱离,风衰俗怨,并志深而笔长,故梗概而多气也。"这是说,建安文学"梗概而多气"的特色,是由于"世积乱离,风衰俗怨"和作家"志深而笔长"造成的。刘勰能结合时代分析建安文学的特色,十分精到。刘勰在分析了齐梁以前的文学现象之后,指出文学与时代的关系,得出了"文变染乎世情,兴废系乎时序"的结论,是很有说服力的。附带提到的是"皇齐驭宝"一段,对南齐君主歌功颂德,从侧面说明《文心雕龙》写作之时代,颇有参考价值。

《礼记·乐记》云:"凡音者,生人心者也。情动于中,故形于声;声成文,谓之音。是故治世之音安以乐,其政和;乱世之音怨以怒,其政乖;亡国之音哀以思,其民困。声音之道,与政通矣。"这是论述乐与政通。

班固《两都赋序》云:"或曰:'赋者,古诗之流也。'昔成康没而颂声寝,王泽竭而诗不作。大汉初定,日不暇给。至于武宣之世,乃崇礼官,考文章,内设金马石渠之署,外兴乐府协律之事,以兴废继绝,润色鸿业。是以众庶悦豫,福应尤盛,《白麟》、《赤雁》、《芝房》、《宝鼎》之歌,荐于郊庙;神雀、五凤、甘露、黄龙之瑞,以为年纪。故言语侍从之臣,若司马相如、虞丘寿王、东方朔、枚皋、王褒、刘向之属,朝夕论思,日月献纳。而公卿大臣御史大夫倪宽、太常孔臧、太中大夫董仲舒、宗正刘德、太子太傅萧望之等,时时间作。"这是论述文学与时代之关系。

阮籍《乐论》云:"然礼与变俱,乐与时化,故五帝不同制,三王各异造,非其相反,应时变也。"这是论述礼乐随时代变化。

北齐魏收《魏书·文苑传序》云:"夫文之为用,其来日久。自昔圣达之作,贤哲之书,莫不统理成章,蕴气标致,其流广变,诸非一贯,文质推移,与时俱化。"这是说文学随时代变化。

以上《乐记》等论述,虽不如本篇论述之周密、完整、全面,但除魏收外,皆在刘勰之前,可供参考。

物色第四十六

本篇论述文学与自然的关系。文章开头说:"春秋代序,阴阳惨舒,物色之动,心亦摇焉。"季节的更迭,气候的变化,都对人们的内心产生影响。所以刘勰认为:"情以物迁,辞以情发。"人的感情随着自然景物的变化而变化,抒发感情而成文章。这里正确地揭示了文学创作与自然景色的关系。刘勰在《神思》篇中指出艺术构思的特点是"思理为妙,神与物游",即作家的精神与具体事物一起活动。本篇对此进行了细致的剖析。他说:"是以诗人感物,联类不穷。流连万象之际,沉吟视听之区。写气图貌,随物以宛转;属采附声,亦与心而徘徊。"即诗人为自然景物所激动,他洋溢着热烈的感情,展开想象的翅膀飞翔。然后开始创作,在创作时,一方面,他随着景物活动,一方面,他又结合思想感情反复琢磨,从而臻于物我交融的和谐境界。这道出了形象思维的基本特点,是我国古代关于形象思维论述的宝贵资料。如何描写自然景物?刘勰主张学习《诗经》的"以少总多"的手法,认为只有"善于适要",善于"会通",才能懂得描绘自然景物的奥秘。本篇的"赞",以形象的语言总结全篇,写出情与景的关系,写出了形象思维的特点,像一首优美的小诗。纪昀评曰:"诸赞之中,此为第一。"(《文心雕龙辑注》卷十)的确如此。

陆机《文赋》云:"悲落叶于劲秋,喜柔条于芳春。"

钟嵘《诗品·序》云:"气之动物,物之感人,故摇荡性情,形诸舞咏。"又云:"若乃春风春鸟,秋月秋蝉,夏云暑雨,冬月祁寒,斯四候之感诸诗者也。"

萧统《答湘东王求文集及诗苑英华书》云:"或日因春阳,其物韶丽,树花发,莺鸣和,春泉生,暄风至;陶嘉月而熙游,藉芳草而眺瞩。或朱炎受谢,白藏纪时;玉露夕流,金风时扇;悟秋山之心,登高而远托。或夏条可结,倦于邑而属词;冬雪千里,睹纷霏而兴咏。"

萧纲《答张缵谢示集书》云:"至如春庭落景,转蕙承风;秋雨且晴,檐梧初下;浮云生野,明月入楼。时命亲宾,乍动严驾;车渠屡酌;鹦鹉骤倾……是以沉吟短翰,补缀庸音,寓目写心,因事而作。"

萧子显《自序》云:"若乃登高目极,临水送归,风动春朝,月明秋夜,早雁初莺,开花落叶,有来斯应,每不能已也。"

陈叔宝《与詹事江总书》云:"每清风朗月,美景良辰,对群山之参差,望巨波之混瀁,或玩新花,时观落叶,既听春鸟,又聆秋雁,未尝不促膝举觞,连情发藻。"

以上陆机诸家论文学与自然景物之关系,可供参阅。

才略第四十七

《序志》篇说:"崇替于《时序》,褒贬于《才略》。"纪昀说:"《时序》篇总论其世,《才略》篇各论其人。"(《文心雕龙辑注》卷十引)本篇评论作家的才思。这是刘勰的作家论。这里评论虞、夏、商、周、春秋、战国、汉、魏、晋九代之文,论及作家近百人。所以,黄叔琳说:"上下百家,体大而思精,真文囿之巨观。"确实如此。刘勰论述的先秦文学,在今天看来,除《诗经》、《楚辞》之外,大都非文学作品,而《诗经》在《宗经》篇,《楚辞》在《辨骚》篇论述较详,这里只是提及而已。汉代文学,刘勰论及的有三十二人。他说司马相如"师范屈、宋,洞入夸艳,致名辞宗。然覆取精意,理不胜辞",说扬雄"属意,辞人最深,观其涯度幽远,搜选诡丽,而竭才以钻思,故能理赡而辞坚矣",皆极精辟。魏代文学,刘勰论及十八人。他比较曹丕、曹植,持论公允;说王粲为"七子之冠冕",发前人所未发;说"嵇康师心以遣论,阮籍使气以命诗",一语破的。晋代文学,刘勰论及二十五人。他说左思"尽锐于《三都》,拔萃于《咏史》",说潘岳"钟美于《西征》,贾余于哀诔",说陆机"才欲窥深,辞务索广,故思能入巧,而不制繁",皆为的评,十分深刻。宋代以后,因为"世近易明,无劳甄序",就不再论列了。最后点出"此古人所以贵乎时也",说明古代文人的成功,除了主观因素之外,客观因素是十分重要的。

王充《论衡·超奇》云:"若夫陆贾、董仲舒论说世事,由意而出,不假取于外,然而浅露易见,观读之者,犹曰传记。阳城子长作《乐经》,扬子云作《太玄经》,造于眇思,极窈冥之深,非庶几之才,不能成也。孔子作《春秋》,二子作两经,所谓卓尔蹈孔子之迹,鸿茂参贰圣之才者也。"

葛洪《抱朴子·辞义》云:"夫才有清浊,思有修短,虽并属文,参差万品,或浩瀁而不渊潭,或得事情而辞钝,违物理而文工,盖偏长之一致,非兼通之才也。暗于自料,强欲兼之,违才易务,故不免嗤也。"

刘永济《文心雕龙校释·才略》云:"本篇与《时序》篇相辅。《时序》所论,属文学风尚之高下流变,论世之事也。本篇所重,在比较作品之长短,作家之同异,知人之事也。"

前两则论作家之才思,后一则论本篇与《时序》篇之关系,皆可参考。

知音第四十八

本篇是刘勰批评论的重要论文,主要论述文学批评的态度和方法。文章一开始就慨叹知音难遇,即正确的文学批评难得。为什么呢?因为在文学批评方面有三种错误的态度,这就是"贵古贱今"、"崇己抑人"和"信伪迷真"。这三种错误态度是造成不能正确进行文学批评的障碍。此外,还有两个原因:一是"文情难鉴",二是"知多偏好"。解决这些问题,刘勰提出"博观"的方法。所谓"博观",就是广泛地观察。他认为"凡操千曲而后晓声,观千剑而后识器",即曲弹多了就可懂得音乐,剑看多了就能识别武器。这是说,自己的文艺修养提高了,又能"无私于轻重,不偏于爱憎",就能做到"平理若衡,照辞如镜",公正地进行文学批评了。如何认识和评价文章的思想内容和艺术形式呢?刘勰提出了"六观",即"一观位体,二观置辞,三观通变,四观奇正,五观事义,六观宫商"。"六观"的文学批评方法,多从文学的表现形式着眼,这是因为"缀文者情动而辞发,观文者披文以入情"。分析作品都得从形式入手,透过作品的形式才能了解它的思想内容,即所谓"沿波讨源,其幽必显"。刘勰的文学批评理论,对于我们今天做好文学批评和理论工作,仍有借鉴意义。

《孟子·万章上》云:"咸丘蒙曰:'舜之不臣尧,则吾既得闻命矣。《诗》云:"普天之下,莫非王土;率土之滨,莫非王臣。"而舜既为天子矣,敢问瞽瞍之非臣,如何?'曰:'是诗也,非是之谓也。劳于王事,而不得养父母也。曰:"此莫非王事,我独贤劳也。"故说诗者,不以文害辞,不以辞害志;以意逆志,是为得之。如以辞而已矣,《云汉》之诗曰:"周余黎民,靡有孑遗。"信斯言也,是周无遗民也。……'"这是提出"以意逆志"的批评方法。

《孟子·万章下》云:"颂其诗,读其书,不知其人,可乎?是以论其世也,是尚友也。"这是提出"知人论世"的批评方法。

《论语·八佾》云:"子曰:'诗三百,一言以蔽之,曰思无邪。'"

《荀子·非相》云:"凡言不合先王,不顺礼义,谓之奸言;虽辩,君子不听。"

萧统《文选序》云:"若其赞论之综缉辞采,序述之错比文华,事出于沉思,义归乎翰藻。故与夫篇什,杂而集之。远自周室,迄于圣代,都为三十卷,名曰《文选》云尔。"《论语》以下三则皆与批评标准有关。

葛洪《抱朴子·尚博》云:"文章微妙,其体难识……若夫翰迹韵略之宏促,属辞比事之疏密,源流至到之修短,蕴藉汲引之深浅,其悬绝也,虽天外毫内,不足以喻其辽邈;其相倾也,虽三光熠耀,不足以方其巨细。龙渊铅铤,未足譬其锐钝;鸿羽积金,未足比其轻重。清浊参差,所禀有主。朗昧不同科,强弱各殊气,而俗士唯见能染毫画纸者,便概之一例。斯伯牙所以永思钟子,郢人所以格斤不运也。"

《抱朴子·广譬》云:"不睹琼琨之熠烁,则不觉瓦砾之可贱;不觌虎豹之或蔚,则不知犬羊之质漫,聆《白雪》之九成,然后悟《巴人》之极鄙。"

又云:"观听殊好,爱憎难同。飞鸟睹西施而惊逝,鱼鳖闻九韶而深沉。故衮藻之粲焕,不能悦裸乡之目;采菱之清音,不能快楚隶之耳。古公之仁,不能喻欲地之狄;端木之辩,不能释系马之庸。"

《抱朴子》三则,一谓文章微妙,难以认识;二谓不加比较,难辨优劣;三谓人的爱好不同,看法各异。皆与文学批评有关,可以参阅。

最后附录的是《左传·襄公二十九年》"吴公子季札在鲁国观乐"一段:"吴公子札来聘……请观于周乐。使工为之歌《周南》、《召南》,曰:'美哉!始基之矣,犹未也,然勤而不怨矣。'为之歌《邶》、《鄘》、《卫》,曰:'美哉渊乎!忧而不困者也。吾闻卫康叔、武公之德如是,是其《卫风》乎!'为之歌《王》,曰:'美哉!思而不惧,其周之东乎!'为之歌《郑》,曰:'美哉!其细已甚,民弗堪也。

是其先亡乎！'为之歌《齐》，曰：'美哉！泱泱乎！大风也哉！表东海者，其大公乎！国未可量也。'为之歌《豳》，曰：'美哉，荡乎！乐而不淫，其周公之东乎！'为之歌《秦》，曰：'此之谓夏声。夫能夏则大，大之至也，其周之旧乎！'为之歌《魏》，曰：'美哉，沨沨乎！大而婉，险而易行，以德辅此，则明主也。'为之歌《唐》，曰：'思深哉！其有陶唐氏之遗民乎！不然，何其忧之远也？非令德之后，谁能若是？'为之歌《陈》，曰：'国无主，其能久乎！'自《郐》以下无讥焉。为之歌《小雅》，曰：'美哉！思而不贰，怨而不言，其周德之衰乎？独有先王之遗民焉。'为之歌《大雅》，曰：'广哉，熙熙乎！曲而有直体，其文王之德乎！'为之歌《颂》，曰：'至矣哉！直而不倨，曲而不屈，迩而不逼，远而不携，迁而不淫，复而不厌，哀而不愁，乐而不荒，用而不匮，广而不宣，施而不费，取而不贪，行而不流。五声和，八风平。节有度，守有序，盛德之所同也。'"古代诗乐不分，《诗经》所收皆为乐歌。季札观乐之次序，基本上与《诗经》同。这一段文艺批评，见于孔子之前，是我国古代最早最完整的文艺评论，对后世文艺批评颇有影响。

程器第四十九

本篇主要论述作家的品德问题。文章开头就说到《尚书·周书·梓材》篇中，将人才比作"梓材"，即木工制作器具。"盖贵器用而兼文采也"，即要求"器用"和"文采"兼备。对一个作家来说，不仅要有文学才华，还应具备优良的品德。所以刘勰反对"近代词人，务华弃实"的倾向。刘勰举出司马相如、扬雄、班固、孔融、王粲、潘岳、陆机等"文士之瑕累"，又说到"古之将相，疵咎实多"，举出管仲、吴起、陈平、周勃等将相的缺点，这就超出了文学的范围了。但只是附带提及,话又说回来了,也不是所有的文士都有疵病,他又举出屈原、贾谊、邹阳、枚乘、黄香、徐幹等品德高尚的人。刘勰认为文士不仅要注意品德修养,还应通晓军国大事,兼通文武,不要做"有文无质"之人。所以,他提出文士"固宜蓄素以弸中,散采以彪外,楩楠其质,豫章其干,摛文必在纬军国,负重必在任栋梁,穷则独善以垂文,达则奉时以骋绩"。意思是,文士必须注意修养,以充实内在的才德,散播文采以表现出外在之美,要具有楩楠的坚实,豫章的高大。写作文章必须规划军国大事,出仕必须成为国家的栋梁。不得志时就培养自己的品德从事写作,得志时就及时建功立业。这是刘勰对文士的要求,也寄托了自己的理想。

曹丕《与吴质书》云:"观古今文人,类不护细行,鲜能以名节自立。而伟长独怀文抱质,恬淡寡欲,有箕山之志,可谓彬彬君子者矣。著《中论》二十余篇,成一家之言,辞义典雅,足传于后,此子为不朽矣。"

颜之推《颜氏家训·文章》云:"自古文人,多陷轻薄。屈原露才扬己,显暴君过;宋玉体貌容冶,见遇俳优;东方曼倩,滑稽不雅;司马长卿,窃赀无操;王褒过章《僮约》;扬雄德败《美新》;李陵降辱夷虏;刘歆反复莽世;傅毅党附权门;班固盗窃父史;赵元叔抗竦过度;冯敬通浮华摈压;马季长佞媚获诮;蔡伯喈同恶受诛;吴质诋忤乡里;曹植悖慢犯法;杜笃乞假无厌;路粹隘狭已甚;陈琳实号粗疏;繁钦性无检格;刘桢屈强输作;王粲率躁见嫌;孔融、祢衡,诞傲致殒;杨修、丁廙,扇动取毙;阮籍无礼败俗;嵇康凌物凶终;傅玄忿斗免官;孙楚矜夸凌上;陆机犯顺履险;潘岳干没取危;颜延年负气摧黜;谢灵运空疏乱纪;王元长凶贼自诒;谢玄晖侮慢见及。凡此诸人,皆其翘秀者,不能悉记,大较如此。至于帝王,亦或未免。自昔天子而有才华者,惟汉武、魏太祖、文帝、明帝、宋孝武帝,皆负世议,非懿德之君也。自子游、子夏、荀况、孟轲、枚乘、贾谊、苏武、张衡、左思之俦,有盛名而免过患者,时复闻之,但其损败居多耳。每尝思之,原其所积,文章之体,标举兴会,发引性灵,使人矜伐,故忽于持操,果于进取。今世文士,此患弥切,一事惬当,一句清巧,神厉九霄,志凌千载,自吟自赏,不觉更有傍人。加以砂砾所伤,惨于矛戟,讽刺之祸,速乎风尘,深宜防虑,以保元吉。"

曹、颜二氏都论及文士品德,或褒或贬,皆可参阅。

序志第五十

本书是全书的总序。古人著作的序言常放在书的后面,如司马迁的《史记》、班固的《汉书》都是这样的。首先,这篇序言扼要地说明《文心雕龙》命名的含义和写作这部书的原因。原因有三个:一是留名后世的思想;二是反对当时文学的形式主义倾向;三是不满魏晋以来的文论。这些也是刘勰写作《文心雕龙》的动机。弄清这些,对于我们了解这部书的基本精神和特点很有帮助。接着,概括地介绍了全书的内容。刘勰说:"盖《文心》之作也,本乎道,师乎圣,体乎经,酌乎纬,变乎骚,文之枢纽,亦云极矣。若乃论文叙笔,则囿别区分,原始以表末,释名以章义,选文以定篇,敷理以举统。上篇以上,纲领明矣。至于割情析采,笼圈条贯,摛神性,图风势,苞会通,阅声字,崇替于《时序》,褒贬于《才略》,怊怅于《知音》,耿介于《程器》,长怀《序志》,以驭群篇。下篇以下,毛目显矣。"这是将全书的内容分为五部分:一是绪论,即"文之枢纽"五篇;二是文体论二十篇,即"论文叙笔"部分;三是创作论,自《神思》至《总术》十九篇,即"割情析采"部分;四是批评论及其他,《才略》、《知音》、《程器》皆可归入批评论,《时序》篇亦与批评论有关，惟《物色》篇多论写作方法。五是序言，即《序志》篇。这给读者一个清晰的轮廓。最后谈到自己的治学态度。他说："及其品列成文，有同乎旧谈者，非雷同也，势自不可异也。有异乎前论者，非苟异也，理自不可同也。同之与异，不屑古今，擘肌分理，唯务折衷。"这种实事求是的治学态度是应该受到赞扬的。

《文心雕龙辑注·序志》篇纪昀评曰："此全书之总序。古人之序皆在后。《史记》、《汉书》、《法言》、《潜夫论》之类，古本尚斑斑可考。"此点出《序志》篇即全书之总序。

《梁书·刘勰传》云："刘勰字彦和，东莞莒人。祖灵真，宋司空秀之弟也。父尚，越骑校尉。勰早孤，笃志好学，家贫不婚娶，依沙门僧祐，与之居处，积十余年，遂博通经论，因区别部类，录而序之。今定林寺经藏，勰所定也。天监初，起家奉朝请，中军临川王宏引兼记室，迁车骑仓曹参军。出为太末令，政有清绩。除仁威南康王记室，兼东宫通事舍人。时七庙飨荐已用蔬果，而二郊农社犹有牺牲，勰乃表言二郊宜与七庙同改；诏付尚书议，依勰所陈。迁步兵校尉，兼舍人如故。昭明太子好文学，深爱接之。初，勰撰《文心雕龙》五十篇，论古今文体，引而次之。其序曰：'夫文心者……倘尘彼观。'既成，未为时流所称。勰自重其文，欲取定于沈约。约时贵盛，无由自达。乃负其书，候约出，干之于车前，状若货鬻者。约便命取读，大重之，谓为深得文理，常陈诸几案。然勰为文长于佛理，京师寺塔及名僧碑志，必请勰制文。有敕与慧震沙门于定林寺撰经。证功毕，遂启求出家，先燔鬓发以自誓。敕许之。乃于寺变服，改为慧地。未期而卒。文集行于世。"此传记载刘勰生平事迹虽十分简略，但仍是研究刘勰的重要资料，因为对我们研究《序志》篇有帮助，故附录于此。

《文心雕龙》、《诗品》比较新议

中国古代文学理论批评史研究者历来认为《文心雕龙》、《诗品》是齐梁时代文学理论批评的"双璧"。二书皆可"孤峰绝岸,壁立万仞"(《旧唐书·杨炯传》)。流传至今,已一千五百多年了。清代章学诚《文史通义·诗话》论《诗品》云:

> 《诗品》之于论诗,视《文心雕龙》之于论文,皆专门名家,勒为成书之初祖也。《文心》体大而虑周,《诗品》思深而意远。盖《文心》笼罩群言,而《诗品》深从六艺溯流别也。论诗论文而知溯流别,则可以探源经籍,而进窥天地之纯,古人之大体矣。此意非后世诗话家流所能喻也。

《四库全书总目提要》评《诗品》云:

> 每品之首,各冠以序,皆妙达文理,可与《文心雕龙》并称。

章氏指出《诗品》、《文心雕龙》各有特点,给予很高的评价。《提要》认为《诗品》可与《文心雕龙》并称,对《诗品》的评价亦很高。然二书所论皆缺乏具体分析。《诗品》与《文心雕龙》有无高下之分呢?我在细读二书之后,认为是有的。

首先从二书作者的学术素养看,显然是不相同的。

《南史·钟嵘传》云:"嵘,齐永明中为国子生,明《周易》。"由此可知,钟嵘是"国子生",通晓《周易》。从《诗品》看,钟嵘熟悉汉魏晋宋齐梁诗歌,追溯各家之源流有三,即《诗经》中之《国风》和《小雅》，还有《楚辞》。他将曹植、陆机、左思、谢灵运等归之《国风》，将阮籍归之《小雅》，将王粲、潘岳、刘琨、陶潜、鲍照等归之《楚辞》，可见他熟悉《诗经》、《楚辞》，熟悉汉魏晋宋齐梁各诗家之著作。他对汉魏六朝的评论，常常别具只眼，如评"古诗"云："文温以丽，意悲而远。惊心动魄，可谓几乎一字千金。"评曹植云："骨气奇高，词采华茂，情兼雅怨，体被文质，粲然今古，卓尔不群。"评刘琨云："善为凄戾之词，自有清拔之气。"评曹操云："曹公古直，甚有悲凉之句。"皆评论正确，深中肯綮。于此可见其丰厚的文学素修，亦可见其高超的文学理论与批评之素养。

《梁书·刘勰传》云："（刘勰）家贫，不婚娶，依沙门僧祐，与之居处，积十余年，遂博通经论，因区别部类，录而序之。今定林寺经藏，勰所定也。"又云："勰为文长于佛理，京师寺塔及名僧碑志，必请勰制文。有敕与慧震沙门于定林寺撰经。证功毕，遂启求出家……"于此可见，刘勰阅读了大量佛教典籍，撰写了许多寺塔、名僧碑志。他精通佛学。从《文心雕龙》看，他几乎阅读了中国古籍中经、史、子、集所有的重要著作。在《宗经》篇中，他畅论五经，指出《五经》"渊哉铄乎，群言之祖"，说明他认真阅读了儒家经典。《正纬》篇论述纬书，指出纬书"事丰奇伟，辞富膏腴，无益经典而有助文章"，说明他对纬书是了解的。《史传》篇论述史书，论及的史书有《尚书》、《春秋》、《史记》、《汉书》、《三国志》、干宝《晋纪》、孙盛《晋阳秋》等，可见他对先秦以来的史书是熟悉的，他的论述得到后来史家的重视。如史学家金毓黻就为《史传》篇做过疏证。《诸子》篇是论述诸子的，认为诸子是"入道见志之书"。他论及的子书有《孟子》、《荀子》、《管子》、《晏子》、《列子》、《邹子》、《墨子》、《随巢子》、《尸子》、《尉缭子》、《鹖冠子》、《鬼谷子》、《文子》、《尹文子》、《慎子》、《韩非子》、《吕氏春秋》、《淮南子》、《新语》(陆贾)、《新书》(贾谊)、《法言》(扬雄)、《说苑》(刘向)、《潜夫论》(王符)、《政论》(崔寔)、《昌言》(仲长统)、《幽求子》(杜夷)等,说明他对子书的重视和浏览的广泛。经、史、子书,在与他同时的萧统看来,已非文学书,在他编选的《文选》中不予选录。他在《文选序》中说:

> 若夫姬公之籍,孔父之书,与日月俱悬,鬼神争奥,孝敬之准式,人伦之师友,岂可重以芟夷,加以剪截?老、庄之作,管、孟之流,盖以立意为宗,不以能文为本,今之所撰,又以略诸。若贤人之美辞,忠臣之抗直,谋夫之话,辩士之端,冰释泉涌,金相玉振。所谓坐狙丘,议稷下,仲连之却秦军,食其之下齐国,留侯之发八难,曲逆之吐六奇,盖乃事美一时,语流千载,概见坟籍,旁出子史。若斯之流,又亦繁博,虽传之简牍,而事异篇章,今之所集,亦所不取。至于记事之史,系年之书,所以褒贬是非,纪别异同,方之篇翰,亦已不同。若其赞论之综辑辞采,序述之错比文华,事出于沉思,义归乎翰藻,故与夫篇什,杂而集之。远自周室,迄于圣代,都为三十卷,名曰《文选》云尔。

这里说明萧统《文选》不选录经、史、子书的理由,萧统认为只有"事出于沉思,义归乎翰藻"的"篇章"、"篇翰",方可入选。刘勰重视经、史、子书,他认为,这是研究文学必须具备的学术素养,也是研究文学必须具备的坚实的基础,所以,他将经、史、子书与集部书一并论列。二人看法不同。

刘勰对先秦两汉魏晋南朝宋齐文学不仅熟悉,而且有深入的研究。这些从《文心雕龙》各篇中可以看出来。有关先秦两汉史传散文和诸子散文的论述已见《史传》、《诸子》等篇,有关《诗经》的论述则见于《宗经》等篇。现在要说到有关《楚辞》的论述。这些论述见于《辨骚》篇。此篇论述的作品有《离骚》、《九章》、《九歌》、《九辨》、《远游》、《天问》、《招魂》、《招隐》、《卜居》、《渔父》等篇,十分全面。刘勰指出,这些作品"气往铄古,辞来切今,惊采绝艳,难于并能矣",其风骨辞采,几无人能与之比美。"其衣被词人,非一代也",对后世文学有深远的影响。有关诗歌的论述,见于《明诗》篇。此篇指出诗的特点是"诗者,持也,持人情性"。他认为"无邪"的《诗经》是符合这个意义的。刘勰对诗歌的论述是从葛天氏、黄帝开始的,值得我们注意的是他对汉以后诗歌的论述。他指出"古诗"的特点是"直而不野,婉转附物,怊怅切情",认为是"五言之冠冕"。刘勰举出曹丕、曹植、王粲、徐幹、应场、刘桢等人之诗歌为例,认为建安诗歌的特点是:"慷慨以任气,磊落以使才。造怀指事,不求纤密之巧;驱辞逐貌,唯取昭晰之能。"刘勰认为,正始诗歌最著者为阮籍、嵇康,他认为"嵇志清峻,阮旨遥深",概括了嵇、阮的特点。刘勰论及的西晋诗人是"张潘左陆",即三张(张载、张协、张亢)、二陆(陆机、陆云)、两潘(潘岳、潘尼)、一左(左思),认为他们的诗歌,"采缛于正始,力柔于建安;或析文以为妙,或流靡以自妍"。刘勰论东晋诗歌说,"溺乎玄风,嗤笑徇务之志,崇盛亡机之谈",只有郭璞的游仙诗最为突出。刘勰对南朝宋以后的诗歌,不再涉及具体诗人,而是比较概括地论述。他论宋代诗歌说:"宋初文咏,体有因革,庄老告退,而山水方滋;俪采百字之偶,争价一句之奇,情必极貌以写物,辞必穷力而追新。"这里指出宋代诗歌的新变化。如此系统地论述先秦汉魏六朝的诗歌,《明诗》篇似是一篇简明的诗歌史。刘勰对诗歌精辟的论述,正是基于他的深厚的诗歌素养和卓越的鉴赏能力。明代著名学者杨慎评《明诗》篇曰："此评古之诗直至齐梁,胜钟嵘《诗品》多矣。"(明梅庆生《文心雕龙音注》)可谓一语破的。

有关乐府诗的论述,见于《乐府》篇。此篇重点论述文人乐府诗,忽略了民间乐府,是其不足。

有关辞赋的论述,见于《诠赋》篇。什么是赋?刘勰说:"赋者,铺也,铺采摛文,体物写志也。"赋是如何产生的?刘勰说:"赋也者,受命于诗人,拓宇于《楚辞》也。"刘勰举出先秦两汉赋家荀况、宋玉、枚乘、司马相如、贾谊、王褒、班固、张衡、扬雄、王延寿,说"凡此十家,并辞赋之英杰也"。刘勰又举出魏晋赋家王粲、徐幹、左思、潘岳、陆机、成公绥、郭璞、袁宏八家说:"亦魏晋之赋首也。"通观全篇,实为一篇辞赋简史。

此外,刘勰对颂、赞、祝、盟、铭、箴、诔、碑、哀、吊等各体文章皆有专论,涉及众多作家作品,论述周详,足供参考。

与钟嵘相比,刘勰的文学素养及学术素养更为丰富而广泛。钟嵘着眼文学,侧重在诗歌,而刘勰着眼于文化学术典籍而侧重于文学。钟嵘的论述仅限于诗歌,刘勰的论述就不同了,他重点论述的是文学,也兼及经学、史学、子学。因此,看起来,《诗品》专精,而《文心雕龙》则博大精深。刘勰显然高于钟嵘。

其次,从二书的结构看。

《诗品》的结构形式,显然受了当时九品论人、三品论书论画的影响。钟嵘将汉以后的诗人分为上、中、下三品,加以评论。全书结构如下:

《诗品》
- 上品
  - 序
  - 所评诗人：古诗、李陵、班姬、曹植、刘桢、王粲、阮籍、陆机、潘岳、张协、左思、谢灵运（11人，另有"古诗"一条）
- 中品
  - 序
  - 所评诗人：秦嘉、徐淑、曹丕、嵇康、张华、何晏、孙楚、王讚、张翰、潘尼、应璩、陆云、石崇、曹摅、何劭、刘琨、卢谌、郭璞、袁宏、郭泰机、顾恺之、谢世基、顾迈、戴凯、陶潜、颜延之、谢瞻、谢混、袁淑、王微、王僧达、谢惠连、鲍照、谢朓、江淹、范云、丘迟、任昉、沈约（39人）
- 下品
  - 序
  - 所评诗人：班固、郦炎、赵壹、曹操、曹睿、曹彪、徐幹、阮瑀、欧阳建、应玚、嵇含、阮侃、嵇绍、枣据、张载、傅玄、傅咸、缪袭、夏侯湛、王济、杜预、孙绰、许询、戴逵、殷仲文、傅亮、何长瑜、羊曜璠、范晔、刘骏、刘铄、刘宏、谢庄、苏宝生、陵修之、任昙绪、戴法兴、区惠恭、惠休、道猷、宝月、萧道成、张永、王俭、谢超宗、丘灵鞠、刘祥、檀超、钟宪、颜测、顾则心、毛伯成、吴迈远、许瑶之、鲍令晖、韩兰英、张融、孔稚珪、王融、刘绘、江祏、王巾、卞彬、卞铄、袁嘏、张欣泰、范缜、陆厥、虞羲、江洪、鲍行卿、孙察（72人）

从上表可以看出《诗品》的结构特点，一目了然。需要说明的是：
一、古书如《史记》、《汉书》等序皆在后，《诗品·序》则冠于书首。

二、《诗品·序》原分为三,分别列于上、中、下三品之前,清人何文焕《历代诗话》始合并冠于书前。按上品序云:"气之动物……均之于谈笑耳。"中品序云:"一品之中……请寄知者耳。"下品序云:"昔曹、刘殆文章之圣……文采之邓林。"其内容皆与各品所评诗人,无直接关系,何文焕将之合在一起,有道理。三、上品11人(另外"古诗"一条),中品39人,下品72人。三品合起来,实为122人。钟嵘《诗品·序》说:"嵘今所录止乎五言。虽然,网罗今古,词人殆集,轻欲辨彰清浊,掎摭利病,凡百二十人。"乃举其成数而言。

《文心雕龙》之结构,与《诗品》迥异。兹将《文心雕龙》之结构分析如下:

《文心雕龙》
　　绪论(5篇):
　　　《原道》、《征圣》、《宗经》、《正纬》、《辨骚》
　　文体论(20篇):
　　　《明诗》、《乐府》、《诠赋》、《颂赞》、《祝盟》、《铭箴》、《诔碑》、《哀吊》、《杂文》、《谐隐》、《史传》、《诸子》、《论说》、《诏策》、《檄移》、《封禅》、《章表》、《奏启》、《议对》、《书记》
　　创作论(21篇):
　　　《神思》、《体性》、《风骨》、《通变》、《定势》、《情采》、《熔裁》、《声律》、《章句》、《丽辞》、《比兴》、《夸饰》、《事类》、《练字》、《隐秀》、《指瑕》、《养气》、《附会》、《总术》、《时序》、《物色》
　　批评论(3篇):
　　　《才略》、《知音》、《程器》
　　自序(1篇):《序志》

《文心雕龙》的结构亦十分清晰。需要说明的是：一、结构严密，似是受了佛典之影响。范文澜说："彦和精湛佛理，《文心》之作，科条分明，往古所无。自《书记》以上，即所谓界品也。《神思》篇以下，即所谓问论也。盖采取释书法式而为之，故能曩理明晰若此。"（《文心雕龙注》卷十《序志》注②）正是指出了这一点。二、关于《文心雕龙》的结构，刘勰在《序志》篇中有一段说明。他说：

> 盖《文心》之作也，本乎道，师乎圣，体乎经，酌乎纬，变乎骚：文之枢纽，亦云极矣。若乃论文叙笔，则囿别区分，原始以表末，释名以章义，选文以定篇，敷理以举统。上篇以上，纲领明矣。至于剖情析采，笼圈条贯：摘神性，图风势，苞会通，阅声字，崇替于《时序》，褒贬于《才略》，怊怅于《知音》，耿介于《程器》，长怀《序志》，以驭群篇。下篇以下，毛目显矣。位理定名，彰乎大易之数，其为文用，四十九篇而已。

这里将《文心雕龙》全书分为：（一）"文之枢纽"，绪论部分；（二）"论文叙笔"，即文体论部分；（三）"剖情析采"，即创作论部分；（四）自序。当今学者常常将创作论分为创作、批评两部分。一般认为，创作论是从《神思》始，至《总术》止。那么，《时序》、《物色》、《才略》、《知音》、《程器》五篇都是批评论吗？显然不都是。《时序》篇论文学与社会之关系，《物色》篇论文学与景物之关系，当然不属于批评论，属于文学理论。真正属于批评论的只有《才略》、《知音》、《程器》三篇。可是，《序志》篇为何将《时序》、《才略》、《知音》、《程器》四篇特别提出来论述？这是因为《时序》等四篇所论与"剖情析采"中其他各篇不同。三、"文之枢纽"，有的研究者认为是"总论"，我看不像"总论"，而是"绪论"。四、书序，即《序志》篇，列于书后，合古人惯例。

就结构言,《诗品》结构层次清晰,却显得比较简单。上、中、下三品序与三品之内容不合,是此书结构上的明显缺点。《文心雕龙》结构严密,体现了其体大思精的特点。全书有条不紊地表现了作者的文学思想与文学理论批评的丰富内容。从结构方面说,《文心雕龙》亦高于《诗品》。

再次,从《诗品》与《文心雕龙》的内容看。

《诗品》的内容大体可分两部分:一是《诗品·序》,论述了五言诗的一些理论问题;一是《诗品》本文分上、中、下三品,品评诗人。《诗品·序》论及诗歌创作问题较多:

一、诗歌的产生与作用。序的开头就指出:"气之动物,物之感人,故摇荡性情,形诸舞咏。"这是说诗歌的产生。又说:"照烛三才,晖丽万有,灵祇待之以致飨,幽微藉之以昭告;动天地,感鬼神,莫近于诗。"这是说诗歌的作用。

二、历述五言诗的发展。始自"《南风》之词,《卿云》之颂",终于南朝宋元嘉时代。颇为简要。

三、提"滋味"说。序云:"五言居文词之要,是众作之有滋味者也。"钟嵘的"滋味"说,受到后人的重视,又说在诗歌创作上要"干之以风力,润之以丹彩"。"风力"、"丹彩"既是创作要求,也是批评标准。

四、揭示诗歌与自然景物、社会生活的关系。序云:"若乃春风春鸟,秋月秋蝉,夏云暑雨,冬月祁寒,斯四候之感诸诗者也。"这是指出四季景物与诗歌创作之关系。又云:"嘉会寄诗以亲,离群托诗以怨。至于楚臣去境,汉妾辞宫,或骨横朔野,魂逐飞蓬;或负戈外戍,杀气雄边;塞客衣单,孀闺泪尽;或士有解佩出朝,一去忘反;女有扬娥入宠,再盼倾国。凡斯种种,感荡心灵,非陈诗何以展其义?非长歌何以骋其情?"这是说明诗歌与社会生活的关系,颇为形象生动。

五、不主诗歌用典。序云:"若乃经国文符,应资博古;撰德驳奏,且穷往烈。至乎吟咏情性,亦何贵于用事?"这是认为诗歌是抒发感情的,又何必重视用典!

六、批评晋宋文论"不显优劣",总集则"曾无品第"。自己"辨彰清浊,掎摭利病"著《诗品》。

七、不赞成诗歌取用声律。他认为诗歌"今既不被管弦,亦何取于声律耶?""但令清浊通流,口吻调利,斯为足矣"。诗歌只要清浊流畅,声调和谐就够了。

《诗品·序》的基本内容如此。其本文则将汉魏以来诗人分上、中、下三品进行评论,如"上品"之阮籍。评曰:

> 其源出于《小雅》,无雕虫之巧,而《咏怀》之作,可以陶性灵,发幽思。言在耳目之内,情寄八荒之表。洋洋乎会于《风》《雅》,使人忘其鄙近,自致远大,颇多感慨之词。厥旨渊放,归趣难求。颜延年注,怯言其志。

又如中品之郭璞,评曰:

> 宪章潘岳,文体相辉,彪炳可玩。始变永嘉平淡之体,故称中兴第一。《翰林》以为诗首。但《游仙》之作,辞多慷慨,乖远玄穷,而云"奈何虎豹姿",又云"戢翼栖榛梗"。乃是坎壈咏怀,非列仙之趣也。

又如下品之王济、杜预、孙绰、许询,评曰:

> 永嘉以来,清虚在俗。王武子辈诗,贵道家之言。爰洎江表,玄风尚备。真长、仲祖、桓、庾诸公犹相袭。世称孙、许,弥善恬淡之词。

钟嵘的评论有三个特点：一是简明概括；二是能抓住特点；三是指明诗人所受的影响。这样的诗歌评论著作，在当时也是绝无仅有的。

《文心雕龙》的内容比较丰富，也比较复杂。概括起来，大约有以下几点：

一、开头"文之枢纽"——《原道》、《征圣》、《宗经》、《正纬》、《辨骚》五篇。前三篇推崇儒家思想、儒家圣人、儒家经书。《原道》篇云："道沿圣以垂文，圣因文而明道。"《征圣》篇云："征之周、孔，则文有师矣。"《宗经》篇云："经也者，恒久之至道，不刊之鸿教也。"这一思想是贯串全书的。因此，可以说《文心雕龙》的主要思想是儒家思想。后二篇阐明纬书、《楚辞》皆有助文章。《正纬》篇云："（纬书）事丰奇伟，辞富膏腴，无益经典而有助文章。"《辨骚》篇云："其衣被词人，非一代也。"说明的就是这一点。

二、文体论。《文心雕龙》从第六篇《明诗》到第二十五篇《书记》，各篇所论皆为文体，所论文体有诗、乐府、赋、颂、赞、祝、盟、铭、箴、诔、碑、哀、吊、杂文、谐、讔、史传、诸子、论、说、诏、策、檄、移、封禅、章、表、奏、启、议、对、书、记，共33类。如果加上《辨骚》所论的"骚"体，则为34类。若再细加分类，《杂文》篇论及的有对问、七发、连珠、典、诰、誓、览、略、篇、章、曲、操、弄、引、吟、讽、谣、咏诸体，《书记》篇论及的有表奏、奏书、奏记、奏笺、谱、籍、簿、录、方术、占、式、律、令、法、制、符、契、券、疏、关、刺、解、牒、状、列、辞、谚诸体，这样分类就过于琐碎了。

《文心雕龙》文体论各篇的内容，刘勰在《序志》篇提出四条：（一）"原始以表末"，即追溯文体的来源，历述其发展变化过程。（二）"释名以章义"，即解释文体的名称，说明其意义。（三）"选文以定篇"，即举出各体的名篇，给予确定的评价。（四）"敷理以举统",即陈述文体的理论,举出其特点。这四条是我们了解《文心雕龙》文体论各篇的钥匙。

南朝齐、梁时代是重视文笔之分的,刘勰的文体论也体现文笔之分的特点。刘师培在《中国中古文学史》中指出:"即《雕龙》篇次言之,由第六迄于第十五,以《明诗》、《乐府》、《诠赋》、《颂赞》、《祝盟》、《铭箴》、《诔碑》、《哀吊》、《杂文》、《谐隐》诸篇相次,是均有韵之文也。由第十六迄于第二十五,以《史传》、《诸子》、《论说》、《诏策》、《檄移》、《封禅》、《章表》、《奏启》、《议对》、《书记》诸篇相次,是均无韵之笔也。此非《雕龙》隐区文笔二体之验乎?"这个分析有一定的道理。

刘勰的文体论如此详细,如此系统,在中国古代文体史上是空前的,它是文体论的集大成之作。

三、创作论。《文心雕龙》创作论,内容十分丰富,是《文心雕龙》一书最精彩的部分,兹将其主要内容分述如下:

(一)构思论。《神思》篇是论艺术构思的专篇论文。其重点论述想象,他说"思理为妙,神与物游",道出形象思维的一些特点。

(二)风格论。《体性》、《风骨》、《定势》三篇是专论风格的专篇论文。也分别论述了作家个性与风格,理想的风格风骨和文体风格。《体性》篇提出八种风格:典雅、远奥、精约、显附、繁缛、壮丽、新奇、轻靡。认为作家"各师成心,其异如面"。《风骨》篇说:"结言端直,则文骨成焉;意气骏爽,则文风清焉。"又说:"故练于骨者,析辞必精;深于风者,述情必显。"于此可见"风骨"的特征。建安诗歌富于风骨,形成中国古代诗歌史上的优良传统。《定势》篇论述的是文体风格。他说:"势者,乘利而为制也。如机发矢直,涧曲湍回,自然之趣也。圆者规体,其势也自转;方者矩形,其势也自安。文章体势，如斯而已。"各种文体自有其风格，这是自然形成的。他说："章表奏议，则准的乎典雅；赋颂歌诗，则羽仪乎清丽；符檄书移，则楷式于明断；史论序注，则师范于核要；箴铭碑诔，则体制于弘深；连珠七辞，则从事于巧艳：此循体而成势，随变而立功者也。"这里对各体之风格进行了分析，指出这是自然形成的。

（三）通变论。《通变》篇是专门论述文学的继承与创新的论文。他说："变则其久，通则不乏。"意思是说，善于创新，才能持久；善于继承，才不会贫乏。

（四）情采论。《情采》篇是专门论文学作品的内容与形式的论文。他说："文附质"，"质待文。"又说："情者文之经，辞者理之纬，经正而后纬成，理定而后辞畅：此立文之本源也。"这里正确地分析了"文"与"质"，"情"与"辞"的关系，即文学作品的内容与形式的关系，表现出刘勰的真知灼见。

（五）声律论。钟嵘不赞成声律之说，刘勰与他不同，赞成声律说。《声律》篇专论声律。在沈约《宋书·谢灵运传论》的基础上，对声律之说进行了详细的论述。

（六）文章作法论。《熔裁》、《章句》、《附会》三篇所论皆为文章作法。《熔裁》专论熔意裁辞，《章句》专论分章选句，《附会》专论附辞会义，即文章内容与文辞的配合问题。

（七）修辞论。《丽辞》、《比兴》、《夸饰》、《事类》、《隐秀》所论皆修辞方法。《丽辞》专论对偶，《比兴》专论比喻与起兴，《夸饰》专论夸张，《事类》专论引文，《隐秀》专论隐与秀，即含蓄与警句。

此外，《练字》篇论用字，《指瑕》篇论写作中的瑕疵，《养气》篇论从事写作要保养自己的精力，《总术》篇主要论写作方法的重要性，皆是创作论的重要内容。

四、批评论。《序志》篇在论述《文心雕龙》的内容与结构时，特别提到《时序》《才略》《知音》《程器》四篇,因此研究者大都将这四篇单列为一部分。前面已经述及,《时序》与其后之《物色》都是论述文学与现实关系的,是同一性质的论文,属于文学理论。我认为,可附入创作论。《才略》篇是作家评论,《知音》篇是文学批评理论,《程器》篇是作家才德论,三篇同属批评论。刘勰的批评论是超过前人的,也具有集大成的性质。

五、序言。其内容主要有四点:

(一)说明撰写《文心雕龙》之目的。其目的有三:一是"树德建言",留名后世。二是为了反对当时文学的形式主义倾向。刘勰认为,当时文学"去圣久远,文体解散,时人爱奇,言贵浮诡,饰羽尚画,文绣鞶帨,离本弥甚,将遂讹滥"。正是指出这种倾向。三是对魏晋以来的文论不满。刘勰认为,魏晋以来的文论,"各照隅隙,鲜观衢路","并未能振叶以寻根,观澜而索源,不述先哲之诰,无益后生之虑"。这里指出魏晋以来的文论,并未以儒家思想为指导,对后人无益。

(二)强调儒家思想的指导作用。刘勰说:"盖《文心》之作也,本乎道,师乎圣,体乎经……""道",主要是指儒家思想;"圣",指儒家圣人;"经",指儒家经典。

(三)介绍全书的内容和结构,引文见前。

(四)表明了作者实事求是的写作态度。刘勰说:"及其品列成文,有同乎旧谈者,非雷同也,势自不可异也;有异乎前论者,非苟异也,理自不可同也。同之与异,不屑今古,擘肌分理,唯务折衷。"这种实事求是的写作态度是值得赞扬的。

纵观《文心雕龙》全书,"体大而虑周",其内容丰富,论述深入,结构严密,语言华美,见解精到。《诗品》虽然"思深而意远",在论述五言诗方面有其独特的成就。但是,与《文心雕龙》相比,不免有些逊色。所以，我们认为《文心雕龙》与《诗品》虽然都有很高的学术价值，但有高下之分。著名的中国文学批评史研究专家郭绍虞说："文学批评的专著，如钟嵘《诗品》、刘勰《文心雕龙》等书均得流传至今，而《文心雕龙》尤为重要的著作，原始以表末，推粗以及精，敷陈详核，条理密察，即传至现代犹自成为空前的伟著。"(《中国文学批评史》上册)这一判断是完全正确的。

2005 年

体大思精　见解深湛
——史学家论《文心雕龙》

我国古代的历史著作如《左传》、《战国策》、《史记》、《汉书》，对后世文学有深远的影响。我国古代文学著作对后世史学有影响的比较少见。在常见书中，刘勰的《文心雕龙》对后世的史学倒是有一定的影响。明代胡应麟说："《史通》之为书，其文刘勰也。而藻绘弗如。"(《少室山房笔丛》卷十三)清代孙梅说："按(刘知几)《史通》一书，所心摹手追者，《文心雕龙》也。观其纵横辨博，固足并雄，而丽藻遒文，犹或未逮。"(《四六丛话》卷三十二)这是说，刘知几的《史通》在语言等方面受到刘勰《文心雕龙》的影响。又《文心雕龙》有《史传》篇，受到史学家的重视，故金毓黻作《〈文心雕龙·史传〉篇疏证》(《中华文史论丛》1979年第一辑，上海古籍出版社1979年1月出版)。我国古今史学家涉及魏晋南北朝史者，对《文心雕龙》大都有所论述，这些论述对于我们研究刘勰和《文心雕龙》有一定的参考价值。为此，兹将其论述介绍如下。

首先引起我们注意的是姚思廉与其父姚察合撰的《梁书》中的《刘勰传》。《传》云："昭明太子好文学，深爱接之。"这说明昭明太子萧统爱好文学，十分喜爱与刘勰交往。按：刘勰于天监十年(511)，任仁威南康王记室，始兼东宫通事舍人。此时，刘勰的《文心雕龙》早已完成，谈文论学，自然与萧统接触较多。《梁书·昭明太子传》云："(昭明太子)引纳才学之士，赏爱无倦。恒自讨论篇籍，或与学士商榷古今；闲则继以文章著述，率以为常。于时东宫有书二三万卷,名才并集。文学之盛,晋宋以来,未之有也。"刘勰与萧统周围的文士活动在这种环境之中。他们在一起讨论篇籍,商榷古今,写作诗文。这样,刘勰的文学思想必然对萧统的文学思想产生一定的影响。这种影响从萧统编选的《文选》便可看出来。

《梁书·刘勰传》云:"初,勰撰《文心雕龙》五十篇,论古今文体,引而次之。"按:《四库全书简明目录·文心雕龙十卷》提要云:"分上下二篇,上篇二十有五,论体裁之别;下篇二十四,论工拙之由,合《序志》一篇,亦为二十五篇。其书于文章利病,穷极微妙。挚虞《流别》,久已散佚。论文之书,莫古于是编,亦莫精于是编矣。"此对《文心雕龙》内容之评介,简明扼要。《文心雕龙》的文体分类为诗、乐府、赋、颂、赞、祝、盟、铭、箴、诔、碑、哀、吊、杂文、谐、谶、史传、诸子、论、说、诏、策、檄、移、封禅、章、表、奏、启、议、对、书、记三十三类。萧统《文选》的文体分类为赋、诗、骚、七、诏、册、令、教、文、表、上书、启、弹事、笺、奏记、书、檄、对问、设论、辞、序、颂、赞、符命、史论、史述赞、论、连珠、箴、铭、诔、哀、碑文、墓志、行状、吊文、祭文三十七类,显然受了《文心雕龙》文体分类的影响。

《梁书·刘勰传》引用了《文心雕龙·序志》篇全文。这说明姚察、姚思廉父子十分重视《文心雕龙》。《序志》篇是《文心雕龙》全书的序言。序言扼要地说明了作者写作《文心雕龙》的动机,概括地介绍了全书的内容。这对于我们了解《文心雕龙》是有帮助的。序言还谈到作者的治学态度,刘勰说:"及其品列成文,有同乎旧谈者,非雷同也,势自不可异也。有异乎前论者,非苟异也,理自不可同也。同之与异,不屑古今,擘肌分理,唯务折衷。"如此撰写学术著作,表现出实事求是的学风,是应该受到赞扬的。

《梁书·刘勰传》又云:"(《文心雕龙》)既成,未为时流所称。

勰自重其文,欲取定于沈约。约时贵盛,无由自达。乃负其书,候约出,干之于车前,状若货鬻者。约便命取读,大重之,谓为深得文理,常陈诸几案。"这是说,《文心雕龙》完成之后,未得学界认可,因此,刘勰欲取定于当时的著名学者、作家沈约。但是,当时沈约官高爵显,难以见到。于是刘勰装扮成货郎售货,将书呈上。此书受到沈约的重视。沈约认为此书深刻地阐述了文理,常置案头以备参考。唐前评论《文心雕龙》者,仅沈约一家。唐、宋两代,由于古文运动的影响,用骈文写成的《文心雕龙》,亦未受到应有的重视。直到明代以后,情况才逐渐改变。20世纪80年代以后,《文心》学成为显学。这说明真正的珍玉宝石,虽一时得不到人的赏识,但是最终总会放出它的光彩。

《梁书·刘勰传》又云:"然勰为文长于佛理,京师寺塔及名僧碑志,必请勰制文。"刘勰为文长于佛理,这体现在他所撰的碑志之中。《文心雕龙》虽然不谈佛理,但其写作方法不免受到佛理的影响。所以范文澜说:"彦和精湛佛理,《文心》之作,科条分明,往古所无。自《书记篇》以上,即所谓界品也,《神思篇》以下,即所谓问论也。盖采取释书法式而为之,故能觇理明晰若此。"(《文心雕龙注·序志》篇注②)范氏所说,正是当今研究者所公认的事实。

《梁书·刘勰传》是记叙刘勰的生平事迹的。但是,在记叙中,我们可以看到姚氏父子对《文心雕龙》的重视,看到沈约对《文心雕龙》的评论。沈氏的评论是《文心雕龙》研究史上的宝贵资料,值得我们珍视。

唐代刘知几的《史通》是我国古代第一部史学理论著作,对后世史学的发展有深远的影响。前已指出,《史通》的写作受到刘勰《文心雕龙》的影响。刘知几评论《文心雕龙》说:"词人属文,其体非一,譬甘辛殊味,丹素异彩;后来祖述,识昧圆通,家有诋诃,人相掎摭,故刘勰《文心》生焉。"(《史通·自叙》篇)这里只是指出《文心雕龙》产生的原因。关于《文心雕龙》产生的原因,《文心雕龙·序志》篇言之甚详,刘氏的分析并不全面。

清代章学诚的《文史通义》是一部重要的史学理论著作。书中对《文心雕龙》的评论,值得我们注意。

《文史通义·文德》篇云:"凡言义理,有前人疏而后人加密者,不可不致其思也。古人论文,惟论文辞而已矣。刘勰氏出,本陆机氏说而昌论文心;苏辙氏出,本韩愈氏说而昌论文气。可谓愈推愈精矣。"章氏认为,刘勰《文心雕龙》源于陆机之说。陆机之说,指《文赋》。《文赋》是中国文学理论批评史上第一篇完整的文学创作论。其内容主要是讨论文学创作的构思问题,也论及结构、剪裁、文体、风格、语言等问题。例如,论创作构思,《文赋》云:"其始也,皆收视反听,耽思傍讯,精骛八极,心游万仞。其致也,情曈昽而弥鲜,物昭晰而互进,倾群言之沥液,漱六艺之芳润,浮天渊以安流,濯下泉而潜浸。于是沉辞怫悦,若游鱼衔钩而出重渊之深;浮藻联翩,若翰鸟缨缴而坠层云之峻。收百世之阙文,采千载之遗韵,谢朝花于已披,启夕秀于未振,观古今于须臾,抚四海于一瞬。"这里论述了创作构思的整个过程。受此启发,刘勰的《文心雕龙·神思》篇专门论述创作构思。《神思》篇云:"文之思也,其神远矣。故寂然凝虑,思接千载;悄焉动容,视通万里;吟咏之间,吐纳珠玉之声;眉睫之前,卷舒风云之色:其思理之致乎。"描写想象的巨大作用。离开想象,艺术创作活动是无法进行的。"思理为妙,神与物游。"指出艺术创作构思的特点。这个特点类似今天所说的"形象思维"。刘勰的论述更为深刻。

论文章的风格,《文赋》云:"体有万殊,物无一量。纷纭挥霍,形难为状。……故夫夸目者尚奢,惬心者贵当。言穷者无隘,论达者唯旷。诗缘情而绮靡,赋体物而浏亮。碑披文以相质,诔缠绵而凄怆。铭博约而温润,箴顿挫而清壮。颂优游以彬蔚,论精微而朗畅。奏平彻以闲雅,说炜晔而谲诳。"这里论述文章的风格,又论述了作家的个性与作品风格的关系。最后提到十种文体,并且概括了各文体的风格特点。明代胡应麟说:"《文赋》云'诗缘情而绮靡',六朝之诗所自出也,汉以前无有也;'赋体物而浏亮',六朝之赋所自出也,汉以前无有也。"(《诗薮·外编》卷二《六朝》)这说明陆机的论述,对六朝诗赋产生了深刻的影响。

在陆机论述的基础上,刘勰作了进一步的论述。《文心雕龙·体性》篇云:"夫情动而言形,理发而文见,盖沿隐以至显,因内而符外者也。然才有庸俊,气有刚柔,学有浅深,习有雅郑,并性情所铄,陶染所凝,是以笔区云谲,文苑波诡者矣。故辞理庸俊,莫能翻其才;风趣刚柔,宁或改其气;事义浅深,未闻乖其学;体式雅郑,鲜有反其习:各师成心,其异如面。"陆机论及文章风格的千差万别,而没有论及文章风格形成之不同原因。刘勰则不仅指出"各师成心,其异如面",而且具体地分析了文章风格不同之原因。

《体性》又云:"是以贾生俊发,故文洁而体清;长卿傲诞,故理侈而辞溢;子云沉寂,故志隐而味深;子政简易,故趣昭而事博;孟坚雅懿,故裁密而思靡;平子淹通,故虑周而藻密;仲宣躁锐,故颖出而才果;公幹气褊,故言壮而情骇;嗣宗俶傥,故响逸而调远;叔夜俊侠,故兴高而采烈;安仁轻敏,故锋发而韵流;士衡矜重,故情繁而辞隐。"陆机论及作家个性与文章风格的关系,刘勰经过深入的研究,揭示了作家个性和文章风格之特点。他认为:"吐纳英华,莫非性情。"

上面已经说到,陆机论及十种文体及其风格特点。刘勰在《文心雕龙》中论述了诗、乐府、赋等三十三种文体,撰写了文体论《明诗》、《乐府》、《诠赋》、《颂赞》、《祝盟》、《铭箴》、《诔碑》、《哀吊》、《杂文》等二十篇。各篇文体论都论述了四项内容：(一)"释名以章义"，即说明各种体裁的含义。(二)"原始以表末"，即叙述各种文章的起源和演变情况。(三)"选文以定篇"，即评述各体文章的代表作家和代表作品。(四)"敷理以举统"，即论述各体文章写作的道理和特色。刘勰如此详细、深刻地论述各种文体，使他的文体论成为中国文学理论批评史上文体论的高峰。

刘勰关于文学作品的内容和形式、文学的继承与创新等的论述也都很精彩、深入。这里就不一一论及了。以上说明章学诚的论断是正确的。

近代学者刘师培是经学家，也是史学家。他著有《中国历史教科书》，另有史学论文五十余万言（邬国义、吴修艺编校《刘师培史学论著选集》，上海古籍出版社2006年版）。当代史学家张舜徽说他"是扬州学派中集大成的殿军"（《清代扬州学记》，广陵书社2004年版197页）。在学术上取得较高的成就。

1917年秋，刘师培应北京大学蔡元培校长之聘，任北京大学文科教授，讲授"中古文学史"及"《文心雕龙》及《文选》"等课程。后编成《中国中古文学史讲义》。至于"《文心雕龙》及《文选》"课程，有罗常培笔录，后整理发表。今日见到的只有"《文心雕龙》讲录二种"（《文心雕龙》的《颂赞》篇和《诔碑》篇）。

刘师培十分重视《文心雕龙》的研究，他的研究有两个特点：

一、借用《文心雕龙》的评论表达自己的观点。在《中国中古文学史讲义》中，这样的例子很多，如第四课《魏晋文学之变迁》乙《嵇阮之文》，他论述阮籍、嵇康诗文的风格，援引《文心雕龙·体性》篇云："嗣宗倜傥，故响逸而调远；叔夜俊侠，故兴高而采烈。"刘氏分析说："彦和以'响逸调远'评籍文，与《魏志》'才藻艳逸'

说合;盖阮文之丽,丽而清者也。以'兴高采烈'评康文,亦与《魏志》'文词壮丽'说合;盖嵇文之丽,丽而壮者也。均与徒事藻采之文不同。"这里论述的是作家个性与文学作品风格的关系。又引《文心雕龙·才略》篇云:"嵇康师心以遣论,阮籍使气以命诗。"刘氏指出:"此节以论推嵇,以诗推阮。实则嵇亦工诗,阮亦工论,彦和特互言见意耳。"这里论述的是嵇康、阮籍"师心"、"使气"的特点。又引《文心雕龙·明诗》篇云:"正始明道,诗杂仙心,何晏之徒,率多浮浅;惟嵇志清峻,阮旨遥深,故能标焉。"刘氏评论说:"嵇、阮之文,艳逸壮丽,大抵相同。若施以区别,则嵇文近汉孔融,析理绵密,阮所不逮;阮文近汉祢衡,托体高健,嵇所不及:此其相异之点也。至其为诗,则为体迥异,大抵嵇诗清峻,而阮诗高浑。彦和所谓遥深,即阮诗之旨言,非谓阮诗之体也。"这是论述正始诗歌的特点。

刘氏引用《文心雕龙》的论述而加以评论,借以表达自己的观点,常常言简意赅,分析深刻,有画龙点睛之妙。

二、将《文心雕龙》之研究与《文选》之研究结合起来。刘氏在北京大学讲授《文心雕龙》记录,就充分体现了这一特点。兹以《文心雕龙·诔碑》篇口义为例,稍加说明。

《文心雕龙·诔碑》篇云:"潘岳……巧于序悲,易入新切。"刘氏诠释说:"夫诔主述哀,贵乎情文相生。而情文相生之作法,或以缠绵传神,轻描淡写,哀思自寓其中;或以侧艳表文,情愈哀则词愈艳,词愈艳音节亦愈悲。古乐府之悲调,齐梁间之哀文,率皆类此。安仁诔文以后者胜,故彦和谓其'巧于序悲,易入新切'也。"后附《文选》"诔类"文章八篇原文的重要部分,并加以评论。其中有潘岳的《杨荆州诔》、《杨仲武诔》、《夏侯常侍诔》、《马汧督诔》四篇。这有助于我们理解刘勰的评论和刘师培的诠释。

《诔碑》篇又云:"后汉以来,碑碣云起,才锋所断,莫高蔡邕……其叙事也该而要,其缀采也雅而泽;清词转而不穷,巧义出而卓立;察其为才,自然而至。"刘氏评论说:"此段惟崇蔡中郎之碑文为第一,盖非一人之私言,实千古之定论也。试以伯喈之文与普通汉碑比较,一则词调变化甚多,篇篇可诵,非普通汉碑之功候所能及;二则有韵之文易致散漫,而伯喈能作出和雅的音节,'清词转而不穷'。此皆其出类拔萃处。伯喈碑文既可空前绝后,而传于今者又多,潜心研索,当可尽其变化。"后附《文选》"碑类"文章六篇之原文重要部分,并加以评论。其中有蔡伯喈的《郭有道碑文》、《陈太丘碑文》两篇。这样,有助于我们理解刘勰和刘师培对蔡邕的评论。

刘师培将《文心雕龙》研究与《文选》研究结合起来进行,使人对《文心雕龙》论断的理解更为具体,对《文选》所选作品的理解更为深刻。再说,由此我们可以进一步了解《文心雕龙》论断之深湛,《文选》选录作品之精审。刘氏说:"《雕龙》一书,溯各体之起源,明立言之有当,体各为篇,聚必以类,诚文学之津筏也。"(陈引驰编校《刘师培中古文学论集·文说序》,中国社会科学出版社1997年版)诚然。

建国后,三部重要的中国通史:郭沫若主编的《中国史稿》,翦伯赞主编的《中国史纲要》和范文澜著的《中国通史简编》(修订本),对《文心雕龙》都有论述。

《中国史稿》(第三册)说:"齐梁时候,出现了刘勰的《文心雕龙》和钟嵘的《诗品》这两部独成系统、有较大影响的文学批评和文学理论著作。"自从章学诚《文史通义·诗话》篇将《文心雕龙》与《诗品》相提并论以来,后世论述常以二者并论。此书认为,这两部文学理论批评著作"独成系统"、"有较大影响"是完全正确的，也是符合实际情况的。

《中国史稿》(第三册)又说:"刘勰的《文心雕龙》一共五十篇,涉及的范围相当广泛,论述了文体流别,批评原则和各种文章体裁、创作方法。刘勰在《文心雕龙》里,把儒家的封建道德看作是作品思想内容的最高标准。把《五经》看作是文学的最高模范。但在文学理论方面,他也提出了一些值得人们重视的看法:如关于文学的发展与社会政治的关系,他强调政治和社会风俗等对于文学演变的作用,认为'文变染乎世情,兴废系乎时序,原始以要终,虽百世可知也'。在'文'与'质'的关系上,也抨击了当时的形式主义之风,强调文章内容和形式的统一,主张'为情而造文',反对'为文而造情'的倾向。在对待文学批评的态度上,他认为批评家不但要有广博的学识,而且应该'无私于轻重,不偏于憎爱',反对'贵古贱今'、'崇己抑人'、'信伪迷真'等错误的批评态度。"这一段话,是简介《文心雕龙》全书的内容:首先是概括《文心雕龙》全书的主要内容。其次,指出《文心雕龙》的基本思想。最后是列举《文心雕龙》在文学理论方面一些重要的见解。这些见解有《时序》篇所论述的文学的发展与社会政治的关系;《情采》篇所论述的文与质的关系;《知音》篇所论述的文学批评的态度问题。显然所论并不全面,但是简明扼要,尚能给人以比较完整的印象。

其实,关于《文心雕龙》全书的内容,刘勰自己有一个简要的介绍,《序志》篇云:

> 盖《文心》之作也,本乎道,师乎圣,体乎经,酌乎纬,变乎骚,文之枢纽,亦云极矣。若乃论文叙笔,则囿别区分,原始以表末,释名以章义,选文以定篇,敷理以举统。上篇以上,纲领明矣。至于剖情析采,笼圈条贯,摘神性,图风势,苞会通,阅声字,崇替于《时序》,褒贬于《才略》,怊怅于《知音》,耿介于

《程器》，长怀《序志》，以驭群篇。下篇以下，毛目显矣。

根据以上的介绍，《文心雕龙》全书可分五个部分：

（一）总论，即刘勰所说的"文之枢纽"五篇：《原道》、《征圣》、《宗经》、《正纬》、《辨骚》。这五篇论文表达了《文心雕龙》的基本思想，是全书的总纲。

（二）文体论二十篇。论述文体诗、赋等三十三类。

（三）创作论二十篇。这是"剖情析采"部分。

（四）批评论，包括《时序》、《才略》、《知音》、《程器》四篇。

（五）《序志》，是全书的序言。

对照刘勰本人的介绍，可见《中国史稿》介绍的不同与不足。

《中国史纲要》（第二册）说："齐刘勰的《文心雕龙》一书，是一部体大思精的文学批评和文学理论著作。《文心雕龙》提出了'文变染乎世情，兴废系乎时序'的见解，分析了文风嬗变的各种文体产生、发展的历史原因。刘勰主张文附于质，质待于文的文质统一论，反对仅以形式取胜的文风。刘勰还广泛地评论历代的文学家、阐述了文学创作的方法和文学批评的观点。"

《中国史纲要》对《文心雕龙》的论述亦颇简明扼要，指出《文心雕龙》"体大思精"的特点，是为的评。论述涉及《时序》、《情采》、《才略》等篇和文体论的主要内容，皆为该书的精华所在。全未涉及《文心雕龙》的基本思想，是其不足。

中国通史著作对《文心雕龙》的论述，以范文澜的《中国通史简编》（修订本）最有特色。其论述的要点如下：

（一）刘勰是骈文的能手。范氏说："刘勰是精通儒学和佛学的杰出学者，也是骈文作者中稀有的能手。他撰《文心雕龙》五十篇，剖析文理，体大思精，全书用骈文来表达致密繁富的论点，宛转自如，意无不达，似乎比散文还要流畅，骈文高妙至此，可谓登峰造极。"

(二)《文心雕龙》的基本思想。范氏说:"刘勰撰《文心雕龙》,立论完全站在儒学古文学派的立场上。……刘对文学的看法,就是文学的形式可以而且必须有新变(《通变》篇),文学的内容却不可离开圣人的大道(《原道》篇、《征圣》篇、《宗经》篇)。《文心雕龙》确是本着这宗旨写成的,褒贬是非,确是依据经典作标准的。"

(三)唯物主义倾向。范氏说:"儒学古文学派的特点是哲学上倾向唯物主义,不同于玄学和佛学。"

(四)《文心雕龙》的宗旨。范氏说:"《文心雕龙》的根本宗旨,在于讲明作文的法则。"

(五)一部系统的大著作。范氏说:"《文心雕龙》五十篇(其中《隐秀篇》残缺),总起来是科条分明、逻辑周密的一篇大论文。……系统地全面地深入地讨论文学,《文心雕龙》实是唯一的一部大著作。"

(六)西周以来文学的大总结。范氏说:"《文心雕龙》是文学方法论,是文学批评书,是西周以来文学的大总结。此书与萧统《文选》相辅而行,可以引导后人顺利了解齐梁以前文学的全貌。"

范文澜论及《文心雕龙》的语言、基本思想、思想倾向、宗旨等问题,同时指出《文心雕龙》是一部"系统地全面地深入地讨论文学……唯一的一部大著作",是"西周以来文学的大总结"。见解深湛,不同于其他中国通史的论述。深湛的见解,产生于深入的研究。范文澜研究《文心雕龙》取得卓越的成就,故有此高论。他的《文心雕龙注》是划时代的学术著作,梁启超评曰:"征证详核,考据精审,于训诂义理,皆多所发明。"(《文心雕龙学综览》编委会编《文心雕龙学综览》,上海书店出版社1995年版302页引)长期以来，此书是《文心雕龙》研究者案头必备之书，在学术界有广泛和深远的影响。

建国后，主要有两部魏晋南北朝史，一部是王仲荦的《魏晋南北朝史》，一部是韩国磐的《魏晋南北朝史纲》。这两部断代史对《文心雕龙》都有较详的论述。

王氏《魏晋南北朝史》说："《文心雕龙》……它系统地论证了有关文学理论方面的重要问题，提到了文学发展的规律，讨论了文学创作艺术技巧各方面的问题，同时还对齐、梁以前一些作家和他们的作品，作了扼要的评述。"这是对《文心雕龙》全书内容的介绍，显得比较空泛。下面具体论述：

（一）刘勰强调文学反映现实这一原则。《时序》篇说："歌谣文理，与世推移。"又说："文变染乎世情，兴废系乎时序。"

（二）刘勰强调文学艺术的真实性。他批评"志深轩冕，而泛咏皋壤；心缠几务，而虚述人外"（《情采》篇）的诗文，推许"志足而言文，情善而辞巧"（《征圣》篇）的作品。

（三）刘勰强调作品内容的重要性。他反对"为文而造情"，提倡"为情而造文"（《情采》篇）。

（四）刘勰不反对对仗，赞成"自然成对"（《丽辞》篇）。也不反对用典，主张"不啻自其口出"（《事类》篇）。

（五）刘勰认为文学批评要避免主观。要"不偏于爱憎"，不要"贵古贱今"，不要"崇己抑人"（《知音》篇）。

（六）刘勰强调文学必须折衷于周、孔之道。《原道》篇说："道沿圣以垂文，圣因文以明道。"《征圣》篇说："是以论文必征于圣，窥圣必宗于经。"刘勰"从地主阶级立场出发，鼓吹文学必须为当时封建制度服务"。

王氏论述了《文心雕龙》一些主要的论点。这个论述当然是不全面的,特别是对刘勰自己十分重视、篇幅占全书近二分之一的文体论却只字不提,未免是一个疏忽。

韩氏《魏晋南北朝史》关于刘勰《文心雕龙》的论述,与王氏相比,较为简略。他简单地介绍了刘勰的生平;诠释了《文心雕龙》"书名的由来";说明"为何要写此书";说明"文以载道的理由";指出"书中主张文章要有艺术性"。结论是"这确是一部有体系的文学批评著作,在文学批评史中占有不可忽视的地位"。

韩氏对《文心雕龙》的论述,由刘勰生平说到《文心雕龙》未尝不可。问题是我们从论述中看不到《文心雕龙》高度的学术价值,看不到刘勰在文学理论批评方面的巨大贡献,是其不足。

韩氏说:"书中主张文章要有艺术性,刘勰这样说:'故立文之道,其理有三:一曰形文,五色是也;二曰声文,五音是也;三曰情文,五性是也。五色杂而成黼黻,五音比而成韶夏,五情发而为辞章,神理之数也。'这是阐明文章的艺术性。"应该指出,这个理解是不正确的。这段话出自《文心雕龙·情采》篇,意思是说:构成文采的方法有三种:一是"形文",青、黄、赤、白、黑就是;二是"声文",宫、商、角、徵、羽五音就是;三是"情文",仁、义、理、智、信就是。五色交杂而成礼服上的花纹,五音协调而成为乐曲,五性抒发而成文章。这就是自然的规律。这里说的是构成文采的方法,而不是文章的艺术性问题。智者千虑,偶有一失。斯亦不足为怪。

最后说到当代史学家钱穆关于《文心雕龙》的论述。钱穆于1990年去世,享年96岁。其著作有《国史大纲》、《中国近三百年学术史》、《先秦诸子系年》等八十余种。

钱氏于1969至1970、1970至1971这两年间,曾为台湾文化学院历史研究所博士班学生开设"中国史学名著"一课程。《中国史学名著》是钱氏授课讲义。此书对《文心雕龙》作了很高的评价

（生活·读书·新知三联书店2000年版131—132页）。

钱氏说："《文心雕龙》……可以说也是一部极特殊极有价值的文学通论。"这是肯定《文心雕龙》很高的学术价值。又说："由我的看法，《文心雕龙》之价值，实还远在《史通》之上。"这是以《文心雕龙》与刘知几的《史通》相比较，认为《文心雕龙》的价值在《史通》之上。

钱氏说："我们从此（《史通》）再回头来看刘勰的《文心雕龙》，那就伟大得多了。他讲文学，便讲到文学的本原。……他是从经学讲到文学的，这就是他能见其本原，能见其大，大本大原他已把握住。……他的治学方法，应受当时佛门影响。他这部《文心雕龙》，还是值得我们看重，因他能注意到学问的大全，他能讨论到学术的本原。"意思是说，刘勰具有深厚的经学素养（见《原道》篇、《征圣》篇、《宗经》篇），兼通史学（见《史传》篇）、诸子之学（见《诸子》篇），所以他的文学批评和文学理论的成就大大地超过前人。《文心雕龙》的学术价值也在其后的《史通》之上。

钱氏说："刘勰《文心雕龙》的文章也是骈文，而他的文章也比刘知几《史通》的文章好。"这是认为，刘勰《文心雕龙》的文章比刘知几《史通》的文章好。

钱氏对《文心雕龙》的评论并无系统，想到哪里说到哪里。但是评论是正确的，也是符合实际的。

综观古今史学家关于《文心雕龙》的论述，以姚思廉、章学诚、范文澜三家最为突出。姚思廉与其父姚察共同编撰《梁书》，为刘勰提供传记资料；章学诚著《文史通义》，论述《文心》，别具只眼。范文澜笺注《文心雕龙》，为"文心学"奠基，见解深湛，斐声士林。在《文心雕龙》研究的历史上，这是三座里程碑。对后世"文心学"的研究有深远的影响。

《文心雕龙》是一部体大思精、见解深湛的文学理论批评著作。深入研究这部名著,不仅可以弘扬中国古代文论的优良传统,而且对建立具有中国特色的文学理论体系,亦有一定的借鉴作用。因此,这项工作是值得我们重视的。

2007 年 8 月 15 日写毕

穆克宏文集

第二册

文选学研究

（上）

中华书局

1995年文选学国际学术讨论会合影

与曹道衡研究员(中)

与俞绍初教授(左一)、曹道衡研究员(左二)、傅璇琮编审(右一)

与日本清水凯夫教授（左一）、冈村繁教授（左二）、兴膳宏教授（右二）

与日本清水凯夫教授

与王运熙教授

与陈伯海研究员(左)、杨明教授(右一)、俞绍初教授(右二)

与霍松林教授(左二)、徐中玉教授(左三)、周勋初教授(左四)

与马积高教授

目 录

序 一 ·· 曹道衡 1
序 二 ·· 王运熙 7

昭明文选研究

一、萧统的生平及著作 ····································· 3
二、萧统的文学思想 ······································· 11
三、《文选》产生的时代 ····································· 23
四、《文选》内容简介(上) ································· 30
五、《文选》内容简介(下) ································· 34
六、《文选》研究述略 ······································· 69
七、《文选》研究的几个问题 ······························· 97
八、《文选》的文学价值 ····································· 124
九、《文选》与文学理论批评 ······························· 142
十、《文选》对后世的影响 ································· 166
附录一:萧统年谱 ··· 181
附录二:《文选》研究参考书目 ···························· 224

昭明文选研究补编

一、刘勰与萧统 ·· 229
二、萧氏父子与梁代文学 ·································· 244
三、萧统《文选》三题 ····································· 265

四、萧统研究三题 …………………………… 276
五、《文选》文体分类再议 …………………… 296
六、《文选》文体述论 ………………………… 316
　赋 …………………………………………… 317
　诗 …………………………………………… 322
　骚 …………………………………………… 329
　七 …………………………………………… 335
　诏、册、令、教、文（策文）………………… 338
　表、上书、启、弹事 ………………………… 344
　笺、奏记、书 ………………………………… 352
　檄（附：移）………………………………… 356
　对问、设论 ………………………………… 362
　辞 …………………………………………… 364
　序 …………………………………………… 365
　颂、赞 ……………………………………… 369
　符　命 ……………………………………… 380
　史论、史述赞 ……………………………… 383
　论 …………………………………………… 386
　连　珠 ……………………………………… 391
　箴、铭 ……………………………………… 394
　诔、碑 ……………………………………… 401
　墓　志 ……………………………………… 417
　行　状 ……………………………………… 424
　哀、吊、祭文 ………………………………… 426
七、《文选》诗文作者生平、著作考略（先秦两汉）……… 433
　卜　商 ……………………………………… 434

屈　平	435
宋　玉	439
荆　轲	441
李　斯	442
汉高帝刘邦	443
汉武帝刘彻	444
贾　谊	447
淮南小山	451
韦　孟	451
枚　乘	452
邹　阳	453
司马相如	454
东方朔	461
司马迁	463
李　陵	467
苏　武	470
孔安国	471
杨　恽	474
王　褒	475
扬　雄	477
刘　歆	487
班婕妤	490
班　彪	491
朱　浮	493
班　固	494
傅　毅	498

张　衡 ………………………………………… 499
　　崔　瑗 ………………………………………… 503
　　马　融 ………………………………………… 505
　　史　岑 ………………………………………… 507
　　王延寿 ………………………………………… 509
　　蔡　邕 ………………………………………… 509
　　曹大家 ………………………………………… 514
　　孔　融 ………………………………………… 515
　　祢　衡 ………………………………………… 518
　　潘　勖 ………………………………………… 519
　　阮　瑀 ………………………………………… 520
　　刘　桢 ………………………………………… 522
　　陈　琳 ………………………………………… 526
　　应　玚 ………………………………………… 529
　　杨　修 ………………………………………… 530
　　王　粲 ………………………………………… 532
　　繁　钦 ………………………………………… 536
八、文选学家专题研究 …………………………… 537
　　苏轼论《文选》琐议 …………………………… 537
　　正确与谬误并存　启迪和传讹同在
　　　　——杨慎论《文选》 ………………………… 545
　　何焯与《文选》研究 …………………………… 555
　　一部研习《文选》的入门书
　　　　——汪师韩《文选理学权舆》评介 ………… 581
　　悬衡百代　扬榷群言
　　　　——孙梅论《文选》 ………………………… 597

阮元与《文选》之研究 ·········· 605
顾广圻与文选学研究 ·········· 614
梁章钜与《文选》研究 ·········· 629
曾国藩与《文选》 ·········· 640
开列选学书目　指导天下后学
　　——张之洞与《文选》 ·········· 645
李详与文选学研究 ·········· 654
高步瀛与《文选》研究 ·········· 671
刘师培与文选学研究 ·········· 686
黄侃与《文选》研究 ·········· 705
研习《文选》之津梁
　　——骆鸿凯《文选学》评介 ·········· 727
《文选》校诂三家述论 ·········· 734

九、选诗赏析举例 ·········· 748
　七哀诗二首（其一） ········ 王　粲 748
　七哀诗二首（其二） ········ 王　粲 751
　燕歌行二首（其一） ········ 曹　丕 754
　白马篇 ········ 曹　植 757
　美女篇 ········ 曹　植 760
　咏怀十七首（其一） ········ 阮　籍 763
　咏怀十七首（其二） ········ 阮　籍 765
　悼亡诗三首（其一） ········ 潘　岳 768
　赴洛道中作二首（其一） ········ 陆　机 771
　赴洛道中作二首（其二） ········ 陆　机 773

十、读《文选》札记 ·········· 776
　《文选》"七"体 ·········· 776

《郡斋读书志》李善注《文选》提要志疑 …………… 779
少　妹 …………………………………………… 783
许巽行校《文选》 ………………………………… 787
曹植《杂诗》"思欲赴太山"解 …………………… 788
"难以情测"出自谁手 …………………………… 790
"蜡鹅"事件之后果 ……………………………… 793
《文选研究》指瑕 ………………………………… 795
《文选》的传本 …………………………………… 798
《文选·洛神赋》李善注引《感甄记》 ……………… 804
十一、20世纪中国文选学研究的回顾与展望 ……… 807

文选学研究参考书目 ……………………………… 821
原版后记 …………………………………………… 826
新版后记 …………………………………………… 829

序 一

梁代昭明太子萧统所编选的《文选》一书,是我国现存最早的一个文学总集。在此以前虽已有晋挚虞《文章流别集》等书,现在均已散佚,其具体情况,已经难以确知。我们现在自然可以推测说,像挚虞《文章流别集》、李充《翰林论》这些著作,虽然对《文选》有过较大影响,然而这种影响,实已难以详论。但从现在的史料看,这些著作在我国文学史上曾起过不可磨灭的影响,然就其影响之深远而论,恐怕也难以与《文选》并论。因为这些总集的影响,似乎仅限于一部分文人,主要是文论家,而《文选》的影响却要大得多。正如李善说的"后进英髦,咸资准的",张鷟《朝野佥载》记载,在唐代,甚至在乡学里也讲解《文选》。这是因为唐代重进士科,以诗赋取士,《文选》事实上已成为人们学习写作的典范。关于《文选》的影响,我们一般的理解,似乎比较注意诗、赋和骈文,其实它的影响还远不止此。即使是唐以后的散文家,也未必真正摆脱《文选》的影响。近人李详作《韩诗证选》,指出韩愈在诗歌方面得力于《文选》的一些例子。其实韩愈得益于《文选》亦岂止于诗,他的散文又何尝没有受汉魏六朝文的熏陶。只是这种继承关系,比较曲折,不易为人发现而已。不光韩愈,后来许多散文家,谈古文辞的作法,归根结底说到了"声气"、"音节",其实所谓"声气"、"音节",最后仍不免归结到平仄声等问题,所以和六朝文风,其实也是"殊途同归"。我们可以说,如果不研究《文选》,要弄清唐以前的文学,自然不大可能;就是理清唐以后文学发展的脉络,恐怕也不很容易。

  遗憾的是，长期以来，我们的研究者对这部名著似乎没有予以足够的重视。造成这种现象的原因比较复杂，我们可以姑置勿论。但是有一点却不容忽视，那就是《文选》产生于南北朝骈俪之风盛行的时代，而这种文风正是"五四"以来许多文学革新运动的倡导者们激烈反对的。在今天看来，那些革新运动的倡导者，虽有其不可磨灭的历史功绩，却也不免有其局限性和片面的地方。例如，六朝文学实际上是为唐代文学的繁荣奠定了基础。如果没有六朝许多作家的努力，要出现唐代诗歌这样辉煌的成就，显然是很难想象的。在这里，《文选》一书的作用，尤其不可低估。我们知道，唐代大诗人李白，曾经三次模拟《文选》；杜甫也谆谆告诫他儿子要"熟精《文选》理"。这些例子都说明了《文选》一书在文学史上的重要作用。

  当然，研究《文选》确实不是一件易事。早在三十年代，骆鸿凯在《文选学》一书中，就强调："《文心》一书，本与《文选》相辅，今宜据彦和所述四义，以观《文选》纂录之篇，用资证明。"这要求就并非易事。因为如果对《文心雕龙》缺乏足够的理解，要深入地研究《文选》就比较困难。骆先生是"选学"的大家，他的话，确是道出了治《文选》之学的门径。在这方面，克宏兄可以说是充分地具备了这个条件的。他潜心《文心雕龙》的研究，所著《文心雕龙研究》一书，久已蜚声士林。他对魏晋南北朝文学又有着极深的研究，因此在研究《文选》时，往往能提出许多发人深省的真知灼见。

  我作为克宏兄的老朋友，这许多年来，在选学研究方面，可以说是志同道合。在两次长春的《文选》研讨会，一次郑州的《文选》研讨会以及香港的"魏晋南北朝文学研讨会"上，我们都一起参加，并且对很多问题展开了热烈的讨论，有时即使略有不同看法，但基本观点都相类似。这次他的大作《昭明文选研究》脱稿以后，嘱我写序，我自觉在《文选》方面研究很少，但作为老朋友，又不应推辞。因此得以先读为快。我个人觉得，克宏兄这部大著，和过去一些关于《文选》研究的著作不同。过去的学者限于当时的历史条件，很少涉及海外学者的著作，尤其对别人的研究成果很少提到，只是阐述自己的看法。在这里，特别要提到的是关于日本学者清水凯夫先生的意见。和克宏兄一样，我和清水先生也是同行好友，并且在多次学术会议上一起与会，互相切磋，颇得教益。在学术问题上，我和清水先生也有许多相同或类似的看法，例如关于《文选》编定年代的推测，大体上是一致的。但是关于《文选》的编者问题，正如同克宏兄一样，我和清水先生还存在着不同的看法。关于刘孝绰曾经在《文选》的编纂中起过重要的作用，这一点不论是克宏兄或我，都是同意的。但《文选》的成书是否和萧统没有太大关系，主要出自刘孝绰之手，则颇可商榷。至少，《文选》的序言，明确地说"余监抚余闲"云云，分明是萧统的口吻。这样他对《文选》的内容至少应该负责，如果像清水先生说的那样，选录不少作品都是针对梁武帝的，并且意存讥刺，那问题就比较复杂了。我们知道，萧统是个孝子，丁贵嫔死后他如此地哀毁，又如何容得别人这样含沙射影地攻击他父亲？尤其是推定《文选》的编定在大通元年（527）以后，《南史》所载的"蜡鹅事件"已经发生，萧统还敢担当这个责任，是很难想象的。（当然，我对《南史》之说也有些怀疑，但总不会全无依据。）

然而，《文选》的编纂问题如果局限于它出于何人之手，毕竟是次要的。重要的问题还在于它是根据什么原则编定的。从来的文学总集，都是根据一定的文学观点，由一定的编者来决定其选录某些作品，不选某些作品。这个选录标准一般是由编选者的文学观来决定的。然而正如一个人不可能完全自由地选择自己的世界观一样,也不可能完全摆脱他的时代和传统影响来选择其文学观。因此,同一时代的文学家,其文学观点总或多或少地有其相同或类似之处;同时又由于各人的教养与经历等等因素的不同而多少会有所区别。因此在研究《文选》编纂者的文学观时,断言其全同于当时某一作家或完全不同于某一作家,都未必合乎事实,至于说编纂者能任意地出于个人爱憎等等非文学原因而取舍某些作品,恐怕都难以令人信服。在这里,我个人过去的一些看法,现在看来就很难成立。例如我为了证实刘孝绰曾经参加过《文选》的编纂工作,举出了徐悱的《古意酬到长史溉登琅邪城》,以及刘孝标的《广绝交论》等作品,认为其入选与刘孝绰有关,这显然是一种臆测。因为刘孝标的《广绝交论》刻画当时的人情世态真是入木三分,不愧为南朝文的压卷之作;徐悱的诗,正如克宏兄所说,是"一首有文有质的佳作",决非由于刘孝绰徇情才入选的。相反地,如果刘孝绰没有参加《文选》的编纂工作,那么萧统和他周围的学士们也同样地可以把它们录入《文选》。用这种方法来论证《文选》和刘孝绰的关系,不免失之牵强。

同样地,在论证《文选》编纂者的文学思想时,我也不同意把他们和《文心雕龙》截然对立起来,却又认为他们和沈约完全一致。因为据《梁书·刘勰传》载,刘勰曾将《文心雕龙》就正于沈约,沈约对此颇为欣赏,"谓为深得文理,常陈诸几案"。如果《文选》编者的文学思想和沈约一致,那么,是否与刘勰完全相反,就大可研究了。在比较两位古人的文学思想时,抓住他们的片言只语,就此断言某甲与某乙相同,又与某丙相反是比较容易的,但这样能否得出科学的结论,却又很成问题。例如,清水先生认为《文选》的选录标准是依据沈约的《宋书·谢灵运传论》,因为沈约提到的名篇,在《文选》中几乎全部入选。其实沈约所提到的作品与《文选》相同主要是由于这些作品的成就最为突出。正如克宏兄所说:"因为《传论》所论为历代著名作家和名篇佳作,而《文选》'略其芜秽,集其精英',所选亦为历代著名作家和名篇佳作,它们不谋而合是完全可以理解的。"这显然完全合乎事实。更使我感到心折的是,克宏兄指出:"《文选》选录的作家一百三十人,见于《文心雕龙》者五分之四。《文选》选录作品,在《文心雕龙》中指出篇名的大约有百余篇。"这个统计数字十分有力,证明了同一时代的人,其文学观总有许多相近和相似之处。但要得出这个数字,非熟精《文选》和《文心雕龙》二书者不能办。

克宏兄研究《文选》多年,颇多精辟之见。他所论到的涉及《文选》的体例、文体分类、版本、编者及成书年代,还专门为萧统编了年谱,用力之勤,在我们同辈研究者中实为罕见。他的许多见解,都是长期深入研究的结果。

关于《文选》之学,我过去涉足甚少,近年来才开始进行一些研究,但距离深入的理解,还有不少差距。在阅读克宏兄大著以后,觉得深有教益,因此拉杂地写了上述的意见。

最后,还要声明的是,我认为学术问题本应各抒己见,朋友之间的切磋琢磨,本含有互相讨论的内容。在本文中,曾经对清水先生提出了一些不同的意见,这些意见未必都对,还请克宏兄和清水先生指正。谨序。

曹道衡
1995年10月1日

序 二

老友克宏兄专研魏晋南北朝文学,历时长达数十年,前后出版有关著述十余种,可见其用力之勤且深。

克宏兄近来把他有关研究《文选》的论著汇为一编,共五十多万字,题名《文选学研究》,将付梓出版,为之十分欣喜。该书分为两大部分。第一部分为《昭明文选研究》,共分十章,对萧统的生平及著作、文学思想、《文选》的产生时代、内容、历代研究情况、文学价值、影响以及《文选》研究中的几个热点问题,分别作了评述。对不少问题,往往先介绍前此学者的一些重要主张(对近现代学者的主张介绍尤为具体),然后断以己意,提出自己的看法。这样能使读者不但了解萧统与《文选》的许多重要情况,而且了解《文选》研究史中的不少重要见解。《昭明文选研究》部分,分量不大,仅十多万字,是概论性质的著作,但内容丰富翔实,并多己见,对萧统与《文选》的许多重要情况与问题,均作了全面而又扼要的论述,是近数十年来文选学概论方面的一部力作。

本书第二部分是《昭明文选研究补编》,分十四章,约三十万多字①。其中有些内容是直接谈萧统与《文选》的有关情况的,如刘勰与萧统、萧氏父子与梁代文学、萧统研究三题、萧统《文选》三题等;有些内容是着重评述清及近代的《文选》研究学者,如阮元与《文选》之研究、顾广圻与文选学研究、李详与文选学研究、刘师

---

① 穆按:本书内容收入《文集》有所变动,详见《新版后记》。

培与文选学研究等。这些内容,大抵就《文选》研究中更为专门的若干问题作深入细致的考察,抒发作者独特的见解,可作为上面第一部分的羽翼和补充,故取名《昭明文选研究补编》。

纵观克宏兄的大著,我感到其共同特点是占有翔实丰富的原始材料,排比前代和现代学者的有关看法,进行冷静的分析,不盲从,不刻意标新立异,在仔细分析的基础上提出自己平稳、平实的见解。这种平稳、平实的风格,在刻意求新者看来,显得有些平淡,缺少惊世骇俗的特色;但它由于体现了尊重事实、审慎判断的精神,其论点往往比较客观合理,具有较强的科学性,获得大多数学者的认同。克宏兄这种实事求是的治学态度和方法,是值得称道的。本书的出版,无疑是文选学研究领域的一项重要贡献。

克宏兄长期钻研魏晋南北朝文学,于《文心雕龙》、《文选》两书致力尤深,各有专著。他对《玉台新咏》也很熟悉,曾点校吴兆宜的《玉台新咏笺注》。此外,他还点校了梁章钜的《文选旁证》。这两部点校本是研究《玉台新咏》和《文选》的重要著作,很有学术价值。他对魏晋南北朝文学的全面了解和熟悉,使他在研究《文选》时能够点面结合,触类旁通,做出很好的成绩。我想,这种点面结合的治学方法,对读者也是很有启发的。

《文选学研究》是克宏兄二十年来研究《文选》的心血结晶,我为此书的问世表示衷心的祝贺。

王运熙

2006年1月于沪上寓所

昭明文选研究

一、萧统的生平及著作

萧统的生平事迹,主要见于《梁书》、《南史》。现在根据史籍记载及有关资料,简要介绍萧统的生平及著作。

萧统是南朝梁的文学家和文学理论家。他字德施,小字维摩,生于齐中兴元年(501)九月,卒于梁中大通三年(531)四月,是梁武帝萧衍的长子。

萧衍字叔达,小字练儿,南兰陵(今江苏武进)中都里人,汉代相国萧何的后代。在齐代,萧衍与竟陵王萧子良友善。子良爱好文学,开西邸招文学之士,与萧衍、沈约、谢朓、王融、萧琛、范云、任昉、陆倕诸人游,号称"八友"。萧衍历任中书监、大司马、骠骑大将军、相国等要职,先后封为建安郡公、梁公、梁王。齐中兴二年(502)三月,齐和帝禅位于梁王萧衍,萧衍于天监元年四月即皇帝位,建立梁朝。

萧统的母亲是丁贵嫔,名令光,谯国(今安徽亳州)人,世居襄阳(今湖北襄阳)。生于齐永明三年(485),卒于梁普通七年(526),年四十二。《梁书·丁贵嫔传》说:"贵嫔性仁恕,及居宫内,接驭自下,皆得其欢心。不好华饰,器服无珍丽,未尝为亲戚私谒。及高祖弘佛教,贵嫔奉而行之,屏绝滋腴,长进蔬膳。受戒日,甘露降于殿前,方一丈五尺。高祖所立经义,皆得其指归。尤精《净名经》。所受供赐,悉以充法事。"于此可以想象她的为人。

萧统出生时,萧衍年近四十,中年得子,颇为喜爱。天监元年(502)十一月,萧统被立为皇太子,这时他只有两岁,依旧居于宫内。当时任命了一批东宫官员,如范云以吏部尚书领太子中庶子,王暕为太子中庶子,到洽为太子舍人,到沆、夏侯亹、褚球为太子洗马等。

萧统从小聪明睿智。三岁时老师就教他读《孝经》、《论语》,五岁时已遍读"五经",并且都能背诵。天监五年(506)六月,萧统出居东宫。他天性仁孝,出宫之后常因思念父母而郁郁寡欢。武帝得知此事,于太子每五日一朝时便多留下他,在永福省住上三天五天再回东宫。

天监八年(509)九月,萧统才九岁,就在寿安殿讲《孝经》。他完全懂得全书的大义,讲完之后,在国学亲自行释奠先师之礼。十二岁时,他在宫内看到狱官判案,问身边的人说:"这些穿黑衣服的人是干什么的?"身边的人答道:"是廷尉的官属。"萧统召见他们,看看他们的文书,说:"这些文书我都能念下来,我可不可以判案?"负责的官吏因萧统年幼,就骗他说:"可以的。"于是萧统斟酌案情,签署了意见:杖打五十下。负责的官吏抱着判案,不知怎么办,就禀告武帝,武帝含笑依从了他。以后几次让他听讼,遇到可宽纵的案子,就让他判决。有一次建康县将重罪轻判,被萧统发现,改判了重刑。这说明萧统判案虽然以宽大为怀,但能依法办事,不徇私情。

天监十四年(515),萧统十五岁。这年正月初一早晨,梁武帝于太极殿为萧统举行加冠礼,这样萧统就算是成年了。萧统容貌端庄,举止适宜,读书数行并下,过目不忘。他参加游宴,赋诗常达数十韵。有时作剧韵(难押的韵)诗,也只要稍加思索便能立就,并且无需涂改。于此可以看出他的文学才能。

北宋邵思《姓解》一书中,有"昭明太子十学士"的说法。此说源自《南史·王锡传》。传云:"(王锡)再迁太子洗马。时昭明太子尚幼,武帝敕锡与秘书郎张缵使入宫,不限日数。与太子游狎,情兼师友。又敕陆倕、张率、谢举、王规、王筠、刘孝绰、到洽、张缅为学士,十人尽一时之选。"按《梁书·张缵传》,张缵任秘书郎时年十七,而缵卒于太清三年(549),年五十一,他十七岁时正是天监十四年。王锡与张缵同庚。

"十学士"都是东宫官员。王锡曾任太子洗马;张缵曾任太子舍人、太子洗马、太子中舍人,并掌东宫管记;陆倕曾任太子中舍人、太子庶子,掌东宫书记;张率曾任太子仆、太子家令,与太子庶子陆倕、太子仆刘孝绰对掌东宫管记;谢举曾任太子舍人、太子庶子、太子家令,掌东宫管记;王规曾任太子舍人、太子洗马、太子中舍人;王筠曾任太子洗马、太子中舍人,掌东宫管记;刘孝绰曾任太子舍人、太子洗马、太子仆,掌东宫管记;到洽曾任太子中舍人、太子中庶子,与太子庶子陆倕对掌东宫管记;张缅曾任太子舍人、太子洗马、太子中舍人、太子中庶子。他们与萧统接触频繁,对他的成长颇有影响。

萧统成年以后,梁武帝萧衍让他日省万机,文武百官的奏疏,都由他辨析可否。他评判案情,多所宽宥,所以人们都说他有仁义之心。他的性格宽和,能够容人,平时喜怒不形于色。他喜与有才学的人交往,常常与文人学士一起讨论典籍,谈古论今,还著书立说。

与萧统交往的文人学士中还有刘勰。刘勰是《文心雕龙》的作者,天监十年(511)为仁威南康王记室兼东宫通事舍人,天监十七年(518)迁步兵校尉,兼舍人如故。萧统爱好文学,喜爱与他交往。从《文选》的内容看,萧统显然受了刘勰文学理论的影响。

萧衍为了扩大佛教影响,亲自登台宣传佛家教义。萧统也信仰佛教,读遍了佛教经典,并在宫内建立慧义殿,作为集会之所。

他还招引一些著名僧人谈佛论禅,自立"二谛"、"法身"义,都有新意。普通元年(520)四月,甘露降于慧义殿,众人迷信,都以为是太子至德所感。

普通二年(521)秋,因为朝廷派大军北讨,京都谷价上涨。萧统改着浣衣,食不兼肉,降低自己的衣食标准;每遇淫雨连绵,积雪封门,他常派遣身边心腹巡视闾巷,看到贫困之家或流离灾民,都暗暗给予赈赐。他还命人制作棉衣棉裤三千套,用来救济贫苦受冻的人;有的人死了,买不起棺材收殓,他就为他们准备棺材。每想到百姓劳苦贫困,他就面有忧色。这些都表现了他的民本思想。

普通三年(522)十一月,萧统的叔叔始兴王萧憺去世。按照旧时制度,东宫太子"礼绝傍亲",书信往来亦一依常式。萧统意甚疑惑,命太子仆刘孝绰、仆射徐勉、太子左率令周舍、太子家令陆襄等讨论此事。司农卿明山宾、步兵校尉朱异认为"慕悼之解,宜终服月",于是萧统令交付有关官员遵照执行,作为永久的准则。

普通三年,萧统二十二岁。此时他的诗文数量已经不少,许多文人学士要为他编辑文集,萧统只命刘孝绰编,并让他写了一篇序,可见萧统对他的重视。刘孝绰编定的这个文集虽已散失,而这篇序却保存了下来。萧统最重要的著作,自然是他主编的《文选》。《文选》是现存最早的一部古代诗文总集,被视为"文章渊薮",对后世有着深远的影响。据今人考证,《文选》大约于普通三年开始编选,完成于普通七年以后(何融《〈文选〉编撰时期及编者考略》,《国文月刊》第七十六期)。当时萧统藏书近三万卷,许多著名的文人学士如刘孝绰、殷芸、陆倕、王筠、到洽等都聚集在他的身边,同被礼遇,他还建造乐贤堂,让画师先绘出刘孝绰的画像,所以史书认为"文学之盛,晋、宋以来未之有也"(《梁书·昭明太子传》)。这为他编选《文选》提供了十分有利的条件。

萧统善于处理身边文人学士之间的矛盾。有这样一件事：刘孝绰作为廷尉正，携妾居住官府，而他的母亲仍留在私宅，当时任御史中丞的到洽调查属实，便参了刘孝绰一本。刘孝绰的弟弟于是写了一封信，列举到洽令人不满的十件事，字里行间表现了对到洽的鄙视，同时另写一本呈奏萧统，萧统接到后看也不看，叫人烧毁了。

萧统喜爱山水，在玄圃中建造亭馆，常与身边属员及文人学士游宴其中。有一次他在后池泛舟，番禺侯刘轨大谈此间当奏女乐，萧统不答，吟咏左思《招隐诗》"何必丝与竹，山水有清音"，刘轨听了非常惭愧。在文人学士中，萧统最看重刘孝绰和王筠，曾一手拉着王筠的袖口，一手拍着刘孝绰的肩头，说："这正是郭璞《游仙诗》中所说的'左挹浮丘袖，右拍洪崖肩'啊。"可见他对刘、王的青睐。

中大通二年（530），吴郡屡遭水灾，谷物无收，有人建议开凿沟渠以泄浙江之水。这年春天，朝廷派前交州刺史王弁（《南史》作"奕"）征调吴、吴兴、义兴三郡人丁服役。萧统闻知此事，权衡利弊，上疏劝阻。他说："吴兴累年失收，民颇流移。吴郡十城，亦不全熟。唯义兴去秋有稔，复非常役之民。即日东境谷稼犹贵，劫盗屡起……今征戍未归，强丁疏少，此虽小举，窃恐难合，吏一呼门，动为民蠹。"（《梁书·昭明太子传》）他的奏疏体现了恤民的思想，得到梁武帝的赞扬。

普通七年（526），萧统生母丁贵嫔去世，年四十二。其母病时，他朝夕侍疾，衣不解带；其母死后，他水浆不入，恸哭欲绝，表现了对母亲的孝敬之心。萧统的身体，腰带十围，原是很健壮的，因母死伤心，身体受到严重的损伤。

丁贵嫔去世后，萧统派人购得一块好墓地，将要除草时，有个卖墓地的人通过太监俞三副也要卖墓地,并跟俞三副说,若能卖得三百万,愿意给他一百万。于是俞三副密禀武帝,说太子所得墓地不如这块墓地对皇帝有利。武帝晚年多所禁忌,便命三副买下这块墓地。丁贵嫔下葬既毕,有个善观风水的道士,说这块墓地对太子不利,若采用厌伏之法或可缓解。于是就制作了蜡鹅和其他一些东西,埋在丁贵嫔墓侧长子的位置上。有宫监鲍邈之和魏雅,当初都颇受太子恩宠,魏雅后来疏远了鲍邈之,邈之心怀怨恨,于是密禀武帝说:"魏雅为太子厌祷。"武帝密派心腹挖掘,果然挖出蜡鹅等物,武帝大惊,要追究此事,被徐勉所谏止,只把道士杀了了事。但此事使萧统失去了武帝的欢心,羞惭愤慨,抱恨终身,在他死后,他的长子萧欢也不能立为储君。

大通元年(527),到洽、明山宾、张率先后去世。萧统或举哀,或致赗,为之尽礼。他在《与晋安王纲令》中说:

> 明北兖(山宾)、到长史(洽)遂相系凋落,伤怛悲惋,不能已已。去岁陆太常(倕)殂殁,今兹二贤长谢。陆生资忠履贞,冰清玉洁,文该四始,学遍九流,高情盛气,贞然直上。明公儒学稽古,淳厚笃诚,立身行道,始终如一,傥值夫子,必升孔堂。到子风神开爽,文义可观,当官莅事,介然无私。皆海内之俊乂,东序之秘宝。此之嗟惜,更复何论。……近张新安(率)又致故,其人文笔弘雅,亦足嗟惜,随弟府朝,东西日久,尤当伤怀也。(《梁书·到洽传》)

对他们的去世充满了哀悼之情。

中大通三年(531)四月,萧统去世。关于萧统去世的原因,《南史·昭明太子统传》云:

> 三年三月,游后池,乘雕文舸摘芙蓉。姬人荡舟,没溺而

得出,因动股,恐贻帝忧,深诫不言,以寝疾闻。武帝敕看问,辄自力手书启。及稍笃,左右欲启闻,犹不许,曰:"云何令至尊知我如此恶。"因便呜咽。四月乙巳,暴恶,驰启武帝,比至已薨,时年三十一。

明人张溥说:"《南史》所云,埋鹅启衅,荡舟寝疾,世疑其诬。于是论昭明者,断以姚书为质矣。"(《汉魏六朝百三家集·梁昭明集题辞》)这是认为"埋鹅"、"荡舟"二事不可信,要了解萧统生平事迹,应以《梁书》为据。"埋鹅"、"荡舟"二事,并为《南史》所增,《梁书》则无。稽之《资治通鉴》、《廿二史札记》等史籍,我认为"埋鹅"当确有其事,至于"荡舟"是否可信,尚有待进一步考定。

萧统去世后,武帝临哭尽哀,并下诏以天子之服入敛,谥曰昭明。五月庚寅,葬于安宁陵。武帝诏司徒左长史王筠为他作哀册文。哀册文对萧统的一生和为人作了如实概括:

> 外弘庄肃,内含和恺。识洞机深,量苞瀛海;立德不器,至功弗宰。宽绰居心,温恭成性;循时孝友,率由严敬。

又说:

> 沉吟典礼,优游方册;餍饫膏腴,含咀肴核。括囊流略,包举艺文;遍该缃素,殚殖丘坟。……吟咏性灵,岂惟薄伎;属词婉约,缘情绮靡。字无点窜,笔不停纸;壮思泉流,清章云委。(《梁书·昭明太子传》)

考之萧统立身行事,这些赞颂基本上是真实的。

萧统的著作,据《梁书》本传记载,有《文集》二十卷、《正序》十卷、《文章英华》二十卷、《文选》三十卷。按,《文集》二十卷,已佚,今存明人辑本。《正序》十卷,《隋书·经籍志》未见著录,当早已散失。《文章英华》,《南史》作《英华集》,当即《古今诗苑英华》,《隋书·经籍志》著录为十九卷,新、旧《唐书》著录皆为二十卷,已佚。《文选》三十卷,经李善注释,增为六十卷,流传久远,保存完整,是今存古代最重要的诗文总集。

二、萧统的文学思想

在考察萧统的文学思想之前,首先应该对萧统的基本思想有个大致的了解。

萧统的基本思想主要倾向于儒家思想。据《梁书》本传记载,他从小学习儒家经书,三岁时老师就教他读《孝经》、《论语》。五岁时已遍读"五经",并且都能背诵。九岁那一年,他在寿安殿讲《孝经》,完全懂得全书大义,讲完之后,在国学亲自举行释奠先师之礼。

萧统成年以后,其父梁武帝萧衍让他日省万机。他评判案情,多所宽宥。人们都说他有仁义之心。普通七年(526),其母丁贵嫔病重,他朝夕侍疾,衣不解带。其母死后,他水浆不入,恸哭欲绝,表现了对母亲的孝敬之心。每当天灾人祸之时,他常常想到百姓的疾苦,设法救济贫困的人,表现了民本思想。

从萧统的立身行事看,他的思想基本上表现为儒家思想。这种思想的形成,和当时梁武帝萧衍尊崇经术有关。《南史·儒林传序》云:

> 至梁武创业,深愍其弊(按宋、齐不重经术),天监四年,乃诏开五馆,建立国学,总以"五经"教授,置五经博士各一人。于是以平原明山宾、吴郡陆琏、吴兴沈峻、建平严植之、会稽贺玚补博士,各主一馆。馆有数百生,给其饩廪,其射策通明经者,即除为吏,于是怀经负笈者云会矣。又选学生遣就会稽云门山,受业于庐江何胤,分遣博士、祭酒,到州郡立学。七

年,又诏皇太子、宗室、王侯始就学受业,武帝亲屈舆驾,释奠于先师先圣,申之以谦语,劳之以束帛,济济焉,洋洋焉,大道之行也如是。

当时最高统治者萧衍的思想,必然造成广泛而深远的影响。萧统受到这种思想的影响是十分自然的。

萧统的思想以儒家为主,但又受到佛教的影响。《梁书》本传云:

> 高祖大弘佛教,亲自讲说;太子亦崇信三宝,遍览众经。乃于宫内别立慧义殿,专为法集之所。招引名僧,谈论不绝。太子自立二谛、法身义,并有新意。

萧衍弘扬佛教,亲自登上法座讲解佛家教义。萧统受了其父的影响,也信奉佛教。他遍读佛教经典,并在宫中建立慧义殿,作为聚集佛教徒讲法的场所。他还写了《解二谛义令旨》和《解法身义令旨》两篇文章,对佛教教义提出了自己的见解。

《解二谛义令旨》解析"二谛"的意义。所谓"二谛",指的是真谛和俗谛。真谛,又称胜义谛、第一义谛;俗谛,又称世谛、世俗谛。谛是真理的意思。《中论·观四谛品》说:

> 世俗谛者,一切法性空,而世间颠倒故,生虚妄法,于世间是实;诸贤圣真知颠倒性故,知一切法皆空无生。于圣人是第一义谛。

意思是说,因缘所生诸法,自性皆空,世人不懂这个道理,误以为是真实的。这种世俗以为正确的道理,谓之"俗谛"。佛教圣贤发现世俗认识之"颠倒",懂得缘起"性空"的道理,以这种道理为真实的,称为"真谛"。萧统认为:

> 真谛离有离无,俗谛即有即无。即有即无,斯是假名;离有离无,此为中道。

所谓"假名",是指约定俗成的假设施。名,指语言和概念。佛教认为,语言和概念不能反映诸法实际。所谓"中道",是佛教认为的最高真理。萧统认为"真谛"是"离有离无"的。

《解法身义令旨》解析"法身"的意义。所谓"法身",即佛身,即身具一切法。萧统认为:

> 法身虚寂,远离有无之境,独脱因果之外,不可以智知,不可以识识……离无离有,所谓法身。

关于"二谛"、"法身"问题,是当时大乘空宗各派争论的重要命题,萧统的见解大致发挥了三论(《中论》、《十二门论》、《百论》)的中道观,属于大乘空宗思想。

萧统的佛教思想,显然受了时代的影响。梁代是佛教全盛的时代。梁武帝萧衍原本崇奉道教,但在天监三年(504)四月八日,他即位后的第三年,亲率僧俗二万人,在重云殿重阁,御制《舍事李老道法诏》(《广弘明集》卷四)。他说:"弟子经迟迷荒,耽事老子。历叶相承,染此邪法。习因善发,弃迷知返。今舍旧医,归凭正觉。愿使未来世中,童男出家,广弘经教,化度含识,同共成佛。"这是发愿舍道归佛,表示信仰佛教。同年四月十一日,他又下诏说:"其公卿、百官、侯王、宗族,宜反伪就真,舍邪入正。"要求他的官员、宗族都要信奉佛教。萧衍为了弘扬佛教,大建佛寺,大办法会,并三度舍身,亲自受戒、讲经和注经。上行而下效,佛教自然盛行起来。

应该指出,萧统崇奉佛教是有条件的。他认为"释佛凝深,至理渊粹",承认"诚自好之乐之",但是"至于宣扬正教,在乎利物耳"(《答云法师请开讲书》)。由此可见他崇奉佛教的目的。萧统在《示徐州弟诗》中，反复说到"载披经籍，言括典坟"，"人伦惟何？五常为性"，"违仁则勃，弘道斯盛，友于兄弟，是亦为政"。在《与晋安王纲令》中，他评价到洽说："明公儒学稽古，淳厚笃诚，立身行道，始终如一，傥值夫子，必升孔堂。"萧统以儒家标准来衡量伦常和品评人物，正代表了他的思想的基本方面。所以我们认为，萧统的思想基本上是属于儒家思想，但同时也受到佛教思想的影响，这应该是符合实际的。

在了解了萧统的基本思想后，我们再来考察他的文学思想。

萧统的文学思想，比较集中地表现在《文选》的编选中。一部好的文学选本，往往体现了编者的文学思想，《文选》如此，以后的《玉台新咏》（南朝陈徐陵编选）、《古诗选》（清王士禛编选）、《唐诗别裁》（清沈德潜编选）、《骈体文钞》（清李兆洛编选）等著名选本，也莫不如此。

《文选》选录了东周至南朝梁约八百年间的诗文七百余篇，分为三十七类，作者一百三十余人，基本上反映了南朝梁以前的文学成就，是一部影响深远的选本。

任何一部选本都体现了编选者的选录标准。《文选》的选录标准，萧统在《文选序》中作了说明。他说：

> 若夫姬公之籍，孔父之书，与日月俱悬，神鬼争奥，孝敬之准式，人伦之师友，岂可重以芟夷，加之剪截？老、庄之作，管、孟之流，盖以立意为宗，不以能文为本，今之所撰，又以略诸。若贤人之美辞，忠臣之抗直，谋夫之话，辩士之端，冰释泉涌，金相玉振。所谓坐狙丘，议稷下，仲连之却秦军，食其之下齐国，留侯之发八难，曲逆之吐六奇，盖乃事美一时，语流千载。概见坟籍，旁出子史，若斯之流，又亦繁博，虽传之简牍，而事异篇章，今之所集，亦所不取。至于记事之史，系年之书，所以

> 褒贬是非,纪别异同,方之篇翰,亦已不同。若其赞论之综缉辞采,序述之错比文华,事出于沉思,义归乎翰藻,故与夫篇什,杂而集之。

大意是说,周公、孔子的著作,是孝敬之准则,人伦之楷模,怎么能节录入选呢?《老子》、《庄子》、《管子》、《孟子》等诸子著作,以意为主,不以文采为本,所以略去不选。至于贤人、忠臣、谋夫、辩士的言论文章,或载于典籍,或见于子书、史书,与文学不同,所以也不取。还有记事、编年的史书,与文学也不相同,但是其中赞论、序述,联缀文辞,排比采藻,"事出于沉思,义归乎翰藻",所以与文学作品一起入选了。这里只是说,《文选》不选录什么作品,选录什么作品,并没有直接提出选录的标准。但是,他选录史书中赞论、序述的标准,实际上也是《文选》选录作品的标准。

有研究者认为,"事出"二句是对史传中的赞论、序述而言,并不是《文选》选录作品的标准。他们根据《文选》中的一些作品,认为萧统在《答湘东王求文集及诗苑英华书》中所说的"夫文典则累野,丽亦伤浮,能丽而不浮,典而不野,文质彬彬,有君子之致",才是《文选》的选录标准。其实,这两者是一致的。"文质彬彬",既重视文辞的华丽、典雅,同时也重视文章的内容。"事出"二句,则偏重于辞采,看起来好像不同,但《文选序》中还说:

> 诗者,盖志之所之也,情动于中而形于言。《关雎》、《麟趾》,正始之道著;桑间、濮上,亡国之音表。故《风》、《雅》之道,粲然可观。

这是袭用《毛诗序》中的话,表示了他对作品思想内容的重视。这种传统的儒家文学观加上"沉思"、"翰藻",便是萧统的文学思想。《文选序》对文学的产生和发展也提出了一些看法。萧统说:

>冬穴夏巢之时，茹毛饮血之世，世质民淳，斯文未作。逮乎伏羲氏之王天下也，始画八卦，造书契，以代结绳之政，由是文籍生焉。

这只是承袭了许慎《说文解字序》中的说法，并无新义，今天看来也没有什么可取之处。至于说：

>若夫椎轮为大辂之始，大辂宁有椎轮之质；增冰为积水所成，积水曾微增冰之凛。何哉？盖踵其事而增华，变其本而加厉；物既有之，文亦宜然。随时变改，难可详悉。

以"椎轮"、"增冰"为喻，指出事物的发展是踵事增华，变本加厉，借以说明文学的发展变化亦复如此。这种文学发展观是值得我们珍视的。

《文选序》还对文体进行了辨析。建安以来，由于文学的发展，文人学士逐渐重视文体的分类研究。蔡邕、曹丕等人都有这方面的论述，虽然简单，实肇其端。以后西晋陆机《文赋》、挚虞《文章流别论》和李充《翰林论》亦各有论述，然陆机语焉不详，挚虞、李充较详而皆散佚。直至刘勰写成《文心雕龙》，才提出详细、周密、系统的文体论，可以说集建安以来文体论之大成。萧统《文选》的文体分类，显然受了刘勰的影响。

刘勰把文体分为三十三类，萧统在此基础上有所扩充，分为三十七类。刘勰的文体分类，在有的文体中尚有子类。萧统也一样，如在诗类下分为二十三个子类，在赋类下分为十三类，由于分类过于芜杂、琐碎，曾受到苏轼、姚鼐、章学诚等人的批评。但是萧统的分类，反映了当时文学的发展和文体分类的细致，在文体分类学上的贡献是不应抹杀的。

在《文选序》中，萧统还对赋、骚、诗三种文体进行了理论上的阐述。例如,他指出赋是"古诗之体",认为赋的体类繁多,有"述邑居"的,有"戒畋游"的,还有写一事一物,什么"风云草木"、"虫鱼禽兽"等等,不一而足。屈原的作品,他另立"骚"类,对屈原表示了崇敬之情,认为"骚"类文体自屈原始。他认为诗有四言、五言之分,三言、九言之别,各有千秋。其他文体如箴、戒、论、铭等,也都一一提到。应该说,萧统对于文体的论述是比较简明扼要的。如果结合《文选》来看,也是比较切实的。

在罗列各种文体名称之后,萧统指出:

众制锋起,源流间出,譬陶匏异器,并为入耳之娱;黼黻不同,俱为悦目之玩。

这说明萧统对待文学,固然有重视其教化作用的一面,但也将它看作闲暇时娱耳悦目的消遣品。这种文学观点与刘勰迥然不同。

萧统对东晋大诗人陶渊明的评论,也反映了他的文学思想,值得我们重视。

萧统以前,论述陶渊明的专篇文章,有颜延之的《陶征士诔》、沈约的《宋书·隐逸传》。颜文颂其品德,论到文章只有"文取指达"一句;沈文述其生平,全未论及陶渊明的诗文。萧统的《陶渊明传》和《陶渊明集序》,前者是传记,系删补史传而成;后者则在历史上第一次对陶渊明的诗文作了精辟的论述。在《陶渊明集序》中,萧统指出:

有疑陶渊明诗篇篇有酒。吾观其意不在酒,亦寄酒为迹焉。

这个见解是很深刻的。陶渊明嗜酒,他的诗虽不能说"篇篇有酒",但写饮酒的篇章极多。据统计,在今存一百二十二首陶诗中,写到饮酒的地方有五十多处。这些诗内容不同,涉及饮酒的诗句,其蕴含的思想感情也往往各异。例如,《停云》:"静寄东轩,春醪独抚。良朋悠邈,搔首延伫。"表现了对亲友的深切思念。《移居二首》:"春秋多佳日,登高赋新诗。过门更相呼,有酒斟酌之。"(其二)流露出与乡邻的真挚情谊。《读山海经十三首》:"欢言酌春酒,摘我园中蔬。"(其一)《归园田居五首》:"漉我新熟酒,只鸡招近局。"(其五)抒写了田园生活的乐趣。《饮酒二十首》写饮酒的地方更多,如"忽与一觞酒,日夕欢相持"(其一),感慨衰荣无定,醉酒为欢。"有酒不肯饮,但顾世间名"(其三),叙说有酒不饮,枉过一生。"一觞虽独进,杯尽壶亦倾"(其七),希望远离世情,忘却忧愁。"青松在东园,众草没其姿"、"提壶挂寒柯,远望时复为"(其八),以孤松自况,以高洁自勉。"壶觞远见候,疑我与时乖"、"且共欢此饮,吾驾不可回"(其九),表示与时俗不合,不复出仕。"寄言酣中客,日没烛当秉"(其十三),言当秉烛夜饮,及时行乐。"故人赏我趣,挈壶相与至。班荆坐松下,数斟已复醉"(其十四),说与友人共饮,其乐融融。"虽无挥金事,浊酒聊可恃"(其十九),以归来田里、有浊酒可恃聊自宽慰。"但恨多谬误,君当恕醉人"(其二十),因为组诗《饮酒》中颇多对世事的感慨,所以最后托言醉人,以期得到谅解和宽宥。

令人难以理解的是他的《述酒》一诗,诗中无片言只语述及饮酒,却以《述酒》名篇,看了宋人汤汉的解说,方才恍然而悟。汤汉说:

> 按晋元熙二年六月,刘裕废恭帝为零陵王。明年以毒酒一罂授张祎,使鸩王,祎自饮而卒。继又令兵人逾垣进药,王不肯饮,遂掩杀之。此诗所为作,故以《述酒》名篇也。(《陶靖节先生诗》卷三)

原来如此,无怪乎鲁迅说:《述酒》一诗是"说当时政治的",陶渊明"于世事也并没有遗忘和冷漠"(《而已集·魏晋风度及文章与药及酒之关系》)。宋人叶梦得说:"晋人多言饮酒,有至沉醉者,此未必意真在酒。盖时方艰难,人各惧祸,唯托于醉,可以粗远世故。"(《石林诗话》卷下)古人借饮酒逃世者有之,借饮酒讽世者亦有之,他们内心都郁积着对社会的不满,却又无力改变现状,只好走上归隐的道路。在历史上首先点出陶渊明饮酒奥秘的是萧统,我们不能不佩服他眼光的犀利。

说到陶渊明诗文的艺术特色,萧统指出:

> 其文章不群,词彩精拔;跌宕昭彰,独超众类;抑扬爽朗,莫之与京。横素波而傍流,干青云而直上。语时事则指而可想,论怀抱则旷而且真。

这一段话,有的研究者认为是"难捉摸的文字"(萧望卿《陶渊明批评》)。其实,从文字上看并不难捉摸,问题是萧统的评论与后来人们的看法似乎不尽相同,令人难以解释。但如果仔细推敲,就会感到萧统的评论和我们今天的看法还是相近的。

萧统认为,陶渊明诗文语言精炼,与当时的其他作家很不相同。这自然是指他的语言真实、自然、质朴、通俗,极富艺术表现力而言。这种语言看似平淡无奇,其实是经过了千锤百炼。葛立方说:"大抵欲造平淡,当自组丽中来,落其华芬,然后可造平淡之境。"(《韵语阳秋》卷一)元好问说:"一语天然万古新,豪华落尽见真淳。"(《论诗三十首》)可见其来之不易。法国著名诗人和文学批评家保罗·梵乐希(Paul Valary),他在《法译〈陶潜诗选〉序》中曾说:

> 极端的精巧,在任何国度任何时代,永远要走到一种自

杀;在那对于极端的朴素的企望中死去;但那是一种渊博的,几乎是完美的朴素,仿佛一个富翁底浪费的朴素,他穿的衣服是向最贵的裁缝定做,而它底价值你一眼看不出来的;他只吃水果,这水果却是他费了很大的工本在自己园里培植的。因为朴素有两种:一种是原始的,来自贫乏;另一种却生于过度,从滥用觉悟过来。古典作家底有名的朴素,他们底组合的赤裸和那距离天真很远的纯洁,只能产生于那些过分的丰盛和贮蓄着过多的经验的时代之后,由那对于太富足的厌恶而引起把它们化为纯精的意念。在这时候所产生的作品中,大家都不肯显示他们底富裕;宁愿显示它们所隐含的内容。(梁宗岱《诗与真二集》)

这些分析对我们颇有启发意义。至于说陶渊明诗文"跌宕昭彰"、"抑扬爽朗",超出当时,莫与争胜,主要指的是音节的和谐悦耳、表现的爽朗显明。这些特点显而易见,无论是在"静穆"的还是在"金刚怒目式"的作品中,都很容易看得出来。"横素波"二句,喻其诗文品格清高。陈善说:"如渊明诗,是其格高……格高似梅花。"(《扪虱新话》下集卷一)比喻不同,含义相类。敖器之说:"陶彭泽如绛云在霄,舒卷自如。"(《诗评》)比喻相似,含义相同。北齐阳休之《陶集序录》说:"余览陶潜之文,辞采虽未优,而往往有奇绝异语,放逸之致,栖托仍高。"见识亦与萧统相近。以上见解,对我们理解萧统的评论是有帮助的。

萧统还提及陶渊明诗文的另一特点:

语时事则指而可想,论怀抱则旷而且真。

陶渊明一些含有政治内容的诗篇,比较隐晦,但一经点破,便可明白。如《述酒》就是一例。又如《拟古九首》其九("种桑长江边"),以桑树象征东晋王朝,慨叹世事变迁沧海桑田,正如清人陈沆所说:"此慨晋室之所以亡也。"(《诗比兴笺》卷二)又如《读山海经十三首》其十一("巨猾肆威暴"),清人邱嘉穗认为:"此篇盖比刘裕篡弑之恶也,终亦必亡而已。萧统评其文曰'语时事则指而可想',非此类欤?"(《东山草堂陶诗笺》卷二)诸如此类者很多,这里就不多列举了。陶渊明的性格特点是旷达和率真。在《五柳先生传》中,他对自己的性格和情趣作了具体介绍:"闲静少言,不慕荣利……性嗜酒……造饮辄尽,期在必醉。既醉而退,曾不吝情去留。环堵萧然,不蔽风日;短褐穿结,箪瓢屡空,晏如也!常著文章自娱,颇示己志。忘怀得失,以此自终。"这正是萧统所说的"论怀抱则旷而且真"的生动写照。他的诗句,像"久在樊笼中,复得返自然","时复墟曲中,披草共来往","晨兴理荒秽,带月荷锄归"(《归园田居五首》),"何以称我情,浊酒且自陶。千载非所知,聊以乐今朝"(《己酉岁九月九日》),"纵浪大化中,不喜亦不惧。应尽便须尽,无复独多虑"(《形影神三首·神释》),"俯仰终宇宙,不乐复如何"(《读山海经十三首》),"但恨在世时,饮酒不得足","死去何所道,托体同山阿"(《拟挽歌辞三首》),都表现了他的这种性格特征。

萧统对陶渊明的作品作了充分的肯定,唯于《闲情赋》颇有微辞。他说:

> 白璧微瑕者,唯在《闲情》一赋。扬雄所谓劝百而讽一者,卒无讽谏,何必摇其笔端?惜哉!亡是可也。

萧统认为,在陶渊明的作品中,《闲情赋》是"白璧微瑕",它的缺点在于没有"讽谏"。萧统的看法受到苏轼等人的批评。苏轼说:"渊明《闲情赋》,正所谓'国风好色而不淫',正使不及《周南》,与屈、宋所陈何异？而统乃讥之,此乃小儿强作解事者。"(《东坡题跋》卷三《题文选》)张溥也说:"(萧统)摘讥《闲情》,示戒丽淫,用申绳墨,游于方内,不得不然。然《洛神》放荡,未尝删之,而偏訾此赋,于孔子存郑、卫,岂有当焉。"(《汉魏六朝百三家集·梁昭明集题辞》)这些意见都很有道理,但在过去的时代里,赞同萧统的人决不在少数。随着社会的进步,否定的意见已逐渐消失,这篇大胆热烈的爱情赋,其价值已为今天的人们所认识。

萧统还注意到文学的教化作用。他说:

> 尝谓有能观渊明之文者,驰竞之情遣,鄙吝之意祛,贪夫可以廉,懦夫可以立,岂止仁义可蹈,抑乃爵禄可辞,不劳傍泰华,远求柱史,此亦有助于风教也。

强调文学的教化作用,正是儒家的传统思想。萧统的这一观点,是对儒家思想的直接继承。过去有不少研究者认为,萧统只是重视"沉思"、"翰藻",现在看来显然是片面的。

陶渊明在南朝没有受到应有的重视,萧统对他作了充分肯定,提出了自己的真知灼见,这在中国文学史上是第一次。萧统的这些评论,不但是研究陶渊明及其作品的珍贵资料,而且对于研究萧统的文学思想,也具有重要的参考价值。

三、《文选》产生的时代

《文选》产生于梁代。梁代虽然只有短短的五十多年,但是文学却十分繁荣。《南史·文学传序》云:

> 自中原沸腾,五马南度,缀文之士,无乏于时。降及梁朝,其流弥盛,盖由时主儒雅,笃好文章,故才秀之士,焕乎俱集。

《梁书·文学传序》云:

> (高祖)旁求儒雅,诏采异人,文章之盛,焕乎俱集。……其在位者,则沈约、江淹、任昉,并以文采,妙绝当时。至若彭城到沆、吴兴丘迟、东海王僧孺、吴郡张率等,或入直文德,通宴寿光,皆后来之选也。

《南史》、《梁书》认为,梁代文学之盛是由于最高统治者的提倡。刘师培在《中国中古文学史》中说:"齐梁文学之盛,虽承晋宋之绪余,亦由在上者之提倡。"(《宋齐梁陈文学概略·齐梁文学》)也指出了这一点。

萧衍父子九人,除第四子萧绩、第五子萧续之外,大都是文学的爱好者和提倡者,同时也是创作者。他们在文学创作方面各有不同的成就。

萧衍,在齐代为"竟陵八友"之一。天监元年(502),他建立萧梁王朝,即皇帝位,在位四十八年。《梁书·武帝纪》说他:"少而笃学,洞达儒玄。虽万机多务,犹卷不辍手,燃烛侧光,常至戊夜。……天情睿敏,下笔成章,千赋百诗,直疏便就,皆文质彬彬,超迈今古。诏铭赞诔，箴颂笺奏，爰初在田，洎登宝历，凡诸文集，又百二十卷。"他的诗今存九十首，其中乐府五十四首。这些诗多为模拟之作，题为乐府旧题，内容无非游子、思妇和恋情等，所以《玉台新咏》选录较多，其中也有较好的篇什。

萧统，萧衍长子。其诗今存约三十首，内容主要是宣扬佛教思想和一些赠答之作，艳诗较少，所以《玉台新咏》一首未选。今本《玉台新咏》选萧统诗四首，系明人所增，非徐陵旧选。萧统的诗歌创作无可称道，引起人们重视的是他编选的《文选》，这是一部著名的诗文总集，在中国文学史上影响很大。

萧综，萧衍第二子。《梁书》本传说他："有才学，善属文。……初，综既不得志，尝作《听钟鸣》、《悲落叶》辞，以申其志。"《听钟鸣》三首，《悲落叶》三首，皆见于《梁书》本传，写个人的不幸，哀怨之情溢于言表。

萧纲，萧衍第三子，即简文帝。在位二年，为侯景所杀。《南史·梁本纪下》说他："幼而聪睿，六岁便能属文……及长……读书十行俱下，辞藻艳发，博综群言，善谈玄理。……弘纳文学之士，赏接无倦。尝于玄圃述武帝所制《五经讲疏》，听者倾朝野。雅好赋诗，其自序云：'七岁有诗癖，长而不倦。'然帝文伤于轻靡，时号'宫体'……文集一百卷。"萧纲诗今存二百八十余首，诗风轻绮浮靡，《玉台新咏》选录的诗作以他为最多。萧纲文的成就主要在骈文。他的《与湘东王论王规令》、《答新渝侯和诗书》、《与萧临川书》等，都是骈文小品中的精品。萧纲在文学上反对"竞学浮疏，争为阐缓"的文风，认为"近世谢朓、沈约之诗，任昉、陆倕之笔，斯实文章之冠冕，述作之楷模"（《与湘东王书》）。对谢朓、沈约、任昉、陆倕作了很高的评价。

萧纶，萧衍第六子。《梁书》本传称他："少聪颖，博学善属文，尤工尺牍。"《隋书·经籍志》著录其文集六卷。今存文十篇,诗七首。其诗半为艳诗,也有比较清新的作品。

萧绎,萧衍第七子。初封为湘东王,后平定侯景之乱,即位于江陵,为梁元帝,在位三年。《南史·梁本纪下》说他:"聪悟俊朗,天才英发……及长好学,博极群书。……帝工书善画,自图宣尼像,为之赞而书之,时人谓之三绝。……军书羽檄,文章诏诰,点毫便就,殆不游手。……文集五十卷。"今存诗一百二十余首,文近百篇。其诗多宫体,少数摹拟乐府之作较为可取。其文如《荡妇秋思赋》,写荡妇登楼远眺,触景伤情,感叹悲啼,备极缠绵,确实"婉丽而多情"(张溥《汉魏六朝百三家集·梁元帝集题辞》)。有著作《金楼子》,其中《立言篇》论及文笔区分,颇为后世所重。

萧纪,萧衍第八子。《隋书·经籍志》著录其文集八卷,已佚。《梁书》本传说他:"少勤学,有文才,属辞不好轻华,甚有骨气。"今存诗六首,《玉台新咏》选其四首,风格绮靡,已经看不出什么"骨气"了(参阅本书《萧氏父子与梁代文学》)。

萧衍父子的诗歌创作和文学主张,在当时产生了很大的影响。这不仅因为他们有才华,又是最高统治者,同时还因为在他们的周围,拥有一批有才能的文学之士。君倡臣和,上行下效,所以蔚然成风。

萧衍在梁代皇帝中寿命最长,在位时间也最长,所以在他周围的文士也最多。《梁书·刘峻传》云:

> 武帝招文学之士,有高才者,多被引进,擢以不次。

据史籍的记载,徐摛、到沆、到溉、到洽、刘苞、刘孝绰、刘孺、陆倕、张率、丘迟、鲍行卿、刘昭、虞𩷒、刘沼、王籍、何思澄、何子朗、谢征、庾仲容、陆才子、任孝恭、庾季才等,都因为具有较高的文学才

能,被授以不等之官职。有的文士因为献诗献文得到皇帝的赏识,而获得升官的机会。《梁书·袁峻传》云:

> 高祖雅好辞赋,时献文于南阙者相望焉。其藻丽可观,或见赏擢。

如王规、褚翔、袁峻、周兴嗣、虞荔等人,都因为献诗献文而升官。有的人如萧暎、鲍行卿、谢蔺、萧子晖等,虽未立即升官,也受到嘉奖或表扬。至于奉命作诗作文的就更多了。

萧统以太子之尊,十分爱好文学。《梁书·昭明太子传》云:

> (太子)引纳才学之士,赏爱无倦,恒自讨论篇籍,或与学士商榷古今;闲则继以文章著述,率以为常。于时东宫有书几三万卷,名才并集,文学之盛,晋、宋以来未之有也。

萧统与文人学士的交往很多,在他周围的文人学士中,主要有刘孝绰、王筠、殷芸、到洽、陆倕、明山宾、张率、王规、殷钧、王锡、张缅、张缵、陆襄、何思澄、谢举、王承、王金、刘孺、刘杳、刘勰等。梁武帝萧衍曾令王锡、张缵、陆倕、张率、谢举、王规、王筠、刘孝绰、到洽、张缅十人为"东宫学士"(《南史·王锡传》)。以上诸人都曾在东宫任职,也都是当时著名的文人学士。

萧纲酷爱文学,喜作宫体诗,乐与文人学士交往。《梁书·简文帝纪》云:

> (简文帝)引纳文学之士,赏接无倦,恒讨论篇籍,继以文章。

这是实情。《梁书·庾肩吾传》云:

> 初,太宗(即萧纲)在藩,雅好文章士,时肩吾与东海徐摛、吴郡陆杲、彭城刘遵、刘孝仪、仪弟孝威,同被赏接。及居

东宫,又开文德省,置学士,肩吾子信、摛子陵、吴郡张长公、北地傅弘、东海鲍至等充其选。

萧纲为晋安王时,已开始与庾肩吾、徐摛等人交往。《南史·庾肩吾传》云:

> (肩吾)在雍州被命与刘孝威、江伯摇、孔敬通、申子悦、徐防、徐摛、王囿、孔铄、鲍至等十人抄撰众籍,丰其果馔,号高斋学士。

立为太子之后,开文德省,接触的文人学士就更多了。这是因为萧纲"性既好文,时复短咏"(《与湘东王书》),他与文人学士的交往是很自然的事情。

萧绎一如乃父乃兄,爱好文学,也喜欢与文人学士交朋友。《梁书·元帝纪》云:

> 既长好学,博极群书,下笔成章,出言为论,才辩敏速,冠绝一时。……性不好声色,颇有高名,与裴子野、刘显、萧子云、张缵及当时才秀为布衣之交,著述辞章,多行于世。

南朝梁代的武帝、简文帝、元帝和昭明太子萧统都喜与文人学士交往,他们和他们周围的文人学士所形成的文学盛况,在中国文学史上确实是十分罕见的。《文选》的编者正是生活在这样的文学环境之中。

《文选》是一部诗文总集。关于总集,《隋书·经籍志》云:

> 总集者,以建安之后,辞赋转繁,众家之集,日以滋广。晋代挚虞,苦览者之劳倦,于是采摘孔翠,芟剪繁芜,自诗赋下,各为条贯,合而编之,谓为《流别》。是后文集总钞,作者继轨,属辞之士,以为覃奥,而取则焉。

《四库全书总目提要·集部》总集类云：

> 文籍日兴，散无统纪，于是总集作焉。一则网罗放佚，使零章残什，并有所归。一则删汰繁芜，使莠稗咸除，菁华毕出。是固文章之衡鉴，著作之渊薮矣。《三百篇》既列为经，王逸所裒又仅楚辞一家，故体例所成，以挚虞《流别》为始。其书虽佚，其论尚散见《艺文类聚》中，盖分体编录者也。《文选》而下，互有得失。

《隋书·经籍志》、《四库全书总目提要》认为，文学总集始于挚虞的《文章流别集》。其实，在挚虞之前就已有总集问世，如荀勖的《晋歌诗》十八卷、《晋宴乐歌辞》十卷等，今皆已散失。总集论规模之大和体例之善者，自当以挚虞的《文章流别集》始。晋代以后，总集更多了。这些总集的编选，都给萧统编选《文选》提供了借鉴。

《四库提要》认为总集有两类：一是"网罗放佚"，即辑佚之作；一是"删汰繁芜"，即今之选集。显然《文选》是属于第二类。梁代统治者重视编书，开馆编书甚多，如天监十五年，梁武帝命太子詹事徐勉举学士入华林省编《遍略》，参与其事者有何思澄、刘杳、顾协诸人（见《梁书·何思澄传》、《刘杳传》）；又安成王萧秀招刘孝标为户曹参军，为提供写作诗文的参考书，让他编《类苑》凡一百二十卷（见《梁书·刘峻传》）；中大通三年（531），皇太子萧纲召集诸儒编《长春义记》（见《梁书·许懋传》）。开馆所编之书多为类书，这是应当时诗文创作数典隶事的需要。而《文选》则如李善所说："后进英髦，咸资准的。"（《上文选注表》）是提供给年轻学子学习诗文的，可见也是应当时文士进行诗文创作的需要。后来有"《文选》烂，秀才半"的谚语，《文选》就成为士子猎取功名的工具了。

　　因为梁代最高统治者重视诗文,当时文学风气很盛,所以藏书的文人学士也多起来。据《梁书》记载:任昉虽然家贫,还藏书至一万多卷(见《任昉传》);昭明太子萧统东宫有书几三万卷(见《昭明太子传》);王僧孺爱好书籍,藏书达一万余卷,其中有许多珍本(见《王僧孺传》);沈约藏书至二万多卷,当时京城无人能比得上他(见《沈约传》);张缅喜爱书籍,藏书达一万多卷(见《张缅传》)。在当时的物质条件下,私人藏书能达到万卷以上是极不容易之事,亦可见当时文化事业之兴盛。丰富的藏书为萧统编选《文选》提供了有利条件。

　　应该指出,梁代文学的繁荣,离不开当时政治、经济等社会条件。在政治上,梁武帝萧衍曾采取过一些积极措施(如选用良吏,分遣使者巡视州郡,并在州、郡、县设专人专门搜罗和推荐人才),同时在职官和刑法方面也进行了一些改革,因此出现了"治定功成,远安迩肃"的稳定局面。在经济上,农业方面曾实行籍田以鼓励生产,赋税方面多次减免租调。这些措施对于促进生产、发展经济起到了一定的作用。史书赞曰:"三四十年,斯为盛矣。自魏晋以降,未或有焉。"(《梁书·武帝纪》)大概不完全是虚美之词。不可否认,梁代的政治、经济等社会条件,对文学的繁荣有着直接和间接的影响。

　　《文选》正是产生在这样的时代。

四、《文选》内容简介(上)

《文选》的传本大约有五种：

1. 三十卷本。无注，有的学者认为是萧统的原本，已佚，今仅存日本所传之古钞无注本《文选》二十一卷。

2. 李善注本。六十卷，今存，完整的刻本以南宋孝宗淳熙八年(1181)尤袤刻本为最早。清嘉庆十四年(1809)胡克家据尤刻重刊本，流传最广。

3. 五臣注本。三十卷，今存，有南宋绍兴辛巳建阳崇化书坊陈八郎宅刻本。

4. 六臣注本。六十卷，南宋有明州本和赣州本两个系统。明州本五臣注居前，李善注在后；赣州本，李善注居前，五臣注在后。

5. 集注本。一百二十卷，传于日本。已佚，今存二十四卷。

现在根据胡克家刊本，按文体介绍《文选》的内容。

《文选》选录作品，是按文体归类排列的。一体之中，基本上以时代先后为序(其中赋、诗两体，因选录作品的数量较多，先按内容分类，再按时代顺序排列)。《文选》分类的次序是：

1. 赋：分京都、郊祀、耕藉、畋猎、纪行、游览、宫殿、江海、物色、鸟兽、志、哀伤、论文、音乐、情十五类。选录班固《两都赋》、司马相如《子虚赋》等五十六首，又有左思《三都赋序》一首。

2. 诗：分补亡、述德、劝励、献诗、公宴、祖饯、咏史、百一、游仙、招隐、反招隐、游览、咏怀、哀伤、赠答、行旅、军戎、郊庙、乐府、挽歌、杂歌、杂诗、杂拟二十三类。选录曹植《赠白马王彪》、阮籍《咏怀》、左思《咏史》等诗歌四百三十二首。

3.骚:选录屈原《离骚经》、宋玉《九辩》等十七首。

4.七:选录枚乘《七发》、曹植《七启》等二十四首。

5.诏:选录汉武帝诏二首。

6.册:选录潘勖《册魏公九锡文》一首。

7.令:选录任昉《宣德皇后令》一首。

8.教:选录傅亮《为宋公修张良庙教》、《为宋公修楚元王庙教》二首。

9.策文:选录王融《永明九年策秀才文》、任昉《天监三年策秀才文》等十三首。

10.表:选录诸葛亮《出师表》、李密《陈情表》等十九首。

11.上书:选录李斯《上书秦始皇》、邹阳《上书吴王》等七首。

12.启:选录任昉《奉答敕示七夕诗启》、《启萧太傅固辞夺礼》等三首。

13.弹事:选录任昉《奏弹刘整》、沈约《奏弹王源》等三首。

14.笺:选录杨修《答临淄侯笺》、吴质《答魏太子笺》等九首。

15.奏记:选录阮籍《诣蒋公》一首。

16.书:选录李陵《答苏武书》、司马迁《报任少卿书》等二十四首。

17.檄:选录司马相如《喻巴蜀檄》、陈琳《为袁绍檄豫州》等五首。

18.对问:选录宋玉《对楚王问》一首。

19.设论:选录东方朔《答客难》、扬雄《解嘲》等三首。

20.辞:选录汉武帝《秋风辞》、陶渊明《归去来》二首。

21.序:选录卜商《毛诗序》、陆机《豪士赋序》等九首。

22.颂:选录王褒《圣主得贤臣颂》、刘伶《酒德颂》等五首。

23.赞:选录夏侯湛《东方朔画赞》、袁宏《三国名臣序赞》二首。

24.符命:选录司马相如《封禅文》、扬雄《剧秦美新》等三首。

25.史论:选录班固《公孙弘传赞》、范晔《后汉书宦者传论》等九首。

26.史述赞:选录班固《述高纪第一》、范晔《后汉书光武纪赞》等四首。

27.论:选录贾谊《过秦论》、李康《运命论》等十四首。

28.连珠:选录陆机《演连珠》五十首。

29.箴:选录张华《女史箴》一首。

30.铭:选录班固《封燕然山铭》、张载《剑阁铭》等五首。

31.诔:选录潘岳《马汧督诔》、颜延年《陶征士诔》等八首。

32.哀:选录潘岳《哀永逝文》、颜延年《宋文皇帝元皇后哀策文》等三首。

33.碑文:选录蔡邕《郭有道碑文》、王巾《头陀寺碑文》五首。

34.墓志:选录任昉《刘先生夫人墓志》一首。

35.行状:选录任昉《齐竟陵文宣王行状》一首。

36.吊文:选录贾谊《吊屈原文》、陆机《吊魏武帝文》二首。

37.祭文:选录谢惠连《祭古冢文》、颜延年《祭屈原文》等三首。

于此可见,《文选》之文体为三十七体,选录作品七百五十一篇。其中赋五十七篇(包括赋序一篇)、诗四百三十二篇、杂文二百六十二篇。作者,除《古诗十九首》、《古乐府》三首不详之外,共计一百三十人。

以上是对《文选》内容进行横向的考察。这样的考察,可以看出《文选》内容的一些特点:

其一,《文选》的内容十分丰富,赋体作品有十五类,诗歌作品有二十三类,其他各体的作品虽未分类,但从文体类别亦可见出内容的不同。如此丰富的内容，在萧统以前的总集中是非常罕见的。

其二，《文选》选录的作品大都是各种文体的代表作，如班固的《两都赋》，张衡的《二京赋》，司马相如的《子虚赋》《上林赋》，扬(《文选》作杨)雄的《甘泉赋》《羽猎赋》《长杨赋》，贾谊的《鵩鸟赋》，祢衡的《鹦鹉赋》，王粲的《登楼赋》，鲍照的《芜城赋》，江淹的《恨赋》《别赋》等，都是赋中的代表作。如《古诗十九首》、曹操的《短歌行》、曹丕的《燕歌行》、曹植的《赠白马王彪》、阮籍的《咏怀》十七首、潘岳的《悼亡诗》三首、左思的《咏史》八首等，都是诗中的代表作。如李斯的《上秦始皇书》、贾谊的《过秦论》、司马迁的《报任少卿书》、曹丕的《典论·论文》、诸葛亮的《出师表》、李康的《运命论》、嵇康的《与山巨源绝交书》、李密的《陈情表》等，都是散文中的代表作。

其三，《文选》不选经书、史传、诸子之文，这是萧统在《文选序》中明确说的。在《文选》三十七体中，未选经书、史传和诸子的文章，是因为它们与文学不同；至于选入班固、范晔、沈约诸家的史传序论，是因为它们符合"事出于沉思，义归乎翰藻"的标准。

其四，《文选》所选诗文，大都符合"事出于沉思，义归乎翰藻"的标准。至于托名孔安国的《尚书序》、杜预的《春秋左传序》，虽略输文采，但符合萧统的儒家雅正的文学观，故亦予以选录。

五、《文选》内容简介(下)

冯友兰先生曾将哲学史分为两种，一种是叙述式的哲学史，一种是选录式的哲学史。他在《中国哲学史》中说：

> 写的哲学史约有两种体裁：一为叙述式的；一为选录式的。西洋人所写之哲学史，多为叙述式的。用此方式，哲学史家可尽量叙述其所见之哲学史。但其弊则读者若仅读此书，即不能与原来史料相接触，易为哲学史家之见解所蔽；且对于哲学史家所叙述亦不易有明确的了解。中国人所写此类之书几皆为选录式的；如《宋元学案》、《明儒学案》，即黄梨洲所著之宋元明哲学史；《古文辞类纂》、《经史百家杂钞》，即姚鼐、曾国藩所著之中国文学史也。用此方式，哲学史家文学史家选录各哲学家各文学家之原来著作；于选录之际，选录者之主观的见解，自然亦须掺入，然读者得直接与原来史料相接触，对于其研究之哲学史或文学史，易得较明确的知识。唯用此方式，哲学史家或文学史家之所见，不易有有系统的表现，读者不易知之。（上册，中华书局 1984 年版）

哲学史如此，文学史亦复如此。如果我们将《文选》所选录的作品按时代顺序排列，那么，《文选》就不啻是一部自先秦以迄南朝梁的简明文学史。

兹将《文选》所选录的作品，按时代顺序加以论述，对《文选》的内容进行一次纵向的考察。

(一) 东周(前770—前256)

东周可分春秋(前770—前476)、战国(前475—前403)两个时期。

春秋战国时期,社会经历巨大变革,文化得到空前发展。这时出现的《诗经》,因为是经书,《文选》不能选录。历史散文《左传》、《国语》、《战国策》,因为是史书,《文选》不能选录。诸子散文《论语》、《墨子》、《老子》、《庄子》、《孟子》、《荀子》、《韩非子》,因为是子书,《文选》也不能选录。因此,春秋战国入选的作品,只有《毛诗序》以及屈原、宋玉的辞赋和荆轲的《歌》。

关于《毛诗序》的作者,众说纷纭,迄无定论。《文选》定为卜商,即子夏。其产生的年代,今人多认为是西汉。姑且不论其作者究竟是谁、产生于先秦还是西汉,我们首先必须看到,《毛诗序》是我国古代第一篇专门的诗论,是先秦以来儒家诗论的总结,在中国文学理论批评史上占有重要的地位。

楚辞是具有楚国地方色彩的诗歌,其代表作家是屈原。屈原是我国文学史上第一个伟大诗人。班固《汉书·艺文志》著录其作品二十五篇。《文选》选录其《离骚经》、《九歌》(六首)、《九章》(一首)、《卜居》、《渔父》。以上各篇,李善注《文选》皆用王逸注。又,称《离骚》为"经",可能是录自王逸的《楚辞章句》。《离骚》是文学史上著名的浪漫主义诗篇,想象丰富,感情炽烈,对后世文学有深远的影响。《九章》的格调与《离骚》一致。《九歌》是古代祭神的乐歌,与《离骚》、《九章》不同,但也极富浪漫主义情调。《卜居》、《渔父》,今人多疑非屈原所作,然亦俱为佳作。

宋玉是屈原以后著名的楚辞作家。《汉书·艺文志》著录其赋十六篇。《文选》选录其《风赋》、《高唐赋》、《神女赋》、《登徒子好色赋》、《九辩》、《招魂》、《对楚王问》。其中只有《九辩》可以确定为宋玉所作,《招魂》今人认为是屈原的作品,其余各篇皆不可信。《九辩》抒写自己的悲哀和忧愁,对后世文学也有很大影响。

荆轲的《歌》,虽只有两句,然慷慨悲凉,动人心弦,为《文选》编者所偏爱,故予选录。

(二) 秦代 (前 221—前 206)

秦代时间很短,只有十五年,加上统治者禁锢思想,摧残文化,文学上没有什么成就。鲁迅先生说:"秦之文章,李斯一人而已。"(《汉文学史纲要》)

李斯,《文选》选录其《上秦始皇书》(即《谏逐客书》)。这是公元前237年秦国下达逐客令后,李斯上秦王嬴政的奏章。文章列举各国史实,述客之功,很有说服力。孙鑛评此文曰:"精深而伟丽,且音节顿挫,读之铿然。""当为古今第一篇。"(《重订文选集评》卷九)这是历代传诵的名篇。

(三) 汉代 (前 206—220)

汉代文学,无论是辞赋还是散文、诗歌,都取得了突出的成就。

汉代辞赋在过去最受重视,被看作文学的正统。近代学者王国维曾说过:"凡一代有一代之文学。楚之骚,汉之赋,六朝之骈语,唐之诗,宋之词,元之曲,皆所谓一代之文学,而后世莫能继焉者也。"(《宋元戏曲史序》)这种看法颇有些道理。刘勰说:"汉初词人,循流而作。陆贾扣其端,贾谊振其绪,枚、马同其风,王、扬骋其势,皋、朔已下,品物毕图。繁积于宣时,校阅于成世。进御之赋,千有余首。讨其源流,信兴楚而盛汉矣。"(《文心雕龙·诠赋》)这是论述西汉辞赋创作的繁荣。到了汉成帝时,进献给皇帝的辞赋竟达到一千余首,可谓盛况空前。见于《文选》的西汉赋家有贾谊等五人。

贾谊,《汉书·艺文志》著录其赋七篇。《文选》选录其《吊屈原文》("文",《史记》、《汉书》作"赋")、《鵩鸟赋》。《吊屈原文》凭吊诗人屈原,借以抒发个人的感慨。《鵩鸟赋》假托与鵩鸟的对话,道出自己的不幸遭遇,并以老庄思想寻求解脱,却表现了更为深沉的悲哀。二赋皆为骚体赋的名篇。

枚乘,《汉书·艺文志》著录其赋九篇。《文选》选录其《七发》一篇。《七发》是枚乘的代表作,也是"七"体中的名篇。此赋说楚太子有疾,吴客去探望,以音乐、饮食、车马、游宴、田猎、观涛六事启发太子,最后归于"要言妙道",使太子汗出病愈。赋的内容是启发太子放弃享乐生活归于正道,较有意义。

司马相如是汉赋大家。《汉书·艺文志》著录其赋二十九篇。《文选》选录其《子虚赋》、《上林赋》、《长门赋》。按《子虚》、《上林》二赋,于《史记》本传原为一篇,《文选》分其下篇为《上林赋》。二赋写畋猎之事,是相如的代表作,也是大赋的典范。《长门赋》写陈皇后失宠后的哀怨,缠绵悱恻,是抒情小赋中的上品,然其真伪颇有争议。鲁迅评相如赋说:"不师故辙,自摅妙才。广博闳丽,卓绝汉代。"(《汉文学史纲要》)诚哉斯言。

王褒,《汉书·艺文志》著录其赋十六篇。《文选》选录其《洞箫赋》一篇。此赋是王褒的代表作,写洞箫从制作直到演奏,曲尽其妙。以整篇赋写音乐,这是新的创造,对后世诗赋有深远的影响。

扬雄是汉赋名家。《汉书·艺文志》著录其赋十二篇。《文选》选录其《甘泉赋》、《羽猎赋》、《长杨赋》。《甘泉赋》写汉成帝郊祀,《羽猎赋》、《长杨赋》写汉成帝畋猎,皆为歌功颂德之作。扬雄赋多模拟之作,上举三赋就是模拟司马相如《子虚》、《上林》二赋的。但是扬雄才高学博,其赋用意婉曲,词多蕴藉,自具特色。

东汉赋的情况,由于《后汉书》没有《艺文志》,难窥其详。据今人辑录,东汉赋一百二十余篇,赋家四十余人(参阅费振刚等的《全汉赋》)。其时赋之创作,已无法与西汉相比。《文心雕龙·诠赋》篇说,从战国到东汉末,"辞赋之英杰"有十家,其中东汉三家,为班固、张衡和王延寿。

班固是《汉书》的作者,著名的史学家,也是东汉的辞赋大家。《文选》选录其《两都赋》、《幽通赋》。《两都赋》是大赋中的名作。刘勰说:"孟坚《两都》,明绚以雅赡。"(《文心雕龙·诠赋》)认为班固《两都赋》,文辞明朗绚丽,内容雅正充实。刘勰对《两都赋》做了充分的肯定,《文选》将其列为首篇,亦可见对它的重视。这两篇赋都写都城,结构宏伟,文辞富丽,虽是模拟相如《子虚》、《上林》而作,但重于讽谏,颇具特色。《幽通赋》是抒情小赋,形式上模仿《离骚》,却富于感情。

张衡不仅是杰出的科学家,也是著名的文学家。《文选》选录其《二京赋》、《南都赋》、《思玄赋》、《归田赋》,共计五篇。刘勰说:"张衡《二京》,迅发以宏富。"(《文心雕龙·诠赋》)认为《二京赋》笔锋犀利,内容宏大丰富。刘勰把《二京赋》作为张衡的代表作,其实《思玄赋》、《归田赋》更值得我们注意,因为从这些抒情小赋里,可以看出汉赋向魏晋抒情小赋转变的痕迹。

王延寿,王逸庶子。《文选》选录其《鲁灵光殿赋》。此赋写宫殿建筑,生动细致,文辞华美,颇为后人所传诵。

除了以上三家外,《文选》选录的东汉赋家尚有班彪、曹大家、傅毅和马融。

班彪是班固之父。《文选》选录其《北征赋》。此赋写作者在逃难中,从长安到安定沿途间的见闻,是纪行的抒情小赋。此赋感时伤乱,反映了时代的动乱,甚为感人,是班彪赋的代表作。

曹大家即班昭。《文选》选录其《东征赋》。此赋作于汉安帝永初七年(113),时其子曹成任陈留郡长垣县令,曹大家随子东征,作赋以励其志。此赋是纪行,但寄托了曹大家的思想。

傅毅,《文选》选录其《舞赋》。此赋假托楚襄王游云梦,命宋玉赋高唐之事。其中描写乐舞颇为精彩,是赋中的名篇。

马融,《文选》选录其《长笛赋》。此赋写笛,刻画笛声之美,辞藻华丽,娓娓动听,是汉赋中描写音乐的名篇。

汉赋今存百余篇,《文选》选录二十余篇,数量不是太多,但精华已略尽于此了。

两汉文学成就最高的应属散文,其中尤以史传散文最为突出。司马迁《史记》创纪传体裁而工于文,班固《汉书》以断代编史而密于体,都成为后世史书编纂的楷模。《文选》只选录《汉书》中的少数论赞,这样虽不无遗憾,却是体例使然。《文选》选录的两汉散文约有三十余篇。

西汉初期,散文主要以政论文为主。

贾谊,《文选》选录其《过秦论》。此文原分三篇,《文选》选其首篇,论秦始皇之过。文章铺排渲染,富于感情与气势,是汉代散文的名篇。

枚乘,《文选》选录其《上书谏吴王》、《上书重谏吴王》。枚乘于汉文帝时曾任吴王刘濞郎中,刘濞谋反,枚乘上书谏阻。文章多用比喻与偶句,与辞赋相近。

邹阳,《文选》选录其《上书吴王》、《狱中上书自明》。邹阳初仕吴王,吴王谋反,阳作《上书吴王》劝阻,不被采纳。去为梁孝王客,遭谗入狱,作《狱中上书自明》。文章旁征博引,排比铺张,有战国游士善辩之风。

西汉中期以后,是辞赋和散文的发达时期。《文选》选录的散文有司马相如、司马迁等人的作品。

司马相如，《文选》选录其《上书谏猎》、《喻巴蜀檄》、《难蜀中父老》和《封禅文》四篇。封禅文在今天看来已经没有价值，但是在封建社会，封禅是一件大事，刘勰《文心雕龙》有《封禅》一篇，可见当时对封禅文的重视。相如《封禅文》被刘勰称为"维新之作"（《文心雕龙·封禅》），《文选》选录此文是可以理解的。《上书谏猎》是谏阻汉武帝狩猎的文章，语言诚恳，表现出一片忠心。《喻巴蜀檄》写于司马相如为郎时，当时唐蒙出使略通夜郎西僰中，征发巴蜀吏卒，诛其渠帅，巴蜀之民大为惊恐，汉武帝闻知，派司马相如往责唐蒙，喻告巴蜀之民，为朝廷解说，于是写了此文。此文文意深重，而文辞委婉，是檄文中的佳作。《难巴蜀父老》是相如出使巴蜀时，听蜀中父老言通西南夷无用，欲进谏而不敢，乃以蜀父老辞为意而加以诘难，写作此文以讽武帝。李兆洛评此文曰"气壮情骇"（《骈体文钞》卷三），认为颇具说服力。

东方朔，《文选》选录其《答客难》、《非有先生论》。前者抒发其怀才不遇的牢骚，后者写"谈何容易"的感慨，都是赋体作品。《答客难》是东方朔的代表作，后世仿效者甚多。

司马迁是伟大的史学家、散文家。他的《史记》，被鲁迅称为"史家之绝唱，无韵之《离骚》"（《汉文学史纲要》），对后世文学的影响既深且巨。限于体例，《文选》没有选录《史记》中的文章，只选录了他的《报任少卿书》。此文抒写作者刑余心境，情感真挚，有强烈的感染力，是汉代散文的名篇。

李陵《答苏武书》虽为名篇，却是伪作。刘知几说："词采壮丽，音句流靡。观其文体不类西汉人，殆后来所为，伪称陵作。"（《史通·杂说下》）此说可信。《文选》选录此篇，是因为当时人对作者并无怀疑，至唐宋后才定为伪作，此非萧统之过。至于孔安国的《尚书序》，亦是伪作，宋元以来学者辨之甚详，可惜当时萧统亦

不知为后人所托。何焯曰："此等文质朴不近词家。昭明以其经籍所系,存以备格。"(《重订文选集评》卷十一)

杨恽的《报孙会宗书》是作者仅存的一篇文章,为《文选》所选录。杨恽是司马迁的外孙,曾任中郎将,与太仆戴长乐不和,戴上书告恽悖逆,被贬为庶人。友人孙会宗写信与恽,劝他闭门思过,恽心怀不满,报以此书。书中多牢骚语,似受司马迁《报任少卿书》的影响,恽亦终因此书而遇害。

王褒的《圣主得贤臣颂》和《四子讲德论》,一颂一论,实皆为赋体。《汉书·王褒传》云:"……益州刺史因奏褒有轶材。上乃征褒。既至,诏褒为《圣主得贤臣》颂其意。"此文大意说"圣主必待贤臣而弘功业,俊士亦俟明主以显其德",内容是为"圣主"歌功颂德的。《四子讲德论》以主客问答形式,写微斯文学、虚仪父子、浮游先生、陈丘子四人的议论,也是歌功颂德之作。二文辞采富丽,声调谐美,故为《文选》所选录。

扬雄的散文,《解嘲》、《赵充国颂》和《剧秦美新》,皆为赋体。《解嘲》为内心自白。《汉书》本传说:"哀帝时,丁、傅、董贤用事,诸附离之者或起家至二千石。时雄方草《太玄》,有以自守,泊如也。或嘲雄以玄尚白,而雄解之,号曰《解嘲》。"《赵充国颂》系奉诏而作,歌颂汉代名将赵充国的功绩。《剧秦美新》论秦朝之短促,吹捧王莽,为新朝唱赞歌,受到后人的批评。北齐颜之推说:"扬雄德败《美新》。"(《颜氏家训·文章》)李善说:"子云进不能辟戟丹墀,亢辞鲠议,退不能草《玄》虚室,顾性全真,而反露才以耽宠,诡情以怀禄,素餐所刺,何以加焉?"(《文选》卷四十八)此文因文辞博丽,为《文选》所选。

刘歆是两汉之际的学者,《文选》选录他的《移书让太常博士》。《汉书》本传说:"及歆亲近,欲建立《左氏春秋》及《毛诗》、

《逸礼》、《古文尚书》皆列于学官。哀帝令歆与五经博士讲论其义,诸博士或不肯置对,歆因移书太常博士,责让之。"刘勰说:"及刘歆之《移太常》,辞刚而义辨,文移之首也。"(《文心雕龙·檄移》)

东汉散文渐趋骈俪,为魏晋南北朝骈文之滥觞,班固《汉书》是明显的例子。《文选》选录了班彪、班固、蔡邕等人的散文。

班彪,《文选》选录其《王命论》。此文写于班彪避难天水依附隗嚣之时。当时隗嚣欲自立为王,班彪作《王命论》以讽谕之。刘勰谓其"敷述昭情,善入史体"(《文心雕龙·论说》)。但是文中宣扬君权神授,充满迷信色彩,思想内容并不可取。

朱浮,《文选》选录其《为幽州牧与彭宠书》。朱浮任幽州牧,与渔阳太守彭宠不和,浮密奏宠"遣吏迎妻而不迎母,又受货贿,杀害友人,多聚兵谷,意计难量"(《后汉书·朱浮传》)。宠怒,举兵攻浮,浮以书责之。信中说:"智者顾时而谋,愚者逆理而动。"劝宠不要做"为亲厚者所痛,而为见仇者所快"的事,义正辞严,说理透辟,为历来传诵的名篇。

班固,《文选》选录其《答宾戏》、《典引》、《汉书公孙弘传赞》、《述高纪》、《述成纪》、《述韩英彭卢吴传》、《封燕然山铭》七篇。《答宾戏》自述其志,是仿效东方朔《答客难》和扬雄《解嘲》之类的文章。《典引》是对汉王朝歌功颂德之作。《汉书公孙弘传赞》赞公孙弘、卜式、倪宽以卑微出身而登高位,为"遇其时",亦可见"汉之得人"。《述高纪》等三篇选自《汉书》有关叙传,文辞华美。《封燕然山铭》是铭体名篇,据《汉书·窦宪传》记载,窦宪为车骑将军,北伐北单于,大败之,登燕然山刻石纪汉威德,命班固作此铭。

崔瑗,《文选》选录其《座右铭》。此文总结为人处事经验,劝勉世人,流传颇广。

史岑,《文选》选录其《出师颂》。此文歌颂东汉车骑将军邓骘平定西羌叛乱,文辞典雅,文势壮阔,是颂中的佳作。

蔡邕是东汉著名的碑文作家。刘勰说:"自后汉以来,碑碣云起,才锋所断,莫高蔡邕。"(《文心雕龙·诔碑》)充分肯定了蔡邕在碑文方面的成就。《文选》选录其《郭有道碑文》和《陈太丘碑文》二文,是碑文中的佳作。郭有道即郭泰,字林宗;陈太丘即陈寔,字仲弓。二人为东汉末的名士、清流。据《续汉书》载,蔡邕曾对人说:"吾为人作铭,未尝不有惭容,唯为《郭有道碑颂》无愧耳。"

西汉诗歌不多,且大都为四言诗和楚歌体。《文选》选录的有汉高帝的《歌》、汉武帝的《秋风辞》和韦孟的《讽谏诗》。

汉高帝《歌》,《艺文类聚》始题为《大风歌》。公元前195年,刘邦在讨伐英布归来途中,经过家乡丰、沛一带,邀父老饮宴时击筑而作此歌。歌中表现了胜利者的踌躇满志和对能保卫大汉帝国的"猛士"的渴求,气势豪迈雄壮,古今传诵。

汉武帝《秋风辞》,抒写人生短促的感慨,缠绵流丽,颇为动人。

韦孟《讽谏诗》。韦孟为楚元王傅,傅元王子夷王及孙王戊,戊荒淫不守王道,韦孟作诗讽谏,希望戊改过自新。诗风典雅醇厚,类似《诗三百篇》。

西汉五言诗,《文选》还选录了李陵的《与苏武诗》三首,苏武的《诗》四首和班婕妤的《怨歌行》。今天看来,这些诗都是伪托之作,不可信。但是苏、李诗写离愁别恨,使人黯然难以为怀;《怨歌行》以秋扇见捐比喻女子被玩弄、被抛弃的命运,含蓄地表达了幽深的怨恨,皆为古诗中的佳作。

汉乐府民歌,据郭茂倩《乐府诗集》辑录,今存四十余首。《文选》选录三首,即《饮马长城窟行》、《伤歌行》、《长歌行》。《饮马长城窟行》写思妇对丈夫的思念,表现了缠绵悱恻的情致,真切感人。《伤歌行》写女子在月夜思念远方的情人,委婉地表达了女子的苦闷与悲哀。《长歌行》的主旨在"少壮不努力,老大徒伤悲",诗歌多用比喻,形象鲜明生动。汉乐府民歌佳作颇多,《文选》选录过少,这可能与选录的标准有关。

东汉五言诗。在乐府民歌的影响下,东汉文人开始学习写作五言诗。班固的《咏史》,因其"质木无文",《文选》没有选录。《文选》选录的五言诗,最值得注意的是《古诗十九首》。这些诗并非一人或一时之所作,大约是东汉后期一些文人的创作,具体作者不详。内容多写游子、思妇的相思离别以及人生的感慨。钟嵘说:"文温以丽,意悲而远,惊心动魄,可谓一字千金。"(《诗品》卷上)对其艺术性做了很高的评价。《古诗十九首》的出现,标志了五言诗的成熟。这里还应提到七言诗。七言诗由楚调演变而来。东汉的七言诗,《文选》选录了张衡的《四愁诗》。此诗写诗人对"美人"的思念,借以表达他"思以道术相报,贻于时君,而惧谗邪不得以通"(《四愁诗序》)的苦闷心情。此诗以象征手法抒写怀抱,反复咏唱,凄恻感人,是七言诗中的名篇。

(四)三国(魏220—265,蜀221—263,吴222—280)

三国文学,以曹魏为主。曹魏文学的主要成就是五言诗,可分为前后两个时期。前期为建安时期,后期为正始时期。

建安时期诗歌有了新的变化。"三曹"、"七子"的创作,继承汉乐府民歌的传统,反映了动乱的社会现实,表现出渴望国家统一和追求建功立业的激情,形成"建安风骨"的优良传统,在文学史上影响深远。

建安诗歌,《文选》选录的有刘桢、王粲、曹操、曹丕、曹植等人的作品。

刘桢,《文选》选录其诗十首。《赠五官中郎将》四首是刘桢的佳作,《六臣注文选》吕延济注以为,这是曹丕探视刘桢疾病,去后刘桢以诗相赠,来表达自己感激和思念。《赠徐幹》写诗人抑郁的心情,诗中"细柳"四句为谢灵运所赞赏。《赠从弟》三首以藻、松柏、凤凰喻其从弟,有赞美和勉励的意思,诗用比兴,清新自然,被推为刘桢的代表作。钟嵘列刘桢诗于"上品",评曰:"真骨凌霜,高风跨俗。"评价很高。

应玚,《文选》选录其《侍五官中郎将建章台集诗》一首。此诗以雁自喻,音调悲切,流传较广,是应玚的代表作。

王粲,《文选》选录其诗十三首。王粲诗应以《七哀诗》二首为代表。前首述说诗人往荆州投奔刘表离开长安时见到的战乱景象,反映了乱世中人民的苦难,悲凉沉痛,为五言诗的名篇;后首抒发诗人久客荆州思念家乡的心情,流露出宦游难归的忧愁和怀才不遇的感慨,苍茫壮阔,沉迈高妙,同样也是佳作。《从军行》五首是建安二十一年(216)随曹操征吴途中所作,歌颂了曹操统一全国的功绩,反映了动乱的社会现实,抒发了自己渴望建功立业的情怀,写得慷慨豪迈,是王粲的重要作品。《赠蔡子笃》、《赠士孙文始》、《赠文叔良》三首系赠答之作,都是四言诗的佳作。至于《公宴诗》运笔超妙,《咏史诗》沉郁顿挫,《杂诗》深沉含蓄,都各具特色。钟嵘《诗品》列王粲于"上品",刘勰《文心雕龙》推王粲为"七子之冠冕",洵为的评。

"三曹"指曹操及其子曹丕、曹植,他们都是建安文学的中心人物。

曹操,《文选》选录其诗二首。《短歌行》抒发自己的雄心壮志,慷慨悲凉,乃千古之绝调。《苦寒行》是建安十一年正月征讨高干时所作,写冰雪豁谷之苦,诗境苍凉壮阔,格调高古沉雄,也是历来广为传诵的名篇。

曹丕是曹操的次子,《文选》选录其诗五首。《芙蓉池作》是一首游宴诗,诗中写景真切,文辞华丽,是游宴诗的佳作。《燕歌行》是最早出现的一首完整的七言诗,也是七言诗中的名篇。诗中写思妇对远方丈夫的思念,语言优美,刻画细腻,凄清委婉,颇为动人。《善哉行》抒写旅客在外怀念家乡的感情,是四言诗的名篇。《杂诗》二首,其一"漫漫秋夜长",写游子思乡的情感,缠绵悱恻,清丽自然,是曹丕诗的代表作。其二"西北有浮云",亦写游子思乡之情。以浮云喻游子,写得便娟婉约,能移人情。

曹植是曹丕的同母弟,建安时期最杰出的诗人。《文选》选录其诗二十五首。《公宴诗》是和曹丕《芙蓉池作》而作。诗中"秋兰"四句,对仗工整,点染传神,是传诵的佳句。《送应氏》二首,是送别应场、应璩兄弟的赠诗。第一首写洛阳的荒芜凄凉景象,第二首写惜别之情,反映了人民的深重灾难。《七哀》是闺怨诗,写思妇对游子的思念,可能是借以讽君,写得委婉恳切,是曹植诗的名篇。《赠徐幹》、《赠丁仪》、《赠王粲》、《赠丁翼》等诗,表现了与友人之间的深厚友谊。《赠白马王彪》是曹植诗的代表作。黄初四年,曹植和白马王曹彪、任城王曹彰同到洛阳朝会,曹彰死于洛阳,曹植与白马王曹彪欲同路东归,监国使者不许,曹植愤而作此诗。诗中流露了生离死别的悲痛之情,真挚感人,为历代传诵的名篇。《美女篇》以美女盛年不嫁,比喻志士怀才不遇。语言华丽,描写生动,写美女栩栩如生,跃然纸上,清代叶燮推为"汉魏压卷"(《原诗·外篇下》)。《白马篇》塑造了一个武艺精熟的壮士形象,歌颂了为国献身、誓死如归的崇高精神,寄托了诗人为国建功立业的雄心壮志。文辞工丽,情感激昂,是曹植诗中的名篇。《名都篇》写洛阳富家子弟斗鸡走马、射猎饮宴的豪华生活，带有讽刺意味。诗中写富家子弟，淋漓尽致，表达讽谕之意却委婉含蓄，亦是曹植诗中的佳作。《杂诗》六首，不是一时之作。其一"高台多悲风"，可能是怀念白马王曹彪的，当时曹彪封吴王，故诗中有"江湖"、"南游"之语。其二"转蓬离本根"，以"转蓬"自况，写自己飘荡不定的痛苦生活。其三"西北有织妇"，写思妇怀念从军在外的丈夫，亦可能寄托思君之情。其四"南国有佳人"，写南国佳人容貌艳丽而不为时所重，比喻怀才不遇，似乎是自伤之辞。其五"仆夫早严驾"，写诗人渴望攻克吴国，建功立业，格调慷慨悲凉，是曹植诗中的名篇。其六"飞观百余尺"，写诗人为征讨吴国在所不惜，流露出壮志未酬的悲愤。曹植诗，钟嵘列入"上品"，评曰："骨气奇高，词采华茂，情兼雅怨，体被文质，粲然今古，卓尔不群。"（《诗品》卷上）给予很高的评价。

《文选》还选录了缪袭的《挽歌》和应璩的《百一诗》，皆聊备一体耳。

正始时期的重要诗人是阮籍和嵇康。

阮籍的《咏怀》诗，五言有八十二首，四言有十三首，反映了诗人一生错综复杂的思想感情，非一时之作。《文选》选录五言十七首。"夜中不能寐"，写诗人夜不能寐，起而弹琴，表现了诗人的忧伤。方东树曰："此是八十一首发端，不过总言所以咏怀不能已于言之故，而情景融会，含蓄不尽，意味无穷。"（《昭昧詹言》卷三）"嘉树下成蹊"，言世事有盛有衰，为了避祸，要及早自保。从此诗看，诗人似已预感到曹魏王朝的倾覆。"平生少年时"，写年少时游宴娱乐，晚岁时财尽失路。"昔闻东陵瓜"，方东树说："此言（曹）爽溺富贵将亡，不如邵平之犹能退保布衣也。"（同上）这个理解是准确的。"昔年十四五"，言少时笃好《诗》、《书》，追慕颜回、闵子骞等贤人,而今见丘墓,悟古今圣贤终归一死,不如仙人羡门子之长生不老,言外之意是不必受礼法的束缚了。"灼灼西颓日",言追逐名位者终被抛弃,不如与燕雀为伍,不随黄鹄高飞。"独坐高堂上",写自己的孤独与寂寞,表现了对乱世的伤感。"湛湛长江水",写魏帝曹芳被废之事,不敢直陈此事,借楚地言之。何焯云:"所选十七篇,作者之要诣已具矣。"(《义门读书记》卷四十六)从以上几首内容来看,的确如此。阮籍诗,钟嵘列入"上品",其评《咏怀》诗曰:"《咏怀》之作,可以陶性灵,发幽思。言在耳目之内,情寄八方之表,洋洋乎会于《风》、《雅》,使人忘其鄙近,自致远大。颇多感慨之词。厥旨渊放,归趣难求。"(《诗品》卷上)颇中肯綮。

嵇康,《文选》选录其诗七首。《幽愤诗》写于狱中,抒写自己的忧郁和愤慨,是四言诗的名篇。李善云:"干宝《晋书》曰:'嵇康,谯人。吕安,东平人,与阮籍、山涛及兄巽友善。康有潜遁之志,不能被褐怀宝,矜才而上人。安,巽庶弟,俊才,妻美。巽使妇人醉而幸之。丑恶发露,巽病之,告安谤己。巽于钟会有宠,太祖遂徙安边郡。遗书与康:昔李叟入关,及关而叹云云。太祖恶之,追收下狱。康理之,俱死。'"(向秀《思旧赋》注,《文选》卷十六)《赠秀才入军》五首,是寄赠其兄嵇喜的。原诗十九首,《文选》选录五首,实为六首,"良马既闲"与"携我好仇",二首合为一首。"良马既闲",写诗人想象其兄军中驰骋和田猎生活,思清骨峻,别开生面。"息徒兰圃",写其兄嵇喜休息的情景,"目送"四句,妙在象外,传诵千古。四言诗在曹操之后,唯嵇康能取得令人瞩目的成就。

建安以后,辞赋发生了新的变化,主要是题材扩大了,篇幅缩小了,抒情成分增多了,与汉代大赋有明显的不同。《文选》选录曹魏赋五篇。

祢衡的《鹦鹉赋》。祢衡初归黄祖，一次黄祖之子黄射大宴宾客，有人献上鹦鹉，射请祢衡作赋，衡作《鹦鹉赋》托物咏志。此赋名为咏物，实为抒情，是小赋中的名篇。

王粲的《登楼赋》。王粲避难荆州，依附刘表，不受重用。此赋写他怀才不遇，登楼观景而产生怀乡之情，是抒情小赋中的名篇。

曹植的《洛神赋》。此赋写人神恋爱的故事。诗人与洛神的恋爱，终因"人神道殊"而挥泪分别。赋中塑造了一个美丽动人的女性形象，极富艺术魅力。这是建安赋中的名篇。有人认为此赋所写为曹植与甄后的恋爱故事，但无根据，已为前人所驳正。

何晏的《景福殿赋》。此赋是何晏赋的代表作。太和六年（232）三月，魏明帝在许昌修景福殿，诏群臣赋之，诸赋中以何晏赋最有名。此赋有模仿《鲁灵光殿赋》的痕迹，二赋比较，此赋虽不如《灵光》之苍劲，而自具俊逸之特色。

嵇康的《琴赋》。这是描写音乐的大赋。赋中对琴的制作、弹奏、音响、效果等都作了详尽的描述。何焯曰："音乐诸赋，虽微妙古奥不一，而精当完密，神解入微，当以叔夜此作为冠。"（《重订文选集评》卷四）

曹魏之散文，《文选》选录三十余篇，主要有：

孔融的《荐祢衡表》、《论盛孝章书》。前文是向曹操推荐祢衡的表章，后文是向曹操推荐盛孝章的书信，皆写得"气扬采飞"（《文心雕龙·章表》）。

阮瑀的《为曹公作书与孙权》。这是代曹操写给孙权的信，旨在拆散吴、蜀同盟。张溥谓此书"文词英拔，见重魏朝"（《汉魏六朝百三家集·阮元瑜集题辞》）。

陈琳的《为袁绍檄豫州》。建安五年（200），袁绍率大军攻打曹操，命陈琳写了这篇讨曹檄文给刘备。刘勰谓其"壮有骨鲠"（《文心雕龙·檄移》），张溥谓此文"奋其怒气，词若江河"（《汉魏六朝百三家集·陈记室集题辞》）。

繁钦的《与魏文帝笺》。汉献帝时，都尉薛访有一名车夫，年仅十四而善于歌唱。繁钦此笺正函告其事。曹丕评此文曰："虽过其实，而其文甚丽。"（《文选》李善注引《文帝集序》）

曹丕的《与朝歌令吴质书》、《与吴质书》、《典论·论文》。《与朝歌令吴质书》是写给友人吴质的一封信，抒写友朋之情谊，或回忆往事，或悼念死者，或感物伤时，皆娓娓动人。《与吴质书》是写给吴质的又一封信，抒写往日与诸友相聚之乐和当前零落的忧伤，其中对建安诸子的评论，虽是信笔写来，颇能表达作者的文学见解，文章风格清新流畅，真切感人。《典论·论文》是中国文学理论批评史上著名的论文，文中提出文气说，体现了建安文学的时代精神，对后世文学理论和批评有深远的影响。

曹植的《求自试表》、《求通亲亲表》、《与杨德祖书》、《与吴季重书》。曹植备受曹丕、曹睿父子迫害，长期感到压抑。魏明帝太和二年（228），"植常自忿怨，抱利器而无所施，上疏求自试"（《三国志·魏书·陈思王植传》），希望为国建立功业。曹植上《求自试表》后，处境并无改变，太和五年（231）又上《求通亲亲表》，要求入朝，明帝仍未应允，在上此表的次年，他就在怨愤中死去了。刘勰说："陈思之表，独冠群才。"（《文心雕龙·章表》）以上二表，皆为表中佳作。《与杨德祖书》是写给好友杨修的一封信，信中论及建安诸子，并对文学评论发表了意见，实为文学论文。《与吴季重书》是写给好友吴质的一封信，信中叙及两人的友谊，抒发了自己的怀抱，写得恣肆而富于文采。以上二书和曹丕与吴质二书，皆为建安书信的名篇。

吴质的《答东阿王书》。这是写给曹植的一封复信。此文与东汉文不同,已渐渐重视隶事和翰藻了。

应璩的《与满公琰书》、《与侍郎曹长思书》。前文是写给满公琰的一封信,内容是谢绝赴约,语气委婉。后文是写给曹长思的信,倾诉自己的苦恼与怨恨。二信皆十分重视隶事、俳偶和辞藻。张溥说:"休琏书最多,俱秀绝时表。"(《汉魏六朝百三家集·应德琏休琏集题辞》)应璩的书信多,都是好文章。

李康的《运命论》。作者将国家的治乱,个人的穷达贵贱,皆委之命运,主张乐天知命,明哲保身。文章寄托了作者深沉的感慨,故李兆洛云:"奇气喷薄,要亦愤懑之言。"(《骈体文钞》卷二十)此文多用排句,富于气势,是曹魏散文的名篇。

曹囧的《六代论》。文章历述夏、殷、周、秦、汉、魏六代政治之得失,主张分封宗室子弟及贤臣,以维护王朝统治。此文颇有汉初文章之文风,故李兆洛谓其"一气奔放,尚是西汉之遗"(《骈体文钞》卷二十)。

嵇康的《与山巨源绝交书》、《养生论》。前文表示要与山涛断绝来往,实际上是与司马氏集团决裂。文章锋利洒脱,豪迈壮丽,是嵇康的代表作。后文论述养生道理。嵇文析理绵密,富于论辩色彩。刘师培说:"嵇文长于辩难,文如剥茧,无不尽之意。"(《中国中古文学史·魏晋文学之变迁·嵇阮之文》)颇能道出嵇文的特色。

蜀汉之散文,《文选》选录的有诸葛亮的《出师表》。蜀建兴五年(227),诸葛亮出师北伐,行前给后主刘禅写了这份奏表。这是传诵千古的名篇。陆游诗云:"《出师》一表真名世,千古谁堪伯仲间。"(《书愤》)

孙吴之散文,《文选》选录的有韦曜的《博弈论》。此文劝人及时建功立业,勿为博弈浪费时间。

(五)晋代(西晋 265—316,东晋 317—420)

西晋文学与建安、正始不同。作家较少反映社会现实,在艺术上追求辞藻的华美,形成了雕琢堆砌的风气。

西晋诗歌主要是五言诗,西晋初年著名诗人有傅玄和张华。

傅玄,《文选》选录其《杂诗》一首。此诗写愁人深夜不眠,于庭院散步的所见所闻,表现了对节候变化的感伤。诗风清俊。沈德潜说:"清俊是选体。故昭明独收此篇。"(《古诗源》卷七)

张华,《文选》选录其诗六首。他的《情诗》二首,第一首写深闺思妇想念远方征人。第二首写远方征人思念家中妻子。沈德潜说:"秾丽之作,油然入人。"(同上)皆为张华诗中的佳作。

太康时期是西晋诗歌的盛世。钟嵘说:"太康中,三张、二陆、两潘、一左,勃尔复兴,踵武前王,风流未沫,亦文章之中兴也。"(《诗品序》)于此可见太康诗歌之盛况。

"三张"指张载与其弟张协、张亢。张载,《文选》选录其诗三首。张载诗之成就不如文。《七哀诗》(其一)写汉陵被盗,丘墓荒凉,寄托了人世变迁的感慨,是较好的作品。张协,《文选》选录其诗十一首。《杂诗》十首是张协的代表作。第一首写妻子思念远方的丈夫,遣词锤炼,声韵讲究,是五言诗中的佳作。钟嵘把他的诗列入"上品",评曰:"词采葱蒨,音韵铿锵,使人味之,亹亹不倦。"是恰当的。张亢诗,《文选》未选。

"二陆"指陆机与其弟陆云。陆机,《文选》选录其诗五十二首。他的《赴洛道中作》二首,写于赴洛阳途中,描写途中所见所感,是陆机诗中的佳作。钟嵘把他的诗列入"上品",称他为"太康之英",评价很高。但是,陆诗有内容空虚、追求辞藻华丽和对偶工整的毛病。陆云,《文选》选录其诗五首。他的《为顾彦先赠妇》二首,是妻子对远方丈夫的答诗,表达心中的顾虑与企盼。《文选》李善注云:"此二篇并是妇答,而云赠妇,误也。"这是陆云较好的诗篇。

"两潘"指潘岳与其侄潘尼。潘岳,《文选》选录其诗十首。他的《悼亡诗》三首,是悼念亡妻杨氏的诗作,是悼亡诗中的名篇,尤其第一首更是传诵千古。前人多以潘、陆并称。钟嵘把他的诗列入"上品",引谢混语曰:"潘诗烂若舒锦,无处不佳;陆文如披沙简金,往往见宝。"潘尼,《文选》选录其诗五首,《迎大驾》是较好的一首,抒写作者忧时伤世的感情。

"一左"指左思。《文选》选录其诗十一首。《咏史》八首是左思诗的代表作。这组组诗抒写诗人的雄心壮志和对门阀制度的不满,但是壮志难酬,他只好做一个安贫知足的"达士",表现了封建社会中怀才不遇的知识分子的不平之鸣。钟嵘列左思诗于"上品",刘勰说他"拔萃于《咏史》"(《文心雕龙·才略》),皆给予很高的评价。

西晋末年有永嘉文学。钟嵘说:"永嘉时,贵黄老,稍尚虚谈,于时篇什,理过其辞,淡乎寡味。……先是郭景纯用俊上之才,变创其体;刘越石仗清刚之气,赞成厥美。然彼众我寡,未能动俗。"(《诗品序》)永嘉时期的杰出诗人是刘琨与郭璞。

刘琨,《文选》选录其诗三首。《扶风歌》是永嘉元年(307)刘琨由洛阳赴并州治所晋阳(今山西太原)任并州刺史途中所作。诗中写出诗人抗敌救国的艰苦情况,抒发了深沉的爱国情感,慷慨悲凉,是晋代诗中的名篇。《重赠卢谌》作于晋元帝大兴元年(318),时作者在拘禁之中,希望卢谌解救自己,流露出夕阳西沉、功业未建的悲哀,亦为刘琨诗中的名篇。

郭璞，《文选》选录其《游仙诗》七首。郭璞的《游仙诗》，借游仙以咏怀，表现了对现实的不满。在玄言诗风演变中，他获得较高的成就，被钟嵘称为"中兴第一"（《诗品》卷中）。

东晋玄言诗盛行。这时的大诗人是陶渊明。

陶渊明，《文选》选录其诗八首。《杂诗》二首，《陶渊明集》归入《饮酒》二十首。其一"结庐在人境"，写诗人的田园生活和闲适恬静的心境，这是陶诗中最著名的诗篇。《读山海经》，陶集中共有十三首，这是第一首，写诗人在耕种之余读书的乐趣，赞美了隐居生活，也是陶诗中的名篇。萧统对陶渊明比较重视，他编有《陶渊明集》，撰有《陶渊明传》、《陶渊明集序》。《文选》选录陶诗较少，是受了《文选》选录标准的限制。

此外，《文选》还选录了应贞、枣据、傅咸、孙楚、何劭、石崇、司马彪、曹摅、王讚、欧阳建、郭泰机、卢谌、束皙、张翰、殷仲文、谢混、王康琚等人的诗作。其中孙楚的《征西官属送于陟阳候作诗》、石崇的《王明君辞》、曹摅的《感旧诗》、王讚的《杂诗》、欧阳建的《临终诗》、郭泰机的《答傅咸》、卢谌的《时兴》等，都是较好的诗篇。

晋代辞赋颇为重要，《文选》选录十七篇。

成公绥的《啸赋》。此赋描写啸的特点与作用，是成公绥的代表作。

向秀的《思旧赋》。这是一篇著名的抒情小赋。嵇康、吕安遇害后，向秀凭吊遗迹，回忆往事，心中不胜悲愤，而政治环境险恶，难以明言，就写了这篇小赋来悼念死者。

潘岳的赋。《文选》于晋代唯潘岳的赋选录最多，共八篇。其中《秋兴赋》、《闲居赋》、《寡妇赋》、《西征赋》、《怀旧赋》皆为佳作。《秋兴赋》写于晋武帝咸宁四年（278），这一年潘岳三十二岁。潘岳热衷名利，自负其才，而又郁郁不得志，于是想归隐田园，此赋中流露出悲秋之情,是潘岳赋中的名篇。《闲居赋》大约作于晋惠帝元康六年(296)潘岳五十岁时,《晋书》本传说他"仕宦不达,乃作《闲居赋》",此乃自伤仕宦不遇,也是潘岳赋中的名篇。《西征赋》是魏晋时期的著名大赋,《文选》李善注引臧荣绪《晋书》曰:"岳为长安令,作《西征赋》,述行历,论所经人物山水也。"但是,赋中也寄寓了他对国事的忧愁和对现实的不满。刘勰说潘岳"钟美于《西征》"(《文心雕龙·才略》),自是的评。

陆机的赋。《文选》选录陆机赋两篇。《文赋》是文学理论批评史上第一篇完整的文学创作论。对后世理论批评和创作有很大影响,是赋中的名篇。

左思的《三都赋》。这是魏晋大赋的代表作。《蜀都赋》写西蜀公子向东吴王孙介绍蜀国的山川形胜、都城、宴饮、田猎、舟游等。《吴都赋》写吴国的开国和地理环境、物产、都城以及打猎、宴飨、人物等。《魏都赋》写魏国的自然形势、国家建立、宫殿建筑、城郊景色、城内街衢、文治武功以及宴飨、音乐、典礼、祥瑞等。三赋皆结构宏大,词汇丰富,与汉代大赋无明显差别。作者在赋中表达了渴望国家统一的理想,值得我们珍视。

此外,木华的《海赋》,描写大海气势雄伟,风格独特。郭璞的《江赋》,描写大江气势磅礴,壮丽多姿。二赋皆为歌咏江、海赋的名篇。孙绰的《天台山赋》,描写天台山的秀丽景色,唯赋中夹杂玄学、佛理,不免影响所描写的山水之美。

最后要提到的是陶渊明的《归去来》。此赋是晋安帝义熙元年(405)陶渊明四十一岁时写的,据《晋书》本传记载,此时渊明不愿为五斗米折腰,辞去彭泽令而回归田园。赋中写回归田园的乐趣,表达了乐天知命、顺乎自然的思想,是历代传诵的名篇。

晋代散文颇有成就,受玄学影响,"精名理,善论难"(刘师培

《中国中古文学史·魏晋文学之变迁》)。《文选》选录三十三篇。

潘岳,擅长哀诔之文。《文选》选录其文五篇。《马汧督诔》是一篇著名的诔文,《文选》李善注引臧荣绪《晋书》说:"汧督马敦,立功孤城,为州司所枉,死于囹圄,岳诔之。"文章悼念的是一个爱国志士。《哀永逝文》为哀悼其妻杨氏而作,此种文字,以哀情动人,读之催人泪下。此文流传颇广,亦为名篇。

陆机,西晋文学以潘、陆为首。《文选》选录其文七篇(《演连珠》以一篇计)。《豪士赋序》,《晋书》本传说:"冏既矜功自伐,受爵不让。机恶之,作《豪士赋》以刺焉。"此赋是讽刺齐王司马冏的,序甚出色,而赋实平庸。《文选》录序而弃赋,颇具眼光。《吊魏武帝文并序》,序文巧妙,吊词繁芜,然以情动人,为吊文中的名篇。《辩亡论》分析三国时吴国的兴亡成败,文辞壮丽,富于气势,是晋代论文中的佳作。

此外,张载的《剑阁铭》是著名的铭文,为历来所传诵。太康初,张载赴蜀探望父亲,道经剑阁,剑阁险要,蜀人好恃险作乱,张载作《剑阁铭》以告诫蜀人。李密的《陈情表》写对祖母的孝敬,情辞恳切感人。这是晋代散文中极为著名的作品。

(六)南朝(宋 420—479,齐 479—502,梁 503—557)

南朝指宋、齐、梁、陈四朝。因为《文选》选录的作品至梁武帝普通七年(526)止,所以我们的论述亦止于此年。

南朝文学,作家作品众多,艺术技巧日趋成熟,是承上启下的重要时期。

1.宋代。

宋文帝元嘉时,文坛上有三大家,即谢灵运、颜延之和鲍照。他们的诗歌都有突出的成就。

谢灵运开创山水诗的先河,《文选》选录其诗四十首。《登池上楼》先写对官场失意的不满,次写登楼所见园中景色,最后委婉地表达归隐的想法,是谢灵运诗的代表作。《游南亭》纪南亭之游,始写雨过天晴之黄昏景色,继写远眺郊野之景色,终写因老病而有归隐之志。南亭之游,似在登池上楼之后。《登江中孤屿》描绘江中孤屿的秀媚景色,诗人陶醉其中,遗世之情油然而生。《石壁精舍还湖中作》先写石壁景色,后写湖中所见晚景,末了以咏叹作结。《文选》所选多为山水诗,亦多为山水诗中的佳作。

颜延之,《文选》选录其诗二十一首。《五君咏》分咏阮籍、嵇康、刘伶、阮咸、向秀五人,借史以咏怀,表现了诗人的人品与性格,是颜延之诗的代表作。《秋胡诗》叙述秋胡戏妻的故事,亦为延之诗中的佳作。元嘉时颜、谢并称,可见颜延之在当时的地位,因此《文选》选录的亦较多。从今天看来,颜诗雕琢过甚,较谢、鲍之自然实为逊色。

鲍照是宋代杰出的诗人,然"其才秀人微,故取湮当代"(《诗品》卷中)。《文选》选录其诗十八首。《东武吟》写老兵自述少壮辞家征战,暮年废弃归田的困苦遭遇,流露了怨恨之情。《出自蓟北门行》写北方边警,朝廷调兵,将士们向边境挺进,表示了誓死卫国的决心。二诗沉郁悲凉,慷慨任气,是鲍照诗中的佳作。《玩月城西门廨中》是赏月诗,诗风俊逸,在鲍照诗中别具一格,"归华先委露,别叶早辞风"二句,写月下残花败叶,煞是传神。

宋代辞赋,《文选》选录五篇。谢惠连《雪赋》是咏雪赋的名篇,作者虚构西汉梁孝王宴请邹阳、枚乘和司马相如,三人依次咏雪,文辞华美,描绘传神,极尽其妙。颜延之《赭白马赋》是应诏之作,赞颂赭白马,但寓有讽谏之意。谢庄《月赋》模仿《雪赋》,是咏月赋的佳作,作者假托王粲咏月,描绘深秋月夜景色,凄清寂寥,令人神伤。鲍照《芜城赋》是脍炙人口的抒情小赋,赋中写广陵之盛衰,使人有黍离之悲、兴亡之感。《舞鹤赋》描写鹤的飞舞之姿,辞藻华美,形象生动。

宋代散文,《文选》选录十八篇。傅亮文,《文选》选录四篇。《为宋公至洛阳谒五陵表》是为刘裕写的奏表,记述刘裕到洛阳拜谒五陵的情景,是较好的作品。谢惠连《祭古冢文》是为改葬东府城北巉中一座古墓而撰写的祭文,文字简练,较有情致。范晔是史学家,《文选》选录其文六篇。范晔对《后汉书》中的序论颇为自负,《逸民传论》选自《后汉书·逸民列传》,逸民指遁世隐居之人,范晔为他们立传并予以赞颂,何焯谓"此篇抑扬反复,殊有雅思"(《义门读书记》卷四十九)。颜延之文,《文选》选录五篇。《三月三日曲水诗序》写于元嘉十一年,此年三月三日宋文帝与群臣宴饮于建康乐游苑,文帝命群臣赋诗,命颜延之为序。此序采藻华丽,风格典雅,颇能体现颜文的特色。《陶征士诔》是悼念挚友陶渊明的文章,富于感情,是诔文中的佳作。

2.齐代。

齐代诗歌,《文选》选录二十三首。当时有所谓"永明体",代表诗人是谢朓。谢朓诗清俊秀丽,颇多佳作,《文选》选录其诗二十一首,主要为山水诗。《晚登三山还望京邑》写诗人傍晚登上三山,眺望京城与大江,引起怀乡之思。诗中"澄江静如练"是千古名句,李白诗有"解道澄江静如练,令人长忆谢玄晖"(《金陵城西楼月下吟》)。《暂使下都夜发新林至京邑赠西府同僚》是谢朓返回都城途中寄给荆州随王府同僚的诗作,起句"大江流日夜,客心悲未央",浩浩荡荡,气势不凡。《之宣城出新林浦向板桥》是诗人赴宣城太守任途中所作,描绘江上所见景色,表达了喜得外任、全身远害的心情。《游东田》写夏日景物,清新自然,"鱼戏新荷动,鸟散余花落"是写景名句,历来为人们所喜爱。小谢诗清俊秀丽,颇多佳作。

齐代散文,《文选》选录十五篇。孔稚珪《北山移文》揭露假隐士,是一篇著名的讽刺文章,《文选》六臣注吕向说是讥刺齐周颙的,但于史无征。王俭《褚渊碑文》是历来传诵的名篇,褚渊是宋、齐两代的重臣,碑文历述褚渊生平事迹,骈四俪六,辞采富赡,颇有齐梁文的特色。王融《三月三日曲水诗序》是名噪一时的作品,张溥说:"齐世祖禊饮芳林,使王元长为《曲水诗序》,有名当世。"(《汉魏六朝百三家集·王宁朔集题辞》)文中歌功颂德,辞多骈俪,亦齐梁之文也。谢朓《拜中军记室辞随王笺》是作者奉命还都,在辞别随王萧子隆时写的一封信。张溥说:"(谢朓)集中文字,亦唯文学辞笺、西府赠诗,两篇独绝。盖中情深者,为言益工也。"(《汉魏六朝百三家集·谢宣城集题辞》)这是文情并茂的佳作。

3.梁代。

梁代诗文虽多侈艳之作,然而亦不乏清丽秀逸的篇章。

梁代诗歌,《文选》选录五十五首。沈约诗,《文选》选录十三首。《别范安成诗》是离别范岫时的赠诗,范岫曾于齐时任安成内史,故称范安成。此诗写暮年离别的悲伤,是千古传诵之作。《新安江水至清浅深见底贻京邑游好》作于齐隆昌元年(494)出任东阳太守的途中,诗中描写沿途所见新安江的清丽景色,抒发了远离尘嚣的愉快心情。《早发定山》与上诗作于同时,是路过定山时所作,写定山奇秀的峰壑草木,色彩绚丽。二诗皆为沈约诗中的佳作。江淹诗,《文选》选录三十二首。其《杂体诗三十首》全部入选。钟嵘说他"诗体总杂,善于模拟",指的就是这些诗。《杂体诗三十首》模拟汉至刘宋三十位诗人的诗作,颇能表现这些诗人诗作的内容与风格。受到评论家的重视。

梁代辞赋，《文选》选录江淹《恨赋》、《别赋》两篇。这是江淹辞赋的代表作，也是南朝抒情小赋的名篇。《恨赋》描写各种恨事，《别赋》描写各种离别，皆文辞清丽明畅、风格慷慨悲凉，历来广为传诵的名篇。浦铣《复小斋赋话》说："江光禄《恨》、《别》二赋，千秋绝调。"鲍星桂《赋格》说，《恨》、《别》二赋"炳绣凄弦，每诵一过，辄令人回肠荡气"，都给予很高的评价。

梁代散文，《文选》选录三十一篇。任昉，当时就有"任笔沈诗"之说，《南史·沈约传》亦谓"任彦昇工于笔"。任昉文多为令、表、序、行状、笺、启、弹事等应用文，《文选》选录其文最多，达十九篇。其中《奏弹曹景宗》、《奏弹刘整》为广泛传诵的名篇。前文是弹劾郢州刺史曹景宗的，孙鑛谓其"叙事明核，议论精笃，排体中绝不易得。"（《重订文选集评》卷九引）后文是弹劾刘整的，刘整"历位持节，都督交、广、越三州"（李善注《文选》卷四十），此文雅俗合璧，最为奇特。沈约文，《文选》选录四篇。《宋书·谢灵运传论》是优秀的文学批评论文，在中国文学理论批评史上占有重要的位置，也是骈文作品中的上品。《恩幸传论》认为君子、小人之分，在于行道与否，不在门第。文中对门阀政治的弊端有较深刻的剖析，以沈约之士族出身，能具此识见，当属难能可贵。张溥说："休文大手，史书居长。"（《汉魏六朝百三家集·沈隐侯集题辞》）是颇为中肯的。丘迟《与陈伯之书》是奉临川王萧宏之命写给陈伯之的信，信中劝陈伯之归降梁朝，陈伯之见信后，率部八千归降。此信义正词严，而出之委婉屈曲，是千古传诵的名作。刘峻《辩命论》以人世间一切均受命运主宰，借此寄托自己的怀抱，这与他为梁武帝所忌，不被重用有关。《广绝交论》讥刺当时世态炎凉，人情浇薄。这是有感于任昉生前广交朋友、奖掖后进，死后其子穷困、无人收恤而发。刘峻善于持论，其论文有很强的说服力。以上二论，皆为论文中的名篇。陆倕《石阙铭》、《新刻漏铭》二铭,是奉敕之作,为梁武帝所赞赏,虽是歌功颂德,然当时亦视为佳作。最后要提到王巾的《头陀寺碑文》,此碑被钱锺书先生称为是"妥适莹洁"的佳作,值得注意。

应该指出,《文选》也选入了一些伪作,如司马相如的《长门赋》、李陵的《答苏武书》、孔安国的《尚书序》等,虽皆为佳作,终令人感到美中不足。

附:按时代顺序排列之《文选》目录

兹参考清汪师韩的《文选理学权舆》和骆鸿凯的《文选学》,将《文选》所选之文,按时代顺序排列如下:
【周】
　卜　商:毛诗序
　屈　原:离骚经　九歌六首　九章一首　卜居　渔父
　宋　玉:风赋　高唐赋　神女赋　登徒子好色赋　九辩五首　招魂　对楚王问
　荆　轲:歌一首
【秦】
　李　斯:上秦始皇书
【汉】
　无名氏:古乐府三首　古诗十九首
　汉高祖刘邦:歌一首
　汉武帝刘彻:诏一首　贤良诏　秋风辞
　贾　谊:鵩鸟赋　过秦论　吊屈原文
　淮南小山:招隐士
　韦　孟:讽谏诗
　枚　乘:七发八首　上书谏吴王　上书重谏吴王

邹　阳：上书吴王　狱中上书自明

司马相如：子虚赋　上林赋　长门赋　上书谏猎　喻巴蜀檄　难蜀父老　封禅文

东方朔：答客难　非有先生论

司马迁：报任少卿书

李　陵：与苏武诗三首　答苏武书

苏　武：诗四首

孔安国：尚书序

杨　恽：报孙会宗书

王　褒：洞箫赋　圣主得贤臣颂　四子讲德论

扬　雄：甘泉赋　羽猎赋　长杨赋　解嘲　赵充国颂　剧秦美新

刘　歆：移书让太常博士

班婕妤：怨歌行

【后汉】

班　彪：北征赋　王命论

朱　浮：为幽州牧与彭宠书

班　固：两都赋　幽通赋　答宾戏　典引　公孙弘传赞　述高纪第一　述成纪第十　述韩英彭卢吴传第四　封燕然山铭

傅　毅：舞赋

张　衡：西京赋　东京赋　南都赋　思玄赋　归田赋　四愁诗四首

崔　瑗：座右铭

马　融：长笛赋

史　岑：出师颂

王延寿：鲁灵光殿赋

蔡　邕：郭有道碑文　陈太丘碑文

曹大家：东征赋

【三国】

魏

孔　融：荐祢衡表　与曹公论盛孝章书
祢　衡：鹦鹉赋
潘　勖：册魏公九锡文
阮　瑀：为曹公作书与孙权
刘　桢：公宴诗　赠五官中郎将四首　赠徐幹　赠从弟三首　杂诗
陈　琳：答东阿王笺　为曹洪与魏文帝书　为袁绍檄豫州　檄吴将校部曲文
应　玚：侍五官中郎将建章台集诗
杨　修：答临淄侯笺
王　粲：登楼赋　公宴诗　咏史诗　七哀诗二首　赠蔡子笃　赠士孙文始　赠文叔良　从军诗五首　杂诗
繁　钦：与魏文帝笺
魏武帝曹操：短歌行　苦寒行
魏文帝曹丕：芙蓉池作　燕歌行　善哉行　杂诗　与朝歌令吴质书　与吴质书　与钟大理书　典论·论文
曹　植：洛神赋　上责躬应诏诗表　责躬诗　应诏诗　公宴诗　送应氏诗二首　三良诗　七哀诗　赠徐幹　赠丁仪　赠王粲　又赠丁仪王粲　赠白马王彪　赠丁翼　箜篌引　美女篇　白马篇　名都篇　朔风篇　杂诗六首　情诗　七启八首　求自试表　求通亲亲表　与杨德祖书　与吴季重书　王仲宣诔
吴　质：答魏太子笺　在元城与魏太子笺　答东阿王书
缪　袭：挽歌
应　璩：百一诗　与满公琰书　与侍郎曹长思书　与广川长岑文瑜书　与从弟君苗君胄书
李　康：运命论
曹　冏：六代论
何　晏：景福殿赋
嵇　康：琴赋　幽愤诗　赠秀才入军五首　杂诗　与山巨源绝交书　养

　　　　　生论

阮　籍:咏怀诗十七首　为郑冲劝晋王笺　诣蒋公

钟　会:檄蜀文

蜀

诸葛亮:出师表

吴

韦　昭:博弈论

【晋】

应　贞:晋武帝华林园集诗

傅　玄:杂诗

羊　祜:让开府表

皇甫谧:三都赋序

赵　至:与嵇茂齐书

杜　预:春秋经传集解序

枣　据:杂诗

成公绥:啸赋

向　秀:思旧赋

刘　伶:酒德颂

夏侯湛:东方朔画像赞

傅　咸:赠何劭王济

孙　楚:征西官属送于陟阳候作诗　为石仲容与孙皓书

张　华:鹪鹩赋　励志赋　答何劭二首　杂诗　情诗二首　女史箴

潘　岳:藉田赋　射雉赋　西征赋　秋兴赋　闲居赋　怀旧赋　寡妇赋
　　　　笙赋　关中诗　金谷集作诗　悼亡诗三首　为贾谧作赠陆机
　　　　河阳县作二首　在怀县作二首　杨荆州诔　杨仲武诔　夏侯常
　　　　侍诔　马汧督诔　哀永逝文

何　劭:游仙诗　赠张华　杂诗

石　崇:王明君辞　思归引序

张　载：七哀诗二首　拟四愁诗　剑阁铭
陆　机：叹逝赋　文赋　皇太子宴玄圃宣猷堂有令赋诗　招隐诗　赠冯文罴迁斥丘令诗　答贾长渊　于承明作与士龙　赠尚书郎顾彦先二首　赠顾交阯公真　赠从兄车骑　答张士然诗　为顾彦先赠妇二首　赠冯文罴　又赠士龙　赴洛二首　赴洛道中作二首　为吴王郎中时从梁陈作　猛虎行　君子行　从军行　豫章行　苦寒行　饮马长城窟行　门有车马客行　君子有所思行　齐讴行　长安有狭邪行　长歌行　悲哉行　吴趋行　短歌行　日出东南隅行　前缓声歌　塘上行　挽歌行三首　园葵诗　拟古诗十二首　谢平原内史表　豪士赋序　汉高祖功臣颂　辩亡论　五等论　演连珠五十首　吊魏武帝文
陆　云：大将军宴会被命作诗　为顾彦先赠妇二首　答兄机　答张士然
司马彪：赠山涛
张　协：咏史　杂诗十首　七命八首
潘　尼：赠陆机出为吴王郎中令　赠河阳　赠侍御史王元贶　迎大驾
左　思：三都赋序　蜀都赋　吴都赋　魏都赋　咏史八首　招隐诗二首　杂诗
张　悛：为吴令谢询求为诸孙置守冢人表
李　密：陈情表
曹　摅：思友人诗　感旧诗
王　讚：杂诗
欧阳建：临终诗
郭泰机：答傅咸
木　华：海赋
刘　琨：答卢谌诗　重赠卢谌　扶风歌　劝进表
郭　璞：江赋　游仙诗七首
庾　亮：让中书令表
卢　谌：览古　赠刘琨　赠崔温　答魏子悌　时兴

袁　宏:三国名臣序赞
干　宝:晋纪论晋武帝革命　晋纪总论
桓　温:荐谯元彦表
孙　绰:天台山赋
束　皙:补亡诗六首
张　翰:杂诗
殷仲文:南州桓公九井作　解尚书表
谢　混:游西池
王康琚:反招隐诗
陶渊明:始作镇军参军经曲阿作　辛丑岁七月赴假还江陵夜行涂口挽歌诗　杂诗二首　咏贫士诗　读山海经诗　拟古诗　归去来

【南朝】
宋
傅　亮:为宋公修张良庙教　为宋公修楚元王墓教　为宋公至洛阳谒五陵表　为宋公求加赠刘前军表
颜延之:赭白马赋　应诏宴曲水作诗　皇太子释奠会作诗　秋胡诗　五君咏五首　应诏观北湖田收　车驾幸京口侍游蒜山作　车驾幸京口三月三日侍游曲阿后湖作　拜陵庙作　赠王太常　夏夜呈从兄散骑车长沙　直东宫答郑尚书　和谢监灵运　北使洛　还至梁城作　始安郡还都与张湘州登巴陵城楼作　宋郊祀歌二首　三月三日曲水诗序　阳给事诔　陶征士诔　宋文皇帝元皇后哀策文　祭屈原文
谢灵运:述祖德诗二首　九日从宋公戏马台集送孔令诗　邻里相送方山诗　从游京口北固应诏　晚出西射堂　登池上楼　游南亭　游赤石进帆海　石壁精舍还湖中作　登石门最高顶　于南山往北山经湖中瞻眺　从斤竹涧越岭溪行　庐陵王墓下作　还旧园作见颜范二中书　登临海峤初发彊中作与从弟惠连见羊何共和之　酬从弟惠连　永初三年七月十六日之郡初发都　过始宁墅　富春渚　七

　　　　里濑　登江中孤屿　初去郡　初发石首城　道路忆山中　入彭蠡
　　　　湖口　入华子冈是麻源第三谷　会吟行　南楼中望所迟客　田南
　　　　树园激流植援　斋中读书　石门新营所住四面高山回溪石濑修竹
　　　　茂林诗　拟魏太子邺中集诗八首
　谢　瞻：九日从宋公戏马台集送孔令诗　王抚军庾西阳集别时为豫章太守
　　　　庾被征还东　张子房诗　答灵运　于安城答灵运
　谢惠连：雪赋　泛湖出楼中玩月　秋怀　西陵遇风献康乐　七月七日夜咏
　　　　牛女　捣衣　祭古冢文
　范　晔：乐游应诏诗　后汉书皇后纪论　后汉书二十八将传论　宦者传
　　　　论　逸民传论　后汉书光武纪赞
　袁　淑：效白马篇　效古
　谢　庄：月赋　宋孝武宣贵妃诔
　鲍　照：芜城赋　舞鹤赋　咏史　行药至城东桥　还都道中作　东武吟
　　　　出自蓟北门行　结客少年场行　东门行　苦热行　白头吟　放歌
　　　　行　升天行　数诗　玩月城西门廨中　拟古三首　学刘公幹体
　　　　代君子有所思
　刘　铄：拟古二首
　王僧达：答颜延年　和琅邪王依古　祭颜光禄文
　王　微：杂诗
齐
　王　俭：褚渊碑文
　王　融：永明九年策秀才文五首　永明十一年策秀才文五首　三月三日曲
　　　　水诗序
　谢　朓：新亭渚别范零陵诗　游东田　同谢谘议铜雀台诗　郡内高斋闲坐
　　　　答吕法曹　在郡卧病呈沈尚书　暂使下都夜发新林至京邑赠西府
　　　　同僚　酬王晋安　之宣城出新林浦向板桥　敬亭山诗　休沐重还
　　　　道中　晚登三山还望京邑　京路夜发　鼓吹曲　始出尚书省　直
　　　　中书省　观朝雨　郡内登望　和伏武昌登孙权故城　和王著作八

公山　和徐都曹　和王主簿怨情　拜中军记室辞随王笺　齐敬皇后哀策文

陆　厥：奉答内兄希叔　中山王孺子妾歌

孔稚珪：北山移文

梁

范　云：赠张徐州稷　古意赠王中书　效古

江　淹：恨赋　别赋　从冠军建平王登庐山香炉峰　望荆山　杂体诗三十首　诣建平王上书

任　昉：出郡传舍哭范仆射　赠郭桐庐出溪口见候余既未至郭仍进村维舟久之郭生方至　宣德皇后令　天监三年策秀才文三首　为齐明帝让宣城郡公第一表　为范尚书让吏部封侯第一表　为萧扬州荐士表　为褚谘议蓁让代兄袭封表　为范始兴作求立太宰碑表　奉答敕示七夕诗启　为卞彬谢修卞贞忠墓启　启萧太傅固辞夺礼　奏弹曹景宗　奏弹刘整　到大司马记室笺　百辟劝进今上笺　王文宪集序　刘先生夫人墓志　齐竟陵文宣王行状

丘　迟：侍宴乐游苑送张徐州应诏诗　旦发鱼浦潭　与陈伯之书

沈　约：应诏乐游饯吕僧珍诗　别范安成诗　钟山诗应西阳王教　宿东园　游沈道士馆　早发定山　新安江水至清浅深见底贻京邑游好　和谢宣城　应王中丞思远咏月　冬节后至丞相第诣世子车中　学省愁卧　咏湖中雁　三月三日率尔成篇　奏弹王源　宋书谢灵运传论　恩幸传论　齐故安陆昭王碑文

王　巾：头陀寺碑文

虞　羲：咏霍将军北伐

刘　峻：重答刘秣陵沼书　辩命论　广绝交论

陆　倕：石阙铭　新刻漏铭

徐　悱：古意酬到长史溉登琅邪城

六、《文选》研究述略

《文选》是现存最早的古代诗文总集,它的主编为昭明太子萧统。萧统的传记见《梁书》卷八、《南史》卷五十三。萧统的年谱有:

1.《梁昭明太子年谱》,附《昭明太子世系表》,周贞亮编。见《文哲季刊》第二卷第一号,1931年出版。

2.《昭明太子年谱》一卷,附录一卷,胡宗懋编。1932年胡氏梦选楼刊本。

3.《萧统年表》,何融编。见《文选编撰时期及编者考略》,《国文月刊》七十六期,1949年2月出版。

萧统的著作,据《梁书》本传云:

> 所著文集(即《昭明太子集》)二十卷;又撰古今典诰文言,为《正序》十卷;五言诗之善者,为《文章英华》二十卷;《文选》三十卷。

《昭明太子集》,《隋书·经籍志》、《旧唐书·经籍志》、《新唐书·艺文志》皆著录二十卷,《宋史·艺文志》著录为五卷,宋以后散失,今存《昭明太子集》系明人辑本。现在常见的有:张溥辑《汉魏六朝百三家集》本、丁福保辑《汉魏六朝名家集初刻》本、《四部丛刊》本、《四部备要》本。《正序》十卷,《隋书·经籍志》已不见著录,早已散失。《文章英华》二十卷,《隋书·经籍志》著录为三十卷,但注明"亡",说明隋代已散失。另有《古今诗苑英华》(见萧统

《答湘东王求文集及诗苑英华书》),《隋书·经籍志》著录十九卷,《旧唐书·经籍志》、《新唐书·艺文志》皆著录二十卷,宋以后散失。《文选》原为三十卷,李善注后析为六十卷,今存。

《昭明太子集》乃刘孝绰所编。《梁书·刘孝绰传》云:

> 时昭明太子好士爱文,孝绰与陈郡殷芸、吴郡陆倕、琅邪王筠、彭城到洽等,同见宾礼。太子起乐贤堂,乃使画工先图孝绰焉。太子文章繁富,群才咸欲撰录,太子独使孝绰集而序之。

正说明了这一事实。又刘孝绰《昭明太子集序》云:"粤我大梁之二十一载……"可见此集编于梁武帝普通三年(522)。《四库全书总目提要·昭明太子集》云:

> 案《梁书》本传,称统有集二十卷。《隋书·经籍志》、《唐书·艺文志》并同。《宋史·艺文志》仅载五卷,已非其旧。《文献通考》不著录,则宋末已佚矣。此本为明嘉兴叶绍泰所刊。凡诗赋一卷,杂文五卷。赋每篇不过数句,盖自类书采掇而成,皆非完本。诗中《拟古》第二首,《林下作伎》一首,《照流看落钗》一首,《美人晨妆》一首,《名士悦倾城》一首,皆梁简文帝诗,见于《玉台新咏》。其书为徐陵奉简文之令而作,不容有误。当由书中称简文帝为皇太子,辗转稗贩,故误作昭明。又《锦带书十二月启》亦不类齐梁文体。其《姑洗三月启》中有"啼莺出谷,争传求友之声"句,考唐人《试莺出谷诗》,李绰尚书故实,讥其事无所出,使昭明先有此启,绰岂不见乎?是亦作伪之明证也。张溥《百三家集》中亦有统集,以两本互校,此本《七召》一篇,《与东宫官属令》一篇,《谢赍涅槃经讲疏启》一篇,《谢敕赍铜造善觉寺塔露盘启》一篇,谢

"赉魏国锦"、"赉广州"、"赉城边橘"、"赉河南菜"、"赉大菘"启五篇,《与刘孝仪》、《与张缵》、《与晋安王论张新安》书三篇,《驳举乐议》一篇,皆溥本所无。溥本《与明山宾令》一篇,《议东宫礼绝旁亲令》一篇,《谢敕铸慈觉寺钟启》一篇,亦此本所无。然则是二本者,皆明人所掇拾耳。

这些论述颇可参考。

《文选》是中国古代文学史上影响最大的一部诗文总集。《文选》的研究始于隋代。隋代有萧该著《文选音义》(《隋书·经籍志》作《文选音》三卷,《旧唐书·经籍志》、《新唐书·艺文志》皆作《文选音义》十卷),早已散失。萧该之父乃梁鄱阳王萧恢之子,恢为梁武帝萧衍之弟,则该为萧统之侄。

萧该之后,隋唐间以选学著名的有曹宪,著《文选音义》,颇为当时所重,但久已散失。曹宪曾任隋代秘书学士,精通文字方面的书籍,唐太宗征他为弘文馆学士,以年老不仕,乃遣使就家拜朝散大夫。唐太宗曾碰上字书查不到的难字,就写下来问曹宪,曹宪告诉他字的读音含义,清清楚楚,使唐太宗甚感奇异。

曹宪以后,有许淹、公孙罗和李善等人传授《文选》。许淹有《文选音》十卷,已亡佚。公孙罗有《文选注》六十卷、《文选音》十卷,亦已亡佚,仅可于日本京都帝国大学文学部影印唐钞本《文选集注》中窥其部分内容。李善注《文选》六十卷,集当时选学之大成,最为流行。当时尚有魏模及其子景倩,亦传授《文选》,然无著作流传。

对于李善注《文选》,《四库全书总目提要·文选注》云:

案《文选》旧本三十卷,梁昭明太子萧统撰。唐文林郎守太子右内率府录事参军事崇贤馆直学士江都李善为之注,始每卷各分为二。《新唐书·李邕传》称,其父善始注《文选》,释事而忘义,书成以问邕,邕意欲有所更,善因令补益之,邕乃附事见义,故两书并行。今本事义兼释,似为邕所改定。然《传》称善注《文选》在显庆中,与今本所载进表题显庆三年者合。而《旧唐书》邕传称,天宝五载,坐柳勣事杖杀,年七十余。上距显庆三年凡八十九年,是时邕尚未生,安得有助善注书之事?且自天宝五载,上推七十余年,当在高宗总章、咸亨间,而旧书称善《文选》之学受之曹宪,计在隋末,年已弱冠,至生邕之时,当七十余岁,亦决无伏生之寿,待其长而著书。考李匡乂《资暇录》曰:李氏《文选》,有初注成者,有覆注,有三注、四注者,当时旋被传写。其绝笔之本,皆释音训义,注解甚多。是善之定本,本事义兼释,不由于邕。匡乂唐人,时代相近,其言当必有征,知《新唐书》喜采小说,未详考也。其书自南宋以来,皆与五臣注合刊,名曰《六臣注文选》,而善注单行之本,世遂罕传。

对提要的这一段话,高步瀛评论说:

《四库书目》从李济翁说,以今本事义兼释者为李善定本,其说甚是,足正《新传》之诬。然显庆三年表上之本,必非其绝笔之本。书目既以今本为定本,则虽冠以显庆三年上表,其书为晚年定本固无妨也。至谓善受《文选》在隋末,生邕时当七十余岁,则非是。《旧传》:善卒在载初元年,即永昌元年。上推至贞观元年,凡六十三年。《旧书·儒学传》言曹宪百五岁卒。《新书·文艺传》亦言宪百余岁卒。使贞观元年宪七八十岁,尚有三二十年以外之岁月。善弱冠受业,当在唐初,不在隋末也。由此言之,假使善生贞观初年,则总章、咸亨

>间亦仅四十余岁,安得谓七十余岁始生邕哉?(《文选李注义疏》第一册,中华书局1985年版)

高氏言之有理。唐玄宗开元年间,工部侍郎吕延祚批评李善注《文选》说:"忽发章句,是征载籍,述作之由,何尝措翰。使复精核注引,则陷于末学;质访旨趣,则岿然旧文。只谓搅心,胡为析理。"(《进五臣集注文选表》)认为李善注只引词语典故出处,不注意疏通文义,又很繁缛,所以他召集吕延济、刘良、张铣、吕向、李周翰五人,重新为《文选》作注,这就是《五臣注文选》。吕延祚指出他们新注的特点是:"相与三复乃词,周知秘旨,一贯于理,杳测澄怀,目无全文,心无留义,作者为志,森乎可观。"(同上)这部新注本曾受到唐玄宗的嘉奖,其实它远不如李善注。《四库全书总目提要·六臣注文选》云:

>观其所言,颇欲排突前人,高自位置。书首进表之末,载高力士所宣口敕,亦有"此书甚好"之语。然唐李匡乂作《资暇集》,备摘其窃据善注,巧为颠倒,条分缕析,言之甚详。又姚宽《西溪丛语》,诋其注扬雄《解嘲》,不知伯夷、太公为二老,反驳善注之误。王楙《野客丛书》,诋其误叙王暕世系,以览后为祥后,以昙首之曾孙为昙首之子。明田汝成重刊《文选》,其子艺衡又摘所注《西都赋》之"龙兴虎视"、《东都赋》之"乾符坤珍"、《东京赋》之"巨猾闲骴"、《芜城赋》之"袤广三坟"诸条。今观所注,迂陋鄙俚之处,尚不止此。而以空疏臆见,轻诋通儒,殆亦韩愈所谓"蚍蜉撼树"者欤!

这里引用前人对《六臣注文选》的批评,都是有根据的。然而"提要"也指出此书"疏通文意,亦间有可采",说明此书也有一定的参考价值,持论比较全面。

宋、元、明三代，选学渐衰，至清代而昌明。张之洞《书目答问》附录之《清代著述诸家姓名略》，列清代文选学家钱陆灿、潘耒、何焯、陈景云、余萧客、汪师韩、严长明、孙志祖、叶树藩、彭兆荪、张云璈、张惠言、陈寿祺、朱珔、薛传均等十五人，指出："国朝汉学、小学、骈文家皆深选学。此举其有论著校勘者。"可见还有许多研究者没有举出来。

现将一些比较重要的《文选》研究著作开列如下：

《义门读书记》五十八卷，清何焯撰，中华书局1987年出版。其中第四十五卷至第四十九卷是评《文选》的。

《文选音义》八卷，清余萧客撰，乾隆静胜堂刻本。

《文选纪闻》三十卷，清余萧客撰，《碧琳琅馆丛书》本。

《文选理学权舆》八卷，清汪师韩撰，《丛书集成初编》本。

《文选理学权舆补》一卷清孙志祖撰，《丛书集成初编》本。

《文选考异》四卷，清孙志祖撰，《丛书集成初编》本。

《文选李注补正》四卷，清孙志祖撰，《丛书集成初编》本。

《文选考异》十卷，清胡克家撰，附刊于李善注《文选》。

《选学胶言》二十卷，清张云璈撰，三影阁原刊本。

《文选旁证》四十六卷，清梁章钜撰，榕风楼刊本。

《文选集释》二十四卷，清朱珔撰，朱氏家刻本。

《文选古字通疏证》六卷，清薛传均撰，《益雅堂丛书》本。

《文选古字通补训》四卷，清吕锦文撰，光绪辛丑(1901)传砚斋刻本。

《文选笺证》三十二卷，清胡绍煐撰，《聚学轩丛书》本。江苏广陵古籍刻印社1990年影印贵池刘世珩校刊本。

《重订文选集评》十六卷，清于光华撰，同治壬申年(1872)江苏书局刊本。

《文选拾沈》二卷,近人李详撰,光绪甲午(1894)刻本;又见《李审言文集》(江苏古籍出版社1989年排印本)。

对以上著作的评论,可参阅骆鸿凯的《文选学》(中华书局1937年版,1989年增订新版)。

今人治《文选》而卓有成就的,一是高步瀛先生,一是黄侃先生。

高先生著有《文选李注义疏》八卷。此书注释旁征博引,极为详赡,校勘亦极精审,惜只完成八卷,为美中不足。建国前曾由北京文化学社排印出版,1985年中华书局出版了曹道衡、沈玉成的点校本。

黄先生是音韵训诂学家、文字学家,亦精于选学,著有《文选平点》。此书由其侄及弟子、武汉大学中文系黄焯(耀先)教授编辑,上海古籍出版社1985年影印出版。

此外,骆鸿凯先生的《文选学》,作为现代唯一的一部《文选》研究专著,在读者中亦颇有影响。此书《叙》云:"今之所述,首叙《文选》之义例,以及往昔治斯学之涂辙,明选学之源流也。末篇所述,则以文史、文体、文术诸方,析观斯集,为研习选学者之津梁也。"这确是一部对研究《文选》很有帮助的书,近由中华书局增订重印。

纵观《文选》注本,仍以李善注本最为重要。《文选》李善注六十卷,版本繁多,以中华书局1977年影印出版的清嘉庆胡克家刻本最为常见,上海古籍出版社1986年出版标点本,便于使用。其次是五臣注。《五臣注文选》之价值不如李善注,但其对于文义之疏通,仍可作为参考。《文选》刻本,出现较早的有《五臣注文选》,五代时毋昭裔镂版于蜀(见《宋史·毋守素传》、王明清《挥麈录》)。《李善注文选》到北宋景德、天圣年间才得以刊行。以后有人又将李善注与五臣注合刻,称"六臣注",宋陈振孙《直斋书录解题》即著录《六臣注文选》六十卷,最早的大概是崇宁五年(1106)的裴氏刻本。

自从《六臣注文选》出现之后,李善注本、五臣注本逐渐稀少。五臣注本今已罕见,李善注本一般也认为是从《六臣注文选》中摘出的。《四库全书总目提要·文选注》云:

> 其书自南宋以来,皆与五臣注合刊,名曰《六臣注文选》,而善注单行之本,世遂罕传。此本为毛晋所刻,虽称从宋本校正,今考其第二十五卷陆云《答兄机》诗注中,有"向曰"一条、"济曰"一条,又《答张士然诗》注中,有"翰曰"、"铣曰"、"向曰"、"济曰"各一条,殆因六臣之本,削去五臣,独留善注,故刊除不尽,未必真见单行本也。他如班固《两都赋》,误以注列目录下。左思《三都赋》,善明称刘逵注《蜀都》、《吴都》,张载注《魏都》,乃三篇俱题刘渊林字。又如《楚辞》用王逸注,《子虚》、《上林》赋用郭璞注,《两京赋》用薛综注,《思玄赋》用旧注,《鲁灵光殿赋》用张载注,《咏怀诗》用颜延年、沈约注,《射雉赋》用徐爰注,皆题本名,而补注则别称"善曰",于薛综条下发例甚明,乃于扬雄《羽猎赋》用颜师古注之类,则竟漏本名,于班固《幽通赋》用曹大家注之类,则散标句下。又《文选》之例,于作者皆书其字,而杜预《春秋传序》则独题名。岂非从六臣本中摘出善注,以意排纂,故体例互殊欤?至二十七卷末附载乐府《君子行》一篇,注曰:"李善本古词止三首,无此一篇,五臣本有,今附于后。"其非善原书,尤为显证。以是例之,其孔安国《尚书序》、杜预《春秋传序》二篇,仅列原文,绝无一字之注,疑亦从五臣本剿入,非其旧矣。

上述例证颇可说明《李善注文选》是从《六臣注文选》中摘出的,所以出现这些羼合现象。日本学者冈村繁对此有不同的看法。他根据中国学者程毅中、白化文之说(见《略谈李善注〈文选〉的尤刻本》,《文物》1976年第十一期),并根据北宋国子监刻李注本的存在,认为"尤本—胡刻本"与"六家本—六臣注"为并列的两个系统,否定了李注摘出说(冈村繁《文选集注与宋明版行的李善注》,见《加贺博士退官纪念中国文史哲论集》)。尽管如此,四库馆臣的看法,仍为多数研究者所认同。

在《文选》研究中,还有一些争议的问题,略述如下:

(一)《文选》的编者问题。《文选》的编者是萧统,这本来毫无问题,因为《梁书·昭明太子传》记载其著作,其中有"《文选》三十卷"。《隋书·经籍志》著录:"《文选》三十卷,梁昭明太子撰。"但是,古代帝王贵胄编撰图书,往往假门下文人学士之手。萧统身为太子,十五岁加冠之后,"高祖便使省万机,内外百司奏事者填塞于前"(《梁书》本传),不可能有过多时间亲自编选《文选》,他门下的文人学士很多,自然有负责编选的人。由于史籍失载,遂成疑案。唐代日僧空海云:"晚代铨文者多矣。至如昭明太子萧统与刘孝绰等撰集《文选》,自谓毕乎天地,悬诸日月。"(《文镜秘府论·南卷·集论》)宋代《中兴馆阁书目·文选》云:"昭明太子萧统集子夏、屈原、宋玉、李斯及汉迄梁文人才士所著赋、诗、骚、七、诏、册、令、教、表、书、启、笺、记、檄、难、问、议、论、序、颂、赞、铭、诔、碑、志、行状等为三十卷。"注云:"与何逊、刘孝绰等选集。"(赵士炜《中兴馆阁书目辑考》卷五)唐宋人的记载值得重视,但说何逊参加《文选》的编选工作,似不可信。(参阅本书《〈文选〉研究的几个问题》)

至于刘孝绰参加《文选》的编选工作,那是完全可能的。据

《梁书·刘孝绰传》记载，刘孝绰任太子舍人一次，任太子洗马两次，掌东宫管记两次，与萧统相处的时间较长。萧统对刘孝绰也最为信任，因此他很可能是《文选》的主要编选者。然而参与《文选》编选工作的绝不止刘孝绰一人。曾任太子洗马、太子中庶子、太子家令兼掌东宫管记的王筠，亦可能是适当人选。

除刘、王之外，曾任太子侍读、直东宫学士省的殷芸，曾任太子舍人、太子中舍人、侍读、太子家令、太子中庶子的到洽，曾任太子仆、太子家令的张率，曾任太子舍人、太子洗马、太子中舍人的王规，曾任太子舍人、太子家令、东宫学士及三任太子中庶子的殷钧，曾任太子舍人、太子洗马的王锡，曾任太子舍人、太子中庶子的张缅，曾任太子舍人、太子洗马、太子中舍人的张缵，曾任太子洗马、太子中舍人、太子家令、太子中庶子、并三次掌管记的陆襄，曾兼任东宫通事舍人的何思澄，曾兼任东宫通事舍人的刘杳等，也都有可能参与了《文选》的编选工作。（参阅何融的《〈文选〉编撰时期及编者考略》，《国文月刊》第76期，1949年2月）

当代日本学者清水凯夫教授认为，编选《文选》的中心人物不是昭明太子而是刘孝绰，并对此作了比较详细的论证。他根据《梁书》、《南史》、《梁简文帝法宝联璧序》、《颜氏家训》等史料，考察了梁武帝《通史》、梁简文帝《法宝联璧》、皇太子萧纲《长春义记》、昭明太子《诗苑英华》、梁武帝《华林遍略》等的编撰者后，指出古代帝王、太子编撰的著作，多委托臣下完成，而挂帝王、太子之名，《文选》便是如此。他认为《文选》所收宋玉《高唐赋》、《神女赋》、《登徒子好色赋》及曹植《洛神赋》等皆为无讽谏可言的艳情作品，与萧统《陶渊明集序》中"白璧微瑕，唯在《闲情》一赋"的观点不合。这是萧统未参与编选的一个证据。他又说到徐悱的诗在当时评价不高，其《古意酬到长史溉登琅邪城》也不是"文质彬彬"之作,《文选》却予以收录,这是因为徐悱是刘孝绰的妹婿,刘孝绰选录此诗是为了悼念早逝的妹婿。他还认为《文选》选录刘峻的《广绝交论》《辩命论》,前者是刘孝绰为了报"宿仇"而讽刺到氏兄弟的,后者是刘孝绰为自己五次罢官依然狷介"辩命"的。最后说到何逊的作品符合萧统的文学观,在当时评价也很高,《文选》却一篇未收,这是因为刘孝绰视何逊为"文敌",反映了他避忌何逊的意向。以上论证以推测为多,还可以进一步探讨。清水凯夫的看法详见《〈文选〉撰者考》、《〈文选〉编辑的周围》二文(《六朝文学论文集》,韩基国译,重庆出版社1989年版)。

附带谈谈"昭明太子十学士"的问题。《南史》卷二十三《王锡传》云:

> 时昭明太子尚幼,武帝敕(王)锡与秘书郎张缵使入宫,不限日数。与太子游狎,情兼师友。又敕陆倕、张率、谢举、王规、王筠、刘孝绰、到洽、张缅为学士,十人尽一时之选。

此"十学士"即后来所说的"昭明太子十学士",他们中的许多人可能都参与了《文选》的编选工作。可是,《升庵外集》卷五十二说:"梁昭明太子统,聚文士刘孝威、庾肩吾、徐防、江伯摇、孔敬通、惠子悦、徐陵、王囿、孔烁、鲍至十人,谓之高斋十学士,集《文选》。今襄阳有文选楼,池州有文选台,未知何地为的。但十人姓名,人多不知,故特著之。"这是误以"高斋十学士"为"昭明太子十学士"。近人高步瀛对此作了辩驳,他说:

> 《太平御览·居处部》十三引《襄沔记》曰:"金城内刺史院,有高斋。昭明太子于此斋造《文选》。"又引《雍州记》:"高斋其泥色甚鲜净,故此名焉。昭明太子于斋营集道义,以时相继。"王象之《舆地纪胜》:"京西南路襄阳府古迹,有文选楼。"

引旧《图经》云:"梁昭明太子所立,以撰《文选》。聚才人贤士刘孝威、庾肩吾、徐防、江伯操、孔敬通、惠子悦、徐陵、王筠、孔烁、鲍至等十余人,号曰高斋学士。"升庵之说,殆本此,而改王筠为王囿是也。然此说乃传闻之误。昭明为太子,常居建业,不应远出襄阳。考襄阳于梁为雍州襄阳郡。《梁书·简文帝纪》曰:天监五年,封晋安王。普通四年,由徐州刺史都督雍、梁、南北秦四州郢州之竟陵司州之随郡诸军事、雍州刺史。《南史·庾肩吾传》曰:初为晋安王国常侍,王每徙镇,肩吾常随府。在雍州,被命与刘孝威、江伯操、孔敬通、申子悦、徐防、徐摛、王囿、孔烁、鲍至等十人,抄撰众籍,丰其果馔,号高斋学士。是高斋学士乃简文遗迹,而无关昭明选文也。大抵地志所称之文选楼,多不足信。扬州文选楼,在今江苏江都县东南,或云曹宪以教授生徒所居。池州文选阁,在今安徽贵池县西,则后人因昭明太子祠而建者也。升庵狃于俗说,不能据《南史》是正,而反诮十学士姓名人多不知,陋矣。(《文选李注义疏》,中华书局1985年版)

(二)《文选》编选的年代问题。《文选》编于何时?由于史无明文,迄今无定论。衢本《郡斋读书志》卷二十"李善注《文选》"条云:

> 窦常谓统著《文选》,以何逊在世不录其文。盖其人既往,而后其文克定,然则所录皆前人作也。

这里说"以何逊在世不录其文",不确。前面提到何逊卒于天监十八年(519),编选《文选》是在他去世以后。至于为何不选他的作品当另有原因,但《文选》选录作品不录在世者却是事实。根据这一编选原则,我们只要考查《文选》中梁代诸文士的卒年,便可大致确定《文选》的成书年代。

经查《梁书》、《南史》等史料,可知范云卒于天监二年(503),江淹卒于天监四年(505),任昉卒于天监七年(508),丘迟卒于天监七年(508),沈约卒于天监十二年(513),王巾卒于天监四年(505),虞羲卒于天监五年(506)以后,刘峻卒于普通二年(521),陆倕卒于普通七年(526),徐悱卒于普通五年(524)。这些都是《文选》中的梁代文士,这些文士的卒年以陆倕为最晚,为普通七年(526)。由此可以断定,《文选》成书当在普通七年以后。萧统卒于中大通三年(531),《文选》成书又当在此之前。这个结论是所有《文选》研究者所认同的,但诸家之说仍有细微差别。主要有如下三说:

1. 何融说。《文选》诸作家直至普通七年始尽卒,可见《文选》之编成,应不早于普通七年。又查昭明太子《答湘东王求文集及诗苑英华书》,首云"得疏知须《诗苑英华》及诸文制"而不及《文选》,据刘孝绰所作《昭明太子集序》中"粤我大梁二十一载"一语,知《昭明太子集》系编于普通三年,故至少可以说明在普通三年,《文选》尚未撰成问世。

《文选》虽在普通七年刘峻、徐悱、陆倕诸作家俱已逝世之后始克定稿,然据《梁书·刘孝绰传》中下列一段记载,颇疑其在普通七年以前,即普通三年至六年东宫学士最称繁盛时期,业已着手编撰:

> 迁太府卿、太子仆、复掌东宫管记,时昭明太子好士爱文,孝绰与陈郡殷芸、吴郡陆倕、琅邪王筠、彭城到洽等,同见宾礼。

据上文,则刘孝绰为太子仆时,殷芸等同为昭明太子之宾客。孝绰之为太子仆,据《梁书·昭明太子传》下列一段：

> （普通）三年十一月,始兴王憺薨。旧事,以东宫礼绝傍亲,书翰并依常仪,太子意以为疑,命仆刘孝绰议其事。

知系在普通三年。又据《梁书·王规传》所载,此后至普通七年数年间,王规与殷钧、王锡、张缅等奉敕同侍东宫,俱为昭明太子所礼,而东宫可谓人才云集矣,故疑在此期间即已着手编撰《文选》。此外,下列数事,亦足以为普通七年之前开始编撰《文选》之佐证：

(1) 普通七年以后,东宫学士日渐凋落。

(2) 普通四年,东宫新置学士。（见《梁书》卷二十七《明山宾传》）

(3) 刘孝绰与到洽普通六年已交恶,洽劾孝绰免官。

(4) 从昭明太子使刘孝绰集序其文一事,知昭明此时正爱好著述。

《文选》之编撰系开始于普通中,而完成于普通末年（即七年）以后。（见《〈文选〉编撰时期及编者考略》）

2. 缪钺说。陆倕与刘孝绰、王筠等皆为昭明所宾礼（《梁书·刘孝绰传》）,刘、王二人尤被赏接。然《文选》中不录刘、王之作,而取陆倕《石阙铭》及《新刻漏铭》,盖撰辑《文选》时刘、王尚存（刘孝绰卒于大同五年,在昭明卒后八年,王筠卒于简文帝大宝元年,则在昭明卒后十九年）,陆倕已卒。倕卒时,昭明二十六岁,由此且可知《文选》之编定,在昭明二十六岁之后（即大通元年至中大通三年数载之中）。盖其人已往,其文克定,不录生存之作,正见其态度之慎重。（见《〈文选〉和〈玉台新咏〉》,《诗词散论》,上海古籍出版社1982年版）

3. 日本学者清水凯夫说。关于《文选》的编辑时期,当在昭明太子加元服的天监十四年(515)以后和太子薨去的中大通三年(531)四月以前。这个范围可以从两方面的记载来确定。

(1)《文选序》:"余监抚(执政事)余闲,居多暇日。历观文囿,泛览辞林,未尝不心游目想,移晷忘倦。"

(2)《梁书·昭明太子传》:"十四年正月朔旦,高祖临轩,冠太子于太极殿。……太子自加元服,高祖便使省万机。"加元服后执政。自天监十四年至中大通三年期间,侍于昭明太子左右的主要文人有刘孝绰、王筠、陆倕、到洽、殷钧、陆襄、张率、殷芸,这些人中确实有《文选》的实际撰录者。

关于《文选》的编辑时间,还可以进一步缩小到普通七年(526)以后和中大通三年(531)以前。确定《文选》编辑时间,有效的办法是详细考察实际撰录《文选》的中心人物刘孝绰在这六年间的活动情况。刘孝绰任廷尉卿时,被御史中丞到洽弹劾罢官。《梁书·到洽传》(卷二十七)载"(洽)普通六年迁御史中丞",可知这是普通六年的事情。因此最好是考察罢官后刘孝绰的有关活动。《梁书·刘孝绰传》云:

> 孝绰免职后,高祖数使仆射徐勉宣旨慰抚之,每朝宴常引与焉。及高祖为《籍田诗》,又使勉先示孝绰。时奉诏作者数十人,高祖以孝绰尤工,即日有敕,起为西中郎湘东王谘议。

刘孝绰虽被免去官职,但仍受到武帝庇护,很快便于普通七年出任西中郎湘东王谘议。《梁书》在载录他的《谢高祖启》后,接着说:

> 后为太子仆,母忧去职。服阕,除安西湘东王谘议参军,迁黄门侍郎,尚书吏部郎……

刘孝绰以母忧辞去官职的时间,据其弟刘潜(孝仪)、刘孝威传(《梁书》卷四十一)的记载,可定为中大通元年(529)。《刘潜传》云：

> 晋安王纲出镇襄阳，引为安北功曹史，以母忧去职。王立为皇太子，孝仪服阕，仍补洗马，迁中舍人。
>
> 第六弟孝威，初为安北晋安王法曹，转主簿，以母忧去职。服阕，除太子洗马，累迁中书舍人、庶子、率更令，并掌管记。

这是中大通三年（531）五月，其时晋安王纲立为太子，也正是刘孝仪和刘孝威服阕的时间。因此可以断定，刘氏兄弟"以母忧去职"的时间，是自中大通三年五月往回推算二十七个月（梁代服丧期为二十七个月）的中大通元年。于是刘孝绰"后为太子仆"（"后"，《册府元龟》九三二作"复"）的时间，是出任"西中郎湘东王谘议"（普通七年）的第二年，即大通元年至大通二年间，那以后一直服丧到昭明太子薨去的中大通三年。处于连礼仪细节都规定得相当严格的梁代，是不可能在服丧期间受昭明太子之命从事《文选》撰录的。因此，《文选》的撰录正当定为任太子仆的时期，亦即大通元年至大通二年之间。由以上分析得出如下结论，即《文选》是以太子仆刘孝绰为中心，于大通元年至大通二年间编辑完成的。（见《〈文选〉编辑的周围》，《六朝文学论集》，重庆出版社1989年版）

以上三说，何氏、缪氏二说，大致确定《文选》的成书时间，其编选时间较长。清水氏把《文选》成书时间确定在大通元年（527）至大通二年（528）间，值得注意。曹道衡、沈玉成二氏认为：

> 刘孝绰重新任太子仆的时间应为大通元年至中大通元年（527—529）。在大通元年底至中大通元年间，刘孝绰协助萧统最后完成了《文选》的编纂工作，应当认为是合理的。因为《文选》收录的作家最晚卒于普通七年（526），成书不得在此之前，如果上面关于刘孝绰是协助萧统编纂的主要人物这一

意见可以成立,则普通七年虽然罢官家居,在某种程度上影响了《文选》的编定,但一二年后即重入东宫,其时萧统也已丁忧期满,在中大通元年前完成了最后定稿。之后不久刘孝绰即丁母忧,而再过不到两年,萧统也得病死去了。(《有关〈文选〉编纂中几个问题的拟测》,见《昭明文选研究论文集》,吉林文史出版社1988年6月版)

与清水氏的看法基本相同,都有参考价值。

(三)《文选》的选录标准问题。什么是《文选》的选录标准呢?这也是研究者注意的问题。探讨这个问题,已有研究论文十余篇,其见解约而言之,主要有四说。

1.朱自清说。朱自清在《〈文选序〉"事出于沉思,义归乎翰藻"说》一文中说:

《文选序》述去取的标准云:"若夫姬公之籍,孔父之书,与日月俱悬,鬼神争奥;孝敬之准式,人伦之师友。岂可重以芟夷,加之剪截!老、庄之作,管、孟之流,盖以立意为宗,不以能文为本。今之所撰,又以略诸。若贤人之美辞,忠臣之抗直,谋夫之话,辨士之端,冰释泉涌,金相玉振。所谓坐狙丘、议稷下,仲连之却秦军,食其之下齐国,留侯之发八难,曲逆之吐六奇,盖乃事美一时,语流千载,概见坟籍,旁出子史。若斯之流,又亦繁博。虽传之简牍,而事异篇章。今之所集,亦所不取。至于记事之史,系年之书,所以褒贬是非,纪别异同,方之篇翰,亦已不同。若其赞论之综缉辞采,序述之错比文华,事出于沉思,义归乎翰藻,故与夫篇什,杂而集之。"阮元是第一个分析这一节文字的人,他在《与友人论古文书》里说:"昭明《选序》,体例甚明,后人读之,苦不加意。《选序》之法,于经、子、史三家不加甄录,为其以立意纪事为本,非'沉思'、'翰藻'之比也。"在《书昭明太子〈文选序〉后》里说的更明白:"昭明所选,名之曰文,盖必文而后选也。……经也,子也,史也,皆不可专名为文也。故昭明《文选序》后三段特明其不选之故,必'沉思'、'翰藻',始名之为文,始以入选也。"这样看来,"沉思"、"翰藻"可以说便是昭明选录的标准了。(《朱自清古典文学论文集》上册,上海古籍出版社1981年版)

朱氏这一见解为多数研究者所认同,但对于"事出于沉思,义归乎翰藻"二句,研究者的理解又不尽相同。

朱自清认为,"'事出于沉思'的事,实当解作'事义'、'事类'的事,专指引事引言,并非泛说。'沉思'就是深思","'翰藻'……昭明借为'辞采'、'辞藻'之意。'翰藻'当以比类为主","而合上下两句浑言之,不外'善于用事,善于用比'之意"(同上)。

骆鸿凯认为,"事出于沉思"即"情灵摇荡","义归乎翰藻"即"绮縠纷披"(《文选学·义例第二》)。

郭绍虞认为,"事出"二句,"上句的'事',承上文的'序述'而言,下句的'义',承上文的'赞论'而言,意谓史传中的'赞论'和'序述'部分,也有'沉思'和'翰藻',故可作为文学作品来选录。'沉思',指作者深刻的艺术构思。'翰藻',指表现于作品的辞采之类。二句互文见义。"(《中国历代文论选》第一册,上海古籍出版社1979年版)

殷孟伦认为,"'事',指'写作的活动'和'写成的文章'而言,'出'是'产生','于',介词,在这里的作用是表所从,'沉思',犹如说'精心结构'或'创意';'义',指'文章所表述的思想内容'而言,'归',归终,'乎',同'于',介词,这里的作用是表所向,'翰藻',指'确切如实的语言加工'。用现代汉语直译这两句,应该是说：'写作的活动和写成的文章是从精心结构产生出来的；同时，文章的思想内容终于要通过确切的语言加工来体现的。'结合两句互相关系来说，又可以作进一步的理解，那便是：就文章的设言、命意、谋篇来说，必须和所要表达的思想内容紧密结合，因为后者（沉思）是前者（事）所由来；就文章所要表达的思想内容说，又必须和它的确切如实的语言加工紧密结合，因为前者（义）是赖于后者（翰藻）来体现的。"（《如何理解〈文选〉编选的标准》，《文史哲》1963年第一期）

以上四种不同的理解，以郭绍虞说影响较大，因为郭氏主编之《中国历代文论选》，为高等学校文科教科书，流传广泛。朱自清说在学术界颇有影响。

2. 黄侃说。黄侃《文选平点》云：

> "若夫姬公之籍"一段，此序选文宗旨，选文条例皆具，宜细审绎，毋轻发难端。《金楼子》论文之语，刘彦和《文心》一书，皆其翼卫也。

黄侃认为"若夫姬公之籍"一段所论是《文选》的选录标准，同时指出《文选》选录标准的"翼卫"：

其一，是萧统之弟萧绎的《金楼子》。其《立言》下篇云："至如不便为诗如阎纂，善为章奏如伯松，若此之流，泛谓之笔。吟咏风谣，流连哀思者，谓之文。""笔退则非谓成篇，进则不云取义，神其巧惠，笔端而已。至如文者，惟须绮縠纷披，宫徵靡曼，唇吻遒会，情灵摇荡。"这是萧绎关于文笔的论述。他认为文应辞藻繁富，音节动听，语言精练，具有抒情的特点。这反映了当时的要求，与"沉思"、"翰藻"有相似之处。

其二，是萧统通事舍人刘勰的《文心雕龙》。《文心雕龙》体大思精,笼罩群言。《原道》、《征圣》、《宗经》等篇强调儒家思想的指导作用,《情采》篇论述文章的内容与形式,一开始就说:"圣贤书辞,总称文章,非采而何?"十分强调文采。又说:"故情者文之经,辞者理之纬;经正而后纬成,理定而后辞畅。此立文之本源也。"与萧统所说的"文质彬彬"颇为相似。

黄侃将《文选序》"若夫姬公之籍"一段,与萧绎《金楼子》、刘勰《文心雕龙》合观,认为后者是前者的"翼卫",对我们颇有启发。

3.文质兼重说。日本多数《文选》研究者,都把"夫文典则累野,丽亦伤浮,能丽而不浮,典而不野,文质彬彬,有君子之致"(萧统《答湘东王求文集及诗苑英华书》)作为昭明太子的文学观,并认为《文选》是以此标准撰录的(清水凯夫《〈文选〉编辑的目的和撰录标准》,见《六朝文学论文集》)。持此见解的有铃木虎雄的《支那诗论史》、小尾郊一的《昭明太子文学观——以〈文选序〉为中心》(《广岛大学文学系纪要》)、船津富彦的《昭明太子文学意识——其基础因素》(《中国中世纪文学研究》)、林田慎之助的《编辑〈文选〉与〈玉台新咏〉的文学思想》(《中国中世纪文学批评》)以及森野繁夫的《齐梁的文学集团和中心人物》二《昭明太子》(《六朝诗的研究》)等。(参阅清水凯夫《〈文选〉编辑的目的和撰录标准》注①)

我国也有研究者持此种看法,如沈玉成说:"萧统的文学思想,属于涂饰了齐梁彩色的儒家体系。他并没有忽视作品的思想。《文选序》的前半,袭用了《诗大序》缘情言志的基本观点,注意到了作品的社会功能,要求他们具有真实的思想感情。同时,他又像孔子一样,在艺术上主张兼重文质。在《答湘东王求文集及诗苑英华书》中,他说:'夫文典则累野,丽则伤浮。能丽而不浮,典而不野,文质彬彬,有君子之致。吾尝欲为之,但恨未逮耳。'这可以算做'纲领性'的意见。"(《〈文选〉的选录标准》,《文学遗产》1984年第二期)所论实为《文选》的选录标准。

4.清水凯夫说。日本学者清水凯夫认为,《文选》的选录标准是沈约的《宋书·谢灵运传论》(以下简称《传论》)。他在《〈文选〉编辑的目的和撰录标准》一文中,对《传论》逐段论述,借以证明《文选》所选录的作品与沈约所论的理论是完全一致的。例如:

(1)《传论》说:"屈原、宋玉,导清源于前;贾谊、相如,振芳尘于后。英辞润金石,高义薄云天。"《文选》收录他们的作品比较多,给予了很重要的地位。

(2)《传论》说:"相如巧为形似之言,班固长于情理之说,子建(曹植)、仲宣(王粲)以气质为体,并标能擅美,独映当时。"《文选》确实是按照《传论》的主张收录作品的,其中以前汉司马相如、后汉班固、魏曹植和王粲的作品为多数,并分别给予其时代最高文人的待遇。

(3)《传论》说:"降及元康,潘陆特秀。"只要看一看《文选》中收录的西晋作品,就可以知道潘岳和陆机的作品,无论在数量和质量上都占有压倒的优势,而其他文人的作品则少得不能相比。

(4)《传论》说:"爰逮宋氏,颜谢腾声。灵运之兴会标举,延年之体裁明密,并方轨前秀,垂范后昆。"在《文选》中,谢灵运和颜延年的作品也占有绝对的多数,不仅在宋代文人中,而且在全体上也赋予了一个突出的地位,被看作是"后昆"楷模。

(5)《传论》说:"夫五色相宣,八音协畅,由乎玄黄律吕,各适物宜。欲使宫羽相变,低昂互节,若前有浮声,则后须切响。一简之内,音韵尽殊,两句之中,轻重悉异。妙达此旨,始可言文。"这里说明诗文工拙的标准决定于音韵的谐和。《南史》卷四十八《陆厥传》说:"时盛为文章,吴兴沈约、陈郡谢朓、琅邪王融以气类相推縠,汝南周颙善识声韵。约等文皆用宫商,将平上去入四声,以此制韵,有平头、上尾、蜂腰、鹤膝。五字之中,音韵悉异,两句之内,角徵不同,不可增减。世呼为永明体。"《传论》的理论与这里所说的"永明体"的特征是一致的,《传论》实际上是"永明体"的创作理论。所以,《文选》收录的齐梁时代的作品,全部是"永明体"派或与之有关的文人的作品,其中绝大多数是谢朓、沈约的诗以及任昉的文。这一事实正雄辩地说明,《文选》是按照上述《传论》的原理撰录的。

(6)《传论》说:"至于先士茂制,讽高历赏,子建函京之作,仲宣霸岸之篇,子荆零雨之章,正长朔风之句,并直举胸情,非傍诗史,正以音律调韵,取高前式。"沈约举出四篇历代流传讽咏的杰作来印证自己的声调理论,《文选》的编撰者则将这四篇作品全部采用,这是认为这四篇是大体符合声调谐和原理的优秀作品。这也是《文选》的撰录以《传论》为理论标准的一个佐证。

根据以上分析,清水凯夫认为,《文选》是以《传论》所论诗歌发展史的前半部分选择齐梁以前有代表性的文人为支柱,以后半部分的声调理论选择齐梁时代有代表性的文人为中心,不论对于哪一部分文人,在选录具体作品时,基本上都是以声调谐和的理论为标准的。总而言之,《文选》撰录诗歌的主要标准是《传论》,这就是结论。

(四)《文选》与《文心雕龙》的关系问题。对于这个问题,研究者亦有不同的看法。统而言之,约有两种。

1.大多数研究者认为,《文选》的编选明显地受到《文心雕龙》的影响。如骆鸿凯认为:

> 昭明选文,或相商榷。而《刘勰传》载其兼东宫通事舍人,深被昭明爱接;《雕龙》论文之言,又若为《文选》印证,笙

磬同音。是岂不谋而合,抑尝共讨论,故宗旨如一耶?(《文选学·纂集第一》,中华书局1941年3月版)

还有研究者指出:

> 据《梁书·刘勰传》记载,刘勰曾任萧统的东宫通事舍人之职,萧统对比自己长三十多岁的刘勰"深爱接之"。另据《梁书·昭明太子传》所载,萧统"引纳才学之士,赏爱无倦。恒自讨论篇篇,或与学士商榷古今,间则继以文章著述,率以为常。"这些"才学之士",无疑是包括刘勰在内的。所以,在萧统编选《文选》时,刘勰不一定亲自参加了商榷,但是萧统受到《文心雕龙》一书很大的影响,则是可以肯定的事实。(莫砺锋《从〈文心雕龙〉与〈文选〉之比较看萧统的文学思想》,见《古代文学理论研究》第十辑,上海古籍出版社1985年6月版)

《文选》受《文心雕龙》的影响,主要有两方面:一是文体分类方面,一是作品选录方面。关于文体分类,我在《萧统〈文选〉三题》一文中说过:

> 萧统《文选》分文体为三十七类,即赋、诗、骚、七、诏、册、令、教、策文、表、上书、启、弹事、笺、奏记、书、檄、对问、设论、辞、序、颂、赞、符命、史论、史述赞、论、连珠、箴、铭、诔、哀、碑文、墓志、行状、吊文、祭文……《文选》的文体分类是总结了前人文体研究的成果,根据时代的需要提出来的,它在中国古代文体发展史上占有重要的地位。……至于刘勰《文心雕龙》中的文体论,则是我国古代文体论发展的高峰。《文心雕龙》五十篇,其中文体论部分占二十篇,详论文体三十三种,即诗、乐府、赋、颂、赞、祝、盟、铭、箴、诔、碑、哀、吊、杂文、谐、讔、

史传、诸子、论、说、诏、策、檄、移、封禅、章、表、奏、启、议、对、书、记。如果再加上《辨骚》篇所论述的"骚"体,则为三十四种。各体之中,子类繁多,分析十分细致,实集古来文体论之大成。萧统《文选》的文体分类,正是在前人的基础上发展而来的。它特别是受到《文心雕龙》文体论的启发,比较周密、细致,在中国古代文体发展史上做出了自己的贡献。

关于作品选录,王运熙在《萧统的文学思想和〈文选〉》(见《中国古代文论管窥》,齐鲁书社1967年3月版)一文中说:

《文选》选了不少的赋,在这方面的看法和刘勰接近。《文心雕龙·诠赋》篇按照题材把赋分为京殿苑猎、述行序志、草区禽族、庶品杂类等几类,这种分类名目及其次序和《文选》基本上是相同的。于先秦两汉的赋,《诠赋》篇举了十家"英杰",他们是:荀卿(《赋篇》)、宋玉(不举篇名)、枚乘(《菟园赋》)、司马相如(《上林赋》)、贾谊(《鵩鸟赋》)、王褒(《洞箫赋》)、班固(《两都赋》)、张衡(《二京赋》)、扬雄(《甘泉赋》)、王延寿(《鲁灵光殿赋》)。《文选》对这些作家作品,除荀卿、枚乘外,其他作家都已入选,并选了他们其他的赋。荀卿《赋篇》的确文采不足,枚乘则选了更有代表性的《七发》。《诠赋》篇提出魏晋的"赋首"八家:王粲、徐幹、左思、潘岳、陆机、成公绥、郭璞、袁宏。《文选》除徐幹、袁宏两人外,其他六家的赋也都选录了。

《文心雕龙》所肯定赞美的各体文章的代表作家作品,常为《文选》所采录。现在我把《文心雕龙》上编各篇所肯定的作家作品名目见于《文选》者写在下面:

(一)《文心雕龙·颂赞》篇:扬雄《赵充国颂》、班固《汉

书》的赞。(《文选》卷四十七、四十九)

(二)《铭箴》篇:班固《封燕然山铭》、张载《剑阁铭》。(见《文选》卷五十六)

(三)《诔碑》篇:潘岳的诔,蔡邕《陈仲弓碑》、《郭林宗碑》。(见《文选》卷五十六、五十七、五十八)

(四)《哀吊》篇:潘岳的哀文,贾谊《吊屈原文》、陆机《吊魏武帝文》。(见《文选》卷五十七、六十)

(五)《杂文》篇:宋玉《对楚王问》、东方朔《答客难》、扬雄《解嘲》、班固《答宾戏》;枚乘《七发》、曹植《七启》;陆机《演连珠》。(见《文选》卷三十四、四十五、五十五)

(六)《论说》篇:贾谊《过秦论》、班彪《王命论》、李康《运命论》、陆机《辨亡论》;李斯《上秦始皇》、邹阳《上吴王书》、《狱中上书自明》。(见《文选》卷三十九、五十一、五十二、五十三)

(七)《诏策》篇:潘勖《魏王九锡文》。(见《文选》卷三十五)

(八)《檄移》篇:陈琳《为袁绍檄豫州》、钟会《檄蜀文》;司马相如《难蜀父老》、刘歆《移书让太常博士》。(见《文选》卷四十三、四十四)

(九)《封禅》篇:司马相如《封禅文》、扬雄《剧秦美新论》、班固《典引》。(见《文选》卷四十八)

(十)《章表》篇:孔融《荐祢衡表》、诸葛亮《出师表》、曹植的表、羊祜《让开府表》、刘琨《劝进表》、庾亮《让中书令表》。(见《文选》卷三十七、三十八)

(十一)《书记》篇:司马迁《报任少卿书》、杨恽《报孙会宗书》,孔融、阮瑀、应璩的书信,嵇康《与山巨源绝交书》、赵

至《与嵇茂齐书》。(见《文选》卷四十一、四十二、四十三)

日本学者中也有人持此种看法,如兴膳宏氏在《文心雕龙》(《世界古文学全集》)的"总说"中说:

> 现在看一下萧统编辑的美文集《文选》,就能发现,其中收录的作品有相当多一部分是刘勰在各篇中提到的作品。我想这大概是刘勰的批评对《文选》的编者决定作品的选择起了重要作用。

此外,户田浩晓氏的《文心雕龙》(《中国古典新书》),大矢根文次郎氏的《〈文心雕龙〉、〈诗品〉、〈文选〉的一二个问题》(《早稻田大学教育系学术研究》)以及森野繁夫氏的《以昭明太子为中心的"古体派"》(《六朝诗的研究》)等,都有论述《文心雕龙》对《文选》之影响的内容。(见清水凯夫《〈文选〉与〈文心雕龙〉的相互关系》注①,《六朝文学论文集》)

2.也有研究者认为,《文选》的编选没有受《文心雕龙》的影响,如日本学者清水凯夫。为了论证这个问题,他写了《〈文选〉与〈文心雕龙〉的相互关系》、《〈文心雕龙〉对〈文选〉的影响——关于散文的研讨》、《〈文选〉与〈文心雕龙〉的关系——关于韵文的研讨》(见《六朝文学论文集》)等三篇论文。《〈文选〉与〈文心雕龙〉的相互关系》一文,在比较了《文选序》与《文心雕龙》中的《序志》、《原道》、《明诗》、《书记》后,得出的结论是:

> 即便《文心雕龙》和《文选》之间存在着现象上相似之处,也不过是现象上相似而已,实际上两书的观点在根本上是完全不同的。《文选》的编辑实未受《文心雕龙》的影响。其实《文选》是以文学发展观为立足点,注重所谓"近代"文学,多数撰录的是宋、齐、梁代的诗文,而《文心雕龙》鼓吹祖述经

书,以复古思想为基本理念,因此《文选》的编辑不可能容受《文心雕龙》的影响。二者之间有相似之处只是一种现象,并不是《文选》遵循《文心雕龙》的见解的结果,正如刘勰在《序志》篇(第五十)中自己所作的说明:"及其品列成文,有同乎旧谈者,非雷同也。势自不可异也。"《文心雕龙》也有与"旧谈"即确乎定评互相一致的地方,《文选》也是根据同一定评选录的。

《〈文心雕龙〉对〈文选〉的影响——关于散文的研讨》一文,从《文心雕龙》对散文的论述方面探讨《文选》是否受到《文心雕龙》的影响。文章说:

在本质上,《文心雕龙》是以复古思想为基本理念创作的著述,而《文选》是以文学的发展史观(文学随时代的推移而发展的观念)为根本而编辑的诗文集。在两书存在着这种根本差别的基础上,如上所述,对每篇具体作品评价的不同,对文体分类法的不同,对"史"、"子"文章的观点的不同等许多不同点既然已经明确,也就可以得出结论说:《文心雕龙》对《文选》没有什么影响。

《〈文选〉与〈文心雕龙〉的关系——关于韵文的研讨》一文,从《文心雕龙》对韵文的论述方面探讨《文选》与《文心雕龙》的关系。文章说:

综上所述,可以作出如下结论:《文心雕龙》基本上是站在视"近世"——尤其是谢灵运一派活跃的宋齐——诗文为引入"讹滥"的作品而加以排斥,并主张必须以祖述经书引导这种诗文回到正统的轨道上的立场上撰写的。与此相反,《文选》是站在视"近世"——尤其是以谢灵运一派为中心的宋齐——诗文为最高作品而加以尊重的立场上编纂的,亦即两书是以完全相反的基本观念撰录的。因此可以说,历来所指出的两书存在着影响关系,都仅仅是一种表面现象,实际上这种影响关系是并不存在的。

在《文选》研究中有争议的问题还有一些,这里就不一一介绍了。

以上简要介绍了《文选》的研究情况和一些有争议的问题。《文选》的研究开始于隋代,隋唐之际形成"选学",迄今已有一千四百年,有关的研究资料十分丰富。20世纪30年代出版的高步瀛《文选李注义疏》,是《文选》注解的集大成之作,骆鸿凯《文选学》是历代《文选》研究的总结性著作,都是很有参考价值的。但是,高注仅有八卷,骆著出版亦已五十多年,文选学的研究有待进一步地开拓和发展。

七、《文选》研究的几个问题

关于《文选》研究,开始于隋唐之际,产生了"选学"。唐代以后,出现了许多研究《文选》的学者和著作,对后世文学有着重要的影响。"五四"以后,《文选》的研究比较冷落,近几年又引起学术界的关注。文选学研究的方面很多,内容也很丰富。以下拟就几个重要问题,提出自己的粗浅看法。

(一)《文选》的编者问题

《文选》的主编为昭明太子萧统,这是没有疑义的。《梁书·昭明太子传》云:"所著……《文选》三十卷。"《南史·梁武帝诸子传》云:"《昭明太子》所著……《文选》三十卷。"《隋书·经籍志》著录:"《文选》三十卷,梁昭明太子撰。"《旧唐书·经籍志》著录:"《文选》三十卷,梁昭明太子撰。"《新唐书·艺文志》著录:"梁昭明太子《文选》三十卷。"晁公武《郡斋读书志》著录:"《李善注文选》六十卷,梁昭明太子萧统纂。"陈振孙《直斋书录解题》著录:"《文选》六十卷,梁昭明太子萧统德施撰,唐崇贤馆学士江都李善注。"李善《上文选注表》云:"(昭明太子)搴中叶之词林,酌前修之笔海。周巡绵峤,品盈尺之珍;楚望长澜,比径寸之宝。故撰斯一集,名曰《文选》。"唐宋史籍的记载,足以证明《文选》的主编是萧统。

唐代日僧空海云:"晚代铨文者多矣。至如昭明太子萧统与刘孝绰等,撰集《文选》,自谓毕乎天地,悬诸日月。"(《文镜秘府论·南卷·集论》)这段话出自唐代元兢的《古今诗人秀句序》。元兢说:"余以龙朔元年为周王府参军,与文学刘祎之,典签范履冰。时东阁已建,斯竟撰成此录。"(同上)此序大约写于唐高宗龙朔元年(661),距梁代为时尚不远,其说较为可信。

萧统主持《文选》的编撰工作,刘孝绰参与编撰事宜,这也是没有问题的。《梁书·刘孝绰传》云:"孝绰辞藻为后进所宗,世重其文,每作一篇,朝成暮遍,好事者咸讽诵传写,流闻绝域。文集数十万言,行于世。"这说明他是一个很有文才的人。刘孝绰曾任太子舍人一次、太子洗马二次、掌东宫管记二次、任太子仆二次,与萧统相处的时间较长。又《梁书·刘孝绰传》云:"时昭明太子好士爱文,孝绰与陈郡殷芸、吴郡陆倕、琅邪王筠、彭城到洽等,同见宾礼。太子起乐贤堂,乃使画工先图孝绰焉。太子文章繁富,群才咸欲撰录,太子独使绰集而序之。"萧统爱好文学,喜交文士,在他周围有刘孝绰、王筠等人,而他最赏识的是刘孝绰,他让画工首先在乐贤堂为刘孝绰画像,让刘孝绰为他编辑文集。刘氏所编之《昭明太子集》早已散失,而刘氏所作之《昭明太子集序》尚存。《序》云:"能使典而不野,远而不放,丽而不淫,约而不俭,独擅众美,斯文在斯。"可见其文学主张与萧统是一致的。因此,刘孝绰还可能是《文选》的主要编撰者。

当然,参加《文选》编撰的也绝不止刘孝绰一人,王筠可能参与了此项工作。《梁书·王筠传》云:"筠幼警寤,七岁能属文。……尚书令沈约,当世辞宗,每见筠文,咨嗟吟咏,以为不逮也。……而少擅才名,与刘孝绰见重当世。"他曾任太子舍人、太子洗马、太子家令、太子中庶子,掌东宫管记二次。《梁书·王筠传》云:"昭明太子爱文学士,常与筠及刘孝绰、陆倕、到洽、殷芸等游宴玄圃。太子独执筠袖、抚孝绰肩而言曰：'所谓"左把浮丘袖，右拍洪崖肩"。'其见重如此。"王筠受萧统的爱重仅次于刘孝绰，他亦可能是《文选》的编选者之一。

除刘、王之外，据《梁书》记载，殷芸"励精勤学，博洽群书"，曾任昭明太子侍读、直东宫学士省(《殷芸传》)；到洽"少知名，清警有才学士行"，曾任太子中舍人，掌东宫管记、太子侍读、侍读省学士、太子家令、太子中庶子二次(《到洽传》)；张率"年十二，能属文"，被沈约称为"后进才秀"，萧统说他"才笔弘雅"，曾任太子舍人、太子洗马、太子仆、太子家令、掌东宫管记(《张率传》)；王规"献《新殿赋》，其辞甚工"，普通六年梁武帝于文德殿为广州刺史元景隆饯行，诏群臣赋诗，"规援笔立奏，其文又美"，曾任太子舍人、太子洗马、太子中舍人(《王规传》)；殷钧"恬静简交游，好学有思理"，曾任太子舍人、太子家令、掌东宫书记、东宫学士、太子中庶子三次(《殷钧传》)；王锡风华俊秀，梁武帝敕昭明太子："太子洗马王锡，秘书郎张缵，亲表英华，朝中髦俊，可以师友事之。"曾任太子舍人、太子洗马(《王锡传》)；张缅"性爱坟籍，聚书至万余卷"，曾任太子舍人、太子洗马、太子中舍人、太子中庶子(《张缅传》)；张缵"好学，兄缅有书万余卷，昼夜披读，殆不辍手"，曾任太子舍人、太子洗马、太子中舍人、掌东宫管记(《张缅传》)；何思澄"少勤学，工文辞"，曾兼任东宫通事舍人(《何思澄传》)；陆襄曾任太子洗马、太子中舍人、太子家令、太子中庶子，并三次掌管记(《陆襄传》)；刘杳"少好学，博综群书"，曾兼任东宫通事舍人(《刘杳传》)。昭明太子身边的这些文人学士，都有可能参与了《文选》的编撰工作。

《南史·王锡传》云："时昭明太子尚幼，武帝敕(王)锡与秘书郎张缵使入宫，不限日数，与太子游狎，情兼师友。又敕陆倕、张率、谢举、王规、王筠、刘孝绰、到洽、张缅为学士，十人尽一时之选。"这就是所谓"昭明太子十学士"，他们中的许多人可能后来都参与了《文选》的编撰工作。

有研究者认为，刘勰曾任昭明太子的通事舍人，《梁书·刘勰传》云："昭明太子好文学，深爱接之。"应当也参与过《文选》的编撰工作。刘勰是否参与其事，可以进一步研究。我认为可能性较小。要弄清这个问题，首先要确定刘勰的卒年。

刘勰的卒年，史无明文，无法确考。研究者有三种不同看法：一是范文澜说。他认为，"彦和自宋泰始初生，至普通二年（521）卒，计得五十六七岁"（《文心雕龙·序志》注［六］）。二是李庆甲说。他根据《隆兴佛教编年通论》（南宋释祖琇撰）、《佛祖统纪》（南宋释志磐撰）、《释氏通鉴》（南宋释本觉撰）、《佛祖历代通载》（元释念常撰）、《释氏稽古录》（元释觉岸撰）诸书记载，"把他（刘勰）的卒年确定在中大通四年，即公元五三二年"（《刘勰卒年考》，《文学评论丛刊》第一辑）。三是杨明照说。他亦根据《佛祖统纪》等书，认为"舍人之卒，非大同四年即大同五年也"（《梁书刘勰传笺注》，见《文心雕龙校注拾遗》，上海古籍出版社1982年版），即公元538—539年。在三说中，我同意范说，即认为刘勰约卒于普通二年（521）。这个推测比较合理。李说、杨说问题较多。主要的问题有两个：一是李、杨立论的根据为《隆兴佛教编年通论》诸书，这些书出自南宋和元代，其根据又何在？二是刘勰于天监十七年（518）任步兵校尉兼东宫通事舍人如故，至中大通三年（531）昭明太子卒后才受敕撰经，其间十四年刘勰的事迹何在？这些问题不解决，李、杨两说就难以令人信服。如果确定刘勰的卒年是普通二年（521），而研究者大都认为《文选》的编撰时间大约在大通元年（527）至中大通三年（531）之间，那么，刘勰没有参与《文选》的编撰工作是显而易见的。

宋《中兴馆阁书目》"《文选》"条云："昭明太子萧统集子夏、屈原、宋玉、李斯及汉迄梁文人才士所著赋、诗、骚、七、诏、册、令、教、表、书、启、笺、记、檄、难、问、议论、序、颂、赞、铭、诔、碑、志、行状等为三十卷。"注云："与何逊、刘孝绰等选集。"（赵士炜《中兴馆阁书目辑考》卷五）这里提到何逊也参加过《文选》的编撰工作。此说似不可信。《梁书·何逊传》云："逊八岁能赋诗，弱冠州举秀才。……天监中，起家奉朝请，迁中卫建安王水曹行参军，兼记室。王爱文学之士，日与游宴，及迁江州，逊犹掌书记。还为安西安成王参军事，兼尚书水部郎，母忧去职。服阕，除仁威庐陵王记室，复随府江州，未几卒。"考何逊平生经历，从未与萧统有过交往，似不可能参与《文选》的编撰。再说，何逊大约卒于天监十八年（519），当时萧统才十九岁，尚未开始编选《文选》，何逊又怎么可能参与其事呢？《中兴馆阁书目》以何逊参与《文选》的编撰工作，可能因为何逊与刘孝绰齐名（并称"何刘"）连带而及。

当代日本学者清水凯夫认为，"《文选》的实质性撰录者不是昭明太子，而是刘孝绰，在《文选》选录的作品中浓厚地反映着他的意志"（《〈文选〉编辑的周围》，见《六朝文学论文集》，重庆出版社1989年版）。为了证实这一观点，他举出了一些例证。以下拟结合这些例证，提出笔者个人的看法。

清水氏认为，萧统的文学观集中表现在《答湘东王求文集及诗苑英华书》的一段话里："夫文典则累野，丽亦伤浮。能丽而不浮，典而不野，文质彬彬，有君子之致。吾尝欲为之，但恨未逮耳。"简言之，即"文质彬彬"。《文选》赋之"情"类选录了宋玉的《高唐赋》、《神女赋》、《登徒子好色赋》和曹植的《洛神赋》，便与他的文学观相矛盾。他的《陶渊明集序》说："白璧微瑕，唯在《闲情》一赋。扬雄所谓劝百而讽一者,卒无讽谏,何足摇其笔端。惜哉,亡是可也。"可是为什么《文选》还选录《神女赋》、《洛神赋》等作品呢？我们认为萧统之所以选录这些作品,一是这些作品符合"事出于沉思,义归乎翰藻"的选录标准;二是这些作品都是历来传诵的名篇佳作;三是萧统的文学思想除了"文质彬彬"之外,还有"入耳之娱"、"悦目之玩"(《文选序》)一类的内容。在《昭明太子集》中不是也有《三妇艳》之类的宫体诗吗？《文选》选录这些作品并没有什么可奇怪的。清水氏从萧统的"文质彬彬"的思想出发,认为萧统不该选录这类作品。可是,刘孝绰的文学观与萧统大体相似,他又为什么选录这类作品呢？这样的理由不足以证明《文选》不是萧统而是刘孝绰编选的。

清水氏认为,《文选》选录徐悱《古意酬到长史溉登琅邪城》一诗,是刘孝绰徇私。因为他的妹妹嫁给徐悱,刘是徐的内兄。此言差矣！徐悱的《古意酬到长史溉登琅邪城》是一首酬答诗,到溉的《登琅邪城》诗已佚。此诗写诗人登琅邪城楼眺望,由眼前景色引起广阔的联想,是一首有文有质的佳作。诗中说:"少年负壮气,耿介立冲冠。怀纪燕山石,思开函谷丸。"诗中少年的英雄气概,在有梁一代是十分罕见的。后世许多著名的诗歌选本,如王士祯的《古诗选》、陈祚明的《采菽堂古诗选》、沈德潜的《古诗源》等都选入此诗。沈德潜评曰:"在尔时已为高响。"(《古诗源》卷十三)这说明此诗是因为写得好才被选入《文选》的,怎么能说是因为刘孝绰徇私情呢？

何逊诗在当时的评价很高。范云说:"顷观文人,质则过儒,丽则伤俗;其能含清浊,中今古,见之何生矣。"沈约说:"吾每读卿诗,一日三复,犹不能已。"萧绎说:"诗多而能者沈约,少而能者谢朓、何逊。"(《梁书·何逊传》)《文选》何以不选何逊诗呢？清水氏认为,这是因为刘孝绰对何逊十分嫉妒。他引用颜之推的话说:"何逊诗实为清巧,多形似之言。扬都论者,恨其每病苦辛,饶贫寒气,不及刘孝绰之雍容也。虽然,刘甚忌之,平生诵何诗,常云:'蓬居响北阙,懵懵不道车。'又撰《诗苑》,止取何两篇,时人讥其不广。刘孝绰当时既有重名,无所与让,唯服谢朓,常以谢诗置几案间,动静辄讽味。"(《颜氏家训·文章》)刘孝绰与何逊在当时都享有盛名,刘孝绰"既有重名,无所与让",嫉妒何逊,《诗苑》只选何逊诗二首,《文选》连一首也不选了。这样的分析是有一定道理的,但是并不全面。我们认为,只是由于嫉妒,《文选》不选何逊诗,必然会引起人们的议论。因此必须寻找一个借口,《南史·何逊传》云:"梁天监中……南平王引为宾客,掌记室事。后荐之武帝,与吴均俱进幸。后稍失意,帝曰:'吴均不均,何逊不逊……'自是疏隔,希复得见。"这便是刘孝绰最好的借口,而在当时,人们对此也是不敢随意议论的。至于沈约和刘峻,都曾引起过梁武帝的严重不满,而他们的作品《文选》却都选录了。这种现象说明,只有"借口"而无"嫉妒",一切照常,如果有"嫉妒"又有"借口",不幸的事情就发生了。话又说回来,即使《文选》不选何逊诗一事与刘孝绰有关,也不能证明他就是《文选》的主编,他仍然只是参与编撰《文选》的成员之一。

《文选》选录了王巾的《头陀寺碑文》。清水氏认为,这篇碑文是"文体冗长,过分讲究修饰,大部分内容不值得一读……没有个性的文章"(《〈文选〉中梁代作品的撰(选)录问题》,见《六朝文学论文集》),《文选》之所以选录它,主要是因为此文歌颂了刘谊的功绩,而刘谊是彭城人,与刘孝绰同族,又与刘孝绰的伯父刘悛同朝为官,故刘孝绰借此对刘谊进行表彰。我们不同意清水先生的看法。王巾《头陀寺碑文》写头陀寺兴建之经过,对修建寺庙之人如释慧宗、孔凯、蔡兴宗、勤法师、江夏王宝玄、刘誼等予以表彰,本是题内的应有之义。清水先生对此作了过分的渲染,借以证实《文选》选录此文也是刘孝绰徇私,只是清水先生的分析与文章内容并不相符,这就使得他的观点难以为人们所接受了。

王巾的《头陀寺碑文》是一篇佳作,李兆洛将它选入著名的骈文选本《骈体文钞》,谭献评曰:"辞不泛滥,汉魏义法未沦。"又云:"名理之言,出以回簿;纪叙之体,贯以玄远,此为南朝有数名篇。沾溉唐初,何能青胜。"又云:"铭词秀出。"又云:"文士但能作'百姓有余,天下无事'语,已为鸡群之鹤。"(《骈体文钞》卷二十三)钱锺书先生认为:"按余所见六朝及初唐人为释氏所撰文字,驱遣佛典禅藻,无如此碑(即《头陀寺碑文》)之妥适莹洁者。叙述教义,亦中肯不肤;窃谓欲知彼法要指,观此碑与魏收《魏书·释老志》便中,千经万论,待有余力可耳。"(《管锥编》第四册第1442页)对此文都作了较高的评价。由此证明,《文选》选录此文是理所应当的,与私情无关。

清水氏对《文选》选录任昉的《刘先生夫人墓志》持有怀疑。他引用吴均《齐春秋》之说,认为墓志应"记其人世系,名字、爵里、行治、寿言、卒葬日月,其子孙大略"等,而任昉此志"并无记载世系、名字等序文,突然破例地从押韵铭辞开始",不是典型的墓志,《文选》不应选录。他认为《文选》所以选录此文与其内容有关。此文意在歌颂刘先生夫人王氏的美德。刘先生即当时著名的学者刘瓛,其夫人王氏是琅玡王法施之女。刘是孝绰父刘绘之师,关系密切。孝绰母亦属琅玡王氏,他们有"牢固的连带关系"(《〈文选〉中梁代作品的撰(选)录问题》,见《六朝文学论文集》)。据《南齐书·刘瓛传》记载,王氏曾为刘瓛所休,而此文却是合葬之文,梁章钜"疑齐志有误"(《文选旁证》卷四十六)。清水氏认为任昉是刘璘的同党,其所撰之墓志不可信,刘孝绰将此文选入《文选》,是为了"消除《南齐书》记载的影响,恢复刘及其夫人王氏的名誉"。

我们对于清水先生的细心考证和大胆假设深感钦佩,但是不能同意他的推测。第一,这篇墓志不仅选入《文选》,也选入了后来的著名选本《骈体文钞》。谭献评此文曰:"入昭明选者都无鄙词。"(《骈体文钞》卷二十五)孙鑛评曰:"亦腴炼。"(《重订文选集评》卷十五)这说明这是一篇较好的文章,并非如清水先生所说是一篇"在文体上破例又在修辞上不甚佳"(《〈文选〉中梁代作品的撰(选)录问题》)的墓志。第二,《骈体文钞》选录江淹的《宋安成王右常侍刘乔墓铭》、《宋光禄大夫孙复墓铭》,与任昉的《刘先生夫人墓志》同一模式,李兆洛在《宋安成王右常侍刘乔墓铭》题后加上一段按语说:"当时志与铭,或出两人手。故诸家集或有铭无志,或有志无铭,不尽关缺佚也。"可见清水先生对此篇墓志的体式存有误解。第三,历史人物的墓志虽难免有谀辞,但所提供的材料价值往往超过正史,我们似乎不应该轻易否定此文的可靠性。梁章钜说未必不可信。因此我们也可以断言,《文选》选录此文并非徇于私情。

《文选》选录了刘峻的《广绝交论》。《南史·任昉传》云:"有子东里、西华、南容、北叟,并无术业,坠其家声。兄弟流离不能自振,生平旧交莫有收恤。西华冬月著葛帔练裙,道逢平原刘孝标,泫然矜之,谓曰:'我当为卿作计。'乃著《广绝交论》以讥其旧交。"这是《广绝交论》的写作原由。"旧交"指的何人?李善注云:"此谓到洽兄弟也。"所以,《南史·任昉传》在引《广绝交论》后云:"到溉见其论,抵几于地,终身恨之。"刘孝绰与到溉、到洽兄弟原为好友,后因事不和而至绝交。清水氏认为,《文选》选录《广绝交论》,是刘孝绰"把深抱遗恨之情托于《广绝交论》"。

清水氏的推想我们无法证实。不过我们认为，《文选》选录刘峻的《广绝交论》，绝不可能仅仅是刘孝绰欲借此报复到氏兄弟，而首先取决于这是一篇好文章。此文主张绝交，是因为古来"素交"已为"利交"所取代。所谓"利交"有五种表现形式，即势交、贿交、谈交、穷交、量交。这些交谊都是建立在权势和金钱的基础上，作者对此做了淋漓尽致的揭露。在"嘲风雪，弄花草"的齐梁文学作品中，这样的讽刺文章是不可多得的，故在《梁书》、《南史》的《任昉传》中皆予以引用，《骈体文钞》亦选入此文（卷二十）。李兆洛评曰："以刻酷摅其愤懑，真足以状难状之情。《送穷》、《乞巧》，皆其支流也。"谭献评曰："尚有《韩非》、《吕览》遗意，辞盛于理，文苑之梁梁。"都给予了较高的评价。因此，我们不认为《文选》选录此文是刘孝绰出于个人目的，而认为这是一篇优秀的作品。

众所周知，入选《文选》的作品都是经过严格挑选的，因此入选的文章大都是名篇佳作。清水先生论及宋玉的《高唐赋》、《神女赋》、《登徒子好色赋》，曹植的《洛神赋》，徐悱的《古意酬到长史溉登琅邪城》，王巾的《头陀寺碑文》，任昉的《刘先生夫人碑志》，刘峻的《广绝交论》等，或为名篇，或为佳作，选入《文选》完全符合选录标准，决非刘孝绰徇私情的缘故。清水氏以这些文章为例，证明《文选》的实质性主编是刘孝绰而不是昭明太子萧统，通过以上分析，我们认为这一观点难以成立。但刘孝绰参与了《文选》的编选工作，并且是一个重要的成员，则是完全可能的。

（二）《文选》编选的年代问题

《文选》编选的年代，史籍无任何记载。衢本《郡斋读书志》卷二十"李善注《文选》"条云："窦常谓统著《文选》，以何逊在世不录其文。盖其人既往,而后其文克定,然则所录皆前人作也。"这里说的"以何逊在世不录其文",显然有误。大多数研究者认为《文选》的编选,是在何逊去世之后。但是,《文选》"不录其文"则是事实。为什么不选录何逊的作品呢? 不得其详。我在前面提出的看法,或可提供这方面的参考。至于说《文选》不录在世作者之文,却是千真万确的。根据这一条原则,我们大致可以确定成书的年代。

《文选》中梁代作家之卒年,根据《梁书》、《南史》等史籍记载,略述如下:

范云　《梁书·范云传》云:"(天监)二年,卒,时年五十三。"

江淹　《梁书·江淹传》云:"(天监)四年,卒,时年六十二。"

王巾　《文选》卷五十九《头陀寺碑文》题下李善注引《姓氏英贤录》云:"天监四年卒。"

丘迟　《梁书·丘迟传》云:"(天监)七年,卒官,时年四十五。"

任昉　《梁书·任昉传》云:"(天监)六年春,出为宁朔将军,新安太守。……视事期岁,卒于官舍,时年四十九。"据此,任昉卒于天监七年。

沈约　《梁书·沈约传》云:"(天监)十二年,卒官,时年七十三。"

虞羲　《文选》卷二十一《咏霍将军北伐》题下李善注引《虞羲集序》云:"羲字子阳,会稽人也。……天监中卒。"《南史·王僧孺传》云:"虞羲字士光,会稽余姚人,盛有才藻,卒于晋安王侍郎。"据《梁书·简文帝本纪》记载,萧纲于天监五年(506)封晋安王,直至中大通三年(531)始立为皇太子。天监共十八年,虞羲当卒于天监五年至十八年（519）之间。

刘峻　《梁书·刘峻传》云："普通二年卒，时年六十。"中华书局标点本《梁书》卷五十《校勘记》云："'二年'，《南史》作'三年'。按：上文云'宋泰始初，青州陷魏，峻年八岁，为人所略至中山'，则峻生于宋大明二年。自宋大明二年至梁普通二年，首尾六十四年；至普通三年，则首尾六十五年。'时年六十'下当脱一'四'字或'五'字。"

徐悱　《梁书·徐勉传》云："（徐）勉第二子悱卒……乃为《答客喻》。其辞曰：'普通五年春二月丁丑，余第二息晋安内史悱丧之问至焉。'"据此，徐悱卒于普通五年（524）。

陆倕　《梁书·陆倕传》云："普通七年卒，年五十七。"梁元帝《太常卿陆倕墓志铭》云："日往月来，暑流寒袭。东耀方远，北芒已及。坠露晓团，悲风暮及。"可知陆倕当卒于是年秋天。

以上十位梁代作家，卒年最晚的是陆倕，卒于普通七年（526），而《文选》的主编者萧统卒于中大通三年（531）。据此可以断言：《文选》编选完成于普通七年至中大通三年之间。这是大家都认同的。但是，各家之间仍有一些细微的差别。如缪钺认为："倕卒时，昭明二十六岁，由此且可知《文选》编定，在昭明二十六岁之后也（即大通元年至中大通三年数载之中）。盖其人已往，其文克定，不录生存之作。"（《〈文选〉与〈玉台新咏〉》，《诗词散论》，上海古籍出版社1982年版）何融认为："《文选》之编撰既认为系开始于普通中，而完成于普通末年（即七年）以后。"（《〈文选〉编撰时期及编者考略》，《国文月刊》第七十六期）清水凯夫认为："关于《文选》的编辑时期……当为昭明太子元服的天监十四年(515)以后和太子薨去的中大通三年(531)四月以前。"又说:"这个范围可进一步缩小到普通七年(526)以后和中大通三年(531)以前。"最后考出:"《文选》是以太子仆刘孝绰为中心于大通元年—大通二年间编辑完成的。"(《〈文选〉编辑的周围》,见《六朝文学论文集》)应该指出,何融、清水凯夫两位先生对《文选》编成年代作了详细的考证与分析,对《文选》之研究是很有贡献的。不过,我们的看法稍有不同。我们认为,《文选》编成于普通七年(526)十一月,即昭明太子母丁贵嫔因病去世之前,而此项工作之开始,可能是普通三年(522)。其理由是:

(1)普通三年之前,萧统编选《诗苑英华》,并委托刘孝绰编《昭明太子集》,可见其对著述有浓厚的兴趣。萧统《诗苑英华》编成年代,当在刘孝绰所编《昭明太子集》之前。萧统《答湘东王求文集及诗苑英华书》云:"得疏,知须《诗苑英华》及诸文制。"由此可知,当时《诗苑英华》已经编成,而汇集"诸文制"的《昭明太子集》尚未编成。刘孝绰《昭明太子集序》云:"粤我大梁之二十一载。"可见《昭明太子集》编成于普通三年(522)。信中没有提到《文选》,说明《文选》的编选工作,尚未进行。

(2)《诗苑英华》编选完毕之后,萧统在《答湘东王求文集及诗苑英华书》中说:"又往年因暇,博采英华,上下数十年间,未易详悉,犹有遗恨,而其书已传,虽未为精核,亦粗足讽览,集乃不工,而并作多丽。汝既须之,皆遣送也。"可见萧统对《诗苑英华》的编选并不满意。在这一思想基础上,《文选》的编选就成为必要的工作了。

(3)普通三年至普通七年之间,东宫人才济济,为《文选》的编选提供了条件。据何融《萧统年表》记载,普通三年至普通七年,在东宫任职的官员有:刘孝绰任太子仆射,陆襄任太子家令,张率任太子家令,陆倕任太子中庶子,明山宾、殷钧任东宫学士,王承任太子中舍人,王规、殷钧、王锡、张缅同侍东宫,到洽任太子中庶子,谢举任太子中庶子,殷芸直东宫学士省,王筠任太子中庶子。众多的人才聚集在昭明太子周围,十分有利于《文选》的编选工作。因此,《文选》编选于普通三年至普通七年之间的可能性较大。

我们认为,《文选》编成于普通七年十一月以后的可能性较小。因为:

(1)普通七年十一月,萧统母丁贵嫔病逝。《梁书·昭明太子传》云:"七年十一月,贵嫔有疾,太子还永福省,朝夕侍疾,衣不解带。及薨,步从丧还宫,至殡,水浆不入口,每哭辄恸绝。……体素壮,腰带十围,至是减削过半。每入朝,士庶见者莫不下泣。"母死守孝一年,不可能编选《文选》。

(2)"埋鹅"事件使萧统终身不安。《南史·梁武帝诸子传》云:"初,丁贵嫔薨,太子遣人求得善墓地,将斩草,有卖地者因阉人俞三副求市,若得三百万,许以百万与之。三副密启武帝,言太子所得地不如今所得地于帝吉,帝末年多忌,便命市之。葬毕,有道士善图墓,云'地不利长子,若厌伏或可申延'。乃为蜡鹅及诸物埋墓侧长子位。有宫监鲍邈之、魏雅者,二人初并为太子所爱,邈之晚见疏于雅,密启武帝云:'雅为太子厌祷。'帝密遣检掘,果得鹅等物。大惊,将穷其事。徐勉固谏得止,于是唯诛道士,由是太子迄终以此惭慨,故其嗣不立。""埋鹅"事件使昭明失宠,其嗣不立,影响极大。在这样的情况下,萧统怎么可能有心情去编选《文选》呢。

(3)普通七年以后,东宫文士如陆倕、到洽、明山宾、张率、殷芸、张缅等先后去世。刘孝绰先是被到洽弹劾免去廷尉正职,继起为西中郎湘东王谘议,其中虽有一段时间任太子仆,但后又丁母忧守孝。张缵出为华容公长史,王规出为晋安王长史,相继调离东宫。因此我们认为,普通七年以后,中大通三年以前,萧统编选《文选》的可能性较小。

应当指出,不论是断言《文选》编定于普通七年以后,还是推想《文选》编定于普通七年十一月以前,都是根据有关史料所作的分析和推测。这个问题尚有待进一步的研究。

(三)《文选》的文体分类问题

《文选》的文体分类,主要有三说:

一说,分为三十八体。主此说之研究者很多,以黄侃、骆鸿凯为代表。黄侃《文选平点》之《文选目录校记》第四十三卷刘子骏《移书让太常博士》一目前列有"移"一体,下云:"意补一行。"在《移书让太常博士》一文题后则云:"题前以意补'移'字一行。"按:黄侃之《文选平点》系据湖北崇文书局翻刻鄱阳胡氏刻本,而胡刻本原为三十七体,加上"意补"之"移"体,则为三十八体。骆鸿凯曰:"《文选》次文之体凡三十有八:曰赋,曰诗,曰骚,曰七,曰诏,曰册,曰令,曰教,曰策文,曰表,曰上书,曰启,曰弹事,曰笺,曰奏记,曰书,曰移,曰檄,曰对问,曰设论,曰辞,曰序,曰颂,曰赞,曰符命,曰史论,曰史述赞,曰论,曰连珠,曰箴,曰铭,曰诔,曰哀,曰碑文,曰墓志,曰行状,曰吊文,曰祭文。"(《文选学·义例第二》)与黄侃的分类相同,即补上"移"体。

一说,分为三十九体。褚斌杰说:"今本《文选》计六十卷,收录了周代至六朝梁以前七八百年间一百三十多个知名作者和少数佚名作者的诗文作品七百余篇。全书按文体把所收作品分为三十九类……这种大规模地将文学作品辨体区分,是空前的,在当时是一件具有创造性的工作。"(《中国古代文体概论·绪论》)褚氏虽然列出三十九体,但没有说明根据。台湾成功大学游志诚氏曾寄赠大作《论〈文选〉之难体》(台湾成功大学魏晋南北朝文学与思想学术研讨会论文)一文,文中对研究者将《文选》分为三十八体和三十七体都表示不满,提出"《文选》分体三十九类"之说。他说:"《文选》所收文体,历来都以为只三十八种。那是根据目录所列而分。可是,诸家看到的《文选》版本大抵一样,所以不能有新的发现。如今吾人根据陈八郎本五臣注《文选》,才看到目录稍有不同,在书、移、檄之后,另外再列有'难'一类,司马相如《难蜀父老》一文属之。"由此可知,游氏将《文选》分为三十九体,是根据南宋绍兴辛巳建阳崇化坊陈八郎宅刊本五臣注《文选》。

一说,分为三十七体。笔者在《萧统〈文选〉三题》(见《昭明文选研究论文集》,吉林文史出版社1988年版)一文中,对此作了较详细的论述。

目前通行的李善注《文选》和六臣注《文选》,皆分为三十七体,而近世研究者多谓分三十八体,何以故?原来清代胡克家《文选考异》卷八,在《移书让太常博士》条下云:"陈云题前脱'移'字一行,是也。各本皆脱,又卷首子目亦然。"这是指出,在刘歆《移书让太常博士》一文题前脱去"移"字一行。卷首的目录也是如此。按:陈即陈景云(1670—1747),字少章,江苏吴县人,清代学者。这是引陈氏《文选举正》说。陈氏为何焯门人,其《文选举正》无刻本流传,但有钞本存世。胡克家《文选考异》精于校勘,辨析颇详,是一部流传极广的有关李善注《文选》的校勘专著,影响很大。黄侃《文选平点》即承陈氏说,谓"(《移书让太常博士》)题前以意补'移'字一行"。至黄侃门人骆鸿凯,在《文选学》中就干脆将"移"列为一体,断为三十八体,此后《文选》分为三十八体之说几成定论。我以为黄侃所说的"以意补……"的"意"字值得注意,就是说,陈景云是基于自己的想法,认为应该补上"移"字一行。当然,陈氏的想法也是有根据的,因为在《文选》第四十三卷上选录了刘歆的《移书让太常博士》和孔稚珪的《北山移文》,所以他认为"移"应列一体,李善注《文选》未列,他以为是脱掉了。我们认为陈氏的想法还是可以商榷的。第一,胡克家《文选考异》云,"移"字一行"各本皆脱"。既然各本皆无,是否脱掉,就颇值得怀疑。因为唐宋以来,《文选》的传本不只是一种,怎么会"各本皆脱"?因此,"'移'字一行"是脱掉了,还是原来所无,有待进一步查考和研究。第二,李善注《文选》和六臣注《文选》的各种版本,"移"文皆列于"书"体之中,这样分类并没有错,因为"移"文本是"书"体的一种。《汉书·公孙弘传》云:"弘乃移病免归。"颜师古注:"移病,谓移书言病也。"《后汉书·光武纪》云:"于是置僚属,作文移。"李贤等注:"《东观记》曰'文书移与属县'也。"可证。第三,《文选序》论述各种文体,虽未遍及《文选》所列全部文体,而基本具在,亦未见"移"文一体。第四,在萧统以前,移文作品很少,刘勰《文心雕龙·檄移》篇曾举出三篇:司马相如《难蜀父老》,文在移、檄之间;陆机《移百官》,早已散失;只有刘歆《移书让太常博士》是一篇典型的政治性移文。因此,萧统将移文归入"书"体,似亦无可非议。我认为在未找到版本依据之前,根据现在可以见到的版本,断为三十七体较为妥善。

至于游氏根据陈八郎本五臣注《文选》,认为《文选》的文体分类应是三十九种一说,我颇有怀疑。五臣注《文选》之荒陋,前人言之详矣。唐代李匡乂《资暇录》云:

(五臣注)又轻改前贤文旨,若李氏注云,某字或作某字,便随而改之。其有李氏不解而自不晓,辄复移易。今不能繁驳,亦略指其所改字。曹植乐府云:"寒鳖炙熊蹯。"李氏云:"今之腊肉谓之寒,盖韩国事馔尚此法。"复引《盐铁论》"羊淹鸡寒",刘熙《释名》"韩羊韩鸡"为证,"寒"与"韩"同。又李以上句云:"脍鲤臇胎虾。"因注:"《诗》曰:'炰鳖脍鲤。'"五臣兼见上句有脍,遂改"寒鳖"为"炰鳖",以就《毛诗》之句。又子建《七启》云:"寒芳莲之巢龟,脍西海之飞鳞。"五臣亦改"寒"为"搴"。搴,取也。何以对下句之"脍"耶?况此篇全说修事之意,独入此"搴"字,于理甚不安。上句既改"寒"为"搴",即下句亦宜改"脍"为"取",纵一联稍通,亦于诸句不相承。以此言之,明子建故用"寒"字,岂可改为"炰"、"搴"耶!斯类篇篇有之,学者幸留意。

李匡乂言之凿凿,不可不信。因此,我对陈八郎本五臣注《文选》分文体为三十九体持怀疑态度。我认为《文选》文体分为三十七体的版本依据有南宋尤刻本李善注《文选》、明州本六臣注《文选》、赣州本六臣注《文选》等,证据充足,毋庸置疑。游氏断定《文选》的文体分为三十九体,只有孤证即南宋陈八郎本五臣注《文选》,孤证本难以令人信服,况且五臣注本"又轻改前贤文旨",似更不可信。

(四)《文选》的选录标准问题

《文选》作为我国古代现存最早的一部诗文选集,它选录作品自然有一个标准。什么是《文选》的选录标准呢?研究者虽有不同看法,但大多数都认为《文选序》中已经说明清楚了。这就是:

若夫姬公之籍,孔父之书,与日月俱悬,鬼神争奥,孝敬之准式,人伦之师友,岂可重以芟夷,加之剪截？老庄之作,管孟之流,盖以立意为宗,不以能文为本,今之所撰,又以略诸。若贤人之美辞,忠臣之抗直,谋夫之话,辨士之端,冰释泉涌,金相玉振。所谓坐狙丘,议稷下,仲连之却秦军,食其之下齐国,留侯之发八难,曲逆之吐六奇,盖乃事美一时,语流千载。概见坟籍,旁出子史,若斯之流,又亦繁博,虽传之简牍,而事异篇章,今之所集,亦所不取。至于记事之史,系年之书,所以褒贬是非,纪别异同,方之篇翰,亦已不同。若其赞论之综缉辞采,序述之错比文华,事出于沉思,义归乎翰藻,故与夫篇什,杂而集之。

阮元说:"昭明所选,名之曰'文',盖必文而后选也,非文则不选也。经也,子也,史也,皆不可专名之为文也。故昭明《文选序》后三段特明其不选之故。必'沉思'、'翰藻',始名为'文',始以入选也。"(《揅经室三集》卷二《书梁昭明太子文选序后》)朱自清《〈文选序〉"事出于沉思,义归乎翰藻"说》一文,在引用阮元上面一段话后,接着说,"这样看来,'沉思'、'翰藻'可以说是昭明选录的标准了。"从此以后,研究者大多赞同此说。笔者基本上也赞同此说,但认为只是将"沉思"、"翰藻"作为《文选》的选录标准还不够全面。《文选序》云:"诗者,盖志之所之也,情动于中而形于言。《关雎》、《麟趾》,正始之道著;桑间、濮上,亡国之音表。故《风》、《雅》之道,粲然可观。"这是萧统袭用《毛诗序》中的话,表达了他对作品思想内容的重视,也表现了他的儒家"雅正"的文学思想。将萧统的儒家"雅正"的文学思想与"沉思"、"翰藻"结合起来,才是萧统的文学观,也是《文选》选录作品的标准。

萧统在《答湘东王求文集及诗苑英华书》中说的"夫文典则累

野"那一段话,是萧统用来衡量创作的标准,也集中地表现了萧统的文学观。显然,这种文学观源自儒家思想。《论语·雍也》云:"质胜文则野,文胜质则史。文质彬彬,然后君子。"值得注意的是,这种文学观与《文选序》所阐明的文学观是完全一致的。有的研究者不赞成以"沉思"、"翰藻"作为《文选》选录作品的标准,认为萧统"夫文典则累野"那一段话才是《文选》的选录标准。我颇不以为然。《文选序》中既然已经有了选录标准,又何必另寻标准呢?何况《答湘东王求文集及诗苑英华书》与《文选序》所表达的文学思想又是一致的,似乎不必多此一举。再说,一部选本的选录标准不在选本本身去找,而到编选者的其他文章中去找,未免不近情理。一般地说,一部文学选集的选录标准,在选集中都会有所说明。如我们常见的《古诗选》、《古诗源》、《唐诗别裁》、《古文辞类纂》等文学选本,都莫不如此。《文选》自然亦复如此。

关于《文选》的选录标准,日本学者清水凯夫提出了不同的见解。他在《〈文选〉编辑的目的和撰(选)录标准》一文中指出,沈约的《宋书·谢灵运传论》(以下简称《传论》)概括了"永明体"的主张,《文选》的选编者是以此作为选录标准的。如果说《传论》概括了"永明体"声律理论,我是同意的;如果说《传论》是《文选》的选录标准,我就无法理解了。

沈约作为齐梁时期的文坛领袖,在《传论》中提出的文学史观和声病说,在当时是有较大影响的,《文选》的选编者受此影响是完全可能的,但绝不可能以《传论》作为《文选》的选录标准。以别人的文章作为自己选录作品的标准,在我国文学史上尚无前例,何况萧统在《文选序》中已明确阐述了《文选》的选录标准。

清水氏为了证实自己的看法,以《文选》选录的作品与沈约的《传论》逐段对照,证明《文选》确实按照《传论》的论述选录的。如

《传论》说:"降及元康,潘陆特秀。律异班贾,体变曹王。缛旨星稠,繁文绮合。缀平台之逸响,采南皮之高韵。遗风余烈,事极江右。"清水氏认为,沈约这一见解如实地反映在《文选》中。《文选》选录西晋作品,潘岳、陆机的作品在数量和质量方面都占压倒优势,这正好说明《文选》的撰录是以《传论》为依据的。又如《传论》说:"至于先士茂制,讽高历赏,子建函京之作,仲宣霸岸之篇,子荆零雨之章,正长朔风之句,并直举胸情,非傍诗史。正以音律调韵,取高前式。"清水氏认为,沈约提到的曹植的《赠丁仪王粲诗》、王粲的《七哀诗》、孙楚的《征西官属送于陟阳候作诗》、王讚的《杂诗》,《文选》全部选录了,这也是《文选》以《传论》为理论标准的一个佐证。从表面上看,清水氏摆事实讲道理,说明《文选》的选录标准是《传论》,似乎很有说服力。其实不然。因为《传论》所论为历代著名作家和名篇佳作,而《文选》"略其芜秽,集其清英",所选亦为历代著名作家和名篇佳作,它们之间的不谋而合是完全可以理解的。如果我们以刘勰的《文心雕龙》与《文选》作对照,就会发现《文选》选录的作家一百三十人,见于《文心雕龙》者约有五分之四。《文选》选录的作品,在《文心雕龙》中指出篇名的约有百余篇(参阅殷孟伦《如何理解〈文选〉编选的标准》,《文史哲》1963年第一期)。那么,我们是否也可以认为,《文选》是以《文心雕龙》为选录作品的标准呢?话又说回来了,《文选》选录作品的标准还是在《文选序》中。

我很赞成黄侃氏的见解。他说:"'若夫姬公之籍'一段,此序选文宗旨,选文条例皆具,宜细审绎,毋轻发难端。《金楼子》论文之语,刘彦和《文心》一书,皆其翼卫也。"(《文选平点》,上海古籍出版社1985年版)这里揭示了三点:

其一,黄侃认为,《文选序》"若夫姬公之籍"一段,不仅表明了选文的宗旨，又提出了选录的标准。这个标准就是"事出于沉思，义归乎翰藻"。

其二，黄侃认为，萧绎的《金楼子·立言》篇可作为《文选序》"若夫姬公之籍"一段之"翼卫"。《立言》篇云："至如不便为诗如阎纂，善为章奏如伯松，若此之流，泛谓之笔。吟咏风谣，流连哀思者，谓之文。"又云："笔退则非谓成篇，进则不云取义，神其巧惠笔端而已。至如文者，惟须绮縠纷披，宫徵靡曼，唇吻遒会，情灵摇荡。"这里区分文笔，强调"文"之文辞采藻和思想情感，与萧统的"沉思"、"翰藻"有一致之处，可作为《文选》选录标准之"翼卫"。基于此，《文选》选录了宋玉《高唐》、《神女》等赋，也就不足为奇了。

其三，黄侃认为，刘勰的《文心雕龙》一书，体大思精，笼罩群言，亦可作为《文选》选录标准的"翼卫"。其中，《原道》、《征圣》、《宗经》等篇，强调儒家思想的指导作用，与《文选序》不同。而《情采》篇云："圣贤书辞，总称文章，非采而何？"强调文采，则与萧统"沉思"、"翰藻"说基本一致。又云："故情者文之经，辞者理之纬；经正而后纬成，理定而后辞畅。此立文之本源也。"论述内容与形式的关系，又与萧统"文质彬彬"之说颇为相近。这样，《文选》选录了托名孔安国的《尚书序》和杜预的《春秋左传集解序》，也就容易理解了。

黄侃氏将萧绎的《金楼子·立言》篇和刘勰的《文心雕龙》作为《文选序》"若夫姬公之籍"一段之"翼卫"，使我们对《文选》选录标准的认识更为全面，也更为深刻了。

（五）《文选》与《文心雕龙》的关系问题

关于《文选》与《文心雕龙》的关系问题，中外研究者大多认为，《文心雕龙》对《文选》有很大的影响。中国著名学者、文选学专家骆鸿凯说："昭明选文，或相商榷。而《刘勰传》载其兼东宫通事舍人，深被昭明爱接；《雕龙》论文之言，又若为《文选》印证，笙磬同音，是岂不谋而合，抑尝共讨论，故宗旨如一耶？"（《文选学·纂集第一》）日本著名汉学家、《文心雕龙》学者户田浩晓说："可以说，刘勰的《文心雕龙》对《文选》的编纂，具有深刻的影响。关于这一点，从《梁书·刘勰传》'昭明太子好文学，深爱接之（刘勰）'一语中即可想见。两书对文学作品的分类方式极为相似，从《文心雕龙》所列举的作品多为《文选》采录这一事实来看，这一点也是不容否定的。"（《文心雕龙研究》第五章）这些意见都是具有代表性的，也是为多数人所认可的。

日本学者清水凯夫对此提出不同看法，他认为《文心雕龙》对《文选》没有影响。为了论证这一观点，他写了《〈文选〉与〈文心雕龙〉的相互关系》、《〈文心雕龙〉对〈文选〉的影响——关于散文的研讨》、《〈文选〉与〈文心雕龙〉的关系——关于韵文的研讨》（均见《六朝文学论文集》）三篇论文。这三篇论文的结论基本相同，即《文心雕龙》是以复古思想为基本理念的，而《文选》是以文学发展观为立足点的。二者之间有着根本性的差别，所以《文心雕龙》对《文选》没有什么影响。

清水氏认为《文选》是以文学发展观为立足点的，我颇为同意。《文选序》云："若夫椎轮为大辂之始，大辂宁有椎轮之质；增冰为积水所成，积水曾微增冰之凛。何哉？盖踵其事而增华，变其本而加厉;物既有之,文亦宜然。随时变改,难可详悉。"这里以"椎轮"、"增冰"为喻,指出事物的发展是踵事增华、变本加厉的,借以说明文学的发展变化亦复如此。这大概就是清水氏所说的《文选》的文学发展观吧!

清水氏认为《文心雕龙》是以复古思想为基本理念的,我也是同意的。但是,清水氏的认识如果仅止于此,我就未能苟同了。刘勰在《文心雕龙·序志》篇中说:

> 自生人以来,未有如夫子者也!敷赞圣旨,莫若注经,而马、郑诸儒,弘之已精;就有深解,未足立家。唯文章之用,实经典枝条;五礼资之以成,六典因之致用;君臣所以炳焕,军国所以昭明;详其本源,莫非经典。而去圣久远,文体解散,辞人爱奇,言贵浮诡,饰羽尚画,文绣鞶帨,离本弥甚,将遂讹滥。盖《周书》论辞,贵乎体要;尼父陈训,恶乎异端;辞训之异,宜体于要。于是搦笔和墨,乃始论文。

在这里,刘勰怀着对孔子的崇敬心情,像孔门弟子子贡那样,赞颂道:自有人类以来,没有人像夫子这样的伟大!他本想注释经书,因马融、郑玄等人注释已十分精审,自己即使有深刻的见解,也未必能自成一家。只有论文才能有所建树,因为文章是经书的枝叶,"五礼"靠它完成,"六典"缘它致用,而其本源则来自经书。刘勰认为,当时的文章体制逐渐败坏,文人喜爱新奇,以浮靡诡异之言为贵,背离儒家思想越来越远,必将造成怪诞和淫滥的后果。于是他根据《周书》之辞、夫子之训,开始写作《文心雕龙》。刘勰又说:

> 盖《文心》之作也,本乎道,师乎圣,体乎经,酌乎纬,变乎骚,文之枢纽,亦云极矣。

这是说,《原道》、《征圣》、《宗经》、《正纬》、《辨骚》等五篇是《文心雕龙》的"枢纽",是写作的总纲,体现了全书的基本思想。

从《文心雕龙》中的《原道》、《征圣》、《宗经》以及《序志》等篇来看,确实充满了浓厚的儒家思想,即清水氏所谓的复古思想。但是,我们不妨问一问,刘勰标榜儒家思想的目的是为了什么呢?答案是显而易见的,就是为了反对当时文学的不良倾向。这就使我们联想到唐代的古文运动。韩愈和柳宗元都是古文运动的领导者,韩愈主张"文以载道",柳宗元主张"文以明道",这里的"道"都是儒家之道。他们提倡儒家之道,提倡古文,目的在于反对骈文。他们在复古的口号之下,创作了一种新型的散文,体现了革新精神。同样,宋代欧阳修领导的"古文运动"也是这样。刘勰借用儒家思想,反对当时的浮靡文风,对文学理论和批评的重要问题进行系统的论述,特别是他反对"瘠义肥辞,繁杂失统","思不环周,索莫乏气"(《风骨》)的无"风"无"骨"的文学,倡导"风骨"论,要求作品有明朗健康、遒劲有力的风格特点。这种进步的文学思想,正体现出一种革新的精神。如果我们只看到刘勰的复古思想,而不理解其复古思想的作用,也看不到他的革新精神,那是不全面的,也是不公正的。

应当指出,《文心雕龙》中也包涵了文学发展观。如《通变》篇说:"文律运周,日新其业。"就看到了文学的发展变化的规律。《时序》篇说:"时运交移,质文代变。"说的就是随着时代的前进,文学也不断地发展变化。又说:"文变染乎世情,兴废系乎时序。"文学作品的变化受到社会情况的影响,文学的盛衰与时代的变换有联系。这是刘勰在分析了齐梁以前的文学现象之后所得出的结论。这些观点与萧统的文学发展观是一致的。

至于《文选》是否受到《文心雕龙》的影响,我们的回答是肯定的。其理由约而言之,有如下五点:

其一,刘勰的《文心雕龙》大约完成于齐和帝中兴元年(501)。此书完成后,受到沈约的好评。沈约"谓为深得文理,常陈诸几案"(《梁书·刘勰传》)。梁武帝天监十一年(512)至十七年(518),刘勰兼任昭明太子东宫通事舍人。当时刘勰四十八岁至五十四岁,萧统十二岁至十八岁,据《梁书·刘勰传》记载,昭明太子爱好文学,喜与刘勰交往。因此,我们不能说刘勰对萧统没有影响。

其二,《文心雕龙》文体论二十篇,分文体为三十三类,如果加上《辨骚》篇中所论述的"骚"体,则为三十四类。《文选》之文体分为三十七类,所分文体与《文心雕龙》大体相同。所以骆鸿凯《文选学》论述《文选》的文体,大都以《文心雕龙》的文体论诠释之。虽然文体分类与社会生活、文学传统有关,但是《文选》的文体分类与《文心雕龙》如此相近,说明《文选》的文体分类不可能不受到《文心雕龙》文体论的影响。

其三,齐梁时期注意文笔区分。《文心雕龙》文体论二十篇,前十篇论文,后十篇论笔,十分清楚。《文选》虽未明分文笔,而其所分各体中,骚、诗、赋、颂等,"文"也,论、说、序、书等,"笔"也,大都与《文心雕龙》暗合。

其四,《文心雕龙》所论述的名家和名篇,《文选》大都选录。兹以《文心雕龙·诠赋》篇为例,稍加说明。《诠赋》篇云:

> 观夫荀结隐语,事数自环;宋发巧谈,实始淫丽。枚乘《菟园》,举要以会新;相如《上林》,繁类以成艳;贾谊《鵩鸟》,致辨于情理;子渊《洞箫》,穷变于声貌;孟坚《两都》,明绚以雅赡;张衡《二京》,迅发以宏富;子云《甘泉》,构深玮之风;延寿《灵光》,含飞动之势:凡此十家,并辞赋之英杰也。

这里论述先秦两汉"辞赋之英杰"十家。这十家除荀卿赋属子书、枚乘《菟园》可能伪托,《文选》未选入外,其他八家之代表作,皆一一入选。如此巧合,可能与这些作家作品在当时已有定评有关,但也不能排除《文心雕龙》"选文以定篇"(《序志》)的影响。

其五,《文心雕龙·诠赋》篇说:"夫京殿苑猎,述行序志,并体国经野,义尚光大。……至于草区禽族,庶品杂类,则触兴致情,因变取会。"这是概举赋的内容。《文选》"赋"类按内容分为京都、郊祀、耕藉、畋猎、纪行、游览、宫殿、江海、物色、鸟兽、志、哀伤、论文、音乐、情十五目,更为详细,有可能受到《诠赋》篇的启发。

如此等等,皆可说明《文心雕龙》对《文选》的影响。这也基本上成为学术界的公论。

行文至此,我想说说清水凯夫教授,他是日本知名的文选学学者。我们是在 1988 年长春第一届《昭明文选》国际研讨会上相识的,先后于 1992 年长春第二届《昭明文选》国际研讨会、1993 年 6 月香港魏晋南北朝文学国际研讨会又见了面。每次见面我们都讨论到文选学的一些问题,平时的通信也是如此,使我从中获益良多。我之所以敢于提出一些不成熟的看法,只是为了向清水先生请教。我认为学术问题只会越讨论越深入,如果我们的讨论对文选学的研究有一些帮助,我的愿望也就达到了。

八、《文选》的文学价值

萧统的《文选》是我国现存最早的一部诗文总集,被后世称为"文章渊薮"(《四库全书简明目录》卷十九《文选注》提要)。书中选录了从东周到南朝梁八百年间的七百多篇作品,保存了丰富的文学资料。其中英华荟萃,佳作众多,具有很高的文学价值。

《文选》中的作品,编选者分为赋、诗、骚、七等三十七类,其体裁分类比较琐碎。何焯《义门读书记》将《文选》所选作品分为赋、诗、骚、杂文四类。为了论述方便,我们将骚、赋并为辞赋一类,分为辞赋、诗歌和杂文三大类。兹分别论述其文学价值。

(一)辞赋

《文选》的编排卷首即赋。把赋置于诗前,这是继承了《汉书·艺文志》的做法,也说明了萧统对赋的重视。《文选》选录的赋有五十六篇,加上赋序一篇,共五十七篇。编选者按内容分为京都、郊祀、耕藉、畋猎、纪行、游览、宫殿、江海、物色、鸟兽、志、哀伤、论文、音乐、情十五类,所选多为名篇佳作。骚体作品所选的十七首,亦复如此。

我国古代的赋,滥觞于战国后期,其代表赋家有屈原、宋玉和荀卿。

屈原是楚辞的代表作家,其代表作《离骚》是积极浪漫主义的不朽作品。刘勰《文心雕龙》说:

> 自《风》、《雅》寝声,莫或抽绪,奇文郁起,其《离骚》哉!……昔汉武爱《骚》,而淮南作传,以为《国风》好色而不淫,《小雅》怨诽而不乱,若《离骚》者,可谓兼之。蝉蜕秽浊之中,浮游尘埃之外,皭然涅而不缁,虽与日月争光可也。(《辨骚》)

对《离骚》的评价极高。《汉书·艺文志·诗赋略》著录屈原赋二十五篇,《文选》选录屈原赋《离骚》、《九歌》(六首)、《九章》(一首)、《卜居》、《渔父》,共十首。

宋玉为战国后期的著名赋家,后人常以屈原与他并称"屈宋"。在今天看来,宋玉的文学成就显然不如屈原,然在当时自是名家。《汉书·艺文志·诗赋略》著录宋玉赋十六篇,《文选》选录《风赋》、《高唐赋》、《神女赋》、《登徒子好色赋》、《九辩》(五首)、《招魂》(一作屈原作)、《对楚王问》,凡十一首。

荀卿著作属于子书,限于体例,《文选》不录荀赋。

从《文选》选录的战国后期赋作看,以屈、宋居多,这大概是因为屈、宋赋作构思深沉,辞藻华美,符合萧统的选录标准。

两汉赋数量众多。从《汉书·艺文志·诗赋略》中可窥见西汉赋之大概。班固说:

> 至于武宣之世,乃崇礼官,考文章……故言语侍从之臣,若司马相如、虞丘寿王、东方朔、枚皋、王褒、刘向之属,朝夕论思,日月献纳。而公卿大臣御史大夫倪宽、太常孔臧、太中大夫董仲舒、宗正刘德、太子太傅萧望之等,时时间作。或以抒下情而通讽谕,或以宣上德而尽忠孝,雍容揄扬,著于后嗣,抑亦《雅》、《颂》之亚也。故孝、成之世,论而录之,盖奏御者千有余篇……(《两都赋序》)

由此可知,西汉成帝时集录进献的赋就有一千多篇。可是据明人胡应麟统计,至明代时留存的仅三十篇(实为二十六篇),加上骚体赋二十四篇,不过五十篇而已(见《诗薮·杂编卷一·遗逸上·篇章》)。

东汉赋由于《后汉书》无《艺文志》,不见著录。胡应麟据《昭明文选》、《古文苑》、《文苑英华》、《文选补遗》、《广文选》诸书,著录十八家,赋四十四篇。他说:

> ……往往有伪撰错杂其中……唯昭明所选,略无可疑。即东汉赋自《两京》、《三都》、《灵光》、《东征》、《北征》、《思玄》、《归田》、《幽通》、《长笛》诸篇外,余存者非词义寂寥,章旨断缺,即浅鄙可疑,未有越轶《文选》之上者。(同上)

可见东汉赋至明代时也已存者不多。今人费振刚等有《全汉赋》,辑录较丰,可供参考。

在现存不多的汉赋中,《文选》所录已略尽其精华。《文选》中的汉赋,有班固的《两都赋》、张衡的《二京赋》,都是写京都大赋的代表作。司马相如的代表作《子虚赋》、《上林赋》,为汉赋创立模式,成为后世模拟的典范。扬雄的《甘泉赋》、《羽猎赋》和《长杨赋》,前一篇写甘泉宫,后两篇写田猎,都是他的名作。班彪的《北征赋》,写离京北行途中所见所感,班昭的《东征赋》,记离洛阳东行的经历,皆不同于大赋而自具特点。王延寿的《鲁灵光殿赋》,写灵光殿的建筑和壁画,曾受到蔡邕的称许。贾谊的《鵩鸟赋》和祢衡的《鹦鹉赋》,借物抒情,是咏物赋的名篇。班固的《幽通赋》和张衡的《思玄赋》、《归田赋》,皆为抒情述志之作,其中《归田赋》为最早的抒情小赋,对后世辞赋之发展有较大影响。司马相如的《长门赋》写宫怨,动人以情,萧子显说:"《长门》、《上林》,殆非一家之赋。"(《南齐书·陆厥传》)此赋是否司马相如所作,尚有争议。王褒的《洞箫赋》、傅毅的《舞赋》、马融的《长笛赋》,是描写音乐舞蹈的名作,《洞箫赋》描写箫声,《舞赋》描写舞蹈,《长笛赋》描写笛声,皆十分传神,《洞箫赋》尤为人所传诵。此外如贾谊的《吊屈原文》("文"应作"赋",《史记》、《汉书》皆明言"为赋以吊屈原"),抨击现实的黑暗,抒发不得志的牢骚和不平,吊屈原实为吊自己,亦是小赋的名篇。

魏晋南北朝赋体发生了新的变化,即抒情小赋大增,大赋减少。从《文选》所选录的赋作看,魏晋和南朝宋、齐、梁三代之大赋,仅左思《三都赋》、潘岳《西征赋》、何晏《景福殿赋》、木华《海赋》和郭璞《江赋》等数篇。《三都赋》虽曾使洛阳纸贵,但除了重视内容征实外,一如大赋模式。《西征赋》则突破了大赋的模式,具有新的风格特征,对后世创作有一定的影响。《景福殿赋》描写景福殿的宏伟壮丽,在写法上也有新的发展。《海赋》、《江赋》是江海的颂歌,也是传世佳作。但是,这些大赋已不是当时辞赋创作的主流,值得注意的倒是那些抒情、咏物的小赋。

《文选》选录这一时期的抒情小赋有二十余篇。其中,王粲的《登楼赋》抒写怀乡之情,深沉动人。孙绰的《游天台山赋》幻想登山觅仙,流露出逃避现实的思想。鲍照的《芜城赋》以对比手法描写广陵盛衰,表现了作者的兴亡之感。潘岳的《秋兴赋》写作者在仕途上不得志,从而产生"江湖山薮之思"。谢惠连的《雪赋》写雪景,谢庄的《月赋》写月色,皆传神而富于抒情意味。这些都是抒情小赋中的名篇。潘岳的《闲居赋》是言志小赋,表达了作者在官场失意后归隐田园的愿望。向秀的《思旧赋》和潘岳的《怀旧赋》都是思念亲友之作,前者流露了对当时黑暗政治的不满,后者表现出对死者深沉的怀念。陆机的《叹逝赋》写自己的国破家亡之感,潘岳的《寡妇赋》写少妇悼念亡夫的幽思。江淹的《恨赋》写帝王将相等伏恨而死的遗憾,《别赋》写人世间各式各样的离情别绪。这些都千古传诵的名作。

张华的《鹪鹩赋》、颜延之的《赭白马赋》和鲍照的《舞鹤赋》,都是咏物之赋。《鹪鹩赋》借鹪鹩感叹身世,旨归于老庄;《赭白马赋》借赭白马以讽谏;《舞鹤赋》借舞鹤以寄托人生实感;各有特色。嵇康的《琴赋》、潘岳的《笙赋》和成公绥的《啸赋》,都是写音乐的赋,嵇氏写琴,潘氏写笙,成公氏写啸,皆妙绝千古。其他如陆机的《文赋》则以赋体论文,别具一格。曹植的《洛神赋》乃是建安赋的名篇,体现了铺排大赋向抒情小赋转化的特点,在文学史上影响颇大。

《文心雕龙·诠赋》篇论及先秦两汉"辞赋之英杰"荀卿、宋玉、枚乘、司马相如、贾谊、王褒、班固、张衡、扬雄、王延寿十家。十家赋除荀卿赋属子书,枚乘《菟园》可能是后人伪托,未选入《文选》之外,其他八家之代表作,皆一一入选。

《诠赋》篇又论到"魏晋之赋首"王粲、徐幹、左思、潘岳、陆机、成公绥、郭璞、袁宏八家。八家赋选入《文选》的有王粲的《登楼赋》,左思的《三都赋》,潘岳的《藉田赋》、《射雉赋》、《西征赋》、《秋兴赋》、《闲居赋》、《怀旧赋》、《寡妇赋》、《笙赋》,陆机的《叹逝赋》、《文赋》,成公绥的《啸赋》,郭璞的《江赋》。八家中的徐幹,本是长于辞赋的,曹丕说:"王粲长于辞赋,徐幹时有齐气,然粲之匹也。如粲之《初征》、《登楼》、《槐赋》、《征思》,幹之《玄猿》、《漏卮》、《圆扇》、《橘赋》,虽张、蔡不过也。"(《典论·论文》)曹丕提到的徐幹的四篇赋,《圆扇赋》仅残存四句,其他三篇全部散失。今存徐幹赋八篇皆为残篇,这也许是《文选》未选的原因,至于刘勰将他列八家之一,可能是继承了曹丕的观点。袁宏赋今存四篇,皆已残缺。他从桓温北征,作《北征赋》,王珣称:"当今文章之美,故当共推此生。"(《晋书·袁宏传》)然而今天已看不出他被刘勰推为"魏晋之赋首"的原因,《文选》只选录其《三国名臣序赞》,而未选录他的辞赋。

从上述可以看出,萧统与刘勰对辞赋的看法大体是一致的。刘勰认为是"辞赋之英杰"、"魏晋之赋首"的辞赋,萧统大都选录;而萧统选录的辞赋,刘勰大都作了肯定的评价。这也说明《文选》所选录的辞赋,大都为当时有定评的佳作名篇,具有较高的文学价值。这些作品体现了汉魏六朝赋的发展和变化的特点,思想内容和艺术形式多种多样,丰富多彩。这就无怪乎前人说,读赋必须从《文选》开始(王芑孙《读赋卮言·律赋》)。

(二)诗歌

《文选》所选诗歌,主要是五言诗。五言诗在汉魏六朝时期,从产生到发展都取得了卓越的成就。《文心雕龙·明诗》篇和《诗品序》对此有精辟的论述。现在根据刘勰、钟嵘的论述,对《文选》所选录的诗歌作一系统的考察。

先秦诗歌,由于先秦诗歌总集《诗经》被萧统认为是经书,故不能入选。他说:"若夫姬公之籍,孔父之书,与日月俱悬,鬼神争奥,孝敬之准式,人伦之师友,岂可重以芟夷,加以剪截?"(《文选序》)而楚辞又被萧统归入"骚"类,因此先秦诗歌被选入《文选》的只有一首荆轲的歌,即"风萧萧兮易水寒,壮士一去兮不复还"。此诗悲壮感人,自是佳作,然而先秦诗歌未免选录得太少了。

两汉诗歌,《文选》选录三十六首。

《古诗十九首》是两汉诗歌的代表作品,作者已不详。刘勰说:"又古诗佳丽,或称枚叔,其《孤竹》一篇,则傅毅之词,比采而推,两汉之作乎?"(《明诗》)语意含糊,所以钟嵘说:"古诗眇邈,人世难详。"(《诗品序》)且不论其作者是谁,这些诗确是好诗。刘勰说:"观其结体散文,直而不野,婉转附物,怊怅切情,实五言之冠冕也。"(《明诗》)钟嵘说:"文温以丽,意悲而远。惊心动魄,可谓几乎一字千金。"(《诗品》卷上)皆已道出其佳处。

李陵《与苏武诗》三首,苏武诗四首,系后人伪托。刘勰说:"至成帝品录,三百余篇,朝章国采,亦云周备;而辞人遗翰,莫见五言,所以李陵、班婕妤见疑于后代也。"(《明诗》)说明早在齐梁时,刘勰就已经表示怀疑了。不论其作者为谁,《文选》选录的苏、李诗凄怆感人,实为佳作。

此外,值得注意的有张衡的《四愁诗》四首。《四愁诗》为七言体,抒写怀人之愁思,真切生动,对七言诗的发展具有重要影响。这里必须指出,《文选》选录古乐府仅三首。忽视汉乐府民歌,是《文选》的明显缺点。

魏晋时五言诗已有很大的发展,《文选》所选亦较多,约二百首。

建安是文学的繁荣时期,钟嵘说:

> 降及建安,曹公父子,笃好斯文,平原兄弟,郁为文栋;刘桢、王粲,为其羽翼。次有攀龙托凤,自致于属车者,盖将百计。彬彬之盛,大备于时矣。(《诗品序》)

大致可见当时文学的繁荣盛况。建安时期的主要作家是"三曹"、"七子"。《文选》选录的"三曹"诗歌,曹操有乐府《短歌行》、《苦寒行》;曹丕有《芙蓉池作》、《杂诗》以及乐府《燕歌行》、《善哉行》;曹植有《送应氏诗》(二首)、《七哀诗》、《赠白马王彪》、《美女篇》、《白马篇》、《杂诗》(六首)等。这些诗大都是佳作,其中曹操的《短歌行》、曹丕的《燕歌行》、曹植的《赠白马王彪》等,皆为文学史上的名篇。

"七子"诗歌选入《文选》的,王粲有《公宴诗》、《咏史诗》、《七哀诗》(二首)、《赠蔡子笃》、《赠士孙文始》、《赠文叔良》、《从军诗》(五首)、《杂诗》;刘桢有《公宴诗》、《赠五官中郎将》(四首)、《赠徐幹》、《赠从弟》(三首)、《杂诗》。其他五人皆无诗入选,亦可见萧统取舍之严格。刘勰说:"暨建安之初,五言腾踊,文帝陈思,纵辔以骋节,王徐应刘,望路而争驱;并怜风月,狎池苑,述恩荣,叙酣宴,慷慨以任气,磊落以使才。造怀指事,不求纤密之巧;驱辞逐貌,唯取昭晰之能:此其所同也。"(《明诗》)又说:"观其时文,雅好慷慨,良由世积乱离,风衰俗怨,并志深而笔长,故梗概而多气也。"(《时序》)都指出了建安诗歌的特点。《文选》所选录的"三曹"、"七子"诗歌,也正体现了这些特点。当然,"三曹"、"七子"的诗歌成就有高低之分,所以钟嵘说:"陈思(曹植)为建安之杰,公幹、仲宣为辅。"(《诗品序》)

正始诗歌的代表人物是嵇康和阮籍。《文选》选录嵇诗有《幽愤诗》、《赠秀才入军》(五首)、《杂诗》。阮诗有《咏怀诗》(十七首)。刘勰说:"乃正始明道,诗杂仙心,何晏之徒,率多浮浅。唯嵇志清峻,阮旨遥深,故能标焉。"(《明诗》)嵇康之情志清峻、阮籍之意旨遥深,于《文选》所选二人诗中皆可看出,可见《文选》所选都是当时有代表性的作品。

太康时期诗歌又勃然兴盛。钟嵘说:"太康中,三张二陆两潘一左,勃而复兴,踵武前王,风流未沫,亦文章之中兴也。"(《诗品序》)太康时期的主要作家有三张,即张载与其弟张协、张亢;二陆,即陆机与其弟陆云;两潘,即潘岳与其从子潘尼;一左,即左思。

其中以张协、陆机、潘岳和左思的成就较高,所以钟嵘说:"陆机为太康之英,安仁(潘岳)、景阳(张协)为辅。"(同上)这里虽然没有提到左思,但左思亦被列入"上品"。《文选》选录张协诗二首,陆机诗五十二首,潘岳诗十首,左思诗十一首,多为名篇佳作。刘勰说:"晋世群才,稍入轻绮,张潘左陆,比肩诗衢。采缛于正始,力柔于建安;或析文以为妙,或流靡以自妍:此其大略也。"(《明诗》)这里指出了太康诗歌的倾向及其弊病,但是左思应当是例外。

永嘉时期诗歌深受玄学的影响,诗风有了新的变化。钟嵘说:"永嘉时,贵黄、老,稍尚虚谈,于时篇什,理过其辞,淡乎寡味。"(《诗品序》)刘勰说:"江左篇制,溺乎玄风,嗤笑徇务之志,崇盛亡机之谈;袁孙已下,虽各有雕采,而辞趣一揆,莫与争雄,所以景纯仙篇,挺拔而为俊矣。"(《明诗》)都说明了当时诗风的变化。刘勰提到郭璞的《游仙诗》,认为它是突出的佳作。《文选》选录郭璞的《游仙诗》七首,是五言诗中的名篇。特别应提到刘琨,他不仅是诗人,也是爱国志士。其诗仅存四首,《文选》选录三首。元遗山《论诗绝句》云:"曹刘坐啸虎生风,万古无人角两雄。可惜并州刘越石,不教横槊建安中。"由此可以想象诗人慷慨的气概和诗歌悲壮的风格。还有卢谌,原是刘琨的主簿。《文选》选录其诗《览古》、《赠刘琨》、《赠崔温》等五首,钟嵘谓其诗不如刘琨,自是的论。

东晋时期玄言诗盛行。沈约说:"有晋中兴,玄风独振,为学穷于柱下,博物止乎七篇,驰骋文辞,义单乎此。自建武暨乎义熙,历载将百,虽缀响联辞,波属云委,莫不寄言上德,托意玄珠,遒丽之辞,无闻焉尔。"(《宋书·谢灵运传论》)当时的杰出诗人只有陶渊明一人。陶诗今存一百二十余首,《文选》选录《读山海经》等八首,比起陆机和谢灵运来,入选过少。但是,在当时不重视陶诗的情况下,萧统能重视陶诗已属难得。萧统曾编《陶渊明集》八卷,作《陶渊明集序》、《陶渊明传》。在《陶渊明集序》中,他给陶渊明以很高的评价:"其文章不群,辞采精拔;跌宕昭彰,独超众类;抑扬爽朗,莫之与京。横素波而傍流,干青云而直上。语时事则指而可想,论怀抱则旷而且真。"即便如此,《文选》选录陶诗也只有八首。这种现象说明文学批评家的文学观点受时代的影响是很深的,萧统当然也不例外。

南朝宋代元嘉时期,作家辈出,其中最著名的是谢灵运和颜延之。钟嵘说:"谢客(即灵运)为元嘉之雄,颜延年为辅。"(《诗品序》)《文选》选录谢灵运诗《登池上楼》、《石壁精舍还湖中作》、《过始宁墅》、《七里濑》、《登江中孤屿》、《入彭蠡湖口》、《游南亭》等四十首,大都为优秀的山水诗。选录颜延之诗《秋胡诗》、《五君咏》(五首)、《北使洛》等二十首,以《五君咏》最有名,《北使洛》文辞藻丽,为谢晦、谢亮所赏(《宋书·颜延之传》)。今天看来,谢灵运是南朝山水诗派的大诗人,而颜延之的成就显然不如谢灵运。值得注意的是与谢灵运、颜延之合称"元嘉三大家"的鲍照。鲍照是南朝杰出的诗人,《文选》选录其诗有《咏史》、《乐府》(八首)、《玩月城西门廨中》、《拟古诗》(三首)等,共十八首。鲍照因"才秀人微,故取湮当代"(《诗品》卷中),钟嵘将他列入"中品"。鲍照的《拟行路难》十八首,感叹人世忧患,表达了诗人对门阀统治的愤慨,是他最有代表性的名篇,而《文选》未能入选,不免令人有几分遗憾。

齐代诗歌有"永明体",其代表作家有沈约、谢朓、王融。《文选》选录沈约诗有《别范安成诗》、《宿东园》、《游沈道士馆》、《早发定山》、《新安江水至清浅深见底贻京邑游好》、《冬节后至丞相第诣世子车中》、《学省愁卧》等十三首。选录谢朓诗有《新亭渚别范零陵诗》、《游东田》、《同谢谘议铜雀台诗》、《郡内高斋闲坐答吕法曹》、《在郡卧病呈沈尚书》、《暂使下都夜发新林至京邑赠西府同僚》、《之宣城出新林浦向板桥》、《敬亭山诗》、《晚登三山还望京邑》、《京路夜发》、《郡内登望》、《和王主簿怨情》等二十一首。王融诗被《诗品》列入"下品",《文选》一首未选。"永明体"有"四声"、"八病"之说,十分讲声律。《文选》所选沈约、谢朓诗体现了"永明体"的一些特点。

我认为《文选》大约编撰于梁武帝普通七年(526)十一月之前,因此所选梁代诗歌都作于此时之前,其作者亦必卒于此时之前,因为《文选》不录存者。《文选》选录的梁代诗歌作者有范云、江淹、任昉、丘迟、虞羲和徐悱。沈约一般也放在梁代,我们因考虑到他是永明体的代表人物,就放在齐代论述了。《文选》选录梁代诗歌,以江淹为最多,达三十二首,即《从建平王登庐山香炉峰》、《望荆山》和《杂体诗》三十首,皆为佳作。

从以上考察可以看出,汉魏六朝诗歌经过建安、正始、太康、永嘉、元嘉、永明等时期的发展,取得了较大的成就。《文选》所选汉魏六朝各个时期的诗歌,多为著名作家的佳作和名篇,体现了这一阶段诗歌发展变化的概况,为后人研究提供了方便。我们要指出的是,《文选》所选诗歌,由于选择精审,形成了自己的特点,被后世称为"选诗"。"选诗"对唐诗的繁荣和发展有一定的影响。从近人李详的《韩诗证选》、《杜诗证选》二文中,我们即可探得此中消息。

(三)杂文

《文选》所选作品除上述赋、诗之外,其他各种文体,为了论述方便,我们统称之为"杂文"。这里所谓"杂文",不同于现代概念的杂文,却类似于《文心雕龙·杂文》篇中所说的"杂文"。刘勰所谓"杂文",指的是对问、七、连珠以及典诰、誓、问、览、略、篇、章、曲、操、弄、引、吟、讽、谣、吟等文体。我们说的《文选》中的"杂文",包括七、诏、册、令、教、文、表、上书、启、弹事、笺、奏记、书、檄、对问、设论、辞、序、颂、赞、符命、史论、史述赞、论、连珠、箴、铭、诔、哀、碑文、墓志、行状、吊文、祭文等文体。

《文选》所选之"杂文",一如所选之赋、诗,大都是历代文学中的佳作和名篇。如先秦时期,所选除屈原、宋玉之辞赋和荆轲之歌之外,有卜商的《毛诗序》一文。《毛诗序》的作者是否卜商,尚有争议。但是,此序总结了先秦儒家的诗论,是一篇重要的文学批评论文,对后世诗歌创作有深远的影响。

有秦一代文学,刘勰说:"秦世不文,颇有杂赋。"(《诠赋》)而杂赋早已亡佚。《文选》选录李斯的《上秦始皇书》(即《谏逐客书》)却传诵千古。刘勰说"李斯之止逐客,并烦情入机,动言中务,虽批逆鳞,而功成计合,此上书之善说也"(《论说》),认为这篇文章说得合情投机,语言中肯,所以获得成功。

汉代杂文,像先秦杂文一样,也是后世学习的楷模。《文选》选录汉代杂文约三十余篇。其中西汉有贾谊的《过秦论》,枚乘的《七发》、《上书谏吴王》,邹阳的《上书吴王》、《狱中上书自明》,司马相如的《上书谏猎》、《喻巴蜀檄》,司马迁的《报任少卿书》,东方朔的《答客难》,杨恽的《报孙会宗书》,扬雄的《解嘲》,刘歆的《移书让太常博士》等;东汉有班彪的《王命论》,朱浮的《为幽州牧与彭宠书》,班固的《典引》、《封燕然山铭》,蔡邕的《郭有道碑文》、《陈太丘碑文》,潘勖的《册魏公九锡文》等,皆为著名作品。

刘勰说"及枚乘摛艳,首制《七发》,腴辞云构,夸丽风骇。盖七窍所发,发乎嗜欲,始邪末正,所以戒膏粱之子也"(《杂文》);说"相如之《难蜀老》,文晓而喻博,有移檄之骨焉。及刘歆之《移太常》,辞刚而义辨,文移之首也"(《檄移》);说"潘勖《九锡》,典雅逸群"(《诏策》);说"观史迁之《报任安》、东方朔之《难公孙》、杨恽之《酬会宗》、子云之《答刘歆》,志气盘桓,各含殊采,并杼轴乎尺素,抑扬乎寸心"(《书记》);说"自后汉以来,碑碣云起,才锋所断,莫高蔡邕。……陈、郭二文,词无择言……其叙事也该而要,其缀采也雅而泽;清词转而不穷,巧义出而卓立。察其为才,自然而至"(《诔碑》)。

何焯说潘元茂《册魏公九锡文》"大手笔,唯退之《平淮西碑》与之角耳"(《义门读书记》,下引何焯语,出处并同);说司马相如《上书谏猎》"简当深切。章奏当以此为准镬";说扬雄《解嘲》"词古义深。……本之东方之体。然恢奇深妙过之";说贾谊《过秦论》"自首至尾,光焰动荡。如鲸鱼暴鳞于皎日之中,烛天耀海";说班固《封燕然山铭》"能尽以约,所以为大手笔"。

李兆洛说班固《典引》"裁密思靡,遂为骈体科律"(《骈体文钞》,下引李兆洛语,出处并同);说司马相如《难蜀父老》"藻丽绝特,尤撷香拾艳之渊薮也";说邹阳《狱中上书自明》"迫切之情,出以微婉;呜咽之响,流为激亮。此言情之善者也";说司马迁《报任少卿书》"厚集其阵,郁怒奋势,成此奇观",等等。

从以上刘勰等人的评论,可以看出《文选》所选两汉文亦多为佳作,故而受到历代文士的重视。汉代著名的历史散文《史记》、《汉书》,议论文如贾谊的《陈政事疏》、《论积贮疏》,晁错的《言兵事疏》、《论贵粟疏》等,因不合《文选》的选录标准而落选。

汉魏之际,文学风气起了新的变化。刘师培《中国中古文学史》说:

建安文学,革易前型,迁蜕之由,可得而说:两汉之世,户习七经,虽及子家,必缘经术;魏武治国,颇杂刑名,文体因之,渐趋清峻。一也。建武以还,士民秉礼,迨及建安,渐尚通侻,侻则侈陈哀乐,通则渐藻玄思。二也。献帝之初,诸方棋峙,乘时之士,颇慕纵横,骋词之风,肇端于此。三也。又汉之灵帝,颇好俳词(见《杨赐传》、《蔡邕传》),下习其风,益尚华靡,虽迄魏初,其风未革。四也。

这是建安文学的新特点。《文选》所选曹丕的《典论·论文》、《与吴质书》,曹植的《与杨德祖书》,沈约的《宋书·谢灵运传论》等,对此亦颇有论述,并可参阅。

魏及蜀、吴三国之杂文,《文选》选录的有三十余篇。其中,孔融的《荐祢衡表》、《与曹公论盛孝章书》,阮瑀的《为曹公作书与孙权》,陈琳的《为袁绍檄豫州》,诸葛亮的《出师表》,曹丕的《与朝歌令吴质书》,曹植的《求自试表》、《求通亲亲表》、《与吴季重书》,李康的《运命论》,曹冏的《六代论》,嵇康的《与山巨源绝交书》、《养生论》等皆为佳作。

刘勰说"至如李康《运命》,同《论衡》而过之……然亦其美矣"(《论说》);说"文举之荐祢衡,气扬采飞,孔明之辞后主,志尽文畅,虽华实异旨,并表之英也"(《章表》);说"陈琳之《檄豫州》,壮有骨鲠"(《檄移》);说"嵇康《绝交》,实志高而文伟矣"(《书记》)。

何焯说曹子建《求通亲亲表》"可匹《出师表》,而文彩辞条更为蔚然"。李兆洛说曹冏《六代论》"一气奔放,尚是西汉之遗"。孙鑛说嵇康《养生论》"旁引曲证,剖析殆尽,却并无一迂语。质率而不失其华,笔力自畅"(于光华《重订文选集评》引)。

这些评论,在今天看来基本上还是正确的,值得参考。

西晋文学，以潘、陆为首。《文选》选录潘文有《杨荆州诔》、《杨仲武诔》、《夏侯常侍诔》、《马汧督诔》、《哀永逝文》五篇；陆文有《谢平原内史表》、《豪士赋序》、《汉高祖功臣颂》、《辩亡论》、《五等论》、《演连珠》、《吊魏武帝文》七篇。所选潘、陆文，多属较好的文章。其他如张载的《剑阁铭》、张协的《七命》、李密的《陈情表》、刘琨的《劝进表》等亦多著名。

李兆洛说刘琨《劝进表》"正大光明，固是伟作"；说陆机《豪士赋序》"此士龙所谓清新相接者也，神理亦何减邹、枚"，《汉高祖功臣颂》"优游彬蔚，精微朗畅，两者兼之"。谭献说陆机《演连珠》"熟读深思，文章扃奥尽辟"（《骈体文钞》引，下引谭献语，出处并同）；说张载《剑阁铭》"精炼"；说潘岳《马汧督诔》"瑰玮绝特，奇作也"。皆备致优评。

东晋文章以干宝的《晋纪总论》、陶渊明的《归去来》尤为有名。李兆洛说《晋纪总论》"雄骏类贾生，缜密似子政，晋文之杰也"，欧阳修说"晋无文章，惟陶渊明《归去来兮辞》一篇而已"（元李公焕《陶渊明集》卷五引），评价都很高。

南朝宋代文学又有了新的变化。刘勰谓其特点是"讹而新"（《通变》），主要是指诗歌创作表现出追求新奇的倾向，"杂文"似无明显的变化。《文选》选录宋代文有傅亮的《为宋公修张良庙教》、《为宋公至洛阳谒五陵表》、《为宋公求加赠刘前军表》，谢惠连的《祭古冢文》，范晔的《宦者传论》、《逸民传论》，颜延之的《三月三日曲水诗序》、《陶征士诔》，谢庄的《宋孝武宣贵妃诔》，王僧达的《祭颜光禄文》等。

刘勰对南朝宋以后的作家作品论述很少，因为他认为"盖闻之于世，故略举大较"（《时序》），"世近易明，无劳甄序"（《才略》）。何焯说傅亮《为宋公至洛阳谒五陵表》"叙致曲折，复自遒紧。季友章表,故有专长,犹东汉风味",《为宋公求加赠刘前军表》"质直详尽";说范晔《逸民传论》"此篇抑扬反覆,殊有雅思,可以希风班孟坚也"。谭献说傅亮《为宋公修张良庙教》"金石之声,风云之气";说颜延之《陶征士诔》"文章之事,味如醇醪,色若球璧。有道之士,知己之言"。大都作了肯定的评价。

南朝齐梁时文学兴盛,《南史·文学传序》说:"自中原沸腾,五马南渡,缀文之士,无乏于时。降及梁朝,其流弥甚。盖由时主儒雅,笃好文章,故才秀之士,焕乎俱集。"《文选》选录齐代文有王俭的《褚渊碑文》,王融的《永明十一年策秀才文五首》、《三月三日曲水诗序》,谢朓的《拜中军记室辞随王笺》、《齐敬皇后哀策文》,孔稚珪的《北山移文》等,梁代文有江淹的《诣建平王上书》,任昉的《宣德皇后令》、《为齐明帝让宣城郡公第一表》、《为范尚书让吏部封侯第一表》、《为萧扬州荐士表》、《为褚谘议蓁让代兄袭封表》、《为范始兴作求立太宰碑表》、《奏弹曹景宗》、《齐竟陵文宣王行状》,丘迟的《与陈伯之书》,沈约的《奏弹王源》、《宋书·谢灵运传论》,王巾的《头陀寺碑文》,刘峻的《辩命论》、《广绝交论》,陆倕的《石阙铭》、《新刻漏铭》等。上文提到,《文选》选录作品,不录存世者。考《文选》中之作者,陆倕卒于普通七年(526),死得最晚,此后去世之作者的作品,皆未能入选。

《文选》所选齐梁文章,亦多为较好的作品。李兆洛说刘峻《广绝交论》"以刻酷摅其愤懑,真足以状难状之情";说陆倕《新刻漏铭》"文虽失于襞积,而密藻可观";说任昉《齐竟陵文宣王行状》"以俪辞述实事,于斯体尚称"。

谭献说王融《永明十一年策秀才文五首》"精深骏快,洞见症结";说任昉《宣德皇后令》"琢辞自工",《为萧扬州荐士表》"大臣之言,捉刀者真英雄也",《为范始兴作求立太宰碑表》"绵邈动人。

季友(傅亮)、彦昇(任昉)之外,殆鲜鼎立",《奏弹曹景宗》"可谓笔挟风霜";说沈约《奏弹王源》"曲勘尽致,笔端甚锋锐";说王巾《头陀寺碑文》"名理之言出以回簿,纪序之体贯以玄远,此为南朝有数名篇"。

许梿说孔稚珪《北山移文》"此六朝中极雕绘之作。炼格炼词,语语精辟。其妙处尤在数虚字旋转得法。当与徐孝穆《玉台新咏序》并为唐人规范"(《六朝文絜笺注》卷八)。

综上所述,《文选》的文学价值,主要表现在:

(1)保存了丰富的文学资料。根据《汉书·艺文志》和《隋书·经籍志》著录的目录,可以看出先秦、两汉、魏晋南北朝的许多文学作品散失很多。而《文选》保存了丰富的诗文资料,它选录了一百三十多个作家的作品。这些作家包括先秦五人、西汉十八人、东汉二十一人、魏十四人、晋四十五人、南北朝二十七人,作品共七百六十二篇,其中辞赋七十四篇(包括骚体),诗歌四百三十二篇,杂文二百四十五篇。有些作品正是由于《文选》的选入,才得以保存下来。因此,《文选》是我们研究汉魏六朝文学必须参考的文学要籍。

(2)选录了众多的诗文佳作和传世名篇。从以上论述中,已可见《文选》的佳作、名篇如林。范文澜说:"《文选》取文,上起周代,下迄梁朝。七八百年间各种重要文体和它们的变化,大致具备,固然好的文章未必全得入选,但入选的文章却都经过严格的衡量,可以说,萧统以前,文章的英华,基本上总结在《文选》一书里。"(《中国通史》第二册)的确如此。

(3)体现了先秦到南朝梁代的文学发展轨迹。先秦时期文学界限不明,《文选》主要选录了楚辞中的优秀篇章。汉代的辞赋、散文和五言古诗,《文选》选录了它们的代表作品。魏晋南北朝时期的五言诗、骈文,《文选》选录了其中的许多佳作和名篇。从《文选》所选录的诗文作品,可以看出从先秦到南朝梁代的文学发展轨迹。

应该指出,尚有许多优秀作品,如先秦的《诗经》、历史散文和诸子散文,两汉的《史记》、《汉书》及一些乐府民歌等,限于《文选》选录作品的体例,皆未能入选。当然,对古人我们不应当责备求全,但总有几分美中不足之感。

《文选》的深远影响以及它的文学价值,是历来人们所公认的,以上论述也证明了这一点。

九、《文选》与文学理论批评

《文选》是我国现存最早的一部古代诗文总集,它包含了丰富的文学理论和文学批评思想。过去一些文选学研究者和文学批评史专家只看到《文选序》的文学理论和文学批评思想,而忽略了《文选》本身所体现的文学理论和文学批评思想。这是很不够的。本文拟结合萧统的《文选序》,对《文选》本身所体现的文学理论和文学批评思想作简要的论述,以就教于方家和读者。

《文选》是一部总集。首先我们来看看总集与文学理论和文学批评的关系。《隋书·经籍志》云,

> 总集者,以建安之后,辞赋转繁,众家之集,日以滋广,晋代挚虞,苦览者之劳倦,于是采摘孔翠,芟剪繁芜,自诗赋下,各为条贯,合而编之,谓之《流别》。是后文集总钞,作者继轨,属辞之士,以为覃奥,而取则焉。今次其前后,并解释评论,总于此篇。

这是说,建安以后,文学有了新的发展,作品繁多,晋代挚虞考虑到读书人的辛苦,就编了《文章流别集》,这样总集就产生了,后来文士纷纷效法,总集也就多起来了。据《隋书·经籍志》著录,《文选》以前的总集有《文章流别集》四十一卷,《文章流别志论》二卷,《文章流别本》二十卷,《续文章流别》三卷,《集苑》四十五卷,《集林》一百八十一卷,《集林钞》十一卷,《集钞》十卷,《集略》二十卷,《撰遗》六卷,《翰林论》三卷,《文苑》一百卷,《文苑钞》三十卷

等。《隋书·经籍志》著录的总集,"凡集五百五十四部,六千六百二十二卷(通计亡书,合一千一百四十六部,一万三千三百九十卷)"。

如此众多的总集,大都具有两个特点:一是对作品有所取舍;二是对作品区分文体。总集既然对收录作品有所取舍,就必然会体现编选者的文学观念;既然对收录作品区分文体,就必然要提出编选者对文体分类的意见。这两个特点反映了总集与文学理论、文学批评的密切关系。正因为存在着这种关系,所以《隋书·经籍志》将文学理论批评著作如刘勰的《文心雕龙》、钟嵘的《诗品》等也归入总集。应该指出,将文学理论批评著作归入总集是不恰当的。但这种不恰当的分类,却有力地说明了总集中含有文学理论和文学批评的成分。《诗品序》说:

> 陆机《文赋》,通而无贬;李充《翰林》,疏而不切;王微《鸿宝》,密而无裁;颜延论文,精而难晓;挚虞《文志》,详而博赡,颇曰知言:观斯数家,皆就谈文体,而不显优劣。至于谢客集诗,逢诗辄取;张骘《文士》,逢文即书:诸英志录,并义在文,曾无品第。

这里既论及文学理论批评著作,又论及总集,是不是钟嵘将文学理论批评著作和总集混为一谈呢?是的。这也是因为总集具有某些文学理论批评成分的缘故。因此,《隋书·经籍志》将文学理论批评著作归于总集一类,《诗品》将文学理论批评著作与总集放在一起论列,这绝不是偶然的现象。

《四库全书总目提要·集部》总集类序云:

> 文籍日兴,散无统纪,于是总集作焉。一则网罗放佚,使零章残什,并有所归。一则删汰繁芜,使荞稗咸除,菁华毕出。

> 是固文章之衡鉴,著作之渊薮矣。

又云:

> 体例所成,以挚虞《流别》为始。

四库馆臣认为总集有两类:一类是辑佚,一类是选本。辑佚是发现佚文即予收录,只有搜集之功,而无文学理论批评意义。选本自然要经过选择,使"莠稗咸除,菁华毕出",这就体现了编者的文学观,特别是文学批评之标准,显然与文学理论和文学批评有关。他们认为,总集的体例是从挚虞的《文章流别集》开始形成的。而《文章流别集》本身就是一部文学理论批评著作,这又一次道出了总集与文学理论批评的关系。

有研究者说:"《隋志》所著录的总集,既有大量集抄纂录的文章资料,又有《文心雕龙》一类诗文评论的著作,体例不淳,反映了晋、宋以来像样的总集并不多,所以《隋志》只好兼收并蓄。"(屈守元《文选导读》,巴蜀书社1993年版)这是认为,《隋书·经籍志》既收诗文总集,又收《文心雕龙》之类文学理论批评著作,体例不纯;它所以这样"兼收并蓄",是晋、宋以来像样的总集不多。我们不同意这样的看法。第一,如前所说,建安以来的总集众多,像样的总集也有一些。《隋志》显然不是因为总集数量少而兼收文学理论批评著作的。第二,《隋志》兼收诗文总集和文学理论批评著作,是不是"体例不淳"呢?我们认为不是,因为诗文总集和文学理论批评著作有某些相近之处,即诗文总集也包含一些文学理论批评思想,《隋志》将二者归于一类,是有一定道理的。《诗品》在评论文学理论批评著作时也兼及诗文总集,这说明当时学者的认识是基本相同的。

应该指出,人们对文学作品分类的认识是有一个发展过程的。

如《旧唐书·经籍志》仍将《文心雕龙》之类文学理论批评著作归于"总集"之中，而《新唐书·艺文志》虽将《文心雕龙》之类文学理论批评著作归于"总集"，但已另列一组了。《郡斋读书志》（衢本）将《文选》归于"总集"，将《文心雕龙》归于"文说类"，较为合理。《直斋书录解题》将《文选》归于"总集类"，将《文心雕龙》归于"文史类"。《宋史·艺文志》将《文选》归于"总集"，将《文心雕龙》归于"文史类"，显然是继承了《直斋书录解题》的分类方法。《四库全书总目提要》对著作的分类日趋合理。在"集部"中，除了"楚辞"、"别集"、"总集"、"词曲"四类之外，另立"诗文评"一类，广收文学理论批评著作。其序云：

> 文章莫盛于两汉，浑浑灏灏，文成法立，无格律之可拘。建安、黄初，体裁渐备，故论文之说出焉。《典论》其首也。其勒为一书传于今者，则断自刘勰、钟嵘。勰究文体之源流，而评其工拙；嵘第作者之甲乙，而溯厥师承。为例各殊。至皎然《诗式》，备陈法律；孟棨《本事诗》，旁采故实；刘攽《中山诗话》、欧阳修《六一诗话》，又体兼说部。后所论著，不出此五例中矣。

四库馆臣将"诗文评"著作分为五个类型，《文心雕龙》是"诗文评"的一个类型。这样，《文选》和《文心雕龙》的分类问题算是最后解决了。这是由于时代的发展，文学作品分类更加细致的缘故。但是，不论《文选》和《文心雕龙》是归于一类还是分为两类，作为总集，《文选》的文学理论批评思想是值得我们重视的。方孝岳先生曾说：

> 挚虞的《流别》，既然已经失传，我们就以昭明太子的《文选》为编"总集"的正式祖师。……凡是选录诗文的人，都算

是批评家,何况《文选》一书,在总集一类中,真是所谓"日月丽天,江河行地"。那末,他做书的目的,去取的标准,和所有分门别类的义例,岂不是在我国文学批评学中,应该占一个很重要的位置么?(《中国文学批评》,三联书店1986年版)

方先生别具只眼,道出了《文选》的文学理论批评价值,对我们是很有启发的。

《文选》的文学理论和文学批评思想,择其要者言之,约有四端:

(一)《文选》体现了编者的文学发展观。

《文选序》云:

> 式观元始,眇觌玄风。冬穴夏巢之时,茹毛饮血之世,世质民淳,斯文未作。逮夫伏羲氏之王天下也,始画八卦,造书契,以代结绳之政,由是文籍生焉。《易》曰:"观乎天文,以察时变;观乎人文,以化成天下。"文之时义远矣哉!若夫椎轮为大辂之始,大辂宁有椎轮之质;增冰为积水所成,积水曾微增冰之凛。何哉?盖踵其事而增华,变其本而加厉;物既有之,文亦宜然。随时改变,难可详悉。

"踵其事而增华,变其本而加厉",是事物发展的规律,也是文学发展的规律。事物总是发展变化的,文学当然也不能例外。以赋而论,先秦时期有屈原、宋玉之赋和荀况之赋,屈、荀为辞赋之祖,对后世文学影响很大。但荀赋由于缺少文采,《文选》未予选录。屈、宋辞赋语言华美,《文选》选录甚多,屈原赋有《离骚》、《九歌》(六首)、《九章》(一首)、《卜居》、《渔父》等十首,宋玉赋有《风赋》、《高唐赋》、《神女赋》、《登徒子好色赋》、《九辩》(五首)、《招魂》(一说屈原作)、《对楚王问》等十一首。不过屈原之赋,《文选》归入"骚"体,宋玉之《九辩》、《招魂》,亦列入"骚"体。大约齐梁人的文体分类如此,刘勰的《文心雕龙》有《辨骚》、《诠赋》两篇,便是明证。

汉代是赋史上的繁荣时期,出现了贾谊、枚乘、司马相如、王褒、扬雄、班固、张衡、王延寿等赋家,他们被刘勰称为"辞赋之英杰"(《文心雕龙·诠赋》)。《文选》选入了贾谊的《鵩鸟赋》、《吊屈原文》(《文选》归入"吊文"体),枚乘的《七发》(《文选》归入"七"体),司马相如的《子虚赋》、《上林赋》、《长门赋》,王褒的《洞箫赋》,扬雄的《甘泉赋》、《羽猎赋》、《长杨赋》,班固的《两都赋》、《幽通赋》,张衡的《两京赋》、《南都赋》、《思玄赋》。司马相如和扬雄的赋奠定了大赋的规模,成为大赋的典范。汉赋的主要特点是"铺采摛文,体物写志"(《文心雕龙·诠赋》),与先秦辞赋已有明显的不同。这是辞赋的新的发展变化。

魏晋赋已非汉赋面目。汉赋主要描写京城、宫殿、苑林、游猎,重在"体物"。魏晋赋的题材,叙事、说理、咏物、抒情各体具备;篇幅大都短小,或抒发情感,或表现思想,或反映生活,或描写景物,都有较浓的抒情成分,更为感人。《文选》选入魏晋赋家的作品,有王粲的《登楼赋》,曹植的《洛神赋》,何晏的《景福殿赋》,嵇康的《琴赋》,成公绥的《啸赋》,向秀的《思旧赋》,张华的《鹪鹩赋》,潘岳的《籍田赋》、《射雉赋》、《西征赋》、《秋兴赋》、《闲居赋》、《怀旧赋》、《寡妇赋》、《笙赋》,陆机的《叹逝赋》、《文赋》,左思的《三都赋》,木华的《海赋》,郭璞的《江赋》,孙绰的《天台山赋》,陶潜的《归去来》。所选辞赋大都是佳作,其中如《登楼赋》、《洛神赋》、《文赋》、《三都赋》、《归去来》等,皆为脍炙人口的名篇。刘勰说:

> 及仲宣靡密,发端必遒;伟长博通,时逢壮采;太冲安仁,策勋于鸿规;士衡子安,底绩于流制;景纯绮巧,缛理有余;彦

伯梗概,情韵不匮:亦魏晋之赋首也。(《文心雕龙·诠赋》)
在"魏晋之赋首"的八家中,《文选》选录王粲、左思、潘岳、陆机、成公绥、郭璞六家的赋作。徐幹是建安赋家,与王粲齐名(见曹丕《典论·论文》),由于他的赋作大都散失,故《文选》未选;袁宏文章之美,为当时所推重(见《晋书·袁宏传》)。也由于他的赋作皆已散失,《文选》亦未选。从《文选》所选魏晋诸家的赋作,可以清晰地看出魏晋辞赋的变化。

南朝文学,骈俪之风日盛,辞赋受这种风气的影响,出现了"骈赋"。特别是在沈约等人提出"四声"、"八病"说之后,辞赋更加注意骈偶、韵律和藻饰。《文选》选录谢惠连的《雪赋》,颜延之的《赭白马赋》,谢庄的《月赋》,鲍照的《芜城赋》、《舞鹤赋》,江淹的《恨赋》、《别赋》,多为小赋中的名篇,其词句之修炼,不同于汉赋,也不同于魏晋赋,又有了新的发展变化。

《文选》选录的辞赋,体现了历代辞赋的发展变化,我们可以从中窥出《文选》编者萧统的文学发展观。当然,这种文学发展观并非萧统一人所独有,而是当时的普遍看法。远在魏晋之际,阮籍就说:"然礼与变俱,乐与时化,故五帝不同制,三王各异造,非其相反,应时变也。"(《乐论》)礼乐如此,文学亦然。晋代葛洪说:"古者事事醇素,今则莫不雕饰,时移世改,理自然也。"(《抱朴子·钧世》)万事万物如此,文学亦然。刘勰说:"时运交移,质文代变。"(《文心雕龙·时序》)又说:"文律运周,日新其业。"(《文心雕龙·通变》)谓文章随时代变化,日新月异。《南齐书》的作者萧子显说得更为明确,他说:"在乎文章,弥患凡旧。若无新变,不能代雄。"(《南齐书·文学传论》)这正是时代的声音。北齐的魏收说:"文质推移,与时俱化。"(《魏书·文苑传序》)说的也是文学随时代而发展变化,与刘勰同。北齐的颜之推说:"古人之文,宏材逸气、体度风格,去今实远,但辑缀疏朴,未为密致耳。今世音律谐靡,章句偶对,讳避精详,贤于往昔多矣。"(《颜氏家训·文章》)亦强调文学是发展的,今胜于古。于此可见,萧统之文学是发展的观点,正是当时许多人的共识。应该引起注意的是,《文选》选录的作品体现了这种文学发展观。

《文选》选录的作家作品,略古而详近。周秦收子夏、屈原、宋玉、荆轲、李斯五人,诗文二十四首。西汉收刘邦、刘彻、贾谊、淮南小山、韦孟、枚乘、邹阳、司马相如、东方朔、司马迁、李陵、苏武、孔安国、杨恽、王褒、扬雄、刘歆、班婕妤十八人,诗文五十二首。东汉收班彪、朱浮、班固、傅毅、张衡、崔瑗、马融、史岑、王延寿、蔡邕、孔融、祢衡、潘勖、班昭十四人,诗文三十二首,加上无名氏古乐府三首、古诗十九首,合计五十五首。三国收曹操、曹丕、曹植、阮瑀、刘桢、陈琳、应玚、王粲、杨修、繁钦、吴质、缪袭、应璩、李康、曹冏、何晏、嵇康、阮籍、钟会、诸葛亮、韦曜二十一人,诗文一百二十四首。晋代收应贞、傅玄、羊祜、皇甫谧、赵至、杜预、枣据、成公绥、向秀、刘伶、夏侯湛、傅咸、孙楚、张华、潘岳、何劭、石崇、张载、陆机、陆云、司马彪、张协、潘尼、左思、张悛、李密、曹摅、王讚、欧阳建、郭泰机、木华、刘琨、郭璞、庾亮、卢谌、袁宏、干宝、桓温、孙绰、束皙、张翰、殷仲文、谢混、王康琚、陶潜四十五人,诗文二百五十首。南朝宋、齐、梁收谢赡、傅亮、谢灵运、谢惠连、范晔、袁淑、颜延之、谢庄、鲍照、刘铄、王僧达、王微、王俭、王融、谢朓、陆厥、孔稚珪、范云、江淹、任昉、丘迟、沈约、王巾、虞羲、刘峻、陆倕、徐悱二十七人,诗文二百四十四首。纵观《文选》所选作家作品,周秦最少,两汉较少,三国较多,两晋南朝最多。选录作家作品的多寡,从数量上反映了《文选》略古详近的原则,也从一个侧面反映了《文选》的文学发展观。

(二)《文选》提出了文体分类的具体主张。

《文选序》云：

> ……古诗之体，今则全取赋名。……骚人之文，自兹而作。诗者，盖志之所之也，情动于中而形于言。……颂者，所以游扬德业，褒赞成功。……次则箴兴于补阙，戒出于弼匡。论则析理精微，铭则序事清润。美终则诔发，图像则赞兴。又诏诰教令之流，表奏笺记之列，书誓符檄之品，吊祭悲哀之作，答客指事之制，三言八字之文，篇辞引序，碑碣志状，众制锋起，源流间出。

这是论述《文选》的文体分类，不仅比较简略，且未能摆脱前人之窠臼。如说"诗者，盖志之所之也，情动于中而形于言"，出自《毛诗序》。《毛诗序》云："诗者，志之所之也，在心为志，发言为诗。情动于中而形于言……"说"颂者，所以游扬德业，褒赞成功"，源于挚虞。挚虞曰："成功臻而颂兴。……颂，诗之美者也。古者圣帝明王，功成治定而颂声兴。……故颂之所美者，圣王之德也。"（《文章流别论》）所论基本相同。说"美终则诔发"，亦源于挚虞。挚虞曰："嘉美终而诔集。"（同上）所论全同。说"戒出于弼匡"，源于李充。李充曰："诫诰施于弼违。"（《太平御览》五九三引）所论亦同。如此等等，不一而足。所以我们认为，萧统的文体论实卑之无甚高论，与《文心雕龙》的文体论相比，差之远矣。而他的文体分类，却颇值得我们注意。

关于《文选》的文体分类，根据通行的胡刻本《文选》，分为三十七体。即赋、诗、骚、七、诏、册、令、教、策文、表、上书、启、弹事、笺、奏记、书、檄、对问、设论、辞、序、颂、赞、符命、史论、史述赞、论、连珠、箴、铭、诔、哀、碑文、墓志、行状、吊文、祭文。

一说分为三十八体。黄侃《文选平点》的《文选目录校记》第四十三卷,在刘子骏《移书让太常博士一首》前列有"移"体,云:"移,意补一行。"在第四十三卷《移书让太常博士》一文题后云:"题前以意补'移'字一行。"按,黄氏之《文选平点》,系据湖北崇文书局翻刻鄱阳胡克家刻本,胡刻本原为三十七体,加上"意补"之"移"体,则为三十八体。黄氏门人骆鸿凯之《文选学》之《义例第二》亦分三十八体,与黄氏的分体相同,即补上"移"体。

一说分为三十九体。褚斌杰说:"今本《文选》计六十卷,收录了周代至六朝梁代以前七八百年间一百三十多个知名作者和少数佚名作者的诗文作品七百余篇。全书按文体把所收作品分为三十九类。"(《中国古代文体概论·绪论》)褚氏虽分为三十九体,但没有说明根据。台湾学者游志诚《论〈文选〉之难体》(《魏晋南北朝文学与思想学术研讨会论文集》第二辑,文津出版社1993年版)一文,对研究者将《文选》分为三十七体和三十八体都表示不满,提出分三十九体之说,即在三十八体的基础上加上"难"体。所据版本为南宋陈八郎本《五臣注文选》。

一说分为四十体。刘永济说:"按梁昭明太子萧统《文选》有赋、诗、骚、七、诏、册、令、教、文、策问、表、上书、启、弹事、笺、奏记、书、移书、檄、难、对问、设论、辞、序、颂、赞、符命、史论、史述赞、论、连珠、箴、铭、诔、哀文、碑文、墓志、行状、吊文、祭文,共四十目。"(《十四朝文学要略·叙论》)刘氏在三十九体的基础上加"策问"一体。按"策问"即"文"也,不知为何分为两体?

总的说来,以上四说,皆持之有故。但是,我们认为应以分三十七体为是。因为确定《文选》分为多少体,应有版本依据,不能想当然。我们认为《文选》分为三十七体,是根据南宋尤刻本李善注《文选》、明州本《六臣注文选》、赣州本《六臣注文选》等,证据充足,毋庸置疑。

我们认为,研究《文选》的文体分类,应与《文心雕龙》结合起来。因为《文心雕龙》文体论各篇,"原始以表末,释名以章义,选文以定篇,敷理以举统"(《序志》),对各种文体作了系统的论述。这些论述,对理解《文选》之各种文体很有帮助。

《文选》的作品分为三十七体,《文心雕龙》的文体论将文章分为三十三体,如果加上《辨骚》篇所论述的"骚"体,则为三十四体。他们的文体分类大体相似,相互参照,可以加深对《文选》文体分类的认识。例如"赋"体,《文心雕龙·诠赋》篇说:"赋者,铺也,铺采摛文,体物写志也。"这是解释"赋"体的名称,这一解释道出了"赋"体的特点。又说:"原夫登高之旨,盖睹物兴情。情以物兴,故义必明雅;物以情观,故词必巧丽。丽词雅义,符采相胜,如组织之品朱紫,画绘之著玄黄,文虽新而有质,色虽糅而有本,此立赋之大体也。"这是"赋"体的写作要求,也是"赋"体的风格特征。又如"颂"体,《文心雕龙·颂赞》篇说:"颂者,容也,美盛德而述形容也。"这是揭橥"颂"体之涵义。又说:"原夫颂唯典雅,辞必清铄;敷写似赋,而不入华侈之区;敬慎如铭,而异乎规戒之域。揄扬以发藻,汪洋以树义。唯纤曲巧致,与情而变,其大体所底,如斯而已。"此论"颂"体之写作要领,实亦"颂"体之风格特点。这样的例子很多,这里就不再一一列举了。

《文心雕龙》文体论各篇,对各种文体的论述十分全面。刘勰不仅解释文体的名称,提出各种文体的写作要求,而且还论述到文体的源流,举出各种文体的作品加以评论。这样的文体论与《文选》的各种文体参照阅读,不仅可以加深对各种文体的认识,而且可以加深对各种作品的理解。无怪乎前人大都认为,学习《文选》,应参考《文心雕龙》。清代孙梅说:"彦和则探幽索隐,穷形尽状。五十篇之内,百代之精华备矣。其时昭明太子纂辑《文选》,为词宗标准。彦和此书,实总括大凡,妙抉其心。二书宜相辅而行者也。"(《四六丛话》卷三十一)黄侃也说:"读《文选》者,必须于《文心雕龙》所说能信受奉行,持观此书,乃有真解。"(《文选平点》,上海古籍出版社1985年版)此皆前人的经验之谈,道出《文选》与《文心雕龙》的密切关系,值得我们注意。

应该指出,《文选》的文体分类和《文心雕龙》的文体论,都具有集大成性质。这是我国古代文体分类和文体论发展的高峰,对后世的文体分类和文体论有深远的影响。《文心雕龙》且不论,这里单就《文选》的文体分类说一说。

我国古代文体分类有一个发展的过程。由于社会生活的需要,我国先秦时期各种文体已陆续出现,所以刘勰说:

> 故论说辞序,则《易》统其首;诏策章奏,则《书》发其源;赋颂歌赞,则《诗》立其本;铭诔箴祝,则《礼》总其端;纪传铭檄,则《春秋》为根;并穷高以树表,极远以启疆;所以百家腾跃,终入环内者也。(《文心雕龙·宗经》)

这是认为,儒家经书是各类文章的始祖。以后颜之推的《颜氏家训·文章》、章学诚的《文史通义·诗教上》都有类似的说法。此说虽然并不全面,但是确有一定的道理。我国古代文体分类,经过两汉的发展,到魏晋南北朝时期逐渐进入高峰。魏文帝曹丕将论及的文体分为"四科",他说:

> 盖奏议宜雅,书论宜理,铭诔尚实,诗赋欲丽。(《典论·论文》)

这里所谓"四科",实为八体,并各以一字概括"四科"之特点。"诗赋欲丽",道出了建安诗赋的新变化,具有时代精神。西晋陆机分文体为十类。他说：

> 诗缘情而绮靡,赋体物而浏亮。碑披文以相质,诔缠绵而凄怆。铭博约而温润,箴顿挫而清壮。颂优游以彬蔚,论精微而朗畅。奏平彻以闲雅,说炜晔而谲诳。(《文赋》)

其中"诗缘情而绮靡,赋体物而浏亮"二句,亦道出了六朝诗赋的艺术特点。明代胡应麟说:"《文赋》云:'诗缘情而绮靡',六朝之诗所自出也,汉以前无有也。'赋体物而浏亮',六朝之赋所自出也,汉以前无有也。"(《诗薮·外编》卷二)可谓一语破的。以上两篇著名的文论作品,皆是人们所熟知的。西晋挚虞的《文章流别论》,东晋李充的《翰林论》,因早已散失,究竟分为多少体已不详。至梁代,昭明太子萧统编选《文选》,分文体为三十七类,实集古人文体分类之大成,标志着我国古代的文体分类进入高峰。虽然《文选》的文体分类有繁琐的毛病,受到吴子良(《林下偶谈》)、姚鼐(《古文辞类纂序》)、章学诚(《文史通义·诗教上》)、俞樾(《第一楼丛书》)等人的批评,但是其贡献是弥足珍贵的。

《文选》的文体分类对后世有深远的影响。北宋初年李昉、徐铉等人编选的《文苑英华》一千卷,上续《文选》,其文体分为三十八类。姚铉编选的《唐文粹》一百卷,亦"以嗣《文选》",分体为二十三类。南宋吕祖谦编的《宋文鉴》一百五十卷,分体五十八类。元代苏天爵编的《元文类》七十卷,分体四十三类。明代程敏政编的《明文衡》九十八卷,分体四十一类。清代黄宗羲编的《明文海》四百八十二卷,分体二十八类。这些总集在文体分类上都受到《文选》的影响,自是显而易见的。

(三)《文选》贯彻了编者提出的选录标准。

前面引《隋书·经籍志》说到编纂总集,必须"采摘孔翠,芟剪繁芜"。这就是说,选择什么,删汰什么,编者必须有自己的选录标准。那么,什么是《文选》的选录标准呢?研究者的看法并不一致,大体有五说:

一是朱自清说。朱氏说:"(阮元)在《书昭明太子〈文选序〉后》里说的更明白:'昭明所选,名之曰文,盖必文而后选也。经也、子也、史也,皆不可专名为文也。……必沉思翰藻,始名为文,始以入选也。'"(《〈文选序〉"事出于沉思,义归乎翰藻"说》)这是说"事出于沈思,义归乎翰藻",就是《文选》的选录标准。

二是黄侃说。黄氏说:"'若夫姬公之籍'一段,此序选文宗旨,选文条例皆具,宜细审绎,毋轻发难端。《金楼子》论文之语,刘彦和《文心》一书,皆其翼卫也。"(《文选平点》,上海古籍出版社1985年版)这是认为《文选序》"若夫姬公之籍"一段,所论的是《文选》的选录标准,同时萧绎的《金楼子》论文之语和刘勰的《文心雕龙》皆其"翼卫"。

三是日本铃木虎雄说。铃木氏说:"萧统对文学的意见,可以对文学作品的文质彬彬的要求为代表,其言曰:'夫文典则累野,丽则伤浮。能丽而不浮,典而不野,文质彬彬,有君子之致。吾尝欲为之,但恨未遒耳。'(《答湘东王求文集及诗苑英华书》)……萧统以文质兼备的思想亦即超越道德论的作为独立的文学的思想来编纂《文选》。……其作为文学的选录标准就正是'文质兼备','不以风教害文'。"(《中国诗论史》,许总译,广西人民出版社1989年版)铃木氏以"夫文典则累野"一段话,作为《文选》的选录标准。

四是日本清水凯夫说。清水氏认为《文选》的选录标准,就是沈约的《宋书·谢灵运传论》(《〈文选〉编辑的目的和撰(选)录标准》,见《六朝文学论文集》,重庆出版社1989年版)。

五是笔者的看法。笔者认为仅仅把"事出"二句看作选录标准是不够的,应该看到《文选序》所说的"诗者,盖志之所之也,情动于中而形于言。《关雎》、《麟趾》,正始之道著;桑间、濮上,亡国之音表。故《风》、《雅》之道,粲然可观。"这是袭用《毛诗序》中的话,表达了对作品思想内容的重视。这种传统的儒家"雅正"的文学观,加上"沉思"、"翰藻",便是萧统的文学思想,也即是《文选》的选录标准。(参阅本书《萧统〈文选〉三题》)

以上五说,朱说不够全面;黄说颇有道理;铃木说诚是,惜其不在《文选序》中;清水说另寻标准,令人难以接受。兹根据笔者浅见,以《文选》选录的诗歌为例,考察这些作品是否符合其选录标准。

先秦诗歌,最重要的自然是《诗经》和楚辞。可是萧统认为,《诗经》是经书,不能入选。楚辞又归入"骚"体。因此先秦诗歌入选的只有荆轲之歌一首,即"风萧萧兮易水寒,壮士一去兮不复还。"此歌声情并茂,悲壮感人,自是佳作。

两汉诗歌,《文选》选录三十六首。《古诗十九首》最为著名。刘勰说:"观其结体散文,直而不野,婉转附物,怊怅切情,实五言之冠冕也。"(《文心雕龙·明诗》)钟嵘说:"文温以丽,意悲而远。惊心动魄,可谓一字千金!"(《诗品》卷上)皆推崇备至。李陵《与苏武诗》三首,苏武诗四首,当系后人伪托。但是,这些诗"写情款款,淡而弥悲"(沈德潜语),确是好诗。张衡的七言诗《四愁诗》四首值得注意。此诗写怀人之愁思,低徊情深,对七言诗的发展具有重要作用。应当指出,《文选》选录古乐府只有三首,是很不够的。这与《文选》的选录标准有关。

魏晋诗歌,主要是五言诗。此时五言诗有很大的发展,《文选》所选约为二百首。

建安诗歌创作十分繁荣,主要诗人是"三曹"、"七子"。《文选》选录"三曹"的诗歌,曹操有《短歌行》、《苦寒行》,曹丕有《芙蓉池作》、《燕歌行》、《善哉行》、《杂诗》(二首),曹植有《送应氏》(二首)、《七哀诗》、《赠白马王彪》、《美女篇》、《白马篇》、《名都篇》、《杂诗》(六首)等,大都是佳作。其中,曹操的《短歌行》、曹丕的《燕歌行》和曹植的《赠白马王彪》等皆为中国文学史上的名篇。"七子"的诗歌,选入《文选》的,王粲有《公宴诗》、《咏史诗》、《七哀诗》(二首)、《赠蔡子笃诗》、《赠士孙文始》、《赠文叔良》、《从军诗》(五首)、《杂诗》(一首),刘桢有《公宴诗》、《赠五官中郎将》(四首)、《赠徐幹》、《赠从弟》(三首)、《杂诗》。其他五人皆无诗入选,亦可见萧统掌握选录标准之严格。"三曹"、"七子"的诗歌,慷慨任气,磊落使才,具有梗概多气的特点,形成建安诗歌的优良传统。

正始诗歌的代表人物是阮籍和嵇康。《文选》选录阮籍《咏怀诗》(十七首),嵇康诗有《幽愤诗》、《赠秀才入军》(五首)和《杂诗》,都是优秀诗篇。刘勰说:"嵇志清峻,阮旨遥深。"(《文心雕龙·明诗》)道出了阮籍、嵇康诗歌的特点,十分深刻。

诗歌发展到太康时期,又出现了繁荣局面。主要诗人有三张(张载与其弟张协、张亢)、二陆(陆机、陆云兄弟)、两潘(潘岳与其从子潘尼)、一左(左思)。其中张协、陆机、潘岳、左思的成就较高,钟嵘《诗品》皆列入"上品"。《文选》选录张协的《咏史》(五首)、《杂诗》(十首),陆机的《乐府》(十七首)、《拟古诗》(十二首)、《为顾彦先赠妇》(二首)、《赴洛道中作》(二首)等五十二首,潘岳的《悼亡诗》(三首)、《河阳县作》(二首)、《在怀县作》(二首)等十首,左思的《咏史》(八首)、《招隐诗》(二首)、《杂诗》(一首)等十一首。其中,潘岳的《悼亡诗》和左思的《咏史诗》是传诵千古的名篇,影响深远。刘勰说他们"采缛于正始,力柔于建安"(《文心雕龙·明诗》),揭示出太康诗歌的主要倾向及其弊端,深中肯綮。

永嘉诗歌深受玄学影响,诗风为之一变。刘勰说:"景纯仙篇,挺拔而为俊矣。"(《文心雕龙·明诗》)这是说郭璞的《游仙诗》成就最突出。《文选》选录郭璞《游仙诗》七首。此诗借游仙抒写怀抱,词多慷慨,是古诗中的名篇。特别应该提到的是爱国诗人刘琨。他的诗仅存《文选》选录的《答卢谌》、《重赠卢谌》、《扶风歌》三首。刘勰评其诗曰:"雅壮而多风。"(《文心雕龙·才略》)钟嵘认为他"善为凄戾之词,自有清拔之气"(《诗品》卷中),颇有横槊建安的气概。

东晋时期玄言诗盛行。沈约说:"有晋中兴,玄风独振,为学穷于柱下,博物止乎七篇,驰骋文辞,义单乎此。自建武暨乎义熙,历载将百,虽缀响联辞,波属云委,莫不寄言上德,托意玄珠,遒丽之辞,无闻焉尔。"(《宋书·谢灵运传论》)当时能独树一帜,卓然自立的是陶渊明。陶诗今存一百二十余首,《文选》选录其《始作镇军参军经曲阿作》、《辛丑岁七月赴假还江陵夜行涂口》、《挽歌诗》、《杂诗》(二首)、《咏贫士诗》、《读山海经诗》、《拟古诗》等八首。比起《文选》所选陆机、谢灵运诗,在数量上确实少得多。但是,在《文心雕龙》只字未及陶诗,《诗品》仅将他列入"中品"的情况下,萧统能重视平淡自然的陶诗已是十分难得。

南朝宋的元嘉时期有三大家,即谢灵运、颜延之和鲍照。谢灵运是南朝山水诗派的大诗人。《文选》选录他的《登池上楼》、《石壁精舍还湖中作》、《过始宁墅》、《七里濑》、《登江中孤屿》、《入彭蠡湖口》、《游南亭》等四十首,大都是优秀的山水诗。颜延之与谢灵运齐名,但其诗雕琢藻饰,喜用典故,不能与谢灵运相比。《文选》选录他的《秋胡诗》、《五君咏》(五首)、《赠王太常》、《夏夜呈从兄散骑车长沙》、《北使洛》等二十首,以《五君咏》最有名。鲍照是南朝的杰出诗人。《文选》选录他的《咏史》、《乐府》(八首)、《玩月城西门廨中》、《拟古》(三首)、《学刘公幹体》等十八首,但是他的名作《拟行路难》十八首却未能入选,未免遗憾,大概这些诗不符合儒家"雅正"的文学思想,故而落选。

齐代永明诗歌,代表人物有沈约、谢朓(按沈约之卒年应归于梁代,但他是"永明体"的代表诗人,故列于此)。《文选》选录沈约诗有《别范安成诗》、《宿东园》、《游沈道士馆》、《早发定山》、《新安江水至清浅深见底贻京邑游好》等十三首,选录谢朓诗有《新亭渚别范零陵诗》、《游东田》、《暂使下都夜发新林至京邑赠西府同僚》、《之宣城出新林浦向板桥》、《敬亭山诗》、《晚登三山还望京邑》、《和王主簿怨情》等二十一首。"永明体"有"四声"、"八病"之说,十分讲究声律,沈约、谢朓的诗歌体现了"永明体"的一些特点。

我认为《文选》大约编于梁武帝普通七年(526)十一月之前。由于《文选》不录存者,所以《文选》选录的梁代诗歌,作者只有范云、江淹、任昉、丘迟、虞羲和徐悱等六人。其中以江淹的诗入选最多,达三十二首,即《从建平王登庐山香炉峰》一首、《望荆山》一首、《杂体诗》三十首,皆为佳作。

在论述《文选》的选录标准时,必须看到《文选》所选诗歌四百三十多首,从内容上分为二十三个子类,一开始便是"补亡"、"述德"、"劝励"之类的诗。这些诗从形式上看虽然并非没有"沉思"、"翰藻",但是主要还是在内容上体现了萧统"雅正"的儒家文学思想。因此,对《文选》选录作品的标准,仅仅看到"沉思"、"翰藻"是不够全面的。

总而言之,《文选》所选历代诗歌,大都是"沉思"、"翰藻"之作,体现了《文选》的选录标准。由于这些诗歌选择精审,各具特色,被后人称为"选诗"。"选诗"对后世的诗歌有深远的影响。

(四)《文选》对所选作家作出了评价。

如果说《文心雕龙》、《诗品》对一些作家作出了评价,这是容易理解的;说《文选》对所选作家作出了评价,这就不那么容易理解了。因为《文选》选录了一百三十余位作家的作品,编者并未做任何评价,为什么我们说《文选》对所选作家都作出了评价呢?因为我们认为,《文选》选录作家之作品的多寡,正是从侧面反映了编者对作家的评价。

兹以魏晋著名作家为例,看一看《文选》选录了多少他们的作品,《文心雕龙》、《诗品》等对他们的评论又是如何,然后检查一下他们的评价是否一致。不论一致还是不一致,都可以看出《文选》对他们的评价。

有魏一代著名作家,前期有曹植、王粲、刘桢;后期有阮籍、嵇康。曹植,《文选》选录他的作品三十九首(赋一,诗二十五,文十三),《文心雕龙》评曰:

> 若夫四言正体,则雅润为本;五言流调,则清丽居宗。华实异同,惟才所安。故平子得其雅,叔夜含其润,茂先凝其清,景阳振其丽。兼善则子建、仲宣,偏美则太冲、公幹。(《明诗》)
> 然子建思捷而才俊,诗丽而表逸……(《才略》)

《诗品》将他列入"上品",评曰:

> 骨气奇高,词采华茂。情兼雅怨,体被文质,粲溢今古,卓尔不群。嗟乎!陈思之于文章也,譬人伦之有周孔,鳞羽之有龙凤,音乐之有琴笙,女工之有黼黻。……故孔氏之门如用

诗,则公幹升堂,思王入室,景阳、潘、陆,自可坐于廊庑之间矣。(卷上)

王粲,《文选》选录他的作品十四首(赋一,诗十三)。《文心雕龙》称他为"魏晋之赋首"八家之一(《诠赋》),评曰:

> 仲宣溢才,捷而能密,文多兼善,辞少瑕累,摘其辞赋,则七子之冠冕乎!(《才略》)

《诗品》将他列入"上品",评曰:

> 发愀怆之词,文秀而质羸。在曹、刘间别构一体,方陈思不足,比魏文有余。(卷上)

刘桢,《文选》选录他的作品十首(诗十)。曹丕评曰:

> 公幹有逸气,但未遒耳。其五言诗之善者,妙绝时人。(《与吴质书》)

> 刘桢壮而不密。(《典论·论文》)

《文心雕龙》评曰:

> 刘桢情高以会采。(《才略》)

《诗品》将他列入"上品",评曰:

> 降及建安,曹公父子,笃好斯文;平原兄弟,郁为文栋;刘桢王粲,为其羽翼。(《序》)

> 仗气爱奇,动多振绝。真骨凌霜,高风跨俗。但气过其文,雕润恨少。然自陈思已下,桢称独步。(卷上)

阮籍,《文选》选录其作品十九首(诗十七,文二)。嵇康,《文选》选录其作品十首(赋一,诗七,文二)。《文心雕龙》评曰:

> 及正始明道,诗杂仙心,何晏之徒,率多浮浅。唯嵇志清峻,阮旨遥深,故能标焉。(《明诗》)
>
> 嗣宗俶傥,故响逸而调远;叔夜俊侠,故兴高而采烈。(《体性》)
>
> 嵇康师心以遣论,阮籍使气以命诗。(《才略》)

《诗品》将阮籍列入"上品",评曰:

> (《咏怀诗》)言在耳目之内,情寄八荒之表。洋洋乎会于《风》、《雅》,使人忘其鄙近,自叙远大,颇多感慨之词。厥旨渊放,归趣难求。(卷上)

《诗品》将嵇康列入"中品",评曰:

> 颇似魏文。过为峻切,讦直露才,伤渊雅之致。然托谕清远,良有鉴裁,亦未失高流。(卷中)

西晋著名作家有陆机、潘岳、张协和左思。陆机,《文选》选录其作品一百一十首(赋二,诗五十二,文五十六)。沈约评曰:

> 降及元康,潘陆特秀。律异班贾,体变曹王,缛旨星稠,繁文绮合。(《宋书·谢灵运传论》)

《文心雕龙》称他为"魏晋之赋首"八家之一(《诠赋》),评曰:

> 至如士衡才优,而缀辞尤繁。(《镕裁》)
>
> 陆机才欲窥深,辞务索广,故思能入巧,而不制繁。(《才略》)

《诗品》将他列入"上品",评曰:

> 才高词赡,举体华美。气少于公幹,文劣于仲宣。尚规矩,不贵绮错,有伤直致之奇。然其咀嚼英华,厌饫膏泽,文章

之渊泉也。张公叹其大才,信矣!(卷上)

潘岳,《文选》选录他的作品二十三首(赋八,诗十,文五)。《文心雕龙》称他为"魏晋之赋首"八家之一(《诠赋》),评曰:

> 潘岳敏给,辞自和畅,钟美于《西征》,贾余于哀诔,非自外也。(《才略》)

《诗品》将他列入"上品",评曰:

> 《翰林》叹其翩翩然如翔禽之有羽毛,衣服之有绡縠,犹浅于陆机。谢混云:"潘诗烂若舒锦,无处不佳;陆文如披沙简金,往往见宝。"嵘谓益寿轻华,故以潘为胜;《翰林》笃论,故叹陆为深。余常言:陆才如海,潘才如江。(卷上)

张协,《文选》选录他的作品十首(诗二,文八)。《文心雕龙》论五言诗,谓"景阳振其丽"(《明诗》),评西晋诗歌云:

> 晋世群才,稍入轻绮,张潘左陆,比肩诗衢,采缛于正始,力柔于建安;或析文以为妙,或流靡以自妍:此其大略也。(《明诗》)

这里包括"三张"中的张协。又曰:

> 应、傅、三张之徒……并结藻清英,流韵绮靡。(《时序》)

这里"三张",同样包括张协。《诗品》将他列入"上品",评曰:

> 文体华净,少病累,又巧构形似之言。雄于潘岳,靡于太冲,风流调达,实旷代之高手。词采葱蒨,音韵铿锵,使人味之,亹亹不倦。(卷上)

左思,《文选》选录其作品十五首(赋三,诗十一,文一),《文心雕龙》称他为"魏晋之赋首"八家之一(《诠赋》),评曰:

> 左思奇才,业深覃思,尽锐于《三都》,拔萃于《咏史》,无遗力矣。(《才略》)

《诗品》将他列入"上品",评曰:

> 文典以怨,颇为精切,得讽喻之致。虽野于陆机,而深于潘岳。谢康乐尝言:"左太冲诗,潘安仁诗,古今难比。"(卷上)

魏晋之著名作家,《文选》选录作品在十首以上者如上列举,选录在十首以下者则从略。对于这些作家,我们首先说明《文选》选录其作品多少,然后以《文心雕龙》、《诗品》等评论对照,可以看出,《文选》选录作家之作品多寡,与《文心雕龙》、《诗品》等的评论,基本上是一致的。所以,我们说《文选》选录作家之作品的多寡,从侧面体现了编者对作家的评价。而选录之作品大都为名篇佳作,则从正面表现了编者对作品的评价。

应当指出,以上所列举的都是当时认为著名的作家,随着历史的发展变化,后世的看法可能不同。例如,在今天看来,《文选》选录陆机的作品过多,而选录陶渊明的作品太少。又司马相如的《封禅文》、扬雄的《剧秦美新》、潘勖的《册魏公九锡文》等,皆可不选。但是从总体来看,编者的选择是慎重的、精审的。因此,《文选》所选作家之作品的多寡,可以体现编者对作家的评价。

综上所述,我们认为《文选》虽然是一部诗文总集,但是它与文学理论批评有密切的关系,研究《文选》的文学理论和文学批评思想,既可以加深我们对《文选》的理解,又可以丰富我国古代文学理论思想宝库,是不应该忽略的。其实,不仅《文选》如此,我国古代著名的总集,如南朝陈徐陵的《玉台新咏》、唐代殷璠的《河岳英灵集》、元代方回的《瀛奎律髓》、明代高棅的《唐诗品汇》、清代姚鼐的《古文辞类纂》等，无不体现了编者的文学思想。重视这些总集的研究，将大大丰富中国文学理论批评史的内容，对于弘扬祖国优秀传统文化，是一项重要的任务。

十、《文选》对后世的影响

《文选》对后世的影响十分深远。在《文选》编成后不久,就有人开始对《文选》进行研究,例如,隋代的萧该就著有《文选音义》。萧该是何许人也?《隋书·儒林传·萧该传》云:

> 兰陵萧该者,梁鄱阳王恢之孙也。少封攸侯。梁荆州陷,与何妥同至长安。性笃学,《诗》、《书》、《春秋》、《礼记》并通大义,尤精《汉书》,甚为贵游所礼。开皇初,赐爵山阴县公,拜国子博士。奉诏书与妥正定经史;然各执所见,递相是非,久而不能就。上谴而罢之。该后撰《汉书》及《文选》音义,咸为当时所贵。

按鄱阳王萧恢乃梁武帝之弟,萧该即萧统之侄。可以说,萧该是最早研究《文选》的人。

唐代治"选学"者,以曹宪为最先。刘肃云:

> 江淮间为文选学者,起自江都曹宪。贞观初,扬州长史李袭誉荐之,征为弘文馆学士。宪以年老不起,遣使就拜朝散大夫,赐帛三百匹。宪以仕隋为秘书,学徒数百人,公卿亦多从之学。撰《文选音义》十卷。年百余岁乃卒。其后句容许淹、江夏李善、公孙罗,相继以《文选》教授。开元中,中书令萧嵩以《文选》是先代旧业,欲注释之,奏请左补阙王智明、金吾卫佐李玄成、进士陈居等注《文选》。先是,东宫卫佐冯光震入院校《文选》,兼复注释。解"蹲鸱"云:"今之芋子,即是著毛

萝卜。"院中学士向挺之、萧嵩抚掌大笑。智明等学术非深,素无修撰之艺,其后或迁,功竟不就。(《大唐新语》卷九《著述》)

关于"文选学",这是最早的记载。曹宪,据阮元的推算,大约生于梁代大同年间(535—546)(参阅《揅经室二集》卷二《扬州隋文选楼记》),隋时为秘书学士,唐太宗时拜朝散大夫,卒于贞观中,年一百零五岁,著有《文选音义》等。其后,弟子许淹、李善、公孙罗、魏模(据《新唐书·儒学传》增),相继以《文选》教授,于是其学大兴于唐代。许淹著有《文选音》十卷,已佚。李善著有《文选注》六十卷,今存;另有《文选辨惑》十卷,已佚。公孙罗著有《文选注》六十卷,《文选音》十卷,已佚。但是,尚可于唐写残本《文选集注》中窥其佚文。魏模及其子景倩仅以《文选》传授,并无著作。应当指出,李善注《文选》,蜚声学林,乃"选学"之瑰宝。

唐玄宗开元年间,工部尚书吕延祚集吕延济、刘良、张铣、吕向、李周翰五人注《文选》,名曰《五臣注》。此注不如李善注,但是,"其疏通文意,亦间有可采"(《四库全书总目提要·六臣注文选》)。此后,冯光震、萧嵩先后奏请改注《文选》,未成。

唐写本《文选集注》残卷引有李善注、五臣注、公孙罗注,还有陆善经注。陆善经,天宝中为国子司业,其《文选注》不传,乃未完成之作。

以上是唐代学者研究《文选》的情况。至于唐代士子习《文选》的情况,就更为普遍了。《新唐书·萧至忠传》云:

(至忠)尝出主第,遇宋璟,璟戏曰:"非所望于萧傅。"至忠曰:"善乎宋生之言。"

宋璟引用的"非所"句,出自潘岳的《西征赋》。萧至忠引用的"善乎"句,出自潘岳的《秋兴赋》,只是引用时将"玉"改为"生"。随口引用《文选》中的句子,说明当时士子对《文选》的熟悉。《全唐诗话·韦蟾》云:

> 蟾廉问鄂州,罢,宾僚祖饯,蟾曾书《文选》句云:"悲莫悲兮生别离","登山临水送将归"。以笺毫授宾从,请续其句。逡巡,有妓泫然起曰:"某不才,不敢染翰,欲口占两句。"韦大惊异,令随念,云:"武昌无限新栽柳,不见杨花扑面飞。"坐客无不嘉叹。(卷四)

在饯别的宴会上,韦蟾即席书写了《文选》中的句子(前句见屈原《九歌·少司命》,后句见宋玉的《九辩》),说明他平时熟读《文选》。李审言《媿生丛录》云:

> 刘知几《史通》,体拟《文心雕龙》……又熟精《文选》,或用其成句,或櫽括其语。(卷二)

这是说,刘知几的《史通》,在语言运用上受到《文选》的影响。陆龟蒙《袭美先辈以龟蒙所献五百言,既蒙见和,复示荣唱,至于千字,提奖之重,蔑有称实,再抒鄙怀,用伸酬谢》诗云:"因知昭明前,剖石呈清琪。又嗟昭明后,败叶埋芳蕤。"慨叹萧统《文选》无有继者。尤其值得注意的是,大诗人李白、杜甫,大散文家韩愈等,都不同程度的受到《文选》的影响。《酉阳杂俎·语资》云:

> (李)白前后三拟词选(《文选》),不如意,悉焚之。唯留《恨》、《别》赋。(卷十二)

李白认为"自从建安来,绮丽不足珍",显然鄙薄六朝文学,可是却模拟《文选》写作,说明他对《文选》还是重视的。杜甫《宗武生日》诗云:"熟精《文选》理。"《水阁朝霁奉简严云安》诗云:"续儿诵

《文选》。"可见杜甫对《文选》之精熟。李详有《杜诗证选》,足以证明集大成之诗人杜甫深受《文选》的影响。韩愈是古文家,似不重《文选》,但是据《重刻东雅堂韩昌黎集·秋怀诗》引樊汝霖注云:

> 唐人最重文选学。公以六经之文为诸儒唱,《文选》弗论也。独于《李郱墓志》曰:"能暗记《论语》、《尚书》、《毛诗》、《左氏》、《文选》。"而公诗如"自许连城价"、"傍砌看红药"、"眼穿长讶双鱼断"之句,皆取诸《文选》,故此诗往往有其体。(卷一)

韩愈虽然不论《文选》,但也无法掩盖《文选》对他的影响,李详《韩诗证选》,便是有力的证据。唐武宗时的宰相李德裕,曾对武宗说:"臣祖天宝末以仕进无他岐,勉强随计,一举登第。自后家不置《文选》,盖恶其不根艺实。"(《新唐书·选举志上》)借以说明自己不同凡俗。其实,这样的事例正从反面说明当时士子家置《文选》之众。唐代民间文学作品《秋胡变文》写到秋胡外出游学,随身携带了十部书,即《孝经》、《论语》、《尚书》、《左传》、《公羊》、《穀梁》、《毛诗》、《礼记》、《庄子》、《文选》。秋胡对《文选》的重视,反映了当时士子的普遍情况。民间如此,官方亦复如此。《旧唐书·吐蕃传》载,开元十八年,"时吐蕃使奏云:'公主请《毛诗》、《礼记》、《左传》、《文选》各一部。'制令秘书省写与之"。这里我们可以看到,不仅金城公主重视《文选》,而且《文选》在当时的地位几乎与儒家经书并列。无怪乎李善在《上文选注表》上说:"撰斯一集,名曰《文选》,后进英髦,咸资准的。"

五代时,《文选》继续在社会上流传,仍然为读书人所重视。郑文宝《南唐近事》云:

> 后主壬申岁张佖知贡举,试"天鸡弄和风"。佖但以《文选》中诗句为题,未尝详究。有进士白云:"《尔雅》鶾天鸡、䳚天鸡,未知孰是?"佖大惊,不能对。亟取《尔雅》检之,一在《释虫》,一在《释鸟》,果有二,因自失。

南唐后主时,张佖知贡举,以《文选》诗句为试题取士,可以想象《文选》一书对士子仕途之影响。"天鸡弄和风"句,见《文选》卷二十二谢灵运《于南山往北山经湖中瞻眺》诗。李善注:"《尔雅》曰:'䳚,天鸡。'"陶岳《五代史补》曰:

> 毋昭裔贫贱时,常借《文选》于交游间,其人有难色。发愤,异日若贵,当版以镂之,遗学者。后仕蜀为宰相,遂践其言,刊之。

吴任臣《十国春秋·后蜀·毋昭裔传》曰:

> 又令门人勾中正、孙逢吉书《文选》、《初学记》、《白氏六帖》,刻板行之。

这是历史上关于《文选》刻本最早的记载。《宋史·毋守素传》云:"昭裔性好藏书,在成都令门人勾中正、孙逢吉书《文选》、《初学记》、《白氏六帖》镂板,守素赍至中朝,行于世。大中祥符九年,子克勤上板,补三班奉职。"毋昭裔历任后蜀御史中丞、中书侍郎同平章事、太子太师等职。《文选》镂板、行世,大约是在后蜀孟昶广政年间(938—965)。据焦竑《笔乘》记载,后蜀归宋以后,"其书遍于海内"。可惜早已散失,我们再也见不到了。虽然如此,五代时有《文选》刻本出现,并且"行于世"。宋初时,"其书遍于海内",是值得注意的现象。

宋初《文选》流传甚广。陆游《老学庵笔记》云:

> 国初尚《文选》,当时文人专意此书,故草必称"王孙",梅必称"驿使",月必称"望舒",山水必称"清晖"。至庆历后,恶其陈腐,诸作者始一洗之。方其盛时,士子至为之语曰:"《文选》烂,秀才半。"(卷八)

四库馆臣谓:"驿使寄梅出陆凯诗,昭明所录,实无此作,亦记忆偶疏。"(《四库全书总目提要·老学庵笔记》)斯乃小事,实无关紧要。值得注意的倒是"《文选》烂,秀才半"的谚语,它说明宋初《文选》的广泛流传,与当时的科举制度有关。王应麟《困学纪闻》说:

> 李善精于《文选》,为注解,因以讲授,谓之文选学。少陵有诗云:"续儿诵《文选》。"又训其子:"熟精《文选》理。"盖《选》学自成一家。江南进士试"天鸡弄和风"诗,以《尔雅》"天鸡"有二,问之主司,其精如此。故曰"《文选》烂,秀才半"。熙、丰之后,士以穿凿谈经,而《选》学废矣。(卷十七)

这里谈的李善精于《文选》,杜甫熟悉《文选》,江南进士考《文选》中的诗句和"《文选》烂,秀才半"的谚语,上文已经述及。而指出宋神宗熙宁(1068—1077)、元丰(1078—1085)以后选学荒废,这一情况值得注意。其原因何在,王氏没有交待。我们结合当时的历史情况分析,此事大约与王安石变法有关。

宋神宗熙宁四年(1071)二月,王安石对科举制度进行改革,废除明经科,废除进士科的诗赋考试。进士科的考生可在《诗》、《书》、《易》、《周礼》、《礼记》中选治一经,兼治《论语》、《孟子》。考试时,主要考试经书大义,并殿试策论。宋王朝的文武百官大都从科举出身,科举既然进行了改革,士子适应这一要求,自然也得变了。科举有诗赋考试,《文选》是必读的。科举取消了诗赋考试,《文选》就似乎可以不读了,或者不必熟读了。科举中的诗赋考试对《文选》的学习是有影响的,但也常常因人而异,不能一概而论。例如在熙宁以前,宋祁就十分喜读《文选》,他的小名叫选哥,"自言手抄《文选》三过矣"(阎若璩《困学纪闻勘本》卷十七翁注引)。而与王安石同时的司马光就不重视《文选》的学习,他主编的《资治通鉴》记载萧至忠出太平公主之门事云:"至忠素有雅望,尝自公主第门出,遇宋璟,璟曰:'非所望于萧君也。'至忠笑曰:'善乎宋生之言!'"(卷二一〇)将《新唐书·萧至忠传》中的"非所望于萧傅"改为"非所望于萧君也",便是不知此句出自潘岳的《西征赋》。但是,一般的说,学习写作诗赋的人,仍不可不读《文选》。《瑶溪集》云:

> 杜子美教其子曰:"熟精《文选》理。"夫唯《文选》是尚,不爱奇乎!今人不为诗则已,苟为诗,则《文选》不可不熟也。《文选》是文章祖宗,自两汉而下,至魏、晋、宋、齐,精者斯采,萃而成编,则为文章者,焉得不尚《文选》也。(《苕溪渔隐丛话·前集》卷九引)

《雪浪斋日记》云:

> 昔人有言:"《文选》烂,秀才半。"正为《文选》中事多,可作本领尔。余谓欲知文章之要,当熟看《文选》,盖《选》中自三代涉战国、秦、汉、晋、魏、六朝以来文字皆有,在古则浑厚,在近则华丽也。(《苕溪渔隐丛话·后集》卷二引)

这里认为要作诗,"欲知文章之要",不可不熟读《文选》。这可能是代表宋代士子通常的看法。而在封建社会中,写好诗文往往是步入仕途的敲门砖,因此《文选》常常成为士子的必读之书。宋代有关《文选》的著作,如苏易简的《文选菁英》、《文选双字类要》,刘攽的《文选类林》,周明辨的《文选汇聚》、《文选类汇》,王若的《选腴》,曾发的《选注摘遗》,黄简的《文选韵粹》等,都是为适应学习诗文写作的需要而产生的。

这里,我们要特别提到苏轼。

《文选》是一部重要的诗文总集,作为文学家的苏轼是不能不读的。他说:

> 李善注《文选》,本末详备,极可喜。所谓五臣者,真俚儒之荒陋者也,而世以为胜善,亦谬矣。谢瞻《张子房诗》云:"苟愿暴三殇。"此礼所谓上中下殇,言暴秦无道,戮及孥稚也。而乃引苛政猛于虎,吾父吾子吾夫皆死于是,谓夫与父为殇,此岂非俚儒之荒陋者乎?诸如此甚多,不足言,故不言。(《书谢瞻诗》)

这说明苏轼阅读《文选》是认真的,他对李善注和五臣注的批评也大都是正确的,但也难免有错,如误注"三殇"乃是李善,他错怪了五臣,当然这只是偶然的疏忽。苏轼对《文选》的评价并不高。他说:

> 梁萧统集《文选》,世以为工,以轼观之,拙于文而陋于识者,莫统若也。宋玉赋《高唐》、《神女》,其初略陈所梦之因,如子虚、亡是公等相与问答,皆赋矣,而统谓之叙,此与儿童之见何异?李陵、苏武赠别长安,而诗有"江汉"之语;及陵与武书,词句儇浅,正齐梁间小儿所拟作,决非西汉文,而统不悟。刘子玄独知之。(《答刘沔都曹书》)

这里的批评有对的,也有不对的。如说宋玉《高唐赋》、《神女赋》的开头,和司马相如的《子虚赋》、《上林赋》开头说的子虚、亡是公一样,都是赋的本文,萧统以为是序,是弄错了。这个批评是对的。但是说"此与儿童之见何异",未免贬之过甚。至于李陵和苏武的诗,是后人的伪托之作,这是今人的一致看法。但在梁以前却不完全是这样的。颜延之说:"李陵众作,总杂不类,元是假托,非尽陵制。至其善篇,有足悲者。"(《庭诰》,《太平御览》卷五百八十六引)这是认为李陵诗是假托的,但又说"非尽陵制",即认为其中有李陵的作品,语意比较含糊。刘勰说:"孝武爱文,柏梁列韵。严马之徒,属辞无方。至成帝品录,三百余篇,朝章国采,亦云周备;而辞人遗翰,莫见五言,所以李陵、班婕妤见疑于后代也。"(《文心雕龙·明诗》)这是对李陵诗表示怀疑。钟嵘说:"逮汉李陵,始著五言之目矣。……从李都尉迄班婕妤,将百年间,有妇人焉,一人而已。"(《诗品序》)又评李陵诗云:"其源出于楚辞。文多凄怆怨者之流。陵,名家子,有殊才,生命不谐,声颓身丧。使陵不遭辛苦,其文亦何能至此?"这是肯定李陵有五言诗,并结合李陵的身世和不幸遭遇,对其五言诗作了很高的评价。萧子显说:"少卿离辞,五言才骨,难与争鹜。"(《南齐书·文学传论》)这也是肯定李陵有五言诗,评价也很高。又江淹《杂体诗》有拟《李都尉从军》一首。从以上所引各家的论述,可知梁代以前无一人完全否定李陵诗,最多只是表示怀疑,而大多数人却是肯定的。因此,萧统将李陵诗选入《文选》应是正常的,况且李陵诗和《古诗十九首》一样,都是当时的佳作。再说苏轼批评李陵诗"儇浅",显然不对头。说它是"齐梁间小儿所拟作",更是错误。既然出自齐梁,宋代的颜延之如何说起?虽然苏轼对《文选》的评论不乏真知灼见,但是也不无可议之处。因为苏轼的评论很有影响,所以在这里不能不着重地提一提。

在北宋时有一个重要的情况,就是活字印刷术的发明。活字印刷促进了印刷业的发达,所以宋代的《文选》刻本颇多,其中主要的有:

《文选李善注》六十卷,南宋孝宗淳熙八年(1181)尤袤刻本。

《五臣注文选》三十卷,宋杭州开笺纸马铺钟家刻本、宋绍兴辛巳建阳崇化书坊陈八郎宅刻本。

《六臣注文选》六十卷,南宋绍兴二十八年明州刻本。此本五臣注在前,李善注在后。

《六臣注文选》六十卷,南宋赣州州学刊本。此本李善注在前,五臣注在后。

这些刻本的广泛流传,对《文选》的传播起了很大作用。

金、元二代,选学衰落。而当时士子对《文选》的学习还在继续。金代诗人赵秉文说:

> 为诗当师《三百篇》、《离骚》、《文选》、《古诗十九首》,下及李杜。……尽得诸人所长,然后卓然自成一家。(《闲闲老人滏水集·答李天英书》)

元代诗人杨载说:

> 取材于《选》,效法于唐。

马伯庸说:

> 枕藉《骚》、《选》,死生李、杜。(王士禛等著《诗问》卷三引)

可见《文选》仍是士子学习写作诗文的必读之书。赵、杨等人的看法,可能代表当时社会的一般看法。至于《文选》专书,经查阅清倪灿撰、卢文弨补的《补辽金元艺文志》、清金门诏的《补三史艺文志》、清钱大昕的《补元史艺文志》及《四库全书总目提要》等书,金代未见。元代有方回的《文选颜鲍谢诗评》四卷,刘履的《风雅翼》十四卷,虞集的《文选心诀》一卷。方回《文选颜鲍谢诗评》评论《文选》中颜延之、鲍照、谢灵运、谢惠连、谢朓的诗,间有考证,其评论、考证皆有可取之处。刘履的《风雅翼》中有《选诗补注》八卷、《选诗补遗》二卷、《选诗续编》四卷,其诠释、评论均较为详赡。以上二书对后世选学的研究有一定影响。此外,还要提到的是元代陈绎曾的《诗谱》。此书所论多与《文选》有关。陈绎曾说:"凡读《文选》诗,分三节,东都以上主情,建安以下主意,三谢以下主辞。齐梁诸家,五言未成律体,七言乃多古制,韵度独出盛唐人上一等,但理不胜情,气不胜辞耳。"所论颇有精义。惟说"齐梁诸家,五言未成律体,七言乃多古制,韵度独出盛唐人上一等",使人难以理解也难以接受。

明代工商业发达,雕版印刷业更为进步,当时《文选》刻本较多,流传自然也较广泛。《文选》流传的原因,像前代一样,大都是学习写作诗文的需要。杨慎《升庵诗话》说:

> "芙蓉不及美人妆,水殿风来珠翠香。却恨含情掩秋扇,空悬明月待君王。"司马相如《长门赋》:"悬明月以自照兮,徂清夜于洞房。"此用其语,如李光弼将郭子仪之师,精神十倍矣。作诗者其可不熟《文选》乎?(卷二《王昌龄〈长信秋词〉》)

正是指出了这一点。明代学人对《文选》是比较重视的,《杨升庵文集》论《文选》达五十条之多(见孙志祖《文选理学权舆补》),杨氏指出:"李太白终始学《选》诗,杜子美好者亦多是效《选》诗。"(《升庵诗话》卷十三《学选诗》)虽过甚其词,却也有一定的道理。胡应麟《诗薮》说:

> 六代选诗者,昭明《文选》、孝穆《玉台》。评诗者,刘勰《雕龙》、钟嵘《诗品》。刘、钟藻骘,妙有精理,而制作不传。孝穆词人,然《玉台》但辑闺房一体,靡所事选。独昭明鉴裁

著述,咸有可观。至其学业洪深,行义笃至,殊非文士所及。自唐以前,名篇杰什,率赖此书。功德词林,故自匪浅,宋人至以五臣匹之,何其忍也。(《外编》卷二)

这里对萧统的学问、品德和《文选》都作了较高的评价,似代表了当时一些士子的观点。但是,由于明代士子大都崇尚空谈,不务实学,常常流于空疏,所以明代有关《文选》的著作有价值的极少。根据《明史·艺文志》和《四库全书总目提要》的著录,明代有关《文选》的著作有十余种。其中如张凤翼的《文选纂注》、林兆珂的《选诗约注》、陈与郊的《文选章句》等,诠释《文选》虽简约而罕有灼见。邹思明的《文选尤》、闵齐华的《文选瀹注》、凌濛初的《合评文选》等,或注或评略少新意。凌迪知的《文选锦字》,供习作诗文者饤饾浮藻之用,亦不足道也。至于那些《广文选》、《续文选》之类的著作,诚如骆鸿凯先生说的"凫胫虽短,续之则忧"(《文选学》),更是不必多说了。

清代文选学有了重大的发展。在选学史上,清代是唐代以后又一个辉煌的时期。此时像唐、宋、元、明一样,学习写作诗文的士子大都要学习《文选》。清人朱庭珍《筱园诗话》说:

> 学诗须由上而下,自源及流,从古至今。入手尤须力争上游,先熟《三百篇》、《骚》、《选》古诗,以次并及唐、宋。(卷四)

梁章钜《退庵随笔》说:

> 读汉、魏、六朝诗者,以《昭明文选》为主,而参看王渔洋之《古诗选》足矣。(《学诗二》)

王芑孙《读赋卮言》说:

> 读赋必《文选》、《唐文粹》始。(《律赋》)

诸如此类的观点,都反映了当时社会上《文选》流传的情况。清代骈文兴盛,《文选》之风行自是不言而喻的事,就是古文家也要学习《文选》,如阳湖派的古文家张惠言,编有《七十家赋钞》,康绍镛说他"少好《文选》辞赋"(《七十家赋钞序》),阳湖派的又一古文家李兆洛,编有《骈体文钞》,其序云:"少读《文选》,颇知步趋齐梁。"亦可知当时研习《文选》者之众多。无怪乎张笃庆说:"彼(《文选》)其括综百家,驰骋千载,弥纶天地,缠络万品。撮道艺之英华,搜群言之隐赜。"(《诗问》卷二)对《文选》作了极高的评价。

《文选》在清代的影响是比较广泛而深入的。当时不仅一般士子学习《文选》,作家学习《文选》,不少学者也研究《文选》,因此产生了一些文选学家。张之洞《书目答问》附录《国朝著述诸家姓名略》,列有文选学家十五人。他说:"国朝汉学、小学、骈文家皆深选学,此举其有论著校勘者。"这十五人是:

钱陆灿,字湘灵,号圆沙,江苏常熟人。有《文选》校本。

潘耒,字次耕,号稼堂,江苏吴江人。有《文选》校本。

(按,以上二种校本,孙志祖《文选考异》都有引用。孙志祖《文选考异序》云:"国朝潘稼堂及何义门两先生并尝雠校是书……又有圆沙阁本,不著题跋,而征引顾仲恭、冯钝吟评语居多。"

何焯,初字润千,后字屺瞻,晚字茶仙。人称义门先生,江苏长洲(今苏州市)人。《义门读书记》中有《文选》评论文字五卷。

陈景云,字少章,江苏吴县人。有《文选举正》六卷。无传本,有钞本存世,胡克家《文选考异》时有引用。

余萧客,字仲林,号古农,江苏长洲(今苏州市)人。有《文选音义》八卷、《文选纪闻》三十卷。

汪师韩,字抒怀,号韩门,浙江钱塘(今杭州市)人。有《文选理学权舆》八卷。

严长明,字冬友,一字道甫,江苏江宁(今南京市)人。有《文选声类》、《文选课读》。

孙志祖,字诒谷,号约斋,浙江仁和(今杭州市)人。有《文选考异》四卷、《文选李注补正》四卷、《文选理学权舆补》一卷。

叶树藩,字星卫,江苏长洲(今苏州市)人。有《文选补注》,见海录轩本《文选》。

彭兆荪,字湘涵,号甘亭,江苏镇洋(今太仓)人。有《文选考异》十卷。

张云璈,字仲雅,浙江钱塘(今杭州市)人。有《选学胶言》二十卷。

张惠言,字皋文,江苏武进(今常州市)人。其有关《文选》著作未详,有《七十家赋钞》六卷。

陈寿祺,字恭甫,号左海,晚号隐屏山人,福建侯官(今福州市)人。其有关《文选》著作未详,有《左海骈体文》二卷。

朱珔,字玉存,一字兰坡,安徽泾县人。有《文选集释》二十四卷。

薛传均,字子韵,江苏甘泉(今扬州市)人。有《文选古字通疏证》六卷。

(按,李详不完全同意张之洞的看法,他说:"《书目答问》所列文选学家,如钱陆灿、潘耒、余萧客、严长明、叶树藩、陈寿祺,或诗文略摹选体,或涉猎仅窥一孔,未足名家,余为汰去之。而补入段懋堂、王怀祖、顾千里、阮文达,此四君子乃真治文选学者。若徐攀凤、梁章钜亦可衬食庑下也。"〔《媿生丛录》卷六]李详是著名的文选学家,对《文选》有深湛之研究,其说可信。)

李详补入对《文选》有研究的学者六人:

段玉裁,字若膺,号懋堂,江苏金坛人。其考订《文选》文字,见其所著《说文解字注》和梁章钜《文选旁证》所引。

王念孙,字怀祖,号石臞,江苏高邮人。其考订《文选》,见于《读书杂志》、《广雅疏证》。

顾广圻,字千里,号涧薲,江苏元和(今苏州市)人。与彭兆荪合撰《文选考异》十卷。

阮元,字伯元,号芸台,谥文达,江苏仪征人。阮元是经学家,特重选学,见《揅经室集》。

徐攀凤,字桐巢,华亭(今上海市松江区)人。有《选注规李》一卷、《选学纠何》一卷。

梁章钜,字闳中,一字茝林,晚号退庵,福建长乐人。有《文选旁证》四十六卷。

清代研究《文选》的学者众多,研究亦更为深入,于此亦可见《文选》之影响。

"五四"以后,选学衰落,其影响亦大大缩小,除了少数读书人和研究者还在继续学习和钻研之外,绝大多数的读书人皆与《文选》无关了。近几年,《文选》的研究又有复兴的趋势。1988年和1992年先后在长春举行了《昭明文选》国际研讨会,引起了中外学术界的重视。选学作为一门古老的学科,又引起了研究者的注意,学术刊物上有关《文选》的论文渐渐多了起来。可以预料,不久的将来,《文选》研究将以崭新的面貌展现在人们的面前。

附录一：萧统年谱

萧统,字德施,小字维摩,南兰陵(今江苏常州市西北)中都里人。汉相国萧何之后。

《南史·梁武帝诸子·昭明太子传》:"昭明太子统,字德施,小字维摩,武帝长子也。"

《梁书·武帝纪》:"高祖武皇帝讳衍,字叔达,小字练儿,南兰陵中都里人,汉相国何之后也。"

其祖顺之。

《南史·梁本纪上》:"顺之,字文纬,于齐高帝为始族弟。皇考外甚清和,而内怀英气,与齐高少而款狎。……以参豫佐命,封临湘县侯。历位侍中,卫尉,太子詹事,领军将军,丹阳尹,赠镇北将军,谥曰懿。"

《梁书·武帝纪》:"天监元年夏四月丙寅……追尊皇考为文皇帝,庙曰太祖;皇妣为献皇后。"按四月壬寅,《南史·武帝纪》作闰四月壬寅。

其父衍。

据《梁书·武帝纪》载,衍以宋孝武大明八年(464)甲辰岁生于秣陵县同夏里三桥宅。齐和帝中兴二年二月辛酉,位相国,总百揆,封十郡为梁公,备九锡之礼,位在诸王之上。三月癸巳,受梁王命。丙辰,齐帝禅位于梁王。天监元年(502)四月丙寅,即皇帝位于南郊。太清三年(549)五月丙辰,崩于净居殿,时年八十六。在位四十八年。

其母丁贵嫔。

据《梁书》、《南史》本传记载,丁贵嫔,名令光,谯国人,世居襄阳。天监元年五月,有司奏为贵人,未拜;其年八月,又为贵嫔,位在三夫人上。贵嫔性仁恕,及居宫内,接驭自下,皆得其欢心。不好华饰,器服无珍丽,未尝为亲戚私谒。普通七年十一月庚辰薨,年四十二。太清三年五月,简文即位,癸未,追崇曰太后。

有兄弟八人。

《南史·梁武帝诸子传》:"武帝八男。丁贵嫔生昭明太子统、简文皇帝、庐陵威王续。阮修容生孝元皇帝。吴淑媛生豫章王综。董昭仪生南康简王绩。丁充华生邵陵携王纶。葛修容生武陵王纪。"

《南史·梁武帝诸子·豫章王综传》:"豫章王综字世谦,武帝第二子也。"

《南史·梁本纪下》:"太宗简文皇帝讳纲,字世缵,小字六通,武帝第三子,昭明太子母弟也。"

《南史·梁武帝诸子·南康简王绩传》:"南康简王绩,字世谨,小字四果,武帝第四子也。"

《南史·梁武帝诸子·庐陵威王续传》:"庐陵威王续,字世䜣,武帝第五子也。"

《南史·梁武帝诸子·邵陵携王纶传》:"邵陵携王纶,字世调,小字六真,武帝第六子也。"

《南史·梁本纪下》:"世祖孝元皇帝讳绎,字世诚,小字七符,武帝第七子也。"

《南史·梁武帝诸子·武陵王纪》:"字世询,武帝第八子也。"

有子五人。

据《南史·昭明太子统传》记载,长子萧欢、次子萧誉、三子萧詧、四子萧譬、五子萧譼。

兹据《梁书》之《武帝纪》、《昭明太子传》,《南史》之《梁本纪》、《梁武帝诸子传》等,列《萧统世系表》如下:

萧何(汉相国)——延(酇定侯)——彪(侍中)——章(公府掾)——浩——仰——望之(太子太傅)——育(光禄大夫)——绍(御史中丞)——闳(光禄勋)——阐(济阴太守)——冰(吴郡太守)——苞(中山相)——周(博士)——矫(蛇丘长)——逵(州从事)——休(孝廉)——豹(广陵郡丞)——裔(太中大夫)——整(淮阴令)——辖(济阴太守)——副子(州治中)——道赐(南台治书)——

顺之(文皇帝)
├ 懿(长沙宣武王)
├ 敷(永阳昭王)
├ 衍(高祖武皇帝)
│   ├ 统(昭明太子)
│   │   ├ 欢(豫章安王)
│   │   ├ 誉(河东郡王)
│   │   ├ 詧(岳阳郡王)
│   │   ├ 譬(武昌郡王)
│   │   └ 譼(义阳郡王)
│   ├ 综(豫章王)
│   ├ 纲(简文帝)
│   ├ 绩(南康简王)
│   ├ 续(庐陵威王)
│   ├ 纶(邵陵携王)
│   ├ 绎(元帝)
│   └ 纪(武陵王)

畅（衡阳宣王）
融（桂阳简王）
宏（临川靖惠王）
秀（安成康王）
伟（南平元襄王）
恢（鄱阳忠烈王）
憺（始兴忠武王）

按《南齐书·高帝纪》、《梁书·武帝纪》叙萧氏世系,皆自汉萧何始,可能有攀援造假之嫌。《南史》之《齐高帝纪》和《梁武帝纪》叙萧氏世系,皆自萧整始,似较切实可信。

齐东昏侯永元三年、和帝中兴元年(501)

正月,齐南康王宝融称相国,三月在江陵即皇帝位,改元中兴,是为和帝。七月,雍州刺史张欣泰等在建康谋废齐帝宝卷,立建康王宝寅,事败而死。九月,萧衍督师至建康,围宫城。十二月,齐雍州刺史王珍国、兖州刺史张稷斩东昏侯,迎萧衍。宣德太后令废宝卷为东昏侯,以衍为中书监、大司马、录尚书事、骠骑大将军、扬州刺史,封建安郡公。

孔稚珪卒,年五十五。

萧统生。

《梁书·昭明太子传》:"太子以齐中兴元年九月生于襄阳。"

是岁,萧衍年三十八。

《南史·昭明太子传》云:"武帝既年垂强仕,方有冢嗣,时徐元瑜降,而续又荆州使至,云:'萧颖胄暴卒。'时人谓之三庆。"

是年刘勰约三十七岁,沈约六十一岁,江淹五十八岁,任昉四十二岁,刘峻四十岁,丘迟三十八岁,何逊约二十二岁,王僧孺三十七岁,柳恽三十七岁,吴均三十三岁,殷芸三十一岁,裴子野三十三岁,徐摛三十岁,钟嵘约三十四岁,刘孝绰二十一岁,王筠二十一岁。

齐中兴二年梁武帝天监元年(502)

正月,齐大司马萧衍都督中外诸军事,旋进位相国,封为梁公,备九锡之礼。二月,萧衍进爵为王,杀齐明帝诸子,鄱阳王萧宝寅奔魏。迎和帝于江陵。四月,萧衍即皇帝位,改元天监,是为梁高祖武皇帝。废齐和帝为巴陵王,翌日杀之,齐亡。齐共七帝,二十四年。衍追尊皇考为文皇帝,庙曰太祖;皇妣为献皇后,追谥妃郗氏为德皇后。封弟中护军宏为扬州刺史、临川郡王,南徐州刺史秀为安成郡王,雍州刺史伟为建安郡王,左卫将军恢为鄱阳郡王,荆州刺史憺为始兴郡王。

刘绘卒,年四十五。

萧统二岁。十一月,立为皇太子。

《梁书·昭明太子传》:"高祖既受禅,有司奏立储副,高祖以天下始定,百度多阙,未之许也。群臣固请,天监元年十一月,立为皇太子。时太子年幼,依旧居于内,拜东宫官属,文武皆入直永福省。"

时东宫官属,范云以吏部尚书领太子中庶子。

《梁书·范云传》:"其年(天监元年),东宫建,云以本官领太子中庶子,寻迁尚书右仆射,犹领吏部。"

王暕除太子中庶子。

《梁书·王暕传》:"天监元年,除太子中庶子,领骁骑将军,入为侍中。"

到洽为太子舍人。

《梁书·到洽传》:"天监初,沼、溉俱蒙擢用,洽尤见知赏,从弟沆亦相与齐名,高祖问待诏丘迟曰:'到洽何如沆、溉?'迟对曰:'正清过于沆,文章不减溉;加以清言,殆将难及。'即召为太子舍人。"

到沆为太子洗马,管东宫书记。

《梁书·到沆传》:"天监初,迁征虏主簿。高祖初临天下,收拔贤俊,甚爱其才。东宫建,以为太子洗马。时文德殿置学士省,召高才硕学者待诏其中,使校定坟史,诏沆通籍焉。时高祖宴华光殿,命群臣赋诗,独诏沆为二百字,三刻使成。沆于坐立奏,其文甚美。俄以洗马管东宫书记、散骑省优策文。"

夏侯亹为太子洗马。

《梁书·夏侯亹传》:"天监元年,为太子洗马、中舍人、中书郎。"

褚球为太子洗马。

《梁书·褚球传》:"天监初,迁太子洗马,散骑侍郎,兼中书通事舍人。"

太子母丁贵嫔典章礼数,与太子同。

《梁书·丁贵嫔传》:"及太子定位,有司奏曰:'……贵嫔典章,一与太子不异。'于是贵嫔备典章礼数,同于太子,言则称令。"

天监二年(503)

正月,以尚书仆射沈约为左仆射,吏部尚书范云为右仆射,尚书令王亮为左光禄大夫。四月,尚书删定郎蔡法度上《梁律》二十卷、《令》三十卷、《科》四十卷。诏令施行。五月,尚书右仆射范云卒,年五十三。

十月,萧纲生。

鄱阳郡王恢出为使持节,都督南徐州诸军事,征虏将军,南徐州刺史。

萧统三岁。受《孝经》、《论语》。

《梁书·昭明太子传》:"太子生而聪睿,三岁受《孝经》、《论语》。"

天监三年(504)

正月,后将军、扬州刺史临川王宏进号中军将军。四月,梁武帝亲率僧俗二万人,在重云殿重阁,宣布舍道归佛(《舍道事佛文》,《广弘明集》卷四)。七月,立皇子综为豫章郡王。

萧统四岁。

太子詹事柳惔为尚书右仆射。

《梁书·武帝纪中》:"三年春正月……癸丑……太子詹事柳惔为尚书右仆射。"

萧琛除太子中庶子。

《梁书·萧琛传》:"三年,除太子中庶子,散骑常侍。"

刘孺后累迁太子舍人、太子洗马。

《梁书·刘孺传》:"(孺)起家中军法曹行参军,时镇军沈约闻其名,引为主簿,常与游宴赋诗,大为约所嗟赏。累迁太子舍人、中军临川王主簿、太子洗马、尚书殿中郎。"按《梁书·武帝本纪》云:"(天监)三年春正月戊申,后将军、扬州刺史临川王宏进号中军将军。癸丑……前尚书左仆射沈约为镇军将军。"

天监四年(505)

正月,梁武帝兴学,置五经博士各一人,广招生徒,其射策通明者即除为吏。又派博士祭酒巡州郡之学。以镇北将军、雍州刺史建安王伟为南徐州刺史,南徐州刺史鄱阳王恢为郢州刺史。六月,梁立孔子庙。

江淹卒,年六十二。王巾卒。生年不详。

萧统五岁。遍读《五经》。

《梁书·昭明太子传》:"五岁遍读《五经》,悉能讽诵。"

贺玚为太子定礼,撰《五经义》。

《梁书·贺玚传》:"四年,初开五馆,以玚兼《五经》博士,别诏为皇太子定礼,撰《五经义》"。

到沆迁太子中舍人。

《梁书·到沆传》:"四年,迁太子中舍人。"

天监五年(506)

正月,梁以豫章王综为南徐州刺史,封皇子萧纲为晋安郡王。

五月,临川王宏前军克梁城。

魏收生。

萧统六岁。

正月,沈约领太子詹事。

《梁书·沈约传》:"沈约……天监二年,遭母丧……服阕,迁侍中、右光禄大夫,领太子詹事。"按,沈约为母守孝三年(实二十七个月),守孝既毕,时当天监五年。

六月,出居东宫。

《梁书·昭明太子传》:"五年六月庚戌,始出居东宫。太子性仁孝,自出宫,恒思恋不乐。高祖知之,每五日一朝,多便留永福省,或五日三日乃还宫。"

八月,作太子宫。

《梁书·武帝纪》:"五年八月……辛酉,作太子宫。"中华书局标点本《南史·梁武帝诸子传》之《校勘记》云:"'六月',各本作'五月'。按五月乙丑朔,无庚戌,六月甲午朔,庚戌为十七日,据《通鉴》改。"又《通典》云:"梁武帝天监六年,东宫新成,皇太子出宫后,于崇正殿宴会。"(卷一四七)据《梁书》、《南史》、《通鉴》,昭明太子于天监五年六月出宫,而新宫于五年八月始建,于理不合。《通典》谓天监六年,新东宫建成,太子出宫,于理虽合,不知何据?疑昭明五年出居之东宫,旧东宫也。《梁书》、《南史》、《通鉴》所载当有所据。

吕僧珍以左卫将军领太子中庶子。

《梁书·吕僧珍传》:"五年……以本官领太子中庶子。"

范岫侍皇太子,给扶。

《梁书·范岫传》:"天监五年,迁散骑常侍、光禄大夫,侍皇太子,给扶。"

太子洗马到沆卒。

《梁书·到沆传》:"五年,卒官,年三十。"

天监六年(507)

四月,以中书令安成王秀为平南将军、江州刺史。以中军将军、扬州刺史临川王宏为骠骑将军、开府仪同三司,抚军将军建安王伟为扬州刺史。五月,右将军、扬州刺史建安王伟进号中权将军。闰十月,平西将军、荆州刺史始兴王憺进号安西将军。

范缜发表《神灭论》,受到梁武帝等六十余人的围攻,而终不屈服。

徐陵生。

萧统七岁。

徐勉领太子中庶子,侍东宫。

《梁书·徐勉传》:"六年,除给事中、五兵尚书、迁吏部尚书……除散骑常侍,领游击将军,未拜,改领太子右卫率。迁左卫将军,领太子中庶子,侍东宫。昭明太子尚幼,敕知宫事。太子礼之甚重,每事询谋。"

王茂为太子詹事。

《梁书·王茂传》:"六年,迁尚书右仆射,常侍如故。固辞不拜,改授侍中、中卫将军,领太子詹事。七年,拜车骑将军,太子詹事如故。"

沈约为尚书令,行太子少傅。

《梁书·武帝纪》:"(天监六年)闰月乙丑……尚书左仆射沈约为尚书令,行太子少傅。"

刘孝绰为太子洗马。

《梁书·安成王秀传》:"六年,出为使持节,都督江州诸军事、平南将军、江州刺史。"

《梁书·刘孝绰传》:"寻有敕知青、北徐、南徐三州事,出为平南安成王记室,随府之镇。寻补太子洗马,迁尚书金部郎,复为太子洗马,掌东宫管记。"

陆倕为太子舍人。

刘璠《梁典》曰:"天监六年,帝以旧漏乖舛,乃敕员外郎祖暅治之。漏刻成,太子中舍人陆倕为文。"(《文选》陆倕《新刻漏铭》注引)

陆杲为太子中庶子。

《梁书·陆杲传》:"六年,迁秘书监,顷之为太子中庶子,光禄卿。"

萧子范为太子洗马。

萧子范《直坊赋并序》:"余以天监六年为洗马。"

萧介除太子舍人。

《梁书·萧介传》:"天监六年,除太子舍人。"

萧宏领太子太傅。

《梁书·萧宏传》:"六年夏,迁骠骑将军。开府仪同三司,侍中如故。其年,迁司徒,领太子太傅。"

庾仲容为太子舍人。

《梁书·庾仲容传》:"吏部尚书徐勉……因转仲容为太子舍人。"按《梁书·徐勉传》:"六年……迁吏部尚书。"

谢览掌东宫管记。

《梁书·谢览传》:"览……出为中权长史。顷之,敕掌东宫管记,迁明威将军、新安太守。"按《梁书·武帝纪》:天监六年"己巳,置中卫、中权将军"。

张缅在本年以后任太子舍人。

《梁书·张缅传》:"时年十八,高祖……甚称赏之。还除太子舍人。"按张缅中大通三年(531)卒,时年四十二。他十八岁,正是天监六年。

天监七年(508)

正月,梁武帝下诏立学。《梁书·武帝纪》:"七年春正月乙酉朔,诏曰:'建国君民,立教为首……宜大启庠教,博延胄子。'"五月,以平南将军、江州刺史安成王秀为平西将军、荆州刺史,安西将军、荆州刺史始兴王憺为护军将军。八月,平西将军、荆州刺史安成王秀进号安西将军,云麾将军,郢州刺史鄱阳王恢进号平西将军。九月,立皇子绩为南康郡王。十月,以护军将军始兴王憺为平北将军,率众入清。

梁武帝敕释僧旻等编撰《众经要抄》。

《续高僧传·宝唱传》:"天监七年,帝以法海浩瀚,浅识难寻,敕庄严僧旻,于定林上寺缵《众经要抄》八十八卷。"

丘迟卒,年四十五。任昉卒,年四十九。萧绎生。萧纪生。
萧统八岁。

四月,皇太子萧统纳妃。

《梁书·武帝纪》:"(天监七年)夏四月乙卯,皇太子纳妃,赦大辟以下,颁赐朝臣及近侍各有差。"按太子妃为蔡撙之女。《南史·蔡撙传》:"女为昭明太子妃。"

到洽为太子中舍人,陆倕为太子庶子,对掌东宫管记。

《梁书·到洽传》:"七年,迁太子中舍人,与庶子陆倕对掌东宫管记。"

庾黔娄等轮流为太子讲"五经"义。

《梁书·庾黔娄传》:"东宫建,以本官侍皇太子读,甚见知重,诏与太子中庶子殷钧、中舍人到洽、国子博士明山宾等,递日为太子讲五经义。"

天监八年(509)

四月,以护军将军始兴王憺为中卫将军,司徒、行太子太傅临川王宏为司空、扬州刺史。十月,以中军将军始兴王憺为镇北将军、南兖州刺史。十一月,立皇子续为庐陵王。

萧统九岁。

九月,太子于寿安殿讲《孝经》。

《梁书·昭明太子传》:"八年九月,于寿安殿讲《孝经》,尽通大义。讲毕,亲临释奠于国学。"

《梁书·徐勉传》:"(太子)尝于殿内讲《孝经》,临川靖惠王、尚书令沈约备二傅,勉与国子祭酒张充为执经,王莹、张稷、柳憕、王暕为侍讲。时选极亲贤，妙尽时誉，勉陈让数四。又与沈约书，求换侍讲，诏不许，然后就焉。"

沈约《侍皇太子释奠宴诗》："尊学尚矣，道亦遐哉！启图观秘，辟苑兴才。事高东序，义迈云台。峨峨德傅，灼灼英台。复礼曲台，反乐宣榭。阙文内举，辎轩外驾。结朋千里，从师百舍。坠典必修，阙祀咸荐。回鸾献爵，扐金委奠。肆士辨仪，胥人掌县。仿佛神踪，徘徊灵睠。"（逯钦立《先秦汉魏晋南北朝诗·梁诗》卷六）

周捨和庾於陵同时为太子洗马。

《梁书·周捨传》："入为中书通事舍人，累迁太子洗马。"

《梁书·司马筠传》："七年，安成太妃陈氏薨，江州刺史安成王秀、荆州刺史始兴王憺，并以慈母表解职，诏不许，还摄本任，而太妃薨京邑，丧祭无主。舍人周捨议曰……"由此可知，天监七年，周捨为中书通事舍人。

《梁书·庾於陵传》："出为湘州别驾，迁骠骑录事参军，兼中书通事舍人。俄领南郡邑中正，拜太子洗马，舍人如故。旧事，东宫官属，通为清选，洗马掌文翰，尤其清者。近世用人，皆取甲族有才望，时於陵与周捨并擢充职，高祖曰：'官以人而清，岂限以甲族。'时论以为美。"疑周捨与庾於陵同时于天监八年为太子洗马。

柳庆远为太子詹事。

《梁书·柳庆远传》："八年，还京师，迁散骑常侍、太子詹事、雍州大中正。"

天监九年(510)

正月,行中抚将军建安王伟领护军将军。镇北将军、南兖州刺史始兴王憺为镇西将军、益州刺史;以轻车将军晋安王纲为南兖州刺史。六月,以中抚将军、领护军建安王伟为镇南将军、江州刺史。十二月,武帝亲临国子学,策试胄子,赐训授之司各有差。

萧统十岁。

昭明太子入国子学。

《梁书·武帝纪中》:"(天监九年)三月己丑,车驾幸国子学,亲临讲肄,赐国子祭酒以下帛各有差。乙未,诏曰:'……皇太子及王侯之子,年在从师者,可令入学。'"

萧琛以《汉书》真本献鄱阳王世子萧范,范献之太子。

《梁书·萧琛传》:"九年,出为宁远将军、平西长史、江夏太守。始琛在宣城,有北僧南度,唯赍一葫芦,中有《汉书·序传》。僧曰:'三辅旧老相传,以为班固真本。'琛固求得之,其书多有异今者,而纸墨亦古,文字多如龙举之例,非隶非篆,琛甚秘之。及是行也,以书饷鄱阳王范,范乃献于东宫。"

萧统令刘之遴等参校《汉书》真本异同。

《梁书·刘之遴传》:"时鄱阳嗣王范得班固所上《汉书》真本,献之东宫。皇太子令之遴与张缵、到溉、陆襄等参校异同。之遴具异状十事。"

萧藻为太子中庶子。

《梁书·萧藻传》:"九年,征为太子中庶子。"

韦叡为太子詹事。

《梁书·韦叡传》:"(天监九年)征员外散骑常侍,右卫将军,累迁左卫将军、太子詹事。"

天监十年(511)

正月,郢州刺史鄱阳王恢为护军将军。以南徐州刺史豫章王综为郢州刺史,轻车将军南康王绩为南徐州刺史。

本年,梁有州二十三、郡三百五十、县千二十二。

《隋书·地理志》:"梁武帝除暴宁乱,奄有旧吴。天监十年,有州二十三、郡三百五十、县千二十二。其后务恢境宇……多有析置。大同年中,州一百七,郡县亦称于此。"

萧统十一岁。

刘勰除仁威南康王记室,兼东宫通事舍人。

《梁书·刘勰传》:"除仁威南康王记室,兼东宫通事舍人。"

《梁书·武帝纪中》:"正月,以轻车将军南康王绩为南徐州刺史。"

《梁书·南康简王绩传》:"南康简王绩……(天监)十年,迁使持节、都督南徐州诸军事、南徐州刺史,进号仁威将军。绩时年七岁。"

殷芸为太子侍读。

《梁书·殷芸传》:"(天监)十年……迁国子博士、昭明太子侍读。"

许懋为太子家令。

《梁书·许懋传》:"十年,转太子家令。"

陆襄除太子洗马。

《梁书·陆襄传》:"累迁司空临川王法曹,外兵,轻车庐陵王记室参军。昭明太子闻襄业行,启高祖引与游处,除太子洗马,迁中舍人,并掌管记。"按《梁书·萧续传》云:"十年,拜轻车将军、南彭城琅邪太守。"

太子洗马刘苞卒。

《梁书·刘苞传》:"(苞)天监十年,卒,时年三十。"

天监十一年(512)

正月,镇南将军、江州刺史建安王伟仪同三司。司空、扬州刺史临川王宏进位为太尉。十一月,降太尉、扬州刺史临川王宏为骠骑将军、开府同三司之仪。十二月,以安西将军、荆州刺史安成王秀为中卫将军,护军将军鄱阳王恢为平西将军、荆州刺史。

梁修《五礼》成,共一百二十帙,一千一百七十六卷,八千零一十九条。

萧统十二岁。

萧统署廷尉所上谳书,梁武帝从之。

《南史·萧统传》:"年十二,于内省见狱官将谳事,问左右曰:'是皂衣何为者?'曰:'廷尉官属。'召视其书,曰:'是皆可念,我得判否?'有司以统幼,给之曰:'得。'其狱皆刑罪上,统皆署杖五十。有司抱具狱,不知所为,具言于帝,帝笑而从之。自是数使听讼,每有欲宽纵者,即使太子决之。"

谢举由太子庶子,家令,掌东宫管记迁侍中。

《梁书·谢举传》:"起家秘书郎,迁太子舍人,轻车功曹史,秘书丞,司空从事中郎,太子庶子,家令,掌东宫管记,深为昭明太子赏接……天监十一年,迁侍中。"

王锡为太子舍人。

《梁书·王锡传》:"(锡)十四举清茂,除秘书郎,与范阳张伯绪齐名,俱为太子舍人。"按王锡卒于中大通六年(534),时年三十六。其年十四,正是天监十一年。

天监十二年(513)

九月,以镇南将军、开府仪同三司、江州刺史建安王伟为抚军将军。骠骑将军、开府同三司之仪、扬州刺史临川王宏为司空。

闰三月,沈约卒,年七十三。

《梁书·沈约传》:"(天监)十二年,卒官,时年七十三。……初,高祖有憾于张稷,及稷卒,因与约言之。约曰:'尚书左仆射出作边州刺史,已往之事,何足复论。'帝以为婚家相为,大怒曰:'卿言如此,是忠臣邪!'乃辇归内殿。约惧,不觉高祖起,犹坐如初。及还,未至床,而凭空顿于户下,因病,梦齐和帝以剑断其舌。召巫视之,巫言如梦。乃呼道士奏赤章于天,称禅代之事,不由己出。高祖遣上省医徐奘视约疾,还具以状闻。先此,约尝侍宴,值豫州献栗,径寸半,帝奇之,问曰:'栗事多少?'与约各疏所忆,少帝三事。出谓人曰:'此公护前,不让即羞死。'帝以其言不逊,欲抵其罪,徐勉固谏乃止。及闻赤章事,大怒,中使谴责者数焉,约惧遂卒。"

庾信生。王褒生(?)。

萧统十三岁。

王规为太子洗马。

《梁书·王规传》:"起家秘书郎,累迁太子舍人,安右南康王主簿,太子洗马。天监十二年,改构太极殿,功毕,规献《新殿赋》,其辞甚工。"

天监十三年(514)

正月,以丹阳尹晋安王纲为荆州刺史,以平西将军、荆州刺史鄱阳王恢为镇西将军、益州刺史,以翊右将军安成王秀为安西将军、郢州刺史。三月,以新除中抚将军、开府仪同三司建安王伟为左光禄大夫。四月,以郢州刺史豫章王综为安右将军。七月,立皇子纶为邵陵郡王,绎为湘东郡王,纪为武陵郡王。

释宝唱撰《名僧传》三十一卷(据《续高僧传·宝唱传》)。经学家崔灵恩自魏归梁。梁武帝拜为员外散骑侍郎,累迁步兵校尉,兼国子博士(《梁书·崔灵恩传》)。

萧统十四岁。

庾仲容为太子舍人。

《梁书·庾仲容传》:"仲容……初为安西法曹行参军,泳时已贵显,吏部尚书徐勉拟泳子晏婴为官僚,泳垂泣曰:'兄子幼孤,人才粗可,愿从晏婴所忝回用之。'勉许焉,因转仲容为太子舍人。"按萧秀于天监十三年为安西将军。

天监十四年(515)

正月,以镇西将军始兴王憺为中抚将军。二月,新除中抚将军始兴王憺为荆州刺史。五月,以荆州刺史晋安王纲为江州刺史。

萧统十五岁。

正月,皇太子冠。

《梁书·武帝纪》:"十四年春正月乙巳朔,皇太子冠,赦天下,赐为父后者爵一级,王公以下班赉各有差,停远近上庆礼。"

《梁书·昭明太子传》:"十四年正月朔旦,高祖临轩,冠太子于太极殿。旧制,太子著远游冠,金蝉翠緌缨;至是,诏加金博山。"

太子加冠后,高祖便使他日省万机。

《梁书·昭明太子传》:"太子自加元服,高祖便使省万机,内外百司奏事者填塞于前。太子明于庶事,纤毫必晓,每所奏有谬误及巧妄,皆即就辩析,示其可否,徐令改正,未尝弹纠一人。平断法狱,多所全宥,天下皆称仁。"

到洽为太子家令。

《梁书·到洽传》:"十四年,入为太子家令,迁给事黄门侍郎,兼国子博士。"

沈约之子沈旋为太子仆。

《梁书·沈约传》:"(天监)十二年,卒官……子旋,及约时已历中书侍郎,永嘉太守,司徒从事中郎,司徒右长史。免约丧,为太子仆。"

王锡为太子洗马。

《梁书·王锡传》:"十四,举清茂,除秘书郎,与范阳张伯绪齐名,俱为太子舍人。丁父忧,居丧尽礼。服阕,除太子洗马。"按《梁书·张缵传》云:"起家秘书郎,时年十七。"张缵卒于太清三年(549)年五十一。本年十七岁。王锡卒于中大通六年,年三十六。本年亦十七岁,服父丧毕,任太子洗马。

《南史·王锡传》:"时昭明太子尚幼,武帝敕锡与秘书郎张缵使入宫,不限日数。与太子游狎,情兼师友。又敕陆倕、张率、谢举、王规、王筠、刘孝绰、到洽、张缅为学士。十人尽一时之选。"此即所谓"昭明太子十学士"也。

天监十五年(516)

夏四月,以安右将军豫章王综兼护军。五月,以司空、扬州刺史监川王宏为中书监,骠骑大将军、刺史如故。十一月,以兼护军豫章王综为安前将军。

萧统十六岁。

萧子云后此为太子舍人。

《梁书·萧子云传》:"年三十,方起家为秘书郎。迁太子舍人,撰《东宫新记》奏之,敕赐束帛。"按子云卒于太清三年(549),年六十四。本年三十岁。

殷芸侍读东宫。

《梁书·殷芸传》:"(迁)昭明太子侍读,西中郎豫章王长史,领丹阳尹丞。"按《梁书·豫章王综传》云:"(天监)十五年,迁西中郎将,兼护军将军,又迁安前将军、丹阳尹。"

太子詹事徐勉举何思澄等入华林省编纂《遍略》。

《梁书·何思澄传》:"天监十五年,敕太子詹事徐勉举学士入华林撰《遍略》,勉举思澄五人以应选。"

《梁书·刘杳传》:"詹事徐勉举杳及顾协等五人入华林撰《遍略》。"

钟嵘弟屿亦参与《遍略》之编纂。

《梁书·钟嵘传》:"天监十五年,敕学士撰《遍略》,屿亦预焉。"

天监十六年(517)

武帝欲自任白衣僧正未成(《高僧传二集·智藏传》)。二月,以安前将军豫章王综为南徐州刺史。六月,以庐陵王续为江州刺史。七月,以郢州刺史安成王秀为镇北将军、雍州刺史。十月,去宗庙荐脩,始用蔬果。征萧绩为宣毅将军,领石头戍军事。

萧统十七岁。

到洽迁太子中庶子。

《梁书·到洽传》:"(天监)十六年,迁太子中庶子。"

天监十七年(518)

二月,镇北将军、雍州刺史安成王秀卒,年四十四。以领石头戍事南康王绩为南兖州刺史。三月,改封建安王伟为南平王。五月,骠骑大将军、扬州刺史临川王宏免。以临川王宏为中军将军、中书监。六月,以益州刺史鄱阳侯恢为领军将军。中军将军、中书监临川王宏以本号行司徒。十月,以中军将军、行司徒临川王宏为中书监、司徒。十一月,以南平王伟为左光禄大夫、开府仪同三司。

周捨奉命注萧衍《历代赋》。

《梁书·周兴嗣传》:"(天监)十七年……左卫率周捨奉勅注高祖所制《历代赋》,启兴嗣助焉。"

僧祐(《弘明集》编者)卒,年七十四。何逊、钟嵘约卒于本年,生年皆不详。

《南史·何逊传》:"梁天监中,兼尚书水部郎,南平王引为宾客,掌记室事,后荐之武帝,与吴均俱进倖。后稍失意,帝曰:'吴均不均,何逊不逊。未若吾有朱异,信则异矣。'自是疏隔,希复得见。卒于仁威庐陵王记室。"未言何逊卒于何时。

《梁书·何逊传》云:"(逊)服阕,除仁威庐陵王记室,复随府江州,未几卒。"按庐陵王萧续,于天监十六年(517)赴江州任所,天监十八年(519)离开江州任所。疑何逊卒于天监十七年(518)。

《南史·钟嵘传》:"迁西中郎晋安王记室。……顷之,卒官。"按晋安王萧纲任西中郎将、领石头戍军事,时在天监十七年(518)。

萧统十八岁。

太子开讲于玄圃园。

萧子云《玄圃园讲赋》:"曰天监之十七,属储德之方宣。"(《广弘明集》卷二十九)又《广弘明集》有萧纲《上皇太子玄圃园讲颂启》、《玄圃园讲颂》,萧统《答玄圃园讲颂启令》(卷二十)。

张率除太子仆。

《梁书·张率传》:"(天监)八年,晋安王戍石头,以率为云麾中记室。……率在府十年,恩礼甚笃。还除太子仆。"

刘勰仍为东宫通事舍人。太子好文学,深爱接之。刘勰为僧祐墓碑撰碑文。刘勰上书言二郊宜与七庙同改。迁步兵校尉。

《梁书·刘勰传》:"时七庙飨荐已用蔬果,而二郊农社犹有牺牲,勰乃表言二郊宜与七庙同改。诏付尚书议,依勰所陈,迁步兵校尉,兼舍人如故。昭明太子好文学,深爱接之。"

萧子范于天监六年为洗马,本年复直中舍坊,作《直坊赋》。

《直坊赋序》:"余以天监六年为洗马,十七年复直中舍之坊,感恩怀旧,凄然而作。"(《全梁文》卷二十三)

天监十八年(519)

正月,以领军将军鄱阳王恢为征西将军、开府仪同三司、荆州刺史。荆州刺史始兴王憺为中抚将军、开府仪同三司、领军。四月,梁武帝于无碍殿受佛戒。

江总生。顾野王生。

萧统十九岁。

萧统第三子萧詧生。

《周书·萧詧传》:"萧詧……梁武帝之孙,昭明太子统之第三子……年四十四,保定二年(562)二月薨。"

太子詹事徐勉为尚书右仆射。

《梁书·武帝纪中》:"正月……太子詹事徐勉为尚书右仆射。"

普通元年(520)

正月,改元,大赦天下。以司徒临川王宏为太尉、扬州刺史。七月,以信威将军邵陵王纶为江州刺史。十月,以丹阳尹晋安王纲为平西将军、益州刺史。

吴均卒,年五十二。

《南史·吴均传》:"先是,均将著史以自名,欲撰《齐书》,求借齐《起居注》及《群臣行状》,武帝不许,遂私撰《齐春秋》奏之。书称帝为齐明帝佐命,帝恶其实录,以其书不实,使中书舍人刘之遴诘问数十条,竟支离无对,敕付省焚之,坐免职。寻有敕召见,使撰《通史》,起三皇讫齐代。均草《本纪》、《世家》已毕,唯《列传》未就,卒。"

《梁书·吴均传》:"普通元年,卒,时年五十二。"

萧统二十岁。

太子别立慧义殿为宫中法集之所。

《梁书·昭明太子传》:"高祖大弘佛教,亲自讲说;太子亦崇信三宝,遍览众经。乃于宫内别立慧义殿,专为法集之所。招引名僧,谈论不绝。太子自立二谛、法身义,并有新意。普通元年四月,甘露降于慧义殿,咸以为至德所感焉。"

太子家令王筠以母忧去职。

《梁书·王筠传》:"(筠)除太子家令,复掌管记。普通元年,以母忧去职。"

到洽以太子中庶子领博士。

《梁书·到洽传》:"普通元年,以本官(太子中庶子)领博士。"

萧机为太子洗马。

《梁书·安成王秀传》:"普通元年,(机)袭封安成郡王,其年为太子洗马,迁中书侍郎。"

普通二年(521)

正月,以南徐州刺史豫章王综为镇右将军。新除益州刺史晋安王纲改为徐州刺史。

刘峻卒,年六十四。刘勰卒(?),年约五十七。

萧统二十一岁。

秋,太子因大军北讨,京师谷贵,改常馔为小食。

《梁书·昭明太子传》:"普通中,大军北讨,京师谷贵,太子因命菲衣减膳,改常馔为小食。"按《梁书·武帝纪中》云:"(普通二年)秋七月丁酉,假大匠卿裴邃节,督众军北讨。"太子改常馔事当在本年。

明山宾为太子右卫率。

《梁书·明山宾传》:"普通二年,征为太子右卫率,加给事中,迁御史中丞。"

张缵为太子舍人。

《梁书·张缵传》:"方迁太子舍人,转洗马、中舍人,并掌管记。……普通初,魏遣彭城人刘善明诣京师请和,求识缵。缵时年二十三。"按张缵生于齐东昏侯萧宝卷永元元年(499),普通二年,年二十三。

普通三年(522)

正月,以宣毅将军庐陵王续为雍州刺史。十一月,抚军将军、开府仪同三司、领军将军始兴王憺卒,年四十五。

王僧孺卒,年五十八。

萧统二十二岁。

周捨为太子左卫率。

陆襄为太子家令。

刘孝绰为太子仆。

始兴王憺卒。旧事以东宫礼绝傍亲，书翰并依常仪，太子为疑，命仆刘孝绰议其事。

《梁书·昭明太子传》："孝绰议曰：'案张镜撰《东宫仪记》，称"三朝发哀者，逾月不举乐，鼓吹寝奏，服限亦然"。寻傍绝之义，义在去服，服虽可夺，情岂无悲？铙歌辍奏，良亦为此。既有悲情，宜称兼慕，卒哭之后，依常举乐，称悲竟，此理例相符。谓犹应称兼慕，至卒哭。'仆射徐勉、左率周捨、家令陆襄并同孝绰议。太子令曰：'张镜《仪记》云"依《士礼》，终服月称慕悼"。又云"凡三朝发哀者，逾月不举乐"。刘仆议，云"傍绝之义，义在去服，服虽可夺，情岂无悲？卒哭之后，依常举乐，称悲竟，此理例相符"。寻情悲之说，非止卒哭之后，缘情为论，此自难一也。用张镜之举乐，弃张镜之称悲，一镜之言，取舍有异，此自难二也。陆家令止云"多历年所"，恐非事证；虽复累稔所用，意常未安。近亦常经以此问外，由来立意，谓犹应有慕悼之言。张岂不知举乐为大，称悲事小；所以用小而忽大，良亦有以。至如元正六佾，事为国章，虽情或未安，而礼不可废。铙吹军乐，比之亦然，书疏方之，事则成小，差可缘心。声乐自外，书疏自内，乐自他，书自己。刘仆之议，即情未安。可令诸贤更共详衷。'司农卿明山宾、步兵校尉朱异议，称'慕悼之解，宜终服月'。于是令付典书遵用，以为永准。"

张率为太子家令。
陆倕为太子中庶子。
刘孝绰编次《昭明太子集》。

《梁书·刘孝绰传》："迁太府卿、太子仆，复掌东宫管记。

时昭明太子好士爱文,孝绰与陈郡殷芸、吴郡陆倕、琅邪王筠、彭城到洽等,同见宾礼。太子起乐贤堂,乃使画工先图孝绰焉,太子文章繁富,群才咸欲撰录,太子独使孝绰集而序之。"

刘孝绰《昭明太子集序》:"粤我大梁之二十一载。"又:"歌咏不足,敢忘编次,谨为一帙十卷。"

《梁书·张率传》:"俄迁太子家令,与中庶子陆倕、仆刘孝绰对掌东宫管记。"

普通四年(523)

二月,梁阮孝绪撰《七录》。

阮季绪《七录序》:"凡为录有七,故名《七录》。……有梁普通四年岁维单阏仲春十有七日于建康禁中里宅,始述此书。"(《广弘明集》卷三)

三月,以镇右将军豫章王综为平北将军、南兖州刺史。

是年,云麾将军、南徐州刺史晋安王纲,徙为使持节、都督雍梁南北秦四州郢州之竟陵司州之随郡诸军事、平西将军、宁蛮校尉、雍州刺史。有"高斋十学士"。

《南史·庾肩吾传》:"初为晋安王国常侍,王每徙镇,肩吾常随府。在雍州被命与刘孝威、江伯摇、孔敬通、申子悦、徐防、徐摛、王囿、孔铄、鲍至等十人抄撰众籍,丰其果馔,号高斋学士。"

萧统二十三岁。

东宫新置学士。

《梁书·明山宾传》:"(普通)四年,迁散骑常侍,领青冀二州大中正。东宫新置学士,又以山宾居之。……初,山宾在州,所部平陆县不稔,启出仓米以赡人,后刺史检州曹,失簿书,以山宾为秏阙,有司追责,籍其宅入官,山宾默不自理,更市地造宅。昭明太子闻筑室不就,有令曰:'明祭酒虽出抚大藩,拥旄推毂,珥金拖紫,而恒事屡空。闻构宇未成,今送薄助。'并贻诗曰:'平仲古称奇,夷吾昔擅美。令则挺伊贤,东秦固多士。筑室非道傍,置宅归仁里。庚桑方有系,原生今易拟。必来三径人,将招五经士。'"

殷钧为东宫学士。

《梁书·殷钧传》:"东宫置学士,复以钧为之。"

王规与殷芸、王锡、张缅同侍东宫。

《梁书·王规传》:"敕与陈郡殷钧、琅邪王锡、范阳张缅同侍东宫,俱为昭明太子所礼。湘东王时为京尹,与朝士宴集,属规为酒令。"《南史》殷钧作"殷芸"。按湘东王于普通七年出为荆州刺史,任丹阳尹当在普通七年之前。其《丹阳尹传序》云:"忝莅京河,兹焉四载。"为丹阳尹当始于本年。

普通五年(524)

正月,以左光禄大夫、开府仪同三司南平王伟为镇卫大将军,改领右光禄大夫,仪同三司如故。征西将军、开府仪同三司、荆州刺史鄱阳王恢进号骠骑大将军。平北将军、南兖州刺史豫章王综进号镇北将军。平西将军、雍州刺史晋安王纲进号安北将军。四月,以云麾将军南康王绩为江州刺史。六月,以会稽太守武陵王纪为东扬州刺史。

周捨任太子詹事,卒,年五十六。

萧统二十四岁。

到洽为太子中庶子。

《梁书·到洽传》:"(普通)五年,复为太子中庶子。"

谢举为太子中庶子。

《梁书·谢举传》:"(普通)五年,起为太子中庶子,领右军将军。"

徐悱卒。徐悱生前曾为太子舍人、洗马、中舍人。何时不详。

《梁书·徐勉传》载《答客喻》曰:"普通五年春二月丁丑,余第二息晋安内史悱丧之问至焉。"《梁书·徐勉传》:"(悱)起家著作佐郎,转太子舍人,掌书记之任。累迁洗马、中舍人,犹管书记。"

太子母丁贵嫔置善觉尼寺。

《建康实录》:"普通五年,置善觉尼寺,在县东七里。穆贵妃造。其殿宇房廊,创置奇绝,元帝绎为寺碑。"

普通六年(525)

正月,安北将军晋安王纲遣长史柳津破魏南乡郡。二月,南徐州刺史庐陵王续还朝,禀承戎略。三月,镇北将军、南兖州刺史豫章王综权顿衰城,总督众军,并摄徐州府事。六月,豫章王综奔于魏,魏复据彭城。十二月,邵陵王纶有罪,免官,削爵土。

萧统二十五岁。

刘孝绰因到洽弹劾其携妾入官府事而被免官。

《梁书·刘孝绰传》:"初,孝绰与到洽友善,同游东宫,孝绰自以才优于洽,每于宴坐,嗤鄙其文,洽衔之。及孝绰为廷尉卿,携妾入官府,其母犹停私宅。洽寻为御史中丞,遣令史按其事,遂劾奏之,云:'携少妹于华省,弃老母于下宅。'高祖为隐其恶,改妹为姝。坐免官。"按普通六年,到洽迁御史中丞。

《梁书·到洽传》:"(普通)六年,迁御史中丞,弹纠无所顾望,号为劲直。"

殷芸直东宫学士省。

《梁书·殷芸传》:"普通六年,直东宫学士省。"

王筠迁太子中庶子。

《梁书·王筠传》:"(普通)六年,除尚书吏部郎,迁太子中庶子。"

王规为侍中。

《梁书·王规传》:"(普通)六年,高祖于文德殿饯广州刺史元景隆,诏群臣赋诗,同用五十韵,规援笔立奏,其文又美。高祖嘉焉,即日诏为侍中。"

普通七年(526)

四月,太尉临川王宏卒,年五十四。九月,骠骑大将军、开府仪同三司、荆州刺史鄱阳王恢卒,年五十一。十月,以丹阳尹湘东王绎为荆州刺史。

萧统二十六岁。

因到洽弹劾刘孝绰携妾入官府事,孝绰诸弟群攻到洽,萧统置而不问。

《梁书·刘孝绰传》:"孝绰诸弟,时随藩皆在荆、雍,乃与书论共洽不平者十事,其辞皆鄙到氏。又写别本封呈东宫,昭明太子命焚之,不开视也。时世祖出为荆州。"按湘东王萧绎出为荆州刺史,时在普通七年。

到洽出为寻阳太守。

《梁书·到洽传》:"(普通)七年,出为贞威将军、云麾长史、寻阳太守。"

陆倕卒。

《梁书·陆倕传》:"普通七年卒,年五十七。"

太子中庶子孔休源为宣惠将军、监扬州。

《梁书·孔休源传》:"领太子中庶子,普通七年……乃授宣惠将军、监扬州。"

母丁贵嫔卒。

《梁书·昭明太子传》:"七年十一月,贵嫔有疾,太子还永福省,朝夕侍疾,衣不解带。及薨,步从丧还宫,至殡,水浆不入口,每哭辄恸绝。高祖遣中书舍人顾协宣旨曰:'毁不灭性,圣人之制。《礼》,不胜丧比于不孝,有我在,那得自毁如此,可即强进饮食。'太子奉敕,乃进数合。自是至葬,日进麦粥一升。高祖又敕曰:'闻汝所进过少,转就羸瘵。我比更无余病,正为汝如此,胸中亦圮塞成疾。故应强加饘粥,不使我恒尔悬心。'虽屡奉敕劝逼,日止一溢,不尝菜果之味。体素壮,腰带十围,至是减削过半。每入朝,士庶见者莫不下泣。"

道士为太子厌祷事发,伏诛。

《南史·昭明太子传》:"初,丁贵嫔薨,太子遣人求得善墓地,将斩草,有卖地者因阉人俞三副求市,若得三百万,许以百万与之。三副密启武帝,言太子所得地不如今所得地于帝吉,帝末年多忌,便命市之。葬毕,有道士善图墓,云'地不利长子,若厌伏或可申延'。乃为蜡鹅及诸物埋墓侧长子位。有宫监鲍邈之、魏雅者,二人初并为太子所爱,邈之晚见疏于雅,密启武帝云:'雅为太子厌祷。'帝密遣检掘,果得鹅等物。大惊,将穷其事。徐勉固谏得止,于是唯诛道士,由是太子迄终以此惭慨,故其嗣不立。"

大通元年(527)

三月辛未,武帝于同泰寺舍身事佛,甲戌,还宫。赦天下,改元大通。

萧统二十七岁。

到洽、明山宾、张率先后去世,太子或举哀,或致赗,为之尽礼。

《梁书·到洽传》:"大通元年,卒于郡,时年五十一。……昭明太子与晋安王纲令曰:'明北兖、到长史遂相系凋落,伤怛悲惋,不能已已。去兹陆太常殂殁,今兹二贤长谢。陆生资忠履贞,冰清玉洁,文该四始,学遍九流,高情胜气,贞然直上。明公儒学稽古,淳厚笃诚,立身行道,始终如一,傥值夫子,必升孔堂。到子风神开爽,文义可观,当官莅事,介然无私。皆海内之俊乂,东序之秘宝。此之嗟惜,更复何论。但游处周旋,并淹岁序,造膝忠规,岂可胜说,幸免祇悔,实二三子之力也。谈对如昨,音言在耳,零落相仍,皆成异物,每一念至,何时可言。天下之宝,理当恻怆。近张新安又致故,其人文笔弘雅,亦足嗟惜,随弟府朝,东西日久,尤当伤怀也。比人物零落,特可伤惋,属有今信,乃复及之。'"

《梁书·明山宾传》:"大通元年,卒,时年八十五。……昭明太子为举哀,赙钱十万,布百匹,并使舍人王颙监护丧事。又与前司徒左长史殷芸令曰:'北兖信至,明常侍遂至殒逝,闻之伤怛。此贤儒术该通,志用稽古,温厚淳和,伦雅弘笃。授经以来,迄今二纪。若其上交不谄,造膝忠规,非显外迹,得之胸怀者,盖亦积矣。摄官连率,行当言归,不谓长往,眇成畴日。追忆谈绪,皆为悲端,往矣如何!昔经联事,理当酸怆也。'"

《梁书·张率传》:"大通元年,服未阕,卒,时年五十三。昭明太子遣使赠赙,与晋安王纲令曰:'近张新安又致故。其人才笔弘雅,亦足嗟惜。随弟府朝,东西日久,尤当伤怀也。比人物零落,特可潸慨,属有今信,乃复及之。'"

张缅为太子中庶子。

《梁书·张缅传》:"大通元年,征为司徒左长史,以疾不拜,改为太子中庶子,领羽林监。"

刘杳仍兼东宫通事舍人。

《梁书·刘杳传》:"大通元年,迁步兵校尉,兼舍人如故。昭明太子谓杳曰:'酒非卿所好,而为酒厨之职,政为不愧古人耳。'"

刘孝绰起为西中郎谘议。

《梁书·刘孝绰传》:"孝绰免职后,高祖数使仆射徐勉宣旨慰抚之,每朝宴常引与焉。及高祖为《藉田诗》,又使勉先示孝绰。时奉诏作者数十人,高祖以孝绰尤工,即日有敕,起为西中郎湘东王谘议。"按《梁书·元帝纪》载,普通七年,湘东王绎出为西中郎将、荆州刺史。而据《梁书·武帝纪下》载,大通元年正月辛未,"舆驾亲祠南郊"。萧衍《藉田诗》可能作于本年。

曾任太子舍人、洗马、中舍人之张缵出为华容公长史。

《梁书·张缵传》:"大通元年,出为宁远华容公长史,行琅邪、彭城二郡国事。"

庾信年十五,侍梁昭明太子东宫讲读。

《滕王逌序》:"(庾信)年十五,侍梁东宫讲读。"

大通二年(528)

三月,以江州刺史南康王绩为安右将军。

萧综卒。

《梁书·萧综传》:"大通二年,萧宝寅在魏据长安反,综自洛阳北遁,将赴之,为津吏所执,魏人杀之,时年四十九。"

萧机卒,年三十。刘杳卒,年五十。

萧统二十八岁。

刘孝绰复为太子仆。

《梁书·刘孝绰传》:"后为太子仆。""后",《册府元龟》九三二作"复",是。因孝绰前曾为太子仆。

大通三年,中大通元年(529)

二月,以丹阳尹武陵王纪为江州刺史。四月,以安右将军南康王绩为护军。闰六月,安右将军、护军南康王绩卒,年二十五。九月,武帝至同泰寺,设四部无遮大会,因舍身,公卿以下,以钱一亿万赎还。十月,武帝还宫,大赦,改元中大通。

萧统二十九岁。

刘孝绰丁母忧。

  《梁书·刘孝绰传》:"后为太子仆,母忧去职。服阕,除安西湘东王谘议参军。"

  《梁书·刘潜(孝仪)传》:"晋安王纲出镇襄阳,引为安北功曹史,以母忧去职。王立为皇太子,孝仪服阕,仍补洗马,迁中舍人。"

  《梁书·刘孝威传》:"初为安北晋安王法曹,转主簿,以母忧去职。服阕,除太子洗马,累迁中舍人、庶子、率更令,并掌管记。"

南平王伟加太子少傅。

  《梁书·武帝纪下》:"(中大通元年十一月)加镇卫大将军、开府仪同三司南平王伟太子少傅。"

曾任太子詹事之萧子恪卒。

  《梁书·萧子恪传》:"(普通)六年,迁太子詹事。大通二年,出为宁远将军,吴郡太守。三年,卒于郡舍,时年五十二。"

殷芸卒。

  《梁书·殷芸传》:"大通三年。卒,时年五十九。"

何敬容为太子中庶子。

  《梁书·何敬容传》:"中大通元年,改太子中庶子。"

杜之伟补东宫学士。

《陈书·杜之伟传》:"中大通元年,梁武帝幸同泰寺舍身,敕勉撰定仪注,勉以台阁先无此礼,召之伟草具其仪。乃启补东宫学士,与学士刘陟等抄撰群书,各为题目。"

太子家令陆襄丁母忧。

《梁书·陆襄传》:"昭明太子敬耆老,襄母年将八十,与萧琛、傅昭、陆杲每月常遣存问,加赐珍羞衣服。……累迁国子博士、太子家令、复掌管记,母忧去职。襄年已五十,毁顿过礼,太子忧之,日遣使诫喻。"按陆襄卒于太清三年(549),年七十。其五十岁时当在本年。

中大通二年(530)

正月,以雍州刺史晋安王纲为骠骑大将军、扬州刺史,南徐州刺史庐陵王续为平北将军、雍州刺史。

裴子野卒,年六十二。

萧统三十岁。

太子上疏,建议权停三郡民丁就役。

《梁书·昭明太子传》:"吴兴郡屡以水灾失收,有上言当漕大渎以泻浙江。中大通二年春,诏遣前交州刺史王弁假节,发吴郡、吴兴、义兴三郡民丁就役。太子上疏曰:'伏闻当发王弁等上东三郡民丁,开漕沟渠,导泄震泽,使吴兴一境,无复水灾,诚矜恤之至仁,经略之远旨。暂劳永逸,必获后利。未萌难睹,窃有愚怀。所闻吴兴累年失收,民颇流移。吴郡十城,亦不全熟。唯义兴去秋有稔,复非常役之民。即日东境谷稼犹贵,劫盗屡起,在所有司,不皆闻奏。今征戍未归,强丁疏少,此虽小举,窃恐难合,吏一呼门,动为民蠹。又出丁之处,远近不一,比得齐集,已妨蚕农。去年称为丰岁,公私未能足食;如复今兹失业,虑恐为弊更深。且草窃多伺候民间虚实,若善人从役,则抄盗弥增,吴兴未受其益,内地已罹其弊。不审可得权停此功,待优实以不?圣心垂矜黎庶,神量久已有在。臣意见庸浅,不识事宜,苟有愚心,愿得上启。'高祖优诏以喻焉。"

中大通三年(531)

十月,武帝至同泰寺,升法座,为四部众说《大般若涅槃经》义。十一月,武帝至同泰寺,升法座,为四部众说《摩诃般若波罗蜜经》义。

颜之推生。

萧统三十一岁。

殷钧为中庶子。

《梁书·殷钧传》:"寻改领中庶子。昭明太子薨,官属罢。"

曾任太子中庶子之张缅卒,年四十二。

《梁书·张缅传》:"中大通三年,迁侍中,未拜,卒,时年四十二。诏赠侍中,加贞威将军,侯如故。赙钱五万,布五十匹。高祖举哀。昭明太子亦往临哭,与缅弟缵书曰:'贤兄学业该通,莅事明敏,虽倚相之读坟典,郤縠之敦《诗》《书》;惟今望古,蔑以斯过。自列官朝,二纪将及,义惟僚属,情实亲友。文筵讲席,朝游夕宴,何曾不同兹胜赏,共此言寄。如何长谢,奄然不追!且年甫强仕,方申才力,摧苗落颖,弥可伤惋。念天伦素睦,一旦相失,如何可言。言及增哽,揽笔无次。'"

曾任太子中庶子之萧琛卒。

《梁书·萧琛传》:"中大通三年……卒,年五十二。"

三月,太子游后池,没溺得出而患病。

《南史·昭明太子统传》:"三年三月,游后池,乘雕文舸摘芙蓉,姬人荡舟,没溺而得出,因动股,恐贻帝忧,深诫不言,以寝疾闻。武帝敕看问,辄自力手书启。及稍笃,左右欲启闻,犹不许,曰:'云何令至尊知我如此恶。'因便呜咽。"按明人张溥说:"《南史》所云,埋鹅启衅,荡舟寝疾,世疑其诬。于是论昭明者,断以姚书为质矣。"(《汉魏六朝百三家集·梁昭明集题辞》)这是认为,"埋鹅"、"荡舟"二事不可信,了解萧统的生平事迹应以《梁书》为据。"埋鹅"、"荡舟"二事,并为《南史》所增,《梁书》无。我认为,"埋鹅"一事,确有其事;"荡舟"事是否可信,有待考定。(参阅本书《萧统〈文选〉三题》)

四月乙巳,太子卒。

《梁书·昭明太子传》:"四月乙巳薨,时年三十一。高祖幸东宫,临哭尽哀。诏敛以衮冕。谥曰昭明。……太子仁德素著,及薨,朝野惋愕。京师男女,奔走宫门,号泣满路。四方氓庶,及疆徼之民,闻丧皆恸哭。"

五月,葬安宁陵。诏司徒左长史王筠作哀册文。

《梁书·昭明太子传》:"五月庚寅,葬安宁陵,诏司徒左长史王筠为哀册,文曰:蜃辂俄轩,龙骖踯步;羽翣前躯,云旐北御。皇帝哀继明之寝耀,痛嗣德之殂芳;御武帐而凄恸,临甲观而增伤。式稽令典,载扬鸿烈;诏撰德于旌旐,永传徽于舞缀。其辞曰:式载明两,实惟少阳;既称上嗣,且曰元良。仪天比峻,俪景腾光;奉祀延福,守器传芳。睿哲膺期,旦暮斯在;外弘庄肃,内含和恺。识洞机深,量苞瀛海;立德不器,至功弗宰。宽绰居心,温恭成性;循时孝友,率由严敬。咸有种德,惠和齐圣;三善递宣,万国同庆。轩纬掩精,阴羲弛极;缠哀在疚,殷忧衔恤。孺泣无时,蔬馔不溢;禫道逾月,哀号未毕。实惟监抚,亦嗣郊禋;问安肃肃,视膳恂恂。金华玉璪,玄驷班轮;隆家干国,主祭安民。光奉成务,万机是理;矜慎庶狱,勤恤关市。诚存隐恻,容无愠喜;殷勤博施,绸缪恩纪。爰初敬业,离经断句;莫爵崇师,卑躬待傅。宁资导习,匪劳审谕;博约是司,时敏斯务。辩究空微,思探几赜;驰神图纬,研精爻画。沉吟典礼,优游方册;餍饫膏腴,含咀肴核。括囊流略,包举艺文;遍该缃素,殚极丘坟。縢帙充积,儒墨区分;瞻河阐训,望鲁扬芬。吟咏性灵,岂惟薄伎;属词婉约,缘情绮靡。字无点窜,笔不停纸;壮思泉流,清章云委。总览时才,网罗英茂;学穷优洽,辞归繁富。或擅谈丛,或称文囿;四友推德,七子惭秀。望苑招贤,华池爱客;托乘同舟,连舆接席。摘文挍藻,飞觞泛醳;恩隆置醴,赏逾赐璧。徽风遐被,盛业日新;仁器非重,德辖易遵。泽流兆庶,福降百神;四方慕义,天下归仁。云物告征,祲沴褰象;星霾恒耀,山颓朽壤。灵仪上宾,德音长往;具僚无荫,谘承安仰。呜呼哀哉!皇情悼愍,切心缠痛;胤嗣长号,跗萼增恸。慕结亲游,悲动氓众;忧若殄邦,惧同折栋。呜呼哀哉!首夏司开,麦秋纪节;容卫徒警,菁华委绝。书幌空帐,谈筵罢设;虚馈餴饎,孤灯翳翳。呜呼哀哉！简辰请日，筮合龟贞。幽埏凤启，玄宫献成。武校齐列，文物增明。昔游漳滏，宾从无声；今归郊郭，徒御相惊。呜呼哀哉！背绛阙以远徂，辗青门而徐转；指驰道而诋前，望国都而不践。陵修阪之威夷，溯平原之悠缅；骥踯足以酸嘶，挽悽锵而流法。呜呼哀哉！混哀音于箫籁，变愁容于天日；虽夏木之森阴，返寒林之萧瑟。既将反而复疑，如有求而遂失；谓天地其无心，遽永潜于容质。呜呼哀哉！即玄宫之冥漠，安神寝之清闼；传声华于懋典，观德业于徽谥。悬忠贞于日月，播鸿名于天地；惟小臣之纪言，实含毫而无愧。呜呼哀哉！"

太子著作有《文集》二十卷等。

《梁书·昭明太子传》："所著《文集》二十卷；又撰古今典诰文言，为《正序》十卷；五言诗之善者，为《文章英华》二十卷；《文选》三十卷。"按除《文选》外，余皆散失。《文集》有明人辑本。

太子五男皆封以大郡。

《南史·昭明太子统传》："蔇后，长子东中郎将南徐州刺史华容公欢封豫章郡王，次子枝江公誉封河东郡王，曲江公詧封岳阳郡王，譥封武昌郡王，鉴封义阳郡王，各二千户。女悉同正主。蔡妃供侍一同常仪，唯别立金华宫为异。帝既废嫡立庶，海内嚣嗜，故各封诸子大郡以慰其心。"

立晋安王纲为皇太子。

《梁书·简文帝纪》："五月丙申，诏曰：'非至公无以主天下，非博爱无以临四海。所以尧舜克让，惟德是与；文王舍伯邑考而立武王，格于上下，光于四表。今岱宗牢落，天步艰难，淳风犹郁,黎民未乂,自非克明克哲,允武允文,岂能荷神器之重,嗣龙图之尊。晋安王纲,文义生知,孝敬自然,威惠外宣,德行内敏,群后归美,率土宅心。可立为皇太子。'七月乙亥,临轩策拜,以修缮东宫,权居东府。四年九月,移还东宫。"

附　记

萧统的年谱,近人胡宗懋有《昭明太子年谱》,周贞亮有《梁昭明太子年谱》(附《世系表》)。前者较详,后者较略,皆未惬人意。笔者在研究《文选》过程中编成《萧统年谱》,目的是应本人《文选》研究之需。关于本年谱之编撰,作如下之说明:

一、年谱所录事迹,每年分为两个部分:前为大事记,后为谱主及东宫官员事迹。大事记只录与萧统有关者,即主要是萧统父辈、兄弟辈及子侄辈的事迹,其他不录,以省篇幅。至于谱主及东宫官员事迹,有则必录,以供参考。

二、只录历史记载之资料,不作推测。如萧统主编《文选》,《梁书》《南史》本传记录极为简略,并没有述及何人主编,参与者为谁,何时编成。今人认为《文选》编成于普通三年(522)至中大通三年(531)之间,皆推测之辞,概不入录。

三、附入必要的考订。如萧统之死,《南史》本传认为是"姬人荡舟,没溺而得出",患病而死。年谱引用明人张溥说,提出疑问。张溥说:"《南史》所云,埋鹅启衅,荡舟寝疾,世疑其诬。于是论昭明者,断以姚书为质矣。"(《汉魏六朝百三家集·梁昭明集题辞》)笔者认为,"埋鹅"确有其事,"荡舟"事是否可信,有待考订。

四、纠正了旧谱的一些错误。如周谱于天监十二年云:"太子敬耆老,襄母年将八十,与萧琛、傅昭、陆杲,每月常遣存问,加赐珍羞衣服。母卒,襄年已五十,毁顿过礼,太子忧之,日遣使诫喻。"按陆襄卒于太清三年(549),年七十,其五十岁当在中大通元年(529),周谱系年有误。又,周谱于天监十四年云:"太子文章繁富,群才咸欲撰录,太子独使孝绰集而序之。"按,昭明命刘孝绰编次文集事,系普通三年(见刘孝绰《昭明太子集序》),周谱系年亦误。本谱皆予纠正。又如胡谱于大通元年云:"《玉几山房听雨录》:具区先生《天目游记》:'梁大同元年,昭明入寺修炼,遂成丛林。'按记称大同元年,昭明入寺修炼。不知大同元年昭明已薨。大同或即大通之误。"纯是无稽之谈。本谱从略。

梁任公说:"做年谱不是很容易的事情。"(《中国历史研究法》)本谱仓卒编成,错误难免,敬希专家和读者指正。

附录二:《文选》研究参考书目

《文选》六十卷　〔梁〕萧统编　〔唐〕李善注　中华书局1974年影印尤刻本

《文选》六十卷　〔梁〕萧统编　〔唐〕李善注　中华书局1978年影印胡刻本　又,上海古籍出版社1986年标点本

《六臣注文选》六十卷　〔梁〕萧统编　〔唐〕吕延济、刘良、张铣、吕向、李周翰、李善注　四部丛刊影印宋刻本、中华书局1987年影印四部丛刊本

《六臣注文选》六十卷　〔梁〕萧统编　〔唐〕李善、吕延济、刘良、张铣、吕向、李周翰注　四库全书本、上海古籍出版社1993年出版四库文学总集选刊本

《五臣注文选》三十卷　〔梁〕萧统编　〔唐〕吕延济、刘良、张铣、吕向、李周翰注　宋杭州开笺纸马铺钟家刻本、宋绍兴辛巳建阳崇化书坊陈八郎宅刻本

《文选音义》八卷　〔清〕余萧客撰　清乾隆静胜堂刻本

《文选李注补正》四卷　〔清〕孙志祖撰　清嘉庆四年桐川顾氏刊本

《文选考异》四卷　〔清〕孙志祖撰　丛书集成本

《文选笔记》八卷　〔清〕许巽行撰　上海文瑞楼文渊楼丛书影印本

《文选集释》二十四卷　〔清〕朱珔撰　朱氏家刻本、江西重刻本、读画斋丛书刊本

《文选笺证》三十二卷　〔清〕胡绍煐撰　贵池刘世珩聚学轩丛书本、江苏广陵古籍刻印社 1990 年影印贵池刘世珩本

《文选旁证》四十六卷　〔清〕梁章钜撰　道光甲午刊本、光绪八年重刊本

《文选理学权舆》八卷　〔清〕汪师韩撰　读画斋丛书本、丛书集成初编本

《文选理学权舆补》一卷　〔清〕孙志祖撰　读画斋丛书本、丛书集成初编本

《文选纪闻》三十卷　〔清〕余萧客撰　〔清〕方功惠辑　碧琳琅馆丛书本、近人黄肇沂辑芋园丛书本

《选学胶言》二十卷　〔清〕张云撰　三影阁刻本、文渊楼丛书影印本

《重订文选集评》十六卷　〔清〕于光华编次　清乾隆壬辰(1772)刻本、同治壬申(1872)年江苏书局刊本

《文选颜鲍谢诗评》四卷　〔元〕方回撰　四库全书本、《瀛奎律髓汇评》附录二(上海古籍出版社 1986 年版)

《选诗补注》八卷　〔元〕刘履撰　明嘉靖吴郡顾氏养吾堂刊本、《四库全书》之风雅翼本

《六朝选诗定论》十八卷　〔清〕吴淇撰　康熙己酉(1669)赖古堂刊本

《义门读书记·文选五卷》　〔清〕何焯撰　中华书局 1987 年出版之《义门读书记》卷四十五至卷四十九

《文选古字通疏证》六卷　〔清〕薛传均撰　益雅堂丛书本、小玲珑山馆丛书本

《文选古字通补训》四卷、拾遗一卷　〔清〕吕锦文撰　光绪辛丑(1901)传砚斋刊本

《文选类诂》 丁福保编 医学书局印本、中华书局1990年印本

《文选拾沈》二卷 李详撰 清光绪甲午(1894)刻本 又见《李审言文集》上册(江苏古籍出版社1989年排印本)

《文选李注义疏》八卷 高步瀛著 曹道衡、沈玉成点校 中华书局1985年版。

《文选平点》 黄侃平点 黄焯编次 上海古籍出版社1985年版

《文选学》 骆鸿凯著 中华书局1937年版、1989年增订版

《昭明太子年谱》一卷、附录一卷 胡宗懋编 胡氏梦选楼1932年刊本 《昭明太子集》(吉林文史出版社1988年版)后附

《昭明文选研究论文集》(首届昭明文选国际学术研讨会论文集) 赵福海等编 吉林文史出版社1988年版

《文选学论集》(选学国际学术研讨会论文集) 赵福海主编 时代文艺出版社1992年版

《中外昭明文选研究论著索引》 魏淑琴等编 吉林文史出版社1988年版

《文选注引书引得》 洪业等编纂 上海古籍出版社1990年版

昭明文选研究补编

一、刘勰与萧统

南朝梁代的刘勰和萧统,是中国文学批评史上的著名人物。刘勰撰写了《文心雕龙》,萧统编选了《文选》,对中国文学的发展都做出了杰出的贡献。他们之间的关系是比较亲密的。据《梁书·刘勰传》记载,刘勰曾兼任昭明太子的东宫通事舍人,"昭明太子好文学,深爱接之"。萧统喜与刘勰交往,除了"好文学"外,还有其他什么原因?本文拟就这个问题进行一些探讨。

(一)

萧统和刘勰两人都爱好文学。萧统"好文学",不仅在《梁书·昭明太子传》中史有记载,而且在刘勰等人的传记中也都说到。《梁书》本传云:

> (萧统)读书数行并下,过目皆忆。每游宴祖道,赋诗至十数韵。或命作剧韵赋之,皆属思便成,无所点易。

这是介绍萧统好读书,记忆力超群以及诗思敏捷、下笔成章。又云:

> 引纳才学之士,赏爱无倦,恒自讨论篇籍,或与学士商榷古今;闲则继以文章著述,率以为常。于时东宫有书几三万卷,名才并集,文学之盛,晋、宋以来未之有也。

这是说他喜爱招纳文人学士,和他们讨论文学、研究古今问题。当时著名的文人学士如刘孝绰、王筠、殷芸、到洽、陆倕、明山宾、张率、王规、殷钧、张缅、张缵、陆襄、何思澄、谢举、王承、王金、刘孺、刘杳等人，都曾做过太子的僚属。

据《南史·王锡传》载，萧统年幼时，梁武帝命王锡与张缵"与太子游狎，情兼师友"。"又敕陆倕、张率、谢举、王规、王筠、刘孝绰、到洽、张缅为学士，十人尽一时之选"。这十人，史称"昭明太子十学士"。又《梁书·刘孝绰传》云："时昭明太子好士爱文，孝绰与陈郡殷芸、吴郡陆倕、琅邪王筠、彭城到洽等，同见宾礼。太子起乐贤堂，乃使画工先图孝绰焉。"《梁书·王筠传》云："昭明太子爱文学士，常与筠及刘孝绰、陆倕、到洽、殷芸等游宴玄圃，太子独执筠袖抚孝绰肩而言曰：'所谓"左把浮丘袖，右拍洪崖肩"。'其见重如此。"由此可见萧统与文人学士的之间的密切关系。

萧统喜欢著述，而且很勤奋。当时东宫藏书近三万卷，又有许多著名的文人学士聚集在他身边，如此优越的条件，使他在短暂的一生中编撰了大量的著作。据《梁书·昭明太子传》记载，他的著作有"文集二十卷，又撰古今典诰文言，为《正序》十卷；五言诗之善者，为《文章英华》二十卷；《文选》三十卷。"

刘勰虽与萧统同一时代，但年长三十五岁左右，算是萧统的前辈学者。《梁书·刘勰传》说他"笃志好学"。从《文心雕龙》的内容看，他涉览的书籍非常之多，经、史、子、集之要籍几乎无所不包。经部如《诗经》、《尚书》、《礼记》、《春秋》、《周易》等；史部如《左传》、《战国策》、《史记》、《汉书》、《后汉书》、《三国志》及干宝《晋纪》、孙盛《晋阳秋》等；子部如《老子》、《庄子》、《论语》、《孟子》、《荀子》、《管子》、《晏子》、《列子》、《邹子》、《墨子》、《随巢子》、《尸子》、《尉缭子》、《鹖冠子》、《鬼谷子》、《文子》、《尹文子》、《慎子》、《韩非子》、《吕氏春秋》、《淮南子》及陆贾《新语》、贾谊《新书》、扬雄《法言》、刘向《说苑》、王符《潜夫论》、崔寔《政论》、仲长统《昌言》、杜夷《幽求》等;集部更是举不胜举,兹依时代次序,举其重要之作者,有战国之屈原、宋玉,两汉之贾谊、司马相如、司马迁、扬雄、班固、张衡,魏晋之王粲、曹丕、曹植、嵇康、阮籍、潘岳、陆机、左思等。从以上所举部分作家和作品看,刘勰读书之多,实在令人惊异。在《梁书·刘勰传》中还说到他"博通经论",说明他还读了许多佛家著作。在中国文学批评史上,如此渊博精深的学者是不多见的。

刘勰不仅爱好文学,而且具有卓越的文学才能。他的文集,《隋书·经籍志》既未著录,说明很早就已经散失了。但是,他所著述的《文心雕龙》,被当时的文坛领袖沈约谓为"深得文理"(《梁书·刘勰传》),这样的文学理论巨著,作为文学爱好者和刘勰的上级,萧统当然是不会不知道的。相同的爱好,大概就是萧统喜爱与刘勰交往的一个原因。

(二)

萧统与刘勰不仅都爱好文学,而且他们的文学思想亦颇多相同或相近之处。

萧统的文学思想,主要表现在《文选序》这篇文章里。序文中说:

> 若夫姬公之籍,孔父之书,与日月俱悬,鬼神争奥,孝敬之准式,人伦之师友,岂可重以芟夷,加之剪截?老、庄之作,管、孟之流,盖以立意为宗,不以能文为本,今之所撰,又以略诸。若贤人之美辞,忠臣之抗直,谋夫之话,辨士之端,冰释泉涌,金相玉振。所谓坐狙丘,议稷下,仲连之却秦军,食其之下齐

> 国,留侯之发八难,曲逆之吐六奇,盖乃事美一时,语流千载。概见坟籍,旁出子史,若斯之流,又亦繁博,虽传之简牍,而事异篇章,今之所集,亦所不取。至于记事之史,系年之书,所以褒贬是非,纪别异同,方之篇翰,亦已不同。若其赞论之综缉辞采,序述之错比文华,事出于沉思,义归乎翰藻,故与夫篇什,杂而集之。远自周室,迄于圣代,都为三十卷,名曰《文选》云耳。

这是说,周公、孔子的书,是同日月共存、与鬼神争奥的经典,怎么能够节录呢?老子、庄子、管子、孟子等诸子的书,是以立意为主,不以文采为本,所以也略去不选。至于贤人、忠臣、谋夫、辩士的言论文章,或载于典籍,或见于子、史,与文学不同,所以也不取。还有记事编年的史书,与文学也不相同,但其中的赞论、序述,联缀文辞,排比采藻,"事出于沉思,义归乎翰藻",所以与文学作品一起入选。这里所说选录史书中赞论、序述的标准,实际上也是《文选》选录作品的标准。有些研究者据此认为萧统的文学观是形式主义的,显然不够全面,因为萧统在《文选序》里还说过这样的话:

> 诗者,盖志之所之也,情动于中而形于言,《关雎》、《麟趾》,正始之道著;桑间濮上,亡国之音表;故《风》、《雅》之道,粲然可观。

这些袭用《毛诗序》中的话,表明了他对作品思想内容的重视,说明萧统不仅重视文辞的华丽典雅,而且也重视文章的思想内容。这种文质并重的文学观,还表现在他的《答湘东王求文集及诗苑英华书》中。书中说:

> 夫文典则累野,丽亦伤浮。能丽而不浮,典而不野,文质彬彬,有君子之致。

可以说,"文质彬彬"的文学观,便是萧统的文学思想。

刘勰的文学思想,首先是强调原道、征圣、宗经。他在《文心雕龙·序志》篇中说:

> 盖《文心》之作也,本乎道,师乎圣,体乎经,酌乎纬,变乎骚,文之枢纽,亦云极矣。

意思是,他的《文心雕龙》是以"道"为本,以"圣人"为师,以儒家经书为楷模,参酌纬书,寻究楚辞的变化写成的。他认为写作文章的关键也就是这些,因此,《文心雕龙》开宗明义就是《原道》、《征圣》、《宗经》、《正纬》、《辨骚》五篇。

关于文章的用途,《序志》篇说:

> 唯文章之用,实经典枝条;五礼资之以成,六典因之致用,君臣所以炳焕,军国所以昭明,详其本源,莫非经典。

刘勰认为,文章的用途,实是经书的枝叶,吉、凶、宾、军、嘉等五礼靠它们完成,治、教、礼、政、刑、事等六典靠它们发挥作用,君臣礼义靠它们彰明显扬,军国典章靠它们明示天下,推究它们的根源,没有不是从经书上来的。

关于文章的艺术表现,《宗经》篇说:

> 故文能宗经,体有六义:一则情深而不诡,二则风清而不杂,三则事信而不诞,四则义直而不回,五则体约而不芜,六则文丽而不淫。

刘勰认为,文章能效法经书,它就有六种特色:一是感情深挚而不偏邪;二是风格纯正而不杂乱;三是事典可靠而不荒诞;四是义理正确而不枉曲;五是文体简约而不繁冗;六是文辞华美而不过分。从字面上看,一、二、四条都与思想内容有关,怎么能说是艺术上的特色呢？其实，这三条是从艺术表现的角度来说思想内容方面的问题，并不是对文学创作提出思想内容上的要求。

这些意见说明了刘勰浓厚的宗经思想，他以儒家经书为标准衡量作品的思想内容和艺术特色，显然与萧统不同。但是，刘勰也十分重视艺术形式，在《文心雕龙》中，他写了《声律》、《章句》、《丽辞》、《比兴》、《夸饰》、《事类》、《练字》、《隐秀》等篇，对文章的语言和技巧进行了详细的论述。从这些来看，刘勰是否过分强调了艺术形式呢？也不是。他在《情采》篇中指出：

> 夫铅黛所以饰容，而盼倩生于淑姿；文采所以饰言，而辩丽本于情性。故情者文之经，辞者理之纬；经正而后纬成，理定而后辞畅。此立文之本源也。

他把内容比作"经"，形式比作"纬"。他认为，写文章如同织布，织布要先确定经线，才能织纬线，写文章也要首先确定内容，然后再用文辞表现出来。也就是说，文章的内容决定了文章的形式。他在《才略》篇中赞扬"文质相半"的作品，这种文学观念与萧统的文学思想大致是相同的。

文学思想的基本一致，应该是萧统喜爱与刘勰交往的又一个原因。

（三）

萧统与刘勰两人在文学批评的实践方面，也有一些相同或相近之处。

刘勰的《文心雕龙》是文学批评名著，这是大家公认的。萧统的《文选》也可以看作是一部文学批评著作，这还没有引起人们足够的重视。当然,这两部文学批评著作的表现形式是不同的。《文心雕龙》是理论著作,《文选》是作品选集。理论著作自然是直接地进行理论阐述,作品选集则是间接地体现编选者的观点。试比较两部著作,他们的某些看法是十分相近的。

关于文体分类,《文心雕龙》有关文体的论文有二十篇,论述的文体共三十三类,即诗、乐府、赋、颂、赞、祝、盟、铭、箴、诔、碑、哀、吊、杂文、谐、䜩、史传、诸子、论、说、诏、策、檄、移、封禅、章、表、奏、启、议、对、书、记。如果加上《辨骚》篇所论述的"骚"体,则为三十四类。各体之中,子类繁多。例如,诗有四言、五言、三六杂言、离合、回文、联句之分,杂文有对问、七发、连珠、典、诰、誓、问、览、略、篇、章、曲、操、弄、引、吟、讽、谣、咏之别。这里就不一一列举了。

《文选》分文体为三十七类,即赋、诗、骚、七、诏、册、令、教、策文、表、上书、启、弹事、笺、奏记、书、檄、对问、设论、辞、序、颂、赞、符命、史论、史述赞、论、连珠、箴、铭、诔、哀、碑文、墓志、行状、吊文、祭文。按胡克家《文选考异》的说法:"陈(景云)云(《移书让太常博士》)所题前脱'移'字一行,是也。"据此,研究者又将《文选》分为三十八类。而赋又分为京都、郊祀、耕藉、畋猎、纪行、游仙、宫殿、江海、物色、鸟兽、志、哀伤、论文、音乐、情十五类,诗又分补亡、述德、劝励、献诗、公宴、祖饯、咏史、游仙、百一、招隐、反招隐、游览、咏怀、哀伤、赠答、行旅、军戎、郊庙、乐府、挽歌、杂歌、杂诗、杂拟二十三类。其分类繁杂琐碎,曾受到后人批评。可是,它在文体分类史上却有巨大而深远的影响。

我们将萧统与刘勰的文体分类略加比较,就可看出两者大致是相同的,所以骆鸿凯《文选学》论《文选》"体式",基本上是引用《文心雕龙》关于文体的论述,借以阐明各种文体的特征。在这方面,萧统的《文选》明显地受到《文心雕龙》的影响。必须指出的是,萧统对文学的概念更加明确,他的《文选》对经书、诸子、史传(赞论、序述除外)一概不选,这是比刘勰高明的地方。

《文心雕龙》论述的作家甚多,大约有二百多人,《文选》选录的作家为一百三十余人,数字相差甚远。因此,有的作家,《文心雕龙》论了,而《文选》却未选入;也有的作家,《文心雕龙》并未论及,而《文选》却选入了。当然,我们不能要求《文心雕龙》论述的作家,《文选》都要选录,或者《文选》选录的作家,《文心雕龙》都要论述。这是不可能的,也是没有必要的。考察《文心雕龙》论述的作家作品,和《文选》选录的作家作品,我们发现,凡是优秀的作家作品,往往是《文选》选入,而《文心雕龙》也论及,可谓所见略同。

以魏晋诗歌为例。《文心雕龙·明诗》篇说:

> 暨建安之初,五言腾踊,文帝陈思,纵辔以骋节;王徐应刘,望路而争驱。……及正始明道,诗杂仙心……唯嵇志清峻,阮旨遥深,故能标焉。若乃应璩《百一》,独立不惧,辞谲义贞,亦魏之遗直也。

> 晋世群才,稍入轻绮。张潘左陆,比肩诗衢。……江左篇制,溺乎玄风……景纯仙篇,挺拔而为俊矣。

这里论及的诗人,在当时都有一定的代表性。他们的优秀诗篇,如曹丕的《燕歌行》、《善哉行》、《杂诗》,曹植的《送应氏诗》、《七哀诗》、《赠徐幹》、《赠丁仪》、《赠王粲》、《又赠丁仪王粲》、《赠白马王彪》、《赠丁翼》、《箜篌引》、《美女篇》、《白马篇》、《名都篇》、《杂诗》、《情诗》,王粲的《七哀诗》,应玚的《侍五官中郎将建章台集诗》,刘桢的《赠从弟》,嵇康的《幽愤诗》、《赠秀才入军》、《杂诗》,阮籍的《咏怀诗》,应璩的《百一诗》,张协的《杂诗》,潘岳的《悼亡诗》,左思的《咏史八首》、《招隐二首》、《杂诗》、《娇女诗》,陆机的《赴洛道中作》,《拟明月何皎皎》,郭璞的《游仙诗》等,《文选》都一一入选。

还可以以辞赋为例。《文心雕龙·诠赋》篇列举了"辞赋之英杰"十家的辞赋名作,即荀子和宋玉的辞赋、枚乘的《菟园赋》、司马相如的《上林赋》、贾谊的《鵩鸟赋》、王褒的《洞箫赋》、班固的《两都赋》、张衡的《二京赋》、扬雄的《甘泉赋》、王延寿的《鲁灵光殿赋》。以上辞赋,除荀子赋和枚乘的《菟园赋》外,余皆为《文选》所选录。《诠赋》篇还列举了"魏晋之赋首"八家,即王粲、徐幹、左思、潘岳、陆机、成公绥、郭璞、袁宏。《文选》选录了王粲的《登楼赋》,左思的《三都赋》,潘岳的《藉田赋》、《射雉赋》、《西征赋》、《秋兴赋》、《闲居赋》、《怀旧赋》、《寡妇赋》、《笙赋》,陆机的《叹逝赋》、《文赋》,成公绥的《啸赋》,郭璞的《江赋》。除了徐幹、袁宏外,其他六家都有赋作入选。

以上例证说明,因为萧统和刘勰在文学思想上有相同之处,所以他们在文学批评实践上也有如此相似之处。这些相同相似点,都应该是萧统喜爱与刘勰交往的原因。

(四)

刘勰在撰写《文心雕龙》前后,他的思想基本上是属于儒家的,这可以从《梁书·刘勰传》和《文心雕龙》中看出来。《梁书·刘勰传》云:"勰早孤,笃志好学。"这是说,刘勰早年丧父,他立志读书,好学不倦。在封建社会中,士子所读之书,首先是儒家经典。这方面的内容,虽然《梁书》本传缺乏有关记载,但是从《文心雕龙》一书中可以明显看出。刘勰所谓"文之枢纽"五篇中的前三篇

(《原道》、《征圣》、《宗经》),就是论述儒家经书的,可见他对这些经书进行过认真地学习和研究。《正纬》篇论纬书,《辨骚》篇论楚辞,皆以儒家思想为标准,而这种思想又是统摄全书的。

刘勰入梁以后,开始步入仕途。梁武帝天监元年(502)奉朝请;天监三年(504)兼任中军将军、临川靖惠王萧宏的记室;天监八年(509)迁任车骑仓曹参军;天监十一年(512)任仁威将军、南康简王萧绩的记室,兼任昭明太子萧统的东宫通事舍人;天监十七年(518)迁任步兵校尉,同时兼任东宫通事舍人。刘勰入梁以后的做官经历,充分说明了他的儒家用世的思想。

刘勰的儒家思想,还可以从《文心雕龙》的写作动机中看出。在《文心雕龙·序志》篇中,刘勰自述写作动机大约有三:第一,是为了"树德建言",留名后世。这种思想与《论语·卫灵公》所说的"君子疾没世而名不称焉"是一致的。第二,以儒家思想为武器反对当时浮靡的文风,这是写作《文心雕龙》的重要原因。刘勰说:

> 予生七龄,乃梦彩云若锦,则攀而采之。齿在逾立,则尝夜梦执丹漆之礼器,随仲尼而南行。旦而寤,乃怡然而喜。大哉圣人之难见也,乃小子之垂梦欤!自生人以来,未有如夫子者也!

这里除了暗示自己天赋才华,更主要的是表达了对孔子的崇敬之情。他决心发扬儒家思想,以儒家经典规范天下文章:

> 敷赞圣旨,莫若注经,而马郑诸儒,弘之已精,就有深解,未足立家。唯文章之用,实经典枝条,五礼资之以成,六典因之致用,君臣所以炳焕,军国所以昭明,详其本源,莫非经典。而去圣久远,文体解散,辞人爱奇,言贵浮诡,饰羽尚画,文绣鞶帨,离本弥甚,将遂讹滥。盖《周书》论辞,贵乎体要;尼父

陈训,恶乎异端;辞训之异,宜体于要。于是搦笔和墨,乃始论文。

第三,不满魏晋以来的文论。刘勰认为,曹丕《典论·论文》的缺点是"各照隅隙,鲜观衢路","并未能振叶以寻根,观澜而索源。不述先哲之诰,无益后生之虑"。所谓"叶"、"澜",指作品的文辞;所谓"根"、"源",指作品的思想(即儒家思想);所谓"先哲之诰",指儒家经书。他指责魏晋以来的文论未能寻究儒家学说,不依据经书立论,对后人是没有益处的。

以上各点,足以说明刘勰的思想基本上是属于儒家的。

萧统的思想与刘勰类似,基本上也属于儒家的范畴。据《南史》记载,他从小聪明,三岁时老师教他读《孝经》、《论语》,五岁时已熟读"五经"。天监八年(509)九月,他才九岁就在寿安殿讲解《孝经》,讲完之后在国学亲自行释奠先师之礼。

萧统成年以后,梁武帝萧衍让他日理万机。他评判案情,多所宽宥,人们都说他有仁义之心。普通七年(526),其母丁贵嫔病重,他朝夕侍疾,衣不解带。丁贵嫔死后,他水浆不入,恸哭欲绝,表现了他对母亲的孝敬之心。

遇到天灾人祸,他常想到百姓的疾苦,设法救济贫困的人。如普通二年(521)朝廷派大军北讨,京师谷价上涨,萧统改穿浣衣,食不兼肉,降低自己的衣食标准;每遇霪雨连绵,积雪封门,他常派遣身边心腹,巡视闾巷,看到贫困之家或流离灾民,都暗暗地给予赈赐;他还派人制作棉衣棉裤三千套,用来救济贫民。这些都表现了他的民本思想。

从萧统的立身行事看,他的思想基本上以儒家思想为核心,在这方面与刘勰颇有相似之处。他的儒家思想的形成,与当时梁武帝尊崇经术有关。《南史·儒林传序》说:

> 至梁武创业,深愍其弊(宋、齐不重经术)。天监四年,乃诏开五馆,建立国学,总以五经教授,置五经博士各一人。于是以平原明山宾、吴郡陆琏、吴兴沈峻、建平严植之、会稽贺瑒补博士,各主一馆。馆有数百生,给其饩廪。其射策通明经者,即除为吏。于是怀经负笈者云会矣。又选学生遣就会稽云门山,受业于庐江何胤。分遣博士祭酒到州郡立学。七年又诏皇太子、宗室、王侯始就学受业。武帝亲屈舆驾,释奠于先师先圣,申之以谠语,劳之以束帛。济济焉!洋洋焉!大道之行也如是。

萧统作为统治集团的重要成员,必然受到影响。

(五)

应该指出,刘勰和萧统的思想还受到佛家思想的影响。

刘勰在写作《文心雕龙》之前,他的思想主要是以儒家为主导,这从《文心雕龙》中可以看出,但他也明显受到佛家思想的影响。《梁书·刘勰传》说:

> 勰早孤,笃志好学,家贫不婚娶,依沙门僧祐,与之居处,积十余年,遂博通经论,因区别部类,录而序之,今定林寺经藏,勰所定也。

刘勰与名僧僧祐一起生活了十多年,做了大量的佛经整理工作。他生活在这样的环境里,自然会受到佛家思想的熏陶,这种思想逐渐扩大,到了晚年终于出家为僧。《梁书·刘勰传》说:

> 然勰为文长于佛理,京师寺塔及名僧碑志,必请勰制文。有敕与慧震沙门于定林寺撰经,证功毕,遂启求出家,先燔鬓

发以自誓,敕许之。乃于寺变服,改名慧地。未期而卒。

这说明刘勰晚年已是一个虔诚的佛教徒了。

刘勰为文长于佛理,他写了许多名僧碑志,现在大都失传,存者只有《梁建安王造剡山石城寺石像碑》、《灭惑论》二文。前者是为梁武帝儿子建安王萧伟所造的剡山石城寺石像碑撰写的碑文,此碑是萧伟为自己久病祈福而建造的。后者驳斥假冒张融的道教徒所写的《三破论》,《三破论》攻击佛教,说佛教"入国而破国"、"入家而破家"、"入身而破身",劝人信奉道教。刘勰的《灭惑论》对《三破论》逐条进行批驳。最后说:"校以形迹,精粗已悬;核以至理,真伪岂隐?若以粗笑精,以伪谤真,是瞽对离朱曰:我明也。"这是站在佛教立场上,对道教徒的攻击进行还击。

刘勰的佛教思想属于大乘空宗。他认为,"夫孝理至极,道俗同贯,虽内外迹殊,而神用一揆","至道宗极,理归乎一;妙法真境,本固无二","梵言善提,汉语曰道","经典由权,故孔、释教殊而道契;解同由妙,故梵、汉语隔而化通。但感有精粗,故教分道俗;地有东西,故国限内外。其弥纶神化,陶铸群生,无异也"(均见《灭惑论》)。这都表现了他儒释合一的思想特点。这样,对于刘勰的基本思想是儒家的,又受到佛家的影响这种现象,就容易理解了。

萧统的思想与刘勰颇有相似之处,基本上属于儒家,但也受到佛家影响。《梁书·昭明太子传》说:

> 高祖大弘佛教,亲自讲说,太子亦崇信三宝,遍览众经。乃于宫内别立慧义殿,专为法集之所。招引名僧,谈论不绝。太子自立二谛、法身义,并有新意。

可见萧统受其父萧衍的影响,也信奉佛教,他遍读佛教经典,并在宫中立慧义殿,作为聚集佛教徒讲法的场所。他还写了《解二谛义令旨》、《解法身义令旨》两篇文章,对佛教教义提出自己的见解。

《解二谛义令旨》解析"二谛"的意义。所谓"二谛",指的是真谛和俗谛。真谛,又称胜义谛、第一义谛;俗谛,又称世谛、世俗谛。"谛"是真理的意思。《中论·观四谛品》说:"世俗谛者,一切法性空,而世间颠倒,故生虚妄法,于世间是实;诸贤圣知其颠倒性故,知一切法皆空无生。于圣人是第一义谛。"意思是说,因缘所生诸法,自性皆空,世人不懂这个道理,误以为是真实的。这种世俗以为正确的道理,谓之"俗谛"。佛家圣贤发现世俗认识之"颠倒",懂得缘起性空的道理,以这种道理为真实,称为"真谛"。萧统认为:"真谛离有离无,俗谛即有即无。即有即无,斯是假名;离有离无,此为中道。"所谓"假名",是指约定俗成的假设施。名指语言和概念,佛家认为语言和概念不能反映诸法实际。所谓"中道",是佛家认为的最高真理,萧统认为"真谛"是"离有离无"的。

《解法身义令旨》解析"法身"的意义。"法身"即佛身,即身具一切法。萧统认为,"法身虚寂,远离有无之境,独脱因果之外,不可以智知,不可以识识……离无离有,所谓法身"。

关于"二谛"、"法身"的问题,是当时大乘空宗各派争论的重要议题。萧统的见解大致发挥了三论(《中论》、《十二门论》、《百论》)的中道观,属大乘空宗思想。

刘勰和萧统的佛教思想,皆由时代风气之熏陶所致。梁代是佛教的全盛时代。梁武帝萧衍原本崇尚道教,后来转而信奉佛教。天监三年(504)四月八日,在他即位三年后,梁武帝曾亲率僧俗二万余人,在重云殿重阁举行事佛典礼,并御制《舍道事佛疏文》。同年四月十一日,他又下令"公卿、百官、侯王、宗族,宜反伪就真,舍邪入正",要求他的宗室臣僚都要信奉佛教。上行下效,佛教自然就盛行起来。为了弘扬佛教,梁武帝还大建佛寺,大办法会,并且三度舍身,亲自受戒、讲经、注经。

萧衍自天监元年(502)即帝位,至太清三年(549)去世,在位四十八年。萧梁一代,运祚仅延续五十五年,武帝萧衍作为最高统治者统治了四十八年,他的意志必然主宰了当时的社会风气,刘勰和萧统受他的影响是很自然的。

刘勰与萧统不仅有着共同的爱好,而且思想(包括文学思想)相近,文学批评实践亦颇多相似之处,所以他们的关系较为密切,这是可以理解的。至于他们之间有什么具体交往,由于古事眇邈,史料缺乏,我们已不可能做更详尽的考察,这里只是在一个方面进行初步的探索。管窥蠡测,看法不一定正确。

二、萧氏父子与梁代文学

在中国文学史上,像南朝梁代最高统治者萧氏父子那样爱好文学、提倡文学,并取得一定成就的事例是十分罕见的,与之类似的大概还有建安时期的曹氏父子。长期以来,古典文学研究者对曹氏父子颇为重视,研究亦颇深入,而由于种种原因,萧氏父子却一直受到冷遇,研究成果寥寥,这实在是一件憾事。本文拟对萧氏父子与梁代文学的关系,提出一些粗浅的看法,以就正于方家和读者。

(一)

我们所说的萧氏父子,是指梁武帝萧衍和他的八个儿子,即昭明太子萧统、豫章王萧综、梁简文帝萧纲、南康王萧绩、庐陵王萧续、邵陵王萧纶、梁元帝萧绎、武陵王萧纪。在萧氏父子九人中,萧绩,史谓其"在州以善政称"(《南史·萧绩传》),可见长于吏治,然未见有诗文传世。萧续,史称"少英果,膂力绝人,驰射应发命中,武帝叹曰:'此我之任城也。'"(《南史·萧续传》)亦不见有诗文传世,看来只是一介武夫。其他七人,或多或少皆有诗文传至今日,在文学上都有不同的表现。

萧衍(464—549),字叔达,南兰陵(今江苏常州西北)人。他在南朝齐代历任淮陵太守、雍州刺史等职。为"竟陵八友"之一。天监元年(502),他建立萧梁王朝,即皇帝位。在位四十八年。据

《梁书·武帝本纪》记载,萧衍"少而笃学,洞达儒玄。虽万机多务,犹卷不辍手,燃烛侧光,常至戊夜。……天情睿敏,下笔成章,千赋百诗,直疏便就,皆文质彬彬,超迈今古。诏铭赞诔,箴颂笺奏,爰初在田,洎登宝历,凡诸文集,又百二十卷"。他的诗今存九十首,其中乐府五十四首。这些诗袭用乐府旧题,多为模拟之作,内容无非游子、思妇、恋情等等,所以《玉台新咏》选录较多。较好的篇什如:

恃爱如欲进,含羞未肯前。朱口发艳歌,玉指弄娇弦。(《子夜歌二首》其一)

含桃落花日,黄鸟营飞时。君住马已疲,妾去蚕欲饥。(《夏歌四首》其四)

模仿晋宋乐府民歌,几可乱真。这种小诗对后世绝句的产生有明显的影响。萧衍乐府诗中有《江南弄》七曲。《古今乐录》云:"梁天监十一年冬,武帝改西曲制《江南》、《上云乐》十四曲。《江南弄》七曲:一曰《江南弄》,二曰《龙笛曲》,三曰《采莲曲》,四曰《凤笙曲》,五曰《采菱曲》,六曰《游女曲》,七曰《朝云曲》。"其一《江南弄》云:

众花杂色满上林,舒芳耀绿垂轻阴,连手躞蹀舞春心。舞春心,临岁腴。中人望,独踟蹰。

值得注意的是,不仅萧衍《江南弄》七曲格式皆同,沈约作四曲,萧纲作三曲,格式亦同。因此梁启超说:"此种曲调及作法,其为后来填词鼻祖无疑。故朱弁《曲洧旧闻》谓:'词起于唐人,而六代已滥觞也。'"(《中国之美文及其历史·唐宋时代之美文》)

萧衍诗颇多应酬之作。另有一些咏物诗,如《咏烛诗》、《咏笔诗》、《咏笛诗》等,是当时流行的诗体。他的诗内容贫乏,这与他的生活有很大关系。例如《登北顾楼诗》，是大同十年三月驾临京口时所作。北顾楼即北固楼，在偏安江左的情况下，他登楼所见只是一片江南景色："南城连地险，北顾临水侧。深潭下无底，高岸长不测。旧屿石若构，新洲花如织。"完全忘却偏安的现实。

萧衍文多为诏令书敕。张溥说："今得其诏令书敕诸篇，置帝王集中，则魏晋风烈，间有存者。"(《汉魏六朝百三家集·梁武帝集题辞》)今天看来已不足道。他还有赋、连珠、箴、铭等体文章数篇，其中比较重要的是《净业赋序》，可窥其思想之一斑。张溥指出："梁武帝《净业赋序》，即曹孟德之《述志令》也。"良是。

萧统(501—531)，字德施。萧衍长子。天监元年立为皇太子，中大通三年卒，年三十一岁。谥昭明，世称昭明太子。其诗今存者约三十首，多为宣扬佛教思想和赠答之作，艳诗较少，所以《玉台新咏》竟一首未选。今本《玉台新咏》选萧统诗四首，系明人所增，非徐陵旧选。萧统喜与文学之士交游，其《宴阑思旧诗》云：

> 孝若信儒雅，稽古文敦淳。茂沿实俊朗，文义纵横陈。佐公持方介，才学罕为邻。灌蔬实温雅，摘藻每清新。余非狎异客，唯旧且怀仁。绸缪似河曲，契阔等漳滨。如何离灾尽，眇漠同埃尘。一起应刘念，泫泫欲沾巾。

这是萧统在宴会之后，于酒阑灯暗之际，思念旧友孝若(明山宾)、茂沿(到洽)、佐公(陆倕)、灌蔬(殷芸)诸人而作，表现出真挚的友情。

萧统的诗歌创作并不突出，最著名的倒是他主持编选的《文选》，即《昭明文选》。《文选》是一部诗文总集，选录先秦至梁代的诗文七百余篇，多为具有代表性的作品。此书的选录标准是："事出于沉思，义归乎翰藻。"(《文选序》)注意到文学作品与其他著作的区别,因此不选经书、子书,史书也只选其中少量较有文采的论赞。《文选》在中国文学史上影响深远,在唐代已形成"选学",为研究南朝梁以前文学提供了重要的资料。

此外,萧统对东晋大诗人陶渊明的论述,也值得注意。萧统撰写了《陶渊明传》和《陶渊明集序》,表现了他对陶渊明人格的钦佩。序里不仅赞美了陶渊明的人格,而且对陶渊明的作品也作了很高的评价:

> 其文章不群,辞采精拔;跌宕昭彰,独超众类;抑扬爽朗,莫之与京。横素波而傍流,干青云而直上。语时事则指而可想,论怀抱则旷而且真。

如此高度评价陶渊明作品的艺术特色,在文学史上是第一次。

萧综,字世谦。萧衍第二子。其生平不详。据《梁书》本传云:"大通二年,萧宝寅在魏据长安反,综自洛阳北遁,将赴之,为津吏所执,魏人杀之,时年四十九。"萧综于大通二年(528)被杀时年四十九岁,按此推算,其生年则为齐建元元年(479)。然萧综乃萧衍次子,其兄萧统生于齐中兴元年(501),他岂有比萧统早生二十余年之理?疑萧综生于梁天监元年(502),因为《梁书》本传云:"初,其母吴淑媛自齐东昏宫得幸于高祖,七月而生综。"又其弟萧纲生于天监二年(503),因此大致可以断定萧综生于梁天监元年(502),卒于大通二年,享年二十七岁。

《梁书》本传说萧综"有才学,善属文。……初,综既不得志,尝作《听钟鸣》、《悲落叶》辞,以申其志"。《听钟鸣》三首,《悲落叶》三首,皆见于《梁书》本传。逯钦立《先秦汉魏晋南北朝诗》失收。《听钟鸣》其三云:

> 听钟鸣,听此何穷极。二十有余年,淹留在京域。窥明

镜,罢容色,云悲海思徒掩抑。

《悲落叶》其二云:

> 悲落叶,落叶悲,人生譬如此,零落不可持。

充满抑郁感伤之情,所以"当时见者莫不悲之"。

萧纲(503—551),字世缵。萧衍第三子,即梁简文帝。在位二年,为侯景所杀。《南史·梁本纪下》云:"(简文帝)幼而聪睿,六岁便能属文……及长……读书十行俱下,辞藻艳发,博综群言,善谈玄理。……弘纳文学之士,赏接无倦。尝于玄圃述武帝所制《五经讲疏》,听者倾朝野。雅好赋诗,其自序云:'七岁有诗癖,长而不倦。'然帝文伤于轻靡,时号宫体……文集一百卷。"萧纲从小就喜欢作诗。他的诗今存三百八十余首,诗风轻绮浮靡,被徐陵选入《玉台新咏》的有七十六首之多。《玉台新咏》选录的诗作以他为最多。

萧纲的"轻靡"篇什,当时称为"宫体"。但艳诗并非始于萧纲。刘师培说:"宫体之名,虽始于梁,然侧艳之词,起源自昔。"(《中国中古文学史·宋齐梁陈文学概略·总论》)确实如此。且不论晋宋乐府民歌及鲍照、汤惠休之作,齐梁时代的沈约就写了不少宫体诗,如《六忆诗》等。这类诗如刘克庄所批评的:"如沈休文《六忆》之类,其亵慢有甚于《香奁》、《花间》者。"(《后村诗话·前集》卷一)但艳诗发展到萧纲已变本加厉,如《咏内人昼眠》、《娈童》之类,实在伤风败俗,令人不堪入目。

"轻靡"之作,固出自萧纲之手,但也是当时的风气使然。张溥说:"盖朱邸日久,会逢清宴,兼以昭明为兄,湘东为弟,文辞竞美,增荣棠棣。储极既正,宫体盛行,但务绮博,不避轻华,人挟曹丕之资,而风非黄初之旧,亦时世使然乎!"(《汉魏六朝百三家集·梁简文帝集题辞》)说得有理。兹举一例,曹丕有《饮马长城窟行》,诗云:"泛舟横大江,讨彼犯荆虏。"慷慨激昂,气象壮阔。而萧纲有《泛舟横大江》,诗云:"沧波白日晖,游子出王畿。旁望重山转,前观远帆稀。广水浮云吹,江风引夜衣。旅雁同洲宿,寒凫夹浦飞。行客谁多病,当念早旋归。"写游子感别伤离,韵味大变,以致内容和诗题显得很不相称。这固然由于作者不同,但更主要的恐怕是时代的风气使然。

萧纲文传世者亦甚多,其中骈文的成就最高。他的《与湘东王论王规令》、《答新渝侯和诗书》、《与萧临川书》等,都是骈文小品中的精品。《与湘东王论王规令》云:

> 威明昨宵,奄复殂化,甚可痛伤。其风韵遒上,神峰标映,千里绝迹,百尺无枝。文辩纵横,才学优赡。跌宕之情弥远,濠梁之气特多。斯实俊民也。一尔过隙,永归长夜。金刀掩芒,长淮绝涸。去岁冬中,已伤刘子;今兹寒孟,复悼王生。俱往之伤,信非虚说。

感情真挚,文字简练,表现了作者对王规的敬仰和思念之情。

萧纲在文学上反对"竞学浮疏,争为阐缓"的文风,认为"近世谢朓、沈约之诗,任昉、陆倕之笔,斯实文章之冠冕,述作之楷模"(《与湘东王书》),和他的创作实践基本上是一致的。至于说"立身之道,与文章异。立身先须谨重,文章且须放荡"(《诫当阳公大心书》),虽然把作家的生活和创作割裂开,却也道出他在文学创作上的一些特点。

萧纶,字世调。萧衍第六子。天监十三年封为邵陵王。其生年亦不详。《梁书》本传谓其大宝二年(551)卒,时年三十三。果真如此,则其生年应为天监十八年(519)。但是,萧衍第七子萧绎生于天监七年(508),哥哥竟比弟弟晚生了十一年,显然有误。查《梁书·萧续传》,续是萧衍第五子,纶之兄,生于天监三年(504),卒于中大同二年(547)。因此,萧纶可能生于天监四年至六年(505—507)之间。钱大昕《二十二史考异》说:

> 按纶被害在大宝二年辛未,距天监十三年甲午始封之,岁已三十八年矣,史称年三十三必误也。且梁武诸子,纶次居六,元帝次居七。元帝生于天监七年,纶既长于元帝,计其卒时,最少亦当四十四五岁也。

这个推论无疑是正确的。《梁书》本传称萧纶"少聪颖,博学善属文,尤工尺牍"。《隋书·经籍志》著录萧纶文集六卷。今存文十篇,诗七首。其诗多为《车中见美人诗》、《见姬人诗》之类的艳诗,也有比较清新的作品,如《咏新月诗》:

> 霜氛含月彩,霭霭下南楼。雾浓光若昼,云驶影疑流。

"光若昼"、"影疑流"写月光,比较传神。其文皆为表、启、书、敕一类的应用文,都是骈体,在艺术技巧方面有一定的成就。如《谢令赉马启》:

> 连翩绝景,沃若追风。超渥水之形,逾大宛之状。荷传西番,将达宫闱。无任城之气勇,降东平之嘉锡,何以扬名沙漠,仰称隆慈。恋德铭心,瞩恩雨泪。

从骏马写到"扬名沙漠",最后表达感恩之情,言简意赅,可谓佳作。

萧绎(508—554),字世诚。萧衍第七子。初封湘东王,后平定侯景之乱,即位于江陵,为梁元帝,在位三年。《南史·梁本纪下》说他"聪悟俊朗,天才英发。……及长好学,博极群书","帝工书善画,自图宣尼像,为之赞而书之,时人谓为三绝。……军书羽檄,文章诏诰,点毫便就,殆不游手"。文集五十卷。今存诗一百二十余首,文近百篇。

萧绎诗,除临死前所作《幽逼诗》四首较有感情外,其余大都是"人生行乐尔,何处不留连"的无聊之作,如《宫殿名诗》、《县名诗》、《姓名诗》、《将军名诗》、《屋名诗》、《车名诗》、《船名诗》等。至于像《送西归内人诗》、《戏作艳诗》、《代旧姬有怨诗》之类,则与萧纲的宫体诗一样,更不足道。只有少数模拟乐府之作,颇具民歌风味,较为可取。如《采莲曲》:

> 碧玉小家女,来嫁汝南王。莲花乱脸色,荷叶杂衣香。因持荐君子,愿袭芙蓉裳。

萧绎文,据《南史·刘毂传》说:"(毂)随湘东王在蕃十余年,宠寄甚深。当时文檄,皆其所为。"但辞赋和一些骈体小品,系萧绎自作当无可疑。如《荡妇秋思赋》:

> 荡子之别十年,倡妇之居自怜。登楼一望,唯见远树含烟。平原如此,不知道路几千?天与水兮相逼,山与云兮共色。山则苍苍入汉,水则涓涓不测。谁复堪见鸟飞,悲鸣只翼。秋何月而不清?月何秋而不明?况乃倡楼荡妇,对此伤情。

写荡妇登楼远眺,触景伤情,感叹悲啼,倍极缠绵。其结尾云:"秋风起兮秋叶飞,春花落兮春日晖。春日迟迟犹可至,客子行行终不归。"春去秋来,春犹可至,客子一去,永无归期,给人以余韵不尽之感。张溥所谓"婉丽多情"(《汉魏六朝百三家集·梁元帝集题辞》)者,殆指此类作品。

此外,萧绎还著有《金楼子》一书,其中《立言篇》论及文、笔之

分,颇为后世所重。他说:

> 至如不便为诗如阎纂,善为章奏如伯松,若此之流,泛谓之笔。吟咏风谣,流连哀思者,谓之文。

又说:

> 笔退则非谓成篇,进则不云取义,神其巧惠,笔端而已。至如文者,维须绮縠纷披,宫徵靡曼,唇吻遒会,情灵摇荡。

南朝人重视文、笔之分,使他们对文学的形式和性质的认识更进了一步。

萧纪(508—553),字世询。萧衍第八子。天监十三年封武陵王。萧衍死后,称帝于蜀,后被杀。《隋书·经籍志》著录萧纪文集八卷,已佚。《梁书》本传说他"少勤学,有文才,属辞好轻华,甚有骨气"。今存诗六首,其中四首被徐陵选入《玉台新咏》,风格绮靡,已看不出什么"骨气"了。

从以上简单评介中可以看出,萧氏父子爱好文学,勤于著述,写作了大量的诗文。应该说,这些诗文在不同程度上表现了他们的创作特点。但是,他们也有一个共同点,就是写作了数量众多的宫体诗。这个共同点,反映了梁代文学的一种新的现象。这种现象是颇值得我们深入研究的。

(二)

齐梁文学追求"新变",萧子显《南齐书·文学传论》云:

> 在乎文章,弥患凡旧,若无新变,不能代雄。

这当是当时的共同认识。《南史·庾肩吾传》云:

齐永明中,王融、谢朓、沈约文章始用四声,以为新变,至是转拘声韵,弥为丽靡,复逾往时。

这是说,在齐代永明年间已出现"新变",这次"新变"产生了"永明体"。入梁以后,徐摛"属文好为新变,不拘旧体。……摛文体既别,春坊尽学之,宫体之号,自斯而起"(《梁书·徐摛传》)。至梁代再变为"宫体"。梁代君臣写作了大量的宫体诗,史书上说:"宫体所传,且变朝野。"这应当是事实。

梁代宫体诗大都是当时宫廷生活的反映,它以华美的辞藻掩盖放荡的内容,这实在是诗歌的堕落,当然也有一些清丽可读的作品。从古代诗歌的发展来看,宫体诗的艺术形式仍然具有自己的特点。这些特点主要是:

(1)重视用典。《南齐书·文学传论》把当时文学作品分为三体,其中第二体是:

缉事比类,非对不发,博物可嘉,职成拘制。或全借古语,用申今情,崎岖牵引,直为偶说。唯睹事例,顿失清采。此则傅咸五经,应璩指事,虽不全似,可以类从。

这是文学创作重视用典的一派。其后颜延之、谢庄等人的重视用典,曾受到钟嵘的批评:"颜延谢庄,尤为繁密,于时化之。故大明、泰始中,文章殆同书抄。近任昉、王元长等,辞不贵奇,竞须新事,尔来作者,浸以成俗。遂乃句无虚语,语无虚字,拘挛补衲,蠹文已甚。"(《诗品序》)这里批评颜延之、谢庄、任昉、王融等人的诗歌用典过多,显然是正确的。萧氏父子继承了颜延之等人的传统,在诗歌创作中重视用典。例如萧纲的《赋乐府得大垂手》:

垂手忽苕苕,飞燕掌中娇。罗衣恣风引,轻带任情摇。讵似长沙地,促舞不回腰。

"掌中娇"指掌上舞,事见《白孔六帖》六一《舞杂舞》。传说汉成帝皇后赵飞燕体态轻盈,能为掌上舞。"罗衣"句,化用《王孙子》"罗衣从风"。"讵似"二句,事见《汉书·景十三王传》:长沙定王刘发,"以其母微无宠,故王卑湿贫国"。应劭曰:"景帝后二年,诸王来朝,有诏更前称寿歌舞。定王但张袖小举手,左右笑其拙。上怪问之,对曰:'臣国小地狭,不足回旋。'帝乃以武陵、零陵、桂阳属焉。"这首小诗共六句,就用了三处典。恰当的用典,可以增强表现力,而滥用典故,则成为累赘。所以刘勰说:"凡用旧合机,不啻自其口出;引事乖谬,虽千载而为瑕。"(《文心雕龙·事类》)

(2)讲究声律。中国古代诗歌在永明以后,开始讲究诗歌的声律。沈约说:

> 夫五色相宣,八音协畅,由乎玄黄律吕,各适物宜。欲使宫羽相变,低昂舛节;若前有浮声,则后有切响;一简之内,音韵尽殊;两句之中,轻重悉异。妙达此旨,始可言文。(《宋书·谢灵运传论》)

沈约是最早讲究诗歌声律的作家,这是他声律理论的主要内容。由于永明时诗人讲究声律,在诗歌创作上形成了"永明体"。"永明体"的特点是:"文皆用宫商,将平上去入四声,以此制韵,有平头、上尾、蜂腰、鹤膝。五字之中,音韵悉异。两句之内,角徵不同,不可增减。"(《南史·陆厥传》)刘勰也说:"夫音律所始,本于人声者也。声含宫商,肇自血气,先王因之以制乐歌。"(《文心雕龙·声律》)如此说来,诗歌声律的形成,是自然而然的事。刘勰又说:"凡声有飞沉,响有双叠。双声隔字而每舛,叠韵离句而必睽;沉则响发而断,飞则声扬不还。"(同上)和沈约的看法基本一致。

齐代永明诗人如沈约、谢朓、王融等人已有一些合律的诗歌,这些作品可以看作唐代格律诗的先驱。梁代的宫体诗,合律的就更多一些,如萧纲《折扬柳》中的"叶密鸟飞碍,风轻花落迟",萧绎《赴荆州泊三江口》中的"叠鼓随朱鹭,长箫应紫骝",都是律句。沈约的《咏帐》云:

> 甲帐垂和璧,螭云张桂宫。隋珠既吐曜,翠被复含风。

这种"仄仄平平仄,平平仄仄平。平平平仄仄,仄仄仄平平"的格式,当时已很常见。

诗歌讲究声律,读起来抑扬顿挫,增强了艺术感染力。当然,讲求过分,正如钟嵘所批评的:"使文多拘忌,伤其真美。"(《诗品序》)

(3)追求词藻。曹丕说:"诗赋欲丽。"(《典论·论文》)这说明建安时期已经注意到诗赋辞采的华丽。陆机说:"诗缘情而绮靡。"(《文赋》)这说明西晋太康年间不仅强调诗歌辞采的华美,而且注意到音律的动听。刘勰的议论更多,《文心雕龙·明诗》篇说:"晋世群才,稍入轻绮。……采缛于正始,力柔于建安。"这里明确指出西晋陆机、潘岳等人,诗风轻绮,词采繁缛。又说:"宋初文咏……俪采百字之偶,争价一句之奇;情必极貌以写物,辞必穷力而追新。"南朝宋代诗歌不仅讲究对偶,而且追求文辞的新奇。齐代永明以后的诗歌,既讲究声律,又追求采藻。梁代宫体诗除了重视用典和讲究声律之外,十分注意追求辞采的华美。《南齐书·文学传论》评述齐代文学三体,其第三体曰:

> ……发唱惊挺,操调险急,雕藻淫艳,倾炫心魂。亦犹五色之有红紫,八音之有郑、卫。斯鲍照之遗烈也。

就采藻的艳丽而言,宫体诗显然受了鲍照的影响。如萧纲的《和湘东王名士悦倾城》诗云:

>美人称绝世,丽色譬花丛。虽居李城北,住在宋家东。教歌公主第,学舞汉成宫。多游淇水上,好在凤楼中。履高疑上砌,裾开特畏风。衫轻见跳脱,珠概杂青虫。垂丝绕帷幔,落日度房栊。妆窗隔柳色,井水照桃红。非怜江浦佩,羞使春闺空。

这首诗写一个绝世的美人,表现的是统治阶级的腐朽生活,而文辞华美,显示了宫体诗的一个重要特点。

宫体诗重视用典,讲究声律,追求采藻,我们并不感到突兀,因为魏晋以来,此风渐盛。从文学发展的规律看,这是诗歌创作发展过程中的必然现象。没有这些探索和创造,就不可能有百花齐放、万紫千红的唐代诗歌。

宋刻本《玉台新咏》卷七原选诗七十五首,今本是七十一首,包括萧衍诗十四首、萧纲诗四十三首、萧纶诗三首、萧绎诗七首、萧纪诗四首。这些诗的情绪和内容,大部分是腐朽的、没落的,表现形式是靡丽的、淫艳的,是典型的宫体诗。由于最高统治者大量创作宫体诗,他们手下的文人学士望风效尤,宫体诗在宫廷内外泛滥成灾。这种淫靡的文学风气,对当时、对后世都造成恶劣的影响。

应该指出,宫体诗发展到初唐时期,有了新的变化。这就是闻一多先生指出的:"(宫体诗)堕落毕竟到了尽头,转机也来了。"(《宫体诗的自赎》)

闻先生认为,卢照邻的《长安古意》"是宫体诗中一个破天荒的大转变"。骆宾王的《艳情代郭氏答卢照邻》、《代女道士王灵妃赠道士李荣》和卢照邻的《长安古意》一样,"都是宫体诗中的云冈造像……从五言四句的《自君之出矣》扩充到卢、骆二人洋洋洒洒的巨篇,这也是宫体诗的一个剧变"。刘希夷的《公子行》写平凡健康的爱情,"感情返到正常状态是宫体诗的又一重大阶段",而

《代白头翁》"悟到宇宙意识",已距离张若虚不远了。至于张若虚的《春江花月夜》,闻先生认为"这是诗中的诗,顶峰上的顶峰"。他以为"梁陈隋唐四代宫庭所遗下了那份最黑暗的罪孽,有了《春江花月夜》这样一首宫体诗,不也就洗净了吗"。我们很同意闻先生这一卓越的见解。

如此说来,宫体诗这种新的诗体的历史功过已经十分清楚了。其过是一些作品宣扬色情和腐朽的生活方式,对社会起了腐蚀作用,其功是在艺术技巧上为唐代诗歌的发展和繁荣提供了借鉴。同时,宫体诗中的一些清丽之作和宫体诗本身的转变,也为诗歌创作做出了突出的贡献。

(三)

萧氏父子的文学主张和诗歌创作,在当时产生了很大影响。这不仅因为他们是最高统治者,他们富于才华,同时还因为在他们的周围,聚集着一批有才能的文学之士。君倡臣和,上行下效,所以蔚然成风。

为了了解萧氏父子与梁代文学的关系,这里,我们根据史籍的记载,对萧衍、萧统、萧纲、萧绎周围的文士进行一些概略的考察。

萧衍在梁代皇帝中寿命最长,在位时间最久,所以在他周围的文士也最多。有些文士因为优异的文学才能,而被授予不同的官职。《梁书·刘峻传》云:"高祖招文学之士,有高才者,多被引进,擢以不次。"事情确实如此。如:

> 徐摛:"遍览经史,属文好为新变,不拘旧体。起家太学博士。"(《梁书·徐摛传》)
> 到沆、到溉、到洽:"(天监)三年……以沆为殿中曹侍郎。

此曹以文才选,沆从父兄溉,洽并有才名,时相代为之。"(《南史·到沆传》)

刘苞、刘孝绰、刘孺、陆倕、张率:"苞及从兄孝绰、从弟孺、同郡到溉、溉弟洽、从弟沆、吴郡陆倕、张率并以文藻见知……仕虽进有前后,其赏赐不殊。"(《梁书·刘苞传》)

丘迟:"在齐,以秀才累迁殿中郎,梁武帝平建邺,引为骠骑主簿,甚被礼遇,时劝进梁王及殊礼,皆迟文也。及践阼,迁中书郎。"(《南史·丘迟传》)

鲍行卿:"以博学大才称,位后军临川王录事,兼中书舍人。"(《南史·鲍泉传》)

刘沼:"幼善属文,既长博学,仕齐起家奉朝请。天监初,拜后军临川王记室参军。"(《梁书·刘沼传》)

虞骞:"工为五言诗,名与逊相埒,官至王国侍郎。"(《梁书·何逊传》)

王籍:"博涉有才气……天监初,除安成王主簿,尚书三公郎。"(《梁书·王籍传》)

何思澄:"工文辞,起家为南康王侍郎。"(《梁书·何思澄传》)

何子朗:"早有才思……其文甚工……历官员外散骑侍郎。"(《梁书·何思澄传》)

谢微(《南史》作"徽"):"好学善属文,初为安西安成王法曹。"(《梁书·谢微传》)

庾仲容:"专精笃学,昼夜手不辍卷。初为安西法曹行参军。"(《梁书·庾仲容传》)

陆才子:"(陆)云公从兄才子,亦有才名,历官中书郎。"(《梁书·陆云公传》)

任孝恭:"精力勤学。……武帝闻其有才学,召入西省撰史。初为奉朝请,进直寿光省,为司文侍郎。"(《梁书·任孝恭传》)

庾季才:"有学行。承圣中,仕至中书侍郎。"(《梁书·庾诜传》)

这种做法,实际上是鼓励人们刻苦学习诗文,一旦受到皇帝或达官贵人的赏识,即可青云直上。如此重视有文学才能的人,对当时文学的繁荣是起到一定的促进作用的。

有的文士因为献诗献文,得到皇帝的赏识而获得升迁。《梁书·袁峻传》云:"高祖雅好辞赋,时献文于南阙者相望焉。其藻丽可观,或见赏擢。"就反映了这种情况。如:

王规:"献《新殿赋》,其辞甚工,拜秘书丞。……武帝于文德殿饯广州刺史元景隆,诏群臣赋诗,同用五十韵,规援笔立奏,其文又美。高祖嘉焉,即日诏为侍中。"(《梁书·王规传》)

褚翔:"高祖宴群臣乐游苑,别诏翔与王训为二十韵诗,限三刻成。翔于坐立奏,高祖异矣,即日转宣城王文学。"(《梁书》本传)

袁峻:"(天监)六年,郢州参军(袁)峻乃拟扬雄《官箴》奏之。高祖嘉焉,赐束帛,除员外散骑侍郎。"(《梁书》本传)

周兴嗣:"高祖革命,兴嗣奏《休平赋》,其文甚美,高祖嘉之。拜安成王国侍郎,直华林省。其年,河南献儛马,诏兴嗣与待诏到沆、张率为赋,高祖以兴嗣为工,擢员外散骑侍郎。"(《梁书》本传)

虞荔:"梁武帝于城西置士林馆,荔乃制碑,奏上,帝命勒

之于馆,仍用荔为士林学士。"(《陈书》本传)

有的虽未立即升官,也受到褒扬,如:

萧暎:"中大通三年,野谷生武康,凡二十二处,自此丰穰。暎制《嘉谷颂》以闻,中诏称美。"(《南史·萧暎传》)

鲍行卿:"迁步兵校尉,上《玉璧铭》,武帝发诏褒赏。"(《南史·鲍泉传》)

谢蔺:"迁外兵记室参军,时甘露降士林馆,蔺献颂,高祖嘉之。"(《梁书》本传)

萧子晖:"尝预重云殿听制讲《三慧经》,退为《讲赋》奏之,甚见称赏。"(《梁书》本传)

这些献诗献文的文士,或升官,或受到嘉奖,或受到褒扬。至于奉命作诗作文的就更多了。如:

王僧孺:"是时高祖制《春景明志诗》五百字,敕在朝之人沈约已下同作,高祖以王僧孺诗为工。"(《梁书》本传)

到荩:"尝从高祖幸京口,登北顾楼赋诗,荩受诏便就。"(《梁书·到溉传》)

刘孺:"尝于御坐为《李赋》,受诏便成,文不加点,高祖甚称赏之。"(《梁书》本传)

沈众:"(梁武)帝令众为《竹赋》,赋成,奏,帝善之,手敕答曰:'卿文体翩翩,可谓无忝尔祖。'"(《陈书》本传)

到沆:"时高祖宴华光殿,命群臣赋诗,独诏沆为二百字,三刻使成。沆于坐立奏,其文甚美。"(《梁书》本传)

丘迟:"待诏文德殿。时(武)帝著《连珠》,诏群臣继作者数十人,迟文最美。"(《梁书》本传)

刘苞:"受诏咏《天泉池荷》及《采菱调》,下笔即成。"

(《南史》本传)

陆倕:"高祖雅爱倕才,乃敕撰《新漏刻铭》,其文甚美。"(《梁书》本传)

袁峻:"奉敕与陆倕各制《新阙铭》。"(《梁书》本传)

任孝恭:"敕遣制《建陵寺刹下铭》……孝恭为文敏速,受诏立成,若不留意,每奏,高祖辄称善。"(《梁书》本传)

刘孝绰:"高祖为《藉田诗》,又使(徐)勉先示孝绰。时奉诏作者数十人,高祖以孝绰尤工。"(《梁书》本传)

诸如此类的事例很多。这些足以说明萧衍对文学的爱好和重视,作为当时的最高统治者,他的所作所为,自然会产生一定的社会影响。

萧统,两岁立为太子,在太子之位长达三十年。他以太子之尊,热衷于文学。《梁书·昭明太子传》云:"引纳才学之士,爱赏无倦,恒自讨论篇籍,或与学士商榷古今;闲则继以文章著述,率以为常。于时东宫有书几三万卷,名才并集,文学之盛,晋宋以来未之有也。"亦可窥见当时文学之兴盛。

萧统身为太子,与文人学士的交往很多。这是因为东宫官员多为文人学士,再说他编选《文选》,也需要这些人以助其力。在他周围的文人学士中,主要有刘孝绰、王筠、殷芸、到洽、陆倕、明山宾、张率、王规、殷钧、王锡、张缅、张缵、陆襄、何思澄、谢举、王承、王佥、刘孺、刘杳等。梁武帝萧衍曾令王锡、张缵、陆倕、张率、谢举、王规、王筠、刘孝绰、到洽、张缅等十人为东宫学士(见《南史·王锡传》)。以上诸人都曾在东宫任职,也都是当时著名的文人。

萧纲酷爱文学,喜作宫体诗,乐与文人学士交往。《梁书·简文帝纪》云:"引纳文学之士,赏接无倦,恒讨论篇籍,继以文章。"这是实情。又《梁书·庾肩吾传》云:"初,太宗(即萧纲)在藩,雅好文章士,时肩吾与东海徐摛、吴郡陆杲、彭城刘遵、刘孝仪、仪弟孝威,同被赏接。及居东宫,又开文德省,置学士,肩吾子信、摛子陵、吴郡张长公、北地傅弘、东海鲍至等充其选。"萧纲为晋安王时,已开始与庾肩吾、徐摛等人交往。《南史·庾肩吾传》云:"(肩吾)在雍州被命为与刘孝威、江伯摇、孔敬通、申子悦、徐防、徐摛、王囿、孔铄、鲍至等十人抄撰众籍,丰其果馔,号高斋学士。"为东宫太子之后,开文德省,接触的文人学士就更多了。这是因为萧纲"性既好文,时复短咏"(《与湘东王书》),他与文人学士交往是很自然的事情。

萧绎一如乃父乃兄,也爱好文学。《梁书·元帝纪》云:"既长好学,博总群书,下笔成章,出言为论,才辩敏速,冠绝一时。……性不好声色,颇有高名,与裴子野、刘显、萧子云、张缵及当时才秀为布衣之交,著述辞章,多行于世。"也喜欢与文人学士交往。

南朝梁代的武帝、简文帝、元帝和昭明太子萧统喜与文人学士交往,和他们周围的文人学士所形成的文学盛况,在中国文学史上是十分罕见的。

(四)

刘师培《中国中古文学史》说:"齐梁文学之盛,虽承晋宋之绪余,亦由在上者之提倡。"(《宋齐梁陈文学概略·齐梁文学》)此所谓"提倡",应包含两项内容:第一,指萧氏父子写了大量的诗文,这本身就是提倡。第二,指萧氏父子对文士的鼓励。这些对梁代文学的繁荣,确实起到了一定的作用。但是,一个时代文学繁荣的原因是多方面的,仅仅看到"承晋宋之绪余"和"在上者之提倡"还是不够的。

梁代文学的繁荣,与当时的政治、经济、文化等是分不开的。在梁代前期,梁武帝萧衍在政治上采取了一些积极措施,如选用良吏,分遣使者,巡视州郡,并在州、郡、县设专人专门搜罗和推荐人才。同时在职官和刑法方面进行了一些改革,因此出现了"治定功成,远安迩肃"的政治局面。史书赞曰:"三四十年,斯为盛矣。自魏晋以降,未或有焉。"(《梁书·武帝纪》)在经济上,如农业方面曾实行籍田以鼓励生产。赋税方面,多次减免租调。这些措施对于发展农业生产都起了一定的作用。萧衍等人十分重视文化和教育事业。如天监十五年,梁武帝命太子詹事徐勉举学士入华林省编《遍略》,参与其事者有何思澄、刘杳、顾协诸人(见《梁书》何思澄、刘杳传)。又,安成王萧秀招刘孝标为户曹参军,为其提供写作诗文的参考用书,让他编《类苑》凡一百二十卷(见《梁书·刘峻传》)。中大通三年(531),皇太子萧纲召集诸儒编《长春义记》(见《梁书·许懋传》)。开馆所编之书,多为类书,这是应当时诗文创作数典隶事的需要。

因为梁代最高统治者重视诗文,文学风气较盛,所以藏书的文人学士也多起来。据《梁书》记载,任昉虽然家贫,藏书居然有一万多卷(《任昉传》)。昭明太子萧统东宫有书凡三万卷,为他编选《文选》提供了条件(《昭明太子萧统传》)。王僧孺爱好书籍,藏书达一万余卷,其中尚有许多珍本(《王僧孺传》)。沈约藏书至二万多卷,当时京城无人比得上他(《沈约传》)。张缅喜爱书籍,藏书达一万多卷(《张缅传》)。在当时的条件下,私人藏书能达二三万卷,是极不容易的事,亦可见当时文化事业之兴盛。

萧衍父子都是信仰佛教的,但是,由于封建统治的政治需要,他们不能不重视儒学。他们除了自己注释儒家经书外,还亲自讲解经书,如梁武帝萧衍和昭明太子萧统都曾登坛讲解《孝经》。为了发扬儒家思想,自然要办好太学。天监七年(508),梁武帝诏云:"宜大启庠敩,博延胄子,务彼十伦,弘此三德,使陶钧远被,微言载表。"对太学的作用和他的目的、要求都说得很清楚。天监九年,"三月己丑,车驾幸国子学,亲临讲肆,赐国子祭酒以下帛各有差。乙未,诏曰:'王子从学,著自《礼经》……皇太子及王侯之子,年在从师者,可令入学。'"(《梁书·武帝纪》)可见当时统治者对教育的重视。所以,天监初年张充"登堂讲说,皇太子以下皆至"(《梁书·张充传》)。《陈书·儒林传序》云:

> 梁武帝开五馆,建国学,总以"五经"教授,经各置助教云。武帝或纡銮驾,临幸庠序,释奠先师,躬亲试胄,申之宴语,劳之束帛,济济焉斯盖一代之盛矣。

这个记述是符合史实的。无怪乎魏征赞曰:"济济焉,洋洋焉,魏晋已来,未有若斯之盛也。"(《南史·梁本纪下》)李延寿赞曰:"自江左以来,年逾二百,文物之盛,独美于兹。"(《南史·梁本纪中》)大概不都是虚美之词。不可否认,这些情况对梁代文学的繁荣都起了直接的或间接的作用。

研究萧氏父子与梁代文学的关系以及与他们有密切关系的宫体诗,是一个比较复杂的问题。这里只是根据萧氏父子的作品和有关史料,作了一些初步的分析。希望对研究这一问题能有所帮助。

三、萧统《文选》三题

(一)文体分类

萧统《文选》分文体为三十七类,即赋、诗、骚、七、诏、册、令、教、策文、表、上书、启、弹事、笺、奏记、书、檄、对问、设论、辞、序、颂、赞、符命、史论、史述赞、论、连珠、箴、铭、诔、哀、碑文、墓志、行状、吊文、祭文。无论是通行的李善注《文选》,还是六臣注《文选》,都莫不如此。而后世学者多谓分为三十八体,如骆鸿凯《文选学》云:"《文选》次文之体凡三十有八。"这是什么缘故呢?

原来,清人胡克家在《文选考异》卷八《移书让太常博士》条下曾云:"陈云题前脱'移'字一行,是也。各本皆脱,又卷首子目亦然。"指出在刘歆《移书让太常博士》一文题前脱去"移"字一行,卷首目录亦如此。陈即陈景云(1670—1747),字少章,江苏吴县人,清代学者。这是引陈氏《文选举正》之说。陈氏为何焯门人,其《文选举正》现有钞本存世。胡氏《文选考异》精于校勘,辨析颇详,是一部流传极广的书,因此影响很大。黄侃《文选平点》即承其说而谓"《移书让太常博士》题前以意补'移'字一行"。至黄侃门人骆鸿凯,在《文选学》中就干脆将"移"列为一体,断为三十八体。

我以为黄侃所谓"以意补","意"字值得注意。就是说,陈景云是基于自己的想法,认为应该补上"移"字一行。当然,陈氏的想法也是有根据的,《文选》第四十三卷选录了刘歆的《移书让太常博士》和孔稚珪的《北山移文》,他认为应列"移"类一体,《文选》未列,他以为是脱掉了。

我觉得陈氏的想法还是可以商榷的。第一,胡氏《文选考异》云,"移"字一行"各本皆脱",既然各本皆无"移"字,那么是否脱掉就很难说了。唐宋以来,《文选》的传本不止一种,怎么会这么凑巧"各本皆脱"了呢?因此,是"脱"掉还是原来即无,颇值得研究。第二,《文选》李善注等书将"移"文列入"书"体之中,这样处理并没有错,因为"移"本是"书"的一种。《汉书·公孙弘传》云:"弘乃移病免归。"颜师古注曰:"移病,谓移书言病也。"《后汉书·光武纪》云:"于是置僚属,作文移。"李贤等注云:"《东观记》曰'文书移与属县'也。"可证。第三,《文选序》论述各种文体,虽未遍及《文选》全部文体,而基本俱在,未见有"移"文一体。第四,在萧统以前,"移"文作品很少。刘勰《文心雕龙·檄移》篇曾举出三篇,即司马相如的《难蜀父老》、陆机的《移百官》和刘歆的《移书让太常博士》。《难蜀父老》文在移、檄之间,《移百官》早已散佚,只有《移书让太常博士》算是一篇典型的政治性移文。因此,萧统将移文归入"书"体,似亦无可非议。我认为在未找到版本依据之前,根据现在可以见到的版本,断为三十七体较为妥善。

《文选》于文体分类颇为繁细,三十七体中尚有子类,如诗分补亡、述德、劝励、献诗、公宴、祖饯、咏史、百一、游仙、招隐、反招隐、游览、咏怀、哀伤、赠答、行旅、军戎、郊庙、乐府、挽歌、杂歌、杂诗、杂拟等二十三个子类,因过于琐碎而受到后人批评。姚鼐说它"分体碎杂"(《古文辞类纂·序》),章学诚说它"淆乱芜秽,不可殚诘"(《文史通义·诗教》),都有一定道理,但也不免有些片面。我们认为,《文选》的文体分类是总结了前人文体研究的成果,根据时代的需要提出来的,它在中国古代文体发展史上占有重要的地位。

我国古代的文体论,在先秦时期已开始萌芽,所以颜之推有"夫文章者,原出'五经'"(《颜氏家训·文章》)的说法。汉魏六朝时期,文体论有了巨大的发展。蔡邕有《铭论》和有关策、制、诏、戒、章、奏、表、驳议的论述。曹丕《典论·论文》分文体为四科八体,认为"奏议宜雅,书论宜理,铭诔尚实,诗赋欲丽"。陆机《文赋》论及文体十种,他说:

> 诗缘情而绮靡,赋体物而浏亮。碑披文以相质,诔缠绵而凄怆。铭博约而温润,箴顿挫而清壮。颂优游以彬蔚,论精微而朗畅。奏平彻以闲雅,说炜烨而谲诳。

不仅区分文体,而且指出其特点,较曹丕为详。挚虞《文章流别集》和《文章流别志论》论述较详,分体更细;李充《翰林论》虽论述较略,而分体亦细。可惜这些书皆已亡佚,不能窥其全貌了。至于刘勰《文心雕龙》中的文体论,则是我国古代文体论发展的高峰。《文心雕龙》五十篇,其中文体论部分占了二十篇,详论文体三十三种,即诗、乐府、赋、颂、赞、祝、盟、铭、箴、诔、碑、哀、吊、杂文、谐、隐、史传、诸子、论、说、诏、策、檄、移、封禅、章、表、奏、启、议、对、书、记。如果再加上《辨骚》篇所论述的"骚"体,则为三十四种。各体之中,子类繁多,分析十分细致,实集古来文体论之大成。萧统《文选》的文体分类,正是在前人的基础上发展而来的。它特别受到《文心雕龙》文体论的启发,比较周密细致,在中国古代文体发展史上做出了自己的贡献。

《文选》的文体分类,对后世有着深远的影响。可以说,后世文体分类,基本上继承了《文选》的传统,并根据时代的需要或增或减。例如，北宋初年李昉、徐铉等人编辑的《文苑英华》一千卷，是上续《文选》的，其文体分类与《文选》相似，而体类更繁。姚铉《唐文粹》一百卷，是《文苑英华》的选本，姚氏在序中说："类次之，以嗣《文选》。"可见此书的文体分类是学习《文选》的。以后南宋吕祖谦的《宋文鉴》、元代苏天爵的《元文类》、明代程敏政的《明文衡》等，在文体分类上都受了《文选》的影响。弄清《文选》文体分类的历史贡献和影响，对于我们了解全书是有帮助的。

（二）选录标准

讨论《文选》选录作品的标准，首先应从"文"谈起。

《文选》以"文"名书，什么是"文"呢？《文心雕龙·总术》篇云：

> 今之常言，有文有笔，以为无韵者笔也，有韵者文也。

刘勰认为，有韵的文章叫作文，而《文选》所选录的作品，无韵者颇多，如诏、册、令、教、策文、表、上书、启、弹事、笺、奏记、书、檄、对问、设论、论等，皆为无韵之文，怎能称之为《文选》呢？这里，使人想起刘勰的《文心雕龙》。此书文体论二十篇，前十篇论文，后十篇论笔，全书兼论文、笔，而称为《文心雕龙》。对此，刘师培有一段解释，他说：

> 当时世论，虽区分文、笔，然笔不该文，文可该笔，故对言则笔与文别，散言则笔亦称文。据《陈书·虞寄传》载，衡阳王出阁，文帝敕寄兼掌书记，谓"屈卿游藩，非止以文翰相烦，乃令以师表相事"。又《梁书·裴子野传》谓子野为《移魏文》，武帝称曰："其文甚壮。"是奏记檄移之属，当时亦得称

文。故史书所记,于无韵之作,亦或统称"文章"。观于王俭《七志》,于集部总称"文翰",阮孝绪《七录》,则称"文集",而昭明《文选》其所选录,不限有韵之词,此均文可该笔之证也。(《中国中古文学史》)

可见,"文"可以包含"笔"。《文心雕龙》如此,《文选》亦复如此。

刘勰以有韵无韵区分文、笔,这是当时普遍的看法。而萧绎《金楼子·立言》下篇又提出了新标准。他说:

> 至如不便为诗如阎纂,善为章奏如伯松,若此之流,泛谓之笔,吟咏风谣,流连哀思者,谓之文。……笔退则非谓成篇,进则不云取义,神其巧惠笔端而已。至如文者,维须绮縠纷披,宫徵靡曼,唇吻遒会,情灵摇荡。

这主要是从文采来区分文、笔。其实笔未必没有文采,"上书"如李斯《上秦始皇书》,"表"如曹植《求自试表》、《求通亲亲表》,"论"如贾谊《过秦论》等,皆富于文采。虽然与"文"相比,还存在某些差异,但是都同属文学作品。清人阮元说:

> 昭明所选,名之曰文,盖必文而后选也,非文则不选也。经也,子也,史也,皆不可专名之为文也。故昭明《文选序》后三段特明其不选之故,必沉思、翰藻,始名为文,始以入选也。(《书梁昭明太子文选序后》)

阮元没有弄清"文"包含"笔",但是他说"必沉思、翰藻,始名为文,始以入选也",却道出《文选》的选录标准。刘师培也说:"昭明《文选》,唯以沉思、翰藻为宗,故赞论序述之属,亦兼采辑。然所收之文,虽不以有韵为限,实以有藻采者为范围,盖以无藻韵者不得称文也。"(《中国中古文学史》)说的是同样的道理。

至于朱自清,他直接提出《文选序》"事出于沉思,义归乎翰藻",是《文选》去取的标准(《〈文选〉"事出于沉思,义归乎翰藻"说》)。骆鸿凯《文选学》亦云:"'事出于沉思,义归乎翰藻',此昭明自明入选之准的。"但是,有些研究者不同意这种说法,认为萧统说的"夫文典则累野,丽亦伤浮。能丽而不浮,典而不野,文质彬彬,有君子之致",才是《文选》的选录标准。萧统的这段话出自《答湘东王求文集及诗苑英华书》,说的原是创作标准,这固然与《文选》的选录标准有关,但我认为讨论《文选》的选录标准,还是应该在《文选序》中去寻求答案。

《文选序》中所说的"事出于沉思,义归乎翰藻",是不是《文选》的选录标准呢?我认为是的,但不全面。黄侃认为:"'若夫姬公之籍'一段,此序选文宗旨,选文条例皆具,宜细审绎,毋轻发难端。《金楼子》论文之语,刘彦和《文心》一书,皆其翼卫也。"(《文选平点》)这种认识应该是比较深刻的。

的确,讨论《文选》的选录标准,"若夫姬公之籍"一段话十分重要。这段话的原文是:

> 若夫姬公之籍,孔父之书,与日月俱悬,鬼神争奥,孝敬之准式,人伦之师友,岂可重以芟夷,加以剪截?老、庄之作,管、孟之流,盖以立意为宗,不以能文为本,今之所撰,又以略诸。若贤人之美辞,忠臣之抗直,谋夫之话,辨士之端,冰释泉涌,金相玉振。所谓坐狙丘,议稷下,仲连之却秦军,食其之下齐国,留侯之发八难,曲逆之吐六奇,盖乃事美一时,语流千载。概见坟籍,旁出子史,若斯之流,又亦繁博;虽传之简牍,而事异篇章,今之所集,亦所不取。至于记事之史,系年之书,所以褒贬是非,纪别异同,方之篇翰,亦已不同。若其赞论之综缉辞采,序述之错比文华,事出于沉思,义归乎翰藻,故与夫篇

什,杂而集之。远自周室,迄于圣代,都为三十卷,名曰《文选》云耳。

这是说,经书、子书、史书,《文选》都不选,只有史书中的一些赞论、序述,由于"事出于沉思,义归乎翰藻",才能入选。显然,"事出"二句是对史书中的一些赞论、序述而言。但是,广而言之,文章凡符合这种条件的,亦皆可入选。这里实际上提出的是《文选》的选录标准。

而研究者对"事出"二句的理解是不同的。朱自清认为,"'事出于沉思'的事,实当解作'事义'、'事类'的事,专指引事引言,并非泛说。'沉思'就是深思","'翰藻'……昭明借为'辞采'、'辞藻'之意。'翰藻'当以比类为主","而合上下两句浑言之,不外'善于用事,善于用比'之意"(《〈文选序〉"事出于沉思,义归乎翰藻"说》)。骆鸿凯认为,"事出于沉思"即"情灵摇荡","义归乎翰藻"即"绮縠纷披"(《文选学·义例第二》)。郭绍虞认为,"事出"二句,"上句的'事',承上文的'序述'而言,下句的'义',承上文的'赞论'而言,意谓史传中的'赞论'和'序述'部分,也有'沉思'和'翰藻',故可作为文学作品来选录。沉思,指作者深刻的艺术构思。翰藻,指表现于作品的辞采之美。二句互文见义"(《中国历代文论选》第一册)。我们基本上同意郭氏的解释,认为这两句的意思是:文章写作产生于深刻的构思,文章的思想内容要通过优美的辞采来表现。

我们认为,仅仅把"事出"二句看作选录标准是不够的,还应该看到《文选序》中所说的"诗者,盖志之所之也,情动于中而形于言。《关雎》、《麟趾》,正始之道著;桑间、濮上,亡国之音表。故《风》、《雅》之道,粲然可观"这几句。这是袭用《毛诗序》中的话,表示了他对作品思想内容的重视。这种传统的儒家文学观加上

"沉思"、"翰藻",便是"丽而不浮,典而不野,文质彬彬,有君子之致",也就是萧统的文学思想。黄侃还指出了《文选》选录标准的翼卫。其一是萧统弟弟萧绎的《金楼子》论文的话,这些话已见上文。萧绎区分文、笔,强调"文"应辞藻繁富,音节动听,语言精练,具有抒情的特点,反映了时代的要求,与"沉思"、"翰藻"有相似之处。其二是萧统的通事舍人刘勰的《文心雕龙》。《文心雕龙》体大思精,笼罩群言,它的《原道》、《征圣》、《宗经》等篇强调儒家思想的指导作用。《情采》篇论述文章的内容和形式,一开始就说:"圣贤书辞,总称文章,非采而何?"十分强调文采。但又说:"故情者文之经,辞者理之纬;经正而后纬成,理定而后辞畅。此立文之本源也。"对文章内容和形式关系的理解,与萧统"文质彬彬"的说法颇为相似。

黄侃将《文选序》"若夫姬公之籍"一段,与萧绎《金楼子》、刘勰《文心雕龙》合观,认为后者是前者的"翼卫",使我们理解《文选》的选录标准就更为全面了。

(三)萧统之死

萧统之死,史籍所载颇有不同。《梁书·昭明太子传》云:

> (中大通)三年三月,寝疾。……四月乙巳薨,时年三十一。

这是说萧统是病死,至于因何患病,并未交代。《南史》卷五十三《昭明太子统传》云:

> (中大通)三年三月,游后池,乘雕文舸摘芙蓉。姬人荡舟,没溺而得出,因动股,恐贻帝忧,深戒不言,以寝疾

闻。……四月乙巳,暴恶,驰启武帝,比至已薨,时年三十一。

也是说萧统因病而死,不过明确交代了是因姬人荡舟,萧统溺水得救而患病。述及病因,《资治通鉴》卷一百五十五,梁武帝中大通三年云:

> 初,昭明太子葬其母丁贵嫔,遣人求墓地之吉者。或赂宦者俞三副求卖地,云若得钱三百万,以百万与之。三副密启上,言"太子所得地,不如今地于上为吉"。上年老多忌,即命市之。葬毕,有道士云:"此地不利长子,若厌之,或可申延。"乃为蜡鹅及诸物埋于墓侧长子位。宫监鲍邈之、魏雅初皆有宠于太子,邈之晚见疏于雅,乃密启上云:"雅为太子厌祷。"上遣检掘,果得鹅物,大惊,将穷其事。徐勉固谏而止,但诛道士。由是太子终身惭愤,不能自明。及卒,上征其长子南徐州刺史华容公欢至建康,欲立以为嗣,衔其前事,犹豫久之,卒不立,庚寅,遣还镇。

这一段话是根据《南史·昭明太子统传》的材料改写的。主要是说,萧统因埋蜡鹅等情事忧惧而死。梁武帝萧衍原拟立萧统子萧欢为嗣,因厌恨此事,改立萧统的同母弟晋安王萧纲为皇太子。所以司马光感慨地说:"以昭明太子之仁孝,武帝之慈爱,一染嫌疑之迹,身以忧死,罪及后昆,求吉得凶,不可湔涤,可不戒哉!"

明人张溥说:"《南史》所云,埋鹅启衅,荡舟寝疾,世疑其诬。于是论昭明者,断以姚书为质矣。"(《汉魏六朝百三家集·梁昭明集题辞》)这是认为"埋鹅"、"荡舟"二事不可信,了解萧统的生平事迹,应以《梁书》为据。按,"埋鹅"、"荡舟"二事,并《南史》所增,《梁书》所无。

清人赵翼认为,《梁书》"本之梁之国史也。各列传必先叙其历官,而后载其事实,末又载饰终之诏,此国史体例也。有美必书,有恶必为之讳",下面即以"埋鹅"事为例,说本传不载是"为之讳"(《廿二史札记》卷九《梁书悉据国史立传》)。这是认为确有其事。至于"荡舟"事,赵翼《廿二史札记》中《南史增梁书有关系处》、《南史增梁书琐言碎事》诸节并没有提到,只是在《南史增删梁书处》一节中说:"《南史》增《梁书》事迹最多。……凡琐言碎事新奇可喜之迹,无不补缀入卷。"因此,"荡舟"事是否可信,有待考定。

考定"荡舟"事,史料阙如。从情理上看,我认为"荡舟"事不可信,因为与萧统立身行事的一贯精神不合。《梁书》本传云:"(萧统)性爱山水,于玄圃穿筑,更立亭馆,与朝士名素者游其中。尝泛舟后池,番禺侯轨盛称'此中宜奏女乐'。太子不答,咏左思《招隐诗》曰:'何必丝与竹,山水有清音。'侯惭而止。出宫二十余年,不畜声乐。少时,敕赐太乐女妓一部,略非所好。"可以作为旁证。

至于"埋鹅"一事,为《资治通鉴》所采用,认为萧统以此忧惧而死,比较可信。但是《梁书》本传说他"平断法狱,多所全宥,天下皆称仁","性宽和容众,喜愠不形于色","普通中,大军北讨,京师谷贵,太子因命菲衣减膳,改常馔为小食。每霖雨积雪,遣腹心左右,周行闾巷,视贫困家,有流离道路,密加振赐。又出主衣绵帛,多作襦袴,冬月以施贫冻。若死亡无可以敛者,为备棺槥。每闻远近百姓赋役勤苦,辄敛容色。常以户口未实,重于劳扰","太子孝谨天至,每入朝,未五鼓便守城门开。东宫虽燕居内殿,一坐一起,恒向西南面台。宿被召当入,危坐达旦","太子仁德素著,及薨,朝野惋愕"。如此"仁孝"之人,当然不会做出"埋鹅"这类事情来,乃其下属官员魏雅所为,萧统并不知道。此事因鲍邈之告发而暴露,萧统因此忧惧而死,其子萧欢亦因此"卒不立"。

我以为,"埋鹅"的忧惧确实是造成萧统死亡的重要原因,此外还有一个原因,就是其母丁贵嫔之死。《梁书》本传云:

> (普通)七年十一月,贵嫔有疾,太子还永福省,朝夕侍疾,衣不解带。及薨,步从丧还宫,至殡,水浆不入口,每哭辄恸绝。……自是至葬,日进麦粥一升。……虽屡奉敕劝逼,日止一溢,不尝菜果之味。体素壮,腰带十围,至是减削过半。每入朝,士庶见者莫不下泣。

母死引起萧统的极度悲伤,加上"埋鹅"事件的忧惧,没有几年就病死了。《素问·举痛论》云:"百病生于气也:……悲则气消……思则气结。"意思是说,很多病都是由于生理机能失调引起的,悲哀使人消沉,思虑使人气结不舒。情志的刺激会导致疾病,萧统由于积忧成疾,以致病死。

胡宗懋的《昭明太子年谱》,周贞亮的《梁昭明太子年谱》,都根据《南史·昭明太子统传》断定萧统因"荡舟"寝疾而死,是不可信的。我认为,萧统是因"埋鹅"事件产生忧惧,又因其母丁贵嫔之死悲痛成疾而终至死亡的。

四、萧统研究三题

(一)心丧三年

"心丧"之说,最早见于《礼记·檀弓》。《檀弓上》云:

> 事师无犯无隐,左右就养无方,服勤至死,心丧三年。

郑玄曰:"心丧,戚容如丧父而无服也。"这是说,老师去世,弟子心丧三年。心丧是指不穿丧服而心存哀悼之情。孔子死,弟子皆行心丧三年之礼。《檀弓上》云:"孔子之丧,门人疑所服。子贡曰:'昔者夫子之丧颜渊,若丧子而无服。丧子路亦然。请丧夫子若丧父而无服。'"郑玄曰:"无服,不为衰,吊服加麻,心丧三年。"《史记·孔子世家》云:"孔子葬鲁城北泗上,弟子皆服三年。三年心丧毕,相诀而去。"这是说的孔子弟子为孔子心丧三年的事,就是说,"心丧"最初是弟子用于老师的。《晋书·礼志中》云:

> 文帝之崩,国内服三日。武帝亦遵汉魏之典,既葬除丧。然犹深衣素冠,降席撤膳。……帝遂以此礼终三年。后居太后之丧亦如之。

这是说,晋武帝司马炎为其父司马昭行心丧三年之礼。《晋书·傅咸传》云:"世祖武皇帝虽大孝烝烝,亦从时释服,制心丧三年,至于万机之事,则有不遑。"这是古代首次将"心丧"用于父母。按古代服叙等级,父死,子应为父斩衰三年,父已去世,母死,子应齐衰三年。晋武帝司马炎开了为父母心丧三年的例子。由于司马炎的身份和地位不同一般,以后众人纷纷仿效,逐渐成为惯例。如《宋书·礼志》记载,刘宋元嘉十七年(440),"元皇后崩,皇太子心丧三年"。清徐乾学说:"六朝及唐宋之制,凡父在为母、嫁母、出母、妾母、本生父母,及父卒祖在为祖母,皆心丧二十五月,而心丧者又必解官。"又说:魏晋以后,"期服而不得遂其三年者率行心丧"(《读礼通考》卷二十六、卷二十五)。根据徐氏所论,梁昭明太子萧统,于普通七年(526),丁母忧,因其父尚在,守丧一年,而心丧三年。《仪礼·丧服》云:"父在为母。传曰:何以期也?屈也。至尊在,不敢伸其私尊也。父必三年然后娶,达子之志也。"丁凌华在《中国丧服制度史》(上海人民出版社2000年版)中对此作了阐述,他说:

> 在儒家理论中,父对妻、对子均为尊者,因此称为"至尊",而母则仅对子是尊者,故称"私尊"。父在为母,由于至尊仍在,故子对私尊之情必须有所压制,称为"压降"。同时由于夫为妻杖期,故父在一年后守丧期满,如子为母三年,则势必在父服满后子继续服丧,这就不符合"丧以主丧者为断"的原则,因而也决定了子之服丧期不得超过父。但子在杖期期满后,仍可不穿丧服服饰而"心丧"三年,而父也应考虑到子之哀痛情绪,在三年内不能续娶。

这里对父在子为母服丧一年、心丧三年的礼制说得很清楚了。现在我们要讨论的是昭明太子萧统为母服丧之事。可以肯定地说,因萧统父梁武帝萧衍尚在,萧统为母丁贵嫔服丧一年,而心丧至三年。具体地说,丁贵嫔是普通七年十一月十五日(公元526年1月2日)去世的。萧统应守丧至大通元年十一月十五日(公元527年

12月23日),然后心丧三年。关于丧期的具体时限,汉代郑玄主二十七月说,西晋王肃主二十五月说。晋实行的是二十五月,刘宋以后历代实行的均为二十七月。

如按二十五月计算,萧统为母的心丧期应至大通二年十二月十五日(公元529年1月10日);如按二十七月计算,则应至大通三年二月十五日(公元529年3月10日)。而心丧除了不穿丧服服饰以外,一切与守丧相同。

我们讨论心丧之礼,目的是为了研究萧统编选《文选》的年代。日本学者清水凯夫教授认为,《文选》是大通元年至大通二年间编辑完成的(《〈文选〉编辑的周围》,见《六朝文学论文集》,重庆出版社1989年版)。现在我们考出,从普通七年十一月十五日至大通三年二月十五日,是萧统为母服丧期间。服丧期间怎么从事《文选》的编选工作呢?看来此说难以成立。

我认为,《文选》编成于普通七年(526)以前,而此项工作之开始,可能是在普通三年(522)。理由如下:

(1)《梁书·刘孝绰传》云:"太子文章繁富,群才咸欲撰录,太子独使孝绰集而序之。"《昭明太子集》编成于何时?刘孝绰《昭明太子集序》云:"粤我大梁之二十一载。"又云:"歌咏不足,敢忘编次,谨为一帙十卷。"可知是在普通三年(522)。萧统的《诗苑英华》编成的年代,当在刘孝绰编《昭明太子集》之前。萧统《答湘东王求文集及诗苑英华书》云:"得疏,知须《诗苑英华》及诸文制。"由此可知,当时《诗苑英华》已经编成,而汇集"诸文制"的《昭明太子集》尚未编成。但从萧统编选《诗苑英华》,又委托刘孝绰编《昭明太子集》之事,可以看出萧统此时对著述编纂很感兴趣。

(2)对于《诗苑英华》的编选质量,萧统认为未可人意。他在《答湘东王求文集及诗苑英华书》中说:"又往年因暇,博采英华,上下数十年间，未易详悉，犹有遗恨，而其书已传，虽未为精核，亦粗足讽览，集乃不工，而并作多丽。汝既需之，皆遣送也。"正是由于萧统对《诗苑英华》不满意，所以《文选》的编选就成为必要的工作了。

（3）普通三年至普通七年间，东宫人才济济，为《文选》的编选提供了条件。据《梁书》各有关传记记载，普通三年至普通七年间，东宫的官员有刘孝绰、陆襄、张率、陆倕、明山宾、殷钧、王承、王规、王锡、张缅、到洽、谢举、殷芸、王筠等人。昭明太子身边人才的众多，有利于《文选》的编选工作。唐代日僧空海云："晚代铨文者多矣。至如昭明太子萧统与刘孝绰等，撰集《文选》，自谓毕乎天地，悬诸日月。"（《文镜秘府论·南卷·集论》）这一段话出自唐代元兢《古今诗人秀句序》，可以看出，刘孝绰可能是萧统编选《文选》的主要助手。

我认为，《文选》编成于普通七年十一月以后的可能性较小。这是因为：

（1）普通七年十一月十五日，萧统母丁贵嫔病逝。萧统服丧一年，而心丧至三年。即从普通七年十一月十五日至大通三年二月十五日，萧统不能从事《文选》的编选工作。而大通三年，他的主要助手刘孝绰又丁母忧服丧三年，待刘孝绰服阕，萧统已经去世，已不可能再从事《文选》的编选工作。

（2）"蜡鹅"事件使萧统终身不安。《南史·梁武帝诸子传》云：

> 初，丁贵嫔薨，大子遣人求得善墓地，将斩草，有卖地者因阉人俞三副求市，若得三百万，许以百万与之。三副密启武帝，言太子所得地不如今所得地于帝吉，帝末年多忌，使命市之。葬毕，有道士善图墓，云"地不利长子，若厌伏或可申

延"。乃为蜡鹅及诸物埋墓侧长子位。有宫监鲍邈之、魏雅者,二人初并为太子所爱,邈之晚见疏于雅,密启武帝云:"雅为太子厌祷。"帝密遣检掘,果得鹅等物。大惊,将穷其事。徐勉固谏得止,于是唯诛道士,由是太子迄终以此惭慨,故其嗣不立。

"蜡鹅"事件使昭明失宠,其嗣不立,对他的身心事业影响极大。在这样的情况下,怎么会有心情去编选《文选》呢!

(3)普通七年以后,东宫文士如陆倕、到洽、明山宾、殷芸、张缅等先后去世。刘孝绰先是被到洽弹劾免去廷尉正职,继起为西中郎湘东王谘议,其中虽有一段时间任太子仆,但后又丁母忧服丧。张缵出为华容公长史,王规出为晋安王长史,也相继调离东宫。此时东宫的人才状况,已大不如前。

(4)萧统《文选序》中的一段话值得注意:

> 余监抚余闲,居多暇日,历观文囿,泛览辞林,未尝不心游目想,移晷忘倦。自姬汉以来,眇焉悠邈,时更七代,数逾千祀。词人才子,则名溢于缥囊,飞文染翰,则卷盈乎缃帙。自非略其芜秽,集其清英,盖欲兼功,太半难矣!

这里说到的"略其芜秽,集其清英",是《文选》选录诗文的原则。下面说到不选经、史、子之类的著作,选录"事出于沉思,义归乎翰藻"的诗文,都是大家熟悉的,就不再援引了。特别值得注意的是"余监抚余闲"六句。这六句写萧统编选《文选》时的心情,这种心情是多么的悠闲自在。其母去世以后,他可能有这样的心情吗?

基于以上四点认识,我认为《文选》不可能产生于普通七年(526)以后,而应产生在普通三年至普通七年之间。

（二）"蜡鹅"事件

研究萧统的生平和《文选》的编纂年代，"蜡鹅"事件是不应被忽略的。所谓"蜡鹅"事件，是指普通七年萧统生母丁贵嫔去世，下葬以后道士说墓地不利于长子，萧统手下在墓侧埋蜡鹅等物以厌伏之事。此事被梁武帝发现后，"太子迄终以此惭慨，故其嗣不立"。事见《南史·梁武帝诸子传》，引文已见前，不再重复。

对于"蜡鹅"事件，研究者有不同看法。有人认为是不真实的。明代张溥说：

> 《南史》所云，埋鹅启衅，荡舟寝疾，世以其诬。于是论昭明者，断以姚书为质矣。（《汉魏六朝百三家集·梁昭明集题辞》）

意思是说，《南史》所说的"蜡鹅"事件和"荡舟"事件，世人以为不真实，论述昭明太子应以姚思廉的《梁书》作为根据。"荡舟"事件，即《南史·梁武帝诸子传》中所记载的："（中大通）三年三月，游后池，乘雕文舸摘芙蓉，姬人荡舟，没溺而得出，因动股，恐贻帝忧，深戒不言，以寝疾闻。"此事且不论。这里只论"蜡鹅"事件。

张溥认为"蜡鹅"事件"世以其诬"，但是并无证据。后来有研究者对"蜡鹅"事件表示怀疑。怀疑的证据是，此事仅见于《南史》，《梁书》本传、《魏书·萧衍传》和唐许嵩《建康实录》卷十八的《昭明太子传》都一字未提。我认为，《梁书》等史籍未载"蜡鹅"事件，并不能说明没有这件事，具体问题必须具体分析。

姚察、姚思廉父子所撰《梁书》为何不载"蜡鹅"事件呢？清代史学家赵翼认为，《梁书》所撰"本之梁国史也……有美必书，有恶必为之讳。如昭明太子以其母丁贵嫔薨,武帝葬贵嫔地不利于长子,昭明听墓工言,埋蜡鹅等物以厌之,后事发,昭明以忧惧而死。事见《南史》及《通鉴》,而本传不载"。在《梁书》中,这样的例子不是个别的,例如"豫章王欢有子栋,为侯景所立,建号改元,未几禅位于景。景败,元帝使人杀之。此亦当时一大事,而《梁书》无传"。所以赵翼指出,"可见《梁书》悉本国史,国史所有则传之,所无则缺之也。《南史》增十数传,其有功于《梁书》多矣"(《廿二史札记》卷九《梁书悉据国史立传》)。这个回答是很有说服力的。

北齐魏收所撰《魏书》,于有梁一代只有《岛夷萧衍传》而无《萧统传》。关于梁简文帝萧纲,魏收只在《萧衍传》中写了两句:"景又立衍子纲,寻复杀之。"至于梁元帝萧绎,只字未提。这样的史籍,不载"蜡鹅"事件是完全可以理解的。

唐代许嵩所撰《建康实录》,是一部记述吴、东晋、宋、齐、梁、陈六朝君臣事迹的史书。此书卷十八《太子诸王传略》中有《昭明太子传》。我将此传与《梁书·昭明太子传》对读,发现此传是节录《梁书·昭明太子传》而成,全文四百三十字,比较简略。既然是《梁书·昭明太子传》节录,自然就不可能有"蜡鹅"事件的记载。应该指出,《建康实录》作为唐代史籍,具有一定的资料价值,但是疏漏甚多。关于传记,清代史学家王鸣盛曾指出:"其传率尔钞撮,纪载寥寥,如宋之刘穆之、徐羡之、傅亮、谢晦、范蔚宗、谢灵运皆无传,反有谭金、童太一,而又次序颠倒,如沈攸之反在前,沈庆之反在后,种种不合。"(《十七史商榷》卷六十四《建康实录》)于此可见一斑。

说到这里,《梁书·昭明太子传》、《魏书·岛夷萧衍传》、《建康实录》卷十八《昭明太子传》等无"蜡鹅"事件的记载就完全可以理解了。我认为,《南史》关于"蜡鹅"事件的记载是是真实的、可

信的。根据有三:

(1)基于我对《南史》的认识。《新唐书·李延寿传》云:"其书颇有条理,删落酿辞,过本书远甚。"史家之说,虽有溢美,却是的评。司马光在《贻刘道原书》中称延寿之书,"亦近世之佳史也。虽于祆祥诙嘲小事无所不载,然叙事简净,比之南、北正史,无烦冗芜秽之辞,窃谓陈寿之后,唯延寿可以亚言之也"。史学家金毓黻说:"此由修《通鉴》时细心称量而出,自属确评。"(《中国史学史》,商务印书馆 1957 年版)

清代《四库全书总目提要·南史》、王鸣盛《十七史商榷》卷五十三《新唐书过誉南北史》,对《南史》都有具体的批评。我认为也有道理。总之,我认为《南史》是一部"良史"。

(2)《资治通鉴》卷一百五十五,在梁武帝中大通三(531)中记载了"蜡鹅"事件:

> 初,昭明太子葬其母丁贵嫔,遣人求墓地之吉者。或赂宦者俞三副求卖地,云若得钱三百万,以百万与之。三副密告上,言"太子所得地,不如今地于上为吉"。上年老多忌,即命市之。葬毕,有道士云:"此地不利长子,若厌之,或可申延。"乃为蜡鹅及诸物埋于墓侧长子位。宫监鲍邈之、魏雅初皆有宠于太子,邈之晚见疏于雅,乃密启上云:"雅为太子厌祷。"上遣检掘,果得鹅物,大惊,将穷其事。徐勉固谏止,但诛道士。由是太子终身惭愤,不能自明。及卒,上征其长子南徐州刺史华容公欢至建康,欲立以为嗣,衔其前事,犹豫久之,卒不立,庚寅,遣还镇。

胡三省注云:

> 史因帝不立孙,究言事始。呜呼!帝于豫章王综、临贺王

> 正德,虽犯恶逆,犹容忍之,至于昭明被谗,则终身衔其事,盖天夺其魄也。为昭明子訾仇视诸父张本。

胡氏说,因梁武帝不立长孙,所以《通鉴》补上这一记载,说明"蜡鹅"事件,使"其嗣不立",其后果是极其严重的。司马光的按语说:

> 君子之于正道,不可少顷离也,不可跬步失也。以昭明太子之仁孝,武帝之慈爱,一染嫌疑之迹,身以忧死,罪及后昆,求吉得凶,不可湔涤,可不戒哉!是以诡诞之士,奇邪之术,君子远之。

这是说,君子不能离开正道,要远离"诡诞之士"、"奇邪之术"。不论是胡三省还是司马光,都认为"蜡鹅"事件是实有其事的。分工编写《通鉴》三国、晋、南北朝、隋部分的刘恕,是一位造诣极深的史学家。司马光曾对宋英宗说:"馆阁之士诚多,至于专精史学,臣未得而知。所识者唯和川令刘恕一人而已。"黄庭坚说:"道原(刘恕字)天机迅疾,览天下记籍,文无美恶,过目成诵。书契以来治乱成败,人才之贤不肖,天文地理氏族之所自出,口谈手画,贯穿百家之记,皆可覆而不谬。"司马光又说:"前世史自太史公所记,下至周显德之末,简策极博,而于科举非所急,故近岁学者多不读,鲜有能道之者,独道原笃好之。为人强记,纪传之外,闾里所录,私记杂说,无所不览,坐听其谈,滚滚不穷。上下数千年间,细大之事如指掌,皆有稽据可考验,令人不觉心服。"(张煦侯《通鉴学》,安徽人民出版社1981年版)如此博闻强记的史学家,他记载的"蜡鹅"事件,我认为是可信的。

(3)对于"蜡鹅"事件,清代三部史学名著(钱大昕的《廿二史考异》、王鸣盛的《十七史商榷》和赵翼的《廿二史札记》)的态度是，钱氏《考异》无"考异"，王氏《商榷》无"商榷"，唯赵氏《札记》论述颇详。《札记》卷十《南史增梁书有关系处》列举《南史》增《梁书》有关系处多条，其中有《昭明太子传》增"蜡鹅"事件一条。此则最后指出：

> 以上皆增《梁书》，而多有关于人之善恶，事之成败者。

《南史增删梁书处》指出：

> 《南史》增《梁书》事迹最多。李延寿专以博采见长，正史所有文词必删汰之，事迹必隐括之，以归简净。而于正史所无者，凡琐言碎事，新奇可喜之迹，无不补缀入卷。而《梁书》本据国史旧文，有关系则书，无关系则不书。即有关系而其中不无忌讳，亦即隐而不书，故行墨最简，遂觉《南史》所增益多也。

这正好说明"蜡鹅"事件为何不见于《梁书》而见于《南史》。

（三）文体分类问题

关于萧统《文选》的文体分类，我认为李善注《文选》分为三十七类可信，五臣注《文选》分为三十九类不可信。这个意见曾经引起过一些争论。时至今日，我仍然坚持我的看法。理由有三：

首先，李善注《文选》所使用的底本是较早的写本，比较可靠。根据史籍记载，最早从事《文选》研究的人是萧该。萧该是萧统的侄子，在隋开皇初曾任国子博士，著有《文选音》三卷，已佚。隋唐之际治《文选》的学者，以曹宪最先。曹宪隋时为秘书学士，唐贞观中拜朝散大夫，大约卒于贞观年间，年一百零五岁。《旧唐书·儒学上·曹宪传》云："所撰《文选音义》，甚为当时所重。初，江淮间为文选学者,本之于宪,又有许淹、李善、公孙罗复相继以《文选》教授,由是其学大兴于代。"曹宪的《文选音义》已佚。据《旧唐书·经籍志》著录,许淹撰有《文选音义》十卷,李善注有《文选》六十卷,公孙罗注有《文选》六十卷。今仅存李善注《文选》六十卷,其他两种都已散佚。

据清阮元推算,曹宪生于梁代大同年间(535—546)(见《揅经室二集》卷二《扬州隋文选楼记》),即萧统去世后的十年左右。他完全有可能见到当时的写本,因为年代接近,所以是一个可以信赖的写本。这个写本传到李善等人时,我相信李善据以作注的底本,也应该是一个可以信赖的写本。李善不仅对《文选》作了注释,据《新唐书·艺文志》著录,他还对《文选》进行了研究,撰有《文选辨惑》十卷,可惜此书早已散失了。

据李善《上文选注表》,他将《文选注》呈给高宗李治时,在显庆三年(658)九月十七日。据吕延祚《进集注文选表》,他将五臣注《文选》献给玄宗李隆基时,在开元六年(718)九月十日。李善注《文选》与萧统编《文选》相距约一百三十年,而五臣注《文选》与萧统编《文选》相距约一百九十年。写本传抄时间越久,传抄次数越多,错误也越多。因此,我相信李善注《文选》是一个比较可靠的本子。

其次,李善注释《文选》极严肃认真。唐李匡乂《资暇集》卷上《非五臣》云:

> 李氏《文选》,有初注成者、覆注者,有三注、四注者,当时旋被传写之。其绝笔之本,皆释音训义,注解甚多。余家幸而有焉。尝将数本并校,不唯注之赡略有异,至于科段,互相不同,无似余家之本该备也。

由此可知，李善注《文选》有初注本、复注本、三次注本、四次注本，还有绝笔之本。李善如此对待学术之作，使他的《文选注》蜚声士林，成为选学瑰宝、传世名注。

李善注释《文选》，旁征博引，取材丰富，篇幅宏大，引书达一千六百八十九种之多。据粗略估计，《文选》原文约40万字，李善注释约130万字。一百多万字的注释，如无体例可循，必将杂乱无章。李善对注释体例的考虑，十分周到细致，并在注中予以说明。如："诸引文证，皆举先以明后，以示作者必有所祖述也。他皆类此。"（班固《两都赋序》注）又如："石渠，已见上文。然同卷再见者，并云已见上文，务从省也。他皆类此。"（班固《西都赋》注）又如："娄敬已见上文。凡人姓名皆不重见，余皆类此。"（班固《东都赋》注）又如："旧注是者，因而留之，并于篇首题其姓名。其有乖谬，臣乃具释，并称臣善以别之。他皆类此。"（张衡《西京赋》薛综注）等等。李善注《文选》之体例，清人钱泰吉的《曝书杂记》、近人李详的《李审言文集》（上）、今人骆鸿凯的《文选学》皆有汇辑。了解这些体例，对阅读有很大的帮助。

李善注释《文选》，如果对原文有所增删改动，也都在注中作出说明，如《文选》卷一开始，萧统原有"赋甲"、"赋乙"等次序先后之排列，李善在删去之后说："赋甲者，旧题甲乙，所以纪卷先后，今卷既改，故甲乙并除，存其首题，以明旧式。"又如李善注《文选》"弹事"类有任昉《奏弹刘整》一文，其中原有刘整嫂本状和有关供词，因为是口语写成，为萧统所删，李善在补上这一内容后，加注云："昭明删此文大略，故详引之，令与弹相应也。"又如萧统《文选》原为三十卷，李善注《文选》分为六十卷，李善在《上文选注表》中也作了交代。由此看来，如果萧统《文选》原分文体为三十九类，而李善注《文选》改为三十七类，就一定会有所说明或交代。

因此,我相信《文选》的文体分类原来就是三十七类。

第三,现存李善注《文选》,最早也最完整的是南宋淳熙八年(1181)尤袤刻本。这个版本,清嘉庆十四年(1809)胡克家据以复刻,现在通行的就是胡刻本及其翻印本。但胡氏所据之本乃是一个经过修补的刻印本,并不是好的版本。好在有《文选考异》十卷,此书署名胡克家,实为著名校勘学家顾广圻、彭兆荪所作,具有较高的学术价值。无论是尤刻本还是胡刻本的《文选》,其文体皆分为三十七类。

有人认为,现存李善注《文选》漏掉"移"、"难"二体,证据是:

(1)南宋晁公武《郡斋读书志》(衢本)卷二十著录李善注《文选》六十卷云:

> 右梁昭明太子萧统纂。前有序,述其所以作之意。盖选汉迄梁诸家所著赋、诗、骚、七、诏、册、令、教、策秀才文、表、上书、启、弹事、笺、记、书、移、檄、难、对问、设论、序、颂、赞、符命、史论、连珠、铭、箴、诔、哀辞、碑、志、行状、吊、祭文,类之为三十卷……唐李善集注,析为六十卷。

(2)南宋王应麟《玉海》卷五十四引《中兴书目》云:

> 《文选》,昭明太子萧统集子夏、屈原、宋玉、李斯及汉迄梁文人才士所著赋、诗、骚、七、诏、册、令、教、表、书、启、笺、记、檄、难、问、议论、序、颂、赞、铭、诔、碑、志、行状等为三十卷(与何逊、刘孝绰等选集)。李善注析为六十卷。

(3)南宋章如愚《群书考索》卷十九《类书门》云:

> 《文选》,梁昭明太子萧统集子夏、屈原、宋玉、李斯及汉迄梁文人才士所著诗、赋、骚经、诏、册、令、教、表、书、启、笺、

记、檄、难、问、议论、序、颂、赞、铭、箴、策、碑、志、行状等为三十卷。李善注析为六十卷。

以上三书，《郡斋读书志》举出李善注《文选》之文体为三十六类，与尤刻本《文选》对照，缺"辞"、"史述赞"、"论"三类，却多了"移"、"难"两类。《中兴书目》、《群书考索》引述李善注《文选》之文体均为二十五类，似是举例性质，所举文体有"难"类而无"移"类。我认为《郡斋读书志》等所据之李善注《文选》，很可能混入了五臣注的文体分类。自从北宋末年六臣注《文选》出现以后，李善注《文选》和五臣注《文选》都少见了，二本互相混杂的情况时有发生。据奎章阁本《文选》校记，李善注《文选》本应没有的句子，尤刻本《文选》却有，这是根据五臣注《文选》增补的。如宋玉《风赋》，奎章阁本有"至其将衰也"五字，校云："善本无'至其将衰也'。"而尤刻本和陈八郎本都有。又如江淹《别赋》，奎章阁本有"傥有华阴上士，服食还仙"二句，校云："善本无此二句。"而尤刻本和陈八郎本都有。又如嵇康《幽愤诗》，奎章阁本有"爰及冠带，凭宠自放"二句，校云："善本无此二句。"而尤刻本和陈八郎本都有。又如刘琨《答卢谌》，奎章阁本有"虚满伊何，兰桂移植"二句，校云："善本无此二句。"而尤刻本和陈八郎本都有。类似的例子还有一些，恕不一一列举。仅凭目录书和类书的著录来证明《文选》的文体分类，是不能令人信服的。因为这类著录大都十分简略，况且他们著录的是何种版本也不得而知。因此，要真正确定《文选》的文体分类，还必须拿出可靠的版本依据来。

有人说，明汲古阁本李善注《文选》的文体就是三十九类，与陈八郎本五臣注《文选》相同。这种情况，我们只要看看《四库全书总目提要·文选注》就清楚了。提要云：

其书自南宋以来，皆与五臣注合刊，名曰《六臣注文选》，而善注单行之本，世遂罕传。此本为毛晋所刻，虽称从宋本校正，今考其第二十五卷陆云《答兄机》诗注中，有"向曰"一条，"济曰"一条，又《答张士然》诗注中，有"翰曰"、"铣曰"、"向曰"、"济曰"各一条，殆因六臣之本，削去五臣，独留善注，故刊除不尽，未必真见单行本也。

四库馆臣认为，汲古阁本李善注《文选》是从六臣注《文选》中抽出的，不是根据李善注《文选》单行本刻印的。此说为前人所认同。我个人倒是认为，汲古阁本李善注《文选》很可能是根据单行本刻印的，只是这个单行本混入了五臣注，所以不足为据。

有人根据李善注《文选》目录的排列次序，断定必有"移"、"难"二体。他们的根据是萧统《文选序》中的一段话。序云："凡次文之体，各以汇聚。诗赋体既不一，又以类分；类分之中，各以时代相次。"这是说，《文选》中各类文章，皆按时代顺序排列。而李善注《文选》卷四十三"书下"，刘歆的《移书让太常博士》、孔稚珪的《北山移文》排在刘峻的《重答刘秣陵沼书》之后，因此断定在刘峻后脱掉"移"字一行。又卷四十四"檄"，司马相如的《难蜀父老》排在钟会的《檄蜀文》之后，因此断定钟会后脱掉"难"字一行。于是断定李善注《文选》之分体原有"移"、"难"二类，后来脱掉。我认为"书"体可包括"移"体（参阅本书《萧统〈文选〉三题》），"檄"体可包括"难"体（任昉《文章缘起》有"喻难"体，举例是司马相如的《喻巴蜀檄》和《难蜀父老》，可见"檄"、"难"同类。又《文心雕龙·檄移》篇，将司马相如的《难蜀父老》归入"移"体，说："相如之《难蜀父老》，文晓而喻博，有移檄之骨焉。"可见"难"与"檄"、"移"相近。林纾《春觉斋论文·流别论》十云："司马相如之《难蜀父老》，晓而喻博，有移、檄之意。"乃袭用刘勰之论也。）不另标

"移"、"难"二体,正符合李善注"务从省也"的原则。

我认为,五臣注《文选》分文体为三十九类不可信。因为:

首先,五臣注《文选》在唐代就受到严厉批评。唐末李匡乂著有《资暇集》,其卷上《非五臣》一则云:

> 世人多谓李氏立意注《文选》过为迂繁,徒自骋学,且不解文意,遂相尚习。五臣者,大误也。所广征引,非李氏立意。盖李氏不欲窃人之功,有旧注者,必逐每篇存之,仍题元注人之姓字。或有迂阔乖谬,犹不削去之。苟旧注未备,或兴新意,必于旧注中称臣善以分别,既存元注,例皆引据,李续之雅宜殷勤也。……因此而量五臣者,方悟所注尽从李氏注中出。开元中进表,反非斥李氏,无乃欺心欤!且李氏未详处,将欲下笔,宜明引凭证,细而观之,无非率尔。

其中特别指出,五臣注有"轻改前贤文旨"的毛病。他以李善注与五臣注相比较,说:"乃知李氏绝笔之本,悬诸日月焉。方之五臣,犹虎狗凤鸡耳。"虽措词比较尖刻,而评论却是正确的,所以《四库全书总目提要》认为"皆引证分明,足为典据"。又唐末进士丘光庭著有《兼明书》,其卷四专论五臣注《文选》云:

> 五臣者,不知何许人也。所注《文选》颇谓乖疏,盖以时有王张,遂乃盛行于代。将欲从首至末,搴其萧根,则必溢帙盈箱,徒费笺翰,苟蔑而不语,则误后学习。是用略举纲条,余可三隅反也。

接着一一指出其乖谬之处,《四库提要》谓其"驳五臣《文选注》诸条,亦皆精核"。清代汪师韩《文选理学权舆》卷六,在全文引用了李匡乂和丘光庭的评论后说:

> 案五臣之荒谬,在唐人已斥其非,李、丘所云,皆于李注无关,而观此益见李注之精核,故备录之。

宋代苏轼的批评就更加直截了当,他在《书谢瞻诗》一文中说:

> 李善注《文选》,本末详备,极可喜。所谓五臣者,真俚儒之荒陋者也,而世以为胜善,亦谬矣。

苏轼的话在当时和后世都有很大的影响。清代阮元在《文选旁证序》中说:"五臣自欲掩乎李注,然实事求是处少,且多窃误杂糅之讥。"类似的评论尚多,不一一列举了。如此著作,其文体分类,令人难以相信。当然,我对五臣注也不是全盘否定的。《四库提要》说五臣注"然其疏通文意,亦间有可取",评价是公允的。

其次,一些研究者提出《文选》的文体分三十九类,其主要依据是陈八郎本五臣注《文选》。陈八郎本《文选》是南宋刻本,十分珍贵。但是,此本是南宋绍兴三十一年建刊本。建本指宋代建阳所刻之本,古书中所说的建安刻本、建宁刻本、建阳刻本、麻沙刻本、崇化刻本,都统称为建本或麻沙本。宋祝穆《方舆胜览》卷十一云:"麻沙、崇化两坊产书,号称图书之府。"可见宋时建阳刻书之盛况。可是说到建本,就使人想起"乾为金"、"坤为金"的故事。宋代朱彧《萍洲可谈》卷一说,宋哲宗元符初年,杭州府学教授姚祐,有一次考学生《易经》,题为《乾为金,坤亦为金,何也》,学生们难以下笔,因为《易经》的原文是"乾为金"、"坤为釜"。后取监本《易经》查对,方知原来是建本《易经》将"釜"错刻为"金"了。宋代叶梦得《石林燕语》卷八、明代谢肇淛《五杂组》卷十三、清代顾广圻《思适斋集》卷十《重刻古今说海序》等,都众口一辞说建本低劣,其实建本也有精品,如麻沙本《礼记》、《法言》、《新唐书》等,就受到后世的称赞。现在,我们来看看陈八郎本《文选》究竟如何。

我以陈八郎本《文选》与奎章阁本《文选》粗略对校了几卷,发现陈八郎本的一些错漏。如:

(1)错字。

①班固《两都赋序》"咸怀怨思"。陈八郎本"咸"作"感",误。

②班固《西都赋》"内则别风"。陈八郎本"风"作"凤",误。

③班固《东都赋》"制同乎梁邹"。陈八郎本"同"作"用",误。

④张衡《东京赋》"南谐越裳"。陈八郎本"裳"作"尝",误。

(2)原文脱掉。

①张衡《思玄赋》"如何淑明,忘我实多"。陈八郎本无此八字。

②嵇康《琴赋》"性洁精以端理,含至德之和平"。陈八郎本无此十二字。

(3)注文脱掉。

①左思《蜀都赋》:"志未骋,时欲晚,追轻翼,赴绝远。出彭门之阙,驰九折之坂。经三峡之峥嵘,蹑五屼之蹇产。"注:"良曰:言虽有所获,犹未满志,乃逐鸟于绝远之处。彭门山如阙状。九折,坂名。三峡、五屼,皆山名。峥嵘、蹇产,高深诘曲也。"按此注奎章阁本有,陈八郎本无。

②左思《蜀都赋》:"戟食铁之兽,射噬毒之鹿。鼂犷怋于萋草,弹言鸟于森木。拔象齿,戾犀角。鸟铩翮,兽废足。"注:"翰曰:食铁、噬毒,皆兽名。貙怋,野人也,亦兽类。言鸟,鹦鹉也。戟,刺也。拍,打也。萋,盛貌。森,密貌。象牙、犀角,皆拔戾而取之,言壮勇也。铩,残羽也。言飞鸟伤其羽,走兽折其足,无不中也。"按此注奎章阁本有,陈八郎本无。

于此可见,陈八郎本《文选》在宋版书中并不是什么好的版本。应该指出,麻沙本的古籍除了校勘不精外,更为严重的是有意作伪。如《东莱博议》是常见的书,它却改为《读史摘要》;《吟窗杂录》的作者原为蔡传,它却改为状元陈应行。因此,建阳崇化坊陈八郎所刻之《文选》,其文体分类是难以作为依据的。

第三,北宋末年以来,六臣注《文选》颇为流行。今天能够见到的六臣注《文选》有秀州本《文选》、明州本《文选》、赣州本《文选》。这些《文选》的文体分类皆为三十七类。我们知道,李善注《文选》分体为三十七类,五臣注《文选》分体为三十九类。将李善注《文选》和五臣注《文选》合编为六臣注《文选》的人,为何摈弃三十九类而采用三十七类?我想,这是因为李善注《文选》分体三十七类可信,而五臣注《文选》分体三十九类不可信。

六臣注《文选》刻本多,流传时间长,传播范围广,对后世有深远的影响。

这里附带提到《文选集注》。此书一百二十卷,今存二十三卷,散失严重。在今存的二十三卷中并无"移"体,而"难"字紧接在钟会《檄蜀文》之后,其下注云:"陆善经曰:难,诘问之。"下一行为《难蜀父老》之题。这使人感到有些纳闷。如果"难"字是文体的标志,就应独占一行。这样排列,是"难"字注文还是文体名称,难以断定。

最后,让我们来重温《文选序》中的一段话:

> 诗者,盖志之所之也,情动于中而形于言。……颂者,所以游扬德业,褒赞成功。……次则箴兴于补阙,戒出于弼匡。论则析理精微,铭则序事清润。美终则诔发,图像则赞兴。又诏诰教令之流,表奏笺记之列,书誓符檄之品,吊祭悲哀之作,答客指事之制,三言八字之文,篇辞引序,碑碣志状,众制锋起,源流间出。

这里论及的文体,与《文选》之文体分类,稍有差异,但基本相同。值得注意的是此序并未论及"移"、"难"二体,大概萧统认为"移"包括在"书"中,"难"包括在"檄"中了。

说　明

本篇认为五臣注《文选》文体分为三十九体,这是当时未见过五臣注《文选》,相信一些学者的误传。五臣注《文选》实分三十七体,本书《〈文选〉文体分类再议》一文详细地论述了这个问题,对这篇旧作就不再修改了。特此说明,祈读者谅之。

五、《文选》文体分类再议

从上个世纪八十年代以后，研究文选学的学者，对《文选》文本分类颇有争议。问题的焦点是《文选》的文体分多少体。一说分三十七体，一说分三十八体，一说分三十九体，一说分四十体。各说各的，相持不下。《文选》文体究竟分多少体？我认为有必要再议一议。

我们讨论《文选》的文体分类必须持有版本根据。萧统《文选》的原写本早已散失，完整的唐写本也荡然无存，今天我们见到的最早的本子，只有李善注《文选》和五臣注《文选》。李善注《文选》最早的刻本是北宋国子监本（即天圣明道本），此本国家图书馆今存二十一卷，台北"故宫博物院"今存十一卷，残缺不全。完整的刻本只有南宋尤袤刻李善注《文选》六十卷。清代胡克家重刻尤袤刻本，校勘精审，后出转精，流传广泛，影响颇大。五臣注《文选》，国内今存完整的刻本只有南宋陈八郎刻《五臣注文选》三十卷（今藏台北"国家图书馆"）。兹以尤袤刻本李善注《文选》为根据，参考陈八郎刻五臣注《文选》，谈谈我对《文选》文体分类的看法。

尤袤刻李善注《文选》文体分为赋、诗、骚、七、诏、册、令、教、策文、表、上书、启、弹事、笺、奏记、书、檄、对问、设论、辞、序、颂、赞、符命、史论、史述赞、论、连珠、箴、铭、诔、哀、碑文、墓志、行状、吊文、祭文三十七体。赋体所收赋作，按内容分为又分为京都、郊祀、耕籍、畋猎、纪行、游览、宫殿、江海、物色、鸟兽、志、哀伤、论文、音乐、情十五类。诗体所收诗歌,按内容分为补亡、述德、劝励、献诗、公宴、祖饯、咏史、百一、游仙、招隐、反招隐、游览、咏怀、哀伤、赠答、行旅、军戎、郊庙、乐府、挽歌、杂歌、杂诗、杂拟二十三类。赋、诗二体所收作品较多,故又加以分类。

陈八郎刻五臣注《文选》的文体分类为赋、诗、骚、七、诏、册、令、教、策秀才文、表、上书、启、弹事、笺、奏记、书、檄、移、难、对问、设论、辞、序、颂、赞、史论、论、连珠、箴、铭、诔、哀策文、碑文、墓志、行状、吊文、祭文三十七体。其赋体分类,与李善注《文选》同,兹从略。其诗体又分补亡、述德、劝励、献诗、公宴、祖饯、咏史、招隐、反招隐、游览、咏怀、临终、哀伤、赠答、行旅、军戎、郊庙、乐府、挽歌、杂歌、杂拟二十一类。对照尤袤刻李善注《文选》,陈八郎刻五臣注《文选》的文体分类有如下差异:

①尤袤本"策文",陈八郎本改为"策秀才文"。
②尤袤本无"移"体,陈八郎本"檄"后有"移"体。
③尤袤本无"难"体,陈八郎本"移"后有"难"体。
④尤袤本"赞"体后有"符命",陈八郎本无。
⑤尤袤本"史论"后有"史述赞",陈八郎本无。
⑥尤袤本"哀"体,陈八郎本改为"哀策文"。
⑦尤袤本"诗"体中"咏史"后有"百一"、"游仙"二类。陈八郎本无。
⑧尤袤本"诗"体中"咏怀"后无"临终"一类,陈八郎本有。

现在对尤、陈二本分体之差异略作分析:

(1)陈八郎本有"移"体,因为《文选》选录了刘歆的《移书让太常博士》、孔稚珪的《北山移文》。陈八郎本有"难"体,因为《文选》中选录了司马相如的《难蜀父老》。标出"移"、"难"二体是合理的。尤袤本无"移"、"难"二体,也是有它的道理的。因为《文选》的编者认为,"书"体可包括"移"体,"檄"体可包括"难"体,所以就将"移"体作品列于"书"体,将"难"体作品列于"檄"体。其理由是,任昉《文章缘起》有"移"体,称之为"移书",自是书之一体。列入"书"体,自然可以。又有"喻难"体,举例是司马相如的《喻巴蜀檄》和《难蜀父老》,可见"檄"、"难"同类。又《文心雕龙·檄移》篇将司马相如《难蜀父老》归入"移"体,说:"相如之《难蜀父老》,文晓而喻博,有移、檄之骨焉。"可见难与檄移相近。林纾《春觉斋论文·流别论》十云:"司马相如之《难蜀父老》,晓而喻博,有移檄之意。"乃袭用刘勰之论也。

(2)尤袤本"赞"体后有"符命",陈八郎本删去"符命"。"赞"是赞美,"符命"是赞美王者的文体,归入"赞"体,完全可以。又尤袤本"史论"后有"史述赞",陈八郎本删去"史述赞",归入"史论",这一做法,是完全合理的。

(3)尤袤本在"诗"体中"咏史"后有"百一"、"游仙"二类。陈八郎本无。我认为,"百一"、"游仙"不可删去。因为百一诗、游仙诗,皆非"咏史",如果删去,这些诗就无类可归。我怀疑这种情况可能是刻工漏刻,而校对者疏忽。至于尤袤本"诗"体中"咏怀"后无"临终"一类,无关紧要。

李善注《文选》和五臣注《文选》是《文选》最重要的两种版本。分析这两种版本的文体分类,有助于我们探索《文选》文体的原始分类。如果《文选》文体的原始分类被发现,近年来关于《文选》文体分类的论争,就自然终止了。

到目前为止,关于《文选》的文体分类,大约有四说:

一、三十七体说

我认为《文选》的文体分类应为三十七体。李善注《文选》和五臣注《文选》都分为三十七体。我赞成的是李善注《文选》的三

十七体说,理由如下:

(1)李善注《文选》是今存《文选》注中最早的传本。

经过详细的研究,我认为萧统的《文选》可能编选于梁武帝普通三年至七年(522—526)之间,即完成于普通七年十一月十五日她的母亲丁贵嫔去世之前,因为她的母亲丁贵嫔病逝后,由于心丧三年、蜡鹅事件等原因,他不可能再从事此项工作(参本书《萧统研究三题》一章)。

萧统《文选》成书之后,隋代萧该撰写了《文选》的研究著作《文选音义》三卷。《隋书·经籍志》作"《文选音》三卷";新、旧《唐书》皆作十卷。按:萧该,传见《隋书·儒林传》,传云:

> 兰陵萧该者,梁鄱阳王恢之孙也。少封攸侯。梁荆州陷,与何妥同至长安。性笃学,《诗》、《书》、《春秋》、《礼记》并通大义,尤精《汉书》。甚为贵游所礼。开皇初,赐爵山阴县公,拜国子博士。奉诏书与妥正定经史,然各执所见,递相是非,久而不能就,上谴而罢之。该后撰《汉书》及《文选音义》,咸为当时所贵。

鄱阳王萧恢是梁武帝萧衍之弟,萧该是萧统之侄儿。萧该撰写《文选音义》当于隋文帝开皇(581)以后,距离萧统《文选》完成之时约五十余年。可惜的是,萧该《文选音义》在宋以后就散失了。

此后研究文选学的有曹宪。唐刘肃《大唐新语·著述》云:

> 江淮间为文选学者,起自江都曹宪。贞观初,扬州长史李袭誉荐之。征为弘文馆学士。宪以年老不起,遣使就拜朝散大夫,赐帛三百匹。宪以仕隋为秘书,学徒数百人,公卿亦多从之学,撰《文选音义》十卷,年百余岁乃卒。其后句容许淹、江夏李善、公孙罗相继以《文选》教授。……

《旧唐书·儒学上·曹宪传》云：

> 年一百五岁卒。所撰《文选音义》，甚为当时所重。初，江淮间为文选学者，本之于宪。又有许淹、李善、公孙罗复相继以《文选》教授，由是其学大兴于代。

据清代学者阮元推算，曹宪大约生于梁代大同年间（535—546）（《揅经室二集》卷二《扬州隋文选楼记》），距萧统去世仅有十年左右，他完全可能见到《文选》的梁代原始写本，其文体分类自然也是原始的。这个写本传授给李善等人。李善注《文选》应当是可以信赖的本子。曹宪的《文选音义》、许淹的《文选音》十卷、公孙罗的《文选音义》十卷，皆已散失，唯李善注《文选》六十卷独传，尤为宝贵。

（2）萧统《文选》文体分三十七体，李善注《文选》如有所改动，必有交代。如萧统《文选》分为三十卷，李善注《文选》分为六十卷，在李善《上文选注表》中就有说明。又如萧统《文选》"赋"体分甲、乙、丙、丁以纪卷之先后，李善注《文选》删除，说："赋甲者，旧题甲乙，所以纪卷之先后。今卷既改，故甲乙并除，存其首题，以明旧式。"又如：任昉《奏弹刘整》一文，萧统删除刘整嫂诉状太多，李善注补上，注云："昭明删此文大略，故详引之，令与弹相应也。"《文选》文体分类李善如有改动，不可能没有交代。

（3）六家注和六臣注《文选》的文体分类与李善注《文选》相同，说明李善注《文选》的文体分类可信。六臣注《文选》，李善注在前，五臣注在后。说明其编者比较看重李善注，采用李善注《文选》的文体分类，容易理解。六家注《文选》，五臣注在前，李善注在后，他们比较看重五臣注，却采用李善注《文选》的文体分类，这就不容易理解了。他们为什么这样做呢？因为李善注《文选》的文体分类可信。

(4)《文选》李善注是中国古籍的名注。《文选》李善注的特点是体大思精,既集大成又有创新,在中国古代训诂学史上有较高的价值。

李善注释《文选》极为严肃认真。唐代李匡乂《资暇集》卷上《非五臣》云:

> 代传数本李氏《文选》,有初注成者、覆注者,有三注、四注者,当时旋被传写之。其绝笔之本,皆释音训义,注解甚多。余家幸而有焉。尝将数本并校,不唯注之赡略有异,至于科段,互相不同,无似余家之本该备也。

李善注《文选》于唐高宗显庆三年九月上呈皇帝之后,又有多次修改,其绝笔之本是"释音、训义、注解甚多"的定本。李善对学术工作如此严肃认真,实学林所少见。除了注释《文选》之外,李善还有研究著作《文选辨惑》十卷(见《新唐书·艺文志》四),惜已亡佚。

《文选》李善注的内容十分丰富,其引用群书达"一千六百八十九种。其引旧注二十九种,尚不在内"(骆鸿凯《文选学》)。其引用群书目录,见清代汪师韩《文选理学权舆》卷二。这些书许多已失传。所以《文选》李善注就显得更加宝贵。《四库全书总目·世说新语提要》云:"(《世说新语》刘孝标注)所引诸书,今已佚其之十九,惟赖是注以传。故与裴松之《三国志注》、郦道元《水经注》、李善《文选注》同为考证家所引据焉。"于此可见《文选》李善注的学术价值。

《文选》李善注受到历代学者很高的评价。如清代学者胡绍煐在《文选笺证·序》中说:

> 李氏注则援引赅博，经史传注，靡不兼综。又旁通《仓》《雅》训故及梵释诸书，史家称其淹贯古今。陆放翁谓注《头陀寺碑》"穿穴三藏"，注《天台山赋》"消释三幡"，"至今法门老宿未窥其奥"，洵非溢美。不特此也，注所引某书某注，并注明篇目姓名，而后之采郑氏《易注》、《书注》，辑三家诗，述《左氏》服注者本焉；纂《仓颉》遗文，作《字林考逸》者又本焉。李时古书尚多，自经残缺，而吉光片羽藉存什一。不特文人资为渊薮，抑亦后儒考证得失之林也。

李善精通小学，博览群书，他对《文选》的注释详核精审，训诂学家认为他"创造了注释学上的奇迹"（郭在贻《训诂学》）。这样严肃认真的《文选》注，对《文选》的文体分类随意改动是不可能的。

（5）尤袤刻本李善注《文选》源自何种版本？研究者有不同看法，有人认为源自天圣明道本李善注《文选》（即北宋国子监本李善注《文选》），有人认为是从六臣注《文选》摘抄而成，有人认为兼取北宋李善单注本和六臣注本而成，迄今尚无一个确定的研究结果。我认为，不论尤袤刻本李善注《文选》源自何种版本，其文体分类是可信的。因为我们以尤袤刻本李善注《文选》的文体分类，与北宋国子监本李善注《文选》（残本）的文体分类对校，结果是相同的。又韩国奎章阁藏六臣注《文选》，其五臣注出自平昌孟氏本，李善注出自北宋国子监本。其文体分类采用的是北宋国子监本李善注《文选》。我们以尤袤刻本李善注《文选》的文体分类与之对校，结果也完全相同。因此，我认为尤袤刻本李善注《文选》的文体分为三十七体是可信的。

（6）著名文选学家高步瀛先生根据胡克家复刻尤袤本李善《文选》，认为《文选》文体应分三十七体。李善《文选序》云：

> 诗赋体既不一,又以类分。类分之中,各以时代相次。

高氏对此作了义疏,他说:

> 此附言分体类之例,自赋至祭文凡三十七,而文分隶其中。所谓各以汇聚也。赋自京都至情凡十五类。诗自补亡至杂拟凡二十三类。所谓又以类分也。而每类之中,文之先后,以时代为次。诗之各类中,先后间有错见者,李善皆订其失。

《文选》诗文分体分类,按时代顺序排列。有排列失次者,李善注都订正其失误。如《文选》第二十卷"公宴"诗,曹植排在王粲之前是失误。第二十二卷"招隐"诗,左思排在陆机之前也是失误。李善都一一订正。这类例子可参阅骆鸿凯《文选学·义例第二》。现在,李善注《文选》第四十三卷"书"体下,刘峻(梁)排在刘歆(汉)之前,第四十四卷"檄"体,钟会(魏)排在马司相如(汉)之前,显然不合体例,为何李善没有指出其失误而加以订正?萧统《文选》将"移"体附于"书"体之中,将"难"体附于"檄"体之中,是认为"移"与"书"、"难"与"檄"之性质和特点基本相同,所以放在一起。这是为了避免体类碎杂,力求简省。李善理解这一做法,就不需要"订正"了。高氏指出《文选》文体凡三十七,是十分正确的。

根据以上分析,我认为《文选》的文体应为三十七体。

应该指出,五臣注《文选》的文体分类亦为三十七体。但与李善注《文选》略有不同。我认为,五臣注《文选》的文体分类不可信。当然,五臣注《文选》作为一个多年前的唐代文献是可贵的,又其疏通辞义有其长处,是值得我们珍视的。但是,此书错误较多,受到唐人李匡乂、丘光庭的严厉批评(参阅李匡乂《资暇集》卷上《非五臣》、丘光庭《兼明书》卷四《五臣注文选》),唐以后的批评还在继续。这些都不说了。这里,我只提及一点,李匡乂指责五臣注"轻改前贤文旨",这是大问题,也是我们校勘古籍的大忌。如此著作,其文体分类,岂可凭信?

二、三十八体说

清嘉庆年间,胡克家复刻南宋尤袤刻本李善注《文选》,并完成《文选考异》十卷。胡刻本李善注《文选》流行广泛,其《文选考异》校勘精审,亦具有较高的学术价值。

《文选考异》卷八在《移书让太常博士》条下云:"陈云题前脱'移'字一行,是也。各本皆脱。又卷首子目亦然。"陈,即陈景云,景云(1670—1747),字少章,江苏吴县人,清代学者。著有《文选举正》。据《中国古籍善本书目·集部》卷二十八记载:"《文选举正》不分卷,清陈景云撰。清咸丰七年(1857)周镇抄本。清翁同书跋。"(上海古籍出版社1998年版)胡克家《文选考异》中的这条校记就是出自《文选举正》。校记发表,引起文选学者的注意。著名学者黄侃《文选平点》,在《文选目录校记》第四十三卷刘子骏《移书让太常博士一首》前增补"移"体,云:"意补一行。"在《文选平点》卷四十三《移书让太常博士》题后一行云:"题前以意补'移'字一行。""意"值得注意,这里是说陈景云基于自己的想法,认为应当补上"移"字一行。这里根据的是上海古籍出版社1985年7月出版的《文选平点》(黄焯编),中华书局2006年5月出版的《文选平点》(黄延祖重辑本)引文与此不同,是在《移书让太常博士》题后云:"题前当有一'移'字作目。"两处说的意思是一样的。

骆鸿凯是黄侃的高足。他在《文选学》中说:"《文选》次文之体凡三十有八。"这是直接将"移"列为一体。

罗根泽师《中国文学批评史》(周秦汉魏晋南北朝部分)由北京人文书店1934年出版,其中《魏晋六朝的文学批评》第一章《文体论》第七节《萧统〈文选〉的分类》云：

> 挚虞的《文章流别志论》和李充的《翰林论》都已散失，他们分文学为若干类，我们无从知道了；但我想一定不少，不然萧统的《文选》不会毫无承袭的分为三十八类。

显然，这也是受了陈景云的影响。将李善注《文选》文体分为三十八类的著作和论文还有一些。这里，我就不再一一列举了。

应该说陈景云的想法是有根据的，因为在《文选》的第四十三卷选录了刘歆的《移书让太常博士》和孔稚珪的《北山移文》，所以，他认为应列"移"一体。李善注《文选》未列，他以为是刻本漏刻了。我认为，陈氏的想法是可以商榷的：

（1）陈景云校勘李善注《文选》，认为李善注《文选》文体脱落"移"体，应该补上。这是用的理校法。陈垣说：

> 段玉裁曰："校书之难，非照本改字不讹不漏之难，定其是非之难。"所谓理校法也。遇无古本可据，或数本互异，而无所适从之时，则须用此法。此法须通识为之，否则卤莽灭裂，以不误为误，而纠纷愈甚矣。故最高妙者此法，最危险者亦此法。（《校勘学释例》卷六《校例》第四十三《校法四例》）

陈景云"以不误为误，而纠纷愈甚矣"，一语道出此说的弊病。

（2）陈景云说，"移"字一行，各本皆脱。这里所谓"各本"应指李善注《文选》、六家注《文选》、六臣注《文选》，它们都没有"移"体。因为它们本来就无"移"体，而不是脱去。五臣注《文选》文体有"移"体，由于陈氏未见过五臣注《文选》，他不知道。五臣注《文选》有"移"体，并不是萧统《文选》原有的，而是五臣擅自改动的。到了明代末年，毛晋刻《文选》六十卷（即汲古阁本）的文体分三十九类，即在李善《文选》三十七类的基础上加上五臣注《文选》文体中的"移"、"难"二体,完全失去了萧统《文选》分体的原貌。

（3）李善注《文选》将移文列入"书"体之中,这样处理并没有错,因为"移"本是书的一种。《汉书·公孙弘传》云:"弘乃移病免归。"颜师古注曰:"移病,谓移书言病也。"《后汉书·光武纪》云:"于是置僚属,作文移。"李贤注:"《东观记》曰'文书移于属县'也。"《后汉书·安帝纪》:"居乡里有廉洁孝顺之称,才任理人者,国相岁移名,与计偕上尚书,公府通调,令得外补。"李贤注:"移,书也。"可证。

（4）萧统《文选序》论述各种文体,虽未遍及《文选》所有文体,而基本具在,亦未见"移"体。

（5）在萧统以前,移文作品很少。刘勰《文心雕龙·檄移》篇曾举出三篇,司马相如的《难蜀父老》,文在移檄之间;陆机《移百官》,早已散失;只有刘歆的《移书让太常博士》是一篇典型的政治性移文。因此,萧统将移文列入"书"体,似亦无可非议。

（6）萧统《文选》三十八体说,没有可靠的版本根据,恐难以成立。

基于以上理由,《文选》文体分为三十八体之说,不能成立。

三、三十九体说

郭绍虞《中国文学批评史》（商务印书馆1947年版）云：

> 时人分类之最为后世所诟病者,莫过于萧统之《文选》。《文选》别文体为三十九种,其目为：赋、诗、骚、七、诏、册、令、教、文（策问）、表、上书、启、弹事、笺、奏记、书、移、檄、对问、设论、辞、序、颂、赞、符命、史论、史述赞、论、连珠、箴、铭、诔、哀文、哀策、碑文、墓志、行状、吊文、祭文诸称。

郭氏并未说明版本根据。我们不知道如此分类,从何而来？以郭氏分类与李善注《文选》对校,我们发现郭氏分类多出"移"一体,又将"哀"分为"哀文"、"哀策"二体。故增至三十九体。将"哀"分为"哀文"、"哀策"二体,可能受了挚虞《文章流别志论》的影响。挚氏论及"哀辞"、"哀策"二体,他说:"哀辞者,诔之流也。……哀辞之体,以哀痛为主,缘以叹息之辞。"又说:"今所(谓)哀策者,古诔之义。"这可能是郭氏将"哀"体分为"哀文"、"哀策"的根据。

又,褚斌杰《中国古代文体概论》将《文选》文体分为三十九体。他是在上述三十八类的基础上再加上"难"体,也未说明版本根据。清代史学家章学诚不同意《文选》设置"难"体,他说:"《难蜀父老》亦设问也,今以篇题为难,而别为难体,则《客难》当与同编,而《解嘲》当别为嘲体,《宾戏》当别为戏体矣。"(《文史通义·诗教》)这里,章氏对"难"体是否定的。

2000年4月,台湾学者游志诚教授寄赠其大作《昭明文选学术论考》(台湾学生书局1996年版)一书。其中《论〈文选〉之难体》一文,详细论述"难"为《文选》之一体,《文选》三十八体加上"难"体,则为三十九体,南宋陈八郎刻本五臣注《文选》乃其"版本之佐证"。他认为,《文选》文体的探讨"可定论矣"! 我认为,游氏的"定论",还可以讨论。上个世纪九十年代,大陆见到南宋陈八郎刻本五臣注《文选》的人很少,有的学者,误信游氏的"佐证",认为五臣注《文选》文体分为三十九体,造成《文选》文体为三十九体的错误结论。

我认为,郭氏将《文选》文体分为三十九体,是自己的想法,并没有版本根据。褚氏认为《文选》文体分为三十九体,可能是受了明代毛晋刻《文选》(即汲古阁本)的影响。汲古阁本《文选》文体分为三十九体,即赋、诗、骚、七、诏、册、令、教、策问、表、上书、启、弹事、笺、奏记、书、移书、檄、难、对问、设论、辞、序、颂、赞、符命、史论、史述赞、论、连珠、箴、铭、诔、哀文、碑文、墓志、行状、吊文、祭文。显然,这是李善注《文选》的三十七体加上五臣注《文选》的移、难二体。汲古阁本《文选》是胡刻本《文选》问世之前最流行的版本,翻印本很多,各本略有不同。这里的文体分类是根据周氏怀德堂乾隆十一年重镌之汲古阁本《文选》抄录的。褚氏引用的《文选》文体分类与汲古阁本《文选》的文体分类相同。明代著名藏书家毛晋之汲古阁,藏书丰富,刻书很多,为保存古籍、传扬文化作出很大贡献。但是毛晋所刻之书不据所藏宋元旧本,校勘亦不甚精,受到后人的批评。叶德辉云:

> 孙从添《藏书纪要》云:毛氏汲古阁十三经、十七史,校对草率,错误甚多。又云:毛氏所刻甚繁,好者仅数种。《黄记》二,元大德本《后汉书》载陈鳣跋:荛圃尝曰:汲古阁刻书富矣,每见所藏底本极精,曾不校,反多臆改,殊为恨事。(《书林清话·明汲古阁刻书之一》,古籍出版社1957年版)

黄荛圃,即清代著名藏书家黄丕烈,他的批评是实事求是的。《四库全书总目·文选注提要》云:

> 此本为毛晋所刻,虽称从宋本校正,今考其第二十五卷陆云《答兄机诗》注中,有"向曰"一条,"济曰"一条;又《答张士然诗》注中有"翰曰"、"铣曰"、"向曰"、"济曰"各一条;殆因六臣之本削去五臣,独留善注,故刊除不尽,未必真见单行本也。他如班固《两都赋》误以注列目录下;左思《三都赋》,善明称刘逵注《蜀都》、《吴都》,张载注《魏都》,乃三篇俱题刘渊林字。又如《楚辞》用王逸注,《子虚》、《上林赋》用郭璞注,《两京赋》用薛综注,《思玄赋》用旧注,《鲁灵光殿赋》用张载注,《咏怀诗》用颜延年、沈约注,《射雉赋》用徐爰注,皆题本

名,而补注则别称"善曰",于薛综条下发例甚明。乃于扬雄《羽猎赋》用颜师古注之类,则竟漏本名。于班固《幽通赋》用曹大家注之类,则散标句下。又《文选》之例,于作者皆书其字,而杜预《春秋传序》则独题名。莫非从六臣本中摘出善注,以意排纂,故体互殊欤?至二十七卷末附载乐府《君子行》一篇,注曰:"李善本古词止三首,无此一篇,五臣本有,今附于后。"其非善原书,尤为显证。

这里指出汲古阁本《文选》存在的问题。这个批评是具体的,说明黄丕烈的批评是正确的。

游氏将《文选》文体分为三十九类与褚氏同,不再赘述。

汲古阁本《文选》如此,其文体分类,自然不能作为《文选》文体分类的根据。

四、四十体说

刘永济说:

> 昭明选文,列目四十:按梁昭明太子萧统《文选》有赋、诗、骚、七、诏、册、令、教、文、策问、表、上书、启、弹事、笺、奏记、书、移书、檄、难、对问、设论、辞、序、颂、赞、符命、史论、史述赞、论、连珠、箴、铭、诔、哀文、碑文、墓志、行状、吊文、祭文,共四十目。(《十四朝文学要略·叙论》,黑龙江人民出版社1984年版)

刘氏在李善注《文选》三十七体的基础上,将"文"分为文、策二体,再加上移、难二体,合计四十体。实际上是在《文选》分为三十九体的基础上,将"文"分为"文"与"策问"二体,合计四十体。"文"即"策问",分为二体是不恰当的。

台湾学者游志诚教授后来在《文选综合学》一文中,也将《文选》文体分为四十体。他说：

> 其实，《文选》体类实不止三十九，明清所见《文选》俗本有于"哀策文"析分"哀文"、"策文"二体者。曩昔郭绍虞《中国文学批评史》述六朝文体分类说时，已采用之。……惜乎未参之王应麟《玉海》所载《中兴书目》之《文选》版本资料，致不分橄难为一类。今若信王伯厚所见，则《文选》之分体实应当有四十类。而不是旧说之三十七、三十八，与吾所创之三十九。(《〈昭明文选〉与中国传统文化》，吉林文史出版社 2001 年版)

游氏先分《文选》文体的三十九体，这样《文选》文体就变成四十体。刘氏、游氏二位之说，皆无版本根据。至此，我想到一个问题：我们研究《文选》的文体分类，是为了探索萧统《文选》原始分体多少？还是研究《文选》文体可分多少体？我认为是前者而不是后者。经过反复论证，并有多种《文选》版本证明，萧统《文选》文体是三十七体，而不是三十八、三十九、四十体。

以上是我对《文选》文体分类的看法。下面我就与《文选》文体有关的几个问题略陈己见。

一、萧统《文选序》论及文体，与李善注《文选》目录所列的文体分类有些不同，是何原因？

萧统《文选序》论及的文体有：赋、骚、诗、颂、箴、戒、论、铭、诔、赞、诏、诰、教、令、表、奏、笺、记、书、誓、符、檄、吊、祭、悲、哀、答客、指事、三言、八字、篇、辞、引、序、碑、碣、志、状三十八体。以之与李善注《文选》目录所列的文体对照，相同的有赋、诗、骚、诏、令、教、策文、表、笺、奏、书、檄、辞、序、颂、赞、符、论、箴、铭、诔、哀、碑、志、状、吊、祭文二十七体。不同的有戒、诰、记、誓、悲、答客、指事、三言、八字、篇、引十一体。这种情况,令人难以理解。萧统既然是《文选》的主编,为什么《文选序》与《文选》的文体分类有如此之差别？日僧遍照金刚(774—835)《文镜秘府论·南卷·集论》云:"或曰:晚代铨文者多矣。至如梁昭明太子萧统与刘孝绰等,撰集《文选》,自谓毕乎天地,悬诸日月。然于取舍,非无舛谬。"(王利器《文镜秘府论校注》,中国社会科学出版社1983年版)日本学者铃木虎雄考出,这一段话出自唐代元兢之《古今诗人秀句序》。元兢,即元思敬。《旧唐书》卷一百九十上《文苑传》上云:"元思敬者,总章(唐高宗李治年号,668—670)中为协律郎,预修《芳林要览》,又撰《诗人秀句》两卷,传于世。"可见,元兢是初唐人,大约与李善同时,距萧统《文选》成书之后不远,结合《梁书》之《昭明太子传》、《刘孝绰传》等进行分析,其言可信。萧统与刘孝绰、王筠等人编选《文选》,萧统是主编、领导者,他在《文选序》中提出了《文选》编选工作的具体要求:①《文选》要体现文学发展观;②对《文选》所选诗文要进行文体分类;③《文选》选录诗文要求"略其芜秽,集其清英";④《文选》的选录标准是"事出于沉思、义归乎翰藻";⑤不选经、史、子类文章,专选诗文;⑥《文选》篇幅三十卷,名称为《文选》。具体的编选工作交给刘孝绰、王筠等人办理。《文选》的文体分类是由所选诗文决定的,因此造成了《文选》的文体分类与萧统事前写成的《文选序》所论及的文体有些不同的情况。我们论述《文选》的文体分类当然以《文选》所选诗文的文体分类为准。

二、《文选》的文体分类所受的影响

有的文选学研究诸认为萧统对《文选》文体的论述和《文选》的文体分类是受了任昉《文章缘起》的影响。我不同意这样的看法。据《隋书·经籍志》记载:"梁有《文章始》一卷,任昉撰。"注曰:"亡。"《旧唐书·经籍志》、《新唐书·艺文志》皆著录《文章始》一卷,任昉撰,张绩补。《四库全书总目·文章缘起提要》云:"考《隋书·经籍志》载任昉《文章始》一卷,称有录无书。是其书在隋已亡。《唐书·艺文志》载任昉《文章始》一卷,注曰张绩补,绩不知何许人,然在唐已补其亡,是唐无是书可知矣。……知北宋已有此本,其殆张绩所补。"张绩所补之《文章始》(即《文章缘起》)其真实性如何？难以确知。以张绩所补之《文章缘起》论述萧统《文选》文体分类受其影响,缺乏科学性。再说,张绩所补之《文章缘起》序云:

> 六经素有歌诗书诔箴铭之类。《尚书》帝庸作歌,《毛诗》三百篇,《左传》叔向贻子产书,鲁哀孔子诔,孔悝鼎铭,虞人箴。此等自秦汉以来,圣君贤士沿著为文章名之始。故因暇录之,凡八十四题,以新好事者之目云尔。

《文章缘起》所抄录的是秦汉以来各体文章最早的作者和作品名称,而不是文体分类,怎么能说萧统的文体分类是受了它的影响呢？骆鸿凯认为,《文选》的编选受了杜预《善文》、李充《翰林论》、挚虞《文章流别集、志、论》的影响。我完全同意这一观点。《文选》的文体分类受到这三部著作的影响。问题在于,以上三书皆已散失,无从论证。幸而《文章流别志论》和《翰林论》尚有佚文存世。虽一鳞半爪,亦可发现它们与萧统《文选》之关系。以文体分类而论,《文章流别志论》佚文所论文体有颂、赋、诗、七、箴、铭、诔、哀辞、哀策、对问、碑、图谶十二体,《文选》相同者十体,不同者哀策、图谶二体。《翰林论》佚文论及的文体有赞、表、驳、论、奏、盟、檄、诗八体,《文选》与之相同者六体,不同者驳、盟二体。挚虞论"颂"曰:"成功臻而颂兴。"论"诗"曰:"《书》云:诗言志,歌永言。言其志谓之诗。"李充论"赞"曰："容象图而赞立。"论"论"曰："论贵于允理。"对照萧统所论，可以看出它们继承的关系。如果以《文选》的文体分类对照刘勰《文心雕龙》的文体论，《文选》的文体分类受到《文心雕龙》的影响就更加明显了。《文心雕龙》论及的文体有诗、乐府、赋、颂、赞、祝、盟、铭、箴、诔、碑、哀、吊、杂文、谐、隐、史传、诸子、论、说、诏、策、檄、移、封禅、章、表、奏、启、议、对、书、记三十三体，如果加上《辨骚》篇所论的"骚"体，则为三十四体。各体之中，子类繁多，例如诗有四言、五言、三六杂言、离合、四文、联句之分，杂文又有对问、七、连珠、典、诰、誓、问、览、略、篇、章、典、操、弄、引、吟、讽、谣、咏之别。这里就不再一一列举了，《文选》文体分类与其相同者大约在三分之二以上。

刘勰《文心雕龙》写成大约在齐和帝中兴元年(501)（参阅《刘勰年谱》，见拙著《文心雕龙研究》)，萧统《文选》大约编成于梁武帝普通七年(526)年十一月十五日之前。相距时间二十余年，可以说是同时代的产物。我们知道，文学体裁的产生、发展和变化，是由一定的社会生活决定的，它必须适应一定的社会生活的需要。刘勰、萧统的文体分类大抵相似，这是完全可以理解的。但是，这也不能排除《文心雕龙》的文体论对《文选》文体分类的影响。

三、《文选》文体分类对后世的影响

萧统《文选》的文体分类受到后世一些学者的批评。如姚鼐《古文辞类纂序》云："昭明《文选》分体碎杂，其立名多可笑者。后之编集者或不知其陋而仍之。"章学诚《文史通义·诗教》云："《文选》者，辞章之圭臬，集部之准绳，而淆乱芜秽，不可殚诘，则古人流别，作者意指，流览诸集，孰是深窥而有得者乎。"姚氏的批评比较笼统，章氏的批评却十分具体。因其具体例证，篇幅较长，这里就

不援引了,读者可参看《文史通义·诗教》篇。

我不同意姚、章两位先贤对《文选》文体分类的批评,因为他们缺乏历史的眼光。前面我已经说到,文学的发展,产生了各类文体,而文体的产生与社会生活的需要密切相关。实际上各个时代的社会生活需要,对文体的产生是起决定性作用的。我们看到同一时代产生的《文心雕龙》论及的文体,与《文选》的文体同样繁多。挚虞的《文章流别志论》和李充的《翰林论》虽然其残存的佚文分体并不多,但是,完全可以想像,其全书的文体分类一定是很多的。我们能责怪这些著作吗?不能,时代使然也。

萧统《文选》的文体分类对后世的总集有深远的影响。如宋太宗令李昉等人编纂的《文苑英华》一千卷,其将文体分为赋、诗、歌行、杂文、中书制诰、翰林制诏、策问、策、制、判、表、笺、状、檄、露布、弹文、移文、书、疏、序、论、议、连珠、喻对、颂、赞、铭、箴、传、记、谥哀册文、谥议、诔碑、志、墓表、行状、吊文、祭文三十八体,这显然是受了萧统《文选》的影响。所以《四库全书总目·文苑英华提要》云:"梁昭明太子撰《文选》三十卷,迄于梁初。此书所录,则起于梁末,盖即以上续《文选》,其分类编辑、体例亦略相同,而门目更为繁碎。则后来文体日增,非旧目所能括也。"这里指出《文苑英华》是上续《文选》的,其门目繁碎,则是因为时代的发展、社会生活的需要造成的。应该指出,四库馆臣认为《文苑英华》选录的作品"起于梁末",此说不够准确,因为《文苑英华》还选录了一些"梁末"以前作品,如建安诗人刘桢的《室思》三首(卷二〇二)、南朝宋代诗人吴迈远的《飞来双白鹤》(卷二〇二)、鲍令晖的《自君之出矣》(卷二〇二)等,数量不多。

《文苑英华》出现以后,宋真宗大中祥符四年(1011)《唐文粹》(100卷)编成。此书兼收诗文,分二十三大类,其编者姚铉喜爱萧统《文选》,他在《唐文粹序》中说:"至昭明太子统,始自楚骚,终于本朝,尽索历代才士之文,筑台而选之,得三十卷,号曰《文选》,亦一家之奇书也。"因此,他们追摹《文选》,选录唐人文章,表达他追求古雅的主张。

此后,宋代吕祖谦编选《宋文鉴》150卷,分体六十一。元代苏天爵编选《元文类》70卷,分体四十三。明代程敏政编选《明文衡》98卷,分体四十一。如此等等,在文体分类上,或多或少地受到《文选》的影响。我们可以说,《文选》文体分类对后世总集的影响是无可比拟的。

最后,我重申:萧统《文选》的文体应分为三十七体,即李善注《文选》分的三十七体。这是《文选》最原始的文体分类,这个文体分类是正确的。至于五臣注《文选》将文体分为三十七体,骆鸿凯等人将《文选》文体分为三十八体,汲古阁毛晋刻之《文选》将文体分为三十九体,刘永济等将《文选》文体分为四十体,如此等等,皆改变了《文选》的原始分类,都是不正确的。这就是我的结论。

六、《文选》文体述论

中国古代文体的形成,有一个传统的说法,即本于"五经"。北齐颜之推说:

> 夫文章者,原出五经:诏命策檄,生于《书》者也;序述论议,生于《易》者也;歌咏赋颂,生于《诗》者也;祭祀哀诔,生于《礼》者也;书奏箴铭,生于《春秋》者也。(《颜氏家训·文章》)

这是认为各体文章皆源自"五经"。在颜之推之前,南朝齐梁时的刘勰也曾说过:

> 故论说辞序,则《易》统其首;诏策章奏,则《书》发其源;赋颂歌赞,则《诗》立其本;铭诔箴祝,则《礼》总其端;纪传铭檄,则《春秋》为根。并穷高以树表,极远以启疆,所以百家腾跃,终入环内者也。(《文心雕龙·宗经》)

这是认为儒家经书是各体文章的始祖。古人的见解自有其一定的道理,但只是事情的一个方面,另一方面应该看到,文体的形成是由人们的社会实践决定的。随着社会的发展,各个时代都有不同的文体。如曹魏时的曹丕说:

> 夫文本同而末异,盖奏议宜雅,书论宜理,铭诔尚实,诗赋欲丽。(《典论·论文》)

这里说到奏、议、书、论、铭、诔、诗、赋等八类文体,并概括了它们的特点。西晋的陆机说：

> 诗缘情而绮靡，赋体物而浏亮。碑披文以相质，诔缠绵而凄怆。铭博约而温润，箴顿挫而清壮。颂优游以彬蔚，论精微而朗畅。奏平彻以闲雅，说炜晔而谲诳。(《文赋》)

这里说到诗、赋、碑、诔、铭、箴、颂、论、奏、说等十类文体，比较细致地概括了它们的不同风格。南朝齐梁时刘勰《文心雕龙》有文体论二十篇，论及的文体有诗、乐府、赋、颂、赞、祝、盟、铭、箴、诔、碑、哀、吊、杂文、谐、隐、史传、诸子、论、说、诏、策、檄、移、封禅、章、表、奏、启、议、对、书、记等共三十三类。如果加上《辨骚》篇所论述的"骚"体，则为三十四类。刘勰对文体的论述，包含四项内容，即"原始以表末，释名以章义，选文以定篇，敷理以举统"，所论极为精辟。

从以上论述，可以粗略地看到中国古代文体演变的轨迹。以下按《文选》的分体来介绍历代的有关重要论述。

赋

《汉书·艺文志》"诗赋略"云：

> 传曰："不歌而诵谓之赋，登高能赋，可以为大夫。"言感物造耑，材知深美。可与图事，故可以为列大夫也。古者诸侯卿大夫交接邻国，以微言相感，当揖让之时，必称《诗》以谕其志，盖以别贤不肖而观盛衰焉。故孔子曰"不学诗，无以言"也。春秋之后，周道寖坏，聘问歌咏不行于列国，学《诗》之士逸在布衣，而贤人失志之赋作矣。大儒孙卿及楚臣屈原，离谗忧国，皆作赋以风，咸有恻隐古诗之义。其后宋玉、唐勒，汉兴

枚乘、司马相如，下及扬子云，竟为侈丽闳衍之词，没其风谕之义。是以扬子悔之，曰："诗人之赋丽以则，辞人之赋丽以淫。如孔氏之门人用赋也，则贾谊登堂，相如入室矣，如其不用何？"

东汉班固《两都赋序》云：

或曰：赋者，古诗之流也。昔成康没而颂声寝，王泽竭而诗不作。大汉初定，日不暇给。至于武、宣之世，乃崇礼官，考文章，内设金马石渠之署，外兴乐府协律之事，以兴废继绝，润色鸿业。……故言语侍从之臣，若司马相如、虞丘寿王、东方朔、枚皋、王褒、刘向之属，朝夕论思，日月献纳；而公卿大臣，御史大夫倪宽、太常孔臧、太中大夫董仲舒、宗正刘德、太子太傅萧望之等，时时间作。或以抒下情而通讽谕，或以宣上德而尽忠孝，雍容揄扬，著于后嗣，抑亦《雅》、《颂》之亚也。故孝成之世，论而录之，盖奏御者千有余篇，而后大汉之文章，炳焉与三代同风。

西晋挚虞《文章流别论》云：

赋者，敷陈之称，古诗之流也。古之作诗者，发乎情，止乎礼义。情之发，因辞以形之；礼义之旨，须事以明之。故有赋焉，所以假象尽辞，敷陈其志。前世为赋者，有孙卿、屈原，尚颇有古诗之义，至宋玉则多淫浮之病矣。楚辞之赋，赋之善者也。故扬子称赋莫深于《离骚》。贾谊之作，则屈原俦也。

古诗之赋，以情义为主，以事类为佐。今之赋，以事形为本，以义正为助。情义为主，则言省而文有例矣；事形为本，则言富而辞无常矣。文之烦省，辞之险易，盖由于此。夫假象过大，则与类相远；逸辞过壮，则与事相违；辩言过理，则与义相失;丽靡过美,则与情相悖。此四过者,所以背大体而害政教。是以司马迁割相如之浮说,扬雄疾辞人之赋丽以淫。

旧题东晋葛洪之《西京杂记》卷二云：

司马相如为《上林》、《子虚》赋,意思萧散,不复与外事相关,控引天地,错综古今,忽然如睡,焕然而兴,几百日而后成。其友人盛览,字长通,牂牁名士,尝问以作赋。相如曰:"合綦组以成文,列锦绣而为质,一经一纬,一宫一商,此赋之迹也。赋家之心,苞括宇宙,总览人物,斯乃得之于内,不可得而传。"

南朝梁刘勰《文心雕龙·诠赋》云：

《诗》有六义,其二曰赋。赋者,铺也;铺采摛文,体物写志也。昔邵公称:公卿献诗,师箴瞍赋。《传》云:登高能赋,可为大夫。《诗序》则同义,传说则异体,总其归涂,实相枝干。故刘向明不歌而颂,班固称古诗之流也。至如郑庄之赋"大隧",士蒍之赋"狐裘",结言捏韵,词自己作,虽合赋体,明而未融。及灵均唱《骚》,始广声貌。然赋也者,受命于诗人,拓宇于楚辞也。于是荀况《礼》、《智》,宋玉《风》、《钓》,爰锡名号,与《诗》画境。六义附庸,蔚成大国。述客主以首引,极声貌以穷文,斯盖别诗之原始,命赋之厥初也。

秦世不文,颇有杂赋。汉初词人,顺流而作:陆贾扣其端,贾谊振其绪,枚马同其风,王扬骋其势。皋朔已下,品物毕图。繁积于宣时,校阅于成世,进御之赋千有余首。讨其源流,信兴楚而盛汉矣。夫京殿苑猎,述行序志,并体国经野,义尚光大,既履端于倡序,亦归余于总乱。序以建言,首引情本;乱以理篇,迭致文契。按《那》之卒章,闵马称乱,故知殷人缉颂,楚人理赋,斯并鸿裁之寰域,雅文之枢辖也。至于草区禽族,庶品杂类,则触兴致情,因变取会;拟诸形容,则言务纤密;像其物宜,则理贵侧附:斯又小制之区畛,奇巧之机要也。

观夫荀结隐语,事数自环;宋发巧谈,实始淫丽。枚乘《菟园》,举要以会新;相如《上林》,繁类以成艳;贾谊《鵩鸟》,致辨于情理;子渊《洞箫》,穷变于声貌;孟坚《两都》,明绚以雅赡;张衡《二京》,迅发以宏富;子云《甘泉》,构深玮之风;延寿《灵光》,含飞动之势:凡此十家,并辞赋之英杰也。及仲宣靡密,发端必迺;伟长博通,时逢壮采;太冲、安仁,策勋于鸿规;士衡、子安,底绩于流制;景纯绮巧,缛理有余;彦伯梗概,情韵不匮:亦魏晋之赋首也。

原夫登高之旨,盖睹物兴情。情以物兴,故义必明雅;物以情观,故词必巧丽。丽词雅义,符采相胜,如组织之品朱紫,画绘之著玄黄;文虽杂而有质,色虽糅而有本,此立赋之大体也。然逐末之俦,蔑弃其本,虽读千赋,愈惑体要;遂使繁华损枝,膏腴害骨,无贵风轨,莫益劝戒。此扬子所以追悔于雕虫,贻诮于雾縠者也。

赞曰:赋自《诗》出,分歧异派。写物图貌,蔚似雕画。抑滞必扬,言旷无隘。风归丽则,辞剪荑稗。

明徐师曾《文体明辨序说》论"赋"云:

按诗有六义,其二曰赋。所谓"赋者,敷陈其事而直言之"也。古者诸侯卿大夫交接邻国,揖让之时,必称诗以喻意,以别贤不肖,而观盛衰。如《春秋传》所载晋公子重耳之秦,秦穆公享之,赋《六月》;鲁文公如晋,晋襄公飨公,赋《菁菁者莪》;郑穆公与鲁文公宴于棐(棐林,郑地),子家(郑大夫公子归生)赋《鸿雁》;鲁穆叔(叔孙豹)如晋,见中行献子(晋大夫荀偃),

赋《坼父》之类。皆以吟咏性情，各从义类。故情形于辞，则丽而可观；辞合于理，则则而可法。使读之者有兴起之妙趣，有咏歌之遗音。扬雄所谓"诗人之赋丽以则"者是已。——此赋之本义也。

春秋之后，聘问咏歌不行于列国，学诗之士逸在布衣，而贤士失志之赋作矣，即前所列《楚辞》是也。扬雄所谓"词人之赋丽以淫"者，正指此也。然至今而观，《楚辞》亦发乎情，而用以为讽，实兼六义而时出之，辞虽太丽，而义尚可则，故朱子不敢直以词人之赋目之，而雄之言如此，则已过矣。赵人荀况，游宦于楚，考其时在屈原之前〔屈原生公元前340年，荀卿在前238年废居兰陵，屈早于荀，此言荀在屈前，误〕。所作五赋，工巧深刻，纯用隐语，若今人之揣谜，于诗六义，不啻天壤，君子盖无取焉。

两汉而下，作者继起，独贾生（名谊）以命世之才，俯就骚律，非一时诸人所及。他如相如（姓司马）长于叙事，而或昧于情；扬雄长于说理，而或略于辞。至于班固，辞理俱失。若是者何？凡以不发乎情耳。然《上林》、《甘泉》，极其铺张，而终归于讽谏，而风之义未泯；《两都》等赋，极其眩曜，终折以法度，而《雅》、《颂》之义未泯；《长门》、《自悼》等赋，缘情发义，托物兴词，咸有和平从容之意，而比兴之义未泯。故虽词人之赋，而君子犹有取焉，以其为古赋之流也。

三国、两晋以及六朝，再变而为俳，唐人又再变而为律，宋人又再变而为文。夫俳赋尚辞，而失于情，故读之者无兴起之妙趣，不可以言则矣。文赋尚理，而失于辞，故读之者无咏歌之遗音，不可以言丽矣。至于律赋，其变愈下，始于沈约"四声八病"之拘，中于徐（名陵）、庾（名信）"隔句作对"之陋，终于隋、唐、宋"取士限韵"之制,但以音律谐协、对偶精切为工,而情与辞皆置弗论。呜呼,极矣! 数代之习,乃令元人洗之,岂不痛哉!

故今分为四体:一曰古赋,二曰俳赋,三曰文赋,四曰律赋。……将使文士学其如古者,戒其不如古者,而后古赋可复见于今也。

然则学古者奈何? 曰:发乎情止乎礼义。其赋古也,则于古有怀;其赋今也,则于今有感;其赋事也,则于事有触;其赋物也,则于物有况。以乐而赋,则读者跃然而喜;以怨而赋,则读者愀然以吁;以怒而赋,则令人欲按剑而起;以哀而赋,则令人欲掩袂而泣。动荡乎天机,感发乎人心,而兼出于六义,然后得赋之正体,合赋之本义。苟为不然,则虽能脱乎俳律,而不知其又入于文矣,学者宜细求之。

以上所录,皆为有关赋体之重要论述。司马相如所论乃其作赋之心得,班固则道出赋体之性质和特点,挚虞"四过"之说,切中时弊,刘勰所论全面、周到,为系统之赋论,徐师曾所论则类赋体之史,皆可供参考。

诗

《毛诗序》云:

《关雎》,后妃之德也,风之始也,所以风天下而正夫妇也。故用之乡人焉,用之邦国焉。风,风也,教也;风以动之,教以化之。

诗者,志之所之也。在心为志,发言为诗。情动于中而形于言,言之不足故嗟叹之,嗟叹之不足故永歌之,永歌之不足,不知手之舞之,足之蹈之也。

情发于声,声成文谓之音。治世之音安以乐,其政和;乱世之音怨以怒,其政乖;亡国之音哀以思,其民困。故正得失,动天地,感鬼神,莫近于诗。先王以是经夫妇,成孝敬,厚人伦,美教化,移风俗。

故诗有六义焉:一曰风,二曰赋,三曰比,四曰兴,五曰雅,六曰颂。上以风化下,下以风刺上,主文而谲谏,言之者无罪,闻之者足以戒,故曰风。至于王道衰,礼义废,政教失,国异政,家殊俗,而变风、变雅作矣。国史明乎得失之迹,伤人伦之废,哀刑政之苛,吟咏情性,以风其上,达于事变而怀其旧俗者也。故变风发乎情,止乎礼义。发乎情,民之性也;止乎礼义,先王之泽也。是以一国之事,系一人之本,谓之风;言天下之事,形四方之风,谓之雅。雅者,正也,言王政之所由废兴也。政有小大,故有小雅焉,有大雅焉。颂者,美盛德之形容,以其成功告于神明者也。是谓四始,诗之至也。

然则《关雎》、《麟趾》之化,王者之风,故系之周公。南,言化自北而南也。《鹊巢》、《驺虞》之德,诸侯之风也,先王之所以教,故系之召公。《周南》、《召南》,正始之道,王化之基。是以《关雎》乐得淑女,以配君子,忧(原作"爱",依《文选》校改)在进贤,不淫其色;哀窈窕,思贤才,而无伤善之心焉。是《关雎》之义也。

穆按:《毛诗序》为何人所作?历来说法不一。主要有子夏作,子夏、毛公作,卫宏作三说,迄今无定论。《文选》署名子夏作。

东汉郑玄《诗谱序》云:

诗之兴也,谅不于上皇之世。大庭、轩辕,逮于高辛,其时有亡,载籍亦蔑云焉。《虞书》曰:"诗言志,歌永言,声依永,律和声。"然则诗之道,放于此乎?

有夏承之,篇章泯弃,靡有孑遗。迄及商王,不风不雅。何者?论功颂德,所以将顺其美;刺过讥失,所以匡救其恶。各于其党,则为法者彰显,为戒者著明。

周自后稷播种百谷,黎民阻饥,兹时乃粒,自传于此名也。陶唐之末中叶,公刘又世修其业,以明民共财。至于大王、王季、克堪顾天。文、武之德,光熙前绪,以集大命于厥身,遂为天下父母,使民有政有居。其时诗:《风》有《周南》、《召南》,《雅》有《鹿鸣》、《文王》之属。及成王、周公致大平,制礼作乐,而有颂声兴焉,盛之至也。本之由此《风》、《雅》而来,故皆录之,谓之诗之正经。

后王稍更陵迟,懿王始受谮亨齐哀公,夷身失礼之后,邶不尊贤。自是而下,厉也,幽也,政教尤衰,周室大坏。《十月之交》、《民劳》、《板》、《荡》,勃尔俱作,众国纷然,刺怨相寻。五霸之末,上无天子,下无方伯,善者谁赏,恶者谁罚,纪纲绝矣!故孔子录懿王、夷王时诗,讫于陈灵公淫乱之事,谓之变风变雅。以为勤民恤功,昭事上帝,则受颂声,弘福如彼;若违而弗用,则被劫杀,大祸如此。吉凶之所由,忧娱之萌渐,昭昭在斯,足作后王之鉴,于是止矣。

夷、厉已上,岁数不明,太史《年表》,自"共和"始。历宣、幽、平王,而得《春秋》次第,以立斯谱。欲知源流清浊之所处,则循其上下而省之;欲知风化芳臭气泽之所及,则傍行而观之。此诗之大纲也。举一纲而万目张,解一卷而众篇明,于力则鲜,于思则寡。其诸君子,亦有乐于是与?

西晋挚虞《文章流别论》论"诗"云：

《书》云："诗言志，歌永言。"言其志谓之诗。古有采诗之官，王者以知得失。古之诗有三言、四言、五言、六言、七言、九言。古诗率以四言为体，而时有一句二句杂在四言之间，后世演之，遂以为篇。古诗之三言者，"振振鹭，鹭于飞"之属是也，汉郊庙歌多用之。五言者，"谁谓雀无角，何以穿我屋"之属是也，于俳谐倡乐多用之。六言者，"我姑酌彼金罍"之属是也，乐府亦用之。七言者，"交交黄鸟止于桑"之属是也，于俳谐倡乐多用之。古诗之九言者，"泂酌彼行潦挹彼注兹"之属是也，不入歌谣之章，故世希为之。夫诗虽以情志为本，而以成声为节。然则雅音之韵，四言为正；其余虽备曲折之体，而非音之正也。

南朝梁刘勰《文心雕龙·明诗》云：

大舜云："诗言志，歌永言。"圣谟所析，义已明矣。是以在心为志，发言为诗，舒文载实，其在兹乎？诗者，持也，持人情性；三百之蔽，义归无邪，持之为训，有符焉尔。

人禀七情，应物斯感，感物吟志，莫非自然。昔葛天乐辞，《玄鸟》在曲；黄帝《云门》，理不空弦。至尧有《大唐》之歌，舜造《南风》之诗，观其二文，辞达而已。及大禹成功，九序惟歌；太康败德，五子咸怨；顺美匡恶，其来久矣。自商暨周，《雅》、《颂》圆备，四始彪炳，六义环深。子夏监绚素之章，子贡悟琢磨之句，故商、赐二子，可与言诗。自王泽殄竭，风人辍采；春秋观志，讽诵旧章，酬酢以为宾荣，吐纳而成身文。逮楚国讽怨，则《离骚》为刺。秦皇灭典，亦造仙诗。

汉初四言，韦孟首唱，匡谏之义，继轨周人。孝武爱文，

《柏梁》列韵,严马之徒,属辞无方。至成帝品录,三百余篇,朝章国采,亦云周备;而辞人遗翰,莫见五言,所以李陵、班婕妤见疑于后代也。按《召南·行露》,始肇半章;孺子《沧浪》,亦有全曲;《暇豫》优歌,远见春秋;《邪径》童谣,近在成世。阅时取证,则五言久矣。又《古诗》佳丽,或称枚叔,其《孤竹》一篇,则傅毅之词,比采而推,两汉之作乎? 观其结体散文,直而不野,婉转附物,怊怅切情,实五言之冠冕也。至于张衡《怨》篇,清典可味;仙诗缓歌,雅有新声。

暨建安之初,五言腾踊,文帝陈思,纵辔以骋节;王徐应刘,望路而争驱;并怜风月,狎池苑,述恩荣,叙酣宴,慷慨以任气,磊落以使才;造怀指事,不求纤密之巧,驱辞逐貌,唯取昭晰之能:此其所同也。及正始明道,诗杂仙心,何晏之徒,率多浮浅。唯嵇志清峻,阮旨遥深,故能标焉。若乃应璩《百一》,独立不惧,辞谲义贞,亦魏之遗直也。

晋世群才,稍入轻绮,张潘左陆,比肩诗衢,采缛于正始,力柔于建安;或析文以为妙,或流靡以自妍:此其大略也。江左篇制,溺乎玄风,嗤笑徇务之志,崇盛忘机之谈,袁孙已下,虽各有雕采,而辞趣一揆,莫与争雄,所以景纯仙篇,挺拔而为俊矣。宋初文咏,体有因革,庄老告退,而山水方滋;俪采百字之偶,争价一句之奇,情必极貌以写物,辞必穷力而追新:此近世之所竞也。

故铺观列代,而情变之数可监;撮取同异,而纲领之要可明矣。若夫四言正体,则雅润为本;五言流调,则清丽居宗;华实异用,惟才所安。故平子得其雅,叔夜含其润,茂先凝其清,景阳振其丽;兼善则子建、仲宣,偏美则太冲、公幹。然诗有恒裁,思无定位,随性适分,鲜能圆通。若妙识所难,其易也将至;忽以为易,其难也方来。至于三六杂言,则出自篇什;离合之发,则萌于图谶;回文所兴,则道原为始;联句共韵,则柏梁余制:巨细或殊,情理同致,总归诗囿,故不繁云。

赞曰:民生而志,咏歌所含。兴发皇世,风流二南。神理共契,政序相参。英华弥缛,万代永耽。

南朝梁钟嵘《诗品序》云:

气之动物,物之感人,故摇荡性情,形诸舞咏。照烛三才,晖丽万有;灵祇待之以致飨,幽微藉之以昭告;动天地,感鬼神,莫近于诗。

昔《南风》之词,《卿云》之颂,厥义敻矣。夏歌曰:"郁陶乎予心。"楚谣曰:"名余曰正则。"虽诗体未全,然是五言之滥觞也。逮汉李陵,始著五言之目矣。古诗眇邈,人世难详。推其文体,固是炎汉之制,非衰周之倡也。自王、扬、枚、马之徒,词赋竞爽,而吟咏靡闻。从李都尉迄班婕妤,将百年间,有妇人焉,一人而已。诗人之风,顿已缺丧。东京二百载中,惟有班固《咏史》,质木无文。降及建安,曹公父子,笃好斯文;平原兄弟,郁为文栋;刘桢、王粲,为其羽翼。次有攀龙托凤,自致于属车者,盖将百计。彬彬之盛,大备于时矣!尔后陵迟衰微,迄于有晋。太康中,三张、二陆、两潘、一左,勃尔复兴,踵武前王,风流未沫,亦文章之中兴也。永嘉时,贵黄老,稍尚虚谈,于时篇什,理过其辞,淡乎寡味。爰及江表,微波尚传。孙绰、许询、桓、庾诸公诗,皆平典似《道德论》,建安风力尽矣。先是郭景纯用隽上之才,变创其体;刘越石仗清刚之气,赞成厥美。然彼众我寡,未能动俗。逮义熙中,谢益寿斐然继作。元嘉中,有谢灵运,才高词盛,富艳难踪,固已含跨刘、郭,凌轹潘、左。故知陈思为建安之杰,公幹、仲宣为辅;陆机为太康之英,安仁、景阳为辅;谢客为元嘉之雄,颜延年为辅:斯皆五言之冠冕,文词之命世也。

夫四言文约意广,取效《风》、《骚》,便可多得。每苦文繁而意少,故世罕习焉。五言居文词之要,是众作之有滋味者也,故云会于流俗。岂不以指事造形,穷情写物,最为详切者耶! 故诗有三义焉:一曰兴,二曰比,三曰赋。文已尽而意有余,兴也;因物喻志,比也;直书其事,寓言写物,赋也。宏斯三义,酌而用之,干之以风力,润之以丹彩,使味之者无极,闻之者动心,是诗之至也。若专用比兴,患在意深,意深则词踬。若但用赋体,患在意浮,意浮则文散,嬉成流移,文无止泊,有芜漫之累矣。

若乃春风春鸟,秋月秋蝉,夏云暑雨,冬月祁寒,斯四候之感诸诗者也。嘉会寄诗以亲,离群托诗以怨。至于楚臣去境,汉妾辞宫,或骨横朔野,魂逐飞蓬;或负戈外戍,杀气雄边;塞客衣单,孀闺泪尽;或士有解佩出朝,一去忘反;女有扬蛾入宠,再盼倾国。凡斯种种,感荡心灵,非陈诗何以展其义? 非长歌何以骋其情? 故曰:"诗可以群,可以怨。"使穷贱易安,幽居靡闷,莫尚于诗矣。

以上所录,是萧梁以前有关诗歌的重要论文。《毛诗序》论述诗之特点、内容、分类、表现方法和社会作用,实为先秦儒家诗学思想之总结。《诗谱序》论述诗的发展,对于我们了解古代诗歌的历史有帮助。《文章流别论》对诗体的论述,强调以"四言为正",表现的仍是儒家传统的文学思想。《文心雕龙·明诗》篇是论述诗体的论文,实际上是一篇诗歌简史。《诗品序》论述诗歌的产生,论述汉魏晋南朝诗歌演变的历史,反对诗歌创作中的玄风,提倡滋味说,皆有卓见。

骚

汉代重楚辞,对楚辞的评论较多,最重要的有刘安、班固和王逸的评论。

西汉刘安《离骚传》云:

> 国风好色而不淫,《小雅》怨诽而不乱。若《离骚》者,可谓兼之矣。上称帝喾,下道齐桓,中述汤武,以刺世事。明道德之广崇,治乱之条贯,靡不毕见。其文约,其辞微,其志絜,其行廉,其称文小而其指极大,举类迩而见义远。其志絜,故其称物芳。其行廉,故死而不容自疏。濯淖污泥之中,蝉蜕于浊秽,以浮游尘埃之外,不获世之滋垢,皭然泥而不滓者也。推此志也,虽与日月争光可也。(穆按:引见《史记·屈原列传》,据班固《离骚序》,知为刘安《离骚传》文。)

东汉班固《离骚序》云:

> 昔在孝武,博览古文,淮南王安叙《离骚传》,以《国风》好色而不淫,《小雅》怨诽而不乱,若《离骚》者,可谓兼之。蝉蜕浊秽之中,浮游尘埃之外,皭然泥而不滓。推此志,虽与日月争光可也。斯论似过其真。又说五子以失家巷,谓伍子胥也。及至羿、浇、少康、二姚、有娀佚女,皆各以所识有所增损,然犹未得其正也。故博采经书、传记本文,以为之解。

> 且君子道穷,命矣。故潜龙不见是而无闷,《关雎》哀周道而不伤,蘧瑗持可怀之智,宁武保如愚之性,咸以全命避害,不受世患。故《大雅》曰:"既明且哲,以保其身。"斯为贵矣。

今若屈原,露才扬己,竞乎危国群小之间,以离谗贼。然责数怀王,怨恶椒兰,愁神苦思,强非其人,忿怼不容,沉江而死,亦贬絜狂狷景行之士。多称昆仑、冥婚、宓妃虚无之语,皆非法度之政、经义所载。谓之兼《诗》风雅而与日月争光,过矣。

然其文弘博丽雅,为辞赋宗,后世莫不斟酌其英华,则像其从容。自宋玉、唐勒、景差之徒,汉兴,枚乘、司马相如、刘向、扬雄,骋极文辞,好而悲之,自谓不能及也。虽非明智之器,可谓妙才者也。

东汉班固《离骚赞序》云:

《离骚》者,屈原之所作也。屈原初事怀王,甚见信任,同列上官大夫妒害其宠,谗之王,王怒而疏屈原。

屈原以忠信见疑,忧愁幽思,而作《离骚》。离犹遭也,骚,忧也。明己遭忧作辞也。是时周室已灭,七国并争。屈原痛君不明,信用群小,国将危亡,忠诚之情,怀不能已,故作《离骚》。上陈尧、舜、禹、汤、文王之法,下言羿、浇、桀、纣之失,以风怀王。终不觉寤,信反间之说,西朝于秦,秦人拘之,客死不还。至于襄王,复用谗言,逐屈原在野。又作《九章赋》以风谏,卒不见纳,不忍浊世,自投汨罗。原死之后,秦果灭楚,其辞为众贤所悼悲,故传于后。

东汉王逸《楚辞章句序》云:

昔者孔子叡圣明哲,天生不群,定经术,删《诗》、《书》,正《礼》、《乐》,制作《春秋》,以为后王法。门人三千,罔不昭达。临终之日,则大义乖而微言绝。

其后周室衰微,战国并争,道德陵迟,谲诈萌生,于是杨、墨、邹、孟、孙、韩之徒，各以所知著造传记，或以述古，或以明世。而屈原履忠被谮，忧悲愁思，独依诗人之义，而作《离骚》，上以讽谏，下以自慰。遭时暗乱，不见省纳，不胜愤懑，遂复作《九歌》以下凡二十五篇。楚人高其行义，玮其文采，以相教传。

至于孝武帝，恢廓道训，使淮南王安作《离骚经章句》，则大义粲然。后世雄俊，莫不瞻慕，舒肆妙虑，缵述其词。逮至刘向典校经书，分为十六卷。孝章即位，深弘道艺，而班固、贾逵复以所见改易前疑，各作《离骚经章句》。其余十五卷，阙而不说。又以壮为状，义多乖异，事不要括。今臣复以所识所知，稽之旧章，合之经传，作十六卷章句。虽未能究其微妙，然大指之趣略可见矣。

且人臣之义，以忠正为高，以伏节为贤。故有危言以存国，杀身以成仁。是以伍子胥不恨于浮江，比干不悔于剖心，然后忠立而行成，荣显而名著。若夫怀道以迷国，详愚而不言，颠则不能扶，危则不能安，婉娩以顺上，逡巡以避患，虽保黄耇，终寿百年，盖志士之所耻，愚夫之所贱也。

今若屈原，膺忠贞之质，体清洁之性，直若砥矢，言若丹青，进不隐其谋，退不顾其命，此诚绝世之行，俊彦之英也。而班固谓之露才扬己，竞于群小之中，怨恨怀王，讥刺椒兰，苟欲求进，强非其人，不见容纳，忿恚自沉，是亏其高明，而损其清洁者也。昔伯夷、叔齐让国守分，不食周粟，遂饿而死，岂可复谓有求于世而怨望哉？且诗人怨主刺上曰："呜呼小子，未知臧否。匪面命之，言提其耳。"风谏之语，于斯为切。然仲尼论之，以为大雅。引此比彼，屈原之词，优游婉顺，宁以其君不智之故，欲提携其耳乎？而论者以为露才扬己，怨刺其上，强非其人,殆失厥中矣。

夫《离骚》之文,依托五经以立义焉。"帝高阳之苗裔",则"厥初生民,时惟姜嫄"也。"纫秋兰以为佩",则"将翱将翔,佩玉琼琚"也。"夕揽洲之宿莽",则《易》"潜龙勿用"也。"驷玉虬而乘鹥",则"时乘六龙以御天"也。"就重华而陈词",则《尚书》咎繇之谋谟也。"登昆仑而涉流沙",则《禹贡》之敷土也。故智弥盛者其言博,才益多者其识远。屈原之词,诚博远矣!自终没以来,名儒博达之士,著造词赋,莫不拟则其仪表,祖式其模范,取其要妙,窃其华藻。所谓金相玉质,百世无匹,名垂罔极,永不刊灭者矣!

东汉王逸《离骚经序》云:

《离骚经》者,屈原之所作也。屈原与楚同姓,仕于怀王,为三闾大夫。三闾之职,掌王族三姓,曰昭、屈、景。屈原序其谱属,率其贤良,以厉国士。入则与王图议政事,决定嫌疑;出则监察群下,应对诸侯。谋行职修,王甚珍之。同列大夫上官、靳尚,妒害其能,共谮毁之,王乃疏屈原。

屈原执履忠贞,而被谗邪,忧心烦乱,不知所愬,乃作《离骚经》。离,别也;骚,愁也;经,径也;言己放逐离别,中心愁思,犹依道径以风谏君也。故上述唐、虞三后之制,下序桀、纣、羿、浇之败,冀君觉悟,反于正道而还己也。

是时,秦昭王使张仪谲诈怀王,令绝齐交;又使诱楚,请与俱会武关,遂胁与俱归,拘留不遣,卒客死于秦。其子襄王,复用谗言,迁屈原于江南。屈原放在草野,复作《九章》,援天引圣,以自证明,终不见省。不忍以清白久居浊世,遂赴汨渊自沉而死。

《离骚》之文,依诗取兴,引类譬谕。故善鸟香草,以配忠贞;恶禽臭物,以比谗佞;灵修美人,以媲于君;宓妃佚女,以譬贤臣;虬龙鸾凤,以托君子;飘风云霓,以为小人。其词温而雅,其义皎而朗,凡百君子,莫不慕其清高,嘉其文采,哀其不遇,而愍其志焉。

南朝梁刘勰《文心雕龙·辨骚》云:

自《风》、《雅》寝声,莫或抽绪,奇文郁起,其《离骚》哉!固已轩翥诗人之后,奋飞辞家之前,岂去圣之未远,而楚人之多才乎!昔汉武爱《骚》,而淮南作传,以为《国风》好色而不淫,《小雅》怨诽而不乱,若《离骚》者,可谓兼之。蝉蜕秽浊之中,浮游尘埃之外,皭然涅而不缁,虽与日月争光可也。班固以为露才扬己,忿怼沉江;羿、浇、二姚,与左氏不合;昆仑、悬圃,非经义所载;然其文辞丽雅,为词赋之宗,虽非明哲,可谓妙才。王逸以为诗人提耳,屈原婉顺,《离骚》之文,依经立义;驷虬乘鹥,则时乘六龙,昆仑流沙,则《禹贡》敷土,名儒辞赋,莫不拟其仪表,所谓金相玉质,百世无匹者也。及汉宣嗟叹,以为皆合经术;扬雄讽味,亦言体同《诗》雅。四家举以方经,而孟坚谓不合传,褒贬任声,抑扬过实,可谓鉴而弗精,玩而未核者也。

将核其论,必征言焉。故其陈尧、舜之耿介,称汤、武之祇敬,典诰之体也;讥桀、纣之猖披,伤羿、浇之颠陨,规讽之旨也。虬龙以喻君子,云霓以譬谗邪,比兴之义也;每一顾而掩涕,叹君门之九重,忠怨之辞也。观兹四事,同于《风》、《雅》者也。至于托云龙,说迂怪,丰隆求宓妃,鸩鸟媒娀女,诡异之辞也;康回倾地,夷羿彃日,木夫九首,土伯三目,谲怪之谈也;

依彭咸之遗则,从子胥以自适,狷狭之志也;士女杂坐,乱而不分,指以为乐,娱酒不废,沉湎日夜,举以为欢,荒淫之意也。摘此四事,异乎经典者也。故论其典诰则如彼,语其夸诞则如此。固知《楚辞》者,体宪于三代,而风雅于战国,乃《雅》、《颂》之博徒,而词赋之英杰也。观其骨鲠所树,肌肤所附,虽取镕经意,亦自铸伟辞。故《离骚》、《九章》,朗丽以哀志;《九歌》、《九辩》,绮靡以伤情;《远游》、《天问》,瑰诡而慧巧;《招魂》、《大招》,耀艳而深华;《卜居》标放言之致,《渔父》寄独往之才。故能气往轹古,辞来切今,惊采绝艳,难与并能矣。

自《九怀》以下,遽蹑其迹,而屈、宋逸步,莫之能追。故其叙情怨,则郁伊而易感;述离居,则怆怏而难怀;论山水,则循声而得貌;言节候,则披文而见时。是以枚、贾追风以入丽,马、扬沿波而得奇;其衣被词人,非一代也。故才高者菀其鸿裁,中巧者猎其艳辞,吟讽者衔其山川,童蒙者拾其香草。若能凭轼以倚《雅》、《颂》,悬辔以驭楚篇,酌奇而不失其贞,玩华而不坠其实,则顾盼可以驱辞力,咳唾可以穷文致,亦不复乞灵于长卿,假宠于子渊矣。

赞曰:不有屈原,岂见《离骚》?惊才风逸,壮志烟高。山川无极,情理实劳。金相玉式,艳溢锱毫。

《隋书·经籍志》云:

楚辞者,屈原之所作也。自周室衰乱,诗人寝息,谄佞之道兴,讽刺之辞废。楚有贤臣屈原,被谗放逐,乃著《离骚》八篇。言己离别愁思,申杼其心,自明无罪,因以讽谏,冀君觉悟,卒不省察,遂赴汨罗死焉。弟子宋玉,痛惜其师,伤而和之。其后,贾谊、东方朔、刘向、扬雄嘉其文彩,拟之而作。盖以原楚人也,谓之楚辞。然其气质高丽,雅致清远,后之文人,咸不能逮。

　　始汉武帝命淮南王为之章句,旦受诏,食时而奏之,其书今亡。后汉校书郎王逸,集屈原以下,迄于刘向,逸又自为一篇,并叙而注之,今行于世。隋有释道骞,善读之,能为楚声,音韵清切,至今传楚辞者,皆祖骞公之音。

关于"骚"体,刘安、班固、王逸、刘勰的评论都很重要。刘安的评论,言简意赅,对《离骚》作了很高的评价。班固认为刘安的评价"似过其真",指责屈原"露才扬己",但也肯定"其文弘博丽雅,为辞赋宗"。王逸赞成刘安的评价,认为班固对屈原的指责是"亏其高明,而损其清洁者也"。最后指出:"屈原之词,诚博远矣!自终没以来,名儒博达之士,著造词赋,莫不拟则其仪表,祖式其模范,取其要妙,窃其华藻。所谓金相玉质,百世无匹,名垂罔极,永不刊灭者矣!"这个历史的评价是完全正确的。刘勰对楚辞的评论最深入、细致。他一方面对汉代以来的有关评论作了总结。另一方面提出了自己的新见解,最值得我们注意。《隋志》所论,实为楚辞简史,亦可供参考。

七

三国魏曹植《七启序》云:

　　昔枚乘作《七发》,傅毅作《七激》,张衡作《七辩》,崔骃作《七依》,辞各美丽,余有慕之焉!遂作《七启》,并命王粲作焉。

西晋傅玄《七谟序》云:

昔枚乘作《七发》，而属文之士若傅毅、刘广世、崔骃、李尤、桓麟、崔琦、刘梁、桓彬之徒，承其流而作之者纷焉，《七激》《七兴》《七依》《七款》《七说》《七蠲》《七举》《七设》之篇。于是通儒大才马季长、张平子亦引其源而广之。马作《七厉》，张造《七辨》。或以恢大道而导幽滞，或以黜瑰侈而托讽咏，扬辉播烈，垂于后世者，凡十有余篇。自大魏英贤迭作，有陈王《七启》、王氏《七释》、杨氏《七训》、刘氏《七华》、从父侍中《七诲》，并陵前而逸后，扬清风于儒林，亦数篇焉。世之贤明，多称《七激》工，余以为未尽善也。《七辨》似也，非张氏至思，比之《七激》，未为劣也。《七释》佥曰妙哉，吾无间矣。若《七依》之卓轹一致，《七辨》之缠绵精巧，《七启》之奔逸壮丽，《七释》之精密闲理，亦近代之所希也。

西晋挚虞《文章流别论》云：

《七发》造于枚乘，借吴、楚以为客主。先言出舆入辇，蹷痿之损；深宫洞房，寒暑之疾；靡曼美色，晏安之毒；厚味暖服，淫曜之害。宜听世之君子，要言妙道，以疏神导引，蠲淹滞之累。既设此辞以显明去就之路，而后说以色声逸游之乐，其说不入，乃陈圣人辨士讲论之娱，而霍然疾瘳。此因膏粱之常疾，以为匡劝，虽有甚泰之辞，而不没其讽谕之义也。其流遂广，其义遂变，率有辞人淫丽之尤矣。崔骃既作《七依》，而假非有先生之言曰："呜呼，扬雄有言，童子雕虫篆刻，俄而曰壮夫不为也。孔子疾小言破道。斯文之族，岂不谓义不足而辨有余者乎！赋者将以讽，吾恐其不免于劝也。"

南朝梁刘勰《文心雕龙·杂文》云：

……及枚乘摛艳，首制《七发》，腴辞云构，夸丽风骇。盖七窍所发，发乎食欲，始邪末正，所以戒膏粱之子也。……

自《七发》以下，作者继踵。观枚氏首唱，信独拔而伟丽矣。及傅毅《七激》，会清要之工；崔骃《七依》，入博雅之巧；张衡《七辨》，结采绵靡；崔瑗《七厉》，植义纯正；陈思《七启》，取美于宏壮；仲宣《七释》，致辨于事理。自桓麟《七说》以下，左思《七讽》以上，枝附影从，十有余家。或文丽而义暌，或理粹而辞驳。观其大抵所归，莫不高谈宫馆，壮语畋猎。穷瑰奇之服馔，极蛊媚之声色。甘意摇骨髓，艳词动魂识，虽始之以淫侈，而终之以居正。然讽一劝百，势不自反；子云所谓"先骋郑卫之声，曲终而奏雅"者也。唯《七厉》叙贤，归以儒道，虽文非拔群，而意实卓尔矣。

明吴讷《文章辨体序说》论"七"体云：

昭明辑《文选》，其文体有曰"七"者，盖载枚乘《七发》，继以曹子建《七启》、张景阳《七命》而已。《容斋随笔》云："枚生《七发》，创意造端，丽旨腴辞，固为可喜。后继之者，如傅毅《七激》、张衡《七辩》、崔骃《七依》、马融《七广》、曹植《七启》、王粲《七释》、张协《七命》、陆机《七征》之类，规仿太切，了无新意。及唐柳子厚《晋问》，虽用其体，而超然别立新机杼，激越清壮，汉、晋之间，沿袭之弊一洗矣。"窃尝考对偶句语，六经所不废。七体虽尚骈俪，然遣辞变化，与连珠全篇四六不同。自柳子后，作者鲜闻。迨元袁伯长（桷）之《七观》，洪武宋、王〔宋指宋濂，王指王祎〕二老之《志释》、《文训》，其富丽固无让于前人；至其议论，又岂《七发》之可比焉。读者宜有以得之。

有关"七"体的论述，以傅玄、刘勰之作最为重要。傅氏历述汉魏"七"体作品,并作了评价,值得注意。刘氏评论西汉、魏晋"七"体作品,概括了"七"体之特点,十分精辟。至于"七"体之起源,章学诚《文史通义·诗教上》云:"孟子问齐王之大欲,历举轻暖肥甘,声音采色,《七林》之所启也,而或以为创之枚乘,忘其祖矣。"孙德谦《六朝丽指》云:"枚乘《七发》,近儒以《孟子·齐宣王章》肥甘不足于口数语,谓为此体滥觞,此固探本之谈矣。然撰之《孟子》,犹不若《说大人章》益为符合,其中叠言'我得志弗为',非枚乘所宗与?"范文澜《文心雕龙注·杂文》篇注云:"案枚乘《七发》,本是辞赋之流,其所托始,仍应于《楚辞》中求之。考《楚辞·大招》自'五谷六仞'至'不遽惕只',言饮食之醴美,即《七发》'犓牛之腴'一段所本也。自'代秦郑卫'至'听歌撰只',言歌舞音乐之乐,即《七发》'龙门之桐'一段所本也。自'朱唇皓齿'至'恣所便只',即《七发》'侅先施徴舒……嫭服而御'所本也。自'夏屋广大'至'凤皇翔只',言宫室游观鸟兽之事,即《七发》'既登景夷之台'、'将为太子驯骐骥之马'、'将以八月之望'诸段所本也。《大招》篇末言上法三王国治民安之事,即《七发》末首所本也。详观《七发》体构,实与《大招》大致符合,与其谓为学《孟子》,无宁谓其变《大招》而成也。"章、孙、范三说各不相同,并可参考。

诏、册、令、教、文(策文)

东汉蔡邕《独断》卷七云:

策书,策者,简也。《礼》曰:"不满百丈,不书于策。"其制长二尺,短者半之,其次一长一短,两编,下附篆书,起年月日,称"皇帝曰",以命诸侯王三公。其诸侯王三公之薨于位者,亦以策书诔谥其行而赐之,如诸侯之策。三公以罪免,亦赐策，文体如上策而隶书，以尺一木两行，唯此为异者也。……

诏书者，诏诰也，有三品。其文曰"告某官，官如故事"，是为诏书。群臣有所奏请，尚书令奏之，下有"制曰，天子答之曰可，若下某官"云云，亦曰诏书。群臣有所奏请，无尚书令奏"制"字，则答曰"已奏如书，本官下所当至"，亦曰诏。

南朝梁刘勰《文心雕龙·诏策》云：

皇帝御宇，其言也神。渊嘿黼扆，而响盈四表，唯诏策乎！昔轩辕唐虞，同称为命，命之为义，制性之本也。其在三代，事兼诰誓。誓以训戒，诰以敷政，命喻自天，故授官锡胤。《易》之《姤》象："后以施命诰四方。"诰命动民，若天下之有风矣。降及七国，并称曰命，命者，使也。秦并天下，改命曰制。汉初定仪，则有四品：一曰策书，二曰制书，三曰诏书，四曰戒敕。敕戒州部，诏诰百官，制施赦令，策封王侯。策者，简也。制者，裁也。诏者，告也。敕者，正也。《诗》云："畏此简书。"《易》称："君子以制数度。"《礼》称："明神之诏。"《书》称："敕天之命。"并本经典以立名目。远诏近命，习秦制也。《记》称丝纶，所以应接群后。虞重纳言，周贵喉舌。故两汉诏诰，职在尚书。王言之大，动入史策，其出如綍，不反若汗。是以淮南有英才，武帝使相如视草；陇右多文士，光武加意于书辞；岂直取美当时，亦敬慎来叶矣。

观文、景以前，诏体浮杂，武帝崇儒，选言弘奥。策封三王，文同训典；劝戒渊雅，垂范后代；及制诰严助，即云厌承明庐，盖宠才之恩也。孝宣玺书，责博士陈遂，亦故旧之厚也。光武拨乱，留意斯文，而造次喜怒，时或偏滥。诏赐邓禹，称司徒为尧；敕责侯霸，称"黄钺一下"。若斯之类，实乖宪章。暨明、章崇学,雅诏间出。和、安政弛,礼阁鲜才,每为诏敕,假手外请。建安之末,文理代兴,潘勖《九锡》,典雅逸群。卫觊《禅诰》,符采炳耀,弗可加已。自魏晋诰策,职在中书,刘放、张华,互管斯任,施令发号,洋洋盈耳。魏文帝下诏,辞义多伟,至于作威作福,其万虑之一弊乎?晋氏中兴,唯明帝崇才,以温峤文清,故引入中书。自斯以后,体宪风流矣。

夫王言崇秘,大观在上,所以百辟其刑,万邦作孚。故授官选贤,则义炳重离之辉;优文封策,则气含风雨之润;敕戒恒诰,则笔吐星汉之华;治戎燮伐,则声存浡雷之威;眚灾肆赦,则文有春露之滋;明罚敕法,则辞有秋霜之烈:此诏策之大略也。……

教者,效也,言出而民效也。契敷五教,故王侯称教。昔郑弘之守南阳,条教为后所述,乃事绪明也。孔融之守北海,文教丽而罕施,乃治体乖也。若诸葛孔明之详约,庾稚恭之明断,并理得而辞中,教之善也。

自教以下,则又有命。《诗》云:"有命自天。"明命为重也。《周礼》曰:"师氏诏王。"明诏为轻也。今诏重而命轻者,古今之变也。

明吴讷《文章辨体序说》论"诏"云:

按三代王言,见于《书》者有三:曰诰,曰誓,曰命。至秦改之曰诏,历代因之。然唯两汉诏辞深厚尔雅,尚为近古。至偶俪之作兴,而去古远矣。东莱吕氏云:"近代诏书,或用散文,或用四六。散文以深纯温厚为本;四六须下语浑全,不可尚新奇华巧而失大体。"

又论"册"云:

按《汉书》，天子所下之书有四，一曰策书。注曰："策者，编简也。其制长二尺，短者半之。篆书，起维年月日，以命诸侯王公。若三公以罪免，亦赐策，则用一尺木而隶书之。"又按唐《百官志》曰："王言有七，一曰册书，立皇后皇太子，封诸王则用之。"《说文》云："册者，符命也。诸侯进受于王，象其札一长一短，中有二编之形。"当作冊，古文作笧。盖冊、策二字通用。至唐宋后不用竹简，以金玉为冊，故专谓之冊也。若其文辞体制，则相祖述云。

明徐师曾《文体明辨序说》论"令"云：

按刘良云："令，即命也。"七国之时并称曰令；秦法，皇后太子称令。至汉王有《赦天下令》，淮南王有《谢群公令》，则诸侯王皆得称令矣。意其文与制诏无大异，特避天子而别其名耳。然考《文选》有梁任昉《宣德皇后令》一首，而其词华靡，不可法式。其余诸集亦不多见。

又论"教"云：

按刘勰云："教者，效也，言出而民效也。"李周翰云："教，示于人也。"秦法，王侯称教；而汉时大臣亦得用之，若京兆尹王尊出教告属县是也。故陈绎曾以为大臣告众之词。

又论"策"云：

按《说文》云："策者，谋也。"《汉书音义》曰："作简策难问，例置案上，在试者意投射取而答之，谓之射策。若录政化得失显而问之，谓之对策。"刘勰云："射策者，探事而献说也，以甲科入仕。对策者，应诏而陈政也，以第一登庸。皆选贤之要术也。"夫策士之制，始于汉文，晁错所对，蔚为举首。自是而后,天子往往临轩策士,而有司亦以策举人,其制迄今用之。又学士大夫,有私自议政而上进者(如宋苏洵《几策》,苏轼《策略》、《策别》、《策断》,苏辙、秦观《进策》之类)。三者均谓之策,而体各不同,故今汇而辩之:一曰制策,天子称制以问而对者是也。二曰试策,有司以策试士而对者是也。三曰进策,著策而上进者是也。……

夫策之体,练治为上,工文次之。然人才不同,或练治而寡文,或工文而疏治,故入选者,刘勰称为通才。呜呼,可谓难也已矣!

近代林纾《春觉斋论文·流别论》论"诏策"云:

诏策一门,"汉初定仪,命有四品:一曰策书,二曰制书,三曰诏书,四曰戒敕。敕戒州郡,诏诰百官,制施赦命,策封王侯。策者,简也。制者,裁也。诏者,告也。敕者,正也"。自汉讫今,沿用勿改。然以文体言之,汉诏最为渊雅。《陔余丛考》称汉诏多惧辞,斯则"敬天法祖,勤政爱民"之恒言。西汉固不必世皆令辞,然掌制有人,故词况极臻美备,而汉文之诏为尤动人。刘勰称武帝"选言弘奥",斥文帝之诏为"浮新",纪文达议之,当也。东汉明帝所降诏书,不及文帝精恳,然祖义褒德,雅善说辞,亦佳笔也。

魏文以篡窃之姿,御位七年,其中诏书,首崇大圣,且不令奏事太后,后族之家,不当辅政之任,辞义伟然。晋武席父祖之荫,得位一如魏文,然素赡文采,诏敕所出雅正,当于政要。东晋明帝为年未抵三十,而遗诏冲抑,江表为之感恸。斯皆中书有人,故能发言动众至此。至于六朝,则纯以藻绩胜矣。齐文宣凶顽逾于桀、纣,而《禁止浮华》一诏,亦辩畅可人意。

有唐诏墨,高逾山丘,独太宗为美。凡属大典,或出词臣手笔,则骈四俪六,不无词费。中如《节省山陵节度诏》、《答房玄龄解仆射诏》、《答皇太子承乾诏》、《责齐王祐诏》,似出御笔,其中或纬以深情,或震以武怒,咸真率无伪,斯皆诏敕中之极笔也。武后诏敕,中书本多名流,顾为名不正,义乃无取。

宋人制诰,初无散行文字,而四六之中,往往流出趣语。东坡当制,黜吕吉甫,天下传诵其文,不知当时风气所趋,不如是亦不中于程式。建隆登极之赦诏曰:"当周邦草昧,从二帝以徂征;洎虞舜陟方,翊嗣君而篡位。但罄一心而事上,敢期百姓之与能。"《赐范镇奖谕诏》:"散乐工于河海之上,往而不还;聘先生于齐鲁之间,有莫能致。"隆裕太后告天下诏曰:"历年二百,人不知兵;传序九君,世无失德。虽举族有北辕之衅,而敷天同左袒之心。"又曰:"汉家之厄十世,宜光武之中兴;献公之子九人,唯重耳之尚在。"《建炎幸明州赦诏》曰:"虽眷我中原,汉祚必期于再复;而迫于强敌,商人几至于五迁。"又曰:"唯八世祖宗之泽,岂汝能忘?顾一时社稷之忧,非予获已。"《建炎复位赦诏》曰:"帝尧无黄屋之心,岂菲躬之敢议?汉高先马上之治,庶后效之可图。"《绍兴亲征诏》曰:"赤地千里,谓残暴而无伤;苍天九重,以高明为可侮。"《淳祐改元诏》曰:"《大易》论变则通,通则久,莫如去故而取新;《春秋》谓正次王,王次春,尤重表年而首事。"凡兹隶事,皆精切而流转。故以宋方唐,则唐之骈文郁不入纤,宋之骈文巧不伤雅。

楼攻愧《北行日录》:"金人之待使者,每有锡予,亦必加以诏书,然皆陈腐如书启,不足言文。"明太祖起自兵间,子孙相沿,乃不究心文采;如嘉靖杖杀杨忠愍手敕,至用"这厮"二字,且"交镇抚司好生打着"云云,真同伧荒说话,非诏书矣。

　　大抵策命之自有程式,唯诏诰一门,非镕经铸史,持以中正之心,出以诚挚之笔,万不足以动天下。唐之兴元、奉天,均陆宣公当制,诏书所至,虽骄将悍卒,皆为流涕,孰谓官中文字不足以感人邪?

以上各家论述,以刘勰所论最为精详,林纾评论历代诏书,颇有见解。蔡、吴、徐三氏区分文体,作为文体资料,亦可供参考。

表、上书、启、弹事

东汉蔡邕《独断》云:

　　凡群臣上书天子者有四名:一曰章,二曰奏,三曰表,四曰驳议。章者需头,称稽首上书,谢恩、陈事、诣阙通者也。奏者亦需头,其京师官但言稽首,下言稽首以闻,其中有所请,若罪法劾案,公府送御史台,公卿校尉送谒者台也。表者不需头,上言臣某言,下言臣某诚惶诚恐,稽首稽首,死罪死罪。左方下附曰某官某臣某甲上。文多用编两行,文少以五行,诣尚书通者也。公卿校尉诸将不言姓,大夫以下有同姓官别者言姓。章曰报闻。公卿使谒者将大夫以下至吏民,尚书左丞奏闻报可,表文报已奏如书。凡章表皆启封,其言密事,得帛囊盛。其有疑事,公卿百官会议,若台阁有所正处,而独执异意者曰驳议。驳议曰:某官某甲议以为如是,下言臣愚戆议异。其非驳议,不言议异。其合于上意者,文报曰某甲某官议可。

东晋李充《翰林论》论"表"云:

　　表宜以远大为本,不以华藻为先。若曹子建之表,可谓成文矣。诸葛亮之表刘主，裴公之辞侍中，羊公之让开府，可谓德音矣。

南朝梁刘勰《文心雕龙·章表》云：

夫设官分职，高卑联事。天子垂珠以听，诸侯鸣玉以朝。敷奏以言，明试以功。故尧咨四岳，舜命八元，固辞再让之请，俞往钦哉之授，并陈辞帝庭，匪假书翰。然则敷奏以言，则章表之义也；明试以功，即授爵之典也。至太甲既立，伊尹书诫，思庸归亳，又作书以赞。文翰献替，事斯见矣。周监二代，文理弥盛，再拜稽首，对扬休命，承文受册，敢当丕显，虽言笔未分，而陈谢可见。降及七国，未变古式，言事于王，皆称上书。秦初定制，改书曰奏。汉定礼仪，则有四品：一曰章，二曰奏，三曰表，四曰议。章以谢恩，奏以按劾，表以陈请，议以执异。章者，明也。《诗》云"为章于天"，谓文明也；其在文物，赤白曰章。表者，标也。《礼》有《表记》，谓德见于仪；其在器式，揆景曰表。章表之目，盖取诸此也。按《七略》、《艺文》，谣咏必录。章表奏议，经国之枢机。然阙而不纂者，乃各有故事，而在职司也。

前汉表谢，遗篇寡存。及后汉察举，必试章奏。左雄表议，台阁为式；胡广章奏，天下第一：并当时之杰笔也。观伯始谒陵之章，足见其典文之美焉。昔晋文受册，三辞从命，是以汉末让表，以三为断。曹公称为表不必三让，又勿得浮华。所以魏初表章，指事造实，求其靡丽，则未足美矣。至于文举之荐祢衡，气扬采飞；孔明之辞后主，志尽文畅：虽华实异旨，并表之英也。琳、瑀章表，有誉当时；孔璋称健，则其标也。陈思之表，独冠群才。观其体赡而律调，辞清而志显，应物制巧，随变生趣,执辔有余,故能缓急应节矣。逮晋初笔札,则张华为俊。其三让公封,理周辞要,引义比事,必得其偶,世珍《鹪鹩》,莫顾章表。及羊公之《辞开府》,有誉于前谈;庾公之《让中书》,信美于往载:序志显类,有文雅焉。刘琨《劝进》,张骏《自序》,文致耿介,并陈事之美表也。

原夫章表之为用也,所以对扬王庭,昭明心曲。既其身文,且亦国华。章以造阙,风矩应明;表以致禁,骨采宜耀。循名课实,以文为本者也。是以章式炳贲,志在典谟,使要而非略,明而不浅。表体多包,情伪屡迁,必雅义以扇其风,清文以驰其丽。然恳恻者辞为心使,浮侈者情为文屈。必使繁约得正,华实相胜,唇吻不滞,则中律矣。子贡云"心以制之","言以结之",盖一辞意也。荀卿以为观人美辞,丽于黼黻文章,亦可以喻于斯乎!

又《文心雕龙·奏启》云:

昔唐虞之臣,敷奏以言;秦汉之辅,上书称奏。陈政事,献典仪,上急变,劾愆谬,总谓之奏。奏者,进也。言敷于下,情进于上也。

秦始立奏,而法家少文。观王绾之奏勋德,辞质而义近;李斯之奏骊山,事略而意诬。政无膏润,形于篇章矣。自汉以来,奏事或称上疏。儒雅继踵,殊采可观。若夫贾谊之务农,晁错之兵术,匡衡之定郊,王吉之观礼,温舒之缓狱,谷永之谏仙,理既切至,辞亦通畅,可谓识大体矣。后汉群贤,嘉言罔伏。杨秉耿介于灾异,陈蕃愤懑于尺一,骨鲠得焉;张衡指摘于史职,蔡邕铨列于朝仪,博雅明焉。魏代名臣,文理迭兴。若高堂天文,黄观教学,王朗节省,甄毅考课,亦尽节而知治矣。晋氏多难,灾屯流移。刘颂殷勤于时务,温峤恳恻于费役,并体国之忠规矣。

夫奏之为笔,固以明允笃诚为本,辨析疏通为首。强志足以成务,博见足以穷理,酌古御今,治繁总要,此其体也。若乃按劾之奏,所以明宪清国。昔周之太仆,绳愆纠谬;秦之御史,职主文法。汉置中丞,总司按劾,故位在鸷击,砥砺其气,必使笔端振风,简上凝霜者也。观孔光之奏董贤,则实其奸回;路粹之奏孔融,则诬其衅恶。名儒与险士,固殊心矣。若夫傅咸劲直,而按辞坚深;刘隗切正,而劾文阔略:各其志也。后之弹事,迭相斟酌,虽新日用,而旧准弗差。然函人欲全,矢人欲伤,术在纠恶,势必深峭。《诗》刺谗人,投畀豺虎;《礼》疾无礼,方之鹦猩;墨翟非儒,目以豕彘;孟轲讥墨,比诸禽兽。《诗》、《礼》、儒、墨,既其如兹,奏劾严文,孰云能免!是以世人为文,竞于诋诃,吹毛取瑕,次骨为戾,复似善骂,多失折衷。若能辟礼门以悬规,标义路以植矩,然后逾垣者折肱,捷径者灭趾,何必躁言丑句,诟病为切哉!是以立范运衡,宜明体要。必使理有典刑,辞有风轨,总法家之式,秉儒家之文,不畏强御,气流墨中,无纵诡随,声动简外,乃称绝席之雄,直方之举耳。

启者,开也。高宗云:"启乃心,沃朕心。"取其义也。孝景讳启,故两汉无称。至魏国笺记,始云启闻。奏事之末,或云谨启。自晋来盛启,用兼表奏。陈政言事,既奏之异条;让爵谢恩,亦表之别干。必敛饬入规,促其音节,辨要轻清,文而不侈,亦启之大略也。

又表奏确切,号为谠言。谠者,偏也。王道有偏,乖乎荡荡,矫正其偏,故曰谠言也。孝成称班伯之谠言,贵直也。自汉置八能,密奏阴阳,皂囊封板,故曰封事。晁错受《书》,还上便宜。后代便宜,多附封事,慎机密也。夫王臣匪躬,必吐謇谔,事举人存,故无待泛说也。

又《文心雕龙·论说》云:

夫说贵抚会,弛张相随,不专缓颊,亦在刀笔。范雎之言疑事,李斯之止逐客,并烦情入机,动言中务,虽批逆鳞,而功成计合,此上书之善说也。至于邹阳之说吴梁,喻巧而理至,故虽危而无咎矣。敬通之说鲍邓,事缓而文繁,所以历聘而罕遇也。

唐牛希济《表章论》云:

人君尊严,臣下之言不可达于九重。表章之用,下情可以上达,得不重乎!历观往代策文奏议及国朝元和以前名臣表疏,词尚简要,质胜于文,直指是非,坦然明白,致时君易为省览。(《文苑英华》卷七四二)

宋王应麟《玉海》卷二百三《辞学指南》云:

表,明也,标也,标著事序,使之明白。三王以前,谓之敷奏。奏改为表。汉群臣书四品,三曰表。不需头,上言臣某言,下言诚惶诚恐,顿首顿首。左方下附曰:某官臣甲乙上。阳嘉元年,左雄言孝廉先诣公府文吏课笺奏,又胡广以孝廉试章奏,然则章奏试士,其始此欤!

又卷二百四《修辞指南》云:

大抵表文以简洁精致为先,用事不要深僻,造语不可尖新,铺叙不要繁冗,此表之大纲也。

明吴讷《文章辨体序说》论"表"云：

按韵书："表，明也，标也，标著事绪，使之明白，以告乎上也。"三代以前，谓之敷奏。秦改曰表。汉因之。窃尝考之，汉晋皆尚散文，盖用陈达情事，若孔明前后《出师》，李令伯《陈情》之类是也。唐宋以后，多尚四六。其用则有庆贺、有辞免、有陈谢、有进书、有贡物，所用既殊，则其辞亦各异焉。西山云："表中眼目，全在破题，要见尽题意，又忌太露。贴题目处，须字字精确。且如进实录，不可移于日录。若泛滥不切，可以移用，便不为工矣。大抵表文以简洁精致为先，用事忌深僻，造语忌纤巧，铺叙忌繁冗。"

又论"弹文"云：

按《汉书》注云："群臣上奏，若罪法按劾，公府送御史台，卿校送谒者台。"是则按劾之名，其来久矣。梁昭明辑《文选》，特立其目，名曰弹事。若《唐文粹》、《宋文鉴》，则载奏疏之中而已。迨后王尚书应麟有曰："奏以明允诚笃为本。若弹文，则必理有典宪，辞有风轨，使气流墨中，声动简外，斯称绝席之雄也。"是则奏疏弹文，其辞气亦各异焉。观者其尚考诸！

明徐师曾《文体明辨序说》论"上书"云：

按字书云："书者，舒也，舒布其言而陈之简牍也。"古人敷奏谏说之辞，见于《尚书》、《春秋内外传》者详矣。然皆矢口陈言，不立篇目，故《伊训》、《无逸》等篇，随意命名，莫协于一；然亦出自史臣之手。刘勰所谓"言笔未分"，此其时也。降及七国，未变古式，言事于王，皆称上书。秦汉而下，虽代有更革，而古制犹存，故往往见于诸集之中。萧统《文选》欲其别于臣下之书也,故自为一类,而以"上书"称之。今从其例,历采前代诸臣上告天子之书以为式,而列国之臣上其君者亦以类次杂于其中。

按奏疏者,群臣论谏之总名也。奏御之文,其名不一,故以奏疏括之也。七国以前,皆称上书。秦初,改书曰奏。汉定礼仪,则有四品:一曰章,以谢恩;二曰奏,以按劾;三曰表,以陈请;四曰议,以执异。然当时奏章,或上灾异,则非专以谢恩。至于奏事亦称上疏,则非专以按劾也。又按劾之奏,别称弹事,尤可以征弹劾为奏之一端也。又置八仪,密奏,阴阳皁囊封板,以防宣泄,谓之封事。而朝臣补外,天子使人受所欲言,及有事下议者,并以书对。则汉之制,岂特四品而已哉?然自秦有天下,以及汉孝惠,未闻有以书言事者。至孝文开广言路,于是贾山言治乱之道,名曰《至言》,则四品之名,亦非叔孙通之所定,明矣。魏晋以下,启独盛行。唐用表状,亦称书疏。宋人则监前制而损益之,故有札子,有状,有书,有表,有封事,而札子之用居多;盖本唐人榜子、录子之制而更其名,乃一代之新式也。

上书章表,已列前编,其他篇目,更有八品,今取而总列之:一曰奏。奏者,进也。二曰疏。疏者,布也。汉时诸王官属于其君,亦得称疏,故以附焉。三曰对。四曰启。启者,开也。五曰状。状者,陈也。状有二体,散文、俪语是也。六曰札子。札者,刺也。七曰封事。八曰弹事。各以类从,而以《至言》冠于篇,以其无可附也。至于疏、对、启、状、札五者,又皆以"奏"字冠之,以别于臣下私相对答往来之称。读者亦庶乎有所考矣。

及论其文,则皆以明允笃诚为本,辨析疏通为要,酌古御今,治繁总要,此其大体也。奏启入规而忌侈文,弹事明宪而戒善骂,世人所作,多失折衷,此又学者所当知也。

近代林纾《春觉斋论文·流别论》论"章表"云:

"章者,明也。""表者,标也。"又曰:"章以造阙,风矩应明;表以致禁,骨采宜耀。"因盛称"左雄奏议,台阁为式;胡广章奏,天下第一"。按《后汉书·左雄传》:"自雄掌纳言,多所匡肃,每有章表奏议,台阁以为故事。"《胡广传》:"遂举孝廉,既到京师,试以章奏,安帝以广为天下第一。"按二传所载,似左之奏议,特阁臣之格式,广之章奏,亦中旨之褒扬,不必资为后世法则;顾雄文亦有切直者,如以日食进谏云:"夫刑罪,人情之所甚恶;贵宠,人情之所甚欲。是以时俗为忠者少,而习谀者多。故令人主数闻其美,稀知其过,迷而不悟,至于危亡。"广文亦有简当者,如顺帝欲立皇后,有宠者四人,议欲探筹,以神定选,广上疏曰:"窃见诏书,以立后事大,谦不自专,欲假之筹策,决疑灵神。篇籍所记,祖宗典故,未尝有也。恃神任筮,既不必当贤,就值其人,犹非德选。夫岐嶷形于自然,倪天必有异表。宜参良家,简求有德,德同以年,年均以貌。"文颇明爽动目。至于文举《荐祢》,孔明《出师》,琳、瑀、孔璋、陈思诸杰,体赡律调,辞清志显,鄙人详论诸家之文,已经叙述,不复更赘。

窃谓章表即今之奏议,古谓"章以谢恩,奏以按劾,表以陈情,议以执异"。今之体裁,唯伸贺谢恩,则仍用表式,其余奏议,通曰奏折。古之奏议取直,今之奏议取密。直者,任气撼忠,以所言达其所蕴;凡德不聪,金壬在侧,乱萌政弊,一施匡正,一加弹劾,不能以格式拘,亦不必以忌讳避。至于密之为言,则粉饰补救,俾无罅隙之谓;偶举一事,上虑枢臣之斥驳,下防部议之作梗,故必再四详慎,宜质言者则出以吞吐,故作商量,宜实行者则道其艰难,曲求体谅,语语加以骑墙,篇篇符乎部式:此安得有佳章表,如彦和所谓"雅义以扇其风,清文以驰其丽"者!

顾吾辈今日论文,非论事也。鄙意汉、魏、六朝以降,唐之章表,则切实取陆贽,典重取常衮,宋之章表,则雅趣横生,各擅其胜,能于此留意,必为章表中之好手笔也。

蔡邕对"表"等体的记述,是汉代的资料,值得注意。李充有关"表"的评论,虽较简略,但全书已佚,一鳞半爪,弥足珍贵。刘勰的论述最为系统,也最为重要。牛希济、王应麟之论述"表"体,皆简要切实,便于应用。吴讷、徐师曾之论述,专论文体,对了解文体的特征有帮助。林纾论述"表"体较为具体,从写作角度论文体,自有其特点。以上各家论述并可参考。

笺、奏记、书

南朝梁刘勰《文心雕龙·书记》云:

大舜云:"书用识哉!"所以记时事也。盖圣贤言辞,总为之书,书之为体,主言者也。扬雄曰:"言,心声也;书,心画也。声画形,君子小人见矣。"故书者,舒也。舒布其言,陈之简牍,取象于夬,贵在明决而已。三代政暇,文翰颇疏。春秋聘繁,书介弥盛:绕朝赠士会以策,子家与赵宣以书,巫臣之遗子反,子产之谏范宣,详观四书,辞若对面。又子服敬叔进吊书于滕君,固知行人挈辞,多被翰墨矣。及七国献书,诡丽辐辏;汉来笔札,辞气纷纭。观史迁之报任安,东方朔之难公孙,杨恽之酬会宗,子云之答刘歆,志气盘桓,各含殊采,并杼轴乎尺素,抑扬乎寸心。逮后汉书记,则崔瑗尤善。魏之元瑜,号称翩翩;文举属章,半简必录;休琏好事,留意词翰:抑其次也。嵇康绝交,实志高而文伟矣;赵至叙离,乃少年之激切也。至如陈遵占辞,百封各意;祢衡代书,亲疏得宜:斯又尺牍之偏才也。

详总书体,本在尽言,言以散郁陶,托风采,故宜条畅以任气,优柔以怿怀。文明从容,亦心声之献酬也。若夫尊贵差序,则肃以节文。战国以前,君臣同书,秦汉立仪,始有表奏;王公国内,亦称奏书,张敞奏书于胶后,其义美矣。迄至后汉,稍有名品,公府奏记,而郡将奏笺。记之言志,进己志也。笺者,表也,表识其情也。崔寔奏记于公府,则崇让之德音矣;黄香奏笺于江夏,亦肃恭之遗式矣。公幹笺记,丽而规益,子桓弗论,故世所共遗;若略名取实,则有美于为诗矣。刘廙谢恩,喻切以至;陆机自理,情周而巧:笺之为善者也。原笺记之为式,既上窥乎表,亦下睨乎书,使敬而不慑,简而无傲,清美以惠其才,彪蔚以文其响,盖笺记之分也。

明徐师曾《文体明辨序说》论"牋"云:

按刘勰云:"牋者,表也,识表其情也。"字亦作"笺"。古者君臣同书,至东汉始用牋记,公府奏记,郡将奏牋。若班固之说东平,黄香之奏江夏,所谓郡将奏牋者也。是时太子诸王大臣皆得称牋,后世专以上皇后太子,于是天子称表,皇后太子称牋,而其他不得用矣。其词有散文,有俪语,分为古、俗二体而列之。

今制,奏事太子诸王称启,而庆贺则皇后太子仍并称笺云。

又论"书记"云:

按刘勰云:"书记之用广矣。"考其杂名,古今多品,是故有书,有奏记,有启,有简,有状,有疏,有笺,有札,而书记则其总称也。夫书者,舒也,舒布其言而陈之简牍也。记者,志也,谓进己志也。启,开也,开陈其意也;一云跪也,跪而陈之也。简者,略也,言陈其大略也,或曰手简,或曰小简,或曰尺牍,皆简略之称也。状之为言陈也,疏之为言布也。以上六者,秦汉以来,皆用于亲知往来问答之间;而书、启、状、疏,亦以进御。独两汉无启,则以避景帝讳而置之也。又古者郡将奏笺,故黄香奏笺于江夏。厥后专用于皇后太子诸王,其下遂不敢称。而札独行于宋,盛于元,有叠副提头画一之制,烦猥可鄙;然以吕祖谦之贤而亦为之,则其习非一日矣。故笺者,今人所不得用;而札者;吾儒所鄙而不屑也。

今取六者列之,而辩其体以告学者:一曰书,书有辞命、议论二体。二曰奏记。二者并用散文。三曰启,启有古体,有俗体。四曰简,简用散文。五曰状,状用俪语。六曰疏,疏用散文。然状与疏诸集不多见;见者仅有此体,故姑著之,要未可为定体也。世俗施于尊者,多用俪语以为恭,则启与状疏,大抵皆俗体也。

盖尝总而论之,书记之体,本在尽言,故宜条畅以宣意,优柔以怿情,乃心声之献酬也。若夫尊卑有序,亲疏得宜,是又存乎节文之间,作者详之。

近代林纾《春觉斋论文·流别论》论"书"云:

"书者,舒也。舒布其言,陈之简牍,取象于夬,贵在明决而已。"姚惜抱谓书之为体,始于周公之告君奭,于是列国士大夫,或面相告语,或为书相遗,其义一也。刘彦和分其类曰"书记",姚惜抱则分其类曰"书说"。记,奏记也。汉公府用奏记,郡将用奏笺,今则笺记已屏不用,通行者但名"与书"。《左传》:"晋侯不见郑伯,以为贰于楚也。郑子家使执讯而与之书,以告赵宣子。""与书"二字,始见于此。

然辞主驳诘,而必本之以礼衷;意属争竞,未尝行之以激烈。春秋去古未远,虽竞尚诈术,而犹崇礼让。吕相之绝秦,至无理矣,而听者仍彬彬然。至于子产,则淹博中却含苍质之气,语语纯实,此与书中亦上品也。

七雄游说之士多,诡丽辐辏,步步设为机械,用以陷人。至于汉世,则辞气纷纭纵恣,观史迁之报任安,足以见矣。迁之为史,语至深严,独此书悲慨淋漓,荡然不复防检,极力为李陵号冤,漫无讳忌。幸任安为秘其书,迁死乃稍出,然读之但生后人之悲愤,若见之当时,则又有媒孽其短者矣。杨子幼恽之报孙会宗,意似湛于农亩,然过自标举,所谓"酒酣耳热,仰天击缶,而呼呜呜"者,皆盛气语。凡身世不与相类者,竞摹其作,适足增其桪响而已。扬子云之报刘歆,则侈述作之事,措词简贵高厉,颇脱《法言》艰深之习;亦以刘歆绩学,雄之报书不敢草草,故凌纸怪发,字字生稜。叔夜《绝交》,较杨子幼为直率,盖子幼功名中人,退而治田,尚挟怨望,嵇康山野之性,不嗜肮仕,故摅怀而出,语至俊妙。以上四书,皆人人传诵者,读者领其气,味其趣,各就性之所近,当生悟境。

清初大老,崇尚朴学,则以与书一门,为辨析学问之用,洒洒千言,多半考订为多;文家沿用其体,凡意所不宣者,恒于与书中倾吐之,读者几以名辈与书一门,为寻检遗忘之具,较之汉、唐规律,颇有同异。

昌黎集中与书颇多,然多吞言咽理之作,有时文法同于赠序。盖昌黎未遇时,亦一无聊不平之人,第不欲为公然之嫚骂,故于与书时弄其狡狯之神通。其《答胡生书》,伸缩吐纳,备极悲凉,若引吭高吟,至有余味,而惜抱之《古文辞类纂》乃未收入。

大抵与书一定之体,果有所见,如先辈之析辨学问可也;至于指陈时政,抗论世局,或叙离悰,或抒积悃,所贵情挚而语驯,能驾驭控勒,不致奔逝,奋其逸足,则法程自在,会心者自能深造之也。

刘勰《文龙雕龙·书记》篇所论文体颇多,唯对笺、奏记、书论述较详。徐师曾论述文体较为一般,但颇为简要。林纾论书体主要论"与书",分析较为具体,亦可见文体之发展变化之轨迹。三人所论,皆有可取之处。

檄(附:移)

东晋李充《翰林论》云:

盟檄发于师旅,相如《谕蜀老》,可谓德音矣。《起居戒》曰:军书羽檄,非儒者之事,且家奉道法,言不及杀,语不虚诞;而檄不切厉则敌心陵,言不夸壮则军容弱。(《太平御览》卷五九七引)

南朝梁刘勰《文心雕龙·檄移》云:

震雷始于曜电,出师先乎威声。故观电而惧雷壮,听声而惧兵威。兵先乎者,其来已久。昔有虞始戒于国,夏后初誓于军,殷誓军门之外,周将交刃而誓之。故知帝世戒兵,三王誓师,宣训我众,未及敌人也。至周穆西征,祭公谋父称"古有威让之令,令有文告之辞",即檄之本源也。及春秋征伐,自诸侯出,惧敌弗服,故兵出须名,振此威风,暴彼昏乱,刘献公之所谓"告之以文辞,董之以武师"者也。齐桓征楚,诘苞茅之阙;晋厉伐秦,责箕郜之焚;管仲吕相,奉辞先路;详其意义,即今之檄文。暨乎战国,始称为檄。檄者,皦也。宣露于外,皦然明白也。张仪檄楚,书以尺二,明白之文,或称露布。露布者,盖露板不封,播诸视听也。夫兵以定乱,莫敢自专,天子亲戎,则称恭行天罚;诸侯御师,则云肃将王诛。故分阃推毂,奉辞伐罪,非唯致果为毅,亦且厉辞为武。使声如冲风所击,气似欃枪所扫,奋其武怒,总其罪人,惩其恶稔之时,显其贯盈之数,摇奸宄之胆,订信慎之心;使百尺之冲,摧折于咫书,万雉之城,颠坠于一檄者也。观隗嚣之檄亡新,布其三逆,文不雕饰,而辞切事明,陇右文士,得檄之体矣。陈琳之檄豫州,壮有骨鲠,虽奸阉携养,章实太甚,发丘摸金,诬过其虐;然抗辞书衅,皦然露骨矣。敢指曹公之锋,幸哉免袁党之戮也。钟会檄蜀,征验甚明;桓温檄胡,观衅尤切:并壮笔也。

凡檄之大体,或述此休明,或叙彼苛虐,指天时,审人事,算强弱,角权势,标蓍龟于前验,悬鞶鉴于已然,虽本国信,实参兵诈。谲诡以驰旨,炜晔以腾说,凡此众条,莫之或违者也。故其植义扬辞,务在刚健;插羽以示迅,不可使辞缓;露板以宣众,不可使义隐;必事昭而理辨,气盛而辞断,此其要也。若曲趣密巧,无所取才矣。又州郡征吏,亦称为檄,固明举之义也。

移者,易也;移风易俗,令往而民随者也。相如之《难蜀老》,文晓而喻博,有移檄之骨焉。及刘歆之《移太常》,辞刚而义辨,文移之首也。陆机之《移百官》,言约而事显,武移之要者也。故檄移为用,事兼文武,其在金革,则逆党用檄,顺命资移;所以洗濯民心,坚同符契,意用小异,而体义大同,与檄参伍,故不重论也。

宋王应麟《玉海》卷一八七《檄书上》云:

檄,军书也。晋侯使吕相绝秦,檄书始于此。汉以后方有题。

又《辞学指南》"檄"类云:

檄,军书也。祭公谋父所谓威责之令,文告之辞。东莱先生曰:"晋侯使吕相绝秦,檄书始于此。"然春秋之世,郑子家使执讯与书以告赵宣子,晋之边吏责郑,王使詹伯辞于晋,王子朝使告诸侯,皆未有檄之名。战国时,张仪为檄告楚相,其名始见。鲁仲连为书约矢遗燕将。秦尉佗移檄。蒯通说范阳令曰:"传檄而千里定。"韩信曰:"三秦可传檄而定。"汉有羽檄,颜师古曰:"檄以木简为书,长尺二寸,有急加鸟羽,示速也。"《急就篇》注:"檄以木为之,长二尺。"《说文》亦云"二尺书"。李左车曰:"奉咫尺之书。"自相如之后,檄书见史策者不可胜纪。扬雄曰:"军旅之际,飞书驰檄,用枚皋。"谓其文敏速也。唐以前不用四六。

元陶宗仪《辍耕录》卷十八"檄书露布"条云:

檄书露布,何所起乎?汉陈琳草檄,曹操见之,顿愈头风,遂谓檄起于琳。《说文》:"檄,二尺书。"徐锴《通释》曰:"檄,征兵之书也。汉高祖以羽檄征天下兵,有急,则插以羽。"《尔雅》:"木无枝为檄。"注:"檄,擢直上也。"《文心雕龙》有张仪檄楚书,隗嚣檄亡新文。《文选》有司马相如喻蜀檄文,则檄非自琳始也明矣。

明徐师曾《文体明辨序说》论"檄"云:

按《释文》云:"檄,军书也。"《说文》云:"以木简为书,长尺二寸,用以号召;若有急则插鸡羽而遣之,故谓之羽檄,言如飞之急也。"古者用兵,誓师而已。至周乃有文告之辞,而檄之名则始见于战国。《史记》载张仪为檄以告楚相曰:"始吾从若饮,我不盗而璧,若笞我;若善守汝国,我顾且盗而城。"是也。后人仿之,代有著作。而其词有散文,有俪语。俪语始于唐人,盖唐人之文皆然,不专为檄也。

若论其大体,则刘勰所称"植义飏辞,务在刚健。或述此休明,或叙彼苛虐。指天时,审人事,算强弱,角权势。标蓍龟于前验,悬盘铭于已然。插羽以示迅,不可使辞缓;露板以宣众,不可使义隐:此其要也。"(穆按:引文错乱,参前引《檄移》篇。)可谓尽之矣。今取数首,以为法式。

其他,报答谕告,亦并称檄,故取以附焉。又州邦征吏,亦称为檄,盖取明举之义,而其词不存,无从采录,姑附其说于此。

清孙梅《四六丛话》卷二十四论"檄、露布"云:

《兵法》曰:"明其为贼,敌乃可克。"汉王责项以十事,隗嚣罪莽以三条,此檄之始也。阃外悬于千里,故插羽以飞,军中办于斯须,故磨盾立就。其发愤驱除,则词同祝纲;其招徕归附,则义笃止戈。至其诛渠魁,暴首恶,秉纯刚,发犀利,文烈昆冈之火,气挟溟涨之波,劲语碟肝肠,诋词穷秽媟。孔璋愈头风之作,不过数语之诛心;宾王厉牝晨之词,亦仅两言之得意,而奸雄觉愧汗之流离,武氏转咨嗟而不辍者,岂虚也哉!露布者,师出有功,捷书送喜者也。……

夫檄与露布,六朝不甚区别,故《文心》合而为一。唐宋以后,则檄文在启行之先,露布当克敌之后,名实分矣。至于敌忾,本属同途,故彦和以皦然为先,西山谓少粗无害。若达心而懦,无乃失辞,即美秀而文,犹为不称。必其胸藏武库,抵十万之甲兵,律中奇音,振五声之金石,斯不特推倚马之才,并可继摩崖之迹尔。

近代林纾《春觉斋论文·流别论》论"檄移"云:

檄移之文,"事必昭而理辨,气盛而辞断",二语尽之矣。

按"檄"之为言"皦"也,"宣露于外,皦然明白也"。自东汉讫于季汉,以隗嚣之檄新莽、陈琳之檄州为最。嚣文简括严厉,数莽逆天、逆地、逆人三大罪,而所谓逆人之罪,状莽之凶顽残贼,读之未有不动色者;至所谓炮烙醇醯之刑,则指烧杀陈良、终带等二十七人,又以董忠谋叛,收忠宗族,以醇醯白刃毒药丛棘并一坎而埋之也。文中匪语不精,亦匪状弗肖,第未知当时出自何人手笔耳。陈琳本有两檄,一代尚书令或檄吴将校部曲,一则代袁绍檄豫州,其文最著于时,寓严切于暇豫之中,疏罪案以详审之笔,自是文人极轨。两两相较,嚣则湍濑奔泻,一往无留;琳则长川大河,挹注不尽也。钟司徒檄蜀,桓司马檄胡,钟会雅而桓激。司徒文称武侯曰孔明,称姜维曰伯约而不名,以蜀为汉裔,非开罪于魏之比,魏拥立不正,故能喻蜀以祸福,不能责蜀以大义,用笔颇擅去取之能。石勒荼毒中原,天人同愤,桓温斥曰"胡贼",非嫚骂也。勒非蜀汉之比,故行文虽激,不害于正。吕相之绝秦,郑人之拒晋,本无檄文之体,而言则似檄。盖不斥人之罪案,不见己师之出于有名,不张己之兵威,莫望壮士之进而杀敌。且证以天时,审以人事,辨兴亡之理,论强弱之势,此檄文之要领也。

他若吴朝请均之檄江神,责问周穆王时沉璧,直是痴人说梦,文亦非佳。隋炀帝遗陈尚书江总檄,其开场语曰:"南北虽殊,风云在望,载怀虚迟,寤寐为劳。"直以尺牍为檄文,其下亦多涉铺张,檄文之体于是大坏。梁元帝《讨侯景檄》,文采亦殊不弱,顾不救台城之困,但阅邵陵之墙,文不副实,已乖孝友。矧檄中文字,不言武帝之所以崩,简文之所以困,群臣僇辱,宫眷摧残,侯景凶锋,直覆载之所不容,神人之所共愤,乃夸张武节,至云"鸣鼓聒天,拟金振地。朱旗夕建,如赤城之霞起;戈船夜动,若沧海之奔流",皆出碎辞,都无诚语。元帝本无性情,宜此檄之不能流传于后,如骆宾王之讨武曌也。刘勰之论檄曰:"植义扬辞,务在刚健。"愚谓本无义愤,何由能刚?不衷公道,奚得称健?若隗嚣、桓温、骆宾王三家之文,可云近矣。人品固不足言,而文字实衷彝宪。

"移者,易也,令往而民随之。"司马相如之《难蜀父老》,晓而喻博,有移檄之意。《汉书·楚元王传》,刘歆有移书太常博士责让之文。《晋书·成都王颖传》,陆平原有《移百官文》,顾乃无传。唯陈徐仆射陵为护军长史王质移文讨贼华皎,又有移齐、檄周二文,皆恢张国力,无失文移之体。而脍炙人口者,则孔稚珪之《北山移文》为最瑰迈奇古,巧不伤纤,谑不伤正,虽非文移之正体,而文已足传。后来有司之文移,则出自吏胥之手,填以俚鄙之格式,愚则不知其为何体矣。

李充对"檄"体的评论,简略而有卓见。刘勰的论述最详赡、系统。王应麟、陶宗仪、孙梅的论述亦各有见,录以备考。林纾的论述具体、生动,故全文抄录。至于"移"体,李善注本《文选》未见其体,然选有移文,故附其论述资料,以供参阅。

对问、设论

南朝梁刘勰《文心雕龙·杂文》论"对问"云:

> 智术之子,博雅之人,藻溢于辞,辞盈乎气。苑囿文情,故日新殊致。宋玉含才,颇亦负俗,始造《对问》,以申其志,放怀寥廓,气实使之。……
>
> 自《对问》以后,东方朔效而广之,名为《客难》,托古慰志,疏而有辨。扬雄《解嘲》,杂以谐谑,回环自释,颇亦为工。班固《宾戏》,含懿采之华;崔骃《达旨》,吐典言之裁;张衡《应间》,密而兼雅;崔寔《客讥》,整而微质;蔡邕《释诲》,体奥而文炳;景纯《客傲》,情见而采蔚:虽迭相祖述,然属篇之高者也。至于陈思《客问》,辞高而理疏;庾敳《客咨》,意荣而文悴:斯类甚众,无所取裁矣。原夫兹文之设,乃发愤以表志。身挫凭乎道胜,时屯寄于情泰;莫不渊岳其心,麟凤其采,此立本之大要也。

明吴讷《文章辨体序说》论"问对"云:

> 问对体者,载昔人一时问答之辞,或设客难以著其意者也。《文选》所录宋玉之于楚王,相如之于蜀父老,是所谓问对之辞。至若《答客难》、《解嘲》、《宾戏》等作,则皆设辞以自慰者焉。
>
> 洪氏景卢云:"东方朔《答客难》,自是文中杰出;扬雄拟为《解嘲》,尚有驰骋自得之妙;至于班固之《宾戏》,张衡之

《应问》,则屋下架屋,章摹句写,读之令人可厌。迨韩退之《进学解》出,则所谓青出于蓝而青于蓝矣。"景卢所云,学者亦所当知。

明徐师曾《文体明辨序说》论"问对"云:

按问对者,文人假设之词也。其名既殊,其实复异。故名实皆问者,屈平《天问》、江淹《邃古篇》之类是也(今并不录)。名问而实对者,柳宗元《晋问》之类是也。其他曰难,曰谕(宋刘敞有《谕客》,今不录),曰答,曰应(宋柳开有《应责》,今不录),又有不同,皆问对之类也。古者君臣朋友口相问对,其词详见于《左传》、《史》、《汉》诸书。后人仿之,乃设词以见志,于是有问对之文;而反覆纵横,真可以舒愤郁而通意虑,盖文之不可阙者也,故采数首列之。若其词虽有问对,而名入别体者,则各从其类,不复列于此云。

近代刘师培《论文杂记》论"杂文"云:

刘彦和作《文心雕龙》,叙杂文为一类。吾观杂文之体,约有三端:一曰答问,始于宋玉,《答楚王问》。盖纵横家之流亚也。厥后子云有《解嘲》之篇,孟坚有《宾戏》之答,而韩昌黎《进学解》,亦此体之正宗也。一曰七发,始于枚乘,盖《楚辞·九歌》、《九辩》之流亚也。厥后曹子建作《七启》,张景阳作《七命》,浩瀚纵横,体仿《七发》,盖劝百讽一,与赋无殊,而盛陈服食游观,亦近《招魂》、《大招》之作,柳子厚《晋问》篇,亦七类也。诚文体之别出者矣。一曰连珠,始于汉、魏,盖荀子演《成相》之流亚也。首用喻言,近于诗人之比兴,继陈往事,类于史传之赞辞,而俪语韵文,不沿奇语,亦俪体中之别成一派者也。

萧统《文选》选录《宋玉对楚王问》一篇,因之有"对问"一体。又选录东方朔《答客难》、扬雄《解嘲》、班固《答宾戏》三文,故又有"设论"一体。"对问"、"设论"相类,实为一体,故刘勰归为一类加以论述。又刘师培论"杂文"三体,除"答问"一体之外,其中"七体"见《文选》卷三十四、三十五,"连珠"见《文选》卷五十五,故一并抄录,以供参考。

辞

宋黄伯思《校定楚辞序》云:

"楚辞"虽肇于楚,而其目盖始于汉世。然屈宋之文,与后世依仿者,通有此目。而陈说之以为唯屈原所著者,则谓之《离骚》,后人效而继之,则曰"楚辞",非也。自汉以还,文师词宗,慕其轨躅,摘华竞秀,而识其体要者亦寡。盖屈宋诸骚,皆书楚语,作楚声,纪楚地,名楚物,故可谓之"楚词"。若些、只、羌、谇、蹇、纷、侘傺者,楚语也。悲壮顿挫,或韵或否者,楚声也。沅、湘、江、澧、修门、夏首者,楚地也。兰、茝、荃、药、蕙、若、蘋、蘅者,楚物也。他皆率若此,故以楚名之。自汉以还,去古未远,犹有先贤风概。而近世文士,但赋其体,韵其语,言虽燕、粤,而亦谓之"楚词",失其旨矣。

《四库全书总目提要·集部》"楚辞类序"云:

裒屈、宋诸赋,定名楚辞,自刘向始也。后人或谓之骚,故刘勰品论楚辞,以《辨骚》标目。考史迁称"屈原放逐,乃著《离骚》",盖举其最著一篇。《九歌》以下,均袭骚名,则非事实矣。《隋志》集部以"楚辞"别为一门,历代因之。盖汉、魏以下,赋体既变,无全集皆作此体者。他集不与楚辞类,楚辞亦不与他集类,体例既异,理不得不分著也。杨穆有《九悼》一卷,至宋已佚。晁补之、朱子皆尝续编,然补之书亦不传,仅朱子书附刻《集注》后。今所传者,大抵注与音耳。注家由东汉至宋,递相补苴,无大异词。迨于近世,始多别解。割裂补缀,言人人殊。错简说经之术,蔓延及于词赋矣。今并刊除,杜窜乱古书之渐也。

骆鸿凯《文选学·体式第四》论"辞"云:

> 宋玉、唐勒、景差为文祖屈原,而《史记》称之曰皆好辞。而以赋见称。此则赋辞通称。辞为大名,赋为小名,其来已旧。是以汉人复立楚辞之名以目屈、宋。《文选》此体,凡录汉武《秋风》、渊明《归去来》两篇,皆感物造端之作,亦楚辞之支与也。

"辞"源于楚辞,亦"骚"体之类的作品。今人来裕恂《汉文典》论"辞"体云:"辞者,始于屈原忧愁幽思,本诗义而为《离骚》也。宋玉、景差、唐勒之徒相继而作,并号楚辞。后世为辞者,有汉武帝之《秋风辞》,陶渊明之《归去来辞》。"所论甚是。黄伯思论楚辞之特点,《四库总目提要》述历代楚辞之简况,骆鸿凯论"辞"体之本源,亦皆简要,可供参考。关于楚辞,可参阅前文"骚"体之论述。

序

唐刘知几《史通·序例》论"史序"云:

> 孔安国有云:"序者,所以叙作者之意也。"窃以《书》列典谟,《诗》含比兴,若不先叙其意,难以曲得其情。故每篇有

序,敷畅厥义。降逮《史》、《汉》,以记事为宗,至于表、志、杂传,亦时复立序。文兼史体,状若子书,然可与诰、誓相参,风、雅齐列矣。

逮华峤《后汉》,多同班氏,如刘平、江革等传,其序先言孝道,次述毛义养亲。此则《前汉·王贡传》体,其篇以四皓为始也。峤言辞简质,叙致温雅,味其宗旨,亦孟坚之亚欤?

爰洎范晔,始革其流,遗弃史才,矜炫文采。后来所作,他皆若斯。于是迁、固之道忽诸,微婉之风替矣。若乃后妃、列女,文苑、儒林,凡此之流,范氏莫不列序。夫前史所有,而我书独无,世之作者,以为耻愧。故上自《晋》、《宋》,下及《陈》、《隋》,每书必序,课成其数。盖为史之道,以古传今,古既有之,今何为者?滥觞肇迹,容或可观;累屋重架,无乃太甚。譬夫方朔始为《客难》,续以《宾戏》、《解嘲》。枚乘首唱《七发》,加以《七章》、《七辨》。音辞虽异,旨趣皆同。此乃读者所厌闻,老生之恒说也。

明吴讷《文章辨体序说》论"序"云:

《尔雅》云:"序,绪也。"序之体,始于《诗》之《大序》。首言六义,次言《风》、《雅》之变,又次言二《南》王化之自。其言次第有序,故谓之序也。

东莱云:"凡序文籍,当序作者之意;如赠送燕集等作,又当随事以序其实也。"大抵序事之文,以次第其语,善叙事理为上。近世应用,惟赠送为盛。当须取法昌黎韩子诸作,庶为有得古人赠言之义,而无枉己徇人之失也。

明徐师曾《文体明辨序说》论"序('序略'附)"云:

按《尔雅》云:"序,绪也。"字亦作"叙",言其善叙事理次第有序若丝之绪也。又谓之大序,则对小序而言也。其为体有二:一曰议论,二曰叙事。宋真氏尝分列于《正宗》之编,故今仿其例而辩之。其序事又有正、变二体(系以诗者为变体)。其题曰某序、曰序某,字或作序,或作叙,惟作者随意而命之,无异义也。至唐柳氏又有序略之名,则其题稍变,而其文益简矣。今取以附焉。

又论"小序"云:

按小序者,序其篇章之所由作,对大序而名之也。汉班固云:"孔子纂书凡百篇而为之序,言其作意,此小序之所由始也。"然今《书序》具存,决非孔子所作,盖由后人妄探作者之意而为之,故多穿凿附会,依阿简略,甚或与经相戾,而鲜有发明。独司马迁以下诸儒,著书自为之序,然后己意了然而无误耳。

又论"引"云:

按唐以前,文章未有名引者,汉班固虽作《典引》,然实为符命之文,如杂著命题,各用己意耳,非以引为文之一体也。唐以后始有此体(如柳宗元《霹雳琴赞引》,今见赞类;刘禹锡有《送元暠南游诗引》之类,今不录),大略如序而稍为短简,盖序之滥觞也。

清姚鼐《古文辞类纂序》云:

序跋类者,昔前圣作《易》,孔子为作《系辞》、《说卦》、《文言》、《序卦》、《杂卦》之传,以推论本原,广大其义。《诗》、《书》皆有序,而《仪礼》篇后有《记》,皆儒者所为。其余诸子,或自序其意,或弟子作之,《庄子·天下篇》、《荀子》

末篇,皆是也。余撰次古文辞,不载史传,以不可胜录也。唯载太史公、欧阳永叔表志序论数首,序之最工者也。向、歆奏校书各有序,世不尽传,传者或伪。今存子政《战国策序》一篇,著其概。其后目录之序,子固独优已。

近代林纾《春觉斋论文·流别论》论"序跋"云：

姚氏姬传曰："序跋类者……《荀子》末篇皆是也。"(见姚鼐《古文辞类纂序》)愚按:序古书,序府县志,序诗文集,序政书,序奏议、族谱、年谱,序人唱和之诗,则归入序之一门;辩某子,读某书,书某文后,及传后论,题某人卷后,则归入跋之一门。

数种中,书序最难工。人不能奄有众长,以书求序者,各有专家之学。譬如长于经者,忽请以史学之序,长于史者,忽请以经学之序。门面之语,固足铺叙成文,然语皆隔膜,不必直造本人精微。故清朝考据家恒互相为序。唯既名为文家,又不能拒人之请。故宜平时窥涉博览,运以精思。凡求序之书,尤必加以详阅,果能得其精处,出数语中其要害,则求者亦必餍心而去。王介甫序经义甚精。曾子固为目录之序,至有条理。欧阳永叔则长于叙诗文集。此外政书奏议一门,多官中文字,尤不易序,能者为之,不能者谢去,不可强也。强为渲染,适足为己集之瘢垢,毋庸也。辨读子史二种文字,最有工夫,非沉酣其中,洞其关窍,则可不必作。以不关痛痒之之言,为集中备数文字,近人往往有此病痛。

至于跋尾,亦分数种:金石之跋最难,必考据精实,方可下笔。其下如古书古画,亦必考其收藏之家,详其流派所出,又是一门学问。东坡、山谷之跋,则出以天趣,殊不在此例。

近代文家往往代人作寿序。寿序一体,于古无之。顾亭林深恶此种文字。《望溪集》中亦但有数篇。盛者唯有归震川,然多短篇。盖寿言与生传及神道墓铭有别,大抵朋友交期,祝其长寿。或偶举一二事,足以为寿征者,衍而成文而已。震川文中多本此意。乃时作无可搬演,则尽举其人之身世出处,体似生传,又似神道,必极长而止。故寿文一体,惜抱但录震川,归入赠序一门,不入序跋。仆论赠送序中,遗却此体,故补论于此。实则此等文字,酬应为多,语之不必精切,徒赠纷纭,苟可以已,即不必作。

综言之,序贵精实,跋贵严洁,去其赘言,出以至理,要在平日沉酣于经史,折衷以圣贤之言,则吐词无不名贵也。

刘知几专论史序,吴讷、徐师曾论序,虽能道出序体的一些特点,比较简略。姚鼐论序简而扼要,与选文结合,颇为切实。林纾论序綦详,林氏常从写作角度立论,有自己的特色。诸论皆有可供参考之处。

颂、赞

西晋挚虞《文章流别论》论"颂"云:

王泽流而诗作,成功臻而颂兴,德勋立而铭著,嘉美终而诔集。……《周礼》太师掌教六诗,曰风,曰赋,曰比,曰兴,曰雅,曰颂。……颂者,美颂德之形容。……颂,诗之美者也。古者圣帝明王,功成治定而颂声兴。于是史录其篇,工歌其章,以奏于宗庙,告于鬼神。故颂之所美者,圣王之德也,则以为律吕。或以颂形,或以颂声,其细已甚,非古颂之意。昔班固为《安丰戴侯颂》,史岑为《出师颂》、《和熹邓后颂》,与《鲁颂》体意相类,而文辞之异,古今之变也。扬雄《赵充国颂》,颂而似雅,傅毅《显宗颂》,文与《周颂》相似,而杂以风雅之意。若马融《广成》、《上林》之属,纯为今赋之体,而谓之颂,失之远矣。

南朝梁刘勰《文心雕龙·颂赞》云:

四始之至,颂居其极。颂者,容也,所以美盛德而述形容也。昔帝喾之世,咸墨为颂,以歌《九韶》。自商已下,文理允备。夫化偃一国谓之风,风正四方谓之雅,容告神明谓之颂。风雅序人,故事兼变正;颂主告神,故义必纯美。鲁以公旦次编,商以前王追录,斯乃宗庙之正歌,非宴飨之常咏也。《时迈》一篇,周公所制,哲人之颂,规式存焉。夫民各有心,勿壅惟口。晋舆之称原田,鲁民之刺裘鞸,真言不咏,短辞以讽,丘明、子高,并谍为颂,斯则野颂之变体,浸被乎人事矣。及三闾《橘颂》,情采芬芳,比类寓意,又覃及细物矣。

至于秦政刻文,爰颂其德,汉之惠景,亦有述容,沿世并作,相继于时矣。昔夫子云之表充国,孟坚之序戴侯,武仲之美显宗,史岑之述熹后,或拟《清庙》,或范《駉》、《那》,虽浅深不同,详略各异,其襃德显容,典章一也。至于班、傅之《北征》、《西巡》,变为序引,岂不褒过而谬体哉!马融之《广成》、《上林》,雅而似赋,何弄文而失质乎?又崔瑗《文学》,蔡邕《樊渠》,并致美于序,而简约乎篇。挚虞品藻,颇为精核,至云杂以风雅,而不变旨趣,徒张虚论,有似黄白之伪说矣。及魏晋杂颂,鲜有出辙。陈思所缀,以《皇子》为标;陆机积篇,惟《功臣》最显。其襃贬杂居,固末代之讹体也。

原夫颂唯典懿，辞必清铄，敷写似赋，而不入华侈之区。敬慎如铭，而异乎规戒之域。揄扬以发藻，汪洋以树义，虽纤曲巧致，与情而变，其大体所厎，如斯而已。

赞者，明也，助也。昔虞舜之祀，乐正重赞，盖唱发之辞也。乃益赞于禹，伊陟赞于巫咸，并扬言以明事，嗟叹以助辞也。故汉置鸿胪，以唱拜为赞，即古之遗语也。至相如属笔，始赞《荆轲》。及迁史固书，托赞褒贬。约文以总录，颂体以论辞。又纪传后评，亦同其名。而仲洽《流别》，谬称为述，失之远矣。及景纯注《雅》，动植必赞，义兼美恶，亦犹颂之变耳。然本其为义，事生奖叹，所以古来篇体，促而不广，必结言于四字之句，盘桓乎数韵之辞，约举以尽情，昭灼以送文，此其体也。发源虽远，而致用盖寡，大抵所归，其颂家之细条乎！

明吴讷《文章辨体序说》论"颂"云：

《诗大序》曰："诗有六义，六曰颂。颂者，美盛德之形容，以其成功告于神明者也。"尝考《庄子·天运篇》称："黄帝张《咸池》之乐，焱氏为颂。"斯盖寓言尔。故颂之名，实出于《诗》。若商之《那》、周之《清庙》诸什，皆以告神为颂体之正。至如《鲁颂》之《駉》、《駜》等篇，则当时用以祝颂僖公，为颂之变。故先儒胡氏有曰："后世文人献颂，特效《鲁颂》而已。"颂须铺张扬厉，而以典雅丰缛为贵。《文心雕龙》云："敷写似赋，而不入华侈之区；敬慎如铭，而异乎规谏之域。"谅哉！

又论"赞"云：

按赞者，赞美之辞。《文章缘起》曰："汉司马相如作《荆轲赞》。"世已不传。厥后班孟坚《汉史》以论为赞，至宋范晔更以韵语。唐建中中试进士，以箴、论、表、赞代诗赋，而无颂题。迨后复置博学宏词科,则颂、赞二题皆出矣。西山云:"赞、颂体式相似,贵乎赡丽宏肆,而有雍容俯仰顿挫起伏之态,乃为佳作。"大抵赞有二体:若作散文,当祖班氏史评;若作韵语,当宗东方朔《画像赞》。《金楼子》有云:"班固硕学,尚云赞颂相似。"讵不信然!

明徐师曾《文体明辨序说》论"赞"云:

按字书云:"赞,称美也,字本作讃。"昔汉司马相如初赞荆轲,其词虽亡,而后人祖之,著作甚众。唐时至用以试士,则其为世所尚久矣。其体有三:一曰杂赞,意专褒美,若诸集所载人物、文章、书画诸赞是也。二曰哀赞,哀人之没而述德以赞之者是也。三曰史赞,词兼褒贬,若《史记索隐》〔案司马贞《史记索隐》在《史记》每篇后,皆附述赞〕、《东汉》、《晋书》诸赞是也。

刘勰有言:"赞之为体,促而不旷,结言于四字之句,盘桓于数韵之辞,其颂家之细条乎。"可谓得之矣。至其谓"班固之赞,与此同流",则余未敢以为然也。盖尝取而玩之,其述赞也,名虽为赞,而实则评论之文(今入论类);其叙传也,词虽似赞,而实则小序之语(今入小序类);安得概谓之赞而无辩乎?

近代林纾《春觉斋论文·流别论》论"颂、赞"云:

颂者,"敷写似赋,而不入华侈之区;敬慎如铭,而异乎规戒之域"。赞者,"约举以尽情,昭灼以送文"。盖颂之为言,容也;赞之为言,明也。

《商颂》、《鲁颂》,用之以告神明;若《原田》、《裳裳》,一出诸野夫之口,一用为刺讥之辞。至训"颂"为"诵",此颂之变体也。三闾《橘颂》,则覃及细物,又为寓怀之作,非颂之正体。于是子云、孟坚,用之以美赵充国、窦融,已移以颂显人,晋而上之颂天子矣。此颂之源流也。益赞禹,伊陟赞巫咸,刘勰谓之"扬言以明事,嗟叹以助辞",此赞体之初立者也。迁、固二书,始托赞以为褒贬。而郭景纯注《雅》,虽植物亦有赞焉;景纯之赞植物,由诸灵均之颂橘,均为变体。

综言之,颂赞之词,非深于子书,精于小学者,万不能佳。二体均结言于四字之句,不能自镇则近佻,不能自敛则近纤;累句相同,不自变换,则近沓;前后隔阂,不相照应,则近蹇;过艰恶涩,过险恶怪,过深恶晦,过易恶俚。必运以散文之杼轴,就中变化,文既古雅,体不板滞;自非发源于葩经,则选词不韵,赋色于子书,则取材不精;下字必严,撰言必巧,近之矣。

陆士衡为《汉高祖功臣颂》,皇皇大观也。然篇中如"拾代如遗,偃齐犹草","身与烟消,名与风兴"等句,此扬子云所万万不为者。观子云为《赵充国颂》,无一语不经心,亦无一语伤于纤弱,则极意摹古,由其读古书多,故发声亦洪而肃,此不能以浅率求也。韩昌黎之《元和圣德诗》,厥体如颂,其曰"取之江中,枷脰械手。妇女累累,啼哭拜叩。求献阙下,以告庙社。周示城市,咸使观睹。解脱挛索,夹以砧斧。婉婉弱子,赤立伛偻。牵头曳足,先断腰膂",读之令人毛戴。子由以为李斯颂秦所不忍言,而退之自谓"无愧于风雅",何其陋也。南轩曰:"盖欲使藩镇闻之,畏罪惧祸不敢叛。"愚诵南轩之言,不期失笑。魏博传五世,至田弘正入朝,十年复乱,更四姓,传十世,有州七。成德更二姓,传五世,至王承元入朝,明年王庭凑反,传六世,有州四。卢龙更三姓,传五世,至刘总入朝,六月朱克融反,传十二世,有州九。淄青传五世而灭,有州十二。沧景传三世,至程权入朝,十六年而李全略有之,至其子同捷而灭。宣武传四世而灭,有州四。彰义传三世而灭,有州三。泽潞传三世而灭,有州五。叛逆至于数世,而魏博最久,此岂畏罪惧祸? 鄙意终以昌黎之言为失体。盖昌黎蕴忠愤之气,心怒贼臣,目睹俘囚伏辜,振笔直书,不期伤雅,非复有意为之。但观《琴操》之温醇,即知昌黎非徒能为此者也。

赞体不能过长,意长而语约,必务括本人之生平而已,与颂略异。

近代刘师培《文心雕龙·颂赞》篇讲录云：

颂之本源盖出于诗。六义四始,颂并厕焉。《诗序》云："颂者,美盛德之形容,以其成功告于神明者也。"析其涵义,第一重美。彦和云："风雅序人,事兼变正；颂主告神,义必纯美。"是风雅可有美刺,颂则有美无刺也。其次重形容。《说文》："颂,皃貌也。"即形容之容字,"容"本为包容之义,与形容之义无涉。古代诗歌,皆可入乐。乐者,备兼歌舞；故形容盛德必舞与声相应以方物之也。又次重告于神明。颂之最古者,推《商颂》五篇,其词率皆祭礼祖宗所用。即《周颂》三十余篇,非祭祀天神地祇,即为祭宗庙之文；是知告于神明乃颂之正宗也。逮及《鲁颂》,多美僖公,不皆祭神之词,是颂体之渐变。两汉以降,但美盛德,兼及品物,非必为告神之乐章矣。

又云：

颂之作法：第一,应有雅音,常手为文,音节类不能和雅；试取东汉蔡伯喈所作与常文相较,即可辨其高下之所在。第二,颂虽主形容,但不可死于句下；应以从容揄扬,涵蓄有致为佳。第三,颂文以典雅为主,不贵艰深；应屏退杂书,唯镕式经诰。观汉人所传之颂,皆文从言顺,自然为工；正不赖僻典诂字,以致奥远。颂中若如《法言》、《典引》及赋之用字,即为讹体。可以知已。后世之颂,大抵摹拟陆士衡《汉高祖功臣颂》者为多。斯篇文固细密,作法亦中准绳。唯取格宜高,以此为法,恐易流于板滞。后世之颂,即使体裁去古未远,然决不能如古人之简约,以乏疏朗之致,而有涂附之弊也。今欲作颂,始舍《周颂》、《商颂》,以去高远;其切而近者,自应以陆士衡《功臣颂》为式,而参以汉人之疏朗,以矫其板滞,再求音节和雅,即可得其体要矣。

又云:

赞之一体,三代时本与颂殊途;至东汉以后,界囿渐泯。考其起源,实不相谋。赞之训诂:(一)明也;(二)助也。本义唯此而已。文之主赞明者,当推孔子作《十翼》以赞《周易》为最古;乃知赞者,盖将一书之旨为文融会贯通以明之者也。及班孟坚作《汉书》,于志表纪传之后缀以"赞曰"云云,皆就其前之所记,贯串首尾,加以论断,亦与此皆弗悖。由是以推,东汉以前,赞与颂之为二体甚明。即就形式言,颂必有韵,而赞则亦可有韵可无韵也。《汉书》之赞皆无韵。逮及后世,以赞为赞美之义,遂与古训相乖。不知《汉书》纪传所载,非尽贤哲;而孟坚篇必有赞,岂皆有褒无贬,有美无刺乎?如《吴王濞传》亦有赞。盖总举一篇大意,助本文而明之耳。正以见其不失古义也。至范蔚宗《后汉书》,乃以孟坚之赞为论,无韵。而以《叙传》中述某某第几为赞。四言有韵。《文选》因名之为述赞,别立一类。夫以《汉书》本文只称为述者,而《后汉书》易名之曰赞。即此可以两汉与六朝区分文体不同之点矣。东汉,郑康成有《尚书赞》,叙《尚书》之源流;文亦散行,有类于后世之序。而汉碑中多有四言韵文而称为序者,又实即后世之所谓赞体。且古常以序赞并称,故知赞之与序实源出一途。至如后之以赞颂相近,盖就其变体以言,非其本也。然自东汉以后,颂与赞不甚分别矣!彦和于赞之本源,考之犹有未精,因附益之于此。

又云:

赞文之有韵者,可分为四:(一)哀赞——以蔡中郎《胡公夫人哀赞》为准则。(二)像赞——李充《翰林论》云:"图象立而赞兴。"知东汉时,此体至为盛行。《后汉书·赵岐传》云:"图季札、子产、晏婴、叔向四像居宾位,又自画其像居主位,皆为赞颂。"卷九十四。可证。《东方朔画赞》即属此类。(三)史赞——此类以范蔚宗《后汉书》纪传后之赞为最佳。大抵撮其人大略,为之作赞者,不出此三类。特东汉之时,有为当时具令德之人作赞者,如蔡中郎《焦君赞》;亦有为古人作赞者,如王仲宣《正考父赞》是也。(四)杂赞——以上三者,皆为对人而作。至于为一切品物作赞者,则属此类。如郭璞《山海经图赞》、《尔雅图赞》,皆据图而为物作赞者;又有不据图而为物作赞者,如繁钦《砚赞》等是。抑可知汉魏之赞,不限于人而已也。哀赞一体,后渐流为与诔、祭文、神诰三体相合。即如蔡中郎《胡公夫人哀赞》,先叙其父母之德行,后言己身之悲哀,本为人子思念考妣而作。及三体之文兴,而此哀赞之名泯矣。赞之作法,以四言有韵为最通见。蔡中郎间有六字句者。汉人所为赞,篇幅亦不甚长,其体则与颂相近,如:班孟坚《十八侯铭》,即为前汉之功臣。夏侯孝若《东方朔画赞》,亦与扬子云之《赵充国颂》无别。又《三国·蜀志·杨戏传》卷十五称,戏作《秀汉辅臣赞》,赞昭烈以下臣子,是皆颂体也。唯以此种称为赞,而古时无韵之赞遂灭而不彰,若郑康成之《易赞》、《尚书赞》,东汉以后,无支流矣。《文心》是篇所论,大概皆谓有韵之赞。推赞之本源,既别于颂体,虽后世已混淆无分,然实不能尽同。盖颂放而赞敛;颂可略事铺张,赞则不贵华词。观汉人之赞,篇皆短促,质富于文;朴茂之中,自然曲雅。既不伤于华侈,亦不失之轻率,斯其所以足式也。

近代黄侃《文心雕龙札记·颂赞》论"颂"云:

《周礼·太师》注曰:颂之言诵也,容也;诵今之德,广以美之。是颂本兼诵、容二谊。以今考之,诵其本谊,颂为借字,而形容颂美,又缘字后起之谊也。详大司乐以乐语教国子,兴、道、讽、诵、言、语。注曰:陪文曰讽,以声节之曰诵。疏曰:讽是直言无吟咏,诵则非直背文,又为吟咏,以声节之。又瞽矇诵诗。注曰:谓暗读之,不依咏也。盖不依咏者,谓虽有声节,而仍不必与琴瑟相应也。然则诵而不依咏,即与歌之依咏者殊,故《左传》襄十四年云:卫献公使太师歌《巧言》之卒章,师曹请为之,公使歌之,遂诵之。又廿八年《传》云:叔孙穆子食庆封,使工为之颂《茅鸱》。又《毛诗·郑风·子衿》传云:古者教以诗乐,诵之歌之,弦之舞之。据此诸文,是诗不与乐相依,即谓之诵。故《诗·崧高》、《烝民》曰:吉甫作诵。《国语·周语》曰:瞍赋矇颂。《楚语》曰:宴居有师工之诵。《乐师》先郑注云:敕尔瞽,率尔众工,奏尔悲诵。此皆颂字之本谊。及其假借为颂,而旧谊犹时有存。故《太卜》其颂千有二百,卜繇也而谓之诵。箴章歗齒颂,风也而谓之诵。瞽矇讽诵诗,后郑曰:讽诵诗,谓庶作柩谧时也,讽诵王治功之诗以为谥,则诔也而亦谓之颂。《九夏》之章,后郑以为颂之类,则乐曲也而亦可谓之颂。此颂名至广之证也。厥后《周颂》以容告神明为体,《商颂》虽颂德,而非告成功。《鲁颂》则与风同流,而特借美名以示异。是则颂之谊,广之则笼罩成韵之文,狭之则唯取颂美功德。至于后世,二义俱行。属前义者,《原田》、《裘鞸》,屈原《橘颂》,马融《广成》,本非颂美,而亦被颂名。属后义者,则自秦皇刻石以来,皆同其致。其体或先序而后结韵,或通篇全作散语。如王子渊《圣主得贤臣颂》是。又或变其名而实同颂体,则有若赞。彦和云:颂家之细条。有若祭文,彦和云:中代祭文,兼赞言行。有若铭,《左传》论铭云:天子令德,诸侯计功,大夫称伐。又始皇上泰山刻石颂秦德,而彦和《铭箴》篇称之曰铭。有若箴,《国语》云:工诵箴谏。有若诔,彦和云:传体而颂文。有若碑文,彦和云:标序盛德,昭纪鸿懿,此碑之制也。汉人碑文多称颂,如《张迁碑》名表颂,此施于死者。蔡邕《胡公碑》云:树石作颂。《胡夫人灵表》称颂曰:此施于死者。有若封禅,彦和云:颂德铭勋,乃鸿绩耳。其实皆与颂相类似。此则颂名至广,用之者或以为局,颂类至繁,而执名者不知其同然,故不可以不审察也。《文章流别论》云:颂,诗之美者也。古者圣帝明王功成治定而颂声兴,于是史录其篇,工歌其章,以奏于宗庙,告于鬼神,故颂之所美者,圣王之德也,则以为律吕,或以颂声,或以颂形,其细已甚,非古颂之意。昔班固为《安丰戴侯颂》,史岑为《出师颂》、《和熹邓后颂》,与《鲁颂》体意相类,而文辞之异,古今之变也。扬雄《充国颂》,颂而似雅;傅毅《显宗颂》,文与《周颂》相似,而杂以风雅之意。若马融《广成》、《上林》之属,纯为今赋之体,而谓之颂,失之远矣。案仲治论颂,多为彦和所取,然于颂之原流变体有所未尽,故今补述之如上云。

又论"赞"云：

> 彦和兼举明、助二义，至为赅备。详赞字见经，始于《皋陶谟》。郑君注曰：明也。盖义有未明，赖赞以明之。故孔子赞《易》，而郑君复作《易赞》，由先有《易》而后赞有所施，《书赞》亦同此例。至班孟坚《汉书赞》，亦由纪传意有未明，作此以彰显之，善恶并施。故赞非赞美之意。太史书每纪、传、世家后称太史公曰，亦同此例。荀悦改名曰论。自是以后，或名序，或名诠，或名评，或名议，或名述，或名奏，要之皆赞体耳。至于历叙纪、传用意为韵语，首自太史公《自序》。班孟坚叙传则曰述某纪，范氏则又改用赞名。而后史或全不用赞，如《元史》。或其人非善，则亦不赞。如《明史·流贼传》是。此缘以赞为美，故歧误至斯。刘向《列女传》亦颂孽嬖。史赞之外，若夏侯孝若《东方朔画赞》，则赞为画施。陆士龙《荣启期赞》亦同。郭景纯《山海经》、《尔雅》图赞，则赞为图起，此赞有所附者，专以助为义者也。若乃空为赞语以形状事物，则是颂之细条，故亦与颂互称。陆士衡《高祖功臣颂》，与袁彦伯《三国名臣赞》同体。郭景纯《山海经图赞》，与江文通《闽中草木颂》同体。晋左贵嫔有《德柔颂》，又有《德刚颂》，文体如一，而别二名，故知相通。盖始自相如赞荆轲，而其文不传，无以知其结体何若。后之为赞，则大都四言用韵为多，若施之于人事，若戴安道《闲游赞》之属，施之于技艺，若崔子玉《草书势》之属，皆赞之流类矣。赞之精整可法，以范蔚宗《后汉书赞》为最，自云：赞自是吾文之杰思，几无一字虚设。由今观之，自陆袁以降，诚未有美于詹事者也。

挚虞认为，颂的兴起是由于"功成治定"，颂的特点是"美盛德之形容"，颂的作用是"奏于宗庙，告于神"。这是继承《毛诗序》的观点。刘勰论颂，亦继承《毛诗序》的观点，认为颂是"美盛德而述形容",以之告神。不同的是,他指出:"颂唯典懿,辞必清铄,敷写似赋,而不入华侈之区。敬慎如铭,而异乎规戒之域。"十分精辟。关于赞,刘勰指出:"必结言于四字之句,盘桓乎数韵之辞,约举以尽情,昭灼以送文。"亦颇简要。吴讷引真西山言,谓"赞、颂体式相似,贵乎赡丽宏肆,而有雍容俯仰顿挫起伏之态,乃为佳作"。亦道出颂、赞的一些特点。徐师曾论"颂",与刘勰大体相同,比较简略。林纾继承了刘勰的论述而加以发挥。刘师培论述颂、赞之特征,并详述其作法,可谓具体而微,颇为细致。黄侃的论述,补刘勰之不足,颇值得我们珍视。

符 命

《礼记·礼器》云:

"因名山升中于天。"郑玄注云:"谓巡守至于方狱,燔柴祭天,告以诸侯之成功也。《孝经说》曰:'封乎泰山,考绩燔燎,禅乎梁甫,刻石纪号也。'"孔颖达疏云:"《孝经说》曰'至'刻石纪号',皆《孝经纬》文也。'封乎泰山'者,谓封土为坛,在泰山之上。'考绩燔燎'者,谓考诸侯功绩,燔柴燎牲以告天。'禅乎梁甫'者,禅读为墠,谓除地为墠,在于梁甫,以告地也。梁甫是泰山之旁小山也。'刻石纪号也'者,谓刻石为文,纪录当代号谥。"

东汉班固撰、清陈立疏证《白虎通义》卷六《封禅》云:

王者易姓而起,必升封泰山何?报告之义也。始受命之日,改制应天,天下太平功成,封禅以告太平也。所以必于泰山何?万物之始,交代之处也。必于其上何?因高告高,顺其类也。故升封者,增高也。下禅梁甫之基,广厚也。皆刻石纪号者,著己之功迹以自效也。天以高为尊,地以厚为德。故增泰山之高以报天,附梁甫之基以报地。……封者,广也。言禅者,明以成功相传也。梁甫者,泰山旁山名。

南朝梁刘勰《文心雕龙·封禅》云:

夫正位北辰,向明南面,所以运天枢,毓黎献者,何尝不经道纬德,以勒皇迹者哉!《绿图》曰:"潬潬噫噫,棽棽雄雄,万物尽化。"言至德所被也。《丹书》曰:"义胜欲则从,欲胜义则凶。"戒慎之至也。则戒慎以崇其德,至德以凝其化,七十有二君,所以封禅矣。

昔皇帝神灵,克膺鸿瑞,勒功乔岳,铸鼎荆山。大舜巡岳,显乎《虞典》。成康封禅,闻之《乐纬》。及齐桓之霸,爰窥王迹,夷吾谲陈,拒以怪物。固知玉牒金镂,专在帝皇也。然则西鹣东鲽,南茅北黍,空谈非征,勋德而已。是史迁八书,明述封禅者,固禋祀之殊礼,名号之秘祝,祀天之壮观矣。

秦皇铭岱,文自李斯,法家辞气,体乏弘润。然疏而能壮,亦彼时之绝采也。铺观两汉隆盛,孝武禅号于肃然,光武巡封于梁父,诵德铭勋,乃鸿笔耳。观相如《封禅》,蔚为唱首。尔其表权舆,序皇王,炳玄符,镜鸿业,驱前古于当今之下,腾休明于列圣之上,歌之以祯瑞,赞之以介丘,绝笔兹文,固维新之作也。及光武勒碑,则文自张纯,首胤典谟,末同祝辞,引钩谶,叙离乱,计武功,述文德,事核理举,华不足而实有余矣。凡此二家,并岱宗实迹也。及扬雄《剧秦》,班固《典引》,事非镌石,而体因纪禅。观《剧秦》为文,影写长卿,诡言遁辞,故兼包神怪。然骨掣靡密,辞贯圆通,自称极思,无遗力矣。《典引》所叙,雅有懿采,历鉴前作,能执厥中,其致义会文,斐然余巧。故称《封禅》靡而不典,《剧秦》典而不实,岂非追观易为明,循势易为力欤！至于邯郸《受命》,攀响前声,风末力寡,辑韵成颂,虽文理顺序,而不能奋飞。陈思《魏德》,假论客主,问答迂缓,且已千言,劳深绩寡,飙焰缺焉。

兹文为用,盖一代之典章也。构位之始,宜明大体,树骨于训典之区,选言于宏富之路,使意古而不晦于深,文今而不坠于浅,义吐光芒,辞成廉锷,则为伟矣。虽复道极数殚,终然相袭,而日新其采者,必超前辙焉。

明徐师曾《文体明辨序说》论"符命"云:

按符命者,称述帝王受命之符也。夫帝王之兴,固有天命,而所谓天命者,实不在乎祥瑞图谶之间。故大电、大虹、白狼、白鱼之属,不见于经,而见于史,史其可尽信邪？后世不察其伪,一闻怪诞,遂以为符,而封禅以答之,亦惑之甚矣。自其说昉于管仲,其事行于始皇,其文肇于相如,而千载之惑,胶固而不可破。于是扬雄《美新》,班固《典引》,邯郸淳《受命述》,相继有作,而《文选》遂立"符命"一类以列之。夫《美新》之文,遗秽万世,淳亦次之,固不足道,而马、班所作,君子亦无取焉。唯柳氏《贞符》以仁立说,颇协于理,然苏长公(轼)犹以为非,则如斯文不作可也。今以其为一体,故聊采三首,列诸此篇,而并著其说,庶俾驰骋文艺者知所惩戒,不蹈刘勰"劳深绩寡"之诮云。

清章学诚《文史通义·诗教下》云:

若夫《封禅》、《美新》、《典引》,皆颂也。称符命以颂功德,而别类其体为符命,则王子渊以圣主得贤臣而颂嘉会,亦当别类其体为主臣矣。

今人蒋伯潜《文体论纂要》云：

> 符命者，谓天降瑞应，以为帝王受命之符。如司马相如的《封禅文》，扬雄的《剧秦美新》，班固的《典引》皆是。此种文章，实与设辞托讽的赋相远，而与称扬功德的颂相近，当归入颂赞一类。

《礼记》、《白虎通义》记述封禅，是较早的资料。《文心雕龙》论述封禅文较详，有一定的认识意义，但没有理论价值。徐师曾、蒋伯潜归纳"符命"的特点，有助于理解这种特殊的文体。章学诚则对《文选》的文体分类提出异议。诸说皆可参考。

史论、史述赞

唐刘知几《史通·论赞》云：

> 《春秋左氏传》每有发论，假君子以称之。二传云公羊子、穀梁子，《史记》云太史公。既而班固曰赞，荀悦曰论，东观曰序，谢承曰诠，陈寿曰评，王隐曰议，何法盛曰述，扬雄曰撰，刘昞曰奏，袁宏、裴子野自显姓名，皇甫谧、葛洪列其所号，史官所撰，通称史臣，其名万殊，其义一揆。必取便于时者，则总归论焉。
>
> 夫论者，所以辨疑惑，释凝滞，若愚智共了，固无俟商榷。丘明"君子曰"者，其义实在于斯。司马迁始限以篇终，各书一论。必理有非要，则强生其文，史论之烦，实萌于此。夫拟《春秋》以成史，持论尤宜阔略。其有本无疑事，辄设论以裁之，此皆私徇笔端，苟炫文彩，嘉辞美句，寄诸简册，岂知史书

之大体,载削之指归者哉!

必寻其得失,考其异同,子长淡泊无味,承祚懦缓不切,贤才间出,隔世同科。孟坚辞唯温雅,理多惬当。其尤美者,有典诰之风,翩翩奕奕,良可咏也。仲豫义理虽长,失在繁富。自兹以降,流宕忘返。大抵皆华多于实,理少于文。鼓其雄辞,夸其俪事。必择其善者,则干宝、范晔、裴子野是其最也,沈约、臧荣绪、萧子显抑其次也。孙安国都无足采,习凿齿时有可观。若袁彦伯之务饰玄言,谢灵运之虚张高论,玉卮无当,曾何足云!王邵志在简直,言兼鄙野,苟得其理,遂忘其文。观过知仁,斯之谓矣。大唐修《晋书》,作者皆当代词人,远弃史、班,近宗徐、庾。夫以饰彼轻薄之句,而编为史籍之文,无异加粉黛于壮夫,服绮纨于高士者矣。

史之有论也,盖欲事无重出,省文可知。太史公曰:观张良貌如美妇人耳。项羽重瞳,岂舜苗裔。此则别加他语,以补书中,所谓事无重出者也。又如班固赞曰:"万石君之为父浣衣,君子非之。""杨王孙裸葬,贤于秦始皇远矣。"此则片言如约,而诸义甚备,所谓省文可知也。及后来赞语之作,多录纪传之言,其有所异,唯加文饰而已。至于甚者,则天子操行,具诸纪末,继以论曰,接武前修,纪论不殊,徒为再列。

马迁《序传》后,而写诸篇,各叙其意。既而班固变为诗体,号之曰述。范晔改彼述名,呼之为赞。寻述、赞为例,篇有一章,事多者则约之以使少,理寡者则张之以令大,名实多爽,详略不同。且欲观人之善恶,史之褒贬,盖无假于此也。

然固之总述,合在一篇,使其条贯有序,历然可阅。蔚宗《后书》,实同班氏,乃各附本事,书于卷末,篇目相离,断绝失次。而后生作者,不悟其非。如萧、李南北《齐史》(萧子显、李百药),大唐新修《晋史》,皆依范书误本,篇终有赞。夫每卷立论,其烦已多,而嗣论以赞,为黩弥甚。亦犹文士制碑,序终而续以铭曰;释氏演法,义尽而宣以偈言。苟撰史若斯,难与议夫简要者矣。

东汉班固《汉书·叙传》唐颜师古注云:

自"皇矣汉祖"以下诸叙,皆班固自论撰《汉书》意,此亦依放《史记》之叙目耳。史迁则云为某事作某本纪、某列传。班固谦,不言然而改言述,盖避作者之谓圣,而取述者之谓明也。但后之学者不晓此为《汉书》叙目,见有述字,因谓此文追述《汉书》之事,乃呼为"汉书述",失之远矣。挚虞尚有此惑,其余曷足怪乎!

又清王先谦补注曰:

《文选》目录于此书纪传赞称"史述赞"。善注引皆作"汉书述",并其证也。

近代黄侃《文心雕龙札记·颂赞》篇云:

谓太史公《自序》述每篇作意,如云作《五帝本纪》第一之类。《汉书·叙传》亦仿其体,而云述《高祖本纪》第一。诸纪传评皆总萃一篇之中,至范氏《后汉书》始散入各纪传后,而称为赞,其用韵则正马、班之体也。

清章学诚《文史通义·诗教下》云:

班固次韵,乃《汉书》之自序也,其云"述《高祖纪》第一"、"述《陈项传》第一"者,所以自序撰书之本意。史迁有作于先,故已退居于述尔。今于史论之外,别出一体为史述赞,则迁书自序,所谓"作《五帝纪》第一"、"作《伯夷传》第一"者,又当别出一体为史作赞矣。

刘知几论述史论、史述赞较详,值得注意。颜师古、王先谦、黄侃对史述赞一体略有说明,有助于了解此种文体。章学诚不同意另立史述赞一体,颇有道理。在中国古代文体史上,有关史论、史述赞二体的论述极少见,大概《文选》以后史论归入论体,史述赞归入赞体,故而不再见到有关的专门论述。

论

三国魏桓范《世要论·序作》云:

夫著作书论者,乃欲阐弘大道,述明圣教,推演事义,尽极情类,记是贬非,以为法式,当时可行,后世可修。且古者富贵而名贱废灭,不可胜记,唯篇论俶傥之人,为不朽耳。夫奋名于百代之前,而流誉于千载之后,以其览之者益,闻之者有觉故也。岂徒转相放效,名作书论,浮辞谈说,而无损益哉!而世俗之人,不解作体,而务泛溢之言,不存有益之义,非也。故作者不尚其辞丽,而贵其存道也;不好其巧慧,而恶其伤义也。故夫小辩破道,狂简之徒,斐然成文,皆圣人之所疾矣。(严可均《全上古三代秦汉三国六朝文·全三国文》)

东晋李充《翰林论》云:

研核名理而论难生焉。论贵于允理,不求支离。若嵇康之论,成文美矣。(核原作玉,据《太平御览》卷五九五改。成文原作文,据《太平御览》卷五九五改。)(严可均《全上古三代秦汉三国六朝文·全晋文》)

南朝梁刘勰《文心雕龙·论说》论"论"云：

圣哲彝训曰经，述经叙理曰论。论者，伦也；伦理无爽，则圣意不坠。昔仲尼微言，门人追记，故抑其经目，称为《论语》；盖群论立名，始于兹矣。自《论语》已前，经无"论"字，《六韬》二论，后人追题乎！详观论体，条流多品；陈政，则与议说合契；释经，则与传注参体；辨史，则与赞评齐行；铨文，则与叙引共纪。故议者宜言，说者说语，传者转师，注者主解，赞者明意，评者平理，序者次事，引者胤辞；八名区分，一揆宗论。论也者，弥纶群言，而研精一理者也。

是以庄子《齐物》，以论为名；不韦《春秋》，六论昭列；至石渠论艺，白虎讲聚，述圣通经，论家之正体也。及班彪《王命》，严尤《三将》，敷述昭情，善入史体。魏之初霸，术兼名法；傅嘏王粲，校练名理。迄至正始，务欲守文；何晏之徒，始盛玄论。于是聃周当路，与尼父争涂矣。详观兰石之《才性》，仲宣之《去伐》，叔夜之辨声，太初之《本无》，辅嗣之两例，平叔之二论，并师心独见，锋颖精密，盖论之英也。至如李康《运命》，同《论衡》而过之；陆机《辨亡》，效《过秦》而不及；然亦其美矣。次及宋岱、郭象，锐思于几神之区；夷甫、裴颜，交辨于有无之域：并独步当时，流声后代。然滞有者全系于形用，贵无者专守于寂寥，徒锐偏解，莫诣正理；动极神源，其般若之绝境乎？逮江左群谈，唯玄是务；虽有日新，而多抽前绪矣。至如张衡《讥世》，韵似俳说；孔融《孝廉》，但谈嘲戏；曹植《辨道》，体同书抄：言不持正，论如其已。

原夫论之为体，所以辨正然否；穷于有数，追于无形，迹坚求通，钩深取极；乃百虑之筌蹄，万事之权衡也。故其义贵圆通，辞忌枝碎，必使心与理合，弥缝莫见其隙；辞共心密，敌人不知所乘。斯其要也。是以论如析薪,贵能破理。斤利者越理而横断,辞辨者反义而取通;览文虽巧,而检迹知妄。唯君子能通天下之志,安可以曲论哉?

南宋陈亮《陈亮集》卷十六《书作论法后》云:

大凡论不必作好语言,意与理胜则文字自然超众。故大手之文,不为诡异之体而自然宏富,不为险怪之辞而自然典丽,奇寓于纯粹之中,巧藏于和易之内。不善学文者,不求高于理与意,而务求于文彩辞句之间,则亦陋矣。故杜牧之云:"意全胜者,辞愈朴而文愈高;意不胜者,辞于华而文愈鄙。"昔黄山谷云:"好作奇语,自是文章一病;但当以理为主。"理得而辞顺,文章自然出群拔萃。

明吴讷《文章辨体序说》论"论"云:

按韵书:"论者,议也。"梁昭明《文选》所载,论有二体:一曰史论,乃史臣于传末作论议,以断其人之善恶,若司马迁之论项籍、商鞅是也。二曰论,则学士大夫议论古今时世人物,或评经史之言,正其讹谬,如贾生之论秦过,江统之论徙戎,柳子厚之论守道、守官是也。唐宋取士,用以出题。然求其辞精义粹、卓然名世者,亦惟韩、欧为然。刘勰云:"圣哲彝训曰经,述经叙理曰论。"故凡"陈政则与议说合契,释经则与传注参体;辨史则与赞评齐行,铨文则与序引共纪"。信夫!

明徐师曾《文体明辨序说》论"论"云:

按字书云:"论者,议也。"刘勰云:"论者,伦也,弥纶群言而研一理者也。论之立名,始于《论语》,若《六韬》二论,乃后人之追题耳。其为体则辩正然否,穷有数,追无形,迹坚求通,钩深取极,乃百虑之筌蹄,万事之权衡也。至其条流,实有四品:陈政则与议说合契,释经则与传注参体,辩史则与赞评齐行,铨文则与序引共纪:此论之大体也。"

按挚之说如此。而萧统《文选》则分为三:设论居首,史论次之,论又次之。较诸挚说,差为未尽。唯设论,则挚所未及,而乃取《答客难》、《答宾戏》、《解嘲》三首以实之。夫文有答有解,已各自为一体,统不明言其体,而概谓之论,岂不误哉?

然详挚之说,似亦有未尽者。愚谓析理亦与议说合契,讽(讽人)寓(寓己意)则与箴解同科,设辞则与问对一致:必此八者,庶几尽之。故今兼二子之说,广未尽之例,列为八品:一曰理论,二曰政论,三曰经论,四曰史论(有评议、述赞二体),五曰文论,六曰讽论,七曰寓论,八曰设论,而各录文于其下,使学者有所取法焉。其题或曰某论,或曰论某,则各随作者命之,无异义也。

近代林纾《春觉斋论文·流别论》论"论"云:

"论者,伦也;伦理无爽,则圣意不坠。"此言称《论语》者也。……然《论语》一书,出言为经,宋儒语录,即权舆于此,或谓语录出之南宗诸僧,实则非是。非复后人所作之论体。论之为体,包括弥广。议政,议战,议刑,可以抒己所见,陈其得失利病,虽名为议,实论体也。释经文,辨家法,争同异,虽名为传注之体,亦在在可出以议论。至于正史传后,原有赞评之格,述赞非论,仍寓褒贬,既名为评,亦正取其评论得失,仍论体也,不过名称略异而已。且唐、宋人之赠序送序中语,何者非论,特语稍敛抑。而文集诗集之序,虽近记事,而一涉诗文利弊，议论复因而发。欧公至于记山水厅壁之文，亦在在加以凭吊，凭吊古昔，何能无言，有言即论。故曰：论之为体广也。

虽然，论者贵能破理。庄子之《齐物》，王充之《论衡》，析理微矣，仍子书之体。《吕氏春秋》之六论，亦各有篇目，不必专为一事。唯贾谊之《过秦》，陆机之《辨亡》，则直有感而作矣。鄙意非所见之确，所蕴之深，吐辞不能括众义而归醇，析理不能抑群言而立干，不如不作之为愈。《昌黎集·颜子不二过论》则应试之文，味同嚼蜡，《诤臣》一论，似朋友规谏之书，未尝取已往之古人口诛而笔伐之。虽夏侯太初有《乐毅》、《张良》二论，荀仲豫集论亦数篇，鄙意乐毅、张良皆报仇人也，当时司马氏已昌，曹氏屹屹，或有托而言，此未可定也。仲豫史家，既为《汉纪》，中有所见，亦不能不秉笔而成论。若苏家则好论古人，荆公间亦为之，特不如苏氏之多。苏氏逞聪明，执偏见，遂开后人攻击古人之窍窦。张娄东尚平允。至船山《通鉴》、《宋论》一出，古人体无完肤矣。愚故云，非所见之确，所蕴之深，此等论不可作也。

近代刘师培《论文杂记》论"论"云：

论说之体，近人列为文体之一者也，然其体实出于儒家。九家之中，凡能推阐义理，成一家者，皆为论体，互相辩难，皆为辩体。儒家之中，如《礼记·表记》、《中庸》各篇，皆论体也。《孟子》驳许行等章，皆辩体也。即道家、杂家、法家、墨家之中，亦隐含论、辩两体。宣口为说，发明经语大义亦为说。《汉志》于发明经义之文，即附于本经之下。又贾谊《过秦论》三篇，亦列于《新书》，而《汉志》杂家复有《荆轲论》五篇，皆论体之列于子者也。

桓范所论仅为书论，李充所论过于简略，唯刘勰对"论"体文章作历史的评述,最为精湛。陈亮认为,论文"理得而辞顺,文章自然出群拔萃",亦有见解。吴讷将"史论"归入"论"中,徐师曾将《文选》中的"设论"、"史论"皆归入"论"中,林纾所谓"论""包括弥广",大体都是在刘勰的基础上加以发挥。刘师培谓"凡能推阐义理,成一家者,皆为论体",概括颇为简要。

连 珠

西晋傅玄《连珠序》云:

> 所谓连珠者,兴于汉章帝之世,班固、贾逵、傅毅三子,受诏作之,而蔡邕、张华之徒又广焉,其文体辞丽而言约,不指说事情,必假喻以达其旨,而贤者微悟,合于古诗劝兴之义。欲使历历如贯珠,易睹而可悦,故谓之连珠也。班固喻美辞壮,文章弘丽,最得其体。蔡邕似论,言质而辞碎,然旨笃矣。贾逵儒而不艳。傅毅有文而不典。(《艺文类聚》卷五十七引)

南朝梁沈约《注制旨连珠表》云:

> 窃寻连珠之作,始自子云,放易象论,动模经诰。班固谓之命世,桓谭以为绝伦。连珠者,盖谓辞句连续,互相发明,若珠之结排也。虽复金镳互骋,玉轪并驰,妍蚩优劣,参差相间。翔禽伏兽,易以心威,守株胶瑟,难与适变,水镜芝兰,随其所遇,明珠燕石,贵贱相悬。(《艺文类聚》卷五十七引)

南朝梁刘勰《文心雕龙·杂文》论"连珠"云:

> 扬雄覃思文阁,业深综述,碎文琐语,肇为连珠,其辞虽小,而明润矣。……自连珠以下,拟者间出。杜笃贾逵之曹,

刘珍潘勖之辈,欲穿明珠,多贯鱼目。可谓寿陵匍匐,非复邯郸之步;里丑捧心,不关西施之颦矣。唯士衡运思,理新文敏,而裁章置句,广于旧篇,岂慕朱仲四寸之珰乎!夫文小易周,思闲可赡,足使义明而词净,事圆而音泽,磊磊自转,可称珠耳。

明陈懋仁《文章缘起注》云:

《北史·李先传》:"魏帝召先读《韩子·连珠》二十二篇。"《韩子》即《韩非子》,书中有连语,先列其目,而后著其解,谓之连珠。据此则连珠已兆《韩非》。(穆按:今本《韩非子》无连珠,疑指内、外《储说》。)

明吴讷《文章辨体序说》论"连珠"云:

按晋傅玄曰:"连珠兴于汉章帝之世。班固、贾逵,亦尝受诏作之。蔡邕、张华,又尝广焉。"考之《文选》,止载陆士衡五十首,而曰《演连珠》,言演旧义以广之也。大抵连珠之文,穿贯事理,如珠在贯。其辞丽,其言约,不直指事情,必假物陈义以达其旨,有合古诗风兴之义。其体则四六对偶而有韵。自士衡后,作者盖鲜。

洪武初,宋、王二阁老有作,亦如士衡之数。今各录十余篇,置于《外集》之首,以为嗜古君子之助,且以著四六之所始云。

明徐师曾《文体明辨序说》论"连珠"云:

按连珠者,假物陈义以通讽谕之词也。连之为言贯也,贯穿情理,如珠之在贯也。盖自扬雄综述碎文,肇为连珠,而班固、贾逵、傅毅之流,受诏继作,傅玄乃云兴于汉章之世,误矣。

然其云:"辞丽言约,合于古诗讽兴之义。"则不易之论也。

其体展转,或二或三,皆骈偶而有韵,故工于此者,必使义明而词净,事圆而音泽,磊磊自转,乃可称珠。否则欲穿明珠,多贯鱼目,恶能免于刘勰之诮邪?

明方以智《通雅·释诂》"连珠始于韩子"条云:

《韩子》比事,初立此名,而组织短章之体,则子云也。勰曰:"雄覃思文阁,碎文琐语,肇为连珠。"是可想已。

清章学诚《文史通义·诗教上》论"连珠"云:

韩非《储说》,比事征偶,"连珠"之所肇也。(前人已有言及之者。)而或以为始于傅毅之徒,(傅玄之言。)非其质矣。

清孙梅《四六丛话》卷二十六《杂文》论"连珠"云:

其一则猗彼连珠,委同繁露。珠以喻辉之灼灼,连以言其琲之累累。参差结韵,比兴为长。倘兴情罔寄,则圆折而未见走盘;比义不深,则夜光而犹非缀烛。唯子衡、子山,意趣渊妙,径寸呈姿,阑干溢目矣。

近代刘师培《论文杂记》六论"连珠"云:

一曰连珠,始于汉、魏,盖荀子演《成相》之流亚也;首用喻言,近于诗人之比兴,继陈往事,类于史传之赞辞,而俪语韵文,不沿奇语,亦俪体中之别成一派者也。

关于"连珠",以傅玄、刘勰的论述最为重要。余亦可供参考。近人来裕恂《汉文典》释"连珠"云:"连珠者,假喻达情,臣下婉转以告君者也。体始于汉章之世,班固、贾逵、傅毅受诏作之,其文丽,其言约,其旨远,欲览者悟于微也。合于古诗风、兴之义,欲使累累如贯珠,易看而可悦者也。"为诸人论述"连珠"之体作了总结,颇为简明。

箴、铭

《礼记·祭统》论"铭"云:

> 夫鼎有铭,铭者自名也,自名以称扬其先祖之美,而明著之后世者也。为先祖者,莫不有美焉,莫不有恶焉,铭之义,称美而不称恶。此孝子孝孙之心也,唯贤者能之。铭者,论撰其先祖之有德善、功烈、勋劳、庆赏、声名,列于天下,而酌之祭器,自成其名焉,以祀其先祖者也。显扬先祖,所以崇孝也。身比焉,顺也。明示后世,教也。夫铭者,壹称而上下皆得焉耳矣。是故君子之观于铭也,既美其所称,又美其所焉。为之者,明足以见之,仁足以与之,知足以利之,可谓贤矣。贤而勿伐,可谓恭矣。

东汉蔡邕《铭论》云:

> 《春秋》之论铭也,曰:"天子令德,诸侯言时计功,大夫称伐。"昔肃慎纳贡,铭之楛矢,所谓"天子令德"者也。若黄帝有巾几之法,孔甲有盘盂之诫,殷汤有甘誓之勒,夒鼎有丕显之铭。武王践阼,咨于太师,而作席几楹杖杂铭十有八章。周庙金人,缄口书背,铭之以慎言,亦所以劝导人主,勖于令德也。昔召公作诰,先王赐联鼎,出于武当曾水。吕尚作周太师而封于齐,其功铭于昆吾之冶。汉获齐侯宝樽于槐里,获宝鼎于美阳。仲山甫有补衮阙、式百辟之功。《周礼·司勋》:凡有大功者,铭之太常。所谓"诸侯言时计功"者也。宋大夫正

考父三命兹益恭,而莫侮其国;卫孔悝之父庄叔,随难汉阳,左右献公,卫国赖之,皆铭于鼎。晋魏颗获秦杜回于辅氏,铭功于景钟,所谓"大夫称伐"者也。钟鼎礼乐之器,昭德纪功,以示子孙。物不朽者,莫不朽于金石,故碑在宗庙两阶之间。近世以来,咸铭之于碑,德非此族,不在铭典。

西晋挚虞《文章流别论》论"铭"云:

夫古之铭至约,今之铭至繁,亦有由也。质文时异,则既论之矣,且上古之铭,铭于宗庙之碑。蔡邕为杨公作碑,其文典正,末世之美者也。后世以来之器铭之嘉者,有王莽《鼎铭》、崔瑗《杌铭》、朱公叔《鼎铭》、王粲《砚铭》,咸以表显功德,天子铭嘉量,诸侯大夫铭太常、勒钟鼎之义。所言虽殊,而令德一也。李尤为铭,自山河都邑,至于刀笔平契,无不有铭,而文多秽病。讨论润色,言可采录。

南朝梁刘勰《文心雕龙·铭箴》云:

昔帝轩刻舆几以弼违,大禹勒笋簴而招谏,成汤盘盂,著日新之规,武王户席,题必戒之训,周公慎言于金人,仲尼革容于欹器,则先圣鉴戒,其来久矣。故铭者,名也,观器必也正名,审用贵乎慎德。盖臧武仲之论铭也,曰:"天子令德,诸侯计功,大夫称伐。"夏铸九牧之金鼎,周勒肃慎之楛矢,令德之事也。吕望铭功于昆吾,仲山镂绩于庸器,计功之义也。魏颗纪勋于景钟,孔悝表勤于卫鼎,称伐之类也。若乃飞廉有石椁之锡,灵公有夺里之谥,铭发幽石,吁可怪矣。赵灵勒迹于番吾,秦昭刻博于华山,夸诞示后,吁可笑也!详观众例,铭义见矣。至于始皇勒岳,政暴而文泽,亦有疏通之美焉。若班固《燕然》之勒,张昶《华阴》之碣,序亦盛矣。蔡邕铭思,独冠古今;桥公之钺,吐纳典谟;朱穆之鼎,全成碑文。溺所长也。至如敬通杂器,准矱武铭,而事非其物,繁略违中。崔骃品物,赞多戒少;李尤积篇,义俭辞碎。蓍龟神物,而居博弈之中;衡斛嘉量,而在臼杵之末。曾名品之未暇,何事理之能闲哉！魏文《九宝》,器利辞钝。唯张载《剑阁》,其才清采,迅足骎骎,后发前至,勒铭岷汉,得其宜矣。

箴者,针也,所以攻疾防患,喻针石也。斯文之兴,盛于三代,夏商二箴,余句颇存。及周之辛甲,《百官箴》阙,唯《虞箴》一篇,体义备焉。迄至春秋,微而未绝。故魏绛讽君于后羿,楚子训民于在勤。战代以来,弃德务功,铭辞代兴,箴文萎绝。至扬雄稽古,始范《虞箴》,作《卿尹》、《州牧》二十五篇。及崔、胡补缀,总称《百官》,指事配位,鞶鉴可征,信所谓追清风于前古,攀辛甲于后代也。至于潘勖《符节》,要而失浅,温峤《侍臣》,博而患繁;王济《国子》,文多而事寡,潘尼《乘舆》,义正而体芜;凡斯继作,鲜有克衷。至于王朗《杂箴》,乃置巾履,得其戒慎,而失其所施;观其约文举要,宪章武铭,而水火井灶,繁辞不已,志有偏也。

夫箴诵于官,铭题于器,名目虽异,而警戒实同。箴全御过,故文资确切;铭兼褒赞,故体贵弘润;其取事也必核以辨,其摛文也必简而深,此其大要也。然矢言之道盖阙,庸器之制久沦,所以箴铭寡用,罕施后代。唯秉文君子,宜酌其远大焉。赞曰:铭实器表,箴唯德轨。有佩于言,无鉴于水。秉兹贞厉,警乎立履。义典则弘,文约为美。

南宋陈骙《文则》论"铭"云:

铭文之作,初无定体。量人《量铭》,乃类《诗·雅》。孔悝《鼎铭》，无异《书》命。成汤《盘铭》，考父《鼎铭》，体又别矣。四体俱采，古法备焉。

明吴讷《文章辨体序说》论"箴"云：

按许氏《说文》："箴，诫也。"《商书·盘庚》曰："无或敢伏小人之攸箴。"盖箴者，规诫之辞，若针之疗疾，故以为名。古有夏、商二箴，见于《尚书大传解》、《吕氏春秋》，而残缺不全。独周太史辛甲命百官官箴王阙，而虞氏掌猎，故为《虞箴》，其辞备载《左传》。后之作者，盖本于此。

东莱先生云："凡作箴，须用'官箴王阙'之意。箴尾须依《虞箴》'兽臣司原，敢告仆夫'之类。"大抵箴、铭、赞、颂，虽或均用韵语而体不同。箴是规讽之文，须有警诫切劘之意。有志于文辞者，不可不之考也。

又论"铭"云：

按铭者，名也，名其器物以自警也。汉《艺文志》称道家有《黄帝铭》六篇，然亡其辞。独《大学》所载成汤《盘铭》九字，发明日新之义甚切。迨周武王，则凡几席觞豆之属，无不勒铭以致戒警。厥后又有称述先人之德善劳烈为铭者，如春秋时孔悝《鼎铭》是也。又有以山川、宫室、门关为铭者，若汉班孟坚之《燕然山》，则旌征伐之功，晋张孟阳之《剑阁》，则戒殊俗之僭叛，其取义又各不同也。传曰："作器能铭，可以为大夫。"陆士衡云："铭贵博约而温润。"斯盖得之矣。

明徐师曾《文体明辨序说》论"铭"云：

按郑康成曰："铭者，名也。"刘勰云："观器而正名也。"故曰："作器能铭，可以为大夫矣。"考诸夏商鼎彝尊卣盘匜之属,莫不有铭,而文多残缺,独《汤盘》见于《大学》,而《大戴礼》备载武王诸铭,使后人有所取法。是以其后作者寝繁,凡山川、宫室、门、井之类皆有铭词,盖不但施之器物而已。然要其体不过有二:一曰警戒,二曰祝颂,故今辩而列之。陆机曰:"铭贵博约而温润。"斯言得之矣。

清姚鼐《古文辞类纂序》论"铭箴"云:

铭箴类者,三代以来有其体矣。圣贤所以自戒警之义,其辞尤质而意尤深,若张子作《西铭》,岂独其意之美耶?其文固未易几也。

清孙梅《四六丛话》论"铭"云:

夫铭之为道,有二也。一以勒勋,一以垂戒。孟坚有《燕然》之作,铦锋直指,抗鸡塞之威棱;景阳成《剑阁》之章,迅采骎驰,振蚕丛而耆悷。若乃诵芬先世,归美前勋,则昭之碑版,系以铭词,即其遗也。至于景钟刻漏,豪洒如椽。座右室隅,文传不朽。比之嘉量志其允臻三缄,昭其敬慎,无不同耳。又有焦尾三纹,菱花四出,掘古甃而苔痕晕碧,泛层渊而冰彩横空。或体学盘中,或文摹籀史,时逢幽异,屡获清新。不备搜罗,偶登一二。至若华阳《瘗鹤》,沧海留踪。紫府《新宫》,群仙卓笔。飘飘乎凌云之气,非烟火中人所仿佛也。

又论"箴"云:

箴之为道,亦有二焉:一以自励,一以尽规。箴言胥顾,佩药石于韦弦,小人攸箴,勖虞衡于原草。子云亭伯,继作百篇,而《文选》仅选茂先《女史》一首,岂非义笃典章,词归确切耶!张蕴古《大宝》一箴,原于陈戒之遗,李德裕《丹扆》六箴,时著忠规之益,辰告其犹,日跻以敬,琅琅可诵,郁郁乎文也。

近代林纾《春觉斋论文·流别论》论"铭箴"云:

铭箴之大要曰:"箴全御过,故文资确切;铭兼褒赞,故体贵弘润。"弘润非圆滑之谓也,辞高而识远,故弘,文简而句泽,故润。臧武仲论铭曰:"天子令德,诸侯计功,大夫称伐。"天子诸侯所谓令德计功者,晚近人文集中恒不多见。大抵无德可称而亦称之,神道也,阡表也,墓志也,累万盈千,无论何家文集则皆有之,此昌黎所谓谀墓也。刘勰称"蔡邕铭思,独冠千古",以《黄钺》之铭为"吐纳典谟",朱公叔之《鼎铭》为碑文之体,确矣。《黄钺》之铭,为桥公也,辞曰:"帝命将军,秉此黄钺;威灵振耀,如火之烈。公之在位,群狄斯柔;齐斧罔设,人士斯休。"用字极庸,而神骨极峻,赋色又极古泽。娄东虽录其文,未尝加以图赞,似目之易及。不知"斯柔"、"斯休"二语,闲闲着笔,又包括无数安边之略。正以作家气定神闲,不必为张皇语耳。娄东竟尚才气,宜其简略看过。且原序之末有云:"视事三年,马不带钺,《说文》:"刺也。"弓不受驱,《说文》:"弓弩端弦所居也。"是其镂石假象,作兹钲钺军鼓,陈之东阶,以昭公文武之勋焉。"此数语,用字选材,均简古无尚,虽非典谟,然决非魏、晋才人所及。至于以铭辞作碑文体,亦不止公叔一鼎,桥公之《东鼎》、《中鼎》、《西鼎》三铭,亦咸以碑文为体。盖一味求古,是中郎一病也。班兰台《封燕然山铭》,文至肃穆,序不以为华藻为敷陈,骨节铮然,铭用《楚词》体,实则非也。《楚词》之声悲,铭词之声沉,《楚词》之声抗,铭词之声哑。其词曰:"铄王师兮征荒裔,勦凶虐兮截海外,敻其邈兮亘地界。封神丘兮建隆嵑,熙帝载兮振万世。"《尚书》蔡传:

"熙,广也。载,事也。"吐属不类兰台。然兰台深知铭体典重,一涉悲抗,便为失体,故声沉而韵哑。此诀早为昌黎所得,为人铭墓,往往用七字体,省去"兮"字,声尤沉而哑。……

箴者,攻疾防患,喻针石也。夏箴已亡,一见于《逸周书》。商箴则见于《吕氏春秋名类篇》。周箴则见于《左氏传》魏绛告晋侯之言,所足以留为世范者,唯一《虞箴》。扬雄学古至深,为《九州牧箴》,语质义精,声响高骞,未易学步。程子四箴,质而不华,又当别论。综言之,陈义必高,选言必精,赋色必古,结响必骞,不必力摹古人,亦自能肖。曾文正间用长短句,亦不碍其体妙,在以散文之体,行于韵语中,能拗能转,亦自有神解。

近代刘师培《论文杂记》论"箴、铭"云:

箴、铭、碑、颂,皆文章之有韵者也,然发源则甚古。箴者,古人谏诲之词也。《书·盘庚篇》云:"无伏小人之攸箴。"《诗·庭燎序》云:"因以箴之。"《左传》载师旷之言曰:"百工诵箴谏。"《文心雕龙》之言曰:"夏、商二箴,余句颇存。"案《夏箴》见于《佚周书·文传篇》,《商箴》见《吕氏春秋·名类篇》,而《谨听篇》亦引《周箴》。案周辛甲为太史,官箴王缺,而《虞人》一篇,列诸《左传》。则箴体本于三代也。铭者,古人徽励之词也。《说文》云:"铭,名也。"铭始于黄帝,故《汉志》道家类列《黄帝铭》六篇,厥后禹铭笱虡,汤铭浴盘,武王闻丹书之言,为铭十六,见《大戴礼》。而周代公卿大夫,莫不勒铭于器,以示子孙。见金石书中所载。故臧武仲云:"夫铭,天子令德,诸侯言时计功,大夫称伐。"而《诗传》亦曰:"作器能铭,可以为大夫。"《考工记》亦曰:"嘉量有铭。"则铭体始于五帝矣。

今人来裕恂《汉文典》第三卷《文体》论"箴"云：

> 箴者,有所讽刺以救过失也。夏、商二箴,见于《尚书大传》及《吕氏春秋》,惜全篇已阙。唯《左传》载虞箴,辞俱完备,故汉扬雄仿之。箴体有二:一官箴,如扬雄《十二州箴》,李德裕《丹扆六箴》是也。一私箴,如韩退之《五箴》,程正叔《四箴》是也。唯箴之本义,引申古今治乱兴衰之迹,反复警戒,使读者惕然于心,默知自鉴,斯乃正体。

又论"铭"云：

> 铭者,包含自警、警人二义也。夏殷鼎、彝、尊、卣、盘、匜之属,莫不有铭,而文多残阙,唯汤盘见于《大学》,周武王诸铭载于践阼记,后人模楷取斯焉尔。惜所过滥,而山川宫室门井之类,皆各有铭,又杂以祝颂之语,则更失警戒之微意矣。

《礼记·祭统》论"铭"是古籍中有关"铭"体的最早的论述。蔡邕《铭论》则是有关"铭"体较早的专门论述。刘勰《文心雕龙·铭箴》篇是有关"铭"、"箴"二体最系统最精详的论述。后世所论大都是在以上论述的基础上加以阐述,缺乏新的内容。吴讷、徐师曾皆就文体立论,林纾则常就作法而言,此乃作家之故态。来裕恂所论,总结前人成果,其特点是简明扼要。诸家所论并可参考。

诔、碑

魏桓范《世要论·铭诔》云：

> 夫谕世富贵,乘时要世,爵以赂至,官以贿成,视常侍黄门宾客,假其气势,以致公卿牧守,所在宰莅,无清惠之政,而有

饕餮之害。为臣无忠诚之行,而有奸欺之罪。背正向邪,附下罔上,此乃绳墨之所加,流放之所弃。而门生故吏合集财货,刊石纪功,称述勋德,高邈伊周,下凌管晏,远追豹产,近逾黄邵。势重者称美,财富者文丽。后人相踵,称以为义,外若赞善,内为己发,上下相效,竟以为荣,其流之弊,乃至于此。欺曜当时,疑误后世,罪莫大焉。且夫赏生以爵禄,荣死以谥,是人主权柄。而汉世不禁,使私称与王命争流,臣子与君上俱用,善恶无章,得失无效,岂不误哉!

《宋书》卷六十四《裴松之传》云:

松之以世立私碑,有乖事实,上表陈之曰:"碑铭之作,可以明示后昆,自非殊功异德,无以允应兹典。大者道勋光远,世所宗推,其次节行高妙,遗烈可纪。若乃亮采登庸,绩用显著,敷化所莅,惠训融远,述咏所寄,有赖镌勒,非斯族也,则几乎僭黩矣。俗敝伪兴,华烦已久,是以孔悝之铭,行是人非;蔡邕制文,每有愧色。而自时厥后,其流弥多,预有臣吏,必为建立,勒铭寡取信之实,刊石成虚伪之常,真假相蒙,殆使合美者不贵,但论其功费,又不可称。不加禁裁,其敝无已。"以为"诸欲立碑者,宜悉令言上,为朝议所许,然后听之。庶可以防遏无征,显章茂实,使百世之下,知其不虚,则义信于仰止,道孚于来叶"。

南朝梁刘勰《文心雕龙·诔碑》云:

周世盛德,有铭诔之文。大夫之材,临丧能诔。诔者,累也;累其德行,旌之不朽也。夏商已前,其词靡闻。周虽有诔,未被于士。又贱不诔贵,幼不诔长,其在万乘,则称天以诔之。读诔定谥,其节文大矣。自鲁庄战乘丘,殆及于士。逮尼父之卒，哀公作诔，观其慭遗之辞，呜呼之叹，虽非睿作，古式存焉。至柳妻之诔惠子，则辞哀而韵长矣。暨乎汉世，承流而作。扬雄之诔元后，文实烦秽，沙麓撮其要，而挚疑成篇，安有累德述尊，而阔略四句乎？杜笃之诔，有誉前代；《吴诔》虽工，而他篇颇疏，岂以见称光武而顾盼千金哉！傅毅所制，文体伦序；孝山、崔瑗，辨洁相参。观其序事如传，辞靡律调，固诔之才也。潘岳构意，专师孝山，巧于序悲，易入新切，所以隔代相望，能征厌声者也。至如崔驷诔赵，刘陶诔黄，并得宪章，工在简要。陈思叨名，而体实繁缓，《文皇诔》末，百言自陈，其乖甚矣。若夫殷臣咏汤，追褒玄鸟之祚；周史歌文，上阐后稷之烈。诔述祖宗，盖诗人之则也。至于序述哀情，则触类而长。傅毅之诔北海，云"白日幽光，雰雾杳冥"，始序致感，遂为后式，影而效者，弥取于工矣。详夫诔之为制，盖选言录行，传体而颂文，荣始而哀终。论其人也，暧乎若可觌；道其哀也，凄焉如可伤。此其旨也。

碑者，埤也。上古帝王，纪号封禅，树石埤岳，故曰碑也。周穆纪迹于弇山之石，亦古碑之意也。又宗庙有碑，树之两楹，事止丽牲，未勒勋绩。而庸器渐缺，故后代用碑，以石代金，同乎不朽，自庙徂坟，犹封墓也。自后汉以来，碑碣云起，才锋所断，莫高蔡邕。观《杨赐》之碑，骨鲠训典；《陈》、《郭》二文，词无择言；《周》、《胡》众碑，莫非清允。其叙事也该而要，其缀采也雅而泽。清词转而不穷，巧义出而卓立。察其为才，自然而至矣。孔融所创，有慕伯喈，《张》、《陈》两文，辨给足采，亦其亚也。及孙绰为文，志在于碑，《温》、《王》、《郗》、《庾》，辞多枝杂，《桓彝》一篇，最为辨裁矣。夫属碑之体，资乎史才，其序则传，其文则铭。标序盛德，必见清风之华；昭纪鸿懿，必见峻伟之烈。此碑之制也。夫碑实铭器，铭实碑文，因器立名，事先于诔。是以勒石赞勋者，入铭之域；树碑述亡者，同诔之区焉。

北魏杨衒之《洛阳伽蓝记·城东》云：

（隐士赵）逸曰："生时中庸之人耳，及其死也，碑文墓志，莫不穷天地之大德，尽生民之能事，为君共尧舜连衡，为臣与伊皋等迹。牧民之官，浮虎慕其清尘；执法之吏，埋轮谢其梗直。所谓生为盗跖，死为夷齐，妄言伤正，华辞损实。"当时构文之士，惭逸此言。

梁元帝萧绎《内典碑铭集林序》云：

夫世代亟改，论文之理非一；时事推移，属词之体或异。但繁则伤弱，率则恨省，存华则失体，从实则无味。或引事虽博，其意犹同；或新意虽奇，无所倚约；或首尾伦帖，事似牵课；或翻复博涉，体制不工。能使艳而不华，质而不野，博而不繁，省而不率，文而有质，约而能润，事随意转，理逐言深，所谓菁华，无以间也。（《广弘明集》卷二十）

明吴讷《文章辨体序说》论"碑"云：

按《仪礼·士婚礼》："入门当碑揖。"又《礼记·祭义》云："牲入丽于碑。"贾氏注云："宫庙皆有碑，以识日影，以知早晚。"《说文注》又云："古宗庙立碑系牲，后人因于上纪功德。"是则宫室之碑，所以识日影，而宗庙则以系牲也。

秦汉以来，始谓刻石曰碑，其盖始于李斯峄山之刻耳。萧梁《文选》载郭有道等墓碑，而王简栖《头陀寺碑》亦厕其间。至《唐文粹》、《宋文鉴》，则凡祠庙等碑与神道墓碑，各为一类。今故亦依其例云。

又论"墓碑、墓碣、墓表、墓志、墓记、埋铭"云：

按《檀弓》曰："季康子之母死，公肩假曰：'公室视丰碑。'"注云："丰碑，以木为之，形如石碑，树于椁前后，穿中为鹿卢绕之绋，用以下棺。"

《事祖广记》曰："古者葬有丰碑以窆。秦汉以来，死有功业，则刻于上，稍改用石。晋宋间始称神道碑，盖地理家以东南为神道，碑立其地而名云耳。"

墓碣，近世五品以下所用，文与碑同。

墓表，则有官无官皆可，其辞则叙学行德履。

墓志，则直述世系、岁月、名字、爵里，用防陵谷迁改。

埋铭、墓记，则墓志异名。

古今作者，惟昌黎最高。行文叙事，面目首尾，不再蹈袭。凡碑碣表于外者，文则稍详；志铭埋于圹者，文则严谨。其书法，则惟书其学行大节；小善寸长，则皆弗录。近世弗知者，至将墓志亦刻墓前，斯失之矣。大抵碑铭所以论列德善功烈，虽铭之义称美弗称恶，以尽其孝子慈孙之心；然无其美而称者谓之诬，有其美而弗称者谓之蔽。诬与蔽，君子之所弗由也欤！

又论"诔辞、哀辞"云：

按《周礼》："太祝作六辞，以通上下亲疏远近，六曰诔。"鲁哀公十六年四月，孔子卒，公诔之曰："昊天不吊，不慭遗一老，俾屏予一人以在位，茕茕予在疚！呜呼，哀哉，尼父！"此即所谓诔辞也。郑氏注云："诔者，累也，累列生时行迹，读之以作谥。此唯有辞而无谥，盖唯累其美行示己伤悼之情尔。"是则后世有诔辞而无谥者，盖本于此。

又按《文章缘起》载汉武帝《公孙弘诔》,然无其辞。唯《文选》录曹子建之诔王仲宣,潘安仁之诔杨仲武,盖皆述其世系行业而寓哀伤之意。厥后韩退之之于欧阳詹,柳子厚之于吕温,则或曰诔辞,或曰哀辞,而名不同。迨宋南丰、东坡诸老所作,则总谓之哀辞焉。大抵诔则多叙世业,故今率仿魏晋,以四言为句。哀辞则寓伤悼之情,而有长短句及楚体不同。作者不可不知。

明徐师曾《文体明辨序说》论"碑文"云:

按刘勰云:"碑者,埤也。上古帝皇,始号封禅,树石埤岳,故曰碑。周穆纪迹于弇山之石,秦始刻铭于峄山之巅,此碑之所从始也。"然考《士婚礼》:"入门当碑揖。"注云:"宫室有碑,以识日影、知早晚也。"《祭义》云:"牲入丽于碑。"注云:"古宗庙立碑系牲。"是知宫庙皆有碑以为识影系牲之用,后人因于其上纪功德,则碑之所从来远矣;而依仿刻铭,则自周秦始耳。

后汉以来,作者渐盛,故有山川之碑,有城池之碑,有宫室之碑,有桥道之碑,有坛井之碑,有神庙之碑,有家庙之碑,有古迹之碑,有风土之碑,有灾祥之碑,有功德之碑,有墓道之碑,有寺观之碑,有托物之碑,皆因庸器(彝鼎之类)渐缺而后为之,所谓"以石代金,同乎不朽"者也。

故碑实铭器,铭实碑文,其序则传,其文则铭,此碑之体也。又碑之体主于叙事,其后渐以议论杂之,则非矣。故今取诸大家之文,而以三品列之:其主于叙事者曰正体,主于议论者曰变体,叙事而参之以议论者曰变而不失其正。至于托物寓意之文,则又以别体列焉。或有未备,学者亦可以例推矣。其墓碑自为一类,此不复列。

又论"碑阴文"云：

凡碑面曰阳，背曰阴，碑阴文者，为文而刻之碑背面也，亦谓之记。古无此体，至唐始有之。或他人为碑文而题其后，或自为碑文而发其未尽之意，皆是也。

又论"墓碑文"云：

按古者葬有丰碑，以木为之，树于椁之前后，穿其中为鹿卢而贯绋以窆者也。《檀弓》所载"公室视丰碑"，是已。汉以来始刻死者功业于其上，稍改用石，则刘勰所谓"自庙而徂坟"者也。晋宋间始称神道碑，盖堪舆家以东南为神道，碑立其地，因名焉。唐碑制，龟趺螭首，五品以上官用之。而近世高广各有等差，则制之密也。盖葬者既为志以藏诸幽，又为碑碣表以揭于外，皆孝子慈孙不忍蔽先德之心也。

其为体有文，有铭，又或有序；而其铭或谓之辞，或谓之系，或谓之颂，要之皆铭也。文与志大略相似，而稍加详焉，故亦有正、变二体。其或曰碑，或曰碑文，或曰墓碑（《昌黎集》载《唐故相权公墓碑》是也，今不录），或曰神道碑，或曰神道碑文，或曰墓神道碑（《昌黎集》载《唐故中散大夫少府监胡良公墓神道碑》是也，今不录），或曰神道碑铭（《昌黎集》载《司徒兼侍中中书令赠太尉许国公神道碑铭》之类是也，今不录），或曰神道碑铭并序，或曰碑颂（《蔡中郎集》载《太尉桥公碑颂》是也，今不录），皆别题也。

至于释老之葬，亦得立碑以僭拟乎品官，岂历代相沿崇尚异教而莫之禁欤？故或直曰碑，或曰碑铭，或曰塔碑铭并序，或曰碑铭并序（《唐文粹》载蒋防作《连州静福山廖先生碑铭并序》之类是也，今不录），亦别题也。

若夫铭之为体与其用韵，则诸集所载虽不能如志铭之备，而大略亦相通焉,此不复著。

又论"墓碣文"云:

按潘尼作《潘黄门碣》,则碣之作自晋始也。唐碣制,方趺圆首,五品以下官用之,而近世复有高广之等,则其制益密矣。古者碑之与碣,本相通用,后世乃以官阶之故,而别其名,其实无大异也。其为文与碑相类,而有铭无铭,惟人所为,故其题有曰碣铭,有曰碣,有曰碣颂并序(《唐文粹》载陈子昂作《昭夷子赵氏碣颂并序》是也,今不录),皆碣体也。至于专言碣而却有铭,或兼言铭而却无铭,则亦犹志铭之不可为典要也。其文有正、变二体,其铭与韵亦与志同,说见"墓碑"条下。

又论"墓表(墓表、阡表、殡表、灵表)"云:

按墓表自东汉始,安帝元初元年立《谒者景君墓表》,厥后因之。其文体与碑碣同,有官无官皆可用,非若碑碣之有等级限制也。以其树于神道,故又称神道表。其为文有正有变,录而辩之。又取阡表、殡表、灵表,以附于篇,则遡流而穷源也。盖阡,墓道也;殡者,未葬之称;灵者,始死之称。自灵而殡,自殡而墓,自墓而阡也。近世用墓表,故以墓表括之。

又论"诔"云:

按诔者,累也,累列其德行而称之也。《周礼》太祝作六辞,其六曰诔,即此文也。今考其时,贱不诔贵,幼不诔长,故天子崩则称天以诔之,卿大夫卒则君诔之。鲁哀公诔孔子曰:"昊天不吊,不憗遗一老,俾屏予一人以在位,茕茕予在疚!呜呼,哀哉,尼父!"古诔之可见者止此,然亦略矣。窃意周官读诔以定谥,则其辞必详;仲尼有诔而无谥,故其辞独略。岂制诔之初意然欤？抑或有变也？

又按刘勰云："柳妻诔惠子，辞哀而韵长。"则今私诔之所由起也。盖古之诔本为定谥，而今之诔惟以寓哀，则不必问其谥之有无，而皆可为之。至于贵贱长幼之节，亦不复论矣。

其体先述世系行业，而末寓哀伤之意，所谓"传体而颂文，荣始而哀终"者也。

清赵翼《陔余丛考》卷三十二《碑表》云：

《仪礼·士婚礼》："入门当碑揖。"《聘礼》："宾自碑内听命。"又曰："东西北上碑南。"《礼记·祭义》："牲入庙门，丽牲于碑。"贾氏以为宗庙皆有碑，以识日景。《说文注》又云："宗庙碑以丽牲，后人因于其上纪功德。"《檀弓》："公室视丰碑，三家视桓楹。"注："丰碑以大木为之，桓楹者形如大楹也。"《丧大记》："君葬，四绰二碑；大夫葬，二绋二碑。凡封窆，用绰去碑。"注："树碑于圹前，以绋绕之，用辘轳下棺也。"按此数说，则古人宫寝坟墓，皆植大木为碑，而其字从石者，孙何云："取其坚且久也。"刘勰则谓："宗庙有碑，树之两楹，事止丽牲，未勒勋绩，后代自庙徂坟，以石代金。"司马温公谓："古人勋德多勒铭鼎钟，藏之宗庙，其葬则有丰碑以下棺耳。秦汉以来，始作文褒赞功德，刻之于石，亦谓之碑。"此二说似谓刻石之碑与下棺之碑无涉者，然唐封演《闻见记》："丰碑本天子、诸侯下棺之柱，臣子或书君父勋伐于其上，又立于隧口，故谓之神道。古碑上往往有孔，是贯繂索之象。"孙宗鉴《东皋杂录》："周、秦皆以碑悬棺，或木或石，既葬，碑留圹中，不复出矣。后稍书姓名爵里于其上，后汉遂作文字。"李绰《尚书故实》亦云："古碑皆有圆孔，盖本墟墓间物，所以悬窆者，后人因就纪功德，由是遂有碑表。数十年前有树德政碑者，亦设圆空，后悟其非，遂改。"而孙何亦谓："昔在颍中，尝见荀陈古碑，皆穴其上，若贯索为之者。以问起居郎张观，观曰：汉去古未远，犹有丰碑之遗像。更以质之柳仲涂，亦云。"然则墓道之有碑刻文，本由于悬窆之丰碑，而或易以石也。古碑之传于世者，汉有《杨震碑》，首题"太尉杨公神道碑铭"。又蔡邕作郭有道、陈太丘墓碑文，载在《文选》。《后汉书》："崔寔卒，袁隗为之树碑颂德。"故刘勰谓"东汉以来，碑碣云起"。吴曾《能改斋漫录》亦谓碑文始自东汉。而朱竹垞又引汉元初五年谒者景君始有墓表，其崇四尺，圭首方趺，其文由左而右。按表即碑之类，则西汉已有碑制。究而论之，要当以孔子题延陵吴季子"十字碑"为始。或有疑季子碑为后人伪托者，唐李阳冰初工峄山篆，后见此碑，遂变化开合，如龙如虎，则非后人所能造可知也。自此以后，则峄山、之罘、碣石等，虽非冢墓，亦仿之以纪功德矣。

清姚鼐《古文辞类纂序》论"碑志"云：

其体本于《诗》，歌功颂德，其用施于金石。周之时有石鼓文，秦刻石于巡狩所经过，汉人作碑文又加以序。序之体，盖秦刻琅邪具之矣。茅顺甫讥韩文公碑序异史迁，此非知言。金石之文，自与史家异体，如文公作文，岂必以效司马氏为工耶？志者，识也。或立石墓上，或埋之圹中，古人皆曰志。为之铭者，所以识之之辞也。然恐人观之不详，故又为序，世或以石立墓上，曰碑曰表；埋，乃曰志。及分志、铭二之，独呼前序曰志者，皆失其义。盖自欧阳公不能辩矣。墓志文，录者尤多，今别为下编。

近代林纾《春觉斋论文·流别论》论"诔、碑"云:

"诔者,累也;累其德行,旌之不朽也。""碑者,埤也;上古帝皇,纪号封禅,树石埤岳,故曰碑也。"

诔之最古者,凡两见于《左传》,一为鲁庄公之诔县贲父,一为鲁哀公之诔孔子。顾县贲父之诔,不详于篇。而孔子之诔,则用长短句,不尽出于四言,柳妻之诔惠子亦然,文出《说苑》,纪文达以为未必果出于柳妻。文达最雅博,虽斥其伪,然亦不得其确据。今读其文,哀恻而多韵,今人之制哀辞者恒仿效之,盖诔之变体也。扬子云诔之后文亦四言。然则,四言实通用之体。

刘勰盛推潘岳巧于叙悲。愚按《黄门集》所登哀诔之作,颇赡于他集。其诔武帝,文甚典重,读"如何寝疾,背世登遐。迁幸梓宫,孤我邦家"四语,恋恩之情,溢言表矣。其诔杨荆州曰:"余以顽蔽,覆露重阴。仰追先考,执友之心,俯感知己,识达之深。承讳忉怛,涕泪霑襟。岂忘载奔,忧病是沉。在疾不省,于亡不临。举声增恸,哀有余音。"自叙交谊,不期沉痛。凡诔体,入己之事实,当缘情而抒哀。陈思王之诔文帝,数语以外,即自陈己事,斯失体矣。黄门以深情为人述哀,自能动听,且无此病。其诔马敦洴督文,尤悲愤有余音,且琢句奇丽。其叙马生掘堑破氏之潜隧曰:"锸未见锋,火以起焰。薰尸满窟,掊穴以敛。"其述马生瘐死曰:"慨慨马生,琅琅高致。发愤图圄,没而犹眡。"生气凛然。其诔杨仲武曰:"痛矣杨子,与世长乖。朝济洛川,夕次山隈。归鸟颉颃,行云徘徊。临穴永诀,抚榇尽哀。"则夹叙风物,触目成悲。所谓叙悲之巧,或在此乎。要之,六朝有韵之文,自有不可漫灭处,不能以唐、宋大家之轨范绳之。六朝去古未远,犹之故家中落,子弟未至于悬鹑粝食,与语富贵飨用之事,固能了了也。

至于碑志之文,窃以为汉文肃,唐文赡,元文蔓。而昌黎之碑记文字,又当别论,不能就唐文中绳尺求之。刘勰高蔡中郎之才锋,窃意亦以为确。《郭有道碑》脍炙人口,由其气韵至高,似鼎彝出于三代,不必极雕镂之良,而古色斑斓,望之即知非晚近之物。陈太丘凡三碑:一为叹功述行碑,中叙闻喜太丘事,似遗爱碑也;次则庙碑,庙碑简约,墓碑最着意,叙太丘生平,文浑穆雅健,使元、明人恣意摹仿,终形其伧。今但少举碑中文字,如"清风畅于所渐"一语,高处宁可及耶?刘勰又称中郎杨赐之碑"骨髓训典",然第一碑踵效《虞书》太似,至亦袭其句法,不足用为法程。

大抵碑版文字,造语必纯古,结响必坚骞,赋色必雅朴。往往宜长句者,必节为短句,不多用虚字,则句句落纸,始见凝重。《平淮西碑》及《南海庙碑》,试取读之,曾用十余字为一句否?元人碑版文字最多,几于叙入官中文字,则真不知古人裁制之谨慎处。元姚牧庵燧碑版文字,张养浩称其"才驱气驾,纵横开合,纪律唯意",柳贯又称其"雅奥深醇"。实则,以纵横之才气入碑版文字,终患少温纯古穆之气。昌黎步步凝敛,正患此弊耳。至于《表忠观碑》则别为一体,亦为古今杰作。

近代刘师培《文心雕龙·诔碑》篇口义论"诔"云:

诔之源流　案《说文》:"诔,谥也。"《礼记·曾子问》郑注:"诔,累也,累列生时行迹,读之以作谥。"是诔之与谥,体本相因。唯《礼记·郊特牲》云:"古者生无爵,死无谥。"谥既限于有爵者,则诔必不下于士,若《檀弓上》载:"县贲父死,圉人浴马有流矢在白肉。庄公曰：'非其罪也。'遂诔之。士之有诔自此始也。"又《曾子问》云："贱不诔贵，幼不诔长，礼也。唯天子称天以诔之。诸侯相诔非礼也。"故诔之初兴，下不诔上，爵秩相当不得互诔，诸侯大夫皆由天子诔之，士无爵，死无谥，因亦不得有诔也。降及汉世，制渐变古。扬雄之诔元后，扬雄《汉元后诔》，见《全汉文》五十四。傅毅之诔显宗，傅毅《明帝诔》，见《全后汉文》四十三。均违贱不诔贵之礼。而同辈互诔及门生故吏之诔其师友者亦不希见。若柳下惠妻谥夫为惠，因而诔之，见《列女传》二《贤明传》。已启士人私谥之风。下逮东汉，益为加厉。《朱穆传》云："初穆父卒，穆与诸儒考依古义谥曰贞宣先生。及穆卒，蔡邕复与门人共述其体行谥为文忠先生。"李贤注引袁山松书曰："蔡邕议曰：鲁季文子君子以为忠而谥曰文子。又传曰：忠文之实也。忠以为实，文以彰之，遂共谥穆。荀爽闻而非之。故张璠论曰：夫谥者上之所赠，非下之所造，故颜闵至德，不闻有谥。朱、蔡各以衰世臧否不立，故私谥之。"《后汉书》卷七十三《朱晖传》附。《陈寔传》云："中平四年年八十四卒于家，何进遣使吊祭，海内赴者三万余人，制衰麻者以百数，共刊石立碑，谥为文范先生。"同上，卷九十二。私谥既盛，诔文遂繁，亦必然之势也。古代诔文确可征信者，唯鲁哀公诔孔子见《全上古三代文》卷三页二引《左传》哀公十六年及《史记·孔子世家》，又见《檀弓上》及柳下惠妻诔其夫见《全上古三代文》卷十一页十一引《列女传》二二篇。汉代之诔，皆四言有韵。魏晋以后调类《楚词》，与辞赋哀文为近，盖变体也。

诔之体裁 魏曹植云："铭以述德，诔以述哀。"《上卞太后诔表》，见《全三国文》卷十五页九上引《艺文类聚》十五。故其作法应与铭颂异贯。东汉之诔，大抵前半叙亡者之功德，后半叙生者之哀思。惟就其传于今者二十余篇观之，殆少情文相生之作。欲尽诔体之变，以达述哀之旨，必须参究西晋潘安仁各篇，始克臻缠绵凄怆之致。亦犹析理绵密之议论文东汉各家不逮魏晋之嵇叔夜耳。

又论"碑"云：

　　碑之源流　古者竖石庙庭之中央谓之碑，所以丽牲，或识日景引阴阳也。其材官庙以后，空用木。见《仪礼·聘礼》郑注。三代以上铭皆勒于铜器，刻石者甚少。石鼓之时代为姬周抑为宇文周，聚讼迄未能决。详见王厚《复斋碑录》。故三代有无刻石，尚属疑问。然则竖石盖为碑之本义，刻铭则其后起义也。树碑之风，汉始盛行，而东都尤甚。惟乃刻石之总名，而非文体之专称。自其体制言，则直立中央四无依据者谓之碑，在门上者谓之阙，埋于土中者谓之墓志，在土中或出土甚低者谓之碣。自其功用言，则有墓碑，此体最多，蔡中郎《郭有道碑序》云："树碑表墓，昭铭景行。"又《汝南周勰碑》序亦云："建碑勒铭。"实铭体也。有祠堂碑，如《梁相孔聃神祠碑》，见《隶释》五。有神庙碑，如《西岳华山庙碑》，见《隶释》二，《三公山碑》、《石神君碑》，均见《隶释》三，《尧庙碑》，见《隶释》一。有杂碑，如《蜀郡太守何君阁道碑》，见《隶释》四。有纪功碑。如《汉敦煌太守裴岑纪功碑》，见《金石萃编》卷七。自其文体言，则有铭，此体最多，如《周憬功勋铭》，见《隶释》四，普通汉碑多有"乃作铭曰"四字。有颂，如《西狭颂》，见《隶释》四。有叙，如《张公神碑》，见《隶释》三。有记，如《高联修周公礼殿记》，见《隶释》一。有诔，如《堂邑令房凤碑》，见《隶释》九。有诗，如《费凤别碑》，见《隶释》九。有铭后附以乱者，如《巴郡太守樊敏碑》，见《隶释》十一。有有韵者，普通皆然。有无韵者，如《修周公礼殿记》、《三公山碑》、《冯绲碑》，见《隶释》卷七。盖凡刻石皆可谓之碑，而非文章之一体，与铭箴颂赞之类不同。准是以言，则蔡邕石经及孔庙之官文书，虽非文章，而既刻于石亦得称碑，惟以铭体居十之六七，故汉人或统称碑铭，碑谓刻石，铭则文体也。后世或以序文为碑，有韵之文为铭。或以有韵之文为碑铭，无韵或四六之文为碑。皆不知碑为刻石之义也。又刻于阙者谓之阙铭，如《嵩岳太室石阙铭》，见《隶释》四。以非竖立神道中央，故亦不得称碑。至于墓表之名，汉人间亦用之，但就华表之石而名，体与墓碑无别。唐代以有铭者为碑，无铭者为墓表；后世又以大官称神道碑，小官称墓表。潘昂霄《金石例》卷一、黄宗羲《金石要例》皆曰：三品以上神道碑。沈彤《果堂集》卷三曰：明制，三品以上神道碑，三品以下墓表。此皆近代不通之制度，实则汉人之墓表皆有韵，亦无官秩大小之别也。

今人来裕恂《汉文典》第三卷《文体》论"碑"云：

碑者，刻石以纪事。夷考初制，厥有二端：一为宫庙中庭之碑，一为宫室下棺之碑。中庭之碑，以石为之，止取丽牲，公室之碑，以木为之，止取下棺，皆不镌以文辞也。文始于夏之岣嵝碑，周孔子之延陵碑，若七十二家封禅文，言刻石，不言碑也。故《史记·封禅书》引《管子》及《秦始皇本纪》，并云刻石，不云立碑。至汉而刻石之名始罕见。于墓也，以文叙述行事，名之为碑；于庙也，以文叙述事迹，亦名为碑；于刻石也，以文称颂功德，亦有谓之碑者。然汉碑多酬应谀颂之文，已开后世滥用之渐。后汉以来，山川有碑，城池有碑，宫室有碑，坛井有碑，桥梁有碑，神庙有碑，寺观有碑，古迹有碑，土风有碑，而其用遂滥矣。金石家不辨，概入图籍，抑何谬也！凡碑文，叙次者为正体，如韩愈《柳州罗池庙碑》、《平淮西碑》是也；议论者为变体，如苏轼《潮州韩文公庙碑》是也；叙事兼议论者又为一体，如苏轼《上清储祥宫碑》是也。若王禹偁《寿域碑》，托物寓意，是为别体。又有书碑阳、书碑阴者，亦碑文种类之一也。又有名为记而实乃碑者，如《古文苑》载后汉樊毅《修西岳记》，其末有铭，亦碑文之类。至若墓碑，则自成一体。言神道碑者，因堪舆家以东南为神道，碑立其地，故以名焉。墓碑树于墓之前，刻死者功业于其上。唐碑制，龟趺圆首，五品以上官用之，而近世高低广狭，各有等差，则制之密也。盖葬者，既为志以藏诸幽，又为碑碣与表以揭于外，皆孝子慈孙不忍蔽其先德之心也。其为体，有文有铭，又或有序。其题名各有不同，有曰碑者，如韩退之《曹成王碑》是；有曰碑文者，如蔡伯喈《郭有道碑文》、《陈太丘碑文》是；有曰墓碑者，如韩退之《唐故相权公墓碑》是；有曰神道碑者，如王介甫《虞部郎中赠卫尉卿李公神道碑》是；有曰神道碑铭者，如韩退之《赠太尉许国公神道碑铭》是。近世又有去思碑之体，如朱梅崖《松溪令潘公去思碑》是。又有寿藏碑，预营兆域而刻之，又谓之寿藏记。诸体杂出，而文与志铭，大略相似，唯铭或谓之词，或谓之系，或谓之颂。总之碑文体裁，其序则传，其文则铭耳。

又论"诔"云：

诔者，称人之德行于死后也。古者，卿大夫殁，君命有司累其功德，为诔文以哀之。《周礼》小史"读诔"，后鲁哀公亦诔孔子以文，柳下惠之妻亦诔其夫。后世多用诔文，唯辞则费矣。

古代立碑，多乖事实。桓范、裴松之、杨衒之皆就此发表议论。

赵翼、刘师培之论重在考证，刘勰、林纾则重在评论。刘勰论述诔、碑二体之写作特点极为精辟，林纾只是在此基础上加以发挥。吴讷、徐师曾二氏论文体，皆就文体本身泛泛而谈，来裕恂则多总结前人的论述加以概括，虽卑之无甚高论，但颇为简明，故亦可供参考。

墓　志

南朝梁任昉《文章缘起》云："墓志，晋东阳太守殷仲文作从弟墓志。"明陈懋仁注云：

> 汉崔瑗作《张衡墓志铭》。洪适云："所传墓志，皆汉人大隶。"此云始于晋日，盖丘中之刻，当其时未露见也。周必大云："铭墓三代已有之。薛尚功《钟鼎款识》十六卷载唐开元四年偃师耕者得比干墓铜盘篆文云：'右林左泉，后冈前道，万世之宁，兹焉是宝。'"然则墓铭三代时已有之矣。晋隐士赵逸曰："生时中庸人耳，及死也，碑文墓志必穷天地之大德，尽生民之能事，为君共尧舜连横，为臣与伊皋等迹。牧民之臣，浮虎慕其清尘。执法之吏，埋轮谢其梗直。所谓生为盗跖，死为夷齐。妄言伤正，华词损实。"

明徐师曾《文体明辨序说》论"墓志铭"云：

> 按志者，记也；铭者，名也。古之人有德善功烈可名于世，殁则后人为之铸器以铭，而俾传于无穷，若《蔡中郎（名邕）集》所载《朱公叔（名穆）鼎铭》是已。至汉，杜子夏始勒文埋墓侧，遂有墓志，后人因之。盖于葬时述其人世系、名字、爵里、行治、寿年、卒葬年月，与其子孙之大略，勒石加盖，埋于圹前三

尺之地，以为异时陵谷变迁之防，而谓之志铭；其用意深远，而于古意无害也。迨夫末流，乃有假手文士，以谓可以信今传后，而润饰太过者，亦往往有之，则其文虽同，而意斯异矣。然使正人秉笔，必不肯徇人以情也。

至论其题，则有曰墓志铭，有志、有铭者，是也；曰墓志铭并序，有志、有铭而又先有序者，是也。然云志铭而或有志无铭，或有铭无志者，则别体也。曰墓志，则有志而无铭。曰墓铭，则有铭而无志。然亦有单云志而却有铭，单云铭而却有志者，有题云志而却是铭，题云铭而却是志者，皆别体也。其未葬而权厝者曰权厝志，曰志某。殡后葬而再志者曰续志，曰后志(《河东柳先生集》载《故连州员外司马凌君墓后志》是也，今不录)；殁于他所而归葬者曰归祔志(《河东集》载《先夫人河东县太君归祔志》是也，今不录)；葬于他所而后迁者曰迁祔志(《河东集》载《叔妣陆夫人迁祔志》是也，今不录)。刻于盖者曰盖石文；刻于砖者曰墓砖记，曰墓砖铭(《河东集》载《下殇女子》《小侄女子墓砖记》，一本作《墓砖铭》是也，今不录)；书于木版者曰坟版文(《唐文粹》载舒元舆撰《陶母坟版文并序》是也，今不录)，曰墓版文；又有曰葬志(《河东集》载《马室女雷五葬志》是也，今不录)，曰志文(无志有铭者，则《江文通集》所载《宋故尚书左丞孙缅等墓志文》是也；有志有铭者，则《河东集》载《故尚书户部侍郎王君先太夫人河间刘氏志文》是也，今不录)，曰坟记(《河东集》载《韦夫人坟记》是也，今不录)，曰圹志，曰圹铭，曰椁铭，曰埋铭(《朱文公集》载《女巳埋铭》是也，今不录)。其在释氏，则有曰塔铭，曰塔记(《唐文粹》载刘禹锡撰《牛头山第一祖融大师新塔记》是也，今不录)。凡二十题，或有志无志，或有铭无铭，皆志铭之别题也。

其为文则有正、变二体，正体唯叙事实，变体则因叙事而加议论焉。又有纯用"也"字为节段者,有虚作志文而铭内始叙事者,亦变体也。若夫铭之为体,则有三言、四言、七言、杂言、散文;有中用"兮"字者,有末用"兮"字者,有末用"也"字者;其用韵有一句用韵者,有两句用韵者,有三句用韵者,有前用韵而末无韵者,有前无韵而末用韵者,有篇中既用韵而章内又各自用韵者,有隔句用韵者,有韵在语辞上者,有一字隔句重用自为韵者,有全不用韵者;其更韵,有两句一更者,有四句一更者,有数句一更者,有全篇不更者,皆杂出于各篇之中,难以例列。故今录文致辩,但从题类,仍分正、变,稍以职官、处士、妇人为次,而铭体与韵则略序之,庶学者有考云。

清赵翼《陔余丛考》卷三十二《墓志铭》云:

墓志铭之始,王阮亭《池北偶谈》谓:《事祖广记》引《炙輠子》,以为始于王戎、冯鉴。《事始》以为始于西汉杜子春,而高承《事物纪原》以为始于比干。槎上老舌又引孔子之丧,公西赤志之,子张之丧,公明仪志之,以为墓志之始。不知《檀弓》所谓志之者,犹今之主丧云尔,未可改作誌也。惟《封氏见闻录》:青州古冢有石刻铭,云"青州世子东海女郎",贾昊以为东海王越之女,嫁荀晞之子者。又东都殖业坊王戎墓有铭曰"晋司徒尚书令安丰侯王君墓铭",凡数百字。又魏侍中缪袭葬父母墓下题版文。则志铭之作纳于圹中者,起于魏晋无疑云云。阮亭所据封氏之说固核矣,然《南史》齐武帝裴皇后薨,时议欲立石志。王俭曰:"石志不出《礼经》,起自宋元嘉中颜延之为王球石志,素族无铭策,故以纪行。自尔以来,共相祖袭。今储妃之重,既有哀策,不烦石志。"此则墓志起于元嘉中之明据也。宋建平王宏薨,宋孝武帝自为墓志铭。司马温公亦谓南朝始有铭志埋墓之事。然贾昊辩识"东海王越之女"一事，亦见《南史》，则晋已有墓志之例。又《宋书·何承天传》：文帝开玄武湖，遇大冢，得一铜斗。帝以问群臣，承天曰："此新莽时威斗，三公亡，皆赐之葬。时三公居江左者惟甄邯，此必邯墓也。"俄而冢内更得一石，铭曰"大司徒甄邯之墓"。又张华《博物志》载，西汉南宫殿内有醇儒王史威长葬铭，曰："明明哲士，知存知亡。崇陇原野，非宁非康。不封不树，作灵垂光。厥铭何依，王史威长。"亦见《学斋占毕》。则西汉时已有墓铭也。《金史·蔡珪传》：金海陵王欲展都城，有两燕王墓，旧在东城外，今在所展之内，命改葬于城外。此两墓俗传燕王及太子丹之葬也。及启圹，其东冢之柩端题曰"燕灵王旧"，旧即古柩字，通用，乃汉高祖子刘建也。其西墓盖燕康王刘嘉之葬也。珪作《两燕王辨》甚详。此又西汉题识于柩之法。不特此也，《庄子》云：卫灵公卜葬于沙丘，掘之得石椁，有铭曰"不凭其子"，灵公乃夺而埋之。则春秋以前已有铭于墓中者矣。《唐书·郑钦说传》：梁任昉于大同四年七月，在钟山圹中得铭，曰："龟言土，蓍言水，甸服黄钟启灵址。瘗在三上庚，堕遇七中巳。六千三百浃辰交，二九重三四百圮。"当时莫有解者，戒子孙世世以此访人。昉五世孙写以问钦说，钦说方出使，得之于长乐驿，行三十里，至敷水驿，乃悟：此冢葬以汉建武四年三月十日，圮以梁大同四年七月十二日也。解在《钦说传》内。则汉时铭墓又有此一种，盖即《庄子》所谓石椁铭之类也。由此数事以观，则墓铭之来已久。而王俭谓始自宋元嘉中颜延之，此又何说？窃意古来铭墓，但书姓名官位，间或铭数语于其上，而撰文叙事，胪述生平，则起于颜延之耳。

赵翼《陔余丛考》卷三十二《碑表、志铭之别》云：

《曾子固文集》有云：碑表立于墓上，志铭则埋圹中，此志铭与碑表之异制也。诸书所载，如庾子山作《崔公神道碑铭》所谓"思传旧德，宜勒黄金之碑"，杨盈川《建昌王公碑铭》所谓"丘陵标榜，式建丰碑"，此碑之立于墓上者也。贾昊所辨东海女郎及甄邯诸事，皆从开冢而见。又《神僧传》宝志公殁，梁武帝命陆倕制铭于冢内。司马温公志吕诲，云诲将死，嘱为其埋文志。张仲倩云：撰次所闻，纳诸圹。志铭之藏于墓中者也。故碑表有作于葬后者，《王荆公集》中马正惠葬于天禧，而碑立于嘉祐，贾魏公碑亦立于既葬之明年。而墓志之作，必在葬前。温公铭其兄周卿及昭远，皆云以葬日近，不暇请于他人，而自为铭，以葬时所用也。惟宋景濂作《常开平神道碑铭》亦云序而铭诸幽，殊不可解。神道碑无纳圹之例，惟《南史》裴子野卒，宋湘东王作墓志铭藏于圹内，邵陵王又作墓志列于羡道，羡道列志自此始。又范传正作李白新墓铭，刻二石，一置圹中，一表道上，景濂或仿此欤？温公谓：碑尤立于墓道，人得见之，志藏于圹中，非开冢孰从而睹之？谓志铭可不用也。费衮则引韩魏公四代祖葬博野，子孙避地，遂忘所在。公既贵，始寻求，命其子祭而开圹，各得志铭然后信。则志铭之设，亦孝子慈孙之深意，未可尽非也。《涌幢小品》云：刘宋时，裴松之以世立私碑，有乖事实，上言以为立碑者宜上言，为朝议所许，然后得立，庶可防遏无征，显章茂实。由是普断遵行。见《南史·裴松之传》。至隋唐，凡立碑者，皆奏请。及五代而弛，今且弥布天下矣。又朱竹垞云：古葬令五品以上立碑，降五品立碣，此规制之宜审者也。按此本隋制，五品以上立碑，螭首龟趺，上不得过四尺，载在丧葬令。碑有序有铭，谓之碑文可也，碑铭可也，而直谓之碑则非也。孙何曰：蔡邕撰郭有道、陈太丘碑，皆有序冠篇，而末乱之以铭,未尝直名之曰碑。《北史·樊逊传》:魏收为《库狄干碑序》,令樊孝谦作铭,陆邛不知,以为皆收作也。是又有两人合作序、铭者。迨李翱为商愍女碑,罗隐为三叔碑、梅先生碑,则序与铭皆混而不分,其目亦不复曰文,而直曰碑。是竟以丽牲悬綍之具而名其文矣。古者嘉量有铭,谓之量铭;钟有铭,谓之钟铭;鼎有铭,谓之鼎铭。不闻其去铭字而直谓之量也、钟也、鼎也,此名目之宜审者也。按《南史·虞荔传》:梁武于城西置士林馆,荔乃制碑奏上,帝即命勒于馆。则六朝时已单名曰碑。《癸辛杂识》引赵松雪云:北方多唐以前古冢,所谓墓志者,皆在墓中,正方而上有盖,盖丰下杀上,上书某朝某官某人墓志,此所谓书盖也。后立碑于墓,其篆额应止谓之额,今讹为盖,非也。此题额之宜审者也。又夫妇合葬墓志,近代如王遵岩、王弇州集中,皆书曰"某君暨配某氏合葬墓志",识者非之,以为古人合葬,题不书妇,今曰"暨配某者",空同以后不典之词也。而考唐、宋书法,则并无合葬二字,但云"某君墓志"而已。其妻之祔,则于志中见之。此书法之宜审者也。又古人于碑志之文不轻作,东坡答李方叔云:"但缘子孙欲追述其祖考而作者,某未尝措手。"其慎重如此。今世号为能文者,高文大篇,可以一醉博易,风斯下矣!唐荆州云:"近日屠沽细人,有一碗饭吃,其死后必有一篇墓志,此亦流俗之最可笑者。"杜子夏临终作文曰:"魏郡杜邺立志忠款,犬马未陈,奄先草露,骨肉归于土,魂无所不之,何必故丘,然后即化,长安北郭,此焉宴息。"王阮亭引之,以为此又后人自作祭文及自撰墓志之始也。又《后汉书·赵岐传》:岐久病,敕兄子可立一员石于墓前。刻之曰:"汉有逸人,姓赵名嘉,有志无时,命也奈何。"此亦与杜子夏临终作文同也。

今人来裕恂《汉文典》第三卷《文体》论"志"云：

> 志者，记其世系、名字、里居、行年、生卒年月，与其子孙之大略，勒诸石，藏于墓，以防异时陵谷变迁也。始于汉杜子夏勒文埋于墓侧，然当时无所谓志也。至宋元嘉，颜延之为《王琳石志》，于是有石志之典礼。后世因之，其用不一，有埋于圹中者，谓之圹志；有立于墓上者，谓之墓志。自志之体立，于是后世葬亦有志，如《河东集·马室女雷五葬志》是。权厝亦有志，如刘才甫《舅氏杨君权厝志》是。志之为体，或序或铭，甚为纷杂。题为墓志铭者，有志有铭也，如韩愈《太原王公墓志铭》是。题为墓志铭并序者，有志有铭而先有序者也，如元稹《杜工部墓志铭并序》是。题为铭而不及志者，如蔡邕《贞节先生范史云铭》是。题为志而却有铭者，如任昉《刘先生夫人墓志》是。题为铭而实有志者，如韩愈《李元宾墓铭》是。他若既殡后葬而再志者，谓之续志，又曰后志，《柳河东集》有《连州员外司马陵君墓后志》。殁于他所而归葬者，谓之归祔志，《河东集》有《先夫人河东县太君归祔志》。葬于他所而后迁者，谓之迁祔志，《河东集》有《叔妣陆夫人迁祔志》。或以砖为之，曰墓砖记，曰墓砖铭，《河东集》有《下殇女子》《小侄女墓砖记》。墓砖铭，或以版为之，曰坟版文，曰墓版文，《唐文粹》有舒元舆撰《陶母墓版文》。有志无铭者，则《江文通集》有《宋故尚书左丞孙缅墓志文》。有志有铭者，则《河东集》有《故尚书户部侍郎王君先太夫人河间刘氏志文》。曰坟记，《河东集》有《韦夫人坟记》。曰埋铭，《朱子集》有《女埋铭》。于释氏则有塔记，有塔铭，其种类之繁赜，有如此者。

赵翼是清代著名的史学家,他对墓志铭的考证和对碑表、墓志铭的辨析,旁征博引,言之有物,颇为精详,足供参考。其他各家解说,比较一般,亦录以备考。

行　状

南朝梁刘勰《文心雕龙·书记》论"状"云:

> 状者,貌也。体貌本原,取其事实。先贤表谥,并有行状,状之大者也。

明吴讷《文章辨体序说》论"行状"云:

> 按行状者,门生故旧状死者行业上于史官,或求铭志于作者之辞也。《文章缘起》云,始自汉丞相仓曹傅幹作《杨原伯行状》,然徒有其名而亡其辞。萧氏《文选》唯载任彦昇所作《齐竟陵王行状》一篇,而辞多矫诞,识者病之。今采韩、柳所作,载为楷式云。

明徐师曾《文体明辨序说》论"行状"云:

> 按刘勰云:"状者,貌也。体貌本原,取其事实。先贤表谥,并有行状,状之大者也。"汉丞相仓曹傅(胡)幹始作《杨元(原)伯行状》,后世因之。盖具死者世系、名字、爵里、行治、寿年之详,或牒考功太常使议谥,或牒史馆请编录,或上作者乞墓志碑表之类皆用之。而其文多出于门生故吏亲旧之手,以谓非此辈不能知也。其逸事状,则但录其逸者,其所已载不必详焉,乃状之变体也。

清赵翼《陔余丛考》卷三十二《行状》云:

吴曾《能改斋漫录》云：自唐以来，未为墓志，必先有行状。盖六朝以来已有之。按《梁书》江淹为宋建太妃周氏行状，任昉、裴子野皆有行状。《南史》袁昂临没，敕诸子不得上行状。徐孝嗣为吴兴守，王俭赠以四言诗，人以比蔡子尼行状。《北史》邢臧为甄琛行状，世称其工。而裴松之《三国志注》引用先贤行状最多，则汉末已有之，并不自六朝始也。然古人行状，本以上太常、司徒议谥法。《魏书》云：旧制，凡薨亡者，大鸿胪、本州大中正条其行迹，移公府，下太常博士议谥。不应谥法者，博士坐如选举不实。若状不实，中正坐如博士。《封氏闻见记》云：唐制，太常博士掌谥，三品以上薨亡者，故吏录行状，申尚书省考功校勘，下太常博士议拟申省，省司议讫，然后奏闻。是古人于行状原有核实之法。然人已死，而子孙及故吏为之，自必多溢美，而主其议者亦多以善善欲长，谁肯为刻核之举？虽有中正、博士处分及考功校勘，而滥者接踵。魏袁翻谓：今之行状，皆出其私家，臣子自言其君父之行，无复是非。今之博士又与古不同，惟知依其行状，便为议谥。请敕太常，有言词流宕、无复节限者，不得听受。唐李翱亦谓：行状谥牒，皆故吏门生苟言虚美，愿敕考功，虚者勿受。按当时行状有中正、博士之处分，考功之校勘，尚不免多虚誉，何况近代之行状，不必经太常考功，人人可以自撰，又何怪乎虚词谰语，连篇累牍也。俞文豹《吹剑录》：古来志妇人者止曰碑曰志，未尝称行状，近有乡人志其母曰行状，不知何据。按江淹建太妃周氏行状，已见《南史》，则又不得谓妇人行状之无本也。

清江藩《炳烛室杂文·行状说》云：

三代时诔而谥,于遣之日读之。后世诔文伤寒暑之迭袭,悲霜露之飘零,巧于序悲,易入新切而已。交游之诔,实同哀辞,后妃之诔,无异哀策,诔之本意尽失,而读诔赐谥之典亦废矣。至典午之时,始有行状,综述生平行迹,上之于朝,以请谥。任彦昇《齐竟陵文宣王行状》,所谓易名之典,请遵前烈。故《文心》以状为表谥,则状亦诔之流也。状者上之朝迁,赐谥以为饰终之典,亦付之史官立传,以扬前烈之休。此唐李习之所以有百官行状之奏也。

今人来裕恂《汉文典》第三卷《文体》论"状"云:

> 状者,详叙死者生平、言行、氏族等,令人阅之,如见死者之状貌,故谓之状。或牒考功太常,使之议谥;或牒史馆,请为编录;或上作者,乞墓志碑表之类,皆上以状,详具事实,以有所请求,故曰状。体取比事,不取属辞,《文选》所载行状,其辞多俪,后世不用其体。韩柳所为,世多因之,此行状也。又有事状,据事实以上闻者也。又有逸事状,但传逸事,乃状之变体。

行状是为死者写的传记。在封建时代提供给礼官太常作为定谥立传的根据。关于行状,刘勰的论述虽简,但十分精辟,故常为后人所引用。赵翼、江藩论述较详,对了解行状的特点和作用颇有帮助,并可参阅。

哀、吊、祭文

西晋挚虞《文章流别论》论"哀辞"云:

> 哀辞者,诔之流也。崔瑗、苏顺、马融等为之,率以施于童

殇夭折，不以寿终者。建安中，文帝与临淄侯各失稚子，命徐幹、刘桢等为之哀辞。哀辞之体，以哀痛为主，缘以叹息之辞。（《太平御览》五百九十六）

南朝梁刘勰《文心雕龙·哀吊》云：

赋宪之谥，短折曰哀。哀者，依也。悲实依心，故曰哀也。以辞遣哀，盖下流之悼，故不在黄发，必施夭昏。昔三良殉秦，百夫莫赎，事均夭枉，《黄鸟》赋哀，抑亦诗人之哀辞乎？暨汉武封禅，而霍嬗暴亡，帝伤而作诗，亦哀辞之类矣。降及后汉，汝阳王亡，崔瑗哀辞，始变前式。然"履突鬼门"，怪而不辞，"驾龙乘云"，仙而不哀；又卒章五言，颇似歌谣，亦仿佛乎汉武也。至于苏顺、张升，并述哀文，虽发其情华，而未极其心实。建安哀辞，惟伟长差善，《行女》一篇，时有恻怛。及潘岳继作，实钟其美。观其虑赡辞变，情洞悲苦，叙事如传，结言摹诗，促节四言，鲜有缓句。故能义直而文婉，体旧而趣新，《金鹿》、《泽兰》，莫之或继也。原夫哀辞大体，情主于痛伤，而辞穷乎爱惜。幼未成德，故誉止于察惠；弱不胜务，故悼加乎肤色。隐心而结文则事悽，观文而属心则体奢。奢体为辞，则虽丽不哀；必使情往会悲，文来引泣，乃其贵耳。

吊者，至也。《诗》云："神之吊矣。"言神至也。君子令终定谥，事极理哀，故宾之慰主，以至到为言也。压溺乖道，所以不吊矣。又宋水郑火，行人奉辞，国灾民亡，故同吊也。及晋筑虒台，齐袭燕城，史赵、苏秦，翻贺为吊，虐民构敌，亦亡之道。凡斯之例，吊之所设也。或骄贵以殒身，以狷忿以乖道，或有志而无时，或行美而兼累，追而慰之，并名为吊。自贾谊浮湘，发愤吊屈，体同而事核，辞清而理哀，盖首出之作也。及相如之《吊二世》,全为赋体,桓谭以为其言恻怆,读者叹息;及卒章要切,断而能悲也。扬雄《吊屈》,思积功寡,意深《反骚》,故辞韵沈膇。班彪、蔡邕,并敏于致洁,然影附贾氏,难为并驱耳。胡、阮之《吊夷齐》,褒而无间;仲宣所制,讥呵实工。然则胡、阮嘉其清,王子伤其隘,各其志也。祢衡之《吊平子》,缛丽而轻清;陆机之《吊魏武》,序巧而文繁。降斯以下,未有可称者矣。夫吊虽古义,而华辞末造;华过韵缓,则化而为赋。固宜正义以绳理,昭德而塞违,割析褒贬,哀而有正,则无夺伦矣。

又《文心雕龙·祝盟》论"祭文"云:

若乃礼之祭祀,事止告飨。而中代祭文,兼赞言行,祭而兼赞,盖引伸而作也。……凡群言发华,而降神务实,修辞立诚,在于无愧。祈祷之式,必诚以敬,祭奠之楷,宜恭且哀,此其较大也。班固之祀涿山,祈祷之诚敬也。潘岳之祭庾妇,奠祭之恭哀也。举汇而求,昭然可鉴矣。

明吴讷《文章辨体序说》论"祭文"云:

古者祀享,史有册祝,载其所以祀之之意,考之经可见。若《文选》所载谢惠连之《祭古冢》,王僧达之《祭颜延年》,则亦不过叙其所祭及悼惜之情而已。迨后韩、柳、欧、苏,与夫宋世道学诸君子,或因水旱而祷于神,或因丧葬而祭亲旧,真情实意,溢出言辞之表,诚学者所当取法者也。大抵祷神以悔过迁善为主,祭故旧以道达情意为尚。若夫谀辞巧语,虚文蔓说,固弗足以动神,而亦君子之所厌听也。

明徐师曾《文体明辨序说》论"哀辞"云:

按哀辞者,哀死之文也,故或称文。夫哀之为言依也,悲依于心,故曰哀;以辞遣哀,故谓之哀辞也。昔汉班固初作《梁氏哀辞》,后人因之,代有撰著。或以有才而伤其不用,或以有德而痛其不寿。幼未成德,则誉止于察惠;弱不胜务,则悼加乎肤色。此哀辞之大略也。其文皆用韵语,而四言骚体,惟意所之,则与诔体异矣。吴讷乃并而列之,殆不审之故欤?今取古辞,目为一类,庶作者有所考云。

又论"吊文"云:

按吊文者,吊死之辞也。刘勰云:"吊者,至也。《诗》曰'神之吊矣',言神至也。"宾之慰主,以至到为言,故谓之吊。古者吊生曰唁,吊死曰吊,亦此意也。或骄贵而殒身,或狷忿而乖道,或有志而无时,或美才而兼累,后人追而慰之,并名为吊。若贾谊之《吊屈原》,则吊之祖也。然不称文,故不得列之此篇。而后人又称为赋,则其失愈远矣。其有称祭文者,则并列之,以其实为吊也。其文滥觞于唐宋,故有《吊战场》、《吊镈钟》之作,今亦附焉。

大抵吊文之体,仿佛楚骚,而切要恻怆,似稍不同。否则华过韵缓,化而为赋,其能逃乎夺伦之讥哉?作者熟读乎所列之文,庶乎有以得之矣。

又论"祭文"云:

按祭文者,祭奠亲友之辞也。古之祭祀,止于告飨而已。中世以还,兼赞言行,以寓哀伤之意,盖祝文之变也。其辞有散文,有韵语,有俪语,而韵语之中,又有散文、四言、六言、杂言、骚体、俪体之不同。今各以类列之。刘勰云:"祭奠之楷,宜恭且哀。若夫辞华而靡实,情郁而不宣,皆非工于此者也。"

作者宜详审之。宋人又有祭马之文,是亦一体,故取以附焉。

近代林纾《春觉斋论文·流别论》论"哀辞、吊"云:

哀辞之哀,为言依也。"悲实依心,故曰哀也"。"奢体为文,则虽丽不哀"。"吊者至也,言神至也"。"哀而有正,则无夺伦"。

《文章流别论》曰:"哀辞者,诔之流也。"然诔之为体,选言录行,传体而颂文,荣始而哀终,王侯将相皆可诔也。然未闻有以哀辞施之王侯将相者。故刘勰曰:"不在黄发,必施夭昏。"建安中,文帝与临淄侯各失稚子,命徐幹、刘桢各为哀词。潘岳集有《金鹿》、《泽兰》哀辞。金鹿,岳之幼子,又为任子咸妻作孤女泽兰哀辞。由此观之,哀辞之为体,施之夭昏,决矣。顾有不尽然者,归震川为明代文章宗匠,乃为御史中丞李公作哀辞。李公以天子新建紫宫及西苑、平台、神仙长年之殿,李公为之连岁采运,大工迄成而卒,此花石纲之弊政,在理初不能以私情哀之。矧李位至中丞,年非夭札,乃不顾体裁而哀之,过矣。

昌黎集中,哀辞凡两篇:一为《哀独孤申叔文》,无序。一为《欧阳生哀词》,哀欧阳詹也。其序曰:"父母老矣。舍朝夕之养以来京师,其心将以有得于是,而归为父母荣也。虽其父母之心亦皆然,詹在侧,虽无离忧,其志不乐也。詹在京师,虽有离忧,其志乐也。若詹者,所谓以志养志者欤!"词中既哀詹矣,又哀其父母,见詹之死,尚有父母悲梗于上,所以可哀也。《元丰类稿》有《王君俞哀词》,王官殿中丞,然卒时年始二十六,子固之叙曰:"夫为人如前之云,而不享于贵且寿,曾未少施其所学,又负其所承之心,是于众人之情不能泯哀也。"正以君俞有老母在,且孝而不昌其年,此所以可哀也。则亦仍守前人之法律。至于辞中之哀惋与否,则子固、震川皆不长于韵语,去昌黎远甚。他若方望溪之哀蔡夫人,则文过严肃,辞尤无味,名为哀词,实不能哀,亦但存其名而已。

综言之,哀词者,既以情胜,尤以韵胜。韵非故作悠扬语也,情赡于中,发为音吐,读者不觉其绵亘有余悲焉,斯则所谓韵也。

古人有哭斯吊,宋水郑火,皆吊以行人。贾长沙首用《离骚》之体吊屈原。扬子云亦摭取《离骚》之文反之,自岷山投诸江流,以吊屈原,名曰《反离骚》。蔡中郎亦然。盖屈原之怀忠而死,不得志于世者,往往托为同心,犹之下第之人,必寻取下第之人,发舒其抑郁之气,故刘蕡之身,每为失志者藉口,即此意也。若胡广、阮瑀之吊伯夷,则一无所托,不过觅得好题目,表见其文采。即陆机之吊魏武,亦不尽有所激于中情,而成为此种文字。盖必循乎古义,有感而发,发而不失其性情之正。因凭吊一人,而抒吾怀抱,尤必事同遇同,方有肺腑中流露之佳文。不尔,则蔡确之吊郝甑山,盖比宣仁太后于武氏,真是谩骂,非吊也。此尤不可不知。

今人来裕恂《汉文典》第三卷《辞令》论"哀辞"云:

哀辞者,其文抒其哀痛之情也。如班固《梁氏哀辞》是。盖原于《诗》之"交交黄鸟"。又如《七哀》、《八哀》之类哀辞也。又名哀策,如汉东安相李尤作《和帝哀策》是也。又名哀册文。如令狐楚、唐宪宗、章武皇帝哀册文是也。

又论"吊文"云:

吊文者,吊死之辞也。吊生曰唁,吊死曰吊。《吊屈原文》,体如骚,《吊古战场文》,体如赋。然如赋者,则过华韵缓,易乏急切凄恻之态,故以仿佛楚辞者为正体。

又论"祭文"云:

> 祭文者,表其哀也。始于曹孟德之《祭桥玄》。其体不一,散文,如韩愈《祭十二郎文》;韵语,如欧阳修《祭程相公文》;四言六言,如韩愈《祭柳州李使君文》;长句短句,如欧阳修《祭苏子美文》。亦有用以祈祷雨旸者,有用以驱逐邪疠者,有用以吁求福音者,有用以哀伤死亡者。

以上所录"哀辞"、"吊文"和"祭文"三种文体的资料,显然以刘勰的论述最为重要。刘勰的文体论,是中国古代文体论的高峰,对后世的文体论和文体分类都有深远的影响。后世的文体论,或沿袭其成说,或受其启发而加以发挥,都不同程度地受到它的影响。如林纾的论述,只是在刘勰的基础上,结合作品加以发挥。又如吴讷、徐师曾的论述,亦无新见,且较简略。至于来裕恂,仍然是沿袭前人之论,而亦过于简略。虽然如此,或有可供参考之处,并录以备考。

穆克宏文集

第五册

文心雕龙研究

（下）

中 华 书 局

下编

志深而笔长　梗概而多气
——刘勰论"建安七子"

"建安七子"最早见于曹丕的《典论·论文》,是指生活在汉献帝建安(196—220)时代的七位著名作家。他们是孔融、陈琳、王粲、徐幹、阮瑀、应玚、刘桢。刘勰对他们都有评论。刘勰对作家的评论,往往三言两语,抓住要害,十分精彩。这样的例子很多,他对"建安七子"的评论就是其中一例。

孔融气盛于为笔

孔融是"建安七子"之一。但是,他与其他六人不同,他既不是曹氏父子的僚属,也没有参加邺下文人集团,关系比较疏远。所以,曹丕在《与吴质书》中评论建安诸子,只有徐幹、应玚、陈琳、刘桢、阮瑀、王粲六家。曹植在《与杨德祖书》中提及建安诸子,也只有王粲、陈琳、徐幹、刘桢、应玚、杨修六家。《三国志·王粲传》说:"始文帝为五官将,及平原侯植皆好文学。粲与北海徐幹字伟长、广陵陈琳字孔璋、陈留阮瑀字元瑜、汝南应玚字德琏、东平刘桢字公幹,并见友善。"皆未提到孔融,为什么又把他列入"七子"呢?我认为这是由于:一、孔融的散文成就。曹丕《典论·论文》说:"孔融体气高妙,有过人者,然不能持论,理不胜词,至乎杂以嘲戏;及其所善,扬、班俦也。"认为孔融的佳作,只有扬雄、班固能够与他相匹敌。李充《翰林论》说:"或问曰:'何如斯可谓之文?'答曰：'孔文举之书，陆士衡之议，斯可谓成文也。'"认为孔融的书信，才可以说是文章。评价都是相当高的。二、曹丕对他的作品喜爱。《后汉书·孔融传》说："魏文帝深好融文辞，叹曰：'扬、班俦也。'募天下有上融文章者，辄赏以金帛。"所以，在《典论·论文》中，他被列为"七子"之一。

刘勰《文心雕龙》论及"建安七子"主要有三处：

> 暨建安之初，五言腾踊。文帝、陈思，纵辔以骋节；王、徐、应、刘，望路而争驱。（《明诗》）

> 建安之末……仲宣委质于汉南，孔璋归命于河北，伟长从宦于青土，公幹徇质于海隅，德琏综其斐然之思，元瑜展其翩翩之乐……（《时序》）

> 仲宣溢才，捷而能密，文多兼善，辞少瑕累，摘其诗赋，则七子之冠冕乎！琳、瑀以符檄擅声，徐幹以赋论标美，刘桢情高以会采，应场学优以得文。（《才略》）

《明诗》篇论述的是诗歌，只提到王粲、徐幹、应场、刘桢。《时序》篇提到王粲等六人，没有提到孔融。《才略》篇论述有魏一代作家，先论述曹丕、曹植兄弟，然后品评王粲等六人，也没有论及孔融，只是在论述汉代作家时说："孔融气盛于为笔，祢衡思锐于为文，有偏美焉。"但是，《才略》篇提到"七子"，根据《典论·论文》的提法，刘勰自然也认为孔融是"七子"之一。

孔融的作品，《后汉书·孔融传》说："所著诗、颂、碑文、论议、六言、策文、表、檄、教令、书记凡二十五篇。"《隋书·经籍志》载："后汉少府《孔融集》九卷。梁十卷，录一卷。"至宋始散失。明人有辑本流传。孔融诗今存七首。明胡应麟说："汉名士若……孔融……辈诗，存者皆不工。"又说："北海不长于诗。"（《诗薮·外编》卷一)孔融诗歌成就不高,刘勰没有论及。孔融的文学成就主要表现在散文方面,这方面刘勰的论述较详。

《文心雕龙·诔碑》篇说:

> 自后汉以来,碑碣云起,才锋所断,莫高蔡邕。……孔融所创,有慕伯喈。张、陈两文,辨给足采,亦其亚也。

意思是说,东汉以来,碑文盛行,蔡邕的碑文十分著名。孔融写作碑文就是摹仿蔡邕的。他的《卫尉张俭碑铭》和陈碑,语言巧捷而富于文采,仅次于蔡邕。这个评价是比较高的。可惜《卫尉张俭碑铭》残缺,陈碑失传,今天已无法清楚地看出其"辨给足采"的特点了。

《论说》篇说:

> 至如张衡《讥世》,韵似俳说;孔融《孝廉》,但谈嘲戏;曹植《辨道》,体同书抄:言不持正,论如其已。

这是说,孔融的《孝廉》,只说一些开玩笑的话,言论不保持正道,还不如不写。对孔融的《孝廉》作了严肃的批评。《孝廉》一文今已散失,我们无从了解刘勰的批评正确与否,不过,联系曹丕说孔融"不能持论,理不胜辞,以至杂以嘲戏"的话,刘勰对孔融《孝廉》的批评是可以理解的。

《诏策》篇说:

> 教者,效也。出言而民效也。……孔融之守北海,文教丽而罕于理,乃治体乖也。

"于理",《太平御览》作"施",是。刘勰认为,教就是效法,说出话来老百姓照着做。孔融做北海相,他的教令文辞雅丽,却很少能够实行,是他的治理方法不合。范文澜同志不同意刘勰此说,认为

"本传谓融为北海相,到郡收合士民,起兵讲武,表显儒术,荐贤举良,在郡六年,日以抗群贼辑吏民为事,似非'罕于理'者"(《文心雕龙注·诏策》篇注㊳)。其实,司马彪《九州春秋》中已经说到孔融"高谈教令,盈溢官曹,辞气温雅,可玩而诵。论事考实,难可悉行。但能张磔网罗,其自理甚疏"(《三国志·崔琰传》注引)。葛洪也说:"孔融、边让,文学邈俗,而并不达治务,所在败绩。"(《抱朴子·外篇·清鉴》)可见刘勰的说法是很有根据的。如再稽之史传,更可以证明刘勰的论述是符合实际的。应该指出,孔融在北海时写给僚属的教令今存八篇,多以礼贤爱士为内容,文辞雅隽。这样的内容似不存在"罕施"问题。

《章表》篇说:

> 至于文举之《荐祢衡》,气扬采飞;孔明之《辞后主》,志尽文畅:虽华实异旨,并表之英也。

诸葛亮的《出师表》,与本文无关,兹不置论。刘勰认为,孔融的《荐祢衡表》,气势高昂,文采飞扬,和诸葛亮的《出师表》同是杰出的表文。祢衡,汉末文学家,少有才辩。孔融在《荐祢衡表》中是这样介绍他的:

> 窃见处士平原祢衡,年二十四,字正平,淑质贞亮,英才卓跞。初涉艺文,升堂睹奥。目所一见,辄诵于口,耳所暂闻,不忘于心,性与道合,思若有神。弘羊潜计,安世默识,以衡准之,诚不足怪。忠果正直,志怀霜雪,见善若惊,疾恶如仇。任座抗行,史鱼厉节,殆无以过也。

于此可见祢衡的品质、才能,亦可看出文章"气扬采飞"的特点,无怪乎昭明选入《文选》。

《书记》篇说:

> 逮后汉书记,则崔瑗尤善。魏之元瑜,号称翩翩;文举属章,半简必录;休琏好事,留意词翰:抑其次也。

刘勰指出,后汉时的书信,崔瑗的最好。魏之阮瑀,曹丕称他"书记翩翩";孔融的书信,虽是残篇亦必抄录;应璩好事,留心书信的写作,都差一点。其中说到孔融的书信"半简必录",这是指魏文帝曹丕喜爱孔融的作品,搜集他的文章,有献孔融文章者赏以金帛(见前引之《后汉书·孔融传》)。孔融的书信以《文选》选录的《论盛孝章书》最为著名。这是孔融向曹操推荐盛孝章的一封信。盛孝章名宪,吴会稽人,曾任吴郡太守。气量宏伟,爱重士人,声名为孙策所忌,借故投入监狱。正当孔融请求曹操援救他时,为策弟孙权所害。这封信抒写作者爱才之心,情辞迫切,有豪迈之气,为后人所推重。这样的书信"半简必录",自然是有价值的。

《风骨》篇说:

> 故魏文称"文以气为主,气之清浊有体,不可力强而致"。故其论孔融,则云"体气高妙";论徐幹,则云"时有齐气";论刘桢,则云"有逸气"。公幹亦云:"孔氏卓卓,信含异气,笔墨之性,殆不可胜。"并重气之旨也。

这是刘勰论"气"时引用曹丕和刘桢的两段话,恰好两段话里都论到孔融。曹丕说孔融"体气高妙",刘桢说孔融"信含异气",都说明了孔融文章富于气势的特点。《文心雕龙·才略》篇说:"孔融气盛于为笔。"刘勰认为,无韵者为"笔",有韵者为"文"(见《文心雕龙·总术》)。这里的"笔",当指散文。这是说孔融的书表等散文富于气势。这一论断和曹丕、刘桢的看法是一致的。

王粲——"七子之冠冕"

曹丕在《典论·论文》中说：

> 今之文人，鲁国孔融文举，广陵陈琳孔璋，山阳王粲仲宣，北海徐幹伟长，陈留阮瑀元瑜，汝南应玚德琏，东平刘桢公幹。斯七子者，于学无所遗，于辞无所假，咸以自骋骥骤于千里，仰齐足而并驰，以此相服，亦良难矣。

这是说"七子"皆如良骏，并驰千里，不相上下。曹植在《与杨德祖书》中也说：

> 昔仲宣独步于汉南，孔璋鹰扬于河朔，伟长擅名于青土，公幹振藻于海隅，德琏发迹于大魏，足下高视于上京。当此之时，人人自谓握灵蛇之珠，家家自谓抱荆山之玉。

这是说，王粲、陈琳等人，个个自恃其才，各不相让。如此说来，他们在当时是不分高下的。在历史上首先指出他们有高下之分的是刘勰。《文心雕龙·才略》篇说：

> 仲宣溢才，捷而能密，文多兼善，辞少瑕累，摘其诗赋，则七子之冠冕乎！

这是认为王粲的文学成就超过"建安七子"中的其他六人。这个论断是符合实际的。

刘勰认为，标志王粲文学成就的是诗赋。

先说王粲的赋。曹丕说："王粲长于辞赋……如粲之《初征》、《登楼》、《槐赋》、《征思》……虽张、蔡不过也。"（《典论·论文》）又说："仲宣独自善于辞赋，惜其体弱，不足起其文，至于所善，古人

无以远过。"(《与吴质书》)对王粲的辞赋评价较高。《文心雕龙·诠赋》篇说:

> 及仲宣靡密,发端必遒……亦魏晋之赋首也。

"端",唐写本《文心雕龙》作"篇",是。这里的意思是,王粲赋细腻周密,篇章遒劲有力,是"魏晋之赋首"八家之一。刘勰所谓的"魏晋之赋首"八家,是指王粲、徐幹、左思、潘岳、陆机、成公绥、郭璞和袁宏。其中魏代辞赋家只有王粲、徐幹二人。徐幹后文将要论及,这里先说王粲。王粲的赋今存二十六篇(包括残篇),以《文选》收录的《登楼赋》最为有名,也最有代表性。《登楼赋》写王粲流落荆州,不为刘表所重视。他怀才不遇,因而产生思乡之情。登楼原为消忧,而触景生情,思乡更甚,全赋表达了他的浓郁的思乡之情。这篇抒情小赋,先写登楼所见,次写诗人眷眷怀归之情,最后写时光飞逝、壮志难酬的苦闷。从登楼写到下楼,从白天写到傍晚,以时间和游览活动为顺序,段落分明,脉络清晰,并注意前后照应,充分表现本篇结构紧密、写情细腻的特点,这大概就是刘勰所说的"靡密"吧!在表现手法上,诗人善于把写景和抒情紧密地结合起来。如:

> 步栖迟以徙倚兮,白日忽其将匿。风萧瑟而并兴兮,天惨惨而无色。兽狂顾以求群兮,鸟相鸣而举翼。原野阒其无人兮,征夫行而未息。

这里描写傍晚的景色,景中有情,情景交融,字里行间流露出来的强烈感情,使人感到作品充沛有力。这也许就是刘勰所说的"发篇必遒"。王粲的其他赋作如《羽猎赋》、《游海赋》、《浮淮赋》等,都在不同程度上表现出王粲辞赋描写细腻、风格遒劲的特点。刘勰对王粲辞赋的评论确能一语破的。

王粲的诗歌创作成就很高,钟嵘《诗品》列于"上品"。《文心雕龙·明诗》篇说:

> 暨建安之初,五言腾踊,文帝、陈思,纵辔以骋节;王、徐、应、刘,望路而争驱。并怜风月,狎池苑,述恩荣,叙酣宴,慷慨以任气,磊落以使才。造怀指事,不求纤密之巧;驱辞逐貌,唯取昭晰之能:此其所同也。

这一段话总论建安诗歌。刘勰认为建安时期是五言诗的繁荣时期。在当时诗坛上,曹丕、曹植兄弟和王粲、徐幹、应场、刘桢等人都具有"慷慨以任气,磊落以使才"的特征。《时序》篇论述建安文学说:"观其时文,雅好慷慨,良由世积乱离,风衰俗怨,并志深而笔长,故梗概而多气也。"这个分析深刻地道出了建安文学的特色,是极为精湛的。作为建安时期著名作家的王粲,他的诗篇具有建安文学的共同特色。王粲诗今存二十七首。这些诗歌的主要内容和建安时期的其他作家一样,反映了东汉末年动乱的社会现实,表现了诗人渴望统一祖国的理想和建功立业的雄心。如《七哀诗》三首中为人们所熟知的第一首:

> 西京乱无象,豺虎方遘患。复弃中国去,委身适荆蛮。亲戚对我悲,朋友相追攀。出门无所见,白骨蔽平原。路有饥妇人,抱子弃草间。顾闻号泣声,挥涕独不还。"未知身死处,何能两相完?"驱马弃之去,不忍听此言。南登霸陵岸,回首望长安。悟彼下泉人,喟然伤心肝!

这首诗描写了他在董卓部将李傕、郭汜的变乱中离开长安所见的情景。诗歌一开始就点出李傕、郭汜之乱,正是在这次变乱中,他被迫离开长安的。一走出长安城的大门,他所见到的是什么呢?只有"白骨蔽平原"的凄惨景象。他还见到路旁的"饥妇人",弃子草间,挥泪离去的惨绝人寰的事实。"未知"二句,令人耳不忍闻,深刻地揭露了当时的战乱给人民带来的灾难和痛苦。"南登"四句,透露了诗人生活在乱世而思念贤明的君主、渴望政治清明的思想。这首诗写得悲凉沉痛,真切动人,是建安诗歌中的名作。《七哀诗》三首的第二首是写诗人寄居荆州思念故乡的诗篇,第三首是写边地寒冷、荒漠的惨景,都生动地体现了建安诗歌的特色。

刘勰论述四言诗和五言诗的特点时,又论及王粲。《明诗》篇说:

> 若夫四言正体,则雅润为本;五言流调,则清丽居宗。华实异用,惟才所安。故平子得其雅,叔夜含其润,茂先凝其清,景阳振其丽。兼善则子建、仲宣,偏美则太冲、公幹。

刘勰认为,诗歌的特点,四言诗以雅正、润泽为主;五言诗以清新、华丽为主。张衡、嵇康、张华、张协各具其中的一种特点,而王粲兼善四言、五言,具备上述的各种特点。这里对王粲的评价是很高的。

王粲的四言诗今存只有四首。《文选》收入《赠蔡子笃》、《赠士孙文始》、《赠文叔良》三首。这三首诗都是赠别之作,主要是写离情别绪,有的流露出对"悠悠世路,乱离多阻"的感叹,有的表现了真挚的友情,有的是对奉使友人的劝戒,都是较好的诗篇,具有雅正、润泽的特点。王粲的五言诗标志着他诗歌创作的主要成就,如《七哀诗》、《从军行》、《杂诗》等,其语言风格都表现了清新、华丽的特点。这就是刘勰所说的"兼善则子建、仲宣"。

除了诗赋之外,刘勰对王粲的吊、七、论等其他作品也有所评述,因为无关紧要,这里就不再论列了。

琳、瑀以符檄擅声

陈琳、阮瑀以章表书记享有盛名,所以刘勰说:"琳、瑀以符檄擅声。"(《才略》)其实,远在陈琳、阮瑀生活的建安时代,曹丕在《典论·论文》中已指出了这一点,他们对陈琳、阮瑀的章表书记给予较高的评价。

陈琳,初为何进主簿,何进被害后,北依袁绍。绍败,归附曹操,任司空军谋祭酒,管记室。当时军国书檄多是他和阮瑀草拟的。《典略》说:"琳作诸书及檄,草成呈太祖。太祖先苦头风,是日疾发,卧读琳所作,翕然而起曰:'此愈我病。'数加厚赐。"(《三国志·王粲传》注引)可见曹操对陈琳所拟书檄的喜爱。陈琳所作檄文名篇是《为袁绍檄豫州》。此文选入《文选》,李善注云:"《魏志》:琳避难冀州,袁本初使典文章,作此檄以告刘备,言曹公失德,不堪依附,宜归本初也。后绍败,琳归曹公。曹公曰:'卿昔为本初移书,但可罪状孤而已,恶恶止其身,何乃上及父祖邪?'琳谢罪曰:'矢在弦上,不可不发。'曹公爱其才而不责之。"豫州在河南,袁绍要往河南进攻曹操,命陈琳草此檄文。这篇檄文是写给豫州刺史刘备和豫州的地方官的,其中对曹操的丑行多有揭露。可是在陈琳归附曹操之后,曹操因为爱惜人才而不咎既往,并加官重用。刘勰对这篇檄文也发表了意见,他说:"陈琳之檄豫州,壮有骨鲠,虽奸阉携养,章密太甚,发丘摸金,诬过其虐;然抗辞书衅,皦然露骨矣。敢指曹公之锋,幸哉免袁党之戮也。"(《檄移》)刘勰认为,陈琳的《为袁绍檄豫州》,写得理直气壮,虽然其中骂曹操的父亲曹嵩是奸臣太监的养子,揭露私事太过分,又说曹操挖坟盗墓,诬蔑超过了他的暴虐,但是,他能用直率的文辞写下曹操的罪恶,写得十分明白；他敢于触犯曹操的锋芒，他作为袁绍的党羽而幸免被杀。刘勰对文章是赞赏的，只是认为所揭露的事，或"章密太甚"，或"诬过其虐"，稍有不满，而对他免为曹操所杀感到庆幸。

刘勰还论到陈琳的《谏何进召外兵》，他说："至于陈琳谏辞，称掩目捕雀；潘岳哀辞，称掌珠伉俪：并引俗说而为文辞者也。"（《书记》）这是说陈琳谏辞中引用民间谚语"掩目捕雀"。而刘勰认为"夫文辞鄙俚，莫过于谚"，即文辞的鄙俗，没有超过谚语的，对陈琳提出批评。陈琳的谏辞见于《三国志·王粲传》。其文开头就说："《易》称'即鹿无虞'。谚有'掩目捕雀'。夫微物尚不可欺以得志，况国之大事，其可以诈立乎？"这里以谚语"掩目捕雀"比喻不可自欺欺人，增强了文辞的形象性和说服力，用得很好，为什么刘勰对此提出批评呢？这是因为他具有封建士大夫的正统思想，轻视民间文学和语言，认为这些不登大雅之堂。

《章表》篇说："琳、瑀章表，有誉当时，孔璋称健，则其标也。"刘勰的这一看法，完全继承了曹丕的观点。曹丕《典论·论文》说："琳、瑀之章表书记，今之隽也。"《与吴质书》说："孔璋章表殊健。"是为刘勰所本。陈琳章表笔力殊健的例子颇多，何焯认为《为曹洪与魏文帝书》就是一例（见《义门读书记·文选》卷五）。上文提及的《谏何进召外兵》，亦是一例：

> 今将军总皇威，握兵要，龙骧虎步，高下在心；以此行事，无异于鼓洪炉以燎毛发。但速发雷霆，行权立断，违经合道，天人顺之；而反释其利器，更征于他。大兵合聚，强者为雄，所谓倒持干戈，授人以柄；功必不成，只为乱阶。

陈琳谏何进的这一番话，阐明事理，语言确实矫健有力，惜何进不接受他的谠言，终于偾事。

《知音》篇在论述"文人相轻"时,说到"及陈思论才,亦深排孔璋",认为这是"文人相轻"的一种表现。曹植《与杨德祖书》说:"以孔璋之才,不闲于辞赋,而多自谓能与司马长卿同风。譬画虎不成,反为狗者也。"这是刘勰立论的根据。陈琳辞赋,成就不高。只有《武军赋》受到葛洪的推崇(《抱朴子·钧世》),但今已残缺,无由窥其全豹。张溥说:"孔璋赋诗,非时所推,《武军》之赋,久乃见许于葛稚川,今亦不全,他赋绝无空群之目。"(《汉魏六朝百三名家集·陈记室集题辞》)此说甚是。我认为,曹植对陈琳批评是正确的,只是语含讥刺,盛气凌人,流露出"文人相轻"的恶习,因此受到刘勰的批评。

《时序》篇说:"孔璋归命于河北。"这是指袁绍败亡后陈琳归顺曹操。《程器》篇又说:"孔璋傯恫以粗疏。"说陈琳草率而粗鲁。鱼豢《魏略》中引韦诞的话已经说到:"孔璋实自粗疏。"(《三国志·王粲传》注引)但是确指什么,我们已不得而知。张溥说:"(陈琳)栖身冀州,为袁本初草檄,诋操,心诚轻之,奋其怒气,词若江河,及穷窘归操,预管记室,移书吴会,即盛称北方,无异《剧秦美新》。文人何常,唯所用之,茂恶尔矛,夷怪相酬,固恒态也。"(《汉魏六朝百三名家集·陈记室集题辞》)这一段话也许有助于我们理解陈琳立身傯恫和粗疏的缺点。

阮瑀在建安中归附曹操,和陈琳同为司空军谋祭酒,管记室。善作章表书记,与陈琳齐名。刘勰对阮瑀亦有所论述。

《文心雕龙·时序》篇论述建安诸子时说:"元瑜展其翩翩之乐。"《书记》篇又说:"魏之元瑜,号称翩翩。""翩翩",形容文辞之美好。曹丕《与吴质书》说:"元瑜书记翩翩,致足乐也。"是为刘勰所本。这是说,阮瑀的书记类文章,文采斐然,教人读了十分愉快。

阮瑀的书记类文章今存三篇,即《谢太祖笺》、《为魏武与刘备书》和《为曹公作书与孙权》。前两篇只残存只言片语。《谢太祖笺》残文是:"一得披玄云,望白日,唯力是视,敢有二心。"这不过是表示对曹操的忠心。《为魏武与刘备书》残文是:"披怀解带,投分托意。"只是表达知己之意。全篇内容已不可详。后一篇是完整的,萧统选入《文选》,是阮瑀的代表作。此书中说:"离绝以来,于今三年。"又说:"昔赤壁之役,遭离疫气,烧舡自还,以避恶地。"当作于赤壁之战三年之后。赤壁之战发生于建安十三年(208),此书当作于建安十六年。次年,阮瑀卒。这封书信是阮瑀代曹操写给孙权的。此时孙权据有江东,西连蜀汉,与刘备和亲。曹操作书与孙权,希望他同来事汉。其实,建安十三年后,曹操任丞相,总揽了军政大权,汉献帝只是一个傀儡,这时汉王朝已是名存实亡了。这封信的开头是这样写的:

> 离绝以来,于今三年,无一日而忘前好,亦犹姻媾之义,恩情已深,违异之恨,中间尚浅也。孤怀此心,君岂同哉!每览古今所由改趣,因缘侵辱,或起瑕衅,心忿意危,用成大变。若韩信伤心于失楚,彭宠积望于无异,卢绾嫌畏于己隙,英布忧迫于情漏,此事之缘也。孤与将军,恩如骨肉,割授江南,不属本州,岂若淮阴捐旧之恨?抑遏刘馥,相厚益隆,宁放朱浮显露之奏?无匿张胜贷故之变,匪有阴构贲赫之告,固非燕王淮南之衅也。而忍绝王命,明弃硕交,实为佞人所构会也。

阮瑀以此书说服孙权事汉,动之以情,晓之以理,引古证今,出之骈比,果真文辞翩翩。张溥说:"阮掾为曹操遗书孙权,文词英拔,见重魏朝。"(《汉魏六朝百三家集·阮元瑜集题辞》)确实如此。

《神思》篇说:

> 人之禀才，迟速异分；文之制体，大小殊功：相如含笔而腐毫，扬雄辍翰而惊梦，桓谭疾感于苦思，王充气竭于思虑，张衡研京以十年，左思练都以一纪，虽有巨文，亦思之缓也。淮南崇朝而赋骚，枚皋应诏而成赋，子建援牍如口诵，仲宣举笔似宿构，阮瑀据案而制书，祢衡当食而草奏，虽有短篇，亦思之速也。

这里论构思的迟速所举诸例，其中有阮瑀，说"阮瑀据案而制书"。"案"当作"鞍"。这是说阮瑀靠在马鞍上作文书，很快写成了。《典略》说："太祖尝使瑀作书与韩遂。时太祖适近出，瑀随从，因于马上具草。书成，呈之。太祖揽笔欲有所定，而竟不能增损。"（《三国志·王粲传》注引）曹操与韩遂书已失传，而阮瑀构思敏捷的故事却传下来了。阮瑀不但构思敏捷，而且文书写得十分周密，连曹操这样的文章高手竟也不能增删一字。此亦可见其善作文书。萧绎《金楼子》说："刘备叛走，曹操使阮瑀为书与备，马上立成。"（《太平御览》六百引）此为构思敏捷之又一例。

《哀吊》篇说：

> 胡、阮之吊夷齐，褒而无闻（间），仲宣所制，讥呵实工。然则胡、阮嘉其清，王子伤其隘，各（其）志也。

意思是，胡、阮的《吊夷齐文》，只有赞扬没有批评，王粲的《吊夷齐文》，讥刺指斥得确实巧妙。但是，胡广、阮瑀是赞美他们的清高，王粲是不满他们的狭隘，各有其用意。胡广等三篇《吊夷齐文》，今皆残存。胡广文说夷齐"耻降志于污君，溷雷同于荣势，抗浮云之妙志，遂蝉蜕以偕逝"，阮瑀文说夷齐"重德轻身，隐景潜晖；求仁得仁，报之仲尼；没而不朽，身沉名飞"，都是赞美夷齐的清高。惟有王粲文有赞美，也有批评，赞美夷齐"守齐人之清概，要既死而不渝。厉清风于贪士,立果志于懦夫",批评夷齐"知养老之可归,忘除暴之为念;挈己躬以骋志,愆圣哲之大伦",似较全面。刘勰指出"王子伤其隘",只看到一方面,不免有些片面。

陈琳和阮瑀的诗,刘勰均未论及,说明他们都不长于作诗。但是,他们都有佳篇,如陈琳的《饮马长城窟行》、阮瑀的《驾出北郭门行》,都是我国古代文学史上的名作。《饮马长城窟行》写秦筑长城给人民带来的深重苦难,格调苍劲悲凉。陈祚明评曰:"可与汉人竞爽。辞气俊爽,如孤鹤唳空,翻堪凌霄,声闻于天。"(《采菽堂古诗选》卷七)《驾出北郭门行》写一个受后母虐待的孤儿的悲惨遭遇,富有汉乐府民歌风味,与汉乐府《孤儿行》是一类作品。陈祚明评曰:"质直悲酸,犹近汉调。"(《采菽堂古诗选》卷七)这些都是广为传诵的篇什。钟嵘的《诗品》没有评到陈琳,将阮瑀列入"下品",评曰:"平典不失古体。"虽然品评过简,却道出这两首诗的主要特色。张溥论陈琳诗时说:"诗则《饮马》、《游览》诸篇,稍见寄托,然在建安诸子中篇最寥寂。"(《汉魏六朝百三名家集·陈记室集题辞》)陈琳诗在建安七子中为数较少,今存只有五首,除《饮马长城窟行》外,张溥提到《游览》二首。其一云:

> 高会时不娱,羁客难为心。殷怀从中发,悲感激清音。投觞罢欢坐,逍遥步长林。萧萧山谷风,黯黯天路阴。惆怅忘旋反,歔欷涕霑襟。

这首诗写游子羁旅在外,满怀悲愁,是游子思念故乡,还是仕途失意?难以断定。不过诗中自有寄托。其二写秋风清凉,诗人闲居不娱,驱车访友,见花木凋零,深感"骋哉日月逝,年命将西倾。建功不及时,钟鼎何所铭",表现了"立德垂功名"的思想,都是较有内容的作品。张溥论阮瑀诗时说:"悲风凉日,明月三星,读其诸诗,每使人愁。"(《汉魏六朝百三名家集·阮元瑜集题辞》)"悲风"二句化用阮瑀诗句。其《七哀诗》云:"临川多悲风,秋日苦清凉。"又云:"三星守故次,明月未收光。"川多悲风,秋日清凉,参星在位,明月当空。此时此景,易生悲愁。所以阮瑀诸诗,如《七哀诗》感叹"良时忽一过,身体为土灰",写客子"还坐长叹息,忧忧难可忘";《杂诗》写诗人归来又离别,"思虑益惆怅,泪下霑裳衣";《苦雨》写"客行易感悴,我心摧已伤";《失题诗》写"自知百年后,堂上生旅葵",皆为愁苦之音,确是读之"每使人愁"。陈琳,特别是阮瑀诗,流露了人生无常的悲伤,表现了诗人对人生强烈的追求和留恋,显示了人的觉醒,值得一提,故而补上一笔。

徐幹以赋论标美

刘勰认为徐幹因为善于写作辞赋和论说文章而享有美名。其实曹丕早已说过:"王粲长于词赋,徐幹时有齐气,然粲之匹也。如粲之《初征》、《登楼》、《槐赋》、《征思》,幹之《玄猿》、《漏卮》、《圆扇》、《橘赋》,虽张、蔡不过也。"(《典论·论文》)又说:"观古今文人,类不护细行,鲜能以名节自立。而伟长独怀文抱质,恬淡寡欲,有箕山之志,可谓彬彬君子者矣。著《中论》二十余篇,成一家之言,辞义典雅,足传于后,此子为不朽矣。"(《与吴质书》)显然,刘勰的立论是继承了曹丕的观点。

徐幹的辞赋,曹丕提到的四篇,除《圆扇赋》残留"惟合欢之奇扇,肇伊洛之纤素。仰明月以取象,规圆体之仪度"四句(《太平御览》七〇二、八一四引)外,其他三篇全都散失。徐幹赋今存八篇,即《齐都赋》、《西征赋》、《序征赋》、《从征赋》、《哀别赋》、《喜梦赋》《圆扇赋》和《车渠椀赋》,皆为残篇,大都剩下数句,实在看不出他在辞赋方面的卓越成就。《齐都赋》残文较多,其开头指出齐国国都是"神州之奥府",接着写道:

> 其川渎则洪河洋洋,发源昆仑,九流分逝,北朝沧渊,惊波沛厉,浮沫扬奔。南望无垠,北顾无鄂,兼葭苍苍,莞菰沃若。驾鹅鸧鸹,鸿雁鹭鸨,连轩翚霍,覆水掩渚。瑰禽异鸟,群萃乎其间。戴华蹈镖,披紫垂丹,应节往来,翕习翩翻。灵芝生乎丹石,发翠华之煌煌。

徐幹笔下的洋洋黄河,其景色确实气势雄壮,优美动人。无怪乎刘勰将他列为"魏晋之赋首"之一,说"伟长博通,时逢壮采"(《诠赋》)。

此外,值得一提的是《序征赋》。这是建安十三年(208),徐幹跟随曹操南下,参与赤壁之战后写的。赋云:

> 余因兹以从迈兮,聊畅目乎所经。……沿江浦以左转,涉云梦之无陂。从青冥以极望,上连薄乎天维。刊梗林以广涂,填沮洳以高蹊。揽循环其万艘,亘千里之长湄。行兼时而易节,迄玄气之消微。

都与赤壁之战有关。"涉云梦",写曹操在赤壁败后,至云梦大泽。"万艘"写赤壁之战中刘表的蒙冲斗舰数以千计,被曹操部署在沿江。"玄气之消微",写赤壁之败,时在冬末。惜此赋残缺过甚,仅残存百余字,已无法见到其大部分内容了。

徐幹有《七喻》一篇,虽不以赋名篇,实属赋体。自汉代枚乘作《七发》以来,历代"七"体作品颇多。萧统《文选》选录枚乘《七发》、曹子建《七启》、张景阳《七命》三篇。《文心雕龙·杂文》篇说:"自《七发》以下,作者继踵。……观其大抵所归,莫不高谈宫馆,壮语畋猎。穷瑰奇之服馔,极蛊媚之声色。甘意摇骨体,艳词动魂识,虽始之以淫侈,而终之以居正。然讽一劝百,势不自反。子云所谓先骋郑卫之声,曲终而奏雅者也。"这里,刘勰对"七"体作品的内容和特点进行了概括。徐幹的《七喻》并没有超出刘勰所概括的"七"体内容。《七喻》是写一位逸俗先生,隐居山岩之下,"万物不干其志,王公不易其好"。有一位"宾"劝他说:

  大宛之牺,三江之鱼,云鸰水鹄,熊蹯豹胎。黼帱施于宴室,华蓐布乎象床。悬明珠于长韬,烛宵夜而为阳。玄鬓拟于云雾,艳色过乎芙蓉。扬蛾眉而微睇,虽毛、施其不当。

以铺陈的方法写饮食之可口、住所之豪华、妇女之艳丽,语言夸饰而华美,是典型的"七"体作品。只可惜残缺不全,无法窥其全豹了。

  徐幹的论说文章,据曹丕说有《中论》二十余篇。今存《中论》二十篇,当有残缺,《群书治要》收录其《复三年丧》、《制役》逸文二篇。《四库全书总目》九十一说它"大都阐发义理,原本经训,而归之于圣贤之道,故前史皆列之儒家",是属于思想方面的著作。虽然如此,它仍有文学方面的论述,如:

  《诗》曰:"执辔如组,两骖如舞。"言善御者可以为国也。(《赏罚》)

  《诗》曰:"驾彼四牡,四牡项领。我瞻四方,蹙蹙靡所骋。"伤道之不遇也。(《爵禄》)

  《诗》曰:"相彼鹡鸰,载飞载鸣。我日期迈,而月斯征。夙兴夜寐,无忝尔所生。"迁善不懈之谓也。(《贵验》)

  《诗》曰:"高山仰止,景行行止。"好学之谓也。(《治学》)

《诗》曰:"伐木丁丁,鸟鸣嘤嘤。出自幽谷,迁于乔木。"言朋友之义,务在切直,以升于善道也。(《贵验》)

《诗》曰:"颙颙卬卬,如圭如璋,令闻令望,恺悌君子,四方为纲。"举圭璋以喻其德,贵不变也。(《修本》)

徐幹对《诗经》的评论,充满了浓厚的儒家思想。《中论》大约作于建安二十一年(216),当时儒家思想日趋衰微,像《中论》这种以儒家思想为指导的学术著作是不多见的。在文学理论批评方面,像徐幹这样评论《诗经》的也是不多见的。《中论》受到刘勰的重视,这是因为刘勰的学术思想和徐幹是完全一致的。

徐幹的诗歌,刘勰在《文心雕龙·明诗》篇中论及。他认为建安初年,五言诗飞跃发展。在诗歌创作的道路上,曹丕、曹植兄弟,"纵辔以骋节";王粲、徐幹、应玚、刘桢,"望路而争驱"。他们诗歌的内容和风格基本上是相同的。这说明徐幹的诗歌创作是有成绩的。钟嵘《诗品》将他列入"下品",说:"伟长与公幹往复,虽曰以莛扣钟,亦能闲雅矣。"意思是说,徐幹和刘桢唱和,虽然是以小草撞巨钟,但也能写得颇为优雅。徐幹虽被列入"下品",但钟嵘说:"预此宗流者,便称才子。"(《诗品·序》)也说明徐幹诗是可取的。

徐幹诗今存九首。其中《为挽舡士与新娶妻别》一首的作者,《玉台新咏》卷二作魏文帝(曹丕),《艺文类聚》二九作徐幹,尚有争议,难以断定。徐幹诗以《室思》最为著名。此诗一组六首,前五首写女子对远方丈夫的思念,最后一首写女子希望对方不要忘却旧情。其三云:

浮云何洋洋,愿因通我辞。飘飘不可寄,徙倚徒相思。人离皆复会,君独无还期。自君之出矣,明镜暗不治。思君如流水,何有穷已时。

女子想请天上的浮云把自己的思念之情带给丈夫,但是浮云飘走了,她低徊无告,空自相思。他人离别了都会再次欢聚,惟独她的丈夫没有归期!自她的丈夫离别后,她的明镜已蒙上灰尘,她的思念好似滔滔不绝的流水,哪有停止奔流之时。这个女子思念丈夫之情,细腻委婉,如泣如诉。"自君"四句,亲切自然,尤为传诵。其六云:

> 人靡不有初,想君能终之。别来历年岁,旧恩何可期?重新而忘故,君子所尤讥。寄身虽在远,岂忘君须臾?既厚不为薄,想君时见思。

写女子在痛苦的思念之中,希望丈夫不忘故人,表现了女子对被遗弃的担心和恐惧。写得如见其人,如闻其声,亲切动人。语言朴素,情感真挚,描写细致,有一唱三叹的情韵。沈德潜谓此诗"情极深至"(《古诗源》卷六),诚然。

除了赋、论、诗之外,刘勰还论到徐幹的哀辞。《文心雕龙·哀吊》篇说:"建安哀辞,惟伟长差善,《行女》一篇,时有恻怛。"说明徐幹有《行女哀辞》之作。挚虞《文章流别论》说:"建安中,文帝、临淄侯各失稚子,命徐幹、刘桢等为之哀辞。"这样事情就更清楚了,是曹丕、曹植各失幼子,徐幹、刘桢奉命为他们作哀辞。但是,徐、刘所作哀辞均已散失,今天已无从见到。刘勰说徐作《行女哀辞》"时有恻怛",看来写得还是比较感人的。

《文心雕龙·程器》篇在指出许多文士、将相的品德缺点之后,肯定了徐幹"沉默",即沉静淡泊的品德。并且说:"岂曰文士,必其玷欤?"难道说文人都一定有缺点吗?不是也有徐幹等人品德高尚吗?据《先贤行状》说:"幹清玄体道,六行修备,聪识洽闻,操翰成章,轻官忽禄,不耽世荣。"(《三国志·王粲传》注引)刘勰认为徐干的这一品德是应受到赞扬的。

《徐干集》五卷,《隋书·经籍志》、《旧唐书·经籍志》、《新唐书·艺文志》皆著录,唯《宋史·艺文志》不见著录。大约是宋代散失了。明代张溥辑《汉魏六朝百三名家集》,没有《徐干集》。直至清宣统三年(1911),丁福保辑《汉魏六朝名家集初刻》,才辑得《徐伟长集》一卷。可见建安七子中,徐干的作品散失最为严重。但是,生活在齐梁时代的刘勰,见到徐干的作品有五卷之多,他的论断应是比较全面的,也是比较正确的。

刘桢情高以会采

在"建安七子"中,刘桢的文学成就较高。曹丕指出:"公干有逸气,但未遒耳。其五言诗之善者,妙绝时人。"(《与吴质书》)又说:"刘桢壮而不密。"(《典论·论文》)曹丕认为刘桢有超逸的才气,但是其文章劲健而不够精密。其五言诗中的佳作,高妙超过当时人。钟嵘继承了曹丕的观点,《诗品·序》说:

> 降及建安,曹公父子,笃好斯文;平原兄弟,郁为文栋;刘桢、王粲,为其羽翼。……故知陈思为建安之杰,公干、仲宣为辅……斯皆五言之冠冕,文词之命世也。

这是说,曹操父子都酷爱文学,曹丕、曹植兄弟,为当时文坛上的栋梁,刘桢、王粲是他们文学集团的成员。而曹植为建安文坛上的杰出作家,刘桢、王粲次之。他们都是五言诗史上的尖子,文坛上举世闻名的作家。这个评价是很高的。因此,《诗品》将刘桢、王粲列入"上品"。不过钟嵘在具体评论时,似又有区别,其评刘桢说:

> 仗气爱奇,动多振绝。真骨凌霜,高风跨俗。但气过其

> 文,雕润恨少。然自陈思已下,桢称独步。

这里指出,除陈思王曹植之外,刘桢是独一无二的。其评王粲说:

> 发愀怆之词,文秀而质羸。在曹、刘间,别构一体。方陈思不足,比魏文有余。

这里指出,王粲在曹植、刘桢之间,另外形成一种风格。其诗歌成就比曹植不足,比曹丕有余。钟嵘认为,刘桢、王粲的诗歌成就都不如曹植。但是,除曹植之外,刘桢是独一无二的。这又说明王粲的成就较之刘桢又略逊一筹,这种看法和刘勰不同。刘勰认为王粲为"七子之冠冕",等而次之,刘桢的文学成就自在王粲之下。不过,刘勰对刘桢的诗文创作也作了充分的肯定,他说:"刘桢情高以会采。"(《才略》)这是说刘桢以高尚的情操从事诗文创作。

刘桢的诗歌,《文心雕龙·明诗》篇说,建安初期,五言诗蓬勃涌现:曹丕、曹植在文学道路上纵马奔驰而有节制,王粲、徐幹、应玚、刘桢也望着前面的路争先恐后地驱马赶上去。可见在建安诗坛上,刘桢也是一位重要诗人。刘桢诗今存十几首,以《赠从弟》三首比较著名。这三首诗都是用比兴手法写的,第一首写蘋藻,比喻人品行的高洁;第二首写松柏,比喻人操守的清正;第三首写凤凰,比喻人志向的高远,借以勉励他的堂弟。如第二首:

> 亭亭山上松,瑟瑟谷中风。风声一何盛,松枝一何劲。冰霜正惨凄,终岁常端正。岂不罹凝寒,松柏有本性。

这首诗以不畏风寒的松柏为喻,勉励他的堂弟要有坚贞不屈的操守。语言朴素,气势劲健,颇能代表刘桢的诗歌风格。钟嵘说他的诗"真骨凌霜,高风跨俗",实为的评。刘勰也说:"曹、刘以下,图状山川,影写云物,莫不纤综比义,以敷其华,惊听回视,资此效绩。"(《比兴》)大约就是指这一类诗篇。

刘桢诗也善于描写景物,如《公宴诗》云:

> ……月出照园中,珍木郁苍苍。清川过石渠,流波为鱼防。芙蓉散其华,菡萏溢金塘。灵鸟宿水裔,仁兽游飞梁。华馆寄流波,豁达来风凉。

这里写的是西园夜景。月照西园,园中的树木、流水、花鸟、楼阁……是那样清新、幽美、迷人。曹植的《公宴》诗颇有名,其写西园夜景云:"清夜游西园,飞盖相追随。明月澄清景,列宿正参差。秋兰被长坂,朱华冒绿池。潜鱼跃清波,好鸟鸣高枝。"较之刘桢诗,似略胜一筹,但是刘诗自具特色。

刘桢还有《斗鸡诗》一首,别有情趣。其写丹鸡的神态和斗鸡的情景十分生动逼真,是不可多得之作。

《明诗》篇说,四言诗以雅正流畅为本,五言诗以清新华丽为主,认为刘桢诗具有清丽的特点。我们结合刘桢《公宴》等诗来看,确实如此。

除了诗歌之外,刘勰最重视刘桢的笺记。《书记》篇说:

> 公幹笺记,丽而规益,子桓弗论,故世所共遗;若略名取实,则有美于为诗矣。

这是说,刘桢的笺记,写得有文采而有益于规劝。曹丕在《典论·论文》中没有论及,所以被世人遗忘了。如果抛开声誉,只看实质,那么,他的笺记比诗更美。刘桢的笺记今存《谏平原侯植书》、《与曹植书》、《答曹丕借廓落带书》三篇。《谏平原侯植书》云:

> 家丞邢颙,北方之彦。少秉高节,玄静澹泊,言少理多,真雅士也。桢诚不足同贯斯人,并列左右。而桢礼遇殊特,颙反

疏简,私惧观者将谓君侯习近不肖,礼贤不足,采庶子之春华,忘家丞之秋实。为上招谤,其罪不小,以此反侧。

文字简练,最有益规劝。《与曹植书》表示对曹植"哀怜"自己的感激之情。通过比喻,点破事理,写得明白晓畅。《答曹丕借廓落带书》是因曹丕借廓落带,写了这封书信,作为答复。廓落带,即钩落带,是一种有钩的皮带。借廓落带本是一件细微的小事,刘桢却借此大作文章,原来事出有因。《三国志·王粲传》注引《典略》云:"文帝赏赐桢廓落带,其后师死,欲借取以为像,因书嘲桢云:'夫物因人为贵,故在贱者之手,不御至尊之侧。今虽取之,勿嫌其不反也。'"曹丕的来信如此,刘桢的回信说,荆山之璞、随侯之珠、南垠之金、骊貂之尾,这四件宝物,"伏朽石之下,潜淤泥之中,而扬光千载之上,发彩畴昔之外,亦皆未能初自接于至尊也。夫尊者所服,卑者所修也;贵者所御,贱者所先也"。曹丕与刘桢开玩笑,刘桢的回答妙语如珠,发人深思。刘勰说刘桢的笺记"有美于为诗",是否如此,尚可考虑。但是,应该承认这些笺记确有可取的地方。可惜他的笺记失散过多,我们今天只能看到这些了。

刘桢的文论,今天能见到的只有刘勰在《文心雕龙》中转引的几句话了。《风骨》篇说:"公幹亦云:孔氏卓卓,信含异气,笔墨之性,殆不可胜。"《定势》篇说:"刘桢云:文之体指实强弱,使其辞已尽而势有余,天下一人耳,不可得也。"刘勰认为:"君山公幹之徒,吉甫士龙之辈,泛议文意,往往间出,并未能振叶以寻根,观澜而索源。"

《文心雕龙》的《风骨》篇和《定势》篇中引用刘桢的话,出处今已不详。《南齐书·陆厥传》载陆厥与沈约书说:"刘桢奏书,大明体势之致。""文之"四句是直接论文章体势的;"孔氏"四句论"气",亦与体势关系密切,可能都出自刘桢的"奏书"。"奏书"全文已散失,残存就只这两段文字。前段专论孔融,刘桢认为,孔融很杰出,他的确具有特异的气质,他的文章所表现出的才情,大概别人是比不上的。对孔融的评价是很高的。以"气"论文,始于曹丕。曹丕《典论·论文》说:"文以气为主,气之清浊有体,不可力强而致。"和刘桢一样,都是重视"气"的。后段专论文章的体势。"文之体指实强弱"一句有误,研究者说法不一,杨明照认为当作"文之体势,实有强弱"(《文心雕龙校注拾遗》256页)。这段话的意思是说,文章的体势,有强有弱,要是文辞已尽而体势有余,那是天下绝无仅有的作家,是不可多得的。文章的体势是怎样产生的呢?文章根据内容确定体裁,随着体裁的确定,自然形成一定的体势,即文体风格。刘桢认为,文章能做到文辞已尽而体势有余的作家是不可多得的。刘勰引用刘桢的话,是为了论述"风骨"和"定势"问题,并指出他的文论没有能够振叶寻根,观澜索源,即未能寻究儒家的学说,所以对后人没有什么益处。刘勰对刘桢文论的批评不一定是正确的,而由于他的引用,使我们能够看到刘桢对一些文学问题的看法,吉光片羽,弥足珍贵。

《文心雕龙·体性》篇说:"吐纳英华,莫非情性。"即作家写出来的精彩作品,无不出自他的情性。刘勰举出"公幹气褊,故言壮而情骇",即刘桢的气量狭小,容易激动,所以作品语言雄壮而情意动人。关于"气褊",有不同的解释,有人引用《三国志·王粲传》注引《典略》:"其后太子尝请诸文学,酒酣坐欢,命夫人甄氏出拜。坐中众人咸伏,而桢独平视。"认为这是"气褊"的表现。有人以刘桢写《答曹丕借廓落带书》是出于"气褊"。解释虽然不一,但完全可以理解,刘桢"气褊"的个性特点对他文学创作自然会有影响的。

刘勰对刘桢的论述主要就是这些。由于刘桢的作品散失较多,我们也不可能对他的作品进行全面的评述了。

应玚学优以得文

应玚,是汝南(今河南汝南东南)人。汝南应氏,人才济济。应玚的祖父应奉,字世叔,"才敏善讽诵,故世称'应世叔读书,五行俱下'。著《后序》十余篇,为世儒者"。应玚的伯父应劭,"亦博学多识,尤好事。诸所撰述《风俗通》等,凡百余篇"(《三国志·王粲传》注引华峤《汉书》)。应玚之弟应璩,"博学好属文,善为书记"。应玚之侄应贞,"少以才闻,能谈论"(《三国志·王粲传》注引《文章叙录》)。应玚自己曾任五官将文学,曹丕说他"常斐然有述作意,其才学足以著书,美志不遂,良可痛惜"(《与吴质书》)。所以刘勰说他"学优以得文",即应玚才学优秀善于作文,此所谓"文",应包括诗赋。

应玚的诗,《明诗》篇说:"王、徐、应、刘,望路而争驱。"这是说,在建安诗坛上,应玚和王粲、徐幹、刘桢一样,争先恐后。他作为"建安七子"之一,是当时一名重要的诗人。应玚诗今存六首,《侍五官中郎将建章台集诗》一首,被选入《文选》。这是一首公宴诗,诗人以雁自喻,其中写道:

> 远行蒙霜雪,毛羽日摧颓。常恐伤肌骨,身损沉黄泥。简珠堕沙石,何能中自谐?欲因云雨会,濯翼陵高梯。良遇不可值,伸眉路何阶?

无非希望曹丕提携,使自己能身处高位。不过表达委婉,音调悲切,不同于一般的应酬诗。此诗因选入《文选》,流传较广,历来受到人们的称誉。陈祚明说:"德琏《侍集》一诗,吞吐低徊,宛转深至,意将宣而复顿,情欲尽而终含。务使听者会其无已之衷,达于不言之表,此申诉怀来之妙术也。如济水既出王屋,或见或伏,不可得其澎湃,然澎湃之势毕具矣。"(《采菽堂古诗选》卷七)孙月峰说:"写旅雁情事绝妙,音调悲切而溜亮,即代雁为词格尤奇。"(于光华《重订文选集评》卷五引)皆言之有理。

应场另有《别诗》二首,写行役之悲苦。其一云:

> 朝云浮四海,日暮归故山。行役怀旧土,悲思不能言。悠悠涉千里,未知何时旋。

开端写朝云。朝云浮游四海,在日暮之时终归故山,以之兴游子远游他乡,怀念故土,不知何时方能归去。诗短情长,动人心弦。陈祚明说:"浅浅语,自然入情。"(同上)确实如此。其他如《斗鸡诗》,虽不如曹植、刘桢的《斗鸡诗》,其写二鸡酣斗,不分胜负的情景,亦颇生动。钟嵘《诗品》卷下谓应场说"平典不失古体"(据《吟窗杂录》本),乃其诗之主要特征。

应场的赋,《文心雕龙·诠赋》篇并未论及,但是他的辞赋创作是较有成就的,所以张溥说:"德琏善赋,篇目颇多。"(《汉魏六朝百三名家集·应德琏体琏集题辞》)他的赋今存十五篇,皆有残缺。有的只残存两句,如《赞德赋》、《西征赋》就是如此。这样的赋作,我们已无法了解其具体内容。比较值得我们注意的有《正情赋》、《西狩赋》。《正情赋》写求爱不遂,彷徨路侧,辗转不安,耿耿达晨。类似陶渊明的《闲情赋》。《闲情赋序》云:"初张衡作《定情赋》,蔡邕作《静情赋》,检逸辞而宗澹泊,始则荡以思虑,而终归闲正,将以抑流宕之邪心,谅有助于讽谏。缀文之士,奕代继作,并因触类,广其辞义。""奕代继作",就包括应场这篇《正情赋》。赋中写一位美女云:

> 夫何媛女之殊丽兮,姿温惠而明哲。应灵和以挺质,体兰茂而琼洁。方往载其鲜双,曜来今而无列。发朝阳之鸿晖,流精睇而倾泄。既荣丽而冠时,援申女而比节。

以夸张的手法描写美女容貌之美妙,品德之无双。形象鲜明,颇为生动。

《西狩赋》大约作于建安十八年(213)。这一年,曹丕随曹操出猎,命陈琳、王粲、应玚、刘桢并作校猎之赋。《文章流别论》云:"建安中,魏文帝从武帝出猎,赋,命陈琳、王粲、应玚、刘桢并作。琳为《武猎》,粲为《羽猎》,玚为《西狩》,桢为《大阅》。凡此各有所长,粲其最也。"(《古文苑》卷七王粲《羽猎赋》章樵注引)陈琳《武猎赋》、刘桢《大阅赋》已佚,无由得见。王粲《羽猎赋》、应玚《西狩赋》,仅存残篇,尚可窥其一斑。《西狩赋》云:

> 于是魏公乃乘雕辂,驷飞黄,拥箫钲,建九幢,按辔清涂,飒沓风翔。于是围网周合,雷鼓天震。千乘长罗,万麾星陈。双翼伉旌,八校祖分。长燧电举,高烟蔽云。尔乃徒舆并兴,方轨连质。惊飙四骇,冲禽惊溢。骋兽塞野,飞鸟蔽日。尔乃赴玄谷,陵崇峦,俯掣奔猴,仰捷飞猿。

这里是写曹操率领众人出猎的情景。曹操乘车直奔猎场,众人撒下了围捕鸟兽的罗网,鼓声喧天,烟雾蔽云,鸟兽四处逃散,众人乘兴追击,满载而归。场面十分壮观。

在"建安七子"中,除王粲而外,应玚的赋数量较多,且有一定的成就,应引起我们重视。

《文心雕龙·序志》篇还提到应玚的"文论"。这篇"文论",清黄叔琳注云:"应玚集有《文质论》。"范文澜注引《文质论》全文。因为此论论的是政治,不是文学,所以范氏云:"此论无关于文,姑录之。"应玚"文论"是不是指《文质论》,难以确定。我认为《文质论》既非论文,应玚"文论"当另有所指。因所指"文论"今已不存,那么,刘勰批评应玚"文论""华而疏略",自然也无从理解了。

在建安文坛上,曹氏父子是中心人物,他们爱好、提倡文学,重视人才,对当时文学的发展起了促进作用。"建安七子",除孔融之外,都是曹氏父子周围的著名文人。陈寿在王粲等传后评曰:"昔文帝、陈王以公子之尊,博好文采,同声相应,才士并出,惟粲等六人最见名目。"(《三国志》卷二十一)王粲等人都对建安文学作出了自己的贡献。《文心雕龙·时序》篇云:

> 自献帝播迁,文学蓬转,建安之末,区宇方辑。魏武以相王之尊,雅爱诗章;文帝以副君之重,妙善辞赋;陈思以公子之豪,下笔琳琅:并体貌英逸,故俊才云蒸。仲宣委质于汉南,孔璋归命于河北,伟长从宦于青土,公幹徇质于海隅,德琏综其斐然之思,元瑜展其翩翩之乐,文蔚休伯之俦,于叔德祖之侣,傲雅觞豆之前,雍容衽席之上,洒笔以成酣歌,和墨以藉谈笑。观其时文,雅好慷慨,良由世积乱离,风衰俗怨,并志深而笔长,故梗概而多气也。

刘勰对建安文学的分析是十分精辟的。他指出建安文学的特征是"志深而笔长","梗概而多气",即情志深远,笔力充沛,文章慷慨而富于气势,真是深中肯綮。这不仅是曹氏父子的特征,也是"建安七子"的共同特征。

1990年4月

〔附〕

捷而能密　文多兼善
——刘勰论王粲

王粲是"建安七子"中成就最高的作家,这是今天古典文学研究者所公认的。可是,当时却不是这样认为的。曹丕《典论·论文》说:

> 今之文人,鲁国孔融文举,广陵陈琳孔璋,山阳王粲仲宣,北海徐幹伟长,陈留阮瑀元瑜,汝南应玚德琏,东平刘桢公幹。斯七子者,于学无所遗,于辞无所假,咸以自骋骥騄于千里,仰齐足而并驰。以此相服,亦良难矣。

这是说,"建安七子"皆如良骏,并驰千里,不相上下。曹植《与杨德祖书》说:

> 然今古作者,可略而言也。昔仲宣独步于汉南,孔璋鹰扬于河朔,伟长擅名于青土,公幹振藻于海隅,德琏发迹于大魏,足下(杨修)高视于上京。当此之时,人人自谓握灵蛇之珠,家家自谓抱荆山之玉。

这是说,王粲、陈琳等人,个个自恃其才,各不相让。如此说来,他们在当时是不分高下的。在历史上,首先指出王粲的文学成就超过"建安七子"中其他六人的是刘勰。《文心雕龙·才略》篇说:

> 仲宣溢才,捷而能密,文多兼善,辞少瑕累,摘其诗赋,则七子之冠冕乎!

这个论断,在今天看来仍然是正确的。

一

刘勰认为王粲"文多兼善",同时又指出,标志他的文学创作最高成就的是诗赋。这里先谈刘勰对王粲诗歌的评论。《明诗》篇说:

> 暨建安之初,五言腾踊。文帝、陈思,纵辔以骋节;王、徐、应、刘,望路而争驱。并怜风月,狎池苑,述恩荣,叙酣宴,慷慨以任气,磊落以使才。造怀指事,不求纤密之巧;驱辞逐貌,唯取昭晰之能:此其所同也。

这一段话总论建安诗歌。刘勰认为建安时期是五言诗的繁荣时期。在当时诗坛上,曹丕、曹植兄弟纵辔驰骋,王粲、徐幹、应玚、刘桢等人也争先恐后,他们都喜爱风花雪月,流连清池幽苑,称述恩宠荣耀,叙写酣饮盛宴,慷慨激昂地表现气势,光明磊落地施展才能。他们述怀叙事,不追求纤细精密的技巧;遣词写景,只求取明白清晰的效用。这是他们共同的特色。刘勰的论述基本上是符合事实的。说建安作家"慷慨以任气,磊落以使才",确能抓住特征。但是,把他们作品的内容概括为"怜风月,狎池苑,述恩荣,叙酣宴",却是片面的,因为这只是他们享乐生活的写照。他们都有颠沛流离的生活经历,其作品的主要内容是反映动乱的社会现实,抒写统一天下的理想和建功立业的壮志雄心,写得慷慨而富于气势。《时序》篇论述建安文学说:

> 观其时文,雅好慷慨,良由世积乱离,风衰俗怨,并志深而笔长,故梗概而多气也。

这里,刘勰认为建安文学的慷慨激昂、富于气势,是由于长期社会动荡、风气衰落、人心怨恨,以及作者情志深刻、笔意深长造成的。这个分析深刻地道出了建安文学的特色,是极为精辟的。

作为建安时期著名作家的王粲,他的诗篇具有建安文学的共同特色。王粲诗今存二十七首。这些诗歌的主要内容和建安时期的其他作家一样,反映东汉末年动乱的社会现实,表现了诗人渴望统一祖国的理想和建功立业的雄心。如《七哀诗》三首中为人们所熟知的第一首,描写了他在董卓部将李傕、郭汜的变乱中离开长安所见的情景。诗歌一开始就点出李傕、郭汜之乱,正是在这次变乱中,他被迫离开长安。一走出长安城的大门,他所见到的是什么呢?只有"白骨蔽平原"的凄惨景象。他还见到路旁的"饥妇人",弃子草间、挥泪离去的惨绝人寰的事实。"未知身死处,何能两相完?"令人耳不忍闻,深刻地揭露了当时的战乱给人民带来的灾难和痛苦。"南登霸陵岸,回首望长安。悟彼下泉人,喟然伤心肝!"透露了诗人生活在乱世而思念贤明的君主。"下泉"是《诗经》的篇名。《毛诗序》云:"下泉,思治也,曹人……思明王贤伯也。"一说,"下泉"即九泉之下。因霸陵是汉文帝的墓地,"下泉人"指的是汉文帝,汉文帝是西汉贤君,这里也寄托了诗人思念明君、渴望政治清明的思想。这首诗写得悲凉沉痛,真切动人,是建安诗歌中的名作。《七哀诗》三首中的第二首写诗人寄居荆州思念故乡,第三首写边地寒冷、荒漠的惨景,都生动地体现了建安诗歌的特色。

当然,王粲像曹植、刘桢等人一样,也写过"怜风月,狎池苑,述恩荣,叙酣宴"的作品,如《公宴》诗。这类诗歌除写"嘉肴"、"旨酒"、"管弦"、"杯行"之外,在结尾的地方往往加上几句歌功颂德的话,如"愿我贤主人,与天享巍巍。克符周公业,奕世不可追"之类。一般地说,这类应酬的诗篇是了无足取的。王粲的《公宴》诗,今仅存一首,余皆散失,可见时间的评判是最公平最无情的。

另外,《杂诗》四首中的第一、二首,写留连山水,欢乐忘归,也属于这类作品。

在王粲为数不多的诗篇中,还有《俞儿舞歌》四首。《晋书·乐志上》云:"舞曲有《矛渝本歌曲》、《安弩渝本歌曲》、《安台本歌曲》、《行辞本歌曲》,总四篇。其辞既古,莫能晓其句度。魏初,乃使军谋祭酒王粲改创其词。粲问巴渝帅李管、种玉歌曲意,试使歌,听之,以考校歌曲,而为之改为《矛渝新福歌曲》、《弩渝新福歌曲》、《安台新福歌曲》、《行辞新福歌曲》,《行辞》以述魏德。"由此可知,王粲参加过曹魏的制礼作乐工作。不过,这些作品在艺术上模仿《诗经》,在思想内容上只是歌功颂德,并没有什么价值。

此外,还有一些赠答之作,下面还要谈及,这里就从略了。

王粲生活在动乱的时代,他"遭乱流离,自伤情多",所以他的诗歌主要反映动乱的时代,风格苍凉悲慨,沉雄豪健,表现了建安诗歌的基本特色。但是,有的研究者把王粲的作品以他归附曹操(208)为界分为前后两期,认为前期作品"最能体现建安文学的特色",而"归附曹操后,他政治地位起了变化,常与邺下文人诗赋唱和,'怜风月,狎池苑,述恩荣,叙酣宴'成为这一时期创作的主要内容"(《王粲集·校点说明》)。我们认为,把王粲后期作品的主要内容如此概括是值得商榷的。王粲归附曹操后,建安十三年(208)"辟为丞相掾,赐爵关内侯",建安十六年(211)"迁军谋祭酒",建安十八年(213)"拜侍中",确是官运亨通。但是,他还是多次从曹操出征,如建安十三年十二月,随曹操自江陵征刘备,参加赤壁之战;建安十六年七月,随曹操西征马超;建安十七年十月,随曹操征孙权;建安十八年正月,随曹操进军濡须口;建安二十一年十月,从曹操征吴。艰苦的战斗生活仍然是他诗歌创作的主要源泉。如《七哀诗》第三首,写边城的荒凉、寒冷,战争给人民带来的灾难;《从军行》五首,写从军的苦乐,都写于后期。这些诗歌是王粲后期诗歌的主要内容,表现了他的诗歌的基本特色。至于《公宴》诗之类的作品,的确反映了诗人生活的一个方面,不过这仍然是次要的方面。

刘勰论述四言诗和五言诗的特点时,又论及王粲。《明诗》篇说:

> 若夫四言正体,则雅润为本;五言流调,则清丽居宗。华实异用,惟才所安。故平子得其雅,叔夜含其润,茂先凝其清,景阳振其丽。兼善则子建、仲宣,偏美则太冲、公幹。

刘勰认为,诗歌的特点,四言诗以雅正、润泽为主;五言诗以清新、华丽为主。张衡、嵇康、张华、张协各具其中的一种特点,而王粲兼善四言、五言,具备上述的各种特点。这里对王粲诗歌的评价是很高的。

王粲的四言诗今仅存四首,《文选》收入《赠蔡子笃》、《赠士孙文始》、《赠文叔良》三首。这三首诗都是赠别之作,主要是写离情别绪,有的流露出对"悠悠世路,乱离多阻"的感叹,有的表现了真挚的友情,有的是对奉使友人的劝戒,都是较好的诗篇。挚虞指出:"王粲所与蔡子笃及文叔良、士孙文始、杨德祖诗,及所为潘文则作思亲诗,其文当而整,皆近于《雅》矣。"(《文章流别论》,《古文苑》卷八《思亲为潘文则作》章樵注引)的确,王粲的四言诗显然受到《诗经》"二雅"的影响,具有雅正、润泽的特点。从《诗经》开始的四言诗,发展到建安时期,已渐趋衰落。曹操创作了一些优秀的四言诗,已无力东山再起了。曹操以后,王粲、嵇康、陶渊明等都有较好的四言诗,但也无法挽回颓势,不得不让位给新兴的五言诗。较之四言诗,五言诗是诗歌形式的一个很大的发展和进步。

五言诗比起四言诗来，虽然每句只多一个字，而实际上多出了一个天地，使诗歌更加富有表现力。刘勰看不到这一点，认为四言诗是"正体"，五言诗只是"流调"。这种看法是尊经思想的表现，显然是落后于文学发展的形势的。

王粲的五言诗标志着他诗歌创作的主要成就。著名的《七哀诗》和《从军行》是人们比较熟悉的，现在以《杂诗》为例，看看它的语言清新、华丽的特点。

> 日暮游西园，冀写忧思情。曲池扬素波，列树敷丹荣。上有特栖鸟，怀春向我鸣。褰衽欲从之，路险不得征。徘徊不能去，伫立望尔形。风飙扬尘起，白日忽已冥。回身入空房，托梦通精诚。人欲天不违，何惧不合并！

这首诗写诗人暮游西园，因思念友人而产生的忧思。这个友人是谁呢？很可能是曹植。刘履说："此盖仲宣在荆州时，因曹子建寄赠而以是答之。故其词意终篇相合。所谓'栖鸟'，喻子建也。'向我鸣'者，谓其赠诗以相劝也。风扬尘而白日冥，亦以喻天道之变革。至于托梦通诚，此可见其羁旅忧思之际，感子建之情念，而归魏之心已决然矣。"（《选诗补注》卷二）吴淇也说："此诗与子建赠诗，不惟格调相同，且字句相类，如后人拟诗然。想亦答子建之诗。"（《六朝选诗定论》卷六）刘、吴都认为是王粲答曹植之作，这是有可能的。但是，刘履断为王粲在荆州时的作品就不对了。因为此诗开头就说"日暮游西园"。按"西园"即铜雀台园。曹丕诗云"逍遥步西园"（《芙蓉池作》），曹植诗云"清夜游西园"（《公宴》），游的都是铜雀台园。这所园林是曹丕、曹植与王粲、徐幹、应玚、刘桢、阮瑀等人聚会游宴的地方。左思《三都赋·魏都赋》张载注云："文昌殿西有铜雀园，园中有鱼池。"（《文选》卷六）可见铜雀台园在魏都邺城之西,遗址在今河北临漳西南。王粲明明说的是暮游西园,排遣忧思,怎能说此诗写于荆州呢?吴淇似乎看到了这一点,他说:"旧注谓粲在荆州,子建以诗寄之。今复细玩,乃粲已至邺下。"(《六朝选诗定论》)这个推测是对的。

刘、吴都认为王粲的《杂诗》是答曹植之作,现在看看曹植的原作《赠王粲》:

> 端坐苦愁思,揽衣起西游。树木发春华,清池激长流。中有孤鸳鸯,哀鸣求匹俦。我愿执此鸟,惜哉无轻舟。欲归忘故道,顾望但怀愁。悲风鸣我侧,羲和逝不留。重阴润万物,何惧泽不周?谁令君多念,遂使怀百忧。

这首诗与王粲的《杂诗》写法极为相似。可以说,"重阴"二句之前都是逐句相似的,只是最后两句的意思为王粲《杂诗》所无。黄节说:"建安诸子为诗,往往互相模拟。"(《曹子建诗注》卷一《赠王粲》诗注)所以这种现象也不奇怪。问题是究竟谁模拟谁的呢?根据刘履、吴淇的分析,自然是王粲模拟曹植的。而黄节认为:"粲诗或为植而发,植此诗盖拟粲诗作也。"(《曹子建诗注》卷一《赠王粲》诗注)与刘、吴的看法完全相反。我们且不论这两首诗到底是谁模拟谁的。从其语言风格上来看,都表现了清新、华丽的特点。这就是刘勰所说的"兼善则子建、仲宣"。

二

其次,谈刘勰对王粲辞赋的评论。《诠赋》篇说:

> 及仲宣靡密,发端必遒;伟长博通,时逢壮采;太冲、安仁,策勋于鸿规;士衡、子安,底绩于流制;景纯绮巧,缛理有余;彦

伯梗概,情韵不匮:亦魏晋之赋首也。

刘勰认为,王粲、徐幹、左思、潘岳、陆机、成公绥、郭璞、袁宏八家是魏晋辞赋的突出代表。有魏一代辞赋家,这里提到的只有王粲、徐幹二人。这一看法可以追溯到曹丕。曹丕在《典论·论文》中说:"王粲长于辞赋,徐幹时有齐气,然粲之匹也。如粲之《初征》、《登楼》、《槐赋》、《征思》,幹之《玄猿》、《漏卮》、《团扇》、《橘赋》,虽张蔡不过也;然于他文未能称是。"曹丕论建安文学,提到的辞赋作家也只有王粲、徐幹两家。这一观点为刘勰所继承。徐幹不属我们讨论的范围,现在来看看王粲的辞赋作品。

王粲的辞赋今存二十六篇(包括残句),其中最有代表性的是《文选》收录的《登楼赋》。

《登楼赋》作于荆州。赋中说:"遭纷浊而迁逝兮,漫逾纪以迄今。"古时以十二年为一纪。王粲于初平三年(192)与王凯、士孙萌等离长安往荆州避乱,依刘表,到登楼作赋时已超过十二年,则此赋当作于建安十年(205)至十三年(208)间。王粲所登之楼在何处呢?《文选》卷十一《登楼赋》李善注引盛弘之《荆州记》云:"当阳县城楼,王仲宣登之而作赋。"这是说楼在当阳,六臣注《文选》刘良注云:"仲宣避难荆州,依刘表,遂登江陵城楼,因怀归而有此作,述其进退危惧之情也。"这是说楼在江陵。俞绍初《王粲年谱》(《王粲集》附录二)根据《水经注》卷三十二"沮水"云:"沮水又东南迳驴城西、磨城东,又南迳麦城西……又南迳楚昭王墓,东对麦城,故王仲宣之赋《登楼》云'西接昭丘',是也。沮水又南与漳水合焉。"又"漳水"云:"漳水又南迳当阳县,又南迳麦城东,王仲宣登其东南隅,临漳水而赋之曰'夹清漳之通浦,倚曲沮之长洲'是也。"确定王粲所登之楼为麦城城楼,也有根据。稽之史籍,建安十三年,刘琮投降曹操,王粲随曹操进军江陵,于当阳长坂击破刘备,途经麦城,登楼作赋是有可能的。但是,仔细玩味此赋所表达的思想感情,我们感到确定此赋写于王粲劝刘琮降曹之后,与理不合。按王粲归曹之后,即辟为丞相掾,并赐爵关内侯,不应对曹操如此不满,似以李善说为是。

《登楼赋》写王粲流落荆州,不为刘表所重视,他怀才不遇,因而产生思乡之情。登楼原为消忧,而触景生情,思乡更甚。全赋表达了他的浓郁的思乡之情。

这篇赋是全篇押韵的,根据用韵的不同,我们可以把它分为三个部分。

第一部分写登楼所见。一开头写登楼,而登楼的目的是为了"消忧",紧扣主题。登楼之后,写城楼及其周围的景色。先总提一句,概括地写出城楼地势的显豁开阔,罕与伦比。下面详写,城楼下临清澈的漳水,背靠曲折的沮水中的长洲。北边地势高平,是广阔的原野,南边低洼潮湿,是可灌溉的河流。北边直到陶朱公范蠡的墓地,西边与楚昭王的陵园相接。花果遮遍原野,庄稼布满田畴。荆州的景色如此美好,物产这样丰富,而诗人却认为:"虽信美非吾土兮,曾何足以少留!"为什么呢? 这是因为王粲没有受到刘表的重视,自己有才能而不能得到施展的机会,怀才不遇使他更加思念故乡,而思乡之情却充满了怀才不遇的忧愁。

第二部分写诗人眷眷怀归之情。王粲流落荆州已十二年以上了,思乡之情十分殷切。他凭栏远眺,遥望北方。当时的帝都长安,王粲的家乡山阳高平(今山东邹县西南)都在北方。诗人面向北方,表示眷怀故都,思念家乡。向着广阔的北方平原望去,却被荆山遮断了视线。归去的路啊,曲折而又漫长;途中的河流啊,长而又深。想到故乡阻隔,不禁使诗人涕泪横流。这是直接抒发思乡之情,感情激荡,写得真实感人。由于自己深深地思念故乡,自然联想到历史上一些人物对故土的怀念。孔子在陈国,曾有"归欤!归欤!"的感叹。春秋时楚国人钟仪,曾被郑国所俘,转献给晋国,晋国国君让他弹琴,他弹的是楚地的乐曲。战国时越国人庄舄,本是出身微贱的人,在楚国做了大官,但他在病中仍操越音。这些人都怀念故土,哪里会因为贫困或显贵而有不同的心情?王粲引用这些典故,藉以说明古往今来人们的思念之情总是一样的,以此表达他的思乡之苦。

第三部分写时光飞逝,壮志难酬的苦闷。时光流逝,而太平日子却遥遥无期。希望天下太平,他就可以凭借帝王的力量来施展才能。令人担心的是,自己像瓠瓜,白白地悬着,无人食用;像井水,淘干净了,无人汲取。王粲连用两个典故说明自己的品德和才能都好,担心无人用他,从正面点出思乡实由怀才不遇引起的。此时诗人在城楼上徘徊,眼看着太阳就要西下了。只见寒风四起,天空暗淡无光。野兽慌慌张张寻找它们的同伴,鸟儿相对悲鸣,展翅高飞。原野上一片寂静,无人劳作,只有征夫在赶路。眼前凄凉的景象,对诗人内心的悲愤苦闷起了衬托作用。诗人内心悲伤,情怀凄惨,沿着楼梯下来,郁闷之气充满胸膛。直到夜半仍不能入睡,辗转反侧,想来想去,十分惆怅。王粲登楼,本为消除忧愁,结果是触景生情,愁上加愁。

这篇抒情小赋,从登楼写到下楼,从白天写到傍晚,以时间和游览活动为顺序,段落分明,脉络清晰,并注意前后照应,充分表现本篇结构紧密、写情细腻的特点,这大概就是刘勰所说的"靡密"吧。在表现手法上,诗人把写景和抒情紧密地结合起来,使人感到景中有情,情景交融。字里行间流露出来的强烈感情,使人感到作品充沛有力,这也许就是刘勰所说的"发篇必遒"吧。通行的本子"篇"作"端"。"发端必遒",如结合《登楼赋》等王粲的辞赋来看,实在看不出来。唐写本《文心雕龙》"端"作"篇"是正确的,从《登楼赋》来看,正是体现了这一特点。

王粲的辞赋,今存的多残缺不全。曹丕提到的《初征》、《登楼》、《槐赋》、《征思》等赋,除《登楼赋》之外,均已残缺。如《思征赋》(当即曹丕所说的《征思赋》)仅存两句。今天,我们对这些作品分析评判是有困难的。不过,从王粲所有的辞赋来看,刘勰所说的特点还是可以看出来的。如《羽猎赋》写打猎的情景:

> 相公乃乘轻轩,驾四骆,拊流星,属繁弱。选徒命士,咸与竭作,旌旗云扰,锋刃林错。扬辉吐火,曜野蔽泽。山川于是乎摇荡,草木为之摧落。禽兽振骇,魂亡气夺。举首触网,摇足遇挞。陷心裂胃,溃脑破颊。鹰犬竞逐,奕奕霏霏,下韛穷绁,搏肉噬肌。坠者若雨,僵者若坻。清野涤原,莫不歼夷。

这里先写曹操乘轻车,手执弓箭,带领徒众出猎。只见旗帜如云,利刃如林,发出的光辉和碰击的火星照遍原野和沼泽,山河为之动摇,草木为之凋零。然后写禽兽受惊,丧魂失魄,那些飞禽走兽,有的触网,有的被击,有的心碎胃裂,有的脑溃颊破,为苍鹰所搏击的坠落如雨,被击毙的猎物堆积如小丘,打扫猎场,禽兽全部被歼灭。

这是描写曹操出猎的情景。晋人挚虞说:"建安中,魏文帝从武帝出猎赋,命陈琳、王粲、应场、刘桢并作。陈琳为《武猎》,粲为《羽猎》,场为《西狩》,植为《大阅》。凡此各有所长,粲其最也。"(《文章流别论》,《古文苑》卷七王粲《羽猎赋》章樵注引)说明王粲《羽猎赋》写作的原因,对我们理解这篇小赋是有帮助的,同时可以看出挚虞对此赋的评价是比较高的,今天看来也还是有道理的。一般地说,魏晋的抒情小赋,较少用铺叙,而这篇小赋用铺叙的手法描写曹操打猎的情景,极为细密,而且表现得也比较遒劲有力。同样的例子，如《游海赋》描写海中珍宝五光十色，使人眼花缭乱。《浮淮赋》描写作者从曹操南征淮水行舟的情景，颇为壮观。这些描写都是用的铺叙手法，都有细密、遒劲的特点，与刘勰"靡密"、"发篇必遒"的评论完全吻合。

魏晋时期，咏物小赋比较盛行。王粲也写了不少咏物小赋，如《玛瑙勒赋》、《车渠椀赋》、《槐树赋》、《柳赋》、《白鹤赋》、《鹖赋》、《鹦鹉赋》、《莺赋》等。这些小赋多借物抒情，如《车渠椀赋》云："挺英才于山岳，含阴阳之淑贞。"《槐树赋》云："禀天然之淑姿。"《鹖赋》云："信才勇而劲武"，"历廉风与猛节，超群类而莫与。"都有自况的意思。至于《柳赋》云："人情感于旧物，心惆怅以增虑。"《鹦鹉赋》云："噭哀鸣而舒忧。"《莺赋》云："就隅角而敛翼，倦独宿而宛颈。"都或多或少地寄寓作者的某种心情。这些咏物小赋也都在不同程度上，表现出王粲辞赋描写细密和风格遒劲的特点。

三

最后，谈刘勰对王粲其他作品评论。

王粲除诗赋以外，还有一些其他作品。刘勰在《哀吊》篇中说：

> 胡、阮之吊夷齐，褒而无闻（间），仲宣所制，讥诃实工。然则胡、阮嘉其清，王子伤其隘，各（其）志也。

这是评论王粲的《吊夷齐文》。刘勰认为，后汉胡广的《吊夷齐文》和三国魏阮瑀的《吊伯夷文》，只有褒扬而无批评。王粲的《吊夷齐文》云："知养老之可归，忘除暴之为世（仁）；絜己躬以骋志，愆圣哲之大伦。"大意是说，伯夷、叔齐知道周文王善于养老人就去投奔他,却不懂得周武王讨伐殷纣,为民除暴就是"仁",他们洁身而实现自己不食周粟的志向,却违背了"圣人"所倡导的君臣大伦。这是对伯夷、叔齐进行了批评。刘勰肯定这种批评是比较好的。他认为胡广、阮瑀赞美伯夷、叔齐的清高,王粲不满他们的狭隘,是各人思想认识不同的缘故。刘勰的分析当然是对的,不过,还应看到王粲批评伯夷、叔齐,同他投奔曹操的生活经历有关。

《杂文》篇说:

> 自《七发》以下,作者继踵。观枚氏首唱,信独拔而伟丽矣。及傅毅《七激》,会清要之工;崔骃《七依》,入博雅之巧;张衡《七辨》,结采绵靡;崔瑗《七厉》,植义纯正;陈思《七启》,取美于宏壮;仲宣《七释》,致辨于事理。自桓麟《七说》以下,左思《七讽》以上,枝附影从,十有余家。

这里评论枚乘《七发》以后,汉魏西晋摹仿《七发》写作的作品,其中包括王粲的《七释》。

枚乘《七发》,后世仿作很多,梁卞景有《七林》十卷,又有《七林》三十卷(《隋书·经籍志·总类集》),所以萧统《文选》列有"七"体。刘勰对枚乘《七发》的评价是比较高的,他说:"及枚乘摛艳,首制《七发》,腴辞云构,夸丽风骇,盖七窍所发,发乎嗜欲,始邪末正,所以戒膏粱之子也。"(《杂文》)这是说,《七发》是枚乘首先创作的,它繁富的文辞如云涌,华丽的描写如风起。这是指出《七发》的语言特点。《七发》的内容是写音乐、饮食、车马、宫苑、田猎、观涛、要言妙道七件事。刘勰把它概括为"七窍所发,发乎嗜欲"是颇为深刻的。在表现方法上是"始邪末正",目的是为了告诫贵族子弟。枚乘《七发》从内容到形式的特点,成为后来"七"体作品的模式,王粲的《七释》当然也不例外。

王粲的《七释》已残缺不全,不过其基本内容还是可以看出来。文章开头写潜虚丈人避世隐居,无为无欲,有××大夫劝他与世人一样"进德修业",不要藏身深山,无所事事,并用七件事来开导他:一写饮食之美,有"霜熊之掌,文鹿之茸",有"鼋羹蠵臐,晨凫宿鹝",山珍海味,美不胜收;二写"邯郸才女,三齐巧士"的"名唱秘舞",使人"乱精荡神";三写田猎,"僵禽连积,陨鸟若雨",人人满载而归;四写"丽才美色",她们"丰肤曼肌,弱骨纤形。鬒发玄鬓,修项秀颈。红颜照曜,晔若苕荣。……戴明中之羽雀,杂华锑之葳蕤,珥照夜之双珰,焕熵爌以垂晖",皆倾国倾城。最后讲的是"圣人在位……登俊乂于陇亩,举贤才于仄微。置彼周行,列于邦畿。九德咸事,百僚师师……于是四海之内,咸变时雍……普天率土,比屋可封……是以栖林隐谷之夫,逸迹放言之士,鉴乎有道,贫贱是耻"。大意是说,当时"圣人"在位,居住于乡野的杰出之才皆登朝为官,出身微贱的有才之士也被举荐。贤能的人当朝,各种好事都能做到,当时四海清平,百姓都很善良,因此隐士们也应明白这些,以贫贱为羞耻了。这大概就是所谓"要言妙道"。由于全文残缺,照例要说的七件事,只剩下五件,而且这五件事也都不完整,不过大致内容是可以了解的。从整篇文章来看,的确如刘勰所说的"致辨于事理",即致力于事理的辨析。

《论说》篇说:

> 魏之初霸,术兼名、法。傅嘏、王粲,校练名理。……详观兰石之《才性》,仲宣之《去代(伐)》,叔夜之《辨声》,太初之《本玄》,辅嗣之《两例》,平叔之《二论》,并师心独见,锋颖精密,盖人伦之英也。

刘勰认为,王粲能考核名实,推论事理,所以长于撰写议论文字。

《三国志·王粲传》注引《典略》云："粲才既高,辩论应机。钟繇、王朗等虽各为魏卿相,至于朝廷奏议,皆阁笔不能措手。"于此可见一斑。至于王粲的《去代（伐）论》,据《隋书·经籍志》载："《去伐论集》三卷,王粲撰。"刘勰认为,王粲的《去代（伐）论》等篇都有自己的见解,文笔锋利,持论精密,是当时论文中的杰作。但是,由于王粲的《去代（伐）论》和《去伐论集》三卷已失传,我们无法对刘勰的评论进行评判了。

虽然刘勰对王粲的作品只是有重点地作了论述,并且也有一些较好的作品如《为刘荆州谏袁谭书》、《为刘荆州与袁尚书》等皆未论及,但是从以上的论述中,我们已可看出王粲"文多兼善"的才能。至于说"捷而能密"是王粲艺术构思的特点,是说他的文思敏捷而又严密。《三国志·王粲传》云："（王粲）善属文,举笔便成,无所改定,时人常以为宿构；然正复精意覃思,亦不能加也。"颇足以说明王粲的这一特点。此外,《体性》篇说："仲宣躁锐（竞）,故颖出而才果。"这是说王粲急躁而争强好胜,所以他锋芒毕露而才识果断。这种性格对他作品风格的形成有一定的影响,与他构思"捷而能密"却是两回事。但是,它们是一致的、相应的。刘勰对王粲性格特征的分析,有助于我们了解他"捷而能密"的特点。

王粲是建安时期一个文思敏捷、才能出众的作家,历代作家和批评家对他的评论是比较多的。如曹植说他"文若春花,思若涌泉,发言可咏,下笔成章"（《王仲宣诔》）,谢灵运说他"遭乱流寓,自伤情多"（《拟魏太子邺中集诗序》）,钟嵘评他的诗是"发愀怆之词,文秀而质羸"（《诗品》卷上）,这些评论都是很中肯的,但是比较概括,不如刘勰所论具体而深刻。刘勰不仅指出了王粲"捷而能密"的特点,而且知人论世,分别论述了王粲"文多兼善"的具体内容。刘勰对王粲的主要文学成就诗赋论述较详,指出他在"建安七子"中成就最高,对于王粲的其他如吊、七、论等类作品也不忽略。可以说,刘勰对王粲进行了比较全面的评价,这为今天研究建安文学提供了一些珍贵的资料和有价值的见解,应该引起我们的重视。

1983 年 12 月

洒笔以成酣歌　和墨以藉谈笑
——刘勰论"魏氏三祖"

"魏氏三祖"是指魏太祖武帝曹操、魏高祖文帝曹丕、魏烈祖明帝曹睿。在《文心雕龙》中，刘勰对他们都有精湛扼要的论述。这些论述，每条虽然往往只有三言两语，但是综合起来，常常是比较完整的作家论，对我们研究作家颇有启发。本文拟就刘勰对"魏氏三祖"的论述进行一些评论和探讨。

论曹操

曹操，字孟德，是杰出的政治家、军事家，也是杰出的文学家。刘勰说："魏武以相王之尊，雅爱诗章。"（《文心雕龙·时序》，下引《文心雕龙》，只注明篇名）征之史籍，确实如此。曹操博览群书，手不释卷。曹丕《典论·自叙》云："上雅好诗书文籍，虽在军旅，手不释卷。"《三国志·魏书·武帝纪》注引《魏书》云："（曹操）御军三十余年，手不舍书，昼则讲武策，夜则思经传。登高必赋，及造新诗，被之管弦，皆成乐章。"其著作，《隋书·经籍志》著录："魏武帝集二十六卷，梁三十卷，录一卷。梁又有武皇帝逸集十卷，亡。""魏武帝集新撰十卷"，宋以后亡佚，明代有辑本。据中华书局1974年出版的《曹操集》，曹操诗今存二十六首（集中《塘上行》一首，《乐府诗集》作魏武帝作，而其题解则认为系甄后所作。《玉台新咏》作甄后作，而题下又曰："一作魏武帝辞。"从内容看，当以甄后作为是)。文今存一百四十篇(包括残篇)。

曹操的诗歌都是乐府诗,有四言的、五言的、杂言的。从诗歌的内容看,大致可分为三个方面:

一是反映当时动乱的社会现实。如《薤露行》、《蒿里行》,都是这方面的著名作品。前诗写董卓之乱给人民带来的灾难。中平六年(189)四月,汉灵帝死,少帝即位,年十四岁。何太后临朝,宦官专权。大将军何进密召董卓进京诛灭宦官,谋泄,何进被杀,少帝被劫持。董卓兵到,少帝还宫,卓旋废少帝,立陈留王刘协为帝,协年九岁,卓自任相国。关东州郡起兵讨董卓。卓逼献帝迁都长安,驱民数百万入关,沿途死伤无数。卓兵纵火焚烧洛阳,至二百里内,屋室荡尽,满目凄凉。此诗就是这一悲惨现实的写照。后诗写汉末各地军阀讨伐董卓,争权夺利,百姓遭殃。"白骨露于野,千里无鸡鸣。生民百遗一,念之断人肠。"写军阀混战给人民造成的痛苦,惨不忍睹,使人肝肠寸断。明人钟惺说此诗是"汉末实录,真诗史也"(《古诗归》卷七),洵为的评。

二是表达自己的政治抱负和政治理想。如《短歌行》。此诗开头"对酒当歌,人生几何",虽然流露了一些消极思想,但是其基调是高昂的。"青青子衿,悠悠我心。但为君故,沉吟至今。呦呦鹿鸣,食野之苹。我有佳宾,鼓瑟吹笙。"表现了诗人求贤若渴的心情。"山不厌高,水不厌深。周公吐哺,天下归心。"表明一个君主如能像周公那样对待贤者,自然会被天下的人所衷心拥护。这样慷慨悲凉的名篇,抒写了自己的政治抱负,也表现了诗人横槊赋诗的英雄气概。清人陈祚明说:"此是孟德言志之作。"(《采菽堂古诗选》卷五)确实如此。

曹操的《对酒》和《度关山》,都是写自己的政治理想的。前者描绘了一幅太平盛世的图景;后者说当政者应当勤俭、守法、爱民。

二者的思想是一致的。

　　为了实现自己的政治抱负和理想,必须具有雄心壮志。《步出夏门行》"东临碣石"一首是描绘自然景色的名作,借大自然的美景表现诗人壮阔的情怀。"神龟虽寿"一首说:"老骥伏枥,志在千里。烈士暮年,壮心不已。"形象地写出诗人进入晚年而壮心不已。

　　三是游仙诗。诗人还写了一些游仙诗。如《气出唱》写"驾六龙,乘风而行",《陌上桑》写"驾虹蜺,乘赤云",《秋胡行》写"我居昆仑山","神人共远游",《精列》写"思想昆仑居","志意在蓬莱",都表现了诗人追求长生的思想。这是当时社会上道教人士服食求仙行为在诗人思想上的反映。

　　以上诗歌创作表明,说曹操"雅爱诗章",是完全符合事实的。

　　曹操的散文,大都是令、教、书、表,多为残篇。按照鲁迅的分析,他的散文具有清峻、通脱的特点。他被鲁迅许为"改造文章的祖师"(《魏晋风度及文章与药及酒之关系》),评价是比较高的。刘勰对曹操的散文有一些比较具体的论述。

　　《章表》篇云:

> 曹公称为表不必三让,又勿得浮华。所以魏初表章,指事造实,求其靡丽,则未足美矣。

曹操说为表不必三让,当出于建安元年(196)。曹操《上书让增封》云:"臣虽不敏,犹知让不过三。所以仍布腹心,至于四五,上欲陛下爵不失实,下为臣身免于苟取。""不必三让"与"让不过三",表达有异,寓意实同。又为表"勿得浮华",出处无考。有的研究者引用《三国志·魏书·武帝纪》注引《魏书》曰:"(操)雅性节俭,不好华丽,后宫衣不锦绣,侍御履不二采,帷帐屏风,坏则补纳,茵蓐取温,无有缘饰。"(詹锳《文心雕龙义证·章表》篇注)此叙曹操生活俭朴，借此说明曹操要求章表"勿得浮华"，实风马牛不相及也。刘勰指出："魏初章表，指事造实，求其靡丽，则未足美矣。"所论甚是。刘师培亦认为汉魏之际"奏疏之文，质直而屏华"（《中国中古文学史》第三课《论汉魏之际文学变迁·附录》），所见略同。我认为，魏初章表质直之风，与曹操的提倡当有一定的关系。

《诏策》篇云：

> 魏武称作敕戒，当指事而语，勿得依违，晓治要矣。

意思是说，曹操说撰写敕戒，应当根据事实说话，不得犹豫不决，这样就懂得治术了。曹操论敕戒语无考。曹操所称敕戒，即戒敕。《诏策》篇还说道："汉初定仪则，则命有四品：一曰策书，二曰制书，三曰诏书，四曰戒敕。"而戒敕的作用是"敕戒州部"。这些论述的根据是蔡邕的《独断》。《独断》云："汉天子正号曰皇帝，自称曰朕……其命令一曰策书，二曰制书，三曰诏书，四曰戒书。"又云："戒书，戒敕刺史太守及三边营官。被敕文曰：'有诏敕某官。'是为戒敕也。"从戒敕的作用看，曹操提出的写作要求是很恰当的，故为刘勰所引用。

《章句》篇云：

> 昔魏武论赋，嫌于积韵，而善于资代。

"积韵"，指重复多韵。"资代"，《玉海》作"贸代"，是。"贸"指变化。"贸代"，这里是指换韵。曹操论赋语已不可考。赋基本上是押韵的。押韵的规律常见的是隔句押韵，也有逐句押韵的。古赋和文赋，押韵则比较自由。但是，不论怎样押韵，韵脚皆不宜重复。韵脚重复不仅使人感到韵律单调，而且也影响文情的表达。所以，曹操关于赋作用韵的看法是完全正确的。

《章句》篇又云：

> 又诗人以"兮"字入于字限，《楚辞》用之，字出于句外。寻"兮"字成句，乃语助余声，舜咏《南风》，用之久矣，而魏武弗好，岂不以无益文义耶！

这里讲的是曹操对诗歌中"兮"字的态度。刘勰认为，《诗经》用的"兮"字在句内，《楚辞》用的"兮"字在句外。此说不全面，《诗经》用的"兮"字有在句内的，如《蓼莪》："父兮生我，母兮鞠我。"也有用在句外的，如《采葛》"如三月兮"、"如三秋兮"、"如三岁兮"等。《楚辞》用的"兮"字有在句外的，如《离骚》："皇览揆余于初度兮，肇锡余以嘉名。名余曰正则兮，字余曰灵均。"也有在句内的，如《招魂》："魂兮归来哀江南。"曹操不喜在自己的作品用"兮"字，这是他的自由，无可非议。他认为"兮"字"无益文义"，即对作品内容没有益处，是不恰当的。事实上"兮"字作为语助词，对作品内容的表达是有一定作用的。

《事类》篇云：

> 故魏武称张子之文为拙，然学问肤浅，所见不博，专拾掇崔、杜小文，所作不可悉难，难便不知所出，斯则寡闻之病也。

这一段话是说，曹操批评张子文章的拙劣。其原因是学问肤浅，见闻不广，专门拾取崔、张二人的小文来写作，写出的文章经不起追究，一追究便不知出处。这是孤陋寡闻的毛病。张子为谁？赵仲邑根据《三国志·邴原传》裴松之注引《邴原别传》定为张范（见其《文心雕龙译注·事类》篇注）。崔、杜为谁？杨明照疑为崔骃父子和杜笃（见其《文心雕龙校注拾遗·事类》篇）。赵、杨之说未必确切，亦可备一说。《事类》篇说，写文章"才为盟主，学为辅佐，主佐合德，文采必霸；才学褊狭，虽美少功"。曹操批评的张子，就是

"才学褊狭"的例子。

《养气》篇云:

> 至如仲任置砚以综述,叔通怀笔以专业,既暄之以岁序,又煎之以日时;是以曹公惧为文伤命,陆云叹用思之困神,非虚谈也。

这里讲到王充、曹褒勤苦著书的事迹,又讲到曹操、陆云对作文苦思影响身体的忧惧与慨叹。曹操的忧惧已不可考。陆云的慨叹见《与兄平原书》。刘勰的《神思》篇已论及艺术构思之艰苦,他说:"相如含笔而腐毫,扬雄辍翰而惊梦,桓谭疾感于苦思,王充气竭于沉虑,张衡研《京》以十年,左思练《都》以一纪。"司马相如、扬雄、桓谭、王充、张衡、左思苦思苦想,勤奋著述,自然要伤害身体。所以《神思》篇又说:"秉心养术,无务苦虑;含章司契,不必劳情也。"《养气》篇强调受精保气,正是对《神思》篇的一个补充。曹操的忧惧只是这个补充的一个例证。

最后要提及的是曹操对人才的爱惜。《檄移》篇说:

> 陈琳之《檄豫州》,壮有骨鲠,虽奸阉携养,章密太甚,发丘摸金,诬过其虐;然抗辞书衅,皦然露骨矣。敢指曹公之锋,幸哉免袁党之戮也。

这是说,陈琳的《为袁绍檄豫州》一文,说曹操的父亲曹嵩是邪恶狡诈宦官的养子,说曹操设置发丘中郎将、摸金校尉专干掘圹摸金的卑鄙勾当,都太过分了。但是,在袁绍失败以后,陈琳归顺曹操,曹操并没有把他杀掉。《三国志·王粲传》云:"陈琳,字孔璋,避难冀州,袁绍使典文章。袁氏败,琳归太祖。太祖谓曰:'卿昔为本初移书,但可罪状孤而已,恶恶止其身,何乃上及父祖邪?'琳谢罪。太祖爱其才而不咎。"正是由于曹操能爱惜人才,人才才能为其所用,他开创的事业为魏国的建立奠定了基础。

论曹丕

曹丕,字子桓,是三国时魏国的开国皇帝,文学家。他是曹操的次子,其兄曹昂早逝,故曹操的爵位由他继承。建安二十五年(220),曹丕代汉,为大魏皇帝,在位五年又七个月。魏黄初七年(226),曹丕卒,享年四十。《三国志·魏书·文帝纪》云:"帝好文学,以著述为务,自所勒成垂百篇。"又云:"文帝天资文藻,下笔成章,博闻强识,才艺兼该。"曹丕《典论·自叙》云:"上雅好诗书文籍……余是以少诵诗、论,及长而备历五经四部,《史》、《汉》、诸子百家之言,靡不毕览。"其著作,《隋书·经籍志》著录《列异传》三卷,《典论》五卷,《魏文帝集》十卷,梁二十三卷,《士操》一卷(按"操"当作"品",操乃其父讳,不得名书),皆已散失。现在常见的有明张溥辑《汉魏六朝百三名家集》本《魏文帝集》二卷和近人丁福保辑《汉魏六朝名家集初刻》本《魏文帝集》六卷。

曹丕的文学作品有辞赋、诗歌和散文。《文心雕龙·时序》篇说:"文帝以副君之重,妙善辞赋。"曹丕赋今存二十八篇,多为残篇。其中《柳赋》、《寡妇赋》、《出妇赋》是较好的作品。《柳赋》咏柳,实借物以抒情。《柳赋·序》云:"昔建安五年,上与袁绍战于官渡,时余始植斯柳,自彼迄今,十有五载矣。左右仆御已多亡,感物伤怀,乃作此赋。"赋中又云:"感遗物而怀故,俯惆怅而伤情。"曹丕作赋的目的十分明显。但是,笔锋一转,赋中又写道:

> 丰弘阴而博覆兮,躬恺悌而弗倦。四马望而倾盖兮,行旅仰而回眷。秉至德而不伐兮,岂简卑而择贱。

写柳荫广被,似寄托了作者的政治抱负和理想,颇不同于一般赋柳感伤之作。《寡妇赋·序》云:"陈留阮元瑜与余有旧,薄命早亡,每感存其遗孤,未尝不怆然伤心,故作斯赋,以叙其妻子悲苦之情。"这里说明了作者作赋的缘由和赋的内容。赋云:

> 惟生民兮艰危,于孤寡兮常悲。人皆处兮欢乐,我独怨兮无依。抚遗孤兮太息,俯哀伤兮告谁?三辰周兮递照,寒暑运兮代臻。历夏日兮苦长,涉秋夜兮漫漫。微霜陨兮集庭,燕雀飞兮我前。去秋兮就冬,改节兮时寒。水凝兮成冰,雪落兮翻翻。伤薄命兮寡独,内惆怅兮自怜。

以季节景物的变化,衬托寡妇的哀愁,如泣如诉,凄切动人。《出妇赋》写一个因为无子、色衰被丈夫休弃的妇女的悲哀。赋中写妇女出门的情景云:

> 被入门之初服,出登车而就路。遵长途而南迈,马踯躅而回顾。野鸟翩而高飞,怆哀鸣而相慕。

马儿踯躅、回顾,以衬托弃妇的眷恋之情。如此离别,令人黯然神伤。

鲁迅说:"曹丕做的诗赋很好。"(《魏晋风度及文章与药及酒之关系》)确实如此。但是,比较起来,曹丕诗的成就高于他的赋。《明诗》篇云:

> 暨建安之初,五言腾踊。文帝、陈思,纵辔以骋节;王、徐、应、刘,望路而争驱。

这里将曹丕与曹植并提,说明刘勰对曹丕诗歌成就的重视。但是,从《文心雕龙》全书看,刘勰对曹植的评价还是高于曹丕的。《明诗》篇说:四言诗、五言诗"兼善则子建、仲宣"。《事类》篇说:"陈思,群才之英也。"《指瑕》篇说:"陈思之文,群才之俊也。"凡此等等,都表明了刘勰的思想倾向。而钟嵘《诗品》将曹植列入"上品",将曹丕列入"中品",就更为明确了。

曹丕的诗歌今存约四十首。乐府诗约占一半。其中《燕歌行》(二首)其一最有名。庾信说:"《燕歌》远别,悲不自胜。"(《哀江南赋》)可见这一乐府诗题多半写离别之情。此诗写一个女子在秋夜里怀念她远方作客的丈夫,语言清丽,情致婉转,缠绵悱恻,凄婉动人。清人王夫之评曰:"倾情、倾度、倾色、倾声,古今无两。"(《古诗评选》卷一)应当指出,《燕歌行》是中国文学史上第一首完整的七言诗,在我国诗歌发展史上占有十分重要的地位。《杂诗》二首是曹丕的名作。两首皆写游子思乡之情。"漫漫秋夜长"一首写秋夜不眠,起而彷徨,白露沾裳,仰望月光,草虫悲鸣,孤雁南翔,游子怀乡,断绝中肠。"西北有浮云"一首以浮云比游子,随风飘泊,久留异地,怀念故乡。清人陈祚明说:"二诗独以自然为宗。言外有无穷悲感,若不止故乡之思。寄意不言,深远独绝,诗之上格也。"(《采菽堂古诗选》卷五)《善哉行》是四言诗中的名作,亦写游子怀乡之情。诗云:

> 上山采薇,薄暮苦饥。溪谷多风,霜露沾衣。野雉群雊,猿猴相追。还望故乡,郁何垒垒!高山有崖,林木有枝。忧来无方,人莫之知……

陈祚明评曰:"此首客行之感,言之酸楚。发端四句,情在景事中。'忧来无方'言忧始深。意中有一事可忧,便能举以示人,忧有域也。惟不能示人之忧,戚戚自知,究乃并己亦不自知其何故,耳触目接,无非感伤,是之谓'无方'。非'无方'二字不能写之。'高山'二句,兴语,高古。"(《采菽堂古诗选》卷五)陈氏所评颇为确切。《芙蓉池作》是游宴诗中的佳作。此诗一开始就写道："乘辇夜行游,逍遥步西园。"是写夜游西园的诗。西园,即铜雀园。曹植《公宴》诗云:"公子敬爱客,终宴不知疲。清夜游西园,飞盖相追随。"也是写自己陪伴曹丕游铜雀园的事。当时作家如王粲、刘桢、阮瑀、应玚等人,都有这一类游宴诗。曹丕此诗主要写园内景色,诗云:

> 双渠相溉灌,嘉木绕通川。卑枝拂羽盖,修条摩苍天。惊风扶轮毂,飞鸟翔我前。

语言生动,写景如绘,对后世的山水诗有直接的影响。此类诗作还有《于玄武陂作》,写景亦佳。陈祚明评曰:"柳垂有色,色美在重;群鸟有声,声美非一。水光泛滥,与风澹荡。佳处全在生动。"曹丕还有一些写自己的政治理想和军事活动的诗,也有感叹人生无常的诗,就不一一述及了。

《时序》篇讲到曹操、曹丕和曹植"并体貌英逸,故俊才云蒸"的情况,值得注意。由于曹氏父子尊重人才,所以许多文士聚集在他们周围。如王粲、陈琳、徐幹、刘桢、应玚、阮瑀,以及路粹、繁钦、邯郸淳、杨修等人,他们大都属于邺下文人集团。"傲雅觞豆之前,雍容衽席之上。洒笔以成酣歌,和墨以藉谈笑",就是他们活动的情景。曹丕是邺下文人集团的领袖,他在《与朝歌令吴质书》中回忆他们聚会的情况就更为具体了。他说:

> 每念昔日南皮之游,诚不可忘。既妙思六经,逍遥百氏,弹棋闲设,终以博弈,高谈娱心,哀筝顺耳。驰骛北场,旅食南馆,浮甘瓜于清泉,沉朱李于寒水。皦日既没,继以朗月,同乘并载,以游后园,舆轮徐动,宾从无声,清风夜起,悲笳微吟,乐往哀来,凄然伤怀。余顾而言,兹乐难常,足下之徒,咸以

为然。

岁月荏苒,人生无常,这种愉快的聚会,转瞬即逝。建安二十二年(217),瘟疫流行,王粲、徐幹、陈琳、应玚、刘桢相继去世,昔日美好的聚会成为日后伤心的回忆。不过,这一段风流佳话却永远载入史册,流传人间。

在文学理论批评方面,曹丕的成就卓越。他的《典论·论文》是中国文学理论批评史上著名的文学论文。它论述了建安主要作家、文气说、文体分类、文学的价值等问题,体现了建安文学的时代精神。《序志》篇论及此文说:

> 详观近代之论文者多矣。至于魏文述《典》,陈思序《书》,应玚"文论",陆机《文赋》,仲洽《流别》,弘范《翰林》,各照隅隙,鲜观衢路。……魏典密而不周,陈书辩而无当,应论华而疏略,陆赋巧而碎乱,《流别》精而少巧,《翰林》浅而寡要。……并未能振叶以寻根,观澜而索源。不述先哲之诰,无益后生之虑。

这里,对《典论·论文》等文论都进行了批评。《典论·论文》是细密而不完备。它们共同的缺点是都不能从枝叶寻究到根本,从观察波澜去追溯到源头。它们不阐述圣人的教导,因此对后人的写作是没有益处的。显然,刘勰是以儒家思想为标准评论魏晋以来的文论。这对于反对齐梁时代文学重形式的倾向是具有积极意义的,但是同时也反映了刘勰思想的局限性。

刘勰有关曹丕的论述还有涉及文体论、创作论和批评论的内容。

《铭箴》篇云:"魏文《九宝》,器利辞钝。"曹丕的《九宝铭》,据其《典论·剑铭》序云:"余好击剑,善以短乘长。选彼良金,命彼国工,精而炼之,至于百辟。其始成也,五色充炉,巨橐自鼓,灵物仿佛,飞鸟翔舞。以为宝器九:剑三:一曰飞景,二曰流采,三曰华锋。刀三:一曰灵宝,二曰含章,三曰素质。匕首二:一曰清刚,二曰扬文。露陌刀一:曰龙鳞。因姿定名,以铭其柎。"可见《九宝铭》是三剑、三刀、二匕首、一露陌刀的铭文。这些兵器极其锐利,而铭文比较质直,故说"器利辞钝"。

《谐隐》篇云:

> 至魏文因俳说以著《笑书》,薛综凭宴会而发嘲调。虽抃笑帷席,而无益时用矣。

曹丕著《笑书》事,未详。曹丕同时人邯郸淳著有《笑林》三卷。清人姚振宗曰:"按《文心·谐隐》篇曰:'至魏文因俳说以著《笑书》。'或即是书。淳奉诏所撰者,或即因《笑书》别为《笑林》,亦未可知。"(《隋书经籍志考证》子部九)曹丕著《笑书》事,史籍无任何记载,已不可考。

《谐隐》篇又云:

> 自魏代以来,颇非俳优,而君子嘲隐,化为谜语。谜也者,回互其辞,使昏迷也。或体目文字,或图像品物,纤巧以弄思,浅察以炫辞,义欲婉而正,辞欲隐而显。荀卿《蚕赋》,已兆其体。至魏文、陈思,约而密之。

曹丕、曹植所作谜语,如刘勰所说是简约而精密的,但早已失传,故亦无可考。

《书记》篇云:

> 公幹笺记,丽而规益,子桓弗论,故世所共遗;若略名取实,则有美于为诗矣。

这是说,曹丕在《典论·论文》中没有论及刘桢的笺记,因而一般人不知道。如果不论称誉而取其实质,刘桢的笺记比他的诗更美。按刘桢笺记萧统《文选》未收。近人李详《文心雕龙补注》引《三国志·魏书·邢颙传》载刘桢《谏曹植书》和《王粲传》注引《典略》载刘桢《答魏文帝书》,认为"此皆彦和所谓丽而规益者",诚然。以上是论述《文心雕龙》文体论中涉及曹丕及与其有关的作品。

《风骨》篇云:

> 故魏文称:"文以气为主,气之清浊有体,不可力强而致。"故其论孔融,则云"体气高妙";论徐幹,则云"时有齐气";论刘桢,则云"有逸气"。公幹亦云:"孔氏卓卓,信含异气,笔墨之性,殆不可胜。"并重气之旨也。

曹丕在《典论·论文》中认为"文以气为主",提出文气说。"气"原是哲学范畴,曹丕用于文学领域。曹丕所谓"气",是指作家的个性、气质,表现在文章中即风格。"气"有清有浊,即有阳刚之气和阴柔之气。这在文章中就形成了俊爽超迈和凝重沉郁两种不同的风格。我们知道,风格的形成有多种因素,曹丕仅仅看到作家的个性、气质,是不够全面的。但是,曹丕的文气说对后世有深远的影响,故受到刘勰的重视。

《总术》篇云:

> 知夫调钟未易,张琴实难。伶人告和,不必尽窕槬之中;动用挥扇,何必穷初终之韵?魏文比篇章于音乐,盖有征矣。

意思是说,敲钟弹琴都不易。乐师奏乐和谐,不一定音节高低都恰好。乐师弹曲,不一定自始至终皆合音律。曹丕把文章比作音乐,是有根据的。曹丕的比喻,见《典论·论文》。他说:"文以气为主,气之清浊有体,不可力强而致。譬诸音乐,曲度虽均,节奏同检,至于引气不齐,巧拙有素,虽在父母,不能以移子弟。"文章与音乐确有相似之处,曹丕的比喻是有道理的。以上是论述《文心雕龙》创作论中涉及曹丕的理论。

《才略》篇云:

> 魏文之才,洋洋清绮,旧谈抑之,谓去植千里。然子建思捷而才俊,诗丽而表逸;子桓虑详而力缓,故不竞于先鸣。而乐府清越,《典论》辩要,迭用短长,亦无懵焉。但俗情抑扬,雷同一响,遂令文帝以位尊减才,思王以势窘益价,未为笃论也。

这是以曹丕与曹植比较。刘勰认为曹植"思捷而才俊,诗丽而表逸",曹丕"乐府清越,《典论》辩要",各有所长。如"文帝以位尊减才,思王以势窘益价",是不公平的。但是,纵观《文心雕龙》全书,刘勰对曹植的评价仍高于曹丕。这一点前文已经论及,不再重复。这说明刘勰对作家的评价,总体上是客观的,实事求是的。

《知音》篇云:

> 至于班固、傅毅,文在伯仲,而固嗤毅云:"下笔不能自休。"及陈思论才,亦深排孔璋,敬礼请润色,叹以为美谈,季绪好诋诃,方之于田巴,意亦见矣。故魏文称"文人相轻",非虚谈也。

这是说,班固讥嘲傅毅,曹植排斥陈琳,刘修喜爱批评别人的文章,都是"文人相轻"的毛病。自古以来的事实证明,曹丕说的"文人相轻",并不是空话。要公正地进行文学批评,不改掉"文人相轻"的毛病是不行的。

《程器》篇云:

> 而近代词人,务华弃实,故魏文以为"古今文人,类不护细行";韦诞所评,又历诋群才。后人雷同,混之一贯,吁可悲矣。

刘勰认为,近代作家力求虚名,不顾实际,所以曹丕以为古今文人都不拘小节。韦诞评论作家多所指责,后人和他们一样,都认为文人无行,真是可悲啊!这里,刘勰一面对认为文人都是无行的看法表示不满;一面希望文人注意品行修养。以上是论述《文心雕龙》批评论中涉及曹丕的一些批评理论。

综上所述,刘勰对曹丕的评价是比较全面而公允的。

论曹睿

曹睿,字元仲,曹丕之子。黄初七年(226),曹丕卒,睿即皇帝位,是为魏明帝,在位十三年。景初三年(239),曹睿卒,享年三十四。《三国志·魏书·明帝纪》注引《魏书》曰:"(睿)自在东宫,不交朝臣,不问政事,唯潜思书籍而已。"其著作,据《隋书·经籍志》著录:"《魏明帝集》七卷,梁五卷,或九卷,录一卷。"宋以后散失。严可均《全三国文》辑录其文二卷,共九十一篇。逯立钦《先秦汉魏晋南北朝诗·魏诗》卷五辑录其诗十四首。

《时序》篇讲到曹睿"制诗度曲",但是,曹睿诗不如乃父乃祖,所以钟嵘《诗品》将他列入"下品",评曰:"曹公古直,甚有悲凉之句。睿不如丕,亦称三祖。"既然合称"三祖",说明曹睿诗还是有一定成就的。清陈祚明说:"明帝诗虽不多,当其一往情深,克肖乃父。如闲夜月明,长笛清亮,抑扬转咽,闻者自悲。"(《采菽堂古诗选》卷五)给予较好的评价。《采菽堂古诗选》选录其诗五首,都是乐府诗,其中《种瓜篇》较为有名。此诗写一个新婚女子,以生动的比喻表示要与丈夫一起生活的愿望,担心被丈夫遗弃。这反映了封建社会妇女的悲惨命运,具有一定的社会意义。

从中国文学史上看,曹睿的乐府诗成就平平,而曹操、曹丕的乐府诗成就是比较高的。刘勰对"魏氏三祖"的乐府诗都持否定态度。

《乐府》篇云:

> 至于魏之三祖,气爽才丽,宰割辞调,音靡节平。观其"北上"众引,"秋风"列篇,或述酣宴,或伤羁戍,志不出于淫荡,辞不离于哀思,虽三调之正声,实《韶》《夏》之郑曲也。

这是说,曹操、曹丕和曹睿三人,气质爽朗,才情华美,他们改作的歌辞曲调,音调浮靡,节奏平淡,看曹操的《苦寒行》、曹丕的《燕歌行》等篇,有的叙述欢宴,有的感伤远征,思想感情不免放荡,文辞离不开悲哀。虽然它们是平调、清调、瑟调的雅正乐曲,但是与《韶》、《大夏》等古乐比较,就成了靡靡之音了。刘勰论乐强调"中和之响",所以对"魏氏三祖"的乐府诗进行了严厉的批评。但是,这个批评是不公正的,反映了他保守的儒家正统思想。

《时序》篇云:

> 至明帝纂戎,制诗度曲,征篇章之士,置崇文之观,何、刘群才,迭相照耀。

这里说到魏明帝曹睿即位之后,设置崇文观,搜罗天下文士,何晏、刘劭等人文采照人。据《三国志·明帝纪》记载:"(青龙四年夏四月)置崇文观,征善属文者以充之。"崇文观中有哪些文士,主要有何晏和刘劭。何晏是玄学家,《三国志·何晏传》说他"好老庄言,作《道德论》及诸文赋著述凡数十篇"。据《隋书·经籍志》著录,有魏尚书《何晏集》十一卷。宋以后散失,严可均《全三国文》辑录其文《景福殿赋》、《道德论》、《无名论》、《无为论》等十四篇。另有《论语集解》完整地保存下来,收入《十三经注疏》中。从文学角度看,他的《景福殿赋》最值得重视。此赋描写许昌景福殿,歌颂曹魏政权,文辞典丽精工,为大赋中的名篇。其诗仅存《言志诗》三首,钟嵘《诗品》评曰:"平叔'鸿鹄'之篇,风规见矣。……虽不具美,而文采高丽,并得虬龙片甲,凤凰一毛。事同驳圣,宜居中品。"(《诗品》卷中)按"鸿鹄"指《言志诗》,此诗首句为"鸿鹄比翼飞"。可是,刘勰对何晏诗的评价不同,他说:"及正始明道,诗杂仙心,何晏之徒,率多浮浅。"(《明诗》)刘劭是哲学家。他曾受诏编《皇览》。《三国志·刘劭传》说:"劭尝作《赵都赋》,明帝美之,诏劭作《许都赋》、《洛都赋》。时外兴军旅,内营宫室,劭作二赋,皆讽谏焉。……凡所撰述,《法论》、《人物志》之类百余篇。"他最有名的著作是《人物志》,此书探讨封建社会人才选拔问题,对魏晋玄谈有很大的影响。崇文观中还有一个重要人物是王肃。王肃是经学家。他曾兼任崇文观祭酒。《三国志·王肃传》:"肃善贾、马之学,而不好郑氏,采会同异,为《尚书》、《诗》、《论语》、《三礼》、《左氏》解,及撰定父朗所作《易传》,皆列于学官。"王肃擅长贾逵、马融之经学,不好郑玄的经学。郑玄经学杂糅今古文,王肃以今文说驳郑玄之古文,以古文说驳郑玄之今文,伪造孔安国《尚书传》、《论语注》、《孝经注》、《孔子家语》、《孔丛子》五书,被皮锡瑞斥为"经学之大蠹"(《经学历史》五《经学中衰时代》)。这是今文学派的观点,批评中不免夹杂了感情。平心而论,代表纯粹古文学派,王肃的经学是不应该一笔抹煞的。崇文观中还有哪些人,由于史籍缺乏有关记载,今天我们已不得而知了。应该指出,曹睿虽然写诗作曲,已不能与其父祖相比,虽然注意搜罗文士,与建安时亦不可同日而语了。

《时序》篇云:"洒笔以成酣歌,和墨以藉谈笑。"颇能绘出"魏之三祖"喜爱文学,作诗制曲的情状。曹氏一家三代之风流,成为中国文学史上光辉灿烂的篇章,令后人惊叹不已。刘勰对"魏之三祖"的论述,虽不那么全面、系统,却不乏精金美玉,值得我们珍视。我们认为,《文心雕龙》作家论,内容丰富,精义迭出,深入研究这些论述,对于我国齐梁以前文学史和古代文论的研究将大有裨益。

1998年5月

思捷而才俊　诗丽而表逸
——刘勰论曹植

曹植是建安文学的代表人物。他的诗文成就是比较高的,所以钟嵘称他为"建安之杰"(《诗品·总论》)。但是,历代对曹植的评价是不相同的。例如,谢灵运说:"天下才有一石,曹子建独占八斗,我得一斗,天下共分一斗。"(《说郛》卷十二)钟嵘说:"嗟呼!陈思之于文章,譬人伦之有周、孔,鳞羽之有龙凤,音乐之有琴笙,女工之有黼黻。"(《诗品》卷上)这些称誉似乎太高。而清人叶燮说:"谢灵运高自位置,而推曹子建之才独得八斗,殊不可解。植诗独《美女篇》可为汉魏压卷,《箜篌引》次之,余者语意俱平,无警绝处。"(《原诗》外篇下)这种批评又贬之过甚。惟有刘勰的《文心雕龙》评论曹植,肯定他在文学上的贡献,指出他的作品存在的缺点,立论比较持平。本文拟就刘勰对曹植的论述进行一些探讨。

一

建安文学是中国文学史上光辉的一章。这个时期的五言诗得到了巨大的发展,代替了两汉以来盛行的辞赋的地位。辞赋从汉代的"铺采摛文"的大赋转变为抒情小赋。散文由汉代浑朴自然趋向华丽。文学批评展开,出现了文学批评的专篇论文。这些变化,使当时的文学呈现出一种崭新的面貌。《文心雕龙·时序》篇论建安文学说:

下编　思捷而才俊　诗丽而表逸

> 自献帝播迁,文学蓬转,建安之末,区宇方辑。魏武以相王之尊,雅爱诗章;文帝以副君之重,妙善辞赋;陈思以公子之豪,下笔琳琅:并体貌英逸,故俊才云蒸。仲宣委质于汉南,孔璋归命于河北,伟长从宦于青土,公幹徇质于海隅,德琏综其斐然之思,元瑜展其翩翩之乐,文蔚休伯之俦,子叔德祖之侣,傲雅觞豆之前,雍容衽席之上,洒笔以成酣歌,和墨以藉谈笑。观其时文,雅好慷慨,良由世积乱离,风衰俗怨,并志深而笔长,故梗概而多气也。

这一段著名的论述,是总论建安作家及其创作的特色。汉献帝建安初年,战乱频繁,社会动荡,出现了"白骨露于野,千里无鸡鸣"的凄凉悲惨景象。在战乱中,当时的一些著名作家飘零四方。建安十年(205),曹操基本上统一了北方,生活才比较安定,曹氏父子都爱好文学,善于创作。他们尊重文士,当时人才很多,著名作家如王粲、陈琳、徐幹、刘桢、应场、阮瑀以及路粹、繁钦、邯郸淳、杨修等人纷纷来投奔。他们过着饮宴、咏诗、谈艺的悠闲生活。他们的许多作品,由于社会长期动乱,时代风气衰败,人民怨恨,作家的情志深远,笔力充沛有力,所以写得慷慨而富于气势。这是建安文学一个十分重要的特点。

曹植作为一个贵公子,他是建安诗坛的领袖之一。他生长在动荡的年代,他自己说:"生乎乱,长乎军。"(《陈审举表》)他曾经跟随曹操"南极赤岸,东临沧海,西望玉门,北出玄塞"(《求自试表》)。这种生活经历对他的创作是有影响的。曹植自称"少小好为文章"(《与杨德祖书》),《三国志·陈思王植传》说他"年十岁余,诵读诗论及辞赋数十万言。善属文",当时朝廷"撰录植前后所著赋颂诗铭杂论几百余篇"。《三国志·任城陈萧王传评》说:"陈思文才富艳,足以自通后叶。"所以刘勰说他"下笔琳琅"。曹植和其父曹操、其兄曹丕一样，都很重视人才。《三国志·王粲传》说："始文帝为五官将，及平原侯植，皆好文学。粲与北海徐幹字伟长、广陵陈琳字孔璋、陈留阮瑀字元瑜、汝南应玚字德琏、东平刘桢字公幹，并见友善。"于此可见，曹丕和曹植对当时一些著名作家的重视。刘勰认为，因此出现了"俊才云蒸"的局面。曹丕、曹植常常和这些文人在一起游玩赋诗，曹丕在《与吴质书》中回忆说："昔日游处，行则连舆，止则接席，何曾须臾相失？每至觞酌流行，丝竹并奏，酒酣耳热，仰而赋诗，当此之时，忽然不自知乐也。"曹植在《箜篌引》中写道："置酒高殿上，亲友从我游。中厨办丰膳，烹羊宰肥牛。秦筝何慷慨，齐瑟和且柔。阳阿奏奇舞，京洛出名讴。"记述的都是和当时的一些文人饮宴、游乐、赋诗的生活。这也就是刘勰所说的"傲雅觞豆之前，雍容衽席之上，洒笔以成酣歌，和墨以藉谈笑"。但是，时代的动乱，国家的分裂，给当时的诗篇涂上了一层悲凉的色彩。作家胸怀统一国家的雄心壮志，发出了慷慨之音。这是建安诗歌"梗概而多气"的原因。

曹植说："余少而好赋，其所尚也，雅好慷慨，所著繁多。"（《前录自序》）"雅好慷慨"不仅是建安文学的特点，也是曹植作品的一个重要特点。曹植在作品中多次提到"慷慨"，例如，"弦急悲歌发，聆我慷慨言"（《杂诗》其六），"慷慨对嘉宾，凄怆内伤悲"（《情诗》），"怀此王佐才，慷慨独不群"（《薤露行》），"慷慨有悲心，兴文自成篇"（《赠徐幹》），"慷慨有余音，要妙悲且清"（《弃妇诗》），"挥袂则九野生风，慷慨则气成虹霓"（《七启》）。的确，曹植的诗歌充满了"慷慨"的感情。

曹植的一生，一般以建安二十四年（220）为界限，分为前后两个时期。用谢灵运的话来说，他前期"不及世事，但美邀游"，后期"颇有忧生之嗟"（《拟太子邺中集诗序》）。但是，不论前期后期，多流露出"慷慨"的感情。这种"慷慨",有的表现为希望及时建功立业的思想,如《薤露行》。诗人认为,人生是短促的,他"愿得展功勤,输力于明君"。万一功业无成,他也希望能够"骋我径寸翰,流藻垂华芬",即驰骋文笔,垂名后世。有的表现为壮士的忧愁,如《鰕䱇篇》。诗人指出,鰕䱇不知江海,燕雀安识鸿鹄。壮士"高念翼皇家,远怀柔九州"的壮志雄心,不是庸庸碌碌之辈所能了解的。有的写飘泊流离之苦,如《吁嗟篇》。此诗以"转蓬"为喻,写出自己"长去本根逝"的痛苦,当南更北,谓东反西,飘泊者何所依托?诗人但愿"与株荄连",虽遭糜灭之痛,亦在所不惜。有的表现为慨叹自己无力援救遭难的朋友,如《野田黄雀行》。诗篇写出高树悲风、海水扬波的险恶环境,这时候,篱雀身投罗网,诗人见雀而悲,无力援救,多么希望有人"拔剑捎罗网",解救自己的朋友。有的表现为"幽并游侠儿"的抱负,如《白马篇》。这个"游侠儿"武艺高强,他"控弦破左的,右发摧月支。仰手接飞猱,俯身散马蹄"。在边城警急、胡骑入侵的时候,他"长驱蹈匈奴,左顾陵鲜卑",表现了"捐躯赴国难,视死忽如归"的忘我精神。这首诗很可能是诗人借"游侠儿"的立功边塞,抒写自己的怀抱。有的表现为诗人对乃兄曹丕迫害的愤怒和怨恨,如《赠白马王彪》。白马王曹彪是曹植的异母弟。黄初四年五月,曹彪和曹彰、曹植同朝洛阳,曹彰在洛阳暴卒,七月曹植和曹彪还国,曹植要与曹彪同路东归,遭到监国使者灌均的拒绝,曹植愤怨而作此诗。此诗抒写了兄弟间生离死别的悲伤,流露了对死者的悼念之情,全诗充满了愤慨和怨恨的感情,十分真挚动人。曹植诗歌所表现出来的"慷慨"的感情,余冠英先生认为"一方面是社会不平所引起的悲愤,另一方面是立事立功的壮怀"(《汉魏六朝诗论丛·建安诗人代表曹植》),是不错的。

刘勰在《明诗》篇中指出:

> 暨建安之初,五言腾踊。文帝、陈思,纵辔以骋节;王、徐、应、刘,望路而争驱。并怜风月,狎池苑,述恩荣,叙酣宴,慷慨以任气,磊落以使才。造怀指事,不求纤密之巧;驱辞逐貌,唯取昭晰之能:此其所同也。

这是总论建安时期的五言诗。建安时期的五言诗有了巨大的发展,涌现了包括曹氏父子和建安七子在内的著名诗人。这些诗人,为五言诗的发展做出了自己的贡献。特别是曹植,他的诗歌显示了当时五言诗创作的卓越成就。不过,刘勰把他们五言诗内容仅仅归结为"怜风月,狎池苑,述恩荣,叙酣宴",是不够全面的。这部分诗歌,只是他们享乐生活的反映。建安时期的五言诗,内容是十分丰富的。有的生动地描绘了动乱的社会现实,有的抒写了诗人的壮志雄心,真实地反映了这个时代的生活和愿望。"慷慨以任气,磊落以使才",是说当时诗人慷慨激昂地表现他们的志气,开朗坦率地施展他们的才能。"造怀指事,不求纤密之巧;驱辞逐貌,唯取昭晰之能",是说他们的作品抒情叙事,不追求纤细绵密的技巧,遣词写景,只以明白清晰为好。这是建安诗歌一个重要的艺术特点,这一特点的形成,固然是由于当时社会生活的孕育,但也很明显是受到汉乐府民歌的影响。汉乐府民歌刚健、质朴而浑厚的特点,在建安诗歌中也都表现出来了。所以黄侃在《诗品讲疏》中论建安五言诗说:"文采缤纷而不离闾里歌谣之质。"

刘勰在《明诗》篇中还指出:

> 若夫四言正体,则雅润为本;五言流调,则清丽居宗。华实异用,惟才所安。故平子得其雅,叔夜含其润,茂先凝其清,景阳振其丽。兼善则子建、仲宣,偏美则太冲、公幹。

刘勰认为,四言诗的主要特点是"雅润",五言诗的主要特点是"清丽"。曹植的诗歌都具有这些特点。曹植的四言诗,暂且不论,他的五言诗,确实具有清新华丽的特点。

曹丕说:"诗赋欲丽。"(《典论·论文》)这是建安文学的一种艺术特色。这一特色,刘勰注意到了,他指出建安五言诗清丽的诗风。沈约指出建安诗歌的特征是"以情纬文,以文被质"(《宋书·谢灵运传论》)。"文",显然是指文采。钟嵘评曹植的诗歌说:"骨气奇高,词采华茂,情兼雅怨,体被文质。"(《诗品》卷上)这是说,曹植的诗歌"文质"兼备。这里的"文"也是指"词采"。钟嵘明确指出,曹植诗歌具有"词采华茂"的特点。近人刘师培在《中国中古文学史》中论建安文学变迁之由,有"益尚华靡"一项。鲁迅谈建安黄初文学,指出"于通脱之外,更加上华丽"(《魏晋风度及文章与药及酒之关系》)。这些评论都注意到建安诗歌有华丽的一面。这方面表现在曹植的五言诗中最为明显。如果用曹植的《美女篇》和汉乐府民歌《陌上桑》比较,其语言的精炼和词采的华美是显而易见的。无怪乎胡应麟说:"子建《名都》、《白马》、《美女》诸篇,辞极赡丽,然句颇尚工,语多致饰。视东西京乐府,天然古质,殊自不同。"(《诗薮·内编》卷二)

曹植是比较注意修词的,他在《前录自序》中说:

> 故君子之作也:俨乎若高山,勃乎若浮云;质素也如秋蓬,摛藻也如春葩;泛乎洋洋,光乎皓皓,与雅颂争流可也。

这是曹植对诗赋提出的美学要求。在词藻方面,他要求做到"如春葩"。这方面的特色,大约有以下几点:

第一,工于起调。清人沈德潜说:"陈思极工起调,如'惊风飘白日,忽然归西山',如'明月照高楼,流光正徘徊',如'高台多悲风,朝日照北林',皆高唱也。"(《说诗晬语》卷上)这是说,曹植极其擅长诗歌的开头,他的诗歌开头往往喷薄而出,笼罩全篇,有很强的感染力。这样的例子甚多,如"高树多悲风,海水扬其波"(《野田黄雀行》)、"八方各异气,千里殊风雨"(《泰山梁甫行》)等也都是。

第二,用字精炼。宋人严羽说:"汉魏古诗,气象混沌,难以句摘。"(《沧浪诗话校释·诗评》)明人胡应麟不同意此说,他指出:"严谓建安以前,气象浑沌,难以句摘,此但可论汉古诗,若'高台多悲风'、'明月照高楼'、'思君如流水',皆建安语也。子建、子桓工语甚多,如'丹霞夹明月,华星出云间'、'秋兰被长坂,朱华冒绿池'之类,句法字法,稍稍透露。"又说:"汉人诗不可句摘者,章法浑成,句意联属,通篇高妙,无一芜蔓,不着浮靡故耳。子桓兄弟努力前规,章法句意,顿自悬殊,平调颇多,丽语错出……严氏往往汉魏并称,非笃论也。"(《诗薮·内编》卷二)胡应麟的看法是对的。建安五言诗与汉代古诗显然不同,这个不同,主要表现在曹植等人已注意炼字。如"秋兰被长坂,朱华冒绿池"(《公宴》)、"白日曜青春,时雨静飞尘"(《侍太子坐》)、"辉羽邀清风,悍目发朱光"(《斗鸡诗》)、"游鱼潜绿水,翔鸟薄天飞"(《情诗》),这类诗句用字精炼,表现新颖,决非汉代古诗所能有的。

第三,对偶增多。汉代古诗对偶句较少,建安时期曹植等人的诗篇对偶句增多。如曹植的"潜鱼跃清波,好鸟鸣高枝"(《公宴》)、"凝霜依玉除,清风飘飞阁"(《赠丁仪》)、"主称千金寿,宾奉万年酬"(《箜篌引》)、"柔条纷冉冉,落叶何翩翩"(《美女篇》),对仗都比较工整。这是当时诗歌在艺术上的发展,对六朝文学的影响甚大。

第四,声调和谐。古诗声律,出于自然。建安诗人并不了解平仄的规律,而曹植有些诗句竟合平仄。范文澜指出:"曹植诗中也确有运用声律的形迹,如'孤魂翔故域,灵柩寄京师'(《赠白马王彪》)、'游鱼潜绿水,翔鸟薄天飞;始出严霜结,今来白露晞'(《情诗》)等句,平仄调谐,俨然律句,不能概指为偶合。"(《中国通史简编》第二编第三章)这种"平仄妥帖"的情况,黄节先生早就指出(参阅萧涤非《读诗三札记》)。除以上所举的例句之外,他还举出"四海一何局,九州安所知"(《仙人篇》)、"鸿胪拥节卫,副使随经营"(《圣皇篇》)等诗句,可见这种律句不是偶然出现的,它是"律诗最初的胚胎"(范文澜语)。

应该指出,曹植诗歌"华丽"的特色,是受到汉赋的影响的。建安诗人都爱好辞赋,曹植自己就写过许多辞赋,清人丁晏编的《曹集诠评》就收入曹植辞赋四十余篇。曹植写作辞赋的丰富经验,使他完全有能力吸收汉赋的词藻,运用到五言诗的创作中去。

根据刘勰的论述,曹植在那动乱的年代,"慷慨以任气,磊落以使才",创作了许多"梗概而多气"的诗篇,这些诗篇还具有清新华丽的特色。"慷慨"的诗风和清新华丽的词采,是建安五言诗的两种明显的特色。这两种特色在曹植的诗歌中都表现出来了。

曹植的诗歌主要是乐府诗。黄节《曹子建诗注》收诗七十一首,而乐府诗占了四十一首。刘勰在《乐府》篇中论曹魏一代的乐府诗说:

> 至于魏之三祖,气爽才丽,宰割辞调,音靡节平。观其"北上"众引,"秋风"列篇,或述酣宴,或伤羁戍,志不出于淫荡,辞不离于哀思,虽三调之正声,实《韶》《夏》之郑曲也。

这里所论的只是曹操、曹丕和曹睿的乐府诗。按黄节《魏武帝魏文帝诗注》一书,收曹操诗二十四首,曹丕诗二十八首,附录曹睿诗十三首。这些诗篇,除曹丕《黎阳作》三首、《于清河见挽船士新婚与妻别》一首、《清河作》一首共五首之外,都是乐府诗。刘勰对他们的乐府诗作了论述,这是完全应该的。但是,对曹植竟一字不提,这就不恰当了。因为曹植的乐府诗,不论是数量还是质量,总的来说,都是超过他们的。可以说,这些评论,对曹植而言,也是基本上适用的。这不能不说是一个疏忽。由于刘勰受封建正统思想的影响,他认为曹氏父子的乐府诗虽然是《平调曲》、《清调曲》、《瑟调曲》的正声,而比起虞舜的《韶乐》和夏禹的《大夏》来,实在是靡靡之音,仍持贬抑的态度。

刘勰在《乐府》篇中论到乐府诗"声"与"辞"的关系时又指出:

> 子建、士衡,咸有佳篇,并无诏伶人,故事谢丝管,俗称乖调,盖未思也。

这是说,曹植、陆机的诗都有好作品,都没有令乐工谱曲,所以都不能演奏。一般人说它音律不谐,大概是没有想到这一点。按魏代乐府机关不采诗,所以魏所谓乐府都是诗人的篇什。这些诗人之作,当时入乐的很少。据《宋书·乐志》载,曹植诗作入乐的只有《箜篌引》、《野田黄雀行》、《明月》(即《七哀》)、《鼙舞歌》五篇(即《圣皇篇》、《灵芝篇》、《大魏篇》、《精微篇》、《孟冬篇》)。因此,刘勰说"事谢丝管"。所以如此,与曹植的创作思想是分不开的。他认为:"古曲甚多谬误,异代之文,未必相袭。"(《鼙舞歌序》)于是,他有时依前曲作新歌,有时一空依傍,另起炉灶。他的不入乐的乐府诗,或借古题,或创新题,或抒怀抱,或写时事,文采缤纷,格调高雅,充分体现了有魏一代乐府诗的新特点。

二

说到建安时期的文学批评,人们提到的总是曹丕及其《典论·论文》,而曹植则往往为人们所忽略。这是不公平的。刘勰在论到魏晋的文学批评时说:"详观近代之论文者多矣,至于魏文述典,陈思序书……"(《序志》)"典",指曹丕的《典论·论文》;"书",指曹植的《与杨德祖书》。这里,丕、植并提,说明刘勰毕竟别具慧眼。但是,刘勰从"宗经"思想出发,对曹丕、曹植等人的文学批评理论,评价是不高的。他指出这些论文和著作的通病是"各照隅隙,鲜观衢路",具体点明曹丕的《典论·论文》"密而不周",曹植的《与杨德祖书》"辩而无当"。最后归结到儒家思想,认为他们"并未能振叶以寻根,观澜而索源。不述先哲之诰,无益后生之虑。"(《序志》)

《典论·论文》下文将要论及,这里只就《与杨德祖书》谈一些看法。

曹植的《与杨德祖书》是建安时期一篇地位仅次于《典论·论文》的文学批评论文。曹植说:"少小好为文章,迄至于今二十有五年矣。"[①]这里告诉我们:曹植自幼爱好文学,有丰富的文学艺术素养,所以他完全有条件撰写文学批评论文。这封信是曹植二十五岁,即建安二十二年(217)写的。这时曹植是临淄侯。杨修有《答临淄侯笺》(见《文选》卷四十)就是给曹植的回信。曹植这封信首先提到当时的著名文人:

> 昔仲宣独步于汉南,孔璋鹰扬于河朔,伟长擅名于青土,

[①] 《与杨德祖书》。这部分中的引文,除注明出处的外,皆出于此篇。

> 公幹振藻于海隅,德琏发迹于大魏,足下高视于上京。

于此可见当时文学之盛。这些文人自视甚高,互不服气,"人人自谓握灵蛇之珠,家家自谓抱荆山之玉"。这样必然会造成"文人相轻"的弊病。曹植对王粲等人的评论不够具体,倒是指出他们的弊病,一针见血。至于他把当时文学的繁荣归之于曹操对人才的搜罗,则是不正确的。我们知道,建安文学的繁荣,与当时的时代环境、社会思潮、汉乐府民歌的影响是分不开的。曹植在肯定王粲等人的文学成就之后,指出:

> 然此数子,犹复不能飞轩绝迹,一举千里也。

有人说,这是把"飞轩绝迹,一举千里"的桂冠留给自己。

这个"莫须有"的罪名是难以成立的,因为曹植在赞颂王粲等人的文学成就之后,指出他们的不足是合情合理、十分自然的事。接着,曹植具体指出陈琳的缺点。他说:

> 以孔璋之才,不娴于辞赋,而多自谓能与司马长卿同风,譬画虎不成反为狗者也。前有书嘲之,反作论盛道仆赞其文。夫钟期不失听,于今称之;吾亦不能妄叹者,畏后世之嗤余也。

批评陈琳缺乏自知之明本是可以的,但是语气激愤,含有讥刺的意味,所以遭到一些人的非难。刘勰据此判定他"崇己抑人"(《知音》)。郭沫若说他"不以诚意待人而出之以'嘲',使人认以为真又在背地里骂人",称他为"标准的'文人相轻'的才子"(《历史人物·论曹植》)。刘勰的批评不是没有道理,而郭氏的批评未免言语过激。平心而论,陈琳"不娴于辞赋"是事实,而陈琳"自谓能与司马长卿同风"则是缺乏自知之明,应该受到批评。曹植讥之以"画虎不成反为狗也",似乎言之过重。曹植"前有书嘲之"就更不应当了。至于陈琳"反作论盛道仆赞其文",这种不诚实的态度和欺骗行为,理应受到申斥。总的说来,曹植对陈琳的批评,精神是对的,只是态度可以诚恳一些,语言也应该加以斟酌。

曹植说:"世人之著述,不能无病。"他在《与吴季重书》中也说:"夫文章之难,非独今也,古之君子,犹亦病诸。"不论是今人的著作,还是古人的文章,都不可能没有毛病。有毛病,作家就应当谦虚地听取批评,反复修改自己的作品,以臻于尽善尽美。具有丰富创作经验的曹植是深通其中奥秘的,他说:

> 仆常好人讥弹其文,有不善者,应时改定。昔丁敬礼尝作小文,使仆润饰之。仆自以才不过若人,辞不为也。敬礼谓仆:"卿何所疑难?文之佳恶,吾自得之。后世谁相知定吾文者邪?"吾常叹此为达言,以为美谈。

曹植作为一个才华出众、享有盛名的作家,他一方面欢迎别人批评他作品的毛病,以及时修改;另一方面也愿意为别人的文章修改、加工。丁敬礼为其中一例。由此看来,曹植对待自己和别人作品的态度是正确的。这表现出一个杰出作家的高尚风格,也是他能成为一个杰出作家的原因之一。

曹植对文学批评的态度是对的,但是他对文学批评和批评家的要求是不现实的。他说:

> 盖有南威之容,乃可以论其淑媛;有龙泉之剑,乃可以议其断割。

要有古代美女南威那样的容貌,才可以品评美女;要有古代著名宝剑龙泉那样锋利,才可以议论宝剑。这是说,自己的文章写得好才能评论别人的文章。当然,这种看法也是有道理的,批评家懂得写作的甘苦,与作家呼吸与共,精神相通,有利于进行正确的批评。

但这只是一个善良的愿望,因为批评与创作,批评家和作家毕竟是有区别的。如果要求批评家在文学创作上也高于作家,岂不是拒批评于千里之外?所以这种看法与曹植对待自己和别人作品的态度是矛盾的,也是不切实际的。基于以上看法,曹植对刘季绪进行了抨击。他认为,"刘季绪才不能逮于作者,而好诋诃文章,掎摭利病。"这是不对的。刘季绪,"名修,刘表子。官至安东太守,著诗赋、颂六篇"(挚虞《文章志》),其他事迹不详。他到底对还是不对,我们无从判断。刘勰在《指瑕》篇中指出曹植作品的一些毛病,他说:"陈思之文,群才之俊也;而《武帝诔》云:尊灵永蛰;《明帝颂》云:圣体浮轻。浮轻有似于蝴蝶,永蛰颇疑于昆虫,施之尊极,岂其当乎?"刘勰的文学创作成就,由于没有作品流传下来,我们不清楚,但是可以肯定,必不如曹植。而刘勰的文学批评所取得的成就,是远远超过曹植的。所以,他完全能够对曹植的作品进行正确的深刻的批评。这样的现象,曹植又作何解释呢?

人们的爱好不同,对作品的评价也就不同。曹植说:

> 人各有好尚。兰茝荪蕙之芳,众人所好,而海畔有逐臭之夫;咸池六茎之发,众人所共乐,而墨翟有非之之论。岂可同哉?

如此说来,就没有一个大致统一的文学批评标准了吗?不是的。因为"海畔"的"逐臭之夫"和非乐的墨翟都是个别的。而好"兰茝荪蕙之芳"和乐"咸池六茎之发"的是"众人"。人们的审美趣味有同有异,而同则是主要的。

人们的审美趣味不同,作家的个性和作品的风格是多样的。曹植说:

> 世之作者,或好繁文博采,深沉其旨者;或好离言辨白,分

毫析厘者。所习不同,所务各异。(出处不详,《定势》篇引)

作家各有自己的爱好和追求,所以就产生了各种不同风格的文学作品。"所习不同,所务各异",这里强调了后天的习染,含有一些唯物论的因素。

曹植自幼爱好文学,写了大量的诗赋。这封信中也提到"今往仆少小所著辞赋一通相与",希望得到对方的批评,但是他是轻视文学的。他说:

> 辞赋小道,固未足以揄扬大义,彰示来世也。昔扬子云先朝执戟之臣耳,犹称壮夫不为也。吾虽德薄,位为藩侯,犹庶几戮力上国,流惠下民,建永世之业,留金石之功,岂徒以翰墨为勋绩,辞赋为君子哉!若吾志未果,吾道不行,则将采庶官之实录,辩时俗之得失,定仁义之衷,成一家之言。虽未能藏之于名山,将以传之于同好。

从这里可以看出曹植的思想。首先,他希望的是"戮力上国,流惠下民,建永世之业,留金石之功",即在政治上能有所作为。其次,他希望"采庶官之实录,辩时俗之得失,定仁义之衷,成一家之言",即在学术上做出贡献。第三,他是不愿意"以翰墨为勋绩,辞赋为君子"的,即不愿意从事文学创作的。因为他认为"辞赋小道,固未足以揄扬大义,彰示来世"。受书人杨修不同意这一看法,在回信中指出:

> 今之赋颂,古诗之流,不更孔公,风雅无别耳。修家子云,老不晓事,强著一书,悔其少作。若此,仲山、周旦之俦,为皆有愆邪!君侯忘圣贤之显迹,述鄙宗之过言,窃以为未之思也。若乃不忘经国之大美,流千载之英声,铭功景钟,书名竹帛,斯自雅量,素所畜也,岂与文章相妨害哉?(《答

临淄侯笺》)

杨修的观点和曹丕《典论·论文》中的观点比较一致,是持平之论。这一段话实际上是对曹植的看法进行了委婉的批评。鲁迅对曹植的论调有很精辟的分析,他说:"据我的意见,子建大概是违心之论。这里有两个原因:第一,子建的文章做得好,一个人大概总是不满意自己所做而羡慕他人所为的,他的文章已经做得好,于是他便敢说文章是小道;第二,子建活动的目标在于政治方面,政治方面不甚得志,遂说文章是无用了。"(《魏晋风度及文章与药及酒之关系》)鲁迅的眼光洞察入微,揭示了曹植灵魂深处的秘密。但是,曹植轻视文学却是事实。

刘勰十分重视文学的作用,他说:"岁月飘忽,性灵不居,腾声飞实,制作而已。"又说:"惟文章之用,实经典枝条;五礼资之以成,六典因之致用;君臣所以炳焕,军国所以昭明……"(《序志》)文学事业对自己,可以"腾声飞实",对国家,各种礼仪靠它完成,各种政治制度靠它实施,它的作用是很大的。基于这种观点,刘勰对曹植轻视文学的看法当然是不满的,所以说:"陈书辩而无当。"他认为曹植有辩才,但是轻视文学的观点未必恰当。

三

刘勰的《文心雕龙》论及曹植的地方很多。《颂赞》篇说:

> 及魏晋辨(杂)颂,鲜有出辙。陈思所缀,以《皇子》为标;陆机积篇,惟《功臣》最显:其褒贬杂居,固末代之讹体也。

《皇子》,即《皇太子生颂》;《功臣》,即《汉高祖功臣颂》。这是说,魏晋时代的杂颂,很少有超越旧有程式的,只有曹植的《皇太子生颂》、陆机的《汉高祖功臣颂》,有褒有贬,这本是魏晋时代的"颂"体的变体。查《皇太子生颂》,只见满篇都是吉祥和赞颂之语,并看不出贬意。刘勰所论似不确。《祝盟》篇说:

> 至如黄帝有祝邪之文,东方朔有骂鬼之书,于是后之谴咒,务于善骂。唯陈思诰咎,裁以正义矣。

曹植的《诰(诘)咎文》,其序云:"五行致灾,先史咸以为应政而作。天地之气,自有变动,未必政治之所兴致也。于时大风发屋拔木,意有感焉。聊假天帝之命,以诰咎祈福。"曹植认为,自然的变化与政治无关。当时大风为害,曹植借天帝之命诘咎(问罪)祈福,所以刘勰认为"裁以正义"。《诔碑》篇说:

> 陈思叨名,而体实繁缓,《文皇诔》末,旨(百)言自陈,其乖甚矣。

刘勰认为,曹植虚有盛名,他所作诔文,文辞繁冗,体势舒缓。《文帝诔》的末尾,用一百多字自我表白,很不合体例。显然,刘勰对曹植的诔文是不满的。不过,他指出《文皇诔》末尾的自我表白不合体例,似是枝节问题,缺乏真实感情才是这篇诔文的主要问题。《杂文》篇说:

> 至于陈思《客问》,辞高而理疏……陈思《七启》,取美于宏壮……

曹植的《客问》已佚,我们无从判断它是不是"辞高而理疏"。至于《七启》,刘勰说它有宏伟雄壮之美,诚为的评。《七启》是摹拟枚乘《七发》之作,它借镜机子之口,铺叙饮食、服饰、居室之美,游猎、声色之乐,游侠的重义轻生,朝廷的重视贤才七层意思,说服了隐居深山的玄微子出来做官。文章末段表现了曹植愿意施展才

能,为国效力的思想。"七"体文章都有"腴辞云构,夸丽风骇"(《杂文》)的特点,本篇也不例外。《谐隐》篇说:

> 自魏代以来,颇非俳优,而君子嘲隐,化为谜语……魏文、陈思,约而密之。

曹丕、曹植所作的谜语,刘勰认为写得简约而周密,因原作散失,我们无从评判。不过,如果我们结合《与杨德祖书》中所说的"街谈巷说,必有可采;击辕之歌,有应风雅。匹夫之思,未易轻弃也",《三国志·王粲传》注引《魏略》所说的"诵俳优小说数千言"来考察,可以看出曹植对民间文学是比较重视的。这对他的创作产生了深刻的影响。《论说》篇说:

> 曹植《辨道》,体同书抄;言不持正,论如其已。

刘勰指出,曹植的《辨道论》与抄书无异,认为说话不守正道,还不如不说。显然,刘勰对《辨道论》是否定的。其实,《辨道论》列举当时方士的奇谈怪论,而辨其虚妄,不可谓"言不持正"。列举方士的言论,怎能说是"体同书抄"。刘勰所论,未免失之偏颇。《封禅》篇说:

> 陈思《魏德》,假论客主,问答迂缓,且已千言,劳深绩寡,飙焰缺焉。

曹植的《魏德论》,今存六百多字,已残缺不全,它是模仿司马相如的《封禅文》写的,采取客主问答的形式。刘勰认为,问答迂缓,已超过一千字了,用力大而成绩小,风力、光芒都不足。似一味贬抑。清人丁晏评此文说:"全仿长卿《封禅文》,典密茂美,足与踵武。"(《曹集诠评》卷九)看来比较符合实际。《章表》篇说:

> 陈思之表,独冠群才。观其体赡而律调,辞清而志显,应

> 物掣巧,随变生趣,执辔有余,故能缓急应节矣。

在曹植的各类作品中,刘勰对他的诗评价较高,认为"兼善"各体,而对他的"表"评价最高,说它"独冠群才"。刘勰认为,曹植的"表"的特点是形貌富艳,音律和谐,文辞清越,内容显豁,他能够根据客观事物之不同而予以巧妙的表现,随着文章变化而自然产生情趣。这好比骑马,能够自如地握住缰绳,所以或快或慢都合节奏。曹植的"表",以《求自试表》、《求通亲亲表》最为著名。

《求自试表》作于魏明帝太和二年(228)。《三国志·陈思王曹植传》说:"植常自愤怨,抱利器而无所施,上疏求自试。"上的就是此表。曹植是一个有政治理想的人,他渴望在政治上能有所作为。他对"位窃东藩,爵在上列,身被轻暖,口厌百味,目极华靡,耳倦丝竹"(《求自试表》)感到并不自在,因为他认为自己"无德可述,无功可纪"。无功受禄,他感到惭愧,他的志愿是"忧国忘家,捐躯济难"。他是多么希望实现自己的抱负,试试自己的才能啊!他说:

> 若使陛下出不世之诏,效臣锥刀之用,使得西属大将军,当一校之队;若东属大司马,统偏师之任。必乘危蹈险,骋舟奋骊,突刃触锋,为士卒先。虽未能擒权馘亮,庶将虏其雄率,歼其丑类,必效须臾之捷,以灭终身之愧,使名挂史笔,事列朝策。虽身分蜀境,首悬吴阙,犹生之年也。

真是慷慨激昂,壮志凌云。丁晏评曰:"危言激烈,如见忠臣之心。"但是在其兄曹丕、其侄曹睿的迫害下,他满腔的报国热忱,竟无法实现。他又说:

> 如微才弗试,没世无闻,徒荣其躯而丰其体,生无益于事,死无损于数,虚荷上位,而忝重禄,禽息鸟视,终于白首,此徒

圈牢之养物,非臣之所志也。

如果没有试才的机会,默默无闻,了此一生,曹植认为这样的生活,如同"圈牢之养物",实在不是他所希望的。语言激切,流露出曹植壮志难酬的愤怨之情。

《三国志·陈思王曹植传》说:"五年,复上疏求存问亲戚,因致其意。"这是指的太和五年,曹植上给魏明帝曹睿的《求通亲亲表》。当时朝廷限制曹植与兄弟、亲戚之间的来往,使他"人道绝绪,禁锢明时"。他的处境是"婚媾不通,兄弟乖绝,吉凶之问塞,庆吊之礼废,恩纪之违,甚于路人,隔阂之异,殊于胡越"。亲戚不通音信,兄弟互不往来,婚丧喜庆之礼全废,曹植一家度着孤独、寂寞的生活。他激动地说:"每四节之会,块然独处,左右惟仆隶,所对惟妻子,高谈无所与陈,发义无所与展,未尝不闻乐而拊心,临觞而叹息也。"备受猜忌和压抑的生活,使他听到音乐即感悲痛,面对美酒只有叹息,他悲愤地说:"臣伏以为犬马之诚不能动人,譬人之诚不能动天。崩城、陨霜,臣初信之,以臣心况,徒虚语耳。"曹植一片诚心不能感动曹睿。过去,《列女传》上记载的,齐杞梁殖的妻子,痛哭战死的丈夫,因心诚而城为之崩塌。《淮南子》上说的,燕惠王因信谗而把忠于他的邹衍投入监狱,邹衍仰天而哭,虽在炎夏,天也降霜。这些事,曹植用自己的心去比,也感到只是骗人的空话。语意极沉痛,愤激之情溢于言表。曹植做梦也不会忘记他希望有所作为的壮志雄心。他说:

> 臣伏自惟省,无锥刀之用。及观陛下之所拔授,若以臣为异姓,窃自料度,不后于朝士矣。若得辞远游,戴武弁,解朱组,佩青绂,驸马奉车,趣得一号,安宅京室,执鞭珥笔,出从华盖,入侍辇毂,承答圣问,拾遗左右,乃臣丹诚之至愿,不离于

梦想者也。

曹植认为，曹睿所选拔的官员，才能未必如他，他多么希望为朝廷出力，"戴武弁"、"佩青绂"、"驸马"、"奉车"都行。可是，区区之求，也难以得到满足。曹植就是在曹丕、曹睿的压抑和迫害下，愤愤不平地度过一生的。

曹植的这两篇作品都表现了他要为朝廷效力的思想，流露了他对迫害的愤怒和不满，渴望自由的心情洋溢在字里行间。它们的表现形式，骈散结合，错落有致。丁晏赞之曰："雅健茂美，直匹西京。"（《曹集诠评》卷七）所以，刘勰谓其"独冠群才"，是有道理的。

曹植写了许多辞赋。他在《与杨德祖书》中说："今往仆少小所著辞赋一通相与。"在《前录自序》中说："余少而好赋……所著繁多。虽触类而作，然芜秽者众。故删定别撰，为前录七十八篇。"查清人丁晏编校的《曹集诠评》，其卷一至卷三，收辞赋四十五篇。又后附之《曹集逸文》收曹植残赋九篇。曹植的赋作之多和成就之高，在建安作家中是首屈一指的。可是，《诠赋》篇列为"魏晋之赋首"的有王粲、徐幹、左思、潘岳、陆机、成公绥、郭璞、袁宏八人，只字没有提到曹植。这是什么缘故呢？我想主要有两点：第一，刘勰对建安作家辞赋的评价，完全根据曹丕的《典论·论文》。《典论·论文》说："王粲长于辞赋，徐幹时有齐气，然粲之匹也。如粲之《初征》、《登楼》、《槐赋》、《征思》，幹之《玄猿》、《漏卮》、《圆扇》、《橘赋》，虽张蔡不过也。"曹丕对建安作家的辞赋，提到只有王粲与徐幹，对曹植也是只字未提。曹丕这样做，很可能是妒忌，也可能是故意的贬抑和冷落。这是刘勰所没有想到的。第二，刘勰可能对曹植的《洛神赋》等富于浪漫主义色彩的辞赋缺乏真正的了解和正确的认识。毋庸讳言，这是《诠赋》篇的不足之处。

刘勰对曹植各类作品的评价，有褒有贬，有正确的，也有错误的。但是，总的说来是实事求是的，为我们研究曹植提供了许多有价值的参考资料。

四

《文心雕龙·才略》篇说：

> 魏文之才，洋洋清绮，旧谈抑之，谓去植千里。然子建思捷而才俊，诗丽而表逸；子桓虑详而力缓，故不竞于先鸣。而乐府清越，《典论》辩要，迭用短长，亦无懵焉。但俗情抑扬，雷同一响，遂令文帝以位尊减才，思王以势窘益价，未为笃论也。

刘勰对过去和当时抑丕扬植的论调不满。他认为曹丕、曹植各有不同的特点。就作家才性而言，曹植"思捷而才俊"，曹丕"虑详而力缓"；就作品而言，曹植"诗丽而表逸"，曹丕"乐府清越"，"《典论》辩要"，各有所长。如果曹丕"以位尊减才"，曹植"以势窘益价"，那是不公平的。与刘勰生活在同一个时代的钟嵘，在《诗品》中就把曹植列为"上品"，曹丕列为"中品"，认为他们是有高低之分的。至于丁晏的《曹集诠评》，其《集说》部分在引用《文心雕龙·才略》篇，即上面引用的那一段话之后，加了一小节按语："子建忠君爱国，立德之言，即文才风骨，亦迥非子桓所及。旧说谓'去植千里'，真笃论也。彦和以丕、植并称，此文士识见之陋。"这是抑丕扬植的典型。清人王夫之则说："曹子建铺排整饰，立阶级以赚人升堂，用此致诸趋赴之客，容易成名。伸纸挥毫，雷同一律。子桓精思逸韵，以绝人攀脐，故人不乐从，反为所掩。子建以是压倒阿兄,夺其名誉。实则子桓天才骏发,岂子建所能压倒耶?"(《夕堂永日绪论》内编)这是抑植扬丕的典型。至于郭沫若《论曹植》一文中抑植扬丕的观点更是为人们所熟知了。这个问题直到今天也没有完全解决。当然,我们不必卷入这种抑此扬彼的争论中去,而应对他们的优劣作出科学的分析和适当的评价。

应该承认,刘勰在《才略》篇中对曹植的评价是符合实际的。的确,曹植的才思异常敏捷,据《三国志·陈思王曹植传》载:

> 年十岁余,诵读诗、论及辞赋数十万言,善属文。太祖尝视其文,谓植曰:"汝倩人邪?"植跪曰:"言出为论,下笔成章,顾当面试,奈何倩人?"时邺铜爵台新成,太祖悉将诸子登台,使各为赋。植援笔立成,可观,太祖甚异之。

曹植的好友杨修在《答临淄侯笺》中说:

> 又尝亲见执事,握牍持笔,有所造作,若成诵在心,借书在手,曾不斯须,少留思虑。

这应当是事实。至于他的诗歌清丽,章表俊逸,前面已有论述,不再重复。此外,他的辞赋和散文都有较高的成就。他的《洛神赋》是抒情小赋中的名作,以浪漫主义的手法,通过梦幻的境界,塑造了洛神这个美丽的女性形象。他是这样描写洛神的:

> 其形也,翩若惊鸿,婉若游龙。荣曜秋菊,华茂春松。仿佛兮若轻云之蔽月,飘飖兮若流风之回雪。远而望之,皎若太阳升朝霞;迫而察之,灼若芙蕖出绿波。秾纤得衷,修短合度。肩若削成,腰如束素。延颈秀项,皓质呈露。芳泽无加,铅华弗御。云髻峨峨,修眉联娟。丹唇外朗,皓齿内鲜。明眸善睐,靥辅承权。瑰姿艳逸,仪静体闲,柔情绰态,媚于语言。奇

> 服旷世,骨像应图。披罗衣之璀璨兮,珥瑶碧之华琚。戴金翠之首饰,缀明珠以耀躯。践远游之文履,曳雾绡之轻裾。微幽兰之芳蔼兮,步踟蹰于山隅。

这样的描写,显然受到宋玉《神女赋》的启发。但是,其词采之华丽,描写之细腻,表现之生动,却不是《神女赋》所能比拟的。曹植笔下的洛神,是美的化身,是他理想的象征。诗人对洛神的追求,终因"人神道殊"而归于失败。这个人神恋爱的悲剧,如果结合曹植的生平思想加以考察,我们很容易觉察,这是曹植对理想的执着和追求的写照。这篇赋虽有浓厚的神话色彩,但它有更多的人间情味,更富于艺术魅力。他的《与杨德祖书》和《与吴季重书》是散文名篇。前者评论当时作家,畅谈他对文学的看法;后者伤离别,叹时光,抒发对友人的思念之情。坦率自然,富于感情,生动地表现出作者的性格特点。例如:

> 当斯之时,愿举太山以为肉,倾东海以为酒,伐云梦之竹以为笛,斩泗滨之梓以为筝;食若填巨壑,饮若灌漏卮。其乐固难量,岂非大丈夫之乐哉!

这里,以夸张的手法写宴饮之乐,形象地写出诗人豪放飘逸的性格。语言骈散杂用,简洁而流畅。因系书信,随意挥洒,给人以亲切之感。

刘勰在《才略》篇中对曹丕的评价是适当的。他认为,曹丕的特点是考虑周详,思力迟缓。这自然与才思敏捷的曹植不同。但是,才性的差异,不能说明才能的高低。《三国志·文帝纪》评曰:"文帝天资文藻,下笔成章,博文强识,才气兼该。"当是事实。

曹丕的文学成就,刘勰认为主要是"乐府清越,《典论》辩要"。这个判断,在今天看来,仍然是正确的。

曹丕的乐府诗，最值得注意的是《燕歌行》二首。这是两首七言体的乐府诗，内容是写思妇之情。其中第一首写得更好：

> 秋风萧瑟天气凉，草木摇落露为霜。群燕辞归雁南翔，念君客游多思肠。慊慊思归恋故乡，君何淹留寄他方？贱妾茕茕守空房，忧来思君不敢忘，不觉泪下沾衣裳。援琴鸣弦发清商，短歌微吟不能长。明月皎皎照我床，星汉西流夜未央。牵牛织女遥相望，尔独何辜限河梁！

这首诗写在凉秋霜夜里，一个不眠的女子思念她在远方的丈夫。全篇逐句押韵，音节响亮，语言优美，刻画细腻，凄清委婉，颇为动人。这是中国文学史上最早出现的一首完整的七言诗。曹丕在七言诗的形成和发展上是有很大贡献的。胡应麟说："子桓《燕歌》二首，开千古妙境。"（《诗薮·内编》卷三）

曹丕的《典论》原有五卷，大部分已散失，今存比较完整的只有《自叙》和《论文》两篇，以《论文》最为重要。《典论·论文》是中国文学批评史上最早的专门论文，它涉及到文学批评和理论的几个重要问题。

文章一开头，就以班固轻视傅毅为例，慨叹"文人相轻，自古而然"。这是文学批评的态度问题。在文学盛世的建安时代，这显然是有所指的。刘勰说："魏文称'文人相轻'，非虚谈也。"（《知音》）曹丕认为，"各以所长，相轻所短"，是不可能进行正确的文学批评的。

曹丕以为自己能做到"审己以度人"，能免除"文人相轻"的毛病，所以写出这篇论文。

"建安七子"是当时的著名作家，曹丕对他们一一进行了评论。他认为，王粲、徐幹"长于辞赋"。陈琳的章表，阮瑀的书记，都是当时的优秀作品。应场的文章写得平和而不雄壮,刘桢的文章写得雄壮而不精密。孔融的才性高妙,但不善于写作论文,他的文章长于文辞而短于说理,甚至夹杂一些嘲谑的话,他好的文章,和扬雄、班固相近。这些评论都是比较公允的。

在评论"建安七子"之后,曹丕又指出一般人"贵远贱近,向声背实"的通病和一些人"暗于自见,谓己为贤"的缺点,这样当然不可能对作家作品作出正确的评价。

关于文体分类,东汉蔡邕等人已有所论述。但是,开始引起人们注意的是曹丕的"四科"八体之说。他不仅进行了文体分类,而且指出了各体文章的特点:"奏议宜雅,书论宜理,铭诔尚实,诗赋欲丽。"这样的文体分类,虽然简略而不全面,然而对后来陆机《文赋》、刘勰《文心雕龙》等的文体分类是有直接影响的。

曹丕的"文气"说是十分著名的。他说:

> 文以气为主,气之清浊有体,不可力强而致。

"气",指作家的气质才性。"清浊",指气之刚柔。曹丕认为,作家的气质才性有刚有柔,这犹如音乐,它的"引气不齐,巧拙有素,虽在父兄,不能以移子弟"。这种认为作家的气质才性是先天决定、固定不变的论调,显然是唯心论的。认为作家由于气质才性不同而形成不同的风格,忽略了社会实践、艺术素养等方面的影响,也是片面的。但是,面对动乱的社会现实,曹丕提出"文以气为主",要求作家抒发慷慨悲凉的情怀,唱出时代的声音,这不仅对"建安风骨"的形成作用很大,而且直接影响到刘勰的风骨论。这方面应该引起我们的注意。

曹丕十分重视文学的作用。他说:"盖文章,经国之大业,不朽之盛事。"把文章看作治理国家的"大业",传名后世的"盛事",这与扬雄把辞赋看作"童子雕虫篆刻"、"壮夫不为",与蔡邕把鸿都门下能文之士视作"俳优"(《后汉书·蔡邕传》)有天壤之别。这是一个极大的进步。曹丕,作为一个统治者和文坛的领袖人物,他的提法对当时文学的发展,无疑起着促进作用。虽然刘勰批评曹丕的《典论·论文》"密而不周"(《序志》),但是他在文学批评和理论上的成就显然超过曹植。

除上述之外,刘勰论及曹丕的地方还有"魏文'九宝',器利辞钝"(《铭箴》)、"魏文帝下诏,辞义多伟"(《诏策》)等,皆无关紧要。曹丕的散文不多,像《与吴质书》、《又与吴质书》都是有名的作品。这两封信,悼念亡友,怀恋昔日的游宴生活,感情真挚,凄婉感人。刘勰皆未论及。

总而言之,刘勰对曹丕、曹植的比较是符合实际的。他们确实各有所长。但是,这并不等于说,他们的文学成就是同等的。纵观《文心雕龙》对曹丕、曹植的论述,我们发现,刘勰仍然认为曹植的文学成就高于曹丕。刘勰一再称赞"陈思,群才之英也"(《事类》)、"陈思之文,群才之俊也"(《指瑕》)、"陈思之表,独冠群才"(《章表》)、"兼善则子建"(《明诗》),这绝不是偶然的。

我们全面考察了刘勰对曹植的论述,深深感到刘勰的眼光是犀利的,许多论断都是精辟的。他说曹植"思捷而才俊",这是作家本身的特点,说曹植"诗丽而表逸",这是作品的主要特点。刘勰抓住了曹植及其作品的主要方面。此外,在文学批评方面,他虽然对曹植的文学评论评价不高,但在注意到曹丕的同时,也能注意到他。特别是对曹丕、曹植的比较,言简意赅,最为公允。莱辛说:"真正的批评家并不是从自己的艺术见解来推演出法则,而是根据事物本身所要求的法则,来构成自己的艺术见解。"(《汉堡剧评》,《文艺理论译丛》1958年第四期)刘勰的文学批评就具有这种唯物论因素。曹植作为杰出的作家，他是时代的产物，他站在时代的高峰上，表现了建安时代文学的特征。刘勰对此作了充分的肯定。但刘勰作为一个封建时代的文学批评家，必然受到时代的影响，他虽然提出了某些深刻的正确的见解，却不可能对曹植作出美学的历史的分析。这个历史的任务，则有待今后在不断的探索和研究中加以完成。

1983 年 9 月

师心以遣论　使气以命诗
——刘勰论阮籍、嵇康

《三国志·王粲传》注引《魏氏春秋》云："(嵇康)与陈留阮籍、河内山涛、河南向秀、籍兄子咸、琅邪王戎、沛人刘伶相与友善，游于竹林，号为'七贤'。"在"竹林七贤"中，阮籍和嵇康是代表人物，也是正始时期文学成就最高的作家。他们生活在曹魏时代，对曹魏末年黑暗的政治和虚伪的礼教都作了无情的揭露和猛烈的抨击。他们的作品或艳逸，或壮丽，或含蓄，或显露，或高浑，或峻切，表现出不同的特点。刘勰在《文心雕龙》中，对阮籍和嵇康作品的思想和艺术作了十分精辟的论述。

一

《文心雕龙·明诗》篇说：

> 乃(及)正始明道，诗杂仙心，何晏之徒，率多浮浅。唯嵇志清峻，阮旨遥深，故能标焉。

这里论述正始诗歌，特别指出嵇康诗志趣清高，阮籍诗意旨深远。

关于"嵇志清峻"，可参看钟嵘《诗品》(卷中)对嵇康的评论。钟嵘说："颇似魏文。过为峻切，讦直露才，伤渊雅之致。然托谕清远，良有鉴裁，亦未失高流矣。"这里指出嵇诗志趣之表现，一为"峻切"一为"清远"，倒是道出了刘勰所说的"清峻"一词的内涵。

现在先看"峻切"。一般认为，嵇康的《幽愤诗》是其"峻切"的代表作品。《晋书·嵇康传》云：

> 东平吕安，服康高致，每一相思，辄千里命驾，康友而善之。后安为兄所枉诉，以事系狱，辞相证引，遂复收康。康性慎言行，一旦缧绁，乃作《幽愤诗》……

这是交代此诗写作的原因，但只是说"辞相证引，遂复收康"，很不具体。其背景在《文选·思旧赋》李善注中有较详细的介绍：

> 干宝《晋书》曰："嵇康，谯人。吕安，东平人。与阮籍、山涛及兄巽友善。康有潜遁之志，不能被褐怀宝，矜才而上人。安，巽庶弟，俊才，妻美，巽使妇人醉而幸之。丑恶发露，巽病之，告安谤己。巽于钟会有宠，太祖遂徙安边郡，遗书与康：昔李叟入秦，及关而叹云云。太祖恶之，追收下狱。康理之，俱死。"
>
> 《魏氏春秋》曰："康与东平吕昭子巽友，弟安亲善。会巽淫安妻徐氏，而诬安不孝，囚之。安引康为证，义不负心，保明其事。安亦至烈，有济世志。钟会劝大将军因此除之；遂杀安及康。"

有这些史料，事情就比较清楚了。吕安的族兄吕巽奸污了吕安的妻子徐氏，反诬吕安不孝，吕安因此被徙往边郡，吕安说嵇康可以证明他无罪，嵇康也证明他无罪。嵇康本为司马昭、钟会所嫌恶，两人遂乘机把嵇康、吕安系狱，后竟把他们害死了。

嵇康的《幽愤诗》是他在狱中的作品，抒发他郁结心中的悲愤。这首诗有比较"峻切"的地方，如："嗟余薄祜，少遭不造。哀茕靡识，越在襁褓。""爰及冠带，凭宠自放。抗心希古，任其所尚。"但是，从全诗来看，并不是"峻切"的。诗中多有悔恨之词。如：

> 惟此褊心，显明臧否。感悟思愆，怛若创痏。……
> 咨予不淑，婴累多虞。匪降自天，实由顽疏。……
> 虽曰义直，神辱志沮。澡身沧浪，岂云能补。……
> 顺时而动，得意忘忧。嗟我愤叹，曾莫能俦。
> 事与愿违，遘兹淹留。穷达有命，亦又何求。……
> 奉时恭默，咎悔不生。……惩难思复，心焉内疚。

明代杰出的思想家李贽说："诗中多自责之辞，何哉？"（《焚书》卷五《幽愤诗》）李贽钦佩嵇康的高尚品格，相信他的所作所为是对的，因此提出疑问："余谓叔夜何如人也，临终奏《广陵散》，必无此纷纭自责，错谬幸生之贱态，或好事者增饰于其间，览者自能辨之。"（同上）李贽认为，《幽愤诗》中的悔恨之词是"好事者增饰于其间"，这个怀疑是缺乏根据的。但是，诗中多"自责之词"却是事实。陆侃如、冯沅君的《中国诗史》、刘大杰的《中国文学发展史》、游国恩等的《中国文学史》和中国社会科学院文学研究所的《中国文学史》，都在不同程度上断定《幽愤诗》是"峻切"之作。看来这种看法是可以商榷的。现在《嵇康集》中找不到"峻切"的代表作品，是不是刘勰、钟嵘的论断失误，大概不是。可能的原因是嵇康诗亡佚过多，一些"峻切"之作已不可复见。据《隋书·经籍志》载："魏中散大夫嵇康集十三卷（梁十五卷，录一卷）。"《旧唐书·经籍志》、《新唐书·艺文志》著录皆为十五卷。到鲁迅校本《嵇康集》和戴明扬《嵇康集校注》都厘为十卷。明人张溥说："（《嵇康集》）《唐志》犹有十五卷，今存者若此，殆百一耳。"（《汉魏六朝百三名家集·嵇中散集题辞》）这个推测是有道理的。

嵇康诗中的"清远"之作，我们不难找到例证。如《兄秀才公

穆入军赠诗十九首》中"良马"一首云:

  良马既闲,丽服有晖。左揽繁弱,右接忘归。风驰电逝,蹑景追飞。凌厉中原,顾眄生姿。……

想象其兄嵇熹的军中生活,新颖传神。邵长蘅评曰:"清思峻骨,别开生面,刘舍人目为清峻,信矣。"又评曰:"脱去风雅陈言,自有一种生新之致。"(《文选评》,戴明扬《嵇康集校注》引)颇中肯綮。又如"目送"一首云:

  ……目送归鸿,手挥五弦。俯仰自得,游心太玄。嘉彼钓叟,得鱼忘筌。郢人逝矣,谁可尽言。

写嵇熹军中暇时生活,"目送"四句。托谕清远,妙在象外。陈祚明在《采菽堂古诗选》中评曰:"高致超超,顾盼自得,竟不作三百篇语,然弥佳。"沈德潜在《古诗源》中评曰:"叔夜四言,时多俊语,不摹仿三百篇,允为晋人先声。"都道出了嵇康四言诗与《诗经》的不同特点。至于《述志诗》、《游仙诗》等,虽悲愤之情溢于言表,而"清远"之致,显然可见。

  应该指出,刘勰所说的"清峻",系指志趣而言。有些研究者把"清峻"看成嵇康作品的风格特征,是不妥当的。

  与嵇康并称的阮籍,刘勰评其诗曰:"阮旨遥深。"钟嵘也说阮籍《咏怀》诗:"言在耳目之内,情寄八荒之表。……厥旨渊放,归趣难求。颜延年注,怯言其志。"《文选·咏怀》诗李善注云:"嗣宗身仕乱朝,常恐罹谤遇祸,因兹发咏,故每有忧生之嗟。虽志在刺讥,而文多隐避,百代之下,难以猜测。"都认为阮籍诗文隐意深,其旨难寻。

  黄节认为,阮诗难理解的原因有二:其一为环境之关系;其二为用典之关系(萧涤非《读诗三札记·读阮嗣宗札记》)。这个分析颇能抓住要害。

阮籍所处的政治环境是十分险恶的。在曹魏的末年,统治阶级内部争权夺利的斗争十分尖锐,血腥的屠杀时有发生。如:公元249年,司马懿在夺权斗争中战胜曹爽,将曹爽兄弟和尚书丁谧、邓飏、何晏、司隶校尉毕轨、荆州刺史李胜以及桓范等诛灭三族;公元251年,司马懿杀扬州刺史王凌、楚王曹彪(曹操子);公元254年,司马师杀太常夏侯玄、中书令李丰、皇后父光禄大夫张缉,废魏主曹芳,立高贵乡公曹髦(曹丕孙);公元255年,杀镇东大将军毋丘俭;公元258年,司马昭杀征东大将军诸葛诞;公元260年,杀魏主曹髦,立曹奂(曹操孙)。经过十五年(249—264)的残酷斗争,司马炎终于自立为晋武帝,完全取得了政权。

阮籍是"建安七子"之一阮瑀之子。他和嵇康一样,是生活在曹魏时代,对司马氏夺权不满。不同的是,嵇康坚决不做司马氏的官,而阮籍做过司马氏家的从事中郎,还做过散骑常侍、东平相、步兵校尉等,甚至封过关内侯。更有甚者,景元四年(263),阮籍代公卿将校作劝进笺,这篇文章题为《为郑冲劝晋王笺》(载《文选》卷四十)。关于此事,《晋书·阮籍传》有一段记载:

> 会帝(司马昭)让九锡,公卿将劝进,使籍为其辞,籍沉醉忘作。临诣府,使取之,见籍方据案醉眠,使者以告,籍便书案,使写之,无所改窜。辞甚清壮,为时所重。

我们如何理解这些现象呢?《三国志·王粲传》注引《魏氏春秋》云:"朝论以其名高,欲显崇之,籍以世多故,禄仕而已……"《世说新语·任诞》注引《文士传》云:"籍放诞有傲世情,不乐仕宦。"可见他是不愿做官的,做官是不得已而为之。因此,他做官也不大管事。那么,他为什么代拟劝进笺呢?看来是事情敷衍不过去了,不

得不写。《晋书·阮籍传》说:

> 籍本有济世志,属魏晋之际,天下多故,名士少有全者,籍由是不与世事,遂酣饮为常。文帝初欲为武帝求婚于籍,籍醉六十日,不得言而止。钟会数以时事问之,欲因其可否而致之罪,皆以酣醉获免。

有些事可以因"酣醉获免",然而有些事虽"酣醉"也不能"获免",劝进事不表态是混不过去的。在此事发生后不久,阮籍也离开了人世,他内心的矛盾终于最后解决了。阮籍嗜酒,其意并不在酒,叶梦得《石林诗话》卷下说得好:

> 晋人多言饮酒有至于沉醉者,此未必意真在于酒。盖时方艰难,人各惧祸,惟托于醉,可以粗远世故。盖自陈平、曹参以来,已用此策。《汉书》记陈平于刘、吕未判之际,日饮醇酒,戏妇人,是岂真好饮邪?曹参虽与此异,然方欲解秦之烦苛,付之清净,以酒杜人,是亦一术。不然,如蒯通辈无事而献说者,且将日走其门矣。流传至嵇、阮、刘伶之徒,遂全欲用此为保身之计。此意惟颜延年知之,故《五君咏》云:"刘伶善闭关,怀情灭闻见。韬精日沉饮,谁知非荒宴。"如是,饮者未必剧饮,醉者未必真醉也。后世不知此,凡溺于酒者,往往以嵇、阮为例,濡首腐胁,亦何恨于死邪!

这个分析十分透彻。

阮诗难解的另一原因是用典随便。汉魏诗大都用典随便。诗人用典全凭记忆,信手拈来。黄节曾指出阮籍《咏怀》诗第四十二首云:"园绮遁南岳,伯阳隐西戎。"以终南山为南岳,以流沙之西为西戎,就是一例。(萧涤非《读诗三札记·读阮嗣宗诗札记》)

此外,阮诗多用比兴手法,也是难解的一个原因。钟嵘说:"若专用比兴,患在意深。"(《诗品·序》)清人陈沆《诗比兴笺》笺阮诗达三十八首之多,他将所选《咏怀》诗分为三类:第一类的诗是"皆悼宗国将亡,推本由来,非一日也";第二类的诗是"皆刺权奸,以戒后世也";第三类的诗是"述己志也。或忧时,或自励焉"。如此分类笺证,不免牵强附会,但也说明阮诗确是难解。

以上分析的是阮诗难解的原因,也是"阮旨遥深"的原因。颜延年说:"阮籍在晋文代,常虑祸患,故发此咏耳。"(《文选·咏怀诗十七首》李善注引)简明扼要地道出阮诗意旨遥深的主要原因。明人张溥说:"'嵇志清峻,阮旨遥深',两家诗文定论也。"(《汉魏六朝百三名家集·阮步兵集题辞》)诚然。

二

刘勰在《文心雕龙·体性》篇中指出:

> 吐纳英华,莫非性情。嗣宗倜傥,故响逸而调远;叔夜俊侠,故兴高而采烈。

这是说,作家创作的作品,没有不是性情的表现。因此,刘勰认为,阮籍的性格倜傥不羁,所以他的作品声韵超俗,格调高远;嵇康的性格俊迈豪爽,所以他的作品情趣高超,文辞壮丽。

阮籍的性格特征,《三国志·王粲传》说他"倜傥放荡,行己寡欲,以庄周为模则",与《体性》篇所论一致,但过于简略。《晋书·阮籍传》则记述甚详:

> 容貌环杰,志气宏放,傲然独得,任性不羁,而喜怒不形于色。或闭户视书,累月不出,或登临山水,经日忘归。博览群籍,尤好老庄。嗜酒能啸,善弹琴。当其得意,忽忘形骸。时

人多谓之痴。

这里概括地介绍了阮籍的容貌、志气和性格,并借用当时人的话,点出他的性格特征是"痴"。这个"痴"字,不是一般所说的意思,而具有特殊的含义。《红楼梦》有诗云:"满纸荒唐言,一把辛酸泪。都云作者痴,谁解其中味?"从作品的内容和形式看,曹雪芹的《红楼梦》和阮籍的《咏怀》诗截然不同,曹雪芹的"痴"和阮籍的"痴"是完全两样的。但是,这首诗对于我们理解阮籍的"痴",却有一定的启发。元好问《论诗三十首》云:"纵横诗笔见高情,何物能浇块磊平。老阮不狂谁会得,出门一笑大江横。"这是把阮籍的思想性格归结为"狂"。我们认为,这种"狂"与"痴"是相通的。

阮籍的"痴"与"狂"表现在哪里呢?《世说新语》、《晋书·阮籍传》等记载的一些事情颇能说明这一特点。例如,在他嫂子回娘家时,阮籍与她相见并话别(这在当时是违背礼法的),有人讥笑他,他说:"礼法难道是为我们而设的吗?"阮籍邻居有一个年轻的妇人,长得很漂亮,她站在酒垆旁卖酒,阮籍常去饮酒,喝醉了便躺在她的旁边,阮籍自己既不避嫌疑,妇人的丈夫也不怀疑。还有一个当兵的,家里的女儿才貌双全,未出嫁就死了,阮籍并不认识她的父兄,便到她的灵前哭了一场,哭毕才回去。这些地方都说明阮籍不愿俯从封建礼法的约束,表现了倜傥不羁的性格。这是"痴"、"狂"的一种表现。阮籍有时随意独自驾车出游,不从路上走,每当所驾之车无路可走时,就痛哭而归。这种日暮途穷之感,流露了他对司马氏黑暗统治的不满。这是"痴"、"狂"的又一种表现。阮籍嗜酒,常常喝得酩酊大醉,为拒绝晋文帝求婚,他一醉六十天;为对付钟会的构陷,他烂醉如泥,终于获免。这种"痴"和"狂",是作为避祸的手段,用来搪塞难以对付的事情的。应该指出,阮籍有时如"痴"似"狂",有时不"痴"不"狂"。例如,他"口不臧否人物","能为青白眼",就说明他很清醒。至于他登广武山,观览楚汉角逐的战场,叹息说:"当时没有英雄,才使小子侥幸成名!"可见其抱负不凡。他的儿子阮浑,年轻时喜通脱放荡,不拘小节。阮籍对他说:"你堂兄阮咸已如此,你不必再这样了。"这说明阮籍佯狂装痴,是不得已而为之。

阮籍有时如"痴"似"狂",有时不"痴"不"狂",这种复杂的性格,是和他所处的时代和独特的生活经历有着密切关系的。

黄节把阮籍所作所为的一切,皆归之为"不得已"三字,颇有道理。阮籍本是一个有雄心壮志的人,《晋书·阮籍传》上说他"本有济世志",他登广武山,感叹:"时无英雄,使竖子成名!"他登武牢山,望洛阳有感而赋《豪杰诗》,都说明了这一点。《咏怀》诗第三十九首写道:

> 壮士何慷慨,志欲威八荒。驱车远行役,受命念自忘。良弓挟乌号,明甲有精光。临难不顾生,身死魂飞扬。岂为全躯士,效命争战场。忠为百世荣,义使令名彰。垂声谢后世,气节故有常。

这里写的是一个慷慨激昂,希望扬威域外的壮士。他愿为朝廷出力,万一遇到危难,不惜牺牲在战场上。这样的诗篇显然寄托了诗人自己的愿望和理想。可是由于时代的黑暗、政治的恐怖,阮籍的壮志难酬,他满腔的热血化为狂放,在这狂放中又含蕴着多少忧愁与苦闷。诗人在特殊的环境中所酿成的复杂的思想感情,都倾泻在《咏怀》诗的第一首中:

> 夜中不能寐,起坐弹鸣琴。薄帷鉴明月,清风吹我衿。孤鸿号外野,朔鸟鸣北林。徘徊将何见?忧思独伤心。

这里写出诗人的不眠、孤独、寂寞和伤心。清人方东树说:"此是八十一首发端,不过总言所以咏怀不能已于言之故。"(《昭昧詹言》卷三)诗人所见到的一切景象都叫人感到忧伤,而在当时又不能痛痛快快地倾诉衷肠,不得已,他只好用隐晦曲折的方法表现出来,这就形成了"响逸而调远"的特点。这个特点是阮籍的思想性格造成的,也是他当时所处的政治环境决定的,所以明人张溥说:"《咏怀》诸篇,文隐指远,定哀之间多微词,盖指此也。"(《魏晋六朝百三名家集·阮步兵集题辞》)

钟嵘《诗品》对阮籍的评论,和刘勰的看法是一致的。说阮诗"言在耳目之内,情寄八荒之表",正道出了它的"响逸而调远"的原因;说阮诗"厥旨渊放,归趣难求",说明了它的特点及其所造成的后果。

嵇康的性格特点与阮籍不同。《三国志·王粲传》说他"好老庄,而尚奇任侠"。其兄嵇熹作《嵇康传》,说他"家世儒学,少有俊才,旷迈不群,高亮任性,不修名誉,宽简有大量"。《晋书·嵇康传》说他"有奇才,远迈不群。身长七尺八寸,美词气,有风仪,而土木形骸,不自藻饰,人以为龙章凤姿。天质自然,恬静寡欲,含垢匿瑕,宽简有大量"。又说他"高情远趣,率然玄远",被钟会称为"卧龙"。有一次嵇康到山上去采药,见到孙登,孙登说:"君性烈而才俊,其能免乎?"《世说新语·文学》篇云:

> 钟会撰《四本论》始毕,甚欲使嵇公一见,置怀中,既定,畏其难,怀不敢出,于户外遥掷,便回急走。

《简傲》篇云:

> 钟士季精有才理,先不识嵇康。钟要于时贤俊之士,俱往寻康。康方大树下锻,向子期为佐鼓排。康扬槌不辍,傍若无人,移时不交一言。钟起去,康曰:"何所闻而来,何所见而

去?"钟曰:"闻所闻而来,见所见而去。"

《容止》篇云:

> 嵇康身长七尺八寸,风姿特秀。见者叹曰:"萧萧肃肃,爽朗清举。"或云:"肃肃如松下风,高而徐引。"山公曰:"嵇叔夜之为人也,岩岩若孤松之独立;其醉也,傀俄若玉山之将崩。"

又云:

> 有人语王戎曰:"嵇延祖卓卓如野鹤之在鸡群。"答曰:"君未见其父耳。"

关于嵇康的气质才性、为人行事,一些诗文中涉及甚多。如,李充《九贤颂·嵇中散颂》云:"肃肃中散,俊明宣哲。笼罩宇宙,高蹈玄辙。"(《初学记》十七引)他的《吊嵇中散文》说:"先生挺邈世之风,资高明之质。神萧萧以宏达,志落落以遐逸。"(《太平御览》卷五百九十六引)颜延年《五君咏·嵇中散》诗云:"中散不偶世,本是餐霞人。形解验默仙,吐论知凝神。立俗迕流议,寻山洽隐沦。鸾翮有时铩,龙性谁能驯。"沈约说他:"神才高杰,故为世道所莫容。风貌挺特,荫映于天下,言理吐论,一时所莫能参。"(《七贤论》,《艺文类聚》三十七引)江淹咏道:"……潜志去世尘,远想出宏域。高步超常伦,灵风振羽仪。……"(《拟嵇中散言志》)这些诗文都道出了嵇康"俊侠"性格的某些特点。

刘勰认为,因为嵇康的性格"俊侠",所以他的作品"兴高而采烈"。《三国志·王粲传》说:"嵇康文辞壮丽。"按"采烈"与"文辞壮丽"含义略同,所以刘师培说:"彦和以兴高采烈评康文,亦与《魏志》'文辞壮丽'说合。盖嵇文之丽,丽而壮者也,与徒事藻采之文不同。"(《中国中古文学史·魏晋文学之变迁》)"兴高采烈"

的作品,以《与山巨源绝交书》最有代表性。《世说新语·栖逸》篇云:

> 山公(涛)将去选曹,欲举嵇康,康与书告绝。

刘孝标注引《嵇康别传》曰:

> 山巨源为吏部郎,迁散骑常侍,举康,康辞之,并与山绝。岂不识山之不以一官遇己情邪?亦欲标不屈之节,以杜举者之口耳!乃答涛书,自说不堪流俗,而非薄汤、武。大将军闻而恶之。

这里交代了《绝交书》产生的前因后果以及作者本人的意图。又据《三国志·王粲传》裴松之注引《魏氏春秋》记载:山涛举嵇康,实为大将军司马昭的意思,嵇康既严词拒绝,不久就入狱,很快遇害了。遇害前,嵇康对他儿子嵇绍(年方十岁)说:"山公尚在,汝不孤矣。"(《白氏六帖类事集》,《嵇康集校注》引)于此可见,嵇康虽写了《绝交书》,但并未与山涛绝交。看来他写《绝交书》的主要目的,是反抗当时黑暗的统治,公开宣告拒绝与司马氏合作,所以全篇充满愤激之情。司马懿父子以礼法为名,阴谋夺取了曹魏政权,残酷迫害和屠杀异己,造成政治上的恐怖局面。这篇书信,深刻地揭露了礼法的虚伪,批判司马氏政权的恐怖与黑暗,表现了作者崇尚自然的本性。嵇康鄙视官场,不愿同流合污,喜欢过自由放纵的生活,这实际上是对当时权贵的轻蔑。这些大概就是刘勰所说的"兴高"。至于文章的语言,不仅峻切,而且壮丽。例如:

> 老子、庄周,吾之师也,亲居贱职;柳下惠、东方朔,达人也,安乎卑位。

> 又仲尼兼爱,不羞执鞭;子文无欲卿相,而三登令尹。

所谓达能兼善而不渝,穷则自得而无闷。

故尧舜之君世,许由之岩栖,子房之佐汉,接舆之行歌,其揆一也。

故有处朝廷而不出,入山林而不反之论。

且延陵高子臧之风,长卿慕相如之节,志气所托,不可夺也。

全篇之中,这类似对非对、似排非排的整齐句式颇多,它们不仅激动地表达了坚不出仕的思想,而且显示了语言壮丽的风格。所以刘勰说:"嵇康《绝交》,实志高而文伟。"(《文心雕龙·书记》)一语破的,极其精炼地道出《绝交书》的思想和艺术的特点。

应该指出,刘勰所说的"俊侠",只是嵇康性格的一面。另一面,如《晋书·嵇康传》所载,嵇康"好老庄"。他深受老庄思想的影响。他的《兄秀才公穆入军赠诗十九首》写道:"人生寿促,天地长久。百年之期,孰云其寿。思欲登仙,以济不朽。"《游仙诗》云:"王乔弃我去,乘云驾六龙。飘飘戏玄圃,黄老路相逢。授我自然道,旷若发童蒙。采药钟山隅,服食改姿容。"又《重作四言诗七首》云:"绝智弃学,游心于玄默。""思与王子乔,乘云游八极。"嵇康感到人生短促,妄想用服药来追求长生以至成仙,这种荒诞的想法对他"清远"的诗风有一定的影响,也为他的作品带来了明显的消极思想。这是我们不应该忽视的。

三

《文心雕龙·才略》篇说:

嵇康师心以遣论,阮籍使气以命诗。殊声而合响,异翮而同飞。

这是说,嵇康以心为师写作论文,阮籍凭其志气创作诗歌,都获得高度的成就。但是不是说嵇康只长于作文,阮籍仅善于写诗呢?不是的。刘师培指出:"此节以论推嵇,以诗推阮。实则嵇亦工诗,阮亦工论,彦和特互言见意耳。"(《中国中古文学史·魏晋文学之变迁》)这一看法是符合事实的。然而,比较起来,嵇康稍长于散文,阮籍的诗歌成就较为突出。这是今天大家所公认的。

刘勰认为,嵇康的诗文具有"师心"的特点。我们结合嵇康的诗文来考察,感到很有道理。例如,他的《与山巨源绝交书》,把自己的思想性格表露无遗,特别"有必不堪者七,甚不可者二"一段,他说:

> 卧喜晚起,而当关呼之不置,一不堪也。抱琴行吟,弋钓草野,而吏卒守之,不得妄动,二不堪也。危坐一时,痹不得摇,性复多虱,把搔无已,而当裹以章服,揖拜上官,三不堪也。素不便书,又不喜作书,而人间多事,堆案盈机,不相酬答,则犯教伤义,欲自勉强,则不能久,四不堪也。不喜吊丧,而人道以此为重,已为未见恕者所怨,至欲见中伤者,虽瞿然自责,然性不可化,欲降心顺俗,则诡故不情,亦终不能获无咎无誉,如此,五不堪也。不喜俗人,而当与之共事,或宾客盈坐,鸣声聒耳,嚣尘臭处,千变百伎,在人目前,六不堪也。心不耐烦,而官事鞅掌,机务缠其心,世故繁其虑,七不堪也。又每非汤、武而薄周、孔,在人间不止此事,会显世教所不容,此甚不可一也。刚肠疾恶,轻肆直言,遇事便发,此甚不可二也。

在"七不堪"中,嵇康以他自由放纵的生活和官场生活对照,表现了他对官场生活的厌恶,流露出他对司马氏政权的不满。"二不可",说明刚直的嵇康常对司马氏的统治进行指责和嘲讽,甚至非难商汤、周武王,鄙薄周公、孔子,戳穿了司马氏篡夺政权的所谓根据。这种写法生动而自然地表现了嵇康鲜明的思想性格,可谓别开生面。无怪乎方廷珪评曰:"行文无所承袭,杼轴予怀,自成片段。予友畹村云:'有真性情,则有真格律,遂为千古绝调。'信然!"(《嵇康集校注》卷二引)

刘师培说:"嵇氏之文传于今者,以《琴赋》、《太师箴》为最著,别有《卜疑》(文仿《卜居》)、《家诫》、《与山巨源绝交书》、《与吕长悌绝交书》。其文体均变汉人之旧。论文自《养生论》外,有《答向子期难养生论》、《无私论》、《管蔡论》、《明胆论》、《难宅无吉凶摄生论》、《答某氏难宅无吉凶摄生论》(本集作《答张辽叔》),析理绵密,亦为汉人所未有。"(《中国中古文学史·魏晋文学之变迁》)所谓"变汉人之旧"、"为汉人所未有",都说明了嵇康作品师心遣论、敢于创新的特点。例如《管蔡论》是评论管叔、蔡叔的。管叔、蔡叔是周武王的两个兄弟,周武王让他们监视商纣的儿子武庚,统治殷商的遗民。周武王死后,因成王年幼,他的另一个兄弟周公(旦)摄政,管叔、蔡叔怀疑周公将对成王不利,于是挟持武庚反叛朝廷,发兵攻击周公。周公奉成王之命,讨伐武庚他们,诛杀了武庚、管叔,流放了蔡叔。历来都认为管叔、蔡叔是谋反的坏人,而嵇康却认为他们两人是忠臣。嵇康立论极力摆脱前人的窠臼,而对自己所提出的论点进行了层层论证,颇有说服力。刘师培说:"嵇文长于辩难,文如剥茧,无不尽之意,亦阮氏不及也。"(同上)我们很有同感。

嵇康的《声无哀乐论》是一篇著名的音乐论文。文中的基本论点是"声无哀乐",即音乐与人的悲哀和快乐无关。他认为"心之与声,明为二物",论文对此进行反复的论辩。我们知道,先秦以来的音乐思想传统是《乐记》所说的"治世之音安以乐,亡国之音哀以思","移风易俗,莫善于乐"。嵇康对此提出异议。在今天看来,嵇康提出的论点显然是错误的。但是,他的不为传统思想束缚、敢于独立思考的精神也不是完全不可取的。刘勰对这篇论文的评价极高,他说:"叔夜之辨声……师心独见,锋颖精密,盖人伦之英也。"(《论说》)鲁迅也说:"嵇康的论文,比阮籍的好,思想新颖,往往与古时旧说反对。"(《魏晋风度及文章与药及酒的关系》)这些评论都道出了嵇文"师心"的特点。不仅如此,李充还说:"研核名理而论难生焉。论贵于允理,不求支离。若嵇康之论,成文美矣。"(《翰林论》,《太平御览》五百九十五引)这是认为嵇康的论文取得巨大的成就。

此外,嵇康的诗歌也有"师心"的特点。这从上文引用的"良马既闲"、"目送归鸿"二首已可看出。现在再举《酒会诗》七首之三为例:

> 婉彼鸳鸯,戢翼而游。俯唼绿藻,托身洪流。朝翔素濑,夕栖灵洲。摇荡清波,与之沉浮。

这首诗写一对鸳鸯比翼而游,诗风清远,与《诗经》中的四言诗绝不相类。所以陈祚明说:"每能于风雅体外,别造新声,淡宕有致。"(《嵇康集校注》卷一引)这种诗歌虽然用的是旧形式,但是确实表现了嵇康自己的独创风格。

阮籍的诗歌,前面说到,因为他常用比兴手法,所以表现得比较委婉、曲折,令人感到隐晦难懂,这是一方面。另一方面,他作诗又具有"使气"的特点,他把自己宏放的志气、不羁的性格表现在诗里。同时,他的欢乐与悲伤,忧愁和愤怒,也情不自禁地流露在诗里。例如《咏怀》诗第六十一首:

>少年学击刺,妙伎过曲城。英风截云霓,超世发奇声。挥剑临沙漠,饮马九野垌。旗帜何翩翩,但闻金鼓鸣。军旅令人悲,烈烈有哀情。念我平常时,悔恨从此生。

诗人回忆自己少年时期,那时是剑技奇妙,英风盖世。他抱着为国家立功沙场的雄心,奔赴沙漠边陲,但并无参加战斗的机会,英雄无用武之地,使诗人感到悲哀。即使是后来回想起,也不免感到悔恨。这个少年的形象寄托了诗人壮阔的情怀。又如《咏怀》诗第三首,是用比兴手法写的:

>嘉树下成蹊,东园桃与李。秋风吹飞藿,零落从此始。繁华有憔悴,堂上生荆杞。驱马舍之去,去上西山趾。一身不自保,何况恋妻子。凝霜被野草,岁暮亦云已。

"嘉树"二句,写曹魏统治全盛之时。"秋风"二句,写司马氏窃权,群贤或退避或凋零。"繁华"二句,说繁华衰落,殿堂之上也长满荆杞,其混乱的情况于此可见。"驱马"四句,诗人感到自己都保不住了,还能眷恋妻子?于是诗人决定离开乱世,驱马西山。"凝霜"二句,写霜被野草,岁云暮矣,暗示"世运垂穷,朝廷终将变革"(《阮步兵咏怀诗注》其三引)。余冠英认为这首诗"情词危切,似有亡国的恐惧"(《汉魏六朝诗选》,人民文学出版社1958年版147页),比较切合此诗的内容。又如《咏怀》诗第十一首,借用楚国的景物和事情来讽刺魏高贵乡公曹芳,寄托了自己的感慨。《咏怀》诗第三十一首,以战国时的魏王喻当时的魏明帝,借古讽今,与第十一首寓意略同。

阮籍生活在魏晋易代之际,那时统治阶级内部矛盾剧烈,政治恐怖,环境险恶,他心中充满了痛苦的感情。《咏怀》诗第三十三首云:

> 一日复一夕，一夕复一朝。颜色改平常，精神自损消。胸中怀汤火，变化故相招。万事无穷极，知谋苦不饶。但恐须臾间，魂魄随风飘。终身履薄冰，谁知我心焦。

《世说新语·德行》篇说："晋文王（司马师）称阮嗣宗至慎，每与之言，言皆玄远，未尝臧否人物。"此诗说"终身履薄冰"，也说明阮籍处世极为谨慎。但是他"胸中怀汤火"，内心是十分痛苦的。为了摆脱痛苦，消除"心焦"，他有时羡慕平民的生活。如《咏怀》诗第六首，他由汉代邵平的事，想到"布衣可终身，宠禄岂足赖"。按邵平在秦朝为东陵侯，秦亡后为平民，在长安城东种瓜为生，他种的瓜其味很美，当时人称为"东陵瓜"。阮籍有时要出世隐居。如《咏怀》诗第三十一首说："愿登太华山，上与松子游。渔父知世患，乘流泛轻舟。"这是要与仙人赤松子同游，或是学渔父泛舟避世。但是，他既不能过平民生活，也不能像渔父那样泛舟避世，更不能与仙人赤松子同游，他终于在各种矛盾之中，度过了自己孤独、寂寞、彷徨、苦闷的一生。

阮籍"使气"的特点，还可以从他的文章看出来，例如《大人先生传》。大人先生是子虚乌有之类的人物，但作者用他寄托了自己的理想。这篇用赋体写成的传记，对当时的封建礼法进行了激烈的批判。文章假托有人写信给大人先生说：

> 天下之贵，莫贵于君子。服有常色，貌有常则，言有常度，行有常式。立则磬折，拱若抱鼓，动静有节，趋步商羽。进退周旋，咸有规矩。心若怀冰，战战栗栗。束身修行，日慎一日。择地而行，唯恐遗失。诵周、孔之遗训，叹唐、虞之道德。唯法是修，唯礼是克。手执珪璧，足履绳墨。行欲为目前检，言欲为无穷则。少称乡间，长闻邦国。上欲三公，下不失九州牧。

故挟金玉,垂文组,享尊位,取茅土,扬声名于后世,齐功德于往古。奉事君上,牧养百姓,退营私家,育长妻子。卜吉而宅,虑乃亿祉。远祸近福,永坚固已。此诚士君子之高致,古今不易之美行也。

来信对"君子"的"高致"、"美行",以赞美的口吻作了比较全面的介绍(实则无情地嘲笑君子的虚伪、迂腐),认为大人先生"身处困苦之地,而行为世俗之所笑,吾为先生不取也"。大人先生对此逐条进行驳斥,其中有一小段把"君子"比作虱子,最为精彩:

且汝独不见夫虱之处于裈之中乎! 逃于深缝,匿乎坏絮,自以为吉宅也。行不敢离缝际,动不能出裈裆,自以为得绳墨也。饥则啮人,自以无穷食也。然炎丘火流,焦邑灭都,群虱死于裈中而不能出。汝君子之处区之内,亦何异夫虱之处裈中乎?

这里,语言辛辣,比喻生动,讽刺尖锐,写得淋漓尽致,对"君子"的揭露是十分深刻的,洋溢着作者愤世嫉俗的感情,充分表现了"使气"的特点。

无独有偶,阮籍的《咏怀》诗第六十七首,内容与此甚为相似。诗云:

洪生资制度,被服正有常。尊卑设次序,事物齐纪纲。容饰整颜色,磬折执圭璋。堂上置玄酒,室中盛稻粱。外厉贞素谈,户内灭芬芳。放口从衷出,复说道义方。委曲周旋仪,姿态愁我肠。

此诗讽刺的是"洪生",即大儒。他们拘守礼法,注重容饰,言论高尚,行为卑劣,装模做样,实在令人生厌。阮籍对礼法之士如此深厌痛绝,当时"礼法之士,疾之如仇"(《晋书·阮籍传》),也是当然的事了。

鲁迅指出:"刘勰说:'嵇康师心以遣论,阮籍使气以命诗。'这'师心'和'使气',便是魏末晋初文章的特色。"(《魏晋风度及文章与药及酒之关系》)这个论断,在刘勰的基础上推进了一步,是十分深刻的。

《文心雕龙》关于阮籍、嵇康的论述不多,而且比较零碎,但是其中包含了一些相当精辟的见解。这从上面的论述已可以看出。这些见解归纳起来有三条:一、"嵇志清峻,阮旨遥深。"二、"嗣宗倜傥,故响逸而调远;叔夜俊侠,故兴高而采烈。"三、"嵇康师心以遣论,阮籍使气以命诗。"第一条是就作品的思想内容说的;第二条是就作家个性与作品风格的关系说的;第三条是就作家的创作特点说的。刘勰从三个不同方面对阮籍、嵇康作了精当的评论,其中论嵇、阮创作特点尤为深刻,这在中国文学批评史上是第一次。列宁说:"判断历史的功绩,不是根据历史活动家没有提供现代所要求的东西,而是根据他们比他们的前辈提供了新的东西。"(《评经济浪漫主义》,《列宁全集》第 2 卷 150 页)刘勰对阮籍、嵇康的评论,提出了新的见解,他的历史功绩是应该充分肯定的。但是,从今天看来,刘勰认为作品的风格决定于作家的个性,持论未免片面。此外,他的评论过于概括,只有简要的结论,缺乏具体的分析,也是美中不足之处。虽然如此,刘勰有关阮籍、嵇康的评论,对于我们研究这两位作家和魏晋文学,仍有很高的参考价值,应引起我们的重视。

1984 年 10 月

义多规镜　摇笔落珠
——刘勰论傅玄、张华

《文心雕龙》作家论是刘勰文学理论与批评的重要组成部分，其内容是十分丰富的。仅《才略》一篇，论及的作家就将近百人。这是珍贵的文学理论与批评遗产，值得我们重视。本文拟对刘勰论述傅玄和张华进行一些评论和探讨。

傅玄，字休弈，是西晋初年著名的文学家。他历任侍中、御史中丞、司隶校尉等官。《晋书》本传说他"性刚劲亮直，不能容人之短"。为人刚直，性格峻急，所以，"傅玄刚隘而詈台"（《程器》）的事就发生了。《晋书》本传说：

> 献皇后崩于弘训宫，设丧位。旧制，司隶于端门外坐，在诸卿上，绝席。其入殿，按本品秩在诸卿下，以次坐，不绝席。而谒者以弘训宫为殿内，制玄位在卿下。玄恚怒，厉声色而责谒者。谒者妄称尚书所处，玄对百僚而骂尚书以下。御史中丞庾纯奏玄不敬，玄又自表不以实，坐免官。

这里记载的就是"詈台"之事。他的性格如此，又任监察之要职，故常常上书言事，对朝廷政务多有匡正。刘勰说："傅玄篇章，义多规镜。"（《才略》）这是说傅玄的文章，内容多鉴戒之语。这样的例子是比较多的，如《晋书》本传引用傅玄三次上疏，多属此类内容。如晋武帝泰始元年（265），傅玄任谏官，上疏云：

> 臣闻先王之临天下也，明其大教，长其义节；道化隆于上，

> 清议行于下,上下相奉,人怀义心。亡秦荡灭先王之制,以法术相御,而义心亡矣。近者魏武好法术,而天下贵刑名;魏文慕通达,而天下贱守节。其后纲维不摄,而虚无放诞之论盈于朝野,使天下无复清议,而亡秦之病复发于今。陛下圣德,龙兴受禅,弘尧舜之化,开正直之路,体夏禹之至俭,综殷周之典文,臣咏叹而已,将又奚言!惟未举清远有礼之臣,以敦风节;未退虚鄙,以惩不恪,臣是以犹敢有言。

这是一篇著名的上疏,见于《晋书》本传,又见于《通典》十四。此疏从儒家思想出发,批评了曹操、曹丕以后政治、思想的巨大变化,提倡"道化"、"清议",举贤臣,退虚鄙,以振兴司马王朝。在今天看来,傅玄的议论未必正确,但是体现了他刚直的性格和文章"义多规镜"的特点。

傅玄的性格特点,还表现在学术批评上。刘勰说:"故张衡摘史、班之舛滥,傅玄讥《后汉》之尤烦。"(《史传》)张衡所摘《史记》、《汉书》之错乱,间或可考;傅玄讥评《后汉》之烦琐,已不可见。《晋书·傅玄传》云:"(傅玄)撰论经国九流及三史故事,评断得失,各为品例,名为《傅子》……"这里所谓"三史"应指《史记》、《汉书》和《东观后记》。傅玄对"三史"皆有评论,唯今本《傅子》并无评论"三史"之语,其评断已不可考。唐刘知几《史通·核才》篇引傅玄语云:"观孟坚《汉书》,实命代奇作。及与陈宗、尹敏、杜抚、马严撰《中兴纪传》,其文曾不足观。岂拘于时乎?不然,何不类之甚者也!是后刘珍、朱穆、卢植、杨彪之徒,又继而成之,岂亦各拘于时而不得自尽乎!何其益陋也。"这里对班固的《汉书》和陈宗、尹敏、刘珍、朱穆、卢植、杨彪等人先后编写的"后汉",即《东观汉记》进行了评论。这一评论不知是否刘勰所指的内容。傅玄曾撰集《魏书》,他对史学深有研究,我相信他的评论是有根据的。

《晋书》本传说傅玄"博学善属文,解钟律",所以他在文学上擅长乐府。《文心雕龙·乐府》篇说:

> 逮于晋世,则傅玄晓音,创定雅歌,以咏祖宗。

这是说傅玄通晓音律,制作雅歌,用来歌颂祖宗。《晋书·乐志》云:

> 及武帝受禅,乃令傅玄制为二十二篇,亦述以功德代魏。改《朱鹭》为《灵之祥》,言宣帝之佐魏,犹虞舜之事尧,既有石瑞之征,又能用武以诛孟达之逆命也。改《思悲翁》为《宣受命》,言宣帝御诸葛亮,养威重,运神兵,亮震怖而死也。改《艾如张》为《征辽东》,言宣帝陵大海之表,讨灭公孙氏而枭其首也。改《上之回》为《宣辅政》,言宣帝圣道深远,拨乱反正,网罗文武之才,以定二仪之序也。改《雍离》为《时运多难》,言宣帝致讨吴方,有征无战也。改《战城南》为《景龙飞》,言景帝克明威教,赏顺夷逆,隆无疆,崇洪基也。改《巫山高》为《平玉衡》,言景帝一万国之殊风,齐四海之乖心,礼贤养士,而纂洪业也。改《上陵》为《文皇统百揆》,言文帝始统百揆,用人有序,以敷太平之化也。

这就是傅玄"创定雅乐,以咏祖宗"的具体内容。兹援引《宣受命》一首如下:

> 宣受命,应天机。风云时动,神龙飞。御诸葛,镇雍梁。边境安,夷夏康。务节事,勤定倾。揽英雄,保持盈。深穆穆,赫明明。冲而泰,天之经。养威重,运神兵。亮乃震毙,天下安宁。

这首颂歌是写司马懿抵御诸葛亮,诸葛亮震怖而死,而天下太平,赞颂司马懿的文武功德。这类歌功颂德的诗章,语言质朴,缺乏情感,全无感人的力量。这可能与其受命而作有关。这样的诗本不足道,援引此首,以见一斑。

傅玄的乐府诗,值得我们注意的不是这些歌功颂德的歌辞,而是那些歌咏历史题材和反映社会现实的诗篇。

傅玄歌咏历史题材的诗篇颇多,其中《秋胡行》、《秦女休行》("庞氏有烈妇")等都比较著名。《秋胡行》云:

> 秋胡纳令室,三日官他乡。皎皎洁妇姿,泠泠守空房。燕婉不终夕,别如参与商。忧来犹四海,易感难可防。人言生日短,愁者苦夜长。百草扬春华,攘腕采柔桑。素手寻繁枝,落叶不盈筐。罗衣翳玉体,回目流采章。君子倦仕归,车马如龙骧。精诚驰万里,既至两相忘。行人悦令颜,借息此树旁。诱以逢卿喻,遂下黄金装。烈烈贞女忿,言辞厉秋霜。长驱及居室,奉金升北堂。母立呼妇来,欢乐情未央。秋胡见此妇,惕然怀探汤。负心岂不惭,永誓非所望。清浊必异源,凫凤不并翔。引身赴长流,果哉洁妇肠。彼夫既不淑,此妇亦太刚。

《秋胡行》属相和歌清调曲,古辞已亡。秋胡妻的故事感人,《乐府解题》说:"后人哀而赋之,为《秋胡行》。"傅玄这首诗是写秋胡戏妻的故事。这个故事最早见于刘向的《烈女传》,题为《秋胡洁妇》。其后《西京杂记》卷六亦有记载,文字有差异,情节基本相同。故事的内容是说,鲁国秋胡娶妻五日,就离家外出做官去了,三年后才回来。未到家,看到路旁有妇人采桑,秋胡已认不出是自己的妻子,看到她,很喜欢,赠她黄金二十两。妇人说:"我有丈夫在外做官还未回来,我独守闺房已有三载,从未受到像今天这样的侮辱。"一心采桑,看也不看一眼。秋胡羞愧退去。回到家中,问妻子到哪里去了,家中人说:"在野外采桑,还未回来。"妻子回来了,原来就是秋胡刚刚挑逗的妇人。夫妻两人都感到羞愧,妻子投沂水而死。诗歌写的就是这个内容,突出秋胡妻的形象,歌颂她的贞节。此诗的最后两句是:"彼夫既不淑,此妇亦太刚。"直接批评了秋胡,对秋胡妻之死表示惋惜。

《秦妇休行》是写庞氏烈妇为父母复仇的故事。故事最早见于《三国志·魏志》卷十八《庞淯传》,后见于《后汉书》卷一百四十《烈女传·庞淯母》。故事内容是说,酒泉人庞娥亲,是庞子夏的妻子,赵君安的女儿。君安为同县人李寿所杀,娥亲有弟弟三人,都想报仇,正好染上流行病,三人都去世了。李寿听说此事,十分高兴,说赵家强壮的男子都死完了,只剩下一个弱女子,有什么可忧虑的,于是防备就松懈了。娥亲的儿子庞淯,在外面听了李寿的话,回来就禀告娥亲,娥亲十分激动,伤心地流下眼泪,说:"李寿,你不要高兴,我最后不会饶过你!"于是到街上买了好刀。终于在光和二年(179)二月上旬,与李寿相遇,娥亲奋力砍杀,杀了李寿,割下了李寿的头,去见县官和刑部官员请罪。这些官员不仅不惩办她,而且上表朝廷,称赞她为父复仇的精神。所以,她的事迹载入史册,得到傅玄的赞扬,这首诗写的就是这个故事。这里塑造了庞娥亲坚强勇敢的英雄形象,赞颂了她为父复仇的孝义精神。庞娥亲的复仇行为受到当时社会广泛的赞扬,这个社会风气可能与当时提倡的孝道有关。在今天看来,杀人应绳之以法,私人复仇的行为是不足取的。

傅玄是西晋初年写故事乐府的大家,明人陆时雍说他"古貌绮心,微情远境,汉后未睹其俦。乐府淋漓排荡,位置三曹,材情妙丽,似又过之"(《古诗镜》卷八),绝非溢美之辞。像《秋胡行》、《秦女休行》,都是他故事乐府中的名篇,传诵千古。

傅玄反映社会现实的诗篇有《豫章行·苦相篇》、《明月篇》等。《豫章行·苦相篇》属相和歌清调曲,"苦相"即苦命。这首诗写封建社会重男轻女和妇女的悲惨命运,诗人猛烈地抨击这种不平等的现象,对妇女的不幸遭遇深表同情。此诗以男女对比的方法写妇女的痛苦:婚前男的是"男儿当门户,堕地自生神。雄心志四海,万里望风尘"。女的是"女育无欣爱,不为家所珍。长大逃深室,藏头羞见人"。婚后,先是"情合同云汉,葵藿仰阳春",后是"心乖甚水火,百恶集其身"。最后的结局是"昔为形与影,今为胡与秦。胡秦时相见,一绝逾参辰"。如此对比地写妇女之苦,如泣如诉,娓娓动人。

《明月篇》属杂曲歌辞。此诗写一个女子担心年老色衰为丈夫所遗弃。诗云:"玉颜盛有时,秀色随年衰。常恐新间旧,变故兴细微。浮萍本无根,非水将何依?"细致的心理描写揭示了女子的内心世界,也反映了当时男女不平等的现象,具有深刻的社会意义。此类诗还有一些,这里就不再列举了。

西晋初年,诗坛上模拟之风甚盛,傅玄乐府诗颇多模拟之作,如《艳歌行》是模拟汉乐府《陌上桑》的,《西长安行》是模拟汉饶歌《有所思》的。在这些乐府诗中虽也有较好的作品,但是从总体来看,价值不高。

傅玄擅长乐府诗,而他的古诗亦颇有佳作。如《杂诗》("志士惜日短"),写愁人不寐,散步前庭,看到夜中种种景象。末了写道:"常恐寒节至,凝气结为霜。落叶随风吹,一绝如流光。"反映了诗人对所处时代的忧惧,寄寓了"忧生之嗟"。《杂言》诗仅有"雷隐隐,感妾心。倾耳听,非车音"四句,写一女子的相思之情,诗短情长,耐人寻味。

《晋书·乐志》云:"及武帝受命之初,百度草创。泰始二年,诏郊祀明堂礼乐权用魏仪,遵周室肇称殷礼之义,但改乐章而已,使傅玄为之词云。"据《晋书·乐志》记载,傅玄所作歌词有《祀天地五郊迎送神歌》、《飨天地五郊歌》、《明堂飨神歌》、《祠庙迎送神歌》、《祠宣皇帝登歌》、《祠景皇帝登歌》、《祠文皇帝登歌》等十余首。其中有祭天地的,有祭神灵的,也有祭祖宗的。刘勰说傅玄"创定雅乐,以咏祖宗",是不准确的。由于刘勰处于封建统治之下,他重视那些所谓"雅歌"是正常的,但忽略了《秋胡行》、《秦女休行》、《豫章行·苦相篇》等较有价值的篇章就不对了。这自然与他的指导思想——儒家思想有关系。我们一方面不必苛求古人,一方面也不得不指出他在思想认识上的局限。

张华,字茂先,也是西晋初年著名的文学家,年辈较傅玄略晚。《晋书·张华传》说:"华学业优博,辞藻温丽,朗赡多通,图纬方伎之书莫不详览。"《隋书·经籍志》著录其著作有"晋司空张华集十卷,录一卷",宋代散佚,今存明人辑本。又有"《博物志》十卷",此书亦散佚,今日所见已非原本。从张华的诗文看,他是一个卓有成就的诗人、作家;从《博物志》看,他又是一个渊博的学者。

张华的长相如何,《晋书》本传不见记载。刘勰说:"魏晋滑稽,盛相驱扇。……张华之形,比乎握舂杵。"这是说魏晋时的滑稽之文,将张华的形状比作臼中舂捣的木棒。詹锳《文心雕龙义证》认为此语出自《世说新语·排调》(《谐隐》注三,上海古籍出版社1994年版537页)。《排调》云:

头责秦子羽云:"子曾不如太原温颙、颍川荀寓、范阳张华、士卿刘许、义阳邹湛、河南郑诩?此数子者,或謇吃无宫商,或尪陋希言语,或淹伊多姿态,或欢哗少智谞,或口如含胶饴,或头如巾虀杵,而犹以文采可观,意思详序,攀龙附凤,并登天府。"

其实这一段话出自西晋张敏的《头责子羽》文,《世说新语》不过引用此文而已,所以刘勰说"魏晋滑稽"是对的。

如果我们再仔细地阅读张敏的《头责子羽》文和刘勰说的"张华之形,比乎握春杵",就会发现刘勰说的并不妥。张敏文中所说的六个"或"字句,是分指六人。依次序张华应是"或淹伊多姿态"。这一点,《世说新语》注中引用《文士传》说:"华为人少威仪,多姿态。"这已足以说明问题了。刘勰说张华"比乎握春杵",是错解了张敏文,显然是不对的。

张华历任太子少傅、侍中、中书监,后进封壮武郡公,官至司空,是晋初重臣。他又是著名的文学家,在当时地位颇高,具有很大的权威性。他十分重视人才,奖掖后进。刘勰说:"唯陈寿《三志》,文质辨洽,荀、张比之于迁、固,非妄誉也。"(《史传》)这里说到张华称赞陈寿《三国志》的事,据《晋书·陈寿传》记载:

> 司空张华爱其才……举为孝廉,除佐著作郎,出补阳平令。撰《蜀相诸葛亮集》,奏之。除著作郎,领本郡中正。撰魏吴蜀《三国志》,凡六十五篇。时人称其善叙事,有良史之才。……张华深善之,谓寿曰:"当以《晋书》相付耳。"其为时所重如此。

受到张华提携、奖掖的人甚多,其中有著名的文学家左思、陆机、陆云兄弟等人。如左思,作《三都赋》成,"司空张华见而叹曰:'班、张之流也。使读之者尽而有余,久而更新。'于是豪贵之家竞相传写,洛阳为之纸贵。"(《晋书·左思传》)又如陆机、陆云兄弟,《晋书·陆机传》说:"至太康末,与弟云俱入洛,造太常张华。华素重其名,如旧相识,曰:'伐吴之役,利获二俊。'……张华荐之诸公。后太傅杨骏辟为祭酒。"张华称陆氏兄弟为"二俊",亦是中国文学史上的佳话。后人辑陆氏兄弟诗文集即称《二俊集》。《晋书·张华传》说:"华性好人物,诱进不倦,至于穷贱侯门之士有一介之善者,便咨嗟称咏,为之延誉。"应是实录。

张华的诗歌成就是比较高的。钟嵘《诗品》列入"中品",评曰:"其源出于王粲。其体华艳,兴托不奇。巧用文字,务为妍冶。虽名高曩代,而疏亮之士,犹恨其儿女情多,风云气少。谢康乐云:'张公虽复千篇,犹一体耳。'今置之甲科疑弱,抑之中品恨少,在季孟之间耳。"按"甲科"原作"中品","中品"原作"下科"。曹旭《诗品集注》据《诗人玉屑》、《竹庄诗话》校改。我认为这样校改比较符合张华诗歌创作的实际情况。

刘勰对张华的论述不多,但评价甚高。他说:"张华新篇,亦充庭《万》。"这是说张华所作之新歌,也充作宫廷之舞曲。《宋书·乐志》云:"晋武泰始五年,尚书奏使太仆傅玄、中书监荀勖、黄门侍郎张华各造正旦行礼及王公上寿酒食举乐歌诗。"据《宋书·乐志》载,张华这类诗歌有《晋四箱乐歌》十六篇、《晋正德大豫二舞歌》二篇,自然都是歌功颂德的作品。在当时颇为重要,现在已经没有什么意义了。

张华乐府诗,值得我们重视的有《轻薄篇》、《壮士篇》、《游侠篇》、《游猎篇》、《博陵王宫侠曲》等。

《轻薄篇》,郭茂倩《乐府诗集》云:"《轻薄篇》言乘肥马,衣轻裘,驰逐经过为乐。"此诗写西晋初年王公贵族骄奢荒淫、醉生梦死的生活:

> 被服极纤丽,肴膳尽柔嘉。僮仆余粱肉,婢妾蹈绫罗。文轩树羽盖,乘马鸣玉珂。横簪刻玳瑁,长鞭错象牙。足下金鑮履,手中双莫邪。宾从焕络绎,侍御何芬葩!朝与金张期,暮宿许史家。甲第面长街,朱门赫嵯峨。苍梧竹叶清,宜城九酝

醒。浮醪随觞转，素蚁自跳波。

写王公贵族的奢侈生活，他们的衣、食、住、行，皆备极豪华，而交往的是像汉代金日䃅、张安世那样的大官，或是像汉代许伯和史高那样豪贵的外戚。

盘案互交错，坐席咸喧哗。簪珥或堕落，冠冕皆倾邪。酣饮终日夜，明灯继朝霞。绝缨尚不尤，安能复顾他？

写他们荒淫放荡的生活，这是晋初社会生活的反映。《晋书·王导传》说："自魏氏以来，迄于太康之际，公卿世族，豪侈相高，政教陵迟，不遵法变。群公卿士皆餍于安息。"王导指出的就是此种不良的社会风气。《世说新语·汰侈》篇记载了许多奢侈的事迹。如"石崇每要客燕集"、"石崇厕"、"武帝尝降王武子家"、"王君夫以䊲糒澳釜"、"石崇与王恺争豪"等，举不胜举。这样的事例，在《晋书》竟陵王楙、何曾、夏侯湛、任恺、贾谧、贾模等人传记中亦屡见不鲜。《宋书·五行志》云："晋惠帝元康中，贵游子弟相与为散发倮身之饮，对弄婢妾。逆之者伤好，非之者负讥。"记述的就是这种侈靡之风。张华的《轻薄篇》则形象生动地揭露了这种穷奢极欲的生活。

《游猎篇》写贵族子弟在山林野外游乐打猎的情景：

鼓噪山渊动，冲尘云雾连。轻缯拂素霓，纤网荫长川。游鱼未暇窜，归雁不得还。由基控繁弱，公差操黄间。机发应弦倒，一纵连双肩。僵禽正狼藉，落羽何翩翩。积获被山阜，流血丹中原。

写猎场的活动真是惊心动魄。此诗从另一角度表现那些封建贵族豪奢的生活。萧统《文选》所选之赋有"畋猎"一类，选有司马相如的《子虚赋》《上林赋》,扬雄的《羽猎赋》《长杨赋》等。张华的《游猎篇》在艺术手法上显然受了他们的影响。

至于《游侠篇》《博陵王宫侠曲》,则是写游侠活动。《史记·游侠列传序》说:"今游侠,其行虽不轨于正义,然其言必信,其行必果,已诺必诚,不爱其躯,赴士之厄困。"这是说的汉代的游侠,西晋的游侠亦复如此。《游侠篇》歌颂战国时期孟尝君、信陵君、平原君、春申君四公子,赞扬他们或亲自出马,或利用游侠为国效力。《汉书·游侠传》说:"战国……列国公子,魏有信陵,赵有平原,齐有孟尝,楚有春申,皆借王公之势,竞为游侠……以取重诸侯,显名天下。扼腕而游谈者,以四豪为称首。"张华对四公子是赞颂的,而对当时的游侠则是否定的。他说:

> 美哉游侠士,何以尚四卿? 我则异于是,好古师老彭。

意思说,你们这些游侠之士何必推崇四公子,我和你们不同,我则学习老彭,信仰儒家思想。《博陵王宫侠曲》二首皆写游侠。其一写侠客幽居山林,岁暮饥寒交迫,所以他们"自在法令外,纵逸常不禁"。其二写雄儿"借友行报怨,杀人租市旁",以武犯禁,身虽死而心不惩。这里指出游侠的不法行为是贫困的生活和侠义的精神驱使的,对当政者隐隐约约地有所批评,也流露了诗人对"侠客"、"雄儿"的同情。可见诗人对游侠的认识是矛盾的。看起来,诗人对游侠现象是批评还是同情,得视具体情况而定。

这里特别要提到的是《壮士篇》:

> 天地相震荡,回薄不知穷。人物禀常格,有始必有终。年时俯仰过,功名宜速崇。壮士怀愤激,安能守虚冲。乘我大宛马,抚我繁弱弓。长剑横九野,高冠拂玄穹。慷慨成素霓,啸吒起清风。震响骇八荒,奋威曜四戎。濯鳞沧海畔,驰骋大漠

中。独步圣明世,四海称英雄。

这首诗写一位壮士追求功名,决心报效朝廷的雄心壮志。诗歌慷慨激昂,显然抒发诗人的情怀,表现诗人积极进取的精神面貌,是一首洋溢着英雄豪迈之气的诗作。

张华的五言诗,最值得注意的还是《情诗》。钟嵘评张华说:"犹恨其儿女情多,风云气少。"就是指他的《情诗》而言。从数量上看,张华的情诗并不多,由于成就突出,引起人们的注意。在张华的《情诗》五首中,最有名的是萧统《文选》选录的两首,即"清风动帷帘"一首,"游目四野外"一首。前者写闺中思妇思念在遥远地方的丈夫,从清风、晨月写到思妇独守空床,又写思妇埋怨夜长,抚床叹息,感慨伤心,写得缠绵悱恻,哀怨动人。后者写游子别后对妻子的思念:"兰蕙缘清渠,繁华荫绿渚。佳人不在兹,取此欲谁与?"使人很自然地联想到《古诗十九首》"涉江采芙蓉"所说的"涉江采芙蓉,兰泽多芳草。采之欲遗谁?所思在远道"。这种诗风,与钟嵘所说的"巧用文字,务为妍冶"迥然不同;与刘勰所说的"茂先凝其清"(《明诗》)颇为相类。

《文心雕龙·明诗》篇说:

> 故平子得其雅,叔夜含其润,茂先凝其清,景阳振其丽。兼善则子建、仲宣,偏美则太冲、公幹。

这里,刘勰将张华与张衡、嵇康、张协并提,说明张华在中国诗歌史上占有重要的地位。沈德潜说:"茂先诗,《诗品》诮其'儿女情多,风云气少',此亦不尽然。总之,笔力不高,少凌空矫捷之致。"(《古诗源》卷七)沈氏指出张华诗的不足之处,自是的评。

附带提到,刘勰的文学批评持论甚严,虽是小毛病也不放过。他说:"张华诗称'游雁比翼翔,归鸿知接翮';刘琨诗言'宣尼悲获麟,西狩泣孔丘';若斯重出,即对句之骈枝也。"(《丽辞》)张华《杂诗》三首(其三)诗中"游雁"二句内容是重复的。刘勰认为,这样的对句是对句中的骈拇和枝指,是有毛病的。

还有,刘勰对诗歌的用韵亦有严格之要求。《声律》篇说:

> 及张华论韵,谓士衡多楚。《文赋》亦称知楚不易,可谓衔灵均之声余,失黄钟之正响也。

这是借用张华批评陆机的话来表达自己的观点。张华论押韵,认为陆机押韵多用楚声。《文赋》说:"亮功多而累寡,故取足而不易。"陆机认为这样做功多弊少,无须改变。刘勰认为这是采用楚声叶韵之法,是失去《诗经》的正响,对陆机的用韵持批评态度。

除了诗歌之外,刘勰还论及张华的散文。《才略》篇说:

> 张华短章,弈弈清畅,其《鹪鹩》寓意,即韩非之《说难》也。

张华《鹪鹩赋》,见《文选》卷十三。此赋作者以鹪鹩自况。鹪鹩是一种体长约三寸的小鸟,它"生于蒿莱之间,长于藩篱之下",在草木丛中飞来飞去,自由自在,孳生不息,万物皆不伤害它。那些鸠、鹗、鹍鸡、大雁、孔雀、翡翠就不同了,它们高飞可以冲天,嘴爪足以自卫,结果大都惨遭箭射,羽毛进贡。作者向往像鹪鹩那样的生活,无灾无害,"不怀宝以贾害,不饰表以招累",流露了明哲保身的思想。这种思想可能受了庄子"鹪鹩巢于深林,不过一枝"(《庄子·逍遥游》)的启发。值得注意的是,此赋传出之后,被阮籍看到,赞叹曰:"王佐之才也。"(《晋书·张华传》)张华由是声名始著,经郡守鲜于嗣的推荐,他开始步上仕途,以后位至公侯,终不免杀身之祸。此赋成了他一生经历的讽刺。刘勰认为此赋之寓意如韩非之《说难》。按韩非《说难》是说向君主进说之困难及遭遇之险恶。假如刘勰的理解是正确的话,那是他看出了张华在朝为官之前的忧惧心理。

张华赋今存六篇(包括残篇),除《鹪鹩赋》外,余皆不足道。

张华的散文,诰策之文比较重要。《诏策》篇说:

> 自魏晋诰策,职在中书,刘放、张华,互管斯任,施命发号,洋洋盈耳。

这是说,自魏晋以来,草拟诏策,由中书监负责,魏之刘放、晋之张华皆曾任此职,发号施令,声满人耳。刘放且不提。《晋书·张华传》说张华"名重一时,众所推服,晋史及仪礼宪章并属于华,多所损益,当时诏诰皆所草定,声誉益盛"。但今天所见到的张华作品,已不见诏诰、册书。他的诏策之文如何?已不得而知。《章表》篇又说:

> 逮晋初笔札,则张华为俊。其三让公封,理周辞要,引义比事,必得其偶,世珍《鹪鹩》,莫顾章表。

这是说,西晋初年的章表以张华最为出众。他多次辞让封公,所上之表,说理周密,文辞扼要,引用事义,排比事实,必用对偶。世人只看重他的《鹪鹩赋》,没有人看重他的章表。刘勰对张华的章表之文作了很高的评价。据《晋书·张华传》载:"张华……封关内侯,进封为广武县侯……久之,论前后忠勋,进壮武郡公。华十余让,中诏敦譬,乃受。"这说明张华确实辞让封公多次,而他的"三让公封"之表已佚。其他章表,除《王公上寿酒食举乐歌诗表》外,亦皆亡佚。而此表不足二百字,刘勰所分析的张华章表之特点,在此表中表现得并不明显,无从评论。

总之,张华的散文由于散失太多,所以刘勰有关其散文的论述,我们已无法了解具体情况,使人感到有些美中不足。

《文心雕龙·时序》篇说：

> 逮晋宣始基，景文克构，并迹沈儒雅，而务深方术。至武帝惟新，承乎受命，而胶序篇章，弗简皇虑。降及怀、愍，缀旒而已。然晋虽不文，人才实盛：茂先摇笔而散珠，太冲动墨而横锦，岳、湛曜联璧之华，机、云标二俊之采，应、傅、三张之徒，孙、挚、成公之属，并结藻清英，流韵绮靡。前史以为运涉季世，人未尽才，诚哉斯谈，可为叹息！

这是刘勰对西晋文学的评论。首先说到西晋时期历代统治者并不重视文学；其次论及西晋虽不重视文学，而当时人才很多，这里提到的有张华、左思、潘岳、夏侯湛、陆机、陆云、应贞、傅玄、三张（张载、张协、张亢）、孙楚、挚虞、成公绥等人，他们文学创作的特点是"结藻清英，流韵绮靡"，即文辞清新，韵调华美；最后对身处乱世的文士如张华、潘岳和陆机陆云兄弟的先后被杀表示叹息。刘勰认为这些文士未能很好地发挥其才能，十分可惜。

在西晋时期的作家群中，我们评论的是刘勰对傅玄和张华的论述。傅玄和张华虽不如潘岳、陆机著名，但也都是西晋初年的重要作家。刘勰对他们都有简明扼要的论述。刘勰认为傅玄的特点是"义多规镜"，张华的特点是"摇笔而散珠"。所谓"义多规镜"，是说傅玄文多鉴戒；所谓"摇笔而散珠"，是说张华摇动笔杆好像会落下珍珠，这是比喻他的文章辞藻华丽。这里道出了傅玄和张华的不同特点。刘勰具有很高的艺术鉴赏能力，他的评论往往重点突出，三言两语，便深中肯綮。这些评论不仅提供了作家的评论资料，而且在方法上对于我们今天评论作家也有所启发。

2000年2月

钟美于《西征》 贾余于哀诔
——刘勰论潘岳

潘岳是西晋太康时期的重要作家,他在当时文坛上声名颇高。沈约《宋书·谢灵运传论》说:"降及元康,潘陆特秀。"钟嵘《诗品》说:"太康中,三张二陆,两潘一左,勃尔复兴,踵武前王,风流未沫,亦文章之中兴也。"可以看出他在文学史上的地位。刘勰以前,一些文人对潘岳已有评论,如孙绰说:"潘文浅而净。"(《世说新语·文学》引)李充说:"叹其翩翩然如翔禽之有羽毛,衣服之有绡縠。"谢混说:"潘诗烂若舒锦,无处不佳。"(钟嵘《诗品》卷上引)都是零星的印象批评,而刘勰则对潘岳进行了比较全面的论述。

一

潘岳赋的成就较高。《文心雕龙·诠赋》篇将他列为"魏晋之赋首"八家之一。萧统《文选》选录他的赋竟达八篇之多,而与他同时的著名作家陆机的赋仅选录两篇。于此可见,萧统和刘勰一样,对潘岳赋是十分重视的。

潘岳赋的特点,刘勰概括为"策勋于鸿规",这是说潘岳在大赋创作上建立了功绩,这一评价显然是不全面的。这里,刘勰所指当是《籍田》、《西征》等赋作。

《籍田赋》作于晋武帝泰始四年(268)。《晋书·潘岳传》云:"泰始中,武帝躬耕籍田,岳作赋以美其事。""籍田"指的是古代帝王于春耕前亲自耕作农田,以奉祀宗庙,也包含劝农的意思。泰始四年正月,晋武帝装模作样去"籍田",潘岳写了这篇歌颂的赋。今天看来,除了有助于我们了解当时"籍田"的盛况外,了无足取。但是,此赋显示了潘岳的才华。《晋书·潘岳传》引用全文之后说:"岳才名冠世,为众所疾,遂栖迟十年。"潘岳竟因才华出众遭到妒嫉,至咸宁二年(276)才迁任太尉掾,官场失意将近十年。

《西征赋》是魏晋时期一篇著名的大赋。《文选》李善注云:"晋惠元康二年,岳为长安令,因行役之感而作此赋。"可见此赋作于晋惠帝元康二年(292)。据《晋书·潘岳传》载,潘岳作为杨骏的主簿,在杨骏被贾后杀害之后,依法当受牵连,幸而有楚王玮的长史公孙宏解救,才免于一死,不久又被选为长安县令。正是在赴长安时,他"作《西征赋》述行历,论所经人物山水"。这篇赋,固然是叙述潘岳从洛阳到长安赴任的经历,但由于遭遇不幸,赋中颇多感慨。一开头就"喟然叹道:……生有修短之命,位有通塞之遇。鬼神莫能要,圣智弗能豫"。这是有所感而发的。因为他碰上了杨骏被贾后诛杀的事,而他是依附杨骏的,为此险遭不测。"危素卵之累壳,甚玄燕之巢幕。心战惧以兢悚,如临深而履薄。"说明他的境遇危险,心中充满了恐惧。他有幸得到皇帝的赦免,并被任命为长安县令,事情总算有了一个较好的了结。可是,由于有那样切身的政治遭遇,赴任途中又遭幼子夭折,他沿途看到一些山水古迹,不免感慨万千。例如"经渑池而长想"一节,歌颂战国时赵国贤相蔺相如对秦王的英勇斗争和对廉颇老将的谦让精神,称他为盖世英才。"美哉邈乎"一节,歌颂周朝初年摄政的周公、召公,举出《诗经》"周南"、"召南"中的诗歌,赞美那太平盛世。"观夫汉高之兴也"一节,歌颂汉高祖刘邦,称颂刘邦不仅"聪明神武,豁达大度",而且关怀人的生死,不忘旧情,诚恳爱人,其恩泽没有沾不到的。"掩细柳而抚剑"一节,歌颂汉文帝时的将军周亚夫,周亚夫的兵营在长安附近的细柳,汉文帝去慰劳兵士,却在兵营门口被挡住了。这里歌颂了明君贤相良将。潘岳还批评了历史上一些昏君、霸王和乱臣。例如项羽,潘岳说他"虐项氏之肆暴,坑降卒之无辜"。项羽暴虐已极,坑杀二十余万无辜的降卒。又如董卓,潘岳指出董卓之乱,为当时带来了滔天大祸,皇帝被迫放弃洛阳迁都长安。董卓死后,他的部将李傕、郭汜继续作乱,生灵涂炭,人民遭受了沉重的灾难。潘岳还批评了周幽王为了博得他所宠爱的褒姒一粲,竟无事而屡举烽火,骗得诸侯来援救,后来犬戎真的打来,诸侯的援兵也都不来了。周幽王终于"军败戏水之上,身死骊山之北",落得个可悲的下场。潘岳所咏叹的虽然是历史上的人物和事件,是"发思古之幽情",但也仿佛寄寓了他对国事的忧愁和现实的不满,基调始终是比较低沉的、忧郁的。

《西征赋》辞采富丽,也讲究铺陈。这固然是受了汉赋"铺采摛文"的影响,但也是当时文坛重视辞采风气的表现。例如他写昆明池的景色和水产:

> 其池则汤汤汗汗,混漾弥漫,浩如河汉;日月丽天,出入乎东西;旦似汤谷,夕类虞渊。昔豫章之名宇,披玄流而特起,仪景星于天汉,列牛女以双峙。图万载而不倾,奄摧落于十纪;擢百寻之层观,今数仞之余趾。振鹭于飞,鼋跃鸿渐。乘云颉颃,随波澹淡。瀺灂惊波,唼喋菱芡。华莲烂于渌沼,青蕃蔚乎翠漪。

> ……而菜蔬荑实,水物惟错……洒钓投网,垂饵出入,挺叉来往。纤经连白,鸣桹厉响,贯鳃骈尾,擎三牵两。于是驰青鲲于网钜,解赪鲤于黏徽;华鲂跃鳞,素鲔扬鬐。饔人缕切,鸾刀若飞,应刃落俎,霍霍霏霏。……

这显然不同于汉赋。汉赋描写宫苑、都城、物产、田猎等,皆辞藻华丽,大肆铺排,如司马相如《子虚赋》描写云梦:"云梦者,方九百里,其中有山焉。其山……其土……其石……其东……其南……其高……其卑……其西……其中……其北……其树……其上……其下……"这样的作品,只是客观地描写景物,形式板滞,堆砌辞藻,缺乏感情。潘岳的《西征赋》,描写景物虽然也运用铺陈的手法,而表现自然,含蕴着诗人的感情。这是大赋创作中明显的进步,所以刘勰认为潘岳"钟美于《西征》"(《才略》)。

潘岳的《西征赋》固然是名作,但是真正能代表潘岳辞赋风格特点的,是《秋兴赋》、《闲居赋》、《怀旧赋》和《寡妇赋》。因此,我们认为潘岳钟美的不仅是《西征》,而应包括其他辞赋佳作。

《秋兴赋》是潘岳赋中的名篇,写于晋武帝咸宁四年(278)。这一年,潘岳三十二岁。《秋兴赋序》云:"晋十有四年,余春秋三十二。始见二毛,以太尉掾兼虎贲中郎将,寓直于散骑之省。"此时他任太尉掾兼虎贲中郎将,系中级武官。潘岳追逐名利的思想严重,自负其才,自然感到郁郁不得志。他说:"摄官承乏,猥厕朝列。夙兴晏寝,匪遑底宁。譬犹池鱼笼鸟,有江湖山薮之思。于是染翰操纸,慨然有赋。"他想归隐田园,并非厌恶官场的污浊,而是对自己的职位不满。这与陶渊明是很不相同的。赋的正文开始,就引用宋玉《九辩》中的名句:"悲哉秋之为气也,萧瑟兮草木摇落而变衰。憭慄兮若在远行,登山临水送将归。"这为此赋定下了悲秋的基调。所以,他在赋中说:"嗟秋之可哀兮,谅无愁而不尽。"他也想象归隐田园以后的闲适生活:

> 耕东皋之沃壤兮,输黍稷之余税。泉涌湍于石间兮,菊扬芳于崖澨。澡秋水之涓涓兮,玩游鲦之潎潎。逍遥乎山川之阿,放旷乎人间之世。优哉游哉,聊以卒岁。

但是，对于这个"身在江湖，心怀魏阙"的假隐士来说，平静的田园生活并不是他的乐土。这种脱离实际的想象，只是一时的空想，不过，它从另一方面表现了潘岳对现实不满的情绪。

《闲居赋》也是他的名篇。《晋书·潘岳传》全文引用，并指出："（潘岳）既仕宦不达，乃作《闲居赋》。"按潘岳写作此赋已是"知命之年"，他回忆三十年来的官场生涯是："八徙官而一进阶，再免，一除名，一不拜职，迁者三而已矣。"（《闲居赋序》）道路是很不平坦的。而"岳性轻躁，趋世利……其母数诮之曰：'尔当知足，而干没不已乎？'而岳终不能改"（《晋书·潘岳传》）。因此，他充满了"仕宦不达"的苦闷。为了从现实的苦闷中解脱出来，他想"览止足之分，庶浮云之志"（《闲居赋序》），陶醉在悠闲安适的田园生活中。但这只是一时的愿望。由于他具有"干没不已"的思想性格特点，他是不可能永远做到这一点的。但是一时做到，我们也很难排除。元好问《论诗绝句》云："心画心声总失真，文章宁复见为人。高情千古《闲居赋》，争信安仁拜路尘。"这是认为潘岳《闲居赋》中所表现出来的千古高情，与他"谄事贾谧"的行为是完全对立的。议论未免过于绝对化。这是把人的思想性格看作单一的缘故，其实人的思想性格是极其复杂的，绝不是一个单一的尺度所能衡量的。刘勰在《程器》篇中曾论及"文士之疵"，他说："相如窃妻而受金，扬雄嗜酒而少算，敬通之不循廉隅，杜笃之请求无厌，班固谄窦以作威，马融党梁而黩货，文举傲诞以速诛，正平狂憨以致戮，仲宣轻脆以躁竞，孔璋偬恫以粗疏，丁仪贪婪以乞货，路粹铺啜而无耻，潘岳诡祷于愍怀，陆机倾仄于贾郭，傅玄刚隘而詈台，孙楚狠愎而讼府。"这是指出作家们思想品德上的缺点。当然，这只是作家的一个方面。从《文心雕龙》全书看，刘勰评论作家，不仅论述他们文学成就的高低，也论述他们思想品德的优劣。其评论是比较全面的。像潘岳这样的作家,既有较高的文学成就,又有明显的思想品德的缺点,如何评价? 还可以进一步研究。鲁迅先生在论述陶渊明时说:"倘有取舍,即非全人,再加抑扬,更离真实。"(《且介亭杂文二集·题未定草(六)》)这个分析很有道理,对我们是颇有启发的。

潘岳所向往的田园生活是:"筑室种树,逍遥自得。池沼足以渔钓,春税足以代耕。灌园鬻蔬,以供朝夕之膳;牧羊酤酪,以俟伏腊之费。孝乎惟孝,友于兄弟。"(《闲居赋序》)在赋中,他对自己居处的田园景色和家庭生活都有优美、生动的描写,语言整饬,刻画自然,有夺人心魂的艺术魅力。

《怀旧赋》大约作于太康五年(284),这是潘岳为怀念其岳父杨肇而作。潘岳十二岁时,得到杨肇的赏识,后来把女儿嫁给他。对于这个知遇之恩,潘岳是很感激的,因此也写得比较有感情:

> 今九载而一来,空馆阒其无人。陈荄被于堂除,旧圃化而为薪。步庭庑以徘徊,涕泫流而霑巾。宵展转而不寐,骤长叹以达晨。独郁结其谁语,聊缀思于斯文。

人去馆空,庭园荒芜,终宵不寐,泪沾巾袖,确实感人。

《寡妇赋》大约作于咸宁二年(276)。《文选》李善注云:"寡妇者,任子咸之妻也。子咸死,安仁序其寡孤之意,故有赋焉。"这是作赋的缘起。按任护,字子咸,是潘岳的好友。其妻是潘岳妻杨氏之妹,任护"不幸弱冠而终","孤女藐焉始孩",护妻的生计十分艰难、悲苦。潘岳很同情她,因此写了这篇赋,"以叙其孤寡之心焉"(《寡妇赋序》)。赋中写任护死后其妻的悲哀:

> 静阖门以穷居兮,块茕独而靡依。易锦茵以苦席兮,代罗帱以素帷。命阿保而就列兮,览巾箑以舒悲。口呜咽以失声

> 兮,泪横迸而霑衣。愁烦冤其谁告兮,提孤孩于坐侧。时暧暧
> 而向昏兮,日杳杳而西匿。雀群飞而赴楹兮,鸡登栖而敛翼。
> 归空馆而自怜兮,抚衾裯以叹息。思缠绵以瞀乱兮,心摧伤以
> 怆恻。

写其放声痛哭,涕泗滂沱,手携弱子,忧愁无告,并以黄昏的景物加以衬托,读之令人黯然神伤。

以上论述证明,刘勰将潘岳推为"魏晋之赋首"之一,不只是因为他有《西征赋》,同时也是因为他有《秋兴》、《闲居》、《寡妇》等赋。这些赋以语言和畅、辞藻华美、富于情韵的特点,显示了他的创作实绩。潘岳抒情小赋的艺术成就,在有晋一代赋家中是十分突出的。

二

《晋书·潘岳传》说潘岳"尤善为哀诔之文",这是不错的。《全晋文》收潘岳哀辞、诔文近二十篇,为数不少。所以《文心雕龙·才略》篇说他"贾余于哀诔"。

《诔碑》篇论潘岳的诔文说:

> 潘岳构意,专师孝山,巧于序悲,易入新切。所以隔代相望,能征厥声者也。

刘勰认为,潘岳的诔文在构思上专学苏顺。据《后汉书·苏顺传》载,苏顺,字孝山,"所著赋、论、诔、哀辞、杂文凡十六篇"。《全后汉文》收集苏顺诔文三篇,只有《和帝诔》一篇比较完整,其他两篇仅有残句。刘勰对苏顺所作诔文的评论是:"辨洁相参。观其序事如传,辞靡律调,固诔之才也。"(《诔碑》)意思是,苏顺所作的诔文

明白而又简洁,看起来叙事如同史传,文辞美好,音律和谐,确是写诔的能手。潘岳学习苏顺的构思,善于叙述悲哀的事情,很容易表现得清新而贴切。这是他和苏顺隔代相望,而享有美誉的原因。

萧统《文选》选录潘岳诔文四篇,即《杨荆州诔》、《杨仲武诔》、《夏侯常侍诔》和《马汧督诔》。其中以《马汧督诔》最为著名。

《马汧督诔》作于元康七年(297)。《文选》李善注引臧荣绪《晋书》曰:"汧督马敦,立功孤城,为州司所枉,死于囹圄,岳诔之。"这是潘岳作诔的缘故。汧督马敦是一个名不见史传的小人物。在抗击氐人齐万年的争战中,他固守汧城,以少御众,保全了孤城,立下了卓著的功劳,但也招来雍州从事的忌妒,马敦竟因小事而被诬陷投入监狱,愤愤而死。《马汧督诔》的序,重在叙事,如写双方争战激烈,马敦坚守孤城的情况:

> 子以眇尔之身,介乎重围之里;率寡弱之众,据十雉之城。群氐如蝟毛而起,四面雨射城中。城中凿穴而处,负户而汲。木石将尽,樵苏乏竭,皀茭罄绝。于是乎发梁栋而用之,罥以铁锁机关,既纵礧而又升焉。爨陈焦之麦,柿柏楠之松。用能薪皀不匮,人畜取给,青烟傍起,历马长鸣。凶丑骇而疑惧,乃阙地而攻,子命穴浚堑,置壶镭瓶甀以侦之。将穿,响作,内焚穬火熏之,潜氐歼焉。

马敦用各种办法抵抗攻城者,终于保住了城池,击退了敌人,出生入死,可歌可泣。作者以史笔补旧史之阙文。诔文则对马敦作了热情的歌颂。《诔碑》篇云:"诔者,累也。累其德行,旌之不朽也。"可知诔的作用就是列举死者的德行,表彰他,使他不朽。因此,潘岳在诔文中一再以赞颂的语言写马敦:

> 子以眇身,而裁其守。兵无加卫,墉不增筑。

马生爰发，在险弥亮。精冠白日，猛烈秋霜。棱威可厉，懦夫克壮。
　　惟此马生，才博智赡。
　　实赖夫子，思谟弥长。咸使有勇，致命知方。
　　慨慨马生，琅琅高致。

读完《马汧督诔》，我们不能不为马敦的悲壮事迹所感动。所以明人张溥说："予读安仁《马汧督诔》，恻然思古义士，犹班孟坚之传苏子卿也。"（《汉魏六朝百三名家集·潘黄门集题辞》）

　　《夏侯常侍诔》作于元康二年（292），是潘岳为哀悼夏侯湛而作。夏侯湛，字孝若，西晋文学家。他是潘岳的好友。《晋书·夏侯湛传》云："湛幼有盛才，文章宏富，善构新词，而美容观，与潘岳友善，每行止同舆接茵，京都谓之'连璧'。"潘岳在这篇诔中，怀着哀悼挚友的深情，对夏侯湛的德行、功业作了如实的叙述和颂扬。文章从夏侯湛的先祖写起，然后写到夏侯湛："英英夫子，灼灼其俊。飞辩摛藻，华繁玉振。如彼随和，发彩流润；如彼锦缋，列素点绚。"接着写夏侯湛的"承亲"、"友悌"、"事君"及与朋友的交往。最后抒发自己哀痛的感情："望子旧车，览尔遗衣。恼抑失声，迸涕交挥。……适子素馆，抚孤相泣。前思未弭，后感仍集。积悲满怀，逝矣安及。"这篇诔文诚如《文心雕龙·诔碑》篇所说："传体而颂文，荣始而哀终。"即诔文的写作特点是：用传的体制，颂的文辞；开头写荣耀，结尾述哀痛。至于《杨荆州诔》，是哀悼其岳父杨肇的，《杨仲武诔》，是悼念杨肇的孙儿、他的内侄的，都是他所写诔文中较好的作品。《诔碑》篇说："论其人也，暧乎若可觌；道其哀也，凄焉如可伤。"正道出了这些诔文的艺术效果。

　　潘岳的哀辞也是出色的。《文心雕龙·哀吊》篇论他的哀辞说：

> 及潘岳继作,实踵其美。观其虑善辞变,情洞悲苦,叙事如传,结言摹《诗》,促节四言,鲜有缓句;故能义直而文婉,体旧而趣新。《金鹿》、《泽兰》,莫之或继也。

刘勰认为,后来潘岳所作,确实继承了徐幹哀辞的优点。看它构思完善,措辞多变,感情深厚悲苦,叙事如同传记,组织语言,摹仿《诗经》,都是音节短促的四言句,很少有音调舒缓的句子,所以能够做到意义正直而文辞委婉,其体制是旧的,而趋向却是新的。如《金鹿哀辞》、《泽兰哀辞》,是没有人能继续写出这样作品来的。这里对潘岳的哀辞作了很高的评价。现在来看看《金鹿哀辞》:

> 嗟我金鹿,天资特挺。鬒发凝肤,蛾眉蜻领。柔情和泰,朗心聪警。呜呼上天,胡忍我门。良嫔短世,令子夭昏。既披我干,又剪我根。块如槁木,枯荄独存。捐子中野,遵我归路;将反如疑,回首长顾。

这是潘岳为哀悼其幼女的夭折而作。据"良嫔短世,令子夭昏"二句推测,金鹿之死似与其母先后同时。在爱妻病逝之后,幼儿接着夭折,潘岳的心情是十分哀痛的。他将满腔的悲哀和痛苦倾泻在哀辞中,今天读来仍然凄楚动人。特别是"捐子"四句,写父亲对女儿深切真挚的爱,尤其扣人心弦。

《为任子咸妻作孤女泽兰哀辞》,是潘岳为任子咸妻所作的孤女泽兰哀辞。泽兰三岁夭折,子咸早逝,因此任妻是十分悲苦的。哀辞中写道:

> 彼苍者天,哀此矜人,胡宁不惠,忍予眇身。俾尔婴孺,微命弗振,俯览衾襚,仰诉穹旻。弱子在怀,既生不遂,存靡托躬,没无遗类。耳存遗响,目想余颜,寝席伏枕,摧心剖肝。

确实写得很沉痛。

《哀吊》篇说:"原夫哀辞大体,情主于伤痛,而辞穷乎爱惜。"以上两篇哀辞都具有这样的特点,同时也具有"情往会悲,文来引泣"的效果。但说"莫之或继也",未免有些过甚其词了。

此外,潘岳还有一些哀祭之类的文章。如流传颇广的《哀永逝文》,是为哀悼其妻杨氏而作。潘岳的《悼亡赋》说:"伊良嫔之初降,几二纪以迄兹。"可知杨氏与潘岳结婚二十四年方逝世,此时潘岳年逾五十。从此文的内容看,似是潘岳送葬后作。文章以事件为顺序,从送葬写到返回居处,边叙事边抒情,实悲痛欲绝。

> 想孤魂兮眷旧宇,视倏忽兮若仿佛。徒仿佛兮在虑,靡耳目兮一遇。

作者想象到杨氏的魂灵一定会眷念故居,不忍离去,可是只能想象其仿佛,耳朵听不见,眼睛看不到,怎不叫人叹息流泪?

> 谓原隰兮无畔,谓川流兮无岸。望山兮寥廓,临水兮浩汗。视天日兮苍茫,面邑里兮萧散。匪外物兮或改,因欢哀兮情换。

由于自己伤心,感到生活环境和周围的景色都变了。这种"移情作用",表现了潘岳深沉的悲哀。此种文字,以哀情动人,读之令人怆然泪下。

《文心雕龙·祝盟》篇提到潘岳的哀祭之文,尚有《为诸妇祭庾新妇文》。刘勰说:"潘岳之祭庾妇,奠祭之恭哀也。举汇而求,昭然可鉴矣。"刘勰认为,举行祭奠的仪式,要又恭敬又悲哀。潘岳的祭庾妇文便是如此。在这类作品中探求其文体特点,就可以看得很清楚。《为诸妇祭庾新妇文》,见严可均《全晋文》,因文已残缺,我们已无法清楚地看到刘勰所说的文体特点了。

刘勰还指出了潘岳一些哀祭文的特点。《文心雕龙·指瑕》篇说：

> 潘岳为才，善于哀文。然悲内兄，则云感口泽；伤弱子，则云心如疑。礼文在尊极，而施之下流，辞虽足哀，义斯替矣。

这是说，潘岳《悲内兄》一文说"口泽"，《金鹿哀辞》一文说"如疑"，使用这一类词是不恰当的。因为在《礼记》里，这些词皆用于父母，现在用于晚辈，虽然是够悲哀的，但是失去了原义。今天看来，如果说这是缺点的话，也是微不足道的，并不足以影响潘岳的艺术成就。

三

潘岳长于赋诔，所以刘勰说他"钟美于《西征》，贾余于哀诔"。他的诗作不多，据逯钦立《先秦汉魏晋南北朝诗》所收，除残句外，仅有十八首。刘勰《文心雕龙》对潘岳的诗并没有具体的评论，只是在《明诗》篇中提到：

> 晋世群才，稍入轻绮。张、潘、左、陆，比肩诗衢，采缛于正始，力柔于建安，或析文以为妙，或流靡以自妍：此其大略也。

这是刘勰对西晋太康诗歌的总的评论，当然其中也包括潘岳。

潘岳的诗作虽然不多，但也有一些佳篇，例如《悼亡诗》三首。这三首诗都是为悼念他的亡妻而作。

元康八年（298）冬，潘妻杨氏卒于洛阳，潘岳服丧毕，作《悼亡诗》第一首：

> 荏苒冬春谢，寒暑忽流易。之子归穷泉，重壤永幽隔。私

怀谁克从？淹留亦何益？僶俛恭朝命，回心返初役。望庐思其人，入室想所历。帏屏无仿佛，翰墨有余迹。流芳未及歇，遗挂犹在壁。怅恍如或存，周惶忡惊惕。如彼翰林鸟，双栖一朝只。如彼游川鱼，比目中路析。春风缘隙来，晨溜承檐滴。寝息何时忘，沈忧日盈积。庶几有时衰，庄缶犹可击。

这首诗写诗人安葬了亡妻，又服丧完毕，就要离家赴任的心情。"望庐"八句，写他思念亡妻，徘徊空房，追忆往昔，触目惊心的情形，感情真挚，非常感人。"如彼翰林鸟"、"如彼游川鱼"，连用两个比喻，比喻通俗而形象，有力地表现了他的极为沉痛的心情。"春风"二句，从表面看是写景，实则其中含有丰富的感情。正是"枕前泪共阶前雨，隔个窗儿滴到明"也，同时点明此诗写作的季节是春天。

《悼亡诗》第二首作于秋季。诗中写道："清商应秋至，溽暑随节阑。"可证。"悲哉秋之为气也"，萧瑟的秋天最容易引起伤心人的悲哀。这首诗从"皎皎窗中月"写起，写到主人公"凛凛凉风升，始觉夏衾单。岂曰无重纩，谁与同岁寒？岁寒无与同，朗月何胧胧"。以皎洁明朗的秋月与伤心人对照，写出诗人凄凉的心境。当其视线转到枕席上时，只见人去床空，长簟尘满。杨氏没有汉武帝李夫人的灵验，人既死去，欲见不能，诗人抚胸长叹，不觉泪下沾裳。夫妻之情，缠绵悱恻，生死永诀，倍加哀痛。

《悼亡诗》第三首有"谁知已卒岁"的话，当作于冬天。主人公徘徊墓侧，不忍离去，但有公务在身，又不能不登车而去。诗人眷念亡妻之情，并不因时间的流逝而有所淡薄。

潘岳的《悼亡诗》，感情深厚，抒发委婉，是中国古典诗歌中的名篇，受到历代人们的赞誉。

潘岳悼念亡妻杨氏的作品，除了《悼亡诗》和前面提到的《哀永逝文》之外，还有《悼亡赋》。《悼亡赋》抒写"物未改兮人已化"的悲哀，可以与《悼亡诗》并读，以进一步了解潘岳夫妇之间的真挚感情。张溥说："及《悼亡》诗赋、《哀永逝文》，则又伤其闺房辛苦，有古《落叶哀蝉》之叹。"充分肯定了这些悼亡诗文的艺术感染力。又有《杨氏七哀诗》一首，抒发诗人思念其亡妻杨氏的诚挚感情："漼如叶落树，邈若雨绝天。雨绝有归云，叶落何时连？"表现出生离死别的痛苦。杨氏去世以后，他的家是"堂虚"、"室暗"，他自己是"昼愁"、"夜思"。他想到人生的无常，情不自禁地发出了"人居天地间，飘若远行客。先后讵能几，谁能弊金石"的悲叹。

至于《内顾诗》二首，陆侃如认为是太康七年（286）潘岳出任怀县令时所作（《中古文学系年》下册715页）。这是潘岳在怀县思念家中妻子的诗。第一首诗中说："夜愁极清晨，朝悲终日夕。""引领讯归期，沉思不可释。"主要抒写思念妻子的愁苦。第二首诗中除了抒发思念之情外，还以山上松、涧边柏隆冬不凋谢勉励妻子，希望她"无谓希见疏，在远分弥固"，虽然相见稀少，但愿夫妻之情弥加坚固。

思念和哀悼亡妻杨氏，是潘岳诗歌的主要内容。从这些作品看，潘岳虽然热衷于功名利禄，但是对妻子的爱情还是真挚深厚的。这些作品写得凄恻感人，后来的悼亡诗莫不受其影响。

潘岳的纪述行旅的诗篇，如《河阳县作》二首、《在怀县作》二首，也都有一些值得注意的地方。

《河阳县作》二首，作于潘岳出任河阳县令时，因此诗中有"虽无君人德，视民庶不佻"、"岂敢陋微官，但恐忝所荷"之类的话。又据《晋书·潘岳传》载："（潘岳）出为河阳令，负其才而郁郁不得志。"所以诗中又有"人生天地间，百年孰能要。颎如槁石火，瞥若截道飙"一类感伤诗句。但是，引起我们注意的倒不是这些，而是

一些写景的诗句。如:

> 长啸归东山,拥耒榯时苗。幽谷茂纤葛,峻岩敷荣条。落英陨林趾,飞茎秀陵乔。(其一)
>
> 川气冒山岭,惊湍激岩阿。归雁映兰畤,游鱼动圆波。鸣蝉厉寒音,时菊耀秋华。(其二)

前一段写诗人归隐东山的自然环境,寥寥数语,就写出山居的静谧和幽美。后一段写诗人登城眺望洪河,只见水气冒岑,惊涛拍岩,水上有归雁,水中有游鱼,水边有断断续续鸣叫的寒蝉和盛开的秋菊。诗人笔下的景物并不罕见,却构成一幅美丽的山水画,于此可见其娴熟的艺术技巧。

《在怀县作》二首,诗中有"自我违京辇,四载迄于斯"的句子,当作于太康七年(286),即潘岳离京后的第四年。诗中又说:"我来冰未泮,时暑忽隆炽。"时间是在炎热的夏天。诗中写盛夏苦热,诗人登城临池纳凉,只见"灵圃耀华果,通衢列高椅。瓜瓞蔓长苞,姜芋纷广畦。稻栽肃芊芊,黍苗何离离"。这里写景虽用对句,但是写夏日的道路、田野,亦颇真实自然。诗人出任地方官实非其所愿,不免流露出牢骚和不平之感:"器非廊庙姿,屡出固其宜。"因此,常有怀归之志:"信美非吾土,只搅怀归志。"可是,朝廷差遣,身不由己,不得不"只奉社稷守,恪居处职司"。这类作品的内容比较一般,然而其中对自然景色的描写,尚有可取之处。

《金谷集作诗》一首,《文选》归入"祖饯"类,是写宴饮的诗篇。元康六年(296),石崇"出为征虏将军,假节、监徐州诸军事,镇下邳",离家前在其别馆金谷园举行盛大宴会,赴宴者大多有诗作。潘岳应邀参加了这次宴会,并写了这首诗。金谷园是一个风景美丽的地方,石崇曾经这样描绘这所别馆:"却阻长堤,前临清渠。百木几于万株,流水周于舍下。有观阁池沼,多养鱼鸟……"在这里举办宴会,展现在我们面前的自然是一幅欢宴行乐的情景。但是,这首诗值得我们注意的并不是那些花天酒地生活的勾画,而是它对自然景色的描写:

> 回谿萦曲阻,峻阪路威夷。绿池泛淡淡,青柳何依依。滥泉龙鳞澜,激波连珠挥。前庭树沙棠,后园植乌椑。灵囿繁若榴,茂林列芳梨。

写园中的山水树木,虽铺排辞藻,刻意雕琢,但看来似随意拈来,不费力气。诗人笔下清幽的景色,使人感到历历在目。潘岳对自然山水的描绘,对后世山水诗的兴起和发展有一定的影响。

潘岳还有一些赠答诗,如《为贾谧作赠陆机》等诗,虽然写得典雅润泽,也被选入《文选》,但只是一般的应酬之作,这里就不多说了。

最后要提到的是《关中诗》。这首诗共十六章,作于元康九年(299)。这一年正月,氐帅齐万年被擒,当时潘岳任黄门侍郎,奉诏作这首诗。西晋初年以来,西北地区不时发生战乱。据《晋书·惠帝纪》载:

> (永平)四年,夏五月……匈奴郝散反,攻上党,杀长吏。秋八月,郝散率众降,冯翊都尉杀之。……六年……五月……匈奴郝散弟度元帅冯翊、北地马兰羌、卢水胡反,攻北地,太守张损死之。冯翊太守欧阳建与度元战,建败绩。征征西大将军、赵王伦为车骑将军,以太子太保、梁王肜为征西大将军,都督雍梁二州诸军事,镇关中。秋八月,雍州刺史解系又为度元所破。秦雍氐、羌悉叛,推氐帅齐万年僭号称帝,围泾阳。……十一月丙子,遣安西将军夏侯骏、建威将军周处等讨

万年。……七年春正月癸丑,周处及齐万年战于六陌,王师败绩,处死之。……九年春正月,左积弩将军孟观伐氐,战于中亭,大破之,获齐万年。

《关中诗》所反映的正是这一段史实。由于此诗是潘岳奉诏而作,所以将产生战乱的原因归诸西北少数民族,实际上是与西晋王朝所实行的残暴的压迫和剥削政策有关。傅畅说,赵王司马伦都督雍梁晋诸军事时,"诛羌大酋数十人,胡遂反"(《晋诸公赞》),就部分地揭出了事情的真相。

《关中诗》记述了关中战乱及西晋将士平定战乱的经过,有本有末。诗中赞颂周处说:"周殉师令,身膏氐斧。人之云亡,贞节克举。"周处是一个刚直忠勇的将军,他任御史中丞时,因执法不避权贵,曾得罪过梁王司马肜。这时作为统帅的司马肜乘机报复,命他以五千兵力迎战齐万年七万人马,终于战死在沙场上。"卢播违命,投畀朔土",则揭露了武将卢播欺诈冒功被免为庶人的事。

连年争战,给广大的西北人民带来了痛苦和灾难:"哀此黎元,无罪无辜。肝脑涂地,白骨交衢。夫行妻寡,父出子孤。俾我晋民,化为狄俘。"无辜的人民,死去的白骨蔽野,活着的妻寡子孤。面对着悲惨的现实,诗人不禁流露出自己的哀怜和同情:"徒愍斯民,我心伤悲。"

诗末赞美西晋统治者关心人民病苦,说什么"明明天子,视民如伤。……惴惴寡弱,如熙春阳",很自然地表现出诗人的用意和立场。

这首诗与《马汧督诔》并读,可以使我们了解关中战乱的全过程和一些英雄人物如周处、马敦的壮烈事迹,可以补正史之不足。

从以上论述的诗歌中,我们可以看出潘岳诗歌清绮的文辞、繁富的采藻、凄婉的感情和柔弱的基调。潘岳独有的艺术特色,使他与太康诸著名诗人并肩诗坛而毫无愧色,无怪乎钟嵘《诗品》将他列为上品。这一看法,虽然后来有许多异议,但是与刘勰的看法基本上是一致的。

刘勰关于潘岳的论述,主要内容上面已经谈到。至于《谐隐》篇提到"潘岳《丑妇》之属",因作品亡佚,无从评论。《比兴》篇论及"安仁《萤赋》云'流金在沙'",只是指出潘岳所用比的手法,无需辞费。最后,我们拟就刘勰的论述,对潘岳的思想性格和作品的文学风格略加分析。

《文心雕龙·体性》篇说:"安仁轻敏,故锋发而韵流。"这是刘勰在分析作家性格与作品风格的关系时论及潘岳的。刘勰认为,潘岳的性格轻佻而敏慧,所以他的作品才华外露,音调圆转。《声律》篇说潘岳的作品"吹籥之调也",这是说明他的作品和谐协调。《才略》篇说:"潘岳敏给,辞自和畅。"这是认为潘岳才思敏捷,文辞和顺畅达。《明诗》篇将太康诗歌的艺术特色概括为"轻绮",这是时代风格,当然也包括潘岳等人诗歌的风格。但是,各个诗人的作品风格皆因人而异,所谓"各师成心,其异如面"。例如,陆机诗歌的风格,臧荣绪《晋书》评为"绮练"(《文选·文赋》李善注引);潘岳诗歌的风格,《世说新语·文学》篇刘孝标注引《晋阳秋》和《续文章志》评为"清绮",都是他们不同的风格特征。这些风格特征与"轻绮"相比,有相同的一面,也有不同的一面。相同的一面是指时代风格,不同的一面就是诗人自己的独特风格。兰恩·库柏说:"个人风格是当我们从作家身上剥去所有那些不属于他本人的东西,所有那些为他和别人所共有的东西之后所获得的剩余或内核。"(歌德等著《文学风格论》,上海译文出版社1982年版28页)潘岳身上的"剩余或内核",即个人风格,是与众不同的,这正如潘岳与别人不同一样。布封说:"风格即人。"确实如此。

刘勰认为潘岳的性格特点是"轻敏",这在《晋书·潘岳传》中可以得到证明:"岳少以才颖见称乡邑,号为奇童。""岳性轻躁,趋世利。与石崇等谄事贾谧,每候其出,与崇辄望尘而拜。"可见刘勰对潘岳性格的评定是有根据的。但是,正如我们前面已经论及的,人的性格不是单一的,而是极端错综复杂的。勇敢的人有时也会表现为怯弱,温和的人难免也发脾气。潘岳的性格诚然有"轻敏"的一面,然而在《马汧督诔》中表现出的义愤和感慨,在《闲居赋》中表现出的向往清静闲适的高雅情怀,这又是另一面。我们并不能说,前者是真实的,后者是虚假的,只有将这些特点统一在潘岳身上,才是潘岳所独有的思想性格。

由于潘岳的轻佻敏慧,好趋世利,所以他有可能"诡祷于愍怀"(《程器》),即阴谋暗害愍怀太子。《晋书·愍怀太子传》云:

> 贾后将废太子,诈称上不和,呼太子入朝。既至,后不见,置于别室,遣婢陈舞赐以酒枣,逼饮醉之。使黄门侍郎潘岳作书草,若祷神之文,有如太子素意,因醉而书之,令小婢承福以纸笔及书草使太子书之。文曰:"陛下宜自了;不自了,吾当入了之。中宫又宜速自了;不了,吾当手了之。并谢妃共要刻期而两发,勿疑犹豫,致后患。茹毛饮血于三辰之下,皇天许当扫除患害,立道文为王,蒋为内主。愿成,当三牲祀北君,大赦天下。要疏如律令。"太子醉迷不觉,遂依而写之……

这种事,对于一个利禄熏心的人来说,是有可能干得出来的。有的论者为潘岳辩护,否定这件事,我们认为是不必要的。

刘勰认为,正是因为潘岳具有"轻敏"的性格特点,所以他的作品有才华外露、文辞和畅、音调圆转的艺术特色。这一看法,当然是有道理的。关于作家性格对作品风格的影响,刘勰在《体性》

篇中论述甚详(参阅本书《刘勰的风格论刍议》)。但是,我们应该指出,一个作家风格的形成是有着多方面原因的,仅仅归之于作家的性格未免片面。

总的看来,刘勰对潘岳的辞赋、哀诔、诗歌等,都有精湛的见解。在辞赋创作上,刘勰将他列为"魏晋之赋首"之一;在哀诔创作上,刘勰指出他"巧于序悲"、"善为哀文";在诗歌创作上,刘勰将他与三张、二陆、一左等人并列。这些都是有价值的见解,足资参考。

刘勰关于潘岳的论述,虽然比较零碎分散。但是,论述还是比较全面的,而且言简意赅,语语中的。今天,我们对这些论述进行系统的研究,总结其文学理论批评的经验,对于深入研究魏晋南北朝文学,开展正确的文学批评,不是没有启发的。

1986 年 2 月

才深辞隐　思巧文繁
——刘勰论陆机

陆机是西晋重要的作家,也是杰出的文学理论家。当时对他的评价很高,如《世说新语·文学》注引《文章传》说:"(陆)机善属文,司空张华见其文章,篇篇称善。"他的弟弟陆云在给他的信中说:"君苗见兄文,辄欲烧其笔砚。"葛洪曾说:"机文犹玄圃之积玉,无非夜光焉,五河之吐流,泉源如一焉。其弘丽妍赡,英锐漂逸,亦一代之绝乎!"(《晋书·陆机传》)都是一片颂扬的话。后来,齐梁时的沈约说:"降及元康,潘、陆特秀。"(《宋书·谢灵运传论》)钟嵘说:"陆机为太康之英。"(《诗品·序》)也是称赞不绝。在这一连串的赞扬声中,刘勰在《文心雕龙》中对陆机进行了冷静客观的分析,一方面充分肯定他在文学创作和理论上的成就,一方面又指出了他的缺点,作出比较实事求是的评价。

一

陆机在古代文学理论上是有杰出贡献的。他的《文赋》是中国文学批评史上"第一篇完整而系统的文学理论作品"(郭绍虞主编《中国历代文论选》)。刘勰对《文赋》很重视,《文心雕龙》主要有两次谈到它。《总术》篇说:

> 昔陆氏《文赋》,号为曲尽,然泛论纤悉,而实体未该。

《序志》篇评论魏晋以来文学批评理论时,又说:

> 魏文述《典》,陈思序《书》,应玚"文论",陆机《文赋》,仲洽《流别》,宏范《翰林》,各照隅隙,鲜观衢路……魏《典》密而不周,陈《书》辩而无当,应《论》华而疏略,陆《赋》巧而碎乱,《流别》精而少巧,《翰林》浅而寡要……

这里明确地指出了《文赋》的优点和缺点。《文赋》的优点是"曲尽"和"巧",即详尽与巧妙。缺点归纳起来有三条:一是"泛论纤悉"、"碎乱",即所论琐碎、杂乱。二是"实体未该"。关于"实体",研究者有不同的看法,有的认为指文体,有的认为指根本性问题、实质问题,或主体、要点。我们认为后者的理解是对的,即《文赋》论述根本性问题不完备。三是"各照隅隙,鲜观衢路"。这是说,这些论文和著作,只注意到作家作品的某些方面,很少从大处着眼。他还说:

> 并未能振叶以寻根,观澜而索源。不述先哲之诰,无益后生之虑。

这里,"叶"、"澜"比喻作品的文辞;"根"、"源"比喻作品的思想,即儒家学说;"先哲之诰"指儒家经书。刘勰认为,《文赋》等文学批评理论著作和论文,都未能寻究儒家学说,不能依据经书立论,所以对后人是没有什么益处的。如果我们把"实体"、"衢路"、"根"、"源"联系起来看,刘勰指出了《文赋》等文论思想方面的不足,也表现出他自己的局限性。

刘勰对《文赋》的评论,既谈到优点,又指出缺点,看起来似乎比较全面了。其实不然,这只是刘勰对《文赋》的直接评价。另外,从《文心雕龙》和《文赋》的继承关系上,还可以看出刘勰对《文赋》的间接评价。我们认为这方面的评价更重要,因为这是用事实来说明问题的。

《文心雕龙》和《文赋》的关系十分密切,特别是《文心雕龙》创作论部分明显受到《文赋》的影响,主要表现在以下几个方面。

(一)论创作构思。陆机《文赋》说:

> 其始也,皆收视反听,耽思旁讯。精骛八极,心游万仞。其致也,情瞳昽而弥鲜,物昭晰而互进;倾群言之沥液,漱六艺之芳润;浮天渊以安流,濯下泉而潜浸。于是沈辞怫悦,若游鱼衔钩而出重渊之深;浮藻联翩,若翰鸟缨缴而坠曾云之峻。收百世之阙文,采千载之遗韵;谢朝华于已披,启夕秀于未振;观古今于须臾,抚四海于一瞬。

这里论述艺术构思的全部过程。先是集中思想,专心致志,展开想象的翅膀在四面八方、天上地下自由地飞翔,然后描绘情、物、言三者在想象中的活动,最后写成文章。如此细致地论述艺术构思,在中国文学批评史上是第一次,我们不能不承认这是一个卓越的贡献。刘勰的《文心雕龙·神思》篇,在陆机论述的基础上,对艺术构思问题进行了更为全面深刻的论述。他说:

> 文之思也,其神远矣。故寂然凝虑,思接千载;悄焉动容,视通万里。吟咏之间,吐纳珠玉之声;眉睫之前,卷舒风云之色:其思理之致乎?……夫神思方运,万涂竞萌,规矩虚位,刻镂无形;登山则情满于山,观海则意溢于海,我才之多少,将与风云而并驱矣。

这是描述想象活动的情景。不仅如此,刘勰还深刻指出:"思理为妙,神与物游。"这里道出了艺术构思的一个极为重要的特征,与今天所说的形象思维颇为相近。对这种思维形式,《物色》篇说得更为具体:

> 是以诗人感物,联类不穷。流连万象之际,沉吟视听之区。写气图貌,既随物以宛转;属采附声,亦与心而徘徊。

这几句话,可以看作是刘勰对"神与物游"的诠释。一千四百多年前的刘勰,虽然没有提出"形象思维"这一文艺学术语,但是他在探索构思过程中,已经发现"神与物游"这种思维形式,确实弥足珍贵。刘勰论述艺术构思,强调"虚静",并且认为进行艺术构思必须具备四个条件:(1)"积学以储宝",即积蓄学识以储存珍宝。(2)"酌理以富才",即明辨事理以丰富才能。(3)"研阅以穷照",即研究阅历以进行彻底的观察。(4)"驯致以怿辞",顺着文思引出文辞。这些地方较之《文赋》,显然是前进了一大步。

(二)论文字表达。陆机在《文赋》中慨叹道:"恒患意不称物,文不逮意。"这是写出自己在创作过程中的深切感受。而刘勰在《神思》篇中说:

> 方其搦翰,气倍辞前,暨乎成篇,半折心始。何则?意翻空而易奇,言征实而难巧也。

这里不仅写出了感受,而且分析了原因,更进了一层。

(三)论文学作品的内容和形式。《文赋》说:"理扶质以立干,文垂条而结繁。""辞程才以效伎,意司契而为匠。"陆机对文学作品内容和形式关系的理解无疑是正确的,只是所论过简。《文心雕龙·情采》篇是专论文学作品内容和形式的论文。这篇论文以具体事物为例,生动地说明文学作品内容和形式的关系是"文附质"、"质待文",即文学作品的形式依附内容,而内容需要形式。刘勰指出:

> 故情者文之经,辞者理之纬,经正而后纬成,理定而后辞畅;此立文之本源也。

这些意见都是很精辟的。在这个基础上针对当时浮靡文风盛行的情况,他提出要"为情而造文",反对"为文而造情"。这在当时是具有积极意义的。

(四)论文学风格。陆机在曹丕《典论·论文》的基础上有所发展。他说:

> 夸目者尚奢,惬心者贵当,言穷者无隘,论达者惟旷。

这是讲作家的个性和风格的关系。至于"诗缘情而绮靡,赋体物而浏亮,碑披文以相质,诔缠绵而凄怆,铭博约而温润,箴顿挫而清壮,颂优游以彬蔚,论精微而朗畅,奏平彻以闲雅,说炜晔而谲诳",是讲各种文体具有的风格特征。刘勰的风格论十分丰富。在《文心雕龙》中,《体性》篇是论述文学风格和作家个性关系的。刘勰认为,作家的文学风格是"各师其心,其异如面"。他把风格分为典雅、远奥、精约、显附、繁缛、壮丽、新奇、轻靡八体,"吐纳英华,莫非性情"。他列举了一些作家个性和文学风格特点,借以说明作家的文学风格是由他的个性决定的,所论比较详细。关于文体风格,在《文心雕龙》文体论二十篇中都有论述。在《定势》篇中,他总结道:

> 章表奏议,则准的乎典雅;赋颂歌诗,则羽仪乎清丽;符檄书移,则楷式于明断;史论序注,则师范于核要;箴铭碑诔,则体制于弘深;连珠七辞,则从事于巧艳:此循体而成势,随变而立功者也。

刘勰还论述了文学风格与时代的关系,特别值得注意的是他对"风骨"的论述。他的所谓"风骨",实质上是他倡导的一种风格(参看本书《刘勰的风格论刍议》)。

(五)论作家对文学遗产的继承和创新。《文赋》说:

> 收百世之阙文,采千载之遗韵;谢朝华于已披,启夕秀于未振。

《文心雕龙·通变》篇是专门论述文学的继承和创新问题的。文章在最后"赞曰"中指出:

> 文律运周,日新其业。变则其久,通则不乏。

意思是,文学事业不断发展,每天都有新的创造。凡善于创新者则能持久,善于继承者则不贫乏。"望今制奇,参古定法。"他要求作家依据当时的需要创作优秀作品,参考古代作品制定创作法则。这些意见,对于我们研究文学遗产的继承问题都是可以参考的。

《文赋》还论及文学和现实的关系问题。他说:

> 遵四时以叹逝,瞻万物而思纷;悲落叶于劲秋,喜柔条于芳春。

这里论述的只是文学与自然的关系。《文心雕龙·物色》篇专论文学与自然的关系。文章一开始就说:

> 春秋代序,阴阳惨舒,物色之动,心亦摇焉……若夫珪璋挺其惠心,英华秀其清气,物色相召,人谁获安?是以献岁发春,悦豫之情畅;滔滔孟夏,郁陶之心凝;天高气清,阴沉之志远;霰雪无垠,矜肃之虑深。岁有其物,物有其容;情以物迁,辞以情发。

这是论述人的感情随着自然景色而变化,文辞由于感情的抒发而产生,所论显然较陆机细致、深入。但是,它们之间的关系还是可以看出来的。对文学和时代的关系,《文心雕龙·时序》篇有系统的论证。刘勰一再指出"时运交移,质文代变","歌谣文理,与世推移","文变染乎世情,兴废系乎时序",有力地阐明了文学的变化与时代的密切关系。这是陆机所未论及的,也是刘勰比陆机高明的地方。

以上例证说明,刘勰的创作论是在陆机《文赋》的基础上发展起来的。所以章学诚说:"刘勰氏出,本陆机说而倡论文心。"(《文史通义·文德》)从这方面也可以看出刘勰对陆机《文赋》的重视。

二

陆机诗歌的成就是比较高的。钟嵘在《诗品·序》中,把曹植、谢灵运和他都称为"五言之冠冕,文词之命世"。在《诗品》中又把他列为"上品",指出:

> 其源出于陈思。才高词赡,举体华美。气少于公幹,文劣于仲宣。尚规矩,不贵绮错,有伤直致之奇。然其咀嚼英华,厌饫膏泽,文章之渊泉也。张公叹其大才,信矣!

可见陆机是当时诗坛上颇有地位的诗人。刘勰的《文心雕龙》对他的诗歌论述很少,且颇有微辞。《明诗》篇说:

> 晋世群才,稍入轻绮。张、潘、左、陆,比肩诗衢,采缛于正始,力柔于建安,或析文以为妙,或流靡以自妍:此其大略也。

这是说,西晋许多诗人的作品有些轻浮绮丽,当时的重要诗人如三张(张载与弟张协、张亢)、二陆(陆机、陆云兄弟)、两潘(潘岳及其侄潘尼)、一左(左思)都并驾齐驱在诗坛上,他们的诗歌,文采比正始诗歌繁富,感染力比建安诗歌柔弱,有的雕琢字句以为精妙,有的讲究音节以为美好。这里论述的是西晋诗歌的概况,其中提到陆机。刘勰认为"轻绮"是西晋诗歌创作的基本倾向,这样,作为西晋代表诗人的陆机、潘岳,应是这种倾向的代表。潘岳这里暂且不谈。至于陆机,说他的诗"轻绮",显然包含了不满的意思。我们仔细玩味陆机的诗作,觉得其诗"举体华美","翩翩藻秀"(王世贞《艺苑卮言》卷三),所以"绮"则有之;而其诗文辞深隐,谓"轻"则似乎未必。这可能是刘勰总论西晋文学,统而言之,所论不可能完全符合每个诗人的情况。臧荣绪《晋书》以"绮练"评陆机的诗,较为贴切,刘师培认为"所论至精"是有道理的。

太康诗风与建安、正始诗风不同,这是刘勰、钟嵘等人早已指出的。宋人严羽将魏晋南朝诗歌分为"建安体"、"正始体"、"太康体"等,可见这是许多文学批评家的共同认识。陆机作为太康诗人的代表,他的诗风和建安、正始诗人的诗风当然不同。例如,陆机曾写过一首《短歌行》:

> 置酒高堂,悲歌临觞。人寿几何?逝如朝霜。时无重至,华不再扬。蘋以春晖,兰以秋芳。来日苦短,去日苦长。今我不乐,蟋蟀在房。乐以会兴,悲以别章。岂曰无感?忧为子忘。我酒既旨,我肴既臧。短歌有咏,长乐无荒。

这首诗和建安诗人曹操的《短歌行》一样,都是及时行乐的意思,在形式上也并无雕琢现象。但是两首诗却有大不一样的地方,那就是曹诗的"雄气逸响",在陆诗中已"杳不可寻"(沈德潜《古诗源》卷七)了。这大概就是刘勰所说的"力柔于建安"吧。陆机另有《赠弟士龙》一首,诗云:

> 行矣怨路长,怒焉伤别促。指途悲有余,临觞欢不足。我若西流水,子为东峙岳。慷慨逝言感,徘徊居情育。安得携手俱,契阔成騑服。

正始诗人嵇康有《兄秀才公穆入军赠诗十九首》,其十五云:

> 息徒兰圃，秣马华山。流磻平皋，垂纶长川。目送归鸿，手挥五弦。俯仰自得，心游太玄。嘉彼钓叟，得鱼忘筌。郢人逝矣，谁可尽言。

两首诗同是赠兄弟之作，嵇诗赠兄，陆诗赠弟，但二诗情趣风格迥异。就语言形式而言，嵇诗虽然语言优美，但都是"会心语"（于光华《文选评》，戴明扬《嵇康集校注》卷一引）；陆诗除最后两句之外，全部对仗，矫揉造作，一看便知。这也许就是刘勰所说的"采缛于正始"吧。陆机说："诗缘情而绮靡。""绮"指词藻之美；"靡"指韵律之美。追求诗歌语言的"绮靡"，是西晋太康诗歌的一个重要特点。刘勰说："或析文以为妙，或流靡以自妍。"也是说太康诗歌讲究词藻之美和韵律之美，与陆机所论相同。不同的是，刘勰对此颇为不满。这种不满是对当时诗坛的不良倾向有感而发的，他的心情完全可以理解。如果我们科学地加以分析，就会发现，"绮靡"的诗风固然表现出一定的形式主义倾向，但是，讲究词藻和韵律之美，对诗歌的发展也起了积极的作用。

《文心雕龙·时序》篇论西晋文学说：

> 茂先摇笔而散珠，太冲动墨而横锦，岳、湛曜联璧之华，机、云标二俊之采，应、傅、三张之徒，孙、挚、成公之属，并结藻清英，流韵绮靡。

这里与《明诗》篇所论不同。《明诗》篇主要论述西晋文学的基本倾向，是总论一代文学的。这里是分论西晋作家，肯定他们的文学成就，慨叹"运涉季世，人未尽才"。二者相比，似各有侧重。乍看起来，《明诗》篇批评多一些，这里肯定多一些，似乎有些矛盾。其实不然。只有将这两篇文章合起来看，才能全面地了解刘勰对西晋文学的看法。

《文心雕龙·乐府》篇说：

> 子建、士衡，咸有佳篇，并无诏伶人，故事谢丝管，俗称乖调，盖未思也。

这是说，陆机的乐府诗有好作品，但是都不入乐，一般人说它不合曲调，大概是未经思考的缘故吧。刘勰对陆机的乐府诗是基本肯定的，并对一般人的误会予以辩解。陆机的乐府诗今存四十八首，有许多平庸之作，如《短歌行》、《苦寒行》、《燕歌行》等，模仿汉魏乐府，多就前人原意敷衍成篇，文学价值较低。但是也有"佳篇"，如《猛虎行》，抒写诗人功业未建，壮志难酬的感慨。诗的开头写道："渴不饮盗泉水，热不息恶木阴。"这两句虽是模仿汉乐府"饥不从猛虎食，暮不从野雀栖"，然而"最见奇峭"（沈德潜《古诗源》卷七）。又如《饮马长城窟行》，写将士远征阴山，历尽艰辛，表现了"猃狁亮未夷，征人岂徒旋"的英雄气概。再如《门有车马客行》，通过思乡之情，表现亡国之痛。这些诗都有一定的社会内容。

善于模拟是陆机诗歌创作的一个重要特点，如《拟古》十二首，钟嵘把它们与曹植的《赠白马王彪》、王粲的《七哀》、阮籍的《咏怀》等名作并提，认为都是"五言之警策"（《诗品·序》）。现在的研究者对这些拟古之作，一般都持否定态度，认为"他的《拟古》十二篇等多数是因袭原作的意思，不过更换一些词句"（中国社会科学院文学研究所《中国文学史》第一册216页），这种看法是不够全面的。这些《拟古》诗确实多数是因袭原作、变换词句的，但是也有一些较好的作品。如《拟明月何皎皎》这首诗，其"清和平远"（《古诗源》卷四），自不如原作，而"照之有余辉，揽之不盈手"这样的警句，不是原作所能有的。

中国古代诗人喜爱月亮，他们善于描写月光。《诗经·陈风·

月出》云:"月出皎兮。"写月色的洁白光明。《古诗十九首》云:"明月皎夜光。""明月何皎皎。"均从《诗经》化出。曹植《七哀》诗云:"明月照高楼,流光正徘徊。"写皎月流辉,文外傍情,更进一层。至于陆机的写月名句,从感觉出发描绘看得见、抓不着的月光,尤为传神。诗人用月光比喻思妇所怀念的远方未归的丈夫,这个丈夫空有其名而不能相见。想象丰富,形象生动,艺术成就超过前人。刘勰没有论及这些拟古诗,特别是没有论及一些艺术上有创新的篇什,不能不说是一个疏忽。

刘勰论述陆机诗歌的创作成就,只是在《明诗》、《时序》两篇中论西晋诗歌时提到,语焉不详,而论述陆机诗歌的缺点却很具体。《事类》篇说:

> 陆机《园葵》诗云:"庇足同一智,生理合(各)异(万)端。"夫葵能卫足,事讯鲍庄,葛藟庇根,辞自乐豫;若譬葛为葵,则引事为谬;若谓庇胜卫,则改事失真:斯又不精之患。

这是说,陆机《园葵》诗中"庇足"二句用典有错。"葵能卫足",原是孔子嘲讽鲍牵用的比喻;"葛藟庇根",原是乐豫劝说宋昭公用的比喻。这是两件事。如果把比葛换作比葵,典故就弄错了;如果认为"庇"字胜过"卫"字,这样改变事实就失真了。刘勰认为:"引事乖谬,虽千载而为瑕。"但是,这样的小毛病,在今天看起来实在无伤大雅。

陆机是西晋最重要的诗人之一。萧统《文选》选录他的诗歌达五十二首之多,可见对他是很看重的。刘勰对陆机诗歌的论述极少,这种态度也寄寓了刘勰对陆机诗歌的评价。

三

汉代以后,魏晋作赋的风气仍然盛行。《文心雕龙·诠赋》篇说:

> 及仲宣靡密,发端必遒;伟长博通,时逢壮采;太冲、安仁,策勋于鸿规;士衡、子安,底绩于流制;景纯绮巧,缛理有余;彦伯梗概,情韵不匮:亦魏晋之赋首也。

这里举出"魏晋之赋首"八人,其中魏代二人,晋代六人。晋代赋家,虽有左思《三都赋》使洛阳为之纸贵,但是仍应以潘岳、陆机为代表。刘勰论陆机赋作只有一句话:"底(柢)绩于流制。"意思是,陆机的赋在论文章的流品制作方面做出了成绩。如果这样理解不错的话,这里显然是指《文赋》。关于《文赋》的卓越成就和历史贡献,在前文已有论述,这里不再重复。刘勰对陆机的论述,只是论及某个方面,未能作出总的评价。陆机赋今存二十五篇。《文选》所选除《文赋》外,尚有《叹逝赋》,此赋哀叹逝者,情调感伤。又有《豪士赋并序》,《晋书·陆机传》云:"冏既矜功自伐,受爵不让,机恶之,作《豪士赋》以刺焉。"可见是讽刺齐王司马冏的。序甚出色,而赋实平庸。《文选》录序而弃赋,是颇有眼光的。刘勰重视《文赋》,与萧统的看法是一致的。

陆机的骈文成就颇高,刘勰多有论及。如《哀吊》篇说:

> 陆机之吊魏武,序巧而文繁。

这是说,陆机的《吊魏武帝文并序》,序文巧妙,吊词繁芜。此篇序文叙述晋惠帝元康八年(298),陆机任著作郎,在宫中藏书秘阁见到魏武帝曹操的遗令,对曹操这样的"一世之雄","夫以回天倒日之力,而不能振形骸之内,济世夷难之智,而受困魏阙之下。已而格乎上下者,藏于区区之木,光于四表者,翳乎蕞尔之土。雄心摧于弱情,壮图终于哀志,长算屈于短日,远迹顿于促路",不禁感慨叹息,写了这篇吊文。序文以客主问答的形式,边转述遗令内容,边抒发感情,表现确实比较巧妙。吊词内容与序文大致相同,而表现各有侧重。吊词从魏武创业写起。想当年,曹操"摧群雄而电击,举劲敌其如遗。指八级以远略,必剪焉而后绥。厘三才之阙典,启天地之禁闱。举修纲之绝纪,纽大音之解徽。扫云物以贞观,要万途而来归。丕大德以宏覆,援日月而齐辉。济元功于九有,固举世之所推"。继而写曹操归自关中,病死洛阳。最后写他临终之前,"执姬女以嚬瘁,指季豹而漼焉。气冲襟以呜咽,涕垂睫而汍澜","纡广念于履组,尘清虑于余香"。前后对照起来,使人感到曹操这样一个不可一世的英雄,在临终之前,对人生竟如此之留恋。诚如黄侃所说:"此文消辱魏武亦云酷矣,特托之伤怀耳。"(骆鸿凯《文选学·文选专家文举例》引)吊词不长,颇为凄婉动人,而文辞深隐,不免繁芜,这是刘勰已经指出的。

《颂赞》篇说:

> 陆机积篇,惟《功臣》最显。其褒贬杂居,固末代之讹体也。

《功臣》,即陆机的《汉高祖功臣颂》。刘勰认为,陆机的许多作品,以《汉高祖功臣颂》最为有名,其中有褒有贬,这是当时的变体。《汉高祖功臣颂》歌颂功臣三十一人,他们都是"与定天下安社稷者也"。如歌颂张良云:

> 文成作师,通幽洞冥。永言配命,因心则灵。穷神观化,望影揣情。鬼无隐谋,物无遁形。武关是辟,鸿门是宁。随难

荥阳,即谋下邑。销印甚废,推齐劝立。运筹固陵,定策东袭。三王从风,五侯允集。霸楚实丧,皇汉凯入。怡颜高览,弭翼凤戢。托迹黄老,辞世却粒。

先介绍张良敏锐的洞察力和料事如神的本领,然后概括其历次功绩,最后写张良弃绝人世,学导引轻身。确实做到"美盛德而述形容"(《颂赞》),是比较好的颂体文章。至于歌颂韩信、彭越、英布,指出他们"谋之不藏,舍福取祸";歌颂张耳,指出"士也罔极,自诒伊愧";歌颂卢绾,指出"人之贪祸,宁为乱亡";皆有所贬。歌颂英雄人物功绩、美德,指出他们的缺点,这本是正常的事情,而刘勰认为"褒贬杂居",是"颂"中的"讹体",未免过于拘泥"颂"的原意。

《论说》篇说:

> 陆机《辨亡》,效《过秦》而不及;然亦其美矣。

刘勰认为,陆机的《辨亡论》是模仿贾谊《过秦论》的,虽然比不上《过秦论》,但也是优秀的作品。刘勰的评判无疑是正确的。《辨亡论》是分析三国时吴国兴亡原因的论文。所以孙盛说:"陆机著《辨亡论》,言吴之所以亡也。"(《文选》卷五十三,陆机《辨亡论》李善注引)它模仿贾谊的《过秦论》是显而易见的。如《辨亡论》上篇"吴武烈皇帝慷慨下国"一段,是模仿《过秦论》"秦孝公据崤、函之固"一段;《辨亡论》上篇"故豪彦寻声而响臻"一段,是模仿《过秦论》"不爱珍器重宝肥饶之地,以致天下之士"一段。现请看《辨亡论》上篇一段:

> 夫曹、刘之将非一世所选,向时之师无曩日之众,战守之道抑有前符,险阻之利俄然未改,而成败贸理,古今诡趣,何哉?彼此之化殊,授任之才异也。

再看《过秦论》一段：

> 且夫天下非小弱也，雍州之地，殽、函之固，自若也。陈涉之位，非尊于齐、楚、燕、赵、韩、魏、宋、卫、中山之君也；锄櫌棘矜，非铦于钩戟长铩也；谪戍之众，非抗于九国之师也；深谋远虑，行军用兵之道，非及曩时之士也。然而成败异变，功业相反……一夫作难而七庙堕，身死人手，为天下笑者，何也？仁义不施而攻守之势异也。

两段对比，前者模仿后者，一看便知。这方面，范文澜在《文心雕龙·论说》篇注㉔中谈得很详细，这里就不多谈了。应该指出的是，《辨亡论》的模仿只是在布局和写法上，其内容是大不相同的，瑕不掩瑜，《辨亡论》仍是优秀的作品。

《杂文》篇在论及"连珠"一体时，批评了杜笃、贾逵、刘珍、潘勖等人，认为他们的"连珠"之作"欲穿明珠，多贯鱼目"。对于陆机的《演连珠》则说："惟士衡运思，理新文敏，而裁章置句，广于旧篇。"作了肯定的评价。什么是"连珠"？傅玄《连珠序》说：

> 所谓连珠者，兴于汉章之世。班固、贾逵、傅毅三子受诏作之。蔡邕、张华之徒又广焉。其文体，辞丽而言约，不指说事情，必假喻以达其旨，而贤（览）者微悟，合于古诗劝（讽）兴之义，欲使历历如贯珠，易睹而可悦，故谓之连珠。（严可均《全上古三代秦汉三国六朝文》卷四十六）

这里把"连珠"的文体特征说得很清楚。如果我们将陆机的《演连珠》与傅玄所说的特征加以对照，就可以看出《演连珠》正是这样的作品。

除此之外，刘勰认为，陆机的《演连珠》还具有自己的特点：一是"理新文敏"，即道理新颖，文思敏捷。"连珠"体的作品，一般总

是通过某一社会或自然现象,阐述政治或人生的一个道理。例如:

> 臣闻髦俊之才,世所希乏;丘园之秀,因时则扬。是以大人基命,不擢才于后土;明主聿兴,不降佐于昊苍。

这是说,贤才虽然少,但无时不有,一个明主兴起,不是天地特别为他产生贤才,而在他善于任用贤才。陆机的《演连珠》每一首都说明一个新颖的道理,启发人们去思考。这样的作品,确实如刘勰所说的:"文小易周,思闲可赡。足使义明而词净,事圆而音泽,磊石自转,可称珠耳。"(《杂文》)二是"广于旧篇",即篇幅扩大了。我们查阅了现存的扬雄、班固、蔡邕等人"连珠"体的断简残篇,证实陆机的《演连珠》各首的篇幅并未扩大。而"连珠"之作,历来一组都包括若干首,陆机所作竟多达五十首,因此它的总体篇幅是明显地扩大了。在中国古代文学中,"连珠"体的作品大都散失。陆机的《演连珠》五十首是保存得最完整、艺术成就最高的作品,它像中国古代文学宝库中的一颗璀璨的明珠,受到刘勰的重视是理所当然的。

刘勰论述到的陆机的有些骈文作品,今天已经散失了。如《檄移》篇说:"陆机之移百官,言约而事显,武移之要者也。"按陆机的《移百官文》已经失传。又如《议对》篇说:"及陆机断议,亦有锋颖,而谀(腴)辞弗剪,颇累文骨,亦各有美,风格存焉。"这是论述陆机的《〈晋书〉限断议》。刘勰认为,这篇文章也有锋芒,而文辞繁芜不加删削,颇伤文章骨力,也算各具优点,有自己的特色。按陆机《〈晋书〉限断议》仅存以下数句:

> 三祖实终为臣,故书为臣之事,不可不如传。此实录之谓也。而名同帝王,故自帝王之籍,不可以不称纪,则追王之义。

这段议论和西晋王朝讨论《晋书》断限问题有关。一部《晋书》应该从晋宣帝司马懿起始,还是从晋武帝司马炎起始呢？当时有争议。贾谧主张从晋宣帝司马懿起始,荀勖等人主张从晋武帝司马炎起始。陆机则调和二说,采取两可的办法。陆机的主张得到很多人的赞同。因为陆机的《〈晋书〉断限议》仅存残篇,刘勰的评论正确与否,我们也无从判断。再如《书记》篇说:"陆机自理,情周而巧,笺之为善者也。""自理",指自我表白的文章。《晋书·陆机传》说:"(赵王)伦将篡位,以为中书郎。伦之诛也,齐王冏以机职在中书,九锡文及禅诏疑机与焉,遂收机等九人付廷尉。赖成都王颖、吴王晏并救理之,得减死徙边,遇赦而止。"按陆机先有"自理"之文。《全晋文》收有陆机《与吴王表》佚文两条:"臣以职在中书,诏命所出,臣本以笔札见知。""禅文本草,今见在中书,一字一迹,自可分别。"显然是为草拟"九锡文"及"禅诏"事自我表白。因为全文散失,我们对刘勰的论断也无法置评了。

总的看来,刘勰对陆机的骈文论述既多,评价也较好,这固然是由于陆机的骈文艺术成就卓越,也与刘勰重视骈文有关。

以上是分析刘勰对陆机的文学理论、诗歌和骈文的论述。刘勰在全面地考察了陆机的诗文之后,指出:

> 陆机才欲窥深,辞务索广,故思能入巧,而不制繁。(《才略》)

这是说,陆机对才力要求观察深入,对文辞务求繁富,所以他的文思巧妙,却不能遏制繁芜。这里,刘勰肯定陆机文思巧妙,富于才力,指出他的作品文辞繁富,不能克服繁芜的毛病。陆机富于才力,文辞繁富,这是当时的共同看法,例如张华说:"人之作文,患于不才;至子为文,乃患太多也。"(《世说新语·文学》注引《文章传》)其弟陆云说:"云今意视文,乃好清省。""兄文章之高远绝异,

不可复称言。然犹皆欲微多,但清新相接,不以此为病耳。"(《与兄平原书》)所以,《文心雕龙·熔裁》篇说:

> 至如士衡才优,而缀辞尤繁;士龙思劣,而雅好清省。及云之论机,亟恨其多,而称清新相接,不以为病,盖崇友于耳。夫美锦制衣,修短有度。虽玩其采,不倍领袖。巧犹难繁,况在乎拙?而《文赋》以为榛楛勿剪,庸音足曲,其识非不鉴,乃情苦芟繁也。

可见文辞过繁,确实是陆机诗文的一个通病。

刘勰又说:"士衡矜重,故情繁而辞隐。"(《体性》)这是论述陆机的性格和作品风格的关系。说陆机的性格庄重,所以他的作品内容繁杂而文辞深隐。陆机庄重的性格,是不是造成他的作品内容繁杂而文辞深隐的决定性原因,兹不置论,但他的作品文辞深隐却是事实。孙绰说:"陆文深而芜。"正道出了陆文深隐和繁芜两个特征。这两个特征的形成,一方面是受辞赋和文学作品骈俪化的影响,另一方面则是陆机十分重视文辞修饰的结果。沈德潜批评陆机"但工涂泽"(《古诗源》卷七)。我们认为,说陆机"工涂泽"是对的,而加上一个"但"字,未免失之偏颇。

历代文人学者对陆机评论有褒有贬。褒之者如王夫之说:"陆以不秀而秀,是云夕秀。乃其不为繁声,不为切句,如此作者,风骨自拔,固不许两潘腐气所染。"(《古诗评选》卷四)刘熙载说:"刘彦和谓'士衡矜重',而近世论陆诗者,或以累句訾之。然有累句,无轻句,便是大家品位。"(《艺概·诗概》)评价颇高。贬之者如沈德潜则说:"士衡诗亦推大家,然意欲逞博,而胸少慧珠,笔又不足以举之,遂开出排偶一家。西京以来,空灵矫健之气,不复存矣。降自梁、陈,专工队仗,边幅复狭,今阅者白日欲卧,未必非士衡为之滥觞也。"(《古诗源》卷七)虽然也推士衡诗为大家,但说他"意欲逞博,而胸少慧珠","开出排偶一家","令阅者白日欲卧",皆责之过于激切。说好说坏,各执一端,都不免片面。我们统观刘勰对陆机的论述,觉得他能从作者和作品的实际出发,结合时代的风气、文体的特点、作家的个性和文学创作的要求等因素,作了比较符合实际的评论,总的说来是公允的。今天,我们研究刘勰对陆机诗文的论述,对于研究和评价陆机和西晋文学,将有一定的借鉴作用。

1985 年 3 月

尽锐于《三都》 拔萃于《咏史》
——刘勰论左思

左思是西晋太康时期的杰出作家。他的作品今存的很少,只有赋二篇,诗十四首(据严可均《全晋文》卷二十四和逯钦立《先秦汉魏晋南北朝诗·晋诗》卷七)。在中国文学史上有一种值得人们注意的现象,就是有的作家,传下来的作品很少,却能传名千载,甚至声名赫然。左思就是一例,这自然由作家高度的思想艺术成就所决定的。

左思的诗文在当时就得到一些著名文人学士的崇高评价。他的《三都赋》刚完成,请张华看,张华说:"此《二京》可三。"皇甫谧见到,亦为之"嗟叹"(《世说新语·文学》)。后来谢灵运说:"左太冲诗,潘安仁诗,古今难比。"(《诗品》卷上)钟嵘将其诗列为"上品"。刘勰关于左思的论述不多,而且散见于《文心雕龙》各篇,但综合起来看,比较全面,亦颇精当,显然超过了前人。

一

西晋太康时期,作家众多,文学比较繁荣。钟嵘《诗品·序》云:

> 太康中,三张、二陆、两潘、一左,勃尔复兴。踵武前王,风流未沫,亦文章之中兴也。

《文心雕龙·明诗》篇云：

> 晋世群才，稍入轻绮。张、潘、左、陆，比肩诗衢，采缛于正始，力柔于建安；或析文以为妙，或流靡以自妍：此其大略也。

钟嵘指出太康诗歌"中兴"的盛况，刘勰揭示了太康诗歌的特点。他们都认为当时的重要作家是张载、张协、张亢、陆机、陆云、潘岳、潘尼、左思。在这些作家中，钟嵘认为"陆机为太康之英，安仁、景阳为辅"。而刘勰却认为他们"比肩诗衢"，似无不同。其实，我们细绎刘勰关于陆机、潘岳和左思的论述，他们仍是有主次之分的。在刘勰的眼中，陆机、潘岳自然比左思重要，这是六朝文人共同的认识。现在则认为太康诗人中，以左思的成就为最高。

的确，左思诗歌的成就是比较高的。其中以《咏史》诗为代表作，所以刘勰说他"拔萃于《咏史》"。

《咏史》诗一共八首。从内容看，显然不是一时之作。其写作年代，研究者多根据第一首中"长啸激清风，志若无东吴"、"左眄澄江湘，右盼定羌胡"诸句确定。《晋书·武帝纪》云："（咸宁五）春正月，虏帅树机能攻陷凉州。乙丑，使讨虏护军武威太守马隆击之。……十二月，马隆击叛虏树机能，大破，斩之，凉州平。"又云："（太康元）三月壬寅，王浚以舟师至于建业之石头，孙皓大惧，面缚舆榇，降于军门。"因此，清人何焯《义门读书记》说：

> 诗作于武帝时，故但曰"东吴"。凉州屡扰，故下文又云"定羌胡"。

这是认为《咏史》八首写于晋武帝咸宁五年（279）和永康元年（300）之前。从诗中的描写来看，此诗写于洛阳。据《晋书·左芬传》载，左思之妹左芬于泰始八年（272）"拜修仪"，而左思是"会妹芬入宫，移家京师"（《晋书·左思传》）的。因此，可以断言，这组诗是写于泰始八年(272)以后,咸宁五年(279)之前。此说言之有据,比较可信。至于研究者有的认为"必作于咸宁五年十一月"(程千帆《古诗考索·左太冲〈咏史〉诗三论》),有的"系于二七五年"(陆侃如《中古文学系年》下册666页),虽然都有一定的道理,但是过分肯定终嫌证据不足。近年来,又有研究者或推测:"《咏史》之一,写作时间最早,其他各首,多数为中晚年之作,最晚的可能写于300年之后。"(刘文忠《左思和他的〈咏史〉诗》,《文学评论丛刊》第七辑)或认为:"《咏史》八首内容连贯,前呼后应,风格一致,当是诗人晚年回首往事、总结一生之作。"(韦风娟《论左思及其文学创作》,《中国古典文学论丛》第二辑)都是从内容上推测《咏史》诗的写作时间,虽然也有某些理由,终难令人信服。

《咏史》诗并不始于左思,远在东汉初年班固已有《咏史》,这才是开创之作。但是,由于这首诗"质木无文",没有选入《文选》。《文选》选入"咏史"类诗歌二十一首,作者有王粲、曹植、张协、左思、颜延之、鲍照等著名作家九人,其中以左思的《咏史》八首最为有名。

班固的《咏史》诗,写法只是"概括本传,不加藻饰"。而左思的《咏史》诗,并不是概括某些历史事件和人物,而是借以咏怀,所以何焯说:"题云《咏史》,其实乃咏怀也。"又说:"咏史者,不过美其事而咏叹之,概括本传,不加藻饰,此正体也。太冲多摅胸臆,此又其变。"(《义门读书记·文选》第二卷)何氏认为,左思的《咏史》诗是"咏史"类诗歌的变体。其实,这是"咏史"诗的新发展。

左思的《咏史》诗,抒写诗人自己的雄心壮志,但是由于门阀制度的限制,当时出身寒门的有才能的人,壮志难酬,不得已只好退而独善其身,做一个安贫知足的"达士"。这组诗表现了诗人从积极入世到消极避世的变化过程,这是封建社会中一个郁郁不得志的有理想有才能的知识分子的不平之鸣。

第一首诗写自己的理想和愿望：

> 弱冠弄柔翰,卓荦观群书。著论准过秦,作赋拟子虚。边城苦鸣镝,羽檄飞京都。虽非甲胄士,畴昔览穰苴。长啸激清风,志若无东吴。铅刀贵一割,梦想骋良图。左眄澄江湘,右盼定羌胡。功成不受爵,长揖归田庐。

诗人说自己能文善武,胸怀壮志,希望能为国立功,实现自己的抱负,而在大功告成之后,并不要求爵赏,只是希望返回园田,过着原来的生活。诗中说到"志若无东吴",又说"左眄澄江湖,右盼定羌胡"。我们可以据此考定这组诗的写作年代,因前已论及,不再重复。惟晋武帝于咸宁五年(279)发布的《伐吴诏》说:"吴贼失信,比犯王略;胡虏校动,寇害边陲。……自宣皇帝以来,以吴、蜀为忧,边事为念。今孙皓犯境,夷虏扰边,此乃祖考之遗虑,朕身之大耻也。故缮甲修兵,大兴戎政,内外劳心,上下戮力,以南夷句吴,北威戎狄。"(《全晋文》卷五)适可与本诗参照。

此诗意气豪迈,情感昂扬,很容易使人想起曹植。曹植诗云:"捐躯赴国难,视死忽如归。"(《白马篇》)"闲居非吾志,甘心赴国忧。"(《杂诗》其五)曹植为国赴难、建功立业的志愿,都被曹丕父子扼杀了,他郁郁不得志地度过自己不幸的一生。左思"左眄澄江湖,右盼定羌胡"的壮志雄心,也被当时的门阀制度断送了。诗人愤怒地向门阀制度提出控诉:

> 郁郁涧底松,离离山上苗。以彼径寸茎,荫此百尺条。世胄蹑高位,英俊沉下僚。地势使之然,由来非一朝。金张藉旧业,七叶珥汉貂。冯公岂不伟,白首不见招。(其二)

在门阀制度盛行时期,有才能的人因为出身寒微而受到压抑,世家大族子弟不管有无才能却占据要津,造成"上品无寒门,下品无世族"(《晋书·刘毅传》)的不平现象,诗人愤怒地揭露:"世胄蹑高位,英俊沉下僚。地势使之然,由来非一朝。"给不合理制度以有力的鞭挞。他还借用汉文帝时的冯唐被埋没的史实,为有才能的人鸣不平,表现了对门阀制度的强烈不满。所以何焯《义门读书记》说:"左太冲《咏史》,'郁郁'首,良图莫骋,职由困于资地。托前代以自鸣所不平也。"

诗中以"涧底松"比喻出身寒微的知识分子,以"山上苗"比喻世家大族子弟,运用比兴手法,形象十分鲜明。全诗以对比的手法来表现,增强了诗歌的艺术感染力。中国古典诗歌常以松喻人,在此诗之前,如刘桢的《赠从弟》,在此诗之后,如吴均的《赠王桂阳》,皆以松喻人的高尚品格,其内涵是十分丰富的。

应该指出,门阀制度在东汉末年已经有所发展,至曹魏推行"九品中正制",对门阀统治起了巩固作用。西晋时期,由于"九品中正制"的继续实行,门阀统治进一步加强,其弊病也日益明显。段灼说:"今台阁选举,涂塞耳目,九品访人,惟问中正。故据上品者,非公侯之子孙,则当涂之昆弟也。二者苟然,则荜门蓬户之俊,安得不有陆沉者哉!"(《晋书·段灼传》)当时朝廷用人,只凭中正品第,结果上品皆显贵子弟,寒门贫士仕途堵塞。刘毅有名的《八损疏》,就严厉地谴责了中正不公:

> 今之中正,不精才实,务依党利;不均称尺,务随爱憎。所欲与者,获虚以成誉;所欲下者,吹毛以求疵。高下逐强弱,是非由爱憎。随世兴衰,不顾才实,衰则削下,兴则扶上,一人之身,旬日异状。或以货赂自通,或以计协登进,附托者必达,守道者困悴。无报于身,必见割夺;有私于己,必得其欲。是以上品无寒门,下品无势族。暨时有之,皆曲有故。慢主罔时,

实为乱源,损政之道一也。(《晋书·刘毅传》)

这些言论都反映了当时用人方面的腐败现象。左思此诗从自身的遭遇出发,对时弊进行了猛烈的抨击,具有重要的政治意义。

出身寒门的左思,由于门阀制度的限制,想当高官是不可能了。但是,他的壮心不已,仍想为国家作贡献:

> 吾希段干木,偃息藩魏君。吾慕鲁仲连,谈笑却秦军。当世贵不羁,遭难能解纷。功成耻受赏,高节卓不群。临组不肯绁,对珪宁肯分?连玺耀前庭,比之犹浮云。(其三)

诗人仰慕段干木、鲁仲连。段干木,战国时魏人,隐居不仕,魏文侯尊他为师,当时秦国要攻魏,司马唐谏秦王说:"段干木贤者也,而魏礼之,天下莫不闻,无乃不可加兵乎!"秦王为之罢兵(事见《吕氏春秋·期贤》篇)。鲁仲连,战国时齐国人,秦兵围赵国的邯郸城,鲁仲连正好在赵国,他说服了魏国派往赵国劝赵尊秦为帝的辛垣衍,秦将闻知此事,退兵五十里(事见《战国策》卷二十)。左思渴望像段干木、鲁仲连一样,为国家效力,一旦大功告成,他一不受赏赐,二不要官爵,视高官厚禄犹如浮云,表现了他的高风亮节。我们并不否认左思具有这种高尚的思想,但是,一个人的思想是极其复杂的,据《左思别传》载,他"颇以椒房自矜",又据《晋书·贾谧传》载,左思是贾谧的"二十四友"之一。贾谧因为贾后的关系,权过人主,作威作福,自负骄宠,奢侈逾度,而"二十四友"皆"贵游豪戚及浮竞之徒",这些人"或著文章称美谧,以方贾谊"。这说明左思并不是不看重荣华富贵,没有功名利禄之心,只是在仕途迍遭时,才发此高论。有的研究者认为这是诗人的"情意综"(程千帆《古诗考索·左太冲〈咏史〉诗三论》),不是没有道理的。

左思仕途无望,将荣华富贵视作浮云。这时,他想起了扬雄:

> 济济京城内,赫赫王侯居。冠盖荫四术,朱轮竞长衢。朝集金张馆,暮宿许史庐。南邻击钟磬,北里吹笙竽。寂寂扬子宅,门无卿相舆。寥寥空宇中,所讲在玄虚。言论准宣尼,辞赋拟相如。悠悠百世后,英名擅八区。(其四)

扬雄是西汉著名的辞赋家和学者。在辞赋创作方面,他模仿司马相如的《子虚》、《上林》等赋,写出《长杨》、《甘泉》、《羽猎》等赋,获得了较高的成就。在哲学方面,他模仿《论语》作《法言》,模仿《周易》作《太玄》,具有唯物主义倾向。在语言研究方面,他著有《方言》,为后世研究古代语言提供了重要的资料;又著有《训纂篇》,对文字的研究也有自己的贡献。这首诗前半首写繁荣的长安城中权贵们的豪华生活;后半首写扬雄寂寞的著书生活。二者对照,诗人鄙弃前者,肯定后者,热情地歌颂了扬雄关门著书,甘于寂寞的精神。似乎有以他为楷模,退而著书立说,传名后世的意思。所以何焯《义门读书记》说:"'济济'首,谓王恺、羊琇之属。言地势既非,立功难觊,则柔翰故在,潜于篇籍,以章厥身者,乃吾师也。"

左思要学扬雄关门著书立说,但并没有能够使他超脱现实社会。由于他对门阀统治下黑暗现实的愤激,他要摒弃现实,隐居高蹈:

> 皓天舒白日,灵景耀神州。列宅紫宫里,飞宇若云浮。峨峨高门内,蔼蔼皆王侯。自非攀龙客,何为欻来游?被褐出阊阖,高步追许由。振衣千仞冈,濯足万里流。(其五)

这首诗的前半首写洛阳的高大建筑和高门大院内的"蔼蔼王侯"。上一首诗的前半首写长安,实际上隐写洛阳"赫赫王侯"的来往、聚会和他们的享乐生活。这不是一般地描写景物和人物活动,而是当时门阀统治的象征。在这样的社会中生活,诗人因出身卑贱而壮志难酬,备受压抑,所以他要和门阀社会作最后的决裂。"自非"二句,涵蕴着无限悔恨的情绪:自己不是攀龙附凤之人,为什么到洛阳这种地方来呢?他决心穿着粗布衣服,追随高士许由过隐居高蹈的生活。许由何许人也?据说尧要将天下让给他,他拒不接受,逃到颍水之滨、箕山之下隐居(参阅皇甫谧《高士传》上)。左思要像许由那样隐居高蹈,虽然只是一时的排忧解闷之辞,但也是对门阀统治的强烈反抗。"振衣"二句,写左思所想象的隐居生活,表示他要涤除世俗的尘污,写得豪迈高亢,雄健劲挺,所以沈德潜评曰:"俯视千古。"

此外,还需要提及的是,这首诗的前半首关于洛阳的描写,固然有诗人自己的用意,但是也可以从侧面反映,左思写作《咏史》诗之地,当在洛阳。大概左思随其妹移居洛阳之后,仕宦途中,屡遭压抑,故郁闷不平之气溢于言表。

这是左思《咏史》诗中最有代表性的一首。它不仅表现了诗人愤懑的感情,同时也表现了诗人高尚的情操,是西晋五言诗的扛鼎之作。

作为一个诗人,他想彻底超脱是不可能的,所以他不得不回到现实中来,赞颂"贱者"荆轲:

> 荆轲饮燕市,酒酣气益震。哀歌和渐离,谓若傍无人。虽无壮士节,与世亦殊伦。高眄邈四海,豪右何足陈!贵者虽自贵,视之若埃尘。贱者虽自贱,重之若千钧。(其六)

据《史记·荆轲传》记载,荆轲,战国时齐人,喜欢读书击剑,他游于燕国,与燕国的狗屠和善击筑的高渐离友善。"荆轲嗜酒,日与狗屠及高渐离饮于燕市,酒酣以往,高渐离击筑,荆轲和而歌于市中,相乐也。已而相泣,旁若无人者"。后为燕太子丹刺秦王,失败被杀。荆轲刺秦王是为了除暴安民,但是刺客的行为并不足取,只是他的事迹确有感人之处。左思赞颂荆轲,固然是佩服荆轲的为人,而更主要的是借以咏怀,表示对豪门世族的藐视。"高眄"二句,写荆轲的高视不凡,四海尚且以为小,那豪门世族岂值得一提。左思满怀壮志,希望能施展自己的才能,为国家出力,但是在门阀统治的压抑下,英雄无用武之地,仕途蹭蹬,壮志难酬。他对自己的不公平遭遇充满了愤懑不平的感情,所以假借荆轲,表现自己对豪门世族的藐视。"贵者"四句,是诗人直接陈述自己对"贵者"和"贱者"的评价。他一反世俗的看法,将"贵者"视若尘埃,"贱者"看得重若千钧,进一步抒发了自己愤懑的感情。左思的贵贱观确实和世俗不同,如在《咏史》第四首中赞美扬雄,说扬雄"悠悠百世后,英名擅八区",以反衬豪门世族的生命短暂,如过眼烟云,迅速从世界上消失。其意思和这里是一致的,字里行间,都洋溢着诗人的英风豪气。

诗人虽然对门阀制度进行了激烈的批判,但是并不能改变他的被压抑的处境。所以他慨叹人才的被埋没:

> 主父宦不达,骨肉还相薄。买臣困采樵,伉俪不安宅。陈平无产业,归来翳负郭。长卿还成都,壁立何寥廓。四贤岂不伟?遗烈光篇籍。当其未遇时,忧在填沟壑。英雄有迍邅,由来自古昔。何世无奇才?遗之在草泽。(其七)

这里提到的历史人物有主父偃、朱买臣、陈平和司马相如四人。据《史记》、《汉书》记载,主父偃,早年穷困未做官时,父母不认他为儿子,兄弟不收留他,朋友鄙弃他,后任中大夫。朱买臣,早年家贫,以卖柴为生,妻子离去,汉武帝时任会稽太守。陈平,少时家贫,住的是背靠城墙的破房子,用破席当门,后任汉惠帝、吕后、汉文帝丞相,封曲逆侯。司马相如,早年家徒四壁,汉景帝时为武骑常侍,汉武帝时为郎,后为孝文园令。这四位历史名人,功业光耀史册,声名传于后世,难道不伟大吗?可是在他们未做官时,皆穷困而不得志。可见英雄人物多遭困厄,自古以来莫不如此。比较起来,主父偃等人的遭遇还是比较幸运的,因为他们终有入朝做官的一天。而在历史上,哪一个朝代没有奇才被埋没呢?诗末寄托了诗人自己深沉的感慨。诗人借咏史以抒发自己被埋没的愤慨和不平。

在门阀制度森严的社会中,左思到处碰壁,在愤慨和不平之中,他实在感到无路可走。目睹社会的黑暗和官场的无常,他终于退却了,只想过着安贫知足的生活,做一个"达士":

> 习习笼中鸟,举翮触四隅。落落穷巷士,抱影守空庐。出门无通路,枳棘塞中涂。计策弃不收,块若枯池鱼。外望无寸禄,内顾无斗储。亲戚还相蔑,朋友日夜疏。苏秦北游说,李斯西上书。俯仰生荣华,咄嗟复雕枯。饮河期满腹,贵足不愿余。巢林栖一枝,可为达士模。(其八)

诗中贫士深居僻巷,落落寡合,独守穷庐,形影相吊。他好像笼中的小鸟,一展翅就会碰到笼子的四角。他的仕进之路充满枳棘,无路可通。他向当权者献上的计策不被采用,他块然独处,境遇困窘,像是水已干枯的池中鱼。家外没有丝毫的俸禄,家内无一斗粮食的储备,生活实在贫苦。亲戚看不起他,朋友也疏远了。这个贫士是谁呢?就是诗人自己。左思移居洛阳之后,仕途受阻,有志难伸,过着官场失意的生活。贫士生活正是左思初去洛阳时生活的写照。左思是有强烈功名欲的人,他希望能够得意官场,一展宏图,但是事与愿违,终身失意。即使如此,他也不愿意像苏秦那样北上游说,或者像李斯那样西行事秦。他们在俯仰之间尊荣无比,然而随之而至的却是杀身之祸,那实在是不值得羡慕的。《庄子·逍遥游》上说:"鹪鹩巢于深林,不过一枝。偃鼠饮河,不过满腹。"他要向偃鼠、鹪鹩学习,安贫知足,了此一生。然而,我们从左思一生的立身行事考察,并不如他所说的那样。左思晚年混迹官场,甚至成为贾谧的"二十四友"之一,确如有的研究者所断言的:"太冲功名之心,至老不衰。"(程千帆《古诗考索·左太冲〈咏史〉诗三论》)

《咏史》八首提到的历史人物有冯唐、段干木、鲁仲连、扬雄、许由、荆轲、主父偃、朱买臣、陈平、司马相如、苏秦、李斯。提到他们并不是意在歌咏他们,而是借以咏怀,抒发自己愤懑不平的感情。在性质上,与阮籍的《咏怀》诗,陶渊明的《饮酒》诗颇为相类。钟嵘评其诗曰:

> 文典以怨,颇为精切,得讽谕之致。

"典"指借用史事;"怨"指诗中所表现的不平之鸣。张玉谷说:

> 太冲《咏史》,初非呆衍史事,特借史事以咏己之怀抱也。或先抒己意,而以史事证之;或先述史事,而以己意断之;或止述己意,而史事暗合;或止述史事,而己意默寓。(《古诗赏析》卷十一)

亦足见其表现之"精切"。《咏史》诗借古以讽今,所以说有"讽谕"的旨趣,所评十分恰当。但是又说:"虽野于陆机,而深于潘岳。"说左思诗比潘岳诗深沉,可以成立;而认为左思诗"野",即质朴少文采,值得商榷。陈祚明说:

> 太冲一代伟人,胸次浩落,洒然流咏。似孟德而加以流丽,仿子建而独能简贵。创成一体,垂式千秋。其雄在才,而其高在志,有其才而无其志,语必虚骄;有其志而无其才,音难顿挫。钟嵘以为"野于陆机",悲哉!彼安知太冲之陶乎汉、魏,化乎矩度哉?(《采菽堂古诗选》卷十一)

分析深刻,很有道理。

除《咏史》八首之外,左思还有《娇女诗》一首、《招隐》诗二首、《杂诗》一首等五言诗及《悼离赠妹诗》四言诗二首。《娇女诗》写诗人的两个小女儿姐姐蕙芳、妹妹纨素的一些活动,写其天真活泼,娇憨可爱。细节描写,十分生动,在左思诗中别具一格。《招隐》诗二首,其一写诗人入山寻访隐士,决定归隐;其二写隐居的乐趣,可与《咏史》诗第五首参读。其中关于山水的描写,显示了诗人描写自然景物的卓越才能。《杂诗》写自己秋夜不寐,壮志难伸,也是表达诗人慷慨不平的心情。这些都是太康诗歌的佳篇。

《文心雕龙·明诗》篇说:

> 若夫四言正体,则雅润为本;五言流调,则清丽居宗。……兼善则子建、仲宣,偏美则太冲、公幹。

这是说,曹植、王粲的诗具有雅润、清丽的特点,而左思、刘桢的诗则雅润、清丽各得一偏。左思的诗歌风格高亢雄迈,语言精切清新,形象生动鲜明,标志着太康诗歌的最高成就。

二

左思在辞赋创作上的成就也是比较高的。《文心雕龙·诠赋》篇列举魏晋赋家八人，称为"魏晋之赋首"，左思是其中之一。左思赋的特点，刘勰认为是"策勋于鸿规"，即在大赋创作上建立了功勋。左思赋今存的只有《三都赋》、《白发赋》二篇。《三都赋》是其赋中的杰作，也是魏晋大赋的代表作，所以刘勰说左思"尽锐于《三都》"。

《三都赋》的写作年代，说法不一。主要有三说：

1.《晋书·左思传》说：

> 造《齐都赋》，一年乃成。复欲赋三都，会妹芬入宫，移家京师，乃诣著作郎张载访岷邛之事。遂构思十年，门庭藩溷皆著笔纸，遇得一句，即便疏之。自以所见不博，求为秘书郎。及赋成，时人未之重。思自以其作不谢班、张，恐以人废言，安定皇甫谧有高誉，思造而示之。谧称善，为其赋序。张载为注《魏都》，刘逵注《吴》、《蜀》而序之……陈留卫权又为思赋作《略解》，序曰……自是以后，盛重于时……司空张华见而叹曰："班、张之流也。使读之者尽而有余，久而更新。"于是豪贵之家竞相传写，洛阳为之纸贵。

按左芬于泰始八年（272）入宫，皇甫谧卒于太康三年（282），恰与"构思十年"相符。当然，这里所说的十年，并非确切的数字，只是说时间很长，所以《文心雕龙·神思》篇说的"左思练《都》以一纪"，似不必拘泥。

2.《晋书·左思传》又说：

> 初，陆机入洛，欲为此赋，闻思作之，抚掌而笑，与弟云书曰："此间有伧父，欲作《三都赋》，须其成，当以覆酒瓮耳。"及思赋出，机绝叹伏，以为不能加也，遂辍笔焉。

按陆机入洛在太康十年（289）。据此则《三都赋》当成于是年之后。

3.《世说新语·文学》篇刘孝标注引《左思别传》云：

> 谧诛，归乡里，专思著述。齐王冏请为记室参军，不起。时为《三都赋》未成也。后数年疾终。其《三都赋》改定，至终乃上。

又云：

> 思造张载，问岷、蜀事，交接亦疏。皇甫谧西州高士，挚仲治宿儒知名，非思伦匹。刘渊林、卫伯舆并蚤终，皆不为思赋序注也。凡诸注解，皆思自为，欲重其文，故假时人名姓也。

按贾谧死于永康元年（300）四月，据此，《三都赋》则成于永康元年以后。

《三都赋》究竟写作于何时？现在还没有一致的看法。我基本上同意第一说，因为此说较符合史实。

《三都赋》包括《三都赋序》、《蜀都赋》、《吴都赋》和《魏都赋》。首先值得我们注意的是序，序中表达了左思对赋的看法。左思认为作赋应反映实际情况，给读者以真实的知识。他说："见'绿竹猗猗'，则知卫地淇澳之产；见'在其版屋'，则知秦野西戎之宅；故能居然而辨八方。"不仅如此，"先王采焉，以观土风"，还为封建统治者了解各地风俗民情服务，有一定的政治作用。对司马相如的《上林》、扬雄的《甘泉》、班固的《西都》、张衡的《西京》等赋"假称珍怪，以为润色"，"考之果木，则生非其壤；校之神物，则出非其所。于辞则易为藻饰，于义则虚而无征"，进行了比较严厉的批评。他摹仿张衡的《二京赋》而作《三都赋》，努力做到"其山川城邑，则稽之地图；鸟兽草木，则验之方志；风谣歌舞，各附其俗；魁梧长者，莫非其旧"。强调"美物者贵依其本，赞事者宜本其实"。左思主张"依其本"和"本其实",给读者以丰富的知识,当然有一定的意义,但是他混淆了文学创作和学术著作的界限,显然是不正确的。

皇甫谧曾为《三都赋》写序(见《文选》卷四十五),多半附和左思的观点。他指出作赋要"因物造端,敷弘体理","文必极美","辞必尽丽",但是,"非苟尚辞而已,将以纽之王教,本乎劝戒也",反映了两汉以来大赋创作的实际情况。左思的《三都赋》当然也不例外。

《蜀都赋》、《吴都赋》、《魏都赋》都是以虚构人物的争论铺陈文章内容的。《蜀都赋》写西蜀公子向东吴王孙介绍蜀国的自然形势、都城、宴饮、田猎、舟游等。《吴都赋》一开始写东吴王孙听了西蜀公子的一番话,哈哈大笑起来,指出蜀国"土壤不足以摄生,山川不足以周卫,公孙国之而破,诸葛家之而灭。兹乃丧乱之丘墟,颠覆之轨辙"。然后介绍吴国的开国和地理环境、丰富的物产、繁华的都城,以及打猎、宴飨、吴国人物等。《魏都赋》中的魏国先生则指出:"剑阁虽峥,凭之者蹶,非所以深根固蒂也;洞庭虽浚,负之者北,非所以爱人治国也。"以折服西蜀公子和东吴王孙。然后介绍魏国的自然形势、国家的建立、宫殿建筑、城郊景色、城内街衢、文治武功,以及宴飨、音乐、典礼、祥瑞等。最后斥责吴、蜀之人,指出蜀人持险而亡国,而吴国亦势必灭亡,终使二客折服。其内容仍然是描写宫苑、都城、物产、田猎等,形式上结构宏大,词汇丰富,常用夸张手法。与汉赋如班固《西都赋》、张衡《二京赋》比较,实无明显的差别。然而,《三都赋》在思想上有超越前人的地方,即要求统一全国的思想。这种思想是符合历史发展的潮流的,值得我们珍视。左思在《魏都赋》中指出:

> 由重山之束陭,因长川之裾势。距远关以窥阓,时高櫩而陛制。薄戍绵幂,无异蛛蝥之网。弱卒琐甲,无异螳螂之卫。与先世而常然,虽信险而剿绝。揆既往之前迹,即将来之后辙。成都迄已倾覆,建邺则亦颠沛。顾非累卵于叠棋,焉至观形而怀怛。权假日以余荣,比朝华而庵蔼。览麦秀与黍离,可作谣于吴会。

当时蜀国已亡、吴国尚存,但是作者相信,不久"麦秀"之歌、"黍离"之诗将作于吴会。所以在赋的结尾,作者说:"日不双丽,世不两帝,天经地纬,理有大归。"表达了他渴望全国统一的理想。

《三都赋》在写景是颇有特色。如《蜀都赋》云:

> 流汉汤汤,惊浪雷奔。望之天回,即之云昏。水物殊品,鳞介异族。或藏蛟螭,或隐碧玉。嘉鱼出于丙穴,良木攒于褒谷。其树则有木兰梫桂,杞櫹椅桐,棪柘楔枞。梗楠幽蔼于谷底,松柏蓊郁于山峰。擢修干,竦长条。扇飞云,拂轻霄。羲和假道于峻岐,阳乌回翼乎高标。巢居栖翔,聿兼邓林。穴宅奇兽,窠宿异禽。熊羆咆其阳,雕鹗鷔其阴。猿狖腾希而竞捷,虎豹长啸而永吟。

读后很自然地使我们想起李白《蜀道难》中所描写的奇险景色。比较起来,李白诗有丰富的想象和大胆的夸张,左思赋不乏夸张笔墨,但更多的是如实的描写。除"其树"三句显得形式呆板之外,亦写得惊心动魄。作者艺术地再现了蜀地山水之美,颇能给人以美的享受。

左思还有《白发赋》(见《艺文类聚》十七)。这篇抒情小赋通过白发和拔发人的对话,以寓言形式含蓄地表现了作者生不逢时的牢骚和不平。拔发人认为白发妨碍了自己仕途的升迁,说:"策名观国,以此为疵。"因此要把白发拔除。白发认为自己没有罪,希望拔发人住手。但拔发人坚持要拔,于是白发"瞑目号呼"说:"何我之冤,何子之误!甘罗自以辩惠见称,不以发黑而名著。贾生自以良才见异,不以乌鬓而后举。闻之先民,国用老成。二老归周,周道肃清。四皓佐汉,汉德光明。何必去我,然后要荣?"拔发人认为白发的话也有道理,但是过去看重老人,现在却轻视老人,时代变了。赋的最后点明:"聊用拟辞,比之国风。"希望小赋能对封建统治者起到一定的讽谕作用,也曲折地表达了左思怀才不遇的感情,是作者发自衷曲的声音。

《文心雕龙·诠赋》篇说:"赋者,铺也。铺采摛文,体物写志也。"这是诠释赋的含义,也指出了赋的特点。又说:"原夫登高之旨,盖睹物兴情。情以物兴,故义必明雅;物以情观,故词必巧丽。丽词雅义,符采相胜,如组织之品朱紫,画绘之著玄黄,文虽新而有质,色虽糅而有本,此立赋之大体也。"这是刘勰对大赋创作的要求,也可以说是大赋创作的基本理论。《三都赋》是符合这些要求和理论的。《白发赋》则不然。魏晋以后,抒情小赋迅速发展。这些小赋题材扩大了,篇幅缩短了,抒情成分增多了,和西汉以来的大赋大不一样,这是新的变化。这些小赋所显示的作者的"功力",自然远不如大赋,但是更富有文学价值。左思赋的主要成就在使洛阳纸贵的《三都赋》,抒情小赋是微不足道的。这是刘勰已经指出的。

《文心雕龙·才略》篇说:"左思奇才,业深覃思,尽锐于《三都》,拔萃于《咏史》,无遗力矣。"刘勰认为,左思是很有才能的诗人,他长于深思,写《三都赋》用尽了力量,他的《咏史》诗出类拔萃,他的才力都用完了。刘勰确实抓住了左思最主要的作品,作出实事求是的评价,表现了他的敏锐的眼光和深刻的见解。这些见解,直到今天仍然很有启发意义。

1986 年 6 月

诗必柱下之旨归　赋乃漆园之义疏
——刘勰论东晋文学

与曹魏、西晋文学相比,东晋文坛玄风弥漫,显得沉寂多了。檀道鸾说:

> 正始中,王弼、何晏好庄、老玄胜之谈,而世遂贵焉。至过江,佛理尤盛。故郭璞五言始会合道家之言而韵之。询及太原孙绰转相祖尚,又加以三世之辞,而诗骚之体尽矣。询、绰并为一时文宗,自此作者悉体之。至义熙中,谢混始改。(《世说新语·文学》注引《续晋阳秋》)

沈约说:

> 有晋中兴,玄风独振,为学穷于柱下,博物止乎七篇,驰骋文辞,义殚乎此。自建武暨乎义熙,历载将百,虽缀响联辞,波属云委,莫不寄言上德,托意玄珠,遒丽之辞,无闻焉尔。(《宋书·谢灵运传论》)

萧子显说:

> 江左风味,盛道家言;郭璞举其灵变,许询极其名理。仲文玄气,犹不尽除;谢混情新,得名未盛。(《南齐书·文学传论》)

各家论述都简要地概括了东晋文学的基本情况,也都指出玄言诗充斥诗坛的现象。钟嵘说:

> 永嘉时,贵黄、老,稍尚虚谈。于时篇什,理过其辞,淡乎
> 寡味。爰及江表,微波尚传,孙绰、许询、桓、庾诸公诗,皆平典
> 似《道德论》,建安风力尽矣。(《诗品·序》)

钟氏认为玄言诗在东晋是"微波尚传",与以上诸家论断不同,恐与史实不符,当以檀、沈、萧诸氏说为是。关于东晋文学,与以上各家比较,刘勰的论述,内容比较丰富,很值得我们研究。本文拟对刘勰有关东晋文学的论述,提出一些粗浅的看法。

一

《文心雕龙·明诗》篇论东晋诗歌说:

> 江左篇制,溺乎玄风,嗤笑徇务之志,崇盛亡机之谈。袁、
> 孙已下,虽各有雕采,而辞趣一揆,莫与争雄;所以景纯《仙
> 篇》,挺拔而为俊矣。

这是说,东晋的诗歌,沉溺在清谈玄学的风气之中,玄言诗盛行于诗坛。袁宏、孙绰的诗歌创作成就,不是他们以后的诗人所能比拟的,至于郭璞的《游仙诗》,更是突出的佳作了。

袁宏,字彦伯,小字虎,东晋文学家。今存诗六首,多为残篇,完整的只有《咏史》诗二首。钟嵘《诗品》将其列入中品,评曰:"彦伯《咏史》,虽文体未遒,而鲜明紧健,去凡俗远矣。"《续晋阳秋》曰:"虎少有逸才,文章绝丽。曾为《咏史》诗,是其风情所寄。少孤而贫,以运租为业。镇西谢尚时镇牛渚,乘秋佳风月,率尔与左右微服泛江。会虎在运租船中讽咏,声既清会,辞又藻拔,非尚所曾闻,遂住听之。乃遣问讯,答曰:'是袁临汝郎诵诗,即其《咏史》之作也。'尚佳其率有胜致,即遣要迎,谈话申旦。自此名誉日

茂。"(《世说新语·文学》注引)袁宏《咏史》二首,其一咏叹"周昌梗概臣"、"汲黯社稷器"等,"趋舍各有之,俱令道不没"。其二,通过杨恽的悲惨遭遇,慨叹处世的艰难。"无名困蝼蚁,有名世所疑","吐音非凡唱,负此欲何之",充满了一个正直文士对狂狷之士不幸命运的真挚同情。这两首诗,亦曾遭到后人非议,如明代胡应麟说:"晋人能文而不能诗者袁宏,名出一时。所存《咏史》二章,吃讷陈腐可笑,当时亦以为工。"(《诗薮·外编》卷二)持论未免失之偏颇。王夫之评曰:"先布意深,后序事蕴藉,咏史高唱,无如此矣。"(《古诗评选》卷四)似较为中肯。这两首诗当时被认为是佳作,钟嵘将袁宏诗列入中品,亦说明他对袁宏诗歌创作的肯定,这一点和刘勰的看法是一致的。

孙绰,字兴公,东晋著名的玄言诗人,和许询"并为一时文宗"。钟嵘《诗品》将他列入下品,评曰:"世称孙、许,弥善恬淡之词。"孙绰虽列入"下品",但钟嵘说过:"预此宗流者,便称才子。至斯三品升降,差非定制,方申变裁,请寄知者耳。"(《诗品·序》)所以,孙绰仍然很自许,《世说新语·品藻》云:"支道林问孙兴公:'君何如许掾?'孙曰:'高情远致,弟子早已服膺;一吟一咏,许将北面。'"其实,许询的诗当时评价颇高,晋简文帝就称许"玄度(许询字)五言诗,可谓妙绝时人"(《世说新语·文学》)。而孙绰敢如此自许,自然是因为他的诗为当时所推崇。其诗今存十一首,以《秋日》一诗为佳。此诗写山中自然景色变化和诗人的心理活动,最后归结为"淡然古怀心,濠上岂伊遥",仍不脱玄言诗的俗套。诗中写景颇为生动,并不使人感到淡乎寡味。最能体现孙绰玄言诗特点的是那些四言诗,如《答许询》九章,其一云:"仰观大造,俯览时物。机过患生,吉凶相拂。智以利昏,识由情屈。野有寒枯,朝有炎郁。失则震惊,得必充诎。"全无诗的情趣。但是他与许询在当时影响很大,"自此作者悉体之"。

袁宏约卒于晋孝武帝太元元年(376),孙绰卒于晋简文帝咸安元年(371)。袁、孙以后,东晋作家众多(参阅刘师培《中国中古文学史》第四课《魏晋文学之变迁》,丙《潘陆及两晋诸贤之文》),但已无人与他们争雄了。

郭璞,字景纯,是西晋末、东晋初的杰出文学家,著名训诂学家。在训诂学方面,有《尔雅注》、《方言注》、《山海经注》、《穆天子传注》等。在文学方面,擅长诗赋。他的诗歌今存二十余首,以《游仙诗》最有名。《游仙诗》今存十九首,其中九首只有残句。《文选》选录的七首,是其中佳作。李善注云:"凡游仙之篇,皆所以滓秽尘网,锱铢缨绂,餐霞倒景,饵玉玄都。而璞之制,文多自叙,虽志狭中区,而辞无俗累,见非前识,良有以哉!"(《文选》卷二十一)李善虽然对郭璞的《游仙诗》作了注释,但是他并不理解这种新型的游仙诗。姚范说:"景纯《游仙》本屈子《远游》之旨,而撮其意,遂成此制。"(方东树《昭昧詹言》卷一引)可见郭璞的这种游仙诗是从屈原的《远游》来的。

郭璞的《游仙诗》常常借描写仙人和仙境,以寄托自己的情怀,与一般的游仙诗不同。例如《游仙诗》其一云:

> 京华游侠窟,山林隐遁栖。朱门何足荣,未若托蓬莱。临源挹清波,陵冈掇丹荑。灵谿可潜盘,安事登云梯。漆园有傲吏,莱氏有逸妻。进则保龙见,退为触蕃羝。高蹈风尘外,长揖谢夷齐。

诗人认为荣华富贵的生活不如托身蓬莱。应该指出,诗中的蓬莱,并非仙境,而是指隐居的地方。于此亦可见郭璞《游仙诗》的特点。陈祚明说得好:"景纯本以仙姿游于方内,其超越恒情,乃在造语奇杰,非关命意。《游仙》之作,明属寄托之词,如以'列仙之趣'求之,非其本旨矣。"(《采菽堂古诗选》卷十二)郭璞生活在玄言诗盛行的时代,其《游仙诗》萌发了新的思想和风格,受到很高的评价。刘勰说:"景纯艳逸,足冠中兴……《仙诗》亦飘飘而凌云矣。"(《才略》)钟嵘说:"晋弘农太守郭璞,宪章潘岳,文体相辉,彪炳可玩。始变永嘉平淡之体,故称中兴第一。《翰林》以为诗首。但《游仙》之作,词多慷慨,乖远玄宗。其云'奈何虎豹姿',又云'戢翼栖榛梗',乃是坎壈咏怀,非列仙之趣也。"(《诗品》卷中)刘勰认为《游仙诗》诗境高超,钟嵘认为《游仙诗》为诗人坎坷失意的咏怀诗,表现的不是游仙诗的旨趣,皆深中肯綮。

在东晋诗人中,值得注意的还有殷仲文和谢混。檀道鸾说:"(玄言诗)至义熙中,谢混始改。"沈约说:"仲文始革孙、许之风,叔源(谢混字)大变太元之气。"钟嵘说:"先是郭景纯用隽上之才,变创其体;刘越石仗清刚之气,赞成厥美。然彼众我寡,未能动俗。逮义熙中,谢益寿(谢混小字)斐然继作。元嘉中有谢灵运,才高词盛,富艳难踪,固已含跨刘、郭,凌轹潘、左。"(《诗品·序》)萧子显说:"仲文玄气,犹不尽除;谢混情新,得名未盛。"以上引文说明在东晋诗风转变过程中,殷仲文和谢混所起的作用。殷仲文诗今存三首。《文选》卷二十二选录的《南州桓公九井作》一诗,是他的代表作。其中云:"景气多明远,风物自凄紧。爽籁警幽律,哀壑叩虚牝。"写秋日山景,有清远之致。惟诗的开头说:"四运虽鳞次,理化各有准。"仍使人感到"仲文玄气,犹不尽除"。谢混诗今存五首。《文选》卷二十二选录的《游西池》一首,乃谢混诗中的佳作。诗云:"惠风荡繁囿,白云屯曾阿。景昃鸣禽集,水木湛清华。"和风轻拂,苑囿繁茂,白云朵朵,屯集山峦。夕阳西下,鸟集欢鸣,水光树色,清新华美。诗人笔下的景色确实迷人,所以沈约说他"大变太元之气"。钟嵘说:"义熙中,以谢益寿、殷仲文为华绮之冠,殷不竞矣。"(《诗品》卷下)谢、殷二人的诗作辞藻华丽,故为昭明所选录,其诗歌创作成就,殷是比不上谢的。

《文心雕龙·才略》篇说:

> 殷仲文之孤兴,谢叔源之闲情,并解散辞体,缥缈浮音,虽滔滔风流,而大浇文意。

"殷仲文之孤兴",疑指《南州桓公九井作》,诗中有"独有清秋日,能使高兴尽"之句。"谢叔源之闲情",疑指《游西池》,《文选》李善注云:"混思与友朋相与为乐也。"这大概就是刘勰所说的"闲情"(参阅杨明照《文心雕龙校注拾遗》卷十)。刘勰认为,殷仲文的《南州桓公九井作》、谢混的《游西池》,解散了高谈玄理的玄言诗,使飘浮的玄音渐渐虚无,虽然如滔滔洪水的玄风已经停息,而诗中残存的玄理,使文意大为浮薄。刘勰的论述,与沈约等人的观点大致相同,说明这是当时的共同认识。

关于刘勰为何没有论及陶渊明的问题,这里附带提及。《文心雕龙》全书,除《隐秀》篇外,皆未论及陶渊明。《隐秀》篇云:"彭泽之□□(豪逸)"。而《隐秀》篇早已残缺,残缺之文系明人所补,而论陶一句又在补文之中。这就是说,刘勰并未论及陶渊明。联想刘宋以来有关史籍和文论,有助于对这个问题的理解。颜延之《陶征士诔》,只赞扬陶渊明的品德,论及文章只有"文取指达"一句。沈约《宋书·隐逸传》仅述陶渊明之生平,全未论及陶之诗文。又《宋书·谢灵运传论》纵论刘宋以前的文学发展,也只字未提到陶渊明。钟嵘《诗品》认为陶渊明为"古今隐逸诗人之宗也",但仅列入"中品"。萧统喜爱陶诗,亲编陶集,亲撰《陶渊明集序》,对陶可谓不薄,但《文选》只收陶诗八首,而选录谢灵运诗达四十首之多。

萧子显《南齐书·文学传论》论东晋文学,亦未及陶。为何如此?究其原因,大约有二:其一,晋宋以来,骈俪之风盛行,所谓"俪采百字之偶,争价一句之奇,情必极貌以写物,辞必穷力而追新"(《明诗》),而陶诗语言质朴、自然,所以不受重视。其二,陶渊明出身贫寒,官位卑下,易为人们所忽视。钟嵘评鲍照曰:"嗟其才秀人微,故取湮当代。"(《诗品》卷中)情况类似。此外,陶渊明隐居高蹈,远离尘世,亦可能是鲜为人知的原因之一。以上分析,纯系推测,很难令人满意,问题还可以进一步探讨。

二

东晋赋,刘勰论及者主要有两家,即郭璞与袁宏。《文心雕龙·诠赋》篇说:

> 及仲宣靡密,发端必道;伟长博通,时逢壮采;太冲、安仁,策勋于鸿规;士衡、子安,底绩于流制;景纯绮巧,缛理有余;彦伯梗概,情韵不匮:亦魏晋之赋首也。

刘勰将郭璞、袁宏和王粲、徐幹、左思、潘岳、陆机、成公绥,并称"魏晋之赋首",作了较高的评价。

郭璞赋今存九篇,《江赋》为《文选》所选,最负盛名。《文选》李善注引《晋中兴书》曰:"璞以中兴,三宅江外,乃著《江赋》,述川渎之美。"其写作目的是为了维护东晋政权,有一定的积极意义。《江赋》写长江之美,画面壮丽,激励了当时人们的爱国热情。其中写三峡云:

> 若乃巴东之峡,夏后疏凿。绝岸万丈,壁立赮驳。虎牙嵥竖以屹崒,荆门阙竦而磐礴。圆渊九回以悬腾,湓流雷响而电

激。骇浪暴洒,惊波飞薄,迅渡增浇,涌湍叠跃。

写三峡形势之险要,波涛之神奇,令人感到惊心动魄。所以,《晋书·郭璞传》说:"璞著《江赋》,其辞甚伟,为世所称。"至于郭璞喜用难字、奇字,文字艰深,乃其美中不足之处。被刘勰称为"穆穆以大观"(《才略》)的《南郊赋》,写晋元帝司马睿祭天的盛典,也是东晋王朝的开国大典。描写祭祀仪式十分壮观,寄托了作者希望东晋王朝复兴的理想。《晋书·郭璞传》说:"后复作《南郊赋》,帝见而嘉之,以为著作佐郎。"说明此赋在当时有一定的影响。《登百尺楼赋》是篇抒情小赋。百尺楼,即洛阳西北之大夏门城楼。郭璞登楼四望,缅怀古人,心系朝廷,赋中说:

> 嗟王室之蠢蠢,方构怨而极武。哀神器之迁浪,指缀旒以譬主。雄戟列于廊庋,戎马鸣乎讲柱。寤苕华而增怪,叹飞驷之过户。陟兹楼以旷眺,情慨尔而怀古。

慨叹西晋王朝的衰败,流露了作者的忧国之思。《流寓赋》亦为抒情小赋,写作者从家乡闻喜逃往洛阳的沿途经历。

赋中云:

> 戒鸡晨而星发,至猗氏而方晓。观屋落之隳残,顾但见乎丘枣。嗟城池之不固,何人物之希少。

写猗氏经过战乱,城破屋毁,地荒人稀的凄凉景象。

> 游华辇而永怀,乃凭轼以寓目。思文公之所营,盖成周之墟域。

写作者将游洛阳而伤怀,思晋文公之营成周,预感西晋王朝之衰亡,表现作者忧国忧民的思想。刘勰认为郭璞赋绮丽巧妙,有丰富的内容。从以上论及的《江赋》、《南郊赋》、《登百尺楼赋》和《流寓赋》来看,这个论断是完全正确的。

袁宏赋今存四篇,皆残缺不全。如《酎宴赋》、《夜酣赋》,仅有数句。《北征赋》,严可均《全晋文》从《太平御览》、《初学记》、《世说新语注》诸书中辑得二十余句,并不连贯。只有《东征赋》,虽是残篇,还算较为完整。据《晋书·袁宏传》载,袁宏撰"诗、赋、诔、表等杂文凡三百首,传于世"。刘勰推袁宏为"魏晋之赋首"之一,可是其赋散失很多。

袁宏赋以《北征赋》较为著名。晋废帝太和四年(230),桓温率众北伐,袁宏从桓温北征,作《北征赋》。《晋书·袁宏传》云:

> 宏有逸才,文章绝美。……从桓温北征,作《北征赋》,皆其文之高者。尝与王珣、伏滔同在温坐,温令滔读其《北征赋》,至"闻所传于相传,云获麟于此野。诞灵物以瑞德,奚授体于虞者! 疢尼父之洞泣,似实恸而非假。岂一性之足伤,乃致伤于天下",其本至此便改韵。珣云:"此赋方传千载,无容率耳。今于'天下'之后,移韵徙事,然于写送之致,似为未尽。"滔云:"得益写韵一句,或为小胜。"温曰:"卿思益之。"宏应声答曰:"感不绝于余心,诉流风而独写。"珣诵味久之,谓滔曰:"当今文章之美,故当共推此生。"

从桓温、伏滔、王珣三人对《北征赋》的议论,亦可见当时人对此赋的推崇。惜此赋佚文,只是一鳞半爪,无法窥其全貌了。

袁宏的《东征赋》在当时亦颇有影响。《世说新语·文学》篇注引《续晋阳秋》曰:

> 宏为大司马记室参军,后为《东征赋》,悉称过江诸名望。时桓温在南州,宏语众云:"我决不及桓宣城(桓温父彝,为宣城内史)。"时伏滔在温府,与宏善,苦谏之。宏笑而不答。滔

密以启温,温甚忿。以宏一时文宗,又闻此赋有声,不欲令人显闻之。后游青山饮酌,既归,公命宏同载,众为危惧。行数里,问宏曰:"闻君作《东征赋》,多称先贤,何故不及家君?"宏答曰:"尊公称谓,自非下官所敢专,故未呈启,不敢显之耳。"温乃云:"君欲为何辞?"宏答云:"风鉴散朗,或搜或引。身虽可亡,道不可陨。则宣城之节,信为允也。"温泫然而止。

又《世说新语·文学》篇云:

> 袁宏始作《东征赋》,都不道陶公(侃)。胡奴(陶侃子范)诱之狭室中,临以白刃,曰:"先公勋业如是,君作《东征赋》,云何相忽略?"宏窘蹙无计,便答:"我大道公,何以云无?"因诵曰:"精金百炼,在割能断。功则治人,职思靖乱。长沙之勋,为史所赞。"

以上记载至少说明两点:其一,当时对赋十分重视,所以桓温和陶范(胡奴)都想通过袁宏的赋为其父传名;其二,在赋的创作方面,袁宏获得较高的成就,故为当时名流所推重。由此可见,刘勰推袁宏为"魏晋之赋首"之一,是有根据的。

刘勰认为:"彦伯梗概,情韵不匮。"对于"梗概",研究者有不同的解释:一说,"《东征赋》述名臣功业,皆略举大概,故云'彦伯梗概'"(范文澜《文心雕龙注》卷二);一说,"此二句所指,疑为宏之《北征赋》……据此,则'梗概'应与《时序》篇'梗概多气'之'梗概'同,犹言慷慨也。'情韵不匮',亦即王珣所谓'此韵所咏,慨深千载'之意"(杨明照《文心雕龙校注拾遗》卷二)。我们玩味《北征赋》佚文,未见慷慨之气。细读《东征赋》佚文,参之《世说新语》的记载,觉得此赋确实是"述名臣功业,皆略举大概"。因此,我们认为当以范说为允。

《文心雕龙·才略》篇说：

> 袁宏发轸以高骧，故卓出而多偏。

"卓出"，指"文章绝美"；"多偏"，如《北征赋》"写送之致，似为未尽"。刘勰的意思是说，袁宏文如高马快车奔驰，文章卓出而时有不足。持论较全面。

孙绰是东晋著名的玄言诗人，也是有名的赋家。他的《游天台山赋》是赋中的名作，为《文选》所选录。《世说新语·文学》篇云："孙兴公作《天台赋》成，以示范荣期，云：'卿试掷地，要作金石声。'范曰：'恐子之金石，非宫商中声。'然每至佳句，辄云：'应是我辈语。'"他为创作《游天台山赋》而颇为自许。

《游天台山赋》写孙绰自己游山寻仙，把游山与佛道思想融合在一起。赋的最后说："浑万象以冥观，兀同体于自然。"人和自然合而为一，归于玄理。

刘勰在《才略》篇中说：

> 孙绰规旋以矩步，故伦序而寡状。

这是说，《游天台山赋》将游山与佛道思想融合，文章在佛道思想中回旋，写得有条有理而较少山水景色的描写。其实，孙绰的玄言诗亦复如此。这一论断，颇为深刻。

刘勰还论到晋明帝司马绍的赋，说他"振采于辞赋"（《时序》）。司马绍"雅好文辞"（《晋书·明帝纪》），其赋今存《蝉赋》一篇，而此篇仅存六句："寻长枝以凌高，静无为以自宁。邈矣独处，弗累于情。任运任时，不虑不营。"此写蝉的清高独处，委运乘化，展示了司马绍的文采，确有可取之处。

三

除了诗赋之外,刘勰对东晋散文论述颇多。《文心雕龙·才略》篇说:

> 庾元规之表奏,靡密以闲畅;温太真之笔记,循理而清通:亦笔端之良工也。孙盛、干宝,文胜为史,准的所拟,志乎典训,户牖虽异,而笔彩略同。

这里论及的有庾亮、温峤、孙盛和干宝。

庾亮,字元规,《文选》卷三十八选录其《让中书监表》。这是庾亮章表的代表作。晋明帝即位之后,任命庾亮为中书监,庾亮坚决辞让,他上表曰:

> 臣领中书,则示天下以私矣。何者?臣于陛下,后之兄也。姻娅之嫌,与骨肉中表不同。虽太上至公,圣德无私,然世之丧道,有自来矣。悠悠六合,皆私其姻者也;人皆有私,则天下无公矣。是以前后二汉,咸以抑后党安,进婚族危。向使西京七族,东京六姓,皆非姻党,各以平进,纵不悉全,决不尽败。今之尽败,更由姻昵。

文章辞旨切至,如刘勰所说,具有细密、从容、畅达的特点。《章表》篇说:"庾公之《让中书》,信美于往载。"庾亮的《让中书监表》,确实比以往章表写得好。刘勰对此篇备致优评。应该看到,庾亮历任元帝、明帝、成帝三朝,据《晋书》本传记载,元帝时,"辟西曹……累迁给事中、黄门侍郎、散骑常侍"。明帝时,"代王导为中书监……徙中书令"。成帝时,"都督江、荆、豫、益、雍六州诸军事,领江、荆、豫三州刺史,进号征西将军"。可谓官高爵显。而庾亮在辅佐成帝,消灭苏峻、祖约等反叛东晋王朝的军事力量方面,功勋卓著,所以他在文学方面的才能反为其政治、军事业绩所掩。刘勰说:"昔庾元规才华清英,勋庸有声,故文艺不称;若非台岳,则正以文才也。"(《程器》)庾亮如果不做官,会因文才而著名。分析得很有道理。

温峤,字太真。《晋书》本传说他"博学能属文"。《隋书·经籍志》四著录:"晋大将军温峤集十卷,梁录一卷。"但散失很多。严可均《全晋文》辑录其文二十二篇,大都残缺不全。比较完整的只有《晋书》本传所引用的《请原王敦佐吏疏》、《奏军国要务七事》、《重与陶侃书》、《移告四方征镇》等。刘勰说他的笔札,合乎事理而文辞清通。他是这方面的高手,从上面提及的文章看,确实如此。

温峤有一篇《侍臣箴》,其中说:"勿谓其微,覆篑成高;勿谓其细,巨由纤毫。故曰善不积,不足以成名。话言如丝,而万里来享。无以处极,而利在永贞。"这是温峤对侍臣提出的箴言。刘勰说:"箴者,针也,所以攻疾防患,喻针石也。"(《铭箴》)以这个标准去衡量《侍臣箴》,刘勰认为它"博而患繁……鲜有克衷",即《侍臣箴》内容广博而显得繁杂,写得不能恰到好处,严肃地提出了批评。

《奏启》篇云:"刘颂殷勤于时务,温峤恳恻于费役,并体国之忠规矣。"刘颂且不论。这里是说,温峤的《上太子疏谏起西池楼观》,对当时耗费民力深感不安,这是体察国事的忠言。对温峤所上之疏表示了肯定的评价。

不论是批评还是褒扬,都表现出温峤的是非分明,文辞清新而雅正。刘勰说:"晋氏中兴,惟明帝崇才,以温峤文清,故引入中书。自斯以后,体宪风流矣。"(《诏策》)东晋明帝爱重人才,温峤"文清",所以被引入中书省。从此以后,中书省之体制有了可遵循的法度,此风就流传下去了。这说明温峤之文风对后世也产生了一定的影响。

孙盛和干宝都是史学家。《晋书·孙盛传》云:"盛笃学不倦,自少至老,手不释卷。著《魏氏春秋》、《晋阳秋》,并造诗赋论难复数十篇。《晋阳秋》词直而理正,咸称良史焉。"其《晋阳秋》久已散失,刘勰说它"以约举为能"(《史传》),即以简约成为良史,已无法证明。《晋书·干宝传》云:"宝少勤学,博览书记,以才器召为著作郎。……著《晋纪》,自宣帝迄于愍帝五十三年,凡二十卷,奏之,其书简略,直而能婉,咸称良史。"《晋纪》虽亦亡佚,然而萧统《文选》选入其《晋纪·论晋武帝革命》、《晋纪·总论》,尚可窥其一斑。刘勰谓干宝《晋纪》"以审正得序"(《史传》),即精审正确而次序井然。持论是十分公允的。

应该指出,魏晋以来,文学观念逐渐明确,西晋荀勖《中经新簿》"分为四部,总括群书。一曰甲部:纪六艺及小学等书;二曰乙部,有古诸子家、近世子家、兵书、兵家、术数;三曰景(丙)部,有史记、旧事、皇览、杂事;四曰丁部,有诗赋、图赞、汲冢书"(《隋书·经籍志》)。东晋李充"重分四部:五经为甲部;史记为乙部;诸子为丙部;诗赋为丁部"(钱大昕《〈元史·艺文志〉序》)。可见文学和历史分属两部,为什么刘勰又混为一谈呢? 这可以有各种不同的解释。例如,中国在传统上认为文、史有千丝万缕的关系,是难以分清的。再说,史学著作大都富于文采,《史记》、《汉书》不用说了,就是干宝《晋纪》亦复如此。刘勰认为孙盛、干宝"文胜为史……笔彩略同",就看出了这一点。因此论及史学著作是十分自然的。萧统《文选》是文学选本,不也是选入班固《汉书》、干宝《晋纪》和范晔《后汉书》里的文章吗? 但是,不论如何解释,都难以掩盖刘勰混淆文、史界限的缺点。

郭璞和孙绰都是东晋的重要作家,刘勰不仅论述了他们的诗赋,也论述了他们的散文。

《杂文》篇说:

> 景纯《客傲》,情见而采蔚;虽迭相祖述,然属篇之高者也。

刘勰认为,郭璞的《客傲》,情志显露,文采丰富,虽模仿前人,而成就较高。《晋书·郭璞传》云:"璞既好卜筮,缙绅多笑之。又自以才高位卑,乃著《客傲》。"显然,郭璞的《客傲》是他"才高位卑"的不平之鸣。文章一开始就写客人讥笑郭生说:

> 玉以兼城为宝,士以知名为贤。明月不妄映,兰茝岂虚鲜。今足下既以拔文秀于丛荟,荫弱根于庆云,陵扶摇而竦翮,挥清澜以濯鳞,而响不彻于九皋,价不登乎千金。

郭生认为人的志趣各有不同,在怀才不遇的情况下,他打算"寂然玩此员策与智骨",即寂寞地玩玩这些用来占卜的蓍草、龟甲度日,表现出玄学的人生态度。

《颂赞》篇说:

> 及景纯注《雅》,动植必赞,义兼美恶,亦犹颂之变耳。

意思是说,郭璞注《尔雅》,对其中动物、植物都写了"赞",有赞美有贬抑,亦似颂之变化。刘勰说:"赞者,明也,助也。"即"赞"是说明、辅助的意思,并无褒贬,如《文心雕龙》各篇结尾皆有"赞曰",总结全文,无褒无贬。但是,司马迁《史记》、班固《汉书》,始"托辞褒贬",有一些"赞"就有褒有贬了。这好像颂体,先是"美盛德而述形容",到了魏晋时代也"褒贬杂居"了。郭璞的《尔雅图赞》是有褒有贬的,如《梧桐》云:"桐实嘉木,凤凰所栖。爰伐琴瑟,八音克谐。歌以永言,嗌嗌喈喈。"这是褒。又如《鼫鼠》云:"五能之鼠,技无所执。应气而化,翻飞駕集。诗人歌之,无食我粒。"这是贬。再如《杜若》云:"蘼芜善草,乱之地(蛇)床。不陨其实,自别以芳。佞人似智,巧言如簧。"这里有褒有贬。这大概是赞体的变化。

《诔碑》篇云:

> 及孙绰为文,志在碑诔。《温》、《王》、《郗》、《庾》,辞多枝杂,《桓彝》一篇,最为辨裁。

这是说,孙绰作文,其志在于碑诔的写作。他的《温峤碑》、《丞相王导碑》、《太宰郗鉴碑》、《太尉庾亮碑》,辞多枝蔓,杂乱无章,只有《桓彝碑》最为明辨而剪裁恰当。孙绰的《温峤碑》,已佚。《丞相王导碑》、《太宰郗鉴碑》、《太尉庾亮碑》,已残缺不全。《桓彝碑》亦佚。我们现在已无法全部证实刘勰的论断了。《晋书·孙绰传》说:"绰少以文才垂称,于时文士,绰为其冠。温、王、郗、庾诸公之薨,必须绰为碑文,然后刊石焉。"可见《温峤碑》等皆为应酬之作,实非碑中上品。

李充,字弘度,东晋学者。《序志》篇云:

> ……宏范《翰林》,各照隅隙,鲜明衢路。……《翰林》浅而寡要。

"宏范",应作"弘度"。这里,刘勰批评李充的《翰林论》像魏晋时期曹丕的《典论·论文》、曹植的《与杨德祖书》、应玚的《文质论》、陆机的《文赋》、挚虞的《文章流别论》一样,只能看到一角一孔,很少能看到康庄大道。《翰林论》所论亦浅薄而不得要领。这个批评是十分严厉的。

《隋书·经籍志》四著录:"《翰林论》三卷,李充撰。梁五十四卷。"根据这个记载,有的研究者推测李充与挚虞所著类型相似;挚虞有《文章流别论》和《文章流别志》,李充有《翰林论》和《翰林》。前者为论述部分,后者为作品选集。这个推测是合理的。由于其书已佚,也无法证实了。

李充的《翰林论》今存佚文十余则,如:

> 表宜以远大为本,不以华藻为先。若曹子建之表,可谓成文矣。诸葛亮之表刘主,裴公之辞侍中,羊公之让开府,可谓德音矣。

> 研核名理而论难生焉。论贵于允理,不求支离。若嵇康之论,成文矣。

> 潘安仁之为文也,犹翔禽之羽毛,衣被之绡縠。

或论文体,或评作家,论述虽较简略,持论亦有可取之处。刘勰的批评未免过于苛求了。

刘勰关于东晋文学的论述比较全面,他既论述诗赋,也论述散文,同时他的论述又能突出重点。东晋的作家作品很多,他所论的主要是一些著名作家和优秀作品。他论述作家作品皆要言不烦,或三言两语,击中要害;或一语破的,入木三分。这些论述,对于研究东晋文学是颇有参考价值和借鉴作用的。

关于东晋文学的论述,刘勰在《时序》篇中作了一个简要的小结。他说:

> 元皇中兴,披文建学,刘、刁礼吏而宠荣,景纯文敏而优擢。逮明帝秉哲,雅好文会,升储御极,孳孳讲艺,练情于诰策,振采于辞赋;庾以笔才逾亲,温以文思益厚,揄扬风流,亦彼时之汉武也。及成、康促龄,穆、哀短祚,简文勃兴,渊乎清峻,微言精理,函满玄席,淡思浓采,时洒文囿。至孝武不嗣,

> 安、恭已矣；其文史则有袁、殷之曹，孙、干之辈，虽才或浅深，珪璋足用。自中朝贵玄，江左称盛，因谈余气，流成文体。是以世极迍邅，而辞意夷泰，诗必柱下之旨归，赋乃漆园之义疏。

这是说，晋元帝建立东晋王朝，他披阅典籍，兴建太学，刘隗、刁协因深明礼法而被器重，郭璞因文思敏捷而得提拔。到了晋明帝，他禀赋聪明，很喜欢聚会文士。从做太子到即帝位，不倦地讲习六经，在写作诏诰、策书和辞赋上，他注意提炼内容，发挥采藻。庾亮因为有写作章表的才能愈被亲近，温峤因为文思敏锐更受重视。他提倡文学，也可算是当时的汉武帝了。到晋成帝、晋康帝，寿命短促；晋穆帝、晋哀帝，在位不久。晋简文帝蓬勃兴起，他的性格深远清峻，微妙的言辞和精深的道理，充满在清谈的几席间。淡泊的思想，浓艳的文采，时时散落到文学的园地里。到晋孝武帝，没有好的继承人。到晋安帝、晋恭帝，东晋也就完了。当时文学家兼史学家有袁宏、殷仲文、孙盛、干宝这批人，他们的才学虽然有高有低，但是如同玉中的珪璋，足够朝廷任用了。自从西晋崇尚谈玄以来，到东晋更为盛行。由于谈玄风气的影响，形成一种文风，因此时势虽极艰难，而作品内容却很安泰平和，写诗一定表现老子的思想，作赋等于给《庄子》作注解。我们认为，刘勰以"诗必柱下之旨归，赋乃漆园之义疏"概括东晋文学的主要倾向，并以之揭示东晋文学的时代特征，是十分深刻的。

1994年3月

情必极貌以写物　辞必穷力而追新
——刘勰论南朝宋、齐文学

刘勰的《文心雕龙》完成于南朝齐末,它对南朝齐以前的历代文学都有评论。比较起来,它对魏晋以前的文学论述较详,对南朝宋齐的文学则论述十分简略。其原因诚如刘勰自己所说的:"盖闻之于世,故略举大较。"(《时序》)"世近易明,无劳甄序。"(《才略》)但是,今天看来,这些简略的论述,仍包含了一些精辟的见解,值得我们重视。

一

《文心雕龙·时序》篇说:

> 自宋武爱文,文帝彬雅,秉文之德,孝武多才,英采云构。自明帝以下,文理替矣。尔其缙绅之林,霞蔚而飙起;王、袁联宗以龙章,颜、谢重叶以凤采,何、范、张、沈之徒,亦不可胜也。盖闻之于世,故略举大较。

这是论述南朝宋代文学,可见当时文学盛况。

宋武帝刘裕本是赳赳武夫,他登上宰相的宝座之后,也附庸风雅,"颇慕风流"(《宋书·郑鲜之传》)。宋文帝刘义隆"博涉经史,善隶书",他"好儒雅,又命丹阳尹何尚之立玄学,著作佐郎何承天立史学,司徒参军谢元立文学,各聚门徒,多就业者"(《南史·宋文帝本纪》)。文学独立为一科,自宋文帝始。这是我国古代文学史上的一件盛事,故史书上赞曰:"江左风俗,于斯为美,后言政化,称元嘉焉。"《南史·鲍照传》载有这样一件事:"上(宋文帝)好为文章,自谓人莫能及,照悟其旨,为文章多鄙言累句。咸谓照才尽,实不然也。"刘义隆对自己的文章如此自许,说明他是有文学才能的。他的诗今存三首。《元嘉七年,以滑台战守弥时,遂至陷没,乃作诗》云:"抚剑怀感激,志气若云浮。愿想凌扶摇,弭旆拂中州。"表现了统一国家的愿望。但是,壮志难酬,所以,"惆怅惧迁逝,北顾涕交流"。《北伐诗》云:"逝将振宏罗,一麾同文轨。"也表明了"书同文,车同轨"的统一理想,都是南朝诗坛上比较难得的诗作。《登景阳楼诗》是写景之作,已残缺不全,但是,像"阶上晓露洁,林下夕风清。蔓藻嬛绿叶,芳兰媚紫茎"之类的句子,仍表现了他娴熟的写作技巧。

宋孝武帝刘骏,《南史·宋孝武帝本纪》说他"读书七行俱下,才藻甚美";《南史·王俭传》说他"好文章,天下悉以文采相尚"。所以刘勰说他"英采云构"。刘骏诗今存二十余首,是南朝宋帝王中存诗最多的一个。他的《丁督护歌》五首,《宋书·乐志》原不署作者,《旧唐书·音乐志》认为"今歌是采孝武帝所制",根据的是徐陵的《玉台新咏》。此书选录其中两首,定为刘骏所作。这两首是:

  督护上征去,侬亦思闻许。愿作石尤风,四面断行旅。
  黄河流无极,洛阳数千里。坎轲戎途间,何由见欢子。

另选《拟徐幹诗》一首云:

  自君之出矣,金翠暗无精。思君如日月,回还昼夜生。

这些诗大都构思巧妙,颇有民歌风味。"愿作"二句,"思君"二句,均以具体形象作比以抒发情思,比较生动。所以沈德潜评曰:"孝武诗,时有巧思。"

宋明帝刘彧,《南史·明帝本纪》说:"帝好读书,爱文义,在藩时撰《江左以来文章志》,又续卫瓘所注《论语》二卷。及即大位,旧臣才学之士多蒙引进。"可见刘彧是一个文学爱好者。在封建社会中,帝王的爱好和提倡,都会产生一定的社会影响。在刘勰看来,当时士大夫中文学之士众多,与此不无关系。刘师培在《中国中古文学史》的《宋代文学》一节,根据《宋书》、《南史》等史籍记载,列举了很多作家。刘勰则因为当时大家都熟悉,所以在《时序》篇中只列举了一些较有声望的作家。"王、袁联宗",是指王、袁两姓的作家群。王姓有王诞、王僧达、王微、王韶之、王准之等,袁姓有袁湛、袁淑、袁顗、袁粲等。"颜、谢重叶",是指颜、谢二姓,代有作家。颜姓有颜延之及颜竣、颜测等。谢姓有谢灵运及谢瞻、谢惠连、谢庄等。至于"何、范、张、沈",研究者有不同说法。郭绍虞、王文生主编的《中国历代文论选》,根据《宋书》的有关记载,认为是指的何尚之、何承天、何长瑜、范泰、范晔、张永、张敷、沈怀文等人,比较可取。南朝宋文学的盛况,诚如刘勰所说:"宋代逸才,辞翰鳞萃。"但是,因为时代较近,其文坛情况大家都清楚,所以就不详论了。

南朝宋文学的著名作家当推颜、谢。刘勰只是笼统地提到颜、谢,并没有指出他们的创作特色和历史地位。沈约说:"爰逮宋氏,颜、谢腾声,灵运之兴会标举,延年之体裁明密,并方轨前秀,垂范后昆。"(《宋书·谢灵运传论》)钟嵘说:"元嘉中,有谢灵运,才高词盛,富艳难踪,固已含跨刘、郭,凌铄潘、左。"引汤惠休的话说:"谢诗如芙蓉出水,颜如错采镂金。"又说:"谢客为元嘉之雄,颜延年为辅。斯皆五言之冠冕,文词之命世也。"可以视作刘勰论述的补充。再者,鲍照是宋代杰出作家,刘勰只字未提。沈约《宋书》本传记载极略。钟嵘虽然评到,仅列为下品。这显然是受了门阀制度观念的影响。

《文心雕龙·明诗》篇云:

> 宋初文咏,体有因革,庄老告退,而山水方滋。俪采百字之偶,争价一句之奇;情必极貌以写物,辞必穷力而追新:此近世之所竞也。

这里指出南朝宋初诗坛的新变化,涉及三个问题:

(一)玄言诗退出诗坛。

玄言诗是从西晋永嘉(307—313)以后,直到东晋一百余年间盛行的一种诗体。《宋书·谢灵运传论》云:

> 有晋中兴,玄风独振,为学穷于柱下,博物止乎七篇,驰骋文辞,义殚乎此。自建武暨乎义熙,历载将百,虽缀响联辞,波属云委,莫不寄言上德,托意玄珠,遒丽之辞,无闻焉尔。

钟嵘《诗品·序》云:

> 永嘉时,贵黄、老,稍尚虚谈。于时篇什,理过其辞,淡乎寡味。爰及江表,微波尚传,孙绰、许询、桓、庾诸公诗,皆平典似《道德论》,建安风力尽矣。

《文心雕龙·明诗》篇云:

> 江左篇制,溺乎玄风,嗤笑徇务之志,崇盛亡机之谈。袁、孙以下,虽各有雕采,而辞趣一揆,莫与争雄;所以景纯仙篇,挺拔而为俊矣。

《时序》篇云:

> 自中朝贵玄,江左称盛,因谈余气,流成文体。是以世极迍邅,而辞意夷泰,诗必柱下之旨归,赋乃漆园之义疏。

这些论述都反映了当时玄言诗盛行的情况。直到南朝宋初,山水诗兴起,玄言诗才逐渐退出诗坛。

(二)山水诗的兴起。

刘勰说:"庄老告退,而山水方滋。"其实,在玄言诗并未完全告退之时,山水诗已经兴起。沈约指出:"仲文始革孙、许之风,叔源大变太元之气。"(《宋书·谢灵运传论》)《续晋阳秋》也说:"至义熙中,谢混始改。"(《世说新语》刘孝标注引)谢混卒于公元412年,殷仲文卒于公元407年,都在东晋末年,略早于谢灵运。谢混诗今存三首,直接描写山水的诗句只有"惠风荡繁囿,白云屯曾阿。景昃鸣禽集,水木湛清华"数句。殷仲文诗今存二首,玄言诗句时有所见,而山水诗句却未见流传,所以《南齐书·文学传论》说:"仲文玄气,犹不尽除;谢混情新,得名未盛。"真正表现出山水诗创作实绩的是谢灵运。谢灵运,刘勰没有具体论及,但正如沈德潜所指出的:"刘勰《明诗》篇:'庄老告退,而山水方滋。'见游山水诗以康乐为最。"(《古诗源》卷十)实际上已经论及。钟嵘《诗品》列谢氏于上品,颇致优评。萧统《文选》选录谢诗四十二首,仅次于陆机。所以黄节说:"(谢灵运)汉魏以后,晋宋之间,一人而已。"(萧涤非《读诗三札记·读谢康乐札记》)可见谢灵运在当时诗坛上的地位是很高的。

(三)山水诗在写作艺术上的新变化。

山水诗代替玄言诗,这是中国古代诗歌史上的新变化。随着这个变化,在写作艺术上也出现了新的变化。这个变化就是刘勰所说的:"俪采百字之偶,争作一句之奇;情必极貌以写物,辞必穷力而追新。"意思是,南朝宋初的山水诗,讲究全篇的对偶,争取每一句的新奇;内容必须穷尽形貌来描绘景物,文辞一定要竭力追求新颖。这里,首先是诗歌内容的变化。内容由表现老庄思想变为描写美丽的山水景色,力求穷尽形貌,以"形似"为贵。《文心雕龙·物色》篇说:

> 自近代以来,文贵形似,窥情风景之上,钻貌草木之中。吟咏所发,志惟深远;体物为妙,功在密附。故巧言切状,如印之印泥,不加雕削,而曲写毫芥。故能瞻言而见貌,印字而知时也。

这段论述正反映了当时山水诗创作的新的特点。其次是文辞方面的竭力求新。这种"新",其内容可能是多方面的。但至少包括两项:第一,对偶句的增多。《丽辞》篇说:"造化赋形,支体必双,神理为用,事不孤立。夫心生文辞,运裁百虑,高下相须,自然成对。"这是认为文辞成对是十分自然的事情。刘勰的认识反映了当时文士的共同认识,也反映了南朝宋齐诗坛上的一种风气。谢灵运《登池上楼》全诗二十二句,除"衾枕昧节候,褰开暂窥临"二句之外,全为对偶句,是一个典型的例子。第二,更加注意追求警句。陆机《文赋》说:"立片言而居要,乃一篇之警策。"《隐秀》篇说:"秀也者,篇中之独拔者也。"又说:"言之秀矣,万虑一交。动心惊耳,逸响笙匏。"说的都是警句。汉代古诗,气象浑成,难以句摘。魏晋以后,警句渐多,谢灵运诗尤为明显。例如,"池塘生春草,园柳变鸣禽"(《登池上楼》)、"明月照积雪,朔风劲且哀"(《岁暮》)、"白云抱幽石,绿筱媚清涟"(《过始宁墅》)、"野旷沙岸净,天高秋月明"(《初去郡》)等描写自然景物,确实别具特色。我们感到谢灵运诗,诚如钟嵘所说:"名章迥句,处处间起;丽典新声,络绎奔会。"(《诗品》卷上)这大概也是艺术上的新变化。

《通变》篇云:"宋初讹而新。"这是对宋初文学特点的总概括。"新"是新奇,前已论及,容易理解。"讹"则费解。《定势》篇云:

> 自近代辞人,率好诡巧,原其为体,讹势所变,厌黩旧式,故穿凿取新。察其讹意,似难而实无他术也,反正而已。故文反正为乏,辞反正为奇。效奇之法,必颠倒文句,上字而抑下,中辞而出外,回互不常,则新色耳。

这一段话对我们理解"讹"的内涵颇有帮助。按照刘勰的说法,遣词造句违反正常的做法,就是"讹"。而"讹"的作用是为了新奇。"讹"与"新"是紧密地联系在一起的。有的研究者认为"讹"指内容的不正确,似与原意不符。说宋初文学"讹而新",显然含有贬意。《通变》篇指出:

> 从质及讹,弥近弥澹。何则? 竞今疏古,风味气衰也。

这是说,从黄唐时代的"淳而质",到宋初的"讹而新",作品的滋味越来越淡。这是因为当时人争着模仿现代而忽视古代,所以风气衰落。怎样纠正这种不良风气呢?"矫讹翻浅,还宗经诰",最后仍归结到"宗经"。刘勰希望通过学习经书,以纠正当时的不良风气。

总之,刘勰对南朝宋代文学的评述虽然简略,但亦可清楚地看出,他对山水诗代替玄言诗的历史贡献作了充分的肯定,而对当时诗歌在艺术表现方面的诡异和新奇则提出了批评。这种评述是公允的,与他的文学观也是一致的。

二

比起刘勰论南朝宋代文学来,他对南朝齐代文学的论述就更为简略。这固然是由于刘勰生活在齐代,齐代文学的情况,大家都了解,无需费辞,同时也是因为评论当代文学容易犯忌。因此,除了抽象的歌颂之外,不再涉及具体作家。

《文心雕龙·时序》篇云:

> 暨皇齐驭宝,运集休明:太祖以圣武膺箓,高(世)祖以睿文纂业,文帝以贰离含章,中(高)宗以上哲兴运,并文明自天,缉遐景祚。今圣历方兴,文思光被,海岳降神,才英秀发。驭飞龙于天衢,驾骐骥于万里,经典礼章,跨周轹汉,唐、虞之文,其鼎盛乎!鸿风懿采,短笔敢陈;飓言赞时,请寄明哲。

这里主要是对齐代皇帝歌功颂德:齐太祖因圣明英武受命称帝,齐世祖因明智多文才而继承大业,齐文帝英明而有文采,齐高宗以杰出的智慧振兴国运。值得注意的是"今圣历方兴"一句。对此句的理解,有的研究者认为是指齐和帝萧宝融,有的研究者认为是指梁武帝萧衍,看法不一。这个问题涉及《文心雕龙》成书的时间,认为是指齐和帝的,则《文心雕龙》完成于齐末;认为是指梁武帝的,则《文心雕龙》完成于梁初。我们同意刘毓崧的分析,认为是指齐和帝(参阅《通谊堂集·书文心雕龙后》)。补充两条理由:第一,在齐和帝即位前后即有"中兴"之说,永元二年(500)宣德太后令中已有"光奉明圣,翊成中兴"的话。第二,和帝即位,年号即为"中兴",凡此皆与"圣历方兴"语相合。我们不同意后说,因为如果这句话是指梁武帝,那就不是《时序》篇所说的"蔚映十代,辞采九变",而是十一代了。与刘勰的原意显然不合。

应该指出,齐代的皇帝和皇族子弟颇有一些有文学才能的人物。根据历史记载,齐高帝萧道成"博学,善属文,工草隶书……所著文,诏中书侍郎江淹撰次之。又诏东观学士撰《史林》三十篇,魏文帝《皇览》之流也"(《南史·齐本纪》)。高帝的儿子武陵昭王萧晔,"性刚颖俊出,与诸王共作短句诗,学谢灵运体,以呈高帝。帝报曰:'见汝二十字,诸儿作中最为优者。但康乐放荡,作体不辨有首尾,安仁、士衡深可宗尚,颜延之抑其次也。'"(《南史·齐高帝诸子下》)桂阳王萧铄"性理偏诐,遇其赏兴,则诗酒连日"。始兴简王萧鉴"善属文"。江夏王萧锋"至十岁,便能属文"。齐武帝的儿子竟陵文宣王萧子良,"集学士抄《五经》百家,依《皇览》例为《四部要略》千卷。……所著内外文笔数十卷"(《南史·齐武帝诸子》)。《梁书·武帝纪》云:"竟陵王子良开西邸,招文学,高祖与沈约、谢朓、王融、萧琛、范云、任昉、陆倕等并游焉,号曰八友。"随郡王萧子隆,"武帝以子隆能属文,谓俭曰:'我家东阿也。'"(同上)类似的记载,还有一些,兹不备录。

齐代和南朝宋代一样,帝王的文学爱好,对文学的繁荣和发展都产生了一定的影响。齐永明文学的代表作家沈约和谢朓,就是"竟陵八友"的重要人物,这绝不是偶然的现象。

齐永明文学讲究声律,出现了"永明体"。《南史·陆厥传》云:

> 时盛为文章,吴兴沈约、陈郡谢朓、琅邪王融,以气类相推毂。汝南周颙善识声韵,约等文皆用宫商,将平上去入为四声,以此制韵,有平头、上尾、蜂腰、鹤膝;五字之中,音韵悉异,两句之内,角徵不同,不可增减,世呼为永明体。

"永明体"的特点,即四声八病。四声即平、上、去、入;八病即平头、上尾、蜂腰、鹤膝、大韵、小韵、旁纽、正纽。沈约倡导的四声八病之说,对于格律诗的形成和发展有着巨大的影响,当时就产生讲究格律的新体诗,而唐代的律诗、绝句则是对"永明体"诗歌的继承和发展。这是中国诗歌史上具有划时代意义的大事。

沈约和谢朓、王融等人,不仅在诗歌理论上力主讲究声律,而且在诗歌创作上也是"永明体"的积极实践者。例如:

> 微风摇紫叶,轻露拂朱房。中池所以绿,待我泛红光。(沈约《绿芙蓉》)

这首诗的平仄是:平平平仄仄,仄仄仄平平。平平(平)仄仄,仄仄仄平平。

> 落日高城上,余光入绣帷。寂寂深松晚,宁知琴瑟悲。(谢朓《铜雀悲》)

这首诗的平仄是:仄仄平平仄,平平仄仄平。仄仄平平仄,平平(仄)仄平。

> 游人欲骋望,积步上高台。井莲当夏吐,窗桂逐秋开。花飞低不入,鸟散远时来。还看云阵影,含月共徘徊。(王融《临高台》)

这首诗的平仄基本上是"平平平仄仄,仄仄仄平平"的重复。

这些诗在格律上并不严格,同时不免存在重复、单调的缺点,但是作为古体诗演变到近体诗的过渡形式,它仍然是中国古代诗歌格律史上的一座里程碑,其中包含了诗人们开拓和探索的苦心,应该受到人们的珍视。《南史·庾肩吾传》云:"齐永明中,王融、谢朓、沈约文章始用四声,以为新变,至是转拘声韵,弥为丽靡,复逾往时。"这种"新变"是文学发展的必然规律,我们不仅要看到"永明体"诗歌过分追求形式的"丽靡",更应看到它在诗歌发展史上的贡献。

刘勰在《文心雕龙》中并未直接论及"永明体"。但是,《声律》

篇对于诗文声律的论述,显然涉及"永明体"的声律问题。

"永明体"的声律理论,沈约在《宋书·谢灵运传论》中作了简明扼要的阐述:

> 夫五色相宣,八音协畅,由乎玄黄律吕,各适物宜。欲使宫羽相变,低昂互节,若前有浮声,则后有切响。一简之内,音韵尽殊;两句之中,轻重悉异。妙达此旨,始可言文。

这是"永明体"的诗歌声律理论的基础,说明的就是"四声八病",对当时的"永明体"诗歌创作是起了指导作用的。同样的道理,刘勰也论及。

沈约说:"欲使宫羽相变,低昂互节,若前有浮声,则后有切响。""宫"指平声;"羽"指仄声。"浮声"指平声;"切响"指仄声。意思是,写作诗文,要使文辞的平仄互相变化,高音低音互相调节。如果前面有了平声字,后面就要安排仄声字。《声律》篇说:"凡声有飞沉……沉则响发而断,飞则声扬不还。""飞"指平声;"沉"指仄声。意思是,字的声调有平仄的区别,一句诗都用仄声字,音响发出来好像中断似的,即全句都是高音声调,没有高低起伏的节奏;都用平声字,声调就会远扬而转不过来,即全句都是低音声调,十分简单平淡。与沈约论述的是同一个道理。

沈约说:"一简之内,音韵尽殊;两句之中,轻重悉异。"这是对"四声八病"说的概括说明。《南史·陆厥传》说:"五字之中,音韵悉异;两句之内,角徵不同。"意思是,在五言诗的一句之中,除连绵字之外,不得用同声母和同韵母的字;两句之内,平声仄声不得相同。这样做,从诗歌的音响效果来说,是比较好的。《声律》篇说:

> 双声隔字而每舛,叠韵杂句而必睽。

意思是,双声词,即同声母的词,应该连在一起出现,不可隔字出现,隔字出现念起来不顺口;叠韵词,即同韵母的词,也应该连在一起出现,不可分开在句中的两处,分在两处念起来很别扭。这里肯定了诗句中双声叠韵之美,与沈约所论一致而较详,可以作为沈约声律理论的补充。至于"两句之中,轻重悉异",是要求五言诗一联两句的平声仄声相对,以增强诗歌的抑扬顿挫之感。这就是《声律》篇所说的"异音相从谓之和"。所谓"和",就是诗句中平仄相间所取得的一种和谐的声律效果。《声律》篇说:

> 异音相从谓之和,同声相应谓之韵。韵气一定,故余声易遣;和体抑扬,故遗响难契。属笔易巧,选和至难,缀文难精,而作韵甚易。

意思是,不同声调的字配合得当叫作和谐,韵母相同的字前后呼应叫作押韵。开头用韵一经选定,其余诗句的用韵就容易安排了。和谐的体式抑扬顿挫,平仄难以配合得当。遣词造句容易工巧,选择和谐的声律极为困难,写作文章难以精妙,而押韵是很容易的。刘勰强调做到"和"的困难,这是符合事实的。沈约说:"自骚人以来,此秘未睹。"未免有些夸张了。

关于"永明体"诗歌声律理论,如果说沈约的《宋书·谢灵运传论》只是一个简单的说明,而刘勰的《文心雕龙·声律》篇则是比较详细的论述。这是研究"永明体"诗歌和声律的重要文献。

刘勰对南朝齐代文学不是一味的歌颂,也有批评。批评只是就其总的倾向而言,并不涉及具体的作家作品。《序志》篇说:

> 惟文章之用,实经典枝条,五礼资之以成,六典因之致用,君臣所以炳焕,军国所以昭明,详其本源,莫非经典。而去圣久远,文体解散,辞人爱奇,言贵浮诡,饰羽尚画,文绣鞶帨,离

本弥甚,将遂讹滥。

这是从儒家经书出发,批评魏晋以来,特别是南朝宋齐文学的不良倾向。

刘勰对魏晋文学的褒贬,是显而易见的。

建安文学。刘勰认为它的特点是"梗概而多气",作了充分的肯定。同时,他在《明诗》篇中指出:

> 暨建安之初,五言腾踊。文帝、陈思,纵辔以骋节;王、徐、应、刘,望路而争驱。并怜风月,狎池苑,述恩荣,叙酣宴,慷慨以任气,磊落以使才。造怀指事,不求纤密之巧;驱辞逐貌,惟取昭晰之能:此其所同也。

在《乐府》篇中指出:

> 至于魏之三祖,气爽才丽,宰割辞调,音靡节平。观其"北上"众引,"秋风"列篇,或述酣宴,或伤羁戍,志不出于淫荡,辞不离于哀思,虽三调之正声,实《韶》《夏》之郑曲也。

这里固然是论述建安古诗和乐府的变化,同时也包含了批评。刘永济先生说:"(建安文学)大氐所归,皆主气质。矩度裁成,虽足振荡衰劫,犹未追典则。盖偏霸之才,非体明之极轨也。故彦和论文,于此诸家,微存贬抑。"(《十四朝文学要略》136、137页)确实抓住要害,道出刘勰论述的意蕴。

正始文学。《明诗》篇指出:

> 乃正始明道,诗杂仙心,何晏之徒,率多浮浅。惟嵇志清峻,阮旨遥深,故能标焉。

刘勰认为,正始文学只有嵇康、阮籍成就最为突出,批评何晏之流的诗作,大都是浮泛浅薄的。

太康文学。《明诗》篇对太康诗歌进行了严肃的批评,认为太康诗歌渐渐流于轻浮绮丽,指出张载、张协、张亢、陆机、陆云、潘岳、潘安、左思等人诗歌,文采比正始繁缛,力量比建安柔弱,有的以雕琢文辞为妙,有的以讲求音节流利为美。

东晋文学。《明诗》篇指出:

> 江左篇制,溺乎玄风,嗤笑徇务之志,崇盛亡机之谈。袁、孙已下,虽各有雕采,而辞趣一揆,莫与争雄;所以景纯仙篇,挺拔而为俊矣。

刘勰认为,东晋诗歌,沉溺在清谈玄学的风气之中,只有郭璞的《游仙诗》是突出的佳作。这是批评玄言诗。

《文心雕龙·通变》篇概括魏晋文学的特点是"浅而绮",含有贬意,所以说"弥近弥淡"。刘勰对南朝宋代文学的论述,已详上文。至于刘勰对南朝齐代文学批评的具体内容,尚有待探索。

从字面上看,刘勰对他所生活的齐代的文学,确实只有赞颂而无批评。但是,如果我们进一步探索,就会发现刘勰对齐代的文风是不满的,并且提出了严肃的批评。

前面提到,《序志》篇批评魏晋以来的文学说:"辞人爱奇,言贵浮诡,饰羽尚画,文绣鞶帨,离本弥甚,将遂讹滥。"这主要是批评南朝宋、齐文学。因为宋代诗歌在艺术形式上已孜孜追求"俪采百字之偶,争价一句之奇;情必极貌以写物,辞必穷力而追新"。齐代亦复如是,所以刘勰慨叹道:"今才颖之士,刻意学文,多略汉篇,师范宋集,虽古今备阅,亦近附而远疏矣。"(《通变》)说齐代文人"师范宋集",有史籍为证。《南齐书·文学传论》云:

> 今之文章,作者虽众,总而为论,略有三体:一则启心闲绎,托辞华旷,虽存巧绮,终致迂回,宜登公宴,本非准的。而

疏慢阐缓,膏肓之病,典正可采,酷不入情。此体之源,出灵运而成也。次则缉事比类,非对不发,博物可嘉,职成拘制。或全借古语,用申今情。崎岖牵引,直为偶说。唯睹事例,顿失精彩。此则傅咸五经,应璩指事,虽不全似,可以类从。次则发唱惊挺,操调险急,雕藻淫艳,倾炫心魂。亦犹五色之有红紫,八音之有郑卫。斯鲍照之遗烈也。

这是按照齐代文章的风格特点分为三类,追溯其源:

一类是学谢灵运的。谢氏的特点是"启心闲绎,托辞华旷",而学习的人往往得其膏肓之症:"疏慢阐缓。"萧纲《与湘东王书》云:"又时有效谢康乐……谢客吐言天拔,出于自然,时有不拘,是其糟粕。……是为学谢则不屈其精华,但得其冗长。""疏慢阐缓"即指"冗长",二者所论是一致的。

一类是学傅咸、应璩的。傅、应的特点是"缉事比类,非对不发",讲究数典隶事。刘永济说:"傅、应一体,则延年、希逸其流也。"(《十四朝文学要略》168页)"延年"即颜延之;"希逸"即谢庄。钟嵘《诗品·序》云:

> 颜延、谢庄,尤为繁密,于时化之。故大明、泰始中,文章殆同书钞。近任昉、王元长等,词不贵奇,竞须新事,尔来作者,寝以成俗。遂乃句无虚语,语无虚字,拘挛补衲,蠹文已甚。

南朝宋和齐梁时代,文士用典之风极盛。《南史·王摛传》载:"尚书令王俭尝集才学之士,总校虚实,类物隶之,谓之隶事,自此始也。俭尝使宾客隶事,多者赏之,事皆穷,唯庐江何宪为胜,乃赏以五花簟、白团扇。坐簟执扇,容气甚自得。摛后至,俭以所隶示之,曰:'卿能夺之乎?'摛操笔便成,文章既奥,辞亦华美,举坐击赏。

摘乃命左右抽宪簟,手自掣取扇,登车而去。"在这种风气影响之下,诗风为之一变。萧子显、钟嵘对此都是不满的。

一类是学鲍照的。鲍照的特点是"发唱惊挺,操调险急,雕藻淫艳,倾炫心魂"。萧氏认为"淫艳"一体源于鲍照,固然有一定道理,究竟未探其本。刘永济认为"其源实出晋宋乐府"(《十四朝文学要略》169页),才是探本之论。如齐代沈约,其《六忆诗》云:

忆来时,的的上阶墀。勤勤聚离别,慊慊道相思。相看常不足,相见乃忘饥。

忆坐时,点点罗帐前。或歌四五曲,或弄两三弦。笑时应无比,嗔时更可怜。

忆食时,临盘动颜色。欲坐复羞坐,欲食复羞食。含哺如不饥,擎瓯似无力。

忆眠时,人眠强未眠。解罗不待劝,就枕更须牵。复恐傍人见,娇羞在烛前。

与鲍照诗相比并不相似,显然与晋宋乐府民歌有关。

萧子显对齐代文学的分析,正为刘勰的"师范宋集"的论点提供了十分有力的证据。

刘勰针对当时文坛上浮靡的文风,在《情采》篇中,主张"为情而造文",反对"为文而造情"。他认为,为了表达思想感情而写作,写出的作品文字精炼而内容真实;为写作而虚造思想感情,写出的作品文辞华丽而内容浮泛。刘勰的旗帜鲜明的论点,为他的文学理论和批评增加了富有战斗性的内容。

在中国文学史上,南朝宋、齐两代的文学都是比较有特色的。刘师培说:"南朝之文,当晋宋之际,盖多隐秀之词,嗣则渐趋缛丽。齐梁以降,虽多侈艳之作,然文词雅懿,文体清俊者,正自弗乏。斯时诗什,盖又由数典而趋琢句,然清丽秀逸,亦自可观。"(《中国中古文学史》92页)这是就作品的语言风格特点作了评述。在刘勰看来,宋代山水诗代替玄言诗,这是诗歌发展的新变化。而山水诗在艺术技巧方面也有值得重视的地方。齐代的"永明体",刘勰没有直接论及,但是他对诗歌声律问题所发表的意见,和沈约等人的看法基本上是一致的,这是一方面。另一方面,他对南朝宋、齐文学的不良倾向也进行了严肃认真的批评。因此,刘勰对宋、齐文学的论述虽然比较简略,但对于我们研究南朝文学创作和文学理论批评,仍是很有参考价值的。

1987 年 11 月

附录一

沈约和他的文学理论批评

一、生平及文学、史学成就

沈约是南朝齐梁时期著名的文学家、史学家,也是文学批评家。他出身世家大族,大约二十余岁就"起家奉朝请"。他在四十岁以前,仕途并不顺利,四十岁以后,才逐步升迁。二十七岁,为安西将军、郢州刺史蔡兴宗的外兵参军兼记室。三十九岁,为征虏将军、南郡王萧长懋之记室,带襄阳令。四十二岁,萧长懋立为皇太子,他为步兵校尉,管书记,不久,迁太子家令。《梁书》本传说:"时东宫多士,约特被亲遇。每直入见,景斜方出。当时王侯到宫,或不得进,约每以为言。太子曰:'吾生平懒起,是卿所悉,得卿谈论,然后忘寝,卿欲我夙兴,可恒早入。'"可见太子对沈约的重视。四十三岁,任吏部尚书,不久兼著作郎,后又迁中书郎、本邑中正、司徒右长史、黄门侍郎。按司徒即竟陵王萧子良。当时萧子良亦喜与士人交游,沈约与萧衍、萧琛、王融、谢朓、范云、任昉、陆倕八人,号称"竟陵八友"。五十四岁,在齐明帝即位之后,进号辅国将军,征为五兵尚书。迁国子祭酒。沈约曾促成萧衍帝业,萧梁王朝建立之后,他是有功之臣,任尚书仆射,封建昌县侯、散骑常侍。很快又升为尚书左仆射,散骑常侍如故。不久兼领军,加侍中。后又为尚书令,行太子少傅,加特进光禄。七十三岁,卒。卒时为天监十二年(513)五月一日。沈约历仕宋、齐、梁三朝,政治地位是很高的。

沈约的文学创作，五言诗较有成就。所以钟嵘说："观休文众制，五言最优。"(《诗品》卷中)他的诗今存一百八十余首，除很少的七言诗和四言诗之外，都是五言诗。在这些五言诗中，有四十多首模拟古乐府的作品，还有许多陪同帝王游宴的奉命之作，内容比较狭窄、平庸。只有少量的送别诗和山水诗，值得我们注意：

> 生平少年日，分手易前期。及尔同衰暮，非复别离时。勿言一樽酒，明日难重持。梦中不识路，何以慰相思。(《别范安成》)

> 噭噭夜猿鸣，溶溶晨雾合。不知声远近，惟见山重沓。既欢东岭唱，复伫西岩答。(《石塘濑听猿》)

前一首写老友的离别之情。范安成，即范岫，字懋宾，在南朝齐代任安成内史。这首诗先写年轻时将重逢看得很容易，待到年老，则分别容易重逢难了，今非昔比，实在不该再离别了。今日饮酒，道一声珍重，不知明日又在何方？最后，用战国时张敏和高惠的故事，写别后思念情意，缠绵悱恻，感人至深。沈德潜评此诗说："一片真气流出，句句转，字字厚，去《十九首》不远。"(《古诗源》卷十二)我们颇有同感。后一首是写景诗，写诗人在拂晓前听到山上猿鸣。晨雾溶溶，惟见群山重叠，不辨猿声远近。猿声东唱西答，诗人伫立静听，其乐融融，饶有情趣。

沈约的写景诗较有特色。如《新安江至清浅深见底贻京邑游好》云：

> 洞澈随清浅，皎镜无冬春。千仞写乔树，百丈见游鳞。

写新安江水清澈见底，形象生动。《早发定山》云：

> 标峰彩虹外,置岭白云间。倾壁忽斜竖,绝顶复孤圆。归海流漫漫,出浦水溅溅。野裳开未落,山樱发欲然。

写"奇山"顶上彩虹,岭中白云,出浦流水,以及野裳、山樱等。虽通体对偶,而较少斧凿痕迹。可惜这类佳作在沈约诗中的比重太小了。

沈约诗,钟嵘《诗品》列为"中品",他说:"约于时谢朓未遒,江淹才尽,范云名级故微,故约称独步。"似有所贬抑。沈德潜说:"家令诗,较之鲍、谢,性情声色,俱逊一格矣。然在萧梁之代,亦推大家。以边幅尚阔,词气尚厚,能存古诗一脉也。尔时江屯骑、何水曹,各自成家,可以鼎足。"(《古诗源》卷十二)比较持平。

沈约的文学创作固然有值得注意的地方,但是作为一个颇负盛名的老作家和当时文坛的领袖,他鼓励后进、奖掖人才的事迹,尤其能够引起人们的崇敬。这类事迹散见于《梁书》。如:

> 昉起草即成,不加点窜。沈约一代词宗,深所推挹。(《任昉传》)

> 尚书令沈约,当世词宗,每见筠文,咨嗟吟咏,以为不逮也。(《王筠传》)

> (子显)尝著《鸿序赋》,尚书令沈约见而称曰:"可谓得明道之高致,盖《幽通》之流也。"(《萧子显传》)

> 举年十四,尝赠沈约五言诗,为约称赏。(《谢举传》)

> (显)尝为《上朝诗》,沈约见而美之,时约郊居宅新成,因命工书人题之于壁。(《刘显传》)

> 时镇军沈约闻其名,引为主簿,常与游宴赋诗,大为约所嗟赏。(《刘孺传》)

> 及公则(湘州刺史杨公则)卒,几为之诔,时年十五,沈约

见而奇之,谓其舅蔡撙曰:"昨见贤甥杨平南诔文,不减希逸(谢庄)之作,如验康公积善之庆。"(《萧几传》)

沈约亦爱其文,尝谓逊曰:"吾每读卿诗,一日三复,犹不能已。"(《何逊传》)

沈约尝见均文,颇相称赏。(《吴均传》)

尝于沈约坐赋得《咏烛》,甚为约赏。(《王藉传》)

(思澄)为《游庐山诗》,沈约见之,大相称赏,自以为弗逮。约郊居宅新构阁斋,因命工书人题此诗于壁。(《何思澄传》)

约郊居宅时新构阁斋,杳为赞二首,并以所撰文章呈约,约即命工书人题其赞于壁。(《刘杳传》)

刘勰的《文心雕龙》完成之后,想得到沈约的评定。"约便命取读,大重之,谓为深得文理,常陈诸几案。"(《刘勰传》)此外,《南齐书·谢朓传》云:"(朓)长五言诗,沈约常云:'二百年来无此诗也。'"

我们所以不厌其烦地引用这些事例,主要为了说明沈约对文学的另一贡献。刘永济说:"观此则永明新体之成,固缘声调谐美,为世所好。亦半出休文奖掖之功,半由文士趋附之故也。"(《十四朝文学要略》163页)这个分析是符合事实的。

沈约也是一个史学家。据《隋书·经籍志》等记载,他著有《晋书》一百一十卷、《宋书》一百卷、《齐纪》二十卷、《高祖(梁武帝)纪》十四卷等历史著作,这些著作除《宋书》今存之外,余皆散失。

沈约的《宋书》一百卷,包括本纪十卷、志三十卷、列传六十卷,是纪传体的史书,记载刘宋(420—479)六十年间的历史,被封建统治者作为"正史"列入"二十四史"。

《宋书》撰于齐代。《宋书·自序》说："五年春，又被敕撰《宋书》，六年二月毕功。"齐武帝永明五年（487）沈约奉命撰写《宋书》，永明六年（488）二月完成，历时只有一年左右。在"二十四史"中，成书之速实无过于此书。沈约为何能如此迅速地撰成此书？根据《自序》知道，沈约《宋书》多取徐爰旧本增删而成。在沈约《宋书》之前，"宋著作郎何承天已撰《宋书》，纪、传止于武帝功臣，其诸志惟《天文》、《律历》，此外悉委山谦之，谦之亡，诏苏宝生续撰，遂及元嘉诸臣。宝生被诛，又以命徐爰。爰因苏、何二本，勒为一史，起自义熙之初，迄于大明之末，其臧质、鲁爽、王僧达三传，皆孝武所造，惟永光以后至亡国十余年，记载并缺。今《宋书》内永光以后纪传，盖约等所补也。"（赵翼《廿二史札记》卷九《宋书多徐爰旧本》）原来沈约只撰写宋前废帝永光元年（465）至宋顺帝刘准升明三年（479）十余年间的史事，八志三十卷又是后来续成的，所以成书能这样迅速。

刘知几说："宋氏年惟五纪，地止江淮，书满百篇，号为繁富。"（《史通·书志》）《宋书》的价值，就在于它记载了刘宋一代的社会、政治、经济、文化的实际情况，保存了丰富的历史资料，是研究中国古代和南朝宋代历史必须参考的史籍。

至于沈约在文学理论和批评方面的贡献，正是我们下文所要介绍的。

二、文学史观和声律说

沈约的文学思想比较集中地表现在《谢灵运传论》中。这篇文章原是《宋书·谢灵运传》后的一段议论。萧统选入《文选》，作为"史论"一体，从此成为独立的文章。文章主要谈两个问题：

(一)纵论刘宋以前的文学发展。

首先,谈到文学的起源。沈约说:"夫志动于中,则歌咏外发。"又说:"然则歌咏所兴,宜自生民始也。"这是说,人的感情激动就用诗歌表现出来。从世界上有人开始,诗歌就产生了。前句是说诗歌是怎样产生的;后句是说诗歌是何时产生的。论断都是正确的。《毛诗序》说:"诗者,志之所之也,在心为志,发言为诗。情动于中而形于言,言之不足故嗟叹之,嗟叹之不足故永歌之。"《汉书·艺文志》说:"《书》曰:'诗言志,歌咏言。'故哀乐之心感,而歌咏之声发。"都是说诗歌是怎样产生的,并没有论及是何时产生的。沈约继承了前人的思想而有所发展,明确地提出世界上有了人就有了诗歌,这正是他超过前人的地方。

沈约论历代文学,是将《诗经》与诗歌的起源联系在一起谈的。然后从屈原、宋玉开始,讲到西汉的贾谊、司马相如。他认为,屈、宋、贾、司马的作品是"英辞润金石,高义薄云天"。对他们作品文辞和内容的评价是很高的。至于两汉作家王褒、刘向、扬雄、班固、崔骃、蔡邕等人,对他们的"清辞丽曲"是肯定的,但是也指出他们作品存在"芜音累气"的缺点。只有张衡是沈约十分赞赏的,认为他的文章很美,"绝唱高纵,久无嗣响"。东汉末年建安时期,曹操掌握了大权,不久曹丕做了皇帝。曹操、曹丕、曹睿和曹植都长于文学,他们的作品都有"以情纬文,以文被质"的特点。这里的"情"、"质"均指内容,"文"指文辞。这是说,文章要根据内容来组织文辞,要用文辞来表现内容,文章的内容和形式要高度统一。沈约不仅分析了各个时期的文学特色,而且注意到各个时期的文学变化。他认为,从汉至魏四百多年中,首先是以司马相如为代表的作家擅长描写,然后是以班彪、班固父子为代表的作家工于抒情说理,最后是以曹植、王粲为代表的作家注重气质才性。他们各具特点,故能影响后世。追溯其源,皆来自《诗经》《楚辞》。到了西晋时期,以潘岳、陆机最为突出。他们诗文的声律,与班固、贾谊不同,他们文章的体裁,比起曹植、王粲来已有变化。他们作品的丰富内容如星辰一般稠密,繁缛的文辞像锦缎一样协调。他们接受了司马相如等人的影响,吸收了建安诸作家作品的长处。东晋时期,老庄之学盛行,当时所作诗文都离不开老庄思想,因此遒丽的作品见不到了。直到殷仲文、谢混出来,才开始改变这种玄言诗风。刘宋时期,颜延之、谢灵运名望很高。谢灵运的诗歌兴会昂扬,颜延之的文章体制明密,都可以与前代优秀作家并驾齐驱,为后辈传下法式。

沈约关于历代文学的论述,有三点是值得我们注意的:

第一,他能抓住各个时期文学的特色,要言不烦,提出自己的看法,许多见解都是十分精辟的。例如他指出建安文学"以情纬文,以文被质",东晋文学"莫不寄言上德,托意玄珠,遒丽之辞,无闻焉尔",都是千古不破的论断。这些论断对刘勰的《文心雕龙》、钟嵘的《诗品》产生了直接的影响。

第二,他提出"以情纬文,以文被质"的观点,这个观点原是他对建安文学特点的概括,也表现出他的文学观。刘勰在《文心雕龙·情采》篇中说:"故情者文之经,辞者理之纬;经正而后纬成,理定而后辞畅。"与沈约的看法是一致的。但是,由于当时文学风气的影响,沈约重视"英辞"、"清辞丽曲"、"艳发"等。也就是说,他仍然比较偏重文辞。

第三,这样系统地论述历代文学,在中国古代文学理论批评史上是第一次。沈约以前,《毛诗序》从《诗经》出发,对诗歌的特点、分类、表现方法和社会政治作用等问题进行了分析。但是,它主要还是论述一部书。曹丕的《典论·论文》,对建安时期作家与文学问题作了论述,提出了"文气"说,表现了建安文学的时代精神。但是,它主要是论述一个时期的文学。沈约的《谢灵运传论》则不同,它简明扼要地论述从先秦到刘宋这段漫长时间中各个时期的文学特色。这是前人所未做过的工作。

(二)提出声律说。

沈约著有《四声谱》,他"以为在昔词人,累千载而不悟,而独得胸衿,穷其妙旨,自谓入神之作"(《梁书·沈约传》),颇为自许。按四声之说,是南齐永明时文人学士依据及摹拟转读佛经的声音而提出的,沈约、周颙是代表人物(陈寅恪《金明馆丛稿初稿·四声三问》)。据(《隋书·经籍志》著录,周颙著有《四声切韵》。值得注意的是,沈约等人将四声的原理应用于文学创作。《南史·陆厥传》云:

> (永明)时盛为文章,吴兴沈约、陈郡谢朓、琅邪王融,以气类相推毂。汝南周颙善识声韵。约等文皆用宫商,将平上去入四声,以此制韵,有平头、上尾、蜂腰、鹤膝。五字之中,音韵悉异,两句之内,角徵不同,不可增减。世呼为永明体。

沈约、周颙等人将四声的原理应用于诗歌创作,产生了"永明体"。"永明体"的特点就是讲究诗歌的声律,即"四声八病"。沈约等人以"四声"定韵,使诗句平仄相间,声律更为协调和谐。"八病"是指平头、上尾、蜂腰、鹤膝、大韵、小韵、旁纽、正纽,这是诗歌声律方面容易产生的八种毛病。沈约认为应该避免这八种毛病。关于"八病"的解释,研究者的说法各不相同。其中以日本人遍照金刚《文镜秘府论》中的说法比较可靠。因为遍照金刚生于公元774年,卒于公元835年,相当于我国唐代中期,距离沈约的时间不长,可能他的解说有一定的根据。他说:

平头:平头诗者,五言诗第一字不得与第六字同声,第二字不得与第七字同声。同声者,不得同平上去入四声,犯者名为犯平头。

上尾:上尾诗者,五言诗中,第五字不得与第十字同声,名为上尾。

蜂腰:蜂腰诗者,五言诗一句之中,第二字不得与第五字同声。言两头粗,中央细,似蜂腰也。

鹤膝:鹤膝诗者,五言诗第五字不得与第十五字同声。言两头细,中央粗,似鹤膝也,以其诗中央有病。

大韵:大韵诗者,五言诗若以"新"为韵,上九字中,更不得安"人"、"津"、"身"、"陈"等字,既同其类,名犯大韵。

小韵:小韵诗,除韵之外,而有迭相犯者,名为小韵病也。

傍纽:傍纽诗者,五言诗一句之中有"月"字,更不得安"鱼"、"元"、"阮"、"愿"等之字,此即双声,双声即犯傍纽。

正纽:正纽者,五言诗"壬"、"衽"、"任"、"入"四字为一纽;一句之中,以有"壬"字,更不得安"衽"、"任"、"入"等字。如此之类,名为犯正纽之病也。(《文镜秘府论·西卷·文二十八种病》)

这些规定过于严格、烦琐,就是他们自己也难以做到。

关于沈约的声律理论,沈约在《宋书·谢灵运传论》中有一个简要的概括:

夫五色相宣,八音协畅,由乎玄黄律吕,各适物宜。欲使宫羽相变,低昂互节,若前有浮声,则后须切响。一简之内,音韵尽殊;两句之中,轻重悉异。妙达此旨,始可言文。

"宫羽",指平声、仄声。文章必须平仄交替,高低的声音互相调节,才有声律之美。"浮声"、"切响",有的说指清音、浊音;有的说指音之轻重,可能亦指平声、仄声。平仄互相配合。这样,"一简之内,音韵尽殊;两句之中,轻重悉异"。即五言诗的一句之内,平仄不同,两句之中,声调高低各异。"一简"四句与《南史·陆厥传》中"五字"四句,意思相同,都是对"八病"说的概括说明,也是沈约所谓的独得之秘。沈约还评判了一些作家作品,他认为曹植的"从军度函谷,驱马过西京"(《赠丁仪王粲诗》)、王粲的"南登霸陵岸,回首望长安"(《七哀》)、孙楚的"晨风飘歧路,零雨被秋岸"(《征西官属送于陟阳侯作诗》)、王讚的"朔风动秋草,边马有归心"(《杂诗》)等,都以音律韵调高过前人,取得更高的成就。而认为王褒、刘向、扬雄、班固、崔骃、蔡邕等人"芜音累气,固亦多矣"。评判作家作品,皆以声律为标准。

沈约的"四声八病"之说提出之后,影响很大,它使诗人注重诗歌的声律之美,为古诗向格律诗发展提供了条件,作出了贡献。永明时期新体诗的产生,绝不是偶然的事件,唐代的近体诗正是在这个基础上发展而成的。但是,由于拘忌过多,妨碍了诗人思想感情的抒发,伤害了诗歌的自然之美,也不免助长了诗歌的形式主义倾向,所以钟嵘《诗品》批评它使"文多拘忌,伤其真美"。《南史·庾肩吾传》云:"齐永明中,王融、谢朓、沈约文章始用四声,以为新变。至是转拘声韵,弥为丽靡,复逾往时。"这是沈约等人的声律理论应用到文学创作上以后所产生的变化,道出了文学发展的新情况。

唐代史学家刘知几说:"沈侯《谢灵运传论》,全说文体,备言音律,此正可为《翰林》之补亡,《流别》之总说耳。如次诸史传,实为乖越。"(《史通·杂说下》)这是批评《谢灵运传论》有乖史传之体。浦起龙不同意刘知几的批评,认为这是"史家变体,正见作手化裁"(《史通通释·杂说下》按语)。浦氏能够看出《谢灵运传论》的价值,言之有理。

三、论作家

在沈约《宋书》中,《谢灵运传论》当然是最重要的文学批评论文。除此以外,作为史学家的沈约还记载和评论了许多作家,为我们研究南朝宋代文学提供了丰富的历史资料。

南朝刘宋一代作家首推颜、谢。钟嵘《诗品》说:"谢客为元嘉之雄,颜延年为辅;斯皆五言之冠冕,文词之命世也。"可见他们当时在文坛上的地位。

谢灵运是著名的山水诗人,其诗《诗品》列为"上品"。沈约也说他"文章之美,江左莫逮"。他们的看法是一致的。谢灵运在当时诗名很大,他隐居会稽别业时,"每有一诗至都邑,贵贱莫不竞写,宿昔之间,士庶皆遍,远近钦慕,名动京师"。这样的盛况是无与伦比的。

谢灵运出身著名士族,其祖谢安、谢玄等人皆为东晋权贵。南朝刘宋建立之后,他由公爵降为侯,朝廷以文士看待,不予重用。而他"自谓才能宜参权要,既不见知,常怀愤愤"。由于他诽谤朝政,司徒徐羡之等人将他调离京城,出任永嘉太守。因为政治上不得志,他干脆隐居会稽,肆意遨游山水,"所至辄为诗咏,以致其意焉"。沈约将他的山水诗和他的遭遇联系起来,使我们能够更加深刻地理解诗人和他的诗作。白居易诗云:

> 谢公才廓落,与世不相遇。壮士郁不用,须有所泄处。泄为山水诗,逸韵谐奇趣。大必笼天海,细不遗草树。岂惟玩景物,亦欲摅心素。往往即事中,未能忘兴谕。因知康乐作,不

独在章句。(《读谢灵运诗》)

白居易对谢诗的理解,显然受了沈约的启发和影响。

颜延之在刘宋元嘉年间也享有盛誉。沈约说:"爰逮宋氏,颜谢腾声。"(《宋书·谢灵运传论》)他在《宋书·颜延之传》又说他"文章之美,冠绝当时"。

颜延之是一个正直清高的人。《宋书》本传说他"肆意直言,曾无遏隐","辞甚激扬,每犯权贵","居身清约,不营财利,布衣蔬食,独酌郊野,当其为适,傍若无人"。正因为如此,他同情屈原的不幸遭遇,钦佩他的爱国精神,写《祭屈原文》;他敬仰陶渊明的高尚品格,写《陶征士诔》;他对朝政和一些权贵不满,写《五君咏》。《宋书》本传说:

> ……出为永嘉太守。延之甚怨愤,乃作《五君咏》以述竹林七贤,山涛、王戎以贵显被黜,咏嵇康曰:"鸾翮有时铩,龙性谁能驯。"咏阮籍诗曰:"物故可不论,涂穷能无恸。"咏阮咸曰:"屡荐不入官,一麾乃出守。"咏刘伶曰:"韬精日沉饮,谁知非荒宴。"此四句,盖自序也。

这实质上是借他人酒杯浇自己胸中之块垒,以抒发怨愤之情。在五君中,颜延之对阮籍尤为同情,不仅为他写诗,而且为他的《咏怀》诗作注,似乎有所寄托。

义熙十二年(416)冬,颜延之奉命北使洛阳,"道中作诗二首,文辞藻丽,为谢晦、傅亮所赏"。这两首诗是指《北使洛》和《还至梁城作》,写行旅的艰难,北地的荒凉,感慨良深。今人常因他的诗雕琢词藻,喜用古事,评价往往偏低,其实他的诗中不乏佳作。

沈约说:"延之与陈郡谢灵运俱以词彩齐名,自潘岳、陆机之后,文士莫及也,江左称颜、谢焉。"颜延之在当时虽与谢灵运齐名,但是在今天看来,他的才气和文学成就都不如谢灵运。因此,这个评价似乎偏高些。

鲍照是南北朝时期最杰出的作家,而《宋书·鲍照传》附于《临川烈武王道规传》中,极为简略。这是沈约受门阀观念的影响所致,也就是钟嵘《诗品》所嗟叹的:"才秀人微,故取湮当代。"

沈约对鲍照的记述和评论虽然简略,却也有值得我们注意的地方:第一,沈约指出鲍照作品"文辞赡逸"。鲍照作品富丽俊逸的特点,当然受到当时雕琢文风的影响,但是具有自己语言的风格特征。第二,沈约重视鲍照的乐府诗,指出其文"遒丽"。这是沈约的灼见。鲍照继承了汉魏乐府的优良传统,创作了许多优秀的乐府诗,取得了卓越的成就。特别是他的《拟行路难》十八首,淋漓豪迈,不可多得。诚如《许彦周诗话》所评:"明远《行路难》壮丽豪放,若决江河,诗中不可比拟,大似贾谊《过秦论》。"第三,沈约不同意当时认为鲍照"才尽"的说法。《宋书》本传说:"上好为文章,自谓人莫能及。照悟其旨,为文多鄙言累句,当时咸谓照才尽,实不然也。"宋文帝刘义隆喜爱写文章,自己认为别人都赶不上他。鲍照领悟此意,写文章多用"鄙言累句",当时人们都说鲍照才尽了,沈约认为其实并不如此。沈约能识破事实的真相,说明他确实具有史学家的才识。沈约对鲍照的认识是比较正确的。但是,当时对鲍照的作品颇有非议。颜延之看不起汤惠休的诗,说是"委巷中歌谣耳"(《南史·颜延之传》),却故意制造鲍照与汤惠休齐名的舆论(见钟嵘《诗品》卷下)。钟嵘《诗品》将鲍照列为"中品",认为他"颇伤清雅之调"。萧子显评鲍照诗云:"雕藻淫艳,倾炫心魂,亦犹五色之有红紫,八音之有郑卫。"(《南齐书·文学传论》)但是,随着时间的流逝,鲍照作品的真正价值越来越为人们所认识。

除了上述"元嘉三大家"之外,沈约《宋书》记述和评论的作家作品还有很多。例如《谢方明传》说:彭城王刘义康改葬古冢,"使惠连为祭文,留信待成,其文甚美。又为《雪赋》,亦以高丽见奇"。《袁淑传》说:"好属文,辞采遒艳。"《徐湛之传》说:"时有沙门释惠休,善属文,辞采绮艳。"《谢庄传》说:"时南平王铄献赤鹦鹉,普诏群臣为赋。太子左卫率袁淑文冠当时,作赋毕,赍以示庄,庄赋亦竟,淑见而叹曰:'江东无我,卿当独秀。我若无卿,亦一时之杰也。'遂隐其赋。"例子很多,限于篇幅,不多举了。沈约在一些作家传记中,或评其文,或记其事,都提出了自己的看法。

在沈约诗文中也有对作家作品的评论。

《七贤论》是评论"竹林七贤"的,主要是评论嵇、阮。其中评阮籍云:

> 阮公才器宏广,亦非衰世所容,但容貌风神,不及叔夜。求免世难,如为有涂。若率其恒仪,同物俯仰,迈群独秀,亦不为二马所安。故毁行废礼,以秽其德。崎岖人世,仅然后全。(《艺文类聚》卷三十七)

皆就其立身行事而论,不及文学,然而颇有助于知人论世。沈约正是在这种认识的基础上,为阮籍《咏怀》诗作注(李善注《文选》卷二十三引)。例如《咏怀》诗,其六:

> 膏火自煎熬,多财为患害。布衣可终身,宠禄岂足赖。

注云:

> 当东陵侯侯服之时,多财爵贵。及种瓜青门,匹夫耳。实由善于其事,故以味见称。连轸距陌,五色相照,非唯周身赡己,乃亦坐致嘉宾。夫得固易失,荣难久持,膏以明自煎,人以

财兴累,布衣可以终身。岂宠禄之足赖哉!

其八:

> 宁与燕雀翔,不随黄鹄飞。黄鹄游四海,中路将安归!

注云:

> 若斯人者,不念己之短翮,不随燕雀为侣,而欲与黄鹄比游。黄鹄一举冲天,翱翔四海,短翮追而不逮,将安归乎!为其计者,宜与燕雀相随,不宜与黄鹄齐举。

其十五:

> 千秋万岁后,荣名安所之。乃悮(悟)羡门子,噭噭今自嗤。

注云:

> 自我以前,徂谢者非一,虽或税驾参差,同为今日之一丘。夫岂异哉!故云"万代同一时"也。若夫被褐怀玉,托好诗书,开轩四野,升高永望,志事不同,徂没理一,追悟羡门之轻举,方自笑耳。

这些注释,都不是注词而是释义。在这里可以看出,阮籍是如何"求免世难,如为有涂"的,也可以看出他怎样"毁行废礼,以秽其德",在"崎岖人世,仅然后全"的。这些解说对于我们理解阮籍的《咏怀》诗是有启发的。

沈约《怀旧诗》九首,其中有怀念王融和谢朓的诗作。

王融是一个很有才华的青年作家。永明九年(491),写《曲水诗序》,获得很高的声誉。因矫诏拥立竟陵王萧子良,不成被杀,卒年二十七岁。沈约《伤王融》是怀念王融的诗。沈氏认为王融虽

"秉奇调",而"命舛志难逢",不幸早死,"流恨满青松",充满了惋惜和同情。

谢朓是南朝齐的优秀诗人,当时对他的评价很高。钟嵘《诗品》将他列为"中品"。梁简文帝萧纲称其诗为"文章之冠冕,述作之楷模"(《与湘东王书》)。颜之推说:"刘孝绰当时既有重名,无所与让,唯服谢朓,常以谢诗置几案间,动静辄讽味。"(《颜氏家训·文章》)谢朓因始安王萧遥光诬陷,下狱死。卒年三十六岁。沈约《伤谢朓》诗云:

> 吏部信才杰,文锋振奇响。调与金石谐,思逐风云上。岂言陵霜质,忽随人事往。尺璧尔何冤,一旦同丘壤。

这是悼念谢朓的诗。沈约年长谢朓二十三岁,但同为竟陵王萧子良的"八友",又同为"永明体"的创始人,交谊深厚,常有唱和。谢朓不幸冤死,沈约叹惋其人品才学,为他的死抱屈。"才杰"、"奇响",赞其文才杰出,不同凡响。"调与"二句,赞其诗音调和谐,才思超群。前面提到,沈约十分推崇谢朓的五言诗,常说:"二百年来无此诗也。"正可以与此印证。因此,沈约对谢朓之死是极其哀伤的。这虽然是一首伤悼故友的诗,但也对死者的人品和文学成就作出了崇高的评价。

沈约既具有史学家的才识,又具有文学家敏锐的观察力和丰富的创作经验。他对当时作家的评价,虽然用语不多,却常常比较中肯,充分表现出他在文学批评方面卓越的鉴别能力和分析水平。

沈约还提出"文章三易"说,他说:

> 文章当从三易:易见事,一也;易识字,二也;易读诵,三也。(《颜氏家训·文章》)

《谢灵运传论》说:"并直举胸情,非傍诗史。"沈约赞谢朓诗云:"好诗圆美流转如弹丸。"(《南史·王筠传》)也都是"三易"思想的表现。颜之推在引用沈约"三易"说之后,又引用邢邵、祖珽的评论云:"邢子才常曰:'沈侯文章,用事不使人觉,若胸臆语也。'深以此服之。祖孝徵亦尝谓吾曰:'沈诗云:"崖倾护石髓。"此岂似用事邪?'"这是认为沈约的"三易"说和他的文学创作实践是一致的。不仅如此,沈氏"三易"说与他注重词藻、声律,主张情文统一的思想也是一致的。在淫靡文风盛行的时代,提出"三易"说显然有矫正时弊的作用,有一定的积极意义。沈氏"三易"说在当时有一些影响,例如钟嵘认为:"观古今胜语,多非补假,皆由直寻。"又说:"余谓文制,本须讽读,不可蹇碍,但令清浊通流,口吻调利,斯为足矣。"(《诗品序》)这些论点和"三易"说有相通之处。

沈约《宋书·乐志》四卷,亦颇值得我们注意。《乐志》第一卷介绍刘宋以前音乐的演变情况。其他三卷著录乐府作品,包括郊庙乐、朝享乐,有魏、晋、宋的歌词,还有汉魏相和歌辞,汉至宋的杂舞曲辞与鼓吹铙歌等,为乐府文学的研究保存了丰富的资料。在理论上,沈约并没有什么新的建树,他的音乐思想仍然是传统的儒家思想。他说:"咏哥(歌)舞蹈,所以宣其喜心,喜而无节,则流淫莫反;故圣人以五声和其性,以八音节其流,而谓之乐,故能移风易俗,平心正体焉。"所以,他对晋宋乐府新声《吴声歌曲》和《西曲》皆不著录其作品,认为其"歌词多淫哇不典正"。沈约在《宋书·臧焘传论》中批评"自魏氏膺命,主爱雕虫,家弃章句,人重异术",认为"自黄初至于晋末,百余年中,儒教尽矣"。这些都明显地表现出沈约的儒家思想。他的文学理论和批评自然要受到这种思想的制约。

从中国文学理论批评史上看,沈约的文学理论和批评产生在刘勰《文心雕龙》和钟嵘《诗品》之前,它虽然不如《文心雕龙》"体大虑周",《诗品》"思深而意远",也不像《文心雕龙》"笼罩群言",《诗品》"深从六艺溯流别"(章学诚《文史通义·诗话》),然而却起了先导作用。他的历史贡献是应该充分肯定的。

1987 年 1 月

萧统和他的文学理论批评

一、生平和思想

萧统是南朝梁代文学家和文学批评家。齐和帝中兴元年(501)九月生于襄阳(治所在今湖北襄阳),是梁武帝萧衍的长子,母亲是丁贵嫔。萧衍年近四十才得子,甚为宠爱。天监元年(502)十一月,立为皇太子,这时萧统只有二岁。他从小就很聪明睿智,三岁时老师就教他读《孝经》、《论语》,五岁已遍读《五经》,并且都能背诵。天监八年(509)九月,他才九岁,就在寿安殿讲《孝经》,完全懂得全书的大义。讲完之后,在国学亲自行释奠先师之礼。十二岁时,他在宫内看到狱官判案,就问身边的人说:"这些穿黑衣服的人是干什么的?"身边的人答道:"是廷尉的官属。"萧统召见他们,看看他们的文书,说:"这些文书我都能念下去,我可以判案吗?"负责官吏因萧统年幼,就骗他说:"可以。"于是萧统斟酌案情,都签署了意见:杖打五十下。负责官吏抱着判案不知怎么办,就禀告武帝,武帝含笑依从了他。以后几次让他听人诉讼,每遇有宽纵的案子,就让他判决。有一次,建康县将重罪轻判,萧统发现,就改判重刑。这说明萧统判案虽然以宽大为怀,但是依法办事,不徇私情。

天监十四年(515),萧统十五岁。在这一年正月初一早晨,梁武帝于太极殿为萧统举行加冠礼。这样,萧统就算是成年了。萧统容貌端庄,举止适宜,读书数行并下,过目不忘。他参加游宴,赋诗常达十数韵。有时作剧韵(难押的韵)诗,也只要稍加考虑便能写成,并且无需涂改。于此可以看出他卓越的文学才能。

萧统成年以后,其父梁武帝萧衍让他日省万机,文武百官的奏疏,都由他辨析可否。他评判案情,多所宽宥,所以人们都说他有仁义之心。他的性格宽和,能够容人,平时喜怒不形于色。他喜与有才学的人交往,常常和文人学士一起讨论典籍,谈古论今,还著书写文章。

普通元年(520),萧衍为扩大佛教的影响,亲自登台宣传佛家教义。萧统也信仰佛教,读遍了佛教经典,并且在宫内建立慧义殿,作为集会之所。他还招引一些著名僧人谈佛论禅,自立二谛、法身义。普通二年(521),因朝廷派大军北讨,京师谷价上涨。萧统因此穿着浣衣,食不兼肉,降低自己穿着和膳食的标准。每遇霪雨连绵,积雪封门,他常派遣身边心腹巡视闾巷,看到贫困之家,或流离在外的穷人,都暗暗给予赈赐。他还命人制作棉衣棉裤三千套,冬天用来救济贫苦受冻的人。有的人死了,穷到买不起棺材收殓,他就为他们准备棺材。每想到百姓劳苦贫困,他就面有忧色。这些都表现了他的爱民思想。

普通三年(522),萧统诗文的数量已经不少,许多文人学士要为他编撰文集,而萧统只命刘孝绰编定他的文集,并且让他写了一篇序,可见萧统对他的重视。根据今人考证,《文选》大约于此时开始编选,完成于普通七年(526)以后(何融《〈文选〉编撰时期及编者考略》,《国文月刊》第七十六期)。当时萧统藏书近三万卷,许多著名文人学士都聚集在他身边,如刘孝绰、殷芸、陆倕、王筠、到洽等同被礼遇,萧统还建造了乐贤堂,让画师先绘出刘孝绰的画像。所以史书认为:"文学之盛,晋宋以来,未之有也。"(《梁书·

昭明太子传》)这为他编选《文选》提供了十分有利的条件。杨慎《丹铅杂录》说"梁昭明太子聚文士刘孝威、庾肩吾、徐防、江伯操、孔敬通、惠子悦、徐陵、王囿、孔烁、鲍至十人集《文选》,谓之高斋十学士。"按高斋学士系梁简文帝萧纲所置,杨氏考之不审,张冠李戴,遂贻误多年。此事经高步瀛等人驳正(高步瀛《文选李注义疏》5页),事已廓清,无需费辞。

萧统很善于处理身边文人学士中的矛盾。有这样一件事:刘孝绰作为廷尉正,携妾入官府,而他母亲仍住在私宅。当时任御史中丞的到洽调查属实,就参奏了一本,刘孝绰因此被免官。而刘孝绰的弟弟写了一封信,列举到洽令人不满的十件事,字里行间表现了对到洽的鄙视。同时另写一本呈奏萧统,萧统接到之后,命人焚毁,看也不看。

萧统喜爱山水,所以在玄圃中改造亭馆,与身边属员和文人学士游宴其中。有一次,他于后池泛舟,番禺侯刘轨大谈此间当奏女乐,太子不答,吟咏左思《招隐诗》云:"何必丝与竹,山水有清音。"使刘轨感到十分惭愧。萧统很看重刘孝绰和王筠,他常和他们以及陆倕、到洽、殷芸等人游宴玄圃。萧统一手抓住王筠的袖口,一手拍着刘孝绰的肩头说:"这正是郭璞《游仙诗》中所说的'左挹浮丘袖,右拍洪崖肩'。"亦可见他对刘、王的青睐。

中大通二年(530),吴郡屡次水灾,谷物无收。有人建议开凿沟渠以泄浙江之水。这年春天,朝廷派前交州刺史王弁调吴郡、吴兴、义兴三郡人丁服劳役。萧统闻知此事,权衡利弊,上疏劝阻朝廷办理此事。他认为:"吴兴累年失收,民颇流移。吴郡十城,亦不全熟。惟义兴去秋有稔,复非常役之民。即日东境谷稼犹贵,劫盗屡起……今征戍未归,强丁疏少,此虽小举,窃恐难合,吏一呼门,动为民蠹。"(《梁书·昭明太子传》)他的奏疏表现了恤民思想,得到梁武帝的表扬。

普通七年(526),萧统母丁贵嫔去世,年四十二。其母病时,他朝夕侍疾,衣不解带。其母死后,他水浆不入,恸哭欲绝,表现了对母亲的孝敬之心。萧统的身体,腰带十围,原是很健壮的,因母死伤心,身体受到严重损伤,所以至中大通三年(531),年仅三十一岁,就与世长辞了。萧统死后,梁武帝诏司徒左长史王筠为他作哀册文,对他的一生和为人作了如实的概括。文中说他"外弘庄肃,内含和恺。识洞机深,量苞瀛海;立德不器,至功弗宰。宽绰居心,温恭成性;循时孝友,率由严敬"。稽之史传,基本上是真实的。

萧统的著作甚多,据《梁书》本传记载:"所著文集二十卷,又撰古今典诰文言为《正序》十卷,五言诗之善者为《文章英华》二十卷,《文选》三十卷。"流传至今的除为数不多的诗文之外,只有《文选》三十卷。

萧统的思想基本上是儒家思想,也受到佛教思想的影响。这些从他的生平事迹中已可以看出,而在他的诗文中也有所表现。《梁书》本传说到他自立二谛、法身义。《全梁文》收有他的《令旨解二谛义》,解析"真谛"、"俗谛",是他受到佛教思想影响的力证。他的《答云法师请开讲书》认为"释教凝深,至理渊粹",承认"诚自好之乐之",但是"至于宣扬正教,在乎利物耳"。又可见他对佛教的崇信是有条件的。萧统在《示徐州弟诗》中反复说到"载披经籍,言括典坟","人伦惟何?五常为性","违仁则勃,弘道斯盛。友于兄弟,是亦为政"。在《与晋安王纲令》中评价到洽说:"明公儒学稽古,淳厚笃诚,立身行道,始终如一。傥值夫子,必升孔堂。"他以儒家思想为标准衡量伦常和品评人物,这正代表了他的思想的基本方面,参之他的立身行事,是毋庸置疑的。

二、《文选》

萧统的文学思想比较集中地表现在《文选》里。一部好的文学选本，一般都体现了编者的文学思想。《文选》如此，以后的《玉台新咏》（南朝陈徐陵编选）、《古诗选》（清王士禛编选）、《唐诗品汇》（明高棅编选）、《唐诗别裁》（清沈德潜编选）等著名选本，莫不如此。

《文选》选录了东周至南朝梁约八百年间的诗文七百余篇，分为三十七类，作者一百三十余人，基本上反映了南朝梁以前的文学成就。范文澜说："《文选》入选的文章却都经过严格的衡量的，可以说，萧统以前，文章的英华，基本上总结在《文选》一书里。"（《中国通史简编》修订本第二编421页）这个评价是符合实际情况的。

任何一部选本，都体现了编选者的选录标准。《文选》的选录标准，萧统在《文选序》中作了说明。他说：

> 若夫姬公之籍，孔父之书，与日月俱悬，鬼神争奥，孝敬之准式，人伦之师友，岂可重以芟夷，加之剪截？老庄之作，管孟之流，盖以立意为宗，不以能文为本，今之所撰，又以略诸。若贤人之美辞，忠臣之抗直，谋夫之话，辩士之端，冰释泉涌，金相玉振。所谓坐狙丘，议稷下，仲连之却秦军，食其之下齐国，留侯之发八难，曲逆之吐六奇，盖乃事美一时，语流千载，概见坟籍，旁出子史。若斯之流，又亦繁博，虽传之简牍，而事异篇章，今之所集，亦所不取。至于记事之史，系年之书，所以褒贬是非，纪别异同；方之篇翰，亦已不同。若其赞论之综缉辞采，序述之错比文华，事出于沈思，义归乎翰藻。故与夫篇什，杂而集之。远自周室，迄于圣代，都为三十卷，名曰《文选》

云耳。

这是说,周公、孔子的书,是"准则"、"楷模",怎么能够节录呢?《老子》、《庄子》、《管子》、《孟子》等诸子书,以立意为主,不以文采为本,所以略去不选。至于贤人、忠臣、谋夫、辩士的言论文章,或载于典籍,或见于子书、史书,与文学不同,所以也不取。还有记事编年的史书,与文学也不相同,但是其中赞论、序述,联缀文辞,排比采藻,"事出于沉思,义归乎翰藻",所以与文学作品一起入选了。这里只是说,《文选》不选录什么作品,选录什么作品,并没有直接提出选录的标准,但是他选录史书中赞论、序述的标准,实际上也是《文选》选录作品的标准。

研究者对萧统的选录作品标准,即对"事出"二句的理解是不同的。朱自清认为,"'事出于沉思'的'事',实当解作'事义'、'事类'的'事',专指引事引言,并非泛说。'沉思'就是深思","'翰藻'……昭明借为'辞采'、'辞藻'之意。'翰藻'当以比类为主","而合上下两句浑言之,不外'善于用事,善于用比'之意,那就与当时风气及《文选》所收篇什都相合,昭明原意当不外乎此了"(《〈文选序〉"事出于沉思,义归乎翰藻"说》,《朱自清古典文学论文集》上册)。骆鸿凯认为,"事出于沉思"即"情灵摇荡","义归乎翰藻"即"绮縠纷披"(《文选学·义例第二》)。郭绍虞认为,"事出"二句,"上句的'事',承上文的'序述'而言,下句的'义',承上文的'赞论'而言,意谓史传中的'赞论'和'序述'部分,也有'沉思'和'翰藻',故可作为文学作品来选录。沉思,指作者深刻的艺术构思。翰藻,指表现于作品的辞采之美。二句的互文见义"(《中国历代文论选》第一册333页)。我们基本上同意郭氏的解释,认为这两句的意思是:文章写作产生于深刻的构思,文章的思想内容要通过优美的辞采来表现。

有的研究者认为,"事出"二句是对史传中的赞论、序述而言,并不是《文选》选录作品的标准。他们根据《文选》中的一些作品,认为萧统在《答湘东王求文集及诗苑英华书》中所说的"夫文典则累野,丽亦伤浮。能丽而不浮,典而不野,文质彬彬,有君子之致",才是《文选》的选录标准。其实这二者是一致的。"文质彬彬",既重视文辞的华丽、典雅,同时也重视文章的内容。"事出"二句则偏重辞采。看来是不同的。但是,《文选序》中还说到:"诗者,盖志之所之也,情动于中而形于言。《关雎》、《麟趾》,正始之道著;桑间、濮上,亡国之音表。故风雅之道,粲然可观。"这是袭用《毛诗序》中的话,表示了他对作品思想内容的重视。这种传统的儒家文学观加上"沉思"、"翰藻",便是萧统的文学思想。

黄侃说:"'若夫姬公之籍'一段,此序选文宗旨,选文条例皆具,宜细审绎,毋轻发难端。《金楼子》论文之语,刘彦和《文心》一书,皆其翼卫也。"(《文选平点》3页)这是将萧绎《金楼子》和刘勰的《文心雕龙》看作是萧统文学思想的辅助部分。

萧绎《金楼子》中的《立言》篇说:"吟咏风谣,流连哀思者,谓之文。"又说:"至如文者,惟须绮縠纷披,宫徵靡漫,唇吻遒会,情灵摇荡。"这是萧绎在区分"文"、"笔"时指出"文"应具备的特点。他认为"文"的特点是抒情的,它的辞藻繁富,音节动听,语言精炼。比较偏重文学的形式方面。这是萧绎对文学特点的认识。

刘勰曾任萧统的东宫通事舍人,《梁书·刘勰传》说:"昭明太子好文学,深爱接之。"他的《文心雕龙》体大思精,笼罩群言,其中《情采》篇论述文章的内容和形式,一开始就说:"圣贤书辞,总称文章,非采而何?"十分强调文采。但是又说:"故情者,文之经,辞者,理之纬;经正而纬成,理定而后辞畅。此立文之本源也。"对文章的内容和形式关系的理解无疑是正确的,与萧统"文质彬彬"的说法颇为相似。然而比较起来,刘勰更强调原道、征圣、宗经的思想。

黄侃将萧绎《金楼子》论文之语和刘勰《文心雕龙》看作是萧统文学思想的"翼卫",如果联系他们的文学观来理解萧统的文学思想和《文选》的选文标准,就更清晰也更深刻了。

《文选序》对文学的产生和发展也提出了一些看法。他说:

> 冬穴夏巢之时,茹毛饮血之世,世质民淳,斯文未作。逮乎伏羲之王天下也,始画八卦,造书契,以代结绳之政,由是文籍生焉。

这里只是承袭了许慎《说文解字序》中的说法,并无新义。今天看来,了无可取之处。至于说:

> 若夫椎轮为大辂之始,大辂宁有椎轮之质?增冰为积水所成,积水曾微增冰之凛。何哉?盖踵其事而增华,变其本而加厉;物既有之,文亦宜然。随时变改,难可详悉。

以"椎轮"、"增冰"为喻,指出事物的发展是踵事增华,变本加厉,借以说明文学的发展变化亦复如此。这种文学发展观是值得我们珍视的。

《文选序》还对文体进行了辨析。建安以来,由于文学的发展,文人学士逐渐重视文体的分类研究。蔡邕、曹丕等人都有这方面的论述,虽然简单,实肇其端。以后两晋陆机的《文赋》、挚虞的《文章流别志论》和李充的《翰林论》亦有论述,然陆机语焉不详,挚虞、李充较详而皆散佚。直至刘勰《文心雕龙》,才提出详细、周密、系统的文体论,可以说集建安以来文体论之大成。萧统《文选》的文体分类,显然受了他的影响。

刘勰对文体分为三十三类。萧统在刘勰的基础上有所扩充,分为三十七类：赋、诗、骚、七、诏、册、令、教、策文、表、上书、启、弹事、笺、奏记、书、檄、对问、设论、辞、序、颂、赞、符命、史论、史述赞、论、连珠、箴、铭、诔、哀、碑文、墓志、行状、吊文、祭文。刘勰的文体分类，在每类文体中尚有子类。萧统也是这样。如萧统在诗类下分二十三个子类：补亡、述德、劝励、献诗、公宴、祖饯、咏史、百一、游仙、招隐、反招隐、游览、咏怀、哀伤、赠答、行旅、军戎、郊庙、乐府、挽歌、杂歌、杂诗、杂拟。由于分类过于芜杂、琐碎，曾受到苏轼、姚鼐、章学诚等人的批评。但是，萧统反映了当时文学的发展和文体分类的细致，在文体分类学上的贡献是不应抹杀的。

《文选序》说："凡次文之体，各以汇聚。诗赋体既不一，又以类分。"这是补述《文选》的文体分类的体例。除此以外，萧统还对赋、骚、诗三种文体进行了理论上的阐述。例如赋，他指出是"古诗之体"，认为赋的源流繁多，有"述邑居"的，有"戒畋游"的，还有写一事一物的，什么"风云草木"、"虫鱼禽兽"等等，真是不一而足。屈原的作品，他另立"骚"类，对屈原充满了崇敬的感情，认为"骚"类文体，自屈原始。诗，有四言、五言之别，也有三言的、九言的，各有千秋。其他文体，如箴、戒、论、铭等也都一一提到。应该说，萧统关于文体的论述是比较简明扼要的，如果结合《文选》来看，也是比较切实的。但是，和刘勰的文体论相比，就差得太远了。

在罗列各种文体名称之后，萧统指出：

> 众制锋起，源流间出。譬陶匏异器，并为入耳之娱；黼黻不同，俱为悦目之玩。

这说明萧统对待文学，固然有重视其教化作用的一面，但是仍然将它看作闲暇时娱耳悦目的消遣品。这种文学观点与刘勰迥然不同。

三、论陶渊明

萧统对东晋大诗人陶渊明的评论,值得我们重视。

萧统以前,论述陶渊明的专篇文章,有颜延之的《陶征士诔》、沈约的《宋书·隐逸传》,颜文颂其品德,论到文章,只有"文取指达"一句;沈文述其生平,全未论及陶渊明的诗文。萧统的《陶渊明传》和《陶渊明集序》,前者是传记,删补史传而成;后者则在历史上第一次对陶渊明的诗文作了精辟的论述。

在《陶渊明集序》中,萧统指出:

> 有疑陶渊明诗篇篇有酒;吾观其意不在酒,亦寄酒为迹者也。

这个见解是很深刻的。陶渊明性嗜酒,因此,他的诗虽不能说"篇篇有酒",但是写到饮酒的诗篇极多。据统计,在一百二十二首诗中,写到饮酒的地方有五十多处。这些诗篇的内容不同,其中写到饮酒的诗句,含蕴的思想感情也往往各异。例如,《停云》云:"静寄东轩,春醪独抚。良朋悠邈,搔首延伫。"表现了对亲友的思念。《移居》二首,其二云:"春秋多佳日,登高赋新诗。过门更相呼,有酒斟酌之。"则写与乡邻的真挚友谊。《读山海经》十三首,其一云:"欢言酌春酒,摘我园中蔬。"《归园田居》五首,其五云:"漉我新熟酒,只鸡招近局。"写田园生活的乐趣。《饮酒》二十首,写饮酒的地方更多。其一云:"忽与一觞酒,日夕欢相持。"感慨衰荣无定,陶醉酒中。其三云:"有酒不肯饮,但顾世间名。"说有酒不肯饮,将辜负自己的一生。其七云:"一觞虽独进,杯尽壶亦倾。"说要远离世情,忘却忧愁。其八云:"提壶挂寒柯,远望时复为。"挂酒壶于寒树,时时翘首远望,表现了诗人的高尚品格。其九云:"壶觞远见候,疑我与时乖。""且共欢此饮,吾驾不可回。"田父劝仕,诗人表示不再出仕的决心。其十三云:"寄言酣中客,日没烛当秉。"言当秉烛夜饮,及时行乐。其十四云:"故人赏我趣,挈壶相与至。班荆坐松下,数斟已复醉。"写与友人共饮,其乐陶陶。其十九云:"虽无挥金事,浊酒聊可恃。"言回归田里,有浊酒可恃。最后一首说:"但恨多谬误,君当恕醉人。"因为诗中颇多对世事的感慨,所以最后托言醉人,以期得到谅解和宽恕。奇怪的是《述酒》诗,篇中无只字及酒,却以《述酒》名篇,实在令人不解。看了宋人汤汉的解说,方才明白。汤汉说:"按晋元熙二年六月,刘裕废恭帝为零陵王,明年,以毒酒一罂授张祎,使酖王,祎自饮而卒。继又令兵人逾垣进药,王不肯饮,遂掩杀之。此诗所为作,故以《述酒》名篇也。"(《陶靖节先生诗注》卷三)原来如此。所以鲁迅说,《述酒》诗是"说当时政治的",可见陶渊明"于世事也并没有遗忘和冷淡"(《魏晋风度及文章与药及酒之关系》)。宋人叶梦得说:"晋人多言饮酒,有至沉醉者,此未必意真在酒。盖时方艰难,人各惧祸,惟托于醉,可以粗远世故。"(《石林诗话》卷下)古人借饮酒逃世者有之,借饮酒讽世者亦有之。他们内心都郁结着对现实不满的情绪,又无力改变它,只好走上归隐的道路。在历史上首先点出陶渊明饮酒的奥秘的是萧统,我们不能不佩服他眼光的犀利。

说到陶渊明诗文的艺术特色,萧统指出:

> 其文章不群,辞采精拔,跌宕昭彰,独超众类,抑扬爽朗,莫之与京。横素波而傍流,干青云而直上。语时事则指而可想,论怀抱则旷而且真。

这一段话,有的研究者认为是"难捉摸的文字"(萧望卿《陶渊明批评》,开明书店1949年版9页),其实,从字面上看并不难捉摸,问题是萧统的评论与后来人们的看法似乎不相同,令人感到难以解释。如果我们仔细地加以推敲,就会感到萧统的评论和我们今天的看法基本上是一致的。萧统认为,陶渊明的诗文语言精炼,与当时的其他作家很不相同。这自然是指陶渊明诗文的语言真实、自然、质朴、通俗,却极富艺术表现力。这种语言,看来平淡无奇,其实都是千锤百炼的结果。葛立方说:"大抵欲造平淡,当自组丽中来,落其华芬,然后可造平淡之境。"(《韵语阳秋》卷一)元好问说:"一语天然万古新,豪华落尽见真淳。"(《论诗三十首》)皆可见其来之不易。法国著名诗人和文学批评家保罗·梵乐希(Paul Valary)在《法译〈陶潜诗选〉序》中曾说:

> 极端的精巧,在任何国度任何时代,永远要走到一种自杀:在那对于极端的朴素的企望中死去;但那是一种渊博的,几乎是完美的朴素,仿佛一个富翁底浪费的朴素,他穿的衣服是向最贵的裁缝定做,而它底价值你一眼看不出来的;他只吃水果,这水果却是他费了很大的工本在自己园里培植的。因为朴素有两种:一种是原始的,来自贫乏;另一种却生于过度,从滥用觉悟过来。古典作家底有名的朴素,他们底组合的赤裸裸和那距离天真很远的纯洁,只能产生于那些过分的丰盛和贮蓄着过多的经验的时代之后,由那对于太富足的厌恶而引起把它们化为纯精的意念。在这时候所产生的作品中,大家都不肯显示他们底富裕;宁愿显示它们所隐含的内容。(梁宗岱《诗与真二集》)

这些分析对我们是颇有启发的。至于说陶渊明的诗文"跌宕昭彰","抑扬爽朗",超出当时,莫与争胜,主要是指其诗文音节和谐悦耳,表现爽朗显明。这些特点是显而易见的,无论是从"静穆"的还是"金刚怒目式"的作品中都可以看出来。"横素波"二句,是喻其诗文品格之清高。陈善说:"如渊明诗,是其格高……格高似梅花。"(《扪虱新话》下集卷一)比喻不同,含义相类。敖器之说:"陶彭泽如绛云在霄,舒卷自如。"(《诗评》)比喻相似,含义相同。可以参阅。北齐阳休之《陶集序录》曾说:"余览陶潜之文,辞采虽未优,而往往有奇绝异语,放逸之致,栖托仍高。"(陶澍《靖节先生集》引)见解亦与萧统相类似,对我们理解萧统的评论是有帮助的。萧统还提及陶渊明诗文的一个特点是:"语时事则指而可想,论怀抱则旷而且真。"陶渊明有一些含有政治内容的诗篇,比较隐晦,但一经点破,便能令人恍然大悟,如《述酒》诗就是一例。又如《拟古》九首,其九云:

> 种桑长江边,三年望当采。枝条始欲茂,忽值山河改。柯叶自摧折,根株浮沧海。春蚕既无食,寒衣欲谁待。本不植高原,今日复何悔。

此诗慨叹沧海桑田的巨大变化,以桑树象征晋王朝。正如清人陈沆所说:"此慨晋室之所以亡也。"(《诗比兴笺》卷二)又如《读山海经》"巨猾肆威暴"一首,清人邱嘉穗认为:"此篇盖比刘裕篡弑之恶也。终亦必亡而已矣。萧统评其文曰:'语时事则指而可想。'非此类欤?"(《东山草堂陶诗笺》卷四)诸如此类者甚多,不多列举了。"论怀抱则旷而且真",确实如此。陶渊明在《五柳先生传》中,对自己的思想性格和生活情趣作了具体的介绍。他的思想性格的特点是旷达和真率:"久在樊笼里,复得返自然。""时复墟曲中,披草共来往。""晨兴理荒秽,带月荷锄归。"(《归园田居》)"何以称我情,浊酒且自陶。千载非所知,聊以乐今朝。"(《己酉岁九月九日》)"纵浪大化中,不喜亦不惧。应尽便须尽,无复独多虑。"(《形影神三首·神释》)"俯仰终宇宙,不乐复如何?"(《读山海经》)"但恨在世时,饮酒不得足。""死去何所道,托体同山阿。"(《拟挽歌辞》)这些诗句都表现了陶渊明思想性格的特征。

萧统对陶渊明的作品作了肯定的评价,惟对《闲情赋》颇有微辞。他说:

> 白璧微瑕者,惟在《闲情》一赋。扬雄所谓劝百而讽一者,卒无讽谏,何必摇其笔端,惜哉,亡是可也。

萧统认为,《闲情赋》在陶渊明的作品中是有缺点的,因为它没有讽谏作用。萧统的看法受到苏轼等人的批评。苏轼说:"渊明《闲情赋》,正所谓'国风好色而不淫',正使不及《周南》,与屈宋所陈何异?而统乃讥之。此乃小儿强作解事者。"(《东坡题跋》卷二《题文选》)张溥也说:"(萧统)摘讥《闲情》,示戒丽淫,用申绳墨,游于方内,不得不然。然《洛神》放荡,未尝删之,而偏訾此赋,于孔子存郑卫,岂有当焉。"(《汉魏六朝百三名家集·梁昭明集题辞》)这些意见都有道理,但是在过去的时代里,赞同萧统看法的人并不少。随着时间的流逝,否定的意见逐渐消失。这篇大胆、热烈的爱情赋的价值,今天已为人们所认识。

萧统还注意到文学的教育作用。他说:

> 尝谓有能观渊明之文者,驰竞之情遣,鄙吝之意祛,贪夫可以廉,懦夫可以立。岂止仁义可蹈,抑乃爵禄可辞。不必复傍游泰华,远求柱史,此亦有助于风教也。

强调文学的教育作用,本是儒家的传统思想。萧统的这一观点,只是对儒家思想的直接继承。过去许多研究者认为萧统只是重视"沉思"、"翰藻",现在看来,显然是片面的。

萧统对陶渊明作了高度的评价,提出了自己的见解。这在中国文学史上是第一次。这些评论资料,对于我们研究陶渊明及其作品,是很有参考价值的。

总的说来,萧统的文学创作成就,并不值得我们称道。但是他在文学理论批评上的贡献,却值得我们注意的。他主持编选《文选》,亲自为陶渊明编辑诗文集,并皆撰写了序文,这不仅为我们保存了珍贵的文学资料,而且也表明了他的文学思想和观点。深入探讨萧统的文学思想和观点,对于研究中国古典文学和文学理论批评,无疑是一件十分有意义的工作。

1987年3月

附录二（文心雕龙选）

刘勰与《文心雕龙》(代序)

刘勰是我国南朝齐梁时代的杰出的文学批评家。他的《文心雕龙》,比较全面地总结了南齐以前中国文学理论和文学批评的经验,提出了许多精辟的见解,在中国文学批评史上,是一部十分重要的文学批评著作。

关于刘勰的生平事迹,资料极其缺乏。只有《梁书》、《南史》本传上有些简略的记载,皆语焉不详。这里,根据史书所载作一简单的介绍。

刘勰(公元465?—520?年),字彦和,东莞莒(今山东省莒县)人,世居京口(今江苏省镇江市)。早年丧父,家贫,笃志好学,依当时著名和尚僧祐为生,读了不少儒家经书和佛教典籍以及诸子百家、各种诗文等。南朝梁时,他官至仁威南康王记室兼东宫通事舍人,深得昭明太子萧统的喜爱。他的《文心雕龙》大约完成于齐明帝永泰元年(公元498年)和齐和帝中兴二年(公元502年)之间。刘勰很重视这一著作,为了取得当时身居要职的著名文学家沈约的评定,他想去拜见沈约,但又无法见到,于是他只好背着书,等候沈约出来。沈约读了之后,给予很高的评价,说它"深得文理",并且常常放在案头。刘勰晚年,奉梁武帝之诏,与慧震和尚于定林寺修纂佛经。修纂既毕,就出家为僧,改名慧地。出家后不到一年就逝世了。他的著作最负盛名的是《文心雕龙》。除此以外,仅存《梁建安王造剡山石城寺石像碑》(见《会稽掇英总集》卷十六)和《灭惑论》(见《弘明集》卷八)两篇。至于文集,则久已失传。

《文心雕龙》十卷,分上、下编,共五十篇(其中《隐秀》一篇残缺)。其内容大致可分为五个部分。

首先是刘勰所谓的"文之枢纽",即总论,包括《原道》、《征圣》、《宗经》、《正纬》、《辨骚》五篇。这五篇,表达了《文心雕龙》的基本思想。《序志》篇说:"盖《文心》之作也,本乎道,师乎圣,体乎经,酌乎纬,变乎骚,文之枢纽,亦云极矣。"意思是说,他的《文心雕龙》写作的基本原则是,以道为本,以"圣人"为师,以儒家经书为楷模,参酌纬书的文辞和《楚辞》写作上的发展变化。他认为文章的关键问题,也不过是这些了。这是刘勰对《文心雕龙》基本思想的概括,也是全书的总纲。

《原道》篇指出,天之"文"如日月,地之"文"如山川,都是"道"的表现。作为"五行之秀"、"天地之心"的人,"言立而文明",那是很自然的事情。而"道沿圣以垂文,圣因文而明道",道通过"圣人"表达在文章里,"圣人"通过文章来阐明道。这个"道",显然是指儒家思想。《征圣》篇主张写作文章以"圣人"为师。它说:"征之周、孔,则文有师矣。"他认为文章能以周公、孔子为准则,就有了老师了。《宗经》篇说:"经也者,恒久之至道,不刊之鸿教也。"他把儒家的经书看作永恒的真理,不可磨灭的伟大教言。所以他认为文章能以儒家经书为楷模,则从思想内容到艺术形式都有种种优点。以上三篇,刘勰对《文心雕龙》的原道、征圣、宗经的基本思想的表达已十分清楚了。在《正纬》和《辨骚》两篇中,他对"纬"和"骚"加以辨正。这是因为"纬""无益经典而有助文章"、"前代配经,故详论矣"。而"骚"是"奇文郁起",它"轩翥诗人之后,奋飞辞家之前"。其特点是:"虽取熔经意,亦自铸伟辞。"并且对后世影响很大:"其衣被词人,非一代也。"所以,刘勰把"纬"与"骚"也列为"文之枢纽"。

"文之枢纽"五篇所表达的思想,基本上是儒家思想。这种思想是贯串全书的。

其次,是关于文体的论述。《文心雕龙》上半部,除总论五篇之外,都是关于文体的论述。

在中国文学史上,魏晋以后,文学观念逐渐明确,文学开始有别于"经"、"史"、"子"。人们注意区分文学作品与非文学作品的界限,因此,也比较注意文体问题的探讨。魏曹丕的《典论·论文》、西晋陆机的《文赋》以及挚虞的《文章流别论》、李充的《翰林论》都有关于文体的论述,不过今天能见到的有的残缺严重,有的很简略。而《文心雕龙》文体分类繁密,探讨各种文体的性质、源流和写作特点,系统完整,十分细致。

《文心雕龙》专论文体的文章达二十篇,论及当时的文体三十三类,即:诗、乐府、赋、颂、赞、祝、盟、铭、箴、诔、碑、哀、吊、杂文、谐、隐、史传、诸子、论、说、诏、策、檄、移、封禅、章、表、奏、启、议、对、书、记。如果加上《辨骚》篇中的"骚"体,则为三十四类。各体之中,往往子类繁多。这里就不再列举了。

《文心雕龙》论文体,又分为"文"、"笔"两部分。《序志》篇说:"论文叙笔,则囿别区分。"说的就是这个意思。文体论二十篇,《谐隐》之前为"文",《史传》之后为"笔"。什么叫作"文"、"笔"呢?刘勰说:"无韵者'笔'也,有韵者'文'也。"(《总术》)文笔之说是作家们对文学作品的性质和体制的探讨,提高了人们对文学特点的认识。

《文心雕龙》论文体各篇的内容,包括四项,即"原始以表末,释名以章义,选文以定篇,敷理以举统"(《序志》)。意思是,他论文体的各篇要做到:一、叙述各体文章的起源和演变情况;二、说明各种体裁名称的含义;三、评述各体文章的代表作家和代表作品;

四、论述各体文章的写作理论和特点。

《文心雕龙》关于文体的论述详细、完整,如《明诗》、《乐府》、《诠赋》等篇类似分体文学简史,其中对各体作家作品多有比较中肯的评论。但是,也还存在芜杂、琐碎和对文学的范围认识不明确的毛病,例如,把诸子、史传看作文学作品,甚至与文学毫无关系的符、契、券、疏、谱、籍、簿、录之类,也加以论列,这都是不足之处。

第三,关于文学创作及有关问题的论述。包括从第二十六篇《神思》到第四十六篇《物色》共二十篇(《指瑕》篇除外)。这是全书的精华部分。

刘勰论创作涉及的问题较多,他对文学与现实的关系、文学的继承与革新、文学作品的内容和形式、艺术构思、创作过程、文学风格和写作方法等问题,都进行了详细、深入的论述。

文学与现实的关系问题是文艺理论中的一个根本问题,唯物主义者认为一定时代的文学是一定时代的社会生活的反映,即文学是"一定的社会生活在人类头脑中的反映的产物"。唯心主义者认为文学是作家天才的创造。刘勰认识到政治、社会环境对文学的影响,在《时序》篇中,他论述了历代文学之后,指出:"文变染乎世情,兴废系乎时序。"即作品变化受社会情况的影响,文学的盛衰决定于时代的变换。这一观点具有朴素唯物主义精神,在当时历史条件下是十分可贵的。在《物色》篇中,他还论述了文学与自然景色的关系。他认为:"情以物迁,辞以情发。"这是说:四时景色的变化,影响到人的感情而产生了文辞。这一看法同样是值得我们珍视的。

《通变》篇是论述文学发展中的继承和创新问题的。从文学发展看,就其不变的实质而言为"通",即指继承方面;就其日新月异的现象而言为"变",即指创新方面。《通变》篇"赞"说:"文律运周,日新其业。变则其久,通则不乏。趋时必果,乘机无怯。望今制奇,参古定法。"这里肯定文学的发展是日新月异的,指出善于创新则能持久,善于继承则不贫乏,适应时代要果断,抓住机会不要胆怯,要求看到文学发展的趋势而创造出优秀的作品,参考古代的杰作确定写作的法则。这些意见在今天仍有借鉴意义。

文学作品的内容与形式的问题是文艺理论中的一个重要问题。刘勰主张内容与形式并重,他说:"夫水性虚而沦漪结,木体实而花萼振,文附质也。虎豹无文,则鞟同犬羊,犀兕有皮,而色资丹漆,质待文也。"(《情采》)所谓"质",指思想内容;所谓"文",指语言形式。"文附质"、"质待文"都是指内容和形式的紧密结合。当然,内容和形式并不是并列的,而是有主从之分的。刘勰认为内容是主导的,是决定形式的。"情者文之经,辞者理之纬,经正而后纬成,理定而后辞畅。"有了充实的内容,然后确定适合的形式,做到内容和形式和谐地完美地结合在一起,这是文章的最高境界。

《神思》篇专论艺术构思。刘勰说:"文之思也,其神远矣。故寂然凝虑,思接千载;悄焉动容,视通万里。吟咏之间,吐纳珠玉之声;眉睫之前,卷舒风云之色。其思理之致乎。……夫神思方运,万涂竞萌,规矩虚位,刻镂无形,登山则情满于山,观海则意溢于海,我才之多少,将与风云而并驱矣。"这里对想象作了生动的描写。在艺术构思中,想象是十分重要的,通过它可以把具体的生活熔铸成生动的文学作品。想象可以补充作家经验和感受的不足,使作品更加丰富多彩,鲜明动人。刘勰所论"神思"的某些特点,与今人所说的"形象思维"颇为相近。

关于创作的方法步骤,在《熔裁》篇中,刘勰提出了"三准"说。他说:"是以草创鸿笔,先标三准:履端于始,则设情以位体;举正于中,则酌事以取类;归余于终,则撮辞以举要。"意思是,动笔写文章前先注意三项准则：首先，根据内容，确定体裁；其次，选择事例，斟酌用典；最后，选用文辞，突出重点。这是对创作方法步骤的分析，反映了刘勰对创作规律的一些认识，值得我们重视。

文学风格，刘勰在《体性》篇中分为典雅、远奥、精约、显附、繁缛、壮丽、新奇、轻靡八体。并对各体的特点加以概括："典雅者，熔式经诰，方轨儒门者也；远奥者，馥采典文，经理玄宗者也；精约者，核字省句，剖析毫厘者也；显附者，辞直义畅，切理厌心者也；繁缛者，博喻酿采，炜烨枝派者也；壮丽者，高论宏裁，卓烁异采者也；新奇者，摈古竞今，危侧趣诡者也；轻靡者，浮文弱植，缥缈附俗者也。"意思是说，所谓"典雅"，就是取法儒家经书，遵循儒家轨道的；所谓"远奥"，就是藻采深隐，文辞曲折含蓄，以道家思想为主的；所谓"精约"，就是词句简练，分析细致的；所谓"显附"，就是文辞质直，意旨晓畅，切合事理，使人满意的；所谓"繁缛"，就是比喻广博，文采繁富，善于铺陈，光彩照人的；所谓"壮丽"，就是议论高超，体裁宏伟，辞采不凡的；所谓"新奇"，就是抛弃陈旧，追求新颖，冷僻奇险，趋于诡异的；所谓"轻靡"，就是文辞浮华，根底浅薄，内容空虚，投合时俗的。这是刘勰在论述作家的个性与文学风格问题时概括的八种风格特点。在《风骨》中，刘勰对文学作品提出更高的要求，要求作品"风清骨峻"，即具有明朗健康、遒劲有力的风格特点。刘勰这一主张，是总结了中国齐梁以前文学，特别是建安文学的优良传统提出的。它对唐代文学有很大的影响。

除了上述内容之外，刘勰还以若干专篇论述了写作方法（《总术》）、声律（《声律》）、对偶（《丽辞》）、用典（《事类》）、夸张（《夸饰》）、比兴手法（《比兴》）、用词（《练字》）、字句章的安排（《章句》）等问题。这是由于当时文学的发展，促使他对文学形式作进一步的研究。

第四，关于文学批评的论述。《指瑕》、《才略》、《知音》、《程器》等篇都是文学批评的专篇论文，其中以《知音》篇最为重要。

《知音》篇主要论述文学批评的态度和方法问题。关于文学批评，刘勰认为历来存在三种错误态度，即"贵古贱今"、"崇己抑人"和"信伪迷真"。这些问题都是应该解决的。如何解决呢？他认为只有"博观"，即广泛地观察。"操千曲而后晓声，观千剑而后识器"，见闻广了，又能"无私于轻重，不偏于憎爱"，自然能对作品作出比较全面、正确的评价。

关于文学批评的方法，刘勰提出"六观"，即六种分析作品的方法：（一）观位体，即看作品体裁的安排；（二）观置辞，即看作品的语言运用；（三）观通变，即看作品的继承和创新；（四）观奇正，即看作品的奇和正的两种表现手法；（五）观事义，即看作品的用典；（六）观宫商，即看作品的声律。这六点，大都是从形式着眼，但"缀文者情动而辞发，观文者披文以入情"，只有"披文"，才能"入情"，即只有全面地观察、分析作品的形式才能深入地剖析作品的内容。

什么是刘勰的文学批评的标准呢？我们联系刘勰所谓"文之枢纽"五篇及《序志》等篇来考察，可以断言，儒家思想就是他衡量文学作品内容的标准。《序志》篇说："唯文章之用，实经典枝条，五礼资之以成，六典因之致用，君臣所以炳焕，军国所以昭明……"这里，虽然说的是文章的用途，实际上可以说是刘勰文学批评的政治标准的具体内容。《宗经》篇还讲到："文能宗经，体有六义：一则情深而不诡，二则风清而不杂，三则事信而不诞，四则义直而不回，五则体约而不芜，六则文丽而不淫。"对于刘勰提出的"六义"，研究者有不同的看法。我们认为，"六义"是刘勰对文学创作在艺术方面所提出的基本要求。前四条是从作品的内容、教育作用、题材等方面提出其在艺术表现上的要求,后两条是对作品的风格和文辞方面的艺术要求。"六义"是创作的标准,也是他的文学批评的艺术标准。但是,说"五经"有这些优点,不免有溢美之处,同样表现了刘勰的崇儒尊经的思想。

刘勰在中国文学批评史上首先提出了比较系统的批评论,为我国古代的文艺批评奠定了坚实的基础。

最后一篇《序志》是全书的序言,说明作者为什么写这部书以及本书的结构、体例等。刘勰为什么写这部书呢？主要是:

一、为了反对当时文学的形式主义倾向。《序志》篇指出:"而去圣久远,文体解散,辞人爱奇,言贵浮诡,饰羽尚画,文绣鞶帨,离本弥甚,将遂讹滥。"当时有些作家爱好新奇,其诗文都讲求词藻、声律、用典而忽视思想内容,表现出形式主义倾向。刘勰对这种不良倾向提出了严肃的批评。

二、对魏晋以来的文论不满。《序志》篇指出:"魏典密而不周,陈书辨而无当,应论华而疏略,陆赋巧而碎乱,《流别》精而少巧,《翰林》浅而寡要。"这是对曹丕的《典论·论文》、曹植的《与杨德祖书》、应玚的《文质论》、陆机的《文赋》、挚虞的《文章流别论》、李充的《翰林论》的批评。刘勰指出他们"各照隅隙,鲜观衢路",并未能"振叶以寻根,观澜而索源,不述先哲之诰,无益后生之虑"。意思是说,魏晋以来的文论,都只看到一角一孔,很少看到康庄大道。他们未能寻究儒家学说的内容,不依据经书立论,所以对后人是没有什么益处的。

三、刘勰要"树德建言",留名后世。《序志》篇说:"岁月飘忽,性灵不居,腾声飞实,制作而已。"刘勰想通过写作,使自己的声名留传后世。

基于以上三个原因,刘勰写下了《文心雕龙》。

《文心雕龙》的内容是十分丰富的、复杂的，这样分类介绍，不一定很科学，但是，大致可以概括这部书的主要内容。

　《文心雕龙》是我国古代文学理论的杰作，它"体大而虑周"（章学诚《文史通义·诗话》），在中国文学批评史上占有十分重要的地位。但是，也应该看到，刘勰的原道、征圣、宗经的思想，给他的《文心雕龙》带来了明显的局限性，这也是不必讳言的。

　刘勰批判地继承了他的前辈关于文学理论和批评的遗产，提出了不少"新的东西"，作出了自己的贡献。这个历史的功绩是应该充分肯定的。鲁迅先生对《文心雕龙》作了很高的评价，他说："篇章既富，评骘自生，东则有刘彦和之《文心雕龙》，西则有亚里斯多德之《诗学》，解析神质，包举洪纤，开源发流，为世楷式。"（《诗论题记》）这个评价是十分中肯的。

1982 年 1 月

　《文心雕龙选》精选《文心雕龙》二十一篇，加以"注释"、"译文"，供读者参考。需要说明的是，该内容曾于 1985 年由福建教育出版社出版，原各篇有"说明"，鉴于"说明"部分与本书所收《文心雕龙解题》五十篇重复，现将各篇"说明"删除。阅读此书者，请参阅该篇"解题"。

2017 年 7 月

原　道

　　文之为德也大矣[1]，与天地并生者，何哉？夫玄黄色杂[2]，方圆体分[3]，日月叠璧[4]，以垂丽天之象[5]；山川焕绮[6]，以铺理地之形[7]：此盖道之文也。仰观吐曜[8]，俯察含章[9]，高卑定位[10]，故两仪既生矣[11]。惟人参之，性灵所钟[12]，是谓三才[13]。为五行之秀[14]，实天地之心。心生而言立，言立而文明，自然之道也。傍及万品[15]，动植皆文[16]：龙凤以藻绘呈瑞[17]，虎豹以炳蔚凝姿[18]；云霞雕色[19]，有逾画工之妙[20]，草木贲华[21]，无待锦匠之奇[22]；夫岂外饰，盖自然耳。至于林籁结响[23]，调如竽瑟[24]；泉石激韵，和若球锽[25]：故形立则章成矣[26]，声发则文生矣[27]。夫以无识之物，郁然有彩[28]，有心之器[29]，其无文欤[30]！

　　人文之元[31]，肇自太极[32]，幽赞神明[33]，《易》象惟先[34]。庖羲画其始[35]，仲尼翼其终[36]。而《乾》、《坤》两位，独制《文言》[37]。言之文也，天地之心哉！若乃《河图》孕乎八卦[38]，《洛书》韫乎九畴[39]，玉版金镂之实[40]，丹文绿牒之华[41]，谁其尸之[42]，亦神理而已[43]。自鸟迹代绳[44]，文字始炳[45]。炎皞遗事[46]，纪在《三坟》[47]，而年世渺邈[48]，声采靡追[49]。唐虞文章[50]，则焕乎始盛[51]。元首载歌[52]，既发吟咏之志；益稷陈谟[53]，亦垂敷奏之风[54]。夏后氏兴[55]，业峻鸿绩[56]，九序惟歌[57]，勋德弥缛[58]。逮及商周[59]，文胜其质[60]。《雅》、《颂》所被[61]，英华日新[62]。文王患忧[63]，繇辞炳曜[64]，符采复隐[65]，精义坚深。重以公旦多材[66]，振其徽烈[67]，剬诗缉颂[68]，斧藻群言[69]。至夫子继圣,独秀前哲,熔钧六经[70],必金声而玉振[71];雕琢情性,组织辞令,木铎起而千里应[72],席珍流而万世响[73],写天地之辉光,晓生民之耳目矣[74]。

爰自风姓[75],暨于孔氏[76],玄圣创典[77],素王述训[78],莫不原道心以敷章[79],研神理而设教[80],取象乎河洛[81],问数乎蓍龟[82],观天文以极变,察人文以成化[83];然后能经纬区宇[84],弥纶彝宪[85],发挥事业,彪炳辞义[86]。故知道沿圣以垂文,圣因文而明道,旁通而无滞[87],日用而不匮[88]。《易》曰:"鼓天下之动者存乎辞[89]。"辞之所以能鼓天下者,乃道之文也。

赞曰[90]:道心惟微[91],神理设教。光采玄圣,炳耀仁孝。龙图献体,龟书呈貌。天文斯观[92],民胥以效[93]。

〔注释〕

〔1〕文:泛指形状、声音、颜色、语言文字等构成的各种文采。德:意义,作用。 〔2〕玄:黑赤色,指天的颜色。黄:指地的颜色。 〔3〕方:指地。圆:指天。 〔4〕璧:圆形的玉。 〔5〕丽:附着。 〔6〕焕:有光彩。绮:有文彩的丝织品。 〔7〕铺:陈列。理:有条理。 〔8〕吐曜:发出光彩,指日、月。 〔9〕含章:含有文彩,指大地。 〔10〕卑:低。 〔11〕两仪:指天地。 〔12〕性灵:灵性,指人的聪明智慧。钟:聚。 〔13〕三才:天、地、人。 〔14〕五行:金、木、水、火、土。古人认为是组成物质的五种元素。 〔15〕傍:应作"旁"。旁,普遍。万品:各种事物。 〔16〕动:动物。植:植物。 〔17〕藻绘:指文采。藻,文采;绘,采画。瑞:祥瑞。 〔18〕炳蔚:指文采之美。炳,鲜明;蔚,繁盛。 〔19〕雕:雕琢。 〔20〕画工:画师。 〔21〕贲(bì):装饰。华:古"花"字。 〔22〕锦匠:织锦

的工匠。　〔23〕籁(lài):孔穴里发出的声音。　〔24〕竽:笙类乐器,三十六簧,长四尺二寸。瑟:类似琴的乐器,有五十弦的,有二十五弦的,长八尺多。　〔25〕球:美玉。这里指玉磬。锽(huáng):钟磬声。　〔26〕章:文彩。　〔27〕文:声之文,指节奏。　〔28〕郁然:草木茂盛的样子。这里形容文采之盛。〔29〕有心之器:指有智慧的人。　〔30〕其:岂。　〔31〕元:开始。　〔32〕肇(zhào):开始。太极:是派生万物的本原。《周易·系辞上》:"易有太极,是生两仪。"这里指天地混沌之时。〔33〕幽:深。赞:说明。神明:指神奇、微妙的道理。　〔34〕象:卦象。　〔35〕庖羲:即伏羲,为古代三皇(伏羲、神农、燧人)之一,相传他始画八卦。　〔36〕仲尼:孔丘,字仲尼。相传他为阐明《周易》的道理写了《十翼》。所谓《十翼》,即《上象》一,《下象》二,《上象》三,《下象》四,《上系》五,《下系》六,《文言》七,《说卦》八,《序卦》九,《杂卦》十。　〔37〕《乾》、《坤》:卦名。《文言》:《十翼》之一,专释《乾》、《坤》两卦的道理。　〔38〕《河图》:相传伏羲时黄河中有龙献出图来,此图谓之《河图》。孕:孕育。八卦:即☰乾、☷坤、☳震、☴巽、☵坎、☲离、☶艮、☱兑。　〔39〕《洛书》:相传洛水中有龟献出书来,此书叫作《洛书》。大禹治洪水,依照《洛书》制定九畴。韫(yùn):藏。九畴:九类治理国家的大法。　〔40〕镂(lòu):雕刻。　〔41〕丹:红色。牒(dié):木片,竹片。　〔42〕尸:主管,主宰。　〔43〕亦:助词。神理:神妙的道理,这里指"道"。　〔44〕鸟迹:指上古仿鸟迹创制的文字。绳:指结绳,相传上古结绳纪事。　〔45〕炳:显明。〔46〕炎:炎帝神农氏。皞(hào):太皞伏羲氏。　〔47〕《三坟》:古书名。孔安国《尚书序》云:"伏羲、神农、黄帝之书,谓之《三坟》,言大道也。"　〔48〕渺邈(miǎo):久远。　〔49〕声采:音节和文采,指文章。靡:无。 〔50〕唐:即唐尧。虞:即虞舜。
〔51〕焕:鲜明,光亮。 〔52〕元首:君主,指舜。载:始。
〔53〕益稷:伯益、后稷,皆舜臣。谟:谋议。 〔54〕垂:传下来。敷奏:臣子向君主进言。 〔55〕夏后氏:禹受舜禅有天下,国号夏,亦称夏后氏。 〔56〕业:事业。峻:高。鸿:大。绩:功绩。
〔57〕九序惟歌:语见《尚书·伪大禹谟》。九序,指水、火、金、土、木、谷六府和正德、利用、厚生三事皆有秩序。 〔58〕勋:功。弥:更加。缛(rù):繁盛。 〔59〕逮:及,达到。 〔60〕文:文采。质:质朴。 〔61〕被:覆盖,及,指影响所及。 〔62〕英华:指美丽的文采。 〔63〕文王:姓姬名昌,商纣时为西伯,周武王即位以后谥为文王。患忧:指商纣二十三年,拘禁西伯于羑(yǒu)里,凡七年。 〔64〕繇(zhòu)辞:卜兆之占辞。指《周易》的《卦辞》、《爻辞》,相传是文王所作。炳曜:光彩照耀。
〔65〕符采:玉之横纹。此指文采。 〔66〕公旦:周公旦。周公姓姬名旦,是文王之子,武王之弟。 〔67〕振:发扬。徽:美。烈:功业。 〔68〕剬:即"制"字。缉:同"辑"。 〔69〕斧藻:删削、修饰。 〔70〕熔钧:熔,铸器的模子。钧,造瓦的转轮。这里比喻对古书的整理。六经:即诗、书、礼、乐、易、春秋。
〔71〕金声而玉振:语出《孟子·万章下》。金,指钟;玉,指磬。比喻孔子整理六经,体制完备,正如奏乐,以钟发声,以磬收韵,集众音之大成。 〔72〕木铎:以木为舌的金属铃,是古代传布教令时所用的响器。这里比喻孔子的教导。 〔73〕席珍:《礼记·儒行》:"孔子侍,曰:'儒有席上之珍以待聘。'"这里指孔子的道德学问。 〔74〕晓:使明白,这里是启发的意思。 〔75〕爰:语首助词。风姓:相传伏羲姓风。 〔76〕暨:及。 〔77〕玄圣:远古之圣人,指伏羲等。 〔78〕素王:汉代儒者认为孔子有王

者之道,而无王者之位,故称素王。　〔79〕道心:"道"的精神。敷章:著文。　〔80〕教:教化。　〔81〕取象:取法。〔82〕数:指命运。蓍(shī):蓍草,古时取其茎为占筮之用。龟:指古时占卜所用之龟甲。　〔83〕"观天文"二句:《易·贲·象辞》:"观乎天文以察时变,观乎人文以化成天下。"极,穷尽。化,教化。　〔84〕经纬:指治理。区宇:世界。　〔85〕弥纶:包举,这里是制定的意思。彝:恒久。宪:法。　〔86〕彪炳,光彩焕发。　〔87〕旁:广。滞:阻。　〔88〕匮(kuì):缺乏。〔89〕"鼓天下"句:语出《易·系辞上》。辞,原指爻辞,这里借指文辞。　〔90〕赞:总结全篇的意思。　〔91〕"道心"句:语见《尚书·伪大禹谟》。微,微妙。　〔92〕斯:语助词。　〔93〕胥:都。效:仿效。

〔译文〕

　　"文"的作用非常广大,它是和天地一起产生的,为什么这样说呢? 天玄地黄颜色不同,天圆地方形体各别;太阳月亮如同重叠的璧玉,悬附在天上,构成天象;青山绿水好似锦绣,有条理地分布在地上,构成地形。这是"道"产生的文彩。抬头看,天空光芒照耀,低头看,地下文彩纷披。高低的位置确定,天地就产生了。只有人和天地配合成三,人是灵性所钟聚的,这叫作"三才"。人为万物之灵,是天地的心。作为天地之心的人产生了,语言也随之产生,语言一出现,文章便显示出来了。这是自然的道理。推广到万物,动物植物都有文彩。龙凤以鳞羽斑斓显出祥瑞,虎豹以皮毛鲜明构成雄姿;云霞形成的色彩,胜过画师技巧的高妙,草木开放的花朵,不需要织锦工人手艺的神奇。这些难道是外加的装饰吗? 是自然产生的。还有风吹树林,发出声响,调和得如吹竽鼓瑟;泉流石上,相激成韵,和谐得如击磬敲钟。所以,形体成立文彩就形成,声音发出节奏即产生。那些无知的东西尚且有丰盛的文彩,富有智慧的人,难道没有文章吗!

人类文章的开端,起于天地混沌之时。深入地阐明这个神奇微妙的道理,要算《周易》中的卦象最早。伏羲首先画了八卦,孔子最后写了《十翼》作解说。其中对《乾》、《坤》两卦,孔子特地写了《文言》来阐释。人的语言构成的文章,才算是天地的心灵啊!至于《河图》里孕育着八卦,《洛书》里蕴藏着九畴,在玉版上刻着金字,竹简上画着红图,是谁主宰其事呢?不过是神奇微妙的"道"罢了。自从用像鸟迹般的文字代替了结绳纪事,文字的作用开始明显了。神农、伏羲的遗闻逸事,记载在《三坟》之中,但是年代太久远了,那些文章已无法追寻。唐尧、虞舜时的文章,文采焕发,开始兴盛。君主大舜所作之歌,既歌唱了自己的情志,臣子伯益和后稷陈述的谋议,也传下了向君主进言上书的风气。夏禹兴起,事业崇高,功绩宏伟,各项工作都有秩序,受到了歌颂,功德更盛。到了商朝和周朝,文采胜过质朴,当时《雅》乐《颂》歌影响所及,文采日益新颖。周文王被商纣拘禁于羑里时,写成了《易经》的卦辞、爻辞,光彩照耀,文辞含蓄,意义精深。继有周公旦多才多艺,发扬文王的美好事业,作诗辑颂,修饰各种文献。到了孔子,他继承过去的圣人,而比前代圣人更杰出,他整理六经,像钟磬集众音之大成一样,他集前代一切圣人之大成。他培养自己美好的思想感情,组织成优美的文辞。他的教化像木铎振动,千里响应,他的道德学问像席上的珍品,流传下来,影响万代。他抒发了天地的光辉,启发了人们的聪明才智。

从姓风的伏羲到孔子,前圣创作不朽的文献,孔子阐述其遗训,没有不是根据道的精神进行著作,探讨神奇微妙的道来建立教化。他们取法《河图》、《洛书》,用蓍草龟甲来占卜预测,观察天文来穷究各种变化,考察人类社会的各种文化现象来完成教化。然后能够治理世界,制定恒久的大法,使各项事业发扬光大,使文辞义理光彩焕发。由此可知,道通过圣人表达在文章里,圣人通过文章来阐明道,这个道到处行得通而没有阻碍,人们每天用它不会感到缺乏。《易经·系辞上》说:"鼓动天下的在于文辞。"文辞所以能鼓动天下的原因,就在于它是道的表现。

总而言之,道的精神是微妙的,圣人根据神奇微妙的道来进行教化。前代的圣人使道光芒四射,仁孝的伦理道德则把道明明白白地体现出来了。黄河中的龙献出了图,洛水里的龟献出了书,圣人观察天文而制作文章,人们都按照圣人的教导来行事。

征　圣

　　夫作者曰"圣",述者曰"明"[1]。陶铸性情[2],功在上哲[3]。夫子文章,可得而闻[4],则圣人之情,见乎文辞矣[5]。先王圣化[6],布在方册[7],夫子风采,溢于格言[8]。是以远称唐世[9],则焕乎为盛[10];近褒周代,则郁哉可从[11]。此政化贵文之征也[12]。郑伯入陈,以文辞为功[13];宋置折俎,以多文举礼[14]。此事迹贵文之征也。褒美子产[15],则云"言以足志,文以足言"[16];泛论君子,则云"情欲信,辞欲巧"[17]。此修身贵文之征也。然则志足而言文,情信而辞巧,乃含章之玉牒[18],秉文之金科矣[19]。夫鉴周日月[20],妙极机神[21];文成规矩[22],思合符契[23]。或简言以达旨[24],或博文以该情[25],或明理以立体,或隐义以藏用。故《春秋》一字以褒贬[26],丧服举轻以包重[27],此简言以达旨也。《邠诗》联章以积句[28],《儒行》缛说以繁辞[29],此博文以该情也。书契断决以象《夬》[30],文章昭晰以象《离》[31],此明理以立体也。"四象"精义以曲隐[32],"五例"微辞以婉晦[33],此隐义以藏用也。故知繁略殊形[34],隐显异术[35],抑引随时[36],变通会适[37],征之周孔,则文有师矣。

　　是以子政论文[38],必征于圣;稚圭劝学[39],必宗于经。《易》称"辨物正言,断辞则备"[40];《书》云"辞尚体要,弗惟好异[41]"。故知正言所以立辩,体要所以成辞,辞成无好异之尤[42],辩立有断辞之义[43]。虽精义曲隐,无伤其正言;微辞婉晦,不害其体要。体要与微辞偕通,正言共精义并用;圣人之文章,亦可见也。颜阖以为仲尼饰羽而画,徒事华辞[44]。虽欲訾圣[45],弗可得已[46]。然则圣文之雅丽,固衔华而佩实者也。天道难闻,犹或钻仰;文章可见,胡宁勿思[47]。若征圣立言,则文其庶矣[48]。

　　赞曰:妙极生知[49],睿哲惟宰[50]。精理为文,秀气成采[51]。鉴悬日月[52],辞富山海。百龄影徂[53],千载心在。

〔注释〕

　　〔1〕"夫作者"二句:语出《礼记·乐记》。作者,能制礼作乐的人,这里指创始的人。述者,能继承"圣人"的制作的人,这里指继承、阐发的人。　〔2〕陶铸:把粘土纳入模型制成坯,再入窑烧成瓦器叫作陶,把金属熔化后倒进模型,制成器物叫作铸。陶铸,这里是培育塑造的意思。　〔3〕上哲:古代的圣贤。上,古代。〔4〕"夫子"二句:语出《论语·公冶长》。文章,指诗、书、礼、乐等。〔5〕"则圣人"二句:语出《易·系辞上》。情,指思想感情。乎,于。〔6〕圣化:神圣的教化。　〔7〕布:列。方册:指书籍。方,木板。册,编连起来的竹片。　〔8〕格言:可为法式的言简意赅的语句。　〔9〕唐世:唐尧时代。　〔10〕焕:光明,光亮。《论语·泰伯》:"焕乎其有文章。"　〔11〕"近褒"二句:语出《论语·八佾》。褒,赞扬。郁,文采丰富。从,遵从。　〔12〕政化:政治教化。征:证明。　〔13〕"郑伯"二句:语出《左传》襄公二十五年。襄公二十五年六月,郑国的子展、子产率领军队征伐陈国,攻入陈城。子产向盟主报告胜利的消息,遭到晋人的诘难,子产作了正确的回答,说服了晋人,立下了功劳,受到孔子的赞扬。郑伯,郑国国君。　〔14〕"宋置"二句:语出《左传》襄公二十七年。襄公二十七年,宋国举行了隆重的宴会招待赵文子,他们在宴会上的谈话很富有文采,后来,孔子让他的弟子记录下来。折俎(zǔ),将牺牲体

解成一节一节的,放在俎中。俎,祭祀时放牛羊等祭品的礼器。举,记录。　〔15〕子产:即公孙侨。侨字子产,一字子美。春秋时郑国的政治家。　〔16〕"言以"二句,语见《左传》襄公二十五年。　〔17〕"情欲"二句,语见《礼记·表记》。　〔18〕含章:指写作。章,文采。玉牒:本为古代帝王封禅(祭泰山的典礼)、郊祀所用的文书。这里意为重要的原则。合下句的"金科",意即"金科玉律"。　〔19〕秉文:指写作。秉,持。科:法律条文。〔20〕鉴:观察。周:遍。　〔21〕极:穷尽。机:通"几",隐微,指事情的苗头或预兆。　〔22〕规矩:指法则,模范。　〔23〕符:古代朝廷传达命令或征调兵将用的凭证,双方各执一半,以验真假。契:契约。古代契约亦分成两半,双方收存以作凭证。〔24〕旨:意思。　〔25〕该:包举。　〔26〕《春秋》:编年体史书,孔子依据鲁国史官所编《春秋》改订而成。所载事迹,始于鲁隐公元年(公元前722),止于鲁哀公十四年(公元前481),共二百四十二年。褒:赞美。贬:指责,贬低。　〔27〕丧服:指《礼记·曾子问》和《檀弓》中论丧服的话。　〔28〕《邠(bīn)诗》:指《诗经·邠风·七月》。　〔29〕《儒行》:《礼记·儒行》。缛(rù):繁多、细致。　〔30〕书契:文字。《夬(guài)》:即《周易·夬卦》。夬卦象征决断。　〔31〕昭晰:清楚。《离》:即《周易·离卦》。离卦象征火、日、电,引申表示明白。　〔32〕"四象":在《周易》六十四卦中,有实象、假象、义象、用象,谓之四象,即用六十四卦来表示事物和义理的四种方式。　〔33〕"五例":指《春秋》所运用的五种写作条例:"一曰微而显,二曰志而晦,三曰婉而成章,四曰尽而不污,五曰惩恶而劝善。"见杜预《春秋左氏传序》。〔34〕繁:指"博文以该情"。略:指"简言以达旨"。　〔35〕隐:指"隐义以藏用"。显:指"明理以立体"。　〔36〕抑:抑制,指压缩。引:引申。　〔37〕会适:当作"适会"。适,适应。会,指时机。　〔38〕子政:刘向的字,他是西汉末年的学者。
〔39〕稚圭:匡衡的字,他也是西汉末年的学者。　〔40〕"辨物"二句:语见《周易·系辞下》。辨物,辨明事物。断,决断。备,具备。　〔41〕"辞尚"二句:语见《尚书·伪毕命》。体,体现。
〔42〕尤:过失。　〔43〕义:适宜。　〔44〕"颜阖(hé)"二句:事见《庄子·列御寇》。仲尼,孔子的字。　〔45〕訾(zǐ):诋毁。
〔46〕已:语气词。　〔47〕胡宁:为什么竟……　〔48〕庶:差不多。　〔49〕妙:指精妙的道理。极:穷究。生知:生而知之的人,即圣人。　〔50〕睿(ruì)哲:神圣而明智。宰:主宰。
〔51〕气:气质。　〔52〕鉴:明。　〔53〕百龄:百岁,指一生。徂(cú):往。

〔译文〕

　　创始的人叫作"圣",继承、阐发的人叫作"明"。培养塑造人们的性情,功效在古代的圣贤。孔子的著作是可以看到的,那么圣人的思想感情,表现在文辞之中。古代圣王的教化,记载在书本上,孔子的风度文采,充分地表现在他教导人的言论中间。因此,远的,他称颂唐尧时代,说那时文化焕发兴盛;近的,他赞扬周代,说那时文化丰富多采,可以遵从。这是政治教化方面重视文章的例证。春秋时郑国的国君派军队攻入陈国,靠文辞收到辩解的功效。宋国举行盛宴,宾主在宴会上的谈话富有文采,彬彬有礼。这是事业和功绩方面重视文章的例证。孔子赞扬子产,就说"语言用来充分地表达自己的思想,文采用来充分地修饰语言"。孔子一般地谈到君子,就说"感情要真实,文辞要巧妙"。这是在修养方面重视文章的例证。那么,思想要充实而语言要有文采,感情要真实而文辞要巧妙,这就是写作的金科玉律了。圣人观察周遍如天上的日月,他们能深刻地穷究事物的征兆,他们的文章合乎作文的法则,他们的思想与文章完全一致。圣人的著作,有的用简练的语言来表达意思,有的用丰富的文辞来抒发感情,有的用明显的道理来树立全篇的主旨,有的用含蓄的意义曲折地发挥作用。所以《春秋》用一个字来表示赞扬或贬斥,《礼记》里用轻的丧服来概括重的丧服。这是用简练的语言来表达意思。《诗经·邠风·七月》里积句联章而成篇,《礼记·儒行》里申说细致,文辞丰富。这里用繁富的文辞来抒发丰富的感情。有的文字写得像《周易》夬卦那样决断,有的文章写得像《周易》离卦那样清楚。这是用明显的道理来构成全篇的体式。《周易》六十四卦表示事物的四种现象,它的含义精深而曲折隐晦,《春秋》五种写作条例,它的文辞婉转而含蓄不露。这是用隐藏含蓄的意义来曲折地发挥作用。所以,文章的繁简形式不同,隐显方法各异,对它们或压缩或引申,要视时机而定,加以变动,要适应各种情况。用周公、孔子的文章来检验,那么,写文章就有榜样了。

因此,刘向评论文章,一定要用圣人的标准来检验,匡衡上书劝学,一定要以经书为根据。《周易·系辞下》说:"辨明事物给以正确的说明,明确决断的词句就具备了。"《书经·伪毕命》说:"文辞以体现要点为好,不只是追求奇异。"因此知道,正确的说明所以树立文章的论点,体现要点所以构成文辞。这样,文辞构成了就没有追求奇异的毛病,这样建立的论点有辞句明确决断的好处。虽然精深的含义曲折隐晦,也不会妨碍它正确的论述。微妙的文辞婉转难明,也不会损害它体现要点。体现要点和微妙的文辞是相互联系的,正确的论点和精深的含义是一起运用的。这些在圣人的文章里都是可以看到的。颜阖认为孔子作文章好像在鸟的羽毛上加文采,只是追求华丽的词藻罢了。他虽然要诋毁圣人,但是诋毁不了的。那么圣人的文章典雅华丽,本来就是既有美丽的词采又有充实的内容。天道难以了解,还有人去钻研它;文章是可以看到的,为什么竟不加思考呢？如果根据圣人的著作来写作,那么,文章就差不多了。

　　总而言之,深通奥妙道理的是圣人,因为他们掌握着最高的智慧。他们以精微的道理来写作文章,以灵秀的气质构成文采。他们观察周遍如日月悬天,他们的文辞繁富如山似海。圣人的形体经过百年虽已逝去,而他们的精神却千年永在。

宗　经

三极彝训[1],其书言"经"[2]。"经"也者,恒久之至道[3],不刊之鸿教也[4]。故象天地[5],效鬼神[6],参物序[7],制人纪[8],洞性灵之奥区[9],极文章之骨髓者也[10]。皇世《三坟》[11],帝代《五典》[12],重以《八索》[13],申以《九丘》[14],岁历绵暖[15],条流纷糅[16],自夫子删述[17],而大宝咸耀[18]。于是《易》张《十翼》[19],《书》标"七观"[20],《诗》列"四始"[21],《礼》正"五经"[22],《春秋》"五例"[23]。义既极乎性情[24],辞亦匠于文理[25]。故能开学养正,昭明有融[26]。然而道心惟微[27],圣谟卓绝[28],墙宇重峻[29],而吐纳自深[30]。譬万钧之洪钟[31],无铮铮之细响矣[32]。

夫《易》惟谈天[33],入神致用[34]。故《系》称旨远辞文[35],言中事隐,韦编三绝[36],固哲人之骊渊也[37]。《书》实记言[38],而训诂茫昧[39],通乎《尔雅》[40],则文意晓然。故子夏叹《书》[41],"昭昭若日月之明,离离如星辰之行"[42],言昭灼也[43]。《诗》主言志,诂训同《书》,摛风裁兴[44],藻辞谲喻[45],温柔在诵[46],故最附深衷矣[47]。《礼》以立体[48],据事制范[49],章条纤曲[50],执而后显,采掇生言[51],莫非宝也。《春秋》辨理,一字见义,五石六鹢[52],以详略成文[53];雉门两观[54],以先后显旨;其婉章志晦[55],谅以邃矣。《尚书》则览文如诡[57],而寻理即畅;《春秋》则观辞立晓,而访义方隐。此圣人之殊致[58],表里之异体者也[59]。

至根柢槃深[60],枝叶峻茂[61],辞约而旨丰,事近而喻远。是以往者虽旧,余味日新,后进追取而非晚,前修文用而未先[62],可谓太山遍雨,河润千里者也[63]。

故论、说、辞、序[64],则《易》统其首[65];诏、策、章、奏[66],则《书》发其源;赋、颂、歌、赞[67],则《诗》立其本;铭、诔、箴、祝[68],则《礼》总其端;纪、传、铭、檄[69],则《春秋》为根。并穷高以树表[70],极远以启疆,所以百家腾跃[71],终入环内者也[72]。若禀经以制式[73],酌雅以富言[74],是仰山而铸铜,煮海而为盐也[75]。故文能宗经,体有六义:一则情深而不诡[76],二则风清而不杂[77],三则事信而不诞[78],四则义直而不回[79],五则体约而不芜[80],六则文丽而不淫[81]。扬子比雕玉以作器,谓《五经》之含文也[82]。夫文以行立[83],行以文传,四教所先[84],符采相济[85]。励德树声,莫不师圣,而建言修辞,鲜克宗经。是以楚艳汉侈[86],流弊不还,正末归本,不其懿欤[87]!

赞曰:三极彝道,训深稽古[88]。致化归一,分教斯五[89]。性灵熔匠[90],文章奥府。渊哉铄乎[91],群言之祖。

〔注释〕

〔1〕三极:三才,即天、地、人。彝(yí)训:常道,常理。彝,常。〔2〕言:一作"曰",是。　〔3〕至道:最正确最基本的道理。〔4〕刊:削除。鸿:大。　〔5〕象:取法。　〔6〕效:征验。〔7〕参:参究。　〔8〕人纪:人伦纲纪。　〔9〕洞:深入。奥区:奥秘的地方。　〔10〕极:穷尽。骨髓:指精华。　〔11〕皇世:三皇时代。三皇,诸说不一,孔安国以伏羲、神农、黄帝为三皇(《尚书序》)。《三坟》:三皇的书。坟,大道。　〔12〕帝代:五帝时代。五帝,说法也颇多,孔安国以少昊、颛顼、高辛、唐尧、虞舜为五帝(《尚书序》)。《五典》:五帝的书。典,常道。　〔13〕《八索》:相传为关于八卦的书。索,探索。　〔14〕申:再加上。《九

丘》:相传为关于九州的书。丘,积聚。　〔15〕绵暧(ài):久远。绵,远。暧,不明。　〔16〕纷:盛多。糅:杂。　〔17〕删述:删改整理。相传孔子删《诗》、《书》,订《礼》、《乐》,修《春秋》,作《十翼》。　〔18〕大宝:最贵重的珍宝,指经书。　〔19〕《十翼》:即《易传》,是解释《周易》的十篇著作:《彖》上下,《象》上下、《系辞》上下、《文言》、《序卦》、《说卦》、《杂卦》。　〔20〕"七观":指观义、观仁、观诚、观度、观事、观治、观美。《尚书大传》:"孔子曰:六誓(《甘誓》、《汤誓》、《泰誓》、《牧誓》、《费誓》、《秦誓》)可以观义,五诰(《酒诰》、《召诰》、《洛诰》、《大诰》、《康诰》)可以观仁,《甫刑》可以观诚,《洪范》可以观度,《禹贡》可以观事,《皋陶》可以观治,《尧典》可以观美。"　〔21〕"四始":指《诗经》中的国风、小雅、大雅、颂。　〔22〕"五经":指吉礼、凶礼、宾礼、军礼、嘉礼。　〔23〕"五例":"一曰微而显,二曰志而晦,三曰婉而成章,四曰尽而不污,五曰惩恶而劝善。"见杜预《春秋左氏传序》。〔24〕极:一作"埏(shān)"。埏,制陶器的模型。这里有陶铸的意思。　〔25〕匠:精思巧构造其极致。　〔26〕"昭明"句:语见《诗经·大雅·既醉》。昭明,光明。有,语助词。融,长远。〔27〕"道心"句:语见《尚书·伪大禹谟》。微,微妙。　〔28〕谟:计谋。卓绝:达到极点,超过一切。　〔29〕墙宇:喻其道德学问。峻:高。　〔30〕吐纳:指言论。　〔31〕钧:三十斤。洪:大。　〔32〕铮铮(zhēng),金属相撞击的声音。　〔33〕天:指天道。　〔34〕神:微妙的意思。　〔35〕《系》:即《周易·系辞》。旨远辞文:《周易·系辞下》:"其旨远,其辞文,其言曲而中,其事肆而隐。"　〔36〕韦编三绝:《史记·孔子世家》:"孔子晚而喜《易》……读《易》,韦编三绝。"韦编,编联竹简的皮绳。绝,断。〔37〕骊渊:骊龙潜伏的深渊。传说骊龙颔下有珍贵的珠,这里用来比喻智慧的源泉或宝库。骊,黑龙。　〔38〕实:是。记言:《汉书·艺文志》:"左史记言……言为《尚书》。"《尚书》是我国上古历史文件的汇编。　〔39〕训诂:解释古书中词句的意义。茫昧:不清楚。　〔40〕《尔雅》:我国古代最早的一部训诂书。一说,指古代语言。　〔41〕子夏:姓卜,名商,孔子的学生。《书》:《尚书》。　〔42〕"昭昭"二句:《尚书大传》:"昭昭如日月之代明,离离若参辰之错行。"昭昭,光明,明亮。离离,分明。〔43〕昭灼(zhuó):明显,指意思清楚明白。　〔44〕摛(chī):舒展,引申为写作。风:指风、雅、颂各类诗歌。裁:选用。兴:指赋、比、兴各种表现手法。　〔45〕藻:文采。谲(jué):奇异。〔46〕温柔:指温柔敦厚的特点。《礼记·经解》:"温柔敦厚,诗教也。"诵:讽诵。　〔47〕附:近。　〔48〕《礼》:儒家经书,世称《周礼》、《仪礼》、《礼记》为"三礼"。体:体统,体制。　〔49〕范:规范,法度。　〔50〕章条:条例,条款。纤:细。曲:周密。〔51〕掇(duō):拾取,摘取。生:一作"片"。　〔52〕五石六鹢(yì):《春秋》:僖公"十有六年春,王正月,戊申朔,陨石于宋五。是月,六鹢退飞,过宋都。"鹢,水鸟。据《公羊传》解释,记陨石,先听到声音,眼睛一看,辨明是石头,仔细一数,有五块。记鹢鸟,先看见天空有几个黑点,数之得六,仔细看时,认出是鹢鸟,动向是退而飞。由此见出《春秋》行文修辞的准确严谨。　〔53〕略:一作"备",是。　〔54〕雉门两观:《春秋》:定公二年"夏五月壬辰,雉门及两观灾。"雉门,诸侯之宫门,这里指鲁宫之南门。两观,指王宫门前两边的楼。　〔55〕婉章:即《春秋》五例中的"婉而成章"。指文笔婉转曲折。志晦:即《春秋》五例中的"志而晦"。指意义含蓄隐晦。　〔56〕谅:的确。邃(suì):精深。　〔57〕诡:奇异,这里指古奥。　〔58〕人:一作"文"。　〔59〕表里:指形式和内容。　　〔60〕根柢(dǐ)：树根。槃：通"蟠"，弯曲。〔61〕峻：高。　　〔62〕文：一作"久"，是。　　〔63〕"太山"二句：语出《公羊传》僖公三十一年。太山，即泰山。　　〔64〕辞：文体的一种，如汉武帝《秋风辞》、陶潜《归去来兮辞》。　　〔65〕统：总。　　〔66〕诏：古代帝王所发的命令、文告。策：策问，即提出有关经义或政事等问题，以简策问难，征求对答。章：臣下的奏本，常用于谢恩等事。奏：古代臣下进呈帝王的奏章，常用于揭发罪状，查考政事。　　〔67〕赋：一种讲究文采、韵节，着重铺陈描写，兼具诗歌和散文性质的文体，盛行于汉代。颂：一种用于歌颂的文体。赞：一种原用于赞美，后也用于总结和评述的文体。〔68〕铭：古代常刻在器物上或碑石上，是兼用于规戒、褒赞的韵文。诔(lěi)：一种哀祭的文体。箴(zhēn)：一种规戒的韵文。祝：祭神祈福之辞。　　〔69〕纪：帝王的传记。传：传记。铭：一作"盟"。盟，盟书。古代天子与诸侯之间、诸侯相互之间，为了在政治利益上相互约束，向神盟誓时写在简策上的文辞。檄(xí)：檄文。檄文用于声讨和征伐。　　〔70〕表：表率。　　〔71〕腾：跳跃。　　〔72〕环：指范围。　　〔73〕禀：承，接受。　　〔74〕酌：取。雅：雅言，指儒家经典。　　〔75〕"是仰山"二句：《史记·吴王濞传》："乃益骄溢，即山铸钱，煮海水为盐。"仰，一作"即"。即，就。　　〔76〕诡：诡异。　　〔77〕风：指作品的思想内容所起的教化作用。　　〔78〕事：指作品引用的事例。诞：荒诞。〔79〕直：一作"贞"。贞，正。回：曲。　　〔80〕体：风格。约：集中凝练。芜：繁冗。　　〔81〕淫：过分。　　〔82〕"扬子"二句：扬雄《法言·寡见》："玉不雕，玙璠不作器；言不文，典谟不作经。"扬子，即扬雄，西汉末年学者。　　〔83〕行：德行。　　〔84〕四教：《论语·述而》："子以四教：文，行，忠，信。"　　〔85〕符采：玉的文采。济:助。 〔86〕楚:指《楚辞》。汉:指汉赋。 〔87〕懿(yì):美。 〔88〕稽:考证,考求。 〔89〕斯:则。五:指"五经"。 〔90〕性灵:性情。 〔91〕渊:深。铄(shuò):美。

[译文]

  阐明天、地、人恒常的道理的,这种书叫作"经"。所谓"经",是永恒的最高真理,不可磨灭的伟大教言。经书取法天地,检验鬼神,参究事物的秩序,制定人类的纲纪,通达人们的性灵深处,穷尽文章的精华。三皇时代的《三坟》,五帝时代的《五典》,加上《八索》,再加《九丘》,经历的年代久远,各种道理多而杂。自从经过孔子删改整理之后,这些珍宝都发出了光芒。于是《周易》的意义有《十翼》来发挥,《尚书》举出了七种含义,《诗经》分列出四部分作品,《礼记》里规定了五种礼仪,《春秋》里提出了五种记事条例。这些经书,在义理上既能陶冶人们的性情,在文辞上也很符合文理。所以能够开启后学,培养正气,永远放射着灿烂的光辉。然而,道的精神是微妙的,圣人的谋画是超乎寻常的。他们的道德学问如高墙深院,他们的言论自然精深,这就好像千万斤重的大钟,是不会发出铮铮的细小声音来的。

  《周易》是谈天道的,谈得很微妙,可以在实际中运用。所以,《系辞上》说《周易》的意旨深远,辞句精美,言语恰当,只是事理隐微。孔子读《周易》,系竹简的皮绳翻断了三次。这本是圣人哲理的宝库啊!《尚书》是记录宣言文告的,它的文字难解,但只要懂得了古代的语言,它的文意就明白易懂了。所以子夏赞叹《尚书》,"像日月那样的明亮,像星宿一般运行有序",这是说《尚书》记载得非常明白。《诗经》主要是表达思想感情的,文字与《尚书》同样难解,它里面有风雅颂不同的部分,有赋比兴不同的表现手法,它的文辞华美,比喻富有变化,在诵读时可以体会到它温柔敦厚的特点,所以它最能切合人们深切的情怀。《礼》是用来建立体制的,根据事实来制定规范,条例细密周详,实行起来效果显著。任取只言片语,没有不是宝贝。《春秋》辩明事理,一个字即可显出其深刻含义。说陨石落到宋国的有五块,六只鹢鸟倒飞过宋国的都城,这是以详细的记载构成文辞,说宫门和门前的两观失火,这是以排列的先后表示主次的意思。它的文笔婉转,旨意隐晦,确是很精深的。《尚书》的文字看来好像古奥,而寻求其意义是很晓畅的。《春秋》的文字一看即懂,而探索其意义却是隐晦的。这是圣人的文章风格不同、形式和内容各有特色的缘故。

经书如树木,根柢深固,枝高叶茂。它们文辞简练而含义丰富,叙事浅近而表明的意思深远。所以,经书虽然是旧的著作,而它的存留的精神意味却永远新颖。后人从中汲取并不算晚,前人运用了很久也并未占先。经书的作用,可以说像泰山上的云气能遍布天下,像黄河的水可以灌溉千里。

所以论、说、辞、序的体裁,是从《周易》开始的;诏、策、章、奏的体裁,是从《尚书》发源的;赋、颂、歌、赞的体裁,是以《诗》作根本的;铭、诔、箴、祝的体裁,是从《礼》开端;纪、传、盟、檄的体裁,以《春秋》为根源。这些经书都为文章树立了最高的榜样,开拓了极其广阔的领域。所以,不论诸子百家如何活跃,终究超不出经书的范围。假如写文章能根据经书来制定格式,酌取其雅正语言来丰富自己的语言,这样就好像靠近矿山来炼铜,煮海水来制盐一样。所以,文章能效法经书,它就有六种特色:一是感情深挚而不偏邪;二是教化纯正而不杂乱;三是引用事例真实而不荒诞;四是义理正确而不歪曲;五是风格简约而不繁冗;六是文辞华丽而不过分。扬雄把用玉雕琢成器物作为比方,说明"五经"含有文采。文章凭德行来建立,德行靠文章来传扬,孔子用"文"、"行"、"忠"、"信"来教育人,而以"文"为先,正如玉必须有精致的花纹一样,"文"和"行"、"忠"、"信"三者是相互配合的。后人在勉励德行,树立声誉上,没有不向圣人学习的,而在作文修辞上,却很少能效法经书。所以,《楚辞》过分艳丽,汉赋过分铺张,其流弊没有得到纠正。纠正这种流弊回到本来的正路上来,不是很好吗?

总而言之,天、地、人的恒常的道理,可以从古代的经书里作深入的考求。教化的目的只有一个,进行教育的具体内容则分为五类。经书是陶冶性情的巨匠,是文章的深秘的宝库。深远啊!美好啊!它是各种言论、文章的始祖。

辨　骚

　　自风雅寝声[1],莫或抽绪[2],奇文郁起[3],其《离骚》哉！固已轩翥诗人之后[4],奋飞辞家之前[5],岂去圣之未远[6],而楚人之多才乎！昔汉武爱《骚》[7],而淮南作传[8],以为"《国风》好色而不淫[9],《小雅》怨诽而不乱[10]。若《离骚》者,可谓兼之。蝉蜕秽浊之中[11],浮游尘埃之外,皭然涅而不缁[12],虽与日月争光可也"。班固以为露才扬己[13],忿怼沉江[14];羿浇二姚[15],与左氏不合[16],昆仑悬圃[17],非经义所载;然其文辞丽雅,为词赋之宗,虽非明哲,可谓妙才。王逸以为诗人提耳[18],屈原婉顺[19],《离骚》之文,依经立义;驷虬乘鹥[20],则时乘六龙[21],昆仑流沙[22],则《禹贡》敷土[23]。名儒辞赋,莫不拟其仪表,所谓金相玉质[24],百世无匹者也。及汉宣嗟叹[25],以为皆合经术[26];扬雄讽味[27],亦言体同诗雅[28]。四家举以方经[29],而孟坚谓不合传[30],褒贬任声,抑扬过实,可谓鉴而弗精[31],玩而未核者也[32]。

　　将核其论,必征言焉[33]。故其陈尧舜之耿介[34],称汤武之祇敬[35],典诰之体也[36];讥桀纣之猖披[37],伤羿浇之颠陨[38],规讽之旨也[39];虬龙以喻君子[40],云蜺以譬谗邪[41],比兴之义也;每一顾而掩涕[42],叹君门之九重[43],忠怨之辞也[44]。观兹四事,同于风雅者也[45]。至于托云龙[46],说迂怪[47],丰隆求宓妃[48],鸩鸟媒娀女[49],诡异之辞也[50];康回倾地[51],夷羿彃日[52],木夫九首[53],土伯三目[54],谲怪之谈也[55];依彭咸之遗则[56],从子胥以自适[57],狷狭之志也[58];士女杂坐,乱而不分,指以为乐,娱酒不废,沉湎日夜[60],举以为欢,荒淫之意也。摘此四事,异乎经典者也。故论其典诰则如彼,语其夸诞则如此[61],固知《楚辞》者,体慢于三代[62],而风雅于战国[63],乃雅颂之博徒[64],而词赋之英杰也。观其骨鲠所树[65],肌肤所附[66],虽取熔经意,亦自铸伟辞。故《骚经》、《九章》[67],朗丽以哀志[68];《九歌》、《九辩》[69],绮靡以伤情[70];《远游》、《天问》[71],瑰诡而惠巧[72];《招魂》、《招隐》[73],耀艳而深华[74];《卜居》标放言之致[75];《渔父》寄独往之才[76]。故能气往轹古[77],辞来切今[78],惊采绝艳,难与并能矣。

自《九怀》以下[79],遽蹑其迹[80],而屈宋逸步[81],莫之能追。故其叙情怨,则郁伊而易感[82];述离居,则怆怏而难怀[83];论山水,则循声而得貌[84];言节候,则披文而见时[85]。是以枚贾追风以入丽[86],马扬沿波而得奇[87],其衣被词人[88],非一代也。故才高者菀其鸿裁[89],中巧者猎其艳辞[90],吟讽者衔其山川[91],童蒙者拾其香草[92]。若能凭轼以倚雅颂[93],悬辔以驭楚篇[94],酌奇而不失其真[95],玩华而不坠其实[96],则顾盼可以驱辞力[97],欬唾可以穷文致[98],亦不复乞灵于长卿,假宠于子渊矣[99]。

赞曰:不有屈原,岂见《离骚》。惊才风逸[100],壮志烟高。山川无极[101],情理实劳。金相玉式[102],艳溢锱毫[103]。

〔注释〕

〔1〕风雅:《国风》和《小雅》、《大雅》。这里指《诗经》。寝:止,息。　〔2〕抽绪:引出头绪,指承《诗》之余,继续写作。〔3〕郁:盛。　〔4〕轩翥(zhù):高飞。诗人:指《诗经》的作者。〔5〕辞家:指汉代辞赋家。　〔6〕圣:指孔子。　〔7〕汉武:汉武帝刘彻。　〔8〕淮南:西汉淮南王刘安。传:指解说《离骚》的作品。《汉书·淮南王传》:"(汉武帝)使为《离骚传》,旦受诏,日

食时上。"一说"传"当作"傅"。傅,通"赋"。　〔9〕淫:过度,放纵。　〔10〕诽:讥讽。　〔11〕蜕(tuì):(蝉)脱皮。〔12〕皭(jiào)然:洁白的样子。涅(niè):一种可以染成黑色的颜料。这里指染黑。缁(zī):黑色。　〔13〕班固:字孟坚,东汉史学家、文学家。　〔14〕怼(duì):怨恨。沉江:屈原于楚顷襄王二十一年(前278),自沉汨罗江。　〔15〕羿(yì):即后羿,相传为夏时有穷国的国君。太康时,他因夏乱而夺取政权。夺取政权后,荒淫佚乐,不理政事。国相寒浞勾结羿的家臣逄蒙把羿射死,并霸占了他的妻子。《离骚》:"羿淫游以佚畋兮,又好射夫封狐。固乱流其鲜终兮,浞又贪夫厥家。"浇:通"奡(ào)",即过浇,寒浞之子,传说他勇猛有力,杀死夏相,但后来又被夏相之子少康所杀。《离骚》:"浇身被服强圉兮,纵欲而不忍。日康娱而自忘兮,厥首用夫颠陨。"二姚:有虞国国君姓姚的两个女儿。相传夏相被杀后,少康逃到有虞,有虞国君把两个女儿嫁给他。《离骚》:"及少康之未家兮,留有虞之二姚。"　〔16〕"与左氏"句:左氏,即《春秋左氏传》。按,《离骚》的咏羿、浇等事,正与《左传》合,班固《离骚序》无此语,刘勰引述有误。(参阅黄侃《文心雕龙札记·辨骚第五》)〔17〕昆仑悬圃:神话中的山名。悬圃在昆仑山之巅。《离骚》:"邅吾道夫昆仑兮,路修远以周流。""朝发轫于苍梧兮,夕余至乎悬圃。"　〔18〕王逸:字叔师,东汉文学家,著作有《楚辞章句》。提耳:提着耳朵教诲。《诗·大雅·抑》:"匪面命之,言提其耳。"〔19〕婉顺:委婉和顺。　〔20〕驷(sì)虬(qiú):驾着虬龙。虬,龙的一种。鹥,通"鹭(yì)",凤凰的别名。《离骚》:"驷玉虬以乘鹥兮,溘埃风余上征。"　〔21〕时乘六龙:《周易·乾·象辞》:"时乘六龙,以御天。"　〔22〕流沙:指西方的沙漠。《离骚》:"忽吾行此流沙兮。"　〔23〕《禹贡》:《尚书》篇名。敷土:治理水土。

敷,分布治理。《尚书·禹贡》:"禹敷土。" 〔24〕金相玉质:金玉为质。相,质。 〔25〕汉宣:汉宣帝刘询。 〔26〕皆合经术:汉宣帝喜爱《楚辞》,认为"辞赋大者与古诗同义",这里"大者"指屈原的作品。"古诗",指《诗》。事见《汉书·王褒传》。〔27〕扬雄:字子云,西汉辞赋家。 〔28〕体同诗雅:此语出处不详。诗雅,指《诗》。 〔29〕方:比。 〔30〕传:经书的注释,这里指《左传》。 〔31〕鉴:鉴别。 〔32〕玩:玩味。核:核实。 〔33〕征:证明,核对。言:指《楚辞》。 〔34〕尧舜之耿介:《离骚》:"彼尧舜之耿介兮,既遵道而得路。"尧、舜,都是传说中远古时代的圣君。尧,陶唐氏,名放勋,史称唐尧。舜,姚姓,有虞氏,名重华,史称虞舜。耿介,光明正大。 〔35〕汤武之祗(zhī)敬:《离骚》:"汤禹俨而祗敬兮,周论道而莫差。"汤武,一作"禹汤"。禹,传说中古代的圣君,姒姓,名文命,亦称大禹、夏禹、戎禹。鲧之子。汤,又称武汤、武王、成汤。商朝的建立者。祗,恭敬。 〔36〕典:指《尚书》中的《尧典》、《舜典》等篇。诰:指《尚书》中的《汤诰》、《大诰》等篇。 〔37〕桀(jié)纣(zhòu)之猖披:《离骚》:"何桀纣之猖披兮,夫唯捷径以窘步。"桀、纣,都是传说中的暴君。桀,名履癸,夏朝最末一个君主。纣,亦称帝辛,商朝最末一个君主。猖披,猖狂放肆。 〔38〕羿浇之颠陨(yǔn):参阅本篇注释〔15〕。颠陨,坠落。 〔39〕规:告诫。 〔40〕"虬龙"句:《楚辞·九章·涉江》:"驾青虬兮骖白螭。"这里,以虬、螭比喻贤人。 〔41〕"云蜺(ní)"句:《离骚》:"飘风屯其相离兮,帅云霓而来御。"这里,以云霓比喻坏人。蜺,同"霓",虹。〔42〕"每一顾"句:《楚辞·九章·哀郢》:"望长楸而太息兮,涕淫淫其若霰。过夏首而西浮兮,顾龙门而不见。" 〔43〕"叹君门"句:宋玉《九辩》:"岂不郁陶而思君兮,君之门以九重。"重,层。

〔44〕忠怨：忠于国君，国君不察而有所怨恨。　〔45〕风雅：原指《诗》，这里指儒家经典。　〔46〕托云龙：《离骚》："驾八龙之婉婉兮，载云旗之委蛇。"王逸注："言己德如龙，可制御八方，己德如云雨，能润施万物也。"　〔47〕迂：不切事理。　〔48〕"丰隆"句：《离骚》："吾令丰隆乘云兮，求宓妃之所在。"丰隆，神话中的云神。宓(fú)妃，神话中人名，伏羲氏之女。　〔49〕"鸩(zhèn)鸟"句：《离骚》："望瑶台之偃蹇兮，见有娀之佚女；吾令鸩为媒兮，鸩告余以不好。"鸩鸟，传说中的一种毒鸟。娀女，有娀国女子简狄。娀(sōng)，即有娀，传说中的古国名。　〔50〕诡异：奇异。〔51〕康回倾地：《楚辞·天问》："康回冯怒，地何故以东南倾。"康回，神话人物共工的名字。共工和颛顼争为帝，一怒而头撞不周山，折断天柱和地维，因此东南方塌下去。倾，塌陷。　〔52〕夷羿(yì)彃(bì)日：《楚辞·天问》："羿焉彃日，乌焉解羽？"夷羿，神话人物，即羿，夷是羿的姓氏。传说唐尧时有十个太阳都出来，草木焦枯，尧命羿射落了九个。彃，射。　〔53〕木夫九首：《楚辞·招魂》："一夫九首，拔木九千些。"　〔54〕土伯三目：《楚辞·招魂》："土伯九约，其角觺觺些。……参(叁)目虎首，其身若牛些。"土伯，地下的魔怪之王。三目，三只眼睛。　〔55〕谲(jué)怪：诡诈怪诞。　〔56〕"依彭咸"句：《楚辞·离骚》："虽不周于今之人兮，愿依彭咸之遗则。"彭咸，传说是殷代的贤臣，因谏君主不被采纳，投水而死。遗则，遗留下来的榜样。　〔57〕"从子胥"句：《楚辞·九章·悲回风》："浮江淮而入海兮，从子胥而自适。"子胥，伍子胥，名员，春秋时吴国大夫。传说伍子胥被迫自杀后，吴王夫差将他的尸体装在皮袋里，投入江中。自适，顺适自己的心意。　〔58〕狷(juàn)狭：气量褊小。　〔59〕"士女"二句：语见《楚辞·招魂》。士。男子。　〔60〕"娱酒"二句：《楚

辞·招魂》:"娱酒不废,沉日夜些。"废,停止。湎(miǎn),沉迷。〔61〕夸诞:语言虚妄,不符实际。 〔62〕"体慢"句:指"同于风雅"四事。慢,一作"宪",是。宪,效法。三代,夏、商、周,此指三代之文,即儒家经典。 〔63〕风雅于战国:指"异乎经典"四事。雅,一作"杂",是。战国,指战国之文。 〔64〕雅颂:指《诗经》。博徒:指贱者。 〔65〕骨鲠(gěng):指思想内容。 〔66〕肌肤:指文辞。 〔67〕《骚经》:即《楚辞·离骚》。王逸尊《离骚》为经,著有《离骚经章句》。《九章》:屈原作,包括《惜诵》、《涉江》、《哀郢》、《抽思》、《怀沙》、《思美人》、《惜往日》、《桔颂》、《悲回风》九首诗。 〔68〕朗丽:明朗、华丽。哀志:哀怨地抒写怀抱。 〔69〕《九歌》:原是楚国南部流传的民间祭神的乐歌,这是经过屈原加工改写而成的。包括《东皇太一》、《云中君》、《湘君》、《湘夫人》、《大司命》、《少司命》、《东君》、《河伯》、《山鬼》、《国殇》、《礼魂》十一篇。《九辩》:宋玉作的一首自叙性的长篇抒情诗。 〔70〕绮靡:美丽精妙。伤情:悲伤地表达感情。
〔71〕《远游》:是一篇游仙诗,描写了神游天上的快乐。王逸认为是屈原所作,也有人认为是后人依托的。《天问》:屈原作。这是一篇古今罕见的奇文,它对自然、社会现象等提出了一百七十多个问题。 〔72〕瑰(guī)诡:奇伟诡异。惠:一作"慧"。
〔73〕《招魂》:王逸认为是宋玉所作,现在多数研究者认为是屈原的作品。它的内容,有人说是屈原招楚怀王的魂,有人说是屈原招自己的魂。《招隐》:一作《大招》,是。《大招》,王逸认为是屈原或景差所作。近人肯定它不是屈原所作。 〔74〕耀艳:色彩鲜明。深华:深,一作"采",是。采华,文辞华丽。 〔75〕《卜居》:王逸以为屈原所作,近人以为是后人依托的。放言:旷达的话。致:旨趣。 〔76〕《渔父(fù)》:王逸以为屈原所作,近人肯

定非屈原所作。独往:指避世隐居。　　〔77〕气:气质,气势。轹(lì)古:超越古人。轹,辗压,这里有超过的意思。　　〔78〕切今:绝后。切,割,绝。　　〔79〕《九怀》以下:据《楚辞释文》篇次有王褒的《九怀》、东方朔的《七谏》、刘向的《九叹》、庄忌的《哀时命》、贾谊的《惜誓》等,都是汉人的作品。　　〔80〕遽:急。蹑(niè):追。　　〔81〕逸:快。　　〔82〕郁伊:郁抑,苦闷。　　〔83〕怆怏(chuàng yàng):悲哀怨恨。难怀:难以为怀,受不了的意思。〔84〕循:顺着。　　〔85〕披:阅。　　〔86〕枚:枚乘,字叔,西汉初辞赋家。贾:贾谊,西汉政论家、文学家。追风:追随(屈、宋)遗风。　　〔87〕马:司马相如,字长卿,西汉辞赋家。扬:扬雄,字子云,西汉辞赋家。　　〔88〕衣被:加惠于人。这里是影响的意思。〔89〕菀(wǎn):"捥"的假借字,取的意思。鸿裁:宏伟的体制。〔90〕中巧:才能一般。猎:猎取。　　〔91〕衔:含,指吟味讽诵。〔92〕童蒙:年幼无知的儿童。香草:《离骚》等篇常以香草象征诗人品德的高尚。　　〔93〕凭轼:指驾车。轼,车前横木。雅颂:指《诗经》。　　〔94〕悬辔:指骑马。辔,缰绳。驭:驾驭。〔95〕酌:取。真:一作"贞",即正。　　〔96〕坠:失。　　〔97〕顾盼:回头一望,指极短的时间。驱:驱遣。　　〔98〕欬唾:一咳一唾,指不费力的事。　　〔99〕假:借。子渊:王褒的字。他是西汉辞赋家。　　〔100〕风逸:像风一样的奔放。　　〔101〕极:尽。〔102〕式:用,法式。　　〔103〕锱(zī)毫:指极微小的单位。这里指文章的每个细小的地方。锱,六铢(二十四铢为两)。毫,十丝为毫,十毫为厘。

〔译文〕

　　自从《国风》、《小雅》、《大雅》的歌声停息以后,没有人上承

《诗经》继续写作了。后来涌现的新奇妙文,那就是《离骚》啊!它高翔在《诗经》的作者之后,奋起在辞赋家之前,难道是由于那时距离圣人不远,而楚国人又富有才华吗!从前汉武帝喜爱《离骚》,就让淮南王刘安作《离骚传》。刘安认为《国风》多写爱情而并不过分,《小雅》写怨恨讥讽而不乱来。像《离骚》,可以说兼有这两种长处。屈原像蝉蛹脱壳于污土之中,浮游在尘土之外,洁白得染也染不黑,即使与太阳月亮比光明也是可以的。班固认为,屈原显露才能,宣扬自己,满怀愤恨,投江自杀。《离骚》写的后羿、过浇和二姚,跟《左传》所载的不符,写的昆仑山上的悬圃,是经书中所没有记载的。然而,它的文辞雅正、华丽,实在是辞赋之祖。屈原虽然不是明智的人,但可以说是很有才华的人。王逸认为,《诗经》上说要对昏君提着耳朵教诲,屈原的态度则是委婉和顺的。《离骚》的文辞是依据经书立论的。《离骚》说驾着虬龙,骑着凤凰,那是《周易》中说的按时骑着六条龙,《离骚》说登昆仑,过流沙,就是《尚书·禹贡》里说的治理水土。后代名家的辞赋,没有不以它为榜样的。可以说是金玉般的品质,百代以来没有能和它比的。到汉宣帝赞叹《离骚》,以为都是符合儒家经书义理的。扬雄诵读吟味,也说它的体制与《诗经》的《小雅》、《大雅》相同。淮南王刘安等四人将《离骚》比经书,而班固认为不合《左传》。或褒或贬,信口开河,抬高压低都超过了实际,这可以说是鉴别而不精当,品评而不核实。

  要核实他们的评论,一定要用《楚辞》本身的言辞来验证。《离骚》陈述唐尧、虞舜的光明正大,称道商汤、夏禹的恭敬戒慎,这是《尚书》中《尧典》、《汤诰》等篇中的含义。《离骚》讥刺夏桀、商纣的猖狂放肆,哀痛后羿、过浇的脑袋落地,这是告诫讽谏的意思。《九章·涉江》用虬龙来比喻贤人,《离骚》用云霓来比喻坏人,这是《诗经》的比兴手法。《九章·哀郢》说每一次回望都门都要流泪,宋玉《九辩》叹息君王的宫门有九重,这是既忠勇又怀怨的言辞。看这四点,与《国风》和《小雅》、《大雅》是相同的。至于《离骚》假托驾八龙,载云旗,说些怪诞的事,叫云神丰隆去找寻伏羲氏的女儿宓妃,叫鸩鸟去向有娀国女子简狄求婚,这是怪异的言辞。《天问》说共工头撞不周山,使东南方塌下去,又说后羿射落了九个太阳;《招魂》说拔树的力士有九个头,地下的魔王有三只眼,这是诡诈怪诞的话。《离骚》说要仿效殷代的贤臣彭咸投水自杀的榜样,《九章·悲回风》说要跟随伍子胥到水中去顺适自己的心意,这是气量褊小的胸怀。《招魂》里把男女混坐一起,杂乱不分,当作乐事;把日夜沉湎于饮酒之中,当作欢乐;这是贪恋酒色的意思。摘出这四点,是和经书不同的。所以,论它同于经书的有前面四点,说它不合经书的有后面四点,这就可确知,《楚辞》的体式效法夏商周三代的经典著作,风格带有战国作品的特色。比起《雅》、《颂》来,它是贱者,却是辞赋中的俊杰!观察它所树立的内容,所附着的文辞,虽然吸取和熔化了经书的意思,但自己也创造了壮美的文辞。所以,《离骚》、《九章》,明朗华丽地抒写哀怨的怀抱;《九歌》、《九辩》,绮丽精妙地表达悲伤的感情;《远游》、《天问》,奇伟诡异而文辞精巧;《招魂》、《大招》,色彩鲜明而文辞华丽;《卜居》表现旷达的旨趣,《渔父》寄托隐居避世的才情。所以,他的才气超过古人,文辞横绝后世,惊人的文采,绝顶的艳丽,别人很难和他相比。

自王褒《九怀》以下各篇,都紧跟屈原的步子。但屈原、宋玉的快步,没有人能赶得上。屈宋文写怨恨的情怀,使人感到郁抑,容易动人;叙述离别的心绪,使人感到悲哀而难以忍受;描绘山水,就能使人顺着文章的音节而见到它的形貌;叙述季节,使人披阅文章而看到时令的变化。所以,枚乘、贾谊追随他们的遗风而得到华丽的特色,司马相如、扬雄沿着他们的余波而得到奇伟的成就。他们影响于辞赋家,不止一代啊!因此,后来才能高的人学习他们巨大的体制,才能一般的人猎取他们美丽的文辞,讽诵的人吟味它的山水描写,学童们识得其香草的比喻。如果能像驾车一样凭借《雅》、《颂》,像掌握马缰绳一样驾驭《楚辞》,吸取它的奇特的表现方法而不失其雅正,玩味其华艳的形式而不背离真实,那么,在一顾一盼之间就可以发挥文辞的作用,在一咳一唾之际就可以穷尽文章的情趣,也再不用向司马相如乞求灵巧,向王褒假借宠爱了。

总而言之,如果没有屈原,怎么见到《离骚》!他的惊人的才华像风一样的飘逸,他的伟大的志向像云烟一样高远。他的作品如山山水水,无边无际,他抒情说理付出了辛勤的劳动。这些金一般的质地,玉一般的体式的作品,就是极细微之处都洋溢着光彩啊!

明　诗

　　大舜云："诗言志,歌永言[1]。"圣谟所析[2],义已明矣。是以"在心为志,发言为诗[3]",舒文载实[4],其在兹乎[5]？诗者,持也,持人情性；三百之蔽,义归无邪[6],持之为训[7],有符焉尔[8]。

　　人禀七情[9],应物斯感,感物吟志,莫非自然。昔葛天氏乐辞云[10],《玄鸟》在曲[11]；黄帝《云门》[12],理不空绮[13]。至尧有《大唐》之歌[14],舜造《南风》之诗[15],观其二文,辞达而已。及大禹成功,九序惟歌[16]；太康败德[17],五子咸怨[18]：顺美匡恶[19],其来久矣。自商暨周,雅颂圆备,"四始"彪炳[20],"六义"环深[21]。子夏监绚素之章[22],子贡悟琢磨之句[23],故商赐二子,可与言诗[24]。自王泽殄竭[25],风人辍采[26],春秋观志[27],讽诵旧章[28],酬酢以为宾荣[29],吐纳而成身文[30]。逮楚国讽怨[31],则《离骚》为刺[32]。秦皇灭典[33],亦造《仙诗》[34]。汉初四言,韦孟首唱[35],匡谏之义,继轨周人[36]。孝武爱文[37],柏梁列韵[38],严马之徒[39],属辞无方[40]。至成帝品录[41],三百余篇[42],朝章国采[43],亦云周备,而辞人遗翰[44],莫见五言,所以李陵、班婕妤[45]见疑于后代也。按《召南·行露》[46],始肇半章[47]；孺子《沧浪》[48],亦有全曲[49]；《暇豫》优歌[50],远见春秋；《邪径》童谣[51],近在成世；阅时取证[52],则五言久矣。又古诗佳丽,或称枚叔[53],其《孤竹》一篇[54],则傅毅之词[55]。比采而推[56],两汉之作乎？观其结体散文[57],直而不野,婉转附物[58],怊怅切情[59],实五言之冠冕也[60]。至于张衡《怨》篇[61],清典可味；《仙诗缓歌》[62],雅有新声。暨建安之初[63]，五言腾踊，文帝陈思[64]，纵辔以骋节[65]，王徐应刘[66]，望路而争驱。并怜风月[67]，狎池苑[68]，述恩荣[69]，叙酣宴[70]，慷慨以任气，磊落以使才[71]。造怀指事，不求纤密之巧；驱辞逐貌，唯取昭晰之能[72]：此其所同也。乃正始明道[73]，诗杂仙心，何晏之徒[74]，率多浮浅[75]。唯嵇志清峻[76]，阮旨遥深[77]，故能标焉[78]。若乃应璩《百一》[79]，独立不惧，辞谲义贞[80]，亦魏之遗直也。晋世群才，稍入轻绮，张潘左陆[81]，比肩诗衢，采缛于正始[82]，力柔于建安[83]，或析文以为妙[84]，或流靡以自妍[85]，此其大略也。江左篇制[86]，溺乎玄风[87]，嗤笑徇务之志[88]，崇盛亡机之谈[89]；袁孙已下[90]，虽各有雕采，而辞趣一揆[91]，莫与争雄，所以景纯仙篇[92]，挺拔而为俊矣。宋初文咏，体有因革，庄老告退[93]，而山水方滋[94]；俪采百字之偶[95]，争价一句之奇，情必极貌以写物[96]，辞必穷力而追新[97]，此近世之所竞也。

故铺观列代[98]，而情变之数可监[99]；撮举同异[100]，而纲领之要可明矣。若夫四言正体，则雅润为本；五言流调，则清丽居宗[101]；华实异用[102]，唯才所安。故平子得其雅[103]，叔夜含其润[104]，茂先凝其清[105]，景阳振其丽[106]；兼善则子建、仲宣[107]，偏美则太冲、公幹[108]。然诗有恒裁[109]，思无定位，随性适分[110]，鲜能通圆[111]。若妙识所难，其易也将至；忽之为易，其难也方来。至于三六杂言，则出自篇什[112]；离合之发[113]，则明于图谶[114]；回文所兴[115]，则道原为始[116]；联句共韵[117]，则柏梁余制；巨细或殊[118]，情理同致，总归诗囿[119]，故不繁云。

赞曰：民生而志[120]，咏歌所含。兴发皇世[121]，风流二南[122]。神理共契[123]，政序相参[124]。英华弥缛[125]，万代永耽[126]。

[注释]

〔1〕"诗言"二句:语出《尚书·舜典》。志,情志,思想感情。永,长,拉长。 〔2〕圣谟:"圣人"的谋议,指《舜典》。 〔3〕"在心"二句:语出《毛诗序》。 〔4〕舒:布,铺陈。文:文采,文辞。实:指情志。 〔5〕兹:此,这里。 〔6〕"三百"二句:《论语·为政》:"子曰:'《诗》三百,一言以蔽之,曰:思无邪。'"蔽,概括,包括。 〔7〕训:词义解释。 〔8〕焉尔:于此。 〔9〕禀:承受。七情:指喜、怒、哀、惧、爱、恶、欲。
〔10〕葛天氏:传说中我国远古时期的君主。乐辞:相传有葛天氏之乐,由三人执着牛尾歌唱,共八曲。这八曲是《载民》、《玄鸟》、《遂草木》、《奋五谷》、《敬天常》、《达帝功》、《依地德》、《总禽兽之极》。见《吕氏春秋·古乐》篇。 〔11〕《玄鸟》:燕子,古称玄鸟。这是葛天氏之乐的第二首曲子的曲名。 〔12〕黄帝:传说中远古时代的圣君,为"五帝"之一,姓姬,号轩辕氏、有熊氏。《云门》:传说为黄帝时的乐曲。 〔13〕绮:当作"弦"。
〔14〕《大唐》:相传是赞美唐尧禅让的歌,见《尚书大传》。歌辞系后人伪托。 〔15〕《南风》:这首诗见《孔子家语·辩乐解》,亦系后人伪托。 〔16〕九序惟歌:语见《尚书·伪大禹谟》。九序,指水、火、金、土、木、谷六府和正德、利用、厚生三事皆有秩序。
〔17〕太康:夏启之子,继启而为夏代国王,因荒淫失去王位。
〔18〕五子:指太康的兄弟五人。《史记·夏本纪》:"帝太康失国,昆弟五人,须于洛汭,作《五子之歌》。"《五子之歌》见《伪古文尚书》。 〔19〕匡:纠正。 〔20〕"四始":指风、小雅、大雅、颂。郑玄认为这四者为王道兴衰之所由始,故称"四始"。
〔21〕"六义":指风、雅、颂、赋、比、兴。《诗大序》称之为"六义"。
〔22〕子夏:卜商,字子夏,春秋卫人,孔子弟子。监:鉴,明。绚素

之章:指"巧笑倩兮,美目盼兮,素以为绚兮"。这一章前二句见《诗经·卫风·硕人》,后一句是逸诗。素,白底。绚(xuàn),彩色。　〔23〕子贡:端木赐,字子贡,春秋卫人,孔子弟子。琢磨之句:指"如切如磋,如琢如磨"。见《诗经·卫风·淇澳》。切磋,加工骨牙;琢磨,加工玉石。　〔24〕"故商赐"二句:指子夏理解"素以为绚"的含义,子贡懂得"如切如磋"的道理,孔子认为可以和他们讨论《诗经》了。事见《论语》的《八佾》和《学而》。
〔25〕殄(tiǎn):尽。　〔26〕风人:采诗的人。辍(chuò):停止。
〔27〕观志:观察、了解别人的思想愿望。春秋时各国使节往来,常常朗诵《诗》中的作品来表达自己的思想愿望,并听诗以了解对方的思想愿望。　〔28〕讽诵:背诵。　〔29〕酬酢(zuò):指礼节上的应对。酬,客人给主人祝酒后,主人再次给客人敬酒。酢,客人用酒回敬主人。　〔30〕吐纳:偏义复词,即吐,指吐辞发言。身文:言辞是身的文采。　〔31〕逮:及。　〔32〕《离骚》:战国楚人屈原的代表作。　〔33〕秦皇:即秦始皇嬴政。　〔34〕《仙诗》:《仙真人诗》。《史记·秦始皇本纪》:"三十六年……使博士为《仙真人诗》。"　〔35〕"韦孟"句:西汉诗人韦孟有四言《讽谏诗》一首。《汉书·韦贤传》:"(韦孟)为楚元王傅,傅子夷王及孙王戊,戊荒淫不遵道,孟作诗风谏。"　〔36〕轨:法则,轨道。
〔37〕孝武:汉武帝刘彻。　〔38〕柏梁:台名,汉武帝元封三年(公元前108)所建。列韵:联句。据说汉武帝曾与群臣在柏梁台上联句作成《柏梁台诗》(见《古文苑》卷八)。此诗每人一句,每句七字,句句押韵,一韵到底。按:此诗顾炎武认为是伪作(见《日知录》二十一)。　〔39〕严:严忌,西汉辞赋家。严忌本姓庄,因避汉明帝刘庄的讳,改姓严。马:司马相如,西汉辞赋家。有《琴歌》,都是骚体诗。　〔40〕属(zhǔ)辞:指作诗。属,连缀。方:

法度。　〔41〕成帝:汉成帝刘骜。　〔42〕三百余篇:《汉书·艺文志·诗赋略》:"歌诗二十八家,三百一十四篇。"　〔43〕朝:朝廷。章:篇章,指作品。国采:各地的民歌。　〔44〕翰:笔。指作品。　〔45〕李陵:西汉陇西成纪(今甘肃秦安)人,字少卿,汉名将李广之孙。《文选》载李陵《与苏武诗》三首,其一云:"良时不再至,离别在须臾。屏营衢路侧,执手野踟蹰。仰视浮云驰,奄忽互相逾。风波一失所,各在天一隅。长当从此别,且复立斯须。欲因晨风发,送子以贱躯。"其二云:"携手上河梁,游子暮何之。徘徊蹊路侧,悢悢不能辞。行人难久留,各言长相思。安知非日月,弦望自有时。努力崇明德,皓首以为期。"其三云:"嘉会难再遇,三载为千秋。临河濯长缨,念子怅悠悠。远望悲风至,对酒不能酬。行人怀往路,何以慰我愁。独有盈觞酒,与子结绸缪。"班婕妤:西汉成帝时宫人。婕妤,宫中女官。班婕妤的《怨歌行》云:"新裂齐纨素,鲜洁如霜雪。裁为合欢扇,团团似明月。出入君怀袖,动摇微风发。常恐秋节至,凉风夺炎热。弃捐箧笥中,恩情中道绝。"这些五言诗当出后人拟作。　〔46〕《行露》:《诗经·召南·行露》共三章,第一、二章各有六句,其中各有四句是五言的。《行露》诗如下:"谁谓雀无角,何以穿我屋?谁谓女无家,何以速我狱?虽速我狱,室家不足。谁谓鼠无牙,何以穿我墉?谁谓女无家,何以速我讼?虽速我讼,亦不女从。"　〔47〕肇:始。〔48〕孺子:小孩子。《沧浪》:《沧浪歌》。《孟子·离娄上》有孺子歌云:"沧浪之水清兮,可以濯我缨。沧浪之水浊兮,可以濯我足。"(《楚辞·渔父》亦载此歌。)刘勰认为"兮"字是语助词不算,故当作五言诗。　〔49〕全曲:全篇五言。　〔50〕《暇豫》:《国语·晋语二》记优施对里克唱的歌:"暇豫之吾吾,不如鸟乌。人皆集于苑,己独集于枯。"这歌劝里克不要站在太子申生一边,应该站在晋献公宠姬骊姬一边。全诗四句,有二句是五言的。优:优施,春秋时晋献公之倡优。　　〔51〕《邪径》:汉成帝时童谣曰:"邪径败良田,谗口乱善人。桂树华不实,黄爵巢其颠。昔为人所羡,今为人所怜。"见《汉书·五行志》。全篇六句,都是五言的。〔52〕阅时:观察各个时代诗歌创作的情况。　　〔53〕枚叔:枚乘,字叔,淮阴(今属江苏)人,西汉辞赋家。　　〔54〕《孤竹》,指《冉冉孤生竹》一首。《文选》列入《古诗十九首》。　　〔55〕傅毅:字武仲,扶风茂陵(今陕西兴平东北)人,东汉文学家。　　〔56〕采:文采。　　〔57〕体:风格。散文:行文。散,抒写。　　〔58〕附:接近,贴切。　　〔59〕怊(chāo)怅:愁怨,惆怅。切:切合。〔60〕冠冕:比喻首位,第一。　　〔61〕张衡:字平子,河南南阳西鄂(今河南南召县南)人,东汉文学家,天文学家。《怨》篇:即《怨诗》,四言诗。　　〔62〕《仙诗缓歌》:未详。　　〔63〕建安:汉献帝年号(公元196—220)。　　〔64〕文帝:三国魏文帝曹丕。陈思:陈思王曹植。植,字子建,封陈王,谥思,世称陈思王。他是三国魏的杰出诗人。　　〔65〕辔(pèi):缰绳。节:节拍,此指有节奏地奔驰。　　〔66〕王徐应刘:王粲、徐幹、应玚、刘桢,都是建安时期文学家,皆属"建安七子"。　　〔67〕怜:爱。　　〔68〕狎:亲近。苑:指帝王游乐打猎的场所。　　〔69〕恩荣:指曹氏父子给当时文人的恩惠荣宠。　　〔70〕酣(hān):畅饮。　　〔71〕磊(lěi)落:胸怀坦白,光明正大。　　〔72〕昭晰:明显清楚。〔73〕乃:一作"及",是。正始:魏齐王曹芳年号(公元240—249)。〔74〕何晏:字平叔,南阳宛县(今河南南阳)人,三国魏玄学家。〔75〕率:大都,一般。　　〔76〕嵇:嵇康,字叔夜,谯郡铚(音zhì,今安徽宿州市西南)人,三国魏文学家,为"竹林七贤"之一。〔77〕阮:阮籍,字嗣宗,陈留尉氏(今属河南)人,三国魏文学家,为

"竹林七贤"之一。　〔78〕标:指高出众人。　〔79〕应璩(qú):字休琏,汝南(郡治在今河南汝南东南)人,应场之弟,三国魏文学家。《百一》:《百一诗》,应璩作。曹爽专政,璩写此诗以讥切时事。　〔80〕谲(jué):隐约,曲折。贞:正。　〔81〕张潘左陆:张指张载、张协、张亢兄弟,潘指潘岳、潘尼叔侄,左指左思,陆指陆机、陆云兄弟,他们都是两晋太康年间的著名诗人。〔82〕采:文采,指作品的形式。缛(rù):繁盛。　〔83〕力:风力,指作品的思想内容及其感染力。　〔84〕析文:指文辞的雕琢。〔85〕流靡:指音节的流利。　〔86〕江左:江东,长江下游今江苏一带。东晋建都建康(今江苏南京市),南朝人专称东晋为江左。〔87〕溺:淹没,沉溺。玄风:道家玄学的风气。　〔88〕嗤(chī):讥笑。徇务:从事政务。徇,从。　〔89〕亡机:忘掉机心,指一种消极无为,淡泊宁静的心境。亡,通"忘"。　〔90〕袁孙:袁宏、孙绰,皆东晋玄言诗人。　〔91〕趣:思想情趣。揆(kuí):道理。　〔92〕景纯:郭璞,字景纯,河东闻喜(今属山西)人,晋文学家。仙篇:指他的《游仙诗》十四首。　〔93〕庄老:庄子、老子。　〔94〕滋:滋长,增多。　〔95〕俪:并列。百字:五言诗二十句,指全篇。　〔96〕情:指作品的思想内容。物:指自然景物。　〔97〕穷:竭,尽。　〔98〕铺观:全面观察。　〔99〕情变:情况变化。数:规律。监:看。　〔100〕撮:总,聚。〔101〕宗:主。　〔102〕华实:华丽和朴实。　〔103〕平子:东汉张衡的字。　〔104〕叔夜:晋嵇康的字。　〔105〕茂先:晋张华的字。　〔106〕景阳:晋张协的字。振:发扬。〔107〕子建:魏曹植的字。仲宣:魏王粲的字。　〔108〕太冲:晋左思的字。公幹:魏刘桢的字。　〔109〕恒裁:一定的体裁。〔110〕分:才力。　〔111〕鲜:少。通圆:一作"圆通",指兼善各种风格。通,无碍。圆,周遍。 〔112〕篇什:指《诗经》。《诗经》中的《雅》、《颂》,每十篇称为什。 〔113〕离合:一种近似文学游戏的诗体。它是在诗句内拆开字形,取其一半,再和另一字的一半拼成别的字,先离后合。汉末孔融有《离合作郡名姓字诗》如"渔父屈节,水潜匿方"(离"鱼"字),"与时进止,出行施张"(离"日"字,"鱼日"合成"鲁"字)。发:兴起,产生。 〔114〕萌:一作"萌"。图谶(chèn):方士、巫师编造的隐语或预言。〔115〕回文:指一种可以倒读的诗体。 〔116〕道原:未详。明人梅庆生《文心雕龙音注》疑"原"是"庆"之误。贺道庆,南朝宋人,王融《春游》回文诗,《艺文类聚》以为贺道庆作。但贺之前,早已有回文之作,梅说不确。 〔117〕联句:按同一韵每人各吟一句,联缀成诗。共韵:共押一个韵。 〔118〕巨细:指篇幅大小。〔119〕囿(yòu):园地。 〔120〕志:思想感情。 〔121〕皇世:三皇之世。 〔122〕二南:《诗经》中的《周南》、《召南》。这里指《诗经》。 〔123〕神理:神妙的道理,即刘勰所谓的"道"。契:合。 〔124〕政序:指政教。序,古代学校名。 〔125〕弥:更加。 〔126〕耽(dān):喜爱。

〔译文〕

　　虞舜说:"诗是用语言表达情志的,歌是延长语言的音节唱的。"经过圣人在经典上的分析,已经把诗歌的含义讲明白了。所以"在内心的叫情志,用语言表达出来就叫诗"。运用文辞来表达情志,诗歌创作的道理就在这里吧!诗是扶持端正的意思,扶持端正人的性情。《诗》三百篇,孔子用一句话来概括它的内容,就是思想没有邪恶,扶持端正的解释,是符合孔子说的这个意思的。

　　人天生就有喜、怒、哀、惧、爱、恶、欲这七种感情,当人受到外物的刺激,就产生感应,有了感应而吟咏自己的情志,没有不是自然形成的。从前葛天氏时有歌辞八首,《玄鸟》便是其中的乐曲。黄帝时的《云门》曲,照理不会只有乐曲而无歌辞相配。到了唐尧时,有《大唐》歌,虞舜曾作《南风》诗,我看这两首诗歌,只是文辞达意罢了。到了夏禹治水成功,各项工作都有秩序,受到人民的歌颂。夏禹的孙子太康道德败坏,他的五个兄弟作《五子之歌》表示怨恨。由此看来用诗歌来歌颂美德,纠正过失,这个传统由来已久了。从商朝到周朝,《雅》诗《颂》诗都已完备,《风》、《小雅》、《大雅》、《颂》,分类明确,《诗经》里的风、雅、颂三种体裁和赋、比、兴三种表现手法又周密又深刻。子夏懂得"素以为绚兮"这章诗的寓意,子贡理解"如琢如磨"这句诗比喻什么,所以孔子称赞他们两人,认为可以和他们讨论《诗经》了。自从周王的德泽衰微,采诗官停止采集民间歌谣。但春秋时各国使节往来还通过念诗来表达和观察各人的意愿,念起旧诗来,以应对得体当作宾客的荣耀,以发言合宜显示自己的才华。到楚国政治昏暗,人多怨恨,于是屈原作《离骚》来讽刺楚王。秦始皇虽焚毁典籍,但也命博士作《仙真人诗》。汉朝初年的四言诗,韦孟首先创作,作品有匡正讽谏的意思,这是继续走周朝人的道路。汉武帝爱好文学,在柏梁台上与群臣按韵联句。严忌、司马相如这些人,作诗没有一定规格。到汉成帝时,品评选录的诗歌有三百多篇,朝廷的诗章,各地的民歌,也可以说齐全了;而诗人遗留下来的作品,没有见到五言诗,所以李陵、班婕妤的五言诗被后人怀疑。考察《诗经·召南·行露》一诗,开始有半章是五言的。小孩子唱的《沧浪歌》,已全篇是五言的了。优施唱的《暇豫歌》,见于遥远的春秋时期。童谣"邪往败良田",出现在较近的汉成帝时代。观察过去各时代的诗歌取得例证,说明五言诗的产生已经很久了。又古诗中的佳作,有人说是枚乘作的,而其中《冉冉孤生竹》一首却是傅毅的作品。比较其文采而加以推论,都是两汉的作品吧!看它们的风格和行文,质朴而不粗野,婉转地描写事物是那样的逼真,惆怅地抒发感情是那样的贴切,实在是五言诗中头等的作品。至于张衡的《怨》诗,清丽典雅,耐人寻味。他的《仙诗缓歌》,颇有新的声调。到了建安初期,五言诗飞跃发展,在诗歌创作的道路上,魏文帝曹丕、陈思王曹植纵马奔驰而有节制,王粲、徐幹、应场、刘桢,也望着前面的路而争先恐后地驱马赶上去。他们都爱赏清风明月,喜游荷池花苑,记叙恩惠荣宠,描述宴集畅饮,慷慨激昂地尽情抒发意气,光明磊落地施展才能。抒写情怀,陈说事理,不追求纤细周密的技巧;运用文辞,描摹形貌,只求尽清晰鲜明之能事:这是他们相同的地方。到了正始时期,人们喜爱阐扬道家的哲学,诗歌里夹杂了老庄思想,像何晏这些人的诗作,大都是浮泛浅薄的。只有嵇康的诗志趣清高峻切,阮籍的诗意旨深沉遥远,所以能高出众人。至于应璩的《百一》诗,在当时是独一无二的,他敢于讽刺而不畏惧,文辞曲折而含义纯正,也可算是魏代的正直的遗风了。晋朝的许多作家,渐渐流于轻浮绮丽。张载、张协、张亢、潘岳、潘尼、左思、陆机、陆云,并肩在诗坛上。他们的诗歌,文采比正始繁缛,力量比建安柔弱,有的以雕琢文辞为妙,有的以讲求音节的流利为美,这是它的大概情况。东晋的诗歌,沉溺在清谈玄学的风气之中,讥笑儒家从事政务的志趣,崇尚道家忘却世情的空谈。袁宏、孙绰以后的诗人,虽然各有不同的雕琢采饰,而作品的旨趣一致,是不能和袁宏、孙绰争雄的。所以,郭璞的《游仙诗》就显得突出而成为佳作了。南朝宋代初年的诗歌,风格有继承也有革新,表达老庄思想的诗没落了,描写山水的诗逐渐增多,讲究全篇的对偶,争取每一句的新奇,内容必须穷尽形貌来描绘景物,文辞一定要竭力追求新颖,这些都是近世诗人所追逐的。

  所以,纵观各个时代,诗歌发展变化的规律是可以看到的,举出它们的同异,诗歌创作纲领的要点是可以明白的。至于四言诗的正规体制,是以雅正流畅为本;五言诗的流行格调,是以清新华丽为主。诗歌风格华丽和朴实的作用是不同的,这只有随诗人的才华而定。因此,张衡得到它的雅正,嵇康含有它的清润,张华构成它的清新,张协发扬它的华丽。兼有众长的是曹植、王粲,具备一种长处的是左思、刘桢。然而,诗有一定的体裁,思想却没有固定的格局,诗人只能随着自己的情性和才力来写诗,很少有人能够擅长各种诗体的。如果深知创作的难处,那么,容易就将来到;如果忽视它以为容易,它的困难就要来了。至于三言、六言和杂言诗,那是出自《诗经》的;拆字诗的产生,是从预言里来的;回文诗的兴起,是从道原开始的;联句共押一个韵,那是《柏梁台诗》传下来的诗歌形式。这些诗体的篇幅大小或有不同,而写作的情理是一致的,都可以归入诗的园地,就不多说了。

  总而言之,人生下来就有情志,这是诗歌所表达的内容。诗歌产生在三皇时代,它的流风余韵传到《诗经》。它和神妙的道理契合,还与政治教化配合。优秀诗篇日益繁盛,千秋万代永远为人们所爱好、欣赏。

乐　府

乐府者，"声依永，律和声"也[1]。钧天九奏，既其上帝[2]；葛天八阕[3]，爰乃皇时[4]。自《咸》、《英》以降[5]，亦无得而论矣。至于涂山歌于"候人"[6]，始为南音[7]；有娀谣乎"飞燕"[8]，始为北声；夏甲叹于东阳[9]，东音以发；殷整思于西河[10]，西音以兴。音声推移，亦不一概矣[11]。匹夫庶妇[12]，讴吟土风[13]，诗官采言[14]，乐盲被律[15]，志感丝篁[16]，气变金石[17]。是以师旷觇风于盛衰[18]，季札鉴微于兴废[19]，精之至也。

夫乐本心术[20]，故响浃肌髓[21]，先王慎焉，务塞淫滥[22]。敷训胄子[23]，必歌九德[24]，故能情感七始[25]，化动八风[26]。自雅声浸微[27]，溺音腾沸[28]，秦燔《乐经》[29]，汉初绍复[30]，制氏纪其铿锵[31]，叔孙定其容与[32]，于是《武德》兴乎高祖[33]，《四时》广于孝文[34]，虽摹《韶》、《夏》[35]，而颇袭秦旧[36]，中和之响[37]，阒其不还[38]。暨武帝崇礼[39]，始立乐府，总赵代之音[40]，撮齐楚之气[41]，延年以曼声协律[42]，朱马以骚体制歌[43]。《桂华》杂曲[44]，丽而不经[45]；《赤雁》群篇[46]，靡而非典[47]。河间荐雅而罕御[48]，故汲黯致讥于《天马》也[49]。至宣帝雅颂，诗效《鹿鸣》[50]。迩及元成[51]，稍广淫乐，正音乖俗[52]，其难也如此。暨后郊庙[53]，惟杂雅章[54]，辞虽典文，而律非夔旷[55]。至于魏之三祖[56]，气爽才丽[57]，宰割辞调[58]，音靡节平。观其"北上"众引[59]，"秋风"列篇[60]，或述酣宴[61]，或伤羁戍[62]，志不出于淫荡[63]，辞不离于哀思，虽三调之正声[64]，实《韶》、《夏》之郑曲也[65]。逮于晋世[66]，则傅玄晓音[67],创定雅歌,以咏祖宗;张华新篇[68],亦充庭万[69]。然杜夔调律[70],音奏舒雅,荀勖改悬[71],声节哀急,故阮咸讥其离声[72],后人验其铜尺[73]。和乐精妙,固表里而相资矣[74]。故知诗为乐心,声为乐体,乐体在声,瞽师务调其器[75];乐心在诗,君子宜正其文。"好乐无荒"[76],晋风所以称远[77];"伊其相谑"[78],郑国所以云亡[79]。故知季札观辞,不直听声而已。

若夫艳歌婉娈[80],怨志诀绝[81],淫辞在曲,正响焉生[82]!然俗听飞驰,职竞新异[83],雅咏温恭,必欠伸鱼睨[84];奇辞切至,则抃髀雀跃[85]。诗声俱郑[86],自此阶矣[87]。凡乐辞曰诗,诗声曰歌,声来被辞,辞繁难节[88];故陈思称李延年闲于增损古辞[89]。多者则宜减之,明贵约也[90]。观高祖之咏"大风"[91],孝武之叹"来迟"[92],歌童被声,莫敢不协;子建士衡[93],咸有佳篇,并无诏伶人[94],故事谢丝管[95],俗称乖调,盖未思也。至于斩伎《鼓吹》[96],汉世《铙》《挽》[97],虽戎丧殊事[98],而并总入乐府,缪袭所致[99],亦有可算焉[100]。昔子政品文[101],诗与歌别[102],故略具乐篇,以标区界。

赞曰:八音摛文[103],树辞为体。讴吟坰野[104],金石云陛[105]。韶响难追,郑声易启。岂惟观乐,于焉识礼[106]。

〔注释〕

〔1〕"声依"二句:语见《尚书·舜典》。声,指五声,即宫、商、角、徵(zhǐ)、羽。永,长。律,指十二律,即黄钟、大吕、太簇、夹钟、姑洗、仲吕、蕤宾、林钟、夷则、南吕、无射、应钟。　〔2〕"钧天"二句:《史记·赵世家》中说,赵简子曾梦到上帝处,听到多次奏《万舞》乐曲。钧天,中央的天。九,多的意思。既,及。

〔3〕葛天:葛天氏,传说中我国远古时期部落领袖。八阕(què):相

传葛天氏之乐,由三人执着牛尾而歌唱,共有八曲。这八曲是《载民》、《玄鸟》、《遂草木》、《奋五谷》、《敬天常》、《达帝功》、《依地德》、《总禽兽之极》。见《吕氏春秋·古乐》篇。阕,曲。

〔4〕爰:句首助词。皇时:三皇时期。　　〔5〕《咸》、《英》:乐曲名,即《咸池》、《五英》。相传黄帝的乐曲叫《咸池》,帝喾(kù)的乐曲叫《五英》。　　〔6〕"至于"句:《吕氏春秋·季夏纪·音初》篇说,夏禹视察南方,涂山氏之女等他回来,作歌唱道:"候人兮猗。"涂山,在今浙江绍兴西北。候人,等候人。　　〔7〕南音:南方的音乐。　　〔8〕"有娀(sōng)"句:《吕氏春秋·音初》篇说,有娀氏二女喜爱燕子,燕子北飞不返,二女作歌唱道:"燕燕往飞。"
〔9〕"夏甲"句:《吕氏春秋·音初》篇说,夏后氏孔甲在东阳萯山收养了一个孩子,孩子长大后,脚为斧头所伤,只能做看门的,孔甲感叹而作《破斧之歌》。夏甲,夏后氏孔甲,不降的儿子,启的九世孙。东阳,东阳萯山,即东首阳山,在今河南孟津县界。
〔10〕"殷整"句:《吕氏春秋·音初》篇说,殷王整甲迁居西河,仍思念故居,于是作歌。殷整,殷王整甲。　　〔11〕一概:意思是一样。概,情况。　　〔12〕匹夫:一个人,泛指一般的男人。庶妇:普通妇女。　　〔13〕讴(ōu):歌唱。土风:本乡的歌谣。
〔14〕诗官:采集民间歌谣的官。言:歌辞。　　〔15〕乐盲:一作"乐胥",乐官,即乐师。被律:配乐。被,加。　　〔16〕丝:指弦乐器如琴等。篁(huáng):竹,指管乐器如箫等。　　〔17〕金石:指钟、磬。　　〔18〕"是以"句:师旷,春秋时晋国乐师,目盲,善弹琴。有一次楚军来犯,师旷演奏南方和北方的乐曲,南方乐曲微弱,因此断定楚军不利。事见《左传》襄公十八年。觇(zhān),看。风,乐曲。　　〔19〕"季札"句:季札到鲁国欣赏各国民歌,从中听出各国的兴亡来。事见《左传》襄公二十九年。季札,又称公子

札,是春秋时吴国贵族。鉴,指鉴别。微,微妙。　〔20〕心术:性情。　〔21〕浃(jiá):透,深入。　〔22〕淫滥:过度,无节制,这里指淫靡之音。　〔23〕敷:施。胄(zhòu)子:卿大夫之子弟。〔24〕九德:九功之德,即指水、火、金、土、木、谷六府和正德、利用、厚生三事。　〔25〕七始:指天、地、人和春、夏、秋、冬四时。〔26〕八风:八方的风俗。　〔27〕雅声:雅正之音。浸(jìn):逐渐。　〔28〕溺(nì)音:淫靡之音。　〔29〕燔(fán):焚烧。《乐经》:六经之一,因秦焚书而亡佚。有人以为古代诗和乐结合,即附在《诗经》之中。见清邵懿辰《礼经通论》。　〔30〕绍:继续。　〔31〕制氏:汉代音乐家。铿锵(kēngqiāng):乐器声。这里指音调。　〔32〕叔孙:西汉叔孙通,他曾为汉高祖制定朝庙典礼。容与:一作"容典"。容,礼仪;典,制度。　〔33〕《武德》:即武德舞,汉高祖时作。　〔34〕《四时》:即四时舞,汉文帝时作。　〔35〕《韶》:相传为虞舜时的乐名。《夏》:即《大夏》,相传为夏禹时的乐舞。　〔36〕袭:沿袭。　〔37〕中和:指儒家伦理思想。《礼记·中庸》:"喜怒哀乐之未发谓之中,发而皆中节谓之和。……致中和,天地位焉,万物育焉。"　〔38〕阒(qù):静。　〔39〕暨(jì):到。　〔40〕赵代:今河北、山西一带。〔41〕撮(cuō):聚合。齐楚:今山东、安徽、湖北、湖南一带。气:即风,指民歌。　〔42〕延年:即李延年,他是汉武帝时乐府机关的长官(协律都尉)。　〔43〕朱:即朱买臣。汉武帝时人。他精通《楚辞》,有赋三篇,今已亡佚。马:即司马相如,汉武帝时的辞赋家。　〔44〕《桂华》:歌名。汉高祖(刘邦)的妃子唐山夫人所作《安世房中歌》的第十二章。　〔45〕不经:不合经典。〔46〕《赤雁》:歌名。即汉《郊祀歌》的第十八章《象载瑜》。〔47〕靡:美好。典:典雅。　〔48〕河间:即河间王刘德,汉景帝第三子。死后谥为献,世称河间献王。他曾献自己所搜集的古乐给汉武帝。罕:少。御:用。　〔49〕汲黯(àn):字长儒,汉武帝时大臣。武帝得西域的骏马,命乐府作《天马歌》,汲黯进谏,认为无益祖先、百姓。　〔50〕"至宣帝"二句:汉宣帝(刘询)时,益州刺史王襄请王褒作《中和乐职宣布诗》,令人依《诗经·小雅·鹿鸣》的声调歌唱。效,模仿。颂,一作"诗"。诗,一作"颂"。〔51〕迩(ěr):近。元:汉元帝(刘奭〔shì〕)。成:汉成帝(刘骜)。〔52〕乖:违背。　〔53〕后:一本后下有"汉"字。郊:祭天。庙:祭祀祖先。　〔54〕杂:一作"新"。雅章:指东平王刘苍的《武德舞歌》。　〔55〕夔(kuí):虞舜的乐官。旷:即师旷,春秋时代晋国乐师。　〔56〕魏之三祖:魏武帝曹操为太祖,魏文帝曹丕为高祖,魏明帝曹睿为烈祖。　〔57〕气:气质。　〔58〕宰割:指改作。辞调:指汉乐府。　〔59〕"北上":指曹操的《苦寒行》。这首诗的第一句是"北上太行山"。引:乐府诗体的一种。〔60〕"秋风":指曹丕的《燕歌行》。这首诗的第一句是"秋风萧瑟天气凉"。　〔61〕酣(hān):酒饮得畅快。　〔62〕羁(jī)戍:驻守边疆。羁,寄居在外。戍,防守边疆。　〔63〕淫荡:过分放纵。荡,放纵,放荡。　〔64〕三调:即平调、清调、瑟调,原是周代古乐,汉时称为三调。　〔65〕郑曲:春秋郑国的乐曲。孔子及后儒都认为是淫声。　〔66〕逮:及,到。　〔67〕傅玄:字休奕,西晋文学家。他精通音律,擅长乐府。　〔68〕张华:字茂先,西晋文学家。　〔69〕庭:宫廷。万:万舞,用盾、斧、羽舞。〔70〕杜夔:字公良,三国魏音乐家,曾任太乐令。　〔71〕荀勖(xù):字公曾,西晋音乐家。悬:悬挂乐器的架。　〔72〕阮咸:字仲容,西晋人,"竹林七贤"之一。他精音乐,善弹琵琶。〔73〕验:验证,检验。铜尺:古尺,这里指周、汉古尺。　〔74〕表里:内外,指形式和内容。　〔75〕瞽(gǔ)师:古代盲人乐师。瞽,瞎。　〔76〕"好乐无荒":语见《诗·唐风·蟋蟀》。荒,荒废。　〔77〕晋风:晋国民歌。晋,古国名,在今山西西南部,古为唐国。称远:吴公子季札观乐,称赞晋民歌忧思深远。事见《左传》襄公二十九年。　〔78〕"伊其相谑(xuè)":语见《诗·郑风·溱洧》。伊,语助词。谑,开玩笑,调笑。　〔79〕"郑国"句:季札听了郑国民歌说:郑国大概先亡吧？事见《左传》襄公二十九年。　〔80〕婉娈(luán):亲爱,缠绵。　〔81〕訣(yì):一作"诀"。诀,指不再相见的分别。　〔82〕焉:疑问代词,怎么。　〔83〕职:主要。　〔84〕欠伸:打呵欠。鱼睨(nì):像鱼一样瞪眼,指发愣。睨,斜看。　〔85〕拊髀(bì):高兴得拍大腿。拊,拍;髀,大腿。雀跃:高兴得像雀儿一样跳跃。　〔86〕郑:指郑声,即浮靡之曲。　〔87〕阶:阶梯。这里指逐步走向浮靡。　〔88〕节:节制。　〔89〕陈思:曹植被封为陈王,死后谥思,世称陈思王。李延年:李,一作"左",是。左延年,三国魏时乐师。闲:熟习。　〔90〕约:简练,简洁。　〔91〕高祖:汉高祖刘邦。大风:指刘邦的《大风歌》。这首歌的首句是"大风起兮云飞扬"。　〔92〕孝武:汉武帝刘彻。来迟:指刘彻的《李夫人歌》。这首歌的末句是"偏何姗姗其来迟"。　〔93〕子建:曹植的字。士衡:陆机的字。　〔94〕诏:命令。伶人:表演歌舞的人。这里指乐师。　〔95〕谢:辞别,谢绝。丝管:指弦乐器和管乐器。　〔96〕斩:一作"轩"。轩,轩辕氏,即黄帝。伎:一作"岐"。岐,岐伯,黄帝时名医。《鼓吹》:古代军乐,相传为黄帝岐伯所作。　〔97〕《铙(náo)》:铙歌,汉代鼓吹曲,今存十八曲,见郭茂倩《乐府诗集》卷十六。《挽》:挽歌,如《薤露》、《蒿里》,见《乐府诗集》卷二十七。　〔98〕戎:军事。　〔99〕缪袭:字熙伯,三国魏文学家,有《魏鼓吹曲》十二首。《挽歌》一首。致:一作"改"。　　〔100〕算:计数。〔101〕子政:西汉学者刘向的字。　　〔102〕诗与歌别:刘向、刘歆父子在《七略》中,把诗归入《六艺略》,歌归入《诗赋略》。〔103〕八音:指金(如钟)、石(如磬)、土(土制乐器,如埙)、革(如鼓)、丝(如琴)、木(木制乐器,如柷敔〔zhù yǔ〕)、匏(如笙)、竹(如篪)八种乐器。摛(chī)文:指作曲。　　〔104〕坰(jiōng)野:郊野。　　〔105〕金石:指音乐。云陛(bì):有云纹的台阶,指皇宫。〔106〕焉:此。

〔译文〕

　　乐府是配乐的诗,它用宫、商、角、徵、羽五声来拉长声调,用黄钟、太簇等十二律来调和五声。相传天上多次演奏的《万舞》乐曲,那是在上帝那儿;葛天氏时唱的八首歌曲,那是在三皇时期。自从黄帝的《咸池》、帝喾的《五英》以来的乐曲,也无法稽考了。至于涂山氏唱的"候人兮猗",是南方乐曲的起点;有娀氏唱的"燕燕往飞",是北方乐曲的开端;夏后氏孔甲慨叹于东阳而作《破斧之歌》,东方乐曲以此为发端;殷王整甲迁居西河后仍思念故居,于是作歌,西方乐曲从此兴起。各地乐曲的发展变化,也是不一样的。一般的男女,歌唱本地歌谣,采诗官搜集这些歌谣的歌辞,乐师给它谱曲。人们的情志和气质影响着各种乐器的声音,表达出不同的思想感情。所以,师旷能从南北乐曲的演奏中感到晋盛楚衰,季札能从各国民歌中听出各国的兴亡,真是精深微妙到极点了。

　　音乐是根据人的思想感情制作的,所以它的声音可以深入人的骨髓。古代帝王对此是谨慎的,务必阻止淫靡的音乐。教育贵族子弟,一定要歌唱各种赞功颂德的乐曲,因此,乐曲所表达的感情,能感动天、地、人和春、夏、秋、冬四时,它的教化作用可以远达四面八方。自从雅正的音乐逐渐衰微,淫靡的音乐就蓬勃发展。秦始皇焚烧了《乐经》,西汉初年继续恢复,制氏记下古乐的音调,叔孙通制定了朝廷的礼仪制度。于是《武德舞》创作于汉高祖时,《四时舞》在汉文帝时扩充,虽然是模仿古代舜的《韶》乐、禹的《夏》乐,但多袭用秦代旧乐,所以,中正和平的音乐,静静地消失,不再回来了。到汉武帝时,崇尚礼乐,开始建立乐府机关。它汇集了赵、代等地的音乐,采集了齐、楚等地的民歌。李延年以美妙的歌曲为民歌配乐,朱买臣、司马相如用"骚"体作歌词。如《安世房中歌》中《桂花》等歌曲,华丽而不合经典,《郊祀歌》中《赤雁》等篇章,浮靡而不典雅。河间献王刘德曾献自己所搜集的古乐给汉武帝,但很少被采用,所以汲黯对汉武帝的《天马歌》作了讥讽。到汉宣帝时,有人写诗,仿效《诗经·小雅·鹿鸣》。到汉元帝、成帝时,渐渐扩散了淫靡的音乐,雅正的古乐不合一般人的口味,它的推行是如此的困难。到后汉祭天祭祖,夹杂着一些古乐,歌词虽然典雅,但音律已与夔和师旷的古乐不同了。到三国魏国的太祖曹操、高祖曹丕、烈祖曹叡时,他们气质爽朗,才情华美,他们改作的歌辞曲调,音调浮靡,节奏平淡。看曹操的《苦寒行》、曹丕的《燕歌行》等篇,有的叙述欢宴,有的感伤飘泊远征,思想感情不免放纵,文辞离不开哀怨。虽然它们是平调、清调、瑟调的雅正乐曲,但是与《韶》、《大夏》等古乐比较,就成了浮靡之音了。到了晋代,傅玄通晓音乐,他制作雅正的歌曲,用来歌颂晋朝的祖先。张华的新作,也用作宫廷舞曲。魏代杜夔调整音律,音调节奏舒缓而雅正。晋代荀勖改变乐器架上钟磬的距离,音调节奏就变得悲哀而急促,所以阮咸指责它离开了正声,后来的人用古尺检验他的铜尺,方知阮咸的批评是对的。可见调整乐律要达到精妙,本来就需要内容和形式相互配合。由此可知,诗歌是音乐的心灵,音调是音乐的形体。音乐的形体在音调,所以,乐师务必调整好乐器;音乐的心灵在诗歌,所以士大夫应该使他的歌辞雅正。《诗经·唐风·蟋蟀》中有"爱好音乐但不荒废正业"的话,所以季札称晋国民歌忧思深远。《诗经·郑风·溱洧》中描写"男女互相调笑",所以季札说郑国要先灭亡。由此可知季札听歌,不只是听音调就算了。

至于艳歌中写缠绵的恩爱,怨诗中写决裂的怨恨,在歌曲中有这些不雅的歌词,雅正的音乐怎么产生呢?然而一般人听音乐,主要是争赏新奇的作品,雅正的音乐是温和庄重的,听了一定打呵欠,或瞪着眼睛发愣;但对新奇的歌词,听了就高兴得拍大腿,像雀儿一样的跳跃。歌词和音调都变得浮靡,从此越来越厉害了。凡是配乐的歌词都叫诗歌,诗歌的曲调叫歌曲。曲调配合歌词,如歌词过多,就难以节制了。所以陈思王曹植称赞左延年擅长增删古代的歌词。歌词过多的应该删去一些,这说明歌词重在简练。看到汉高祖刘邦唱的《大风歌》、汉武帝刘彻唱的《李夫人歌》,让歌童唱曲调没有不合乐的。曹植、陆机都有好的乐府诗,但都没有令乐师配上乐曲,所以不能演奏。一般人说他们的乐府诗不合曲调,大概是未经思考吧!至于黄帝、岐伯的《鼓吹曲》,汉代的《铙歌》、《挽歌》,虽然内容有军事和丧事的不同,但都归入乐府诗。缪袭和韦昭改编的汉代乐曲,也有可以归入乐府的。从前刘向区别文体,把诗和歌分开,所以约略地作《乐府》篇,以表明二者的区别。

总而言之,用各种乐器来演奏曲子,以创作歌词为其主体。有郊野吟唱的歌谣,有宫廷演奏的乐章。古雅的《韶》乐难以追寻,淫靡的郑声容易流传。听演奏难道只是欣赏音乐吗?在这里还要从中认识风俗礼制。

诠 赋

　　《诗》有"六义"[1],其二曰"赋"。"赋"者,铺也,铺采摛文[2],体物写志也。昔邵公称[3]:"公卿献诗,师箴赋[4]。"《传》云[5]:"登高能赋,可为大夫[6]。"《诗序》则同义[7],传说则异体,总其归涂[8],实相枝干[9]。刘向云"明不歌而颂"[10],班固称"古诗之流也"[11]。至如郑庄之赋"大隧"[12],士芮之赋"狐裘"[13],结言扣韵[14],词自己作,虽合赋体[15],明而未融[16]。及灵均唱《骚》[17],始广声貌[18]。然赋也者,受命于诗人[19],拓宇于《楚辞》也[20]。于是荀况《礼》、《智》[21],宋玉《风》、《钓》[22],爰锡名号[23],与诗画境[24],六义附庸[25],蔚成大国[26]。遂客主以首引[27],极声貌以穷文,斯盖别诗之原始,命赋之厥初也[28]。

　　秦世不文,颇有杂赋[29]。汉初词人,顺流而作,陆贾扣其端[30],贾谊振其绪[31],枚、马同其风[32],王、扬骋其势[33]。皋、朔已下[34],品物毕图[35]。繁积于宣时[36],校阅于成世[37],进御之赋,千有余首[38]。讨其源流,信兴楚而盛汉矣[39]。夫京殿苑猎[40],述行序志[41],并体国经野[42],义尚光大。既履端于倡序[43],亦归余于总乱[44]。序以建言,首引情本;乱以理篇,迭致文契[45]。按《那》之卒章[46],闵马称"乱"[47],故知殷人辑颂[48],楚人理赋,斯并鸿裁之寰域[49],雅文之枢辖也[50]。至于草区禽族[51],庶品杂类[52],则触兴致情[53],因变取会[54]。拟诸形容,则言务纤密[55];象其物宜[56],则理贵侧附[57];斯又小制之区畛[58],奇巧之机要也[59]。

观夫荀结隐语[60],事数自环[61];宋发巧谈[62],实始淫丽。枚乘《兔园》[63],举要以会新;相如《上林》,繁类以成艳;贾谊《鹏鸟》,致辨于情理;子渊《洞箫》[64],穷变于声貌;孟坚《两都》[65],明绚以雅赡[66];张衡《二京》[67],迅发以宏富[68];子云《甘泉》,构深玮之风[69];延寿《灵光》[70],含飞动之势。凡此十家,并辞赋之英杰也。及仲宣靡密[71],发端必道[72];伟长博通[73],时逢壮采;太冲安仁[74],策勋于鸿规[75];士衡子安[76],底绩于流制[77];景纯绮巧[78],缛理有余[79];彦伯梗概[80],情韵不匮[81]:亦魏晋之赋首也。

原夫登高之旨,盖睹物兴情[82]。情以物兴,故义必明雅;物以情观,故词必巧丽。丽词雅义,符采相胜[83],如组织之品朱紫[84],画绘之著玄黄[85],文虽新而有质[86],色虽糅而有本[87],此立赋之大体也[88]。然逐末之俦[89],蔑弃其本,虽读千赋,愈惑体要[90],遂使繁华损枝,膏腴害骨[91],无贵风轨[92],莫益劝戒,此扬子所以追悔于雕虫[93],贻诮于雾縠者也[94]。

赞曰:赋自《诗》出,分歧异派。写物图貌,蔚似雕画[95]。析滞必扬[96],言庸无隘[97]。风归丽则[98],辞剪美稗[99]。

〔注释〕

〔1〕"六义":《毛诗序》说"诗有六义"。这"六义"是风、赋、比、兴、雅、颂。   〔2〕摛(chī):铺陈。   〔3〕邵公:即召公。姓姬名奭(shì),因封地在召(今陕西岐山西南),称为召公。
〔4〕"公卿"二句:语见《国语·周语上》。公卿,指朝廷中的高级官员。师,乐官。箴(zhēn),一种用于规戒的文体。据《国语·周语上》,箴下脱"瞍"字。瞍(sǒu),眼睛没有瞳人的盲人。   〔5〕《传》:解释经义的文字。这里指《毛诗故训传》,即《毛传》。
〔6〕"登高"二句:语见《诗经·鄘风·定之方中》的《毛传》。

〔7〕"诗序"二句:《毛诗序》所讲的赋同于"六义"之一的赋,都是铺叙的意思。《国语》、《毛传》所讲的赋则是另一种体裁。
〔8〕总:总括。归涂:回去的路,这里指趋向,本末源流,来龙去脉。涂,道路。　〔9〕枝:比喻赋。干:比喻诗。　〔10〕刘向:字子政,西汉时的经学家、文学家。云:衍文。颂:通"诵",朗诵。刘向的这句话原见于《七略》,此书早佚,现保存在《汉书·艺文志》中。
〔11〕班固:字孟坚,东汉史学家、文学家。古诗:指《诗经》。班固的这句话见于《两都赋序》。　〔12〕"至如"句:《左传》隐公元年说,郑庄公恨母亲帮助弟弟段反叛他,他发誓说,不到黄泉(指死后),不见母亲。后来懊悔,掘隧道与母亲相见,见到母亲赋诗说:"大隧之中,其乐也融融。"郑庄,春秋时郑国国君庄公。　〔13〕"士芳(wěi)"句:《左传》僖公五年说,晋献公时政出多门,士芳感叹赋诗说:"狐裘龙茸(méng róng,皮毛散乱的样子),一国三公,吾谁适从!"士芳,春秋时晋国的大夫。　〔14〕挹:同"短"。
〔15〕赋体:指赋这一体裁不歌而诵的特点。　〔16〕明而未融:太阳初出而未普照。指赋体尚未成熟。融,大明。　〔17〕灵均:屈原的字。屈原自称名正则,字灵均。　〔18〕声貌:声音形貌。指赋中对事物的描写。　〔19〕诗人:指《诗经》的作者。
〔20〕拓:扩大。　〔21〕荀况:战国时的思想家,著作有《荀子》。《礼》、《智》:《荀子·赋篇》有《礼》、《智》、《云》、《蚕》、《箴》等篇。
〔22〕宋玉:战国时楚国的辞赋家。《风》、《钓》:《风赋》(见《文选》卷十三)、《钓赋》(见《古文苑》卷二)。　〔23〕爰(yuán):于是。锡:赐。　〔24〕画:划分。　〔25〕六义:指代《诗》。附庸:附属于封建诸侯的小国。这里比喻附属成分。　〔26〕蔚(wèi):盛大。　〔27〕客主:指汉赋中主客对话的形式。　〔28〕命:取名。厥:助词。　〔29〕杂赋:《汉书·艺文志》著录秦时杂赋

九篇。　〔30〕陆贾：秦汉之间的作家,《汉书·艺文志》著录他的赋三篇,都已失传。扣：叩。端：开头。　〔31〕贾谊：西汉初年作家,《汉书·艺文志》著录他的赋七篇,以《吊屈原文》、《鵩鸟赋》较有名。振：振作,这里是发扬的意思。绪：开端。　〔32〕枚：枚乘,西汉辞赋家,《汉书·艺文志》著录他的赋九篇,以《七发》最有名。马：司马相如,西汉辞赋家,《汉书·艺文志》著录他的赋二十九篇,以《子虚赋》、《上林赋》为代表作。同,一作"播"。播,传扬。　〔33〕王：王褒,西汉辞赋家,《汉书·艺文志》著录他的赋十六篇。以《洞箫赋》较有名。扬：扬雄,西汉文学家、哲学家、语言学家。《汉书·艺文志》著录他的赋十二篇,以《甘泉赋》、《羽猎赋》较有名。　〔34〕皋(gāo)：枚皋,西汉辞赋家,《汉书·艺文志》著录他的赋一百二十篇,皆已失传。朔：东方朔,西汉文学家,所作辞赋皆已失传。　〔35〕品物：众物。毕：都,全。图：描绘。　〔36〕宣：汉宣帝刘询。公元前74—前49年在位。〔37〕成：汉成帝刘骜。公元前32—前7年在位。　〔38〕进御：进献给君主。　〔39〕信：的确。　〔40〕京殿：京城宫殿,如班固《两都赋》、王延寿《鲁灵光殿赋》所写的。苑猎：苑囿打猎,如司马相如《上林赋》、扬雄《羽猎赋》所写的。　〔41〕行：指行旅。如班彪《北征赋》、班昭《东征赋》所写的。志：思想、志向。如班固《幽通赋》、张衡《思玄赋》所写的。　〔42〕体国经野：语见《周礼·天官·太宰》。泛指治理国家。古代把都城划分为若干区,叫作体国;把田野划分成若干块耕地,叫作经野。体,划分;国,都城。经,丈量;野,田野。　〔43〕履端：指开始。履,践;端,开端。倡序：指一些赋开头的小序。　〔44〕归余：指结尾。总乱：全篇的总结。乱,乐曲的最后一章,也指辞赋中最后总括全篇要旨的一段。　〔45〕迭致文契：一本作"写送文势"。写送,指使充足。

〔46〕《那》:《诗经·商颂》中的一篇。　　〔47〕闵马:即闵马父,春秋时鲁国大夫。他称《那》结尾为乱的话见于《国语·鲁语下》。　〔48〕殷人:《商颂》五篇,多是歌颂殷代先王之作,是殷的后代宋人所作。　　〔49〕鸿裁:大的体裁,指大赋。寰域:领域,范围。　〔50〕枢辖(xiá):关键。　　〔51〕区:区域。族:类。　　〔52〕庶品:各种东西。庶,众;品,类,种。　　〔53〕致:引来。　　〔54〕会:合。　　〔55〕纤(xiān):细致。　　〔56〕象:描绘,形容。物宜:事物道理。　　〔57〕侧附:从侧面比附。　　〔58〕小制:小的体裁,指小赋。区畛(zhěn):区域。畛,界限。　　〔59〕机要:精义要旨。　　〔60〕荀:荀况。结:构,造。隐语:要说的意思,不明说出来,借用别的话来表示,叫作隐语。类似今天的谜语。　〔61〕自环:指荀况《赋篇》中自问自答的形式。　　〔62〕宋:宋玉。巧:一作"夸"。　　〔63〕《兔园》:即《梁主兔园赋》。　　〔64〕子渊:王褒的字。　　〔65〕孟坚:班固的字。《两都》:即《东都赋》、《西都赋》。　　〔66〕绚(xuàn):绚丽,有文彩。赡(shàn):富足,充足。　　〔67〕张衡:字平子,东汉天文学家、文学家。《二京》:即《西京赋》、《东京赋》。　　〔68〕发:一作"拔"。迅拔,快利超群。　　〔69〕子云:扬雄的字。玮:一作"伟"。伟,壮美。　〔70〕延寿:即王延寿,字文考,东汉辞赋家。《灵光》:《鲁灵光殿赋》。　　〔71〕仲宣:王粲,字仲宣,东汉末文学家,"建安七子"之一。他的《登楼赋》颇有名。靡:细腻。　　〔72〕遒(qiú):刚劲,有力。　　〔73〕伟长:徐幹,字伟长,东汉末文学家,"建安七子"之一。他的赋有《齐都赋》等。　　〔74〕太冲:左思,字太冲,西晋文学家。他的《三都赋》当时十分有名。安仁:潘岳,字安仁,西晋文学家。他的赋有《藉田赋》、《西征赋》等。　　〔75〕策勋:记功。鸿规:宏大规模,指大赋。　　〔76〕士衡:陆机,字士衡,西晋文学

家。他的赋有《文赋》等。子安:成公绥,字子安,西晋文学家。他的赋有《啸赋》等。　〔77〕底绩:取得成绩。底,当作"厎(zhǐ)"。厎,致,取得。流制:指流品体制。　〔78〕景纯:郭璞,字景纯,晋文学家。他的赋有《江赋》等。绮(qǐ):华丽。〔79〕缛(rù):繁密。　〔80〕彦伯:袁宏,字彦伯,东晋文学家。他的赋有《东征赋》、《北征赋》等。梗概:指袁宏在《东征赋》中概括地叙写当时名臣功业。　〔81〕匮(kuì):缺乏。　〔82〕兴:引起。　〔83〕符采:玉的横纹。　〔84〕组织:丝麻织物。品:品评辨别。　〔85〕著(zhuó):加上。玄:黑中带红的颜色。〔86〕质:指内容。　〔87〕糅(róu):错杂。本:底色,指思想内容。　〔88〕大体:基本原则。　〔89〕逐:追求。俦(chóu):辈,伴侣。　〔90〕体要:体制要领,基本要求。　〔91〕膏腴(yú):指片面追求文采词句,华而不实。本句与《风骨》中的"瘠义肥辞"同意。　〔92〕风:教化。轨:法度,规范。　〔93〕扬子:即扬雄。追悔于雕虫:扬雄的《法言·吾子》篇说:"或曰:吾子少而好赋?曰:然,童子雕虫篆刻。俄而曰:壮夫不为也。"雕虫,雕刻鸟虫书。鸟虫书是古代的一种篆字。　〔94〕贻(yí)诮(qiào)于雾縠(hú):扬雄《法言·吾子》篇说,作赋就像织轻薄的绉纱,是女工的蛀虫。贻,给予。诮,责备。雾縠:轻而薄的绉纱。　〔95〕蔚:文辞华美。　〔96〕析:一作"抑"。　〔97〕庸:一作"旷"。旷,广大,空阔。隘(ài):狭窄。　〔98〕丽则:文辞华美而合乎法则。扬雄《法言·吾子》篇说:"诗人之赋丽以则。"　〔99〕美:一作"黄"。黄稗(bài):稗子,比喻浮辞。

〔译文〕

　　《诗经》的体裁和写作手法有六种,第二种叫作"赋"。赋,是铺陈的意思，铺陈文采，描写事物，抒写情志。从前召公奭说："朝廷上的公卿献诗，乐官献箴，盲人诵诗。"《毛诗》的《传》里说："登高能赋诗的人，可以做大夫。"《毛诗序》所讲的赋同于"六义"之一的赋，《国语》、《毛传》所讲的赋则是另一种体裁。追溯其渊源关系，赋与诗实在像树的枝和干一样，关系是很密切的。刘向说："赋不能歌唱，而用于朗诵。"班固说："赋是《诗经》的一个支派。"至于郑庄公朗诵"大隧之中"，士芎朗诵"狐裘龙茸"，这些作品篇幅很短，文辞都是自己作的。虽然合乎赋的体裁，但是尚未发展成熟。到屈原唱出《离骚》，开始扩大了对声音形貌的描写。所以说，赋发源于《诗经》的作者，到《楚辞》扩大了它的规模体制。因此荀况的《礼》、《智》等赋，宋玉的《风赋》、《钓赋》等篇，才给予赋的名称，和诗划分了界限。赋由《诗经》的附庸，兴盛壮大而成一种独立的宏伟的体裁。它常常以主客对话的形式开头，极力描写事物的声音形貌以穷尽文采。这大概就是它有别于诗而命名为赋的开始。

秦代不重视文学，只有一些杂赋。汉代初年的一些辞赋家顺着赋的发展潮流而起。陆贾开了头，贾谊加以发展，枚乘、司马相如传扬这种风气，王褒、扬雄发展了这种趋势。枚皋、东方朔以后，各类事物几乎都用赋描绘过了。在汉宣帝时繁多的赋积存起来，到汉成帝时校定审阅，献给皇帝的赋就有一千多篇。探讨赋的源流，确实是兴起于楚国而极盛于汉代。汉赋描写京城、宫殿、苑囿、打猎，叙述行旅，抒发思想感情，都要考察国家体制，观察地理区划，意义比较广大。这些赋开头常有小序，末尾也有"乱辞"。小序作为开端，首先引出作赋的原由；"乱辞"用来总结全篇，使文章气势充足。按《诗经·商颂·那》的末章，闵马父称它为"乱"，所以知道殷人辑录《商颂》和楚人作赋，都有乱辞。这都是属于鸿篇大文的范围,是典雅的辞赋的关键。至于有些赋描述草木禽兽及各种具体物品,是这些东西触动了作家的兴致引起创作激情,根据事物的变化选取合于作家情致的兴象而写成的,其特点是,比拟事物的形状容貌,语言必须细密;描述事物的道理,以从各个侧面比附为贵。这些属于小赋的范围,是做到奇巧的精义要旨。

看荀况的《赋篇》,用隐语构成,叙事述理自问自答,循环照应;宋玉发出夸张的言谈,这实在是过分淫靡艳丽的开始。枚乘的《梁王兔园赋》,写得扼要而结合新意。司马相如的《上林赋》,描写的种类繁多,文辞华美。贾谊的《鵩鸟赋》,在情理上加以辨别。王褒的《洞箫赋》,写尽了声音形貌的变化。班固的《两都赋》,文辞明朗绚丽,内容雅正充实。张衡的《二京赋》,笔锋快利,内容宏大丰富。扬雄的《甘泉赋》,构成深刻壮美的风格。王延寿的《鲁灵光殿赋》,含有飞动的气势。以上十家,都是辞赋作家中的杰出代表。到王粲,他的赋细腻周密,开端遒劲有力。徐幹博学通达,他的赋时时可见壮丽的文采。左思、潘岳,在大赋创作上建立了功绩。陆机、成公绥的赋,在当时流行的体制上取得了成绩。郭璞的赋,华丽巧妙,文采繁密,富有条理。袁宏的赋,概括地评述人物,不乏情韵。这些也是魏晋时第一流的辞赋家。

推究登高作赋的目的,是为了看到景物激起了感情。感情因外物而起,所以内容必定鲜明雅正。外物通过感情来观察,所以文辞必定巧妙华丽。华丽的文辞,雅正的内容,像玉的美质和花纹一样配合得很好。好像用丝麻织锦缎布匹,要品评和辨别线的不同色泽,又像绘画要涂上各种颜料一样。文辞虽要新颖而更要有内容,色彩虽要错杂而还要有意义,这是作赋的要点。然而,追求形式的人,蔑视抛弃它的根本,虽然读了上千篇赋,反而更加迷惑作赋的基本原则,这就使繁多的花朵损害了支干,肥词损害了文骨,对教化规范无用,对规劝告戒也无益。这就是扬雄所以后悔少时所作的赋如同雕虫小技,并嘲笑作赋就像织薄的绉纱一样对女工有害的原因。

总而言之,赋是从《诗经》中演变出来的,形成不同分支和流派。描写景物刻画形貌,华美如雕刻绘画。修辞上要先抑后扬,议论要开阔而不狭隘。风格要华丽而合乎雅正,文字要裁去像稗草一样的浮辞。

神 思

古人云:"形在江海之上,心存魏阙之下[1]。神思之谓也。文之思也[2],其神远矣[3]。故寂然凝虑[4],思接千载;悄焉动容[5],视通万里;吟咏之间,吐纳珠玉之声[6];眉睫之前[7],卷舒风云之色[8]:其思理之致乎[9]?故思理为妙,神与物游。神居胸臆[10],而志气统其关键[11];物沿耳目,而辞令管其枢机[12]。枢机方通,则物无隐貌;关键将塞,则神有遁心[13]。是以陶钧文思[14],贵在虚静,疏瀹五藏[15],澡雪精神[16]。积学以储宝[17],酌理以富才[18],研阅以穷照[19],驯致以怿辞[20],然后使玄解之宰[21],寻声律而定墨[22],独照之匠[23],窥意象而运斤[24];此盖驭文之首术[25],谋篇之大端[26]。夫神思方运[27],万涂竞萌[28],规矩虚位[29],刻镂无形[30],登山则情满于山,观海则意溢于海,我才之多少,将与风云而并驱矣。方其搦翰[31],气倍辞前,暨乎篇成[32],半折心始。何则?意翻空而易奇[33],言征实而难巧也[34]。是以意授于思,言授于意,密则无际[35],疏则千里。或理在方寸而求之域表[36],或义在咫尺而思隔山河[37]。是以秉心养术[38],无务苦虑[39],含章司契[40],不必劳情也。

人之禀才[41],迟速异分[42],文之制体[43],大小殊功[44]。相如含笔而腐毫[45],扬雄辍翰而惊梦[46],桓谭疾感于苦思[47],王充气竭于思虑[48],张衡研《京》以十年[49],左思练《都》以一纪[50]:虽有巨文,亦思之缓也。淮南崇朝而赋《骚》[51],枚皋应诏而成赋[52],子建援牍如口诵[53],仲宣举笔似宿构[54],阮瑀据案而制书[55],祢衡当食而草奏[56]：虽有短篇，亦思之速也。若夫骏发之士[57]，心总要术[58]，敏在虑前，应机立断；覃思之人[59]，情饶歧路[60]，鉴在疑后，研虑方定。机敏故造次而成功[61]，虑疑故愈久而致绩[62]。难易虽殊，并资博练。若学浅而空迟，才疏而徒速，以斯成器[63]，未之前闻。是以临篇缀虑[64]，必有二患，理郁者苦贫[65]，辞溺者伤乱[66]。然则博见为馈贫之粮[67]，贯一为拯乱之药[68]，博而能一，亦有助乎心力矣[69]。

若情数诡杂[70]，体变迁贸[71]。拙辞或孕于巧义[72]，庸事或萌于新意[73]。视布于麻，虽云未费[74]，杼轴献功[75]，焕然乃珍[76]。至于思表纤旨[77]，文外曲致[78]，言所不追，笔固知止。至精而后阐其妙[79]，至变而后通其数[80]，伊挚不能言鼎[81]，轮扁不能语斤[82]，其微矣乎！

赞曰：神用象通[83]，情变所孕。物以貌求，心以理应。刻镂声律，萌芽比兴。结虑司契[84]，垂帷制胜[85]。

〔注释〕

〔1〕"形在"二句：这是公子牟对瞻子说的话。原义是说人在江湖隐居，心却系念着朝廷的爵禄。语见《庄子·让王》。这里借指人的精神活动不受直接感受的局限，可以想到很远的地方，与原义无关。魏阙，古代宫门上巍然高出的楼观，其下两旁为悬布法令的地方，因以为朝廷的代称。　〔2〕文之思：指创作构思。〔3〕神：指作家的精神活动。　〔4〕寂然：静静地。凝虑：聚精会神地思考。　〔5〕悄焉：寂静。焉，语助词。动容：面部表情随着心理活动的变化而变化。　〔6〕吐纳：偏义复词。发出的意思。　〔7〕睫（jié）：眼毛。　〔8〕卷舒：偏义复词，展现的意思。　〔9〕思理：指构思。致：招致。　〔10〕胸臆：指内心。

臆,胸。　〔11〕志气:思想意志,意气感情。　〔12〕枢机:比喻事物运动的关键。　〔13〕遁:隐避。　〔14〕陶钧:制陶器所用的转轮。这里作动词用,指对文思的酝酿。　〔15〕疏瀹(yuè):洗濯,疏通。藏:同"脏"。　〔16〕澡雪:洗涤。　〔17〕宝:这里指知识。　〔18〕酌:斟酌,有考虑、辨明的意思。〔19〕阅:经历,经验。照:观察。　〔20〕驯:顺。致:情致。怿,一作"绎",绎是抽引、整理的意思。　〔21〕玄解:懂得深奥的道理。玄,指深奥的道理。宰,主宰,指心灵。　〔22〕寻:探求。声律:声韵变化的规律。墨:文墨,指作品。　〔23〕独照:指独到的见解。　〔24〕窥(kuī):暗中察看。这里是察看的意思。意象:想象中的形象。斤:斧。　〔25〕驭(yù)文:驾御文字,即写作。术:方法。　〔26〕谋篇:考虑全篇布局。大端:重要的开端。　〔27〕运:运行。　〔28〕万涂:犹言万端,指无数的意念。　〔29〕规矩:作动词用,指内容的组织安排。规,画圆形的器具。矩,画方形的器具。虚位:尚无定位。　〔30〕镂(lòu):雕刻。　〔31〕搦(nuò):持。翰:笔。　〔32〕暨:及。　〔33〕翻空:凭空飞翔。指想象的情形。　〔34〕征实:征验实际。指运用语言写作的情形。　〔35〕际:中间,这里指空隙。〔36〕方寸:指内心。域表:疆界之外。域,疆界。　〔37〕咫(zhǐ)尺:比喻距离很近。咫,周制八寸,合今制市尺六寸二分二厘。　〔38〕秉:操持,掌握。　〔39〕务:勉力从事。　〔40〕章:文采。司契:指掌握写作规则。契,证券。这里指规则。〔41〕禀:承受,禀赋。　〔42〕分:本分、天分。　〔43〕制:制作。体:体裁。　〔44〕殊:不同。功:功力。　〔45〕"相如"句:司马相如,西汉著名辞赋家。《汉书·枚皋传》说他"善为文而迟"。腐毫,形容运思之久。毫,毛笔。　〔46〕"扬雄"句:扬雄,西汉末年著名辞赋家、哲学家、语言学家。相传他写完《甘泉赋》之后,困倦而卧,梦见自己的五脏都流出来了,堆在地上,他只好用手收拾起来。事见桓谭《新论·祛蔽》。　〔47〕"桓谭"句:桓谭,东汉初年的唯物主义思想家。他少时学扬雄作赋,因用心太苦而成疾。事见《新论·祛蔽》。　〔48〕"王充"句:王充,东汉初年杰出的唯物主义哲学家。他因著作苦思而气力衰耗。事见《论衡·对作篇》、《后汉书·王充传》。　〔49〕"张衡"句:张衡,东汉著名作家。他模仿班固《两都赋》作《二京赋》,用了十年时间,事见《后汉书·张衡传》。《京》,指《二京赋》。　〔50〕"左思"句:左思,西晋著名作家。他作《三都赋》构思了十年。事见《文选·三都赋序》李善注引臧荣绪《晋书》。练,煮丝麻布帛,使柔软洁白。此指构思、谋篇、推敲词句等。《都》,指《三都赋》。纪,十二年。　〔51〕"淮南"句:淮南,即淮南王刘安,西汉前期的思想家和文学家。他在一个早上就写成《离骚传》。事见班固《汉书·淮南王传》。参阅《辨骚》篇注〔8〕。崇,终。　〔52〕"枚皋"句:枚皋,枚乘的儿子,西汉的辞赋家。他写文章很快,皇帝让他作赋,刚接到诏书就写成了。事见《汉书·枚皋传》。　〔53〕"子建"句:子建,曹植的字,他是建安时期的著名作家。他写文章就像抄写背诵过的旧作。事见杨德祖《答临淄侯笺》(《文选》卷四十)。援,持。牍,木简,这里指纸。　〔54〕"仲宣"句:仲宣,王粲的字。他是建安时期的著名作家。他拿起笔来写文章就像预先写好的。事见《三国志·魏志·王粲传》。宿构,预先写好的。〔55〕"阮瑀"句:阮瑀,建安时期的作家。他曾在马鞍上很快就代曹操写成给韩遂的信。事见《三国志·魏志·王粲传》注引《典略》。案,当作"鞍"。　〔56〕"祢(mí)衡"句:祢衡,东汉末年作家。他曾代刘表起草奏章,一会儿就写完,而"辞义可观"。又有一次,黄祖的长子黄射宴客,有人献鹦鹉给黄射,黄射请祢衡作《鹦鹉赋》,祢衡在宴会上很快就写成,而且"辞采甚丽"。以上二事均见《后汉书·祢衡传》。　〔57〕骏发:指文思敏捷。骏,迅速。〔58〕总:总合。要术:主要方法。　〔59〕覃(tán)思:深思,指文思迟缓。覃,深。　〔60〕饶:多。歧路:指各种思路。　〔61〕造次:仓猝,急遽。　〔62〕绩:功。　〔63〕器:指成功的作品。〔64〕缀虑:即构思。　〔65〕郁:不畅。贫:指内容贫乏。〔66〕溺:意谓过分。　〔67〕馈(kuì):赠送,资助。　〔68〕拯:救。　〔69〕心力:指构思。　〔70〕情:指作品的思想内容。诡:歧异。　〔71〕体:指风格。贸:变化。　〔72〕孕:孕育。〔73〕萌:萌芽。以上二句讲文章在加工润色之前的情况。〔74〕费:一作"贵",是可贵的意思。　〔75〕杼轴:织机。〔76〕焕然:有光彩的样子。以上四句以用麻织布作比,讲加工润色的作用。　〔77〕表:外。纤旨:细微的意义。　〔78〕曲致:曲折微妙的情致。　〔79〕阐:说明。　〔80〕数:规律。〔81〕"伊挚"句:伊挚,即伊尹,伊是名,尹是官名。一名挚。商初大臣。相传伊尹说汤,借烹饪比喻治国平天下,认为其中巧妙只能意会,不可言传。事见《吕氏春秋·本味》篇。鼎,古代烹煮用具。〔82〕"轮扁"句:轮扁,春秋时齐国有名的造车工人,名扁。他运用斧头,得心应手,而不能说明其中巧妙。事见《庄子·天道》。〔83〕用:和,与。象:指客观事物现象。　〔84〕结虑:指构思。〔85〕"垂帷"句:意谓安静写作,才能写出好作品。垂帷,即下帷。语本《史记·董仲舒传》:"下帷讲诵。"

〔译文〕

　　古人说:"人在江海边,心却在朝廷上。"这里说的就是"神思"。文章的构思,它的想象可以到达遥远的地方。所以默默地聚精会神地思考,可以想到千年之前;面部表情随心理活动悄悄地有所变化,他已看到千里之外。他在吟咏时,仿佛发出了珠玉般悦耳的声音;他的眼前,舒展着风云变幻的景色。这些都是构思所造成的吧!所以构思的妙处,是作家的精神与客观事物一起活动。精神藏在内心,人的思想感情是统率它的关键。外物通过人的耳目达于内心,语言控制着表达它的枢机。枢机通畅,事物的形貌就可以描绘出来,关键阻塞,精神就涣散了。因此酝酿文思,重在屏除杂念,宁静专一,疏通五脏,净化精神。平时不断学习以储存知识财富,斟酌事理以丰富自己的才能,研究自己的阅历以发展自己洞察事物的能力,顺着自己的文思去训练提高语言运用的能力。在这样的前提下,使深通奥妙道理的心灵,探求声律而定好墨线,察看想象中的形象去描写刻画。这就是写作的首要方法,是谋篇布局的重要开端。当作家的构思刚刚开始时,无数的想法纷至沓来,内容的安排尚无定位,刻划描写尚未定形。作家一想到登山,心中便充满了山的秀色,一想到观海,脑中便洋溢着海的奇景。我的所有才华,都将要同风云并驰了。刚拿起笔时,在未形成文辞之前,情绪加倍旺盛,等到文章写成时,比起心中开始所想的要打个对折。为什么呢?想象中的东西凭空飞翔,容易奇特,但要用语言表达出来,须征实平时所学,所以难以巧妙。文章的思想内容由作家思考得来,文章的语言又为文章的思想内容所决定,三者结合得好就如天衣无缝,结合得不好,就相隔千里。有时某些道理就在心里,却要到很远的地方去寻求,有时某些意思近在咫尺,却又像远隔山河。因此,驾驭好心灵,熟悉了方法,是不需要苦思冥想的;掌握好规律,酝酿文思,也是不必要劳累情思的。

作家创作,有快有慢,因禀赋不同;文章体制,有大有小,因功力各异。例如司马相如写作，常常含笔思索，到文章写成毛笔都要腐烂了。扬雄作赋用心太苦，放下笔就做了恶梦。桓谭作文苦思苦想，因而患病。王充著述因思虑过度而气力衰竭。张衡作《二京赋》研讨了十年。左思作《三都赋》推敲了十二载。虽然这些作品篇幅较长，但也是由于文思迟缓。又如淮南王刘安在一个早上就写成了《离骚传》，枚皋刚接到诏书就写成了赋，曹植写文章就像抄写背诵过的旧作，王粲拿起笔来写文章就像预先写好似的，阮瑀曾在马鞍上很快就代曹操写成给韩遂的信，祢衡在宴会上就草拟成奏章，虽说这些作品篇幅较短，但也由于文思敏捷。那些文思敏捷的人，心中掌握了写作的主要方法，他们的敏捷是由于在思虑充分展开之前就当机立断。那些习惯于深思的人，内心充满各种思路，在疑虑之后才能鉴别，经仔细考虑才能决定。文思敏捷所以很快即能写成，疑虑重重所以很久方可完篇。这两种人写作的难易虽然不同，但都依靠学识渊博和才能练达。如果学识浅薄而只是写得慢，才能疏陋而只是写得快，像这样能取得成功的作品，是从来没有听说过的。所以创作时构思，一定有两个毛病：思理不畅的人苦于内容贫乏，辞藻过滥的人苦于文辞杂乱。然而，见识广博成为补救内容贫乏的粮食，中心一贯就成为救治文辞杂乱的药剂。见识广博而又中心一贯，对创作构思是有帮助的。

　　作品的内容往往歧异复杂，风格也变化多端，拙劣的文辞有的蕴藏着巧妙的道理，平常的事例有的包含着新颖的意思。这好像布和麻，作为原料的麻虽不比布贵重，一但经过织机加工，就变得有光彩而值得珍贵了。至于有些没有想到的细微的意义，有些文外曲折的情致，语言难以表达，就不必勉强去写了。只有思维最精密才能阐明它的妙处，只有穷尽事物的变化才能知其所以然。伊尹不能说明烹调的奥妙，轮扁不能说明用斧的技巧，确实是太微妙了。

　　总而言之,作家的精神与客观事物接触,产生了感情的变化。客观事物以它们的形貌打动作家,作家内心产生情理来作为反应。讲求声律,运用比兴。精心构思,掌握规律,安静写作,才能写出好的文章。

体　性

　　夫情动而言形，理发而文见，盖沿隐以至显[1]，因内而符外者也。然才有庸俊[2]，气有刚柔[3]，学有浅深[4]，习有雅郑[5]，并情性所铄[6]，陶染所凝[7]，是以笔区云谲[8]，文苑波诡者矣[9]。故辞理庸俊[10]，莫能翻其才[11]；风趣刚柔[12]，宁或改其气[13]；事义浅深[14]，未闻乖其学[15]；体式雅郑[16]，鲜有反其习[17]；各师成心[18]，其异如面。若总其归涂[19]，则数穷八体[20]：一曰典雅，二曰远奥，三曰精约，四曰显附，五曰繁缛，六曰壮丽，七曰新奇，八曰轻靡。典雅者，熔式经诰[21]，方轨儒门者也[22]；远奥者，馥采典文[23]，经理玄宗者也[24]；精约者，核字省句[25]，剖析毫厘者也；显附者，辞直义畅[26]，切理厌心者也[27]；繁缛者，博喻酿采[28]，炜烨枝派者也[29]；壮丽者，高论宏裁[30]，卓烁异采者也[31]；新奇者，摈古竞今[32]，危侧趣诡者也[33]；轻靡者，浮文弱植[34]，缥缈附俗者也[35]。故雅与奇反，奥与显殊[36]，繁与约舛[37]，壮与轻乖，文辞根叶[38]，苑囿其中矣[39]。

　　若夫八体屡迁[40]，功以学成，才力居中，肇自血气[41]。气以实志，志以定言，吐纳英华[42]，莫非情性。是以贾生俊发[43]，故文洁而体清；长卿傲诞[44]，故理侈而辞溢[45]；子云沉寂[46]，故志隐而味深；子政简易[47]，故趣昭而事博[48]；孟坚雅懿[49]，故裁密而思靡[50]；平子淹通[51]，故虑周而藻密；仲宣躁锐[52]，故颖出而才果[53]；公幹气褊[54]，故言壮而情骇[55]；嗣宗俶傥[56]，故响逸而调远[57]；叔夜俊侠[58]，故兴高而采烈[59]；安仁轻敏[60]，故锋发而韵流^[61]；士衡矜重^[62]，故情繁而辞隐；触类以推，表里必符^[63]。岂非自然之恒资^[64]，才气之大略哉^[65]！

夫才有天资，学慎始习，斫梓染丝^[66]，功在初化^[67]，器成采定，难可翻移。故童子雕琢^[68]，必先雅制^[69]，沿根讨叶^[70]，思转自圆^[71]，八体虽殊，会通合数^[72]，得其环中^[73]，则辐辏相成^[74]。故宜摹体以定习^[75]，因性以练才，文之司南^[76]，用此道也。

赞曰：才性异区^[77]，文辞繁诡^[78]。辞为肤根^[79]，志实骨髓。雅丽黼黻^[80]，淫巧朱紫^[81]。习亦凝真^[82]，功沿渐靡^[83]。

〔注释〕

〔1〕隐：隐藏，指情和理。显：显现，指言和文。　〔2〕庸：平庸。俊：才智出众。　〔3〕气：气质。　〔4〕学：学识。〔5〕习：习染。雅：雅乐，指正。郑：郑声，即郑国的靡靡之音，指邪。　〔6〕情性：指性情气质，如才、气。铄(shuò)：销熔。〔7〕陶染：陶冶习染，如学、习。凝：凝结。　〔8〕笔：指无韵的作品。区：区域。谲(jué)：变化。　〔9〕文：指有韵的作品。苑：园地。诡：奇异。　〔10〕辞理：文辞、义理。　〔11〕翻：改。〔12〕风趣：感情，情趣。　〔13〕宁：岂，难道。　〔14〕事义：事情、意义。　〔15〕乖：反。　〔16〕体式：体制，格调。〔17〕鲜：少。　〔18〕成心：指个性。　〔19〕总：综合。涂：同"途"，道路。　〔20〕穷：尽。体：风格。　〔21〕熔式：熔化模仿，指取法。　〔22〕方轨：并驾。　〔23〕馥：范注："当作'复'。"复，隐。典：刘永济校作"曲"。　〔24〕玄宗：指道家学说。　〔25〕核：考核。　〔26〕直：质直。　〔27〕切：切合。厌：同"餍"，满足。　〔28〕博喻：比喻丰富。酿：刘永济《文心雕龙校释》："疑'酿'误。醲，酒厚也，与博义相应。"　〔29〕炜烨

(wěi yè):光彩绚烂。枝派:树多枝,水分流派,指铺张的描写。〔30〕宏裁:宏伟的体制。宏,大。 〔31〕卓烁(shuò):不凡的光彩。 〔32〕摈:抛弃。 〔33〕危侧:险僻。诡:诡异。〔34〕浮文:文辞浮华。弱植:根底浅薄。 〔35〕缥缈:隐隐约约若有若无的样子,指内容空虚。附俗:投合时好。 〔36〕殊:不同。 〔37〕舛(chuǎn):相反。 〔38〕根叶:指文辞内容形式的各个方面。 〔39〕苑囿(yòu):园林。这里作动词用,是包括的意思。 〔40〕迁:变化。 〔41〕肇:开始。血气:指气质。〔42〕吐纳:复词偏义,即吐,表达的意思。英华:精华,指精采的作品。 〔43〕贾生:西汉政论家、文学家贾谊。俊发:才力奔放。〔44〕长卿:西汉辞赋家司马相如的字。傲诞:狂放。 〔45〕侈:夸大。溢:过多。 〔46〕子云:西汉末文学家扬雄的字。沉寂:指性格沉静。 〔47〕子政:西汉学者刘向的字。简易:指性情平易。 〔48〕趣昭:意旨明显。 〔49〕孟坚:东汉史学家班固的字。雅懿(yì):雅正深美。 〔50〕靡:细腻。 〔51〕平子:东汉文学家张衡的字。淹通:知识广博通达。 〔52〕仲宣:东汉末文学家王粲的字。躁锐:锐,当作"竞"。躁竞,性情急躁,好强争胜。 〔53〕颖出:锋芒显露。才果:才识果断。〔54〕公幹:东汉末文学家刘桢的字。褊(biǎn):气量狭小。〔55〕骇:惊人,动人。 〔56〕嗣宗:三国魏文学家阮籍的字。俶傥(tì tǎng):卓异豪爽,不拘于俗。 〔57〕逸:超群。 〔58〕叔夜:三国魏文学家嵇康的字。俊侠:才高任侠。 〔59〕兴:兴趣,兴致。烈:浓烈,壮烈。 〔60〕安仁:西晋文学家潘岳的字。轻敏:轻浮敏捷。 〔61〕锋发:锋芒显露。韵流:韵调圆转。〔62〕士衡:西晋文学家陆机的字。矜(jīn)重:庄重。 〔63〕表:指文辞。里:指作家的个性。 〔64〕恒资:恒,永久的;资,资质。　〔65〕大略:大概。　〔66〕斫梓(zhuó zǐ):指制作木器。斫,砍。梓,一种坚实的树木。　〔67〕功:功效。　〔68〕雕琢:雕章琢句,指写作。　〔69〕雅制:雅正的作品。　〔70〕讨:寻究。　〔71〕圆:圆满。　〔72〕会通:融会贯通。数:法则。　〔73〕环中:轴心。　〔74〕辐(fú):轮中直木。辏(còu):车轮上的辐条集中于毂上。　〔75〕摹:模仿,学习。〔76〕司南:指南针。　〔77〕才性:才华性格。　〔78〕辞:一作"体",是。体,风格。繁诡:多种多样。　〔79〕根:当作"叶"。〔80〕黼黻(fǔ fú):古代礼服上绣的半白半黑的花纹。　〔81〕朱紫:指颜色混杂。朱,正色;紫,杂色。　〔82〕真:指才华和气质。　〔83〕靡:倒。这里指受影响,起变化。

〔译文〕

　　人的思想感情有所活动,就形成语言。道理表达出来,就成为文章。这是一个由隐微到明显、根据内容赋以相应形式的过程。然而,作家的才能有平庸的、有出众的,气质有刚健的、有柔弱的,学识有深厚的、有浅薄的,习染有雅正的、有淫邪的。这些都是人的性情气质所造成的,陶冶习染所凝结的。因此,在文坛上的作品像云气那样变幻,艺苑上的创作像波涛那样诡异了。所以文辞义理的平庸或出众,都不能违反作家的才能;风格情趣的刚健或柔婉,难道能够与作家的气质不同?作品用事引义的深或浅,未听说可以背离作家的学识;作品体制格调的雅正或淫邪,很少有与作家的习染相反的。各人按照自己的个性写作,表现出来的风格的差异,就好像各人的面孔,是不一样的。如果要总的加以归类,则不外有八种风格:一是典雅,二是远奥,三是精约,四是显附,五是繁缛,六是壮丽,七是新奇,八是轻靡。所谓"典雅",就是取法儒家经书,并驾齐驱于儒家门庭的;所谓"远奥",就是藻采深隐曲折,按道家学说立论的;所谓"精约",就是词句简练,分析细致的;所谓"显附",就是文辞质直,意义明显,切合事理,使人满意的;所谓"繁缛",就是比喻广博,文采繁富,善于铺陈,光采照人的;所谓"壮丽",就是议论高超,体裁宏伟,辞采不凡的;所谓"新奇",就是抛弃陈旧,追逐新颖,冷僻奇险,趋于诡异的;所谓"轻靡",就是文辞浮华,根底浅薄,内容空虚,投合时俗的。在这八种风格中,典雅与新奇相反,远奥与显附不同,繁缛与精约相背,壮丽与轻靡乖违。文章内容形式的各个方面,都包括在其中了。

至于八种风格常常变化,掌握任何一种风格,都得依靠学习才能取得功效。人的内在的才能,开始来自气质,气质用来充实思想感情,思想感情决定作品的语言。作家写出精彩的作品,无不出自他的情性。因此,贾谊才力超逸奔放,所以作品文辞简洁而风格清新;司马相如性格狂放,所以作品说理夸张,辞藻泛滥;扬雄的性格沉静,所以作品意义隐晦而意味深长;刘向性格平易,所以作品意思明显而事例广博;班固文雅深细,所以作品组织严密而思致细腻;张衡广博通达,所以作品考虑周到而辞藻细密;王粲急躁敏锐,所以作品锋芒显露而才识果断;刘桢气量狭小,容易激动,所以作品言辞雄壮而情意动人;阮籍倜傥不羁,所以作品声韵超群而格调高远;嵇康才高任侠,所以作品的兴致高超而文采壮烈;潘岳轻浮敏捷,所以作品锋芒毕露而韵调圆转;陆机性格庄重,所以情思丰富而文辞隐晦。由此类推,作家的个性和作品的风格必定是一致的。这难道不是天赋的资质和才气的大概情况吗!

人的才能是天生的,而学习一开始就要慎重。这好比制木器、染丝绸,功效都在开头显出,等到木器制成,颜色染好,就难以改变了。所以儿童学习写作,一定要先从雅正的作品开始,从根本着手寻究枝叶,思路自然圆活。文章的八种风格虽然不同,但彼此沟通,有一定规律,只要掌握了它们联系的共同点,就好像车轮有了轮毂,轮上的辐条就能集中起来相辅相成。所以,应该摹拟各种风格来培养自己的写作习惯,根据自己的个性来培养自己的写作才能,写文章的指南,指明的就是这个道理。

总而言之,作家的才能和性格不同,作品的风格也就复杂多变。文辞好比人的皮肤、树的枝叶,思想感情才是作品的骨干。典雅华丽的,如同古代礼服上的黑白花纹;淫艳奇巧的风格,好像朱紫混杂的色采。学习也可以凝结成才气,但需要长期的功夫才能收效。

风　骨

　　《诗》总"六义"[1],风冠其首,斯乃化感之本源[2],志气之符契也[3]。是以怊怅述情[4],必始乎风;沉吟铺辞[5],莫先于骨。故辞之待骨,如体之树骸[6];情之含风,犹形之包气。结言端直,则文骨成焉;意气骏爽[7],则文风清焉[8]。若丰藻克赡[9],风骨不飞,则振采失鲜[10],负声无力[11]。是以缀虑裁篇[12],务盈守气,刚健既实,辉光乃新,其为文用,譬征鸟之使翼也[13]。故练于骨者[14],析辞必精;深乎风者,述情必显。捶字坚而难移[15],结响凝而不滞[16],此风骨之力也。若瘠义肥辞[17],繁杂失统[18],则无骨之征也。思不环周[19],索莫乏气[20],则无风之验也。昔潘勖锡魏[21],思摹经典,群才韬笔[22],乃其骨髓峻也[23];相如赋仙[24],气号凌云[25],蔚为辞宗[26],乃其风力遒也[27]。能鉴斯要[28],可以定文;兹术或违[29],无务繁采。

　　故魏文称[30]:"文以气为主,气之清浊有体,不可力强而致[31]。"故其论孔融[32],则云"体气高妙[33]";论徐幹[34],则云"时有齐气[35]";论刘桢[36],则云"有逸气[37]"。公幹亦云:"孔氏卓卓,信含异气,笔墨之性,殆不可胜[38]。"并重气之旨也。夫翚翟备色[39],而翾翥百步[40],肌丰而力沉也。鹰隼乏采[41],而翰飞戾天[42],骨劲而气猛也。文章才力,有似于此。若风骨乏采,则鸷集翰林[43];采乏风骨,则雉窜文囿[44]。唯藻耀而高翔,固文笔之鸣凤也[45]。

　　若夫熔铸经典之范[46],翔集子史之术[47],洞晓情变[48],曲昭文体[49]，然后能孚甲新意[50]，雕画奇辞[51]。昭体故意新而不乱，晓变故辞奇而不黩[52]。若骨采未圆，风辞未练，而跨略旧规[53]，驰骛新作[54]，虽获巧意，危败亦多。岂空结奇字，纰缪而成经矣[55]。《周书》云："辞尚体要，弗惟好异[56]。"盖防文滥也。然文术多门，各适所好，明者弗授[57]，学者弗师，于是习华随侈，流遁忘返[58]。若能确乎正式[59]，使文明以健，则风清骨峻，篇体光华。能研诸虑，何远之有哉！

赞曰：情与气偕[60]，辞共体并。文明以健，珪璋乃骋[61]。蔚彼风力[62]，严此骨鲠[63]。才锋峻立[64]，符采克炳[65]。

〔注释〕

〔1〕"六义"：指风、雅、颂、赋、比、兴。　〔2〕斯：此。〔3〕志：情志，指思想感情。气：气质。符契：符节和契约。这里指标志。　〔4〕怊怅(chāo chàng)：惆怅，失意感伤的样子。〔5〕沉吟：沉思吟味。　〔6〕骸(hái)：骨。　〔7〕意气：意志与气概。骏爽：昂扬爽朗。　〔8〕清：一作"生"。　〔9〕藻：辞藻。赡：富足。　〔10〕鲜：鲜明。　〔11〕声：声调。　〔12〕缀虑：指构思。　〔13〕征鸟：远飞的鸟。　〔14〕练：指精通。〔15〕捶字：练字。捶，锻造，锤击。　〔16〕结响：构成声调。滞：止。　〔17〕瘠(jí)义：指内容贫乏。瘠，瘦弱。　〔18〕统：头绪，条理。　〔19〕环周：指周密。　〔20〕索莫：枯寂无生气的样子。　〔21〕潘勖(xù)：字元茂，东汉末年作家。锡魏：指潘勖写的《册魏公九锡文》。　〔22〕韬(tāo)：藏。　〔23〕骨髓：指骨力。峻：一作"峭"。峻，高。　〔24〕相如：司马相如。赋仙：指司马相如写的《大人赋》。　〔25〕气：气势，气概。《史记·司马相如列传》："相如既奏《大人》之颂，天子大悦，飘飘有凌云之

气,似游天地之间意。" 〔26〕蔚(wèi):盛大。宗:宗匠,宗师。〔27〕遒(qiú):刚劲,有力。 〔28〕鉴:见,察看。 〔29〕术:方法。 〔30〕魏文:三国魏文帝曹丕。 〔31〕"文以"三句语见曹丕《典论·论文》。气,作家的气质。清浊,清近阳刚,浊近阴柔。体,指一定类型。强,勉强。致,得到。 〔32〕孔融:字文举,东汉末文学家,"建安七子"之一。 〔33〕体气高妙:语见《典论·论文》。体气,风格气质。 〔34〕徐幹:字伟长,东汉末文学家,"建安七子"之一。 〔35〕时有齐气:语见《典论·论文》。齐气,齐地风俗习惯舒缓,所以称文气舒缓为齐气。〔36〕刘桢:字公幹,东汉末文学家,"建安七子"之一。 〔37〕有逸气:语见曹丕《与吴质书》。逸气,超逸豪放的气质。 〔38〕"孔氏"四句:原文已佚,出处不详。孔氏,指孔融。卓卓,高超。异气,不平凡的气质。性,指特点、高妙之处。殆,几乎。〔39〕翚(huī):一种有五彩羽毛的野鸡。翟(dí):长尾的野鸡。〔40〕翾翥(xuān zhù):小飞。 〔41〕隼(sǔn):一种似鹰而较小的猛禽。 〔42〕翰飞戾(lì)天:语见《诗经·小雅·小宛》。翰,高。戾,到。 〔43〕鸷(zhì):鹰隼一类凶猛的鸟。翰林:文艺园地。翰,笔。 〔44〕雉:野鸡。文囿(yòu):文艺园地。囿,园林。 〔45〕文笔:指文章。文,韵文;笔,散文。 〔46〕熔铸:熔化铸造。范:模子。熔铸经典之范,即按经典的模式写文章。〔47〕翔集:飞翔、聚集。术:方法。翔集子史之术,即广泛涉猎子书史书,从中学习写作方法。 〔48〕洞:深入。 〔49〕曲:曲折周到。昭:明白。 〔50〕孚甲:萌芽。孚,通"莩"。 〔51〕雕画:指修饰。 〔52〕黩(dú):污浊。 〔53〕略:省去。〔54〕骛(wù):奔驰,追求。 〔55〕纰(pī)缪:错误。经:常,常规。矣:当作"乎"。 〔56〕"辞尚"二句:语见《尚书·周书·伪毕命》。体,体现。 〔57〕明者:指深通写作之道的人。
〔58〕流遁:不知不觉地随波逐流。 〔59〕正式:正确的体现。
〔60〕偕:相伴,一起。 〔61〕珪(guī)璋:古人出使所用的贵重玉器。骋:一作"聘"。聘,古代诸侯之间或诸侯与天子之间派使节问候。 〔62〕风力:指文章内容的感染力。 〔63〕骨鲠(gěng):指文辞的骨力。鲠,鱼骨。 〔64〕才锋:指才华,才力。
〔65〕符采:玉的横纹,指文采。克:能。炳:明亮,光彩焕发。

〔译文〕

　　《诗》有风、雅、颂、赋、比、兴"六义","风"排在首位,它是教育感化的根源,是作家思想和气质的表现。所以,要深切地抒发感情时,就必须从注意文章内容的充实、纯正和感染力开始,在反复斟酌运用文辞时,没有比注意文辞的准确、精炼、遒劲和表现力更重要的了。因此,文辞之需要骨,如同身体需要骨架一样;表达感情之需要有风,犹如身体涵蕴着生气。措辞端正、准确,那么文章的骨就形成了;能表现作者的意志和气概昂扬爽朗,那么文章的风就产生了。假如辞藻繁富,而风骨无力,那么文采将失去鲜明,声调也不会铿锵有力。所以,构思谋篇时,必须保持充沛的感情,文章刚健充实,就能发出新的光辉。风骨对文章所起的作用,如同远飞的鸟使用翅膀一样。所以,精通练骨的人,辨析文辞必然精当;深知用风的人,抒发感情必然显豁。锤炼文辞确切而难以更改,构成声调凝重而流畅,这是风骨的力量。如果文章内容贫乏,文辞臃肿,烦冗杂乱而没有中心和条理,这是没有骨的表现。如果文章思想不周密,枯寂而无生气,这是没有风的凭证。从前潘勖作《册魏公九锡文》,构思摹仿经典,许多有才能的人都搁笔不敢再写了,就是因为文章的骨力高超啊!司马相如作《大人赋》,号称有凌云之气,他富有文采而成为辞赋家的宗匠,就是因为他的文章风力强劲啊!能够明白这些要点,就可以写作文章,如果违背了这一原则,就无须追求繁富的文采了。

因此,魏文帝曹丕说:"文章以作者的气质为主宰,气质有阳刚阴柔不同类型,不是勉强能得到的。"所以,他评论孔融,就说他"风格和气质都是高妙的";评论徐幹,就说他"时时有齐地舒缓的气质";评论刘桢,就说他"有超逸豪放的气质"。刘桢也说:"孔融很杰出,的确含有不平凡的气质。他的文章的高妙之处,几乎是不能超过的。"这些都是重视气质的意思。野鸡具备各种色彩,而一飞只有百步,是因为肌肉丰满而力气不足。老鹰缺乏色采,而高飞冲天,是因为骨力强劲而气势凶猛。写作文章的才华和能力,也和这相似。如果文章有风骨而缺乏文采,就好像老鹰聚集在文苑中;有文采而缺乏风骨,就好像野鸡窜到文坛上。只有文采焕发而又能高飞冲天,才是文章中的凤凰。

如果取法经书的榜样,学习诸子、史传的创作方法,深入地通晓思想感情的变化,详细地明白文章各种体裁的特点,然后才能萌生新颖的意思,修饰奇妙不凡的文辞。明白文章体裁特点,所以意思新颖而不零乱;通晓思想感情的变化,所以,文辞奇妙而无瑕疵。如果骨力和文采还不圆满,风力和辞藻还不精练,就要摆脱固有的规范,追求新奇之作,虽然获得某些巧妙的意思,大都也是要失败的。难道只是联结一些奇特的字词,错误就成为正常的了吗?《尚书·周书·毕命》篇说:"文辞重在能体现内容要点,不只是爱好奇异。"这是为了防止文辞的浮滥。然而写作方法多种多样,各人有各人的爱好。明于写作之道的人不传授,学习写作的人又不学习,于是渐渐习惯于浮华,跟着淫靡的风气跑,随波逐流而忘记了回头。如果能够确立正当的体式,使文章明畅而刚健,那么风力清新骨力高超,文章就能发出光华来。如能探讨钻研上述的道理,距写作成功怎么会遥远呢?

　　总而言之,文章的思想感情和气质是统一的,文辞和风格是分不开的。文章明畅而刚健,就能像贵重的玉器受到人们的珍视。使文章内容充实、纯正和富有感染力,使文辞准确、精炼、遒劲和富有表现力。这样就表现出作家的卓越才华,文采才能晶莹焕发。

通　变

　　夫设文之体有常[1],变文之数无方[2],何以明其然耶[3]？凡诗赋书记[4],名理相因[5],此有常之体也；文辞气力[6],通变则久,此无方之数也。名理有常,体必资于故实[7];通变无方,数必酌于新声[8];故能骋无穷之路,饮不竭之源。然绠短者衔渴[9],足疲者辍涂[10],非文理之数尽,乃通变之术疏耳[11]。故论文之方,譬诸草木,根干丽土而同性[12],臭味晞阳而异品矣[13]。
　　是以九代咏歌[14],志合文则[15]。黄歌"断竹"[16],质之至也；唐歌《在昔》[17],则广于黄世；虞歌《卿云》[18],则文于唐时；夏歌"雕墙"[19],缛于虞代[20];商周篇什[21],丽于夏年。至于序志述时,其揆一也[22]。暨楚之骚文[23],矩式周人[24];汉之赋颂,影写楚世[25];魏之策制,顾慕汉风；晋之辞章,瞻望魏采。榷而论之[26],则黄唐淳而质[27],虞夏质而辨[28],商周丽而雅,楚汉侈而艳[29],魏晋浅而绮[30],宋初讹而新[31]。从质及讹,弥近弥淡[32]。何则？竞今疏古,风味气衰也[33]。今才颖之士[34],刻意学文[35],多略汉篇,师范宋集[36],虽古今备阅[37],然近附而远疏矣[38]。夫青生于蓝[39],绛生于蒨[40],虽逾本色[41],不能复化。桓君山云[42]:"予见新进丽文,美而无采；及见刘、扬言辞[43],常辄有得。"此其验也。故练青濯绛[44],必归蓝蒨,矫讹翻浅[45],还宗经诰[46]。斯斟酌乎质文之间,而櫽括乎雅俗之际[47],可与言通变矣。
　　夫夸张声貌[48],则汉初已极,自兹厥后[49],循环相因[50],虽轩翥出辙[51],而终入笼内。枚乘《七发》云[52]:"通望兮东海,虹洞兮苍天[53]。"相如《上林》云[54]:"视之无端[55],察之无涯[56],日出东沼[57],月生西陂[58]。"马融《广成》云[59]:"天地虹洞,固无端涯,大明出东[60],月生西陂。"扬雄《校猎》云:"出入日月,天与地沓[61]。"张衡《西京》云[62]:"日月于是乎出入,象扶桑于濛汜[63]。"此并广寓极状[64],而五家如一。诸如此类,莫不相循[65]。参伍因革[66],通变之数也。

是以规略文统[67],宜宏大体[68],先博览以精阅,总纲纪而摄契[69],然后拓衢路[70],置关键,长辔远驭[71],从容按节,凭情以会通,负气以适变,采如宛虹之奋鬐[72],光若长离之振翼[73],乃颖脱之文矣[74]。若乃龌龊于偏解[75],矜激乎一致[76],此庭间之回骤[77],岂万里之逸步哉[78]!

赞曰:文律运周,日新其业。变则其久[79],通则不乏。趋时必果[80],乘机无怯。望今制奇,参古定法。

〔注释〕

〔1〕体:体裁。　〔2〕数:术,方法。无方:无常,无定。〔3〕然:如此。　〔4〕记:指奏记、笺记一类体裁的作品。〔5〕因:沿袭。　〔6〕气力:气势和力量,指风骨。　〔7〕资:凭借。故实:指过去的作品。　〔8〕酌:斟酌、酌取。新声:指新的作品。　〔9〕绠(gěng):汲水用的绳子。　〔10〕辍(chuò):停止。涂:道路。　〔11〕疏:稀少,缺乏。　〔12〕丽:附着,依附。　〔13〕臭(xiù)味:气味。晞(xī):晒。　〔14〕九代:指黄帝、唐、虞、夏、商、周、汉、魏、晋九个朝代。　〔15〕则:法则。〔16〕黄:黄帝。"断竹":指《弹歌》,相传是黄帝时的作品。首句有"断竹"二字。　〔17〕唐:唐尧。《在昔》:这首歌已失传。"在昔"当是首句中的二字。　〔18〕虞:虞舜。《卿云》:相传为舜时

的歌,见《尚书大传》。　〔19〕"雕墙":指《五子之歌》,见伪古文《尚书》。中有"峻宇雕墙"句。　〔20〕缛(rù):繁富。〔21〕篇什:指诗篇。《诗经》中的《雅》、《颂》以十篇为什。〔22〕揆(kuí):道理。　〔23〕暨(jì):及,到。　〔24〕矩式:规矩法式,作动词用,取法的意思。　〔25〕影写:模仿。　〔26〕榷(què):大概,大略。　〔27〕淳:质朴,淳厚。　〔28〕辨:明确。　〔29〕侈:铺张,浮夸。　〔30〕绮(qǐ):华丽。　〔31〕讹(é):乖谬。指诡异奇巧。　〔32〕弥:更加、越。　〔33〕味:一作"末"。　〔34〕才颖:才能出众。　〔35〕刻意:用尽心思。〔36〕宋集:南朝宋的作品。　〔37〕备:完全。　〔38〕附:接近。　〔39〕蓝:蓝草,可以染青色。　〔40〕绛(jiàng):赤色。蒨(qiàn):茜草,可以染绛色。蒨,同"茜"。　〔41〕逾:超过,胜过。　〔42〕桓君山:桓谭,字君山,东汉初哲学家,著有《新论》。桓谭的话,可能是《新论》的佚文。　〔43〕刘:指刘向。他是西汉学者。扬:指扬雄。他是西汉末文学家、哲学家。　〔44〕练:把丝麻或织品煮得柔软而洁白。这里指提炼。濯(zhuó):洗,这里指提炼。　〔45〕矫:纠正。　〔46〕经诰:泛指儒家经书。诰,原指《尚书》中《康诰》、《召诰》等篇,这里指经书。　〔47〕檃(yǐn)括:矫正曲木的工具。这里作动词用,指矫正。　〔48〕声貌:声音形貌。　〔49〕厥(jué):其。　〔50〕因:沿袭。〔51〕轩翥(zhù):高飞。辙:车轮压出的痕迹。　〔52〕枚乘:西汉初年辞赋家。　〔53〕虹洞:相连。　〔54〕相如:即司马相如,西汉辞赋家。　〔55〕端:事物的一头。　〔56〕涯:边际。〔57〕沼:水池。　〔58〕陂(bēi):山坡。　〔59〕马融:东汉著名学者。　〔60〕大明:太阳。　〔61〕沓(tà):会合。〔62〕张衡:东汉文学家。　〔63〕扶桑:神树名,古代神话以为是日出处。濛汜(sì):古代神话以为是日落处。于:当作"与"。〔64〕寓:托喻,比喻。状:描绘。 〔65〕循:沿袭,遵循。〔66〕参伍:错综,交错。因革:因袭和变革。 〔67〕规略:谋划,考虑。统:纲要,纲领。 〔68〕大体:总体,全局。 〔69〕摄契:指抓住要害。 〔70〕衢路:大路,这里指思路。 〔71〕辔(pèi):马缰绳。驭(yù):驾驭。 〔72〕宛:弯曲。鬐(qí):鱼脊。此指如鱼脊之形。 〔73〕长离:朱鸟。 〔74〕颖脱:锥子的尖从囊中露出来,比喻人的才能能够显露出来。这里指特出。〔75〕若乃:至于。龌龊(wò chuò):局促,拘牵于小事。 〔76〕矜(jīn):骄傲。激:激动,指偏激。一致:一得。 〔77〕回:回旋。骤:马奔驰。 〔78〕逸步:快步,指马的快跑。 〔79〕其:疑作"堪"。 〔80〕果:果断。

[译文]

  文章的体裁是有一定的,而文章的具体写法是变化不定的。怎么知道它是这样的呢?所有的诗歌、辞赋、书信、奏记等,它们的名称和写作原理往往继承前代,这说明体裁是有一定的。文辞风骨,只有在继承基础上的创新才能久久流传,这说明方法是不定的。文章的名称和写作原理有一定,所以,体裁必须借鉴过去的作品;文辞风骨在继承基础上创新不定,所以,方法上必须参考新的作品。这样才能驰骋在无穷无尽的创作道路上,饮用永不枯竭的创作源泉。然而,汲水的绳子短了,打不到水就会口渴,脚力不足就会停在途中,这不是写作方法用完了,而是对继承基础上创新的方法不精通罢了。所以讲写作方法,作品如同草木,根和干附在土地里,本性相同,但是枝叶气味由于受阳光的照射而形成不同的品种。

所以九个朝代所咏唱的诗歌,在思想感情的表达上都符合写作法则。黄帝时的《弹歌》,是极为质朴的;唐尧时的《在昔》歌,比黄帝时要丰富些;虞舜时的《卿云》歌,比唐尧时富于文采;夏代的《五子之歌》,比虞舜时繁富;商周两代的诗篇,比夏代华丽。至于抒写情志,记述时世,这些基本原理是一致的。到楚国的骚体,取法周代的诗篇;汉代的赋和颂,模仿楚国的作品;魏代的文章,慕效汉代的文风;晋代的诗文,钦仰魏代的文采。大概的说,黄帝、唐尧时的作品淳厚而质朴,虞舜和夏代的作品朴质而明确,商周两代的作品华丽而雅正,楚国和汉代的作品铺张而文辞华美,魏晋的作品浅薄而绮丽,刘宋初年的作品诡异而新奇。从质朴到诡异,时代越近,作品的滋味越淡。为什么呢?因为他们争着模仿现代的而忽视古代的,所以风气衰落。现在才能出众的人,都用心学习写作,但是多数人忽略汉代的文章,而模仿宋代的作品。虽然古代现代的作品都浏览,然而总是接近现代的作品疏远古代的作品。其实青色是从蓝草中提取,赤色是从茜草中提取的,这两种颜色虽然胜过原来的草色,但是它们不能再变化了。桓谭说:"我看到新作家的华丽文辞,写得美而没有什么可取的,等看了刘向、扬雄的作品,就常常有收获。"这就是以上论述的验证。所以提取青赤颜色,必须用蓝草茜草,矫正诡异改变浅薄的文风,还得学习经书。这样在质朴和文采之间斟酌去取,在雅正和通俗之间考虑得失,就可以谈继承和创新了。

对声音形貌加以夸张,在汉朝初年就已达到极点。从此以后,循环不已,互相因袭,虽想飞出旧轨,而终于落入笼内。枚乘《七发》说:"遥望啊东海,海与天啊相连。"司马相如《上林赋》说:"看不到头,望不到边,太阳从东方的水池中出来,月亮从西方的山坡上升起。"马融《广成颂》说:"天地相连,本无边际。太阳从东方出来,月亮从西方山坡升起。"扬雄《羽猎赋》说:"太阳月亮在这里出没,天地在这里会合。"张衡《西京赋》说:"太阳月亮在这里出来又下去,好像就是日出的扶桑和日落的濛汜。"这些都是用极广大的事物作比喻极力描绘,然而五家的文章如出一辙。像这一类表现手法,没有不是互相沿袭的。因袭和变革错综结合,这才是继承和创新的方法。

所以考虑文章的纲要,应该通观整体。首先,广泛地浏览和精细地阅读,抓住它们的纲领和要害。然后开拓写作的道路,安排重点,放长缰绳,驾驭着马远行,从容不迫,有节奏地前进,以自己的思想感情为基础去继承前人和适应新变,文采如同长虹拱着背脊,光芒如同朱鸟鼓动翅膀,这才是特出的作品。如果局限于片面的理解,偏激地夸耀自己的一得之见,这是在院子里打圈子跑马,哪里是在万里大道上疾驰呢?

总而言之,写作的规律是运转不停的,文学事业每天都有新的成就。善于创新,才能持久,善于继承,才不贫乏。适应时代变化必须果断,抓住机会不要胆怯。看准当今的趋势创作出色的作品,参考古代作文的得失确定写作法则。

定　势

夫情致异区[1]，文变殊术[2]，莫不因情立体[3]，即体成势也。势者,乘利而为制也。如机发矢直[4]，涧曲湍回[5]，自然之趣也[6]。圆者规体[7]，其势也自转；方者矩形[8]，其势也自安。文章体势,如斯而已[9]。是以模经为式者[10]，自入典雅之懿[11]；效《骚》命篇者[12]，必归艳逸之华[13]；综意浅切者[14]，类乏酝藉[15]，断辞辨约者[16]，率乖繁缛[17]；譬激水不漪[18]，槁木无阴[19]，自然之势也。

是以绘事图色[20]，文辞尽情[21]，色糅而犬马殊形[22]，情交而雅俗异势,熔范所拟[23]，各有司匠[24]，虽无严郛[25]，难得逾越[26]。然渊乎文者[27]，并总群势。奇正虽反,必兼解以俱通；刚柔虽殊,必随时而适用。若爱典而恶华,则兼通之理偏,似夏人争弓矢[28]，执一不可以独射也；若雅郑而共篇[29]，则总一之势离,是楚人鬻矛誉楯[30]，两难得而俱售也。是以括囊杂体[31]，功在铨别[32]，宫商朱紫,随势各配。章表奏议[33]，则准的乎典雅[34]；赋颂歌诗[35]，则羽仪乎清丽[36]；符檄书移[37]，则楷式于明断[38]；史论序注,则师范于核要[39]；箴铭碑诔[40]，则体制于弘深[41]；连珠七辞[42]，则从事于巧艳：此循体而成势,随变而立功者也。虽复契会相参[43]，节文互杂[44]，譬五色之锦,各以本采为地矣[45]。

桓谭称[46]："文家各有所慕[47]，或好浮华而不知实核,或美众多而不见要约。"陈思亦云[48]："世之作者,或好烦文博采[49]，深沉其旨者[50]；或好离言辨白[51]，分毫析厘者。所习不同,所务各异。"言势殊也。刘桢云[52]:"文之体指实强弱[53],使其辞已尽而势有余[54],天下一人耳,不可得也。"公幹所谈,颇亦兼气。然文之任势,势有刚柔,不必壮言慷慨,乃称势也。又陆云自称[55]:"往日论文,先辞而后情,尚势而不取悦泽[56],及张公论文[57],则欲宗其言[58]。"夫情固先辞,势实须泽,可谓先迷后能从善矣。

自近代辞人,率好诡巧[59],原其为体[60],讹势所变[61],厌黩旧式[62],故穿凿取新[63],察其讹意,似难而实无他术也,反正而已。故文反正为乏,辞反正为奇。效奇之法,必颠倒文句,上字而抑下[64],中辞而出外,回互不常[65],则新色耳。夫通衢夷坦[66],而多行捷径者[67],趋近故也[68];正文明白,而常务反言者,适俗故也。然密会者以意新得巧[69],苟异者以失体成怪[70]。旧练之才,则执正以驭奇[71];新学之锐,则逐奇而失正[72];势流不反,则文体遂弊[73]。秉兹情术,可无思耶!

赞曰:形生势成,始末相承[74]。湍回似规,矢激如绳[75]。因利骋节[76],情采自凝[77]。枉辔学步[78],力止襄陵[78]。

〔注释〕

〔1〕情致:情趣。 〔2〕殊:不同。术:方法。 〔3〕体:体裁。 〔4〕机:指弩机。矢:箭。 〔5〕涧(jiàn):山间流水的沟。湍(tuān):急流的水。 〔6〕趣:趋向,趋势。 〔7〕规:画圆的工具,即圆规。 〔8〕矩:画方的工具。 〔9〕斯:此。〔10〕模:模仿。 〔11〕懿(yì):美。 〔12〕《骚》:指《楚辞》。命篇:写作文章。 〔13〕艳逸:艳丽超群。 〔14〕浅切:浅近,贴切。 〔15〕类:大都,大抵。酝藉:含蓄。 〔16〕断辞:指措辞。断,决断。辨约:简明。 〔17〕率:大致,一般。乖:违背。繁缛(rù):繁富。 〔18〕漪(yī):水的波纹。 〔19〕槁

(gǎo):枯。阴:树荫。 〔20〕图:作动词用,画。 〔21〕尽:全部表达出来。 〔22〕糅:错杂。 〔23〕熔范:铸器的模子。这里指样板。 〔24〕司匠:主管的工匠。这里指师承。〔25〕郛(fú):外城。这里指界限。 〔26〕逾(yú):越。〔27〕渊:深。 〔28〕夏人争弓矢:《太平御览》卷347引《胡非子》:一个人说,我的弓好,不需要箭。一个人说,我的箭好,不需要用弓。羿听了说,没有弓,用什么射箭,没有箭,用什么射中箭靶子,让他们把弓箭合在一起,教他们射箭。夏人,因为羿是夏代的射官,所以称争弓矢者为夏人。 〔29〕郑:郑声,指淫邪。〔30〕楚人鬻(yù)矛誉楯(dùn):《韩非子·难一》:楚国有一个人卖矛和盾,他说,我的盾坚实,没有东西能戳穿它。又说,我的矛锐利,没有东西是它戳不穿的。有人说,用你的矛戳你的盾,怎么样?这个人答不出来。据杨明照校,"誉"当在"楯"后,属下句。〔31〕括囊:包括,包罗。 〔32〕铨:衡量。 〔33〕章表奏议:都是封建社会臣子送给皇帝的公文。章是向皇帝"谢恩"的,奏是用来弹劾的,表是用来陈请的,议是参议政事的。 〔34〕准的:准则。 〔35〕颂:用来颂扬祖先、贵族、功臣以及各种事物的文体。 〔36〕羽仪:取法,表率。 〔37〕符:符命,歌颂帝王的文章。檄(xí):讨伐敌人的文书。书:私家文书,书信。移:一种晓谕对方的文书。 〔38〕楷式:模范。 〔39〕师范:指榜样。〔40〕箴(zhēn):用于规劝警戒的文字。铭:刻在器物上记功或自我警戒的作品。碑:刻在石碑上记述死者生平的文章。诔(lěi):哀悼死者的文章。 〔41〕弘:大。 〔42〕连珠:一种文体。用各种比喻说明道理,篇幅短小,言辞美妙,汇多首为一组,历历如贯珠。七辞:或称"七体",是赋的另一种形式,如西汉枚乘的《七发》,用七件事来说明道理。 〔43〕契会:结合,配合。

〔44〕节:音节,音律。文:文采。 〔45〕地:底子。 〔46〕桓谭:字君山,东汉初哲学家。所引桓谭的话当在《新论》中,今已散佚。 〔47〕慕:羡慕,这里指爱好。 〔48〕陈思:陈思王曹植,建安时期的著名文学家。曹植的话,今亦散佚。 〔49〕烦:繁多。博采:指广博的征引。 〔50〕旨:意思。 〔51〕离言辨白:白,当作"句"。离言辨句,指对词句的斟酌。 〔52〕刘桢:字公幹,东汉末年文学家,"建安七子"之一。刘桢的话,今亦散佚。 〔53〕"文之体"句:刘永济疑作"文之体势贵强"。〔54〕势:气势。 〔55〕陆云:字士龙,西晋文学家。陆云的话,见《与兄平原书》。 〔56〕悦泽:光润悦目。 〔57〕张公:指西晋文学家张华。 〔58〕宗:尊奉。 〔59〕率:大致,一般。诡:奇异。 〔60〕原:追究根源。 〔61〕讹(é):诡异反常。〔62〕黩(dú):厌烦。 〔63〕穿凿:牵强附会。 〔64〕抑:向下压。 〔65〕回互:回环交错。这里指错乱、颠倒。 〔66〕衢(qú):四通八达的道路。夷:平坦。 〔67〕捷径:近便的小路。 〔68〕趋:快走。 〔69〕密会者:指文思切合实际的人。〔70〕苟异者:指追求新异的人。 〔71〕旧练:精于旧体的。驭(yù):驾驭。 〔72〕新学:效法新奇的。逐:追求。 〔73〕弊:败坏。 〔74〕承:接。 〔75〕绳:木工用以取直的墨线。〔76〕骋(chěng)节:有节奏的奔驰。 〔77〕凝:结成,形成。〔78〕枉辔(pèi):指走弯路。枉,弯曲。学步:《庄子·秋水》说,寿陵少年到赵国都城邯郸学别人走路的步法,没有学会,又忘记自己原来的步法,只好爬回去。 〔79〕襄陵:当作"寿陵",燕国的城邑名。

[译文]

　　人的情趣各异，文章的变化也就有不同的方法。文章没有不是根据内容而确立体裁，随着体裁而形成一种体势的。体势，是顺着事物的发展变化而形成的。好像用弩机射箭，箭射出去一定是直的，山涧曲折，急流必然回旋。这是自然的趋势啊！圆的符合圆规画的形状，它的体势自然容易转动；方的符合矩尺画的形状，它的体势自然容易安放。文章的体势，如此而已。所以，模拟经书而写作的，自然有典雅的好处；仿效《楚辞》而写作的，一定有艳丽超群的优点。安排内容浅近的，大都缺乏含蓄；运用文辞简明的，一般和繁富相反。好比急流的水不会有小的波纹，枯树不会有树荫，这都是自然的趋势。

　　所以，绘画要讲究着色，文辞要尽量表达感情；颜色调配而后显出狗马等不同的形状；感情交错而后显示出雅正和庸俗不同的体势。作者所模拟的样板，各有师承。虽然没有严格的界限，也是很难超越的。然而深通文章写作的人，都能综合掌握各种文章的体势。新奇和雅正虽然相反，必定融会贯通；阳刚和阴柔虽然不同，也必定根据需要随时应用。如果爱好典雅而厌恶华美，那么在兼通方面就有所偏了，好像夏代人争论弓和箭哪一种重要，实际上，只有一种，箭是射不出去的；如果雅正和淫邪放在一篇里，那么统一的体势就破裂了，好像楚国人卖矛和盾，一会儿称他的矛锐利，一会儿又赞他的盾坚实，结果两样都难以卖掉。所以，综合掌握各种体裁，功效主要在于衡量辨别其体势特点上。如音乐之有宫商等不同的音律，如绘画之有朱紫等不同的颜色，要随着文章体势的不同适当加以调配。章表奏议，以典雅为准则；赋颂歌诗，以清丽为标准；符檄书移，以明确为楷模；史论序注，以切实扼要为榜样；箴铭碑诔，以宏大深刻为其体裁特点；连珠七辞，要在巧妙华美上下工夫:这是随着体裁而形成文章体势,顺着文章变化而显出功效。虽然不同体裁的文章其体势有契合和相互交错之处,音节和文采相互夹杂,但是,犹如五彩的锦缎,各自以本色作为底子。

桓谭说:"作家各有自己的爱好,有的爱好浮华而不知道核实,有的赞美繁富而不注意简约。"曹植也说:"世上的作家,有的喜爱繁富的文辞和广博的征引,而深深地隐藏他的意思;有的喜爱斟酌词句,分析毫厘。各人的习尚不同,所追求的也就不一样。"这里说的是文章的体势不同。刘桢说:"文章的体势有强有弱,如果能做到文辞已尽而体势有余,这是天下绝无仅有的作家,是不可多得的。"刘桢所说的,也兼及文气。不过,文章自然地形成体势,体势有刚强有柔弱,不一定豪言壮语,慷慨激昂,才称为体势。又陆云说自己:"从前谈论文章,首先考虑文辞,然后才考虑内容,重视文章体势而不注意美好的色泽。后来听了张华谈论文章,就相信他的话了。"其实思想感情本来先于文辞,文章体势实在需要润色,陆云的态度可以说是先迷惑而后能听从正确的意见了。

近代以来的文学家,大都喜爱诡异奇巧,推究他们作品的体制,是一种错误的发展趋势所造成的。他们厌恶旧的形式,所以穿凿附会地探取新奇。考察他们的诡异用心,似乎很难,实际上没有什么奥妙,只是故意违反正常的做法罢了。篆文"正"字反过来写就是"乏"字,文辞违反正常写法的就是新奇。仿效新奇的方法,必定颠倒句子,把上面的字压到下面去,把中间的文辞放到外边去,来回颠倒而不正常,就算有新奇的色采了。四通八达的大路平坦,而很多人偏要走斜路,这是图近便的缘故;正常的文句明明白白,而有的人常追求反常的话,这是为了适合世俗的缘故。然而文思切合实际的人,因为内容新颖而写得巧妙,而追求新异的人,因不合体裁要求而造成怪诞。精于旧体的人能够掌握正常的方法来驾驭新奇,效法新奇的人,只是追逐新奇而违反了正常的写法。这种趋势发展下去而不加以挽回,文章的体裁就败坏了。我们掌握了这些情况和做法,难道能够不加考虑吗?

总而言之,形体产生了,体势就形成了,这二者始终密切相关。急流回旋,好似圆规那样圆转;箭射出去,犹如木工的墨线那样笔直。在写作上趁势而有节奏地奔驰,文章的内容和形式就自然凝结而成。如果绕弯子乱学别人走路,结果就像寿陵少年忘了自己原来的走法一样。

情　采

圣贤书辞,总称"文章"[1],非采而何？夫水性虚而沦漪结[2],木体实而花萼振[3],文附质也[4]。虎豹无文,则鞟同犬羊[5];犀兕有皮,而色资丹漆[6],质待文也。若乃综述性灵[7],敷写器象[8],镂心鸟迹之中[9],织辞鱼网之上[10],其为彪炳[11],缛采名矣[12]。故立文之道,其理有三:一曰形文,五色是也[13];二曰声文,五音是也[14];三曰情文,五性是也[15]。五色杂而成黼黻[16],五音比而成韶夏[17],五情发而为辞章[18],神理之数也[19]。《孝经》垂典[20],丧言不文[21],故知君子常言,未尝质也[22]。老子疾伪[23],故称"美言不信"[24],而五千精妙[25],则非弃美矣。庄周云"辩雕万物"[26],谓藻饰也[27]。韩非云"艳采辩说"[28],谓绮丽也。绮丽以艳说,藻饰以辩雕,文辞之变,于斯极矣[29]。研味李老[30],则知文质附乎性情[31];详览庄韩,则见华实过乎淫侈[32]。若择源于泾渭之流[33],按辔于邪正之路[34],亦可以驭文采矣。夫铅黛所以饰容[35],而盼倩生于淑姿[36];文采所以饰言,而辩丽本于情性[37]。故情者,文之经[38],辞者,理之纬[39];经正而后纬成,理定而后辞畅[40],此立文之本源也[41]。

昔诗人什篇[42],为情而造文,辞人赋颂[43],为文而造情。何以明其然？盖风雅之兴[44],志思蓄愤[45],而吟咏情性,以讽其上[46],此为情而造文也;诸子之徒[47],心非郁陶[48],苟驰夸饰[49],鬻声钓世[50],此为文而造情也;故为情者要约而写真[51],为文者淫丽而烦滥[52]。而后之作者,采滥忽真[53],远弃风雅,近师辞赋,故体情之制日疏[54],逐文之篇愈盛[55]。故有志深轩冕[56],而泛咏皋壤[57],心缠几务[58],而虚述人外[59],真宰弗存[60],翩其反矣[61]。夫桃李不言而成蹊[62],有实存也[63];男子树兰而不芳[64],无其情也。夫以草木之微,依情待实,况乎文章,述志为本[65],言与志反,文岂足征[66]!

是以联辞结采,将欲明经[67];采滥辞诡[68],则心理愈翳[69]。固知翠纶桂饵,反所以失鱼[70]。"言隐荣华"[71],殆谓此也[72]。是以"衣锦褧衣"[73],恶文太章;贲象穷白,贵乎反本[74]。夫能设谟以位理[75],拟地以置心[76],心定而后结音[77],理正而后摛藻[78],使文不灭质,博不溺心[79],正采耀乎朱蓝[80],间色屏于红紫[81],乃可谓雕琢其章[82],彬彬君子矣[83]。

赞曰:言以文远[84],诚哉斯验[85]。心术既形[86],英华乃赡[87]。吴锦好渝[88],舜英徒艳[89]。繁采寡情,味之必厌。

〔注释〕

〔1〕文章:这里不是指作品,而是指不同颜色交错构成的花纹,就是文采鲜明的意思。所以,下文说"非采而何"。 〔2〕沦漪(yī):小的波纹。 〔3〕花萼(è):花托。这里指花朵。振:盛开。 〔4〕文:文采,指形式。质:本质,指内容。 〔5〕"虎豹"二句:语出《论语·颜渊》。文:指皮毛的花纹。鞟(kuò):去毛的皮。 〔6〕"犀兕(xī sì)"二句:语出《左传》宣公二年。犀兕,形状像牛的野兽,犀是雄的,兕是雌的,皮坚韧,几乎没有毛,可制盔甲。 〔7〕性灵:性情。 〔8〕敷写:描写。敷,陈述,铺陈。器象:事物的形象。器,指万物。 〔9〕镂:刻画。鸟迹:指文字。相传仓颉因见鸟兽的足迹受到启发而创造了文字。事见许慎《说文序》。 〔10〕织辞:组织文辞。鱼网:指纸。后汉蔡伦用

树皮、麻头、破布、鱼网造纸。事见《后汉书·宦者蔡伦传》。〔11〕彪炳：光采焕发。 〔12〕缛：繁盛。名：明。 〔13〕五色：青、黄、赤、白、黑。 〔14〕五音：宫、商、角、徵、羽。〔15〕五性：仁、义、礼、智、信。 〔16〕黼黻（fǔ fú）：古代礼服上所绣的花纹，半白半黑的斧形叫黼，半黑半青的两己字形叫黻。〔17〕比（bǐ）：并列。韶夏：古乐章名。相传《韶》为舜乐，《夏》为禹乐。 〔18〕五情：当作"五性"。辞章：诗文的总称。 〔19〕神理：指自然之道。数：指规律，法则。 〔20〕《孝经》：儒家经典之一，是论述封建孝道，宣传宗法思想的书。典：法则。〔21〕丧言不文：居父母之丧期间，说话不加文采。语见《孝经·丧亲章》。 〔22〕质：朴质，指没有文采。 〔23〕老子：即老聃，姓李名耳，相传为春秋时期的思想家，著有《老子》（即《道德经》）八十一章。疾：憎恶。 〔24〕"美言不信"：语见《老子》第八十一章。信，真实。 〔25〕五千：指《老子》，因为它共有五千多字。 〔26〕庄周：战国时期哲学家，著作有《庄子》。辩雕万物：语见《庄子·天道》。辩，巧言；雕，雕饰，指描绘。 〔27〕藻饰：文采，修饰。 〔28〕韩非：战国末哲学家，著作有《韩非子》。艳采辩说：语见《韩非子·外储说左上》。采，当作"乎"。 〔29〕斯：此。极：尽。 〔30〕李：当作"孝"，即《孝经》。老：《老子》。〔31〕文质：形式和内容。 〔32〕华实：同上"文质"，亦指形式和内容。另一说："文质"，复词偏义，只指形式；"华实"，也是复词偏义，只指华。淫侈：过分夸大。 〔33〕泾渭：二水名。古人谓泾浊渭清，这里借以喻清浊。 〔34〕绋：缆绳。 〔35〕铅：铅粉，古人用以化妆。黛：青黑色的颜料，古时妇女用以画眉。〔36〕盼倩（qiàn）：形容女子容貌美好。盼，指眼睛之美。倩，指口颊之美。淑：善，美好。 〔37〕辩丽：巧妙华丽。 〔38〕经：

织物的纵线。　〔39〕纬:织物的横线。　〔40〕理:情理,指作品的思想内容。　〔41〕本源:指根本。　〔42〕诗人:指《诗经》的作者。什篇:即篇什。《诗经》的《雅》和《颂》都以十篇为什,所以后人称诗篇为"篇什"。　〔43〕辞人:指汉代的辞赋家。〔44〕风雅:指《诗经》。兴:兴起,产生。　〔45〕志思蓄愤:指内心蓄积怨恨、烦闷。　〔46〕"而吟咏"二句:语见《毛诗序》,但是"讽",原作"风"。讽,劝告,讽刺。上,指统治者。　〔47〕诸子之徒:指上文所说的"辞人"。　〔48〕郁陶:忧思郁结的样子。〔49〕苟:聊且。夸饰:指夸张修饰之辞。　〔50〕鬻(yù)声钓世:即沽名钓誉的意思。鬻,卖。声,名。钓,诱取。　〔51〕要:扼要。约:简约。　〔52〕淫:过分。烦:多,杂乱。滥:失真,不切实。　〔53〕忽:忽视。　〔54〕体:体现。制:指作品。疏:稀少。　〔55〕逐文:追求文采。　〔56〕轩冕:指官爵禄位。轩,古代一种供大夫以上乘坐的轻便车。冕,古代大夫以上所戴的礼帽。　〔57〕皋壤:沼泽边的高地。这里指隐居。　〔58〕几务:即机务,指政事。　〔59〕虚:假。人外:世外,指隐逸生活。〔60〕宰:主宰。这里指内心。　〔61〕翩其反矣:适得其反。语见《诗经·小雅·角弓》。翩,偏。　〔62〕"夫桃李"句:《史记·李将军列传》:"桃李不言,下自成蹊。"蹊(xī),道路。　〔63〕实:果实。　〔64〕"男子"句:《淮南子·缪称训》:"男子树兰,美而不芳。"　〔65〕志:思想,怀抱。　〔66〕征:凭信。　〔67〕经:一作"理"。　〔68〕诡:怪异。　〔69〕翳(yì):遮蔽。〔70〕"固知"二句:《阙子》:"鲁人有好钓者,以桂为饵,黄金之钩,错以银碧,垂翡翠之纶,其持竿处位即是,然其得鱼不几矣。"(《太平御览》卷八三四引)翠纶,用翡翠鸟羽毛做的钓鱼线。桂,肉桂。饵,指鱼食。　〔71〕言隐荣华:《庄子·齐物论》:"言隐于荣华。"隐,隐蔽。荣华,指文采。荣,草的花。华,树的花。〔72〕殆:大约。 〔73〕衣锦褧(jiǒng)衣:语见《诗经·卫风·硕人》。第一个"衣"字作动词用,读 yì,穿的意思。锦,有彩色花纹的丝织物。褧,麻布单罩衣。 〔74〕"贲(bì)象"二句:贲象,《易经·贲卦》的卦象。穷白,终于白。穷,终,极。按《贲卦》最后一爻(卦的每一横行叫一爻)"上九"的爻辞说:"白贲无咎。"意思是用白色做装饰,就不会有什么过错。贲,是装饰的意思。贲卦的卦象止于没有采饰的"上九",这是说,装饰到极点又返回到用白色做装饰,即返本的意思。这里用以说明文辞过分华丽不好,应归于素朴。 〔75〕谟:当作"模",指格局。位:安置。 〔76〕地:地方,位置。置:安排。 〔77〕结音:联结音节,指协调声律。 〔78〕摛(chī)藻:铺陈词藻。 〔79〕"使文"二句:《庄子·缮性》:"文灭质,博溺心。"文,指形式。质,指内容。博,指辞采繁富。溺,淹没。 〔80〕正采:正色。古人以青黄赤白黑为正色,这里的朱即赤色,蓝即青色。 〔81〕间(jiàn)色:杂色,指不正之色。古人以红紫为间色。赤白相间为红(粉红),赤青相间为紫。屏:除去,抛弃。 〔82〕雕琢其章:《诗经·大雅·棫朴》:"追(雕)琢其章,金玉其相(质)。"章,花纹。这里"雕琢其章",兼有"金玉其相"的意思,说明文章的形式固然要美,但不可忽视内容。 〔83〕彬彬君子:比喻内容丰富正确、文采美丽的文章。《论语·雍也》:"质胜文则野,文胜质则史,文质彬彬,然后君子。"彬彬,文质兼备的样子。 〔84〕言以文远:《左传》襄公二十五年:"言之不文,行而不远。"远,流传久远。 〔85〕验:证明。 〔86〕心术既形:《礼记·乐记》:"应感起物而动,然后心术形焉。"心术,指内心活动。形,表现。 〔87〕英华:指文章的辞藻。赡:丰富,富足。 〔88〕吴:今江苏苏州一带地方。渝:

变。　　〔89〕舜英：木槿花。木槿花暮落,有花无实,故云"徒艳"。

〔译文〕

　　古代圣贤的著作,都称为"文章",那不是因为有文采而是什么呢？水性虚空波纹就形成了,树体充实花朵就开放了,这说明文采总是依附于质地的。虎和豹如果没有文采,那么,它们的皮就和狗皮羊皮一样；犀和兕的皮制作器物,还要用红漆涂色,这又说明质地还是离不开文采的。至于抒发思想感情,描写事物的形象,用文字刻画心灵,在纸上写成文辞,它所以能光采焕发,就是由于有丰富生动的文采的缘故。所以构成文采的方法有三种：一是"形文",青黄赤白黑五色就是；二是"声文",宫商角徵羽五音就是；三是"情文",仁义礼智信五性就是。五色交杂而成为礼服上的花纹,五音协调而成为乐曲,五性抒发成为文章,这是自然的规律。《孝经》传下来的典则：居丧期间讲话不加文采。因此可知士大夫平常说话,不是质朴的。老子憎恶虚伪,所以说"漂亮的话不真实",而《老子》五千字却文辞精妙,这就说明他也并不是厌弃文辞之美的。庄子说,"用巧妙的语言描绘万物",这是说用文采来修饰。韩非子说,"辩说在于艳丽",说的是文辞华美。华美的文辞用来辩说,修饰的文采用来描绘,文辞的变化,在这里达到极点了。研究体味《孝经》、《老子》,就知道文章的形式和内容是依附于性情的；仔细看看庄子和韩非上述的话,就会看到作品的形式和内容过分淫侈的毛病。如果选择水源时能区别清水浊水,驱马行路时能分清正路邪路,也就可以驾驭文辞了。那铅粉青黛是用来修饰容貌的,而顾盼的妩媚情态却依靠美好的姿容；文采是用来修饰语言的,而文章的巧妙华美是以作家的思想感情为基础的。所以,思想内容好比是文章的经线,文辞好比是文章的纬线。经线端正了,纬线才能够织成;文章的内容确定了,文辞才能畅达。这是写作文章的根本。

从前,《诗经》中的诗篇,是为抒发思想感情而创作,辞赋家的赋颂,是为创作而虚造思想感情。怎么知道是这样的呢？因为《诗经》的产生,是诗人的内心蓄积着怨恨、烦闷,用诗歌唱出自己的思想感情,以讽谏当时的执政者,这是为抒发情思而创作。辞赋家之流,内心并无忧思郁结,随便运用夸张修饰之词,沽名钓誉,这是为创作而虚构思想感情。所以,为抒发情思而创作的诗篇,语言扼要简约而内容真实,为创作而虚造思想感情的辞赋,文辞过分华丽而内容杂乱失实。而后来的作家,采用失实的内容,忽视真实的思想感情,抛弃古代的《诗经》,学习近代的辞赋,所以,表现真情实感的作品一天天稀少,追逐辞藻的作品越来越盛行。因此,有的人在思想上深深地怀念着高官厚禄,而浮泛地歌咏隐士的田园生活,有的人内心牵挂着政事,而虚伪地描写世外的情趣。既无真实的思想感情,写出的作品就与作家内心的情志相反了。桃李不会说话,而树下被人走成道路,是因为树上有果实。相传男子种植兰草,开的花不香,是因为没有爱花的真实感情。像兰草桃李这样微不足道的东西,尚且依靠真情,凭借果实,何况文章,以抒写情志为根本,作家写的和自己的情志相反,文章怎能使人相信呢!

因此,联结文辞和采藻,是为了说明道理。如果采藻淫滥,文辞诡异,作品中的思想感情就被遮蔽。这好比用翡翠鸟的羽毛做钓鱼线,用肉桂为鱼食,反而钓不到鱼。庄子所说的"言语的真义被繁富的文采掩盖了",大概指的就是这种情况。所以,穿了色彩鲜艳华丽的衣服,外面再加上罩衫,就是嫌文采太刺眼了。《周易·贲卦》的卦象最终主张以白为饰,着重在保持原来的本色。写文章若能建立一定格局以安排思想,表达感情,思想感情确定了,而后协调声律,思想端正了,而后运用辞藻;使形式不掩盖内容,繁富的辞采不淹没思想感情,赤、青等正色光华照耀,红、紫等杂色抛弃不用,这才可以说重视形式的修饰,又不忽略内容,才是文质兼备的好作品。

总而言之,语言因为有文采才能流传久远,这是确实而又经得起检验的。内在的情志已经明确,文章的辞藻就能丰富起来。吴地出产的彩绸容易变色,木槿花虽然艳丽,但是朝开暮落。文章辞藻繁富而缺乏真情实感,读起来必定令人生厌。

熔　裁

　　情理设位[1]，文采行乎其中[2]。刚柔以立本[3]，变通以趋时[4]。立本有体[5]，意或偏长；趋时无方，辞或繁杂。蹊要所司[6]，职在熔裁[7]，櫽括情理[8]，矫揉文采也[9]。规范本体谓之熔[10]，剪截浮词谓之裁[11]。裁则芜秽不生[2]，熔则纲领昭畅[13]，譬绳墨之审分[14]，斧斤之斫削矣[15]。骈拇枝指[16]，由侈于性[17]；附赘悬疣[18]，实侈于形。二意两出[19]，义之骈枝也；同辞重句，文之肬赘也。

　　凡思绪初发[20]，辞采苦杂，心非权衡[21]，势必轻重。是以草创鸿笔[22]，先标三准：履端于始[23]，则设情以位体；举正于中[24]，则酌事以取类[25]；归余于终[26]，则撮辞以举要[27]。然后舒华布实[28]，献替节文[29]。绳墨以外，美材既斫[30]，故能首尾圆合，条贯统序[31]。若术不素定[32]，而委心逐辞[33]，异端丛至[34]，骈赘必多。

　　故三准既定，次讨字句[35]。句有可削，足见其疏；字不得减，乃知其密。精论要语，极略之体；游心窜句[36]，极繁之体。谓繁与略，随分所好[37]。引而伸之，则两句敷为一章[38]；约以贯之[39]，则一章删成两句。思赡者善敷[40]，才核者善删[41]。善删者字去而意留，善敷者辞殊而意显[42]。字删而意阙[43]，则短乏而非核[44]；辞敷而言重，则芜秽而非赡。

　　昔谢艾、王济[45]，西河文士[46]，张骏以为艾繁而不可删[47]，济略而不可益，若二子者，可谓练熔裁而晓繁略矣[48]。至如士衡才优[49]，而缀辞尤繁[50]；士龙思劣[51]，而雅好清省[52]。及云之论机,亟恨其多,而称清新相接,不以为病[53],盖崇友于耳[54]。夫美锦制衣,修短有度[55]。虽玩其采[56],不倍领袖[57]。巧犹难繁,况在乎拙?而《文赋》以为榛楛勿剪[58],庸音足曲[59],其识非不鉴[60],乃情苦芟繁也[61]。夫百节成体[62],共资荣卫[63],万趣会文[64],不离辞情。若情周而不繁,辞运而不滥[65],非夫熔裁,何以行之乎?

赞曰:篇章户牖[66],左右相瞰[67]。辞如川流,溢则泛滥。权衡损益[68],斟酌浓淡[69]。芟繁剪秽,弛于负担[70]。

〔注释〕

〔1〕情理:指文章的思想内容。　〔2〕乎:于。　〔3〕刚柔:刚强和柔弱,指作家的气质。本:根本,指文章的思想内容。〔4〕变通:指文辞的变化。　〔5〕体:体制,体裁。　〔6〕蹊(xī)要:指写作的关键。蹊,路;要,关键。司:主管,掌管。〔7〕职:职分,责任。　〔8〕檃(yǐn)括:矫正曲木的工具。这里指矫正。　〔9〕矫揉:指矫正。矫,使曲的直起来;揉,通"煣",使直的弯起来。　〔10〕本体:指思想内容。　〔11〕浮词:脱离表达内容需要的多余的言辞。　〔12〕芜秽:田不治理,长出许多杂草。这里指浮词。　〔13〕昭畅:明白通畅。　〔14〕绳墨:木工用的墨线。审分:审定分辨曲直。　〔15〕斤:斧。斫(zhuó):砍,削。　〔16〕骈(pián)拇:脚的大拇指和二指长在一起。枝指:手的大拇指旁多生一指。　〔17〕侈:多余的。性:天性。　〔18〕赘(zhuì):多余的肉。肬(yóu):同"疣",皮肤上的小瘤。　〔19〕二:应作"一"。　〔20〕思绪:思想的头绪,即思路。　〔21〕权衡:秤。权,秤锤;衡,秤杆。　〔22〕草创:起草。鸿笔:大文章。鸿,大。　〔23〕履端于始:推算年历的开

端,作为开始,这里借指开始。《左传》文公元年:"先王之正时也,履端于始,举正于中,归余于终。"这是讲历法的。本篇是借用。　　〔24〕举正于中:用中气来订正月份,这里借指其次。　　〔25〕酌:取,斟酌。类:相似的事。　　〔26〕归余于终:最后置闰月。这里借指最后。　　〔27〕撮(cuō):抓取,摄取。　　〔28〕舒:展开。华:指文辞。布:铺开。实:指思想内容。　　〔29〕献:进。替:废。节文:调节文辞。　　〔30〕美材:好的木材,比喻写文章用的好材料。　　〔31〕条贯:条理。统序:次序。　　〔32〕术:方法,指"三准"。　　〔33〕委心:随心,任意。　　〔34〕异端:指主题以外的思想材料。　　〔35〕讨:研讨。　　〔36〕游心:游荡心思。窜句:穿凿文句。　　〔37〕分:性格,习性。　　〔38〕敷:陈述,铺陈。　　〔39〕约:简要,压缩。　　〔40〕赡(shàn):丰富,富足。〔41〕核:谨严。　　〔42〕殊:不同,指多变化。　　〔43〕阙:缺。〔44〕短乏:缺乏,不足。　　〔45〕谢艾:东晋凉州牧张重华的主簿。王济:不详。　　〔46〕西河:指黄河以西一带。　　〔47〕张俊:俊,当作"骏"。张骏,字公庭,张重华的父亲,东晋初年做过凉州牧,善于写文章。　　〔48〕练:熟练,指擅长,精通。　　〔49〕士衡:西晋文学家陆机的字。　　〔50〕缀辞:指写作。　　〔51〕士龙:西晋文学家、陆机弟陆云的字。　　〔52〕"而雅"句:雅,很。陆云《与兄平原书》:"云今意视文,乃好清省。"　　〔53〕"亟恨"三句:亟(qì),屡次。陆云《与兄平原书》:"兄文章之高远绝异,不可复称言,然犹皆欲微多,但清新相接,不以此为病耳。"　　〔54〕友于:指兄弟。　　〔55〕修:长。　　〔56〕玩:玩味。　　〔57〕倍:加倍。领:衣领。　　〔58〕榛楛(zhēn hù):两种丛生的矮树。陆机《文赋》:"彼榛楛之勿翦,亦蒙荣于集翠。"　　〔59〕庸音:平庸的音调。陆机《文赋》:"放庸音以足曲。"　　〔60〕识:见识。

鉴:高明的意思。　〔61〕芟(shān):除去。　〔62〕节:骨节。〔63〕资:凭藉。荣卫:指血脉。　〔64〕趣:意向,旨趣。会:会合。　〔65〕运:变化。滥:泛滥,浮滥。　〔66〕牖(yǒu):窗。〔67〕瞰(kàn):看。　〔68〕权衡:衡量。　〔69〕浓淡:指详略。　〔70〕弛:解除,放松。

〔译文〕

　　根据文章的情理来谋篇布局,文采就在其中了。根据作家气质的刚柔来建立文章的根本,同时,要在前人的基础上有所变化以适应时势。建立文章的根本有一定的体制,但内容有的偏颇、多余;适应时势没有一定的方法,文辞有的繁冗,有的杂乱。解决这些问题的关键,在于熔意裁辞,即要矫正思想内容和文辞采藻。调整文章内容使其取舍安排得当,叫做熔意,删去于表达内容无益的言辞,叫做裁辞。能裁辞,多余的文句就不会产生;能熔意,文章的纲领就明白晓畅;这好像木工用绳墨来审辨划定木材的去取界线,然后用斧头斫削一样。脚的大拇指和二指长在一起,手的大拇指旁多生一指,是天生的多余之物,身上长的肉瘤,是形体上的多余之物。一个意思两次出现,就像是内容上多生的手指足指;同一词句重复使用,是文辞上的多余的肉瘤。

　　在构思刚刚开始时,苦于文辞太杂乱了,人的心不是秤,势必有的轻有的重。所以起草长篇巨制,要先定出三个准则:首先,根据内容来决定体裁;其次,选择事例,斟酌用典;最后,选用文辞来举出重点。这样做了以后,再铺陈采藻表达内容,考虑增删,调节文辞,如同好的木材,墨线以外的部分都斫掉了,所以能够从开头到结尾都圆满吻合,有条理有次序。如果写作的准则不先确定,而任意追求辞采,主题以外的材料纷至沓来,那么多余的话就一定很多。

三项准则既已确定,其次就要探讨字句。句子有可以删去的,足见文章的松散;一个字都不能省掉,就知道文章的严密。议论精当,语言扼要,是极为精约的风格;心思游荡,文句铺张,极为繁富的风格;繁富和精约,都是随着作者的性之所好而定的。如把话加以引申,那么两句可以铺陈为一章;如把话加以压缩,那么一章可以精简成两句。文思丰富的人善于铺陈,才思谨严的人善于精简。善于精简的人文字删去而意思保留,善于铺陈的人词句变化而意思明显。如文字删去而意思残缺,那是短缺而不是谨严;如词句铺陈而语言重复,那是杂乱而不是丰富。

从前谢艾和王济,是西河一带的文人。张骏认为谢艾的文章繁富而不可删削,王济的文章简约而不可增加。像这两位,可以说是精通熔意裁辞,懂得文章该繁该简的道理了。至于像陆机,他才华出众,而作品的文辞过于繁富;陆云的才思较差,但他很喜欢文章的简净。到陆云评论陆机的作品,常嫌它文采过多,却又说他清新的句子不断出现,不把它看成毛病,这大概是尊重兄弟间的情谊吧。用漂亮的锦缎做衣服,长短有一定的尺寸,虽然喜欢锦缎的文采,领子袖子也不能加长一倍。巧妙的文辞尚且不能过繁,何况是拙劣的文辞呢?而陆机的《文赋》认为,像榛楛这些杂乱丛生的矮树也不要砍掉,平庸的音调也可以拼凑成乐曲。他的见识不是不高明,只是在思想上苦于删除繁冗的文辞罢了。上百个骨节构成人体,必须依靠血脉的流通。众多的意思会合成文章,离不开文辞和内容的安排。要想使思想内容周密而不繁杂,文辞多变化而不浮滥,不是熔意裁辞,怎能做到它呢?

总而言之,文章的组织安排好比房屋的门窗,要求左右配合恰当。文辞好比河里的流水,水漫出来就要泛滥。所以,要衡量增删,斟酌详略。删去多余的内容和词语,就能消除文章的累赘。

比 兴

　　《诗》文弘奥[1],包韫六义[2],毛公述传[3],独标"兴"体,岂不以"风"通而"赋"同[4],"比"显而"兴"隐哉[5]!故"比"者,附也;"兴"者,起也。附理者切类而指事[6],起情者依微以拟议[7]。起情故兴体以立,附理故比例以生。"比"则畜愤以斥言[8],"兴"则环譬以记讽[9]。盖随时之义不一,故诗人之志有二也[10]。

　　观夫兴之托谕[11],婉而成章[12],称名也小,取类也大[13]。关雎有别[14],故后妃方德[15];尸鸠贞一[16],故夫人象义[17]。义取其贞,无从于夷禽[18],德贵其别,不嫌于鸷鸟[19];明而未融[20],故发注而后见也。且何谓为"比"?盖写物以附意,飏言以切事者也[21]。故金锡以喻明德[22],珪璋以譬秀民[23],螟蛉以类教诲[24],蜩螗以写号呼[25],澣衣以拟心忧[26],席卷以方志固[27],凡斯切象,皆"比"义也。至如"麻衣如雪[28]","两骖如舞[29]",若斯之类,皆"比"类者也。楚襄信谗[30],而三闾忠烈[31],依《诗》制《骚》,讽兼"比"、"兴"。炎汉虽盛[32],而辞人夸毗[33],诗刺道丧,故"兴"义销亡。于是赋颂先鸣,故"比"体云构[34],纷纭杂遝[35],信旧章矣[36]。

　　夫"比"之为义[37],取类不常:或喻于声,或方于貌,或拟于心,或譬于事。宋玉《高唐》云[38]:"纤条悲鸣[39],声似竽籁[40]。"此比声之类也。枚乘《菟园》云[41]:"焱焱纷纷[42],若尘埃之间白云[43]。"此则比貌之类也。贾生《鹏赋》云[44]:"祸之与福,何异纠缠[45]。"此以物比理者也。王褒《洞箫》云[46]:"优柔温润[47],如慈父之畜子也[48]。"此以声比心者也。马融《长笛》云[49]:"繁缛络绎[50],范蔡之说也[51]。"此以响比辩者也。张衡《南都》云[52]:"起郑舞,茧曳绪[53]。",此以容比物者也[54]。若斯之类,辞赋所先,日用乎"比",月忘乎"兴",习小而弃大,所以文谢于周人也[55]。至于扬班之伦[56],曹刘以下[57],图状山川,影写云物,莫不纤综"比"义[58],以敷其华[59],惊听回视[60],资此效绩[61]。又安仁《萤赋》云[62]:"流金在沙[63]。"季鹰《杂诗》云[64]:"青条若总翠[65]。"皆其义者也。故比类虽繁,以切至为贵,若刻鹄类鹜[66],则无所取焉。

赞曰:诗人比兴,触物圆览[67]。物虽胡越[68],合则肝胆[69]。拟容取心[70],断辞必敢[71]。攒杂咏歌[72],如川之涣[73]。

〔注释〕

〔1〕《诗》:《诗经》。弘:大。奥:深。 〔2〕韫(yùn):藏。六义:指风、雅、颂、赋、比、兴。 〔3〕毛公:指战国末年鲁国学者毛亨。传:指《毛诗故训传》(简称《毛传》)。 〔4〕通:《毛诗序》说:"上以风化下,下以风刺上。"所以说"通"。同:指直陈手法相同。 〔5〕显:明显。隐:深奥、隐约。 〔6〕切:切合。类:相似。 〔7〕依:靠,凭借。微:隐微。拟:比拟。 〔8〕畜(xù):积聚。斥:斥责,指斥。 〔9〕环譬:委婉的比喻。记:应作"托"。 〔10〕诗人:指《诗经》的作者。 〔11〕托谕:假借某种事物使人知道它的含意。 〔12〕成章:成文章。指表达巧妙。 〔13〕取类:指被兴起的事理。 〔14〕关雎(jū):关,鸟鸣声。雎,雎鸠,一种猛禽。《诗经·周南·关雎》:"关关雎鸠。" 〔15〕后妃方德:方,比。《毛传》以为《关雎》是赞美周文王后妃之德的诗。 〔16〕尸鸠:即鸤鸠,布谷鸟。《诗经·召南·鹊巢》:"维鹊有巢,维鸠居之。"这首诗《毛传》认为是歌颂诸侯夫人德行

的。《小序》说,诸侯夫人像鸤鸠一样,有专一的操守。贞一:操守专一。　〔17〕象:似,有比拟的意思。　〔18〕夷:常。〔19〕嫌:嫌恶。鸷(zhì)鸟:凶猛的鸟。　〔20〕融:大明,大亮。〔21〕飏(yáng)言:扬言,指明言。　〔22〕明德:光明的道德,指美好的品德。《诗经·卫风·淇奥》:"有匪君子,如金如锡。"〔23〕珪(guī)璋:玉器名。珪,上尖下方;璋,形状像半个珪。秀民:指贤能的人。秀,出众。《诗经·大雅·卷阿》:"颙颙卬卬,如珪如璋,令闻令望。岂弟君子,四方为纲。"　〔24〕螟(míng)蛉:螟蛾的幼虫。细腰土蜂常捕螟蛉以喂幼虫,古人误以为细腰土蜂养螟蛉为子。《诗经·小雅·小宛》:"螟蛉有子,蜾蠃(细腰土蜂)负之。教诲尔子,式谷似之。"诲:教。　〔25〕蜩(tiáo)螗(táng):蝉。《诗经·大雅·荡》:"如蜩如螗,如沸如羹。"比喻饮酒号呼的声音。　〔26〕澣(huàn)衣:指"匪澣衣",即未洗的脏衣服。因骈文要求句子整齐,省略"匪"字。澣,同"浣",洗。《诗经·邶风·柏舟》:"心之忧矣,如匪澣衣。"　〔27〕席卷:《诗经·邶风·柏舟》:"我心匪席,不可卷也。"　〔28〕麻衣如雪:见《诗经·曹风·蜉蝣》。　〔29〕两骖(cān)如舞:见《诗经·郑风·大叔于田》。骖,驾车的四匹马中的左右两旁的马。　〔30〕楚襄:即楚国的顷襄王。谗(chán):谗言,毁谤的话。　〔31〕三闾(lǘ):即三闾大夫,屈原曾任此职,这里指屈原。　〔32〕炎汉:即汉代。古代用五行来说明朝代的兴亡,汉代属火,所以称为炎汉。　〔33〕夸毗(pí):谄媚,卑屈。　〔34〕云构:形容多。〔35〕纷纭(yún):多而杂乱。杂遝(tà):杂乱。　〔36〕信:当作"倍"。倍,违背。　〔37〕义:即"六义"的义,这里指手法。〔38〕宋玉:战国时楚国辞赋家。　〔39〕纤(xiān)条:细小的树枝。　〔40〕竽(yú):一种像笙的乐器。籁(lài):古代的一种箫。

〔41〕枚乘:字叔,西汉辞赋家。　〔42〕焱焱(yàn):当作"猋猋(biāo)",迅捷的样子。　〔43〕间(jiàn):夹杂。　〔44〕贾生:即贾谊,西汉文学家。　〔45〕纠(jiū):同"纠",绳子。缥(mò):绳子。　〔46〕王褒(bāo):字子渊,西汉辞赋家。　〔47〕温润:温和润泽。　〔48〕畜(xù):养育。　〔49〕马融:字季常,东汉著名学者。　〔50〕繁缛(rù)。繁富细密。络绎(yì):连续不断。　〔51〕范蔡:指战国时的辩士范雎和蔡泽。说:游说。〔52〕张衡:字平子,东汉文学家、天文学家。　〔53〕曳(yè):抽,牵引。绪:丝头。　〔54〕容:这里指舞姿。　〔55〕谢:衰退,这里是逊色的意思。周人:指《诗经》的作者。　〔56〕扬:指扬雄,西汉文学家。班:指班固,东汉史学家、文学家。伦:类。〔57〕曹:指曹植,三国时魏国诗人。刘:指刘桢,东汉末文学家,"建安七子"之一。　〔58〕纤综:指组织、运用。纤,当作"织"。〔59〕敷:铺陈。华:指文采。　〔60〕回:眩惑。　〔61〕资:凭借,靠。效:献。绩:功绩。　〔62〕安仁:西晋文学家潘岳的字。〔63〕流:流动。　〔64〕季鹰:西晋文学家张翰的字。　〔65〕总:聚集。翠:翠鸟的羽毛。　〔66〕刻鹄(hú)类鹜(wù):指学得不像。鹄,天鹅。鹜,鸭子。　〔67〕圆:全。　〔68〕胡越:比喻疏远。胡,指北方;越,指南方。　〔69〕肝胆:比喻密切。肝脏和胆囊相距甚近。　〔70〕心:指精神。　〔71〕断辞:指措辞。断,决断。　〔72〕攒(zǎn):积聚。　〔73〕涣(huàn):水势盛大。一说当作"澹"。澹,水波起伏、迂回的样子。

〔译文〕
　　《诗经》中的诗篇博大精深,包含着风、雅、颂、赋、比、兴"六义"。毛亨注释《诗经》,只指明"兴"这种表现手法,难道不是因为风通上下,赋同直陈,比喻明显,托物起兴隐约的缘故!比是比附,兴是起兴。比附事理的,用两者切合类似处指明事物;引起感情的,凭借事物间的隐微联系来寄托情意。要引起感情,因此兴的手法成立;要比附道理,因此比的手法产生。比的手法是心怀愤懑而说指斥的话,起兴的手法是用委婉的譬喻来寄托讽谕。大概随着情况的不同,所以诗人表达思想感情的手法有这两种。

观察"兴"的托物喻意,婉转而表达巧妙,所举的事物名称是小的,而所类比的意义却是大的。《关雎》诗中的关关叫的雎鸠,雌雄有别,所以用来比方后妃的德行。《鹊巢》诗中的鸤鸠操守专一,所以用来比拟诸侯夫人的心意。只取它专一的意思,不管它是平凡的飞禽;只看重它雌雄有别的德行,不嫌恶它是凶猛的鸟。诗句明白而含意深隐,所以要注释以后才能看懂。再说什么叫比喻?是用事物来打比方,明白而确切地说明用意。所以用金和锡来比喻美好的品德,用名贵的玉器来比喻贤能的人,用细腰土蜂抚养螟蛉来比喻教育子弟,用蝉噪来比喻饮酒号呼的声音,用未洗的脏衣服来比喻心中的忧愁,用心不像席子那样可以卷起来比喻志向的坚定,凡是这些切合一定意思的形象,都是比喻的手法。至于如"麻制的衣服洁白如雪","驾车的左右两匹骖马如飞舞",像这类例子,都是比喻。楚襄王听信谗言,而屈原忠诚刚正,他继承《诗经》的优良传统来创作《离骚》,其中的讽谕是兼用比、兴两种手法的。汉代文学虽然兴盛,可是辞赋家们阿谀谄媚,《诗经》讽刺的传统丧失,所以兴的手法消失了。这时赋和颂首先得到发展,比的手法如云气弥漫,多而杂乱,而不用兴的手法,违背了旧的准则。

比的手法,用什么打比方是不定的,有的比声音,有的比形貌,有的比心情,有的比事物。宋玉的《高唐赋》说:"树的细枝发出悲凉的响声,好像竽声箫声。"这是比声音的例子。枚乘的《菟园赋》

说:"鸟儿在空中急速的飞翔,好像白云里夹杂的尘埃。"这是比形貌的例子。贾谊的《鵩赋》说:"灾祸与幸福彼此倚伏,和几股绳拧在一起有什么不同?"这是用事物来比道理。王褒的《洞箫赋》说:"优柔温和,好像慈爱的父亲抚育自己的儿子。"这是用声音来比用心。马融的《长笛赋》说:"繁富细密,连续不断,好像范雎、蔡泽的游说。"这是用笛声比辩说。张衡的《南都赋》说:"跳起郑国的舞蹈,好像抽蚕茧的丝一样。"这是将舞姿比成事物。像这些比喻,都是辞赋最看重的表现方法,每日每月地用比的手法,就忘掉兴的手法了。熟习次要的比喻而抛弃主要的起兴,所以作品比周人逊色。至于扬雄、班固这些人,以及曹植、刘桢以后的作家,他们描绘山河,摹写云霞,没有不是组织运用比的手法来施展文采,他们所以能够耸动人的视听,是靠比喻才取得成功的。又如潘岳的《萤赋》说:"萤火虫像流动的金子在沙中闪烁。"张翰的《杂诗》说:"青春的树枝好像翠鸟的羽毛聚集在一起。"都是用生动的比喻以耸人听闻的例子。所以比的类别虽多,总以贴切为好。如果刻画天鹅却像家鸭,就没有什么可取的了。

总而言之,诗人运用比兴手法,接触事物观察要全面。有的事物虽很不相同,疏远如胡越两地,但从一定角度把它们联系在一起,就密切如肝胆一样。有的摹拟外表,有的摄取精神,措辞必须果敢。汇集各种比兴事物在歌咏之中,作品就好像河水一样流动不息。

附　会

　　何谓"附会[1]"？谓总文理[2]，统首尾[3]，定与夺[4]，合涯际[5]，弥纶一篇[6]，使杂而不越者也[7]。若筑室之须基构[8]，裁衣之待缝缉矣[9]。夫才量学文[10]，宜正体制，必以情志为神明[11]，事义为骨髓[12]，辞采为肌肤，宫商为声气[13]，然后品藻玄黄[14]，摛振金玉[15]，献可替否[16]，以裁厥中[17]：斯缀思之恒数也[18]。凡大体文章，类多枝派[19]，整派者依源，理枝者循干[20]，是以附辞会义，务总纲领。驱万涂于同归[21]，贞百虑于一致[22]；使众理虽繁，而无倒置之乖[23]；群言虽多，而无棼丝之乱[24]；扶阳而出条[25]，顺阴而藏迹[26]，首尾周密，表里一体[27]，此附会之术也[28]。夫画者谨发而易貌[29]，射者仪毫而失墙[30]，锐精细巧[31]，必疏体统[32]。故宜诎寸以信尺[33]，枉尺以直寻[34]，弃偏善之巧[35]，学具美之绩[36]：此命篇之经略也[37]。

　　夫文变多方[38]，意见浮杂，约则义孤[39]，博则辞叛[40]；率故多尤[41]，需为事贼[42]。且才分不同，思绪各异[43]；或制首以通尾，或尺接以寸附。然通制者盖寡，接附者甚众。若统绪失宗[44]，辞味必乱，义脉不流，则偏枯文体[45]。夫能悬识凑理[46]，然后节文自会[47]，如胶之粘木，豆之合黄矣[48]。是以驷牡异力[49]，而六辔如琴[50]，并驾齐驱，而一毂统辐[51]，驭文之法[52]，有似于此。去留随心，修短在手[53]，齐其步骤[54]，总辔而已。

　　故善附者异旨如肝胆[55]，拙会者同音如胡越[56]。改章难于造篇，易字难于代句，此已然之验也[57]。昔张汤拟奏而再却[58]，虞松草表而屡遣[59],并理事之不明,而词旨之失调也。及倪宽更草[60],钟会易字[61],而汉武叹奇[62],晋景称善者[63],乃理得而事明,心敏而辞当也。以此而观,则知附会巧拙,相去远哉!若夫绝笔断章[64],譬乘舟之振楫[65];会词切理[66],如引辔以挥鞭。克终底绩[67],寄深写远。若首唱荣华[68],而腰句憔悴[69],则遗势郁湮[70],余风不畅,此《周易》所谓"臀无肤,其行次且"也[71]。惟首尾相援[72],则附会之体,固亦无以加于此矣。

赞曰:篇统间关[73],情数稠迭[74]。原始要终[75],疏条布叶[76]。道味相附[77],悬绪自接[78]。如乐之和,心声克协[79]。

〔注解〕

〔1〕附会:即"附辞会义"。附辞,指文辞的安排;会义,指文意的安排。　〔2〕总:综合、贯通。　〔3〕统:统一、连贯。〔4〕与夺:取舍。与:给予,指取。夺:失去,指舍。　〔5〕涯际:边际,指章节之间。　〔6〕弥纶:统摄、组织。　〔7〕越:超出,游离。　〔8〕基:指墙基。　〔9〕缉(qī):密密地缝。〔10〕量:当作"童"。　〔11〕神明:精神、灵魂。　〔12〕事义:指写文章的材料。　〔13〕宫商:代表宫、商、角、徵、羽五音,指音调。　〔14〕品藻:评量。玄黄:色彩。玄,黑赤色。　〔15〕摛(chī)振:指演奏。摛,发。振,动。金玉:指钟、磬一类乐器。〔16〕可:指适合的。替:废掉。否:指不适合的。　〔17〕裁:判断。厥:其。中:指恰当。　〔18〕斯:此。缀思:构思。数:指方法。　〔19〕类:大抵。派:水的支流。　〔20〕循:顺着。〔21〕涂:道路。　〔22〕贞:正,纠正。致:指旨趣。　〔23〕乖:不协调,不合。　〔24〕棼(fén):乱。　〔25〕阳:阳光。条:枝条,小枝。　〔26〕阴:暗处。　〔27〕表里:指作品的内容和形

式。 〔28〕术:方法。 〔29〕易:改变。 〔30〕仪:细看。毫:毫毛。 〔31〕锐精:聚精会神。 〔32〕疏:忽视。〔33〕诎:同"屈"。信:同"伸"。 〔34〕枉:弯曲。直:伸。寻:古代以八尺为一寻。 〔35〕偏:片面的。 〔36〕具:全部,有完备的意思。绩:功绩。 〔37〕命篇:指写作。经略:概要。〔38〕多:一作"无"。 〔39〕约:简约。 〔40〕叛:散离。〔41〕率:草率。尤:过错。 〔42〕需:迟疑。贼:害。 〔43〕才分(fèn):才智。思绪:指思路。 〔44〕宗:中心,主宰。〔45〕偏枯:半身瘫痪。 〔46〕悬:高远。凑理:当作"腠理",肌肉纹理。 〔47〕节文:一作"文节"。文节,文章的节度。会:合。 〔48〕豆:一作"石"。黄:一作"玉"。 〔49〕驷(sì):同驾一辆车的四匹马。牡:雄的。 〔50〕辔(pèi):缰绳。〔51〕毂(gǔ):车轮中心承轴的空心圆木,周围与车辐相接。辐(fú):车轮的辐条。 〔52〕驭(yù):驾驭。 〔53〕修:长。〔54〕骤:马奔驰。 〔55〕旨:意思。肝胆:比喻关系密切。〔56〕胡越:比喻关系疏远。胡,北方;越,南方。 〔57〕然:如此。验:验证,证实。 〔58〕张汤:西汉大臣。汉武帝时曾任廷尉、御史大夫等职。拟:起草。却:退回。 〔59〕虞松:三国时魏国的大臣,曾任中书令等职。草:起草。谴:斥责。 〔60〕倪宽:西汉时人,汉武帝时曾任御史大夫等职。更:改。 〔61〕钟会:三国时魏国人,官至司徒,为司马昭的重要谋士。易:换。〔62〕汉武叹奇:汉武帝刘彻对倪宽所改的奏章很欣赏。事见《汉书·倪宽传》。 〔63〕晋景称善:晋景王司马师认为钟会替虞松改章表改得好。事见《三国志·钟会传》注引《世说》。〔64〕绝笔断章:指收笔结尾。 〔65〕楫(jí):船桨。 〔66〕切:切合。 〔67〕克:能。底绩:收到功效。底,当作"厎"

(zhǐ)。厎,致。 〔68〕首唱:一篇的开头。荣华:指生动富有文采。 〔69〕縢(yìng)句:承接的句子,指结尾。 〔70〕郁湮(yān):郁结阻塞。 〔71〕"此《周易》"二句:《周易·夬》:"臀无肤,其行次且。"臀(tún),屁股。肤,肉。次且(zī jū),同"趑趄",走路困难的样子。 〔72〕相援:指互相呼应。援,引。 〔73〕篇统:指全篇各种头绪的安排。统,头绪。间关:道路艰险,指艰难。 〔74〕情数:指情理,即文章内容。稠:密,指繁多。迭:重迭,指复杂。 〔75〕原:追究根源。要:结。 〔76〕疏:分。布:分布。 〔77〕道味:指文章所表现的道理和情味。 〔78〕悬绪:指上下文的思路。 〔79〕心声:言语,指文章的语言。

[译文]

　　什么是"附会"?是指综合文章的条理,连贯开头和结尾,决定内容的去取,配合各个部分,统摄全篇,使文章内容虽丰富复杂而不超越主旨所限定的范围。这好像建筑房子需要打墙基和搭屋架,剪裁衣服有待细针密缝了。儿童学习写作,应该端正对文章体制的认识,必须以思想感情为精神,以内容的事义为骨骼,以言辞文采为肌肉皮肤,以音调声律为声音气息,然后,像画师调配颜料,乐师演奏音乐,选用合适的,去掉不合适的,使它恰到好处。这是构思的一般方法。凡是体制宏大的文章,大抵像树多分枝,水多支流。治理支流必须依据主流,整理分枝必须遵循主干。所以,修辞练意,务必抓住文章的纲领。让千万条思路通向同一个目标,千万种意念归于主旨,使文章内容虽然丰富,而没有次序颠倒的错误,文章语言虽然繁多,而没有乱丝那样的纷杂;该突出的地方要像树木迎着阳光而抽出枝条,该含蓄的地方应像影子随着暗处而隐藏踪迹;从开头到结尾都很周密,内容和形式浑然一体,这就是附会的方法。假如画师画人只注意头发,容貌就会走样,射手射箭只看到毫毛,就看不见大片的墙,聚精会神注意细节,一定会忽略整体。所以,应该丢掉一寸,抓住一尺,丢掉一尺,抓住一寻,要抛弃片面的小巧,争取具体完美的功绩。这是谋篇的概要。

　　文章的变化没有一定,作者的意见常浮泛杂乱,写得简约就不免内容单薄,写得广博就不免文辞散乱,写得快就不免草率而多毛病,写得慢而又迟疑不决也会害事。再说各人的才智不同,思路又各不一样,有的写开头就考虑到结尾,有的想一点写一点,枝枝节节地连接起来。然而作通盘规划的少,枝枝节节连接起来的却很多。如果统摄各种思路的中心失去了,文辞的意味必然杂乱,如果内容的脉络不通畅,那么文章的体制就半身瘫痪了。假使能够通观文章的条理,则层次节度自然合拍,就好像用胶粘木,玉和石合成璞一样。所以,驾车的四匹马虽力气不同,而会驾车的人,马缰绳却能拉得像琴瑟般和谐;四匹马并排驾车一齐快跑,而车轮的辐条都集中在轮毂上一起转动。驾驭文章的方法,和这相似。或去或留,都随着自己的心意;或长或短,都掌握在自己手中。整齐马的步调,在于掌握缰绳罢了。

　　所以,善于安排文辞的人,能把不同的意思结合得像肝胆一样密切;不善于安排内容的人,常常把和谐的音调写得像北胡南越那样乖隔难通。有时修改文章比写文章还难,换一个字比改一句还难,这是已经证实了的。从前张汤草拟奏章而一再被退回,虞松起草章表而屡次遭斥责,都是因为事理没有讲清楚,文辞意思不协调。后来倪宽为张汤另行起草,钟会为虞松换了几个字,因而汉武帝叹赏,晋景王叫好,这是因为说理得当而叙事清楚,才思敏捷,遣辞恰当。从这里看,就知道附会的巧妙和拙劣,相差太远了。至于收笔结尾,一章结句,如同乘船划桨;修辞切合情理,如同拉住缰绳来挥鞭。要有始有终,结尾的地方也不懈怠,使文章寄意深远,余味无穷。如果开头枝叶茂盛,花朵鲜艳,而结尾却枝叶凋零,花色憔悴,就使结尾文势郁结阻塞,文气不能畅通。这就是《周易》所说的:"屁股上没有肉,走路很困难。"若文章的开头和结尾前后呼应,那么,附辞会义的体式,就一定没有比这更好的了。

总而言之,全篇的安排是很难的,因为内容繁多而复杂。作者要从开头到结尾,枝枝叶叶,布置妥贴。文章的道理和情味互相结合,上下文的思路自然衔接。如同音乐的和谐,文章的语言也能配合协调。

总　术

今之常言[1],有"文"有"笔"[2],以为无韵者"笔"也,有韵者"文"也。夫文以足言[3],理兼《诗》、《书》[4],别目两名[5],自近代耳[6]。颜延年以为"笔"之为体[7],"言"之文也。经典则"言"而非"笔",传记则"笔"而非"言"[8]。请夺彼矛,还攻其楯矣[9]。何者?《易》之《文言》[10],岂非"言"文;若"笔"不"言"文[11],不得云经典非"笔"矣。将以立论,未见其论立也。予以为发口为"言",属笔为翰[12],常道曰经,述经曰传。经传之体,出"言"入"笔","笔"为"言"使[13],可强可弱[14]。分经以典奥为不刊[15],非以"言"、"笔"为优劣也。昔陆氏《文赋》[16],号为曲尽[17],然泛论纤悉[18],而实体未该[19]。故知九变之贯匪穷[20],知言之选难备矣[21]。

凡精虑造文[22],各竞新丽,多欲练辞[23],莫肯研术[24]。落落之玉[25],或乱乎石;碌碌之石[26],时似乎玉。精者要约[27],匮者亦鲜[28];博者该赡[29],芜者亦繁;辩者昭晰[30],浅者亦露;奥者复隐[31],诡者亦典[32]。或义华而声悴[33],或理拙而文泽[34]。知夫调钟未易[35],张琴实难[36]。伶人告和[37],不必尽窕槬之中[38];动用挥扇[39],何必穷初终之韵[40];魏文比篇章于音乐[41],盖有征矣[42]。夫不截盘根[43],无以验利器[44];不剖文奥[45],无以辨通才[46]。才之能通,必资晓术[47],自非圆鉴区域[48],大判条例[49],岂能控引情源[50],制胜文苑哉!

是以执术驭篇[51],似善弈之穷数[52];弃术任心,如博塞之邀遇[53]。故博塞之文,借巧倪来[54];虽前驱有功[55],而后援难继[56]。少既无以相接,多亦不知所删;乃多少之并惑,何妍蚩之能制乎[57]！若夫善奕之文,则术有恒数[58]。按部整伍[59],以待情会[60];因时顺机[61],动不失正[62]。数逢其极[63],机入其巧,则义味腾跃而生[64],辞气丛杂而至[65]。视之则锦绘[66],听之则丝簧[67],味之则甘腴[68],佩之则芬芳[69]。断章之功[70],于斯盛矣。夫骥足虽骏[71],缰牵忌长[72],以万分一累[73],且废千里。况文体多术,共相弥纶[74],一物携贰[75],莫不解体[76]。所以列在一篇[77],备总情变,譬三十之辐[78],共成一毂[79],虽未足观,亦鄙夫之见也[80]。

赞曰：文场笔苑,有术有门[81]。务先大体,鉴必穷源。乘一总万,举要治繁。思无定契[82],理有恒存[83]。

〔注释〕

〔1〕今：当今。这里指晋代以后。　〔2〕文、笔：说法不一,刘勰赞同把有韵的文章称为文,无韵的文章称为笔。　〔3〕文以足言：《左传》襄公二十五年：“志有之,言以足志,文以足言,不言,谁知其志,言之不文,行而不远。”足,成,这里指修饰。
〔4〕《诗》：《诗经》,指有韵的作品。《书》：《尚书》,指无韵的作品。
〔5〕目：称,名称。　〔6〕近代：指晋代以后。　〔7〕颜延年：颜延之,字延年,南朝宋时的文学家。他把作品分为"文"、"笔"、"言"三种,认为"文"最有文采,其次是"笔",最后才是"言"。
〔8〕传记：传注,如《左传》等。　〔9〕"请夺"二句：《韩非子·难势》："客有鬻矛与楯者,誉其楯之坚：'物莫能陷也。'俄而又誉其矛曰：'吾矛之利,物无不陷也。'人应之曰：'以子之矛,陷子之楯,何如？'其人弗能应也。"矛,古代一种长柄有刃的兵器。楯,通

"盾",盾牌。　〔10〕《文言》:《易传》中专门解释"乾"、"坤"两卦的篇名。　〔11〕不:当作"果"。　〔12〕属(zhǔ)笔为翰:当作"属翰曰笔"。属翰,用笔写文章。属,连缀。翰,笔。　〔13〕使:用。　〔14〕强、弱:指文采的多少。　〔15〕分经:当作"六经"。六经,即《诗》、《书》、《礼》、《易》、《春秋》、《乐》六部儒家经典。典奥:典雅深奥。刊:砍削。　〔16〕陆氏:指陆机,西晋文学家。《文赋》:是中国古代文学理论的专门论文,主要论述作文利弊,涉及的方面颇为广泛。　〔17〕曲尽:详尽。曲,曲折周到。　〔18〕纤(xiān)悉:详细。指琐碎。纤,细小。　〔19〕该:完备。　〔20〕九变:变化多。九,指多。贯:事。匪:非。〔21〕知言:指懂得文章变化的人。　〔22〕精虑:精心。〔23〕练:煮丝使洁白柔软,这里指文辞的修饰加工。　〔24〕术:方法。　〔25〕落落:石貌。落落之玉,谓玉之似石者。〔26〕碌(lù)碌:玉貌。碌碌之石,谓石之似玉者。　〔27〕约:简明。　〔28〕匮(kuì):缺乏。　〔29〕该:通"赅",完备。赡(shàn):富足。　〔30〕昭晰(xī):明白,清楚。　〔31〕奥:深。复隐:重叠含蓄。　〔32〕诡:怪异。典:当作"曲"。曲,曲折。〔33〕悴(cuì):面色黄瘦。指微弱。　〔34〕泽:润泽。　〔35〕调钟:调协钟的音调。　〔36〕张琴:安装琴弦。　〔37〕伶人:指乐师。　〔38〕尽:都,全部。窕(tiǎo):声音细小。槬(huà):声音宏大。桍(kū):衍文,应删去。中:恰当,适中。　〔39〕动、挥:指弹奏。用、扇:当作"角"、"羽"。角羽,代表宫、商、角、徵、羽,指音调。　〔40〕穷:尽。初终:从头到尾。韵:指曲调。〔41〕魏文:魏文帝曹丕。他的《典论·论文》说:"文以气为主,气之清浊有体,不可力强而致。譬诸音乐,曲度虽均,节奏同检,至于引气不齐,巧拙有素,虽在父兄,不能以移子弟。"这讲文章用音乐作比。　〔42〕征:证明。　〔43〕盘:弯曲。　〔44〕利器:斧、镐一类的器具。　〔45〕剖:分析。　〔46〕通才:指通晓写作方法的人。　〔47〕资:凭借。　〔48〕自非:如果不是。圆鉴:全面观察。区域:指各种文体。　〔49〕判:明辨。条例:法则,指写作方法。　〔50〕控引:控制,掌握。　〔51〕驭(yù)篇:写作文章。驭,驾驭。　〔52〕弈(yì):下棋。数:路数,技艺。〔53〕博塞:古代的一种赌博。　〔54〕傥(tǎng)来:意外得到。〔55〕前驱:指前面。　〔56〕后援:指后面。　〔57〕妍(yán)蚩(chī):美丽和丑恶,指好坏。　〔58〕恒数:一定的路数。〔59〕按部整伍:即按部就班。伍,队伍。　〔60〕会:会合。〔61〕因:凭借,依靠。　〔62〕动:常常。　〔63〕极:极点。〔64〕义味:指思想情味。腾跃:这里形容来得突然,不可抑止。〔65〕气:指文章的气势。　〔66〕锦绘:织锦彩绘,即五彩的锦绣。　〔67〕丝簧:指音乐。丝,弦乐器。簧,有簧的乐器,如笙等。　〔68〕甘腴(yú):指肥美的佳肴。腴,肥美。　〔69〕佩:佩带。　〔70〕断章:指写作。　〔71〕骥:良马,千里马。骏:迅速,快。　〔72〕缰(mò)牵:马缰绳。缰,绳索。《战国策·韩策三》中说:王良的学生用千里马驾车,却跑不了千里。造父的学生对他说:"你的缰绳太长。"缰绳长是万分之一的小毛病,却妨碍跑千里。　〔73〕累:牵累,毛病。　〔74〕弥纶:组合,配合。〔75〕携贰:游离,不协调。　〔76〕解体:瓦解,崩溃。　〔77〕一篇:刘勰把《文心雕龙》全书分为上篇(上半部)、下篇(下半部)。这是指下篇。　〔78〕辐(fú):车轮中的辐条。　〔79〕毂(gǔ):车轮中央承轴的圆木,辐条聚集在它的周围。　〔80〕鄙夫:见识浅薄的人。自谦之词。　〔81〕门:指门径。　〔82〕契:契约,指规格,框框。　〔83〕恒:永久的。

〔译文〕

  当今人们常说,文章有"文"、"笔"两类,认为无韵的是"笔",有韵的是"文"。文采用以修饰语言,道理上应兼包有韵的《诗经》和无韵的《尚书》,分为"文"、"笔"两类,是从近代开始的。颜延之认为"笔"这种文体,是有文采的"言",儒家经书是"言"而不是"笔",传记是"笔"而不是"言"。请借用他的矛,回过来攻他的盾吧。怎么说呢?《易经》中的《文言》,难道不是有文采的"言"吗?如果"笔"果真是有文采的"言",不能说儒家经书不是"笔"了。他要用它来立论,我看不出他的论点可以成立。我认为说出口的叫作"言",写出来的叫作"笔",讲永恒的道理叫作"经",解释儒家经书的叫作"传"。"经"和"传"的体裁,已经离开"言"而进入"笔"了。"笔"为"言"服务,文采可多可少。六经因为它典雅深奥而不可磨灭,并不是以"言"、"笔"来定其优劣的。从前陆机的《文赋》,号称详细,然而只泛泛地谈论琐碎的问题,对主要问题却谈得不完备。由此可见,文章的变化是无穷的,懂得这种变化的人是难得的。

  凡是精心写作的人,都争取写得新奇华丽,他们多注意文辞的选择加工,不肯钻研写作方法。光润的宝玉有时与石头相混,洁白的石头有时和玉相似。同样,文辞精练的人写得扼要简明,而思想贫乏的人也写得短小;学问渊博的人写得丰富完备,而文风芜杂的人也写得繁多;善辩的人写得明白清楚,而学识浅薄的人也写得显露;思想深刻的人写得复杂含蓄,而追求怪异的人也写得曲折。有的文章意义美好而音调微弱,有的文章内容拙劣而文辞生动。我们知道,调协钟声不容易,琴上张弦实在难。乐师说音调和谐了,不一定音的高低都适中;弹奏各种音调,哪能一定从头到尾都合曲调?魏文帝把文章比作音乐,是有根据的。如果不是砍断弯弯曲曲的树根，就无法检验斧、镐利不利；不剖析文章的奥妙，就无法辨别通晓写作的人。要能够通晓写作，必须要靠懂得写作方法。如果不是全面考察文章的各种文体，明辨各种写作方法和规律，怎么能够掌握思想感情，在文章的园地里取得胜利呢？

所以掌握写作方法来驾驭篇章，好似善于下棋的人穷尽棋的路数；抛弃方法任意写作，如同赌博的碰运气。因此像赌博那样写作的文章，只靠碰运气偶然得到，虽然前面有功效，而到后面就难接上，写少了无法接下去，写多了也不知道删掉什么，写多写少都感到困惑，怎能掌握写作的好坏呢？至于像善于下棋那样写作的文章，在写作方法上有一定规律可循，按部就班，等待文章中思想感情的会合，凭借和遵循恰当的时机，这样，笔之所至，不会离开正轨。如果循着写作的路数技巧发挥到了顶点，思路变化又得到巧合，那么文章的思想情味就跃然纸上，辞采和气势也纷至沓来。看起来像五彩的织锦，听起来像悦耳的管弦，尝起来像肥美的佳肴，戴起来像芬芳的香花。写作的效果，这样算是最好的了。千里马虽然跑得快，而缰绳忌太长，有万分之一的差错，就跑不了千里。何况文章的各种体裁的写作方法很多，需要在一起互相配合，其中有一点不协调，没有不破坏整体的。所以，我把关于写作方法、原则问题的论述安排在下篇之中，总括了各种情况的变化，好像车轮中的三十条车辐，一起聚集在车毂上。我谈的这些，虽不值得一观，但也是我这个见识浅薄的人的一得之见吧！

总而言之，在文章的园地里，有方法有门径。务必首先抓住根本问题，观察一定要追根溯源。依据中心来总结各种写作方法，掌握要点来处理纷繁的材料。文章构思没有一定的框框，但写作的基本原理却是永远不变的。

时　序

　　时运交移[1]，质文代变[2]，古今情理，如可言乎！昔在陶唐[3]，德盛化钧[4]，野老吐"何力"之谈[5]，郊童含"不识"之歌[6]。有虞继作[7]，政阜民暇[8]，"薰风"诗于元后[9]，"烂云"歌于列臣[10]。尽其美者何[11]？乃心乐而声泰也[12]。至大禹敷土[13]，九序咏功[14]；成汤圣敬[15]，"猗欤"作颂[16]。逮姬文之德盛[17]，《周南》勤而不怨[18]；大王之化淳[19]，《邠风》乐而不淫[20]。幽厉昏而《板》、《荡》怒[21]，平王微而《黍离》哀[22]。故知歌谣文理，与世推移，风动于上，而波震于下者。春秋以后[23]，角战英雄[24]，六经泥蟠[25]，百家飙骇[26]。方是时也[27]，韩魏力政[28]，燕赵任权[29]，五蠹六虱[30]，严于秦令。唯齐楚两国，颇有文学[31]。齐开庄衢之第[32]，楚广兰台之宫[33]，孟轲宾馆[34]，荀卿宰邑[35]。故稷下扇其清风[36]，兰陵郁其茂俗[37]，邹子以谈天飞誉[38]，驺奭以雕龙驰响[39]，屈平联藻于日月[40]，宋玉交彩于风云[41]。观其艳说，则笼罩雅颂[42]。故知昳烨之奇意[43]，出乎纵横之诡俗也[44]。

　　爰至有汉[45]，运接燔书[46]，高祖尚武[47]，戏儒简学[48]。虽礼律草创，《诗》、《书》未遑[49]，然《大风》、《鸿鹄》之歌[50]，亦天纵之英作也[51]。施及孝惠[52]，迄于文景[53]，经术颇兴[54]，而辞人勿用[55]。贾谊抑而邹枚沉[56]，亦可知已。逮孝武崇儒[57]，润色鸿业[58]，礼乐争辉，辞藻竞骛[59]。柏梁展朝谠之诗[60]，金堤制恤民之咏[61]，征枚乘以蒲轮[62]，申主父以鼎食[63]，擢公孙之对策[64]。叹倪宽之拟奏[65]，买臣负薪而衣锦[66]，相如涤器而被绣[67]。于是史迁寿王之徒[68],严终枚皋之属[69],应对固无方[70],篇章亦不匮[71],遗风余采,莫与比盛。越昭及宣[72],实继武绩[73],驰骋石渠[74],暇豫文会[75];集雕篆之轶材[76],发绮縠之高喻[77];于是王褒之伦[78],底禄待诏[79]。自元暨成[80],降意图籍[81],美玉屑之谈[82],清金马之路[83],子云锐思于千首[84],子政雠校于六艺[85],亦已美矣。爰自汉室,迄至成哀[86],虽世渐百龄[87],辞人九变[88],而大抵所归[89],祖述《楚辞》[90],灵均余影[91],于是乎在。

自哀平陵替[92],光武中兴[93],深怀图谶[94],颇略文华[95],然杜笃献诔以免刑[96],班彪参奏以补令[97];虽非旁求[98],亦不遐弃[99]。及明帝叠耀[100],崇爱儒术[101],肆礼璧堂[102],讲文虎观[103],孟坚珥笔于国史[104],贾逵给札于瑞颂[105],东平擅其懿文[106],沛王振其通论[107]。帝则藩仪[108],辉光相照矣。自安和以下[109],迄至顺桓[110],则有班傅三崔[111],王马张蔡[112],磊落鸿儒[113],才不时乏[114],而文章之选,存而不论。然中兴之后,群才稍改前辙[115],华实所附[116],斟酌经辞[117]。盖历政讲聚,故渐靡儒风者也[118]。降及灵帝[119],时好辞制[120],造羲皇之书[121],开鸿都之赋[122],而乐松之徒[123],招集浅陋,故杨赐号为骊兜[124],蔡邕比之俳优[125],其余风遗文,盖蔑如也[126]。

自献帝播迁[127],文学蓬转[128];建安之末[129],区宇方辑[130]。魏武以相王之尊[131],雅爱诗章[132];文帝以副君之重[133],妙善辞赋;陈思以公子之豪[134],下笔琳琅[135];并体貌英逸[136],故俊才云蒸[137]。仲宣委质于汉南[138],孔璋归命于河北[139],伟长从宦于青土[140],公干徇质于海隅[141],德琏综其斐然之思[142],元瑜展其翩翩之乐[143],文蔚休伯之俦[144],于叔德祖之侣[145],傲雅觞豆之前[146],雍容衽席之上[147],洒笔以成酣歌[148],和墨以藉谈笑[149]。观其时文,雅好慷慨,良由世积乱离[150],风衰俗怨,并志深而笔长,故梗概而多气也[151]。至明帝纂戎[152]，制诗度曲[153]；征篇章之士，置崇文之观[154]，何刘群才[155]，迭相照耀[156]。少主相仍[157]，唯高贵英雅[158]，顾盼合章[159]，动言成论。于时正始余风[160]，篇体轻淡[161]，而嵇阮应缪[162]，并驰文路矣。

逮晋宣始基[163]，景文克构[164]，并迹沉儒雅[165]，而务深方术[166]。至武帝惟新[167]，承平受命[168]，而胶序篇章[169]，弗简皇虑[170]。降及怀愍[171]，缀旒而已[172]。然晋虽不文，人才实盛：茂先摇笔而散珠[173]，太冲动墨而横锦[174]，岳湛曜联璧之华[175]，机云标二俊之采[176]，应傅三张之徒[177]，孙挚成公之属[178]，并结藻清英[179]，流韵绮靡[180]。前史以为运涉季世[181]，人未尽才，诚哉斯谈，可为叹息！

元皇中兴[182]，披文建学[183]，刘刁礼吏而宠荣[184]，景纯文敏而优擢[185]。逮明帝秉哲[186]，雅好文会[187]，升储御极[188]，孳孳讲艺[189]；练情于诰策[190]，振采于辞赋；庾以笔才逾亲[191]，温以文思益厚[192]；揄扬风流[193]，亦彼时之汉武也。及成康促龄[194]，穆哀短祚[195]，简文勃兴[196]，渊乎清峻[197]，微言精理，函满玄席[198]，淡思浓采[199]，时洒文囿[200]。至孝武不嗣[201]，安恭已矣[202]。其文史则有袁殷之曹[203]，孙干之辈[204]，虽才或浅深，珪璋足用[205]。自中朝贵玄[206]，江左称盛[207]，因谈余气，流成文体。是以世极迍邅[208]，而辞意夷泰[209]；诗必柱下之旨归[210]，赋乃漆园之义疏[211]。故知文变染乎世情，兴废系乎时序，原始以要终[212]，虽百世可知也[213]。

自宋武爱文[214]，文帝彬雅[215]，秉文之德，孝武多才[216]，英采云构[217]。自明帝以下[218]，文理替矣[219]。尔其缙绅之林[220]，霞蔚而飙起[221]；王袁联宗以龙章[222]，颜谢重叶以凤采[223]；何范张沈之徒[224]，亦不可胜也[225]。盖闻之于世，故略举大较[226]。

暨皇齐驭宝[227]，运集休明[228]：太祖以圣武膺箓[229]，高祖以睿文纂业[230]，文帝以贰离含章[231]，中宗以上哲兴运[232]，并文明自天，缉熙景祚[233]。今圣历方兴[234]，文思光被[235]；海岳降神[236]，才英秀发；驭飞龙于天衢[237]，驾骐骥于万里[238]，经典礼章，跨周轹汉[239]，唐虞之文，其鼎盛乎[240]！鸿风懿采[241]，短笔敢陈[242]；飏言赞时[243]，请寄明哲[244]。

赞曰：蔚映十代[245]，辞采九变。枢中所动[246]，环流无倦。质文沿时，崇替在选[247]。终古虽远[248]，旷焉如面[249]。

〔注释〕

〔1〕运：命运，气数，指一个时代的兴盛或衰亡。交移：交替变迁。　〔2〕质：质朴。文：文采。代变：逐代变化。　〔3〕陶唐：陶唐氏，传说中古国名，君主是尧。　〔4〕化钧：教化普及。钧，通"均"。　〔5〕"何力"之谈：指《击壤歌》，歌中有"帝力何有于我哉"的句子。　〔6〕含：指吟咏。"不识"之歌：指《康衢谣》，这首童谣中有"不识不知"的句子。　〔7〕有虞：有虞氏，传说中古国名，君主是舜。作：兴起。　〔8〕阜(fù)：昌盛。暇：指安闲。　〔9〕"薰风"：即《南风歌》，歌中有"南风之薰兮"的句子。相传虞舜曾弹五弦琴唱这首歌。元后：帝王，指舜。〔10〕"烂云"：即《卿云歌》，歌中有"卿云烂兮"的句子。相传舜将禅位给禹，和群臣一起唱这首歌。　〔11〕尽：全部。　〔12〕泰：安舒，平和。　〔13〕大禹：即夏禹，传说中古代部落联盟的领袖。敷：分布。　〔14〕九序：指水、火、金、土、木、谷六府和正德、利用、厚生三事皆有秩序。　〔15〕成汤：原为商族领袖，后灭夏，建立商朝。　〔16〕"猗(yī)欤(yú)"：指《诗·商颂·那》。这首诗中有"猗与那与"的句子。猗，美盛的样子。欤，语气词，表

示感叹。　〔17〕逮:及,到。姬(jī)文:周文王姓姬,他是商朝末年周族的领袖。　〔18〕《周南》:《诗经·国风》之一,包括《关雎》等十一篇。　〔19〕大王:即太王,周文王的祖父。　〔20〕《邠(bīn)风》:即《豳风》,《诗·国风》之一,包括《七月》等七篇。邠,在今陕西,是太王所居的地方。淫:过分。　〔21〕幽厉:周幽王和周厉王,都是西周昏庸暴虐的君主。这里指厉王,幽王是连带提及。《板》、《荡》:都是《诗·大雅》的篇名。这两首诗都是讽刺厉王无道的诗篇。　〔22〕平王:周平王,建立东周。微:衰落。《黍离》:《诗·王风》的篇名。相传是东周大夫出行到西周旧都镐京,见宗庙宫殿毁坏,感伤而作。　〔23〕春秋:根据鲁国编年史《春秋》,过去认为从鲁隐公元年(公元前722)到鲁哀公十四年(公元前481)为春秋时代。　〔24〕角(jué):较量。　〔25〕六经:指《诗》、《书》、《礼》、《易》、《春秋》、《乐》六部儒家经典。泥蟠(pán):像龙盘曲地伏在泥中,比喻不受重视。　〔26〕百家:指诸子。飙(biāo):暴风。　〔27〕方:正在。　〔28〕力政:武力征伐。政,通"征"。　〔29〕权:权变,指权谋、权术。〔30〕五蠹(dù):五种蛀虫。《韩非子·五蠹》认为学者(战国末年的儒家)、带剑者(游侠)、言谈者(纵横家)、患御者(逃避兵役的人)、商工之民为"五蠹"。六虱(shī):六种虱子。《商君书·靳令》认为礼乐,诗书,修善、孝弟,诚信、贞廉,仁义,非兵、羞战为"六虱"。六,虚数,言其多。　〔31〕文学:指文化学术。〔32〕庄衢:即康庄之衢,宽阔平坦的大路。第:第宅。　〔33〕兰台:宫名。相传在今湖北钟祥。　〔34〕孟轲(kē):战国时的思想家。　〔35〕荀卿:名况,当时尊称他为"卿"。战国末年的思想家。宰邑:指荀况曾为兰陵令。宰,主宰;邑,城邑。　〔36〕稷(jì)下:地名,在齐国的京城,在今山东临淄县北。这是齐国学者聚集的地方。扇(shān):作动词用。　〔37〕郁:蕴结。茂:美。　〔38〕邹(zōu)子:邹衍,战国末年哲学家,为稷下学者之一。邹,又作"驺"。他因谈天说地,当时人称他为"谈天衍"。〔39〕驺奭(zōu shì):战国末年稷下学者。驺,又作"邹"。他的话很有文采,像雕饰龙纹,当时人称他为"雕龙奭"。　〔40〕屈平:屈原,名平,是战国时楚国的大诗人。藻:辞藻。　〔41〕宋玉:战国时楚国的辞赋家。彩:文采。风云:宋玉的《风赋》写风,《高唐赋》写朝云。　〔42〕雅颂:《诗经》分风、雅、颂三部分,这里指《诗经》。　〔43〕晔烨(wěi yè):光彩绚烂。　〔44〕纵横:纵横家,战国时的谋士,他们纵横捭阖,从事政治外交活动。〔45〕爰(yuán):于是。有:助词,无意义。　〔46〕燔(fán)书:指秦始皇焚书。燔,焚烧。　〔47〕高祖:汉高祖刘邦,西汉王朝的建立者。　〔48〕简:怠慢。　〔49〕遑:闲暇,空闲。　〔50〕《大风》:《大风歌》,汉高祖刘邦作。这首歌是高祖统一天下后回乡和父老子弟一起喝酒唱的。《鸿鹄(hú)》:《鸿鹄歌》,汉高祖刘邦因要立戚夫人子赵王如意为太子不成而作这首歌。　〔51〕天纵:天之所使。　〔52〕施(yì):延续。孝惠:汉惠帝刘盈,高祖之子。　〔53〕迄(qì):到。文:汉文帝刘恒,高祖之子。景:汉景帝刘启,文帝之子。　〔54〕经术:经学。　〔55〕辞人:指辞赋家。　〔56〕贾谊:西汉初年文学家,他因要改革制度,遭到反对,被贬为长沙王太傅。邹:邹阳,西汉文学家,他曾被谗下狱。枚:枚乘,西汉辞赋家,他曾为弘农都尉,后因病离职。　〔57〕孝武:汉武帝刘彻,景帝之子。　〔58〕润色:修饰。鸿:大。〔59〕骛(wù):追求。　〔60〕柏梁:柏梁台,汉武帝所建。相传他在柏梁台上和群臣联句。讌(yàn):同"宴"。　〔61〕金堤:坚固的河堤,指黄河在瓠子(在今河南濮阳县西南)决口时所筑的堤。金,形容坚固。汉武帝曾为瓠子决口作《瓠子歌》。恤(xù):怜悯。　〔62〕征:召,征召。蒲轮:用蒲草裹轮以减轻车的颠簸。　〔63〕申:致,使得到。主父:即主父偃,汉武帝时曾任中大夫。鼎食:列鼎而食,指豪华奢侈的生活。　〔64〕擢(zhuó):提拔,选拔。公孙:即公孙弘,汉武帝时,他对策第一,曾任丞相。对策:指他对汉武帝的策问,即《对贤良策》。　〔65〕倪宽:西汉时人,汉武帝时曾任御史大夫等职。拟奏:指倪宽曾为张汤修改奏章,受到武帝的赞赏。　〔66〕买臣:即朱买臣,汉武帝时人。他穷困时靠卖柴为生,后任会稽太守,衣锦还乡。　〔67〕相如:即司马相如,西汉辞赋家。他曾在临邛开酒店,亲自洗涤酒器,后任中郎将返回四川,受到欢迎。　〔68〕史迁:即司马迁,西汉史学家、文学家。寿王:即吾丘寿王,西汉辞赋家。他作有赋十五篇,今皆亡佚。　〔69〕严:即严安,为汉武帝的文学侍从之臣。终:即终军,汉武帝时人,好学能文。枚皋:西汉辞赋家,枚乘之子,以下笔敏捷著称。　〔70〕无方:无常,指善于随机应变。　〔71〕匮(kuì):缺乏。　〔72〕越:经过。昭:汉昭帝刘弗陵,武帝之子。宣:汉宣帝刘询,武帝曾孙。　〔73〕武:指汉武帝。绩:功绩。〔74〕石渠:即石渠阁,汉朝藏书的地方,汉宣帝曾召集学者在此讨论儒家经书。　〔75〕暇豫:空闲。　〔76〕雕篆:雕虫篆刻,指写作辞赋。轶(yì)材:超群的人材。　〔77〕绮(qǐ)縠(hú):比喻文采华美。绮,有花纹的丝织品。縠,有皱纹的纱。高喻:高论的意思。　〔78〕王褒:字子渊,西汉辞赋家。　〔79〕底(zhǐ)禄:得到薪俸,指做官。底,当作"厎"。厎,致,得到。待诏:等待皇帝的命令,指充当皇帝身边的文学侍从官员。诏,皇帝的命令或文告。　〔80〕元:汉元帝刘奭(shì),宣帝之子。暨:及。成:汉成帝刘骜,元帝之子。　〔81〕降意:意思是留意。　〔82〕玉屑:比喻美好的议论。屑,碎末。　　〔83〕金马:即金马门,是宦署门。因为门旁有铜马,所以称为金马门。当时文士待诏金马门。〔84〕子云:扬雄,字子云,西汉文学家。他认为能读一千篇赋才能写好赋(见桓谭《新论·道赋》)。　　〔85〕子政:刘向,字子政,西汉学者。雠(chóu)校:校正、校勘。六艺:即"六经"。　　〔86〕哀:汉哀帝刘欣,元帝之孙。　　〔87〕渐:进。百龄:百年。〔88〕九:泛指多次。　　〔89〕大抵:大概。　　〔90〕祖述:指效法,遵循。　　〔91〕灵均:屈原的小字。　　〔92〕平:汉平帝刘衎,哀帝之弟。陵替:衰落。　　〔93〕光武:汉光武帝刘秀,东汉王朝的建立者。中兴:指他建立东汉王朝。　　〔94〕图谶(chèn):汉代宣扬符命占验的书。　　〔95〕文华:文辞,即文章。　　〔96〕杜笃:字季雅,东汉初年文学家。他曾为大司马吴汉作诔,受到光武帝的称赞,因而免去刑罚。诔(lěi):一种哀祭文体。　　〔97〕班彪(biāo):字叔皮,东汉初年史学家、文学家。他曾因替窦融草拟奏章,为光武帝所赏识,被任为县令。补令:指授为徐令。　　〔98〕旁:广泛。　　〔99〕遐(xiá):远。　　〔100〕明:汉明帝刘庄,光武帝之子。帝:当作"章",汉章帝刘炟,明帝之子。叠耀:如两个太阳照耀。叠,重。　　〔101〕儒术:儒学。〔102〕肄(yì):学习。璧堂:即辟雍、明堂。辟雍,本为西周所设的大学。东汉以后多为祭祀之所。明堂,古代皇帝宣明政教的地方。〔103〕虎观:即白虎观。公元79年,汉章帝召集群臣和学者在这里讨论儒家经书。　　〔104〕孟坚:班固,字孟坚,东汉史学家、文学家。珥(ěr)笔:古代史官入朝,常插笔于冠旁,以便记录。国史:指《汉书》。　　〔105〕贾逵(kuí):字景伯,东汉经学家、文学家。汉明帝时有"神雀"聚集在宫殿上,让贾逵作《神雀颂》。札:古代用来写字的小木片。瑞颂:指《神雀颂》。瑞,吉祥。　　〔106〕东平:东平王刘苍,光武帝之子。擅(shàn):擅长。懿(yì)文:美好的文章。据历史记载,刘苍所著章奏、书记、赋、颂、七言、别字、歌诗甚多,有集五卷。　〔107〕沛王:沛王刘辅,光武帝之子。通论:指《五经论》。　〔108〕帝则:帝王的准则。藩仪:藩王的仪范。　〔109〕安:汉安帝刘祜,章帝之孙。和:汉和帝刘肇,章帝之子。　〔110〕顺:汉顺帝刘保,安帝之子。桓:汉桓帝刘志,章帝曾孙。　〔111〕班:班固。傅:傅毅,字武仲,东汉文学家。三崔:指崔骃(字亭伯)、骃子瑗(字子玉)、瑗子寔(字子真),都是东汉文学家。　〔112〕王:王逸,字叔师,东汉文学家。马:马融,字季长,东汉经学家、文学家。张:张衡,字平子,东汉文学家、天文学家。蔡:蔡邕,字伯喈,东汉文学家。　〔113〕磊(lěi)落:众多的样子。　〔114〕乏:缺少。　〔115〕辙(zhé):车轮压出的轨迹。这里指道路。　〔116〕华:指作品的形式。实:指作品的内容。附:附着,指结合。　〔117〕斟酌:考虑去取。　〔118〕靡(mǐ):倒下,这里指受影响。　〔119〕灵帝:汉灵帝刘宏,章帝玄孙。　〔120〕辞制:文章。　〔121〕羲皇:当作"皇羲",即汉灵帝所作字书《皇羲篇》。　〔122〕鸿都:鸿都门,汉朝藏书的地方。汉灵帝在鸿都门设立学校,学生专学辞赋书画。　〔123〕乐松:人名,东汉末负责招集文士到鸿都门来的官员。《后汉书·蔡邕传》:"侍中祭酒乐松、贾护多引无行趣势之徒,并待制鸿都门下,喜陈方俗闾里小事,帝甚悦之,待以不次之位。"　〔124〕杨赐:字伯献,汉灵帝时曾任司徒、太尉、司空等职。《后汉书·杨赐传》:"赐上书曰:'鸿都门下招会群小,造作赋说,以虫篆小技见宠于时,如驩兜、共工更相荐说。'"驩(huān)兜(dōu):唐尧时的坏人。　〔125〕蔡邕(yōng)句:《后汉书·蔡邕传》:"邕上封事曰:……诸生竞利……下则连偶俗语,有类俳优。"俳(pái)优:演滑稽戏的艺人。　〔126〕蔑(miè)如:不足道。　〔127〕献帝:汉献帝刘协,灵帝之子。播迁:迁移。汉献帝先被董卓逼迫迁都长安,后被曹操挟持,迁往许昌。　〔128〕蓬转:蓬草随风飞转,比喻飘泊不定。　〔129〕建安:汉献帝的年号(公元196—220)。〔130〕区宇:区域,指国内。辑:安定。　〔131〕魏武:魏武帝曹操。他于公元208年进位为丞相,公元216年被封为魏王。〔132〕雅:甚,很。　〔133〕文帝:魏文帝曹丕,曹操次子。副君:太子。曹丕于公元217年立为魏王太子。　〔134〕陈思:陈思王曹植,曹操的第三子。曹氏父子都是当时著名的文学家。〔135〕琳琅(láng):美玉。比喻文章的美好。　〔136〕体貌:尊重,尊敬。　〔137〕蒸:多。　〔138〕仲宣:王粲,字仲宣,东汉末文学家。"建安七子"之一。委质:托身的意思。汉南:指荆州。王粲避难荆州,依刘表,未被重用。曹操下荆州,他归向曹操,被任为丞相掾。　〔139〕孔璋:陈琳,字孔璋,东汉末文学家。"建安七子"之一。归命:归顺。河北:指冀州。陈琳初从袁绍,后曹操灭袁绍,他归曹操。　〔140〕伟长:徐幹,字伟长,东汉末文学家,"建安七子"之一。从宦(huàn):做官。青土:指青州。　〔141〕公幹:刘桢,字公幹,东汉末文学家,"建安七子"之一。徇(xùn)质:归附的意思。海隅:海边,指山东。刘桢是山东东平县人。〔142〕德琏(lián):应玚,字德琏,东汉末文学家,"建安七子"之一。斐(fěi)然:有文采的样子。　〔143〕元瑜(yú):阮瑀,字元瑜,东汉末文学家,"建安七子"之一。翩翩(piān):美好的样子。这里指阮瑀的书信、奏疏等文章美好。　〔144〕文蔚:路粹,字文蔚,东汉末文学家。休伯:繁钦,字休伯,东汉末文学家。俦(chóu):同辈。　〔145〕于叔:当作"子叔"。邯郸淳,字子叔,东汉末文学家。德祖:杨修,字德祖,东汉末文学家。　〔146〕傲雅:放诞风流。傲,狂放;雅,文雅风流。觞(shāng)豆:指酒席。觞,古代喝酒用的器具。豆,古代一种盛食物用的器皿,形似高脚盘。
〔147〕雍容:从容不迫。衽(rèn)席:坐席。衽,席子。　〔148〕酣(hān):畅快,尽情。　〔149〕藉:凭借,供给。　〔150〕良:的确。　〔151〕梗概:即慷慨。多气:富有气势。　〔152〕明帝:魏明帝曹叡,曹丕之子。纂戎:指即位。纂,继承;戎,光大。
〔153〕度曲:作曲。　〔154〕崇文之观:即崇文观,魏明帝招集文士的地方。　〔155〕何:即何晏,字平叔,三国魏玄学家。刘:即刘劭,字孔才,三国魏哲学家。　〔156〕迭:交替,轮流。
〔157〕少主:年轻的皇帝。指明帝以后的齐王曹芳、高贵乡公曹髦、元帝曹奂。相仍:相继。仍,因袭。　〔158〕高贵:即高贵乡公曹髦。　〔159〕合章:当作"含章",即含有文采。　〔160〕正始:齐王曹芳的年号(公元240—249年)。　〔161〕体:风格。轻淡:浮浅淡薄。　〔162〕嵇:即嵇康,字叔夜,三国魏文学家。阮:即阮籍,字嗣宗,三国魏文学家。应(yīng):即应璩,字休琏,三国魏文学家。缪(miào):即缪袭,字熙伯,三国魏文学家。
〔163〕晋宣:晋宣帝司马懿。基:指奠定基础。　〔164〕景文:晋景帝司马师和晋文帝司马昭兄弟,他们都是司马懿之子。按司马懿父子被称为帝,都是司马炎代魏称帝,建立晋朝后追尊的。克:能够。构:构建。　〔165〕沉:沉浸。儒雅:指儒雅的风度。
〔166〕方术:指权术。　〔167〕武帝:晋武帝司马炎,司马昭之子。惟新:指建立新王朝。　〔168〕承平:承继安定的局面。受命:受天命,指做皇帝。　〔169〕胶、序:都指学校。　〔170〕简:察阅,有注意的意思。　〔171〕怀:晋怀帝司马炽,武帝之子。愍(mǐn):晋愍帝司马邺,武帝之孙。　〔172〕缀旒(liú):比喻君主为臣下所挟制,大权旁落。缀,连缀;旒,旗上的飘带。

〔173〕茂先:张华,字茂先,西晋文学家。散珠:比喻文章之美。
〔174〕太冲:左思,字太冲,西晋文学家。横锦:比喻作品之美。锦,有彩色花纹的丝织品。 〔175〕岳:即潘岳,字安仁,西晋文学家。湛(zhàn):即夏侯湛,字孝若,西晋文学家。联璧:双璧。璧,平而圆,中心有孔的玉。 〔176〕机:陆机,字士衡,西晋文学家。云:陆云,字士龙,陆机之弟,西晋文学家。二俊:晋武帝太康末年,陆机与弟陆云同至洛阳,文才倾动一时,文学家张华称他们为"二俊"。 〔177〕应:应贞,字吉甫,应璩之子,西晋文学家。傅:傅玄,字休奕,西晋文学家。三张:张载(字孟阳)与弟协(字景阳)、亢(字季阳)并称"三张",都是西晋文学家。
〔178〕孙:孙楚,字子荆,西晋文学家。挚:挚虞,字仲洽,西晋文学家。成公:成公绥,字子安,西晋文学家。 〔179〕藻:文采。清英:清新华美。 〔180〕韵:声韵。绮靡:精美细致。 〔181〕季世:衰世。 〔182〕元皇:晋元帝司马睿。中兴:指建立东晋王朝。 〔183〕披:披阅,学习。 〔184〕刘刁:刘隗和刁协,都是晋元帝时深通礼法的官吏。 〔185〕景纯:郭璞,字景纯,东晋初文学家。擢(zhuó):提拔,选拔。晋元帝提拔郭璞为著作佐郎。 〔186〕明帝:晋明帝司马绍,元帝之子。秉哲:禀赋聪明。哲,聪明。 〔187〕文会:聚会文士。 〔188〕储:储君,即太子。御极:即帝位。 〔189〕孳(zī)孳:努力不懈的样子。艺:"六艺",即"六经"。 〔190〕诰(gào):皇帝给臣子的命令。策:从汉代起,皇帝为选拔人材举行考试,事先把问题写在竹简上,叫"策"。 〔191〕庾(yǔ):即庾亮,字元规,明帝时,为中书监。逾:更加。 〔192〕温:即温峤,字太真,博学能文,明帝时为侍中,参与起草诏令文书。益:更,更加。 〔193〕揄(yú)扬:引举、表彰。风流:指儒雅文学之士。 〔194〕成:晋成帝司马衍,

明帝之子。康:晋康帝司马岳,明帝之子。　　〔195〕穆:晋穆帝司马聃,康帝之子。哀:晋哀帝司马丕,成帝之子。祚(zuò):指帝位。　　〔196〕简文:晋简文帝司马昱,元帝之子。　　〔197〕渊:深。峻:高。　　〔198〕函满:充满。函,包含,包容。玄:指玄学。〔199〕淡思:淡泊的思想。　　〔200〕文囿(yòu):指文学的园地。囿,园地。　　〔201〕孝武:晋孝武帝司马曜,简文帝之子。嗣:继承人。　　〔202〕安恭:晋安帝司马德宗和晋恭帝司马德文,都是孝武帝之子。已:止。　　〔203〕袁:即袁宏,字彦伯,东晋文学家、史学家。殷:即殷仲文,东晋文学家。曹:辈。　　〔204〕孙:即孙盛,字安国,东晋史学家、文学家。干:即干宝,字令升,东晋史学家、文学家。　　〔205〕珪(guī)璋:古人出使所用的贵重玉器,这里比喻人的才德。　　〔206〕中朝:指西晋王朝。　　〔207〕江左:江东,指东晋。　　〔208〕迍邅(zhūn zhān):遭遇困难,指时势艰难。　　〔209〕夷泰:平和安泰。　　〔210〕柱下:指老子。相传他是春秋时的思想家,道家的创始人。曾为周柱下史。旨:指思想,意旨。　　〔211〕漆园:指庄子。他是战国时的哲学家,曾做过漆园吏。义疏:注解。　　〔212〕原:追究根源。要:总括。〔213〕百世:百代,极言时间长久。　　〔214〕宋武:宋武帝刘裕。〔215〕文帝:宋文帝刘义隆,武帝之子。彬(bīn)雅:彬彬儒雅。彬,文质兼备。　　〔216〕孝武:即宋孝武帝刘骏,文帝之子。〔217〕云构:如同云集,形容众多。　　〔218〕明帝:宋明帝刘彧,文帝之子。　　〔219〕替:废弃,衰落。　　〔220〕尔其:发语词,即一种开头语。缙(jìn)绅:古代有官职或做过官的人。缙,通"搢",搢,指插笏。绅,古代士大夫系的大带子。　　〔221〕蔚(wèi):盛。　　〔222〕王:如王诞、王僧达等人。袁:如袁淑、袁粲等人。龙章:像龙一样的文采。　　〔223〕颜:颜家有颜延之、颜竣等人。谢:谢家有谢灵运、谢惠连等人。叶:世代。凤采:像凤一样的辞藻。　〔224〕何范张沈:指何承天、范晔(字蔚宗)、张敷(字景胤)、沈怀文(字思明)等人,他们都是当时的文学家。
〔225〕"胜"下可能脱落"数"字。　〔226〕大较:大概。
〔227〕暨(jì):到。皇:大。驭宝:登帝位。宝,指帝位。　〔228〕休:美。　〔229〕太祖:指齐高帝萧道成。膺箓(lù):受天命称帝。膺,受。箓,符命。　〔230〕高祖:应作"世祖",即齐武帝萧赜,高帝之子。睿(ruì):明智,聪慧。纂:通"缵",继承。
〔231〕文帝,即文惠太子萧长懋,武帝之子。贰离:指光明。《易经·离卦》:"明两作,离。"离是火,所以明。离卦☲离上离下,所以说两作。　〔232〕中宗:应作"高宗",即齐明帝萧鸾。上哲:最高的智慧。　〔233〕缉熙:光明的意思。景祚:大位,即帝位。景,大。　〔234〕圣历:指齐代国运。历,历数,命运。
〔235〕光被:遍及。　〔236〕岳:高山。降神:降神灵。《诗经·大雅·崧高》:"维岳降神,生甫及申。"高山降下神灵,生下甫侯和申侯。　〔237〕衢(qú):四通八达的大路。　〔238〕骐骥:骏马,千里马。　〔239〕轹(lì):被车轮碾过,压过。　〔240〕鼎:方,正。　〔241〕鸿:大。懿:美。　〔242〕短笔:指拙劣的文才。自谦之辞。敢:岂敢。　〔243〕飏(yáng)言:放声讲话。
〔244〕明哲:指高明的人。　〔245〕十代:指唐、虞、夏、商、周、汉、魏、晋、宋、齐十个朝代。　〔246〕枢中:中心,这里指时代。枢,门上的转轴。　〔247〕崇替:盛衰。选:选择,指帝王的提倡。　〔248〕终古:远古。　〔249〕旷:一作"暖"。暖,当作"煖",仿佛的意思。焉:语助词。

〔译文〕

  时代运行,盛衰交替变化,文学风气,有时重质朴,有时重文采,也随之变化。从古到今作品变化的情况和道理,好像可以谈谈吧!从前在唐尧时代,功德隆盛,教化普及,田野老人唱出"帝力何有于我哉"的诗句,郊外儿童咏唱"不识不知"的歌谣。虞舜接着兴起,政治昌盛清明,百姓安居闲暇,元首唱《南风歌》,群臣合唱《卿云歌》。这些歌为什么会都是赞美呢?是因为心里快乐因而歌声和畅啊!到大禹分土地为九州,九项政事都有秩序,人们便歌颂他的功绩。商汤圣明而又恭谨,后来产生了"猗与那与"的颂歌。到周文王功德隆盛,《诗经·周南》中的诗歌便表现出勤劳而不怨恨的思想。周太王时教化淳厚,《诗经·邠风》中的诗歌表现出欢乐而不过分的情思。周幽王、周厉王昏庸,《板》诗、《荡》诗便充满了愤怒。周平王东迁,王室衰微,于是《黍离》诗流露出悲伤。由此可知,歌谣的文辞和情理是和时代一起变化的,好像风在上面吹,水波就在下面激荡。春秋以后,群雄争战,儒家经书被抛弃在泥中,诸子百家像狂飙卷起使人吃惊。当这个时候,韩国魏国用武力征伐,燕国赵国用权谋诡诈。韩非所谓的五种蛀虫,商鞅所谓的六种虱子,秦国的法令都严加禁止。只有齐国和楚国颇有一些文化学术。齐国在大路上设置第宅,楚国扩大了兰台宫,孟轲成了齐国客馆中的贵宾,荀卿做了楚国兰陵的县官。所以齐国的稷下煽起了优良的学风,楚国的兰陵形成了美好的习俗。邹衍因能谈天说地而扬名海内,驺奭因具有如雕刻龙纹的文采而驰名当世。屈原的辞藻可与日月争光,宋玉描写风和朝云的赋都富有文采。看他们艳丽的辞采,是超过了《诗经》中的《雅》、《颂》。由此可知,他们光采绚烂的奇异构思,是从当时纵横家纵横捭阖的诡诈风气中产生的。

到了汉朝，继秦始皇焚书之后，汉高祖崇尚武功，戏弄儒生，怠慢学士。虽然礼仪和刑律才开始创立，还无暇顾及《诗》、《尚书》等古代典籍的研究，然而他的《大风歌》、《鸿鹄歌》，也可以说是天才的杰作了。传到汉惠帝，直到汉文帝汉景帝，经学颇为盛行，而辞赋家不受重用。从贾谊被压抑，邹阳、枚乘都沉沦不得志，也就可以知道了。到了孝武帝崇尚儒学，用文辞来粉饰他的宏大功业，于是礼仪、音乐都争发光辉，文辞采藻竞相追求。武帝在柏梁台上欢宴群臣而联句，在黄河堤上怜悯百姓而作歌，用蒲草裹轮的安稳的车子去征召枚乘，用五鼎食实现了主父偃的愿望，提拔对策第一的公孙弘，赞叹草拟奏章的倪宽。朱买臣先是卖柴度日，后任会稽太守而衣锦还乡；司马相如原先开酒店亲自洗涤酒器，后为中郎将，穿着绣衣回家。这时，司马迁、吾丘寿王、严安、终军、枚皋这辈人，他们对策能随机应变，文章也写得不少，遗留下来的风流文采，没有比那时更兴盛的了。经过汉昭帝到汉宣帝，确实继承了汉武帝的功业，召集群儒在石渠阁上辩论经学，空闲时举行讨论辞章的集会，既聚集有文采的杰出作家，又有发出尊重经学的高论。这时候，王褒这些人，都获得了禄位，在金马门等待诏令，以供驱使。从汉元帝到汉成帝，都留意图书典籍，赞美富于文采的议论，扫清通向金马门的道路。这时扬雄用心诵读了上千篇赋，努力从事辞赋的写作；刘向校订了儒家的"六经"，也是很出色的。从汉朝建立，到汉成帝、汉哀帝，虽然时间过了一百多年，辞赋家的作品变化极多，但是，它的大概趋势，还是继承《楚辞》的传统，屈原遗留下来的影响，在这里是一直存在的。

自从汉哀帝汉平帝衰落之后，到汉光武帝中兴，深信图谶，有些忽略文学，但是杜笃献《吴汉诔》，因文辞好而被汉光武免去刑罚，班彪参与窦融草拟奏章为汉光武帝赏识，被任为县令。汉光武帝对于文才虽然没有广为搜罗,却也没有远远地抛弃他们。到汉明帝、汉章帝如二日照耀,他们尊崇爱好儒学,明帝在辟雍、明堂里学习古代礼仪,章帝在白虎观中讲论儒家经书。班固执笔撰写国史,贾逵得到汉明帝赐给的笔札,奉命作《神雀颂》。东平王刘苍擅长美好的文章,沛王刘辅著述《五经论》。明帝章帝是帝王的典范,刘苍刘辅是藩王的榜样,他们的光辉互相照耀。从汉安帝、汉和帝以后,直到汉顺帝、汉桓帝,有班固、傅毅、崔骃、崔瑗、崔寔、王逸、王延寿、马融、张衡、蔡邕等人,儒家大学者众多,当时人才并不缺乏。至于选录文章,就放在一旁不谈了。然而从汉光武帝中兴以后,许多作家走的道路和以往稍有不同,在作品的文辞和内容上,考虑适当地吸收经书中的文辞,这大概是因为几代以来都聚合儒家学者讲论经书,所以渐渐地受到儒家的影响。下传到汉灵帝,他时常喜爱写作文章,编了本讲文字的书《皇羲篇》,并开鸿都门召集文士来写作辞赋,然而像乐松之流却招来了一些浅薄鄙陋的人,所以杨赐称他们为驩兜一类的坏人,蔡邕把他们比成演滑稽戏的小丑,他们遗留的风气和作品,是不足道的。

自从汉献帝被挟制迁都之后,作家们也流离漂泊,到建安末年,北方才得安定。魏武帝处于丞相和魏王的尊贵地位,很爱好写作诗歌;魏文帝身为魏王太子,很善于写辞赋;陈思王以豪华公子的身份从事写作,落笔如珠似玉。他们都尊重才能出众的文士,所以有才之士都云集在他们那里。王粲从汉南来归附,陈琳从河北来归顺,徐幹从青州来做官,刘桢从海滨来投靠,应场综合了文采纷披的创作构思,阮瑀展示了书记翩翩的乐趣,路粹、繁钦之辈,邯郸淳、杨修等人,狂放地吟诗在宴会上,从容地谈笑在几席间,落笔成诗,可供高歌,挥毫成章,可助谈笑。考察那时的作品,作家们很喜爱慷慨激昂,这确实是由于当时长期战乱,百姓流离,风俗衰薄,人心怨恨，加上作家的情志深远、笔力道劲造成的，所以作品慷慨激昂而气势充沛。到魏明帝即位，写诗作曲，征聘诗文作家，设置崇文观。何晏、刘劭等有才华的人，文采互相照耀。以后年轻的帝王相继即位，只有高贵乡公英俊高雅有才华，他顾盼之间就孕育成文章，言语出口即成高论。这时，正始时期遗留下来的风气是作品风格浮浅淡薄，然而嵇康、阮籍、应璩、缪袭，都在文学的道路上驰骋。

到了晋宣帝司马懿，开始奠定晋朝的基础，晋景帝司马师、晋文帝司马昭能够继续构建。他们从形迹上看虽然都沉浸在儒雅之风中，却专门致力于权术。到晋武帝建立新王朝，他在天下太平时即帝位，可是对学校和文学并不注意。传到晋怀帝、晋愍帝时，虚有其帝位罢了。晋朝虽然不重视文学，而作家众多：张华摇动笔杆如散珠玉，左思写作诗文如横陈锦绣；潘岳、夏侯湛如双璧，光彩耀目；陆机、陆云被称为"二俊"，文采宏丽。此外，应贞、傅玄、张载、张协、张亢之辈，孙楚、挚虞、成公绥等人，都文辞清新华美，声韵精美细致。从前的史书认为当时处在衰世，这些人未能完全发挥自己的才能，这话是确实的，真叫人感慨叹息。

晋元帝建立东晋王朝，他披阅典籍，兴建太学，刘隗、刁协因深明礼法而被器重，郭璞因文思敏捷而得提拔。到了晋明帝，他禀赋聪明，很喜欢聚会文士。从做太子到即帝位，不倦地讲习六经，在写作诏诰、策书和辞赋上，他注意提炼内容，发挥采藻。庾亮因为有写作章表的才能而愈被亲近，温峤因为文思敏锐更受重视。他注意引举风流儒雅之士，也可算是当时的汉武帝了。到晋成帝、晋康帝寿命短促，晋穆帝、晋哀帝在位不久。晋简文帝蓬勃兴起，他的性格深远清峻，微妙的言辞和精深的道理，充满在清淡的几席间，淡泊的思想，浓艳的文采，时时散落到文学的园地里来。到晋孝武帝可以说没有继承人，晋安帝如同白痴，晋恭帝不久被杀，晋朝也就完了。当时文学家兼史学家有袁宏、殷仲文、孙盛、干宝这批人。他们的才学虽然有高有低，但是如同玉中的珪璋，足够朝廷任用了。自从西晋崇尚谈玄以来，到东晋更为盛行。由于谈玄风气的影响，形成一种文风。因此时势虽极艰难，而作品内容却很安泰平和，写诗一定表现老子的思想，作赋等于给《庄子》作注解。由此可知，作品变化受社会情况的影响，文学的盛衰和时代的变换有联系。如从开头到结尾加以研究总结，即使是百代以后的发展规律也可以知道的。

自从宋武帝爱好文学，到宋文帝彬彬儒雅，他们都具有文学的素质。宋孝武帝很有才华，笔下文采如同云集。从宋明帝以后，文学衰微了。当时士大夫中，人才如云霞盛多，暴风突起。王、袁、颜、谢诸家族代代都有雕龙绘凤般的文采。另外还有何承天、范晔、张敷、沈怀文等人，也是数不完的。这些，都是当时著名的，所以只是约略地说说大概情况。

到大齐的皇帝登位，世运备极美好清明。齐太祖因圣明英武受命称帝，齐世祖因明智多文才而继承大业，齐文帝英明而有文采，齐高宗以杰出的智慧振兴国运。他们的明智和文才都是天赋的，前程光明远大。当今大齐王朝的国运正是兴旺的时候，文教遍及天下，高山大海都降下神灵，人才辈出，像驾驭飞龙在空中，驱使骏马在万里路上；经书、礼乐、文章，超越了周朝压倒了汉朝，像唐尧虞舜时代的文章，正是兴盛的时候吧！那宏伟的气概，华美的辞采，我这枝拙劣的笔岂敢陈述；放声歌颂时代，我只有托付给高明的人了。

总而言之，文采照耀十个朝代，文辞采藻经过多种变化。时代发展变化，文学循环流转而不止。有时重质朴，有时重文采，顺应时代需要；有时兴盛，有时衰亡，在于帝王提倡。由此来看，上古时代虽然久远，它的情况又好似就在眼前。

物　色

　　春秋代序[1]，阴阳惨舒[2]，物色之动[3]，心亦摇焉[4]。盖阳气萌而玄驹步[5]，阴律凝而丹鸟羞[6]，微虫犹或入感[7]，四时之动物深矣。若夫珪璋挺其惠心[8]，英华秀其清气[9]，物色相召，人谁获安！是以献岁发春[10]，悦豫之情畅[11]；滔滔孟夏[12]，郁陶之心凝[13]；天高气清，阴沉之志远；霰雪无垠[14]，矜肃之虑深[15]。岁有其物，物有其容；情以物迁，辞以情发。一叶且或迎意[16]，虫声有足引心。况清风与明月同夜，白日与春林共朝哉！

　　是以诗人感物[17]，联类不穷[18]。流连万象之际[19]，沉吟视听之区[20]。写气图貌[21]，既随物以宛转[22]；属采附声[23]，亦与心而徘徊[24]。故"灼灼"状桃花之鲜[25]，"依依"尽杨柳之貌[26]，"杲杲"为出日之容[27]，"瀌瀌"拟雨雪之状[28]，"喈喈"逐黄鸟之声[29]，"喓喓"学草虫之韵[30]。"皎日"、"嘒星"[31]，一言穷理[32]；"参差"、"沃若"[33]，两字穷形。并以少总多，情貌无遗矣；虽复思经千载，将何易夺[34]？及《离骚》代兴，触类而长[35]，物貌难尽，故重沓舒状[36]，于是"嵯峨"之类聚[37]，"葳蕤"之群积矣[38]。及长卿之徒[39]，诡势瑰声[40]，模山范水，字必鱼贯[41]，所谓诗人丽则而约言，辞人丽淫而繁句也[42]。

　　至如《雅》咏棠华，"或黄或白"[43]；《骚》述秋兰，"绿叶""紫茎"[44]。凡摘表五色[45]，贵在时见[46]；若青黄屡出，则繁而不珍。

　　自近代以来[47]，文贵形似。窥情风景之上，钻貌草木之中。吟咏所发，志惟深远，体物为妙，功在密附[48]。故巧言切状[49]，如印之印泥[50]，不加雕削，而曲写毫芥[51]。故能瞻言而见貌[52]，印字而知时也[53]。然物有恒姿[54]，而思无定检[55]，或率尔造极[56]，或精思愈疏。且《诗》《骚》所标[57]，并据要害，故后进锐笔[58]，怯于争锋[59]。莫不因方以借巧，即势以会奇。善于适要，则虽旧弥新矣。是以四序纷回[60]，而入兴贵闲[61]；物色虽繁，而析辞尚简；使味飘飘而轻举，情晔晔而更新[62]。古来辞人，异代接武[63]，莫不参伍以相变[64]，因革以为功[65]，物色尽而情有馀者，晓会通也[66]。若乃山林皋壤[67]，实文思之奥府[68]，略语则阙[69]，详说则繁。然屈平所以能洞监风骚之情者[70]，抑亦江山之助乎[71]！

赞曰：山沓水匝[72]，树杂云合。目既往还，心亦吐纳。春日迟迟[73]，秋风飒飒[74]。情往似赠，兴来如答。

〔注释〕

〔1〕春秋：指春、夏、秋、冬四季。代：更替。序：次序。〔2〕阴阳惨舒：即阴惨阳舒。惨，凄惨。舒，舒畅。〔3〕物色：自然景色。〔4〕摇：动。〔5〕阳气萌：古人认为冬至阳气始生。玄驹：蚂蚁。〔6〕阴律凝：古人认为八月阴气凝聚。丹鸟：螳螂。羞：进食。〔7〕入感：受到感召。〔8〕若夫：至于。珪(guī)璋(zhāng)：一种贵重的玉器。这里比喻人品。珪，上尖下方的玉；璋，形状像半个珪。挺：挺拔。惠：同"慧"。〔9〕英华：美好的花。这里也是比喻人品的。秀：出众。〔10〕献岁：进入新年。献，进。发春：春气萌发。〔11〕悦豫(yù)：愉快。〔12〕滔滔：阳气旺盛的样子。孟夏：初夏。〔13〕郁陶：忧闷。〔14〕霰(xiàn)：雪珠。垠(yín)：边际。〔15〕矜(jīn)肃：庄重严肃。〔16〕迎：这里有触动的意思。《淮南子·说山训》："见一叶落而知岁之将暮。"〔17〕诗人：指《诗

经》的作者们。　〔18〕联类:指联想。　〔19〕流连:留恋不止。万象:宇宙间的一切事物或现象。　〔20〕沉吟:沉思吟味,有默默探索研究的意思。　〔21〕气:神气。图:描绘。　〔22〕宛转:委婉曲折,尽其形貌。　〔23〕属(zhǔ):联缀。声:指音节。　〔24〕徘徊:在一个地方来回走动。这里指反复斟酌。　〔25〕"灼(zhuó)灼":鲜明的样子。《诗经·周南·桃夭》:"桃之夭夭,灼灼其华。"　〔26〕"依依":柳条轻柔随风披拂的样子。《诗经·小雅·采薇》:"昔我往矣,杨柳依依。"　〔27〕"杲(gǎo)杲":光明的样子。《诗·卫风·伯兮》:"其雨其雨,杲杲日出。"　〔28〕"瀌(biāo)瀌":大雪纷飞的样子。雨雪:下雪。《诗经·小雅·角弓》:"雨雪瀌瀌。"　〔29〕"喈(jiē)喈":鸟鸣声。《诗经·周南·葛覃》:"黄鸟于飞,集于灌木,其鸣喈喈。"　〔30〕"喓(yāo)喓":虫鸣声。《诗经·召南·草虫》:"喓喓草虫,趯趯阜螽。"　〔31〕皎(jiǎo):白,光亮。《诗经·王风·大车》:"谓予不信,有如皦日。"皦,同"皎"。嘒(huì):微小的样子。《诗经·召南·小星》:"嘒彼小星,维参与昴。"　〔32〕一言:一字。　〔33〕"参差(cēn cī)":不整齐的样子。《诗经·周南·关雎》:"参差荇菜,左右流之。""沃若":润泽的样子。《诗经·卫风·氓》:"桑之未落,其叶沃若。"　〔34〕易夺:改换。夺,换。　〔35〕触类:接到同类事物。长(zhǎng):指发展。　〔36〕重沓(tà):重复。　〔37〕"嵯峨(cuó é)":山势高峻的样子。　〔38〕"葳蕤(wēi ruí)":枝叶繁盛的样子。　〔39〕长卿:西汉辞赋家司马相如的字。　〔40〕诡:奇异。瑰:奇异,珍奇。　〔41〕鱼贯:像游鱼一样字形相近的字一个接一个。　〔42〕"所谓"二句:则,法则。约,简约。辞人,辞赋家。淫,过分。扬雄《法言·吾子》:"诗人之赋丽以则,辞人之赋丽以淫。"　〔43〕"至如"二句:

棠华,疑当作"裳华",即盛开的花。《诗经·小雅·裳裳者华》:"裳裳者华,或黄或白。" 〔44〕《骚》述"二句:《楚辞·九歌·少司命》:"秋兰兮青青,绿叶兮紫茎。" 〔45〕摛(chī)表:描绘。〔46〕时见:偶尔出现。 〔47〕近代:指晋、宋。 〔48〕附:靠近。这里指相合。 〔49〕切:切合。 〔50〕印泥:古代封信用泥,在泥上盖印。 〔51〕曲:曲折周到,详尽。芥:小草,喻微小的东西。 〔52〕瞻:看。 〔53〕印:当作"即"。 〔54〕恒:固定的,经常的。 〔55〕检:法度,方式。 〔56〕率尔:随便,轻率的样子。造:达到。极:指极妙的境地。 〔57〕《诗》:《诗经》。《骚》:《楚辞》。 〔58〕锐笔:指善于为文者。〔59〕怯(qiè):胆小,畏惧。争锋:争胜。 〔60〕四序:四季。这里指四季景色。纷回:变化纷繁。 〔61〕兴:兴致、感触。闲:闲静。 〔62〕晔(yè)晔:鲜明的样子。 〔63〕接武:指继承。武,步。 〔64〕参伍:即三五,错综,错杂。 〔65〕因:沿袭。革:革新,改变。 〔66〕会通:指对过去传统的融会贯通。〔67〕皋(gāo)壤:水边的地。 〔68〕奥府:府库。奥,深。〔69〕阙(quē):同"缺"。 〔70〕屈平:屈原名平,战国时楚国人,他是我国最早的大诗人。洞监:深察。洞,深;监,同"鉴",察。风骚:风,《国风》,指《诗经》。骚,《离骚》,指《楚辞》。另一说"风骚",指吟诗作赋。 〔71〕抑:语首助词。 〔72〕匝(zā):环绕。 〔73〕迟迟:舒缓的样子。 〔74〕飒(sà)飒:风声。

〔译文〕

春和秋依次变换,阴冷的天气使人感到凄惨,温和的天气使人感到舒畅,自然景物的变化,使人的心情也波动了。冬至后阳气萌发,蚂蚁开始走动,八月里阴气凝聚,螳螂开始吃蚊子,小虫尚且感受到节气的变化,可见四季变迁影响万物是很深的。至于人,聪慧的心灵宛如美玉,清秀的气质好似奇葩,在自然景物的感召下,谁能安然而无动于衷呢?所以,新年时春气兴起,人们愉快舒适的感情畅达;初夏时阳气旺盛,人们郁结忧闷的心情凝成;秋天时天高气爽,人们阴郁深沉的思想遥远;冬天时霰雪无边,人们庄重严肃的思虑深沉。一年四季各有不同的景物,不同的景物都有不同的形貌,人们的感情随着景物的变化而变化,文辞则是随着思想感情而产生。一片树叶有时尚且能触动人们的情意,虫的鸣声有时也能够引起人们的心思,何况是既有清风明月的秋夜,又有丽日春林的朝晨呢?

因此诗人对自然景物的感触,所引起的联想是无穷无尽的。他们流连玩赏在万事万物之间,吟味深思在所见所闻之中。描写自然景物的神气和形貌,既然要跟着景物而曲折变化;联缀辞藻,连贯音节,也要联系自己的心情反复考虑。所以《诗经》里,用"灼灼"来形容桃花的鲜艳,用"依依"写尽了杨柳轻柔的姿态,"杲杲"是太阳出来时的容貌,"瀌瀌"比拟大雪纷飞的情状,"喈喈"摹状黄鸟的鸣声,"喓喓"仿效草虫的叫声。用"皎"字形容太阳的明亮,用"嘒"字描状星星的微小,只用一个字就说尽了事物的特点;用"参差"形容荇菜的长短不齐,用"沃若"描写桑叶的肥厚柔润,只用两个字就完全描绘出事物的形貌。都是用少量的文字概括丰富的内容,把事物的情状和形貌毫无遗漏地表现出来了。虽然经过千年的反复考虑,也难以用别的什么字来改换。到《楚辞》继《诗经》而起,接触到各类事物,在描写上有所发展,景物的形貌难以全部描绘出来,所以用重复的词语尽量形容,因此"嵯峨"之类的词聚集起来,"葳蕤"之类的词堆砌在一起了。到司马相如等人,往往把景物的形貌声音描写得奇异而瑰丽。他们摹写山水,连用许多形近的字如游鱼般前后相继。这就是扬雄所说的,诗人用词华丽、适当而且言辞简约,辞赋家用词华丽、过分而且辞句繁多。

至于《诗经·小雅》歌咏的盛开的花朵,"有黄的有白的";《楚辞》描写秋天的兰花,"绿色的叶子紫色的茎"。描绘各种颜色以偶尔出现为贵,假如青黄等色一次又一次地出现,就繁复而不足珍贵了。

自从近代以来,文章描写景物重在形貌的相似,在风景之中观察它的情态,在草木之中钻研它的形貌,他们写出的诗歌,情志只求深远,描写景物的妙处,功夫就在密切地符合真相。所以巧妙的语言切合事物的形状,如同在印泥上盖印,用不着再加雕琢,却能把细微的事物详尽地表现出来。因此人们看到这些语言就能够看到景物的形貌,从文字中即可知道季节的变换。然而,景物有一定的形貌,而思想没有一成不变的法度,有的轻率动笔却达到绝妙的境地,有的精心构思反而差得很远。《诗经》、《楚辞》所显示的写景佳句,都能抓住景物的主要特征,所以后来文思敏锐的作者,也不敢和它们争胜。这些作品没有不是沿袭前人的方法以创造出巧妙的形式,循着文章的气势以形成新奇的风格的。但是只要善于表现描写对象的要点,虽按旧的原则方法去写也能写得非常新颖。因此,四季景色虽然变换纷纭,可是诗人领略时心情重在闲静;自然的景色虽然纷繁,而用辞却重于简练;要使作品的兴味飘飘然轻轻升起,情感鲜明而更加清新。自古以来的作家,在不同时代先后继承,他们没有不是错综地加以变化,又继承又革新以取得成就的,虽然自然景物前人已经写尽,而情味却无穷,这是懂得继承文学遗产而又能融会贯通啊!山林水边,实在是文思的宝库,但说得简略就不足,说得详细就繁冗。屈原所以能够深刻地体察《诗经》和《楚辞》所写的内容,也还是靠山川景物的帮助吧!

总而言之,青山重迭,绿水环绕,树林错杂,云气聚合。眼睛既反复观赏,内心也自然有所感受而要倾吐。春天的阳光和煦舒缓,秋天的西风飒飒作响。以情观景,有如投赠;兴会涌来,恰似酬答。

知　音

　　知音其难哉[1]！音实难知，知实难逢[2]，逢其知音，千载其一乎！夫古来知音，多贱同而思古[3]，所谓"日进前而不御，遥闻声而相思"也[4]。昔《储说》始出[5]，《子虚》初成[6]，秦皇汉武，恨不同时[7]。既同时矣，则韩囚而马轻[8]，岂不明鉴同时之贱哉[9]！至于班固傅毅[10]，文在伯仲[11]，而固嗤毅云[12]："下笔不能自休[13]。"及陈思论才[14]，亦深排孔璋[15]，敬礼请润色[16]，叹以为美谈[17]，季绪好诋诃[18]，方之于田巴[19]，意亦见矣。故魏文称"文人相轻"[20]，非虚谈也。至如君卿唇舌[21]，而谬欲论文，乃称"史迁著书[22]，谘东方朔[23]"，于是桓谭之徒[24]，相顾嗤笑。彼实博徒[25]，轻言负诮[26]，况乎文士，可妄谈哉！故鉴照洞明[27]，而贵古贱今者，二主是也[28]；才实鸿懿[29]，而崇已抑人者，班曹是也；学不逮文[30]，而信伪迷真者，楼护是也；酱瓿之议[31]，岂多叹哉[32]！

　　夫麟凤与麏难悬绝[33]，珠玉与砾石超殊[34]，白日垂其照，青眸写其形[35]。然鲁臣以麟为麏[36]，楚人以雉为凤[37]，魏氏以夜光为怪石[38]，宋客以燕砾为宝珠[39]。形器易征[40]，谬乃若是，文情难鉴，谁曰易分。

　　夫篇章杂沓[41]，质文交加[42]，知多偏好[43]，人莫圆该[44]。慷慨者逆声而击节[45]，酝藉者见密而高蹈[46]，浮慧者观绮而跃心[47]，爱奇者闻诡而惊听[48]。会己则嗟讽[49]，异我则沮弃[50]；各执一隅之解[51]，欲拟万端之变[52]：所谓东向而望，不见西墙也。

　　凡操千曲而后晓声[53]，观千剑而后识器，故圆照之象[54]，务先博观[55]。阅乔岳以形培塿[56],酌沧波以喻畎浍[57]。无私于轻重,不偏于憎爱,然后能平理若衡[58],照辞如镜矣。是以将阅文情,先标六观:一观位体[59],二观置辞[60],三观通变[61],四观奇正[62],五观事义[63],六观宫商[64]。斯术既形[65],则优劣见矣。

夫缀文者情动而辞发[66],观文者披文以入情[67],沿波讨源[68],虽幽必显[69]。世远莫见其面[70],觇文辄见其心[71]。岂成篇之足深?患识照之浅耳[72]。夫志在山水[73],琴表其情,况形之笔端,理将焉匿[74]?故心之照理,譬目之照形,目瞭则形无不分[75],心敏则理无不达[76]。然而俗监之迷者[77],深废浅售[78],此庄周所以笑《折杨》[79],宋玉所以伤《白雪》也[80]。昔屈平有言[81]:"文质疏内,众不知余之异采[82]。"见异唯知音耳。扬雄自称:"心好沉博绝丽之文[83]。"其事浮浅[84],亦可知矣。夫唯深识鉴奥[85],必欢然内怿[86],譬春台之熙众人[87],乐饵之止过客[88]。盖闻兰为国香,服媚弥芬[89];书亦国华[90],玩泽方美[91]。知音君子,其垂意焉[92]。

赞曰:洪钟万钧[93],夔旷所定[94]。良书盈箧[95],妙鉴乃订[96]。流郑淫人[97],无或失听[98]。独有此律[99],不谬蹊径[100]。

〔注释〕

〔1〕知音:善听音乐,懂得音乐中的含意。这里借指对作品的正确理解和正确评价。　〔2〕知:这里指知音者,即能够正确理解和评价作品的人。　〔3〕同:指同时代的人。古:指古人。〔4〕"日进"二句:语出《鬼谷子·内楗》。御,用。声,名声。〔5〕《储说》:见《韩非子》。《韩非子》有《内储说》、《外储说》等篇。〔6〕《子虚》:《子虚赋》。这是西汉著名赋家司马相如的代表作之一。　〔7〕秦皇:秦始皇。《史记·老庄申韩列传》:"秦王见《孤

愤》、《五蠹》之书曰：'嗟呼！寡人得见此人，与之游，死不恨矣。'"汉武：汉武帝。《汉书·司马相如传》："（汉武帝）读《子虚赋》而善之，曰：'朕独不得与此人同时哉！'"　　〔8〕韩囚：韩，韩非。他入秦后，被谗入狱，逼死狱中。马轻：马，司马相如。他始终被汉武帝视作倡优，不受重用。　　〔9〕鉴：显示，证明。　　〔10〕班固：字孟坚，东汉史学家、文学家。傅毅：字武仲，东汉文学家。〔11〕伯仲：兄弟。这里是差不多的意思。　　〔12〕嗤（chī）：讥笑。　　〔13〕"下笔"句：语见曹丕的《典论·论文》，意思是讥笑傅毅为文冗长。休，止。　　〔14〕陈思：即曹植。　　〔15〕排：排斥。孔璋：陈琳的字。曹植在《与杨德祖书》中讽刺他不善于写辞赋而自比司马相如。　　〔16〕敬礼：丁廙的字。廙是东汉末文学家，曹植的好友。润色：修改。　　〔17〕美谈：佳话。曹植《与杨德祖书》："昔丁敬礼常作小文，使仆润饰之。仆自以才不过若人，辞不为也。敬礼谓仆：'卿何所疑难？文之佳恶，吾自得之；后世谁相知定吾文者耶！'吾常叹此达言，以为美谈。"　　〔18〕季绪：刘修的字。修是东汉末文学家，刘表之子。诋诃（dǐ hē）：诽谤。〔19〕方：比。田巴：战国时齐国善辩的人，他被鲁仲连驳倒后，终身闭口。事见《与杨德祖书》。　　〔20〕魏文，即曹丕。文人相轻：语见曹丕《典论·论文》。　　〔21〕君卿：楼护的字。西汉末齐人，为五侯（平阿侯王谭、成都侯王商、红阳侯王立、曲阳侯王根、高平侯王逢时）的贵客，善辩。唇舌：指有口才。　　〔22〕史迁：即司马迁。他是西汉伟大的史学家和文学家。　　〔23〕诹（zī）：询问。东方朔：字曼倩，西汉文学家。　　〔24〕桓谭：字君山，东汉初哲学家，著有《新论》。　　〔25〕博徒：赌徒。　　〔26〕诮（qiào）：讥讽，责备。　　〔27〕鉴照：察看。洞：深入。　　〔28〕二主：指秦始皇和汉武帝。　　〔29〕鸿：大。懿（yì）：美好。

〔30〕逮:及。 〔31〕酱瓿(pǒu):据《汉书·扬雄传》载,刘歆看了扬雄的《太玄》后,对扬雄说:我怕后人用它来盖酱瓮。瓿,小瓮。 〔32〕多:多余的。 〔33〕麇(jūn):獐。像鹿,比鹿小,头上无角。雉:野鸡。悬绝:相差极远。 〔34〕砾(lì)石:小石,碎石。殊:不同。 〔35〕青眸(móu):指眼睛。眸,瞳人。 〔36〕"然鲁臣"句:鲁国有人打猎获得麒麟,误以为是有角的獐。见《公羊传》哀公十四年。 〔37〕"楚人"句:楚国有人挑着野鸡,有过路的人当作凤凰买去献给楚王。见《尹文子·大道》。 〔38〕"魏氏"句:魏国有个农民得到夜光宝玉,邻人骗他是怪石,他就把它抛弃了。见《尹文子·大道》。氏,一作"民"。 〔39〕"宋客"句:宋国有人得到一块燕国的石头,当作宝珠。见《阙子》(《艺文类聚》卷六引)。 〔40〕征:验证,查考。 〔41〕杂沓(tà):复杂。 〔42〕质:质朴。文:华丽。 〔43〕知:指对作品的欣赏和评论。 〔44〕圆该:全面,圆备。该,完备。 〔45〕逆:迎。击节:打拍子,表示赞赏。节,节拍。 〔46〕酝藉:含蓄。密:细密。高蹈:原意是远行。这里似指高兴得举足顿地。 〔47〕浮慧:表面聪明。浮,浅。绮:绮丽。跃心:动心,内心高兴。 〔48〕诡:奇异。惊听:耸耳谛听。 〔49〕会:合。嗟:赞叹。讽:诵读。 〔50〕沮:止。 〔51〕隅:边,角。 〔52〕拟:揣度,衡量。 〔53〕操:指奏。晓:明白。 〔54〕圆照:全面观察评价。圆,周遍。象:法。 〔55〕务:必须。 〔56〕乔岳:高山。形:显示。培塿(pǒu lǒu):小土丘。 〔57〕酌:汲取。沧波:沧海之水。喻:明白。畎浍(quǎn kuài):田间小沟。 〔58〕衡:秤。 〔59〕位体:安排体裁。 〔60〕置辞:运用语言。 〔61〕通变:继承与创新。 〔62〕奇正:新奇与雅正,两种不同的表现方法和艺术风格。 〔63〕事义:指文中引用的材料,如典

故,引文。　〔64〕宫商:指音律。　〔65〕术:方法。形:通"行"。　〔66〕缀文:指写作。缀,连结。　〔67〕披:阅读。〔68〕讨:探求。　〔69〕幽:隐晦,深奥。　〔70〕世:时代。〔71〕觇(zhān):观。辄:即,就。　〔72〕识照:指理解、鉴赏。〔73〕志在山水:传说,有一次伯牙弹琴,时而志在太山,时而志在流水,钟子期一听琴音就能分辨。事见《吕氏春秋·本味》。〔74〕焉:怎么。匿(nì):隐藏。　〔75〕瞭:眼珠明亮。　〔76〕达:通。　〔77〕监:鉴,观察。　〔78〕深废:指深刻的作品被抛弃。浅售:指浅薄的作品得到赏识。售,卖出,指被人赏识。〔79〕庄周:战国时的哲学家。《折杨》:古俗曲名。《庄子·天地》篇说,古雅的音乐一般人听不进去,他们听到《折杨》等俗曲就高兴地笑了。　〔80〕宋玉:战国时楚国时辞赋家。《白雪》:古琴曲名。宋玉《对楚王问》说,有人唱流俗的《下里巴人》,跟着唱的有几千人。等到唱高雅的《阳春白雪》时,跟着唱的只有几十人了。　〔81〕屈平:字原,战国时楚国的大诗人。　〔82〕"文质"二句:见《楚辞·九章·怀沙》。文,指外表;疏,粗,指不加修饰。质,指本性;内,同"讷",朴实。异采,与众不同的才华。〔83〕扬雄:字子云,西汉文学家。"心好"句:见扬雄《答刘歆书》。沉博绝丽,深刻广博绝顶华丽。　〔84〕其事浮浅:杨明照《文心雕龙校注》:"按其下疑夺'不'字。"　〔85〕深识:深刻理解。鉴奥:看到作品的微妙处。奥,深奥,微妙。　〔86〕内:内心。怪(yì):喜悦。　〔87〕"譬春台"句:语出《老子》二十章:"众人熙熙,如登春台。"熙,乐。　〔88〕"乐饵"句:语出《老子》三十五章:"乐与饵,过客止。"乐,音乐。饵,食物。　〔89〕服:指佩戴。媚:喜爱。　〔90〕华:花。　〔91〕翫:同"玩",赏玩。泽,一作"绎"。绎,寻究作品的含义。　〔92〕垂意:留意。　〔93〕洪钟:大钟。洪,大。钧:三十斤。　　〔94〕夔(kuí):虞舜时的乐官。旷:春秋时晋国的乐师。　　〔95〕箧(qiè):箱。　　〔96〕妙鉴:深妙的识鉴。订:校定,评定。　　〔97〕流:流荡。郑:指郑声,即郑国的音乐,古人以为淫乐。淫人:意思是迷惑人,使人走邪道。淫,邪恶。　　〔98〕或:有。失听:失去正确的听觉。　　〔99〕律:规则,规律。　　〔100〕蹊(xī):路。

〔译文〕

　　知音多么困难啊!音实在难知,知音之人实在难以碰到,碰到知音,千年大概只有一次吧!自古以来的知音,大都轻视同时代的人而思慕古人,正像《鬼谷子》所说的:"天天见面的不加任用,老远地听到声名就思慕。"从前韩非子的《储说》刚出来,司马相如的《子虚赋》才写成,秦始皇、汉武帝看到了,埋怨不能与他们同时,后来知道作者是同时人,结果是韩非子被囚禁,司马相如被轻视。这难道不是明白地显示出同时代的被看轻吗?至于班固、傅毅,文章的成就差不多,而班固讥笑傅毅说:"动起笔来就没完没了,自己控制不住自己。"到曹植评论作家,就极力排斥陈琳。他的好友丁廙请他修改文章,他叹赏丁廙的话为佳话。刘修喜爱批评别人的文章,他就把刘修比为古代辩士田巴。曹植的意向,于此可见。所以曹丕说:"文人相互轻视。"并不是空话。至于像楼护只凭着有口才,就荒谬地评论起文章来,他说:"司马迁著书,曾向东方朔请教。"因此,桓谭等人都互相对望着讥笑他。楼护只是一个赌徒,轻率地议论被人讥诮,何况是文人,怎么可以乱说呢?所以,有的人观察事物深刻明白,但却又看重古人,轻视今人,秦始皇和汉武帝两位君主就是。有的人才华实在博大美好,但是抬高自己,压低别人,班固、曹植就是。有的人学识够不上谈文,以至于相信讹传,看不清事情的真相,楼护就是。刘歆担心后人用扬雄写的《太玄》来盖酱坛子的话,难道是多余的慨叹吗?

麒麟、凤凰和獐子、野鸡相差极远,珠玉和小石子完全不同。在太阳的照耀下,眼睛把它们的形态看得清清楚楚。然而鲁国有人把麒麟当作獐子,楚国有人把野鸡当作凤凰,魏国有人把夜光珠当作怪石,宋国有人把燕国的石头当作宝珠。这些有形的东西是容易查考的,谬误竟然如此。文章的思想感情本来难以看清楚,谁说容易分辨呢?

文章是复杂的,有质朴的,有华丽的,交错在一起。人们对作品的欣赏评论多有自己的爱好,没有人是那么全面的。慷慨激昂的人听到悲壮的声调就打起拍子来,性格酝藉的人见到细致含蓄的作品就高兴得手舞足蹈,有些小聪明的人看到绮丽的作品就欢欣雀跃,爱好新奇的人听说奇异的作品就耸耳谛听。合自己口味的就赞叹诵读,不合自己口味的就读不下去了。这样各人坚持自己片面的见解,想来衡量千变万化的文章,真像人们常说的,向东面望,自然看不见西面的墙了。

凡是演奏过千支曲子的人才懂得音乐,看过千把剑的人才会识别剑器。所以,全面深入评价作品的方法,首先必须多看。看了高山就显出小土丘之小,见了大海的波涛更明白田间小沟的水流之细。对事物的看轻看重没有私心,对人物的或爱或憎没有偏见,这样就能像秤称东西一样衡量文理,像镜子照东西一样辨析文辞了。所以将要考查作品的思想内容,先从六个方面去看:一是看作品体裁的安排,二是看作品的语言运用,三是看作品的继承和创新,四是看作品表现手法的奇或正,五是看作品的用事引言,六是看作品的音律。这种方法实行了,那么,作品的好坏就可以看出来了。

写作文章的人先是思想感情有所激发而后表现为文辞,阅读文章的人则是披阅文辞才能深入作品的内容,如同沿着水波可以找到源头一样,虽然是隐晦的内容也必然会弄明白。时代远了见不到作者的面,但是看了作品就可以见到他的心。难道是作品太深奥了吗,怕的是理解鉴赏的能力太浅薄了。弹琴的人内心想到高山流水,琴音就传达出他的感情,何况笔头下写出来的文章,其中道理怎么会隐藏不见呢?所以,内心鉴察情理,好像眼睛观察形体,眼睛明亮,形体是没有不能分辨的,内心聪慧,道理是不会不通达的。然而,一般鉴察不清的人,往往抛弃深刻的作品,欣赏浅薄的作品,这就是庄子所以讥笑一般人只喜欢《折杨》歌,宋玉所以慨叹很少有人欣赏《阳春白雪》的缘故。从前屈原说:"我外表不加修饰,内心朴实,大家不知道我的与众不同的才华。"能看到与众不同的才华的只有知音罢了。扬雄自己说:"心里喜爱深刻广博、绝顶华丽的作品。"他不写浮浅的文章,也可以知道了。只有见解深刻,能看到作品的微妙处的人,内心必定会感到喜悦。这就好像春天登台使众人快乐,音乐和美味能留住过路的客人一样。听人说兰花是全国最好的香花,佩戴它喜爱它就感到更加芬芳。好作品也是全国的香花,玩味它,寻究其义蕴,才知道它的美好。知音的人们,好好留意这些吧!

总而言之,三十万斤的大钟,是古代乐官夔和乐师旷所制定的。好作品充满箱子,经过高妙的鉴赏者才能评定。郑国放荡的靡靡之音会迷惑人啊,可不要失去正确的听觉。只有遵循评论的规律,才不会迷失道路。

序 志

　　夫"文心"者,言为文之用心也。昔涓子《琴心》[1],王孙《巧心》[2],心哉美矣,故用之焉。古来文章,以雕缛成体[3],岂取驺奭之群言雕龙也[4]?夫宇宙绵邈[5],黎献纷杂[6],拔萃出类[7],智术而已。岁月飘忽[8],性灵不居[9],腾声飞实[10],制作而已。夫有肖貌天地[11],禀性五才[12],拟耳目于日月,方声气乎风雷[13],其超出万物,亦已灵矣。形同草木之脆,名逾金石之坚[14],是以君子处世,树德建言,岂好辩哉,不得已也[15]!

　　予生七龄[16],乃梦彩云若锦[17],则攀而采之。齿在逾立[18],则尝夜梦执丹漆之礼器[19],随仲尼而南行[20];旦而寤[21],乃怡然而喜[22]。大哉圣人之难见哉[23],乃小子之垂梦欤[24]!自生人以来,未有如夫子者也[25]。敷赞圣旨[26],莫若注经,而马郑诸儒[27],弘之已精,就有深解,未足立家。唯文章之用,实经典枝条;"五礼"资之以成[28],"六典"因之致用[29];君臣所以炳焕[30],军国所以昭明[31],详其本源,莫非经典。而去圣久远,文体解散,辞人爱奇,言贵浮诡,饰羽尚画,文绣鞶帨[32];离本弥甚[33],将遂讹滥[34]。盖《周书》论辞,贵乎体要[35];尼父陈训[36],恶乎异端[37];辞训之异[38],宜体于要。于是搦笔和墨[39],乃始论文。

　　详观近代之论文者多矣,至于魏文述典[40],陈思序书[41],应玚文论[42],陆机《文赋》[43],仲洽《流别》[44],宏范《翰林》[45],各照隅隙[46],鲜观衢路,或臧否当时之才[47],或铨品前修之文[48],或泛举雅俗之旨,或撮题篇章之意[49]。魏典密而不周,陈书辩而无当,应论华而疏略,陆赋巧而碎乱,《流别》精而少巧[50],《翰林》浅而寡要。又君山公幹之徒[51],吉甫士龙之辈[52],泛议文意,往往间出[53],并未能振叶以寻根,观澜而索源[54]。不述先哲之诰[55],无益后生之虑[56]。

盖《文心》之作也,本乎道[57],师乎圣[58],体乎经[59],酌乎纬[60],变乎骚[61],文之枢纽[62],亦云极矣[63]。若乃论文叙笔[64],则囿别区分[65],原始以表末,释名以章义[66],选文以定篇,敷理以举统[67]。上篇以上[68],纲领明矣。至于割情析采[69],笼圈条贯[70],摛神性[71],图风势[72],苞会通[73],阅声字[74],崇替于《时序》[75],褒贬于《才略》,怊怅于《知音》[76],耿介于《程器》[77],长怀《序志》[78],以驭群篇[79]。下篇以下[80],毛目显矣[81]。位理定名,彰乎大易之数,其为文用,四十九篇而已[82]。

夫铨序一文为易[83],弥纶群言为难[84]。虽复轻采毛发[85],深极骨髓[86],或有曲意密源,似近而远,辞所不载,亦不胜数矣。及其品列成文,有同乎旧谈者,非雷同也,势自不可异也。有异乎前论者,非苟异也[87],理自不可同也。同之与异,不屑古今[88],擘肌分理[89],唯务折衷[90]。按辔文雅之场[91],环络藻绘之府[92],亦几乎备矣。但言不尽意,圣人所难,识在瓶管[93],何能矩矱[94]?茫茫往代,既沉予闻[95],眇眇来世[96],倘尘彼观也[97]。

赞曰:生也有涯,无涯惟智[98]。逐物实难,凭性良易[99]。傲岸泉石[100],咀嚼文义[101]。文果载心[102],余心有寄!

〔注解〕

〔1〕涓(juān)子:即环渊,战国楚人,著有《蜎子》,即《琴心》,属于道家。　〔2〕王孙:是复姓,名不详。《汉书·艺文志》著录《王孙子》,即《巧心》,属于儒家。　〔3〕雕:雕琢,修饰。缛

(rù):文采繁盛。　〔4〕驺奭(zōu shì):战国时齐人,他的文章修饰语言如雕刻龙纹一样,所以齐人称他为"雕龙奭"。　〔5〕绵邈(miǎo):久远。　〔6〕黎:百姓。献:贤人。　〔7〕拔萃(cuì)出类:超出一般人。　〔8〕飘忽:迅疾。　〔9〕性灵:指人的智慧,才能。居:停。　〔10〕声:名声。实:指事业,事功。〔11〕有:衍文,应删去。肖:似。　〔12〕禀性:天生的性情。禀,承受。五才:又叫五行、五常,即仁、义、礼、智、信。　〔13〕方:比。　〔14〕逾(yú):超过。　〔15〕"岂好"二句:语出《孟子·滕文公下》。孟子说:"予岂好辩哉?予不得已也!"　〔16〕予:我。　〔17〕锦:有彩色花纹的丝织品。　〔18〕齿:年龄。逾立:过了三十岁。立,指三十岁。《论语·为政》:"三十而立。"〔19〕礼器:祭器,指笾(竹器)、豆(木制器皿)。　〔20〕仲尼:孔子(前551—前479),字仲尼,春秋末期的思想家,儒家的创始人。〔21〕旦:早晨。寤(wù):睡醒。　〔22〕怡然:喜悦的样子。〔23〕此句第二个"哉"字,当作"也"。　〔24〕垂梦:向下托梦。〔25〕夫子:古代对儒家学者的尊称。这里指孔子。　〔26〕敷赞:陈述说明。　〔27〕马:即马融,字季长,东汉经学家,曾注《周易》、《尚书》、《毛诗》、《三礼》、《论语》、《孝经》等。郑:即郑玄,字康成,马融的学生,东汉经学家,曾注《毛诗》、《三礼》、《周易》、《论语》、《尚书》等。　〔28〕"五礼":指吉礼、凶礼、宾礼、军礼、嘉礼。见《礼记·祭统》郑玄注。　〔29〕"六典":指治典、教典、礼典、政典、刑典、事典。见《周礼·大宰》。　〔30〕炳焕:鲜明。　〔31〕昭明:显明。　〔32〕鞶(pán):皮制的束衣带。帨(shuì):佩巾。　〔33〕弥:更。　〔34〕讹(é):诡异,怪诞。滥:淫滥,浮滥。　〔35〕"盖《周书》"二句:《尚书·周书》中的伪《毕命》说:"辞尚体要,不惟好异。"

〔36〕尼父(fǔ):孔子,字仲尼。这是对他的尊称。　〔37〕恶乎异端:《论语·为政》:"子曰:'攻乎异端,斯害也已!'"　〔38〕异:刘永济疑作"奥"(《文心雕龙校释》)。奥,指深刻的含义。　〔39〕搦(nuò):握。　〔40〕魏文:魏文帝曹丕。典:指《典论·论文》。　〔41〕陈思:陈思王曹植。思,谥号。书:指《与杨德祖书》。　〔42〕应玚(yīng yáng):字德琏,"建安七子"之一。文论:指《文质论》。　〔43〕陆机:字士衡,西晋文学家。　〔44〕仲洽:挚虞,字仲洽,西晋文学家。《流别》:指《文章流别论》,已失传,后世辑有佚文。　〔45〕宏范:宏,当作"弘",避清乾隆帝讳改。范,当作"度"。李充,字弘度,东晋文学家。《翰林》:指《翰林论》,已失传,后世辑有佚文。《翰林论》,或云李轨作,轨字弘范,亦东晋人。　〔46〕隅:角落。隙:孔穴。　〔47〕臧否(pǐ):褒贬,评论。　〔48〕铨品:品评。铨,评量。前修:前贤。　〔49〕撮(cuō):摘录,提取。　〔50〕巧:《梁书》作"功"。　〔51〕君山:桓谭,字君山,东汉哲学家。公幹:刘桢,字公幹,"建安七子"之一。　〔52〕吉甫:应贞,字吉甫,西晋学者。士龙:陆云,字士龙,陆机之弟,西晋文学家。　〔53〕间(jiàn):间或,断断续续地。　〔54〕"并未"二句:叶、澜,比喻后世之文;根、源,比喻儒家经典。　〔55〕先哲之诰:过去圣贤的训诫勉励之文,指儒家经书。　〔56〕后生:后辈。　〔57〕本乎道:《文心雕龙》第一篇《原道》是论述"本乎道"的。　〔58〕师乎圣:《文心雕龙》第二篇《征圣》是论述"师乎圣"的。　〔59〕体乎经:《文心雕龙》第三篇《宗经》是论述"体乎经"的。　〔60〕酌乎纬:《文心雕龙》第四篇《正纬》,是论述"酌乎纬"的。纬,纬书,即一些类似方士的儒生编集起来附会儒家经典的各种著作。　〔61〕变乎骚:《文心雕龙》第五篇《辨骚》是论述"变乎骚"的。

〔62〕枢纽:关键,核心。指基本原则。　〔63〕极:尽,到极点。〔64〕文:韵文。笔:无韵文。《文心雕龙》所论文体,从第六篇到第十五篇属"文"类,第十六篇到第二十五篇属"笔"类。　〔65〕囿(yòu):园林。这里和"区"同指文体范围。　〔66〕章:显明。〔67〕统:纲领。这里指特点。　〔68〕上篇:指《文心雕龙》前二十五篇。　〔69〕割:一作"剖"。　〔70〕笼圈:包举的意思。条贯:条理。　〔71〕摛(chī):陈述。神:指《神思》篇。性:指《体性》篇。　〔72〕图:描绘,说明。风:指《风骨》篇。势:指《定势》篇。　〔73〕苞:通"包"。会:指《附会》篇。通:指《通变》篇。　〔74〕阅:考察,检查。声:指《声律》篇。字:指《练字》篇。〔75〕崇替:盛衰。　〔76〕怊(chāo)怅:慨叹。　〔77〕耿介:正直,守正不阿。　〔78〕长怀:远大的怀抱,深长的情怀。〔79〕驭:驾驭。　〔80〕下篇:指《文心雕龙》后二十五篇。〔81〕毛目:细目。　〔82〕"彰乎"三句:《周易·系辞上》:"大衍之数五十,其用四十有九。"这里指《文心雕龙》全书五十篇,除去最后一篇序言,正文四十九篇。　〔83〕铨序:衡量论述,评论。〔84〕弥纶:综合阐明,包举。　〔85〕毛发:比喻创作上的枝节问题。　〔86〕骨髓:比喻创作上的根本问题。　〔87〕苟:随便。〔88〕不屑:不顾,不问。　〔89〕擘(bò):分。肌理,肌肉的文理,这里比喻文章的道理。　〔90〕折衷:判断恰当。　〔91〕按辔(pèi):手执缰绳,喻驰骋,行进。辔,缰绳。　〔92〕环络:套马笼头,亦喻行进。络,马笼头。藻绘之府:指文学的宝库。　〔93〕瓶:《左传·昭公七年》有"挈瓶之智"的话。意思是用小瓶汲水,比喻智力短小。管:《庄子·秋水》有"用管窥天"的话,是说用竹管子看天,比喻见识狭窄。　〔94〕矩矱(huò):规矩,法度。〔95〕沉:入迷,沉没。　〔96〕眇(miǎo)眇:遥远。

〔97〕尘彼观:意思是玷污他们的眼睛。尘,污。　〔98〕"生也"二句:《庄子·养生主》:"吾生也有涯,而知也无涯。"意思是,我的寿命有限,而知识是无穷无尽的。　〔99〕良:的确。　〔100〕傲岸:高傲。　〔101〕咀嚼:比喻反复体会。　〔102〕果:果真,果然。

〔译文〕

"文心"是讲作文的用心。从前,涓子著有《琴心》,王孙著有《巧心》,"心"这个词真美啊,所以用它作书名。从古以来的文章,都是用雕饰文采构成的,现在我的书命名"雕龙",难道是仿效修饰语言有如雕刻龙纹一般的驺奭吗?宇宙无穷无尽,众人和贤才混杂在一起,这些贤才能超出一般人,只是靠才智罢了。岁月飞逝,人的才智是不能永远存在的。如果要把声名和事业传之后世,只有靠著作罢了。人的形貌象天地,天性具有仁、义、礼、智、信,耳朵眼睛好比日月,声音气息好比风雷,他超出万物,也已经可算是最有灵性的了。人的形体同草木一样脆弱,人的声名却比金石还要坚固,所以君子活在世上,要树立功德,留下著作。这难道是喜欢辩论的吗?实在是不得已啊!

我在七岁的时候,梦见一片像锦缎似的云彩,就攀上去采它。过了三十岁,曾经在夜里梦见自己捧着红漆的祭器,跟着孔子向南走。早上醒来,就非常高兴。伟大的圣人是很难见到的,竟托梦给我这样的后生小子!自从有人类以来,从没有能比得上孔夫子的。要阐明圣人的思想,最好是注释经书,而马融、郑玄那些学者,发挥得已很精微,即使我有深刻的见解,也未必能够自成一家了。只有文章的用途,实在是经书的枝叶,"五礼"靠它来完成,"六典"靠它来发挥作用,君臣礼仪靠它才明显昭著,军国典章靠它才明示天下。推究它们的根源，没有不是从经书上来的。现在离开圣人已很久远了，文章体制逐渐败坏，文人喜爱新奇，语言以浮靡诡异为贵，好似在色彩鲜明的羽毛上再加装饰，在本已很美丽的束衣皮带和佩巾上再绣花纹，离开根本越来越远，就要造成怪诞和淫滥。《尚书·伪毕命》篇论述对文辞的要求，认为以体现要点为贵；孔子教导学生，讨厌异端邪说。《尚书》对文辞的论述和孔子对学生的教训的深刻含义是说，文辞应该体现要点。于是我就提笔调墨，开始论述文章。

细看近代论述文章的人多了，如魏文帝曹丕的《典论·论文》，陈思王曹植的《与杨德祖书》，应场的《文质论》，陆机的《文赋》，挚虞的《文章流别论》，李充的《翰林论》，都是各见（文章的）一角一孔，很少通现（文章的）康庄大道。有的是褒贬当时的作家，有的是品评前贤的作品，有的是泛泛地举出作品雅和俗的意旨，有的是总括文章的思想内容。魏文帝曹丕的《典论·论文》细密而不完备，陈思王曹植的《与杨德祖书》善辩而不完全恰当，应场的《文质论》华丽而粗疏简略，陆机的《文赋》巧妙而琐碎杂乱，挚虞的《文章流别论》精粹而用处不大，李充的《翰林论》浅薄而不得要领。又如桓谭、刘桢、应贞、陆云等人，泛论文章的意义，往往夹杂在别的文字里，他们都不能从枝叶寻究到根本，从观察波澜去追溯到源头。不阐述圣人的教导，对后人的写作是没有益处的。

《文心雕龙》这部书的写作，以道为根本，以圣人为师，以儒家经书为楷模，酌取纬书的文辞，参考《楚辞》写作上的发展变化，写文章的关键，也可以说尽在这里了。至于论述"文"、"笔"，是按文章的体裁分门别类的。论述每种文体，都追溯它的起源，叙述它的演变情况，解释各种体裁的名称，说明它的含义，选出各种体裁的代表作，并加以评定，阐明各体文章的写作理论，指出它的特点。

这样,上半部各篇把文章的纲领,都说清楚了。至于剖解情理,分析文采,既概括各体文章,又条理分明。陈述"神思"、"体性",说明"风骨"、"定势",包括"附会"、"通变",考察"声律"、"练字";在《时序》篇里论述文学的盛衰,在《才略》篇里褒贬历代作家,在《知音》篇里慨叹知音的难遇,在《程器》篇里公正地衡量作家的品德才干。最后通过《序志》篇畅叙怀抱,用来驾驭全书。这样,下半部各篇,具体篇目都显示出来了。安排理论,确定篇名,明显地符合《周易》中"大衍"的五十之数,而其中论述文章功用的,只有四十九篇罢了。

大抵评论一篇作品比较容易,综论历代文章就困难了,本书虽然能精细到毫发,深入到骨髓,但是有的问题,含意曲折,根源深隐,看来似乎浅近,实质上却很深远,这些本书没有谈到的,就难以数计了。至于品评作品,有的与旧说相同,但并不是人云亦云,而是不可能有别的说法;有的与前人不同,也不是随便提出新说,按照道理是不能相同的。有时相同,有时不同,不论这些说法是古人还是今人的,只是分析文章的道理,力求恰当。我漫步在文学的园地里,遨游在辞藻的宝库中,有关的问题几乎都谈到了。但是,语言不能把意思全部表达出来,这是圣人也感到困难的,而我的见识短浅,讲的怎么能尽合文学的法度呢!不过,悠久的古代的大量文献使我入迷,漫长的将来,我的著作或许可供后人参考吧。

总而言之,人生是有限的,知识是无穷无尽的。以有限的人生来钻研无穷无尽的客观事物实在是困难的,凭着自己的情性去做,的确是容易的。我高傲地隐居泉石间,反复咀嚼古来各种文章的意味。如果这部书真的能够表达自己的心意,那么我的心就有寄托了。

主要参考书目

《周易正义》 〔魏〕王弼、〔晋〕韩康伯注,〔唐〕孔颖达等正义　中华书局《十三经注疏》影印本,1980年版
《周易集解》 〔唐〕李鼎祚撰　北京市中国书店影印本,1984年版
《尚书正义》 〔汉〕孔安国传,〔唐〕孔颖达等正义　中华书局《十三经注疏》影印本,1980年版
《尚书今古文注疏》 〔清〕孙星衍撰,陈抗、盛冬铃点校　中华书局1986年版
《毛诗正义》 〔汉〕毛亨传、郑玄笺,〔唐〕孔颖达等正义　中华书局《十三经注疏》影印本,1980年版
《诗集传》 〔宋〕朱熹撰　上海古籍出版社断句本,1980年版
《诗毛氏传疏》 〔清〕陈奂撰　商务印书馆《国学基本丛书》本,1934年版
《毛诗传笺通释》 〔清〕马瑞辰撰　中华书局《四部备要》本,1936年版
《春秋左传正义》 〔周〕左丘明传,〔晋〕杜预注,〔唐〕孔颖达等正义　中华书局《十三经注疏》影印本,1980年版
《春秋左传诂》 〔清〕洪亮吉撰,李解民点校　中华书局1987年版
《春秋左传注》　杨伯峻编著　中华书局1981年版
《礼记正义》 〔汉〕郑玄注,〔唐〕孔颖达等正义　中华书局《十三经注疏》影印本,1980年版

《礼记集解》　〔清〕孙希旦撰，沈啸寰、王星贤点校　中华书局1989年版

《论语注疏》　〔魏〕何晏注，〔宋〕邢昺疏　中华书局《十三经注疏》影印本，1980年版

《论语正义》　〔清〕刘宝楠撰　中华书局《诸子集成》本，1986年版

《孟子注疏》　〔东汉〕赵岐注　中华书局《十三经注疏》影印本，1980年版

《孟子正义》　〔清〕焦循撰，沈文倬点校　中华书局1987年版

《周礼正义》　〔汉〕郑玄注，〔唐〕贾公彦正义　中华书局《十三经注疏》影印本，1980年版

《史记》　〔汉〕司马迁撰，〔宋〕裴骃集解，〔唐〕司马贞索引，〔唐〕张守节正义　中华书局校点本，1975年版

《汉书》　〔汉〕班固撰，〔唐〕颜师古注　中华书局校点本，1975年版

《后汉书》　〔宋〕范晔撰，〔唐〕李贤等注　中华书局校点本，1973年版

《三国志》　〔晋〕陈寿撰，〔宋〕裴松之注　中华书局校点本，1975年版

《晋书》　〔唐〕房玄龄等撰　中华书局校点本，1974年版

《宋书》　〔梁〕沈约撰　中华书局校点本，1974年版

《南齐书》　〔梁〕萧子显撰　中华书局校点本，1974年版

《梁书》　〔唐〕姚思廉撰　中华书局校点本，1983年版

《陈书》　〔唐〕姚思廉撰　中华书局校点本，1974年版

《魏书》　〔北齐〕魏收撰　中华书局校点本，1984年版

《北齐书》　〔唐〕李百药撰　中华书局校点本，1983年版

《周书》〔唐〕令狐德等撰　中华书局校点本,1983年版
《南史》〔唐〕李延寿撰　中华书局校点本,1975年版
《北史》〔唐〕李延寿撰　中华书局校点本,1983年版
《隋书》〔唐〕魏征等撰　中华书局校点本,1982年版
《资治通鉴》〔宋〕司马光编著,〔元〕胡三省音注　北京古籍出版社1957年版
《汉书艺文志讲疏》〔汉〕班固编撰,顾实讲疏　上海古籍出版社1987年版
《汉书艺文志注释汇编》　陈国庆编　中华书局1983年版
《隋书经籍志考证》〔清〕章宗源撰　中华书局《二十五史补编》本,1989年版
《隋书经籍志考证》〔清〕姚振宗撰　中华书局《二十五史补编》本,1989年版
《四库全书总目》〔清〕永瑢等撰　中华书局1983年版
《四库提要辨证》　余嘉锡著　中华书局1980年版
《四库全书总目提要补正》　胡玉缙撰,王欣夫辑　中华书局上海编辑所1964年版
《初学记》〔唐〕徐坚等著,中华书局1980年版
《艺文类聚》〔唐〕欧阳询撰,汪绍楹校　上海古籍出版社1982年版
《太平御览》〔宋〕李昉等撰　中华书局1985年版
《史通通释》〔唐〕刘知几撰,〔清〕浦起龙释　上海古籍出版社1982年版
《史通笺注》　张振珮笺注,贵州人民出版社1985年版
《文史通义校注》〔清〕章学诚著,叶瑛校注　中华书局1985年版

《老子》〔晋〕王弼注　中华书局《四部备要》本，1936年版
《老子校释》　朱谦之撰　中华书局《新编诸子集成》本，1984年版
《重订老子正诂》　高亨著　中华书局1959年版
《庄子集释》〔清〕郭庆藩辑，王孝鱼整理　中华书局《新编诸子集成》本，1982年版
《庄子集解》〔清〕王先谦注　商务印书馆《国学基本丛书》本，1936年版
《荀子集解》〔清〕王先谦撰　中华书局《新编诸子集成》本，1988年版
《荀子简释》　梁启雄著，中华书局1983年版
《韩非子集解》〔清〕王先慎撰　中华书局《诸子集成》本，1986年版
《韩非子集释》　陈奇猷校注　上海人民出版社1974年版
《韩子浅解》　梁启雄著　中华书局1982年版
《孙子兵法》（银雀山汉墓竹简）　银雀山汉墓竹简整理小组编　文物出版社1976年版
《孙子兵法新注》　中国人民解放军军事科学院战争理论研究部《孙子》注释小组注　中华书局1977年版
《墨子间诂》〔清〕孙诒让撰　中华书局《新编诸子集成》本，1986年版
《商君书解诂定本》　朱师辙著　古籍出版社1956年版
《商君书注释》　高亨注译　中华书局1974年版
《商君书锥指》　蒋礼鸿撰　中华书局《新编诸子集成》本，1986年版
《列子集释》　杨伯峻撰　中华书局1979年版
《公孙龙子悬解》　王琯撰　中华书局1930年版

《公孙龙子译注》　庞朴译注　上海人民出版社1974年版
《吕氏春秋集释》　许维遹著　北京市中国书店影印本，1985年版
《吕氏春秋集释》　陈奇猷校释　学林出版社1984年版
《贾谊集》〔汉〕贾谊撰　上海人民出版社1976年版
《新语校注》〔汉〕陆贾撰，王利器校注　中华书局《新编诸子集成》本，1986年版
《法言义疏》〔汉〕扬雄撰，汪荣宝疏，陈仲夫点校　中华书局《新编诸子集成》本，1987年版
《淮南鸿烈集解》　刘文典撰，冯逸、乔华点校　中华书局《新编诸子集成》本，1989年版
《新论》〔汉〕桓谭著　上海人民出版社1977年版
《论衡校释（附刘盼遂集解）》　黄晖撰　中华书局《新编诸子集成》本，1990年版
《说苑疏证》〔汉〕刘向撰，赵善诒疏证　华东师范大学出版社1985年版
《潜夫论笺》〔汉〕王符著，〔清〕汪继培笺，彭铎校正　中华书局1979年版
《抱朴子·外篇》〔晋〕葛洪撰　中华书局《诸子集成》本，1986年版
《刘子集校》　林其锬、陈凤金集校　上海古籍出版社1985年版
《金楼子》〔梁〕萧绎撰　浙江人民出版社《百子全书》本，1984年版
《颜氏家训集解》〔北齐〕颜之推撰，王利器集解　上海古籍出版社1980年版
《弘明集》〔梁〕僧祐编　商务印书馆《四部丛刊》本，1936年版
《广弘明集》〔唐〕道宣编　商务印书馆《四部丛刊》本，1936

年版

《高僧传》　〔梁〕慧皎撰　清道光二十七年（1847年）《海山仙馆丛书》刻本

《楚辞补注》　〔宋〕洪兴祖撰，白化文等点校　中华书局1983年版

《楚辞集注》　〔宋〕朱熹撰，李庆甲点校　上海古籍出版社1979年版

《山带阁楚辞》　〔清〕蒋骥撰　上海古籍出版杜1984年版

《全上古三代秦汉三国六朝文》　〔清〕严可均校辑　中华书局影印本，1985年版

《全上古三代秦汉三国六朝文篇名目录及作者索引》　中华书局1965年版

《先秦汉魏晋南北朝诗》　逯钦立辑校　中华书局1983年版

《先秦汉魏晋南北朝诗作者篇目索引》　常振国、绛云编　中华书局1988年版

《汉魏六朝百三名家集》　〔明〕张溥辑　明娄东张氏刊本

《文选》　〔梁〕萧统编，〔唐〕李善注　中华书局影印尤刻本，1974年版

《文选》　〔梁〕萧统编，〔唐〕李善注　中华书局影印胡刻本，1977年版

《文选》　〔梁〕萧统编，〔唐〕李善注　上海古籍出版社标点本，1986年版

《六臣注文选》　〔梁〕萧统编，〔唐〕李善、吕延济、刘良、张铣、吕向、李周翰注　中华书局《四部丛刊》影印本，1987年版

《文选平点》　黄侃平点，黄焯编次　上海古籍出版社1985年版

《文选李注义疏》　高步瀛著，曹道衡、沈玉成点校　中华书局

1985年版

《文选学》 骆鸿凯著 中华书局1989年版增订再版

《玉台新咏笺注》 〔陈〕徐陵编,〔清〕吴兆宜注、程琰删补,穆克宏点校 中华书局1985年版

《古文苑》 〔宋〕章樵注 商务印书馆《丛书集成初编》本,1937年版

《文苑英华》 〔宋〕李昉、徐铉等编 中华书局据宋明版本拼合影印,1966年版

《骈体文钞》 〔清〕李兆洛编 中华书局《四部备要》本,1936年版

《六朝文絜笺注》 〔清〕许梿评选,〔清〕黎经诰笺注 中华书局上海编辑所1962年版

《魏晋文举要》 高步瀛选注 中华书局1989年版

《古诗笺》 〔清〕王士禛撰,闻人倓笺 上海古籍出版社1980年版

《古诗源》 〔清〕沈德潜选 中华书局1963年版

《采菽堂古诗选》 〔清〕陈祚明选 清康熙丙戌(1706年)刊本

《古诗评选》 〔清〕王夫之评选 清道光二十二年(1842年)新化邓显鹤长沙刊《船山遗书》本

《诗比兴笺》 〔清〕王夫之选,〔清〕陈沆撰 上海古籍出版社1981年版

《魏晋南北朝文学史参考资料》 北京大学中国文学史教研室选注 中华书局1962年版

《汉魏六朝诗选》 余冠英选注 人民文学出版社1958年版

《乐府诗集》 〔宋〕郭茂倩编 中华书局点校本,1979年版

《古谣谚》 〔清〕杜文澜辑 中华书局据《曼陀罗华阁丛书》本校

点排印，1958年版

《汉魏乐府风笺》　黄节笺释，陈伯君校订　人民文学出版社1958年版

《乐府诗选》　余冠英选注　人民文学出版社1953年版

《建安七子集》　俞绍初辑校　中华书局1989年版

《层冰堂五种》（《曹子建诗笺定本》、《阮嗣宗咏怀诗笺定本》、《陶靖节诗笺定本》、《陶靖节年谱》、《层冰文略》）　古直撰　中华书局排印本，1935年版

《魏武帝魏文帝诗注》　黄节注　人民文学出版社1958年版

《曹操集》　中华书局编　中华书局1974年版

《魏文帝集》　〔魏〕曹丕撰，丁福保辑　《汉魏六朝名家集初刻》本，无锡丁氏1911年版

《曹集铨评》　〔清〕丁晏纂，叶菊生校订　文学古籍刊行社1957年版

《曹子建诗注》　黄节注，叶菊生校订　人民文学出版社1957年版

《曹植集校注》　赵幼文校注　人民文学出版社1984年版

《阮嗣宗咏怀诗注》　黄节注　人民文学出版社1984年版

《阮籍集校注》　陈伯君校注　中华书局1987年版

《嵇康集》　鲁迅辑校　文学古籍刊行社据鲁迅手抄本影印，1956年版

《嵇康集校注》　戴明扬校注　人民文学出版社1962年版

《陆士衡诗注》　郝立权注　人民文学出版社1958年版

《陆机集》　〔晋〕陆云撰，黄葵点校　中华书局1988年版

《潘黄门集》　〔晋〕潘岳撰　《汉魏六朝百三名家集》本

《晋刘越石集》　〔晋〕刘琨撰　《汉魏六朝百三名家集》本

《郭弘农集》　〔晋〕郭璞撰　《汉魏六朝百三名家集》本

《郭弘农集校注》 〔晋〕郭璞撰,聂恩彦校注　山西人民出版社 1989 年版
《靖节先生集》〔清〕陶澍注　文学古籍刊行社 1956 年版
《陶渊明集》　王瑶编注　作家出版社 1957 年版
《陶渊明集》　逯钦立校注　中华书局 1979 年版
《颜延之集》〔刘宋〕颜延之撰,丁福保辑　《汉魏六朝名家集初刻》本,1911 年版
《谢康乐诗注》　黄节注　人民文学出版社 1958 年版
《谢灵运集校注》　顾绍柏校注　中州古籍出版社 1987 年版
《鲍参军诗注》　黄节注　人民文学出版社 1957 年版
《鲍参军集注》　钱振伦注,黄节注诗并集说,钱仲联增补集说校　中华书局上海编辑所 1959 年版
《沈休文集》〔梁〕沈约撰,丁福保辑　《汉魏六朝名家集初刻》本,1911 年版
《江文通集汇注》〔明〕胡之骥注,中华书局 1984 年版
《梁昭明太子文集》〔梁〕萧统撰　中华书局《四部备要》本,1936 年版
《刘秘书集》〔梁〕刘孝绰撰　《汉魏六朝百三名家集》本
《何逊集》〔梁〕何逊撰　中华书局 1980 年版
《何逊集校注》　李伯齐校注　齐鲁书社 1989 年版
《阴铿诗校注》　张帆、宋书麟校注　兰州大学出版社 1989 年版
《徐孝穆集》〔陈〕徐陵撰,〔清〕吴兆宜注。《备考》,〔清〕徐文炳撰　中华书局《四部备要》本,1936 年版
《庾子山集》〔清〕倪璠撰,许逸民点校　中华书局 1980 年版
《世说新语》〔南朝宋〕刘义庆撰　上海古籍出版社据光绪十七年(1891)思贤讲舍刻本影印,1982 年版

《世说新语笺疏》　余嘉锡笺疏　中华书局1983年版
《世说新语校笺》　徐震堮著　中华书局1984年版
《文心雕龙辑注》　〔清〕黄叔琳注,〔清〕纪昀评　中华书局据《四部备要》本重印,1957年版
《文心雕龙注》　范文澜注　人民文学出版社1958年版
《文心雕龙校注》　〔清〕黄叔琳注,李详补注,杨明照校注拾遗　中华书局上海编辑所1959年版
《文心雕龙校注拾遗》　杨明照著　上海古籍出版社1982年版
《文心雕龙校证》　王利器校笺　上海古籍出版社1980年版
《文心雕龙札记》　黄侃著　中华书局上海编辑所1962年版
《文心雕龙校释》　刘永济校释　中华书局上海编辑所1962年版
《文心雕龙译注》　陆侃如、牟世金译注　齐鲁书社1982年版
《文心雕龙创作论》　王元化著　上海古籍出版社1984年版
《诗品注》　〔梁〕钟嵘撰,陈延杰注　人民文学出版社1961年版
《钟嵘诗品校释》　吕德申著　北京大学出版社1986年版
《历代诗话》　〔清〕何文焕辑　中华书局1981年版
《历代诗话续编》　丁福保编　中华书局1983年版
《清诗话》　丁福保编　中华书局上海编辑所1963年版
《清诗话续编》　郭绍虞辑,富寿荪校点　上海古籍出版社1983年版
《文论讲疏》　许文雨编著　正中书局1937年版
《文论要诠》　程会昌编　开明书店1948年版
《诗式校注》　〔唐〕释皎然撰,李壮鹰校注　齐鲁书社1986年版
《苕溪渔隐丛话》　〔宋〕胡仔撰辑　人民文学出版社1981年版
《诗人玉屑》　〔宋〕魏庆之编,王仲闻校点　古典文学出版社1958年版

《韵语阳秋》〔宋〕葛立方撰　上海古籍出版社1979年版
《朱子语类》〔宋〕黎靖德编　中华书局点校本,1986年版
《杜甫戏为六绝句集解　元好问论诗三十首小笺》郭绍虞笺释
　　人民文学出版社1978年版
《四溟诗话》〔明〕谢榛撰　人民文学出版社1961年版
《诗薮》〔明〕胡应麟撰　上海古籍出版社1979年版
《诗源辨体》〔明〕许学夷撰　人民文学出版社1987年版
《汉魏六朝百三家集题辞注》〔明〕张溥撰,殷孟伦注　人民文学
　　出版社1960年版
《说诗晬语》(与清薛雪《一瓢诗话》、清叶燮《原诗》合刊)〔清〕
　　沈德潜撰　人民文学出版社1979年版
《义门读书记》〔清〕何焯著　中华书局1987年版
《艺概》〔清〕刘熙载撰　上海古籍出版社1978年版
《诗比兴笺》〔清〕陈沆撰　上海古籍出版社1981年版
《读诗三札记》萧涤非著　作家出版社1957年版
《中国文学批评史》(上册,下册之一、二)　郭绍虞著　商务印书
　　馆1947年版
《中国文学批评史》(1—3)　罗根泽著　第一、二册:古典文学出
　　版社1957年版;第三册:中华书局上海编辑所1961年版
《中国文学批评史大纲》　朱东润著　上海古籍出版社1983年版
《中国文学批评》　方孝岳著　三联书店1986年版
《中国文学批评史》(上、中、下)　上、中册:复旦大学中文系古典
　　文学教研组编;下册:王运熙、顾易生主编　上海古籍出版社
　　1979~1985年版
《先秦两汉文学批评史》　顾易生、蒋凡著　上海古籍出版社1990
　　年版

《魏晋南北朝文学批评史》　王运熙、杨明著　上海古籍出版社 1989 年版
《中国历代文论选》(1—4)　郭绍虞、王文生主编　上海古籍出版社 1979 年版
《文镜秘府论校注》　王利器校注　中国社会科学出版社 1983 年版
《管锥编》(1—4)　钱锺书著　中华书局 1979 年版
《管锥编增订》　钱锺书著　中华书局 1982 年版
《中古文学系年》　陆侃如著　人民文学出版社 1985 年版
《中国中古文学史》(与《论文杂记》合刊)　刘师培著　人民文学出版社 1962 年版
《十四朝文学要略》　刘永济著　黑龙江人民出版社 1984 年版
《汉魏六朝文学论集》　逯钦立著　陕西人民出版社 1984 年版
《中古文学史论》　王瑶著　北京大学出版社 1986 年版
《汉魏两晋南北朝佛教史》(上、下)　汤用彤著　中华书局 1983 年版
《魏晋玄学论稿》　汤用彤著　人民出版社 1957 年版
《朱自清古典文学论文集》(上、下)　上海古籍出版社 1981 年版
《汉文学史纲》　鲁迅著　人民文学出版社 1963 年版
《而已集》　鲁迅著　人民文学出版社 1963 年版
《且介亭杂文二集》　鲁迅著　人民文学出版社 1963 年版
《中国通史简编》(第二编,修订本)　范文澜著　人民出版社 1958 年版
《文学风格论》　〔德〕歌德等著,王元化译　上海译文出版社 1982 年版

原版后记

拙著《文心雕龙研究》,经过多方的努力,终于问世了。

这部《文心雕龙研究》,从表面看,是我近十余年所撰写的部分论文的结集,实际上是一部研究专著。因为我撰写《文心雕龙》的研究论文是有计划进行的。

本书分上、下两编。上编是通论,对刘勰和《文心雕龙》进行了比较全面的论述,详细地介绍了刘勰的生平、思想和刘勰对文学与现实的关系、艺术构思、文学作品的内容和形式、文学的继承和创新、文学批评、文学风格等问题的论述。下编是专论,将《文心雕龙》和六朝文学结合起来进行研究,阐明了刘勰对王粲、曹植、阮籍、嵇康、陆机、潘岳、左思和对东晋、南朝宋齐文学的论述。附录两篇,论述沈约和萧统的文学理论批评。这是因为沈约、萧统同刘勰都有关系,对读者了解刘勰和《文心雕龙》有帮助。

与现在已出版的《文心雕龙》研究专著比较,本书具有自己的一些特点:

第一,将《文心雕龙》和六朝文学结合起来研究。黄侃先生说:"读《文选》者,必须于《文心雕龙》所说能信受奉行,持观此书,乃有真解。"(《文选平点》1页)我认为黄先生的话很有道理。同样地,将《文心雕龙》与《文选》结合起来,更可发现《文心雕龙》之精妙。我不仅将《文心雕龙》与《文选》结合起来研究,而且,推而广之,将《文心雕龙》与六朝文学结合起来研究。这样,使我对《文心雕龙》的了解更为具体、深入了。这是受了黄侃先生的启发。

第二，提出了自己的一些粗浅的见解，例如：作者认为，《文心雕龙》绪论五篇，与其文体论、创作论、批评论的关系不是对等的，而是一种统摄的关系，绪论五篇所表现的儒家思想是贯串全书的。又作者较早注意到《文心雕龙》文体论的研究，认为其文体论熔创作理论、文学批评和文学史为一炉，这是刘勰不同于他的前辈的地方，也是高出他的前辈的地方。还有作者首先对《文心雕龙》的表现形式进行了研究，指出它在体裁、结构和语言方面的特点，如此等等，或可供研究者参考。

第三，我努力学习前辈学者严谨的治学精神，尽力实事求是地对《文心雕龙》进行研究，因此，对《文心》所论述的文学问题和作家作品力求作科学的分析。对其正确的、精辟的论述，固然一一拈出；对其错误的，或不恰当的论述也不放过，一一点明。书中的每一个结论都是在大量资料的基础上，经过反复的思考，最后得出的。当然，个人的考虑都有局限，可能产生这样或那样的错误，敬希方家和读者指正。

《文心雕龙》是一部体大思精的中国古代文学理论批评的杰作。鲁迅先生在《诗论题记》中说："篇章既富，评骘自生，东则有刘彦和之《文心》，西则有亚里斯多德之《诗学》，解析神质，包举洪纤，开源发流，为世楷式。"鲁迅先生将刘勰的《文心雕龙》和亚里斯多德的《诗学》相提并论，对《文心雕龙》作了很高的评价，亦可见这部巨著在世界文学理论批评中的崇高地位。近年来，国内外从事《文心雕龙》研究者渐多，"文心学"已成为"显学"。此书的出版，固然是了却自己的一个宿愿，也希望能为"文心学"之研究贡献一份微薄的力量。

需要说明的是，此书曾作为《文心雕龙研究》课程的讲义，为大学本科高年级学生和中国古代文学、文学理论专业研究生讲授多次。每讲授一次都进行一些修改。但是，此书是按专题分篇撰写的，由于专题论述的需要，书中难免有一些重复之处，深祈读者谅之。

在此书付梓之时，我想起了挚友、著名的《文心雕龙》专家牟世金教授。我们是志同道合的好朋友。他不幸于1989年去世，使我悲痛不已。世金教授生前，我们每次见面，都要一起讨论《文心》。切磋琢磨，彼此都滔滔不绝地陈述自己的意见，结果往往难以得出一致的结论，莞尔一笑了之。此情此景，终生难忘。现在世金教授已离我而去了。我痛失挚友，中国"文心学"学界亦失去了一位诚挚、勤奋的学者。这两年我参加《文心雕龙》学术讨论会，再也见不到世金教授了，触景生情，不禁感慨系之。

我还应感谢复旦大学王运熙教授。他十分关心拙著的出版，多次向我询及此事。在拙著问世之际，我向他谨表谢忱。

最后应特别提到的是，在学术著作出版难的今天，拙著得到了福建教育出版社的鼎力相助。在此表示衷心的感谢。

穆克宏

1991年6月于榕城耕读斋

再版后记

拙著《文心雕龙研究》,1991年由福建教育出版社出版后,得到许多同行专家的勖勉和鼓励。上海复旦大学王运熙教授说:"大著内容丰富,论述面颇广。上编就问题探讨,下编就专家评论分析,角度不同,互相配合,益觉论述之全面周到。"湖南师范大学马积高教授说:"匠心独运,为龙学别开生面。"北京大学袁行霈教授说:"尊著对刘氏生平及其创作论、风格论、作家论均有所发明,风格论一篇尤为卓见。"周振甫主编的《文心雕龙辞典》(中华书局1996年版510页)、贾锦福主编的《文心雕龙辞典》(济南出版社1993年版339页)等也都作了较高的评价。由于本书将《文心雕龙》和魏晋南北朝文学结合起来研究,具有自己的一些特点,因此在《文心雕龙》研究领域中有一定的影响,于1992年获得福建省政府授予的社会科学优秀成果奖。

本书初版印数少,错字较多,且早已绝版。此次重新出版,由作者做了认真的校订修改,并增加了《〈文心雕龙〉解题》和《志深而笔长,梗概而多气——刘勰论"建安七子"》、《洒笔以成酣歌,和墨以藉谈笑——刘勰论"魏之三祖"》、《义多规镜,摇笔落珠——刘勰论傅玄、张华》、《诗必柱下之旨归赋,赋乃漆园之义疏——刘勰论东晋文学》四篇论文以及《主要参考书目》。这样,全书就显得更为系统和完整。对读者学习和研究《文心雕龙》和魏晋南北朝文学,皆可供参考。

学术研究是一种十分辛苦和艰难的工作。本书的撰写,从开始到基本完成,历时十年。以后陆陆续续地又有所增补,才形成今天这样的格局。我应当感谢内子王沛,她在繁忙的工作之余,不辞劳苦地承担了沉重的家庭事务和教育子女的责任,数十年如一日,默默无闻,无怨无悔。正因如此,我才有可能专心治学,才能完成一些论著,才能取得一点微薄的学术成就。

由于《文心雕龙》博大精深,本书只是作者在长期的学习和研究《文心雕龙》中的一些体会,错误和缺点在所难免,还望方家和读者批评指正。

新版《文心雕龙研究》的出版,得到鹭江出版社和郑宣陶同志的大力支持,谨此表示诚挚的谢意。

穆克宏
2000 年 11 月于福州滴石轩

新版后记

  1960年以后,我开始研究《文心雕龙》。我的研究方法是先精读《文心雕龙》及有关资料。为了加深对《文心雕龙》的理解,我注释、翻译了其中二十一篇比较重要的文章。在这个基础上,我撰写了多篇研究《文心雕龙》的论文。我认为将文学研究与文献的整理研究结合起来,有相辅相成、相得益彰的优点。记得上个世纪五十年,我阅读萧涤非先生的《杜甫研究》。此书上卷是对杜甫的论述,下卷是对杜诗的注释。当时我并不理解这种做法,直到自己实践了,方解其中奥妙。

  新版《文心雕龙研究》,增加了《体大思精,见解深湛——史学家论〈文心雕龙〉》、《〈文心雕龙〉、〈诗品〉比较新议》两篇论文,将《文心雕龙选》作为附录。又1994年,由于主编《魏晋南北朝文论全编》的需要,我曾注释了《文心雕龙》全书,因为篇幅较大,此次仅收入各篇"解题"。这样,此书就比较完整地表达我对《文心雕龙》的认识和理解。我将《文心雕龙》与《文选》、六朝文字结合起来研究,被马积高先生许为"匠心独运,为龙学别开生面"。拙著可供《文心雕龙》、《文选》和六朝文学研究者参考。

穆克宏
2016年2月20日

穆克宏文集

第六册

滴石轩文存

中华书局

作者（摄于1995年）

作者夫妇(摄于1995年)

全家福（摄于1960年）

著作书影

长子一家

次子一家

目 录

序 …………………………………………… 俞元桂 1

汉魏六朝文体论的发展 …………………………………… 1
严羽论汉魏六朝诗 ……………………………………… 18
民间情歌　短篇神品
　　——读汉乐府《上邪》 …………………………… 41
反抗强暴　情操高尚
　　——读辛延年的《羽林郎》 ……………………… 45
傅玄《秦女休行》解说 ………………………………… 50
借史咏怀　出类拔萃
　　——说左思《咏史》八首 ………………………… 54
试论《玉台新咏》 ……………………………………… 71
徐陵论 …………………………………………………… 88
魏晋南北朝文论的新发展
　　——《魏晋南北朝文论全编》代前言 ………… 104
《文心雕龙辞典》序 …………………………………… 124
《双文集》序 …………………………………………… 127
略谈《诗品》之研究 …………………………………… 131
钟嵘《诗品》"江淹"条疏证 ………………………… 136
袁编《中国文学史》魏晋南北朝部分的几个问题 …… 150
关于"正始之音"等问题辨析之辨析 ………………… 165

篇目	作者	页码
"正始之音"解诂		181
嵇康曾官中散大夫考		199
王昌龄论		203
唐人七绝"压卷"之作赏析		221
出　塞	王昌龄	222
凉州词	王　翰	223
送元二使安西	王　维	224
早发白帝城	李　白	226
长信秋词	王昌龄	227
凉州词	王之涣	228
夜上受降城闻笛	李　益	230
酬曹侍御过象县见寄	柳宗元	231
石头城	刘禹锡	232
泊秦淮	杜　牧	234
淮上与友人别	郑　谷	235
唐人绝句名篇赏析		239
咏　柳	贺知章	239
回乡偶书	贺知章	240
登鹳雀楼	王之涣	242
凉州词	王之涣	243
春　晓	孟浩然	245
宿建德江	孟浩然	247
从军行（其一、其四、其五）	王昌龄	248
出　塞	王昌龄	253
采莲曲	王昌龄	254
长信秋词	王昌龄	256

闺　怨	王昌龄	257
芙蓉楼送辛渐	王昌龄	259
鹿　柴	王　维	260
鸟鸣涧	王　维	262
杂　诗	王　维	263
九月九日忆山东兄弟	王　维	265
送元二使安西	王　维	266
静夜思	李　白	268
峨眉山月歌	李　白	269
望庐山瀑布	李　白	271
黄鹤楼送孟浩然之广陵	李　白	272
赠汪伦	李　白	274
望天门山	李　白	275
闻王昌龄左迁龙标遥有此寄	李　白	277
早发白帝城	李　白	278
别董大	高　适	280
凉州词	王　翰	281
逢雪宿芙蓉山主人	刘长卿	283
江畔独步寻花	杜　甫	284
绝　句	杜　甫	286
逢入京使	岑　参	287
枫桥夜泊	张　继	289
寒　食	韩　翃	290
夜　月	刘方平	292
滁州西涧	韦应物	293
塞下曲（其二、其三）	卢　纶	295

上汝州郡城楼	李　益	298
夜上受降城闻笛	李　益	299
早春呈水部张十八员外	韩　愈	301
秋　思	张　籍	302
题都城南庄	崔　护	304
竹枝词（杨柳青青江水平）	刘禹锡	305
金陵五题（石头城、乌衣巷）	刘禹锡	307
悯农（锄禾日当午）	李　绅	310
问刘十九	白居易	312
暮江吟	白居易	313
江　雪	柳宗元	315
酬曹侍御过象县见寄	柳宗元	316
寻隐者不遇	贾　岛	318
行　宫	元　稹	319
近试上张籍水部	朱庆馀	321
江南春绝句	杜　牧	322
赤　壁	杜　牧	324
泊秦淮	杜　牧	325
山　行	杜　牧	327
秋　夕	杜　牧	328
清　明	杜　牧	330
题金陵渡	张　祜	331
江楼旧感	赵　嘏	333
瑶瑟怨	温庭筠	334
乐游原	李商隐	336
夜雨寄北	李商隐	337

隋　宫 ··	李商隐	339
嫦　娥 ··	李商隐	340
贾　生 ··	李商隐	342
台　城 ··	韦　庄	343
淮上与友人别 ······································	郑　谷	345
社　日 ··	王　驾	346
春　怨 ··	金昌绪	348

研习六朝文学如何入门？
　　——答研究生问 ·· 350
学一点目录学 ·· 354
我与《书目答问》·· 364
要学会使用工具书 ·· 371
漫谈如何学习中国古典文学 ································ 384
谈谈写毕业论文 ·· 393

滴石轩随笔 ·· 404
　　著书之难 ·· 404
　　注古书难
　　　——读书札记 ·· 406
　　读书指瑕 ·· 409
　　误读正音 ·· 413
　　说说"离经辨志" ·· 415
　　王粲所登之楼在何处 ·································· 418
　　陆机的籍贯 ·· 423
　　说韩愈《山石》诗 ······································ 428

"霜叶红于二月花"
——谈杜牧的《山行》诗 ……………………… 430
《资暇集》的作者是谁 ……………………………… 432
六经注我　我注六经 ………………………………… 435
三坊七巷的名人梁章钜 ……………………………… 437
读书偶记 ……………………………………………… 439
谈谈读书 ……………………………………………… 444
再谈读书 ……………………………………………… 448
关于国学基本书目 …………………………………… 451
《十三经》与《二十四史》 ………………………… 454
怎样买书 ……………………………………………… 459
读书杂议 ……………………………………………… 461
我的书斋 ……………………………………………… 462
我与书 ………………………………………………… 464
我的藏书 ……………………………………………… 472
闲话治学 ……………………………………………… 480
读书治学指导举隅 …………………………………… 483
冯友兰的治学精神 …………………………………… 488
忆根泽师 ……………………………………………… 492
我的老师们 …………………………………………… 495
谈谈我的治学方法 …………………………………… 500
走自己的路 …………………………………………… 504
我与六朝文学研究 …………………………………… 508
我这三十年 …………………………………………… 512
苍龙日暮还行雨　老树春深更着花
——退休二十年 ……………………………… 515

谈古籍整理工作 ·················· 522
我与中华书局 ··················· 525
《六朝文学论集》后记 ··············· 530
我的 2017 年 ···················· 532

原版后记 ····················· 537
新版后记 ····················· 541

作者主要论著系年 ················· 543
《穆克宏文集》简介 ················ 553
后　记 ······················ 560

序

七十年代前期,高校开始恢复正常的教学秩序,福建师大中文系来了许多原华侨大学的教师,穆克宏先生就是其中的一位。交往间,他对待学术的忠诚,研究志趣的高远,治学态度的认真,给我以深刻的印象。他有一个幸福的家,使他能专心治学。党的十一届三中全会以后,十余年间,他于教学之余,继续潜心研究,坐拥书城,孜孜以求,出版了几本专著,发表了许多论文,成果相当丰硕,现在是知名的中国中古文学研究的专家教授了。

他的学术研究是从《文心雕龙》开始的。我国学术界对这部名著已有一些里程碑式的著述。他并不望而却步,而是一边进行《文心雕龙》选注,一边从事《文心雕龙》的总体研究,对它的理论体系,文体论中的论、史、评结合,以及全书的表现形式等作较全面的探讨。同时,又把《文心雕龙》与中国中古文学主要作家结合起来进行考察,于内部和外部两面作广泛的联系,形成了自己的研究特色。在《文心雕龙》陆续取得成果时,他接受了中华书局委托的《玉台新咏笺注》点校的任务,这无疑的是一份繁重细致的学术工作,他不辞辛苦,字斟句酌,此书出版后获得学术界的好评,被认为"校正纠谬,校勘精审,校点正确"[1],受到了赞誉。在点校的基础上,他发表了《试论〈玉台新咏〉》一文,对这部选本作全面的评价。

---

[1] 曹道衡、沈玉成:《评新版〈玉台新咏笺注〉》,《书品》1986年第3期,中华书局出版。

之后，他又着手《昭明文选》的研究，已发表论文多篇，于萧统的文学思想和《文选》的文学价值有进一步的探讨。这项研究还在进行之中。钻研一部著名古典文论，两部著名诗文选集，从而在总体上深入研究中国中古文学，这个角度，这种计划，确是独具只眼，建立起自己的研究体系。

《文心雕龙》、《玉台新咏》、《昭明文选》，内容丰富，文字上也有一定的难度，对这类古典文学名著，究竟该如何入手呢？穆先生结集的这本《滴石轩文存》，可以说是他治学方法和经验的真实记录。这书里收有学术工作的启蒙性文章，如《要学会使用工具书》、《漫谈如何学习中国古典文学》、《学一点目录学》、《魏晋南北朝文学书目》等；还收有研究初阶的赏析性文章，如《选诗赏析》等；又收有名著的评介文章，如《刘勰与〈文心雕龙〉》、《研习选学之津梁——骆鸿凯〈文选学〉评介》等；也收有作家评析的文章，如《盛唐著名诗人王昌龄》、《刘勰与萧统》等；再就是长篇专论了。这些方面体现了治学的阶梯：学一点目录学、作品赏析、名著评介、作家评论、综合研究，这是一个循序渐进的研究过程。本书的出版，对有志于研究中国古典文学的人们，有着良好的指导作用。

穆先生的研究工作正在拓展，他已经完成了《魏晋南北朝文学史料述略》，还着手进行《中华文艺理论大成·魏晋南北朝卷》、《昭明文选研究》的编著，并计划点校《采菽堂古诗选》和《文选旁证》，把他的中国中古文学研究搞得更为系统化和系列化。这些具有相当规模的著述的完成，应该说是对中国中古文学研究作出了可贵的贡献。

学术工作者是要有一定的抱负的，我赞赏穆先生这种锲而不舍的精神。他孜孜不倦，日积月累，终于在学术园地里开出了花果。值得注意的是：他在宏观上从目录学入手，在微观上从点校的硬功夫起步,文学分析则由作品赏析开始,文学研究注意理论名著领先,这些不同侧面互为表里,构成研究的整体性。这本《滴石轩文存》用实例告诉人们水滴石穿的道理,其坚定精神和务实步骤,值得读者仔细揣摩。

穆先生很欣赏国学大师王国维关于成大事业、大学问者必须经过三种境界的名言,亲自实践,从"望尽天涯路"着眼,经历"衣带渐宽终不悔"的过程,逐步达到"那人却在灯火阑珊处"的收获愉悦。我青年时期曾有志于中国古典文学研究,新中国成立后因工作需要,改变方向,转攻中国现代文学,然旧情难断,梦绕魂牵。我很羡慕穆先生能够一步步地实现他的抱负,也非常高兴这本书的问世。因为它将鼓舞有志于发扬伟大的中华文化的人们,再接再厉,献身学术事业,为光大我们先人的优秀文化遗产而共同努力。

俞元桂
1992年5月

汉魏六朝文体论的发展

文体的形成是很早的,远在先秦时期各种文体已陆续出现,文体论也开始萌芽。两汉以后,由于文学及其他文章的发展,促使文人学士注意到对文体的研究。汉魏六朝时期文体论有了巨大的发展,产生了刘勰《文心雕龙》、萧统《文选》等重要著作,值得我们重视。本文拟对汉魏六朝文体论的发展作一些粗浅的探讨,以就正于方家。

一

文体是怎样形成的?我国古代有一种常见的说法,认为是本于"五经"。如颜之推说:

> 夫文章者,原出五经:诏命策檄,生于《书》者也;序述论议,生于《易》者也;歌咏赋颂,生于《诗》者也;祭祀哀诔,生于《礼》者也;书奏箴铭,生于《春秋》者也。(《颜氏家训·文章》)

意思是各种文体都来自"五经"。这种论调在当时是很有代表性的,在颜之推之前,南朝齐梁时的刘勰就已经说过:

> 故论说辞序,则《易》统其首;诏策章奏,则《书》发其源;赋颂歌赞,则《诗》立其本;铭诔箴祝,则《礼》总其端;纪传铭檄,则《春秋》为根。并穷高以树表,极远以启疆,所以百家腾跃,终入环内者也。(《文心雕龙·宗经》)

这是认为儒家经书是各类文章的始祖。"渊哉铄乎,群言之祖",刘勰自己也指出了这一点。

在颜之推之后,清代章学诚论述更详,他认为"战国之文,其源皆出于六艺","后世之文,其体皆备于战国"。他指出:

> 《老子》说本阴阳,《庄》、《列》寓言假象,《易》教也。邹衍侈言天地,关尹推衍五行,《书》教也。管、商法制,义存政典,《礼》教也。申、韩刑名,旨归赏罚,《春秋》教也。其他杨、墨、尹文之言,苏、张、孙、吴之术,辨其源委,挹其旨趣,九流之所分部,《七录》之所叙论,皆于物曲人官,得其一致,而不自知为六典之遗也。(《文史通义·诗教上》)

这是从思想内容方面说明战国之文皆源于"六艺"。他还指出:

> 论事之文,疏通致远,《书》教也。传赞之文,抑扬咏叹;辞命之文,长于讽谕,皆《诗》教也。叙例之文与考订之文,明体达用,辨名正物,皆《礼》教也。叙事之文,比事属辞,《春秋》教也。五经之教,于是得其四矣。若夫《易》之为教,系辞尽言,类情体撰,其要归于洁净精微,说理之文所从出也。(《论课蒙学文法》,见刘承幹《章氏遗书补遗》)

这是从表现方法方面说明各体文章皆源于"五经"。

从刘勰、颜之推到章学诚,都认为各种文体源于"五经"。他们的认识不免有牵强附会之处,但也有一定的道理。因为文体的形成,固然是由社会实践决定的,同时也与文学本身的传统有密切关系。我国古代各种文体的形成和发展,确实与"五经"存在着某种联系,这是一方面。另一方面,儒家经书中已有文体的区分和有关文体的论述。例如,《诗经》有风、雅、颂之分,《尚书》亦有典、谟、训、诰、誓、命等名称之别。《周礼》就提出:

> 作六辞以通上下亲疏远近：一曰祠（当作辞），二曰命，三曰诰，四曰会，五曰祷，六曰诔。（《大祝》）

这里所谓"六辞"，显然是指六种不同的文体。《毛诗传·鄘风·定之方中》说到"九能"，这是指"建邦能命龟，田能施命，作器能铭，使能造命，升高能赋，师旅能誓，山川能说，丧纪能诔，祭祀能语。君子能此九者，可谓有德音，可以为大夫"。所谓"九能"，除"建邦能命龟"之外，也都是指的各种文体。孔颖达疏云："'田能施命'以下，本有成文，连引之耳。"既是引用"成文"，为时当更早。这些例子说明先秦时期对文体的分类已有所认识。

此外，如《左传》在记述史事中往往使用各种文体。对此，宋代陈骙曾加以分析。他说：

> 春秋之时，王道虽微，文风未珍，森罗辞翰，备括规摹。考诸左氏，摘其英华，别为八体，各系本文。一曰命，婉而当；二曰誓，谨而严；三曰盟，约而信；四曰祷，切而悫；五曰谏，和而直；六曰让，辩而正；七曰书，达而法；八曰对，美而敏。作者观之，庶知古人之大全也。（《文则》）

陈氏不仅举出文体名称及其特点，而且各以实例证明：一命，如"周灵王命齐侯"；二誓，如"晋赵简子誓伐郑"；三盟，如"亳城北之盟"；四祷，如"卫蒯聩战祷于铁"；五谏，如"臧哀伯谏鲁威公纳郜鼎"；六让，如"周詹桓伯责晋率阴戎伐颍"；七书，如"晋叔向诒郑子产铸刑书书"；八对，如"郑子产对晋人问陈罪"。陈氏所论文体当然不完备，我们还可以补充一些。但是，这些现象说明在先秦时期文体的分类已经相当繁富了，它自然会对后世文体的形成和发展产生影响。

《礼记》在儒家经书中成书较晚，亦非一人所著，其中既有战国时儒家的旧说,又有汉初儒家的新作,内容比较复杂。《礼记》中已有关于文体的论述,如《檀弓上》云:"(鲁庄公)遂诔之。士之有诔自此始也。"这是认为鲁庄公诔县贲父是有诔之始。《曾子问》云:"贱不诔贵,幼不诔长,礼也。唯天子称天以诔之。诸侯相诔,非礼也。"这是说明诔文应用的范围。又《祭统》云:"夫鼎有铭。铭者,自名也,自名以称扬其先祖之美而明著之后世者也。为先祖者,莫不有美焉,莫不有恶焉。铭之义,称美而不称恶,此孝子孝孙之心也,唯贤者能之。铭者,论撰其先祖之有德善功烈勋劳庆赏声名列于天下,而酌之祭器,自成其名焉,以祀其先祖者也。"这是说明铭文的用途和特点。这些论述可以视作先秦和汉初的文体论。

我国先秦时期涌现出许多优秀的学术著作,如《尚书》等著作中已经包含了多种文体。这是应当时社会生活的需要,一些作者在继承前人传统的基础上创造出来的。一种文体形成之后,必然随着社会实践而发展变化,到一定的时候,就会引起文人学士的注意而加以研究,于是就产生了文体论。《礼记》等著作中关于文体的简单论述,可以看成是文体论的萌芽。两汉以后,文体论则有了很大的发展。

二

随着文学的发展,两汉的文学理论批评取得了新的成就,其中文体论也有了新的发展。两汉的文体论,主要表现为以下三种形式:

一是零星的、片段的论述。如扬雄说:

> 诗人之赋丽以则,辞人之赋丽以淫。(《法言·吾子》)

又:

> 雄以为赋者,将以风也,必推类而言,极丽靡之辞,闳侈钜衍,竞于使人不能加也,既乃归之于正,然览者已过矣。(《汉书·扬雄传》)

这是论述赋的特点和作用。桓谭说:

> 若其小说家,合丛残小语,近取譬论,以作短书,理身治家,有可观之辞。(《文选》江文通《杂诗·李都尉从军》注)

这是论述"小说"的特点和作用。班固说:

> 赋者,古诗之流也。……或以抒下情而通讽谕,或以宣上德而尽忠孝,雍容揄扬,著于后嗣,抑亦《雅》、《颂》之亚也。(《两都赋序》)

这是论述赋的源流和讽谕作用。王符说:

> 诗赋者,所以颂善丑之德,泄哀乐之情也。故温雅以广文,兴讽以尽意。(《潜夫论·务本》)

这是论述诗赋的作用和艺术特点。王逸说:

> 《离骚》之文,依《诗》取兴,引类譬谕。……其词温而雅,其义皎而朗……(《离骚经序》)

这是论述《离骚》的艺术特色,也可以看作骚体的艺术特点。郑玄说:

> 诗者,弦歌讽谕之声也。自书契之兴,朴略尚质,面称不为谄,目谏不为谤。……斯道稍衰,奸伪以生,上下相犯。……故作诗者以诵其美而讥其过。(《六艺论》)

这是论述诗的美刺作用。以上各条,虽不乏精辟的见解,但基本上是先秦文体论的继续。

二是与文体论有关的专篇文学论文。如《毛诗序》,论述诗歌的特点、社会作用、分类和表现方法,代表儒家的诗歌理论。但是,如果在一定程度上将它看作诗这一体裁的理论,亦未尝不可。又如班固的《离骚序》,以明哲保身的观点批评屈原的为人,然而对《离骚》的艺术成就,却也给予了肯定:

> 然其文弘博丽雅,为辞赋宗,后世莫不斟酌其英华,则象其从容。自宋玉、唐勒、景差之徒,汉兴,枚乘、司马相如、刘向、扬雄,骋极文辞,好而悲之,自谓不能及也。

当然,班固仅肯定其文采"弘博雅丽",显然是不够的。不过,从中我们也可以了解到"骚"体的一些特点。王逸的《楚辞章句序》针对班固对屈原的批评,提出不同的看法,对屈原及其作品作出比较正确的评价。但是,他并不理解《离骚》的艺术特色,他说:

> 夫《离骚》之文,依托五经以立义焉。"帝高阳之苗裔",则"厥初生民,时惟姜嫄"也;"纫秋兰以为佩",则"将翱将翔,佩玉琼琚"也;"夕揽洲之宿莽",则《易》"潜龙勿用"也;"驷玉虬而乘鹥",则"时乘六龙以御天"也;"就重华而陈词",则《尚书·咎繇》之谋谟也;"登昆仑而涉流沙",则《禹贡》之敷土也。故智弥盛者其言博,才益多者其识远。屈原之词,诚博远矣。

王逸认为《离骚》的一些内容,都源自儒家经书。为了反驳班固的指责,这确实煞费苦心。但未免牵强,并不能正确地分析《离骚》的艺术特色。然而,对于我们了解"骚"体也是有帮助的。

这些专篇文学论文的出现,是两汉文学理论批评中的新现象。

这些论文都不是专门论述文体的,但是,它们和文体论都有关系,值得我们注意。

三是比较完整的有关文体的论述。如蔡邕有《铭论》和有关策、制、诏、戒、章、奏、表、驳议的论述。《铭论》分"天子令德"、"诸侯言时计功"、"大夫称伐"三层,列举先秦时期产生的各种铭的事迹,并不曾论及铭的文体特点和写作方法。作为文体论文,内容并不完备。蔡氏在《独断》中论述策、制等朝廷通用的文体,分天子命令群臣的四类:策书、制书、诏书、戒书;群臣上书天子的四类:章、奏、表、驳议。兹各举一例:

> 诏书者,诏诰也,有三品。其文曰"告某官,官如故事",是为诏书。群臣有所奏请,尚书令奏之,下有"制曰,天子答之曰可,若下某官"云云,亦曰诏书。群臣有所奏请,无尚书令奏"制"之字,则答曰"已奏如书,本官下所当至",亦曰诏。

> 表者不需头,上言"臣某言",下言"臣某诚惶诚恐,顿首顿首,死罪死罪",左方下附曰"某官臣某甲上"。文多用编两行,文少以五行,诣尚书通者也。公卿校尉诸将不言姓,大夫以下有同姓官别者言姓,章曰报闻,公卿使谒者将大夫以下至吏民,尚书左丞奏闻报可,表文报已奏如书。

皆论到文体的性质和写作方法。所论虽然是应用文字,但是论述比较完整,是两汉文体论的新发展。两汉关于文体的论述,为魏晋南北朝的文体研究提供了良好的基础。

建安以后,曹丕的《典论·论文》首先论及文体,他说:

> 夫文本同而末异,盖奏议宜雅,书论宜理,铭诔尚实,诗赋欲丽。

这里将文体分为四科八体,并指出各种文体的风格特点。作为专篇文学论文,如此论述文体和风格,这在中国文学理论批评史上是第一次,具有重要意义,对后世文体论有深远的影响。

曹丕以后,魏末桓范《世要论》,其中论文体的有《赞像》、《铭诔》、《序作》三篇,比较详明。《赞像》篇说:

> 夫赞像之所作,所以昭述勋德,思咏政惠,此盖诗颂之末流矣。宜由上而兴,非专下而作也。世考之导,实有勋绩,惠利加于百姓,遗爱留于民庶。宜请于国,当录于史官,载于竹帛,上章君将之德,下宣臣吏之忠。若言不足纪,事不足述,虚而为盈,亡而为有,此圣人之所疾,庶几之所耻也。

桓范论述"赞像"等文体的写作目的和方法,正是曹丕所缺少的,可以补曹氏之不足。

魏末晋初,傅玄对某些文体亦有所论述。他的《七谟序》论述"七"体,只是作家作品的评论,不谈文体特点和写作方法。他的《连珠序》说:

> 所谓连珠者,兴于汉章帝之世,班固、贾逵、傅毅三子,受诏作之,而蔡邕、张华之徒又广焉。其文体辞丽而言约,不指说事情,必假喻以达其旨,而贤者微悟,合于古诗劝兴之义。欲使历历如贯珠,易睹而可悦,故谓之连珠也,班固喻美辞壮,文章弘丽,最得其体。蔡邕似论,言质而辞碎,然其旨笃矣。贾逵儒而不艳,傅毅文而不典。

这里不仅谈到"连珠"体的特点和写作方法,而且对"连珠"体的作家作品进行了评论,论述比较全面。只是认为"连珠"体"兴于汉章帝之世",却未必正确,刘勰断定始于扬雄(见《文心雕龙·杂文》),是比较符合史实的。

西晋陆机的《文赋》,被称为"在中国文学批评史上是第一篇

完整而系统的文学理论"(郭绍虞《中国历代文论选》第一册),它也论到文体:

> 诗缘情而绮靡,赋体物而浏亮。碑披文以相质,诔缠绵而凄怆。铭博约而温润,箴顿挫而清壮。颂优游以彬蔚,论精微而朗畅。奏平彻以闲雅,说炜晔而谲诳。

这里论述十种文体和风格,显然较曹丕为详,这是进步。但是较桓范、傅玄之论为略。然论述之详略,是由文章性质决定的,不必强求。陆氏论述之精密,则远非曹丕等人所能比拟。曹丕论诗赋,只是笼统地说"欲丽",而陆机则析为"诗缘情而绮靡,赋体物而浏亮",既概括了文体的特征,又反映了时代的特点。"诗缘情"说影响极为深远。

西晋挚虞著有《文章流别集》和《文章流别论》。《晋书·挚虞传》云:"虞撰《文章志》四卷……又撰古文章,类聚区分为三十卷,名曰《流别集》,各为之论,辞理惬当,为世所重。"《隋书·经籍志》著录挚虞撰《文章流别集》四十一卷,《文章流别志论》二卷,早已亡佚,仅严可均《全晋文》辑录《志论》十余条。今存《志论》残文,论述的文体有颂、赋、诗、七、箴、铭、诔、哀辞、哀策、对问、碑铭等,论述较详,分类更细。如论赋云:

> 赋者,敷陈之称,古诗之流也。古之作诗者,发乎情,止乎礼义。情之发,因辞以形之;礼义之旨,须事以明之。故有赋焉,所以假象尽辞,敷陈其志。前世为赋者,有孙卿、屈原,尚颇有古诗之义,至宋玉则多淫浮之病矣。楚辞之赋,赋之善者也。故扬子称赋莫深于《离骚》。贾谊之作,则屈原之俦也。古诗之赋,以情义为主,以事类为佐。今之赋,以事形为本,以义正为助。情义为主,则言省而文有例矣;事形为本,则言富

> 而辞无常矣。文之烦省,辞之险易,盖由于此。夫假象过大,则与类相远;逸辞过壮,则与事相违;辩言过理,则与义相失;丽靡过美,则与情相悖。此四过者,所以背大体而害政教。是以司马迁割相如之浮说,扬雄疾辞人之赋丽以淫。

这里不仅考察了赋的源流和特征,而且对过去的赋作进行了评论。挚氏肯定"以情义为主,以事类为佐"的"古诗之赋",批评"以事形为本,以义正为助"的"今之赋",表示了自己反对赋作偏重形式、忽视内容的明朗态度,提出了很好的见解,确实将文体论向前推进了一步,对刘勰文体论的产生有明显的影响。

东晋李充著有《翰林论》,今已亡佚。严可均《全齐文》辑录十余条,如:

> 容象图而赞立,宜使辞简而义正。孔融之赞杨公,亦其义也。
>
> 表宜以远大为本,不以华藻为先。若曹子建之表,可谓成文矣。诸葛亮之表刘主,裴公之辞侍中,羊公之让开府,可谓德音矣。
>
> 驳不以华藻为先。世以傅长虞每奏驳事,为邦之司直矣。

论述虽比较注意文体的风格特点,却不如《文章流别论》之详赡、精密。

古代文体论发展到南朝齐梁时期,已臻于成熟。刘勰的文体论,是古代文体论发展的高峰。《文心雕龙》五十篇,其中文体论部分占了二十篇,详论文体三十三种,即诗、乐府、赋、颂、赞、祝、盟、铭、箴、诔、碑、哀、吊、杂文、谐、隐、史传、诸子、论、说、诏、策、檄、移、封禅、章、表、奏、启、议、对、书、记。如果加上《辨骚》篇所论述的"骚"体,则为三十四种。各体之中,子类繁多,如诗分四言、五言、三六杂言、离合、回文、联句;杂文分对句、七、连珠、典、诰、誓、问、览、略、篇、章、曲、操、弄、引、吟、讽、谣、咏等,十分细致。

刘勰重视文、笔的区分。他说:"若乃论文叙笔,则囿别区分。"(《文心雕龙·序志》)《文心雕龙》文体论二十篇,都是按照文、笔依次安排的:《明诗》、《乐府》、《诠赋》、《颂赞》、《祝盟》、《铭箴》、《诔碑》、《哀吊》、《杂文》、《谐隐》诸篇,所论都是有韵之文;《史传》、《诸子》、《论说》、《诏策》、《檄移》、《封禅》、《章表》、《奏启》、《议对》、《书记》诸篇,所论都是无韵之笔。区分文、笔,与文体分类研究是密切地联系在一起的。刘勰讨论文体,必然会辨析文、笔,因为文、笔之分,实际上是对各种文体从形式、性质上加以归纳辨析的结果。

刘勰文体论的内容有四项,即"原始以表末,释名以章义,选文以定篇,敷理以举统"(《序志》)。这四项内容,按文体论各篇所表现的层次是:

(1)"释名以章义",即说明各种体裁的含义。如《诠赋》篇说:"赋者,铺也,铺采摛文,体物写志也。"就是说明"赋"体的含义。

(2)"原始以表末",即叙述各体文章的起源和演变情况。如《明诗》篇"人禀七情……此近世之所竞也"一段,就是叙述"诗"体的起源和演变情况。"人禀七情,应物斯感,感物吟志,莫非自然"指出诗的起源,以下历叙葛天氏、黄帝、唐尧、虞舜、夏、商、周、秦、汉、魏、晋、宋诸代诗歌演变情况,有本有末,简明扼要,颇能抓住各个时代诗歌的特点。

(3)"选文以定篇",即选出各种体裁的代表作,并加以评定。这一项内容,常常和第二项内容合并叙述,即"原始以表末"部分,也是"选文以定篇"部分。如《诠赋》篇列举先秦两汉"辞赋之英杰"十家名篇,实即"选文以定篇"也。

(4)"敷理以举统",即论述各体文章写作的道理和特色。如《碑诔》篇论"诔"云:"详夫诔之为制,盖选言录行,传体而颂文,荣始而哀终。论其人也,暧乎若可觌;道其哀也,凄焉如可伤。此其旨也。"说的是"诔"体的写作方法和要求,也就是诔的写作原理和特色。

刘勰关于文体论的四项论述的内容,较前人有新的发展。郭绍虞先生对此有过评论,他说,一、四两项"同于陆机《文赋》而疏解较详";二项"同于挚虞《流别》而论述较备";三项"又略同魏文《典论》、李充《翰林》而评断较允,所以即就文体之研究而言,《文心雕龙》亦集以前之大成矣"(《中国文学批评史》上册,商务印书馆1947年版)。如此分析,虽不免有些牵强,却亦颇有道理。至于说刘勰的文体论,集古来文体论之大成,则是有目共睹的事实。

南朝梁昭明太子萧统的《文选》,将文体分为赋、诗、骚、七、诏、册、令、教、策文、表、上书、启、弹事、笺、奏记、书、檄、对问、设论、辞、序、颂、赞、符命、史论、史述赞、论、连珠、箴、铭、诔、哀、碑文、墓志、行状、吊文、祭文等三十七类。类中尚有子类,如诗分补亡、述德、劝励、献诗、公宴、祖饯、咏史、百一、游仙、招隐、反招隐、游览、咏怀、哀伤、赠言、行旅、军戎、郊庙、乐府、挽歌、杂歌、杂诗、杂拟二十三个子类。萧统《文选》的分体很细,可能受到刘勰《文心雕龙》的启发。然而,他们的文体分类也有不同之处,例如刘勰将史传、诸子列为文学体裁,则为萧统所不取。他说:

> 若夫姬公之籍,孔父之书,与日月俱悬,鬼神争奥,孝敬之准式,人伦之师友,岂可重以芟夷,加之剪截?老、庄之作,管、孟之流,盖以立意为宗,不以能文为本,今之所撰,又以略诸。若贤人之美辞,忠臣之抗直,谋夫之话,辨士之端,冰释泉涌,金相玉振。所谓坐狙丘,议稷下,仲连之却秦军,食其之下齐

国,留侯之发八难,曲逆之吐六奇,盖乃事美一时,语流千载。概见坟籍,旁出子史,若斯之流,又亦繁博,虽传之简牍,而事异篇章,今之所集,亦所不取。至于记事之史,系年之书,所以褒贬是非,纪别异同,方之篇翰,亦已不同。若其赞论之综缉辞采,序述之错比文华,事出于沉思,义归乎翰藻。故与夫篇什,杂而集之。

这里提出《文选》的选录标准,说明不选经、史、子类作品的原因。萧统区分文学与非文学的界限,颇有见地,这是高出刘勰的地方。他对各种文体亦有所论述,但除诗、颂二体稍详外,余皆十分简略,且无甚高论,自然不能与刘勰相比。可是,《文选》作为我国古典文学中著名的总集,它的文体分类,在中国文学理论批评史上具有重大的影响。

刘勰的文体论和萧统的文体分类,在中国文学理论批评史和中国古代文体史上都是重要的贡献。但是,它们都不同程度地存在繁琐、不当的毛病,这也是应该指出的。

三

根据汉魏六朝文体论的发展情况,我们大致可以分为三个阶段:

两汉阶段(前206—220)。两汉文体论是先秦文体论的新的发展,也是先秦到魏晋文体论的过渡。那些零星、片段的论述是对先秦文体论的直接继承,而论述则更为深刻;专篇论文与文体论有关,这是先秦时期所没有的新现象。至于蔡邕对文体的论述,已是粗具规模的文体论了,只是无关文学。

魏晋阶段(220—420)。先秦时期萌芽的文体论,经过两汉的发展,到魏晋时期已正式成立。曹丕的《典论·论文》论及文体及其风格特点,虽然还十分简略,然而,这是专篇文学论文论述文体的滥觞。陆机的《文赋》论述稍详,有了进一步的发展。挚虞的《文章流别集》是最早的诗文总集,有文体分类,有关于文体的论述,较为详赡。李充的《翰林论》是和《文章流别论》同一类型的文学总集,而较简略。

南朝阶段(420—589)。南朝齐梁时代是古代文体论发展的成熟时期,出现了文体分类和文体论的代表性作品——萧统的《文选》和刘勰的《文心雕龙》。《文选》的文体分类和《文心雕龙》的文体论都具有集大成性质。这是我国古代文体论发展的高峰,对后世的文体分类和文体论有着深远的影响。

汉魏六朝时期的文体论,经过发展而臻于成熟,取得了很高的成就。后来的文体论基本上没有超出其樊篱。隋唐以后的文体论,主要有三个系统:一是文体的分类;二是分体选文和依体序说相结合;三是关于文体的论述。

文体的分类,基本上继承了《文选》的传统,而根据时代的需要或增或减。例如北宋初年李昉、徐铉等人编辑的《文苑英华》一千卷,就是上续《文选》的,《文选》止于南朝梁初,本书即起于梁末迄于唐代。其文体分类与《文选》相似,而子类更繁。《文选》分体三十七类,此书分体三十八类,《文选》赋的子类为十五,此书赋的子类为四十二,都增加了很多。

《文苑英华》卷帙浩繁,难以通读。北宋初年,姚铉选录了其中的十分之一,编成《唐文粹》一百卷。姚氏在序中说:"类次之,以嗣《文选》。"可见此书的文体分类是学习《文选》的。此书分体二十三类,较《文选》少,这是有鉴于《文选》分体的繁杂。而子类有三百一十三之多,却又过于琐碎。姚氏《唐文粹》以后,体例类似的书尚有南宋吕祖谦的《宋文鉴》一百五十卷,分体五十八类;元代苏天爵的《元文类》七十卷,分体四十三类;明代程敏政的《明文衡》九十八卷,分体四十一类。在文体分类上都受了《文选》的影响。

分体选文和依体序说相结合。这类文体论著作,主要是受《文章流别论》的影响。例如,明代吴讷的《文章辨体》和徐师曾的《文体明辨》。《文章辨体》五十卷,外集五卷,分体五十九类。《文体明辨》八十四卷,分体一百二十七类。此书分体过于繁杂,曾受到《四库全书总目提要》的批评:"千条万绪,无复体例可求,所谓治丝而棼者欤!"(卷一九二《总集类存目二·文体明辨》)它们的价值主要是关于各种文体的解说。如吴讷《文章辨体》论"铭"云:

> 按铭者,名也,名其器物以自警也。汉《艺文志》称道家有《黄帝铭》六篇,然亡其辞。独《大学》所载成汤《盘铭》九字,发明日新之义甚切。迨周武王,则凡几席觞豆之属,无不勒铭以致戒警。厥后又有称述先人之德善劳烈为铭者,如春秋时孔悝《鼎铭》是也。又有以山川、宫室、门关为铭者,若汉班孟坚之《燕然山》,则旌征伐之功;晋张孟阳之《剑阁》,则戒殊俗之僭叛,其取义又各不同也。传曰:"作器能铭,可以为大夫。"陆士衡云:"铭贵博约而温润。"斯盖得之矣。

这样的解说,与《文章流别论》比较,文字增加不多,而说明文体的性质、演变及其特点,则更为详明、深入,确实取得一些新的成就。

关于文体的论述,以清代姚鼐的《古文辞类纂序》较有影响。《古文辞类纂》七十五卷,选录战国至清代的古文,分为论辨、序跋、奏议、书说、赠序、诏令、传状、碑志、杂记、箴铭、颂赞、辞赋、哀祭十三类,序言对各类文体的源流、特点,都有简明扼要的解说。

如论"赠序"云：

> 赠序类者，老子曰："君子赠人以言。"颜渊、子路之相违，则以言相赠处。梁王觞诸侯于范台，鲁君择言而进，所以致敬爱，陈忠告之谊也。唐初赠人，始以序名，作者亦众，至于昌黎，乃得古人之意，其文冠绝前后作者。苏明允之考名序，故苏氏讳序，或曰引，或曰说，今悉依其体，编之于此。

"赠序"是唐初才形成的文体，不同于"序跋"，故姚氏分为二类。这一段解说仅百余字，而对赠序的源流、演变和特点都有简要的介绍。这是姚氏在深入研究古代文体论的基础上提炼而成的。姚氏的文体分类简明，包含的内容却十分丰富，为后世所重视。王力主编的《古代汉语》，讨论古文的文体及其特点，就是从姚氏的文体分类谈起的，可见其对后世的影响。

《古文辞类纂》一书，分体选文，依体序说，类似《文章流别论》，而序言作为一篇完整的文体论文，显然吸取了《文心雕龙》文体论的成果。

《文心雕龙》体大思精，笼罩群言。其文体论，分体细密，论述周详，它所取得的成就，在封建社会中是无人能够超越的，但是，由于它是用骈文写的，从唐代古文运动以后，其对后世的影响受到限制。然而，一块真正宝石的光辉终究是掩盖不住的，后世古文家的文体分类和文体论，不论是《唐文粹》还是《文章辨体》或《古文辞类纂序》，都或明或暗地受到它的影响。不过有的吸收的是文体分类的模式，有的汲取的是文体论的内容。

汉魏六朝文体论，经历了发展、成立和成熟的重要阶段，并出现了高峰。这是中国文学理论批评史和中国古代文体史的重要时期。了解这一时期文体论的发展情况及其对后世的影响，对于我们研究古代文学理论批评史和文体史,对于今天我们研究文体分类和文体论,都有着重要的意义。可是,在新中国成立以来的很长一段时间内,有关文体分类和文体论的研究,往往为人们所忽略,因此,这方面的研究已成为一个有待开拓的领域。

严羽论汉魏六朝诗

严羽的《沧浪诗话》是南宋著名的论诗专著。它以禅喻诗,认为"禅道惟在妙悟,诗道亦在妙悟"(《沧浪诗话·诗辨》),提出诗有"别材"、"别趣"之说,在诗歌理论和美学方面都有重要的贡献。本文拟就严羽关于汉魏六朝诗歌的论述,提出一些粗浅的看法。

一

汉魏六朝是指汉、魏、晋、宋、齐、梁、陈、隋八个朝代。从公元前二〇六年始,到公元六一八年止,约八百年。这是我国古代诗歌史上的重要时期。特别是魏晋南北朝诗歌,较之先秦的《诗经》、《楚辞》有很大的发展。文人创作的五言诗,东汉初年已产生,《古诗十九首》的出现,标志五言诗的成熟,经过曹植、阮籍、陶渊明等人的努力,又有了进一步的发展。七言诗当时不受重视,但是经过曹丕、鲍照等人的创作,也有一定的成绩。齐永明年间,沈约等人提出"四声八病"之说,从此,诗歌开始注重声律。这对唐代近体诗的形成和发展有直接的影响。

严羽十分推崇汉魏及晋代诗歌,他说:"夫学诗者以识为主:入门须正,立志须高;以汉魏晋盛唐为师,不作开元天宝以下人物。"(《沧浪诗话·诗辨》)"识"原是佛教名词,这里是鉴别的意思。为了培养这种鉴别能力,入门须正,立志要高,要以汉魏晋及盛唐诗歌为师,不要以大历以后诗歌为师。严羽关于盛唐诗歌的论述,与本文无关,兹略而不谈。于此可见严羽对汉魏及晋代诗歌的重视。他还说:"论诗如论禅,汉魏晋与盛唐之诗,则第一义也。大历已还之诗,则小乘禅也,已落第二义矣……学汉魏晋与盛唐诗者,临济下也,学大历以还之诗者,曹洞下也。"(《沧浪诗话·诗辨》)这里,严羽以禅喻诗,认为汉魏及晋代诗歌是"第一义"的。所谓"第一义",即"真谛",又称"胜义谛",它认为一切事物都是"空"的,这是佛家所谓的真理。而大历以后的诗歌则次于此等,故称为"小乘禅"、"第二义"。按佛教有大乘、小乘之分:大乘佛教标榜救度一切众生,它能把更多的人从现实世界的"此岸"带到涅槃世界的"彼岸"去;小乘佛教只求自我解脱,只能把自己带到"彼岸"。其高下是显而易见的。至于说"学汉魏晋与盛唐诗"的是临济宗,"学大历以还之诗"的是曹洞宗,从上下文看来,意思是清楚的,即二者有第一、第二之分,然而用语不免有误。按临济宗和曹洞宗是中国佛教禅宗中的两家。临济宗属南宗的南岳一系,是唐代高僧义玄所创。曹洞宗属南宗的青原一系,是唐代高僧良价及其弟子本寂所创。它们并无高下之分。无怪乎陈继儒《偃曝谈余》嘲讽严羽说:"临济、曹洞有何高下?而乃剿其门庭影响之语,抑勒诗法,真可谓杜撰禅。"严羽认为禅理和诗理是相通的,所以他说:"大抵禅道惟在妙悟,诗道亦在妙悟……惟悟乃为当行,乃为本色。然悟有浅深,有分限之悟,有透彻之悟,有但得一知半解之悟。汉魏尚矣,不假悟也。"(《沧浪诗话·诗辨》)"妙悟"说是严羽诗歌理论的核心。所谓"妙悟",即敏慧善悟,禅家"妙悟",即可悟得禅道,称祖称宗,如惠能的《得法偈》云:"菩提本无树,明镜亦非台,佛性常清净,何处染尘埃!"(郭朋《坛经校释》,中华书局1983年版)惠能遂因偈得法,成为禅宗六祖。诗人"妙悟",即可悟得诗理,写出好诗,如谢灵运梦见谢惠连而有所悟,就写出"池塘生春草"这样的佳句(《谢氏家录》,钟嵘《诗品》卷中引),名传后世。"悟"有浅深、大小、高下之分。他认为汉魏诗歌,皆诗人直抒胸臆,心灵中流出的便是好诗,实无须假借于"悟"。严羽对汉魏诗歌作出很高的评价。

严羽为什么这样推崇汉魏及晋代诗歌呢?根据《沧浪诗话》的论述,归纳起来,其理由大约有三点:

一、"词理意兴,无迹可求"。严羽说:"诗有词理意兴,南朝人尚词而病于理;本朝人尚理而病于意兴;唐人尚意兴而理在其中;汉魏之诗,词理意兴,无迹可求。"(《沧浪诗话·诗评》)严羽指出:"诗有词理意兴",词理意兴的内涵是什么?词指语言,理指义理,比较明显。"意兴"何所指呢?研究者颇有不同看法。有的认为:"意兴"是一个词,也称为兴会,简称就是兴。这种兴"很类似'灵感'这一概念,作用相当于'灵感'"(王达津《古代文论中有关形象思维的几个概念》,《古代文学理论研究》第五辑)。有的认为:"意"、"兴"是两个词,"意是感情,兴是艺术形象"(蓝华增《〈沧浪诗话〉与"意境"》,《古代文学理论研究》第五辑)。有的认为:理和意都是指诗的内容,"偏于逻辑思维者为理,偏于形象思维者为意"(郭绍虞《沧浪诗话校释》,人民文学出版社1983年版149页)。我认为意指内容,兴指形象的表现手法。词理意兴的内涵既已确定,那么,严羽所说"汉魏之诗,词理意兴,无迹可求"的意思就清楚了。这是说,汉魏诗歌,在语言、思想、内容和表现手法上都是浑然一体、无迹可求的。这样评论汉诗,无疑是正确的。但是,在今天看来,严羽将汉魏诗混为一谈,显然是不妥当的。

汉代诗歌大致可以分为三类:一类是骚体诗,如汉高祖刘邦的《大风歌》、汉武帝刘彻的《秋风辞》;一类是乐府诗,有《郊庙歌辞》、《鼓吹歌辞》、《横吹曲辞》和《相和歌辞》中的一些乐府诗;一类是五言古诗,如《古诗十九首》等。严羽所说的汉诗,主要指五言古诗。这类诗歌以《古诗十九首》为代表。《古诗十九首》最早见于萧统《文选》。这十九首诗的内容主要写游子思妇的怀乡离别之苦,还有人生无常、及时行乐、怀才不遇等内容,反映了东汉末年社会动乱中一些失意文人的种种思想感情。这些诗的艺术性是很高的。词近意远,语短情长,不假雕琢,绝无造作,风格自然朴素,而能于平淡中见深情,耐人寻味。刘勰说:"观其结体散文,直而不野,婉转附物,怊怅切情,实五言之冠冕也。"(《文心雕龙·明诗》)钟嵘说:"文温以丽,意悲而远,惊心动魄,可谓几乎一字千金。"(《诗品》卷上)都对这些诗作出很高的评价,明清以来,对《古诗十九首》的评论很多,例如:

《风》、《雅》三百,《古诗十九首》,人谓无句法,非也,极自有法,无阶级可寻耳。(王世贞《艺苑卮言》)

《古诗十九首》格古调高,句平意远,不尚难字,而自然过人矣。(谢榛《四溟诗话》)

两汉诸诗……至《十九首》及诸杂诗,随语成韵,随韵成趣,辞藻气骨,略无可寻,而兴象玲珑,意致深婉,真可以泣鬼神,动天地。(胡应麟《诗薮·内编》卷二)

诗之难,其《十九首》乎!畜神奇于温厚,寓感怆于和平;意愈浅愈深,词愈近愈远;篇不可句摘,句不可字求。(同上)

"东城高且长,逶迤自相属。回风动地起,秋草萋以绿。"……等句,皆千古言景叙事之祖。而深情远意,隐见交错其中,且结构天然,绝无痕迹,非大冶熔铸,何能至此?(同上)

《十九首》之妙,如天衣无缝。(王士禛《带经堂诗话》卷四)

这些评论正可以与严羽的评论相印证,说明严羽对汉代五言诗的评论是正确的。

三国魏一代诗歌与汉代不同。魏代诗歌,首先是建安(公元196—219年)时期的诗歌。建安,是汉献帝刘协的年号。从历史上来说,是属于东汉末年。但是,由于这时政权已掌握在曹操手中,东汉王朝名存而实亡。所以文学史上一般多归入魏代。建安时期是中国文学史上的新时期。这时思想比较自由解放,文学受到重视,文人的地位有了提高,由于文学批评的发展,表现出文学的自觉精神。当时作家都有战乱生活的经历,他们的诗篇直接继承了汉乐府民歌的现实主义精神,都能反映动乱的社会现实,表现统一国家的愿望和建功立业的壮志雄心,诗风慷慨悲凉,形成中国文学史所特有的"建安风骨",对后世诗歌产生了深远的影响。

与汉代诗歌相比,建安诗歌比较注重语言的修饰。沈约曾经评三曹说:"二祖陈王,咸蓄盛藻,甫乃以情纬文,以文被质。"(《宋书·谢灵运传论》)钟嵘评曹植说:"骨气奇高,词采华茂。"(《诗品》卷上)都指出了建安诗歌注重辞采的现象。黄节曾指出,曹植诗歌具有三个特点:

一、调:古诗不假思索,无意谋篇,子建则起调必工。

二、字:古诗不假锻炼,子建则用字精审。

三、声:古诗虽亦有平仄双声叠韵,子建则平仄妥帖(萧涤非《读诗三札记·读曹子建诗札记》)。其实,不仅曹植诗歌如此,建安诗歌大都如此,只是程度上有所不同而已。

在严羽之前,关于建安诗歌特点的论述,以刘勰最为深刻。他说:"自献帝播迁,文学蓬转,建安之末,区宇方辑。魏武以相王之尊,雅爱诗章;文帝以副君之重,妙善辞赋;陈思以公子之豪,下笔琳琅;并体貌英逸,故俊才云蒸。仲宣委质于汉南,孔璋归命于河北,伟长从宦于青土,公幹徇质于海隅,德琏综其斐然之思,元瑜展其翩翩之乐,文蔚、休伯之俦,于叔、德祖之侣……观其时文,雅好慷慨,良由世积乱离,风衰俗怨,并志深而笔长,故梗概而多气也。"(《文心雕龙·时序》)又说:"暨建安之初,五言腾踊。文帝、陈思,纵辔以骋节;王、徐、应、刘,望路而争驱。并怜风月,狎池苑,述恩荣,叙酣宴,慷慨以任气,磊落以使才。造怀指事,不求纤密之巧;驱辞逐貌,唯取昭晰之能:此其所同也。"(《文心雕龙·明诗》)这里,刘勰所指出的建安诗歌的特点,绝不是汉代诗歌所能具备的。

其次,要谈到正始诗歌。正始(公元240—249年)是魏废帝曹芳的年号。这里指的是魏末的诗坛。刘勰评正始诗歌说:"正始明道,诗杂仙心,何晏之徒,率多浮浅;惟嵇志清峻,阮旨遥深,故能标矣。"(《文心雕龙·明诗》)又说:"正始余风,篇体轻澹,而嵇(康)、阮(籍)、应(璩)、缪(袭),并驰文路。"(《文心雕龙·时序》)嵇康和阮籍是正始时期的代表作家,刘勰指出他们的特点是:"嵇康师心以遣论,阮籍使气以命诗。"(《文心雕龙·才略》)这些特点不同于汉诗,更是显而易见的。

因此,严羽把汉魏诗混为一谈,是不符合实际情况的。

二、"气象混沌"。严羽说:"汉魏古诗,气象混沌,难以句摘。""建安之作,全在气象,不可寻枝摘叶。"(《沧浪诗话·诗评》)

严羽喜以气象论诗。除上述之外,他还说到:

唐人与本朝人诗,未论工拙,直是气象不同。(《诗评》)
虽谢康乐拟邺中诸子之诗,亦气象不类。(《诗评》)

《西清诗话》载:晁文元家所藏陶诗,有《问来使》一篇……予谓此篇诚佳,然其体制气象,与渊明不类,得非太白逸诗,后人谩取以入陶集尔。(《考证》)

"迎旦东风骑蹇驴"绝句,决非盛唐人气象,只似白乐天言语。(《考证》)

坡、谷诸公之诗,如米元章之字,虽笔力劲健,终有子路事夫子时气象。盛唐诸公之诗,如颜鲁公书,既笔力雄壮,又气象浑厚,其不同如此!(《答吴景仙书》)

以气象论诗,确实能说明诗的一些特征,问题是将汉魏诗歌混为一谈,认为魏诗也"难以句摘"、"不可寻枝摘叶",就值得商榷了。

汉魏诗之不同,已如上述。说汉诗"气象混沌,难以句摘"也是正确的,说魏诗"难以句摘"是不完全符合事实的,因为魏诗固然强调风骨,却也注重辞采,故间有佳句可摘。所以,胡应麟说:"严谓建安以前,气象浑沦,难以句摘,此但可论汉古诗。若'高台多悲风'、'明月照高楼'、'思君如流水',皆建安语也。子建、子桓工语甚多,如'丹霞夹明月,华星出云间'、'秋兰被长坂,朱华冒绿池'之类,句法字法,稍稍透露。仲宣、公幹以下寂寥,自是其才不及,非以浑沦难摘故也。"(《诗薮·内编》卷二)又说:"汉人诗不可句摘者,章法浑成,句意联属,通篇高妙,无一芜蔓,不着浮靡故耳。子桓兄弟努力前规,章法句意,顿自悬殊,平调颇多,丽语错出。仲宣之淳,公幹之峭,似有可称,然所得汉人气象音节耳,精言妙解,求之邈如。严氏往往汉魏并称,非笃论也。"(《诗薮·内编》卷二)这种看法是有道理的。

三、有"风骨"。严羽说:"黄初之后,惟阮籍《咏怀》之作,极为高古,有建安风骨。"又说:"顾况诗多在元白之上,稍有盛唐风骨处。"(《沧浪诗话·诗评》)

严羽认为阮籍《咏怀诗》"有建安风骨",顾况诗"稍有盛唐风骨处",可见"风骨"是他的文艺批评的一条标准。

风骨,作为古代文艺理论中风格的一个范畴,刘勰《文心雕龙·风骨》篇论述最详。他说:"是以怊怅述情,必始乎风;沈吟铺辞,莫先于骨。故辞之待骨,如体之树骸;情之含风,犹形之包气。结言端直,则文骨成焉;意气骏爽,则文风清焉。……故练于骨者,析辞必精;深乎风者,述情必显。捶字坚而难移,结响凝而不滞,此风骨之力也。"对于刘勰的阐述,研究者的理解很不一致,我们认为,"风"指内容之充实、纯正和感染力;"骨"指文辞之准确、精炼、道劲和表现力。这二者是统一的,是刘勰对作品提出的最高的风格要求。他要求作品"风清骨峻",即具有昂扬爽朗、刚劲有力的风格特色(参看拙作《刘勰的风格论刍议》,《福建师范大学学报》1980年第一期)。

刘勰继承中国古代诗歌,特别是建安诗歌的优良传统,倡导"风骨"论,在当时有反对形式主义文风的积极意义,对后世产生深远的影响。严羽用"风骨"来赞扬阮籍和顾况的诗歌,正是说明他对诗歌的主张并不是一味的妙悟,还注重"风骨"之美。

严羽对汉魏诗,甚至晋诗都是推崇的,而对南朝诗却颇有微词。他说:"南朝人尚词而病于理。"一语破的,道出了南朝诗歌的主要弊端。但是,严羽对南朝诗歌的评论,并不是什么新见。前人常有论述,如刘勰说:"宋初文咏,体有因革,庄老告退,而山水方滋,俪采百字之偶,争价一句之奇,情必极貌以写物,辞必穷力而追新,此近世之所竞也。"(《文心雕龙·明诗》)这是说宋代文风讲求辞采。李谔说:"……竞骋文华,遂成风俗。江左齐、梁,其弊弥甚,贵贱贤愚,唯务吟咏。遂复遗理存异,寻虚逐微,竞一韵之奇,争一字之巧。连篇累牍,不出月露之形;积案盈箱,唯是风云之状。"(《上隋高祖革文华书》)这里虽然过甚其词,却也指出齐梁绮靡的文风。陈子昂也说:"尝暇时观齐、梁间诗,彩丽竞繁,而兴寄都绝,每以永叹。"(《修竹篇序》)这些都揭出南朝诗文"尚词而病于理"

的现象。严羽论断的意义是在批评南朝诗歌时,对唐诗和汉魏诗作了充分的肯定,显示了严羽的文学批评的标准和他的审美趣味。

严羽论诗,标举"诗之法有五:曰体制,曰格力,曰气象,曰兴趣,曰音节"(《沧浪诗话·诗辨》)。而往往强调"兴趣",不免偏狭,受到前人的指责。可是,他又说:"诗有词理意兴。"所论比较全面。他因为"词理意兴,无迹可求","气象混沌",有"风骨",而推崇汉魏诗,虽然存在对汉魏诗歌特点辨别不清的毛病,但是,总的说来,是一种卓见。他因为"尚词而病于理",批评南朝诗,反映了他的美学观点。严羽自称:"辨白是非,定其宗旨,正当明目张胆而言,使其词说沉着痛快,深切著明,显然易见;所谓不直则道不见,虽得罪于世之君子,不辞也。"(《答出继叔临安吴景仙书》)严羽自道其对诗歌批评的态度,我们认为是真实的。

二

严羽对汉魏六朝作家、作品的评论,虽然往往只有三言两语,但是,由于作者具有敏锐的鉴赏力,丰富的文学素养和诗歌创作的实践经验,字里行间,不乏真知灼见。

严羽论及的汉魏六朝作家不多,只有数人。严羽在论述汉魏古诗"气象混沌,难以句摘"之后,接着说:"晋以还方有佳句,如渊明'采菊东篱下,悠然见南山',谢灵运'池塘生春草'之类。谢所以不及陶者,康乐之诗精工,渊明之诗质而自然耳。"(《沧浪诗话·诗评》)严羽说汉诗"难以句摘"是事实;说魏诗"难以句摘",不确。因为魏诗有句可摘,但不多。晋以后的诗歌,佳句渐多,胡应麟曾把这些佳句汇集在一起:"太冲:'振衣千仞冈,濯足万里流。'士衡:'和风飞清响,纤云垂薄阴。'景阳:'朝霞迎白日,丹气临旸谷。'景纯:'左挹浮丘袖,右拍洪崖肩。'休文:'志士惜日短,愁人知夜长。'正长:'朔风动秋草,边马有归心。'颜远:'富贵他人合,贫贱亲戚疏。'渊明:'采菊东篱下,悠然见南山。''日暮天无云,春风扇微和。'康乐:'清晖能娱人,游子憺忘归。''池塘生春草,园柳变鸣禽。'叔源:'景昃鸣禽集,水木湛清华。'延之:'鸾翮有时铩,龙性谁能驯?'玄晖:'金波丽鳷鹊,玉绳低建章。''余霞散成绮,澄江静如练。'吴兴:'亭皋木叶下,陇首秋云飞。''太液沧波起,长杨高树秋。'文通:'日暮碧云合,佳人殊未来。'梁武:'金风徂清夜,明月悬洞房。'明远:'绣甍结飞霞,璇题纳行月。''马毛缩如蝟,角弓不可张。'仲言:'枝横却月观,花绕凌风台。''露滋寒塘草,月映清淮流。'萧悫:'芙蓉露下落,杨柳月中疏。'王籍:'蝉噪林逾静,鸟鸣山更幽。'休文:'标峰彩虹外,置岭白云间。'王融:'高树升夕烟,层楼满初月。'"(《诗薮·内编》卷二)胡应麟认为这些佳句"皆精言秀调,独步当时。六朝诸君子生平精力,罄于此矣"(《诗薮·内编》卷二)。这些例证,足以说明严羽的论断是可以成立的。不过,说得准确一些,不是"方有",而是"渐多"。

严羽在晋以后许多佳句中只列举了陶渊明和谢灵运的佳句,"采菊"二句出自《饮酒》其五,写诗人的隐居生活和悠然自得的心情。境与意合,自然流出,王士禛评曰:"一片化机,天真自得,既无名象,不落言诠。"(《古学千金谱》,《陶渊明诗文汇评》引)虽然说得玄虚,却也有一定的道理。"池塘"二句出自《登池上楼》,写久病初愈的诗人对春天到来的感受,眼前的满园春色,使人感到生意盎然。叶梦得评曰:"此语之工,正在无所用意,猝然与景相遇,借以成章,不假绳削,故非常情所能到。诗家妙处,当须以此为根本。"(《石林诗话》卷中)可见此诗妙处亦出于自然。

严羽还论及陶谢诗之优劣。他认为谢不及陶。为什么呢?因为谢诗"精工",陶诗"质而自然"。应该指出,严羽说谢诗"精工",绝不是就所引佳句而言,因佳句绝无"精工"痕迹,乃"如初发芙蓉,自然可爱"的诗句。"精工"的特点,就全部谢诗而言,颇为精当。如其代表作品《登池上楼》诗,几乎全篇对仗。重辞采,讲对仗,铺陈雕琢,确实具有"精工"的特点。《文心雕龙·物色》篇说:"自近代以来,文贵形似。窥情风景之上,钻貌草木之中。吟咏所发,志唯深远;体物为妙,功在密附。故巧言切状,如印之印泥,不加雕削,而曲写毫芥。故能瞻言而见貌,即字而知时也。"论述的就是谢灵运这类诗人的诗作。

关于陶谢诗歌优劣之评论,齐梁以来,时有所见。例如:钟嵘《诗品》,列谢灵运于上品,评曰:"……名章迥句,处处间起;丽典新声,络绎奔会。譬犹青松之拔灌木,白玉之映尘沙,未足贬其高洁也。"列陶渊明于中品,评曰:"文体省净,殆无长语。笃意真古,辞兴婉惬。每观其文,想其人德,世叹其质直。"梁昭明太子萧统喜爱陶渊明诗文,撰写《陶渊明传》、《陶渊明集序》,称"其文章不群,辞彩精拔,跌宕昭彰,独超众类,抑扬爽朗,莫之与京"(《陶渊明集序》)。评价较高。然而《文选》仅收陶诗八首,文一篇。所收谢诗多达四十首。显然,这也是一种评价。唐宋时人,对陶谢的评论渐多,往往陶谢并称、并举。如杜甫《江上值水如海势聊短述》诗云:"安得思如陶谢手,令渠述作与同游。"《夜听许十一诵诗》云:"陶谢不枝梧,风骚共推激。"而苏轼写信与其弟苏辙说:"吾于诗人无所甚好,独好渊明之诗。渊明作诗不多,然其诗质而实绮,癯而实腴,自曹、刘、鲍、谢、李、杜诸人皆莫及也。"(苏辙《子瞻和陶渊明诗集引》)黄庭坚也说:"谢康乐、庾义城之于诗,炉锤之功不遗力也。然陶彭泽之墙数仞,谢、庾未能窥者,何哉?盖二子有意于俗人赞毁其工拙,渊明直寄焉耳。"(《山谷题跋》卷七)苏、黄的评论可能对严羽产生直接的影响。

严羽认为谢不如陶,并不意味着贬抑谢,相反,他对谢是十分推崇的。他说:"谢灵运之诗,无一篇不佳。"(《诗评》)按谢诗,黄节《谢康乐诗注》收八十六首,逯钦立《先秦汉魏晋南北朝诗》所收约有百首。这些诗,除了如《登池上楼》、《游南亭》、《石壁精舍还湖中作》、《石门岩上宿》、《七里濑》、《登江中孤屿》、《过始宁墅》等模山范水诗作之外,佳作不多。即使是佳作,往往在不同程度上存在有句无篇,拖着一个玄言的尾巴和结构雷同的毛病。严羽说谢诗"无一篇不佳",纯系溢美之词,是不切实际的。当然,我们并不是否认谢灵运的诗歌创作成就。他创作了大量的山水诗,在打破玄言诗的统治,推动山水诗的发展上是很有贡献的。

严羽说:"颜不如鲍,鲍不如谢。文中子独取颜,非也。"(《沧浪诗话·诗评》)谢灵运、颜延之和鲍照都是元嘉诗人。钟嵘说:"元嘉中,有谢灵运才高词盛,富艳难踪,固已含跨刘(琨)、郭(璞),凌轹潘(岳)、左(思)。"(《诗品序》)可见谢灵运在当时名声最大,其次则为颜延之,所以钟嵘又说:"谢客为元嘉之雄,颜延年为辅。"(《诗品序》)至于鲍照,则"才秀人微","取湮当代"(《诗品》卷中"鲍照"条)。对于颜、谢的诗,当时即有评论,汤惠休说:"谢诗如芙蓉出水,颜如错采镂金。"(《诗品》卷中"颜延之"条)《南史·颜延之传》云:"延之与谢灵运俱以辞采齐名,而迟速悬绝。延之尝问鲍照,己与灵运优劣,照曰:'谢五言如初发芙蓉,自然可爱;君诗若铺锦列绣,亦雕缋满眼。'"汤、鲍的评论都在不同程度上说出他们诗歌的某些特色。但是,谢诗"如初发芙蓉,自然可爱"的,只是极少数作品,绝大多数诗作都是讲究铺陈雕琢的。鲍照诗,《南史·临川王义庆传》说他"文辞赡逸,尝为古乐府,文甚遒丽"。《南齐书·文学传论》说他:"发唱惊挺,操调险急,雕藻淫艳,倾炫心魂;亦犹五色之有红紫,八音之有郑卫。"鲍诗确有鲜明的特色。严羽谓"颜不如鲍",无疑是正确的。谓"鲍不如谢"就可以讨论了。沈德潜说:"(鲍照)五言古亦在颜、谢之间。"(《古诗源》卷十一)意思是说鲍照的五言古诗不如谢灵运。但是,鲍照诗歌创作的主要成就是在乐府诗。他的七言和杂言乐府,继承了汉乐府民歌的优良传统,抒写自己胸中对门阀制度的愤懑和不平,淋漓豪迈,饶有风骨,兼富辞采,实在是谢灵运所不能企及的。因此,严羽谓"鲍不如谢",在今天看来,显然是不恰当的。至于说文中子王通赞赏颜延之主要是因为他有"君子之心",从儒家思想出发加以肯定。严羽不同意文中子的看法,我们认为是正确的。

　　严羽说:"汉魏尚矣,不假悟也。谢灵运至盛唐诸公,透彻之悟也。"(《沧浪诗话·诗辨》)严氏论诗提出"妙悟"说。在诗歌创作中,如何去"悟"? 他说:"工夫须从上做下,不可从下做上。先须熟读《楚词》,朝夕讽咏以为之本;及读《古诗十九首》,乐府四篇,李陵苏武汉魏五言皆须熟读,即以李杜二集枕藉观之,如今人之治经,然后博取盛唐名家,酝酿胸中,久之自然悟入。"(《沧浪诗话·诗辨》)原来是从学习古代优秀诗歌中去"悟"。把这些好诗读熟了,就"自然悟入"。这样说来,严氏所谓的悟,是指通过钻研古代诗歌精华,了解前辈的创作经验,进而掌握诗歌创作的规律。类似杜甫所说的"读书破万卷,下笔如有神"。"悟",既然如此,汉魏诗因为全在气象,自然天成,所以"不假悟也"。而"谢灵运至盛唐诸公",则是"透彻之悟",即熟练地掌握了"体制"、"格力"、"气象"、"兴趣"、"音节"等"诗之法",所以进入了诗歌创作的最高境界。说盛唐诗歌是"透彻之悟",或许可以。谢运灵的诗,除了少数"自然可爱"者外,多堆砌词藻、刻意求工之作,谓之"透彻之悟",实在令人不解。严氏此说,可能出自皎然。皎然《诗式》云:"康乐公早岁能文,性颖神澈,及通内典,心地更精,故所作诗,发皆造极,得非空王之道助耶?"又云:"若遇高手如康乐公,览而察之,但见情性不睹文字,盖诣道之极也。"严氏以禅喻诗,僧人之诗论,极易接受,故而有此论。按皎然,原名谢清昼,乃谢灵运十世孙。称述祖德,乃人情之常,严氏未能熟参诗,因袭旧说,遂成谬误。

严羽在论述"建安之作,全在气象,不可寻枝摘叶"之后指出:"灵运之诗,已是彻首尾成对句矣,是以不及建安也。"(《沧浪诗话·诗评》)建安诗歌气象与谢灵运诗精工雕琢的风貌迥然不同。就气象而言,谢诗显然不如建安诗作。这是严氏在极力推崇谢诗的基础上,指出其美中不足之处。

谢朓是齐代最著名的诗人。严羽说:"谢朓之诗,已有全篇似唐人者,当观其集方知之。"(《沧浪诗话·诗评》)与严羽同时的诗人,"永嘉四灵"之一赵师秀也说:"玄晖诗变有唐风。"胡应麟说:"六朝人句于唐人,调不同而语相似者:'余霞散成绮,澄江静如练',初唐也;'金波丽鳷鹊,玉绳低建章',盛唐也;'天际识归舟,云中辨江树',中唐也;'鱼戏新荷动,鸟散余花落',晚唐也。俱谢玄晖诗也。"(《诗薮·外编》卷二)这是从一个侧面证明谢朓诗"渐有唐风"。谢朓的这种特点与"永明体"的形式有关。《南齐书·陆厥传》云:"永明末盛为文章,吴兴沈约、陈郡谢朓、琅邪王融,以气类相推毂;汝南周颙,善识声韵。约等文皆用宫商,以平上去入为四声,以此制韵,不可增减,世呼为永明体。"《梁书·庾肩吾传》云:"齐永明中,文士王融、谢朓、沈约,文章始用四声,以为新变,至是转拘声韵,弥尚靡丽,复逾于往时。"沈约、谢朓、王融等人在新变诗体的创作上都付出过劳动,其中以谢朓的贡献最为卓越,谢朓诗今存一百四十多首,"新体诗"占三分之一左右。王闿运《八代诗选》选录谢朓"新体诗"共二十八首,谢朓的"新体诗"五言八句的如《入朝曲》《离夜》及《奉和随王殿下》中的一些诗篇,已具备五言律诗的雏形。五言四句的小诗如《同王主簿有所思》《玉阶怨》《王孙游》等,与唐人五绝的意境和艺术风格极为相似。这些诗都注意声韵格律,对唐代律诗绝句的形成有很大的影响。无怪乎李白诗云:"解道澄江静如练,令人长忆谢玄晖。"(《金陵城西楼月下吟》)杜甫诗云:"谢朓每篇堪讽诵。"(《寄岑嘉州》)应该说,严羽关于谢朓诗"已有全篇似唐人者"的论断是有根据的。

以上是严羽从语言风格、艺术优劣诸方面,以比较的方法论述了山水田园诗人陶渊明、谢灵运、谢朓等人。严羽还以"风骨"论诗,他说:"黄初之后,惟阮籍《咏怀》之作,极为高古,有建安风骨。晋人舍陶渊明、阮嗣宗外,惟左太冲高出一时,陆士衡独在诸公之下。"(《沧浪诗话·诗评》)前面已经谈到,"风骨"也是严羽论诗的一条标准。这里是以"风骨"论阮籍、左思和陆机。

阮籍是"竹林七贤"之一,正始时期最有成就的诗人。《文心雕龙·明诗》篇说:"阮旨遥深。"所谓"遥深",是指《咏怀》诗的意旨深远。钟嵘《诗品》指出:"而《咏怀》之作,可以陶性灵,发幽思。言在耳目之内,情寄八荒之表。洋洋乎会于《风》《雅》,使人忘其鄙近,自致远大,颇多感慨之词。厥旨渊放,归趣难求。"与刘勰所论完全一致。严羽把这种诗风目为"高古"。清人杨廷芝《二十四诗品浅解》对"高古"的解释是:"高则俯视一切,古则抗怀千载。"颇能道出阮籍及《咏怀》诗的某些特点。司空图《诗品》论"高古"云:"畸人乘真,手把芙蓉。泛波浩劫,窅然空踪。月出东斗,好风相从。太华夜碧,人闻清钟。虚伫神素,脱然畦封。黄唐在独,落落玄宗。"这里以优美的诗句,生动地描绘出一个清幽高旷的境界,对我们理解"高古"的艺术风格和阮籍的《咏怀》诗有一定的帮助。

阮籍《咏怀》诗风格高古,同时"有建安风骨"。我们知道,正始诗歌与建安诗歌显然不同。正始诗人从现实激流中退居竹林，他们的诗篇充满"忧生之嗟"和老庄思想，已不能像建安诗人那样"慷慨以任气，磊落以使才"地歌唱"建功立业"的壮志宏图。但是，阮籍本是一个有雄心壮志的人，《晋书·阮籍传》说他"本有济世志"，他登广武山，感叹"时无英雄，使竖子成名！"他登武牢山，望洛阳有感而赋《豪杰诗》。他生活在那个政治黑暗的年代，壮志难酬，他只能以隐晦曲折的形式对当时腐败的统治和虚伪的礼教作无情的揭露和猛烈的抨击，这种对黑暗现实不满和反抗的精神，与"建安风骨"正是一脉相承的。严羽能敏锐地看出阮籍《咏怀》诗的"建安风骨"，说明他并不是"一味妙悟而已"。

左思，是太康时期最杰出的诗人。他的诗流传下来的很少。现存的只有十四首。《文心雕龙·才略》篇说他"尽锐于《三都》，拔萃于《咏史》"。《咏史》八首是他的代表作。严羽称其"高出一时"，主要着眼于"风骨"。左思的《咏史》，实即咏怀，借古人古事抒发自己的怀抱。他无情地揭露了门阀制度的罪恶，尖锐地抨击了门阀社会的腐朽和黑暗，表现了崇高的理想和品格，意气豪迈，情调高亢，笔力充沛，富于气势。钟嵘《诗品》说他"文典以怨，颇为精切，得讽喻之致"。这大约就是钟嵘所谓的"左思风力"。这种"左思风力"是对"建安风骨"的直接继承，反映了太康诗歌的高度成就。

陆机，是太康诗坛最著名的诗人。严羽说他"独在诸公之下"，也是从"风骨"立论。陆机在当时声名很高，《世说新语·文学》注引《文章传》说张华"见其文章，篇篇称善"。钟嵘《诗品》称"陆机为太康之英"，列为"上品"，说他"才高词赡，举体华美"。但是，同时也指出他"气少于公幹，文劣于仲宣"（《诗品》卷上）。"气"即"风骨"。这里指出他的"风骨"不足。刘勰说太康诗歌

"采缛于正始,力柔于建安"(《文心雕龙·明诗》),也指出太康诗歌辞采繁富、风力柔弱的缺点。当时的这种艺术特征,在陆机的诗歌中表现得最为典型。这些大约就是严羽立论的根据。然而,对一个诗人的评论,由于所持的标准不一,或褒或贬,结论往往相差很远。明人安磐《颐山诗话》说:"陆士衡之诗,钟嵘谓'太康之英,安仁、景阳为辅',与陈思、谢客并称。严羽谓'士衡独在诸公之下'。二者孰是?试参之:盖士衡绮练精绝,学富而辞赡,才逸而体华,嵘之论亦是;若以风骨气格言之,是诚在曹、刘、二张、左、阮之下。"此言亦颇有道理。但是,不论如何,"风骨"柔弱,终是一病。

此外,严羽还论到江淹、谢灵运、鲍照等人的"拟古"诗,苏武诗的"重复",《古诗十九首》的"叠字",任昉诗的平仄押韵以及古人赠答诗等,限于篇幅,就不再一一论及了。

严羽论述汉魏六朝诗人和诗作,或论其语言风格,或较其艺术之优劣,或衡之"风骨",并不"唯在兴趣",一味妙悟,常能从实际出发,别具"金刚眼睛",故时有精辟的见解。虽一鳞半爪,不成系统,也颇值得我们珍视。

三

严羽十分重视诗体的研究,他论诗法,以"体制"作为诗法的一项重要内容。《沧浪诗话》中撰有《诗体》专章。兹就《诗体》中涉及汉魏六朝者,稍加论列。

严羽论各体诗歌的起源说:"五言起于李陵苏武(或云枚乘)。七言起于汉武《柏梁》。四言起于汉楚王傅韦孟。六言起于汉司农谷永。三言起于晋夏侯湛。九言起于高贵乡公。"(《沧浪诗话·诗体》)以上诸说,皆本于《文章缘起》。今天看来,诸说多可商榷。现在谈谈五、七言诗的起源问题。

严羽关于"五言起于李陵苏武（或云枚乘）"的论断是不足信的，因为五言到东汉末年才成熟，班固的《咏史》诗尚且"质木无文"，在李陵、苏武生活的汉武帝时代，不可能出现这样成熟的五言诗，更不用说枚乘了。但是，严羽的论断也不是全无根据的。颜延之说："逮李陵众作，总杂不类，元是假托，非尽陵制。"（《庭诰》，《太平御览》卷五八六引）这是说，当时流传的李陵诗，原是假托的，不都是李陵的作品。这是承认李陵有五言诗传下来。刘勰说："至成帝品录，三百余篇，朝章国采，亦云周备，而辞人遗翰，莫见五言，所以李陵、班婕妤，见疑于后代也。"（《文心雕龙·明诗》）这是对李陵五言诗持怀疑态度。钟嵘说："逮汉李陵，始著五言之目。古诗眇邈，人世难详，推其文体，固是炎汉之制，非衰周之倡也。"（《诗品序》）这是认为到李陵方有五言诗，但也不能肯定。奇怪的是唐代诗人提到苏李诗，一般都是肯定的。如骆宾王说："李都尉鸳鸯之词，缠绵巧妙。"（《和学士闺情启》）杜甫诗云："苏武李陵是吾师。"（《解闷》）韩愈诗云："五言出汉时，苏李首更号。"（《荐士》）元稹说："苏子卿、李少卿之徒，尤工为五言。"（《杜工部墓志铭》）白居易说："五言始于苏李。"（《与元九书》）这大概是随手拈来，无暇考证。宋代苏轼认为"李陵、苏武赠别长安而诗有'江汉'之语"，可能是后人拟作（《答刘沔都曹书》）。洪迈说："予观李诗云：'独有盈觞酒，与子结绸缪。''盈'字正惠帝讳，汉法触讳者有罪，不应陵敢用之。益知坡公之言为可信也。"（《容斋随笔》卷十四《李陵诗》）逐渐趋于否定。严羽在苏轼、洪迈后加以肯定，虽是承袭旧说，未免疏于考证，失于鉴别。

严羽还认为五言诗可能起于枚乘。刘勰说："古诗佳丽，或称枚叔。其《孤竹》一篇，则傅毅之词，比采而推，固两汉之作乎？"

(《文心雕龙·明诗》)这里语气不肯定,但也不排斥这种可能性。徐陵《玉台新咏》则把《西北有高楼》等九首定为枚乘的作品。李善云:"古诗盖不知作者。或云枚乘,疑不能明也。诗云:'驱马(车)上东门。'又云:'游戏宛与洛。'此则辞兼东都,非尽是乘,明矣。"(《文选》卷二十九《古诗十九首》注)"古诗"是不是枚乘所作,李善弄不清楚,因为"古诗"写到东汉的事,所以李善认为不都是枚乘的作品,这些都可能是严羽立论的根据。按枚乘是西汉初年的辞赋家,在李陵、苏武之前,从五言诗的产生和发展的过程来看,他绝不可能写出像《古诗十九首》那样成熟的五言诗。钟嵘说:"自王、扬、枚、马之徒,词赋竞爽,而吟咏靡闻。"(《诗品序》)清人钱大昕说:"枚叔在苏、李之前,班史不言有五言诗,其为臆说,毋庸置辨矣。"(《十驾斋养新录》卷十六《七言在五言之前》)这些说法都是可信的。严羽注明"或云枚乘",说明他在这个问题上并无把握,只是援用旧说。

严羽说:"七言起于汉武《柏梁》。"《文心雕龙·明诗》篇说:"孝武爱文,柏梁列韵。"疑为严羽此说所本。由于《柏梁台诗》的真伪问题,在严羽之前,尚无人涉及,因此严羽的说法原无可厚非。现在一般认为七言诗是从楚调演变而来,同时也受到歌谣的影响,论证比较可信。

严羽论"诗体",一是论诗的样式,一是论诗的风格。他论诗的样式,竟从"古诗"、"近体"谈到"四声"、"八病"、"双声叠韵",杂乱无章,实不足取,兹不具论。他对诗的风格的论述,有两项内容:一是论诗歌的时代风格。他说:"以时而论,则有建安体、黄初体、正始体、太康体、元嘉体、永明体、齐梁体、南北朝体……"(《沧浪诗话·诗体》)所谓"建安体",是指慷慨悲凉的风格。刘勰论建安诗歌说"慷慨以任气,磊落以使才","雅好慷慨","梗概而多气"

(《文心雕龙·时序》),概括建安诗歌风格特点,颇为深刻。严羽还列举了"黄初体",原注云:"与建安相接。其体一也。"既然这一时期的诗歌风格与建安诗歌相同,为什么又列一体?岂不是自相矛盾。"正始体"和"建安体"则迥然不同。刘勰说:"嵇志清峻,阮旨遥深。"(《文心雕龙·明诗》)清峻、遥深正是正始诗歌的特点。钟嵘认为太康是"文章之中兴"时期,这时的著名诗人有张载、张协、张亢、陆机、陆云、潘岳、潘尼、左思等人。刘勰说:"晋世群才,稍入轻绮。"(《文心雕龙·明诗》)这"轻绮"是"太康体"的主要特点。他又说:"采缛于正始,力柔于建安,或析文以为妙,或流靡以自妍。"(《文心雕龙·明诗》)这是对太康诗歌的特点所作的一些分析。元嘉体的诗歌,以颜延之、谢灵运、鲍照为代表,在诗风上又有新的变化。这个变化表现在:一是山水诗的兴起;二是讲究对偶、警策,精心刻画,穷力追新。前者以谢灵运为代表,后者则是元嘉诗人的共同倾向。"永明体"讲究声病之说,为诗歌的发展带来很大的变化,前面已经论及,这里不再重复。"齐梁体",是指齐梁以来浮艳的诗风,与"永明体"不同。姚范云:"称永明体者以其拘于声病也;称齐梁体者,以绮艳及咏物之纤丽也。"(《援鹑堂笔记》卷四十四)辨析有理。至于说"南北朝体",不知指的是什么。原注云:"通魏周而言之,与齐梁体一也。"若包括北魏、北齐、北周而言,则南北诗歌各有特色,岂可混同。若谓与"齐梁体"相同,又何必分为二体。分体如此,实自乱其例,疑严羽汇集旧说而未加深考也。

严羽论诗歌风格的另一内容是论诗人的风格。他说:"以人而论,则有苏李体、曹刘体、陶体、谢体、徐庾体……"(《沧浪诗话·诗体》)各个时代的诗歌风格不同,各个诗人的风格也有很大的差异。刘勰说:"各师成心,其异如面。"(《文心雕龙·体性》)指的就是这种情况。所谓"苏李体",指相传为苏武、李陵诗歌的风格。苏、李,前人往往并提,他们诗歌的风格特点,张玉谷《古诗赏析》认为"苏较敷腴,李较清折",其诗皆纤丽悽婉,令人黯然神伤。曹植和刘桢都是建安诗人,钟嵘认为"曹刘殆文章之圣"(《诗品序》),皆列入"上品"。评曹植曰:"骨气奇高,词采华茂,情兼雅怨,体被文质。"(《诗品》卷上)评刘桢曰:"仗气爱奇,动多振绝。真骨凌霜,高风跨俗。"(《诗品》卷上)故"曹刘体",富于风骨,长于豪逸。金人元好问诗云:"曹刘坐啸虎生风,四海无人角两雄。可惜并州刘越石,不教横槊建安中。"(《论诗绝句三十首》)曹刘既为"两雄",其豪壮之风可以想见。陶诗风格质朴自然,谢诗风格富艳精工,皆无须多说。至于"徐庾体",是指南朝梁徐摛及其子陵、庾肩吾及其子信的诗风。《周书·庾信传》说:"父肩吾为梁太子中庶子,掌管记,东海徐摛为左卫率。摛子陵及信并为抄撰学士,父子在东宫,出入禁闼,恩礼莫与比隆,既有盛才,文并绮艳,故世号徐庾体焉。"这里指出"徐庾体"的特点是"绮艳"。《隋书·文学传序》云:"其意浅而繁,其文匿而采,词尚轻险,情多哀思。"这是对"绮艳"的诠释。

总的说来,严羽关于诗歌风格的论述,只是罗列各体,不加阐述,毫无新见。较之他的前辈刘勰、钟嵘、司空图等人的风格论,皆差之远甚。清人冯班说:"沧浪一生学问最得意处,是分诸体制。观其《诗体》一篇,于诸家体制浑然不知。"(《严氏纠谬·诗体》)虽然未免过甚其词,然而,《诗体》一章确实卑之无甚高论。

《沧浪诗话》的最后一章是《考证》。纵览此章,我们深深感到严羽的考证功夫十分浅薄。如果不信,请看:

> 《古诗十九首》,非一人之诗也。《行行重行行》,《乐府》以为枚乘之作,则其他可知矣。

> 《古诗十九首·行行重行行》,《玉台》作两首。自"越鸟巢南枝"以下,别为一首。当以《选》为正。
>
> 《文选·饮马长城窟》古词,无人名,《玉台》以为蔡邕作。

这样的"考证",实在极为一般,前不如洪迈《容斋随笔》,后与清人考证无法相比。比较值得我们注意,又与汉魏六朝有关者,有这样一条:

> 《木兰诗》最古,然"朔气传金柝,寒光照铁衣"之类,已似太白,必非汉魏诗也。

严羽从"朔气"二句的声律对偶,断定《木兰诗》不是汉魏人的作品,是有见地的,说明他有较高的鉴赏能力。但是,正如郭绍虞所指出的:"若纯从鉴赏方法入手,则如瞎子摸象,难成定论。"(郭绍虞《沧浪诗话校释》,人民文学出版社1983年版,第218页)今天看来,《木兰诗》肯定是北朝民歌,"朔气"等句则可能经过隋唐诗人润色。严羽,作为一个诗人,他评论诗歌,时有新见,考证则非其所长。

严羽是一个诗人,著有《沧浪集》二卷。四库馆臣评其诗曰:"羽则专主于妙远,故其所自为诗,独任性灵,扫除美刺,清音独远,切响遂稀。五言如'一径入松雪,数峰生暮寒',七言如'空林木落长疑雨,别浦风多欲上潮','洞庭旅雁春归尽,瓜步寒潮夜落迟',皆志在天宝以前,而格实不能超大历之上。"(《四库全书总目·沧浪集》)严羽诗的成就虽然不高,但是,由于他有丰富的诗歌创作经验,又有自己的诗歌理论体系,他评论诗歌往往能别具慧眼,一语破的。他对汉魏六朝诗的论述,就常有精湛的见解。严羽论诗的标准,不仅有"妙悟"、"兴趣"等,他还注意到"词理意兴"、"气象"、"风骨",比较全面。他评汉魏古诗说,"气象混沌,难以句摘",虽不完全精确,颇有可取之处。他论陶谢诗说:"谢所以不及陶者,康乐之诗精工,渊明之诗质而自然耳。"言简意赅,能抓住特点。他论阮籍《咏怀》诗,谓"极为高古,有建安风骨",论左思,谓其"高出一时",论谢朓诗,谓"已有全篇似唐人者",论断都很正确。严羽指出:"少陵诗,宪章汉魏,而取材于六朝;至其自得之妙,则前所谓集大成者也。"(《沧浪诗话·诗评》)这里说的是汉魏六朝诗对杜甫诗的影响,也是汉魏六朝诗对唐诗的影响。持之有故,令人信服。诸如此类,皆可供研究汉魏六朝文学者之参考。严羽《沧浪诗话》,历来毁誉不一。《四库全书总目》云:"明胡应麟比之达摩西来,独辟禅宗。而冯班作《严氏纠谬》一卷,至诋为呓语。"皆非持平之论。现在,我们研究《沧浪诗话》,应该从中国古代诗歌创作和理论发展的实际情况出发,对其评论作出实事求是的分析,吸收其精华,剔除其糟粕,为今天的古典文学和文艺理论研究服务。

1985 年 7 月

民间情歌　短篇神品

——读汉乐府《上邪》

> 上邪！我欲与君相知，长命无绝衰。山无陵，江水为竭，冬雷震震，夏雨雪，天地合，乃敢与君绝。

《上邪》是汉乐府鼓吹曲辞《铙歌十八曲》之一。《铙歌》是汉初贵族乐府，原二十二曲，其中《务成》、《玄云》、《黄爵》、《钓竿》四曲已散失，所以只传下十八曲。由于"字多讹误"（智匠《古今乐录》）和声辞混杂等原因，有些已难以索解了。《铙歌》是军乐，而其用途甚广，有的是天子用于宴乐群臣，赏赐有功人员及道路游行，有的用于田猎，亦有用于丧葬者。因此，其内容是比较复杂的，有的记天子巡幸，有的记祥瑞，有的记武功，有的叙战争，有的写爱情。《上邪》就是写爱情的名篇。

《铙歌》中也有一些民歌，《上邪》就是其中的一篇。这首诗写一个女子向她所爱的男子表达忠贞不渝的爱情。"上邪！我欲与君相知，长命无绝衰。"意思是说，天啊！我愿和你相爱，让我们的爱情永远不会中断衰减。这是从正面写这个女子对天发誓，大胆地向她所爱的人倾诉自己心中的爱情。虽然情感炽热，倒也平淡无奇。值得我们注意的是："山无陵，江水为竭，冬雷震震，夏雨雪，天地合，乃敢与君绝！"直到高山变为平地，江水完全枯竭，冬日雷声震震，夏天大雪纷飞，天地合在一起，才敢和你决裂，这是从反面，以具体的事物为喻，说明自己永远不变心。高山变平地，江水枯竭，冬日响雷，夏天降雪，天地合一这五件事，在女主人公看来是永远不可能发生的,以此说明她的爱情也是忠贞坚固的,永远也不会变化的。诗人一连用了五种不可能发生的自然现象发誓,在语言上,或用三言,或用四言,跌宕起伏,表达热烈激动急切的感情,给人一种鲜明、新颖、生动的感觉。这种表现方法在中国诗歌史上是没有前例的。当然为爱情而发誓赌咒的例子是有的,例如《诗经·鄘风·柏舟》:

> 泛彼柏舟,在彼中河。髧彼两髦,实维我仪。之死矢靡它。母也天只,不谅人只!

这是写一个少女看中了自己所爱的人,誓死也不改变主意,埋怨她的母亲不体谅她。又如《王风·大车》:

> 谷则异室,死则同穴。谓予不信,有如皦日。

这是写一个女子对她所爱的男子表示忠贞的爱情。她发誓:活着不能在一起,死后一定要同一个墓穴。如果认为我的话不可信,有天上光明的太阳作证。这两首诗的感情都很真挚,表现也很大胆、泼辣,与《上邪》比较,虽然都是优秀的民间作品,但是,在表现的新颖和情感的深沉方面是有一些程度上的差别的。

在艺术上可以与《上邪》媲美的是敦煌曲子词《菩萨蛮》:

> 枕前发尽千般愿:要休且待青山烂,水面上秤锤浮,直待黄河彻底枯。白日参辰现,北斗回南面。休即未能休,且待三更见日头。

这首民间词,是一对青年男女的誓辞。他们发誓:要他们不相爱,除非是青山腐烂,铁的秤砣浮在水面上,黄河干枯,白日里同时看见参星和商星,北斗星转移到南面。这五种现象都是不可能发生的,然而,他们还说,即使这五种现象都发生了也不能罢休,除非半夜三更出现了太阳。这里一连用了六种绝不可能发生的自然现象来盟誓,表示海枯石烂也不变心。这首词所表达的感情和所使用的艺术手法与《上邪》十分相似。可以说,这是民间爱情小诗中的双璧。

《上邪》的表现方法,形成了我国民间情歌的一种历史传统和民族特色,对后世有深远的影响,现代民歌中还有类似的作品:"生不丢来死不丢,除非蚂蚁生骨头,除非冷饭又发芽,白岩上头生石榴。"(引自钟敬文主编《民间文学概论》,上海文艺出版社1980年版271页)这也是用各种绝对不可能发生的事情作比喻,表现青年男女对爱情忠贞。可见这已成为一种为广大人民所喜闻乐见的艺术形式。

《铙歌十八曲》中,还有一首民间爱情小诗,即《有所思》:

有所思,乃在大海南。何用问遗君?双珠玳瑁簪,用玉绍缭之。闻君有他心,拉杂摧烧之。摧烧之,当风扬其灰。从今以往,勿复相思! 相思与君绝。鸡鸣狗吠兄嫂当知之。妃呼豨。秋风肃肃晨风飔,东方须臾高知之。

"有所思"是指女主人公所思念的情人。这首诗写一个青年女子听说她的情人另有所爱,就把打算赠送给情人的礼物砸碎、烧掉,决心断绝与情人的情谊。但是,想到旧情,又拿不定主意。我所以引用这首诗,是因为清人庄述祖在《汉短箫铙歌曲句解》中认为:"《上邪》与《有所思》当为一篇……叙男女相谓之言。"把《上邪》和《有所思》看成一篇,前半是考虑断绝情谊,又有些犹豫;后半是拿定主意后,表示自己对爱的忠实。这确实是一种有趣的看法。不过庄氏认为是男女问答之辞,令人怀疑,因为解释起来,似不很顺当。闻一多先生赞同庄说,称之为"妙悟",只是认为"不见问答之意,反之,以为皆女子之辞,弥觉曲折反复,声情顽艳"(《乐府诗笺》)。言之有理,可备一说。

清人陈沆不同意庄说,他说:"此忠臣被谗自誓之词欤?抑烈士久要之信欤?凛凛然,烈烈然。而庄氏谓男慰女之词,为不称矣。"(《诗比兴笺》卷一)清人王先谦的《汉铙歌释文笺正》也说:"歌者不见知于君,而终不忍绝也。"这是认为诗里有君臣大义。的确,我国古代诗歌常用比兴手法,以香草美人托喻贤臣君子,例如,白居易在《与元九书》中就曾经指出:"风雪花草之物,《三百篇》中岂舍之乎?顾所用何如耳。设如'北风其凉',假风以刺威虐也;'雨雪霏霏',因雪以愍征役也;'棠棣之华',感华以讽兄弟也;'采采芣苢',美草以乐有子也。皆兴发于此而义归于彼。"王逸在《离骚序》中也指出:"《离骚》之文,依《诗》取兴,引类譬喻。故善鸟、香草以配忠贞,恶禽、臭物以比谗佞;灵修、美人以媲于君,宓妃、佚女以譬贤臣;虬龙、鸾凤以托君子,飘风、云霓以为小人。"诚然,这是我国古代诗歌的优良传统,但是,在一首真挚、热烈的民间情歌中探索微言大义,实在有些小题大做,而且,如此解说,牵强附会,把一首富有情趣的情歌解得索然寡味,实不可信。

《上邪》是一首优秀的抒情小诗,明人胡应麟说:"《上邪》言情,《临高台》言景,并短篇中神品!"(《诗薮·内编》卷一)清人沈德潜说:"'山无陵'下共五事,重叠言之,而不见其排,何笔力之横也!"(《古诗源》卷三)都说明《上邪》在艺术上取得了很高的成就。它像一颗晶莹的宝石,在我国古代诗歌的宝库中,永远闪烁着耀眼的光辉。

1988年10月

反抗强暴 情操高尚

——读辛延年的《羽林郎》

昔有霍家奴,姓冯名子都。依倚将军势,调笑酒家胡。胡姬年十五,春日独当垆。长裾连理带,广袖合欢襦。头上蓝田玉,耳后大秦珠。两鬟何窈窕,一世良所无。一鬟五百万,两鬟千万余。不意金吾子,娉婷过我庐。银鞍何煜爚,翠盖空踟蹰。就我求清酒,丝绳提玉壶。就我求珍肴,金盘脍鲤鱼。贻我青铜镜,结我红罗裾。不惜红罗裂,何论轻贱躯。男儿爱后妇,女子重前夫。人生有新故,贵贱不相渝。多谢金吾子,私爱徒区区。

这首诗最早见于《玉台新咏》,《乐府诗集》收入《杂曲歌辞》。作者辛延年,东汉人,生平事迹不详。

"羽林郎",当是乐府旧题。羽林,是皇家的禁卫军,羽林郎是统率羽林军的高级军官。《汉书》颜师古注说:"羽林,宿卫之官,言其如羽之疾,如林之多。一说羽所以为主者羽翼也。"《后汉书·百官志》说:"羽林郎,掌宿卫侍从,常选汉阳、陇西、安定、北地、上郡、西河六郡良家补之。"此诗内容是写霍光的家奴冯子都调戏酒家胡姬,遭到严厉拒绝的事。与《羽林郎》这个诗题无关。大概是用旧题歌咏当时的事。清人朱乾的《乐府正义》就认为是讽刺东汉窦宪兄弟的,他说:"汉以南、北二军相制。南军卫尉主之,掌宫城门内之兵。北军中尉主之,掌京城门内之兵。武帝增置期门、羽林,以属南军。增置八校以属北军,更名中尉为执金吾。南军掌宿卫,当时以二千石以上子弟,及明经、孝廉射第甲科,博士弟子高第,及尚书奏赋军功良家子充之,期门、羽林亦以六郡良家子选给,未有如冯子都其人者。自太尉勃以北军除吕氏,于是北军势重。武帝用兵四夷,发中尉之卒,远击南粤,后又增置八校,募知胡事者为胡骑,知越事者为越骑,武骑纷然,将骄兵横,殆盛于南军矣。光武所以有'仕官当至执金吾'之云也。题曰《羽林郎》,本属南军,而诗云'金吾子',则知当时南、北军制俱坏,而北军之害为尤甚也。案后汉和帝永元元年(公元89年)以窦宪为大将军,窦氏兄弟骄纵,而执金吾景尤甚,奴客缇骑,强夺财货,篡取罪人,妻略妇女,商贾闭塞,如避寇仇。此诗疑为窦景而作。盖托往事以讽今也。"这一段话有两点值得注意:第一,汉代有南、北军之分,羽林郎属南军,执金吾属北军,而此诗题为《羽林郎》,诗里说"金吾子"。这说明《羽林郎》确以乐府旧题咏新事。第二,疑此诗为讽刺窦景而作,颇有可能。据《汉书·窦宪传》记载,窦氏兄弟骄横,强夺财物,掳掠民女,仗势欺人,无恶不作,而"有司畏懦,莫敢举奏"。所以此诗借旧事以讽之。当然,文学作品与历史不同,我们不必指实。但是朱氏的见解,对我们理解《羽林郎》是有帮助的。

此诗开头四句以第三人称概括地交代人物和事件。首先出场的是反面人物,霍光的家奴冯子都。事件是冯子都依仗霍光的权势调戏酒店里卖酒的胡姬。一开始就冠以"昔"字,说明事情是过去发生的。这是因为作者害怕得罪当时为非作歹的豪门,采用借古喻今的手法。冯子都历史上实有其人,《汉书·霍光传》说:"光爱幸监奴冯子都,常与计事。及显寡居,与子都乱。"又说:"百官以下,但事冯子都、王子方等,视丞相亡如也。"由此可知,冯子都是霍光所宠爱的家奴头目,他荒淫悖乱,骄横跋扈,不仅百官以下都要趋奉他,就连丞相他也不看在眼内。这样的恶奴,调戏胡姬,在他看来,当然不算一回事了。

"胡姬年十五"以下十句,专写胡姬。胡姬年方十五,正是豆蔻年华,娉娉袅袅,在春光明媚之时,独自当垆。当垆,是守着酒垆。《汉书·司马相如传》说:"相如尽卖车骑,置酒舍,乃令文君当卢。"注:"卖酒之处,累土为卢,以居酒瓮,四边隆起,其一面高,形如煅卢,故名曰卢。"卢与垆通。据此,当垆的意思是守着柜台卖酒。这个卖酒的胡姬身上衣服长长的衣襟飘着两条丝带,外着袖口宽大、有合欢花图案、样式时髦的短袄,头上戴的是蓝田出产的宝玉,耳朵后面还垂着大秦国出产的明珠。两个环形的发鬟是多么美好,恐怕世上难以找到。发鬟上的装饰品更是贵重,一个就值五百万钱,两个价值一千多万钱。这是用铺张的手法写胡姬美丽的服装和华贵的装饰,写出胡姬非同一般。沈德潜说:"'一鬟五百万'二句,须知不是论鬟。"(《古诗源》卷三)确实如此,仅两个鬟就值千万余,正是以极度夸张写胡姬之美。这种铺张的描写,在民间诗歌中是常见的,如《陌上桑》描写罗敷说:"头上倭堕髻,耳中明月珠。缃绮为下裙,紫绮为上襦。行者见罗敷,下担捋髭须。少年见罗敷,脱帽着帩头。耕者忘其犁,锄者忘其锄。来归相怨怒,但坐观罗敷。"《焦仲卿妻》描写刘兰芝被婆婆所迫,暂时回娘家前梳妆打扮时说:"着我绣夹裙,事事四五通:足下蹑丝履,头上玳瑁光。腰若流纨素,耳着明月珰。指如削葱根,口如含朱丹。纤纤作细步,精妙世无双。"这些描写虽然有正面描写和侧面描写之分,描写装饰和描写姿容之别,但是都属于同一类型的表现方法。实际上胡姬不可能如此华贵,而这样夸张的描写给人以鲜明的印象。如此美丽的妙龄女子一定会引人瞩目,很自然地就引起下文。

从"不意金吾子"到末尾,以第一人称写金吾子调戏胡姬,遭到胡姬的严厉拒绝。"金吾子"是指冯子都,冯子都既不是羽林郎,也不是金吾子,只是霍光的一个管家。称他为金吾子,可能是对他的敬称,因为他不是金吾子,总是带有讽刺意味。如果我们同意朱乾的说法,认为是影射执金吾窦景,那么称冯子都为金吾子则事出有因。"不意",是出乎意料之外,暗示事件将要发生。"娉婷",原是姿容美好的样子,这里是指"金吾子"装模作样来到酒店。这个"金吾子"好不威风,他的马鞍,银光闪闪,饰有翠鸟羽毛的车子停在酒店门前等待着他。此人进了酒店,向胡姬要好酒好菜,借以炫耀自己的阔绰和身份的高贵。不但如此,他还赠给胡姬青铜镜,妄图用财物进行诱惑,他甚至动手把青铜镜系在胡姬红罗的衣襟上。这种调戏妇女的丑恶行为,遭到胡姬严厉的拒绝:你想把青铜镜系在我的衣襟上,我撕裂红罗裙也在所不惜,更不必说你要侮辱我微贱的身体了。宁为玉碎,不为瓦全。胡姬反抗强暴的行为,义正词严,慷慨激烈。至此故事情节发展到高潮。

胡姬在严厉拒绝"金吾子"的丑恶行为之后,渐渐平静下来,比较心平气和地陈说道理。她说:你们这些男人喜新厌旧,而我们女人是坚决忠实自己的丈夫的。人生有新有故,而你我之间的贵贱界限是不可逾越的。这里无情的批判了"金吾子"一类男人喜新厌旧的卑劣思想,赞颂了胡姬这些忠实于爱情的妇女的高尚道德情操。语气虽然比较委婉,可是言辞铿锵有力,实为一篇之警策。

结尾二句,胡姬郑重地告诉金吾子:你对我的这种好意实在是徒然的。以简短的语言,明确地拒绝了金吾子的无理纠缠。

对于古代诗歌的理解,常常见仁见智,存在不同的看法。这首诗中"贻我青铜镜"四句,俞平伯先生就有不同的解释,他在《说汉乐府诗〈羽林郎〉》中说:"所谓结者,并非拉拉扯扯,只是要讨好那女人,结,读如要结之结,结绸缪、结同心之结。"即"金吾子"赠给胡姬的是青铜镜和红罗。"不惜红罗裂"二句,意思是"君不惜红罗裂,妾何论轻贱躯"。认为裂红罗的是男方,"裂"字是"新裂齐纨素"(班婕妤《怨歌行》)之裂,即从织机上扯下一匹来赠给胡姬。"把红罗抬得这般贵重,把自己身份贬得这样卑微,仿佛要一口答应"。最后转为坚决拒绝,显得婉转而严厉。他认为这是欲抑先扬的手法。这样解释,亦自有理,可备一说。清人朱嘉徵《乐府广序》认为此诗:"刺权倖也。诗云:'汉之广矣,不可方思。'士守其志,谢权门之辟,似与罗敷同节。一曰耻事二姓所作,为东汉人辞。"拘于比兴旧说,不免牵强。

这首诗在艺术上亦颇有值得我们注意的地方。

首先,是人称的变换。诗人在交代人物、事件,介绍胡姬时用的是第三人称。这样便于叙述事件,描写人物。而在记述事件发生的具体过程时,又改用第一人称,这样,有利于胡姬抒发感情,陈说道理,比较深刻地表现她的内心世界。这样变换人称,无疑是恰当的。

其次,沈德潜说:此诗是"骈丽之词。归宿却极贞正,风之变而不失其正者也"(《古诗源》卷三)。这里,除了从封建观点出发,肯定《羽林郎》的思想之外,还指出此诗语言具有骈丽的特点。的确,此诗对偶句很多,如"长裾连理带"八句、"就我求清酒"四句都是。这一类句子借助对称的形式,和谐匀称的音节加强语言的气势和感染力,是我国民间诗歌常用的表现手法。此外,此诗韵律和谐,也增强了诗歌的艺术效果。

最后,也是最重要的,是诗人为我们塑造了一个具有高尚道德情操和反抗精神的妇女形象。这是我国古典文学宝库中一个在封建制度下反抗黑暗势力的典型。这个典型在今天仍有很高的审美价值和认识意义。

1988 年 10 月

傅玄《秦女休行》解说

庞氏有烈妇,义声驰雍凉。
父母家有重怨,仇人暴且强。
虽有男兄弟,志弱不能当。
烈女念此痛,丹心为寸伤。
外若无意者,内潜思无方。
白日入都市,怨家如平常。
匿剑藏白刃,一奋寻身僵。
身首为之异处,伏尸列肆旁。
肉与土合成泥,洒血溅飞梁。
猛气上干云霓,仇党失守为披攘。
一市称烈义,观者收泪并慨忼。
"百男何当益?不如一女良!"
烈女直造县门,云"父不幸遭祸殃,
今仇身以分裂,虽死情益扬。
杀人当伏法,义不苟活骧旧章"。
县令解印绶:"令我伤心不忍听!"
刑部垂头塞耳:"令我吏举不能成!"
烈著希代之绩,义立无穷之名。
夫家同受其祚,子子孙孙,咸享其荣。
今我作歌咏高风,激扬壮发悲且清。

傅玄《秦女休行》解说

　　傅玄《秦女休行》，是用旧题咏庞娥亲杀仇人，为父复仇的故事。
　　傅玄的《秦女休行》所写庞娥亲复仇的故事是说，酒泉人庞娥亲，是庞子夏的妻子，赵君安的女儿。君安为同县人李寿所杀，娥亲有弟弟三人，都想要报仇，正好染上流行病，三人都去世了。李寿听说此事，十分高兴，说赵家强壮的男子都死完了，只剩下一个弱女子，有什么可忧虑的，于是防备就松懈了。娥亲的儿子庞淯，在外面听说李寿的话，回来就禀告娥亲，娥亲十分激动，伤心地流下了眼泪，说："李寿，你不要高兴，我最后不会饶过你！"于是到街上买了好刀，终于在光和二年（179）二月上旬，与李寿相遇，娥亲奋刀砍杀，杀了李寿，割下李寿的头，去见县官和刑部官员请罪，这些官员不仅不惩办她，而且上表朝廷，称赞她的为父复仇的精神。所以，她的事迹载入史册，得到傅玄的赞扬。
　　这首诗可分为三段：
　　"庞氏有烈妇，义声驰雍凉。父母家有重怨，仇人暴且强。"前二句点出故事的主人公庞娥亲，她以孝义精神驰名雍州、凉州。后二句交代了故事的主要情节，庞娥亲有"重怨"。此"重怨"指"（赵）君安为同县李寿所杀"（皇甫谧《列女传》）。"仇人暴且强"，指"寿为人凶豪"（《列女传》）。开头四句，实际上已经概括了故事的主要内容。
　　"虽有男兄弟，志弱不能当。烈女念此痛，丹心为寸伤。"前二句与《列女传》所载不合。传云："娥亲有兄弟三人，皆欲报仇，会遭灾疫，三人皆死。"而傅玄诗语意，是说娥亲虽有兄弟，皆意志薄弱，不能担此重任。似以之衬托娥亲之坚强和勇敢。娥亲每念及生父被杀之事，心为之寸伤。为复仇设下伏笔。
　　"外若无意者，内潜思无方。白日入都市，怨家如平常。"这四句的内容，为《列女传》所无，是诗人补充的心理描写，写出主人公的沉着、镇静、足智多谋,表现是比较细腻的。"匿剑藏白刃,一奋寻身僵。身首为之异处,伏尸列肆旁。"直接写复仇的行动。仇人被杀,身首异处,伏尸肆旁。以此四句与前四句对比,前四句写的是"平常",此四句写的是"非常",对比"平常"与"非常"把主人公沉着的神态和勇敢的精神表现得更为鲜明。"肉与土合成泥,洒血溅飞梁。猛气上干云霓,仇党失守为披攘。"仇人被杀,肉落地上,血溅飞梁。续写复仇的壮烈场面。娥亲的猛气上干云霄,仇人那边溃如决堤,一败涂地。以鲜明的对比,歌颂娥亲的勇猛无前。以上为第一段。这一段是写庞娥亲为父复仇,以具体的行动表现了她的孝义精神。

"一市称义烈,观者收泪并慨忼。'百男当何益,不如一女良。'"写街道上的居民和观众对娥亲的赞颂。这些人为娥亲的孝义精神所感动,激动地说:"一百个壮年男子又有何用,还不如一个女人!"以夸张的手法突出了娥亲的勇敢的形象。"烈女直造县门,云'父不幸遭祸殃,今仇身以分裂,虽死情益扬。杀人当伏法,义不苟活隳旧章'。县令解印绶:'令我伤心不忍听!'刑部垂头塞耳:'令我吏举不能成!'"娥亲懂得,虽然是为父复仇,但是,杀人是犯法的。所以,她直往县令的衙门请罪。她不愿意因为自己的复仇行动毁坏朝廷的法律。这是一方面。而另一方面,县令十分感动,连娥亲的陈诉也不忍心听下去了。他宁愿丢官归田,也不愿治娥亲的罪。刑部的官员垂头塞耳,也十分感动,觉得这个案件办不成。这是从侧面写娥亲的孝义精神,有一种烘云托月的作用。以上是第二段。这一段从侧面写出人民对她的赞颂和官吏们深受感动,进一步表现了娥亲的孝义精神。

"烈著希代之绩,义立无穷之名。夫家同受其祚,子子孙孙,咸享其荣。今我作歌咏高风,激扬壮发悲且清。"这是第三段。这一段写的是诗人对娥亲的赞扬。应该指出,当时人们对娥亲复仇精神的赞扬,与东汉末年和三国时代复仇之事十分普遍有关。据史籍记载,苏不韦为父复仇,杀人妻女,受到当时名流郭林宗的赞扬(《后汉书·苏不韦传》)。韩暨因复父仇而名扬当世(《三国志·魏志·韩暨传》)。这种社会风气可能与当时提倡孝道有关。在今天看来,杀人应绳之以法,私人复仇的行为是不足取的。

傅玄是西晋初年写故事乐府的大家,明人陆时雍说他"古貌绮心,微情远境,汉后未睹其俦。乐府淋漓排荡,位置三曹,才情妙丽,似又过之"(《古诗镜》卷八),绝非溢美之辞。像这首乐府诗"语语生色,叙赞两工,式得其体"(《古诗镜》卷八),便是明证。而他的古诗,钟嵘《诗品》不以入品,这固然是由于当时有雅俗之分,也是由于傅玄"长于乐府而短于古诗"(沈德潜《古诗源》卷七)的缘故吧!

1990年2月

借史咏怀　出类拔萃

——说左思《咏史》八首

萧统《文选》第二十一卷选录"咏史"诗二十一首,其中以左思的《咏史》八首最为著名。

左思是西晋太康时期的杰出作家。他的诗赋成就都很高。《三都赋》使"洛阳纸贵"。他的诗,谢灵运认为"古今难比",钟嵘《诗品》也列为"上品"。《咏史》八首是左思诗歌的代表作,刘勰说他"拔萃于《咏史》"(《文心雕龙·才略》)。这组诗表现出左思卓越的文学才能,确是咏史诗中的千古绝唱。

咏史诗的写作,并不始于左思,东汉初年,班固已有《咏史》诗,但是,这首诗的写法只是"檃括本传,不加藻饰",而左思的《咏史》诗,并不是概括某些历史事件和人物,而是借以咏怀。所以何焯说:"题云《咏史》,其实乃咏怀也。"又说:"咏史者,不过美其事而咏叹之,檃括本传,不加藻饰,此正体也。太冲多摅胸臆,乃又其变。"(《义门读书记》卷四十六)何氏认为左思《咏史》是"咏史"类诗歌的变体,其实这是"咏史"诗的新发展。

左思《咏史》诗,抒写诗人自己的雄心壮志。但是,由于门阀制度的限制,当时出身寒门的有才能的人,壮志难酬,不得已,只好退而独善其身,做一个安贫知足的"达士"。这组诗表现了诗人从积极入世到消极避世的变化过程。这是封建社会中一个有理想有才能而又郁郁不得志的知识分子的不平之鸣。

其 一

　　弱冠弄柔翰,卓荦观群书。著论准《过秦》,作赋拟《子虚》。边城苦鸣镝,羽檄飞京都。虽非甲胄士,畴昔览《穰苴》。长啸激清风,志若无东吴。铅刀贵一割,梦想骋良图。左眄澄江湘,右盼定羌胡。功成不受爵,长揖归田庐。

　　这首诗写自己的才能和愿望,可以看作是这组诗的序诗。开头四句,写自己的博学能文。"弱冠弄柔翰",是说自己二十岁时就舞文弄墨,善于写作文章了。"卓荦观群书",写自己博览群书,才学出众。这两句实为互体,意思是说,我二十岁时已才学出众了,不仅善于写作,而且博览群书。杜甫诗云:"读书破万卷,下笔如有神。"(《奉赠韦左丞丈二十二韵》)正是由于左思博览群书,才能善于写作,才能"著论准《过秦》,作赋拟《子虚》",即写论文以《过秦论》为典范,作赋以《子虚赋》为楷模。《过秦论》,西汉贾谊所作,是其政论中的名篇,《子虚赋》,西汉司马相如所作,为赋中名篇。左思著论作赋以他们的作品为榜样,说明他的见识与才能,颇有自负的意味。

　　"边城苦鸣镝"四句,写自己兼通军事。"鸣镝"乃是战斗的信号。边疆发生战争,告急的文书飞快地传于京城。这里,可能是指咸宁五年(279),对鲜卑树能机部和对孙皓的战争。《晋书·武帝纪》:"(咸宁)五年春正月,虏帅树能机攻陷凉州。乙丑,使讨虏护军武威太守马隆击之。……十一月,大举伐吴……十二月,马隆击叛虏树能机,大破,斩之,凉州平。"烽火燃起,诗人虽非将士,可是也曾读过《司马穰苴兵法》一类兵书。他认为自己不仅有文才,而且也有武略,在战争爆发的时候,应该为国效劳。

"长啸激清风"四句,写自己的志气和愿望。诗人放声长啸,啸声在清风中激荡,志气豪迈,何曾把东吴放在眼中!他想,一把很钝的铅刀,都希望能有一割之用,自己即使才能低劣,做梦也想施展自己的才能,实现"良图"(良好的愿望)。什么是诗人的"良图"?"左眄澄江湘"四句,作了具体的回答:消灭东南的东吴,平定西北的羌胡。功成之后,不受封赏,归隐田园。前两句表达的是晋武帝《伐吴诏》中"南夷句吴,北威戎狄"的意思。后两句正是他歌颂的鲁仲连精神:"功成耻受赏,高节卓不群。"就感情言,前者雄壮,后者恬淡,这种错综复杂的感情是统一的,表现了诗人既渴望建功立业,又不贪恋富贵的精神。

还需要提及的是,我们可以根据"长啸激清风,志若无东吴","左眄澄江湘,右盼定羌胡"诸句确定《咏史》八首的写作年代。晋武帝于咸宁五年(279)十一月,大举伐吴,太康元年(280)三月,孙皓投降。于咸宁五年正月,讨伐鲜卑树能机部,十二月,大破之。所以,何焯认为"诗作于武帝时,故但曰'东吴'。凉州屡扰,故下文又曰'定羌胡'"(《义门读书记》卷四十六)。可见《咏史》八首写于晋武帝咸宁五年。

清人刘熙载《艺概·诗概》说:"左太冲《咏史》似论体。"但是,诗人的议论是以形象表现出来的,并不使人感到枯燥乏味。恰恰相反,诗中生动的形象和丰富的感情具有强烈的感染力量。

此诗意气豪迈,情感昂扬,很容易使人想起曹植。曹植诗云:"捐躯赴国难,誓死忽如归。"(《白马篇》)"闲居非吾志,甘心赴国忧。"(《杂诗》其五)。曹植为国赴难、建功立业的志愿,都被曹丕父子扼杀了,他郁郁不得志地度过自己不幸的一生。左思"左眄澄江湘,右盼定羌胡"的壮志雄心,被当时的门阀制度断送了,所以,诗人愤怒地向门阀制度提出了控诉。

其 二

郁郁涧底松,离离山上苗。以彼径寸茎,荫此百尺条。世胄蹑高位,英俊沉下僚。地势使之然,由来非一朝。金张籍旧业,七叶珥汉貂。冯公岂不伟,白首不见招。

这首诗写在门阀制度下,有才能的人,因为出身寒微而受到压抑,不管有无才能的世家大族子弟占据要位,造成"上品无寒门,下品无势族"(《晋书·刘毅传》)的不平现象。"郁郁涧底松"四句,以比兴手法表现了当时人间的不平。以"涧底松"比喻出身寒微的士人,以"山上苗"比喻世家大族子弟。仅有一寸粗的山上苗竟然遮盖了涧底百尺长的大树,从表面看来,写的是自然景象,实际上诗人借此隐喻人间的不平,包含了特定的社会内容。形象鲜明,表现含蓄。中国古典诗歌常以松喻人,在此诗之前,如刘桢的《赠从弟》,在此诗之后,如吴均的《赠王桂阳》,皆以松喻人的高尚品格,其内涵是十分丰富的。

"世胄蹑高位"四句,写当时的世家大族子弟占据高官之位,而出身寒微的士人却沉没在低下的官职上。这种现象好像"涧底松"和"山上苗"一样,是地势使他们如此,由来已久,不是一朝一夕的事。至此,诗歌由隐至显,比较明朗。这里,以形象的语言,有力地揭露了门阀制度所造成的不合理现象。从历史上看,门阀制度在东汉末年已经有所发展,至曹魏推行"九品中正制",对门阀统治起了巩固作用。西晋时期,由于"九品中正制"的继续实行,门阀统治有了进一步的加强,其弊病也日益明显。段灼说:"今台阁选举,涂塞耳目;九品访人,唯向中正。故据上品者,非公侯之子孙,即当涂之昆弟也。二者苟然,则荜门蓬户之俊,安得不有陆沉哉!"(《晋书·段灼传》)当时朝廷用人,只据中正品第,结果,上品皆显贵之子弟,寒门贫士仕途堵塞。刘毅的有名的《八损疏》则严厉地谴责中正不公:"今之中正,不精才实,务依党利;不均称尺,务随爱憎。所欲与者,获虚以成誉;所欲下者,吹毛以求疵。高下逐强弱,是非由爱憎。随世兴衰,不顾才实,衰则削下,兴则扶上,一人之身,旬日异状。或以货贿自通,或以计协登进,附托者必达,守道者困悴。无报于身,必见割夺;有私于己,必得其欲。是以上品无寒门,下品无势族。暨时有之,皆曲有故。慢主罔时,实为乱源。损政之道一也。"(《晋书·刘毅传》)这些言论反映了当时用人方面的腐败现象。左思此诗从自身的遭遇出发,对时弊进行了猛烈的抨击。

"金张籍旧业"四句,紧承"由来非一朝",内容由一般而至个别,更为具体。金,指金日磾家族。据《汉书·金日磾传》载,汉武帝、昭帝、宣帝、元帝、成帝、哀帝、平帝七代,金家都有内侍。张,指张汤家族。据《汉书·张汤传》载,自汉宣帝、元帝以来,张家的侍中、中常侍、诸曹散骑,列校尉者凡十余人。"功臣之世,唯有金氏、张氏,亲近宠贵,比于外戚"。这是一方面。另一方面是冯公,即冯唐。他是汉文帝时人,很有才能,可是年老而只做到中郎署长这样的小官。这是以对比的方法,表现"世胄蹑高位,英俊沉下僚"的具体内容。并且,紧扣《咏史》这一诗题。何焯早就点破,左思《咏史》,实际上是咏怀。诗人只是借历史以抒发自己的怀抱,对不合理的社会现象进行无情揭露和抨击而已。

这首诗不只是"金张籍旧业"四句用对比手法,通首皆用对比,所以表现得十分鲜明生动。加上内容由隐至显,一层比一层具体,具有良好的艺术效果。

其 三

  吾希段干木,偃息藩魏君。吾慕鲁仲连,谈笑却秦军。当世贵不羁,遭难能解纷。功成耻受赏,高节卓不群。临组不肯绁,对珪宁肯分?连玺耀前庭,比之犹浮云。

这首诗歌颂段干木和鲁仲连为国立功、不要爵禄的高尚情操。诗人表示了对他们的仰慕和向往。《咏史》第一首云:"功成不受爵,长揖归田庐。"何焯认为,此诗"申前'功成不受爵'意"(《义门读书记》卷四十六)。也就是说,这首诗表达了诗人功成身退、不受封赏的思想。

诗的开头四句就点明诗人所仰慕的两个历史人物和他们的事迹。这两个历史人物就是段干木和鲁仲连。段干木,战国时魏国人。隐居不仕,魏文帝尊他为师。当时秦国要攻魏,司马唐谏秦王说:"段干木贤者也,而魏礼之,天下莫不闻,无乃不可加兵乎!"秦王为之罢兵。事见《吕氏春秋·期贤》篇。鲁仲连,战国时齐国人。一次秦兵围赵国的邯郸城,这时鲁仲连正好在赵国。鲁仲连说服了魏国派往赵国劝赵尊秦为帝的辛垣衍,秦将闻知此事,退兵五十里。事见《战国策·赵策三》。诗人渴望像段干木、鲁仲连一样,为国家效力。"吾希"、"吾慕",表达了诗人的仰慕之情和自己的愿望。"偃息藩魏君"和"谈笑却秦军",概括了段干木和鲁仲连的事迹。言简意赅,又紧扣《咏史》这一诗题。"偃息",写段干木之退隐高卧,"谈笑",写鲁仲连之从容善辩,皆极传神。

双起单承,"当世贵不羁"四句,单写鲁仲连。《战国策·赵策三》记载,鲁仲连在退秦军之后,赵国国相平原君欲赏赐千金,鲁仲连说:"所贵于天下之士者,为人排患、释难、解纷乱而无所取也。"

意思是说,作为"天下之士"可贵的地方,就在于他们为人排难解纷,而不取任何报酬。于是他就辞别了平原君,离开赵国,再也没有露面了。于此可见,这四句中,前二句是化用鲁仲连语意。后二句则对鲁仲连作出崇高的评价。"高节卓不群",实此诗之诗眼,承上启下。

"临组不肯绁"四句,比较具体地写鲁仲连"功成耻受赏",表现他的高尚节操。"组",丝织的绶带,古代做官的人用来系印章于腰间。"珪",一种上圆下方的瑞玉。古代诸侯,爵位不同,颁给珪也不同。"玺",官印。不论是"组"、"珪",还是"玺",都代表官职爵位。对于这些,鲁仲连不仅不接受,而且视若浮云。这里写的是鲁仲连高尚的思想品质,同时也表现了诗人的思想和愿望。应该指出,一个人的思想是极其复杂的。左思之妹左芬是晋武帝的贵嫔,据《左思别传》记载,她"颇以椒房自矜",又据《晋书·贾谧传》,左思是贾谧的"二十四友"之一。贾谧因为贾后的关系,权过人主,作威作福,自负骄宠,奢侈逾度。而"二十四友"皆"贵游豪戚及浮竞之徒",这些人"或著文章称美谧,以方贾谊"。这说明左思并不是不看重荣华富贵,没有功名利禄之心,只是在仕途迍邅时,才发此高论。

李白也有一首歌颂鲁仲连的诗,诗云:"齐有倜傥生,鲁连特高妙。明月出海底,一朝开光曜。却秦振英声,后世仰末照。意轻千金赠,顾向平原笑。吾亦澹荡人,拂衣可同调。"寄寓了自己功成身退的思想,显然受了左思《咏史》的影响。

其　四

　　济济京城内,赫赫王侯居。冠盖荫四术,朱轮竟长衢。朝集金张馆,暮宿许史庐。南邻击钟磬,北里吹笙竽。寂寂扬子宅,门无卿相舆。寥寥空宇中,所讲在玄虚。言论准宣尼,辞赋拟相如。悠悠百世后,英名擅八区。

这首诗前半首写汉代繁荣的长安城中权贵们的豪华生活;后半首写扬雄寂寞的著书生活。二者对照,诗人鄙弃前者,肯定后者,热情地歌颂了扬雄关门著书、甘于寂寞的精神。含有以他为楷模,退而著书立说,传名后世的意思。所以何焯说:"'济济'诗,谓王恺、羊琇之属,言地势既非,立功难觊,则柔翰故在,潜于篇籍,以章厥身者,乃吾师也。"(《义门读书记》卷四十六)

"济济京城内"二句,写京城内王侯住宅富丽堂皇。这个京城是指长安城,因为诗人歌咏的是汉代的事。"济济"是美盛的样子,"赫赫"是显盛的样子。诗歌一开始即用叠字渲染气氛,使人感到仿佛身处闹市之中。在这个闹市之中,"冠盖荫四术,朱轮竟长衢",贵人的冠冕和车盖,充满了道路,贵族高官所乘赤色车轮的专车在长长的街道上来来往往,络绎不绝。这是进一步描写繁华热闹的景象。前两句写王侯住宅,这两句写他们的舆服,表现了王侯生活的优裕和特殊。"朝集金张馆"四句,写他们朝夕相聚、寻欢作乐的情况。朝朝暮暮,不是在金、张家,就是在许、史家。金,指金日磾家;张,指张汤家。他们都是汉代炙手可热的高官之家,已见《咏史》第二首。许,指汉宣帝许皇后的娘家;史,指汉宣帝祖母史良娣的娘家。都是声名显赫的侯门。这些贵族高官之家,不是这家"击钟磬",就是那家"吹笙竽",朝朝寻欢,暮暮作乐,过着豪华腐朽尽情享乐的生活。诗人描绘这种生活,目的并不是为了表现贵族高官,而是以王侯高官的豪华生活和扬雄独自闭门著书的生活相对照,表现扬雄。

扬雄是西汉著名的学者、文学家和哲学家。在辞赋创作方面,他模仿司马相如的《子虚》、《上林》等赋,写出《长杨》、《甘泉》、《羽猎》等赋,获得了较高的成就。在哲学方面,他模仿《论语》作《法言》,模仿《周易》作《太玄》,具有唯物的倾向。在语言研究方面,他著有《方言》,为后世研究古代汉语提供了重要的资料。又著有《训纂篇》,对文字的研究也有自己的贡献。"寂寂扬子宅"四句,是说在寂静的扬雄家,门前没有一辆卿相的车,扬雄在幽深、空廓的屋子里,写作《太玄经》,阐述玄远虚无的道理。写出扬雄甘于寂寞、潜心著述的精神。"言论准宣尼,辞赋拟相如",比较具体地说明了扬雄的才学。他模仿孔子的《论语》写作哲学著作《法言》,模拟司马相如的赋,写作《长杨》、《甘泉》等著名赋篇,都取得卓越的成就,足以使他不朽。这两句在句法上与《咏史》第一首"著论准《过秦》,作赋拟《子虚》"重复,何焯指出:"正自窃比子云耳。"颇有道理。"悠悠百世后"二句是诗人赞颂扬雄,说扬雄的美名将永远流传天下。这里洋溢着诗人对扬雄的敬仰之情,同时也寄托自己的理想。

这首诗在写法上,以鲜明的对比来表现扬雄的顽强治学的精神。一边是醉生梦死,荒淫无耻;一边是安于贫贱,闭门著书。那些过着豪华生活的权贵,与草木同腐,而扬雄的美名流传后世,远扬四方。这样,诗中的褒贬,诗人的理想和愿望都生动地表现出来了。当然,诗人是有雄心壮志的,他渴望"左眄澄江湘,右盼定羌胡",但是,在门阀制度统治之下,没有施展才能的机会,因此,他向往扬雄所走的道路。

其　五

皓天舒白日,灵景耀神州。列宅紫宫里,飞宇若云浮。峨峨高门内,蔼蔼皆王侯。自非攀龙客,何为欻来游?被褐出阊阖,高步追许由。振衣千仞冈,濯足万里流。

这首诗的前半首写京城洛阳皇宫中的高门大院内的"蔼蔼皆王侯";后半首写诗人要摒弃人间的荣华富贵,走向广阔的大自然,隐居高蹈,涤除世俗的尘污。

诗歌的前半首"皓天舒白日"六句,是描绘京城洛阳的风光。诗人登高远眺,呈现在眼前的是:晴朗的天空,耀眼的阳光普照着神州大地。洛阳城皇宫中一排排高矗的建筑,飞檐如同浮云。在高门大院里,居住着许多王侯。显然,这不是单纯的风光描写,它反映了西晋王侯的豪华生活。上一首诗的前半首,表面上是写汉代京城长安的王侯,实际上表现的也是西晋王侯的豪华生活。所以,何焯认为"济济"诗,谓王恺、羊琇之属。王恺、羊琇都是西晋王朝的外戚,他们生前都过着奢侈的生活。当然,这两首诗的内容不同,上一首侧重写王侯的来来往往,寻欢作乐的情景。这一首却是描写王侯的高大住宅。应该指出,这都不是一般的风光景物和人物活动的描写,也不只是表现当时王侯贵族的豪华生活,而是当时门阀统治的象征。正是这些王公贵族掌握了政治、经济、军事大权,形成了门阀统治,主宰了像左思这些士人穷通的命运。"列宅"二句以鸟瞰笔法写王侯所居,不仅场面宏大,更显得诗人的自居之高。此中含蕴的感情与诗歌结尾相互贯通,表现了诗人追求隐居高蹈,和那些攀龙附凤者不同的志趣。

同时,从这些关于洛阳的描写,我们还可以从侧面看出,左思《咏史》八首当写于洛阳。据《晋书·左芬传》记载,左思的妹妹左芬于泰始八年(272)"拜修仪",而左思是"会妹芬入宫,移家京师"(《晋书·左思传》)的。结合《咏史》第一首来看,我们可以断言,这组诗是泰始八年(272)以后,咸宁五年(279)之前写于京城洛阳的。

在门阀社会中,"上品无寒门,下品无势族"(《晋书·刘毅传》)。像左思这样出身寒微的士人,往往壮志难酬,备受压抑。正是仕途的迍邅,使他渐渐醒悟:"自非攀龙客,何为欻来游?"自己不是攀龙附凤之人,为什么到洛阳这种地方来呢？其实,左思曾是"攀龙客",他希望能跟随王侯将相,追求功名利禄,只是在此路不通的情况下,才感到无限的悔恨。于是,他下定决心,与门阀社会作最后的决裂:"被褐出阊阖,高步追许由。"他决心穿着粗布衣服,追随高士许由过隐居高蹈的生活。许由何许人也？他是传说中的隐士。据《高士传》记载,唐尧要将天下让给他,他拒不接受,逃到颍水之滨、箕山之下隐居。左思要像许由那样隐居高蹈,虽然只是一时排忧解闷之辞,但也是对门阀统治的强烈反抗。"振衣千仞冈,濯足万里流。"写的是左思所想象的隐居生活。在高山上抖衣,在长河中洗脚,表示他要涤除世俗的尘污。写得豪迈高亢,雄健劲挺。所以沈德潜评曰:"俯视千古。"(《古诗源》卷七)

这是左思《咏史》诗中最有代表性的一首,它不仅表现了诗人愤懑的感情,同时也表现了诗人高尚的情操,是西晋五言诗的扛鼎之作。

其 六

> 荆轲饮燕市,酒酣气益振。哀歌和渐离,谓若傍无人。虽无壮士节,与世亦殊伦。高眄邈四海,豪右何足陈！贵者虽自贵,视之若埃尘。贱者虽自贱,重之若千钧。

这首诗赞颂荆轲睥睨四海,蔑视豪门势族的英雄气概。据《史记·荆轲传》记载,荆轲,战国时齐国人。喜欢读书击剑,他游于燕国,与燕国的狗屠和善击筑的高渐离友善。"荆轲嗜酒,日与狗屠及高渐离饮于燕市。酒酣以往,高渐离击筑,荆轲和而歌于市中,相乐也。已而相泣,旁若无人者。"后为燕太子丹刺秦王,临别时,作渡易水歌曰:"风萧萧兮易水寒,壮士一去兮不复还。"最后,失败被杀。荆轲刺秦王是为了除暴安民,但是刺客的行为是并不足取的,只是他的事迹确有感人之处。左思赞颂荆轲,固然是佩服荆轲的为人,而更主要的是借以咏怀,表示对豪门势族的藐视。

开头四句,概括了《史记·荆轲传》的一些内容。这是说,荆轲在燕国的都市里饮酒,酒兴正浓,气概则更为不凡。高渐离击筑,荆轲高歌相和,甚至激动得流下眼泪,好像身边没有别的人似的。这里写的只是荆轲生活的一个片断,但是已足以表现他的思想性格和为人,已使人感到不同凡响。"虽无壮士节,与世亦殊伦。"是对荆轲的评价。前句是贬,后句是褒。一贬一褒,贬中有褒。褒是主要的,而贬只是指出其不足。这个不足是与壮士鲁仲连比较而言。鲁仲连退秦兵成功了,荆轲刺秦王却失败了,所以说"无壮士节"。但是,在句首冠以连词"虽"字,是表示退一步说,其正面意思是在"与世亦殊伦"。因此,我们认为左思对荆轲的为人还是肯定的。这个意思在下面句子中就更明显了。"高眄邈四海,豪右何足陈?"是写荆轲的英雄气概。他高视不凡,四海尚且以为小,那豪门势族岂值得一提。左思满怀壮志,希望能施展自己的才能,为国家出力。但是,在门阀统治压抑下,英雄无用武之地,仕途蹭蹬,壮志难酬,他对自己的不公平遭遇充满了愤懑不平的感情。所以,假借荆轲,表现了他对豪门势族的蔑视。应该指出,作为贾谧"二十四友"之一的左思,曾因贾谧的推举而任秘书郎。他对现实生活的态度,不可能完全是这样的。但是,这是他激于义愤而发出的声音,是他的一种心声。

"贵者虽自贵"四句,是诗人直接陈述自己对"贵者"和"贱者"的看法。他一反世俗之见,将"贵者"视若尘埃,"贱者"看得重若千钧,进一步抒发了自己愤激的感情。左思的贵贱观确实和世俗不同,如在《咏史》第四首中赞美扬雄,说扬雄"悠悠百世后,英名擅八区",以反衬豪门势族的生命短暂,如过眼烟云,迅速从世界上消失。其意思和这里是一致的,字里行间,都洋溢着诗人的英风豪气。

战国以后,荆轲的事迹长期流传,三国魏阮瑀《咏史》第二首、东晋陶渊明《咏荆轲》、唐代骆宾王《易水送别》等都是歌咏荆轲之作。陶诗云:"其人虽已没,千载有余情。"大体上表达了这类诗歌的共同感情,左思的这首诗也不例外。

其 七

主父宦不达,骨肉还相薄。买臣困采樵,伉俪不安宅。陈平无产业,归来翳负郭。长卿还成都,壁立何寥廓。四贤岂不伟,遗烈光篇籍。当其未遇时,忧在填沟壑。英雄有迍邅,由来自古昔。何世无奇才,遗之在草泽。

这首诗慨叹主父偃、朱买臣、陈平和司马相如四人的坎坷遭遇,说明古往今来有多少奇才被埋没。从字面看来,都是咏史,其实是左思借以抒写自己心中的愤慨和不平。

"主父宦不达"二句,是说主父偃仕途坎坷,他的父母兄弟都看不起他。据《史记·主父偃传》记载,主父偃曾游学四十余年,没有做官的机会,过着穷困的生活。因为主父偃没有做官,他的父母不认他为儿子,兄弟不收留他,朋友也鄙弃他。"买臣困采樵"二句,是说朱买臣以打柴为生时,连妻子都离开了他。据《汉书·

朱买臣传》记载,朱买臣未做官时,家里很穷,以打柴为生。但好读书,一边挑柴,一边诵书,他的妻子引以为耻,就改嫁别人了。"陈平无产业"二句,是说陈平家无产业,住的是背靠城墙的破房子。据《史记·陈丞相世家》记载,陈平少时,家里很穷,喜好读书,住在偏僻小巷那背靠城墙的破房子里,用破席当门。"长卿还成都"二句,是说司马相如(字长卿)返回成都,家徒四壁。据《汉书·司马相如传》记载,司马相如游临邛(今四川邛崃),在富人卓王孙家饮酒,卓女文君见了,心里很喜欢他,就在夜里私奔相如处,与相如返回成都,相如家一无所有。从以上八句看,左思确实是咏史,所咏事迹,核之史籍,皆有根据。以排比句出之,表现得鲜明突出。

  应该指出,诗人所歌咏的只是主父偃等四人没有做官时的穷困生活。似乎有意避开他们做官以后的经历。其实,这四位古人,后来都官运亨通。主父偃,后为中大夫。朱买臣,后任会稽太守。陈平,后为汉惠帝、吕后、汉文帝丞相,封曲逆侯。司马相如,在汉景帝时为武骑常侍,汉武帝时为郎,后为孝文园令。他们都成了著名的历史人物。"四贤岂不伟,遗烈光篇籍。"这四位历史古人,功业光照史册,声名传于后世,难道不伟大吗?可是在他们未做官时,皆穷困而不得志。这里,应该注意的是,左思并不想表现他们做官以后"春风得意"的生活,所以只是轻轻一笔带过,而着重表现他们"当其未遇时,忧在填沟壑"的困窘,即他们未做官时,穷困潦倒,葬身沟壑的忧虑,借以抒发自己被遗弃的愤慨。同时,我们还可以看出,左思隐以英雄自任,他举出主父偃等人先穷困后得志,似乎也隐寓着他认为自己总有一天会青云直上、如愿以偿的想法。但是,现实给他的回答是令他失望的。所以,他发出深沉的感慨:"英雄有迍邅,由来自古昔。何世无奇才,遗之在草泽。"这是说,英雄的处境多艰,自古以来就是如此。但如主父偃等人苦尽甘来，都有得志之时。令人遗憾的是，哪一个时代没有奇才被遗弃在草野之中？这里道出了自古以来的事实，也寄寓了诗人怀才不遇的不平。刘良说左思"自伤沉沦，于此见志"（六臣注《文选》卷二十一），确实如此。

其　八

习习笼中鸟，举翮触四隅。落落穷巷士，抱影守空庐。出门无通路，枳棘塞中途。计策弃不收，块若枯池鱼。外望无寸禄，内顾无斗储。亲戚还相蔑，朋友日夜疏。苏秦北游说，李斯西上书。俛仰生荣华，咄嗟复凋枯。饮河期满腹，贵足不愿余。巢林栖一枝，可为达士模。

在门阀制度森严的社会中，左思到处碰壁，在愤慨和不平之中，他实在感到无路可走，目睹社会的黑暗和官场的无常，他终于退却了，只想过着安贫知足的生活，做一个"达士"。

"习习笼中鸟"二句，是说笼中小鸟要展翅高飞就碰到笼子的四角，飞不起来，这里以"笼中鸟"比喻"穷巷士"，这是中国古代诗歌常用的比兴手法，作用是引起下文。下文写贫士深居僻巷，落落寡合，独守穷庐，形影相吊。他的仕进之路充满荆棘，无路可通。他向当权者献上计策不被采用。他块然独处，境遇困窘，像是水已干枯的池中鱼。家外，没有丝毫奉禄，家内，竟无一斗粮食储备，生活实在贫苦。所以，亲戚看不起，朋友也疏远了。这个贫士是谁呢？就是诗人自己。左思移居洛阳之后，仕途受阻，有志难申，过着官场失意的生活。贫士生活正是左思初去洛阳生活的写照。左思是有强烈功名欲的人，他希望能够得意官场，一展宏图。但是，事与愿违，终身失意。"苏秦北游说"四句，是说左思即使如此，他也不愿像苏秦那样北上游说,也不愿像李斯那样西行说秦。他们在俯仰之间,尊荣无比,然后随之而至的却是杀身之祸。据《史记·苏秦列传》记载,苏秦,战国时洛阳人,他先游说秦惠王未被用,后又游说燕、赵等六国,联合抗秦,佩六国相印。后在齐国遇刺身亡。据《史记·李斯列传》记载,李斯,战国时楚上蔡人。他西入秦说秦王,得为客卿。后来秦国大臣建议秦王逐一切客卿,李斯上书申辩,秦王遂罢逐客的命令。秦统一之后,以李斯为丞相。秦二世时被杀。左思认为,像苏秦、李斯那样乍荣乍枯的遭遇,实在是不值得羡慕的。《庄子·逍遥游》说:"鹪鹩巢林,不过一枝;偃鼠饮河,不过满腹。""饮河期满腹"四句是化用《庄子》中的话,诗人表示要向偃鼠、鹪鹩学习,安贫知足,了此一生。然而,我们从左思一生的立身行事考察,并不如他所说的那样。左思晚年混迹官场,成为贾谧的"二十四友"之一。可见诗中所说的,只是他一时的想法,并不能说明他已无功名利禄之心了。左思的消极避世的思想,表现了他对当时社会黑暗的不满。

　　这首诗开头写诗人悲叹贫困和不遇,其中实际上包含了诗人对荣华富贵的向往。想到苏秦、李斯等人的遭遇,意识到追逐名位的危险,又对荣华富贵作了否定。最后归于老庄思想,愿意安于贫贱,做一个"达士"。诗的内容层层变化,表现得曲折而微妙。

　　左思《咏史》八首,借古人古事以咏怀,抒发了自己愤懑和不平的感情。在性质上,与阮籍《咏怀》诗、陶渊明《饮酒》诗颇相类。钟嵘评其诗曰:"文典以怨,颇为精切,得讽谕之致。"(《诗品》上)"典",指借用史事。"怨",指诗中所表现的不平之鸣。张玉谷说:"太冲《咏史》,初非呆衍史事,特借史事以咏己之怀抱也。或先抒己意,而以史事证之;或先述史事,而以己意断之;或止述己意,而史事暗合;或止述史事,而己意默寓。"(《古诗赏析》卷十一)亦足见其表现之"精切"。《咏史》诗借古以讽今,所以钟嵘说其有"讽谕"之旨趣,所评十分恰当。但是,钟嵘又说"虽野于陆机,而深于潘岳"。说左思诗比潘岳诗深沉,可以成立,而认为左思诗"野",即质朴而少文采,值得商榷。陈祚明说:"太冲一代伟人,胸次浩落,洒然流咏,似孟德而加以流丽,傲子建而独能简贵,创成一体,垂世千秋。其雄在才,而其高在志。有其才而无其志,语必虚憍;有其志而无其才,音难顿挫。钟嵘以为'野于陆机',悲哉,彼安知太冲之陶乎汉魏,化乎矩度哉!"(《采菽堂古诗选》卷十一)分析深刻,很有道理。

1992 年

试论《玉台新咏》

《玉台新咏》是继《诗经》、《楚辞》以后最古的一部诗歌总集。由于它所选录的诗篇历来多被认为是"宫体"、"艳诗",所以一直没有得到应有的重视。在新中国成立后出版的两部影响较大的中国文学史中,中国社会科学院文学研究所编的《中国文学史》,只是在谈到梁陈骈文时提及《玉台新咏序》,捎带了几句;游国恩等编的《中国文学史》,在介绍《文选》时顺便说到《玉台新咏》,仅用了三行半的文字。在今天,即使是大学文科的学生,对此书内容也大多不甚了然。因此,本文力求本着实事求是的态度,对《玉台新咏》作一个比较全面的评述,以增进人们对它的了解和认识。

一

关于《玉台新咏》,唐代刘肃有一段话值得注意,他说:"梁简文帝为太子,好作艳诗,境内化之,浸以成俗,谓之宫体。晚年改作,追之不及,乃令徐陵撰《玉台集》以大其体。"(《大唐新语》卷三)这段话涉及三个问题:

首先,是《玉台新咏》编撰年代的问题。据刘肃的说法,《玉台新咏》当编于梁代。这一点在《玉台新咏》中可以找到证明。书中称梁简文帝萧纲为皇太子,称梁元帝萧绎为湘东王,说明此书是萧纲为太子、萧绎为湘东王时编成的。此外,清人纪容舒在《玉台新咏考异》中还提供了两条佐证:一是他在卷四王元长《古意》下

注云:

> 王融独书其字(元长),疑齐和帝名宝融,当时避讳而以字行,入梁犹相沿未改。钟嵘《诗品》曰:"近任昉、王元长等词不贵奇,竞须新事。"又曰:"王元长创其首,谢朓、沈约扬其波。"是则齐梁之间,融以字行之明证,即此一节,知此书确出梁代也。

二是宋刻本在卷七"皇太子圣制乐府三首"题下注明"简文"二字,指出这个皇太子是萧纲,而不是昭明太子萧统。纪容舒说:

> 昭明艳诗传于今者,除与简文及庾肩吾互见四首之外,尚有《相逢狭路间》、《三妇艳》、《饮马长城窟行》、《长相思》等乐府四首,《咏同心莲》、《咏弹筝人》等诗二首。当时篇咏自必更多,而竟无一字登此集,盖昭明薨而简文立,新故之间,意有所避,不欲于武帝、简文之间更置一人,故屏而弗录耳。

这些分析是有道理的。看来,《玉台新咏》编成于梁代是可以肯定了。但具体是在梁代的什么时候呢?据《南史·梁本纪下》记载:"中大通三年……四月,昭明太子薨。五月丙申,立晋安王(萧纲)为皇太子。""太清三年……五月丙辰,帝(萧衍)崩。辛巳,太子(萧纲)即皇帝位。"中大通三年为公元531年,太清三年为公元549年,即萧纲做了十九年太子。太清五年,即梁简文帝大宝二年(551)十月,萧纲卒,年四十九岁。由此可知,萧纲二十九岁至四十七岁为太子。刘肃说"梁简文帝为太子,好作艳诗",指的是早年;"晚年改作……乃令徐陵撰《玉台集》以大其体"。如果"晚年"指的是四十岁以后,则《玉台新咏》当编成于公元542年以后。有人认为"《玉台新咏》的编成约在531年前后"(张涤华《历代文学总集选介·玉台新咏》,《安徽师范大学学报》1978年第三期),显然是不准确的。因为公元531年前后，萧纲才二十九岁左右，无论如何是不能称作"晚年"的。

还有一点需要说清楚的，即《玉台新咏》书中题为"陈尚书左仆射太子少傅东海徐陵孝穆撰"，是不是此书编成于南朝陈代呢？不是，因为徐陵卒于陈代，这是后人追加的。刘勰的《文心雕龙》撰成于南朝齐代，而书中题为"梁刘勰撰"，情况与此相同。至于书中梁武帝称谥号、国号、邵陵王等书名，也都是后人追加的。

其次，是宫体诗的问题。刘肃说："梁简文帝为太子，好作艳诗。"此说核之史乘，是不准确的。据《南史·梁本纪下》记载："（萧纲）雅好赋诗，其自序云：'七岁有诗癖，长而不倦。'然帝文伤于轻靡，时号宫体。"萧纲从小酷爱写诗，他在二十九岁做太子之前当然也写过艳诗。不过，"宫体"风气的真正形成，则是在他当了太子之后。又据《南史》的《徐摛传》和《庾肩吾传》，萧纲为晋安王时，徐摛为他的侍读，庾肩吾为他的常侍，他们都是"高斋学士"。萧纲为太子时，徐摛为太子家令，庾肩吾为东宫通事舍人。徐摛子陵，庾肩吾子信，皆为文德省学士。他们都是当时著名的宫体诗人。徐摛，《南史·徐摛传》说他"文体既别，春坊尽学之，宫体之号，自斯而始"。庾肩吾，唐杜确《岑嘉州集序》云："梁简文帝及庾肩吾之属，始为轻浮绮丽之辞，名曰宫体，自后沿袭，务为妖艳。"至于徐陵、庾信，《北史·庾信传》说他们"并为抄撰学士。父子在东宫，出入禁闼，恩礼莫与比隆，既文并绮艳，故世号徐庾体焉"。徐摛和庾肩吾都是萧纲的前辈，徐陵和庾信与萧纲的年龄相仿，他们和萧纲都有不同程度的接触，太子所好，臣僚附和，他们一起创作宫体诗，形成了一种轻艳浮靡的诗风。这种诗风在当时影响极大，以致造成"宫体所传，且变朝野"（《南史·梁简文帝纪论》）的局面。

宫体诗的形成,固然与萧纲的提倡和群臣的附和有直接的关系,但是主要还是由当时的宫廷生活所决定的。当时宫廷生活十分腐朽,现在我们所看到的梁代宫体诗,正是上层统治者靡烂生活的写照。

梁代帝王对文学都比较重视。《南史·文学传序》云:"自中原沸腾,五马南渡,缀文之士,无乏于时。降及梁朝,其流弥盛。盖由时主儒雅,笃好文章,故才秀之士,焕乎俱集。于时武帝每所临幸,辄命群臣赋诗,其文之善者赐以金帛。是以缙绅之士,咸知自励。"由此可以窥见梁代文学的盛况。在这样的气氛之中,轻视文学必然遭到严厉的批评。萧纲说:"不为壮夫,扬雄实小言破道;非谓君子,曹植亦小辩破言。论之刑科,罪在不赦。"(《答张缵谢示集书》)这里猛烈抨击了扬雄和曹植轻视文学的说法,甚至认为他们"罪在不赦"。在这样的文学环境中,由于君主的提倡,群臣的效法,确实催促了宫体诗的滋生和蔓延。萧纲甚至说过"立身之道,与文章异:立身先须谨重,文章且须放荡"(《诫当阳公大心书》)的话,这种文学观对"宫体"的泛滥成灾,起了推波助澜的作用。还应指出,宫体诗的兴起,还有其历史上的原因。刘师培说:"宫体之名,虽始于梁,然侧艳之词,起源自昔。晋宋乐府,如《桃叶歌》、《碧玉歌》、《白纻歌》、《白铜歌》,均以淫艳哀音,被于江左。迄于萧齐,流风益盛。其以此体施于五言诗者,亦始晋宋之间,后有鲍照,前则惠休。特至于梁代,其体尤昌。"(《中国中古文学史·宋齐梁陈文学概论》)这个分析是符合实际的。

最后,是"令徐陵撰《玉台集》以大其体"的问题。《玉台新咏》是萧纲命徐陵编撰的。徐陵,字孝穆,是梁陈时代的著名作家,他是写作宫体诗的能手。早年与父徐摛、庾肩吾及庾信父子出入梁太子萧纲的东宫,很受宠爱。其诗文绮绝,当时称为"徐庾体"。入陈以后,被誉为"一代文宗"。史书说他的文章"辑裁巧密,多有新意",颇能改变旧体。所著《徐孝穆集》三十卷,今存六卷。

刘肃所说的《玉台集》,即《玉台新咏》。《隋书·经籍志》著录为《玉台新咏》,《四库全书总目提要》说《玉台集》是简称。而唐林宝《元和姓纂》、宋严羽《沧浪诗话》、刘克庄《后村诗话》等书都称《玉台集》,因此,《玉台集》也可能是《玉台新咏》的别称。

"以大其体"的意思是扩大艳诗的范围。刘肃所谓"艳诗",是指描写男女爱情的香艳的诗,也就是宫体诗。徐陵编《玉台新咏》,把"艳诗"的范围作了扩大,将一些不是描写男女爱情,只是表现妇女生活和命运的诗歌也加以收录,这样就给人造成一种假象,似乎"艳诗"也不是不可取的。在《玉台新咏序》中,徐陵还吹嘘他所收的诗歌"曾无忝于雅颂,亦靡滥于风人"。若就其所收录的优秀诗篇来说,这并不是完全没有道理的,但是仍难以掩盖那轻绮浮靡的内容。

《南史·梁本纪下》载,梁简文帝萧纲在被侯景幽禁于永福省之后,"自序云:'有梁正士兰陵萧世赞,立身行道,终始若一,风雨如晦,鸡鸣不已。弗欺暗室,岂况三光?数至于此,命也如何!'"据此,萧纲"晚年改作,追之不及"是可能的。再验之《玉台新咏》,确是"以大其体"。因此,我们认为刘肃的说法比较合理。可是徐陵在《玉台新咏序》中说,编选《玉台新咏》的目的是让贵族妇女"永对玩于书帷,长循环于纤手",即供她们消遣的,与刘肃的说法不同。因此有的论者对刘肃之说产生了怀疑。其实,供贵族妇女消遣的目的和"以大其体"的具体做法并不矛盾,是完全可以统一起来的。

二

关于《玉台新咏》的内容，前人有不同看法。严羽《沧浪诗话·诗体》列有"玉台体"，自注云："《玉台集》乃徐陵所序，汉魏六朝之诗皆有之。或者但谓纤艳者为'玉台体'，其实则不然。"胡应麟驳云："此不熟本书之故。《玉台》所集，于汉魏六朝无所诠择，凡言情者则录之。自余登览宴集，无复一首，通阅当自了然。"（《诗薮·外编》卷二）我们认为胡应麟的反驳是无力的，因为他违反了同一律。严羽讲的是"纤艳者"，是就作品的风格而言，而胡应麟讲的是"言情者"，是就作品的内容而言。所论的论题不同，如何能够驳倒对方呢？当然，作品的风格与作品的内容是有联系的，但毕竟不同。从内容来说，《玉台新咏》主要是写闺情的，所收诗歌有相当数量是艳诗。徐陵说："撰为艳歌，凡为十卷。"（《玉台新咏序》）胡应麟说："《玉台》但辑闺房一体，靡所事选。"（《诗薮·外编》卷二）纪容舒说："按此书之例，非词关闺闼者不收。"（《玉台新咏考异》卷九，沈约古诗题六首注）都说出了此书在内容上的一个特点。但是，徐陵的概括是不准确的，胡应麟和纪容舒的判断也是片面的。因为《玉台新咏》所收录的诗歌，有不少并非"艳歌"，不是"但辑闺房一体"，更不是"非词关闺闼者不收"。还是选编《六朝文絜》的许梿说得好："是书所录为梁以前诗，凡五言八卷，七言一卷，五言二韵一卷。虽皆绮丽之作，尚不失温柔敦厚之旨，未可概以淫艳斥之。或以为选录多闺阁之诗，则是未睹本书，而妄为拟议者矣。"（《六朝文絜笺注》卷八《玉台新咏序》评语）此可谓力排众议，道出了事实真相。我们遍观全书，认为许梿所评虽不脱儒家诗教的窠臼，但立论还是比较符合实际的。

《玉台新咏》共十卷。据清人程琰说,宋本《玉台新咏》收诗六百九十首,吴兆宜又"增宋刻不收者一百七十九首,共八百六十九首"。宋本《玉台新咏》今已失传,我们能见到的只有明人赵均翻刻的南宋陈玉父本。这个本子收诗仅六百五十九首,是现存《玉台新咏》的善本。我们评价《玉台新咏》,当以此本为根据。

如何评价《玉台新咏》?鲁迅先生论陶渊明的一段话对我们颇有启发。他说:

> 被选家录取了《归去来辞》和《桃花源记》,被论客赞赏着"采菊东篱下,悠然见南山"的陶潜先生,在后人的心目中,实在飘逸得太久了,但在全集里,他却有时很摩登,"愿在丝而为履,附素足以周旋,悲行止之有节,空委弃于床前",竟想摇身一变,化为"啊呀呀,我的爱人呀"的鞋子,虽然后来自说因为"止于礼义",未能进攻到底,但那些胡思乱想的自白,究竟是大胆的。就是诗,除论客所佩服的"悠然见南山"之外,也还有"精卫衔微木,将以填沧海,刑天舞干戚,猛志固常在"之类的"金刚怒目"式,在证明着他并非整天整夜的飘飘然。这"猛志固常在"和"悠然见南山"的是一个人,倘有取舍,即非全人,再加抑扬,更离真实。(《且介亭杂文二集·题未定草〔六〕》)

"倘有取舍,即非全人,再加扬抑,更离真实。"这虽是评论一个作家,但对于评论一部书也是同样适用的。对《玉台新咏》这部著名的诗歌总集,我们也应该全面地分析其内容,才能作出比较客观的评价。下面先看看全书各卷的内容。

卷一收诗四十首,有古诗八首、古乐府诗六首,还有枚乘、辛延年、张衡、秦嘉、蔡邕、陈琳、徐幹、繁钦等人的诗歌和《古诗为焦仲卿妻作》,所收都是汉代的五言诗,几乎都是优秀作品。其中,古诗八首中,《上山采蘼芜》写弃妇的哀怨,揭露了封建社会劳动妇女的悲惨遭遇。古乐府诗六首中,《日出东南隅行》揭露了封建官僚的丑恶面目,塑造了一个坚贞美丽的妇女形象。《皑如山上雪》写女子对负心男子的决绝,谴责了只重金钱不重爱情的世俗观念。辛延年的《羽林郎》写胡姬抗拒金吾子的调戏和引诱,歌颂了她不畏强暴的精神和坚贞不屈的品格。托名班婕妤的《怨诗》,以秋扇见损喻封建社会妇女的不幸命运。特别值得注意的是《古诗为焦仲卿妻作》,这是汉代乐府民歌中的名作,共三百五十多句,一千七百余字,是古代罕见的长篇叙事诗,叙述汉末庐江小吏焦仲卿和妻子刘兰芝的爱情悲剧,揭露了封建礼教吃人的罪恶,歌颂了他们的反抗精神。这些名篇佳作都是历来人们所熟知的。

卷二收诗三十九首,有曹丕、曹植、阮籍、傅玄、张华、潘岳、左思等人的诗歌,所收都是魏和西晋的五言诗。其中,曹植《杂诗》五首之一"明月照高楼"写的是闺怨,可能是作者寄托自己在政治上不得志的苦闷心情。《美女篇》则以美女"盛年处房室,中夜起长叹"喻自己的怀才不遇。傅玄的《豫章行·苦相篇》,写在重男轻女的社会中妇女的痛苦,感人至深。张华《情诗》五首中的"游目四野外",写丈夫在别后对妻子的思念,语浅情真,耐人寻味。潘岳《悼亡诗》二首,写诗人对亡妻的悼念之情,真挚动人。左思的《娇女诗》,写诗人两个小女儿惠芳和纨素的天真烂漫,真实传神。这些都是脍炙人口的著名诗篇。清人齐次风云:"以上二卷,词皆古意,即有为《文选》所不取,取之亦妙于存古。"(《玉台新咏笺注》卷二末之按语)诚然。

卷三收诗三十九首,有陆机、陆云、张协、陶潜、谢惠连等人的诗歌,所收为西晋至南朝宋代的五言诗。卷四收诗四十四首,有颜延之、鲍照、王融、谢朓等人的诗歌,所收为南朝宋代至齐代的五言诗。

西晋初年以来,模拟古代作品的风气盛行,因此这两卷中收入一些拟古之作,如陆机的《拟古》七首等就是这样的作品。这类作品佳作极少,但仍不失古意。例如本书卷一收有枚乘《杂诗》九首,其中有"青青河畔草"一诗。此首拟作甚多,这两卷收有陆机、刘铄、鲍令晖等人的拟作。原作是写一个思妇的心理活动,形象鲜明而生动,刻画直率而自然。陆机、刘铄、鲍令晖等人的拟作,因袭旧作,敷衍成章,常有堆砌板滞的毛病,缺乏鲜明的个性特点。即使是陆机的拟作,在当时颇负盛名,也不免如此。不过,这些拟作虽然表现同一内容,却写得比较含蓄。以华丽的外衣,隐藏放滥的内容,这种手法对宫体诗是有影响的。这两卷中还收入了一些香艳的诗歌。如杨方《合欢诗》五首的第一、二首,写夫妇之间的感情缠绵悱恻,然其体犹近汉魏。至若丘巨源《听邻妓》、谢朓《夜听妓》、施荣泰《杂诗》之类,则已近于宫体。所以齐次风说:"三、四卷是宫体间见。"很有道理。在这两卷诗歌中,值得注意的是张协的《杂诗》一首:

> 秋夜凉风起,清气荡暄浊。蜻蛚吟阶下,飞蛾拂明烛。君子从远役,佳人守茕独。离居几何时,钻燧忽改木。房栊无行迹,庭草萋以绿。青苔依空墙,蜘蛛网四屋。感物多所怀,沉忧结心曲。

这首诗写凉秋之夜一个女子怀念远行在外的丈夫。内容是写闺情,但并不香艳。其语言凝炼,描写生动,饶有余味。钟嵘评张协的诗说:"词采葱蒨,音韵铿锵,使人味之,亹亹不倦。"(《诗品》卷上)洵为的评。

卷五收诗六十九首,有江淹、沈约、柳恽、何逊等人的诗歌。卷六收诗六十首,有吴均、王僧儒、费昶等人的诗歌。两卷所收皆齐梁时期的五言诗。

齐梁诗歌讲求声律对偶,绮丽浮艳。萧绎说:"吟咏风谣,流连哀思,谓之文。""至于文者,唯须绮縠纷披,宫徵靡曼,唇吻遒会,情灵摇荡。"(《金楼子·立言》)这里所谓"文",当然也包括诗歌。萧绎不仅指出诗歌的抒情特点,而且提出了具体要求,语言必须"绮縠纷披",声律必须"宫徵靡曼,唇吻遒会",情调必须"情灵摇荡"。这种诗论在当时不仅仅是个人看法,而且是一种时代的思潮,对文学的影响是巨大的。绮丽的语言、和谐的声律、整齐的对偶,给宫体诗腐朽的躯体披上了一件华美的外衣,造成了一些迷人的假象。

在宫体诗产生之前,已经出现了不少艳诗。齐梁时代著名的诗人沈约就写过艳诗,如选入本书卷五的《六忆诗》四首、《携手曲》、《夜夜曲》、《拟三妇》、《梦见美人》等,都是这类作品。《六忆诗》四首写诗人回忆情人"来时"、"坐时"、"食时"、"眠时"的各种情态,正如宋代刘克庄所说:"如沈休文《六忆》之类,其亵慢有甚于《香奁》、《花间》者。"(《后村诗话·前集》卷一)确实如此。

五、六两卷香艳之作增多,但是也有比较好的作品,如江淹的《古离别》,柳恽的《捣衣诗》、《江南曲》,吴均的《赠杜容成》等便是。《江南曲》云:

> 汀洲采白蘋,日暖江南春。洞庭有归客,潇湘逢故人。故人何不返,春花复应晚。不道新知乐,且言行路远。

这是闺怨诗,写女子想念在异乡为客的丈夫,语言活泼,风格清丽,富有情趣。《捣衣诗》中的"亭皋木叶下,陇首秋云飞",为王融所叹赏,把它写在书斋壁间和白团扇上,可见他是何等喜爱!这两句诗写景如绘,在当时确是不可多得。

卷七收诗七十首,有梁武帝萧衍、皇太子萧纲、邵陵王萧纶、湘东王萧绎、武陵王萧纪的诗,所收皆梁代帝王的五言诗。卷八收诗五十六首,有萧子显、刘孝绰、庾肩吾、庾信、徐陵(按庾信应属北周,徐陵应属陈代,但他们早期的文学活动都在梁代)等人的诗歌,所收皆梁代臣子的五言诗。程琰说:

> 五、六卷是宫体渐成,七卷是君倡宫体于上,诸王同声;此(八)卷是臣仿宫体于下,妇人同调。转盼之间,《玉树后庭花》竞歌,而《哀江南》之赋又作矣。(《玉台新咏笺注》卷八末按语)

这个分析是对的。这两卷所收基本上是宫体诗。所谓宫体诗,就是南朝梁代宫廷中产生的艳情诗。它的作者以梁简文帝萧纲为首,流风一直延续到陈、隋及唐初。闻一多说:

> 宫体诗就是宫廷的,或以宫廷为中心的艳情诗……严格的讲,宫体诗又当指以梁简文帝为太子时的东宫及陈后主、隋炀帝、唐太宗等几个宫廷为中心的艳情诗。(《宫体诗的自赎》)

又说:

> 这专以在昏淫的沉迷中作践文字为务的宫体诗,本是衰老的、贫血的南朝宫庭生活的产物。(同上)

闻先生的论断是正确的。宫体诗的内容大都以女性为对象,有的写她们晨妆、夜思、观画的心情,有的写她们睡眠的姿态,有的写她们所用的物品,如衣领、绣鞋、枕席、衾帐、宝镜、金钗等,有浓厚的色情成分。在宫体诗的作者中，梁简文帝萧纲最有代表性，他的诗收入《玉台新咏》的，卷七有五言古诗四十三首，卷九有七言诗十二首（按原目录为十六首，误），卷十有五言二韵小诗二十一首，合计七十六首。入选之多，在全书中数他第一。他的诗如《倡妇怨情》、《和徐录事见内人作卧具》、《戏赠丽人》、《和湘东王名士悦倾城》、《美人晨妆》、《美人观画》等，都是典型的宫体诗。萧衍、萧纶、萧绎、萧纪等人也有类似的作品。这些诗以华美雕琢的语言，掩饰淫靡放荡的内容，反映了当时上层统治者的荒淫生活和色情狂心理，实是诗歌的堕落。《隋书·文学传序》云：

梁自大同之后，雅道沦缺，渐乖典则，争驰新巧。简文、湘东，启其淫放；徐陵、庾信，分路扬镳。其意浅而繁，其文匿而彩，词尚轻险，情多哀思。格以延陵之听，盖亦亡国之音乎！

这里论述梁代文学倾向，指斥宫体为"亡国之音"，颇为深刻。

卷九收诗八十九首（按原目录为九十首，误），所收是从汉至南朝梁代的七言诗（内有四言诗一首，六言诗二首），虽有少量宫体，但更多的是传世的佳作，如歌辞《东飞伯劳西飞燕》、《河中之水向东流》、张衡《四愁诗》、曹丕《燕歌行》、鲍照《行路难》等，都是文学史上优秀的作品。

张衡的《四愁诗》看似情诗，实际上是用"香草美人"的比兴手法，抒发自己的政治怀抱，表达对国事的关心和忧虑。《文选》收入此诗，诗前有小序说："时天下渐弊，郁郁不得志，为《四愁诗》。屈原以美人为君子，以珍宝为仁义，以水深雪雰为小人，思以道术相报，贻于时君，而惧谗邪不得以通。"颇能道出此诗主旨。这是文学史上最早的一首七言诗。曹丕的《燕歌行》（其一）写女子思念远方的丈夫，情檗委婉，声韵美妙，是文学史上第一首完整的七言诗,对七言诗的形成有重大贡献。鲍照的《行路难》(一作《拟行路难》)原作有十八首,是鲍照的代表作,写人世间种种忧患,抒发了愤懑不平之气,感情奔放,风格瑰丽,对后来的七言歌行有明显影响。萧子显称其"发唱惊挺,操调险急,雕藻淫艳,倾炫心魂"(《南齐书·文学传论》),正是点出了这类诗歌的艺术特征。本卷选入四首,其中三首与妇女有关:《中庭五株桃》写阳春季节独居女子怀念外出的丈夫。《刬檗染黄丝》写一个年老色衰弃妇的哀怨:"今日见我颜色衰,意中错漠(一作"索寞")与先异。还君玉钗玳瑁簪,不忍见之益悲思。"表现了一个弃妇的悲哀,凄楚动人。《璇闺玉墀上椒阁》写一个富家女子"宁作野中双飞凫,不愿云间别翅鹤",宁可抛弃富贵,也要追求自由的爱情。唯独《奉君金卮之美酒》一首与妇女无关,写的是时光易逝,希望排遣忧愁,及时行乐。这首诗所以能够入选,大约与"红颜零落"之类的字眼有关。

徐陵把从汉至南朝梁代的七言诗归入一卷,并按时间顺序排列,使我们大致可以看到七言诗发展的一些轨迹。

卷十收诗一百五十三首,所收均为汉至南朝梁代的五言二韵小诗,即古绝句。七言二韵小诗,上卷已见,但为数很少,五言二韵小诗则数量甚多。这种小诗的形成有一个发展的过程。魏晋时代,作品少且质量不高。南朝宋代,谢灵运、鲍照等人都写过这种小诗,但数量也很少,只是在艺术技巧上较前代略胜。到了齐梁时代,由于南朝民歌和沈约声律说的影响,五言二韵小诗才有了很大的发展。卷九所收齐梁小诗竟达一百十一首之多,占全卷三分之二以上。其中有不少作品在艺术上已经相当成熟,例如谢朓的一些小诗:

夕殿下珠帘,流萤飞复息。长夜缝罗衣,思君此何极!(《玉阶怨》)

> 绿草蔓如丝,杂树红英发。无论君不归,君归芳已歇。(《王孙游》)

> 佳期期未归,望望下鸣机。徘徊东陌上,月出行人稀。(《同王主簿有所思》)

《玉阶怨》写宫女夜缝罗衣,思念亲人,充满了哀怨的感情。《王孙游》开头两句写绿草如丝、杂树生花的大好春光。正是在这样洋溢着生机的春天里,一个女子思念她远行未归的丈夫,有"恐美人之迟暮"之感。《同王主簿有所思》写丈夫耽误归期,妻子心有所思而罢织下机。在静静的月夜里,她徘徊陌上,焦急地盼望亲人的归来。可是夜深了,行人已稀,仍不见伊人的身影。这三首小诗都是抒写女子思念亲人的感情,而写法不同,它们词句精炼,技巧娴熟,表现细致,风格清新秀逸,颇有唐人绝句的风味。严羽说:"谢朓之诗,已有全篇似唐人者。"(《沧浪诗话·诗评》)甚有道理。

本卷收萧衍小诗二十七首,萧纲小诗二十一首,入选的作品最多,虽然这些诗歌在艺术上也有某些可取之处,但皆"伤于轻靡",价值不高。

从卷十可以窥见古绝句发展的概况。后来唐人绝句的鼎盛,正是这种发展的必然趋势。

纵观全书,我们认为这部诗歌总集虽然收入不少轻艳柔靡的宫体诗,而历代许多歌咏妇女的优秀诗篇亦赖以流传,这是它的主要价值所在。范文澜说:"许多诗篇赖《玉台新咏》得以保存,成为大观,从这里可以了解封建社会妇女的生活状况和士人对妇女的各种态度。""(《玉台新咏》)由于有了《苦相篇》一类的诗,虽然不多,这部诗集也就值得流传了。"(《中国通史简编(修订本)》第二编)应该说,这个评价是比较客观和公允的。

三

《玉台新咏》这部诗歌总集,还有几点值得我们注意的:

1.在中国文学史上,汉魏六朝的总集、别集流传下来的很少,许多诗歌都失传了。《玉台新咏》是《诗经》、《楚辞》以后最古的一部诗歌总集,保存了大量的诗歌资料。例如,它选录了较多的乐府诗,对保存梁代以前的乐府诗起了一定的作用,像《古诗为焦仲卿妻作》这样的名篇,正是由于它的选录才保存下来。另外,曹植的《弃妇诗》、庾信的《七夕》,其本集皆失载,也因为此书的选录而免于失传,这是十分可贵的。以《玉台新咏》与略早的《文选》相比较,《文选》兼收诗文,所收诗歌数量较少;《玉台新咏》专收诗歌,所录诗歌达六百八十九首之多,如果按吴兆宜《玉台新咏笺注》计,则有八百六十九首之多。因此,《玉台新咏》在保存古代诗歌资料方面就更值得我们重视。

2.《玉台新咏》成书于梁代,当时编者能够见到的古书,有许多后来都散失了,因此可以用它来校订其他的古籍。例如,苏伯玉的《盘中诗》,冯惟讷《古诗纪》定为汉诗,《玉台新咏》列在晋代;古诗《西北有高楼》等九首,《文选》无作者姓名,《玉台新咏》认为出自枚乘;《饮马长城窟行》,《文选》亦无作者姓名,《玉台新咏》归于蔡邕。诸如此类,皆可作为考证一些诗歌年代和作者的参考。

3.《玉台新咏》专选古代歌咏妇女的诗篇,这种选本在当时是没有前例的,是为专题选本的滥觞。又《文选》不录生者作品,而《玉台新咏》五、六、七、八卷所选,皆为当时文士的诗歌,这种做法非同一般,也很大胆。此外,《诗经》中的诗篇按风、雅、颂分类,《文选》选录诗文按体裁分类,而《玉台新咏》所收诗歌,除九、十两卷分别收入七言诗和五言二韵小诗外,其他各卷皆按时代顺序排列,而九、十两卷作品仍按时代顺序排列,不同于过去总集的编排。这是《玉台新咏》的一些新的特点。

4.《玉台新咏》所收齐梁时代的宫体诗和"新体诗"(指齐梁时代讲求声律的诗歌),在声律、对偶、用典等方面已臻于成熟,对唐诗发展起过促进的作用。卷九收录的七言诗,卷十收录的五言二韵古绝句,对后世七言诗和绝句的创作产生过积极的影响,同时也为研究汉魏六朝七言诗和古绝句提供了不少的资料。

总之,《玉台新咏》对研究汉魏六朝诗歌是颇有参考价值的。

最后应该指出,《玉台新咏》虽然只收入了梁代宫体诗的部分作品,而其对后世的影响却不可低估。在南朝陈代,宫体诗较梁代更为泛滥。《隋书·音乐志上》云:

> (陈)后主嗣位,耽荒于酒,视朝之外,多在宴筵。尤重声乐,遣宫女习北方箫鼓,谓之"代北",酒酣则奏之。又于清乐中造《黄鹂留》及《玉树后庭花》、《金钗两边垂》等曲,则幸臣等制其歌辞,绮艳相高,极于轻薄,男女唱和,其音甚哀。

《南史·张贵妃传》云:

> 后主……以宫人有文学者袁大舍等为女学士,后主每引宾客,对贵妃等游宴,则使诸贵人及女学士与狎客共赋新诗,互相赠答。采其尤艳丽者,以为曲调,被以新声。选宫女有容色者以千百数,令习而歌之,分部迭进,持以相乐。其曲有《玉树后庭花》、《临春乐》等。

《陈书·江总传》云:

> (江总)好学,能属文,于五言七言尤善,然伤于浮艳,故

为后主所爱幸。多有侧篇,好事者相传讽玩,于今不绝。后主之世,总当权宰,不持政务,但日与后主游宴后庭,共陈暄、孔范、王瑳等十余人,当时谓之狎客。

这种荒淫无耻的生活,使宫体诗有了进一步的发展。

在隋代,"(隋)炀帝矜奢,颇玩淫曲",宫体诗继续泛滥。直到唐初,宫体诗风仍弥漫着诗坛,上官仪、沈佺期、宋之问等都是写宫体诗的能手。雄才大略的君主如唐太宗李世民也爱作宫体诗,据《唐诗纪事》记载:"帝尝作宫体诗,使虞世南赓和。世南曰:'圣作诚工,然体非雅正。上有所好,下必有甚焉。臣恐此诗一传,天下风靡,不敢奉召。'"(卷一)可见当时此风之盛。直到陈子昂高举"汉魏风骨"的旗帜,倡导文学革新,诗风才为之一变。

陈、隋及唐初宫体诗的盛行,固然是由当时君主臣僚淫逸放荡的生活造成的,而《玉台新咏》的流传,无疑也起了推波助澜的作用。当然,我们应看到《玉台新咏》收入不少优秀诗篇,比较广泛地反映了封建社会妇女的生活和命运,在今天仍有一定认识意义。可是,对于它的不良影响也是不应忽视的。卢那察尔斯基在评价歌德时曾经说过:"(我们)不能不用批判态度仔细研究过去时代留给我们的遗产,因为那些时代几乎从来没有给过什么可以为我们全盘接受的东西。过去文化的产物中除了瑰宝之外,还包含着许多我们应该予以抛弃和剔除的形形色色的糟粕。我们现在对歌德就是这样做的。"(《歌德和他的时代》)对歌德如此,对《玉台新咏》就更应如此了,这是我们对待文学遗产应持的态度。

徐陵论

徐陵是六朝骈文大家,今存骈文80篇,诗歌40首①。他的骈文与庾信齐名,是后世骈文的典范。他的诗歌数量不多,但仍取得较高的成就。令人诧异的是,这样一个著名作家,竟为文学史研究者所忽略。有的文学史仅用三两行文字稍作评介,有的文学史则干脆不加论列。这是很不公平的。本文拟对徐陵作比较全面的论述,不当之处,还望方家和读者批评指正。

首先介绍徐陵的生平与著作。

徐陵,字孝穆,东海郯(今山东郯城西北)人。其父徐摛是梁代文学家,《梁书·徐摛传》说他"遍览经史,属文好为新变,不拘旧体"。这一点对徐陵颇有影响。《陈书·徐陵传》载陵"八岁能属文,十二通《庄》、《老》义"。梁武帝普通二年(521),徐陵十五岁,与其父摛同参萧纲幕府。中大通三年(531),太子萧统去世,萧纲立为皇太子,徐陵与庾信同为东宫学士,徐摛为太子家令。中大通四年(532),徐陵出为上虞令,为御史中丞刘孝仪弹劾而免官。大约次年,任南平王萧伟府行参军,迁通直散骑侍郎。大同三年(537),任镇西湘东王萧绎记室参军。太清二年(548)五月,兼通直散骑常侍,与建康令谢挺出使东魏,被拘留在北方。八月,侯景举兵反。太清三年三月,侯景攻陷台城。五月,梁武帝萧衍卒,

---

① 此据《四部备要》本《徐孝穆集》。严可均《全陈文》辑录其骈文81篇,逯钦立《先秦汉魏晋南北朝诗》辑录其诗42首。

侯景立萧纲为帝,是为梁简文帝。此时北齐与湘东王萧绎互通使节,徐陵屡次请求返梁复命,仆射杨遵彦不予答复。大宝二年(551)八月,侯景废简文帝,不久杀之。陵父徐摛卒。十一月,侯景篡位称帝。承圣元年(552)三月,王僧辩等平定侯景之乱。十一月,萧绎即位,是为梁元帝。承圣三年(554)十一月,西魏攻破江陵,杀梁元帝萧绎。绍泰元年(555)五月,徐陵随贞阳侯萧渊明还梁。萧渊明即位,徐陵任尚书吏部郎,掌管诏诰。九月,陈霸先袭杀王僧辩,黜萧渊明,立萧方智为帝,是为梁敬帝。太平元年(556),徐陵再次使齐,返回后任给事黄门侍郎、秘书监。陈永定元年(557),陈霸先受禅于梁。入陈后,徐陵历任散骑常侍、吏部尚书、太府卿、御史中丞、领大著作、五兵尚书、尚书右仆射、侍中、国子祭酒、太子詹事、右光禄大夫、安右将军、丹阳尹、中书监、左光禄大夫、太子太傅、南徐州大中正等,封建昌县开国侯。陈至德元年(583)十月,徐陵卒,享年七十七岁。《陈书》本传评徐陵云:"陵器局深远,容止可观,性又清简,无所营树,禄俸与亲族共之。……少而崇信释教,经论多所精解。……其文颇变旧体,缉裁巧密,多有新意。"对徐陵其人、其事、其文都作了比较客观的评价,应是符合实际情况的。

徐陵的著作,《陈书》本传谓其诗文,"后逢丧乱,多散失,存者三十卷"。《隋书·经籍志》著录"《陈尚书左仆射徐陵集》三十卷"。《旧唐书·经籍志》、《新唐书·艺文志》著录皆为三十卷。宋《崇文总目》卷五著录《徐陵文集》二卷。《遂初堂书目》著录《徐陵集》无卷数。《郡斋读书志》、《直斋书录解题》均未著录。郑樵《通志略·艺文略》著录《尚书左仆射徐陵集》三十卷,当系抄录新、旧《唐书》卷数,不可凭信。《宋史·艺文志》著录《徐陵诗》一卷,可见《徐陵集》宋时已散失。明代辑本有数种,常见的有《徐孝穆集》十卷,明屠隆合刻评点本。今有《四部丛刊》影印本。又有《徐孝穆集》一卷,明张溥《汉魏六朝百三家集》本,今有江苏广陵古籍刻印社影印本。清代有《徐孝穆集》六卷,附备考一卷。清吴兆宜笺注,清徐文炳撰备考,有原刻本、《四库全书》本、《四部备要》本等。关于吴兆宜笺注之《徐孝穆集》,《四库提要》指出:"陵集本三十卷,久佚不存。此本乃后人从《艺文类聚》、《文苑英华》诸书内采掇而成。……兆宜所笺……主于掇拾字句,不甚考订史传也。然笺释词藻,亦颇足备稽考。"所论极是。

其次,考察徐陵的诗文创作。

刘师培论陈代文学说:"斯时文士,首推徐陵。"(《中国中古文学史·宋齐梁陈文学概略》)这是因为徐陵和庾信一样,骈文取得很高的成就。六朝骈文是中国骈文史上的高峰,而徐陵和庾信,则是六朝骈文的集大成者。

徐陵的诗歌成就不如庾信,但在当时也是很有名的。清代陈祚明的《采菽堂古诗选》选评其诗达二十三首,评曰:"徐孝穆诗,其佳者如五陵年少走马花间,纵送自如,回身流盼,都复可人。"(《采菽堂古诗选》卷二十九)可见陈氏对徐陵的诗歌是比较重视的。

根据徐陵一生经历及其诗文的主要内容,我们将他的诗文创作分为三个时期:

第一个时期,从梁武帝天监六年(507)至太清二年(548),即徐陵四十二岁之前。徐陵自十五岁入萧纲幕府,二十五岁与庾信同为东宫学士,主要是在萧纲身边过着比较平静的文士生活。此时的骈文有《鸳鸯赋》、《玉台新咏序》等。《鸳鸯赋》见《艺文类聚》卷九十二"鸳鸯"条。此条内有梁简文帝、梁元帝、周庾信和陈徐陵的《鸳鸯赋》各一篇。此赋乃是萧纲为太子时诸人与他的唱和之作。《艺文类聚》称梁简文帝、梁元帝、周庾信、陈徐陵,皆后人追题。按写作此题小赋时,实际上萧纲为太子,萧绎为湘东王,而庾信、徐陵应在萧纲身边。

徐陵的《鸳鸯赋》是一篇优秀的咏物小赋。此赋前半篇连用数典写人不能成双;后半篇写鸳鸯比翼:"观其哢吭浮沉,轻躯瀺灂,拂荇戏而波散,排荷翻而水落。"这是写鸳鸯自由自在的生活,远胜于人,颇有情趣。这是一篇诗化的小赋。黄庭坚有《睡鸭》诗云:"山鸡照影空自爱,孤鸾舞影不作双。天下真成长会合,两凫相倚睡秋江。"化用徐陵《鸳鸯赋》中"山鸡映水那相得,孤鸾照镜不成双。天下真成长合会,无胜比翼两鸳鸯"四句,于此可见此赋诗化之程度。

《玉台新咏序》是著名的骈文。《玉台新咏》是徐陵编选的一部诗歌总集。唐刘肃云:"梁简文帝为太子,好作艳诗,境内化之,浸以成俗,谓之宫体。晚年改作,追之不及,乃令徐陵撰《玉台集》以大其体。"(《大唐新语》卷三)这是说,《玉台新咏》是萧纲晚年令徐陵编选的。此书编于梁代是可以肯定的,但具体编于何时有不同说法。刘肃说是在萧纲"晚年"。按萧纲生于天监二年(503),卒于大宝二年(551),晚年当指四十岁以后。而徐陵于太清二年(548)出使东魏,七年以后才回来。如刘肃说可信的话,则《玉台新咏》当编选于大同八年(542)前后。日本学者兴膳宏教授认为,此书编成于梁简文帝萧纲为太子时的大通六年(534)(《〈玉台新咏〉成书考》,见兴膳宏《六朝文学论稿》,岳麓书社1986年版)。不论编于大同八年前后,还是编于大通六年,皆编于萧纲为太子时,当然《玉台新咏序》也是写于此时。这篇序和一般的序文写法不同。一般序文说的多是著书缘由、体例等,而这篇序却是描写后宫丽人的居室、体貌、歌舞、才情之美。《序》云:"无怡神于暇景，唯属意于新诗。可得代彼萱苏，微蠲愁疾。"意思说编此书只供消闲娱乐之用。又云："撰录艳歌，凡为十卷。"说所选皆为"艳歌"。准确的说法，应该说所选皆为歌咏妇女的诗歌。至于说"曾无忝于雅颂，亦靡滥于风人"，自此"雅颂"、"风人"，实有回护之意。序中写丽人一段最为精彩：

> 其人也，五陵豪族，充选掖庭；四姓良家，驰名永巷。亦有颍川、新市、河间、观津，本号娇娥，曾名巧笑。楚王宫里，无不推其细腰；卫国佳人，俱言讶其纤手。阅诗敦礼，岂东邻之自媒；婉约风流，异西施之被教。弟兄协律，生小学歌；少长河阳，由来能舞。琵琶新曲，无待石崇；箜篌杂引，非关曹植。传鼓瑟于杨家，得吹箫于秦女。至若宠闻长乐，陈后知而不平；画出天仙，阏氏览而遥妒。至如东邻巧笑，来侍寝于更衣；西子微颦，得横陈于甲帐。陪游驭娑，骋纤腰于结风；长乐鸳鸯，奏新声于度曲。妆鸣蝉之薄鬓，照堕马之垂鬟。反插金钿，横抽宝树。南都石黛，最发双蛾；北地燕脂，偏开两靥。亦有岭上仙童，分丸魏帝；腰中宝凤，授历轩辕。金星将婺女争华，麝月与嫦娥竞爽。惊鸾冶袖，时飘韩掾之香；飞燕长裾，宜结陈王之佩。虽非图画，入甘泉而不分；言异神仙，戏阳台而无别。真可谓倾国倾城，无对无双者也。

写丽人之美，极尽铺张之能事。此序文辞清丽，对偶工巧，用典曼妙，音韵谐调，实六朝骈文之佳作，由此亦可看出徐陵审美之情趣。程琰删补吴兆宜的《玉台新咏笺注》，在此序后加上按语云：《奇赏》云："绣口锦心，又香又艳，文士浪称才情，顾此应愧。"又齐云："云中彩凤，天上石麟，即此一序，惊才绝艳，妙绝人寰。序言'倾国倾城，无对无双'，可谓自评其文。"评价极高。清代孙梅《四六丛话序》云:"《玉台新咏序》,其徐集之压卷乎! 美意泉流,佳言玉屑。其烂熳也,若蛟蜃之嘘云;其鲜新也,如兰苕之集翠。洵足仰苞前哲,俯范来兹矣!"《六朝文絜》许梿评曰:"骈语至徐庾,五色相宣,八音迭奏,可谓六朝之渤澥,唐代之津梁。而是篇尤为声偶兼到之作,炼格炼词,绮绾绣错,几于赤城千里霞矣。"都予以极高的赞美。应当指出,此序固然极尽骈文之美,然其文风轻艳绮靡,也体现了骈文的不良倾向。

梁武帝中大通三年(531)四月,昭明太子去世。七月,晋安王萧纲立为皇太子。"时肩吾为梁太子中庶子,掌书记。东海徐摛为左卫率,摛子陵及信,并为抄撰学士。父子在东宫,出入禁闼,恩礼莫与比隆。既有盛才,文并绮艳,故世号为徐庾体焉。当时后进,竞相模范,每有一文,京都莫不传诵。"(《周书·庾信传》)所谓"徐庾体",主要指的是文,当然也包括诗。关于诗,《梁书·徐摛传》云:"(摛)属文好为新变,不拘旧体。……摛文体既别,春坊尽学之,'宫体'之号,自斯而起。"又《梁书·简文帝本纪》云:"(萧纲)及居监抚……引纳文学之士,赏接无倦,恒讨论篇籍,继以文章。……雅好题诗,其序云:'余七岁有诗癖,长而不倦。'然伤于轻艳,当时号曰宫体。"徐摛、萧纲都是宫体诗人。徐陵也是宫体诗人,他受太子萧纲之命编选《玉台新咏》,就是以宫体诗为主要内容的。《玉台新咏》卷八选录了他自己的诗四首,即《走笔戏书应令》、《奉和咏舞》、《和王舍人送客未还闺中有望》、《为羊兖州家人答饷镜》,皆为宫体诗,这些诗虽然在对偶、用典、炼字、音韵等方面亦有可取之处,而内容是不足道的。徐陵的《新亭送别应令》、《内园逐凉》、《春日》、《刘生》、《陇头水》、《乌栖曲》等,都是比较好的诗篇。《新亭送别应令》是奉和太子萧纲的新亭送别之作。新亭,在今南京市南边,风景幽美,当时人常在这里聚会和送别。萧纲所送何人，从末句"清漳"看，可能是送其次子大心赴郢州刺史任所。当时大心尚幼，只有十三岁，萧纲十分不放心。"野燎村田黑，江秋岸荻黄"，既是写景，又点出时令。秋日送别，凉意袭人，使人倍感伤情。末二句云："神襟爱远别，流睇极清漳。"写出萧纲依依惜别之情，含悠然不尽之意。《内园逐凉》写于任上虞令时。"今余东海东"，点出地点。"纳凉高树下，直坐落花中。狭径长无迹，茅斋本自空。提琴就竹篠，酌酒劝梧桐。"写诗人纳凉树下，满地落花，小径无人，茅舍自空，提琴竹林，劝酒梧桐，充满了高雅闲适的情趣，是徐陵诗中难得的佳作。《春日》写春日暮景。水边暮色苍茫，水中映着落日的霞光，诗人乘轿走过狭窄的林径，轿夫得不时披开挡路的树枝，轿帘摇动惊走了低飞的春燕，落花时下，紧接步履，潺潺的涧水留下了行人的身影，如同湘水女神打着九枝盖，在黄昏时从洞庭湖归去。这种境界是多么美啊！此诗随意写来，春色如画，令人神往。以上三首诗，或写新亭送别，或写内园纳凉，或写春日暮景，皆清新怡人，绝无浓艳的宫体气味。

《刘生》是乐府歌曲，属《横吹曲辞》。《乐府诗集》卷二十四引《乐府解题》云："刘生，不知何代人，齐梁已来为《刘生》辞者，皆称其任侠豪放，周游五陵三秦之地，或云抱剑专征为符节官，所未详也。"这首歌辞写刘生倜傥任侠，以高才而被摈压，为古今所叹惋。此歌为高才鸣不平，表现出慷慨豪放的诗风。《陇头水》也是乐府歌曲，亦属《横吹曲辞》。《乐府诗集》卷二十一引《通典》曰："天水郡有大阪，名曰陇坻，亦曰陇山，即汉陇关也。"《三秦记》曰："其阪九回，上者七日乃越，上有清水四注下，所谓陇头水也。"这首歌辞写离情别绪，写法与众不同。它一开始就写出途高千仞，川悬百丈。这样写离别，下笔自是不凡。夏天荆棘丛生，平路为之堵塞；冬天积雪不化，山路难以攀登。陇底则树木交错，光线昏暗；而水击石响,鸣声惊人。此时回首咸阳,恐怕只有梦中方能前往了。此诗刚健质朴,表现出一种奇崛的诗风。

以上二诗之诗风,与徐陵绮靡的诗风迥然不同。毋庸讳言,徐陵有的诗则是一派宫体诗风,如《乌栖曲》:

> 绣帐罗帷隐灯烛,一夜千年犹不足。唯惜无赖汝南鸡,天河未落犹争啼。(其二)

此诗在构思上有可能受了《读曲歌》的启发:"打杀长鸣鸡,弹去乌臼鸟。愿得连冥不复曙,一年都一晓。"乐府民歌所表现的民间小儿女的痴情,多么的富于浪漫的情调。而此诗写公子哥儿醉生梦死的色情生活,情调就完全不同了。

第二个时期,从太清二年(548)至绍泰元年(555),是徐陵出使东魏、北齐时期。太清二年五月,徐陵出使东魏,直到绍泰元年五月才随萧渊明返梁。在这七年间,梁朝发生了侯景谋反,梁武帝去世,萧纲即位称帝,不久为侯景所杀,侯景又为部下所杀,萧绎在江陵即位称帝等大事。徐陵始终心系故国。侯景进犯京师时,其父被困城中,徐陵不奉家信,蔬食布衣若居丧忧恤。萧纲被杀后,他在北齐作《劝进梁元帝表》以表达心意,指出历朝历代国家多难之时,必有中兴之君主,而萧绎德高功大,自宜即位称帝,不应多作谦让。天正元年(552)十一月,萧绎即位称帝。徐陵屡次请求南归复命,均遭北齐拒绝,于是写了著名的《在北齐与杨仆射书》。据《北齐书·杨愔传》,愔字遵彦,弘农华阴人,天保初,迁尚书右仆射,后又迁尚书左仆射。又《陈书》本传云:"会齐受魏禅,梁元帝承制于江陵,复通使于齐,陵累求复命,终拘留不遣,陵乃致书于仆射杨遵彦。"据《北齐书·文宣纪》,杨遵彦于天保三年(552)四月迁右仆射,八年四月迁左仆射。此书当作于天保三年。徐陵写此书是为了返梁复命,而齐人以种种理由拘留不遣,信中对齐人的理由一一加以驳斥:一、齐人说,梁乱未已,你要回去,何处投身?徐陵说,梁元帝已在江陵即位,斯为中兴之主,正好回去效力。二、齐人说,道路不通,如何归去?徐陵说,许多人来来往往,为何我回不去。三、齐人说,归途遇盗怎么办?徐陵说,身无财物,岂惧被劫。四、齐人说,你回去是否会归附侯景?徐陵说,回去之后绝不会归附侯景。作为使官怎么能投靠敌人。五、齐人说,你南归后为侯景所利用怎么办?徐陵说,侯景生于北方,深知朝野情况,无须烦他人告知。又贵国机密,绝非外人所得知。再说,回到江陵之后,江陵防守严密,又如何逃至金陵为侯景效劳。齐人的担心,徐陵一一说明,以解除他们的顾虑。六、齐人以为梁为敌国,故不放使臣。徐陵说,两国交兵,将帅被俘,尚且遣返,使臣往来,为何拘留不返。七、齐人以为还是我齐国生活好。徐陵说,留在齐国,使我丧魂失魄,悲哀沉默,如此将不久于人世。八、齐人说,乱平之后遣返。徐陵说,人生几何?乱平何时?恐时不我待矣。此外,徐陵说,拘留使臣乃乱世所为,齐不当如此。再说,自古以来皆以孝治天下,为何令我不得归养高堂。接着又说:

> 且天伦之爱,何得忘怀?妻子之情,谁能无累?夫以清河公主之贵,余姚书佐之家,莫限高卑,皆被驱掠。自东南丑虏,抄贩饥民,台署郎官,俱馁墙壁,况吾生离死别,多历暄寒,孀室婴儿,何可言念。如得身还乡土,躬自推求,犹冀提携,俱免凶虐。夫四聪不达,华阳君所谓乱臣;百姓无冤,孙叔敖称为良相。足下高才重誉,参赞经纶,非豹非貔,闻《诗》闻《礼》,而中朝大议,曾未矜论,清禁嘉谋,安能相及,谔谔非周舍,容容类胡广,何其无诤臣哉!岁月如流,平生何几,晨看旅雁,心赴江淮;昏望牵牛,情驰扬越。朝千悲而掩泣,夜万绪而回肠,

> 不自知其为生，不自知其为死也。

这是说，人皆有天伦之爱，夫妻之情，而我独被拘留，"朝千悲而掩泣，夜万绪而回肠"，将何以堪？既喻之以大义，又动之以私情，反复解说，深切透澈，情溢于辞。后人对此书的评价都很高，如清代的孙梅说："按徐孝穆《与杨仆射书》，议论曲折，情词相赴，气盛而物之浮者，大小毕浮，不意骈俪，有此奇观。至末段声情激越，顿挫低徊，尤神来之笔。"（《四六丛话》卷十七）蒋士铨说："祈请之书至数千言，可谓呕出心肝矣，然无一语失体。"谭献说："孝穆文终当以此文为第一。"（高步瀛《南北朝文举要·与齐尚书仆射杨遵彦书》后引）其中虽不无溢美之词，但大体是恰当的。徐陵又有《与王僧辩书》，极力歌颂王僧辩的功劳，为的是希望王氏能援引他归国。书中说：

> 孤子阶缘多幸，叨篦皇华，乡国屯危，公私焦迫。邴彤之切，长乱心胸；徐庶之祈，终无开允。既而屏居空馆，多历岁时，衅犯幽祇，躬当剿灭，何图衅咎，灾极苍旻，号慕烦冤，肝肠屠殒，酷痛奈何！无状奈何！唯桑与梓，翻若天涯，杖柏栽松，悠然长绝。明明日月，号叫无闻，茫茫宇宙，容身何所。穷剧奈何！自忝膺嘉聘，仍属乱离，上下年尊，偏婴此酷。昔人迎门请盗，恒怀废寝之忧；当挽舆亲，犹有危途之惧。况乎逆寇崩腾，京师播越，兴居动止，长隔山河，温清馈饷，谁经心眼，程糜不继，原粟何资，瞻望风云，朝夕呜咽。固乃游魂已谢，非复全生；余息空留，非为全死。同冰鱼之不绝，似蛰燕之犹苏，良可哀也！良可哀也！

此段写自己欲归不得的哀痛，尤为感人。清代李兆洛说："孝穆文惊彩奇藻，摇笔波涌，生气远出，有不烦绳削而自合之意。书记是其所长,他未能称也。"(《骈体文钞》卷十九)孙梅说:"抑书之为说,直达胸臆,不拘绳墨。纵而纵之,数千言不见其多,敛而敛之,一二语不见其少。破长风于天际,缩九华于壶中,或放笔而不休,或藏锋而不露。孝穆使魏求还诸篇,推波助澜,万斛之源泉也。"(《四六丛话》卷十七)徐陵与王僧辩书有多封,以此书最为杰出。

徐陵的诗散失的很多,在现存作品中是否有在北魏、北齐期间所作,则已经难以断定。

第三个时期,从梁元帝承圣四年(555)至徐陵去世(陈后主至德元年,583),即徐陵从北齐返回以后的这段时间。徐陵随萧渊明返梁后,曾代萧渊明作书致王僧辩六封、陈霸先一封、裴之横一封、荀昂兄弟一封。萧渊明即位后,他任尚书吏部郎,掌诏诰。在陈霸先篡位称帝前后,他作有《进封陈司空为长城公诏》、《封陈公诏》、《册陈公九锡文》、《禅位陈王诏》、《陈武帝即位诏》、《禅位陈王策》、《禅位陈王玺书》、《为陈武帝即位告天文》、《陈武帝敕州郡玺书》等诏告文书。徐陵晚年主要生活在皇帝身边,为皇帝服务。所以《陈书》本传说:"自有陈创业,文檄军书及禅授诏策,皆陵所制,而《九锡》尤美,为一代文宗。"徐陵的《册陈公九锡文》是当时的大手笔。曹操的《九锡文》是潘勖所作,是历史上著名的九锡文。《文心雕龙·诏策》篇说:"潘勖《九锡》,典雅逸群。"陈霸先的《九锡文》是徐陵所作。谭献评曰:"霸先崛起,功绩炳如。胪陈事实,尚非出于夸饰。文于元茂(潘勖),便似晋帖唐临。"又评曰:"生气不减。"(《骈体文钞》卷七)认为可与潘勖的《九锡文》比美。按九锡文是古代帝王赐"九锡"给权臣的诏书,内容皆歌功颂德之词,殊不足道。清人赵翼说:"每朝禅代之前,必先有九锡文,总叙其人之功绩,进爵封国,赐以殊礼,亦自曹操始。其后晋、宋、齐、梁、北齐、陈、隋皆沿用之。其文皆铺张典丽,为一时大著作,故各朝正史及南、北史俱全载之。"(《廿二史札记》卷七)于此可见九锡文的功用和特点。吴兆宜笺注《徐孝穆集》,对卷六"禅代诸制"不加笺注。陈锐说:"余读史至魏晋而下,未尝不废书三叹也。南北朝凡九君,皆假唐虞之名,行篡窃之举。沿习成风,遂成故事。故有生生世世不愿生帝王家者,遂至禅诏出诸袖中,朝比肩而暮北面。其端肇于新莽,而成于魏晋。可鄙可痛,莫斯为甚。善乎石勒之言曰:'大丈夫当光明磊落,无效曹孟德欺人孤寡,以狐媚取天下也。'显令笺注徐、庾两家,独不及禅代诸制,意在斯乎!"(《徐孝穆集后跋》)原来,吴氏对"禅代诸制"不加笺注的原因,是为了表示他对政治阴谋家们的痛恨。这种做法是可以理解的,但是作为学术研究,对这些作品加以笺注,对后人有益。后来吴江徐文炳补加笺注,作为《徐孝穆集》的《备考》,为研究者提供了方便。

徐陵晚年的骈文,值得注意的有《答周处士书》、《与李那书》等。《答周处士书》是给周弘让的复信。周氏推荐隐士方圆出山做官,而方圆"忘怀爵禄"不愿做官。徐陵认为周氏既已高蹈出世做了隐士,如何又推荐别的隐士去做官?语间颇带讥刺。谭献说:"调笑中文气排宕。"(《骈体文钞》卷三十)确是骈文中的佳作。《与李那书》是给北周李那的一封信。据《周书·李昶传》载,李那是李昶的小名,他年幼时即已解属文,有声洛下,历任中书侍郎、黄门侍郎、御史中尉等职。于保定五年(565)卒,时年五十。此书作于陈文帝天嘉二年(周武帝保定元年,561)。是年六月,周使御史殷不害使陈,徐陵得以见到李那的诗文。书中赞扬李那的诗说:

> 山泽晻霭,松竹参差,若见三峻之峰,依然四皓之庙。甘泉卤簿,尽在清文;扶风辇路,悉陈华简。昔魏武虚帐,韩王故台,自古文人,皆为词赋,未有登兹旧阁,叹此幽宫,标句清新,发言哀断,岂止悲闻帝瑟,泣望羊碑,一咏歌梁之言,便掩盈怀之泪。

赞扬李那的碑文说:

> 至如披文相质,意致纵横,才壮风云,义深渊海。方今二乘斯悟,同免化城,六道知归,皆逾火宅。宜阳之作,特会幽衿,所睹黄绢之词,弥怀白云之颂。但恨耆阇远岳,檀特高峰,开士罗浮,康公悬溜,不获铭兹雅颂,耀彼幽岩。

谭献评此书曰:"从容抒写,神骨甚清。"(《骈体文钞》卷三十)亦为骈文中的佳作。

徐陵入陈以后的诗歌,以《杂曲》和《别毛永嘉》最为著名。《杂曲》是赞美张贵妃的容色的。诗云:

> 倾城得意已无俦,洞房连阁未消愁。宫中本造鸳鸯殿,为谁新起凤皇楼。绿黛红颜两相发,千娇百念情无歇。舞衫回袖胜春风,歌扇当窗似秋月。碧玉宫伎自翩妍,绛树新声最可怜。张星旧在天河上,从来张姓本连天。二八年时不忧度,旁边得宠谁相妒。立春历日自当新,正月春幡底须故。流苏锦帐挂香囊,织成罗幌隐灯光。只应私将琥珀枕,冥冥来上珊瑚床。

这是一首典型的宫体诗。按陈叔宝于太建十四年(582)即位,是为陈后主。此时徐陵已七十六岁高龄,以老迈之年尚能写出如此香艳的宫体诗,着实令人诧异。《别毛永嘉》在徐陵诗中最为后人所称道:

> 愿子厉风规,归来振羽仪。嗟余今老病,此别空长离。白马君来哭,黄泉我讵知。徒劳脱宝剑,空挂陇头枝。

此诗写于至德元年(583),这一年十月徐陵去世。这是徐陵去世之前送别毛喜出任永嘉内史时所作。毛喜字伯武,荥阳阳武(今河南原阳)人,为人直言敢谏。陈宣帝时历任黄门侍郎、中书舍人、五兵尚书、侍中、散骑常侍、吏部尚书等职,封东昌县侯;后主时为永嘉内史。徐陵作此诗时已预感不久于人世,故诗中有些感伤情味,但他仍希望毛喜能够振兴朝纲。诗中表现了诗人对人世的留恋和对友人的信任,语言平浅,感情真挚,感人至深。沈德潜说此诗"似达而悲,孝穆集中不易多得"。确实如此。

徐陵还有两首乐府旧题诗,即《出自蓟北门行》和《关山月》,都是歌咏边塞题材的。写作时间则难以确定。我认为很可能是出使北魏、北齐归来以后的作品,因为有了北方的生活体验,写来自然比较深刻。《出自蓟北门行》诗云:

> 蓟北聊长望,黄昏独自愁。燕山对古刹、代郡隐城楼。屡战桥恒断,长冰堑不流。天云如地阵,汉月带胡秋。渍土泥函谷,挼绳缚凉州。平生燕颔相,会自得封侯。

《乐府解题》说,此曲常"兼言燕蓟风物,及突骑勇悍之状",有的"备叙征战苦辛之意"(《乐府诗集》卷六十一引)。此诗写出征将士渴望建功立业的壮志雄心。诗人黄昏怀愁,蓟北眺望,望到的是燕山古刹、代郡城楼、断桥长冰、天云汉月。景色肃杀,气氛悲凉。此时诗人要泥封函谷,绳缚凉州,将来论功行赏,定自封侯。结尾慷慨激昂,使人为之一振,应是徐陵诗中的上品。《关山月》诗云:

> 关山三五月,客子忆秦川。思妇高楼上,当窗应未眠。星旗映疏勒,云阵上祁连。战气今如此,从军复几年?

《乐府解题》说:"《关山月》,伤离别也。"(《乐府诗集》卷二十三引)此诗写征人思念家乡和妻子,流露出厌战情绪以及对和平生活的向往。写的仍是传统题材,但表现得委婉悲壮,已见出唐人风味。所以陈祚明评曰:"竟是少陵诗之佳者,情旨深,节奏老。"

（《采菽堂古诗选》卷二十九）以上二诗从内容看，前一首写建功封侯，后一首写客子思归，有可能是早年的作品，也有可能是晚年模仿古乐府之作。但是，不论写于早年还是晚年，这样的乐府诗，在徐陵诗歌中都是十分难得的。

最后是对徐陵总的评价。《陈书》本传说徐陵为"一代文宗"，给予很高的评价。又说："每一文出手，好事者已传写成诵，遂被之华夷，家藏其本。"可见徐陵之文在当时传诵之广。《新唐书·陈子昂传》说："唐兴，文章承徐、庾余风，天下祖尚……"明代屠隆《徐庾集序》说："仙李盘根，初唐最盛。应制游览诸作，婉媚绮错，篆玉雕金，筋藏肉中，法寓情内，莫不撷藻乎子山，撷芳于孝穆，故能琳琅一代，卓冠当时。"都指出徐陵文对后世的影响。清人程杲《四六丛话序》说："四六盛于六朝，庾、徐推为首出。"今人刘麟生《骈文学》说："骈文发展，汉魏奠其基，六朝登其极。晋宋始臻绮靡，齐梁始洽宫商（永明体）。至徐、庾而造极峰，后之作者，变化权奇，终莫之逮也。"都说明徐、庾在六朝骈文史上的首要地位。明代张溥在《汉魏六朝百三家集·徐仆射集题辞》中说：

> 陈世祖时，安成王任威福，徐孝穆为御史中丞，弹之下殿。高宗议北伐，孝穆举吴明彻大将，裴忌副之，克淮南数十州地。周昌强谏，张华知人，殆有兼称，非徒以太史之辞，干将之笔，豪诩东海也。评徐诗者云，如鱼油龙鬣，列堞明霞，比拟文字，形象亦然，乃余读其劝进元帝表，与代贞阳侯数书，感慨兴亡，声泪并发。至羁旅篇牍，亲朋报章，苏李悲歌，犹见遗则，代马越鸟，能不凄然。……历观骈体，前有江、任，后有庾、徐，皆以生气见高，遂称俊物。

这里，先论其人，作为大臣，他敢言直谏，知人善任；后论其文，作为作家，其骈体文富于"生气"，颇多佳作。这个论述就更为具体、全面了。

如何评价骈体文，如何评价徐陵，这是文学史研究者的一项重要课题。游国恩说："骈体文在我国文学史上应该如何评价……现在姑且不谈。可是'五四'以来，研究古典文学的人好像不约而同地置之不理，讲文学史的人就根本把它从文学史上抹掉，以致在六朝时期造成一大段空白。从此以后，骈体文的发展情况，它的特点和缺点是什么，在我国文学史上占个什么位置，有过什么影响，都不知道。久而久之，大家习而不察，视为当然。我想作为一个文学史的编者来说，这种对待过去的文学历史的态度是不对的。"(《对于编写中国文学史的几点意见》，见《游国恩学术论文集》，中华书局1989年版)游先生的意见很对。今天，我们应给徐陵一个正确的评价，而不应抹杀他在中国文学史上的地位。

魏晋南北朝文论的新发展

——《魏晋南北朝文论全编》代前言

在中国古代文学理论批评史上,魏晋南北朝的文论有着新的独到的发展。这不仅表现在单篇文学论文增多,而且内容也扩大了。同时,文学理论专著如刘勰《文心雕龙》、钟嵘《诗品》等相继产生。魏晋南北朝的文学理论的这些光辉成就,表明它是中国文学理论批评史的重要发展阶段。

魏晋以来,儒家思想有所削弱,法家、黄老、玄学、佛学等思想都曾受到重视。作家在一定程度上挣脱儒家思想的束缚,加上最高统治者对文学的青睐,形势十分有利于文学创作的发展,而文学创作的实践,必然促进文学理论的发展。这是魏晋南北朝文学理论批评兴盛的主要原因。

魏晋时期的文论,刘勰在《文心雕龙·序志》篇中提到的有曹丕的《典论·论文》、曹植的《与杨德祖书》、应玚的《文质论》、陆机的《文赋》、挚虞的《文章流别志论》、李充的《翰林论》,以及刘桢、陆云、应贞等人关于文学的议论。兹分述于下:

曹丕的《典论·论文》。这篇论文是曹丕学术专著《典论》中的一篇。《三国志·魏书·文帝纪》说:"初,帝好文学,以著述为务,自所勒成垂百篇。"裴松之注引《魏书》曰:"故论撰所著《典论》、诗赋,盖百余篇。"这说明曹丕著作甚丰。注又引胡冲《吴历》曰:"帝以素书所著《典论》及诗赋饷孙权,又以纸写一通与张昭。"可见曹丕对《典论》是十分重视的。《典论》全文已经失传,传下来的《论文》篇是中国文学理论批评史上著名的文学论文。

在此之前的汉代的文学论文,往往是论述一部书或一种文体,而《典论·论文》的内容扩大了,涉及几个方面的问题,显然这是新的发展。

《典论·论文》论述的内容有:

文学批评的态度。曹丕指出:"文人相轻,自古而然。"造成文人相轻的原因是"各以所长,相轻所短",缺乏自知之明。曹丕认为要自己看清自己,这样衡量别人,能免除"文人相轻"的痼疾,所以才写作这篇论文。至于"贵远贱近,向声背实"、"暗于自见,谓己为贤",也是造成不能正确进行文学批评的原因,理应加以克服。

对作家的评论。曹丕对孔融、陈琳、王粲、徐幹、阮瑀、应玚、刘桢所谓"建安七子"都有评论,认为他们"于学无所遗,于辞无所假,咸以自骋骥骒于千里,仰齐足而并驰"。虽然自以为如此,而客观上总是有高下之分的,就是作家本身也自有其优点和缺点。曹丕认为王粲和徐幹都长于辞赋,其成就虽张衡、蔡邕不能超过。其他作品就差一些。陈琳、阮瑀的章、表、书、记的成就在当时是杰出的。应玚的文章平和而不雄壮,刘桢的文章雄壮而不精密。孔融的气质才性高妙,有过人的地方,但不善于立论。他的文章辞过于理,甚至夹杂了一些嘲戏的话。至于他擅长的文章,可与扬雄、班固相比。这些评论都是从他的"文气说"出发的。

文气说。曹丕提出"文以气为主"。这种气,表现在作家身上,是气质才性。表现在文章里,是风格。气有清有浊,即有阳刚之气和阴柔之气。这在文章里就形成了俊爽超迈的风格和凝重沉郁的风格。风格的形成具有多方面的原因,曹丕只是强调作家的气质才性,显然是不够全面的。

文体的分类。曹丕把文体分为四科八类,它们各有特点:"奏议宜雅,书论宜理,铭诔尚实,诗赋欲丽。"曹丕在中国文学理论批评史上首次提出文体分类,虽然比较简单,但对后世的影响很大。他说"诗赋欲丽",也点出了建安文学新的发展趋势。

文学的价值。曹丕说:"盖文章,经国之大业,不朽之盛事。"这是把文章看作治国的大事,具有不朽的价值。当时统治者如此重视文学,无疑对文学的发展起推动作用。

这些内容体现了建安文学的时代精神,对后世的文学理论有深远的影响。曹丕另有《与吴质书》一篇,其中对"建安七子"的论述,与《典论·论文》中的论述完全一致,可以对照阅读。

曹丕的同母弟曹植是建安时期最杰出的诗人。他的《与杨德祖书》也提到了建安文学诸子,并对文学批评发表了意见。他说:"世人著述,不能无病。仆常好人讥弹其文,有不善者,应时改定。"这是主张虚心听取别人意见,及时修改自己的文章,以臻于完善。这个意见当然是对的,问题是他又主张:"盖有南威之容,乃可以论于淑媛;有龙渊之利,乃可以议于断割。"并批评刘季绪"才不能逮于作者,而好诋诃文章,掎摭利病"。这样混淆创作与批评的界限就不对了。这样说,实际上拒人于门外,如何虚心接受批评呢?

曹植说:"夫街谈巷说,必有可采;击辕之歌,有应风雅。"表现了对民间文学的重视。但是另一方面,他却轻视辞赋,这一不正确的观点遭到他的好友杨修的反驳。

应玚的"文论",黄叔琳注云:"应玚集有《文质论》。"(《文心雕龙辑注》卷十)范文澜注引《文质论》全文,又说:"此论无关于文,姑录之。"看来是不可靠的。但是,究竟指什么文章,由于应玚的作品散佚很多,现在已无法确知。

陆机的《文赋》,是中国文学批评史上的重要论文。《文赋》的写作年代,杜甫《醉歌行》说:"陆机二十作《文赋》。"此说别无佐证,似不可信。今人逯钦立等认为《文赋》是陆机四十岁以后的作品,根据也不足,但可供参考。《文赋》究竟写于何时,现在已无法确定。

《文赋》是中国文学理论批评史上第一篇完整的文学创作论。这篇文章用赋的形式,对文学创作过程进行了比较生动、详细的论述,还论述到风格和文学创作的一些技巧问题。这是陆机对前人和自己创作经验的总结,是中国古代文学理论批评史上的又一新的发展。

《文赋》的主要内容是论述文学的创作过程。一开始是讲创作的准备,"颐情志于典坟",是说要学习古代典籍;"遵四时以叹逝,瞻万物而思纷;悲落叶于劲秋,喜柔条于芳春",是说要观察一年四季的景物;"心懔懔以怀霜,志眇眇而临云",是说要心怀高洁。做好这三方面的准备工作,就可以进入创作过程。

进行文学创作,有一个艰苦的构思阶段:

> 其始也,皆收视反听,耽思傍讯,精骛八极,心游万仞。其致也,情曈昽而弥鲜,物昭晰而互进;倾群言之沥液,漱六艺之芳润;浮天渊以安流,濯下泉而潜浸。于是沉辞怫悦,若游鱼衔钩,而出重渊之深;浮藻联翩,若翰鸟缨缴,而坠曾云之峻。收百世之阙文,采千载之遗韵;谢朝华于已披,启夕秀于未振;观古今于须臾,抚四海于一瞬。

陆机以生动的语言,对文学创作的构思过程作了生动细致的描写。在构思开始的时候,不看不听,深深思索,广泛探求,心神飞向极远的八方,遨游在万仞天空。在构思成熟的时候,要表达的思想感情由朦胧而越来越鲜明,物象清晰而纷至沓来。于是倾注诸子百家的精华,熔铸六经的文辞。想象有时好像在天池里安稳地漂流,有时如同在地泉中洗濯浸泡。有时吐词艰涩,好像游鱼衔钩,从深渊中慢慢地提出水面;有时词藻涌来,如同飞鸟中箭,从高高的云层中急遽地掉下来。收集百代的阙疑文字,采用千年遗留的音韵。抛开前人用滥的意和辞,就像抛弃已开过的花朵。采用前人未用过的意和辞,就如开启未曾开过的花朵。片刻之间可以洞察古往今来的历史,一眨眼的工夫能够观尽天下的事变。在构思过程中,我们可以看到想象的巨大作用,无怪乎黑格尔说:作家"最杰出的艺术本领就是想象"(《美学》第一卷,商务印书馆 1981 年版 357 页)。

在文学创作过程中还有灵感问题。陆机说:

> 若夫应感之会,通塞之纪,来不可遏,去不可止。藏若景灭,行犹响起。方天机之骏利,夫何纷而不理。思风发于胸臆,言泉流于唇齿。纷葳蕤以馺遝,唯毫素之所拟。文徽徽以溢目,音泠泠而盈耳。及其六情底滞,志往神留,兀若枯木,豁若涸流,览营魂以探赜,顿精爽而自求。理翳翳而愈伏,思轧轧其若抽。是故或竭情而多悔,或率意而寡尤。虽兹物之在我,非余力之所戮。故时抚空怀而自惋,吾未识夫开塞之所由也。

陆机对灵感的开塞来去描写得形象而又深刻,非深知其中甘苦的人是无法道出的。他认为灵感来的时候是挡不住的,去的时候是阻止不了的。藏起来如同影子消灭,出现时好像声音响起。在灵感涌现时,没有什么纷乱的思绪是理不清的。文思发于心中如同疾风,文辞流于唇齿如同涌泉,丰富多彩的文思,你只要用纸笔去写好了。写出来的文章,文采妍美满目,音韵清脆悦耳。在灵感闭塞时,心志散去,精神滞留。呆呆地像枯死的树木,空空的如干涸的河流,虽然竭尽心力探索奥秘,提起精神自去寻求。但是,文理不明更加隐伏,文思难出如同抽丝。有时竭尽心神反多悔恨,有时信笔写来倒少谬误。虽写文章在于我,然实非我力之所能及。所以我常抚空怀而自叹,弄不清文思开塞的根由。陆机对艺术构思过程中的灵感现象的描述是比较真实和客观的,作为灵感理论的开端,它对后世文学理论批评产生了深远的影响。不过,他把灵感归之于"天机",即自然天性,这显然是唯心主义的观点。

《文赋》主要是讨论艺术创作的构思问题,也谈到结构、剪裁、文体、风格、语言等问题。陆机在论述艺术构思之后,也提到了结构问题。他说:"选义按部,考辞就班。"即选择事义,考究文辞,使之按部就班,就是安排好文章的结构。结构是由内容决定的,得根据内容表达的需要进行安排。内容不同,结构也就多种多样。陆机说:"或因枝以振叶,或沿波而讨源。或本隐以之显,或求易而得难。或虎变而兽扰,或龙见而鸟澜。"这里以生动的比喻,描述了六种不同的结构方式。这只是举例说明问题,并不是说结构的方式只有这六种。陆机在讨论结构时,特别强调"理扶质以立干,文垂条而结繁"。这种以内容为主干,以文辞为枝条的思想,值得我们注意。过去有的研究者将陆机看作形式主义文学理论的创始人,是很不公平的。

一篇文章的好坏,和剪裁的关系极为密切。文章往往存在这样或那样的毛病,正如陆机所指出的:"或仰逼于先条,或俯侵于后章,或辞害而理比,或言顺而义妨。"遇到这些情况怎么办呢?用剪裁的方法去掉毛病,就可以成为佳作。不然则为劣品,所谓"离之则双美,合之则两伤"。文章剪裁是一项细致的工作,陆机提出:"考殿最以锱铢,定去留于毫芒。"经过衡量,文章如仍有不当之处,就要根据法度,加以纠正,使之恰当。

至于语言,陆机认为:第一,要讲究韵律。他说:"其会意也尚巧,其遣言也贵妍。暨音声之迭代,若五色之相宣。"就是说,文章要立意尚巧,遣辞贵妍。至于语言的音调声韵变换,好比五色的相互配合。如果不按韵律乱凑,往往会首尾颠倒,如果乱了五色的次序,就显得污浊而不鲜艳。可见陆机是重视语言韵律的。第二,要有警句。他说:"立片言而居要,乃一篇之警策。虽众辞之有条,必待兹而效绩。亮功多而累寡,故取足而不易。"陆机特别强调熔铸警句,他认为虽然众多的文辞都有条有理,但是,必须依靠警句方能发挥作用。这样做利多弊少,所以就这样做,不再有所更易。第三,要有独创性。他说:"谢朝华于已披,启夕秀于未振。"又说:"虽杼轴于予怀,怵他人之我先。苟伤廉而愆义,亦虽爱而必捐。"这里强调创作的独创性。陆机明确地表示,要反对因袭,要避免雷同。当然以上引文皆兼指意与辞两个方面。不过,从这里亦可窥见陆机对文学作品语言运用的主张。

陆机关于风格和文体的论述,比较值得我们注意。

曹丕《典论·论文》对"建安七子"的评论和对文气的分析已经涉及作家的气质才性和作品风格的关系问题,但这仅仅是开始。陆机对风格的认识,显然前进了一步。他说:"体有万殊,物无一量,纷纭挥霍,形难为状。"意思是说,文体千差万别,风格各人各样。这是由于作品反映的客观事物是千姿百态的。这纷纭万状、变化迅速的客观事物是很难描写的。陆机把文体、风格和客观事物联系在一起,说明文体和风格的多样性。这一见解是十分卓越的。他又说:"故夫夸目者尚奢,惬心者贵当,言穷者无隘,论达者唯旷。"好夸张炫耀的人,崇尚浮艳;要求描写恰当的人,重视精当;讲究穷形尽相的人,表达酣放;议论通达的人,作品宽阔、开朗。作家的性格、爱好不同,作品的风格则各异。陆机关于作家的性格和作品风格关系的论述,显然受到曹丕《典论·论文》的启发。不过,他的论述仍然比较简略、概括。我国古代文学理论批评中的风格论,直到刘勰才进行了系统的探讨。

曹丕《典论·论文》把文体分为四科八体,而陆机分为十体:"诗缘情而绮靡。赋体物而浏亮。碑披文以相质。诔缠绵而凄怆。铭博约而温润。箴顿挫而清壮。颂优游以彬蔚。论精微而朗畅。奏平彻以闲雅。说炜烨而谲诳。"在文体分类上,陆机显然也前进了一步。对于文体特点的分析,曹丕粗略,陆机则较详。例如诗赋,曹丕笼统概括为:"诗赋欲丽。"陆机则分别指出:"诗缘情而绮靡,赋体物而浏亮。"其进步是显而易见的。

陆机的"诗缘情而绮靡"说,对我国古代的文学创作和文学理论批评都有很大的影响。朱自清说:"'诗言志'一语虽经引申到士大夫的穷通出处,还不能包括所有的诗。……'言志'以外迫切的需要一个新标目。于是陆机《文赋》第一次铸成'诗缘情而绮靡'这个新语。"(《诗言志辨·诗言志·作诗言志》)因此,在古代诗歌创作方面,就有所谓"言志"派、"缘情"派;在古代诗歌理论方面,就有所谓"言志"说、"缘情"说。历代学士文人对此多有评论。如明人谢榛说:"绮靡重六朝之弊。"(《四溟诗话》卷一)胡应麟说:"'诗缘情而绮靡',六朝之诗所自出也。"(《诗薮·外编》卷二)清人汪师韩说:"以绮丽说诗,后之君子所斥为不知理义之所归也。"(《诗学纂闻·绮丽》)或褒或贬,说法不一。我们从文学史上来考察,发现陆机的"缘情"说,确实揭示了诗歌的一些创作规律和艺术特征。因此,它不仅对六朝诗歌有直接的影响,而且,对唐代诗歌的繁荣也起了一定的间接作用。

晋代还有两部书——挚虞的《文章流别志论》和李充的《翰林论》——是值得一提的。这两部书,既选录了作品,又有评论,都表达了编者对文学批评的意见。

挚虞的《文章流别志论》。据《晋书·挚虞传》的记载:"(挚虞)撰古文章,类聚区分为三十卷,名曰《流别集》。各为之论,辞理惬当,为世所重。"这是说挚虞分类选录了古代诗文,并附有评论。《隋书·经籍志·总集类》云:"《文章流别集》四十一卷,《文章流别志论》二卷。"这里的记载就更清楚了,前者为作品选,后者为评论集。可惜的是二者均已散佚,现存的只有《艺文类聚》等类书载录的《志论》十余条。这些残篇已被清人严可均收入《全晋文》卷七十七。现存的佚文,基本上是论述文体的。论及的文体有颂、赋、诗、七、箴、铭、诔、哀辞、哀策等,其文章分类与后来的《文心雕龙》、《文选》颇为相似。挚虞论文体,或说明文章的性质,或叙述文体的源流,或评论其利弊,颇有一些可取的见解。例如:

> 赋者,敷陈之称,古诗之流也。古之作诗者,发乎情,止乎礼义。情之发,因辞以形之;礼义之旨,须事以明之。故有赋焉,所以假象尽辞,敷陈其志。前世为赋者,有孙卿、屈原,尚颇有古诗之义,至宋玉则多淫浮之病矣。《楚辞》之赋,赋之善者也。故扬子称赋莫深于《离骚》。贾谊之作,则屈原俦也。古诗之赋,以情义为主,以事类为佐。今之赋,以事形为本,以义正为助。情义为主,则言省而文有例矣;事形为本,则言富而辞无常矣。文之烦省,辞之险易,盖由于此。夫假象过大,则与类相远;逸辞过壮,则与事相违;辩言过理,则与义相失;丽靡过美,则与情相悖。此四过者,所以背大体而害政教。是以司马迁割相如之浮说,扬雄疾"辞人之赋丽以淫"。

这一条是论赋。首先说明赋之源流,然后指出孙卿、屈原的赋,"颇有古诗之义",即"发乎情,止乎礼义";批评了宋玉"淫浮"的毛病。

关于汉赋,他肯定了贾谊,批评了"辞人之赋"。他认为"辞人之赋"有"四过",即:"假象过大"、"逸辞过壮"、"辩言过理"和"丽靡过美"。挚虞的评论,虽然是从正统的儒家思想出发的,但是不乏卓见,对后世文论如《文心雕龙》等颇有影响。所以明人张溥说:"《流别》旷论,穷神尽理,刘勰《雕龙》,钟嵘《诗品》,缘此起议,评论日多矣。"(《汉魏六朝百三家集·挚太常集题辞》)

李充的《翰林论》。据《隋书·经籍志·总集类》记载:"《翰林论》三卷,李充撰,梁五十四卷。"有人推测,《翰林论》三卷所收为评论,五十四卷的或名《翰林》,专收作品。与挚虞《文章流别集》、《文章流别志论》的形式相似。《翰林论》已亡佚,现存佚文十余条,散见《太平御览》等类书,严可均收入《全晋文》卷五十三。现存佚文多论述文体,例如:

> 表宜以远大为本,不以华藻为先。若曹子建之表,可谓成文矣。诸葛亮之表刘主,裴公之辞侍中,羊公之让开府,可谓德音矣。
>
> 研玉(核)名理,而论难王马(生焉),论贵于允理,不求支离,若嵇康之论(成)文矣。
>
> 在朝辩政而议奏出,宜以远大为本。陆机议晋断,亦名其美矣。

以上三条论述表、论、奏等文体,皆以作品为例,概括文体的特点,比较简略。也有论述作家作品的,例如:

> 潘安仁之为文也,犹翔禽之羽毛,衣被之绡縠。
>
> 木氏《海赋》,壮则壮矣。然首尾负揭,状若文章,亦将由未成而然也。
>
> 应休琏五言诗五百十篇,以风规治道,盖有诗人之旨。

这里,论述潘岳文、应璩诗和木华《海赋》的思想、艺术特点,不无特见。如论潘岳一条,就曾为钟嵘所引用,并被钟嵘作为"笃论"。但是,与挚虞所论相比,显然不如挚氏详赡。

刘勰提到的魏晋时期文论作者,尚有刘桢、应贞和陆云。

刘桢是"建安七子"之一。他论文章的话,仅存刘勰《文心雕龙》引用的两条。《风骨》篇引:"公幹亦云:孔氏卓卓,信念异气,笔墨之性,殆不可胜。"刘桢认为孔融是卓越的,确有与众不同的气质,他文章的优点,恐怕难以超过。《定势》篇引:"文之体指实强弱,使其辞已尽而势有余,天下一人耳,不可得也。"这是说文章的体势有强有弱,能做到文辞已尽而体势有余,天下一人而已,是不可多得的。很显然,刘桢论文是重视作家的气质和文章的体势的。

应贞,字吉甫,应璩之子。严可均《全晋文》辑其佚文九则,不见论文之语。

陆云,陆机之弟。陆云《与兄平原书》三十五篇,颇多论文之语。例如:

云今意视文,乃好清省,欲无以尚,意之至此,乃出自然。

《文赋》甚有辞,绮语颇多,文适多体,便欲不清,不审兄呼尔不?

张公文,无他异,正自清省无烦长,作文正尔,自复佳。

有作文唯尚多,而家多猪羊之徒。作《蝉赋》二千余言,《隐士赋》三千余言,既无藻伟体,都自不似事,文章实自不当多。

古今之能为新声绝曲者,无有过兄,兄往日文虽多瑰铄,至于文体,实不如今日。

往日论文,先辞而后情,尚絜而不取悦泽。尝忆兄道张公父子论文,实自欲得。今日便欲宗其言。兄文章之高远绝异,

> 不可复称言。然犹皆欲微多,但清新相接,不以为病耳。

张溥指出:"士龙与兄书,称论文章,颇贵清省,妙若《文赋》,尚嫌'绮语'未尽。又云:'作文尚多,譬家猪羊耳。'其数四推兄,或云'瑰铄',或云'高远绝异',或云'新声绝曲',要所得意,惟'清新相接'。"(《汉魏六朝百三家集·陆清河集题辞》)贵"清省",重"清新",可见陆云论文宗旨。陆云关于文章的论述比较零星,不成系统,刘勰虽然提及,但是,还没有受到研究者的重视。

南北朝的文论,有了巨大的发展,取得了前所未有的成就。标志这种成就的著作是刘勰的《文心雕龙》和钟嵘的《诗品》。

刘勰是南朝齐梁时代的杰出的文学批评家。他的《文心雕龙》,比较全面地总结了南齐以前中国文学理论和文学批评的经验,提出了许多精辟的见解,在中国文学理论批评史上,是一部十分重要的文论著作。

《文心雕龙》十卷,分上、下编,共五十篇(其中《隐秀》一篇残缺)。其内容大致可以分为五个部分。

一、"文之枢纽"五篇,即《原道》、《征圣》、《宗经》、《正纬》和《辨骚》。这是总论部分,表达了《文心雕龙》的基本思想。《文心雕龙》的序言《序志》篇说:"盖《文心》之作也,本乎道,师乎圣,体乎经,酌乎纬,变乎骚,文之枢纽,亦云极矣。"意思是说,他的《文心雕龙》写作的基本原则是,以道为本,以"圣人"为师,以儒家经书为楷模,参酌纬书的文辞和《楚辞》写作上的发展变化。他认为文章的关键问题,也不过是这些了。这是刘勰对《文心雕龙》基本思想的概括,也是全书的总纲。

"文之枢纽"五篇所表达的思想,基本上是儒家思想。这种思想是贯串全书的。

二、关于文体论的论述。《文心雕龙》上半部,除总论五篇之外,都是关于文体的论述。

《文心雕龙》专论文体的文章达二十篇,论及当时文体三十三类,即诗、乐府、赋、颂、赞、祝、盟、铭、箴、诔、碑、哀、吊、杂文、谐、讔、史传、诸子、论、说、诏、策、檄、移、封禅、章、表、奏、启、议、对、书、记。如果加上《辨骚》篇中的"骚"体,则为三十四类。各体之中,往往子类繁多。这里就不再列举了。

《文心雕龙》论文体各篇的内容,包括四项,即"原始以表末,释名以章义,选文以定篇,敷理以举统"(《序志》)。意思是,他论文体各篇要做到:(一)叙述各体文章的起源和演变情况;(二)说明各种体裁名称的含义;(三)评述各体文章的代表作家和代表作品;(四)论述各体文章的写作理论和特点。

《文心雕龙》关于文体的论述详细、完整,如《明诗》、《乐府》、《诠赋》等篇类似分体文学简史,其中对各体、作家作品多有比较中肯的评论。但是,也还存在着芜杂、琐碎和对文学的范围认识不明确的毛病。例如,把诸子、史传看作文学作品,甚至与文学毫无关系的符、契、券、疏、谱、簿、录之类,也加以论列,这都是不足之处。

三、关于文学创作及有关问题的论述。包括从第二十六篇《神思》到第四十六篇《物色》共二十一篇。这是全书的精华部分。

刘勰论创作涉及的问题较多,他对文学与现实的关系、文学的继承与革新、文学作品的内容和形式、艺术构思、创作过程、文学风格和写作方法等问题,都进行了详细、深入的论述。

关于文学与现实的关系问题,刘勰在《时序》篇中指出:"文变染乎世情,兴废系乎时序。"即作品变化受社会情况的影响,文学的盛衰决定于时代的变换。《物色》篇论述文学与自然景色的关系说:"情以物迁,辞以情发。"这是说,四时景色的变化,影响到人的感情而产生了文辞。这些观点都具有唯物主义精神，值得我们重视。

《通变》篇是论述文学发展中的继承和创新问题的。刘勰说："变则其久，通则不乏。""望今制奇，参古定法。"这是说，善于创新则能持久，善于继承则不贫乏。要求看到文学发展的趋势而创造出优秀的作品，参考古代的杰作确定写作的法则。这些意见在今天仍有借鉴意义。

《情采》篇是论述文学作品的内容和形式的问题。刘勰提出"文附质"、"质待文"，认为内容和形式应紧密结合。又说："情者文之经，辞者理之纬，经正而后纬成，理定而后辞畅。"这是认为，内容决定形式，而做到内容和形式完美的结合才是文章的最高境界。

《神思》篇专论艺术构思。刘勰说："寂然凝虑，思接千载，悄焉动容，视通万里，吟咏之间，吐纳珠玉之声；眉睫之前，卷舒风云之色……登山则情满于山，观海则意溢于海。……"这里对想象作了生动的描写。刘勰所论"神思"的某些特点，与今人所说的"形象思维"颇为相近。

《体性》篇论述作家的个性与文学风格的关系问题。"各师成心，其异如面"，不同的个性形成不同的风格，刘勰将风格分为典雅、远奥、精约、显附、繁缛、壮丽、新奇、轻靡八体。在《风骨》篇中，刘勰对文学作品提出更高的要求，要求作品"风清骨峻"，即具有明朗健康、遒劲有力的风格特点。刘勰这一主张，是总结了中国齐梁以前文学，特别是建安文学的优良传统提出的。它对唐代文学有很大的影响。

除了上述内容之外，刘勰还以若干专篇论述了写作方法(《总术》)、声律(《声律》)、对偶(《丽辞》)、用典(《事类》)、夸张(《夸饰》)、比兴手法(《比兴》)、用词(《练字》)、字句章的安排(《章句》)等问题,这是由于当时文学的发展,促使他对文学形式作进一步的研究。

四、关于文学批评的论述。包括《才略》、《知音》、《程器》三篇。其中以《知音》篇最为重要。

《知音》篇主要论述文学批评的态度和方法。刘勰指出了文学批评的三种错误态度:"贵古贱今"、"崇己抑人"和"信伪迷真"。同时提出文学批评的方法:"六观",即观位体(看作品体裁的安排)、观置辞(看作品的语言运用)、观通变(看作品的继承和创新)、观奇正(看作品的奇和正的两种表现手法)、观事义(看作品的用典)、观宫商(看作品的音律)。

刘勰没有直接提出文学批评的标准,但是,我们从"文之枢纽"五篇和《序志》篇来考察,可以断言,儒家思想就是他衡量文学作品的思想标准。而《宗经》篇讲到的"六义"——"一则情深而不诡,二则风清而不杂,三则事信而不诞,四则义直而不回,五则体约而不芜,六则文丽而不淫",就是他的文学批评的艺术标准。

最后一篇《序志》是全书的序言,说明作者为什么写这部书以及本书的结构、体例等。刘勰为什么写这部书呢?从《序志》篇中可以看出:(一)为了反对当时文学"浮诡"的文风;(二)对魏晋以来的文论不满;(三)为了"树德建言",留名后世。基于以上三个原因,刘勰写下了《文心雕龙》。

《文心雕龙》是我国古代文论的杰作,在中国文学理论批评史上占有十分重要的地位。但是,也应看到,刘勰的原道、征圣、宗经的思想,给他的《文心雕龙》带来了明显的局限性。列宁说:"判断历史的功绩,不是根据历史活动家没有提供现代所要求的东西,而是根据他们比他们的前辈提供了新的东西。"(《评经济浪漫主义》)刘勰批判地继承了他的前辈关于文艺理论和批评的遗产,提出了不少"新的东西",这个历史的功绩是应该充分肯定的。

钟嵘是与刘勰同时代的文学批评家,他的《诗品》是中国文学理论批评史上第一部论诗专著。章学诚说:"《诗品》之于论诗,视《文心雕龙》之于论文,皆专门名家,勒为成书之初祖也。《文心》体大而虑周,《诗品》思深而意远;盖《文心》笼罩群言,而《诗品》深从六艺溯流别也。论诗论文而知溯流别,则可以探源经籍,而进窥天地之纯,古人之大体矣。此意非后世诗话家流所能喻也。"(《文史通义·诗话》)这里以《诗品》与《文心雕龙》相提并论,对《诗品》作出了很高的评价。

《诗品》品评了自汉至南朝梁的一百二十二个诗人,将他们分为上、中、下三品,每品一卷,每卷原有序言一篇。清人将三序合而为一,放在《诗品》的前面(何文焕编《历代诗话》)。这是全书的总论,表达了钟嵘对诗歌的看法。

《诗品序》的主要内容有:

一、论诗的起源。在《礼记·乐记》的基础上,钟嵘在《诗品序》的开头就提出了"物感说":"气之动物,物之感人,故摇荡性情,形诸舞咏。"这是说,气候使自然景物发生变化,而景物的变化感发人们,激荡着他们的心灵,从而形成舞蹈诗歌。值得我们注意的是钟嵘所说的"物",已不仅是"春风春鸟,秋月秋蝉,夏云暑雨,冬月祁寒"的四时景物,还有"楚臣去境,汉妾辞宫;或骨横朔野,魂逐飞蓬;或负戈外戍,杀气雄边,塞客衣单,孀闺泪尽;或士有解佩出朝,一去忘返;女有扬蛾入宠,再盼倾国"这些社会生活内容,认识到文学对社会生活的反映,这一文学观点是弥足珍贵的。

二、论诗的作用。孔子论诗,提出"诗可以兴,可以观,可以群,可以怨",强调诗的社会作用。钟嵘也说:"诗可以群,可以怨。"这里的"群"是指"嘉会寄诗以亲","怨"指"离群托诗以怨"。这样的"亲"和"怨"都是客观事物对诗人的感发而形成的。

三、论五言诗的源流。在钟嵘以前,人们仍以四言诗为正统。晋挚虞《文章流别志论》说:"雅音之韵,四言为正。"刘勰认为"四言正体","五言流调"(《文心雕龙·明诗》),对五言诗都有轻视的意思。而钟嵘却说:"夫四言文约意广,取效风骚,便可多得,每苦文繁而意少,故世罕习焉。五言居文词之要,是众作之有滋味者也。"对五言诗的发展作了充分肯定,并且在中国文学理论史上第一次提出了"滋味说"。什么是"滋味"呢?就是钟嵘所说的"指事造形,穷情写物,最为详切"。即指说事情,创造形象,抒发感情,描写景物,最为详明而贴切。道出了五言诗的艺术特征。如何取得诗的"滋味"呢?钟嵘认为应该运用赋比兴的艺术方法,并且"干之以风力,润之以丹采",即以"风力"为骨干,同时用美丽词采加以润饰,这样就能"使味之者无极,闻之者动心",达到至高无上的艺术境界。

四、反对诗歌的不良倾向。首先,钟嵘反对玄言诗,玄言诗用平淡的语言,宣扬老庄的哲理,钟嵘批评这种诗"理过其词,淡乎寡味","平典似《道德论》"。意思是说,玄言诗抽象的玄理掩盖了生动的辞采,语言平淡,满纸玄理,好似《道德论》一类的哲理文。其次,钟嵘反对事类诗,这种诗用典过多,"文章殆同书抄",钟嵘对此作了严厉的批评:"句无虚语,语无虚字,拘挛补衲,蠹文已甚。"最后,钟嵘还反对"四声八病"之说,认为这使"文多拘忌,伤其真美"。这些主张在当时是有一定的进步意义的。

《诗品》正文的内容,是品评风格、追溯流别和判定品第。钟嵘十分注意揭示诗人的风格特点,如评曹植:"骨气奇高,词采华茂。"评陆机:"才高词赡,举体华美。"评刘桢:"仗气爱奇,动多振绝,真骨凌霜,高风跨俗。"都能概括出他们诗歌创作的风格特点。

钟嵘还探索诗人所受到的影响，追溯诗人的流别。他将汉魏六朝诗人创作分属三个源头，即《国风》、《小雅》和《楚辞》。他认为属于《国风》一派的有王粲、潘岳等人，都有一定的理由，但是，一个诗人风格的形成，有多方面的原因，仅仅归之于某一作品的影响是不全面的，有时不免牵强附会，因此，历代对钟嵘关于诗人源流的辨析颇有异议。然而，我们认为，钟嵘"深从六艺溯流别"的工作仍然是值得肯定的。

判定诗人的品第，是《诗品》的一个重要特点。钟嵘根据三品裁士的办法，将汉魏六朝一百二十二个诗人分为三品，上品十一人，中品三十九人，下品七十二人，亦是煞费苦心。但是，在后人看来也有许多失当之处。如将曹操列为下品，陶潜列为中品，陆机、潘岳列为上品，都是不恰当的，所以，钟嵘说："至斯三品升降，差非定制，方申变裁，请寄知者耳。"意思是，他的区分品第，并非定论，尚须变动，这就有待于有识之士了。

《诗品》是对汉魏六朝五言诗发展的一个全面系统的总结。钟嵘提出了许多创见，建立了自己的诗歌批评理论，在中国文学理论批评史上占有重要的地位。

除此以外，南朝齐梁时代的沈约、裴子野、萧子显、萧统、萧纲、萧绎等人的文学理论批评，都有值得我们注意的内容。

沈约是齐梁时代的文坛领袖，他的《宋书·谢灵运传论》是文学批评史上的重要论文。他主张"以情纬文，以文被质"，要求文学作品的内容和形式的统一。他还总结了诗歌声律运用的经验，提出了"四声八病"之说。此说固然有束缚诗歌创作的缺点，但是，对诗歌艺术的发展起了推进作用。

裴子野，他的曾祖裴松之，撰有《三国志注》，祖父裴骃，撰有《史记集解》，是史学世家。他的《雕虫论》是一篇著名的文学论文，这篇论文尖锐地批评了齐梁文学的形式主义倾向，认为那是一种"雕虫之艺"。他的文学观比较保守，主张诗歌"止乎礼义"、"劝美惩恶"，重视儒学，轻视文学。

萧子显，是齐高帝萧道成之孙，出身皇族。他的《南齐书·文学传论》，表达了他的文学思想。他认为，文学"盖情性之风标，神明之律吕也"。即文学是人们思想感情的表现。他十分强调文学的发展变化，他说："习玩为理，事久则渎，在乎文章，弥患凡旧，若无新变，不能代雄。"如此重视文学的创新，对于文学的发展是有积极意义的。他对玄言诗、事类诗和艳体诗都提出了批评。

萧统，即梁昭明太子，著名文学选本《文选》的编者。他的文学思想，主要见于《文选序》。他认为文学的发展是"踵其事而增华，变其本而加厉"。这是强调文章的文采，与齐梁的文学风气有关。他还提出《文选》的选录标准，即"事出于沉思，义归乎翰藻"。意思是，文章写作产生于深刻的构思，文章的思想内容要通过优美的辞采来表现。《文选》不选经、史、子等类文章，他区分了文学与非文学的界限。对文学特点的认识较为明确。他还编了《陶渊明集》，并撰写了序，肯定了陶渊明的崇高人格和卓越创作成就，这在中国文学史上是第一次，很值得我们重视。

萧纲，即梁简文帝，是梁武帝萧衍的第三子。他的文学思想见于《与湘东王书》、《诫当阳公大心书》。他在文学创作上反对拟古，他说："未闻吟咏情性，反拟《内则》之篇，操笔写态，更摹《酒诰》之作。"主张人们的立身行事与文学创作分开，他说："立身之道，与文章异，立身先须谨重，文章且须放荡。"他是当时著名的宫体诗人，他的文学思想反映了宫体诗人的创作倾向。

萧绎，即梁元帝，是萧衍的第七子。他也是从事宫体诗创作的诗人。他的《金楼子·立言》篇中关于文笔的辨析，值得我们注意。他说:"至如文者,惟须绮縠纷披,宫徵靡曼,唇吻遒会,情灵摇荡。"意思是,文学作品应该文采繁富,音节动听,语言精练,感情充沛。这种认识对于区分文笔,表现文学的特征,都进了一步。

北朝的颜之推,崇尚儒学,他的《颜氏家训·文章》篇,主张文章经世致用,反对当时盛行的追逐华丽词藻的文风。他说:"文章当以理致为心肾,气调为筋骨,事义为皮肤,华丽为冠冕。"针对当时的文风,强调理致和气调,颇切中时弊。

总之,以曹丕《典论·论文》、陆机《文赋》、刘勰《文心雕龙》、钟嵘《诗品》为代表的魏晋南北朝文论,都有新的见解,新的开拓,取得了重大的成就,在中国文学理论批评史上树立了不朽的丰碑,对后世的文学理论批评的发展产生了巨大而深远的影响。

1986年11月于滴石轩

《文心雕龙辞典》序

刘勰的《文心雕龙》是中国古代文学理论的巨著。它比较全面地总结了南齐以前中国文学理论和文学批评的经验,提出了许多精辟的见解,在中国文学批评史上,占有十分重要的地位。

《文心雕龙》十卷,分上、下编,共五十篇(其中《隐秀》一篇残缺)。其内容大致可分为五个部分:

首先是刘勰所谓的"文之枢纽",即总论。包括《原道》、《征圣》、《宗经》、《正纬》、《辨骚》五篇。这五篇表达了《文心雕龙》的基本思想。这个基本思想,基本上是儒家思想。它是贯串全书的。

其次,是关于文体的论述。《文心雕龙》上半部,除了总论五篇之外,都是关于文体的论述。刘勰论文体熔创作理论、文学批评和文学史为一炉,具有自己的特色。

第三,关于文学创作及有关问题的论述。包括从第二十六篇《神思》到第四十六篇《物色》共二十一篇。刘勰论创作涉及的问题较多,他对文学与现实的关系、文学的继承与革新、文学作品的内容和形式、艺术构思、创作过程、文学风格和写作方法等问题,都进行了详细、深入的论述。这是全书的精华部分。

第四,关于文学批评的论述。《才略》、《知音》、《程器》诸篇都是文学批评的专篇论文。《知音》篇论述文学批评的态度和方法,阐明了刘勰的文学批评理论,最为重要。

最后一篇《序志》是全书的序言。序中揭示,反对宋齐以来的绮靡文风,对魏晋以来的文论不满和刘勰要留名后世,是刘勰写作

《文心雕龙》的动机。

如此全面、系统的文学理论著作,在我国封建社会中,不仅是空前的,也是绝后的。所以,受到历代文人学士的重视。例如:齐梁作家、学者沈约取读《文心雕龙》之后,"大重之,谓为深得文理,常陈诸几案"(《梁书·刘勰传》)。唐代史学家刘知几说:"词人属文,其体非一,譬甘辛殊位,丹素异彩;后来祖述,识昧圆通,家有诋诃,人相掎摭,故刘勰《文心》生焉。"唐代文学家陆龟蒙说:"刘生吐莫辩,上下穷高卑。"(《甫里先生文集》卷一《袭美先辈以龟蒙所献五百言既蒙见和复示荣唱至于千字提奖之重蔑有称赏再抒鄙怀用伸酬谢诗》)宋代诗人黄山谷说:"大中文病,不可不知也。"(《山谷尺牍·与王立之》)明代文学家胡应麟说:"刘勰之评,议论精凿。"(《诗薮·内编·古体》中)清代四库馆臣认为:"其书于文章利病,穷极微妙……论文之书,莫古于是编,亦莫精于是编矣。"(《四库全书简明目录·集部·诗文评·文心雕龙十卷》)清代史学家章学诚说:"《诗品》之于论诗,视《文心雕龙》之于论文,皆专门名家,勒为成书之初祖也。《文心》体大而虑周,《诗品》思深而意远。盖《文心雕龙》笼罩群言,而《诗品》深从六艺溯流别也。"(《文史通义·诗话》)近人刘师培说:"刘氏《文心雕龙》,集论文之大成。"(《左盦外集·蒐集文章志材料方法》一)鲁迅说:"篇章既富,评骘自生,东则有刘彦和之《文心》,西则有亚里士多德之《诗学》,解析神质,包举洪纤,开源发流,为世楷式。"(《论诗题记》)都给《文心雕龙》以很高的评价。

至于《文心雕龙》之研究,唐代有写本《文心雕龙》残卷传世,研究者则未闻。宋代,据《宋史·艺文志》著录,有辛处信《文心雕龙注》,其书已不传。明代有梅庆生的《文心雕龙注》,四库馆臣说它"粗具梗概,多所未备"(《四库全书总目》卷一百九十五)。清代黄叔琳的《文心雕龙辑注》最为通行,此书"因梅庆生注本重为补缀,虽未能一一精审,视梅本则十得六七矣"(《四库全书简明目录》卷二十),是较好的注本。"五四"之前,尚有李详的《文心雕龙补注》(1914),值得一提。"五四"以后,有黄侃的《文心雕龙札记》(1925),范文澜的《文心雕龙注》(1929)。四十年代有刘永济的《文心雕龙校释》(1948),都值得注意。新中国成立以后,出版的专著有王利器的《文心雕龙新书》、《文心雕龙新书通检》,杨明照的《文心雕龙校注》、《文心雕龙校注拾遗》,詹锳的《文心雕龙义证》等多种。尤其值得我们注意的是1982年在山东济南举行的首次《文心雕龙》学术讨论会。这次会议为中国《文心雕龙》学会的诞生奠定了基础。1983年在青岛召开了中国《文心雕龙》学会成立大会。这是《文心雕龙》研究历程中的里程碑。此后,1984年,在上海举行了中日学者《文心雕龙》学术讨论会。1986年,在安徽屯溪举行了《文心雕龙》学会第二次年会。1988年,在广州举行了《文心雕龙》国际研讨会。1990年,在广东汕头举行了《文心雕龙》学会第三次年会。1993年,在山东枣庄举行了《文心雕龙》学会第四次年会。这些学术活动大大推进了《文心雕龙》的研究。现在,在《文心雕龙》研究深入发展之时,贾锦福先生主编的《文心雕龙辞典》即将付梓。此书的问世,将为《文心雕龙》的学习和研究提供一部有用的工具书。毫无疑义,这将对《文心雕龙》的研究产生一定的推动作用,为此,我感到十分高兴,故乐意为之序。

1993年5月于福州

《双文集》序

游志诚教授(台湾彰化师范大学国文系教授,文选学家)的《双文集》,其内容包括两个部分:第一部分是《文选》的研究论文;第二部分是《文心雕龙》的研究论文。这两部分研究成果,体现了他在《文选》、《文心雕龙》研究方面的新成就。作为同行,我有幸在其大著问世之前拜读了排印稿,心中感到十分高兴。

我与游志诚教授相识是1992年,那是在吉林长春"选学国际学术研讨会"上。他与会的论文是《文选学之文类评点方法》。这篇论文引起了我的注意。在他的大作中提出《文选》文体分为三十九类,而我认为《文选》文体分三十七类,看法不同。后来拜读了他的论文《论〈文选〉之难体》,他仍坚持《文选》文体分三十九类。他的根据是陈八郎本五臣注《文选》。这是南宋绍兴二十八年(1158)建阳崇化书坊刊本。这说明他的论断是有版本根据的。我认为《文选》文体分为三十七类,根据的是李善注《文选》。这是南宋淳熙八年(1181)尤袤刻本。此外,明州本、赣州本、建州本等《文选》版本,文体皆分为三十七类(参阅《萧统〈文选〉三题》、《萧统研究三题》,见拙著《文选学研究》),这说明我的论断也是有根据的。在学术研究上有不同看法是正常的,这有利于百家争鸣,促进学术研究的发展。1992年以后,游氏多次来大陆参加文选学国际学术研讨会,我们见面的机会多了,渐渐比较熟悉了。

1992年以后,我在历次文选学国际学术研讨会上见到游氏关于《文选》的论文有《文选学之文类评点方法》、《五臣注原貌》、

《论广都本〈文选〉》、《胡克家〈文选考异〉述评》、《〈文选〉古注新论》、《〈文选〉旧注新论》等。这里涉及《文选》的版本、校勘、训诂、文类等之研究。2000年，游氏赠我大著《昭明文选学术论考》（台湾学生书局1996年出版），其中收论文十八篇，大体上都是论述《文选》的文类、版本和文学批评的文章。这些文章表达了作者在学术研究中的见解。他论述《文选》文体的文章，在学术界有广泛的影响。游氏在研究文选学的同时，也对《文心雕龙》进行了研究，他论述《文心雕龙》与《易经》之关系的论文，论述《文心雕龙》与《文选》之关系的论文，引人注目。《易经》与《文心雕龙》之关系，前人多有论述，而游氏论述更为全面、细致。他将《文心雕龙》与《文选》结合起来研究的论文，特别引起我的注意。他运用《文心雕龙》理论分析《文选》的行旅诗、游览诗等，都有自己的心得，都有自己的特色。游氏研究《文心雕龙》与《文选》结合起来进行，与我研究《文心雕龙》的方法相同。这种研究方法并不是我们的发明，而是一种传统的方法。关于这种两结合的方法前人言之详矣。

清代孙梅说："彦和则探幽索隐，穷形尽状，五十篇之内，百代之精华备矣。其时，昭明太子纂辑《文选》，为词宗标准。彦和此书，其总括大凡，妙抉人心；二书宜相辅而行者也。"（《四六丛话》卷三十一）近代黄侃说："读《文选》者，必须于《文心雕龙》所说能信受奉行，持观此书，乃有真解。"（《文选平点》，上海古籍出版社1985年版第1页）今人骆鸿凯说："《雕龙》论文之言，又若为《文选》印证，笙磬同音。是岂不谋而合，抑尝共讨论，故宗旨如一耶。"（《文选学》，中华书局1937年版）今人范文澜说："《文心雕龙》是文学方法论，是文学批判书，是两周以来文学的大总结。此书与萧统《文选》相辅而行，可以引导后人顺利地了解齐梁以前文学的全貌。"(《中国通史简编》修订本第二编,人民出版社1958年版)诸位前贤的论述,使我深受启发。经过较长时间的实践,我在《昭明文选研究·后记》中说:"我认为,研究《文心雕龙》应与《文选》相结合,参阅《文选》,可以证实《文心雕龙》许多论点的精辟。同时,我也认为,研究《文选》亦应与《文心雕龙》相结合,揣摩《文心雕龙》之论断,可以说明《文选》选录诗文之精审。因此,将二者结合起来研究,好处很多。"这是我在长期研究《文心雕龙》、《文选》过程中最深切的体会。我想游教授当有同感。

今年1月22日,我在家中忽然接到游志诚教授从台湾打来的电话,说他的专著《双文集》即将由台湾文史哲出版社出版,请我写篇序,我欣然同意。从上世纪六十年代起,我开始研究《文心雕龙》,后来出版了《文心雕龙选》(福建教育出版社1985年出版)、《文心雕龙研究》(福建教育出版社1991年出版,2002年鹭江出版社出版了增订本),而拙著《魏晋南北朝文论全编》(江苏教育出版社1996年出版,2004年修订再版)收入了我的《文心雕龙》的全注本。我对《文心雕龙》有浓厚的兴趣。1985年以后,我专门从事文选学的研究,先出版了《昭明文选研究》(人民文学出版社1998年出版),后出版了《文选学研究》(鹭江出版社2008年出版),在《昭明文选研究》的基础上,增加了《补编》。这样,《文选学研究》较全面地表达了我对文选学的观点。在《文选》研究的过程中,我还点校了清人梁章钜的《文选旁证》(福建人民出版社2000年出版),为研究文选学的同行提供一部较有学术价值的参考书。

我国学者研究萧统《文选》已有一千多年历史了,远在唐代就形成了"文选学"。"文选学"源远流长,成果众多,取得了巨大的学术成就。我国学者对刘勰《文心雕龙》的研究,应是明代以后的事了。最近数十年来,研究队伍一日比一日壮大,形成研究《文心雕龙》的专门学问,研究者称之为"文心学"。据说研究"文心学"的论文已达两三千篇,盛况空前。我相信,在研究者的共同努力之下,"文选学"和"文心学"在不久的将来一定会取得更加辉煌的成就。

2010年2月5日

略谈《诗品》之研究

在《许昌师专学报》创刊二十周年之际,我想到他们开辟的《钟嵘与〈诗品〉研究》专栏。这个专栏有地方特色,又颇有一些真知灼见,给我留下了深刻的印象。为此,我乐意应约参加《诗品》研究笔谈,并以此纪念贵刊创办二十周年。

《诗品》和《文心雕龙》被称为魏晋南北朝文论的双璧,清人章学诚说:"《诗品》之于论诗,视《文心雕龙》之于论文,皆专门名家,勒为成书之初祖也。《文心》体大而虑周,《诗品》思深而意远。盖《文心》笼罩群言,而《诗品》深从六艺溯流别也。"(《文史通义·诗话》)清人张之洞说:"《文心雕龙》、钟嵘《诗品》,为诗文之门径。"(《輶轩语·语学》)近人刘师培说:"刘氏《文心雕龙》,集论文之大成,钟嵘《诗品》,集论诗之大成。"(《搜集文章志材料方法》)可见前人对两部文论名著的重视。但是,这些年来,研究《文心雕龙》的人多,研究《诗品》的人少。《诗品》的研究工作,亟待加强。

我初读钟嵘《诗品》是在二十世纪四十年代。我读的是开明书店出版的《诗品注》(陈延杰注)。后来,我从事魏晋南北朝文学的教学与研究工作,接触《诗品》的机会就多了。我认为,《诗品》是魏晋南北朝文论中的一部杰作,对研究魏晋南北朝诗歌有重要的参考价值,值得珍视。

如何研究钟嵘《诗品》呢?研究《诗品》的方式方法很多,我想谈谈对《诗品》本身的研究。

对《诗品》本身进行研究,是最根本的研究。如果对《诗品》本身缺乏研究,说这说那,都是空话。只有对《诗品》本身进行了仔细、深入的研究,才有发言权。其研究主要有三种方式:一是校勘,二是注释,三是集评。

首先谈校勘。古书流传年代久远,自然错误较多。古书每抄一次、每刻一次,都会产生错误。因此古书的校勘工作就十分重要了。清人王鸣盛说:"欲读书必先精校书,校之未精而遽读,恐读亦多误矣。"(《十七史商榷序》)近人叶德辉说:"书不校勘,不如不读。"(《藏书十约》)前者说得比较客观,后者说得未免有些极端了,但是,他们都是强调校勘的重要性。举个例子来说,如陈延杰的《诗品注》是一部经过校勘的本子,由于校勘不够精审,仍然存在不少错误。如卷中"晋中散嵇康","晋",应作"魏"。清人张锡瑜《钟记室诗平》(以下简称《诗平》)云:"魏,原作'晋',误。案:《三国志·魏书·王粲传》:'康景元中坐事诛。'不及晋世。且其诛以不附司马氏故也。冠以'晋',不惟失其实,且乖其意矣。《晋书·忠义·嵇绍传》及《隋志》并称'魏中散大夫'。今据改。"又如卷中"宋仆射谢混","宋",应作"晋"。《诗平》云:"'晋',原作'宋',误。混以党刘毅见害。刘裕受禅,谢晦恨不得谢益寿奉玺绂。何得入宋?《隋志》称'晋左仆射'是也。可据改。"又如卷中"齐吏部谢朓","部"下脱"郎"字,《诗平》云:"'郎'字原脱,据《南齐书》本传及《隋志》补。"又如卷中"齐光禄江淹","齐",应作"梁"。《诗平》云:"梁,原作'齐',误。淹仕齐止于秘书监兼卫尉。入梁乃有金紫光禄大夫之授。今据《梁书》本传及《隋志》改。"(张氏校记皆转引自曹旭《诗品集注》)张氏所校皆是。清人段玉裁说:"必先定其底本之是非,而后可断其立说之是非。"(《与诸同志论校书之难》)于此可见底本与立论之关系。如底本错了,立论自然也就错了。益可见校勘之重要性。

其次谈注释。校勘古书难,注释古书更难。古书难懂,往往需要注释。而做好古书的注释翻译工作可不是那么容易。如李善注《文选》、仇兆鳌注《杜少陵集》、王琦注《李太白集》等,都用了多年的时间精心注释,才成了著名注本。钟嵘《诗品》的注释,"五四"以后,逐渐多了。如陈延杰的《诗品注》、古直的《钟记室诗品笺》、许文雨的《钟嵘诗品讲疏》、吕德申的《钟嵘诗品校释》、曹旭的《诗品集注》等都取得了一定的成就。但是,钟嵘《诗品》的著名注本的产生,则尚需时日。因为这需要专家和读者评判,需要时间的考验。

说到注释,《诗品》卷上"宋临川太守谢灵运"中倒是有一条:"治,音稚,奉道之家靖室也。"这一条注释是作者的原注,还是后人所加,今人颇有不同看法。其实,此条中"初,钱塘杜明师夜梦东南有人来其馆,是夕即灵运生于会稽,旬日而谢玄亡。其家以子孙难得,送灵运于杜治养之。十五方还都,故名客儿"这一段话和"治,音稚,奉道之家靖室也"这一注释都出自南朝刘敬叔的《异苑》卷七末条,钟嵘《诗品》照抄,几乎全同。最早指出这段出处的是许文雨先生。他在《钟嵘诗品讲疏》(见《文论讲疏》,正中书局1937年版)中援引了这段话,是转引自清人仇兆鳌《杜诗详注·岳麓山道林二寺行》一诗注中的引文,说明他没有见到《异苑》,也没把旧注连在一起。到1961年,陈延杰《诗品注》"在旧注的基础上作了较全面的订补"(人民文学出版社1961年版《出版说明》),仍未注出这段话的出处。直到1986年,吕德申的《钟嵘诗品校释》才明确指出:"南朝宋刘敬叔《异苑》有同样记载,或即《诗品》所本。"又如"杜明师"一词,同在"谢灵运"条。在1983年以前,各注本皆不知此人是何人。是钱仲联先生首先指明杜明师即杜昺。他说:"由于涉猎道书,所以当古代文学理论专业研究生在课堂上提问钟嵘《诗品》'谢灵运'一条中'钱塘杜明师'是什么人时,我得能当场回答那是杜昺,其人与谢家有关系,见于《洞仙传》的《杜昺传》,从而填补了陈延杰《诗品注》的空白。"(钱仲联《博通群籍是治学的必备条件》,载《治学方法谈》,中国青年出版社1983年版)诚然,钱先生的发现是填补了陈注的空白。但是,清代咸丰年间张锡瑜校注的《钟记室诗平》已在"谢灵运"条"杜明师"下引唐人陆龟蒙《小名录》说:"明师,名昺,字不恭。性敏悟,宗事正一,少参天师治箓。陆纳为尚书,年三十患创,昺为奏章,延至七十。"注明了杜明师为何人,此与钱先生所说的出处不同,却早了一百二十多年。遗憾的是,这些成果并未引起研究者的注意。1985年出版的萧华荣的《诗品注译》注曰:"生平事迹不详。"1986年出版的吕德申的《钟嵘诗品校释》则略而不注。直到1990年,张伯伟的《历代诗品学》(南京大学古文献研究所编《古文献研究》〔1989—1990〕第273页,又见张伯伟《钟嵘诗品研究》第173页)一文,才对此作了比较详细的考证。此后才引起了研究者的注意。凡此种种,皆说明了注释古书的艰难。

还有一个问题,即《诗品》卷中"江淹"条所说"筋力于王微,成就于谢朓"是什么意思?这两句话,各家说法不一。陈延杰的《诗品注》说:"《后汉书·黄琼传》曰:'唐尧以德化为冠冕,以稷、契为筋力。'此言'筋力于王微',即以王微为筋力也。王微诗清怨,钟氏谓'得风流媚趣',而《文中子》谓江淹'其文急以怨'。盖筋力于王微为多。"又说:"文通诗亦能极体物之奇,而声调格律,皆逼肖谢朓,故钟氏谓'成就于谢朓'者也。差近之。"许文雨《钟嵘诗品讲疏》说:"按文通杂体诗,有《王征君微养疾》一首,黄庭鹄《古诗冶注》云:原诗缺。今就文通拟作观之,其起语曰:'窈蔼潇湘空,翠涧澹无滋。'黄庭鹄引孙评云:'古峭甚!'然则以文通所拟必似者例之,此古峭之语,即'筋力于王微'也。"又说:"按文通调婉而词丽之诗,有如《诗源辨体》卷八所举'玉柱空掩露,金樽坐含霜'、'昔我别楚水,秋月丽秋天。今君客吴坂,春色缥春泉'、'愁生白露日,思起秋风年'、'松气鉴青霭,霞光铄丹英'、'绛气下紫薄,白云上杳冥'、'电至烟流绮,水绿桂含丹'、'凉霭漂虚座,清香荡空琴'等句,似皆仲伟所谓'成就于谢朓'者也。"萧华荣《诗品注译》说:"筋力于王微:'筋力',指诗内蕴含的思想、感情、气势等。……"又说:"'成就于谢朓',这句很费解。谢朓生年晚江淹二十二年。本卷评沈约说:'于时谢朓未遒,江淹才尽。'何以'成就于谢朓'?谢朓疑是谢混之误:第一,谢混与王微在卷中同一条中,二人风格、成就相似;第二,江淹《杂体诗三十首》亦有拟谢混《游览》一首,他学过王微、谢混的风格。"以上各家所释虽有一定的道理,但皆未惬人意。这仍然是一个难题,有待进一步研究解决。

最后谈集评。古代文学名著的集评,集中了前贤的智慧,对后来的研究者和读者帮助都很大。例如,《昭明文选》有清人于光华的集评,名为《文选集评》。此书虽然简陋,对读者仍有一定的帮助。又如《陶渊明诗文汇评》(北京大学中文系文学史教研室教师、五六级四班同学编,中华书局1961年出版。后改名为《古典文学研究资料汇编·陶渊明卷》)。此书搜集陶渊明诗文评论资料比较丰富,对我们研究陶渊明诗文很有帮助。钟嵘《诗品》有张伯伟的集评(见《钟嵘诗品研究》,南京大学出版社1993年出版),下了许多工夫,对我们学习和研究《诗品》颇有裨益。应当指出,有一些集评,过于简略,尚需加强有关评论资料的搜集工作,扩充内容。我认为,搜集资料应该用"竭泽而渔"的方法,尽可能搜集齐全的资料,为研究工作服务,以促进学术研究的繁荣和发展。

2002年

钟嵘《诗品》"江淹"条疏证

钟嵘《诗品》"梁光禄江淹"条云:

> 文通诗体总杂,善于摹拟。筋力于王微,成就于谢朓。初,淹罢宣城郡,遂宿冶亭,梦一美丈夫,自称郭璞,谓淹曰:"吾有笔在卿处多年矣,可以见还。"淹探怀中,得五色笔以授之。尔后为诗,不复成语,故世传江淹才尽。

梁光禄江淹 江淹(444—505),字文通,济阳考城(今河南兰考县)人。历仕南朝宋、齐、梁三代。入梁,曾任金紫光禄大夫,故钟嵘称之为"梁光禄江淹"。事见《梁书》卷十四、《南史》卷五十九《江淹传》。关于金紫光禄大夫,《文献通考》云:"魏晋以来无员。左右光禄、光禄大夫皆银印青绶,其重者诏加金章紫绶,则谓之金紫光禄大夫。"加金章紫绶,表示为加重优崇之大臣。

《梁书》本传说:"淹少以文章显,晚节才思微退,时人皆谓之才尽。凡所著述百余篇,自撰为前后集,并《齐史》十卷,并行于世。"江淹的著作,《隋书·经籍志》四著录"梁金紫光禄大夫《江淹集》九卷,梁二十卷。《江淹后集》十卷。"《旧唐书·经籍志》、《新唐书·艺文志》著录皆为《江淹前集》、《后集》各十卷。《宋史·艺文志》著录《江淹集》十卷,晁公武《郡斋读书志》、陈振孙《直斋书录解题》著录同。这是说,《江淹集》于宋代已亡佚十卷。《宋史》等著录的十卷本,是《前集》,是《后集》,还是后人辑本?这个十卷本的《自序》说:"自少及长,未尝著书,惟集十卷,谓如此足矣。"序中自述官阶止于正员散骑侍郎、中书侍郎。据《梁书》本传,江淹于建元初(479)任此职。可知这个十卷本所收是他中年以前的作品,大概是《江淹前集》。后世流传的就是这个本子。虽然各本略有差异,只是大同小异。

文通诗体总杂,善于摹拟 总杂,指汇集各家诗风。这主要就其《杂体诗三十首》等立论。江淹《杂体诗三十首》摹拟汉魏晋宋三十家有代表性的诗人(包括古诗《古离别》的作者无名氏)的诗作写了三十首诗,如《李都尉(李陵)从军》、《班婕妤咏扇》、《魏文帝(曹丕)游宴》、《陈思王(曹植)赠友》、《刘文学(刘桢)感遇》、《王侍中(王粲)怀德》、《嵇中散(嵇康)言志》、《阮步兵(阮籍)咏怀》、《张司空(张华)离情》、《潘黄门(潘岳)述哀》、《陆平原(陆机)羁宦》、《张黄门(张协)苦雨》、《刘太尉(刘琨)伤乱》、《郭弘农(郭璞)游仙》、《陶征君(陶潜)田居》、《颜特进(颜延之)侍宴》、《王征君(王微)养疾》、《鲍参军(鲍照)戎行》等。有的摹拟之作几可乱真。如《陶征君田居》一首。诗云:

> 种苗在东皋,苗生满阡陌。虽有荷锄倦,浊酒聊自适。日暮巾柴车,路暗光已夕。归人望烟火,稚子候檐隙。问君亦何为?百年会有役。但愿桑麻成,蚕月得纺绩,素心正如此,开径望三益。

此诗选入《文选》卷三十一,是江淹《杂体诗三十首》中的一首。但是,有一些版本的《陶集》将此首列为陶渊明《归田园居》的第六首。宋代大诗人苏轼竟有和诗。可见此诗如陶诗,连苏轼也难以分辨其真伪。

也有的摹拟之作不似原作,宋代严羽就指出:"拟古惟江文通最长,拟渊明似渊明,拟康乐似康乐,拟左思似左思,拟郭璞似郭璞,独拟李都尉一首,不似西汉耳。"(《沧浪诗话·诗评》)明代胡应麟也指出:"文通拟汉三诗俱远,独《魏文》、《陈思》、《刘桢》、《王粲》四作,置之魏风莫辨,真杰思也。"(《诗薮·外编》第二)我认为,江淹的摹拟之作不论相似还是不似,大都有较高的艺术成就,因此《杂体诗三十首》都被选入《文选》。这些摹拟之作,风格不同,体貌各异,故钟嵘认为"总杂"。清代何焯论杂体诗说:"所拟既众,才力高下,时有不齐。意制体源,罔轶尺寸。爰自椎轮汉京,讫乎大明、泰始,五言之变,旁备无遗矣。虽孙、许似道德论,渊明为隐逸宗,亦并别构,成是总杂。"(《义门读书记》卷四十七)何焯对"总杂"的论述是比较具体的。

筋力于王微,成就于谢朓 这两句评语十分令人费解。因此,研究者各自为说,没有一个统一的看法。兹列举一些研究者的解说如下,以便对问题作进一步的探讨。

一、陈延杰说:《后汉书·黄琼传》曰:"唐尧以德化为冠冕,以稷、契为筋力。"此言"筋力于王微",即以王微为筋力也。王微诗清怨,钟氏谓"得风流媚趣",而《文中子》谓"江淹文急以怨"。盖筋力于王微为多(《诗品注》卷中,人民文学出版社 1961 年版)。穆按:陈氏认为,"筋力于王微",即以王微为筋力。江淹诗如何以王微为筋力?难以理解。什么是"筋力",陈氏亦未交代。陈氏又说,江淹诗"盖筋力于王微为多"。所论玄虚,难以落到实处。

陈氏又说:文通诗亦能极体物之奇,而声调格律,皆逼肖谢朓,故钟氏谓"成就于谢朓"者也。差近之。穆按:陈氏指出江淹有一些诗的声调格律似谢朓,故钟氏谓"成就于谢朓"(《诗品注》卷中)。此说非是。江淹有些诗与谢朓诗风类似,难道是一个前辈诗人向年轻诗人学习的结果吗?显然不是。一个诗人的诗风不是单一的,而是多种多样的。不能因为有些诗的诗风相似,就说是这位诗人学那位诗人的。

陈氏解释不正确,关键在于对"于"字的理解不正确。

二、古直《钟嵘诗品笺》(上海世纪出版集团2007年版)对"筋力"二句无解释。这可能是因无确解,有意回避。

三、许文雨说:按文通杂体诗,有《王征君微养疾》一首,黄庭鹄《古诗冶注》云:原诗缺。今就《文选》拟作观之,其起语曰:"窈蔼潇湘空,翠涧澹无滋。"黄庭鹄引孙评云:"古峭甚!"然则以文通所拟必似者例之,此古峭之语,即"筋力于王微"也(《文论讲疏》,正中书局1937年版)。穆按:许氏认为江淹所拟必似,其实并非完全如此。以江淹拟诗断定王微诗"古峭",想象而已,羌无实据。

许氏又说:按文通调婉而词丽之诗,有如《诗源辨体》卷八所举"玉柱空掩露,金樽坐含霜","昔我别楚水,秋月丽秋天。今君客吴坂,春色缥春泉","愁生白露日,思起秋风年","松气鉴青霭,霞光铄丹英","绛气下萦薄,白云上杳冥","电至烟流绮,水绿桂含丹","凉霭漂虚座,清香荡空琴"等句,似皆仲伟所谓"成就于谢朓"者也(《文论讲疏》)。穆按:许氏认为,江淹的调婉而词丽之诗,似受到谢朓的影响,即所谓"成就于谢朓"者也。我已说过,两位诗人的某些诗风相似,不能说这位诗人受了那位诗人的影响。何况这里是说一位前辈诗人受了后辈诗人的影响,更是与情理不合。许氏的问题也是不了解"于"字的确切含义。

四、王叔岷说:案《庄子·徐无鬼篇》:"筋力之士矜难。"李陵《录别诗》:"与其苦筋力,必欲荣薄躯。""筋力",复语,《释名·释形体》:"筋,力也。"仲伟评王微"才力苦弱"。文通则较有力也(《钟嵘诗品笺证稿》,中华书局2007年版)。穆按:王氏认为,王微才力苦弱,而文通则才力较强。对"筋力"句未作具体解释。

王氏又说:案"成就",亦复语,《尔雅·释诂》:"就,成也。"仲伟评谢朓："一章之中，自有玉石，末篇多踬。"文通则较有成也（《钟嵘诗品笺证稿》）。穆按：王氏认为，谢朓之艺术成就有缺陷，江淹则较有成就。也未对"成就"句作具体解释。王氏的问题仍是对句中"于"字不理解。

五、萧华荣说："筋力于王微"："筋力"，指诗内蕴含的思想、感情、气势等。王微见本卷。江淹《杂体诗三十首》中有拟王微的《养疾》一首（《诗品注译》，中州古籍出版社1985年旧版）。穆按：萧氏对"筋力"的解释过于宽泛。对"筋力"句没有明确的解释，译文为："筋力"得力于王微。对句中的"于"字不理解。

萧氏又说："成就于谢朓"，这句很费解。谢朓生年晚江淹二十二年。本卷评沈约说："于时谢朓未遒，江淹才尽。"何以"成就于谢朓"？谢朓疑是谢混之误：第一，谢混与王微在卷中同一条中，二人风格、成就相似；第二，江淹《杂体诗三十首》亦有拟谢混《游览》一首，他学过王微、谢混的风格（《诗品注译》）。穆按：因为"成就于谢朓"一句难以说通，疑"谢朓"为"谢混"之误，但根据不足。

六、吕德申说：筋力语出《后汉书·黄琼传》："唐尧以德化为冠冕，以稷、契为筋力。"江淹诗清丽精工，钟嵘以为得之于王微和谢朓。张溥《江醴陵集题辞》："（江淹）诗文新丽顿挫。"沈德潜《古诗源》（卷十三）："文通颇能修饰，而风骨未高。"（《钟嵘诗品校释》，北京大学出版社1986年版）穆按：吕氏指出"筋力"出处，并未解释。此条出处已见陈延杰注。说江淹诗清丽精工得之于王微和谢朓。此说笼统。江淹的"筋力"和"成就"是如何得之于王微和谢朓的，没有交代，实在也难以交代。

七、周振甫对"筋力"二句的译文是："从王微诗中得到筋力，从谢朓诗中得到成就。"（《诗品译注》，中华书局1998年版）穆按：筋力是什么？江淹如何从王微诗得到筋力？成就是什么？江淹如何从谢朓诗得到成就？没有说清楚。因为周氏对"于"字缺乏正确的理解，所以说不清楚。

八、陈元胜说："筋力于王微，成就于谢朓。"于，於，在；杨树达《词诠》卷九说："於（一），内动词，在也。"筋力在王微之列，成就在谢朓之列。旧解不懂"於"的此种用法，妄加"得"字为"得筋力于王微"，则"于（於）"变成介词。若照旧解，"成就于谢朓"遂不可通。因为钟嵘评沈约曾说过："于是谢朓未遒，江淹才尽。"既然"谢朓未遒"时，"江淹才尽"，江淹怎么能"成就于谢朓"（所谓"得之于谢朓"）？其实，钟嵘两处说法并不互相矛盾。王微"才力苦弱"，谢朓"意锐而才弱"，他们与江淹同列在中品，"筋力"、"成就"不相上下；"江淹才尽"，亦才弱的表现，三人都有才力不足的表现。因此，钟嵘说江淹的气质才力在王微之列，诗歌成就在谢朓之列（《诗品辨读》，安徽教育出版社1994年版）。穆按：陈氏之说优于其他各家之说，比较接近正确。但是，将"于"字解为"在……之列"，仍然不妥。

九、杨明说："成就"句：谓江淹诗体貌的形成，其中有谢朓诗风的成分。按：此句及上句皆费解。江淹行辈高于谢朓，且其创作成就，在宋齐之际，亦早于谢朓。所谓"成就于谢朓"，大约只是将二人体貌加以比较，谓江诗中亦有谢朓那种风貌，而不是说江淹学习谢朓，江淹诗出于谢朓；只是比较二人诗风之异同，而不考虑其时代之先后（《文赋诗品译注》，上海古籍出版社1999年版）。穆按：杨氏认为，"成就于谢朓"只是比较二人诗风之异同，这显然是正确的。又其译文译"筋力于王微"为"其筋骨体力有似于王微"也是对的。问题仍然是，他对"于"字未能作出正确的解释。

十、陈庆元说：《汉书·灌婴传》："又从攻秦军亳南、开封、曲遇，战疾力。"颜师古注："力，强力也。"《说文解字》卷五下："就，高也。从京从尤,尤异于凡也。"段注:《广韵》曰:"就,成也,迎也。皆其引伸之义。"就的本义是高。因此,"筋力于王微,成就于谢朓",理解为"筋力强于王微,成就高于谢朓",字面上是讲得通的(《江淹"筋力于王微,成就于谢朓"辨》,《文学遗产》1985年第4期)。穆按:陈氏引经据典证明"力,强力也","就,高也"。然后作出"强于"、"高于"的解释。但是,将"筋力"一词拆开,将"力"解为"强于",将"成就"一词拆开,将"就"解为"高于",显然是不妥当的。"筋力"是复音词,拆开以后,"筋"只是词素。"筋"这个词素与"筋力"这个复音词表达的意义是否相同,是个问题。"成就"同样如此。再说,将"筋力于王微"句断为"筋,力于王微",将"成就于谢朓"句断为"成,就于谢朓",句不像句,词不像词,令人感到别扭。我认为,"筋力"、"成就"作为一个词,是不应该拆开解释以牵就自己的主观想象的。陈氏对"筋力"二句的解释是"筋力强于王微,成就高于谢朓"。如此解释有两个问题:第一,将"筋"解为"筋力",将"成"解为"成就",实际上是"增字解经"的做法。第二,这样解释是否符合文学史上实际情况,我看还可以讨论。陈氏解释的关键问题,和其他研究者一样,不能正确理解"于"字的含义。

关于"增字解经"的毛病,清代王引之《经义述闻》卷三二《通说下》"增字解经"条下云:"引之谨案:经典之文,自有本训,得其本训则文义适相符合,不烦言而已解;失其本训而强为之说,则阢陧不安。乃于文句之间增字以足之,多方迁就而后得申其说,此强经以就我,而究非经之本义也。"钟嵘《诗品》虽非经典,而其训诂原理应该是一样的。今人将"增字解经"易为"增字为训",这样概括此种训诂之毛病就更为准确,更为清楚了。

还有一些《诗品》注释著作,对"筋力"二句的解释大同小异,我就不一一论及了。

最后，我想比较详细地讨论曹旭的解说。

曹旭的《诗品集注》（上海古籍出版社2011年版）。是一部集大成的《诗品》著作，资料丰富，注释详赡，学术界早有评论。我现在要讨论的是他对"筋力于王微，成就于谢朓"的解说。

曹旭说："筋力于王微"：筋力，筋腱骨力。陈衍《平议》："窃谓（文通）《望荆山》、《古离别》、《休上人怨别》，足以希踪玄晖，王景玄可勿论矣！"下引许文雨说，已见前。旭按：此由人体筋骨移为书评、诗评。筋、骨对举成文。唐张彦远《法书要录》引晋卫夫人《笔阵图》，谓多骨力者为"筋书"，后世书法，有"颜筋柳骨"之称。又《后汉书·黄琼传》："唐尧以德化为冠冕，以稷、契为筋力。"均可参考。下引陈庆元说，表示赞同。

曹旭又说："成就于谢朓"：下引许文雨说、陈延杰说，已见前。旭按：此句颇难通。仲伟置谢朓于"齐"，置江淹于"梁"。《诗品》之例，以所卒之朝代定其时代。姚鼐《惜抱轩笔记》卷八献疑曰："实则醴陵乃玄晖之前辈。故钟嵘云：'齐永明中，谢朓未遒，江淹才尽。'以江在谢前也。"则钟嵘自相矛盾矣。下引陈庆元说、萧华荣说、杨明说、陈元胜说，皆见前。曹旭说："诸兄高见，均可参考。"

穆按：曹旭《诗品集注》因为是"集注"性质，常引各家注释，加上自己的按语。有的自己加上注释。我认为曹氏以上注释，有三个问题，值得商榷。

一、曹氏将"筋力"解为"筋腱骨力"，把简单的问题复杂化了。这个"筋力"，既是筋力，又是腱力、骨力，究竟是什么力？"筋力"，屡见于古籍，如《礼记·曲礼上》："贫者不以货财为礼，老者不以筋力为礼。"《后汉书·黄琼传》："唐尧以德化为冠冕，以稷、契为筋力。"《后汉书·独行传·刘茂》:"家贫,以筋力致养,孝行著于乡里。"《庄子·徐无鬼》:"筋力之士矜难,勇敢之士奋患。"《荀子·正论》:"血气筋力,则有衰。"《荀子·非相》:"筋力越劲,百人之敌也。"《韩非子·人主》:"夫马之所以能任重引车致远道者,以筋力也。"《淮南子·泰族训》:"神明之事,不可以智巧为也,不可以筋力致也。"……从以上引文看,筋力,犹体力也。"筋力"一词,在钟嵘《诗品》中应指才力。

二、曹旭在"筋力于王微"后加"按语"说:"此(指筋力)由人体筋骨移为书评、诗评。"此说并不错,《诗品》中的"筋力"就是自人体筋骨移入的,问题是书评。书评所举例证是东晋卫夫人的《笔阵图》,这就欠妥了。按东晋卫夫人,即卫铄(272—349),东晋书法家。为汝阴太守李矩之妻,世称卫夫人。她的《笔阵图》,最早见于唐张彦远编的《法书要录》。此文后人大都认为是伪作。今人陈滞冬说:"中唐时期已有题为《笔阵图》的书流传,但当时名书法家孙过庭已不能辨其真伪(《书谱序》)。……本文内容丛杂,文多前后不属,当是后人因卫夫人或王羲之曾有《笔阵图》之类的著作,但久已散佚,遂伪作此篇。至于作伪的时间,从文字上看来,大约是唐初人所为。"(《中国书学论著提要》,成都出版社1990年版12—13页)如果陈氏所论属实,曹氏引此并不能说明问题。再说,晋卫夫人所论是"筋书"而非"筋力"。相传为王羲之(321—379)所作的《书论》曾论及"筋力",他说:"欲书先构筋力,然后装束,必注意详雅起发,绵密疏阔相间。"这是以"筋力"论书,但是《书论》也是伪作。陈滞冬说:"本文(《书论》)词旨凡近,叙述丛杂,大都杂抄他书而成,当为唐宋间人伪托。"(《中国书学论著提要》,16页)可见《书论》也不可信。至于说"颜筋柳骨",说的是唐代颜真卿和柳公权书法的特点,是六朝以后的事了。这个"筋"也不等于

"筋力"。因此,我认为,就书评言,曹氏的论述缺乏有力的证据。应该指出,"筋力"一词,钟嵘《诗品》只出现一次,刘勰的《文心雕龙》则未见。

三、曹氏引用陈庆元说,认为"'筋力于王微',即谓江淹诗筋力强于王微。是也",这个表态欠妥。理由见前。

那么,"筋力"句究竟如何解释呢?

解释"筋力于王微","于"是一个关键的字眼。许多注释者的问题就出在这里。这个"于"字,我琢磨了多年,亦不得其解。因此,我在注释《魏晋南北朝文论全编》中的《诗品》时,只好付诸阙如。去年,一个偶然的机会,我翻阅王引之的《经传释词》,我发现了王引之对"于"字(繁体字为"於")的解释,正可以帮助我们解决"筋力于(於)王微"句中的"于"字的问题。

王引之说:

> 於,犹"如"也。昭三年《左传》曰:"今嬖宠之丧,不敢择位,而数於守适。"言数如守适也。(杜注曰:"不敢以其位卑,而令礼数如守适夫人。")《庄子·大宗师》篇曰:"阴阳於人,不翅於父母。""翅"与"啻"同,言不啻如父母也。(《秦誓》曰:"不啻如自其口出。")《秦策》曰:"君危於累卵,而不寿於朝生。"言危如累卵,不寿如朝生也。《燕策》曰:"且非独於此也。"言非独如此也。故《汉书·韩长孺传》:"匈奴至者投鞍,高如城者数所。"《新序·善谋篇》"如"作"於"。(卷一)

在"于"(非"於"之简体字)字一条中,王引之说:

> 于,犹"如"也。《易·系辞传》曰:"《易》曰:'介于石,不终日,贞吉。'介如石焉,宁用终日?断可识矣。"是介于石,即介如石也。故《汉书·汲黯传》:"愚民安知市买长安中,而文

吏绳以为阑出财物如边关乎?"《史记》"如"作"于"。"于"与"於"古字通,故两字皆可训为"为",亦皆可训为"如"。互见"於"字下。(卷一)

关于"於"和"于"字作"如"解,吴昌莹《经传衍词》又补充了许多例句。这些例句足以说明"於(于),如也"。

既然"於(于)"字可作"如"字解,"筋力于王微",就可以解为:江淹的才力如王微。如者,像也。说江淹的才力像王微,是因为钟嵘认为当时江淹"才尽",而王微"才力苦弱"(见《诗品》"王微"条评语),故而相似。

关于江淹"才尽",详见下条。这里对王微略作介绍。

王微(415—453)是南朝宋时颇著名的诗人和画家。《宋书·王微传》:"微少好学,无不通览,善属文,能书画,兼解音律、医方、阴阳术数。"王微是一个多才多艺的诗人。《隋书·经籍志》四著录《宋秘书监王微集》十卷,宋以后散失。王微诗,据逯钦立《先秦汉魏晋南北朝诗·宋诗》卷四辑录,有《杂诗》、《四气诗》、《咏愁诗》等五首。其诗歌创作的才力,今天看来,自然不能与江淹相比。但是,《四库全书总目·诗品提要》说:"近时王士祯极论其品第之间多有违失。然梁代迄今,邈逾千祀,遗篇旧制,什九不存,未可以掇拾残文,定当日全集之优劣。"刘师培也说:"历代文章得失,后人评论每不及同时人评论之确切。"(《汉魏六朝专家文研究》之十七《论各家文章之得失应以当时人之批评为准》)由此看来,钟嵘的论断是有根据的。王微的才力在当时与江淹相比,应是各有优劣的。

王微的诗歌创作虽然"才力苦弱",但是,他在当时诗坛上还是有一定地位的。我们应该看到:其一,他的诗歌,钟嵘《诗品》列入"中品"。《诗品序》云:"嵘今所录,止乎五言。虽然网罗今古,词文殆集。轻欲辨章清浊,掎摘利病,凡百二十人。预此宗流者,便称才子。"可见钟嵘对王微诗的评价是比较高的。其二,江淹拟古诗,即《杂体诗三十首》,模拟汉魏以来三十个著名诗人的诗篇,其中就有模拟王微的诗作《王征君养疾》,可见江淹对王微诗的重视,也可以看出王微在南朝宋时诗坛上的地位。其三,萧统《文选》是一部著名的诗文总集,它选录的诗文大都是名篇佳作。王微有《杂诗》一首入选。于此可见,王微是南朝宋时比较著名的诗人。

王微同时也是一个著名的画家。他擅长山水画,当时,他与陆探微、顾景秀、宗炳同为最有名的画家(参阅潘天寿《中国绘画史》第三章《南北朝之绘画及其画论》,上海人民美术出版社1983年版)。

钟嵘《诗品》说,江淹的才力如王微。并不是对他们的才力作全面的比较,而只是就江淹"才尽"与王微诗"才力苦弱"而言。

钟嵘《诗品》说,江淹"成就于谢朓"。这是说,江淹诗歌创作成就如谢朓。这句话比较容易理解。

钟嵘《诗品》将谢朓列入"中品",评曰:

> 其源出于谢混。微伤细密,颇在不伦,一章之中,自有玉石。然奇章秀句,往往警遒。足使叔源失步,明远变色。善自发诗端,而末篇多踬。此意锐而才弱也。至为后进士子之所嗟慕。朓极与余论诗,感激顿挫过其文。

钟嵘《诗品》将江淹列入"中品",将谢朓也列入"中品",故曰:"成就于谢朓。"即江淹诗歌创作成就如同谢朓。

南朝齐代出现了"永明体",永明体的诗歌讲究声律,有"四声八病"之说。这是钟嵘所反对的。谢朓是永明体的代表诗人,钟嵘对谢朓的评价自然受到影响。当时人们对谢朓诗的评价是很高的。梁武帝萧衍喜读谢朓诗,说"三日不读谢朓诗,便觉口臭"(《本事诗》)。梁简文帝萧纲说:"至如近世谢朓、沈约之诗,任昉、陆倕之笔,斯实文章之冠冕,述作之楷模。"(《与湘东王书》)颜之推说:"刘孝绰当时既有重名,无所与让,唯服谢朓,常以谢诗置几案间,动辄讽味。"(《颜氏家训·文章》篇)应该说,谢朓是南朝最有成就的诗人之一。

江淹是齐梁时的重要诗人,他的诗体现了元嘉至永明间过渡的特点,在诗歌创作方面取得突出的成就。所以清代王士禛说:"齐有玄晖,独步一代,元长辅之。自兹之外,未见其人。梁代右文,作者尤众,绳以风雅,略其名位,则江淹、何逊,足为两雄,沈约、范云、吴均、柳恽,差堪羽翼。"(《带经堂诗话》卷四)这里指出了江淹在梁代诗坛的崇高地位。钟嵘《诗品》说"(江淹)成就于谢朓",自然是有根据的。王士禛还说:"钟嵘《诗品》,余少时深喜之,今始知其踳谬不少……中品之刘琨、郭璞、陶潜、鲍照、谢朓、江淹,下品之魏武,宜在上品……而位置颠错,黑白淆讹,千秋定论,谓之何哉!"(《带经堂诗话》卷二)这是不同意钟嵘《诗品》将谢朓、江淹列入"中品",认为"宜在上品"。王士禛对谢朓与江淹诗歌的评价与钟嵘不同,但是,认为他们的诗歌成就相似却是与钟嵘相同的。

初,淹罢宣城郡,遂宿冶亭,梦一美丈夫,自称郭璞,谓淹曰:"吾有笔在卿处多年矣,可以见还。"淹探怀中,得五色笔以授之。尔后为诗,不复成语,故世传江淹才尽 按:江淹"才尽"的轶事,又见于《南史》卷五十九《江淹传》:"淹少以文章显,晚节才思微退。云为宣城太守时罢归,始泊禅灵寺渚,夜梦一人自称张景阳,谓曰:'前以一匹锦相寄,今可见还。'淹探怀中得数尺与之,此人大恚曰:'那得割截都尽!'顾见丘迟,谓曰:'余此数尺既无所用,以遗君。'自尔淹文章踬矣。"同是江淹"才尽"的故事,与钟嵘《诗品》所载不同。世人传闻,《梁书》本传不载,未可信也。

江淹"才尽"的轶事,虽未可信,但是,江淹才尽却是事实。明代王世贞说:"文通裂锦还笔入梦以来,便无佳句,人谓'才尽',殆非也。昔人夜闻歌《渭城》甚佳,质明迹之,乃一小民佣酒馆者,捐百缗,予使鬻酒,久之,不复能歌《渭城》矣。"(《艺苑厄言》卷八)清代姚鼐说:"江诗之佳,实在宋、齐之间,仕宦未盛之时。及名位益登,尘务经心,清思旋乏,岂才尽之过哉?"(《惜抱轩笔记》卷八)江淹才尽的原因可能比较复杂,但王世贞和姚鼐的分析皆深中肯綮。此外,江淹曾说:"人生当适性为乐,安能精意苦力,求身后之名哉!故自少及长,未尝著书,惟集十卷,谓如此足矣。"(《自序》)这种思想自然也是他晚年"才尽"的重要原因。

这篇疏证主要讨论"筋力于王微,成就于谢朓"解释中的问题。这两句评论,长期以来,《诗品》研究者众说纷纭,莫衷一是。我根据王引之《经传释词》对"于"(繁体字作"於")字的解释,将"于"作"如"解,问题似可得到解决。一得之见,正确与否,尚有待专家和读者的指教。

2012年3月15日初稿完成
4月27日修改毕
5月27日定稿

袁编《中国文学史》魏晋南北朝部分的
几个问题

高等教育出版社出版"面向21世纪课程教材",其中袁行霈教授主编的《中国文学史》四卷已于1999年8月出版。至2002年9月,已第10次印刷。最近,我阅读了其中魏晋南北朝部分。有些想法,现在不揣冒昧,提出来,供该书编者参考。

袁编《中国文学史》具有三个明显的优点:第一,克服了文学史研究中"左"的思想倾向。新中国成立以来,编写出版的《中国文学史》,都不同程度存在"左"的思想倾向。中国社会科学院文学研究所编写的《中国文学史》和游国恩、王起、萧涤非、季镇淮、费振刚主编的《中国文学史》都是比较好的《中国文学史》著作,也都存在"左"的思想倾向问题。这是时代的影响,几乎所有的文学史著作都难以避免。由于文学史的编写者存在"左"的思想,就不可能对历史上的作家、作品和文学现象作出正确的评论。这种情况,二十世纪八十年代以后,有明显的变化。袁编《中国文学史》克服了"左"的思想倾向,总的来说,对历史上的作家、作品和文学现象进行了比较实事求是的评价。第二,吸收"五四"以来,特别是新中国成立以来中国文学史研究的成果。"五四"以后,中国文学史研究,呈现出新的面貌。鲁迅的《中国小说史略》、郑振铎的《插图本中国文学史》、刘大杰的《中国文学发展史》,都是带有里程碑性质的优秀著作,为中国文学史的研究作出了重大的贡献。新中国成立以后,在马克思主义思想的指导下,文学史研究工作者,做了许多有益的探索,产生了像中国社会科学院文学研究所编写的《中国文学史》和游国恩等编写的《中国文学史》那样优秀的文学史著作。但是,由于"左"的思想干扰,限制了文学史研究工作的进展。1978年后,人们的思想得到了初步的解放,中国古代文学的研究,出现一片繁荣的景象,大量的古代文学学术论文的发表和古代文学研究专著的出版,大大推进了文学史的研究,袁编文学史就是在这样的基础上产生的。第三,重视文学史的发展线索。文学史研究不同于一般的文学研究。它在编写过程中,一定要注意史的发展线索,使之系统化。一般的文学史,大都按朝代顺序分期,这样做,既简单又方便,读者容易接受。但是,由于文学的发展与历史的发展不可能完全一致,因此,按朝代顺序编写的文学史,并不能体现文学发展的特点。袁编文学史将中国文学的历史分为"三古"、"七段"。且不论这样分段是否符合中国文学发展的实际,但是,这是从中国文学发展历程考虑,探索文学发展的阶段性和连续性,重视中国文学发展的线索,给读者一个科学的、系统的印象。以上三点是我初读袁编文学史的一些体会。

任何一部文学史都有它的优点,同时也存在这样或那样的问题,袁编文学史自然不可能例外。兹就我阅读的袁编文学史魏晋南北朝部分提出一些看法,向编者请教。

一、第一章,题为《从建安风骨到正始之音》。按:"正始之音"是指魏晋玄谈之风。《辞海》(1979年版)"正始之音"条云:

> 指魏晋玄谈风气。正始是三国时魏齐王芳的年号(240—249)。这一时期的学风,以何晏、王弼为首,用老、庄思想糅合儒家经义,开创了玄学清谈的风气。谈玄析理,放达不羁;名士风流,盛于洛下。世称"正始之音"。《晋书·卫玠传》:"昔王辅嗣(王弼)吐金声于中朝,此子复玉振于江表,微言之绪,

绝而复续。不意永嘉之末,复闻正始之音!"

《辞源》(修订本)、《汉语大词典》所释,大同小异。顾炎武《日知录》卷十三《正始》条云:

> 魏明帝殂,少帝(原注:史称齐王)即位,改元正始,凡九年。其十年,则太傅司马懿杀大将军曹爽,而魏之大权移矣。三国鼎立,至此垂三十年,一时名士风流盛于洛下,乃其弃经典而尚老、庄,蔑礼法而崇放达,视其主之颠危若路人然,即诸贤为之倡也。自此以后,竞相祖述。如《晋书》言王敦见卫玠,谓长史谢鲲曰:"不意永嘉之末,复闻正始之音。"沙门支遁以清谈著名于时,莫不崇敬,以为造微之功足参诸正始。《宋书》言羊玄保二子,太祖赐名曰咸、曰粲,谓玄保曰:"欲令卿二子有林下正始余风。"王微《与何偃书》曰:"卿少陶玄风,淹雅修畅,自是正始中人。"《南齐书》言袁粲言于帝曰:"臣观张绪有正始遗风。"《南史》言何尚之谓王球:"正始之风尚在。"其为后人企慕如此。……

所论至为明确。而袁编文学史却理解为正始诗歌,使人信疑参半。当然,袁编文学史的理解也有根据的。他们的根据就是陈子昂的《与东方左史虬修竹篇序》。此序云:

> 文章道弊五百年矣。汉、魏风骨,晋、宋莫传,然而文献有可征者。仆尝暇时观齐、梁间诗,彩丽竞繁,而兴寄都绝,每以永叹。思古人常恐逶迤颓靡,风雅不作,以耿耿也。一昨于解三处见明公《咏孤桐篇》,骨气端翔,音情顿挫,光英朗练,有金石声。遂用洗心饰视,发挥幽郁。不图正始之音,复睹于兹,可使建安作者相视而笑。

这里说的"正始之音",显然不是指魏晋玄谈风气,有的学者认为是指正始诗歌。郭绍虞、王文生主编的《中国历代文论选》第二册《与东方左史虬修竹篇序》释云:

> 正始,魏齐王芳年号(公元240—248年)。作为文学史上的所谓正始时代,是泛指魏王朝后期的。代表作家有何晏、阮籍、嵇康。这里所谓"正始之音",指的是嵇、阮的诗。《世说新语·赏誉》:"不意永嘉之末,复闻正始之音。"那是指玄谈,则此文所云,含义不同。

《中国历代文论选》是高等学校文科教材,自1979年出版后,印数很多。它的解释应是比较权威的说法。可是,我对这一说法,始终抱着怀疑态度,因为在陈子昂之前,没有人将"正始之音"理解为正始诗歌。直到南宋严羽《沧浪诗话》始有"正始体",严氏自注云:"魏年号。嵇、阮诸公之诗。"这才是指的正始诗歌。再说正始诗歌的特点,《文心雕龙·明诗》篇指出:"乃正始明道,诗杂仙心,何晏之徒,率多浮浅。唯嵇志清峻,阮旨遥深,故能标焉。"正始诗歌的这一特点,是文学史研究者所公认的。陈子昂说东方虬的《咏孤桐篇》"骨气端翔,音情顿挫,光英朗练,有金石声"。这一特点与刘勰的分析并不相同,怎么能把"正始之音"理解为正始诗歌呢?因此,我认为陈子昂所谓"正始之音"指的是过去所说的一种雅正的诗风。《毛诗序》云:"《周南》、《召南》,正始之道,王化之基。"《正义》云:"《周南》、《召南》二十五篇之诗,皆是正其初始之大道,王业风化之基本也。"陈子昂指的是这样的诗歌,即风雅之作。因此,我认为袁编文学史的提法是值得商榷的。

二、第一章第一节《曹操与曹丕》说:

> 曹操是建安文坛的领袖。他不仅以自己的创作开风气之

先,影响了一代诗风,而且还以其对文学的创导,为建安文学的繁荣和发展做出了贡献。

对于这一段评论,我基本上是同意的,至于曹操是不是建安文坛的领袖,我认为还可以讨论。

曹植的《与杨德祖书》说:

> 然今世作者,可略而言也。昔仲宣独步于汉南,孔璋鹰扬于河朔,伟长擅名于青土,公幹振藻于海隅,德琏发迹于大魏,足下高视于上京。当此之时,人人自谓握灵蛇之珠,家家自谓抱荆山之玉。吾王于是设天网以该之,顿八纮以掩之,今悉集兹国矣。

这是说,王粲、陈琳、徐幹、刘桢、应场、杨修,都是曹操收罗来的。这当然是事实。但是,曹操当时位高权重,军事、政治事务繁忙,怎么有暇顾及文人的活动。《文心雕龙·时序》篇说:"自献帝播迁,文学蓬转,建安之末,区宇方辑。魏武以相王之尊,雅爱诗章;文帝以副君之重,妙善辞赋;陈思以公子之豪,下笔琳琅;并体貌英逸,故俊才云蒸。"因为曹操、曹丕、曹植都礼敬文士,所以当时人才众多。钟嵘《诗品序》说:"降及建安,曹公父子,笃好斯文。平原兄弟,郁为文栋。刘桢、王粲,为其羽翼。次有攀龙托凤,自致于属车者,盖将百计,彬彬之盛,大备于时矣。"曹操父子酷爱文学,又有刘桢、王粲为他们的羽翼,所以,攀龙附凤,追随其后的文士,数以百计,可以想见当时文学的盛况。这是认为,建安文坛的领袖是曹氏父子。王瑶说:"(曹氏父子)他们一家在政治地位上是领袖,在实际的文学才能上也配得上是领袖,于是自然就会开一代宗风了。"(王瑶《曹氏父子与建安七子》,《中古文学史论》,北京大学出版社1986年版)也是认为曹氏父子是建安文坛的领袖。这些分析都是有道理的。余冠英在《三曹诗选·前言》中说:"当许多文士被曹操收罗,集中在邺下之后,公宴倡和,形成一个文学集团。当时曹操的地位不免高高在上,曹植比较年轻,这个集团的真正中心和主要领导人物乃是曹丕。"这个论断更为合理。《三国志·魏书·王粲传》云:"始文帝为五官将,及平原侯植皆好文学。粲与北海徐幹字伟长、广陵陈琳字孔璋、陈留阮瑀字元瑜、汝南应玚字德琏、东平刘桢字公幹并见友善。"可见曹丕及曹植与王粲、徐幹、陈琳、阮瑀、应玚和刘桢相处友好。曹丕在《与吴质书》中回忆说:"昔日游处,行则连舆,止则接席,何曾须臾相失。每至觞酌流行,丝竹并奏,酒酣耳热,仰而赋诗,当此之时,忽然不自知乐也。"同游同乐,饮酒赋诗,可以看出曹丕与身边文士交往的情况和亲密的关系。在这封信中,曹丕接着说:"而伟长独怀文抱质,恬淡寡欲,有箕山之志,可谓彬彬君子者矣。著《中论》二十篇,成一家之言,辞义典雅,足传于后,此子为不朽矣。德琏常斐然有述作之意,其才学足以著书,美志不遂,良可痛惜。……孔璋章表殊健,微为繁富。公幹有逸气,但未遒耳。其五言诗之善者,妙绝时人。元瑜书记翩翩,致足乐也。仲宣独自善于辞赋,惜其体弱,不足起其文。至于所善,古人无以远过。"这是对徐幹等人的品格、学术和文学成就进行了评价。曹丕在《典论·论文》中指出:

> 王粲长于辞赋,徐幹时有齐气,然粲之匹也。如粲之《初征》、《登楼》、《槐赋》、《征思》,幹之《玄猿》、《漏卮》、《圆扇》、《橘赋》,虽张、蔡不过也。然于他文,未能称是。琳、瑀之章表书记,今之隽也。应玚和而不壮,刘桢壮而不密。孔融体气高妙,有过人者,然不能持论,理不胜辞,以至乎杂以嘲戏。及其所善,扬、班俦也。

这是评论"建安七子"的文学成就，并指出他们的特点。"建安七子"除孔融之外，王粲等六人都是归附曹操的文士，曹丕与他们都有友好的交往。曹丕知人论世，在"文气说"的基础上，对他们的诗文进行评论，这个评论是深刻的、公允的。对后来的《文心雕龙》作家论颇有影响。在这里，我们看到一个领袖人物对当时文士的了解和关怀，也看到他对当时文士的创作成就和文学活动的关注，虽然曹氏父子对建安文学的繁荣和发展都起了领导作用，但是，从具体史实考察，我同意余冠英先生的观点，曹丕才是当时文坛的真正的领袖。

三、几个值得商榷的问题。

（一）《诗品序》云："太康中，三张、二陆、两潘、一左，勃尔复兴，踵武前王，风流未沫，亦文章之中兴也。"三张，指张载与弟张协、张亢。二陆，指陆机与弟陆云。两潘，指潘岳与其侄潘尼。一左，指左思。他们都是太康时期的代表作家。当然，其中以陆机、潘岳、左思最为重要。袁编文学史对他们进行了较详细的论述，这是对的。问题是对"三张"只字不提，对张载、张亢不提及犹可，对张协不提，就不对了。钟嵘说："陆机为太康之英，安仁、景阳为辅。"（《诗品序》）景阳，即张协。在《诗品》中，张协被列入"上品"，评曰："文体华净，少病累。又巧构形似之言。雄于潘岳，靡于太冲。风流调达，实旷代之高手，词采葱倩，音韵铿锵，使人味之亹亹不倦。"可见其文学成就是比较高的。作为文学史，如此优秀的作家也不提及，不免令人感到遗憾。又，傅玄和张华都是西晋初年的重要作家。袁编文学史只是在《政治旋涡中诗人们的浮沉》一段中提到张华，与文学了无关系。傅玄则未涉及。一个学过中国文学史的大学生，竟然不知道傅玄、张华和张协，未免可笑。又王羲之在中国书法史上有崇高的地位，但在中国文学史上似乎不必强占一节。

（二）徐陵是陈代的骈文大家。《陈书》本传称他为"一代文宗"。刘麟生《中国骈文史》云："骈文至六朝,始称极盛时期,六朝文至徐庾,骈文始臻极峰。然则徐、庾之文,可谓集骈文之大成,达美文之顶点。"(东方出版社1996年版,第五章《庾信与徐陵》)徐陵的骈文成就如此之高,袁编文学史在第八章《魏晋南北朝辞赋、骈文与散文》中只提到《玉台新咏序》,这一点,与六十年代出版的文学史相同。至于徐陵最著名骈文《在北齐与杨仆射书》却未提及。此书李兆洛评曰："惊彩奇藻,握笔波涌,生气远出,有不烦绳削而自合之意。"(《骈体文钞》卷十九)刘麟生说："允为千古书简模范,不仅为孝穆中压卷之作也。"(《中国骈文史》)著名作家失载,压卷佳作埋没,这说明文学史的编者对骈文怀有偏见,对徐陵也缺乏正确的认识。游国恩先生说："骈体文在我国文学史上应该如何评价,这是另一个问题,现在姑且不谈。可是'五四'以来,研究古典文学的人好像不约而同地置之不理,讲文学史的人就根本把它从文学史上抹掉,以致在六朝时期造成一大段空白。从此以后,骈体文的发展情况,它的特点和缺点是什么,在我国文学史占个什么位置,有过什么影响,都不知道。久而久之,大家习而不察,视为当然。我想作为一个文学史的编者来说,这种对待过去的文学历史的态度是不对的。"(《对于编写中国文学史的几点意见》,《游国恩学术论文集》,中华书局1989年版)游先生的文章是1956年发表的,迄今近五十年了。对待骈文的态度,当时如此,现在也是如此。如何正确评价骈文,今天应引起文学史研究者重视,应该提到议事日程上来了。还有颜之推的《颜氏家训》。这是北朝散文的优秀作品。袁编文学史在魏晋南北朝部分的《绪论》中说："北朝散文不乏佳作,如《水经注》、《洛阳伽蓝记》和《颜氏家训》。"可是在后面的具体论说中,只论及《水经注》和《洛阳伽蓝记》,《颜氏家训》似乎忘掉了,一句未提。这也是不应该的。

（三）最后一个问题,即《文心雕龙》、《诗品》和《文选》、《玉台新咏》在魏晋南北朝文学史中应不应该专章或专节论述？我认为是完全应该的。可是袁编文学史没有。它在魏晋南北朝文学的《绪论》中说："魏晋南北朝的文学理论和文学批评,相对于文学创作异常地繁荣,（魏）曹丕《典论·论文》、（西晋）陆机《文赋》。（梁）刘勰《文心雕龙》、（梁）钟嵘《诗品》等论著以及（梁）萧统《文选》、（陈）徐陵《玉台新咏》等文学总集的出现,形成了文学理论和文学批评的高峰。"这个评价是很高的。可是下文只是极为简略地带过去,似乎认为这些著作不该写入文学史。《文心雕龙》是中国文学史上最重要的一部文学理论与文学批评名著,《诗品》是中国古代第一部专门的诗论名著,《文选》是我国古代现存最早的一部著名总集,《玉台新咏》是我国古代第一部专选妇女题材的诗歌总集,是一部最具特色的诗歌选集。为什么这些重要著作不能在文学史上占一席之地呢？我常常想,如果没有《文心雕龙》、《诗品》、《文选》、《玉台新咏》,齐、梁文学将黯然失色。在文学史的编写中存在这样或那样的问题,如何解决,是值得我们认真思考的。

四、《研修书目》问题。如果袁编文学史开列的是参考书目,我也不想说什么。但是现在开列的是文科大学生学习中国文学史的《研修书目》,问题就产生了。现在的一般文科大学生并看不懂这些书。连看都看不懂,如何研修？这个书目的主要问题是脱离当前文科大学生的实际。我记得五十年代游国恩先生招收研究生。游先生为报考者开的参考书是余冠英的《诗经选》、《乐府诗选》,陆侃如、高亨、黄孝纾的《楚辞选》。并没有开孔颖达的《毛诗正义》、朱熹的《诗集传》、洪兴祖的《楚辞补注》、朱熹的《楚辞集注》、郭茂倩的《乐府诗集》。这是游先生从实际出发并注意到循序渐进的问题。由于中国古典文学艰深,学习困难,近几年高等学校文科大学生喜爱古典文学的人少了,能研读古书古注者寥寥无几。在这种情况下,《研修书目》的客观效果如何?实在难说。应该指出,在教科书里逐段开列《研修书目》,这是好事,应充分肯定。如果开列恰当,对文科大学生的学习肯定是很有帮助的。如何开列《研修书目》?我认为不妨征求高等学校文科教师和学生的意见,事后做一些调查研究工作,加以修改。这样从实际出发,可能效果会好一些。

现在要指出的是,《研修书目》中有些书开得不恰当。

(一)《世说新语笺疏》三卷,〔南朝宋〕刘义庆撰,余嘉锡笺疏,中华书局1983年排印本。此书标点错误颇多,应开列后来上海古籍出版社出版的《世说新语笺疏》(修订本,1993年版),二书同为余嘉锡笺疏,后者改正了原中华版的标点错误。

(二)《文心雕龙》,应补入《文心雕龙校注拾遗》。此书杨明照著,上海古籍出版社1982年12月出版。杨明照先生是《文心雕龙》研究专家。此书在校勘、训诂方面颇有贡献,特别是书后所附之资料,内容丰富,可供参考。

(三)钟嵘《诗品》,应补入《诗品集注》,〔梁〕钟嵘著,曹旭集注。上海古籍出版社1994年10月出版。此书内容分[校异]、[集注]、[参考]三项,在校释方面有集大成的性质。优于过去出版的《诗品》。

(四)《文选》,开列南宋淳熙八年尤袤刻李善注本,不当。让学生何处去寻如此珍贵的宋版书。如果一定要开列的话,可开列此书的中华书局影印本,1974年出版,线装本,四函二十册。我认为此书不必开列,开出清代胡克家刻本即可。胡刻本李善注《文选》，中华书局1977年影印出版。此书所附之《文选考异》，颇有参考价值。

（五）《水经注校》，〔北魏〕郦道元注，王国维校，袁英光、刘寅生整理标点，上海人民出版社1984年排印本。此书标点错误颇多，不应列入《研修书目》，可改用《水经注疏》，杨守敬、熊会贞疏，段熙仲点校，陈桥驿复校，江苏古籍出版社1989年6月出版。这是《水经注》研究的重要成果，在校勘和注疏方面都取得了很好的成绩。

应该提到的是，我在阅读袁编文学史魏晋南北朝部分之前，也翻阅了先秦两汉部分的《研修书目》，其中也有一些问题，这里附带提及，供编者参考。

（一）《春秋左传注》，杨伯峻注，中华书局1981年排印本。此书是《左传》的优秀注本。惜错字太多，影响质量。1990年5月，中华书局出版了第二版修订本。杨伯峻先生在《修订小记》中说："此书初版初印本以各种原因，错字衍文以及脱夺倒转之文字语句，几乎数不胜数。"修订本"力求扫除讹脱。其有误注者，亦加以改正。亦有新意或新资料，尽可能补入"。修订本的质量大大提高。将此书推荐给学生阅读，自然以修订本为佳。

（二）《国语》二十一卷，〔春秋〕左丘明撰，〔三国吴〕韦昭注，《四部丛刊》影印杭州叶氏藏明金李校刊本。《国语》主要有两种刊本。一种是宋明道二年取天圣七年印本重刊，即天圣明道本。一种是宋代宋庠《国语补音》本。庠字公序，故称公序本。中华书局《四部备要》排印的是清代黄丕烈翻刻的天圣明道本，商务印书馆《四部丛刊》影印的是明代翻刻的公序本。段玉裁认为天圣明道本胜于公序本（参阅黄丕烈《思适斋集》卷七《校刊明道本韦氏解国语札记序》）。1978年，上海古籍出版社出版的《国语》校点本，以天圣明道本为底本，不知袁编文学史为何开列公序本为研修书。再说,上海古籍版之《国语》,经过校点整理,后附人名索引,使用方便,为何一定要开列《四部丛刊》本呢?

(三)《老子道德经》、《论语正义》、《韩非子集解》皆注明"上海书店1986年排印本(《诸子集成》)"。应当指出,这些书不是排印本,而是上海书店影印世界书局本。据我所知,影印世界书局本《诸子集成》,以中华书局影印本最好。中华书局编辑部在《重印说明》中说:"原书校勘欠精,本局前两次重印时,经改正错误脱漏,重排和挖改纸型,共达一千余面。"经过这样的加工,中华书局影印世界书局本的《诸子集成》自然优于上海书店本。

(四)《韩非子集释》,陈奇猷集释,上海人民出版社1974年出版。此书当时作为法家著作出版,删除书后所附录的研究资料约二十余万字,十分可惜。应开列中华书局上海编辑所1958年的排印本好。

(五)《新书》十卷,〔汉〕贾谊撰,〔清〕卢文弨校,抱经堂刊本《四部备要》本。这是较好的刊本,可用。

《贾长沙集》一卷,〔汉〕贾谊撰,〔明〕张溥辑,明娄东张氏刊本《汉魏六朝百三名家集》,善化兰田张氏重刊本。此书原刻本错字较多,不佳,翻刻本亦不佳。1976年,上海人民出版社出版了《贾谊集》点校本,此书所收《新书》,以卢文弨抱经堂本为底本。疏,除《上都输疏》选自《通典》外,余皆选自《汉书》。《吊屈原赋》、《鵩鸟赋》选自《文选》。《旱云赋》、《虡赋》选自《古文苑》。《惜誓》选自《楚辞集注》。书后附录研究资料,便于研读。又1996年,人民文学出版社出版了《贾谊集校注》,王洲明、徐超校注,内容分甲、乙、丙三编,甲编为《新书》,乙编为赋四篇,丙编为疏七篇和《惜誓》、佚文。书后附录研究资料。注释详赡,更便于研读。二书虽不理想,但皆优于旧本。

（六）《说苑》二十卷，〔汉〕刘向编，上海古籍出版社1990年影印清文渊阁《四库全书》本。研读《四库全书》本《说苑》未尝不可，但是，华东师范大学出版社1985年出版的赵善诒疏证的《说苑疏证》，中华书局1987年出版的向宗鲁校正《说苑校正》，后出转精，推荐给学生研修，岂不更好。

（七）《乐府诗集》一百卷，〔宋〕郭茂倩编，汲古阁本，中华书局1979年据汲古阁本翻印本。明汲古阁本，让学生到哪里去找？即使找到，这种明代刊本能否借出也是问题。翻印本即《四部备要》本，比较常见。按：《四部备要》，中华书局1936年出版，1989年重印，"1979"，疑误。据我所知，《乐府诗集》，有宋刊本，文学古籍刊行社1955年影印出版。此书自然比汲古阁本好。又中华书局于1979年，以文学古籍刊行社影印本为底本，校点出版了《乐府诗集》。此书改正了原书一些误脱，书后附《作者姓名篇名索引》，是现在最好的本子，使用极为方便，适合大学生研修。

（八）《吴越春秋》十卷，〔汉〕赵晔撰，〔元〕徐天祐音注，《四部丛刊》影印涵芬楼本。《四部丛刊》有两种影印本：一是据明万历本影印，一是据明弘治邝璠本影印。不知涵芬楼本指哪一种本子？上海古籍出版社1997年出版的周生春的《吴越春秋辑校汇考》，以《四部丛刊》影印邝璠本为底本，校勘认真，辑录了《吴越春秋》异文、佚文，附录研究资料和论文四种，是较好的本子。

（九）《论衡》，〔汉〕王充撰，上海书店1986年影印世界书局《诸子集成》本。《诸子集成》本《论衡》，不知据何种版本排印，书后有安阳韩性于至元七年（1270）仲春所作之序，疑为宋刊元明补修本，是较好的本子。阅读《论衡》，一般用的大都是明刻通津草堂本。明刻本已难以寻觅。好在《四部丛刊》就是据通津草堂本影印的，较为常见。此外，上海人民出版社1974年出版的《论衡》点校本、中华书局1979年出版的《论衡注释》(北京大学历史系《论衡》注释小组)、中华书局1990年出版的《论衡校释》(黄晖撰,附刘盼遂集解,《新编诸子集成》本)都是以通津草堂本为底本排印的。《论衡》点校本,只是白文;《论衡注释》注释详细,比较通俗;《论衡校释》为专家注本,最佳,大学生研修《论衡》以此本为好。

(十)《潜夫论》,〔汉〕王符撰,上海书店1986年影印世界书局《诸子集成》本。《诸子集成》本《潜夫论》排印的是《湖海楼丛书》清汪继培笺注本,此本笺注详核,校订认真,是好的笺注本。上海古籍出版社1978年出版的标点本汪笺《潜夫论》,便于研读。中华书局1979年出版的汪笺《潜夫论》,是经过彭铎校正的。彭氏标点分章,并做了补充阐释,附于汪笺之后,最便研读。

(十一)《玉台新咏》十卷,开列文学古籍刊行社1955年据向达藏的寒山赵氏刊本影印本是对的。但此书的吴兆宜注本开列《四部备要》本就不妥了。中华书局1985年出版的校点本《玉台新咏笺注》,显然较前者为佳,被论者评为"善本"。中华书局1993年出版了该书的修订重印本。

(十二)《古诗十九首解》,〔清〕张庚解,《艺海珠尘》本。《古诗十九首说》,〔清〕朱筠口授,〔清〕徐昆笔述,《啸园丛书》本。《艺海珠尘》,清嘉庆时刊本,清道光三十年(1850)有重印增刊本,《啸园丛书》,清光绪九年(1883)序仁和葛氏刊本,皆难以寻觅。中华书局1955年出版的今人隋树森编的《古诗十九首集释》收入这两种解说。此书唾手可得,而且资料更为丰富,为何不开列此书呢?令人不解。

因为是《研修书目》,刘师培的《中国中古文学史》、王国维的《宋元戏曲史》、鲁迅的《中国小说史略》以及史书的文苑传和文学传就没有开列了,其实学习中国文学史,这些书都是很重要的。

最后应提到的是，是书虽已重印了10次，但在校勘工作上还存在问题。例如：第一卷第300页《国语集解》后的"徐元浩集解"，浩，误，应作"诰"。305页《潜夫论》"王充撰"。充，误，应作"符"。第二卷第166页最后一行引用刘勰说的"宋初讹而新"一句时，括号内注明的出处是《文心雕龙·时序》篇，实际上其出处应是《文心雕龙·通变》篇。斯是小事，无关大体，但是学生以讹传讹，后果是十分恶劣的。作为一部文学史教科书，对这类"小事"亦不可等闲视之。又第二卷第165页引用章太炎赞赏魏晋论辩文的话，注明出处是《论式》。《论式》并不是一般读者熟悉的文章，而出自何书，并未注明。章太炎为近代的国学大师，著作丰富，只注篇名，给某些教师和学生带来不便。这种做法，使人感到别扭，也不规范。如在这里加上"《国故论衡》"四字，问题就解决了。举手之劳，何乐而不为呢。

我们知道，编好一部中国文学史不容易。一部优秀的文学史，往往是一个学者一生的研究结晶。几十年来，我始终欣赏刘大杰先生的《中国文学发展史》。此书论述中国文学史上的作家作品和文学现象，有史实，有理论，有自己的观点。文笔流利优美，论述简明切实，结构严密周到。阅读起来往往能抓住读者，具有吸引力。当然，随着时间的逝去，现在看起来，也有不少这样或那样的问题。但是，历史的局限是任何人难以摆脱的。现在的一些中国文学史常常出自众手，各人观点不同，文笔各异，改写抄袭，层出不穷。缺乏统一的思想，也缺乏统一的风格。我主张文学史著作应具有自己的学术个性，具有鲜明的特点。不要千人一面，千口一腔。我深深地盼望有更多的传世的中国文学史诞生！

2003年9月3日写毕

关于"正始之音"等问题辨析之辨析

《福建师范大学学报》2004年第2期发表了拙作《袁编〈中国文学史〉魏晋南北朝部分的几个问题》。三年后,我看到了安徽师范大学丁放教授的大作《关于"正始之音"含义等问题的辨析——兼答穆克宏先生》(《北京大学学报》2007年第2期,以下简称丁文),十分高兴。我在仔细地阅读了丁文之后,有一些想法,现在写出来,供丁放教授和读者参考。

一、关于"正始之音"

丁文说:"人们用'正始之音'一词,既可保留其词原始的'儒家经典'之义,又可用于指正始年间流行的清谈风气,还可以用来指正始时期的诗歌。在《世说新语》之《赏誉》篇中'正始之音'指正始时期的谈玄风气,但在稍后的刘勰(约465—520)《文心雕龙》中,即用'正始'、'正始余风'来形容南朝的诗歌。"

说"正始之音"指魏晋玄谈风气,我相信;说"正始之音"指儒家雅正之乐,我相信;说"正始之音"指正始诗歌,我不相信。可是,丁文出示了他所根据的文献:

(一)《文心雕龙·明诗》:"乃正始明道,诗杂仙心,何晏之徒,率多浮浅。唯嵇志清峻,阮旨遥深,故能标焉……晋世群才,稍入轻绮,张、潘、左、陆,比肩诗衢,采缛于正始,力柔于建安。"

(二)《文心雕龙·时序》:"至明帝纂戎……唯高贵英雅……

于时正始余风,篇体轻澹,而嵇、阮、应、缪,并驰文路矣。"

如果我的理解不错的话,《明诗》篇中的"正始"是指正始时期,《时序》篇中的"正始余风"是指正始时期遗留下来的玄谈风气,并非"形容南朝诗歌"。顺便指出,"南朝",在历史上是指宋、齐、梁、陈四朝。刘勰提到的何晏、嵇康、阮籍、三张(张载、张协、张亢)、二陆(陆机、陆云)、两潘(潘岳、潘尼)、一左(左思)等皆非南朝诗人。

丁文"以'正始明道,诗杂仙心'来概括正始时期的诗歌特点",这是对的。丁文又"以何晏、阮籍、嵇康为正始诗人的代表",以阮籍、嵇康为正始诗人的代表是对的,以何晏为正始诗人的代表就不对了。何晏诗"率多浮浅",怎么能代表正始诗歌?

丁文说:"此时'正始余风'盛行,嵇康、阮籍、应璩、缪袭等诗人齐名于时。此处'正始余风'显然是指嵇、阮、应、缪诸人的诗歌。"这里有两个问题:(一)把"并驰文路矣"释为"齐名于时",不妥。"并驰文路"是"都在文学的道路上驰骋"的意思,因为嵇、阮和应、缪名声大小不同。(二)说"正始余风"指"嵇、阮、应、缪诸人的诗歌",不对。"正始余风"只是指"正始时期遗留下来的玄谈风气"。

丁文说:"有趣的是,穆文所引的《日知录》恰好指出《宋书》中以'正始余风'指当时的玄谈风气。这就有力地证明了'正始之音'、'正始余风'、'正始遗风'既可指其所指代时期的玄谈风气,也可指当时的诗风。"《日知录》所论"正始余风"、"正始遗风",准确无误。丁文说:这就有力地证明了"正始余风"、"正始遗风"也可指当时的诗风。不知从何说起,立论的根据何在?问题的关键,丁文误解了"正始之音"、"正始余风"和"正始遗风"。

我认为,袁编文学史将"正始之音"理解为正始诗歌,可能是根据陈子昂的《与东方左史虬修竹篇序》。

丁文说:"我们的根据不仅仅是陈子昂的《与东方左史虬修竹篇序》。除了上引《文心雕龙》的相关材料之外,我们依据的下列三条材料的时代,都比陈子昂《与东方左史虬修竹篇序》要早许多。"

我们来看看丁文所依据的三条材料:

(一)邢邵《广平王碑文》(《全北齐文》卷三)。碑文云:"方见建安之体,复闻正始之音。"丁文的解释是:"这里'建安之体'与'正始之音'连文,前者指建安诗歌,后者是指正始诗歌是很明显的。"错了。"建安之体"指建安风骨。体,风格,此指风骨。"正始之音",语出《世说新语·赏誉》篇。这是指的正始玄谈之音。

(二)王贞《谢齐王索文集启》,见《隋书》卷七十六《王贞传》。启云:"变清音于正始,体高致于元康。"此条所云非"正始之音",兹不置论。

(三)李善《上文选注表》,见李善注《文选》。表云:"虚玄流正始之音,气质驰建安之体。"丁文说:"'虚玄流正始之音,气质驰建安之体'连文,'建安之体'显然指建安诗歌,'正始之音'显然指正始诗歌。"错了。此二句意思是说,玄虚形成正始之音,气质形成建安风骨。《宋书·谢灵运传论》云:"子建、仲宣以气质为体。"郭绍虞、王文生主编之《中国历代文论选》(第一册)注云:"气质指个性修养。在于作家谓之气质,形之作品谓之风格。"按:这里的风格指风骨。请参阅高步瀛《文选李注义疏》中李善《上文选注表》之义疏。

关于"正始之音",丁文的结论是:"'正始之音'一词,有三个主要含义,首先,指正统的儒家经典和合乎儒家规范的正统诗乐,这是'正始'的本义。当'正始'被用为魏齐王曹芳的年号,与这一历史时期相联系,'正始之音'派生出两个常用的引申义,分别指'魏晋玄谈风气'和'正始诗歌'。"因此,丁文断定:"袁行霈先生主编的《中国文学史》第三编第一章所说'正始之音',指的是正始时期的诗歌,用法是准确的,有充分的理论与事实依据。"据我所知,"正始之音"一词只有两个义项:(1)指魏晋之际的玄学清谈。(2)犹言正风、正声。未见第三个义项指"正始诗歌"。丁文说,"正始之音"指"正始诗歌","有充分的理论与事实依据"。不知这些依据何在?

二、关于陈子昂《与东方左史虬修竹篇序》

为了弄清陈子昂《与东方左史虬修竹篇序》一文中"正始之音"的含义,现将该序全文抄录如下:

> 东方公足下:文章道弊五百年矣。汉、魏风骨,晋、宋莫传,然而文献有可征者。仆尝暇时观齐、梁间诗,彩丽竞繁,而兴寄都绝,每以永叹。思古人常恐逶迤颓靡,风雅不作,以耿耿也。一昨于解三处见明公《咏孤桐篇》,骨气端翔,音情顿挫,光英朗练,有金石声。遂用洗心饰视,发挥幽郁。不图正始之音,复睹于兹,可使建安作者相视而笑。解君云:"张茂先、何敬祖,东方生与其比肩。"仆亦以为知言也。故感叹雅制,作《修竹诗》一篇,当有知音以传示之。

细绎序文,我认为陈子昂所说的"正始之音"指的是雅正的诗篇。理由是:

(一)陈子昂提出"汉、魏风骨"、"兴寄"。所谓"汉、魏风骨",即建安风骨,这是对《诗经》风雅传统的继承。所谓"兴寄",指的是比兴手法,这是对《诗经》比兴传统的继承。所以先师罗根泽先生说,陈子昂提倡的是"风雅诗"(罗根泽《中国文学批评史》二,古典文学出版社1957年版),这个理解是完全正确的。

(二)序云:"风雅不作,以耿耿也。"陈子昂因风雅不作而感到不安。这里有力地说明陈子昂看重的是风雅诗,提倡的是风雅诗。

(三)序说东方虬《咏孤桐篇》的特点是:"骨气端翔,音情顿挫,光英朗练,有金石声。"这显然不是"正始诗歌"的特点。《文心雕龙·明诗》云:"及正始明道,诗杂仙心,何晏之徒,率多浮浅。唯嵇志清峻,阮旨遥深,故能标焉。"这里论述的是"正始诗歌"的特点。与陈子昂所论述的东方虬诗的特点显然不同。因此,我认为陈子昂所说的"正始之音",指的不是"正始诗歌",而是"风雅诗"。

(四)在陈子昂之前,尚无以"正始之音"指"正始诗歌"的。陈子昂所说的"正始之音"也不是指"正始诗歌",指的是"风雅诗"。《新唐书·陈子昂传》云:"唐兴,文章承徐、庾余风,天下祖尚,子昂始变雅正。""子昂始变雅正",因此,他提倡的是雅正之诗,即"风雅诗"。

丁文说:"陈子昂《与东方左史虬修竹篇序》中有一段话向来为人所忽视,即'解君云:"张茂先、何敬祖,东方生与其比肩。"仆亦以为知言也。'其实这段话对全面理解陈子昂的思想大有关系。"

应该承认,我对这一段话向来有所忽视,不了解这段话对全面理解陈子昂思想大有关系。解三,岑仲勉《唐人行第录》云:"名不详。"除了陈子昂《修竹篇序》援引的解三语之外,我们对他一无所知。解三对张华、何劭和东方虬的评论是有根据的。唐代刘悚《隋唐嘉话》云:"武后游龙门,命群官赋诗,先成者赏锦袍。左史东方虬既拜赐,坐未安,宋之问诗复成,文理兼美,左右莫不称善,乃就夺袍衣之。"这说明在当时赋诗活动中,东方虬的诗仅次于宋之问的诗,应该说东方虬诗的水平是较高的。因此,解三认为东方虬与张华、何劭比肩,陈子昂是赞同的。但是,丁文将"比肩"理解为风格相近,是不对的。它指的是他们的诗歌创作成就并肩,并列,即地位相等,并驾齐驱。很显然,东方虬诗的风格,按照陈子昂所描述的,与张华、何劭诗的风格是不相同的。

《文心雕龙·明诗》篇云:"若夫四言正体,则雅润为本;五言流调,则清丽居宗,华实异用,唯才所安。故平子得其雅,叔夜含其润,茂先凝其清,景阳振其丽。兼善则子建、仲宣,偏美则太冲、公幹。"这段话,丁文在引用时,删去"若夫四言正体,则雅润为本"两句,借以说明汉末到西晋五言诗的特点。这样问题又产生了。刘勰这段话是论述汉末到西晋四言诗和五言诗的特点,四言诗的特点是雅润,张衡诗得雅,嵇康诗得其润,这是他们四言诗的特点。五言诗的特点是清丽,张华诗得其清,张协诗得其丽,这是他们五言诗的特点。兼善者曹植、王粲。丁文断章取义,认为这段话论述的是五言诗的特点,显然错了。这样,"雅润"变成五言诗的特点了,不符合刘勰的原意。

丁文说:"张华、何劭之诗皆入钟嵘《诗品》中品,在诗坛上有较高的地位,他们的诗当然可视为'正始余风'。"注云:"张华比嵇康小9岁,何劭比嵇康小13岁,既然嵇康被《沧浪诗话》视为'正始体'的代表之一,我们当然可以说张、何有'正始余风'。"这里两个"当然"的判断,都是不正确的。我们已经指出,所谓"正始余风"是正始玄学遗留下来的玄谈风气,不是指正始诗歌。再说,不能因为张华、何劭被《诗品》列入"中品",就可以视为"正始余风",也不能因为他们年龄与嵇康相差不远,就断定他有"正始余风"。

因为张华诗、何劭诗与正始诗歌的特点是不相同的。丁文还说,张华诗,《诗品》认为"其源出于王粲",正是建安风骨的继续,令人难以理解。《诗品》说潘岳诗"其源出于王粲",张协诗"其源出于王粲",难道他们的诗都是建安风骨的继续吗?

三、建安文坛的领袖是谁

建安文坛的领袖是谁?《文心雕龙》、《诗品》都认为是曹氏父子。继承旧说,刘大杰说:"建安虽是汉献帝的年号,而这时候的政治大权,完全掌握在曹操手里,并且当时的文学领袖,都是曹家人物。"(刘大杰《中国文学发展史》上,古典文学出版社1957年版)王瑶说:"建安文学是由两汉转变到魏晋的历史转关,曹氏父子实在是当时的领袖人物。"(王瑶《中古文学史论》,北京大学出版社1986年版)游国恩、萧涤非等认为是曹操,他说:"曹操是汉末统治阶级中杰出的政治家、军事家,也是建安文学的领袖人物。"(游国恩、萧涤非等《中国文学史大纲》,人民文学出版社1962年版)余冠英认为是曹丕,他说:"当许多文士被曹操收罗、集中在邺下之后,公宴倡和,形成一个文学集团。当时曹操的地位不免高高在上,曹植比较年轻,这个集团的真正中心和主要领导人物乃是曹丕。"(余冠英《三曹诗选》,人民文学出版社1979年版)诸说不一,作为学术见解,本可并存,不必强求一律,但是各抒己见,谈谈自己的看法,亦未尝不可。

丁文认为,曹操是建安文坛的领袖,主要理由有四条:

(一)曹操的创作成就较高。在今天看来,此说并不错。不过南朝梁钟嵘却不是这样认为的,他的《诗品》将曹操列入"下品",评曰:"曹公古直,甚有悲凉之句。"将曹丕列入"中品",评曰:"其源出于李陵，颇有仲宣之体则。新奇（制）百许篇，率皆鄙直如偶语。唯'西北有浮云'十余首，殊美赡可玩，始见其工矣。不然，何以铨衡群彦，对扬厥弟者耶？"将曹植列入"上品"，评曰："其源出于《国风》，骨气奇高，词采华茂，情兼雅怨，体被文质，粲溢今古，卓尔不群。嗟呼！陈思之于文章也，譬人伦之有周、孔，鳞羽之有龙凤，音乐之有琴笙，女工之有黼黻。俾尔怀铅吮墨者，抱篇章而景慕，映余晖以自烛。故孔氏之门如用诗，则公幹升堂，思王入室，景阳、潘、陆，自可坐于廊庑之间矣。"在三曹中，钟嵘认为其诗歌创作成就，曹植最高，曹丕次之，曹操最下。如以诗歌创作成就为标准，按照钟嵘的评论，应以曹植为领袖。

（二）"建安七子"均由曹操招至麾下。此说稍有疏漏。应该说，"建安七子"，除孔融之外的六人均由曹操招至麾下。孔融长期与曹操对立，终为曹操所杀。曹操是爱惜人才的，主张唯才是举。他的《求贤令》云："此特求贤之急时也……若必廉士而后用，则齐桓其何以霸世！今天下得无有被褐怀玉而钓于渭滨者乎？又得无有盗嫂受金而未遇无知者乎？二三子其佐我明扬仄陋，唯才是举，吾得而用之。"又其《举贤勿拘品行令》云："昔伊挚、傅说出于贱人，管仲，桓公贼也，皆用之以兴……吴起贪将，杀妻自信，散金求官，母死不归，然在魏，秦人不敢东向，在楚，则三晋不敢南谋。今天下得无有至德之人放在民间，及果勇不顾，临敌力战；若文俗之吏，高才异质，或堪为将守；负污辱之名，见笑之行，或不仁不孝而有治国用兵之术：其各举所知，勿有所遗。"正是在这种精神的号召之下，"建安七子"中的陈琳、王粲、徐幹、阮瑀、应场和刘桢先后归附曹操。曹植的《与杨德祖书》云："然今世作者，可略而言也。昔仲宣独步于汉南，孔璋鹰扬于河朔，伟长擅名于青土，公幹振藻于海隅，德琏发迹于大魏，足下高视于上京。当此之时，人人自谓握灵蛇之珠,家家自谓抱荆山之玉。吾王于是设天网以该之,顿八纮以掩之,今悉集兹国矣。"曹植说的是实情。应当指出,曹操收罗文士其目的是由于政治和军事的需要,而不是为了发展文学事业。当然,客观上也造成了建安文学的繁荣。这与曹丕、曹植的组织、领导是分不开的。

（三）丁文认为曹操是建安文坛领袖的第三条理由,忽然转到曹丕,说"曹丕本人不具备成为建安文坛领袖的条件"。为什么呢？丁文说,曹丕年轻,孔融"比曹操还要大两岁",陈琳、阮瑀"年龄比曹丕大不少"（穆按:陈琳约大30岁,阮瑀约大20岁）,"徐幹比曹丕大16岁",刘桢"与徐幹年龄相仿"（穆按:刘桢约大12岁）,应玚年龄"当与刘桢、徐幹相近"（穆按:应玚约大12岁）,"王粲比曹丕要大10岁"。"建安七子可以说是曹丕的父辈",曹丕如何领导他们？此言差矣。难道身为五官中郎将、副丞相的曹丕不能领导年长的建安文士？当然不是。曹丕完全能够领导他们从事文学活动,邺下文人集团活动的事实,就充分地说明了这一点。历史上还有一些类似的情况,如南朝梁昭明太子萧统文学集团。萧统年轻,他周围的文士大都比他年长,刘孝绰大20岁,张率大26岁,陆倕大31岁,殷芸大30岁,王规大13岁,张缅大11岁,到洽大24岁,谢举大22岁,王筠大20岁。这些文士都在萧统的领导下工作,相处很好。有些人协助萧统编选《文选》,为后世留下了一份珍贵的文学遗产。

（四）丁文说,曹丕在邺下与"七子"游处,诸人皆听命于丕。"但诸人的创作高潮已过,如此时王粲、刘桢、阮瑀、应玚、曹植有《公宴诗》,但主要写宴游之乐,并非佳作。"这是误会。《公宴诗》亦有佳作,如曹植、刘桢的《公宴诗》选入《文选》者,皆为佳作。特别是曹植的《公宴诗》,何焯评曰:"何等兴象。"（《义门读书记》卷四十六)陈祚明评曰:"建安正格,以秀逸为长。"(《采菽堂古诗选》卷六)近人黄节认为:"此已开六朝之风格。"(萧涤非《读诗三札记》,作家出版社1957年版)皆备致优评。至于说"(建安十六年以后)诸人的创作高潮已过",基本上是对的,但是由于"建安七子"的作品散失严重,问题也说不清楚。若以曹植为例,他的许多名篇佳作如《与杨德祖书》、《洛神赋》、《七哀》、《赠白马王彪》、《吁嗟篇》、《美女篇》、《鰕䱇篇》等皆写于建安十六年以后。这自然与他的生活遭遇有关。

这是丁文认为曹操是建安文坛领袖的第四条理由,所论是在曹丕领导下的邺下文人并无佳作。

我认为曹丕是建安文坛的领袖,理由是:

(一)曹丕有较高的文学成就。刘勰认为曹丕可以与曹植争高下,《文心雕龙·才略》篇云:"魏文之才,洋洋清绮,旧谈抑之,谓去植千里。然子建思捷而才俊,诗丽而表逸,子桓虑详而力缓,故不竞于先鸣;而乐府清越,《典论》辨要;迭用短长,亦无懵焉。但俗情抑扬,雷同一响,遂令文帝以位尊减才,思王以势窘益价,未为笃论也。"刘勰的分析,颇有道理。但是,纵观《文心雕龙》全书,刘勰仍然认为曹植的文学成就高于曹丕。参阅拙作《洒笔以成酣歌,和墨以藉谈笑——刘勰论"魏氏三祖"》、《思捷而才俊,诗丽而表逸——刘勰论曹植》,见《文心雕龙研究》(鹭江出版社2002年出版),兹不赘述。

(二)曹丕与建安文士友好相处。《三国志·魏书·王粲传》云:"始文帝为五官中郎将,及平原侯植皆好文学。粲与北海徐幹字伟长、广陵陈琳字孔璋、陈留阮瑀字元瑜、汝南应玚字德琏、东平刘桢字公幹,并见友善。"可见曹丕、曹植兄弟与周围的文士都有良好的关系。他们常常在一起游乐聚会,饮酒赋诗。曹丕《与朝歌令吴质书》云：

> 每念昔日南皮之游，诚不可忘。既妙思《六经》，逍遥百氏，弹棋闲设，终以六博，高谈娱心，哀筝顺耳。驰骋北场，旅食南馆，浮甘瓜于清泉，沉朱李于寒水。白日既匿，继以朗月，同乘并载，以游后园，舆轮徐动，参从无声，清风夜起，悲笳微吟，乐往哀来，怆然伤怀。余顾而言，斯乐难常，足下之徒，咸以为然。

这里回忆的是诸文士在南皮的一次聚会。曹丕的《与吴质书》云：

> 昔年疾疫，亲故多离其灾，徐、陈、应、刘，一时俱逝，痛可言邪！昔日游处，行则连舆，止则接席，何曾须臾相失。每至觞酌流行，丝竹并奏，酒酣耳热，仰而赋诗，当此之时，忽然不自知乐也。谓百年已分，可长共相保。何图数年之间，零落略尽，言之伤心！顷撰其遗文，都为一集。

建安二十年（215），曹丕写《与朝歌令吴质书》时，阮瑀已经去世（按：阮瑀于建安十七年去世）。建安二十三年（218），曹丕写《与吴质书》时，王粲、徐幹、陈琳、应玚、刘桢皆已去世（按：王粲、刘桢、陈琳、应玚于建安二十二年去世，徐幹于次年去世）。他十分悲痛。书中洋溢着朋友之间真挚的感情。为了纪念去世的著名文士，曹丕为他们编辑文集，表现了一个文坛领袖对故人的关怀。

特别值得一提的是王粲和孔融。《世说新语·伤逝》篇云："王仲宣好驴鸣，既葬，文帝临其丧，顾语同游曰：'王好驴鸣，可各作一声以送之。'赴客皆一作驴鸣。""一作驴鸣"，表现出曹丕对王粲深深的思念之情。至于孔融，曹丕与他全无交往，但喜爱他的文章，在他被曹操杀害之后，曹丕"募天下有上融文章者，辄赏以金帛"（《后汉书·孔融传》）。这一行为，表现了曹丕对著名文士的敬重之情。这种思想感情对曹丕团结诸文士一起工作起了积极的作用。

(三)曹丕的《典论·论文》是中国文学批评史上著名的文学论文。曹丕于建安二十二年(217)立为魏太子。此时"建安七子"已先后去世。作为当时文坛领袖,曹丕作《典论·论文》,畅论建安文学,表达了自己的文学见解。

《典论·论文》主要论述五个问题:

(1)论文学批评的态度。曹丕指出:"文人相轻,自古而然。"文人相轻,不仅古代如此,当时亦复如此。如班固轻视傅毅就是一例。由于"各以所长,相轻所短",就不能正确地进行文学批评。只有克服缺点,开展公正的批评,才可以促进文学的发展与繁荣。

(2)论"建安七子"。曹丕认为自己能够"审己以度人,故能免于斯累而论文"。他说:

> 王粲长于辞赋,徐幹时有齐气,然粲之匹也。如粲之《初征》、《登楼》、《槐赋》、《征思》,幹之《玄猿》、《漏卮》、《圆扇》、《橘赋》,虽张、蔡不过也。然于他文,未能称是。琳、瑀之章表书记,今之隽也。应玚和而不壮,刘桢壮而不密。孔融体气高妙,有过人者,然不能持论,理不胜词,以至乎杂以嘲戏,及其所善,扬、班俦也。

这里,曹丕以建安文坛领袖的口吻评论当时作家,持论公允,分析深刻。建安二十三年(218),曹丕写《与吴质书》,忆及与徐幹、陈琳、应玚、刘桢等人游乐赋诗的情景,不免伤心。历览诸子之文,又一次评曰:

> ……伟长……著《中论》二十余篇,成一家之言,辞义典雅,足传于后,此子为不朽矣。德琏常斐然有述作之意,其才

> 学足以著书,美志不遂,良可痛惜。……孔璋章表殊健,微为繁富。公幹有逸气,但未遒耳,至其五言诗之善者,妙绝时人。元瑜书记翩翩,致足乐也。仲宣独自善于辞赋,惜其体弱,不足起其文,至于所善,古人无以远过。

这里对建安诸文士的评论,可与《典论·论文》参照。作为当时文坛的领袖,如果没有真挚的情感、深刻的了解、高度的分析能力和正确的批评态度,是不可能产生这样精辟的评论的。

(3)论文气。曹丕提出"文以气为主"。这种气,表现在作家身上,是气质才性,表现在文章里是风格。在文气说的基础上,他指出"徐幹时有齐气","应场和而不壮","刘桢壮而不密","孔融体气高妙",各人具有自己的风格特点。

"文气说"是曹丕首次提出,具有时代特点。在中国古代文学批评史上有着深远的影响。

(4)论文体。曹丕说:"夫文本同而末异,盖奏议宜雅,书论宜理,铭诔尚实,诗赋欲丽。"这是将文体分为四科八类,并指出各类文体的特点。"诗赋欲丽"不仅道出了建安时期诗赋的特点,也指出了建安文学发展的趋势。

(5)论文学的价值。《左传》上曾说,"立功"、"立德"、"立言"三不朽(见襄公二十四年)。将"立言"与"立功"、"立德"并列,说明古人对立言的重视。认为"立言"可不朽,亦可见"立言"的作用和价值。曹丕在这个思想基础上,提出"盖文章,经国之大业,不朽之盛事"。认为文学是治理国家的大事,是不朽的事业。将文学的地位提到如此高度,这种思想对当时文学的发展起了积极的推动作用。作为文坛领袖,他的论述有广泛和深远的影响。

建安时期的思想和文学都有巨大的变化,具有新的特点。曹丕的《典论·论文》正表现了建安文学的时代精神。《典论·论文》以新的理论高度,概括了建安文学的特点,可以说对建安文学作了一次总结。总结所表现的思想,应该说对当时的文学是有一定的指导意义的。

《典论·论文》体现了曹丕在建安文坛上的领导地位,极为重要。所以,我不惮辞费,详加论述。

从建安文坛的实际情况看,我认为,曹氏父子在建安文坛上都起着领导作用。曹操完全可以做建安文坛的领袖,但是,他位高权重,政务、军事繁忙,无暇他顾。曹植作为曹操的儿子,作为建安文学成就最高的作家,他也可以当建安文坛的领袖,然而,由于他"任性而行,不自雕励,饮酒不节"(陈寿《三国志·魏书·陈思王传》),失去了魏太子的尊位,失去了担当建安文坛领袖的良机。这样,具体的领导任务就落在五官中郎将、副丞相、魏太子曹丕的肩上了。《三国志·魏书·邴原传》注引《原别传》云:"魏太子为五官中郎将,天下向慕,宾客如云。"曹丕团结周围的文士,为建安文学的繁荣作出了自己的贡献。如果实事求是地说,曹操、曹植都是建安文坛的领导者,曹丕只是他们的代表人物。

最后附带提几个小问题:

(一)丁文说:"我们首先指出顾炎武《日知录》、《辞海》等工具书的一点小失误,即引文不够原始。"这里有两个问题:(1)《日知录》是著名的学术笔记,不是工具书。(2)说《日知录》"引文不够原始",原则上没有错。但是,作为清代学者顾炎武,他更重视的是"正史"《晋书》,而不是小说《世说新语》。《四库全书总目·正史类》小序云:"盖正史体尊,义与经配,非悬诸令典,莫敢私增,所由与稗官野记异也。"这里可以看出清代学者对待"正史"和"稗官野记"的态度。《晋书》虽是唐人编撰,但是,他根据的是晋代的史料,记载的是晋代的史实,应是可信的。小说《世说新语》就不同了,它所记之事并不是全都可信的。如《世说新语·言语第二》"元帝始过江"一则,是十分有名的,却不可信,因为其记载不符史实。《晋书》引用《世说新语》较多,那是经过慎重选择的。顾炎武引用"正史",不引用小说来说明史实,并无"失误"。

(二)丁文说:"如《弘明集》卷六谢镇之《与顾欢书折夷夏论》:'至如全形守祀,戴冕垂绅,披毡绕贝,埋尘焚火,正始之音,娄罗之韵,此俗礼之小异耳。''正始之音'指儒家礼仪。'娄罗'是象声词,形容语音含混嘈杂,有轻视意。"按:南朝宋齐间人顾欢作《夷夏论》(见《南齐书》卷五十四《顾欢传》)论述佛道二教之同异,但是他站在道教立场上排斥佛教,于是佛教徒纷纷反驳,见《弘明集》卷六、卷七。谢镇之《与顾欢书折夷夏论》是其中的一篇。丁文所引的一段,其内容论述夷夏俗礼之不同。丁文说:"'正始之音'指儒家礼仪。"不妥。此"正始之音"指"华言"雅正之音,与之对举的"娄罗之韵"指"夷语"含混嘈杂之声。

(三)丁文诠释"汉、魏风骨"云:"'建安'为汉献帝年号,即'汉、魏风骨'之'汉';'正始'为魏废帝(齐王芳)年号,即'汉、魏风骨'之'魏'。"此想当然耳。按:汉、魏风骨,即建安风骨。徐公持《魏晋文学史》云:"'建安风骨'(或曰汉、魏风骨)。"(人民文学出版社1999年版)郭绍虞、王文生《中国历代文论选》(第二册)云:"这里所说的'汉魏风骨',即钟嵘《诗品序》所说的'建安风力'。"(上海古籍出版社1984年版)徐、郭等所释至为明确,兹不具论。又丁文称齐王曹芳为"魏废帝",不知有何历史根据。《三国志·魏书·三少帝纪》云:"齐王讳芳,字兰卿。"故史籍大都称其为"齐王芳"。唯《资治通鉴》(卷七十四)称其为"邵陵厉公"。胡三省注曰:"《谥法》:杀戮无辜曰厉。帝后以失权,为司马氏所废,以其不终,加以恶谥……帝之废也,归藩于齐。《魏世谱》曰:

晋受禅,封齐王为邵陵县公,泰始十年薨,谥曰厉。扈蒙曰:暴慢无亲曰厉。"史书未见称其为"魏废帝"者,盖俗称也。

鄙见略如上述,仅供参考。

2007 年

"正始之音"解诂

在《文学遗产》(2015年第1期)上,我读到袁济喜教授大作《"正始之音"再解读》。由于文章观点新颖,给我留下深刻的印象。同时在自己思想上也产生了一些不同的想法,现在把自己的想法写下来,供袁教授和读者参考。

袁教授用"通约"的方法,使"正始之音"涵盖"正始玄学"和"竹林玄学"两项内容;他还用同样的方法使"正始之音"具备玄学和文学两种意蕴。看起来,这比过去的研究似乎大大地跨进了一步。可是,我有些怀疑这一研究结果的可靠性。

"正始之音"一词出自《世说新语》。其《赏誉》篇第51则云:

> 王敦为大将军镇豫章,卫玠避乱,从洛投敦,相见欣然,谈话弥日。于时谢鲲为长史,敦谓鲲曰:"不意永嘉之中,复闻正始之音。阿平若在,当复绝倒。"

王敦镇豫章事,《通鉴》系于晋怀帝永嘉六年(312)。阿平有二说:一说指何晏,晏字平叔;一说指王澄,澄字平子。

其《文学》篇第22则云:

> 殷中军为庾公长史,下都,王丞相为之集,桓公、王长史、王蓝田、谢镇西并在。丞相自起解帐,带麈尾,语殷曰:"身今日当与君共谈析理。"既共清言,遂达三更。丞相与殷共相往反,其余诸贤略无所关。既彼我相尽,丞相乃叹曰:"向来语,乃竟未知理源所归;至于辞喻不相负,正始之音,正当尔耳!"明旦,桓

> 宣武语人曰:"昨夜听殷、王清言,甚佳。仁祖亦不寂寞,我亦时复造心;顾看两王掾,辄翣如生母狗馨。"

据杨勇《世说新语校笺》引唐翼明《魏晋清谈》曰:"此次清谈盛会,可能发生在334年6月(咸康前一年)至337年6月(咸康三年)之间,最可能在337年1月至6月之间。"

以上"正始之音"如何解释?余嘉锡《世说新语笺疏》云:"'正始之音',《日知录》十三论之甚详,见《赏誉》下'王敦为大将军'条。"(上海古籍出版社1993年版212页)《日知录》十三《正始》条云:

> 魏明帝殂,少帝即位,改元正始,凡九年。其十年则太傅司马懿杀大将军曹爽,而魏之大权移矣。三国鼎立,至此垂三十年。一时名士风流,盛于洛下。乃其弃经典而尚老、庄,蔑礼法而崇放达,视其主之颠危若路人然,即此诸贤为之倡也。自此以后,竞相祖述。如《晋书》言王敦见卫玠,谓长史谢鲲曰:"不意永嘉之末,复闻正始之音。"沙门支遁以清谈著名于时,莫不崇敬,以为造微之功,足参诸正始。《宋书》言羊玄保二子,太祖赐名曰咸,曰粲,谓玄保曰:"欲令卿二子有林下正始余风。"王微与何偃书曰:"卿少陶玄风,淹雅修畅,自是正始中人。"《南齐书》言袁粲言于帝曰:"臣观张绪有正始遗风。"《南史》言何尚之谓王球:"正始之风尚在。"其为后人企慕如此。然而《晋书·儒林传序》云:"摈阙里之典经,习正始之余论,指礼法为流俗,目纵诞以清高。"此则虚名虽被于时流,笃论未忘乎学者。是以讲明六艺,郑(玄)、王(肃)为集汉之终;演说老、庄,王(弼)、何(晏)为开晋之始。以至国亡于上,教沦于下,干戈日争,君臣屡易。非林下诸贤之咎而谁咎哉!

按余氏所引系《正始》的前一部分,顾炎武对正始玄学论述较详,但对"正始之音"本身并未解释。徐震堮《世说新语校笺》对此作了解释。他说:"正始,三国魏齐王芳年号,其时王弼、何晏之流,高谈老、庄,辨言析理,大畅玄风。《晋书·卫玠传》:'昔王辅嗣吐金声于中朝,此子复玉振于江表,微言之绪,绝而复续,不意永嘉之末,复闻正始之音。'"这一解释,比较简明扼要,正确地说明"正始之音"指的是以王弼、何晏为代表的正始玄学。

《世说新语·文学》篇94则云:

> 袁彦伯作《名士传》成,见谢公(安)。公笑曰:"我尝与诸人道江北事,特作狡狯耳!彦伯遂以著书。"

刘孝标注云:

> 宏以夏侯太初、何平叔、王辅嗣是正始名士,阮嗣宗、嵇叔夜、山巨源、向子期、刘伯伦、阮仲容、王濬仲为竹林名士,裴叔则、乐彦辅、王夷甫、庾子嵩、王安期、阮千里、卫叔宝、谢幼舆为中朝名士。

袁宏(328—376),字彦伯,东晋文学家、史学家。《晋书》本传称宏为"一时文宗","撰《后汉纪》三十卷及《竹林名士传》三卷,诗赋诔表等杂文凡三百首,传于世"。袁宏将魏晋玄学的发展分为正始玄学、竹林玄学、中朝(西晋)玄学三个阶段。加上东晋玄学则为四个阶段。此种魏晋玄学发展之分期,为今日研究魏晋玄学的学者普遍采用[①]。刘师培说:"历代文章得失,后人评论每不及同时

[①] 将魏晋玄学之发展分为四个阶段的论著我见到的有:(一)《郭象与魏晋玄学》,汤一介著,湖北人民出版社1983年出版。(二)《魏晋玄学讲义》,汤一介著,鹭江出版社2006年出版。(三)《魏晋玄学史》,许抗生等著,陕西师范大学出版社1989年出版。(四)《魏晋玄学史》,余敦康著,北京大学出版社2004年出版。(五)《魏晋玄谈》,孔繁著,辽宁教育出版社1991年出版。(六)《中国大百科全书·哲学》卷"魏晋玄学"条,中国大百科全书出版社1987年出版。等等。

人评论之确切。……盖去古愈近,所览之文愈多,其所评论亦当愈可信也。"(《汉魏六朝专家文研究》十七《论各家文章之得失应以当时人之批评为准》,见陈引驰编校《刘师培中古文学论集》,中国社会科学出版社1997年版141页)我相信,袁宏对魏晋玄学的评论是有根据的。

下面简要地谈谈魏晋玄学发展四阶段的特点:

第一阶段,魏正始时以何晏、王弼为代表的"正始玄学",又称"正始之音"。他们是玄学的贵无派。

第二阶段,魏末以嵇康、阮籍为代表的"竹林玄学",又称"林下之风"。他们主张"越名教而任自然"。

第三阶段,西晋玄学,分两派:一是元康玄学,代表人物有胡毋辅之、谢鲲、王澄、阮修、王尼、毕卓等人(见《晋书·胡毋辅之传》)他们日夜酣饮,纵情放荡,不问世事,是为激烈派,又称放达派。激烈派遭到《崇有论》作者裴𬱟的强烈反对和玄学崇有派郭象的批判。一派是玄学崇有派,以《庄子注》的作者郭象为代表。郭象是西晋玄学的主要代表人物。

第四阶段,东晋玄学。一是玄佛合流的玄学,代表人物有道安、支遁、僧肇等人。一是张湛《列子注》中的玄学思想。

我所以不厌其烦地介绍魏晋玄学的分期,主要为了说明什么是"正始之音"。袁文认为,《世说新语》中的"正始之音""是指东晋诸名士清谈时所追慕的正始年代的何晏、王弼、夏侯玄、嵇康、阮籍、钟会等人的玄学与清谈"。显然不符合史实。

袁文说:"《辞海》、《辞源》解释'正始之音'时所引的《晋书》,并非原始文献。"

按《辞源》"正始之音"词条引文为《世说新语·文学》"王敦为大将军"条,这自然是原始文献,袁说误。又《辞海》"正始之音"

词条引文为《晋书·卫玠传》,非原始文献。应当指出,顾炎武《日知录》卷十三"正始"条论"正始之音"引文亦为《晋书·卫玠传》。顾炎武为何引《晋书》而不引《世说新语》?《四库全书总目提要》云:"盖正史体尊,义与经配,非悬诸令典,莫敢私增,所由与稗官野记异也。"这应是顾炎武引用《晋书·卫玠传》而不引用《世说新语》的原因。《辞海》沿用了这种做法。同时,我们应注意到《世说新语》是采集旧文编成,其记述的人物、事迹难免有谬误,刘孝标注时予纠正。例如,《品藻》篇第 19 则云:

> 明帝问周侯:"论者以卿比郗鉴,云何?"周曰:"陛下不须牵颣比。"

刘孝标的按语云:"按顗死弥年,明帝乃即位。《世说》此言妄矣。"这就是一个例子。所以我们在引用《世说新语》时应该慎重。在魏晋玄学中,著名的"三语掾"和"将无同"的故事,本为一事,同出于《世说新语·文学》,而《辞海》解释"三语掾"引用《世说新语·文学》;解释"将无同"引用《晋书》卷四十九《阮瞻传》,各得其宜,无可非议。

袁文云:"阮籍、嵇康虽然在魏景元四年(263)即已去世,没有活到西晋代魏之时,不属于晋人,但是《晋书》仍将此二人列入传中,其中一个重要原因,即是对于嵇康与阮籍人格魅力、诗文创作与风度仪表的仰慕。"这个分析是不正确的。史家不可能因为仰慕嵇阮人的人格魅力、诗文创作与风度仪表,而将三国魏国的人物写入晋代史书。唐代史家把阮籍、嵇康写入《晋书》列传,受到四库馆臣的批评。《四库全书总目·嵇中散集十卷提要》云:"案康为司马昭所害,时当涂之祚未终,则康当为魏人,不当为晋人,《晋书》立传,实房乔等之舛误。"钱大昕《廿二史考异》卷二十一《阮籍传》也说:"景元四年冬卒。嵇、阮殁于魏世,又非佐晋创业,如魏荀彧、宋刘穆之之比,系之晋史,义例安在?"对《晋书》的做法提出疑问。我认为,唐代史家将嵇、阮写入《晋书》,可能有三个原因:

一、《晋书》卷四十九《嵇康传》云:"所与神交者,惟陈留阮籍、河内山涛,豫其流者河内向秀、沛国刘伶、籍兄子咸、琅邪王戎,遂为竹林之游,世所谓'竹林七贤'也。""竹林七贤"遗漏嵇、阮两个主要人物,则不完整。

二、《三国志·魏书》二十一《王粲传》所附《阮籍传》仅28字,《嵇康传》仅27字,过于简略。鉴于嵇、阮是有影响的竹林名士,唐代史家又为嵇、阮撰写了详细的传记,收入《晋书》。在"二十四史"中,一人而传于二史者,不乏其人,如陶渊明,《宋书》有传,《晋书》亦有传。参阅赵翼《廿二史札记》卷七(王树民《廿二史札记校证》卷七《一人二史名传》,中华书局1984年出版增补本150页)。

三、著名学者汤用彤《魏晋思想的发展》(《魏晋玄学论稿》,人民出版社1957年版120页)将魏晋思想的发展分为四期:(一)正始时期;(二)元康时期;(三)永嘉时期;(四)东晋时期。他认为元康时期的特点是:"在思想上多受《庄子》学的影响,'激烈派'(一称放达派)的思想流行。"汤先生说,"激烈派"以嵇康、阮籍为代表。西晋元康、永嘉"激烈派",受了嵇、阮的影响,行为放荡,变本加厉。《晋书》卷四十九《光逸传》云:

> 寻以世难,避乱渡江,复依辅之。初至,属辅之与谢鲲、阮放、毕卓、羊曼、桓彝、阮孚散发裸裎,闭室酣饮已累日。逸将排户入,守者不听,逸便于户外脱衣露头于狗窦中窥之而大叫。辅之惊曰:"他人决不能尔,必我孟祖也。"遽呼入,遂与饮,不舍昼夜。时人谓之八达。

又,《晋书》卷四十九《毕卓传》云:

> 卓少希放达……为吏部郎,常饮酒废职。比舍郎酿熟,卓因醉夜至其瓮间盗饮之,为掌酒者所缚,明旦视之,乃毕吏部也,遽释其缚。卓遂引主人宴于瓮侧,致醉而去。卓尝谓人曰:"得酒满数百斛船,四时甘味置两头,右手持酒杯,左手持蟹螯,拍浮酒船中,便足了一生矣。"

他们学的是嵇、阮放荡的行为,失去的是嵇、阮的高尚品格,顽强的反抗精神和卓越的文学成就。同为"激烈派",他们与嵇、阮不同。《晋书》记载了元康时期激烈派的事迹,因此,介绍嵇、阮的生平事迹就十分必要了。

《世说新语·文学》篇第 21 则云:"旧云王丞相过江左,止道声无哀乐、养生、言尽意三理而已,然宛转关生,无所不入。"袁氏的解释是:"东晋名流与丞相王导在过江之后,酷爱嵇康的《声无哀乐论》、《养生论》,以及言意之辨……"这里将欧阳建的《言尽意论》改为"言意之辨"。按魏晋玄学的"言意之辨"有两派:一派主张言不尽意,以嵇康等人为代表;一派主张言尽意,以欧阳建为代表。他是反对言不尽意论的。袁文为此改动,使明确的表达变成含糊其词了。这样改动原文原意,从学术研究的角度看来显然是不恰当的。

王导是东晋丞相,又是玄学名士。据《世说新语·文学》篇第 22 则记载,他曾手执麈尾与殷浩谈玄,直至深夜,兴尽而止。他对玄学的兴趣比较广泛。既向往何晏、王弼的"正始之音",又酷爱嵇康的《声无哀乐论》、《养生论》和欧阳建的《言尽意论》。欧阳建的"言尽意"的思想与嵇康等人的思想是对立的,他能兼收并蓄,这就是一个政治家的风度。

袁文引用严羽《沧浪诗话·诗体》云:"以时而论则有建安体(汉末年号,曹子建父子及邺中七子之诗),黄初体(魏年号,与建安相接,其体一也),正始体(魏年号,嵇、阮诸公之诗),太康体(晋年号,左思、潘岳、二张、二陆诸公之诗)……"然后他指出:"这里明确将'正始体'列为嵇康、阮籍的诗作,显然,它是包括在'正始之音'范围之内的,将阮籍、嵇康的诗作排在'正始之音'外,是不符合历史事实的。"

按:"正始之音"是魏晋玄学的概念,"正始体"是文学概念,显然是两回事,难道"通约"一下,"正始体"就可以包括在"正始之音"之中?实在难以理解。

更荒唐的是,袁氏引用汤用彤《魏晋思想的发展》一文云:"三国以来的学者,在'名教'与'自然'之辨的前提下,虽然一致推崇'自然',但是对于'名教'的态度并不完全相同,我们此刻不妨把一派称作'温和派',另一派名为'激烈派'。"接着,他说:"他将同属玄学营垒中的何晏、王弼划为'温和派',而阮籍、嵇康则为'激烈派'。因此,硬要区分'正始之音'与正始文学是不同的两类文化,恐非事实。"这种推论,令人丈二金刚摸不着头脑。汤用彤先生所论为玄学,不知袁氏为何将其与正始文学混为一谈。我想如果汤先生还健在的话,他绝不会同意袁氏的这种推论。

在《魏晋思想的发展》的最后,汤用彤先生说:"关于魏晋思想的发展,粗略分为四期:(一)正始时期,在理论上多以《周易》、《老子》为根据,用何晏、王弼为代表。(二)元康时期,在思想上多受庄子的影响,'激烈派'的思想流行。(三)永嘉时期,至少一部分人士上承正始时期'温和派'的态度,而有'新庄学',以向秀、郭象为代表。(四)东晋时期,亦可称佛学时期。"(《魏晋玄学论稿》191页)从这里,我们可以更加清晰地看出,汤先生所分析的是"正始玄学",而不是"正始文学"。语言清楚,不应引起误解。

应当指出,在"三国以来的学者……另一派名为'激烈派'"的引文后,袁文删掉"前者虽不怎样特别看重'名教',但也并不公开主张废弃'礼法',如王弼、何晏等人可为代表。他们本出于礼教家庭,早读儒书,所推崇而且经常研习的经典是《周易》、《老子》。后派则彻底反对'名教',思想比较显著浪漫的色彩,完全表现一种庄子学精神,其立言行事像阮籍、嵇康等人可为好例"(《魏晋玄学论稿》127页)。这段话简要地说明了魏晋玄学的"温和派"和"激烈派"不同的思想特点。袁文删掉这段话之后,用自己的语言表述,说"正始玄学"与"正始文学"是一回事,显然是曲解了汤先生文章的本意。

袁文引唐李善《上文选注表》云:

> 楚国词人,御兰芬于绝代,汉朝才子,综鞶帨于遥年。虚玄流正始之音,气质驰建安之体。长离北度,腾雅咏于圭阴;化龙东骛,煽风流于江左。爰逮有梁,宏材弥劲。

这里说的是历代文章的变化。楚辞——汉赋——正始之音——建安风骨——陆机北上——东晋玄学——梁氏人才更加美好。按照文章层次,至"煽风流于江左"告一段落,"爰逮有梁",另起一段。其实跟论文有关的只有"虚玄"二句。这两句的意思是,魏正始年间何晏、王弼的玄学形成"正始之音",建安时期文学作品的内容和精神气势形成建安风骨。而袁氏认为:"正始之音在这里指正始文学整体风貌,而不是指正始玄谈。"这完全是曲解。我无法想象袁文根据什么而这样说。

对李善《上文选注表》"虚玄"二句的理解,我是如此,著名文选学家高步瀛、屈守元的理解,莫不如此。

高步瀛《文选李注义疏·唐李崇贤上文选注表》"虚玄流正始之音,气质驰建安之体"之李注义疏云:

> 《世说新语·赏誉篇》曰:王敦为大将军,镇豫章。卫玠避乱,从洛投敦,相见欣然,谈话弥日。于时谢鲲为长史,敦谓鲲曰:"不意永嘉之中,复闻正始之音。"刘孝标注引《玠别传》曰:敦谓僚属曰:"昔王辅嗣吐金声于中朝,此子今复玉振于江表。微言之绪,绝而复续。不悟永嘉之中,复闻正始之音。"又见《晋书·卫玠传》。又《王衍传》曰:魏正始中,何晏、王弼等,祖述老、庄,立论以为:天地万物,皆以无为为本。无也者,开物成务,无往不存者也。《文心雕龙·明诗篇》曰:正始明道,诗杂仙心。何晏之徒,率多浮浅。《魏志·三少帝纪》曰:齐王芳即皇帝位。诏曰:以建寅之月,为正始元年正月。本书沈休文《宋书·谢灵运传论》曰:至于建安,曹氏基命。子建、仲宣以气质为体。邢邵《广平王碑文》曰:方见建安之体,复闻正始之音。《后汉书·献帝纪》曰:改元建安。

应当指出,这里,高氏引用了邢邵《广平王碑文》"方见"二句,说明李善《上文选注表》"虚玄"二句之内容,与邢邵文同。

屈守元《文选导读》有萧统《文选序》和李善《上文选注表》章句。其李善《上文选注表》"虚玄流正始之音,气质驰建安之体"二句章句云:

> "正始之音",指何晏、王弼等倡导《老》、《庄》玄学。《文心雕龙·明诗篇》云:"正始明道,诗杂仙心。何晏之徒,率多浮浅。"正始为魏邵陵厉公曹芳的年号(公元240—248),《宋书·谢灵运传论》:"至于建安,曹氏基命,子建仲宣,以气质为体。"建安,本汉献帝年号(公元196—219),当时权柄,全归

曹操、曹丕父子掌握。曹丕《典论·论文》提出"文以气为主。"

屈氏章句是参考高氏义疏写成的,观点完全一致。于此可见,我对"虚玄"二句的解释,非我一人私见,乃是我国文选学者之共识也。

袁文摘引了邢邵《广平王碑文》中的一段话说:

> 侍讲金华,参游铜雀,出陪芝盖,入奉桂室。充会友之选,当拾遗之举。发言为论,受诏成文。碧鸡自口,灵蛇在握。方见建安之体,复闻正始之音。公年方弱冠,而位居寮右。

以上引文,按照我的理解,引文至"复闻正始之音",告一段落。"公年方弱冠"另起一段。作者需要解说的只有"方见"二句,其余引文,皆是多余的。"方见"二句的意思是方见到建安风骨,又听到正始之音。这是赞扬广平王文章具有建安风骨,谈论富有正始玄学的情趣。引文后,碑文说到广平王"寻微启奥,敷理入玄",说明碑文中的"正始之音"只是指的正始玄学。袁文说到"'建安之体'与'正始之音'对举,都是指当时的文章创作风范,'正始之音'显然包括玄学与文学。这可以视为最早移用《世说新语》中'正始之音'概念来形容文章写作的事例"。如此诠释,根据何在?令人不解。

按,邢邵《广平王碑文》之引文见《艺文类聚》卷四十五(上海古籍出版社1982年版806页)。邢邵(496—?)(邵,一作劭),字子才,北齐文学家。《北史》本传说:"邵雕虫之美,独步当时。"邵与魏收、温子昇,人称"北地三才"。

袁文说:"陈子昂是初唐文学发展历史上的重要人物,他在这篇序言所言'正始之音'决非率而言之,后世对于'正始之音'的认识也大体同此。唐李善《上文选注表》……"

按,据罗庸《陈子昂年谱》,陈子昂生于唐高宗龙朔元年(661),卒于周武则天长安二年(702)。陈子昂的《修竹篇序》,《唐文粹》题为《与东方左史虬修竹篇并序》,《全唐诗》题作《与东方左史虬修竹篇并书》,彭庆生《陈子昂诗注》之《修竹篇并序》"说明"断定此诗和序必作于东方虬任左史时,即当作于武则天神功元年(697)至圣历元年(698)之间。李善,生年不详。高步瀛根据其卒年,推定其生年为唐太宗贞观初年(627)(见《文选李注义疏·唐李崇贤上文选注表》之"说明")。唐高宗显庆(656—661)中,李善累补太子内率府录事参军,崇贤馆直学士,兼沛王侍读。武则天载初元年(689)卒。李善《上文选注表》作于显庆三年(658)九月。陈子昂生于661年,李善大约生于627年。李善自然是陈子昂的前辈。陈子昂的《修竹篇并序》写于697—698年,而李善的《上文选注表》是658年,怎么能说"后世……唐李善《上文选注表》"呢?显然错了。

袁文认为:"刘师培在20世纪20年代写作的《中国中古文学史》……"按,据万仕国《刘师培年谱》(广陵书社2003年出版),刘师培生于清光绪十年(1884),卒于民国八年(1919),享年三十六岁,他在20世纪20年代写作《中国中古文学史》是不可能的。据《年谱》,民国六年(1917)一月四日,蔡元培就任北京大学校长。秋,聘刘师培为北京大学文科教授。本年,刘师培在北京大学讲授中古文学史,并开始编写《中国中古文学史讲义》。民国七年(1918)秋,刘师培在北京大学文科开设中古文学史,二年级,每周二小时。民国八年(1919)十一月二十日,刘师培病逝。事实证明,刘师培的《中国中古文学史讲义》是在他离世前完成的。离世之后,怎么可能写书呢?

袁文的引文存在两个问题:一是对引文的解释不妥;一是引文

节录不当。对引文的解释不妥,我已指出。引文节录不当,试举一例:袁文引《文心雕龙·论说》云:"迄至正始,务欲守文;何晏之徒,始盛玄论。于是聃周当路,与尼父争途矣。详观兰石之《才性》,仲宣之《去代》,叔夜之《辨声》,太初之《本玄》,辅嗣之《两例》,平叔之二论,并师心独见,锋颖精密,盖人伦之英也。"袁氏指出,"这里的'正始'概念则是涵盖整个正始年代的思想文化界,也可以说是'正始之音'的代名词"。这里的"正始之音"竟然涵盖到建安七子之一的王粲。"正始之音"涵盖之广,令人惊叹不已。细读《文心雕龙·论说》,发现袁文漏引了"魏之初霸,术兼名法;傅嘏、王粲,校练名理"四句。有了这四句,王粲出现就很自然了。但袁文论述的是"正始年代的思想文化界",不是"魏之初霸"之时。如果不引用"魏之初霸"四句也行,但应将"仲宣之《去代(伐)》"删去。否则,读者将认为王粲的《去伐论》也是"正始之音"了。

"正始之音"是指魏正始时,以何晏、王弼为代表的玄学清谈。一般称为"正始玄学"。而袁文硬要将以嵇康、阮籍为代表的竹林名士"兼容"进来,又找不到根据。怎么办呢?就说"嵇康、阮籍在东晋名士中具有很高的地位",以《世说新语·言语》篇第40则为证。此则云:

> 周仆射雍容好仪形,诣王公,初下车,隐数人。王公含笑看之。既坐,傲然啸咏。王公曰:"卿欲希嵇、阮邪?"答曰:"何敢近舍明公,远希嵇、阮。"

于此可见,嵇、阮在东晋名士中确有很高的地位。难道嵇、阮在东晋名士中有很高的地位,就能证明他们是正始名士。不,他们仍然是竹林名士。

袁氏从"正始之音"的"音",讲到《礼记·乐记》中的声、音、乐,然后说到"在文化传统中,'音'往往指文艺精神"。接着又说:"我们认为,'正始之音',基本的含义是指正始时代涵盖玄学与诗文创作为一体的时代精神。虽然当时最早的文献《世说新语》主要指王弼、何晏等人的玄学清谈,但并不排除嵇康、阮籍这些兼擅玄学与文学的人物。也正因为如此,后世人们很自然地将'正始之音'兼容竹林名士与正始名士两类人物。"请注意,袁文将"文艺精神"一变为"时代精神",而这个"时代精神""涵盖玄学与诗文创作"。袁氏所谓"正始之音"变幻莫测。在历史上是如何变的?根据何在?他没有说,我们也不知道。不仅如此,他说后世人们很自然地将"正始之音""兼容竹林名士和正始名士两类人物"。"后世"是何时?"人们"是谁?他们施用何种手段"兼容"竹林名士和正始名士的?解决学术问题,需要证据,不是凭空想象可以解决问题的。

袁文云:"'文革'前出版的哲学史与思想史著论,对于'正始之音'的看法,往往附会当时的学术观念,例如侯外庐先生的《中国思想史》第三卷……研究'正始之音'的内涵和外延往往局限于哲学史与思想史,对于涉猎(及)的文学与美学等丰富内容根本不顾及。同样,研究中国文学史的教科书也不会涉及哲学与美学方面的内容。在这样的学术理念下出现了1979年版的《辞海》将正始之音解释成玄谈风气的情况。这样对于'正始之音'的理解当然会陷入各执一端的思维方式之中,难得其确解。"这里,袁氏根据自己"通约"的概念,对侯外庐的《中国思想史》第三卷,'文革'前出版的中国文学史教科书和1979年版的《辞海》进行了批评。他认为,侯外庐《中国思想史》第三册,论述"正始之音",对涉及的文学和美学内容根本不顾及。"文革"前出版的中国文学史教科书,所指不明确。我想主要指游国恩等编写的《中国文学史》和中国社会科学院文学研究所编写的《中国文学史》。这两部《中国文学史》被当时高校普遍作为教科书使用。它们在论述正始文学时,都没有述及哲学和美学方面的内容。还有1979年版《辞海》,解释"正始之音"只解释其玄学方面的含义,不涉及其文学方面的内涵。他认为,此种"各执一端的思维方式"造成"难得其确解"。坦率地说,我不赞成袁氏的批评。侯外庐先生是我国著名的中国思想史研究专家,他与友人合作的《中国思想史》五卷六册,1951年至1960年陆续出版。这是一部系统的中国思想史著作,在学术界有较大的影响。张岂之指出,侯外庐先生"主张谨守考证辨伪的治学方法,吸取前人的成果,再进一步改进或修正他们的说法"(《中国近代史学学术史》,中国社会科学科学出版社1996年版252页)。侯外庐自己说:"中国史料汗牛充栋,真伪相杂,无论研究中国历史、思想史,要想得出科学的结论,均须勤恳虚心地吸取前人考据方面的成果,整理出确定可靠的史料。……如果要研究中国历史,尤其是古代史,就必须钻一下牛角尖,在文字训诂、史料考证辨伪方面下一番功夫。"(《侯外庐史学论文选集》上册,人民出版社1987年版17—18页)从这里可以看出他严肃认真的学风,至于论述"正始之音"没有涉及文学与美学内容,根本不是问题。学者的学术研究,各有特点,不必要求千篇一律,千人一腔。游国恩等编写的《中国文学史》和中国社会科学院文学研究所编写的《中国文学史》是新中国成立后最好的两部《中国文学史》,他们论述正始文学都没有涉及玄学内容,我讲授中国文学史的魏晋南北朝文学多年,从未发现这是个"问题",文学史就是文学史,不必东拉西扯。至于说,1979年版《辞海》,这是辞书,辞书的任务是解释词义。正确解释词义,辞书的任务就完成了。《辞海》对"正始之音"的解释是正确的,它没有义务再解释"正始之音"在文学方面的内涵。实际上,"正始之音"只是一个玄学名词,它根本不存在什么文学方面的内涵。因此,袁文对侯外庐《中国思想史》第三卷、中国文学史教科书和《辞海》的批评是不切实际的。

袁文表彰了任继愈主编的《中国哲学发展史》魏晋南北朝卷,此书在论述了魏晋玄学之后,还论述了魏晋玄学与文学、音乐的关系,袁氏认为,这是"学术樊篱的突破"。按照这种观点,上个世纪四十年代,著名学者汤用彤先生原拟写一部《魏晋玄学》,其中有《魏晋玄学和文学理论》一章,《魏晋玄学》没有写成,《魏晋玄学和文学理论》却由汤一介整理发表了,见《中国哲学史研究》1980年第1期,又见《理学·佛学·玄学》(北京大学出版社1991年出版)。又孔繁先生写了《魏晋玄学和文学》(中国社会科学出版社1987年出版),又写了《魏晋玄谈》。在袁氏看来,这自然也是"学术樊篱的突破"了。我却不以为然。我认为,专家学者撰写研究专著,如何写,是由自己决定的,如许抗生等人撰写的《魏晋玄学史》有《魏晋玄学与文学艺术》一章,这样做,当然可以。汤一介的《魏晋玄学论讲义》、《郭象与魏晋玄学》,余敦康的《魏晋玄学史》没有论及玄学与文学艺术的关系,这样做也未尝不可。学术研究,因人而异,不可强求。

关于陈子昂《修竹篇序》中的"正始之音"如何解释,在拙作《袁编〈中国文学史〉魏晋南北朝部分的几个问题》和《关于"正始之音"等问题辨析之辨析》(见拙著《六朝文学论集》,中华书局2010年出版)二文中已说得很清楚,这里就不再重复了。不过,我想对"兴寄"提出一点看法。

袁氏认为陈子昂所说的"兴寄","是指凝聚在诗作中的社会人生内涵。而'兴寄'是'正始之音'的特点之一"。这和我平时的理解是不一样的。我认为,兴寄,是指诗歌创作使用比兴手法寄托思想感情。而"正始之音"这种玄学是如何运用"兴寄"来表达自己的思想感情呢？我百思而不得其解。清代著名史学家钱大昕在《答王西庄书》(《潜研堂文集》卷35，见《钱大昕全集》第九册，江苏古籍出版社1997年出版)中说：

> 得手教，以所撰述于昆山顾氏、秀水朱氏、德清胡氏、长洲何氏间有驳正，恐观者以诋诃前哲为咎。愚以为学问乃千秋事，订讹规过，非以訾毁前人，实以嘉惠后学。但议论须平允，词气须谦和，一事之失，无妨全体之善，不可效宋儒所云"一有差失，则余无足观"耳。郑康成以祭公为叶公，不害其为大儒；司马子长以子产为郑公子，不害其为良史。言之不足传者，其得失固不足辩，既自命为立言矣，千虑容有一失，后人或以其言而信之，其贻累于古人者不少。去其一非，成其百是，古人可作，当乐有诤友，不乐有佞臣也。且其言而诚误耶，吾虽不言，后必有言之者，虽欲掩之，恶得而掩之！所患者古人本不误，而吾从而误驳之，此则无损于古人，而适以成吾之妄。王介甫、郑渔仲辈皆坐此病，而后来宜引以为戒者也。……

按，王西庄，即王鸣盛，清代著名史学家。钱大昕是他的妹夫。王鸣盛对前辈顾炎武、朱彝尊、胡渭、何焯的著作有所驳正，又担心别人说他诋毁前贤，于是写信向钱大昕请教。这封信是钱大昕对他的答复。钱氏的复信说得很好，给我以启迪，给我以教益，我十分赞成他的观点。我们从事学术研究工作的人应该学习钱大昕的治学态度，正确对待学术研究工作。我认为，在学术研究工作中，不论前辈还是后辈，其论著有错误，就应纠正。这是对读者负责的态度。这是实事求是的精神。

笔者本着实事求是的精神，对"正始之音"及其相关问题作了解释和说明。我不知道自己是不是又犯了"胶柱鼓瑟"和"画地为牢"的毛病？由于个人水平不高，见闻有限，解释和说明容有不当之处，还望方家和读者不吝赐教。

2015 年 5 月 1 日写毕

嵇康曾官中散大夫考

沈元林先生的《嵇康曾官中散大夫吗？》(《文学遗产》1992年第6期)一文,否认嵇康曾官中散大夫。对此,我先是感到新颖,继而感到诧异,终于产生了怀疑。嵇康曾官中散大夫吗？我的回答是肯定的。

《晋书》卷四十九《嵇康传》云："(嵇康)与魏宗室婚,拜中散大夫。"我相信《晋书》的记载是真实的。刘知几说："皇家贞观中,有诏以前后晋史十有八家,制作虽多,未能尽善,乃敕史官更加纂录。"(《史通·古今正史》)可见《晋书》是参考了十八家晋史及其他著作编成的,保存了丰富的晋代史料。所以王鸣盛说："《晋书》唐人修改,诸家尽废。"(《十七史商榷》卷四十三)当然,《晋书》编定兼采笔记小说,常为后人所诟病,但是,它采录笔记小说是有所选择的,如《晋书》采录《世说新语》较多,可是,《世说新语·言语》篇中的著名故事,即晋元帝对顾荣说"寄人国土,心常怀惭"事却未采入。这是因为晋元帝即位时,顾荣已去世,与史实不符。《世说新语》记载史实,确实存在一些错误(可参阅余嘉锡《世说新语笺疏》)。然而,《晋书》采用《世说新语》的材料是经过慎重选择的。沈氏在缺乏证据的情况下,通过推想,否认《晋书》所载嵇康曾官中散大夫,是不能成立的。

《晋书》说嵇康曾官中散大夫是有根据的。南齐臧荣绪《晋书》云："嵇康,字叔夜,谯国人,幼有奇才,博览无所不见,拜中散大夫,以吕安事诛。"(《文选·琴赋》注引)又云："嵇康拜中散大夫,东平吕安家事系狱,齎阅之始。安尝以语康,辞相证引,遂复收康。"(《文选》江文通《恨赋》注引)又云:"嵇康,字叔夜,风姿清秀,高爽任真,与宗室婚,赐拜中散大夫。"(《北堂书钞》五十六引)这些历史记载大概都是唐人编写《晋书》的依据。除此以外,东晋裴启《语林》中亦说到"嵇中散夜灯下弹琴……","嵇中散夜弹琴……"(鲁迅《古小说钩沉》),至于《世说新语》提到"嵇中散"就更为常见了。

除了史籍的记载之外,东晋南朝文人的诗文中提到"嵇中散"的亦颇多,如东晋李充《九贤颂·嵇中散》云:"肃肃中散。"(《初学记》十七引)他另有《吊嵇中散文》(《全晋文》卷五十三)。东晋袁宏《七贤序》云:"中散遗外之情。"(《太平御览》四百四十七引)袁宏妻李氏《吊嵇中散文》云:"故彼嵇中散之为人。"(《太平御览》五百九十六引)东晋谢万有《七贤赞·嵇中散赞》,东晋孙绰《道贤论》云:"中散祸作于钟会。"(《高僧传》卷一引)南朝宋颜延之《五君咏·嵇中散》云:"中散不偶世。"齐梁江淹《恨赋》云:"中散下狱。"他另有《拟嵇中散言志》诗。如此等等,不一而足。

如果查阅历代史志和目录书,就会发现名嵇康著作为"嵇中散集"者甚众,如《隋书·经籍志》:"魏中散大夫嵇康集十三卷。梁十五卷,录一卷。"郑樵《通志·艺文略》:"魏中散大夫嵇康集十五卷。"陈振孙《直斋书录解题》:"嵇中散集十卷。"《四库全书总目提要》:"嵇中散集十卷。"这些著名的史志和目录书如此著录自然不是无缘无故的。

以上资料已足以证明《晋书》所载,绝非凭空捏造,而是有根据的。

沈文说:陈寿在《三国志·魏志》中记载阮籍"官至步兵校尉",而未记载嵇康拜中散大夫事,说明《三国志》所据之资料:王沈《魏书》、鱼豢《魏略》，均无嵇康拜中散大夫事。因王、鱼二书已佚，我不知道他们有无有关记载。但是，我们知道阮籍官至步兵校尉，乃是一种殊遇，理应载入史册。《梁书》卷五十《刘杳传》记载刘杳曾任王府记室兼东宫通事舍人。大通元年，迁步兵校尉。昭明太子谓杳曰："酒非卿所好，而为酒厨之职，政为不愧古人耳。"这是将刘杳比为阮籍，说明昭明太子对刘杳的重视，也说明阮籍官步兵校尉之著名。于此可见，阮籍官步兵校尉，史书不应失载。而中散大夫就不同了。此官乃是散官，所谓散官，是古代无实际职务的官员。散官的称号表示官员的等级，而不表示任何实际职务。《宋书·百官志》曰："中散大夫，王莽所置，后汉因之，前后大夫皆无员，掌议论。"这样的官职，记载简略的《三国志·嵇康传》虽然失载，也并不能否认嵇康曾官中散大夫的事实。

　　沈文还引用了《通典》中的一段话："中散大夫……魏、晋无员。"沈氏将"无员"理解为无官员。由此断言嵇康未曾官中散大夫。这是误解。按无员者，无定员也。《汉书·百官公卿表》曰："大夫掌议论，有太中大夫、中大夫、谏大夫，皆无员，多至数十人。"按汉之太中大夫等与魏晋之中散大夫为一类官员，他们既"无员"，为何又"多至数十人"呢？无员者，无定员也。沈氏一时疏忽，促成了结论的错误，斯亦未足多怪。但是，被混淆的事实，是应加以澄清的。

　　写到这里，笔者翻阅《世说新语》，注意到《德行》篇刘孝标注引《文章叙录》云："康以魏长乐亭主婿迁郎中，拜中散大夫。"我认为这是一条极为重要的资料，完全可以证明嵇康曾官中散大夫。

　　《文章叙录》即《杂(新)撰文章家集叙》。《隋书·经籍志》史部簿录类著录"《杂(新)撰文章家集叙》十卷，荀勖撰"。但是，此书久佚，《三国志注》、《世说新语注》等书征引，皆简称《文章叙录》

（参阅余嘉锡《世说新语笺疏·德行第一》第16则注①引张政烺说）。

《文章叙录》之作者荀勖为西晋文学家、目录学家。《晋书》卷三十九《荀勖传》云："荀勖，字公曾，颍川颍阴人，汉司空爽曾孙也。……仕魏，辟大将军曹爽掾，迁中书通事郎。……为安阳令，转骠骑从事中郎。……迁廷尉正，参文帝大将军军事，赐爵关内侯，转从事中郎，领记室。……（晋）武帝受禅，改封济北郡公……拜中书监，加侍中，领著作。……俄领秘书监，与中书令张华依刘向《别录》，整理记籍。"考荀勖生平，在魏晋两代皆任高官，并与西晋著名文学家张华一起整理记籍。荀勖生年不详，卒年为公元289年。张华生于公元232年，卒于公元300年。嵇康生于公元224年，卒于公元263年，皆先后同时。因此，荀勖的记载是完全可信的。沈文也引用了《文章叙录》的话，但是，沈氏似乎并不真正了解这段引文的价值，而轻率地表示怀疑，现在看来，这种怀疑是完全没有根据的。

1995年1月

王昌龄论

王昌龄是盛唐时期的著名诗人。李肇的《唐国史补》(卷下)说,开元时,"位卑而著名者"有王江宁。王江宁,即王昌龄,因为他曾任江宁丞,故人称"王江宁"。辛文房的《唐才子传》(卷二)说他当时即有"诗家夫子王江宁"之称。作为"诗家"而被称为"夫子",可见他在当时是如何受到人们的尊重。唐人薛用弱的《集异记》(卷二)载有《王涣之(之涣)》一则,说到王昌龄、高适、王之涣三人,在开元时期已"各擅诗名",所以当时梨园伶官传唱他们诗中的名篇。这一则"旗亭画壁"的故事,前人曾编为杂剧、传奇,流传极为广泛。虽然,明人胡应麟断为"诬妄"(《少室山房笔丛》卷四十一),今人汪辟疆先生也认为"恐不足信"(《唐人小说·王涣之》后的按语),但是,由于胡氏等人立论的根据站不住脚(参阅谭优学《王昌龄行年考》,《文学遗产增刊》十二辑),由于《集异记》的作者薛用弱是唐穆宗长庆时的光州刺史,他与王昌龄相距的时间不长,我们认为,他所论未必毫无根据,至少从这里可以看出王昌龄在开元时期已是享有盛名的诗人了。

一

王昌龄的生平资料极其缺乏,新、旧《唐书》所载本传都很简略。《旧唐书》说:

> 王昌龄者,进士登第,补秘书省校书郎。又以博学宏词登

科,再迁汜水县尉。不护细行,屡见贬斥,卒。昌龄为文,绪微而思清。有集五卷。

又在《崔颢传》前有这样一段话:

> 开元、天宝间,文士知名者,汴州崔颢,京兆王昌龄、高适,襄阳孟浩然,皆名位不振。

《新唐书》说:

> 昌龄字少伯,江宁人。第进士,补秘书郎。又中宏辞。迁汜水尉。不护细行,贬龙标尉。以世乱还乡里,为刺史闾丘晓所杀。张镐按军河南,兵大集,晓最后期,将戮之,辞曰:"有亲,乞贷余命。"镐曰:"王昌龄之亲欲与谁养?"晓默然。
>
> 昌龄工诗,绪密而思清,时谓王江宁云。

王昌龄的生平事迹,见诸史书的只有这些。而其中缺漏和问题都不少,例如,王昌龄生于何年?卒于何年?何时登进士第?何时中博学宏词科?何时贬岭南?何时贬江宁?何时贬龙标?都没有任何交代。还有王昌龄的籍贯,《旧唐书》说是京兆人,《新唐书》说是江宁人,究竟是何处人,也不清楚。我想根据有关资料,对王昌龄的生平事迹勾勒出一个轮廓,以便我们"知人论世",研究他的作品。

王昌龄的生年,因史料阙如,无法断定。现在流行的有两种说法。闻一多推测为公元698年(《少陵先生年谱会笺》),不知何据。傅璇琮假定为公元690年左右,理由是,岑参作于开元二十八年(740)的《送王大昌龄赴江宁》诗中说:"明时未得用,白首徒攻文。"王昌龄同年所作《宿灞上寄侍御玙弟》诗中说:"不应百尺松,空老钟山霭。"一言"白首",一言"空老"。假定公元740年,王昌龄的年岁为五十左右,那么,他的生年当在公元690年左右(参阅傅璇琮《王昌龄事迹考略》,《唐代诗人丛考》113页)。后说较近情理,但也不能肯定。

王昌龄的籍贯有三说:《新唐书》、计有功《唐诗纪事》(卷二十四)说他是江宁(今江苏省南京市)人。殷璠《河岳英灵集》(卷中)、《唐才子传》(卷二)说他是太原(今山西省太原市)人。《旧唐书》、《全唐诗》(卷一百四十)说他是京兆(今陕西省西安市)人。现在研究者多认为,江宁是他做官的地方,太原可能是他的郡望,京兆才是他的家乡。王昌龄在作品中写到京兆即长安的甚多。例如:"故园今在灞陵西。"(《别李浦之京》)"鸿都有归客,偃卧滋阳村。"(《灞上闲居》)"本家蓝田下。"(《郑县宿陶太公馆中赠冯六元二》)"时从灞陵下,垂钓往南涧。"(《独游》)皆可作为佐证。

关于王昌龄的经历,我们可以考知的:

他在开元十五年(727)登进士第。《唐才子传》说:"(昌龄)开元十五年李嶷榜进士。"顾况《监察御史储公集序》说:"开元十四年,严黄门知考功,以鲁国储公进士高第,与崔国辅员外,綦毋潜著作同时;其明年,擢第常建少府、王龙标昌龄,此数人皆当时之秀。"(《文苑英华》卷七百三)这些记载是可靠的。王昌龄进士登第后,任秘书省校书郎。他的《郑县宿陶太公馆中赠冯六元二》诗中说:"昨日辞石门,五年变秋露。……子为黄绶羁,余忝蓬山顾。"蓬山,指秘书省。这是王昌龄任校书郎时的作品。孟浩然有《初出关旅亭夜坐怀王大校书》和《送王大校书》二诗,都作于此时。前诗有"永怀蓬阁友,寂寞滞扬云"之句,表达了诗人对挚友的思念之情。

开元二十二年(734),王昌龄中博学宏词科,授汜水尉。宋陈振孙《直斋书录解题》说他"(开元)二十二年选宏词,超绝群类,为汜水尉。"清徐松《唐登科记考》卷七载王昌龄中开元十九年博学宏词科，而卷八又载王昌龄中开元二十二年博学宏词科。当然，唐代有不止一次中博学宏词科的，但王昌龄并无连中之事，十九年那一次可能是误记。

王昌龄谪岭南事，不见史籍记载。孟浩然有《送王昌龄之岭南》诗。诗云："洞庭去远近，枫叶早惊秋。"可见事情发生在秋季。王昌龄《出郴山口至叠石湾野人室中寄张十一》诗说："孰云议舛（外）降，岂是娱宦游。"说明赴岭南是外降。时间大约在开元二十六、七年。因王昌龄在赴岭南途中另有《奉赠张荆州》一诗。据徐浩《唐尚书右丞相中书令张公神道碑》（《全唐文》卷四百四十），张九龄于开元二十五年春四月贬为荆州长史，于开元二十八年春请拜扫南归，五月七日遘疾，卒于韶州曲江之私第。由此，大致可以断定，王昌龄谪岭南在开元二十六、七年秋天。开元二十八年（740），王昌龄北还，途经襄阳，访孟浩然。唐王士源《孟浩然集序》："开元二十八年，王昌龄游襄阳。时浩然疾疹发背，且愈；相得欢甚，浪情宴谑，食鲜疾动，终于冶城南园，年五十二。"

王昌龄任江宁丞事，新、旧《唐书》亦失载。闻一多认为"王昌龄开元二十八年冬谪江宁"（《岑嘉州系年考证》），可从。岑参《送王大昌龄赴江宁》诗说："泽国从一官，沧波几千里。……北风吹微雪，抱被肯同宿。君行到京口，正是桃花时。"这是说王昌龄赴江宁丞任，是冬天出发的，当于春日桃花盛开时到达。又岑参《送许子擢第归江宁拜亲因寄王大昌龄》诗中说："王兄尚谪宦，屡见秋云生。"按此诗作于天宝元年。说"尚谪宦"，则王昌龄赴江宁必在天宝元年以前。说"屡见秋云"，则又不止前一年，当在开元二十八年的冬天。王昌龄《留别岑参兄弟》诗云："江城建业楼，山尽沧海头。副职守兹邑，东南擢孤舟。"又《洛阳尉刘宴与府掾诸公茶集天宫寺岸道上人房》诗云："旧居太行北,远宦沧溟东。""副职守兹邑"、"远宦沧溟东",都是指赴江宁丞任,二诗均为将赴任之前所作。

王昌龄任江宁丞后,返回长安一次。李白《同王昌龄送族弟襄归桂阳》二首(王琦《李太白全集》卷十七)其一云："秦地见碧草……犹怀明主恩。踌躇紫宫恋……"说明此诗是李白在长安时所作。李白在长安的时间是天宝元年秋至天宝三载春。李白既然与王昌龄一同送人,当然王昌龄此时也一度在长安。又王维有《青龙寺昙壁上人兄院集》诗序云："时江宁大兄持片石命维序之。"江宁大兄,即王昌龄。这也说明王昌龄任江宁丞后,仍在长安逗留过。至于王昌龄因何事返长安,不详。

《新唐书·王昌龄传》说："(昌龄)不护细行,贬龙标尉。"《河岳英灵集》等书也提及此事。但王昌龄何时贬龙标,史料缺乏,已不可得知。《全唐诗》(卷一百四十三)所辑王昌龄诗残句云："昨从金陵邑,远谪沅溪滨。"这说明王昌龄是由江宁丞贬为龙标尉的。常建《鄂渚招王昌龄张偾》诗云："谪居未为叹,谗枉何由分？"对王昌龄谪居龙标深感不平。常建此诗收入《河岳英灵集》。此书所收诗始于开元二年,止于天宝十二载,则王昌龄之贬龙标,当在天宝三载至十二载之间。对于王昌龄贬龙标的时间,有的研究者定为天宝七载(《王昌龄行年考》),有的研究者定为天宝八载(詹锳《李白诗文系年》),恐皆为推测,未必有据。李白有《闻王昌龄左迁龙标遥有此寄》一诗,诗云："杨花落尽子规啼,闻道龙标过五溪。我寄愁心与明月,随风直到夜郎西。"这首为人传诵的名作对王昌龄的不幸遭遇充满了深厚的同情。

关于王昌龄之死,《新唐书·王昌龄传》记载较详。它说："(昌龄)贬龙标尉。以世乱还乡里,为刺史闾丘晓所杀。"世乱,指安史之乱。乡里,因《新唐书》认为王昌龄是江宁人,此乡里当指江宁。闾丘晓为濠州刺史,至德二年(757),他为张镐所杀。因此,王昌龄之死必在755年安史之乱爆发之后、757年张镐杀闾丘晓之前。

王昌龄的一生"屡遭贬斥",遭遇是十分不幸的,而最后又惨遭杀害。一代著名诗人就这样悲惨地结束了一生。

二

王昌龄的作品,《旧唐书·王昌龄传》称"有集五卷"。《新唐书·艺文志》著录"《王昌龄集》五卷"。《崇文总目》著录"王昌龄诗一卷"。《郡斋读书志》著录"王昌龄诗六卷"。《直斋书录解题》著录"《王江宁集》一卷"。《宋史·艺文志》著录"《王昌龄集》十卷"。以上著录的《王昌龄集》,皆已亡佚。

王昌龄的诗,《全唐诗》编为四卷(卷一百四十至一百四十三),收诗一百八十余首。北京图书馆藏有明嘉靖铜活字本《王昌龄集》二卷,收诗仅一百二十余首。今存王昌龄诗,除《全唐诗》所收之外,日人上毛河世宁《全唐诗逸》从《文镜秘府论》中辑得一些断章残句,今人王重民《补全唐诗》(《中华文史论丛》第三辑)从敦煌遗书中辑得二首,均可补《全唐诗》王昌龄诗之遗。

王昌龄诗的数量不多,但内容却是比较丰富的。他的诗主要有三类,即边塞诗、反映妇女生活的诗篇和赠答之作。他的边塞诗成就最为突出,描写妇女生活的诗自具特色,赠答之作数量较多,其中多为送别诗,也有一些优秀作品。

边塞诗在南北朝时代已出现。隋唐以来,特别是开元、天宝时期,由于对外战争的频繁和诗人对边塞生活的关心,边塞诗不断增多。盛唐时期的高适、岑参都写了大量的边塞诗,他们都是以写边塞诗著名的诗人。王昌龄的边塞诗数量不多,但也取得了杰出的成就。边塞诗人都长于七言诗,但王昌龄和高适、岑参不同,高、岑长于七言歌行,而王则长于七言绝句。七绝《从军行》七首是王昌龄边塞诗中的名作。这一组诗颇能概括他的边塞诗的内容。

烽火城西百尺楼,黄昏独上海风秋。
更吹羌笛关山月,无那金闺万里愁。

琵琶起舞换新声,总是关山离别情。
撩乱边愁听不尽,高高秋月照长城。

关城榆叶早疏黄,日暮云沙古战场。
表请回军掩尘骨,莫教兵士哭龙荒。

这是一、二、三首。这三首主要写征人思乡,表现了征戍离别的"边愁"。第一首写一个久戍边地的战士黄昏时独上烽火台西的百尺戍楼,楼上海风吹拂,闻羌笛《关山月》,触动了思乡的哀愁。第二首写随着琵琶的乐声战士们跳起舞来,但是新的乐调仍是关山离别之情。曲中的撩乱的边愁如滚滚的波涛,无穷无尽。举首眺望,只见空中悬着皎洁的明月,地上蜿蜒的是寂静的长城。第三首写边城的榆树叶早已稀落枯黄了,黄昏时只见云天无际、黄沙千里的一片古战场。远戍边城太久了,将军上表请求回师,战士们掩埋同伴的尸骨,待命还乡。莫叫战士们哭泣在龙城之外——荒僻的地方。这三首诗,前二首都是写由乐曲引起愁思,后一首从写景落笔,写将军表请班师。皆有景有情,情景交融,深刻地表现了战士们久戍思归之情。

唐代的边塞战争情况比较复杂,有的是抵抗侵略、保卫边疆的正义战争,有的是穷兵黩武、开边拓土的不义之战,因此,边塞诗的内容也甚为复杂。以上三首写久戍思归,基调比较低沉,流露出悲凉悽怆之情。第四、五、六首抒写边防将士杀敌立功的壮志豪情,斗志昂扬,表现出不畏艰苦的乐观精神。

青海长云暗雪山,孤城遥望玉门关。
黄沙百战穿金甲,不破楼兰终不还!

大漠风尘日色昏,红旗半卷出辕门。
前军夜战洮河北,已报生擒吐谷浑!

胡瓶落膊紫薄汗,碎叶城西秋月团。
明敕星驰封宝剑,辞君一夜取楼兰!

第四首前二句写登城远眺。只见青海湖上,长云阴暗,祁连山中,风雪迷漫。后二句写抗敌的决心。将士们为了保卫祖国的边疆,百战沙场,金甲磨穿。但是他们不破楼兰,终不回还。第五首写战争的胜利。大漠风起尘飞,日色昏暗,此时增援的队伍开出辕门,而在洮河以北夜战的前军活捉敌人首领的捷报已到。第六首写战斗必胜的信念。碎叶城西,秋月团圞。将军肩挂铜制酒瓶,跨上紫色战马,他受皇帝之命,带着皇帝赐的宝剑,骑马星夜驰去,将于一夜之间,战取楼兰。这三首诗都洋溢着积极昂扬的情绪,对保卫边疆的战斗充满了胜利的信心。

前六首都是抒情之作,最后一首却是写的边塞景色。

玉门山嶂几千重,山北山南总是烽。
人依远戍须看火,马踏深山不见踪。

我们伟大祖国的边疆,群山叠嶂,不见边际。山南山北,布满烽火台。征人戍守,须看火以辨方位,马踏深山,顷刻不见踪影。王昌龄写边塞风光,与其他佳作一样,俱臻妙境。

王昌龄的边塞诗,其中最脍炙人口的作品是《出塞》二首之一。这首诗被明代李攀龙推为唐人七绝的压卷之作。

> 秦时明月汉时关,万里长征人未还。
> 但使龙城飞将在,不教胡马度阴山。

首句是"互文"。沈德潜说:"备胡筑城,起于秦汉。明月属秦,关属汉,互文也。"(《唐诗别裁集》卷十九)这首诗的意思说,明月仍是秦汉时的明月,关口仍是秦汉时的关口,自古以来,多少英勇卫国的将士牺牲在边疆? 只要有李广那样的"飞将军"在,一定能击退敌人的侵犯! 黄培芳评第三句说:"思古正以讽今。"(《唐贤三昧集笺注》卷中)颇能抓住此诗的要害。这首诗表现了战士们对古代英雄的向往,这实际上是指责当时一些将帅的庸懦无能。在明朗晓畅的语言中,表达了战士们的雄心壮志和对和平生活的渴望。

在王昌龄的边塞诗中,还有一些描写将士们的悲惨遭遇的作品,如《塞下曲》:"奉诏甘泉宫,总征天下兵。……纷纷几万人,去者无全生。""功勋多被黜,兵马亦寻分。更遣黄龙戍,唯当哭塞云。"《塞上曲》:"功多翻下狱,士卒但心伤。"这些作品对封建统治者师出无名,强行征兵,赏罚不明都有所揭露,并涵蕴着诗人对将士们的同情。《代扶风主人答》写一个老兵的痛苦经历:

> 十五役边地,三回讨楼兰。连年不解甲,积日无所餐。将军降匈奴,国使没桑干。去时三十万,独自还长安。不信沙场苦,君看刀剑瘢。乡亲悉零落,冢墓亦摧残。仰攀青松枝,恸

绝伤心肝。

这个老兵十五岁赴边服役,转战疆场,忍受饥寒。侥幸还乡,然乡亲零落,冢墓摧残。痛苦的生活折磨,使他伤心恸绝。这一节诗,有血有泪,感人至深。王昌龄的这些诗生动地反映了社会现实,深切地关心人民的疾苦,也流露了自己的悲愤的感情。

王昌龄善于写边塞诗,也善于写反映妇女生活的诗篇。《闺怨》是他的名作之一:

闺中少妇不知愁,春日凝妆上翠楼。
忽见陌头杨柳色,悔教夫婿觅封侯。

这首诗写闺中少妇由"不知愁"到知愁,深刻地揭示了封建时代少妇的内心世界。"闺中"二句,写"不知愁"的闺中少妇打扮既毕,登上翠楼,语意似平淡无奇。"忽见"二句笔锋一转,写少妇忽见陌头春色而思念良人,流露出悔恨之情,写得含蓄而真实。诗中少妇的感情变化虽很突然,却显得合情合理,十分自然。

《长信秋词》和《春宫曲》都是宫词,写宫中妇女的生活:

奉帚平明金殿开,且将团扇共徘徊。
玉颜不及寒鸦色,犹带昭阳日影来。

昨夜风开露井桃,未央前殿月轮高。
平阳歌舞新承宠,帘外春寒赐锦袍。

前一首写失宠的宫中妇女,后一首写"新承宠"的宫中妇女。失宠的是"玉颜不及寒鸦色",新承宠的是"帘外春寒赐锦袍"。两者对照,十分鲜明。在封建社会里,君王的一时好恶,往往决定宫中妇女一生的荣枯。王昌龄这类诗的基本内容是宫怨,它反映了封建时代宫中妇女们的不幸命运,也揭露了统治者的残酷罪行。

有一些小诗是描绘妇女们的劳动生活的,如《浣纱女》:

> 钱塘江畔是谁家,江上女儿全胜花。
> 吴王在时不得出,今日公然来浣纱。

钱塘江畔"胜花"的少女,当吴王在世时不敢出来,直到吴王死后才敢公然出来浣纱。这里,一方面揭露了封建帝王的荒淫无耻,一方面写出浣纱少女们的辛勤劳动,语言明白如话,写得轻松活泼,颇有几分民歌风味。另有一首《采莲曲》,写得更为优美动人:

> 荷叶罗裙一色裁,芙蓉向脸两边开。
> 乱入池中看不见,闻歌始觉有人来。

采莲的少女身着绿罗裙,荷叶罗裙,碧色相映,女貌花容,红艳难分,她们乘着小舟在莲池中穿行。小舟荡入无边的莲叶之中,看不见了。听到歌声,方知有人来。这首诗写少女们愉快地劳动,不假修饰,自然传神。

在王昌龄的诗中,还有为数较多的赠答之作。这些虽是应酬作品,但是,有的寄寓了诗人的身世之感,有的表白了高尚的情操,有的表达了真挚的友情,也还有值得我们重视的地方。

不少赠答诗提到他遭受贬谪的事,如"羁谴同缯纶"(《送任五之桂林》),"迁客就一醉"(《留别伊阙张少府郭大都尉》),"皇恩暂迁谪"(《留别武陵袁丞》),"谴黜同所安"(《岳阳别李十七越宾》),"一从恩谴度潇湘"(《寄穆侍御出幽州》),"远谪谁知望雷雨"(《送吴十九往沅陵》)等等,这是王昌龄实际生活的反映,因为他一生"屡遭贬斥",在他的诗中一再提及贬谪是十分自然的事,他有一首《为张偾赠阎使臣》诗:

> 哀哀献玉人,楚国同悲辛。
> 泣尽继以血,何由辨其真?
> 赖承琢磨惠,复使光辉新。
> 犹畏谗口疾,弃之如埃尘。

这首诗借楚人卞和献玉的故事,写出"犹畏谗口疾,弃之如埃尘"的忧虑。结合王昌龄屡被贬斥的遭遇来看,显然包含了自己的思想感情。

这类诗歌,以《芙蓉楼送辛渐》最为有名:

> 寒雨连江夜入吴,平明送客楚山孤。
> 洛阳亲友如相问,一片冰心在玉壶。

此诗写于诗人出为江宁丞任内。寒雨连江,平明送客,诗人设想洛阳亲友相问,他的回答,不是贬谪之愁,也不是怀乡之苦,却是表白自己光明磊落、清廉自守的情操。所以前人评曰:"自矢清操也。"(《唐贤三昧集笺注》卷中黄培芳评语)以"一片冰心在玉壶"结束全诗,不落俗套,最为警策。

历来赠别之作常常带有感伤的情调,如王维有名的"渭城朝雨",也不免慨叹"西出阳关无故人"。王昌龄有的送别诗却颇为别致。如《送柴侍御》诗:

> 流水通波接武冈,送君不觉有离伤。
> 青山一道同云雨,明月何曾是两乡。

这是他被贬为龙标尉时的作品。送别友人却不觉有离伤,表现出比较开朗、健康的感情。"青山"二句,以常见的自然现象说明为何"不觉有离伤",富有情趣。

王昌龄的诗,除了上述的主要内容之外,还有一些咏史、咏物、纪行、应制等诗篇。他的咏史、咏物诗多以明志，应制诗是奉命写的，无甚价值，唯纪行诗颇可注意，因为我们从中可以考出诗人的行踪。例如，我们读《山行入泾州》等诗，参之"白花原头望京师"（《旅望》），"八月萧关道"、"黯黯见临洮"（《塞下曲》），"碎叶城西秋月团"、"玉门山嶂几千重"（《从军行》）等诗句，可以看出王昌龄是到过边塞的。正因为诗人有这些实际的边塞生活的感受，他才有可能写出那些动人的诗篇。这对我们理解他的边塞诗很有帮助。

王昌龄是擅长七绝的诗人，他的七绝可与李白争胜。明人王世贞说："七言绝句，王江宁与太白争胜毫厘，俱是神品。"（胡震亨《唐音癸签》卷十引）后人称他为"七绝圣手"。他的七绝的特点是善于抒情，善于概括和想象，他常常以圆润蕴藉的语言表现复杂的思想感情，描写人物的心理活动，内涵丰富，音调和谐，虽精心结构，但不失自然，写得委婉含蓄而富于韵味。沈德潜说："龙标绝句，深情幽怨，意旨微茫，令人测之无端，玩之无尽，谓之唐人骚语可。"（《唐诗别裁集》卷十九）明人胡应麟说：昌龄七绝佳作如《闺怨》、《从军行》等"皆优柔婉丽，意味无穷，风骨内含，精芒外隐，如清庙朱弦，一唱三叹"（《诗薮·内编》卷六）。这些评价是比较中肯的。《旧唐书》本传说王昌龄的诗"绪微而思清"，意思是说，他的诗表达细腻而立意清奇，不同凡俗。这是就其全部诗作而言，其七绝当然也不例外。在唐代诗人中，王昌龄是以主要精力从事七绝创作的诗人，他的七绝今存七十余首，占他今存诗的五分之二，他在这方面的杰出成就值得我们重视。

三

王昌龄的作品，除了诗以外，还有一些文。《全唐文》收了他的文六篇。这六篇是《公孙弘开东阁赋》、《吊轵道赋》、《灞桥赋》、《对大斝酌酒判》、《对荐贤能判》和《上李侍郎书》。

《公孙弘开东阁赋》题下注明："以风势声理,畅休实久为韵。"应是试题。赋题出自《汉书》。《汉书·公孙弘传》说："时上方兴功业,娄(屡)举贤良。弘自见为举首,起徒步,数年至宰相封侯。于是起客馆,开东阁以延贤人……"赋的开头化用《周易》上的话说："易穷则变,变则乃通。"是为全篇主旨。它指出："其未遇也,如兽之槛,如禽之笼;其德合也,起阿衡于莘滕,获太师于渭翁。""未遇"则穷,"德合"则通,说明贤能之士的穷通关键在当权者。接着评论公孙弘之"发迹",赞扬了他招纳贤才的精神。这篇赋可能是王昌龄早年的作品,寄寓了自己怀才不遇的感慨,渴望能受到像公孙弘那样的能臣的赏识。

《吊轵道赋》的思想内容,在赋前小序中说得很清楚。序云:"轵道,秦故亭名也。今在京师东北十五里。署于路曰:'秦王子婴降汉高祖之地。'岂不伤哉！余披榛往而访之,则莽苍如也。夫以战国之弊,天下创夷,又困于秦,使无所诉,罪在于政,而戮乎婴。呜呼！杀降不祥,项氏之不仁也。遂作赋以吊云。"赋中对项羽进行了严厉的批判,他认为项羽是"以暴易暴",他在"东城引剑,亦其宜哉！"最后说："姑退身以进道,曷飏言而受非。"可见此赋虽是咏史之作,似亦与他的遭遇有关。

《灞桥赋》,题下亦注明："以水云辉映,车骑繁杂为韵。"此是歌咏灞桥之作。赋的最后说："聊倚柱以叹息,敢书桥以承命。"看来系"承命"而作,它既以写桥,又借以发思古之幽情。

《对大斝酌酒判》和《对荐贤能判》,都是应酬文章。前者赞"以大斝酌醴祈黄耇",有助于古道之复兴;后者赞"荐贤能之士"有功。今天看来,后者对我们或许还有些启发,而前者已经没有什么意义了。

比较值得我们注意的是《上李侍郎书》。李侍郎，即李元纮。据《旧唐书·李元纮传》记载，李历任工部、兵部、吏部三侍郎，而在开元十三年（725）前数年任吏部侍郎。从文章内容看，此文当写于开元十五年（727）之前，即王昌龄登进士第之前。

王昌龄这篇文章和李白的《与韩荆州书》颇为相似，皆意在"干谒"。王昌龄希望能得到李元纮的赏识，而对自己有所帮助。他说："惟明公能以至虚纳，惟昌龄敢以无妄进。"又说："至虚不纳，无妄不进，将使天下之士永绝望于明公矣，岂独小人哉！"希企李侍郎提携之意，溢于言表。

王昌龄还说："天生贤才，必有圣代用之。用之于天子，先自铨衡。则明公主司天下开塞，天下之所由也，可不慎之！"他建议李侍郎慎"铨衡"，目的是想让天下贤才都有仕进的机会，当然自己也不例外。可是，当时选拔贤才常着眼于"文墨"，王昌龄认为是不全面的，因为人的才能，在文章中未必完全可以窥见，况且文章的体势是多样的，如因一时不合主司者之意就被弃置，岂不埋没人才。"伏愿密运心镜，俾无逃形，振拔非常，以资天轴。"他希望李侍郎用如镜之心，鉴别人才，提拔有才之士，贡献给国家。文章的后面，王昌龄说到自己，他说："昌龄久于贫贱，是以多知危苦之事……昌龄请攘袂先驱，为国士用……昌龄岂不解置身青山，俯饮白水，饱于道义，然后谒王公大人，以希大遇哉！每思力养不给，则不觉独坐流涕，啜菽负米，惟明公念之。"从这里，我们知道王昌龄早年是贫贱的，这和他在诗中说的"无何困躬耕，且欲驰永路"（《郑县宿陶太公馆中赠冯六元二》）是一致的。穷困的生活，使他不能置身青山，以希大遇，而渴望早日"为国士用"，正是为此，他才上书李侍郎的。

文章最后说到:"昌龄常在暇日,著《鉴略》五篇,以究知人之道,将俟后命,以黩清尘。"王昌龄打算献《鉴略》给李侍郎。《鉴略》早已失传,他是如何"究知人之道"的,已不得而知。但这封上书似乎没有起什么作用。

除了诗文之外,王昌龄还有论诗的著作。《新唐书·艺文志》著录王昌龄的《诗格》二卷。陈振孙《直斋书录解题》著录《诗格》一卷,《诗中密旨》一卷。《宋史·艺文志》与陈振孙的著录相同,看来《诗中密旨》可能是后来从《诗格》中分出来的。今存的《诗格》一卷,《诗中密旨》一卷,有《诗学指南》本和《格致丛书》本。

关于《诗格》和《诗中密旨》的真伪问题,研究者有些不同看法,但大多数研究者认为是伪托的。明代唐诗专家胡震亨在《唐音癸签》卷三十二《集录》三"唐人诗话"一条中,列举了《评诗格》(一卷,李峤撰)、《诗格》(一卷,王维撰)、《诗格》(二卷)、《诗中密旨》(一卷,并王昌龄撰)、《诗式》(五卷)、《诗议》(一卷,并皎然撰)、《金针诗格》(三卷)、《文苑诗格》(一卷,并白居易撰)、《诗格》(一卷)、《二南密旨》(一篇,凡十五门,并贾岛撰)等之后说:"以上诗话,惟皎然《诗式》、《诗议》二撰,时有妙解,余如李峤、王昌龄、白乐天、贾岛……诸撰,所论并声病对偶浅法,伪托无疑。"清代四库馆臣在《四库全书总目提要》的司空图《诗品》条下说:"唐人诗格传于世者,王昌龄、杜甫、贾岛诸书,率皆依托。"又在《吟窗杂录》条下说:"前列诸家诗话,惟钟嵘《诗品》为有据,而删削失真,其余如李峤、王昌龄、皎然、贾岛、齐己、白居易、李商隐诸家之书,率出依托,鄙倍如出一手。"今人郭绍虞认为王昌龄的《诗格》、《诗中密旨》等论诗格一类的著作,是"依托之作","都是一些妄庸者流,强托风雅,稗贩摭拾以写成的"(《中国文学批评史》,上海古籍出版社1979年版150页)。以上三家都认为王昌龄的《诗格》和

《诗中密旨》是后人伪托的,唯有今人罗根泽疑二书皆伪中有真。他说:"《秘府论》地卷论体势类的《十七势》、南卷论文意类最前所引或曰四十余则,皆疑为真本王昌龄《诗格》的残存。"(《中国文学批评史》第四篇第二章)他列举的主要理由是:一、《十七势》发端即称"王氏论文云"。《秘府论》南卷论文意类引或曰右旁注有"王氏论文云"五字。此王氏,即王昌龄,因为在遍照金刚以前研究诗格而姓王的,只有王昌龄一人。二、今本《诗格》中有起首入兴体十四种,和《十七势》颇有同者,故知伪中有真。三、《诗中密旨》中有诗六病例,犯病八格,皆见于《秘府论》。虽然罗先生言之凿凿,似乎不无道理。但是,我们仍然认为可疑。第一,早在开元、天宝时期,像王昌龄这样的诗人,竟有如此细碎而烦琐的论诗格的著作问世,实在令人难以相信。第二,即使《诗格》和《诗中密旨》中有些内容和文字见于《秘府论》,也不能证明是王昌龄的著作。因为《秘府论》的作者日人遍照金刚来华的时间为贞元二十年(804)到元和元年(806)。这时王昌龄死后近五十年,由于王昌龄生前颇负盛名,很难排除后人托他之名造伪书,就像托王维、白居易等人之名造伪书一样。第三,从所论之鄙陋委琐看来,定非出自高手。因此,我们认为二书皆是伪托之作。

这两部书虽是伪托的,但也是唐人著作,其论诗间有可采之处,如论诗有三境,即物境、情境、意境;论诗有三格,即生思、感思、取思(《诗学指南》卷三,《唐音癸签》卷二所引略同)。对我们今天研究诗歌意境和艺术构思问题都有一定的参考价值。

又,《新唐书·艺文志》著录郗昂《乐府古今题解》三卷,其下注云:"一作王昌龄。"此书早佚,无法考知。

综上所述,我们认为王昌龄的文,数量少,质量不高。他的论诗之作是后人伪托的。作为盛唐时期的一个著名诗人,他的文学成就主要表现在诗歌创作上。在众芳斗艳、万紫千红的唐代诗苑中,王昌龄的诗,是一朵鲜艳夺目的奇葩!特别是他的七言绝句,获得很高的成就。清人翁方纲说:"龙标精深可敌李东川(颀),而秀色乃更掩出其上……有唐开、宝诸公,太白、少陵之外,舍斯其谁与归!司空表圣论之曰:'杰出于江宁,宏肆于李、杜。'信古人之不我欺也。"(《石洲诗话》卷一)这个评价可能过分了一些,但是,在中国文学史上,他的诗歌占有重要的位置,是毫无疑义的。

1981 年 2 月

唐人七绝"压卷"之作赏析

唐代是中国古代诗歌发展的黄金时代。唐代诗歌出现了百花争艳、万紫千红的局面。唐诗今存近五万首,仅绝句就有一万首左右,宋人洪迈辑有《唐人万首绝句》一书。清代诗人王士禛的《唐人万首绝句选》,据洪书删存八百九十五首,所选颇为精审。但被前人推为"压卷"之作的,就七言绝句而言,为数不多。沈德潜说:

> 李沧溟推王昌龄"秦时明月"为压卷,王凤洲推王翰"葡萄美酒"为压卷,本朝王阮亭则云:"必求压卷,王维之'渭城',李白之'白帝',王昌龄之'奉帚平明',王之涣之'黄河远上',其庶几乎!而终唐之世,亦无出四章之右者矣。"沧溟、凤洲主气,阮亭主神,各自有见。愚谓:李益之"回乐烽前",柳宗元之"破额山前",刘禹锡之"山围故国",杜牧之"烟笼寒水",郑谷之"扬子江头",气象稍殊,亦堪接武。(《说诗晬语》卷上)

这里所谓"压卷"是指唐人七绝中最好的作品。李攀龙(沧溟)、王世贞(凤洲)、王士禛(阮亭)和沈德潜四人所列举的唐人七绝"压卷"之作只有十一首。由于各家文学思想的差异,所推各诗是不相同的,但都是唐人七绝中的优秀作品。阅读这些诗篇,了解它们的思想内容和艺术特色,对提高我们的诗歌鉴赏水平是有好处的。我本着"奇文共欣赏,疑义相与析"的精神,不揣谫陋,就这十一首七绝谈谈自己的一些学习体会。

出　塞

王昌龄

秦时明月汉时关,万里长征人未还。
但使龙城飞将在,不教胡马度阴山。

和高适、岑参一样,王昌龄也是以写边塞诗著名的诗人。边塞诗人都长于七言诗,但王昌龄和高、岑不同,高、岑长于七言歌行,而王则长于七言绝句。明人胡应麟说:"少伯(王昌龄的字)七言绝超凡入圣,俱神品也。"(《诗薮·内编》卷六)王昌龄的七绝被前人视为"神品",评价是极高的。唐人七绝能与王昌龄媲美的,只有李白。

王昌龄的《出塞》有两首,这是第一首,它是王昌龄边塞诗中传诵最广的一首名作。这首诗一开始就描写边塞的环境,天空的明月照耀着地上的雄关,写出了边塞的寥廓、荒凉。诗人又把环境和历史联系在一起,在"明月"前加上"秦时",在"关"前加上"汉时",使人感到这种景象亘古如斯,增加读者的沉思和遐想。难道明月在秦时才有,关在汉时方见?显然不是的,沈德潜说:"防边筑城,起于秦汉,明月属秦,关属汉,诗中互文。"(《说诗晬语》卷上)懂得"互文"这种修辞手法,我们知道前两句的意思是说,秦汉以来,边塞战事频繁,绵延不断,一批又一批的战士远离家乡,效命疆场,不知何日方能扑灭战火,返回家园?这里表现了诗人对战士们的同情。后两句则表示诗人的希望:只要边塞有像飞将军李广那样的良将镇守,就不会让匈奴贵族统治集团的兵马越过阴山来侵扰了。龙城,一说应是卢城,即唐代北平郡治下的卢龙县。据《史记·李将军列传》记载:"(李)广居右北平,匈奴闻之,号曰汉之飞将军,避之。"右北平,唐时为北平郡,又名平州,首府在卢龙县。至于龙城,是匈奴祭天的地方,汉时属匈奴管辖。因此,应以卢城为是(参阅阎若璩《潜丘札记》卷二)。这首诗表现了诗人对守边战士的深厚同情和对古代良将的向往,反映了战士昂扬的爱国抗敌精神,并对庸懦误国的边将作了委婉的讽刺。情绪慷慨,语言明畅,格调雄浑,表现得深沉含蓄而耐人寻味。胡应麟说,王昌龄的一些优秀七绝,"皆优柔婉丽,意味无穷。风骨内含,精芒外隐,如清庙朱弦,一唱三叹"(《诗薮·内编》卷六)。是切合实际的。

凉州词

王 翰

葡萄美酒夜光杯,欲饮琵琶马上催。
醉卧沙场君莫笑,古来征战几人回?

王翰是当时颇有名气的诗人,所以杜甫以"王翰愿卜邻"感到荣幸。他"工诗,多壮丽之词"(《唐才子传》卷一)。诗今存十三首,擅长绝句,其《凉州词》一首为古今传诵的名作。

《凉州词》是唐代乐曲名,是歌唱凉州一带边塞生活的歌词。凉州,西汉始置,唐代辖境在今甘肃永昌以东、天祝以西一带。

这首诗是写征戍的士兵出发前那种豪放而悲凉的心情。第一句写一个征人斟酒痛饮,饮的是葡萄美酒,用的是夜光杯。葡萄酒、夜光杯都是当时西域所产。诗歌开头不仅描写了一场豪华的宴会,而且带有西域的地方色彩。第二句写正当出征的士兵开杯畅饮时,忽然马上传来铮铮的琵琶声,听调子是催促征人出发了。琵琶是西域乐器,诗人以此渲染异域的气氛。"欲饮"和"琵琶马上催"所构成的矛盾,深刻地表现了征人的复杂心情。第三、四句说,喝吧!就是喝醉了,躺在沙场上,你也不必笑我,因为自古以来,驰骋沙场的健儿,有几个能活着回来呢?王翰是盛唐时代的诗人,盛唐时期的战争是复杂的,有反击侵扰、保卫祖国的战争,也有封建统治阶级对边境少数民族进行掠夺的战争。这首诗流露的是对不义战争的厌倦和不满的心情。沈德潜评这首诗说:"故作豪饮之词,悲感已极。"(《唐诗别裁集》卷十九)施补华不同意此说,认为:"作悲伤语读便浅,作谐谑语读便妙,在学人领悟。"(《岘佣说诗》)其实"醉卧沙场"并非"谐谑语",而是沉痛语,整首诗给人的感觉是悲壮的。

这首诗在艺术技巧上是十分高超的。王尧衢分析此诗顿挫之妙说,"葡萄美酒"一顿,"夜光杯"一顿,"欲饮"一顿,"琵琶马上催"一顿,"醉卧沙场"是"特大为跌顿,说个尽情虚张之局以取势而逼出末句也","君莫笑"引起下句,一顿,"古来征战几人回"一挫(见《古唐诗合解》卷五)。所谓顿挫,即诗歌停顿转折,此诗上三句每句二顿,末句一挫。这样六顿一挫,使全诗精神跃然纸上。

送元二使安西

王 维

渭城朝雨浥轻尘,客舍青青柳色新。
劝君更进一杯酒,西出阳关无故人。

这首诗郭茂倩《乐府诗集》作《渭城曲》(卷八十)。这是当时有名的送别之作。琴曲《阳关三叠》(又名《阳关曲》),各谱皆以这首诗为歌词。刘禹锡《与歌者》诗云:"旧人唯有何戡在,更与殷勤唱渭城。"白居易《对酒》诗云:"相逢且莫推辞醉,听唱阳关第四声。"《晚春欲携酒寻沈四著作》诗云:"最忆阳关唱,真珠一串歌。"

李商隐《赠歌妓》诗云:"红绽樱桃含白雪,断肠声里唱阳关。"从这些诗句里可以看出,此曲在唐代就广泛流传了。

诗题中的元二,以行第称,生平事迹未详。安西,在今新疆维吾尔自治区库车附近,为当时安西都护府治所。

诗的开头点明地点、时间、天气。地点是渭城,时间是早晨,天气是微雨之后。次句以"客舍"点明饯别的处所,以"柳色新"进一步交代送别的季节是春天。这是一个春天的早晨,微雨之后,地上的尘土已被沾湿,空气格外新鲜。客店旁的柳树,雨后显得更加青翠喜人。古人有折柳赠别的习俗,《三辅黄图·桥》载:"霸桥在长安东,跨水作桥,汉人送客至此桥,折柳赠别。"因此,"青青柳色"隐含着送别人和行人的依依惜别之情。以上二句是写景,景色是美好的,而行人就要离别这春色满园的都城到阳关以西——遥远的地方去了。

后二句写饯别的情形。"劝君更进一杯酒",酒已经喝得很多了,最后,在离别之前,老朋友又满满地斟上一杯。这不是普通的一杯酒,是洋溢着真挚友情的一杯酒。亲爱的朋友,不必再推辞了,干杯吧!要知道你西出阳关,就再也没有老朋友了。那时再想欢聚一堂,开怀畅饮也不可能了。"西出阳关无故人",充满了老朋友之间的深厚情谊。真是"情真语切,所以遂成千古绝调"(王尧衢《古唐诗合解》卷五)。

明代李东阳评此诗说:"作诗不可以意徇辞,而须以辞达意。辞能达意,可歌咏,则可以传。王摩诘'阳关无故人'句,盛唐以前所未道。此辞一出,一时传诵不足,至为三迭歌之,后之咏别者千言万语殆不能出其意之外,必如是方可谓之达耳。"(《怀麓堂诗话》)他认为"后之咏别者千言万语殆不能出其意之外"是不完全符合实际的。但是,他指出由于王维在艺术上的创新,所以赢得广泛的传诵,这一点是正确的。

早发白帝城

李 白

朝辞白帝彩云间,千里江陵一日还。
两岸猿声啼不住,轻舟已过万重山。

这首诗是李白在什么情况下写的呢?有两种说法:一种认为是李白二十五岁(725)时,为了实现自己的抱负,离开四川。途中在离开白帝城到江陵时所作(王瑶《李白》)。一种认为是李白五十九岁(759)因从永王李璘事流放夜郎,刚至巫峡,遇赦放回。他兴奋之余,在江陵写了这首诗(主此说者甚多,常见的如朱东润主编的《中国历代文学作品选》中编第一分册)。

我们赞同第二种说法,因为"千里江陵一日还"绝不是初次出蜀的口气。杨慎《升庵诗话》说:"太白娶江陵许氏,以江陵为还,盖室家所在。"(卷四)其说虽稍滞,但也能说明一些问题。

这首诗抒发了诗人遇赦东还的喜悦心情。首句紧扣题意,点出时间、地点。诗人是在早晨辞别白帝城的。白帝城在今重庆奉节县东,城建在白帝山上,山峻城高,常有云霞缭绕,故说"彩云间"。次句写白帝与江陵相距至千里,而轻舟东还只需一日。"千里"与"一日"对照鲜明,生动地表现了舟行之迅速。长江上游,水流湍急,《水经注》说:"有时朝发白帝,暮至江陵。其间千二百里,虽乘奔御风不以疾也。"次句所描绘的就是这一境界。三、四句补叙两岸的景物,表达了诗人愉快的心情。《水经注》说:"自三峡七百里中,两岸连山,略无阙处。……每至晴初霜旦,林寒涧肃,常有高猿长啸,属引凄异,空谷传响,哀转久绝。故渔者歌曰:'巴东三峡巫峡长,猿鸣三声泪沾裳。'"这是第三句的内容。两岸群山,猿啼凄异,过往行人,闻之泪下。而李白由于遇赦东还,心情舒畅,不觉猿声凄切,轻快的小舟已穿过万重山了。"轻舟"之"轻"不仅写出舟行之轻快,也暗示诗人之心情。沈德潜说:"入猿声一句,文势不伤于直,画家布景设色,每于此处用意。"(《唐诗别裁集》卷二十)这是说,这首诗并不是平铺直叙的。第三句之猿鸣,使诗之气势急中有缓,缓急结合,从而令人感到曲折而富于波澜,这一点施补华说得比较具体,他说:"太白七绝,天才超逸,而神韵随之,如'朝辞白帝彩云间,千里江陵一日还'。如此迅捷,则轻舟之过万山不待言矣。中间却用'两岸猿声啼不住'一句垫之,无此句,则直而无味,有此句,走处仍留,急语仍缓,可悟用笔之妙。"(《岘佣说诗》)

长信秋词

王昌龄

奉帚平明金殿开,且将团扇共徘徊。
玉颜不及寒鸦色,犹带昭阳日影来。

王昌龄的《长信秋词》有五首,这是第三首。此诗《乐府诗集》收入《相和歌·楚调曲》,题为《长信怨》。

王昌龄善于写边塞诗,也善于写反映妇女生活的诗篇。《长信秋词》写宫中妇女的痛苦遭遇,这是其中最著名的一首。首句写班倢伃在长信宫供养太后的事。《汉书·外戚传》说:"赵氏姊弟骄妒,倢伃恐久见危,求供养太后长信宫,上许焉。"可见班倢好到长信宫去侍奉太后,是因为汉成帝爱上了赵飞燕和赵合德。赵氏姊妹骄妒,班氏感到处境危险,不得已才这样做的。次句仍是用班倢仔的典故。相传班氏有《怨歌行》一首,诗云:"新裂齐纨素,鲜洁如霜雪。裁为合欢扇,团团似明月。出入君怀袖,动摇微风发。常恐秋节至,凉飙夺炎热。弃捐箧笥中,恩情中道绝。"此诗以秋扇见捐,喻君恩中断。次句隐用其意。"奉帚平明"、"暂将团扇"写宫中妇女凄凉寂寞的生活,揭示了封建社会中帝王的宠爱之无常,帝王妃嫔的遭遇之不幸。三、四句说,班倢妤美丽的容貌,尚不如寒鸦的颜色。寒鸦从昭阳宫飞来,犹带日影(古人常以日喻君,日影喻君王之恩宠),而自己却不能得到君王的恩宠。这是写赵飞燕姊妹之得宠和班氏之失宠,表现了深沉的怨恨之情。沈德潜说:"昭阳宫,赵昭仪(即赵合德)所居,宫在东方,寒鸦带东方日影而来,见已之不如鸦也。优柔婉丽,含蕴无穷,使人一唱而三叹。"(《唐诗别裁集》卷十九)

　　王昌龄的七绝今存七十多首,将近他诗歌总数的一半。他是以主要精力从事七绝创作的诗人。他的七绝善于捕捉和概括典型的情景,内涵丰富,意味深长,富于诗情画意,取得了很高的艺术成就,所以后人称他为"七绝圣手"。

凉州词

王之涣

　　黄河远上白云间,一片孤城万仞山。
　　羌笛何须怨杨柳,春风不度玉门关。

　　王之涣的诗,今仅存六首。《凉州词》有二首,这是第一首。《乐府诗集》收入《横吹曲辞》,题作《出塞》。这首诗是他的名作。唐人薛用弱《集异记》有"旗亭画壁"故事一则,讲王昌龄、高适和王之涣同至旗亭小饮,听歌妓四人讴歌的事。当时这四个歌妓各唱一首：一个唱王昌龄的"寒雨连江夜入吴"，一个唱高适的"开箧泪沾臆"，一个唱王昌龄的"奉帚平明金殿开"，最后一个，也是四个歌妓中最美的一个唱王之涣的"黄河远上白云间"。这个故事，可能不足凭信，但它可以说明王之涣和高适、王昌龄一样，都是当时享有盛名的诗人了，这首《凉州词》也是当时脍炙人口的诗篇。

这首诗是借乐府旧题描写边塞风光的。一开头写黄河。诗人从近处往远处看，好像黄河直高到白云深处。诗境壮阔，富有雄伟的气势。这样的诗句，叫人很自然地联想到李白的名句"黄河之水天上来"，它们同样给人以壮美的感觉。"黄河远上"一作"黄沙直上"。有人认为玉门关与黄河远隔千里，应以"黄沙直上"为好。叶景葵说："向诵此诗即疑'黄河'两字与下三句不贯串，此诗之佳处，不知何在？若作'黄沙'，则第二句'万仞山'便有意义，而第二联亦字字皆有着落。第一联写出凉州荒寒萧索之象，实为第三句'怨'字埋根，于是此诗全诗灵活矣。"（《卷盦书跋·唐人万首绝句》）此说亦有见地。次句写"孤城"和高"山"。孤城是一片，既狭小，又孤零零的，高山却是万仞，显得边塞荒寂而孤苦。"黄河"与"白云"，颜色不同；"一片"与"万仞"，数字迥异，这样对比鲜明，生动地表现了边塞景色，增加了诗句的美感。第三句的意思是，羌笛何必吹出哀怨的《折杨柳》曲？北朝乐府《鼓角横吹曲》有《折杨柳枝》歌词云："上马不捉鞭，反拗杨柳枝。下马吹横笛，愁杀行客儿。"歌中把折柳、吹笛和离别联系在一起，表达了离愁。这是一层意思，再一层意思是，以杨柳象征春天。"怨杨柳"是怨恨当时西北边塞地区荒凉，不见春光。所以最后点出："春风不度玉门关。"对于这首诗的涵义，杨慎曾深刻地指出："此诗言恩泽不及于边塞，所谓君门远于万里也。"（《升庵诗话》卷二）这是借此比喻当时朝廷不关心边塞战士，他们得不到皇帝的恩泽，含有微婉的讽谕之意。

这首诗抓住"黄河"、"一片孤城"、"万仞山"、"羌笛"、"杨柳"、"玉门关"等具有特征性的景物,真切地描绘了边塞风光,艺术上很有特色,所以传诵千古。

夜上受降城闻笛

李 益

回乐烽前沙似雪,受降城外月如霜。
不知何处吹芦管,一夜征人尽望乡。

李益是中唐时期的著名诗人,当时与李贺齐名。他擅长七言绝句。胡应麟说:"七言绝开元之下,便当以李益为第一。"(《诗薮·内编》卷六)评价是很高的。

李益曾居边塞十余年,熟悉边塞生活,写了不少动人的边塞诗。这首诗写征人的乡愁,是中唐七绝中的名作,曾被人说成中唐绝句之冠。开头二句,以列偶句描绘边塞苦寒的景象:回乐烽前,飞沙似雪;受降城外,月光如霜。回乐烽,回乐县附近的烽火台。回乐故城在今宁夏回族自治区灵武县西南。受降城,唐代有三座受降城,这里指的是西城。西城在灵州(今宁夏回族自治区灵武县)。回乐、受降城都是当时边塞地方,烽火台更是具有特征性的边塞景物。诗歌一开始连用两个地名,两个比喻,自然而生动地把边塞的景色呈现在读者的面前,使人感到苦寒逼人。正是在这样的月夜里,不知何处传来阵阵胡笳声,顿时勾起了征人怀乡的哀愁。胡笳声悲切感人,李颀诗云:"蔡女昔造胡笳声,一弹一十有八拍。胡人落泪沾边草,汉使断肠对归客。"(《听董大弹胡笳兼寄语弄房给事》)胡笳声能使"胡人落泪"、"汉使断肠",那么,征人闻之"望乡",也是很自然的事情。李益七绝学王昌龄,语言精炼,音节和谐,形象丰富,韵味深长。但是,由于时代的变化,他的诗染上了悲凉的色彩。

据《旧唐书·李益传》记载,李益"每作一篇,为教坊乐人以赂求取,唱为供奉歌词"。本篇"天下以为歌词"。可见李益的绝句在当时极受重视,而这一首《夜上受降城闻笛》流传广泛,尤为著名。无怪乎王世贞说:"绝句李益为胜……回乐峰(烽)一章,何必王龙标(昌龄)、李供奉(白)?"(《艺苑卮言》卷四)

酬曹侍御过象县见寄

柳宗元

破额山前碧玉流,骚人遥驻木兰舟。
春风无限潇湘意,欲采蘋花不自由。

唐宪宗元和十年(815),柳宗元改贬柳州刺史。到元和十四年(819)病死,他一直在柳州。这是柳宗元被贬在柳州时的著名诗篇。柳宗元的老朋友曹侍御路过象县(今广西象州县),写了一首诗赠给他,他就回赠了这首诗。

这首诗以比兴手法表达诗人和曹侍御的真挚友谊,流露了自己谪居柳州的愤慨之情。前两句从写景开始,破额山,旧注认为"在黄州府黄梅县西北"(王尧衢《古唐诗合解》卷六)。有的新注本也袭用旧说,认为"破额山,在今湖北省黄梅县西北"。但黄梅的破额山与此诗有何相干? 有人说:"曹侍御从黄梅县来,曾驻舟碧玉流中,从柳州象县而想'破额山前',所以说'遥驻'。"(中国社会科学院文学研究所编《唐诗选》下册44页)虽曲为之说,终显得勉强。从诗意看,破额山似在象县附近,问题是尚缺乏依据,因此只能存疑。"碧玉流",形容江水其碧如玉,写出了象县山水之幽美,而这就是曹侍御路过的地方。次句写曹侍御从远方来到这里,暂驻客舟,并以诗相赠。"骚人",因屈原作《离骚》,创造了一种独特的诗体,后世因称屈原或《楚辞》的其他作者为骚人,意即诗人。此指曹侍御。"木兰舟",以木兰为舟,亦《楚辞》中惯用的词语。后两句写柳宗元收到曹侍御的赠诗,增加了对老朋友的无限思念。他很想去象县和他相会,但自己不自由的处境,使他不能如愿以偿。"春风"点明时间,也暗喻曹侍御寄赠的诗篇。"潇湘意",感到谪居之意,或指思念之情。潇湘,即湘江,因湘水清深得名,潇是水清深的意思。屈原的《九歌》、《九章》,多以湘江为背景,后常为迁客骚人触景生情的地方。"采蘋花",采蘋花以赠友人,指会面。此类写法《楚辞》多有,如《湘君》云:"采芳洲兮杜若,将以遗兮下女。"《湘夫人》云:"搴汀洲兮杜若,将以遗兮远者。"后来南朝梁柳恽的《江南曲》写道:"汀洲采白蘋,日暖江南春。洞庭有归客,潇湘逢故人。……"柳宗元这首诗的后两句似化用其意。沈德潜说:"欲采蘋花相赠,尚牵制不能自由,何以为情乎?言外有欲以忠心献之于君而未由意。……而词特微婉。"(《唐诗别裁集》卷二十)表现了封建士大夫的迂腐思想。这首诗语言清新优美,表达得含蓄委婉,诗境深隽,是唐人七绝中的佳作。清人姚莹论柳诗说:"《史》洁《骚》幽并有神,柳州高咏绝嶙峋。"(《论诗绝句》)这既指出柳诗在思想和艺术上所受的影响,又形象地概括了柳诗的艺术风格,颇为中肯。

石头城

刘禹锡

山围故国周遭在,潮打空城寂寞回。

淮水东边旧时月,夜深还过女墙来。

这首诗是刘禹锡《金陵五题》这组怀古诗中的第一首,也是他较著名的诗篇之一。刘禹锡这组诗前的序中说:"乐天掉头苦吟,叹赏良久,且曰:'石头题诗云:"潮打空城寂寞回。"吾知后之诗人不复措词矣。'"可见当时白居易对此诗的评价是很高的。

石头城,故址在今江苏省南京市西之清凉山。本战国时楚国金陵城。三国时,吴孙权重筑并改名为石头城。它是三国的吴,东晋,南朝的宋、齐、梁、陈的都城,十分繁华。隋唐以后,此城遂废。

这首诗的前两句写石头城中已荒废,而城外山水依旧。"故国"指故都,即石头城,也就是下句所说的"空城"。这两句是说,群山环绕着六朝的故都,那四周的城墙还依然存在。江潮拍打着荒废的空城,却又寂寞地退了回去。首句的"在"字用得很好。这个"在"字告诉我们:环城的群山依然存在,四周的城墙依然存在,江水依然存在,然而石头城却是"空城"了。有时江潮涨了,潮水拍击着城脚,又退回去了,一切归于寂静。古城的荒废所引起的盛衰之感,使诗人为之叹息。这两句是对偶句,一句写山,一句写水。静静的群山,是写静态;自起自落的江潮,是写动态。一静一动,写出古城的荒凉寂寞,使人感到形象鲜明,富有艺术效果。后两句写月照古城,更给人以荒凉寂寞之感。淮水,即秦淮河。六朝时,秦淮河是金陵最繁华的地方。这两句是说,秦淮河东边升起的月亮和过去一样,夜深的时候,依然照过城墙来。"旧时月",就是这个月亮,过去照过秦淮的繁华,今日又照着古城的冷落。"月"加上"旧时"两字,颇能发人思古之幽情。"旧时月"在夜深的时候,还照过女墙来。"夜深"是一个特定时刻。夜深寂寂,月照空城,更能引起人们的寂寞之感、怅惘之情。"还"字的内涵十分丰富,在古城繁华时,明月"过女墙来",在古城荒废时,明月"还过女墙来",明月是古城兴废的见证。一个"还"字写尽古城今昔的盛衰。

这首诗描写古城的荒凉景象,充满了盛衰兴亡之感。王尧衢认为,旧时月"夜深还过女墙来"是"月之不忘旧深矣,此梦得寓言,所以讥刺新进,语似伤时"(《古唐诗合解》卷六)。这是结合刘禹锡的身世遭遇来理解这首诗,可备一说。

泊秦淮

杜 牧

烟笼寒水月笼沙,夜泊秦淮近酒家。
商女不知亡国恨,隔江犹唱《后庭花》。

杜牧的七言绝句是十分出色的,所以杨慎论唐人绝句时,认为:"擅场则王江宁(昌龄),骖乘则李彰明(白),偏美则刘中山(禹锡),遗响则杜樊川(牧)。"(胡震亨《唐音癸签》卷十引)

《泊秦淮》是杜牧的一篇千古传诵的名作。这首诗是诗人夜泊金陵秦淮河,听到酒楼中传来《玉树后庭花》的歌声,有感而作。秦淮河,发源于江苏溧水县东北,西流经金陵城入长江。据说河道是秦始皇时开的,凿钟山以疏淮水,故名秦淮。金陵是六朝古都,秦淮是城中游赏之地,歌楼舞榭,灯红酒绿,好不热闹。当然,由于隋唐时期定都长安,这里较之六朝时期已经逊色,但仍然是一个繁华的地方。首句写秦淮夜景。淡淡的烟雾和朦胧的月色笼罩着寒冷的河水和岸边的沙滩。两个"笼"字,写出了夜景的迷茫,也流露了诗人内心的孤寂和怅惘。次句明确地点出时间、地点、人物。"夜泊"与首句相应。"秦淮"是夜泊之处。诗人正因夜泊才能见到秦淮烟月迷茫的景象。"近酒家",一面写出诗人对那种醉生梦死生活的厌弃,一面引出下面两句。三、四句写卖唱的女子不理解南朝亡国的遗恨,隔着水面还唱《玉树后庭花》这样的亡国曲调。"《后庭花》",即《玉树后庭花》,《旧唐书·音乐志》说:"《玉树后庭花》,陈后主所作。"又说:"前代兴亡,实由于乐。陈将亡也,为《玉树后庭花》……所谓亡国之音也。"从表面看,三、四句是讽刺卖唱的女子,其实不然。因为歌女唱的《玉树后庭花》是为那些士大夫劝酒助兴的。实质上,这里是借南朝陈后主纵情声色,终至亡国的历史教训,谴责当时荒淫无耻、醉生梦死的封建士大夫。诗中流露了诗人对时事的忧伤。这首诗构思细密,以精炼的语言表达含蓄的思想,耐人玩味。所以,沈德潜许之为"绝唱"(《唐诗别裁集》卷二十)。又,沈德潜在论唐人七绝的艺术特点时说:"七言绝句,以语近情遥,含吐不露为主。只眼前景,口头语,而有弦外音,味外味,使人神远,太白有焉。"(《说诗晬语》卷上)沈氏认为李白的七绝具有这样的特点,我们认为杜牧的七绝同样也具有这样的特点。

淮上与友人别

郑　谷

扬子江头杨柳春,杨花愁杀渡江人。
数声风笛离亭晚,君向潇湘我向秦。

郑谷是晚唐颇负盛名的诗人,司空图曾说他"当为一代风骚主也",评价甚高。一次,诗僧齐己带着自己的诗卷去拜访他,其《早梅》诗有"前村深雪里,昨夜数枝开"之句,郑谷说:"数枝非早也,未若一枝佳。"(见辛文房《唐才子传·郑谷》)这就是著名的"一字师"的故事。从这里可以看出郑谷对诗歌语言的锤炼功夫。

《淮上与友人别》是一首送别之作。在唐人七绝中写离别的作品是很多的,但是出类拔萃之作并不多,郑谷的这首诗就是其中之一。此诗一开头是写景,从景色中点明离别的地点和时间。地点是扬子江,即长江头。这和题目是否矛盾呢?不,因为淮上,即唐代的淮南道,淮南道在淮河以南,长江下游以北,正是长江边上。时间是春天,是垂柳映堤的春天。次句杨花,紧承杨柳,进一步点出暮春。苏轼有《水龙吟》词咏杨花,他说:杨花"似花还似非花",它"无情有思","细看来,不是杨花,点点是离人泪"。诗人与友人的飘忽不定,颇似暮春飞扬的杨花,因此,渡头杨花的飘坠,又给离别涂上了一层感伤的色彩。所以说:"愁杀渡江人。"第三句的"离亭",即驿亭,是古人送别之所。离亭话别,而天色已晚,在苍茫的暮色中,微风从远外传来几声悠扬的笛声,这更增加离人临行之前的惆怅。这一句是写景,但景中含情,在离亭向晚的笛声中涵蕴着一种凄怆的感情。特别是"晚"字,它不仅点明了时间,而且制造一种暮霭茫茫的气氛,使人黯然神伤。末句写离亭一别,各奔前程。潇湘,在今湖南省,秦,在今陕西省一带。所向一南一北,不知后会何期?诗歌至此戛然而止,令人有余意未尽之感。所以沈德潜说:"落句不言离情,却从言外领取。"(《唐诗别裁集》二十)

这首诗在写法上有一点不同一般。一般绝句用词切忌重复,而此诗首句,"扬"、"杨"重音,且与次句"杨"重字,末句则两用"向"字。这种突破,不仅给诗歌带来了音律的回旋,而且可以使人感觉到情感的缠绵和激荡。的确,"此诗偏以重犯生趣"(王尧衢《古唐诗合解》卷六)。

这首诗题材常见,语言平淡,而表达婉转,"风韵甚佳"(高步瀛《唐宋诗举要》卷八),取得了良好的艺术效果。胡应麟说,"数声"二句,"岂不一唱三叹,而气韵衰飒殊甚"(《诗薮·内编》卷六)。这是它明显的缺点。

以上所谈的是唐人七绝中的一些"压卷"之作。

唐人绝句是如何形成的,前人有不同看法。施补华说:"五言绝句,截五言律诗之半也。有截前四句者,如'移舟泊烟渚,日暮客愁新。野旷天低树,江清月近人'是也;有截后四句者,如'功盖三分国,名成八阵图。江流石不转,遗恨失吞吴'是也;有截中四句者,如'白日依山尽,黄河入海流。欲穷千里目,更上一层楼'是也;有截前后四句者,如'山中相送罢,日暮掩柴扉。春草年年绿,王孙归不归'是也。七绝亦然。"(《岘佣诗话》)这是从绝句的格律上着眼,认为绝句是截取律诗之半而成的。胡震亨说:"绝句即六朝人所名断句也。五言绝始汉人小诗,而盛于齐梁。七言绝起自齐梁间,至唐初四杰后始成调。"(《唐音癸签》卷一)这是从绝句的源流上着眼,认为唐人绝句是从古绝句发展而来的。我们比较倾向于第二种看法。因为在唐以前,南朝乐府民歌中绝大多数作品和徐陵编的《玉台新咏》卷十所收的诗歌,都是五言四句的小诗。这些小诗对五绝的形成有直接的影响。至于七绝,魏晋时期《行者歌》、《豫州歌》等民间作品和南朝宋汤惠休的《愁思引》等文人创作都是七言四句的小诗,梁陈以后,萧纲、庾信等人这类作品逐渐多了。它们对七绝的产生也是有直接影响的,当然,这些小诗是不讲究平仄、对仗的,到了唐代,绝句和律诗一样,都讲究平仄、对仗和押韵了。

七言绝句,在唐代不仅形成,而且已经发展到成熟阶段,产生了许多优秀作品。它们是我国文学遗产宝库中的珍品,十分值得我们重视。唐人七绝的内容是比较丰富的,就我们所谈到的十一首诗来说,有边塞诗、赠别诗、宫怨诗、讽谕诗、怀古诗,还有一些其他的抒情之作。它们所反映的社会生活相当广泛。七绝的形式虽然短小,每首仅有二十八字,而常常能表达复杂的思想,例如,王昌龄的《出塞》，其内容是比较复杂的，而诗人却以七绝的形式巧妙地表达出来了，并且表达得是那样深刻、动人。这的确不是一件容易的事。在艺术上，唐人七绝有显著的特色。清人刘熙载总结了唐人创作绝句的经验，指出："绝句取径贵深曲，盖意不可尽，以不尽尽之。正面不写写反面，本面不写写对面、旁面，须如睹影知竿乃妙。"又说："绝句于六义多取风、兴，故视他体尤以委曲、含蓄、自然为尚。"(《艺概·诗概》)这里说的是唐人绝句的主要艺术特色，当然也是唐人七绝的主要艺术特色。我们在鉴赏唐人七绝时，深有此感。唐人七绝是极其丰富多彩的。现在，我们对其中所谓"压卷"之作进行一些分析评价，目的只是让大家尝鼎一脔，"尝一脔肉而知一镬之味"(《淮南子·说林》)。由此，或可窥见唐诗高度成就之一斑。

1992 年

唐人绝句名篇赏析

咏　柳[1]

贺知章[2]

碧玉妆成一树高，[3]
万条垂下绿丝绦。[4]
不知细叶谁裁出，
二月春风似剪刀。

【注释】

〔1〕本诗一题《柳枝词》。　〔2〕贺知章(659—744)，字季真，越州永兴(今浙江省杭州市萧山区)人。他喜饮酒，擅长草书、隶书。《全唐诗》录存其诗一卷。　〔3〕碧玉：碧绿色的玉。妆：妆饰。　〔4〕绦(tāo)：一种用丝线编织成的带子。

【译文】

一棵高高的柳，像是碧玉妆饰成的。千万条下垂的柳枝，像是绿色线织成的带子。不知是谁裁出这细嫩的小柳叶？原来是像剪刀一样的二月春风啊。

【赏析】

这是一首咏物诗,吟咏的是早春二月的柳树。诗人借此歌颂明媚的春光,抒发自己欢快的心情。

"碧玉妆成一树高"是说眼前的柳树好像是碧玉妆饰而成的。这是远观,重在写柳树的色泽。用碧玉比喻柳树的色泽,新鲜明快,十分醒目。

"万条垂下绿丝绦",柳树的千万下垂的枝条,像是绿色的丝带,在春风中轻盈地飘舞。这是近看,重在写形状。用千万条下垂的"绿丝绦"比喻柳枝的柔媚多姿,这样的比喻,不仅贴切,自然,而且十分生动。

"不知细叶谁裁出",是提出问题。但问得出奇,难以回答。"二月春风似剪刀",回答得轻松而又巧妙,出人意外,却合情合理。诗人以丰富的联想将剪刀比喻春风,使看不见的春风形象化了。确实妙不可言。这一问一答,赞美柳树,歌颂春光,使人感到朝气蓬勃,欣欣向荣,其中也流露了诗人陶醉于春色之中的喜悦心情。

这首诗中连用了三个比喻,首先,以"碧玉"比喻柳叶,接着以"丝绦"比喻柳枝,最后以"剪刀"比喻春风,皆新颖可喜,把春的活力,表现得十分传神,颇能启发人们对春天的遐想和热爱。

回乡偶书[1]

贺知章

少小离家老大回,[2]
乡音无改鬓毛衰。[3]
儿童相见不相识,
笑问客从何处来。

【注释】

〔1〕偶书:随意写下来。 〔2〕少小:小时候。老大:年老的时候。 〔3〕乡音:家乡的口音。鬓毛:耳朵前面的头发。衰(cuī):减少。指稀疏。

【译文】

小时候离开家乡,年老的时候才回来。家乡的口音未变而两鬓已稀疏斑白了。家乡的孩子见了,不认识我,把我当作客人,笑着问我:"老爷爷,您是哪里来的?"

【赏析】

贺知章的七绝《回乡偶书》共两首,这是第一首。这首诗写诗人刚刚回到家乡的情景,表现了诗人的喜悦和感慨。古时候,一般读书人,为了功名利禄,往往离乡背井,作客他家。由于当时交通不便,回乡不易,常常产生强烈的怀念家乡的感情。这种感情一旦得到满足,心中有说不尽的喜悦和感慨。

"少小离家老大回",诗人早年离开家乡,八十多岁才回来。因为离乡时间过于长久,所以就出现了许多变化。以下三句都是在这一句的基础上产生的。

"乡音无改鬓毛衰",紧承上句,离开家乡久了,家乡口音并没有改变,而两鬓已稀疏斑白了。离家时是风度翩翩的少年,还乡时已是步履蹒跚的老叟了,自然流露了对人生变化的感慨。

诗人并没有继续抒发自己的感慨之情,笔锋一转,却浮现出一个富于戏剧性的场面:"儿童相见不相识,笑问客从何处来。"家乡的孩子见了不认识了,把自己当作客人,笑着问我是从哪里来的。这种想象十分精彩,极富生活情趣,表现得真实、含蓄,合乎情理。

这首诗所描写的情景,是人们所熟悉的,但是,难以说清楚。诗人用精练的语言,生动地表现出来,所以扣人心弦。

登鹳雀楼[1]

王之涣[2]

白日依山尽,[3]
黄河入海流。
欲穷千里目,[4]
更上一层楼。[5]

【注释】

〔1〕鹳(guàn)雀楼:原址在今山西省永济市西南城上,楼有三层,前瞻中条山,下瞰黄河,因常有鹳雀停留,故有此名。是当时游人登览胜地。今已倒塌。 〔2〕王之涣(688—742),字季凌,晋阳(今山西省太原市)人。始任冀州衡水主簿,晚年出任文安县尉。他和高适、王昌龄齐名,为盛唐著名边塞诗人之一。《全唐诗》录存其诗六首,全是绝句,皆为佳作。 〔3〕依:傍着。 〔4〕穷:尽。 〔5〕更:再。

【译文】

夕阳傍着远山慢慢落下去了,黄河之水不停地流向大海。要想看得更远,那就要再登一层楼。

【赏析】

这首诗写诗人登鹳雀楼远望的情景。

"白日依山尽,黄河入海流",写夕阳西下,黄河东流,是诗人登楼所见到的景象。在中国古典诗歌中,描写夕阳,如"夕阳无限好,只是近黄昏"(李商隐《乐游原》),"夕阳西下,断肠人在天涯"(马致远《天净沙·秋思》)等,往往充满了感伤的情调,而这里,却使人感到气势磅礴,雄浑壮阔,完全不同。首句写远山落日,是远眺,因是亲眼所见,是实;次句写黄河东流,是俯瞰,因为在鹳雀楼上是看不见黄河之水东流入海的,是想象,是虚。一虚一实,蔚为壮观。这两句诗,由远写到近,由西写到东,使人感到尺幅千里,画面宽阔。

眼前景色如此美好,诗人自然产生了"欲穷千里目,更上一层楼"的想法。这两句诗不仅表现了诗人高瞻远瞩的胸襟,向上进取的精神,也道出了站得高看得远的哲理,寓哲理于形象之中,含意深邃,耐人寻味。

这首诗全篇对仗。前两句对仗工整,其中"白"对"黄",以颜色为对,色彩鲜明;后两句,其中"千"对"一",以数字为对,十分自然。四句皆对,其不使人感到雕琢,却使人感到气势充沛,意义连贯,表现了诗人高度的写作技巧。

凉州词[1]

王之涣

黄河远上白云间,[2]
一片孤城万仞山。[3]
羌笛何须怨杨柳,[4]
春风不度玉门关。[5]

【注释】

〔1〕凉州词:唐代乐府歌辞。凉州治所在今甘肃省武威市。〔2〕黄河:指黄河源。黄河远上:一作"黄沙直上"。〔3〕万仞(rèn):形容山极高。仞,长度单位。古代以七尺或八尺为一仞。〔4〕羌笛:古代羌族的一种管乐器。杨柳:指古代乐府民歌《折杨柳》。〔5〕玉门关:古代关名,故址在今甘肃省敦煌市西,是古代通往西域的要道。

【译文】

黄河远处似在白云中间,连绵不断的高山,环抱着一座孤零零的边城。羌笛啊,你何必去吹《折杨柳》,怨恨春光来迟呢?要知道,春风是吹不到玉门关外的啊!

【赏析】

这是传诵一时的名作。唐代薛用弱《集异记》载有"旗亭画壁"的故事。说有一天,王之涣和王昌龄、高适三人一起去旗亭(饭店)饮酒,当时有几名歌妓来旗亭唱歌,王昌龄对王之涣、高适二人说:"我们都有诗名,难分第一、第二,今天她们唱谁的诗最多,谁就第一。"大家都同意。当时,一个唱王昌龄的"寒雨连江夜入吴",一个唱高适的"开箧泪沾臆",一个唱王昌龄的"奉帚平明金殿开"。王之涣指着歌妓中最美丽的一个说:她唱的不是我的诗,我就终身不敢与二位争高低了。那位歌妓唱的果然是"黄河远上白云间",三人都哈哈大笑起来。这个故事不一定可信,但亦可说明王之涣这首诗,在当时已广泛流传了。

这首诗以荒凉的边塞为背景,含蓄地表达了士卒思乡的哀怨,流露了诗人对他们的深切同情。一开头,诗人往远处看,好像黄河直高到白云深处。诗境壮阔,富有雄伟的气势。次句写"孤城"和"高山"。孤城是一片,既狭小,又孤零零的,高山却是万仞,显得边塞荒寂而孤苦。"黄河"和"白云",颜色不同;"一片"与"万",数字迥异。这样对比鲜明,生动地表现了边塞景色,增加了诗句的美感。第三句借笛声表达离愁,因为古代有折柳赠别的风格。同时也以杨柳象征春天。"怨杨柳"是怨恨当时西北边塞地区荒凉,不见春光。所以最后点出:"春风不度玉门关。"这是借此比喻当时朝廷不关心边塞战士,他们得不到皇帝的恩泽,含有微婉的讽谕之意。

这首诗抓住"黄河"、"一片孤城"、"万仞山"、"羌笛"、"杨柳"、"玉门关"等具有特征性景物,真切地描绘了边塞风光,艺术上很有特色,所以传诵千古。

春　晓[1]

孟浩然[2]

春眠不觉晓,
处处闻啼鸟。[3]
夜来风雨声,
花落知多少?

【注释】

〔1〕晓:天亮。　〔2〕孟浩然(689—740),襄州襄阳(今湖北省襄阳市)人。因为他是襄阳人,世称孟襄阳。又因为他未曾入朝为官,又称孟山人。他早年隐居鹿门山,寄情山水。四十多岁以后才到京城谋求仕进,愿望未实现,却博得诗坛盛名。他是唐代第一

个大量写山水诗的诗人,与王维并称"王、孟"。有《孟浩然集》。 〔3〕闻:听到。啼鸟:鸟鸣。

【译文】

春夜睡眠很香,不知不觉已经天亮。到处传来清脆的鸟鸣声,把人从睡梦中唤醒。依稀记得夜来风吹雨打的声音,不知道花儿飘落了多少?

【赏析】

这首小诗脍炙人口,而诗的内容十分简单,只是写春天天亮时诗人一觉醒来的片刻情景,表现了诗人对美好事物的怜惜。

一、二句写诗人从睡梦中醒来。"不觉晓"写春夜睡眠的香甜。春天,人们常常容易感到疲困,"不觉晓"正写出人们的共同感觉。"闻啼鸟",鸟鸣声把诗人从睡梦中唤醒。处处写出鸟鸣之繁多。春天是美好的时光,鸟语花香,气候温和,逗人喜爱。诗人被"处处"的鸟鸣声唤醒,富于诗的情趣。这里,诗人从"不觉"写到"觉"。三、四句,又从"觉"写到"不觉"。这两句写诗人醒后的回忆,想到夜来的风雨。在风吹雨打之中,不知有多少花儿飘零呢?以问句作结,不仅表现了诗人惜花的感情,而且饶有余味。诗人惜花,正是珍惜万紫千红的春天,表现了他对美好事物的喜爱。诗人写风吹雨打花谢,却全无感伤的情调。这是因为只要春常在,何愁花不再开。

这首诗用的是白描手法。语言平易,不假雕琢,不尚工巧,以极少的语言,把春天景色的变化和诗人的感情表现得如此委婉曲折,具有高度的艺术成就。因此历来赢得人们的喜爱。

宿建德江[1]

孟浩然

移舟泊烟渚,[2]
日暮客愁新。[3]
野旷天低树,[4]
江清月近人。[5]

【注释】

〔1〕建德江:指新安江流经浙江省建德市的一段。 〔2〕泊:停船。渚(zhǔ):水中的小洲。 〔3〕新:添。 〔4〕野旷:原野空旷辽阔。 〔5〕月:指水中的月影。

【译文】

　　黄昏的时候,把船停靠在烟雾迷蒙的小洲水边,一缕客居他乡的新愁又涌上心头。岸上原野空旷辽阔,一眼望去,天边好像比树还低,江水清澈,水中的月影似乎就在人的身边。

【赏析】

　　这首诗写夜晚泊建德江的情景,抒发了诗人的羁旅愁思。
　　"移舟泊烟渚",把船停靠在建德江中一个烟雾迷蒙的小洲旁边。诗歌一开始就紧扣题意,写出了诗人旅途的孤寂和心情的黯淡。这和他仕途失意有密切的关系。
　　"日暮客愁新",与上句紧密相关。"日暮",点出时间。因为"日暮",需要"泊";因"日暮",水中小洲烟雾迷蒙;也是因为"日暮",又添了羁旅之愁。"日暮乡关何处是,烟波江上使人愁。"(崔颢《黄鹤楼》)"日暮"最易引起旅居在外的人们的思乡之愁。因为"日暮"时,飞鸟投林,牛羊下山,鸡鸭回窝,在他乡作客的人怎么不想念家乡呢?

"野旷天低树,江清月近人",转入写景。第三句写日暮时,原野空旷辽阔,放眼望去,好像远处的天空比近处的树木还要低。第四句写江水清澈,天上的明月,映在水中,似乎就在人的身边。这两句诗写原野、江月,诗中有画。由于"野旷"才感到"天低树",由于"江清"才觉得"月近人"。反之,感到"天低树"更显出原野的空旷辽阔,觉得"月近人",更显出江水的清澈平静。这两句对仗工稳,写景很有特色。当然诗中写景绝不是孤立的,诗人将一颗愁心融进空旷孤寂的天地之中,唯有江月与人相伴而已。

从军行[1]

王昌龄[2]

其 一

烽火城西百尺楼,[3]
黄昏独坐海风秋。[4]
更吹羌笛关山月,[5]
无那金闺万里愁。[6]

【注释】

〔1〕从军行:乐府旧题。行,古代诗歌体裁的一种。 〔2〕王昌龄(698—约757),字少伯,京兆长安(今陕西省西安市)人。开元十五年(727)进士。后任校书郎、汜水县尉。开元二十七年谪

岭南,后贬江宁丞,龙标尉。世称王江宁、王龙标。安史之乱后,为刺史闾丘晓杀害。王昌龄擅长七绝。《全唐诗》录存其诗一百八十余首。　〔3〕烽火城:古代边境每隔一定距离设置烽火台,如有敌情,白天燃烟,夜间点火,以作警报。楼:指岗楼。　〔4〕海:指青海湖。　〔5〕羌笛:羌族的管乐器。关山月:曲名,内容多写征戍离别之情。　〔6〕无那(nuò):无奈,无可奈何的意思。金闺:华美的闺房,借指妻子。

【译文】

战士一个人独坐在烽火城西高高的瞭望台上,傍晚的时候,青海湖吹来瑟瑟的秋风,引起了战士的思乡愁绪。这时,他又用羌笛吹起了曲调幽怨的《关山月》,怎不叫人思念独守家中的妻子呢?而家中的妻子也正在思念万里以外的丈夫哩。真是令人无可奈何。

【赏析】

《从军行》是乐府旧题,常用来写军旅战争之事。王昌龄的《从军行》共七首,反映当时边塞军旅生活。这是第一首,是写久戍边塞的战士怀念妻子的心情。

开头两句着力描写环境,以创造气氛。烽火城、百尺楼、黄昏、秋风,组成了典型的边塞环境。正是在这样的环境中,出现"独坐"的久戍未归的战士。第三句写在暮色沉沉、秋风袭人的时候,独坐在烽火城西百尺瞭望台上的战士又吹起《关山月》。笛声幽怨缠绵,不绝如缕,更是增加了他对家乡和妻子的思念。第四句揭示了人物的心理活动。战士思念妻子,诗人不直接写,却写妻子思念丈夫,曲折地表现了战士思念妻子的哀愁。

其 四

青海长云暗雪山,[1]
孤城遥望玉门关。[2]
黄沙百战穿金甲,[3]
不破楼兰终不还。[4]

【注释】

〔1〕青海:即青海湖,在今青海省西宁市西边。雪山:指祁连山,在今甘肃省。 〔2〕玉门关:故址在今甘肃省敦煌市西,是古代通往西域的要道。 〔3〕穿:磨穿,磨破。金甲:铁衣。〔4〕楼兰:汉时西域的鄯善国,在今新疆维吾尔自治区鄯善县东南。这里借指敌人。

【译文】

青海湖上空连绵不断的长云把雪山都遮暗了。远远望去,只有玉门关的城楼孤零零地耸立在那里。在沙漠中连年征战,铁衣都磨破了。可是,将士们不歼灭敌人决不返回家园。

【赏析】

这是王昌龄《从军行》的第四首。这一首写边塞将士不歼灭敌人不返回家园的坚强意志和决心。

诗的前两句是写景:青海湖上空连绵不断的长云,使白雪皑皑的祁连山都显得暗淡无光。放眼望去,只有玉门关的城楼孤零零地耸立在那里。为一派边塞风光。问题是青海湖在今青海省西宁市西边,雪山,即祁连山,横亘在甘肃河西走廊,玉门关在河西走廊的西头,楼兰在今新疆维吾尔自治区鄯善县东南,青海湖、玉门关和楼兰都相距遥远,竟写在一首诗里,大概是诗人为了说明当时战地之广大,而楼兰只是敌人的泛称而已。

诗的后两句,重在抒情。"黄沙百战穿金甲",写将士的战斗生活。因此可以想象到当时战争的频繁,时间的漫长,战争的艰苦和边塞的荒凉,其语言的概括力极强,显得铿锵有力,深沉悲壮。"不破楼兰终不还",写将士的坚强意志和决心。因为上句已写出环境的艰苦,战斗的激烈,在这个基础上写战斗的决心,就更显得将士品质之可贵。表现得声情壮烈,慷慨激昂。应该指出,诗的后两句,写边塞将士的战斗生活和决心,所以雄壮有力,和前两句对环境和气氛的渲染有很大的关系。

其 五

大漠风尘日色昏,[1]
红旗半卷出辕门。[2]
前军夜渡洮河北,[3]
已报生擒吐谷浑。[4]

【注释】

〔1〕大漠:广阔的沙漠。 〔2〕辕门:军营的门。 〔3〕洮(táo)河:在今甘肃省西部,流经临洮入黄河。 〔4〕生擒:活捉。吐谷浑(tǔ yù hún):隋唐时我国境内鲜卑族所建政权,在洮河一带活动。这里借指敌军的首领。

【译文】

在茫茫无边的沙漠里,风卷黄沙,日色昏暗。就在这个时候,将士们举着被风吹而半卷的战旗,从军营出发了。在洮河北部,先头部队与敌人夜战,胜利的捷报传来,说是击溃了敌军,并活捉了他们的首领。

【赏析】

这是王昌龄《从军行》的第五首。这首诗写战斗取得胜利的喜悦。

诗的前两句茫茫沙漠,风卷沙飞,日色昏暗,就在这样的时候,将士们举着半卷的战旗,从军营出发了。第一句用"大漠"、"风尘"、"日色"组成一个典型的边塞环境。二句写在这样的环境中,将士们从军营出发了,充满紧张的战斗气氛。

两句写先头部队与敌人之夜战,捷报传来已生擒敌军的首领。战争瞬息万变,诗人笔下顿起波澜。胜利的喜讯来得如此突然,将士们的兴奋和喜悦是不言而喻的。第三句写夜战,白天尚且"大漠风尘日色昏",夜里激战的艰苦是可想而知的。环境描写对前军的英勇奋战起了烘托作用。第四句写战斗的胜利。活捉敌军首领是这次战斗的高潮,诗人以此概括战争的胜利,以少胜多,有画龙点睛之妙。诗人没有直接写将士们在捷报传来以后的喜悦。但是"已报"二字蕴涵极丰,不仅包含了胜利的捷报,且可以想象前军的英勇作战,和增援部队在收到捷报以后的喜悦心情。诗人用词之精当,令人叹服。

出 塞[1]

王昌龄

秦时明月汉时关,[2]
万里长征人未还。
但使龙城飞将在,[3]
不教胡马度阴山。[4]

【注释】

〔1〕出塞:乐府旧题。塞:边塞。 〔2〕关:边关。 〔3〕但:只要。龙城:一作"卢城",即卢龙城(今河北省卢龙县)。飞将:指西汉名将李广。李广英勇善战,匈奴称为"飞将军"。 〔4〕胡马:指胡人的骑兵。胡,古时汉族人对西方和北方少数民族的通称。阴山:在今内蒙古自治区北部,是汉代北方的天然屏障。

【译文】

月亮还是秦汉时的月亮,边关还是秦汉时修建的边关,多少年来,战士离开家乡,开赴遥远的边疆,防守边关,到现在还没有回来。只要像李广这样的将军还活着,就一定不会让敌人越过阴山。

【赏析】

王昌龄的《出塞》有两首,这是第一首。它是王昌龄边塞诗中传诵最广的一首名作。这首诗一开始就描写边塞的环境,天空的明月照耀着地上的雄关,写出了边塞的寥廓、荒凉。诗人又把环境和历史联系起来,在"明月"前加上"秦时",在"关"前加上"汉时",使人感到这种景象亘古如斯,增加读者的沉思和遐想。难道明月秦时才有,关在汉时方见?显然不是的。这是诗中"互文"的修辞手法。懂得"互文",我们知道前两句的意思是说,秦汉以来,边塞战事频繁,绵延不断,一批又一批的战士远离家乡,效命疆场,不知何日方能扑灭战火,返回家园?这里表现了诗人对战士的同情。后两句的表示诗人的希望:只要边塞有像飞将军李广那样的良将镇守,就不会让胡人的骑兵越过阴山来侵扰了。这首诗表现了诗人对守边战士的深厚同情和对古代良将的向往,反映了战士昂扬的爱国抗敌精神,并对庸懦误国的边将作了委婉的讽刺。情绪慷慨,语言明畅,格调雄浑,表现得深沉含蓄而耐人寻味。

采莲曲[1]

王昌龄

荷叶罗裙一色裁,[2]
芙蓉向脸两边开。[3]
乱入池中看不见,[4]
闻歌始觉有人来。

【注释】

[1]采莲曲:乐府旧题,《江南弄》七曲之一,内容多写江南水乡的妇女生活。 [2]罗裙:轻软的丝绸裙子。 [3]芙蓉:荷花。 [4]乱入:纷纷进入。

【译文】

　　荷叶和采莲少女罗裙,像是用同一颜色的衣料裁剪的。鲜艳的荷花像朝着少女的脸庞两边开放。少女们纷纷进入荷花池中看不见了,因为分不清哪是荷叶哪是罗裙,哪是荷花哪是脸庞,直到听见歌声,才知道她们来了。

【赏析】

　　王昌龄的《采莲曲》二首,这是第二首。这首诗生动地反映了采莲少女的劳动生活,好像一幅采莲图。

　　诗的前两句,写片片荷叶与采莲少女的绿色罗裙同一颜色,少女的脸庞与鲜艳的朵朵荷花同一颜色。诗人把荷叶、荷花和采莲少女联系在一起,荷叶罗裙,碧色相映,女貌花容,红艳难分,自然环境与采莲少女的和谐统一,极富诗情画意。如此着笔,可谓独出心裁。

　　第三句"乱入池中看不见",显然是紧承前两句。由于少女的绿罗裙与荷叶同色,少女的脸庞与荷花同色,哪是荷叶,哪是罗裙,哪是荷花,哪是脸庞,难以分辨。所以,采莲少女纷纷进入荷花池中之后就看不见了,只是在听到她们清脆甜美的歌声,人们才知道采莲少女仍在田田荷池之中。第四句"闻歌始觉有人来",听到歌声,方知有人来。因为看不见人,所以只能听歌声。由于看不见人,也不知道人到哪儿去了,只有听到歌声,方知有人来。这里都是写听觉,所以诗中用"觉"而不用"见"。这样写使人感到余味不尽。

　　这幅轻快活泼、奇妙动人的采莲图,洋溢着青春的活力,散发着江南水乡的芳香,富于浓厚的生活气息,写得有声有色,清新别致,不假修饰,自然传神。

长信秋词[1]

王昌龄

奉帚平明金殿开,[2]
且将团扇共徘徊。[3]
玉颜不及寒鸦色,[4]
犹带昭阳日影来。[5]

【注释】

〔1〕长信秋词:乐府旧题,也作《长信怨》。长信,汉宫名,汉成帝妃班婕妤失宠后去长信宫侍奉太后。 〔2〕奉帚:捧着扫帚,指打扫长信宫。平明:天明。 〔3〕将:拿。团扇:圆形的扇子。这里用了相传是班婕妤《怨歌行》的意思,表示宫中的姬妾的命运如秋天的团扇,被人抛弃。 〔4〕玉颜:美玉般的容颜。〔5〕昭阳:汉宫名。汉成帝和宠妃赵合德(赵飞燕之妹)居住的地方。日影:比喻皇帝的恩情。

【译文】

天刚亮,班婕妤就拿着扫帚,恭敬小心地打扫着刚开门的长信宫。打扫完毕,寂寞无聊,姑且拿起团扇,把团扇作为唯一的伴侣,一起徘徊。她虽然有美玉般的容貌,但还不如一只冬天的乌鸦。乌鸦还能带着昭阳殿上的阳光飞过来,受到皇帝的恩情,而她却不能接近皇帝,长期过着孤单寂寞的生活。

【赏析】

　　王昌龄的《长信秋词》有五首,这是第三首。王昌龄善于写边塞诗,也善于写反映妇女生活的诗篇。《长信秋词》写宫中妇女的痛苦遭遇,即所谓宫怨诗。这是其中最著名的一首。

　　首句写班婕妤在长信宫供养太后的事。班婕妤到长信宫去侍奉太后,是因为汉成帝爱上了赵飞燕和赵合德。赵氏姊妹骄妒,班氏感到处境危险,不得已才这样做的。次句仍是用班婕妤的典故。相传班氏有《怨歌行》一首。此诗以秋扇见捐,喻君恩中断。次句隐用其意。"奉帚平明"、"且将团扇"写宫中妇女凄凉寂寞的生活,揭示了封建社会中帝王的宠爱之无常,帝王妃嫔的遭遇之不幸。三、四句说,班婕妤美丽的容貌,尚不如寒鸦的颜色。寒鸦从昭宫飞来,犹带日影(古人常以日喻君,日影喻君王之恩宠),而自己却不能得到君王的恩宠。这是写赵飞燕姊妹之得宠和班氏之失宠,表现了深沉的怨恨之情。诗人善于捕捉和概括典型的情景,使人感到内涵丰富,意味深长。

闺　怨[1]

王昌龄

闺中少妇不知愁,[2]
春日凝妆上翠楼。[3]
忽见陌头杨柳色,[4]
悔教夫婿觅封侯。[5]

【注释】

　　〔1〕闺:女子居住的内室。　　〔2〕知:一作"曾"。　　〔3〕凝

妆：盛妆，着意打扮。　　〔4〕陌（mò）头：路旁。　　〔5〕觅封侯：指从军。古人多从军边疆以军功取得爵赏，以实现封侯的愿望。

【译文】

　　闺房中年轻的妇女不知道什么是忧愁，春天里着意打扮登上华美的高楼。忽然她望见路旁杨柳的颜色，才后悔叫丈夫从军，立功战场求取封侯。

【赏析】

　　王昌龄善于写边塞诗，也善于写反映妇女生活的诗篇。这首诗是他久负盛誉的名篇之一。

　　盛唐时期，男子猎取功名，往往从军边塞，因此造成夫妇之间的离别。由于古代交通不便相见很难，离别常常引起人们极大的怨哀和深沉的忧愁。这首诗写少妇的丈夫从军不归，她为眼前的春色所触动，产生了悔恨和忧愁，表现了少妇思念丈夫的怨情。

　　这首诗的特点，是深刻细致地揭示了"闺中少妇"的内心世界。丈夫离别家乡和亲人，远征边塞，本应引起少妇的忧愁，而诗人却从"不知愁"写起，确实出乎人的意料之外。诗的前两句写一向不知愁的闺中少妇，在一个风和日丽的早晨，浓妆艳抹，着意打扮，款步登上自家的高楼，观赏明媚春光。此情此景似皆平淡无奇。但是，后两句笔锋一转，情景便不同了。少妇忽然看到路边的杨柳萌出新芽，杨柳在古代乃是分离时赠别之物。她自然想起了自己的丈夫。这时，她才后悔让丈夫从军远征，求取封侯，闺中少妇忽见陌头春色而思念丈夫，而丈夫却在遥远的边疆，于是离愁别恨，油然而生，流露出悔恨之情。写得含蓄而真实。

　　这首诗写闺中少妇由"不知愁"到知愁，表现她微妙的心理变化。变化虽很突然,却显得合情合理,十分自然。由于表现得比较含蓄,颇耐人寻味。

芙蓉楼送辛渐[1]

王昌龄

寒雨连江夜入吴,[2]
平明送客楚山孤。[3]
洛阳亲友如相问,
一片冰心在玉壶。[4]

【注释】

〔1〕芙蓉楼:晋朝刺史王恭所建,旧址在今江苏省镇江市西北。辛渐:事迹不详。 〔2〕吴:春秋时国名。后为越国所灭。战国时越国又为楚国所灭。所以吴和下句的楚,都指镇江一带地方。〔3〕平明:天亮时。 〔4〕冰心:像冰一样纯洁晶莹的心。

【译文】

深秋夜晚的寒雨洒落在江中和吴地。清晨天刚亮时,雨已停歇,我在芙蓉楼送别友人辛渐。遥望友人要去的方向,只见孤零零的山峰屹立在雨后的烟雾之中。如果洛阳的亲友问起我的情况,请转告他们,我的心就像玉壶中的冰那样的纯洁晶莹。

【赏析】

王昌龄的送别诗,以这首最为有名。唐玄宗开元末,王昌龄被贬为江宁丞。本诗作于此时。友人辛渐去洛阳,诗人从江宁(今江苏省南京市)送至润州(今江苏省镇江市)。这是诗人的赠别之作,原诗二首,这是第一首。

　　首句如何解释?说法不一。"入吴"的是谁?是诗人?是友人?还是主客二人。根据原诗第二首的诗句:"高楼送客不能醉,寂寂寒江明月心。"主客握别的头天晚上已在芙蓉楼饯别,"入吴"的当是"寒雨"。秋雨潇潇,为离别渲染了一种凄寒孤寂气氛。次句写清晨天刚亮,寒雨已歇,诗人在芙蓉楼送客,客人此去洛阳,遥望在烟雾中的楚山,孤零零地屹立在前方,诗人情不自禁地产生一种怅惘孤独之感。

　　三、四句是诗人向亲友表白自己的心迹。诗人晚年遭诽谤议论很多,这种舆论自然对他产生很大的压力。这次友人去洛阳,诗人请友人告诉洛阳亲友:"我的心就像玉壶中的冰那样纯洁晶莹。"表白了自己光明磊落的胸怀和清廉自守的品德。比喻生动,不落俗套。这是不同于一般送别诗的地方,也高出一般送别诗的地方。

鹿　柴[1]

王　维[2]

空山不见人,
但闻人语响。[3]
返景入深林,[4]
复照青苔上。

【注释】

　　[1]鹿柴:养鹿的地方。辋川风景之一。柴,同"寨"。　[2]王维(701—761),字摩诘,太原祁(今山西省祁县)人。官至尚书

右丞,世称王右丞。他写了大量的山水田园诗,苏轼说他"诗中有画"、"画中有诗",是唐代著名的诗人。王维不仅能文,而且善书画、通音律、多才多艺。清人赵殿成有《王右丞集笺注》,是较好的注本。　〔3〕但:只。　〔4〕返景:返照的日光。景,同"影"。

【译文】

　　空山静悄悄的,看不见人,只听到山谷里传来说话的声。返照的日光斜射进茂密的树林,照在地面的青苔上。

【赏析】

　　王维有辋川别墅(今陕西省蓝田县南),他在这里住了三十多年,其《辋川集》二十首描写别墅的景色。《鹿柴》是其中之一。

　　这首诗写鹿柴傍晚的景色,呈现在我们面前的是空山深林在夕阳返照下的幽静境界。首句写出幽静的环境。空山,是空寂的山林。山林所以空寂是因为不见人。空山不见人,自然十分寂静。次句却写听到人说话的声音。不见人又听到人说话的声音,其实并不矛盾。看不见人不等于山林中无人。空寂的山林,远处传来一阵人说话的声音,这不仅给空寂的山林增添了生气,而且更加突出了山林的幽静。因为这里的"人语响"是"但闻"。山林中鸟声、虫声、风声、水声都没有,只有人说话的声音。这说话的声音,也不是持续不断的人声嘈杂,只是一阵说话声,话声过后,仍是万籁俱寂,山林显得更加幽静。

　　三、四句写夕阳返照。上两句写声音,诉诸听觉。这两句写颜色,诉诸视觉。夕阳返照在空山深林的青苔上,使深林显得更加幽暗,空山显得更加寂静。诗人表现的静美可能与他的消极思想分不开,但自具其美学价值。

鸟鸣涧[1]

王 维

人闲桂花落,[2]
夜静春山空。
月出惊山鸟,
时鸣春涧中。[3]

【注释】

〔1〕涧:两山间的水沟。一说是一种冬开春落的桂花。 〔2〕闲:寂静。桂花:指木犀花。 〔3〕时:时常。

【译文】

在寂无人声的地方,桂花无声无息地凋零了。静静的夜晚,春山寂静得像一无所有。月亮出来了,月光惊动了树上的小鸟,鸟儿不时地鸣叫,打破了山涧的沉寂。

【赏析】

王维《皇甫岳云溪杂题五首》是写友人皇甫岳居处的一组诗。《鸟鸣涧》是其中的第一首。这首诗写春山月夜。一、二句写春山之夜的静谧。"人闲"说明周围的夜静和诗人内心的安静。正是在如此寂静的环境中,诗人才有可能觉察桂花的凋零。桂花的花瓣细小,气味芬芳,落地无声。诗人竟能觉察到桂花的凋零,借此衬托春山之夜的静谧、空寂。在这种境界中,安静的诗人之心和寂静的春山之夜已经融合在一起了。

三、四句写月出鸟鸣。夜是宁静的,月亮升起,月光惊动了树上的小鸟,鸟儿不时地鸣叫,划破夜空的寂静。这两句点出题目,以动写静,用月出鸟鸣反衬出青山之夜无比幽静。南朝梁诗人王籍《入若耶溪》诗中名句:"蝉噪林逾静,鸟鸣山更幽。"这两句是说,树上的蝉叫和林中的鸟啼,使山林显得更加幽静。为什么蝉叫、鸟鸣山林显得更加幽静呢?因为事物往往是在比较中,其特征才能给人以鲜明深刻的印象。这里以动写静,寓动于静,更能表现出山林的幽静。同样的道理,王维写月光鸟鸣,也更加显出春山的幽静。

诗人笔墨疏淡,诗作极富诗情画意。诗中选用"落"、"空"、"惊"、"鸣"几个动词,表现其中的声息,动态和气氛,使人如见其人,如闻其声,可见诗人提炼语言的功夫。这样的作品,不但能给人以美的享受,而且还可以向我们提供艺术的借鉴。

杂 诗[1]

王 维

君自故乡来,[2]
应知故乡事。
来日绮窗前,[3]
寒梅着花未?[4]

【注释】

〔1〕杂诗:以"杂诗"为题最初见于《文选》。这类诗大概本有题目,后来题目失去,编集人就称为"杂诗"。　〔2〕君:您。自:从。　〔3〕来日:出发前来的那一天。绮窗:刻有花纹的窗子。

〔4〕着花:开花。

【译文】

您是从我家乡来的,自然知道家乡的事。在您出发前的那一天,窗前的寒梅开花了没有?

【赏析】

王维的《杂诗》共有三首。这是其中的第二首。这首诗表达了诗中主人公思念家乡的感情。

"君自故乡来,应知故乡事。"一个离乡背井久客他乡的人,遇到一个来自故乡的朋友,自然会引起乡思,由于思乡,自然会渴望了解故乡。这两句诗表现了主人公浓厚的乡思和渴望了解故乡的急切心情。五言绝句只有二十个字,其语言是极其精炼的。可是在这首小诗中,"故乡"一词却重复出现,岂不是多余。不,这种重复,表示乡思之殷切,增强了诗歌的感情色彩。语言朴素平淡,而表现思乡之情却十分真挚动人。

主人公想了解"故乡事","故乡事"千头万绪,是说不完的。一般人思念故乡,总是想了解故乡亲人和朋友的情况。可是主人公想了解的却是故乡家中窗前的寒梅。"来日绮窗前,寒梅着花未?"这一问确实问得出奇,似乎也异乎常情。可是,生活告诉我们,一个人对故乡的思念不是抽象的,而是与许多具体的人和事联系在一起的。一般的说,故乡的山川景物,风土人情都是令人怀念的,可是,往往一些极其细小的事物却给人留下难忘的印象。诗中说到的窗前寒梅便是一例。这棵寒梅已染上主人公的感情色彩,成为故乡的象征。诗歌以问句作结,使人感到余味悠然不尽。这首诗纯用白描,语言质朴平淡,而表现思乡之情却十分真挚动人。

九月九日忆山东兄弟[1]

王　维

独在异乡为异客,[2]
每逢佳节倍思亲。[3]
遥知兄弟登高处,
遍插茱萸少一人。[4]

【注释】

〔1〕九月九日:农历九月九日为重阳节。山东:王维是太原祁(今山西省祁县)人,其父任汾州司马时把家搬到蒲(今山西省永济市)。因蒲在华山以东,所以王维称他家乡为"山东"。〔2〕异乡:他乡。异客:在他乡作客。　〔3〕倍:格外。　〔4〕茱萸(zhū yú):一种有浓烈香味的植物。古人重阳登高,把茱萸插在头上,认为可以避灾祸。

【译文】

　　我独自一人在外乡作客,常常想念家中的亲人。每逢人们欢度在佳节时,我就更加想念亲人了。今天是重阳佳节,我在这遥远的外乡知道,当兄弟们头插茱萸登高的时候,一定会想起少了一个人。

【赏析】

　　这是王维十七岁时的诗作,写他异乡作客,节日思亲,历来为人们所传诵。

农历九月九日是重阳节,传统的习惯是登高,插茱萸,饮菊花酒,吃重阳糕,这一年的重阳,王维出游在外,他想念家中的兄弟,就写了这首诗。首句写诗人他乡作客。一个"独"字写出他作客孤寂。两个"异"字,无非说明诗人在他乡作客。但是,作为"异客",环境陌生,身处"异乡",则远离亲人,表现了诗人孤居独处,举目无亲,流露了他的孤独之感和思乡之情。增强了气氛。次句写诗人佳节思亲。诗人他乡作客,已是思念亲人,而时逢重阳佳节则格外思念亲人。"每逢"说明不仅重阳思亲,任何佳节,都会思亲。"倍"可见平时思亲,佳节加倍思亲,加浓了感情色彩。

三、四句写诗人的想象。诗人想象家中兄弟们重阳登高,遍插茱萸,发现少了一人。诗人不直接写自己思念兄弟们,却写兄弟们思念自己。这样更加突出地表现了自己的思念亲人之情。

诗中名句"每逢佳节倍思亲",已成为活在人们口头上的成语,因为它高度概括了他乡作客人的普遍心理,道出了一个真理。

送元二使安西[1]

王 维

渭城朝雨浥轻尘,[2]
客舍青青柳色新。[3]
劝君更尽一杯酒,
西出阳关无故人。[4]

【注释】

[1]诗题一名《渭城曲》。元二:作者友人,名不详。安西:唐代的安西都护府,治所在今新疆维吾尔自治区库车县。　[2]渭城:

秦时咸阳城,汉改称渭城。在今西安市西北。浥(yì):湿润。〔3〕客舍:旅店,指饯别的地方。　〔4〕阳关:古关名,故址在今甘肃省敦煌市西南。

【译文】

渭城早上下雨了,雨点润湿了路上的灰尘。雨后旅店旁一排排的柳树,显得格外青翠。请你再喝完这一杯酒吧!因为向西出了阳关再没有老朋友了。

【赏析】

这首诗是唐代有名的送别之作。琴曲《阳光三叠》(又名《阳关曲》),即以这首诗为歌词。此曲在当时是广泛流传的。

诗的开头点明地点、时间、天气。地点是渭城,时间是早晨,天气是微雨之后。次句以"客舍"点明饯别的处所,以"柳色新"进一步交代送别的季节是春天。这是一个春天的早晨,微雨之后,地上的尘土已被沾湿,空气格外新鲜。客店旁的柳树,雨后显得更加青翠喜人。古人有折柳赠别的习俗。因此"青青柳色"隐含着送别人和行人的依依惜别之情。以上二句是写景,景色是美好的,而行人就要离别这春色满园的都城到阳关以西——遥远的地方去了。

后二句写饯别的情形。"劝君更进一杯酒",酒已经喝得多了,最后,在离别之前,老朋友又满满地斟一杯。这不是普通的一杯酒,是洋溢着真挚友情的一杯酒。亲爱的朋友,不必再推辞了,干杯吧!要知道你西出阳关,就再没有老朋友了。那时再想欢聚一堂,开怀畅饮也不可能了。"西出阳关无故人",充满了老朋友之间的深厚情谊。写得情真语切,成为千古绝调。

静夜思

李 白[1]

床前明月光,
疑是地上霜。
举头望明月,[2]
低头思故乡。[3]

【注释】

〔1〕李白(701—762),字太白,号青莲居士。锦州昌隆(今四川省江油市)人。他是唐代伟大的浪漫主义诗人,和杜甫齐名,世称"李杜"。他的诗反映了盛唐时期上升发展的气魄,充满了对进步理想的热烈追求,深刻地揭露了唐玄宗后期朝政的腐败,表现了傲岸不屈的反抗精神。他的诗达到了唐代诗歌创作的高峰。对后世有深远的影响。清人王琦注有《李太白全集》,注释详赡。
〔2〕举头:抬头。　〔3〕低头:形容沉思的样子。

【译文】

在一个宁静的夜晚,皎洁的月光直照到床前,猛地看去,好像地上下了一层霜。抬头望见天上的一轮明月,才明白地上原来是月光。而对晴空的明月,不由地让人想起久别的故乡。

【赏析】

这首诗抒写望月思乡的感情,是李白诗歌中流传最广的一首。"床前明月光,疑是地上霜。"写床前的明月光,好像地上的一层霜。这里,看来是描绘"明月光",实际上是刻画诗人愁思不寐的情态。诗人夜晚在床上睡眠,因愁思而不能入睡,猛地看见床前的明月光,还以为是地上霜哩。诗歌写月光,并非有心,所以"疑是"地上霜,"疑是"二字写出诗人惝悦迷离的精神状态。当他比较清醒地认出地上不是霜而是皎洁的明月光,才抬头望月。

"举头望明月,低头思故乡。"从上两句看来,诗人望月并不是出于思乡。正是望见迷人的明月,才产生了思乡的感情。"低头"表示诗人沉浸在深深的思念之中。这里以一个平常的生活细节,生动地刻画出诗人的心理活动。诗中说明了诗人的乡愁,但没有说尽,所以耐人寻味。

这首诗随手写来,不加雕琢,颇有感人的力量。

峨眉山月歌[1]

李 白

峨眉山月半轮秋,[2]
影入平羌江水流。[3]
夜发清溪向三峡,[4]
思君不见下渝州。[5]

【注释】

〔1〕峨眉山:在今四川省成都市西南。 〔2〕半轮秋:半圆形的秋月。 〔3〕影:月影。平羌江:即今四川青衣江,源于四川省芦山县西北,经乐山市入岷江。 〔4〕清溪:即清溪驿,在今四川省犍为县峨眉山附近。三峡:指长江的瞿塘峡、巫峡和西陵峡。 〔5〕君:指友人。渝州:治所在今重庆市。

【译文】

峨眉山的山上天空中挂着半轮秋月,平羌江中闪烁着月亮的倒影。我从清溪驿乘船出发,驶向渝州,准备经三峡东下。一路上都不能见到你,真是叫人思念。

【赏析】

这首诗是诗人早年离开四川,出峡东下,途中为怀念一位友人而作。

前两句写诗人在清溪舟中所见的月亮。半轮秋月高悬在峨眉山上,望月自然让诗人想起自己刚刚离开不久的峨眉山。峨眉山峰峦挺秀,山势雄伟,有"峨眉天下秀"之誉,诗人自然难以忘怀。平羌江的月影又是那么迷人!诗人仰望山上之明月,俯视江中之月影,不但感到景色幽美,而且那依山之明月和随波之月影,好像脉脉含情,依依不舍。这里,诗人将明月和峨眉山、平羌江结合在一起写,山、水、月相互映衬,明月就显得更加妩媚可爱。

后两句写诗人从清溪夜发,下渝州,将出峡东下,想念住在附近,不能相见的友人。望月怀人,离情缱绻,何以现在就要下渝州,过三峡,越走越远哩。何日方能相见?诗人流露了对故人的思念。"思君不见"正是点破了这一点。

这首诗连用了峨眉山、平羌江、清溪、三峡、渝州五个地名,而不露痕迹,实在难能可贵。中国古代写月亮的诗很多,本诗笔力雄浑,气势奔放,受到人们的喜爱。宋代大诗人苏轼《送人守嘉州》诗云:峨眉山月半轮秋,影入平羌江水流。谪仙此语谁解道,请君见月时登楼。"于此可见一斑。

望庐山瀑布[1]

李 白

日照香炉生紫烟,[2]
遥看瀑布挂前川。[3]
飞流直下三千尺,
疑是银河落九天。[4]

【注释】

〔1〕庐山:在江西省九江市南,是著名的游览胜地。 〔2〕香炉:香炉峰,是庐山的北峰,状似香炉,所以叫香炉峰。紫烟:香炉峰的烟雾受到日光照射,呈现紫色。 〔3〕川:河流。 〔4〕九天:古人认为天有九重,九天,是天的最高处。

【译文】

远远望去,阳光照射下的香炉峰紫烟缭绕,一条瀑布挂在山前的水面上,瀑布从高山上直泻而下,我怀疑是银河从九重天上落到人间。

【赏析】

这首诗写诗人遥望庐山瀑布。用生动的比喻,大胆的夸张和瑰丽的想象,描写庐山香炉峰瀑布的雄伟景象。

首句写香炉峰。香炉峰状似香炉,因此在香炉峰上,烟雾缭绕,在阳光的照射下,好像香炉冒出紫烟。如此写景,如梦如幻,富有神奇色彩。诗人写香炉峰的目的是为了写瀑布,所以次句写瀑布。瀑布如同白练高高地挂在山前水面上。"挂"这个动词用得很妙,把倾泻的瀑布描绘成静态的景物。显然这是远眺所得的印象。这里诗人以香炉峰为背景写瀑布。烟雾缭绕的香炉峰和气势磅礴的瀑布相互映衬,使景色显得更加奇丽、壮观。

三、四句两句写瀑布的雄伟景象,历代为人们所称颂。"飞流直下三千尺","飞"字生动地描绘出瀑布喷涌的气势,"直下",既写出山势之高峻,又可见水流之急。从高山之巅直泻而下,势不可挡。"三千尺"以夸张的手法写瀑布的高度,已令人惊叹不已。但诗人犹有未足,接着补上一句:"疑是银河落九天。"这句诗是比喻,也是夸张。真是想落天外,令人惊心动魄。"银河落九天",写尽瀑布的气势和力量,"落"字重若千钧,活画出瀑布从高空而降的情景。"疑是"二字,使人感到恍惚迷离,真假难辨,给读者留下想象的余地。

黄鹤楼送孟浩然之广陵[1]

李 白

故人西辞黄鹤楼,[2]
烟花三月下扬州。[3]
孤帆远影碧空尽,[4]
唯见长江天际流。[5]

【注释】

〔1〕黄鹤楼:旧址在今湖北省武昌西黄鹤矶上。之:往。广陵:今江苏省扬州市。 〔2〕故人:老朋友,指孟浩然。辞:辞别。 〔3〕烟花:形容春天繁花似锦的景色。 〔4〕尽:消失。

〔5〕天际流：流向天边。

【译文】

在繁花似锦的春季三月里，我的老朋友辞别西边的黄鹤楼，要东到扬州去了。友人所乘的船已经走得很远了，最后小小的帆影也在碧空中消失了。这时只能看见浩浩荡荡的一江春水向天边流去。

【赏析】

这是一首送别诗，写诗人与老朋友之间深厚的情谊。老朋友是唐代著名诗人孟浩然。李白《赠孟浩然》诗中说："吾爱孟夫子，风流天下闻。……高山安可仰，徒此揖清芬。"大意是说，孟浩然爱酒善诗天下闻名。他是一座高山可供仰望，他的品格令人崇敬。可见李白对孟浩然是很敬重的。老朋友一旦离别，李白自然依依难舍。

前两句交代了送别的时间、地点和友人将去的地方。时间是繁花似锦的三月，送别的地点是在黄鹤楼，友人将去的地方是扬州，皆一一交代清楚，紧扣题意。在"烟花三月"送友人去当时繁华的都会扬州，使人感到前程似锦，充满无限的希望，似暗含着诗人的祝愿。

后两句流露了惜别的心情。"孤帆远影碧空尽"写客舟挂帆远去。孤帆一片，渐渐远去，一点帆影最后消失在碧空之中。友人走了，"唯见长江天际流"，只剩下悠悠不尽的一江春水向天边流去。这里写水写天，境界开阔。从表面看，只是描绘自然景色，其实景中含情，情与景交融在一起，抒发了李白在友人离去之后的空虚、寂寞和怅惘的心情。这种情景交融的写法，显示了李白高超的诗歌艺术技巧。

赠汪伦[1]

李 白

李白乘舟将欲行,
忽闻岸上踏歌声。[2]
桃花潭水深千尺,[3]
不及汪伦送我情。

【注释】

〔1〕汪伦:唐代宣州泾县(今安徽省泾县)桃花潭的村民。事迹不详。 〔2〕踏歌:一民间歌唱形式,以脚步打拍子,边走边唱。 〔3〕桃花潭:在泾县西南。

【译文】

李白乘船将要离去,忽然听到岸上传来送行的歌声。桃花潭水纵然有千尺之深,也不及汪沦送我的情意啊!

【赏析】

唐玄宗天宝十四载(755),李白五十五岁,在宣城郡(今安徽省宣城市),曾游泾县桃花潭,村民汪伦常酿美酒来招待李白,李白临别时写了这首诗,赠给这位朋友,表现诗人和汪伦之间深厚的友情。

诗的前面两句是叙事,叙诗人乘舟就要离去,忽闻岸上传来踏歌之声。首句写就要离去的人,次写送行的人,两者构成一幅送别的景。乘舟欲行,表明诗人走的是水路,客舟就要出发了。正是在这个时候,忽然听到岸上传来的踏歌声。"忽闻"二字,似乎说明事出意料之外。听到踏歌声,也只闻其声,未见其人,踏歌来送的当然是汪伦,诗人却不点出,这句诗显得比较含蓄。诗人这样写,为后两句作了必要的铺垫。

诗的后两句是抒情,抒发了诗人和汪伦的深厚情谊。三句写的是眼前之景,遥接首句,可见李白所乘之舟在桃花潭中。桃花潭水深千尺,是写潭水的特点,又为下句预伏一笔。桃花潭的水深,深达千尺,诗人由桃花潭的水深联想到自己与汪伦的情谊,很自然地写出"不及汪伦送我情"的诗句。如果说"好似汪伦送我情",就太一般化了。好在"不及"二字。这两个字变无形的情谊为生动的形象,增强了诗歌的感染力量。

这首诗语言自然、朴素而富有情味,显然受了民歌的影响。

望天门山[1]

李　白

天门中断楚江开,[2]
碧水东流至此回。[3]
两岸青山相对出,[4]
孤帆一片日边来。[5]

【注释】

〔1〕天门山:在今安徽省当涂县西南长江两岸,东叫东梁山(亦称博望山),西叫西梁山,两山隔江相对如门,所以合称天门山。　〔2〕楚江:指长江流经安徽省的一段。安徽春秋时属楚

国,故称为楚江。　　〔3〕至此回:一作"直北回",一作"至北回"。长江在天门山附近由东流转向北流。　　〔4〕两岸青山:指天门山。　　〔5〕日边:太阳升起的东边。

【译文】

　　天门山中间断开了,分为东梁山和西梁山。东流的碧绿江水到这里又回旋向北流去。长江两岸的青山遥相对峙,一只帆船从太阳升起的东边行驶过来。

【赏析】

　　这首诗描写天门山的壮丽景象。天门山形势十分险要。诗歌一开始就抓住这一点。"天门中断",写山。"中断"写出天门东西两山的峭拔和险峻。天门山的"中断",好像为楚江留了一条通道,显示了大自然的奇妙,富于神话色彩。"楚江开",写水,"楚江开"是由于"天门中断",点出山与水的关系。"开"字写出长江之水至此奔涌而出的气势。"碧水东流至此回",江水至此,又回旋北去。由于天门锁江,江面狭窄,江水至此不得不回旋一阵才流过天门。这里写水又写山,水中有山,山中有水,交错写来,在我们面前展现出一幅天门山附近一条长江的壮丽图画。

　　"两岸青山相对出",写长江两岸青山对峙,进一步描绘天门山的雄伟壮观。"出"字写舟行过程中望天门山的感觉,为静止的山带来动态美。"孤帆一片日边来",写远景。在茫茫的江面上,一孤帆从太阳升起的东边飘来。诗人最后一笔,妙笔生花,为整个画面增加了明丽的色彩。这首诗声调响亮、色彩绚烂、气势雄伟。它不仅给人以美的享受,而且能激起我们对祖国山河的热爱。

闻王昌龄左迁龙标遥有此寄[1]

李 白

杨花落尽子规啼,[2]
闻道龙标过五溪。[3]
我寄愁心与明月,[4]
随风直到夜郎西。[5]

【注释】

〔1〕左迁:古代以右为上,左为下,左迁即降职贬官。龙标:今湖南省怀化市一带。王昌龄被贬为龙标县尉,这里借以称呼王昌龄,古时称呼别人官职以表示尊敬。 〔2〕子规:即杜鹃鸟。〔3〕五溪:即辰溪、酉溪、巫溪、武溪、沅溪。在今湖南省西部和贵州省东部。 〔4〕与:给。 〔5〕夜郎:古国名,其地主要在今贵州省桐梓县东。本篇所说之夜郎,其地在今湖南省沅陵县境。诗中用夜郎之名,可以使人联想古夜郎国,以见其边远。

【译文】

暮春时节,杨花落尽,杜鹃哀啼,这时,听说你被贬到过了五溪的龙标这样偏僻的地方。我把一颗思念和同情的心让明月给您带去,随着春风和您一起直到极为遥远的夜郎西边。

【赏析】

据《新唐书·王昌龄传》记载,王昌龄"不护细行,贬龙标尉"。意思是说,王昌龄因为不注意生活小节,被贬为龙标县尉。他因为生活小节屡次被贬斥,遭遇是十分不幸的。李白在这首诗里,对他的不幸遭遇,充满了同情和关注。

首句写景,用来点明时节。景物是杨花和子规。时节当在暮春。杨花的飘落给人以飘零之感,子规的哀啼令人顿生思乡之愁,因为子规的叫声是"不如归去"。如此写景,不仅点明时节,而且景中含情,表达了诗人的感伤情怀。诗人为什么感伤呢?次句直接点明是因为"闻道龙标过五溪"。虽然直叙其事,亦含有惊惜和悲痛的意思。"过五溪",说明了道路的遥远、艰难和被贬地方的荒僻,诗人之同情自然地流露出来。

三、四句抒情,表达了诗人对王昌龄的思念和同情。诗人变无情之明月为有情之物,让她把自己的思念和同情带到遥远的夜郎西边的龙标去。想象奇特。以这种比拟的手法表现强烈和深厚的感情,增强了诗歌的艺术效果。

早发白帝城[1]

李 白

朝辞白帝彩云间,[2]
千里江陵一日还。[3]
两岸猿声啼不住,[4]
轻舟已过万重山。[5]

【注释】

〔1〕白帝城:在今重庆市奉节县东。 〔2〕朝:早晨。辞:告别。 〔3〕江陵:今湖北省荆州市。还:返回。 〔4〕住:停。 〔5〕轻舟:轻快的小船。

【译文】

早晨告别了彩云缭绕的白帝城,远在千里外的江陵一天就可以返回了。长江两岸高山相连,山上猿猴的啼叫不绝于耳。在猿猴啼叫声中,轻快的小船已经驶过了重重高山。

【赏析】

这首诗是李白五十九岁(公元759年)因从永王李璘事流放夜郎,刚至巫峡,遇赦放回。他兴奋之余,在江陵写了这首诗。

这首诗抒发了诗人遇赦东还的喜悦心情。首句紧扣题意,点出时间、地点。诗人是在早晨辞别白帝城的。白帝城在今重庆市奉节县东,城建在白帝山上,山峻城高,常有彩云缭绕,故说"彩云间"。"彩云间",给景物抹上了一层明丽爽朗的色彩,流露了诗人内心的喜悦之情。次句写白帝与江陵相距千里,而轻舟东还只需一日。"千里"与"一日",对照鲜明,生动地表现了舟行之速。长江上游,水流湍急。《水经注·江水》说:"有时朝发白帝,暮至江陵,其间千二百里,虽乘奔御风不以疾也。"意思是,有时早上从白帝城出发,傍晚就到江陵。从白帝城到江陵,中间相距一千二百里,即使骑着快马,驾着风,也没有这样快。次句所描绘的就是这一境界。三、四句补叙两岸的景物,表达了诗人的愉快心情。《水经注·江水》说:"自三峡七百里中,两岸连山,略无(一点没有)阙(缺)处。……每至晴初霜旦(早晨),林寒涧肃(寒枯),常有高(高处)猿长啸,属引(连接不断)凄异,空谷传响,哀转久绝。故渔者歌曰:'巴东(郡名)三峡巫峡长,猿鸣三声泪沾裳。'"这是第三句的内容。两岸群山,猿啼凄异,过往行人,闻之泪下,而李白由于遇赦东还,心情舒畅,不觉猿声凄切,轻快的小舟已穿过万重山了。"轻舟"之"轻"不仅写出舟行之轻快,也暗示诗人之心情。第三句之猿鸣,使诗之气势急中有缓,缓急结合,从而令人感到曲折而富于波澜。于此可悟用笔之妙。

别董大[1]

高 适[2]

千里黄云白日曛,[3]
北风吹雁雪纷纷。
莫愁前路无知己,[4]
天下何人不识君。[5]

【注释】

〔1〕董大:指当时弹琴名手董庭兰。董庭兰排行第一,故称董大。 〔2〕高适(704—765),字达夫,渤海蓨(今河北省景县)人。少时家贫落魄。后为河西节度使哥舒翰书记。历任淮南节度使、剑南西川节度使。官终左散骑常侍,封渤海县侯。善作边塞诗,与岑参齐名,并称"高岑"。有《高常侍集》。 〔3〕曛(xūn):形容天色昏暗。 〔4〕知己:知心的朋友。 〔5〕君:指董大。

【译文】

千里黄云把阳光遮得一片昏暗,北风吹着离群的孤雁,大雪纷纷飘落。不要担心在你前去的地方没有知心的朋友,天下哪一个人不知道你的大名呢?

【赏析】

这里的董大,前人认为是董庭兰。董庭兰是唐玄宗时的琴家,他以善弹《胡笳》有名于当时。曾为吏部尚书房琯的门客。以琴艺受到房琯的重视。这首诗是诗人赠给董庭兰的,是一首送别诗。

诗的前两句写送别时的景色。风卷黄沙,铺天盖地。茫茫千里,黄云漫天。阳天被遮,天色昏暗。北风狂吹,孤雁离群。皑皑白雪,纷纷扬扬。一片边塞风光,荒寒而壮阔,不免有几分悲凉的色彩。正是在这样的时候,著名音乐家董庭兰就要离去了。诗人如此描写环境自然表现了他此时此刻的心情。知己离别,气氛凄凉,令人为之心酸。大雪纷飞,天寒地冻,知心的朋友,你要走向何方?

后两句是诗人对董大进行诚挚的劝慰和勉励。诗人说,不要忧愁,不要担心前去的地方无知心的朋友,天下谁不知道你的大名,这一转折出人意外。语言慷慨豪迈,开朗有力,使人感到前途充满了希望,充满了光明;与王勃《送杜少府之任蜀州》中的名句"海内存知己,天涯若比邻",同一格调。

这首诗写于诗人早年失意之时,虽是赠别之作,却也流露心中的积郁,但满怀信心和力量。

凉州词[1]

王 翰[2]

葡萄美酒夜光杯,[3]
欲饮琵琶马上催。
醉卧沙场君莫笑,[4]
古来征战几人回。[5]

【注释】

〔1〕凉州词:唐代乐府歌辞。凉州,治所在今甘肃省武威市。

〔2〕王翰(生卒年不详),字子羽,并州晋阳(今山西省太原市)人。年轻时豪放不羁。唐睿宗景云元年(710)登进士第,历任汝州长史、仙州别驾。约卒于唐玄宗开元后期(731—741)。《全唐诗》收录其诗十四首。　　〔3〕夜光杯:我国西北出产的一种玉石琢制的酒杯。　　〔4〕沙场:指战场。　　〔5〕征战:从军作战。

【译文】

我在夜光杯中斟满葡萄美酒,正要开怀畅饮时,马上却传来弹奏琵琶的声音,在催人出发了。喝吧! 就是喝醉了,躺在沙场上,也请君莫笑。要知道从古到今,出征打仗的人有几个能活着回来?

【赏析】

王翰是唐代颇有名气的诗人。大诗人杜甫曾因王翰愿与他为邻感到荣幸。他善于写诗,诗多壮丽之词。他长于绝句,这首《凉州词》为古今传诵的名作。

这首诗是写征戍的士兵出发前那种豪放而悲凉的心情。第一句写一个征人斟酒痛饮,饮的是葡萄美酒,用的是夜光杯。葡萄酒、夜光杯都是当时西域所产。诗歌开头不仅描写了一场豪华的宴会,而且带有西域的地方色彩。第二句写正当出征的士兵开怀畅饮时,忽然,马上传来琤琤的琵琶声,听调子是催促征人出发了。琵琶是西域乐器,诗人以此渲染异域的气氛。"欲饮"和"琵琶马上催"所构成的矛盾深刻地表现了征人的复杂心情。第三、四句说,喝吧! 就是喝醉了,躺在沙场上,你也不必笑我,因为自古以来,驰骋沙场的健儿,有几个能活着回来呢? 王翰是盛唐时期的诗人,盛唐时期的战争是复杂的,有反击侵扰、保卫祖国的战争,也有对边境少数民族进行掠夺的战争。这首诗流露的是对不义战争的厌倦和不满的心情。"醉卧沙场",极沉痛,整首诗给人的感觉是悲壮的。

逢雪宿芙蓉山主人[1]

刘长卿[2]

日暮苍山远,
天寒白屋贫。[3]
柴门闻犬吠,[4]
风雪夜归人。

【注释】

〔1〕芙蓉山:山东、湖南、福建、广东等省都有芙蓉山,诗中所咏何处,不详。 〔2〕刘长卿(约709—约780),字文房,河间(今河北省河间市)人。曾任长洲尉,睦州司马。官终随州刺史,世称刘随州。他擅长五言律诗,自许为"五言长城"。有《刘随州集》。 〔3〕白屋:茅草盖顶的房屋,指贫苦人的住所。
〔4〕柴门:用柴做的门。谓其简陋。犬吠(fèi):狗叫。

【译文】

天色傍晚,我在山中赶路,离去处还很远。气候寒冷,忽然发现一家简陋的茅屋,于是前去投宿。夜里,柴门外的狗叫,原来是房主人冒着风雪回来了。

【赏析】

刘长卿是一位擅长写山水诗的诗人。这首诗写旅客傍晚投宿,主人风雪夜归,文笔凝练形象十分突出,是他的代表作之一。

诗的前两句写旅客山行和投宿的情景。"日暮"说明天色已是夜晚。"苍山远"说明在山中赶路,路程还很遥远。在这样的情况下,自然不得不投宿了,何况又"逢雪"哩。这时发现山中一家茅屋,山中人家十分贫困,加上"天寒",其贫穷可知。主人不在家,他家人仍然接受了旅客投宿的请求,可见山民的淳朴好客。这里,诗人没有直接写到人,但是,实际上处处有人。语言极为精练。

后两句写投宿以后的事。"柴门"与"白屋"相关,都说明山民的贫穷。"犬吠"是因为有人来。"风雪"紧承"天寒","夜归人"显然是主人冒着风雪回来。"风雪夜归人",极富诗情画意。诗人写到主人夜归,似未写完,但戛然而止,含意未尽,给读者留下了想象的余地,使人感到余味无穷。

这首诗寥寥几笔,写山民生活如画,十分精彩。

江畔独步寻花

杜 甫[1]

黄四娘家花满蹊,[2]
千朵万朵压枝低。
留连戏蝶时时舞,[3]
自在娇莺恰恰啼。[4]

【注释】

〔1〕江:指锦江。 〔2〕杜甫(712—770),字子美,原籍襄阳(今湖北省襄阳市),曾祖时居巩县(今河南省巩义市)。杜审言之孙。因曾任检校工部员外郎,世称"杜工部"。他是唐代伟大的现

实主义诗人。他的诗大胆反映了当时社会的黑暗,政治的腐朽和人民的苦难,内容十分深刻。他的一些优秀诗篇广泛反映了安史之乱前后唐代社会由盛到衰的急剧变化,成为时代的一面镜子,有"诗史"之称。他的诗今存一千四百多首,有《杜工部集》。

〔3〕黄四娘:杜甫住在成都草堂时的邻居。蹊(xī):小路。

〔4〕留连:恋恋不舍。　〔5〕自在:自由自在。恰恰:刚好;和谐。

【译文】

黄四娘家里种了很多花,几乎把花间小路都遮住了。成千上万的花朵压弯了枝条。当我来到这里,看到戏游的彩蝶,正在花丛里飞来飞去。树上的黄莺刚好也在这时唱着优美的歌。

【赏析】

唐肃宗上元元年(760),杜甫居住在成都草堂,在饱经离乱之后,暂得栖身之所,过着比较安定的生活。次年春,有一天,他沿着江畔漫步观花,写成《江畔独步寻花七绝句》。这里选的是其中第六首。

这首诗写诗人在黄四娘家观花。首句点明看花的地点:黄四娘家。"四"是排行,唐人以行第相称表示尊敬,"娘"是唐代对妇女的美称。"花满蹊"说明花种得很多。次句写群芳斗艳盛况。花朵繁多,压弯了枝条。"千朵万朵",极言其多。"压枝低"形容百花正在盛开,好像硕果累累,把枝条都压低了。"低"字用得不仅准确而且形象。第三句写花间蝴蝶飞舞。"留连"写蝴蝶不愿离去,从侧面写花的鲜美芬芳。"时时"可见春意盎然。末句写树上莺啼。诗人正在观赏众花,树上传来悦耳的莺声,不禁悠然自得,这反映了他对安定生活的喜悦之情。

绝 句
杜 甫

两个黄鹂鸣翠柳,[1]
一行白鹭上青天。[2]
窗含西岭千秋雪,[3]
门泊东吴万里船。[4]

【注释】

〔1〕黄鹂:即黄莺。　〔2〕白鹭:即鹭鸶,一种水鸟。
〔3〕西岭:指岷山,在成都的西边。千秋雪:千年不化的积雪。
〔4〕泊:停船。东吴:三国时的吴国,因地处江东,也称为东吴,指长江下游近海一带地方。

【译文】

两只黄鹂在翠绿的柳树上欢乐地歌唱,一行白鹭在蔚蓝色的天空自由飞翔。从窗户里看见西边岷山千年不化的积雪,门前还停泊着将要直下东吴的万里航船。

【赏析】

唐代宗宝应元年(762),严武任成都尹,与杜甫诗歌唱和。七月,严武入朝,剑南兵马使徐知道反,杜甫避难梓州(今四川省三台县)。广德二年(764)三月严武复为西川节度使,杜甫因携家回成都草堂,写了《绝句四首》。这首诗是其中的第三首。诗人以景物描写表达了自己的喜悦心情。

首句写两个黄鹂在欢快地歌唱。"翠柳"是春天的景色。黄鹂在翠柳中欢唱,充满愉快的情绪。次句写一行白鹭飞上晴朗的天空。"青天",指蔚蓝色的天空。晴天一碧,万里无云。白色的鹭鸶在蓝天的映衬之下,显得格外美丽。这两句诗用"黄鹂"、"翠柳"、"白鹭"、"青天"构成一幅色彩鲜明的图画,表现了诗人悠然自适的心情,充满了欢快的色彩。

第三句写从窗户里看到岷山积雪。高山积雪,千年不化,故诗人称为"千秋雪"。天气晴朗,从窗户里眺望远山雪景,红妆素裹,分外妖娆,好像在观赏一幅优美的水彩画,观赏之余,使人感到无比的欢快。末句是写诗人向门外看,只见门前江中停泊了"东吴万里船"。"东吴"指长江下游三国时吴国所在地。诗人当时想沿长江,过三峡,直下东吴,而门前有"万里船",此愿不久当可实现。看到船只,诗人不禁喜上心头。

这首诗通篇对仗,声韵铿锵;一句一景,浑然一体;寓情于景,情景交融,表现了诗人炉火纯青的艺术成就。

逢入京使[1]

岑 参[2]

故园东望路漫漫,[3]
双袖龙钟泪不干。[4]
马上相逢无纸笔,
凭君传语报平安。[5]

【注释】

〔1〕京:京都。使:使臣。 〔2〕岑参(约715—770),荆州

江陵(今湖北省荆州市)人。唐玄宗天宝三载(744)进士。官至嘉州刺史。世称"岑嘉州"。一生曾两次出塞,任安西、北庭节度使幕僚。他长期生活在塞外,写了许多优秀的边塞诗,是著名的边塞诗人,与高适并称"高岑"。他的诗想象丰富,笔力雄劲,气势豪迈,色彩奇丽。以七言歌行和七绝见长,有《岑嘉州诗集》。
〔3〕故园:故乡。漫漫:形容路途遥远。　〔4〕龙钟:这里是沾湿的意思。　〔5〕凭:请。君:指入京使。

【译文】

东望家乡,路途遥远。我每想起家乡,眼泪沾湿了双袖。现在马上与你相逢,没有纸笔写家信,只好请你带个口信说我在外平安。

【赏析】

唐玄宗天宝八载(749),安西节度使高仙芝入朝,奏调岑参为右威卫录事参军,到节度使幕府掌书记。这首诗作于赴安西途中,抒发了诗人想念家人的愁苦心情。

诗的前两句写诗人因怀念家乡和亲人而流泪。"故园",不是指江陵,也不是指他先世所居的南阳(今河南省南阳市),而是指京城长安,因为那里有诗人的家。"东望",是因为安西都护府在今新疆维吾尔自治区吐鲁番市西,所以他望长安自然回首向东。望见什么?一片茫茫。因为路途遥远,望不见长安。不见家,更令人倍加思念,因此不禁泪下淋漓沾湿了双袖,感情激动而缠绵悱恻。

后两句点明题意,写途中遇到入京使,带口信报平安。一个偶然的机会,诗人在途中遇到入京的使者,因为身边没有纸笔,托他带一个口信,告诉家中的亲人自己在外平安无事。至此,诗人的感情由激动而平和,似乎心灵上感到有一种慰藉。这里以朴素自然的语言表现人们生活中常有的事情,显得真实而亲切,感人肺腑。

枫桥夜泊[1]

张 继[2]

月落乌啼霜满天,
江枫渔火对愁眠。[3]
姑苏城外寒山寺,[4]
夜半钟声到客船。

【注释】

〔1〕枫桥:在今江苏省苏州市虎丘区枫桥街道。泊:停船靠岸。　〔2〕张继(生卒年不详),字懿孙,襄州(今湖北省襄阳市)人。唐玄宗天宝十二载(753)登进士第。大历末,曾任检校祠部员外郎,盐铁判官。诗多旅游题咏之作,《全唐诗》录存其诗一卷,计四十七首。　〔3〕江枫:水边的枫树。渔火:渔船上的灯火。〔4〕姑苏:今江苏省苏州市。寒山寺:在今江苏省苏州市姑苏区。

【译文】

　　一个深秋的夜晚,月亮落下去了,天正降霜,栖息未定的乌鸦不时发出几声啼叫。面对着水边的枫林和渔船上的灯火,诗人满怀着忧愁,难以入眠。正当此时,姑苏城外寒山寺传来夜半钟声,客船到了枫桥河畔。

【赏析】

　　这首诗写枫桥夜景,表现了诗人在旅途中的愁思,是唐人绝句中脍炙人口的名作。

　　首句描绘深夜月落的图景。月亮落下去了,栖息未定的乌鸦不时发出哑哑的啼叫。而天正降霜,寒气逼人。这里通过诗人的视觉、听觉和身体的感觉,写出一种迷茫、清幽、寂寥的境界。次句写诗人满怀愁思,夜不能寐。"江枫"、"渔火"是枫桥特有景色。水边的枫林和渔船上点点灯光,牵动诗人异乡作客的哀愁,不能入睡。

　　诗的后两句写寒山寺的夜半钟声。诗人失眠,所以才能听到寒山寺传来的夜半钟声。清泠的钟声,使月夜显更加深沉,幽静。也更加激起诗人思乡的愁苦。

　　诗中所写景物,"月落"、"乌啼"、"霜满天"、"江枫"、"渔火"、"夜半钟声",皆诗人所见所闻所感,所以景物都染上诗人感情色彩,景中有情。诗歌集中地表现了诗人孤寂、怅惘的离愁。

　　由于这首诗历来被广泛传诵,寒山寺和枫桥就成了闻名中外的名胜古迹。

寒　食[1]

韩　翃[2]

春城无处不飞花,
寒食东风御柳斜。[3]
日暮汉宫传蜡烛,[4]
轻烟散入五侯家。[5]

【注释】

〔1〕寒食：即寒食节。清明前一天（一说清明前两天）不生火，不点灯，只吃冷食，俗称寒食节。相传是春秋时晋文公纪念介之推而这样做的，介之推抱木焚死，于是就在这一天禁火寒食。〔2〕韩翃（生卒年不详），字君平，南阳（今河南省南阳市）人，天宝十三载（754）进士。官至中书舍人。为"大历十才子"之一。其诗多送别酬赠之作，《全唐诗》录存其诗三卷。明人辑有《韩君平集》。　〔3〕御柳：皇帝宫苑中的柳树。　〔4〕汉宫：借指唐宫。传：递送。　〔5〕五侯：东汉桓帝封单超为新丰侯，徐璜为武原侯，左悺为上蔡侯，具瑗为东武阳侯，唐衡为汝阳侯，世称"五侯"，他们都是宦官。这里借指唐朝当时皇帝宠信的宦官。

【译文】

春天，长安城中处处飞舞柳絮杨花。寒食时节，在东风的吹拂下，皇帝宫苑中的柳叶轻轻飘扬。傍晚时，因寒食禁火，家家没有灯火。但在汉宫里却传递着皇帝特赐的蜡烛，蜡烛点燃的阵阵轻烟，传入五侯的家中。

【赏析】

相传春秋时，介之推隐居在绵山，被火烧死，晋文公为了悼念他，就在这一天禁火寒食，以后就有了寒食节。这首诗表面上是歌颂寒食时的景色，实际上是一首讽刺诗，讽刺当时宦官弄权，朝政腐败。

前两句写京城暮春景色。"春城"，点明时令是春天，地点在京城。春天的京城长安可写的景物很多，诗人却着眼处处飞花，说明已是暮春。"寒食"、"东风"、"御柳斜"都是从"春"字来。写柳是因为寒食有折柳插门习俗。"柳"字前加"御"字,说明是皇帝宫苑中的柳树,从而引出汉宫传烛之事。后两句写寒食禁火,汉宫传烛五侯,说明皇帝对他们的宠爱。这是借汉朝的事以喻唐朝的事。唐肃宗、代宗以来,宦官拥立皇帝,专擅朝政,诗人有感于此,写了这首诗,写得含意深刻,表现含蓄,富于情韵。

夜 月

刘方平[1]

更深月色半人家,[2]
北斗阑干南斗斜。[3]
今夜偏知春气暖,[4]
虫声新透绿窗纱。[5]

【注释】

〔1〕刘方平(生卒年不详),洛阳(今河南省洛阳市)人。生活在开元、天宝之际。能诗善画,一生隐居不仕。作诗以绝句见长。《全唐诗》录存其诗一卷。 〔2〕更(gēng):古代夜间的计时单位。一夜分为五更,每更约为两小时。 〔3〕北斗:在北方天空排列成斗形的七颗星,即大熊星座。阑干:横斜的样子。南斗:二十八宿之一,有六颗星,排列成斗形,常见于南方天空。 〔4〕偏知:出乎意外的感知。 〔5〕新:初

【译文】

夜深了,西斜的月亮只照了半个庭院。天上的北斗星、南斗星也都已横斜。诗人今夜出乎意料地感到春天的温暖,外边小虫的

鸣叫声透过绿纱的窗帘。

【赏析】

这首诗写初春夜月和诗人的感受,写得清新而有情致。

诗的前两句写月夜的景色。"更深",指三更以后。这时,月亮已经西斜,只能照到半个庭院。天空的北斗星、南斗星也都已横斜。这里从庭院中的月色写到天上的星星。我们完全可以想象到诗人不眠的情景。深夜是这样的宁静,诗人为甚么不眠呢?诗的后两句作了说明。窗外传进了小虫的鸣叫声,诗人感到了春天的温暖。原来是大地春回,节物感人。为什么诗人感知春天的到来而不能入睡呢?是因为怀念家乡?惦记亲人?还是感叹身世?诗人避而不提。但是,在言词之外,似有一种惆怅之情,这是我们可以感觉到的,只是表现得比较含蓄婉转。

在诗人的笔下,初春月夜是美丽的。皎皎明月,闪闪星辰,静静庭院,暖暖春光,唧唧虫鸣和绿纱窗帘,构成一幅静谧的初春月夜图画。使人感到春意盎然,充满生机。诗人,又是画家,他的观察细致,感觉敏锐,因此,他所捕捉的形象使人感到富于诗情画意。

滁州西涧[1]

韦应物[2]

独怜幽草涧边生,[3]
上有黄鹂深树鸣。[4]
春潮带雨晚来急,
野渡无人舟自横。[5]

【注释】

〔1〕滁(chú)州:今安徽省滁州市。西涧:在滁州城西,俗名上马河。 〔2〕韦应物(737—约791),京兆长安(今陕西省西安市)人。为人任侠使气,狂放不羁。历任滁州刺史、江洲刺史、左司郎中、苏州刺史。世称韦苏州,又称韦江州、韦左司。其诗高雅闲淡,有《韦苏州集》。 〔3〕怜:爱。幽:深。 〔4〕黄鹂:即黄莺。深树:茂密的树木。 〔5〕渡:渡口。

【译文】

我很喜爱这涧边生长的深草,在那枝叶繁密的树上有黄莺悦耳的啼叫声。傍晚,一场春雨过后,河上的潮水流得更急了。在荒野的渡口上,不见人影,只有一条小船悠闲地横在岸边。

【赏析】

唐德宗建中二年(781),韦应物任滁州刺史。这首诗是他游西涧后所作。诗中描绘了滁州西涧春天的幽美景色。

诗歌一开始,诗人就表示自己偏爱涧边深幽茂密的野草。春天,万紫千红,景色宜人。诗人为什么只是偏爱涧边的野草呢?这和诗人恬淡的胸襟有关系。野草生长在涧边,自甘寂寞,安贫守节,正合诗人之意,所以他"独怜幽草"。次句写黄鹂在树上啼叫。黄鹂的歌唱是美妙动听的,为春天增色不少。这两句由深幽茂密的野草写到鸣禽,都是春天的景象。

后两句写一场春雨之后,涧水骤涨,荒野的渡口无人来往,渡船系在岸边,在潮水中悠悠晃荡。以"急"字写春雨潮急,如闻其声;以"横"字状孤舟空泊,如见其景,用字极为精警传神。诗人写春雨野渡,历历如画,深为后世赞赏。特别是"野渡无人舟自横"

一句,既有诗情,又富画意。后世文人仿此写诗,画家以此为题,争相作画,颇有影响。

塞下曲[1]

卢 纶[2]

其 二

林暗草惊风,[3]
将军夜引弓。[4]
平明寻白羽,[5]
没在石棱中。[6]

【注释】

〔1〕塞下曲:唐代乐府诗题,出于汉乐府《出塞》、《入塞》等曲,歌词内容大都反映边疆将士生活。 〔2〕卢纶(748—约799),字允言,河中蒲(今山西省永济市)人。为"大历十才子"之一。曾任河中元帅府判官,官至检校户部郎中。其诗多送别赠答之作,有《卢纶集》。 〔3〕林暗:夜间林中黑暗。草惊风:谓风吹草动。惊,惊动。 〔4〕引弓:拉弓。 〔5〕平明:天刚亮。白羽:装饰在箭尾的白色羽毛,指箭。 〔6〕没:陷入。石棱(léng):石头的棱角。

【译文】

夜间树林中风吹草动,像是老虎来了。将军拉开弓,对着草丛射了一箭。天亮后去寻羽箭,发现箭头已经射进大石头中。

【赏析】

《塞下曲》,原作共六首,这是第二首。这首诗写将军夜猎,赞颂将军英勇果敢的精神。

前二句写将军夜见林中风吹草动,以为老虎来了,于是拉弓射箭。"林暗",点出时间在夜晚,也交代了打猎的场所在幽暗的树林里。正因为是在夜间,才有可能发生这样的事。如果是在白天,树林中风吹草动看得一清二楚,就不可能发生这样的事。"草惊风",写风吹草动。古人有"云从龙,风从虎"的传说,所以用风吹草动来渲染猛虎的到来。由于夜晚天黑林深,不能肯定是否真的有虎,但是出现了老虎到来的迹象,将军就拉弓射箭了。这里写将军夜猎,形象十分鲜明生动。

后两句写翌晨寻箭,发现箭射的不是老虎而是射入石中。这是一个奇迹。诗人的奇思妙想显然受了司马迁《史记》的启发。《史记·李将军列传》说,有一次李广出去打猎,看到草里一块石头,以为是老虎,一箭射去,射中石头,把整个箭头都射进石头里去了。这个具有戏剧性的故事,经诗人提炼加工,写出了如此富于艺术魅力的小诗。

其 三

月黑雁飞高,[1]
单于夜遁逃。[2]
欲将轻骑逐,[3]
大雪满弓刀。

【注释】

〔1〕月黑:没有月亮的黑夜。 〔2〕单(chán)于:古代匈奴

君主的称号。这里借指当时入侵唐朝边疆的异族将领。遁:逃跑。
〔3〕将(jiāng):率领。轻骑:轻装快速的骑兵。逐:追赶。

【译文】

在一个没有月亮的黑夜里,大雁高飞,敌军将领趁着天黑带着士兵逃跑了。正当将军要率领轻装快速的骑兵追击敌军的时候,漫天大雪飘满了弓刀。

【赏析】

这首诗是《塞下曲》六首中的第三首,写将军即将率领骑兵追击敌人,表现了勇猛顽强的英雄气概。

诗的前两句,写单于趁夜黑逃遁。"月黑"写时间,是一个没有月亮的黑夜。"雁飞高",点季节,是边塞的秋天。茫茫黑夜,秋风萧瑟大雁高飞,渲染出一种肃杀的气氛。大雁为什么高飞,原来是因为单于率众逃遁而受惊。一片茫茫的黑夜,又怎么能看到大雁高飞呢?当然看不到。这是听到大雁鸣声从高处来,由听觉感到的。写单于溃退,衬以"月黑"、"雁飞高",正写出了敌人的惨败。而敌人的惨败,也从侧面对表现边塞将士昂扬的斗志、英勇杀敌的精神起了烘托作用。

诗的前两句写敌人。后两句写边塞将士,写将军即将率领轻骑追击敌人。"欲"字是表示准备追击,这显然已发现敌军逃遁。率领大军追击溃逃的敌人,诸多不便。而率领轻装快速的骑兵追击溃逃的敌人,速度快捷,行动灵活,往往可以出奇制胜。"轻骑逐"写轻骑追击敌人。这虽然是即将进行的事,但是已经含蓄地表现了胜利在望的气势。边塞的气候多变突然下起大雪来,所以"大雪满弓刀"。我们自然会想到"胡天八月即飞雪"的奇观。在大雪纷飞中追击敌人,更生动地表现了边塞将士勇猛顽强,一往无前的英雄气概。写得雄壮豪放,又含蓄不尽。

上汝州郡城楼[1]

李 益[2]

黄昏鼓角似边州,[3]
三十年前上此楼。
今日山川对垂泪,
伤心不独为悲秋。[4]

【注释】

〔1〕汝州:郡治在今河南省汝州市。 〔2〕李益(748—约727),字君虞,陇西姑臧(今甘肃省武威市)人。大历四年(769)进士。历任秘书少监、太子宾客等职,官终礼部尚书。他擅长七绝,以边塞诗最为著名。他的诗音律和美,为当时乐工所传唱。有《李益集》。 〔3〕鼓角:指鼓角声。古代军中以击鼓吹角为信号。边州:边境的州郡。 〔4〕不独:不只是。

【译文】

黄昏时候,我登上汝州城楼,传来的战鼓号角声,好像被敌人侵扰的边州。三十年前如此。三十年后,我再登此楼,依然如此。面对残破的山河,不禁流下眼泪。我伤心可不只是为了悲秋。

【赏析】

诗人在二十二岁考中进士之后,任郑县主簿,曾登过汝州郡楼。三十年,他旧地重游,再登郡楼,抚今思昔,不禁感慨万端,就写下了这首诗。诗人触景生情,抒写了自己登楼时的感慨,表现了对国事的忧虑和担心。

这首诗大约写于唐德宗贞元二十年(804)。唐代在安史之乱以后,藩镇割据,战祸频繁,社会动乱。汝州也常常是战场。所以,诗人说:"黄昏鼓角似边州。"黄昏时的鼓角声已充满了战争的气氛,"似边州"则进一步说明汝州战乱的存在,因为当时唐代边境州郡常常受到敌人的侵扰。"三十年前上此楼",诗人三十年前登此楼时所见所闻如此,今天再登此楼亦复如此,人已衰老,战乱依旧,不禁感慨系之。

第三、四句写诗人面对残破的山河伤心流泪。汝州屡遭战争的破坏,眼前是一片凄凉的景象,怎不令诗人伤心流泪呢?诗人伤心流泪"不独为悲秋"。"悲秋",典出战国时宋玉。宋玉《九辩》说:"悲哉秋之为气也。"从此"悲秋"就成为中国古代诗歌的一项常见的内容。这里,诗人不从正面点破伤心流泪的原因,留下弦外之音,让读者去思索,使人感到余音袅袅,悠然不尽。

夜上受降城闻笛[1]

李　益

回乐烽前沙似雪,[2]
受降城外月如霜。
不知何处吹芦管,[3]
一夜征人尽望乡。

【注释】

〔1〕受降城:唐代在黄河以北地区建了西、中、东三个受降城

为了防御突厥的入侵。这里可能指中受降城,地址在今内蒙古自治区五原西北。笛:指芦管。　〔2〕回乐烽:指回乐县的烽火台。回乐县旧址在今宁夏回族自治区灵武市西南。烽,一作"峰"。误。　〔3〕芦管:乐器名。以芦花为管,管口有哨簧,管面有孔,下端有铜喇叭嘴,与芦笛相类。

【译文】

　　回乐县烽火台前的茫茫沙漠好像一片皑皑的白雪,受降城外的月光映照在地上皎洁如霜。不知什么地方有人吹奏芦管,感人的乐曲使长期出征在外的人一夜不能入眠,思念自己的故乡。

【赏析】

　　李益是中唐时期的著名诗人,当时与李贺齐名。他擅长七言绝句。明代胡应麟说:"七言绝开元以下,便当以李益为第一。"(《诗薮·内编》卷六)评价是很高的。

　　李益曾居边塞十余年,熟悉边塞生活,写了不少动人的边塞诗。这首诗写征人的乡愁,是中唐七绝中的名作,曾被人说成中唐绝句之冠。开头两句,以对偶句描绘边塞苦寒的景象:回乐烽前,沙色似雪;受降城外,月光如霜。回乐、受降城都是当时边塞地方,烽火台更是具有特征的边塞景物。诗歌一开始连用两个地名,两个比喻,自然而生动地把边塞的景色呈现在读者的面前,使人感到苦寒逼人。

　　一、二句写的是登楼所见到的景物,第三句写的是所闻的声音。正是在这样的寒冷的月夜里,不知何处传来阵阵的芦管声,幽咽哀怨的芦管声顿时勾起征人怀念故乡,也是很自然的事情。所以第四句写乡愁。值得注意的是"尽"字,思乡的不仅是自己,而是所有的征人。"举首望明月,低头思故乡",人同此心,心同此理。一个"尽"字,使诗境大大深化,容纳了更为丰富的内容。

李益七绝学王昌龄,语言精练,音节和谐,形象丰富,韵味深长。由于时代的变化,他的诗染上了悲凉的色彩。

早春呈水部张十八员外[1]

韩　愈[2]

天街小雨润如酥,[3]
草色遥看近却无。
最是一年春好处,
绝胜烟柳满皇都。[4]

【注释】

〔1〕呈:呈送。水部张十八员外:即张籍。张籍是韩愈的朋友,同时代的诗人。他曾任水部员外郎,在兄弟间又排行第十八,所以称他为水部张十八员外。　〔2〕韩愈(768—824),字退之,河阳(今河南省孟州市)人。唐代杰出的散文家、诗人。郡望昌黎,世称韩昌黎。历任兵部侍郎、京兆尹,官终吏部侍郎,世称韩吏部。他是古文运动的领导者,提倡散文,反对骈文,产生深远的影响。他的诗俊伟奇崛,别开生面,开创了一个新的流派。有《昌黎先生集》　〔3〕天街:京城的街道。酥:酥油,形容初春细雨的滋润。　〔4〕绝胜:绝对胜过。皇都:指京城长安。

【译文】

一场春雨过后,京城的街道湿润如酥油。草芽萌出,远看一片青葱,近看却看不见了。一年中最好的是这早春的景色,大大胜过满城柳絮如烟的艳丽风光。

【赏析】

这是一首写早春景色的小诗。韩愈写完之后,寄给他的好友张籍,所以诗题为《早春呈水部张十八员外》。

这首诗紧扣"早春"落笔。首句写春雨。大地回春,草木皆由枯转荣,急需春雨的滋润。春雨细密滑润,所以说"润如酥"。因为诗人把握了春雨的特征,所以写得十分优美动人。次句妙绝。草芽刚刚冒出,疏而不密。经春雨滋润,青色转明,远看只见一片青青之色,近看反而看不清什么颜色。描摹传神,显示了诗人深入细致的观察能力和高度的语言技巧。

三、四句品评春色。一年之计在于春,而在美好的春光中,以早春的景色最好。所以说:"最是一年春好处。"早春时节,大地刚刚复苏,万物欣欣向荣,充满生气,充满希望,比柳絮如烟,繁花似锦的春光更为可爱。所以说:"绝胜烟柳满皇都。"诗人热爱早春,说明他对生活有更深一层的感受,体现了他对萌芽状态美好事物的珍惜,可谓别具慧眼。

秋 思

张 籍[1]

洛阳城里见秋风,[2]
欲作家书意万重。[3]

复恐匆匆说不尽,
行人临发又开封。[4]

【注释】

〔1〕张籍(约768—约830),字文昌。原籍苏州,生长在和州(今安徽省和县)。贞元十四年(798)进士,历任太常寺太祝、水部员外郎等职,官终国子司业,世称张司业。他关心人民疾苦,长于写作乐府歌行。与王建齐名,世称"张王"。有《张司业集》。
〔2〕洛阳:今河南省洛阳市,唐代的陪都。 〔3〕家书:家信。重(chóng):层。 〔4〕行人:捎信的人。临发:即将出发。

【译文】

洛阳城里刮起了秋风,不禁使我想起了家乡的亲人。我想给家里人写一封信,有许许多多话要说。信写完后封好,又觉得太匆忙,有些话还没有说出来,所以在捎信人即将出发时,又拆开信封。

【赏析】

这首诗借托人捎信,抒发自己思念家人的深挚感情。首句写诗人客居洛阳,见秋风又起。这是点明地点和时间。秋风萧瑟,草木摇落,天气转凉,肃杀的秋光,勾起客子飘泊异乡的孤寂之感,引起对家乡亲人的思念。所以次句写出自己对家乡亲人的思念。因为思念就写一封家信,可是要说的话很多,纸短情长,怎么能说得完呢? 第三、四句是说诗人家信写完封好以后,还感到仓促之间意犹未尽。所以在捎信人就要出发时,又拆开信封,再作一些补充。"复恐"二字,写诗人的疑惑和担心,唯恐家信中还遗漏了什么,所以在捎信人即将出发时又开启信封。这里表现诗人的心理活动,可谓刻画入微。

这首诗写的是日常生活中的一件极为平凡的小事。然而诗人通过细致的心理描写和生动的细节描写,鲜明地表现了一个他乡作客的人对家乡亲人深切的怀念。语言朴素、亲切,感情真挚、深厚,扣人心弦。王安石有一首《题张司业诗》,他评张籍诗说:"看似寻常最奇崛,成如容易却艰辛。"道出了诗人创作的甘苦,极为精到。

题都城南庄[1]

崔 护[2]

去年今日此门中,
人面桃花相映红。
人面只今何处去,[3]
桃花依旧笑春风。[4]

【注释】

〔1〕都城:指唐代京城长安(今陕西省西安市)。南庄:长安南郊的村庄。 〔2〕崔护(生卒年不详),字殷功,博陵(今河北定州市)人。贞元十二年(796)进士。官岭南节度使。《全唐诗》录存其诗六首,以《题都城南庄》最有名。 〔3〕人面:指诗中女子的容颜。只今:如今。 〔4〕笑春风:形容桃花在春风中盛开。

【译文】

去年今天,在这个院门里曾见到一位姑娘,她站在院门里桃花下,盛开的桃花把她映照得更加美丽。今年再来时,姑娘不知到哪里去了,只有那桃花依旧迎着春风盛开。

【赏析】

　　这是一首爱情诗。在孟棨的《本事诗》里记载了这样一个故事:崔护参加进士考试时,寄居长安。曾于清明节到长安南踏青,途经一村庄,因为口渴,叩一院门讨水喝。开门的是一位美丽的姑娘,倒上一杯水请他喝。她站在桃树下含情脉脉地注视着崔护。崔护告辞,姑娘送到门口,双眼饱含着依依不舍之情,崔护也很留恋。第二年清明节,崔护重游旧地,见门墙依旧,只是上了锁。姑娘不知到哪里去了,崔护十分惆怅,就在门上题了这首诗。

　　诗的首句点出时间、地点。这样写给人一种真实之感。次句写人。这位姑娘长得很美,诗人不直接写她的美,而用桃花映衬,渲染她像桃花一样美。语言含蓄,流露了诗人喜悦的心情。第三句与次句紧接,然而急转直下,表现了诗人的焦虑。末句重在"依旧"二字,桃花依旧笑迎春风,引起诗人美好的回忆。而美丽的姑娘却不见了,加剧了诗人的惆怅和失望。

　　这首诗的语言明白如话,而所含蕴的感情却波澜起伏,跌宕多变,感人至深,亦颇有影响。"人面桃花"的成语即由此而来,前人还以这个故事为题材编成戏剧上演,流传广泛。

竹枝词[1]

刘禹锡[2]

杨柳青青江水平,
闻郎江上唱歌声。

东边日出西边雨,

道是无晴却有晴。[3]

【注释】

〔1〕竹枝词:原是古代四川民歌。这是刘禹锡被贬到夔州(治所在今重庆市奉节县)时,模仿当地民歌创作的小诗。 〔2〕刘禹锡(772—842),字梦得,洛阳(今河南省洛阳市)人。二十二岁登进士第。官监察御史。与柳宗元等参与王叔文永贞革新运动失败被谪,贬朗州司马,后转为连州、夔州、和州等地刺史,官至检校礼部尚书兼太子宾客。世称刘宾客。刘禹锡在当时诗坛极负盛名,被白居易称为"诗豪"。有《刘宾客文集》。 〔3〕晴:"晴"和"情"同音,是民歌中,常用的谐声双关语。

【译文】

杨柳青青,江水如镜。姑娘忽然听到江上小伙子唱歌的声音。东边出太阳,西边却下雨,说是没有晴(情)却有晴(情)。

【赏析】

刘禹锡在夔州时,学习当地民歌,写了两组《竹枝词》。一组九首,一组两首。这里所选的是两首一组中的第二首。这首诗写一个姑娘听到情郎歌声后的心理活动。

诗的第一句写景,江边杨柳青青,江中水流如镜,正是一个风和日丽的春天。第二句写姑娘听到江上的歌声。上句写江水,下句由江水引出江上的歌声,十分自然。在美好的春光中,姑娘听到江上传来的歌声,歌声是那么熟悉,那么动听,不能不激起情感的波澜。第三、四句写姑娘的内心活动。姑娘的心里早已爱上这个小伙子,而这个小伙子是不是爱姑娘呢?姑娘半信半疑。虽然歌声中表示了爱情,但是仍叫人捉摸不定。"晴"是谐音双关语,从字面看写的是天气晴朗,然而,"晴"与"情"同音,语出双关。六朝乐府民歌诸如此类者甚多。这种词语利用谐音作手段,一个词语同时兼顾两种不同的意义。

这首诗语言浅显、明白、感情淳朴,在表现手法上吸收了民歌的艺术特点,具有浓厚的民歌风味。

金陵五题[1]

刘禹锡

石头城[2]

山围故国周遭在,[3]
潮打空城寂寞回。
淮水东边旧时月,[4]
夜深还过女墙来。[5]

【注释】

〔1〕金陵五题:是刘禹锡咏叹金陵古迹的五首诗。 〔2〕石头城:故址在江苏省南京市清凉山。战国时是楚国的金陵城,三国时吴国孙权重建改名石头城。 〔3〕故国:指前朝的国都。周遭:指石头城四周的城墙。 〔4〕淮水:秦淮河。 〔5〕女墙:城上的城垛。

【译文】

群山环绕着六朝的故都,那四周的城墙还依然存在。江潮拍打着荒废的空城,却又寂寞地退了回去。秦淮河东边升起的月亮和过去一样,夜深的时候,依然照过城墙来。

【赏析】

这首诗是刘禹锡《金陵五题》这组怀古诗中的第一首,也是他的最著名的诗篇之一。刘禹锡曾在这组诗前的序中说,白居易喜吟这五首诗,"叹赏良久"。可见当时白居易对这组诗的评价是很高的。

石头城是三国的吴,东晋,南朝的宋、齐、梁、陈的都城,十分繁华。隋唐以后,此城遂废。这首诗的前两句写石头城中已荒废,而城外山水依旧。首句的"在"字用得很好。这个"在"字告诉我们:环城的群山依然存在,四周的城墙依然存在,江水依然存在,然而石头城却是"空城"了。有时江潮涨了,潮水拍击着城脚,又退回去了,一切归于寂静。古城的荒废所引起的盛衰之感,使诗人为之叹息。这两句是对偶句,一句写山,一句写水。静静的群山,是写静态,自起自落的江潮,是写动态。一静一动,写出古城的荒凉寂寞。使人感到形象鲜明,富有艺术效果。后两句写月照古城,更给人以荒凉寂寞之感。"淮水",秦淮河,六朝时,这是金陵最繁华的地方。"旧时月",就是这个月亮,过去照过秦淮河的繁华,今日又照着古城的冷落。"月"加上"旧时"两字,颇能发人思古之幽情。"旧时月"在夜深的时候,还照过女墙来。"夜深"是一个特定的时刻。夜深寂寂,月照空城,更能引起人们的寂寞之感、怅惘之情。"还"字的内涵十分丰富,在古城繁华时,明月"过女墙来",在古城荒废时,明月"还过女墙来",明月是古城兴废的见证。一个"还"字写尽古城今昔的盛衰。这首诗描写古城的荒凉景象,充满了盛衰兴亡之感。

乌衣巷[1]

朱雀桥边野草花,[2]
乌衣巷口夕阳斜。
旧时王谢堂前燕,[3]
飞入寻常百姓家。

【注释】

〔1〕乌衣巷:故址在今江苏省南京市秦淮河南岸,东晋时豪门世族王导和谢安就住在这里。　〔2〕朱雀桥:在乌衣巷附近,是秦淮河上的浮桥。野草花:野草开花。　〔3〕王谢:指东晋宰相王导和谢安。

【译文】

朱雀桥边长满野草野花,乌衣巷口映照着一抹斜阳。昔日王、谢两家堂前的燕子,飞进普通百姓的家里作巢了。

【赏析】

这首诗是《金陵五题》的第二首,写豪门世族的盛衰。乌衣巷原是孙吴时戍守石头城的军营,士兵都穿黑衣,所以称为乌衣巷。东晋时,王导和谢安两家先后住在这里。这两家威势显赫,达官贵人往来不绝,分外豪奢繁华。如今夕阳西下,充满没落衰败的景象。朱雀桥在乌衣巷附近,是秦淮河上的浮桥,是当时的交通要道。一个是长满野草野花,一个是映照着一抹夕阳。这种景象象征着贵族之家的衰败。当年乌衣巷里车马盈门,而今是门前冷落;

当年朱雀桥上熙熙攘攘,而今是野草丛生。从前是荣华富贵,如今是萧条荒凉,一盛一衰,道尽了人世的沧桑。

　　诗的后两句是千古传诵的名句,进一步写人事的变化。昔日在王导、谢安两家堂前作巢的燕子,而今飞进了普通百姓家的屋檐下去了。在夕阳西下的时候,燕子归巢本是一件极为平常的小事,而诗人却以这件小事生动地说明一个深刻的道理:高门大族的荣华富贵,都是短暂的。最后总逃不过衰败没落的命运。诗人观察细微,想象丰富,他不直接点出王、谢两家的衰败,只是说燕子改换了门庭。这样写,形象生动,语意含蓄,流露了他对世事沧桑的深沉感慨。

悯　农[1]

李　绅[2]

锄禾日当午,[3]
汗滴禾下土。
谁知盘中餐,
粒粒皆辛苦。

【注释】

　　〔1〕悯:怜悯。　　〔2〕李绅(772—846),字公垂,祖籍亳州谯县(今安徽省亳州市),其父迁居润州无锡(今江苏省无锡市),遂为无锡人。元和元年(806)登进士第。任翰林学士,后来做过宰相和淮南节度使。曾参加中唐时期的新乐府运动,提倡反映社会现实的新乐府。《全唐诗》录存其诗四卷。　　〔3〕禾:禾苗。

【译文】

　　正当中午,农民在烈日下除草,汗珠一滴一滴地滴在禾苗下的土地上。谁知道人们碗里的饭,每一粒都是农民辛辛苦苦得来的。

【赏析】

　　这首诗是《悯农二首》(一称《古风二首》)的第二首。第一首是这样写的:"春种一粒粟,秋收万颗子。四海无闲田,农夫犹饿死。"这是说,当时农民虽然辛勤劳动,生产了很多粮食,而自己却两手空空,还要惨遭饿死。诗人对黑暗的封建统治进行了猛烈的抨击。第二首诗写农民劳动的艰辛。告诉人们,每一粒粮食都是来之不易的。

　　诗的前两句写农民在烈日下劳动。时当中午,烈日高照,农民在除草,点点汗珠滴在土地上。表现了农民劳动的辛勤和艰苦。诗人在第一首诗里说,春天种上一粒粮食的种子,秋天将收获千千万万颗粮食。粮食的丰收是怎样来的呢?这里补叙:是农民用血汗换来的。这里描写的劳动情景不是生活中个别的、偶然的现象,而是富有典型意义的。

　　后两句是格言,其含意十分深刻。社会上有一些青少年从小过着优裕的生活,不知粮食的来之不易,在日常生活中浪费粮食的现象是比较常见的。这样的诗句可给他们痛下针砭,也发人深省。诗句中蕴含着诗人深沉的感慨,使人感到十分亲切。

　　这首诗写得通俗易懂。诗人不拘平仄,用古绝句的形式来表现,显得质朴厚重,增强了诗的艺术魅力。

问刘十九[1]

白居易[2]

绿蚁新醅酒,[3]
红泥小火炉。
晚来天欲雪,
能饮一杯无?[4]

【注释】

〔1〕刘十九:河南登封人,白居易在江州时的友人,名字不详。 〔2〕白居易(772—846),字乐天,号香山居士,下邽(今陕西省渭南市)人。生于河南省新郑县。历任苏州、杭州等地刺史,官至太子宾客、太子少傅。他是新乐府运动的倡导者。他的诗深入浅出,以平易通俗著称。今存诗近三千首,有《白氏长庆集》。 〔3〕绿蚁:酒面上的浮沫。醅(pēi):没有过滤的酒。 〔4〕无:疑问词,否。

【译文】

我新酿成还没有过滤的米酒,正暖在红泥的小火炉上。看起来晚上要下雪了,你能不能来和我共饮一杯呢?

【赏析】

这首诗是白居易元和十二年(817)冬在江州司马任上作的,是诗人写给一位友人的诗。诗的内容是请友人喝酒。

诗的第一句写酒。唐代的酒像今天的米酒。"绿蚁"指新酿的米酒,还未过滤,酒面上的浮沫,微带绿色,细小如蚁。这句虽是写酒,但是,实际上已隐含此酒可以待客的意思。表现得比较含蓄。第二句写红泥的小火炉。气候寒冷,小火炉既可取暖,也可温酒。"红泥",色泽鲜明,给人以温暖的感觉。"小"写火炉的精细小巧,给人以美观的感觉。如此写酒和小火炉,使人感到亲切、舒适,对被邀的友人充满诱惑力。第三句笔头一转,写到天气。天气转冷,看来要下雪了,正好可以促膝清谈。这一句虽然是描写环境,也和请友人同饮有关。末句以探问的口吻提出邀请:能不能来和我同饮呢?这样写,给读者留下想象的余地。当然可以设想,刘十九一定会欣然应邀的。

五绝是一种篇幅短小的诗体,诗人以小诗写小事,层层渲染,写得亲切感人,表现了诗人纯熟的艺术技巧。

暮江吟[1]

白居易

一道残阳铺水中,[2]
半江瑟瑟半江红。[3]
可怜九月初三夜,[4]
露似真珠月似弓。

【注释】

〔1〕吟:吟诵。 〔2〕铺:铺展。 〔3〕瑟瑟:碧绿色。
〔4〕怜:爱。

【译文】

傍晚,一道夕阳的光线斜照在江面上。使得照到的一半江水映成红色,照不到的一半江水呈现碧绿色。谁不喜爱这九月初三的夜晚啊,露水如晶莹珍珠,新月像挂在空中的弯弓。

【赏析】

　　唐穆宗长庆二年(822)七月,白居易被任命为杭州刺史。这首诗是诗人赴杭途中写的。

　　诗的前两句,写黄昏时的景色。第一句写夕阳照在江面上。"铺"字很形象。因为黄昏时,夕阳将近地平线,阳光几乎是贴着地面照过来的。"铺"准确地描绘出这种情景。第二句写夕阳映照的江水。在夕阳照射的江面上有两种不同的颜色:夕阳照到的一半江水映成红色,夕阳照不到的一半江水呈现碧绿色。在两种不同颜色映衬下的夕阳,显得格外妩媚迷人。

　　秋天的黄昏是美丽的,残阳斜照,水波粼粼,构成一幅色彩斑斓的图画,令人陶醉。

　　诗的后两句,写秋夜月出后的景色。第三句写诗人特别喜爱九月初三的夜晚。这里点出时间。"九月初三夜"本是一个普通的深秋夜晚,诗人为什么这样喜爱呢?第四句写这个夜晚的景物:江边野草上的露水好似晶莹的珍珠,新月像是挂在空中的弯弓。原来九月初三夜晚的景色这般奇丽,所以诗人如此喜爱。

　　秋天的夜晚是宁静的和谐的。清露如珠,新月似弓,勾勒出一种清幽的境界,流露了诗人热爱自然的情趣。

　　这首七绝绘出两幅不同的画面。首先描绘的是残阳斜照下的江水,然后随着时间的推移,很自然地绘出秋夜的清露和新月。寓情于景,字里行间蕴涵着诗人轻松愉快的心情。格调清新,使人感到自然可喜。

江 雪

柳宗元[1]

千山鸟飞绝,
万径人踪灭。[2]
孤舟蓑笠翁,[3]
独钓寒江雪。

【注释】

〔1〕柳宗元(773—819),字子厚,河东解(今山西省运城市)人。世称柳河东。贞元九年(793年)进士。参加王叔文集团革新政治的活动,任礼部员外郎。革新失败后,被贬为永州司马,后迁柳州刺史,故又称柳柳州。他与韩愈倡导古文运动,并称"韩柳"。他的诗,风格清峭,卓然成家。有《柳河东集》。 〔2〕径:小路。踪:脚印。 〔3〕蓑(suō)笠翁:披蓑衣、戴雨笠的渔翁。

【译文】

群山中不见飞鸟的影子,道路上没有行人的踪迹。只见一位披蓑衣、戴斗笠的渔翁,独自一人驾着小舟冒雪在寒冷的江上垂钓。

【赏析】

王叔文集团革新失败后,柳宗元被贬为永州司马。他在永州度过漫长的十年,心情十分抑郁悲愤。《江雪》写于永州,是柳诗中历来传诵的名篇。

这首诗写江上雪景,但诗人写景目的是为了写人。

诗的前两句写雪景。大雪纷飞,气候严寒,千山万径为白雪所覆盖。不见飞鸟,不见人的踪迹。诗人描写雪景,不见"雪"字,却使人感到寒气逼人。"千山"、"万径"这类夸张的词语,在我们面前展现了广阔的背景。

后两句写孤舟渔翁雪中垂钓。正是在茫茫白雪中,身穿蓑衣、头戴斗笠的渔翁,驾着一叶小舟在江中垂钓。值得注意的是"孤"、"独"二字,这两个字和前面"千"、"万"二字遥相照映。在广阔的背景上,垂钓的渔翁,即诗人自己更显得寂寞和孤独。

这首诗借隐居山水之间的渔翁雪中垂钓,来寄托自己孤独的感情,抒发了诗人在政治上失意的苦闷。诗的境界表现得比较幽僻冷清。但以"绝"、"灭"、"雪"入声字为韵,急促的声调也蕴涵着诗人的愤激之情。

酬曹侍御过象县见寄[1]

柳宗元

破额山前碧玉流,[2]
骚人遥驻木兰舟。[3]
春风无限潇湘意,[4]
欲采蘋花不自由。[5]

【注释】

〔1〕酬:酬答,回赠。侍御:侍御史。唐代掌管监察的官员。象县:今广西壮族自治区象州县,唐代属柳州。见寄:寄给自己。
〔2〕破额山:在象县附近。碧玉流:形容江水的清澈。　〔3〕骚

人:诗人,指曹侍御。屈原曾作《离骚》,人们因此称骚人为诗人。驻:停留。木兰舟:用木兰做的船。 〔4〕潇湘:湘,湘江;潇,潇水,湘江支流,于湖南省永州市零陵区入湘江。 〔5〕蘋花:一种水草,开白色小花。

【译文】

　　破额山前清澈的江水在流着,曹侍御乘的木兰舟正远远地停泊在那里。阵阵春风吹来,充满友人的无限情意,我要采蘋相赠,行动却不能自由。

【赏析】

　　唐宪宗元和十年(815),柳宗元改贬柳州刺史。到元和十四年(819)病死,他一直在柳州。这是柳宗元被贬在柳州的著名诗篇。他的朋友曹侍御路过象县,写了一首诗赠给他,他就回赠了这首诗。

　　这首诗以比喻手法表达诗人和曹侍御的真挚友谊,流露了自己谪居柳州的愤慨之情。前两句从写景开始。"碧玉流",形容江水其碧如玉,写出象县山水之幽美,而这就是曹侍御路过的地方。次句写曹侍御从远方来到这里,暂驻客舟,并以诗相赠。后两句写柳宗元收到曹侍御的赠诗,增加了对老朋友的无限思念。"潇湘意",即思念老朋友的意思。他很想去象县和老朋友相会,但自己不自由的处境,使他不能如愿以偿。南朝梁诗人柳恽的《江南曲》写道:"汀洲采白蘋,日暖江南春。洞庭有归客,潇湘逢故人。"这首诗的后面两句似化用其意,笔端流露了诗人心中抑郁不平之气。

　　这首诗以采蘋起兴,寄寓了自己的思想感情。诗歌写的是一件小事,而反映的却是一个重要的政治事件。表达委婉含蓄,诗境沉厚深隽,是唐人七绝中的佳作。

寻隐者不遇[1]

贾 岛[2]

松下问童子,[3]
言师采药去。[4]
只在此山中,
云深不知处。[5]

【注释】

〔1〕隐者:隐居的人。 〔2〕贾岛(779—843),字阆仙,一作浪仙,范阳(今河北省涿州市)人。初为僧,法名无本。后还俗,屡举进士不第。曾任长江主簿,世称贾长江。其诗注重词句锤炼,刻意求工,"推敲"的典故就是从他的诗句"僧敲月下门"而来。有《长江集》。 〔3〕童子:指隐者的小徒弟。 〔4〕言:说。师:指隐者。 〔5〕不知处:不知什么地方。

【译文】

贾岛进山去拜访一位隐士,在一棵松树下询问童子。童子说师父采药去了,只知道在这座山中,因为山上云气缭绕,也不知道他在什么地方。

【赏析】

这首诗写诗人寻访一位隐士而未见,记下询问童子的片段。一问一答,本极自然平淡,而诗味却十分隽永。

开头一句是诗人的发问。问什么？诗中没有交代。但是读完以下三句童子的对答，问的内容自然清楚。问句不仅简练，诗人对题材的剪裁，于此亦可见一斑。

"言"字以后三句，写童子的回答。"言师采药去"，童子答复客人：师父不在家，出门采药去了。回答至此，已可结束。如诗歌果真至此结束，此诗就显得索然寡味。诗人并没有就此结束，童子还继续回答："只在此山中，云深不知处。"到哪里采药去了呢？就在这座山中，山上云气缭绕，不知他在何处。这样回答，一方面可以看到童子天真无邪的特点，另一方面也可以了解隐士的生活情趣。同时，这两句所描绘的幽深清奇的图景，给人以想象的余地。

这首诗写的是寻访隐士不遇。一般地说，这是扫兴的事，总不免令人有几分怅惘。而诗人却通过童子的回答，引出一个令人神往的淡远意境，具有一种平淡朴素之美。

行　宫[1]

元　稹[2]

寥落古行宫，[3]
宫花寂寞红。
白头宫女在，
闲坐说玄宗。[4]

【注释】

〔1〕行宫：古代皇帝外出时所居住的宫室。　〔2〕元稹（zhěn）(779—831)，字微之，河南（今河南省洛阳市）人。早年家贫。贞元九年(793)明经及第。历任左拾遗、监察御史等职。官

至同中书门下平章事,即宰相。他是新乐府运动的倡导者之一,与白居易友善,唱和甚多,世称"元白"。有《元氏长庆集》。

〔3〕寥落:空虚冷落。　〔4〕玄宗:唐玄宗李隆基,公元712—756年在位。玄宗是他的庙号。

【译文】

空虚冷落的古行宫,只有宫内的花儿还在寂寞地开放。玄宗时入宫的宫女现在头发已经苍白了,她们坐在那里闲聊当年玄宗在行宫的故事。

【赏析】

这首诗写的只是宫中宫女生活的一个片段,表现了宫女的哀怨之情,寄托了诗人今昔盛衰之感。

开头一句说的是"古行宫"。这是点明地点。一个"古"字给人以茫远的感觉。加上"寥落"二字,写尽行宫的空虚冷落。对照唐玄宗的开元盛世,使人不胜今昔之感。次句暗示时间。宫中花儿开放,当是春季。春花开,众芳斗艳,到处应是一片欣欣向荣的景象。而在行宫中,花儿在寂寞地开放。进一步写出宫内的空虚冷落。花儿寂寞地开放,宫女们寂寞地生活。花儿谢了,明年春天又会开放,年年岁岁花儿相似,而岁岁年年人却不相同了。第三句写白头宫女。这些宫女入宫时都是年轻美貌的少女,如今已是白发老妪了。她们曾目睹开元盛世,经历过安史之乱,饱经沧桑。她们还"在",许多人已经不在了。末句写宫女们闲聊。聊什么呢?"说玄宗"。说什么?诗人没有写,让人们自己去想象。宫女们的闲聊,写出了她们的盛衰之感,也反映了她们命运的不幸。

这首诗一连用了三个"宫"字,使人不觉重复,反而增强了诗的感染力。

近试上张籍水部[1]

朱庆馀[2]

洞房昨夜停红烛,[3]
待晓堂前拜舅姑。[4]
妆罢低声问夫婿,[5]
画眉深浅入时无?[6]

【注释】

〔1〕近试:将近进士考试的时候。上:呈送。张籍水部:即张籍。他当时任水部员外郎。　〔2〕朱庆馀(出卒年不详),名可久,越州(今浙江省绍兴市)人。宝历二年(826)进士,授秘书省秘书郎,仕途很不得意。其诗多送别赠答、旅游题咏之作。《全唐诗》录存其诗二卷。　〔3〕洞房:指新婚夫妻的卧室。停:留,即不吹灭的意思。　〔4〕待晓:等待天亮。舅姑:公婆。〔5〕妆罢:梳妆打扮完毕。夫婿:丈夫。　〔6〕入时无:合时宜吗?

【译文】

洞房里还燃着新婚之夜的红烛,等到天亮,要到堂前去拜见公公和婆婆。梳妆打扮完毕,低声问丈夫:我画的眉毛,颜色的浓淡,是不是合时宜?

【赏析】

　　这首诗又题为《闺意献张水部》,是诗人在将近进士考试时写的。诗借闺房情事隐喻考试,把自己比作新娘,张籍比作新郎,公婆比作主考官。表现得巧妙自然。

　　首句写新婚之夜。洞房中的红烛,一直燃烧到天亮,洋溢着喜庆的气氛。次句写翌晨新娘要拜见公婆。这是古代的风俗习惯,也是一件大事,所以新娘要梳妆打扮。后两句写新娘的心理活动。新娘问新郎:这样打扮是否合适? 新娘不知这样打扮能不能讨公婆的喜欢,只好问丈夫了。由于是新婚,新娘不免有几分羞涩,"低声"二字写出新婚夫妻的亲昵和新娘的娇羞,十分传神。

　　这首诗从表面看是写闺房情事,实际上另有寓意。这个寓意在题上已表现出来。唐代士人参加科举。为了取得声誉,常常在考之前将自己平日的诗文呈送给当时的名人,叫作"行卷"。如能得到名人的赏识,获得声名,就有可能登第。这首诗就是诗人在临近考时,献给当时名诗人张籍的。

江南春绝句[1]

杜　牧[2]

千里莺啼绿映红,[3]
水村山郭酒旗风。[4]
南朝四百八十寺,[5]
多少楼台烟雨中。[6]

【注释】

　　〔1〕江南:这里指长江以南建康(今江苏省南京市)一带地方。

〔2〕杜牧(803—853),字牧之,京兆万年(今陕西省西安市)人。他出身于世家大族,祖父杜佑,是唐德宗、顺宗、宪宗三朝宰相和著名史学家。但他父亲早死,到杜牧时,家境已经转衰。他二十六岁进士及第,后来做过几任刺史,官终中书舍人。因晚年常居长安城南樊川别墅,后世因此称他为"杜樊川"。杜牧诗文兼长。他的诗情致豪迈、词采清丽,人称"小杜"。人称李白、杜甫为"大李杜",称李商隐与他为"小李杜"。其甥裴延翰编有《樊川文集》二十卷。清冯集梧著有《樊川诗集注》。 〔3〕啼:叫。 〔4〕郭:外城。酒旗:酒店内外高挂的布招牌,中写一"酒"字,以招揽顾客。风:指酒旗在风中招展。 〔5〕南朝:公元420—589年,包括宋、齐、梁、陈四朝。四朝皆建都长江南边的建康,故称南朝。 〔6〕楼台:楼亭台榭。指寺庙建筑。

【译文】

千里江南的春天,鸟语花香,红绿相映。不论是水乡,还是山城,处处可见酒旗在迎风招展。南朝的帝王和贵族兴建的四百八十座寺庙,都在眼前迷蒙的烟雨之中,可是那些兴建寺庙的人,又到哪里去了呢?

【赏析】

这首诗描写江南的春色。诗人寓情于景,抒发了自己的感慨,含有讽谕的意思。

前两句写千里江南,莺歌燕舞,山村水乡,酒旗招展。描绘江南春色,有声有色,秀丽迷人。"千里"写出了江南的广阔,富于气势。

后两句写南朝帝王和贵族兴建的四百八十座寺庙,都在迷蒙的烟雨之中。这又为画面增添了几分诗意。寺庙犹在,而兴建寺庙佞佛的人到哪里去了呢?吊古伤今的感慨,蕴含着讽谕之意。因为唐代统治者也崇奉佛教,佛教仍然盛行。

赤　壁[1]

杜　牧

折戟沉沙铁未销,[2]
自将磨洗认前朝。[3]
东风不与周郎便,[4]
铜雀春深锁二乔。[5]

【注释】

〔1〕赤壁:即赤壁山,在今湖北省赤壁市。位于长江南岸。山岩呈赭红色,故称赤壁。　〔2〕戟:古兵器,长杆头附有月牙状利刃。沉:埋没。销:销蚀。　〔3〕将:拿起。认前朝:认出是前朝的遗物。　〔4〕周郎:周瑜,三国时东吴孙权的都督。便:方便。　〔5〕铜雀:台名,曹操所建,台上有楼,楼顶立有一丈五尺的铜雀,故名。这是曹操姬妾歌伎的住处,故址在今河北省临漳县西。二乔:大乔和小乔。大乔是孙权兄孙策之妻,小乔是周瑜之妻。她们都是东吴美女。

【译文】

　　折断的古戟埋没在黄沙中还未销蚀,我拿来磨去铁锈,洗去泥土,认出是前朝赤壁之战的遗物。如果不是东风给周瑜方便,击溃曹军,大乔小乔就要被曹操掳走,关到铜雀台中了。

【赏析】

这是一首咏史诗。诗人对历史上著名的赤壁之战之胜负提出自己的看法。

诗从发现断戟写起。埋在沙土中六百年的断戟头出土了,经过磨洗,可以辨认出是三国时赤壁之战的遗物,由此引起诗人对历史的追忆。这样的开头新颖而自然,引人入胜。

赤壁之战发生于汉献帝建安十三年(208)。这一年,曹操率领二十多万大军南下攻吴。孙权和刘备联军五万,共同抵抗。北方士兵不习水战,用铁链将战船联结在一起。周瑜用火攻曹操水师,当时恰好东南风起,火势向西蔓延,烧毁了曹操的船队,曹军大败。赤壁战后,形成三国鼎立的局面。

诗的后两句是诗人对赤壁之战的议论。他认为如果不是东风给周瑜方便,二乔将被锁进铜雀台。这是认为周瑜的胜利出于侥幸。这种看法不一定正确。因为周瑜的成功不是偶然的。诗人的认识与他通晓政治军事,自负武略有关,亦借以吐露自己有才能却得不到施展的感慨。诗写得轻松活泼,引人深思。

泊秦淮[1]

杜 牧

烟笼寒水月笼沙,[2]
夜泊秦淮近酒家。
商女不知亡国恨,[3]
隔江犹唱后庭花![4]

【注释】

〔1〕秦淮：秦淮河，中国长江下游右岸支流，大部分在今江苏省南京市境内。据说河道是秦始皇时开的，凿钟山以疏淮水，故名秦淮。　〔2〕笼：笼罩。　〔3〕商女：卖唱的歌女。　〔4〕江：指秦淮河。后庭花：即《玉树后庭花》的简称，是南朝陈代最后一个皇帝陈叔宝所作的一首乐曲名。

【译文】

夜晚，烟雾和月光笼罩着寒冷的水和岸边的沙地。这时，我乘船来到秦淮河靠近酒楼的地方。酒家卖唱的歌女不知陈朝亡国的遗恨，隔着河还唱那《玉树后庭花》。

【赏析】

杜牧的七言绝句情致绵密，意境深远，十分出色。《泊秦淮》是他的名作。这首诗是诗人夜泊金陵秦淮河，听到酒楼中传来《玉树后庭花》的歌声有感而作。金陵是六朝古都，秦淮河是城中游赏之地，歌楼舞榭，灯红酒绿，好不热闹。当然，由于隋唐时期定都长安，这里较之六朝时期已经大为逊色，但仍然是一个繁华的地方。首句写秦淮夜景。两个"笼"字，写出了夜景的迷茫，也流露了诗人内心的孤寂和怅惘。次句明确地点出时间、地点、人物。"夜泊"与首句相应。"秦淮"，夜泊之处。诗人正因夜泊才能见到秦淮烟月迷茫的景象。"近酒家"引出下面两句。三、四句写卖唱的歌女不理解南朝陈亡国的遗恨，隔着水面还唱《玉树后庭花》这样的亡国曲调。从表面看，这两句是讽刺卖唱的歌女，其实不然。因为歌女唱的《玉树后庭花》是为那些士大夫劝酒助兴的。实质上，这里是借南朝陈后主纵情声色，终致亡国的历史教训，谴责当时荒淫无耻、醉生梦死的封建士大夫。诗中流露了诗人对国家的忧伤。这首诗构思细密,以精练的语言表达含蓄的思想,被沈德潜许之为"绝唱"(《唐诗别裁》卷二十)。

山　行^[1]

杜　牧

远上寒山石径斜,^[2]
白云生处有人家。^[3]
停车坐爱枫林晚,^[4]
霜叶红于二月花。^[5]

【注释】

〔1〕山行:在山中行走。　〔2〕远上:向上延伸,直至远处。寒山:深秋的山。径:小路。　〔3〕白云生处:指高山顶上。〔4〕坐:因。　〔5〕霜叶:经霜的枫叶。枫叶经霜则变为红色。

【译文】

　　一条弯弯曲曲的石头小路延伸到远处的山顶上,在白云缭绕的山上,隐隐约约地可以看到人家。因为喜爱枫树傍晚的景色,我情不自禁地停下车来欣赏,经霜的枫叶比二月的花儿还要红艳。

【赏析】

　　这首诗写的是诗人山行所见的景色,是优美的写景诗,前两句写寒山、石径、白云、人家,皆山行所见。"寒山",指深秋时节的山。深秋天寒,用"寒"来表示时令。"石径斜"写山路,也写出了山势。在寒山深处,白云层生的地方,还可以看到忽隐忽现的人家。"有人家",给这幽静、荒僻的山野带来了生活气息。寒山、石径、白云、人家,再加上诗人自己,交织成一幅秋景图,使人感到诗中有画。

"停车坐爱枫林晚"。在山行中,诗人忽然停下车来。为什么呢?是因为喜爱这枫林的晚景。秋天枫林的傍晚,天上是余霞成绮,夕阳红艳;地下是层林尽染,万山红遍。这样的美景,怎不令人陶醉呢?"霜叶红于二月花",诗人概括了枫林之美,生动而形象,历来为人们所传诵。火红的枫林,使僻静的山野洋溢着生机勃勃的景象。

在诗人的笔下,秋天比春天更美丽,更逗人喜爱。这是因为在秋风萧瑟、百花凋零的时候,枫树能抗严霜,斗寒风,傲然独立,不为所屈,因此显得分外鲜艳。这首诗表现了诗人豪爽的精神、雄健的情怀,使人精神振奋。

秋 夕[1]

杜 牧

银烛秋光冷画屏,[2]
轻罗小扇扑流萤。[3]
天阶夜色凉如水,[4]
坐看牵牛织女星。[5]

【注释】

〔1〕秋夕:秋天的晚上。 〔2〕银:一作"红"。画屏:有图画的屏风。 〔3〕轻罗小扇:轻薄的丝织品制成的小团扇。流萤:

飞动的萤火虫。　〔4〕天阶:皇宫中的石阶。　〔5〕坐:一作"卧"。

【译文】

秋天的晚上,暗淡的烛光照在画屏上,使人感到有几分清冷。一位宫女拿起轻罗团扇到外面去扑打萤火虫。秋天的夜晚清凉如水,宫女坐在石阶上仰望着牵牛织女星。

【赏析】

这首诗写深宫中宫女的生活,表现了她对皇宫中寂寞生活的厌倦和对自由幸福生活的向往。

诗的前两句写宫女的生活。首句写宫内的陈设,着重写白色的蜡烛和有图画的屏风。暗淡的烛光照在画屏上,使人有几分清冷的感觉,何况又是秋天。这是写宫女生活的环境。次句写宫女手拿轻罗团扇到室外去扑飞萤。宫女扑飞萤是为了消磨孤独的时光。表现了她生活的寂寞和无聊。

后两句写宫女的内心活动。秋夜寒气袭人,清凉如水。宫女坐在石阶上仰望天上的牵牛星和织女星。古代神话说,天帝的女儿织女和牛郎恋爱,违反了天规,被罚做织布的苦工,允许她在布织成之后,让他们两人相会。但是,天帝却暗暗使用神力,使织女织不成布。织女成年累月辛辛苦苦地织布,仍然织不成。牛郎被隔在银河的彼岸。织女遥望银河彼岸的情人,不能相会,常常泪下如雨。后来,每逢"七夕",即七月初七,乌鹊为他们搭成横渡银河的桥梁,让他们团聚。这样他们每年才能相会一次。据说,乌鹊为了给他们搭桥相会,连头顶的毛都被踏秃了。宫女仰望牵牛织女星,想起这个美丽的神话,心有所动,自然对寂寞的深宫生活感到厌倦,产生了对幸福的爱情生活的向往。这首诗写得细腻含蓄,委婉动人。

清　明[1]

杜　牧

清明时节雨纷纷,
路上行人欲断魂。[2]
借问酒家何处有,[3]
牧童遥指杏花村。[4]

【注释】

〔1〕清明:二十四节气之一,在每年的四月四、五或六日。民间习惯在这天扫墓。　〔2〕行人:在外旅行的人,指诗人自己。欲:要。断魂:消魂的意思。这里形容心情不快。　〔3〕借问:请问。　〔4〕杏花村:杏花深处的村庄。

【译文】

　　清明节的时候,细雨纷纷。诗人走在路上心情很不愉快。请问,什么地方有酒店?牧童指着远远的一个开着杏花的村庄。

【赏析】

　　清明是古代的一个重要的节日,人们常常借这天上坟扫墓。这首小诗写诗人行路遇雨的心情。
　　诗的开头一句写雨。清明时节的雨,往往不是倾盆大雨,而是细雨纷纷。细雨纷纷,连绵不断,可以说是清明节的一个典型特征。"纷纷"二字,不仅写出凄迷的雨境,也流露了雨中行人的心情。次句写行人。这个行人就是诗人自己。他羁旅他乡,行在路上。行路遇雨已是不快,又看到许多人去踏青扫墓,更是触景伤怀。"欲断魂"就是反映这种复杂的心情。行路遇雨,总想找一个地方歇脚;心中不快,不免想借酒浇愁。所以第三句是询问何处有酒店?向谁问路呢?第三句没有说,第四句说了:"牧童遥指杏花村。"此句极富诗情画意。在荒郊野外遇到牧童,这是常有的事。牧童自然是当地人,他们最了解当地的情况,他遥指杏花深处的村庄,正是对诗人所作的回答。小诗到此戛然而止。至于诗人怎样去"杏花村",怎样饮酒浇愁……都由读者去想象了。

这首小诗语言通俗,毫无雕琢痕迹。诗中所描绘的优美境界,清新自然,又含蓄蕴藉。结句留有余韵,耐人寻味。这是一首历来流传广泛的诗篇,颇为人们所喜爱。

题金陵渡[1]

张 祜[2]

金陵津渡小山楼,[3]
一宿行人自可愁。[4]
潮落夜江斜月里,
两三星火是瓜洲。[5]

【注释】

〔1〕金陵渡:指润州(今江苏省镇江市)过江的渡口。唐时润州亦称金陵。 〔2〕张祜(hù)(生卒年不详),字承吉,清河(今河北省清河县)人。他是元和(806—820)、长庆(821—824)年间

诗人,一生没有做过官,好游山水,晚年隐居丹阳。死于唐宣宗大中(847—859)年间。诗多题咏之作,尤以宫词著称。《全唐诗》录存其诗二卷。 〔3〕津渡:渡口。小山楼:张祜寄宿的地方。〔4〕行人:指张祜。 〔5〕星火:形容远处的灯火,像闪烁的星星。瓜洲:在今江苏省扬州市南。原是江中的沙碛,后来成为村镇和渡口。

【译文】

张祜寄宿在金陵渡口的小山楼里。此时,他正在为自己羁旅他乡而伤感愁闷。夜里,江上的潮水退了,天空斜挂着的月亮,从远处闪烁的三两点灯火中,可以隐约辨认出对岸的瓜洲。

【赏析】

这是诗人漫游江南,在金陵渡小楼上的一首诗。

诗的前两句写诗人夜宿金陵渡。第一句写渡口小楼。这是诗人住宿的地方。点明地点。正因为是住宿在小楼上,可以眺望窗外景色,所以自然引出第三、四句的景色描写。第二句写诗人的愁怀。诗人为什么愁绪满怀,诗中并没有交代。但是,一个行旅在外的人,触景伤情,常常容易产生怀念故乡的愁思。这是完全可以理解的。第二句既然是写"行人"的"愁",后两句照理应该在"愁"上做文章了。然而,诗人笔头一转,却紧接第一句描写楼上眺望所见之景色:在静静的秋夜里,江潮退了,月儿已经西斜。遥望对岸,只见二三灯火像是天上闪烁的星星,那就是瓜洲。眼前的异乡风光,引起诗人对故乡的思念,激起更为强烈的乡愁。寓情于景,这又与第二句所写的"愁"联系起来了。如此抒发乡愁,可见诗人的艺术功力。

江楼旧感[1]

赵 嘏[2]

独上江楼思渺然,[3]
月光如水水如天。
同来望月人何处,
风景依稀似去年。[4]

【注释】

〔1〕旧感:感念旧时故人。一作"感怀"。 〔2〕赵嘏(gǔ)(生卒年不详),字承祐,山阳(今江苏省淮安市)人。唐武宗会昌四年(844)进士。曾任渭南尉,世称"赵渭南"。他的诗赡美而多兴味。杜牧爱其"长笛一声人倚楼"之句,因有"赵倚楼"之称。《全唐诗》录存其诗二卷。 〔3〕渺然:心感空虚,若有所失的样子。 〔4〕依稀:仿佛。

【译文】

独上江边小楼,我心中感到若有所失。月光如水,水碧如天。去年我与友人同上江楼望月,今年又上此楼,所见的风景与去年仿佛,而与我同上江楼望月的人却不知到什么地方去了。

【赏析】

这是怀念友人的诗篇。

前两句写今夜登楼望月。首句写诗人独上江楼。"独上"二字写出诗人孤独、寂寞的心情。"思渺然"写诗人的沉思。诗人独自登上江边的小楼,想些什么呢?虽然诗中并没有立即回答,但是,这样写已经伏下感旧怀人的内容。次句写眼前即景。月光明净如水,水色又澄清如天。明月、清水、蓝天构成一幅秋夜明丽的图画。清秋月夜最容易引起人们对亲友的怀念,而诗人正是在这样一个清凉宁静的月夜里,独自登楼的。仰望明月,环顾四周,风景如旧,怎么不令他沉思。

后两句抚今思昔,抒发物是人非的感慨。这是"思渺然"的具体内容。"人何处"和"独上"照应。同样的江边小楼,同样的明月,同样的江水,同样的蓝天,而去年同来望月的友人不知到什么地方去了。不禁感慨系之。诗人重游旧地,去年同来的友人和当时欢聚的情景宛在眼前。而今夜风景仿佛,由于人事的变迁友人已不知漂泊何方,回忆起来,心中充满了怀念和怅惘。此诗情味隽永,含意悠长,颇为人们传诵。

瑶瑟怨[1]

温庭筠[2]

冰簟银床梦不成,[3]
碧天如水夜云轻。
雁声远过潇湘去,[4]
十二楼中月自明。[5]

【注释】

〔1〕瑶瑟:饰有美玉的瑟。瑟是一种古乐器,通常是二十五弦。瑶,美玉。 〔2〕温庭筠(yún)(约812—866),原名岐,字飞卿,太原祁(今山西省祁县)人。文思神速,但屡试进士不得登第。

曾任方城县尉,官终国子助教。诗与李商隐齐名,世称"温李"。他也是晚唐著名诗人。有《温庭筠诗集》、《金奁集》。　〔3〕冰簟(diàn):凉席。　〔4〕潇湘:潇水、湘江在湖南省永州市合流后称潇湘。传说大雁飞到这里不再南飞,转而飞回北方。　〔5〕十二楼:传说昆仑山上有五城十二楼,是仙人居住的地方。

【译文】

　　静谧的秋夜,碧天如水,云轻月明。她躺在银饰床的凉席上,辗转不能入睡。大雁的叫声渐渐远了,它们飞往遥远的潇湘。自己居住的楼阁,留下的是一片月光。

【赏析】

　　诗题既是《瑶瑟怨》,诗的内容就应是写瑟声的悲怨。而诗中没有一句是写瑟声的,这使许多人感到迷惑不解。我认为诗中所写女子的别离之情,正是瑟声所表达的怨情。

　　首句写女主人不能入睡。"梦不成"是寻梦不成。她为什么要寻呢?自然是为了寄托她在情人离别之后的相思。人走了,不知何日方能相见。把希望寄托于虚幻的梦,梦竟不成,梦中相见,又成泡影。写出她的思念之深。次句写景。静静的秋夜,碧天如水,云轻月明。如此良宵美景,而情人离去,使她感到孤寂、清冷。景中含情。第三句写雁声。茫茫夜空传来悲切的雁声。大雁传书的传说,使她更加思念远去潇湘的情人,也越发感到自己的寂寞和孤独。末句"十二楼"是指女子的豪华住处。虽未点出人物,人物自在其中。"月自明",写出自己的住处,陪伴自己的只是一片月光。皎洁的月光最易引起思妇的相思之情。此情此景,悠悠不尽。

乐游原[1]

李商隐[2]

向晚意不适,[3]
驱车登古原。[4]
夕阳无限好,
只是近黄昏。

【注释】

〔1〕乐游原:在长安城南,地势高敞,登高望远,可以俯视长安全城,是当时著名的游览区。 〔2〕李商隐(813—858),字义山,号玉溪生,怀州河内(今河南省沁阳市)人。开成二年(837)登进士第。曾任县尉、太学博士、节度使判官等职。因受牛李党争的影响,仕途坎坷,终生不得志。其诗擅长律诗、绝句,富于文采,精于用典,具有深婉细密、绮丽精工的风格,对后世影响较大,有《李义山诗集》,注本以冯浩《玉溪生诗笺注》较详赡。 〔3〕向晚:傍晚。意不适:心里不舒畅。 〔4〕古原:指乐游原。

【译文】

傍晚时感到心里不舒畅,赶着车上乐游原去游览。快要落山的太阳无限美好,可惜很快就要消失了。

【赏析】

这首小诗写诗人登乐游原的感慨。

首句写自己在傍晚时感到心里不畅。这是点明登乐游原的时间和原因。时间是傍晚。傍晚最易触动骚人墨客的愁绪。既有忧愁,诗人驱车到乐游原,借以消愁解闷。所以次句写驱车登古原。"古原"即乐游原,因为汉宣帝神爵三年(公元前59年),建乐游苑,故诗人称之为"古原"。"意不适"是原因,"登古原"是结果。诗人为什么"意不适"? 我们不了解。有人以为是身世的不幸,有人以为是世运的衰微,皆有道理。但是诗不明说,可能有难言之隐。

三、四句写夕阳无限美好,只是好景不常的感叹。乐游原是热闹的游览区。傍晚,游人已陆续散去,开始沉寂下来。此时诗人远眺美好的夕阳,由衷地发出赞叹。"无限好"似较笼统,但具体内容由读者用想象去补充,更易引起感情上的共鸣。末句使人感到有些消极。然而,这两句传诵千古的名句,给人以深刻的印象,引起人们丰富的想象。

夜雨寄北

李商隐

君问归期未有期,[1]
巴山夜雨涨秋池。[2]
何当共剪西窗烛,[3]
却话巴山夜雨时。[4]

【注释】

[1]君:指诗人的妻子。　[2]巴山:泛指四川的山。
[3]何当:何时。　[4]却话:再说,回叙。

【译文】

你问我回家的日期吗？我回家的日期还不能确定。今夜，窗外的秋雨涨满了池塘。什么时候我们才能共坐西窗之下，剪着烛光，回叙今晚巴山夜雨之时思念你的情景呢？

【赏析】

诗题一作《夜雨寄内》。这是诗人在四川写给家中妻子的一首诗。大约写于宣宗大中二年（848），此时，诗人在四川东部，他的妻子王氏留居长安。这首诗是诗人收到王氏来信的答复。

首句写诗人收到妻子的来信问及归期，诗人的回答是归期难以确定。"问归期"，表现了妻子对远方丈夫殷切惦念。"未有期"，隐含着诗人仕途坎坷，穷愁失志，欲归不得的心情，一问一答，十分自然平淡，但蕴涵着浓郁的感情。次句写巴山夜雨。这是诗人作诗时的景色。秋风萧瑟，夜雨连绵，诗人客居他乡，感到孤单寂寞，难以成眠。此时离愁别恨，油然而生。这是借写秋夜巴山雨景表达诗人对妻子的思念之情。

由于思念妻子，自然想象到"何当共剪西窗烛"。这是诗人的盼望，也是妻子的盼望。夫妻共坐，剪烛西窗，是何等幸福的时刻。一个饱尝别离之苦的人，他更懂得团聚的愉快。"却话巴山夜雨时"，是诗人设想夫妻团聚的情景。"巴山夜雨"，是诗人作诗寄赠妻子的时候，也是诗人羁旅穷愁，思念妻子的时候。在日后团聚之时，忆及当时的情景，讲给久别的妻子听，充满了悲哀，又充满了欢乐。

这首诗表达感情细腻，语言流丽清新，全无雕琢痕迹。首句二"期"字，不使人感到重复，因为这是内容决定的。其后，"巴山夜雨"两见，亦不使人感到累赘。相反，增强了诗歌的抒情效果。

隋　宫[1]

李商隐

乘兴南游不戒严,[2]
九重谁省谏书函?[3]
春风举国裁宫锦,[4]
半作障泥半作帆。[5]

【注释】

〔1〕隋宫:隋炀帝杨广在江都(今江苏省扬州市)的行宫。〔2〕南游:指杨广乘龙舟南下游江都。戒严:戒备。　〔3〕九重:指皇帝居住的深宫。省(xǐng):审察。谏书函:上奏皇帝的函封谏书。　〔4〕举国:全国。宫锦:为宫廷特制的上等锦缎。〔5〕障泥:马鞯。垫在马鞍下面,两边下垂,用来挡泥土。

【译文】

　　隋炀帝趁着一时高兴,决意南游扬州。为了显示自己的豪华气派,让人观看,不加戒严。在朝廷上有谁来理睬臣下函封上奏的谏书呢?春天,全国都裁剪上等的锦缎,这些锦缎却被一半用作扈从骑兵的马鞯,一半用作船队的风帆。

【赏析】

　　隋炀帝杨广是中国历史上因荒淫腐化而招致国亡身死的一个皇帝。这首诗对他南游扬州大肆挥霍国家财产,残害人民的行为进行了无情的讽刺。

诗的开头就点明杨广南游。南游,不是指皇帝南下巡视,而是到南方扬州去游乐,是他贪图享乐的表现。"乘兴",写出他肆意妄为无所顾忌的性格特点。"不戒严",固然是为了显示自己的豪华,亦可见其荒于朝政。这里仅用一句诗鲜明地刻画了杨广的形象。次句写杨广拒谏。据史籍记载,隋炀帝大业十二年(616),谏阻他游扬州的右候卫大将军赵才,付吏治罪,建节尉任宗在朝堂被杖杀,奉信郎崔民象被斩首……所以诗人慨叹在朝廷上有谁来理睬谏书?这里刻画出杨广的昏愦愚顽和刚愎暴戾。

后两句讽刺杨广南游,大肆挥霍国家财产。这里集中写"裁宫锦"。"春风"与首句"南游"呼应。正是在春和日暖之时,杨广南游。"举国",极写裁剪宫锦之繁忙,好像是要庆祝盛大的节日。末句直接点出在春耕大忙季节"裁宫锦"的目的却是为皇帝南游效劳,具有强烈讽刺意味,运笔绝妙。诗意含蓄而又深刻。

嫦 娥

李商隐

云母屏风烛影深,[1]
长河渐落晓星沉。[2]
嫦娥应悔偷灵药,
碧海青天夜夜心。

【注释】

〔1〕云母:一种矿物质,晶莹透明,有光泽可以用来装饰家具、门窗等。 〔2〕长河:指天上的银河。

【译文】

屋里摆着华美的云母屏风,映在屏风上的蜡烛影子越来越深。银河渐渐消失,星星也慢慢降落,天快要亮了。嫦娥应当懊悔不该偷吃仙药,夜夜面对碧海青天,她那寂寞、清冷的心情难以排遣。

【赏析】

嫦娥,是中国古代神话中的月宫仙女。她原是古代有穷国君主后羿(yì)的妻子,因为偷吃了后羿从西王母那里要来的长生不老的仙药,腾空而起,飞入月宫,成为月宫中的仙子。这首诗,看起来是写嫦娥,实际上是写与嫦娥有类似遭遇女子的心理活动。

诗前两句写环境和女主人公长夜不眠的情景。"云母屏风"是室内豪华的陈设。据说汉成帝曾送给皇后赵飞燕的妹妹赵合德云母屏风,可见此物之贵重。陈设如此,屋中女主人公自然是一个贵族妇女。云母屏风上的烛影更深了,银河消失,晨星降落,表明天近拂晓。可是女主人公还没有入睡。如此描写环境和女主人公的失眠,已写出这位女子的孤独和清冷的处境。

后两句写女主人公的内心活动。嫦娥因偷服仙药而飞入月宫为广寒仙子,想必后悔了。因为她每夜面对着碧海青天,孤独寂寞之情难以排遣。这是写嫦娥,也是写与嫦娥的心情和处境相似的女子。"应悔"是表示揣度,但是这种揣度之词表现出一种同病相怜的感情。

诗中所写女子究竟是谁?别人是无法知道的。诗人爱用象征手法写诗,通过丰富的想象塑造鲜明的艺术形象,给人一种扑朔迷离的感觉,却有一种朦胧之美。

贾 生[1]

李商隐

宣室求贤访逐臣,[2]
贾生才调更无伦。[3]
可怜夜半虚前席,[4]
不问苍生问鬼神。[5]

【注释】

〔1〕贾生:即贾谊。生,是先生的省称。贾谊,洛阳(今河南省洛阳市东)人。西汉初年著名的政论家、文学家。二十岁被汉文帝召为博士,不久升为太中大夫。由于受到如周勃、灌婴等一些大官的排斥,贬为长沙王太傅,后为梁怀王太傅。死时年仅三十三岁。〔2〕宣室:汉朝未央宫前殿的正室。此指汉文帝。逐臣:被贬在外的臣子,指贾谊。 〔3〕才调:才气。无伦:无比。 〔4〕可怜:可惜。虚:徒然。前席:向前移动坐处,以便倾听对方的谈话。因古人席地而坐,所以说"前席"。 〔5〕苍生:百姓。

【译文】

汉文帝查询被贬在外的臣子,要召回其中有才能的人。贾谊的才能无与伦比,被召回京城。汉文帝和贾谊谈到半夜,谈得很投机。可惜他不问老百姓的疾苦,只问些鬼神的事情。

【赏析】

贾谊是西汉初年一个很有才学的人,他曾多次上书汉文帝,提出自己的政治主张。但是没有施展才能的机会,抑郁早死。

首句写汉文帝爱才求贤,访求被放逐到远方的臣子。"访逐臣",引出下句贾谊。这是从反面写,欲抑先扬。次句写贾谊的才干超群,无与伦比。"更"字对贾谊的才干作了进一步的赞扬。这是从正面写。汉文帝的求贤,正为贾谊施展才干提供了一个很好的机会。看起来贾谊可以大展宏图了。第三句是写汉文帝和贾谊谈得很投机。但是冠以"可怜"二字,情况完全变了。汉文帝和贾谊谈得如此投机,原是好事,为什么"可怜"呢?末句轻轻一点,真相大白。原来汉文帝问的不是百姓的疾苦而是鬼神之事。"不问"和"问"形成鲜明的对照。汉文帝求贤爱才的谜底揭穿了,含有强烈的讽刺意味。

汉文帝本是中国古代比较贤明的君主。他尚且如此,何况其他。结合诗人的遭遇看,诗中寄托了诗人自己怀才不遇的感慨。

台　城[1]

韦　庄[2]

江雨霏霏江草齐,[3]
六朝如梦鸟空啼。[4]
无情最是台城柳,
依旧烟笼十里堤。

【注释】

〔1〕台城:本为吴宫后苑,后为东晋、南朝宫殿所在地,在今江苏省南京市玄武湖畔。　〔2〕韦庄(836—910),字端己,京兆杜陵(今陕西省西安市东南)人。屡试不第,直到乾宁元年(894),他

年近六十才中进士。曾任校书郎、左补阙等职。后入蜀为王建掌书记。唐亡,王建称帝。他官至吏部侍郎兼平章事。他工诗善词,是诗人也是著名词人,有《浣花集》。　〔3〕霏霏(fēi):细雨濛濛的样子。　〔4〕六朝:三国吴、东晋、宋、齐、梁、陈都建都建康(今南京市),合称六朝。

【译文】

　　江上细雨濛濛,江畔芳草萋萋。六朝的豪华像梦一样逝去了,如今只听到鸟儿悲哀地鸣叫。最无情的是那台城的柳树,它依旧长得繁盛茂密,好像烟雾笼罩着十里长堤。

【赏析】

　　这是一首怀古之作,是唐僖宗光启三年(887),诗人途经金陵,凭吊古迹台城时所作。

　　金陵是六朝的繁华都城,台城则是这个都城的中心。到了唐代,台城虽在,古城金陵已经荒废了。诗人面对荒凉残破的台城,想到当年在这过着豪华、奢侈生活的帝王,感到人世盛衰无常,露出一种低沉的感伤情调。诗的前两句写景。首句写江上细雨,江边芳草。说明江山依旧,可是人事的变化极大。所以次句写台城之荒废。六朝帝王的豪华生活,梦幻一样消失了。只剩下林中的鸟儿在哀啼。"空"字,寄托了诗人的感慨。

　　后两句写台城柳。这些柳树是宫中的点缀。昔日摇曳生姿,今天烟笼长堤,虽然它目睹人世的盛衰,却丝毫不动感情。"无情"二字,流露了诗人无限兴亡之感。这里以物之无情,反衬诗人之多情,表现得比较含蓄。诗人亲眼看到唐代的灭亡,所以诗中也寄寓了伤今之意。

淮上与友人别[1]

郑 谷[2]

扬子江头杨柳春,[3]
杨花愁杀渡江人。
数声风笛离亭晚,[4]
君向潇湘我向秦。[5]

【注释】

〔1〕淮上:指淮南地区。唐代以长江下游之江北为淮南道。 〔2〕郑谷(生卒年不详),字守愚,袁州宜春(今江西省宜春市)人。唐僖宗光启三年(887)进士,官都官郎中。其七律《鹧鸪》诗为当时传诵,被称为"郑鹧鸪"。其诗多咏物写景之作,《全唐诗》录存其诗四卷。 〔3〕扬子江:长江下游入海一段的别称。 〔4〕风笛:风中传来的笛声。离亭:驿亭。古时人们常在这些亭子里送别,所以又称"离亭"。 〔5〕潇湘:指湖南。秦:指陕西。

【译文】

春天,扬子江畔,杨柳依依。杨花飘落,愁煞渡江友人。风笛数声,暮色已笼罩离亭。你向湖南,我向陕西,不知何日方能重逢?

【赏析】

这是一首送别诗,是唐人七绝中写离别的佳作。诗的开头是写景,从景色中点明离别的地点和季节。地点是扬子江头,即长江头。季节是春天,是垂柳映堤的春天。古人有折柳赠别的习俗,所以,写离别往往与柳树联系在一起。次句写杨花,紧承杨柳,进一步点出暮春。诗人与友人的飘忽不定,颇似暮春飞扬的杨花,因此,渡头杨花的飘落,又给离别涂上了一层感伤的色彩。所以说:"愁杀渡江人。"第三句的"离亭",是古人送别之所。离亭话别,而天色已晚,在苍茫的暮色中,微风从远处传来几声悠扬的笛声,这更增加了离人临行之前的惆怅。此句景中含情,在离亭向晚的笛声中涵蕴着一种凄怆的感情。特别是"晚"字,它不仅点明了时间,而且制造了一种暮霭苍茫的气氛,使人黯然神伤。末句写离亭一别,各奔前程,一南一北,不知后会何期?诗歌至此戛然而止,令人有余意未尽之感。一般绝句用词切忌重复,而此诗首句"扬"、"杨"重音,且与次句"杨"重字,末句则两用"向"字,这种重复,不仅给诗歌带来了音律的回旋,而且使人感到情感的缠绵和激荡。

社　日[1]

王　驾[2]

鹅湖山下稻粱肥,[3]
豚栅鸡栖半掩扉。[4]
桑柘影斜春社散,[5]
家家扶得醉人归。

【注释】

〔1〕社日:古代农村祭祀土地神和谷神的节日。每年分春、秋两社,此指春社。　〔2〕王驾(851—?),字大用,自号守素先生,河中(今山西省永济市)人。大顺元年(890)进士。官至礼部员外郎。与郑谷、司空图友善。《全唐诗》录存其诗六首。　〔3〕鹅

湖山:在江西省铅山县东北,周围四十里。 〔4〕豚(tún)栅(zhà):猪圈。鸡栖:鸡窝。扉:门。 〔5〕柘(zhè):柘树,叶可饲蚕。

【译文】

　　鹅湖山下,是盛产稻米的地方。家家有猪圈、鸡窝。现在户户门尽虚掩,是祭祀土地神和谷神去了。夕阳西下,树影横斜,祭祀结束。家家都有喝醉了酒的人,由亲友们搀着回家。

【赏析】

　　这首诗写江南农村丰年社日的欢乐景象。诗的前面两句写江南农村风光。首句写村外景色。春社,并不是收获的季节,"稻粱肥",写出庄稼长势喜人,丰收在望。次句写村内景象。到处是猪圈、鸡窝,写出村民生活的富裕。"半掩扉",门户半掩,说明村民不在家中。到哪里去了? 诗人没有说。但是从诗题看,显然是去祭祀土地神和谷神去了。"社日",特别是丰收之年的社日,在农村里是十分热闹的,他们不但祭祀神灵,还有许多娱乐活动,还要参加集体宴会。后两句写社日活动结束,村民归去的情景。"桑柘影斜",写夕阳西下,时已傍晚。影斜,是太阳偏西,树影斜长。诗人写的是桑树柘树。桑叶柘叶都是用来饲蚕的,说明村里还养蚕。春社散了,家家都有因为欢度社日喝醉了酒的人,被亲友搀扶着回去。"家家",不免有些夸张,但写出村民的喜和欢乐。

　　这首诗选取富有典型特征的生活细节描写江南农村丰收之年的一片太平景象,着墨不多,写得酣畅淋漓,如在眼前,实在是一首反映农村生活的好诗。

春　怨

金昌绪[1]

打起黄莺儿,[2]
莫教枝上啼。[3]
啼时惊妾梦,[4]
不得到辽西。[5]

【注释】

〔1〕金昌绪(生卒年不详),余杭(今浙江省杭州市)人。生平事迹无考。今存《春怨》诗一首。　〔2〕打起:打得飞去,即赶走。〔3〕莫教:不让。　〔4〕妾:古时妇女自称。　〔5〕辽西:辽河以西,在今辽宁省西部,指诗中妇女的丈夫戍守的地方。

【译文】

把饶舌的黄莺赶走,不要让它在枝头啼叫。它啼叫的声音,惊扰了我的美梦,使我不能在梦中飞过万水千山,与戍守辽西的丈夫相会。

【赏析】

这首诗题一作《伊州歌》,写一个少妇思念远征在外的丈夫。

诗一开始就写少妇赶走枝头的黄莺。似奇峰突起,出人意外。少妇为什么要赶走黄莺呢? 这就使读者产生疑问。第二句是说不让黄莺在枝头啼叫。这是解释了赶走黄莺的原因。黄莺的啼声,如同歌唱,清脆悦耳,十分讨人喜欢,为什么少妇赶走黄莺,不让它在枝头啼叫呢？又使读者产生新的疑问。第三句说,黄莺的啼声惊醒了她的美梦。这又解释了不让黄莺啼叫的原因。原来,清晨少妇还在梦乡,被黄莺的啼声惊醒,所以少妇赶走黄莺,不让它在枝头啼叫。其实黄莺啼叫,时已拂晓,少妇从梦中惊醒,也该起床了,为什么迁怒黄莺呢？为什么如此怕惊破睡梦呢？诗人在末句作了回答:"不得到辽西。""辽西",是少妇的丈夫戍守的地方。少妇思念远方的丈夫,渴望在梦中与他相会,却被黄莺的啼声惊醒。怎么不令人气恼。梦既已惊醒,旧梦难续,赶鸟何益？但是,少妇赶鸟这一细节,使她的天真、幼稚、痴情的特点跃然纸上。

此诗采用倒叙的手法。本来少妇要在梦中与远方的丈夫相会,怕惊梦不让黄莺啼叫,因黄莺啼叫而赶走它。而诗人却从赶走黄莺写起,使读者产生一个又一个疑问,促使他们思索,最后才揭开谜底,构思十分巧妙。语言清新流利,表现少妇的内心活动曲折、含蓄而有余味,颇似一首民歌。

研习六朝文学如何入门?

——答研究生问

十多年前,有一位六朝文学方向的研究生问我研习六朝文学如何入门,我的回答是分三步走:

第一步,学习中国文学史和中国历代文学作品选。中国文学史著作,可在刘大杰的《中国文学发展史》,游国恩等的《中国文学史》和中国社会科学院文学研究所中国文学史编写组编写的《中国文学史》三部文学史中任选一种阅读。作品选可用朱东润主编的《中国历代文学作品选》。中文系毕业的学生已学过以上两门课程,温习一下即可。

第二步,阅读拙著《魏晋南北朝文学史料述略》(中华书局出版)和北京大学中国文学史教研室选注的《魏晋南北朝文学史参考资料》。阅读以上二书可以了解六朝文学的概况和一些代表作家、作品。在阅读以上二书时,必须阅读《三国志》、《晋书》、《宋书》、《南齐书》、《梁书》、《陈书》、《南史》等有关文学的资料。不读史书是学不好中国古典文学的。

第三步,精读刘勰的《文心雕龙》,参阅萧统《文选》(胡刻本)、钟嵘《诗品》,浏览《玉台新咏》。《文心雕龙》,可用詹锳《文心雕龙义证》(上海古籍出版社出版),参考范文澜的《文心雕龙注》(人民文学出版社出版)、杨明照的《文心雕龙校注》(中华书局出版)。如果觉得以上三书难懂,可选用周振甫的《文心雕龙注释》(人民文学出版社出版)。钟嵘《诗品》,可选用曹旭的《诗品集解》(上海古籍出版社出版)。萧统《文选》可选用胡刻本《文选》(中华书局出版,上海古籍出版社有标点本出版),李善注《文选》(胡刻本)难懂,可参阅《六臣注文选》(中华书局出版)。《玉台新咏》可用拙校《玉台新咏笺注》(中华书局出版)。这是阅读六朝原著,初尝鼎之一脔。

走完这三步,即已进入研习六朝文学的大门。以后如何选择专题进行研究就由自己决定了。

附注:中华书局出版的《文史知识》1982年第7期是"魏晋南北朝专号"。其中有周一良的《怎样研究魏晋南北朝史》、曹道衡的《谈谈魏晋南北朝文学》二文可以参阅。这一期《文史知识》最后有《学习魏晋南北朝文学、历史参考书目》,抄录如下,供读者参考。

文学部分

《全汉三国晋南北朝诗》 丁福保编 1959年中华书局出版

《全上古三代秦汉三国六朝文》 〔清〕严可均校辑 1958年中华书局出版

《文选》 〔梁〕萧统选辑 〔唐〕李善注 1977年中华书局出版

《乐府诗选》 余冠英选注 人民文学出版社出版

《汉魏乐府风笺》 黄节笺释 陈伯君校订 1958年人民文学出版社出版

《古诗源》 〔清〕沈德潜选辑 1980年中华书局出版

《玉台新咏》 〔梁〕徐陵辑 1955年文学古籍刊行社出版

《六朝文絜笺注》 〔清〕许梿选辑 〔清〕黎经诰笺注 1962年中华书局上海编辑所出版

《世说新语》 〔刘宋〕刘义庆著 1962年中华书局上海编辑

所出版

《搜神记》〔晋〕干宝著　1979年中华书局出版

《文心雕龙注释》〔梁〕刘勰著　周振甫注　1981年人民文学出版社出版

《诗品注》〔梁〕钟嵘著　陈延杰注　1961年人民文学出版社出版

《魏晋南北朝文学史参考资料》　北京大学中文系文学史教研室选注　1962年中华书局出版

历史部分

《资治通鉴》(62—177卷)　〔宋〕司马光著　中华书局出版

《文献通考》〔元〕马端临著　商务印书馆《十通》本

《通典》(食货典)　〔唐〕杜佑著　商务印书馆《十通》本

《三国志》〔晋〕陈寿著　中华书局1959年点校本

《晋书》〔唐〕房玄龄著　中华书局1974年点校本

《南史》〔唐〕李延寿著　中华书局1975年点校本

《北史》〔唐〕李延寿著　中华书局1974年点校本

《抱朴子外篇》〔晋〕葛洪著　世界书局《诸子集成》本

《水经注》〔北魏〕郦道元著　1958年商务印书馆出版

《中国通史参考资料》(古代部分)第三册　郭沫若　翦伯赞主编　1965年中华书局出版

　　今人有关魏晋南北朝史的学术著作,可参见本期刊登的周一良《怎样研究魏晋南北朝史》一文。

穆按:这个书目是1982年开出的,时过三十余年,有的书已有更新、更适用的版本,应作修改。

(1)丁福保的《全三国晋南北朝诗》应改为逯钦立的《先秦汉

魏晋南北朝诗》(中华书局出版)。

(2)《玉台新咏》应改为拙校《玉台新咏笺注》(中华书局出版)。

(3)《世说新语》应改为徐震堮的《世说新语校笺》,或余嘉锡的《世说新语笺疏》(皆中华书局出版)。

(4)《诗品注》应改为曹旭的《诗品集注》(上海古籍出版社出版)。

(5)《抱朴子外篇》应改为杨明照的《抱朴子外篇校释》(中华书局出版)。

(6)《水经注》应改为杨守敬纂疏、熊会贞参疏的《水经注疏》(段熙仲点校、陈桥驿复校,江苏古籍出版社出版)。

以上意见,仅供参考。

学一点目录学

高等学校文科的学生和青年教师,都应该学一点目录学。只是由于专业不同,所学的目录学著作的内容亦应有所不同。

为什么要学一点目录学呢？学一点目录学可以掌握本专业各种书籍的基本情况,了解一些学术源流,懂得一些学习和研究的门径。所以清代经学家江藩说:"目录者,本以定其书之优劣,开后学之先路,使人人知其书可读,则为易学而功且速矣。吾故尝语人曰:'目录之学,读书入门之学也。'"(《师郑堂集》)清代史学家王鸣盛说:"目录之学,学中第一要紧事,必从此问途,方能得其门而入。"(《十七史商榷》卷一)又说:"凡读书最切要者,目录之学。目录明,方可读书,不明终是乱读。"(同上,卷七)当代已故著名目录学家余嘉锡说:"目录之学为读书引导之资。凡承学之士,皆不可不涉其藩篱。"(《目录学发微·目录学之意义及其功用》)于此可见学习目录学的重要性。

中国古代目录学源远流长,其著作相当丰富。远在西汉成帝时,就有《别录》、《七略》这样的目录学著作。南朝梁阮孝绪《七录序》说:"刘向校书,辄为一录,论其指归,辨其谬误,随竟奏上,皆载在本书,时又别集众录,谓之《别录》。子歆撮其指要,著为《七略》。"这是告诉我们《别录》、《七略》是怎样产生的。《别录》的作者刘向是当时著名学者,《七略》的作者刘歆是刘向的儿子,他节录《别录》而成《七略》。《七略》包括《集略》和《六艺》、《诸子》、《诗赋》、《兵书》、《术数》、《方技》六略。《集略》是全书的总录,包括总序和各略的序,说明各类图书的内容和学术流派。其余六略则按类著录书名。《别录》和《七略》虽久已失传,但是这两部著作对后世的目录学很有影响,东汉班固《汉书》的《艺文志》就是根据《七略》改编的。《隋书·经籍志》:"光武中兴,笃好文雅,明章继轨,尤重经术。四方鸿生巨儒,负帙自远而至者,不可胜算。石室、兰台,弥以充积。又于东观及仁寿阁集新书,校书郎班固、傅毅等典掌焉。并依《七略》而为书部,固又编之,以为《汉书·艺文志》。"正是说明这一点。

《汉书·艺文志》是我国古代重要的目录学著作。它前有总序,介绍汉以前的学术概况及有汉以来的校书情况,以下分为《六艺》、《诸子》、《诗赋》、《兵书》、《术数》和《方技》六略,六略以下分38种,596家,13269卷。后世学者对《汉书·艺文志》十分重视,清人金榜说:"不通《汉·艺文志》,不可以读天下书。《艺文志》者,学问之眉目,著述之门户也。"(《十七史商榷》卷二十二引)于此可见一斑。

《隋书·经籍志》是继《汉书·艺文志》以后又一部重要的目录学著作。它虽然是《隋书》的一部分,但是它所著录的包括梁、陈、齐、周、隋五代的图书。《隋书·经籍志》按经、史、子、集分类,著录存书3127部,36708卷,佚书1064部,12759卷。前、后、四部皆有序,各类有小序,记载图书存亡情况,分析学术源流,对于研究唐以前的学术文化有重要的参考价值。清代著名的目录学家姚振宗于《隋书经籍志考证》叙录中说:"自周秦六国、汉魏六朝迄于隋唐之际,上下千余年,网罗十几代,古人制作之遗,胥在乎是(《隋书·经籍志》)。"这个评论是完全符合事实的。

宋元时代目录学的研究有了新的发展,不仅有宋朝的官修书目《崇文总目》,由于雕板印刷发达,私人藏书增多,有的藏书家藏书达数万卷之多。有的藏书家自编书目,其中著名的有晁公武的《郡斋读书志》和陈振孙的《直斋书录解题》。这两部目录书,皆按四部分类,每部有序,著录各书都有提要,对后世目录学研究很有影响,所以被前人誉为私家目录书中的"双璧"。此外,宋代著名史学家郑樵《通志略》中的《校雠略》、《艺文略》等都为目录学研究作出了卓越的贡献。

目录学的研究元代不如宋代,而明清两代则有较大的发展。最重要的目录学著作《四库全书总目》(一名《四库全书总目提要》)就是产生在清代乾隆时期。

《四库全书总目》共二百卷,是乾隆时纂修《四库全书》的产物。《四库全书》的纂修,始于乾隆三十八年(1773),至四十七年(1782)完成,历时十年。当时每一部书校订完之后,就由四库馆臣撰写一篇提要,放在书的前面,以简介作者和书的要点,并考其得失,辨其增删、分合的情况。

《四库全书总目》按经、史、子、集分为四部,部下又分若干类,如经部分易、书、诗、礼、春秋、孝经、五经总义、四书、乐、小学十类;史部分正史、编年、纪事本末、别史、杂史、诏令奏议、传记、史钞、载记、时令、地理、职官、政书、目录、史评十五类;子部分儒家、兵家、法家、农家、医家、天文算法、术数、艺术、谱录、杂家、类书、小说家、释家、道家十四类;集部分楚辞、别集、总集、诗文评、词曲五类。有的类下又分目,如小说家类分杂事、异闻、琐语三目,词曲类分词集、词选、词话、词谱词韵、南北曲五目等,这里就不再一一介绍了。从当时来说,《四库全书总目》的分类方法是比较细致完备的。值得我们注意的是,在经、史、子、集四部的开头都有总序,各类也都有小序,对我国古代各类学科的学术源流作了比较简明的论述,而在有的子目或提要的后面有时附以按语,用来阐明各种学术思想的源流和关系。这些对于我们了解我国古代学术的发展情况，颇有帮助，而各书的提要又为我们了解我国古籍的概况提供了有用的资料。

《四库全书总目》著录的图书3461种，79309卷，"存目"中著录的书为6793种，93551卷。乾隆以前的我国重要古籍，基本收入。参加纂修《四库全书》和撰写提要的如戴震、邵晋涵、周永年、姚鼐等人，都是学有专长的著名学者，他们撰写的提要，特别是其中的考证和评论，颇多可取之处，所以此书具有一定的学术价值。但是，也应看到，他们对书籍的评价，往往充满封建主义观点，这是我们在使用此书时必须注意的。

《四库全书总目》的版本比较多，中华书局影印本，书后补录《四库撤毁书提要》《四库未收书提要》，并附有《书名及作者姓名索引》，最便使用。

因为《四库全书总目》比较繁杂，四库馆臣另有《四库全书简明目录》一书。此书仅取《四库全书总目》著录的书籍，简介作者和书籍的要点，"存目"部分从略，故其学术价值不如前者，而颇便检阅。鲁迅先生曾把此书作为中国文学入门书，推荐给青年，并指出："其实是现有的较好的书籍之批评，但须注意其批评是'钦定'的。"要言不繁，意见十分中肯。

余嘉锡的《四库提要辨证》、胡玉缙的《四库全书总目提要补正》，都是纠正《四库全书总目》谬误的著作，可供参考。

清朝光绪二年（1876）刊印的《书目答问》，是一部流传很广的重要书目。此书是张之洞编的，完成于光绪元年。他编此书的目的是因为"诸生好学者来问应读何书，书以何本为善……因录此以告初学"（《书目答问略例》）。可见这在当时是指导初学入门的目录书。由于此书的编写比《四库全书总目》约晚一百年，"此编所录,其原书为修《四库》书时所未有者十之三四,《四库》虽有其书而校本、注本晚出者十之七八"(同上)。它补充了许多晚出的著作,吸收了新的学术成就。《略例》中说:"读书不知要领,劳而无功;知某书宜读而不得精校精注本,事倍功半。"为了解决这个问题,该书列举书目,指示学习门径。如杜诗注本很多,编者在仇兆鳌《杜诗详注》、杨伦《杜诗镜铨》下云:"杜诗注本太多,仇、杨为胜。"在冯浩《玉溪生诗详注》下云:"胜于朱鹤龄、姚培谦注本。"在胡仔《苕溪渔隐丛话》下云:"此书采北宋诗话略备。"在魏庆之《诗人玉屑》下云:"此书采南宋诗话略备。"这些论断虽是只言片语,但是对初学者很有帮助。

范希曾的《书目答问补正》1931年出版。此书一是"补"《书目答问》刊行后"五十年间新著新雕未及收入"者,一是"正"其"小小讹失"。《补正》补录书籍1200种左右,反映了五十年来学术研究的主要成就,提高了《书目答问》的使用价值。

从辛亥革命以后到新中国成立之前这段时间,孙殿起的《贩书偶记》和《贩书偶记续编》是值得注意的目录书。孙殿起原是北京一家书店的老板,买卖古籍达数十年之久。他把自己经手和目见的古籍逐一登记其书名、卷数、作者姓名、籍贯、版本,最后整理成书。这两部书目著录的图书基本上是清代的著述,兼及辛亥革命以后,约止于1935年。可以看作是《四库全书总目》的续编,只是没有提要。该书的体例,作者在《略例》中作了规定:"自明以上,《四库全书总目》搜罗略备,故未之及。"这是说,明代以前的书不著录,所著录主要是清代的书籍。又说:"凡见于《四库全书总目》者概不录,有之必卷数互异者。"这是说,本书所著录的书籍,有少数是已见于《四库全书总目》的,但其卷数不同。另外,本书也著录了少数明代人的著作,但多为《四库全书总目》失收的。又说:

"非单行本不录,间有在丛书中者,必系初刊单行之本,或是抽印之本,非泛及也。"这是说,本书所著录的书籍与丛书目录不重复,即在丛书目录查不到的书,可以在本书查到,二者可以互相配合。因此,它对我们查找除丛书以外的清代古籍很有用处。

新中国成立以后的目录学著作,最引人注目的是《中国丛书综录》。这部巨著是上海图书馆主持编辑的,1959年至1962年,中华书局上海编辑所出版。1982年重印。这部丛书目录收录了全国四十一个图书馆所藏的古籍丛书2797种,包括38891种古籍。全书分为三册:第一册是"总目",分为"汇编"和"类编"两部分,"汇编"又分为杂纂、辑佚、郡邑、氏族、独撰五类;"类编"分为经、史、子、集四类。后附《全国主要图书馆收藏情况表》、《丛书书名索引》、《索引字头笔画检字》。如查找自己所需要的某种丛书,一检便得。而且可以知道哪一家图书馆收藏此书,以便就近借阅。第二册是"子目",即"子目分类目录",著录各丛书的子目,按经、史、子、集四部排列,四部之下各分若干类。检索子目,可知自己要查找的书籍收在哪一种丛书里。第三册是"索引",包括《子目书名索引》、《子目著者索引》,供检索第二册"子目分类目录"用。

这部《中国丛书综录》,是我国四十一个图书馆收藏丛书的联合目录,它所收录的各种丛书是可靠的,为学者提供了很大的方便。

以上介绍的是我国目录学著作中比较重要的几部。在这些著作中,我们最常用的有《四库全书总目》、《书目答问补正》、《贩书偶记》、《贩书偶记续编》和《中国丛书综录》。总的说来,这五部书都是供检索古籍用的。例如,我们要查找《玉台新咏笺注》一书。经查阅,《四库全书总目》卷一百九十一《集部·总集类存目一》著录:

  《玉台新咏笺注》十卷(兵部侍郎纪昀家藏本),国朝吴兆宜撰。兆宜有《庾开府集注》已著录。是书引证颇博,然繁而无当。又多以后代之书注前代之事,尤为未允。惟每卷以明人滥增之作退之卷末,注曰:"以下宋本所无。"较诸本为善。

另外,《总集类存目一》还著录《冯氏校定玉台新咏》十卷。《总集类一》又著录《玉台新咏》十卷、《玉台新咏考异》十卷(纪容舒撰),由此我们可以了解到《玉台新咏》的其他几种版本。又吴兆宜注《庾开府集笺注》十卷提要云:"兆宜,字显令,吴江人,康熙中诸生。尝注徐、庾二集,又注《玉台新咏》、《才调集》、《韩偓诗集》。今惟徐、庾二集刊版行世,余惟钞本仅存云。"(同上卷一百四十八)从这里我们可以知道吴兆宜的《玉台新咏笺注》,当时仅存钞本。

  《书目答问补正·集部·总集第三》著录:

  《玉台新咏》十卷,明赵氏寒山堂仿宋刻小字本,康熙甲午冯氏刻大字评点本。〔补〕陈徐陵编。南陵徐乃昌重刻寒山堂本,《四部丛刊》影印明五云溪馆活字本。吴江吴兆宜《玉台新咏笺》十卷,乾隆三十九年刻本。

由此可知吴兆宜《玉台新咏笺注》最早的是乾隆三十九年刻本。

  《贩书偶记》卷十九著录:

  《玉台新咏笺注》十卷,吴江吴兆宜原注,长洲程琰删补,乾隆甲午(公元1774年)稻香楼精刊,光绪己卯宏达堂刊。

由此得知吴兆宜注的《玉台新咏笺注》,经程琰删补后由稻香楼刊行,尚有宏达堂本。

  《中国丛书综录》第二册《集部·总集类》著录:

《玉台新咏》十卷,陈徐陵辑,清吴兆宜注,清程际盛删补。《四部备要·集部·总集》。

由此知道《四部备要》收有吴兆宜注、程琰删补的《玉台新咏笺注》。

至此,我们已经知道以上四种目录书著录了《玉台新咏笺注》。

我们要再查找王昌龄的《诗格》和《诗中密旨》。《四库全书总目》、《书目答问补正》、《贩书偶记》、《贩书偶记续编》皆未著录此书,唯《中国丛书综录》第二册《集部·诗文评类》著录:

　　王少伯诗格一卷
　　　〔唐〕王昌龄撰
　　　　格致丛书
　　诗格一卷
　　　　诗学指南卷三
　　诗中密旨一卷
　　　〔唐〕王昌龄撰
　　　　格致丛书
　　　　诗学指南卷三

我们还要查找梁章钜的《文选旁证》。此书《四库全书总目》、《中国丛书综录》皆未著录。《书目答问补正·集部·总集第三》著录:

　　《文选旁证》四十六卷,梁章钜。榕风楼刻本。〔补〕光绪间重刻本。

《贩书偶记》卷十九《集部·总集类·文选之属》著录:

> 《文选旁证》四十六卷,长乐梁章钜撰,道光十八年刊。光绪八年壬午吴下重刊。

可见我们要查找的古籍,一般都可以在以上五种目录书中查到。如《玉台新咏笺注》,既是单行本,又被收入丛书,所以在以上四种目录书中都能查到。王昌龄的《诗格》和《诗中密旨》,被收入丛书,所以在《中国丛书综录》中可以查到,而《四库全书总目》、《书目答问补正》、《贩书偶记》、《贩书偶记续编》皆未著录。梁章钜的《文选旁证》是单行本,所以在《中国丛书综录》中查不到,又因为出版较晚,《四库全书总目》未著录。最后我们在《书目答问补正》和《贩书偶记》中查到。

应该指出的是,《四库全书总目》和《书目答问补正》,除了供检索古籍之外,还可以浏览。它们可以起到指示治学门径的作用。1961年,北京师范大学校长、著名史学家陈垣先生对该校历史系应届毕业生说:"从目录学入手,这就可以知道各书的大概情况。""在自修的时候,可以读过去的目录书,如《书目答问》、《四库总目》等。"陈垣先生根据自己的切身体会,借助《四库全书总目》和《书目答问》向学生指示治学门径,这种做法对我们也有一定的启发。

余嘉锡先生曾对陈垣先生说过,他的学问"是从《书目答问》入手"(陈垣《余嘉锡论学杂著序》)。他在所著《四库提要辨证》序录中说:"余之略知学问门径,实受《提要》之赐。"复旦大学王运熙教授在《研究乐府诗的一些情况和体会》一文中说:"《四库全书总目提要》,经常翻阅……对我的启发帮助尤大,我感到从它那里得到的教益,比学校中任何一位老师还多。"又说:"读了《四库提要》等目录书后,在自己从事研究的范围内,应当系统地阅读哪些书籍,重点放在哪里,仿佛找到了一个最好的向导。"(《与青年朋友谈治学》,中华书局1983年版150—151页)这些学者的治学方法,并不是对每个人都适用的,但是,他们的经验是可以作为我们的借鉴的。

  我们不但要学习古今重要的目录学著作,也要注意及时涉览当代有关书籍目录以扩大知识面,充分掌握有关资料。这样,学生才能学好专业,青年教师才能做好自己的教学和研究工作。总之,学一点目录学,对学生的专业学习,青年教师的进修、教学和研究工作,都是大有裨益的。

1985 年 1 月

我与《书目答问》

四十多年来,我先后购得四种张之洞的《书目答问》,它指导我买书、读书、治学,与我结下了不解之缘。

1953年,我就要大学毕业了,想做学问,但不得其门而入。向老师请教,先师汪辟疆先生说:"可以看看张之洞的《书目答问》。"他在《工具书之类别及其解题》一文中说:"此近代最详备最切用之国学书目也。……本书所举,皆为学者应读之书。"引起了我的注意。这时,我正好从旧书店里购得一部商务印书馆1933年出版的《书目答问》(《国学基本丛书》本)。翻开此书一看,其《略例》说:"诸生好学者来问应读何书,书以何本为善。……因录此以告初学。"又说:"读书不知要领,劳而无功;知某书宜读而不得精校精注本,事倍功半。"所以此书"分别条流,慎择约举",读者可"视其性之所近,各就其部求之"。接下去是此书《总目》。《总目》分经部、史部、子部、集部四部。此种分类显然是根据《四库全书总目提要》。后附《丛书目》和《别录目》,前者介绍重要丛书,后者分别介绍《群书读本》、《考订初学各书》、《词章初学各书》和《童蒙幼学各书》。此与《四库全书总目提要》不同。总的看来,此书在当时是指引学习门径之书,今天看来,可以说是一部指引治学门径的书。无怪乎鲁迅先生说:"我以为倘要弄旧的呢,倒不如姑且靠着张之洞的《书目答问》去摸门径去。"(《而已集·读书杂谈》)

应该指出,乾隆五十四年(1789)完成的《四库全书总目提要》,也是一部指导治学门径的书。但是,它的篇幅巨大,内容比较复杂,初学者难以接受。而完成于光绪元年(1875)的《书目答问》,对初学者来说,就比较适用了。况且,"此编所录,其原书为修《四库》书时所未有者十之三四,《四库》虽有其书而校本注本晚出者十之七八。"(《略例》)这些新的内容对初学者大有裨益。

我购买了商务版《书目答问》之后,经常翻阅,对我买书、读书都很有帮助。例如买书,根据《书目答问》的指导,我陆续购置到阮刻《十三经注疏》,宋元人注《四书五经》、《资治通鉴》,陈奂的《诗毛氏传疏》,马瑞辰的《毛诗传笺通释》,王逸注、洪兴祖补注之《楚辞补注》,朱熹的《楚辞集注》,蒋骥的《山带阁注楚辞》,胡刻本《文选李善注》,倪璠的《庾子山集》,王琦的《李太白集》,仇兆鳌的《杜诗详注》等。这些书都是好书,对我读书治学都有用处。又如,我想研究中国古典文学,先师罗根泽先生劝我首先精读《诗经》和《楚辞》。他认为这是古典文学之祖,也是古典文学的基础。根据罗先生的教导,我先翻阅了《书目答问》,看看《诗经》、《楚辞》有哪些重要的版本,然后确定阅读何种版本的《诗经》与《楚辞》。我阅读《诗经》,以朱熹的《诗集传》为主,参阅《毛诗正义》和陈奂的《诗毛氏传疏》。我阅读《楚辞》,以《楚辞补注》为主,参阅朱熹的《楚辞集注》、《山带阁注楚辞》和胡小石先生推重的戴震的《屈原赋注》。精读《诗经》、《楚辞》,为我后来研究中国古典文学打下了比较坚实的基础。

1963年,中华书局出版了《书目答问补正》。在此之前,我曾向图书馆借阅过此书。但是匆匆借阅,匆匆归还,印象不深。自购得此书以后,时时在手中翻阅,情况自然不同。《书目答问》完成于光绪元年(1875),而范希曾的《书目答问补正》完成于1930年,相距五十余年。光绪元年以后,学术上又有新的发展,出现了不少有价值的学术著作和资料。范希曾借在江苏国学图书馆工作之便,研读古籍,搜集大量有关资料,终于在他逝世之前(1930年)编写成书,于1931年出版。《补正》纠正了原书的一些错误,补充了原书遗漏的版本和新版本,增补了一批新书,这样,提高了《书目答问》的学术价值和使用价值。

《书目答问》收录著作二千二百种左右,而《补正》补充著作一千二百种,大大丰富了《书目答问》的内容。首先值得注意的是补充了许多新书。如《经部》补充了焦循《易章句》十二卷、《易通释》十二卷、《易图略》八卷,孙诒让《周礼正义》八十六卷,戴震《孟子字义疏证》三卷等。《史部》补充了王先谦《汉书补注》一百卷、《后汉书集解》一百二十卷、《合校水经注》四十卷,周中孚《郑堂读书记》七十一卷等。《子部》补充了王先谦《荀子集解》二十一卷,王先慎《韩非子集解》二十卷,郭庆藩《庄子集释》十卷,王先谦《庄子集解》八卷等。《集部》补充了丁晏《曹集诠评》十卷,胡绍煐《文选笺证》三十卷,吴兆宜《玉台新咏笺注》十卷,黄侃《文心雕龙札记》等。这些大都是较有学术价值的新著。在有的书名下,《补正》还增加了按语。如孙诒让《周礼正义》下的按语是:"清儒治《周礼》,至孙氏集其大成。右列诸书胜义,多为所采,自有此书,他注可毋备。"王先谦《汉书补注》和《后汉书集解》下的按语是:"此二书晚出最备。"郭庆藩《庄子集释》下的按语是:"此书具录郭注、成疏、陆氏释文,复辑晋唐人逸注,及清代卢文弨、王念孙、洪颐煊、郭嵩焘、俞樾、李桢诸家校释,在《庄子》诸注本中,搜采最为繁博。"王先谦《庄子集解》下的按语是:"简明便初学。"如此按语,对于读者读书、治学皆有帮助。

我曾在点校吴兆宜《玉台新咏笺注》和梁章钜《文选旁证》时,得到过《补正》的帮助。

1979年,我应中华书局之约,点校吴兆宜的《玉台新咏笺注》,

查《四库全书总目提要》，其中《庾开府集笺注》提要云："(兆宜）尝注徐、庾二集，又注《玉台新咏》、《才调集》、《韩偓诗集》。今惟徐、庾二集刊版行世，余惟钞本仅存云。"这是说，吴兆宜《玉台新咏笺注》仅有钞本。又《玉台新咏笺注》提要，只稍作评论，并未涉及版本。查《书目答问补正》，《补正》有乾隆三十九年刻本，经查阅此书，知即原刻本。我点校的《玉台新咏笺注》就是以此书为底本。此书已由中华书局出版。

1994年，由于研究《文选》的需要，我点校梁章钜的《文选旁证》。查《书目答问》有榕风楼刻本。《补正》有光绪间重刻本。前者为道光十四年（1834）原刻本；后者为梁章钜之子梁恭辰的重刻本。重刻本与原刻本款式全同，但改正了原刻本一千多处错误。因此，我决定采用重刻本为点校的底本。此书即将出版。

其次，《补正》为许多著作补上作者、卷数，并补充了有关的著作。如《书目答问》著录"《汉魏二十一家易注》□□卷，孙堂辑"。《补正》云："子夏、孟喜、京房、马融、荀爽、郑玄、刘表、宋衷、陆绩、董遇、虞翻、王肃、姚信、王廙、张璠、向秀、干宝、蜀才、翟玄、九家集注、刘瓛。此书共三十三卷。"这是补上作者和卷数。又《说文通检》，《书目答问》署为"今人"。《补正》云："《通检》，番禺黎永椿编。"这是补上编者。慧皎《高僧传》下《补正》云："《续高僧传》四十卷，唐释道宣撰……梁天监至唐贞观。《宋高僧传》三十卷，宋释赞宁撰……唐贞观至宋端拱。《明高僧传》六卷，明释如惺撰……南宋、元、明。《补续高僧传》二十六卷，明释明河撰……《释迦谱》十卷，齐释僧祐撰……《佛本行集经》六十卷，隋天竺人阇那崛多译，视《释迦谱》为详……《佛祖通载》二十二卷，元释念常撰，叙述释家故实……"这是补上与《高僧传》有关的著作，并加上简明的按语。如此等等，足供读者参考。

《补正》的编者范希曾仅活了三十一岁,其见闻自然受到很大的限制。《补正》也有一些遗漏之处。如在《陶靖节诗注》下遗漏了陶澍的《靖节先生集》,在《初唐四杰集》下遗漏了蒋清翊的《王子安集注》等,都是疏忽。

将中华版的《书目答问补正》与商务版的《书目答问》对照比较,商务版缺了《补正》,这是书名已显示出来的。但商务版删去《清代著述诸家姓名略》。这部分分类列出清代经学、史学、理学等各家姓名、字号、籍贯,对读者了解清代学术,有一定的作用。删去是不妥的。

这里顺便提到《书目答问》的著作权问题。在中华版《书目答问补正》后范希曾所写的《跋》中说:"张氏《书目答问》出缪筱珊先生手,见《艺风堂自订年谱》。"这就涉及《书目答问》的编者问题,是张之洞?还是缪荃孙?陈垣(《艺风年谱与书目答问》)、柴德赓(中华版《重印书目答问补正序》)等认为是张之洞所编;叶德辉(《书目答问斠补·后记》)、柳诒徵(《书目答问补正序》)等认为是缪荃孙所编。各执一词,莫衷一是。我比较赞同陈垣先生的意见,此书为张之洞所编,而缪荃孙作为张氏的门生也参与了编写工作。

1983年8月底,我购得上海古籍出版社1983年4月出版的《书目答问补正》。这是校点本。此书的《校点说明》说,其底本是国学图书馆1935年重印本,与贵阳王秉恩刊本和中华书局本对校,"择善而从,校记从略"。

王秉恩校刻的《书目答问》,是光绪五年(1879)贵阳刻本,改正原刻本错误二百八十余处,是一种比较好的刻本。中华书局出版的《书目答问补正》,是据影印本重印的。影印本也改正了原刊本的一些错误,也是较好的本子。上海古籍出版社出版的《书目答问补正》，以上述二书为校本，进行了校勘、标点，并且补上各小类原用的"└"符号和江人度《书目答问笺补》对各小类加的文字说明，分类清晰，有利于青年学子的学习和使用。此书标点、校勘都比较认真，是一种比较好的本子。我购得此书后，经常翻阅。此书伴我读书、治学十余年，成为我朝夕相处的老友。

1998年11月，我购得三联书店1998年6月出版的《书目答问二种》。此书是《中国近代学术名著》中的一本。《中国近代学术名著》由钱锺书任主编、朱维铮任执行主编。此书的内容有《书目答问》附范希曾的《补正》，《𬨎轩语》，附录叶德辉的《书目答问斠补》、《书目答问斠补之余》，《辑评》、《人名索引》、《书名索引》。至此我收藏的《书目答问》已有四种。三联版《书目答问》与前三种相比，有如下优点：一、印刷精良，装帧美观。二、天头较宽，有利于读者随手写下札记，或补充新书。三、校记较详，可供参考。四、我手中《书目答问》四种，除商务版无序之外，中华版有柴德赓序，上海古籍版有徐鹏序，皆有参考价值。三联版有朱维铮《导言》，内容较为丰富，对读者阅读此书有指导作用。五、三联版同时收录了《𬨎轩语》，其中论学部分，对有志治学者颇有启发。六、附录一为叶德辉的《书目答问斠补》和《书目答问斠补之余》。张氏《答问》注重实用，叶氏《斠补》注重版本，二者不同，但相辅相成，使《答问》的内容更为丰富。七、所附《辑评》，似搜求不广，但是，虽然数量不多，亦可供参考。八、附录三是《人名索引》和《书名索引》，为查找所收各书书名和作者提供了方便。为读者节约了许多时间，功德无量。从此，此书成为我案头常备之书。应该指出，此书也不是完美无缺的。我随意翻阅了一下，就发现了一些错误，如436页"郎园"，"郎"应作"郋"。叶德辉号郋园。525页"程遥田"，"遥"应作"瑶"。程瑶田，清代经学家。538页"刘宝南"，

"南"应作"楠"。刘宝楠,清代经学家。这些是错字。又291页"故太史公曰,'言不雅驯,荐绅难言。班孟坚曰,'读应《尔雅》,古语可知。"应作"故太史公曰:'言不雅驯,荐绅难言。'班孟坚曰:'读应尔雅,古语可知。'"太史公语出自《史记·五帝本纪论》,原文是:"其文不雅驯,荐绅先生难言之。"班固语出自《汉书·艺文志》,原文是:"古文读应《尔雅》,故解古今语而可知也。"古人引用古书,常常随意省略,这已成为习惯,不必见怪。299页"《庄子》因",应作"《庄子因》"。按《庄子因》,清林云铭撰。这些是标点错误。此外,还有一些避讳字,如"王士禛"之"禛",因避清世宗胤禛之讳,改为"祯",《弘明集》之"弘",因避清高宗弘历之讳,改为"宏",等等。今天出版的校点本,这类字即使不改为原字,也应出校。否则,一般读者不知怎么回事,恐将以讹传讹,贻害无穷。这说明此书在标点、校勘方面都存在一些问题。就全书来说,虽然是白璧微瑕,但也应引起我们注意。

《书目答问》伴我度过了漫长的岁月。它好像是我的良师益友,时时给我以指导和启发,使我终身受用无穷。当然,随着时代的发展,《书目答问》的使用价值也起了新的变化。但是,它仍然是一本有用的书。

1999年3月

要学会使用工具书

工具书是指一种作为工具使用的图书,也就是供人查阅的一种图书。工具书的作用,主要是帮助我们解决学习、工作和学术研究中遇到的疑难问题,还可以提供研究的线索,指引读书的门径。它们好像是无声的老师,随时都可以供人们请教。

不论是学习、工作,还是从事学术研究,都需要查阅工具书。不论是小学生、大学生,还是专家学者,也都需要查阅工具书。因此,我们必须学会使用工具书,并且养成勤查工具书的习惯。

工具书的种类很多,怎样使用各类工具书呢? 我在下面作一些简单的介绍。

一、怎样查字和词?

平常我们读书看报,见到不认识的字,就要查字典。一般常用的是《新华字典》。(编者按,为节省篇幅,本节提到的字典、词典,其内容介绍大多从略,读者可以参阅黄伯荣、廖序东主编《现代汉语》上册"附录",郭锡良等编《古代汉语》上册、中册"常识"的有关部分。)如果读的是中国古代文学作品,对于一些生字难字,就要查阅《古代汉语常用字字典》(《古汉语常用字字典》编写组编,商务印书馆1979年版)。这部小字典收古汉语常用字3700余个(不包括异体字),附录《难字表》,收2600余字。可以解决阅读中的一般问题。有的字,还得查《康熙字典》(收字47035个)或《中华大字典》(收字48000多个)才行。《中华大字典》,纠正了《康熙字典》的错误两千多条,每个字都分条释义,条理清晰,是一部较好的大型字典。如果你是研究古代汉语或古代文学的,必要时,古代的字典《说文解字》和《经籍纂诂》也得查阅。《说文解字》以段玉裁注最好,《说文解字诂林》(丁福保编)最便检阅。《经籍纂诂》,中华书局版和新中国成立前世界书局版书后皆附索引,使用方便。

在阅读中,我们对一些词的含义不了解,这就需要查阅词典。查阅现代汉语词语常用的有《现代汉语词典》。查检古代词语和典故常用的是《辞源》和《辞海》。

旧版《辞源》,陆尔奎、方毅等五十余人编。这是现代编写的第一部大型词典。商务印书馆1915年出版了正编,上、下两册。1931年又出版了续编一册。1939年出版了合订本。新中国成立后,根据与《辞海》、《现代汉语词典》分工的原则,从1958年起开始对《辞源》的修订工作,将《辞源》修订为阅读古籍用的工具书和古代文史研究工作者的参考书。现在《辞源(修订本)》四册已全部出齐。旧版《辞源》比《辞海》出版早二十年,这是当时唯一的一部大型词典,曾在文化教育界起过很大的作用。但是旧版《辞源》还存在释文引文只注书名,不注篇名,引文照抄类书等缺点。这些缺点在修订本《辞源》中都予以纠正。

旧版《辞海》,陆费逵等编,中华书局1936年出版,上、下两册。1947年出版了合订本。这是继旧版《辞源》之后,又一部大型词典。比较而言,《辞源》收的古汉语词条较多,《辞海》收的百科性词条较多。因为《辞海》后出二十年,所以它有可能在《辞源》的基础上取长补短,避免《辞源》的一些缺点。例如,它对词义的解释,较为详细、确切,引书注明篇名等都有胜过《辞源》的地方。由于旧版《辞源》、《辞海》各有长短,所以这两部词典并行流传了许多年,直到现在仍有它们的价值。与旧版《辞源》一样,旧版《辞海》也不能适应新时代的要求,中华书局上海编辑所于1958年开始修订工作。根据与《辞源》、《现代汉语词典》分工的原则,《辞海》修订成为兼收普通词语和百科名词术语的综合性词典。1965年出版了《辞海》修订本未定稿。1978年起,又对未定稿进行修订。1979年9月,《辞海》三卷本由上海辞书出版社出版。1983年12月,上海辞书出版社又出版了《辞海》修订本的《增补本》,收词160600条。可与修订本一起使用。

对于学习和研究古代汉语和古代文学的人,还应该注意利用朱起凤编的《辞通》和符定一编的《联绵字典》。这两部词典,多收联绵字,即由两个音节联缀成义而不能分割的词,如玲珑、徘徊、蜈蚣、妯娌,以及匆匆、津津等,也收了古籍中其他双音词语,引证丰富,释义细密,皆附有索引,便于查阅。

顺便提一提两部比《辞源》、《辞海》规模更大的词典:《中文大辞典》和《大汉和辞典》。《中文大辞典》是台湾地区《中文大辞典》编纂委员会编纂的,全书四十册,1962—1968年出版,1976年出版修订本。全书收单字49905个,收词370000多条。《大汉和辞典》日本诸桥辙次编,1955—1960年出版,收字48960个,收词526500条。我们在一般词典查不到的词,可以查阅这两部巨型词典。

我们阅读文言文,常常碰到"之、乎、者、也"之类的虚词,这类虚词,查一般字典是不解决问题的,得查文言虚词方面的工具书,如《词诠》(杨树达著,中华书局1982年出版)、《古书虚字集释》(裴学海著,中华书局1980年出版)、《文言虚字》(吕叔湘著,上海教育出版社,1959年出版)、《古汉语虚词》(杨伯峻著,中华书局1981年出版)等。有时也需要查阅《助字辨略》(清刘淇著,中华书局1954年出版)、《经传释词》(清王引之著,中华书局1956年出版)。在这些查阅虚词的工具书中,以《词诠》和《古汉语虚词》二书最为常用。

各门学科都有自己的专门词语,这类词语,需要查阅各类专科词典才能弄清它的含义。例如,佛学词语就需查《佛学大辞典》(丁福保编,文物出版社1984年出版);古典诗词曲词语就需要查《诗词曲语辞汇释》(张相著,中华书局1957年出版);古典小说词语就需要查《小说词语汇释》(陆澹安著,上海古籍出版社1979年出版);古典戏曲词语就需要查《戏曲词语汇释》(陆澹安著,上海古籍出版社1981年出版)、《元剧俗语方言例释》(朱居易著,商务印书馆1956年出版)、《元曲释词》(顾学颉等著,人民文学出版社已出版一、二册)等;唐代变文语词就需要查《敦煌变文字义通释》(蒋礼鸿著,中华书局1981年出版)。如此等等,不一而足。

此外,《辞海》修订本的各个分册都可以使用。我们常用的有《文学》、《哲学》、《历史》、《艺术》、《语言文字》、《宗教》等分册。使用十分方便。

二、怎样查古代诗文句子的出处?

在阅读中,我们往往会发现一些文章引用的古代诗文佳句,而不知其出处。要弄清这些句子的出处,必须查阅有关工具书。这类工具书常用的有《佩文韵府》和《骈字类编》。新中国成立前商务印书馆影印的和新中国成立后上海古籍书店重印的《佩文韵府》附有索引,检索方便。北京中国书店最近影印的《骈字类编》,没有索引,按门类翻检,十分不便。除此以外,《辞海》、《辞源》、《辞通》、《联绵字典》等也可以用来查检古代诗文句子的出处。这是通过查某一个词来查找诗句或文句的出处。

还有一些索引,像新中国成立前"哈佛燕京学社引得编纂处"所编的一些"引得"(index),如《庄子引得》《墨子引得》《荀子引得》《杜诗引得》等,"巴黎大学北平汉学研究所"所编的一些通检,如《文心雕龙通检》等,新中国成立后,中华书局出版的《十三经索引》《韩非子索引》等,都能帮助我们有效地查找一些诗句、文句的出处。我们应该注意利用这类工具书。

如果有的诗句、文句,遍查有关工具书都查不到,那只好查阅像《全上古三代秦汉三国六朝文》(严可均编)、《先秦汉魏晋南北朝诗》(逯钦立编)、《全唐文》《全唐诗》等总集和有关的别集了,别无良法。

三、怎样查历史年代?

我们在学习和研究时,常常要查考和换算历史年代。例如:唐太宗贞观四年是公元哪一年?公元七五五年是中国历史上哪一个朝代?什么年号?哪一年?要解决这类问题,就需要查检下列工具书:

《中国历代年号考》,李崇智编,中华书局1981年出版。此书可以用来查检年号,书中的考证资料,可供研究者参考。

《中国历史纪年表》,上海人民出版社1976年出版。此书原是《辞海(修订本)》的附录。

《中国历史纪年表》,万国鼎编,商务印书馆1956年出版。

《中国历史纪年》,荣孟源编,生活·读书·新知三联书店1956年出版。

《中国历史年代简表》,文物出版社1973年出版。

以上四部纪年表，皆简明适用，可以用来查检年号和换算历史年代。其中《辞海》附录的《中国历史纪年表》，出版较晚，吸收了过去的研究成果，纠正了其他纪年表的一些错误，质量较好。

我们不仅需要查考和换算年，有时还需要查考和换算月、日。查考和换算年、月、日的工具书常用的有：

《中西回史日历》，陈垣著，北京大学研究所国学门1926年出版，中华书局1962年修订重印。

《二十史朔闰表》，陈垣著，北京大学研究所国学门1926年出版，中华书局1962年修订重印。

《两千年中西历对照表》，薛仲三、欧阳颐编，生活·读书·新知三联书店1956年出版。

《中国史历日和中西历日对照表》，方诗铭、方小芬编著，上海辞书出版社1987年版。

以上三种工具书，第一种，中、西、回三历对照，第三种，中、西历对照，查检方便。第二种，是《中西回史日历》的简本，每月仅有阴历初一与阳历的对照，其他日子，尚需换算，应该指出的是，《二十史朔闰表》在西汉太初以前推算有误，因为陈垣是按《殷历》推算朔闰的，而实际上，根据1972年临沂银雀山二号墓出土的竹简历书，西汉太初以前使用的是《颛顼历》，这方面可以参阅《文物》1974年第3期所载的《临沂出土汉初古历初探》一文。第四种是近几年出版的。

有的同志想通过历史年代查找历史大事，这可以查阅翦伯赞主编的《中外历史年表》（公元前4500—公元1918）和沈起炜的《中国历史大事年表》（上海辞书出版社1986年出版）。如果是查找中国古代大事，欲知其详，可以查阅《资治通鉴》、《续资治通鉴》等编年史。

四、怎样查历史人物？

查找历史人物，一般可以查阅《辞海》、《辞源》（旧版、新版均可。下同）。如果在这两部辞书中查不到，再查阅《中国人名大辞典》。

《中国人名大辞典》，臧励龢等编，1921年商务印书馆出版。新中国成立后，1958年和1982年都曾重印过。此书所收人名，上起先秦，下迄清末，约有四万余人。书后附有索引，使用方便。缺点是观点陈旧，没有注明人物的生卒年代及传记资料出处。但是，此书内容比较丰富，今天仍是我们查找历史人物的重要工具书。

如果查找的是中国文学家，就可以查阅《中国文学家大辞典》。此书是谭正璧编的，1943年出版，新中国成立后，1981年上海书店重印。所收先秦至1929年的中国文学家6851人，内容也比较丰富。书末附有索引，检索至为方便。

有时我们需要查阅历史人物的传记资料，这就要查《二十四史纪传人名索引》（张忱石、吴树平编，中华书局1980年出版）。通过索引，我们可以查阅中华书局出版的点校本《二十四史》，因为索引注明点校本各史的页数，查阅极为方便。至于备有其他版本《二十四史》的读者亦可使用。

在点校本《二十四史》陆续出版之后，中华书局等出版社又出版一些专史人名索引。例如：中华书局出版的有《史记人名索引》、《汉书人名索引》、《后汉书人名索引》、《三国志人名索引》、《晋书人名索引》、《隋书人名索引》等，上海古籍出版社出版的有《新旧五代史人名索引》。这些索引都是根据中华书局出版的点校本《二十四史》编制的。它以姓名或常用的称谓作主目，其他称谓如字、号、小名、绰号、官名、爵名、谥名等，附注于后。因此，这些索引可以从各种名称进行翻检,使用十分方便。

有时查找历史人物,不仅要了解"正史"的传记,而且还要了解其他史籍所载的传记资料,这可以查检《历代人物年里碑传综表》(姜亮夫编,1959年上海中华书局出版)。此书收先秦至1919年间的历史人物12000余名,按人物生年顺序排列。每人注明姓名、籍贯、岁数、生年、卒年。另有"备注"一栏,载有各种传记资料篇名,为我们提供了查阅传记资料的线索,颇有用处。检索历史人物各种传记资料的工具书还有:

《唐五代人物传记资料综合索引》(傅璇琮、张忱石、许逸民编撰,中华书局1982年出版)。

《四十七种宋代传记综合引得》(哈佛燕京学社引得编纂处编,哈佛燕京学社1939年出版,中华书局1959年重印)。

《辽金元传记三十种综合引得》(引得编纂处编,哈佛燕京学社1940年出版,中华书局1959年重印)。

《八十九种明代传记综合引得》(田继宗编,哈佛燕京学社1935年出版,中华书局1959年重印)。

《三十三种清代传记综合引得》(杜联喆、房兆楹编,燕京大学图书馆引得编纂处1932年出版,中华书局1959年重印)。

有时我们需要了解历史人物更为详细的生平事迹。这可以查检《中国历代年谱总录》(杨殿珣编,书目文献出版社1980年出版)。此书收历代人物年谱3015种,指引我们查阅有关历史人物的年谱。

五、怎样查古代的地名?

查考古代地名,同样可以利用《辞海》、《辞源》。这两部词典查不到,可以查《中国古今地名大辞典》。

《中国古今地名大辞典》,臧励龢等编,商务印书馆1931年出版,新中国成立后,1959年和1982年有重印本。这部地名辞典,收古今地名四万余条。书末附有地名索引,检索方便,是一本常用的工具书。

查考古代的地名,还可以查阅历史地图。常用的历史地图有两种:

《中国历史地图集(古代史部分)》,顾颉刚、章巽编,谭其骧校,地图出版社1955年出版。

《中国历史地图集》八册,谭其骧主编,地图出版社从1974年起陆续出版。这八册的内容是:(一)原始社会、商、西周、春秋、战国时期;(二)秦、西汉、东汉时期;(三)三国、西晋时期;(四)东晋十六国、南北朝时期;(五)隋、唐、五代十国时期;(六)宋、辽、金时期;(七)元、明时期;(八)清代时期。这部历史地图,内容丰富,考证精详,是我们查考古代地名最有用的工具书。

查考古代地名,必要时,可以查阅《二十四史》中的地理志。

有的古代地名,各类工具书都查不到,可利用《中国地方志综录》(朱士嘉编,商务印书馆1935年出版,1958年修订重版)和《中国地方志联合目录》(中华书局1985年出版),查阅有关地方志。我国地方志十分丰富,我们必须注意利用这一宝贵的文化遗产。

六、怎样查古代典章制度?

我们查考古代典章制度,如官制、礼制、乐制、兵制、科举制、田赋制、土地制等,都可以通过查阅《辞海》、《辞源》解决问题,如果经过查阅仍不能解决问题,可查阅以下三类工具书和资料书:

（一）查《二十四史》的《书》、《志》。例如《史记》的《礼书》、《乐书》、《历书》、《天官书》、《封禅书》、《河渠书》、《平准书》，《汉书》的《律历志》、《礼乐志》、《刑法志》、《食货志》、《郊祀志》、《天文志》、《五行志》、《地理志》、《沟洫志》、《艺文志》等。

（二）查《十通》。所谓《十通》是指《通典》（唐杜佑编）、《续通典》（清嵇璜等编）、《皇（清）朝通典》（清嵇璜编）；《通志》（宋郑樵编）、《续通志》（清嵇璜等编）、《皇（清）朝通志》（清嵇璜编）；《文献通考》（元马端临编）、《续文献通考》（清乾隆十二年敕编）、《皇（清）朝文献通考》（清高宗敕编）、《皇（清）朝续文献通考》（刘锦藻编），这些书过去称为"政书"，记载历代典章制度的演变情况，是我国古代政治、经济、军事、文化等制度的资料汇编。商务印书馆1937—1938年出版的《十通》附有四角号码索引和分类详细目录，最便查阅。

（三）查各朝会要。常见的会要有：

《春秋会要》四卷，清姚彦渠撰。

《秦会要订补》二十六卷，清孙楷著，徐复订补。

《西汉会要》七十卷，宋徐天麟撰。

《东汉会要》四十卷，宋徐天麟撰。

《三国会要》二十二卷，清杨晨撰。

《唐会要》一百卷，宋王溥撰。

《五代会要》三十卷，宋王溥撰。

《宋会要辑稿》二百卷，清徐松辑。

《明会要》八十卷，清龙文彬撰。

各朝会要是各朝典章制度资料的汇编，可供查考。

此外，某一种典章制度，亦有专门工具书可以查考。例如职官，就有清乾隆间官修的《历代职官表》七十二卷可以查考。但此书没有索引,检索不便。清道光年间,黄本骥删去释文,仅存诸表及简略的清代官制说明,约为六卷,仍称之为《历代职官表》。此书中华书局上海编辑所1965年出版。中华上编版《历代职官表》,前有《历代官制概述》,后有《历代职官简释》,末附《历代职官表及简释综合索引》,使用方便。

七、怎样查古籍和篇名?

查找古代书籍,主要有四种途径:

(一)查《二十四史》的《经籍志》、《艺文志》。《艺文志二十种综合引得》(哈佛燕京学社引得编纂处编,引得编纂处1933年印行,中华书局1960年影印出版),为检索各史《经籍志》、《艺文志》提供了方便。

(二)查地方志中的《艺文志》、《经籍志》。

(三)查《通志》、《续通志》、《皇(清)朝通志》中的《艺文志》,《文献通考》、《续文献通考》、《皇(清)朝文献通考》、《皇(清)朝续文献通考》中的《经籍考》。

(四)查公私书目。在公私书目中最常用的有:

《四库全书总目》,收古籍3461种,另有存目6793种。这些书籍,基本上包括了乾隆以前中国古代的重要著作。中华书局出版的《四库全书总目》末附《书名及著者姓名索引》,检寻方便。

《贩书偶记》、《贩书偶记续编》,孙殿起著,上海古籍出版社1980年、1982年先后出版。书末附《书名、著者四角号码综合索引》。前者收书约一万余种,后者收书约六七千种。所收多为清代的著作,兼及辛亥革命以后至抗战以前(约止于1936年)。书中《略例》说:"非单行本不录,间有在丛书中者,必系初刊单行本,或抽印之本。非泛及也。""凡见于《四库全书总目》者不录。有之必卷数互异者。"可见其特点。这两部书可看作《四库全书总目》的续编,只是没有提要而已。

《中国丛书综录》(上海图书馆编,上海古籍出版社1982年出版),专收丛书。收丛书2797种,包含各类古籍38891种。此书有《总目》、《子目》、《索引》,并附有《全国主要图书馆收藏情况表》,检寻极其方便。

我们查寻现存的古籍,在以上四部目录中,一般都可以查到。

有时,我们查寻的不是一本书,而是一篇文章,一首诗。这就需要查阅古籍篇目索引,常见的古籍篇目索引有:

《全上古三代秦汉三国六朝文篇名目录及作者索引》(中华书局1965年出版)。

《文选篇目及著者索引》(《文选》附,中华书局1977年出版)。

《乐府诗集篇名索引》(《乐府诗集》附,中华书局1976年出版)。

《太平广记索引》(中华书局1982年出版)。

《李太白全集篇目索引》(《李太白全集》附,中华书局1977年出版)。

《杜诗详注篇目索引》(《杜诗详注》附,中华书局1979年出版)。

《清代文集篇目分类索引》(王重民编,中华书局1965年出版)。

有时需要查寻中国古典文学研究论文的篇目,可以查阅:

《中国史学论文索引》第一编(1900—1937.7。中国科学院历史研究所第一、二所,北京大学历史系合编,科学出版社1957年出版。中华书局1981年重印)。

《中国史学论文索引》第二编(1937—1949。中国社会科学院历史研究所编，中华书局1979年出版）。

《中国古代史论文资料索引》（1949—1974。复旦大学历史系资料室、四川省哲学社会科学研究所资料室合编，1975年出版）。

以上三部书都包含古典文学论文索引。

《中国古典文学研究论文索引》（1949—1966.6。中华书局1979年出版）。

《中国古典文学研究论文索引》（1966.7—1979.12。中华书局1982年出版）。

中国古典文学研究论文索引，还有一些，因为大同小异，就不再一一列举了。

以上列举的工具书，以易得、实用为主，有些不常用的工具书就不再介绍。至于查检方法，各书皆有说明，这里就从略了。

学习工具书使用法，关键在实践，要学会使用各类工具书，必需下功夫。

关于工具书的专著，现在介绍几部较好的，供大家参考：

《文史哲工具书简介》（南京大学图书馆、中文系、历史系编，天津人民出版社1981年出版）。

《中国文史工具资料书举要》（吴小如等著，中华书局1982年出版）。

《中文工具书使用法》（武汉大学图书馆学系编，商务印书馆1982年出版）。

《文史工具书的源流和使用》（王明根等著，上海人民出版社1980年出版）。

以上四种，任选一种阅读即可。

1985年9月

漫谈如何学习中国古典文学

这几年,常常有些学生和青年问我如何学习中国古典文学。这个问题不是三言两语能说清楚的。因此,我一时很难作出令人满意的回答。教学之余,问题往往浮现在我的脑海中。我决定结合自己的学习和研究的经验,谈谈如何学习中国古典文学,供青年同志参考。

中国古典文学源远流长,丰富多彩,其作品浩如烟海,面对品类繁多的作品,我们从何学起呢?我认为,第一步应选择一部中国文学史和一部中国古代文学作品选精读,以打基础。据陈玉堂《中国文学史旧版书目提要》著录,新中国成立前出版的各类文学史专著有三百二十余种,这些文学史著作大部分已经绝版。在今天看来,新中国成立前后出版的中国文学通史主要有:一、郑振铎编的《插图本中国文学史》(四册,北平朴社1932年出版。1957年,作家出版社重印出版);二、刘大杰编的《中国文学发展史》(上、下两册,中华书局1941年1月出版上册,1949年1月出版下册。1957年,古典文学出版社分三册重印,1962年,中华书局上海编辑所出版作者修改本);三、中国社会科学院文学研究所编《中国文学史》(三册,人民文学出版社1962年出版,1978年重印);四、游国恩等编《中国文学史》(四册,人民文学出版社1963年出版,1978年重印)等。一、二是新中国成立前中国文学史著作中比较好的两部,三、四是新中国成立后中国文学史著作中比较好的两部。初学中国古典文学的人可以三、四两部文学史中任选一部精读。其他文学史可以作为参考书。学习文学史的要领有二：一、了解中国古代文学的概况，掌握其发展线索；二、重点掌握各个时代的重点作家、作品。除了中国文学通史之外，还有分类的中国文学史，如中国诗歌史、中国散文史、中国小说史、中国戏曲史、中国文学批评史等。中国诗歌史，有陆侃如、冯沅君的《中国诗史》等；中国散文史，有陈柱的《中国散文史》、郭预衡的《中国散文史》（三册，迄今只出版了上册）等；中国小说史，有鲁迅的《中国小说史略》、李剑国的《唐前志怪小说史》、阿英的《晚清小说史》等；中国戏曲史，有王国维的《宋元戏曲史》、周贻白的《中国戏剧史长编》、张庚和郭汉城主编的《中国戏曲通史》等；中国文学批评史，有郭绍虞的《中国文学批评史》、罗根泽的《中国文学批评史》（只编到宋代）、朱东润的《中国文学批评史大纲》、复旦大学中文系古典文学教研组的《中国文学批评史》、敏泽的《中国文学理论批评史》等，可根据需要研读或参阅。在中国古代文学作品选方面，朱东润主编的《中国历代文学作品选》可用。这部书是按历史顺序编选的，共六册。一般高校中文系的中国古代文学作品选课程，大都以此为教科书，流行颇广。学习作品选的要领是：一、认真阅读各个时代的著名作品，做到会讲解、分析，以培养自己的分析问题和解决问题的能力；二、背诵古代散文五十篇左右，古代诗歌三百篇左右，以打好基础。谚语说："熟读唐诗三百首，不会作诗也会吟。"是很有道理的。北京大学中国文学史教研室编的《先秦文学史参考资料》、《两汉文学史参考资料》、《魏晋南北朝文学史参考资料》（唐以后的文学史参考资料据说正在编写中），所选篇目较多，注释详细，足供参考。此外，还有分类或断代编选的作品选，如林庚和冯沅君主编的《中国历代诗歌选》（四册，人民文学出版社出版）、余冠英的《汉魏六朝诗选》（人民文学出版社出版），中国社会科学院文学研究所编的

《唐诗选》（二册，人民文学出版社出版）、《唐宋词选》（人民文学出版社出版）等，人民教育出版社中学语文编辑室编的《古代散文选》（三册，人民教育出版社出版），四川师范学院中文系古典文学教研组选注的《中国历代文选》（二册，人民文学出版社出版），刘盼遂和郭预衡主编的《中国历代散文选》（二册，北京出版社出版）等，均可参阅。至于清代著名的诗歌选本，如沈德潜编的《唐诗别裁》、蘅塘退士（孙洙）编的《唐诗三百首》等，著名的散文选本如姚鼐编的《古文辞类纂》、吴楚材和吴调侯编的《古文观止》等，流传已久，也可参阅。

　　第二步是精读几部专书，以进一步打好基础。学习中国古典文学的人首先要精读《诗经》、《楚辞》。《诗经》是我国最早的一部诗歌总集，是我国文学现实主义的源头。《楚辞》是战国时楚国以伟大诗人屈原为代表的诗人创造的一种新诗体，是我国文学浪漫主义的源头。南朝齐梁诗人沈约在论到汉魏文学发展时说："源其飙流所始，莫不同祖风骚。"（《宋书·谢灵运传论》）风，即国风，指《诗经》；骚，即《离骚》，指《楚辞》。这也说明了《诗经》、《楚辞》在中国文学史上的地位和对后世文学的巨大影响。《诗经》、《楚辞》的注本很多。《诗经》比较重要的注本有：《毛诗正义》（《十三经注疏本》，汉毛亨传、郑玄笺、唐孔颖达疏）、《诗集传》（宋朱熹注）、《诗毛氏传疏》（清陈奂著）、《毛诗传笺通释》（清马瑞辰著）等，较好的选注本有余冠英的《诗经选》（人民文学出版社出版）。《楚辞》比较重要的注本有：《楚辞补注》（汉王逸章句、宋洪兴祖补注）、《楚辞集注》（宋朱熹注）、《山带阁注楚辞》（清蒋骥注）、《屈原赋注》（清戴震注）等，较常见的选注本有马茂元的《楚辞选》（人民文学出版社出版）。学习《诗经》，应精读《毛诗正义》，但是，该书注释过于繁琐，可选用《诗集传》，其他可作参考。学习《楚辞》，应精读《楚辞补注》,参考其他注本。

　　散文专书可以精读《论语》、《孟子》。《论》、《孟》都是儒家的重要著作,字数不多,据前人统计,《论语》仅 11705 字,《孟子》仅 34685 字,但是,它们的思想和艺术对后世散文的发展是很有影响的。《论语》的重要注本有:《论语注疏》(《十三经注疏》本,魏何晏集解、宋邢昺疏)、《论语集注》(宋朱熹注)、《论语正义》(清刘宝楠注)等。《孟子》的重要注本有:《孟子注疏》(《十三经注疏》本,东汉赵岐注、宋孙奭疏)、《孟子集注》(宋朱熹注)、《孟子正义》(清焦循注)等。今人杨伯峻的《论语译注》、《孟子译注》,便于初学。

　　此外,历史散文中的名著,如《左传》、《史记》和《汉书》,也都是文学史上的重要著作。这些著作字数较多,可先选读其中一部。《左传》的重要注本有《春秋左传注疏》(《十三经注疏》本,晋杜预注、唐孔颖达疏)、《春秋左传诂》(清洪亮吉注),较好的选注本有王伯祥的《春秋左传读本》(中华书局 1957 年出版)。《史记》的重要注本即"三家注本"(南朝宋裴骃集解、唐司马贞索隐、张守节正义),此书中华书局 1959 年出版的点校本,最便使用。日本汉学家泷川资言撰《史记会注考证》,资料丰富,较有参考价值,有上海古籍出版社 1986 年影印本,附日本汉学家水泽利忠的校补。较好的选注本有王伯祥的《史记选》(人民文学出版社出版)。《汉书》的重要注本有唐颜师古的注本,这个注本,中华书局 1962 年出版了点校本,流行最广。清王先谦的《汉书补注》,总结了唐以后的研究成果,是《汉书》的最佳注本。今人冉昭德、陈直主编的《汉书选》(中华书局 1962 年出版),是目前较好的选注本。

　　学习中国古典文学,必须学会使用工具书。所谓工具书,是指在学习或工作时作为工具使用的图书。不同的学习和工作使用的工具书也不同。我们学习中国古典文学，要使用哪些工具书呢？要查字和词，可以查阅新版《辞源》（四册，商务印书馆1979年出版）、《辞海》（三册，上海辞书出版社1979年出版）。《辞源》是阅读古籍使用的工具书，最为适用。《辞源》、《辞海》上查不到字，可查阅《康熙字典》或《中华大字典》。查不到的词，可查阅《中文大辞典》。文言虚词，可查阅《词诠》（杨树达著，中华书局1982年出版）、《古汉语虚词》（杨伯峻著，中华书局1981年出版）。中国古典文学作品中的一些专门词语，需要查阅名类专科词典。如佛教词语，可查《佛学大辞典》（丁福保编，文物出版社1984年出版）；古典诗词曲词语，可查《诗词曲语辞汇释》（张相著，中华书局1957年出版）；古典小说词语，可查《小说词语汇释》（陆澹安著，上海古籍出版社1979年出版）；古典戏曲词语，可查《戏曲词语汇释》（陆澹安著，上海古籍出版社1981年出版）；等等。有些文章引用古代诗文佳句，而不知其出处。查诗文句子出处的工具书，常用的有《佩文韵府》和《骈字类编》。某书中的句子可查该书的索引（引得），如《十三经索引》、《韩非子索引》、《庄子引得》、《杜诗引得》等。查历史年代的工具书，常用的有《中国历史纪年表》（上海人民出版社1976年出版）、《中国历史年代简表》（文物出版社1973年出版）。有时我们还需要查月、日，可查陈垣的《二十史朔闰表》（中华书局1962年出版）、薛仲三和欧阳颐编的《两千年中西历对照表》（生活·读书·新知三联书店1956年出版）、方诗铭和方小芬编的《中国史历日和中西历日对照表》（上海古籍出版社1987年出版）等。查历史人物，查《辞源》、《辞海》也可以。查不到，再查《中国人名大辞典》（臧励龢等编），如果是文学家可查《中国文学家大辞典》（谭正璧编，上海书店1981年重印）。如果需要查阅历史人物的传记资料，可查《二十四史纪传人名索引》（张忱石、吴树平编,中华书局1980年出版)等书。查古代的地名,查阅《辞源》、《辞海》也可以。查不到,再查《中国古今地名大辞典》(臧励龢等编,商务印书馆1931年出版)。查历史地图,常用的有《中国历史地图集》(八册,谭其骧主编,地图出版社从1974年起陆续出版)。查古代典章制度,如官制、礼制、乐制、兵制、科举制、田赋制、土地制等,可以查《辞源》、《辞海》,如不解决问题,再查阅"二十四史"的"书"、"志"和"三通"(唐杜佑编《通典》、宋郑樵编《通志》、元马端临编《文献通考》)以及各朝会要等。如官制,还可以查《历代职官表》(清黄本骥编,中华书局上海编辑所1965年出版)。查寻古籍,常用的古籍目录有《四库全书总目》、《贩书偶记》、《贩书偶记续编》和《中国丛书综录》。查寻中国古典文学研究论文的篇目,新中国成立前的可查阅《中国史学论文索引》,其中包含古典文学论文索引。新中国成立后的可查阅《中国古典文学研究论文索引》,此书系中华书局出版,从1949年开始,现已编到1983年。学会使用各类工具书,可以做到无师自通,提高学习和工作效率。

　　学习中国古典文学,还需要具备有关学科的知识。例如,为了掌握古代汉语的规律,增强阅读和鉴赏能力,必须学习古代汉语;为了了解历代文学的历史背景,必须学习中国历史;为了正确地评价作家,分析作品,必须学习文艺理论。这几门学科的知识对于学习中国古典文学的人来说都是重要的。学习古代汉语,王力主编的《古代汉语》可用。进一步可以阅读段玉裁的《说文解字注》、王引之的《经传释词》等书。学习中国历史,范文澜主编的《中国通史》、郭沫若主编的《中国史稿》、翦伯赞主编的《中国史纲要》都可以用。进一步可以阅读"四史"(《史记》、《汉书》、《后汉书》、《三国志》)和《资治通鉴》以及有关史书。学习文艺理论,以群主编的《文学的基本原理》和蔡仪主编的《文学概论》都还可用。进一步还应读《马克思、恩格斯、列宁、斯大林论文艺》、柏拉图《文艺对话集》、亚里士多德《诗学》等文艺理论名著。

学习中国古典文学,要注意学习一些目录学著作。这样,可以掌握本专业各种书籍的基本情况,了解一些学术源流,懂得一些学习和研究的门径。所以,清代经学家江藩说:"目录者,本以定其书之优劣,开后学之先路,使人人知其书可读,则为易学而功且速矣。吾故尝语人曰:'目录之学,读书入门之学也。'"(《师郑堂集》)清代史学家王鸣盛说:"目录之学,学中第一要紧事,必从此问途,方能得其门而入。"(《十七史商榷》卷一)又说:"凡读书最切要者,目录之学。目录明,方可读书,不明终是乱读。"(同上,卷七)于此可见,学一点目录学著作的重要性。中国古代目录学著作很多,如《汉书·艺文志》、《隋书·经籍志》和宋晁公武的《郡斋读书志》、陈振孙的《直斋书录解题》等,都很重要。但是,作为初学者,平常可翻阅《四库全书总目》、《书目答问》。《四库全书总目》二百卷,是清乾隆时纂修《四库全书》的产物。它按经、史、子、集分为四部,部下又各分为若干类。每部都有总序,各类也都有小序,对我国古代各类学科的学术源流作了比较简明的论述,而在有的子目或提要的后面有时附以按语,用来阐明各种学术思想的源流和关系。这些对于我们了解我国古代学术的发展情况,颇有帮助,而各书的提要又为我们了解我国古籍的概况提供了有用的资料。因为《四库全书总目》比较繁杂,四库馆臣另有《四库全书简明目录》一书。此书仅取《四库全书总目》著录的书籍,简介作者和书籍的要点,"存目"部分从略,故其学术价值不如前者,而颇便检阅。鲁迅先生曾把此书作为中国文学入门书,推荐给青年,并指出:"其实是现有的较好的书籍之批评,但须注意其批评是'钦定'的。"意见十分中肯。张之洞的《书目答问》,是一部流传很广的重要书目。他编此书的目的是因为"诸生好学者来问应读何书,书以何本为善……因录此以告初学"(《书目答问略例》),可见这在当时是指导初学入门的目录书。此书刊于清光绪二年(1876),比《四库全书总目》约晚一百年。它补充了许多晚出的著作,吸收了新的学术成就。书中列举书目,指示学习门径,对初学者很有帮助。范希曾的《书目答问补正》1931年出版,补录书籍一千二百种左右,反映了《书目答问》出版后五十年来学术研究的主要成就,提高了它的使用价值。著名史学家陈垣先生说:"从目录学入手,这就可以知道各书的大概情况。"又说:"在自修的时候,可以读过去的目录书,如《书目答问》、《四库总目》等。"(《与北京师范大学历史系应届毕业生的谈话》)著名学者余嘉锡先生说,他的学问"是从《书目答问》入手"(陈垣《余嘉锡论学杂著序》),他在所著《四库提要辨证》序录中说:"余之略知学问门径,实受《提要》之赐。"这些经验之谈,也都说明了学习一些目录学著作的重要性。除此以外,还应注意新出版的古籍书目。这样,不仅可以扩大知识面,而且可以掌握资料,有利于进一步开展研究工作。

第三步可专精一代文学,或一类文学(如诗歌、散文、小说、戏曲),或一家著作,从事深入的研究工作。中国古典文学的研究工作是多种多样的,统而言之,大约可分为三类,即撰写研究论文和专著、注释和校勘、标点古书。不论何种研究工作,都需要掌握理论,占有充分的资料,方可做出成绩。一般从事研究工作的人,常常经过三种境界,近人王国维对此有深刻的体会,他说:"古今之成大事业大学问者,必经过三种之境界:'昨夜西风凋碧树,独上高楼。望尽天涯路。'此第一境也。'衣带渐宽终不悔,为伊消得人憔悴。'此第二境也。'众里寻他千百度,蓦然回首,那人却在灯火阑珊处。'此第三境也。"(《人间词话》卷上)。"昨夜"三句是北宋词人晏殊《蝶恋花》中的句子,这首词是写离别相思之情的,这三句的原意是,一夜秋风,碧树凋零,主人公独上高楼,眺望天涯,却不见天涯人归来。这里借指治学的第一种境界:寻找研究的对象。"衣带"二句是北宋词人柳永《凤栖梧》中的句子,这首词也是写离别相思之情的。这两句的原意是写爱情的专一,这里借指治学的第二种境界:刻苦地研究,锲而不舍。"众里"三句是南宋词人辛弃疾《青玉案》中的句子,这首词是写元宵佳节的热闹景象,这三句的原意是说,在人群里,我寻找了千百回,不见他的踪影,忽然回头,那人却独自站在灯火稀落的地方。这里借指治学的第三种境界:经过多次研究、探索,忽然有所发现,取得了成果。显然,这些借喻之意皆非晏、欧、辛诸人原意,所以王国维说:"然遽以此意解诸词,恐晏欧诸公所不许也。"(《人间词话》卷上)王国维的"三境界"说,形象地概括了治学的三种境界,对我们是很有启发的。

学习中国古典文学和学习其他学科一样都是艰苦的,人们常说:"书山有路勤为径,学海无涯苦作舟。"是的,只要你能够勤奋刻苦地学习,并且能够坚持不懈,一定会获得成功。

1990 年

谈谈写毕业论文

高等学校本科毕业班的同学,在毕业之前,都要写毕业论文。为了指导同学们写毕业论文,这里,我结合自己的体会,谈谈写作毕业论文的一些问题。

怎样写毕业论文呢?

第一,要明确目的。安排毕业班的同学写毕业论文,主要目的是为了考查学生独立进行科学研究的能力。看看论文作者是否初步掌握了进行科学研究的方法。当然,从论文中,也可以看出作者对专业基础理论、专门知识的掌握情况以及文字表达能力。

高等师范院校本科的同学必须具备两种能力:一是较强的教学能力;一是一定的科研能力。不具备教学能力,将来就不能胜任工作,不能较好地完成教学任务。不具备科研能力,就不能深入探讨问题,有效地提高教学质量。所以说,这二者都是重要的。

所谓科学研究能力,主要是指搜集资料的能力和分析资料的能力。一个论文作者不会搜集资料,怎么可以写成论文呢?这就如无米之炊,没有米怎么能煮成饭呢?论文作者必须充分地占有资料。仅仅充分地占有资料,而不能对这些资料进行分析,也是不行的。只有对自己所掌握的资料进行有条不紊的科学分析,才能写成论文。

关于科学研究的方法,常用的就是逻辑学说的"归纳法"和"演绎法"。所谓"归纳法",就是从特殊推到一般;所谓"演绎法",就是从一般推到特殊。这二者是相互联系,相互补充的。做科学研究工作,一般总是先用归纳,然后再用演绎。逻辑学上有"三段论式",即演绎推理。有大前提、小前提、结论三部分组成。例如:文学作品的基本特点是用形象反映社会生活(大前提),曹雪芹的《红楼梦》是文学作品(小前提),所以《红楼梦》是用形象反映社会生活的(结论)。这个结论是从大前提推出的。我们的研究工作就是研究这个大前提,而大前提是从大量的材料中归纳出来的。因此,论文作者必须充分地占有材料。常用的逻辑方法还有分析、综合、证明、反驳等,这里就不一一介绍了。

随着生活之河的流动,科学研究的方法不可能不有所变化。现在科学研究方法论问题引起了大家的重视。近年来,系统科学的普通系统论、信息论、控制论,已经被引进到哲学、历史、文学、经济等领域,给文艺学带来一股清新的气息。在马克思主义指导下,运用新的研究方法对文学的各个方向进行探讨,是文学研究中面临的新任务。

第二,要做好选题工作。写毕业论文,首先遇到的是选题问题。例如中文系的学生三年多来已经学了中国古典文学、现代文学、古代汉语、现代汉语、文艺理论等二三十门课程,写什么呢?这是颇费斟酌的事。我认为应该在你最热爱的学科中去选择题目。当代伟大的科学家爱因斯坦说:"热爱是最好的老师。"这话是很有道理的。热爱这门学科,自然会产生研究它的愿望。但是一门学科的内容是十分丰富的,例如中国古典文学,"上下五千年,纵横九万里",包罗极为丰富。从何着手呢?仍令人感到茫然。这就需要你进一步考虑一下,你对什么最感兴趣?假如你对唐诗最感兴趣,你可以在唐诗中选题。选的题目最好窄一些。论作家,可以论一个小作家。论大作家,可写他某一方面,如论杜诗的爱国主义、杜诗的风格等。论作品,可以论述一篇或一组杰出的作品,如杜甫的《自京赴奉先县咏怀五百字》、《北征》、"三吏"、"三别"等,如白居易的《长恨歌》、《琵琶行》、《秦中吟》、《新乐府》等。论述某一个问题,如论唐诗繁荣的原因、边塞诗的评价问题、山水诗的评价问题等,范围都嫌大一些,可抓住一点,深入论述。有一次,王力先生与研究生谈论文写作问题,他说:"论文的范围不宜太大,主要是因为时间不够,两年写一篇很大的论文,写不下来,就是勉强写下来了,也写不好。范围大了,你一定讲得不深入、不透彻。"他还说,在外国大学里,博士论文,一般也只有两万字左右。因此,我们同学的毕业论文,一般七八千字到一万字也就可以了。关键是讨论问题要深入,论述深入才是好文章。

关于选题,除了感兴趣之外,还要对这门学科有一定的基础有一些心得才行,如果十分生疏,毫无体会,那就无从下笔了。另外,要选该学科中比较重要的问题,如果是鸡毛蒜皮之类,就不值得写了。

应该指出,在正式确定题目之前,还要了解一下过去和当前对这个问题的研究情况。如果别人对你要论述的问题,没有涉及到,或很少论述,你可以写;如果别人已有论述,但还有许多问题没有得到解决,你可以写;如果别人论述很多,但还有一些问题没有得到解决,或解决得不好,你仍然可以写。如果别人论述很多,问题解决比较彻底,你感到没有什么可写的了,当然就不必再写了。在确定题目之前摸清情况是十分必要的,免得重复劳动,徒劳无功。

还应该提到的是,选题如能直接为社会主义"四化"服务固然好,如果不能,具有一定的学术价值也行。像数学中对数论的研究,并不能直接为"四化"服务,但它具有科学意义,所以仍然是值得我们重视的。

我们读书必须善于发现问题,提出问题。这个或那个问题,经过研究,得到解决,有的就可以形成论文。至于提出什么问题,如何解决问题,则由你自己决定。

第三,要充分地占有材料。论文题目确定了,就应着手搜集资料。搜集资料是十分重要的工作。马克思主义经典作家都强调"研究必须充分占有材料"。恩格斯说:"即使只是在一个单独的历史实例上发展唯物主义的观点,也是一项要求多年冷静钻研的科学工作,因为很明显,在这里只说空话是无济于事的,只有靠大量的、批判地审查过的、充分地掌握了的历史资料,才能解决这样的任务。"

如何搜集资料呢？这就要求同学们懂一点目录学,会使用工具书。我们找一个人,需要知道街道名称,门牌号码。那么,我们找一个作家或一本书,也需要线索。而工具书正是为我们提供线索的。有了这个线索,作家和书就比较容易找到了。例如,我们要找一个古代作家,就可以查《中国人名大辞典》、《中国文学家大辞典》、《二十五史人名索引》、《二十四史纪传人名索引》等书；我们要找一部古代的书,就可以查《四库全书总目》、《书目答问补正》、《中国丛书综录》、《贩书偶记》、《贩书偶记续编》等书。新中国成立后出版的古籍可以查中华书局出版的《古籍目录》(1949.10—1976.12)等书,中国青年出版社出版的《中国古典文学名著题解》,既可以查古代作家,也可以查古代文学名著,比较通俗,也可参考。我们要查有关一个作家或作品的研究论文,新中国成立前的可以查《中国史学论文索引》(第一编收1900—1937年发表的论文,第二编收1937—1949年发表的论文),新中国成立后的可以查中华书局出版的《中国古典文学研究论文索引》,已出版的有1949—1966.6、1966.7—1979.12、1980.1—1981.12、1982.1—1983.12四册。同类索引还有北京师范学院中文系1981年9月编印的《中国古典文学研究论文索引(1905—1979)》,中山大学中文系资料室编的《中国古典文学研究论文索引(1949—1982)》等,都可以查阅。1982年以后发表的研究论文,可查《全国报刊资料索引》(该索引的"文学·古典文学"类目中,可以查到有关古典文学的论文)、《中国文学研究年鉴》等书。

现在举一个例子来说明一下。例如有一个同学要写一篇关于曹植的论文。曹植是什么人?我们查《二十四史纪传人名索引》,知道《三国志》中有他的传记。曹植的论文集有几种版本?我们查《四库全书总目》等书,知道有①《曹子建集》十卷(《四库全书》本),②《陈思王集》二卷(《汉魏六朝百三家集》本),③《曹子建集》十卷、逸文一卷(《汉魏六朝名家集》本),④《曹集铨评》(清人丁晏辑,商务本,文学古籍刊行社本),⑤《曹子建诗注》(黄节注,人民文学出版社本),⑥《曹子建诗笺定本》(古直笺,《层冰堂五种》之一),⑦还有最近出版的《曹植集校注》(赵幼文校注,人民文学出版社本),经过鉴别,其中④⑤⑦比较适用。选注本则可参考余冠英注的《三曹诗选》(人民文学出版社本)。有关曹植的评论资料有哪些?经查《中国古典文学研究论文索引》等书,知道新中国成立前后各种报刊发表有关曹植的研究论文三十多篇。据新书目录,知道有《三曹资料汇编》(中华书局出版)一书,其中汇集了古代有关曹植的评论资料。又最近黄山书社出版了《曹植新探》一书,皆可供参考。这样,关于曹植的资料基本上搜集齐全了。此外,我们还可以通过图书馆的图书卡片,掌握一些资料的线索,这是比较简便的方法。

在搜集资料时,必须注意:一、一定要围绕自己所确定的论文题目。如果漫无边际,或流连忘返,轻则事倍功半,重则毫无所得;二、既要钻进去,又要走出来。阅读资料是必要的,但对有关资料必须加以分析思考。前人好的成果，我们可以继承；前人错误的结论，我们应避免重蹈覆辙。要善于利用和吸收有关资料，逐渐形成自己的观点。

在阅读资料的过程中必须根据论文的需要做笔记或卡片，苏轼诗云："作诗火急追亡逋，清景一失后难摹。"不把看到和想到的材料记下来，是会忘掉的。

第四，必须有明确的指导思想。撰写论文必须有明确的指导思想。我们的指导思想是马克思列宁主义、毛泽东思想。这一点是不可动摇的。当然这只是指导思想，并不能代替我们的研究。

为了贯彻这一指导思想，在确定论文题目之后，就有必要学习马克思主义经典作家的一些有关论述，运用马列主义、毛泽东思想的一些基本原理分析问题，以期自己所提出的问题得到正确的解决。如果我们论述的是古代作家，那么，学习马克思主义经典作家关于评价历史人物的论述，特别是恩格斯关于巴尔扎克的论述、列宁关于托尔斯泰的论述是很有好处的。

恩格斯在《致玛·哈克奈斯》的信中，对巴尔扎克作了高度的评价，指出"巴尔扎克，我认为他是比过去、现在和未来的一切左拉都要伟大得多的现实主义大师，他在《人间喜剧》里给我们提供了一部法国'社会'特别是巴黎'上流社会'的卓越的现实主义历史……我从这里，甚至在经济细节方面（如革命以后动产和不动产的重新分配）所学到的东西，也要比从当时所有职业的历史学家、经济学家和统计学家那里学到的全部东西还要多。"接着指出："巴尔扎克在政治上是一个正统派；他的伟大的作品是对上流社会必然崩溃的一曲无尽的挽歌；他的全部同情都在注定要灭亡的那个阶级方面。"但是，巴尔扎克违反了自己的阶级同情和政治偏见，他尖刻嘲笑的和辛辣讽刺的是他所深切同情的贵族男女，他毫不掩饰地赞赏他政治上的死对头,那时代表人民群众的共和党人。恩格斯认为这是"现实主义的最伟大的胜利",是"巴尔扎克最重大的特点"。

列宁在《列甫·托尔斯泰是俄国革命的镜子》一文中指出:"托尔斯泰的作品、观点、学说、学派中的矛盾的确是显著的。一方面,是一个天才的艺术家,不仅创作了无与伦比的俄国生活的图画,而且创作了世界文学中第一流作品;另一方面,是一个发狂地笃信基督的地主。一方面,他对社会上的撒谎和虚伪作了非常有力的、直率的、真诚的抗议;另一方面,是一个'托尔斯泰主义者',即是一个颓唐的、歇斯底里的可怜虫,所谓俄国的知识分子,这种人当众捶着自己的胸膛说:'我卑鄙,我下流,可是我在进行道德上的自我修养;我再也不吃肉了,我现在只吃米粉团子。'一方面,无情地批判了资本主义的剥削,揭露了政府的暴虐以及法庭和国家管理机关的滑稽剧,暴露了财富的增加和文明的成就同工人群众的穷困、野蛮和痛苦的加剧之间极其深刻的矛盾;另一方面,狂信地鼓吹'不用暴力抵抗邪恶'。一方面,是最清醒的现实主义,撕下了一切假面具;另一方面,鼓吹世界上最卑鄙龌龊的东西之一,即宗教……托尔斯泰的观点和学说中的矛盾并不是偶然的,而是十九世纪最后三十几年俄国实际生活所处的矛盾条件的表现。"

恩格斯和列宁关于巴尔扎克和托尔斯泰世界观和创作中矛盾的分析,对于我们分析评价中国古代作家是有指导意义的。

除了学习马克思主义经典作家的有关论述之外,还应参阅文艺理论中有关问题的论述。它们对自己形成理论系统都是有启发和帮助的。

第五,要草拟论文提纲。论文题目确定了,有关资料阅读了,又学习了有关理论,就可以考虑草拟论文提纲。提纲是论文的骨架,它将使论文的论述有条不紊地进行。如果不草拟提纲,一开始就撰写论文初稿,不仅易出现凌乱的毛病,弄得不好还要返工。论文提纲是缜密考虑的结果。尽管在撰写论文的过程中,不一定全部按提纲进行,甚至有时也可能有重大的改变,但是草拟论文提纲仍是十分必要的。在没有草拟出提纲之前,最好不要着手写论文的初稿。

　　论文提纲要写得简明具体,使人一目了然。所谓简明是指要言不繁,眉目清楚。可是,不能因为简明而写成段落大意,那是不行的。所谓具体,就是把自己所论述问题的论点、论据详细列出,关键问题要一一点出,以便指导教师进行指导。但是,详到写成文章那样也是不行的。总之,要做到详略适当。

　　顺便谈谈论文的结构问题。关于论文的结构并没有什么死板的规定,可以也应该多样化。但是,有的人提出这样一种论文结构的模式,即论文分为四部分:第一部分是序论,说明为什么研究这个题目,有什么意义。这一部分可简略地带过去。第二部分阐述论文主题过去和现在研究的状况,指出还有什么问题没有解决,而这一问题正是作者所要解决的。这一部分可以详细一些。第三部分,详细地完整地论述自己所提出的问题,特别是新的观点、独创的东西要特别详细阐明。这是全文的中心。第四部分阐述自己的结论。这是论文结构中常见的一种,可以参考。当然不是要求所有的论文都是这样的。如果论文的结构都这样,未免太单调了。

　　第六,撰写论文初稿和修改定稿。如果提纲已妥善可行,就可以着手撰写论文初稿了。论文的内容最好能提出新的见解,有独创性。但这不是每篇论文都能做到的。有时,自己有一些见解,可是别人早就谈过了。怎么办呢?我认为别人精湛的见解,如有助于解决自己提出的问题,可以加以吸收、消化,那些见解经过自己的构思、组织、写成文章,也是有一定的价值的。因为吸收别人论文的精华是要有眼光的,而把他们组织在一起,表明自己的观点,也说明自己掌握了科学研究的方法,具备了科学研究的初步能力。所以,同学们撰写论文,不要因为自己没有什么创见而自卑,更不要因此丧失勇气和信心。当然,吸收别人的精彩见解要注明出处,不要掠人之美,充作自己的创见。从事科学研究必须有老老实实的科学态度。

论文应该具有说服力。我们撰写论文,一般都掌握了大量的材料,是不是把自己所掌握的材料全部塞到论文里去呢？当然不行。这就需要精选最重要最精彩最有说服力的材料。这时需要忍痛割爱。在论证问题时,必须层次清楚,一环扣一环,紧紧围绕着论文的题目,切切不可跑野马,否则就下笔千言,离题万里了。

同学们撰写毕业论文,仍然是习作性质,因此,应尽可能短些。文章短又能把自己要说的话说得清楚透彻,是很不容易的,这对自己的锻炼往往很大。

论文的语言,最低要求要通畅、流畅,应努力做到准确、鲜明、生动。在这里,法国著名小说家莫泊桑的话是值得我们注意的,他说:"不论一个作家所要描写的东西是什么,只有一个词可供他使用,用一个动词要使对象生动,一个形容词使对象的性质鲜明。因此就得去寻找,直到找到这个词,这个动词和形容词,而决不要满足于'差不多',决不要利用蒙混的手法,即使是高明的蒙混手法,不要利用语言上的诙谐来避免上述的困难。"(《小说》)苏联著名诗人马雅可夫斯基在《和财务检查员谈诗》中写道:

　　诗歌的写作——
　　如同镭开采的一样。
　　开采一克镭

> 需要终年劳动。
> 你想把
> 一个字安排得停当,
> 那么,就需要几千吨
> 语言的矿藏。

当然他们所指的都是文学作品的语言,但是,其道理,对于学术论文的写作同样是适用的。

论文初稿完成之后,应反复修改,从内容到形式,都要仔细斟酌。发现多余的话要删去,不恰当的地方要修改。如果自己一时发现不了问题,可向老师和同学们请教,虚心听取他们意见,尽自己的最大力量把论文修改好,最后再定稿、誊清,交给指导老师。

最后,讲讲指导教师的作用和一些注意事项。

同学们撰写毕业论文,几个同学就有一位指导教师负责论文写作的指导工作。指导教师主要是在论文选题、搜集资料、研究方法等方面给予指导,当然也要注意防止论文中不正确的断语和结论,但绝不能超过指导的范围,越俎代疱。要扶植同学们的首创精神,培养他们独立工作的能力。千万不要压制同学创造性的才能,强使就范。总之,一个好的指导教师,既能尽到自己的责任,又能充分发挥同学们的专长。

撰写毕业论文,还有些事项必须注意的:

一、书写必须清楚。要求把字写好,这不是每个人都能做到的。但是书写清楚,只要稍加努力和注意,是每个人都可以做到的。

二、正确使用标点符号。标点符号使用不正确,往往影响内容的表达。过去有这么一个故事,一个家庭教师和一个财主签约是这样写的:"无鸡鸭可也,无鱼肉可也,唯蔬菜不可少,分文不取。"

但也可以点成:"无鸡,鸭可也;无鱼,肉可也;唯蔬菜不可。少,分文不取。"意思完全相反。可见正确使用标点符号是很重要的。

三、引文必须注明出处。出处应按次序编号列于论文之后。

四、论文最后列出全部参考文献。可按次序编号。如是著作,必须写明书名、作者、出版社、出版年代;如是报章杂志,必须写明文章题目、作者、杂志或报纸的名称、出版的时间(杂志应注明期数)。

王国维在《人间词话》上说:"古今之成大事业、大学问者,必经过三种之境界:'昨夜西风凋碧树。独上高楼,望尽天涯路。'(晏殊《蝶恋花》)此第一境也。'衣带渐宽终不悔,为伊消得人憔悴。'(柳永《风栖梧》)此第二境也。'众里寻他千百度,蓦然回首,那人却在灯火阑珊处。'(辛弃疾《青玉案·元夕》)此第三境也。"这三种境界固然是成"大事业、大学问"必经过的三种境界,也是写论文必经过的三种境界。第一境是论文选题阶段,第二境是论文写作阶段,第三境是论文完成,提出创见。王国维提出的三种境界说,确是经验之谈。

最后祝同学们在毕业论文写作中取得优秀成绩。

1990 年 5 月

滴石轩随笔

著书之难

著书之难,古人言之详矣。明末清初的大思想家、大学者顾炎武的《日知录》(卷十九)中就有《著书之难》短文一则。他说:"(要写的书)其必古人之所未及就,后世所不可无,而后为之,庶乎其传也与!宋人书如司马温公《资治通鉴》、马贵与《文献通考》,皆以一生精力为之,遂为后世不可无之书。"这段话的意思是说,我们要写书,这书必须是古人所未写的,而后世又不可缺少的,而后去写它,这样的书大概可以传世吧!宋代司马光的《资治通鉴》,元代马端临的《文献通考》,皆是用一生精力写成的,就成为后世不可无之书。这说明了古人著书之慎重和艰难。司马光的《资治通鉴》经十九年而成书,马端临的《文献通考》则用了二十多年的时间。由于这两位作者学识渊博,写作严肃认真,《资治通鉴》和《文献通考》成为传世的好书。

顾炎武慨叹著书之难,他自己著书也是极其严肃认真的。他的《音学五书》,写了三十多年,修改了五次,誊写了三次,成为一部十分重要的音韵学著作。他的《日知录》也写了三十多年,是他一生学问的结晶,是著名的学术笔记。二书皆为传世之作。

以史书为例,写作时间长的书大都是好书,写作时间短的往往是较差的书。司马迁的《史记》成书用了二十多年的时间,班固的

《汉书》经三四十年才完成,李延寿作《南史》、《北史》共十七年,欧阳修、宋祁修《新唐书》亦十七年。这些都是《二十四史》中的"良史"。而元修《宋史》、《辽史》、《金史》只用了三年时间,明修《元史》仅一年时间,率尔操觚,草率从事,其质量皆较差。

今人著述,长期坚持,严肃对待的,亦不乏精品。如《陈寅恪文集》、余嘉锡的《四库提要辨证》、钱锺书的《管锥编》等,大都是一生精力所萃,皆为佳制。可是,近几年,由于学术腐败的侵袭和浮躁学风的盛行,出版了不少质量低劣的书。因为名利思想的作祟,有的人抄袭他人的成果;有的人不懂装懂,东拼西凑,胡乱编书;有的人请他人捉刀,为自己撰写学位论文。如此等等,不一而足。这些学术研究中的不正之风,令人担忧。我认为,对这些不正之风,高等学校、科研院所等单位必须采取严厉措施加以制止。北京大学对王铭铭抄袭事件的处理,就给我们提供了一个范例。

反对学术腐败和浮躁学风,要继承和发扬我国固有的优良传统,提倡艰苦奋斗的精神,培养实事求是的学风,严肃认真地对待研究工作,多出优秀的学术著作。著书立说是一件大事,也是一件艰苦的事,曹丕说,这是"经国之大业,不朽之盛事",切切不可等闲视之。

关于著书,顾炎武打了一个比方,他说:"尝谓今人纂辑之书,正如今人之铸钱。古人采铜于山,今人则买旧钱,名之曰废铜,以充铸而已。所铸之钱既已粗恶,而又将古人传世之宝,舂锉碎散,不存于后,岂不两失之乎?承问《日知录》又成几卷,盖期之以废铜;而某自别来一载,早夜诵读,反复寻究,仅得十余条,然庶几采山之铜也。"(《与人书十》)这里把著书比作铸钱。他说:古人是开采山上铜矿来铸钱,今人是买旧钱来铸钱。他提倡的是用开采铜矿所得之铜来铸钱的,所以速度很慢,写得十分辛苦和艰难。顾氏这一段话很著名,其含义极其深刻,值得著书人认真地思考。

2002 年 7 月 22 日

注古书难

——读书札记

我从事中国古代文学的教学与研究四十余年,常常感到注释古书是十分艰难的事。后来,我发现这不只是我个人的感觉,古代学者早已指出了这一点。

南宋学者洪迈在《容斋续笔》卷十五就说"注书至难,虽孔安国、马融、郑康成、王弼之解经,杜元凯之解《左传》,颜师古之注《汉书》,亦不能无失。"洪迈认为,注释古书极难,虽然像孔安国、马融、郑康成、王弼这样的大学者注释经书,杜预之注释《左传》,颜师古之注释《汉书》,也不能无失误。按:孔安国,汉代经学家,孔子后裔,相传他曾注释古文《尚书》、《论语》、《孝经》。马融,东汉著名经学家,曾注释《孝经》、《论语》、《诗》、《尚书》等著作。郑玄,字康成,东汉著名经学家,曾注释《易》、《尚书》、《诗》、《仪礼》、《论语》、《孝经》等著作。他是汉代经学的集大成者。王弼,三国时的玄学家,曾注释《周易》、《老子》。杜预,西晋人,精通《左传》,著《春秋左传集解》。颜师古,唐代史学家,曾注释《汉书》。他们的注本,是我国经学、史学史上的名注,是历代学术研究的重要参考书。他们的书也不免失误,可见注释古书之难。

认为注释古书艰难是古代学者的共识。清代康熙时的学者杭世骏在《李太白集辑注序》(《道古堂文集》卷八)中说:"作者不易,笺疏家尤难。何也? 作者以才为主,而辅之以学。兴到笔随,第抽其平日之腹笥,而纵横曼衍以极其所至,不必沾沾獭祭也。为之笺与疏者,必语语核其指归,而意象乃明;必字字还其根据,而证佐乃确。才不必言,夫必有什倍于作者之卷轴,而后可从事焉。"这是说,注释古书比撰写古书更难。为什么呢？因为作者有才有学即可写作,而注释者注释要"语语核其指归"、"字字还其根据"、"必有什倍于作者之卷轴(图书)"。于此可见注释古书之艰难。

杭氏还在《李义山诗注序》(《道古堂文集》卷八)中说:"诠释之学较古昔作者为尤难。语必溯源,一也;事必数典,二也;学必贯三才而穷七略,三也。"其强调的要点与前引文基本相同,唯第三点要求注释者"学必贯三才而穷七略",即要求注释者要贯通三才,穷尽七略。这里对注释者学问的要求极高。三才,天、地、人也。《七略》,汉刘歆撰,分辑略、六艺略、诸子略、诗赋略、兵书略、术数略、方技略七大类。此书已失传。班固撰《汉书·艺文志》即以此书为蓝本。

清代乾隆时学者黄本骥在《李氏蒙求详注序》(《三长物斋文略》卷一)中说:"著书难,注书更难。非遍读世间书,不能著书;即遍读世间书,犹不能注书。世间书无尽,而古书之流传至今者有尽。注古人书,无一字无来处,目中不尽见古人读本,必欲察及渊鱼,辨穷河豕,曰某事出某书,某事出某书,条举件系,如数家珍,难矣。"这里也指出,注书比著书更难。作者的思想无限制,想到哪里,可写得哪里。而注者要随着作者的行文,指出"某事出某书",寻找出处,实在太难了。

以上所引前贤的论述,有力地说明了注释古书的艰难。我还可以举出几位当代学者注释古书失误的例子,进一步证明注释古书之艰难。

王仲荦《魏晋南北朝史》第六章第四节引用颜之推的《颜氏家

训·勉学篇》中的话说：

> 梁朝全盛之时，贵游子弟，多无学术，至于谚云："上车不落（到办公地点前，不下车，只派人去报了到）则著作，体中何如（常常请病假）则秘书。"无不熏衣剃面，傅粉施朱，驾长檐车，跟高齿屐，坐棋子方褥，凭斑丝隐囊，列器玩于左右。从容出入，望若神仙。明经求第，则顾人答策；三九（三月三日上巳，九月九日重阳）公宴，则假手（请人）赋诗。

"上车"二句，解释错了，意思应是，当时的王公贵族子弟，能照管自己，上车不跌倒的即可做著作郎，能写"体中何如"一类普通信函的就可以当秘书郎。按：南朝王公贵族子弟大都以著作郎、秘书郎为美官，由此发迹，日后步步高升。又对"三九"的解释也是错的，按：三，指三公，九，指九卿。三九，为汉以后的习语。

殷孟伦《汉魏六朝百三家集题辞注》中《张散骑（正见）集题辞》云："憎者病其虽多奚为，喜者谓其声骨雄整。"前句注释者引《论语·子路》："虽多亦奚以为？"后句缺注。前句注释，看起来并没有错，但并不确切。如果引用严羽《沧浪诗话·考证》中评张正见的一段话"南北朝人，惟张正见诗最多，而最无足省发，所谓'虽多亦奚以为'"作注，问题就说清楚了。后句未注，显然不知此句出处。胡应麟说："张正见诗，华藻不下徐陵、江总，声骨雄整乃过之。唐律实滥觞于此，而资望不甚表表。严氏消其'虽多亦奚以为'，得无以名取人耶？"（《诗薮·外编》卷二）如能引此作注，读者便可了解后句的涵义了。

郭绍虞主编的《中国历代文论选》（第二册）中陈子昂《与东方左史修竹篇序》说："不图正始之音，复睹于兹。"注云："这里所说'正始之音'指的是嵇、阮诗。"错了。这里的"正始之音"指的风雅诗(参阅拙作《关于"正始之音"等问题辨析之辨析》,《福建师范大学学报》,2008年第1期)。

王仲荦,山东大学教授,著名历史学家。殷孟伦,山东大学教授,著名古汉语研究专家。郭绍虞,复旦大学教授,著名中国古代文论研究专家。他们都是我国当代的第一流的学者,上面提到的三部著作都是优秀著作,为何尚有这样那样的注释问题,这说明注释古书太难了。但是,现在有些人,古代文学和古代汉语的基本功都很差,他们为某种利益所驱使,竟贸贸然注释古书。他们的做法是东抄西袭,盗窃他人的成果。这样的注本、注释草率,仓促付梓,为害当世,贻误后人。我希望这种不正之风应立即得到纠正。注释古书是古籍整理研究的重要内容。进行古籍整理研究,是弘扬我国优秀传统文化的一项具有重要意义的工作。我们应该严肃认真地对待这项工作,切切不可以掉以轻心。

2009年9月5日

读书指瑕

先从书店见闻谈起。

少年时代我因为爱好文学,喜欢逛书店。在书店里看到自己喜爱的书就买一本,以备不时之需。这种习惯,直到今天,我虽年逾古稀,丝毫未改。前几天,我去逛书店,听到一位年青学子,问书店《说文解字句读》有否。他把"句读"之"读",读成读书的读(dú),不知此"句读"之"读"应读成逗(dòu),即逗号之逗。这是不明词义的误读。

近日翻阅曹之的《中国古籍编撰史》(武汉大学出版社2001

年出版),其中下编第四章第八节,讲古籍编撰的严肃性。他认为,严肃性是古籍编撰的一个重要特点。他指出中国一些古籍之所以能够传世,是因为其作者写作认真,态度严肃,往往用几十年时间才能完成一部著作,如《史记》、《汉书》、《说文解字》、《通典》、《资治通鉴》等便是。他又提到清代王筠的《说文解字句读》,写了三十年时间。其根据是《清史稿》卷四百八十二。《说文解字句读》是一部研究《说文解字》的重要著作,作者写作的时间长一些是可以理解的,但不至于长到三十年,我有些怀疑。查《清史稿》卷四百八十二《王筠传》,并无此种记载,只是说"筠治《说文》之学垂三十年"。这是说,王筠研究《说文》之学近三十年,并不是说他写作《说文解字句读》用了三十年时间。王筠研究《说文》的著作尚有《说文释例》、《说文系传校录》、《文字蒙求》等书,怎么能说王筠写作《说文解字句读》用了三十年时间,错了。

带着这个问题,我又查俞允海的《中国语言文字学名著题解》(中国青年出版社 1999 年出版)。此书第一章第三节"研究《说文解字》的著作"中《说文句读》条中说:"(王筠)道光二十一年(1841)开始撰写,道光三十年(1850)成书。"但没有说明根据。为了把事弄清楚,我又查阅了《说文解字句读》(中华书局 1998 年出版),此书王筠《序》云:"博观约取,阅月二十而毕,仍名《句读》。"由此可知,此书是二十个月完成的。以上三十年、十年完成之说皆误。

读王仲荦先生的《魏晋南北朝史》,此书第六章第四节引用颜之推的《颜氏家训·勉学篇》云:

> 梁朝全盛之时,贵游子弟,多无学术,至于谚云:"上车不落(到办公地点前,不下车,只派人去报了到)则著作,体中何如(常常请病假)则秘书。"无不熏衣剃面,傅粉施朱,驾长檐

车,跟高齿屐,坐棋子方褥,凭斑丝隐囊,列器玩于左右。从容出入,望若神仙。明经求第,则顾人答策,三九(三月三日上巳,九月九日重阳)公宴,则假手(请人)赋诗。

括号内的文字是王先生对谚语和一些词语的解释。王先生对"上车"二句的解释,显然不妥。正确的解释是:当时的王公贵族子弟,能照管自己,上车不跌倒的,即可做著作郎,能写"体中何如"一类普通信函的,就可以当秘书郎。意思是,当时这些王公贵族子弟,只要担任著作郎、秘书郎这类虚职,即可由此发迹,步步高升。

"三九公宴"中的"三九",王先生的解释也不对,"三九"是指三公、九卿。

郭绍虞、王文生主编的《中国历代文论选》,是高等学校的古代文论教材。自1979年出版以来,印数很多,流传极广。但是,其中也存在一些错误。如第一册中晋挚虞的《文章流别论》注〔92〕云:"《应间》,张衡作,其目见《后汉书·张衡传》,文已佚。"说"文已佚",错了。《后汉书·张衡传》即有此文。注释者根本没有查阅《后汉书·张衡传》。又第二册中唐陈子昂《与东方左史虬修竹篇序》云:"不图正始之音,复睹于兹,可使建安作者相视而笑。"注释〔10〕云:"所说'正始之音',指的是嵇、阮诗。"意思是说,这里的"正始之音",不是指玄谈,而是正始诗歌。错了。这里指的是一种雅正的诗风,即风雅之作。

王、郭二位先生是著名的前辈学者,学风严谨,著书立说十分认真。他们尚且有这样的错误,一般学者更是不用说了。

近几年,有些人眼睛盯着孔方兄(钱),率尔操觚,粗制滥造。更严重的是有的人鲜廉寡耻,肆意抄袭他人论著。这种歪风邪气,如不加以纠正,对社会、学术的发展为害甚大。我们必须坚决反对歪风邪气和浮躁学风,埋头苦干,勤奋治学,长期坚持,写出优秀论著,为人民为社会作出自己的贡献。

写到这里,我很自然地就想起了清代大学者顾炎武《日知录》卷十九《著书之难》中说的一段话:

> (我们写书)其必古人之所未及就,后世之所不可无,而后为之,庶几其传也与?宋人书如司马温公《资治通鉴》、马贵与《文献通考》,皆以一生精力为之,遂为后世不可无之书,而其中小有舛漏,尚亦不免。若后人之书愈多而愈舛漏,愈速而愈不传,所以然者,其视成书太易,而急于求名故也。

顾氏认为,我们写书,必须是古人没有来得及写的,而又是后世所不可无的书。这样的书才可传世。如宋代司马光的《资治通鉴》、马端临的《文献通考》,都是以一生的精力写成的,成为后世不可无之书。其中小有疏误,也是难免的。不像后人之书,写得越多,疏误越多;写得越快,越不会传世。为什么这样呢?因为他们把写书看得太容易,而急于求名的缘故。

顾炎武又在《与人书十》中说:

> 尝谓今人纂辑之书,正如今人之铸钱。古人采铜于山,今人则买旧钱,名之曰废铜,以充铸而已。所铸之钱既已粗恶,而又将古人传世之宝,舂剉碎散,不存于后,岂不两失之乎?

这是说,今人撰写之书,正如今人之熔铸钱币,古人熔铸钱币,开采山上的铜矿,今人则买旧钱,即用废铜熔铸钱币,他们熔铸的钱币十分粗糙,质量很差,又将古人传世之宝舂碎,岂不是双倍的过错。这里把写书比作铸钱,古人"开山之铜"铸钱,今人以废铜铸钱,优劣自然不同。这个比喻颇为生动形象。

顾炎武是清初的著名学者,他的著作,如《天下郡国利病书》、

《日知录》《肇域志》《音学五书》,都是传世之作。他论治学的话是金玉良言,重温这些话,有助于我们克服急功近利的思想和当前学术界流行的浮躁之风。

2005 年 6 月 30 日

误读正音

昔日读张舜徽先生的《中国古代史籍校读法》一书,对其纠正古代人名、官名、地名的误读,很感兴趣。这些词,他都标上了正确的读音,如人名郦食其(汉代人名),音历异基。金日䃅(汉代人名),日䃅音密低。官名洗马,洗音先,仆射,射音夜。地名月支(西域国名),音肉支,吐谷浑(国名),音突浴魂,龟兹(汉县名),音丘慈。这些给我留下了深刻的印象,对我,对学习中国古代史的人很有帮助。但是对一般人的帮助不大,因为他们很少接触到古代史籍。应该看到,在日常生活中读错字的现象也是十分普遍的。现在从我平常听到的说起。

我常看电视,电视的播音员常将"标识"读成"标失",错了,应读为"标志",与"标志"同。又将"说(shuō)服"读成"说(音税)服",也是不对的,说,读税,是说服的意思。如游说之"说",则应读为"税",说服之"说",仍读为"说"(音 shuō)。

参加会议,与别人聊天,听到的读错的字更多。例如,"酝酿",误读为"温让",正确的读音是"运娘(第四声)"。"造诣",误读为"造旨",正确的读音是"造艺"。"反省",误读为"反省(shěng,读如福建省之省)",正确的读音是"反醒"。"可恶",误读为"可鄂(è)",正确的读音是"可悟"。"好恶",误读为"好(好坏之好)鄂",正确的读音是"浩悟"。"校对",误读为"笑对",正确的读音为"叫对"。"燕京",误读为"雁京",正确的读音为"烟京"。"参差不齐",误读为"餐叉不齐",正确的读音是"称疵不齐"。(注:参 cēn 称 chēng,音近)。"拓本",误读为"唾本",正确的读音为"踏本"。"盛饭",误读为"胜饭",正确的读音为"成饭"。类似的例子很多,这里就不再一一枚举了。

还有,到医院去看中医,你往往可以听到:"大夫",误读为"大(音大小之大)夫",正确的读音为"代夫"。"大黄",误读为"大(音大小之大)黄",正确的读音为"代黄"。"白术",误读为"白述",正确的读音为"白竹"。"炮制",误读为"泡制",正确的读音为"袍制"。"川芎"误读为"川弓",正确的读音为"川兄"。等等。

到寺庙去参观,偶而亦可听到:"伽蓝"(佛寺),误读为"加蓝",正确的读音为"茄蓝"。"皈依",误读为"反依",正确的读音为"归依"。"般若"(智慧),误读为"班弱",正确的读音为"波惹"。"兰若"(僧院),误读为"兰弱",正确的读音为"兰惹"。"南无"(表示对佛的尊敬与皈依),误读为"男吴",正确的读音为"那模"。等等。

此外,姓氏也有读错的。如"区",误读为"驱",正确的读音为"欧"。"乐",误读为"勒",正确的读音为"岳"(注:也有姓乐〔音勒〕的,与乐不同姓)。"仇",误读为"愁",正确的读音为"求"。复姓"尉迟",误读为"卫迟",正确的读音为"预迟"。诸如此类,不再一一例举了。

在日常生活中,有人认为读错一个字乃是小事,不必大惊小怪。这种认识是不对的。你读错字,表情达意就不准确,听的人感到别扭,也暴露了你在文化素养方面的缺陷,贻笑大方之家,实是美中不足。如果是教师就更不应该读错字了,否则,谬误流传,害人不浅。误读现象必须引起注意,不可等闲视之。

如何解决误读问题呢? 一句话:勤查字典。一般的字,查《新华字典》或《现代汉语词典》即可解决问题。如果是在古书上生僻的字,就要查《康熙字典》,或《中华大字典》,或《汉语大字典》才能解决问题。这可能是个笨方法,但别无捷径可走。

2003 年 10 月 17 日

说说"离经辨志"

《礼记·学记》中说学生上大学,首先要考查他"离经辨志"的能力。什么是"离经辨志"? 汉代学者郑玄说:"离经,断句绝也。辨志,谓别其心意所趣向也。"(《礼记正义·学记》)意思是,离经是断句分段,辨志是考查学习的志向。清代学者黄以周说:"古离经有二法:一曰句断,一曰句绝。句断,今谓之句逗,古亦谓之句投。断与逗、投皆音近。字句断者,其辞于此中断,其意不绝;绝者,则辞意俱绝也。"又说:"离经,未以析句言;辨志,乃指断章言。'志'与'识'通,辨志者,辨其章旨而标识之也。"(《儆季杂著·群经说三·离经辨志说》)黄氏认为,离经是句断和句绝,即标以逗号和句号。辨志,即辨析一章之意旨。此说甚是。由此可见,"离经辨志"说的是古书断句问题。

给古书断句是阅读古籍的基本功,没有此种能力就不能读书治学。当然,今天有许多古籍是经过标点整理的,阅读起来比较容易。但是,中国古籍是极其丰富的,更多的古籍是未经过标点整理的,如果,大学文史专业的学生缺乏古书断句的能力,将如何读书治学？为了培养学生阅读古书的能力，我建议，自己动手标点一部古籍名著，如《史记》《汉书》等。经过这样的锻炼，将大大地提高自己的阅读古书的能力，为今后的读书治学打下坚实的基础。

古书断句是很难的。这里举一个例子，《资治通鉴》卷一百七十三云：

> 周主从容问译曰我脚杖痕谁所为也对曰事由乌丸轨宇文孝伯因言轨捋须事。

胡三省的断句是：

> 周主从容问译曰："我脚杖痕，谁所为也？"对曰："事由乌丸轨，宇文孝伯因言轨捋须事。"

胡氏将"事由乌丸轨"点断，"宇文孝伯"属下，错了。因为周主被杖打的事，与乌丸轨、宇文孝伯两人有关。顾炎武《日知录》卷二十七《通鉴注》条云：

> 周主从容问郑译曰："我脚杖痕，谁所为也？"对曰："事由乌丸轨、宇文孝伯。"谓由此二人也。下云"因言轨捋须事"，亦是译言之也。故轨见杀而孝伯亦赐死。注以宇文孝伯属下读，而云"孝伯何为出此言"，误矣。

顾氏指出了胡三省的断句错误，言简意赅，十分清楚。胡三省是元代的著名学者，他撰写的《资治通鉴音注》是名注，尚且有这样的疏忽，由此可以说明古书断句的艰难。所以古人说："学识何如观点书。"（《资暇集》卷上引稷下谚）鲁迅先生也说："标点古文真是一试金石，只消几点几圈，就把真颜色显出来了。"（《花边文学·点句的难》）这些话都是经验之谈，是很有道理的。

往日读书，兴之所至，写了有关古书断句的读书札记一则。兹抄录如下，供读者参考。

《礼记·曲礼上》云：

人生十年曰幼学二十曰弱冠三十曰壮有室四十曰强而仕五十曰艾服官政六十曰耆指使七十曰老而传八十九十曰耄七年曰悼悼与耄虽有罪不加刑焉百年曰期颐

这一段话断句颇有争议。汉代郑玄认为"期颐"连读，唐代孔颖达认为"幼学"、"弱冠"连读。宋代朱熹、清代王念孙不同意郑、孔之说。王念孙《广雅疏证》云："期颐二字，皆训为老，盖本于《礼》注也。《曲礼》：百年曰期颐。郑注云：期，犹要也。颐，养也。不知衣服食味，孝子要尽养道而已。案期之言极也。《诗》言'思无期'、'万寿无期'，《左传》言'贪惏无厌，忿纇无期'，皆是究极之义。百年为年数之极，故曰百年曰期。若此之时，事事皆待于养，故曰颐。期颐二字不连读。《射义》云：'旄期称道不乱。'是其证。朱子云：'十年曰幼'为句，'学'字自为句。下至'百年曰期'皆然。此说是也。"这是认为，"幼学"、"弱冠"、"期颐"等皆不连读。但是，王念孙《广雅疏证补正》又云："注：'养道而已'下，补古辞《满歌行》'百年保此期颐'，亦以期颐二字连读。"可见"期颐"有两种断句方法。实际上，"期颐"二字连读之例颇多，如晋皇甫谧《高士传》："延年历百，寿越期颐。"《南史·褚炤传》："名德不昌，遂有期颐之寿。"晋葛洪《抱朴子·自叙》："夫期颐犹奔星之腾烟，黄发如激箭之过隙。"唐李华《四皓铭》："抱和全默，皆享期颐。"宋陆游《初夏幽居》诗："余生已过足，不必到期颐。"等等。这说明郑玄说对后世影响深远。兹依王念孙说，将此段文字标点如下：

人生十年曰幼，学。二十曰弱，冠。三十曰壮，有室。四十曰强，而仕。五十曰艾，服官政。六十曰耆，指使。七十曰老，而传，八十九十曰耄。七年曰悼。悼与耋虽有罪，不加刑焉。百年曰期，颐。

附译文：人生十岁为幼，开始学习。二十岁为弱，举行冠礼。三十岁为壮，皆有家室。四十岁为强，可以做官。五十岁为艾，为官处理政务。六十岁为耆，可以指使别人。七十岁为老，传家事于子孙。八十岁、九十岁为耄。七岁为悼。耄、悼之人即使有罪，亦不加罚。百岁为期，颐养天年。

从以上《札记》中可见古书断句之难。郑玄、孔颖达、朱熹、王念孙都是古代的大学者，他们对古书断句都存在如此之分歧，说明古书断句大有学问。我们必须对"离经辨志"下苦功夫，方能基本上做到对古书断句准确无误。

古代学生上大学，首先要考查其"离经辨志"的能力。我认为，今天，对文史专业的大学生、研究生亦应考查其古书断句的能力，这些学生如果连与自己专业有密切关系的古书都不能断句，今后如何进行中国古代文史的研究？

2005 年 4 月 30 日

王粲所登之楼在何处

王粲《登楼赋》是小赋中的名篇。此篇被萧统《文选》选录之后，流传广泛而久远。南宋理学家朱熹说："《登楼赋》者，魏侍中王粲之所作也。归来子曰：粲诗有古风。《登楼》之作，去楚词远，又不及汉，然犹过曹植、潘岳、陆机《愁咏》、《闲居》、《怀旧》众作。盖魏之赋极此矣。"(《楚辞集注·楚辞后语》)评价很高。

王粲《登楼赋》写作者登楼远眺,思念家乡,抒发了怀才不遇的感情。此赋主旨是大家都同意的,而王粲所登之楼在何处,解说者的意见各不相同,归纳起来,大约有三说:

一、李善说

《文选》卷十一《登楼赋》李善注云:"盛弘之《荆州记》曰:当阳县城楼,王仲宣登之而作赋。"

《登楼赋》:"挟清漳之通浦兮,倚曲沮之长洲。"李善注:"挟,犹带也。《山海经》曰:荆山,漳水出焉,而东南注于睢。《汉书·地理志》曰:汉中房陵东山,沮水所出,至郢入江。睢与沮同。"

《登楼赋》:"北弥陶牧,西接昭丘。"李善注:"《尔雅》曰:弥,终也,谓终极也。盛弘之《荆州记》曰:江陵县西有陶朱公冢,其碑云是越之范蠡而终于陶。《尔雅》曰:郊外曰牧。《荆州图记》曰:当阳东南七十里有楚昭王墓,登楼则见,所谓昭丘。"

李善认为,王粲所登之楼是当阳县城楼。据谭其骧《中国历史大辞典·历史地理卷》云:"当阳县,西汉置。治今湖北荆门市西南。属南郡。东汉建安十三年(208)曹操追刘备至当阳,即此。东晋移治今当阳市。"李善所注当阳,即三国时当阳县治。

二、五臣说

《文选》有五臣注三十卷本。所谓五臣是指唐代吕延济、刘良、张铣、吕向、李周翰五人。他们五人合注《文选》,即《五臣注文选》。

《五臣注文选》卷六王仲宣《登楼赋》五臣注良曰:"《魏志》云:王粲,字仲宣,山阳高平人也。少而聪惠,有大才,仕为侍中。时董卓作乱,仲宣避难荆州,依刘表,遂登江陵城楼,因怀归而有此作,述其进退危惧之情。"

《登楼赋》:"挟清漳之通浦兮,倚曲沮之长洲。"五臣注济曰:

"漳,沮,水名。言楼在其傍,若挟而倚。"

《登楼赋》:"北弥陶牧,西接昭丘。"五臣注铣曰:"弥,连也。陶,乡名。郊外曰牧。昭丘,楚昭王墓也。"

五臣认为,王粲所登之楼是江陵城楼。

三、郦道元说

郦道元《水经注》有述及王粲《登楼赋》者:

《水经注·沮水》:"沮水又南径楚昭王墓。东对麦城,故王仲宣之赋《登楼》云'西接昭丘'是也。"

《水经注·漳水》:"漳水又南径当阳县,又南径麦城东,王仲宣登其东南隅,临漳水而赋之曰'夹清漳之通浦'、'倚曲沮之长洲'是也。"

郦道元认为,王粲所登之楼是麦城城楼。

据杨守敬纂疏、熊会贞参疏《水经注疏》,杨守敬在《沮水》"西接昭丘是也"后有一段按语,按语云:"王仲宣《登楼赋》见《文选》。李注引盛弘之《荆州记》:当阳县城楼,王仲宣登之而作赋。又引《荆州图记》:当阳东南七十里有楚昭王墓,所谓昭丘。《渚宫旧事》注引《舆地志》:昭王墓卤簿二百。《舆地纪胜》:墓在当阳县南,沮水之西。在今县东南五十里。"从按语看,杨氏似不同意郦氏的论断。

以上三说,对后世都有影响,以李善说影响最大。

李善《上文选注表》云:"后进英髦,咸资准的。"意思是说,《文选》所选录的诗文大都是名篇佳作,是青年学子学习写作的范本。这样,《文选》在青年学子中就产生了广泛的影响。又曹宪、李善等研究《文选》,在唐代形成了"文选学",在学术界产生一定的影响。总之,李善注《文选》对后世的影响广泛而深远。因此,关于王粲所登之楼在何处,大都采用李善说,即认为王粲所登之楼在当阳。应当指出,三国晋南北朝时期有两个当阳。旧当阳(治在今湖北荆门市西南)在漳水之东,新当阳(治在今当阳市)在沮水之西。王粲所登之楼应在旧当阳。赋中描写当阳地理形势是"挟清漳之通浦","倚曲沮之长洲",尚勉强可说。至于赋中所写的"北弥陶牧,西接昭丘","陶牧"、"昭丘"地理位置就对不上了。是盛弘之的记载错了,还是王粲的描写错了。有待进一步查考。

清代学者张云璈认为王粲所登之楼为当阳城楼,作了详细的论述。他在《选学胶言》卷六《仲宣楼》(王仲宣登楼)中说:

> 注引盛弘之《荆州记》曰:当阳县城楼,王仲宣登之而作赋。福山王凝斋大令棫《秋灯丛话》云:王仲宣楼有谓在襄阳,有谓在荆州及当阳者,迄无定论。予宰当阳时考之,于当阳为的。《登楼赋》云:"挟清漳之通浦兮,倚曲沮之长洲。"按邑志:漳水出于南漳,沮水出于房陵,而当阳适在漳沮之会。又云:"西接昭丘。"昭丘即楚昭王墓。康熙初,土人曾掘得之,有碣可考。距昭丘二十里有山名玉阳,一名仲宣台,即当年登临处也。俯瞰平原,历历如绘。漳沮二水,左右萦拂,遥睇昭丘,隐然可指。揆诸赋中曰"挟"曰"倚"曰"接",实为吻合。其在当阳无疑矣……若襄阳止有汉水,与漳、沮、昭丘渺不相及。杜诗"春风回首仲宣楼"及"仿佛识昭丘"句注,皆指当阳。其训昭丘,并引盛注登楼即见之语。据此而论,亦确切不易……而注疏家言人人殊,皆未亲历其地而详考也。若林西仲谓为江陵城楼,且以浸湿训曲沮,则更失之凿矣。云璈按《水经注》三十二"沮水"下注云:沮水又南径楚昭王墓,东对麦城,正与赋"西接昭丘"合。

张云璈引用王棫的话。王棫以他的切身经历证明王粲所登之楼是当阳城楼。但李善注中所存在的问题,仍然难以得到合理的解释。梁章钜《文选旁证》(卷十三)袭用王棫说。缪钺《王粲行年考》(见《读史存稿》)、瞿蜕园《汉魏六朝赋选》、游国恩等《中国文学史》、朱东润《中国古代文学作品选》等都采用李善注之说。

《文选》五臣注认为王粲所登之楼是荆州江陵城楼,并未申述理由。北京大学中国文学史教研室选注《魏晋南北朝文学史参考资料》认为王粲所登之城楼在荆州,说:"据李善注引盛弘之《荆州记》,粲尝登湖北当阳县城楼,感而作赋。按,昭丘在当阳之东,与本文'西接昭丘'不合,楼应仍是在荆州,时粲不得志,故有是作。"这里的荆州,可能指的是吴荆州治江陵。

又黄瑞云《历代抒情小赋选》亦主张王粲所登之楼在荆州。他说:"按,陶墓在江陵县西,照当阳地望应是'南弥陶牧'。昭墓在当阳东南,应是'东接昭丘'。赋称'北弥陶牧,西接昭丘',则作赋之地当在荆州,而不在当阳。"(上海古籍出版社1986年版第50页)此荆州亦指江陵。其实,即使在江陵,"挟清漳之通浦兮,倚曲沮之长洲","北弥陶牧,西接昭丘",也无法解释。

郦道元《水经注》认为王粲所登之城楼在麦城。赞同此说的有清人朱珔,其《文选集释》卷十二云:"《水经·漳水》条云:漳水出临沮县东荆山……《沮水》条则云:景山即荆山首也。注下又云:南历临沮县之漳乡南。又南径当阳县。又南径麦城东,王仲宣登其东南隅,临漳水而赋之,故曰'夹清漳也'。"按:朱珔引《水经注》文有误,"注下又云"所引之文说的都是漳水,见《水经注·漳水》。这里明确指出王粲所登之城楼是麦城城楼。今人骆鸿凯《文选学》赞同此说。骆氏云:"案仲宣所登之楼,善注引盛弘之《荆州记》以为即当阳县城楼,与道元说异。按之地理,郦说为是。"(中华书局1989年版第212页)赞同此说的还有中国社会科学院文学研究所所编写的《中国文学史》等。我认为,郦道元根据地理位置叙述王粲登楼事是比较合理的,但也是一种推测。再说,"北弥陶牧"也说不通。我奇怪的是《文选》李善注多次引用《水经注》,却不采用郦说。

王粲所登之楼在何处？主要有以上三说。在三说之中,赞同当阳说的人最多,赞同麦城说的其次,赞同荆州(江陵)说的最少。现在还难以断定王粲所登之楼究竟在何处,问题还需要进一步研究,才能得到一致的认识。

陆机的籍贯

陆机是西晋太康时期著名文学家。他的籍贯,学术界一直存在不同看法。这是史籍的不同记载造成的。

《三国志·吴书·陆逊传》云:"陆逊,字伯言,吴郡吴人也。"陆逊是陆机的祖父,陆逊是吴郡吴人,即今江苏苏州人。陆机的祖父是苏州人,陆机自然是苏州人了。又《晋书·陆机传》云:"陆机,字士衡,吴郡人也。"这里否定了《三国志》的记载,认为他不是苏州人,而是吴郡人。吴郡区域广大。据谭其骧主编的《中国历史大辞典·历史地理》分册"吴郡"条云:

> 东汉永建四年(129),分浙江以西置。属扬州,治吴县。辖境相当今江苏长江以南,大茅山,浙江长兴县、湖州市、天目山以东,与建德市以下的钱塘江两岸。三国吴后辖境逐渐缩小。

吴郡辖境如此广大,陆机的籍贯在何处？史籍没有明确的记载。这样,后世的研究著作往往是各说各的了。如刘大杰的《中国文学发展史》认为陆机是吴郡（今江苏吴县）人。郑振铎的《插图本中国文学史》说陆机是吴郡人。游国恩、王起、萧涤非、季镇淮、费振刚主编的《中国文学史》认为陆机是"吴郡（今江苏松江县）人"。中国社会科学院文学研究所中国文学史编写组编写的《中国文学史》没有写出陆机的籍贯。我认为此书魏晋南北朝部分可能出自曹道衡之手，曹先生主张陆机是吴郡吴人（见《陆机事迹杂考》，《中古文史丛稿》，河北大学出版社2003年出版）。徐公持的《魏晋文学史》说陆机是"吴郡（今江苏苏州）人"。袁行霈主编的《中国文学史》说陆机是"吴郡华亭（今上海市松江县）人"。我见到的《陆机集》，如金涛声点校的《陆机集》（中华书局1982年出版），其《前言》说陆机是"吴郡华亭（今上海市松江县）人"。刘运好校注整理的《陆士衡文集校注》（凤凰出版社2007年出版）《前言》赞同曹道衡先生的主张，认为陆机是"吴郡吴人"。杨明的《陆机集校笺》（上海古籍出版社2016年出版），其《前言》认为陆机是"吴郡吴人"。另外还有《陆云集》，黄葵点校的《陆云集》，其《前言》认为陆云是"吴郡华亭（今上海市松江县）人"。刘运好校注整理的《陆士龙文集校注》（凤凰出版社2010年出版），其《前言》认为陆云的籍贯是"吴郡吴县（今江苏苏州）"。以上各种说法，分析起来，问题不少：

　　1.刘大杰援引《晋书·陆机传》的说法，并没有错。但是将吴郡解释为现在的江苏省吴县，即苏州市是错误的。吴郡是包括江苏南部和浙江部分地区的广大地方，不是苏州市。

　　2.郑振铎说陆机是"吴郡人"，未加解释。这并没有错，但并不能解决问题。

　　3.游国恩等认为陆机是"吴郡人"，却把"吴郡"解释为"今江苏松江县"。这个解释是错误的，却正确的道出陆机的籍贯。

4.徐公持认为陆机是吴郡人,将"吴郡"解释为"今江苏苏州",我在上面已经指出,这是错误的。

5.袁行霈说陆机是"吴郡华亭(今上海市松江县)人",这个说法是正确的,但没有说出他的根据。

6.金涛声和黄葵都认为陆机是"吴郡华亭(今上海市松江县)人",都没有出示证据。

7.刘运好和杨明都同意曹道衡的意见,认为陆机是"吴郡吴人",即江苏省苏州人。他们认为籍贯即祖居地。

下面我想谈谈自己对陆机籍贯的看法。

据俞士玲《陆氏世系考》(见《陆机陆云年谱》,人民文学出版社2009版第326—330页)一文考证:"陆氏宗族第六世陆烈,曾为汉县令,后葬于吴,子孙遂为吴郡人。"此说根据《新唐书·宰相世系表》。表云:"烈字伯元,吴令,豫章都尉。既卒,吴人思之,迎其丧,葬于胥屏亭,子孙遂为吴郡吴县人。"此说可信。又说:陆氏"第二十一世,二陆曾祖骏,汉九江都尉,迁太学博士,避袁术隙,徙居华亭谷。"此说根据《三国志·吴书·陆逊传》裴松之注和《陆氏世谱》。裴注绍介陆骏,可信。《陆氏世谱》,不知何书。作者说,是南京图书馆藏手抄本,情况不详。其云陆骏"避袁术隙,徙居华亭谷",似不可信。《三国志·吴书·陆逊传》云:"逊少孤,随从祖庐江太守康在官。袁术与原有隙,将攻康,康遣逊及亲戚还吴。逊年长于康子绩数岁,为之纲纪门户。"陆逊还吴郡华亭时,其父陆骏已去世。"避袁术隙,徙居华亭谷"的是陆逊和陆绩,并不是陆骏。建安中,吴大帝封陆逊为华亭侯。陆氏宗族居住在华亭。《晋书·陆机传》只说陆机是"吴郡人",并没有说他是"吴郡华亭人"。这可能是因为华亭过小,难以作为籍贯载入史册。据谭其骧先生考证,华亭直到唐代天宝十年,割嘉兴、海盐、昆山部分土地设置华亭县,治所在今上海市松江区。在宋代是大县,元代为松江府治所(参阅《中国历史大辞典·历史地理》分册)。明代何良俊著《四友斋丛说》,其史部十三云:"自汉以后,松江之以诗文著载在郡志者,七十五人……晋二人:陆机、陆云。"直到此时,松江华亭人何良俊才明确指出,陆机兄弟是松江人,即华亭人。

我看到过许多有关陆机籍贯的资料,如:

《世说新语·尤悔第三十三》云:"陆平原河桥败,为卢志所谗,被诛。临刑叹曰:'欲闻华亭鹤唳,可复得乎!'"这是陆机在临刑前,对故乡的思念。刘孝标注云:"《八王故事》曰:'华亭,吴由拳县郊外墅也,有清泉茂林。吴平后,陆机兄弟共游于此十余年。'《语林》曰:'机为河北都督,闻警角之声,谓孙丞曰:"闻此不如华亭鹤唳。"故临刑而有此叹。'"刘孝标注指出"陆机兄弟共游于此十余年",因为华亭是他们的家乡。

《文选》卷二十四陆机《赠从兄车骑》云:"仿佛谷水阳,婉娈昆山阴。"写华亭景色,流露了诗人对故乡热爱的感情。李善注云:"陆道瞻《吴地记》曰:'海盐县东北二百里有长谷,昔陆逊、陆凯居此。谷东二十里有昆山,父祖葬焉。'"陆逊、陆凯居住于华亭,其父祖葬于附近的昆山。

陆云《与陆典书书》云:"华亭之望,以大人为宗主。"陆典书是陆云的族叔,故称之为"大人"。这里表现了陆云对家乡的关心和对陆典书的崇敬。

还有《三国志·吴书·陆逊传》记载陆逊封华亭侯,这些都说明了华亭是陆机的家乡。

古代的地志,对陆机的家乡华亭也有一些记载。如:李吉甫《元和郡县志》卷二十五云:"华亭县,天宝十年吴郡太守赵居贞奏割昆山、嘉兴、海盐三县置。华亭谷,在县西三十五里,陆逊、陆抗宅在其侧。逊封华亭侯。陆机云'华亭鹤唳',此地是也。"这里说明了三点:①陆逊、陆抗宅在华亭谷之旁;②陆逊封华亭侯;③陆机说的"华亭鹤唳"指的正是这里。

乐史《太平寰宇记》卷九十五云:"《吴地志》云:'宅在长谷,谷在吴县东北二百里。谷周回二百余里,谷名华亭,陆机叹鹤唳处。谷水下通松江。昔陆逊、陆凯居此谷。'《吴志》云:'……谷东二十里有昆山,父祖墓焉。'故陆机思乡诗曰:'仿佛谷水阳,婉娈昆山阴。'昆山有吴相江陵昭侯陆逊墓。"陆逊、陆凯居于华亭谷,陆机父祖墓在附近的昆山。

又顾野王《舆地志》云:"吴大帝以汉建安中封陆逊为华亭侯,即以其所居为封。"(《太平寰宇记》卷九十五引)这里指出陆逊居于华亭。

朱长文《吴郡图经续记》卷中云:"昆山在本县西北,或曰在华亭,盖割昆山之境以县华亭故也。晋陆机与其弟云生于华亭。"这里指出,陆机与弟陆云生于华亭。

以上资料说明陆机的故乡在华亭,也就是说,陆机的籍贯在华亭。

记得1990年,中华书局约我撰写《魏晋南北朝文学史料学》一书(此书完成后改名《魏晋南北朝文学史料述略》,中华书局1997年出版,2007年出版增订本)。我在撰写陆机一节时,对陆机的籍贯很费斟酌。他祖父陆逊是吴郡吴人,照理说,陆机也应是吴郡吴人,而《晋书·陆机传》只说他是吴郡人。吴郡那么大的地方,他的籍贯在何处?《晋书·陆机传》说陆机是吴郡人,那是否定了"吴郡吴人"说,而其籍贯在何处,没有说。根据《世说新语·尤悔》所载:"(陆机)临刑叹曰:'欲闻华亭鹤唳,可复得乎!'"我认为,他的家乡在华亭。因此,我初步断定,陆机的籍贯是吴郡华亭。

但又有些放心不下。经过现在的论证,我认为陆机是吴郡华亭人,他的籍贯是吴郡华亭。这就是我论证的结果。

2017 年 6 月 12 日写毕

说韩愈《山石》诗

韩愈是唐代杰出的散文家和著名诗人。在中国文学史上占有重要的地位。在中唐诗坛上,韩愈的诗歌别开生面,取得了较高的成就,并对宋代的诗歌有很大的影响。但是,后世对他的诗歌历来有褒有贬,存在着不同的看法。毛泽东同志在给陈毅同志谈诗的信中指出:"韩愈以文为诗;有些人说他完全不知诗,则未免太过,如《山石》、《衡岳》(即《谒衡岳庙遂宿岳寺题门楼》)、《八月十五酬张功曹》(即《八月十五夜赠张功曹》)之类,还是可以的。"毛泽东同志对韩愈诗作出了公允的评价。

毛泽东同志提到的三首诗都是韩愈诗中的名篇,其中以《山石》诗流传最广:

> 山石荦确行径微,黄昏到寺蝙蝠飞。
> 升堂坐阶新雨足,芭蕉叶大栀子肥。
> 僧言古壁佛画好,以火来照所见稀。
> 铺床拂席置羹饭,疏粝亦足饱我饥。
> 夜深静卧百虫绝,清月出岭光入扉。
> 天明独去无道路,出入高下穷烟霏。
> 山红涧碧纷烂漫,时见松枥皆十围。
> 当流赤足蹋涧石,水声激激风吹衣。
> 人生如此自可乐,岂必局束为人靰?

嗟哉吾党二三子,安得至老不更归!

这是一首纪游诗,写诗人黄昏到寺,山寺夜宿,天明离去的见闻,可分为四段:

第一段四句写黄昏到寺的情景。途中石头高低不平,山路狭窄难行。诗人到达寺庙,已是黄昏时分,暮色苍茫,蝙蝠乱飞。新雨之后,在客堂上观赏阶前景色,只见"芭蕉叶大栀子肥"。元好问说:"予尝从先生(王中立)学,问作诗究竟当如何?先生举秦少游(观)《春日》诗云:'有情芍药含春泪,无力蔷薇卧晚枝。'此诗非不工,若以退之'芭蕉叶大栀子肥'之句校之,则《春日》为妇人语矣。"(《中州集·拟栩先生王中立传》)这里,以《春日》诗与《山石》诗比较,一纤弱窘仄,一爽朗豪壮,迥然不同。"芭蕉"句形象鲜明,写得阔大、饱满。雨后景色,分外喜人。

第二段六句写诗人在山寺过夜。寺僧向诗人介绍古壁佛画,并举火观画。但佛画古老,粉墙剥落,所见依稀。接着寺僧为诗人整理床铺,准备饭食。这既写出寺僧招待之殷勤,也表现了诗人心情之舒畅。"夜深"二句写留宿时所见夜景。夜深人静,万籁无声;明月出岭,清光入扉。高步瀛评这两句说:"写雨后月出,景象妙远。"(《唐宋诗举要》卷二)的确如此。

第三段六句写天明辞去。清晨的群山,烟云弥漫,辨别不清道路。沿着山路走,出了这个山谷又入那个山谷。时而上坡,时而下坡,穷尽烟霏,仍在山中。山花红,涧水碧,沿途景色十分迷人,时时可以看到巨大的松树枥树,几个人都合抱不过来。涧流潺潺,涉水过涧,水激风吹,使人感到无限舒畅。以上六句构成一幅优美的清晨山行图。尺幅千里,给人以无穷的美的享受。

第四段四句抒写自己的感慨,以议论作结。诗人感到人生如此,自是可乐。何必混迹幕府,为人所羁?得二三志同道合者,至老不归可也。这里流露了一些消极思想,但这种写法对山景之美也起了衬托作用。

这首诗,语言干净,风格平易,在韩愈诗中别具一格。今天读之,仍颇能激发我们对祖国大好河山的热爱的感情。这是唐诗中的佳作。

1983 年 12 月 29 日

"霜叶红于二月花"

——谈杜牧的《山行》诗

杜牧是晚唐时期的著名诗人,后人以他与李商隐并称为"小李杜"。杜牧长于近体诗,其七绝尤为精彩。他的七绝名作甚多,《山行》是其中广泛流传的一首。诗云:

> 远上寒山石径斜,
> 白云生处有人家。
> 停车坐爱枫林晚,
> 霜叶红于二月花。

这首诗写的是诗人山行所见的景色,是一首优美的写景诗。首句写寒山、石径,皆山行所见。"远上",写诗人在山中漫游。诗歌一开头就紧扣题意,点明山行。"寒山",指深秋时节的山。深秋天寒,用"寒"来暗示时令。"石径斜",写出曲折的石头小径蜿蜒山上,也写出了山势。诗人笔下的"山",既非名山胜地,亦非奇峰秀峦,只是常见的山。这种习见的景物,诗人拈来,不加渲染,自富诗情。

次句写白云、人家,也是山行所见。在中国古典诗歌中,山和云常常是不可分的。陶弘景诗云:"山中何所有?岭上多白云。只可自怡悦,不可持赠君。"(《诏问山中何所有赋诗以答》)韩愈亦有"云横秦岭家何在"的名句。此诗由山写到白云原是很自然的。"白云生处",即山的深处。在寒山的深处,在白云层生的地方,还可以看到忽隐忽现的人家。"有人家"给这幽静、荒僻的山野带来了生活的气息。寒山、石径、白云、人家,再加上诗人自己,交织成一幅秋景图,使人感到诗中有画。

在山行中,忽然,诗人所乘之车停下来了。为什么"停车"呢?是因为喜爱这枫林的晚景。第三句点出山行的时间是傍晚,停车的原因是喜爱"枫林晚"。秋天枫林的傍晚,天上是余霞成绮,夕阳红艳;地下是层林尽染,万山红遍。实在太美了,怎不令诗人陶醉呢?火红的"枫林"为画面增色不少,使僻静的山野洋溢着生机勃勃的景象。

诗人为什么喜爱枫林晚景呢?也许我们会想得很多,然而诗人只用一句话就说清楚了,这就是"霜叶红于二月花"。经霜的枫林比早春二月盛开的花朵更为鲜红、艳丽。这个比喻是多么生动、形象,无怪乎它历来为人们所传诵。人们都知道"万紫千红总是春",明媚的春光使人感到充满了光明和希望。但是,在诗人的笔下,秋天比春天更美丽,更逗人喜爱。这是因为在秋风萧瑟、百花凋零的时候,枫树能抗严霜,斗寒风,傲然独立,不为所屈,因此显得分外鲜艳。这句诗表现了诗人豪爽的精神、雄健的情怀,使人精神振奋。

中国古典诗歌有一个特点:诗人吟咏秋景,往往流露出感伤的情调。宋玉的《九辩》说:"悲哉秋之为气也!萧瑟兮草木摇落而变衰。"这是首开"悲秋"之端的名句。这种悲秋的感情影响极为深远。以后的诗人,凡歌唱秋声秋色者,或述肃杀之感,或抒悲凉之情,多不出悲秋范围。而杜牧此诗则意境清新,别开生面,所以传诵千古。

1981 年 1 月 23 日

《资暇集》的作者是谁

《资暇集》的作者是谁?说法不一。
《四库全书总目》卷一一八著录《资暇集》三卷,提要云:

> 唐李匡乂撰。旧本或题李济翁,盖宋刻避太祖讳,故书其字。……《文献通考》一入杂家,引《书录解题》作李匡文;一入小说家,引《读书志》作李匡义,而字济翁则同。《陆游集》有此书跋,亦作李匡文。王楙《野客丛书》作李正文。然《读书志》实作匡乂,诸书传写自误耳。匡乂始末未详。书中称再从叔翁汧公,知为李勉从孙。又称宗人翰作《蒙求》,载苏武、郑众事云云,则晋翰林学士李翰之族,其人当在唐末。《唐书·艺文志》有李匡文《两汉至唐年纪》一卷,注曰"昭宗时宗正少卿",盖即匡乂。书中但自称守南漳。盖所历之官,非所终之官也。

这是认为,《资暇集》的作者是李匡乂。
清周中孚《郑堂读书记》卷五十四《资暇集》三卷提要云:

> 唐李匡文撰。匡文,字济翁,郑惠王元懿五世孙,宰相夷简子,昭宗时,官宗正少卿。旧本作"匡乂",字之误也。《四库全书》著录。《新唐志》小说家、《崇文目》小说家、《读书志》、《书录解题》、

《通志》《通考》《宋志》俱见小说类，俱载之。《崇文目》"集"作"录"，陈氏、马氏及《宋志》俱作"集"，余皆无"集"字。马氏又于小说类重出此种，无"集"字，盖从晁氏载入也。诸家俱作"匡文"，惟袁本《读书志》作"匡乂"，衢本及马氏所重出者俱作"匡义"，此则"文"与"乂"乃字形相涉而讹，又因草书"義"字作"乂"而讹为"義"也。考济翁之名匡文，见《唐书·宗室世系表》及《艺文志》史部编年类、谱牒类与子部小说家类，凡四见，皆作"匡文"。又陆放翁《渭南文集》跋此书亦作"匡文"，王勉夫《野客丛书》引此书则作"正文"，盖避"匡"为"正"也。自晁氏始讹作"匡乂"此据袁本，又讹作"匡義"此马氏所据本，从此刊是书者皆作"匡乂"矣。《书》曰："三人占，则从二人之言。"今济翁名匡文，不名匡乂，证据如此之多，吾从其多者为定论焉。

这是认为，《资暇集》的作者是李匡文。

今人余嘉锡《四库提要辨证》卷十五《资暇集》二卷提要辨证云：

> 《提要》谓诸书作"匡文"者为误，谓其始末未详，得周氏此条，足订其误。然周氏所考济翁仕履，亦止据《唐书·世系表》及《艺文志》，今案《书录解题》卷八云："《李氏房从谱》一卷，唐洛阳主簿李匡文撰，时为图谱官。"又："《圣唐偕日谱》一卷，前贺州刺史李匡文撰。"《唐会要》卷十六："中和元年，僖宗避贼成都，有司请享太祖以下十一室，太子宾客李匡乂建议。"合此三条观之，则其始末益详矣。至作《蒙求》之李翰，乃唐玄宗时人，非晋翰林学士，说详《蒙求集注》条下。……

这是赞同周中孚说，认为《资暇集》的作者是李匡文，补充了三条资料。

今人陈垣《史讳举例》第三十七《因避讳一人数名例》：

唐李匡乂撰《资暇集》三卷，旧本或题李济翁撰，盖宋刻避太祖讳书其字。或作李乂，亦避讳省一字。《文献通考》一入杂家，引《书录解题》作李匡文；一入小说家，引《读书志》作李匡義。陆游集有此书跋，亦作李匡文。《野客丛书》作李正文。然《读书志》实作李匡乂。《新唐书·艺文志》有李匡文《两汉至唐年纪》一卷，注曰："昭宗时宗正少卿。"盖即匡乂，因避讳一人数名也。

这是认为，《资暇集》的作者是李匡乂，因避讳而一人数名。

今人岑仲勉《唐史余沈》卷四《李夷简子匡文与资暇集》云：

《史讳举例》四云（见前）。余氏《四库提要辨证》子五引周中孚《郑堂读书记》五四，均主从多数作匡文，此姑不论。至其书卷下有云："大历中，愚之再从叔翁司徒汧公之镇滑也。"《四库提要》谓由是"知为李勉从孙"，《郑堂读书记》因更联而系之云："《资暇集》三卷，唐李匡文撰，匡文字济翁，郑惠王元懿五世孙，宰相夷简子，昭宗时官宗正少卿。"学者都无异辞，顾余心窃窃疑之。考《旧纪》一六，长庆二年……九月壬子，"太子少师李夷简卒，赠太子太保"。《新书》一三一本传："以右仆射召，辞不拜，复以检校左仆射兼太子少师，分司东都。明年卒，年六十七，赠太子太保。"（依《旧纪》，夷简即以是年卒，传作明年误。）使匡文非夷简晚生子，则至昭宗初年，已远逾悬车之岁，蓄此疑团，乃取其书循览一过，求有无涉于世系之其他记载。夫宰相职至重，夷简亦宗室佼佼者，《资暇集》乃无一语及其先德，使作者果夷简子，则亦远乎人情。……其最可注意者唯卷下李环饧条云:"……开成初,余从叔听之镇河中……"按《旧纪》一七下,开成元年闰五月"乙酉,以太子太保分司李听为河中节度使",听非他,晟之子也。由文义言之,从叔应比再从叔翁为亲,今使言从叔者合,则著书人直陇西一系,非宗室子也。……前人惟泥于汧公大名,遂遗此不论,实缘未详检全书耳。……

续检《玉海》五一:"《志》李匡文《玉牒行楼》一卷(《崇文目》二卷,《书目》一卷,李正文编次唐室宗属子孙,各附以院额,后目之为天房鉴概)。"又:"《书目》:《皇孙郡王谱》一卷,唐宗正卿李正文撰,起高祖,讫悉宗诸王封孙。又《元和县主昭穆谱》一卷,记元和至开成三年所封五十九人。"……诸谱似皆开成末撰……依此推测,余颇信新志"昭宗"字误,或当正作"文宗",如是,则撰《两汉至唐年纪》与撰上列各谱者同为夷简子匡文,撰《资暇集》者时代较后,别为一人,亦非宗室……

岑氏并未分辨《资暇集》的作者是李匡文还是李匡乂,但是考出《资暇集》之作者非李夷简子李匡文,而是另有其人。从而否定了《郑堂读书记》的论断。

关于《资暇集》的作者问题,众说纷纭,莫衷一是。迄无定论。

六经注我　我注六经

《宋史》卷四百三十四《陆九渊传》云:

> 或劝九渊著书,曰:"六经注我,我注六经。"又曰:"学苟知道,六经皆我注脚。"

"六经注我,我注六经",如何理解?冯友兰先生《我的读书经验》(《书林》杂志编辑部编《治学集》,上海人民出版社1983年版)中对此作了解释。他说:

> 从前有人说过:"六经注我,我注六经。"自己明白了那些客观的道理,自己有了意,把前人的意作为参考,这就是"六经注我"。不明白那些客观的道理,甚而至于没有得古人的意,而只在语言文字上推敲,那就是"我注六经"。只有达到"六经注我"的程度,才能真正地"我注六经"。

冯先生的解释,使人难以理解。在他看来,"六经注我"是认识问题的高级阶段,而"我注六经"反而是认识问题的低级阶段。最后又说,只有达到"六经注我"的程度,才能真正地"我注六经"。似乎又颠倒了。按照《宋史·陆九渊传》所述,我认为,"六经注我"即六经是我的注脚,我何必著书?"我注六经"的意思是,"我注六经",也是按照六经的思想著书,又何必著书? 就是说,不必写书了。现在一般的理解是,"六经注我",是说陆九渊接受六经,与六经的思想是一致的。而"我注六经",则是在接受了六经思想之后,自己又加以发挥。所以有人将"六经注我"比为"汉学",将"我注六经"比为"宋学",比喻虽然不准确,却也能说明一些问题。但是,这样理解又与陆氏的思想不合。偶阅中国社会科学院哲学研究所中国哲学史研究室编的《中国哲学史资料选辑》(宋元明部分,中华书局1962年版),此书选录陆九渊《语录》多条。其中有一条云:"或问先生何不著书,对曰:'六经注我,我注六经。'"这条语录后注云:

> 这里"我注六经",是反问语。因为他一贯反对著书,认为郑玄、朱熹注经,都是"留情传注翻榛塞",都是徒劳。所以

特别强调"万物皆备于我","心即理","同此心,同此理",人只要"明心",自己的心与六经就可以互为佐证。何必再去注经呢?杨简记此云:"六经当注我,我何注六经?"添一"当"字一"何"字,意义更明。

这条注释已将问题说得十分清楚。至于后人如何理解,那是另外一回事了。

2005年6月20日

三坊七巷的名人梁章钜

中央电视台八套曾播出过电视连续剧《三坊七巷》。此剧一开始就介绍了福州三坊七巷的著名人物,梁章钜就是其中的一位。福州人知道林则徐的很多,而知道梁章钜的人并不多。我因为整理过梁章钜的学术名著《文选旁证》(此书福建人民出版社已于2000年1月出版,是《八闽文献丛刊》之一),对梁氏有些了解,现在给大家作些简单的介绍。

梁章钜(1775—1849),字闳中,一字芷林,晚号退庵。原籍福建长乐县,居住在长乐南乡之江田里。清初,其祖迁居福州。其父梁赞图,字斯志(又字翼斋),乾隆三十三年(1768)举人,曾任汀州府宁化县教谕。章钜在父亲的影响下,遍读群书,为日后的著书立说打下了坚实的基础。乾隆五十九年(1794),他中本省乡试成举人,时年二十岁。嘉庆七年(1802),登进士第,时年二十八岁。历任礼部员外郎、荆州知府、山东按察使、江苏布政使、广西巡抚、江苏巡抚、两江总督等职。

梁章钜任地方官多年,他为官清廉,具有爱国爱民的思想。道光十六年(1836),他任广西巡抚,道光二十年(1840),鸦片战争爆发,他曾率领大军抵御英国侵略军。道光二十一年(1841),他任江苏巡抚,正值英国侵略军进犯江浙,他到任数日,即赴上海组织防御英军的入侵。他训练士兵,严阵以待,迫使英军避去。后英军攻陷浙江定海,两江总督裕谦兵败自杀。他任两江总督,因军务繁忙,日夜操劳,旧疾复发,遂回归乡里。

梁章钜任江苏巡抚时,他所面临的,一方面是英军的入侵,另一方面是自然灾害。道光二十一年,江淮大水泛滥成灾,难民纷纷渡江南下,日以万计。他率领所属官员捐钱救济难民。一边用船运送难民,一边设厂留养难民。从初秋到孟冬三个月,运送出境者六十余万人,自孟冬至次年春在厂留养的达四万多人。他还捐助棉衣万件,给厂中难民御寒用。三月以后,继续运送难民北返,受到人民的称赞。林则徐诗云:"悱恻救世心,卓荦经世务。不辞一身瘁,残黎活无数。"(《题芷林方伯〈目送归鸿图〉》)这应是实录。

梁章钜与林则徐是同乡,又是邻居,交谊甚深。道光四年(1824),梁章钜五十寿辰,林则徐作画题诗表示祝贺,诗云:"玉馆昭华已奏功,鹤飞一曲趁清风。仙心合拟淮南子,寿骨遥推河上公。秋是八千还遇闰,诗成五十未称翁。看君直节长承露,验取高冈百尺桐。"(《梁芷林观察章钜五十初度,写〈报闰图〉寄祝,并系以诗》)古人认为"桐实嘉木,凤凰所栖"(郭璞《梧桐赞》),林则徐画桐咏桐以祝贺梁章钜的五十华诞,特别是"看君"二句,写出了梁氏的高风亮节,表现了林则徐对梁氏的景仰之情。道光二十二年(1842),林则徐被流放新疆伊犁,梁章钜有诗云:"出塞不辞三万里,著书须计一千年。可怜粤麓非屏麓,望断苍茫敕勒天。"(《北东园日记诗》)思念老友,遥望新疆,不禁怆然。在此诗之后,梁氏注云:"昨有传林少穆(林则徐字)已赐还入关者,为之喜而不寐,实谣言也。余福州老屋在屏山之麓,与少穆为比邻者数年。"于此可见梁氏对在流放中的林则徐的关心和思念,因为他们原是老邻居啊!

林则徐和他的同乡前辈梁章钜情谊深长。梁章钜去世后,林则徐为他撰写《墓志铭》。从《墓志铭》我们得知,梁章钜一生撰写的著作有六十七种之多(一说七十余种),其中比较重要的有《论语集注旁证》二十卷、《孟子集注旁证》十四卷、《三国志旁证》三十卷、《文选旁证》四十六卷、《称谓录》十卷、《退庵随笔》二十四卷、《楹联丛话》十二卷、《浪迹丛谈》十一卷、《浪迹续谈》八卷、《浪迹三谈》六卷、《归田琐记》十卷等。特别要提到的是,《文选旁证》为其三十年精力所萃,是清代文选学的名著,具有较高的学术价值。

梁章钜一生为官,政务繁忙。在为官之余,撰写了大量的著作。他为官清廉,政绩卓著;他学问渊博,成就突出。他既是文学家,又是著名学者。三坊七巷诞生这样的人物,是三坊七巷的光荣,也是福州人民的光荣。

2003 年 5 月 26 日

读书偶记

冯友兰所著《中国哲学史新编》的《全书绪论》说到李商隐的诗:"永忆江湖归白发,欲回天地入扁舟。"他说:

> 李商隐还有两句诗说:"永忆江湖归白发,欲回天地入扁舟。"意思是说,他总是想着在年老的时候,退休隐居于江湖之上,到了那个时候,他就可以带着整个世界进入到一只小船之中。这是这两句诗的本来的意思,并不是我的发挥。李商隐是这样说的,我就这样解释。可注意的是,他要带着整个的世

界进入一只小船之中。这可能吗？这是可能的。他所说的整个世界就是他的整个的精神境界,其中包括了他对于人类精神生活的了解和体会。这种了解和体会,就是人类精神的反思。李商隐用形象思维把这个意思表达出来。(《中国哲学史新编》上,人民出版社1998年版28页)

冯先生对李商隐这两句诗的解释很新颖,富有哲学意味,引人进一步思考,表现了一位哲学家的见解。这种看法,古人也有过,如清代学者纪昀就曾说过:"'欲回'句言归老扁舟,舟中自为世界,如缩天地于一舟然。即仙人敛日月于壶中,佛家缩山川于粟颖之意。注家谓欲待挽回世运,然后退休,非是。"(《瀛奎律髓刊误》引)纪昀早有这样的理解,但冯先生的诠释更为详细、具体,更加引人入胜。

李商隐的"永忆江湖归白发,欲回天地入扁舟"两句诗,出自他的《安定城楼》诗。全诗如下:

> 迢递高城百尺楼,绿杨枝外尽汀洲。
> 贾生年少虚垂涕,王粲春来更远游。
> 永忆江湖归白发,欲回天地入扁舟。
> 不知腐鼠成滋味,猜意鹓雏竟未休!

唐文宗开成二年(837),李商隐25岁,登进士第。据《新唐书·李商隐传》记载:"开成二年高锴知贡举,令狐绹雅善锴,奖誉甚力,故擢进士第。"这是说,李商隐进士及第,令狐绹是说了好话的。次年,李商隐应吏部博学宏词科试,先为考官所取,并拟安排官职,复审时被淘汰。落选以后,李商隐赴泾原节度使王茂元幕。茂元爱其才,以女嫁之。以此为令狐绹所忌恨。唐代后期,有朋党之争,即牛李党争。牛党以牛僧孺、李宗闵为首,李党以李德裕为首。牛李党争是唐朝朝廷大臣之间的派系斗争。令狐绹属牛党，王茂元属李党。李商隐曾得到令狐绹的帮助，后来又是王茂元的女婿。这使他陷入党争之中而不能自拔。李商隐的处境使他仕途迍邅，官场失意，心情抑郁，命运不幸。最后在怨愤和不满中离开人世，卒年47岁。李商隐死后，与其同时的诗人崔珏写了两首悼亡诗《哭李商隐》，其二诗云："虚负凌云万丈才，一生襟抱未曾开。鸟啼花落人何在，竹死桐枯凤不来。良马足因无主踠，旧交心为绝弦哀。九泉莫叹三光隔，又送文星入夜台。"这首诗对李商隐一生怀才不遇充满了惋惜与同情，悲悼之情浓烈，震撼人心。崔珏认为李商隐是一代奇才，而遭遇坎壈，故愤愤不平，发此浩叹。其实，"英雄有迍邅，由来自古昔。何世无奇才，遗之在草泽"。西晋诗人左思早就发出不平之鸣了。怀才不遇，在封建社会中是司空见惯的。亘古如斯，也就不足为怪了。

李商隐的《安定城楼》写于开成三年（838）春天，时在王茂元幕。他在博学宏词科落选以后，心情烦闷，登楼远眺，抒发自己胸中愤懑不平的感情。诗的开头两句写诗人登楼所见的景色。诗人登上安定城楼，瞻望远方，只见绿杨树林尽处的水中洲渚和水边的平地，一片春天的景象。但是美好的春光，并没有使诗人陶醉。自己不幸的遭遇使他想起古人。三、四句写汉初的贾谊和三国时的王粲。贾谊是汉初杰出的政论家、思想家、文学家。他年轻时写了《陈政事疏》上奏朝廷，对当时诸侯王割据，匈奴贵族的侵扰的形势，认为"可为痛哭者一，可为流涕者二，可为长太息者六"，提出一系列匡正的建议。可是，贾谊忧国忧民的建议，并没有得到朝廷的重视，所以说："虚垂涕。"这里可能暗指其博学宏词科落选。王粲，三国时魏国杰出的文学家。汉献帝初平三年（192），王粲因长安扰乱，离开长安，往荆州襄阳投奔刘表，但没有受到刘表的重视。

后登当阳城楼,作《登楼赋》,赋云:"冀王道之一平兮,假高衢而骋力。"抒写自己壮志难酬的苦闷。借喻李商隐落第后寓居泾原,心情抑郁,愿望难以实现的忧愁。五、六句写自己的雄心壮志,表示了自己功成身退的思想。这是历来传诵的名句。意思是说,我长期想着老年时归隐,但是要在做一番回转天地的宏大事业之后,再乘一叶扁舟,遨游江湖。这里暗用了春秋时越国大夫范蠡的典故。范蠡协助越王句践平吴,越王平吴后,号称霸王。范蠡想到"飞鸟尽,良弓藏;狡兔死,走狗烹"的谚语,于是功成身退。他离开越王,乘扁舟漫游江湖。事见《史记·越王句践世家》。最后两句是说,我真是不懂一些人把腐烂的老鼠当作美味佳肴,他们以为那秉性高洁的凤凰来抢夺腐鼠,以至凤凰被猜疑得无止无休。这是愤怒地斥责一些追求利禄的小人,对诗人猜疑永无休止。这里用的是《庄子·秋水》中的典故。《庄子·秋水》云:"惠子相梁,庄子往见之。或谓惠子曰:'庄子来,欲代子相。'于是惠子恐,搜于国中三日三夜。庄子往见之,曰:'南方有鸟,其名鹓雏,子知之乎?夫鹓雏,发于南海而飞于北海,非梧桐不止,非练实不食,非醴泉不饮。于是鸱得腐鼠,鹓雏过之,仰而视之曰:"吓!"今子欲以子之梁国吓我邪!'"这一则寓言故事是说:庄子来梁国,梁国宰相惠施恐庄子取代他的相位。庄子说,他视相位如同腐鼠,鸱鹰爱食之,我则如同凤凰,非梧桐不栖,非竹实不食,非甘泉不饮,难道你想拿腐鼠来吓唬我吗?李商隐借用这个典故表示他对官位的鄙视。

从上面的诠释中,可以看出,我对"永忆江湖归白发,欲回天地入偏舟"二句的理解和冯先生不同。冯先生的理解是个别学者的看法,我的理解是清代以来众多学者的意见。清代以来学者论及"永忆"二句者颇多,如何焯云:"吾诚永忆江湖,欲归而优游白发,但俟回旋天地功成,却入偏舟耳。"(《义门读书记》)王应奎云:"李安溪（光地）先生云：'言己长忆江湖以归老，但志犹欲斡回天地，然后散发扁舟耳。'此为得之。"（《柳南随笔》）沈德潜云："言己长忆江湖以终老，但志欲挽回天地，乃入偏舟耳。"（《唐诗别裁》）冯浩云："言扁舟江湖，必须待旋乾转坤，功成白发之时。"（《玉溪生诗集笺注》）陆昆曾云："吾永忆江湖，欲归而优游白发，但必俟回旋天地功成，却入扁舟耳。"（《李义山诗解》）程梦星云："五、六言本欲功成名立，归老江湖，旋乾转坤，乃始勇退。"（《重订李义山诗集笺注》）姜炳璋云："五、六是连环句法，思归老江湖，而年力富强，未忍遽弃；欲挽回天地，而扁舟飘泊，所志未酬。"（《选玉溪生诗补说》）俞陛云云："诗谓归隐江湖，乃其夙志，而白发淹留者，将欲整顿乾坤，遂其济时之愿，即扁舟入海，随渔父之烟雾而去耳。"（《诗境浅说》）黄侃云："五、六句一意互言，言欲俟旋乾转坤之后，归老江湖，以扁舟自适也。"（《李义山诗偶评》）等等，都与我的理解相同。我认为：这是根据诗人的生平思想和诗歌的内容作出的解释，是完全合理的，也是正确的。至于纪昀、冯友兰的解释亦可备一说。因为"诗无达诂"啊！

李商隐诗的艺术成就很高。《蔡宽夫诗话》云："王荆公晚年亦喜称义山诗，以为唐人知学老杜而得其藩篱者，唯义山一人而已。每诵其'雪岭未归天外使，松州犹驻殿前军'，'永忆江湖归白发，欲回天地入扁舟'与'池光不受月，暮气欲沉山'，'江海三年客，乾坤百战场'之类，虽老杜无以过也。"宋代著名诗人王安石认为李商隐诗可以媲美杜诗，这个评价是很高的。近人张采田云：李商隐诗"隐辞诡寄，哀感绵眇，往往假用闺襜琐言，以寓其忧生念乱之痌，苟非细审行年，潜探心曲，有未易解其为何语者"（《玉溪生年谱会笺》）。李商隐诗善用象征手法，多用历史典故，往往晦涩难懂。所以金代著名诗人元遗山也有"诗家总爱西昆好，独恨无人作郑笺"的感叹。但是,由于他的诗深情绵邈,艺术成就高,具有自己的特点,对后世诗歌有深远的影响。

2011 年 10 月 15 日

谈谈读书

有一次,一位工人师傅到我家里来油漆书架。他看到我丰富的藏书,抱着怀疑的态度问我:"老师,这么多书,你都读完了吗?"我微笑一下,回答他说:"这么多书,不是每一部都要读的。读书人要有自己的目的,根据目的,有选择地读书,方能为自己所用。如果毫无目的地见书就读,将一事无成。"工人师傅似乎听懂了我的话,点了点头。

我认为,大学生、研究生、从事教学和研究工作的人读书都应该有自己的目的,根据目的的需要,有选择地读书。如果没有目的地乱翻书,消闲自然可以,作为学习和研究是不可以的。这样做将浪费许多宝贵的时间。

这里,我想起了张之洞在《輶轩语》中说的一段话:

> 泛滥无归,终身无得;得门而入,事半功倍。或经,或史,或词章,或经济,或天算地舆。经治何经?史治何史?经济是何条?因类以求,各有专注。至于经注,孰为师授之古学?孰为无本之俗学?史传,孰为有法?孰为失体?孰为详密?孰为疏舛?词章,孰为正宗,孰为旁门?尤宜决择分析,方不致误用聪明。此事宜有师承。然师岂易得?书即师也。今为诸生指一良师。将《四库全书总目提要》(简称《四库提要》)读一过,即略知学问门径矣。析而言之,《四库提要》为读群书之门径。

时过境迁,这一段话的具体内容,我们不必深究,而其方法仍然是值得我们重视的。

《四库全书总目提要》是一部著名的目录书,著录图书3461种,79309卷,"存目"著录图书6793种,93551卷。乾隆以前的我国重要古籍,基本收入,读者可根据需要选读。至于每部的提要都是当时著名学者撰写的,颇具学术价值。著名学者余嘉锡先生在《四库提要辨证》序录中说:"余之略知学问门径,实受《提要》之赐。"可见《四库全书总目提要》指导人们读书治学所起的作用。

清朝乾隆六十年(1795),《四库全书总目提要》刊刻完毕。光绪二年(1876),张之洞编的《书目答问》刊印问世。张氏编撰此书的目的是为学子指示读书之门径。书中《略例》说:"诸生好学者来问应读何书,书以何本为善。偏举既嫌挂漏,志趣学业亦各不同,因录此以告初学。"这是张氏编撰此书之目的。又说:"读书不知要领,劳而无功;知某书宜读而不得精校精注本,事倍功半。(此编所录,其原书为修《四库》书时所未有者十之三四。《四库》虽有其书而校本、注本晚出者十之七八。)今为分别条流,慎择约举,视其性之所近,各就其部求之。"这说明张氏所开各书是供学子选读的。此书有一个特点,即书目后常附评语。如杜甫诗,版本很多,何本最佳,读者往往并不清楚,此书在杨伦注《杜诗镜铨》后评曰:"杜诗注本太多,仇、杨为胜。"即杜诗注本以仇兆鳌和杨伦注本最好。又在胡仔《苕溪渔隐丛话》下曰:"此书采北宋诗话略备。"在魏庆之《诗人玉屑》下曰:"此书采南宋诗话略备。"三言两语,对读者都很有帮助。

1931年,范希曾的《书目答问补正》出版。此书一是"补"《书目答问》刊行"五十年间新著新雕未及收入"者,一是"正"其"小小讹失"。《补正》补录书籍1200种左右,反映了五十年来学术研究的主要成就,提高了《书目答问》的使用价值。

读书人了解古籍的概况,识别各种书籍之优劣,选读自己所需要的书,《四库提要》和《书目答问》及其《补正》都可以提供帮助,确实给读书人带来很大的方便。

先师汪辟疆先生有《读书说示中文系诸生》一文,为中文系大学生推荐十部书,兹稍加解说,附录于后:

一、《说文解字》。读先秦两汉古籍必须通文字训诂,因此《说文解字》是必须读的。清代段玉裁的《说文解字注》可用。

二、《毛诗正义》。《诗经》是我国古代第一部诗歌总集,不可不读。清代陈奂《诗毛氏传疏》、马瑞辰《毛诗传笺通释》可参考。《诗经》的今人注本极多,可参阅。

三、《礼记正义》。张之洞说:"治经次第,先治《诗》,后治《礼》。"王国维说:"读《诗》、《礼》,厚根柢,勿为空疏之学。"《礼记》是儒家杂述古代礼制的书,对了解古代社会有帮助。清代孙希旦《礼记集解》可参考。

四、《荀子》。此书是先秦儒家学派的重要著作。有人认为,荀子思想支配中国两千多年,值得一读。清代王先谦的《荀子集解》是最精详的注本。

五、《庄子》。《庄子》是道家学派的重要著作,旨远文高,乃玄学之宗,对后世思想有深远的影响。清代郭庆藩的《庄子集释》是较好注本。今人注本很多,可参阅。

六、《汉书》。班固《汉书》是中国纪传体断代史的第一部,堪称断代史之楷模。唐代有《汉书》学,对历史有深远的影响,对文学亦有较大的影响。唐代颜师古注《汉书》为权威注本,清代王先谦的《汉书补注》是最佳注本。

七、《资治通鉴》。简称《通鉴》,是我国第一部编年体通史。

上起周威烈王二十三年（前403），下至后周世宗显德六年（959），记载了1362年的历史。此书体大思精，旧称绝作，享有很高的学术声誉。中华书局标点本《资治通鉴》最便使用。

八、《楚辞》。以楚国诗人屈原为代表的诗歌，西汉刘向编为《楚辞》。南朝梁沈约论当时文学说："源其飙流所始，莫不同祖风、骚。"（《宋书·谢灵运传论》）说明《楚辞》和《诗经》一样，对后世文学有深远的影响。《楚辞》的重要注本有南宋洪兴祖的《楚辞补注》、朱熹的《楚辞集注》。今人注本很多，可参阅。

九、《文选》。南朝梁萧统编。因萧统是昭明太子，故此书又名《昭明文选》。这是我国现存最早的一部诗文总集。《文选》选录周至南朝梁诗文700多篇，大都是优秀作品。唐代有《文选》之学。《文选》对后世文学有深远的影响。有李善注《文选》、五臣注《文选》。李善注最佳。

十、杜诗。即杜甫诗。杜诗上承八代，下开唐宋，乃诗歌之集大成者。史传谓其诗"浑涵汪茫，千汇万状，兼古今而有之"。诚然。重要注本有仇兆鳌的《杜诗详注》、杨伦的《杜诗镜铨》、钱谦益的《钱注杜诗》等。

汪先生推荐的书，都是中国古籍中的重要著作，是应该认真阅读的。但是，这个书目是汪先生60年前开列的，随着时间的流逝，今天已不能完全适应大学生的需要了，可是对有志于研究中国古典文学的人，亦可供参考。

如何读书？简言之，就是有目的地根据需要读书，乱读书往往徒劳无功。

2004年4月20日

再谈读书

我们读书治学一定要学习一些目录学知识。什么是目录学？姚名达于《目录学》中说："目录学者，将群书部次甲乙，条列异同，推阐大义，疏通伦类，将以辨章学术，考镜源流，欲人即类求书，因书究学之专门学术也。"这是对目录学的界定，明确地提出目录学的功用。

我国的目录学历史悠久，远在汉代，刘向即有《别录》之作，其子刘歆亦有《七略》之作。但目录学这一名称直到北宋才出现。宋苏象先《苏魏公谭训》卷四说："祖父（苏颂）谒王原叔（王洙），因论政事，仲至（王洙之子王钦臣的字）侍侧，原叔令检书史，指之曰：'此儿有目录之学。'"目录之学者，目录学也。目录学在宋代以后发展较快，至清代出现了《四库全书总目提要》，目录学研究臻于鼎盛。

目录学之重要，前贤论及者颇多，如清代江藩曰："目录者，本以定其书之优劣，开后学之先路，使人人知其书可读，则为易学而功且速矣。吾故尝语人曰：'目录之学，读书入门之学也。'"（《师郑堂集》）清代王鸣盛曰："目录之学，学中第一要紧事，必从此问途，方能得其门而入。"（《十七史商榷》卷一）又曰："凡读书最切要者，目录之学。目录明，方可读书，不明终是乱读。"（同上，卷七）今人余嘉锡曰："目录之学为读书引导之资。凡承学之士，皆不可不涉其藩篱。"（《目录学发微·目录学之意义及其功用》）各家所论，皆说明了目录学在读书治学中的重要作用。

中国古代目录学的内容十分丰富。清代张之洞在《书目答问》中说："目录之学，最要者《汉书·艺文志》、《隋书·经籍志》、

《经典释文叙录》《旧唐书·经籍志》《新唐书》《宋史》《明史》艺文志。"(卷二)张氏所举目录,除《经典释文叙录》之外,都是史志目录。其中《汉书·艺文志》和《隋书·经籍志》尤为重要。

班固据刘歆《七略》而编撰《汉书·艺文志》。其内容是前有总序,述汉以前学术概况,后分六艺、诸子、诗赋、兵书、术数和方技六略,略下分三十八种,各"略"皆有序,各"种"除《诗赋略》外,亦皆有序。著录图书596家,13269卷。前人对《汉书·艺文志》的评价很高。清代学者金榜说:"不通《汉书·艺文志》,不可以读天下书。《艺文志》者,学问之眉目,著述之门户也。"(清王鸣盛《十七史商榷》卷二十二引)清代史学家章学诚说:"《艺文》一志,实为学术之宗,明道之要。"(《校雠通义》)清代目录学家姚振宗说:"今欲求周秦学术之渊源,古昔典籍之纲纪,舍是志无由津逮焉。"可见此志之重要。

《隋书·经籍志》分经、史、子、集四部。经部分十类,史部分十三类,子部分十四类,集部三类。著录梁、陈、齐、周、隋藏书3127部,36708卷,佚书1064部,12759卷。附道四种,佛十一种。总序述唐以前之学术源流及演变。各部、类有大序、小序。清代姚振宗说:"自周秦六国、汉魏六朝迄于隋唐之际,上下千余年,网罗十几代,古人制作之遗,胥在乎是。"(《隋书经籍志考证·叙录》)先师汪辟疆先生称此志"类例整齐,条理备具。每于部类后,各系以后论总论,尤足以究学术之得失,考流别之变迁,文美义赅,班《志》后所仅见也"(《目录学研究》)。都作了很高的评价。

《经典释文序录》对了解唐以前经学发展概况有用。《旧唐书·经籍志》著录唐代开元间藏书3060部,51852卷,《新唐书·艺文志》著录唐代藏书3277部,52094卷,《宋史·艺文志》著录宋代藏书9819部,11990卷,《明史·艺文志》著录明人著作4633

部,105970卷。《明志》只著录明代图书,前代不录。诸书皆可供查考研究之用。

应该提到的是宋代两部著名的私家藏书目录,即晁公武的《郡斋读书志》和陈振孙的《直斋书录解题》。《郡斋读书志》有衢州本与袁州本之分,衢州本著录图书1461部,袁州本著录图书1937部,各书都有提要。《直斋书录解题》原有56卷(今存22卷),著录图书3096种,51180余卷,各书都有解题。二书受到后世的重视。元初史学家马端临的历史巨著《文献通考》(348卷)中的《经籍考》76卷,几全部采录了《郡斋读书志》和《直斋书录解题》的提要。《经籍考》也是重要的目录书,张之洞说:"《文献通考》中《经籍考》,虽非专书,尤为纲领。"(《书目答问》卷二)确实如此。

中国古代规模最大、影响最大的目录书是清代的《四库全书总目》(又称《四库全书总目提要》)。此书分经、史、子、集四部,著录图书3461种,79309卷。存目6793种,93551卷。各书皆有提要,各类有小序,四部各有总序。执笔大都是学有专长的学者,如戴震、邵晋涵、周永年、翁方纲、朱筠、姚鼐等人,有较高的学术价值。清代目录学家周中孚说:"窃谓自汉以后,簿录之书,无论官撰私著,凡卷第之繁富,门类之允当,考证之精详,议论之公平,莫有过于是编矣。"(《郑堂读书记》卷三十二)绝非溢美之辞。清代张之洞说:"将《四库全书总目提要》读一过,即略知学问门径矣。析而言之,《四库提要》为读群书之门径。"(《輶轩语》一)今人余嘉锡说:"余略知学问门径,实受《提要》之赐。"(《四库提要辨证》序录)可见此书在读书治学中所起的作用。

张之洞的《书目答问》是指示治学门径的书目,此书《略例》说:"诸生好学者来问应读何书,书以何本为善……因录此以告初学。"编书目的十分明确。此书开列图书2200种,后来范希曾《书目答问补正》补录图书1200种。是一部适合当时士子使用的目录书。著名学者余嘉锡说他的学问"是从《书目答问》入手"(陈垣《余嘉锡论学杂著序》)。著名史学家陈垣承认,他少年时对四书五经以外的学问发生兴趣,即得力于《书目答问》的引导(《书目答问二种》导言)。亦可见此书在老一辈学者读书治学中所起的作用。

为什么要学习目录学,前人已说得很多了,归纳起来,学习目录学的作用有:一、掌握中国古籍概况;二、了解各书的基本状况;三、粗知学术源流;四、指示读书治学的门径;五、考辨古籍的依据;六、检索资料的顾问。因此,我们读书治学,学习了目录学,将受益无穷。

最后,我要声明的是,上述内容,是对文史专业的读者而言的。由于专业不同,所学习的目录学的内容自然也不同。

2004年10月31日

关于国学基本书目

所谓"国学",是指我国传统文化和学术。其载体主要为中国古籍。中国古籍浩如烟海,专家估计大约有十万种之多。如此众多的古书从何读起?使人感到茫然。为了解决这个问题,前贤开列了一些"国学基本书目",供初学者参考。

最早的国学基本书目,是清光绪元年(1875),张之洞著的《书目答问》。此书分经、史、子、集四部分,著录古籍约2200种。此书《略例》说:"诸生好学者来问应读何书,书以何本为善。偏举既嫌纰漏,志趣学业亦各不同,因录此以告初学。"这是说明此书供初学者参考。又说:"读书不知要领,劳而无功;知某书宜读而不得精校精注本,事倍功半。"这是告诉人们读书要有所选择。《书目答问》对当时和后世的读书人帮助很大。著名学者陈垣、余嘉锡等都受过此书的影响。

1931年,范希曾的《书目答问补正》出版。此书补充著录古籍约1200种,纠正了原书的一些错误,使此书的内容更加丰富,提高了此书的学术价值和使用价值。

"五四"以后,1923年,胡适和梁启超先后开出国学基本书目。胡适开的书目题为《一个最低限度的国学书目》,开书163种。据说是为几位即将出国留学的学生开列的,后因嫌数量太多,圈了39种。即《书目答问》、《中国人名大辞典》、《九种纪事本末》、《中国哲学史大纲》、《老子》、《四书》、《墨子间诂》、《荀子集解》、《韩非子》、《淮南鸿烈集解》、《周礼》、《论衡》、《佛遗教经》、《法华经》、《阿弥陀经》、《坛经》、《宋元学案》、《明儒学案》、《王临川集》、《朱子年谱》、《王文成公全书》、《清代学术概论》、《章实斋年谱》、《崔东壁遗书》、《新学伪经考》、《诗集传》、《左传》、《文选》、《乐府诗集》、《全唐诗》、《宋诗钞》、《宋六十家词》、《元曲选一百种》、《宋元戏曲史》、《缀白裘》、《水浒》、《西游记》、《儒林外史》、《红楼梦》。梁启超对这个书目的批评是,挂漏太多,博而寡要,不合用。说得颇有道理。

梁启超的书目题为《国学入门书要目及其读法》,开书133种。可能也是自嫌数量太多,又拟了一个《最低限度之必读书目》,开书25种,即《四书》、《易经》、《书经》、《诗经》、《礼记》、《左传》、《老子》、《墨子》、《庄子》、《荀子》、《韩非子》、《战国策》、《史记》、《汉书》、《后汉书》、《三国志》、《资治通鉴》(或《通鉴纪事本末》)、

《宋元明纪事本末》、《楚辞》、《文选》、《李太白集》、《杜工部集》、《韩昌黎集》、《柳河东集》、《白香山集》。至于词曲,可随所好选读数种。梁氏认为:"以上各书,无论学矿,学工程学……皆须一读。若并此未读,真不能认为中国学人矣。"此论已不切实际了。

大约是1929年,黄侃和他的老师章太炎合开了一个国学基本书目共25种,即《十三经》、《大戴礼记》、《国语》、《史记》、《汉书》、《资治通鉴》、《通典》、《庄子》、《荀子》、《文选》、《文心雕龙》、《说文》、《广韵》。黄侃弟子徐复教授评曰:"以上青年必读书25种,包括四部中最重要的典籍,可以囊括一切,也是治各门学问的根柢。"

三十年代,鲁迅为其挚友许寿裳之子刚考上大学中文系的许世瑛开了一个书目,共12种。即《唐诗纪事》、《唐才子传》、《全上古三代秦汉三国六朝文》、《全汉三国晋南北朝诗》、《历代名人年谱》、《少室山房笔丛》、《四库全书简明目录》、《世说新语》、《唐摭言》、《抱朴子外编》、《论衡》、《今世说》。这个书目有三个特点:一、摒弃儒家经典;二、注重唐以前之诗文;三、注意各时代之风俗民情和社会状况。与各家书目大不相同。

1939年,汪辟疆的《读书说示中文系诸生》开列书目10种,即《说文解字》、《毛诗正义》、《礼记正义》、《荀子》、《庄子》、《汉书》、《资治通鉴》、《楚辞》、《文选》、《杜诗》。甚为简明扼要。但是今天中文系的学生恐亦难以做到了。

1961年,陈垣与北京师范大学历史系毕业生谈话时,开出了《论语》、《孟子》、《史记》、《汉书》、《庄子》、《荀子》、《韩愈集》、《柳宗元集》、《日知录》、《十驾斋养新录》、《书目答问》、《四库全书总目》等书,作为同学们自修时参考。陈氏所开书目,体现了他自己治学的经验,比较切合历史系学生的实际。作为一个历史系的毕业生,如果要做学问,必须沿着此路前进。

随着时间的流逝,以上各家所开书目的实用性已大大地减弱。但是,这些书目,对于学习和研究我国传统文化和学术的人,仍有一定的参考价值。

2003 年 1 月 15 日

《十三经》与《二十四史》

暑假里,与朋友聊天,听说现在许多文史专业的大学生,不知道《十三经》、《二十四史》,我感到十分诧异。

我国是世界文明古国之一,有悠久的历史和灿烂的文化。中国古籍作为古代文化的载体,极其丰富。据初步统计,现存古籍在十万种以上。在这浩如烟海的古籍中,《十三经》、《二十四史》是其最重要的组成部分。作为文史专业的大学生,不知道是不应该的。

兹将《十三经》、《二十四史》简介如下:《十三经》包括《周易》、《尚书》、《诗经》、《周礼》、《仪礼》、《礼记》、《左传》、《公羊传》、《穀梁传》、《论语》、《孝经》、《尔雅》、《孟子》十三部经书。《十三经》的形成是有一个历史过程的。先秦时有《六经》,即《诗》、《书》、《礼》、《易》、《春秋》和《乐经》。秦以后,《乐经》亡佚。汉武帝时有《五经》,即《诗》、《书》、《礼》、《易》、《春秋》。汉代提倡"孝治"。东汉时《五经》加上《论语》、《孝经》为《七经》。唐代时,以《易》、《书》、《诗》、《周礼》、《仪礼》、《礼记》、《左传》、《公羊传》、《穀梁传》为《九经》。唐文宗时,《九经》加上《论语》、《孝经》、《尔雅》为《十二经》。宋代再加上《孟子》,就成了《十三经》。

《十三经》通行的版本是《十三经注疏》,即:

《周易》,魏王弼、韩康伯注,唐孔颖达等正义。

《尚书》,旧题汉孔安国传,唐孔颖达等正义。

《诗经》,汉毛亨传,汉郑玄笺,唐孔颖达等正义。

《周礼》,汉郑玄注,唐贾公彦疏。

《仪礼》,汉郑玄注,唐贾公彦疏。

《礼记》,汉郑玄注,唐孔颖达等正义。

《左传》,晋杜预注,唐孔颖达等正义。

《公羊传》,汉何休注,唐徐彦疏。

《穀梁传》,晋范宁注,唐杨士勋疏。

《论语》,魏何晏集解,宋邢昺疏。

《孝经》,唐玄宗注,宋邢昺疏。

《尔雅》,晋郭璞注,宋邢昺疏。

《孟子》,汉赵岐注,宋孙奭疏。

这是古代最权威的注本。清代学者对《十三经》的研究,超过了前人,中华书局编辑、出版《十三经清人注疏》,收入李道平撰《周易集解纂疏》、孙星衍撰《尚书今古文注疏》、陈奂撰《诗毛氏传疏》、马瑞辰撰《毛诗传笺通释》、孙诒让撰《周礼正义》、胡培翚撰《仪礼正义》、孙希旦撰《礼记集解》、刘文淇等撰《左传旧注疏证》、刘宝楠撰《论语正义》、焦循撰《孟子正义》、郝懿行撰《尔雅正义》等著作。这些著作皆有较高的学术价值,值得重视。

下面介绍《十三经》的字数和主要内容:

《周易》,24207字(一说24107字)。内容包括《经》和《传》两部分。《经》有六十四卦三百八十四爻,供占卜用。《传》是解释卦、爻辞的,共十篇,称为《十翼》。

《尚书》,25800字(一说25700字)。《尚书》,即上古史书。

内容是中国上古历史文件和一些历史著作的汇编。

《诗经》,39224字(一说39234字)。《诗经》是我国最早的一部诗歌总集,它反映了西周初年到春秋中叶的社会生活。

《周礼》,45806字。又名《周官》,是讲周代政治制度的书。

《仪礼》,56624字(一说56115字)。又称《礼经》,记载周代礼仪制度。

《礼记》,99020字(一说99010字)。又名《小戴礼记》。主要阐明礼的作用和意义。

《左传》,196845字。又名《春秋左氏传》。《春秋》相传是孔子修的鲁国史。《左传》是左氏(丘明)对《春秋》的解说。

《公羊传》,44075字。此书是公羊高对《春秋》的解说。

《穀梁传》,41512字。此书是穀梁赤对《春秋》的解说。

《论语》,13700字(一说11705字)。孔子门人所编,主要内容为孔子语录。

《孝经》,1903字(一说1799字)。专门讲孝道的书。

《尔雅》,13113字(一说10791字)。我国最早解释词义的专著。

《孟子》,34685字(一说35410字)。记述孟子(轲)言行的书。

《二十四史》包括二十四部纪传体史书,过去称之"正史",即:

《史记》,130卷,西汉司马迁撰,记载传说中的黄帝(前2550?)至汉武帝元狩六年(前122)的历史。

《汉书》,100卷,东汉班固撰,记载汉高祖元年(前206)至王莽地皇四年(23)的历史。

《后汉书》,120卷,南朝宋范晔撰,记载汉光武帝建武元年(25)至汉献帝延康元年(220)的历史。

《三国志》,65卷,晋陈寿撰,记载魏文帝黄初元年(220)至晋武帝太康元年(280)的历史。

《晋书》,130卷,唐房玄龄等撰,记载晋武帝泰始元年(265)至晋恭帝元熙二年(420)的历史。

《宋书》,100卷,南朝梁沈约撰,记载宋武帝永初元年(420)至宋顺帝升明三年(479)的历史。

《南齐书》,59卷,南朝梁萧子显撰,记载齐高帝建元六年(479)至齐和帝中兴二年(502)的历史。

《梁书》,56卷,唐姚思廉撰,记载梁武帝天监元年(502)至梁敬帝太平二年(557)的历史。

《陈书》,36卷,唐姚思廉撰,记载陈武帝永定元年(557)至陈后主祯明三年(589)的历史。

《魏书》,130卷,北齐魏收撰,记载魏道武帝登国元年(386)至东魏孝静帝武定八年(550)的历史。

《北齐书》,50卷,唐李百药撰,记载北齐文宣帝天保元年(550)至北齐幼主承光元年(577)的历史。

《周书》,50卷,唐令狐德棻撰,记载西魏文帝大统元年(535)至周静帝大定元年(581)的历史。

《隋书》,85卷,唐魏徵等撰,记载隋文帝开皇元年(581)至隋恭帝义宁二年(618)的历史。

《南史》,80卷,唐李延寿撰,记载宋武帝永初元年(420)至隋文帝开皇九年(589)的历史。

《北史》,100卷,唐李延寿撰,记载魏道武帝登国元年(386)至隋恭帝义宁二年(618)的历史。

《旧唐书》,200卷,后晋刘昫等撰,记载唐高祖武德元年(618)至唐哀帝天佑四年(907)的历史。

《新唐书》,225卷,宋宋祁、欧阳修等撰,记事起迄时间同《旧唐书》。

《旧五代史》,150卷,宋薛居正等撰。记载梁太祖开平元年(907)至周恭帝显德六年(959)的历史。

《新五代史》,74卷,宋欧阳修撰,记事起迄时间同《旧五代史》。

《宋史》,496卷,元脱脱等撰,记载宋太祖建隆元年(960)至赵昺祥兴二年(1279)的历史。

《辽史》,116卷,元脱脱等撰,记载辽太祖神册元年(916)至辽天祚帝保大五年(1125)的历史。

《金史》,135卷,元脱脱等撰,记载金太祖收国元年(1115)至金哀宗天兴三年(1234)的历史。

《元史》,210卷,明宋濂等撰,记载元太祖元年(1206)至元顺帝至正二十八年(1368)的历史。

《明史》,332卷,清张廷玉等撰,记载明太祖洪武元年(1368)至明庄烈帝崇祯十七年(1644)的历史。

《二十四史》的形成也有一个历史过程。唐代称《史记》、《汉书》、《后汉书》为"三史"。宋代以《隋书》以前的十三史加上《南史》、《北史》、《新唐书》、《新五代史》称为"十七史"。明代在"十七史"外,加上宋、辽、金、元四史,合称"二十一史"。清乾隆时加上《明史》称"二十二史"。后乾隆又诏增《旧唐书》和《旧五代史》,合称为"二十四史"。1921年,北洋军阀政府下令将《新元史》列为"正史",合称"二十五史"。新中国成立后,一些出版社汰去《新元史》,增《清史稿》,合称"二十五史"。习惯上仍将《清史稿》除外,称"二十四史"。

《二十四史》以前四史最为重要。前四史以《史记》、《汉书》最为重要。它们是中国古代通史、断代史的楷模,对后世有深远的影响。

以上介绍十分简略,读者如想进一步了解《十三经》、《二十四史》的概况,可阅读通俗读物《经书浅谈》(《文史知识》编辑部编,中华书局1984年版)、《〈二十四史〉简介》(吴树平著,见《古代要籍概述》,中华书局1997年版)。

2005年3月15日

怎样买书

"怎样买书?"这样的问题,也许有的同志听到会哑然失笑。买书岂不简单,难道其中还有什么学问?

是的,买书大有学问。

当今世界上的书籍浩如烟海,怎样才能购得自己所需要的呢?这就要求你具备一些有关书籍的知识:

一、目录学知识

目录学是研究书目的一种学问。清代学者江藩说:"目录之学,读书入门之学也。"(《师郑堂集》)读书人学一点目录学,可以了解图书的基本情况和学术源流,指示学问门径,对自己的学习和研究都是很有帮助的。著名历史学家陈垣就曾向学生说过:"在自修的时候,可以读一读过去的目录书,如《书目答问》、《四库总目》等。"他还说:"(我)十三岁发现《书目答问》,渐渐学会买书。"

二、版本知识

各种图书的版本,以及每一种书的雕版源流,传抄情况,哪一种是善本,哪一种是劣本,哪一种是原刻本,哪一种是翻刻本,以至印纸墨色、字体刀法、藏书印记、版式行款、装潢式样等,都是版本学研究的内容。版本学的内容是十分丰富的,我们要懂得的只是其中最普通的常识,然后通过查阅《增订四库简明目录标注》《书目答问补正》等书了解版本的优劣。过去(清以前)出版的古籍有工具书可查,而现代和当代出版的古籍,因为无书可查,只能通过流览报刊上的评介文章和该书的《出版说明》来了解其版本情况,有时还需要自己具备一定的鉴别能力。

三、文学史等知识

要买文学书籍,最好先学一点中国文学史,了解历代作家和作品,以及他们的思想与艺术成就。这些知识对我们选购书籍将起指导作用。文学和历史、哲学的关系比较密切,学文学的人也要买一些历史和哲学方面的书籍。因此,也应该读一点《中国史学史》《中国哲学史》之类的书籍,以广见闻。有的人也许还想选购一些美学、文艺理论等方面的书籍,不妨如法炮制。

四、其他知识

例如,关于自己所学专业,特别是研究方向的学术情况,与专业有关书籍以及邻近专业书籍的出版信息都应了解。假如你是学中国古典文学专业的,你就应该首先注意购买中国古典文学中的重要书籍,而你的研究方向是唐代文学,那么,你应该特别注意选购研究唐代文学所必需的作品。

具备了以上知识,你就能善于选购自己所需要的书籍。高尔基说:"得到一本'好的、正确的'书,是多么可庆贺的事啊!"是的,一个人身边备有常用的好书,这对他的学习、教学、工作、研究都有莫大的帮助。

1985年9月25日

读书杂议

　　天下读书的人很多,学生为了学习而读书,我们暂且不谈。且说社会上的读书人,亦颇不一样。有的人是在茶余饭后,翻翻书消遣。有的人是因为工作需要而读书,有的人是为了研究学问而读书。

　　一般地说,人们从事的工作不同,他们阅读的业务书籍是不同的。世界上的书籍浩如烟海,其内容丰富多彩,读什么书? 由你自己去选择。而读书的方法主要有两种:一种是精读,一种是略读。哪些书要精读? 哪些书要略读? 各行各业的人是不一样的。现在以一个学习中国古典文学的人为例来说一说:学习中国古典文学的人必需精读中国古典文学中的一些基本著作,如《诗经》、《楚辞》、《文选》、《论语》、《孟子》、《史记》、《汉书》等,精熟了这些著作,今后学习古典文学即可畅通无阻。当然研究一个专题,还要精读专题的基本书籍。其他书一般只要略读就可以。在我们阅读的书中,除了精读、略读两类书之外,还有一类书是供检阅的,如《汉语大词典》、《中文大辞典》、《中华大字典》、《辞源》、《辞海》、《中国人名大辞典》、《中国古今地名大辞典》等工具书。甚至如《二十四史》、《全上古三代秦汉三国六朝文》、《先秦汉魏晋南北朝诗》、《全唐诗》、《全宋词》、《全元散曲》等,除供专门研究之外,在许多时候,也只是供翻查检索的。记得去年暑假,有一个年轻人到我家里来请教报考研究生的一些问题,他看到我书房中的大量藏书说:"老师,这么多书,您怎么读得完呢?"我告诉他,这么多书,不都是要读的。有的是要认真读的,有的要浏览,有的只要翻阅,有的仅供检阅,并不是每一本书都要细细读的。如果有一个人,见到书就拿起来读,不加选择地读下去,这样,即使读破万卷书,也不可能"下笔如有神"。

是的,读书人的情况是各不相同的,除了读书消遣者外,一般的读书人当从自己的需要出发,方可取得预期的效果。

1996 年 12 月 25 日

我的书斋

读书人,能有一间书斋,是多么幸福的事啊!

八四年底,在我执教三十二年之后,学校分配了一套比较宽敞的住房给我,这样,我才有可能考虑给自己安排一间书斋。

书斋,是我藏书、读书、校书、写作的地方。

莎士比亚说:"书籍是全世界的营养品。"高尔基说:"爱好书吧——这是知识的源泉!"我爱书,也喜欢买书。回忆起来,从我十三岁买《水浒》和《七侠五义》之类的书起,到现在已四十多年了。四十多年来,我从不会买书到学会买书,而在买书的过程中,又经过四次变化。大致说来,开始买书,只是买些古代小说,既买《三国演义》、《水浒传》,也买《粉妆楼》、《施公案》、《彭公案》,优劣不分,唯以兴趣为主。上了初中以后,由于语文老师的介绍,我又开始买"五四"以后的新文学作品。我还记得我买的第一本新文学作品是《冰心全集》,后来我才知道这部仅仅有一本的"全集"并不全,叫作"全集",可能是书贾牟利的手段。我还陆陆续续地买了巴金、茅盾、叶圣陶、朱自清、曹禺、郁达夫等人的作品,进入高中以后,买书兴趣有些变化,热衷于购买世界名著,例如莎士比亚、歌德、托尔斯泰、莫泊桑、哈代等人的作品,而给我印象最深的是罗曼罗兰的《约翰·克利斯朵夫》。因为喜爱文学,我考入南京大学中文系。在著名学者胡小石、陈中凡、汪辟疆、罗根泽诸先生的熏陶下,我的兴趣又转向中国古典文学。因此,又注意选购古典文学名著。当时,我已有《诗经》、《楚辞》、《文选》和陶渊明、王维、李白、杜甫等人著作的重要注本,学习古典文学的主要参考书,大致齐备。

我结束了学生生活,又开始了教师生活,这五十年我从来没有离开过学校。在工作中,我根据教学和研究的需要购买参考书,到目前为止,我的藏书已逾三千册。这些书主要是古典文学作品,也有历史、哲学、语言及文艺理论、美学著作。这些书是我的无价之宝,对我的学习、教学和研究工作都有极大的帮助。这些书和我朝夕相伴,时间长了,产生了深厚的感情。它们都像是我的新旧朋友,我了解它们,一旦失去,常常使我难以忘怀。

有的同志问我:"老师,这么多书,您怎么读得完呢?"是的,这么多书是读不完的。这些同志不明白这么多书并不是都要读的。例如工具书《中文大辞典》、《中华大字典》、《辞源》、《辞海》、《中国人名大辞典》、《中国古今地名大辞典》等,只是在需要的时候翻查。至于"二十四史"、《先秦汉魏晋南北朝诗》、《全唐诗》、《全宋词》、《全元散曲》等,固可供浏览,但在许多时候,也只是供检阅用。当然,作为一个学习古典文学的人,有些书是要读的,例如《诗经》、《楚辞》、《论语》、《孟子》、《史记》、《汉书》等是应该认真读的。此外,还要根据自己的教学工作需要和研究方向,精读一些书。如果不能做到这一点,你的教学和研究工作是搞不好的。

因此,我的藏书根据教学和研究的需要分为三类:一类是供检阅的,一类是供浏览的,一类是供精读的。对于它们我绝不会一视同仁。

我的书斋也是我教书、写作的地方。教书，给研究生讲授的《古代文论研究》、《文心雕龙研究》等课程是在这里进行的，我带的研究生也在这里上课。师生一堂，研究学术，讨论问题，气氛热烈，态度认真，确实能够收到集思广益、教学相长的效果。我今后的一些教学讲稿、研究论文和专著如《文选学研究》、《文心雕龙研究》等的写作，将在这里完成。书斋，是我工作和学习的地方，也是我为国家效力的地方。我爱书，我爱我的书斋，在这里，我将有一分热，发一分光，为人民的教育事业贡献一份力量。

1986 年 4 月 20 日

我与书

我的一生，多半的时间是在书斋里度过的。我的书斋并不大，只有十二平方，藏书也不多，只有四五千册。但是，我需要的各类参考书和常用工具书基本上都有了，使用起来极为方便。我爱书，书是我的良师益友。每当我打开书时，眼前就展现出一个新的天地，感到无比的愉悦。读书，对我来说，完全是一种美的享受。

我爱书，因此我喜欢买书、读书、藏书、写书。我的一生与书结下了不解之缘。

回忆起来，从我十二三岁买《水浒》和《七侠五义》起，到现在已有六十多年了。六十多年来，我从不会买书到学会买书。而在买书的过程中，又经过四次变化。大致说来，我开始买书，只是买些古代小说，既买《三国演义》、《水浒传》、《西游记》，也买《粉妆楼》、《施公案》、《彭公案》，优劣不分，唯以兴趣为主。上了初中以后，由于语文老师的介绍，我又开始购买"五四"以后的新文学作品。我还记得我买的第一本新文学作品是《冰心全集》。后来我才知道这部仅仅一本的"全集"并不全,叫作"全集",可能是书贾牟利的手段。我还陆陆续续地买了巴金、茅盾、叶圣陶、朱自清、曹禺、郁达夫等人的作品。进入高中以后,买书的兴趣有些变化,热衷于购买世界文学名著,例如莎士比亚、歌德、托尔斯泰、莫泊桑、哈代等人的作品,而给我印象最深的是法国作家罗曼·罗兰的《约翰·克利斯朵夫》。因为爱好文学,我顺利地考入大学中文系。在著名学者胡小石、陈中凡、汪辟疆、罗根泽诸先生的熏陶下,我的兴趣又转向中国古典文学。因此,我又注意选购古典文学名著。当时,我已先后购买了《诗经》、《楚辞》、《文选》以及陶渊明、王维、李白、杜甫等人著作的重要注本。学习中国古典文学的主要参考书,大致齐备。

应当提到的是,我在高中读书时,曾读过胡适的《一个最低限度的国学书目》和梁启超的《国学入门书要目及其读法》、《要籍解题及其读法》。这三个书目引起了我的注意。胡适的《书目》是1923年3月11日应清华学校四同学之要求开出的,共计163种,因为数量过大,又应同学之请,开出一个"实在的最低限度的书目",即《书目答问》、《中国人名大辞典》、《九种纪事本末》、《中国哲学史大纲》、《老子》、《四书》、《墨子间诂》、《荀子集注》、《韩非子》、《淮南鸿烈集解》、《周礼》、《论衡》、《佛遗教经》、《法华经》、《阿弥陀经》、《坛经》、《宋元学案》、《明儒学案》、《王临川集》、《朱子年谱》、《王文成公全书》、《清代学术概论》、《章实斋年谱》、《崔东壁遗书》、《新学伪经考》、《诗集传》、《左传》、《文选》、《乐府诗集》、《全唐诗》、《宋诗钞》、《宋六十家词》、《元曲选》、《宋元戏曲史》、《缀白裘》、《水浒传》、《西游记》、《儒林外史》、《红楼梦》39种。梁启超认为胡适的书目"博而寡要"、"不合用",于1923年4

月26日另开了一个"国学入门书要目"133种,后来又考虑到"青年学生校课既繁,所治专门别有在,恐仍不能人人按表而读",于是又拟了一个"真正之最低限度(书目)",即《四书》、《易经》、《书经》、《诗经》、《礼记》、《左传》、《老子》、《墨子》、《庄子》、《荀子》、《韩非子》、《战国策》、《史记》、《汉书》、《后汉书》、《三国志》、《资治通鉴》(或《通鉴纪事本末》)、《宋元明史纪事本末》、《楚辞》、《文选》、《李太白集》、《杜工部集》、《韩昌黎集》、《柳宗元集》、《白香山集》25种。"其他词曲集随所好选读数种"。胡、梁的书目指导我选购古代文史著作起了很大的作用。

大学毕业以后,我想从事中国古代文学的研究工作。我的老师汪辟疆先生听说此事,要我阅读《四库全书总目提要》,重点阅读经、史、子、集的总序和各类小序,使我懂得了治学门径。罗根泽先生告诉我,研究中国古代文学首先要精读《诗经》、《楚辞》,以打基础。两位先生的教导使我终身难忘,指引我走上研究中国古代文学的道路。

汪先生要我阅读《四库全书总目提要》,他说:"(《四库全书总目提要》)每部有总序,部又分子目,冠以小序,述其源流正变,以挈纲领。所录各书,皆有极详细之提要。今先取其总序、小序读之,学术纲要,已略具备。再能进而阅《提要》全书,终身受益不浅矣。"(《汪辟疆文集·读书举要》)遵照汪先生的教诲,我阅读了《四库全书总目提要》,了解了经、史、子、集各种书籍的基本情况,也了解了各门学科的源流,懂得了一些学习和研究的门径,确实受益不浅。以后,我又阅读了张之洞的《书目答问》及《汉书·艺文志》、《隋书·经籍志》等书,获得了丰富的古籍知识,对以后读书、治学都很有帮助。

关于《四库全书总目提要》,还应提到的是清人张之洞说的一

段话。他说:

> 泛滥无归,终身无得;得门而入,事半功倍。或经,或史,或词章,或经济,或天算地舆。经治何经?史治何史?经济是何条?因类以求,各有专注。至于经注,孰为师授之古学?孰为无本之俗学?史传,孰为有法?孰为失体?孰为详密?孰为疏舛?词章,孰为正宗?孰为旁门?尤宜抉择分析,方不致误用聪明。此事宜有师承。然师岂易得?书即师也。今为诸君指一良师。将《四库全书总目提要》读一过,即略知学术门径矣。(《輶轩语·语学》)

这一段论述,使我受到很大的启发。著名目录学家余嘉锡先生说:"目录之学为读书引导之资,凡承学之士,皆不可不涉其藩篱,其义以张之洞言之最详。"(《目录学发微》卷一)确实如此。余先生在《四库提要辨证》序录中说:"余之略知学问门径,实受《提要》之赐。"正是经验之谈。

除了《四库全书总目提要》之外,张之洞的《书目答问》对我的帮助也很大。此书《略例》中说:"诸生好学者来问应读何书,书以何本为善……因录此以告初学。"可见此书在当时是指导初学入门之目录书,而在今天完全可以视为治学入门书。余嘉锡先生曾对陈垣先生说过,他的学问"是从《书目答问》入手"(陈垣《余嘉锡论学杂著序》),我也有类似的体会。例如,我初读杜甫诗时,不知何本为佳。《书目答问》说:"杜诗注本太多,仇、杨为胜。"告诉我们读杜甫诗当选择仇兆鳌的《杜诗详注》和杨伦的《杜诗镜铨》,这样就少走了许多弯路。记得1979年,我应中华书局之约,点校吴兆宜的《玉台新咏笺注》,而当时并不知道此书刻本出于何时,查《四库全书总目提要》,得知此书当时只有抄本流传,尚无刻本。查

《书目答问》,方知此书有乾隆三十九年刊本,即原刻本。我点校《玉台新咏笺注》即以此为底本。这些都是《书目答问》给我的直接帮助。

治学从目录学入手,前人言之详矣。清代经学家江藩说:"目录者,本以定其书之优劣,开后学之先路,使人人知其书可读,则为易学而功且速矣。吾故尝语人曰:目录之学,读书入门之学也。"(《师郑堂集》)清代史学家王鸣盛说:"目录之学,学中第一要紧事,必从此问途,方能得其门而入。"(《十七史商榷》卷一)又说:"凡读书最切要者,目录之学。目录明,方可读书,不明终是乱读。"(同上,卷七)清代经学家金榜说:"不通《汉·艺文志》,不可以读天下书。《艺文志》者,学问之眉目,著述之门户也。"(同上,卷二十二引)这些治学经验给我以深刻的影响。

罗先生让我精读《诗经》、《楚辞》,因为这两部文学名著是我国古典文学之祖。沈约在《宋书·谢灵运传论》中论述历代文学之后说:"源其飙流所始,莫不同祖风骚。"指出《诗经》、《楚辞》在中国古代文学史上的崇高地位。精读这两部文学名著,为我学习和研究六朝文学奠定了坚实的基础。记得我在大学毕业以后,精读《诗经》,用的是朱熹的《诗集传》,参阅汉毛亨传、郑玄笺、唐孔颖达疏之《毛诗正义》和陈奂的《诗毛氏传疏》。精读《楚辞》,用的是汉王逸注、宋洪兴祖补注的《楚辞补注》,参阅朱熹的《楚辞集注》、清蒋骥的《山带阁注楚辞》和清戴震的《屈原赋注》。精读二书之后,我感到一生受用无穷。

记得在大学读书时,我就想走治学的道路。但是,不知道怎么做,也不知道研究什么。经过诸位老师的教导,后来我又阅读了《四库全书总目提要》、《书目答问》等目录学著作,渐渐懂得了怎么做。但是,研究什么? 在大学毕业之后一段时间里,仍然决定不下来，经过一段时间的摸索与思考，最后决定研究六朝文学。原因有三：其一，我在大学读书时，胡小石先生讲授六朝诗歌和罗根泽先生讲授六朝文学史，给我留下了深刻的印象。其二，我是六朝古都——南京人，对六朝文学和历史有兴趣。其三，当时研究六朝文学的学者很少，较有价值的著作就是鲁迅先生在《魏晋风度及文章与药及酒之关系》中提到的三种书，即清严可均的《全上古三代秦汉三国六朝文》、近人丁福保的《全汉三国晋南北朝诗》和刘师培的《中国中古文学史》。此外还有新中国成立初期出版的王瑶先生的《中古文学史论》三种：《中古文学思想》、《中古文人生活》、《中古文学风貌》等。其他还有一些，但不多。我认为研究六朝文学似乎大有可为。

大学毕业是我一生的转折点。从此以后，我决定研究中国古代文学，后来决定专门研究六朝文学。由于研究工作的需要，我把买书和我的研究工作结合起来。

五十年代，我既已确定自己的研究方向是六朝文学，于是我陆续购买了严可均的《全上古三代秦汉三国六朝文》、丁福保的《全汉三国晋南北朝诗》、徐陵的《玉台新咏》、郭茂倩的《乐府诗集》、李兆洛的《骈体文钞》、丁晏的《曹集诠评》、陶澍的《陶靖节集注》、倪璠的《庾子山集》等书。经过长期的研究，我撰写了《魏晋南北朝文学史料述略》，点校了《玉台新咏笺注》，皆由中华书局出版。撰写了《滴石轩文存》（论文集），由海峡文艺出版社出版。六十年代，我开始专门研究南朝梁刘勰的《文心雕龙》。同时也专门搜集有关《文心雕龙》的著作和资料。先后购买了范文澜的《文心雕龙注》，黄叔琳注、李详补注、杨明照校注拾遗的《文心雕龙校注》、王利器的《文心雕龙校证》、黄侃的《文心雕龙札记》、刘永济的《文心雕龙校释》等书，经过十余年的研究，我撰写了《文心雕龙研究》，注释了《文心雕龙选》,由福建教育出版社先后出版。《文心雕龙研究》2002年又由鹭江出版社出版了增订本。校注本《魏晋南北朝文论全编》(合作),由江苏教育出版社出版。

我认为《文心雕龙》与《昭明文选》关系密切。八十年代,我又专门研究《昭明文选》。我们知道,南朝梁昭明太子萧统的《文选》,远在唐代已形成了一种专门的学问,即"文选学"(简称"选学"),对后世文学的影响十分深远。为了研究"文选学",我又注意搜集有关《文选》的著作和资料。先后购买了李善注《文选》(尤刻本、胡刻本)、《六臣注文选》(《四部丛刊》影印本、韩国奎章阁本)、五臣注《文选》(陈八郎本影印本)等书,复印了梁章钜的《文选旁证》、张云璈的《选学胶言》、朱珔的《文选集释》等书。经过十余年的研究,我撰写了《昭明文选研究》,由人民文学出版社出版,《昭明文选》,由春风文艺出版社出版,点校了《文选旁证》,由福建人民出版社出版。今年年底,我研究《文选》的专著《文选学研究》将要出版,我的"文选学"研究仍在进行,我希望能在八旬以后出版我的《文选学研究续编》。

我的《魏晋南北朝文学史料述略》,中华书局1997年出版,2002年再版。现在我正在做此书的增补修订工作,待完成后,由中华书局出版增订本。

庄子说:"吾生也有涯,而知也无涯。"人生是有限的,而知识是无穷的。学术研究工作永无尽头。我已年逾古稀,"老骥伏枥,志在千里"。我仍有许多工作要做。"但得夕阳无限好,何须惆怅近黄昏。"我愿以余年为六朝文学研究贡献一份微薄的力量。

我在晚年时,十分喜爱美国作家塞缪尔·乌尔曼的短文《年轻》。这篇名作,鼓励我振作,鼓励我奋斗,鼓励我前进,给我以巨大的精神力量。兹录此以与同道者共勉。

年轻,并非人生旅程中的一段时光,也并非粉颊红唇和体魄的矫健。它是心灵中的一种状态,是头脑中的一种意念,是理性思维中的创造潜力,是情感活动中的一股勃勃朝气,是人生春色深处的一缕清新。

年轻,意味着甘愿放弃温馨浪漫的爱情去闯荡生活,意味着超越羞涩、怯懦和欲望的胆识和气质。而六十岁的男人可能比二十岁的小伙子更多地拥有这种胆识和气质。没有人仅仅因为时光的流逝而变得衰老,只有随着理想的毁灭,人类才出现了老人。

岁月可以在皮肤上留下皱纹,却无法为灵魂刻上一丝痕迹。忧虑、恐惧、缺乏自信才使人伛偻于时间的尘埃之中。无论是六十岁还是十六岁,每个人都会被未来所吸引,都会对人生竞争中的欢乐怀着孩子般无穷无尽的渴望。在你我心灵的深处,同样有一个无线电台,只要它不停地从人群中,从无限的时空中接受美好、希望、欢欣、勇气和力量的信息,你我就永远年轻。一旦这无线电台坍塌,你的心便会被玩世不恭和悲观绝望的寒冰酷暑所覆盖,你便衰老了——即使你只有二十岁。但如果这无线电台始终矗立在你心中,捕捉着每一个乐观向上的电波,你便有希望死于年轻的八十岁。

唐代著名诗人王勃说:"老当益壮,宁移白首之心;穷且益坚,不坠青云之志。"(《滕王阁序》) 是的,我愿在人生的晚年活得更加年轻,攀登书山,畅游学海,从事自己所喜爱的研究工作,向伟大祖国的文化事业贡献自己的余年。鞠躬尽瘁,死而后已。

我与书终身相伴。读书、买书、藏书、写书,其乐无穷!

2003 年 6 月

我的藏书

我的藏书不多,大约只有五千册。这五千册书来之不易,是我用七十多年的时间慢慢积累起来的。我从小学六年级开始购买中国古代章回小说,如《水浒传》、《三国演义》、《包公案》、《粉妆楼》等书。进入初中以后,我喜爱中国现代文学,又陆陆续续购买了鲁迅、茅盾、巴金、郁达夫等人的小说和曹禺的剧本。进入高中以后,我喜爱阅读外国文学名著,又买了莎士比亚、哈代、莫泊桑、契诃夫等人的作品。大约在高二时,我又开始喜欢中国古代文学,于是开始购买中国古代文学作品,如《杜诗详注》(仇兆鳌注)、《楚辞补注》(王逸注、洪兴祖补注)、《楚辞集注》(朱熹注)、《李太白集》(王琦注)、《文选》(李善注)等。自从我爱上中国古代文学后,对自己收藏的世界文学名著、中国现代文学作家的作品就逐步废弃了。

新中国成立后,我考上南京大学中文系。此后,我的志趣全部转入中国古代文学,更加注意搜集中国古代文学的重要著作。买书是一门大学问,学会买书是一个长期的过程。我在高中读书时,经常翻阅梁启超的《最低限度之必读书目》和胡适的《一个最低限度的国学书目》。还有梁启超的《国学入门书要目及其读法》、《要籍解题及其读法》。这些书目和著作,指导我买书,指导我读书,对我的成才起了巨大的作用。

大学时,在著名目录学专家汪辟疆先生的指导下,我开始阅读张之洞的《书目答问》和范希曾的《补正》(二书合在一起,书名《书目答问补正》)。同时阅读《四库全书简明目录》。

《书目答问补正》和《四库全书简明目录》都是指导读书治学

的书。《书目答问》,光绪二年(1876)刊刻问世。此书开列古籍2200种。书中《略例》说:"诸生好学者来问应读何书,书以何本为善。偏举既嫌挂漏,志趣学业各不同,因录此以告初学。"这是张氏编撰此书的目的。又说:"读书不知要领,劳而无功;知某书宜读而不得精校精注本,事倍功半。(此编所录,其原书为修《四库》时所未有者十之三四。《四库》虽有其书而校本、注本晚出者十之七八。)今分别条流,慎择约举,视其性之所近,各就其部求之。"这说明张氏所列的各书是供学子选读的。此书有一个特点,即在书目后有时附有评语,如杜甫诗,版本很多,何本为佳,读者往往不清楚,此书在杨伦注《杜诗镜铨》下评曰:"杜甫注本太多,仇、杨为胜。"仇指仇兆鳌,他有《杜诗详注》,杨即杨伦。又《文选》注本也很多,张氏在《文选六臣注》下评曰:"不如李善单注,已有定论,存以备考。"这里肯定了《文选》李善注本。在胡仔《苕溪渔隐丛话》下曰:"此书采北宋诗话略备。"在魏庆之《诗人玉屑》下曰:"此书采南宋诗话略备。"虽然只有三言两语,可是对读者很有帮助。

《四库全书简明目录》,乾隆四十九年(1784)刊行。此书简明扼要,对读者很有帮助。如《文选李善注》提要云:"《文选》为文章渊薮,善注又考证之资粮。一字一句,罔非瑰宝,古人总集,以是书为弁冕,良无忝矣。"(卷十九)又《六臣注文选》提要云:"五臣注非善注之比,然诠释文句,间有寸长,汇为一编,亦颇便于循览焉。"(卷十九)又《文心雕龙》提要云:"上编二十有五,论体裁之别;下编二十有四,论工拙之由,合《序志》一篇,亦为二十五篇。其书于文章利病,穷极微妙。挚虞《流别》,久已散失。论文之书,莫古于是编,亦莫精于是编矣。"(卷二十)评论精辟,对读者颇有裨益。

《书目答问补正》和《四库全书简明目录》既可指导读者读书治学,亦可指导读者买书。这些书中的评论,可以帮助我们辨别各种著作价值的高低和质量的优劣。有了这样的指导,我们不至于不分好坏地盲目读书和购书。

我的藏书有两大特点:一是实用性,一是学术性。

一、实用性。我长期从事中国古代文学的教学工作,涉及先秦两汉、魏晋南北朝、隋唐五代、宋元、明清及近代各个时期。在教学和学术研究中,需要工具书和参考书。开始工作时,为了查一个字或词,都要到图书馆去,一去就是半天,实在浪费时间。作为教师,最初,为了读音准确,我曾买过《新华字典》和《现代汉语词典》。后来,因为工作需要,我买了大量的工具书,如:查字和词,我有《康熙字典》、《中华大字典》、《汉语大字典》、《说文解字》(段注等)、《经籍纂诂》、《故训汇纂》、《辞源》(4册)、《辞海》(3册)、《辞通》(2册)、《联绵字典》(4册)、《中文大辞典》(40册)、《汉语大词典》(13册)等。查文言虚词,我有《助字辨略》(清刘淇著)、《经传释词》(清王引之著)、《词诠》(杨树达著)、《古书虚字集释》(裴学海著)、《古汉语虚词》(杨伯峻著)、《古代汉语虚词词典》等。查佛学词语,我有《正续一切经音义》(5册)、《佛学大辞典》(丁福保编)、《佛教大辞典》(任继愈主编)、《宗教辞典》(任继愈主编)等。查诗词曲语词有《诗词曲语辞汇释》(张相著)等书。查古典小说词语,我有《小说词语汇释》(陆澹安著)等书。查古典戏曲词语,我有《戏曲词语汇释》(陆澹安著)等书。查变文词语,我有《敦煌变文字义通释》(蒋礼鸿著)等书。

查古代诗文句子出处,我有《佩文韵府》、《骈字类编》,我还有《十三经索引》、《韩非子索引》。还有《庄子引得》、《杜诗引得》等十余种引得。

查历史年代,我有《中国历代年号考》(李崇智著)、《中国历史纪年》(修订本《辞海》附录)、《中国历史纪年表》(万国鼎编)、《中国历史年代简表》(文物版)。查历史上的年、月、日,我有《二十史朔闰表》(陈垣著)、《中国史历日和中西历日对照表》(方诗铭、方小芬编)。应当指出,《二十史朔闰表》在西汉太初以前推算有误,因为陈垣是按《殷历》推算朔闰的。而实际上,根据1972年临沂银雀山二号墓出土的竹历书,西汉太初以前使用的是《颛顼历》。这方面可以参阅《文物》1974年第3期所载的《临沂出土汉初古历初探》一文。

查历史大事,我有《中外历史年表》(翦伯赞主编)、《中国历史大事年表》(沈起炜编)。查中国古代大事,欲知其详,我有《资治通鉴》、《续资治通鉴》等书。

查历史人物,我有《二十四史》、《清史稿》、《中国人名大辞典》(臧励龢编)、《中国历代人名大辞典》(二册,张撝之等编)。查历史人物的传纪资料,我有《二十四史纪传人名索引》(中华版)、《二十五史纪传人名索引》(上海古籍、上海书店版)。我还有《二十四史》及《清史稿》的历代专史的索引。以上是检索"正史"的索引,我还有检索人物各种传记资料的索引:《唐五代人物传记资料综合索引》(傅璇琮等)、《四十七种宋代传记综合引得》(引得编纂处)、《辽金元传纪三十种综合引得》(引得编纂处)、《八十九种明代传记综合引得》(田继宗编)、《三十三种清代传记综合引得》(杜联喆等)等。要了解历史人物更为详细的生平事迹,我有《中国历代年谱总录》(杨殿珣编)、《中国历代人物年谱考录》(谢巍编)可以检索。

查古代地名,我有《中国古今地名大辞典》(臧励龢等编)、《中国历史大辞典·历史地理》分册(谭其骧主编)、《中国历史地名大辞典》(二册,史为乐主编),我还有《中国历史地图集》(顾颉刚、章巽编)、《中国历史地图集》(谭其骧主编)。

查古代职官,我有《历代职官表》(清黄本骥编)、《中国历代职官词典》(沈起炜等)。我还有《通典》(五册)、《通志略》等书。

查古籍,我有《四库全书总目提要》、《四库全书简明目录》、《增订四库全书简明目录标注》、《贩书偶记》、《贩书偶记续编》、《中国丛书综录》、《艺文志二十种综合引得》等书。

上面所列举的工具书,只是我所藏工具书的一部分。还有一些,我现在不再一一提及了。上述内容,可见我藏书的实用性,但是,实用性并不排除学术性。如以上列出的《说文解字》、《资治通鉴》、《通典》等都有很高的学术价值。

二、学术性。我的藏书大都有较强的学术性。无论是教学,还是进行学术研究,皆足供参考。兹以"先秦文学"教学为例,举出应当用到的参考书。

(一)上古神话。我有《中国神话资料萃编》(袁珂、周明)、《神话研究》(茅盾)、《中国古代神话》(袁珂)、《古神话选释》(袁珂)、《山海经注》(郭璞)、《山海经补注》(杨慎)、《山海经校注》(袁珂)、《淮南鸿烈集解》(刘文典)、《淮南子集释》(何宁)等书。

(二)《诗经》。我有《诗经学史》(二册,洪湛侯)、《诗经六论》(张西堂)、《诗经直解》(陈子展)、《泽螺居诗经新证》(于省吾)、《诗选与校笺》(闻一多)、《古典新义》(闻一多)、《诗言志辨》(朱自清)、《诗经注析》(程俊英)、《毛诗正义》(唐孔颖达)、《诗集传》(宋朱熹)、《毛诗传笺通释》(清马瑞辰)、《毛诗后笺》(清胡承珙)、《诗毛氏传疏》(清陈奂)、《诗三家义集疏》(清王先谦)、《诗经原始》(清方玉润)、《经义考》(清朱彝尊)、《诗义会通》(清吴闿生)、《诗经研究论文集》(人民文学出版社)等书。

(三)《楚辞》。我有《屈原》(游国恩)、《屈原辞研究》(金开诚)、《屈原集校注》(金开诚等)、《离骚纂义》(游国恩主编)、《天问纂义》(游国恩主编)、《楚辞直解》(陈子展)、《楚辞今注》(汤炳正等)、《楚辞选》(马茂元)、《楚辞研究论文集》(作家出版社)、《楚辞补注》(东汉王逸注,宋洪兴祖补注)、《楚辞集注》(宋朱熹)、《楚辞通释》(清王夫之)、《山带阁注楚辞》(清蒋骥)、《屈原赋注》(清戴震)等书。

(四)历史散文。关于散文史,我有《中国散文史》(郭预衡)、《中国散文史》(陈柱),另有《先秦散文纲要》(谭家健等)、《先秦散文选》(罗根泽)等书。先秦历史散文,《尚书》我有《尚书注疏》(汉孔安国注,唐孔颖达疏)、《书经集传》(宋蔡沈)、《尚书今古文注疏》(清孙星衍)、《今文尚书考证》(皮锡瑞)、《尚书译注》(王世舜)、《尚书通检》(顾颉刚)、《尚书学史》(刘起釪)等书。《左传》,我有《春秋左传集解》(晋杜预)、《春秋左传诂》(洪亮吉)、《左传纪事本末》(清高士奇)、《春秋左传读本》(王伯祥)、《春秋左传注》(杨伯峻)、《左传译文》(沈玉成)、《左传选》(朱东润)、《左传选》(徐中舒)、《春秋左传词典》(杨伯峻)、《春秋左传学史稿》(沈玉成等)等书。《国语》,我有《国语》(三国吴韦昭)、《国语正义》(清董增龄)、《国语集解》(徐元诰)、《国语选》(傅庚生)等书。《战国策》,我有《战国策》(西汉刘向集录,姚宏、鲍彪、吴师道注)、《战国策集注汇考》(诸祖耿)、《战国策新校注》(缪文远)等书。

(五)诸子散文。关于诸子的丛书,我有《诸子集成》(中华版)、《百子全书》(浙江人民版)。下面分别列举诸子著作:《论语》,我《论语注疏》(宋邢昺等)、《论语集注》(宋朱熹)、《论语正义》(清刘宝楠)、《论语译注》(杨伯峻)等书。《墨子》,我有《墨子间诂》(清孙诒让)、《墨子校注》(吴毓江)、《墨子校释》(王焕镳)等书。《孟子》,我有《孟子章句》(东汉赵岐注)、《孟子集注》(宋朱熹)、《孟子正义》(清焦循)、《孟子译注》(杨伯峻)、《孟子文选》

（李炳英）、《孟子研究》（董洪利）等书。《庄子》，我有《庄子集释》（清郭庆藩）、《庄子集解》（清王先谦）、《庄子补正》（刘文典）、《庄子解》（王夫之）、《庄子内篇新解　庄子通疏证》（王孝鱼）、《庄子今注今译》（陈鼓应）、《庄子译诂》（杨柳桥）、《庄子浅注》（曹础基）、《庄子释译》（欧阳景贤、欧阳超）、《庄子译注》（王世舜）、《庄子序跋论评辑要》（谢祥皓等）等书。《荀子》，我有《荀子集解》（王先谦）、《荀子简释》（梁启雄）、《荀子新注》（北京大学《荀子》注释组）、《荀子简注》（章诗同）、《荀子选》（方孝博）、《荀子通论》（向仍旦）等书。《韩非子》，我有《韩非子集解》（王先谦）、《韩非子集释》（陈奇猷）、《韩子浅解》（梁启雄）、《韩非子校注》（韩非子校注组）、《韩非子索引》（周钟灵等）等书。

　　在我的藏书中，还有《先秦文学史参考资料》（北京大学中国文学史教研室）、《先秦两汉文学史料学》（曹道衡、刘跃进），是必需参考的。至于《中国文学史》（游国恩等）、《中国文学史》（中国社科院文学所）、《中国文学发展史》（刘大杰）、《中国文学史》（詹安泰等）等书的先秦部分，是应该参考的。还有《先秦两汉文学研究》（费振刚）一书，也可参考。

　　我的藏书，隋以前的文学史教学参考书是完全具备的；唐以后的文学史教学参考书是基本具备的。这体现了这些书籍的实用价值，也体现了这些书籍的学术价值。

　　下面谈谈我的藏书在学术研究中的作用。

　　我长期从事六朝文学研究工作，因此，我搜集的六朝文学著作比较齐全。有关六朝文学的著作也十分丰富。我研究的重点有两个：一是《文心雕龙》，一是文选学。兹就文选学略述我的资料的积累。

　　新中国成立前，我在南京读中学，曾买过一部《文选》（李善注，世界书局影印胡刻本）。这可能是受了梁启超《最低限度之必读书目》的影响。1963年，我购得骆鸿凯的《文选学》。从这时开始，我对《文选》开始有所了解。以后，在此书和《书目答问补正》的指导下，我陆陆续续买了一些《文选》和有关《文选》的书，如：《文选》（李善注，影印尤刻本）、《文选》（李善注，影印胡刻本）、《文选》（李善注，上海古籍出版社排印标点本）、《六臣注文选》（影印《四部丛刊》本）、《六臣注文选》（影印《四库全书》本）、《五臣注文选》（影印陈八郎本）、《文选李注补正》（清孙志祖）、《文选考异》（清孙志祖）、《文选笔记》（清许巽行）、《文选集释》（清朱珔）、《文选笺证》（清胡绍煐）、《文选旁证》（清梁章钜）、《文选理学权舆》（清汪师韩）、《文选理学权舆补》（清孙志祖）、《选学胶言》（清张云璈）、《文选颜鲍谢诗评》（元方回）、《六朝选诗定论》（清吴淇）、《义门读书记·文选》（清何焯）、《文选类诂》（丁福保）、《选学拾沈》（清李详）、《文选李注义疏》（高步瀛）、《文选平点》（黄侃）、《昭明文选李善注拾遗》（清王煦）、《选学规李　选学纠何》（清徐攀凤）、《敦煌吐鲁番本文选》（饶宗颐）、《唐钞文选集注汇存》（佚名）等等约四百种。我对《文选》和《文选》研究资料进行研究，先后撰写了《昭明文选研究》、《文选学研究》和《昭明文选》，点校了《文选旁证》。还发表了三十多篇论文。这里可以看出我的藏书的学术性及其参考价值。

　　我的藏书经过七十年的淘汰与更新，现在大约还有五千册。这些书大都是学术精品，是我的无价之宝。它们对我的教学和学术研究起了决定性的作用，使我受益无穷。我一天也离不开它们。但是，我已进入耄耋之年，人生几何？我研究的《文心雕龙》和《文选》均无传承人。这些书以后怎么办呢？我感到茫然。山东大学萧涤非教授曾经慨叹他的老师，著名诗学专家、北京大学老教授黄节先生藏书的散失。他说:"黄先生是 1935 年正月病死在北平的,我从青岛去协同办理丧事。令人伤心的是,差不多和棺材抬出的同时,他的藏书也送进了书店。其中数百种有关《诗经》的书,一时分散,尤为可惜。这就是旧社会对一位老专家的'待遇'了。"(《读诗三札记》)一个著名学者的藏书,皆多年搜集的精品,自有其特色,十分宝贵。一旦散失,极为可惜。命运如此,令人叹息!

2013 年 6 月 9 日写毕
时年八十四

闲话治学

谈到治学,我立刻想到王国维在《人间词话》里说的一段话:"古今之成大事业、大学问者,必经过三种之境界:'昨夜西风凋碧树,独上高楼,望尽天涯路。'此第一境也。'衣带渐宽终不悔,为伊消得人憔悴。'此第二境也。'众里寻他千百度,回头蓦见(当作"蓦然回首"),那人正(当作"却")在,灯火阑珊处。'此第三境也。"(据王幼安校订本,人民文学出版社 1982 年版)

这是说,干大事业、做大学问的人,必须经过三种境界。"昨夜"二句,出自晏殊的《鹊踏枝》,全词是:

> 槛菊愁烟兰泣露。罗幕轻寒,燕子双飞去。明月不谙离恨苦,斜光到晓穿朱户。　昨夜西风凋碧树,独上高楼,望尽天涯路。欲寄彩笺兼尺素,天长水阔知何处。

词牌又名《蝶恋花》。此词写离别相思之情。通过景物的描写,渲染离愁别恨,十分感人。"昨夜"三句写主人公登楼远眺,望尽天边的道路。这是王国维"三境界"中的第一境。就治学而言,指寻找治学的目标。

"衣带"二句,出自欧阳修的《蝶恋花》。全词是:

倚危楼风细细。望极春愁,黯黯生天际。草色烟光残照里,无言谁会凭阑意。　拟把疏狂图一醉,对酒当歌,强乐还无味。衣带渐宽终不悔,为伊消得人憔悴。

此词写相思的愁苦。主人公春日独自登楼,望着夕阳残照,思念伊人愁苦难言。借酒浇愁,终觉无味。为了她,不惜消瘦、憔悴。"衣带"二句是写为了爱情,始终不悔,为了她值得斯人憔悴。这是王国维"三境界"中的第二境,借指斯人为事业、为治学辛勤工作而消瘦,始终不悔,值得自己为之憔悴。

"众里"三句,出自辛弃疾的《青玉案·元夕》。全词是:

东风夜放花千树。更吹落,星如雨。宝马雕车香满路。凤箫声动,玉壶光转,一夜鱼龙舞。　蛾儿雪柳黄金缕。笑语盈盈暗香去。众里寻他千百度,蓦然回首,那人却在,灯火阑珊处。

此词写元宵节的夜景。上阕写元宵热闹的景象。下阕写"那人"。"众里"三句写诗人在熙熙攘攘的人群中寻他千百次,忽然回头,只见"那人"在灯火稀稀落落的地方。这是王国维"三境界"中的第三境,借指治学终有发现。

记得在中学学习时,阅读《人间词话》,王国维的"三境界说"就给我留下了深刻的印象。而今年逾古稀,仍铭记不忘。它指导我治学,影响实在太大了。

治学的过程如此,如何入门呢?

以中国古典文学研究为例。为了帮助初学者入门,大学者梁启超、胡适、鲁迅、章太炎、黄侃和我的老师汪辟疆先生先后都开过入门书目。但是,梁、胡的书目过繁,鲁迅的书目较偏,章、黄和汪的书目虽然比较适中,在今天也不适用了。

如何读书治学？我最欣赏的是著名史学家陈垣的一段话。他说:

一、从目录学入手。这就可以知道各书的大概情况。这是涉猎,有大批的书可以不求甚解。

二、要专门读通一些书,这就是专精,也就是深入细致,要求甚解。经部如《论》、《孟》,史部如《史》、《汉》,子部如《庄》、《荀》,集部如《韩》、《柳》,清代史学家书如《日知录》、《十驾斋养新录》等,必须有几部是自己全部过目常翻常阅的书。一部《论语》才一万三千七百字,一部《孟子》才三万五千四百字,都不够一张《人民日报》字多,可见我们专门读通一些书也并不难。这就是有博,有约,有涉猎,有专精,在广泛的历史知识的基础上,又对某些书下一些功夫,才能作进一步的研究。

这是陈先生的经验之谈,也是金玉良言。他虽是对历史专业的学生说的,但研究中国古典文学的人也可以参考。

对于研究中国古典文学的人,我认为大学生首先要学好《中国文学史》、《中国古代文学作品选》和《古代汉语》。在这个基础上,精读一两部书。如想研究先秦文学,可以精读《诗经》、《楚辞》。如想研究两汉文学,可以精读《史记》或《汉书》。如想研究魏晋南北朝文学,可以精读《文选》、《文心雕龙》。如想研究唐代文学,可以精读杜诗、韩文。精读一两部名著,为自己治学打下坚实的基础。在这个基础上,确定自己的研究对象,进行专题研究。方法对头,坚持到底,定有所成。

应该提醒大家的是,治学与做人是分不开的。著名历史学家蒙文通说:

> 象山言:我这里纵不识一个字,亦须还我堂堂地做个人。又说:人当先理会所以为人,若不知人之所以为人,而与之讲学,是遗其大而言其细……不管做哪门学问,都应体会象山这层意思。
>
> 一个心术不正的人,做学问不可能有什么大成就。

蒙先生的话语重心长,值得我们认真地思考。

2004年正月初三

读书治学指导举隅

青年学子读书治学需要老师的指导。有无这个指导是不一样的。有这个指导,可以提高学习的效率,早出成果。没有这个指导,可能会走弯路,甚至误入歧途。所以,老师在学生读书治学过程中所起的作用是极其重要的。我说的老师有两种:一是学有专长、学问造诣较高的老师,一是书本老师。如果没有机会碰上学有专长、学问造诣较高的老师,就寻找书本老师。书本老师同样可以起到指导作用。如你想学"国学",《四库全书总目提要》(又称《四库全书总目》)就是我所说的书本老师。

《四库全书总目提要》是清代乾隆时编撰的一部规模巨大的目录书。此书分经、史、子、集四部,著录图书3461种,79309卷,存目(有书目,《四库全书》中无书)6793种,93551卷,著录各书皆有提要。经、史、子、集四部有总序,各类有小序。这样的大书,从何读起? 我认为,先读各部之总序、小序,然后选读各部之重要著作提要。这样就可以了解我国"国学"的基本内容,从而懂得读书治学的门径。清张之洞《𬨎轩语》"读书宜有门径"说:

> 泛滥无归,终身无得;得门而入,事半功倍。或经,或史,或词章,或经济,或天算地舆。经治何经? 史治何史? 经济是何条? 因类以求,各有专注。至于经注,孰为师授之古学? 孰为无本之俗学? 史传,孰为有法? 孰为失体? 孰为详密? 孰为疏舛? 词章,孰为正宗? 孰为旁门? 尤宜抉择分析,方不致误用聪明。此事宜有师承。然师岂易得? 书即师也。今为诸生指一良师。将《四库全书总目提要》读一过,即略知学问门径矣。析而言之,《四库提要》为读群书之门径。

这段话虽然是针对当时的情况而言,但是直到今天对我们读书治学仍是有启发的。所以现代著名学者余嘉锡曾说:"余之略知学问门径,实受《提要》之赐。"(《四库提要辨证》序录)这是余氏读书治学的经验。

还有张之洞的《书目答问》也是一部指示读书治学门径的书。此书清光绪二年(1876)刊印问世,其中开列图书2200种。其《略例》说:"诸生好学者来问应读何书,书以何本为善。偏举既嫌纰漏,志趣学业各不同,因录此以告初学。"这是张氏编撰此书之目的。又说:"读书不知要领,劳而无功;知某书宜读而不得精校精注本,事倍功半。(此编所录,其原书为修《四库》时所未有者十之三四。《四库》虽有其书而校本、注本晚出者十之七八。)今为分别条流,慎择约举,视其性之所近,各就其部求之。"这说明张氏所开列的各书是供青年学子选读的。1931年,范希曾的《书目答问补正》

出版。此书一是"补"《书目答问》刊行五十年间新著新雕未及收入者,一是"正"其小小讹失。《补正》补录古籍1200种左右,反映了五十年来学术研究的主要成就,提高了《书目答问》的使用价值。著名学者余嘉锡说,他的学问"是从《书目答问》入手"(陈垣《余嘉锡论学杂著序》)。这是余氏读书治学的经验。

于此可见,《四库全书总目提要》和《书目答问补正》都可以起到读书治学的指导作用。其他如梁启超的《国学入门要目及其读法》《最低限度之必读书目》,胡适的《一个最低限度的国学书目》等,也可以起到类似的作用。

除了上述书目之外,还有一些著名专家开列的专业参考书,可以对口指导我们读书治学。如北京大学周一良教授的《怎样研究魏晋南北朝史》后附《学习魏晋南北朝史参考书目》。其书目是《资治通鉴》(62—177卷)、《文献通考》、《通典》(食货典)、《三国志》、《晋书》、《南史》、《北史》、《抱朴子外篇》、《水经注》、《中国通史参考资料》(古代部分第三册)等,可供学习魏晋南北朝史者参考。中国社会科学院文学研究所曹道衡研究员的《谈谈魏晋南北朝文学》后附《学习魏晋南北朝文学参考书目》。其书目是《全汉三国晋南北朝诗》(丁福保编。现可改用逯钦立编的《先秦汉魏晋南北朝诗》)、《全上古三代秦汉三国六朝文》、《文选》、《乐府诗选》(余冠英)、《汉魏六朝诗选》(余冠英)、《古诗源》、《玉台新咏》、《六朝文絜笺注》、《世说新语》、《搜神记》、《文心雕龙注释》(周振甫)、《诗品注》(陈延杰)、《魏晋南北朝文学史参考资料》(北京大学中文系)等,可供学习魏晋南北朝文学者参考。周、曹二氏文见《文史知识》1982年第7期,又见《与青年朋友谈治学》,中华书局1983年出版。这类文章和所开之参考书,皆可起到指导我们读书治学的作用。

最后，我谈谈自己读书治学的一些体会：
一、读书治学要从目录学入手。
我国目录学著作最重要的是《四库全书总目提要》。我在大学毕业之后，在先师汪辟疆先生的指导下阅读此书，此书"辨章学术，考镜源流"（章学诚《校雠通义序》），使我对"国学"的主要内容有了一个初步的了解，收获很大。特别是《文心雕龙》、《文选》诸条提要给我留下了比较深刻的印象。

《书目答问补正》对我的帮助有两个方面：一是指导我选购古籍。在《答问》的指导下，我先后购买了经、史、子、集四部常用书，如《十三经注疏》、《二十四史》、《资治通鉴》、《诸子集成》、李善注《文选》、《六臣注文选》等，这些书对我读书治学很有用处。一是指导我治学。1979 年，我应中华书局之约，点校吴兆宜的《玉台新咏笺注》。查《四库全书总目提要》，其中《庾开府集笺注》提要云："（兆宜）尝注徐、庾二集，又注《玉台新咏》、《才调集》、《韩偓诗集》。今惟徐、庾二集刊版行世，余惟钞本仅存云。"这是说，吴兆宜的《玉台新咏笺注》仅有钞本。又《玉台新咏笺注》提要，只稍作评论，并未涉及版本。查《书目答问补正》，《补正》有清乾隆三十九年刻本。经查阅此书，知即原刻本。我点校的《玉台新咏笺注》就是以此书为底本。此书已于 1985 年由中华书局出版，列入《中国古典文学基本丛书》。1994 年，由于研究《文选》的需要，我点校清梁章钜的《文选旁证》。查《书目答问》有榕风楼刻本。《补正》有光绪间重刻本。前者为清道光十四年（1834）原刻本，后者为梁章钜之子梁恭辰的重刻本。重刻本与原刻本款式全同，但改正了原刻本一千多处错误。因此，我决定采用重刻本作为点校的底本。此书 2000 年由福建人民出版社出版。因此，《书目答问补正》对我的帮助是具体的，也是显而易见的。

此外，我又浏览了《汉书·艺文志》、《隋书·经籍志》、《郡斋读书志》、《直斋书录解题》、《文献通考·经籍考》等书。这些书使我了解了我国古籍的概况，粗知学术源流，懂得了读书治学的门径，真是一生受用无穷。

二、精读一、二部名著，练好基本功。

根据先师罗根泽先生的指导，我精读《诗经》、《楚辞》以打好研究中国古典文学的基础。我的《诗经》读本是朱熹的《诗集传》，参考汉毛亨传、郑玄笺、唐孔颖达疏《毛诗正义》，清陈奂的《诗毛氏传疏》，清马瑞辰的《毛诗传笺通释》等。我精读的《楚辞》是汉王逸注、宋洪兴祖补注的《楚辞补注》，参阅朱熹的《楚辞集注》、清戴震的《屈原赋注》、今人卫瑜章的《离骚集释》等。沈约《宋书·谢灵运传论》论述历代文学之后说："源其飙流所始，莫不同祖风骚。"指出《诗经》、《楚辞》是我国古典文学之祖。精读这两部古典文学名著，为我研究六朝文学奠定了比较坚实的基础。

三、学习和研究六朝文学，撰写论文和著作。

我首先阅读的是刘师培的《中国中古文学史》。此书是中国中古文学史的经典，值得精读。同时阅读北京大学中国文学史教研室选注的《魏晋南北朝文学史参考资料》。此书选注精详，值得参考。

为了进一步研究六朝文学，我开始精读刘勰的《文心雕龙》和萧统的《文选》。《文心雕龙》，我以范文澜的《文心雕龙注》为读本，参阅黄叔琳注、李详补注、杨明照校注的《文心雕龙校注》，杨明照的《文心雕龙校注拾遗》，黄侃的《文心雕龙札记》，刘永济的《文心雕龙校释》等。《文选》，我以李善注《文选》为读本，参考《六臣注文选》、梁章钜的《文选旁证》、朱珔的《文选集释》、胡绍煐的《文选笺证》等。我边学习边研究，陆陆续续撰写和发表了关于

《文心雕龙》和《文选》的论文数十篇。

学习和研究六朝文学是一个漫长的过程。边研究边学习,我有计划地选读了清严可均校辑的《上古三代秦汉三国六朝文》、今人逯钦立纂辑的《先秦汉魏晋南北朝诗》。阅读了吴兆宜的《玉台新咏笺注》,陈延杰的《诗品注》,刘义庆撰、刘孝标注的《世说新语》等。

我在长期学习和研究六朝文学的过程中,出版的主要著作有:(1)《玉台新咏笺注》(点校),中华书局(1985)。(2)《文心雕龙选》,福建教育出版社(1985)。(3)《文心雕龙研究》,福建教育出版社(1991)。(4)《滴石轩文存》,海峡文艺出版社(1994)。(5)《魏晋南北朝文论全编》(合作),江苏教育出版社(1996)。(6)《魏晋南北朝文学史料述略》,中华书局(1997)。(7)《昭明文选研究》,人民文学出版社(1998)。(8)《昭明文选》,春风文艺出版社(1999)。(9)《文选旁证》(点校),福建人民出版社(2000)。(10)《文选学研究》,鹭江出版社(2008)。(11)《文心雕龙研究》(增订本),鹭江出版社(2004)。(12)《魏晋南北文学史料述略》(增订本),中华书局(2007)。我对六朝文学的研究工作还在继续。

以上介绍前辈学者和我自己的治学方法,目的是想将青年学子领进学术的大门。俗语说:"师父领进门,修行在个人。"师父把你领进学术的大门,能不能取得学术研究的成功,就看你自己了。

2009 年 5 月 30 日

冯友兰的治学精神

最近,我阅读《冯友兰学记》。阅后,冯友兰的治学精神,使我深受感动。

冯友兰(1895—1990),字芝生,河南省唐河县人。北京大学教授。冯先生是我国当代研究哲学和中国哲学史的大学者。他的哲学和哲学史的研究取得了辉煌的成就。他的《中国哲学史》(两卷本)、《中国哲学简史》、《中国哲学史新编》,驰名中外。他的《贞元六书》,即《新理学》、《新事论》、《新世训》、《新原人》、《新原道》、《新知言》,构成了他的哲学体系。他在当今哲学界,是人们熟知的名家。

引起我们注意的,并不是冯先生辉煌的哲学研究的成就,而是他的治学精神。

冯先生在决定撰写《中国哲学史新编》(以下简称《新编》)时,已年逾八旬了。在以后的时间里,他失去了亲人,还有多种疾病缠身。可是他一直坚持写下去。他的助手张跃先生回忆说:

> 由于视力逐渐全失,他只能听人念材料。他的听力又很差,可他却总是不厌其烦地一遍一遍地听。由于年高体弱,他只能每天上午工作,他力争不浪费这半天的每一分钟,甚至为了不因上厕所而中断工作,他上午几乎不喝水。这些年他从未休息过一个寒暑假。如果他有休息一段时间的时候,那一定是因劳累过度躺在医院的病床上了。就这样,他提出一个又一个新见解,写出一本又一本新著作。(《阐旧邦以辅新命,极高明而道中庸——冯友兰先生哲学探索历程述评》)

《三松堂全集》的编者蔡仲德先生说:

> (冯先生)行动不便,生活不能自理;双目几近失明,不能阅读也不能书写;还有各种疾病的困扰,仅1989年8月至1990年7月,一年之内就曾五次住院治疗。所有这些都未能

阻挠《新编》写作的进程。生活不能自理,思考仍在进行;不能阅读、书写,就凭口授写作;病来住院,无法写作,就打腹稿,病去出院,写作更加速进行。(冯友兰《中国哲学史新编》附《新版校勘后记》)

冯先生就是这样完成了《新编》的写作。

冯先生曾说,写作是"拼命的事","凡是任何方面有成就的人,都需要有拼命精神"。历来的著作家,凡是有传世之作的,都是呕出心肝,用他的生命来写作的。冯先生正是用这种"拼命精神"实现了自己写一部《新编》的宿愿。

《新编》共七册,第一册完成于1980年,第二册完成于1983年,第三册完成于1984年,第四册完成于1986年,第五册完成于1986年底,第六册完成于1988年,第七册完成于1990年。这部七册的大书,共150万字。冯先生从1979年写到1990年,即从84岁,写到95岁。书写完了,他的精力耗尽,不久就离开了人世。

冯先生对他自己的"拼命精神"作了诠释。他说:

> 李商隐还有两句诗说:"春蚕到死丝方尽,蜡炬成灰泪始干。"旧说,这两句诗也是咏男女爱情的,可能真是如此吧!但是,读者读这两句诗的时候,会联想到,一切有作为的人,对于他的事业,都是这样的"鞠躬尽瘁,死而后已"。他并不是受别人的命令,也不是别有什么企图,只是出于他的本性,自然而然,不得不然。好像春蚕的本性就是吐丝,只要它还没有死,它总是要吐丝。蜡烛是人作的,人作它就是为照明。只要它还没有着完,它就要燃烧。曹操的诗说:"老骥伏枥,志在千里。烈士暮年,壮心不已。"那匹马既然是个"骥",它自然虽老而仍"志在千里"。那个人既然是个"烈士",他自然虽暮年

而仍然"壮心不已"。杜甫说,他写诗"语不惊人死不休"。他既然是个诗人,他自然要拼命地做好诗。这是出于自然,也是出于必然。李商隐的这两句诗,于有意无意之间,是为这些人写照。(《新编·全书绪论》)

他认为,作为一个学者著书立说,正如春蚕吐丝,蜡炬成灰,都是自然而然的事情。"春蚕"二句正是冯先生治学精神的写照。这里,我们可以看到一个哲学家的高尚思想和情操。正因为他具有这样高尚的思想和情操,他才能写出传世之作。

冯先生在耄耋之年,不怕苦,不怕累,不怕病,不怕死,矻矻终年,孜孜以求,努力完成《新编》的写作,还有一个重要的原因,就是他对自己理想的追求。

冯先生1934年出版的《中国哲学史》(两卷本)自序中引用宋代理学家张载的《张子语录》的四句话:"为天地立心,为生民立命,为往圣继绝学,为万世开太平。"按照他的解说,这四句话的意思是,人在创造历史文化的时候,他就为天地"立心"了。儒家所谓"命"是指人在宇宙间所遭遇的幸或不幸,这是人所不能自主的。既然如此,那就顺其自然,只做个人所应该做的事。人应该继承古代圣贤的学问,为千秋万代开辟太平世界。冯先生认为,这是"一切先哲著书立说之宗旨",是他一生追求的目标。所以,他在《新编》第七册,即《中国现代哲学史》的末尾又引用了张载的这四句话,同时,又加上了《史记·孔子世家》中的四句话:"高山仰止,景行行止,虽不能至,心向往之。"这个目标,是他终身所追求的崇高理想。他虽然达不到这种境界,可是心中总是向往着它。冯先生这种崇高境界的追求,自然是他写作《新编》的重要原因。

我不想对冯先生及其著作进行评价。因为时间是最好的批评家,时间会对冯先生及其著作作出公正的评价。但是,我忍不住要引用著名哲学家汤用彤先生的一段话，表达我的看法。汤先生的话是任继愈先生转述的，任先生说：

> 抗日战争时期，在昆明汤用彤先生有一次和我谈到我国南北人才的差异。汤先生说："南方人聪慧，北方人朴重，南方人才多于北方，北方人才不出则已，出一个就不平常，像冯芝生，南方少见。"（《冯友兰学记·序》）

我也是这样想的。

2012 年 5 月 12 日

忆根泽师

罗根泽先生是我敬爱的老师之一。

新中国成立初期，我在南京大学中文系读书，当时罗先生为我们讲授中国文学史，给我留下了深刻的印象。

那时南京大学中文系著名教授甚多，他们都亲登讲坛为学生讲课。记得给我们开课的老师，除罗先生之外，还有胡小石、陈中凡、汪辟疆、李笠、方光焘、张世禄、陈瘦竹、孙席珍诸先生。诸位先生讲课各具特色。而罗先生的中国文学史课是比较受学生欢迎的课程之一。

罗先生讲的是中国文学史，每周四节课，讲授一年时间。时间短，内容多，因此，他讲得比较简明扼要。由于罗先生对中国文学史做过深入的研究，他出版过《乐府文学史》、《中国古典文学论文集》等著作，发表过几十篇中国古典文学研究论文，所以，他的教学深入浅出，常能讲出自己的见解。例如，过去认为《战国策》是刘向所撰,而罗先生却认为《战国策》出自秦汉间的蒯通。他详列证据,层层剖析,很有说服力。此说虽不能成为定论,却对我们颇有启发。这是其中的一例。只是由于罗先生对诸子学和中国文学批评的研究声名大,他在中国文学史方面的研究就显不出来了。

应该特别提到的是,罗先生和胡小石、陈中凡、汪辟疆等先生对我们的学习十分关心。为了使我们能够学好中国古典文学,接触较多的原著和资料,这几位老师将自己的借书证给我们使用。当时每位老师的借书证,可借阅六十本书,借阅时间为半年。我们就用几位老师的借书证向学校图书馆借来两三百本常用的古籍和有关参考书,供我们班上二十多位同学学习参考。这对我们提高古典文学的阅读和分析能力起了良好的作用。这件事情因为是我经手的,所以我至今难忘。

在当学生时,因为请教问题,我曾去过罗先生家里几次。罗先生的书房在楼上,四壁排满了书架,书架上排满了书。书架的高度和墙的高度一样,藏书相当丰富。看起来罗先生的藏书并没有什么珍本秘籍,但都是很适用的参考书,如《四部备要》、《丛书集成》等,都是古典文学研究者所常用的。罗先生认为自己最值得珍视的藏书是诗话,从1931年春天起,到1937年芦沟桥事变,罗先生寄居北京,购求诗话竟达四五百种。其中有明刊本《诗学丛书》二种,即宋人蔡传《吟窗杂录》和明人胡文焕《诗法统宗》,比较罕见。另外,罗先生还从《苕溪渔隐丛话》、《诗话总龟》、《诗林广记》及诸家笔记中,辑出两宋诗话数十种,题为《两宋诗话辑校》(见《中国文学批评史》〔三〕附录《两宋诗话辑校叙录》),弥足珍贵。

1953年8月,我离开南大之后,还和罗先生保持通讯联系。可惜信件在"文化大革命"初期焚毁,手头再也没有罗先生的手迹了。在罗先生的来信中,给我印象最深的是教我如何研究中国古典文学。罗先生说,要从事古典文学研究工作,首先必须认真阅读《诗经》和《楚辞》,这是中国古典文学作品中最早的两部总集,十分重要。我对中国古典文学的研究,就是按照罗先生的教导,先精读《诗经》、《楚辞》以打好基础,然后选择魏晋南北朝文学作为自己的研究方向。

我阅读罗先生的《中国文学批评史》是在南大读书的时候。而认真阅读此书是在我离开南大之后。当时我想对刘勰的《文心雕龙》进行一些研究。为此,我阅读了郭绍虞先生的《中国文学批评史》、朱东润先生的《中国文学批评史大纲》和罗先生的《中国文学批评史》。这三部文学批评史,是三位先生的力作,各有特色。但是,我认为罗先生的文学批评史特色最为显著。郭先生的批评史撰写的时间较早,影响较大,开创之功不可没。朱先生的批评史是讲义,是大纲,不可能那样详备。但它"远略近详",可补一般批评史之不足。而罗先生的批评史运用西方文艺理论分析各个时代的文艺思潮和批评家的文学思想,用朱自清先生的话说,"编制便渐渐匀称了,论断也渐渐公平了","值得细心研读","教人耳目一新","兼揽编年、纪事本末、纪传三体之长"(《朱自清古典文学论文集·诗文评的发展》),优点是比较突出的。使人感到遗憾的是,罗先生的批评史只写到两宋,未能写完。一代学人,由于二竖的折磨,只活了六十一岁,岂能不叫人感到惋惜。

罗先生逝世已四十二年了。先生虽已去世,其音容笑貌,永远留在我们的心中。他的著作,受到学术界的重视,已成为我国学术研究的珍贵遗产。这是历史给予一位老专家的最公正的评价。

写于 2003 年 3 月 30 日
罗先生逝世四十二周年

我的老师们

我在年逾八旬以后,由于目力不济,书读得少了,文章写得少了。闲暇无事时常常怀着感恩的心情,回忆青少年时代的老师们对我的教导。他们教我读书,教我做人,影响了我的一生。

抗战时期,我在南京读小学。小学六年,给我印象最深的是一位教音乐的黄老师,教我们唱一首《临江仙》的歌曲。其歌词是:

滚滚长江东逝水,浪花淘尽英雄。是非成败转头空,青山依旧在,几度夕阳红? 白发渔樵江渚上,惯看秋月春风。一壶浊酒喜相逢,古今多少事,都付笑谈中。

这首歌词,原是明代杨慎的《廿一史弹词》第三段说秦汉的开场词,上片写"是非成败转头空",下片写渔樵闲话,"古今多少事,都付笑谈中"。我国古代小说的名著《三国演义》开头就引用了这首词,所以流传很广。做小学生时,老师教,我们就跟着唱,什么也不懂。后来,了解了这首词的内容,每次唱毕,总感到有几分感伤。在人进入老年之后,每唱一次,不免感慨系之。

中学六年,我是在南京一中度过的。记得在初二时,遇到国文老师王嘉存先生。他对中国现代文学有研究,指导我阅读曹禺的剧本。正是由于他的指导,我在初三时,写了一篇小型论文,题为《论曹禺及其作品》,约一千五百字,发表在当地的杂志《芸芸》上。我还记得,初二时,没有国文课本,他用《古文观止》、《唐诗三百首》作课本。在课堂上,我学习了许多中国古代诗文名篇。这对我以后学习中国古典文学起了良好的作用。

高一时,著名词学专家唐圭璋先生在南京一中兼课,他在课余时间为学生开唐诗讲座。他讲解唐诗通俗生动,我们学生听得懂,记得住,激起了我学习古典文学的兴趣。从这时候起,我开始阅读《唐诗三百首》、《唐诗别裁》和《杜诗详注》、《楚辞补注》等书。我的阅读方法是,读得懂就读下去,读不懂的就跳过去。

高二时,教我们国文课的是贺凯先生。贺先生是山西人,是一位文学史专家。他写过一部《中国文学史》。新中国成立后,据说,他回到山西大学去工作了。贺先生上课讲的是山西话,同学们听不太懂,不感兴趣。不过,他的一次作文课却给我留下了深刻的印象。他让学生写一首古体诗,我写的是《雨中游莫愁湖》,这首诗是这样写的:

华严古刹雾中楼,春雨连绵似无休。
登高眺望眼前景,湖天一色是莫愁。

当时,我不能分辨平仄,也不了解平水韵,可是这首不合格律的小诗,却受到贺老师的赞赏。

高中毕业以后,我考上了南京大学中文系。按照当时的规定,学生入学前必须经过口试。对我进行口试的是著名学者胡小石先生。胡先生是两江师范学堂毕业的,对古文字、《楚辞》、杜诗、书法皆深有研究,著名书法家李瑞清(梅庵)是他的老师。口试时,胡先生问我读过什么书。我说,我爱读《楚辞》。他接着问,你读了《离骚》以后有何感受?我说,《离骚》是一首伟大的爱国主义诗篇,写出了诗人内心的愤怒与不平,表现得雄伟而悲壮。他微笑地点了点头,口试就算通过了。

入学后,胡先生给我们上《中国古代韵文选读》(先秦至六朝部分)。胡先生讲课不用讲稿,他的手头只有一张卡片,讲得有条不紊。他的记忆力极好。胡先生讲课,语言生动,富于感情。有一

次讲蔡琰的《悲愤诗》,讲到曹操派人到南匈奴接蔡琰回归乡里,她与年幼儿子分别的情景云:

> ……邂逅徼时愿,骨肉来迎己。己得自解免,当复弃儿子。天属缀人心,念别无会期。存亡永乖隔,不忍与之辞。儿前抱我颈,问母欲何之?人言母当去,岂复有还时?阿母常仁恻,今何更不慈?我尚未成人,奈何不顾思!见此崩五内,恍惚生狂痴。号泣手抚摩,当发复回疑。……

有的同学深受感动,竟然流下了眼泪。按,汉献帝兴平(194—195)年间,蔡琰被胡兵掳去。在南匈奴生活了十二年,生了两个儿子。曹操派人将她接回时,她与幼子难舍难分,场面极为凄惨。这一段诗,经胡先生讲解,感人至深。于此可见胡先生讲课艺术之高超。

胡先生还是著名的书法家。他的字古朴瘦硬,享誉书法界。胡先生是书法家,也是教育家,他对学生充满了关心和爱护。我们毕业前,有些同学希望能得到他的墨宝。凡是提出要求的,他都一一赠予。胡先生桃李满天下,他是一位德才兼备的真正的名师。

进入南京大学中文系以后,我又认识了陈中凡、汪辟疆和罗根泽先生。他们都是学术上有很高造诣的著名学者。

陈中凡先生是刘师培的得意门生,他是我国第一个撰写《中国文学批评史》的学者。著名学者郭绍虞说:

> 那时看到中华书局出版的陈中凡先生的《中国文学批评史》,我就根据此书在大学中开设此课。陈先生此时在东南大学任教,本是我久所敬仰的前辈,所以我的研究中国文学批评史完全是受陈先生的启发。陈先生的学问很博,他在这方面开辟了门径之后,又在其它方面建立了许多新的园地,似乎在这方面反而变得不大注意了。可是在我,饮水思源,始终难忘陈

>先生的启迪。(《治学集·我是怎样研究中国文学批评史的》)

于此可见陈先生在中国文学批评史研究领域开拓之功绩。陈先生给我们开的课是《中国古代散文选读》,后来他研究的学问是戏曲。他是当时德高望重的教授。

汪辟疆先生是江西彭泽人,1912年京师大学堂毕业。长期在中央大学、南京大学任教。著名学者程千帆、徐中玉、霍松林等都是他的学生。汪先生给我们开的课是《中国古代韵文选读》(唐宋部分)。汪先生上课乡音很重,不容易听懂。我是他所开课程的课代表,与他接触很多。他对学生很好。有一次,我到他家联系课程安排事宜,他取出珍贵的宋版书《王建诗集》给我看,并且讲了宋版书的特点,我受益良多。他还跟我说,他的住房,南京晒布厂五号,是用《唐人小说》的稿酬买的。我大吃一惊,当时的稿酬竟那样高。汪先生的诗词造诣很高,他常与黄侃先生一起饮酒赋诗。他常和我讲黄侃先生的逸事,很有趣。汪先生还是著名的目录学家,他教导我治学从目录学入手,对我一生影响极大。

罗根泽先生,字雨亭,河北深县人。1900年出生在一个世代务农的家庭。1927年,他考取了清华国学研究院,研究诸子学,指导导师先是梁启超先生,梁先生去世以后,由陈寅恪先生指导。后来,他还考取燕京大学国学研究所,指导导师是冯友兰先生和黄子通先生,研究的是哲学。我在南京大学中文系读书时,他给我们开的课是《中国文学史》。罗先生的文学史课颇有自己的见解。但是引起我注意的是他的《中国文学批评史》。此书激起我对《文心雕龙》的兴趣。我后来研究《文心雕龙》自然是受了罗先生的影响。罗先生为人极好。我大学毕业时,成绩是全班第一名,却被分配到一所中等专业学校去教书。临行时,他跟我说:"先去工作,过几年,我设法把你调回来。"后来政治运动不断,作为老先生,他自顾不暇,加上身体不好,大概他已力不从心了。此事就不了了之了。毕业以后,我与罗先生还有书信来往。他知道我要研究中国古代文学,在来信中教我精读《诗经》、《楚辞》,练好基本功。今天,我在六朝文学研究上取得一些成就,和罗先生的亲切关怀和热心指导是分不开的。

当时,南京大学中文系的名教授很多。张世禄先生是著名语言学家,他给我们讲《语音学》。我因对此不感兴趣,印象已不深了。张先生治学勤奋,著作等身,在语言学界享有盛誉。张先生在"思想改造"运动之后,调到复旦大学去工作了。

方光焘先生是中文系主任,他是研究语言学的一级教授。方先生给我们讲《中国现代语法》,他上课很少讲正题,大都评论语言界的一家专家与著作。他说,中国现代语法,你们看看王力的《中国语法纲要》就可以了。按照方先生的教导,我把开明书店出版的《中国语法纲要》比较认真地读了一遍,颇有收获。

孙席珍先生是我国著名作家。他研究外国文学,同时也研究中国现代文学。他给我们开的是《中国现代文学》课。他上课似乎不用讲稿,常常讲的是他与这位作家认识,与那位作家熟悉,讲讲他们的一些逸事。课程结束以后,觉得给我的印象不深。这可能与我对现代文学不感兴趣有关,当时我的精力几乎全部集中到古代文学那里去了。

陈瘦竹先生是研究戏剧的著名专家,他给我们讲戏剧课,内容大半是外国戏剧。也是因为我志不在此,除了大戏剧家莎士比亚等人外,其他也逐渐淡忘了。

老师们的辛勤劳动,使学生一天天地在成长。我后来能在学术研究上取得一些成就,应该说都是老师们谆谆教导的结果。尊敬的老师们,我衷心地感谢你们。你们的高尚形象与光辉业绩永远铭刻在我们的心中。

2012年4月7日
时年八十三

谈谈我的治学方法

一、从目录学入手

要做学问必须学习目录学。从目录学入手,可以了解本专业各种书籍的基本情况,可以知晓学术的源流,可以懂得学习和研究的门径。所以,前贤多强调学习目录学的重要性。清代经学家江藩说:"目录者,本以定其书之优劣,开后学之先路,使人人知其书可读,则为易学而功且速矣。吾故尝语人曰:'目录之学,读书入门之学也。'"(《师郑堂集》)清代史学家王鸣盛说:"目录之学,学中第一要紧事,必从此问途,方能得其门而入。"(《十七史商榷》卷一)又说:"凡读书最切要者,目录之学。目录明,方可读书,不明终是乱读。"(同上,卷七)现代著名学者、已故的目录学家余嘉锡说:"目录之学为读书引导之资。凡承学之士,皆不可不涉其藩篱。"(《目录学发微·目录学之意义及其功用》)可见他们对目录学的重视。

我比较系统地学习目录学著作是在大学毕业之后。我的老师汪辟疆先生听说我要做学问,劝我阅读《四库全书总目提要》,重点阅读经、史、子、集四部的总序和各类小序,因为这些总序和小序是对清代以前学术的一次总结。阅读各书提要,可以了解各种书籍的基本情况,阅读四部总序和各类小序,可以了解学术源流,借以了解学术研究之门径。清代张之洞说:"《四库提要》为读群书之门径。"(《輶轩语》一)余嘉锡先生说:"余之略知学问门径,实受《提要》之赐。"(《四库提要辨证》序录)皆为经验之谈。

现代著名史学家陈垣先生说:"他(余嘉锡)的学问是从《书目答问》入手。"(《余嘉锡论学杂著》序)引起我对张之洞《书目答问》的注意。《书目答问》完成于光绪元年(1875),次年刊印,是张氏为初学者编写的入门目录书,流传很广。后经范希曾补正,使用价值更高。上世纪八十年代初,我应中华书局之约,点校吴兆宜的《玉台新咏笺注》,查《四库提要》,得知此书仅有抄本。查《书目答问补正》,方知此书有乾隆刻本。这是《玉台新咏笺注》的最早刻本。我以此本为底本加以点校,1985年,由中华书局出版。读《书目答问》不仅可以了解四库要籍,而且可以知晓各书版本之优劣。由此,我渐渐步入学术研究的大门。

以后我又阅读了《汉书·艺文志》、《隋书·经籍志》、《郡斋读书志》、《直斋书录解题》、《文献通考·经籍考》等,获益良多。

辛亥革命后出版的《贩书偶记》和《贩书偶记续编》,可看作《四库提要》的续编。新中国成立后出版的《中国丛书综录》,收录了全国41个图书馆所藏的古籍丛书2797种,包括38891种古籍,内容宏丰,可供查考古籍。

以上所述皆我手头常用的目录书,这些书对我的帮助极大,是我的良师益友。我认为,目录学乃是学术研究的必修课。

二、目标要集中

先讲一个故事。《列子·说符篇》云:"杨子之邻人亡羊,既率其党,又请杨子之竖追之。杨子曰:'嘻!亡一羊何追者之众?'邻人曰:'多歧路。'既反,问:'获羊乎?'曰:'亡之矣。'曰:'奚亡之?'曰:'歧路之中又有歧焉,吾不知所之,所以反也。'……心都子曰:'大道以多歧亡羊,学者以多方丧生。'"这个"歧路亡羊"的故事是说，杨朱的邻人，丢了一头羊，大家去追，没有追回来，因为岔路太多。做学问也是这样，岔路太多，目标不集中，是达不到目的的。

学术研究的方向明确，方法科学，并能持之以恒，将来必然有所成就。如果目标分散，东打一拳，西踢一脚，三天打鱼，两天晒网，最后将一事无成。"歧路亡羊"的故事，发人深省。

大学毕业以后，经过几年的摸索，于六十年代初，我决定研究六朝文学。六朝文学的历史长达四百年，茫茫学海，如何着手？经过反复的考虑，我决定研究刘勰的《文心雕龙》。此书对齐、梁以前的文学做了一次总结。研究《文心雕龙》，可以对六朝文学有一个比较全面的了解。当时，我不仅精读了《文心雕龙》全书，而且还阅读了此书所涉及的作品。在这个基础上，我一方面选注《文心雕龙》，一方面进行专题研究。选注本于1985年出版。专题研究论文陆续撰了近三十篇。后编为《文心雕龙研究》，于1991年出版。2002年出版了增订新版本。

《文心雕龙》与《文选》的关系密切。在《文心雕龙》研究告一段落之后，我又集中精力从事文选学的研究。我研究文选学，一方面撰写研究论文，一方面点校清代梁章钜的《文选旁证》。我点校的《文选旁证》于2000年出版。我撰写的研究论文编为《昭明文选研究》于1998年出版。

我对文选学的专题研究，分两步走。1985—1998年撰写的研究论文13篇编为《昭明文选研究》付梓问世。1998—2005年撰写的研究论文17篇编为《昭明文选研究补编》。两编合为一集，将于今年年底出版。

大致说来，1985年以前，我集中精力研究《文心雕龙》，1985年以后，我又集中精力研究文选学。由于方向明确，目标集中，基本上完成了任务,并得到同行专家的好评。所以,我认为,学术研究工作一定要做到目标集中,才有可能取得预期效果。如果目标分散,很有可能一事无成。

三、要有自己的特点

文学创作要有自己的风格,如李白诗"飘逸",杜甫诗"沉郁",各具特点。学术研究贵在独创,也要有自己的特点,切忌千人一面,千口一腔。重复别人的劳动,那是浪费时间,同时也造成了枣梨之灾。

我的学术研究工作有自己的一些特点。如:

拙著《文心雕龙研究》的特点是:

(一)将《文心雕龙》和六朝文学结合起来研究。黄侃先生说:"读《文选》者,上须于《文心雕龙》所说能信受奉行,持观其书,乃有真解。"(《文选平点》1页)我认为黄先生的话很有道理。同样地,将《文心雕龙》与《文选》结合起来研究,更可以发现《文心雕龙》之精妙。我不仅将《文心雕龙》与《文选》结合起来研究,而且,推而广之,将《文心雕龙》与六朝文学结合起来研究。这样,使我对《文心雕龙》的理解更具体深入了。这是受到黄侃先生的启发。

(二)提出了自己的一些粗浅的见解,例如:作者认为,《文心雕龙》绪论五篇,其文体论、创作论、批评论的关系不是对等的,而是一种统摄的关系。绪论五篇所表达的儒家思想是贯串全书的。又作者较早注意到《文心雕龙》文体论的研究,认为其文体论熔创作理论、文学批评和文学史为一炉,这是刘勰不同于他的前辈的地方,也是高出他的前辈的地方。还有作者首先对《文心雕龙》的表现形式进行了研究,指出它在体裁结构和语言方面的特点,如此等等,或可供研究者参考。

（三）我努力学习前辈学者严谨的治学精神，尽力实事求是地对《文心雕龙》进行研究，因此，对《文心》所论述的文学问题和作家作品力求作科学的分析。对其正确的、精辟的论述，固然一一拈出；对其错误的，或不恰当的论述也不放过，一一点明。书中的每一个结论都是在大量资料的基础上，经过反复的思考，最后得出的。当然，个人的考虑都有局限，可能产生这样或那样的错误，敬希方家和读者指正。

这些特点可能是微不足道的，但是皆凝结了作者心血，来之不易也。

拙著《昭明文选研究》是新中国成立后第一部文选学研究专著。其特点是将《文选》与《文心雕龙》、《诗品》结合起来研究，使读者对《文选》的理解更进了一步。

拙著《魏晋南北朝文学史料述略》是一部文学史料学著作。此书是中华书局作为《中国古典文学史料研究丛书》的第一部出版的，被同行专家评为开拓性的著作。此书强调治学从目录学入手，必须具备古代文献知识，体现了作者治学的特点。

我的学术研究工作总的特点是：实事求是。这是我最重要的治学方法。

以上所述，只是我在治学中的一些体会，仅供读者参考。

2006 年 12 月 20 日

走自己的路

昔日阅读希·萨·柏拉威尔著的《马克思和世界文学》，其中第十二章《资本论》有一段话，给我留下了深刻的印象。这段话是：

> 在《炼狱》(按:意大利诗人但丁的《神曲》有《地狱》、《炼狱》、《天堂》三部曲)第五节中,维吉尔(古罗马诗人)告诉但丁继续向前,不要放慢步伐;维吉尔在诗中问道:"他们在这里窃窃私议,这对你有什么相干?跟着我走,让人们去说吧。"马克思没有维吉尔可以跟随,在《资本论》第一卷第一版序言的末尾,把这句话用在自己身上,不过作了一个意味深长的改动:"走你的路,让人们去说吧!"(生活·读书·新知三联书店1982年版第457页)

这一改动说明马克思在学术研究上的开拓、创新思想。他公开表示在学术研究上要走自己的路。这种思想对我的学术研究产生巨大而深远的影响。在学术研究上走自己的路,才能产生优秀的成果,如果老是跟着别人走,产生的成果,往往是第三、第四流,甚至是不入流的,我们读书人应当明白这个道理。好的学生应该超过自己的老师,一代比一代强,这是学术研究的正常现象。一代不如一代,是不正常的,也是可悲的现象。我作为一个老一代的读书人对青年学子寄予厚望。

我从事六朝文学研究数十年,思想上考虑最多的是学术研究要有自己的特色,要走自己的路。回忆起来,我的一些著作,或多或少地体现了自己的这一思想。

1979年,中华书局程毅中、许逸民两位先生向我约稿,请我点校清人吴兆宜的《玉台新咏笺注》。《玉台新咏》是我国六朝时期的著名总集,前人未曾点校过此书,点校此书对六朝文学研究是有积极意义的。此书由中华书局出版,列入《中国古典文学基本丛书》。按照中华书局的规定,具有较高质量的校点本、注释本古典文学名著,才可列入这一丛书。到目前为止,我点校的《玉台新咏笺注》已印刷了五次,共印了三万一千册。

1991年,我的《文心雕龙研究》在福建教育出版社出版。1978年以后,我国研究《文心雕龙》的学者大约有数十人,如何研究《文心雕龙》是一个颇费斟酌的问题。经过慎重的考虑,我决定将《文心雕龙》的研究与《文选》结合起来,这是受到黄侃等前贤的启发。后来,我进了一步,将《文心雕龙》的研究与六朝文学结合起来,撰写了《志深而笔长,梗概而多气——刘勰论"建安七子"》、《洒笔以成酣歌,和墨以藉谈笑——刘勰论"魏氏三祖"》、《思捷而才俊,诗丽而表逸——刘勰论曹植》、《诗必柱下之旨归,赋乃漆园之义疏——刘勰论东晋文学》、《情必极貌以写物,辞必穷力而追新——刘勰论南朝宋、齐文学》等论文,也形成了自己的研究特色。

1985年以后,我开始重点研究萧统的《文选》,当时我国研究《文选》的人不多,也只有数十人。如何研究《文选》也是我一直考虑的问题。在前贤的启发之下,我决定将《文选》与《文心雕龙》结合起来研究。但是,骆鸿凯的《文选学》就是将《文选》与《文心雕龙》结合起来研究的,我这样做,岂不是走老路!经过反复考虑,我决定将《文选》与六朝文论结合起来研究,即将《文选》与曹丕《典论·论文》、陆机《文赋》、刘勰《文心雕龙》、钟嵘《诗品》等结合起来研究。在这个思想指导下,1998年,我在人民文学出版社出版了《昭明文选研究》。后来,我在《昭明文选研究》的基础上撰写了《昭明文选研究补编》。我将《昭明文选研究》与《补编》合为一书,书名《文选学研究》,2008年,由厦门鹭江出版社出版。这样比较全面地反映了我对"文选学"的看法。

1997年以后,我由于研究"文选学"的需要,点校清人梁章钜的《文选旁证》。此书是研究文选学的重要著作,前人没有整理过。我用三年时间,点校出这部百万字的大书,2000年,由福建人民出版社出版。这个点校本,使用方便,为文选学研究者提供了一部颇有学术价值的参考用书。

1997年,我的《魏晋南北朝文学史料述略》由中华书局出版,列入《中国古典文学史料研究丛书》。中华书局总编辑傅璇琮先生在《丛书》总序中说,拙著是作为《丛书》的第一部出版的。魏晋南北朝文学史料研究专著,过去不曾有过,拙著是第一部。此书2007年中华书局出版"增订本"。此书先后印刷了三次,共印了九千册。

以上是我研究六朝文学撰写专著和点校古籍的一些情况。这些情况说明了一点:我是怀着开拓、创新精神进行学术研究的,走的是自己的路,所以取得一些微不足道的成就。我认为,从事学术研究工作切忌剽窃抄袭,东拼西凑,人云亦云,投机取巧;也不应该炒冷饭,走江湖,欺骗读者,践踏学术;必须遵守学术研究规范,实事求是,开拓创新,刻苦钻研,长期坚持。只有这样,才能取得新的成就,只有这样,学术事业才能不断地向前发展。

六朝文学研究,"五四"以来,刘师培的《中国中古文学史》,黄节的六朝诗家的注释,王瑶的《中古文学史论集》,萧涤非的《汉魏六朝乐府文学史》,余冠英的乐府诗歌研究,王运熙的南北朝乐府研究,曹道衡的魏晋南北朝文学特别是北朝文学的研究等,给人们留下深刻的印象。这些研究成果都是作者本着开拓创新精神,在学术研究上走自己的路产生出来的优秀著作。这些著作必将传之后世,对六朝文学研究产生深远的影响。

青年朋友们,应当记住:在学术研究上,要具有开拓创新精神,走自己的路。只有这样,才有可能产生优秀著作;只有这样,才有可能产生传世之作。

2010年3月

我与六朝文学研究

我对六朝文学的研究是从六十年代初期开始的。那时,只是阅读有关书籍,写些读书札记。由于种种原因,直到1977年以后才开始撰写研究论文,至1985年才开始出版学术著作。我对六朝文学的研究主要有四项:

一、《玉台新咏》研究

《玉台新咏》是我国古代一部重要的诗歌总集,编于梁朝。编者为南朝梁、陈时的徐陵。《玉台新咏》的主要内容是写闺情,所收的诗多为艳诗,即宫体诗。但也收了枚乘、张衡、曹植、阮籍、左思、鲍照、谢朓等著名诗人的佳作。此书的价值在于:一、在中国文学史上,汉魏六朝的总集、别集流传下来的很少,许多诗歌都失传了。《玉台新咏》是《诗经》、《楚辞》以后最古的一部诗歌总集,它为我们保存了大量诗歌资料。二、由于《玉台新咏》成书在梁朝,当时编者能见到的古书,后来有许多散失了,所以今天我们可以用它来校订其他古籍。三、《玉台新咏》专选歌咏妇女的诗篇,这种选本在当时是没有前例的。四、本书所收齐、梁时代的一些宫体诗,在声律、对偶、用典等方面已经相当成熟,这些对唐诗的发展有直接的影响。因此,《玉台新咏》是我们研究汉魏六朝诗歌的重要参考书。我点校的《玉台新咏笺注》中华书局1985年出版,1992年修订重印,1999年第3次印刷,受到学术界的好评。中国社会科学院研究员曹道衡、沈玉成说:"穆克宏同志点校的《玉台新咏笺注》之所以为大家所欢迎,我们认为主要是在校正纠谬,校勘精审和标点正确三个方面……这部新版的《玉台新咏笺注》不但是目前最精审的一部校本,而且对研究《玉台新咏》来说,也是一部重要的著作。"(《评新版〈玉台新咏笺注〉》,《书品》1986年第3期,中华书局出版)昝亮《〈玉台新咏〉版本探索》说:"穆克宏先生点校的《玉台新咏笺注》……点校精细审慎,用力甚著,洵为善本。"(《文史》2000年第2辑,中华书局出版)在这项专题研究中,我还撰写了《试论〈玉台新咏〉》(《文学评论》1985年第6期)、《徐陵论》(《楚雄师范学院学报》2002年第2期)

二、《文心雕龙》研究

《文心雕龙》,刘勰著。刘勰是我国南朝齐梁时代的杰出文学批评家。他的《文心雕龙》,比较全面地总结了南齐以前中国文学理论和文学批评的经验,提出了许多精辟的见解,在中国文学批评史上,是一部十分重要的文学批评著作。

我研究《文心雕龙》的著作有两种:一是《文心雕龙选》,一是《文心雕龙研究》。《文心雕龙选》,福建教育出版社1985年出版。选文21篇,皆为《文心雕龙》之精华。各篇都有[说明]、[注释]、[译文],适合大学生和一般读者阅读。张少康等的《文心雕龙研究史》说:"由于作者对魏晋南北朝文学有全面深入的研究,国学根基深厚,所以注释是比较确切的,译文尽量采用直译的方法,使之能够与原文对应起来,文笔明白晓畅。"(北京大学出版社2001年出版)给此书作了较高的评价。我还有《文心雕龙》全书注释本,见《魏晋南北朝文论全编》(江苏教育出版社1996年出版,2004年修订再版)。《文心雕龙研究》(福建教育出版社1991年出版),上下两编,上编为通论,下编为专论。张少康等的《文心雕龙研究史》认为:"(此书)是本时期《文心雕龙》研究中很有学术价值的一部著作。……组织严密,考论精审……作者始终注意对《文心雕龙》之本义的阐释,亦时见创获。……通论和专论相结合,而专论注意刘勰对六朝时期有卓越成就的大作家的研究,将刘勰的文学理论批评的研究,落到实处。这是本书的一个最为显著的特点。"又说:"将《文心雕龙》与六朝文学结合起来研究,不仅有助于具体深入地了解《文心雕龙》,而且有助于对六朝文学发展史的研究。因为作者对《昭明文选》、《玉台新咏》和六朝许多重要作家有相当深入的研究,发表过许多研究论著,所以他对《文心雕龙》中有关曹植、王粲、阮籍、嵇康、潘岳、陆机、左思以及南朝宋、齐文学的评论,都能结合对这些作家创作的思想艺术特色的具体分析,进行深入的研究,不仅使我们对刘勰《文心雕龙》作家论方面的成就有清楚的认识,而且也从分析刘勰的评论中,对这些作家的创作成就作了更深入的阐发。在全书的具体论述中,作者提出了许多自己的新的见解。"我的《文心雕龙研究》,鹭江出版社2002年出版了增订本。

三、《昭明文选》研究

《文选》,梁萧统编。萧统,即昭明太子,故《文选》又称《昭明文选》。《文选》是我国古代现存最早的一部诗文总集。书中选录了从东周到南朝梁八百年间七百多篇作品,保存了丰富的文学资料,有较高的文学价值和文献价值,对后世文学有深远的影响。

我研究《文选》的著作有《昭明文选研究》(人民文学出版社1998年出版)、《文选旁证》(点校)(福建人民出版社2000年出版)和《昭明文选》(春风文艺出版社1999年出版)。后者为通俗读物。王立群的《现代〈文选〉学史》说:"穆克宏的《昭明文选研究》为二十世纪后期中国大陆学者第一部现代《文选》学研究的专著……成为二十世纪现代《文选》学步入新的学术上升周期后最有代表性的研究著作之一。"(中国社会科学出版社2003年出版)又说:"穆克宏点校的《文选旁证》则是大陆学人对清代传统《文选》学专著进行整理的杰出代表。"又说:"二十世纪后期,伴随着《文选》的升温,大陆著名学者曹道衡、王运熙、穆克宏……成为重要的现代《文选》学家。……穆克宏亦是大陆著名的《文选》、《文心雕龙》研究家,他的《昭明文选研究》及点校整理的(清)梁章钜《文选旁证》是传统《文选》学研究与现代《文选》学研究结合的典范。"评论反映了学术界对拙著的尊重。我的《文选学研究》将于今年年底问世。

四、文学史料学的研究

史料学是研究史料的学科。我应中华书局之约,撰写《魏晋南北朝文学史料述略》(中华书局1997年出版)。此书列入《中国古典文学史料研究丛书》,中华书局总编辑在《总序》中说:"中华书局古典文学编辑室于几年前即提出编辑《中国古典文学史料研究丛书》的计划,但由于种种原因,这套丛书的起步并不太快。经过几年的准备,穆克宏先生的《魏晋南北朝文学史料述略》,作为这套丛书的第一部,将在今年出版。"陈庆元说:"此书不仅带有较强的学术性,而且也体现了他的治学特点。应该说,这是一部具有开拓意义的文学史料学专著。"(《评穆克宏〈魏晋南北朝文学史料述略〉》,《书品》1997年第4期,中华书局出版)此书出版后,受到魏晋南北朝文学方向的硕士生、博士生和有关教师的欢迎。我另有《魏晋南北朝文学书目》,与此书配套。见拙著《滴石轩文存》(海峡文艺出版社1994年出版)。

四十年间,我的研究成果,仅仅如此,不足道也。我已年逾古稀,精力显然不如过去。但是,我的研究工作还在继续。今后的研究工作主要有两项:一是继续研究《昭明文选》,撰写论文;二、增订《魏晋南北朝文学史料述略》。学问是做不完的,我只是尽力而已。唐代著名诗人王勃说:"老当益壮,宁移白首之心;穷且益坚,不坠青云之志。"(《滕王阁序》)既以勉人,亦以自勉。

2006 年 9 月 15 日

我这三十年

党的十一届三中全会以后三十年,是改革开放的三十年,也是我在学术研究上大丰收的三十年。

1960 年 2 月,我在《光明日报·文学遗产》上发表了《对引文不够严肃认真之又一例》小文以后,由于"文化大革命"的干扰,我在学术园地里辍耕了十七年。1977 年,打倒了"四人帮",唤起我学术研究的激情,我很快撰成了《论〈文心雕龙〉的成就及局限》的论文,发表在《福建师范大学学报》1977 年第 4 期上。1978 年,党的十一届三中全会召开了,和煦的东风吹遍了祖国大地,春满人间,我又鼓起勇气,重振精神,从事我喜爱的学术研究工作。此后十年,我陆续发表了三十余篇研究《文心雕龙》的论文。同时又选注选译了《文心雕龙》二十一篇。1985 年,福建教育出版社出版了我的《文心雕龙选》,1991 年,该社又出版了我的《文心雕龙研究》。北京大学张少康教授等评论《文心雕龙选》说:"由于作者对魏晋南北朝文学有全面深入的研究,国学根基深厚,所以注释是比较确切的,译文……明白晓畅。"评论《文心雕龙研究》说:"(此书)是本时期《文心雕龙》研究中很有学术价值的一部著作。……组织严密,考论精审……亦时见创获。"(《文心雕龙研究史》,北京大学出版社 2001 年版)在 1996 年出版的《魏晋南北朝文论全编》中,我对《文心雕龙》全书作了注释。《文心雕龙研究》,鹭江出版社 2002 年出版了增订本。

在《文心雕龙》研究告一段落之后,我开始研究《文选》。《文选》产生于南朝梁代。这部书在唐代已形成了一门学问,即"文选学"。《文选》对后世文学有深远的影响。

1985年以后,我陆续撰写了十余篇研究文选学的论文。在这些论文的基础上,撰成《昭明文选研究》,人民文学出版社1998年出版。我在研究文选学的过程中,一面撰写论文,一面点校清代梁章钜的《文选旁证》。此书是研究《文选》的重要著作。全书约一百万字。我用了三年时间点校完毕,2000年由福建人民出版社出版。还有一本普及读物《昭明文选》,1999年由春风文艺出版社出版。河南大学王立群教授评论说:"穆克宏《昭明文选研究》为二十世纪后期中国大陆学者第一部现代《文选》学研究的专著……成为二十世纪现代《文选》学步入新的学术上升周期后最有代表性的研究著作之一。"又说:"穆克宏点校的《文选旁证》则是大陆学人对清代传统《文选》学专著进行整理的杰出代表。"又说:"二十世纪后期,伴随着《文选》的升温,大陆著名学者曹道衡、王运熙、穆克宏……成为重要的现代《文选》学家。……穆克宏亦是大陆著名的《文选》、《文心雕龙》研究家,他的《昭明文选研究》及点校整理的(清)梁章钜《文选旁证》是传统《文选》学研究与现代《文选》学研究结合的典范。"(《现代〈文选〉学史》,中国社会科学出版社2003年版)评论反映了学术界对拙著的肯定。今年7月,我的《文选学研究》由鹭江出版社出版。此书上部为《昭明文选研究》的修订本,下部为《昭明文选研究补编》,收入了我1998年以后撰写的论文十余篇。全书五十余万字,反映了我对文选学研究的基本情况。

此外,还有两项研究需要提到的:

一、《玉台新咏》研究

1979年,我应中华书局之约,点校徐陵编选、吴兆宜笺注的

《玉台新咏笺注》。此书中华书局于1985年出版,列入《中国古典文学基本丛书》。中国社会科学院文学研究所曹道衡、沈玉成研究员评论说:"穆克宏同志点校的《玉台新咏笺注》之所以为大家所欢迎,我们认为主要是在校正纠谬,校勘精审和标点正确三个方面……这部新版的《玉台新咏笺注》不但是目前最精审的一部校本,而且对研究《玉台新咏》来说,也是一部重要的著作。"(《评新版〈玉台新咏笺注〉》,《书品》1986年第3期,中华书局出版)昝亮说:"穆克宏先生点校的《玉台新咏笺注》……点校精细审慎,用力甚著,洵为善本。"(《〈玉台新咏〉版本探索》,《文史》2000年第2期,中华书局出版)此书出版后,受到专家和读者的欢迎,至今已重印5次,印数高达31000册。在这项专题研究中,我还撰写了《试论〈玉台新咏〉》、《徐陵论》等研究论文。

二、文学史料学研究

1990年,我应中华书局之约,撰写《魏晋南北朝文学史料述略》。此书中华书局于1997年出版,列入《中国古典文学史料研究丛书》,作为丛书的第一部出版,可见中华书局的重视。此书出版后,受到魏晋南北朝文学方向的硕士生、博士生和有关教师的欢迎,印数高达9000册。此书2007年出版了增订本,补充史料200余条。拙著《滴石轩文存》内收有《魏晋南北朝文学书目》,可供读者参考。陈庆元教授评论此书说:"此书不仅带有较强的学术性,而且也体现了他的治学特点。应该说,这是一部具有开拓意义的文学史料学专著。"(《评穆克宏〈魏晋南北朝文学史料述略〉》,《书品》1997年第4期,中华书局出版)

党的十一届三中全会以后三十年,我的学术研究工作,对自己来说是一个大丰收。但是,对伟大的时代而言,是微不足道的,不过沧海之一粟而已。

"流光容易把人抛,红了樱桃,绿了芭蕉。"我已年近八旬。为了总结我一生的学术研究工作,去年,我应省社科联之约,撰写了一篇一万五千字的长文《我与六朝文学研究》,发表于《福建社科界》2007年第6期和《古典文学知识》2008年第2、3期。现在,我草此短文,目的是纪念党的十一届三中全会召开30周年。没有党的十一届三中全会以后的改革开放,就没有我在学术研究上的大丰收。美好的日子,令人永世难忘。回顾过去的三十年,我们感到自豪;展望未来,我们充满信心。让我们发愤图强,努力奋斗,怀着满腔爱国激情,去迎接伟大祖国更加繁荣昌盛、光辉灿烂的明天。

2008年11月19日

苍龙日暮还行雨　老树春深更着花
——退休二十年

我是1995年退休的,当时我是65岁。今年是2015年,我退休整整二十年。现在,我已是85岁高龄的老人了。

在我的一生中,大学毕业以后,一直在学校从事教学工作。做教学工作就是传道、授业、解惑,把学生培养成才,为社会输送人才。但是,作为大学教师,不仅要做好教学工作,还要做好学术研究工作,撰写学术论文和研究著作。因为一面从事教学工作,一面坚持学术研究工作,可以有效地提高教学质量。教学与学术研究本来就是相辅相成的。当然,既从事教学工作,又坚持学术研究工作,是十分辛苦的。记得当年,我忙于教学工作,无暇他顾。撰写论文的事,只好放在寒暑假来做。每年利用暑假撰写两篇论文,利用寒假撰写一篇论文。长期坚持,不敢稍有懈怠。退休后,教学工作结束,我可以专心致志地做学术研究工作了。可是人老了,精力大不如前。我壮志未酬,心有不甘,仍然继续从事我的学术研究工作。古人说:"老当益壮,宁移白首之心;穷且益坚,不坠青云之志。"(王勃《秋日登洪府滕王阁饯别序》)我常常以此自勉。

我的学术研究方向是魏晋南北朝文学,主要研究《昭明文选》和《文心雕龙》。《昭明文选》即南朝梁代昭明太子萧统所编的《文选》。《文选》是我国现存最早的一部诗文总集,书中选录了从东周到南朝梁代八百年间的七百多篇作品,保存了丰富的文学资料,具有很高的文学价值。范文澜说:"《文选》选文,上起周代,下迄梁朝。七八百年间各种重要文体和它们的变化,大致具备。固然好的文章未必全得入选,但入选的文章却都是经过严格的衡量。可以说,萧统以前,文章的英华,基本上总结在《文选》一书里。"(《中国通史简编(修订本)》第二编 421 页)范氏的评介,言简意赅,很能说明问题。此书的研究,还在唐代就形成一种专门学问叫"文选学",简称"选学"。此书对后世文学有深远的影响。《文心雕龙》是南朝梁代刘勰所撰。此书总结了南朝齐代以前的中国文学理论和文学批评的经验,提出了许多精辟的见解,是一部中国古代文学理论和文学批评的名著。现代研究《文心雕龙》也形成了一种专门的学问叫"龙学",或称"文心学"。范文澜说:"《文心雕龙》是文学方法论,是文学批评书,是西周以来文学的大总结。此书与萧统《文选》相辅而行,可以引导后人顺利地了解齐梁以前文学的全貌。"(《中国通史简编(修订本)》第二编 423 页)范氏对《文选》、《文心雕龙》的评论鞭辟入里,十分正确。我从上世纪六十年代开始研究《文心雕龙》和《文选》,退休以后,更是全力以赴。"衣带渐宽终不悔,为伊消得人憔悴。"(欧阳修《蝶恋花》)退休二十年间,我出版的有关研究著作有:

(1)《魏晋南北朝文论全编》(合作),江苏教育出版社1996年出版。增订本2004年出版。上海远东出版社2012年出版了又一次校订的新版本。

(2)《魏晋南北朝文学史料述略》,中华书局1997年出版。增订本2007年出版。增订、增补本2015年出版。

(3)《昭明文选研究》,人民文学出版社1998年出版。

(4)《昭明文选》,春风文艺出版社1999年出版。

(5)《文选旁证》(校点),福建人民出版社2000年出版。

(6)《文心雕龙研究》(增订新版),鹭江出版社2002年出版。

(7)《文选学研究》,鹭江出版社2008年出版。

(8)《六朝文学论集》,中华书局2010年出版。

(9)《六朝文学研究——穆克宏自选集》,台湾万卷楼图书股份有限公司2015年出版。

在我已经出版的十余部著作中,我认为比较重要的有《玉台新咏笺注》(点校)、《魏晋南北朝文学史料述略》、《昭明文选研究》、《文选旁证》(点校)、《文心雕龙研究》、《文选学研究》、《六朝文学论集》、《六朝文学研究——穆克宏自选集》八部。这八部书中有七部是我退休以后完成的。我曾在中华书局出版过三部书,即《玉台新咏笺注》(点校)、《魏晋南北朝文学史料述略》和《六朝文学论集》,后两部是退休以后出版的。中华书局是出版古籍及其研究著作最权威的出版机构。能在中华书局出版学术著作,我感到荣幸。我退休以后著书立说的情况,从表面看,是因为退休以后,有较多的时间从事学术研究,所以写的书就多了。其实,更深层的原因是我的指导思想。大学毕业以后,我给自己确立的指导思想是,除了工作之外,我要做的事情就是读书治学,别无他求。记得1981年,中文系负责人要推荐我当省政协委员,我谢绝了。1987年,校领导要我出任中文系主任、校图书馆馆长,我婉言推掉。我一心想的就是读书治学。有人说,我是书呆子,如果这个"书呆子"是指专心读书治学的人,我也认了。可是,人生苦短,即使你一心一意地读书治学,由于社会、家庭生活的干扰,能够做到的,也十分有限。但我无怨无悔,因为我尽力了。唐代诗人陈子昂诗云:"前不见古人,后不见来者。念天地之悠悠,独怆然而涕下。"(《登幽州台歌》)令人不禁感慨系之。

我退休以后,发表的论文和文章主要有:

(1)《萧统年谱》(1996)

(2)《试论〈文选〉的编者问题》(1996)

(3)《〈文选〉文体分类再议》(1996)

(4)《〈文选〉编选年代蠡测》(1996)

(5)《略论〈文心雕龙〉与〈文选〉之关系》(1996)

(6)《〈文选〉对后世的影响》(1996)

(7)《〈文选〉学研究的几个问题》(1997)

(8)《我研究六朝文学的经历》(1997)

(9)《〈文选〉与文学理论批评》(1998)

(10)《我与〈书目答问〉》(1999)

(11)《张之洞的〈书目答问〉》(1999)

(12)《洒笔以成酣歌,和墨以藉谈笑——刘勰论"魏氏三祖"》(2000)

(13)《义多规镜,摇笔落珠——刘勰论傅玄、张华》(2000)

(14)《苏轼论〈文选〉琐议》(2001)

(15)《萧统研究三题》(2002)

(16)《徐陵论》(2002)

(17)《20世纪中国〈文选〉学研究的回顾与展望》(2002)

（18）《〈诗品〉研究随谈》（2002）

（19）《读〈选〉随笔》（2002）

（20）《读〈文选〉偶记》（2003）

（21）《袁编〈中国文学史〉魏晋南北朝部分的几个问题》（2004）

（22）《李详与〈文选〉学研究》（2005）

（23）《顾广圻与〈文选〉学研究》（2006）

（24）《阮元与〈文选〉学研究》（2006）

（25）《〈文心雕龙〉、〈诗品〉比较新议》（2006）

（26）《刘师培与〈文选〉学研究》（2007）

（27）《体大思精，见解深湛——史学家论〈文心雕龙〉》（2007）

（28）《关于"正始之音"等问题辨析之辨析》（2008）

（29）《我与六朝文学研究——治学詹言》（2008）

（30）《高步瀛与〈文选〉学研究》（2009）

（31）《〈文选〉校诂三家述论》（2009）

（32）《何焯与〈文选〉学研究》（2009）

（33）《文选学笔记》（2012）

（34）《我与中华书局》（2013）

（35）《"筋力于王微，成就于谢朓"众说平说》（2014）

（36）《〈文选〉学三题》（2015）

为了说明我退休以后的学术研究情况，兹将一些论文和文章的篇目罗列如上。如此等等约为五十篇，大都是研究《文选》和《文心雕龙》的论文，其余的篇目就不再罗列了。应当提及的是《〈文选〉与文学理论批评》、《萧统研究三题》、《顾广圻与〈文选〉学研究》、《"筋力于王微，成就于谢朓"众说平议》、《〈文选〉学三题》五篇论文先后发表于《文学遗产》。《文学遗产》是我国古典文学研究最权威的刊物。《袁编〈中国文学史〉魏晋南北朝部分的几个问题》和《我与六朝文学研究——治学詹言》两篇文章在学术界有比较广泛的影响。

五十多年来,我对《文心雕龙》和《文选》进行了系统的研究。学术界对此反应良好。对拙著《文心雕龙选》,张少康等的《文心雕龙研究史》(北京大学出版社2001年出版)评论说:"由于作者对魏晋南北朝文学有全面深入的研究,国学根基深厚,所以注释是比较确切的,译文尽量采用直译的方法,使之能够与原文对应起来,文笔明白晓畅。"对拙著《文心雕龙研究》,张少康等的《文心雕龙研究史》评云:"(此书)是本时期《文心雕龙》研究中很有学术价值的一部著作……组织严密,考论精审……作者始终注意对《文心雕龙》之本义的阐释,亦时见创获。……通论和专论相结合,而专论注意刘勰对六朝时期有卓越成就的大作家的研究,将刘勰的文学理论批评的研究,落到实处。这是本书的一个最为显著的特点。"又说:"将《文心雕龙》与六朝文学结合起来研究,不仅有助于具体深入地了解《文心雕龙》,而且有助于对六朝文学发展史的研究。因为作者对《昭明文选》、《玉台新咏》和六朝许多重要作家有相当深入的研究,发表过许多研究论著,所以,他对《文心雕龙》中有关曹植、王粲、阮籍、嵇康、潘岳、陆机、左思以及南朝宋、齐文学的评论,都能结合对这些作家创作的思想艺术特色的具体分析,进行了深入的研究,不仅使我们对刘勰《文心雕龙》作家论方面的成就有清楚的认识,而且也从分析刘勰的评论中,对这些作家的创作成就作了更深入的阐发。在全书的具体论述中,作者提出了许多自己的新的见解。"对于拙著《昭明文选研究》和拙校《文选旁证》,王立群的《现代〈文选〉学史》(中国社会科学出版社2003年出版)说:"穆克宏的《昭明文选研究》……成为二十世纪现代《文选》学步入新的学术上升周期后最有代表性的研究著作之一。"又说:

"穆克宏点校的《文选旁证》则是大陆学人对清代传统《文选》学专著进行整理的杰出代表。"又说:"二十世纪后期,伴随着《文选》的升温,大陆著名学者曹道衡、王运熙、穆克宏……成为重要的现代《文选》学家……穆克宏亦是大陆著名的《文选》、《文心雕龙》研究家,他的《昭明文选研究》及点校整理的(清)梁章钜《文选旁证》是传统《文选》学研究与现代《文选》学研究结合的典范。"这是我国学术界对我的《文心雕龙》研究和《文选》学研究的评价。

现在,我已进入耄耋之年,今后如何度过宝贵的时光,我的想法仍然是读书治学。我想继续研究六朝文学,研究文选学。如果天假我以数年,精力又许可,我想写一部新的文选学专著。记得著名哲学家冯友兰先生,他在84岁高龄时还决心写一部新的《中国哲学史》,至95岁时终于完成。这说明有志者事竟成。冯先生的治学精神对我起了鼓舞作用。冯先生著书立说的宗旨是"为天地立心,为生民立命,为往圣继绝学,为万世开太平"(张载《张子语录》)。这是一种崇高的追求。我可没有这样的奢望。我著书立说的目的只是为了弘扬我国优秀文化传统,为社会作出一点微末的贡献。陈寅恪先生在《清华大学王观堂先生纪念碑铭》中说:"士之读书治学,盖将以脱心志于俗谛之桎梏,真理因得以发扬。"这种境界,我是"高山仰止,景行行止;虽不能至,心向往之"。

顾炎武诗云:"苍龙日暮还行雨,老树春深更着花。"(《又酬傅处士次韵二首(其二)》)苍龙在黄昏时还能造雨,老树至春深时犹能开花。"苍龙"、"老树",尚且如此。我们作为万物之灵的人,我们经验丰富的老年人,岂可虚度年华!"老骥伏枥,志在千里,烈士暮年,壮心不已"。

2015年2月2日写毕

谈古籍整理工作

所谓"古籍",是指周、秦、汉、三国、晋、南北朝、隋、唐、宋、元、明、清,即1910年以前的书籍。

我国古籍种类繁多,浩如烟海。据有关专家估计,我国现存古籍有八万种左右(也有人估计在十万种以上)。这些历代流传下来的文化典籍,有许多优秀作品,它们记载了我国悠久的历史和各方面的卓越成就,是中华民族文化的精华,是我国宝贵的文化遗产。如果把这些古籍加以整理,使广大人民了解我们伟大祖国的光辉历史和优良的文化传统,这对提高我国人民的民族自尊心,发扬爱国主义精神,批判地继承我国优秀的文化遗产,发展和繁荣社会主义文化事业都有着重要的意义。中央领导同志十分重视古籍整理工作。1981年夏季,陈云同志先后几次对古籍整理工作提出了重要的意见。他说,查一下中国古籍标点了多少,多少还没有标点,哪些急需标点,趁许多老人还在的时候多标点出一些,希望国家出版局规划一下。又说,古书如果不加标点整理,很难读,如果老一代不在了,后代根本看不懂,文化就要中断,损失很大,一定要把这一工作抓紧搞好。又说,古籍整理还不光是解决标点、注解,这还不行,现在孩子们念书还没有接触这些古东西,所以不懂。要做到后人都能看懂,要译成现代语气。整理古籍还涉及繁简体字的问题。搞这个工作,不是一朝一夕的事,要搞个十年、二十年、三十年,甚至更长一些时间。这件事情一定要搞到底。中共中央于同年9月发出了《关于整理我国古籍的指示》,指示说:"整理古籍,把祖国宝贵的文化遗产继承下来,是一项十分重要的、关系到子孙后代的工作。""当前要认真抓一下,先把领导班子组织起来,把规划搞出来,把措施落实下来。"随后国务院又发出了《关于恢复古籍整理出版规划小组的通知》。国务院古籍整理出版规划小组恢复后,于1982年3月召开了第一次全体会议,讨论制订了1982至1990年古籍整理出版规划草案。这项规划于同年8月经国务院批准。党中央和陈云同志关于古籍整理工作的指示及《古籍整理出版规划》(1982—1990),使人精神振奋,无比高兴。我们高等院校文科的专业工作者应该在搞好教学工作的前提下,积极承担力所能及的任务,为古籍整理工作贡献自己的力量。

如何整理古籍呢?主要有以下方法:一、点校,即标点和校勘。古籍是没有标点的,我们给加上标点,并分段,就便于阅读。由于古籍流传时间长,刻印传抄的次数多,因此都或多或少地存在一些错误。校正错误,还其原来面目,对学习和研究都有好处。如中华书局出版的"二十四史"、《资治通鉴》都是这样整理的。二、注释。古籍有的有注释,如《十三经注疏》、"四史"等,但是,大部分是没有注释的。即使有一些古人的注释,今天一般读者也是很难看懂的,需要重新用白话注释。三、今译。有的古籍虽用白话注释,一般读者还是看不懂,这就需要用白话文翻译。如杨伯峻的《论语译注》、《孟子译注》,就是这样翻译的。今译是一项艰难的工作,这不仅有对原著理解水平问题,还有文字表达能力问题。四、辑佚。中国古籍散亡的很多,有的古籍原书已散亡,有的学者通过其他书籍中引用的材料,重新搜辑、整理出来,或能恢复原书面貌,或仅能恢复它一部分,这就叫作"辑佚"。如清代《四库全书》从明代《永乐大典》中辑出古书三百七十五种之多。像李焘《续资治通鉴长编》(520卷)、薛居正《五代史》(150卷)这些卷帙浩繁的大书都是从中辑出的,这对史学的研究不能不说是一个很大的贡献。五、汇编。有把同样性质的著作汇编在一起的,如《历代诗话》、《清诗话》等，有把关于一个作家的研究资料汇编在一起的，如《陶渊明研究资料汇编》、《杜甫研究资料汇编》等，还有其他形式的汇编，都可供研究参考。六、复印孤本、善本书。一般宋、元本古籍和明代刊行的善本书都可复印，供校勘、研究者选用。

应该指出，以上工作固然重要，但还是不够的。关于古籍整理的最终目的，国务院古籍整理出版规划小组组长李一氓同志指出，是要研究和总结出一个有关学科的概论来。他说，如没有两三部很精较详的《中国哲学史》，那么一大堆子书，宋、明理学书，佛书，又有什么意义呢？所以仅仅搞狭义的整理还不够，必须在文、史、哲各方面，多做些通论性的，或专题性的学术工作。只有这样，才能体现百家争鸣的学风。也只有这样，才能看出我们在文、史、哲三个意识形态领域内学术水平的提高。就是说，古籍的整理要和研究结合在一起。李一氓同志的话，对从事古籍整理和研究的人来说是十分重要的。

1981年，党中央指示："古籍整理工作，可以依托于高等院校。"我希望我们学校的有关部门认真落实党中央的指示精神，统筹安排，有计划、有步骤地开展古籍整理和研究工作，使文科教育工作得到更大的推动。作为一个古典文学教学和研究工作者，我深盼古籍整理工作在我校开花结果，我愿意为继承和发扬我们伟大祖国的优良文化传统，为建设高度的社会主义精神文明贡献自己一份微薄的力量。

1983年3月5日

我与中华书局

2011年8月,我收到北京中华书局来函,请我为中华书局百年华诞题词。我写了《周易》上的两句话:"天行健,君子以自强不息。"寄给他们。我的意思是,中华书局出版了很多高质量的学术著作,受到读者欢迎。希望他们再接再厉,继续出版高质量的书为读者服务。今年5月,我收到中华书局寄来的《百年中华》、《百年中华纪念邮册》和感谢信。《百年中华》一书介绍了中华书局诞生、成长、壮大的历程。此书唤起了我对往事的回忆。

新中国成立前,我在南京读中学。因为爱好文学,喜欢逛书店,买自己需要的书。南京太平路上有中华书局、商务印书馆、开明书店、世界书局、正中书局五家大书店。夫子庙有多家旧书店,新街口有多个旧书摊,买书颇为方便。我几乎每个星期都要逛书店。我与中华书局的接触就是从这时开始的。

中学时代,我买的书主要是现代文学和外国文学名著,古典文学名著买得不多。记得在高二国文课上,老师引《世说新语》中的话说:"名士不必须奇才,即使常得无事,痛饮酒,熟读《离骚》,便可称名士。"(《任诞》)课后,我怀着好奇的心理,去中华书局买了一部《楚辞》(《四部备要》本)。读《离骚》读不下去,就参考郭沫若的《离骚今译》(见《历史人物》)。又有一次,国文课讲陶渊明诗,老师讲到陶渊明不为五斗米折腰。我佩服陶渊明的气节,又到中华书局买了一部《靖节先生集》(《四部备要》本)。后来从一本书上看到鲁迅推荐《世说新语》,郭沫若喜爱《庚子山集》,我皆从中华书局购得。此外,我还买了一些中国古典文学名著如《李太白集》、《杜工部集》、《昌黎先生集》、《柳河东集》等。当时买书,既无计划，又无目的。新中国成立后，我考上了南京大学中文系。大学毕业之后，我准备研究六朝文学，以后陆陆续续买了许多中华书局出版的书。经部有《十三经注疏》、《十三经清人注疏》等；史部有《二十四史》、《清史稿》、《二十五史补编》、《资治通鉴》、《续资治通鉴》、《通典》、《通志略》、《读史方舆纪要》等；子部有《诸子集成》、《新编诸子集成》等；集部有《文选》（影印之胡刻本，尤袤刻本，六臣注本）、《文苑英华》、《全上古三代秦汉三国六朝文》、《全汉三国晋南北朝诗》、《先秦汉魏晋南北朝诗》、《全唐诗》、《全宋词》、《全元散曲》、《元曲选》、《元曲选外编》等。在我的五千册藏书中，中华书局出版的书就有一千多册。中华书局出版的书要求严格，学术质量高；校对认真，错字少；装帧设计朴素、大方、高雅。我喜欢。

1985年以前，很长时间，我是中华书局的读者；1985年以后，我成为中华书局的作者。那是在"文化大革命"结束以后，1978年8月，我在广西桂林参加二十一所高等院校合作编写《中国古代文学作品选》会议，遇到中华书局古典文学编辑室的程毅中先生和许逸民先生。他们约我点校清人吴兆宜注、程琰删补的《玉台新咏笺注》。当时，我答应了。但是后来我又有些犹豫。原因有三：一是我想起了古人说的"学识何如观点书"。我的学识浅薄，贸然标点古书，难免出错。如果错误百出，岂不是贻笑大方之家。二、我曾读过鲁迅的《花边文学》，此书中有一篇《点句的难》。这篇文章指出刘大杰标点、林语堂校阅的《袁中郎全集》断句的谬误，说明名家标点古书也难免断句的错误。鲁迅说："标点古文，不但使应试的学生为难，也往往害得有名的学者出丑。"读了鲁迅的文章，我更是感到，我难以承担标点古书的艰巨任务。三、我曾拜读过杨树达的《古书句读释例》，此书举出许多著名学者断句的错误。可是，话既说出口了，怎么好反悔呢？只好硬着头皮做下去。《玉台新咏笺注》大约30万字，我用了两年时间点校完毕。1980年我把书稿邮寄给中华书局，事情总算做完了。此书1985年出版，列入《中国古典文学基本丛书》。书出版以后，我又是高兴，又是担心，高兴的是我点校的书终于出版了；担心的是，不知自己断句的谬误有多少？1986年，我看到中华书局出版的《书品》第三期上刊载了中国社会科学院文学研究所研究员曹道衡、沈玉成的《评新版〈玉台新咏笺注〉》一文，我心上的一块石头才落了地。这篇文章说："穆克宏同志点校的《玉台新咏笺注》之所以为大家所欢迎，我们认为主要是在校正纠谬，校勘精审和标点正确三个方面……这部新版的《玉台新咏笺注》不但是目前最精审的一部校本，而且对研究《玉台新咏》来说，也是一部重要的著作。"曹、沈二位研究员对我点校的《玉台新咏笺注》作出了肯定的评价。2000年，中华书局出版的《文史》第二辑发表昝亮的《〈玉台新咏〉版本探索》说："穆克宏先生点校的《玉台新咏笺注》……点校精细审慎，用力甚著，洵为善本。"这样，我就比较放心了。

1990年8月，我到北京参加《文心雕龙》国际学术研讨会，得悉中华书局计划出版《中国古典文学史料研究丛书》。他们知道我从事魏晋南北朝文学的教学和研究多年，就约我撰写《魏晋南北朝文学史料学》一书，我很爽快地就答应了。这是因为上个世纪80年代，我指导研究生开设文献学课程主要内容是讲魏晋南北朝文学史料。这样，我撰写《魏晋南北朝史料学》一书就方便多了。书稿1992年完成，书名《魏晋南北朝文学史料述略》，交给中华书局出版。此书1997年出版，列入《中国古典文学史料研究丛书》。中华书局总编辑傅璇琮先生在《丛书·总序》中说："中华书局古典文学编辑室于几年前即提出编辑《中国古典文学史料研究丛书》的计划，但由于种种原因，这套丛书的起步并不太快。经过几年的准备,穆克宏先生的《魏晋南北朝文学史料述略》,作为这套丛书的第一部,将在今年出版。"此书出版后,得到学术界的好评。陈庆元教授说:"此书不仅带有较强的学术性,而且也体现了他的治学特点。应该说,这是一部具有开拓意义的文学史料学专著。"(《评穆克宏〈魏晋南北朝文学史料述略〉》,《书品》1997年第4期,中华书局出版)同时,也受到魏晋南北朝方向的硕士生、博士生的欢迎。2004年夏天,中华书局的傅璇琮先生来福州讲学,向我提出,对拙著进行增补重印,供读者参考。2006年4月,我在镇江参加《文选》座谈会,见到中华书局的许逸民先生,他也跟我提起增补拙著再重印发行的事。于是,我用了半年的时间,完成增补工作,交中华书局重印。此书的增订本已于2007年10月由中华书局出版。

2009年,我八十岁了。福建师范大学文学院要为我举办八十寿辰和从事学术研究五十周年庆祝活动,并资助出版我的论文集《六朝文学论集》。我的论文集原想交人民文学出版社出版。中华书局的许逸民先生听说此事,建议我的论文集由中华书局出版。他说:"中华书局出版学术论文集规格高,在学术界影响大。"我同意许先生的意见,将拙稿交给中华书局出版。2010年6月,拙著《六朝文学论集》问世。

拙著《六朝文学论集》出版后,复旦大学杨明教授发表了一篇书评,题为《前贤踵武,后学津梁:读〈六朝文学论集〉》(《书品》2011年第2期,中华书局出版)。他指出:一、其中11篇关于文选学的论文"开拓了《选》学研究的领域,具有《文选》研究史的意义"。二、穆先生将《文心雕龙》与《文选》结合起来研究,"形成了自己的研究特色"。三、关于六朝诗歌的论文,"从中也可窥见作者深厚的素养"。四、指出袁编《中国文学史》教材所开《研修书目》不切实际处17条,可见先生对古籍经典和目录版本之学的重视和熟悉。五、《我研究六朝文学的经历》、《我与〈书目答问〉》等几篇文章,"直接谈到自己的治学经验,金针度人","这些确是前辈学者言传身教,教给我们的宝贵经验"。杨氏所论较为全面,对本书作了肯定的评价。福建师范大学刘昆庸博士《返本开新境,波澜独老成——评〈六朝文学论集〉》(《福建日报》2010年11月8日《读书》版)、叶枫宇博士《功力深厚,严谨踏实——评〈六朝文学论集〉》(《福建师范大学校报》2011年11月15日)皆就我建构的学术研究体系立论,亦作了肯定的评价。据悉,本书出版后,在学术界已产生了良好的影响。

中华书局是专门出版古籍及其研究著作的权威出版机构,在国内外享有盛名。它出版的学术著作规格高,质量上乘,赢得学者和读者的信任。据《百年中华》记载,著名学者钱锺书先生的《管锥编》、《谈艺录》就是钱先生指定在中华书局出版的。著名史学家顾颉刚先生于1965年10月26日立下遗嘱,说:"我的一生写作,应悉交中华书局,请他们组织委员会整理。"2010年12月,《顾颉刚全集》由中华书局出版。浙江大学张涌泉教授说:"郭老师(郭在贻)常对我说,中华书局是国内最权威的出版社……郭老师把能在中华书局出书看作他最高的荣誉和最高的理想。"于此可见,中华书局在学者心中的信誉。

今生有幸,我在中华书局出版了三部书,即点校本《玉台新咏笺注》、研究专著《魏晋南北朝文学史料述略》和学术论文集《六朝文学论集》。这三部书由中华书局出版,我在精神上感到莫大的慰藉。吾人老矣!如天假余年,我想再写一部文选学研究专著在中华书局出版。"老骥伏枥,志在千里;烈士暮年,壮心不已。"

2012年6月15日写毕

时年八十三

《六朝文学论集》后记

我从上个世纪六十年代起,开始研究六朝文学,迄今已经五十年了。五十年来,我先后出版了《玉台新咏笺注》(点校,中华书局1985),《文心雕龙选》(福建教育出版社1985),《文心雕龙研究》(福建教育出版社1991,增订本鹭江出版社2002),《滴石轩文存》(海峡文艺出版社1994),《魏晋南北朝文论全编》(合作,江苏教育出版社1996,修订本2004),《魏晋南北朝文学史料述略》(中华书局1997,增订本2007),《昭明文选研究》(人民文学出版社1998),《昭明文选》(春风文艺出版社1999),《文选旁证》(点校,福建人民出版社2000),《文选学研究》(鹭江出版社2008)等著作,为六朝文学研究尽了自己微薄的力量。我今年八十岁了,即将付梓的《六朝文学论集》可能是我研究六朝文学的尾声了。

本书分为五个部分:

第一部分是关于《文选》的论述。《萧统研究三题》是我一篇有关文选学的重要论文,此文提出对《文选》编选年代、"蜡鹅"事件和《文选》文体分类的看法。此外是我关于文选学史的论文。我想撰写一部《中国文选学史》,此项研究工程浩大,因此,先写单篇论文,然后修改、补充成文选学史。此项研究,我已完成了《顾广圻与文选学研究》、《阮元与文选学研究》、《梁章钜与文选学研究》、《李详与文选学研究》等十篇专题论文,这里选入九篇,另有一篇论述骆鸿凯《文选学》的文章,因已选入中华书局出版的《中外学者文选学论集》,不再选入本书。对于这些文选学家,大都是首次专题论述,可供读者参考。《文选学研究后记》叙述我撰写《文选学研究》的情况,亦可供读者参考。

第二部分是关于《文心雕龙》和《诗品》的论述。这里有对《文心雕龙》的绍介,也有史学家对《文心雕龙》的评价。而主要是我将《文心雕龙》与六朝文学结合起来研究的论文,选入本书的有《志深而笔长,梗概而多气——刘勰论"建安七子"》等五篇。这些论文体现了我对《文心雕龙》研究的特点。两篇有关《诗品》的文章是应约而作的,《〈文心雕龙〉〈诗品〉比较新议》是为祝贺张文勋教授八十寿辰,应约而作,《〈诗品〉杂谈》是应许昌学院学报《诗品》研究专栏之约而作,表达了我对《诗品》的看法。

第三部分是关于汉魏六朝诗歌的论述。《严羽论汉魏六朝诗》是总论,其他则为分篇论述,可供研究汉魏六朝诗者参考。论述唐人七绝的旧作,可助读者鉴赏唐人七绝,不忍舍弃,故附在这部分之后。

第四部分主要是我对袁行霈教授主编《中国文学史》魏晋南北朝部分的评论。后附丁放教授的答复。我在读到丁放教授的文章之后,也写了一篇文章,作为答复。学术问题,各有见解,正确与否,由读者去评判。《嵇康曾官中散大夫考》是反驳一位作者认为嵇康未曾任中散大夫的观点。考证文章,凭资料说话。

第五部分谈读书治学的文章,大都是我的治学体会,或可供立志读书治学的读者参考。这类文章曾在报章杂志上发表过,受到读者的欢迎。

拙著看起来是一部研究论文集,实质上是一部研究六朝文学的专著。对专治六朝文学的同行和读者不无参考价值。

今年四月,我的学生设宴祝贺我八十寿辰。在宴会上让我说几句话,我一时想不出什么话来说,就顺口吟诵了李商隐的《锦瑟》诗:

> 锦瑟无端五十弦,一弦一柱思华年。
> 庄生晓梦迷蝴蝶,望帝春心托杜鹃。

> 沧海月明珠有泪，蓝田日暖玉生烟。
> 此情可待成追忆，只是当时已惘然。

这是一首难解的诗，自古以来，众说纷纭，莫衷一是。元好问《论诗三十首》十二云："望帝春心托杜鹃，佳人锦瑟怨华年。诗家总爱西昆好，独恨无人作郑笺。"王士禛《戏仿元遗山论诗绝句三十二首》云："獭祭曾惊博奥殚，一篇《锦瑟》解人难。"都是慨叹此诗难解。此诗难解，作为哲学上的一个重大命题"人生"更难以破解。我年届八旬，吟诗寄慨。

今年十一月，福建师范大学文学院要为我举办八十寿辰和从事学术研究五十周年庆祝活动，并资助出版拙著《六朝文学论集》。在此，我表示衷心的感谢。中华书局副总编顾青先生，原古典文学编辑室主任许逸民先生大力支持本书的出版，并致谢忱。

2009 年 9 月 8 日

我的 2017 年

我是 1930 年出生的，到 2017 年，虚龄已是 88 岁高龄了。88 岁，即民间所说的"米寿"。米者，上八下八，中间是十，即八十八。

今年是 2018 年，我的"米寿"之年 2017 年已经逝去。但是回顾起来，记忆犹新。

2017 年，我最大的收获是学术研究工作的继续。从上个世纪 60 年代开始，我开始六朝文学的研究工作。我的六朝文学研究工作是从研究《文心雕龙》开始的。由于"文化大革命"的影响，我的学术研究工作不得不停顿下来。直到 1977 年，才恢复了正常。1977 年以后，我每年都有论文发表，已发表论文一百余篇，出版学术研究著作十余部。我活到"米寿"之年,还能撰写论文、发表论文,实在不容易。为此,我感到十分高兴。

2017年,我先后发表学术研究论文三篇。

《〈文选〉文体分类再议》,发表在《中国典籍与文化》2017年第1期(总100期)上。此文评论《文选》的文体分类。《文选》的文体分类学术界颇有争议,有三十七体、三十八体、三十九体、四十体之说。我认为李善注《文选》文体分三十七体是继承了萧统《文选》的原始分类,是正确的。而五臣注《文选》分的三十七体,骆鸿凯等分的三十八体,汲古阁《文选》分的三十九体,刘永济等分的四十体,改变了萧统《文选》的原始分类,都是不正确的。

《汪师韩〈文选理学权舆〉平议》,发表在《文学遗产》2017年第4期上。清代汪师韩的《文选理学权舆》是研习《文选》的入门书。其内容分为撰人、注引群书目录、选注订误、选注辨论、选注未详、前贤评论、质疑八卷,对《文选》和李善注作了比较全面的介绍和评论,以供读者参考。作者汪师韩是清代著名的文选学家,他的《文选理学权舆》,在历史上对《文选》的传播起了积极作用。

《陆机的籍贯》,发表在中华书局出版的《文史知识》2017年第12期上。陆机是西晋太康时期著名的文学家。他的籍贯,学术界一直存在不同看法。这是史籍不同记载造成的。《三国志·吴书·陆逊传》云:"陆逊,字伯言,吴郡吴人也。"陆逊是陆机的祖父,陆逊是吴郡吴人,即今江苏苏州人。陆机的祖父是苏州人,陆机自然是苏州人。《晋书·陆机传》云:"陆机,字士衡,吴郡人也。"这里否定了根据《三国志》的记载,认为陆机是苏州人的说法。认为他不是苏州人,而是吴郡人。吴郡区域广大,陆机的籍贯在何处?我以为是吴郡华亭(今上海市松江区)人,许多资料都可以证明这个论断。

以上三篇论文,是我研究文选学的系列论文,已收入《穆克宏文集》。

2017年,我点校的《玉台新咏笺注》,中华书局出版了典藏本,精装,上下两册,外加封套,十分精致美观,供人收藏。《玉台新咏》是《诗经》、《楚辞》以后最古的一部诗歌总集,它专选歌咏妇女的诗篇,产生在六朝时期的梁代,距今约一千五百年。学习中国文学史的人必须了解这部书,学习六朝文学的人必须阅读这部书,值得收藏。

2017年7月至10月,中华书局陆续将《穆克宏文集》的清样寄来,请我校阅。我用了四个月的时间,校阅了一遍,改正一些错字。但是校书如扫落叶,扫了一层,还有一层,打扫干净是十分困难的,这部一百七十余万字的大书,消灭错字,对我这个年迈的作者来说,几乎是不可能的。中华书局原拟在2017年底出版此书。为此,我还写了一篇《〈穆克宏文集〉简介》在《福建师范大学校报》(2018年1月30日)和中国《文心雕龙》资料中心、中国《文选》资料中心主编的《文心学林》(2017年第2期)发表。但由于书稿量大,引文核查比较繁琐,为了保证出版质量,《文集》的编辑工作需要比预想更多的时间,出版就被推迟了。预计今年秋季可以问世。这里顺告读者,并表示歉意。

撰写学术研究的论文和著作是十分艰难的事情,每当我在从事此项工作前,我常常想到英国哲学家弗兰西斯·培根在《新工具》中说的一段后,他说:"假如有人……转入图书馆而惊异于所见书籍门类之浩繁,那么只须请他把它们的实质和内容仔细检查一下,他的惊异一定会调转方向。因为,他一经看到那些无尽的重复,一经看到人们老是在说着做着前人已经做过的东西,他将不复赞叹书籍的多样性,反要惊异于那直到现在还盘踞并占有人心的一些题目是何等地贫乏。"这一段话经常浮现在我们的脑海之中。我写论文、写书都是提出自己的见解,对这些见解加以论述。不知道与前人的研究有没有"重复",如有"重复"就没有学术价值可言了。我希望我写的论文和著作,表达的是我的思想,不与前人的论文和著作重复。如果"重复",必将受到时间的淘汰和社会的唾弃。

学术研究是无穷的,而人生是短促的。人的一生,个人的研究成果是十分有限的。光阴如白驹过隙,转瞬之间,我已是耄耋老人。俗语说:"活到八十八,不知瘸和瞎。"人在"米寿"之后,身体衰弱,精力不济,已不能坚持正常的学术研究工作了。研究"文选学",我还有许多工作要做,可是已经力不从心了。壮志未酬,为人生留下许多遗憾。"老骥伏枥,志在千里。烈士暮年,壮心不已。"奈何!

2018 年 3 月 24 日

原版后记

"流光容易把人抛,红了樱桃,绿了芭蕉。"(蒋捷《一剪梅·舟过吴江》)倏忽之间,我已年逾花甲。人进入老年,心情自然有所不同。在工作中遇到心有余而力不足的情况时,常常容易产生一种无名的悲哀。每当此时,我总是以美国作家塞缪尔·乌尔曼的名作《年轻》自勉,忘却年老力衰的现实。说也奇怪,这篇精妙的短文,往往使我感到激动和兴奋,给我增添了巨大的精神力量。我实在太喜爱这篇"绝妙好辞"了,现抄录如下,与有志者共勉。

年轻,并非人生旅程中的一段时光,也并非粉颊红唇和体魄的矫健,它是心灵中的一种状态,是头脑中的一种意念,是理性思维中的创造潜力,是情感活动中的一股勃勃朝气,是人生春色深处的一缕清新。

年轻,意味着甘愿放弃温馨浪漫的爱情去闯荡生活,意味着超越羞涩、怯懦和欲望的胆识和气质。而六十岁的男人可能比二十岁的小伙子更多地拥有这种胆识和气质。没有人仅仅因为时光的流逝而变得衰老,只是随着理想的毁灭,人类才出现了老人。

岁月可以在皮肤上留下皱纹,却无法为灵魂刻上一丝痕迹。忧虑、恐惧、缺乏自信才使人伛偻于时间的尘埃之中。无论是六十岁还是十六岁,每个人都会被未来所吸引,都会对人生竞争中的欢乐怀着孩子般无穷无尽的渴望。在你我心灵的深处,同样有一个无线电台,只要它不停地从人群中、从无限的时空中接受美好、希望、欢欣、勇气和力量的信息,你我就永远年轻。一旦这无线电台坍塌,你的心便会被玩世不恭和悲观绝望的寒冰酷雪所覆盖,你便衰老了——即使你只有二十岁。但如果这无线电台始终矗立在你的心中,捕捉着每一个乐观向上的电波,你便有希望死于年轻的八十岁。

唐代著名诗人王勃说:"老当益壮,宁移白首之心;穷且益坚,不坠青云之志。"(《滕王阁序》)是的,我愿在人生的晚年活得更加年轻,攀登书山,畅游学海,从事自己所喜爱的研究工作,为伟大祖国的文化事业贡献自己的一份绵薄的力量。

本书所收集的文章是我近十年来撰写的,其内容可分为三部分:

第一部分是有关汉魏六朝文学的论述。我对中古文学发生兴趣,是四十年前在大学读书的时候,当时,先师罗根泽先生为我们讲授《中国文学史》课程。他讲到中古文学时,特别重视《文心雕龙》和《文选》二书,给我留下了深刻的印象,也使我暗暗产生了研究这两部名著的念头。但是,大学毕业以后,教学任务繁重,难以专心治学,只是浏览了一些资料,随手写下一些笔记而已。直到六十年代初期,我才开始对《文心雕龙》进行一些研究。1978年以后,先后出版了《文心雕龙选》、《文心雕龙研究》二书。本书收入的有关《文心雕龙》的两篇文章,前一篇是为初学《文心雕龙》的人写的;后一篇为专论。后一篇论文被主编者日本九州大学客座教授张少康先生、台湾师范大学教授王更生先生选入1991年在日本举行的《文心雕龙》国际研讨会的研究论文集。对于《文选》的研究,近几年才着手,只是撰写了几篇论文。《文选》的研究,从隋唐之际开始已形成"文选学"。历代研究成果十分丰富。我的《萧统〈文选〉三题》是参加1988年在长春召开的《昭明文选》国际研讨会的论文,而《刘勰与萧统》一文则是参加 1989 年在广州举行的《文心雕龙》国际研讨会的论文。《研习〈文选〉之津梁》一文是我认真阅读骆鸿凯《文选学》之后撰写的评介文章。骆氏《文选学》是《文选》研究的总结性著作,值得一读,所以写了这篇文章。那些论述和鉴赏汉魏六朝诗歌的文章,大都是在研习《文选》的过程中写成的。精读《文选》,每有所得,就撰写一篇短文。这里选录的只是其中的一部分。《汉魏六朝文体论的发展》,是在我撰成《刘勰的文体论初探》(见《文心雕龙研究》)一文之后,意犹未尽,用一月写成的,发表在《文学遗产》(1989 年第 1 期)上。至于《玉台新咏》之研究,是 1979 年中华书局程毅中、许逸民二位先生约我点校《玉台新咏笺注》开始的。我在点校此书的同时,也做了一些研究工作,撰写了《萧氏父子与梁代文学》、《试论〈玉台新咏〉》两篇论文。费时最多的是《魏晋南北朝文学书目》。我想这类专题书目对初学者和研究者都不无帮助。

  第二部分是有关唐诗的论述。我开始读唐诗是在初中二年级时,那时的一位国文老师用《唐诗三百首》作为国文课本。后来唐圭璋先生在我读书的南京一中兼课,我听了他开设的几次唐诗讲座,对唐诗产生了兴趣。上大学时,阅读了沈德潜的《唐诗别裁》,工作以后又阅读了仇兆鳌的《杜诗详注》,正好又给学生开唐代文学课程,于是写了一些论述唐诗的文章。这里选录的是关于诗人王昌龄的论文,这和我爱读唐人绝句,特别是七绝有关系。我本打算对唐诗也进行一些研究,后来因为工作变换,对唐诗的研究也就到此为止了。

  第三部分是谈治学方法的文章。我主张治学从目录学入手。这是受了前辈学者陈垣、余嘉锡等先生,特别是先师汪辟疆先生的影响。我最早阅读的就是汪先生的《目录学研究》,后来经常翻阅

《汉书·艺文志》、《隋书·经籍志》、《四库全书总目提要》和《书目答问补正》等书,使我获得丰富的古籍知识,也懂得了治学的方法。正是在这个基础上,加上自己的教学实践,我写下了《漫谈如何学习中国古典文学》等几篇文章。这类文章可能都是我的一孔之见,但是对文科大学生、研究生以及有志于学习中国古典文学的青年是颇有益的。

拙著付梓,承福建师范大学中文系教授俞元桂先生撰写序言,谨致谢忱。又,在学术著作出版难的今天,本书得以问世,这与海峡文艺出版社的林正让、林英、冯卫等同志的大力支持是分不开的,在此,向他们表示衷心的感谢。

穆克宏
1991 年 11 月 20 日
于福建师大意园滴石轩

新版后记

1994年，我在海峡文艺出版社出版了一部论文集，书名《滴石轩文存》。其内容主要是关于《文心雕龙》和《文选》的论文，还有几篇谈读书治学的文章。后来，关于《文心雕龙》的论文收入《文心雕龙研究》，关于《文选》的文章收入《文选学研究》，只剩下几篇谈读书治学的文章。《滴石轩文存》实际上已不复存在了。现在收入《文集》的《滴石轩文存》，其内容与过去的《滴石轩文存》已大不相同了。新版《滴石轩文存》的内容可分三部分：第一部分是关于六朝和唐代文学的论文和文章。这里需要说明的是，我一生专门研习六朝文学，并无其他爱好。年轻时喜爱唐诗，特别爱读唐人绝句。为此，我曾对唐代诗人王昌龄进行了一番研究。写了一篇《王昌龄论》。对唐人绝句的爱好欲罢不能，后来又写了一篇《唐人七绝"压卷"之作赏析》。八十年代有一家出版社约我写一本唐人绝句赏析的小册子，这就是《唐人绝句名篇赏析》。此书在香港、台湾出版后受到读者的欢迎。《王昌龄论》等二文一书是我业余生活的反映，不忍舍弃，收入《文集》，作为纪念。第二部分是谈读书治学的文章。这些文章是我教学工作的产物。《研习六朝文学如何入门？》是我治学的体会，供有志于六朝文学研究者参考。《学一点目录学》、《我与〈书目答问〉》是受了先师汪辟疆先生的影响。汪先生是著名的目录学家，他主张治学从目录学入手。《要学会使用工具书》是受先师胡小石先生的影响。新中国成立初期，我在南京大学中文系读书，胡先生给我们讲"工具书使用法"。他上课不是在教室里,而是在图书馆。他一面讲课,一面让学生查工具书。这样做,给我们的印象很深。所以,我在指导研究生时,也采用了这种方法。不过不是在图书馆上课,而是在我的书房里上课。《漫谈如何学习中国古典文学》和《如何写毕业论文》是应学生的要求而写的。现在,时过境迁,可能不适用了,也许还有一定的参考价值。这些文章,我不揣谫陋,收入《文集》,因为它是我部分教学工作的写照。第三部分是《滴石轩随笔》。往日写的一些小文章,常常与读书治学有关,对青年学子可能有些帮助。应当指出的是,这些文章是我在1977年至2018年之间写成的,有的文章的写作时间相距很长,其内容偶有重复之处。我现在年老力衰,无力修改,一仍其旧,还祈读者谅之。

旧本《滴石轩文存》有福建师范大学中文系原主任俞元桂先生的序。俞先生是老一辈学者,很有学术眼光,序中对我的了解是十分深刻的。俞先生去世多年,新版《滴石轩文存》保留俞先生的序,是对俞先生深切的怀念。俞先生的人品和学问永远是我的榜样。

2018年3月25日

作者主要论著系年

1960 年

《对引文不够认真严肃之又一例》,《光明日报·文学遗产》第 299 期(2月7日)

1977 年

《论〈文心雕龙〉的成就及局限》,《福建师范大学学报》第 4 期

1978 年

《略论〈文心雕龙〉的基本思想》,《福建师范大学学报》第 1 期

1979 年

《刘勰与〈文心雕龙〉》,《语文教学通讯》第 1 期;又见《人大复印资料》第 3 册

《略谈〈文心雕龙〉与儒家文艺思想的关系》,《福建师范大学学报》第 2 期

《思理为妙,神与物游——刘勰论艺术构思》,《福建师范大学学报》第 3 期

《山西历代文学家介绍:王昌龄》,《语文教学通讯》第 6 期

1980 年

《刘勰的风格论刍议》,《福建师范大学学报》第 1 期;又见甫之、涂光社主编《〈文心雕龙〉研究论文选》(1949—1982),齐鲁书社(1988);《人大复印资料》第 15 册

《"难以情测"出自谁手——〈文选·咏怀诗〉注中的一个问题》,《福建师范大学学报》第 2 期

《唐人七绝"压卷"之作赏析》,《福建师范大学学报》第 3 期

《刘勰的文体论初探》,《古典文学论丛》第 1 辑,齐鲁书社;又见中国文心雕龙学会选编《文心雕龙研究论文集》(1909—1984),人民文学出版社(1990)

《文附质,质待文——刘勰论文学作品的内容和形式》,《福建师范大学学报》第 4 期;又见《人大复印资料》1981 年第 2 册

1981 年

《谈刘勰的文学批评实践的特点》,《福建师范大学学报》第 2 期;又见《人大复印资料》第 20 册

《盛唐著名诗人王昌龄》,《福建师范大学学报》第 4 期

1982 年

《论〈文心雕龙〉与儒家思想的关系》,《古代文学理论研究》第 6 辑;又见甫之、涂光社主编《〈文心雕龙〉研究论文选》(1949—1982),齐鲁书社(1988)

《刘勰的文学批评理论》,《福建师范大学学报》第 4 期

1983 年

《中国古代文学作品选》(1—6 册),主编姚奠中,副主编穆克宏、李春祥,陕西人民出版社(1979—1983)

《谈〈文心雕龙〉的表现形式的特点》,中国文心雕龙学会成立大会论文,《福建师范大学学报》第 4 期

1984 年

《质文沿时,辞以情发——刘勰论文学与现实的关系》,《福建师范大学学报》第 3 期

《刘勰的文学起源论再议——读〈文心雕龙·原道〉篇》,《福建论坛》第5期

1985年

《捷而能密,文多兼善——刘勰论王粲》,《福建师范大学学报》第4期;又见《人大复印资料》1986年第1册

《试论〈玉台新咏〉》,《文学评论》第6期

《玉台新咏笺注》(点校)上下册,中华书局;1992年修订

《文心雕龙选》,福建教育出版社

《学一点目录学》,福建师大《中文函授》第2期

1986年

《刘勰生平述略(附:刘勰年谱)》,《福建师范大学学报》第2期;又见《人大复印资料》第7册

《思捷而才俊,诗丽而表逸——刘勰论曹植》,《古典文学论丛》第4辑,齐鲁书社

《师心以遣论,使气以命诗——刘勰论阮籍、嵇康》,中日学者文心雕龙学术讨论会论文,《文心雕龙学刊》第4辑,齐鲁书社

《先秦两汉的文学理论批评》,福建师大《中文函授》第2期

《魏晋南北朝的文学理论批评》(上),福建师大《中文函授》第3期

《要学会使用工具书》,福建师大《中文函授》第1期

《骆鸿凯〈文选学〉正误二例》,《福建师范大学学报》第4期

《民间情歌,短篇神品——读汉乐府〈上邪〉》,福建师大《中文函授》第2期;又见《汉诗赏析集》,巴蜀书社(1988)

《反抗强暴,情操高尚——读辛延年的〈羽林郎〉》,福建师大《中文函授》第3期;又见《汉诗赏析集》,巴蜀书社(1988)

1987年

《变则其久,通则不乏——刘勰论文学的继承和创新》,《福建师范大学学报》第3期;又见《人大复印资料》第10册

《〈汉魏六朝百三家集题辞注〉补正》,《福建师范大学学报》第4期

《魏晋南北朝的文学理论批评》(下),福建师大《中文函授》第1期

《严羽论汉魏六朝诗》,《中国古典文学论丛》第5辑,人民文学出版社;又见《严羽学术研究论文选》,鹭江出版社

1988年

《才深辞隐,思巧文繁——刘勰论陆机》,《古代文学理论研究》第13辑,上海古籍出版社

《钟美于〈西征〉,贾余于哀诔——刘勰论潘岳》,《文心雕龙学刊》第5辑,齐鲁书社

《沈约评传》,《中国古代文论家评传》,中州古籍出版社

《萧统评传》,《中国古代文论家评传》,中州古籍出版社

《尽锐于〈三都〉,拔萃于〈咏史〉——刘勰论左思》,《福建师范大学学报》第4期

《萧统〈文选〉三题》,《昭明文选研究论文集》(首届昭明文选国际学术讨论会论文集),吉林文史出版社;又见《中外学者文选学论集》,中华书局(1998)

《策勋于鸿规,底绩于流制——刘勰论潘、陆赋》,《中国文学研究》第3期

1989年

《汉魏六朝文体论的发展》,《文学遗产》第1期

《刘勰与萧统》,《福建师范大学学报》第4期;又见《文心雕龙研究荟萃》(《文心雕龙》1988年国际研讨会论文集),上海书店

（1992）；《人大复印资料》1990年第1册

1990年

《谈谈写毕业论文》，福建师大《中文函授》第1期

《漫谈如何学习中国古典文学》，福建师大《中文函授》第2期

《志深而笔长，梗概而多气——刘勰论"建安七子"》（上），《福建师范大学学报》第4期；又见《人大复印资料》1991年第2册

1991年

《志深而笔长，梗概而多气——刘勰论"建安七子"》（下），《福建师范大学学报》第2期；又见《人大复印资料》第8册；全文又见日本九州大学中国文学会主编《〈文心雕龙〉国际学术研讨会论文集》，台湾文史哲出版社（1992）

《研习〈文选〉之津梁——骆鸿凯〈文选学〉评介》，《文学遗产》第1期；又见《中外学者文选学论集》，中华书局（1998）

《文心雕龙研究》，福建教育出版社

1992年

《情必极貌以写物，辞必穷力而追新——刘勰论南朝宋齐文学》，《文心雕龙学刊》第6辑，齐鲁书社

《文章渊薮，英华荟萃——论〈文选〉的文学价值》，《文选学论集》（选学国际学术研讨会论文集），时代文艺出版社；又见《福建师范大学学报》1993年第2期；《人大复印资料》1993年第8册

《借史咏怀，出类拔萃——说左思〈咏史〉八首》，《福建师范大学学报》第4期

《萧氏父子与梁代文学》，《阴山学刊》第4期；又见《人大复印资料》1993年第3册

1993 年

《魏晋南北朝文学概述》,福建师大《中文函授》第 1 期

《萧统〈文选〉研究述略》,《郑州大学学报》第 1 期;又见香港中文大学中文系主编《魏晋南北朝文学论集》(魏晋南北朝文学国际研讨会论文集),台湾文史哲出版社(1994);《人大复印资料》第 6 册

《嵇康曾官中散大夫》,《文学遗产》第 2 期

《文心雕龙辞典序》,贾锦福主编《文心雕龙辞典》,济南出版社

1994 年

《诗必柱下之旨归,赋乃漆园之义疏——刘勰论东晋文学》,《福建师范大学学报》第 4 期;又见《人大复印资料》1995 年第 2 册

《滴石轩文存》,海峡文艺出版社

《唐代绝句名篇赏析》,台湾文史哲出版社

1995 年

《嵇康曾官中散大夫考》,《福建学刊》第 1 期

《萧统年谱》(上),《福建师范大学学报》第 4 期

1996 年

《萧统年谱》(下),《福建师范大学学报》第 1 期;全文又见南京大学中文系主编《魏晋南北朝文学论集》(魏晋南北朝文学国际研讨会论文集),南京大学出版社(1997)

《试论〈文选〉的编者问题——兼与清水凯夫教授商榷》,《福建学刊》第 1 期

《〈文选〉文体分类再议》,《江海学刊》第 1 期

《〈文选〉编纂年代蠡测》,《中国典籍与文化》第 1 期

《略论〈文选〉与〈文心雕龙〉之关系》,《临沂师专学报》第 2 期

《〈文选〉对后世的影响》,《福建论坛》第3期
《魏晋南北朝文论全编》(合作),江苏教育出版社;2004年修订

1997年

《文选学研究的几个问题》,《文选学新论》(1995年文选学国际学术研讨会论文集),中州古籍出版社
《我研究六朝文学的经历》,《文史知识》第10期
《魏晋南北朝文学史料述略》,中华书局
《〈文选〉与文学理论批评》,台湾成功大学中文系编《魏晋南北朝文学与思想学术讨论会论文集》,文津出版社;又见《文学遗产》1998年第4期;《人大复印资料》1998年第11册

1998年

《昭明文选研究》,人民文学出版社

1999年

《昭明文选》,春风文艺出版社
《我与〈书目答问〉》,《文史知识》第3期
《张之洞的〈书目答问〉》,台湾《国语日报·书与人》878期(6月19日)

2000年

《洒笔以成酣歌,和墨以藉谈笑——刘勰论"魏氏三祖"》,《福建师范大学学报》第1期;又见台湾师范大学国文系主编《文心雕龙国际学术研讨会论文集》,台湾文史哲出版社(2000)
《义多规镜,摇笔落珠——刘勰论傅玄、张华》,文心雕龙国际学术研会论文,《文心雕龙研究》第5辑
《文选旁证》(点校),福建人民出版社

2001年

《苏轼论〈文选〉琐议》,《福建师范大学学报》第2期

《萧统研究三题》,《〈昭明文选〉与中国传统文化》(第四届文选学国际学术研讨会论文集),吉林文史出版社;又见《文学遗产》2002年第3期

2002年

《徐陵论》,《楚雄师范学院学报》第2期

《20世纪中国〈文选〉学研究的回顾与展望》,《福建师范大学学报》第3期;又见《古代文论研究的回顾与前瞻——复旦大学2000年国际学术会议论文集》,复旦大学出版社

《〈诗品〉研究随谈》,《许昌学院学报》第3期

《文心雕龙研究》(增订版),鹭江出版社

2003年

《读〈文选〉随笔》,《江苏大学学报》第1期;又见中国文选学研究会编《文选与文选学》(第五届文选学国际学术研讨会论文集),学苑出版社(2003)

《读〈文选〉偶记》,《福建师范大学学报》第3期

2004年

《袁编〈中国文学史〉魏晋南北朝部分的几个问题》,《福建师范大学学报》第2期

2005年

《李详与〈文选〉学研究》,第六届文选学国际学术研讨会论文,《福建师范大学学报》第5期

2006年

《顾广圻与〈文选〉学研究》,复旦大学第二届中国文论国际学术研讨会论文,《文学遗产》第3期

《我与书》,《福建社科界》(福建社会科学联合主办)第 3 期
《阮元与〈文选〉学研究》,《文选》学与楚文化——纪念李善逝世
　　1317 周年国际学术研讨会论文,《福建师范大学学报》第 2 期
《〈文心雕龙〉、〈诗品〉比较新议》,《沧海求珠》(张文勋教授八十
　　华诞学术纪念文集),云南大学出版社

2007 年

《刘师培与〈文选〉学研究》,第七届文选学国际学术研讨会论文;
　　又见《许昌学院学报》2008 年第 1 期
《魏晋南北朝文学史料述略》(增订本),中华书局
《体大思精,见解深湛——史学家论〈文心雕龙〉》,中国古代文论
　　年会论文

2008 年

《关于"正始之音"等问题辨析之辨析》,《福建师范大学学报》
　　第 1 期
《我与六朝文学研究——治学詹言》,《古典文学知识》第 2、3 期
《文选学研究》,鹭江出版社

2009 年

《何焯与〈文选〉学研究》(2009 年扬州《文选》国际研讨会论文),
　　《风清骨峻——庆祝祖保泉教授九十华诞论文集》,人民出
　　版社
《高步瀛与〈文选〉学研究》,《许昌学院学报》第 3 期
《〈文选〉校诂三家述论》,《福建师范大学学报》第 5 期

2010 年

《六朝文学论集》,中华书局

2011 年

《读书偶记》,《福建师范大学校报》10 月 15 日

2012 年

《文选学笔记》,《福建师范大学学报》第 1 期

2013 年

《我与中华书局》,《书品》第 1 辑

2014 年

《"筋力于王微,成就于谢朓"众说平议》,《文学遗产》第 1 期
《我的藏书》,《福建师范大学校报》7 月 2 日

2015 年

《〈文选〉学三题》,《文学遗产》第 1 期
《苍龙日暮还行雨,老树春深更着花——退休二十年》,《书品》
　　第 2 辑
《六朝文学研究——穆克宏自选集》,万卷楼图书股份有限公司

2016 年

《"正始之音"解诂》,《福建师范大学学报》第 3 期
《〈文选〉文体分类再议》,厦门大学举办《文选》国际学术研讨会论
　　文;又见《中国典籍与文化》2017 年第 1 期

2017 年

《汪师韩〈文选理学权舆〉平议》,《文学遗产》2017 年第 4 期
《陆机的籍贯》,《文史知识》第 12 期

《穆克宏文集》简介

《穆克宏文集》精装六册,由北京中华书局出版。兹简介如下:

一、作者简介:

穆克宏,江苏省南京市人,1930年4月7日出生,1953年7月南京大学中文系毕业。曾在华侨大学等校任教,后任福建师范大学中文系教授、古籍研究所所长,中国《文选》学研究会常务理事、副会长,中国《文心雕龙》学会常务理事,中国古代文论学会常务理事。现任福建师范大学文学院教授,中国《文选》学研究会顾问,中国《文心雕龙》学会顾问,中国古代文论学会顾问等。著作有《玉台新咏笺注》(点校)、《文心雕龙选》、《文心雕龙研究》、《滴石轩文存》、《魏晋南北朝文论全编》(合作)、《魏晋南北朝文学史料述略》、《六朝文学论集》、《昭明文选》、《昭明文选研究》、《文选学研究》、《文选旁证》(点校)、《六朝文学研究——穆克宏自选集》等,皆为六朝文学研究著作。六朝文学研究乃我一生精力之所萃。

二、《文集》简介:

第一册《魏晋南北朝文学史料述略》。这是一部研究魏晋南北朝文学史料学的专著。此书的最前面是我谈治学的文章《我与六朝文学研究》,以此文作为《文集》的总序。从这里可以了解我治学的基本情况。正文分八编。第一编至第五编按照时代次序评介魏晋南北朝诗文史料,第六编评介南北朝乐府民歌史料,第七编评介魏晋南北朝小说史料,第八编评介魏晋南北朝文学理论批评史料。每编各章节论述作家,有作家小传、著作的目录、版本和对作家的评价。言简意赅,重点突出。这些论述对学习和研究魏晋南北朝文学的人有指导作用。此书中华书局1997年出版,列入《中国古典文学史料研究丛书》,2007年增订再版。著名学者、中华书局总编辑傅璇琮在《中国古典文学史料研究丛书·总序》中说:

> 中华书局古典文学编辑室于几年前即提出编辑《中国古典文学史料研究丛书》的计划,但由于种种原因,这套丛书的起步并不太快。经过几年的准备,穆克宏先生的《魏晋南北朝文学史料述略》,作为这套丛书的第一部,将在今年出版。

傅先生对拙著作了肯定的评价。同行专家陈庆元教授在《评穆克宏〈魏晋南北朝文学史料述略〉》(《书品》,中华书局出版,1997年第4期)一文中说:

> 断代的或者分体的文学史料著作,作者应当为某一断代文学或某种文体研究的专家……作为丛书第一部的作者,穆克宏教授从事魏晋南北朝文学的教学和研究长达数十年,在《述略》一书出版之前,他已出版过《玉台新咏笺注》(点校)、《文心雕龙选》、《文心雕龙研究》、《滴石轩文存》和《魏晋南北朝文论全编》(合作)等著作,近年又倾全力专注于《文选》的研究,不久,他的《昭明文选研究》、《文选旁证》(点校)即将问世。穆克宏教授有坚实的魏晋南北朝文学研究的基础,从这部《魏晋南北朝文学史料述略》中处处可以看出他的研究心得。此书不仅带有较强的学术性,而且也体现了他的治学特点。应该说,这是一部具有开拓意义的文学史史料学专著。

这里给拙著以较高的评价。此书出版后,受到魏晋南北朝文学方向的硕士生、博士生和有关教师的欢迎。

第二、三册《文选学研究》。这是一部研究文选学的专著。全书分上下两编。上编《昭明文选研究》,是一部简明的文选学概论,但也提出了许多个人的学术见解。1998年,曾由人民文学出版社出版过单行本。下编是专题研究,主要有:

一、《文选》文体分类研究。《萧统〈文选〉三题》、《萧统研究三题》、《〈文选〉文体分类再议》和《〈文选〉文体述论》等文都论及这一问题。我主张《文选》文体分为三十七类。

二、《文选》诗文作者研究(先秦两汉),下接拙著《魏晋南北朝文学史料述略》。知人论世,可供读者参考。

三、文选学家研究。本书论述的文选学家有明代的杨慎,清代的何焯、汪师韩、顾广圻、孙梅、阮元、梁章钜,现代的李详、高步瀛、刘师培、黄侃、骆鸿凯等人,可供研究文选学史者参考。

四、"选诗"研究。"事出于沉思,义归乎翰藻","选诗"自具特色。赏析文章,只是初步的尝试而已。

五、二十世纪中国文选学研究。二十世纪中国文选学研究有新的发展,其中黄侃、骆鸿凯和高步瀛是最有影响的代表人物。

2008年,作者将上、下编合在一起,交鹭江出版社出版,书名《文选学研究》。此次收入《文集》,内容略有改变,即将与《文选》无直接关系的论文删去,补充了新的有关文选学的论文,使论述更为集中。著名学者、河南大学教授王立群在《现代〈文选〉学史》(中国社会科学出版社2003年出版)中说:"穆克宏的《昭明文选研究》为二十世纪后期中国大陆学者第一部现代《文选》学研究的专著……成为二十世纪现代《文选》学步入新的学术上升周期后最有代表性的研究著作之一。"又说:"穆克宏点校的《文选旁证》

则是大陆学人对清代传统《文选》学专著进行整理的杰出代表。"又说:"二十世纪后期,伴随着《文选》的升温,大陆著名学者曹道衡、王运照、穆克宏……成为重要的现代《文选》学家。……穆克宏亦是大陆著名的《文选》、《文心雕龙》研究家,他的《昭明文选研究》及点校整理的(清)梁章钜《文选旁证》是传统《文选》学研究与现代《文选》学研究结合的典范。"同行专家的评论反映了学术界对拙著的重视。

第四、五册《文心雕龙研究》。这是一部研究《文心雕龙》的专著。全书分上下两编。上编是通论。对刘勰和《文心雕龙》进行了比较全面的论述,详细地介绍了刘勰的生平、思想和刘勰对文学与现实的关系、艺术构思、文学作品的内容和形式、文学的继承与创新、文学批评、文学风格等问题的论述。下编是专论,将《文心雕龙》和六朝文学结合起来研究,阐明了刘勰对建安七子、曹氏三祖、曹植、阮籍、嵇康、傅玄、张华、潘岳、陆机、左思、东晋文学、南朝宋齐文学的论述。附录的《文心雕龙选》,1985年,福建教育出版社曾出版过单行本,著名学者、北京大学教授张少康等评论此书说:"由于作者对魏晋南北朝文学有全面深入的研究,国学根基深厚,所以注释是比较确切的,译文尽量采用直译的方法,使之能够与原文对应起来,文笔明白晓畅。"(见《文心雕龙研究史》,北京大学出版社2001年版)张少康教授等评论我的《文心雕龙研究》(福建教育出版社1991版)说:

> (此书)是本时期《文心雕龙》研究中很有学术价值的一部著作。……组织严密,考论精审……作者始终注意对《文心雕龙》之本义的阐释,亦时见创获。……通论和专论相结合,而专论注意刘勰对六朝时期有卓越成就的大作家的研究,将刘勰的文学理论批评的研究,落到实处。这是本书的一个最

为显著的特点。

又说：

> 将《文心雕龙》与六朝文学结合起来研究，不仅有助于具体深入地了解《文心雕龙》，而且有助于对六朝文学发展史的研究。因为作者对《昭明文选》、《玉台新咏》和六朝许多重要作家有相当深入的研究，发表过许多研究论著，所以他对《文心雕龙》中有关曹植、王粲、阮籍、嵇康、潘岳、陆机、左思以及南朝宋、齐文学的评论，都能结合对这些作家创作的思想艺术特色的具体分析，进行深入的研究，不仅使我们对刘勰《文心雕龙》作家论方面的成就有清楚的认识，而且也从分析刘勰的评论中，对这些作家的创作成就作了更深入的阐发。在全书的具体论述中，作者提出了许多自己的新的见解。

张少康教授等对我旧版的《文心雕龙选》和《文心雕龙研究》作出了很高的评价。收入《文集》的《文心雕龙研究》又增加了新的内容，以弥补系统论述之不足。

第六册《滴石轩文存》。凡是没有收入《文选学研究》和《文心雕龙研究》二书的论文和文章，皆收入此书。此书可分三部分：一、学术研究的论文和文章；二、谈治学和教学的文章；三、《滴石轩随笔》，大部分为谈读书治学的小文章。这些文章是为文科大学生写的，指示门径，传授方法，对他们读书治学可能会有些帮助。

以上是《文集》的简介。另外，我还有古籍整理的三部著作，即《玉台新咏笺注》（点校）、《文选旁证》（点校）和《魏晋南北朝文论全编》（合作，校注），亦略作介绍：

一、《玉台新咏笺注》，〔陈〕徐陵编、〔清〕吴兆宜注、程琰删补。这是我国古代的一部诗歌总集。中华书局1985年出版，列入《中国古典文学基本丛书》。此书已印刷八次,印数近四万部,被同行专家评为"善本",曾被国家新闻出版总署、全国古籍整理出版规划领导小组评为优秀的古籍整理著作。

二、《文选旁证》,〔清〕梁章钜著。这是清代研究文选学的重要著作,约98万字。福建人民出版社2000年出版,列入《八闽文献丛书》。

三、《魏晋南北朝文论全编》(合作)。此书资料全面,注释简明,受到读者的欢迎。江苏教育出版社1996年初版,2004年修订再版。2012年,上海远东出版社重排出版,列入《远东经典》。

我对六朝文学的研究分两个方面。一方面是研究论著,一方面是古籍整理,这二者的结合,正体现我研究六朝文学的特点,即将文学研究与文献学的研究结合起来。

著名学者复旦大学王运熙教授,为拙著《文选学研究》写的序言说:"纵观克宏兄的大著,我感到其共同特点是占有翔实丰富的原始材料,排比前代和现代学者的有关看法,进行冷静的分析,不盲从,不刻意标新立异,在仔细分析的基础上提出自己平稳、平实的见解。这种平稳、平实的风格,在刻意求新者看来,显得有些平淡,缺乏惊世骇俗的特色;但它由于体现了尊重事实、审慎判断的精神,其论点往往比较客观合理,具有较强的科学性,获得大多数学者的认同。克宏兄这种实事求是的治学态度和方法,是值得称道的。"运熙教授认为我的治学的态度和方法是实事求是的,我十分同意。其实这种"实事求是"就是"朴学"精神,是一种新"朴学"。运熙教授深得我心。刘勰说:"知音其难哉!音实难知,知实难逢。逢其知音,千载其一乎!"(《文心雕龙·知音》)运熙教授为人诚实、谦虚、乐于助人,治学勤奋、认真、实事求是。他在六朝文学和中国文学批评史方面的研究取得很高的成就,久已蜚声士林。我们交往近四十年,他的为人和治学给我留下了深刻的印象。不幸的是,2014年2月8日他因病逝世。运熙教授的病逝,使我痛失挚友,我感到十分悲伤。运熙教授的著作将永留人间,他永远活在人们的心中。

  最后,说一件事。1992年,郑州大学古籍研究所决定要对文选学进行比较系统的研究,为了顺利完成任务,当时聘请了四位顾问,即中国社会科学院文学研究所研究员曹道衡、中华书局总编辑傅璇琮、中国社会科学院文学研究所研究员沈玉成和我。现在三位顾问已先后离开人世,只剩下我一人!令人不禁感慨系之。曹、傅、沈三位顾问生前都是我的同行好友,他们在我的文集中都留有影像和文字,谨以我的文集表示对他们永远的纪念。

2017年7月

后　记

我的《文集》共收四种:《魏晋南北朝文学史料述略》、《文选学研究》、《文心雕龙研究》、《滴石轩文存》。现在已经问世。我还有《文集》外编三种:《玉台新咏笺注》、《文选旁证》、《魏晋南北朝文论全编》(合作)。今后如有机会,将继续出版。

我的《文集》有四个特点:

一、全部是研究六朝文学的著作。主要研究文选学和文心学(即所谓"龙学")。

二、全面研究和重点研究相结合。《魏晋南北朝文学史料述略》对六朝文学进行了全面的论述,《文选学研究》和《文心雕龙研究》则是系统的研究专著。全面研究和重点研究相结合,有利于研究的全面把握和重点的深入。

三、将《文选》和《文心雕龙》结合起来研究。这是受了黄侃先生的影响。黄先生说:"读《文选》者,必须于《文心雕龙》所说能信受奉行,持观此书,乃有真解。"(《文选平点》,中华书局 2006 年版第 4 页)确实如此。

四、将文学研究与文献整理研究结合起来。我研究《文心雕龙》,一面撰写论文,一面注释《文心雕龙》;我研究《文选》,一面撰写论文,一面点校《文选旁证》。我认为二者结合有相辅相成,相得益彰的效果。

以上研究方法,对青年学子也许会有一定的借鉴作用。

2015 年年底,福建师范大学文学院郑家建院长提出要给我出

《文集》,这一想法得到中华书局资深编审、原文学编辑室主任、挚友许逸民先生的关心与鼓励。后又得到中华书局顾青先生、俞国林先生的大力支持。责任编辑李碧玉女史工作认真,尽心尽力。现在《文集》已经问世。在此,我向以上各位表示衷心的感谢。

《文集》出版了,这并不意味着我的研究工作结束了。我的研究工作仍在继续。我希望在数年之后,在中华书局出版我的《文集》"补编"。

2016 年 2 月 22 日初稿
2018 年 8 月 29 日修改